राजकमल बृहत् हिन्दी शब्दकोश

बदलते समय के अनुरूप

राजकमल बृहत् हिन्दी शब्दकोश

बदलते समय के अनुरूप

डॉ. पुष्पपाल सिंह

राजकमल प्रकाशन

ISBN : 978-81-267-2997-5

मूल्य : ₹1999

पहला संस्करण : 2017

दूसरा संस्करण : 2026

प्रकाशक : राजकमल प्रकाशन प्रा. लि.
1-बी, नेताजी सुभाष मार्ग, दरियागंज
नई दिल्ली-110 002

शाखाएँ : अशोक राजपथ, साइंस कॉलेज के सामने, पटना-800 006
पहली मंजिल, दरबारी बिल्डिंग, महात्मा गांधी मार्ग, प्रयागराज-211 001
1, अनमोल सोराबजी संतुक लेन, धोबी तलाव, मरीन लाइंस, मुम्बई-400 002

वेबसाइट : www.rajkamalprakashan.com
ई-मेल : info@rajkamalprakashan.com

मुद्रक : बी.के. ऑफसेट
नवीन शाहदरा, दिल्ली-110 032

RAJKAMAL BRIHAT HINDI SHABDAKOSH
by Dr. Pushp Pal Singh

आमुख

वर्ष 2003 ई. के प्रारंभ में श्री अशोक महेश्वरी जी ने अपने प्रकाशन के लिए मुझसे एक कोश तैयार करने का आग्रह किया, काफी सोच-विचार कर एक-दो माह बाद मैंने इस कार्य के लिए हामी भर दी। तीन-चार मास तक मानसिक रूप से कमर कसता रहा कि क्या-क्या, किस-किस रूप में, करना है। 14 जुलाई, 2003 से मैंने कोश पर कार्य करना प्रारंभ किया और अब 2013 के दिसंबर अंत तक ही यह कार्य सिमट पाया। प्राय: 4-5 वर्ष का समय तो शब्द-चयन कर उनके कार्ड बनाने में लग गया। बीच-बीच में मेरे साहस ने जब-तब जवाब भी दिया, पर तभी अशोक जी का तकाज़ा—'हमारे प्रोजेक्ट का क्या हो रहा है', मुझे फिर आगे बढ़ा देता। तब मुझे समझ में आ रहा था कि कोश-कार्य जैसा विकट कार्य किसी एक व्यक्ति के बूते का नहीं, संस्थाओं का कार्य है जिसमें कितने ही व्यक्ति नियोजित होते हैं किंतु कितने ही हाथों द्वारा किए गए कोश-कार्य के ये परिणाम भी सामने आ रहे थे कि एक ही शब्द की विभिन्न वर्तनी भिन्न-भिन्न स्थानों पर आ रही थी (हनुमान, हनूमान, दवात/दावात, आदि); शब्दों के अप्रचलित या गौण अर्थ पहले देना और मुख्यार्थ तथा प्रचलित अर्थ बाद में देना; 'कच्छा' जैसे शब्द के संस्कृत के कई अप्रचलित अर्थ दे देना और हिन्दी का बहुप्रचलित अर्थ न देना, संस्कृत के 'तेज' और उर्दू-फ़ारसी के 'तेज़' का अन्तर शब्दों के अर्थ देते समय न रख पाना, अनेक देशज शब्दों के बिलकुल दूर जा पड़ने वाले अर्थ दे देना, आदि त्रुटियाँ इसीलिए हुई हैं कि यह कार्य कितने ही लोगों द्वारा किया गया, अन्यथा मेरे पूर्ववर्ती विद्वान कोशकार ज्ञान, निष्ठा व अध्यवसाय-सभी में मुझसे बढ़ कर थे, मुझे यह भान है कि मैं उनके चरणों की धूलि के बराबर भी नहीं हूँ। ऐसी अन्य अनेक त्रुटियों के कारण यह ठीक ही लगता है कि एक ही व्यक्ति कोश के संपूर्ण कार्य को करे। अंग्रेज़ी, हिंदी, उर्दू, आदि के कई कोशकारों के उदाहरण सामने थे, जिन्होंने वर्षों-वर्षों की साधना के पश्चात् कुछ कोश पूर्ण किए जो अपने-अपने क्षेत्र में मान्य हुए, किंतु वे समय के साथ पुराने पड़ गए। ऐसे कृती व्यक्तित्वों के कार्य को देखकर मुझे भी इस प्रायोजना को पूरा करने का बल मिलता रहा।

कार्य करते समय मेरे सामने कई चुनौतियाँ थीं। सबसे बड़ी चुनौती थी पिछले 30-35 वर्षों में हिंदी भाषा की सर्वतोमुखी प्रगति जिस गौरवपूर्ण रूप में हुई है, उसकी शब्दकोश-सम्पदा जिस रूप में बढ़ी है, उस सबको कोश में समाविष्ट करना। ज्ञान-विज्ञान, सूचना-प्रौद्योगिकी, तकनीकी उन्नति तथा हिंदी में प्रकाशित होने वाले समाचार-पत्रों, पत्रिकाओं, अर्थ-व्यवस्था को केन्द्रित कर अंग्रेज़ी में प्रकाशित होने वाले इकोनॉमिक टाइम्स, बिज़नेस एक्सप्रेस, बिज़नेस टाइम्स आदि की तरह प्रकाशित होने वाले हिंदी के बिज़नेस समाचार-पत्रों ('बिज़नेस भास्कर' आदि) ने बाज़ार और इससे जुड़ी विपणन व्यवस्था, मौद्रिक नीति, शेयर बाज़ार, बजट, क्रीड़ा जगत, सिने जगत, फैशन और सौंदर्य प्रसाधन, आदि की दुनिया, विभिन्न रसोई-उपकरणों, बाज़ारवाद द्वारा दिये गए अनेक घरेलू उपकरणों, आदि के न जाने कितने शब्द लोक और भाषा ने स्वीकार कर लिए, कितने ही अंग्रेज़ी शब्दों को यथावत् तो कहीं किंचित् रूप-परिवर्तन कर अंगीकार कर लिया गया है। उन सबको आत्मसात कर हिंदी अपनी शब्द-सम्पदा को निरंतर समृद्ध कर रही है। किसी भी नए कोश में उनका समावेश नितांत आवश्यक है। भरसक चेष्टा की गई है कि नित्य विकसित होती इस शब्दावली को इस कोश में समाहित किया जाए, किंतु फिर भी लगता है कि काफी कुछ करणीय शेष रह गया है। समय किसी भी पूर्णता को अपूर्ण कर देता है। इसी रूप में आगे के कार्यों की भूमिका बनती है। दूसरी चुनौती यह थी कि मेरा ध्यान वर्तमान के मझोले आकार के कोशों के जिन अभावों की ओर जा रहा था, उन अभावों को यथासंभव दूर किया जा सके। जैसा ऊपर संकेतित किया जा चुका है कि देशज शब्दों का अर्थ देते हुए अनेक स्थानों पर सावधानी, सर्तकता नहीं बरती गई है, इसमें गतानुगतिक अनुकरण से और भी समस्या खड़ी हो जाती है, कुछ उदाहरण : दो सम्मान्य कोशों में 'पतोहू' का अर्थ 'पुत्रवधू' इसी प्रवृत्ति के चलते दिया गया है, वास्तविक अर्थ 'पोते की वधू' 'बहू' है। एक कोश में 'मकई' का अर्थ 'ज्वार' दिया गया है और दूसरे में 'मकई' या 'मकी' शब्द की प्रविष्टि ही नहीं है, दूसरे कोश में 'मक्का'

शब्द के अर्थ में 'मकई' के साथ 'ज्वार' अर्थ भी दिया गया है। 'जंघा' का अर्थ 'जाँघ' के साथ-साथ 'पिंडली' भी दे दिया गया है। इसके अतिरिक्त भी अर्थ संबंधी अनेक अशुद्धियाँ बहुत से स्थानों पर मिलती हैं, यथा—'जच्चागिरी' का अर्थ 'सौरी' का गीत, सोहर दिया गया है जबकि वास्तविक अर्थ 'जापा, प्रसव' या 'प्रसव का समय' या 'प्रसव-समय की देखभाल, सेवा' आदि से है। इसी प्रकार 'रामतरोई'—जबकि शब्द 'रामतोरी' है—का अर्थ 'भिंडी' दिया गया है। कुछ शब्दों के अर्थ बड़े अपूर्ण से या ग़लत भी दिये गए हैं, यथा—'जस्टिस' को केवल 'हाईकोर्ट का जज' कहा गया है और इसे पुं. में ही दिया जाता है। 'तमाकू'—'तंबाकू' का अर्थ भी अस्पष्ट मिलता है। इसी प्रकार 'चौपाल' को 'पुं.' बताया गया है, जबकि यह शब्द स्त्री. में ही प्रयुक्त होता है। ये तो उदाहरण मात्र हैं—ऐसा बहुत से शब्दों में हुआ है। यह बात अलग है कि कुछ शब्दों का प्रयोग पुं./स्त्रीलिंग दोनों में लोक-प्रचलित है, यथा—हवा, चर्चा, दही, आदि।

किसी भी कोश को प्रूफ़ की अशुद्धियों से मुक्त रख पाना, कह पाना, एक भ्रम मात्र ही होगा। कितनी भी सावधानी बरत ली जाए, फिर भी अशुद्धियाँ रह ही जाती हैं। पुराने कोशों में भी प्रूफ़ की ग़लतियाँ हैं, जो अनेक मुद्रणों और प्रूफ़ शोधकों के हाथ से गुज़रते हुए हो गई हैं या रह गई हैं। उनका शोधन इसलिए आवश्यक है कि कुछ समय बाद वे शब्दों के सही रूप में ही स्वीकार न कर लिए जाएँ, यथा—'सेब' (फल) को 'सेव', 'माक़ूल' को [सं.] शब्द लिख दिया गया है। यद्यपि अब हिंदी में कई स्तरीय प्रकाशन-गृहों ने हिंदी में प्रचलित उर्दू-फ़ारसी के शब्दों में अक्षरों के पैर में नुक्ता लगाना प्राय: बंद ही कर दिया है (नुक़्ता न लगने से अर्थ के क्या अनर्थ हो सकते हैं, यह मैंने एक प्रकाशन के लिए मुंशी प्रेमचंद के 'ग़बन' का संपादन करते हुए और भी शिद्दत से अनुभव किया) किंतु कोश में ऐसे शब्दों को सही रूप में लिखना लाज़िम हो ही जाता है। कोशों में कुछ उर्दू-फ़ारसी शब्दों के ग़लत या अप्रचलित अर्थ भी दिये गए हैं, यहाँ चेष्टा की गई है कि उर्दू-हिंदी के स्तरीय कोशों का सहारा लेकर उनकी प्रामाणिक वर्तनी तथा अर्थ ही दिये जाएँ।

प्रारंभ में कोश में आए शब्दों की संकेत-सूची दी गई है और परिशिष्ट में माप-तौल, भूमि-मापन, द्रव्य-मापन तथा विभिन्न परिवर्तन-तालिकाएँ, आदि पारंपरिक रूप में न देकर, क्योंकि पाठकों के लिए वह सामग्री विशेष उपयोगी सिद्ध नहीं हो पाती है, उपयोगी सामग्री प्रस्तुत की गई है। सर्वप्रथम भारत सरकार, वैज्ञानिक तथा तकनीकी शब्दावली आयोग द्वारा प्रस्तुत प्रशासनिक शब्दावली के उन बहुप्रयुक्त शब्दों के रूप दिये गए हैं जो अनुवाद, पत्रकारिता, आदि क्षेत्रों के पाठकों के लिए उपयोगी सिद्ध हो सकें। इस शब्दावली में वहाँ संशोधन प्रस्तुत किए गए हैं, जहाँ उनके बेहतर सरल, सुग्राह्य विकल्प हो सकते हैं। कुछ पारिभाषिक शब्दों को समय ने अस्वीकार कर उनके विकल्प प्रस्तुत कर दिये हैं, कुछ के अंग्रेज़ी रूप यथावत् या किंचित् रूपांतर के साथ स्वीकार कर लिये गए हैं। कार्यालयी टिप्पण—'नोटिंग'—से संबंधित शब्दावली, वाक्यांश, अभिव्यक्तियाँ भी आवश्यक संशोधनों के साथ प्रस्तुत की जा रही हैं। बैंक और बैंकिंग-व्यवस्था हमारे जीवन में अत्यंत निकट व्यवहार में हैं। इसीलिए बैंकिंग शब्दावली तथा बैंकिंग क्षेत्र के हिंदी पदनाम (डेज़ीनेशनल टर्म्स) भी यहाँ दिये जा रहे हैं। विलोम शब्दों की सूची भी प्रस्तुत की जा रही है जिसकी आवश्यकता प्राय: पड़ती रहती है। अन्तरराष्ट्रीय कैलेंडर के महीनों और सप्ताह के दिनों के नामों का उद्भव इस कोश में प्रथम बार दिया जा रहा है। भारत-रत्न सम्मान, ज्ञानपीठ पुरस्कार प्राप्तकर्ता हिन्दी साहित्यकार तथा साहित्य अकादमी हिंदी पुरस्कारों की सूची भी यहाँ दी जा रही है। विश्वास है कि यह सब सामग्री पाठकों के लिए अधिक उपादेय सिद्ध होगी।

कोश-कार्य को पूरा करने में श्री अशोक महेश्वरी जी का सहयोग निरंतर रहा है, वे साधुवाद और धन्यवाद के सर्वप्रथम पात्र हैं। मेरे पारिवारिकों ने बड़े ही धैर्यपूर्वक विभिन्न रूपों में सहयोग दिया है। बच्चों ने जब कभी महीने-दो महीनों के लिए बुलाना चाहा तो मेरा एक ही उत्तर होता, 'मेरा कोश-कार्य बीच में पड़ा है', पत्नी की शामों का साथ निरंतर बाधित रहा, उनकी झल्लाहट भी बढ़ती जाती थी, 'कब ख़त्म होगा आपका यह कोश?' अभी 'म' पर ही अटके पड़े हो, 'स' से ही पीछा नहीं छूट पा रहा आपका', उनके धैर्य को सलाम! कोश को पूरा कराने का सबसे अधिक दबाव मेरी (अब) बारह वर्षीया नातिन वंशिता का रहा, जो हर दो-एक माह बाद तो कभी-कभी प्रत्येक सप्ताह पूछ ही लेती, "नानू! कब पूरी होगी आपकी डिक्शनरी? पहली कॉपी तो मेरी 'बुक' ही रखना, जल्दी पूरा करो ना!!" इन सबका स्नेह-स्मरण।

समग्रत: कोश कैसा बन पड़ा है, इसके निर्णायक तो इसके प्रयोगकर्ता ही होंगे। कोश-सुधार के लिए दिये गए सुझावों का स्वागत होगा जिनके प्रकाश में आगामी संस्करणों में सुधार करने का प्रयास रहेगा।

—पुष्पपाल सिंह

संकेताक्षर-सूची

*** देशज शब्द**

[अं]	—	अंग्रेज़ी
[चन्द्रबिन्दु का स्थानापन्न रूप]		
अ.	—	अव्यय
[अ.]	—	अरबी शब्द
अ.क्रि.	—	अकर्मक क्रिया
(आयु.)	—	आयुर्वेद
उप.	—	उपसर्ग
(उपनि.)	—	उपनिषद्
(का.शा.)	—	काव्य शास्त्र
क्रि.वि.	—	क्रिया विशेषण
(ग.)	—	गणित
(ज्या.)	—	ज्यामिति
(ज्यो.)	—	ज्योतिष
[तु.]	—	तुर्की
द्र.	—	द्रष्टव्य
[पं.]	—	पंजाबी
(पाकि.)	—	पाकिस्तान
पु.	—	पुलिंग
[फा.]	—	फारसी
[फ्रें.]	—	फ्रेंच

[ब्र.भा.]	—	ब्रजभाषा
(बहु.)	—	बहुवचन
[बो.]	—	बोली
(भा.वि.)	—	भाषाविज्ञान
(महा. भा.)	—	महाभारत
(मनु.)	—	मनु स्मृति
मु.	—	मुहावरा
[यू.]	—	यूनानी भाषा का शब्द
ला.	—	लाक्षणिक प्रयोग
[लै.]	—	लैटिन शब्द
वि.	—	विशेषण
[सं.]	—	संस्कृत शब्द
स.क्रि.	—	सकर्मक क्रिया
सर्व.	—	सर्वनाम
(सा.शा.)	—	साहित्य शास्त्र
(सूफ़ी.)	—	सूफ़ी मत
स्त्री.	—	स्त्रीलिंग
[हि.]	—	हिंदी भाषा का शब्द
(होम्यो.)	—	होम्योपैथी

राजकमल बृहत् हिन्दी शब्दकोश

अ

अ—देवनागरी लिपि वर्णमाला का प्रथम अक्षर। स्वर वर्ण, उच्चारण स्थान कंठ। किसी भी व्यंजन वर्ण का उच्चारण इस अक्षर, स्वर के बिना नहीं हो सकता। व्यंजन से 'अ' वर्ण के लोप के लिए हलन्त (्) चिह्न का प्रयोग होता है।

अ—अव्यय, उपसर्ग के रूप में प्रयोग निषेध या नहीं के अर्थ में—अकलंकित, अकल्पित, अगम, अगाध, भिन्न, आदि।

अंक—पु. [सं.] संख्या, संख्या सूचित करने वाला चिह्न—चिह्न; नाटक का एक खंड या सर्ग, रूपक का एक प्रकार; गोद, बगल; किसी परीक्षा अथवा प्रतियोगिता में योग्यता-सूचक प्राप्त नम्बर; पत्र-पत्रिकाओं की प्रकाशन-संख्या को दर्शाने वाली संख्या—अंक 1, अंक 2, आदि। **~करण**-पु. चिह्न या छाप लगाना। **~कार**-पु. खेलों में हार-जीत का निर्णय करने वाला, अंक देने वाला, (रेफ़री) **~गणित**-पु. संख्याओं की विद्या—जिसमें संख्याओं का जोड़ना-घटाना, गुणा-भाग, आदि, गणित-शास्त्र, (अरिथमैटिक)। **~गत**-वि. पकड़ में आया हुआ। **~तालिका**-स्त्री. वह सूची जिसमें अंक दर्शाए गए हों (मार्क्सशीट)। **~परिवर्तन**-पु. करवट बदलना, बच्चे को गोद में एक ओर से दूसरी ओर करना; नाटक में एक अंक समाप्त हो कर अगला अंक प्रारम्भ होना। **~मुख**-पु. नाटक के प्रारम्भ में कथानक को सूचित करने वाला संक्षिप्त विवरण। **~विद्या**-स्त्री. अंक गणित, वह विद्या जिसमें अंकों की गणन-प्रक्रिया हो। **~विभाजन**-पु. नाटक का अंकों में विभाजन, किसी प्रश्न-पत्र के विभिन्न प्रश्नों के अंक नियत करना। **~शायिनी**-वि.स्त्री. बगल में सोने वाली, पत्नी। **~शायी**-वि. बगल में सोने वाला। **~मु.-भरना**-स्नेहपूर्वक गले लगाना। **~सूची**-स्त्री. जिसमें विभिन्न विषयों के अंक दर्शाए गए हों, अंक-तालिका (मार्क्सशीट)।

अंकति—पु. [सं.] हवा; अग्नि; ब्रह्मा।

अंकन—पु. [सं.] चित्रित करना; चिन्हित करना; मूल्यांकन करना; गणना करना; वर्णन करना।

अँकना—स.क्रि. लिखा जाना, अंकित होना, आँकना।

अंकनीय—वि. [सं.] अंकन के योग्य; मुद्रण के योग्य।

अंकम*—पु. गोद।

अंकल—पु. [अं.]-चाचा, फूफा, मामा, ताऊ, आदि के लिए सामान्यत: प्रयुक्त।

अँकवाना—स.क्रि. अंकित करवाना; किसी दूसरे व्यक्ति से किसी वस्तु का मूल्यांकन करवाना।

अँकवार—स्त्री. आलिंगन, अंक में लेना; गोद। **~मु.-देना**-प्रेम, स्नेह-वश गले लगाना। **~भरना**-गोद में भरना, गोद में बच्चे का रहना।

अँकवारना*—स.क्रि. प्रेम से आलिंगन में लेना, भेंट करना।

अंकांतर—[सं.] नाटक में दो अंकों के बीच का अन्तराल।

अंकावतार—पु. [सं.] नाटक के अंक के अंत का वह भाग जिसमें अगले अंक की कथा की सूचना रहती है।

अंकित—वि. [सं.] चिन्हित; वर्णित; लिखित। **~मूल्य**-पु. पुस्तक, औषधि, मुद्रा, स्टाम्प, आदि पर लिखा मूल्य।

अंकिनी—स्त्री. [सं.] चिह्नों की सूची।

अंकी (किन्)—पु. [सं.] वह वाद्य जो अंक में ले कर बजाया जा सके; मृदंग।

अंकुर—पु. [सं.] बीज का धरती से निकला हुआ नुकीला भाग, पौधा बनने से पहले की अवस्था।

अंकुरक—पु. [सं.] छोटा अंकुर; घोंसला; गुफा।

अंकुरण—पु. [सं.] अंकुर उगने की प्रक्रिया, अंकुरित होना।

अँकुरना, अँकुराना—अ.क्रि. अंकुर फूटना, अँखुआ फूटना।

अंकुरित—वि. [सं.] जिसमें अंकुर आ गया हो, अंकुरयुक्त; प्रस्फुटित। **~अन्न**-पु. वह अन्न जिसे कुछ समय तक रख कर अंकुर आ गए हों—चना, उड़द, मूँग, आदि को अंकुरित रूप में, पौष्टिक अन्न रूप में खाया जाता है।

अंकुरी—स्त्री. अंकुर उगे हुए अन्न के दाने।

अंकुश—पु. [सं.] महावत द्वारा हाथी को चलाने, दिशा-निर्देश देने वाला लोहे का बना काँटा, एक तरह का छोटा भाला जैसा, इसे हाथी के सिर पर कोंचा जाता है; नियंत्रण, दबाव; रोक। ~**कृमि**-पु. पेट में होने वाला एक हुकदार कीड़ा (हुकवॉर्म)। ~**दुर्धर**-पु. जो अंकुश या नियंत्रण न माने। ~**धारी**-पु. महावत; नियंत्रण रखने वाला।

अंकुशा, अंकुशी—स्त्री. [सं.] जैन सम्प्रदाय में मान्य एक देवी।

अँकुशा—पु. अंकुश, हाथी को नियंत्रित करने वाला हथियार, द्र. 'अंकुश'।

अंकुस*—पु.द्र. 'अंकुश'।

अंकेक्षण—पु. [सं.] लेखा-परीक्षण; हिसाब की जाँच-परख।

अँकोर*—पु. गोद, अंकवार में लेना, भेंट; घूस, रिश्वत।

अँकोरना—पु. आलिंगन में लेना।

अँकोरी*—स्त्री. गोद, आलिंगन।

अंकोलिका—स्त्री. [सं.] आलिंगन।

अँखड़ी*—स्त्री. आँख; चितवन।

अँखिया—स्त्री. आँख; नक्काशी करने की कलम।

अँखुआ—पु. अंकुर, कल्ला।

अँखुआना—अ.क्रि. अंकुर फूटना।

अंग—पु. [सं.] देह; शरीर के विभिन्न भाग—मुख, नासिका, कान, हाथ, पैर, आदि; भाग—नाटक का, देश का; उप-विभाग—वेद के छह अंग (शिक्षा, कल्प, व्याकरण, निरुक्त, ज्योतिष और छन्द); सेना के विभिन्न विभाग (जल, थल, वायु सेना, आगे इनके भी उप-विभाग, यथा—पैदल सेना, घुड़सवार, तोपखाना, आदि; योग के आठ अंग (यम, नियम, आसन, प्राणायाम, प्रत्याहार, ध्यान, धारणा, समाधि); भागलपुर के आस-पास के प्रदेश का प्राचीन नाम; शाखा—जैसे विज्ञान के अंग; कहीं-कहीं पक्ष के अर्थ में प्रयोग। ~**कर्म**—पु., ~**क्रिया**-स्त्री. शरीर में उबटन, तेल, आदि लगाना। ~**चालन**-पु. अंगों को क्रिया में लाना, हाथ-पैर हिलाना। ~**च्छेद**-पु. अंग को काटना, डॉक्टर, आदि के द्वारा अथवा दंड स्वरूप (अफ़गानिस्तान, आदि मुस्लिम देशों में नाक, कान, हाथ, आदि काटना)। ~**ज, ~जात**-वि. देह से उत्पन्न (-पुत्र; पसीना; रोम; रोग। ~**जा, ~जाता**-स्त्री. पुत्री। ~**त्राण**-पु. जिससे अंगों की रक्षा हो (वस्त्र, कवच)। ~**द**-पु. बालि का पुत्र; द्र. क्रम में। ~**दान**-पु. युद्ध में आत्म-समर्पण, आत्म-समर्पण सहवास के सन्दर्भ में। ~**द्वार**-पु. शरीर के दस द्वार—मुख, कान, नेत्र, आदि। ~**द्वीप**-पु. मिथेतिहास में छह द्वीपों में से एक। ~**धारी**-पु. जो शरीर धारण कर सके, प्राणी। ~**न्यास**-पु. पूजा या साधना में अंगों को विशेष स्थिति में रखना, मंत्रोच्चार करते हुए प्रत्येक अंग का हाथ से स्पर्श। ~**पालिका**-स्त्री. धाय। ~**प्रत्यंग**-पु. शरीर का प्रत्येक अंग। ~**भंग**-पु. शरीर के किसी अंग का टूट जाना। ~**भंगिमा**-स्त्री. शरीर के अंगों द्वारा भाव-प्रकाश; खड़े होने का ढंग (पोस्चर)। ~**भंगी**-मोहक रूप में अंग संचालन। ~**भाव**-पु. संगीत-नृत्य, आदि में अंगों द्वारा भाव-प्रकाशन। ~**भूत**-वि. अन्तर्गत, अंग-रूप बना हुआ; पु. पुत्र। ~**मर्दन**-पु. मालिश।) ~**यष्टि**-स्त्री. पतली काया। ~**रक्षक**-पु. किसी बड़े अधिकारी, राजा-महाराजा, मंत्री, राष्ट्रपति, आदि की रक्षा में नियुक्त सैनिक अथवा कोई भी व्यक्ति (बॉडी-गार्ड)। ~**राग**-पु. सुगन्धित लेप या उबटन, वर्तमान में अनेक प्रकार के रासायनिक अंग-राग (कॉस्मेटिक्स)। ~**विकल**-वि. विकलांग, अचेत। ~**विकार**-पु. विकृति—शरीर में कोई दोष या अभाव। ~**विक्षेप**-पु. सामान्य बोलचाल, भाषण, गायन, आदि में हाथ, पैर, सिर, आदि हिलाना (जैसचर्स)। ~**विद्या**-स्त्री. ज्योतिष के अनुसार अंगों के चिह्न देख कर भविष्य-वाचन। ~**शुद्धि**-स्त्री. स्नान, मंत्र, आदि द्वारा शरीर शुद्धि। ~**शैथिल्य**-पु. शारीरिक दुर्बलता, आलस्य, शोक अथवा रोगादि में। ~**शोष**-पु. सूखा नामक रोगादि। ~**संग**-पु. सम्भोग, सदैव साथ रहने वाला (पंजाबी से हिन्दी में गृहीत अर्थ)। ~**संचालन**-पु. शरीर के अंगों को चलाना, हिलाना। ~**संस्कार**-पु. देह का शृंगार, सजावट। ~**सख्य**-पु. प्रगाढ़ मैत्री। ~**सेवक**-पु. निजी सेवा-टहल करने वाला चाकर। ~**सौष्ठव**-पु. अंगों की बनावट का सौन्दर्य। ~**स्पर्श**-पु. शरीर का स्पर्श। ~**हानि**-स्त्री. अंग विशेष की हानि; रोग-चोट, आदि से हुई अंग विकृति। ~**हीन**-वि. विकलांग, शरीर के किसी अंग विशेष की निष्क्रियता। **मु. ~छूना**-पु. कसम खाना। ~**अंग फूले न समाना**— अत्यधिक प्रसन्न होना।

अंगड़-खंगड़—[वि.] टूटा-फूटा सामान।

अँगड़ाई—[स्त्री.] आलस्य में प्राय: जम्हाई के साथ शरीर को तानना; ~**लेना**-क्रि. करवट लेते हुए देह तानना।

अँगड़ाना—[अ.क्रि.] अँगड़ाई लेना।

अंगद—पु. [सं.] रामायण-प्रसिद्ध बालि का पुत्र; लक्ष्मण का एक पुत्र; कौरव सेना का एक योद्धा; बाजूबन्द नामक आभूषण।

अंगना—स्त्री. [सं.] सुन्दर स्त्री, ~**प्रिय**-पु. जो स्त्रियों को प्रिय हो, अशोक वृक्ष।

अँगना—पु. द्र. आँगन।

अँगरखा—पु. पुरुषों का कमीज़ की तरह पहना जाने वाला एक वस्त्र विशेष।

अँगरेज़—पु. इंगलैंड का निवासी, लाक्षणिक अर्थ में बहुत गोरा-चिट्टा; बहुत बनने वाला (क्यों अँगरेज़ बन रहा है)।

अँगरेज़ियत—स्त्री. अँगरेज़पन, अँगरेज़ी सभ्यता, चाल-ढाल।

अँगरेज़ी—स्त्री. अँगरेज़ों की भाषा, इंग्लिश।

अँगरेज़ीदां—पु. अँगरेज़ी भाषा का जानकार।

अंगांगिभाव—पु. [सं.] अंग और अंगी का संबंध, विशेष एवं गौण का संबंध।

अंगाधिप, अंगाधीश—पु. [सं.] अंग देश का राजा—कर्ण; ज्योतिष में लग्न का स्वामी ग्रह।

अंगार—पु. [सं.] अंगारा, दहकता हुआ कोयला (लकड़ी या पत्थर का, उपला, आदि। **~पर्ण**-पु. चित्ररथ। **~पुष्प**-पु. हिंगोष्ठ का पेड़। **मु. ~उगलना**- क्रोध में तमतमाना, तप्त शब्दों द्वारा उग्रता प्रकट करना।

अंगारक—पु. [सं.] अंगारा, छोटा अंगारा, मंगल ग्रह; मंगलवार; एक असुर। **~मणि**-पु. मूँगा। **~वार**-पु. मंगलवार।

अंगारा—पु. दहकता हुआ कोयला, उपला, अग्निखंड, आदि। वि. अंगारे जैसा लाल ('वह तो बुखार में अंगारा हो रहा है')।

अँगारा—पु. द्र. 'अंगारा'।

अँगारी—स्त्री. [सं.] चिंगारी, अंगार का उपले, आदि के टुकड़े के रूप में अंश।

अंगारी—(रिन्)—स्त्री. गन्ने के कटे हुए छोटे-छोटे टुकड़े; अगौला/अगौले, ईख के ऊपर का हरा भाग, चारे के रूप में प्रयुक्त)।

अँगिका—स्त्री. [सं.] अँगिया, कंचुकी। बिहार की एक भाषा (भागलपुर के आस-पास के क्षेत्र की भाषा)।

अँगिया—स्त्री. चोली, कंचुकी (अं. ब्रा)।

अंगिर—पु. [सं.] एक ऋषि।

अंगिरस—पु. [सं.] एक ऋषि; ब्राह्मणों का एक गोत्र।

अंगिरा (रस्)—पु. [सं.] एक ऋषि; एक संवत्सर।

अंगी (गिन्)—वि. [सं.] देह युक्त; प्रमुख। पु. प्रधान पात्र अथवा नायक; प्रधान रस (नाटक में)।

अंगीकरण—पु. [सं.] स्वीकारना, ग्रहण करना, सहमत होना।

अंगीकार—पु. [सं.] स्वीकार; ग्रहण।

अंगीकृत—वि. [सं.] अंगीकार किया हुआ, स्वीकार, अपना लेना।

अंगीकृति—स्त्री. [सं.] स्वीकृति, सहमति।

अँगीठा—पु. बड़ी अँगीठी।

अँगीठी—स्त्री. आग रखने के लिए मिट्टी का बनाया बर्तन (जो कहीं भी उठा कर रखा जा सकता है), बरोसी या बोरसी।

अँगुठी—स्त्री. द्र. अँगूठी।

अंगुरि, अंगुरी—स्त्री. [द्र.] अंगुली।

अँगुरिया*—स्त्री. ब्रज भाषा में 'अंगुली' के लिए प्रयुक्त।

अंगुरीय, अंगुरीयक—पु. [सं.] मुद्रिका, उँगली में धारण किया जाने वाला आभूषण।

अंगुल—स्त्री. [सं.] उँगली, एक माप (चारों उँगलियों द्वारा घेरा गया स्थान)। **~प्रमाण, मान**—अंगुली जितना माप। वि. अंगुल की लम्बाई वाला।

अंगुलि, अंगुली—स्त्री. [सं.] उँगली। **~निर्देश**-उँगली उठा कर आदेश देना; निंदा करना; ताड़ना देना। **~पर्व**-पु. उँगली की पोर। **~मुद्रा**-स्त्री. नाम खुदी हुई अंगूठी जिसे मुहर के रूप में प्रयुक्त करते थे। **मु. ~यों-पर नचाना**—पूर्ण नियंत्रण में रखना, परेशान करना।

अंगुलिका—स्त्री. [सं.] अंगुली।

अंगुली—स्त्री. द्र. 'अंगुलि'।

अंगुलीक, अंगुलीय, अंगुलीयक—पु. [सं.] अँगूठी।

अंगुल्यादेश—पु. [सं.] अंगुली द्वारा दिया गया आदेश, निर्देश।

अंगुश्त—पु. [फा.] उँगली; सुई का काम करते हुए उँगली में पहनी जाने वाला लोहे या पीतल की छल्लानुमा अँगूठी-सी (प्राय: दर्जियों द्वारा प्रयुक्त)। **~नुमा**-वि. जिसकी ओर आलोचना करते हुए उँगली उठाई जाए; बदनाम। **~नुमाई**-स्त्री. लांछन।

अंगुश्तरी—स्त्री. [फा.] अँगूठी।

अंगुश्ताना—पु. [फा.] सुई का काम करते हुए उँगली में पहनी जाने वाला लोहे या पीतल की छल्लानुमा अँगूठी-सी (प्राय: दर्जियों द्वारा प्रयुक्त)।

अंगुष्ठ—पु. [सं.] अँगूठा। **~मात्र**-वि. अँगूठे की माप-भर का, अत्यल्प।

अँगूठा—पु. हाथ या पैर में पहली और सबसे मोटी उँगली। **मु. ~चूमना**-खुशामद करना, अनुनय-विनय करना। **~चूसना**-भोला बनने का दिखावा करना। **~दिखाना**-अवमानना करना, अस्वीकार करना।

अँगूठी—स्त्री. उँगली में धारण किया जाने वाला आभूषण, मुद्रिका।

अंगूर—पु. [फा.] फल विशेष, द्राक्षा। **~लता**-स्त्री. अंगूर की बेल जिस पर अंगूर फलते हैं। **~तड़कना, ~फटना**-भरते हुए घाव की ऊपरी परत, झिल्ली का फट जाना। **~बँधना**-घाव के ठीक होने की प्रक्रिया, घाव भरना।

अंगूरबानी—स्त्री. [फा.] अंगूर की खेती करना।

अंगूरी—वि. [फा.] अंगूर से बनी, अंगूर के रंग की। पु. अंगूर के रंग जैसा हलका हरा रंग। **~बेल**-स्त्री. कपड़े पर अंगूर के बेल जैसी कढ़ाई या छपाई। **~शराब**-स्त्री. अंगूर से बनाई हुई शराब।

अँगोछना—स.क्रि. अँगोछे से शरीर पोंछने या रगड़ने की क्रिया।

अँगोछा—पु. अंग पोंछने का कपड़ा, तौलिया, गमछा।
अँचरा—पु.द्र. 'आँचल'।
अंचल—पु. [सं.] साड़ी, ओढ़नी, जैसे वस्त्र का छोर जो वक्ष से पेट की ओर जाता है; देश या प्रान्त का खंडविशेष, क्षेत्रविशेष, नदी-तट।
अँचला*—पु.द्र. 'आँचल'।
अँचवन—पु.द्र. 'अचवन'।
अँचवना—स.क्रि. 'अचवना'।
अँचवाना—स.क्रि.द्र. 'अचवाना'।
अंचित—वि. [सं.] जिसकी पूजा की गई हो, झुका या मुड़ा हुआ; घुँघराले बाल। **~पत्र**-पु. कमल जिसकी पत्तियाँ टेढ़ी या मुड़ी हुई। **~भ्रू**-वि. स्त्री. टेढ़ी, कमान-सी भौंं। स्त्री.-तिरछी भौंं वाली स्त्री।
अंज*—पु. कंज, कमल।
अंजन—पु. [सं.] काजल, सुरमा; स्याही; रात्रि; पश्चिम दिशा; दीपक; **~केश**-पु. दीपक। वि. बहुत काले बाल वाला। **~गिरि**-पु. नीलगिरि। **~नामिका**-स्त्री. आँख का एक रोग, बिलनी। **~शलाका**-स्त्री. काजल या सुरमा लगाने की सलाई। **~हारी**-स्त्री. बिलनी, एक कीड़ा—भृंगी।
अंजना—स्त्री. [सं.] हनुमान की माता; बिलनी—व्यञ्जना वृत्ति। **~गिरि**-पु. एक पहाड़। **~नंदन**-पु. हनुमान।
अंजनी—स्त्री. [सं.] हनुमान की माता; चन्दन, कुंकुम, आदि अंगरागों से सुसज्जित स्त्री। **~नंदन,** पुत्र, सुत-हनुमान।
अंजबार—पु. [फा.] दवा में काम आने वाला एक पौधा।
अंजर-पंजर—पु. हड्डी-पसली, शरीर के जोड़; किसी भी वस्तु के अलग-अलग हिस्से। **~मु.-ढीला हो जाना**-अंगों का शिथिल हो जाना; किसी चीज का जोड़-जोड़ हिल जाना, अलग हो जाना।
अंजलि—स्त्री. [सं.] अंजुरि, दोनों हथेलियों को जोड़ कर बनाया गया संपुट; पूजा में जल, आदि देने के लिए बनाया गया कर-संपुट, **~बद्ध**-करबद्ध (नमस्कार, प्रार्थना)।
अंजलिका—स्त्री. [सं.] चूड़ियाँ; अर्जुन के एक बाण का नाम।
अंजली—स्त्री.द्र. 'अंजलि'।
अँजवाना, अँजाना—स.क्रि. अंजन लगवाने की क्रिया।
अंजाम—पु. [फा.] परिणाम, नतीजा; अन्त, समाप्ति; **मु.—को पहुँचाना**—पूरा करना। **~देना**-पूरा करना। **~पाना**-पूरा होना।
अंजित—वि. [सं.] अंजन लगाया हुआ, अंजनयुक्त।
अंजीर—पु. [फा.] एक फलविशेष। गूलर की जाति का; इस फल का पेड़।
अंजुमन—पु. [फा.] महफिल, मजलिस, समिति, सलाह।
अँजुरी, अँजुलि, अँजुली—स्त्री.द्र. 'अंजलि'।

अँजोर, अंजोरा—पु. प्रकाश, उजास, उजाला।
अंजोरना—स.क्रि. समेटना, दीया जलाना।
अंजोरी—स्त्री. चाँदनी, उजाला। वि.स्त्री. उजियाली।
अँटना—अ.क्रि. समा जाना, ठीक आ जाना, पूरा पड़ जाना।
अंटसंट—वि.पु. बेकार की, बेतुकी (बातें करना), गलत।
अंटा—पु. बड़ी गोली-विशेषतर भांग की; सूत या रेशम का बड़ा गोला, लच्छा।
अंटाचित—वि. बेसुद, नशे में चूर; पूरी तरह चित—कुश्ती में।
अँटिया*—स्त्री. छोटी गठियाँ, मुट्ठा, पूला—पतली लकड़ियों, दातून घास, आदि का।
अंटियाना—स.क्रि. अंटी में लगाना, किसी चीज़ को गायब कर लेना।
अंटी—स्त्री. धोती की कमर की ऊपर की लपेट—पुरुषों में; गाँठ, पहलवानी का एक दाँव; सूत या रेशम की लच्छी। **~बाज़**-धोखा करने वाला।
अंड—पु. [सं.] अंडा, अंडकोश, ब्रह्मांड; वीर्य। **~कोश, -कोष, -कोषक** पु. फोता; ब्रह्मांड। **~ज**-पु. अंडे से उत्पन्न जीव-पक्षी, साँप, मछली, आदि। वि.—अंडे से उत्पन्न। **~वर्धन**—पु., **~वृद्धि**-स्त्री. अंडकोश बढ़ने का रोग, हाइड्रोसील।
अंडबंड—पु.द्र. 'अंटसंट'।
अंडर—[अं.] नीचे, नीचे का। **~ग्राउंड**—भूमिगत; **~खोजना**— छिप जाना—अपराधी आदि का। **~ग्रेजुएट, गैजुएट**—पूर्व स्नातक, जो बी.ए. पास न हो। **~ट्रायल**—जिस पर मुक़दमा चल रहा हो। **~लाइन**—रेखांकित करना, महत्त्व दर्शाना। **~वियर**—अधोवस्त्र—कच्छा, जांघिया।
अंडा—पु. पक्षियों, जलचरों, कीट, आदि द्वारा निकाला जाने वाला गोल पिंड या खोल जिसमें से उनके बच्चे, चिड़िया, कछुए, सर्प, छिपकली, चींटी, मछली, आदि जीवों का जन्म होता है। **~मु.—देना, ~सेना**-किसी काम को देर तक लटकाना, सुस्ती करना।
अंडाकार, अंडाकृति—वि. [सं.] अंडे जैसी आकृति का।
अंडाशय—पु. [सं.] मादा जीवों में अंडे अथवा डिंब के विकसित होने का स्थान।
अँडुआना—स.क्रि. बधिया करने की क्रिया।
अंत:—वि. [सं.] 'अन्तर' का समासगत रूप, भीतरी; आपसी। **~कथा**-स्त्री. किसी कथा के अन्तर्गत अन्य कथा या प्रसंग। **~करण**—चित्त, मन, हृदय भीतरी इंद्रिय जो सुख-दु:ख के अनुभव का माध्यम। **~कलह**-पु. आपसी लड़ाई, गृह-युद्ध। **~कुटिल**-कपटी, धूर्त, दुष्ट स्वभाव। **~कोण**-पु. अंदर का कोण। **~क्रिया**-स्त्री. मन का भीतरी व्यापार। **~क्षेत्रीय**-पु. दो क्षेत्रों, स्थानों के बीच का। **~पट**-

पु. वर-वधू के बीच में लगाया जाने वाला परदा। **~पुर**-पु. राजप्रासाद का भीतरी भाग, जनानखाना, हरम। **~प्रकृति**-स्त्री. मूल स्वभाव; हृदय। **~प्रेरणा**-स्त्री. हृदय से या भीतर से उपजी प्रेरणा, सहज प्रेरणा। **~वासी**-वि. पास या साथ ही रहने वाला शिष्य जो गुरु के घर में ही रहता हो। **~सलिला**-वि. अंदर प्रवाहित होने वाली धारा। (अंडर करेंट)-**सुख**-वि. आन्तरिक सुख। **~स्थ**-वि. भीतर या बीच में स्थित। पु. स्पर्श और ऊष्म वर्णों के बीच में पड़ने वाले य,र,ल,व,—चार वर्ण।

अंत—वि. [सं.] निकट, आखिरी; नाश; सीमा। **~कर,-करण,-कर्त्ता,-कारक,-कारी**-वि. नाश करने वाला, संहार करने वाला। **~कर्म**-पु. मृत्यु, नाश। **~काल**-पु. मृत्यु का समय, आखिरी समय। **~क्रिया**-स्त्री. अंत्येष्टि, अंतिम संस्कार, मृतक-क्रिया। **~गति**-स्त्री. मृत्यु। वि. अंत को प्राप्त होने वाला; नष्ट होने वाला। **~ज**-वि. सबसे पीछे उत्पन्न होने वाला। **~वासी**-वि. पास रहने वाला। पु. शिष्य।

अंतक—वि. [सं.] नाश करने वाला। पु. मृत्यु, यमराज, काल।

अँतड़ी—स्त्री. आँत।

अंततः—अ. [सं.] आखिरकार, अन्त में।

अंततोगत्वा—अ. [सं.] आखिरकार, अन्त में।

अंतरंग—वि. [सं.] घनिष्ठ, अत्यंत प्रिय, भीतरी।

अंतरंगी—वि. [सं.] घनिष्ठ मित्र।

अंतर—वि. [सं.] अंदर का, निकट; आत्मीय। **~चक्र**-पु. शरीर के भीतर के चक्र—छह या आठ, दिशा-विदिशा के बीच का चतुर्थ अंश। **~छाल**-स्त्री. छाल के भीतर का नरम भाग। **~ज्ञ**-वि. हृदय के भीतर की बात जानने वाला। **~दिशा**-स्त्री. दो दिशाओं के बीच की दिशा। **~पट**-पु. परदा; छिपाना; वर और वधू के बीच लगाया जाने वाला परदा। **~प्रादेशिक**-वि. अपने प्रांत या प्रदेश से संबंध रखने वाला, अपने प्रांत-प्रदेश में होने वाला। **~राष्ट्रीय**-वि. राष्ट्र के भीतर होने वाला—दोनों अर्थों में प्रयुक्त। **~संचारी**-पु. संचारी भाव।

अंतरजाल—पु. कसरत करने की एक लकड़ी।

अंतरण—पु. [सं.] व्यवधान डालना, स्थान बदलना, एक स्थान से दूसरे स्थान पर जाना।

अंतरतम—वि. [सं.] निकटतम। पु. सबसे भीतर का भाग, दिल की गहराई, हृदय।

अंतरस्थ—वि. [सं.] अंतर में स्थित, हृदय में, भीतर।

अंतरा—अ. [सं.] बीच का, भीतर। पु. गीत की टेक को छोड़ कर अन्य शब्द, चरण। **~वेदी**-स्त्री. खम्भों के सहारे बना हुआ अलिंद, घर के द्वार के सामने खम्भों पर बना चबूतरा-सा।

अँतरा—पु. कोना—घर या कमरे, आदि का।

अंतराय—पु. [सं.] विघ्न, अड़चन।

अंतराल, अंतरालक—पु. [सं.] मध्यवर्ती अवकाश, दो बिंदुओं या समय के मध्य अवकाश।

अंतरावलंबन—पु. [सं.] अन्तर में स्थित।

अंतरावलंबित—वि. [सं.] जो बीच में अवस्थित हो।

अंतरिका—स्त्री. [सं.] दो मकानों के बीच की गली, छोटी गली।

अंतरिक्ष—पु. [सं.] आकाश। **~यान**-पु. अंतरिक्ष में जाने वाला वायुयान (सैटलाइट, रॉकेट)। **~विद्या**-स्त्री. अंतरिक्ष के विषय में ज्ञान देने वाली विद्या।

अंतरिक्षिकी—स्त्री. [सं.] अंतरिक्ष विज्ञान।

अंतरिक्षीय—वि. [सं.] अंतरिक्ष या आकाश संबंधी।

अंतरिख, अंतरिच्छ—पु.द्र. 'अंतरिक्ष'।

अंतरिम—वि. [सं.] बीच की अवधि का, मध्यवर्ती (इंटेरियम); अस्थायी। **~जमानत**-अस्थायी जमानत। **~भत्ता**-अस्थायी तौर पर दिया गया भत्ता। **~सरकार**-बीच की अवधि के लिए नियुक्त अस्थायी सरकार। **~व्यवस्था**-अल्प समय के लिए की गई व्यवस्था।

अंतरीप—पु. [सं.] समुद्र के बीच में, भूमि का नुकीला भाग, टापू।

अंतरीय—पु. [सं.] अधोवस्त्र, धोती; नीचे पहनने का कपड़ा।

अँतरौटा—पु. स्त्रियों का साड़ी के नीचे पहनने वाला कपड़ा, साया, अस्तर।

अंतर्—अ. [सं.] भीतर, बीच में। **~अग्नि**-स्त्री. भीतर की अग्नि, जठराग्नि। **~आत्मा**-स्त्री. अंतःकरण। **~गत**-अंदर का, भीतरी; गुप्त। **~गति**-स्त्री. हृदय की भावना। **~गांधार**-पु. एक विकृत स्वर-संगीत में। **~घट**-पु. हृदय, अंतःकरण। **~जातीय**-वि. दो या कई जातियों से संबद्ध—(अंतर्जातीय विवाह, भोज, आदि)। **~ज्योति**-हृदय के भीतर का प्रकाश। **~दर्शी**-वि. हृदय की बात जानने वाला, आत्मनिरीक्षक। **~दश**-स्त्री. ज्योतिष में महादशा के अन्तर्गत प्रत्येक ग्रह का समय, काल। **~दृष्टि**-स्त्री. आँख, ज्ञान चक्षु। **~देशीय**-वि. दो या अधिक देशों से संबद्ध; देश के भीतर का। **~देशीय**-अंतर्देशीय पत्र, इन्लैंड-लैटर। **~द्वन्द्व**-पु. हृदय के भीतर चलने वाला द्वन्द्व, परस्पर विरोधी भावों का संघर्ष। **~धान**-पु. अदृश्य, लुप्त हो जाना। **~नाद**-पु. अंतरात्मा की आवाज़ या आदेश। **~निहित**-वि. भीतर समाया हुआ, अंतर्गत। **~नाद**-पु. अंतरात्मा की आवाज या आदेश। **~निहित**-वि. भीतर स्थित, भीतर छिपा हुआ (अर्थ)। **~भूत**-वि. भीतर समाया हुआ, अंतर्गत। **~मना**-वि. शेष संसार से असंपृक्त अपने में ही रमे रहने वाला, उदास। **~मुखी**-अपने ही विचारों में डूबने रहने वाला।

~यामी-हृदय की बात जानने वाला, ईश्वर। **~राष्ट्रीय**-दो या अधिक राष्ट्रों के बीच का, उनसे संबद्ध (कोई भी विधान, व्यापार, आदि); संस्कृत के अनुसार इसका रूप 'अन्तर्राष्ट्रीय' होना चाहिए किंतु हिंदी में इसका प्रचलन नहीं हो सका। **~वर्ती**-वि. भीतर रहने वाला। **~वस्तु**-स्त्री. किसी पुस्तक, पात्र, पेटी, शीशी, आदि के भीतर जो कुछ हो (कंटेंट्स)। **~वस्त्र**-पु. भीतर पहनने का कपड़ा। **~विरोध**-पारस्परिक विरोध, वैमनस्य। **~वेदन**-हृदय की वेदना। **~वेदि-वेदी**-स्त्री. गंगा और यमुना के बीच का प्रदेश, ब्रह्मावर्त। **~व्रण**-भीतर का जख्म, भीतर का फोड़ा।

अंतर्वती, अंतर्वत्री—वि.स्त्री. [सं.] गर्भवती।

अंतश्—अंतर का समासगत रूप। **~छद**-पु. भीतरी आवरण। **~छिद्र**-पु. भीतर हुआ छेद।

अंतस—पु. हृदय, अंतःकरण।

अंतस्—अंतर का समासगत रूप। **~तप्त**-वि. जिसका हृदय जल रहा हो; व्याकुल। **~तल**-पु. हृदय। **~ताप**-पु. भीतरी वेदना, आंतरिक दुःख। **~सलिल**-वि. वह धारा जो भूमि के अंदर ही अंदर बहती हो। **~सलिला**-स्त्री. सरस्वती या फल्गू नदी जो अदृश्य हो गई है; भीतर ही भीतर की प्रवृत्ति (अंडर करेंट)।

अंतरराष्ट्रीय—वि. [सं.] दो या अधिक राष्ट्रों से संबंधित। (इंटरनेशनल)

अंतानुशासनात्मक—वि. ज्ञान की विभिन्न शाखाओं से संबंधित यथा—**गोष्ठी**-इंटर-डिसिप्लेनरी सेमिनार।

अंतावसायी—पु. [सं.] नाई; चांडाल, निम्न कही जाने वाली जाति का व्यक्ति।

अंतिक—वि. [सं.] पास का, समीप का; अंत तक पहुँचने वाला। पु. पड़ोस; निकटता, सामीप्य।

अंतिका—स्त्री. [सं.] चूल्हा।

अंतिम—वि. [सं.] सबसे अंत का, आखिरी; चरम।

अंतिमांक—पु. [सं.] नौ की संख्या।

अंतिमेत्थम—पु. [सं.] चुनौती; चेतावनी (अल्टीमेटम)।

अंती—स्त्री. [सं.] चूल्हा।

अंतेवासी—पु. [सं.] गुरु-गृह में रहने वाला शिष्य।

अंत्य—वि. [सं.] अंत का; आखिरी; सबसे नीचे या पीछे का; बाद का। **~कर्म**—पु., **~क्रिया**-स्त्री. शव को जलाना, दाहकर्म, अंत्येष्टि। **~गमन**-पु. सवर्ण जाति की स्त्री का शूद्र, आदि से संबंध रखना। **~ज**-पु. शूद्र; अछूत। वि. पंचम वर्ण का। **~युग**-पु. कलियुग। **~लोप**-पु. शब्द के अंतिम अक्षर का लोप। **~वर्ण**-पु. तथाकथित नीच जाति, शूद्र।

अंत्यक—पु. [सं.] शूद्र।

अंत्या—स्त्री. [सं.] अंत्यज स्त्री।

अंत्याक्षर—पु. [सं.] शब्द या पद का अंतिम अक्षर।

अंत्याक्षरी—स्त्री. [सं.] वह प्रतियोगिता जिसमें पहले पढ़े हुए/गाए हुए पद्य के अंतिम अक्षर से आरंभ होने वाला पद्य दूसरे को पढ़ना/गाना होता है; आजकल सिनेमा के गीतों के आधार पर भी ये प्रतियोगिताएँ कराई जाती हैं।

अंत्यानुप्रास—पु. [सं.] कविता के चरणों के अंतिम अक्षरों का समान होना; तुक; उर्दू-फारसी कविता में कफिया।

अंत्यावसायी—पु. [सं.] तथाकथित निम्न जातीय व्यक्ति—डोम, भील—चमार, आदि।

अंत्याश्रय—पु. [सं.] जीवन के चार आश्रमों में अंतिम, संन्यास आश्रम।

अंत्येष्टि—स्त्री. [सं.] जीवन की अंतिम क्रिया, दाहकर्म, मृतक कर्म।

अंत्र—पु. [सं.] आँत, अँतड़ी। **~कूज-कूजन**-पु. आँतों की गुड़गुड़ाहट। **~प्रदाह**-आँतों में जलन होना। **~वृद्धि**-स्त्री. आँतों का एक रोग जिसमें आँत बढ़ जाती है, अंत्रशोथ, अंडकोश बढ़ने का रोग।

अंदर—अ. [फा.] भीतर। पु. दिल। **मु. ~का साफ़**—दिल का साफ।

अँदरसा—पु. मैदा और मीठे से बनी एक प्रकार की मिठाई।

अंदरूनी—वि. [फा.] भीतरी, अंदर का।

अंदाज़—पु. [फा.] मोहक ढंग; अदा, अनुमान के आधार पर उचित मात्रा। वि. फेंकने वाला—संज्ञा के अंत में, यथा—तीरंदाज, आदि। **मु. ~उड़ा लेना**-किसी की तर्ज की नकल कर लेना।

अंदाज़न—अ. [फा.] अनुमान, आधारित, लगभग।

अंदाज़ा—पु. [फा.] अनुमान, अटकल।

अंदु—पु. [सं.] जंजीर; हाथी के पैर में बाँधने की जंजीर; पायल, पाजेब।

अंदेशा—पु. [फा.] चिंता, आशंका, खतरा; दुविधा।

अंदोह—पु. [फा.] शोक, रंज, दुःख, खटका। **~नाक**-वि. दुःखद।

अंध—वि. [सं.] नेत्रहीन, अंधा; अज्ञानी, निर्बुद्धि। **~कार**-पु. अँधेरा। **~काल**-पु. अँधेरा। **~कूप**-पु. सूखा हुआ कुआँ, वह कुआँ जिसके अंदर कुछ दिखाई न दे। **~खोपड़ी**-वि. जिसकी बुद्धि काम न करे, मूर्ख। **~तमस**-घोर अंधकार। **~तामिश्र, तामिस्र**-पु. घनघोर अँधेरा, 21 नरकों में से एक। **~धी**-वि. नासमझ। **~परंपरा**-स्त्री. बिना सोचे-समझे चली आती हुई रीति का अनुकरण। **~मति**-वि. जिसकी बुद्धि काम न करे; विपरीत बुद्धि वाला। **~विश्वास**-पु. बिना विचारे किसी बात को स्वीकार करना, विवेक रहित विश्वास। **~श्रद्धा**-स्त्री. बिना तर्क किए श्रद्धा रखना, पूर्ण श्रद्धा।

अंधकार—पु. [सं.] अँधेरा; अज्ञान। **~मय**-वि. अंधकार से भरा। **~युग**-ऐसा युग जिसका इतिहास ज्ञात न हो।

अंधकाराच्छन्न—वि. [सं.] अंधकार से घिरा हुआ।

अंधकारावृत्त—वि. [सं.] अंधकार से घिरा हुआ।

अंधड़—पु. अल्पकालीन आँधी, तूफ़ान।

अंधा—वि. बिना आँख का; जिसे दिखाई न दे, विचारहीन, बिना सोचे-समझे काम करने वाला। **~कुआँ**-पु. सूखा कुआँ, अंधकूप। **~भैंसा**-पु. बच्चों का एक खेल। **मु. ~बनना**-धोखा खाना; बेवकूफ बनना। **~धे-की लकड़ी की लाठी**—एक मात्र सहारा।

अंधाधुंध—अ. अत्यधिक, बेतहाशा (वर्षा); बिना सोचे-विचारे, बेहिसाब।

अंधानुकरण—पु. [सं.] आँख मूँद कर, बिना सोचे-विचारे किसी का अनुकरण करना।

अंधानुकृत—वि. [सं.] बिना सोचे-समझे की गई नकल।

अंधानुकृति—स्त्री. अंधानुकरण।

अंधानुगामी—पु. [सं.] बिना विचारे कार्य करने वाला।

अंधानुयायी—पु. [सं.] बिना विचारे अनुसरण करने वाला।

अंधापन—पु. अंधा होने की अवस्था।

अँधियारा—वि. अँधेरा, अंधकार।

अंधेर—पु. अव्यवस्था, अनीति, अन्याय। **~खाता**-पु. अव्यवस्था, नियमानुसार कार्य न चलना। **~गर्दी**-अव्यवस्था, धक्केशाही। **~नगरी**-स्त्री. जहाँ कोई व्यवस्था न हो, हर काम अन्यायपूर्ण होना। भारतेन्दु के प्रसिद्ध नाट्य कृति (अंधेर नगरी)। **मु. ~नगरी मचाना**-जहाँ किसी प्रकार की कोई व्यवस्था न हो, पूरी धक्केशाही, जंगल राज।

अँधेरा—पु. अंधकार; नैराश्य; अंधकारपूर्ण। **~पाक**-पु. मास का अँधेरे वाला पक्ष, कृष्णपक्ष। **मु. ~छा जाना**-बहुत बड़ी हानि जिससे कोई दिशा दिखाई न दे। **~घर का उजाला**-इकलौता पुत्र; अत्यंत सुंदर बालक। **~मुँह**-(अँधेरे)—बहुत सवेरे, उजाला होने से पहले।

अँधेरिया—स्त्री. जिसमें पूरा अँधेरा हो, यथा—अँधेरिया बाग।

अँधेरी—स्त्री. आँधी। **मु. ~दे कर आना**-अँधेरा करते हुए बादलों का घिरना, भारी वर्षा का सूचक।

अँधोटी—[टे.] बैलों की आँख ढकने के लिए चमड़े का बना पर्दा-सा।

अंध्र—पु. [सं.] दक्षिण भारत का एक प्रदेश जिसे वर्तमान में 'आंध्र' नाम से जाना जाता है।

अंब—पु. [सं.] आम; पिता।

अंबक—पु. [सं.] आँख; पिता; ताँबा।

अंबर—पु. [सं.] आकाश; वस्त्र। **~चर**-पु. पक्षी।

अंबरांत—पु. [स.] क्षितिज; वस्त्र का छोर।

अंबरीष—पु. [सं.] भाड़; मिट्टी का बरतन जिसमें दाने भूने जाते हैं; युद्ध; शिव; विष्णु; एक नरक का नाम, सूर्य, बछड़ा; अयोध्या के एक सूर्यवंशी राजा।

अंबा—स्त्री. [सं.] माता, दुर्गा; पार्वती; महाभारत में काशीराज की तीन कन्याओं में सबसे बड़ी, भीष्म ने अपने बड़े भाई विचित्रवीर्य से विवाह करने के लिए इनका हरण किया। **~बे**-(संबोधन में) माता, विशेषतः दुर्गा।

अंबार—पु. [फा.] ढेर, राशी।

अंबारी—अ. [स्त्री.] हाथी पर रखने का मंडपनुमा हौदा।

अबाला—स्त्री. [सं.] माता।

अंबालिका—स्त्री. [सं.] माता; महाभारत में काशीराज की तीन कन्याओं में सबसे छोटी जो भीष्म द्वारा विचित्रवीर्य से विवाह करने के लिए हरण की गई, ये उनकी कनिष्ठा पत्नी और पाण्डु की माता थीं।

अंबिका—स्त्री. [सं.] माता; दुर्गा; काशीराज की मँझली कन्या, भीष्म ने इनका भी हरण विचित्रवीर्य की रानी बनाने के लिए किया, धृतराष्ट्र की माता। **~पुत्र-सुत**- पु. धृतराष्ट्र। **~वन**-ब्रज प्रदेश में एक वन।

अंबिया—स्त्री. छोटा कच्चा आम, टिकोरा।

अंबु—पु. [सं.] जल~ एक छंद~ जन्म कुंडली में चौथा स्थान, चार की संख्या। **~द**- वि. जल देने वाला। पु. बादल। **~धि, ~नाथ, ~निधि, ~प, ~पति**-समुद्र। **~वही**-बादल। **~शायी**-विष्णु पु. नारायण।

अंबुजाक्ष—वि. [सं.] कमल जैसे नेत्रों वाला। पु. विष्णु।

अंबुजासन—पु. [सं.] कमल के आसन वाला, ब्रह्मा।

अंबुजासना—स्त्री. [सं.] लक्ष्मी।

अंबुद—वि. [सं.] बादल।

अंबुरूह—पु. [सं.] कमल।

अंबोह—पु. [फा.] भीड़, मजमा।

अंभ—पु. [सं.] जल; आकाश।

अंश—पु. [सं.] भाग, हिस्सा; कोण मापने की इकाई, डिग्री। **~कालिक**-कुछ समय के लिए (पार्ट-टाइम)। **~दान**-कुछ योगदान। **~धारी**-पु. पुत्र।

अंशक—पु. [सं.] भाग, खंड; दिन। वि. हिस्सा पाने वाला।

अंशतः—अ. [सं.] कुछ अंश में, एक सीमा तक, आंशिक रूप से।

अंशांकन—पु. [सं.] विभागों का क्रम; डिग्री निर्दिष्ट करना।

अंशावतार—पु. [सं.] वह अवतार जिसमें ईश्वर की कला आंशिक रूप से अवतरित हो।

अशांश—पु. [स.] अंश का भी अंश।

अंशी—वि. [सं.] भागीदार; संपूर्ण; सामर्थ्यवान।

अंशु—पु. [सं.] किरण, प्रभा। **~धर-, ~पति-, ~माली**-सूर्य।

अंशुक—पु. [सं.] वस्त्र, पतला, झीना या रेशमी वस्त्र, दुपट्टा।

अंशुमान्—पु. [सं.] सूर्य; चंद्रमा; एक सूर्यवंशी राजा जो सगर के पौत्र। वि. अंशयुक्त; प्रभायुक्त।

अंशुल—वि. [सं.] प्रभायुक्त, सुंदर।

अंसल—वि. [सं.] सुदृढ़, हृष्ट-पुष्ट।

अ—उप. [सं.] हिंदी वर्णमाला का पहला अक्षर। यह व्यंजनादि संज्ञा और विशेषणादि के पूर्व में लग कर कई प्रकार के निषेध सूचक अर्थ देता है—अपढ़-अरूप, अकाम, अनीति, अकाल, अकार्य, आदि।

अकंटक—वि. [सं.] निर्विघ्न, बिना कष्ट के; शत्रु रहित।

अकंठ—वि. [स.] स्वर विहीन।

अकंप—वि. [सं.] जिसमें कंपन न हो, स्थिर।

अकंपन—वि. [सं.] जिसमें कंपन न हो, स्थिर।

अकंपित—वि. [सं.] जिसमें कंपन न हो, स्थिर।

अकंप्य—वि. [सं.] महावीर, जैन तीर्थंकर के शिष्यों में से एक।

अक—पु. [सं.] कष्ट, दुःख; पाप; विराम।

अकच—वि. [सं.] जिसके केश न हो, गंजा।

अकच्छ—वि. [सं.] बिना कच्छे का, नंगा।

अकटुक—वि. [सं.] जो कटु या कड़वा न हो।

अकठोर—वि. [सं.] जो कठोर न हो।

अकड़—स्त्री. घमंड; हठ; स्वाभिमान; ऐंठ, तनाव; कड़ापन। **~न**-नसों का तन जाना। **~बाज**-वि. घमंडी।

अकड़ना—अ.क्रि. घमंड करना; धृष्टता करना; नाराज़ होना; ठिठुरना।

अकड़ा—पु. पशुओं का एक रोग।

अकड़ाव—पु. तनाव, ऐंठन।

अकड़ू—वि. घमंडी।

अकतूबर (अक्तूबर)—[अं.] ईसवी सन्, अंग्रेज़ी वर्ष का दसवाँ महीना, सितम्बर और नवम्बर के मध्य का मास, लेटिन शब्द 'ओक्टो'—आठ—से निःसृत।

अकथ*—वि.द्र. 'अकथ्य'।

अकथनीय—वि. [सं.] द्र. 'अकथ्य'।

अकथित—वि. [सं.] जो कहा न गया हो।

अकथ्य—वि.सं. जो कहा न जा सके, जो कथन के योग्य न हो, अकथनीय, जिसका कहना सामर्थ्य से बाहर हो।

अकधक*—पु. आशंका। **मु. ~अक करी न धक**-बिना सोचे-समझे उतावली में काम करना।

अकन्या—स्त्री. [सं.] जो कन्या न रह गई हो, जिसका कौमार्य नष्ट हो गया हो।

अकपट—वि. [सं.] छलहीन, जिसमें कपट न हो।

अकबक—पु. बकवास, बे-सिर-पैर की बातें करना, प्रलाप।

अकबकाना—अ.क्रि. आश्चर्य में पड़ना, घबराना।

अकबर—वि. [अ.] महान। पु. एक प्रसिद्ध मुगल सम्राट्।

अकबरी—वि. अकबर से संबंधित, अकबर का चलाया हुआ।

अक़बाल—पु.द्र. 'इक़बाल'।

अकर—वि. [सं.] बिना हाथ के; जिस पर कर न लगा हो।

अकरण—वि. [सं.] इंद्रिय रहित।

अकरणीय—वि. [सं.] जो करने योग्य न हो।

अकरब—पु. [अ.] बिच्छू।

अकराम—पु. [अ.] कृपा; इनाम (इनाम-इकराम)।

अकरुण—वि. [सं.] जिसमें करुणा न हो, निष्ठुर।

अकर्ण—वि. [सं.] जिसके कान न हो, छोटे कान वाला, बहरा।

अकर्णक—वि. [सं.] जिसके कान न हो।

अकर्तव्य—वि. [सं.] न करने योग्य, अनुचित। पु. अनुचित कार्य।

अकर्तरि प्रयोग—पु. [सं.] क्रिया का कर्त्ता के साथ संबंध न होना।

अकर्ता—वि. [सं.] जो कर्म न करे।

अकर्तृक—वि. [सं.] बिना कर्ता का।

अकर्म—पु. [सं.] कर्म का अभाव; निष्क्रियता।

अकर्मक—वि. [सं.] क्रिया का प्रकार जिसके लिए कर्म की आवश्यकता न हो (व्या.)।

अकर्मण्य—वि. [सं.] जो कर्म के योग्य न हो; निकम्मा, आलसी।

अकर्मा—वि. [सं.] निकम्मा, जो कर्म न करता हो, निठल्ला।

अकलंक—वि. [सं.] निर्दोष, बेदाग।

अकलंकित—वि. [सं.] जिस पर कलंक न हो, बेदाग।

अकल—वि. [सं.] अखंड; अंशरहित; निराकार।

अकलुष—वि. [सं.] कलुषता रहित, स्वच्छ, निर्दोष।

अकल्पनीय—पु. [सं.] जिसकी कल्पना न हो सके।

अकल्पित—वि. [सं.] कल्पना रहित, जिसके विषय में सोचा भी न गया हो।

अकल्याण—पु. [सं.] अशुभ, अहित।

अकल्याणकारक-अकल्याणकारी—वि. [सं.] अशुभ; अहित करने वाला।

अकसर—(अक्सर)—वि. [अ.] ज्यादातर, बहुधा, बहुत अधिक।

अकसीर—(अक्सीर)—अ. [वि.] अचूक दवा, अत्यंत गुणकारी औषधि।

अकस्मात्—अ. [सं.] अचानक, सहसा, एकदम; संयोगवश।

अकाउंट—पु. [अं.] हिसाब, खाता। **~(डीमेट)**-शेयर बाज़ार में शेयरों का हिसाब रखने की प्रणाली। **~बुक**-वही-खाता।

अकाउंटेंट—पु. [अं.] एक पद—नाम, हिसाब रखने वाला, क्लर्क।

अकाज—पु. हानि; विघ्न; व्यर्थ।

अकाट, अकाट्य—वि. जो कट न सके, जिसका खंडन न हो सके।

अकादमिक—[अ.] शिक्षा संबंधी, शैक्षिक, अकादमी से संबंधित।

अकादमी—स्त्री. [अ.] विशेष अध्ययन की उच्च संस्था।

अकाम—वि. [सं.] बिना काम का; कामना रहित, निष्काम।

अकाय—वि. [सं.] काया रहित, शरीरहीन। पु. ईश्वर।

अकार—पु. [सं.] 'अ' अक्षर या उसकी उच्चारण ध्वनि।

अकारण—अ [सं.] बिना कारण, व्यर्थ।

अकारत, अकारथ—अ. व्यर्थ, बेकार।

अकारांत—वि. [सं.] जिस शब्द के अंत में 'अ' हो।

अकरादि—वि. [सं.] 'अ' से आरंभ होने वाला [क्रम]।

अकार्पण्य—पु. दीनता या कृपणता का अभाव। वि. जो बिना दीनता दिखाए प्राप्त किया हो।

अकार्य—वि. [सं.] अनुचित न करने योग्य। पु. अनुचित कर्म, बुरा काम।

अकाल—पु. [सं.] दुर्भिक्ष; कुछ समय। **~कुसुम**-बेमौसम का फूल। **~जात**- वि. समय से पहले उत्पन्न। **~पुरुख, पुरुष**-पु. सिख मत में परमेश्वर का संबोधन; ईश्वर, परमशक्ति। **~मृत्यु**-असामयिक या अल्प वय में मृत्यु। **~बेला**-स्त्री. कुसमय।

अकालिक—वि. [सं.] असामयिक, गलत समय पर।

अकाली—पु. सिखों का एक धार्मिक तथा राजनीतिक दल, पंजाब की राजनीति में इसका विशेष स्थान।

अकालोत्पन्न—वि. [सं.] जो समय से पहले उत्पन्न हुआ हो जो दुर्भिक्ष के समय उत्पन्न हुआ हो।

अकासी—स्त्री. पक्षी विशेष।

अकिंचन—वि. [सं.] अत्यंत निर्धन, दरिद्र। पु. वह वस्तु जिसका कोई मूल्य न हो, तुच्छ।

अकिंचनता—स्त्री., अकिंचनत्व। पु. [सं.] निर्धनता।

अक़ीक़—पु. [अ.] एक बहुमूल्य पत्थर जो कई रंग का होता है। बच्चों को नजर लगने से बचाने के लिए गले में पहनाया जाता है; हृदय-रोग में भी धारण करने हैं।

अक़ीदत—स्त्री. [अ.] श्रद्धा। **~मंद**-वि. श्रद्धालु।

अक़ीदा—पु. [अ.] श्रद्धा, विश्वास, धार्मिक विश्वास।

अकीर्ति—स्त्री. [सं.] अपयश, बदनामी। **~कर**-वि. अपयश देने वाला।

अकुंठ—वि. [सं.] कुंठा रहित; खुला हुआ; तीक्ष्ण, पैना।

अकुंठित—वि. [सं.] कुंठा रहित। द्र. 'अकुंठ'।

अकुटिल—वि. [सं.] भोला-भाला, सरल, सीधा, सहज।

अकुतोभय—वि. [सं.] जिसे किसी प्रकार का भय न हो, पूरी तरह निडर।

अकुला—स्त्री. [सं.] शिवा; दुर्गा, पार्वती।

अकुलाना—अ.क्रि. व्याकुल होना, घबराना।

अकुलाहट—स्त्री. घबराहट।

अकुलीन—वि. [सं.] नीच कुल में उत्पन्न, हीन कुल वाला; कमीना।

अकुशल—वि. [सं.] जो कुशल न हो, अनाड़ी; काम में कच्चा।

अकूत—वि. जिसको कूतना, गिनना या अनुमान लगाना संभव न हो; अत्यधिक, विपुल, अपरिमित।

अकूपार, अकूवार—पु. [सं.] समुद्र; सूर्य; चट्टान। वि. अपरिमित, असीम।

अकूल—वि. [सं.] बिना कूल, तट का, सीमारहित।

अकूहल*—वि. बहुत अधिक; जिसका अनुमान न लगाया जा सके।

अकृच्छ—वि. [सं.] बिना कठिनाई के, आसान।

अकृत—वि. [सं.] जो पूरा न किया जा सके; बिगाड़ा हुआ।

अकृतज्ञ—वि. [सं.] कृतघ्न, जो उपकार न माने।

अकृतार्थ—वि. [सं.] विफल।

अकृती—वि. [सं.] अनाड़ी, अकुशल, निकम्मा।

अकृत्य—वि. [सं.] अकरणीय।

अकृत्रिम—वि. [सं.] जो बनावटी न हो, स्वाभाविक, सरल, सहज।

अकृत्स्न—वि. [सं.] जो पूरा न हुआ हो, अधूरा।

अकेतन—वि. [सं.] बेघर-बार का, गृहहीन, बिना परिवार के।

अकेतु—वि. [सं.] जिसकी पहचान न हो सके; आकृति रहित।

अकेला—वि. बिना साथी का; सुनसान (स्थान)। **~दुकेला**-वि. इक्का-दुक्का, कोई-कोई।

अकेले—अ. बिना किसी साथी के। **~अकेले**-बिना किसी को साथ लिए (मौज उड़ाने के भाव में)। **~दुकेले**-अकेले या एकाध और के साथ।

अकोविद—वि. [सं.] जो ज्ञानी न हो, अनाड़ी, मूर्ख।

अकौशल—पु. [सं] कुशलता का अभाव, निपुणता न होना।

अक्कास—पु. [अ.] अक्स उतारने वाला, फोटो खींचने वाला।

अक्खड़—वि. अशिष्ट; लड़ाका; निडर; खरी-खरी कहने वाला। **~पन**-पु. अक्खड़ता का भाव; उग्रता; अशिष्टता, स्पष्टवादिता।

अक्खर*, आखर*—पु.द्र. 'अक्षर'।

अक्टूबर (अक्तूबर)—पु. [अं.] ईसवी सन् का दसवाँ माह, सितम्बर के बाद वाला माह।

अक्रम—वि. [सं.] क्रम रहित, अव्यवस्थित।

अक्रमातिशयोक्ति—स्त्री. [सं.] अतिशयोक्ति अलंकार का वह भेद जहाँ कार्य और कारण एक साथ दिखाए हों।

अक्रव्याद—वि. [सं.] जो मांस न खाता हो।

अक्रांत—वि. [सं.] अपराजित।

अक्रूर—वि. [सं.] जो क्रूर न हो, दयावान, कोमल हृदय। पु. श्रीकृष्ण के संबंधी और भक्त, यही श्रीकृष्ण को मथुरा लाने के लिए कंस द्वारा भेजे गए थे।

अक्ल (अक्ल, अकल)—स्त्री. [अ.] बुद्धि, समझ। **~मंद**-वि. बुद्धिमान्। [**-की दुम**-मूर्ख, व्यंग्य या क्रोध में कहा जाता है] **~मंदी**-स्त्री. बुद्धिमानी। **~आना**-समझदारी आना, ठोकर लगने के बाद अनुभव होना। **~का चरने जाना**-समझदारी समाप्त होना—का दुश्मन—नासमझ। **~का पूरा**-बुद्ध व्यंग्य या आक्रोश में। **मु.**—के पीछे लट्ठ लिए फिरना—मूर्खतापूर्ण कार्य करना। **~पर पत्थर पड़ना, ~पर पर्दा पड़ना, ~मारी जाना**-हतबुद्धि होना, अक्ल का काम न करना, समझदारी समाप्त होना।

अक्लांत—वि. जो थका न हो।

अक्ष—पु. [सं.] धुरी, पहिया, चक्र; पहिये या धरती की धुरी। भूमध्य रेखा के उत्तर या दक्षिण किसी स्थान का गोलीय अन्तर। चौसर, पासों का खेल, एक प्रकार का जुआ। **~कुशल**-वि. जुआ खेलने में कुशल। **~क्रीड़ा**-जुआ। **~मात्र**-पु. एक पल, निमिष। **~विद्या**-स्त्री. जुए की कला। **~हीन**-वि. अंधा।

अक्षत—वि. [सं.] क्षतहीन जिसे चोट न लगी हो, अखंडित। पु. अखंडित चावल, पूजा-तिलक, आदि में प्रयुक्त। **~योनि**-वि. स्त्री. अक्षत यौवना स्त्री, कुमारी जिसका किसी से समागम न हुआ हो। **~वीर्य**-वि. ब्रह्मचारी।

अक्षता—स्त्री. [सं.] कुमारी; जिसका कौमार्य भंग न हो।

अक्षम—वि. [सं.] असमर्थ, क्षमतारहित, अशक्त।

अक्षमता—स्त्री. [सं.] असमर्थता, शक्तिहीनता।

अक्षम्य—वि. [सं.] जिसे क्षमा न किया जा सके, जो क्षमा के योग्य न हो।

अक्षय—वि. [सं.] जिसका क्षय न हो, अविनाशी। **~तृतीया**-स्त्री. वैशाख शुक्लपक्ष की तृतीया तिथि। **~धाम**-पु. वैकुंठ; मोक्ष। **~पद**-पु. मुक्ति, मोक्ष। **~लोक**-पु. स्वर्ग, वैकुंठ। **~वट, वृक्ष**-पु. वृक्ष विशेष जिसके विषय में मान्यता है कि यह प्रलय में भी अक्षय रहता है।

अक्षर—वि. [सं.] अविनाशी; अपरिवर्तनशील; जो कभी नष्ट न हो; नित्य। पु. ब्रह्म; वर्ण; स्वर; आत्मा; आकाश; शिव; विष्णु; ब्रह्मा। **~गणित**-पु. बीज गणित। **~जीवक**-पु. लेखक। **~ज्ञान**-पु. साक्षरता। **~धाम**-पु. ब्रह्म लोक, मोक्ष; गुजरात का एक प्रसिद्ध मंदिर। **~वंध**-पु. एक वर्ण वृत्त। **~माला**-वर्णमाला। **~विन्यास**-पु. वर्ण विन्यास, वर्तनी; अक्षर की बनावट।

अक्षरशः—अ. [सं.] एक-एक अक्षर, यथावत्, पूरी तरह।

अक्षरांग—पु. [सं.] लिपि, लेखन सामग्री।

अक्षरा—स्त्री. [सं.] शब्द; भाषा; जिसका नाश न हो।

अक्षरांतरण—पु. [सं.] अक्षरों का क्रम-स्थान बदल जाना।

अक्षरानुवाद—वि. [सं.] अक्षर का अनुवाद, अक्षरशः।

अक्षराभ्यास—वि. [सं.] अक्षर का अभ्यास।

अक्षरारंभ—पु. [सं.] विद्या प्रारंभ करना, कराना।

अक्षरार्थ—पु. [सं.] शब्दार्थ; ऊपर-ऊपर का, सीमित अर्थ।

अक्षरी—स्त्री. [सं.] वर्तनी, हिज्जे; वर्षा ऋतु।

अक्षरौटी—स्त्री. वर्णमाला।

अक्षर्य—वि. [सं.] अक्षर-संबंधी।

अक्षांतर—पु. [सं.] भूमध्य रेखा से दूरी।

अक्षांश—पु. [सं.] भूमध्य रेखा से उत्तर या दक्षिण का अंतर। **~रेखा**-भूमध्य रेखा से उत्तर से दक्षिण की ओर जाने वाली काल्पनिक रेखा।

अक्षाग्र—पु. [सं.] धुरा या धुरे का छोर।

अक्षार—वि. [सं.] जिसमें क्षार न हो। **~लवण**-पु. प्राकृतिक लवण, नमक।

अक्षि—स्त्री. [सं.] आँख; दो की संख्या। **~कंप**-पु. पलक मारना। **~कूट**-, **~कूटक**-आँख की पुतली। **~गोलक**-पु. आँख का डेला। **~तारक-, ~तारा**-पु. आँख की पुतली। **~निमेष**-पु. तल, क्षण। **~पक्ष्म**-पु. बरौनी। **~पटल**-पु. आँख का परदा, आँख के गोलक की झिल्ली। **~विक्षेप**-पु. कटाक्ष। **~साक्षी**-पु. जिसने घटना को अपनी आँखों से देखा हो, चश्मदीद गवाह।

अक्षुण, अक्षुण्ण—वि. [सं.] अखंडित।

अक्षुद्र—वि. [सं.] जो क्षुद्र, छोटा, नीच अथवा तुच्छ न हो।

अक्षुध्य—वि. [सं.] भूख मारने वाला, जिससे भूख न लगे।

अक्षुब्ध—वि. [सं.] जो क्षुब्ध, दुःखित न हो।

अक्षोभ्य—वि. [सं.] शांत, धीर, गंभीर। पु. बुद्ध।

अक्षौहिणी—स्त्री. [सं.] चतुरंगिणी सेना की संख्या या विभाग [मान्यता है कि इसमें 1,09350 पदाति, 65,610 अश्वारोही, 21870 रथी और इतने ही हस्ती होते थे]।

अक्स—पु. [अ.] परछाईं, छाया; चित्र, फोटो। **मु. ~उतारना**-यथावत् चित्र या नक्शा बना लेना; फोटो खींचना।

अक्सर—[अ.] द्र. 'अकसर'।

अक्सरियत—स्त्री. [अ.] प्रायः ही; बहुमत।

अक्सी—वि. [अ.] छाया संबंधी। **~तस्वीर**-स्त्री. फोटो।

अक्सीर—स्त्री. [अ.] अचूक [दवा, रसायन, रामबाण औषधि]।

अखंड—वि. [सं.] संपूर्ण; अविकल; बाधा रहित; जो खंडित न हो। **~द्वादशी**-स्त्री. मार्गशीर्ष में शुक्लपक्ष की द्वादशी। **~पाठ**-पु. वह पाठ जो निरंतर, बिना किसी विराम के चलता रहे (रामायण, भागवत, गीता, आदि का)। **~सौभाग्य-, ~सौभाग्यवती**-स्त्री. स्त्री का संपूर्ण जीवन सौभाग्यवती रहना।

अखंडता, अखंडनीय—वि. [सं.] जिसका खंडन न हो सके; सुदृढ़, अविभाज्य।

अखंड्य—वि. [सं.] जिसका खंडन न हो सके।

अख़बार—पु. [अ.] समाचारपत्र, **~नवीस**-पु. पत्रकार, अख़बार में काम करने वाला। **~नवीसी**-स्त्री. पत्रकारिता।

अख़बारी—वि. [अ.] समाचार-पत्र संबंधी।

अखरना—अ.क्रि. बुरा लगना; खलना।

अखरावट—स्त्री. वर्णमाला, अक्षर-क्रम के अनुसार आरंभ होने वाली कविता; हिंदी कवि जायसी की एक प्रसिद्ध रचना।

अख़रोट—पु. एक प्रसिद्ध मेवा, उसका पेड़।

अख़लाक—पु. [अ.] शिष्टाचार, सौजन्यता।

अखाड़ा—पु. कुश्ती लड़ने, कसरत करने का स्थान, व्यायामशाला; साधुओं के रहने का स्थान, मठ; साधुओं के मंडल (दशनामी, उदासीन, आदि)।

अखाड़ची—पु. अखाड़े में जाने वाला, लड़ाका।

अखाड़िया—वि. अखाड़ों में हिस्सा लेने वाला (पहलवान)।

अखाड़ेबाज़—पु. झगड़ालू।

अखाड़ेबाज़ी—स्त्री. कुश्ती का शौक, दंगल; झगड़ा-टंटा खड़ा करना।

अखाद्य—वि. [सं.] जो खाया न जा सके, न खाने योग्य।

अखिन्न—वि. [सं.] जो दुखी न हो, प्रसन्न।

अखिल—वि. [सं.] संपूर्ण, सारा।

अखिलेश—पु. [सं.] परमात्मा, सारे संसार का स्वामी।

अख़ीर—पु. अंत।

अख़ीरी—वि. [अ.] अंत का, आख़ीर का।

अखेद—पु. [सं.] दु:ख या खेद का अभाव; प्रसन्नता। वि. प्रसन्न, दु:ख रहित (परमात्मा)।

अख़्तर—पु. [अ.] झंडा; तारा। **~शुमार**-पु. ज्योतिष। **~शुमारी**-स्त्री. जन्म-पत्री बनाना; तारे गिनते हुए रात काटना (वियोग या शोक, चिंता, आदि में)।

अख़्तियार—पु. द्र. 'इख़्तियार'।

अख़्तियारात—पु. [अ.] अख़्तियार का बहुवचन, अधिकार।

अग—वि. [सं.] जो चल न सके, स्थावर; अगम्य। पु. पहाड़, पेड़, साँप, सूर्य, सात की संख्या। **~जग**-पु. चराचर।

अगड़म-बगड़म—पु. बेकार की चीजें (खाना); बेकार की चीजों का बेतरतीब ढेर।

अगड़े—पु. सवर्ण।

अगण—पु. [सं.] छंद शास्त्र—पिंगल—में चार गण—जगण, तगर, रगण, सगण, ये छंद के आदि में अशुभ माने जाते हैं।

अगणनीय—वि. [सं.] द्र. 'अगण्य'।

अगणित—वि. [सं.] जिसकी गणना न हो सके, अनगिनत।

अगण्य—वि. [सं.] जिसकी गणना न हो सके, असंख्य; महत्त्वहीन।

अगति—स्त्री. [सं.] गति न होना; बुरी गति, असद्गति; मोक्ष न मिलना। वि. गतिहीन, निरुपाय।

अगम—वि. [सं.] न चलने वाला; सुदृढ़। पु. वृक्ष; पर्वत।

अगमन—पु. [सं.] गमन न होना, न जाना।

अगमानी*—पु. अगुआ, नेतृत्व देने वाला। स्त्री. अगवानी।

अगम्य—वि. [सं.] जहाँ पहुँचा न जा सके, दुर्गम; अप्राप्य, मन-बुद्धि से परे; अपार, अथाह। **~रूप**-जिसका रूप या प्रकृति न समझी जा सके, ईश्वर।

अगम्या—वि. स्त्री. [सं.] गमन न करने योग्य (स्त्री)।

अगर—पु. वृक्ष जिसकी लकड़ी सुगंधित होती है, धूप, आदि में इसका प्रयोग। **~बत्ती**-अगर की बत्ती, पूजा, आदि में प्रयोग की जाती है।

अगर—अ. [फा.] यदि, जो। **~चे**-हालाँकि, यद्यपि। **मु. ~मगर करना**-ना-नुकर करना, टाल-मटोल करना।

अगरु—पु. [सं.] अगर का वृक्ष या लकड़ी।

अगर्व—वि. [सं.] जिसमें गर्व या अभिमान न हो।

अगर्हित—वि. [सं.] जो बुरा न हो, अच्छा।

अगल-बगल—अ. आस-पास, इधर-उधर, अड़ोस-पड़ोस।

अगला—वि. आगे आने वाला; बाद का।

अगवाई—स्त्री. अगवानी।

अगवानी—स्त्री. आगे बढ़ कर स्वागत करना, गाँव, नगर में प्रवेश करने से पहले कन्या पक्ष के द्वारा बारात के लिए स्वागत में जाना।

अगस्त—पु. ईसवी सन् का आठवाँ माह, जुलाई के बाद का। रोमन सम्राट अगस्टस सीजर (27 ई.पू.) के नाम पर नामकरण।

अगस्ति, अगस्त्य—पु. [सं.] एक ऋषि, इन्होंने समुद्र को चुल्लु में भर कर पी लिया था—ऐसी पौराणिक कथा है। एक नक्षत्र; एक वृक्ष विशेष। **~कूट**-पु. दक्षिण का एक पर्वत। **~गीता**-स्त्री. महाभारत शांति पर्व में वर्णित गीता। **~तीर्थ**-दक्षिण में एक प्रसिद्ध तीर्थ। **~संहिता**-स्त्री. अगस्त्य ऋषि रचित एक धर्म ग्रंथ।

अगस्त्योदय—पु. [सं.] अगस्त्य नक्षत्र का उदय, भाद्रपद मास के शुक्लपक्ष में उचित होता है।

अगहन—पु. अग्रहायण या मार्गशीर्ष नामक मास।

अगहनिया, अगहनी—वि. अगहन में होने वाली फसल।

अगाऊ—वि. पेशगी (राशि; आगे का)। पु. नेता।

अगाड़ी—अ. आगे, सामने। ~**पिछाड़ी**-आगे-पीछे का।

अगाध—पु.[वि.] बहुत गहरा; अथाह, अपार। ~**जल**-पु. गहरा जल।

अगिन—स्त्री. आग; एक चिड़िया विशेष; एक घास विशेष। वि. बहुत अधिक जिनकी गिनती न हो सके। ~**बाव**-पु. पशुओं का एक रोग। ~**बोट**-पु. स्टीमर।

अगिनत, अगिनित—वि.द्र. 'अगणित'।

अगियारी—स्त्री. धूप की तरह अग्नि में डालने की वस्तु, पारसियों के मंदिर में वह स्थल जहाँ अग्नि रखी रहती है।

अगुआ, (अगुवा)—पु. आगे चलने वाला, नेतृत्व करने वाला।

अगुआई—स्त्री. नेतृत्व प्रदान करना, मार्गदर्शन करना।

अगुआनी—स्त्री. आगे जा कर स्वागत करना।

अगुण—वि. [सं.] गुण रहित; निर्गुण। पु. अवगुण, दोष।

अगुणी—वि. [सं.] जिसमें कोई गुण न हो।

अगरु—पु. [सं.] अगर का पेड़। वि. जो भारी न हो, हलका; लघु (वर्ण); जिसका कोई गुरु न हो।

अगुवा—पु.द्र. 'अगुआ'।

अगूढ़—वि. [सं.] सहज, सरल; स्पष्ट। ~**भाव**-वि. जिसमें कोई गूढ़ अर्थ न छिपा हो; सीधा-सादा।

अगेय—वि. [सं.] जो गाया न जा सके।

अगेह—वि. बिना घर का।

अगोचर—वि. [सं.] जो दिखाई न दे, जो इन्द्रियों से अनुभव न किया जा सके, इंद्रियातीत (ईश्वर)।

अगोचरी—स्त्री. चित्त को जाग्रत करने की साधना।

अगोरना—स.क्रि. बाट देखना; रखवाली करना।

अग्नि—स्त्री. [सं.] आग; प्रकाश; उष्णता; जठराग्नि—वैद्यक में तीन प्रकार की अग्नि की मान्यता—1. भौमाग्नि—काष्ठ से उत्पन्न, 2. दिव्याग्नि—बिजली, आदि, 3. जठराग्नि। ~**कण**-पु. चिनगारी। ~**कर्म**-हवन, शवदाह। ~**काष्ठ**-पु. अरणी की लकड़ी। ~**कुंड**-पु. हवनकुंड, वेदी। ~**कुमार**-शिवजी के पुत्र कार्त्तिकेय; भूख बढ़ाने वाला एक रस। ~**कुल**-पु. क्षत्रियों का एक वंश, इसकी उत्पत्ति अग्निकुंड से मानी गई है, मुख्यत: परमार, परिहार, चालुक्य या सोलंकी और चौहान अग्निकुल के क्षत्रिय। ~**केतु**-पु. शिव। ~**कोण**, पु. ~**दिक्**-पूर्व और दक्षिण दिशा का कोना। ~**क्रिया**-स्त्री. शवदाह। ~**क्रीड़ा**-स्त्री. आतिशबाजी। ~**गर्भ**-वि. जिसके भीतर आग हो; जिससे आग पैदा की जा सके—अरणी, सूर्यकान्त मणि, आतशी शीशा। ~**गर्भा**-स्त्री. शमी वृक्ष; पृथ्वी। ~**चक्र**-पु. योग के अनुसार शरीर के छह चक्रों में से एक। ~**ज**-, ~**जन्मा**-, ~**जात**-पु. अग्नि से उत्पन्न; कार्त्तिकेय। ~**जिह्व**-पु. वराह रूप विष्णु। वि. अग्नि की जीभ वाला। ~**जिह्वा**-स्त्री. आग की लपट। ~**जीवी**-पु. जो अग्नि के आधार पर जीविका चलाते हों—सुनार, लुहार, आदि। ~**ज्वाल**-पु. शिव। ~**ज्वाला**-स्त्री. आग की लपट। ~**तेजा**-वि. अग्नि जैसा तेजयुक्त। ~**दंड** पु. आग जलाने का दंड। ~**द**-पु. आग लगाने वाला; दाहक। ~**दग्ध**-वि. चिता पर विधि-विधान से जलाया हुआ। ~**दाता**-पु. अंतिम क्रिया करने वाला (पुत्र)। ~**दान**-पु. चिता में आग लगाना। ~**दाह**-पु. शवदाह। ~**देव**-पु. देव रूप में मान्य अग्नि के देवता। ~**पक्व**-वि. आग पर पकाया हुआ। ~**परीक्षा**-स्त्री. अग्नि द्वारा परीक्षा, किसी की निर्दोषिता सिद्ध करने के लिए अग्नि से गुज़रना, यथा—सीता की। **मु.—कठिन परीक्षा**। ~**पुराण**-पु. अठारह पुराणों में से एक। ~**प्रतिष्ठा**-स्त्री. यज्ञ, आदि में अग्नि प्रज्वलित कर पूजन करना। ~**प्रस्तर**-पु. चकमक पत्थर जिससे आग जलाई जा सकती है। ~**बाण**-पु. एक बाण जिससे ज्वाला निकलती है। ~**बीज**-पु. सोना। ~**मंथ, -मंथन**-पु. अरणी को रगड़कर आग जलाना। ~**मणि**-पु. सूर्यकान्त मणि। ~**मांद्य**-पु. रोगी जिसकी जठराग्नि मन्द हो गई हो, हाजमे की खराबी। ~**मित्र**-पु. शुंग वंश का एक शासक, पुष्य मित्र का बेटा। ~**मुख**-पु. ब्राह्मण; देवता। ~**मुखी**-स्त्री. गायत्री मंत्र। ~**युग**-पु. ज्योतिष में मान्य पाँच युगों में से एक। ~**लोक**-पु. वह लोक जिसके अधिष्ठाता अग्नि-देव माने गए हैं। ~**वंश**-पु. अग्निकुल। ~**वर्ण**-वि. आग जैसे रंग वाला। ~**वर्द्धक**-, ~**वर्द्धन**-वि. पाचन शक्ति बढ़ाने वाला। ~**शर्मा**-वि. अत्यंत क्रोधी। पु. एक ऋषि। ~**शिख**-पु. कुसुम का पेड़; केसर; सोना। ~**शिखा**-स्त्री. आग की लपट। ~**शुद्धि**-स्त्री. आग में तपा कर शुद्ध करना; अग्नि परीक्षा। ~**शेखर**-पु. केसर; कुसुम; सोना। ~**सात्**-वि. आग में जलाया हुआ। ~**सेवन**-पु. आग तापना। ~**होत्र**-पु. मन्त्रों से अग्नि में आहुति देना, हवन करना। ~**होत्री**-वि.,पु. यज्ञ करने वाला।

अग्निमान्—पु. [सं.] यज्ञ करने वाला ब्राह्मण, अग्निहोत्री।

अग्न्युपस्थान—पु. [सं.] यज्ञ के अन्त में होने वाली अग्नि-पूजा, अग्नि-पूजा का मन्त्र।

अग्र—वि. [सं.] अगला; आगे का; पहला, प्रमुख, नोक। ~**कर**-पु. हाथ का आगे का हिस्सा, उँगली; पहली किरण। ~**गण्य**-वि. गणना में पहले आने वाला, मुख्य। ~**गामी**-वि. आगे चलने वाला। पु. नायक। ~**ज**-वि. पहले जन्मा हुआ। पु. बड़ा भाई। ~**जा**-स्त्री. बड़ी बहन। ~**जात**—पु., ~**जाति**-स्त्री. ब्राह्मण। ~**जिह्वा**-स्त्री. जीभ की नोक। ~**णी**-वि. आगे चलने वाला, श्रेष्ठ। पु. नेता, अगुआ। ~**दूत**-पु. किसी के आने की पूर्व सूचना देने वाला। ~**पूजा**-स्त्री. सर्वप्रथम पूजा; सर्वाधिक पूज्य। ~**भाग**-पु. श्रेष्ठ या

अगला भाग; नोक, श्राद्ध, आदि में पहले अर्पित की जाने वाली वस्तु। **~वर्ती**-वि. आगे रहने वाला। **~सर**-वि. पु. आगे जाने वाला, अग्रगामी, अगुआ। **~हायण**-पु. अगहन मास।

अग्रतः—अ. [सं.] आगे, पहले; आगे से।

अग्रवाल—पु. वैश्य जाति में एक उपभेद।

अग्रशः—अ. [सं.] शुरू से ही।

अग्राशन—पु. [सं.] देवता या गो के लिए सबसे पहले निकाला गया भोजन, रोटी, आदि।

अग्रासन—पु. [सं.] सम्माननीय स्थान।

अग्राह्य—वि. [सं.] जो ग्रहण करने के योग्य न हो, त्याज्य, अविचारणीय; अविश्वसनीय।

अग्रिम—वि. [सं.] पहला, अगला; पेशगी (राशि)।

अग्रेसर—वि.,पु. [सं.] आगे आने वाला, अगुआ।

अघ—वि. [सं.] पापी; दुष्ट। पु. पाप; दुष्कम; दुःख; विपत्ति। **~कृत्**-पु. पाप करने वाला।

अघट—वि. [सं.] जो घटे नहीं; न घटने योग्य; अप्रिय या दुःखद घटना।

अघटित—वि. [सं.] जो न हुआ हो, असंभव; अनुचित।

अघट्ट*—वि. जो घटे न ('अघट्ट-बाती' कबीर)।

अघर्म—वि. [सं.] जो गर्म न हो, ठंडा।

अघाना—अ.क्रि. किसी चीज़ के सेवन या उपभोग से जी भर जाना, तृप्त होने से भी आगे की स्थिति, अफरना।

अघायु—वि. [सं.] पापमय जीवन बिताने वाला।

अघारि—पु. [सं.] पाप का नाश करने वाला; श्रीकृष्ण—इन्होंने अघ नामक दैत्य को मारा था; अघ के शत्रु।

अघासुर—पु. [सं.] कंस के दरबार का एक असुर, श्रीकृष्ण ने वध किया था।

अघुलनशील—वि. [सं.] जो घुल न सके (पदार्थ)।

अघोरी—वि. घृणित; गन्दा। पु. अघोरपंथी साधक; बहुत गन्दा रहने और गंदी-चीज़ें खाने-पीने वाला।

अघोष—वि. [सं.] बिना शब्द किए, अल्प ध्वनि वाला। पु. एक वर्ण-समूह प्रत्येक वर्ग के प्रथम दो अक्षर और श, ष, स—ये सभी अघोष वर्ण हैं।

अघ्राणता—स्त्री. [सं.] सूँघने की शक्ति का लोप।

अघ्रेय—वि. [सं.] न सूँघने योग्य।

अचंचल—वि. [सं.] जो चंचल न हो, स्थिर; धीर।

अचंड—वि. [सं.] जिसका स्वभाव उग्र न हो, नरम दिल।

अचंभा—पु. आश्चर्य, विस्मय; आश्चर्य की बात।

अचंभित*—वि. चकित, अचंभे से भरा हुआ।

अचकचाना—अ.क्रि. एकदम चकित होना, चौंक उठना; संकोच करना।

अचकन—पु. [स्त्री. भी] एक लम्बा, प्रायः घुटनों तक, बंद गले का कोटनुमा वस्त्र।

अचगरी*—स्त्री. नटखटपन, शरारतें करना।

अचर—वि. [सं.] अचल, स्थावर। पु. स्थावर प्रकृति।

अचरज—पु. आश्चर्य, अचंभा, अनोखा।

अचल—वि. [सं.] स्थिर, गतिहीन; सदैव रहने वाला; अटल; अडिग। पु. पहाड़। **~संपत्ति**-स्त्री. स्थायी संपत्ति—घर, जमीन, आदि।

अचला—स्त्री. [सं.] पृथ्वी। वि., स्त्री. न चलने वाली। **~सप्तमी**-स्त्री. माघ शुक्लपक्ष की सप्तमी।

अचलाधिप—पु. [सं.] हिमालय।

अचवन—पु. आचमन।

अचवाना—स.कि. पिलाना।

अचाक्षुष—वि. [सं.] जो देखा न जा सके, अदृश्य।

अचानक—अ. एकदम, यकायक, जिसकी संभावना न हो, सहसा।

अचार—पु. हल्दी, मिर्च, कलौंजी, आदि मसाले लगा कर तेल या सिरके में रख कर कुछ फलों तथा कुछ सब्जियों का चटपटा खाद्य पदार्थ, भोजन में पूरक रूप में प्रयुक्त।

अचालक—पु. [सं.] जिससे हो कर बिजली का करेंट न जा सके।

अचिंत—वि. [स.] चिंता रहित, बेफिक्र।

अचिंतनीय—वि. [सं.] जिसकी चिंता की आवश्यकता न हो, जिसका चिन्तन न किया जा सके।

अचिंतित—वि. [सं.] जिस पर विचार न किया गया हो।

अचिंत्य—वि. [सं.] जिसका चिंतन न किया जा सके, जो सोचा भी न जा सके, समझ से परे; ईश्वर।

अचिंत्यात्मा—पु. [सं.] परमात्मा।

अचिकित्स्य—वि. [सं.] जिसकी चिकित्सा न हो सके; असाध्य, लाइलाज (बीमारी)।

अचिकीर्षु—वि. [सं.] उदासीन, जो कुछ करना न चाहता हो, आलसी।

अचिर—अ. [सं.] शीघ्र; हाल ही में।

अचूक—वि. जो न चूके, निश्चित; जिसका निश्चित प्रभाव हो (अचूक दवा)।

अचेत—वि. संज्ञा रहित, बेहोश, बेखबर; नासमझ।

अचेतन—वि. [सं.] जिसमें चेतना न हो, निर्जीव, संज्ञा-रहित, बेसुध। पु. जड़ पदार्थ।

अचेतनीकरण—पु. [सं.] औषधि, इंजेक्शन, आदि से सुन्न करना।

अचेतावस्था—स्त्री. [सं.] बेहोश होने की स्थिति, चेतना न रहना, बेसुध।

अचेष्ट—वि. [सं.] गतिहीन।

अचैतन्य—वि. [सं.] चेतना रहित, बेसुध।

अच्—पु. [सं.] स्वर वर्ण (व्या.)। **~सन्धि**-स्त्री. स्वरसन्धि।

अच्छत—पु.द्र. 'अक्षत'। वि. अखण्डित; निरन्तर।
अच्छर*—पु.द्र. 'अक्षर'।
अच्छरा, अच्छरी*—स्त्री.द्र. 'अप्सरा'।
अच्छा—वि. सुंदर; ठीक, खर;, भला; बढ़िया; कुशलता से, चंगा, निरोग; संपन्न; जो बुरा न हो। पु. श्रेष्ठ पुरुष। **~हाँ**—स्वीकार सूचक उत्तर, बलाघात होने पर विभिन्न मनोभाव-सूचक, यथा—अच्छा, आप हैं (आश्चर्य), अच्छा, करके देख तू (चुनौती)। **~खासा**-वि. काफी ठीक-ठाक। **~पन** पु. अच्छाई होना, सहृदयता। **~बुरा**-वि. भला-बुरा। **~बिच्छा**-भला-चंगा—(च्छी)। **~कटना, ~गुज़रना, ~बीतना**—आराम से जीवन चलना।
अच्छाई—स्त्री. अच्छे होने का भाव, खूबी, गुण।
अच्छे—वि. भले।
अच्छेद्य—वि. [सं.] जिसमें छेद न हो सके।
अच्छोद—वि. [सं.] स्वच्छ जल वाला।
अच्छोदा—स्त्री. [सं.] पुराणों में वर्णित एक नदी।
अच्छोहिन, अच्छौहिनी—स्त्री.द्र. 'अक्षौहिणी'।
अच्युत—वि. [सं.] अचल; अस्खलित; निर्विकार; स्थिर; अपने स्वरूप सामर्थ्य से न डिगने वाला। पु. ईश्वर, विभिन्न अवतारों—विष्णु, कृष्ण, आदि के लिए प्रयुक्त (गीता)। **~वास**-पु. वट वृक्ष; पीपल का पेड़।
अच्युतांगज, अच्युतात्मज—वि. [सं.] कामदेव; कृष्ण के पुत्र।
अच्युताग्रज—पु. [सं.] विष्णु के बड़े भाई; इंद्र; कृष्ण के बड़े भाई, बलराम।
अच्युतानंद—वि. [सं.] जो नित्य आनंद में रहता हो। पु. ईश्वर।
अछताना-पछताना—अ.क्रि. बार-बार पछताना या खेद व्यक्त करना।
अछरौटी—स्त्री. वर्णमाला।
अछवाई*—बहुत कोमलता से या धीरे से।
अछूत—पु. अछूत जाति का व्यक्ति, हरिजन। वि. न छूने योग्य।
अछूता—वि. जिसे छुआ न गया हो, जो अभी तक प्रयोग में न लाया गया हो, नया (भोजन, वस्त्र, आदि)।
अछूतोद्धार—पु. अछूतों के उद्धार या सुधार का प्रयत्न।
अछेद्य—वि. [सं.] जिसका छेदन या खंडन न हो सके।
अछेह*—वि. लगातार, निरन्तर; बहुत अधिक।
अछोपा*—वि. बहुत अधिक कोमल; तुनुक मिजाज़।
अछोह—पु. ममता या स्नेह रहित। वि. निर्दय।
अजेंडा (एजेंडा)—पु. अं., कार्य-सूची।
अजेंसी (एजेंसी)—स्त्री.[अं.] एजेंसी।
अज—वि. [सं.] अजन्मा, अनादि काल से विद्यमान। पु. ईश्वर; ब्रह्मा; विष्णु; महेश; दशरथ के पिता; एक ऋषि; कामदेव; चन्द्रमा; बकरा। **~गर**-पु. सर्प की एक प्रजाति जो आकार में बहुत बड़ा होता है। **~वृत्ति**-स्त्री. भगवान भरोसे, बिना कोई काम-धाम करे, रहने की वृत्ति।
अज़—अ. [फा.] से, साथ। **~खुद**-अ. स्वयं, अपने-आप। **~ग़ैब**-अ. ऊपर से, आकाश से, आकस्मिक; दैवी। **~हद**-अ. बेहद, बहुत अधिक, असीम।
अजगरी—स्त्री. अजगर जैसी वृत्ति, आलस्य, कुछ काम न करना।
अज़दहा—पु. [फा.] अजगर।
अजनतंत्रीय—वि. [सं.] जो जनतंत्रीय न हो।
अजनबी—वि. [फा.] अपरिचित, अनजान; परदेशी।
अजन्मा—वि. [सं.] जिसका जन्म न हो, अनादि; ईश्वर।
अजन्य—वि. [सं.] जो उत्पादन के योग्य न हो; अशुभ प्राकृतिक घटनाएँ—भूकम्प, बाढ़, आदि।
अजपा—स्त्री. [सं.] वह मन्त्र जो मन ही मन बोला जाए, जिसका उच्चारण न हो, 'सोऽहम्'। **~जाप**-पु. अजपा मंत्र का निरंतर जाप (कबीर)।
अजब—वि. [अ.] विचित्र, अनोखा।
अजम—पु. [अ.] अरब के अतिरिक्त देश, विशेषतः ईरान, तूरान, वे लोग जो अरब के हों।
अज़मत—स्त्री. [अ.] गौरव; चमत्कार; बड़ाई।
अज़माइश—[फा.] द्र. 'आज़माइश'।
अज़माना, आज़माना—[फा.] परीक्षा लेना, अनुभव करना, प्रयोग करना।
अजय—स्त्री. [सं.] अजेय; विष्णु; अग्नि।
अजयपाल—पु. भैरव राग का एक पुत्र; एक राजा।
अजर—वि. [सं.] जरा रहित; जो सदा जवान रहे। पु. ईश्वर।
अजरा—स्त्री. [सं.] छिपकली।
अजर्य—वि. [सं.] जरा रहित, चिरस्थायी (मैत्री)।
अजल-मजल—स्त्री. अंतिम संस्कार (विशेषतः लोक कथाओं में प्रयुक्त)।
अजवाइन, अजवायन—स्त्री. एक प्रसिद्ध मसाला बहुत छोटे-छोटे दाने, इसका पौधा औषधि के रूप में भी प्रयोग।
अजस—पु.द्र. 'अयश'।
अजस्त्र—वि. [सं.] निरन्तर; अविच्छिन्न, सतत।
अजहुँ, अजहूँ—अ. आज भी; अब तक।
अजा—स्त्री. [सं.] बकरी; प्रकृति; माया। **~गलस्तन**—बकरी के गले में लटकने वाली स्तन जैसी थैली; निरर्थक वस्तु।
अज़ा—स्त्री. [अ.] शोक, मातम। **~ख़ाना**-वह स्थान जहाँ मातम किया जाए, मर्सिये पढ़े जाएँ, ताजिया रखा जाए। **~दान**-पु. मातम करने वाला। **~दारी**-मातम मनाना।
अजात—वि. [सं.] जिसका जन्म न हुआ हो अविकसित। **~शत्रु**-वि. जिसका कोई शत्रु न हो; शत्रुहीन। पु. शिव,

युधिष्ठिर, काशी का एक राजा, मगध का राजा (इसी के जीवन के आधार पर जयशंकर प्रसाद का प्रसिद्ध नाटक 'अजातशत्रु')।

अजातारि—पु. [सं.] युधिष्ठिर, वि., सं. जिसकी कोई जाति न हो।

अजाति—वि. जाति से बहिष्कृत।

अजान—वि. अनजान; नासमझ; भोला-भाला। **~पन**-भोलापन।

अज़ान—स्त्री. [अ.] नमाज़ के समय होने की सूचना, जो मस्जिद की छत या किसी ऊँची जगह पर खड़े हो कर 'अल्लाह-हु-अकबर' के उद्घोष से दी जाती है। **~देना**-ऊँचे स्थान पर खड़े हो कर नमाज़ के समय की सूचना देना।

अज़ाब—पु. [अ.] पाप के बदले में मिलने वाला दु:ख; गुनाह की सज़ा।

अजामिल—पु. [सं.] पुराण वर्णित एक पापी जिसने मरते समय स्मरण तो अपने 'नारायण' नाम के पुत्र का किया किन्तु गलती से ही प्रभु का नाम लेने से सद्गति मिल गई।

अजायब—पु. [अ.] अद्भुत और विचित्र वस्तुओं का सौंदर्य, ('अज़ीब') शब्द से बना। **~घर**-अजीब-अद्भुत वस्तुओं का स्थल, म्यूज़ियम।

अजित—वि. [सं.] जो अविजित हो, अपराजित, अजेय। पु. विष्णु; शिव; बुद्ध। **~नाथ**-पु. जैनियों के दूसरे तीर्थंकर। **~बला**-जैन मत में मान्य देवी।

अजिता—स्त्री. [सं.] भाद्रपद मास के कृष्ण पक्ष की एकादशी।

अजितेंद्रिय—वि. [सं.] जिसका अपनी इंद्रियों पर अधिकार न हो, असंयमी।

अजिन—पु. [सं.] खाल, चमड़ा।

अजिर—पु. [सं.] आँगन; शरीर वायु।

अजिरा—स्त्री. [सं.] दुर्गा; एक नदी का नाम।

अजिल्द—वि. बिना जिल्द की (पुस्तक)।

अजिह्व—वि. [सं.] जिह्वा रहित।

अजी—अ. सम्बोधन, 'एजी' का संक्षिप्त रूप (सम्मान-सूचक)।

अजीगर्त—पु. [सं.] साँप; प्रसिद्ध शुन: शेफ के पिता।

अज़ीज़—वि. [फा.] पु. जो बहुत निकट हो, (विशेषत: छोटों के लिए प्रयुक्त)। **~तरीन**-बहुत ही अधिक प्रिय।

अज़ीजाना—वि. [फा.] प्रेम-पूर्ण, दोस्ताना।

अज़ीजी—वि. [फा.] बड़ाई; दोस्ती; इज्जत।

अजीत—वि. [सं.] अजित, अजेय।

अजीब—वि. [अ.] अद्भुत, अनोखा। **~व (बो) गरीब**-वि. विचित्र (हीनभाव से)।

अजीर्ण—पु. [सं.] अपच, कब्ज़। वि. जो पचा न हो, जो गला न हो, जो पुराना न हुआ हो।

अजीर्णि, अजीर्ति—स्त्री. [सं.] अपच, बदहज़मी।

अजीर्णी—वि. [सं.] जिसे अजीर्ण रोग हो।

अजूबा—पु. [अ.] आश्चर्य में डाल देने वाली वस्तु। वि. अजीब।

अजेय—वि. [सं.] जिसे कोई जीत न सके। **~ता**-अजेय होना।

अजैकपाद—पु. [सं.] विष्णु।

अजैव—वि. [सं.] जो जीव संबंधी न हो (इन-ऑर्गेनिक)।

अजोरना—स.क्रि. बटोरना।

अज्ञ—वि. [सं.] ज्ञान-शून्य; मूर्ख; जिसे समझ न हो।

अज्ञता—स्त्री. अज्ञान। **~अज्ञत्व**—पु., सं. ज्ञान-शून्यता, नासमझी।

अज्ञात—अ. जिसका पता न हो। वि. [सं.] न जाना हुआ। **~कुल**-वि. जिसके कुल-गोत्र का पता न हो। **~चर्या**-गुप्तवास, अज्ञातवास (पांडव)। **~नामा**-जिसका नाम ज्ञात न हो; जो प्रसिद्ध न हो। **~पूर्व**-वि. जो पहले से ज्ञात न हो। **~यौवना**-स्त्री. नायिका का एक भेद, मुग्धा नायिका, वह नायिका जिसे अपने शरीर पर यौवन के आगमन का भान न हो। **~वास**-पु. गुप्तवास।

अज्ञान—पु. [सं.] ज्ञान का अभाव, मिथ्या ज्ञान, अविद्या। **~तिमिर**-पु. अज्ञान रूपी अन्धकार।

अज्ञानत:, अज्ञानवश—अ. [सं.] अज्ञान के कारण।

अज्ञानता—स्त्री. अज्ञानपन। पु. मूर्खता, नादानी, नासमझी।

अज्ञानी—वि. [सं.] जिसे ज्ञान न हो, मूर्ख, नासमझ।

अज्ञेय—वि. [सं.] जिसे जाना न जा सके, ज्ञानातीत (ब्रह्म)। **~वाद**-पु. वह मत जिसके अनुसार ब्रह्म, ईश्वर अज्ञेय है।

अटक—स्त्री. रुकावट, अड़चन; एक नदी। पु. इस नाम का एक नगर।

अटकना—अ.क्रि. रुक जाना; बोलने या पढ़ने में रुकावट; किसी से उलझ जाना।

अटकल—स्त्री. अनुमान, अंदाज़ा। **~पच्चू**-वि. बिना सोचे-समझे, केवल अनुमान से।

अटकाऊ—पु.वि. अटकाव, रुकावट डालने वाला।

अटकाना—स.क्रि. रोक देना, उलझा कर रखना; देर लगाना।

अटकाव—पु. रुकावट, बाधा, अड़चन।

अटना—अ.क्रि. पूरा पड़ना, काफी होना; ठीक लगना।

अटपटा—वि. विचित्र; कठिन; अजीब।

अटपटी—स्त्री. विचित्र, अनोखी, बेतुकी।

अटलांटिक (अतलांतिक)—पु. [अ.] एक महासागर।

अटवि, अटवी—स्त्री. [सं.] वन।

अटाटूट—वि. अत्यधिक, अनगिनत।

अटारी—स्त्री. अट्टालिका, ऊपर बना हुआ कमरा।

अटार्नी—[अं.] न्यायालय में एक पद, एक तरह का वकील, प्रतिनिधि। (पावर ऑफ)—मुख़्तारनामा, अधिकृत करना। **~जनरल**-महाधिवक्ता।

अटूट—वि. न टूटने वाला, अखण्डित, निरन्तर चलने वाला (भंडारा, लंगर) कीर्तन, आदि।

अटेंड—[अं.] उपस्थित या हाजिर होना; देखभाल करना।

अटेंशन—[अं.] ध्यान; मनोयोग; सावधान।

अटेस्ट—[अं.] सत्यापित करना, अनुप्रमाणित करना।

अटेरन—पु. सूत की आंटी बनाने का लकड़ी का उपकरण।

अटेरना—स.क्रि. अटेरन पर लपेट कर सूत की गुच्छियाँ बनाना।

अटैक—[अं.] आक्रमण, हमला (बीमारी, रोग का आक्रमण)।

अटैची—[अं.] चमड़े, रेक्सीन या प्लास्टिक मिश्रित पदार्थ का बना बक्सा जैसा, कपड़े, आदि रखने के लिए।

अटैच्ड—[अं.] संलग्न, साथ लगा हुआ (बाथरूम, किचन, आदि)।

अटोक*—वि. जिस पर कोई प्रतिबंध न हो।

अट्ट—वि. [सं.] ऊँचा, ऊँचा स्वर। पु. अटारी, बुर्ज। **~हसित, ~हास, ~हास्य**-ऊँचे स्वर में हँसना, ठहाका मार कर हँसना। **~हाँसी**-अट्टहास करने वाला।

अट्टर-कुट्टर*—फालतू का सामान (स्टोर, आदि में)।

अट्टा—पु. ऊपर बना हुआ छोटा-सा कमरा; मचान।

अट्टालिका—स्त्री. [सं.] ऊँचा भवन, महल।

अट्टी—स्त्री. सूत या ऊन की गुच्छी।

अट्ठा—पु. आठ बूटियों वाला ताश का पता।

अट्ठाइस, अट्ठाईस—पु. [वि.] 28 की संख्या, बीस और आठ।

अट्ठानबे—पु. [वि.] 98 की संख्या, नब्बे और आठ।

अट्ठारह—पु.द्र. 'अठारह'।

अट्ठावन—वि. [पु.] 58 की संख्या, पचास और आठ।

अट्ठासी—वि.[पु.] 88 की संख्या, अस्सी और आठ।

अठ—आठ का समास में प्रयुक्त रूप। **~माशी**-आठ माशे सोने की बनी एक छोटी गिन्नी-सी। **~मासा**-पु.द्र. 'अठवाँसा'। **~वाँसा**-पु. आठ ही मास में जन्मने वाला बच्चा; गर्भ के आठवें महीने में किया जाने वाला एक संस्कार।

अठखेली—किलोल, मस्ती मारना।

अठत्तर—वि., [पु.] द्र. 'अठहत्तर'।

अठन्नी—स्त्री. आठ आने का सिक्का।

अठपाँव (औटपाँव)*—वि. [पु.] आठ पाँव वाला; बहुत शरारती (बच्चा)।

अठहत्तर—वि. [पु.] 78 की संख्या, सत्तर और आठ।

अठारह—वि. [पु.] 18 की संख्या, दस और आठ।

अठासी—वि. [पु.] द्र. 'अट्ठासी'।

अड़ंगा—पु. रुकावट; बाधा; अटकाव। **~(गे) बा**-पु. अड़ंगा डालने वाला। **~बाज़ी**-स्त्री. बाधा डालना।

अड़—स्त्री. अड़ जाना, हट।

अड़चन—स्त्री. बाधा, रुकावट।

अड़तालिस, अड़तालीस—वि. [पु.] 48 की संख्या, चालीस और आठ।

अड़तीस—वि. 38 की संख्या, तीस और आठ।

अड़ना—अ.क्रि. हठ करना; रुक जाना।

अड़सठ—वि. [पु.] 68 की संख्या, साठ और आठ।

अड़ाना—स.कि. अटका देना; रोकना।

अड़ानी—स्त्री. छाता।

अडिग—वि. जो अपने स्थान से हटे नहीं, अटल, दृढ़।

अड़ियल—वि. हठी; रुक-रुक कर चलने वाला (बैल, घोड़ा, आदि)।

अड़ी-भीड़—स्त्री. जरूरत के समय, मुसीबत के समय।

अड़ूसा—पु. एक पौधा, औषधि रूप में प्रयुक्त।

अडोल*—वि. अटल, अडिग।

अड़ोस-पड़ोस—पु. पास-पास रहने वाले।

अड़ोसी-पड़ोसी—पास-पास रहने वाले।

अड्डा—पु. बस, रिक्शा, आदि वाहनों के रुकने का स्थान; इकट्ठा होने की जगह। दुर्व्यसनियों के लिए प्रयुक्त यथा—चोरों, जुआरियों, वेश्याओं, आदि का स्थान, छत पर कबूतरों के बैठने की छतरी-सी; कपड़ों पर कढ़ाई करने के लिए प्रयोग में लाया जाने वाला चौखटा-सा जिससे कपड़ा तन जाता है; दरी, नाड़े, आदि बुनने के लिए चौखटा-सा, जुलाहा जहाँ बैठ कर कपड़ा बुनता है।

अढ़तिया—पु. आढ़त का काम करने वाला, मंडी में खरीदने-बेचने का एजेंट।

अढ़ाई—वि. दो और आधा (सेर, किलो, गज़, कोस)।

अढ़ैया—ढाई सेर की तौल या बाट, इसी तौल की गुड़ की भेली।

अणक—वि. [सं.] तुच्छ, कुत्सित, अधम।

अणि—स्त्री. [सं.] अनी, नोक।

अणिमा—स्त्री. [सं.] योग की आठ सिद्धियों में प्रथम, इसे सिद्ध कर योगी अणु रूप, अत्यन्त सूक्ष्म रूप धारण कर अदृश्य भी हो सकता है।

अणिमादिक—स्त्री. [सं.] अणिमा, आदि अष्ट सिद्धियाँ (अणिमा, महिमा, लघिमा, गरिमा, प्राप्ति, प्राकाम्य, ईशित्व, वशित्व)।

अणी—स्त्री. [सं.] द्र. 'अणि'।

अणु—पु. [सं.] पदार्थ का सबसे छोटा विभाग या मात्रा; कण, जर्रा, अति सूक्ष्म। **~प्राणी**-सूक्ष्म जीव। **~बम**-पु. [अं.] अणुचालित विनाशकारी गोला। **~भट्ठी**-स्त्री. एटम चालित भट्ठी। **~भाष्य**-पु. ब्रह्म सूत्र पर वल्लभाचार्य की टीका। **~मात्र, ~मात्रिक**-वि. अणु के आकार का। **~वाद**-पु. जीभ को अणु रूप में मानने का दर्शन, अणु को नित्य और जगत प्रपंच मानने का सिद्धांत, न्याय वैशेषिक दर्शन। **~वीक्ष्ण**-सूक्ष्म वस्तुओं का परीक्षण; सूक्ष्मदर्शक--यंत्र खुर्दबीज। **~व्रत**-पु. जैन मतानुसार गृहस्थ धर्म का एक अंग।

अतः—अ. [सं.] इसलिए, इस कारण; इससे।

अतएव—अ. [सं.] इसलिए, इस कारण।

अतद्गुण—पु. [सं.] एक अर्थालंकार जिसमें संगति, आदि कारण होते हुए भी दूसरे का गुण ग्रहण न करना दर्शाया जाता है।

अतनु—वि. [सं.] देह-रहित जिसका शरीर न हो। पु. कामदेव।

अतप्त—वि. [सं.] जो तपाया हुआ न हो, जो गरम न हो।

अतर—पु. इत्र, फूलों का सत। **~दान**-पु. अतर रखने का पात्र।

अतरल—वि. [सं.] जिसमें तरलता न हो, गाढ़ा, ठोस।

अतरसों—अ. परसों के बाद या पहले वाला दिन आज के बाद का या आज से पहले चौथा दिन।

अतर्क—वि. [सं.] तर्कहीन, असंगत; बिना बात की बहस करना।

अतर्क्य—वि. [सं.] तर्क न करने योग्य, पूरी तरह निश्चित।

अतल—वि. [सं.] तल रहित, बिना पेंदे का। **~स्पर्श-स्पर्शी**—वि. बहुत गहरा, अथाह।

अतलांत—वि. [सं.] बहुत गहरा, जिसके तल का पता न चले।

अतलांतक (एटलांटिक)—पु. एक महाद्वीप।

अतवार-(इतवार)—पु. रविवार।

अता—पु. [अ.] दान। **~नामा**-पु. दान-पत्र। **~करना,-फरमाना**—देना।

अताई—वि. चतुर, चालाक, दक्ष; अनाड़ी, जो बिना सीखे ही कोई काम करे। **~नुस्खा**-पु. फकीरी नुस्खा; लोक-व्यवहार से सीखा नुस्खा।

अतारांकित—वि. [सं.] जिस पर तारा का चिह्न अंकित न हो।

अतार्किक—वि. [सं.] तर्कहीन।

अति—उप. [सं.] उपसर्ग जो संज्ञा से पहले आने पर अतिशयता, अधिकता, श्रेष्ठता, प्रशंसा, सीमा का उल्लंघन, आदि और विशेषण तथा अव्यय के पहले आने पर अधिक का सूचक होता है। **~करना**-अत्याचार, अन्याय या अनाचार करना।

अतिकथा—स्त्री. [सं.] अतिशयोक्तिपूर्ण कहानी; आवश्यकता से अधिक कहना।

अतिकल्पना—स्त्री. [सं.] यथार्थ से बहुत दूर की कल्पना; अविश्वसनीय।

अतिकर्षण—पु. [सं.] अधिक परिश्रम।

अतिकांत—वि. [सं.] बहुत प्यारा, सुदर्शन।

अतिकाय—वि. [सं.] भारी-भरकम शरीर वाला, विशाल-काय। पु. रावण का एक पुत्र।

अतिकाल—पु. [सं.] देर हो जाना।

अतिकृत—वि. [सं.] जिसके करने में मर्यादा का उल्लंघन हो।

अतिक्रम, अतिक्रमण—पु. [सं.] सीमा या मर्यादा का उल्लंघन, हद से आगे बढ़ना; दुरुपयोग; विजित करना।

अतिक्रांत—वि. [सं.] आगे बढ़ा हुआ; बीता हुआ; अतीत, क्रम-भंग करना।

अतिक्रामक—पु. [सं.] क्रम या मर्यादा का उल्लंघन करने वाला।

अतिक्रुद्ध—वि. [सं.] बहुत अधिक क्रुद्ध।

अतिक्रूर—वि. [सं.] अत्यंत क्रूर।

अतिगंध—वि. [सं.] तेज गंध वाला।

अतिगत—वि. [सं.] अत्यधिक; अति को पहुँचा हुआ।

अतिगति—स्त्री. [सं.] मुक्ति; उत्तम गति।

अतिगुण—वि. [सं.] बहुत अधिक गुणों वाला।

अतिगुरु—वि. [सं.] बहुत भारी।

अतिचार—पु. [सं.] अतिक्रमण, आगे बढ़ जाना; मर्यादा का उल्लंघन।

अतिचारी—वि. [सं.] अतिक्रमण करने वाला; दुर्व्यसनी।

अतितीक्ष्ण—वि. [सं.] बहुत तेज।

अतितीव्र—वि. [सं.] बहुत तेज़ गति वाला।

अतिथि—पु. [सं.] मेहमान, अभ्यागत; जिसके आने की कोई तिथि निश्चित न हो। **~क्रिया**-स्त्री. आतिथ्य, अतिथि सत्कार। **~देव**-वि. अतिथि-रूपी देवता, पंच देवों में से एक के रूप में मान्यता दी गई। **~धर्म**-पु. अतिथि का सत्कार। **~सत्कार**—पु., **~सेवा**-अतिथि की आवभक्त।

अतिथितेयता—पु. [सं.] आतिथ्य (हास्पिटेलिटी)।

अतिदोष—पु. [सं.] बहुत बड़ा दोष; अपराध।

अतिनिकट—पु. [सं.] बहुत ही निकट।

अतिपतित—वि. [सं.] बहुत अधिक गिरे हुए चरित्र का।

अतिभार—पु. [सं.] बहुत अधिक बोझ।

अतिमानव, अतिमानुष—पु. [सं.] मानवों में बहुत ऊँचा मानव; सुपरमैन।

अतियथार्थवाद—पु. [सं.] यथार्थ को पूर्णतः नंगे रूप में चित्रित करना, (सुर-रियलिज़्म—फ्रांस में उत्पन्न एक साहित्यिक अवधारणा)।

अतियथार्थवादी—जो अति यथार्थवाद का विश्वासी हो। द्र. 'अतियथार्थवाद'।

अतिरंजना—स्त्री. [सं.] बढ़ा-चढ़ा कर कहना, अतिशयोक्ति।

अतिरंजित—वि. [सं.] बहुत अधिक बढ़ा-चढ़ा कर वर्णित।

अतिरक्तचाप—हाई ब्लड प्रेशर।

अतिरिक्त—वि. [सं.] बढ़ा हुआ, फालतू, सिवाय; अलावा (एडीशनल)। **~न्यायाधीश**-एडीशनल मैजिस्ट्रेट।

अतिरुचिरा—स्त्री. [सं.] दो प्रकार के वृत्त।

अतिरूक्ष—वि. [सं.] बहुत अधिक रूखा; कठोर; शुष्क व्यवहार वाला।

अतिरेक—पु. [सं.] अधिकता; आवश्यकता से अधिक; फालतू।

अतिरोग—पु. [सं.] असाध्य रोग; राज्यक्षमा, क्षय रोग।

अतिवधु—वि. [सं.] बहुत छोटा।

अतिवस्तुवाद—पु. अतियथार्थवाद (सुर-रियलिज़्म)।

अतिवाद—पु. [सं.] कठोर वचन; बहुत अधिक बढ़ा-चढ़ा कर कहना।

अतिवादी—वि. [सं.] बहुत बढ़-चढ़ कर बात करने वाला।

अतिवृद्ध—स्त्री. [सं.] बहुत अधिक बूढ़ा।

अतिवृष्टि—स्त्री. [सं.] बहुत अधिक वर्षा; खेती, मकान, सामान्य जन-जीवन को अस्त-व्यस्त कर देने वाली।

अतिविकट—वि. [सं.] बहुत डरावना या विषम; भयंकर।

अतिव्याप्ति—स्त्री. [सं.] लक्षण में लक्ष्य के अतिरिक्त अन्य वस्तु का भी आ जाना (न्या.)।

अतिशय—वि. [सं.] बहुत अधिक, अधिकता; श्रेष्ठता।

अतिशयोक्ति—स्त्री. [सं.] किसी बात को बढ़ा-चढ़ा कर कहना, अतिरंजना; एक अर्थालंकार जिसमें किसी वस्तु को बहुत बढ़ा-चढ़ा कर वर्णित किया जाता है।

अतिसार—पु. [सं.] दस्त, पेचिश, आँव का रोग।

अतिसारकी, अतिसारी—वि. [सं.] अतिसार दस्त या आँव से पीड़ित व्यक्ति।

अतिस्थूल—वि. [सं.] बहुत मोटा, मोटे दिमाग का, कम समझ।

अतिस्वन—वि. [सं.] शब्द की गति से तेज (सुपर सॉनिक)।

अतींद्रिय—वि. [सं.] इंद्रियों से परे; अगोचर; आत्मा।

अतीत—वि. [सं.] बीता हुआ, गत, मृत। पु. भूतकाल।

अतीव—अ. [सं.] बहुत अधिक, अत्यंत।

अतुकांत, अतुकांतक—वि. [सं.] वह कविता जिसमें पंक्ति के अन्त में तुक न बनती हो, छन्द रहित कविता (हिन्दी में अतुकांत कविता के प्रारम्भकर्ता सूर्यकांत त्रिपाठी 'निराला')।

अतुल—वि. [स.] जो तौला न जा सके; अमित; असीम; तुलना रहित।

अतुलनीय—वि. [सं.] जिसकी तुलना न की जा सके।

अतुलित—वि. [सं.] बिना तौला हुआ, जिसे तौलना संभव न हो, अपार; जिसकी गणना संभव न हो।

अतुल्य—वि. [सं.] बेजोड़, जिसकी तुलना न हो सके।

अतुष्टि—स्त्री. [सं.] असंतोष।

अतृप्त—वि. [सं.] जो तृप्त न हो, जिसकी भूख बाकी हो, असंतुष्ट।

अतृप्ति—स्त्री. [सं.] संतुष्ट न होने की स्थिति, असंतुष्टि।

अत्ता—स्त्री. [सं.] माता; मौसी; बड़ी बहन; सास।

अत्तार—पु. [अ.] इत्र, मुरब्बे, अचार, देशी औषधियाँ बेचने वाला।

अत्यंत—वि. [सं.] बहुत अधिक, अतिशय, अत्यधिक। **~वासी**-पु. सदैव गुरु के साथ रहने वाला विद्यार्थी।

अत्यंतातिशयोक्ति—स्त्री. [सं.] अतिशयोक्ति का एक भेद— जहाँ कारण के आरंभ के आरंभ के पूर्व ही कार्य का हो जाना वर्णित किया जाए।

अत्यल्प—वि. [सं.] बहुत कम, थोड़ा।

अत्याचार—पु. [सं.] दुराचार, अनुचित व्यवहार, अन्याय, जुल्म।

अत्याचारी—वि. [सं.] अत्याचार करने वाला।

अत्याज्य—वि. [सं.] जिसे छोड़ा न जा सके, जो छोड़ने योग्य न हो।

अत्याधुनिक—वि. [सं.] जो बहुत अधिक आधुनिक हो, आधुनिकतम (अल्ट्रा-मॉडर्न)।

अत्याहारी—वि. [सं.] अधिक आहार करनेवाला।

अत्युक्ति—स्त्री. [सं.] बहुत अधिक बढ़ा-चढ़ा कर कहना, अतिशयोक्ति, एक अर्थालंकार जिसमें बहुत बढ़ा-चढ़ा कर वर्णन किया जाता है।

अत्युच्च—वि. [सं.] बहुत अधिक ऊँचा।

अत्युत्तम—वि. [सं.] अत्यन्त सुंदर, श्रेष्ठ।

अत्र—अ. [सं.] यहाँ, इस जगह; इस संबंध में। **~स्थ**-वि. यहीं स्थित; इसी जगह का।

अत्रि—पु. [सं.] सप्त ऋषियों में से एक; एक नक्षत्र; ब्राह्मण और क्षत्रियों में एक गोत्र, अपने को अत्रि ऋषि से उत्पन्न मानते हैं।

अथ—अ. [सं.] आरम्भ तथा मंगल-सूचक शब्द। **~किम्**-और क्या; हाँ; अवश्य। **~च**-अ. और; और भी। **मु. ~से इति तक**—आदि से अन्त तक; संपूर्ण।

अथक—वि. जो न थके, बहुत अधिक (परिश्रम)।

अथर्व—पु. [सं.] चारों वेदों में से एक, चौथा वेद। **~विद्**-पु. अथर्व वेद का ज्ञाता। **~शिखा**-पु. एक उपनिषद्।

अथर्वण—पु. [सं.] शिव; अथर्व वेद।

अथर्वा—पु. [सं.] एक मुनि जो ब्रह्मा के पुत्र माने जाते हैं, ये ही अग्नि को पृथ्वी पर लाने वाले माने जाते हैं।

अथवा—अ. [सं.] या, वा।

अथॉरिटी—[अं.] अधिकार; सत्ता; प्रभुत्व; किसी विषय का अधिकारी विद्वान, विशेषज्ञ, अधिकारी, प्राधिकरण, यथा—खेल प्राधिकरण, आदि (स्पोर्ट्स-अथॉरिटी)।

अथाह—वि. [सं.] जिसकी कोई थाह न हो, बहुत गहरा; अपार, अगाध।

अथिर—वि. [सं.] जो स्थिर न हो, अस्थिर।

अदंडनीय—वि. [सं.] जो दंड का अधिकारी न हो, जो अपराध दंड के योग्य न हो, दंड मुक्ति।

अदंत—वि. [सं.] बिना दाँतों का, जिसके दाँत न निकले हों। पु. जोंक।

अदग्ध—वि. [सं.] जो जला न हो; जिसे विधि-विधान से न जलाया गया हो।

अदत्ता—स्त्री. [सं.] अविवाहिता कन्या। वि. स्त्री. न दी हुई (वस्तु)।

अदद—पु. [अ.] संख्या; अंक; नग।

अदना—वि. [अ.] छोटा, तुच्छ, मामूली।

अदब—पु. [अ.] विनय, शिष्टाचार, सम्मान; साहित्य। **~कायदा**-पु. विनयशील व्यवहार। **~लिहाज़**-आदर, शील, सम्मान।

अदबदाकर—अ. हठ करके; अवश्य।

अदबियत—स्त्री. [अ.] साहित्यिकता।

अदबी—वि. [अ.] साहित्यिक; अदब से संबंधित।

अदम—पु. [अ.] अभाव; अनुपस्थिति; परलोक। **~तामील**-स्त्री. समन, आदि को न दे पाना। **~पैरवी**-स्त्री. मुक़दमे में किसी पक्ष का उपस्थित न हो पाना। **~मौजूदगी**-अनुपस्थिति। **~सबूत**-प्रमाण का अभाव। **हाज़िरी**-स्त्री. उपस्थित न हो पाना। **मु. ~का रास्ता लेना**, **~को सिधारना**-परलोक चले जाना, निधन।

अदम्य—वि. [सं.] जो दबाया न जा सके; उत्कट, प्रबल, प्रचंड।

अदरक—पु. एक पौधा जिसकी गाँठें दवा, सब्जी, चटनी, अचार, आदि में प्रयुक्त होती हैं।

अदर्शन—पु. [सं.] जो दिखाई न दे, दर्शन न होना; लुप्त हो जाना; उपेक्षा करना।

अदर्शनीय—वि. [सं.] न देखने योग्य; कुरूप, भद्दा।

अदल-बदल—पु. हेर-फेर, परिवर्तन।

अदवाइन (अदवान, अदवायन)—स्त्री. चारपाई को तानने के लिए पैताने की रस्सी।

अदस—पु. [अ.] मसूर।

अदहन—पु. दाल-चावल, आदि पकाने के लिए मन्दी आग पर चढ़ाना।

अदा—स्त्री. [अ.] देना, चुकाना; बयान करना; मोहक चेष्टा; अंदाज़, हाव-भाव। **~कार**-पु. अभिनेता, कलाकार। **~यगी**-स्त्री. भुगतान करना; संगीत, नाटक, आदि में कला की प्रस्तुत।

अदालत—स्त्री. [अ.] न्यायालय।

अदालती—वि. अदालत से संबंधित, मुक़दमेबाज़।

अदावत—स्त्री. [अ.] वैर-भाव, शत्रुता।

अदावती—वि. अदावत करने वाला, शत्रुता रखने वाला।

अदिति—पु. [सं.] मृत्यु; ईश्वर। स्त्री. एक देवी; यक्ष की पुत्री जो देवताओं की माता मानी जाती है; पृथ्वी; प्रकृति। **~नंदन**-पु. देवता।

अदीक्षित—वि. [सं.] जिसे दीक्षा न दी गई हो।

अदीब—पु. [अ.] साहित्यकार; कलाकार।

अदीर्घ—वि. [सं.] जो लंबा न हो।

अदूषण—वि. [सं.] निर्दोष, दूषण रहित।

अदृप्त—वि. [सं.] निरभिमानी, जिसमें घमंड न हो।

अदृश्य—वि. [सं.] जो देखा न जा सके, अगोचर; लुप्त; ब्रह्म के लिए प्रयुक्त विशेषण।

अदृष्ट—वि. [सं.] न देखा हुआ, अदृश्य, अज्ञात, जिसका अनुमान न किया गया हो; भाग्य। **~पूर्व**-वि. जिसका पहले अनुमान न किया गया हो; अद्भुत, विलक्षण। **~वाद**-पु. भाग्यवाद।

अदृष्टाक्षर—ऐसी स्याही या अन्य किसी द्रव्य से लिखे अक्षर जो सामान्यत: दिखाई न दें, जो विशेष उपाय से ही देखे जा सकें।

अदृष्टार्थ—वि. [सं.] गूढ़ अर्थ वाला।

अद्धा—पु. किसी वस्तु की आधी तौल या माप; पूरी बोतल का आधा भाग (शराब, आदि का); किसी वस्त्र, आदि का आधा भाग (धोती का)।

अद्भुत—वि. [सं.] अनोखा, विचित्र, विस्मयकारी; आश्चर्यजनक पदार्थ, घटना या व्यक्ति; काव्य के नौ रसों में से एक।

अद्भुतालय—पु. [सं.] जहाँ अद्भुत, अनोखी, अजीब वस्तुओं का संग्रह, अजायबघर (म्यूज़ियम)।

अद्भुतोपमा—स्त्री. [सं.] उपमा अलंकार का एक भेद जिसमें उपमान में ऐसे अद्भुत गुणों की कल्पना की जाती है जिनसे युक्त होने पर उसे उपमेय के समान माना जा सके।

अद्य—अ. [सं.] अब, अभी, आज, वर्तमान में। **~तन**-वि. आज का, अब तक का (मोस्ट-अपटूडेट)।

अद्यावधिक—वि. [सं.] अब तक का, अब तक के समय का।

अद्यतनीय—वि. [सं.] आज का, वर्तमान समय का, आधुनिक।

अद्ययावत—क्रि.वि [सं.] अब तक।

अद्यापि—अ. [सं.] आज भी, अब भी, अब तक।

अद्यावधि—अ. [सं.] आज तक, अब तक।

अद्यैव—अ. [सं.] आज ही।

अद्रि—पु. [सं.] पहाड़; पत्थर; सूर्य; बादल। **~सुता**-स्त्री. पार्वती। **~पति-,-राज**-पु. हिमालय।

अद्रोह—पु. [सं.] द्रोह रहित अवस्था।

अद्रोही—वि. [सं.] द्रोह रहित।

अद्वय—वि. [सं.] अद्वितीय, अकेला।

अद्वितीय—वि. [सं.] जिसके समान कोई दूसरा न हो; अद्‌भुत, अनोखा; बेजोड़; बहुत अधिक (केवल अच्छे अर्थों में)।

अद्वैत—पु. [सं.] जिसमें द्वैत या भेद न हो; जीव; ब्रह्म या जड़-चेतन की एकता का भाव; ब्रह्म। **~वाद**-जीव ब्रह्म को अभेद मानने वाला, दर्शन, जगत का मूल तत्त्व एक ही है—ऐसा मानने वाला दर्शन, वेदांत। **~वादी**-वि. अद्वैत दर्शन को मानने वाला, वेदांती।

अधः—अ. [सं.] नीचे; नीचे के लोक में; पाताल या नरक। (समास रूप में नाम या विशेषण के पहले आ कर 'नीचे' का अर्थ देता है। **~काय**-शरीर का अधोभाग (नीचे का भाग।) **~पतन, ~पात**-पु. नीचे गिरना, पतन; बुरी-दशा, अवनति।

अध—वि. 'आधा' का समासगत लघु रूप। **~कचरा**-वि. अर्धविकसित (पुष्प)। **~खुला**-वि. आधा खुला हुआ (नेत्र, किवाड़, आदि)। **~जल**-वि. आधा भरा हुआ (घड़ा, आदि), **मु. ~जल गगरी छलकत जाय**—ओछे व्यक्ति का इतराना या घमंड। **~जला**-वि. आधा जला हुआ। **~बर**-पु. बीच में ही, आधे रास्ते में ही। **~मरा, ~मुआ**-वि. मृतप्राय, लगभग मरने जैसा।

अधन्ना—पु., **अधन्नी**—स्त्री. आध आने का सिक्का।

अधम—वि. [सं.] दुष्ट; नीच, पापी।

अधमाधम—वि. [सं.] बुरे से भी बुरा, नीचतम।

अधमुख*—वि.द्र. 'अधोमुख'।

अधर—वि. [सं.] बिलकुल ऊपर, बिना आधार के (-उठा देना,-खड़ा कर देना)। पु. ओठ। **~पान**-पु. चुंबन, होंठ चूसना। **मु. ~में लटकना**-कार्य अधूरा पड़ा रहना।

अधरंग—पु. [सं.] शरीर का आधा हिस्सा बेकार होना, पक्षाघात, फालिज पड़ना।

अधरम*—पु.[सं.] द्र. 'अधर्म'।

अधराधर—पु. [सं.] नीचे का होंठ।

अधरामृत—पु. [सं.] चुंबन से प्राप्त आनंद।

अधरोष्ठ, अधरौष्ठ—पु. [सं.] नीचे का होंठ।

अधर्म—पु. [सं.] धर्म विरुद्ध कार्य; पाप; दुष्कर्म; अन्याय; अकरणीय।

अधर्मी—वि. [सं.] अधर्म करने वाला; पापी।

अधात्वीय—वि. [सं.] जो धातु का बना न हो।

अधाना—पु. [सं.] ख़याल का एक भेद (संगीत)।

अधारी*—स्त्री. सहारा साधुओं की लकड़ी जिस पर बाँह टिका कर वे तपस्या करते हैं।

अधार्मिक—वि. [सं.] जो धर्मानुसार आचरण न करे; दुष्कर्मी।

अधावट—वि. जो औटा कर आधा कर दिया गया हो—दूध, दवा, आदि।

अधि—उप. [सं.] मुख्य, प्रधान, अधिक; अतिरिक्त (अधिमास)।

अधिक—वि. [सं.] बहुत, ज्यादा; बढ़ा हुआ; अतिरिक्त, फालतू। **~मास**-पु. वर्ष में एक अधिक मास, मलमास, लौंध का मास।

अधिकतर—वि. [सं.] अधिकांशतः, बहुतायत में।

अधिकता—स्त्री. [सं.] अधिकांशतः, बहुतायत में।

अधिकर—पु. [सं.] अतिरिक्त शुल्क, अधिभार (सुपर टैक्स, सर-चार्ज)।

अधिकरण—पु. [सं.] संबंध; व्याकरण में क्रिया का आधार, कारकों में सप्तमी; न्यायालय।

अधिकांग—पु. [सं.] सामान्य से अधिक अंग वाला (छः अंगुली वाला, छंगा)।

अधिकांश—पु. [सं.] अधिकतर, बड़ा भाग; अक्सर।

अधिकांशतः, अधिकांशतया—क्रिवि. [सं.] द्र. 'अधिकांश'।

अधिकाई*—स्त्री. अधिकता; महत्त्व।

अधिकाधिक—वि.,अ. [सं.] अधिक से अधिक, बहुत ज्यादा।

अधिकाभेदरूपक—पु. [सं.] रूपक अलंकार का एक उपभेद, इसमें उपमेय तथा उपमान में अभेद स्थापित कर उपमेय में कुछ और गुणों का समावेश कर दिया जाता है।

अधिकार—पु. [सं.] शक्ति, प्रभुत्व, हक; कब्ज़ा; हुकूमत; पात्रता।

अधिकारारूढ़—वि. [सं.] अधिकारी, अधिकार प्राप्त व्यक्ति।

अधिकारिणी—स्त्री. [सं.] वह स्त्री जिसे अधिकार प्राप्त हो, अधिकारी स्त्री।

अधिकारी—वि. [सं.] अधिकार प्राप्त व्यक्ति, हक रखने वाला; किसी वस्तु, धन, आदि पर जिसका अधिकार हो; जिसमें विद्वत्ता हो, विषय का विशेषज्ञ, विषय पर पूर्ण अधिकार रखने वाला। नाटक में वह पात्र जिसे मुख्य फल

की प्राप्ति होती हो (नायक)। **~वर्ग**-पु. प्रशासन चलाने वाले अधिकार प्राप्त व्यक्ति (ऑफिसर्स)।

अधिकृत—वि. [सं.] अधिकार या कब्जे में आया हुआ; जिसे अधिकार प्राप्त हो, यथा—अधिकृत विक्रेता।

अधिक्रांत—वि. [सं.] जिसे अधिकार में ले लिया गया हो; जिस पर अनधिकृत रूप कब्जा जमा लिया हो।

अधिगत—वि. [सं.] प्राप्त; ज्ञात; पढ़ा हुआ।

अधिगम—पु. [सं.] प्राप्ति, पहुँचना; जानना।

अधिगृहीत—वि. [सं.] जबरदस्ती ग्रहण किया हुआ; सरकार द्वारा गृहीत (भूमि)।

अधिग्रहण—पु. [सं.] अधिकार द्वारा ले लेना, कब्जा।

अधिदेव—पु. [सं.] क़ानूनी रूप से अधिकार करने वाला।

अधिदर्शक—पु. [सं.] अधिक दर्शाने वाला, (माइक्रोस्कोप)।

अधिदेव—पु. [सं.] ईष्ट देव; देवाधिदेव; परमेश्वर।

अधिनायक—पु. [सु.] नेता, मुखिया; निरंकुश शासक, तानाशाह, अनियंत्रित शासक; सत्ता के समस्त सूत्र जिसके हाथ में हों, ऐसा शासक ('डिक्टेटर') **~तन्त्र**-पु. निरंकुश शासक की शासन व्यवस्था।

अधिनायकी—स्त्री. अधिनायक का पद या कार्य।

अधिनियम—पु. [सं.] विधान के अंतर्गत बनाया गया नियम (एक्ट)।

अधिनियमन--पु. [सं.] अधिनियम बनाने का काम।

अधिप—पु. [सं.] राजा, शासक; स्वामी।

अधिभार—पु. [सं.] अतिरिक्त कर, शुल्क, सर-चार्ज (सैस)।

अधिभोजन—पु. [सं.] बहुत अधिक खाना (हानिकारक)।

अधिमान—वि. [सं.] प्राथमिकता या वरीयता, अधिक मान-सम्मान।

अधिमान्य—वि. [सं.] अधिक सम्मान योग्य।

अधिमानित—वि. [सं.] जिसे दूसरों से अधिक माना गया हो, सम्मान दिया गया हो।

अधिमान्यता—स्त्री. [सं.] अधिक आदर एवं सम्मान देना।

अधिमास—पु. [सं.] हर तीसरे वर्ष बढ़ने वाला मास, लौंद का मास।

अधिमुद्रण—पु. [सं.] अधिक छापना (नियत संख्या से अधिक)।

अधिमूल्य—पु. [सं.] साधारण से अधिक मूल्य।

अधिमूल्यन—पु. [सं.] मूल्य बढ़ा कर लगाना।

अधियार—पु. आधा हिस्सा या आधे की हिस्सेदारी।

अधियारी—स्त्री. किसी संपत्ति या जमीन में आधे की हिस्सेदारी।

अधियोक्ता, अधियोजक—पु. [सं.] काम पर रखने वाला।

अधिरथ—वि. [सं.] रथारूढ़। पु. रथ हाँकने वाला, सारथि; कर्ण को पालने वाला सूत।

अधिराज—पु. [सं.] सम्राट्, महाराजा।

अधिराज्य—पु. [सं.] उपनिवेश।

अधिरूढ़—वि. [सं.] चढ़ा हुआ, सवार; बढ़ा हुआ।

अधिरोपण—पु. [सं.] उठाने या चढ़ाने की क्रिया।

अधिरोहण—पु. [सं.] ऊपर चढ़ाना; सवार होना।

अधिरोहणी, अधिरोहिणी—स्त्री. [सं.] सीढ़ी, सोपान, जीना।

अधिलाभ—पु. [सं.] बढ़ा हुआ लाभ, मुनाफ़ा।

अधिवक्ता—पु. [सं.] वकील, एडवोकेट; वक्ता; किसी पक्ष का समर्थन करने वाला।

अधिवाचन—पु. [सं.] निर्वाचन, चुनाव, मनोनीत करना।

अधिवास—पु. [सं.] निवासी, पड़ोसी; वास स्थान; दूसरे के घर में जा कर रहना।

अधिवासी—वि.,पु. [सं.] किसी प्रांत या प्रदेश में रहने वाला अथवा वहाँ के मूल निवासी की हैसियत प्राप्त व्यक्ति (डोमीसाइल)।

अधिवेशन—पु. [सं.] बैठक, सम्मेलन।

अधिव्याख्याता—पु. [सं.] विश्वविद्यालय में अध्यापक का एक पद-नाम (रीडर)।

अधिशासन—पु. [सं.] नियंत्रण-युक्त शासन।

अधिशासी—वि.,पु. [सं.] प्रशासक नियंत्रक। **~अभियंता**-प्रशासकीय अभियंता (एग्जीक्यूटिव इंजीनियर)।

अधिशुल्क—अतिरिक्त कर, शुल्क।

अधिशोषण—पु. [सं.] अत्यधिक शोषण।

अधिष्ठाता—पु. [सं.] अध्यक्ष; मुखिया; नियामक।

अधिष्ठात्री—स्त्री. [सं.] माता; अध्यक्षा; देवी।

अधिष्ठान—पु. [सं.] संस्था; आधार; आश्रय; रहने का स्थान।

अधिष्ठापन—पु. [सं.] सम्मानपूर्वक; विधि-विधानपूर्वक स्थापित करना, सम्मान सहित कोई पद देना।

अधिष्ठित—वि. [सं.] द्र. 'अधिष्ठापन'।

अधिसंख्य—वि. [सं.] संख्या में अधिक, बहुसंख्यक; बहुतायत में।

अधिसदस्यता—स्त्री. [सं.] विशेष सम्मान के साथ दी गई सदस्यता (फैलोशिप)।

अधिसूचना—स्त्री. [सं.] सार्वजनिक रूप से सूचना देना (पब्लिक-नोटिफिकेशन, पब्लिक-नोटिस)।

अधिहरण—पु. [सं.] प्रशासनिक अधिकार से किसी चीज़ को ज़ब्त कर लेना, अधिग्रहण।

अधीक्षक—पु. [सं.] कार्यालय में प्रधान अधिकारी (सुपरिंटेंडेंट)।

अधीक्षण—पु. [सं.] अधीनस्थ कर्मचारियों के काम की निगरानी।

अधीत—वि. [सं.] जिसका विषय में गहन अध्ययन हो; बहुत अधिक जिसने पढ़ा हो।

अधीति—स्त्री. [सं.] अध्ययन।

अधीती—वि. [सं.] जिसने गहन अध्ययन किया हो।

अधीन—वि. [सं.] आश्रित, वशवर्ती। **~स्थ**-वि. जो किसी के अधीन या नियंत्रण में हो (राजा)।

अधीनता—स्त्री. [सं.] परवशता; किसी के अधीन हो जाना।

अधीनीकरण—पु. [सं.] परतंत्र; अधीन कर लेना।

अधीर—वि. [सं.] उतावला, धैर्य-रहित, उद्विग्न, आकुल; अस्थिर चित्त वाला।

अधीरता—स्त्री. [सं.] धैर्यहीनता।

अधीरा—स्त्री. [सं.] नायिका का एक भेद—मध्य और प्रौढ़ा।

अधीवास—पु. [सं.] अधिवास, रहने का स्थान।

अधीश, अधीश्वर—पु. [सं.] स्वामी, अध्यक्ष; राजा, सम्राट्।

अधुना—अ. [सं.] अब; वर्तमान समय में।

अधुनातन—वि. [सं.] वर्तमान समय का, बिलकुल अभी तक का, आधुनिक।

अधूरा—वि. अपूर्ण।

अधृत—वि. [सं.] जो धारण न किया हुआ हो। पु. विष्णु का एक नाम।

अधृति—स्त्री. [सं.] धीरता का अभाव; अस्थिर।

अधृष्ट—वि. [सं.] जिसमें धृष्टता न हो, विनम्र।

अधेड़—वि. ढलती आयु का; जिसकी आयु लगभग आधी बीत चली हो।

अधेता—पु. रुपये के आधे भाग का सिक्का—अठन्नी (प्र. रुपया-अधेली की चीज़)।

अधेती—स्त्री.,द्र. 'अधेला'।

अधैर्य—पु. [सं.] अधीरता। वि. धैर्य रहित; आतुर।

अधो—अ. [सं.] 'अधस्' का समासगत रूप, तले, नीचे, निम्न भाग का। **~गति**-स्त्री. पतन, गिरावट; दुर्गति, दुर्दशा। **~गमन**—पु.,द्र. 'अधोगति'। **~गामी**-वि. पतन या अवनति की ओर जाने वाला। **~द्वार**-पु. गुदा। **~मुख, ~वदन**-वि. जिसका मुख नीचे की ओर हो। **~मूल**-वि. जिसकी जड़ नीचे हो।

अधोलिखित—वि. [सं.] नीचे लिखा हुआ।

अधोवस्त्र—पु. [सं.] शरीर के नीचे के हिस्से का वस्त्र, धोती, लुंगी, पाजामा, आदि।

अधोहस्ताक्षरी—पु. [सं.] नीचे हस्ताक्षर करने वाला, जिसके हस्ताक्षर नीचे दिये गए हैं।

अधोक्षज—पु. [सं.] कृष्ण; विष्णु।

अध्यक्ष—पु. [सं.] मुख्य अधिकारी; अधिष्ठाता; निरीक्षक, नियामक; संचालक।

अध्यक्षासान—पु. [सं.] अध्यक्ष के लिए नियत—आसन, कुर्सी।

अध्यक्षीय—वि. [सं.] अध्यक्ष से संबंधित (दायित्व, आदि)।

अध्यग्नि—पु. [सं.] विवाह के समय अग्नि को साक्ष्य कर कन्या को दिया जाने वाला धन।

अध्ययन—पु. [सं.] पढ़ना, पढ़ाई। **~कक्ष**-पु. पढ़ने का कमरा। **~काल**-पु. पढ़ने का समय। **~वर्ष**-पु. पढ़ाई का साल। **~शील**-वि. अध्ययन में रुचि रखने वाला। **~शुल्क**-पु. पढ़ाई की फीस (ट्यूशन फी)।

अध्ययनीय—वि. [सं.] अध्ययन के योग्य, पढ़ने लायक।

अध्यवसान—पु. [सं.] प्रयत्न; निश्चय।

अध्यवसाय—पु. [सं.] परिश्रम; प्रयत्न; निरंतर प्रयत्न।

अध्यवसायी—वि. [सं.] अध्यवसाय करने वाला, बहुत परिश्रम करने वाला; निरंतर प्रयत्नशील।

अध्यवसित—वि. [सं.] जिसके लिए प्रयत्न किया गया हो।

अध्यात्म—वि. [सं.] आत्मा से संबंधित, आत्मा-परमात्मा संबंधी विचार या चिंतन। **~ज्ञान**-पु. परमात्मा या आत्मा संबंधी ज्ञान। **~दर्शी**-वि. परमात्मा को जानने वाला। **~रामायण**-स्त्री. संस्कृत में एक रामायण। **~विद्या**-स्त्री. आत्मा-परमात्मा के स्वरूप-विवेचन संबंधी विद्या। **~शास्त्र**-पु. आत्मा-परमात्मा का स्वरूप विवेचन करने वाला शास्त्र।

अध्यादेश—पु. [सं.] जब संसद का स्तर न चल रहा हो राष्ट्रपति द्वारा जारी प्रशासकीय आदेश (आर्डिनेंस)।

अध्यापक—पु. [सं.] शिक्षक, पढ़ाने वाला।

अध्यापकी—स्त्री. शिक्षण-कार्य, पढ़ाने का काम।

अध्यापन—पु. [सं.] पढ़ाना, अध्यापक का कर्म।

अध्यापिका—स्त्री. शिक्षिका, पढ़ाने वाली।

अध्याय—पु. [सं.] पुस्तक का विषयानुसार विभाजित एक अंश, पाठ (चैप्टर), प्रकरण।

अध्यायी—वि. [सं.] अध्ययन में संलग्न। पु. विद्यार्थी।

अध्यारूढ़—वि. [सं.] ऊपर चढ़ा हुआ; श्रेष्ठ।

अध्यारोप, अध्यारोपण—पु. [सं.] एक वस्तु के गुण और प्रवृत्तियों को दूसरी वस्तु में आरोपित करना; दोष या कलंक पड़ना।

अध्यारोपित—वि. [सं.] एक स्थान से दूसरे स्थान पर स्थापित करना।

अध्यास—पु. [सं.] मिथ्या ज्ञान, भ्रांत ज्ञान या धारणा।

अध्यासीन—वि. [सं.] उच्च स्थान पर बैठना।

अध्यूढ—वि. [सं.] उन्नत; समृद्ध; उच्च; अत्यधिक।

अध्यूढा—स्त्री. [सं.] वह स्त्री जिसका पति दूसरा विवाह कर ले; प्रथम विवाहिता स्त्री।

अध्येता—पु. [सं.] अध्ययन करने वाला। [स्त्री.] 'अध्येत्री'।

अध्वर—पु. [सं.] यज्ञ; आकाश; आठ वसुओं में से एक; धार्मिक संस्कार।

अध्वर्यु—पु. [सं.] ऋत्विक, पुरोहित, यज्ञ कराने वाला। **~वेद**-पु. यजुर्वेद।

अनंग—वि. [सं.] बिना अंग का, आकृतिहीन। पु. कामदेव, आकाश; मन। **~क्रीड़ा**-स्त्री. कामक्रीड़ा। **~द**-वि. कामोत्पादक, कामोत्तेजक। **~रंग**-पु. कोक-शास्त्र का एक संस्कृत ग्रंथ। **~शत्रु**-पु. शिव।

अनंगक—पु. [सं.] हृदय, मन।

अनंगवती—वि., स्त्री. [सं.] कामिनी।

अनंगारि—पु. [सं.] अनंग के शत्रु, शिव।

अनंगी—वि. [सं.] बिना अंग का, अशरीरी। पु. कामदेव, ब्रह्म।

अनंत—वि. [सं.] अंतहीन, असीम, अपार, अक्षय। पु. विष्णु; विष्णु का शंख; कृष्ण; शिव; शेषनाग लक्ष्मण; आकाश, जैनियों के एक तीर्थंकर। **~कर**-वि. बहुत अधिक बढ़ा देने वाला। **~काय**-वे वनस्पतियाँ जिनका सेवन जैन मत में निषिद्ध है। **~ग**-वि. अनंत काल तक रहने वाला। **~चतुर्दशी**-स्त्री. भाद्र शुक्ला चतुर्दशी। **~विजय**-पु. युधिष्ठिर के शंख का नाम। **~वीर्य**-वि. अपार शक्ति या सामर्थ्य वाला। पु. जैनियों के तेईसवें तीर्थंकर। **~श्री**-वि. असीम ऐश्वर्यशाली; ईश्वर का एक विशेषण।

अनंतता—स्त्री. [सं.] अंतहीनता; अनंत होना।

अनंतर—अ. [सं.] एकदम बाद; पीछे। वि. अंतर-रहित; समीप का, सटा हुआ; ब्रह्म।

अनंतराय—वि. [सं.] अंतर रहित, निर्विघ्न।

अनंतरित—वि. [सं.] अखण्डित, अटूट।

अनंतवान्—वि. [सं.] असीम; नित्य।

अनंता—स्त्री. [सं.] पृथ्वी; पार्वती।

अनंतात्मा—पु. [सं.] परमात्मा।

अनंतानुबंधी—स्त्री. [सं.] जैन-धर्म-मान्यता अनुसार ऐसा दोष जो कभी समाप्त न हो।

अनंत्य—वि. [सं.] अंतरहित, असीम। पु. नित्यता।

अनंबर—वि. [सं.] निर्वस्त्र, नंगा। पु. जैन दिगंबर साधु।

अन—पु. [स.] श्वास-प्रश्वास।

अन—अ. [स.] बिना, बगैर; उपसर्ग रूप प्रयुक्त होने पर 'बिना' या 'न' का अर्थ देता है, यथा—अनहोनी, अनमेल, अनबन, अनमना, आदि।

अनाउंसर—[अं.] [स.] उद्घोषक, घोषणा करने वाला, मंच पर कार्यक्रम का संचालक।

अनकस्मात्—अ. [सं.] जो अचानक या अकारण न हो।

अनकहा—वि. बिना कहा हुआ।

अनख—पु. क्रोध, रोष; आत्म-गौरव, आत्म-सम्मान; ऐंठ।

अनखना—अ.क्रि. रूठना, खीजना।

अनखी—वि. अनख रखने वाला।

अनखुला—वि. जो खुला न हो, बंद; जिसका रहस्य ज्ञात न हो।

अनगढ़—वि. बिना गढ़ा हुआ; बेडौल; असुंदर; टेढ़ा-मेढ़ा; असंस्कृत।

अनगन, अनगिन—वि. अगणित, जिसकी गिनती संभव न हो।

अनगिनत—वि. अगणित, असंख्य।

अनगिना—वि. जो गिना न गया हो।

अनघ—वि. [सं.] निष्पाप, पवित्र; निर्मल; सुंदर। पु. वह जो पाप न हो; पुण्य; विष्णु; शिव।

अनचीता—वि. बिना सोचा हुआ, अनचाहा।

अनचीन्हा—वि. अपरिचित, बे-जाना।

अनजान—वि. अनभिज्ञ, अपरिचित; नासमझ।

अनडीठ—वि. न देखा हुआ।

अनत—वि. [सं.] न झुका हुआ। अ. अन्यत्र, और कहीं।

अनति—स्त्री. [सं.] नम्रता या विनय का अभाव; घमंड।

अनदेखा—वि. जो देखा न गया हो; उपेक्षा (करना)।

अनधिकार—पु. [सं.] अधिकार, योग्यता, पात्रता, आदि का अभाव। **~चर्चा**-स्त्री. बिना सोचे-समझे, योग्यता के बाहर, अधिकार-क्षेत्र के बाहर किसी विषय में बोलना, दख़ल देना। **~चेष्टा**-स्त्री. वह कार्य या प्रयत्न करना जिसका अधिकार न हो।

अनधिकारी—वि. [सं.] जिसका किसी विषय या क्षेत्र में अधिकार न हो; किसी विषय की योग्यता, पात्रता जिसमें न हो।

अनधिकृत—वि. [सं.] जो अधिकार में न हो; जिसका नियमत : अधिकार न हो (अनऑथराइज़्ड—डीलर, कार्य-कर्ता, आदि)।

अनध्यास—वि. [सं.] जिसकी याद न हो, विस्मृत।

अननुनासिक—वि. [सं.] वह ध्वनि जो नासिका के साथ न बोली जाती हो।

अननुभूत—वि. [सं.] जिसका अनुभव न किया गया हो; अज्ञात।

अनन्नास—पु. एक खटमीठा फल—खाने, जूस, मुरब्बा, आदि में प्रयुक्त।

अनन्य—वि. [सं.] एकनिष्ठ; एकमात्र; अभिन्न; अद्वितीय; अविभक्त। **~गति**-स्त्री. एकमात्र आश्रय। **~दृष्टि**-स्त्री. एक टक देखते रहना, वि. जो एक टक देखता रहे। **~भाव**-पु. एकनिष्ठ भक्ति या साधना।

अनन्यता—स्त्री. [सं.] एकनिष्ठता।

अनन्याधिकार—पु. [सं.] किसी वस्तु, संपत्ति, आदि पर प्रत्येक प्रकार का पूर्ण अधिकार।

अनन्वय—पु. [सं.] अन्वय-संबंध का अभाव; एक अर्थालंकार, इसमें उपमेय ही अपना उपमान होता है।

अनपच—पु. अपच, जो पचाया न जा सके, बदहज़मी।
अनपढ़—वि. बिना पढ़ा, निरक्षर।
अनपेक्षित—वि. [सं.] जिसकी अपेक्षा या चाह न हो।
अनबन—स्त्री. आपस में न बनना, मनमुटाव, झगड़ा।
अनबिंधा—वि. बिन बिंधा, जो बेंधा न हो।
अनबूझ—वि.द्र. 'अबूझ'।
अनबोल, अनबोला—वि. जो बोलता न हो, बेजबान; बातचीत बंद होने की स्थिति।
अनब्याहा—वि. जिसका ब्याह न हुआ हो, अविवाहित।
अनभल—पु. अहित; हानि।
अनभिज्ञ—वि. [सं.] मूर्ख; अनजान, अपरिचित; अनाड़ी।
अनभिप्रेत—वि. [सं.] जिसकी इच्छा न की गई हो, जो अभीष्ट न हो।
अनभिव्यक्त—वि. [सं.] जो व्यक्त न हो, अस्पष्ट।
अनभ्यस्त—वि. [सं.] जिसका अभ्यास न किया गया हो; जिसे किसी कार्य करने का अभ्यास न हो।
अनभ्र—वि. [सं.] बिना बादल का निर्मल (आकाश)। **~वज्रपात**-पु. अचानक आ जाने वाली विपदा। **~वृष्टि**-स्त्री. अप्रत्याशित लाभ या प्राप्ति।
अनमना—वि. खिन्न, उदास; अस्वस्थ चित्त।
अनमापा—वि. जो नापा न गया हो।
अनमेल—वि. जिसकी संगति न मिले, बे-मेल (विवाह)।
अनमोल—वि. अमूल्य, बहुमूल्य; अनोखा।
अनय—पु. [सं.] अन्याय, अनीति; कुप्रबंध; विपद; दुर्भाग्य।
अनरजिस्टर्ड—वि. [सं.] जिसकी रजिस्ट्री न की गई हो, अपंजीकृत।
अनरीति—स्त्री. जिसकी रीति न हो, जो पहले कभी न हुआ हो।
अनर्गल—वि. [सं.] विचारहीन। **~प्रलाप**-पु. विचारहीन; अव्यवस्थित बात करना; बकवास।
अनर्घ—वि. [सं.] अमूल्य, कम मूल्य वाला। पु. गलत या अनुचित मूल्य।
अनर्जित—वि. [सं.] न कमाया हुआ। **~आय**-वह आय जिसके लिए कोई विशेष प्रयत्न न किया गया हो।
अनर्थ—वि. [सं.] अर्थहीन; भिन्न अर्थ वाला; हानिकारक। पु. गलत अर्थ, शोक या दु:खपूर्ण घटना; अन्याय, अनिष्ट होना। **~कर, कारी**-वि. अनर्थ करने वाला; जिससे हानि या अनिष्ट हो। **~दर्शी**-वि. अहित सोचने या चाहने वाला, अनुचित पर ध्यान देने वाला।
अनर्थक—वि. [सं.] बेकार, निष्प्रयोजन; अलाभकर।
अनल—पु. [सं.] अग्नि, आग; अग्नि के देवता; पाचन शक्ति। **~दीपन**-वि. जठराग्नि तेज करने वाला, भूख-वर्द्धक। **~मुख**-वि. अग्नि जिसका मुख हो।
अनला—स्त्री. [सं.] दक्ष प्रजापति की कन्या; माल्यवान् नामक राक्षस की कन्या।
अनवकाश—वि. [सं.] जिसके लिए कोई गुंजाइश या अवसर न हो। पु. अवकाश का अभाव, फुरसत न होना।
अनवत—पु. पैर के अंगूठे में पहना जाने वाला आभूषण।
अनवरत—वि. [सं.] निरंतर, लगातार, अविराम।
अनशन—पु. [सं.] आहार का त्याग (विशेषत: किसी विरोध के लिए)।
अनश्वर—वि. [सं.] सनातन, शाश्वत, अविनाशी, नित्य, सदैव रहने वाला।
अनसुनी—वि. जो सुनी न गई हो। **मु. ~करना**-ध्यान न देना, जान-बूझ कर उपेक्षा भाव रखना।
अनसूय—वि. [सं.] असूया रहित; द्वेष रहित।
अनसूया—स्त्री. [सं.] ईर्ष्या या द्वेष का अभाव; दक्ष की एक कन्या; अत्री ऋषि की पत्नी।
अनस्तित्व—पु. [सं.] अस्तित्व का अभाव, वजूद न होना।
अनहद—पु.द्र. 'अनाहत'। **~नाद**-पु.द्र. 'अनाहत नाद'।
अनहलहक—पु. [अ.] मैं ही सत्य हूँ ('अहं ब्रह्मास्मि' के समानांतर सूफी सिद्धांत-वाक्य)।
अनहित—पु. अहित, बुरा। वि. अप्रिय, अहितकारी।
अनहितू—वि. अशुभ या अनहित चाहने वाला।
अनहुआ—पु. जो अब तक न हुआ हो, जिसकी कोई रीति या परंपरा न हो।
अनहोता—पु. जो समाज में स्वीकार्य कार्य न हो।
अनहोना—वि. अनोखा; जो पहले कभी न हुआ हो।
अनहोनी—स्त्री. अनोखी, असंभव; अशुभ या अनिष्टकारी घटना।
अनाक्रमण—पु. [सं.] आक्रमण का अभाव। **~संधि**-स्त्री. एक-दूसरे के देश पर आक्रमण न करने का समझौता या संधि।
अनाकार—वि. [सं.] आकारहीन, निराकार; ब्रह्म के लिए प्रयुक्त विशेषण।
अनाक्रांत—वि. [सं.] जो आक्रांत या पीड़ित न हो।
अनाक्रांता—स्त्री. [सं.] एक पौधा जिसे 'कंटकारि' भी कहा जाता है।
अनागत—वि. [सं.] न आया हुआ; जो प्राप्त न हो; भावी।
अनागति—स्त्री. [सं.] अप्राप्ति; पहुँच न होना।
अनाघात—पु. [सं.] संगीत में एक ताल।
अनाघ्रात—वि. [सं.] जो सूँघा न गया हो (पुष्प)।
अनाचार—पु. [सं.] दुराचार, बुराई, अभद्रता।
अनाचारी—वि. [सं.] बुरा आचरण करने वाला, आचारहीन, दुष्चरित्र।
अनाज—पु. अन्न, नाज।

अनॉटोमी—स्त्री. [अं.] शरीर रचना विज्ञान; शरीर की चीर-फाड़, विश्लेषण।

अनाड़ी—वि. न जानने वाला, अकुशल।

अनात्यंतिक—वि. [सं.] अंतिम नहीं; अनित्य; सविराम, पुनरावर्तक।

अनाथ—वि. [सं.] जिसका कोई स्वामी या रक्षक न हो, असहाय, दीन; निराश्रय। पु. बिना माँ-बाप का बच्चा; आश्रयहीन व्यक्ति।

अनाथालय, अनाथाश्रम—पु. [सं.] जहाँ बिना माँ-बाप के बच्चे, आदि रखे जाएँ, यतीमखाना।

अनादर—पु. [सं.] आदर न होना, तिरस्कार।

अनादि—वि. [सं.] जिसका कोई आदि न हो; नित्य ब्रह्म का एक विशेषण। **~सिद्ध**-वि. अनादि काल से चला आने वाला।

अनादिष्ट—वि. [सं.] जिसका आदेश न दिया गया हो।

अनादृत—वि. [सं.] जिसका आदर, मान-सम्मान न हुआ; तिरस्कृत।

अनाद्यंत—वि. [सं.] जिसका, आदि अंत न हो। पु. शिव।

अनाप-शनाप—पु. व्यर्थ की बकवास; गलत-सलत चीज़ें (खाना)।

अनाम—वि. [सं.] नाम रहित; अप्रसिद्ध; गौण।

अनामा, अनामिका—स्त्री. [सं.] कानी या चौथी अंगुली, वह अंगुली जिसमें मुद्रिका पहनी जाती है (रिंग फिंगर)।

अनामा—वि. [सं.] नाम रहित; अप्रसिद्ध; गौण।

अनामिष—वि. [सं.] मांस रहित (भोजन)।

अनामृत—वि. [सं.] जो अमर हो।

अनायास—पु. [सं.] बिना प्रयास या प्रयत्न के, सहज ही (प्राप्त)।

अनायुध—वि. [सं.] बिना शस्त्र के, निहत्था।

अनार—पु. एक प्रसिद्ध फल और उसका पेड़; आतिशबाजी में के रूप में प्रयोग किए जाने वाला अनार की आकृति का ही कुल्हड़ जैसा एक नग जिसमें विस्फोटक भरा होता है। **~दाना**-अनार के सूखे दाने (प्राय: मसाले के रूप में प्रयुक्त)।

अनारकिस्ट—पु. [अं.] अराजकतावादी।

अनारकी—स्त्री. [अं.] अराजकता।

अनार्य—पु. [सं.] जो आर्य न हो, श्रेष्ठ न हो, शूद्र, मलेच्छ। वि. असभ्य; नीच।

अनालोचित—वि. [सं.] जिसकी समीक्षा या आलोचना न की गई हो; जो देखा न गया हो; जिस पर विचार न किया गया हो।

अनावश्यक—वि. [सं.] जो आवश्यक न हो, जिसकी जरूरत न हो।

अनाविल—वि. [सं.] पंकरहित; स्वच्छ।

अनावृत—वि. [सं.] जो ढका न हो, खुला।

अनावृत्त—वि. [सं.] जिसकी आवृत्ति न की गई हो, दोहराया न गया हो।

अनावृत्ति—स्त्री. [सं.] न लौटना; फिर जन्म न होना; मोक्ष-स्थिति।

अनावृष्टि—स्त्री. [सं.] वर्षा न होना, सूखा पड़ना।

अनाश्रित—वि. [सं.] जो किसी के आश्रित न हो, स्वाधीन।

अनासक्त—वि. [सं.] जिसे किसी प्रकार की आसक्ति न हो।

अनासक्ति—स्त्री. [सं.] आसक्ति का न होना।

अनास्था—स्त्री. [सं.] आस्था का न होना, अनादर।

अनाहत—वि. [सं.] जो आहत या घायल न हुआ हो। पु. हठयोग के अनुसार शरीर के षड् चक्रों में से एक, इसका स्थान हृदय कहा जाता है। **~नाद, ~शब्द**-पु. योग क्रियाओं में सहस्त्र दल कमल, ब्रह्मरंध से निसृत ध्वनि जिसे परम योगी ही सुन पाते हैं (सिद्ध, नाथ और संत साहित्य में वर्णित)।

अनाहार—पु. [सं.] आहार न करना। वि. निराहार। **~मार्गणा**-स्त्री. जैन मत में एक वृत्त, अनुष्ठान।

अनाहूत—वि. [सं.] बिन बुलाया, जो निमंत्रित न हो।

अनिंदनीय—वि. [सं.] जो निंदा के योग्य न हो, निर्दोष।

अनिंदित—वि. [सं.] निंदा रहित, निर्दोष, श्रेष्ठ।

अनिंद्य—निर्दोष; प्रशंसनीय (सौंदर्य)।

अनिकेत—वि. [सं.] जिसका कोई घर न हो, वास-स्थान न हो; संन्यासी; खाना-बदोश (जन-जातियाँ)।

अनिग्रह—पु. [सं.] बंधन रहित, दंड रहित। वि. अजेय, अनियंत्रित।

अनिच्छ, अनिच्छक, अनिच्छु, अनिच्छुक—वि. [सं.] इच्छा रहित, चाह न रखने वाला।

अनिच्छा—स्त्री. [सं.] इच्छा न होना, अरुचि।

अनिच्छित—वि. [सं.] जिसकी इच्छा न की गई हो।

अनित्य—वि. [सं.] जो सदैव न रहे, नश्वर; ब्रह्म का विशेषण।

अनिद्रा—स्त्री. [सं.] नींद न आने की बीमारी।

अनिपात—पु. [सं.] जीवन का बना रहना, अपतन।

अनिबद्ध—वि. [सं.] जो संबद्ध न हो। **~प्रलाप**-पु. व्यर्थ की, बे-सिर पैर की बातें।

अनिभृत—वि. [सं.] जो छिपा न हो; सार्वजनिक।

अनिमंत्रित—वि. [सं.] जिसे बुलाया न गया हो, अनाहूत।

अनिमिष, अनिमेष—वि. [सं.] जिसकी पलक न गिरे, एकटक (देखना)।

अनियंत्रित—वि. [सं.] जिस पर नियंत्रण न हो, निरंकुश। **~शासन**-पु. एक तंत्रीय निरंकुश राज्य।

अनियत—वि. [सं.] जो निश्चित न हो; आकस्मिक; जो बँधा हुआ न हो।

अनियतात्मा—वि. [सं.] जिसका मन वश में न हो; चंचल प्रकृति।

अनियमित—वि. [सं.] नियम रहित, जो लगातार न हो।

अनियारा—वि. पैना, तीखा; कँटीला (नेत्र); बाँका; वीर।

अनिरुक्त—वि. [सं.] जिसकी सम्यक् व्याख्या न की गई हो, अस्पष्ट।

अनिरुद्ध—वि. [सं.] जिसका कोई अवरोध न हो, बेरोक, स्वच्छंद। पु. कृष्ण के पौत्र, प्रद्युम्न के पुत्र। **~पथ**-पु. आकाश।

अनिर्णय—पु. [सं.] निर्णय का अभाव; अनिश्चय।

अनिर्णीत—वि. [सं.] जिसका निर्णय न हुआ हो।

अनिर्दिश्य, अनिर्देश्य—वि. [सं.] जिसका निर्देश न दिया गया हो, जिसको निर्देश न दिया जा सके।

अनिर्दिष्ट—वि. [सं.] जिसका निर्देश न किया गया हो; जिसको कोई दिशा न दी गई हो।

अनिर्वचनीय—वि. [सं.] जिसका वर्णन न किया जा सके; जिसकी महिमा या गुण असीम हों।

अनिल—पु. [सं.] वायु, पवन, हवा। **~कुमार**-पु. वायु पुत्र, हनुमान; भीम। **~प्रकृति**-वि. वात, वायु की प्रकृति वाला। **~सख, ~सारथि**-पु. अग्नि।

अनिलात्मज—पु. [सं.] हनुमान, भीम।

अनिवार्य—वि. [सं.] अत्यावश्यक; अटल; जिसका निवारण न हो सके। **~तः**-क्रि.वि. अनिवार्य रूप से।

अनिश—अ. [सं.] निरंतर, लगातार।

अनिश्चय—पु. [सं.] निश्चय का अभाव, संदेह की स्थिति।

अनिश्चित—वि. [सं.] जिसका निश्चय न किया गया हो या न हो सके।

अनिष्ट—वि. [सं.] अवांछित, हानिकर; बुरा। पु. अहित; हानि; अमंगल। **~कर**-वि. हानिकर। **~ग्रह**-पु. अशुभ या हानिकर ग्रह। **~शंका**-स्त्री. हानि, अहित की आशंका।

अनिस्तीर्ण—वि. [सं.] जो पार न किया गया हो; जिससे निस्तार या छुटकारा न मिला हो।

अनी—स्त्री. नोक, कोर; चुभने वाली बात; ग्लानि; समूह; सेना। **~दार**-वि. तेज़ नोक वाला।

अनीक—पु. [सं.] सेना, समूह; पंक्ति; किनारा। वि. जो अच्छा न हो, खराब।

अनीकिनी—स्त्री. [सं.] सेना; कमलिनी; नलिनी।

अनीत—स्त्री. [सं.] अन्याय; अनुचित व्यवहार; दुराचार; अनैतिकता।

अनीति—स्त्री. [सं.] द्र. 'अनीत'।

अनीप्सित—वि. [सं.] अनिच्छित, जिसकी अभिलाषा न हो।

अनीश—वि. [सं.] जिसका कोई स्वामी या नियंता न हो; प्रधान। पु. विष्णु।

अनीशा—स्त्री. [सं.] दीनता; असहाय अवस्था।

अनीश्वर—वि. [सं.] ईश्वर-रहित, ईश्वर को न मानने वाला। **~वाद**-पु. ईश्वर के अस्तित्व को न मानने वाला दर्शन, नास्तिक मत। **~वादी**-नास्तिक, ईश्वर का अस्तित्व न मानने वाला।

अनीह—वि. [सं.] उदासीन, इच्छा-रहित, बेपरवाह।

अनु—उप. [सं.] शब्दों के पहले आकार अनेक रूपों में प्रयुक्त। **~चर**—पीछे चलने वाला; **~रूप**—समान। **~पान**—दवा के साथ या पीछे ली जाने वाली वस्तु, आदि।

अनुकंपन—वि. [सं.] दयालु, हमदर्द। पु. सहानुभूति, दया।

अनुकंपा—स्त्री. [सं.] दया, हमदर्दी।

अनुकंपित—वि. [सं.] जिस पर अनुकंपा, कृपा की गई हो।

अनुकथन-अनुकरण—पु. [सं.] अनुसरण, नकल।

अनुकरणीय—वि. [सं.] अनुकरण करने योग्य।

अनुकर्ता—पु. [सं.] जो नकल करे; अभिनेता।

अनुकांक्षी—वि. [सं.] इच्छुक, चाहने वाला।

अनुकामी, अनुकामीन—वि. [सं.] अपनी इच्छा से कार्य करने वाला।

अनुकारी—वि. [सं.] आज्ञाकारी; अनुसरण, नकल करने वाला।

अनुकूल—वि. [सं.] मेल रखने वाला, मुआफिक (माफिक); प्रसन्न; सहायक। पु. नायक का एक भेद जो अपनी पत्नी में ही अनुरक्त रहता हो; कृपा; अनुग्रह।

अनुकूलन—पु. [सं.] अनुकूल बना लेना ('कंडीशनिंग')।

अनुकूलित—वि. [सं.] अनुकूल बनाया गया यथा—वातानुकूलित।

अनुकृत—वि. [सं.] जिसकी नकल की गई हो।

अनुकृति—स्त्री. [सं.] नकल; देखा-देखी; अर्थालंकार का एक भेद जिसमें एक वस्तु का किसी अन्य कारण से दूसरी के अनुरूप हो जाना दर्शाया जाए।

अनुक्रंदन—पु. [सं.] किसी के उत्तर में क्रंदन करना।

अनुक्रम—वि. [सं.] क्रमबद्ध। पु. उचित क्रम, विषय-सूची।

अनुक्रमण—पु. [सं.] क्रमपूर्वक आगे बढ़ाना, अनुगमन।

अनुक्रमणिका, अनुक्रमणी—स्त्री. [सं.] विषय-सूची, शब्द-सूची।

अनुक्रमांक—पु. [सं.] सूची में दी गई निर्धारित संख्या।

अनुक्षण—अ. [सं.] प्रतिक्षण, लगातार।

अनुख्याता—पु. [सं.] पता लगाने वाला।

अनुगत—वि. [सं.] अनुगामी; अनुकूल; उपयुक्त; अधीन।

अनुगतार्थ—वि. [सं.] लगभग एक जैसे अर्थ वाला।

अनुगम, अनुगमन—पु. [सं.] पीछे चलना; नकल करना; समझना।

अनुगामी—वि. [सं.] पीछे चलने वाला; आज्ञाकारी, अनुयायी।

अनुगीति—स्त्री. [सं.] एक मात्रिक छंद।

अनुगीता—स्त्री. [सं.] महाभारत में अश्वमेध पर्व के 16 से ~92 तक के अध्याय।

अनुगूँज—स्त्री. प्रतिध्वनि।

अनुगृहीत—वि. [सं.] जिस पर अनुग्रह, कृपा की गई हो, उपकृत, एहसानमंद।

अनुग्रह—पु. [सं.] कृपा, प्रसाद। **~राशि**-स्त्री. दयाभाव से (शासन, आदि द्वारा) दी गई राशि।

अनुचर—पु. [सं.] पीछे चलने वाला; सेवक, नौकर।

अनुचिंतन—पु., **अनुचिंता**—स्त्री. [सं.] सोचना; याद करना; सतत चिंतन।

अनुचित—वि. [सं.] जो उचित न हो; बेजा; बुरा।

अनुच्चरित—वि. [सं.] जिसका उच्चारण किया गया हो, जो बोला न गया हो।

अनुच्छेद—पु. [सं.] किसी लेख, आदि में एक अलग खंड, (पैराग्राफ़)।

अनुज, अनुजात—वि. [सं.] पीछे जनमा हुआ। पु. छोटा भाई।

अनुजा, अनुजाता—स्त्री. [सं.] पीछे जनमी हुई, छोटी बहन।

अनुजीवी—वि. [सं.] किसी के सहारे जीने वाला; आश्रित। पु. सेवक।

अनुज्ञप्ति—स्त्री. [सं.] आज्ञा, स्वीकृति (लाइसेंस)।

अनुज्ञा—स्त्री. [सं.] अनुमति, स्वीकृति; आज्ञा, एक अर्थालंकार जहाँ अच्छे गुण की लालसा से दोषपूर्ण वस्तु की इच्छा की जाए।

अनुज्ञात—वि. [सं.] जिसे अनुमति प्राप्त हो; आदिष्ट।

अनुज्ञान—पु. [सं.] अनुमति, स्वीकृति।

अनुज्ञापक—पु. [सं.] अनुमति या आज्ञा देने वाला।

अनुज्ञापन—पु. [सं.] आज्ञा देना, अनुमति या अधिकार देना।

अनुताप—पु. [सं.] खेद; रंज; पछतावा; जलन।

अनुतापन—वि. [सं.] खेद उत्पन्न करने वाला; पछतावा देने वाला।

अनुत्तरदायी—वि. [सं.] जो अपना दायित्व न समझे।

अनुत्तरित—वि. [सं.] जिसका उत्तर न दिया गया हो।

अनुत्तीर्ण—वि. [सं.] जो उत्तीर्ण न हो, (फेल)।

अनुदाता—पु. [सं.] अनुदान देने वाला।

अनुदात्त—वि. [सं.] जो उदात्त न हो; छोटा; नीचा। **~स्वर**-पु. नीचा स्वर।

अनुदान—पु. [सं.] आर्थिक सहायता। **~आयोग**-पु. आर्थिक सहायता प्रदान करने वाला आयोग (यथा—विश्वविद्यालय अनुदान आयोग)।

अनुदार—वि. [सं.] जो उदार न हो, संकीर्ण हृदय वाला।

अनुदारता—स्त्री. [सं.] उदारता का अभाव।

अनुदित—वि. [सं.] जो उदित या प्रकट न हुआ हो; अकथित, अकथनीय।

अनुदिन, अनुदिवस—अ. [सं.] प्रतिदिन।

अनुदेश—पु. [सं.] संकेत, निर्देश; शिक्षा।

अनुद्धत—वि. [सं.] विनीत, शिष्ट, सौम्य।

अनुद्विग्न—वि. [सं.] जो अनुद्विग्न न हो; शांत; घबराहट या चिंता, आदि से मुक्त।

अनुधावन—पु. [सं.] अनुसरण; चिंतन; अनुसंधान।

अनुनय—पु. [सं.] विनय; कातर प्रार्थना; मनाना।

अनुनाद—पु. [सं.] प्रतिध्वनि, गूँज।

अनुनादित—वि. [सं.] प्रतिध्वनित, जिसकी गूँज हुई हो।

अनुनासिक—वि. [सं.] मुँह और नाक से उच्चारण की जाने वाली ध्वनि—ङ्, ञ्, ण्, न्, म् और अनुस्वार। पु. अनुनासिक वर्ण; अनुनासिक वर्ण का उच्चारण।

अनुन्नत—वि. [सं.] जिसकी उन्नति न हुई हो, पिछड़ा हुआ; जो ऊपर न उठाया गया हो।

अनुपकार—पु. [सं.] अहित; बुराई।

अनुपकारी—वि. [सं.] उपकार न करने वाला; कृतघ्न; अयोग्य, निकम्मा।

अनुपजाऊ—वि. [सं.] ऊसर, बंजर।

अनुपम—वि. [सं.] उपमा रहित; अनमोल, सर्वोत्तम, बेजोड़।

अनुपमा—स्त्री. [सं.] जिसकी कोई उपमा न दी जा सके; दक्षिण-पश्चिम दिशा के गज (कुमुद)-की पत्नी का नाम।

अनुपमेय—वि. [सं.] अतुलनीय।

अनुपयुक्त—वि. [सं.] अनुचित; निकम्मा; जिसका उपयोग न हुआ हो।

अनुपयोगिता—स्त्री. [सं.] निरर्थकता।

अनुपयोगी—वि. [सं.] जो उपयोग के मतलब की न हो, बेकार।

अनुपलब्ध—वि. [सं.] अप्राप्त।

अनुपलब्धि—स्त्री. [सं.] अप्राप्ति।

अनुपशय—पु. [सं.] रोग बढ़ाने वाला कारण।

अनुपस्थित—वि. [सं.] जो उपस्थित न हो, अविद्यमान, गैरहाज़िर।

अनुपस्थिति—स्त्री. [सं.] उपस्थित न हो, गैरहाज़िरी।

अनुपहत—वि. [सं.] अक्षत; अनप्रयुक्त, नया।

अनुपात—पु. [सं.] सापेक्षिक संबंध; एक के बाद दूसरे का गिरना; अनुसरण; तीन ज्ञात संख्याओं के आधार पर चौथी को जानना (गणित)।

अनुपातक—पु. [सं.] पाप-चोरी, हत्या, परस्त्री-गमन, आदि।

अनुपाततः—क्रि.वि. [सं.] अनुपात के अनुसार।

अनुपादक—पु. [सं.] तंत्र में मान्य आकाश से भी सूक्ष्म एक तत्त्व।

अनुपान—पु. [सं.] दवा के साथ या पीछे ली जाने वाली वस्तु।

अनुपानीय—वि. [सं.] दवा खाने के लिए पेय रूप में ली जाने वाली वस्तु।

अनुपालन—पु. [सं.] आज्ञापालन; रक्षण।

अनुपूरक—वि. [सं.] बाद में जोड़ा या बढ़ाया हुआ अंश।

अनुपूरित—वि. [सं.] बाद में पूरा किया गया।

अनुप्रदान—पु. [सं.] दान (बौद्ध मत में)।

अनुप्रयुक्त—वि. [सं.] जिसका प्रयोग न हुआ हो।

अनुप्रवेश—पु. [सं.] साथ में या पीछे प्रवेश; अनुकरण।

अनुप्रश्न—पु. [सं.] पीछे किया हुआ प्रश्न।

अनुप्राणित—वि. [सं.] प्रेरित; पोषित; जीवंत।

अनुप्रास—पु. [सं.] शब्दालंकार जिसमें वर्ण विशेष की आवृत्ति होती है।

अनुबंध—पु. [सं.] समझौता, करार।

अनुभव—पु. [सं.] प्रत्यक्ष ज्ञान; तजुर्बा; स्वयं किसी प्रक्रिया से गुजर कर किसी चीज़ का ज्ञान प्राप्त करना।

अनुभवातीत—वि. [सं.] अनुभव से परे।

अनुभवी—वि. [सं.] अनुभव रखने वाला, भुक्त-भोगी।

अनुभावक—वि. [सं.] अनुभव कराने वाला, सोच-विचार कराने वाला।

अनुभावन—पु. [सं.] अंग-संचालन द्वारा मनोभावों की अभिव्यक्ति।

अनुभाग—पु. [सं.] किसी कार्यालय में विशेष खंड (सेक्शन)। **~अधिकारी**-पु. सेक्शन सुपरिंटेंडेंट।

अनुभूत—वि. [सं.] अनुभव किया हुआ, आजमाया हुआ, परीक्षित।

अनुभूति—स्त्री. [सं.] अनुभव; संवेदना; प्रत्यक्ष ज्ञान।

अनुमत—वि. [सं.] सम्मत; स्वीकृत। पु. सहमति; स्वीकृति।

अनुमति—स्त्री. [सं.] स्वीकृति, आज्ञा, इजाजत। **~पत्र**-पु. स्वीकृति, आज्ञा-सूचक अधिकृत पत्र।

अनुमत्त—वि. [सं.] हर्ष विह्वल होना; आनन्दातिरेक का अनुभव।

अनुमान—पु. [सं.] अंदाज़ा; प्रत्यक्ष से अप्रत्यक्ष का ज्ञान प्राप्त करना।

अनुमानतः—क्रि.वि. [सं.] अनुमान से।

अनुमानित—वि. [सं.] अनुमान से जाना हुआ।

अनुमापक—वि. [सं.] जिसके सहारे अनुमान किया जा सके; अनुमान कराने वाला।

अनुमित—वि. [सं.] अनुमान किया हुआ।

अनुमिति—स्त्री. [सं.] अनुमान; अनुमान द्वारा प्राप्त ज्ञान।

अनुमोद—पु. [सं.] समर्थन; स्वीकृति।

अनुमोदक—वि. [सं.] अनुमोदन करने वाला, समर्थन करने वाला।

अनुमोदन—पु. [सं.] समर्थन; स्वीकृति।

अनुमोदित—वि. [सं.] स्वीकृत; समर्थन-प्राप्त।

अनुयोग—पु. [सं.] जिज्ञासा; पूछताछ; प्रश्न।

अनुरंजक—पु. [सं.] अनुरंजन करने वाला; संतुष्ट करने वाला; प्रसन्नता देने वाला।

अनुरंजन—पु. [सं.] प्रसन्न करना; संतुष्ट करना।

अनुरंजित—वि. [सं.] प्रसन्न; तुष्ट।

अनुरक्त—वि. [सं.] आसक्त, प्रेमी, अनुरागयुक्त; प्रसन्न, संतुष्ट।

अनुरक्ति—स्त्री. [सं.] आसक्ति; भक्ति; प्रेम।

अनुरणन—पु. [सं.] नूपुर, आदि की प्रतिध्वनि, गूँज; घंटा, ध्वनि।

अनुरणित—वि. [सं.] प्रतिध्वनित, गुँजित।

अनुरत—वि. [सं.] अनुरक्त।

अनुरति—स्त्री. [सं.] अनुराग।

अनुराग—पु. [सं.] आसक्ति; प्रेम; भक्ति; लाल रंग।

अनुरागी—वि. [सं.] आसक्त; प्रेमी; भक्त।

अनुराध—वि. [सं.] भलाई करने वाला; हित; अनुराधा, अनुराधा नक्षत्र में उत्पन्न।

अनुराधना—स.क्रि. [सं.] प्रार्थना करना; विनती करना।

अनुराधा—स्त्री. [सं.] एक नक्षत्र का नाम।

अनुरूप—वि. [सं.] समान रूप वाला; योग्य सदृश; उपयुक्त।

अनुरोध—पु. [सं.] प्रार्थना, विनय, आग्रह; बाधा, रुकावट।

अनुरोधी—पु. [सं.] प्रार्थना करने वाला, विनय-कर्ता; अपेक्षा रखने वाला।

अनुलेप—पु. [सं.] सुगंधित लेप, उबटन, आदि; ऐसी ही अन्य वस्तुओं का लेप।

अनुलेपन—पु. [सं.] उबटन; चंदन; अंगराग।

अनुलोम—वि. [सं.] यथाक्रम; अविलोम; ऊपर से नीचे की ओर आने वाला। पु. संगीत में स्वरों का उतार, अवरोह। **~विवाह**-पु. उच्च वर्ण के पुरुष का अपने से हीन वर्ण की स्त्री से विवाह।

अनुवचन—पु. [सं.] दोहराना।

अनुवत्सर—पु. [सं.] ज्योतिष के अनुसार पाँच वर्षों के युग का चौथा वर्ष। अ. प्रतिवर्ष।

अनुवर्तन—पु. [सं.] अनुगमन; आज्ञापालन; अनुसरण।

अनुवर्ती—वि. [सं.] आज्ञाकारी; अनुयायी, अनुसरण करने वाला।

अनुवाचन—पु. [सं.] पाठ करना या कराना; पुरोहित के आदेशानुसार होता द्वारा मंत्रों का पाठ।

अनुवाद—पु. [सं.] भाषांतर, रूपांतर (ट्रांसलेशन)।

अनुवादक—पु. [सं.] अनुवाद करने वाला।

अनुवादित—वि. [सं.] अनुवाद किया हुआ; भाषांतरित।

अनुवाद्य—वि. [सं.] अनुवाद करने योग्य, जिसका अनुवाद किया जा सके।

अनुवृत्त—वि. [सं.] अनुसरण या आज्ञापालन करने वाला।

अनुवृत्ति—स्त्री. [सं.] अनुसरण; आज्ञापालन; आवृत्ति।

अनुव्रत—वि. [सं.] कर्तव्य का पालन करने वाला। पु. जैन मुनियों का एक प्रकार।

अनुशंसा—स्त्री. [सं.] संस्तुति, सिफारिश (रिकमंडेशन)।

अनुशासक—पु. [सं.] अनुशासन करने या रखने वाला।

अनुशासन—पु. [सं.] नियम-पालन, नियंत्रण या शासन। **~पर्व**-पु. महाभारत का एक पर्व।

अनुशासनात्मक—वि. [सं.] अनुशासन-संबंधी।

अनुशासनिक—वि. [सं.] अनुशासन-संबंधी।

अनुशासित—वि. [सं.] जो नियम-पालन करता हो।

अनुशीलन—पु. [सं.] गंभीर अध्ययन।

अनुशीलित—वि. [सं.] जिसका अनुशीलन किया गया हो, अधीत।

अनुशोचन—पु. [सं.] पछताना; पछतावा; दु:ख करना।

अनुश्रुत—वि. [सं.] एक-दूसरे से, परंपरा से प्राप्त ज्ञान।

अनुश्रुति—स्त्री. [सं.] परंपरा प्राप्त ज्ञान।

अनुषंग—पु. [सं.] गहन संबंध; प्रसंग अनुसार एक बात से जुड़ी दूसरी बात।

अनुषंगिक—वि. [सं.] संबद्ध; सहायक, सहवर्ती; अनिवार्य, परिणामस्वरूप।

अनुषंगी—वि. [सं.] संबद्ध; अनिवार्य परिणाम के रूप में आने वाला; आसक्त।

अनुषक्त—वि. [सं.] संबद्ध; संलग्न।

अनुष्टुप—स्त्री. [सं.] 32 अक्षरों का एक प्रसिद्ध छंद; वाणी; सरस्वती।

अनुष्ठाता—वि.,पु. [सं.] अनुष्ठान करने या कराने वाला; कार्य आरंभ करने या कराने वाला।

अनुष्ठान—पु. [सं.] धार्मिक कृत; किसी देवता की आराधना संबंधी पूजादि।

अनुष्ठित—वि. [सं.] विधि-विधानपूर्वक किया हुआ।

अनुसंधाता—पु. [सं.] अन्वेषण, खोज करने वाला; अध्येता।

अनुसंधान—पु. [सं.] अन्वेषण, खोज, गंभीर अध्ययन (रिसर्च)।

अनुसंधानी—वि. [सं.] खोज, अध्ययन करने वाला।

अनुसंधायक—पु. [सं.] जो अनुसंधान करे।

अनुसंधि—स्त्री. [सं.] गुप्त मंत्रणा, गुप्त योजना।

अनुसंधित्सु—पु. [सं.] शोध छात्र, खोज की इच्छा करने वाला।

अनुसंधेय—वि. [सं.] खोज करने योग्य।

अनुसर—वि. [सं.] अनुचर; अनुसरण करने वाला, हम राही, साथी। द्र. 'अनुसार'।

अनुसरण—पु. [सं.] पीछे चलना; अनुकरण।

अनुसार—पु. [सं.] अनुसरण। वि. अनुकूल, अनुरूप, मुताबिक।

अनुसीमन—पु. [सं.] नियमानुसार कार्य संपन्न करना।

अनुसूचित—वि. [सं.] जिसकी अनुसूची में गणना की गई हो; पिछड़ी (जाति, जातियाँ—बैकवर्ड)।

अनुसूची—स्त्री. [सं.] पीछे जोड़ी हुई सूची।

अनुस्मरण—पु. [सं.] बार-बार स्मरण करना।

अनुस्यूत—वि. [सं.] पिरोया हुआ; ग्रथित; सिला हुआ; संबद्ध।

अनुस्वार—पु. [सं.] स्वर के बाद बोला जाने वाला हलंत अनुनासिक वर्ण जिसका चिह्न ऊपर बिंदु (ं) के रूप में दर्शाया जाता है।

अनुहार—स्त्री. आकृति ('है कोई ऐसी ही अनुहार')। पु., सं. अनुकरण, समानता।

अनूठा—वि. अनोखा, अद्‌भुत; सुंदर।

अनूढा—स्त्री. [सं.] अविवाहिता स्त्री।

अनूत्तर—वि. मौन; निरुत्तर।

अनूदर्वा—पु. [सं.] प्राचीनकाल में नाव का एक विशेष प्रकार।

अनूदित—वि. [सं.] अनुवाद किया हुआ।

अनूप—वि. [सं.] बेजोड़; अति सुंदर।

अनूह—वि. [सं.] समझ में न आने वाला, विचारहीन; लापरवाह।

अनृत—पु. [सं.] असत्य, झूठ; खेती। वि. झूठा। **~वादी**-पु. झूठ बोलने वाला।

अनृतक, अनृती—वि. [सं.] झूठ बोलने वाला।

अनेक—वि. [सं.] एक से अधिक; कई; बहुत। **~चर**-वि. झुंड बना कर, समूह में, रहने वाला। **~चित**-वि. जिसका मन एकाग्र न हो। **~ज**-वि. जो कई बार जन्म ले। **~रूप**-वि. कई रूपों वाला, अस्थिर।

अनेकता—स्त्री. अनेकत्व। पु., सं. एक से अधिक; विविधता।

अनेकधा—अ. [सं.] कई तरह से।

अनेकांत—वि. [सं.] अनिश्चित, बदलने वाला, **~वाद**-पु. जैनियों का स्याद्वाद। **~वादी**-पु. अनेकांत वाद को मानने वाला।

अनेकानेक—वि. [सं.] असंख्य, बहुत सारे।

अनेकार्थ—वि. [सं.] जिसके अनेक अर्थ हों।

अनेकार्थक—वि. [सं.] जिसके अनेक अर्थ हों।

अनैक्य—पु. [सं.] एकता का अभाव या उलटा; बहुत्व, फूट; मतभेद; अव्यवस्था।

अनैच्छिक—वि. [सं.] जो स्वेच्छा से न किया गया हो।

अनैतिक—वि. [सं.] नीति विरुद्ध; अविहित।

अनैतिहासिक—वि. [सं.] इतिहास विरुद्ध, जो इतिहास सम्मत न हो।

अनैसर्गिक—वि. [सं.] अस्वाभाविक, अप्राकृतिक।

अनोखा—वि. अनूठा, अपूर्व, अद्भुत; नया; सुन्दर। **~पन**-पु. विलक्षणता; नयापन; सुंदरता।

अनौचित्य—पु. [सं.] औचित्य का अभाव, औचित्य के विरुद्ध; अनुचित।

अनौपचारिक—वि. [सं.] सहज सामान्य रूप से किया गया (कार्य, बैठक, आदि), जो निश्चित विधि-विधान द्वारा न किया जा कर सामान्य रूप से किया जाए। **~ता**-स्त्री. सहजता जिसमें कोई औपचारिकता न हो।

अन्न—पु. [सं.] अनाज, धान्य; भोज्य पदार्थ, खाने की चीज़। **~काल**-पु. भोजन का समय। **~कूट**-भात या मिष्ठान का ढेर, पहाड़ के समान बना ढेर, कार्त्तिक शुक्ला प्रतिपदा, दीपावली से अगले दिन मनाया जाने वाला एक त्योहार। **~कोष्ठक**-पु. अन्न का भंडारण स्थान, बखार, कोठली। **~जल**-पु. दाना-पानी। **मु. ~समाप्त होना**-जीवन समाप्त हो जाना। **~दोष**-पु. दूषित अन्न खाने से उत्पन्न रोग। **~पति**-पु. अन्न का स्वामी; सूर्य; अग्नि; शिव। **~पूर्णा**-स्त्री. अन्न की अधिष्ठात्री देवी, दुर्गा का एक रूप; नारी का वत्सल, भरण-पोषण करने वाला रूप। **~प्राशन**-पु. एक संस्कार, रस्म, जिसमें बच्चे को पहली बार अन्न; खीरादि खिलाई जाती है। **~भंडार**-पु. जहाँ अन्न का रख-रखाव होता है। **~मय**-वि. अन्न से भरा; अन्न से बना; भौतिक। पु. वेदांत में मान्य पाँच कोशों में से पहला, मनुष्य शरीर। **~संकट**-पु. अन्न का अकाल।

अन्ना—स्त्री. धाय; माता।

अन्नोत्पादन—पु. [सं.] अन्न पैदा करना।

अन्य—वि. [सं.] दूसरा, गैर; भिन्न; अतिरिक्त। **~क्रीत**-वि. दूसरे का खरीदा हुआ। **~गामी**-वि. अन्य के पास जाने वाला, व्यभिचारी। **~चित**-वि. अन्यमनस्क, जिसका चित्त अस्थिर हो। **~नाभि**-वि. दूसरे वंश का। **~पुरुष**-पु. पुरुषवाचक सर्वनाम का एक भेद; दूसरा आदमी। **~पुष्टा**-स्त्री. कोयल। **~पूर्वा**-स्त्री. मँगनी किसी और से तथा विवाह किसी दूसरे से करने वाली कन्या; पुनर्विवाह करने वाली स्त्री। **~मनस्क, -मना**-वि. जिसका चित कहीं और हो, किसी और तरफ़ जिसका ध्यान लगा हो।

अन्यच्च—अ. [सं.] और भी; इसके सिवा।

अन्यतः—अ. [सं.] दूसरे से; दूसरे स्थान से; अन्यथा।

अन्यतम—वि. [सं.] बहुतों में से एक, सर्वश्रेष्ठ; सर्वोपरि।

अन्यत्र—अ. [सं.] दूसरी जगह, और कहीं।

अन्यथा—वि. [सं.] नहीं तो; उलटा; और किसी अर्थ में।

अन्यान्य—स. [सं.] और दूसरे।

अन्यापदेश—पु. [सं.] ऐसा कथन जो अन्य प्रसंग में भी सार्थक हो।

अन्यापदेशात्मक—वि. [सं.] किसी अन्य प्रसंग से संबंधित।

अन्यापदेशिक—वि. [सं.] अन्योक्ति के रूप में कहा गया।

अन्याय—पु. [सं.] न्याय-विरुद्ध कार्य; बे-इंसाफी; अनौचित्य, अत्याचार।

अन्यायी—वि. [सं.] जो अन्याय करे।

अन्यारा*—वि. अनोखा।

अन्यार्थ—वि. [सं.] अन्य, भिन्न, अर्थ रखने वाला।

अन्याश्रित—वि. [सं.] दूसरे पर आश्रित, परजीवी।

अन्यून—वि. [सं.] जो न्यून न हो, कम न पड़े; पर्याप्त।

अन्योक्ति—स्त्री. [सं.] ऐसी उक्ति जो समान धर्म के कारण किसी और पर भी घटित हो सके; अर्थालंकार का एक भेद।

अन्योदर—पु. [सं.] दूसरी माता के उदर से उत्पन्न भाई—माताएँ अलग-अलग किन्तु पिता एक।

अन्योन्य—क्रि.वि. [सं.] परस्पर। वि. पारस्परिक, आपस का। पु. अर्थालंकार का एक भेद। **~भेद**-पु. आपस का भेद, शत्रुता।

अन्योन्याश्रय—पु. [सं.] एक-दूसरे पर अवलंबित होना, आश्रित होना।

अन्योन्याश्रयी, अन्योन्याश्रित—वि [सं.] एक-दूसरे पर अवलंबित।

अन्वय—पु. [सं.] वाक्य में पदों का परस्पर उचित संबंध, नियमानुसार यथास्थान रखना।

अन्वयार्थ—पु. [सं.] अन्वय के आधार पर प्राप्त अर्थ।

अन्वितार्थ—पु. [सं.] ऐसा अर्थ जो अन्वय करने से सहज ग्राह्य हो।

अन्विति—स्त्री. [सं.] अनुगमन।

अन्वीक्षण—पु. [सं.] सूक्ष्मता से देखना; गहन अध्ययन; मनन।

अन्वीक्षा—स्त्री. [सं.] अन्वीक्षण।

अन्वेष, अन्वेषण, पु. **अन्वेषणा**—स्त्री. [सं.] खोज करना, गहन अध्ययन करना।

अन्वेषक—वि. [सं.] अन्वेषण, खोज, अनुसंधान करने वाला।

अपंकिल—वि. [सं.] बिना कीचड़ का; सूखा; निर्मल।

अपंग—वि. अंगहीन, लंगड़ा-लूला; अशक्त।

अप—उप. [सं.] उपसर्ग जिससे दोष-बुराई, निषेध, हीनता, विकृति, विपरीत भाव, विरुद्ध भाव, आदि सूचित हो यथा—अपसंस्कृति, अपव्यय, अपमान, अपभ्रष्ट, अपभ्रंश, अपघात, अपकीर्ति, अपकर्ष, अपकार, अपक्व, आदि।

अपकर्ता—वि. [सं] अपकार, हानि, बुराई करने वाला; शत्रुता रखने वाला।

अपकर्म—पु. [सं.] बुरा काम, दुष्कर्म।

अपकर्ष—पु. [सं.] नीचे की ओर खींचना या लाना।

अपकर्षक—वि. [सं.] अपकर्ष करने वाला।

अपकर्षण—पु. [सं.] द्र. 'अपकर्ष'।

अपकार—पु. [सं.] उपकार का विपरीत; अहित; बुराई, हानि; नीच कर्म।

अपकारक, अपकारी—वि. [सं.] अपकार, अहित करने वाला।

अपकीर्ति—स्त्री. [सं.] अपयश, बदनामी।

अपकृति—स्त्री., **अपकृत्य** पु. [सं.] अपकार।

अपकृष्ट—वि. [सं.] नीचे खींचा या गिराया हुआ; घटिया, खराब।

अपगति—स्त्री. [सं.] दुर्गति; अधोगति; दुर्भाग्य।

अपगुण—पु. [सं.] दोष।

अपघात—पु. [सं.] धोखा; हत्या; दुर्घटना या आघात से मृत्यु।

अपघाती—वि. [सं.] अपघात करने वाला।

अपच—पु. कब्ज़; बदहज़मी, अजीर्ण। सं. जो पाक कार्य न कर सके, बुरा पाचक।

अपचनीय—पु. जो हज़म न हो सके, जिस (बात) को स्वीकार या बर्दाश्त करना कठिन हो।

अपचरित—पु. [सं.] दोष; दुष्कर्म; अभाव।

अपचारी—वि. [सं.] दुष्कर्मी; बुरा; नीच; अविश्वासी।

अपच्युत—वि. [सं.] गिरा हुआ; गया हुआ; मृत; पिघल कर बहना।

अपटु—वि. [सं.] अकुशल, जो चतुर न हो।

अपटूडेट—वि. [अं.] आज तक का (सूचना, डेटा, आदि), फैशनेबल, शौकीन।

अपट्रेन—[अं.] जंक्शन से ऊपर जाने वाली गाड़ी (डाउन ट्रेन के विपरीत दिशा में जाने वाली गाड़ी)।

अपठ—वि. [सं.] जो पढ़ा न हो, अनपढ़, निरक्षर।

अपठनीय—वि. [सं.] जो पढ़ने योग्य न हो; जो पढ़ा न जा सके।

अपठित—वि. [सं.] जो पहले पढ़ा न गया हो।

अपठ्यमान—वि. [सं.] जो पढ़ा न जा सके।

अपढ़—वि. अनपढ़, निरक्षर।

अपण्य—वि. [सं.] न बेचने योग्य; जिसकी बिक्री सम्भव न हो। पु. न बेचने योग्य वस्तु।

अपथ्य—वि. [सं.] अहितकर, नुकसानदेह। पु. रोगी के लिए प्रतिकूल आहार।

अपदस्थ—वि. [सं.] पद से हटाया हुआ, पदच्युत।

अपदार्थ—पु. [सं.] तुच्छता; नगण्यता। वि. तुच्छ; नगण्य।

अपनत्व—पु. निजत्व, अपनापन।

अपनाना—स.क्रि. स्वीकार कर लेना; अपना बना लेना; अपने पक्ष में मिला लेना।

अपनापा—पु. अपनापन, आत्मीयता।

अपभाषण—पु. [सं.] निंदा करना, गाली देना।

अपभ्रंश—पु. [सं.] नीचे गिरना; पतन; शब्द का बिगड़ा हुआ रूप (यथा—'हस्त' से 'हाथ', 'अग्नि' से 'आग'), प्राकृत भाषाओं का परवर्ती रूप जिनसे उत्तर भारत की आधुनिक आर्य भाषाओं की उत्पत्ति मानी जाती है। वि. बिगड़ा हुआ।

अपभ्रष्ट—वि. [सं.] बिगड़ा हुआ; गिरा हुआ।

अपमान—पु. [सं.] अनादर; तिरस्कार; बेइज्जती।

अपमानित—वि. [सं.] तिरस्कृत; निरादृत; जिसका अपमान हुआ हो।

अपमार्गी—वि. [सं.] कुमार्गी; दुष्चरित्र; पापी।

अपमार्जन—वि. [सं.] नष्ट करने वाला; हटाने वाला।

अपयश—पु. [सं.] अपकीर्ति, यश-हानि, बदनामी। **~कर**-वि. बदनामी, अपकीर्ति देने वाला।

अपरंपार—वि. जिसका पार न पाया जा सके; अकूत, असीम।

अपर—वि. [सं.] अन्य, दूसरा; साधारण।

अपरस—पु. एक प्रकार का चर्म रोग।

अपरा—स्त्री. [सं.] लौकिक विद्या, वेद-वेदांगादि का ज्ञान। वि.स्त्री. दूसरी।

अपराग—पु. [सं.] असंतोष; शत्रुता का भाव।

अपराजित—वि. [सं.] जो जीता न गया हो। पु. विष्णु; शिव, 11 रुद्रों में से एक।

अपराजिता—स्त्री. [सं.] जिसे पराजित न किया जा सके; देवी का एक रूप दुर्गा; शेफालिका; अयोध्या नगरी; एक वर्णवृत्त।

अपराजेय—वि. [सं.] जो जीता न जा सके।

अपराध—पु. [सं.] जुर्म; गलती; पाप; दंडनीय कार्य। **~भंजन**-पु. अपराधों या पापों का नाश करने वाला; ईश्वर; शिव।

अपराधी—वि. [सं.] अपराध करने वाला; दोषी।

अपराह्न—पु. [सं.] दोपहर के बाद का समय।

अपराह्न—पु. 'अपराह्न' का अपभ्रंश रूप, दोपहर के बाद का समय।

अपरिग्रह—पु. [सं.] दान क़ा अस्वीकार; आवश्यकता से अधिक धन, अन्न, न लेना; निर्धनता; योग्य-दर्शन के नियमों में से एक। वि. संपत्ति, आदि से रहित, निर्धन।

अपरिग्रही—वि. [सं.] आवश्यकता से अधिक दान या धन न ग्रहण करने वाला।

अपरिग्राह्य—वि. [सं.] जो लेने या स्वीकार करने योग्य न हो।

अपरिचय—पु. [सं.] परिचय, जान-पहचान न होना।

अपरिचयी, अपरिचेय—वि. [सं.] जिसका अधिक परिचय, जान-पहचान न हो।

अपरिचित—वि. [सं.] जिससे परिचय न हो; अज्ञात; अनभिज्ञ।

अपरिभाषित—वि. [सं.] जिसकी परिभाषा या व्याख्या न की गई हो।

अपरिमार्जित—विं. [सं.] अनमाँज़ा; गंदा; जिसकी शुद्धि न की गई हो।

अपरिमित—वि. [सं.] अत्यधिक; जिसकी कोई सीमा न हो; बेहद।

अपरिमेय—वि. [सं.] जिसकी माप-तौल न हो सके, अगणित।

अपरिवर्तनीय—वि. [सं.] जिसमें कोई परिवर्तन न किया जा सके; अटल; सुनिश्चित।

अपरिवर्तित—वि. [सं.] जिसमें कोई फेर-बदल न हुई हो।

अपरिष्कृत—वि. [सं.] जिसे सँवारा न गया हो; मैला; भद्दा; असंस्कृत।

अपरिहार्य—वि. [सं.] जिसका परिहार न हो सके, अनिवार्य, अवश्यंभावी; नितान्त आवश्यक।

अपरीक्षित—वि. [सं.] जिसकी परीक्षा न हुई हो, जिसे अनुभव में न लाया गया हो, अप्रमाणित।

अपरूप—वि. [सं.] अपूर्व (सुन्दर); कुरूप, भद्दा।

अपरेंटिस—पु. [अं.] प्रशिक्षण-प्राप्तकर्ता।

अपरोक्ष—वि. [सं.] जो परोक्ष न हो, प्रत्यक्ष; जो दूर न हो।

अपरोक्षानुभूति—स्त्री. [सं.] प्रत्यक्ष ज्ञान; वेदांत का एक विभाग।

अपर्ण—वि. [सं.] पत्र-रहित।

अपर्णा—स्त्री. [सं.] पार्वती (तपस्या करते समय पहले तो ये पत्ते खा कर ही जीवन-यापन करती रहीं किन्तु फिर पत्ते खाना भी छोड़ दिया, तभी इनका नाम अपर्णा पड़ गया), देवी का एक रूप—दुर्गा।

अपर्याप्त—वि. [सं.] जो पर्याप्त न हो; अपूर्ण; अयोग्य।

अपर्याय—वि. [सं.] क्रमहीन। पु. क्रमहीनता।

अपलक—अ. एकटक, बिना पलक झपकाए, निर्निमेष।

अपवर्ग—पु. [सं.] मोक्ष, निर्वाण; त्याग, दान; अपवाद।

अपवर्जन—पु. [सं.] त्याग; दान; वचन-पालन।

अपवर्जित—वि. [सं.] त्याग किया हुआ; दिया हुआ।

अपवर्त्य—वि. [सं.] जिसका सामान्य विभाजक से पूर्ण विभाग किया जा सके।

अपवाद—वि. [सं.] लांछन, बदनामी, सामान्य नियम से अलग, प्रतिवाद। **~स्वरूप**-(क्रि.वि.) नियम से अलग हट कर।

अपवादात्मक—पु. [सं.] अपवादपूर्ण; निंदात्मक।

अपवादित—वि. [सं.] निंदित।

अपवादक, अपवादी—वि. [सं.] निंदा, बदनामी करने वाला।

अपवित्र—वि. [सं.] जो पवित्र न हो; अशुद्ध; मैला।

अपविद्ध—वि. [सं.] बेधा हुआ; छोड़ा हुआ; नीच।

अपविद्या—स्त्री. [सं.] अविद्या, कुसंस्कारी विद्या।

अपवृत्त—वि. [सं.] उलटा घुमाया हुआ; क्षुब्ध।

अपवेध—पु. [सं.] गलत छेद करना।

अपव्यय—पु. [सं.] गलत खर्च करना, फिजूलखर्ची।

अपव्ययी—वि. [सं.] अनुचित व्यय, फिजूलखर्ची करने वाला।

अपव्यवहार—पु. [सं.] बुरा व्यवहार।

अपशकुन—पु. [सं.] बुरा शकुन।

अपशब्द—पु. [सं.] अपमानजनक शब्द, गाली, दुर्वचन; बिगड़ा हुआ शब्द।

अपशिष्ट—वि. [सं.] रद्दी; जो शिष्ट न हो।

अपसेट—[अं.] क्षुब्ध; चिन्तित, अस्त-व्यस्त।

अपसगुन—पु. द्र. 'अपशकुन'।

अपसामान्य—वि. [सं.] जो सामान्य न हो; बुरा; निकृष्ट।

अपसारण—पु. [सं.] दूर ले जाना; बाहर देना; फेंक देना।

अपसारित—वि. [सं.] हटाया हुआ, दूर किया हुआ।

अपस्नान—पु. [सं.] किसी निकट संबंधी की मृत्यु पर किया जाने वाला स्नान।

अपस्मार—पु. [सं.] मृगी रोग, मिरगी आने की बीमारी।

अपस्मृति—वि. [सं.] विस्मरण होना; खराब स्मृति।

अपहरण—पु. [सं.] किसी को जबर्दस्ती उठा ले जाना, अगवा करना; छिपाना या गायब करना।

अपहर्ता—वि. [सं.] अपहरण करने वाला।

अपहृत—वि. [सं.] अपहरण किया हुआ। **~ज्ञान**-वि. बेसुध, जिसके होश-हवास गायब हो गए हों।

अपह्नुति—स्त्री. [सं.] एक अर्थालंकार जिसमें उपमेय का निषेध कर उपमान की स्थापना की जाती है।

अपांकत, अपांकतेय, अपांकत्य—वि. [सं.] जो अपने समाज की पंक्ति में बैठ कर भोजन करने का अधिकारी न हो, जाति से बहिष्कृत।

अपांग—वि. [सं.] अंगहीन, पंगू। पु. आँख की कोर; कामदेव। **~दर्शन**-पु.; **~दृष्टि**-स्त्री. आँख की कोर से देखना; तिरछी चितवन।

अपांनिधि—पु. [सं.] समुद्र।

अपांशुला—स्त्री. [सं.] पतिव्रता स्त्री।

अपाच्य—वि. [सं.] जो पच न सके; जो पकाया न जा सके; जिस बात का विश्वास न किया जा सके।

अपात्र—वि. [सं.] अनधिकारी; अयोग्य।

अपाद—वि. बिना पैरों का, पंगु।

अपादान—पु. [सं.] हटाना, दूर करना; व्याकरण में पाँचवाँ कारक।

अपान*—पु. आत्म-ज्ञान, आत्म-गौरव। सर्व. अपना। पु. सं. पाँच प्राणों में से एक; भीतर ली जाने वाली साँस; गुदा-मार्ग से बाहर निकलने वाली हवा; गुदा। वि. दुःख-हर्ता। **~द्वार**-पु. गुदा। **~पवन**—पु., **~वायु**-स्त्री. गुदा-मार्ग से निकलने वाली वायु।

अपार—वि. [सं.] जिसका पार न पाया जा सके; असीम, असंख्य, अत्यधिक; पहुँच से परे; सागर। **~दर्शिता**-स्त्री. जिसके परे, आर-पार न दिखाई दे। **~दर्शी**-वि. जो पारदर्शी न हो, जिसके आर-पार न दिखाई न दे।

अपार्टमेंट—[अं.] फ्लैट, स्वतन्त्र रिहाइशी स्थान, जिसमें कई कमरे, बाथरूम, रसोई, आदि सभी सुविधाएँ हों।

अपार्थ—वि. [सं.] व्यर्थ, निष्प्रयोजन। पु. निरर्थक; असंगत बात कहना या तर्क देना।

अपार्थक—वि. [सं.] निकम्मा, बेकार, निरर्थक।

अपार्थिव—वि. [सं.] जो पृथ्वी संबंधी न हो, जो मिट्टी, आदि अन्य सांसारिक तत्त्वों से न बना हो, न उत्पन्न हुआ हो।

अपासंग—पु. [सं.] तूणीर, तरकश।

अपाहज, अपाहिज—पु. अपंग, अंगहीन, जिसका कोई अंग मारा गया हो; बेकार होना; अकर्मण्य।

अपि—अ. [सं.] भी, ओर। **~च**-अ. और भी। **~तु**-अ. किंतु, बल्कि।

अपील—स्त्री. [अं.] किसी न्यायालय का फैसला बदलने के लिए उससे ऊपर के न्यायालय में प्रार्थना पत्र देना; पुनर्विचार प्रार्थना, साग्रह प्रार्थना, किसी मुसीबत, आदि में सहायता, आदि के लिए सार्वजनिक रूप से प्रार्थना करना। **~अदालत**-स्त्री. नीचे की अदालतों के फैसले पर पुनर्विचार करने वाली अदालत।

अपीलेंट—पु. [सं.] अपील करने वाला।

अपुष्ट—वि. [सं.] जो पुष्ट या स्वस्थ न हो, कमजोर; एक प्रकार का अर्थ-दोष (काव्यशास्त्र)।

अपुष्टिकर—वि. [सं.] जो पोषण करने वाला न हो; जिसकी पुष्टि न हुई हो (समाचार)।

अपूप—पु. [सं.] मालपुआ, पूड़ा; मधुमक्खियों का छत्ता; गेहूँ।

अपूर—वि. भरपूर, प्रचुर, अत्यधिक।

अपूरणीय—स्त्री. [सं.] जिसको पूरा न किया जा सके, जिसकी पूर्ति असम्भव हो।

अपूर्ण—वि. [सं.] जो पूरा या भरा न हो; अधूरा, न्यून, कम। **~क्रिया**-स्त्री. वह काम जो पूरा न हुआ हो या जिसमें पूरी प्रक्रिया न अपनाई गई हो। **~भूत**-पु. क्रिया के काल का एक भेद जिसमें भूत काल तो होता है पर क्रिया समाप्त नहीं होती (व्या.)।

अपूर्णता—स्त्री. [सं.] अधूरापन; कमी।

अपूर्व—वि. [सं.] जैसा पहले घटित न हुआ हो; अद्‌भुत, अनुपम (सौंदर्य)। पु. परब्रह्म; भाग्य-फल।

अपूर्वागत—वि. [सं.] जो पहले कभी न आया हो।

अपृष्ट—वि. [सं.] जो पूछा न गया हो।

अपेक्षणीय—वि. [सं.] जिसकी अपेक्षा हो, अपेक्षा के योग्य, वांछनीय।

अपेक्षया—सं. तुलना में, अपेक्षाकृत।

अपेक्षा—स्त्री. [सं.] चाह, आशा; आवश्यकता; किसी से कोई इच्छा रखना। **~कृत**-अ. किसी से तुलना करना (श्रेष्ठ या न्यून दर्शाने के लिए)।

अपेक्षित—वि. [सं.] जिसकी चाह, प्रतीक्षा अथवा आवश्यकता हो।

अपेक्षी—वि. [सं.] अपेक्षा करने या रखने वाला; आकांक्षा, अपेक्षा या कोई चाह रखने वाला।

अपेक्ष्या—वि. [सं.] जिसकी अपेक्षा हो; अपेक्षणीय।

अपेंडिसाइटिस—[अं.] एक उदर-रोग जिसमें तिल्ली बहुत बढ़ जाती है और पेट में बहुत दर्द होता है।

अपेरेंटिस, अप्रेंटिस—[अं.] प्रशिक्षणार्थी। **~शिप**-स्त्री. प्रशिक्षण-काल, प्रशिक्षण-वृत्ति।

अपेल*—वि. अटल, जिसका उल्लंघन न किया जा सके ('प्रभु आज्ञा अपेल श्रुति गाई'—तुलसी)।

अपोजिट—[अं.] विरुद्ध या विरोध में; ठीक सामने (किसी स्थान का दिशा-निर्देश)।

अपोजिशन—[अं.] प्रतिपक्ष, विरोधी दल; विरोध में या विरोध।

अपौरुष, अपौरुषेय—वि. [सं.] पुरुषार्थ-विहीन, जो पुरुषोचित न हो, मनुष्यकृत नहीं, ईश्वरीय। पु. पौरुष का अभाव; दैवी शक्ति।

अपौष्टिक—वि. [सं.] जो पुष्टिकारक या स्वस्थकर न हो।

अप्—पु. [सं.] जल; हवा। **~चर**-पु. जल-जंतु, जलचर। **~पति**-पु. वरुण; समुद्र। **~सर**-पु. जलचर जीव।

अप्रकंप—वि. [सं.] जो कंपित हो, अस्थिर; जिसका खंडन न हुआ हो अथवा जिसका उत्तर न दिया गया हो।

अप्रकट—वि. [सं.] जो दिखाई न दे; प्रकट न हो; छिपा हुआ हो।

अप्रकाशित—वि. [सं.] जो प्रकाशित न हुआ हो; जो छपा न हो; जहाँ प्रकाश न पहुँचे।

अप्रकाश्य—वि. [सं.] जो प्रकाशन, छपने के योग्य न हो।

अप्रगल्भ—वि. [सं.] लज्जायुक्त; विनीत; जो अधिक न बोले।

अप्रचलित—वि. [सं.] जिसका चलन, रीति-रिवाज या व्यवहार न हो।

अप्रच्छन्न—वि. [सं.] जिसमें दुराव या छिपाव न हो; अनावृत; प्रकट।

अप्रतिभ—वि. [सं.] मंद; उदास; प्रतिभाहीन।

अप्रतिम—वि. [सं.] बेजोड़, अद्वितीय, अनुपम।

अप्रतिष्ठा—स्त्री. [सं.] असम्मान, बेइज़्ज़ती।

अप्रतिहत—वि. [सं.] जिसे कोई रोकने वाला न हो, जिसमें कोई बाधा न हो; अपराजित; अक्षुण्ण। **~गति**-वि. जिसकी गति को किसी भी रूप में रोका न जा सके। **~व्यूह**-पु. एक प्रकार की व्यूह रचना।

अप्रत्यक्ष—वि. [सं.] जो प्रत्यक्ष न हो, दिखाई न दे, अगोचर; परोक्ष।

अप्रत्यनीक—पु. [सं.] अर्थालंकार का एक प्रकार जिसे प्रत्यनीक अलंकार के विपरीत माना गया है।

अप्रत्याशित—वि. [सं.] आकस्मिक; जिसकी आशा या अपेक्षा न की गई हो, अचानक घटित।

अप्रमित—वि. [सं.] जिसको मापा न गया हो; असीम।

अप्रमेय—वि. [सं.] जिसे मापा न जा सके; असीम; जिसे सिद्ध या प्रमाणित न किया जा सके।

अप्रयुक्त—वि. [सं.] जो प्रयोग में न लाया गया हो; जो प्रचलन में न हो।

अप्रसन्न—वि. [सं.] नाराज़, नाख़ुश; उदास, खिन्न।

अप्रसूता—वि. [सं.] जिस स्त्री का प्रसव न हुआ हो, वंध्या स्त्री।

अप्रस्तुत—वि. [सं.] अनुपस्थित; अप्रासंगिक; असंबद्ध; गौण। पु. उपमान। **~प्रशंसा**-स्त्री. अर्थालंकार का एक भेद जिसमें अप्रस्तुत का वर्णन कर प्रस्तुत की प्रशंसा की जाए, अलंकार के नामकरण में 'प्रशंसा' शब्द मुख्यत: 'वर्णन' के रूप में प्रयुक्त है।

अप्राकृत—वि. [सं.] अस्वाभाविक; अलौकिक; असाधारण, जो प्राकृत भाषा का न हो।

अप्राकृतिक—वि. [सं.] जो प्राकृतिक, स्वाभाविक न हो; अलौकिक।

अप्राप्य—वि. [सं.] जो मिल न सके, दुर्लभ, अलभ्य।

अप्रामाणिक—वि. [सं.] जो प्रामाणिक न हो; न मानने योग्य; अविश्वसनीय।

अप्रासंगिक—वि. [सं.] प्रसंग से बाहर का; विषय से जिसका संबंध न हो।

अप्रिय—वि. [सं.] जो प्रिय न हो; बुरा (वचन, गाली); अरुचिकर। **~वादी**-वि. कटुभाषी, बुरा-भला (कहना)।

अप्रैल (एप्रिल)—[सं.] ईसवी सन्, अंग्रेज़ी वर्ष का चौथा महीना, मार्च और मई के बीच में पड़ने वाला मास, लेटिन शब्द 'एप्रिलिस' से व्युत्पत्ति, रोमन सभ्यता में इस माह प्रेम की देवी 'वीनस'—शुक्र—को समर्पित माना गया है।

अप्रेंटिस—[अं.] द्र 'अपेरेंटिस'।

अप्रोच—[अं.] पहुँच; रास्ता, प्रवेश मार्ग; अभिगम, दृष्टि; सिफ़ारिश।

अप्रोजनीय—वि. [सं.] अनुपयोगी, व्यर्थ का।

अप्लाई—[अं.] आवेदन करना, लगाना या लागू करना; मलना-लगाना (दवा, तेल, आदि)।

अप्लीकेशन—[अं.] आवेदन, आवेदन पत्र, प्रार्थना पत्र, प्रयोग।

अप्वाइंट—[अं.] नियुक्त करना; निर्धारित करना, निश्चित करना।

अप्वाइंटमेंट—[अं.] नियुक्ति; पद, नौकरी, किसी से मिलने के लिए, समय निश्चित करना।

अप्सरा—स्त्री. [सं.] अत्यंत रूपवती स्त्री; परी; स्वर्ग लोक की सुन्दरियाँ जिनका प्रयोग कभी ऋषियों, राजाओं, आदि का तप-भंग करने के लिए वेश्या रूप में भी किया जाता था।

अफ़गान—वि. [फा.] अफ़गानिस्तान का रहने वाला, अफ़गान देश का मूल निवासी।

अफ़ग़ानिस्तान—पु. [फा.] भारत के पश्चिमोत्तर में स्थित एक देश।

अफ़गानी—पु. [फा.] अफ़गानिस्तान मूल का।

अफ़ज़ल—वि. [अ.] श्रेष्ठ, उत्तम।

अफ़नाना—क्रि. [अ.] उबलना; क्रुद्ध होना; ऊब जाना।

अफ़रना—अं.क्रि. [अ.] पेट फूलना, जी भर कर खाना, अघाना; खूब भर कर चलना, नदी, नाला, आदि।

अफ़रा—पु. [अं.] पेट का फूल जाना; अपच या वायु-दोष से पेट का फूलना।

अफ़रा-तफ़री—स्त्री. [फ़ा.] बदहवासी, भागमभाग; आतंक फैलना।

अफ़रीदी—पु. भारत की पश्चिमोत्तर सीमा पर रहने वाली एक जाति।

अफ़लातून—पु. [फ़ा.] प्राचीन यूनान का प्रख्यात दार्शनिक विद्वान जिसे आधुनिक ज्ञान का पिता कहा जाता है (अरस्तू)।

अफलित—वि. [सं.] फलहीन; असफल; परिणाम-शून्य।

अफ़वाह—स्त्री. [अं.] किसी झूठी खबर का प्रसार; किंवदंती, उड़ती खबर; बिना आधार के किसी बात का प्रचार।

अफ़सर—पु. [अं.] अधिकारी, हाकिम, सरदार। **~शाही**-स्त्री. अफसरी व्यवस्था, अफ़सरी तंत्र।

अफ़सराना—वि. [फ़ा.] अफ़सरी अंदाज़ का।

अफ़सरी—स्त्री. प्रधानता, अधिकार। **मु. ~झाड़ना**-रौब दिखाना (अच्छे अर्थ में नहीं)।

अफ़साना—पु. [फा.] कहानी, आख्यान; उपन्यास। **~नवीस, ~निगार**—पु. कहानी या उपन्यास लेखक।

अफ़सोस—पु. [फ़ा.] दुःख; खेद; पश्चात्ताप। **~नाक**-दुःख-भरा।

अफ़ीम—स्त्री. पोस्त के पौधे से बना पदार्थ जो दवा और नशे के लिए प्रयुक्त होता है। **~ची**-वि. अफ़ीम के नशे के, आदी।

अफ़्रीकन—वि. [अं.] अफ़्रीका का रहने वाला, अफ़्रीकी मूल का।

अफेडेविट—[अं.] स्टांप पेपर पर दिया गया शपथ-पत्र।

अबंधित—वि. [सं.] स्वच्छन्द, खुला, जो किसी बंधन में रहना न स्वीकारे।

अब—अ. इस समय; इस क्षण, फिलहाल; आगे से। **~का**-वर्तमान काल का, हाल का; आधुनिक। **~की-, ~के**-इस बार, अगली बार। **मु. ~तब करना**-किसी काम के लिए टाल-मटोल करना, आज-कल करना। **~तब लगना या होना**-मरणासन्न स्थिति, कुछ ही देर का मेहमान होना।

अब—पु. [अ.] बाप, पिता।

अबद्ध—वि. [सं.] जो बँधा न हो, मुक्त, स्वच्छन्द; अर्थहीन। **~मुख**-वि. जिसका वाणी पर नियन्त्रण न हो, बदज़बान।

अबध्य—वि. [सं.] जो मारने योग्य न हो, जो वध के दंड का अधिकारी न हो।

अबरक—पु. अभ्रक धातु; पत्थर का एक प्रकार।

अबरख—पु. द्र. 'अबरक'।

अबरा—पु. [फ़ा.] ऊपर का पल्ला (रजाई, आदि में); न खुलने वाली गांठ; उलझन।

अबरी—वि. बादल जैसी धारियों वाला; रंगदार; धब्बों वाला। स्त्री. एक तरह का रंगदार, छींट की छपाई का एक प्रकार का कागज़ जो प्राय: जिल्द के ऊपर या भेंट-सौगात की वस्तुओं के ऊपर लगाया जाता है।

अबला—स्त्री. [सं.] स्त्री, नारी।

अबलाबल—पु. [सं.] शिव।

अबादान—वि. [फ़ा.] आबाद, सम्पन्न; भरा-पूरा।

अबाध—वि. [सं.] बाधा रहित, निर्विघ्न।

अबाधित—वि. [सं.] जो रोका न गया हो, जिसमें रुकावट न हो; स्वाधीन।

अबाबील—स्त्री. [फ़ा.] एक छोटी चिड़िया।

अबीर—पु. [अ.] गुलाल।

अबीरी—वि. अबीर के रंग का।

अबुद्ध—वि. [सं.] द्र. 'अबुध'।

अबुलकलाम आजाद—पु. स्वतन्त्रता संग्राम के एक प्रसिद्ध मुस्लिम नेता, स्वतन्त्रता-प्राप्ति के बाद केन्द्रीय शिक्षा मन्त्री, आदि के रूप में भी कार्य किया।

अबूझ—वि. जिसे समझा न जा सके; नासमझ, अज्ञान।

अबे—अ. अरे, क्यों रे, जैसा सम्बोधन जो या तो तिरस्कार या बहुत अधिक निकटता में दिया जाता है। **मु. ~तबे करना**-अपमानजनक ढंग से बात करना, गाली, आदि देना।

अबेर*—स्त्री. देर होना।

अबोध—वि. [सं.] जिसे कोई ज्ञान न हो—'भोला' के अर्थ में; नासमझ।

अबोध्य—वि. [सं.] समझ में न आने योग्य, जिसे समझा न जा सके।

अब्जद—पु. [अ.] अरबी वर्णमाला में 25वाँ वर्ण, अरबी वर्ण-माला।

अब्जा—स्त्री. [सं.] लक्ष्मी; सीपी।

अब्द—पु. [सं.] वर्ण; बादल; आकाश। पु. (अ.) दास; सेवक। वि. जल देने वाला। **~ज्ञ**-पु. ज्योतिषी। **~प**-पु. इंद्र। **~सार**-पु. कपूर।

अब्धि—पु. [सं.] समुद्र; झील, ताल; सात की संख्या। **~कफ**-पु. समुद्र का फेन, झाग। **~ज**-पु. चंद्रमा; शंख; अश्विनी कुमार। **~जा**-स्त्री. लक्ष्मी; वारुणी। **~नगरी**-स्त्री. द्वारकापुरी। **~शय, ~शयन**-पु. विष्णु। **~सार**-पु. रत्न।

अब्ध्यग्नि—स्त्री. [सं.] वाड़वाग्नि, समुद्र में लगने वाली अग्नि।

अब्बा—पु. [सं.] पिता, बाप ('अब' का सम्बोधन में रूप)। **~जान**-पु. पिता जी।

अब्बास—पु. [अ.] रूखे स्वभाव वाला; बाघ; शेर; हज़रत मुहम्मद साहब के चाचा; एक पौधा।

अब्बासी—वि. [अ.] अब्बास के फूलों के रंग का, लाल। स्त्री. मिस्र देश में पैदा होने वाली एक तरह की कपास।

अब्र—पु. [फा.] बादल, घटा।

अब्राह्मण—पु. [सं.] जो ब्राह्मण न हो, ब्राह्मणेतर व्यक्ति।

अभंग—वि. [सं.] अखंडित, जो टूटा न हो, न टूटने वाला। पु. मराठी भाषा में एक प्रकार के गेय पद। पु. संगीत में एक ताल। **~पद**-पु. श्लेष अलंकार का एक भेद जहाँ शब्द को बिना तोड़े हुए ही दूसरा अर्थ लगा लिया जाता है।

अभंगी—वि. [सं.] द्र. 'अभंग'।

अभक्ष्य—वि. [सं.] न खाने योग्य, जिसका खाना नैतिक दृष्टि से उचित न हो। पु. निषिद्ध—खाद्य पदार्थ।

अभद्र—वि. [सं.] अशिष्ट, असभ्य; अशुभ। पु. अहित; बुराई; शोक; पाप।

अभय—पु. [सं.] भय का अभाव, निर्भयता; परमात्मा; शिव। वि. भय रहित, निडर; निरापद। **~चारी**-पु. ऐसे जंगली जानवर जिनके मारने की क़ानूनी मनाही हो। **~दक्षिणा**-स्त्री., **~दान**-पु. रक्षा का वचन देना, शरण देना। **~पत्र**-पु. रक्षा का लिखित आश्वासन। **~प्रद**-वि. अभय देने वाला। **~मुद्रा**-स्त्री. अभय दान की मुद्रा, तंत्र में वर्णित मुद्रा; भगवान बुद्ध की मूर्तियों, चित्रों, आदि में एक प्रसिद्ध मुद्रा। **~वचन**-पु. रक्षा की प्रतिज्ञा, रक्षा के लिए दिया गया वचन। **~वन**-पु. रक्षित वन।

अभागा—वि. भाग्यहीन, बदनसीब।

अभागी—वि. [सं.] जो संपत्ति में हिस्सा पाने का अधिकारी न हो, अभागा। [स्त्री. 'अभागिनी']।

अभाव—पु. [सं.] न होना; लोप, कमी; मृत्यु। वि. जहाँ भाव, आदर, स्नेह न हो।

अभि—उप. [सं.] यह शब्दों के पूर्व में लग कर ओर, सामने (अभ्यागत, अभिमुख), पास, समीप (अभिसार), ऊपर (अभिषेक), श्रेष्ठ (अभिधर्म), अति, अत्यधिक (अभिनव), बारंबार, पुनः-पुनः (अभ्यास), आदि अर्थों का सूचक होता है। **~योजन**-पु. अभियोग, मुक़दमा दायर करना। **~योजना पक्ष**-पु. मुक़दमा करने या चलाने वाला पक्ष। **~सूत्र**-पु. विशेष सूत्र।

अभिकरण—पु. अधीनस्थ कार्य करने वाली संस्था; निगम; संस्थान।

अभिकर्ता—पु. [सं.] किसी संस्था की ओर से अधिकृत प्रतिनिधि, एजेंट।

अभिकल्प—पु. [सं.] किसी यंत्र, वस्तु, वस्त्र-परिधान, आदि का नमूना बनाना ('डिज़ाइन')।

अभिकल्पक—वि. [सं.] अभिकल्प करने वाला।

अभिक्रम—पु. [सं.] प्रारम्भ; प्रयत्न; आक्रमण।

अभिक्रमण—पु. [सं.] द्र. अभिक्रम।

अभिग्रहण—पु. [सं.] किसी वस्तु का उसके मालिक के सामने ही अपहरण करना।

अभिघात—पु. [सं.] प्रहार, आघात; विनाश।

अभिघातक, अभिघाती—वि. [सं.] अभिघात, प्रहार करने वाला।

अभिचर—पु. [सं.] सेवक, नौकर।

अभिचार—पु. [सं.] तंत्र के अनुसार विभिन्न क्रियाएँ, अनुष्ठान, दूसरे को हानि पहुँचाने के लिए मंत्र का प्रयोग।

अभिचारक, अभिचारी—वि. [सं.] अभिचार करने वाला।

अभिजन—उच्च कुल में जन्म, कुलीन श्रेष्ठ व्यक्ति, ('एʼलीट, एलीट); कुल, वंश।

अभिजात—वि. [सं.] उच्च कुल-उत्पन्न, कुलीन; योग्य; सुन्दर; श्रेष्ठ; विद्वान ('एʼलीट, एलीट)।

अभिजित—पु. [सं.] एक नक्षत्र; दिन का आठवाँ मुहूर्त।

अभिजित्—वि. [सं.] अभिजित नक्षत्र में उत्पन्न होने वाला; विजय प्राप्त करने वाला; एक यज्ञ विशेष; विष्णु।

अभिज्ञ—वि. [सं.] जानकारी या सूचना रखने वाला, जिसे किसी विषय का ज्ञान हो।

अभिज्ञा—स्त्री. [सं.] पहचान जाना, याद आ जाना।

अभिज्ञान—पु. [सं.] पहचान जाना, याद आ जाना; निशानी, मुद्रा की छाप। **~पत्र**-पु. पहचान का प्रामाणिक पत्र (राजदूत, आदि का)। **~शकुंतला**-पु. संस्कृत महाकवि कालिदास का प्रख्यात नाटक ('शाकुंतल' असाधु प्रयोग)।

अभिदान—पु. [सं.] कुछ देने की क्रिया; चंदा; अनुदान।

अभिद्रोह—पु. [सं.] बुराई; हानि; निष्ठुरता।

अभिधर्म—पु. [सं.] श्रेष्ठ धर्म; अध्यात्म तत्त्व (बौद्ध)। **~पिटक**-पु. भगवान बुद्ध के उपदेशों के तीन संग्रहों में से एक, यह बौद्ध दर्शन का आधार धर्म है।

अभिधा—स्त्री. [सं.] शब्द का वाच्यार्थ या शब्दार्थ, सामान्य अर्थ, वाच्यार्थ प्रकट करने वाली शब्द की शक्ति; नाम, उपाधि; शब्द।

अभिधान—पु. [सं.] नाम, उपाधि; कथन; शब्द, शब्दकोश। **~माला**-स्त्री. शब्दकोश।

अभिधानक—पु. [सं.] शब्द की ध्वनि होना, आवाज़।

अभिधेय—वि. [सं.] कथनीय; प्रतिपाद्य; नाम देने योग्य। पु. भावार्थ; वाच्यार्थ, विषय।

अभिनंद—वि. [सं.] प्रसन्न करने वाला, आनंद देने वाला। पु. आनंद, प्रसन्नता, प्रशंसा; बधाई; इच्छा; प्रोत्साहन; ईश्वर का एक नाम।

अभिनंदन—पु. [सं.] बधाई देना; स्वागत करना; प्रोत्साहन देना; सराहना; आनंदित या प्रसन्न करना। **~पत्र**-पु. मानपत्र (एड्रेस)।

अभिनंदनीय, अभिनंद्य—वि. [सं.] अभिनंदन-योग्य।

अभिनंदित—वि. [सं.] जिसका अभिनंदन किया गया हो।

अभिनय—पु. [सं.] अनुकृति करना; नकल, स्वाँग, नाटक खेलना; मनोभावों को व्यक्त करने वाली आंगिक चेष्टाएँ। **~करना**-(लाक्षणिक प्रयोग) बहानेबाजी करना। **~कला**-पु. नाटक करने की कला। **~मंच**-पु. नाटक की प्रस्तुति के लिए बनाया गया ऊँचा-सा स्थान। **~शाला**-स्त्री. वह स्थान या भवन जहाँ नाटक खेला जाए।

अभिनव—वि. [सं.] नया; बिलकुल नया।

अभिनियोग—पु. [सं.] दत्तचित्त होना; संलिप्त होना।

अभिनिवेश—पु. [सं.] उत्कट या दृढ़ लगन; प्रबल आग्रह; संकल्प; किसी कार्य में दृढ़ निश्चय और मनोयोग के साथ लगना।

अभिनिवेशित—वि. [सं.] लगाया हुआ, प्रविष्ट किया हुआ।

अभिनिष्क्रमण—पु. [सं.] बाहर जाना, संन्यास प्रव्रज्या के लिए गृह-त्याग। (**महा**)~ पु. सिद्धार्थ का गृह-त्याग (बै.)।

अभिनीत—वि. [सं.] अभिनय किया हुआ; अनुकृत; निकट लाया हुआ।

अभिनेतव्य, अभिनेय—वि. [सं.] अभिनय करने योग्य।

अभिनेता—पु. [सं.] अभिनय करने वाला ('एक्टर')। [स्त्री 'अभिनेत्री'-एक्ट्रेस]।

अभिन्न—वि. [सं.] भेद या अंतर न रखने वाला; अंतरंग; जो अलग न हो (मित्र)। **~पद**-पु. श्लेष अलंकार का एक भेद जिसमें पद का भंग न हो कर पूरे पद का ही श्लेषार्थ हो। **~हृदय**-वि. अत्यन्त निकट, एक हृदय (मित्र)।

अभिन्नता—स्त्री. [सं.] जहाँ किसी प्रकार का भेद या अंतर न हो, पूरी एक रूपता; गहरी मित्रता।

अभिन्यास—पु. [सं.] रखना; जमा करना; निश्चित योजना के अनुसार होने वाला निर्माण; एक प्रकार का सान्निपातिक ज्वर (आयु.)।

अभिप्राय—पु. [सं.] आशय, भाव; इच्छा; प्रयोजन, उद्देश्य।

अभिप्रेत—वि. [सं.] चाहा हुआ अभिलषित; (मनोगत) आशय।

अभिभावक—वि. [सं.] अतिप्रबल, श्रेष्ठ; अभिभूत करने वाला। पु. संरक्षक ('पैरेंट'), पालन-पोषण करने वाला।

अभिभाषण—पु. [सं.] औपचारिक भाषण करना, बोलना; राष्ट्रपति; सभापति; राज्यपाल; आदि का (लिखित) भाषण।

अभिभूत—वि. [सं.] पूर्ण भावाकुल दशा; वश में हो जाना; पराजित।

अभिमंत्रित—वि. [सं.] मंत्र द्वारा पवित्र किया हुआ (जल, बाण, रत्न-माणिक, आदि)।

अभिमत—वि. [सं.] इष्ट, प्रिय, मनचाहा; स्वीकृत। पु. व्यक्तिगत मत, अपनी राय।

अभिमन्यु—वि. [सं.] बहुत अधिक क्रोध करने वाला। पु. महाभारत का प्रख्यात किशोर योद्धा, सुभद्रा के गर्भ से उत्पन्न अर्जुन का पुत्र।

अभिमर्दन—पु. [सं.] पीसना, रगड़ना, कुचलना; निचोड़ना; युद्ध में पराजित करना।

अभिमान—पु. [सं.] घमंड, गर्व (बुरे और अच्छे दोनों अर्थों में प्रयुक्त)।

अभिमानी—वि. [सं.] घमंडी, अपने को बहुत बड़ा मानने वाला।

अभिमुख—वि. [सं.] जो किसी की ओर मुख किए हुए हो। अ. ओर, सामने।

अभियंता—पु. [सं.] वास्तुकार, निर्माण-कार्य करने वाला ('इंजीनियर'); किसी भी उपकरण को बनाने वाला विशेषज्ञ।

अभियंत्रण—पु. [सं.] अभियंता का कार्य; यंत्र या निर्माण कार्य संबंधी विद्या-कला (इंजीनियरिंग)।

अभियांत्रिकी—स्त्री. [सं.] 'इंजीनियरिंग'।

अभियाचक—वि. [सं.] माँगने वाला, अनुरोध करने वाला।

अभियाचना—स्त्री. [सं.] दीनतापूर्वक याचना करना, अनुरोध करना।

अभियान—पु. [सं.] सामने जाना; युद्ध के लिए चढ़ाई करना; आक्रमण, किसी अच्छे कार्य के लिए निकल पड़ना। **~दल**-पु. चढ़ाई या आक्रमण करने वाला समूह, टुकड़ी।

अभियुक्त—वि. [सं.] जिस पर अभियोग लगाया गया हो, मुक़दमा दायर किया गया हो। पु. अपराधी, क़ानूनी रूप से दोषी।

अभियुक्ति—स्त्री. [सं.] अभियोग।

अभियोक्ता—वि. [सं.] अभियोग लगाने वाला, आरोपी, फ़रियादी। **~पक्ष**-पु. मुक़दमा दायर करने वाला, अभियोग लगाने वाला पक्ष।

अभियोग—पु. [सं.] किसी अपराध का आरोप; मुक़दमा। **~पक्ष**-पु. मुक़दमा दायर करने वाला पक्ष। **~पत्र**-पु. वह पत्र जिसमें अभियोग का विवरण लिखा हो। **~मुक्त**-पु. अपराध से छुटकारा, बरी हो जाना।

अभियोगी—वि. [सं.] अभियोग लगाने वाला, फ़रियादी। पु. वादी।

अभियोज्य—वि. [सं.] जिस पर अभियोग लगाया जा सके। **~दोष**-पु. वह दोष, अपराध, जिस पर अभियोग चल सके।

अभिराम—वि. [सं.] मोहक, सुन्दर; अच्छा लगने वाला; सुखदायक। पु. शिव; आनंद; सुख।

अभिरुचि—स्त्री. [सं.] विशेष रुचि; झुकाव; शौक; विशेष इच्छा।

अभिरूप—वि. [सं.] सुन्दर, मनोहर; प्रिय; अनुरूप। पु. कामदेव; चंद्रमा; शिव; विष्णु।

अभिलक्षित—वि. [सं.] लक्षित किया हुआ, संकेतित, चिह्नों से युक्त।

अभिलाषा, अभिलासा—स्त्री. [सं.] चाह, तीव्र इच्छा; लोभ; प्रिय से मिलने की इच्छा।

अभिलाषी—वि. [सं.] अभिलाषा रखने वाला, चाहने वाला; इच्छुक।

अभिलिखित—वि. [सं.] विशेषत: लिखा या खोदा हुआ।

अभिलीन—वि. [सं.] अनुरक्त, आसक्त।

अभिलेख—पु. [सं.] विशेष लेख; पत्थर, ताम्र-पट, आदि पर उत्कीर्ण, खुदा हुआ लेख, राजाज्ञा, आदि।

अभिलेखन—वि. [सं.] लिखना, खोदना।

अभिलेखित—पु. [सं.] लिपिबद्ध किया हुआ।

अभिवंदन—पु. [सं.] प्रणाम करना, वंदन करना।

अभिवंदना—स्त्री. [सं.] नमस्कार, स्तुति।

अभिवंदनीय, अभिवंद्य—वि. [सं.] प्रणाम करने योग्य, वंदनीय, स्तुति योग्य।

अभिवदन—पु. [सं.] नमस्कार, प्रणाम।

अभिवांछा—स्त्री. [सं.] विशेष इच्छा, अभिलाषा।

अभिवांछित—वि. [सं.] जिसकी अभिलाषा की गई हो, मनचाहा। पु. विशेष इच्छा, अभिलाषा।

अभिवाद, अभिवादन—पु. [सं.] प्रणाम करना, छोटों द्वारा बड़ों को नमस्कार करना।

अभिवादक, अभिवादयिता, अभिवादी—वि. [सं.] अभिवादन करने वाला।

अभिवाद्य—वि. [सं.] अभिवादन के योग्य।

अभिवृद्धि—स्त्री. [सं.] और भी अधिक वृद्धि; सफलता; अभ्युदय।

अभिव्यंजक—वि. [सं.] अभिव्यक्ति करने वाला, प्रकट करने वाला।

अभिव्यंजन—पु. [सं.] अभिव्यक्ति।

अभिव्यंजना—स्त्री. [सं.] अभिव्यक्ति, प्रकट करना।

अभिव्यक्त—वि. [सं.] प्रकट, स्पष्ट; प्रकाशित।

अभिव्यक्ति—स्त्री. [सं.] व्यक्त; प्रकट होना; प्रकाशन।

अभिशप्त—वि. [सं.] शापित; रोग, शोक, कष्ट, आदि को भोगना जिसकी नियति हो।

अभिशस्त—वि. [सं.] अभिशप्त।

अभिशाप—पु. [सं.] शाप; किसी के लिए बुरा सोचना, अनिष्ट की कामना करना।

अभिशापन—पु. [सं.] शाप देना; मिथ्या दोष या लांछन लगाना।

अभिषिक्त—वि. [सं.] जिसका अभिषेक हो चुका हो, जिस पर अभिमंत्रित जल मंगल के लिए छिड़का गया हो, सींचा हुआ, भीगा हुआ; अधिकार प्राप्त।

अभिषुत—वि. [सं.] निचोड़ा हुआ, जिसने स्नान कर लिया हो।

अभिषेक—पु. [सं.] नदियों, आदि का पवित्र जल छिड़कना, राजा का सिंहासनासीन होना, गद्दी पर बैठना; अभिषेक में प्रयुक्त पावन जल।

अभिसंधान—पु. [सं.] लक्ष्य; उद्देश्य; लगन; धोखा देना; ठगना; संधि या समझौता करना।

अभिसरण, अभिसारण—पु. [सं.] नायक या नायिका का, विशेषतः नायिका का ही, प्रिय से मिलने के लिए संकेत स्थल पर जाना।

अभिसार—पु. [सं.] प्रिय से मिलने के लिए चुपचाप जाना, अभिसरण।

अभिसारिका—स्त्री. [सं.] प्रिय से मिलने के लिए संकेत स्थल पर जाने वाली स्त्री, एक नायिका-भेद।

अभिसारिणी—स्त्री. [सं.] अभिसारिका; एक वृत्त।

अभिसारी—पु. [सं.] अभिसार करने वाला; धावा करने वाला।

अभिहास—पु. [सं.] मज़ाक, विनोद, दिल्लगी।

अभिहित—वि. [सं.] कहा हुआ, वर्णित। पु. नाम; नाम देना।

अभिहोम—पु. [सं.] विशेष रूप से यज्ञ करना; घी की आहुति देना।

अभी—अ. इसी समय या इसी क्षण, तत्काल; अब तक; अब भी। वि.[सं.] भय-रहित, निर्भीक।

अभीत—वि. [सं.] निडर, निर्भीक।

अभीति—स्त्री. [सं.] निर्भयता, निडर होने का भाव।

अभीप्सा—स्त्री. इच्छा, वांछा, कामना।

अभीप्सित—वि. [सं.] वांछित, चाहा हुआ, जिसकी अभिलाषा की गई हो। पु. इच्छा, अभिलाषा।

अभीप्सी, अभीप्सु—वि. [सं.] इच्छुक।

अभीरु—वि. [सं.] जो भीरु न हो, निडर; जो भयदायक न हो, निर्दोष। पु. शिव; भैरव।

अभीष्ट—वि. [सं.] जिसकी कामना की गई हो; चाहा हुआ; अभिप्रेत; प्रिय। पु. मनोरथ; प्रिय व्यक्ति, वह वस्तु जिसकी कामना की गई। **~लाभ**-पु. मनचाही वस्तु, लक्ष्य की प्राप्ति। **~सिद्धि**-स्त्री. मनोरथ, अभीष्ट कार्य का पूरा होना।

अभीसार—पु. [सं.] आक्रमण, हमला।

अभुक्त—वि. [सं.] न भोगा हुआ; अछूता; अव्यवहृत; न खाया हुआ; जिसने भोजन अथवा भोग न किया हो। **~पूर्व**-वि. जिसका पहले उपभोग न किया गया हो। **~मूल**-पु. एक मुहूर्त—ज्येष्ठा नक्षत्र के अंत और मूल नक्षत्र के प्रारंभ की दो-दो घड़ियों का समय।

अभूत—वि. [सं.] जो पहले कभी न हुआ हो; अविव्यमान, असाधारण। **~दोष**-वि. निर्दोष। **~पूर्व**-वि. जो पहले न हुआ हो, अद्‌भुत, अनोखा। **~शत्रु**-वि. जिसका कोई शत्रु न हो।

अभूतोपमा—स्त्री. [सं.] उपमा अलंकार का एक उपभेद, इसमें उपमेय के विशेष उत्कर्ष के कारण उपमान का कथन नहीं होता है।

अभेद—पु. [सं.] भेद का अभाव, एकता; एकरूपता। विभेद रहित, अनुरूप। **~रूपक**-पु. रूपक अलंकार का एक भेद, जिसमें उपमान और उपमेय की एकता बताई जाती है। **~वादी**-वि. अद्वैतवादी।

अभेद्य—वि. [सं.] जिसका भेदन न हो सके, जिसके भीतर प्रवेश न किया जा सके (दुर्ग)।

अभोक्ता—वि. [सं.] उपभोग न करने वाला; परहेज करने वाला।

अभोज्य—वि. [सं.] न खाने योग्य; जिसके खाने का निषेध हो; जिसको खाना संभव न हो।

अभौतिक—वि. [सं.] जो पंचभूतों से न बना हो; अपार्थिव, ईश्वरीय, दैवी।

अभ्यंतर—पु. [सं.] भीतर का, अंत:करण, मन, वस्तु का भीतरी भाग। अ. भीतर, अंदर। वि. भीतरी, आंतरिक; जिसके साथ घनिष्ठ संबंध।

अभ्यंतरक—पु. [सं.] घनिष्ठ मित्र।

अभ्यर्चन- पु., **अभ्यर्चना**—स्त्री. [सं.] पूजा, आराधना।

अभ्यर्थन—पु., **अभ्यर्थना**—स्त्री. [सं.] विनती, प्रार्थना; स्वागत, अगवानी (बारात, शोभा, आदि की)।

अभ्यर्थनीय, अभ्यर्थ्य—वि. [सं.] अभ्यर्थना-योग्य।

अभ्यर्थित—वि. [सं.] जिसकी अभ्यर्थना की गई हो।

अभ्यर्थी—वि. [सं.] अभ्यर्थना करने वाला।

अभ्यस्त—वि. [सं.] जिसने किसी चीज़ का अभ्यास किया हो, कुशल; पक्का; आदी।

अभ्यागत—वि. [सं.] अतिथि के रूप में आया हुआ, पास आया हुआ। पु. अतिथि, मेहमान ('गेस्ट')।

अभ्यागम—पु. [सं.] पास आना, पहुँचना; पड़ोस; मुकाबला, शत्रुता-भाव।

अभ्यास—पु. [सं.] किसी क्रिया को बार-बार करना; सीखना, अध्ययन; आदत; सेना; आदि का अपने कार्य में कुशल होने के लिए पहले ही किसी कार्य को करना।

अभ्युचित—पु. [सं.] नियमित, प्रथा के अनुरूप, प्रचलित।

अभ्युत्थान—पु. [सं.] उत्कर्ष, उदय; उठना, उन्नति; किसी का सम्मान करने के लिए उठ कर खड़ा होना।

अभ्युत्थित—वि. [सं.] उठा हुआ; किसी के सम्मान में खड़ा हुआ; उन्नत, उदित।

अभ्युदय—उन्नति, उत्कर्ष, वृद्धि, समृद्धि; आरंभ।

अभ्रंकष—वि. [सं.] आकाश को छूने वाला, बहुत ऊँचा। पु. हवा; पहाड़।

अभ्र—पु. [सं.] आकाश; बादल; सोना; अभ्रक; कर्पूर; शून्य (गणित)। **~कूट**-पु. बादल की चोटी। **~गंगा**-स्त्री. आकाश-गंगा। **~नाग, -मातंग**-पु. ऐरावत हाथी।

अभ्रक—पु. [सं.] एक धातु, अभ्रक। **~सत्त्व**-पु. इस्पात।

अभ्युक्तियाँ—स्त्री. [सं.] टिप्पणियाँ (रिमार्क्स)।

अमंगल—वि. [सं.] अशुभ, अकल्याणकर; भाग्यहीन। पु. अनिष्ट, हानि; दुर्भाग्य।

अम—पु. [सं.] भार; बल, भय, रोग; अनुचर।

अम—'आम' का समासगत लघु रूप। **~चुर, -चूर**-पु. कच्चे आम को सुखा कर पिसा हुआ चूर, (पिसी हुई) खटाई। **~रस**-पु. आम का रस, अमावट।

अमन—पु. [अ.] शांति। **~अमान**-शांति तथा सुरक्षा। **~चैन**-पु. सुख-शांति। **~पसंद**-वि. शांति-प्रिय।

अमन—पु. [सं.] जो कार्य मन से न हो; दत्तचित्तता का अभाव।

अमनस्क—वि. [सं.] अन्यमनस्क, जिसका चित्त या ध्यान कहीं और हो।

अमना—वि. [सं.] अन्यमनस्क, जिसका चित्त, मन कहीं और लगा हो; लापरवाह; उदास।

अमर—वि. [सं.] न मरने वाला; कभी न समाप्त होने वाला; अविनाशी। पु. देवता। **~कंटक**-पु. एक स्थान विशेष, विंध्याचल पर्वत—शृंखला में स्थित। **~कोट**-राजस्थान का एक नगर, जिसका धार्मिक महत्त्व है। **~कोश**-पु. अमर सिंह का बनाया संस्कृत का प्रसिद्ध कोश (ये महाराज विक्रमादित्य के दरबार में प्रसिद्ध नवरत्नों में से एक थे)। **~गुरु**-पु. देवताओं के गुरु बृहस्पति। **~तरु**-पु. कल्प-वृक्ष। **~दारु**-पु. देवदारु वृक्ष। **~धाम**-पु. देवलोक, स्वर्ग। **~नाथ**-पु. कश्मीर स्थित एक प्रसिद्ध तीर्थ जहाँ बर्फ़ का शिवलिंग पूजित होता है। **~पति**-पु. देवताओं के स्वामी इंद्र। **~पद**-पु. मोक्ष; देवपद; स्वर्ग में स्थान। **~पुर**—पु., **~पुरी**-स्त्री. देवलोक, इंद्रपुरी, अमरावती। **~बेल**-स्त्री. अकास-बेल, आकाश-बेल—यह बिना मूल की होती है, प्राय: कीकर, आदि वृक्षों पर। **~लोक**-पु. देव लोक, स्वर्ग। **~वल्लरी, -वल्ली**-स्त्री. आकाश लता।

अमरत्व—पु. [सं.] अमरता, देवत्व।

अमराई—स्त्री. आम का बाग।

अमरावती—स्त्री. [सं.] इंद्रपुरी; महाराष्ट्र में एक प्रसिद्ध स्थान।

अमरी—स्त्री. [सं.] देवकन्या; देवपत्नी; एक वृक्ष।

अमरीकन (अमेरिकन)—वि. [अं.] जो अमेरिका का हो, अमेरिका से संबंधित। पु. अमेरिका का निवासी (गोरा, वहाँ का मूल निवासी नहीं)।

अमरीका (अमेरिका)—पु. [अं.] विश्व का एक प्रसिद्ध महादेश, संयुक्त राज्य; वर्तमान में विश्व की एक महाशक्ति।

अमरीकी—वि. अमेरिका का। पु. अमेरिका का रहने वाला।

अमरू—पु. [सं.] एक राजा जो कवि भी थे।

अमरू—पु. एक विशेष प्रकार का रेशमी वस्त्र।

अमरूत—पु. द्र. 'अमरूद'।

अमरूद—पु. एक प्रसिद्ध फल; इस फल का वृक्ष।

अमरेश, अमरेश्वर—पु. [सं.] अमरों का स्वामी, देवराज, इंद्र।

अमर्त्य—वि. [सं.] जिसे मृत्यु न व्यापे, अनश्वर। पु. देवता। **~भुवन**-पु. देवताओं का लोक, स्वर्ग।

अमर्दित—वि. [सं.] जिसका मर्दन न हुआ हो; अविजित।

अमर्यादा—स्त्री. [सं.] जिसमें मर्यादा न हो, अप्रतिष्ठा, आचरणहीनता; अशिष्टता।

अमर्ष—पु. [सं.] क्रोध; असहिष्णुता; एक संचारी भाव।

अमल—वि. [सं.] मल रहित, स्वच्छ; निष्पाप, उज्ज्वल। पु. स्वच्छता, ब्रह्म। **~मणि,-रत्न**-पु. स्फटिक।

अमल—पु. [अ.] व्यवहार; कर्म; आचरण; क्रिया, काम; आशा, उम्मीद। [हिं] लत; नशा; आदत। **~दखल**-पु. कब्जा।

अमल—हिं. लत; नशा; आदत; दखल। **~दरामद**-पु. जरूरी, उचित, कार्रवाई। **~दारी**-स्त्री. राज्य, प्रशासन; शासनाधिकार। **~पट्टा**-पु. कार्य करने के लिए दिया जाने वाला अधिकार-पत्र। **मु. ~पानी करना**-नशा करना, भाँग-गाँजा, आदि पीना।

अमलतास—पु. पीले फूलों वाला एक वृक्ष।

अमला—स्त्री. [सं.] लक्ष्मी, आँवला। पु. [अ.] किसी कार्यालय, संस्थान के कर्मचारी; किसी गिरे हुए भवन का सामान, मलबा।

अमली—वि. [अ.] व्यावहारिक; जिसे कार्य रूप दिया जा सके; नशा करने वाला (अफीम, गाँजा आदि का)।

अमसृण—वि. [सं.] जो कोमल न हो; कड़ा, कठोर।

अमा—स्त्री. [सं.] अमावस्या। **~निशा**-स्त्री. अमावस्या की रात, घोर अँधेरी रात। **~वस**-स्त्री. (हिंदी) द्र. 'अमावस्या'। **~वस्या,-वास्या**-स्त्री. कृष्ण-पक्ष की पंद्रहवीं तिथि।

अमात्य—पु. [सं.] मंत्री।

अमान—वि. [सं.] जिसे मापा न जा सके; असीम, अत्यधिक; अभिमान रहित; सरल; जिसका मान, आदर या प्रतिष्ठा न हो। पु. रक्षा; शरण, आश्रय; शांति।

अमानत—स्त्री. [अ.] धरोहर, थाती; पैमाइश (नहर, आदि का) काम; अमीन का कार्य, पद; अमन, शांति। **~दार**-पु. अमानत, धरोहर रखने वाला।

अमानना—स्त्री. [सं.] अपमान, अवज्ञा, अनादर।

अमानी—वि. [सं.] निरभिमानी, विनीत; जो नखरा न करता हो।

अमानुष—वि. [सं.] जो मनुष्यों के करने वाला न हो; पाशव, पैशाचिक, बर्बर; अलौकिक। पु. जो मनुष्य न हो; वन्य प्राणी।

अमानुषी—वि. स्त्री. [सं.] अलौकिक; बर्बर।

अमानुषीय, अमानुष्य—वि. [सं.] अलौकिक, जो मनुष्यकृत न हो।

अमान्य—वि. [सं.] जो मान्य न हो।

अमाप—वि. [सं.] अत्यधिक; अपरिमित।

अमार्जित—वि. [सं.] जो साफ न किया गया हो, जिसका मार्जन न किया गया हो, अपरिष्कृत।

अमाल*—पु. अधिकारी; शासक।

अमालनामा—पु. [अ.] वह रजिस्टर जिसमें कर्मचारियों की कार्य-शैली किसी अधिकारी द्वारा दर्ज की जाती है, ('सर्विस-बुक', 'कॉन्फिडेंशियल रिपोर्ट')।

अमावत—स्त्री. वह खाने की वस्तु जो पके आम का रस सुखा कर मोटी परत के रूप में तैयार की जाती है, आम-पापड़।

अमिट—वि. न मिटने वाला; अटल; सदा रहने वाला।

अमित—वि. [सं.] अत्यधिक; असीम; अगणित। **~तेजा,-द्युति**-वि. अत्यंत सुंदर, अत्यधिक तेज वाला। **~विक्रम**-वि. असीम बलशाली। **~वीर्य**-वि. अत्यधिक शक्तिशाली।

अमिताभ—वि. [सं.] अमित आभा, कांति या तेज वाला। पु. भगवान बुद्ध का एक नाम।

अमिताशन—वि. [सं.] बहुत खाने वाला; सर्वभक्षी। पु. अग्नि; विष्णु।

अमितौजा—वि. [सं.] अमित ओज वाला, अत्यंत शक्तिशाली; सर्वशक्तिमान।

अमित्र—वि. [सं.] जो मित्र न हो; शत्रु; विरोधी। **~सेना**-स्त्री. शत्रु पक्ष की सेना।

अमिश्र—वि. [सं.] मिलावट के बिना; शुद्ध, खालिस।

अमिश्रित—वि. [सं.] जिसमें मिलावट न हो।

अमीन—वि. [अ.] अमानत रखने वाला, विश्वसनीय। पु. पैमाइश, लगान वसूल, करने वाला राजस्व विभाग का एक कर्मचारी।

अमीर—पु. [अ.] धनी व्यक्ति, रईस; सरदार; अधिकारी; मुस्लिम—अरब देशों में राजा, प्रांत पति, आदि की उपाधि। वि. धनवान। **~ज़ादा**-पु. अमीर, धनिक, रईस का पुत्र; कुलीन।

अमीराना—वि. [अ.] अमीर के अंदाज़ वाला, धनिकों के अनुरूप।

अमीरी—स्त्री. दौलतमंदी। वि. अमीरों जैसा।

अमुक—वि. [सं.] कोई विशेष (वस्तु या व्यक्ति जिसका नाम नहीं लिया जा रहा है), फलाँ।

अमुक्त—वि. [सं.] जो मुक्त न हो, बँधा हुआ; जिसकी मुक्ति, मोक्ष न हुआ हो। **~हस्त**-वि. कम खर्च करने वाला, मितव्ययी।

अमूर्त—वि. [सं.] आकार-रहित; देह-रहित; निरवयव (आकाश, काल, वायु, आत्मा, परमात्मा, आदि)। पु. शिव। **~गुण**-पु. धर्म, अधर्म, दया, आदि अमूर्त गुण।

अमूल—वि. [सं.] जिसकी जड़ न हो; निराधार; प्रमाण-रहित।

अमूला—स्त्री. [सं.] अग्निशिखा नामक पौधा; बिना जड़ वाली लता—आकाश बेल।

अमूल्य—वि. [सं.] अनमोल; बहुमूल्य; क़ीमती।

अमृणाल—पु. [सं.] एक पौधे की जड़ जिसमें ख़ुशबू होती है; खस-खस।

अमृत—वि. [सं.] जो मरा न हो; न मरने वाला; अमर; अमरता देने वाला; सुंदर; प्रिय। पु. अमृत्व; सुधा; आबेहयात; वह वस्तु या द्रव्य जिसके सेवन से मृत प्राणी जीवित हो जाए और जीवित प्राणी अमरत्व को पा जाए; हितकर। **~कर**-पु. चंद्रमा। **~क्षार**-पु. नौसादर। **~धारा**-स्त्री. एक छंद का नाम; एक प्रसिद्ध औषधि। **~बंधु**-पु. देवता; चंद्रमा। **~मूरि**-स्त्री. संजीवनी बूटी। **~योग**-पु. ज्योतिष में एक मंगलकारी योग। **~लोक**-पु. स्वर्ग।

अमृतत्व—पु. [सं.] अमरता; मोक्ष।

अमृतबान (इमरतबान)—पु. एक विशेष प्रकार का मिट्टी का बना रोगन किया तथा पकाया हुआ बरतन जिसे प्राय: अचार, आदि रखने के लिए प्रयुक्त किया जाता है।

अमृतांश—पु. [सं.] चंद्रमा।

अमृता—स्त्री. [सं.] तुलसी; दूर्वा; मद्य, शराब।

अमृताश—पु. [सं.] विष्णु।

अमृतेश—पु. [सं.] शिव; देवता।

अमृतेश्वर—पु. [सं.] शिव; देवता।

अमृत्यु—वि. [सं.] जो मृत्यु को प्राप्त न हो; अमर।

अमेठना, अमैठना (उमेठना)—स.क्रि. मरोड़ना, मरोड़ी देना।

अमेंडमेंट (एमेंडमेंट)—पु. [अं.] संशोधन, सुधार (संविधान, आदि में)।

अमेय—वि. [सं.] सीमा रहित; परिमाण रहित; अज्ञेय।

अमेह—पु. [सं.] मूत्र न उतरने का रोग।

अमोक्ष—वि. [सं.] जिसका मोक्ष न हुआ हो, अमुक्त।

अमोघ—वि. [सं.] अचूक। पु. विष्णु; शिव। **~किरण**-स्त्री. प्रात:कालीन और सायंकालीन सूर्य की किरणें। **~पाश**-पु. भगवान बुद्ध का एक नाम।

अमोनिया (एमोनिया)—पु. [अं.] नौसादर।

अमोल, अमोलक*—वि. अनमोल; बहुमूल्य ('वस्तु अमोलक दी मेरे सतगुरु')।

अमोही*—वि. जिसे मोह न हो, निर्मोही, निष्ठुर।

अम्पायर-(एम्पॉयर)—पु. [अं.] साम्राज्य।

अम्माँ—स्त्री. माता, माँ; माँ के लिए सम्बोधन।

अम्मामा—पु. [अ.] मुसलमानों द्वारा बाँधे जाने वाला एक प्रकार का साफा।

अम्मारी—स्त्री. [अ.] हौदा, हाथी की सवारी के लिए उस पर रखा जाने वाला एक प्रकार का सिंहासन-जैसा।

अम्ल—वि. [सं.] खट्टा। पु. खट्टापन, खटाई; सिरका; तेजाब। **~जन**-पु. एक गैस, ऑक्सीजन। **~फल**-इमली। **~तरु, -पादप**-पु. इमली का पेड़। **~वृक्ष**-पु. इमली का पेड़।

अम्लान—वि. [सं.] जो मुरझाया या कुम्हलाया न हो, प्रसन्न; प्रफुल्ल; स्वच्छ, निर्मल।

अम्लानि—वि. [सं.] जो मुरझाया नहीं हो; सशक्त।

अम्लिका, अम्लीका—स्त्री. [सं.] खट्टी डकार; इमली का पेड़।

अम्हौरी—स्त्री. गर्मी में पसीने के कारण शरीर, कमर, आदि पर निकलने वाली छोटी-छोटी लाल-लाल फुंसियाँ, मरोड़ियाँ, घमोड़ियाँ।

अय:—पु. [सं.] 'अयस्' का समासगत रूप। **~शंकु**-पु. भाला। **~शूल**-पु. भाला।

अय(स्)—पु. [सं.] लोहा, इस्पात; धातु; हथियार; सोना। **~कांत, -कांतमणि**-पु. चुम्बक। **~कार**-पु. लोहार।

अयज्ञ—वि. [सं.] यज्ञ न करने वाला।

अयन—पु. [सं.] गति, चलना; सूर्य का विषुवत् रेखा से उत्तर या दक्षिण को गमन; सूर्य की इस गति का काल; व्यूह में प्रवेश करने का मार्ग; गृह; गाय-भैंस, आदि के थनों का ऊपरी हिस्सा जिसमें दूध रहता है, जन-भाषा में इसे 'ऐना' भी कहा जाता है। **~काल**-पु. सूर्य के उत्तरायण या दक्षिणायण होने का समय।

अयस्क—पु. [सं.] चूरे के रूप में कच्ची धातु; लौह-अयस्क, आदि ('ओर'-ore)।

अयनांत—पु. [सं.] दो अयनों का अंत, संधि-काल।

अयनांश—पु. [सं.] अयन का भाग।

अययदिन (दिवस)—वह दिवस जिसमें एक ही रात-दिन में दो तिथियाँ बीत जाएँ।

अयम्—सर्व. [सं.] यह।

अयानी—वि. स्त्री. अनजान, भोली, अज्ञानी, 'सयानी' की विपरीतार्थी।

अयाल—पु. [फ़ा.] घोड़े या सिंह की गर्दन के बाल।

अयुक्त—वि. [सं.] जो जोड़ा न गया हो, अनुपयुक्त; अनुचित; अयोग्य।

अयुध्य—वि. [सं.] अजेय, जिससे युद्ध करना सम्भव न हो।

अये—अ. [सं.] संबोधन के लिए शब्द; विस्मयादिसूचक शब्द।

अयोग्य—वि. [सं.] जो योग्य न हो, जिसमें पात्रता न हो; निकम्मा, अनधिकारी।

अयोध्या—स्त्री. [सं.] अवध की एक प्रसिद्ध नगरी, भगवान राम की जन्म-भूमि, साकेत। **~कांड**-रामायण, रामचरितमानस, आदि का दूसरा कांड, खंड; 6 दिसम्बर, 1992 को बाबरी मस्जिद ढाने की घटना को भी 'अयोध्या-कांड' कहा जाता है।

अयोनि—वि. [सं.] गर्भ से उत्पन्न नहीं; अवैध रूप से जन्मा; अजन्मा। पु. ब्रह्मा; शिव। **~ज**-वि. जो योनि से उत्पन्न न हो। **~जा, -संभवा**-स्त्री. सीता (भूमि से उत्पन्न)।

अरई—स्त्री. पैने के सिरे पर लगी हुई लोहे की कील जिससे बैल, भैंसे को हाँका जाता है। **मु. ~देना, ~लगाना**-किसी को किसी काम के लिए बार-बार कहना, आड़ देना।

अरकाट—पु. तमिलनाडु प्रांत में एक नगर।

अरक्षित—वि. [सं.] जो रक्षित न हो; जिसका बचाव न किया गया हो।

अरगजा—पु. एक सुगंधित अंगराग जो चंदन, केसर, जायफल, आदि को मिला कर बनाया जाता है।

अरगनी (अलगनी)—स्त्री. कपड़े लटकाने के लिए कमरे, आदि में बाँधी गई रस्सी [कपड़ों को दीवार से अलग, हटा कर, रखने के कारण ही इसका नाम 'अलगनी', 'अरगनी' है]।

अरगल—पु. किवाड़ों को भीतर से मजबूती से बंद करने के लिए लगाई जाने वाली लकड़ी।

अरघा—पु. अर्घ्य-पात्र, अर्घ्य-पात्र के रूप में बना पत्थर का आधार जिसमें शिवलिंग की स्थापना होती है।

अरजी—स्त्री. द्र. 'अर्ज़ी'।* वि. अरज करने वाला, प्रार्थना करने वाला।

अरजेंट—वि. [अं.] अति आवश्यक।

अरणि, अरणी—स्त्री. [सं.] एक वृक्ष विशेष; काठ का बना एक यंत्र जिसे रगड़ कर (विशेषत:) यज्ञ के लिए आग जलाते हैं; सूर्य; अग्नि; चकमक पत्थर। **सुत**-पु. शुकदेव ऋषि।

अरण्य—पु. [सं.] वन, जंगल। **~कांड**-पु. रामायण, रामचरितमानस, आदि राम-कथा-कृतियों में तीसरा कांड या खंड। **~गान**-सामवेद का विशेष गान जो वन में गाया जाता था। **~राज**-पु. सिंह। **~रुदन, ~रोदन, ~विलाप**-पु. ऐसा रोना जिसे कोई सुनने वाला न हो; प्रार्थना, दु:ख की अभिव्यक्ति जिस पर कोई ध्यान न दे; निष्फल कथन।

अरण्यक—पु. [सं.] वन, जंगल से संबंधित।

अरण्या—स्त्री. [सं.] एक औषधि।

अरण्यानि, अरण्यानी—स्त्री. [सं.] विस्तरित जंगल, वन; वनदेवी।

अरथी—स्त्री. मृतक को श्मशान ले जाने के लिए (हिंदुओं द्वारा प्रयुक्त) बाँस की बनी सीढ़ी-सी, टिकटी। वि. [सं.] सैनिक जो रथ पर न चढ़ कर युद्ध न करे, पदाति।

अरद—वि. [सं.] बिना दाँत का; जिसके दाँत टूट गए हों।

अरदना*—स.क्रि. मसलना, कुचलना; मसल-कुचल कर मार डालना।

अरदली—पु. किसी बड़े अधिकारी के साथ रहने वाला सेवक चपरासी; सेना के अफ़सर को छोटे-मोटे कार्य करने के लिए मिला हुआ सैनिक (ऑर्डरली)।

अरदास—स्त्री. सिख धर्म-मत में पाठ के बाद की जाने वाली प्रार्थना, प्रार्थना, अर्ज़ [फा. 'अर्ज़दाश्त']।

अरधंग*—पु. द्र. 'अर्द्धांग'।

अरध*—वि. द्र. 'अर्द्ध'।

अरना—पु. जंगली भैंसा।

अरनी—स्त्री. यज्ञ में अग्नि उत्पन्न करने वाली लकड़ी, काष्ठ।

अरपन*—पु. द्र. 'अर्पन'।

अरपना*—स.क्रि. अर्पण करना, भेंट करना; भोजन से पूर्व प्रभु को भोज्य पदार्थ अर्पित करना।

अरपित*—वि. द्र. 'अर्पित'।

अरब—वि. सौ करोड़। पु. सौ करोड़ की संख्या। [अ.] एक प्रसिद्ध देश जो दक्षिण-पश्चिम एशिया में स्थित है, इसलाम धर्म के प्रवर्तक पैगंबर मुहम्मद साहब का जन्म यहीं हुआ था। वि. अरब देश का निवासी, अरब मूल का।

अरबराना*—अ.क्रि. घबराना।

अरबरानि—स्त्री. घबराई हुई (ब्रज-भाषा, जगन्नाथदास 'रत्नाकर')।

अरबरी*—स्त्री. घबराहट, हड़बड़ी।

अरबिस्तान—पु. [अ.] अरब देश।

अरबी—वि.अ. अरब देश का। पु. अरब-निवासी; अरबी नस्ल का घोड़ा। स्त्री. अरब देश की भाषा।

अरभक*—पु. द्र. 'अर्भक'।

अरमान—पु. [फ़ा.] मनोरथ, लालसा, कामना, महत्त्वाकांक्षा। **~रह जाना**-मनोरथ, महत्त्वाकांक्षा, लालसा, कामना की तुष्टि वाला।

अरर—अ. विस्मय, उल्लास, पीड़ा, आदि को सूचित करने वाला स्वत:स्फूर्त शब्द।

अरराना—अ.क्रि. 'अरर' की विस्फोटक ध्वनि के साथ किसी दीवार, पेड़ की डाल, आदि का टूट कर गिरना।

अरविंद—पु. [सं.] कमल; सारस; ताँबा। **~नयन, ~लोचन**-पु. विष्णु। **~नाभ, -नाभि**-पु. विष्णु। **~बंधु**-

पु. सूर्य। अरविंद घोष—एक प्रसिद्ध क्रांतिकारी तथा परवर्ती जीवन में ऋषि 'महर्षि' उपाधि से विभूषित, 'अरविंद दर्शन' के प्रस्तोता।

अरविंदनी—स्त्री. [सं.] नलिनी, कमलिनी; कमलों का समूह।

अरविंदाक्ष—पु. [सं.] विष्णु। वि. कमल जैसे नेत्रों वाला।

अरवी—स्त्री. सब्जी के रूप में प्रयोग किया जाने वाला एक कंद; घुइयाँ।

अरसठ—वि., [पु.] द्र. 'अड़सठ'।

अरसन-परसन*—पु. द्र. 'अरस-परस'।

अरस-परस—पु. दरस-परस, दर्शन और स्पर्श; बच्चों का आँखमिचौनी का खेल, 'आईस-पाईस'।

अरसा—पु. [अ.] समय; अवधि; देर; बहुत दिन, मुद्दत।

अरसाश—पु. [सं.] स्वाद रहित, रूखा-सूखा भोजन।

अरसिक—वि. [सं.] रस प्राप्त करने में अक्षम, काव्य, संगीत, नाटक, आदि का रस प्राप्त करने में अक्षम।

अरस्तू—पु. यूनान के एक प्रसिद्ध दार्शनिक, काव्यशास्त्री, विद्वान।

अरहट—स्त्री. रहट, सिंचाई के लिए कुएँ से पानी निकालने की बाल्टियों की माला से बना यंत्र जिसे बैल या ऊँटों द्वारा खींचा जाता था (कोल्हू जैसे वृत्त में)।

अरहर—स्त्री. दाल के रूप में प्रयुक्त होने वाला एक अनाज, तुअर, थुअर।

अराजक—वि. [सं.] प्रशासनहीन स्थिति, विप्लव; बिना राजा का। **~तत्त्व**-पु. अराजकता फैलाने वाले लोग, आतंकवादी।

अराजकता—स्त्री. [सं.] प्रशासन का अभाव; अव्यवस्थापूर्ण स्थिति; बदहाली। **~वाद**-पु. वह राजनीतिक दर्शन जिसमें राज्यहीन समाज व्यवस्था को मान्यता दी जाए। **~वादी**-वि. अराजकतावाद को मानने वाला।

अराति—पु. [सं.] शत्रु जन्म कुंडली में छठा स्थान; 6 की संख्या।

अराधन*—पु. द्र. 'आराधन'।

अराधना*—स.क्रि. आराधन, प्रार्थना, करना।

अराधी*—पु. आराधन, प्रार्थना, करने वाला।

अरारूट, अरारोट—पु. [अ.] एक पौधा विशेष, इसकी जड़ से निकलने वाला तत्त्व जो प्राय: औषधि रूप में प्रयुक्त, बिस्कुट, आदि में भी प्रयोग।

अरावल—पु. हरावल, अग्रगामी सैनिक टुकड़ी, हरावल दस्ता।

अरावली—पु. राजस्थान में फैली एक पर्वत शृंखला, पहाड़ का नाम।

अरिंद*—पु. शत्रु।

अरिंदम—वि. [सं.] शत्रुओं का दमन करने वाला, शत्रुओं पर विजय पाने वाला।

अरि—पु. [सं.] शत्रु; काम, क्रोध, मद, लोभ, आदि शत्रु; रथ का पहिया। **~दमन, ~मर्दन**-वि. शत्रु का नाश करने वाला।

अरिथमेटिक—अ. गणित, अंकगणित।

अरिल्ल—पु. सोलह मात्राओं का एक छंद।

अरिष्ट—पु. [सं.] दुर्भाग्य; अशुभ; शत्रु, अनिष्ट ग्रह; मृत्युकारक योग; रोगी की आसन्न मृत्यु लक्षण; आयुर्वेद में एक औषधि-विधान जिसमें दवाओं, पेड़ की छाल, आदि के खमीर से अर्क तैयार किया जाता है; एक असुर जिसे बाल कृष्ण ने मारा था। **~गृह**-पु. सौर-स्थान। **~नेमि**-पु. कश्यप के एक पुत्र का नाम; जैन धर्म मत में बाईसवें तीर्थंकर।

अरिष्टक—पु. [सं.] रीठा।

अरिष्टा—स्त्री. [सं.] दक्ष प्रजापति की एक कन्या और कश्यप ऋषि की पत्नी, इन्हीं से गंधर्वों की उत्पत्ति मानी गई है।

अरिस्टोक्रैट—पु. [अं.] अभिजात, कुलीन।

अरी—अ. 'अरे' सम्बोधन का स्त्री लिंग रूप, स्त्रियों, लड़कियों के लिए प्रयुक्त।

अरुंधती—स्त्री. [सं.] वसिष्ठ ऋषि की पत्नी, दक्ष की कन्या; सप्तर्षि-मंडल के पास अवस्थित एक छोटा नक्षत्र। **~नाथ**-पु. वसिष्ठ।

अरु*—अ. ओर। पु. [सं.] सूर्य; अर्क का पौधा।

अरुचि—स्त्री. [सं.] अच्छा न लगना, अनिच्छा; विरक्ति; भूख न लगना। **~कर**-वि. जो अच्छा न लगे, अशिष्ट; अप्रिय।

अरुज—वि. [सं.] नीरोग, स्वस्थ।

अरुण—वि. [सं.] लाल, उषा या सिंदूर के रंग का। पु. लाल रंग; प्रात:कालीन सूर्य; सूर्य के सारथि का नाम; सिंदूर। **~कर, ~किरण**-पु. सूर्य की किरणें। **~चूड़, ~शिखा**-पु. मुर्गी।

अरुणा—स्त्री. [सं.] उषा; मजीठ।

अरुणाई*—स्त्री. लालिमा।

अरुणाग्रज—पु. [सं.] गरुड़।

अरुणात्मज—पु. [सं.] कर्ण; सुग्रीव; यम; शनि; जटायु।

अरुणात्मजा—स्त्री. [सं.] यमुना।

अरुणानुज, अरुणावरज—पु. [सं.] गरुड़।

अरुणाभ—वि. [सं.] अरुण की आभा वाला, लालिमायुक्त; सूर्य जैसी कांति वाला।

अरुणाश्व—पु. [सं.] सूर्य का घोड़ा; मरुत्, पवन।

अरुणिमा—स्त्री. [सं.] लाली, लालिमा।

अरुणोदय—पु. [सं.] सूर्योदय का समय, उषा-काल, भोर, तड़का।

अरुन*—वि. द्र. 'अरुण'।

अरुनाई*—स्त्री. लालिमा, ललाई।

अरुनोदय*—पु. द्र. 'अरुणोदय'।

अरुष—वि. [सं.] जो क्रुद्ध न हो; चमकीला। पु. ज्वाला; सूर्य।

अरुषी—स्त्री. [सं.] उषा; ज्वाला; भृगु की पत्नी।

अरूप—वि. [सं.] आकृतिहीन, जिसका कोई रूपाकार न हो; ब्रह्म की उपाधि; जो समान या समतल न हो।

अरे—अ. छोटों के लिए प्रयुक्त संबोधन; विस्मय, दुःख, शोक, आदि उद्‌गारों का सूचक शब्द।

अरोग—वि. [सं.] नीरोग, स्वस्थ।

अरेस्ट—[अं.] गिरफ़्तार, पुलिस, आदि द्वारा पकड़ा जाना।

अरोचक—वि. [सं.] जो रोचक न हो, अरुचिकर; अप्रिय।

अरोड़ा—पु. पंजाब में खत्रियों की एक उपजाति।

अरोध्य—वि. [सं.] जो रोका न जा सके, अबाधित।

अर्क—पु. [सं.] सूर्य; अग्नि; ताँबा; स्फटिक; आक का पौधा; इन्द्र; विष्णु; सूर्य या चंद्रमा को जल-दान (अर्घ्य देना)। **~क्षेत्र**-पु. सिंह राशि। **~चंदन**-पु. लाल चंदन। **~तनय**-पु. सूर्य से उत्पन्न कर्ण, यम, सुग्रीव, आदि। **~जा, ~तनया**-स्त्री. यमुना। **~दिन**-पु. रविवार। **~विवाह**-पु. विवाह के समय अनिष्ट योग निवारण के लिए कन्या का अर्क के पौधे के साथ किया जाना वाला प्रतीक विवाह। **~व्रत**-पु. सूर्य के निमित्त रखे जाने वाला व्रत।

अर्क़—पु. [अ.] विशेष विधि से तैयार किया गया किसी चीज़ का रस, सत्त्व (सत्त), भभके से खींचा हुआ रस। **~वादियान**-पु. सौंफ़ का अर्क़।

अर्गल—पु. रोक, किवाड़।

अर्गला—स्त्री. [सं.] किवाड़ बंद करने के लिए लगी हुई जंजीर; सिटकिनी, चिटकिनी; दुर्गा सप्तशती के पाठ से पूर्व पढ़ा जाने वाला स्तोत्र।

अर्गलिका—स्त्री. [सं.] छोटी अर्गला, जंजीर, आदि।

अर्घ—पु. [सं.] पूजन में श्रद्धापूर्वक जल-दान, विशेषतः सूर्य या चंद्रमा को, पूजन के सोलह उपचारों में से एक; अर्घ के जल में प्रायः ही अक्षत, दूब, दूध, मधु, आदि में डालने का विधान; मूल्य, दाम। **~दान**-पु. अर्घ अर्पित करना। **~पात्र**-पु. अर्घ देने का पात्र, अर्घा, लोटा, आदि।

अर्घट—पु. [सं.] राख।

अर्घार्ह—वि. [सं.] भेंट या पूजा के योग्य।

अर्घेश्वर—पु. [सं.] शिव।

अर्घ्य—वि. [सं.] पूजनीय; बहुमूल्य। पु. पूजा में देने योग्य वस्तु, अर्घ के उपयुक्त द्रव्य, एक प्रकार का मधु।

अर्चक—वि. [सं.] पूजा करने वाला।

अर्चन,-पु. **अर्चना**—स्त्री. [सं.] पूजन, वंदन।

अर्चनीय, अर्च्य—वि. [सं.] पूजनीय; सम्मान्य।

अर्चा—स्त्री. [सं.] पूजा; वह प्रतिमा जिसकी पूजा की जाए।

अर्चित—वि. [सं.] पूजित; सम्मानित। पु. विष्णु।

अर्ज़—पु. [अ.] प्रार्थना; निवेदन; वस्त्र की चौड़ाई। **~दाश्त**-पु. प्रार्थना करना; लिखित प्रार्थना, प्रार्थना-पत्र, अर्ज़ी।

अर्जन—पु. [सं.] किसी चीज़ को परिश्रम से प्राप्त करना, कमाना; संग्रह करना।

अर्जनीय—वि. [सं.] संग्रह या प्राप्त करने योग्य।

अर्जित—वि. [सं.] परिश्रमपूर्वक प्राप्त, कमाया हुआ; इकट्‌ठा किया हुआ। **~अवकाश**-पु. कार्यालयों में दिया जाने वाला वह अवकाश जो कार्य-अवधि के अनुपात में दिया जाता है (कैज़ुअल लीव)।

अर्ज़ी—स्त्री. [अ.] प्रार्थना-पत्र, दरख्वास्त ('एप्लीकेशन')। **~नवीस**-पु. कचहरी में अर्जी लिखने वाला।

अर्जुन—पु. [सं.] महाभारत के प्रसिद्ध योद्धा, अजेय धनुर्धर, पांडु के पाँच पुत्रों में से एक; हैहयराज कार्त्तवीर्य; इंद्र; सफेद रंग; एक वृक्ष जिसकी छाल दवा के काम आती है; इकलौता पुत्र; मोर; आँख का एक रोग। **~ध्वज**-पु. हनुमान।

अर्जुनक—वि. [सं.] अर्जुन संबंधी। पु. अर्जुन का पूजक।

अर्जुनी—स्त्री. [सं.] श्वेत गाय; एक सर्प; अनिरुद्ध की पत्नी, ऊषा; कुटनी।

अर्जुनोपम—पु. [सं.] सागौन का पेड़।

अर्णव—पु. [सं.] समुद्र; धारा; अन्तरिक्ष; इंद्र; सूर्य; रत्न; मणि। **~ज, ~मल**-पु. समुद्र-फेन। **~नेमि**-स्त्री. पृथ्वी। **~पति**-पु. महासागर। **~पोत, ~यान**-पु. जहाज। **~मंदिर**-पु. वरुण।

अर्णवोद्‌भव-पु. [सं.] चंद्रमा; अमृत।

अर्णवोद्‌भवा—स्त्री. [सं.] लक्ष्मी।

अर्णा—स्त्री. [सं.] वेदों में वर्णित एक नदी।

अर्तिका—स्त्री. [सं.] बड़ी बहन।

अर्थ—पु. [सं.] शब्द का अभिप्राय, मायने, मतलब; प्रयोजन; काम; हेतु, निमित्त; धन-सम्पत्ति, इंद्रियों के विषय-शब्द, स्पर्श, रूप, रस और गंध; जीवन के चार पुरुषार्थों—धर्म, अर्थ, काम, मोक्ष—में से एक; मूल्य। **~कर**-वि. लाभकारी, जिससे पैसा मिले। [स्त्री. अर्थकरी]। **~कर्म**-पु. मुख्य कार्य। **~कष्ट**-पु. धन का अभाव। **~कृच्छ्र**-पु. आर्थिक अभाव, धन की कमी। **~गत**-वि. शब्द के अर्थ के अनुसार। **~गर्भित, ~गर्भी**-वि. जो गम्भीर अर्थ से पूरित हो, जिसके कई अर्थ निकलें। **~गृह**-पु. कोष, खजाना। **~गौरव**-पु. अर्थ की गम्भीरता। **~चर**-पु. राजकीय कर्मचारी। **~चिंता**-स्त्री. धन की चिंता। **~दंड**-पु. जुर्माने की सजा। **~द**-वि. धन देने वाला। पु. कुबेर। **~दोष**-पु. शब्द के अर्थ संबंधी दोष (का.शा.)। **~प्रबन्ध**-पु. आर्थिक व्यवस्था, वित्त ('फाइनेंस')। **~बंध**-पु. छंद; वाक्य-

विन्यास। **~बुद्धि**-वि. हिसाबी-किताबी आदमी। **~भृत**-पु. वेतन-भोगी कर्मचारी। **~व्यवस्था**-स्त्री. सार्वजनिक राजस्व की व्यवस्था। **~शास्त्र**-पु. सामाजिक अध्ययन का एक शास्त्र ('इकोनॉमिक्स')। **~सिद्धि**-स्त्री. अभीष्ट-प्राप्ति, उद्देश्य की सिद्धि, मतलब निकल जाना। **~हीन**-वि. निर्धन; व्यर्थ; असफल।

अर्थांतर—पु. [सं.] एक दूसरा ही अर्थ या विषय। **~न्यास**-पु. एक अर्थालंकार, इसमें सामान्य से विशेष, विशेष से सामान्य अथवा कारण से कार्य या कार्य से कारण का समर्थन दर्शाया जाए।

अर्थागम—पु. [सं.] धनागम, आय; जहाँ शब्द के मूल अर्थ में कोई अन्य अर्थ आ जुड़े (भा.वि.)।

अर्थात्—अ. [सं.] यानी, दूसरे शब्दों में।

अर्थाधिकारी—पु. [सं.] खजांची, कोषाधिकारी।

अर्थापत्ति—स्त्री. [सं.] एक अर्थालंकार जिसमें यह दर्शाया जाता है कि जब इतनी बड़ी बात सम्भव है तो छोटी सी बात में क्या संदेह, वह तो स्वत: ही सिद्ध हो जाएगी।

अर्थार्थी—वि. [सं.] धन की कामना रखने या उसको प्राप्त करने के लिए प्रयत्न करने वाला, अपना मतलब साधने वाला, स्वार्थी।

अर्थालंकार—पु. [सं.] वह अलंकार जिसमें कवि-कौशल शब्द पर नहीं, अर्थ पर आधारित हो (का.शा.)।

अर्थित—वि. [सं.] माँगा हुआ; चाहा हुआ।

अर्थी—वि. [सं.] कामना, इच्छा, गरज रखने वाला; प्रार्थी; धनी। पु. याचक, माँगने वाला; भिक्षुक।

अर्थ्य—वि. [सं.] माँगने योग्य; उपयुक्त; धनी।

अर्दली—पु. [अं.] सरकारी अफ्सर का चपरासी ('ऑर्डरली')।

अर्द्ध, अर्ध—वि. [सं.] आधा। पु. आधा भाग। **~काल, ~कूट**, ~पु. शिव। **~केतु** पु. रुद्र, शिवा **~गंगा, ~जाह्नवी**-स्त्री. गंगा के ही समान, कावेरी नदी। **~गोल**-पु. गोलार्द्ध। **~गोलाकार**-वि. गोले के आधे आकार का। **~चंद्र**-पु. आधा चंद्रमा; सानुनासिक चिह्न, चंद्रबिंदु; एक प्रकार का तिलक; मोरपंख पर बनी आँख। **~नारायण**-पु. विष्णु का एक रूप। **~नारीश, ~नारीश्वर**-पु. शिव का एक रूप, विग्रह जिसमें आधा भाग शिव रूप और आधा भाग पार्वती का है। **~निशा, ~रात्रि**-स्त्री. आधी रात। **~भागिक**-वि. किसी धन संपत्ति में आधे का स्वामी, हिस्सेदार। **~मागधी**-स्त्री. प्राकृत भाषा का एक रूप जो मथुरा और पटना के बीच प्रचलित था। **~मात्रा**-स्त्री. आधी मात्रा; व्यंजन वर्ण। **~वीक्षण**-पु. तिरछी चितवन। **~वृत्त**-पु. वृत्त की परिधि का आधा भाग। **~वृद्ध**-प्रौढ़, अधेड़ आय का। **~शेष**-वि. जिसका आधा भाग ही बचा हो। **~सम**-वि. आधे के बराबर। पु. वे छंद जिनका पहला और तीसरा अथवा दूसरा और चौथा चरण समान हो, यथा—दोहा, सोरठा। **~साप्ताहिक**-वि. सप्ताह में दो बार होने या निकलने वाला। पु. सप्ताह में दो बार निकलने वाला पत्र, **~सैनिक**-वि. जो अपनी प्रकृति में पूरी तरह सैनिक न हो। **~सैनिक बल**-पु. सुरक्षा के लिए तैनात ऐसे सैन्य बल जो अपनी प्रकृति में पूरी तरह सेना जैसे न हों, यथा—सीमा सुरक्षा बल (बी.एस.एफ.), केन्द्रीय सुरक्षा बल (सी.आर.पी.एफ.), पी.ए.सी., आदि।

अर्द्धक, अर्धक—वि. [सं.] आधा।

अर्द्धांग, अर्धांग—पु. [सं.] आधी देह; पक्षाघात, फालिज रोग; शिव का एक रूप।

अर्द्धांगिनी, अर्धांगिनी—स्त्री. [सं.] पत्नी, सहधर्मिणी।

अर्द्धांगी, अर्धांगी—पु. [सं.] शिव।

अर्द्धांशी, अर्धांशी—वि. [सं.] आधे भाग का स्वामी।

अर्द्धा, अर्धा—स्त्री. [सं.] 25 मोतियों का गुच्छा, इसकी तौल चार माशे की होती थी।

अर्द्धार्द्ध, अर्धार्ध—वि. [सं.] आधो-आध, बराबर के दो हिस्से; चौथाई—आधे का आधा।

अर्द्धाली, अर्धाली—स्त्री. चौपाई छंद का एक चरण, आधी चौपाई।

अर्द्धावभेदक, अर्धावभेदक—पु. [सं.] आधासीसी, सिरका एक दर्द।

अर्पण—पु. [सं.] श्रद्धापूर्वक, सम्मानपूर्वक कोई वस्तु देना, दान करना; भेंट करना।

अर्पित—वि. [सं.] अर्पण किया हुआ।

अर्बुद—पु. [सं.] दस करोड़ की संख्या; आबू पहाड़; एक रोग जिसमें शरीर में कहीं बड़े फोड़े जैसा मांस पिंड निकल आता है। जैनियों का एक तीर्थस्थान; बादल; एक नरक।

अर्भ—पु. [सं.] शिशु; छात्र; कुशा।

अर्भक—पु. [सं.] बच्चा; कुशा; आदमी (तुलसी—'कवितावली')।

अर्य—वि. [सं.] पूज्य, श्रेष्ठ; सम्मान्य; सच्चा; दयालु; प्रिय।

अर्यमा—पु. [सं.] सूर्य; बारह; आदित्यों में से एक; उत्तरा फाल्गुनी नक्षत्र; अंतरंग मित्र।

अर्रा—स्त्री. तुरई (तोरी) तुरई; तोरई की सब्जी की एक किस्म।

अर्राना—क्रि. बहुत अधिक क्रोध में टूट पड़ना, आक्रमण करना; गर्व अथवा शक्ति के मद में चूर होना।

अर्वाचीन—वि. [सं.] आधुनिक; नया; इधर का या हाल ही का ('प्राचीन' का विपरीतार्थी)।

अर्वावसु—पु. [सं.] देवताओं का यज्ञ-कर्ता।

अर्वुक—पु. [सं.] महाभारत में वर्णित एक जाति।

अर्श—पु. [अ.] छत; आकाश; तख़्त; इसलाम धर्म के अनुसार आठवाँ या सर्वोच्च स्वर्ग। **मु.** (दिमाग)**~पर होना**

अपने को बहुत बड़ा समझना; अपनी शक्ति-सामर्थ्य पर इतराना, घमंड में चूर होना; बड़े-बड़े मनसूबे बाँधना। **~से फ़र्श तक**-आकाश से धरती तक।

अर्श—पु. [सं.] गुदा का एक रोग, बवासीर।

अर्हंत—वि. [सं.] योग्य। पु. बुद्ध; जिन; शिव।

अर्ह—वि. [सं.] योग्य; सम्मान्य; पूजनीय; अधिकारी, उपयुक्त। पु. विष्णु; इन्द्र।

अर्हणीय—वि. [सं.] पूजा या सम्मान के योग्य।

अर्हता—स्त्री. [सं.] योग्यता, पात्रता; किसी पद के लिए वांछित योग्यताएँ ('क्वालिफिकेशंस')।

अर्हित—वि. [सं.] पूजित; सम्मानित।

अलं—'अलम्' का समासगत रूप। **~करण**-पु. सजावट; सजाना; आभूषण। **~कर्ता**-वि. अलंकरण करने वाला, साज-सज्जा करने वाला। **~कार**-पु. सजावट, आभूषण, गहना, भूषा, काव्य या गद्य में रचनात्मक सौन्दर्य प्रदान करने का शब्दगत अथवा अर्थगत कौशल, इसी के आधार पर शब्दालंकार तथा अर्थालंकार का विधान (का.शा.)। **~शास्त्र**-पु. अलंकारों का विवेचन करने वाला शास्त्र, पिंगल शास्त्र। **~कृति**-स्त्री. अलंकार; सजावट, सज्जा।

अलँग*—अ. ओर तरफ।

अलंघनीय, अलंघ्य—वि. [सं.] जिसको लाँघा या पार न किया जा सके; अटल।

अलक—पु. [सं.] केश; ज़ुल्फ़; लट; घुँघराले बाल; महावर। **~नंदा**-स्त्री. कन्या, उत्तर में एक नदी।

अलक़त—पु. [अ.] काट देना; रद्द कर देना; न मानना। **~क़िस्सा**-सारांश, निष्कर्षत: कोई बात कहना।

अलकतरा—पु. 'कोलतार'—एक काला गाढ़ा तरल पदार्थ जिसे गर्म करके सड़क बनाने, लकड़ी की सुरक्षा, आदि के लिए बनाए गए दरवाजों-खिड़कियों, आदि पर प्रयोग किया जाता है।

अलकलड़ैता, अलकसलोरा—वि. लाड़ला, दुलारा, अत्यधिक प्रिय (सूरदास)।

अलका—स्त्री. [सं.] कुबेरपुरी; कन्या। **~पति**-पु. कुबेर। **~पुरी**-स्त्री. कुबेर-नगरी; इंद्रपुरी।

अलकावलि—स्त्री. [सं.] केश-राशि, बालों की लटें।

अलकोहल—पु. [अं.] शराब, मद्य का सार; स्पिरिट।

अलक्त, अलक्तक—पु. [सं.] लाख; महावर।

अलक्षित—वि. [सं.] न देखा हुआ; अज्ञात; अदृश्य; गुप्त।

अलक्ष्य—वि. [सं.] जो दिखाई न दे, अदृश्य, अज्ञेय; जिसका लक्षण-निरूपण न किया जा सके।

अलख—वि. जो देखा न जा सके, अलक्ष्य; अगोचर। पु. ब्रह्म। **~धारी, ~नामी**-पु. गोरख-मार्गी साधुओं का एक सम्प्रदाय और उसके अनुयायी। **~निरंजन, ~पुरुष**-पु. ब्रह्म, ईश्वर। **मु. ~जगाना,** 'अलख लख', 'अलख'-'अलख' या 'अलख लख' पुकार कर निर्गुण ब्रह्म को स्मरण करना और भिक्षा माँगना, नाथ-पंथ के कनफटे योगियों का भिक्षा का यह ढंग।

अलग—वि. भिन्न, जुदा; दूर; अनोखा। **~अलग**-अ. प्रत्येक को या प्रत्येक से। **~थलग**-वि. भिन्न; दूर; कट जाना। **मु.-करना**-हटा देना, काम या नौकरी से हटा देना; संयुक्त परिवार से पृथक् कर देना। **~होना**-संयुक्त परिवार से पृथक् हो जाना; नौकरी या काम छोड़ देना।

अलगनी—स्त्री. द्र. 'अरगनी'।

अलगाना—स.क्रि. अलग करना; दूर कर देना।

अलग़ोजा—पु. [अ.] एक तरह का बाँसुरीनुमा वाद्य, यह दो (जोड़ी) बाँसुरियों से बनाया जाता है।

अलगोझा (अलग्योझा)—पु. संयुक्त परिवार से अलग होना, बँटवारा (प्रेमचंद की कहानी)।

अलफ़—स्त्री. [अ.] बिल्कुल; घास; हरी घास या हरा चारा।

अलबत्ता—अ. [अ.] निसंदेह, निस्संदेह, बेशक।

अलबम—पु. [अं. फ़े.] फोटो रखने के लिए जिल्द बँधी-कॉपी; चित्र-संग्रह।

अलबेला—वि. अनोखा, अनूठा, बाँका; सुन्दर; मनमौजी।

अलब्ध—वि. [सं.] जो प्राप्त न हो, अप्राप्त।

अलभ्य—वि. [सं.] दुर्लभ; अप्राप्य; अनुपलब्ध; अनमोल, बहुमूल्य।

अलम—पु. [अ.] दु:ख; शोक; झंडा; निशान; भाला। **~बरदार**-पु. झंडा उठाने वाला; कार्य या आंदोलन विशेष में आगे रहने वाला, नेतृत्व करने वाला।

अलमस्त—वि. मस्त; बे-फिक्र, मौजी; फक्कड़।

अलमारी (आलमारी)—स्त्री. सामान रखने के लिए लकड़ी, लोहे, स्टील, आदि की बनी कई खानों वाली बंद जगह या संदूकनुमा उपकरण।

अलम्—अ. [सं.] पर्याप्त, काफी, बस।

अललटप्प—वि. बे-सिर पैर की बात।

अललबछेड़ा—पु. घोड़े या गाय का खिलंदड़ बच्चा; खिलंदड़ या छड़ा आदमी।

अलवाई—वि. [स्त्री.] जिसे हाल में ही बच्चा पैदा हुआ हो (गाय-भैंस); कोमल-कोमल (सब्ज़ी-भिंडी, तोरई, ककड़ी, आदि के लिए कहा जाता है)।

अलसी—स्त्री. एक तिलहन का पौधा, उसके बीज।

अलसेट—स्त्री. ढिलाई; टालमटोल।

अलसेटिया—वि. अलसेट करने वाला; आलसी।

अलहदगी—स्त्री. अलग रहना।

अलहदा—वि. [अ.] अलग, जुदा।

अलाउंस (एलाउंस)—पु. [अं.] भत्ता, किसी कार्य के लिए वेतन से अतिरिक्त मिलने वाला धन ('डियरनैस,

ट्रेवलिंग अलाउंस')। **~अलाट (एलाट)**—निर्धारित या नियत करना; बाँटना, बाँट देना। **~मैंट**—आवंटन, बाँट देना; किसी का हिस्सा निर्धारित कर देना।

अलान—पु. हाथी बाँधने का खूँटा या सींकड़; हाथी बाँधने के लिए मोटी-सी बड़ी जंजीर।

अलानिया—अ. [अ.] ऐलान के रूप में उच्च स्वर से या निडर हो कर कोई बात कहना; डंके की चोट के रूप में कोई बात कहना।

अलापना—अ.क्रि. बार-बार किसी एक ही बात को कहना; गाने में अलाप लेना। **मु.** (राग)—बार-बार एक ही बात को दोहराना।

अलामत—स्त्री. [अ.] चिह्न, निशान; पहचान; लक्षण।

अलार्म (अलारम)—पु. [अं.] खतरे की घंटी या सूचना। **~घड़ी**-स्त्री. नियत समय पर घंटी या विशेष धुन बजाने वाली घड़ी। **मु. ~बजना**-खतरे की सूचना मिल जाना।

अलाव—पु. [फ़ा.] सर्दी से बचने के लिए, तापने के लिए जलाई हुई आग, विशेषत: फूस, पत्ती, ईख की खोई, आदि का प्रयोग कर जलाई जाती है; कौड़ा।

अलावा—अ. [अ.] सिवा, अतिरिक्त।

अलिंद—पु. [सं.] प्रवेश द्वार के सामने का चबूतरा या प्रवेश द्वार के सामने खुला आँगन-सा।

अलि—पु. [सं.] भौंरा; कोयल; बिच्छू। **~कुल**-पु. भौंरों का समूह।

अलिखित—वि. [सं.] जो लिखित न हो, जो लिखा न गया हो।

अलिप्त—वि. [सं.] बिना लेप का, जो किसी में लिप्त या संलग्न न हो, निर्दोष।

अली—स्त्री. सखी (प्राय: सम्बोधन में ही प्रयुक्त)। पु. भौंरा। अ. मुसलमानों के चौथे खलीफा, मुहम्मद साहब के दामाद और इमाम हुसैन के पिता।

अलीक—वि. जिसकी कोई लीक, परम्परा, रिवाज़ न हो।

अलीता—वि. [अ.] बीमार।

अलुक—पु. [सं.] एक समास जिसमें पूर्व पद की विभक्ति का लोप नहीं होता, यथा—असूर्यंपश्या, मनसिज, वाचस्पति, धुरंधर।

अलोक्य—वि. [सं.] असाधारण, जो इस लोक में सम्भव न हो।

अलोचन—वि. [सं.] नेत्रहीन।

अलोना, अलूना (अलूना)—वि. बिना नमक का; बेस्वाद; रूखा-रूखा।

अलोप—पु. [सं.] लुप्त न होना।* वि. गायब, अदृश्य, लुप्त।

अलोमक—वि. [सं.] केश रहित।

अलोलुप—वि. [सं.] जिसमें लालच न हो, लोभ-रहित।

अलोहित—वि. [सं.] जो लाल न हो, रक्त-शून्य। पु. लाल कमल।

अलौकिक—वि. [सं.] जो लोक में न हो; ईश्वरीय, अतिप्राकृत; अद्भुत।

अल्टीमेटम—[अं.] अन्तिमेत्थम्; अन्तिम निर्णय, अन्तिम चेतावनी।

अल्प—वि. [सं.] कम, थोड़ा; छोटा; तुच्छ। **~जीवी**-वि. अल्पायु। **~ज्ञ**-वि. थोड़ा जानने वाला, जिसका ज्ञान सीमित हो मूर्ख। **~तनु**-वि. दुर्बल; पतला, छोटी हड्डियों वाला, ठिंगना। **~दृष्टि**-वि. जो दूरदर्शी न हो; संकुचित दृष्टि वाला। **~धी**-वि. थोड़ी बुद्धि रखने वाला, मूर्ख। **~प्राण**-वि. अल्पशक्ति वाला, साँस का रोगी। पु. प्रत्येक व्यंजन वर्ग का पहला, तीसरा और पाँचवाँ अक्षर तथा य, र, ल, व, (व्याकरण)। **~बुद्धि, ~मति**-वि. अल्पज्ञ, मंद बुद्धि; मूर्ख। **~भाषी, ~वादी**-वि. कम बोलने वाला। **~मत**-पु. कम मत प्राप्त पक्ष, दल, बहुमत का विपरीतार्थी। **~मेधा**-वि. नासमझ, मंदबुद्धि। **~वय, ~वयस्क, ~वया**-वि. छोटी या कम आयु का, कमसिन—छोटी आयु की लड़की। **~विराम**-पु. वाक्य विन्यास में किसी शब्द के बाद थोड़ा रुकना, इसका चिह्न (,-'कोमा' का चिह्न)। **~व्यय**-पु. थोड़े से खर्च के काम। **~संख्य, ~संख्यक**-वि. कम जनसंख्या या कम गिनती वाला (समुदाय, जैसे भारत में मुसलमान, ईसाई, आदि)।

अल्पश:—अ. [सं.] थोड़ा-थोड़ा कर के।

अल्पायु—वि. [सं.] जिसकी आयु थोड़ी हो, छोटी आयु में ही जिसकी मृत्यु हो जाए।

अल्पारंभ—पु. [सं.] छोटे पैमाने पर आरम्भ होने वाला कार्य।

अल्पाहार—वि. [सं.] कम मात्रा का आहार; हल्का भोजन; नाश्ता।

अल्पाहारी—वि. [सं.] थोड़ा भोजन करने वाला, कम खाने वाला।

अल्युमीनियम—[अं.] एक धातु।

अल्ल—पु. वंश, गोत्र या कुल, आदि का नाम, यथा—त्रिवेदी, शुक्ल, तोमर, गोयल, आदि।

अल्लम-गल्लम—पु. अनाप-शनाप, बेतुकी (बात); व्यर्थ।

अल्ला—पु. द्र. 'अल्लाह'। स्त्री. [सं.] माता, पराशक्ति।

अल्लाना*—अ.क्रि. चिल्लाना।

अल्लामा—वि. [अ.] बड़ा आलिम, बहुत ज्ञानी।

अल्लाह—पु. [अ.] खुदा, ईश्वर। **~ताला**-पु. परमेश्वर। **~अल्ला**-विस्मय और प्रशंसा सूचक उद्‌गार। **~आमीन**-आशीर्वाद सूचक उद्‌गार। **~का नाम**-कुछ भी नहीं, नाम

मात्र के लिए (पूँजी के नाम पर तो उसके पास बस अल्लाह का नाम है)। **~बेली**-ईश्वर ही मालिक है। **~मियाँ की गाय**-सीधा-सादा, भोला-भाला, कपट-रहित। ~**(हो) अकबर**-ईश्वर महान है, (इसलाम धर्म का मुख्य नारा, इबादत के समय किया जाने वाला उच्चार)।

अल्सर—[अं.] फोड़ा, व्रण, नासूर; कलंक।

अल्हड़—वि. बाल-सुलभ सरलता, मस्ती और एक प्रकार से लापरवाह; भोला; छोटी आयु का। पु. बिना दाँत का या हल में न जोता हुआ बछड़ा। **~पन**-पु. अल्हड़ स्वभाव, भोलापन और लापरवाही।

अवंति, अवंती—स्त्री. [सं.] एक प्राचीन नगर, वर्तमान में उज्जैन, मालव जनपद।

अवंतिका—स्त्री. [सं.] उज्जैन की भाषा, बोली।

अव—उप. [सं.] दूर, नीचे, निश्चय, व्याप्ति, अल्पता, ह्रास, ज्ञान, आदि का सूचक उपसर्ग।

अवकाश—पु. [सं.] छुट्टी; स्थान; शून्य स्थान; अंतर; फासला; फुरसत। **~ग्रहण**-पु. काम या नौकरी से अलग होना, सेवा-निवृत्ति ('रिटायरमेंट')। **~प्राप्त**-वि. जो काम या नौकरी से निवृत्त हो चुका हो ('रिटायर्ड')।

अवकुंठन—पु. [सं.] ढकना; पाटना; आकृष्ट करना।

अवक्तव्य—वि. [सं.] न कहने योग्य; अनुचित; अश्लील; निंद्य।

अवगत—वि. [सं.] जाना हुआ, ज्ञात, गया या गिरा हुवा; वादा किया हुआ।

अवगति—स्त्री. [सं.] बुरी दशा; ज्ञान, बोध।

अवगाह—पु. [सं.] पानी में उतर कर नहाना; भीतर प्रवेश करना, थाह लेना; डूबना, खोज, छानबीन (गहन अध्ययन करना)।

अवगाहन—पु. [सं.] अवगाह, डूबने, थाह लेने की क्रिया।

अवगाहना*—स.क्रि. छानबीन करना, देखना, गहन विचार करना। अ.क्रि. जल में प्रवेश कर स्नान करना, गहरी डुबकी लगाना।

अवगुंठन—पु. [सं.] घूँघट, पर्दा; बुर्का।

अवगुंठनवती—वि. स्त्री. [स.] घूँघट वाली।

अवगुंठित—वि. [सं.] ढका या छिपा हुआ।

अवगुण—पु. [सं.] दोष; बुराई।

अवगुन*—पु. द्र. 'अवगुण'।

अवघात—पु. [सं.] आघात करना; मार देना, अपमृत्यु; बुरी तरह आघात करना।

अवचेतन, पु.~**अवचेतना**—स्त्री. [सं.] अंतश्चेतना, अंतः-संज्ञा ('सब-कांशियस')।

अवच्छिन्न—वि. [सं.] सीमित; अलगाया हुआ; सविशेषण।

अवच्छेद—पु. [सं.] अंश; खंड; परिच्छेद; विलगाव।

अवच्छेदक—वि. [सं.] अवच्छेद करने वाला। पु. विशेषण; सीमा।

अवच्छेदन—पु. [सं.] विभाजन; काट कर अलग करना।

अवज्ञा—स्त्री. [सं.] अपमान; अनादर; उपेक्षा; किसी आज्ञा या क़ानून को न मानना; अर्थालंकार का एक भेद जिसमें एक के गुण-दोष से दूसरे में गुण दोष का न होना दिखलाया जाए।

अवट—पु. [सं.] गड्ढा; कुआँ; हाथी को पकड़ने के लिए बनाया गया गड्ढा जिसे घास-फूस, आदि से ढक दिया जाता है; एक नरक।

अवतंस—पु. [सं.] कर्ण-फूल; टीका; बाली; मुकुट; आभूषण।

अवतंसक—पु. [सं.] कर्ण-फूल; बाली; आभूषण।

अवतरण—पु. [सं.] उतरना; नीचे आना या जाना; नहाने के लिए जल में उतरना, नदी, सागर, आदि के पार जाना; देवताओं, आदि का इस लोक में प्रकट होना; नदी का घाट, घाट पर बनी सीढ़ी, उद्धृत अंश, उद्धरण। **~चिह्न**-पु. उद्धरण चिह्न, इनवर्टेड कोमाज़ (' ')।

अवतरित—वि. उतरा हुआ; अवतार के रूप में उत्पन्न; जो पार चला गया हो, उद्धृत।

अवताडन, अवताड़न—पु. [सं.] कुचलना; रौंदना; चोट देना; भला-बुरा कहना।

अवतान—पु. [सं.] फैलाना; धनुष की डोरी ढीली करना; आवरण; चँदोवा।

अवतार—पु. [सं.] उतरना; नीचे आना; ईश्वर या किसी देवी-देवता का मनुष्य, आदि के रूप में इस लोक में जन्म लेना (दशावतार—मत्स्य, कच्छप, वाराह, नृसिंह, वामन, परशुराम, राम, कृष्ण, बुद्ध और कल्कि तथा 24 अवतार—ब्रह्मा, वाराह, नारद, नरनारायण, कपिल, दत्तात्रेय, यज्ञ, ऋषभ, पृथु, मत्स्य, कच्छप, धन्वंतरि, मोहिनी, नृसिंह, वामन, परशुराम, वेदव्यास, राम, बलराम, कृष्ण, बुद्ध, कल्कि, हंस और हयग्रीव—की मिथकीय परिकल्पना)। विशिष्ट या अनोखा व्यक्ति; अनुवाद; सरोवर। **~मंत्र**-पु. अवतार को आहूत करने के लिए की जाने वाली स्तुति। **~वाद**-पु. ईश्वर के पृथ्वी पर अन्याय और अधर्म को समाप्त करने के लिए जन्म धारण करने की अवधारणा या मत।

अवतारण पु., **अवतारणा**—स्त्री. [सं.] उतारना, नीचे लाना; वस्त्र का छोर; उद्धरण।

अवतारी—वि. [सं.] अवतार लेने वाला, मनुष्य रूप में किसी देवता का पृथ्वी पर जन्म, अवतार। पु. एक मात्रिक छंद।

अवतीर्ण—वि. [सं.] अवतार रूप में उत्पन्न; उतरा हुआ, नीचे आया हुआ, पार गया हुआ, जल में उतरा, स्नान किया हुआ; उद्धृत।

अवदात—वि. [सं.] उज्ज्वल; निर्मल; सुन्दर; गुण-विशेष।

अवदान—पु. [सं.] विशेष योगदान, महती देन; प्रशंसनीय।

अवदारण—पु. [सं.] चीरना; काट कर टुकड़े-टुकड़े कर देना; विभाजन करना।

अवदीर्ण—वि. [सं.] खंडित, विभक्त; शोकपूर्ण (हृदय)।

अवदोह—पु. [सं.] दूध दुहना।

अवध—पु. [सं.] उत्तर प्रदेश में क्षेत्र विशेष—लखनऊ के आस-पास का क्षेत्र, प्राचीन समय का कोशल प्रदेश, अयोध्या। वि. जो वध के योग्य न हो।

अवधान—पु. [सं.] मनोयोग; ध्यान लगाना; चित्त की एकाग्रता।

अवधारक—वि. [सं.] अवधारण करने वाला।

अवधारण—पु. [सं.] निश्चय करना; सीमा बाँधना।

अवधारणा—स्त्री. [सं.] संकल्पना, विचार; धारणा; स्वरूप-विवेचन (कॉन्सेप्ट')।

अवधारणीय—वि. [सं.] निश्चय करने योग्य, विचारणीय।

अवधारना* स.क्रि.—ग्रहण करना, धारण करना।

अवधार्य—वि. [सं.] द्र. 'अवधारणीय'।

अवधि—स्त्री. [सं.] नियत समय, मयाद, अन्तिम, सीमा। **मु. ~देना, ~धरना, ~बदना**-समय निश्चित कर देना, आने की तिथि दे देना।

अवधी—वि. अवध से संबंध रखने वाला। स्त्री. अवध की भाषा।

अवधू*—पु. अवधूत का संबोधन; संन्यासी।

अवधूत—पु. [सं.] संन्यासी; निर्गुण पंथी साधु; योग-साधक साधु। **~वेश**-वि. नग्न।

अवधेश—पु. [सं.] अवध के स्वामी (श्रीराम, दशरथ), अवध-नरेश।

अवध्य—वि. [सं.] जो वध के योग्य न हो।

अवनत—वि. [सं.] झुका हुआ, गिरा हुआ; पिछड़ा हुआ; अस्त होता हुआ; विनीत।

अवनति—स्त्री. [सं.] पतन की ओर जाना; उतार ('उन्नति' का विपरीतार्थी); अस्त होना; गिराव, झुकाव।

अवनि, अवनी—स्त्री. [सं.] पृथ्वी, धरती, जमीन। **~चर**-वि. घुमक्कड़। **~प, ~पति, ~पाल, ~भृत**-पु. राजा। **~पालक**-पु. राजा।

अवनींद्र—पु. [सं.] राजा।

अवनीश, अवनीश्वर—पु. [सं.] राजा।

अवपात—पु. [सं.] अध:पतन, नीचे गिरना; गड्ढा।

अवबोध—पु. [सं.] ज्ञान होना, बोध प्राप्त होना, विवेक जाग्रत होना।

अवबोधक—वि. बोध प्रदान करने वाला।

अवबोधन—पु. [सं.] बताना, समझाना; ज्ञान, उपदेश।

अवय—वि. [सं.] अन्तिम; अधम, पापी; नीच। पु. पाप; चांद्र और सौर दिन का अंतर; पितरों का एक वर्ग। **~तिथि**-स्त्री. क्षय तिथि।

अवमत—वि. [सं.] तिरस्कृत; अपमानित।

अवमति—स्त्री. [सं.] तिरस्कार; अवज्ञा; बुरी सीख, शिक्षा।

अवमर्द—पु. [सं.] रौंदना; उत्पीड़न।

अवमर्दन—पु. [सं.] कुचलना; रौंदना, दमन करना; उत्पीड़न; मालिश करना।

अवमर्दित—वि. [सं.] रौंदा हुआ; मर्दन किया हुआ; नष्ट किया हुआ; विदीर्ण।

अवमर्श—पु. [सं.] स्पर्श; संपर्क। **~संधि**-स्त्री. नाट्यशास्त्र में मान्य पाँच संधियों में से एक (शुद्ध रूप—'अवमर्ष')।

अवमर्ष—पु. [सं.] आलोचना, नाट्यशास्त्र की पाँच संधियों—मुख, प्रतिमुख, गर्भ, अवमर्ष और निर्वहण—में से एक।

अवमान—पु. [सं.] अवज्ञा, अपमान, तिरस्कार।

अवमानना, (अवमानन-पु.)—स्त्री. [सं.] तिरस्कार; अपमान।

अवमानित—वि. [सं.] अपमानित; तिरस्कृत।

अवयव—पु. [सं.] शरीर का कोई अंग, भाग। **~रूपक**-पु. रूपक अलंकार का एक भेद जिसमें अंगों के गुणों का ही सारूप्य दर्शाया जाता है।

अवयवार्थ—पु. [सं.] शब्द के अवयवों—प्रकृति-प्रत्यय—से प्राप्त अर्थ।

अवयवी—वि. [सं.] जिसके अवयव या अंग हों।

अवर*—वि. और, कोई दूसरा।

अवर—पु. [सं.] छोटा; कनिष्ठ; पीछे होने वाला; हीन। **~ज**-पु. छोटा भाई; शूद्र। **~वर्ण**-वि. शूद्र वर्ण का। पु. शूद्र। **~वर्णक, ~वर्णज**-पु. शूद्र। **~सचिव**-पु. कनिष्ठ सचिव ('अंडर-सेक्रेटरी')।

अवरार्ध—वि. [सं.] उत्तरार्ध। पु. पीछे या नीचे का आधा भाग।

अवरुद्ध—वि. [सं.] रुका या रोका हुआ; घिरा हुआ; बंद।

अवरूढ़—वि. [सं.] उतरा हुआ, 'आरूढ़' का विपरीत; उखड़ा हुआ।

अवरूप—वि. [सं.] जिसका रूप विरूप, बिगड़ा हुआ, हो गया हो।

अवरेखना*—स.क्रि. उरेहना, मिट्टी, रेत, आटा, आदि में चित्रों का रेखांकन।

अवरोध—पु. [सं.] रुकावट, अटकाव (सड़क, आदि पर), बाधा (उन्नति में)।

अवरोधक—वि. [सं.] जिसके द्वारा रोक लगाई जाए या बाधा दी जाए; बाधक।

अवरोधन—पु. [सं.] बाधा, रुकावट।

अवरोधना*—स.क्रि. रोकना, मना करना; बाधा देना।

अवरोधिक—पु. [सं.] अंतःपुर में प्रहरी। वि. बाधा डालने वाला।

अवरोधी—वि. [सं.] द्र. 'अवरोधक'।

अवरोह—पु. [सं.] उतार, ढलान; ऊपर से नीचे आना; संगीत में स्वरों के ऊपर से नीचे आने का क्रम; अर्थालंकार का भेद।

अवरोहण—पु. [सं.] उतरना; नीचे की ओर आना (ध्वजा-अवरोहण)।

अवरोहिका—स्त्री. [सं.] अश्वगंधा (आयु.)।

अवरोहिणी—स्त्री. [सं.] ग्रह-योग के कारण उत्पन्न बुरी दशा (ज्यो.)।

अवरोही—वि. [सं.] नीचे आने वाला। पु. ऊपर से नीचे आने वाला स्वर।

अवर्ग—वि. [सं.] श्रेणी रहित, जिसकी कोई श्रेणी न हो। पु. स्वर वर्ण।

अवर्ण—वि. [सं.] बिना रंग; बदरंग; जिसका कोई वर्ण-धर्म न हो।

अवर्ण्य—वि. [सं.] जिसका वर्णन न हो सके। पु. उपमान (का.शा.)।

अवलंब—पु. [सं.] सहारा, आश्रय; भरोसा।

अवलंबन—पु. [सं.] सहारा पाना; अपनाना।

अवलि*—स्त्री. द्र. 'अवली'।

अवली—स्त्री. पंक्ति, पाँत; समूह।

अवलीक—वि. निष्पाप, दोष-रहित, विशुद्ध।

अवलुंचन—पु. [सं.] उखाड़ना, नोंचना, काटना (विशेषतः केश)।

अवलुंठन—पु. [सं.] लेट जाना, भूमि पर पड़ जाना, लूटना।

अवलुंठित—वि. [सं.] भूमि पर खड़ा हुआ, लुढ़का हुआ, लेटा हुआ; लूटा हुआ, लुटा-पिटा।

अवलेप—पु. [सं.] लेपन सामग्री, उबटन, चंदन, केशर, आदि लेप करना।

अवलेपन—पु. [सं.] लेपने की क्रिया; लेपन सामग्री, उबटन, आदि।

अवलेह—पु. [सं.] वह औषधि जो चाट कर खाई जाए; मिट्ठी चटनी, माजून।

अवलेहन—पु. [सं.] चटनी; चाटने की क्रिया।

अवलोक, अवलोकन—पु. [सं.] देखना; अनुसंधान करना; निरीक्षण।

अवलोकनि*—स्त्री. चितवन, देखने का ढंग; दृष्टि।

अवलोकनीय—वि. [सं.] दर्शनीय, देखने योग्य।

अवलोकित—वि. [सं.] देखा हुआ।

अवलोकितेश्वर—पु. [सं.] भगवान बुद्ध का एक नाम।

अवलोक्य—वि. [सं.] देखने योग्य।

अवलोम—वि. [सं.] उपयुक्त; अनुकूल (व्यक्ति)।

अववाद—पु. [सं.] अपवाद; निंदा; उपेक्षा तिरस्कार।

अवश—वि. [सं.] लाचार; बे-बस; इंद्रियों का दास; जो दूसरे के वश में न हो; दाव न मानने वाला। (स्त्री. 'अवशा')।

अवशप्त—वि. [सं.] अभिशप्त; जिसे शाप दिया गया हो।

अवशिष्ट—वि. [सं.] बचा हुआ, बाकी।

अवशीर्ष—वि. [सं.] जिसका सिर झुका हो।

अवशेष—पु. [सं.] जो शेष रह गया हो, बचा हुआ; किसी पुरातन भवन, दुर्ग, आदि के खँडहर।

अवश्यंभावी—वि. [सं.] जिसका घटित होना पूर्णतः निश्चित हो, अटल।

अवश्य—वि. [सं.] जो वश में न किया जा सके; अनिवार्य। अ. निश्चय, जरूर।

अवश्यमेव—अ. [सं.] निश्चित रूप से, जिसके होने में तनिक-सा भी संदेह न हो।

अवश्या—स्त्री. [सं.] पाला; कुहरा; स्वतन्त्र स्त्री।

अवस—पु. [सं.] सूर्य; राजा; आक।* वि. लाचार।* अ.-अवश्य (तुलसी दास)।

अवसन्न—वि. [सं.] शिथिल; खिन्न, उदास; चेतना-शून्य।

अवसर—पु. [सं.] मौका; सुयोग। **~वादी**-वि. जैसा मौका देखे वैसा ही बन जाने वाला, अपना उल्लू सीधा करने वाला, मौकापरस्त। **मु. ~चूकना**-अवसर का लाभ न उठा पाना, अवसर खो देना। **~मारना**-अवसर का लाभ उठा लेना। **~वादिता**-स्त्री. [सं.] जैसा अवसर देखे उससे लाभ उठाने की नीति (अच्छे अर्थ में नहीं)।

अवसाद—पु. [सं.] शिथिलता; उदासी, सुस्ती।

अवसादक—वि. [सं.] अवसाद देने वाला, सुस्ती लाने वाला, शिथिलता-कारक।

अवसादन—पु. [सं.] पतन; नाश।

अवसान—पु. [सं.] समाप्ति; मृत्यु; विराम।

अवस्था—स्त्री. [सं.] दशा, हालत; आयु की स्थिति—शैशव, युवा, वृद्ध अवस्था, आदि। **~चतुष्ट्य**-पु. जीवन की चार अवस्थाएँ—शैशव, कौमार्य, यौवन और वार्द्धक्य।

अवस्थान—पु. [सं.] ठहरने का स्थान, घर; रुकना; रहना, ठहरने या रुकने की समय अवधि।

अवस्थापन—पु. [सं.] स्थापित करना, रख देना।

अवार्ड—पु. [अं.] पुरस्कार, सम्मान; निर्णय, पंच-निर्णय; दंड, अर्थदंड।

अवस्थित—वि. [सं.] स्थित, खड़ा हुआ, टिका हुआ, ठहरा हुआ, मौजूद; निश्चय, दृढ़।

अवस्थिति—स्त्री. [सं.] स्थान विशेष पर स्थिति, मौजूदगी।

अवहेलना, अवहेला—स्त्री. [सं.] अनादर, अवज्ञा, तिरस्कार, उपेक्षा।

अवहेलित—वि. [सं.] जिसकी अवहेलना, तिरस्कार या उपेक्षा की गई हो।

अवांछनीय—वि. [सं.] जो वांछित न हो; अप्रिय; असामाजिक (तत्त्व)।

अवांतर—वि. [सं.] मध्यवर्ती, बीच स्थित; अंतर्गत; गौण, मुख्य कथ्य से अलग (प्रसंग)। **~दिशा**-स्त्री. दो दिशाओं के बीच का कोण। **~देश**-पु. दो स्थानों या देशों के बीच का स्थान या देश। **~भेद**-पु. उपविभाग, गौण भेद।

अवाक्—वि. [सं.] मौन, चुप, स्तब्ध। पु. ब्रह्म। **~अवाती**-वि. आने वाला। **~जवाती**-आने-जाने वाले (चित्रा-मुद्गल)।

अवारा—वि.द्र. 'आवारा'।

अवारिका—स्त्री. [सं.] धनिया।

अवि—पु. [सं.] रक्षक, स्वामी; सूर्य; वायु; दीवार; मेष-भेड़। **~पाल**-पु. गड़रिया।

अविकल—वि. [सं.] यथावत, ज्यों का त्यों, बिना किसी परिवर्तन के (अनुवाद, पुस्तक-प्रस्तुति, आदि)।

अविकल्प—वि. [सं.] जिसका कोई विकल्प न हो; अपरिवर्तनीय।

अविकार—वि. [सं.] विकार-रहित, न बदलने वाला एक रूप।

अविकारी—वि. [सं.] जिसमें किसी प्रकार का विकार न हो, विकार-रहित।

अविकार्य—वि. जिसमें विकार या परिवर्तन न हो, अपरिवर्तनशील।

अविकाशी, अविकासी—वि. [सं.] जिसका विकास न हुआ हो, न खिलने वाला।

अविकृत—वि. [सं.] जो बिगड़ा या परिवर्तित न हो।

अविगत—वि. [सं.] जो गया या बीता न हो; अविनाशी; ब्रह्म।

अविचल—वि. [सं.] अचल, स्थिर, दृढ़।

अविचार—पु. [सं.] नासमझी, विवेक का अभाव, अनीति।

अविचारित—वि. [सं.] बिना सोचे-समझे किया हुआ, जिस पर विचार न हुआ हो।

अविच्छिन्न—वि. [सं.] जो लगातार हो, जिसमें किसी प्रकार का क्रम-भंग न हो।

अविच्छेद—वि. [सं.] विच्छेद रहित; ब्रह्म की एक उपाधि।

अविदित—वि. [सं.] अज्ञात; अप्रकट; ब्रह्म की एक उपाधि।

अविद्या—स्त्री. [सं.] विद्या या ज्ञान का अभाव; भ्रांति; वह भ्राँति जिसके कारण ब्रह्म में जगत की प्रतीति होती है (अविधा माया)।

अविनाशी—वि. [सं.] जो नाशवान न हो, अक्षय; नित्य, ब्रह्म की एक उपाधि।

अविनीत—वि. [सं.] जो विनयशील न हो; अशिष्ट, घमंडी, दर्पशील।

अविभक्त—वि. [सं.] अविभाजित, अखंड; एक ही इकाई (परिवार)।

अविभाज्य—वि. [सं.] जिसका विभाजन न किया जा सके। पु. गणित में वह राशि जिसको किसी भाजक से भाग न किया जा सके।

अविमुक्तेश्वर—पु. [सं.] काशी स्थित एक प्रख्यात शिव-लिंग।

अविरत—वि. [सं.] लगातार, निरंतर।

अविरल—वि. [सं.] घना, बहुत अधिक। **~धारासार**-पु. निरंतर होने वाली मूसलाधार वर्षा।

अविराम—वि. [सं.] जिसमें कोई विराम न हो, निरंतर बिना रुके या ठहरे (यात्रा)।

अविवाहित—वि. [सं.] जिसका विवाह न हुआ हो।

अविवेक—पु. [सं.] विवेक का अभाव; नासमझी।

अविवेकिता—स्त्री. [सं.] अविवेक; नासमझी।

अविवेकी—वि. [सं.] जिसमें विवेक न हो; नासमझ।

अविश्वसनीय—वि. [सं.] जिस पर विश्वास न किया जा सके।

अविश्वास—पु. [सं.] विश्वास न होना; शंका, संदेह।

अविश्वासी—वि. [सं.] जो विश्वास न करे; जो विश्वास के योग्य न हो; श्रद्धाहीन।

अविषी—स्त्री. [सं.] पृथ्वी; नदी; आकाश।

अविहित—वि. [सं.] निषिद्ध; अनुचित शास्त्र-विरुद्ध।

अवृष्टि—स्त्री. [सं.] वर्षा न होना, सूखा।

अवैज्ञानिक—वि. [सं.] जो विज्ञान सम्मत न हो, वैज्ञानिक सिद्धांतों के प्रतिकूल हो।

अवैतनिक—वि. [सं.] जो वेतन न लेता हो या न पाता हो ('ऑनरेरी')।

अवैदिक—वि. [सं.] जो वेद-विरुद्ध हो, जो वेदों के अनुसार न हो।

अवैद्य—वि. [सं.] जो वैद्य या विद्वान न हो।

अवैध—वि. [सं.] विधि-विरुद्ध, गैर-क़ानूनी, जो विधान सम्मत न हो।

अव्यक्त—वि. [सं.] अप्रकट, बिना कहा हुआ; अदृश्य; अज्ञेय; ब्रह्म की उपाधि। पु. सूक्ष्म शरीर; शिव; विष्णु; कामदेव। **~क्रिया**-स्त्री., **~गणित**-पु. बीजगणित का एक अंग। **~पद**-वि. जिसका उच्चारण न होता हो। **~राशि**-स्त्री. वह राशि जिसका मान निश्चित न हो।

अव्यय—वि. [सं.] अविकारी; अक्षय। पु. वह शब्द जिसके रूप में वचन, लिंग, आदि के कारण कोई विकार, परिणति, परिवर्तन नहीं होता।

अव्ययीभाव—पु. [सं.] समास का एक भेद जिसमें पूर्व पद अव्यय हो यथा—अनुकूल, उपनगर, यथाशक्ति, अनुगमन, आदि; अनश्वरता।

अव्यर्थ—वि. [सं.] जो व्यर्थ न हो; अचूक, सफल।

अव्यवस्थित—वि. [सं.] जिसमें कोई व्यवस्था न हो, अस्त-व्यस्त। **~चित**-वि. जिसका चित अस्थिर हो, चिंताकुल स्थिति।

अव्यवहार्य—वि. [सं.] जो व्यवहार के योग्य न हो, जो काम में न लाया जा सके, जिसके साथ कोई सामाजिक कार्य-व्यवहार न रखा जा सके, जाति-बहिष्कृत।

अव्याकृत—वि. [सं.] अव्यक्त, जो प्रकट न हुआ हो। पु. मूल प्रकृति (सां.द.), जगत का कारणरूप अज्ञान।

अव्याप्त—वि. [सं.] जो सर्वत्र व्याप्त न हो, परिच्छिन्न।

अव्याप्ति—स्त्री. [सं.] अधूरी व्याप्ति; लक्षण का लक्ष्य पर घटित न होना (न्या.)।

अव्याप्य—वि. [सं.] जो लागू न होता हो।

अव्याहत—वि. [सं.] व्याघात रहित, निरंतर; अबाधित; अटूट, अखंड (क्रम)।

अव्रण—वि. [सं.] बिना चोट या घाव का; अक्षत।

अव्वल—वि. [अ.] प्रथम, पहला, सर्वश्रेष्ठ। **~तो**-पहले तो, प्रथमतः। **मु. ~आना-, ~रहना**-प्रतियोगिता, परीक्षा, आदि में प्रथम स्थान प्राप्त करना।

अव्वलन—अ. [अ.] प्रथमतः।

अशरण—वि. [सं.] आश्रयहीन, असहाय। **~शरण**-वि. अशरण को शरण देने वाला (प्रभु)।

अशरफ़—वि. [फा.] बहुत शरीफ़, उच्च।

अशरफ़ी—स्त्री. [फा.] सोने का सिक्का जिसकी तौल प्राय. एक तोला होती थी, मुहर।

अशरा—पु. [अ.] महीने का दसवाँ दिन; मुहर्रम का दसवाँ दिन।

अशराफ़—पु. [फा.] सज्जन और प्रतिष्ठित लोग ('शरीफ' का बहुवचन)।

अशरीर—वि. [सं.] शरीर-रहित; बिना आकार, निराकार। पु. परमात्मा; कामदेव।

अशरीरी—वि. [सं.] शरीरहीन, ब्रह्म की एक उपाधि। पु. ब्रह्म; देवता।

अशर्फ़ी—स्त्री.द्र. 'अशरफ़ी'।

अशांत—वि. [सं.] शांति-रहित, बेचैन, उद्विग्न; अस्थिर।

अशांति—स्त्री. [सं.] शांति का अभाव, खलबली, उपद्रव।

अशिक्षित—वि. [सं.] अनपढ़, गँवार।

अशिव—वि. [सं.] अमंगलकारी या अमंगलसूचक, अकल्याणकर। पु. अमंगल; अहित।

अशिष्ट—वि. [सं.] शिष्टता-रहित, असभ्य, अविनीत।

अशिष्टता—स्त्री. [सं.] अशिष्ट या असभ्य व्यवहार।

अशीति—स्त्री. [सं.] 80, अस्सी की संख्या।

अशीतिक—वि. [सं.] 80 वर्ष का; अस्सी वर्ष की आयु वाला।

अशील—वि. [सं.] शील रहित, अशिष्ट। पु. अशिष्टता।

अशुचि—वि. [सं.] अपवित्र; काला; मैला; अशुद्ध। स्त्री. अपवित्रता।

अशुद्ध—वि. [सं.] अपवित्र, नापाक; साफ न किया हुआ, अशोधित; गलत।

अशुद्धि—स्त्री. [सं.] अशुद्धता; गलती, गंदगी।

अशुभ—वि. [सं.] अमंगलकारी, अनिष्ट-सूचक, अपवित्र; दुर्भाग्य। पु. अमंगल; पाप; दुर्भाग्य।

अशेष—वि. [सं.] सम्पूर्ण, समूचा; जो समाप्त न हुआ हो।

अशोक—वि. [सं.] शोक-रहित। पु. एक वृक्ष विशेष जिसकी पत्तियाँ आम की पत्तियों से कुछ लम्बी लहरदार और सुन्दर होती हैं; मौर्य वंश के प्रख्यात सम्राट जिन्होंने बौद्ध धर्म ग्रहण कर लिया था। **~वाटिका**-अशोक वृक्षों से आच्छादित बगीचा, वह प्रसिद्ध वाटिका जिसमें रावण ने सीता जी को रखा था। **~षष्ठी**-स्त्री. चैत्र मास शुक्ल पक्ष की षष्ठी।

अशोकाष्टमी—स्त्री. [सं.] चैत्र मास में शुक्ल पक्ष की अष्टमी।

अशोच—पु. [सं.] चिंता का अभाव; शांति; नम्रता, विनय।

अशोच्य—वि. [सं.] शोक न करने योग्य।

अशोभन—वि. [सं.] जो शोभा न दे, असुन्दर, अभद्र; उपयुक्त न लगने वाला।

अशौच—पु. [सं.] अपवित्रता; छूत का भाव।

अश्मंत—पु. [सं.] चूल्हा; खेत; मृत्यु। वि. अशुभ, असीम।

अश्मंतक—पु. [सं.] चूल्हा; दीपाधार; लिसोड़ा; कचनार।

अश्म—पु. द्र. 'अश्मा'।

अश्मक—पु. [सं.] एक प्राचीन जनपद, वहाँ के निवासी।

अश्मर—वि. [सं.] पथरीला।

अश्मरी—स्त्री. [सं.] पथरी नामक रोग।

अश्मा—पु. [सं.] पहाड़; पत्थर; चकमक। **~सार**-पु. लोहा।

अश्रांत—वि. [सं.] जो थका न हो, अथक।

अश्राव्य—वि. [सं.] न सुनने योग्य।

अश्रु—पु. [सं.] आँसू। **~पात**-पु. आँसू गिराना या गिरना, रोना।

अश्रुत—वि. [सं.] न सुना हुआ। **~पूर्व**-वि. जो पहले न सुना हुआ हो, अनोखा, अद्‌भुत।

अश्रुति—वि. [सं.] कर्णहीन। स्त्री. न सुनना; विस्मृति। **~धर**-वि. कही बात पर ध्यान न देने वाला।

अश्लील—वि. [सं.] गंदा; भद्दा; असभ्य जिसे देख कर लज्जा, घृणा अमंगल या पाप-बोध हो।

अश्लीलता—स्त्री. [सं.] अश्लील भाव; द्र. 'अश्लील'।

अश्लेष—वि. [सं.] जिसमें श्लेष न हो, जो दुहरे अर्थ का व्यंजक न हो।

अश्लेषा—स्त्री. [सं.] एक नक्षत्र।

अश्व—पु. [सं.] घोड़ा। **~कंदा**-स्त्री. एक औषधि 'अश्वगंधा'। **~कुशल, ~कोविंद**-वि. घोड़े को साधने और सिखाने वाला। **~क्रांता**-स्त्री. संगीत में एक मूर्च्छना। **~खुर**-पु. घोड़े का खुर; एक सुगंधित जड़ी-बूटी। **~खुरा, ~खुरी**-स्त्री. अश्वगंधा। **~गंधा**-स्त्री. आयुर्वेद में एक औषधि, असगंध। **~गोष्ठ**-पु. अस्तबल। **~ग्रीव**-पु. हयग्रीव नामक राक्षस। **~दूत**-पु. घुड़सवार दूत। **~नाय**-पु. घोड़ों को चराने वाला। **~पाल, ~पालक, ~रक्ष**-पु. साईस। **~पति**-पु. घुड़सवार, घोड़ों का मालिक; भरत के मामा। **~मेघ**-पु. एक प्रसिद्ध यज्ञ जिसे चक्रवर्ती राजा अपनी अबाध सत्ता स्थापित करने के लिए संपन्न करता था और विरोधी राजाओं को विजयी कर अधीनस्थ बना लेता था। **~मेधीय**-वि. अश्वमेध संबंधी। **~यूप**-पु. अश्वमेध यज्ञ के घोड़ों को बाँधने का खूँटा। **~वह, ~वाह, ~वाहक, ~वार, ~वारक**-पु. घुड़सवार। **~शक, ~शकृत**-पु. घोड़े की लीद।

अश्वकिनी—स्त्री. [सं.] अश्विनी नामक नक्षत्र।

अश्वतर—पु. [सं.] खच्चर।

अश्वत्थ—पु. [सं.] पीपल का वृक्ष; सूर्य का एक नाम; अश्विनी नक्षत्र।

अश्वत्था—स्त्री. [सं.] आश्विन मास की पूर्णिमा।

अश्वत्थाम—वि. [सं.] घोड़े जैसी शक्ति वाला।

अश्वत्थामा—पु. [सं.] महाभारत का प्रसिद्ध योद्धा, द्रोणाचार्य का पुत्र; महाभारत में इसी नाम का एक हाथी।

अश्वत्थी—स्त्री. [सं.] छोटा पीपल; पीपल जैसा ही एक छोटा पेड़।

अश्वाक्ष—पु. [सं.] घोड़े की आँख; एक पौधा।

अश्वाध्यक्ष—पु. [सं.] घुड़सवार सेना का नायक; घुड़साल की देख-भाल करने वाला।

अश्वानीक—स्त्री. [सं.] घुड़सवार सेना, रिसाला।

अश्वायुर्वेद—पु. [सं.] अश्व-चिकत्सा-शास्त्र।

अश्वारि—पु. [सं.] भैंसा; कनेर।

अश्वारूढ़, अश्वारोही—वि. [सं.] जो घोड़े पर सवार हो, अश्वारोही।

अश्वारोह—वि. [सं.] जो घोड़े पर सवार हो। पु. घुड़सवार; घुड़सवारी।

अश्वारोहक—पु. [सं.] असगंध।

अश्विनी—स्त्री. [सं.] घोड़ी; एक नक्षत्र; जटा मासी घास। **~कुमार,-पुत्र,-सुत**-पु. सूर्य के दो पुत्र जो देवताओं के वैद्य रूप में मान्य।

अश्वीय—वि. [सं.] अश्व संबंधी, घोड़े के लिए हितकर।

अषाढ ('आषाढ़')—पु. [सं.] जेठ के बाद आने वाला महीना।

अष्ट—पु. [सं.] आठ की संख्या। वि. **~कमल**-पु. हठ योग में मूलाधार से मस्तक तक माने गए आठ चक्र। **~कर्ण**-पु. ब्रह्मा। **~कुल**-पु. पुराणों में बताए गए सर्पों के आठ कुल, वंश। **~कृष्ण**-पु. वल्लभ संप्रदाय में माने गए श्रीकृष्ण के आठ स्वरूप—श्रीनाथ, नवनीत-प्रिय, मथुराधीश, विट्ठल नाथ, द्वारकानाथ, गोकुलनाथ, गोकुल चंद्रमा और मदन मोहन। **~कोण**-वि. आठ कोने या कोण वाला। **~गंध**-पु. पूजन के लिए प्रयुक्त आठ सुगंधित वस्तुएँ, गंधाष्टक। **~छाप**-पु. कृष्ण भक्ति के वल्लभ संप्रदाय में गोसाई विट्ठलनाथ जी द्वारा स्थापित आठ कवियों का दल—सूरदास, कुंभनदास, परमानंद दास, कृष्णदास, नंददास, चतुर्भुजदास, छीतस्वामी तथा गोविंद स्वामी—इन्हें कृष्ण-भक्ति की आठ वीणाएँ भी कहा जाता है। **~ताल**-पु. संगीत की आठ ताल। **~दल**-पु. आठ दलों वाला कमल। **~द्रव्य**-पु. यज्ञ-सामग्री के आठ पदार्थ—पीपल, गूलर, पाकड़, बरगद, तिल, सरसों, पायस (दूध-जल) और घृत। **~धातु**-स्त्री. आठ प्रमुख धातु—सोना, चाँदी, ताँबा, राँगा, जस्ता, सीसा, लोहा और पारा। **~नायिका**-स्त्री. दुर्गा की आठ शक्तियाँ—उग्र चंडा, प्रचंडा, चंडोग्रा, चंडनायिका, अतिचंडा, चामुंडा, चंडा और चंडवती। **~पत्र**-पु. अष्टदल कमल। **~पद**-वि. आठ पैरों वाला। पु. मकड़ी, कीड़ा। **~पदी**-स्त्री. एक छंद; आठ पदों वाला गीत; चमेली का एक प्रकार; बेला पुष्प और पौधा। **~पाद**-वि. आठ पैरों वाला। पु. मकड़ी। **~प्रकृति**-स्त्री. राज्य के आठ प्रधान अंग—राजा, राष्ट्र, अमात्य, दुर्ग, सेना, कोष, सामंत और प्रजा। राज्य के आठ प्रधान पदाधिकारी—सुमंत्र, पंडित, मंत्री, प्रधान, सचिव, अमात्य, प्राड्विवाक और प्रतिनिधि। **~प्रधान**-पु. आठ प्रकार के मंत्री—प्रधान, अमात्य, सचिव, मंत्री, धर्माध्यक्ष, न्यायशास्त्री, वैद्य और सेनापति। **~भुजा, ~भुजी**-स्त्री. आठ भुजाओं वाली देवी, दुर्गा। **~मंगल**-पु. सिंह, वृष, हाथी, कलश, पंखा, वैजयंती, भेरी और दीपक। मंगलकारी आठ—ब्राह्मण, गाय, अग्नि, सोना, घी, सूर्य, जल और राजा। **~मूर्ति**—पु. शिव (पृथ्वी, जल, तेज, वायु, आकाश, सूर्य, चंद्र और ऋत्विक—इन आठ रूपों से युक्त)। **~वर्ग**-पु. शुभाशुभ ज्ञात करने का चक्र (ज्यों); वर्णमाला के आठ वर्ग; आयुर्वेदानुसार आठ औषधियों का समूह—जीवक, ऋषभक, मेदा, महामेदा, काकोली, क्षीरकाकोली, ऋद्धि और वृद्धि; राजनीतिशास्त्रानुसार राज्य संचालन के आठ प्रमुख आधार—ऋषि, बस्ती, दुर्ग, सेतु, हस्ति हस्तिबंधन, खान, कर-ग्रहण तथा सैन्य-संस्थापन। **~वर्षा**-स्त्री. आठ

वर्ष की कन्या। **~सिद्धि**-स्त्री. योग में मान्य आठ सिद्धियाँ या अलौकिक शक्तियाँ—अणिमा, महिमा, गरिमा, लगिमा, प्राप्ति, प्राकाम्य, ईशित्व और वशित्व।

अष्टक—पु. [सं.] आठ वस्तुओं का समूह या योग, आठ ऋषियों का एक गण; अष्टाध्यायी (व्या.)।

अष्टका—स्त्री. [सं.] अष्टमी; अष्टमी को किए जाने वाला यज्ञ या श्राद्ध-कर्म।

अष्टम , अष्टमक—वि. [सं.] आठवाँ।

अष्टमिका—स्त्री. [सं.] चार तोले की तौल का परिमाण।

अष्टमी—स्त्री. [सं.] कृष्ण या शुक्ल पक्ष की आठवीं तिथि।

अष्टांग—वि. [सं.] जिसके आठ अंग या भाग हों। पु. शरीर के आठ अंग जिनसे 'साष्टांग प्रणाम' किया जाता है—घुटना, हाथ, पैर, छाती, सिर, वाणी, दृष्टि और बुद्धि। **~मार्ग**-पु. भगवान बुद्ध द्वारा दर्शाया दुःख-निवृत्ति का आठ अंगों वाला मार्ग—सम्यक् जीव, सम्यक् संकल्प, सम्यक् वाक्, सम्यक् कर्म, सम्यक् जीव, सम्यक् व्यायाम, सम्यक् स्मृति और सम्यक् समाधि। **~योग**-पु. योग के आठ अंग—यम, नियम, आसन, प्राणायाम, प्रत्याहार, धारणा, ध्यान और समाधि।

अष्टांगायुर्वेद—पु. [सं.] आयुर्वेद के आठ अंग या विभाग—शल्य, शालाक्य, काय चिकित्सा, भूत विद्या, कौमार भृत्य, अंगद तंत्र, रसायन तंत्र और बाजीकरण।

अष्टाक्षर—वि. [सं.] आठ अक्षरों वाला। पु. आठ अक्षरों वाला मंत्र 'ॐ नमो नारायणाय'।

अष्टादश—वि. [सं.] अट्ठारह (की संख्या)।

अष्टाध्यायी—स्त्री. [सं.] पाणिनि रचित प्रख्यात व्याकरण-ग्रंथ। वि. आठ अध्यायों वाला (ग्रंथ)।

अष्टावक्र—पु. [सं.] एक प्रसिद्ध ऋषि जिनके शरीर के आठ अंग टेढ़े थे; कुरूप। **~गीता**-स्त्री. अष्टावक्र ऋषि द्वारा रचित एक प्रमुख दर्शन-ग्रंथ।

अष्टि—स्त्री. [सं.] सोलह मात्राओं का एक छंद; सोलह की संख्या।

अष्टी—स्त्री. [सं.] एक रागिनी।

अष्ठीला—पु. [सं.] एक रोग जिसमें नाभि के नीचे शोथ हो जाता है; गुर्दे की एक बीमारी।

असंकुल—वि. [सं.] जहाँ भीड़ न हो; खुला हुआ; चौड़ा, प्रशस्त। **~मार्ग**-पु. चौड़ी सड़क।

असंख्य, असंख्यक, असंख्यात—वि. [सं.] अगणित, अत्यधिक, गणनातीत।

असंख्येय—वि. [सं.] अगणित, अत्यधिक, गणनातीत।

असंग—वि. [सं.] अनासक्त, बंधन-रहित, निर्लिप्त; अकेला; अबाधित। **~चारी**-वि. स्वच्छंद व्यवहार करने वाला, स्वेच्छाचारी।

असंगत—वि. [सं.] जो संगत न हो, बे-मेल, अनुचित, अयुक्त; प्रसंग-बाह्य।

असंगति—स्त्री. [सं.] बे-मेल का, अनौचित्य; अर्थालंकार का एक भेद जिसमें कार्य-कारण, देश-काल-संबंधी असंगति दर्शायी जाए—कार्य कहीं और कारण कहीं अन्यत्र हो।

असंज्ञ—वि. [सं.] संज्ञाहीन।

असंतुष्ट—पु. [सं.], वि. अतृप्त; अप्रसन्न।

असंतोष—पु. [सं.] संतोष का अभाव, अतृप्ति; अप्रसन्नता, नाराज़गी।

असंतोषी—वि. [सं.] जो संतुष्ट न हो।

असंदिग्ध—वि. [सं.] संदेहरहित; निश्चित, पक्का।

असंबद्ध—वि. [सं.] असंगत, बे-तुका; व्यवस्थाहीन; संबद्धहीन, बे-मेल। **~प्रलाप**-पु. बे-तुकी बकवास।

असंभव—वि. [सं.] न होने या न हो सकने वाला, जो संभव न हो। पु. अर्थालंकार का एक भेद, जिसमें असंभव होता घटित दर्शाया जाए।

असंभव्य, असंभावी—वि. [सं.] द्र. 'असंभव'।

असंभावनीय, असंभाव—वि. [सं.] असंभव।

असंभावित—वि. [सं.] असंभव, जिसकी संभावना न हो।

असंभाव्य—वि. [सं.] जो कहने योग्य न हो; वार्तालाप न करने योग्य। पु. दुर्वचन।

असंयत—वि. [सं.] संयम-रहित; अनियंत्रित; बंधनहीन।

असंयम—पु. [सं.] संयम का अभाव, चित्त, इंद्रियों, आदि को नियंत्रित न रखना; विलासिता।

असंयुक्त—वि. [सं.] जो जुड़ा न हो, अलग।

असंयुत—वि. [सं.] जो जोड़ा या मिलाया न गया हो।

असंवृत—वि. [सं.] जो ढका न हो, खुला हुआ। पु. एक नरक।

असंश्लिष्ट—जो संश्लिष्ट या संयुक्त न हो। पु. शिव।

असगंध—पु. एक पौधा जिसकी जड़ औषधि रूप में काम आती है, अश्वगंधा।

असगुन—पु. अपशगुन, अपशकुन।

असगुनियाँ*—पु. वह व्यक्ति, पशु अथवा पक्षी जिसका दर्शन अशुभ है।

असत्—वि. [सं.] जिसका अस्तित्व न हो, अविद्यमान; मिथ्या, बुरा, अनुचित। पु. अनस्तित्व, मिथ्यात्व। **~कार्य**-पु. बुरा कर्म। **~कृत्य**-वि. बुरा काम, बुरा काम करने वाला। **~पथ**-पु. कुमार्ग।

असत्य—वि. [सं.] झूठ, मिथ्या, गलत। **~वादी**-वि. झूठ बोलने वाला। **~शील**-वि. जिसकी प्रवृत्ति झूठ बोलने की हो।

असत्यता—स्त्री. [सं.] झूठ।

असद्—'असत्' का समासगत रूप; द्र. 'असत्'। **~वृत्ति**-वि. दुराचारी, दुष्ट, बदमाश।

असद्दश—वि. [सं.] असमान; अयोग्य, अनुचित।

असनान*—पु. स्नान, नहाना।

असफल—वि. [सं.] जो सफल न हो, विफल।

असफलता—स्त्री. [सं.] विफलता।

असबाब—पु. [अ.] वस्तु, चीज; यात्री के साथ का सामान; बहुत सारा सामान।

असभ्य—वि. [सं.] अशिष्ट, उद्दंड, शील रहित, गँवार, सामाजिक व्यवस्था में पिछड़ा हुआ; जंगली (जनजाति)।

असमंजस—वि. [सं.] अस्पष्ट, अनिश्चित। पु. दुविधा, अनिश्चय; महाराज सगर का ज्येष्ठ पुत्र, अंशुमान का पिता।

असम—वि. [सं.] जो बराबर न हो, हमवार न हो, बे-जोड़; विषम। पु. भारत के उत्तर में स्थित एक प्रांत, अर्थालंकार का भेद जिसमें उपमान का मिलना असंभव दर्शाया जाए। **~वृत्त**-पु. वह वर्णवृत्त जिसके सब चरणों के गण समान न हो, विषम वृत्त। **~शर, ~सायक**-पु. कामदेव, पंचशर।

असमग्र—वि. [सं.] जो संपूर्ण न हो।

असमय—पु. बुरा समय, अनुपयुक्त समय, यथा—असमय मृत्यु।

असमर्थ—वि. [सं.] अशक्त, दुर्बल, किसी कार्य को कर सकने में अक्षम। **~पद**-पु. वांछित अर्थ प्रकट करने में अक्षम शब्द।

असमान—वि. [सं.] जो बराबर न हो।

असमान*—पु. आसमान, आकाश।

असर—पु. [अ.] प्रभाव, दबाव; परिणाम; फल।

असरार—पु. [अ.] भेद, रहस्य; लगातार।

असल—पु. [सं.] लोहा; अस्त्र; अस्त्र साधने वाला एक मंत्र।

असल (अस्ल)—पु. [अ.] सच्चाई; मूल, बीज; जड़, नकल का उल्टा। **~का**-पु. अपने ही बाप से (उत्पन)। **~में**-वास्तव में, **~असला**-सच में।

असला—पु. [अ.] हथियार, आदि।

असलियत—स्त्री. [अ.] वास्तविकता, सच्ची बात; असल बात, मूल तत्त्व।

असली—वि. सच्चा, शुद्ध, खालिस (घी), शहद, (औषधि), आदि।

असहनीय, असहितव्य—वि. [सं.] द्र. 'असह्य'।

असहयोग—पु. [सं.] सहयोग का अभाव या उलटा; किसी कार्य में विशेष रूप से शासन कार्य में सरकार से सहयोग न करना। **~आंदोलन**-पु. स्वतंत्रता आंदोलन में गांधी जी द्वारा अंग्रेज़ी सरकार से असहयोग करने की नीति, आंदोलन।

असहाय—वि. [सं.] जिसका कोई साथी या सहायक न हो, निराश्रय, बे-सहारा; निरुपाय।

असहिष्णु—वि. [सं.] कोई बात या विचार सहन न करने वाला; चिड़चिड़ा; क्रोधी; तुनक-मिजाज़।

असह्य—वि. [सं.] न सहन करने योग्य, असहनीय।

असांप्रदायिक—वि. [सं.] जिसका किसी संप्रदाय से संबंध न हो।

असाढ़—पु. आषाढ़ का महीना, ज्येष्ठ मास के बाद का माह।

असाढ़ी—वि. जो आषाढ़ मास में होती हो। स्त्री. आषाढ़ मास में बोई जाने वाली फसल—मकी, ज्वार, बाजरा, आदि।

असाढ़ू*—आषाढ़ मास में होने वाला, आषाढ़ का।

असाधारण—वि. [सं.] जो साधारण या आम न हो; खास, विशेष; साधारण से अधिक, गैर मामूली।

असाधित—वि. [सं.] जो साधा न गया हो, सिद्ध न किया गया हो।

असाध्य—वि. [सं.] जिसको साधना संभव न हो; जिसका उपचार संभव न हो (रोग); अति कठिन (योग, आसन, व्रत), आदि।

असामयिक—वि. [सं.] जो उचित समय पर घटित न हो, (दु:खद, ~मृत्यु)।

असामी—पु. [अ.] नाम; पद; नौकरी; कर्ज़दार; मुजरिम; अपराधी; किसी दुकानदार या महाजन से लेन-देन रखने वाला।

असावधान—वि. [सं.] जो सावधान, सजग या चौकन्ना न हो।

असावधानता—स्त्री. [सं.] सावधानता का अभाव।

असावधानी—स्त्री. द्र. 'असावधानता'।

असावरी—स्त्री. एक रागिनी।

असि—स्त्री. [सं.] तलवार, भुजाली। **~चर्या**-स्त्री. तलवार चलाने का अभ्यास। **~जीवी**-वि. तलवार से जीविका कमाने वाला, सिपाही। **~धाराव्रत**-पु. तलवार की धार पर खड़े होने जैसा कठिन कार्य, पति-पत्नी का एक ही शय्या पर, ब्रह्मचर्य की रक्षा के लिए, बीच में तलवार रख कर सोना। **~पत्र**-पु. ईख का पत्ता जो तलवार की तरह काट भी देता है; तलवार की म्यान। **~पत्रक**-पु. ईख। **~पाणि**-वि. तलवार धारण करने वाला।

असिक—पु. [सं.] ओष्ठ और ठुड्डी के बीच का हिस्सा।

असिकनी—स्त्री. [सं.] चिनाब नदी का पुराना नाम; रात्रि; अंत:पुर में रहने वाली युवती दासी।

असित—वि. [सं.] जो श्वेत, सफेद न हो; काला; नीला। पु. काला या नीला रंग; शनि; कृष्ण पक्ष। **~गिरि, ~नग**-पु. नीलगिरि, नीलाचल। **ग्रीव**-पु. अग्नि। **~पक्ष**-पु. कृष्ण पक्ष। **~मृग**-पु. कृष्ण-मृग।

असितांग—पु. [सं.] शिव। वि. काले अंग वाला।

असितांबुज—पु. [सं.] नील कमल।

असिता—स्त्री. [सं.] नील का पौधा; यमुना; रात्रि; पंजाब में एक नदी।

असितार्चि—पु. [सं.] अग्नि।

असितलोत्पल—पु. [सं.] नील कमल।

असितोपल—पु. [सं.] नीलम।

असिद्ध—वि. [सं.] जो सिद्ध न किया हो, अप्रमाणित; असफल; जिसे योग की सिद्धि न मिली हो; अपूर्ण।

असिस्टेंट, (असिस्टैंट)—वि. [अं.] सहायक, किसी के अधीन (कर्मचारी) यथा—एडिटर, कलेक्टर, डायरेक्टर, आदि।

असी—स्त्री. [सं.] काशी की तटवर्ती नदी।

असीम—वि. [सं.] वि. जिसकी कोई सीमा न हो, अपार, बे-हद; बे-हिसाब।

असीमित—वि. [सं.] जिसकी कोई सीमा न हो; जो किसी भी माप में न आ सके; अपरिमित।

असीर—वि. [अ.] बंदी, कैदी।

असीरी—स्त्री. [अ.] कैद।

असीस*—स्त्री. आशीर्वाद।

असीसना*—स.क्रि. आशीर्वाद।

असुंदर—वि. [सं.] जो सुंदर न हो; भद्दा, कुरूप।

असुभ*—वि. द्र. 'अशुभ'।

असुर—वि. [सं.] राक्षस, दैत्य; सूर्य; राहु; हाथी; दुष्ट व्यक्ति। **~गुरु**-पु. राक्षसों के गुरु, शुक्राचार्य। **~राज**-पु. राजा बलि। **~रिपु, ~सूदन**-पु. विष्णु। **~सेन**-पु. एक राक्षस माना गया है कि इसी के शरीर पर गया नगरी बसी है।

असुरसा—स्त्री. [सं.] तुलसी नामक पौधे की एक प्रजाति, किस्म।

असुरा—स्त्री. [सं.] रात्रि; वेश्या।

असुराचार्य—पु. [सं.] शुक्राचार्य।

असुराधिप—पु. [सं.] राजा बलि।

असुरारि—पु. [सं.] विष्णु; देवता।

असुरी—स्त्री. [सं.] राक्षसी; राई।

असुविधा—स्त्री. सुविधा का अभाव; बाधा, अड़चन; परेशानी।

असुस्थ—वि. [सं.] अस्वस्थ, बीमार।

असुहाती*—वि. अच्छी न लगने वाली, बुरी; जिससे दर्द हो, सही न जा सकने योग्य।

असूझ—वि. जो कार्य, विवाह संस्कार, आदि ज्योतिष के अनुसार समुचित न माना जाए; ऐसा अंधकार जिसमें कुछ दिखाई न दे।

असूत*—वि. असंबद्ध; जो सूत में न हो, तिरछा।

असूतिका—वि. स्त्री. [सं.] जिसे प्रसूति का अनुभव न हो, जिसने बच्चा न जना हो; बंध्या।

असूयक—वि. [सं.] दूसरों के स्वभाव में दोष निकालने वाला। पु. ईर्ष्या करने वाला; निंदक।

असूया—स्त्री. [सं.] दूसरे के गुण, सुख-समृद्धि, यश, आदि को सहन न कर सकना; दूसरे गुणों में दोष निकालना; एक संचारी भाव। **~भाव**-पु. ईर्ष्या, जलन, सौतिया डाह।

असूर्यंपश्या—वि.स्त्री. [सं.] ऐसे कड़े पर्दे या अनुशासन में रहने वाली स्त्री. जो सूर्य को भी न देख सके। स्त्री पर्दों की रानी; पतिव्रता स्त्री; राजमहिषी।

असूल—पु. द्र. 'वसूल', 'उसूल'।

असृक्—पु. [सं.] रक्त, केशर; मंगल ग्रह; एक योग।

असृग्—पु. [सं.] 'असृक्' का समासगत रूप। **~ग्रह**-पु. मंगल ग्रह। **~धारा**-स्त्री. रक्त की धारा। **वहा**-स्त्री रक्त-वाहिनी नाड़ी।

असेंबली (एसेंबली)—स्त्री. [अं.] सभा, विधानसभा; जनसमुदाय, जमावड़ा।

असेसमेंट (एसेसमेंट)—[अं.] मूल्यांकन; कूतना; निर्धारण (करना)।

असोच—वि. जो चिंता के योग्य न हो, निर्द्वंद्व।

असोज*—पु. आश्विन मास, क्वार।

असोसिएशन (एसोसिएशन)—स्त्री. [अं.] संस्था, सभा, संघ, समाज; संबंध; संसर्ग; साहचर्य।

अस्कन्न—वि. [सं.] जो फटा न हो, अविदीर्ण; जो उड़ेला न गया हो, अनावृत; स्थायी; टिकाऊ।

अस्कर—पु. [अ.] लश्कर, सेना।

अस्करी—पु. [अ.] सैनिक, सिपाही।

अस्खलित—वि. [सं.] जो फिसले या डगमगाए नहीं, सत्य मार्ग विचलित न होने वाला; अच्युत; शुद्ध; उच्चारण; आदि में भूल-चूक न करने वाला।

अस्तंगत—वि. [सं.] डूबा हुआ; नष्ट; लुप्त।

अस्त—वि. [सं.] समाप्त; डूबा हुआ। ~पु. (सूर्य, चंद्र, नक्षत्र) डूबना; समाप्त होना; ह्रास, पतन; अंत; नाश; कुंडली में लग्न से सातवाँ स्थान (ज्यो.)। **~गमन**-पु. डूबना, लोप होना, मृत्यु। **गिरि**-पु. पश्चिम दिशा का पर्वत, अस्ताचल। **~भवन**-पु. उदय के लगन से सातवाँ स्थान (ज्यो.)। **~व्यस्त**-वि. तितर-बितर, जहाँ-तहाँ बिखरा हुआ, अव्यवस्थित, बेतरतीब।

अस्तन*—पु. द्र. 'स्तन'।

अस्तनी—स्त्री. [सं.] बहुत छोटे या नहीं के बराबर स्तनों वाली स्त्री।

अस्तबल—पु. [अ.] घुड़साल, अश्वशाला, तबेला।

अस्तर—पु. सिले कपड़े—कोट, जेकेट, जनाने कुर्ते-सलवार, आदि के भीतर की तरफ लगाया जाने वाला कपड़ा; नीचे का रंग या किसी चीज को रँगते समय रंग का नीचे दिया जाने वाला लेपन ('कोटिंग')।

अस्तरीय—वि. [सं.] जो स्तर का न हो, ठीक स्तर का न होना।

अस्ताचल, अस्ताद्रि—पु. [सं.] पश्चिम दिशा का वह कल्पित पर्वत जिसके पीछे सूर्य का अस्त होना माना है।

अस्ति—स्त्री. [सं.] सत्ता, भाव, विद्यमानता।

अस्तित्व—पु. [सं.] सत्ता, विद्यमान होना।

अस्तिमान् (मत्)—वि. [सं.] धनी, मालदार।

अस्तु—अ. [सं.] जो हो, ऐसा हो।

अस्तुति*—द्र. 'स्तुति'।

अस्तेय—पु. [सं.] चोरी न करना; चोरी न करने का व्रत; योग के अनुसार एक यम। **~व्रत**-पु. आवश्यकता से अधिक वस्तु के संग्रह या उपयोग को चोरी मानता।

अस्तोदय—पु. [सं.] उदय-अस्त; बनना-बिगड़ना।

असत्र—पु. [सं.] हथियार, हाथ से फेंक कर चलाया जाने वाला हथियार (भाला, बाण, आदि), मंत्र सिद्ध बाण, आदि, धनुष। **~कंटक**-पु. बाण। **~कार**-पु. हथियार बनाने वाला। **~चिकित्सा**-स्त्री. शरीर की चीर-फाड़, शल्य चिकित्सा। **~जीवी, ~धारी**-पु. सैनिक। **~बंध**-पु. बाणों की निरंतर वर्षा। **~मार्जक**-पु. अस्त्र साफ करने वाला। **~लाघव**-पु. अस्त्र चलाने का कौशल। **~विद्या**-स्त्री. अस्त्र संचालन की विद्या। **वेद**-पु. धनुर्विद्या। **~शस्त्र**-पु. हथियार और दूसरे युद्ध-उपकरण। **~शाला**-स्त्री. अस्त्र-शस्त्र रखने का स्थान। **~शिक्षा**-स्त्री. अस्त्र-चालन की शिक्षा। **—सायक**-पु. लोहे का बाण।

अस्त्रागार—पु. [सं.] अस्त्र-शस्त्र रखने का स्थान।

अस्थमा (एस्थमा)—[अं.] दमा—श्वास संबंधी एक रोग।

अस्थायी—वि. [सं.] जो सदा या अधिक दिन रहने वाला न हो क्षणिक; अस्थिर।

अस्थावर—वि. [सं.] जंगम (प्रकृति); चल (संपत्ति)।

अस्थि—स्त्री. [सं.] हड्डी। **~कुंड**-पु. अस्थि रखे जाने वाला गड्ढा; एक नरक का नाम। **~मज्जा**-स्त्री. हड्डी के अंदर का तरल पदार्थ। **~धन्वा**-पु. शिव। **~पंजर**-पु. हड्डियों का ढाँचा, कंकाल। **~प्रक्षेप, ~प्रवाह**-पु. शव के जलने पर बचे हुए अस्थि-खंडों का किसी पवित्र नदी या धारा में विसर्जन। **~भंग**-पु. हड्डी का टूट जाना। **~भक्ष,-भक्षी**-पु. हड्डियाँ खाने वाला; कुत्ता। **~माली**-पु. शिव। **~शेष**-वि. जिसके शरीर में हड्डियाँ भर रह गई हों, बीमारी, आदि में बहुत दुबला हो जाना। **~संचय**-पु. शव-दह के बाद गंगा, आदि पवित्र नदी, सागर अथवा किसी पवित्र धारा में प्रवाह के लिए हड्डियाँ तथा राख एकत्र करना, इसे 'फूल चुनना' भी कहा जाता है। **~संधि**-स्त्री. हड्डियों का जोड़।

अस्थिर—वि. [सं.] जो स्थिर न हो, डाँवाँडोल; चंचल अनिश्चित।

अस्निग्ध—वि. [सं.] जो चिकना न हो; शुष्क; निर्दय।

अस्पताल (हस्पताल)—पु. चिकित्सालय, उपचार-गृह [अं. 'हास्पिटल']।

अस्पष्ट—वि. [सं.] जो साफ दिखाई न दे या साफ समझ में न आए; धुँधला; संदिग्ध।

अस्पृश्य—वि. [सं.] जो स्पर्श के योग्य न हो, न छूने लायक, अछूत, शूद्र।

अस्पृश्यता—स्त्री. [सं.] छुआछूत, अछूतपन। **~आंदोलन**-पु. अछूतोद्धार—छुआछूत समाप्त करने का आंदोलन।

अस्पृष्ट—वि. [सं.] न छुआ हुआ, अछूता।

अस्पृह—वि. [सं.] निर्लोभ, जिसे किसी प्रकार का लालच न हो।

अस्फुट—वि. [सं.] अस्पष्ट; अप्रकट।

अस्मदादि, अस्मदादिक—सर्व. (बहु) [सं.] हम लोग।

अस्मदीय—वि. [सं.] मेरा।

अस्मद्—सर्व. [सं.] में (अहम् के व्याकरणिक रूप)। पु. जीवात्मा।

अस्मार्त—वि. [सं.] जो स्मार्त संप्रदाय का न हो, जो उस मत को न मानता हो, परंपरा-विरुद्ध।

अस्मिता—स्त्री. [सं.] अहंता, अहंकार; व्यक्ति की निज की गौरवपूर्ण सत्ता का भाव; योग शास्त्र में बताए गए पाँच कलशों में से एक।

अस्त्र—वि. [सं.] कोण; रक्त; आँसू; केसर; केश।

अस्त्र—पु. [अ.] काल; युग; उम्र; दिन का चौथा पहर। **~की नमाज़**-शाम की नमाज़।

अस्त्रार्जक—पु. [सं.] श्वेत तुलसी।

अस्ल—पु. [अ.] द्र. 'असल'।

अस्ली (असली)—वि. [अ.] मौलिक, खरा, खालिस, विशुद्ध; सच्चा।

अस्लीयत (असलियत)—स्त्री. [अ.] वास्तविक स्थिति, सच्ची स्थिति, दशा।

अस्व—वि. [सं.] धनहीन।

अस्वच्छ—वि. [सं.] जो साफ न हो, गंदा।

अस्वस्थ—वि. [सं.] जो स्वस्थ न हो, रोगी; अनमना, अप्रकृतिस्थ; हानिकर।

अस्वाभाविक—वि. [सं.] जो स्वाभाविक न हो, बनावटी; जो नैसर्गिक न हो।

अस्वीकार—पु. [सं.] न मानना, इनकार कर देना, न लेना या स्वीकार न करना।

अस्वीकृत—वि. [सं.] न माना हुआ, नामंजूर, ग्रहण न किया हुआ।

अस्वीकृति—स्त्री. [सं.] अस्वीकार।

अस्वेद, अस्वेदन—पु. [सं.] पसीने का न निकलना।

अस्सी—वि. 80 की संख्या, सत्तर और दस।

अहं—अहम् का समासगत रूप। **~कार**-पु. अपनी सत्ता का बोध, गर्व, घमंड; अंत:करण की पाँच वृत्तियों में से एक। **~कारी**-वि. घमंडी, दर्पशील। **~वादी**-वि.पु. बहुत अधिक घमंड करने वाला; अपनी डींग मारने वाला।

अहंता—स्त्री. [सं.] घमंड, गर्व।

अह—अ. आश्चर्य, दु:ख, क्लेश, आदि उद्‌गारसूचक शब्द।

अह—पु. [सं.] दिन; दिन का अधिष्ठाता देव। **~निसि**-द्र. 'अहर्निश'।

अहकाम—पु. [अ.] आशाएँ, आदेश।

अहद—पु. [अ.] द्र. 'अह्द'।

अहदी—वि. [अ.] आलसी।

अहबाब—पु. [अ.] मित्र।

अहम—वि. [अ.] बहुत जरूरी, महत्त्वपूर्ण।

अहमक़—वि. [अ.] मूर्ख, नासमझ, जड़मति।

अहम्—सर्व. [सं.] मैं। पु. अहंभाव, अहंकार। **~मन्य**-वि. अपने को बहुत बड़ा मानने, समझने वाला।

अहराम—पु. [अ.] पुरानी इमारतें, मिस्र के प्रख्यात स्तूप, पिरामिड।

अहर्—'अहन' का समासगत रूप। **~अह**-अ. दिन-दिन। **~आगम**-पु. दिन का आगमन। **~निश**-अ. दिन-रात, आठों पहर। **~पति, ~मणि**-पु. सूर्य। **~मुख**-पु. उषाकाल, सवेरा, भोर।

अहलकार (अह्लकार)—वि. [अ.] कर्मचारी, राज-कर्मचारी।

अहलमद (अह्लमद)—पु. [अ.] अदालत में एक कर्मचारी विशेष।

अहल्या—स्त्री. [सं.] गौतम ऋषि की पत्नी, ये शापवश पत्थर की शिला हो गई थीं, राम ने चरण-स्पर्श से इनका उद्धार किया था। **~नंदन**-पु. अहल्या के पुत्र सतानंद।

अहसान—पु. द्र. 'एहसान'।

अहह—अ. [सं.] दु:ख, क्लेश; आश्चर्य और संबोधन के उद्‌गार का सूचक शब्द।

अहा, अहाहा—अ. हर्ष तथा विस्मय के उद्‌गार का सूचक शब्द।

अहार्य—वि. [सं.] जो हरा या चुराया न जा सके जिसे किसी धोखे से वश में न किया जा सके; दृढ़; न बदलने वाला।

अहिंसक—वि. [सं.] हिंसा न करने वाला।

अहिंसा—स्त्री. [सं.] किसी प्राणी को न मारना; मन, वचन, कर्म से किसी को पीड़ा न देना; हँस नाम का पौधा। **~वादी**-वि. अहिंसा सिद्धांत को मानने वाला।

अहि—पु. [सं.] सांप; सूर्य; राहु; वृत्रासुर; पथिक; जल; पृथ्वी; बादल; नाभि; एक नक्षत्र। **~कांत**-पु. वायु। **~कोष**-पु. केंचुल। **~गण**-पु. सर्पों का समूह। **~चक्र**-पु. एक तांत्रिक चक्र। **~च्छत्र**-पु. दक्षिण पांचाल का क्षेत्र जिसे अर्जुन ने विजय कर गुरु द्रोणाचार्य को गुरु दक्षिणा में दे दिया था। **च्छत्रक**-पु. कुकुरमुत्ता। **~च्छत्रा**-स्त्री. अहिच्छत्र नामक देश की राजधानी (महा.भा.)। **~नाह**-पु. शेषनाग। **~निर्मोक**-पु. केंचुल। **~माली**-पु. शिव।

अहिक—वि. [सं.] ध्रुव; अंधा साँप। वि. नियत दिनों तक रहने वाला (यथा—साप्ताहिक)।

अहिका—स्त्री. [सं.] सेमल का वृक्ष।

अहित—पु. [सं.] हित का अभाव, अकल्याण; हानि; बुराई। **~कर, -कारी**-वि. हानिकारक, अपकार करने वाला।

अहिवर—पु. दोहे का एक भेद।

अहिवात—पु. सुहाग (तुलसीदास)।

अहिवातिन, अहिवाती—वि. [स्त्री.] सौभाग्यवती, सधवा।

अहीक—पु. [सं.] बौद्धमत के अनुसार एक प्रकार का क्लेश।

अहीर—पु. [सं.] एक जाति—आभीर, ग्वाला।

अहीरी—स्त्री. एक राग; ग्वालिन।

अहीश—पु. [सं.] सर्पराज लक्ष्मण।

अहुरमज़्द—पु. [पह.] पारसी धर्म में नेकी और प्रकाश के देवता।

अहे—अ. [सं.] निंदा, शोक, आदि के उद्‌गार का सूचक शब्द।

अहेतु—वि. [सं.] हेतु रहित। पु. हेतु का अभाव; अर्थालंकार का एक भेद, जिसमें कई कारणों के विद्यमान रहते हुए भी कार्य का न होना पाया जाए।

अहेतुक, अहैतुक—वि. [सं.] हेतु रहित, अकारण।

अहेतुकी, अहैतुकी—वि. [सं.] नि:स्वार्थ भाव की भक्ति या प्रेम।

अहेर—पु. आखेट, शिकार।

अहेरी—वि. शिकारी। पु. शिकार करने वाला, आखेटक।

अहेरू—पु. [सं.] एक औषधि, शतमूली।

अहो—अ. [सं.] विस्मय, प्रशंसा, खेद, विषाद, आदि के उद्‌गार का सूचक शब्द; संबोधन में भी प्रयुक्त। **~रूपम अहोध्वनि:**-गुण न होते हुए भी परस्पर एक-दूसरे की प्रशंसा करना।

अहो—**'अहन्'** का समासगत रूप। —**रात्र** पु. दिन और रात, दो सूर्योदय के बीच का समय।

अहोरा-बहोरा—पु. विवाह या गौने में दुल्हन का ससुराल जा कर उसी दिन वापस आने का लोकाचार। अ. बार-बार।

अह्द—पु. [अ.] प्रतिज्ञा; काल; राजत्व या शासन। **~नामा**-पु. प्रतिज्ञा-पत्र, इकरारनामा। **~सिकनी**-स्त्री. प्रतिज्ञा-भंग। **~हुकूमत**-पु. राजत्वकाल, शासनकाल।

अह्रिमान—पु. [पह.2] पारसी धर्मानुसार पाप और अंधकार का देवता, शैतान।

अह्रीक—वि. [सं.] निर्लज्ज। पु. बौद्ध भिक्षु।

अल्ह—वि. [अ.] योग्य, अधिकारी, पात्र। पु. कुटुम्बी। **~ज़बाँ**-पु. वह व्यक्ति जिसकी कोई विशेष मातृभाषा न हो; वह व्यक्ति जिसकी बोलचाल की भाषा शुद्ध मानी जाए। **~वतन**-पु. अपने ही देश का वासी।

आ

आ—देवनागरी वर्णमाला का दूसरा अक्षर स्वर, वर्ण, और 'अ' का दीर्घ रूप। **~आ**-इसका प्रयोग सीमा, व्याप्ति, अवधि ('से' और 'तक') के अर्थ में होता है।

आँ—अ. विस्मय सूचक शब्द (दु:ख, पीड़ा, आश्चर्य, आदि सूचक)।

आँक—पु. अंक; चिह्न; अक्षर; अँकवार; गोद; अंश; किसी के नाम पर चला हुआ वंश; नौ मात्राओं के छंद।

आँकड़ा—पु. अंक (यथा—1,2,3,4, आदि); हुक।

आँकड़ेबाज़—पु. आँकड़ों को बहुत अधिक महत्त्व देने वाला।

आँकड़ेबाज़ी—प्रत्येक विषय में आँकड़ों को महत्त्व देना या आधार बनाना। **~आँकना**-स.क्रि. कूतना, अंदाज़ा लगाना, अनुमान करना; निशान लगाना, निशानदेही करना।

आँकिकी—स्त्री. [सं.] सांख्यिकी ('स्टैटिस्टिक्स')।

आँकुस*-पु.द्र. 'अंकुश'।

आँख—स्त्री. देखने, रूपबोध कराने वाली इंद्रिय, नेत्र, चक्षु; निगाह, दृष्टि; किसी चीज़ की परख या पहचान करने वाली दृष्टि ('उसके पास गुण के लिए आँख है'); ईख की गाँठ पर की नोक जिससे अँखुआ निकलता है। **~मिचौनी, ~मिचौली**—स्त्री. बच्चों का आँख मूँद कर खेलने का एक खेल। **मु. ~आना, ~उठना**—आँखों का एक रोग जिसमें लालिमा और सूजन हो कर पीड़ा होती है। **~उठा कर न देखना**—लज्जा, आदि के कारण ऊपर न देखना; ध्यान न देना; उपेक्षा करना। **~उलट जाना**—मृत्यु के समय आँखों का पलट जाना। **~ऊँची न होना**-लज्जा के कारण नजर उठा कर न देखना। **~का अंधा गाँठ का पूरा**-धनी किंतु मूर्ख। **~का अंधा नाम नयन सुख**-नाम और गुण में विरोध पाया जाना, जैसे किसी निर्बल आदमी का नाम भीम होना। **~का काँटा**-शत्रु। **~का तारा**-अत्यधिक प्रिय। **~कान खुला रखना**-सावधान रहना। **~का पानी ढल जाना**-निर्लज्ज हो जाना। **~की किरकिरी**-आँख का काँटा। **~की पुतली**-अत्यंत प्रिय व्यक्ति। **~खुलना**-सावधान होना। **चुराना, ~छिपाना**-सामना न करना, कतरा जाना। **~दिखाना**-डराना, रोष प्रकट करना। **~निकालना**-क्रोध से देखना। **~फूटना**-मति नष्ट होना, विवेक का काम न करना। **~फेरना**-पहले जैसा प्रेम न रहना। **~बंद होना, ~मुँदना**-मृत्यु होना। **~बचा कर निकल जाना**-उपेक्षा करके या चोरी से निकल जाना। **~बनवाना**-मोतियाबिंद, आदि के लिए आँखों की शल्य चिकित्सा (ऑपरेशन) करवाना। **~भर आना**-दु:ख या प्रेमावेग में आँखों में जल भर जाना, आँसू निकल पड़ना। **भर देखना**-जी भरकर देखना। **~में खटकना**-बुरा लगना। **~में गड़ना, ~में चुभना**-खटकना, बुरा लगना। **~लड़ाना**-प्रेम में आँख मिलाना। **~चार होना**-प्रेम हो जाना। **~ठंडी होना**-किसी को देख कर प्रसन्न होना। **~बदल जाना**-पहले जैसा भाव न रहना; कृपा-दृष्टि न रहना। **~पर पट्टी बाँध लेना**-किसी प्रकार की शर्मा-हया न रखना।—(ओं) **~में खून उतर आना**-क्रोध आ जाना। **~चरबी चढ़ जाना**-किसी प्रकार की लज्जा न रहना।—(बहु.) **~में रखना**-बहुत प्रेम से रखना।—(बहु.)—**में रात काटना**-दु:ख में या चिंता में जागते हुए रात बिना देना। **~में समाना**-प्रिय लगना। **~से गिरना**-दृष्टि में सम्मान न रहना।

आंग—वि. [सं.] शारीरिक, अंगधारी; अंग देश में उत्पन्न या उससे संबद्ध।

आँग*—पु. अंगु; शरीर; स्तन।

आंगक—पु. [सं.] अंग में बसने वाला; अंगराज। वि. अंग देश में उत्पन्न या उससे संबद्ध।

आँगन—पु. घर के भीतर का चौक, सहन, अजिर (तुलसीदास)।

आंगविद्य—वि. [सं.] सामुद्रिक विद्या जानने वाला; आंग विद्या।

आंगार—पु. [सं.] अंगारों का ढेर; अंगारों से संबंधित।

आंगारिक—वि. [सं.] अंगार संबंधी।

आंगिक—वि. [सं.] अंग या शरीर संबंधी, अंग चेष्टाओं द्वारा व्यंजित भाव, अभिनय, आदि। पु. मृदंग-वादक, शारीरिक चेष्टा, कायिक अनुभाव। **~अभिनय**-पु. अभिनय के चार प्रकारों में से एक—शारीरिक चेष्टाओं द्वारा अभिनय।

आंगिरस—वि. [सं.] अंगिरा ऋषि से संबद्ध या उत्पन्न। पु. एक ऋषि, अंगिरा ऋषि के पुत्र बृहस्पति, आदि; ऋषि के नाम पर एक गोत्र; अथर्ववेद सूक्त।

आँगी*—स्त्री. अँगिया, चोली।

आँगुर, आँगुल—पु. अंगुल।

आँगुरी*—स्त्री. उँगली।

आंग्ल—वि. [सं.] अंग्रेज़, अंग्रेज़ी।

आँच—स्त्री. आग; गरमी; लपट। **मु. ~आना**-हानि होना; आघात पहुँचना (**मु.** का प्रयोग प्रायः नकारात्मक रूप—आँच न आने देना)।

आँचना—स.क्रि. जलाना, तपाना।

आँचर*—पु.द्र. 'आँचल'।

आँचल—पु. साड़ी, धोती, आदि का सामने रहने वाला छोर, सामने का पल्ला; साल, दुपट्टा, आदि का छोर।

आंचलिक—वि. [सं.] अंचल विशेष से संबंधित; किसी क्षेत्र विशेष से संबंधित।

आंजन—पु. [सं.] अंजन; अंजनी के पुत्र हनुमान। वि. अंजन संबंधी।

आँजन—पु. अंजन।

आँजना—स.क्रि. अंजन लगाना या आँखों में घी, मधु, आदि लगाना।

आंजनी—स्त्री. [सं.] अंजन।

आंजनेय—पु. [सं.] हनुमान।

आँट—पु., [स्त्री.] अंगूठे और तर्जनी के बीच की जगह। **मु. ~में न लाना**-कोई काम या वस्तु पसंद न आना।

आँटना—अ.क्रि. अँटना, पूरा पड़ना।

आँटी—स्त्री. सूत की लच्छी; चारे, गेहूँ, आदि को काट कर बनाई गई गट्ठी-पूली।

आंड—वि. [सं.] अंडे से उत्पन्न। पु. अंडकोश। **~ज**-वि. अंडे से उत्पन्न होने वाला—पक्षी, सर्प, आदि।

आँड़—पु. अंडकोश।

आँत—स्त्री. शरीर का एक अंग, आमाशय से ले कर मलद्वार तक का भाग, अंत्र, अँतड़ी। **मु. ~उतरना**-आँत उतरने की बीमारी, अंत्र-वृद्धि ('हार्निया')। **~कुलकुलाना, ~कुलबुलाना**-जोर की भूख लगना। —(तों)—**का बल खुलना**-भरपेट खाना, तृप्त होना।

आंतर—वि. [सं.] अंतरंग, भीतरी; गुप्त। पु. अंतरंग मित्र; हृदय; आंतरिक स्वभाव।

आंतराल—वि. [सं.] आंतरिक स्वभाव का ज्ञान रखने वाला।

आंतरिक—वि. [सं.] अंदर का; अंतरंग, भीतरी बातों से संबंधित। **~ता**-स्त्री. गहन मित्रता।

आंतरिक्ष, ~आंतरीक्ष-वि. [सं.] अंतरिक्ष-संबंधी, आकाश से संबंधित।

आंतिक—वि. [सं.] अंत में होने वाला।

आंतिका—स्त्री. [सं.] बड़ी बहन।

आंत्र—वि. [सं.] आँत से संबंधित। **~शोथ**-पु. आँतों की सूजन, एक बीमारी।

आंत्रिक—वि. [सं.] अंत्र-संबंधी।

आंदोल—पु. [सं.] झूलना; झूला; कंपन।

आंदोलक—पु. [सं.] झूला हिलाने, झुलाने वाला।

आंदोलन—पु. [सं.] हलचल; किसी लक्ष्य की प्राप्ति के लिए सामूहिक रूप से बीड़ा उठाना, इधर से उधर हिलना-जुलना।

आंदोलनात्मक—वि. [सं.] आंदोलन से परिपूर्ण, प्रतिरोधात्मक प्रयत्न।

आंदोलित—वि. [सं.] हलचल से पूरित; हिला कर रख देना ('इस समाचार ने मुझे आंदोलित कर दिया'); विचलित।

आँध—स्त्री. अँधेरा; आफ़त।

आंधला—पु. अंधा (कबीर)।

आँधी—स्त्री. धूल-भरी तेज हवाएँ, तूफानी हवा, प्रभंजन; भारी हलचल भरा घटना-क्रम। **मु. ~आना**-किसी बात पर तूफान उठ जाना; वितंडा खड़ा हो जाना।

आंध्र—पु. [सं.] दक्षिण भारत का तेलगू-भाषी प्रदेश, इसकी राजधानी हैदराबाद नगर है; आंध्र का, आंध्रवासी।

आंध्रीय—वि. [सं.] आंध्र का, आंध्रवासी।

आंब—पु. [सं.] एक प्रकार का अन्न।

आँब*—पु. आम, एक फल।

आँबा-हलदी—स्त्री. एक प्रकार की हलदी, आमा हलदी।

आंबिकेय—पु. [सं.] कार्तिकेय; धृतराष्ट्र।

आँय-बाँय—पु. निरर्थक प्रलाप; इधर-उधर की हाँकना। **~साँय**-इधर-उधर की बकना।

आँव—पु. चिकना सफेद मल (दस्त; आदि में पेट की गड़बड़ से)।

आँवन—पु. छेद करने या बढ़ाने का औजार; पहिये के छेद पर लगाई जाने वाली कील।

आँवल—स्त्री. वह झिल्ली जिसमें गर्भ में शिशु लिपटा रहता है।

आँवलगट्टा—पु. सूखा आँवला।

आँवला—पु. एक पेड़ या उसका फल जो अचार, मुरब्बा बना कर खाया जाता है, आयुर्वेद में औषधि के रूप में इस फल का प्रयोग।

आँवाँ—पु.द्र. 'आवाँ'।

आंशिक—वि. [सं.] अंश-संबंधी; अल्प, कुछ।

आंशुक जल—पु. [सं.] धूप में रखा हुआ पानी।

आँसना—स्त्री. चुभना (बुंदेलखंडी श., मैत्रेयी पुष्पा)।

आँसू—पु. नेत्र जल, अश्रु। **मु. ~ढालना**-रोना। **~पी कर रह जाना**-मन मसोस कर रह जाना (दु:ख में)। **~पोंछना**-धैर्य बँधाना।

आँहाँ—अ. निषेध सूचक शब्द, नहीं।

आ—उप. [सं.] तक (आजानु, आसेतु); से (आजन्म), भर (आजीवन), सहित (आबालवृद्ध), आदि का सूचक।

आइंदा—वि. [फा.] आने वाला समय, भविष्य। **अ.** आगे से, फिर कभी।

आइ.ए.एस. (आई.ए.एस.)—[अं.] इंडियन एडमिनिस्ट्रेटिव सर्विस, भारतीय प्रशासनिक सेवा (सर्वोच्च प्रशासनिक सेवा)।

आइटम—[अं.] नग; मद; वस्तु; विषय। **~सांग**-[अं] स्वतंत्र रूप से या फिल्म के बीच में कामुक-से नृत्य के साथ प्रस्तुत गीत।

आइडियल (आइडिअल)—[अं.] आदर्श, आदर्श स्वरूप।

आइडियोलॉजी—[अं.] विचारधारा।

आइडेंटिटी—[अं.] पहचान। **~कार्ड**-पु. पहचान पत्र।

आइना—पु. [फा.] द्र. 'आईना'।

आइंस्टाइन, प्रोफेसर अलबर्ट—[अं.] एक विश्व प्रसिद्ध वैज्ञानिक।

आई.आई.एस.-आई.आई.टी.-आई.आर.जी.—[अं.] इंडियन इंस्टीट्यूट ऑफ टेक्नोलॉजी, भारतीय प्रौद्योगिकी प्रशिक्षण संस्थान।

आई.ए.एफ.—[अं.] इंडियन एयर फोर्स, भारतीय वायु सेना।

आई.एफ.एस.—[अं.] इंडियन फॉरेन सर्विस, भारतीय विदेश सेवा।

आई.एम.एफ.—[अं.] इंटरनेशनल मॉनेटरी फंड, अन्तर्राष्ट्रीय मुद्रा कोष।

आई.एस.डी.—[अं.] इंटरनेशनल स्ट्रेट डॉयलिंग (सर्विस)

आई.जी.—[अं.] इंस्पेक्टर जनरल (ऑफ पुलिस), पुलिस महानिरीक्षक।

आइसक्रीम—स्त्री. [अं.] दूध, आदि को मिला कर तैयार किया गया कुलफ़ी जैसा खाद्य।

आई*—स्त्री. मौत ('उसकी तो आई ही थी', 'उसको तो आई ले गई')।

आईन—पु. [अ.] विधान, क़ानून, नियम, परंपरा, रीतिरिवाज, चलन, प्रणाली, तरीक़ा, तर्ज़। **~(ने) अकबरी**-पु. अबुल फज़ल कृत फारसी का एक प्रसिद्ध ग्रंथ जिसमें अकबर के प्रशासन का वर्णन है।

आईना—पु. [फा.] दर्पण, शीशा। वि. शीशे जैसा साफ, स्पष्ट। **मु. ~(ने) में मुँह देखना**-अपनी योग्यता समझ लेना। (अवमानना के अर्थ में 'कभी आईना में मुँह देखा है अपना')।

आईनी—वि. [अ.] वैध, नियमानुकूल।

आई.टी.—[अं.] इन्फार्मेशन टेक्नोलॉजी, प्रौद्योगिकी।

आई.टी.आई.—[अं.] इंडस्ट्रियल ट्रेनिंग इंस्टीट्यूट, औद्योगिक प्रशिक्षण संस्थान।

आउंस (औंस)—पु. [अं.] एक अंग्रेज़ी तौल, माप, जो प्राय: दो तोले के बराबर होती है (16 आउंस का एक पौंड)।

आउ-बाउ*—पु. आँय-बाँय (बकना), इधर-उधर की फेंकना।

आउट—[अं.] बाहर। **~कर देना**-बाहर निकाल देना, बर्ख़ास्त कर देना (नौकरी, आदि से); हरा देना (खेल, आदि)। **~ऑफ ऑर्डर**-खराब हो जाना, काम न करना (किसी मशीन, यंत्र, आदि का)।

आउट ऑफ डेट—[अं.] प्रयोग-बाहर, अप्रचलित, पुराना पड़ जाना।

आउट डोर—[अं.] बहिरंग, बाहरी। ~शूटिंग-स्टूडियो से बाहर जा कर दृश्यांकन, फ़िल्मांकन।

आउर्द—पु. [फ़ा.] आमद का उलटा; कविता में सोच-सोच कर बिठाया जाने वाला भाव; दूरारूढ़ कल्पना।

आउर्दा—वि. [फा.] लाया हुआ; कृपा पात्र।

आए-गए—वि. अतिथि, मेहमान।

आकंठ—क्रि.वि. [सं.] गले तक (भोजन)।

आकंप, आकंपन—पु. [सं.] हिलना, काँपना।

आकंपित—वि. [सं.] हिला, काँपा हुआ, हिलाया या कंपित किया हुआ; क्षुब्ध किया हुआ।

आक—पु. मदार का पौधा इसके पत्तों के तोड़ने पर दूध जैसा द्रव निकलता है।

आकटि—अ. [सं.] कमर तक। वि. कमर तक पहुँचने वाला (वस्त्र, डंडा, आदि)।

आक़बत—स्त्री. [अ.] मृत्यु या प्रलय के बाद का समय; परलोक। **मु. ~बिगड़ना, बिगाड़ना**-परलोक बिगड़ना या बिगाड़ना।

आक़बती लंगर—पु. जहाज का वह लंगर जो संकट के समय आकस्मिक रूप में डाला जाता है।

आकर—पु. [सं.] भंडार; खान; उत्पत्ति स्थान। ~वि. दक्ष; श्रेष्ठ; अधिक। **~ग्रंथ**-पु. ऐसे संदर्भ ग्रंथ जिनसे ग्रंथ-लेखन में सहायता ली जाती है, यथा—शब्दकोश, विश्व-कोश जैसे ग्रंथ तथा अन्य सहायक ग्रंथ।

आक़रक़हा—पु. [अ.] अकरकरा, एक प्रसिद्ध औषधि।

आकरिक—स्त्री. [सं.] खान खोदने का काम।

आकरी—स्त्री. [सं.] खान खोदने का धंधा।

आकरी—वि. [सं.] खान से उत्पन्न, खनिज।

आकर्ण—अ. [सं.] कान तक। वि. कान तक पहुँचा हुआ या कान को छूता हुआ (नेत्र, धनुष की प्रत्यंचा का खींचना, आदि)।

आकर्णन—पु. [सं.] सुनना।

आकर्णित—वि. [सं.] सुना हुआ।

आकर्ष—पु. [सं.] खींचना; खिंचाव; चुंबक; पासे का खेल; पासे की बिसात; कसौटी।

आकर्षक—वि. [सं.] सुंदर, रोचक; खींचने वाला, दूसरों का मन अपनी ओर खींचने वाला।

आकर्षण—पु. [सं.] (अपनी ओर) खींचना, खिंचाव, सुंदरता। **~शक्ति**-स्त्री. अपनी ओर खींचने की शक्ति।

आकर्षिक—वि. [सं.] आकर्षण करने वाला, खींचने वाला।

आकर्षित—वि. [सं.] जो आकर्षण में बँध गया हो।

आकर्षी—वि. [सं.] द्र. 'आकर्षक'।

आकलन—पु. [सं.] खोज करना, अनुसंधान; गिनना, समझना।

आकलित—वि. [सं.] समझा हुआ; परिगणित; संगृहीत।

आकल्प—पु. [सं.] वेश-रचना; पहनावा; आभूषण।

आकल्पक—पु. [सं.] वेश-रचना करने वाला; आभूषण-निर्माता; अंधकार, मोह, हर्ष, दुःख पूर्ण स्मृति।

आकल्पित—वि. [सं.] सजाया हुआ; बनाया हुआ।

आकल्य—पु. [सं.] रोग, बीमारी।

आकष—पु. [सं.] कसौटी।

आकस्मिक—वि. [सं.] अचानक घटित; असमय (मृत्यु)। **~अवकाश, ~छुट्टी**-स्त्री. (पु.) अचानक आवश्यकता आ पड़ने पर कार्यालय या कार्य-स्थान से ली जाने वाली छुट्टी ('कैजुअल लीव')।

आकांक्षक—वि. [सं.] आकांक्षा रखने वाला।

आकांक्षा—स्त्री. [सं.] चाह, इच्छा; अपेक्षा।

आकांक्षित—वि. [सं.] जिसकी आकांक्षा की गई हो, चाहा हुआ; अपेक्षित।

आकांक्षी—वि. [सं.] आकांक्षा या अपेक्षा रखने वाला; इच्छा रखने वाला।

आक़ा—पु. [अ.] स्वामी, मालिक।

आकाय—पु. [सं.] चिताग्नि; चिता।

आकार—पु. [सं.] रूप, शक्ल; बनावट; लंबाई-चौड़ाई, फैलाव, आदि।

आकारण—पु. [सं.] बुलाना, आह्वान; चुनौती।

आकारवान्—वि. [सं.] जिसका आकार हो, साकार, सुरूप; सुगठित।

आकारांत—वि. [सं.] ऐसा शब्द जिसके अंत में 'आ' हो, यथा—बाबा, गाना, आदि।

आकारित—वि. [सं.] आहूत; माँगा हुआ।

आकाल—पु. [सं.] उपयुक्त समय; अनुपयुक्त काल।

आकालिक—वि. [सं.] क्षणिक; असामयिक, जिसका मौसम या ऋतु न हो (वर्षा, काल, सब्जी, आदि)।

आकालिकी—स्त्री. [सं.] बिजली।

आकाश—पु. [सं.] आसमान; शून्य; ईश्वर; पंच महाभूतों में से एक। **~कक्षा**-स्त्री. क्षितिज। **~कल्प**-पु. ब्रह्म। **~कुसुम, ~पुष्प**-पु. आकाश का फूल, असंभव बात। **~गंगा**-स्त्री. आकाश में दूर-दूर तक फैला हुआ छोटे-छोटे नक्षत्रों का आकर्षक समूह। **~ग**-पु. पक्षी। **~चारी**-वि. जो आकाश में चलता-फिरता हो, (पक्षी ग्रह, आदि)। **~जल**-पु. वर्षा; ओस। **~दीप, ~प्रदीप**-पु. बाँस के सिरे पर बाँध कर जलाया जाने वाला दीपक। **~पथिक**-पु. सूर्य। **~भाषित, ~वचन**-पु. अभिनय में किसी पात्र का आकाश की ओर देख कर कोई प्रश्न करना और फिर स्वतः ही उत्तर देना। **~मुखी**-पु. आकाश की ओर मुख करने वाला; ऐसा साधु जो आकाश की ओर मुँह करके तपस्या करता है। **~यान**-पु. विमान, हवाई जहाज। **~वल्ली**-स्त्री. अमरबेल। **~वाणी**-स्त्री. आकाश में देवताओं, आदि द्वारा की गई वाणी; आसमान से आने वाली आवाज, रेडियो—भारत सरकार का एक उपक्रम। **~वृत्ति**-स्त्री. ऐसी जीविका जिसका कोई निश्चय न हो, अनिश्चित वृत्ति; आय। **मु. ~छूना**-बहुत ऊँचे पहुँचना या ऊँचे सपने लेना। **~पाताल, ~एक करना**-बहुत प्रयत्न करना। **~पाताल का अंतर**-बहुत अधिक अंतर। **~से बातें करना**-बहुत ऊँचा होना; बहुत तेज़ दौड़ना (घोड़े या किसी वाहन का)।

आकाशी—स्त्री. [सं.] धूप से बचने के लिए ताना गया वितान, चँदोवा।

आकाशीय—वि. [सं.] आकाश-संबंधी; आकाश स्थित या उत्पन्न।

आकिंचन, आकिंचन्य—पु. [सं.] निर्धनता, कंगाली।

आक़िबत—स्त्री. [अ.] द्र. 'आक़बत'।

आक़िल—वि. [अ.] अक्ल वाला, समझदार।

आकीर्ण—वि. [सं.] फैलाया या बिखेरा हुआ; भरा हुआ; व्याप्त।

आकुंचन—पु. [सं.] सिमटना, सिकुड़ना; टेढ़ा होना; वैशेषिक मत में मान्य पाँच कर्मों में से एक।

आकुंचित—वि. [सं.] सिकुड़ा हुआ; कुटिल, घुँघराले (केश)।

आकुंठन—पु. [सं.] लज्जा; भोथरा होना (चाकू, कैंची, तलवार, खुरपे, आदि की धार कुंठित, समाप्त हो जाना)।

आकुंठित—वि. [सं.] जड़; लज्जित; कुंद, भोथरा।

आकुल—वि. [सं.] उद्विग्न, परेशान, बेचैन, भरा हुआ, अव्यवस्थित। **~ता**-स्त्री. बेचैनी, उद्विग्नता। **~व्याकुल**-वि. विरह, शोक, आदि से अव्यवस्थित और उद्विग्न।

आकुलता—स्त्री. [सं.] बेचैनी, उद्विग्नता।

आकुलित—वि. [सं.] आकुल (द्र. आकुल)।
आकूत—पु. [सं.] अभिप्राय; आशय; आश्चर्य।
आकूति—स्त्री. [सं.] इच्छा; अभिप्राय, इरादा; चकित।
आकूवार—पु. [सं.] समुद्र।
आकृति—स्त्री. [सं.] रूप, गढ़न; चेहरा; एक वर्णवृत्त।
आकृष्ट—वि. [सं.] खींचा हुआ।
आकृष्टि—स्त्री. [सं.] खिंचाव; धनुष को झुकाना।
आक्युपेशन—[अं.] पेशा, व्यवसाय, धंधा, वृत्ति।
आक्रंद—पु. [सं.] रोना, चिल्लाना; जोर से पुकारना; युद्ध का स्वर-घोष; नारा।
आक्रंदित—वि. [सं.] जोर से रोने; चिल्लाने वाला, जोर से पुकारा गया, आहूत।
आक्रम—पु. [सं.] निकट जाना; प्राप्त करना; पराभूत करना।
आक्रमण—पु. [सं.] हमला, चढ़ाई, टूट पड़ना, चोट करना; आक्षेप लगाना।
आक्रमणात्मक—वि. [सं.] आक्रमण के स्वभाव वाला।
आक्रमित—वि. [सं.] जिस पर आक्रमण हुआ हो, आक्रांत।
आक्रमिता—वि.स्त्री [सं.] नायिका जिसने मनसा-वाचा-कर्मणा नायक को अपने वश में किया हुआ हो।
आक्रम्य—वि. [सं.] आक्रमण-योग्य। **~ता**-स्त्री. आक्रमण के सर्वथा योग्य होना।
आक्रय—पु. [सं.] खरीदना; व्यापार।
आक्रांत—वि. [सं.] जिस पर हमला किया गया हो; जिस पर कब्ज़ा कर लिया गया हो; पराभूत।
आक्रांति—स्त्री. [सं.] कब्ज़ा करना; चढ़ जाना; पराभूत करना।
आक्रामक—वि. [सं.] आक्रमण करने वाला; जुझारू (मुद्रा)।
आक्रीड—पु. [सं.] क्रीड़ा स्थान; वाटिका ('पार्क')। **~भूमि**-स्त्री. क्रीड़ा-स्थल।
आक्रडिन—पु. [सं.] क्रीड़ा करना।
आक्रुष्ट—वि. [सं.] जिसे कोसा गया हो; अभिशप्त।
आक्रोश—पु. [सं.] रोष की अभिव्यक्ति, रोष में भला-बुरा कहना।
आक्रोशक—वि. [सं.] आक्रोश प्रकट करने वाला।
आक्रोशन—पु. [सं.] रोष में भला-बुरा कहना।
आक्रोशित—वि. [सं.] द्र. 'आक्रुष्ट'।
आक्लेद—पु. [सं.] भीगना, आर्द्र होना।
आक्शन—[अं.] परिव्यय; नीलाम।
आक्ष—वि. [सं.] अक्ष संबंधी।
आक्षकी—स्त्री. [सं.] शराब की एक प्रकार।
आक्षरिक—वि. [सं.] अक्षरों का या अक्षर संबंधी।
आक्षारण—पु. [सं.] व्यभिचार, आदि का आक्षेप।
आक्षिक—वि. [सं.] जुए से संबंधित। पु. जुए में प्राप्त धन।
आक्षिप्त—वि. [सं.] फेंका या गिराया हुआ; छीना हुआ; जिस पर आक्षेप किया गया हो, लांछित।
आक्षेप—पु. [सं.] लांछन, अपवाद; आपत्ति; एतराज; फेंकना; एक अलंकार जहाँ इच्छित या अपेक्षित वस्तु की कुछ विशेषता बतलाने के लिए निषेध-सा किया जाता है।
आक्षेपक—वि. [सं.] आक्षेप करने वाला, शिकारी।
आक्षेपण—पु. [सं.] आक्षेप करना।
आक्षेपी—वि. [सं.] आक्षेप करने वाला।
आक्षोट—पु. [सं.] अखरोट, एक फल।
आक्षोदन—पु. [सं.] आखेट।
ऑक्साइड—पु. [अं.] ऑक्सीजन और धातु के मेल से बना पदार्थ; जंग; मोरचा।
ऑक्सिजन (ऑक्सीजन)—स्त्री. [अं.] एक स्वस्थ गैस जो प्राणियों के जीवन के लिए अत्यावश्यक है, प्राण-वायु, ओषजन।
आख—पु. [सं.] द्र. **'आक'** गैंती; कुदाल।
आखत—पु. अक्षत; पूजा, आदि में प्रयुक्त किया जाने वाला चावल।
आख़ता—वि. [फा.] बधिया।
आखथू—अ. खखार कर थूकने की क्रिया या आवाज़; धिक्कार-सूचक उद्‌गार।
आखना*—स.क्रि. कहना।
आखर—पु. [सं.] कुल्हाड़ी; कुदाल। पु. अक्षर, वर्ण।
आखा—पु. झीनी जाली की छलनी; आक का पौधा।
आख़िर—पु. [फा.] अंत, समाप्ति, सीमा; परिणाम। वि. पिछला। **~कार**-अ. अंत में, अंतः। **~ला**-पु. पिछला, अंत वाला, अंत का।
आख़िरत—स्त्री. [अ.] परलोक (बनना, बिगड़ना)।
आख़िरी—वि. [फ.] अंतिम, सबसे पीछे का।
आखु—पु. [सं.] चूहा; चोर; सुअर; कुदाल; कंजूस। **~ग, ~रथ,-वाहन**-पु. गणेश।
आखेट—पु. [सं.] शिकार, मृगया।
आखेटक—पु. [सं.] शिकारी, शिकार।
आखेटिक—पु. [सं.] शिकारी; शिकारी कुत्ता। वि. शिकार करने में कुशल।
आख्या—स्त्री. [सं.] व्याख्या; नाम; विवरण; यश।
आख्यात—वि. [सं.] कहा हुआ; प्रसिद्ध।
आख्याता—पु. [सं.] कहने वाला; बताने वाला; शिक्षक।
आख्याति—स्त्री. [सं.] कहना, बताना; नाम; प्रसिद्धि।
आख्यान—पु. [सं.] वृत्तांत, कथा-कहानी; वर्णन पौराणिक कथा।

आख्यानक—पु. [सं.] आख्यान; छोटा आख्यान; उपकथानक।

आख्यानकी—स्त्री. [सं.] एक वृत्त।

आख्यापक—पु. [सं.] संदेशवाहक, दूत; किसी सूचना की घोषणा करने वाला।

आख्यायिका—स्त्री. [सं.] कहानी या वृत्तांत; प्रारंभ में 'कहानी' के लिए प्रयुक्त शब्द (बीसवीं शती के प्रथम दशक में 'सरस्वती'), आदि पत्रिकाओं में 'कहानी' के लिए प्रयुक्त।

आख्येय—वि. [सं.] कहने, बताने योग्य।

आगंतव्य—वि. [सं.] जो आने वाला हो; जिसका आना संभावित हो।

आगंता—वि. [सं.] आने की इच्छा करने वाला।

आगंतु—वि. [सं.] आने वाला; बाहर से आने वाला। अतिथि, मेहमान।

आगंतुक—वि. [सं.] अचानक आने वाला। पु. अतिथि।

आग—स्त्री. [सं.] अग्नि; कामाग्नि; वासना। **मु. ~फूस का वैर**-सहज शत्रुता। **~बबूला, ~(भभुका) होना**-गुस्से से लाल होना, बहुत अधिक क्रोधित होना। **~बरसना**-बहुत अधिक गरमी पड़ना, धूप का बहुत तेज़ होना। **~भड़काना**-लड़ाई बढ़ाना; जोश बढ़ा देना। **~में कूदना**-अपने ऊपर मुसीबत मोल लेना; स्वयं को संकट में डाल लेना। **~में घी डालना**-क्रोध को भड़का देना, झगड़ा बढ़ा देना। **~लगना**-क्रोध आ जाना, किसी वस्तु का बहुत महँगा हो जाना; ईर्ष्या से जलने लगना। **~लगा कर तमाशा देखना**-झगड़ा करवा उसमें मज़ा लेना। **लगाना**-क्रोध या ईर्ष्या भड़काना; चुगली करना; किसी वस्तु को नष्ट कर देना। **~लगे पर कुआँ खोदना**-पहले से कोई तैयारी न कर आवश्यकता पड़ने पर ही प्रयत्न करना। **~होना**-क्रुद्ध होना। पु. [सं.] अपराध, दोष, पाप; दंड।

आगजनी—स्त्री. विवेकहीन रूप में बलवे, दंगों, आदि में घरों, बस्तियों, सामान, वाहन, आदि को फूँकना, जला डालना।

आगत—वि. [सं.] आया हुआ, पहुँचा हुआ; घटित; बाहर से आया हुआ (सामान)। पु. आगमन; अतिथि; घटना। **~पतिका, ~भर्तृका**-स्त्री. नायिका का एक प्रकार जिसका पति परदेश से लौटा हो। **~स्वागत**-पु. अतिथि, निमंत्रित का स्वागत-सत्कार, आओ-भगत।

आगति—स्त्री. [सं.] आगमन, प्राप्ति; अनसर।

आग-पीछ*—पु. द्र. 'आगा-पीछा'।

आगम—पु. [सं.] आना; समागम, प्राप्ति जन, उत्पत्ति, ज्ञान, वेद, शास्त्र, दर्शन, तंत्र शास्त्र, न्याय में मान्य चार प्रमाणों में से एक—शब्द प्रमाण, शब्द में किसी ध्वनि या वर्ण की वृद्धि (वर्णागम)। **~जानी, ज्ञानी**-वि. भविष्य की बात जानने वाला। **~नीत**-वि. अधीत, जिसने वेदों, आदि का बहुत अध्ययन किया हो। **~वृद्ध**-वि. ज्ञानवृद्धि; शंकराचार्य का एक विशेषण।

आगमन—पु. [सं.] आना; लौटना; प्राप्ति; जन्म; उत्पत्ति।

आगमापायी—वि. [सं.] जन्म-मरणशील, अनित्य।

आगमित—वि. [सं.] अधीत, पठित।

आगमी—वि., [सं.] पु. ज्योतिषी, शास्त्रज्ञ; आने वाला, भावी।

आगर—पु. आ कर, खान; भंडार। वि. कुशल, चतुर।

आगरी—पु. नमक बनाने वाला।

आगस्ती—स्त्री. [सं.] अगस्त्य नक्षत्र की दिशा; दक्षिण दिशा।

आगस्त्य—वि. [सं.] अगस्त्य संबंधी, दक्षिणी, अगस्त्य से उत्पन्न। पु. अगस्त्य ऋषि के वंशज, उस गोत्र के व्यक्ति।

आगांतु—पु. [सं.] अतिथि, मेहमान।

आगा—पु. [सं.] वस्तु का आगे की ओर का भाग; अंश; कुर्ते, आदि वस्त्रों में आगे लगने वाला कपड़ा, भविष्य ('अपना आगा तो देख')। **~पीछा**-पु. परिणाम। **मु. ~काटना**-घर से निकलते ही किसी व्यक्ति के सामने अपशकुन कर देना। **~तागा लेना**-सत्कार करना। **~पीछा न देखना**-भविष्य की या किसी संकट की परवाह न करना।

आग़ा—पु. [तु.] बड़ा भाई; मालिक, काबुल का रहने वाला।

आग़ाज—पु. [फा.] आरंभ, शुरुआत; उठान।

आगामिक—वि. [सं.] भविष्य से संबंध रखने वाला, आने वाला।

आगामी—वि. [सं.] आने वाला, भावी।

आगामुक—वि. [सं.] आने वाला, भावी।

आगार—पु. [सं.] भंडार; स्थान; घर; खजाना।

आगाह—वि. [फा.] चौकस, किसी अनिष्ट या खतरे से सावधान (करना), जानकार, खबर रखने वाला।

आगाही—स्त्री. [फा.] जानकारी, सूचना।

आगू—स्त्री. [सं.] वचन, प्रतिज्ञा।

आगे—अ. सामने, सामने की ओर कुछ दूरी पर; बाद में। **~आगे**-अ. आगे चल कर। **~पीछे**-अ. एक के बाद एक, मुँह पर और पीठ पीछे, अव्यवस्थित रूप में; पास-पास, थोड़ा आगे या पीछे, जिसके परिवार में कोई और सदस्य न हो (उससे क्या संबंध रखा जाए, उसके आगे-पीछे तो कोई है ही नहीं)। **मु. ~आना**-सामना करना; कर्म-फल का मिलना ('जैसा उसने किया उसके आगे आ गई')। **~को**-आगे से, आइंदा ('आगे से मैं ऐसी हरकत बर्दाश्त नहीं करूँगा')। **~से**-भविष्य में—चेतावनी के अर्थ में ('आगे से ऐसा मत करना')। **~हो कर लेना**-आगे बढ़ कर उत्साह से स्वागत करना।

आग्निक—वि. [सं.] अग्नि या यज्ञाग्नि से संबंधित।

आग्नेय—वि. [सं.] अग्नि संबंधी, अग्नि से उत्पन्न। पु. स्कंद, अगस्त्य, किष्किंधा के पास का एक प्राचीन जनपद; अग्नि-पूजक; अग्नि को अर्पित हवि; कृत्तिका नक्षत्र; आग्नेयास्त्र; ज्वालामुखी पर्वत। **~पुराण**-पु. अग्निपुराण।

आग्नेयास्त्र—पु. [सं.] अभिमंत्रित बाण जिससे अग्नि निकले या जो अग्नि वर्षा करता हो; तोप, बंदूक, आदि।

आग्नेयी—स्त्री. [सं.] अग्निदेव की पत्नी; पूर्व-दक्षिण की दिशा; अग्नि प्रदीप्त करने वाली जड़ी।

आग्रयण—पु. [सं.] वर्षा, शरद या वसंत ऋतु में किया जाने वाला नवान्न यज्ञ; अग्नि का एक रूप।

आग्रह—पु. [सं.] बलपूर्वक किसी चीज़ के लिए कहना, जोर दे कर कहना; हठपूर्वक प्रार्थना करना।

आग्रहायण, आग्रहायणक—पु. [सं.] अगहन का महीना, कार्तिक के बाद आने वाला मास।

आग्रहायणी—स्त्री. [सं.] अगहन की पूर्णमासी; मृगशिरा नक्षत्र; अगहन मास में होने वाली।

आग्रहिका—स्त्री. [सं.] अनुग्रह, कृपा, सहायता।

आग्रही—वि. [सं.] आग्रह करने वाला।

आघाट—पु. [सं.] सरहद, सिवान या सिवाना।

आघात—पु. [सं.] चोट, प्रहार; घाव, धक्का; विपत्ति; गहरा दुःख या शोक (किसी की मृत्यु, आदि से)।

आघातक—वि. [सं.] आघात करने वाला।

आघातन—पु. [सं.] आघात करना; वध-स्थल।

आघार—पु. [सं.] छिड़कना, यज्ञाग्नि में घी की आहुति देना, घी।

आघूर्ण—वि. [सं.] चक्कर खाता हुआ, घूमता हुआ।

आघूर्णन—पु. [सं.] घूमना, चक्कर खाना।

आघूर्णित—वि. [सं.] घुमाया या चक्कर खाया हुआ।

आघृणि—पु. [सं.] सूर्य। वि. तेज के कारण चमकने वाला।

आघोष—पु. [सं.] जोर से पुकारना, ऊँची आवाज, मुनादी (करना)।

आघोषण—पु., **आघोषणा**-स्त्री. [सं.] घोषणा, मुनादी।

आघ्राण—पु. [सं.] सूँघना; तृप्ति। वि. सूँघा हुआ; तृप्त।

आघ्रात—वि. [सं.] सूँघा हुआ, तृप्त। पु. ग्रहण का एक भेद (ज्यो.)।

आघ्रेय—वि. [सं.] सूँघने के योग्य।

आचक्षु—पु. [सं.] विद्वान।

आचमन—पु. [सं.] हवन पूजा, आदि के प्रारंभ में शुद्धि के निमित्त हथेली पर जल ले कर सादर पीना; चरणामृत या पूजा का जल हथेली पर ले कर सादर पीना।

आचमनक—पु. [सं.] आचमन करने का जल।

आचमनी—स्त्री. कलछी जैसी गोल छोटी चम्मच, जिसमें जल ले कर आचमन किया जाता है।

आचमनीय—वि. [सं.] आचमन करने योग्य।

आचमनीयक—पु. [सं.] आचमन करने वाला जल।

आचमित—वि. [सं.] जिसका आचमन किया गया हो, किया हुआ।

आचरण—पु. [सं.] चरित्र, चाल-चलन, व्यवहार; अनुसरण। **~पंजी, ~पुस्तिका**-आचरण संबंधी पुस्तिका (सर्विस बुक, कैरेक्टर सर्टिफिकेट)। **~पत्र**-पु. आचरण को प्रमाणित करने वाला पत्र (कैरेक्टर सर्टिफिकेट)। **~शील**-वि. आचारवान, शिष्ट। **~संहिता**-स्त्री. आचरण संबंधी नियमावली (कोड ऑफ कंडक्ट)।

आचरणीय—वि. [सं.] आचरण करने योग्य, अनुसरण के योग्य।

आचरित—वि. [सं.] जिसको व्यवहार, आचरण, में लाया गया हो।

आचर्य—वि. [सं.] आचरण के योग्य।

आचार—पु. [सं.] चरित्र; सद्व्यवहार, अच्छा चाल-चलन; व्यवहार का तरीका; पारंपरिक रीति, प्रथा या रिवाज़ (लोकाचार, कुलाचार)। **~दीप**-पु. आरती में प्रयुक्त दीपक। **~पतित**-वि. जिसका आचरण भ्रष्ट हो गया हो। **~भेद**-पु. आचरण संबंधी नियमों का अंतर। **~भ्रष्ट**-वि. जिसका चरित्र, आचरण खराब हो गया हो। **~विरुद्ध**-वि. आचरण के नियमों के विरुद्ध। **~हीन**-वि. जिसका आचरण अच्छा न हो।

आचारनी—स्त्री. पुरोहिती।

आचारवान्—वि. [सं.] सदाचारी।

आचारांग—पु. [सं.] जैन आचार्य शास्त्र।

आचारिक—वि. [सं.] आचार संबंधी।

आचारी—वि. [सं.] आचारवान, शुद्ध आचरण वाला। पु. रामानुज संप्रदाय का अनुयायी, श्री वैष्णव।

आचार्य—पु. [सं.] गुरु, शिक्षक; उपनयन करने और वेद पढ़ाने वाला गुरु; असाधारण विद्वान; (वर्तमान में) 'प्रोफेसर' पद के पर्यायवाची रूप में प्रयुक्त; पूजनीय पंडित या विद्वान। **~कुल**-पु. गुरुकुल। **~त्व**-पु. गहन ज्ञान, आचार्य की भूमिका।

आचार्या—स्त्री. [सं.] स्त्री आचार्य या गुरु; पूजनीय और विदुषी गुरु।

आचित—वि. [सं.] भरा हुआ; लदा हुआ; फैलाया हुआ, व्याप्त। पु. एक परिमाण जो दस भार या अस्सी हज़ार तोला होता था।

आच्छन्न—वि. [सं.] ढका हुआ; छिपा हुआ।

आच्छाद—पु. [सं.] वस्त्र; वेशभूषा।

आच्छादक—वि. [सं.] ढकने; छिपाने वाला।

आच्छादन—पु. [सं.] ढकना; छिपाना; ढक्कन, खोल; वस्त्र, पहनावा; छाजन; लोप; ठाठ-बाट।

आच्छादित—वि. [सं.] ढला, छिपा हुआ या छिपाया हुआ।

आच्छेद, आच्छेदन—पु. [सं.] काटना; अलग करना; बलपूर्वक हटाना।

आच्छोदन—पु. [सं.] शिकार, आखेट।

आछत*—अ. होते, रहते हुए, मौजूदगी में।

आछेप—पु.द्र. 'आक्षेप'।

आछो*—वि.द्र. 'अच्छा'।

आज—वि. [सं.] जो दिन इस समय चल रहा है, वर्तमान का समय। **~कल**-पु. वर्तमान काल, जो युग या जमाना वर्तमान में है; इन दिनों। **मु. ~कल करना**-किसी काम को आगे ही आगे के लिए टालते ही चले जाना। **~कल का**-नये जमाने का, नयी चाल का। **~कल में**-दो-चार दिनों में ही; बहुत जल्द। **~मुये (मुए) ~कल दूसरा दिन**—अपनी मृत्यु के बाद क्या होगा, इसकी परवाह नहीं।

आजक—पु. [सं.] बकरों का समूह।

आजकार—पु. [सं.] शिवजी का वृषभ, नंदी।

आजगर—वि. [सं.] अजगर संबंधी; अजगर जैसा काम करने वाला।

आजगव—पु. [सं.] शिवजी का धनुष।

आजनन—पु. [सं.] उच्च वंश, श्रेष्ठ वंश; जन्म से।

आजन्म—अ. [सं.] जन्म से ले कर अब तक, जीवन-भर, आजीवन।

आज़माइश—स्त्री. [फा.] परीक्षा, जाँच, परीक्षण।

आज़माइशी—वि. [फा.] परीक्षा के लिए किया गया।

आजमाना—स.क्रि. [फ़ा.] जाँचना, परखना, परीक्षण करना, व्यवहार में ला कर देखना।

आज़मूदा—वि. [फा.] आज़माया हुआ; परीक्षित, अनुभूत, व्यवहार में लाया हुआ।

आजयन—पु. [सं.] जीतना; युद्ध।

आजा—पु. दादा, बाबा, पितामह। **~गुरु**-पु. गुरु का गुरु।

आज़ाद—वि. [फा.] स्वाधीन, स्वतंत्र, निडर, बे-परवाह। **~ख़याल**-वि. स्वतंत्र विचारों वाला। **~तबीयत**-वि. सरल स्वभाव, खुले दिल।

आज़ादगी—स्त्री. [सं.] आज़ादी; खुले मन से।

आज़ादाना—अ. [फा.] आजादी के साथ, खुल कर (ख़याल, विचार)।

आज़ादी—स्त्री. स्वाधीनता, मुक्ति।

आजानु—अ. [सं.] जाँघों तक, जाँघ या घुटने के अंत तक। **~बाहु**-वि. जिसकी बाँहें, भुजाएँ घुटने तक आती हों, दीर्घ बाहु।

आज़ार—पु. [फा.] रोग, बीमारी, कष्ट-पीड़ा।

आजिज़—वि. [अ.] दीन, लाचार, असमर्थ, जो तंग हो गया हो, विनम्र। **मु. ~आना**-तंग आना, परेशान हो जाना, ऊब जाना।

आजिज़ी—स्त्री. [अ.] लाचारी, असमर्थता; अनुनय-विनय, दीनता।

आजी—स्त्री. दादी।

आजीव—पु. [सं.] जीविका, रोज़ी, पेशा; जीविका का साधन।

आजीवक—पु. [सं.] जैन साधु।

आजीवन—पु. [सं.] जीविका। अ. जीवन-भर।

आजीविका—स्त्री. [सं.] रोज़ी; रोज़गार, व्यवसाय।

आजीविकार्जन—पु. [सं.] रोज़गार करना, जीवन-यापन के लिए काम करना।

आजीव्य—वि. [सं.] जीविका देने योग्य; बसने योग्य; उपजाऊ। पु. जीविका का साधन।

आज्ञप्त—वि. [सं.] जिसका आदेश दिया गया हो।

आज्ञप्ति—स्त्री. [सं.] आज्ञा, आदेश।

आज्ञा—स्त्री. [सं.] आदेश, हुक्म; अनुमति। **~कर**-पु. नौकर, सेवक। **~करण, ~पालन**-पु. आदेश का पालन। **~कारिणी**-स्त्री., **~कारी**—पु.,वि. आज्ञापालक। **~कारिता, ~धारिता**-स्त्री. आज्ञापालन का भाव। **~चक्र**-पु. योग में मान्य शरीर के षड् (या अष्ट) चक्रों में से एक। **~पत्र**-पु. आदेश पत्र (किसी शासनाधिकारी द्वारा या किसी संस्था, फर्म, व्यवसायी द्वारा सामान, उत्पाद, आदि मँगाने के लिए भेजा गया पत्र)। **~भंग**-पु. आज्ञा का उल्लंघन, आज्ञा न मानना। **~सूचक**-वि. आज्ञा की सूचना देने वाला **~आज्ञा-वाचक** (व्याकरण-आज्ञा सूचक क्रिया)।

आज्ञानुवर्ती, आज्ञानुसारी—वि. [सं.] आज्ञा के अनुसार चलने वाला, आज्ञाकारी।

आज्ञानुसार—क्रि.वि. [सं.] आज्ञा के अनुसार, कहने के अनुसार।

आज्ञाता, आज्ञापक—वि. [सं.] आज्ञा देने वाला।

आज्ञाधि—स्त्री. [सं.] राजाज्ञा द्वारा रखी गई गिरवी वस्तु।

आज्ञापन—पु. [सं.] आज्ञा देना, आज्ञा को जताना।

आज्ञापिका—स्त्री. [सं.] जिसके माध्यम से आज्ञा सूचित की गई हो।

आज्ञापित—वि. [सं.] जिसकी आज्ञा दी गई हो, आदिष्ट।

आज्ञार्थ, आज्ञार्थक—वि. [सं.] आज्ञासूचक क्रिया रूप (व्याकरण)।

आज्य—पु. [सं.] घी; घी की जगह काम आने वाले पदार्थ—तेल, दूध, मक्खन, आदि; यज्ञ में दी जाने वाली आहुति; यज्ञ संबंधी एक स्तोत्र।

आटना—स.क्रि. ढक देना।

आटा—पु. पिसा हुआ अन्न जिससे रोटी, हलवा, 'ब्रैड', आदि बनाए जाते हैं। **मु.** (कंगाली में) **~गीला होना**-कठिनाई या मुसीबत में और अधिक विकट स्थिति उत्पन्न

होना। **~दाल का भाव मालूम होना**-(कठिनाई में पड़ कर) असलियत का पता चलना। **~दाल की चिंता**-घर-गृहस्थी की चिंता में पड़ जाना या गृहस्थी की चिंता। **~में नमक**-थोड़ा, अल्प मात्रा।

आटी*—स्त्री. डाट, किसी छेद, खाली स्थान को भरने के लिए लकड़ी, आदि की लगाई गई रोक।

ऑटो—[अं.] स्वतः; अपना, निज; स्वतंत्र रूप से। 'ऑटो' से निर्मित अनेक शब्द, यथा—**क्रैट**-निरंकुश, तानाशाह। **~क्रेसी**-निरंकुश-तंत्र, तानाशाही। **~ग्रैफ़**-स्वाक्षर, हस्ताक्षर। **~ग्रैफ़ी**-स्वहस्त लेखन। **~नॉमिक, ~नॉसस**-स्वायत्त, स्वाधीन, स्वतंत्र। **~नॉमी**-स्वायत्तता, स्वाधीनता, स्वतंत्रता, स्व-शासन। **~बॉयग्राफ़ी**-आत्म-कथा। **~मेटिक**-स्वचालित, स्वचल। **~मेटिकली**-अपने आप से, स्वतः, स्वचालित, यंत्रवत्। **~मोबाइल**-मोटर, कार, आदि। **~रिक्शा**-स्वचालित रिक्शा, वह रिक्शा जो मशीन से चले।

आठ—वि. आठ की संख्या, सात और एक। **मु. ~आठ आँसू रोना**-बहुत विलाप करना। **~जाम*, ~याम**-आठों प्रहर, हर समय।

आठें, आठों*—स्त्री. अष्टमी तिथि; 'आठों'-आठ का बहुवचन।

आडंबर—पु. [सं.] दिखावा, अनावश्यक रूप से दिखावे का आयोजन; ठाठ-बाट।

आडिट—पु. [अं.] लेखा-परीक्षा, हिसाब-किताब की जाँच।

आडिटर (आडीटर)—पु. [अं.] लेखा-परीक्षक, एक पद-नाम।

आडिटोरियम (आडोटोरियम)—पु. [अं.] प्रेक्षा-गृह, सभा-भवन।

आडंबरी—वि. [सं.] जो आडंबर करता हो, चाल-बाज़ या धोखे-बाज़।

आड़—स्त्री. ओट, पर्दा; बचाव, आश्रय; रोक; टेक, तिरछा तिलक, टीका, संगीत में एक ताल; बैल, भैंसे, आदि को ताँगे, गाड़ी, बुग्गी, आदि में चलाते समय हाँकने के लिए, भगाने के लिए, पैने में लगी एक कील को भी 'आड़' कहा जाता है।

आड़ना*—स.क्रि. रोकना; बाँधना।

आड़ा—तिरछा; खड़ा, उलटा; शहतीर; जुलाहों द्वारा बुनाई प्रयुक्त अड्डा बनाने की लकड़ी जिसे जमीन में गाड़ दिया जाता है। **मु. ~तिरछा होना**-बैठने में परेशानी अनुभव करने हुए बार-बार मुद्राएँ बदलना; क्रोधित होना। **~(डे) ~आना**-संकट के समय सहारा देना; बाधक बनना। **~(ड़े) हाथों लेना**-बुरी तरह फटकार लगाना।

आड़ी—स्त्री. संगीत की एक ताल। वि. खेल में अपने पक्ष का साथी, मित्र, सहायक।

आड़ू—पु. एक फल विशेष, उसका वृक्ष।

आढ़त—स्त्री. दलाली, कमीशन; दूसरे का माल—अनाज, सब्जी, फल, आदि कमीशन ले कर दूसरे को बिकवा देने का व्यापार, व्यवसाय; वह स्थान (दुकान, आदि) जहाँ यह व्यवसाय होता है।

आढ़तिया, आढ़ती—पु. आढ़त का व्यापारी, आढ़त का व्यवसाय करने वाला।

आढ्यंकर—वि. [सं.] धनी बनाने वाला।

आढ्य—वि. [सं.] धनवान, संपन्न, भरा-पूरा (धनाढ्य-बलाढ्य)।

आढ्यक—पु. [सं.] धन।

आणव—वि. [सं.] अत्यंत सूक्ष्म, अणु रूप। पु. अणुता।

आणविक—वि. अणु संबंधी ('एटॉमिक')।

आणि—स्त्री. [सं.] पहिए की धुरी में लगी कील व तलवार की धार; घुटने के ऊपर का भाग।

आतंक—पु. [सं.] भय, डर, दहशत; दबदबा। **~कारी, (-वादी)-(की)**-वि. आतंक फैलाने वाला, आतंकवादी गतिविधियों में भाग लेने वाला, आतंकवाद में विश्वास रखने वाला। **~वाद**-पु. राज्य या शासन के विरुद्ध अपनी बात मनवाने के लिए भयंकर, दहशतगर्द कार्यों को अंजाम देना ('टेरीरिज़्म')।

आतंकित—वि. [सं.] आतंक से प्रभावित, भयभीत।

आतंचन—पु. [सं.] दूध जमाने के लिए जामन देना; जामन।

आत—पु. शरीफ़ा।

आतताई—वि.द्र. 'आततायी'।

आततायी—वि. [सं.] क्रूर व्यवहार करने वाला। पु. दुष्ट तथा उपद्रवी, अत्याचारी।

आतप—पु. [सं.] धूप; गरमी।

आतपन—पु. [सं.] शिव।

आतपी—पु. [सं.] सूर्य। वि. धूप संबंधी।

आतपीय—वि. [सं.] धूप वाला।

आतमा—स्त्री.द्र. 'आत्मा'।

आतश—पु. [फा.] आग। **~जदगी**-स्त्री. आग लगाना। **~ज़न**-वि. आग लगाने वाला। पु. चकमक (पत्थर)। **~ज़नी**-स्त्री. आग लगाना। **~दान**-पु. अंगीठी। **~परस्त**-पु. अग्निपूजक; पारसी। **~फिशाँ**-वि. आग उगलने वाला। पु. ज्वालामुखी पर्वत। **~बाज़**-पु. आतिशबाजी बनाने वाला। **~बाजी**-स्त्री. बारूद भर कर बनाये जाने वाले विभिन्न उपकरण—अनार, पटाखे, गोले, सरू का पेड़, चर्खी, चक्री, फुलझड़ियाँ, आदि जो दीपावली, शादी-ब्याह, विभिन्न राष्ट्रीय उत्सवों, आदि पर जलाए-चलाए जाते हैं। **~मिज़ाज**-वि. क्रोधी स्वभाव का, बिगड़ैल। **~(शे) तर**-स्त्री. शराब, मद्य।

आतशक—स्त्री. [फा.] एक बीमारी, गरमी की बीमारी, उपदंश।

आतशी—वि. [फा.] अग्नि संबंधी, अग्नि से उत्पन्न, अग्नि उत्पन्न करने वाला। **~आईना, ~शीशा**-पु. जिसे सूर्य की किरणों के सामने करने से उसके नीचे रखी हल्की सामग्री रुई, घास-फूस, आदि पर आग उत्पन्न की जा सकती है।

आतापि—पु. [सं.] एक असुर जिसे अगस्त्य ऋषि ने खा लिया था।

आतापी, आतायी—पु. [सं.] चील नामक पक्षी।

आति—स्त्री. [सं.] एक पक्षी, आटि।

आतिथेय—वि. [सं.] अतिथि के योग्य, अतिथि संबंधी। पु. अतिथि सत्कार; अतिथि सत्कार की सामग्री; वह व्यक्ति जिसके यहाँ अतिथि आता, ठहरता, है ('होस्ट')।

आतिथेयी—स्त्री. [सं.] अतिथि-सत्कार।

आतिथ्य—पु. [सं.] अतिथि-सत्कार, आव-भगत, स्वागत-सत्कार, खातिरदारी।

आतिरेक्य, आतिरैक्य—पु. [सं.] अधिकता, अतिरेक; फालतू होना।

आतिश—पु. [फा.] द्र. 'आतश'।

आतिशयिक—वि. [सं.] बहुत अधिक।

आतिशय्य—पु. [सं.] अधिकता, अतिशयता।

आती-पाती—स्त्री. बच्चों का छिपने और छूने का खेल।

आतुर—वि. [सं.] अधीर, बेताब, बीमार, पीड़ित। पु. रोग, रोगी व्यक्ति। अ. शीघ्र। **~शाला**-स्त्री. चिकित्सालय, अस्पताल।

आतुरता—स्त्री. [सं.] अधीरता, उतावली; बेचैनी; शीघ्रता।

आतुरताई *—स्त्री. आतुरता।

आतुरालय—पु. [सं.] चिकित्सालय, अस्पताल, चिकित्सालय में आपात्-कक्ष, अनुभाग ('इमरजेंसी वार्ड')।

आतुरी—स्त्री. आतुरता।

आत्त—वि. [सं.] ग्रहण किया हुआ; स्वीकृत; आकृष्ट। **~गंध**-वि. जिसका गर्व दूर कर दिया गया हो; अपमानित, पराभूत। **~गर्व**-वि. अपमानित।

आत्मंभरि—वि. [सं.] अपना ही पेट पालने वाला, स्वार्थी।

आत्म—वि. [सं.] 'आत्मन्' का समासगत रूप; स्व। **~आलोचना**-स्त्री. अपना गुण-दोष विवेचन। **~कथा**-स्त्री. अपनी जीवनी का लेखन, स्वलिखित जीवन चरित। **~कल्याण**-पु. अपना भला, हित। **~काम**-वि. अभिमानी, गर्वीला, अपने से ही प्रेम करने वाला। **~कृत**-वि. स्वयं किया हुआ। **~गत**-वि. अपने से संबंधित मन के भीतर का, स्वगत। **~गौरव**-पु. अपना गौरव, प्रतिष्ठा, आत्म-सम्मान। **~ग्राही**-वि. स्वार्थी। **~घात**-पु. आत्महत्या। **~घातक, ~घाती**-वि. आत्महत्या करने वाला। **~घोष**- पु. आत्म-प्रशंसा, आतम-श्लाघा। **~चरित, ~चरित्र**-पु. आत्म-कथा, स्व जीवनी। **~ज**-पु. पुत्र; कामदेव। **~जय**-स्त्री. अपने को जीतना~ आत्म-संयम करना। **जा**-स्त्री. पुत्री। **~जात**-पु. पुत्र, कामदेव। **~जिज्ञासा**-स्त्री. अपने को जानने की इच्छा, आत्मा-संबंधी चिंतन। **~ज्ञान**-पु. अपने को जानना, आत्म-साक्षात्कार; अध्यात्म ज्ञान। **~तत्त्व**-पु. आत्मा का स्वरूप-ज्ञान। **तुष्टि**-स्त्री. आत्म-संतोष। **~त्याग**-पु. स्वार्थ-त्याग; दूसरे के हित के लिए अपनी हानि करना; आत्म-हत्या। **~त्यागी**-वि. परोपकारी, स्वार्थ का त्याग करने वाला। **~दर्श**-पु. दर्पण, शीशा। **~दर्शन**-पु. आत्म-साक्षात्कार, आत्म-ज्ञान; अध्यात्म दर्शन। **~द्रोह**-पु. अपने को ही पीड़ा पहुँचा; अपनी ही हानि करना; आत्म-हत्या। **~निंदा**-स्त्री. अपनी निंदा। **~निरीक्षण**-पु. अपना गुण-दोष विवेचन, विशेषत: अपने अभावों, त्रुटियों को जानने की चेष्टा। **~निवेदन**-पु. नवधा भक्ति का एक रूप जिसमें अपना तन-मन-धन, सर्वस्व, प्रभु को अर्पित कर देने का भाव। **~निष्ठ**-वि. अपनी आत्म में निष्ठा रखने वाला; अंतर्मुखी। **~प्रकाश**-पु. अपने मन के भावों को प्रकट करना। **~प्रशंसा**-स्त्री. अपनी तारीफ़ अपने आप करना, अपने मुँह मियाँ मिट्ठू बनना। **~बल**-पु. अपनी आत्मा का, मन का बल; स्व का दृढ़ निश्चय। **~बोध**-पु. आत्मज्ञान। **~मंथन**-पु. अपने अंत:करण में झाँकते हुए अपने गुण-दोष का विचार। **~मानी**-वि. स्वाभिमानी; घमंडी। **~रक्षा**-स्त्री. अपना बचाव, अपनी रक्षा। **~रत**-वि. ब्रह्म ज्ञानी; अंतर्मुखी ('इंट्रोवर्ट')। **~रति**-स्त्री. स्वयं ही अपने किसी गुण पर रीझना। **~वंचक**-वि. अपने को धोखा देने वाला। **~वंचना**-स्त्री. आत्म-हत्या। **~वाद**-पु. दर्शन, अध्यात्म। **~वादी**-वि. आत्मा के अस्तित्व को स्वीकार करने वाला। **~विचार**-पु. आत्म-तत्त्व का चिंतन, विवेचन। **~विद्या**-स्त्री. अध्यात्म-दर्शन। **~विश्वास**-पु. अपनी योग्यता, क्षमता पर विश्वास। **~विस्मृति**-स्त्री. अपने को भूल जाना, स्मृति-लोप, सुध-बुध न रहना। **~वृत्तांत**-पु. अपने मन, इंद्रियों, आदि को नियंत्रण में रखना। **~समर्पण**-पु. अपने को (दूसरों के आगे) सौंप देना; हथियार डाल देना (पुलिस, शत्रु की सेना, आदि के सामने)। **~साक्षात्कार**-पु. अपने गुण-दोषों का विवेचन। **~सात्**-अपने में समो लेना। **~साधन**-पु. आत्मा से साक्षात्कार की साधना, ब्रह्म-विचार ('मैं केवल कहि समझाया निज आत्म साधन रे'— कबीर)। **~हत्या**-स्त्री., **~हनन**—पु., **~हिंसा**-स्त्री. अपने हाथों अपना वध, खुदकुशी। **~हित**-पु. अपना ही कल्याण; फायदा।

आत्मक—वि. [सं.] (समास के अंत में प्रयुक्त) युक्त, गुण-धर्म-वृत्ति वाला (काव्यात्मक, रचनात्मक, शोधात्मक, आदि)।

आत्मकीय—वि. [सं.] अपना किया हुआ; जिस पर अपना अधिकार हो।

आत्मनीन—वि. [सं.] जिस पर अपना अधिकार हो; अपना ही किया हुआ; अपने लिए लाभदायक।

आत्मनेपद—पु. [सं.] धातु में लगने वाला एक प्रत्यय; क्रिया का रूप जिसका फल अपने को मिलता हो (व्या.), स्वयं से संबंधित कथन ('अज्ञेय' की कृति का नाम)।

आत्मवत्ता—स्त्री. [सं.] आत्म-नियंत्रण; बुद्धि, समझ, चेतना।

आत्मा—स्त्री.,पु. [सं.] जीव; मन; जीवन-तत्त्व, चेतन-तत्त्व, परमात्म-तत्त्व; अंत:करण। **मु. ~ठंडी होना**-संतोष मिलना। **~सताना**-दु:ख पहुँचाना; कष्ट देना।

आत्माधिक—वि. [सं.] अपने से भी अधिक (प्रिय)।

आत्माधीन—वि. [सं.] अपने ही वश में।

आत्मानंद—पु. [सं.] आत्म-चिंतन से मिलने वाला आनंद; ब्रह्म-ज्ञान का आनंद।

आत्मानात्म—पु. [सं.] चेतन और जड़ पदार्थ। **~विवेक**-पु. जड़-चेतन का तत्त्व विचार।

आत्मानुभव—पु. [सं.] अपना अनुभव।

आत्मानुभूत—पु. [सं.] स्वयं का अनुभव, आत्मा का अनुभव।

आत्मानुभूति—स्त्री. [सं.] आत्म-साक्षात्कार; स्वयं द्वारा प्राप्त अनुभव।

आत्मानुरूप—वि. [सं.] गुण-स्वभाव, आदि में अपने समान।

आत्माभिमान—पु. [सं.] आत्म-सम्मान, स्वाभिमान।

आत्माभिमानी—वि. [सं.] आत्म-गौरव वाला, स्वाभिमानी।

आत्माभिमुख—वि. [सं.] जिसकी वृत्ति आत्मा की ओर हो गई हो; अंतर्मुख, अंतर्मुखी ('इंट्रोवर्ट')।

आत्माभिव्यंजन—पु. ~आत्माभिव्यक्ति-स्त्री. [सं.] अपने मन की अनुभूति को प्रकट, अभिव्यक्त करना।

आत्माराम—पु. [सं.] आत्म-ज्ञान में लीन योगी; आत्म तत्त्व में रमा हुआ साधक।

आत्मार्थी—वि. [सं.] अपना ही हित साधने वाला, स्वार्थी।

आत्मार्पण—पु. [सं.] आत्म-निवेदन, अपने को अर्पित कर देना।

आत्मावलंबन—पु. [सं.] अपने पर भरोसा करना।

आत्मावलंबी—वि. [सं.] अपने भरोसे काम करने वाला।

आत्माशी—पु. [सं.] मछली।

आत्माश्रय—वि. [सं.] अपने ऊपर निर्भर रहने वाला, भरोसा रखने वाला। पु. आत्म-निर्भरता।

आत्माहुति—वि. [सं.] आत्म-बलिदान।

आत्मिक—वि. [सं.] आत्म-संबंधी।

आत्मिकी—स्त्री. [सं.] अध्यात्म विद्या दर्शन।

आत्मीभाव—पु. [सं.] परमात्मा से एकीभाव, आत्मा परमात्मा का मिलन; आत्मा का परमात्मा में लय हो जाना।

आत्मीय—वि. [सं.] अपना, अत्यंत निकट का (संबंध)। पु. स्वजन; अत्यंत प्रिय; अत्यंत निकट।

आत्मीयता—स्त्री. [सं.] अपनापन; मैत्री; निकटता।

आत्मोक्ति—स्त्री. [सं.] स्वयं की कही हुई बात।

आत्मोजीवी—पु. [सं.] अपने परिश्रम से जीविका अर्जित करना।

आत्मोत्कर्ष—पु. [सं.] अपनी उन्नति, स्वयं का विकास।

आत्मोत्सर्ग—पु. [सं.] दूसरे के हित लिए अपने को संकट में डालना; अपना जीवन अर्पण कर देना (परोपकार में)।

आत्मोदय—पु. [सं.] अपना अभ्युदय, अपनी उन्नति का प्रारंभ।

आत्मोद्धार—पु. [सं.] अपना उद्धार; स्वयं के प्रयत्न से अपनी उन्नति।

आत्मोद्‌भव—पु. [सं.] पुत्र; कामदेव।

आत्मोद्‌भवा—स्त्री. [सं.] पुत्री; बुद्धि।

आत्मोन्नति—स्त्री. [सं.] अपनी या अपनी आत्मा की उन्नति।

आत्मोपम—वि. [सं.] अपने जैसा।

आत्यंतिक—वि. [सं.] अविच्छिन्न; अबाधित; सार्वकालिक; पूर्ण, बहुत ही अधिक।

आत्रेय—वि. [सं.] अत्रि ऋषि से संबंधित; अत्रि ऋषि की संतान या उनके गोत्र का।

आत्रेयी—स्त्री. [सं.] अत्रि ऋषि की पत्नी, अत्रि गोत्र में उत्पन्न स्त्री।

आथर्वण—वि. [सं.] अथर्वेद या अथर्वण ऋषि से संबंधित, उनसे उत्पन्न। पु. अथर्ववेद का ज्ञाता, अथर्ववेद के अनुसार यज्ञ कराने वाला पुरोहित, अथर्वण ऋषि का पुत्र, वंशज।

आथर्वणिक—वि. [सं.] अथर्ववेद से संबंध रखने वाला। पु. अथर्ववेद का ज्ञाता।

आदंश—पु. [सं.] दाँत से काटा हुआ घाव, दाँत।

आद—वि. [सं.] (समासांत में) लेने वाला।

आद*—वि. आदि (एक-आद जगह, आदमी)।

आदत—स्त्री. [अ.] अभ्यास, लत, वान; स्वभाव, प्रकृति; नित्य-क्रिया जाने वाला कार्य या व्यवहार।

आदतन—अ. स्वभावत:; अभ्यासवश।

आदम—पु. [अ.] यहूदी इस्लाम, आदि धर्मों की मान्यता अनुसार सृष्टि का प्रथम मानव; आदिमानव, मनुष्य। **~कद**-वि. मनुष्य के शरीर के आकार का (मूर्ति, शीशा, आदि)। **~खोर**-वि. नरमांस-भक्षी (शेर, चिता जैसे पशु; विकृत मानसिकता का कोई-कोई मनुष्य भी)।

आदमियत (आदमीयत)—स्त्री. मनुष्यता, इनसानियत, शराफत।

आदमी—पु. [अ.] मनुष्य, व्यक्ति; नौकर; पति (यह उसका आदमी है)। **मु. ~बनना**-मनुष्यता आ जाना, सभ्य हो जाना, शिष्टता सीखना; संपन्न हो जाना, धन अर्जित करना (दिल्ली जा कर राजगिरी में ही कितने लोग आदमी बन गए)।

आदर—पु. [सं.] सम्मान, इज़्ज़त; पूज्य भाव।—पु. आदर-सत्कार करना, सम्मान (देना)।

आदरण—पु. [सं.] आदर करना, देना।

आदरणीय, आदर्तव्य, आदर्य—वि. [सं.] आदर, सम्मान के योग्य।

आदर्श—पु. [सं.] अनुकरणीय वस्तु; श्रेष्ठ जीवन मूल्य; श्रेष्ठतम रूप; प्रतिमान; नमूना; दर्पण, आईना। **~वाद**-पु. आदर्शों के अनुरूप चलने की जीवन-मान्यता, सिद्धांत; वह मत जिसके अनुसार साहित्यिक रचना में आदर्श चरित्र, श्रेष्ठ जीवन मूल्यों, आदि की स्थापना होती है। **~वादी**-वि. श्रेष्ठ जीवन मूल्यों के अनुसार चलने वाला; वह रचनाकार जो अपनी रचना में आदर्शवाद का अनुकरण करता हो।

आदर्शक—पु. [सं.] आईना, दर्पण।

आदर्शन—पु. [सं.] दिखलाना, प्रदर्शित करना; आईना।

आदर्शित—वि. [सं.] दिखलाया हुआ, निर्देश किया हुआ; प्रदर्शित।

आदर्शीकरण—पु. [सं.] आदर्श रूप देना।

आदर्शोन्मुख—वि. [सं.] आदर्श की ओर झुका हुआ। **~यथार्थ, ~यथार्थवाद**-पु. यथार्थ का ऐसा चित्रण जो आदर्श की ओर झुकाव लिए हो (विशेषत: प्रेमचंद के संदर्भ में इसका प्रयोग)।

आदहन—पु. [सं.] जलाना; आहत करना, मारना; घृणा करना, निंदा करना; श्मशान।

आदात—स्त्री. [अ.] अभ्यास, प्रकृति, स्वभाव, कार्य करने का ढंग ('आदत' बहु.)।

आदाता—वि. [सं.] लेने या पाने वाला।

आदान—पु. [सं.] लेना, ग्रहण करना; रोग-लक्षण। **~प्रदान**-पु. लेना-देना, अदल-बदल।

आदाब—पु. [फा.] प्रणाम, नमस्कार, तस्लीम; शिष्टाचार, तहज़ीब; सुशीलता, अख़लाक़। **~अर्ज़**-पु. नमस्कार, आदाब पेश करना। **~तस्लीमात**-पु. प्रणाम, सलाम, 'तस्लीम' का बहु. परन्तु एकवचन के रूप में ही प्रयुक्त होता है। **मु. ~बजा लाना**-विनयपूर्वक और सम्मान सहित प्रणाम करना।

आदाय—पु. [सं.] लेना, पाना।

आदायी—वि. [सं.] लेने, पाने वाला; लेने का इच्छुक।

आदि—वि. [सं.] प्रथम (मानव), मूल, प्रधान। पु. प्रारंभ, शुरू; ब्रह्म। अ. इत्यादि, वगैरह। **~कर, ~करता**-पु. स्रष्टा। **~कवि**-पु. वाल्मीकि। **~कांड**-पु. रामायण का प्रथम सर्ग, कांड—बालकांड। **~कारण**-पु. सृष्टि का मूल कारण। **~काल**-पु. आरंभिक समय, युग (इतिहास)। **~कालीन**-स्त्री. आरंभिक समय का। **~काव्य**-पु. वाल्मीकीय रामायण। **~ग्रंथ**-पु. सिख मत में गुरुओं की वाणी का एक पूज्य संग्रह-ग्रंथ। **~ताल**-पु. एक ताल (संगीत)। **~देव**-पु. परमेश्वर; विष्णु; शिव; नारायण। **~पर्व**-पु. महाभारत का पहला पर्व। **~पुराण**-पु. ब्रह्म पुराण। **~पुरुष, ~पूरुष**-ब्रह्म; नारायण; विष्णु। **~वासी**-पु. मूल निवासी, जन-जाति। **~शक्ति**-स्त्री. देवी, दुर्गा, महामाया। **~सर्ग**-पु. आदि सृष्टि, प्रथम सृष्टि। **~स्वरागम**-पु. शब्द के प्रारंभ के उच्चारण में स्वर का आना, यथा—इस्टेशन, इस्कूल, इस्थिति।

आदिक—अ. [सं.] इत्यादि, वगैरह।

आदित—पु. [सं.] सूर्य।

आदितेय—पु. [सं.] अदिति का पुत्र; सूर्य; देव।

आदित्य—पु. [सं.] सूर्य; देव; अदिति के बारह पुत्रों में से कोई भी, जो सभी सूर्य माने जाते हैं (धाता, मित्र, अर्यमा, रुद्र, वरुण, सूर्य, भग, विवस्वान्, पूषा, सविता, त्वष्टा तथा विष्णु), विष्णु का वामन अवतार, 12 की संख्या, मदार। वि. अदिति से उत्पन्न, आदित्य से उत्पन्न या उन्हीं का वंशज, आदित्य से संबंधित। **~केतु** -पु. धृतराष्ट्र का एक पुत्र; सूर्य का सारथि। **~पत्र**-पु. एक पौधा, आक का पत्ता। **~पर्णिनी**-स्त्री. तालाब के किनारे उत्पन्न होने वाली एक लता। **~पुराण**-पु. एक उप-पुराण। **~पुष्पिका**-स्त्री. लाल फूल वाला मदार। **~मंडल**-पु. सूर्य के चारों ओर का आभा मंडल। **~वार**-पु. रविवार, सूर्य का दिन। **~व्रत**-पु. सूर्य का व्रत। **~सूनु**-पु. सूर्य पुत्र—करण, यम, शनि, सुग्रीव।

आदिम—वि. [सं.] पहला; आदि में उत्पन्न; सर्वप्रथम।

आदिल—वि. [अ.] अदल-न्याय, इंसाफ करने वाला, न्याय-कर्ता।

आदिष्ट—वि. [सं.] जिसे आदेश दिया गया हो; जिसका आदेश दिया गया हो; आदेश प्राप्त। पु. आशा, सम्मति।

आदी—वि. [अ.] किसी चीज़ का अभ्यस्त हो जाना; जिसे किसी चीज़ की लत लग लई हो, व्यसनी।

आदीपन—पु. [सं.] आग लगाना; उत्तेजित या प्रदीप्त करना, दीप जलाना।

आदीपित, आदीप्त—वि. [सं.] प्रज्वलित किया हुआ, जलाया हुआ।

आदृत—वि. [सं.] आदर प्राप्त, सम्मानित।

आदृत्य—वि. [सं.] सम्मान्य, आदरणीय।

आदेय—वि. [सं.] ग्रहण करने योग्य, लेने योग्य।

आदेश—पु. [सं.] आज्ञा, हुक्म; हिदायत; भविष्य कथन, ग्रह नक्षत्रों की स्थिति का फल (ज्यो.-फलादेश), एक

अक्षर के स्थान पर दूसरे अक्षर का आना (व्या.), माल-सामान मँगाने का पत्र या सूचना ('ऑर्डर')। **~पत्र**-आज्ञा पत्र, हुक्मनामा, माल-सामान मँगाने के लिए भेजा या दिया गया पत्र। **~बद्ध**—वि. जो आज्ञा या आदेश से बँधा हुआ हो, आज्ञा पालन के प्रतिबद्ध।

आदेशक—वि. [सं.] आदेश या आज्ञा देने वाला।

आदेशन—पु. [सं.] आदेश देना।

आदेशात्मक—वि. [सं.] आदेशपूर्ण। **~स्वर**-पु. कहने का वह ढंग जिसमें आदेश, हुक्म (अहं) का भाव हो।

आदेशानुगामी—वि. [सं.] आदेश का पालन करने वाला।

आदेशानुसार—[सं.] आज्ञा के अनुसार।

आदेशार्थी—[सं.] आदेश का इच्छुक।

आदेशी—वि. [सं.] आदेश करने वाला।

आदेष्टा—वि. [सं.] द्र. 'आदेशक'।

आद्यंत—अ. [सं.] आदि से अंत तक। पु. आदि-अंत।

आद्य—वि. [सं.] आदि का, पहला, प्रथम; प्रधान। **~कवि**-वाल्मीकि। **~बीज**-पु. जगत का मूल, प्रधान कारण। **~श्राद्ध**-पु. मृत्यु के ग्यारहवें दिन होने वाले श्राद्धों में पहला।

आद्यक्षर—पु. [सं.] नाम के प्रारंभ का अक्षर।

आद्यक्षरित—वि. [सं.] नाम के प्रारंभिक अक्षर से अंकित किया हुआ (अंगूठी, रूमाल, आदि पर)।

आद्या—स्त्री. [सं.] दुर्गा; देवी का नवरात्र में प्रतिपदा में मान्य रूप।

आद्याक्षर—पु. [सं.] आद्य, प्रारंभ का अक्षर।

आद्योत—पु. [सं.] प्रकाश, चमक, कांति।

आद्योपांत—अ. [सं.] आदि से अंत तक, शुरू से आखिर तक।

आद्रा—स्त्री.द्र. 'आर्द्रा'।

आध—वि. आधा; (एक-) आध—पु. एक से अधिक के अर्थ में (एकाध चीज़ और लेते आना)।

आधा—वि. वस्तु के दो समान भागों में से एक अर्द्ध। **~साझा** पु. आधा-आधा, बराबर का, हिस्सा (खेती, व्यापार, आदि में)। **~सीसी**-स्त्री. आधे सिर का दर्द। **मु. ~तीतर आधा बटेर**-कुछ एक तरह का तो कुछ दूसरी तरह का होना, बेमेल। **~(धी) बात न पूछना**—सम्मान न करना। **~आधे-आध** (आधम-सूध) **कर लेना**—दो बराबर-बराबर हिस्सों में बाँट लेना।

आधाता—वि. [सं.] आधान करने वाला; बंधक रखने वाला।

आधान—पु. [सं.] रखना, स्थापन; ग्रहण, यज्ञ के लिए अग्नि का स्थापन; धारण करना; उत्पन्न करना; प्रयत्न, कोई वस्तु रखने या जमा करने का स्थान; गर्भ, गर्भाधान के पहले किया जाने वाला एक संस्कार; धरोहर, बंधक; गिरवी।

आधानिक—पु. [सं.] गर्भाधान के निमित्त किया जाने वाला संस्कार विशेष।

आधार—पु. [सं.] सहारा, आलंबन; जिसके ऊपर कोई वस्तु रखी या खड़ी की जाए ('बेस'); आर्थिक सहारा (उसका तो कोई आधार ही नहीं है)। **~शक्ति**-स्त्री. प्रकृति, माया, देवी। **~शिला**-स्त्री. नींव-पत्थर। **~स्तंभ**-पु. किसी कार्य या वस्तु का मुख्य आधार। **~स्वरूप**-वि. आधार के रूप में। **~हीन**-वि. जिसका कोई आधार न हो, निराधार; व्यर्थ (बात, तर्क)।

आधारक—पु. [सं.] नींव।

आधारण—पु. [सं.] धारण करना; सहारा देना।

आधारतः—वि.क्रि. [सं.] आधार के रूप में।

आधारित—वि. आधार पर टिका हुआ।

आधारी—वि. [सं.] जो किसी का आधार बने; जो किसी आधार पर टिका हो; साधुओं, आदि द्वारा भुजा को सहारा या टेक दी जाने वाली विशेष आकार की लकड़ी (शिवजी के तपस्यारत चित्र में जिस पर भुजा टिकी रहती है)।

आधि—स्त्री. [सं.] मानसिक पीड़ा, क्लेश; अभिशाप; धरोहर। **~ग्राही**-पु. धरोहर लेने वाला। **~मोचन**-पु. बंधन, गिरवी वस्तु को छुड़ाना। **~व्याधि**-स्त्री. मन और शरीर की पीड़ा।

आधिकारिक—वि. [सं.] प्रामाणिक; सरकारी; अधिकार या अधिकारी से संबंधित; अधिकारपूर्ण; मूल या प्रमुख (कथावस्तु)।

आधिक्य—पु. [सं.] अधिकता, बहुतायत; प्राधान्य।

आधिदैविक—वि. [सं.] दैव या भाग्यकृत; भूत प्रेतादि कृत (दु:ख, कष्ट); देवताओं से संबंध रखने वाला।

आधिपत्य—पु. [सं.] प्रभुत्व; राज्य, शासन के अधीन।

आधिभौतिक—वि. [सं.] प्राणियों या पंचभूतों से संबद्ध या उनसे उत्पन्न।

आधिराज्य—पु. [सं.] सर्वोपरि प्रभुत्व; अधिराज का पद या अधिकार।

आधुनिक—वि. [सं.] आजकल का, वर्तमान काल से संबंधित, नये युग या फैशन का ('मॉडर्न', 'मॉड्रन')। **~करण**-पु. आधुनिक रूप देना। **~तम**-वि. अत्यंत आधुनिक, नवीनतम। **~ता**-स्त्री. आधुनिक होने का भाव या बोध।

आधुनिका—स्त्री. [सं.] आधुनिक आचरण और सभ्यता वाली स्त्री, जो बहुत अधिक आधुनिकता के ढाँचे में ढली हो ('मॉड')।

आधुनिकीकरण—पु. [सं.] आधुनिक होने की प्रक्रिया।

आधूत—वि. [सं.] लाया हुआ, कंपित हुआ; क्षुब्ध किया हुआ।

आधृत—वि. [सं.] आधारित, किसी के सहारे टिका हुआ, अवलंबित।

आधेय—वि. [सं.] जो धारण किया जाए, किसी आधार पर स्थापित किया हुआ; रखने योग्य। पु. किसी आधार पर रखी हुई, आधारित, वस्तु; रखना।

आधो-आध—वि.क्रि. आधा-आधा करना।

आध्यात्मिक—वि. [सं.] परमात्मा या आत्मा से संबंधित; मन से संबंधित। **~ता**-स्त्री. अध्यात्म भावना।

आध्यात्मिकी—स्त्री. [सं.] अध्यात्म विद्या।

आध्यापक—पु. [सं.] गुरु, शिक्षक।

आनंद—पु. [सं.] हर्ष, मोद, खुशी, मौज; भगवान बुद्ध का एक शिष्य। **~कर**-वि. आनंद देने वाला। **~धन**-वि. आनंद से भरा हुआ; हिंदी में रीति काल के एक प्रसिद्ध कवि। **~बधाई**-स्त्री., **~बधावा**-पु. (हिं) हर्ष में बधाई देना, उत्सव मनाना; मांगलिक अवसर पर गाए जाने वाले गीत। **~भैरवी**-स्त्री. भैरव राग की एक रागिनी। **~मंगल**-पु. सुख-चैन, हँसी-खुशी। **~मग्न**-वि. आनंद में डूबा हुआ। **~मय**-वि. आनंद से पूरित। **~लहरी**-स्त्री. शंकराचार्य द्वारा रचित पार्वती-स्तोत्र। **~विभोर**-वि. आनंद में मग्न। **~सम्मोहिता**-स्त्री. सहवास सुख में डूबी हुई प्रौढ़ा नायिका।

आनंदक—वि. [सं.] आनंद मनाने वाला।

आनंदन—वि. [सं.] आनंद देने वाला, आनंदकारी। पु. प्रसन्न करना; आनंद प्रदान करने वाली वस्तु।

आनंदमय—वि. [सं.] द्र. 'आनंद'। **~कोश**-पु. वेदांत में मान्य आत्मा के पाँच कोशों या आवरणों में अंतिम कोश।

आनंदांदोलित—वि. [सं.] आनंद में मस्त, झूमता हुआ।

आनंदातिरेक—पु. [सं.] आनंद की अधिकता, बहुत अधिक खुशी।

आनंदात्मक—वि. [सं.] आनंदपूर्ण।

आनंदानुभूति—स्त्री. [सं.] आनंद, हर्ष, सुख की अनुभूति।

आनंदावेग—पु. [सं.] आनंद की प्रबलता, आनंद की प्रबल अनुभूति।

आनंदाश्रु—पु. [सं.] हर्षातिरेक से आँखों में आए आँसू, हर्ष के आँसू।

आनंदित—वि. [सं.] हर्षित, प्रसन्न।

आनंदी—वि. [सं.] प्रसन्न, सदा आनंद अनुभव करने वाला; प्रसन्न करने वाला।

आन—स्त्री. [फ़ा.] गौरव, शान; गर्व; ठसक। [हिं.] कोई दूसरा, अन्य ('...आन गाँव का सिद्ध'); रोक, बंदिश (उनके यहाँ दीवाली नहीं मनाई जाती कोई आन पड़ी हुई है)। **~बान, ~बान~शान**-पु. गौरव, ठसक। **मु. ~तोड़ना**-किसी बंद काम, रीति को तोड़ कर नई शुरुआत करना। **~रखना**-गौरव की रक्षा करना; अपनी बात की पत रखना, कहा पूरा करना। [अ.] क्षण, पल, लम्हा।

आनक—पु. [सं.] डंका, नगाड़ा।

आनत—वि. [सं.] झुका हुआ, नम्र, विनीत; नमस्कार करने वाला। पु. एक जैन देवता।

आनति—स्त्री. [सं.] झुकना, प्रणाम करना; सत्कार करना; संतुष्टि।

आनद्ध—वि. [सं.] बँधा या मढ़ा हुआ; सजाया हुआ, ढका हुआ। पु. चमड़े में मढ़ा हुआ कोई भी बाजा, वाद्य—ढोल, ढोलक, तबला, मृदंग, आदि।

आनन—पु. [सं.] मुँह; चेहरा; ग्रंथ का बड़ा खंड—सर्ग, अध्याय।

आनन-फानन—अ. तुरत-फुरत, बहुत शीघ्र, झट-पट।

आनयन—वि. [सं.] लाना, पास ले जाना; उपनयन संस्कार।

आनरेरी—वि. [अ.] समानार्थक, मानद ('डिग्री'); अवैतनिक (कर्मचारी)।

आनरेरी-मजिस्ट्रेट—वि. [अं.] अवैतनिक दंडाधिकारी, न्यायाधीश।

आनर्त—पु. [सं.] नृत्य शाला, नाटक शाला; युद्ध; जल; एक सूर्यवंशी राजा; सौराष्ट्र प्रदेश या वहाँ का निवासी। **~नगरी**-स्त्री., **~पुर**-पु. द्वारका पुरी।

आनर्तक—वि. [सं.] आनर्त प्रदेश से संबंधित या वहाँ उत्पन्न; नाचने वाला।

आनर्तन—पु. [सं.] नाचना।

आना—अ.क्रि. एक जगह से चल कर दूसरी जगह पहुँचना, आगमन होना। पु. रुपये का सोलहवाँ भाग, इसका सिक्का। **मु. ~आता-जाता**-आने-जाने वाला ('आते-जाते के हाथ भेज देना')। **~जाना**—मिलना-जुलना; जन्म-मृत्यु ('आना-जाना तो लगा ही रहता है')। **~आनी-जानी**—आने-जाने वाली, बनने-बिगड़ने वाली अस्थिर ('माया तो आनी-जानी है)। **आया-गया**—मेहमान अतिथि ('आया-गया तो लगा ही रहता')। **आये-दिन**—नित्य-प्रति ('आये दिन ऐसी घटनाएँ तो होती ही रहती हैं')। **आ धमकना**—अचानक आ जाना (जो स्वागत योग्य नहीं होता)। **आ निकलना**—अचानक पहुँच जाना। **आ पड़ना**—एकदम कोई मुसीबत आ जाना।

आनाकानी—स्त्री. (किसी काम को करने में) टाल-मटोल करना; एतराज़।

आनित—वि. [सं.] वायु संबंधी। पु. हनुमान, भीम, स्वाति नक्षत्र।

आनीत—वि. [सं.] लाया हुआ; पास लाया हुआ।

आनुकूलिक—वि. [सं.] अनुकूल।

आनुकूल्य—पु. [सं.] अनुकूलता।

आनुक्रमिक—वि. [सं.] अनुक्रम से होने वाला या चलने वाला; अनुक्रम से लगाया हुआ।

आनुगतिक—वि. [सं.] अनुयायी से संबंधित।

आनुगत्य—पु. [सं.] अनुगमन; अनुगत होना; घनिष्ठ परिचय।

आनुग्रहिक—वि. [सं.] अनुग्रह से प्राप्त; अनुग्रह संबंधित।

आनुतोषिक—पु. [सं.] कार्य या सेवा के लिए वेतन से अतिरिक्त दिया जाने वाला धन।

आनुपातिक—वि. [सं.] अनुपात के अनुसार, अनुपात से संबंधित।

आनुप्रासिक—वि. [सं.] अनुप्रास से संबंधित।

आनुमानिक—वि. [सं.] अनुमान या अटकल के आधार पर, अंदाज़े से।

आनुलोमिक—वि. [सं.] अनुकूल; उपयुक्त; क्रमबद्ध।

आनुवंशिक—वि. [सं.] वंश परंपरा से प्राप्त, पुश्तैनी, उत्तराधिकार में प्राप्त।

आनुवंशिकता—स्त्री. [सं.] वंशगत परंपरा; पूर्वजों से प्राप्त गुण या प्रवृत्ति।

आनुवंशिकी—स्त्री. [सं.] आनुवंशिक विज्ञान, जैव विज्ञान।

आनुवेश्य—पु. [सं.] वह पड़ोसी जिसका घर अपने घर से अगला, दूसरा हो।

आनुषंगिक—वि. [सं.] स्वतः घटित होने वाला; किसी आवश्यक (कार्य, आदि) के साथ अनायास घटित; सहवर्ती, गौण।

आनृत—वि. [सं.] सदैव झूठ बोलने वाला।

आन्न—वि. [सं.] अन्न संबंधित (नवान्न); जिसे अन्न, खाद्य पदार्थ प्राप्त हो।

आन्वहिक—वि. [सं.] प्रतिदिन होने वाला।

आन्वीक्षकी—स्त्री. [सं.] तर्क शास्त्र, अध्यात्म विद्या।

आप—पु. [सं.] पानी; प्राप्ति; आकाश। वि. प्राप्य। **~गा, ~या**-स्त्री. नदी। **~निधि**-पु. समुद्र। सर्व. स्वयं, खुद; वे, ये, का आदरार्थक रूप। पु. परमात्मा। **~बीती**-स्त्री. अपने ऊपर बीती हुई बात, स्वतः अनुभूत घटना। **~रूप**-वि. स्वयं, साक्षात्। **मु. ~आप करना**-खुशामद करना। **~से आप**-अपने आप। **~ही आप**-स्वतः; केवल खुद, स्वयं से संबंधित।

आपक—वि. [सं.] प्राप्त करने वाला।

आपकर—वि. [सं.] हानिकारक; अनिष्ट कर; बुराई करने वाला; जो मैत्रीपूर्ण न हो।

आपटीशियन—वि. [अं.] दृष्टि विज्ञानी, चश्मा बनाने वाला, चश्मा बेचने वाला।

आपण—पु. [सं.] बाज़ार, हाट, दुकान।

आपणिक—वि. [सं.] बाज़ार से संबंधित, बाज़ार से प्राप्त (कर, दान, आदि)। पु. दुकानदार, बाज़ार, दुकान पर लगा कर।

आपत—स्त्री. [स.] आपद का समासगत रूप; विपत्ति। **~काल**-पु. मुसीबत, कष्ट, कठिनाई का समय। **~कालिक**-वि. आपातकाल में, मुसीबत के समय। **~कालीन**-वि. संकट के समय।

आपत्ति—स्त्री. [सं.] विपत्ति, संकट; एतराज़, विरोध।

आपत्य—वि. [सं.] आपत्ति, एतराज़, विरोध के योग्य।

आपदा—स्त्री. [सं.] विपत्ति, संकट। (प्राकृतिक) ~स्त्री. प्रकृति, ईश्वर द्वारा दिया गया संकट—बाढ़, सूखा, उल्का-पात, आदि। **~प्रबंधन**-संकट काल के समय की गई व्यवस्था, संकट से निपटने के लिए किए गए उपाय, बंदोबस्त ('क्राइसिस मैनेजमेंट')।

आपद्—स्त्री. [सं.] विपत्ति, मुसीबत; कष्ट, कठिनाई। **~गत, ~ग्रस्त**-वि. विपत्ति, कष्ट, कठिनाई में पड़ा हुआ। **~धर्म**-पु. वह आचरण या कृत्य जिसकी आज्ञा शास्त्र या समाज केवल आपातकाल के लिए देता हो।

आपराधिक—वि. [सं.] अपराध से संबंधित, जिनकी प्रवृत्ति अपराध करने की हो; अपराध में संलग्न हो। **~गतिविधि**-अपराध से संबंधित क्रिया-कलाप।

आपराह्निक—वि. [सं.] जो अपराह्न में हो, दोपहर बाद का (कार्यक्रम)।

ऑपरेट—[अं.] चलाना; परिचालित करना; संपादित करना; संपन्न करना; शल्य क्रिया, ऑपरेशन करना।

ऑपरेटर—[अं.] चलानेवाला, किसी मशीन, आदि को चलाने वाला (ट्यूबैल ऑपरेटर, मशीन ऑपरेटर, आदि)।

ऑपरेशन—[अं.] शल्य क्रिया, शरीर के किसी भाग की चीर-फाड़ चिकित्सा; संचालन या प्रचालन; कार्रवाई, कार्यवाही; युद्ध, संग्राम, सैनिक कार्रवाई।

ऑपरेशन थियेटर—[अं.] शल्यशाला, वह स्थान जहाँ शल्य क्रिया, ऑपरेशन किया जाता है; युद्ध का वह क्षेत्र जहाँ सैनिक कार्रवाई चल रही हो।

आपस—पु. परस्पर का संबंध, रिश्ता-नाता; संबंध। **~दारी**-स्त्री. भाई-चारा, परस्पर निकट संबंध। **~का**-आत्मीय जनों, संबंधियों, मित्रों, आदि के बीच का या उनसे संबंधित। **~में**-परस्पर, एक-दूसरे के साथ। **~वाले**-अपने संबंधी, शरीक वाले, मित्र।

आपसी—वि. आपस का।

आपा—पु. अपना स्वरूप; निजता; अहंकार, गर्व; सुध-बुध। **मु. ~खोना, ~बिसारना**-अपनी सुध-बुध खोना (क्रोध, दुःख, आदि में)। **~तजना, ~मेटना**-घमंड छोड़ना, अपने गौरव को छोड़ना; खुदी को मिटाना (परमात्मा से मिलने के लिए)। **~में न रहना, ~से बाहर होना**-क्रोध-ग्लानि, आदि के भावावेग में स्वयं पर नियंत्रण खोना; किसी भी प्रकार की उत्तेजना में विवेक खो देना।

आपा—स्त्री. [तु.] बड़ी बहन, जीजी।

आपाक—पु. [सं.] आँवाँ, भट्ठी।

आपात—पु. [सं.] गिराना; अचानक आ धमकना; टूट पड़ना; वर्तमान क्षण या समय।

आपाततः—अ. [सं.] तत्क्षण, तुरंत; अकस्मात्; ऊपर-ऊपर से देखने में।

आपाद—अ. [सं.] पैर से ले कर; पैर तक। **~मस्तक**-अ. सिरे से पैर तक।

आपाधापी—स्त्री. [सं.] हर एक को अपनी-अपनी पड़ना; अपने-अपने स्वार्थ के लिए छीना-झपटी-सी मचा देना।

आपान—पु. [सं.] कुछ लोगों का मिल कर शराब पीना, मदिरा पान स्थान। **~गोष्ठी**-स्त्री. मदिरापान गोष्ठी। **~शाला**-स्त्री. शराब बेचने का स्थान, हाता, मदिरालय।

आपानक—पु. [सं.] शराबी व्यक्ति; शराब देने, परोसने, वाला।

आपीड—वि. [सं.] पीड़ा देने वाला; दबाने वाला। पु. मुकुट; मुकुट जड़ितमणि।

आपीडन—पु. [सं.] पीड़ा देना; दबाना; मसलना-कुचलना, निचोड़ना।

आपीत—वि. [सं.] हल्का पीला, पीलेपन की ओर (रंग)।

आपूपिक—वि. [सं.] पुआ (पूड़े) बनाने वाला, पुआ बेचने वाला, हलवाई।

आपूप्य—पु. [सं.] आटा; मैदा; बेसन; सत्तू।

आपूर—पु. [सं.] जलधारा; बाढ़; भरना।

आपूरण—पु. [सं.] पूरी तरह भरना, लबालब होना।

आपूरित, आपूर्ण—वि. [सं.] पूरी तरह भरा हुआ।

आपूर्ति—स्त्री. [सं.] भरना; रसद, खान-पान, आदि की सामग्री की पूर्ति करना; संतुष्टि। **~विभाग**-पु. वह विभाग जिसके द्वारा सामग्री, खाद्य सामग्री, आदि, जुटाई जाती है ('सप्लाई डिपार्टमेंट')।

आपेक्षिक—वि. [सं.] अपेक्षा रखने वाला; जो किसी दूसरी वस्तु पर आश्रित हो; तुलनात्मक (सापेक्षिक)।

आपेक्षितावाद—पु. [सं.] आइन्स्टीन का द्रव्यमान और ऊर्जा की पारस्परिक तुलना का सिद्धांत।

ऑपेरा—वि. [सं.] गीति नाट्य, ऐसा नाटक जिसमें गीत-संगीत की प्रधानता हो।

आपो, आपौ—पु. आपा; अहं भाव; सुध-बुध।

आपोजीशन (अपोजीशन)—पु. [अं.] विरोध, प्रतिरोध, प्रतिकूलता; विरोधी दल (संसद, विधान सभा, किसी संस्था के प्रबंधन, आदि में विरोधी पक्ष)।

आप्त—वि. [सं.] प्राप्त, पाया, मिला हुआ; पहुँचा हुआ, ज्ञानी या विद्वान (पुरुष); प्रामाणिक; विश्वसनीय। **~काम**-वि. जिसकी कामना पूरी हो गई हो, संतुष्ट; जिसने अपनी सांसारिक इच्छाएँ, आसक्तियाँ, आदि त्याग दी हों। पु. परमात्मा। **~वचन, ~वाक्य**-पु. शास्त्र-सम्मत वचन, कथन; ऋषि मुनियों, आदि का प्रामाणिक कथन।

आप्ति—स्त्री. [सं.] प्राप्ति; पहुँचना; संबंध; सहयोग; पूर्णता।

आप्य—वि. [सं.] जल संबंधी; प्राप्य।

आप्यायन—पु. [सं.] बाढ़, वर्द्धन, तृप्ति; प्रसन्नता, वृद्धिकारक, बलवर्द्धक औषधि।

आप्यायित—वि. [सं.] मुदित, प्रसन्न; तृप्त; बलवान; मोटा-ताज़ा।

आप्रच्छन—पु. [सं.] स्वागत करना या विदा देना; मिलते समय कुशल-क्षेम पूछना। वि. [सं.] छिपा हुआ, गुप्त।

आप्रवास, आप्रवासन—पु. [सं.] दूसरे देश में जा कर बस जाना।

आप्रवासी—पु. [सं.] किसी दूसरे देश में जा कर बस जाने वाला व्यक्ति। **~भारतीय**-पु. वह भारतीय जो किसी दूसरे देश में जा कर बस गया हो ('एन.आर.आई.')।

आप्लव—पु. [सं.] स्नान; सिंचन; पानी से तर कर देना।

आप्लाव—पु. [सं.] स्नान; बाढ़।

आप्लावन—पु. [सं.] डुबोना (जल-प्लावन); स्नान, सिंचन; पानी से तर कर देना।

आप्लावित—वि. [सं.] डुबोया हुआ, स्नान किया हुआ, सिक्त; भाव या आवेग से भरा हुआ।

ऑप्शन—वि. [सं.] विकल्प, चुनाव; वरण; वरण का अधिकार। **~आप्शनल**-वैकल्पिक, ऐच्छिक।

ऑफ़—वि. [अं.] बुझाना; समाप्त; बंद; अलग; दूर। **~डे**-छुट्टी का दिन (संक्षेप में केवल 'ऑफ़' का प्रयोग—'आज उसका ऑफ़ था')।

आफ़त—स्त्री. [सं.] मुसीबत, विपत्ति; दुःख, क्लेश, कष्ट; संकट। **मु. ~उठाना, ~मचाना**-उत्पात मचाना; बहुत जल्दबाज़ी करना; अव्यवस्था करना। **~का (की) परकाला**-बहुत तेज़ और उत्पाती व्यक्ति। **~का मारा**-विपत्ति से पीड़ित, भाग्य का मारा या सताया हुआ। **~ढाना**-पीड़ित करना, कष्ट पहुँचाना; उत्पात मचाना। **~मोल लेना, ~सिर पर लेना**-अपने सिर आप ही कोई मुसीबत खड़ी कर लेना; स्वयं अपने लिए संकट बड़ा कर देना।

आफ़ताब—पु. [फा.] सूर्य; धूप। **~ज़दा**-वि. धूप में जला हुआ।

आफ़ताबा—पु. [फा.] हाथ-पैर धुलवाने का टोंटी लगा लोटे जैसा पात्र, बधना (मिट्टी और धातु दोनों में बनता है)।

आफ़ताबी—वि. [फा.] सूर्य से संबंधित; धूप में पकाया हुआ। स्त्री. आतिशबाज़ी का एक प्रकार; शोभा यात्रा, आदि

में निकाले जाने वाला बड़ा-सा पंखा जिस पर सूर्य का चित्र जरी, आदि के धागों से कढ़ा होता है।

ऑफ़र—[अं.] प्रस्ताव, अर्पण करना, पेशकश करना, भेंट, दाम या मोल लगाना ('इस कोठी के लिए 60 लाख की ऑफ़र है')।

आफ़री—अ. [फा.] धन्य; शाबाश।

आफ़रीन—अ. [फा.] धन्य हो; शाबाश; वाह, क्या खूब!

ऑफ़सेट—पु. [अं.] प्रतिचित्रित मुद्रण, फिल्म द्वारा मुद्रण की विधि। **~प्रिंटिंग**-स्त्री. फिल्म द्वारा मुद्रण की विधि। **~मशीन**-ऑफ़सेट मुद्रण करने वाली मशीन।

आफ़ियत—स्त्री. [अ.] ख़ैरियत, कुशल, बचाव।

ऑफ़िस—पु. [अ.] कार्यालय, दफ़्तर; पद।

ऑफ़िसर—पु. [अं.] राजकर्मचारी; अधिकारी, अफ़सर।

ऑफ़िशियल—वि. [अं.] सरकारी; अधिकारिक।

ऑफ़िशियेटिंग—वि. [अं.] स्थानापन्न, कार्यवाहक, किसी पद पर अस्थायी रूप से कार्य करने वाला; कार्य निभाना।

आफ़ू—स्त्री. अफ़ीम।

आफ़ूक—पु. [स.] अफ़ीम।

आबंध, आबंधन—पु. [सं.] बंधन, गाँठ; बाँधने वाली रस्सी; प्रेम।

आब—पु. [फा.] जल, पानी; पसीना; शराब; अर्क; फूलों का निकाला गया सत। स्त्री. चमक, कांति; शोभा, ताज़गी; उत्कर्ष। **~कार**-पु. शराब बनाने, बेचने वाला, कलाल। **~कारी**-स्त्री. शराब बनाने, बेचने का स्थान, शराबघर; शराब या अन्य मादक वस्तुओं का व्यापार; शराब तथा अन्य मादक पदार्थों पर लगने वाला कर ('टैक्स')। **~दस्त**-पु. शौच कर्म के पश्चात् पानी लेना, धोना। **~दार**-वि. चमकदार; धारदार; इज़्ज़त वाला। **~रू**-स्त्री. मान, प्रतिष्ठा, इज़्ज़त। **~शार**-पु. झरना। **~(बे)हयात**-पु. अमृत। **~(बो)दाना, ~उठना**-पु. अन्न-जल। **~(बो) हवा**-स्त्री. जलवायु। **मु. ~(बो) दाना, -उठना**-किसी जगह पर स्थायी निवास की व्यवस्था या साधन समाप्त होना; मृत्यु को प्राप्त होना।

आबज़र्वर—[अं.] प्रेक्षक, पर्यवेक्षक; पालक।

आबजेक्शन—[अं.] आपत्ति, उज्र, एतराज।

आबद्ध—वि. [सं.] बँधा हुआ, जकड़ा हुआ; बाधित, दृढ़ बंधन।

आबनूस—पु. [सं.] एक जंगली पेड़, तेंदू जो गहरे काले रंग का होता है।

आबनूसी—वि. [फ़ा.] आबनूस जैसे गहरे काले रंग वाला (व्यक्ति, हब्शी, आदि के संदर्भ में)।

आबला—पु. [फ़ा.] छाला, फफोला।

आबलीगेशन (आब्लीगेशन)—पु. [अं.] आभार; बंधन; बाध्यता; दायित्व; भार; कर्तव्य, वचन, इकरार, समझौता।

आबाद—वि. [फ़ा.] बसा हुआ, बस्ती वाला, संपन्न, खुश हाल, फलता-फूलता।

आबादान—वि. [फ़ा.] बसा हुआ; भरा-पूरा; उन्नत, समृद्ध।

आबादानी—स्त्री. [फ़ा.] आबाद जगह; सभ्यता; संस्कृति; चहल-पहल, रौनक।

आबादी—स्त्री. [फ़ा.] बस्ती, जनसंख्या; खुशहाली।

आबाल—अ. [सं.] बालकों से ले कर। **~वृद्ध**-बालकों से ले कर बड़े-बूढ़ों तक (सभी लोग)।

आबिल—वि. [सं.] पंकिल, गंदा।

आब्द—वि. [सं.] बादल से संबंधित या उत्पन्न।

आब्दिक—वि. [सं.] प्रतिवर्ष होने वाला, वार्षिक, सालाना।

आभरण—पु. [सं.] आभूषण, गहना; पालन-पोषण।

आभरित—वि. [सं.] भरा हुआ; सँवारा हुआ; भूषित।

आभा—स्त्री. [सं.] चमक, द्युति, झलक; छाया, प्रतीति; सादृश्य (स्वर्णाभ, रक्ताभ, अरुणाभ)।

आभाणक—पु. [सं.] लोकोक्ति, कहावत।

आभाति—स्त्री. [सं.] चमक, द्युति, प्रतिबिंब।

आभार—पु. [सं.] कृतज्ञता, एहसान; भार, बोझा।

आभारी—वि. [सं.] कृतज्ञ, ऋणी, एहसानमंद।

आभास—पु. [सं.] द्युति, चमक; झलक; भ्रम या मिथ्या प्रतीति; कुछ-कुछ; थोड़ा-थोड़ा लगना या दिखाई देना; अनुमान-सा लगना ('ऐसा आभास हो रहा है कि थोड़ी देर में आँधी आएगी')।

आभिजात्य—पु. [सं.] कुलीनता, ऊँचे कुल से संबंधित या उसमें उत्पत्ति, अत्यंत उच्च वर्ग ('एलीट' से संबंधित)।

आभिजित—वि. [सं.] अभिजित नक्षत्र में उत्पन्न।

आभिधा—स्त्री. [सं.] स्वर, शब्द; नाम; उल्लेख।

आभिधानिक—वि. [सं.] अभिधान, कोश में लिखित, जो शब्दकोश में हो। पु. कोशकार, अभिधानक।

आभिरामिक—वि. [सं.] सुंदर, प्रिय, मनोहर।

आभिरूपक, आभिरूप्य—पु. [सं.] सौंदर्य।

आभीर—पु. [सं.] अहीर, एक जाति; एक जनपद या उसके निवासी, एक राग (संगी.)। **~नट**-पु. एक राग।

आभीरक, आभीरिक—वि. [सं.] अहीर जाति, गोप से संबंधित। पु. अहीर जाति।

आभीरी—स्त्री. [सं.] अहीरिन ('अहीर' की स्त्री.) अहीरों की बोली; भारत की एक प्राचीन जनभाषा; एक रागिनी।

आभूत—वि. [सं.] उत्पन्न; जिसका अस्तित्व हो।

आभूषण—पु. [सं.] गहना, अलंकार; शोभा, सजावट; शृंगार।

आभूषन*—पु.द्र. 'आभूषण'।

आभूषित—वि. [सं.] अलंकृत; आभूषणों से सज्जित; शोभित।

आभेरी—स्त्री. [सं.] एक रागिनी (संगी.)।

आभोग—पु. [सं.] भोग; भोजन; तृप्ति; परिपूर्णता।

आभोगी—वि. [सं.] भोगने वाला, भोजन करने वाला।

आभोग्य—वि. [सं.] भोगने योग्य। पु. भोज्य पदार्थ।

आभ्यंतर—वि. [सं.] अंदरूनी, भीतरी, आंतर। **~प्रयत्न**-पु. स्पष्ट उच्चारण के लिए किया जाने वाला आंतरिक, मुख के भीतरी अवयवों का, प्रयत्न।

आभ्यंतरिक—वि. [सं.] द्र. 'आभ्यंतर'।

आभ्यासिक—वि. [सं.] अभ्यास से संबंधित।

आभ्युदयिक—वि. [सं.] अभ्युदय, उन्नति संबंधी।

आमंजु—वि. [सं.] सुंदर, मनोहर।

आमंत्रण—पु. [सं.] निमंत्रण; स्वागत; बुलाना, पुकारना; विचार करना, विचार-विमर्श, परामर्श।

आमंत्रणा—स्त्री. [सं.] द्र. 'आमंत्रण'।

आमंत्रयिता—पु. [सं.] निमंत्रित करने वाला, आमंत्रण देने वाला।

आमंत्रित—वि. [सं.] निमंत्रित, बुलाया हुआ, आहूत।

आमंद्र—पु. [सं.] थोड़ा गंभीर स्वर।

आम—वि. [सं.] कच्चा, अनपका, हरा; आवें में न पकाया हुआ (बर्तन, खिलौना, आदि), रोग; बीमारी—अजीर्ण, कब्ज़; भूसे से अलग किया गया अनाज। **~कुंभ**-पु. कच्चा घड़ा। **~ज्वर**-पु. एक प्रकार का बुखार। **~वात**-पु. कब्ज़, कोष्ठबद्धता; आँव का रोग। **~शूल**-पु. आँव या अजीर्ण के कारण पेट में उठने वाला असहनीय मरोड़ का दर्द। पु. [सं.] एक प्रसिद्ध फल, उसका पेड़, आम्र, रसाल। **~रस**-पु. अमावट, आम के गूदे से बनाया जाने वाला पेय। **मु. ~के आम, गुठली के दाम**-दोहरा लाभ। वि. [अ.] फैला हुआ, व्यापक; प्रसिद्ध; साधारण, सामान्य। **~जलसा**-पु. सार्वजनिक सभा, सभी के लिए की जाने वाली सभा। **~तौर पर**-क्रि.वि. सामान्यतः, साधारणतया। **~दरबार**-पु. खुला दरबार जिसमें कोई भी जा सके। **~फहम**-वि. जो सबकी समझ में आ जाए, सुबोध, जन-प्रचलित (भाषा)। **~राय**-स्त्री. जनसामान्य की इच्छा, लोकमत। **~लोग**-पु. जनसामान्य।

आमड़ा—पु. एक खट्टा फल, उसका पेड़।

आमद—स्त्री. [फ़ा.] आना, आगमन; आय, आमदनी; कत्थक नृत्य में मंच-प्रवेश की एक क्रिया। **~ख़र्च**-पु. आय-व्यय। **~रफ़्त**-पु. आना-जाना।

आमदनी—स्त्री. [फा.] आय; प्राप्ति; लाभ।

आमना-सामना—पु. [सं.] सामना होना; कहा-सुनी होना, एक दूसरे को अपशब्द कहना।

आमने-सामने—अ. एक-दूसरे के सामने, मुकाबले में।

आमय—पु. [सं.] अजीर्ण, कब्ज़; क्षति।

आमरण—अ. [सं.] मरण तक, जीवन के अंत तक। **~अनशन**-पु. मृत्यु-पर्यंत भोजन त्यागना, किसी स्थिति के विरोध में।

आमरणांत, आमरणांतिक—वि. [सं.] मृत्युपर्यंत रहने वाला।

आमर्दन—पु. [सं.] मसलना, कुचलना; रगड़ना; दबाना; निचोड़ना।

आमलक—पु. [सं.] आँवला।

आमलकी—स्त्री. [सं.] छोटा आँवला; आँवला एकादशी, फाल्गुन मास के शुक्ल पक्ष की एकादशी।

आमला—पु. द्र. आँवला।

आमातिसार—पु. [सं.] आँव, पेचिश जिसमें मल के साथ सफेद आँव निकलता है।

आमात्य—पु. [सं.] द्र. 'अमात्य'।

आमादगी—स्त्री. [फ़ा.] आमादा रहना, तैयार रहना, तत्परता।

आमादा—वि. [फा.] तैयार, तत्पर, उद्यत।

आमाल—पु. [अ.] 'अमल' का बहुवचन; कर्म; अनुचित एवं निंदनीय कर्म; आचार-व्यवहार; करनी।

आमाशय—पु. [सं.] पाचन-संस्थान का वह अंग, थैलीनुमा, जिसमें आहार इकट्ठा हो कर पचता है, पाचन-क्रिया करने वाला अंग, मेदा।

आमाहल्दी—स्त्री. एक औषधि।

आमिक्षा—स्त्री. [सं.] फटे दूध का ठोस भाग, छेना, पनीर।

आमिर—वि.पु. [अ.] भरा हुआ, परिपूर्ण; आबाद करने वाला, बसाने वाला; हुक्म देने वाला। पु. हाकिम, अधिकारी।

आमिल—वि.,पु. [अ.] अमल-काम करने वाला, झाड़-फूँक करने वाला, ओझा; पदाधिकारी, हाकिम; इच्छुक, आशा करने वाला, उम्मीदार।

आमिश्र—वि. [सं.] एक साथ मिलाया हुआ।

आमिष—पु. [सं.] मांस, शिकार, कामना, भोगेच्छा, लालच, लोभ। **~प्रिय**-वि. जिसे मांस, मांसाहारी भोजन प्रिय हो। **~भोजन**-पु. भोजन जिसमें मांस का प्रयोग किया गया हो।

आमिषाशी—वि. [सं.] मांसाहारी।

आमी—स्त्री. छोटा आम, वह आम जो अभी पूरा आम नहीं बना है—अँबिया।

आमीन—अ. [अ.] तथास्तु, ईश्वर ऐसा करे!

आमुक्ति—स्त्री. [सं.] मोक्ष; धारण करना, पहनना। अ. मुक्ति मिलने तक।

आमुख—पु. [सं.] आरंभ; (नाटक की) प्रस्तावना पुस्तक के प्रारंभ में लेखक द्वारा दी गई प्रस्तावना, भूमिका।

आमुष्मिक—वि. [सं.] परलोक संबंधी, आध्यात्मिक।

आमूल—अ. [सं.] मूलपर्यंत, जड़ तक, जड़ से। **~चूल**-पूरी तरह, शुरू से आखीर तक (परिवर्तन)।

आमृण—वि. [सं.] क्षति पहुँचाने वाला; शत्रुता रखने वाला।

आमेज़—वि. [फा.] मिला हुआ; मिलने वाला, मिलाने वाला (समास में प्रयुक्त—'रंगामेज़'-रंग मिलाने वाला, रंग भरा हुआ)।

आमेजना*—स.क्रि. मिलाना।

आमेज़िश—स्त्री. [फा.] मिलावट, मिश्रण।

आमोख़्ता—पु. [फा.] पढ़े हुए पाठ को फिर से पढ़ना, उद्धरणी। वि. पठित, पढ़ा हुआ; सीखा हुआ।

आमोचन—पु. [सं.] मुक्त करना; छुड़ाना।

आमोद—पु. [सं.] हर्ष, प्रसन्नता, आह्लाद, खुशी। **~प्रमोद**-पु. मनोरंजन, आनंद-हर्षोल्लास के साधन। **~यात्रा**-मनोरंजन के लिए की गई यात्रा ('पिकनिक')।

आमोदन—पु. [सं.] हर्ष, प्रसन्नता, देना; बसाना।

आमोदित—वि. [सं.] प्रसन्न, आनंदित; सुवासित।

आमोदी—वि. [सं.] प्रसन्न रहने वाला; सुवासित, ख़ुशबूदार।

आम्नाय—पु. [सं.] वेद, श्रुति; परंपरा प्राप्त उपदेश; वंश, कुल।

आम्र—पु. [सं.] आम, एक फल, उसका पेड़। **~कूट**-पु. अमर कंटक पर्वत। **~वन**-पु. आम का बाग, वन, अमराई।

आम्ल—पु. [सं.] इमली का पेड़। वि. खट्टापन, खट्टा।

आम्ला—स्त्री. [सं.] इमली, खट्टापन।

आमिल्का, आम्लीका—स्त्री. [सं.] इमली, मुँह का खट्टापन या खट्टी डकार (कब्ज़ से)।

आयंता, पाँयता—स्त्री. (खाट, चारपाई का) सिरहाना-पाँयताना, सिर की ओर तक पैर की ओर का स्थान। **मु. ~देना**-सम्मान देना।

आयंदा—अ.द्र. 'आइंदा'।

आय—स्त्री. [सं.] आमदनी; लाभ; धनागम। **~व्यय**-पु. आमदनी तथा खर्च।

आयत—वि. [सं.] लंबा; विशाल; विस्तृत। पु. समकोण चतुर्भुज (ज्या.)। **~नेत्र, ~लोचन**-वि. बड़ी-बड़ी आँखों वाला (वाली)। स्त्री. [अ.] कुरान का एक वाक्य; उस वाक्य के अंत पर बना हुआ गोल चिह्न; चिह्न; निशान। वि. लंबी गर्दन वाला।

आयतन—पु. [सं.] स्थान; घर, आवास; विश्राम-स्थल; यज्ञ की वेदी; पवित्र स्थान, पुण्य-भूमि—देवायतन, महायतन; मकान बनाने का स्थान।

आयति—स्त्री. [सं.] लंबाई; विस्तार; भविष्यत् काल; भविष्य में होने वाली आय; प्रभाव।

आयत्त—वि. [सं.] अधीन; आश्रित; प्रयत्नपूर्वक, किसी चीज़ को प्राप्त करना।

आयत्ति—स्त्री. [सं.] अधीनता; किसी दूसरे पर अवलंबित होना; लंबाई, भविष्यत् काल; सामर्थ्य।

आयद—वि. [अ.] (शुद्ध रूप 'आउद') लौटने वाला, पलटने वाला; लागू होने वाला। **~होना**-लागू होना, लगाया जाना (जुर्म, दफा, आदि)।

आयरन—पु. [अं.] लोहा (एक धातु); इस्तरी; शरीर के लिए पुष्टिकारक खनिज तत्त्व (हरी सब्जियों, आदि में, औषधि रूप में गोलियों तथा कैप्सूल रूप में भी प्राप्त)।

आयरिश—वि. (पु.) [अं.] आयरलैंड का (निवासी); आयरलैंड की भाषा।

आयल—पु. [अं.] तेल। **~कंपनी**-स्त्री. तेल बनाने वाली कंपनी। **~इंजन**-पु. तेल चालित इंजन। **~पेंटिंग**-तैल-चित्र, तैलीय रंगों से बना चित्र।

आयसु—स्त्री.पु. आदेश, आज्ञा (तुलसीदास)।

आया—अ. [फ़ा.] प्रश्नवाचक शब्द—'क्या' के अर्थ में ('आया आप वहाँ जाएँगे'); अथवा, या ('आया खरबूजा ले लो, आया आम ले लो')। स्त्री. [पुर्त.] बच्चे को दूध पिलाने वाली स्त्री, धाय; बच्चे की देखभाल या पालन-पोषण करने वाली स्त्री; अस्पताल में परिचारिका।

आया-गया—पु. आने-जाने वाले, मेहमान ('परिवार में आया-गया लगा ही रहता है')।

आयाचित—वि. [सं.] प्रार्थित। पु. प्रार्थना।

आयात—वि. [सं.] आया हुआ; मँगाया हुआ; आगत; विदेश से आया हुआ माल ('इंपोर्ट')।

आयातक—पु. [सं.] आयात करने वाला, विदेश से माल मँगाने वाला ('इंपोर्टर')।

आयातित—वि. [सं.] बाहर, विदेश से मँगाया गया।

आयाम—पु. [सं.] विस्तार, फैलाव, खिंचना; नियमन, रोक (प्राणायाम); (नयी) दिशा या क्षेत्र ('डाइमेंशन')।

आयामित—वि. [सं.] खींचा या फैलाया हुआ।

आयामी—वि. [सं.] नियमन करने वाला लंबा। (बहु.) —बहुत-सी या कई दिशाओं वाला ('डाइमेंशन' के संदर्भ में)।

आयास—पु. [सं.] प्रयत्न; बहुत प्रयत्न करना; श्रम; थकावट मानसिक पीड़ा।

आयासक—वि. [सं.] थकाने वाला; कष्टकारी।

आयुः, आयु—स्त्री. [सं.] 'आयुस्' का समासगत रूप। उम्र, अवस्था; जीवनकाल। **~शेष**-पु. आयु का शेष भाग; आयु का समाप्त होना, मृत्यु।

आयुक्त—वि. [सं.] संयुक्त; नियुक्त। पु. पद-नाम—'कमिश्नर'। (उप)—'डिप्टी कमिश्नर', 'जिले का सर्वोच्च प्रशासनिक अधिकारी'।

आयुत—वि. [सं.] मिलाया हुआ, पिघला हुआ।

आयुतिक—पु. [सं.] दस हजार सिपाहियों का नायक, प्रमुख।

आयुध—पु. [सं.] युद्ध का साधन, हथियार, शस्त्र। **~जीवी**-वि. अस्त्र-शस्त्र से जीविका कमाने वाला, सिपाही। **~पाल**-शस्त्रागार का अधिकारी, कोत-रक्षक। **~शाला**-स्त्री. शस्त्रागार, शस्त्र-भंडार, कोत।

आयुधागार—पु. [सं.] आयुधशाला, शस्त्र-भंडार, कोत।

आयुधिक—वि. [सं.] आयुध सबंधी। पु. सैनिक।

आयुधी—वि. [सं.] शस्त्र चलाने वाला, धारण करने वाला। पु. सैनिक।

आयुर—[सं.] 'आयुस' का समास गत रूप, आयु, जीवन, उम्र। **~बल**-पु. आयु, जीवन। **~वृद्धि**-स्त्री. उम्र बढ़ना।

आयुर्विज्ञान, आयुर्वेद—पु. [सं.] स्वास्थ्य विज्ञान, भारतीय चिकित्सा पद्धति (जिसमें औषधि रूप में जड़ी-बूटियों, वनस्पति, आदि का प्रयोग होता है)।

आयुर्वेदाचार्य—पु. [सं.] आयुर्वेद शास्त्र का ज्ञाता, आयुर्वेद का उपाधिधारी आचार्य।

आयुर्वेदिक—वि. [सं.] आयुर्वेद संबंधी। **~औषधि**-स्त्री. आयुर्वेद शास्त्र-सम्मत दवाएँ। पु. आयुर्वेद का ज्ञाता।

आयुर्वेदी—पु. [सं.] आयुर्वेद का चिकित्सक, ज्ञाता।

आयुर्वेदीय—वि. [सं.] आयुर्वेद से संबंधित।

आयुष—पु. [सं.] जीवन काल।

आयुष्—[सं.] 'आयुस' का समास गत रूप। **~कर**-वि. आयु बढ़ाने वाला। **~काम**-वि. दीर्घ आयु का स्वास्थ्य की कामना करने वाला।

आयुष्मान, आयुष्मान्—वि. [सं.] लंबी उम्र वाला। **~भव**-आशीर्वचन, दीर्घ आयु वाले बनो।

आयुष्य—वि. [सं.] दीर्घ आयु देने वाला। पु. जीवन; जीवनी-शक्ति।

आयोग—पु. [सं.] समिति; (किसी जाँच, समीक्षा, आदि के लिए बनाया गया कई सदस्यों का या एक ही व्यक्ति की अध्यक्षता में) कमीशन; कार्य निष्पादन के लिए बनाया गया कोई संगठन या संस्था (विश्वविद्यालय, अनुदान आयोग, आदि)।

आयोजक—वि. [सं.] आयोजन करने वाला, समन्वयक।

आयोजन—पु. [सं.] तैयारी; प्रबंध; एकत्रित करना।

आयोजित—वि. [सं.] जिसका आयोजन किया गया हो; संगृहीत।

आरंभ—पु. [सं.] प्रारंभ, शुरू, उत्पत्ति।

आरंभक—वि. [सं.] आरंभ करने वाला।

आरंभिक—वि. [सं.] शुरू का, आरंभ में ही।

आर—स्त्री. [आड़.] शत्रुता; अनी; बैल-भैंसे को हल या गाड़ी में चलाने के लिए सोटे में लगी एक नुकीली कील। **~कंडी**-कपड़े की एक किस्म।

आर.एस.एस.—[अं.] राष्ट्रीय स्वयंसेवक संघ का अंग्रेज़ी में संक्षिप्त रूप, हिन्दी में भी प्रचलित।

आर.एंडडी.—[अं.] रिसर्च एंड डेवलपमेंट, व्यावसायिक कंपनियों में शोध एवं विकास (का अनुभाग)।

आरकेस्ट्रा (आर्केस्ट्रा)—पु. [अं.] बाद्य-मंडल, वादक दल, वादक वृन्द, वादक-स्थान।

आरक्त—वि. [सं.] हलकी लालिमा लिए हुए। **~चंदन**-पु. लाल चंदन, रक्त चंदन।

आरक्योलॉजिकल—वि. [अं.] 'पुरातात्त्विक', पुरातत्त्व संबंधी।

आरक्योलॉजिस्ट—पु. [सं.] पुरातत्त्ववेता।

आरक्योलॉजी—[अं.] पुरातत्त्व-विज्ञान।

आरक्ष—पु. [सं.] रक्षा; सेना।

आरक्षक—पु. [सं.] प्रहरी, पहरेदार; पुलिस; आरक्षण देने वाला, आरक्षण संबंधी कार्य करने वाला।

आरक्षण—पु. [सं.] स्थान रक्षित कर देना, स्थान सुनिश्चित कर देना (रेलवे, विधान सभा, संसद, आदि में—'रिज़र्वेशन')।

आरक्षित—वि. [सं.] जिस स्थान का आरक्षण कर दिया गया हो ('रिज़र्ब्ड')।

आरक्षी—वि. [सं.] रक्षा करने वाला।

आरचित—वि. [सं.] निर्मित, रचना की हुई; व्यवस्थित किया हुआ।

आरज़ी (आरिज़ी)—वि. [अ.] अस्थायी, क्षणिक; थोड़ी देर का। **~नौकरी**-स्त्री. थोड़ी देर अस्थायी, कुछ समय के लिए की गई नियुक्ति।

आरज़ू—स्त्री. [फ़ा.] इच्छा, कामना; विनती, अनुनय-विनय। **~मंद**-वि. इच्छुक।

आरट्ट—पु. [सं.] उत्तर-पूर्व पंजाब का एक जनपद, अट्ट, वहाँ का निवासी; वहाँ का घोड़ा।

आरणेय—वि. [सं.] अरणि, अग्नि से उत्पन्न।

आरण्य—वि. [सं.] जंगली, जंगल से संबंधित; जंगल में बिना बोए उत्पन्न होने वाला अन्न।

आरण्यक—वि. [सं.] वन से संबंधित; वन में उत्पन्न। पु. वनवासी; वेदों का एक भाग जिसमें वानप्रस्थों के लिए नियम दिये गए हैं।

आरत—वि. [सं.] रुका हुआ; शांत।

आरता—द्र. 'आरती'।

आरति—स्त्री. [द्र.] 'आरती'।

आरती—स्त्री. देवता, पूजनीय व्यक्ति, विशेष अवसरों पर आत्मीय जनों (भाई, भाभी, दूल्हा, आदि) के अभिनंदन-स्वागत में थाल-थाली में दीपक, नैवेद्य रख कर मुख के चारों ओर चक्राकार घुमाना; लोक भाषा में सामान्य जन

के लिए की गई आरती को 'आरता' कहा जाता है; आरती के समय उच्चरित प्रार्थना गीत, स्तोत्र को 'आरती' कहा जाता है। **मु. ~उतारना**-सम्मान करना, बहुत अधिक मान करना।

आर-पार—पु. नदी के दोनों किनारे, इस छोर से उस छोर तक। **मु. ~की लड़ाई**-निर्णायक लड़ाई, अंतिम स्थिति।

आरभट—पु. [सं.] साहस; साहसी व्यक्ति।

आरभटी—स्त्री. [सं.] साहस; नाट्यशास्त्र के अनुसार वह वृत्ति जो रौद्र, भयानक और वीर रसों के वर्णन में प्रयुक्त होती है; नृत्य की शैली-विशेष।

आरसी—स्त्री. आईना, दर्पण; स्त्रियों के दाहिने हाथ के अँगूठे में धारण किया जाने वाला एक आभूषण, जिसमें छोटा-सा शीशा जड़ा होता है।

आरा—पु. [सं.] लकड़ी चीरने का दाँतेदार औजार जिसमें लकड़ी की मूठ पकड़ने के लिए लगी होती है। **~मशीन**-लकड़ी को चीरने के लिए चलाई जाने वाली आरे की मशीन।

आराइश—स्त्री. [फ़ा.] सजावट, सुसज्जा, शृंगार; कागज़ के फूल, आदि।

आराज़ी—स्त्री. [अ.] 'अराज़ी'।

आराति—पु. [सं.] शत्रु।

आरात्रिक—पु. [सं.] आरती उतारने का दीप, ऐसा कोई पात्र-थाल, आदि जिसमें आरती दीप रखा जाए।

आराधक—वि. [सं.] आराधना, पूजा करने वाला।

आराधन—पु. [सं.] पूजा, उपासना करना; सम्मानपूर्वक सेवा करना।

आराधना—स्त्री. [सं.] पूजा, उपासना; देव-सेवा।

आराधनी—स्त्री. [सं.] पूजा, उपासना।

आराधनीय—वि. [सं.] आराधन, पूजा के योग्य; पूजनीय।

आराधित—वि. [सं.] वि. पूजित; सेवित।

आराध्य—वि. [सं.] आराधना के योग्य।

आराम—पु. [सं.] सुख, प्रसन्नता; उपवन; वाटिका, बगीचा; एक वृत्त। [फ़ा.] विश्राम; चैन; किसी रोग में लाभ, सुधार। **~कुरसी (कुर्सी)**-स्त्री. आरामदायक कुर्सी जिस पर अधलेटी अवस्था में बैठा जा सके या कमर से पूरी तरह लेटा भी जा सके। **~गाह**—पु.,स्त्री. सोने का कमरा, शयनागार, सराय, यात्रियों के ठहरने का स्थान। **~तलब**-वि. आलसी, आराम पसंद। **~से**-धीरे-धीरे; फुरसत में; सावधानीपूर्वक।

आरिज़—पु. [अ.] कपोल, गाल। वि. बाधक।

आरिज़ा—पु. [अ.] रोग, बीमारी; क्लेश, कष्ट।

आरिज़ी—वि. [अ.] अस्थायी, क्षणिक; थोड़ी देर का, आकस्मिक।

आरिफ़—वि. [अ.] ज्ञाता, जानने वाला; ब्रह्मज्ञानी, भक्त; परिचित; सूफ़ी।

आरिफ़ाना—वि. [फ़ा.] अ. आरिफ़ो जैसा; सूफियों जैसा; भक्तों जैसा; ब्रह्म ज्ञानियों जैसा।

आरियत—स्त्री. [अ.] उधार, माँगी गई वस्तु।

आरी—स्त्री. [सं.] आरे का छोटा रूप, लकड़ी, लोहा, आदि काटने का दाँतेदार औज़ार।

आरुण—वि. [सं.] अरुण, सूर्य, से संबंध रखने वाला।

आरुणि—पु. [सं.] अरुण, सूर्य का पुत्र, वंशज।

आरुह—वि. [सं.] चढ़ने वाला, ऊपर जाने वाला। पु. चढ़ाई।

आरू—वि. [सं.] पिंगल वर्ण का, हल्के लाल व पीले रंग की आभा वाला।

आरूक—पु. [सं.] आलूबुखारा, एक फल।

आरूढ़—वि. [सं.] सवार; आसीन; किसी पर चढ़ कर बैठना, सुशोभित होना (अश्व, सिंहासन, आदि पर)। **~यौवना**-स्त्री. मध्या नायिका का एक भेद।

आरूढ़ि—स्त्री. [सं.] आरोहण, चढ़ाई।

आरेचित—वि. [सं.] खाली किया हुआ; मिश्रित।

आरेवत—पु. [सं.] एक पेड़, अमलतास।

आरोग*—वि. निरोग, स्वस्थ।

आरोग्य—पु. [सं.] रोग का अभाव, तंदरुस्ती; रोग से मुक्ति। **~व्रत**-पु. स्वास्थ्य-प्राप्ति के लिए किया जाने वाला व्रत। **~शाला**-स्त्री. चिकित्सालय।

आरोग्यालय—पु. [सं.] चिकित्सालय, अस्पताल।

आरोचन—वि. [सं.] चमकीला।

आरोध—पु. [सं.] घेरा, अवरोध, रुकावट।

आरोधना*—स.क्रि. रोकना।

आरोप—पु. [सं.] आक्षेप, इलजाम; एक वस्तु या उपमेय में किसी दूसरी वस्तु या उपमान के गुण-धर्म की कल्पना। **~पत्र**-पु. वह पत्र जिसमें आरोपों का विवरण दिया गया हो। **~प्रत्यारोप**-पु. एक-दूसरे पर आरोप लगाते रहना।

आरोपी—वि. [सं.] जिस पर आरोप लगाया गया हो, मुक़दमे में जिस पर आरोप, अभियोग, चलाया गया हो।

आरोपक—वि. [सं.] आरोप लगाने वाला।

आरोपण—पु. [सं.] आरोप लगाना; ऊपर चढ़ाना; मढ़ना; एक वस्तु में दूसरी वस्तु के गुण धर्म को मान लेना, कल्पना करना; लगाना (वृक्ष, आदि)।

आरोपित—वि. [सं.] आरोप किया हुआ; रोपा, लगाया हुआ (वृक्ष, आदि)।

आरोह—पु. [सं.] ऊपर को जाना; चढ़ना; सवार होना। संगीत में स्वरों का चढ़ाव। **~अवरोह**-संगीत में स्वरों का चढ़ाव-उतार।

आरोहक—वि. [सं.] आरोहण करने वाला। पु. सवार; सारथि।

आरोहण—पु. [सं.] चढ़ना; सवार होना (अश्वारोहण), सुशोभित होना (राज्यारोहण, सिंहासनारोहण)।

आरोही—वि. [सं.] आरोह करने वाला; ऊपर की ओर—षड्ज से निषाद की ओर जाने वाला (स्वर) संगीत। पु. चढ़ने वाला, ऊपर जाने वाला स्वर या स्वरों का क्रम।

आर्क—वि. [सं.] सूर्य या मदार के पौधे से संबंधित।

आर्कबिशप—पु. [सं.] सर्वोच्च बिशप, पादरी।

आर्कि—पु. [सं.] सूर्य के पुत्र—कर्ण, यम, शनि, आदि।

आर्किटेक्चर—पु. [अं.] स्थापत्य, वास्तु कला, भवन-निर्माण कला; बनावट, सजावट।

आर्गन—पु. [अं.] मुख-पत्र; फूँक कर बजाया जाने वाला वाद्य ('माउथ आर्गन')।

आर्गेनिक—वि. [अं.] जैविक, जैव; कायिक।

आर्गल—पु. [सं.] द्र. 'अर्गल'।

आर्घा—स्त्री. [सं.] मधुमक्खी का एक प्रकार, प्रजाति।

आर्घ्य—वि. [सं.] आर्घा नामक मधुमक्खी से संबंधित। पु. जंगली शहद, वह शहद जो आर्घा मधुमक्खियों से प्राप्त हो।

आर्जव—पु. [सं.] नम्रता; सरल व्यवहार; सीधापन।

आर्जुनि—पु. [सं.] अर्जुन का पुत्र, अभिमन्यु।

आर्ट—पु. [अं.] कला; कौशल, निपुणता; शिल्प, दस्तकारी, मूर्तिकला; चित्रकला। **~(आर्ट्स) कॉलेज**-वह कॉलेज जहाँ समाज-विज्ञान के विषयों का अध्ययन होता है। **~गैलरी**-स्त्री. कला-दीर्घा, वह स्थान जहाँ प्रदर्शनी के रूप में चित्रकला, मूर्तिकला, आदि की कृतियाँ संगृहीत हों। **~पेपर**—पु. तस्वीरें, आदि छापने के काम आने वाला बढ़िया, रोग़नी, काग़ज। **~स्कूल**-पु. कला विद्यालय; चित्रकला विद्यालय।

आर्टिकल—पु. [अं.] सामान, वस्तु; पदार्थ; अनुच्छेद; धारा; भाग (विधान, क़ानून, आदि में); लेख, निबन्ध; उपपद (व्या.)।

आर्टिलरी—[अं.] तोपखाना, सेना का वह भाग जिसका काम तोपों को चलाना और रख-रखाव होता है।

आर्टिस्ट—पु. [अं.] कलाकार, कलावंत; गायक, गायिका नर्तकी, आदि।

आर्डनेंस—पु. [अं.] तोपखाना; युद्ध, सामग्री; गोला-बारूद, अस्त्र-शस्त्र, आयुध। **~फैक्टरी**-स्त्री. आयुध कारखाना, आयुध कार्यशाला।

ऑर्डर—पु. [अं.] आदेश, हुक्म, आज्ञा, माल भेजने, बनाने, आदि का आदेश। **~बुक**-स्त्री. वह रजिस्टर, बही या कॉपी, आदि जिसमें आदेश दिये जाते हैं।

आर्डिनरी—वि. [अं.] साधारण, सामान्य, मामूली; स्वाभाविक, प्रकृत।

आर्डिनेंस, (आर्डिनैंस)—[अं.] अध्यादेश, शासन द्वारा निकाला गया आदेश, अस्थायी क़ानून के रूप में लागू होता है (जब संसद अधिवेशन में न हो)।

आर्त—वि. [सं.] पीड़ित, बहुत दुखी; किसी कष्ट-पीड़ा से व्याकुल। **~ध्वनि**-स्त्री., **~नाद, ~स्वर**-पु. दर्द भरी ऊँची आवाज; करुण स्वर में दु:ख की अभिव्यक्ति या सहायता की पुकार। **~बंधु**-पु. पीड़ितों की सहायता करने वाला, दुखियों का दु:ख दूर करने वाला।

आर्तव—वि. [सं.] ऋतु संबंधी, ऋतु में उत्पन्न; स्त्रियों के मासिक स्राव संबंधी। पु. स्त्रियों के मासिक धर्म में होने वाला रज:स्राव। **~दोष**-पु. मासिक धर्म संबंधी गड़बड़, ऋतु-दोष।

आर्तवेयी—स्त्री. [सं.] रजस्वला, ऋतुमती स्त्री।

आर्ति—स्त्री. [सं.] क्लेश, पीड़ा, मनोव्यथा।

आर्त्वज—वि. [सं.] ऋत्विक, यज्ञ कराने वाले, से संबंधित।

आर्थ—वि. [सं.] वस्तु संबंधी; महत्त्व का।

आर्थिक—वि. [सं.] अर्थ, धन संबंधी, वित्त संबंधी; शब्दार्थ से निकलने वाला।

आर्थिकता—स्त्री. [सं.] आर्थिक अवस्था ('इकोनॉमी')।

आर्थोपीडक्स—[अं.] अस्थि रोग विभाग, विकलांग विभाग, हड्डियों की चिकित्सा का विभाग।

आर्द्ध—वि. [सं.] आधा (समास के आरंभ, अर्द्ध मासिक)।

आर्द्धिक—पु. [सं.] द्र. 'आर्धिक'।

आर्द्र—वि. [सं.] गीला, तर, भीगा हुआ; पिघला हुआ, भाव-विह्वल (स्नेहार्द, करुणार्द)। **~नयन**-वि. आपूरित नेत्र।

आर्द्रक—पु. [सं.] अदरक। वि. गीला, तर कर देने वाला; आर्द्रा नक्षत्र में उत्पन्न।

आर्द्रा—स्त्री. [सं.] एक नक्षत्र, यह प्राय: आषाढ़ के प्रारंभ में पड़ता है, वर्षा तथा खेती के लिए शुभकारी; एक वर्णवृत्त; अदरक।

आर्धिक—पु. [सं.] आधा साझा करने वाला, अधबटाई पर खेत जोतने वाला।

आर्मचेयर—स्त्री. [अं.] बाजू वाली कुर्सी।

आर्म्ड—[अं.] सशस्त्र, शस्त्र-सज्जित।

आर्मी—स्त्री. [अं.] सेना, फ़ौज; दल, समूह; भीड़।

आर्य—पु. [सं.] भारत की एक प्राचीन जाति (जिसे भारतीय अथवा ईरानी मूल की मानने की भिन्न-भिन्न मान्यताएँ हैं) जिसे अपने शुद्ध रक्त का बहुत अधिक मान रहा है और जिसने अपने को भारत के मूल निवासियों अनार्यों-द्रविड़ों से अलग, श्रेष्ठ ही माना; श्रेष्ठ, सम्मान्य तथा सदाचारी व्यक्ति उत्तम; पूज्य; कुलीन। आचार्य; गुरु; पति या किसी भी सम्मान्य व्यक्ति के लिए आदर-भरा संबोधन

(संस्कृत नाटकों, आदि में)। **~देश**-पु. आर्यों की निवास-भूमि, भारत। **~धर्म**-पु. सदाचार-उत्तम आचरण। **~पुत्र**-पु. पति के लिए सम्बोधन; राजकुमार; आचार्य का पुत्र; आदरणीय व्यक्ति का पुत्र। **~भट्ट**-पु. प्रख्यात भारतीय ज्योतिषी जिन्होंने बीजगणित का आविष्कार किया था, इनका समय ईसा पूर्व पाँचवीं शती के पहले का माना जाता था। **~वेश**-वि. सभ्य वेश, वस्त्रों वाला। **~सत्य**-पु. महान सत्य; बौद्ध धर्म में चार सत्यों की मान्यता है। **~समाज**-पु. स्वामी दयानंद द्वारा स्थापित एक धार्मिक समाज जिसने समाज सुधार का भी महत्त्वपूर्ण कार्य किया है। **~समाजी**-पु. आर्य समाज का अनुयायी, आर्य समाज के सिद्धांतों का पालन करने वाला।

आर्यक—पु. [सं.] आदरणीय, पूजनीय व्यक्ति; पितामह; पितरों के लिए किया जाने वाला एक श्राद्ध।

आर्यका, आर्यिका—स्त्री. [सं.] श्रेष्ठ स्त्री, एक नक्षत्र।

आर्या—स्त्री. [सं.] श्रेष्ठ स्त्री; सास; पार्वती; एक मात्रिक छंद जिसके प्रथम तथा तृतीय चरण में 12-12 तथा दूसरे और चौथे चरण में 15-15 मात्राएँ होती हैं।

आर्यावर्त—पु. [सं.] आर्यों का देश, उनकी निवास भूमि (मध्य और उत्तर भारत, कालांतर में समग्र भारत के लिए भी प्रयुक्त)।

आर्याष्टांगमार्ग—पु. [सं.] भगवान बुद्ध द्वारा बताए गए दुःख-निवृत्ति के आठ मार्ग, यथा—उत्तम कर्म, उत्तम वचन, उत्तम विचार, आदि।

आर्येतर—वि. [सं.] आर्यों से भिन्न, जो आर्य न हो।

आर्ष—वि. [सं.] ऋषियों का; ऋषियों द्वारा कहा या बताया हुआ; वैदिक। पु. विवाह के आठ प्रकारों में से एक। **~कथन**-पु. ऋषियों, आदि का कहा हुआ; श्रेष्ठ विद्वानों द्वारा कथित। **~ग्रंथ**-पु. शास्त्र ग्रंथ, वेदादि। **~प्रयोग**-पु. भाषा में ऐसा प्रयोग जो व्याकरणसम्मत न हो किन्तु प्रतिष्ठित विद्वानों द्वारा प्रयोग में प्रचलित कर दिया गया हो। **~विवाह**-पु. प्राचीन काल में मान्य आठ प्रकार के विवाहों में से एक।

आर्षभ—वि. [सं.] साँड़ से उत्पन्न। पु. ऋषभ का वंशज।

आर्षभि—पु. [सं.] ऋषभ का वंशज; भारत का प्रथम चक्रवर्ती सम्राट।

आर्षेय—वि. [सं.] ऋषभ ऋषियों से संबंधित; श्रेष्ठ; आदरणीय (संबोधन में)। पु. मंत्रद्रष्टा ऋषि।

आर्सेनिक—पु. [अं.] एक प्रकार का विष, संखिया; एक औषधि।

आर्हत—वि. [सं.] अर्हत् या जैन मत से संबंधित। पु. जैन-सिद्धांतों या मत का मानने वाला।

आलंकारिक—वि. [सं.] अलंकार संबंधी, अलंकार युक्त (भाषा-शैली); अलंकार शास्त्र-वेत्ता।

आलंग—वि. [सं.] संलग्न; साथ में चिपका या लगा हुआ।

आलंब—वि. [सं.] आश्रित; किसी सहारे लटका हुआ। पु. सहारा; आधार; लटकन, ('पेंडुलम')।

आलंबन—पु. [सं.] सहारा, आश्रय, आधार, रस की उत्पत्ति का आधार, नायक, आदि (का.शा.)।

आलंबित—वि. [सं.] आश्रित; किसी सहारे पर टिका हुआ।

आलंबी—वि. [सं.] आलंब, सहारा, आश्रय लेने वाला; किसी दूसरे पर निर्भर।

आलंभ, आलंभन—पु. [सं.] पकड़ना, छूना; उखाड़ना; वध (विशेषतः यज्ञ में पशु का वध)।

आलंभी—वि. [सं.] स्पर्श करने वाला; पकड़ने वाला।

आल—स्त्री. एक पौधा, एक कीड़ा। पु. हरताल; एक वनस्पति, गीलापन (वि. 'आला'—'यह कुर्ता अभी आला है', स्त्री. 'आली')। **~(आस) औलाद**-स्त्री. संतान, बाल-बच्चे ('उसके कोई आस औलाद नहीं है')। **~वाल**-पु. पौधों का थाला।

आलकस*—पु. आलस्य, आलस।

आलक्षित—वि. [सं.] देखा हुआ, अनुभव किया हुआ; समझा हुआ।

आलगर्द—पु. [सं.] एक जलसर्प।

आलजाल*—पु. झंझट; व्यर्थ, ऊट-पटाँग।

आलथी-पालथी—स्त्री. चौकड़ी मार कर बैठना, सुखासन।

आलन—पु. साग में पकते समय खूब घुटा हुआ रूप देने के लिए मिलाया जाने वाला आटा, बेसन, मक्की का आटा, आदि (आलन लगाना)।

आलना—पु. घोंसला।

आलपिन, आलपीन—[अं.] कागजों को नत्थी करने वाला पिन जिसके सिरे पर छोटी सी घुंडी बनी होती है।

आलबाल—पु. पौधों का थाला।

आलभन—पु. [सं.] छूना; पकड़ना; मारना, वध।

आलम—पु. [अ.] दुनिया, जगत, संसार; अवस्था, हालत; दृश्य।

आलमनक—पु. [पुर्त.] कैलेंडर, तिथिपत्र, पंचांग।

आलमारी—स्त्री. द्र. 'अलमारी'।

आलय—पु. [सं.] घर, निवास-स्थान, मकान; स्थान (विद्यालय, हिमालय, औषधालय, चिकित्सालय, आदि)।

आलराइट—[अं.] सब कुछ ठीक, सब ठीक, पूरी तरह ठीक।

आल-राउंडर—पु. [अं.] सभी विषयों में योग्यता रखने वाला, सभी क्षेत्रों में कुशल।

आलर्क—वि. [सं.] पागल कुत्ते से संबंध रखने वाला; उससे उत्पन्न विष।

आलवाल—पु. [सं.] पौधे का थाला; बादल।
आलस—वि. [सं.] सुस्ती, ढीला-ढाला रहना; काहिली।
आलसी—वि. [सं.] आलस्य करने वाला, सुस्त, ढीला-ढाला।
आलस्य—पु. [सं.] सुस्ती, ढीला-ढाला रहना, काम न करने की इच्छा।
आला—पु. ताक, दीवार में छोटा गड्ढा कर बनाया गया स्थान—दीप, आदि छोटी वस्तु रखने के लिए। वि. गीला। पु. औज़ार, उपकरण, डॉक्टर का हृदय की धड़कन मापने का यंत्र। वि. श्रेष्ठ, उत्तम, सबसे ऊँचा (आला कमान)। **~दर्जे का**-बहुत बढ़िया; श्रेष्ठ कोटि का।
आलाइश—स्त्री. [फ़ा.] मल, गंदगी; पाप, गुनाह।
आलात—पु. [सं.] अंगारा; जलती हुई लकड़ी; मशाल।
आलान—पु. [सं.] हाथी बाँधने का बड़ा खूँटा, स्तंभ, हाथी बाँधने की जंजीर या रस्सा।
आलाप—पु. [सं.] संगीत में स्वरों को साधना; किसी बात को बार-बार कहना ('क्या एक ही बात का राग आलापे जा रहे हो')। **~लेना**-संगीत में स्वर को तान दे कर खींचने की क्रिया।
आलापक—वि. [सं.] गाने वाला; बातचीत करने वाला।
आलापन—पु. [सं.] बातचीत करना; आलाप लेना (संगी.)।
आलापना—स.क्रि. आलाप लेना; गाना।
आलापित—वि. [सं.] कहा हुआ, गाया हुआ।
आलापी—वि. [सं.] बातचीत करने; गाने वाला; आलाप लेनेवाला।
आलारासी—वि. दायित्वहीन, बेफिक्र; जिसका काम करने का ढंग ठीक-ठाक न हो।
आलावर्त—पु. [सं.] कपड़े का पंखा।
आलिंग—पु. [सं.] एक तरह का ढोल; आलिंगन।
आलिंगन—पु. [सं.] लिपटाना; अंक में भर लेना, गले लगाना।
आलिंगित—वि. [सं.] जो लिपटाया; गले लगाया गया हो।
आलिंगी—वि. [सं.] आलिंगन करने वाला।
आलिंग्य—वि. [सं.] आलिंगन करने योग्य।
आलिंजर—पु. [सं.] बड़ा घड़ा, टोकनी, आदि।
आलिंद, आलिंदक—पु. [सं.] द्र. 'अलिंद'।
आलिंपन—पु. [सं.] लीपना, पोतना, सफेदी, आदि करना।
आलि—वि. [सं.] निकम्मा, सुस्त; निरर्थक। पु. भ्रमर; बिच्छू।
आलिखित—वि. [सं.] लिखित, चित्रित, अंकित।
आलिप्त—वि. [सं.] सना हुआ; लिपा हुआ, पुता हुआ; किसी काम में लगा या पड़ा हुआ।
आलिम—वि. [अ.] विद्वान, पंडित, जानने वाला।
आली—स्त्री. [सं.] सखी, सहेली; पंक्ति; रेखा; पुल; पुलिया।
आली—वि. [अ.] ऊँचा; बड़ा, महान। **~ख़ानदान**-वि. ऊँचे घराने का कुलीन, कुलीनतम। **~जनाव, ~जाह**-आदर सूचक संबोधन, महामान्य के अर्थ में, जनाबेआली। **~दिमागे**-वि. तेज या ऊँचे दिमाग वाला; बहुत सूझ-बूझ वाला, विद्वान। **~शान**-वि. भव्य; महान; बड़ी शान वाला, शानदार, गौरवपूर्ण।
आलुंचन—पु. [सं.] चीरना; फाड़ना; नोंचना।
आलुंटन—पु. [सं.] लूटना; बलपूर्वक छीन लेना।
आलु—पु. [सं.] उल्लू; आबनूस; बेड़ा।
आलुक—पु. [सं.] शेषनाग।
आलुलित—वि. [सं.] क्षुब्ध; दुखी।
आलू—पु. [सं.] एक प्रसिद्ध कंद जो सब्ज़ी, आदि के रूप में प्रयोग किया जाता है।
आलूचा—पु. एक पेड़, उसका फल।
आलून—वि. [सं.] काट कर अलग किया हुआ।
आलूबुखारा—पु. एक फल।
आलेख—पु. [सं.] लिखावट, लिखाई; लेख, टिप्पणी।
आलेखक—पु. [सं.] लिखने वाला, लिपिबद्ध करने वाला; चित्र, आदि बनाने वाला।
आलेखन—पु. [सं.] लिखना; चित्रांकन; तसवीर बनाना।
आलेखनी—स्त्री. [सं.] आलेखन करने वाली कलम, पेन्सिल, आदि; ब्रश, आदि।
आलेख्य—वि. [सं.] लिखने, चित्रित करने योग्य। पु. लेख; चित्र।
आलेप—पु. [सं.] लेप, उबटन, आदि; पलस्तर।
आलेपन—पु. [सं.] लेप करना, उबटन, आदि लगाना; पलस्तर।
आलोक—पु. [सं.] प्रकाश, उजाला; (लक्षार्थ) ज्ञान। **~कर**-वि. प्रकाश करने वाला। **~पथ, ~मार्ग**-पु.दृष्टि पथ, ज्ञानप्रदायक मार्ग।
आलोकन—पु. [सं.] देखना, दर्शन; विचार करना।
आलोकनीय—वि. [सं.] देखने योग्य, अवलोकनीय।
आलोकित—वि. [सं.] देखा हुआ, प्रकाशित, जग-मग।
आलोचक—वि. [सं.] आलोचना करने वाला, समीक्षक; देखने वाला।
आलोचन—पु., **आलोचना**—स्त्री. [सं.] देखना-परखना; गुण-दोष-विवेचन; समीक्षा (साहि.)।
आलोचनात्मक—वि. [सं.] जिसमें आलोचना हो।
आलोचनीय, आलोच्य—वि. [सं.] आलोचना करने योग्य, जिसकी आलोचना की जा रही हो।
आलोचित—वि. [सं.] जिसकी आलोचना की गई हो; विवेचित।

आलोडन, आलोड़न—पु. [सं.] मथना; बिलोना; मर्दन; ऊहा-पोह करना। **~विलोड़न**-पु. मथना; ऊहा-पोह करना, क्षुब्ध होना; विचलित होना।

आलोडित, आलोड़ित—वि. [सं.] मथित, जिसका मंथन किया गया हो; विचारित। **~विलोड़ित**-खूब अच्छी तरह मथित; सुविचारित।

आलोल—वि. [सं.] थोड़ा हिलता हुआ; आंदोलित।

आलोलित—वि. [सं.] हिलाया हुआ; क्षुब्ध, व्यथित।

आल्हा—पु. प्रख्यात योद्धा और वीर, महोबा नरेश के सेनापति जिनकी शौर्य गाथाएँ लोक में 'आल्हा' के नाम से प्रसिद्ध हैं ('आल्हा' में आल्हा के अनुज ऊदल के भी वीरतापूर्ण कृत्यों का वर्णन होता है), आल्हा वीरगाथा छंद जिसमें 16 + 15 मात्राएँ होती हैं, यथा—'आल्हा ऊदल को ललकारा, जिनकी जात बनाफल राय।'

आवंटन—पु. [सं.] बाँटना, वितरण करना ('डिस्ट्रीब्यूशन')।

आवंटित—वि. [सं.] बाँटा हुआ, वितरित किया हुआ।

आवंत—पु. [सं.] आवंति-नरेश।

आवंतक, आवंतिक—वि. [सं.] आवंति से संबंधित।

आवंत्य—वि. [सं.] आवंति का; आवंति में उत्पन्न। पु. आवंति का निवासी या वहां का राजा।

आवंदन—पु. [सं.] प्रणाम, नमस्कार; श्रद्धापूर्वक अभिवादन।

आवक—पु. पहुँच, आना; माल का आना। **~जावक**-पु. आना-जाना, माल का आना-जाना।

आवक्ष—वि. [सं.] छाती तक (प्रतिमा, मूर्ति, चित्र, तसवीर)।

आवन* पु., **आवनि***—स्त्री. आगमन।

आवनेय—पु. [सं.] अवनि-पुत्र, मंगल।

आव-भगत—स्त्री. स्वागत-सत्कार, खातिरदारी।

आव-भाव—पु. आव-भगत, खातिरदारी।

आवरण—पु. [सं.] ढकना, छिपाना; घेरना; पर्दा; बचाव, ढाल; पुस्तक के ऊपर चढ़ाया हुआ कागज़ ('कवर', 'रैपर')।

आवरिका—स्त्री. [सं.] छोटी दुकान।

आवरित—वि. आवृत, ढका हुआ।

आवर्जक—वि. [सं.] आकृष्ट करने वाला; प्रसन्न करने वाला।

आवर्जन—पु. [सं.] आकृष्ट करना; संतुष्ट करना।

आवर्जित—वि. [सं.] झुकाया हुआ; नीचा दिखाया हुआ।

आवर्त—पु. [सं.] भँवर; चक्र, घुमाव; किसी बात को बार-बार सोचना; चिंता।

आवर्तक—वि. [सं.] घूमने, चक्कर खाने वाला। पु. भँवर।

आवर्तन—पु. [सं.] घूमना, चक्कर खाना; मंथन; दुहराना, किसी क्रिया को फिर-फिर दुहराना।

आवर्तित—वि. [सं.] चक्कर लगाया हुआ, घूमा हुआ; बार-बार आया हुआ।

आवर्तिता—स्त्री. [सं.] बार-बार होना।

आवर्तिनी—स्त्री. [सं.] भँवर।

आवर्ती—वि. [सं.] घूमने, चक्कर खाने वाला।

आवर्द्धक—वि. [सं.] वृद्धि करने वाला। **~औषधि**-स्त्री. बल, शक्तिवर्द्धक दवा।

आवर्द्धन—पु. [सं.] बढ़ाना, बढ़ाने की क्रिया।

आवलि, आवली—स्त्री. [सं.] पंक्ति, श्रेणी; परंपरा।

आवश्य—पु. [सं.] आवश्यकता; अनिवार्य कार्य; निश्चित परिणाम।

आवश्यक—वि. [सं.] जरूरी, अवश्यंभावी, अनिवार्य रूप से घटित।

आवश्यकता—स्त्री. [सं.] जरूरत।

आवश्कीय—वि. जरूरी।

आवसति—स्त्री. [सं.] रात्रि में विश्राम करने का स्थान, होटल, धर्मशाला, सराय, आदि।

आवसथ—पु. [सं.] घर; गाँव; छात्रों या साधुओं के रहने का स्थान, आश्रम।

आवसरिक—वि. [सं.] अवसर का लाभ उठाने वाला; मौकापरस्त।

आवसान—वि. [सं.] गाँव की सीमा पर रहने वाला (शूद्र, चांडाल)।

आवसित—वि. [सं.] पूरा किया हुआ; निर्धारित, निश्चित किया हुआ; समाप्त; खलिहान से लाया हुआ पका अन्न।

आवस्थिक—वि. [सं.] अवस्था या परिस्थिति के अनुकूल।

आवह—वि. [सं.] (समास में, अंतिम पद) उत्पन्न करने वाला; राह दिखाने वाला; देख-भाल करने वाला; लाने वाला (भयावह)। पु. आयु, अग्नि की सात जिह्वाओं में से एक।

आवहन—पु. [सं.] समीप लाना।

आवाँ—पु. कुम्हार का मिट्टी के बरतन पकाने के लिए बरतनों द्वारा ही चिना गया तथा ऊपर से भूसे मिले गारे से लेप कर बनाया जाने वाला कुंड सा, इसमें बरतनों के साथ ही थोड़ा-थोड़ा ईंधन आग जलाने के लिए रख दिया जाता है। **मु. ~(वें) का आवाँ बिगड़ना**-(किसी का) पूरे का पूरा परिवार या सभी संतानों का बिगड़ जाना।

आवागमन—पु. [सं.] जन्म-मरण का चक्र या बंधन, संसार-चक्र; आना-जाना। **~छूटना**-संसार-चक्र, जनम-मरण के बंधन से छूटना, जीवन से मुक्ति; मृत्यु।

आवागमनी—वि. आने-जाने वाला, जीने-मरने वाला।

आवागवन, आवागौन*—पु.द्र. 'आवागमन' (कबीर, आदि)।

आवाज़—स्त्री. [फ़ा.] स्वर, शब्द, नाद, ध्वनि; पुकार, शोर। **मु. ~उठाना, ~ऊँची करना**-किसी बात के पक्ष या विपक्ष में बोल कर अगवाई करना।

आवाज़ा—पु. [फ़ा.] प्रसिद्ध, धूम, शोहरत, नामवरी। **~ए-ख़ल्क**-पु. जनता की आवाज़, लोक-चर्चा।

आवा-जानी—स्त्री. जन्म-मरण।

आवा-जाही*—स्त्री. आना-जाना।

आवादानी—स्त्री.द्र. 'आबादानी'।

आवाप—पु. [सं.] बीज बोना; बखेरना, फेंकना; आलवाल; बरतन, अनाज रखने का मटका; एक प्रकार का पेय; कंकण; ऊबड़-खाबड़ भूमि।

आवारगी—स्त्री. [फ़ा.] आवारापन, व्यर्थ इधर से उधर घूमना, मटरगश्ती तथा ओछे काम करना।

आवारजा—पु. [फ़ा.] जमा खर्च-बही, खाता-किताब।

आवारा—वि. [फ़ा.] जो बेकार इधर-उधर घूमता, मटरगश्ती करता ओछे काम करता हो; निकम्मा; कुमार्गगामी। **~मर्द**-वि. आवारगी करने वाला, जो आवारा जैसा आचरण करे। **~गर्दी**-स्त्री. आवारगी।

आवाल—पु. [सं.] थाला, आलवाल।

आवास—पु. [सं.] निवास-स्थान, घर।

आवासी—वि. [सं.] रहने वाला, वास करने वाला ('डोमिसाइल')। **~प्रमाण-पत्र**-किसी स्थान, प्रदेश, आदि में रहने का प्रमाण-पत्र ('डोमिसाइल सर्टिफिकेट')।

आवासीय—पु. [सं.] आवास से संबंधित। **~प्रमाण-पत्र**-किसी स्थान, प्रदेश, आदि में रहने का प्रमाण-पत्र ('डोमिसाइल सर्टिफिकेट')।

आवाह—पु. [सं.] आमंत्रण।

आवाहन—पु. [सं.] निमंत्रण देना; पुकारना, बुलाना; यज्ञ-पूजन, आदि में किसी देवता को मंत्र द्वारा बुलाना; यज्ञ की अग्नि में आहुति डालना।

आविक—वि. [सं.] भेड़-संबंधी, ऊनी; ऊनी वस्त्र, कंबल।

आविग्न—वि. [सं.] उद्विग्न, व्यथित।

आविद्ध—वि. [सं.] बेधा या छेदा हुआ; जोर से फेंका हुआ। **~कर्ण**-वि. जिसके कान बिंधे, छिदे हुए हों।

आविध—पु. [सं.] लकड़ी छेदने का औज़ार, बरमा।

आविर्भाव—पु. [सं.] प्रकट होना; अभिव्यक्ति; उत्पत्ति, अवतार।

आविर्भूत—वि. [सं.] प्रकट हुआ, अभिव्यक्त; अवतीर्ण, उत्पन्न।

आविर्मुखी—स्त्री. [सं.] आँख।

आविर्मूल—वि. [सं.] जिसकी जड़ खोद दी गई हो, जिसे निर्मूल कर दिया गया हो।

आविल—वि. [सं.] मैला, गंदा, कलुषयुक्त; धुँधला, अस्पष्ट। **~भाविल**-वि. भावों से ओत-प्रोत।

आविष्करण—पु. [सं.] किसी नई चीज़ की खोज; कोई नई वस्तु या उपकरण बनाना; किसी अज्ञात तथ्य, वस्तु, स्थान, आदि को खोज निकालना।

आविष्कर्ता—वि. [सं.] आविष्कार करने वाला।

आविष्कार—पु. [सं.] किसी नई वस्तु, उपकरण, स्थान, तथ्य, आदि को खोज निकालना।

आविष्कारक—वि. [सं.] द्र. 'आविष्कर्ता'।

आविष्कृत—वि. [सं.] प्रकट किया; खोजा हुआ।

आविष्ट—वि. [सं.] आवेशयुक्त; अभिभूत; भरा हुआ (मोहाविष्ट, क्रोधाविष्ट)।

आवी—स्त्री. [सं.] ऋतुमती स्त्री; गर्भवती स्त्री; प्रसव-वेदना।

आवृत—वि. [सं.] ढका, छिपा, लपेटा; घेरा हुआ; फैला हुआ, बाधित।

आवृति—स्त्री. [सं.] आवरण ('कवर', 'रैपर')।

आवृत्त—वि. [सं.] घुमाया, फिराया; लौटाया, दुहराया; पढ़ा हुआ।

आवृत्ति—स्त्री. [सं.] आवृत्त करने की क्रिया; घूमना; लौटना, चकर लगाना; दुहराना, बार-बार पढ़ना; अभ्यास, पुस्तक का फिर से छपना, संस्करण ('एडिशन')। **~दीपक**-पु. दीपक अलंकार का एक भेद जिसमें क्रियापदों की आवृत्ति की जाती है।

आवृष्टि—स्त्री. [सं.] वर्षा।

आवेग—पु. [सं.] प्रबल मनोवेग, भाव; उतावली; एक संचारी भाव।

आवेज़ा—पु. [फ़ा.] लटकने या झूलने वाली वस्तु; लटकन; लटकने वाला आभूषण (बाली, झुमके, लटकन, आदि)।

आवेदक—वि. [सं.] आवेदन, प्रार्थना करने वाला। पु. प्रार्थी, आवेदनकर्ता।

आवेदन—पु. [सं.] निवेदन, प्रार्थना, अर्ज़। **~पत्र**-पु. प्रार्थना-पत्र, अर्ज़ी ('एप्लीकेशन')।

आवेदनीय, आवेद्य—वि. [सं.] आवेदन करने योग्य; जो प्रार्थना का विषय हो।

आवेदित—वि. [सं.] बताया हुआ, निवेदित।

आवेदी—वि. [सं.] आवेदन करने वाला।

आवेद्य—वि. [सं.] आवेदन करने योग्य, आवेदनीय।

आवेश—पु. [सं.] प्रबल मनोवेग; जोश; गुस्सा; दबा लेना या हावी हो जाना (क्रोधावेश)।

आवेशन—पु. [सं.] पकड़ना; क्रोध; प्रवेश; भूत-प्रेत, आदि की पकड़ में; निवास-स्थान।

आवेष्टक—पु. [सं.] चारदीवारी; घेरा; जाल।

आवेष्टन—पु. [सं.] खोल; लपेटना; चारदीवारी, घेरा; जाल।

आवेष्टित—वि. [सं.] लपेटा हुआ; छिपाया हुआ; ढका हुआ; चारों ओर से घेरा हुआ।

आव्याधी—वि. [सं.] कष्ट देने वाला; आहत करने वाला।
आव्रजन—पु. [सं.] अपना स्थान, देश छोड़ कर अन्यत्र चले जाना।
आशंकनीय—वि. [सं.] शंका, संदेह के योग्य; संदिग्ध।
आशंका—स्त्री. [सं.] अनिष्ट की संभावना; भय, खतरे, किसी भी प्रकार की हानि का पूर्वानुमान या पूर्वाभास।
आशंकित—वि. [सं.] जिसकी आशंका हो; आशंका युक्त; भय, संदेह से भरा हुआ।
आशंसन—पु. [सं.] इच्छा, आशा, अपेक्षा करना; सिफारिश करना।
आशंसा—स्त्री. [सं.] इच्छा, आशा, अपेक्षा करना; सिफ़ारिश।
आशंसित—वि. [सं.] जिसकी इच्छा, आशा या अपेक्षा की गई हो; जिसकी सिफ़ारिश की गई हो।
आश—पु. [सं.] आहार, भोजन (समास के अंत में प्रयुक्त–प्रातराश)। **~आस***-स्त्री. आशा।
आशक्त—वि. [सं.] जिसमें शक्ति या क्षमता हो, सक्षम; शक्तिशाली।
आशक्ति—स्त्री. [सं.] क्षमता, सामर्थ्य; योग्यता।
आशना (आश्ना)—वि. [फ़ा.] जिससे मित्रता हो; जान-पहचान वाला, परिचित। पु. मित्र, दोस्त, जार; उपपति; यार; रखैल।
आशनाई—स्त्री. [फ़ा.] अवैध संबंध; प्रेम; दोस्ती; यारी।
आशय—पु. [सं.] अर्थ, अभिप्राय, तात्पर्य, प्रयोजन; उद्देश्य, ठहरने का स्थान, किसी चीज़ का एकत्रित होने का स्थान—जलाशय, आमाशय, रक्ताशय, आदि; कोठार—अन्न भंडारण का स्थान।
आशर—पु. [सं.] राक्षस, अग्नि; वायु।
आशव—पु. [सं.] वेग, फुर्ती; खींची हुई शराब; अरिष्ट (प्राय: 'आसव' लिखा जाता है)।
आशा—स्त्री. [सं.] उम्मीद, साधारण विश्वास या भरोसा, किसी वस्तु या लक्ष्य की प्राप्ति की इच्छा और थोड़ा विश्वास कि मिल जाए; एक राग; दक्ष की एक कन्या। **~जनक**-वि. आशा उत्पन्न करने वाला। **~तंतु**-आशा की पतली डोर; क्षीण आशा। **~बंध**-पु. आशा का बंधन, विश्वास। **~भंग**-पु. आशा का टूटना, आशा पूरी न होना।
आशातीत—वि. [सं.] आशा से अधिक, जिसकी आशा भी न हो।
आशिंजन—पु. [सं.] झनकार (झंकार)।
आशिंजित—वि. [सं.] झनकार करता हुआ।
आशिक़—वि. [अ.] प्रेमी, अनुरागी, इश्क करने वाला; व्यसनी; जिसे कोई लत पड़ गई हो; आसक्त। पु. प्रेम करने वाला व्यक्ति। **~माशूक़**-पु. प्रेमी और प्रेमिका या प्रेमपात्र। **~मिज़ाज**-वि. जिसकी प्रवृत्ति प्रेम करने की हो; दिलफेंक; जो किसी से भी प्रेम करने को तत्पर रहे (अवमानना, अवगुण के अर्थ में)।
आशिक़ाना—वि. [अ.] प्रेमी के अनुरूप या उपयुक्त; प्रेम सूचक; अनुरागमय। **~तबियत**-वि. जिसकी वृत्ति प्रेम करने की हो।
आशिक़ी—स्त्री. [अ.] प्रेम, आशिक़ होना।
आशुलिपिक—पु. [सं.] द्रुतगति से लिखने वाला ('शॉर्ट हैंड' में लिखने वाला)।
आशिमा—स्त्री. [सं.] तीव्रता, तेज़ी।
आशियाँ, आशियाना—पु. [फ़ा.] घोंसला; बसेरा; घर।
आशिष्—स्त्री. [सं.] असीस, आशीर्वाद, मंगलकामना (इसमें वात्सल्य भाव निहित है, बड़ों द्वारा छोटों के प्रति उद्गार)।
आशी—स्त्री. [सं.] आशीर्वाद, मंगलकामना, आशा रखने वाला (समास के अंत में प्रयुक्त—प्रत्याशी)।
आशीवर्चन, आशीर्वाद—पु. [स.] द्र. 'असीस'।
आशु—वि. [सं.] तेज़, फुर्तीला, द्रुत। **~कवि**-पु. वह कवि जो तुरंत कविता रचने में समर्थ हो। **~कोपी**-वि. एकदम क्रुद्ध हो जाने वाला। **~ग**-वि. शीघ्रगामी। ~पु. सूर्य; वायु; तीर। **~गामी**-वि. तेज़ चलने वाला। पु. सूर्य। **~तोष**-वि. तुरंत प्रसन्न होने वाला; शिव की एक उपाधि। पु. शिव। **~लिपि**-वह लिपि जिसमें संकेताक्षरों के द्वारा तेज गति से लिखा जा सके ('शॉटहैंड')।
आशोषण—पु. [सं.] सोचने की क्रिया।
आशौच—पु. [सं.] अशुद्धि, अपवित्रता।
आशौची—वि. [सं.] अपवित्र, अशुद्ध, नापाक।
आश्चर्य—पु. [सं.] विस्मय, अचंभा, अचरज; अद्भुत रस का स्थायी भाव।
आश्चर्यित—वि. [सं.] चकित, विस्मित।
आश्म—वि. [सं.] पत्थर का बना हुआ, पथरीला।
आश्मन—वि. [सं.] पथरीला, पत्थर का बना हुआ, पत्थर की बनी कोई वस्तु; सूर्य का सारथि अरुण।
आश्मरिक—वि. [सं.] अश्मरी, पथरी; रोग-ग्रस्त व्यक्ति। पु. अश्मरी, पथरी का रोग।
आश्मिक—वि. [सं.] अश्म पत्थर से बना; पत्थर ढोने वाला।
आश्यान—वि. [सं.] जो जम कर ठोस हो गया हो या अंशतः सूख गया हो।
आश्र—पु. [सं.] आँसू।
आश्रम—पु. [सं.] संन्यासियों का आवास, पर्णशाला, कुटिया, कुटी, झोंपड़ी; मठ; शास्त्र द्वारा बताई गई जीवन की (विशेषतः ब्राह्मण के लिए) चार अवस्थाएँ—ब्रह्मचर्य, गार्हस्थ्य, वानप्रस्थ, संन्यास। **~गुरु**-पु. आचार्य। **~धर्म**-पु. जीवन के प्रत्येक आश्रम के निर्दिष्ट कर्तव्य। **~भ्रष्ट**-वि. जिसने आश्रम-धर्म का पालन न किया हो।

~वास-पु. आश्रम, तपोवन में निवास; वानप्रस्थ का जीवन। **~वासी**-वि. आश्रम में रहने वाला। पु. वानप्रस्थ।

आश्रमिक, आश्रमी—वि. [सं.] आश्रम में रहने वाला; जीवन के चार आश्रमों में से किसी आश्रम का पालन करने वाला।

आश्रय—पु. [सं.] विश्राम-स्थल, सदन, घर; जिसके ऊपर कोई वस्तु आश्रित रहती हो; सहारा; सहायता; पालक; स्तंभ, थूनी।

आश्रयण—पु. [सं.] सहारा लेना; शरण लेना, दूसरे के संरक्षण में रहना।

आश्रयी—वि. [सं.] आश्रय, शरण लेने वाला।

आश्रित—वि. [सं.] सहारा लिये हुए; (किसी के ऊपर) निर्भर रहना; अधीन। पु. जो भरण-पोषण के लिए किसी पर अवलंबित हो, दूसरे के सहारे जीवन जीने वाला; जो किसी की सेवा में रहे।

आश्रुत—वि. [सं.] सुना हुआ; सहमत, स्वीकृत।

आश्रुति—स्त्री. [सं.] सुनना, स्वीकार करना।

आश्लिष्ट—वि. [सं.] आलिंगित, लगा या जुड़ा हुआ, संबद्ध।

आश्लेष—पु. [सं.] आलिंगन, परिरंभण; संयोग, मेल।

आश्लेषण—पु. [सं.] द्र 'आश्लेष'।

आश्लेषा—स्त्री. [सं.] अश्लेषा नक्षत्र।

आश्लेषित—वि. [सं.] आलिंगित।

आश्व—वि. [सं.] अश्व संबंधी; घोड़ों द्वारा खींचे जाने वाला (वाहन)।

आश्वत्थ—वि. [सं.] अश्वत्थ, पीपल संबंधी। पु. पीपल का फल।

आश्वत्था—स्त्री. [सं.] अश्वत्थ नक्षत्र की रात्रि।

आश्वमेधिक—वि. [सं.] अश्वमेध संबंधी।

आश्वयुज—पु. [सं.] आश्विन मास।

आश्वरथ—वि. [सं.] घोड़ों द्वारा खींचे जाने वाला रथ।

आश्वलक्षणिक—वि. [सं.] घोड़ों के लक्षण पहचानने वाला।

आश्वलायन—पु. [सं.] एक ऋषि का नाम।

आश्वस्त—वि. [सं.] जिसे पूरी दिलासा, यकीन, दिला दिया गया हो; पूरी तरह निश्चिंत हो जाना।

आश्वास—पु. [सं.] खुल कर, मुक्त साँस लेना; प्रोत्साहन, तसल्ली; भय-निवारण।

आश्वासन—पु. [सं.] आश्वास, भरोसा देना; भय-निवारण; निश्चिंत कर देना; प्रोत्साहन।

आश्वास्य—वि. [सं.] आश्वासन के योग्य।

आश्विक—वि. [सं.] घोड़े से संबंध रखने वाला; घोड़े से खींचे जाने वाला (वाहन); अश्वारोही (सैनिक)। पु. अश्वारोही सैनिक।

आश्विन—पु. [सं.] एक मास का नाम, इसमें चंद्रमा अश्विनी नक्षत्र के पास रहता है।

आश्विनेय—पु. [सं.] अश्विनी कुमार, देवताओं के वैद्य; पाँच पांडवों में से सबसे छोटे दो—नकुल-सहदेव (अश्विनी कुमारों के आह्वान से उत्पन्न)।

आषाढ, (आषाढ़)—पु. [सं.] एक मास का नाम जो ज्येष्ठ और श्रावण मास के बीच पड़ता है; संन्यासियों द्वारा प्रयोग किया जाने वाला पलाश, ढाक का दंड, डंडा।

आषाढ़क—स्त्री. [सं.] आषाढ़ मास से संबंधित; आषाढ़ मास में होने वाला।

आषाढा—स्त्री. [सं.] 20वाँ या 21वाँ नक्षत्र—पूर्वाषाढ़ा तथा उत्तराषाढ़ा।

आषाढी—स्त्री. [सं.] आषाढ़ मास की पूर्णिमा, आषाढ़ मास में होने वाली (फसल 'असाढ़ी' भी कहा जाता है)।

आषाढीय—वि. [सं.] आषाढ़ा नक्षत्र में उत्पन्न।

आसंग—पु. [सं.] संपर्क, अनुरक्ति, लगाव; अनुराग; भक्ति; साहचर्य, संयोग, सम्मिलन।

आसंगी—वि. [सं.] आसक्त; संबद्ध।

आसंद—पु. [सं.] विष्णु; वासुदेव।

आसंदिका—स्त्री. [सं.] पीढ़ा या पीढ़ी, छोटी कुर्सी; गद्देदार छोटी कुर्सी।

आसंदी—स्त्री. [सं.] पीढ़ा या पीढ़ी, छोटी कुर्सी; गद्देदार कुर्सी; वेदी।

आस—पु. [सं.] बैठना, लेटना, आराम करना; रहना, वास करना; चुपचाप बैठे रहना; होना; अस्तित्व या विद्यमानता। (अनु.) **~आस**-निकट बिठाया जाना, सेवा करना। (उद्)—उदासीन, निरपेक्ष होना। (पर्युप)—उपासना करना, पूजा करना। स्त्री. आशा, भरोसा, सहारा, कामना। **मु. ~टूटना**—निराश होना। **~तोड़ना**-निराश करना।

आसक्त—वि. [सं.] अत्यधिक अनुराग रखने वाला, अनुरक्त, प्रेम में पड़ा हुआ; लिप्त—कामासक्त, आदि।

आसक्ति—स्त्री. [सं.] प्रबल अनुराग, प्रेम; लगन।

आसति*—स्त्री. सत्य, आसक्ति, समीपता।

आसतीन (आस्तीन)—स्त्री. [फ़ा.] सिले कपड़े में बाँह। **मु. ~का साँप**-मित्र बन कर धोखा या शत्रुता करने वाला। **~चढ़ाना**-लड़ने को तैयार होना; किसी काम के लिए तैयार हो जाना।

आसते*—अ.द्र. 'आहिस्ता'।

आसत्ति—स्त्री. [सं.] निकट संबंध, समीपता; मेल; लाभ प्राप्ति।

आसन—पु. [सं.] बैठना; वह जिस पर बैठा जाए—चटाई, कुर्सी, कपड़े, मूँज, आदि का बनाया हुआ एक व्यक्ति के बैठने लायक टुकड़ा-सा, बैठने का ढंग; योग के अनुसार

बैठने और विभिन्न अंगों के व्यायाम की विधियाँ—सुखासन, पद्मासन तथा सर्पासन, मक्रासन, मयूरासन; रति-क्रिया की कोई विधि, काम-शास्त्र में संभोग के बताए गए 64 आसन; हाथी का कंधा; विदेश नीति के छ: प्रकारों में से एक—उपेक्षा की नीति। **मु. ~छोड़ना**-उठ कर चल देना। **~जमाना**-डट कर बैठ जाना; अपनी स्थिति अधिकार दृढ़ कर लेना। **~डिगना, ~डोलना**-मन का चंचल हो जाना, विचलित हो जाना; मन में भय या घबराहट पैदा होना।

आसना—स्त्री. [सं.] आसन, छोटा बिछावन; बैठना।

आसनी—स्त्री. [सं.] छोटा आसन, बिछावन; छोटी दुकान।

आसन्न—वि. [सं.] बिलकुल निकट (काल, स्थान और संख्या की दृष्टि से); बिलकुल लगा या सटा हुआ। **~काल, ~मृत्यु**-वि. जिसकी मृत्यु पास आ गई हो, कुछ ही देर का मेहमान। **~प्रसवा**-वि., स्त्री. जिसे आज-कल में ही प्रसव, बच्चा होने वाला हो। **~भूत**-पु. भूतकाल का वह भेद जिससे क्रिया की पूर्णता और भूतकाल की सन्निकटता सूचित होती हो।

आस-पास—अ. अगल-बगल, चारों ओर; निकट, पास ही में।

आसमां, आसमान—पु. [फ़ा.] आकाश, गमन, अंबर, नभ, व्योम। **मु. ~के तारे तोड़ना**-अनहोनी या असंभव बात करना, बहुत ऊँची बात, कल्पना करना, डींग मारना। **~छूना**-बहुत ऊँचा होना, गगनचुबी होना। (जमीन) **~के कुलाबे मिलाना**-बहुत लम्बी-चौड़ी ब़ात करना, डींग मारना, दूर की हाँकना। **~टूटना**-अचानक भारी विपत्ति आ जाना, दैव कोप होना। **~पर उड़ना, ~पर चढ़ना**-गर्व से इतराना; बहुत हवा में रहना। **~पर चढ़ाना**-बहुत अधिक प्रशंसा करना, बहुत अधिक प्रशंसा के द्वारा किसी का दिमाग खराब कर देना। **~पर थूकना**-किसी बड़े आम आदमी की निंदा के प्रयत्न में स्वयं अपमानित होना। **~में थिगली-या थूनी लगाना**-असंभव बात कहना। **~सिर पर उठा लेना**-बहुत शोर, ऊधम करना, कोलाहल करना। **~सिर पर टूट पड़ना**-कोप होना; अचानक विपत्ति का पहाड़-सा टूटना। **~से गिरना, ~से टपकना**-किसी वस्तु का अपने आप उपस्थित हो जाना (आश्चर्य भाव से कहा जाता है)। **~से बातें करना**-आसमान छूना; किसी वाहन, आदि का बहुत तेज़ गति से चलना।

आसमानी—वि. आसमान के रंग का, हल्के नीचे रंग का, आसमान का; दैवी (ताकत, बला)।

आसमुद्र—अ. [सं.] समुद्र तक; समुद्र से ले कर।

आसरा—पु. सहारा, अवलंब; भरोसा; आशा; शरण।

आसव—पु. [सं.] फल, आदि के ख़मीर से खींचा गया अर्क़, सत्त्व; मदिरा; मदिरा-पात्र; पुष्प-रस।

आसवक—पु. [सं.] शराब बनाने वाला।

आसवन—पु. [सं.] भभके, आदि के द्वारा अर्क़, शराब, आदि खींचने की क्रिया।

आसवी—वि. [सं.] जो आसव का सेवन करता हो, शराबी, व्यसनी।

आसा*—स्त्री. द्र. 'आशा'।

आसाढ़*—पु. द्र. 'आषाढ़'।

आसादन—पु. [सं.] रखना; प्राप्ति।

आसादित—वि. [सं.] लब्ध, प्राप्त; रखा हुआ; फैलाया हुआ; पूरा किया हुआ।

आसान—वि. [फ़ा.] सरल, सुगम, सीधा, सुकर।

आसानी—स्त्री. सरल होना, सुगमता, सुकरता।

आसाम (असम)—पु. भारत का एक उत्तरी राज्य, प्रांत, इसकी राजधानी गुवाहाटी है (वर्तमान में अधिकांशतः 'असम' का ही प्रयोग)।

आसामी—वि. आसाम का, आसाम संबंधी ('असमी', 'असमिया' का प्रयोग अधिक—आसाम के व्यक्ति और वहाँ की भाषा)।

आसार—पु. [सं.] मूसलधार वर्षा, शत्रु पर घेरा डालना; आक्रमण; मित्र राजा की सेना; रसद, आहार।

आसार—पु. [अ.] चिह्न; लक्षण; पुरानी इमारतों के अवशेष, चिह्न, खँडहर, दीवार की चौड़ाई; नींव।

आसावरी—स्त्री. श्रीराग की एक रागिनी।

आसिक—वि. [सं.] असि, तलवार धारण करने वाला; तलवार से युद्ध करने वाला।

आसित—वि. [सं.] बैठा हुआ, आराम से बैठा हुआ। पु. बैठना; आसन; बैठने का ढंग; आवास; रहने का स्थान।

आसिद्ध—वि. [सं.] हिरासत या कैद में रखा हुआ।

आसिया—स्त्री. [फ़ा.] चक्की, जाँता।

आसिरबचन*—पु. आशीर्वाद।

आसीन—वि. [सं.] बैठा हुआ (सिंहासनासीन); पद पर नियुक्त (पदासीन)।

आसीस* (असीस)*—स्त्री. आशीर्वाद।

आसु*—द्र. 'आशु'।

आसुति—स्त्री. [सं.] काढ़ा; चुआना; शराब चुआना; प्रसव।

आसुर—वि. [सं.] असुर-संबंधी; असुर या यज्ञ न करने वाला; ईश्वरीय, दैवी। **~विवाह**-पु.—विवाह का एक प्रकार, जिसमें कन्या के माता-पिता को धन दे कर कन्या को विवाह के निमित्त खरीदा जाता था।

आसुरि—पु. [सं.] कपिल मुनि का एक शिष्य।

आसुरी—स्त्री. [सं.] असुर स्त्री, राक्षसी, दानवी; शल्य-चिकित्सा, जर्राही। **~चिकित्सा**-स्त्री. शल्य-चकित्सा।

~माया-स्त्री. असुरों द्वारा रची गई माया जिसमें अनेक कौतुक-चमत्कार होते थे। **~संपत्ति**-स्त्री. बुरे कामों, गलत ढंग से प्राप्त धन।

आसूत्रित—वि. [सं.] बुना हुआ, ओत-प्रोत, माला बनाने या धारण करने वाला।

आसूदगी—स्त्री. [फा.] तृप्ति, संतोष, इत्मीनान; खुशहाली, समृद्धि।

आसूदा—वि. [फा.] तृप्त, संतुष्ट। **~हाल**-वि. खुशहाल, भरे-पूरे।

आसेतुहिमाचल—वि. [सं.] समुद्र से लेकर हिमालय तक, समुद्र से हिमाचल तक।

आसोज, आसोजा*—पु. आश्विन मास।

आस्कंद, आस्कंदन—पु. [सं.] आक्रमण, आरोहण; रौंदना; चढ़ना; सवारी करना; युद्ध, लड़ाई।

आस्कंदी—वि. [सं.] आक्रमण करने वाला; देने वाला, व्यय करने वाला; अपहरण करने वाला।

आस्ट्रिया—[अं.] यूरोप का एक देश।

आस्ट्रियाई—[अं.] आस्ट्रिया का रहने वाला, वहाँ की भाषा।

आस्तर—पु. [सं.] आवरण, आच्छादन; बिस्तर; बिछाने की कोई चीज़, कंबल, कालीन।

आस्तरण—पु. [सं.] बिछाना, ढक देना, दरी, गद्दा, हाथी या बैलों की झूल, आदि।

आस्तिक—वि. [सं.] ईश्वर और परलोक में आस्था रखने वाला धर्मपरायण; पवित्र आत्मा; भक्त, श्रद्धालु।

आस्तिकता—स्त्री., **आस्तिकत्व**—पु. [सं.] द्र. 'आस्तिक्य'।

आस्तिक्य—पु. [सं.] ईश्वर, आदि में विश्वास; धर्म-परायणता।

आस्तीक—पु. [सं.] एक प्राचीन ऋषि, जरत्कारु के पुत्र, इनके कहने से सर्प-यज्ञ के समय जनमेजय ने तक्षक नाग को छोड़ दिया था।

आस्तीन—स्त्री. [फ़ा.] द्र. 'आसतीन'।

आस्त्र—वि. [सं.] अस्त्र-संबंधी।

आस्था—स्त्री. [सं.] श्रद्धा; गहरा विश्वास; अवलंबन, सहारा।

आस्थान—पु. [सं.] स्थान; सभा-गृह; मनोरंजन-स्थल।

आस्थानी—स्त्री. [सं.] सभा-भवन, सभागार।

आस्थापन—पु. [सं.] अच्छी तरह स्थापना करना; पुष्टिकारक औषधि।

आस्थित—वि. [सं.] रहने वाला, बसने वाला; आश्रय लेने वाला; किसी कार्य में प्रवृत्त, लगना।

आस्पद—पु. [सं.] स्थान; अधिष्ठान; आलंबन; पद, कुल या वंश की उपाधि; कुंडली में दशम स्थान (ज्यो.)।

आस्पर्धा—स्त्री. [सं.] स्पर्धा, होड़।

आस्वाद—पु. [सं.] रस, स्वाद, चखना; अनुभव; रसानुभव।

आस्वादन—पु. [सं.] रस, स्वाद लेना, चखना, अनुभव करना; रसानुभव प्राप्त करना।

आस्वादनीय—वि. [सं.] आस्वादन-योग्य।

आस्वादित—वि. [सं.] चखा, रस लिया, स्वाद लिया, अनुभूत।

आस्वाद्य—वि. [सं.] स्वाद लेने, चखने योग्य, आनंददायक।

आह—अ. [सं.] शोक, पीड़ा, क्लेश, वेदना, विस्मय, आदि की उद्गार सूचक अभिव्यक्ति। स्त्री. दुःख, पीड़ा, कराहने, कल्पने, आदि की आवाज़; ठंडी साँस। **मु. ~पड़ना**-किसी का शाप लगना, किसी को सताने, दिल दुःखाने का फल मिलना।

आहट—स्त्री. किसी के चलने, हिलने या किसी भी प्रकार का खड़का करने से हुई आवाज़; मंद ध्वनि; पद-चाप। **मु. ~लेना**-आहट, मंद ध्वनि की टोह पाने लिए कान लगाए रखना, उधर ही ध्यान रखना।

आहत—वि. [सं.] जिस पर प्रहार या आघात किया गया हो; घायल; मारा हुआ, हत; रौंदा हुआ; पीटा या बजाया हुआ (ढोल, आदि)।

आहर—वि. [सं.] (समास के अंत में प्रयुक्त) लाने वाला; ग्रहण करने वाला; पकड़ने वाला। पु. लाना, ग्रहण पूरा करना।

आहरण—पु. [सं.] लेना, ले आना (निकट); पकड़ना, ग्रहण करना; हटाना, निकालना, संपन्न करना, पूरा करना (शुभ कार्य, यज्ञादि)।

आहरन—पु. निहाई, लुहार-बढ़ई के काम में आने वाली।

आहर्ता—वि. [सं.] आहरण करने वाला; छीनने, ग्रहण करने वाला; यज्ञ, शुभ कार्य, आदि कराने वाला; प्रवृत्त करने वाला, किसी काम में लगाने वाला।

आहा—अ. हर्ष, विस्मय, आदि के अतिरेक का सूचक उद्गार।

आहार—पु. [सं.] भोजन, खाने की वस्तु, खाना; ग्रहण करना। **~उद्योग**-पु. भोजन की सामग्री से संबंधित व्यापार। **~मंडप**-पु. भोजन करवाने, खाना खाने का बड़ा कमरा, हॉल ('डाइनिंग हॉल')। **~विज्ञान**-पु. खाद्य पदार्थों के गुण-दोष, पोषण तत्त्व, आदि का अध्ययन करने वाला विज्ञान, शास्त्र। **~विहार**-पु. भोजन, शयन, रहन-सहन की जीवन शैली।

आहारिका—स्त्री. [सं.] भोजन-सूची ('मेनू')।

आहारी—वि. [सं.] भोजन करने वाला; ग्रहण करने वाला, एकत्र करने वाला।

आहार्य—वि. [सं.] खाने योग्य, भोजन के उपयुक्त; ग्रहण करने, लेने, छीनने योग्य; पूजा के योग्य। पु. अनुभाव के चार प्रकारों में से एक; नायक-नायिका एक दूसरे का भेस बनाना; अभिनय के चार प्रकारों में से एक।

आहार्याभिनय—पु. [सं.] बिना कुछ कहे या किए केवल वेश-भूषा या रूप धारण करने से भाव की अभिव्यक्ति करना।

आहिस्ता—अ. [फ़ा.] धीरे से, धीरे-धीरे, धीमी आवाज़ में, आराम से। **~आहिस्ता**-अ. धीरे-धीरे; क्रमशः (चलना, बोलना, किसी काम को करना)।

आहुक—पु. [सं.] श्रीकृष्ण के दादा।

आहुत—वि. [सं.] किसी देवादि के लिए हवि रूप में अर्पित सामग्री।

आहुति—स्त्री. [सं.] यज्ञ, हवन, में हवन-सामग्री अग्नि में अर्पित करना; हवन सामग्री; हवनसामग्री की मात्रा जो एक बार में ही अग्नि को अर्पित हो; बलिदान, कुर्बानी, बलि।

आहुती*—द्र. 'आहुति'।

आहू—पु. [फ़ा.] हिरण। **~(ए) तर**-पु. बादल। **~(ए) फलक**-पु. सूर्य।

आहूत—वि. [सं.] निमंत्रित, बुलाया; पुकारा हुआ।

आह्लाद—पु. [सं.] हर्ष, आनंद, खुशी, प्रसन्नता।

आह्लादक—वि. [सं.] हर्ष, आनंद, प्रसन्नता उत्पन्न करने वाला।

आह्लादन—पु. [सं.] हर्ष, आनंद, प्रसन्नता देना।

आह्लादित—वि. [सं.] आह्लादयुक्त, आनंदित, प्रसन्न।

आह्वान—पु. [सं.] पुकारना, बुलाना, आमंत्रण; ललकार, देवता का स्तवन कर निमंत्रित करना; क़ानूनी रूप से अदालत, आदि में हाज़िर होने का आदेश।

इ

इ—देवनागरी वर्ण माला का तीसरा अक्षर। स्वर वर्ण, उच्चारण-स्थान तालु। **~इ**-पु. कामदेव। अ. क्रोध, दया, भर्त्सना, आश्चर्य और संबोधनवाची।

इंक—स्त्री. [अं.] स्याही, रोशनाई। **~पॉट**-पु. दवात। **~पैड**-पु. स्याही लगी गद्दी जो रबर की मुहर, अँगूठे, आदि पर स्याही लगाने के काम आती है।

इंकार—पु. [अ.] इनकार, मना करना।

इंक्रीमेंट—पु. [अं.] वृद्धि; वेतन में वृद्धि (प्रायः वार्षिक वेतन—वर्ष के बीच में भी कभी दे दी जाती है।)

इंग—पु. [सं.] संकेत, चिह्न; अंग संचालन द्वारा भावों की अभिव्यक्ति; ज्ञान। वि. गतिमान, चल; आर्श्यजनक।

इंगन—पु. [सं.] चलना; चलाना; हिलना; हिलाना; इशारा करना; जानना।

इंगला—स्त्री. इडा नामक नाड़ी, मेरुदंड में स्थित।

इंगलिश, इंग्लिश—वि. [सं.] इंग्लैंड का, इंग्लैंड का निवासी; इंग्लैंड में उत्पन्न या वहाँ का बना। स्त्री. अंग्रेज़ी भाषा। **~मैन**-पु. अंग्रेज, इंग्लैंडवासी।

इंगलिस्तान, इंग्लिस्तान—पु. इंग्लैंड।

इंगलिस्तानी, इंग्लिस्तानी—वि. [अं.] इंग्लिश-इंग्लैंड का।

इंगलैंड, इंग्लैंड—पु. [अ.] अंग्रेज़ों का देश, इंग्लिस्तान।

इंगित—पु., **इंगिति** स्त्री. [सं.] संकेत, इशारा; मन भाव बताने वाली अंग-चेष्टा।

इंगु—पु. [सं.] एक रोग।

इंगुद—पु., **इंगुदी**-स्त्री., **इंगुल**—पु. [सं.] हिंगोट का पेड़; हिंगोट की गिरी।

इंगुर*—पु. द्र. 'ईंगुर'।

इंगरौटी—स्त्री. ईंगुर, सिंदूर, रखने की किसी भी प्रकार की डिबिया (धातु—सोना, चाँदी, ताँबा, पीतल, आदि, लकड़ी हाथी दाँत, प्लास्टिक, आदि से बनाई जाती है)।

इंगुवा—पु. हिंगोट का पौधा या उसका फल।

इंच—पु. [अं.] लंबाई मापने का एक माप, एक फुट का बारहवाँ भाग।

इंचार्ज—वि. [अं.] जिस पर कार्य या विभाग की देख-भाल का दायित्व हो, प्रभारी, कार्यभारी, कार्याधिकारी।

इंची—वि. इंच का (छः इंची, आदि), जिस पर इंच के चिह्न अंकित हों, इंच-टेप।

इंजन, इंजिन—पु. [अं.] यंत्र; मशीन; बिजली; भाप, आदि से चलने वाला यंत्र, मशीन, जिससे कोई अन्य चीज़-उपकरण, वाहन, आदि चल सके, रेलवे इंजन ('गाड़ी में इंजन लग चुका है')। **~ड्राइवर**-पु. इंजन चलाने वाला।

इंजीनियर—पु. [अं.] इंजन, आदि बनाने वाला; यंत्र, इंजन-विशेषज्ञ, अभियंता।

इंजीनियरिंग—स्त्री. [अं.] इंजीनियर का काम; यंत्र व्यवसाय, अभियांत्रिकी। **~कॉलेज**-पु. वह कॉलेज जहाँ इंजीनियरिंग की विविध शाखाओं का अध्ययन कराया जाता है।

इंजील—स्त्री. [यू.] ईसाइयों की धर्म पुस्तक, बाइबल।

इंजेक्शन—पु. [अं.] शरीर में सुई जैसे उपकरण से द्रव्य रूप में किसी दवा को प्रविष्ट करना; सुई लगाना; किसी औषधि का द्रव्य रूप।

इंटर—पु. [अं.] बीच, मध्य, मध्य का—माध्यमिक। **~कांटिनेंटल**-वि. अंतरमहाद्वीपीय, कई महाद्वीपों से

संबंधित। **~कॉलेज**-पु. माध्यमिक कॉलेज, वह कॉलेज जो हाई-स्कूल और स्नातक कक्षा के बीच की शिक्षा देता हो। **~प्रेटर**-पु. दुभाषिया, किसी एक की बात दूसरे को समझाने वाला। **~मीडियेट**-वि. बीच का, माध्यमिक। **~वल**-मध्यावकाश, अंतराल।

इंटरनेट—पु. [अ.] एक कंप्यूटर को अन्य कंप्यूटरों से जोड़ने की प्रणाली जिससे परस्पर सूचनाओं, संज्ञान का आदान-प्रदान संभव होता है।

इंटरनेशनल—वि. [अं.] अंतरराष्ट्रीय, दो या अधिक राष्ट्रों के बीच का; सार्वदेशिक, जिसमें संपूर्ण देश की भागीदारी हो (गोष्ठी, सम्मेलन संस्था, संगठन, आदि)।

इंटरव्यू—पु. [अं.] साक्षात्कार, मिलना; मुलाकात; समाचार पत्र, पत्रिका, आदि में किसी विषय पर किसी महत्त्वपूर्ण व्यक्ति के किसी के द्वारा विचार जानना; एक साहित्यिक विधा के रूप में प्रतिष्ठित जिसमें साक्षात्कार के माध्यम से महत्त्वपूर्ण व्यक्ति के विचारों का प्रकटीकरण होता है।

इंटीमेशन—[अं.] सूचना देना।

इंटेलिजेंस, इंटैलिजेंस—स्त्री. [अं.] बुद्धि, समझ। **~डिपार्टमेंट**-पु. (सरकार का) खुफ़िया, गुप्तचर विभाग।

इंट्रोडक्शन—पु. [अं.] परिचय; (पुस्तक, आदि की) भूमिका, प्रस्तावना, आमुख।

इंडस्ट्रियल—वि. [अं.] औद्योगिक, उद्योग संबंधी।

इंडस्ट्री—स्त्री. [अं.] उद्योग।

इंडायरेक्ट—वि. [अं.] परोक्ष, अप्रत्यक्ष; गौण।

इंडिकेशन—पु. [अं.] संकेत; निर्देश; चिह्न, लक्षण।

इंडियन—वि., पु. [अं.] भारतीय; भारतवासी।

इंडिया—पु. [अं.] भारतवर्ष, हिंदुस्तान।

इंडुआ—पु., **इंडुरी**-स्त्री., **(इंढुआ, इंडुरी)**—कोई भार—घड़ा, गठरी, आदि सिर पर रखने के लिए कपड़े की गोल-सी बनाई गई गद्दी-सी जिससे भार ले जाने में सुविधा होती है।

इंडेक्स (इंडैक्स)—पु. [अं.] अनुक्रमणिका; किसी पुस्तक के विषयों या विशेष शब्दों की अकारादि-क्रम से बनी हुई सूची जो प्राय: पुस्तक के अंत में दी जाती है। **~नंबर**-शेयर बाजार के भावों की सूची जिससे बाजार के उतार-चढ़ाव को जाना जा सकता है।

इंतक़ाम, इंतिक़ाम—पु. [अ.] बदला, प्रतिशोध लेना।

इंतक़ाल, इंतिक़ाल—पु. [अ.] मरना, मृत्यु; एक स्थान से दूसरे स्थान को जाना; (अचल संपत्ति—भूमि, मकान, दुकान, आदि का) हस्तांतरित होना—सरकारी अभिलेखों में।

इंतख़ाब, इंतिख़ाब—पु. [अ.] चुनना, बहुत-सी चीज़ों में से कुछ को छाँटना; चुनाव; खसरे-खतौनी के किसी कागज़ की अधिकृत नकल।

इंतज़ाम, इंतिज़ाम—पु. [अ.] व्यवस्था; प्रबंध करना।

इंतज़ामी, इंतिज़ामी—वि. [अ.] व्यवस्था संबंधी, प्रबंध संबंधी।

इंतज़ार, इंतिज़ार—पु. [अ.] प्रतीक्षा; प्रतीक्षा करना, राह देखना।

इंतहा, इंतिहा—स्त्री. [अ.] पराकाष्ठा, आखिरी हद; अत्यधिक, बहुत ज़्यादा; चरम सीमा।

इंतहाई, इंतिहाई—वि. [अ.] अत्यधिक, चरमसीमा।

इंदबर—पु. [सं.] द्र. 'इंदीवर'।

इंदर*—पु.द्र. 'इंद्र'।

इंदराज—पु. [अ.] बही या किसी सरकारी अभिलेख में लिखा जाना, प्रविष्टि।

इंदिरा—स्त्री. [सं.] लक्ष्मी, विष्णु की पत्नी। **~गांधी**-भारत की एक प्रख्यात प्रधानमंत्री। **~मंदिर**-पु. विष्णु; नीलकमल। **~रमण**-पु. विष्णु।

इंदिरालय—पु. [सं.] लक्ष्मी का निवास; नील कमल।

इंदिवर, इंदीवर, इंदीवार—पु. [सं.] नील कमल।

इंदीवरिणी—स्त्री. [सं.] नील कमलों का समूह, कमलिनी।

इंदीवरी—स्त्री. [सं.] शतमूली, एक आयुर्वेदिक औषधि।

इंदु—पु. [सं.] चंद्रमा; 'एक' की संख्या; कपूर; मृगशिरा नक्षत्र। **~कमल**-श्वेत कमल। **~कर**-पु. चंद्र-किरण। **~कला**-स्त्री. चंद्रमा की एक कला; सोमलता। **~कलिका**-स्त्री. चंद्रमा की एक कला; केतकी। **~कांत**-पु. चंद्रकांत नामक मणि। **~कांता**-स्त्री. रात्रि; केतकी। **~किरीट**-पु. शिव, जिन्होंने चंद्रमा का मुकुट धारण किया है। **~ज**-पु. चंद्रमा का पुत्र बुध ग्रह। **~जनक**-पु. समुद्र; अत्रि ऋषि। **~जा**-स्त्री. नर्मदा नदी। **~नंदन, ~पुत्र**-पु. बुध ग्रह। **~भय**—पु., मृगशिरा नक्षत्र। **~भूषण, ~भृत, ~मौलि, ~शेखर**-पु. शिव। **~मणि**-पु. चंद्रकांत मणि; मोती। **~रत्न**-पु. मोती। **~रेखा, ~लेखा**-स्त्री. चंद्रमा की कला; सोमलता। **~लोहक, ~लौह**-पु. चाँदी। **~वदना**-स्त्री. चंद्रमुखी; अत्यंत सुंदर मुख वाली स्त्री; एक वर्णवृत्त। **~वल्ली**-स्त्री. सोमलता। **~बार**-पु. सोमवार; ज्योतिष में एक योग। **~वासर**-पु. सोमवार। **~व्रत**-पु. सोमवार का व्रत।

इंदुमती—स्त्री. [सं.] पूर्णिमा; अज की पत्नी।

इंदुमान्—पु. [सं.] अग्नि।

इंदूर—पु. [सं.] चूहा।

इंद्र—पु. [सं.] देवों का स्वामी, देवराज; वर्षा का देवता; राजा या स्वामी (समास के अंत में—मृगेन्द्र—शेर, गजेन्द्र, योगीन्द्र, कपीन्द्र, आदि), श्रेष्ठ, प्रधान व्यक्ति (कवीन्द्र, रवीन्द्र); दाहिनी आँख की पुतली; छप्पय छंद का एक भेद। देव रूप में इंद्र से जुड़ी अनेक मिथकीय कथाएँ जो वेद, पुराण, रामायण, महाभारत, आदि में वर्णित हैं। **~कर्मा**-पु. विष्णु। **~कुंजर**-पु. ऐरावत हाथी, इसका रंग श्वेत; इंद्र

का वाहन। **~कूट**-पु. एक पर्वत। **~गिरि**-पु. महेन्द्र पर्वत। **~गुरु**-पु. बृहस्पति। **~चंदन**-पु. हरिचंदन। **~चाप**-पु. इंद्र धनुष। **~जाल**-पु. जादू, हाथ की सफाई के काम, बाजीगरी; अर्जुन का एक अस्त्र। **~जित्**-वि. इंद्र को जीतने वाला। पु. रावण का बेटा, मेघनाद। **~द्रुम**-पु. अर्जुन का पेड़। **~द्वीप**-पु. जम्बुद्वीप के नौ खंडों में से एक। **~धनुष**-पु. वर्षा ऋतु में आकाश में कभी-कभी दिखाई देने वाला सतरंगा धनुष, धनुषाकार अर्द्ध वृत्त। **~ध्वज**-पु. इंद्र की पताका; भाद्र में शुक्ल पक्ष की द्वादशी को होने वाली इंद्र पूजा, इसमें इंद्र की पताका भी चढ़ाई जाती है। **~नील**-पु. नीलकांत मणि। **~नेत्र**-पु. इंद्र की आँखें; एक हज़ार की संख्या, इंद्र की आँखों की संख्या एक हज़ार ही बताई गई है। **~परणी, पुष्पी**-स्त्री. एक आयुर्वेदिक औषधि, वनस्पति। **~पुरोहित**-पु. बृहस्पति। **~प्रस्थ**-पु. पांडवों की राजधानी जो खांडव वन जला कर बसाई गई थी, वर्तमान की दिल्ली में अवस्थित। **~मंडल**-पु. अभिजित से अनुराधा तक के सात नक्षत्रों का समूह। **~मख**-पु. इंद्र पूजन के लिए किया जाने वाला यज्ञ। **~लोक**-पु. स्वर्ग। **~वंशा**-स्त्री. एक वर्णवृत्त। **~वज्रा**-स्त्री. एक वर्णवृत्त। **~वधू**-स्त्री. बीरबहूटी। **~वल्लरी, ~वल्ली**-स्त्री. पारिजात। **~शत्रु**-पु. वृत्रासुर। **~शैल**-पु. एक पर्वत। **~सारथि**-पु. मातलि; वायु। **~सुत, ~सूनु**-पु. जयंत; अर्जुन; बालि। **~का अखाड़ा**-इंद्र सभा, नाचरंग, मौज-मस्ती का आयोजन। **~की परी, (लोक) की परी**-अप्सरा; अत्यंत रूपवती स्त्री., अलौकिक रूप की स्वामिनी।

इंद्रक—पु. [सं.] सभागृह, सभागार।

इंद्रप्रस्थ—पु. [सं.] द्र. 'इंद्र' के अंतर्गत।

इंद्रा—स्त्री. [सं.] इंद्र की पत्नी, शची, इंद्रायन।

इंद्राणी—स्त्री. [सं.] इंद्र की पत्नी, शची; बड़ी इलायची; इंद्रायन।

इंद्रानी*—स्त्री. द्र. 'इंद्राणी'।

इंद्रानुज, इंद्रावरज—पु. [सं.] विष्णु।

इंद्रायन—पु. एक लता जिसका फल कड़वा होता है, औषधि के रूप में इसका प्रयोग।

इंद्रायुध—पु. [सं.] वज्र; इंद्र धनुष।

इंद्राशन—पु. [सं.] भाँग।

इंद्रासन—पु. [सं.] इंद्र की गद्दी, सिंहासन; इंद्र-पद, अपने तपोबल से ही कोई देवता इंद्रासन का अधिकारी होता है।

इंद्रिय—स्त्री. [सं.] शरीर के ज्ञान और कर्म के साधनरूप अंग, वे अवयव जिनसे जगत का अनुभव ग्रहण किया जाता है तथा शारीरिक क्रियाएँ संपन्न होती हैं—इसी आधार पर इंद्रियों के दो वर्ग—ज्ञानेंद्रिय तथा कर्मेंद्रिय। **ज्ञानेंद्रियाँ**—पाँच—आँख, नाक, कान, जीभ और त्वचा। **कर्मेंद्रिय**—पाँच—हाथ, पाँव, वाणी, गुदा और उपस्थ। बल; जनेंद्रिय; पाँच की संख्या। **~अगोचर**-जिसे इंद्रियों के द्वारा जाना न सके, ईश्वर। **~गोचर**-वि. जो इंद्रियों द्वारा जाना जा सके; इंद्रियों का विषय; ज्ञेय। **~ग्राम, ~वर्ग**-पु. पाँचों ज्ञानेंद्रियाँ। **~जित्**-वि. इंद्रियों को वश में रखने वाला, जितेंद्रिय, यती। **~निग्र**-पु. इंद्रियों को वश में रखना; भोगेच्छाओं से मुक्ति। **~बोधन**-वि. इंद्रियों को उत्तेजित करने वाला। **~वध**-पु. इंद्रियों के विषयों का दमन। **~सुख**-पु. विषय-सुख, भोग।

इंद्रियलोलुप—वि. [सं.] विषयासक्त, इंद्रियों के सुख का लालची।

इंद्रियागोचर—वि. [सं.] जो इंद्रियों के लिए अगोचर हो, अज्ञेय।

इंद्रियातीत—वि. [सं.] जो इंद्रियों के विषय से परे हो, जिसका ज्ञान इंद्रियों से न हो सके, अज्ञेय।

इंद्रियाधीन—वि. [सं.] जो इंद्रियों के विषय के अधीन हो, भोगी।

इंद्रियायतन—पु. [सं.] इंद्रियों का वास-स्थान, मनुष्य शरीर।

इंद्रियार्थ—पु. [सं.] किसी इंद्रिय का विषय—शब्द, स्पर्श, रूप, रस, गंध में से कोई एक।

इंद्रियासक्त—वि. [सं.] जो इंद्रियों के विषय-भोग में पड़ा हुआ हो, भोगी।

इंद्रियोपासना—स्त्री. [सं.] इंद्रियों की लिप्सा में पड़े रहना।

इंद्री—स्त्री. पुरुष जनेंद्रिय, शिश्न।

इंद्रेज्य—पु. [सं.] बृहस्पति।

इंधन (ईंधन)—पु. जलावन, जलाने की लकड़ी, कोयला, उपले, आदि ('ईंधन' अधिक प्रयुक्त और शुद्ध)।

इंधरौड़ा—पु. जलावन, ईंधन रखने का स्थान।

इंपीरियल—वि. [अं.] साम्राज्य-संबंधी, सम्राट के गौरव के उपयुक्त; साम्राज्य; शाही; प्रतापी, शानदार, भव्य।

इंपीरियलिज़्म—पु. [अं.] साम्राज्यवाद; साम्राज्य के विस्तार की नीति।

इंपीरियलिस्ट—वि. [अं.] साम्राज्यवादी।

इंशा—स्त्री. [अ.] लेख-लिखना; लिखना; तहरीर करना; साहित्य; उत्पन्न करना; आरंभ करना।

इंसान—पु. [अ.] मनुष्य, मानव।

इंसाफ़—पु. [अ.] न्याय, निर्णय, फ़ैसला।

इंस्पेक्टर—पु. [अं.] निरीक्षण करने वाला, निरीक्षक।

इंस्पेक्शन—पु. [अं.] निरीक्षण।

इ—पु. [सं.] कामदेव; क्रोध; पुकार; करुणा; आश्चर्य-विस्मय को अभिव्यक्त करने वाली उद्‌गार सूचक ध्वनि।

इक*—वि. एक, समास के प्रारंभ में एक सूचक के रूप में आता है। **~तरफ़ा**-एक ही तरफ़ का (फ़ैसला)। **~तारा**-एक वाद्य जिसमें एक ही तार लगा होता है। **~तीस**-तीस

और एक की संख्या, पु. 31। **~पेचा**—पु., **पेची**-स्त्री. एक तरह की पगड़ी। **~बारगी**-अ. एक बार में, एक ही बार में। **~रंगा**-वि. एक रंग का, एक ही रंग का। **~ला**-वि. अकेला। **~लाई**-स्त्री. एक पाट का बना बहुत बारीक वस्त्र (-धोती)। **~लौता**-वि. अपने माँ बाप का अकेला बेटा (स्त्री. इकलौती)। **~सठ**-वि. साठ और एक। पु. 61 की संख्या।

इकइस *—वि. [पु.] द्र. 'इक्कीस'।

इकट्ठा—वि. एक साथ; एकत्र; एकत्रित।

इकताई *—स्त्री. एक होने का भाव; एकांत।

इकतालीस—वि. चालीस और एक। पु. 41 की संख्या।

इकनॉमिक्स—[अं.] अर्थशास्त्र।

इकन्नी—स्त्री. एक आने का सिक्का, यह पहले प्रचलन में था।

इक़बाल—पु. [अ.] सौभाग्य, समृद्धि, प्रताप, कबूल; करना, स्वीकार। **~मंद**-वि. भाग्यशाली, प्रतापी।

इक़बालिया—वि. [अ.] स्वीकारात्मक (-बयान)।

इकराम—पु. [अ.] दान; अनुग्रह; मान, बड़ाई; बख़्शीश।

इक़रार—पु. [अ.] स्वीकृति, हाँ भरना; वचन, प्रतीक्षा। **~नामा**-पु. अनुबंध-पत्र, समझौते का लिखित रूप।

इक़रारी—वि. [अ.] इक़रार संबंधी; इक़रार करने वाला।

इकल्ला *—वि. अकेला, एकाकी।

इकसार *—वि. समतल, एक समान (किसी ऊबड़-खाबड़, असमान जगह को इकसार-समतल करना)।

इक़सीर (अकसीर)—स्त्री. [अ.] लाभदायक औषधि; अचूक दवा; बहुत लाभदायक वस्तु; कीमिया, सस्ती धातु को सोना-चाँदी में परिवर्तित करने वाली दवा।

इकहत्तर—वि. सत्तर और एक। पु. 71 की संख्या।

इकहरा—वि. एक ही परत वाला, पतला और कसा हुआ (बदन, शरीर)।

इकांत *—वि. [पु.] द्र. 'एकांत'।

इकाई—स्त्री. गणना में प्रथम अंक या उसका स्थान (इकाई, दहाई, सैकड़ा...), वह मात्रा या माप जो दूसरी चीज़ों के नाप-तौल में आधार बने, मानदंड का काम दे; यौगिक पदार्थ के मूल अवयव।

इकार—पु. [सं.] 'इ' स्वर।

इकारांत—वि. [सं.] जिस शब्द के अंत में 'इ' की ध्वनि हो—कोटि, गति, नीति, आदि।

इकेला *—वि. द्र. 'अकेला'।

इकौसा *—वि. एक तरफ को; एकांत में ('उसका घर इकौसा-सा है')।

इक्वाल—पु. [सं.] अभ्युदय; उन्नति; एक ग्रह-योग।

इक्का—वि. अकेला। पु. एक सवारी, वाहन जिसमें एक ही घोड़ा जुता होता है; अपने झुंड से अलग रहने वाला पशु, ताश के पत्तों में एक विशेष पत्ता। **~दुक्का**-वि. कोई-कोई ही। ('उस सुनसान रास्ते पर कोई इक्का-दुक्का आदमी ही आता-जाता दिखाई देता है', 'इस पेड़ पर कोई इक्का-दुक्का आम ही पका हुआ है।')।

इक्कावन—वि., [पु.] द्र. 'इक्यावन'।

इक्कासी—वि., [पु.] द्र. 'इक्यासी'।

इक्कीस—वि. बीस और एक। पु. 21 की संख्या।

इक्यानबे—वि. नब्बे और एक। पु. ~91 की संख्या।

इक्यावन—वि. पचास और एक। पु. 51 की संख्या।

इक्यासी—वि. अस्सी और एक। पु. 81 की संख्या।

इक्षु—पु. [सं.] ईख, गन्ना; इच्छा। **~कांड**-पु. ईख का डंठल, अगौला; कास व मूँज घास। **~ज**-वि. ईख के रस से बना। पु. ईख के रस से बनने वाले पदार्थ—गुड़, शक्कर, चीनी, आदि। **~पाक**-पु. गुड़। **~मती, ~मालिनी**-स्त्री. मालवा की एक नदी।

इक्षुक—पु. [सं.] ईख।

इक्षुमती—स्त्री. [सं.] मालवा की एक नदी।

इक्षुर—पु. [सं.] ईख; गोखरू।

इक्ष्वाकु—पु. [सं.] सूर्य वंश का पहला राजा, वैवस्वत मनु का पुत्र; कड़वी लौकी। वि. इक्ष्वाकु वंश का।

इख़लास—पु. [सं.] पवित्रता; सरलता; मित्रता; सच्ची मित्रता।

इख़्तियार—पु. [अ.] अधिकार; वश; हक; स्वामित्व; हुकूमत।

इख़्तियारी—वि. अपनी इच्छा के अधीन, अपनी मर्ज़ी का।

इख़्तिलाफ़—पु. [अ.] मतभेद, भिन्न राय रखना; अनबन, रंजिश; नाइत्तिफ़ाक़ी; अलग-अलग होना।

इगनिशन—[अं.] कार में इंजन का वह पुर्जा जिससे तेल चलना प्रारंभ होता है और कार के चलने की प्रक्रिया प्रारंभ हो जाती है।

इगारह, इग्यारह *—वि. दस और एक। पु. 11 की संख्या।

इच्छा—स्त्री. [सं.] चाह, कामना, रुचि, ख़्वाहिश। **~शक्ति**-स्त्री. किसी कार्य को करने की मन में दृढ़ इच्छा, निश्चय।

इच्छाचारी—वि. [सं.] अपनी इच्छा के अनुसार चलने वाला, अपनी इच्छा से चाहे जहाँ पहुँचने की शक्ति रखने वाला (लोक कथाओं, पौराणिक गाथाओं, आदि में इच्छाचारी या इच्छाधारी पात्र)।

इच्छित—वि. [सं.] चाहा हुआ, अभिलषित।

इच्छु—वि. [सं.] चाहने वाला, इच्छा रखने वाला (प्रायः समास के अंत में प्रयुक्त-हितेच्छु, शुभेच्छु)।

इच्छुक—वि. [सं.] चाहने वाला, इच्छा रखने वाला।

इजराय—पु. [सं.] जारी करना, होना; काम में लाना या लाया जाना। **~डिगरी**-पु. डिगरी जारी किया जाना (अदालत द्वारा)।

इजलास—पु. [अ.] बैठना; बैठक; हाकिम या अधिकारी का बैठने का स्थान; कचहरी। **~(से) कामिल**-पु. विचार-विमर्श, सभी जजों का एक साथ मिल कर बैठना ('फुल बैंच')। **मु. ~लगाना**-महफिल लगाना, बहुत सारे आदमियों का एक साथ बैठना ('तुमने तो इजलास लगा रखी है')।

इज़हार—पु. [अ.] प्रकट करना, अभिव्यक्त करना; अदालत में दिया हुआ बयान या गवाही।

इजाज़त—स्त्री. [अ.] अनुमति, आज्ञा; स्वीकृति।

इज़ाफ़त—स्त्री. [अ.] लगाव, संबंध; एक शब्द का दूसरे से संबंध, समास (व्या.)।

इज़ाफ़ा—पु. [अ.] वृद्धि, बढ़ोतरी।

इज़ाबत—स्त्री. [अ.] स्वीकृति; प्रार्थना स्वीकार करना; शौच, पाखाना, दस्त।

इज़ार—पु. [अ.] पाजामा, सुथना। **~बंद**-पु. पाजामा, सलवार, लहँगा, पेटीकोट, आदि बाँधने की डोरी या फीता, नाड़ा।

इज़ारा—पु. [अ.] ठेका, एकाधिकार, किसी वस्तु या संपत्ति पर एकाधिकार।

इज़्ज़त—स्त्री. [अ.] मान, प्रतिष्ठा, बड़ाई; आदर, आवभगत। **~अफ़्ज़ायी**-स्त्री. मान-सम्मान, प्रतिष्ठा बढ़ाना। **~दार**-वि. प्रतिष्ठित। **मु. ~उतारना, ~बिगाड़ना, ~लेना**-अपमानित करना। **~खोना, ~गँवाना, ~गँवाना**-मर्यादा, आदर-सम्मान खो देना। **~देना**-मान-सम्मान, प्रतिष्ठा देना।

इटली—पु. [अं.] यूरोप का एक देश।

इटालिक़, इटैलिक—पु. [अं.] मुद्रण, टाइपिंग, कंप्यूटर में तिरछा टाइप, फांट।

इटालियन—पु. [सं.] इटली का निवासी; एक चिकना कपड़ा, यह पहले इटली से ही आता था इसलिए इटालियन कहलाता है किंतु अब देश में ही बनता है।

इठलाना—अ.क्रि. इतराना; खिलंदड़ी करना।

इठलाहट—स्त्री. इठलाने का भाव।

इडा—स्त्री. [सं.] एक नाड़ी जिसकी स्थिति रीढ़ की हड्डी में है, यह मस्तक तक पहुँचती है, मनु की पुत्री जो बुध की पत्नी और पुरुरवा की माता थी; दुर्गा; पृथ्वी; गाय; वाणी।

इडिका—स्त्री. [सं.] पृथ्वी।

इडुर—पु. [सं.] स्वच्छंदतापूर्वक घूमने वाला बैल, साँड़ (इट्चर-सं.)।

इतः (तस्)—अ. [सं.] यहाँ; यहाँ से; इधर; अब से; इसलिए।

इत*—अ. [ब्र.] इधर, यहाँ। **~उत**-अ. यहाँ-वहाँ।

इतक़ाद—पु. [अ.] द्र. 'एतक़ाद'।

इतना—अ. इस मात्रा में, इस माप में। वि. इस मात्रा या माप का। **~(ने) में**-इसी बीच, इसी अरसे में।

इतबार, (एतबार)—पु. [अ.] विश्वास।

इतमाम—पु. [अ.] प्रबंध, व्यवस्था।

इतमीनान—पु. [अ.] तसल्ली; शांति; समाधान; भरोसा, विश्वास। **~(ने) कलब**-पु. मन का समाधान।

इतमीनानी, इत्मीनान—वि. [अ.] विश्वास का, विश्वास पूर्ण; विश्वास, भरोसा।

इतर—वि. [सं.] दूसरा, ओर; भिन्न, किसी से अलग (विवाहेतर); साधारण, हीन। पु. 'इत्र' [अ.] से बना शब्द, द्र. 'इत्र' (-फुलेल)।

इतरतः—अ. [सं.] अन्यथा।

इतराना—अ.क्रि. घमंड से ऐंठना, अभिमान का इतना बढ़ना कि वह प्रत्येक क्रिया-कलाप से प्रकट हो।

इतरेतर—अ. [सं.] परस्पर, एक दूसरे से या को। **~योग**-पु. परस्पर संबंध; द्वंद्व समास का एक भेद।

इतलाक़—पु. [अ.] बंधन-मुक्त करना; जारी करना, व्यवहार, प्रयोग; समन, आदि के जारी होने, पहुँचाने के खर्च, आदि का हिसाब रखने वाला दफ़्तर। **~नवीस**-पु. इतलाक़ का हिसाब-किताब रखने वाला कर्मचारी।

इतवार—पु. रविवार।

इतस्ततः—अ. [सं.] इधर-उधर, यहाँ-वहाँ।

इताब—पु. [अ.] रोष, क्रोध, ख़फ़ा होना।

इति—अ. [सं.] समाप्ति सूचक शब्द। स्त्री. समाप्ति; अंत; पूर्णता। **~करणीय, ~कर्तव्य**-वि. जिसका करना उचित या आवश्यक हो, कर्तव्य। **~वृत्त**-पु. घटना; कहानी; राजाओं, आदि की पुरानी कहानियाँ। **~वृत्तात्मक**-वि. जो घटनाओं या विवरणों से पूर्ण, भरी हुई हों।

इतिहास—पु. [सं.] विगत में घटित घटनाओं, व्यक्ति, समाज तथा देश महत्त्वपूर्ण घटनाओं, सामाजिक राजनीतिक स्थितियों, आदि का काल क्रमानुसार तथ्याश्रित विवेचन; इस प्रकार के ज्ञान की पुस्तक। **~कार**-पु. इतिहास-लेखक।

इतिहासाश्रित—वि. [सं.] इतिहास पर आधारित, इतिहास के अनुसार।

इत्ता, इतेक, इतो, इत्तो—वि. इतना।

इत्तफ़ाक़, इत्तिफ़ाक़—पु. [अ.] संयोग; अचानक होने वाली; अनहोनी घटना; मेल; एकता; सहमति।

इत्तफ़ाक़न, इत्तिफ़ाक़न—अ. [अ.] संयोगवश, अचानक।

इत्तफ़ाक़िया, इत्तिफ़ाक़िया, इत्तिफ़ाक़ी—वि. अचानक होने वाला, आकस्मिक। **~छुट्टी**-स्त्री. अचानक या आकस्मिक कारण से ली गई छुट्टी।

इत्तला, इतिला—स्त्री. [अ.] सूचना, खबर, जानकारी।

इत्तिहाद—पु. [अ.] एकता, मेल-मिलाप, मैत्री, दोस्ती।

इत्तिहादी—वि. [अं.] मेल-मिलाप वाला, परस्पर एकता और मैत्री रखने वाला; वह देश जो मित्र हो, मित्र-राष्ट्र।

इत्तिहाम—पु. [अ.] आरोप, इल्ज़ाम लगाना; आरोप, लांछन, दोष, तोहमत।

इत्थम्—अ. [सं.] इस प्रकार, यों। **~भूत**-वि. इस प्रकार घटित।

इत्थमेव—क्रि.वि. [सं.] इसी जैसा, इसी प्रकार से, इसी तरह।

इत्यादि, इत्यादिक—अ. [सं.] इसी प्रकार और, अन्य; आदि।

इत्र—पु. [सं.] सुगंध, ख़ुशबू, पुष्पसार, फूलों का सत्त्व, सत्त। **~दान**-इत्र रखने की शीशी, पात्र या बक्सा-सा। **~फ़रोस**-इत्र बेचने वाला, गंधी। **~साज़**-पु. इत्र बनाने वाला।

इत्वर—वि. [सं.] यात्रा करने वाला; निर्दय; नीच; हेय; क्रूर; कठोर; घृणित; निंद्य; हिजड़ा। **~(री) व्यभिचारिणि**-कुलटा, आभिसारिका।

इदम्—सर्व. [सं.] यह। **~इत्थम्**-अ. यह ऐसा ही है, यह इतना ही है।

इद्दत्—स्त्री. [अ.] गणना, गिनती, इस्लाम में मान्य तलाक या पति की मृत्यु के बाद का वह समय, जिसमें स्त्री पुनर्विवाह नहीं कर सकती, विभिन्न स्थितियों में यह समय सीमा 100 दिन या उससे अधिक की हो सकती है, तलाक-शुदा, विधवा, गर्भवती स्त्री के लिए पृथक्-पृथक् विधान।

इधर—अ. इस ओर, यहाँ। **~उधर**-अ. यहाँ-वहाँ; जहाँ-तहाँ; आस-पास; अगल-बगल; सब ओर। **मु. ~उधर करना**-ग़ायब कर देना, चीज़ों को अस्त-व्यस्त रख देना। **~उधर की**-जहाँ-तहाँ की, सुनी-सुनाई, अप्रामाणिक (बात, खबर, सूचना), गलत-सलत जगह की (चीज़ें खाना, खरीदना)। **~की उधर करना**-झूठी-सच्ची लगाना, निंदा करना, चुगली करना। **~की उधर होना**-उलट-पुलट हो जाना ('चाहे दुनिया इधर की उधर हो जाए पर उसे अपने शौक से मतलब है')। **~या उधर**-निर्णायक, अनुकूल या प्रतिकूल, पक्ष में या विपक्ष में जीत या हार।

इध्म—पु. [सं.] ईंधन, समिधा। **~जीह्व**-पु. अग्नि।

इन—पु. [सं.] स्वामी, प्रभु; राजा; सूर्य; हस्त नक्षत्र। **~कांत**-पु. सूर्यकांत मणि।

इनआम—पु. [अ.] द्र. 'इनाम'।

इनकम (इन्कम)—स्त्री. [अं.] आमदनी, आय। **~टैक्स**-पु. आय-कर।

इनक़लाब—पु. [अ.] क्रांति; राज्य-परिवर्तन, शासन में परिवर्तन, भारी उलट-फेर; उलट-पलट। **~जिंदाबाद**-क्रांति नीति जीती रहे, क्रांति की जय हो—भारतीय स्वतंत्रता आंदोलन में अंग्रेज़ों के खिलाफ एक प्रसिद्ध नारा।

इनकार—पु. [अ.] अस्वीकृति, न कर देना, न मानना; मुकरना (किसी बात या प्रस्ताव से)।

इनकारी—वि. [अ.] नकारात्मक, अस्वीकृति-सूचक (जवाब, उत्तर)।

इनकिशाफ़—पु. [अ.] खुलना, प्रकट होना; पता लगाना, गवेषणा, खोज।

इनकिसार—पु. [अ.] नम्रता, विनय, आजिजी; टूटना, टुकड़े होना।

इनक्यूबेटर—पु. [अं.] अंडे सेने की मशीन, ऊष्मा देने वाला यंत्र।

इनफार्मर—पु. [अं.] पुलिस, सेना, आदि को गुप्त समाचार देने वाला, भेदिया, मुखबिर।

इनफ्लुएंजा—पु. [अं.] एक संक्रामक ज्वर जिसमें खाँसी जुकाम, आदि भी ('फ़्लू')।

इनविटेशन—पु. [अं.] निमंत्रण। **~कार्ड**-निमंत्रण-पत्र।

इनसाइक्लोपीडिया (एनसाइक्लोपीडिया)—पु. [अं.] विश्वकोश, सर्वज्ञान-विषयक ग्रंथ।

इनसान—पु. [अ.] मनुष्य, आदमी।

इनसानियत—स्त्री. [अ.] मानवता, मनवोचित गुण; सौजन्य; मनुष्योचित करुणा।

इनसानी—वि. मानवीय, मनुष्योचित (फर्ज़)।

इनसाफ़ (इंसाफ़)—पु. [अ.] न्याय, नीति, अदल (अद्ल)।

इनान—स्त्री. [अ.] लगाम, बाग (घोड़े की)। **~ए-सल्तनत,-ए-हुकूमत**-स्त्री. शासन-सूत्र, शासक, जिसके हाथ में सल्तनत की बागडोर हो।

इनाम—पु. [अ.] पुरस्कार, बख्शीश। **~इकराम**-पु. उपहार-सम्मान; पुरस्कार और सम्मान प्रदान करना।

इनामिल (इनैमिल)—पु. [अं.] तामचीनी, तामचीनी पर मीनाकारी।

इनामी—वि. [अ.] जिस पर इनाम रखा हुआ हो।

इनायत—स्त्री. [अ.] कृपा, अनुग्रह प्रदान करना। **मु. ~करना, ~फरमाना**-कृपा या अनुग्रह करना; कृपा पूर्वक प्रदान करना।

इने-गिने—वि. गिने-चुने, बहुत थोड़े, कुछ, कतिपय।

इनेलो (इनेलोद)—पु. [अं.] इंडियन नेशनल लोकदल, हरियाणा में एक राजनीतिक दल, इसके प्रस्थापक चौ. ओमप्रकाश चौटाला।

इनक्वायरी (इन्कवायरी)—स्त्री. [अं.] पूछताछ, जाँच-पड़ताल।

इन्टरेस्ट—पु. [अं.] रुचि, अभिरुचि, दिलचस्पी, रस (आना या मिलना); ब्याज, सूद; लाभ; हित, स्वार्थ।

इन्डैक्स—[अं.] विषय सूची, सूची, तालिका, अनुक्रमणिका, अनुक्रमणी।

इन्फ़ैन्टरी, इन्फैन्ट्री—स्त्री. [अं.] पैदल सेना, पदाति सेना।

इन्फ्लुएन्स—पु. [अ.] प्रभाव, असर; प्रेरणा।

इन्वका—स्त्री. [सं.] मृगशिरा नक्षत्र के ऊपर स्थित पाँच तारों का समूह।

इन्वायस—बीजक; बिल बनाना, प्रविष्टि बनाना, भरना।

इन्श्योरैंस, इन्श्योरेंस—पु. [अं.] बीमा; (जीवन) बीमा। **~पालिसी**-स्त्री. बीमा अनुबंध पत्रक, बीमाधारी को दिया जाने वाला अनुबंध पत्रक।

इन्सटालमेंट—पु. [अं.] क़िस्त, अंशिका, अंश, हिस्सा, अदायगी का एक हिस्सा।

इन्स्टीट्यूट (इंस्टिट्यूट)—[अं.] संस्थान, संस्था, पीठ, प्रतिष्ठान; स्थापित करना, प्रारंभ करना, प्रवर्तन करना।

इन्स्टीट्यूशन—[अं.] संस्थापन; संस्था।

इन्स्ट्रक्शन—निर्देश, हिदायत, अनुदेश, आदेश।

इन्हें—सर्व. इनको।

इफ़रात—स्त्री. [अ.] बहुतायत, अतिशयता; प्रचुरता।

इफ़लास—पु. [अं.] गरीबी, मुफ़लिसी, दरिद्रता, निर्धनता।

इफ़ाका—पु. [अ.] रोग से मुक्ति, आराम होना; रोगी की दशा में सुधार।

इफ़्तार—पु. [अ.] रोजा खोलना, रोजा (मुसलमानों में रखे जाने वाला उपवास) खोलने के लिए कुछ खाना-पीना। **~की दावत**-रोजा खोलने के लिए रखी गई दावत।

इफ़्तारी—स्त्री. [अ.] रोजा खोलने के काम आने वाली वस्तुएँ।

इबरत—स्त्री. [अ.] चेतावनी; शिक्षा। **~अंग्रेज़**-वि. शिक्षाप्रद, चेतावनी देने वाला।

इबलीस—पु. [अ.] शैतान, मनुष्य को बहकाने वाला दैत्य (इसलामी मान्यता)।

इबादत—स्त्री. [अ.] पूजा, उपासना; वंदना, प्रार्थना। **~खाना**-पु. पूजा-स्थल, मंदिर, मस्जिद, आदि।

इबारत—स्त्री. [अ.] लिखने का ढंग; वाक्य की बनावट, रचना; अक्षर विन्यास, पदावली, श्रुतलेख, इम्ला। **~आराई**-स्त्री. शब्दाडंबर, इबारत में बना-बना कर शब्द लाना, आलंकारिक, लच्छेदार भाषा का प्रयोग करना।

इबारती—वि. [अ.] इबारत में वर्णित।

इब्तिदा—स्त्री. [अ.] प्रारंभ, शुरुआत, आदि; उत्पत्ति। **~ए-इश्क**-स्त्री. प्रेम की शुरुआत; पूर्वानुराग।

इब्तिदाई—वि. [अ.] प्रारंभिक, प्राथमिक।

इब्न—पु. [अ.] बेटा, पुत्र, लड़का। **~उलग़ैब**-वि. जिसके नाम-धाम, वंश-कुल, आदि का पता न हो, अज्ञात कुलशील। **~उल्वक़्त**-वि. मौकापरस्त, अवसरवादी।

इब्राहीम—पु. [अ.] इसलाम धर्म में मान्य एक पैगंबर; यहूदी जाति के आदि पुरुष।

इब्राहीमी—पु. इब्राहीम लोदी का चलाया सिक्का।

इभ—पु. [सं.] हाथी। **~कुंभ**-पु. हाथी का मस्तक। **~केशर**-पु. नागकेशर। **~गंधा**-स्त्री. विषैले फल वाला एक पौधा। **~दंता**-स्त्री. नागदंती नामक पौधा, औषधि। **~राज**-पु. एरावत हाथी।

इभी—स्त्री. [सं.] हथिनी।

इमकान—पु. [अ.] संभावना; शक्ति, सामर्थ्य।

इमदाद—स्त्री. [अ.] सहायता, मदद; सहायता करना।

इमदादी—वि. [अ.] सहायता, मदद पाने वाला; सहायता से चलने वाली (संस्था)।

इमरती—स्त्री. एक प्रसिद्ध मिठाई जिसे उड़द की दाल की पिट्ठी से बना कर, तलने के बाद चाशनी में डाल कर तैयार किया जाता है।

इमर्जेंसी—[अं.] आपात्काल, आकस्मिक संकट या प्रसंग। **~एक्जिट**-आपाती-द्वार, संकट-द्वार। **~पावर**-संकटकालीन अधिकार।

इमला (इम्ला)—स्त्री. पु. [अ.] श्रुतलेख, अनुलेख, वर्तनी सुधार के लिए बोल कर बच्चों को लिखाया जाने वाला लेख।

इमलाक—पु. [अ.] संपत्ति, जायदाद, मिल्कियत।

इमली—स्त्री. एक पेड़ और उसका फल, जो कच्चा बहुत खट्टा होता है, पकने पर कुछ मीठा-खटमिट्ठा होता है, पके हुए रूप में चटनी, अचार, आदि के रूप में प्रयुक्त होता है।

इमल्शन—पु. [अं.] घोल।

इमाम—पु. [अ.] नेता, अगुआ; धार्मिक कार्यों में नेतृत्व करने वाला, मुसलमानों का पुरोहित, नमाज़ पढ़ाने वाला; हसन-हुसैन की उपाधि। **~बाड़ा**-पु. वह हाता जिसमें ताजिये दफनाए जाते हैं (लखनऊ में प्रसिद्ध इमामबाड़ा)।

इमामत—स्त्री. [अ.] इमाम का पद, नेतृत्व।

इमामदस्ता—पु. लोहे का बना एक गहरा पात्र जिसमें लोहे की मूसली द्वारा मसाले, दवा, आदि को कूटा जाता है।

इमामा—पु. [अ.] बड़ी पगड़ी, साफ़ा।

इमारत—स्त्री. [अ.] पक्का मकान, भवन।

इमारती—वि. [अ.] इमारत से संबंध रखने वाली; इमारत में काम आने वाली (लकड़ी, आदि)।

इमि*—अ. [ब्र.] इस प्रकार, ऐसे।

इम्तहान—पु. द्र. 'इम्तिहान'।

इम्पोर्टेंट—वि. [अं.] महत्त्वपूर्ण; प्रमुख; आवश्यक।

इम्पोर्ट—[अं.] आयात। **~इयूटी**-आयात-कर, आयात-शुल्क।

इम्तियाज़—पु. [अ.] दो एक-सी चीज़ों में भेद करना; विवेक, तमीज़; परीक्षा में विद्यार्थियों को अच्छे अंक प्राप्त करने के फलस्वरूप प्रदान विशेष योग्यता ('डिस्टिंक्शन')।

इम्तिहान—पु. [अ.] परीक्षा, परख, आज़माइश।

इयत्—वि. [सं.] इतना। अ. यहाँ तक।

इयत्ता—स्त्री. **इयत्त्व**—पु. [सं.] परिमित, नियत माप या परिमाण; इतना; संख्या।

इयरफ़ोन (ईयरफ़ोन)—पु. [अं.] वह मशीन जिसे कान में लगा कर वॉकमैन, टेपरिकॉर्डर, आदि की आवाज को सुना जा सकता है; आकर्णक।

इरा—स्त्री. [सं.] पृथ्वी; वाणी; वाणी की अधिष्ठात्री देवी—सरस्वती, जल, अन्न, मदिरा; आहार, कोई पेय—दूध, आदि; कश्यप मुनि की पत्नी। **~ईश**-पु. वरुण; विष्णु; गणेश; सम्राट; ब्राह्मण। **~चर**-पु. ओला। **~ज**-पु. कामदेव।

इराक़—पु. [अ.] पश्चिमी एशिया में स्थित एक देश।

इराक़ी—वि. [अ.] इराक़ देश का, इराक देश से संबंधित। पु. इराक़ निवासी; इराक़ का घोड़ा।

इरादतन—वि. [अ.] जान-बूझ कर, क़स्दन, इरादा करके, निश्चय कर।

इरादा—पु. [अ.] इच्छा; निश्चय; संकल्प, क़स्द; तहैया।

इरावती—स्त्री. [सं.] पंजाब की एक प्रसिद्ध नदी—रावी; बर्मा (ब्रह्मदेश) की एक नदी; कश्यप ऋषि की एक कन्या जो ऐरावत की माता मानी जाती है; दुर्गा; वटपत्री नामक एक पौधा।

इर्द-गिर्द—अ. आस-पास, चारों ओर।

इर्दब—पु. [फ़ा.] शतरंज के खेल में वह मोहरा जो शाह को शह से बचाने के लिए लाया जाता है।

इर्वारु, इर्वालु—वि. [सं.] हिंसक; नाशक। पु., स्त्री. एक प्रकार की ककड़ी।

इर्वारुक—पु. [सं.] माँद में रहने वाला जानवर—शेर, भालू, आदि।

इर्शाद—पु. [अ.] आज्ञा देना; दीक्षा देना हिदायत करना; धर्म गुरु का उपदेश; कविता, गज़ल, आदि सुनाने के लिए विनम्र आग्रह।

इर्साल—पु. [अ.] भेजना; पत्र भेजना; लगान, मालगुजारी की रकम वसूल कर मुख्य दफ्तर को भेजना; उपहार, भेंट, तोहफ़ा।

इल—वि. [सं.] निद्रालु।

इलज़ाम (इल्ज़ाम)—पु. [अ.] आरोप, अभियोग, दोष लगाना; अपराध लगाना।

इलहाक़—पु. [अ.] मिलाना, जोड़ना; किसी प्रदेश, भूखंड को अपने राज्य की समा में मिला लेना।

इलहाम—पु. [अ.] मन में किसी ईश्वरीय प्रेरणा का उदय; अंतरात्मा की आवाज।

इलहामी—वि. [अ.] इलहाम से प्राप्त, ईश्वरीय प्रेरणा द्वारा। **~किताब**-स्त्री. ईश्वरीय प्रेरणा से रचित पुस्तक; स्वयं ईश्वर, ख़ुदा द्वारा रचित पुस्तक।

इला—स्त्री. [सं.] भूमि; पृथ्वी; जम्बु द्वीप के नौ खंडों में से एक; गौ; वाणी; वैवस्वत मनु की पुत्री; बुध ग्रह की पत्नी तथा पुरूरवा की माता। **~धर**-पु. पर्वत। **~वृत**-पु. जम्बु द्वीप के नौ खंडों में से एक (इलावर्त)।

इलाक़ा—पु. [अ.] क्षेत्र; भूखंड; प्रदेश; देश; मुल्क; रियासत; ज़मींदारी। **~(के) दार**-पु. ज़मीदारी, रियासत का मालिक।

इलाक़ाई—वि. [अ.] क्षेत्र या प्रदेश से संबंधित।

इलाज—पु. [अ.] उपचार, चिकित्सा, निवारक उपाय, निदान ('इस समस्या का इलाज क्या है'); प्रयत्न।

इलायची—स्त्री. बहुत छोटा एक सुगंधित फल जिसके सूखे दाने, बीज; मसाले, दवा, भोज्य पदार्थों, मिठाइयों, आदि में प्रयुक्त होते हैं, मुख-वास को सुगंधित करने के लिए मुँह में रख चुभलाते भी हैं और पान, आदि में भी इसे रखा जाता है, अतिथि-सत्कार के लिए भी प्रयोग।

इलास्टिक, इलास्टीक—वि. [अं.] लचीली, रबड़ से बनी फीते जैसी विभिन्न मापों में उपलब्ध पट्टी।

इलाही—अ. [अ.] ईश्वर, खुदा; मेरा ईश्वर, मेरा खुदा (संबोधन रूप में)। **~खर्च**-बेकार का खर्च, अपव्यय। **~गज़**-पु. अकबर के समय चलाया गया गज़। **~तौबा**-अ. हे ईश्वर, कृपापूर्वक मेरा अपराध क्षमा करो (अपराध क्षमा कराने के लिए ईश्वर से की गई प्रार्थना। **~रात**-स्त्री. रतजगे की रात)।

इलेक्ट्रॉन—पु. [अं.] विद्युदणु, विद्युत-अणु।

इलेक्ट्रॉनिक—वि. [अं.] विद्युतदाणविक, विद्युत-आणविक।

इलेक्ट्रॉनिकी—स्त्री. [अं.] इलेक्ट्रॉनिक से संबंधित।

इलेक्ट्रॉनिक्स—स्त्री. [अं.] इलेक्ट्रॉन संबंधी विज्ञान।

इलेक्ट्रिक इलैक्ट्रिक—वि. [अ.] बिजली का, बिजली की शक्ति से चलने वाला, वैद्युत। **~पावर**-पु. बिजली की ताकत, विद्युत-शक्ति। **~लाइट**-स्त्री. बिजली की रोशनी।

इलेक्ट्रिसिटी-इलैक्ट्रिसिटी—स्त्री. [अं.] बिजली, विद्युत।

इलेक्ट्रिसियन-इलैक्ट्रिशियन—पु. [अं.] बिजली का काम करने वाला, बिजली का मिस्तरी।

इल्ज़ाम—पु. द्र. 'इलज़ाम'।

इल्तिजा—स्त्री. [अ.] प्रार्थना करना, दुहाई देना; प्रार्थना, दरख़ास्त, विनय, निवेदन।

इल्तिफ़ात—स्त्री. [अ.] कृपा, अनुग्रह, कृपा-कोर; प्रणय-कटाक्ष; कनखियों से देखना।

इल्तिमास—स्त्री. [अ.] निवेदन, अर्ज़, प्रार्थना करना; सवाल, प्रश्न; सवाल करना।

इल्तिवा—पु. [अ.] लिपटना; रुकना, मुल्तवी, स्थगित होना।

इल्म—पु. [अ.] ज्ञान, विद्या, जानकारी; विज्ञान; शिल्प, दस्तकारी; कला, फ़न, बुद्धि, अक़्ल, विवेक, शऊर; शिक्षा, तालीम। **~(में) अदब**-पु. साहित्य-शास्त्र। **~इलाही**-पु. दर्शनशास्त्र, अध्यात्म-विद्या।

इल्लत—स्त्री. [अ.] झंझट, रोग, बीमारी; दुर्व्यसन, बुरी लत; कारण, हेतु। **मु. ~पालना**-कोई झंझट, बुरी आदत पाल लेना; कोई मुसीबत मोल लेना।

इल्ली—स्त्री. उड़ने वाले कीट-पतंगों के बच्चों का अंडे से निकलने के बाद का रूप।

इल्लीगल—वि. [अं.] अवैध, ग़ैर-क़ानूनी।

इव—अ. [सं.] सदृश्य, समान, उस जैसा ही।

इशरत—स्त्री. [अ.] सुख-वैभव; मौज-मस्ती। **~गाह**-स्त्री. राग-रंग का स्थान, क्रीड़ा-भवन, रमण-स्थल।

इशा—स्त्री. [अ.] रात्रि का अंधकार, रात। **~की नमाज़**-पाँचों नमाज़ों में से एक, रात के पहले पहर की नमाज़।

इशाअत—स्त्री. [अ.] प्रकट, प्रसिद्ध करना, प्रचार करना; प्रकाशित करना, छापना।

इशारत—स्त्री. [अ.] इशारा करना, संकेत करना। **~न**-वि. संकेत से; तनिक-सा संकेत।

इशारा—पु. [अ.] संकेत। **~(रे) बाजी**-स्त्री. आँखों से प्रेमी-प्रेमिका के बीच संकेतों का आदान-प्रदान।

इशू—पु. [अं.] निर्गम, निकास; प्रदान कर; संतान; विचार-वस्तु; विषय समस्या; वाद-विवाद का विषय; अंक (पत्र, पत्रिका, आदि)।

इश्क—पु. [अ.] प्रेम, चाह, अनुराग, आसक्ति, मोह; दुर्व्यसन, लत। **~पेचा**-पु. एक बेल जो सजावट के लिए लगाई जाती है। **~बाज़**-वि. प्रेमी, रसिक, दिलफेंक। **~बाज़ी**-प्रेम करना। **~मजाज़ी**-पु. लौकिक, मानवीय प्रेम, सांसारिक वासनायुक्त प्रेम। **~हक़ीक़ी**-पु. ईश्वरीय प्रेम, आध्यात्मिक प्रेम, वासना-रहित प्रेम; आत्मा की परमात्मा से मिलने की तड़प (सूफ़ी मत में)।

इश्क़िया—वि. [अ.] शृंगारिक, प्रेम-प्रधान।

इश्तहार—पु. [अ.] द्र. 'इश्तिहार'।

इश्तहारी—वि. [अ.] द. 'इश्तिहारी'।

इश्तिआल, इश्तियाल—पु. [अ.] भड़कना; प्रज्वलित होना, भड़काना, उत्तेजना। **~अंगेज़**-वि. उत्तेजित कर देने वाला; क्रोध उत्पन्न करने वाला।

इश्तियाक़—पु. [अ.] शौक होना; चाह, लालसा।

इश्तिराक—पु. [अ.] साझा, भागीदारी; समानता; साम्यवाद।

इश्तिराकिया, इश्तिराकी—वि. [अ.] यह सिद्धांत मानने वाला कि उत्पादन के धन, लाभ, में सब बराबर के भागीदार हैं; साम्यवादी।

इश्तिहा—पु. [अ.] क्षुधा, भूख; इच्छा।

इश्तिहार—पु. [अ.] विज्ञापन-सूचना, प्रचार; प्रसार; मुनादी, घोषणा। **~नीलाम**-किसी वस्तु के नीलाम की सार्वजनिक सूचना, ज्ञापन।

इश्तिहारी—वि. [अ.] जिसका इश्तिहार निकाल दिया गया हो, विज्ञापित। **~मुजरिम**-पु. वह फरार अपराधी जिसको पकड़वाने के लिए इश्तिहार निकला हो (प्रायः इनाम देने की सूचना के साथ)।

इषित—वि. [सं.] चालित; प्रेषित, उत्तेजित; तीव्र।

इषु—पु. [सं.] बाण, तीर; पाँच की संख्या; जीवा (धनुष की डोरी) के मध्य बिंदु से परिधि तक खींची गई सीधी रेखा। **~अग्र, ~अनीक**-पु. तीर की नोक। **~कार**-पु. बाण बनाने वाला। **~धर**-पु. तीर चलाने वाला। **~धि**-पु. तूणीर। **~पथ**-पु. तीर की मार, तीर की पहुँच की दूरी।

इषुध्या—स्त्री. [सं.] गिड़गिड़ाना, अनुनय-विनय करना, प्रार्थना करना।

इष्ट—वि. [सं.] चाहा हुआ, अभिलषित; प्रिय; प्रेम पात्र; कृपा-पात्र; पूजित; यज्ञों द्वारा पूजित। पु. संस्कार, वेदाध्ययन, अतिथि-सत्कार, आदि सत्कर्म; ईंट; मित्र; पति; इष्ट देव। **~काल**-पु. किसी कार्य के लिए उपयुक्त समय (ज्यो.)। **~देन, ~देवता**-पु. आराध्य देवता; कुल देवता। **मु. ~होना**-किसी देवता का अनुकूल होना, उनसे सिद्धि प्राप्त कर लेना।

इष्टका, इष्टिका—स्त्री. [सं.] ईंट। **~चित**-वि. ईंटों से बना हुआ। **~न्यास**-पु. नींव रखना, शिलान्यास। **~पथ**-पु. ईंटों से बना हुआ रास्ता, खरंजा।

इष्टापूर्त—पु. [सं.] इष्ट कार्यों (यज्ञादि) तथा पूर्त कार्यों (कुआँ, तालाब, आदि खुदवाना, मंदिर बनवाना, बाग लगवाना, अन्न दान करना, आदि) को करना।

इष्टि—स्त्री. [सं.] इच्छा, चाह, निवेदन; निमंत्रण; यज्ञ; व्याकरण में भाष्यकार की वह सम्मति जिसके विषय में सूत्रकार ने कोई संकेत न दिया हो; निर्देश। **~पच**-पु. कंजूस। **~पशु**-पु. यज्ञ में बलि दिये जाने वाला पशु।

इष्टु—स्त्री. [सं.] इच्छा, चाह, कामना।

इष्म—पु. [सं.] कामदेव; वसंत ऋतु; गमन; मार्ग।

इष्य—पु. [सं.] वसंत ऋतु।

इष्व—पु. [सं.] आध्यात्मिक गुरु।

इस—सर्व. 'यह' का विभक्ति से पहले प्रयोग में आने वाला रूप।

इसकंदर—पु. सिकंदर, अलेक्ज़ेंडर।

इसकंदरिया—पु. मिस्र का एक प्रसिद्ध नगर और बंदरगाह, सिकंदरिया।

इसपात, इस्पात—पु. फौलाद, कड़ा और बढ़िया लोहा।

इसपेशल (स्पेशल)—[अ.] विशेष, महत्त्वपूर्ण।

इसबगोल—पु. एक पौधा जिसका प्रयोग औषधि के रूप में होता है। (बुरादा, भुस्सी)—इसबगोल के फल का छिलका जो कब्ज़, दस्त, आदि के लिए प्रयुक्त होता है।

इसमाइल—पु. [इब.] इब्राहीम के पुत्र।

इसमाइली—पु. [इब.] शिया मुसलमानों का एक संप्रदाय।

इसराइल—पु. [इब.] याकूब।

इसराइली—पु. [इब.] याकूब के वंशज, यहूदी।

इसराफ़—पु. [फा.] फिजूलखर्ची, उड़ाऊपन, अपव्यय।

इसराफ़ील—पु. [अ.] इसलामी मान्यता अनुसार वह फरिश्ता जो कयामत के दिन सूर (तुरही, नरसिंहा) फूँकेगा, इसके पहली बार बजाने से जीवित प्राणी मृत और दूसरी बार बजाने से सब मृत प्राणी जीवित हो जाएँगे।

इसरार—पु. [अ.] आग्रह, विनयपूर्वक हठ।

इसरो—[अं.] इंडियन सैटेलाइट रिसर्च ऑर्गेनाइजेशन, भारतीय अंतरिक्ष अनुसंधान संगठन।

इसलाम (इस्लाम)—पु. [अ.] हज़रत मुहम्मद द्वारा चलाया गया धर्म, मुसलमानों का धर्म; मुसलिम जगत; स्वीकार करना; ईश्वर की इच्छा के सम्मुख सिर नवाना; शांति चाहना।

इसलामी (इस्लामी)—वि. [अ.] इसलाम संबंधी।

इसलाह (इस्लाह)—पु. [अ.] त्रुटियाँ दूर करना; शुद्धि; संशोधन, तर्मीम; कविता या लेख की त्रुटियों की शुद्धि; बिगड़ी हुई अवस्था का सुधार।

इसहाक़—पु. [अ.] एक पैगंबर जो हज़रत इब्राहीम के पुत्र थे।

इस्तक़बाल, इस्तिक़बाल—पु. [अ.] स्वागत के लिए आगे जाना; अगवानी, स्वागत।

इस्तग़ासा, इस्तिग़ासा—पु. [अ.] न्याय के लिए प्रार्थना पत्र; फौज़दारी की नालिश, फ़रियाद।

इस्तमरारी, इस्तिमरारी—वि. [अ.] सदा रहने वाला, स्थायी; सर्वकालिक। **~बंदोबस्त**-जमीन का वह बंदोबस्त, व्यवस्था, जिसमें मालगुज़ारी सदा के लिए निश्चित कर दी गई थी, नए बंदोबस्त पर बढ़ाई नहीं जा सकती।

इस्तरी, इस्तिरी—स्त्री. लोहे या पीतल की वह वस्तु, पात्रनुमा, जिसके भीतर कोयले रखकर उन्हें जला कर धुले या नए सिले हुए कपड़ों की सलवटें दूर करने के लिए प्रयोग किया जाता है, अब यह बिजली-चालित भी ('प्रैस', 'इलेक्ट्रिक प्रैस', 'इस्टीम प्रैस')।

इस्तिंजा (इस्तंजा)—पु. [अ.] मुसलमानों में पुरुषों द्वारा पेशाब करने के बाद उसकी बूंदों को मिट्टी के ढेले से सुखाने की क्रिया। **~(जे) का ढेला**-तुच्छ; निकम्मा आदमी जिसे कुछ न समझा जाए।

इस्तिक़लाल—पु. [अ.] दृढ़ता, निश्चय; स्वाधीनता।

इस्तिलाह—पु. [अ.] शब्द का पारिभाषिक अर्थ; पारिभाषिक शब्दावली।

इस्तिलाही—वि. [अ.] पारिभाषिक, लाक्षणिक।

इस्तीफ़ा—पु. [अ.] त्याग-पत्र, नौकरी से छुटकारे की प्रार्थना।

इस्तेमाल—पु. [अ.] काम में लाना, व्यवहार, उपयोग।

इस्तेमाली—वि. [अ.] इस्तेमाल करने वाली, प्रयोग में आने वाली।

इस्त्री*—स्त्री. द्र. 'स्त्री'।

इस्पंज-(स्पंज)—एक प्रकार की जल-शोषक गद्दी, स्पंज की भाँति सोख लेने वाली कोई वस्तु—खमीरी आटा, केक, शल्य चिकित्सा में प्रयुक्त सोखने वाली गद्दी। **~करना**-तौलिये जैसे कपड़े से या स्पंज से पानी निचोड़ कर शरीर पोंछना—बच्चे, बीमार, आदि का। —(जी) रस, चाशनी, पानी सोखने वाली वस्तु (रसगुल्ला या कोई अन्य मिठाई, आदि)।

इस्म—पु. [अ.] नाम, संज्ञा। **~इस्मे सिफ़त**-पु. विशेषण पद (व्या.)। **~में शरीफ़**-शुभ नाम।

इस्लाम—पु. [अ.] द्र. 'इसलाम'।

इह—अ. [सं.] यहाँ, इस जगह; इस लोक में या लोक की; अब इस समय में। पु. यह लोक। **~काल**-पु. यह जीवन। **~लीला**-स्त्री. इस लोक का जीवन। **~लोक**-पु. यह लोक, इस लोक का जीवन। **~लौकिक**-वि. इस लोक संबंधी, इस लोक, इस लोक में सुख देने वाला।

इहतियात (एहतियात)—स्त्री. [अ.] सावधानी; बचाव, परहेज।

इहतियातन (एहतियातन)—अ. [अ.] सावधानी की दृष्टि से, बचाव के लिए।

इहतियाती (एहतियाती) कार्रवाई—स्त्री. [अ.] किसी अनिष्ट की संभावना रोकने के लिए किया जाने वाला प्रयत्न।

इहतिलाम (एहतिलाम)—पु. [अ.] स्वप्न; स्वप्न में वीर्यपात होना।

इहसान (एहसान, अहसान)—पु. [अ.] उपकार करना; उपकार, नेकी, भलाई (हिंदी में 'अहसान' ही अधिक ग्राह्य)। **~फरामोश**-वि. कृतघ्न, किसी का किया उपकार, अहसान न मानने वाला। **~मंद**-वि. कृतज्ञ, ऋणी।

इहामुत्र—अ. [सं.] इस लोक में और परलोक में। पु. यह लोक और परलोक।

ई

ई—देवनागरी वर्णमाला का चौथा अक्षर स्वर वर्ण, 'इ' का दीर्घ रूप, उच्चारण स्थान तालु। ई-पु. कामदेव। स्त्री. लक्ष्मी। अ. विराग, विषाद, खिन्नता, खेद, क्रोध, शोक, पीड़ा, अनुकंपा, चेतना, विवेक, संबोधन, आदि भावों की सूचक विस्मयादि बोधक ध्वनि।

ईंगुर—पु. लाल रंग का एक खनिज द्रव्य, सौभाग्यवती हिंदू स्त्रियाँ माथे पर इसकी बिंदी लगाती हैं।

ईंचना*—स.क्रि. ऐंचना, खींचना।

ईंट—स्त्री. आयताकार साँचे में मिट्टी का लौंदा डाल कर इसे बनाया जाता है, सूखने पर भट्ठे में चिन कर इन्हें पकाया जाता है, भवन, सड़क निर्माण, आदि में प्रयोग किया जाता है; इसी आकृति में धातु की ईंटें भी ढली होती हैं (सोना, चाँदी की ईंटें)। (डेढ़, ढाई) **~की मस्जिद अलग बनाना**—सबसे से अलग अपनी चलाना। **मु. ~से ईंट बजाना**—मटियामेट कर देना, बुरी तरह पराभव कर देना।

ईंटा—पु.द्र. 'ईंट'।

ईंत—पु. सान चढ़ाते समय आधार के लिए उसके नीचे रखी जाने वाली ईंट।

ईंधन—पु. जलावन, जलाने के लिए लकड़ी, उपला, आदि।

ईकार—पु. [सं.] 'ई' स्वर।

ईकारांत—वि. [सं.] शब्द जिसके अंत में 'ई' आता हो।

ईक्षक—वि.,पु. [सं.] देखने वाला; विचार करने वाला (प्राय: समास के अंत में—निरीक्षक)।

ईक्षण—पु. [सं.] देखना; दर्शन, दृष्टि, देख-भाल; आँख; विवेचन; आलोचना।

ईक्षा—स्त्री. [सं.] दर्शन, देखना; चितवन, दृष्टि; विवेचना, विचार।

ईख—स्त्री. गन्ना, ऊख।

ईछन*—पु. देखना, आँख।

ईछना*—स.क्रि. इच्छा करना।

ईज़ा—स्त्री. [अ.] कष्ट देना, दु:ख देना; कष्ट, पीड़ा, यातना, तकलीफ़।

ईजाद—स्त्री. [अ.] आविष्कार, कोई नई चीज़ बनाना; कोई नई बात पैदा करना।

ईजादी—वि. [अ.] ईज़ाद करने वाला, आविष्कारकर्ता।

ईज़ी—[अं.] सरल, सुकर, आसान, सहज, शांत, सुखकर, सुखद, आरामदेह; आराम का। **~चेयर**-स्त्री. कुर्सी।

ई.टी.टी.—[अं.] एलीमेंट्री टीचर्स ट्रेनिंग, प्राथमिक शिक्षा प्रशिक्षण।

ईठ*—वि.पु. इष्ट; मित्र, प्यारा।

ईठि*—स्त्री. प्रीति, प्रेम ('यों कहि दीनी ईठि' बिहारी), मित्रता; चाह।

ईठी*—वि. स्त्री. प्रिय, प्यारी।

ईतक-बितक—वि. बिखरे हुए।

ईति—स्त्री. [सं.] दैवी उपद्रव, विपत्ति; खेती संबंधी उपद्रव, ऐसे उपद्रव छ: प्रकार के हैं—अतिवृष्टि, अनावृष्टि, टिड्डी-दल चूहों का उपद्रव, तोते, आदि पक्षियों द्वारा बरबादी और पड़ोसी राजा की चढ़ाई; संक्रामक रोग, विदेशों में पर्यटन; कलह, मारपीट।

ईथर—पु. [अं.] आकाश, अंतरिक्ष; एक रासायनिक द्रव्य पदार्थ।

ईद—स्त्री. [अ.] मुसलमानों का एक त्योहार (यह शब्द 'ऊद' से बना है, अर्थात् प्रति वर्ष आने वाला; खुशी का दिन। **~गाह**-स्त्री. ईद के दिन मुसलमानों के एकत्र होकर नमाज़ पढ़ने का स्थान, प्राय: गाँव-कस्बे के बाहर होता था। **मु. ~का चाँद**-वह व्यक्ति जिसका दर्शन दुर्लभ हो, उपालंभ, उलाहने) के रूप में कहा जाता है।

ईदिया—पु. [अ.] ईद या दूसरे त्योहारों पर एक-दूसरे के यहाँ भेजी जाने वाली सौगात।

ईदी—स्त्री. [अ.] ईद का इनाम, त्योहारी; ईद या ऐसे ही उत्सवों पर लिखित कविता; सुन्दर-सा हाशिये वाला कागज़ जिस पर यह कविता लिखी जाती है; पढ़ाने वाले मुल्ला, मौलवियों को अपने शागिर्दों से ईद पर मिलने वाली त्योहारी या इनाम। वि. ईद से संबंधित।

ईदुज्जुहा (ईदुल-अज़्हा, ईदुलजुहा)—स्त्री. [अ.] इसलामी मास की दस तारीख को मनाई जाने वाली ईद, बकरीद।

ईदुलफ़ितर (ईदुल-फ़ित्र)—स्त्री. [अ.] रोज़े, रमजान, की समाप्ति की खुशी में, नया चाँद होने के दूसरे दिन मनाई जाने वाली ईद, जिसमें सेवैइयाँ (सेवियाँ) पकती हैं, यह तारीख पहली शव्वाल की होती है।

ईदृश—वि. [सं.] ऐसा, इस तरह का। अ. ऐसे, इस तरह।

ईप्सा—स्त्री. [सं.] कामना, पाने की इच्छा, चाह।

ईप्सित—वि. [सं.] जिसकी कामना की गई हो, अभिलषित, चाहा हुआ; प्रिय।

ईप्सु—वि. [सं.] कामना, इच्छा; चाह रखने वाला।

ईफाय—पुं. [अ.] पूरा करना, वचन पालन। **~(ये) वादा**-पु. वायदा पूरा करना, प्रतिज्ञा-पालन।

ईबी-सीबी*—स्त्री. सीत्कार, (रति-क्रिया में आनंदातिरेक में स्त्री का) सी-सी करना।

ईमन—पु. एक रागिनी, ऐमन। **~कल्यान**-पु. एक मिश्रित राग।

ईमान—पु. [अ.] धर्म पर दृढ़ विश्वास, धर्म, मज़हब; विश्वास, यक़ीन; नीयत; सच्चाई; खरापन; लेन-देन के व्यवहार में सच्चाई। **~दार**-वि. सच्चा, विश्वसनीय, जो धर्म में पक्का हो, धर्मनिष्ठ, जो लेन-देन, व्यवहार में सच्चा हो। **मु. ~डिगना**-नीयत में फर्क आना, मन में पाप आ जाना। **~बिगड़ना**-नियत में फर्क आना, मन में पाप आ जाना।

ईमेल—[अं.] वह डाक या सूचना जो इंटरनेट और कंप्यूटर के द्वारा भेजी जाती है।

ईयर फोन—द्र. 'इयरफोन'।

ईरान—पु. [फ़ा.] एक देश, फारस।

ईरानी—वि. [फ़ा.] ईरान का। पु. ईरानवासी।

ईर्वारू—पु. [सं.] ककड़ी, कमल ककड़ी—मृणाल, खीरा; फूट—बेल पर लगने वाला एक प्रकार का फल।

ईर्षा—स्त्री. [सं.] द्र. 'ईर्ष्या'।

ईर्षित—वि. [सं.] जिससे ईर्ष्या की गई हो।

ईर्ष्या—वि. [सं.] ईर्ष्यक, ईर्ष्यु, ईर्ष्या, डाह करने वाला, ईर्ष्यालु।

ईर्ष्या (ईर्षा)—स्त्री. [सं.] डाह, जलन, दूसरे की उन्नति न देख सकने का भाव (अपने परिचितों और संबंधियों को देख कर)।

ईर्ष्यालु—वि. [सं.] ईर्ष्या करने वाला।

ईलि-ईली—स्त्री. [सं.] छोटी तलवार, कृपाण।

ईश—पु. [सं.] ईश्वर; शिव; स्वामी, मालिक; राजा, पति; 11 की संख्या; एक उपनिषद्। वि. ऐश्वर्यवान्; समर्थ; शासन करना। **~कोण**-उत्तर और पूर्व की दिशाओं का कोना, ईशान दिशा। **~कोण**-उत्तर और पूर्व की दिशाओं का कोना, ईशान दिशा। **~नगरी, ~पुरी**-स्त्री. काशी, वाराणसी, बनारस—शिव का नगरी। **~सक**-पु. कुबेर।

ईशता—स्त्री. [सं.] प्रभुत्व, स्वामित्व।

ईशा—स्त्री. [सं.] देवी दुर्गा; ऐश्वर्य संपन्न स्त्री, धनाढ्य स्त्री; ऐश्वर्य; अधिकार।

ईशान—वि. [सं.] एक दिशा—उत्तर-पूर्व दिशा के बीच वाली दिशा; प्रभु; शिव; सूर्य; विष्णु; शासक; शमीवृक्ष; आर्द्रा नक्षत्र; ज्योति, कांति, प्रकाश।

ईशानी—स्त्री. [सं.] देवी दुर्गा; शमी वृक्ष; ईशान दिशा।

ईशिता—स्त्री., **ईशित्व**—पु. [सं.] विशिष्टता, महत्ता, उत्कृष्टता; आठ सिद्धियों में से एक जिसे प्राप्त करने/कर लेने पर व्यक्ति सब पर शासन कर सकता है।

ईशु—प्रभु (यीशु-प्रभु)—पु. प्रभु-ईसा मसीह, ईसाइयों के आराध्य।

ईशोपासना—पु. [सं.] प्रभु की पूजा, ईश्वर-भक्ति।

ईश्वर—पु. [सं.] प्रभु, स्वामी, परमात्मा, परमेश्वर; शिव; विष्णु; कामदेव; शासक, राजा; पति। वि. ऐश्वर्ययुक्त; शक्तिमान; समर्थ; धनी। **~निषेध**-पु. नास्तिक, ईश्वर के अस्तित्व को न मानना। **~निष्ठ**-वि. ईश्वर में विश्वास करने वाला। **~प्रणिधान**-पु. भाव से संपूर्ण कर्म और उनके फल ईश्वर को अर्पित कर देना। **~विभूति**-स्त्री. परमात्मा की लीला, **~सद्म, सदन**-पु. देव मंदिर, ईश्वर का स्थान।

ईश्वरा—स्त्री. [सं.] दुर्गा, लक्ष्मी या देवी का कोई भी रूप।

ईश्वराधीन—वि. [सं.] ईश्वर की इच्छा पर अवलंबित।

ईश्वरी—स्त्री. [सं.] दुर्गा; लक्ष्मी; देवी का कोई भी रूप; जंगली पौधे—क्षुद्रजटा, नाकुली, लिंगिनी, आदि।

ईश्वरीय—वि. [सं.] दैवी, अलौकिक, ईश्वर से संबंधित।

ईश्वरोपासक—पु. [सं.] ईश्वर का उपासक, ईश्वर भक्त।

ईश्वरोपासना—स्त्री. [सं.] द्र. 'ईशोपासना'।

ईष—पु. [सं.] आश्विन मास; शिव का एक अनुचर; मनु का एक पुत्र।

ईषण—वि. [सं.] शीघ्रता करने वाला।

ईषणा—स्त्री. [सं.] क्षिप्रता; तीव्र गति, तेज़ी से।

ईषत्—वि. [सं.] थोड़ा-सा, हलका-सा, जरा-सा, कुछ-कुछ। **~उष्ण**-वि. थोड़ा-सा गरम; गुनगुना। **~कर**-सरल, आसान; थोड़ा-सा करने वाला। **~पुरुष**-पु. अधम पुरुष या निंद्य पुरुष। **~रक्त**-वि. हल्का लाल, नारंगी (रंग)। **~स्पष्ट**-वि. अर्धस्वर (य् र् ल् व्) जिनके उच्चारण में जीभ को थोड़ा प्रयत्न करना पड़ता है। **~हास**-हल्की हँसी, मुस्कुराहट।

ईषद्—'ईषत्' का समासगत रूप; द्र. 'ईषत्'।

ईष्म—पु. [सं.] कामदेव; वसंत ऋतु।

ईसबगोल, ईसरगोल—पु. द्र. 'इसबगोल'।

ईसवी (ईस्वी)—वि. [अ.] ईसा से संबंध रखने वाला, मसीही। **~सन**-पु. ईसा के जन्म काल से प्रारंभ वर्ष, सन्।

ईसा—पु. [अ.] ईसाई धर्म के प्रवर्तक, मसीह।

ईसाइयत—स्त्री. [अ.] ईसाइयों का धर्म, संस्कृति, तहज़ीब।

ईसाई—पु. [अ.] ईसा के धर्म को मानने, क्रिश्चियन।

ईसान*—पु. ईशान कोण, द्र. 'ईशान'।

ईस्टर—पु. [अं.] ईसाइयों का त्योहार, ईसा मसीह के सूली पर चढ़ाने के दिन की स्मृति में मनाया जाता है।

ईहा—स्त्री. [सं.] इच्छा, चाह, कामना; उद्योग, क्रियाशीलता, चेष्टा। **~मृग**-पु. भेड़िया; नाटक का एक भेद जिसमें चार अंक होते हैं (इसमें नायक अपनी नायिका को मृग की तरह असीम प्रेम करता है और उसे पाने—मिलने का प्रयत्न करता है)। **~वृक**-पु. भेड़िया (जिसे अपनी प्रिया की तलाश हो, चाह)।

ईहार्थी—वि. [सं.] धन-लाभ के लिए सचेष्ट; उद्देश्य-पूर्ति के लिए प्रयत्नरत।

ईहित—वि. [सं.] वांछित, चाह हुआ; खोजा हुआ; प्रयत्न किया हुआ। पु. वांछा, कामना, चाहा; प्रयत्न, उद्योग, तलाश, खोज; कार्य, कृत्य।

उ

उ—देवनागरी लिपि वर्णमाला का पाँचवाँ अक्षर। स्वर वर्ण, उच्चारण स्थान-ओष्ठ। **~उ**-शब्द करना, आवाज़ करना; शिव; ब्रह्मा; चन्द्रमा का बिम्ब; विस्मयादि सूचक अ, ध्वनि, निर्देश, प्रश्न, आदि।

उँ—अ. प्रश्न, क्रोध, निर्देश, आदि की सूचक ध्वनि।

उँगनी—स्त्री. औंगने अर्थात् बैलगाड़ी, आदि की धुरी में तेल लगाने की क्रिया, सुतली जैसी रस्सी, डोरी को तेल में भिगो कर धुरी पर लपेट दिया जाता है।

ऊँगल—स्त्री. द्र. 'अंगुल'।

उँगली—स्त्री. हाथ और पैर में अंतिम भाग, हाथ की उँगलियों से चीज़ों को पकड़ने-उठाने, आदि और लिखने का काम संपन्न किया जाता है, पैर की उँगलियों से चलने में सहायता मिलती है। **मु. ~उठना**-बदनामी होना। **~उठाना**-दोष या लांछन लगाना, बदनाम करना। **~करना**-परेशान करना, सताना (असभ्य प्रयोग)। **~पकड़ कर पहुँचा पकड़ना**—थोड़ा सा सहारा मिलते ही और अधिक की माँग करना। **~रखना**-दोष निकालना। **~लगाना**-उकसाना, भड़काना। **~(लियो) पर नचाना**—किसी को पूरी तरह अपने वश में कर लेना; अपनी इच्छा अनुसार काम कराना।

उँचाई*—स्त्री. ऊँचापन; ऊँचेपन की सीमा; बड़ाई, प्रशंसा।

उँचान* **(उचान)**—पु. ऊँचाई, ऊँचा स्थल, भूभाग।

उँचाना*—स.क्रि. ऊँचा करना, ऊपर उठाना।

उँचाव*—पु. ऊँचाई।

उंचास—वि. चालीस और नौ। पु. 49 की संख्या।

उंछ—पु. [सं.] खेत में कटाई के बाद या रास्ते में पड़े हुए अन्न के दाने चुनना, सीला बीनना। (कुछ स्थानों पर इसे सिला या सिल्ला चुगना भी कहा जाता है)। **~वृत्ति**-स्त्री. खेत में कटे हुए दाने चुन कर, सीला बीन कर जीवन-यापन करना। वि. इस वृत्ति से जीवन-निर्वाह करने वाला। **~शिल**-पु. सीला बीनने की वृत्ति, उंछ वृत्ति। **~शील**-उंछ वृत्ति, यहाँ-वहाँ से माँग कर जीविका कमाने वाला।

उँजियार* **(उजियार)**—पु. उजाला, प्रकाश।

उँजियारी (उजियारी), उँज्यारी—स्त्री. चाँदनी, प्रकाश। वि. स्त्री. प्रकाशयुक्त (रात)।

उँटड़ा, उँटरा—पु. बैलगाड़ी में जूए के बीचोबीच लगी लकड़ी जिसके सहारे गाड़ी का अगला हिस्सा जमीन पर टिकाया जाता है।

उँडेलना (उड़ेलना)—स.क्रि. किसी तरल पदार्थ को एक बर्तन से दूसरे बर्तन में डालना या जमीन पर गिराना।

उंदुर, उंदुरु, उंदूरु—पु. [सं.] चूहा।

उँह—अ. अस्वीकार, घृणा, पीड़ा, झुँझलाहट, आदि का सूचक शब्द, मुख से निकली अनायास ध्वनि।

उअना*—अ.क्रि. उगना, उदय होना।

उऋण—वि. ऋण-मुक्त हो जाना; किसी के प्रति अपने कर्तव्य का पालन कर चुकने वाला।

उकड़ूँ-(उकड़ूँ)—पु. घुटने मोड़ कर जमीन पर बैठना।

उकताना—अ.क्रि. ऊब जाना—किसी की लंबी या बार-बार कही बात पर ऊब जाना; किसी काम को करते-करते या किसी वस्तु को खाते-खाते, पीते-पीते ऊब जाना।

उकताहट—स्त्री. ऊब जाने का भाव।

उकति*—स्त्री. द्र. 'उक्ति'।

उकलैदिस—पु. [अं.] यूक्लिड, रेखागणित का आविष्कार-कर्ता यूनानी गणितज्ञ।

उकवत, उकवथ—पु. एक चर्म रोग, दाद जैसा।

उकसना—अ.क्रि. उभरना; अंकुरित होना; जमीन में से निकलना।

उकसाना—स.क्रि. उभारना; किसी के खिलाफ़ भड़काना; ऊपर को सरकाना, ऊँचा करना (दीये की बत्ती, आदि को)। अ.क्रि. हट जाना।

उकसाव—पु. भड़काने की चेष्टा या भाव; उत्तेजना।

उकसावा—पु. भड़काना, उकसाने की क्रिया।

उकसाहट—स्त्री. उकसाने का भाव, उत्तेजित करना; उत्तेजना।

उक़ाब—पु. [अ.] गरुड़; एक शिकारी पक्षी—कुछ-कुछ गिद्ध जैसा।

उकार—पु. [सं.] शिव; 'उ' स्वर।

उकारांत—वि. [सं.] शब्द जिसके अंत में 'उ' हो।

उकील*—पु. द्र. 'वकील'।

उकेरना—पु. नक्क़ाशी करना, बेल-बूटे खोदना, भूमि, रेत, आदि पर चित्रांकन करना। चित्रित करना, वर्णित करना (लाक्षणिक प्रयोग)।

उकेरी—स्त्री. नक्काशी, बेल-बूटे, चित्रित।

उकौना*—पु. गर्भावस्था में उत्पन्न होने वाली इच्छाएँ, दोहद।

उक्त—वि. [सं.] कहा हुआ, कथित। **अनुक्त**-पु. अनकहा। **~निर्वाह**-पु. अपने कथन का समर्थन; अपने कहे को निभाना। **~प्रत्युक्त**-पु. कथन और उसका उत्तर, प्रश्नोत्तर, संवाद; लास्य के दस अंगों में से एक (ना.)।

उकतानुशासन—वि. [सं.] जिसे आदेश दिया गया हो।

उक्ति—स्त्री. [सं.] कथन, वचन; वाक्य, मनोभाव व्यक्त करने की शक्ति; शब्द की व्यंजना शक्ति।

उक्थ—पु. [सं.] स्तोत्र; लोकोक्ति; वाक्य; पद्य; सामवेद का प्रधान अंग; ऋषभक नामक औषधि।

उक्थी—वि. [सं.] स्तोत्र पाठ करने वाला, यजमान।

उक्षा—पु. [सं.] बैल; सूर्य; अग्नि; सोम; मरुत; ऋषभक नामक औषधि।

उक्षाल—वि. [सं.] क्षिप्र, तेज; भयंकर; बड़ा, उत्तम। पु. बंदर।

उखटना—स.क्रि. पेड़ या पौधे का जड़ से उखड़ जाना। वि. बेमन-सा ('तुम आज उखटे-उखटे क्यों हो')।

उखड़ना—अ.क्रि. अपनी जगह से हटना; टूटना; उपटना; जमीन में लगी हुई चीज़, पौधे, आदि का ऊपर आ जाना; हड्डी का अपने जोड़ से हट जाना; गाते समय बेताल या बेसुरा हो जाना, (सभा या महफ़िल) न जमना। **मु.** उखड़ी-उखड़ी बातें करना, बेमन से बातें करना; बातचीत में कोई तारतम्य या व्यवस्था न होना।

उखड़ा—वि. अपनी जगह से हंटा, टूटा, उपटा हुआ। **~उखड़ा**-वि. बेमन-सा, ऊबा हुआ, अस्त-व्यस्त।

उखली—स्त्री. द्र. 'ओखली'।

उखाड़—पु. उखाड़ने की क्रिया। **~पछाड़**-इधर की उधर लगाना, निंदा करना; किसी को उठाना किसी को गिराना की नीति।

उखाड़ना—स.क्रि. गड़ी, जमी, बिठाई हुई चीज़ को अपनी जगह से हटा देना; किसी सभा, महफ़िल के रंग को न जमने देना।

उखाड़ू—वि. उखाड़ने वाला; किसी बने काम को बिगाड़ देने वाला।

उखेड़ना—स.क्रि. द्र. 'उखाड़ना'।

उगना—अ.क्रि. उदय होना; अँखुआना, जमना, उपजना।

उगलना—स.क्रि. खाई हुई या मुँह में चबाई जा रही चीज़ को थूक देना, मुँह से बाहर कर देना। (लाक्ष.) किसी गुप्त बात को प्रकट कर देना; अपरा स्वीकार कर लेना। **मु. (ज़हर)**—किसी के विरुद्ध बहुत अप्रिय बातें कहना; क्रोध में बहुत जली-कटी सुनाना।

उगलवाना—स.क्रि. उगलने के लिए बाध्य करना, 'उगलना' का प्रेरणार्थक रूप।

उगसाना—स.क्रि. द्र 'उकसाना'।

उगाना—स.क्रि. जमीन में अन्न या किसी फूल, आदि का बीज डाल कर जमाना, किसी चीज़ की खेती करना।

उगारना—स.क्रि. कुएँ की गाद, मिट्टी, आदि निकाल कर साफ करना।

उगाल—पु. थूक, उगला हुआ, ख़खार, पीक। **~दान**-पु. थूकने का बरतन, पीकदान।

उगाहना—स.क्रि. बहुत से लोगों से अपना पैसा वसूल करना या उसका ब्याज वसूल करना; कर या चंदा इकट्ठा करना।

उगाही—स्त्री. अपने पैसे या ब्याज की वसूली; लगान, चंदा या किसी धर्मार्थ कार्य के लिए अन्न, आदि इकट्ठा करना।

उग्र—वि. [सं.] तीव्र; भयानक; क्रूर, अत्यंत क्रुद्ध; तीक्ष्ण; उच्च; परिश्रमी; उत्कट। पु. शिव, रुद्र, क्षत्रिय और शूद्र माता से उत्पन्न एक वर्ण संकर जाति; रौद्र रस; केरल प्रांत, सहजन का पेड़; बच्छनाग, वत्सनाग विष; वायु; पूर्वा-फाल्गुनी, पूर्वाषाढ़ा, पूर्वाभाद्रपदा, मघा तथा भरणी पाँच नक्षत्रों का समूह; वायु। **~कर्मा**-वि. डरावने या कठोर काम करने वाला। **~कांड**-पु. करेला। **~गंद**-वि. तीखी गंध वाला। पु. लहसुन; हींग; कायफल; चमेली; चंपा। **~गंधा**-स्त्री. अजवायन; अजमोदा; बच; नकछिकनी। **~चंडा, ~चारिणी**-दुर्गा। **~जाति**-वि. जारज; नीच वंश में उत्पन्न। **~तारा**-स्त्री. देवी का एक रूप। **~गंड**-वि. कठोरतापूर्वक शासन करने वाला; निष्ठुर। **~दर्शन**-वि. जो देखने में डरावना हो, भयानक रूप वाला। **~धन्वा**-वि. मज़बूत धनुष वाला। पु. शिव; इंद्र। **~नासिक**-वि. दीर्घ नासिका वाला। **~पुत्र**-वि. कुलीन वंश में उत्पन्न। पु. कार्त्तिकेय। **~रेता**-पु. रुद्र का एक रूप। **~शेखरा**-स्त्री. गंगा। **~सेन**-पु. कंस के पिता, मथुरा के राजा; धृतराष्ट्र का एक पुत्र।

उग्रक—वि. [सं.] वीर, बलवान।

उग्रह—पु. ग्रहण से छूटना, ग्रहण से मोक्ष।

उग्रा—स्त्री. [सं.] दुर्गा; महाकाली; उग्र स्वभाव वाली, कर्कशा स्त्री; लड़ाका स्त्री; अजवायन, बच, आदि।

उघड़ना—अ.क्रि. नंगा होना, कपड़े का हट जाना; खुलना; प्रकट होना; भंडाफोड़ होना।

उघाड़ना—स.क्रि. निंदा कर देना, कपड़ा हटा देना, अनावृत करना; पर्दाफाश करना, भंडा फोड़ देना।

उघाड़ा—वि. अनावृत, नंगा किया हुआ; खोला हुआ।

उघारना—स.क्रि. द्र. 'उघाड़ना'।

उचकन—पु. कोई चीज़ ऊँची करने के लिए लगाया जाने वाला ईंट-पत्थर, लकड़ी, आदि का टुकड़ा, उड़ीक।

उचकना—अ.क्रि. ऐड़ी या पंजों के बल ऊपर उठ कर किसी चीज़ को देखना।

उचका*—अ. पंजों पर ऊपर उठा हुआ।

उचकाना—स.क्रि. ऊपर को उठाना।

उचक्का—पु. कोई चीज़ छीन-झपट कर भाग जाने वाला, उठाईगीर। (**चोर**)~पु. चोरी-छीना झपटी करने वाले।

उचटना—अ.क्रि. किसी पर्त, रंग, आदि का उखड़ना, अलग हो जाना। (जी, मन)~मन न लगना, किसी काम, आदि से मन हट जाना।

उचटाना (उछटाना)—स.क्रि. किसी को भड़काना, किसी काम से विरक्त कर देना, अलग कर देना।

उचड़ना—अ.क्रि. किसी चिपकी हुई चीज़ का अलग हो जाना; उखड़ जाना।

उचरना—स.क्रि. उच्चारण करना, बोलना।

उचाट—पु. विरक्ति, उदासी; मन न लगना।

उचाटी*—स्त्री. उदासी।

उचाड़ना—स.क्रि. चिपकी हुई चीज़ को अलग कर देना; परत को उखाड़ देना।

उचारना*—स.क्रि. उच्चारण करना, बोलना (व्यंग्य भाव से)।

उचित—वि. [सं.] योग्य, ठीक, मुनासिब, उपयुक्त।

उचेड़ना, उचेलना—स.क्रि. द्र. 'उचाड़ना'।

उच्चंड—वि. [सं.] प्रचंड, अत्यंत उग्र; अत्यंत क्रुद्ध; उतावला; तेज़।

उच्च—वि. [सं.] श्रेष्ठ; कुलीन; ऊँचा, लंबा; शुभ ('चंद्रमा उच्च का है' ज्यो.)। **~तरु**-पु. नारियल, ताड़ या इसी श्रेणी का ऊँचा पेड़।

उच्चक—वि. [सं.] बहुत ऊँचा, सबसे ऊँचा। **~मनोग्रंथि**-स्त्री. यह मनोभाव कि हम दूसरों से बड़े हैं (सुपिरयरिटी कांप्लेक्स)। **~तम**-वि. जो सबसे ऊँचा हो। **~तर**-वि. और ऊँचा; पहले से ऊँचा।

उच्चकित—वि. [सं.] भौंचक; घबराहट में मतिभ्रम हो इधर-उधर देखना।

उच्चय—पु. [सं.] ढेर, राशि; चयन।

उच्चरित—वि. [सं.] कहा हुआ, कथित।

उच्चाकांक्षा—स्त्री. [सं.] महत्त्वाकांक्षा, कोई बहुत बड़ी आकांक्षा।

उच्चाकांक्षी—वि. [सं.] महत्त्वाकांक्षी, बड़े होने की इच्छा रखने वाला।

उच्चाट—पु. [सं.] हटाना; मंत्र द्वारा किसी के मन को किसी से विरक्त कर देना।

उच्चाटन—पु. [सं.] हटाना, निकालना, फाड़ना; अपनी जगह से अलग कर देना; मंत्र द्वारा किसी के मन को किसी से विरक्त कर देना; तंत्र के छह उपायों में से एक।

उच्चाटित—वि. [सं.] जिसका उच्चाटन किया गया हो।

उच्चादर्श—पु. [सं.] ऊँचा आदर्श।

उच्चाधिकारी—पु. [सं.] किसी बड़े पद का अधिकारी, ऊँचा अफसर, बड़े पद वाला।

उच्चायुक्त—पु. [सं.] ब्रिटिश संघ के राज्यों में नियुक्त राजदूत का पद-नाम, 'हाई कमिश्नर'।

उच्चायोग—पु. [सं.] उच्चायुक्त, हाई कमिश्नर का कार्यालय।

उच्चार—पु. [सं.] बोलना, कहना, उच्चारण; विष्ठा, मल, गोबर।

उच्चारक—वि. [सं.] उच्चारण करने वाला, बोलने, कहने वाला।

उच्चारण—पु. [सं.] शब्द को मुँह से निकालना, बोलना; शब्द या उसके वर्णों को बोलने का ढंग। **~स्थान**-पु. मुँह का वह अवयव या स्थान—कंठ, तालु, ओष्ठ, जिह्वा; नासिका, आदि—जिसके प्रयत्न से ध्वनि विशेष निकलती है।

उच्चारणाभ्यास—पु. [सं.] उच्चारण का अभ्यास।

उच्चारणीय—वि. [सं.] उच्चारण करने योग्य।

उच्चारित—वि. [सं.] कहा, बोला हुआ।

उच्चार्य—वि. [सं.] उच्चारणीय, उच्चारण के योग्य, कहने योग्य।

उच्चासन—पु. [सं.] ऊँचा आसन, पद।

उच्चैः—अ. [सं.] ऊँची आवाज में, जोर की आवाज़ से; ऊँचा; ऊपर; ऊपर की ओर। **~घुष्ट**-पु. कोलाहल, शोर-गुल; ऊँचे स्वर से की गई घोषणा। **~वाद**-पु. प्रशंसा; वि. (सं.) स्तुति। **~श्रवा**-पु. इंद्र का घोड़ा। वि. ऊँचा सुनने वाला; लंबे कानों वाला।

उच्छल—वि. [सं.] उच्छलने वाला, लहराता हुआ (जलधि—लहराता सागर)।

उच्छलन—पु. [सं.] उछलना, तरंगित होना।

उच्छलना*—अ.क्रि. छलकना; ऊपर जा-जा कर गिरना।

उच्छलित—वि. [सं.] उछलता या लहराता हुआ, तरंगित; क्षुब्ध।

उच्छव*—पु. उत्सव।

उच्छायन—पु. [सं.] लेपन करना, उबटन, आदि लगाना; ढकना।

उच्छाव*—पु. द्र. 'उच्छाव'।

उच्छिष्ट—वि. [सं.] खाने से बचा हुआ; जूठा, खाकर छोड़ा हुआ; परित्यक्त। पु. जूठा अन्न, जूठन; शहद। **~भोक्ता**-वि. जूठन खाने वाला। **~भोजी**-वि. उच्छिष्ट, जूठन खाने वाला।

उच्छुल्क—वि. [सं.] जिस सामान पर चुंगी-कर न दिया गया हो। अ. चुंगी-कर दिये बिना।

उच्छृंखल—वि. [सं.] स्वेच्छाचारी, स्वच्छंद, बंधन न मानने वाला; क्रम-रहित, अस्त-व्यस्त।

उच्छेता—वि., पु. उच्छेद करने वाला, नाश करने वाला।

उच्छेद, उच्छेदन—पु. [सं.] काटना; उन्मूलन; जड़ से उखाड़ना; नाश।

उच्छवसन—पु. [सं.] साँस लेना; गहरी साँस लेना।

उच्छवसित—वि. [सं.] उच्छवास से भरा हुआ; प्रसन्न, प्रफुल्ल; विकसित; चिंता-मुक्त।

उच्छवास—पु. [सं.] ऊपर खींची या छोड़ी जाने वाली साँस; आह भरना; ग्रंथ का अध्याय।

उच्छवासित—वि. [सं.] प्रसन्नता, आह्लाद; से भरा हुआ।

उच्छवासी—वि. [सं.] साँस लेने वाला; आह भरने वाला; प्रसन्न, आह्लाद से भरा हुआ।

उछल-कूद—स्त्री. उछलना-कूदना; शरारत करना।

उछलना—अ.क्रि. तेज़ी के साथ नीचे से ऊपर को छलाँग लगाना। **(लाक्ष.)** घमंड, आनंद, प्रसन्नता में उछलना।

उछाल—स्त्री. उछलने की क्रिया, छलाँग; उलटी, कै; तेज़ी (दामों, क़ीमत, बाजार-भाव, शेयर बाजार, आदि में उछाल)।

उछालना—स.क्रि. ऊपर फेंकना; किसी बात को बहुत अधिक प्रचारित करना। **मु.** (नाम)~कोई बदनामी का काम करना।

उछाला—पु. उफान; उलटी, कै; मरणासन्न अवस्था में स्थिति में थोड़ा सा सुधार ('उसने शाम को थोड़ा सा उछाला तो लिया पर घंटे भर बाद ही उसकी आ गई')।

उछाह—पु. उत्साह; हर्ष; उत्सव, मंगल कार्य या खुशी में धूम-धाम, चाव।

उछिष्ट*—वि. [पु.] द्र. 'उच्छिष्ट'।

उजका*—पु. खेत में पक्षियों, आदि के डराने के लिए आदमी का कुर्ता-कमीज़ पहनाकर लकड़ियों-बाँस, आदि के द्वारा बनाया गया पुतला।

उजड़ना—अ.क्रि. तबाह, बर्बाद होना; वीरान होना।

उजड़वाना—स.क्रि. तबाह, बर्बाद कर देना; वीरान कर देना।

उजड़ा—वि. तबाह या बर्बाद हुआ; वीरान किया हुआ।

उजड्ड—वि. असभ्य, अशिष्ट, गँवार; अक्खड़, उद्दंड, उच्छृंखल। **~पन**-पु. अशिष्टता, उद्दंडता, अक्खड़ता; उच्छृंखलता।

उज़बक—वि. [तु.] मूर्ख, अहमक।

उजबेक—पु. [अ.] तातारियों की एक जाति, उज्बेकिस्तान का रहने वाला।

उजरत—स्त्री. [अ.] मज़दूरी, पारिश्रमिक, मेहनताना।

उजला—वि. सफेद, उज्ज्वल; स्वच्छ।

उजागर—वि. प्रकट; सबको सूचित कर देना।

उजाड़—वि. वीरान, जन-शून्य; जंगल; जहाँ क़ोई आबादी न हो। पु. वीरान या जंगल; अबादी से शून्य।

उजाड़ना—स.क्रि. नष्ट या बर्बाद कर देना; ढाहना; किसी को किसी स्थान पर रहने न देना; मौसम ख़त्म होने पर किसी खेत की फसल के पौधे-बूटे उखाड़ देना ('जेठ समाप्त होते ही उसने अपनी खरबूजे की पलेज उजाड़ दी')।

उजाड़ू—वि. पु. उजाड़ने वाला, बर्बाद या नष्ट कर देने वाला; काम बिगाड़ देने वाला।

उजालना—स.क्रि. मैल साफ करना, निखारना (जेवर, आदि); चमकाना।

उजाला—पु. प्रकाश। **~पाख**-पु. शुक्ल पक्ष। **~होना**-सवेरा होना। **मु. अँधेरे घर का ~घर का~**वंश, कुटुंब में अत्यंत श्रेष्ठ; होनहार; एकमात्र पुत्र।

उजाली—स्त्री. चाँदनी। **~रात**-वह रात जिसमें चाँदनी खिली हुई हो।

उजास—पु. उजाला, रोशनी; भोर हो जाना।

उजियरिया*—स्त्री. उजाली; चाँदनी; चाँदनी रात।

उजियार*—पु. उजाला, रोशनी; भोर हो जाना।

उजियारना*—स.क्रि. रौशन करना; प्रज्वलित करना।

उजियारा*—पु. प्रकाश, उजाला।

उजियारी—स्त्री. चाँदनी; रोशनी। **~रात**-वि. वह रात जिसमें चाँदनी खिली हुई हो।

उजियाला—पु. द्र. 'उजाला'।

उजीर*—पु. द्र. 'वजीर'।

उजुर—पु. द्र. 'उजर'।

उजेनी*—स्त्री. उज्जयिनी, उज्जैन।

उजेला—पु. उजाला, चाँदनी; प्रकाश फैल जाना।

उज्जयनी, उज्जयिनी—स्त्री. [सं.] प्राचीन समय में मालव प्रदेश की राजधानी, वर्तमान उज्जैन।

उज्जैन—पु. प्राचीन उज्जयिनी नगरी, वर्तमान में मध्य प्रदेश का एक प्रसिद्ध नगर।

उज्ज्वल—वि. [सं.] स्वच्छ, उजला, निर्मल; सुन्दर; चमकता हुआ।

उज्ज्वलन—पु. [सं.] चमक, दीप्ति; चमकना।

उज्ज्वला—स्त्री. [सं.] कांति, चमक; स्वच्छता; एक वृत्त। वि. उज्ज्वल यश या चरित्र वाली स्त्री।

उज्ज्वलित—वि. [सं.] प्रकाशित किया हुआ; उज्ज्वल किया हुआ, चमकाया हुआ।

उज्र—पु. [अ.] आपत्ति, विरोध, बहाना। **~दार**-वि. उज्र, आपत्ति, विरोध करने वाला। **~दारी**-किसी अदालती आज्ञा, आदेश के विरोध में दी गई दरखास्त, प्रार्थना-पत्र; किसी दूसरे के मुकाबले में संपत्ति, आदि पर अपने अधिकार की सुरक्षा के लिए दिया गया प्रार्थना-पत्र।

उज्रत—स्त्री. [अ.] द्र. 'उज़रत'।

उझकना—अ.क्रि. उचकना।

उझना *—पु. उजाला (हो जाना—भोर होने या घने बादलों के हटने पर प्रयोग—उठ जाओ, अब तो उझना हो गया')।

उटंग—वि. वांछित से कम लंबाई; कपड़े का कुछ ओछा रह जाना।

उटज—पु. [सं.] झोंपड़ी, पर्णकुटी।

उठँगन *—आड़, थूनी, सहारे के लिए लगाई जाने वाली टेक।

उठँगना—अ.क्रि. किसी चीज़ के सहारे आराम के लिए अधलेटा हो जाना।

उठक-बैठक—स्त्री. उठना-बैठना।

उठना—अ.क्रि. ऊपर की ओर जाना; ऊँचाई में बढ़ना; लेटे हुए का बैठना; बैठ कर खड़ा होना; जागना, बिस्तर छोड़ देना; खर्च होना; किराए या लगान पर जमीन, आदि देना, मरना; गाय भैंस, आदि पशुओं में संभोग इच्छा जगना; मुद्रण, आदि में अक्षरों का उभर कर आना या सुंदर दिखना। **मु. उठ खड़ा होना**-(किसी के पक्ष) खड़े हो जाना। (दुनिया से) **~उठ जाना**—मृत्यु हो जाना। **उठते-बैठते**—हर समय, हर हालत में। **~उठना-बैठना, उठ-बैठ, ~उठा-बैठी**-मित्रता, मेल-जोल, पारिवारिक संपर्क।

उठाईगीर, उठाईगीरा—पु. वह व्यक्ति जो छोटी-मोटी चीज़ें उठाकर चुप-चाप चलता बने, उचक्का। स्त्री. उठाईगीरी।

उठाऊ—वि. जो उठाया जा सके, सचल; किराए, आदि पर देने वाली वस्तु। **मु. ~चूल्हा**-जिसका बार-बार स्थान परिवर्तन हो, कोई निश्चित ठिकाना न हो।

उठान—स्त्री. उठने की क्रिया; बढ़ना; ऊँचाई लंबाई के अर्थ में (इस लड़के की उठान बहुत अच्छी है; बिक्री या खपत (माल की))।

उठाना—स.क्रि. नीचे से ऊपर को करना; लेटे हुए को बिठा देना; खर्च कर देना ('तुमने सारे पैसे ही उठा दिए); किराए पर देना। **मु.** (गंगाजली, आदि)**~कसम** खाने के लिए कहा जाता है।

उठा-पटक—पु. किसी चीज़ को उठाना-पटकना। **मु.** किसी को नीचे गिराना, किसी को ऊपर उठाना; व्यवस्था बदलना ('आजकल उस विभाग में बड़ी उठा-पटक चल रही है)।

उठा-बैठी—स्त्री. द्र. 'उठ-बैठ'।

उठाल *—पु. बढ़ोतरी (बिक्री में उठाल)।

उठाव *—पु. बिक्री, खपत में बढ़ोतरी ('आजकल गुड़ का उठाव चल रहा है)।

उठावनी—स्त्री. मृत्यु के कुछ दिन बाद की जाने वाली रीति, क्रिया (जिसमें नीचे दरी, आदि पर बैठ कर किया जाने वाला शोक समाप्त कर दिया जाता है); बीमार के ठीक होने के लिए मनौती रूप में उठा कर रखे जाने वाली वस्तुएँ—अन्न, गुड़, कपड़ा, आदि।

उड़द (उरद)—पु. एक प्रकार की दाल, काले रंग की।

उड़न—स्त्री. उड़ने की क्रिया, उड़ान; चित्त का उचाट होना, मन न लगना। **~खटोला**-पु. उड़ने वाला खटोला, एक प्रकार का विमान। **~छू**-वि. गायब, अदृश्य, लापता। **~तश्तरी**-उड़ने वाली तश्तरियाँ, प्लेट—विश्वास किया जाता है कि ये किसी दूसरे ग्रह के प्राणियों ने भेजी या उड़ाई हैं।

उड़ना—अ.क्रि. पंख के सहारे हवा में चलना-फिरना, पक्षी, आदि का; विमान, आदि में बैठ कर आकाश मार्ग से यात्रा करना; हवा के साथ इधर-उधर फिरना, पत्ता, धूल, आदि का; बिखरना; फैलना; फहराना, लहराना—दुपट्टा, आँचल, झंडा, आदि का; फीका पड़ना—रंग का; खर्च हो जाना ('सारे पैसे उड़ गए'), आनंद उठाना ('क्या माल उड़ा रहो हो'); भाग जाना, धोखा देना ('उसका सामान ले उड़े'); बात या अफवाह फैलाना;। **मु. ~उड़ती-उड़ती, उड़ती खबर**-सुनी-सुनाई बात, एक दूसरे से सुनी हुई।

उड़सना *—अ.क्रि. कपड़े—पाजामे, साड़ी, पेटीकोट, आदि को नाड़े, नेफ़े के भीतर को कर लेना जिससे टखनों से ऊपर रहे या जहाँ चाहते हैं उतनी ऊँचाई पर हो जाए।

उड़ाऊ—वि. पैसा बर्बाद करने वाला, फ़िजूलखर्च (फ़ुजूलखर्च)। **~पन**-फ़िजूलखर्ची का स्वभाव।

उड़ाकू—वि. उड़ने वाला, उड़ने में समर्थ।

उड़ान—स्त्री. उड़ने की क्रिया; उड़ने की सामर्थ्य की सीमा; हवाई जहाज, हैलीकॉप्टर, आदि एक बार उड़कर जहाँ तक जा सके (यथा—दिल्ली से मुंबई तक की उड़ान)।

उड़ाना—स.क्रि. उड़ाने की क्रिया; किसी वस्तु, वस्त्र, झंडे, आदि को लहराना, फहराना; किसी पक्षी को ऊपर से भगा देना, गायब कर देना; किसी चीज़ को चुराना; काट कर फेंक देना; नष्ट कर देना; किसी विस्फोटक, बारूद, आदि से नष्ट या ध्वस्त कर देना (पुल, किला, भवन, मंदिर, आदि); अनावश्यक रूप से धन, संपत्ति, आदि को खर्च कर देना।

उड़िया—पु. उड़ीसा का निवासी। स्त्री. उड़ीसा की भाषा।

उडियाना—पु. एक मात्रिक वृत्त।

उड़ीसा (ओडिशा, ओड़ीसा)—पु. भारतवर्ष का एक पूर्वी प्रांत, उत्कल, राजधानी भुवनेश्वर।

उडुंबर—पु. [सं.] गूलर का फल, जिसका चूर्ण किसी प्रकार के घाव को शीघ्र भर देता है; घर की ड्योढ़ी।

उडु—पु. [सं.] नक्षत्र; जल। **~प**-पु. चंद्रमा; वरुण; एक तरह की नाव, डोंगी; एक तरह का पान-पात्र। **~पति, ~राज**-पु. चंद्रमा, वरुण। **~पथ**-पु. आकाश।

उड़ुस—पु. खटमल।

उड़ेलना—स.क्रि. किसी तरल पदार्थ को एक बर्तन से किसी दूसरे बर्तन में डालना, पलटना; तरल पदार्थ को जमीन पर डालना।

उड्डयन—पु. [सं.] उड़ना; योग में एक बंध; माना जाता है कि इसकी सिद्धि से योगी में उड़ने की शक्ति आ जाती है; विमानन, वायुयान चालन; वैमानिकी ('ऐविएशन')।

उढ़ाना—स.क्रि. द्र. 'ओढ़ाना'।

उतंक—पु. [सं.] एक मुनि। *-वि. ऊँचा।

उतंग*—वि. ऊँचा, उत्तुंग।

उत*—अ. [ब्र.] उधर, वहाँ। (इत) ~इधर-उधर।

उतथ्य—पु. [सं.] अंगिरा के पुत्र और बृहस्पति के बड़े भाई। **~तनय**-पु. गौतम।

उतथ्यानुज—पु. [सं.] बृहस्पति।

उतना—वि. उस मात्रा में, उस मात्रा का।

उतरन*—स्त्री. किसी के उतारे हुए पुराने कपड़े। **~उतरन**-स्त्री. उतारे हुए पुराने कपड़े।

उतरना—अ.क्रि. ऊपर से नीचे आना; किसी सवारी से उतरना ('अभी-अभी वह गाड़ी से उतरा'); ह्रास ('पानी नीचे उतर गया है'); प्रभाव समाप्त होना ('ज़हर उतर गया है'); काल विशेष का समाप्त होना (मास, नक्षत्र, आदि का—'सावन उतर गया है'); पके फलों-सब्जी, आदि का तैयार हो जाना, तोड़ा जाना ('आजकल हमारे यहाँ घीया बहुत उतर रहे हैं'); पार होना (नदी, आदि के); तौल में ठीक आना ('घी पूरा पाँच किलो उतरा'); चुनाव या अखड़े में किसी के मुकाबले के लिए खड़ा होना; बच्चों का छोटी आयु में मर जाना ('उसका लड़का कल उतर गया); आ जाना ('उसकी आँखों में मोतियाबिन्द उतर आया है)।

उतरवाना—स.क्रि. 'उतारना' का प्रे. रूप; बच्चे के बाल पहली बार कटवाना ('अबकी बार गंगाजी पर उसके बाल उतरवाए थे)।

उतराई—स्त्री. उतरने की क्रिया; चढ़ाई का उलटा, चढ़ाई से उतरना, ढाल; नदी के पार उतारने का किराया; ट्रक; रेल, आदि से माल, सामान उतारने का किराया, भाड़ा।

उतरान—पु. उतराई।

उतराना—अ.क्रि. पानी के ऊपर आ जाना, ढहना।

उतराव—पु. उतराई।

उतान—वि. पीठ के बल लेटा हुआ, चित; आगे को छाती ताने हुए।

उतार—पु. उतरने की क्रिया; चढ़ाव का उलटा, ढाल; (जल) उतरने या घटने का क्रम ('नदी उतार पर है')। **~चढ़ाव**-पु. उँचाई-निचाई; हानि-लाभ (व्यापार, आदि में)। **मु. ~चढ़ाव की बात करना**—किसी को किसी के खिलाफ भड़काना।

उतारन—पु. पहना हुआ पुराना कपड़ा, आदि जो किसी भिखारी, नौकर, आदि को दे दिया जाए।

उतारना—स.क्रि. ऊपर से नीचे लाना; पहनी हुई चीज़ को शरीर से अलग करना; मंत्र, आदि से किसी दुष्प्रभाव को दूर करना; निकाल लेना (मलाई, आदि); काट कर अलग कर देना (शीश, आदि); (कर्ज़, एहसान, आदि) चुकाना, पटाना; मुकाबले में किसी चीज़ को लाना ('मारुति ने अपनी नई कार बाज़ार में उतार दी है', 'टाइटन ने अपनी नई घड़ी बाज़ार में उतार दी है'); सिर या चेहरे के चारों-ओर थाली, आदि को घुमाना (आरती, आदि); खींचना या शरीर से अलग करना (चमड़ी)।

उतारा—पु. रोग या प्रेत-बाधा, आदि से छुटकारे के लिए पीड़ित व्यक्ति पर कोई चीज़ वार कर कहीं चढ़ाने के लिए रख देना; इस क्रिया में प्रयुक्त की जाने वाली सामग्री।

उतारू—वि. तैयार, उद्यत, आमादा (झगड़े, लड़ाई, आदि के लिए)।

उताल*—अ. शीघ्र। स्त्री. शीघ्रता।

उतावला—वि. बेसब्र; जल्दबाजी, उतावली करने वाला।

उतावली—स्त्री. जल्दी, जल्दबाजी, अधीरता। वि. स्त्री. जल्दी मचाने वाली, अधीर (स्त्री)।

उतृण—वि. उत्रृण, ऋण-मुक्त।

उत्—उप. [सं.] यह शब्द के पहले लगकर ऊपर (उद्‌गमन), अतिक्रमण (उत्क्रांत), उत्कर्ष (उद्‌बोधन), प्राबल्य (उद्‌बल), प्राधान्य (उद्दिष्ट), अभाव (उत्पथ), विकास (उत्फुल्ल), शक्ति (उत्साह), आदि का सूचक; सन्देह, प्रश्न, विचार और प्रचंडता का भी सूचक अव्यय।

उत्कंठ—वि. [सं.] जो गरदन ऊपर किए हुए हो, उद्‌ग्रीव; उद्यत; उत्कंठा युक्त।

उत्कंठा—स्त्री. [सं.] लालसा; प्रबल इच्छा; इष्ट लाभ के लिए व्याकुल; प्रिय मिलन की उत्सुकता; रति-क्रिया में एक आसन।

उत्कंठातुर—वि. [सं.] उत्कंठा को पूरा करने के लिए व्याकुल, बेचैन।

उत्कंठित—वि. [सं.] उत्कंठा युक्त; अधीर।

उत्कंठिता—स्त्री. [सं.] एक नायिका का भेद, वह नायिका जिसमें प्रिय मिलन की प्रबल लालसा हो; संकेत-स्थल पर प्रिय के न मिलने से व्याकुल नायिका।

उत्कंप—वि. [सं.] काँपता हुआ। पुं. कँपकँपी।

उत्क—वि. [सं.] इच्छुक; खिन्न। पु. इच्छा; अवसर।

उत्कच—वि. [सं.] जिसके बाल खड़े हों; गंजा।

उत्कट—वि. [सं.] तीव्र; उग्र; प्रबल; भयंकर; उन्मत्त; श्रेष्ठ; विषम, विकट। पु. मद; मदमस्त हाथी, वह हाथी जिसका मद छड़ता हो; ईख।

उत्कर्ष—पु. [सं.] उन्नति; समृद्धि; श्रेष्ठता; ऊपर खींचना; ऊपर उठाना; हर्ष; दर्प, घमंड।

उत्कर्षक—वि. [सं.] उत्कर्षकारक, उत्कर्ष करने वाला।

उत्कर्षण—पु. [सं.] उत्कर्ष करना।

उत्कर्षापकर्ष—पु. [सं.] उत्थान-पतन।

उत्कल—पु. [सं.] वर्तमान ओड़िसा, या उस देश का निवासी; व्याध, शिकारी; ब्राह्मणों की एक उपजाति; भारवाहक, बोझ उठाने वाला; राजा सुद्युम्न का एक पुत्र (महा.)।

उत्कीर्ण—वि. [सं.] खुदा हुआ; छितराया या बिखेरा हुआ।

उत्कीर्णन—पु. [सं.] खोद कर अंकित करना; बिखेरना।

उत्कीर्णित—वि. [सं.] उत्कीर्ण किया हुआ।

उत्कीर्तन—पु. [सं.] चिल्लाना, घोषणा करना; किसी बात को बढ़ा-चढ़ा कर कहना।

उत्कृष्ट—वि. [सं.] श्रेष्ठ, सर्वोच्च, उत्तम; उन्नत; ऊपर उठाया हुआ; जोता हुआ।

उत्कोच—पु. [सं.] रिश्वत, घूस।

उत्कोचक—वि., पु. [सं.] रिश्वत लेने वाला।

उत्क्रोश—पु. [सं.] शोर-गुल; घोषणा।

उत्क्षेप—पु. [सं.] उछालना, ऊपर फेंकना; फेंक देना; भेजना, प्रेषित करना; वमन करना।

उत्खनन—पु. [सं.] खुदाई, खोदने का काम; खोदकर किसी चीज़ को बाहर निकालना; (इतिहास की खोज, आदि के लिए) खुदाई करना।

उत्तंग*—वि. द्र. 'उत्तुंग'।

उत्तंस—पु. [सं.] कर्णाभरण, कान का आभूषण; शिरोभूषण; मुकुट के ऊपर धारण करने वाला आभूषण।

उत्तट—वि. [सं.] उद्वेलित; किनारों से छलकता हुआ।

उत्तप्त—वि. [सं.] बहुत अधिक गरम; दुखी; क्रुद्ध; चिंतित।

उत्तम—वि. [सं.] श्रेष्ठ, सबसे अच्छा; प्रधान; सबसे बड़ा। पु. विष्णु; ध्रुव का सौतेला भाई। **~गन्धा**-स्त्री. चमेली। **~दर्शन**-वि. देखने में भला मालूम होने वाला, शुभकारी। **~पुरुष**-पु. सर्वनाम का एक भेद जिससे बोलने वाले का बोध होता है (मैं, हम); ईश्वर; पुरुषोत्तम। **~मणि**-पु. एक रत्न। **~वयस**-स्त्री. जीवन का अंतिम भाग, वृद्धावस्था। **~वर्ण**-वि. अच्छे रंग का; उच्च जाति का। **~वेश**-पु. सुन्दर वेश वाला; शिव। **~श्रुत**-वि. बहुश्रुत, बहुत बड़ा विद्वान। **~श्लोक**-वि. अच्छी कीर्ति वाला, यशस्वी।

उत्तमता—स्त्री. [सं.] श्रेष्ठता; अच्छाई।

उत्तमांग—पु. [सं.] सिर, शीश।

उत्तमांभ—पु. [सं.] नौ प्रकार की तुष्टियों में से एक, यह अहिंसा से प्राप्त होती है।

उत्तमा—वि. स्त्री. भली, नेक। स्त्री. नेक स्त्री; दुग्धिका, दुद्धी, नामक एक पौधा। **~दूती**-स्त्री. वह दूती जो नायक या नायिका को बातों से मना ले। **~नायिका**-स्त्री. एक नायिका-भेद, वह नायिका जो प्रतिकूल पति के साथ **भी** अच्छा व्यवहार करे।

उत्तमार्द्ध, उत्तमार्ध—पु. [सं.] जिसका आधा भाग उत्कृष्ट, श्रेष्ठ अर्धांश।

उत्तमोत्तम—वि. [सं.] सर्वश्रेष्ठ; अच्छे से अच्छा।

उत्तमौजा—वि. [सं.] बल-वीर्य में सबसे उत्तम, बढ़ कर। पु. पांडवों की ओर से लड़ने वाला एक राजा (महा.); मनु का एक पुत्र।

उत्तरंग—पु. [सं.] चौखट के ऊपर की लकड़ी की बनी मेहराब। वि. क्षुब्ध; उछलता हुआ; तरंगित।

उत्तर—वि. [सं.] उत्तर दिशा संबंधी; ऊपर वाला; ऊँचा, उपेक्षाकृत ऊँचा; पीछे आने वाला या बाद का ('उत्तर मेघ', 'उत्तर मीमांसा', 'उत्तर रामचरितम्'); बढ़िया, मुख्य, श्रेष्ठ; अतीत; अधिक,...से अधिक (अष्टोत्तर शत-108)। पु. एक दिशा—दक्षिण की उलटी दिशा; जवाब; एक अर्थालंकार जिसमें उत्तर से ही प्रश्न का अनुमान हो जाता है। महाभारत का एक पात्र, राजा विराट का पुत्र। **~कांड**-पु. रामायण का सातवाँ या अंतिम कांड। **~काय**-पु. शरीर का ऊपर का भाग। **~काशी**-स्त्री. एक स्थान जो बदरिकाश्रम के रास्ते में है। **~कुरु**-पु. कुरु देश का उत्तरी भाग। **~कौशल, ~कौसल**-पु. अवध। **~कौशला**-स्त्री. अयोध्या नगरी। **~क्रिया**-स्त्री. अंत्येष्टि, पिंडदान, आदि। **~दाता, ~दायक**-वि. जवाब देने वाला, जिम्मेदार। **~दायित्व**-पु. जवाबदेही, जिम्मेदारी। **~दायी**-वि. जवाब देने वाला, जिम्मेदार। **~नाभि**-स्त्री. यज्ञ में उत्तर दिशा में बना कुंड। **~पट**-पु. दुपट्टा, चादर। **~पथ**-पु. उत्तर मार्ग। **~पद**-पु. समास का अंतिम पद। **~प्रत्युत्तर**-पु. सवाल-जवाब, बहस, हुज्जत। **~मंद्र**-स्त्री. संगीत के स्वर का एक प्रकार। **~मीमांसा**-पु. वेदांत-दर्शन। **~रामचरितम्**-पु. भवभूति कृत संस्कृत का प्रसिद्ध नाटक। **~वय**-स्त्री., **~वयस**-पु. वृद्धावस्था, बुढ़ापा। **~वस्त्र**-पु. ऊपर पहनने वाला वस्त्र, दुपट्टा। **~वादी**-पु. प्रतिवादी; बाद में, पीछे फ़रियाद करने वाला। **~साधक**-वि. शेषांश को पूरा करने वाला।

उत्तर प्रदेश—पु. [सं.] भारत का एक प्रांत।

उत्तरांचल—पु. [सं.] उत्तर प्रदेश का पहाड़ी क्षेत्र, कुमायूँ-नैनीताल का समीपवर्ती क्षेत्र।

उत्तराखंड—पु. [सं.] भारत का एक नवगठित राज्य, उत्तर प्रदेश के अन्तर्गत।

उत्तरा—स्त्री. [सं.] उत्तर की दिशा; एक नक्षत्र; अभिमन्यु की पत्नी। **~फाल्गुनी**-स्त्री. एक नक्षत्र। **~भाद्रपदा**-स्त्री. एक नक्षत्र।

उत्तराधिकार—पु. [सं.] किसी की मृत्यु के बाद उसकी सम्पत्ति पाने का अधिकार।

उत्तराधिकारी—वि. [सं.] किसी की मृत्यु के बाद उसकी सम्पत्ति पाने का अधिकारी, वारिस।

उत्तरापथ—पु. [सं.] उत्तरी मार्ग का क्षेत्र (जम्मू-कश्मीर, पंजाब क्षेत्र—जयशंकर प्रसाद)।

उत्तरापेक्षी—वि. [सं.] उत्तर चाहने वाला, उत्तर पाने का इच्छुक।

उत्तरायण—पु. [सं.] सूर्य का मकर रेखा से उत्तर कर्क रेखा की ओर जाना, यह छः माह का काल होता है जब सूर्य की गति उत्तर की ओर रहती है।

उत्तरायणी—स्त्री. [सं.] एक मूर्च्छना (संगीत)।

उत्तरार्द्ध, उत्तरार्ध—पु. [सं.] अंत की ओर का आधा भाग, पिछला (पूर्वार्द्ध का उलटा); शरीर का ऊपरी भाग, कमर से ऊपर का।

उत्तरावस्था—स्त्री. [सं.] बाद की स्थिति या दशा; वृद्धावस्था।

उत्तराशा—स्त्री. [सं.] उत्तर दिशा।

उत्तराषाढा—स्त्री. [सं.] एक नक्षत्र।

उत्तरासंग—पु. [सं.] ऊपर का वस्त्र, उत्तरीय।

उत्तरी—वि. [हिं.+सं.] उत्तर दिशा में होने वाला, उत्तर का।

उत्तरीय, उत्तरीयक—वि. [सं.] उत्तर का; ऊपर का। पु. दुपट्टा, ओढ़नी; ऊपर, गले में पहने जाने वाला अंग-वस्त्र।

उत्तरेद्युः—अ. [सं.] अगला दिन, आने वाला कल।

उत्तरोत्तर—अ. [सं.] अधिकाधिक; दिन-दिन अधिक; लगातार।

उत्तान—वि. [सं.] ताना या फैला हुआ; पीठ के बल लेटा हुआ, चित; सीधा खड़ा; स्पष्ट वक्ता। **~पाद**-वि. जिसकी टाँगें फैला दी गई हों। पु. ध्रुव के पिता; ईश्वर। **~पादज** पु. ध्रुव; ध्रुव तारा। **~शय**-वि. चित लेटा हुआ। पु. छोटा, दुधमुँहा, बच्चा, शिशु। **~हृदय**-वि. खुले या साफ दिल वाला।

उत्तानित—वि. [सं.] ऊपर उठाया या फैला हुआ (मुख)।

उत्ताप—पु. [सं.] दुःख; क्लेश; चिन्ता; क्षोभ; उत्तेजना; तेज गरमी या आँच।

उत्तापन—पु. [सं.] बहुत अधिक गरम करना; मानसिक कष्ट पहुँचाना, क्लेश पहुँचाना।

उत्तापित—वि. [सं.] गरम किया हुआ; उत्तेजित किया हुआ; जिसे पीड़ित किया गया हो।

उत्तापी—वि. [सं.] उत्ताप युक्त; दुःख देने वाला।

उत्तारक—वि. [सं.] उद्धार करने वाला, उद्धारक। पु. शिव।

उत्तारण—पु. [सं.] उद्धार करना; पार उतारना; विष्णु।

उत्तारी—वि. [सं.] पार करने वाला; अस्थिर; परिवर्तनशील; अस्वस्थ।

उत्ताल—वि. [सं.] ऊँचा; प्रबल; प्रचंड; कठिन; भयंकर; विशाल; श्रेष्ठ।

उत्तीर्ण—वि. [सं.] परीक्षा में सफल; पार पहुँचा हुआ; जिसका उद्धार किया गया हो।

उत्तुंग—वि. [सं.] बहुत ऊँचा, गगनस्पर्शी। **~शिखर**-पु. बहुत ऊँची चोटी (जयशंकर प्रसाद)।

उत्तू—पु. [फा.] लोहे का ठप्पा जिसे गरम करके कपड़ा छापा जाता है, कपड़े पर बेल-बूटे के निशान छापने का औज़ार। **~कश, ~गर**-पु. उत्तू का काम करने वाला।

उत्तेजक—वि. [सं.] उत्तेजना देने वाला; मिर्च-मसाले वाला (भोजन); क्रोध को भड़काने वाला।

उत्तेजन—पु. [सं.] तेज़ करना (किसी चीज़ को धार देना); उभारना, भड़काना; बढ़ावा देना।

उत्तेजनात्मक—वि. [सं.] उत्तेजना देने वाला; भड़काने वाला; जोश दिलाने वाला।

उत्तेजित—वि. [सं.] जिसमें उत्तेजना आ गई हो, भड़का हुआ।

उत्तोलक—वि. [सं.] भार को ऊपर उठाने वाला; भार को ऊपर उठाने वाली मशीन—'क्रेन'।

उत्तोलन—पु. [सं.] ऊपर उठाना, तानना; तौलना।

उत्थान—पु. [सं.] उठना; उठाना; धन-वैभव की बढ़ोतरी, वृद्धि; जागना। **~एकादशी**-स्त्री. कार्तिक मास में शुक्ल पक्ष की एकादशी। **~पतन**-पु. उन्नति-अवनति; वृद्धि-ह्रास।

उत्थानक—वि. [सं.] ऊपर उठाने वाला; ऊपर (नीचे) ले जाने वाली मशीन—'लिफ्ट'।

उत्थापन—पु. [सं.] उठाना, ऊँचा करना; जगाना; प्रेरणा देना; समाप्त करना।

उत्थापित—वि. [सं.] ऊपर उठाया हुआ; उत्तेजित किया हुआ; जगाया हुआ।

उत्थित—वि. [सं.] उठा हुआ, तना हुआ; धन-वैभव में बढ़ा हुआ; वृद्धिशील।

उत्थिति—स्त्री. [सं.] उठान, ऊपर उठना या तनना; उन्नत होना।

उत्पत्ति—स्त्री. [सं.] जन्म; आरम्भ; उत्पादन; जन्म-स्थान; उद्गम; अस्तित्व में आना; उपज, पैदावार।

उत्पन्न—वि. [सं.] जनमा हुआ; उपजा हुआ।

उत्पल—पु. [सं.] कमल; नीलकमल। वि. क्षीण, दुबला-पतला। **~पत्र**-पु. कमल का पत्ता। **~पत्रक**-पु. चौड़े फल वाला चाकू।

उत्पलिनी—स्त्री. [सं.] कमल पुष्पों का समूह; कमल का पौधा; एक वृत्त।

उत्पाटन—पु. [सं.] उखाड़ना; जड़-मूल से नष्ट करना।

उत्पात—पु. [सं.] उपद्रव; ऊधम, खुराफात; प्राकृतिक विपदाएँ (बाढ़, आदि); अव्यवस्था। **मु. ~मचाना**-अव्यवस्था उत्पन्न करना; तहस-नहस करना।

उत्पाती—वि. [सं.] उत्पात करने वाला, खुराफाती, झगड़ालू।

उत्पाद—वि. [सं.] उत्पन्न की गई वस्तु। पु. उत्पन्न की गई या निर्मित की गई वस्तु—'कमॉडिटी', 'प्रोडक्ट'।

उत्पादक—वि. [सं.] पैदा करने वाला। पु. मूल कारण।

उत्पादन—पु. [सं.] पैदा करना; (फसल) उपजाना; किसी वस्तु को निर्मित करना ('प्रोडक्शन')।

उत्पादिका—स्त्री. [सं.] एक कीट, दीमक; माता।

उत्पादित—वि. [सं.] उत्पन्न किया हुआ; जो उपज पैदा की गई हो; निर्मित ('प्रोड्यूस्ड')।

उत्पादी—वि. [सं.] उत्पन्न करने वाला (समास में); उत्पन्न।

उत्पाद्य—वि. [सं.] द्र. 'उत्पाद'।

उत्पाली—स्त्री. [सं.] स्वास्थ्य, आरोग्य।

उत्पिंज—पु. [सं.] विद्रोह; षड्यंत्र।

उत्पिंजर, उत्पिंजल—वि. [सं.] व्याकुल; अव्यवस्थित; मुक्त किया हुआ।

उत्पीड़—पु. [सं.] दबाना; कुचलना; पेरना; जख्म।

उत्पीड़क—वि. [सं.] सताने वाला, शोषण करने वाला; दबाने वाला।

उत्पीड़न—पु. [सं.] सताना; शोषण करना; जुल्म करना; दबाना।

उत्पीड़ित—वि. [सं.] सताया हुआ, शोषित; जिस पर जुल्म किया गया हो।

उत्प्रवास, उत्प्रवासन—पु. [सं.] अपना देश छोड़कर अन्य देश में जाना; अन्य देश में जा बसना।

उत्प्रवासी—पु. [सं.] दूसरे देश का रहने वाला।

उत्प्रेक्षक—वि. [सं.] देखने-समझने, विचार करने वाला।

उत्प्रेक्षण—पु. [सं.] ऊपर देखना; तुलना करना; अवलोकन; अनुमान, कल्पना; उद्भावन।

उत्प्रेक्षा—स्त्री. [सं.] अनुमान, कल्पना, उद्भावना; उदासीनता, असावधानता; उपेक्षा; अर्थालंकार का एक भेद जिसमें प्रस्तुत, उपमेय में सादृश्य के कारण अन्य वस्तु, उपमान की संभावना की जाती है।

उत्फुल्ल—वि. [सं.] खिला हुआ, पूर्णतः विकसित; फैला हुआ; प्रसन्नता से फूला या खिला हुआ। **~योनि**-स्त्री. रति-क्रिया में एक आसन।

उत्संग—पु. [सं.] गोद, अंक, आलिंगन; सामीप्य, पड़ोस; घर का ऊपरी भाग (छत); वितान, जख्म का भीतरी भाग; पार्श्व, किनारा; राजकुमार के जन्म पर प्रजा तथा दूसरे राजाओं से उपहार के रूप में मिलने वाला धन (महा.)।

उत्संगित—वि. [सं.] गोद में लिया हुआ; आलिंगित; सम्पर्क में लाया हुआ।

उत्स—पु. [सं.] स्रोत, सोता; पर्वत से निकल बहने वाले जल के गिरने का स्थान।

उत्सर्ग—पु. [सं.] अलग करना, छोड़ना, त्यागना; टालना; दान; व्यय; अपान वायु या मल का त्याग; (अध्ययन या व्रत की) समाप्ति; वैदिक कर्म विशेष।

उत्सर्गी—वि. [सं.] उत्सर्ग करने वाला।

उत्सर्जन—पु. [सं.] उत्सर्ग करना; त्याग; दान करना; वैदिक अध्ययन को स्थगित करना; वैदिक अध्ययन की समाप्ति के उपलक्ष्य में एक गृह कर्म जो वर्ष में दो बार (पौष और श्रावण) में किया जाता है।

उत्सर्जित—वि. [सं.] जिसका उत्सर्ग कर दिया गया हो; जो दान में दे दिया गया हो; जिसका त्याग कर दिया गया हो।

उत्सर्पिणी—स्त्री. [सं.] जैन मत में मान्य काल का एक विभाग।

उत्सव—पु. [सं.] आनंददायक मंगल कार्य—विवाह, आदि (विवाहोत्सव, जनमोत्सव, आदि); तीज-त्योहार; जलसा, सम्मेलन; ऊँचाई; ग्रन्थ का खंड, भाग। **~धर्मिता**-स्त्री. उत्सव मनाने जैसा उल्लास, उल्लासपूर्ण।

उत्सादन—पु. [सं.] नाश करना; बाधा डालना; मालिश करना; उबटन लगाना।

उत्साह—पु. [सं.] उमंग; हौसला; जोश; दृढ़ संकल्प; सामर्थ्य; क्षमता; वीर रस का स्थायी भाव। **~वर्दन**-पु. उत्साह बढ़ाना, साहस देना।

उत्साहक—वि. [सं.] उत्साह बढ़ाने वाला; क्रियाशील, कर्मठ।

उत्साही—वि. [सं.] उत्साह युक्त, अध्यवसायी।

उत्सुक—वि. [सं.] प्रिय वस्तु की प्राप्ति के लिए अत्यंत इच्छावान, उत्कंठित; चाह से आकुल; (जानने की) प्रबल इच्छा वाला।

उत्सुकता—स्त्री. [सं.] अधीरता, व्याकुलता; उत्कंठा; प्रबल इच्छा; आसक्ति।

उत्सूत्र—वि. [सं.] धागे से निकाला हुआ; अनियमित; नियम या सूत्र त्याग करने वाला।

उत्सृष्ट—वि. [सं.] उत्सर्ग किया हुआ, परित्यक्त; उड़ेला हुआ; प्रयोग में लाया हुआ।

उथराई *—स्त्री. हल्कापन; ओछापन।

उथलना *—अ.क्रि. डगमगाना; उलटना।

उथल-पुथल—स्त्री. उलट-पुलट; उलट-फेर; हलचल; अव्यवस्था।

उथला—वि. छिछला, कम गहरा।

उदंत—पु. [सं.] समाचार, खबर; वार्ता, वृत्तांत; वर्णन; सज्जन, साधु-पुरुष।

उदंतक—पु. [सं.] वृत्तांत, समाचार, खबर।

उदंतिका—स्त्री. [सं.] संतुष्टि, तृप्ति।

उद—पु. [सं.] जल (साधारणत: समास में या 'उदक' के विकल्प के रूप में प्रयोग होता है)। **~अंत**-पु. तट, किनारा; समुद्र-तट। **~अर्थी**-वि. प्यासा। **~आधार**-पु. कुंड, हौद। कुंभ; पानी का या पानी से भरा घड़ा। **~कोष्ठ, ~पात्र**-पु. पानी का घड़ा। **~ज**-वि. जलीय, जल में उत्पन्न। **~धि**-पु. द्र. क्रम में। **~प्र**-पु. नाव। **~पात्र**—पु., **~पात्री**-स्त्री. घड़ा, जल रखने का पात्र। **~वास**-पु. जल के किनारे का निवास स्थान, जल के मध्य बना निवास स्थान। **~वाह**-पु. बादल।

उदक—पु. [स.] पानी, जल। **~कर्म, ~कार्य, ~दान**—पु., **~क्रिया**-स्त्री. पितरों को जल देना, पितृ-तर्पण। **~क्रीड़ा**—स्त्री. जल-क्रीड़ा। **~दाता, ~दानिक, ~दायी**-वि. पितरों को जल देने वाला; उत्तराधिकारी। **~धर**-पु. बादल।

उदकार्थी—वि. [सं.] प्यासा; जल चाहने वाला।

उदकेचर—वि. [सं.] जलचर।

उदकोदर—पु. [सं.] जलोदर नामक रोग।

उदक्—वि. [सं.] ऊपर का; उत्तरी; परवर्ती।

उदक्त—वि. [सं.] ऊपर खींचा या उठाया हुआ; ऊपर उठा हुआ; उक्त।

उदक्या—स्त्री. [सं.] रजस्वला स्त्री।

उदगार*—पु. द्र. 'उद्गार'।

उदगारना*—स.क्रि. उगलना; अ.क्रि. डकार लेना; भड़काना।

उदग्—'उदक्' का समासगत रूप। **~अर्दी**-पु. हिमालय। **~अयन**-पु. **~गति**-स्त्री. उत्तरायण। **~द्वार**-वि. जिसका द्वार उत्तर दिशा में हो। **~भूम**—पु., **~भूमि**-स्त्री. उपजाऊ जमीन।

उदग्र—वि. [सं.] प्रचंड; असह्य; प्रबल; उग्र; भयंकर; क्रुद्ध; ऊपर को उठा हुआ; उभरा हुआ; ऊँचा।

उदजन—पु. [सं.] हाइड्रोजन गैस।

उदजनीकरण—पु. [सं.] हाइड्रोजन में परिवर्तित करना।

उदघाटन*—पु. द्र. 'उद्घाटन'।

उदधि—पु. [सं.] समुद्र; घड़ा; बादल। **~कन्या, ~तनया**-स्त्री. लक्ष्मी। **~मल**-पु. समुद्र-फैन। **~मेखला, ~वस्त्रा**-स्त्री. पृथ्वी। **~सुत**-पु. चन्द्रमा, अमृत, शंख, आदि। **~सुता**-स्त्री. लक्ष्मी।

उदबेग*—पु. द्र. 'उद्वेग'।

उदभव*—पु. द्र. 'उद्भव'।

उदय—पु. [सं.] (सूर्य, चंद्र, आदि का) उगना, निकलना, आकाश में दिखाई देना; प्रकट होना; बढ़ोतरी, उन्नति, उत्थान; उद्गम-स्थान; उदयाचल। **~गिरि, ~पर्वत, ~शैल**-पु. पूर्व दिशा में मान्य एक कल्पित पर्वत जिसके पीछे से सूर्य का उदय होना माना जाता है; ओड़िसा में भुवनेश्वर के सन्निकट एक पर्वतमाला जिसमें गुफा-मंदिर हैं। **~पूर्व**-पु. राजस्थान का एक प्राचीन नगर, मेवाड़ की राजधानी।

उदयन—पु. [सं.] ऊपर जाना, उगना; संस्कृत के प्रसिद्ध नाटक 'स्वप्नवासवदत्ता' का नायक वत्सराज। वि. जिसका उदय हो रहा हो, ऊपर उठता हुआ।

उदयाचल—पु. [सं.] उदयगिरि।

उदया तिथि—स्त्री. [सं.] सूर्योदय काल में वर्तमान तिथि।

उदयाद्रि—पु. [सं.] उदयगिरि।

उदयान*—पु. उद्यान, बाग।

उदयास्त—पु. [सं.] उत्थान-पतन; बनना-बिगड़ना।

उदयी—वि. [सं.] उगता हुआ, ऊपर उठता हुआ; उन्नतिशील।

उदरंभरि—वि. [सं.] जो केवल अपना पेट भरता हो; पेटू।

उदरंभरी—स्त्री. [सं.] पेटूपन।

उदर—पु. [सं.] पेट-छाती और नाभि के बीच का भाग; किसी वस्तु का भीतरी भाग, मध्य भाग। **~आध्मान**-पु. अफरा, अजीर्ण, आदि, पेट का फूलना। **~आमय**=पु. पेट का रोग, अतिसार, संग्रहणी, आदि। **~कृमि**-पु. पेट में उत्पन्न होने वाला कीड़ा। **~ज्वाला**-स्त्री. पेट की आग; भूख। **~प्राण**-पु. पेट पर या शरीर के ऊपरी भाग पर लगाए जाने वाला कवच, बख्तर। **~दास**-पु. जन्म से ही दास, जिसके माँ-बाप भी दास रहे हों। **~पिशाच**-पु. पेटू; पिशाच की तरह बहुत अधिक खाने वाला। **~रेखा**-स्त्री. त्रिवली। **~वृद्धि**-स्त्री. एक रोग जिसमें पेट बढ़ जाता है। **~स्थ**-वि. पेट के अंदर पहुँचाया हुआ, हज़म किया हुआ।

उदरथि—पु. [सं.] सूर्य; समुद्र।

उदराग्नि—स्त्री. [सं.] पेट की अग्नि-जठराग्नि; पाचन शक्ति।

उदरामय—पु. [सं.] पेट की बीमारी।

उदरावर्त—पु. [सं.] नाभि।

उदरावेष्ट—पु. [सं.] पेट का कब्ज़, कोष्ठबद्धता।

उदश्रु—वि. [सं.] फूट-फूट कर रोने वाला।

उदसन—पु. [सं.] फेंकना, निकाल देना; उठाना।

उदसना*—अ.क्रि. उजड़ना; बर्बाद होना।

उदस्त—वि. [सं.] फेंका या निकाला हुआ; निरस्त; उठाया हुआ; नीचा दिखाया हुआ।

उदात्त—वि. [सं.] ऊँचा; कुलीन; उदार; प्रख्यात; महान; श्रेष्ठ; प्रिय; ऊँचे स्वर में उच्चरित। पु. स्वर को ऊँचे स्वर में उठाना, इस प्रकार तीन प्रकार से स्वरघोष—उदात्त, अनुदात्त और स्वरित; अर्थालंकार का एक भेद जिसमें संभाव्य विभूति का वर्णन बढ़ा-चढ़ा कर किया जाए। नायक का एक प्रकार; एक तरह का बड़ा ढोल।

उदान—पु. [सं.] प्राण के पाँच भेदों में से एक जिसका स्थान कंठ है और इसकी गति, चाल, हृदय से कंठ तथा

तालु तक और सिर से भ्रू-मध्य तक मानी गई है, डकार और छींक इसी से आती है; साँस; नाभि; बरौनी; एक प्रकार का साँप।

उदार—वि. [सं.] कोमल और दयालु; ऊँचे दिल वाला, खुले दिल वाला; दानशील; महान, श्रेष्ठ; ईमानदार, खरा। **~चरित**-वि. ऊँचे चरित्र वाला। **~चेता, ~मना**-वि. खुले या कोमल दिल वाला। **~दर्शन**-वि. देखने में मन-भावन, सहज; मिलनशील। **~धी**-वि. प्रतिभाशाली; खुले, कोमल दिल वाला।

उदारता—स्त्री. [सं.] दानशीलता; उदार, कोमल स्वभाव।

उदारथि—वि. [सं.] ऊपर उठने वाला; ज्ञानेंद्रियों को प्रकाश देने वाला जिसमें से भाप निकल रही हो। पु. विष्णु।

उदाराशय—वि. [सं.] बड़े, कोमल दिल वाला।

उदावत्सर—पु. [सं.] संवत्सर विशेष।

उदास—पु. [सं.] तटस्थता; संन्यास। वि. दुखी; उदासीन; जिसका चित्त उचटा रहता है; तटस्थ, उपराम।

उदासी—स्त्री. खिन्नता, उदासीनता; हल्के दुःख की अनुभूति। वि. [सं.] तटस्थ; उपराम, विरक्त, निरपेक्ष। पु. संन्यासी; उदासी नामक संप्रदाय का अनुयायी साधु।

उदासीन—वि. [सं.] विरक्त; तटस्थ, निष्पक्ष।

उदासीनता—स्त्री. [सं.] विरक्ति; तटस्थता, निरपेक्षता।

उदाहरण—पु. [सं.] दृष्टांत, मिसाल; कहना, वर्णन करना; एक अर्थालंकार जिसमें किसी सामान्य कथन के बाद उदाहरण के रूप में वाचक शब्द से समता का वर्णन हो। **~स्वरूप**-वि. उदाहरण के रूप में।

उदाहरणतः, उदाहरणतया, उदाहरणार्थ—वि. उदाहरण के लिए, उदाहरण के रूप में।

उदाहृत—स्त्री. [सं.] जिसका उदाहरण, दृष्टांत दिया गया हो; कथित, वर्णित।

उदाहृति—स्त्री. [सं.] उदाहरण।

उदित—वि. [सं.] उगा हुआ, जो उदय हो चुका हो; प्रकट; प्रकाशित; उत्पन्न; ऊँचा, लम्बा; कहा हुआ। **~यौवना**-स्त्री. मुग्धा नायिका का एक भेद।

उदीची—स्त्री. [सं.] उत्तर-दिशा।

उदीचीन—वि. [सं.] उत्तरी; उत्तर दिशाभिमुख।

उदीच्य—वि. [सं.] उत्तर का; उत्तर का रहने वाला। पु. सरस्वती नदी के उत्तर-पश्चिम में पड़ने वाला देश; गुजराती ब्राह्मणों में एक उपजाति; बाला नामक एक सुगंधित द्रव्य।

उदीप—वि. [सं.] प्लावित; भरा हुआ। पु. जल-प्लावन, बाढ़।

उदीपन*—पु. द्र. 'उद्दीपन'।

उदीपित*—वि. द्र. 'उद्दीप्त'।

उदीयमान—वि. [सं.] उगता, उदय होता हुआ; संभावनापूर्ण (प्रतिभा)।

उदीर्ण—वि. [सं.] उदित; उगा हुआ; उत्पन्न; उठा हुआ; तना हुआ; खिंचा हुआ; परिपूर्ण; उदार; महान; समृद्ध। पु. विष्णु।

उदुंबर—पु. [सं.] द्र. 'उडुंबर'।

उदूल—पु. [सं.] कहना न मानना, अवज्ञा, अवहेलना, नाफ़र्मानी। (हुक्म) **~(ली)**-हुक्म न मानना, आज्ञा का उल्लंघन।

उदेग*—पु. [ब्र.] द्र. 'उद्वेग'।

उदोत*—पु. प्रकाश; शोभा; वृद्धि; उन्नति।

उद्—अ. [सं.] यह एक उपसर्ग है जो क्रियाओं और संज्ञाओं में लगकर—ऊपर; बाहर; पृथक्, अलग; उपार्जन, लाभ; लोक-प्रसिद्धि; कौतूहल; चिंता; मुक्ति; अनुपस्थिति, मुख्यतः, शक्ति; उत्कर्ष, आदि अर्थ प्रकट करता है।

उद्गत—वि. [सं.] ऊपर आया हुआ; गया हुआ; उत्पन्न; बाहर निकाला, वमन किया हुआ।

उद्गता—स्त्री. [सं.] वृत्त विशेष।

उद्गतार्थ—पु. [सं.] ऐसी वस्तु या धरोहर जिसका मूल्य रखे-रखे बढ़ गया हो।

उद्गतासु—वि. [सं.] मृत।

उद्गति—स्त्री. [सं.] आरोह, ऊपर जाना; उदय; मूल; वमन।

उद्गम—पु. [सं.] उत्पत्ति, जन्म, निकास; उत्पत्ति स्थान; ऊपर उठना; (अंकुर) निकलना। **~स्थान**-पु. उत्पत्ति, उद्गम का स्थान।

उद्गमन—पु. [सं.] उदय, प्रकट होना।

उद्गाता—पु. [सं.] यज्ञ में सामवेद का ऋत्विक्।

उद्गाथा—स्त्री. [सं.] आर्या छन्द का एक भेद।

उद्गार—पु. [सं.] भावपूर्ण मनोभाव का प्रकटीकरण; भावावेश में प्रकट शब्द, कथन; हर्ष, शोक, आदि को प्रकट करते शब्द (हर्षोद्गार, शोकोद्गार, आदि); मुँह से बाहर आना; वमन; थूक, लार।

उद्गारी—वि. [सं.] उद्गार प्रकट करने वाला; डकार लेने या वमन करने वाला।

उद्गीति—स्त्री. [सं.] सामगान; गाना; आर्या छन्द का एक भेद।

उद्गीथ—पु. [सं.] सामगान; साम वेद के मंत्रों का गायन करने वाले उद्गाता, साम वेद का उत्तरार्ध; ओंकार।

उद्गीर्ण—वि. [सं.] निकाला हुआ; उगला हुआ।

उद्गूर्ण—वि. [सं.] उत्तेजित; क्षुब्ध; ऊपर उठाया हुआ।

उद्गेय—वि. [सं.] गाने योग्य।

उद्गेही—स्त्री. [सं.] एक तरह की चींटी।

उद्ग्रंथ—वि. [सं.] बंधनमुक्त; बंधन ढीला किया हुआ। पु. पुस्तक का एक विभाग या अध्याय।

उद्ग्रंथि—वि. [सं.] जो बँधा हुआ न हो; सांसारिक बंधनों से मुक्त; असंग।

उद्ग्राह—पु. [सं.] ऊपर उठाना; प्रतिवाद; कर रूप में एकत्रित अन्न।

उद्ग्रीव, उद्ग्रीवी—वि. [सं.] जिसकी गर्दन ऊपर उठी हो, उत्कंठ।

उद्घाटक—पु. [सं.] उद्घाटन करने वाला; अर्थ की व्याख्या करने वाली पुस्तक—कुंजी; कुएँ की चरखी।

उद्घाटन—पु. [सं.] किसी सम्मेलन, समारोह, उत्सव, आदि का किसी गण्यमान व्यक्ति द्वारा शुभारंभ; (किसी गुप्त बात, रहस्य, आदि का) प्रकट करना।

उद्घाटित—वि. [सं.] आरंभ किया हुआ, खोला या उघाड़ा हुआ; ऊपर उठाया हुआ।

उद्घात—पु. [सं.] आरंभ, उपक्रम; संकेत, उल्लेख; प्रहार करना, घायल करना; थप्पड़; आघात; हचकोला (गाड़ी, आदि में, 'हिचकोला' भी कहा जाता है); उठना, उन्नत होना, मुगदर; शस्त्र; पुस्तक का अध्याय या परिच्छेद।

उद्घातक, उद्घाती—वि. [सं.] आघात करने वाला; धक्का मारने वाला।

उद्घोष—पु. [सं.] ऊँची आवाज़ में कहना, घोषणा।

उद्घोषक—वि. [सं.] घोषणा करने वाला।

उद्घोषणा—स्त्री. [सं.] सरकारी घोषणा, चिल्ला कर बात कहना।

उद्घोषित—वि. [सं.] जिसकी घोषणा कर दी गई हो; कही गई।

उद्दंड—वि. [सं.] उच्छृंखल, अनियंत्रित; अक्खड़, शरारती।

उद्दंतुर—वि. [सं.] जिसके लंबे या निकले हुए हो; भयंकर, कराल।

उद्दंश—पु. [सं.] खटमल; जूँ; मच्छर।

उद्दाम—वि. [सं.] निर्बंध, अनियंत्रित, निरंकुश, मुक्त; सबल, सशक्त; स्वेच्छाचारी; उग्र; घमंडी; असीम; भयंकर, प्रचंड। पु. यम; वरुण; एक वृत्त—दंडक छंद का एक भेद।

उद्दालक—पु. [सं.] एक ऋषि, कामशास्त्र के विद्वान श्वेतकेतु के पिता; एक व्रत; लिसोड़े का पेड़।

उद्दिष्ट—वि. [सं.] अभिप्रेत; चाहा, सोचा हुआ; वादा किया हुआ; वर्णित; कथित, बताया हुआ। पु. छंद शास्त्र में 'प्रस्तार' नामक क्रिया जिससे छंद का भेद जाना जाता है।

उद्दीप—पु. [सं.] प्रज्वलित करना; उत्तेजित करना; गुग्गुल।

उद्दीपक—वि. [सं.] उद्दीपन करने वाला, उत्तेजित करने वाला; प्रज्वलित करने वाला।

उद्दीपन—पु. [सं.] उत्तेजित करना, भड़काना; प्रज्वलित करना; रस को उत्तेजित करने वाला विभाव (का.शा.)।

उद्दीपित—वि. द्र. 'उद्दीप्ति'।

उद्दीप्त—वि. [सं.] जगाया, भड़काया हुआ; उत्तेजित; प्रज्वलित।

उद्दीप्ति—स्त्री. [सं.] उद्दीप्त होना।

उद्देश—पु. [सं.] अनुसंधान, ढूँढ़ना, खोज, तलाश; वर्णन; मंतव्य, अभिप्राय, उदाहरण, स्पष्टीकरण; ऊँचा पद या स्थान।

उद्देशक—पु. [सं.] उदाहरण, मिसाल; प्रश्न (ग.)। वि. दिखलाने या बतलाने वाला।

उद्देशिका—स्त्री. [सं.] उद्देश्य बताने वाली भूमिका।

उद्देशन—पु. [सं.] दिखलाने, बताने या लक्षित करने की क्रिया।

उद्देश्य—वि. [सं.] लक्ष्य, इष्ट; स्पष्ट रूप से या इंगित किए जाने योग्य; उदाहरण से समझाने या स्पष्ट किए जाने योग्य। पु. प्रयोजन; अभिप्रेत अर्थ; वह वस्तु जिसे लक्ष्य में रखकर कोई बात कही जाए; विधेय का उलटा, विशेष्य (व्या.)।

उद्देष्टा—वि. [सं.] इंगित करने वाला, बतलाने वाला; कोई लक्ष्य दृष्टि में रखकर काम करने वाला।

उद्दोत*—वि. [पु.] द्र. 'उद्द्योत'।

उद्द्योत—वि. [सं.] प्रकाशमान, ज्वलंत। पु. प्रकाश; चमक; रोशनी; ग्रंथ का भाग, अध्याय, पर्व, कांड।

उद्द्योतित—वि. [सं.] प्रकाशित किया हुआ; प्रज्वलित किया हुआ; चमकीला।

उद्धत—वि. [सं.] अविनीत, अक्खड़, गँवार, उजड्ड; अहंकारी, अभिमानी, घमंडी; कठोर; असभ्य; उत्तेजित; क्षुब्ध; प्रचंड। **~मनस्क, ~मना**-वि. अभिमानी, घमंडी; ऊपर उठाया हुआ।

उद्धति—स्त्री. [सं.] घमंड, अभिमान; असभ्यता, उजड्डपन; उठान।

उद्धरण—पु. [सं.] किसी उक्ति या लेखांश को दूसरी जगह ज्यों का त्यों रख देना, अवतरित करना; अवतरण; खींचना, खींच कर निकालना; उतारना; छुड़ाना; उन्मूलन; नामोनिशान मिटाना; ऊपर उठाना; मुक्ति, मोक्ष; वमन करना; वमन।

उद्धरणी—स्त्री. [सं.] पढ़े हुए पाठ को दोहराना।

उद्धरर्ता—वि. [सं.] ऊपर उठाने वाला; उद्धार करने वाला; संपत्ति का भागीदार। पु. त्राता, उद्धारकर्ता, रक्षक।

उद्धर्ष—वि. [सं.] प्रसन्न, हर्षित। पु. बड़ी भारी प्रसन्नता या खुशी; किसी काम को प्रारंभ करने का साहस या उमंग; त्योहार, व्रत, उत्सव।

उद्धव—पु. [सं.] कृष्ण के सखा; यज्ञाग्नि; उत्सव, पर्व, त्योहार।

उद्धव्य—पु. [सं.] बौद्ध धर्मानुसार दस सांसारिक क्लेशों में एक।

उद्धस्त—वि. [सं.] जिसके हाथ ऊपर उठे या फैले हुए हों।

उद्धार—पु. [सं.] मुक्ति, छुटकारा, त्राण (विपत्ति, दुर्दशा, आदि से, जन्म-मरण के बंधन, भव-बंधन से); ऋण या ऋण रूप कर्तव्य से छुटकारा।

उद्धारक—वि. [सं.] उद्धार करने वाला।

उद्धारण—पु. [सं.] उबारना; ऊपर उठाना; मुक्ति कर देना।

उद्धारना*—स.क्रि. उद्धार करना।

उद्धित—वि. [सं.] ऊपर उठाया हुआ।

उद्धृत—वि. [सं.] किसी अन्य रचना या स्थान से यथावत् लिया हुआ अवतरण, अंश; खींच कर निकाला हुआ; ऊपर उठाया हुआ; जड़ से उखाड़ा या नष्ट किया हुआ; वमन किया हुआ।

उद्धृति—स्त्री. [सं.] निकालना; हटाना; त्राण; किसी लेख, आदि से लिया हुआ अंश, अवतरण।

उद्ध्वंस—पु. [सं.] (स्वर की) कर्कशता; विनाश; महामारी।

उद्ध्वस्त—वि. [सं.] ढाहा, गिरा हुआ; नष्ट।

उद्बुद्ध—वि. [सं.] जगा या जगाया हुआ; उद्दीप्त।

उद्बोध—पु. [सं.] स्वरूप, कर्तव्य, आदि स्मरण होना; जगना; अक्ल आ जाना।

उद्बोधक—वि. [सं.] जगाने, उठाने; याद दिलाने; ज्ञान प्रदान कराने वाला।

उद्बोधन—पु. [सं.] जगाना; स्मरण कराना; चेतावनी देना; हल्की डाँट-डपट के साथ समझाना; भर्त्सना।

उद्भट—वि. [सं.] असाधारण; श्रेष्ठ, सर्वोत्तम, प्रवर; मुख्य; प्रबल, प्रचंड। पु. सूर्य; कछुआ; सूप, छाज।

उद्भव—पु. [सं.] उत्पत्ति; उद्गम, मूल; उद्गम-स्थान; जन्म; विष्णु।

उद्भाव—पु. [सं.] उद्भव; कल्पना; विशालता; उदारता।

उद्भावक—वि. [सं.] उत्पन्न करने वाला; उद्भावना करने वाला।

उद्भावन—पु. [सं.] उत्पादन; कल्पना करना; सोचना; कहना; बोलना; उपेक्षा करना।

उद्भावना—स्त्री. [सं.] उद्भव; कल्पना।

उद्भावित—वि. [सं.] उद्भव किया हुआ।

उद्भास—पु. [सं.] चमक, दीप्ति, आभा, कांति, आब।

उद्भासित—वि. [सं.] चमकता हुआ; प्रकाशित; दीप्तिमान; व्यक्त।

उद्भिज्ज़—वि. [सं.] धरती फोड़ कर बाहर निकलने वाला; उगने वाला; पेड़-पौधे। **~विज्ञान, ~शास्त्र**-पु. वनस्पति-विज्ञान, शास्त्र।

उद्भिद—वि. [सं.] उगने, निकलने वाला। पु. समुद्री नमक।

उद्भिद्—वि. [सं.] धरती फोड़ उगने, निकलने वाला। पु. अँखुआ; पौधा; उत्स; झरना।

उद्भूत—वि. [सं.] उत्पन्न, सृष्ट; (उससे) निकला हुआ; व्यक्त; गोचर; उच्च।

उद्भूति—स्त्री. [सं.] उत्पत्ति; उत्कर्ष।

उद्भृत—वि. [सं.] उभरा हुआ।

उद्भेद—पु. [सं.] बीज का अंकुरण, धरती फोड़ कर बाहर निकलना, प्रकट होना; उत्सव; ज्वालामुखी का फूटना; विश्वासघात।

उद्भेदन—पु. [सं.] अंकुरण; उगना; प्रकट होना।

उद्भ्रम—पु. [सं.] घूमना, चक्कर खाना; घुमाना; पश्चात्ताप।

उद्भ्रमण—पु. [सं.] भ्रमण करना, घूमना।

उद्भ्रांत—वि. [सं.] उद्विग्न; भ्रम में पड़ा हुआ; चकित, भौंचक्का; हैरान।

उद्भ्रांति—स्त्री. [सं.] उद्भ्रम।

उद्यत—वि. [सं.] तैयार, तत्पर।

उद्यति—स्त्री. [सं.] चेष्टा, प्रयत्न; उठाना।

उद्यम—पु. [सं.] श्रम, मेहनत; तैयारी; उद्योग; धंधा। **~भंग**-पु. प्रयत्न से विरत होना या विरत करना।

उद्यमी—वि. [सं.] परिश्रम करने वाला, मेहनती; जीवट वाला; उद्योग चलाने वाला।

उद्यमीय पूँजी—स्त्री. [सं.] व्यवसाय या उद्योग में लगी पूँजी ('वर्किंग कैपिटल')।

उद्यान—पु. [सं.] वाटिका, बगीचा। **~पाल, ~पालक, ~रक्षक**-पु. माली।

उद्यानक—पु. [सं.] वाटिका, बगीचा; वाटिका या बगीचे का स्थान।

उद्यानिकी—पु., स्त्री. [सं.] बगीचे, उद्यान लगाने का शास्त्र या काम ('होर्टिकल्चर')।

उद्यापन—पु. [सं.] निरंतर चलने वाले उपवास, कथा, आदि की समाप्ति पर किए जाने वाला अनुष्ठान—हवन-पूजन, प्रसाद वितरण, दान, आदि।

उद्यापित—वि. [सं.] जिसका उद्यापन किया जा चुका हो; विधि-विधानपूर्वक सम्पन्न किया हुआ।

उद्योग—पु. [सं.] व्यवसाय, उद्यम; उत्पादक कार्य, धंधा (इंडस्ट्री)। **~धंधा**-पु. मशीनों, आदि से उत्पादन करना। **~पति**-पु. उद्योग का स्वामी ('इंडस्ट्रियलिस्ट')।

उद्योगी—वि. [सं.] उद्योगशील, उद्यमी, परिश्रमी।

उद्योगीकरण—पु. [सं.] किसी भी चीज़ को उद्योग का रूप देना; उद्योग-धंधे लगाने की प्रक्रिया ('इंडस्ट्रिलाइज़ेशन')।

उद्योत—पु. [सं.] चमकना; प्रकाशित होना; प्रकट होना; प्रकाश; कांति; अध्याय। वि. प्रकाशमान, ज्वलंत।

उद्योतन—पु. प्रकाशित करना या होना।

उद्रेक—पु. [सं.] प्रचुरता, विपुलता, अधिकता; वृद्धि, बढ़ती; उपक्रम; आरंभ; अर्थालंकार का भेद जहाँ अनेक सजातीय वस्तुओं या गुणों की तुलना में किसी एक सजातीय या विजातीय या गुण की उत्कृष्टता, अधिकता दर्शाई जाए। (भाव) ~पु. किसी भाव विशेष की अधिकता, भावावेश (भावोद्रेक)।

उद्विग्न—वि. [सं.] चिंतित; व्यग्र, परेशान, खिन्न; आतंकित।

उद्वृत—वि. [सं.] बढ़ा हुआ; समृद्ध; क्षुब्ध; घमंडी; असभ्य; उठा हुआ।

उद्वेग—पु. [सं.] क्षोभ; घबराहट; परेशानी; चित्त की व्याकुलता; चिंता; भय; सुपारी। वि. बहुत तेज़ चलने वाला, शीघ्रगामी; ऊँची-ऊँची बाँहों वाला।

उद्वेगी, उद्वेजी—वि. [सं.] दुखी; चिंतायुक्त; कष्टग्रस्त; संताप भोगने वाला।

उद्वेल—वि. [सं.] उफन कर, तटबंध तोड़ कर बहने वाला; मर्यादा का उल्लंघन करने वाला।

उद्वेलन, उद्वेल्लन—पु. [सं.] उफनना, तटबंध तोड़ कर बहना; मर्यादा का अतिक्रमण।

उद्वेलित (उद्वेल्लित)—वि. [सं.] उफनता हुआ, उछलता हुआ; काँपा हुआ; भावावेश की मनोदशा (दुःख, शोक, आदि में)।

उद्वेष्टन—पु. [सं.] घेरना; घेरा; बाड़ा, आहाता; नितम्ब या पीठ की पीड़ा। वि. ढीला किया हुआ; खुला हुआ; मुक्त, बंधनरहित।

उद्वेष्टित—वि. [सं.] चारों ओर से घिरा या ढका हुआ।

उधड़ना—अ.क्रि. (सिलाई का) उखड़ना या टूटना; (त्वचा, आदि का) अलग होना। **मु.** (खाल) उधेड़ना—बहुत मार लगाना।

उधम*—पु. द्र. 'ऊधम'।

उधर—अ. उस ओर, वहाँ; उस पक्ष में। **~से**-उस ओर से; दूसरे पक्ष की ओर से; अपने से कुछ दूरी पर से। **~से ही उधर**-यहाँ आए बिना ही, जहाँ कोई गया हुआ है वहीं से। **~ही उधर**-दूर-दूर को; बाहर ही बाहर। **मु. (इधर-उधर) की**-जहाँ-तहाँ की, अनर्गल बातें। (इधर की)-**उधर करना**-चुगली, निंदा करना।

उधार—पु. कर्ज़; धन या वस्तु मँगनी लेना। *उद्धार ('प्रभुजी अबके देही मोही उधार'—सूर)।

उधारना*—स.क्रि. उद्धार करना।

उधारी*—स्त्री. उधार देना या लेना ('उसकी सारी दुकानदारी उधारी की है')। वि. उधार पर ली वस्तु।

उधेड़ना—स.क्रि. (सिलाई, टाँके, बुनाई, आदि को) खोलना, तोड़ना; उखाड़ना (स्वेटर, आदि की बुनाई)। **मु. ~उधेड़ कर रख देना**-बहुत अधिक मार लगाना।

उधेड़बुन—पु. सोच-विचार, चिंता; उलझन; स्वयं ही मन में किसी एक विचार की प्रस्तावना और फिर से निरस्त कर देना।

उधेरना*—स.क्रि. द्र 'उधेड़ना'।

उन—सर्व. 'उस' का बहु.।

उनइस*—वि. [पु.] द्र. 'उन्नीस'।

उनचालीस*, उनचास, उनतालीस—वि. चालीस और नौ। **उनचास**—पु. 49 की संख्या।

उनतीस—वि. बीस और नौ। पु. 29 की संख्या।

उनमत, उनमद*—वि. उन्मत्त, मस्त, मतवाला, घमंड से भरा हुआ।

उनमना*—वि. अनमना, उदास।

उनमनी*—स्त्री. द्र. 'उन्मनी'।

उनमाद*—पु. द्र. 'उन्माद'।

उनमान*—पु. अनुमान, अंदाज़ा; भाव; थाह ('पारब्रह्म के तेज का कैसा है उनमान'—कबीर)।

उनमूलना*—स.क्रि. उखाड़ना; नष्ट करना।

उनवान (उन्वान)—पु. [अ.] शीर्षक, सुर्ख़ी, शैली, पद्धति; तर्ज़, प्रशस्ति, सरनामा; पत्र में अभिवादन, आदि; प्रस्तावना; प्रयत्न, युक्ति, तदबीर।

उनसठ—वि. पचास और नौ। पु. 59 की संख्या।

उनहत्तर—वि. साठ और नौ। पु. 69 की संख्या।

उनहार*—वि. द्र. 'अनुहार'।

उनहारि*—स्त्री. अनुरूपता, समानता। ('है कोई वैसी ही उनहार'—जय. दा. 'रत्नाकर')।

उनासी*—वि. [पु.] द्र. 'उन्नासी'।

उनींदा—वि. ऊँघता हुआ, नींद से भरा हुआ।

उन्नइस—वि., पु. द्र. 'उन्नीस'।

उन्नत—वि. [सं.] श्रेष्ठ; सभ्य; विद्या, कला, आदि में आगे बढ़ा हुआ; ऊँचा; उठा हुआ; आगे बढ़ा हुआ।

उन्नतांश—पु. [सं.] तुलनात्मक ऊँचाई; उभरता हुआ, उठा हुआ।

उन्नति—स्त्री. [सं.] तरक्की, बढ़ती; ऊँचाई। **~शील**-वि. आगे बढ़ने या उसकी चेष्टा करने वाला, विकासमान।

उन्नतोदर—पु. [सं.] उठा हुआ अंश (वृत्त-खंड, आदि)। वि. जिसका उदर या मध्यवर्ती भाग उठा हो।

उन्नयन—पु. [सं.] ऊपर उठाना; ऊपर खींच कर पानी निकालना; (विचार, आदि में) उन्नति करना। वि. जिसकी आँखें ऊपर उठी हों।

उन्नाब—पु. [अ.] झरबेरी की तरह के फल जो दवा के रूप में प्रयुक्त होते हैं।

उन्नाबी—वि. [अ.] उन्नाब जैसे रंग वाला, लाल और ईषत् बैंगनी रंग वाला।

उन्नाभ—वि. [सं.] जिसकी नाभि उभरी हुई हो, तोंद वाला। पु. एक सूर्यवंशी राजा।

उन्नायक—वि. [सं.] उन्नत करने वाला; ऊपर उठाने वाला।

उन्नायन—पु. [सं.] उन्नयन।

उन्नासी—वि. सत्तर और नौ। पु. 79 की संख्या।

उन्नीस—वि. दस और नौ; कम, छोटा रह जाना। पु. 19 की संख्या। **मु. ~बीस होना**-(तुलनात्मक रूप से) कम या ज्यादा हो जाना, थोड़ा-बहुत घट या बढ़ जाना, लगभग बराबर होना; अहित, बुरा हो जाना। **~होना**-कुछ कम हो जाना, (तुलनात्मक रूप से) किसी से कम रह जाना।

उन्मंथ—पु. [सं.] कष्ट देना, बिलो देना; क्षुब्ध करना, विकलता; वध, हत्या, मार देना।

उन्मज्जन—पु. [सं.] निमज्जन का उलटा, जल से बाहर आना।

उन्मत्त—वि. [सं.] घमंडी, नशे में चूर; पागल; सनकी, वहमी; प्रेत-बाधा से अभिभूत। पु. धतूरा। **~कीर्ति, ~वेश**-पु. शिव। **~गंग**-पु. वह क्षेत्र जहाँ गंगा का हहराना प्रबल रूप से होता है; स्त्री. (बाढ़ में) गंगा का प्रचंड रूप। **~दर्शन, ~रूप**-वि. देखने में पागल लगने वाला; वह रूप जिसे देख कर कोई पागल हो जाए। **~प्रलाप**-पु. अनर्गल बातें; पागल की वहक या बकवास।

उन्मत्तक—वि. [सं.] घमंड या नशे में चूर; पागल।

उन्मथन—पु. [सं.] क्षुब्ध करना; हिलाना, बिलोना; वध, हत्या।

उन्मथित—वि. [सं.] क्षुब्ध, व्यथित; बिलोया हुआ।

उन्मद—वि. [सं.] उन्मत्त कर देने वाला; मतवाला; नशे में चूर। पु. पागलपन; नशा।

उन्मदन—वि. [सं.] प्रेम में विह्वल; प्रेमोन्मत्त।

उन्मन, उन्मनस्क—वि. अन्यमनस्क, उदास; उद्विग्न, विकल; मित्र या प्रेमी के वियोग से संतप्त, उत्कंठित, उत्सुक, लालायित।

उन्मनी—स्त्री. [सं.] हठयोग की पाँच मुद्राओं में से एक; नाथों-सन्तों, आदि ने इसे एक 'अवस्था' या 'दशा' भी कहा है।

उन्मर्दन—पु. [सं.] रगड़ना, मलना।

उन्माथ—पु. [सं.] पीड़ा, कष्ट; बिलोना; वध।

उन्माद—पु. [सं.] सनक, पागलपन; अत्यधिक प्रेम की स्थिति; एक संचारी भाव (का.शा.)। वि. उन्मत्त। **~ग्रस्त**-वि. उन्माद से पीड़ित; पागल।

उन्मादक—वि. [सं.] उन्माद उत्पन्न करने वाला; उत्तेजना पैदा करने वाला। पु. उन्मत्त कर देने वाली वस्तुएँ—धतूरा, भाँग, हशीश।

उन्मादन—पु. [सं.] उन्मत्त करने, उन्माद उत्पन्न करने वाला; कामदेव के पाँच बाणों में से एक।

उन्मादी—वि. [सं.] उन्मत्त, सनकी। **मु. ~होना**-सनक या पागलपन में अनियंत्रित व्यवहार करना।

उन्मान—पु. [सं.] तौल, नाप; मूल्य; एक तौल; तौलना; नापना।

उन्मार्ग—पु. [सं.] कुमार्ग, उलटा या गलत रास्ता; कुचाल।

उन्मार्जन—पु. [सं.] मलना, रगड़ना; मिटाना।

उन्मार्जित—वि. [सं.] रगड़ा हुआ; मल कर साफ किया हुआ; चमकाया हुआ।

उन्मित—वि. [सं.] नापा या तौला हुआ।

उन्मिति—स्त्री. [सं.] नाप; तौल।

उन्मिष—वि. [सं.] खुला हुआ; खिला हुआ। पु. आँख खोलना।

उन्मीलन—पु. [सं.] (आँख) खुलना; खिलना; विकसित होना; व्यक्त होना, प्रकट होना; अंकन।

उन्मीलना*—स.क्रि. विकसित करना; खोलना।

उन्मीलित—वि. [सं.] प्रकट; अंकित; खुला हुआ; खिला हुआ। पु. एक अलंकार जहाँ दो वस्तुओं में बहुत अधिक साम्य होने कारण, भेद करना कठिन होने पर भी किसी भी एक गुण-धर्म से भेद करना सम्भव हो सके।

उन्मुक्त—वि. [सं.] बंधन रहित, स्वतंत्र; पूरी तरह आज़ाद या खुला हुआ।

उन्मुक्ति—स्त्री. [सं.] छुटकारा, मुक्ति।

उन्मुख—वि. [सं.] जिसका मुख या दृष्टि ऊपर की ओर हो; किसी विशेष दिशा में झुका हुआ या जाता हुआ (आदर्शोन्मुख, पतनोन्मुख); उत्कंठित; उत्सुक।

उन्मुखर—वि. [सं.] बहुत शब्द करने वाला; शोर मचाने वाला।

उन्मूलन—पु. [सं.] जड़ से उखाड़ देना या नष्ट कर देना; जड़ उखाड़ देना।

उन्मूलित—वि. [सं.] उखाड़ा हुआ; पूरी तरह नष्ट किया हुआ।

उन्मेष—पु. [सं.] (आँख) खुलना; खिलना; स्फुरण; प्रकाश की चमक; दीप्ति।

उन्मोचन—पु. [सं.] खोलना; ढीला करना।

उन्हारि*—स्त्री. द्र. 'उनहारि'।

उन्हें—स. 'उस' का बहुवचन।

उपंग—पु. उद्धव के पिता। **~सुत**-पु. उद्धव (सूरदास)।

उप—उप. [सं.] यह शब्दों के पूर्व आने पर इन अर्थों का बोधक होता है—समीपता (उपनयन), आरंभ (उपक्रम), सामर्थ्य (उपकार), गौणता (उपपुराण, उपमंत्री), व्याप्ति (उपकीर्ण), मृत्यु या नाश (उपघात)।

उपकंठ—अ., वि. [सं.] निकटवर्ती, समीप। पु. निकटता; ग्राम की सीमा के भीतर का स्थान; घोड़े की सरपट चाल। गले या गर्दन के पास ('लै उपकंठ लगायौ'—सूरदास); पास में, पड़ोस में।

उपकथा—स्त्री. [सं.] मुख्य कथा के बीच आने वाली छोटी कथा, कहानी।

उपकनिष्टिका—स्त्री. [सं.] कनिष्ठिका, कानी अंगुली की पास वाली अंगुली, अनामिका।

उपकन्या—स्त्री. [सं.] कन्या की सखी।

उपकर—पु. [सं.] किसी कर के साथ लगाया गया हल्का-सा कर।

उपकरण—पु. [सं.] उपकार, सहायता करना; साधन; सामग्री; यंत्र; औज़ार; जीविका का साधन; राजाओं के छत्र, चँवर, दंड, आदि; राजाओं के दास, आदि।

उपकर्णिका—स्त्री. [सं.] जनश्रुति, अफ़वाह।

उपकर्ता—वि. [सं.] उपकार, सहायता करने वाला।

उपकार—पु. [सं.] भलाई, सहायता; लाभ; अनुग्रह, आभार; तैयारी; आभूषण, सजावट।

उपकारक—वि. [सं.] भलाई करने वाला; कल्याणकारी, लाभकारी; अनुकूल।

उपकारिका—वि. स्त्री [सं.] सहायिका। स्त्री. महल, राजभवन, खेमा, तंबू।

उपकारिता—स्त्री. [सं.] उपकार।

उपकारी—स्त्री. [सं.] राजमहल; शाही खेमा; राजकीय तम्बू; महल; सराय, धर्मशाला।

उपकारी—वि. [सं.] उपकार, सहायता करने वाला; लाभदायक, फ़ायदेमंद।

उपकार्य—वि. [सं.] उपकार, सहायता, किए जाने योग्य।

उपकीर्ण—वि. [सं.] छितराया या फैलाया हुआ, बिखेरा हुआ; (मिट्टी से) ढक देना; मिट्टी में गाड़ देना।

उपकुंचि, उपकुंचिका—स्त्री. [सं.] छोटी इलायची; काला जीरा।

उपकुलपति—पु. [स.] किसी विश्वविद्यालय का प्रधान अधिकारी, ('वाइस चांसलर'), वर्तमान में इसका पद नाम 'कुलपति'।

उपकुल्या—स्त्री. [सं.] नहर में से निकली धारा—राजबाहा, रजबाहा; खाई।

उपकुश—पु. [सं.] मसूड़े का एक रोग; मसूड़े में होने वाला व्रण, फोड़ा।

उपकूप—पु. [सं.] छोटा कुआँ।

उपकूल—पु. [सं.] किनारा; तटवर्ती भूमि।

उपकृत—वि. [सं.] जिस पर उपकार किया गया हो, एहसानमंद।

उपकृति—स्त्री. [सं.] उपकार, भलाई।

उपकृती—वि. [सं.] उपकार करने वाला, सहायता करने वाला।

उपक्रम—पु. [सं.] आरंभ; अनुष्ठान; योजना; रोगी की परिचर्या; सच्चाई या ईमानदारी की परीक्षा; चिकित्सा, इलाज; सामीप्य; लेख या भाषण, आदि का प्रारंभ; प्रस्तावना।

उपक्रमणिका—स्त्री. [सं.] (पुस्तक, आदि में) विषयसूची।

उपक्रांत—वि. [सं.] आरंभ किया हुआ; पूर्व कथित।

उपक्रिया—स्त्री. [सं.] उपकार, भलाई।

उपक्रोश—पु. [सं.] निंदा, अपवाद, बुराई करना।

उपक्लेश—पु. [सं.] हलका क्लेश (बौ.); क्लेश का कारण—क्रोधादि।

उपक्षेप—पु. [सं.] किसी ओर फेंकना; चर्चा; संकेत; आक्षेप; आरंभ; अभिनय के आरंभ कथा-वस्तु का संक्षेप में कथन।

उपक्षेपण—पु. [सं.] फेंकना; आक्षेप करना; संकेत।

उपखान*—पु. द्र. 'उपाख्यान'।

उपगत—वि. [स्त्री.] पास आया या गया हुआ, घटित; अनुभूत; स्वीकार किया हुआ; मृत।

उपगति—स्त्री. [सं.] पास आना या पास जाना; अंगीकार करना; प्राप्ति।

उपगम—पु. [सं.] पास आना या जाना; प्राप्ति; अंगीकार; वचन; जानना।

उपगार*—पु. द्र. 'उपकार'।

उपगारी*—वि. द्र. 'उपकारी'।

उपग्रह—पु. [सं.] छोटा ग्रह; किसी बड़े ग्रह की परिक्रमा करने वाला छोटा ग्रह; कैद; कैदी; पराजय; अनुग्रह। **~संधि**-स्त्री. सब-कुछ दे कर की जाने वाली संधि।

उपग्रहण—पु. [सं.] पकड़ना, गिरफ्तार करना या बंदी बनाना; सँभालना; संस्कारपूर्वक वेदाध्ययन करना।

उपग्राह—पु. [सं.] भेंट, उपहार; भेंट, उपहार देना।

उपघात—पु. [सं.] आघात; आक्रमण; रोग; पाप।

उपघातक—वि. [सं.] उपघात, आघात, आक्रमण करने वाला।

उपचक्र—पु. [सं.] चकवा पक्षी की एक प्रजाति।

उपचक्षु—पु. [सं.] चश्मा, ऐनक।

उपचरित—वि. [सं.] जिसका उपचार, शुश्रूषा की गई हो; सेवित।

उपचर्या—स्त्री. [सं.] सेवा, टहल; उपचार, इलाज।

उपचार—पु. [सं.] सेवा; चिकित्सा, इलाज, पूजा का विधान; पूजानुष्ठान; पूजा के अंग या सामग्री (षोड्शोपचार पूजा); शिष्टाचार; रस्मी व्यवहार।

उपचारक—वि. [सं.] इलाज करने वाला; सेवा, टहल करने वाला। पु. शिष्टता, शिष्टाचार; विनम्रता।

उपचारना*—स.क्रि. व्यवहार करना; विधान करना।

उपचारात्मक—वि. [सं.] सुधार करने वाले या इलाज (के साधन, प्रयत्न)।

उपचारित—वि. [सं.] जिसका उपचार, इलाज कर दिया गया हो।

उपचार्य—वि. [सं.] उपचार, सेवा-टहल करने योग्य; जिसका उपचार, इलाज सम्भव हो।

उपचित्रा—स्त्री. [सं.] चित्रा नक्षत्र के निकटस्थ हस्त और स्वाती नक्षत्र; एक वर्णवृत्त।

उपचेतना—स्त्री. [सं.] अन्तःसंज्ञा, अवचेतन।

उपचेय—वि. [सं.] चयन के योग्य; जमा, एकत्रित करने योग्य।

उपच्छाया—स्त्री. [सं.] अर्धछटा, अर्धछवि।

उपज—स्त्री. उत्पत्ति, (खेत में हुई) पैदावार; कल्पना।

उपजनन—पु. [सं.] उत्पादन; प्रजनन।

उपजना—अ.क्रि. उत्पन्न होना, उगना; मन में उठना, सूझना।

उपजाऊ—वि. जिसमें अच्छी फसल हो (भूमि)।

उपजात—वि. [सं.] उत्पन्न किया हुआ; घटित।

उपजाति—स्त्री. [सं.] किसी जाति विशेष में निकली जाति; 'इन्द्रवज्रा' और 'उपेन्द्रवज्रा' तथा 'इन्द्रवंशा' और 'वंशस्थ' के मेल से बनने वाले वर्णवृत्त।

उपजाना—स.क्रि. फसल उत्पन्न करना।

उपजिव्हा, उपजिह्विका—स्त्री. [सं.] जीभ के मूल में स्थित छोटी जीभ; घंटिका; एक प्रकार का कीड़ा जिसकी जीभ ऊपर उठी रहती है।

उपजीवक, उपजीवी—वि. [सं.] जीविका के लिए दूसरे पर निर्भर रहने वाला; किसी (साधन) से जीविका कमाने वाला।

उपजीवन—पु. [सं.] जीविका, रोज़ी; जीविका का साधन।

उपजीविका—स्त्री. [सं.] द्र. 'उपजीवन'।

उपजीवी—वि. [सं.] पराश्रित, दूसरों पर निर्भर रहने वाला।

उपजीव्य—वि. [सं.] आश्रयभूत, जीवन अथवा रोज़ी-रोटी देने वाला; संरक्षण देने वाला; लेखन सामग्री देने वाला। **~ग्रंथ**-पु. आधार सामग्री प्रदान करने वाले ग्रंथ, पुस्तक।

उपज्ञा—स्त्री. [सं.] अन्तःकरण में स्वतःस्फूर्त ज्ञान, सहविज्ञान; ऐसे कार्य का अनुष्ठान जो पहले कभी न किया गया हो या हुआ हो।

उपज्ञात—वि. [सं.] मन में सहज उपजा ज्ञान; बिना किसी के बताए जाना हुआ; आविष्कृत; अज्ञात पूर्व।

उपटन—पु. उबटन; शरीर पर या किसी भी अंग पर स्नान-पूर्व आटे, बेसन, तेल, आदि का लेप।

उपटना—अ.क्रि. उखड़ना।

उपटाना*—स.क्रि. उखाड़ना; उखड़वाना; उबटन लगाना या लगवाना।

उपटारना*—स.क्रि. उचटा देना, विरक्त करना (सूरदास)।

उपड़ना—अ.क्रि. (त्वचा पर चोट, मार, जलने, आदि का) निशान पड़ जाना।

उपड़वाना, उपड़ाना—उखड़वाना (खेत में या भूमि पर से कोई पौधा, घास, आदि)।

उपतप्त—वि. [सं.] गर्म; ताप पहुँचाया हुआ; झुलसा हुआ; पीड़ित।

उपतप्ता—वि. [सं.] ताप पहुँचाने वाला; जलाने वाला। पु. असाधारण ताप; ताप का कारण।

उपताप—पु. [सं.] ताप, आँच; क्लेश, पीड़ा।

उपतापन—पु. [सं.] ताप, आँच देना; क्लेश या पीड़ा पहुँचाना।

उपत्यका—स्त्री. [सं.] घाटी, तराई, पहाड़ के पास की भूमि।

उपदंश—पु. [सं.] एक रोग—आतशक, शिश्न संबंधी रोग।

उपदंशी—वि. [सं.] उपदंश रोग से पीड़ित व्यक्ति।

उपदर्शक—पु. [सं.] साक्षी, गवाह; मार्गदर्शक; द्वारपाल; चश्मा, ऐनक।

उपदा—स्त्री. [सं.] भेंट; शगुन रूप में दी जाने वाली राशि; रिश्वत।

उपदान, उपदानक—पु. [सं.] भेंट, शगुन रूप में दी जाने वाली राशि; रिश्वत।

उपदिशा—स्त्री. [सं.] अन्तर्दिशा, दो दिशाओं के बीच में कोण।

उपदिष्ट—वि. [सं.] उपदेश किया हुआ; जिसे उपदेश दिया गया हो; सिखाया हुआ; निर्देश किया हुआ।

उपदेव, उपदेवता—पु. [सं.] छोटा देवता; निकृष्ट देवता (संख्या में दस—विद्याधर, अप्सरा, यक्ष, गन्धर्व, किन्नर, आदि)।

उपदेश—पु. [सं.] शिक्षा, सीख; धार्मिक प्रवचन; दीक्षा।

उपदेशक—वि., पु. [सं.] उपदेश करने वाला; प्रवचन-कर्ता; दीक्षा देने वाला।

उपदेशता—स्त्री. [सं.] उपदेश या नियम; शिक्षा; सिद्धान्त।

उपदेशन—पु. [सं.] उपदेश देना।

उपदेशना—स्त्री. [सं.] शिक्षा; सिद्धान्त; सूचना।

उपदेशात्मक—वि. [सं.] उपदेश से पूर्ण, जिसमें शिक्षा या आदर्श निर्दिष्ट हो।

उपदेश्य—वि. [सं.] उपदेश देने योग्य।

उपदेष्टा—पु. [सं.] उपदेशक।

उपदेसना*—स.क्रि. उपदेश या शिक्षा देना।

उपद्रव—पु. [सं.] उत्पात; क्षति; प्राकृतिक विपदा—अतिवृष्टि, भूचाल, आदि; विद्रोह; दंगा-फसाद।

उपद्रवी—वि. [सं.] उपद्रव करने वाला; उत्पात मचाने वाला।

उपद्रष्टा—वि. [सं.] देखने वाला। पु. निरीक्षण करने वाला; गवाह, साक्षी।

उपद्वार—पु. [सं.] छोटा, अतिरिक्त द्वार।

उपद्वीप—पु. [सं.] छोटा द्वीप, टापू।

उपधर्म—पु. [सं.] गौण धर्म।

उपधा—स्त्री. [सं.] छल, धोखा, कपट; जाल, फ़रेब; सच्चाई या ईमानदारी की परीक्षा; व्याकरण में शब्द के अंत्य वर्ण से पूर्व का वर्ण।

उपधातु—स्त्री. [सं.] गौण धातु; कम मूल्य की धातु; मिश्र धातु जो सात मानी गई हैं—सोनामाखी, रूपामाखी, तूतिया,

कांसा, मुर्दासंख, सेंदुर और शिलाजीत; शरीर की सात धातुओं से उत्पन्न सात गौण धातुएँ—दूध, रज, चर्बी, पसीना, दाँत, केश और ओज जो क्रमशः रस, रक्त, मांस, मेद, अस्थि, मज्जा तथा वीर्य से उत्पन्न होती हैं।

उपधान—पु. [सं.] जिस पर सिर, कमर, आदि रखकर सहारा लिया जाए अथवा जिस पर सिर रखा जाए, तकिया; विशेषता; स्नेह, प्रेम; एक धार्मिक अनुष्ठान; उत्कर्ष; विष, ज़हर; यज्ञ-वेदि के निर्माण करने से पूर्व ईंट-पत्थर रखते समय पढ़ा जाने वाला मंत्र।

उपधानी—स्त्री. [सं.] तकिया; गद्दी; पैर रखने की छोटी चौकी।

उपधानीय—वि. [सं.] पास रखने योग्य। पु. तकिया।

उपधायी—वि. [सं.] सहारा लेने वाला; तकिया इस्तेमाल करने वाला।

उपधारण—पु. [सं.] सम्यक् चिंतन; मन को किसी एक विषय में लगाना, अँकुसी या लग्गी, आदि में फँसा कर फल, आदि को नीचे खींचना, तोड़ना।

उपधावन—पु. [सं.] अनुयायी; अनुसरण; विचार करना।

उपधि—स्त्री. [सं.] छल-कपट; जालसाज़ी, बेईमानी; सच्ची बात को छिपा कर दूसरी बात कहना; आधार; भय; धमकी; रथ का पहिया। **~युक्त**-वि. मिलावटी।

उपधूपित—वि. [सं.] धूप दिया हुआ, धूप से सुवासित; अत्यंत व्यथित; मरणासन्न। पु. मृत्यु।

उपध्मान—पु. [सं.] ओष्ठ, ओंठ। पु. फूँकना।

उपध्मानीय—पु. [सं.] प और फ के पहले आने वाला महाप्राण विसर्ग।

उपनंद—पु. [सं.] नंद का छोटा भाई।

उपनक्षत्र—पु. [सं.] छोटा या गौण नक्षत्र, ऐसे नक्षत्रों की संख्या सात सौ उनतीस मानी गई है।

उपनगर—पु. [सं.] नगर का बाहरी भाग; शहर से लगी हुई बस्ती ('सवर्ब')।

उपनयन—पु. [सं.] पास ले जाना; गुरु के पास ले जाना; यज्ञोपवीत संस्कार, जनेऊ धारण करना; भेंट करने की क्रिया; चढ़ावा।

उपनहन—पु. [सं.] बाँधना; गाँठ लगाना; वह कपड़ा जिसमें कोई चीज़ बाँधी या लपेटी जाए।

उपनहर—स्त्री. [सं.] नहर में से निकली छोटी नहर ('सब-कैनाल')।

उपनागरिका—स्त्री. [सं.] वृत्यानुप्रास का एक भेद, यह माधुर्य-व्यंजक वर्णों के योग से बनता है, श्रुति मधुर वर्णों का बार-बार आना।

उपनाम—पु. [सं.] गौण नाम; पुकारा जाने वाला नाम; पदवी; साहित्यकारों द्वारा प्रयुक्त छोटा नाम, तख़ल्लुस (विशेषतः कवियों द्वारा)।

उपनायक—पु. [सं.] नाटक, आदि में वह पात्र जो नायक का प्रमुख सहायक होता है जो नायक का गुणगान करता है (रामायण में लक्ष्मण); उपपति, यार, प्रेमी।

उपनायिका—स्त्री. [सं.] नायिका की प्रधान सहायिका, सहेली।

उपनाह—पु. [सं.] गठरी; वीणा या सितार की घूँटी जिससे तार कसे या ढीले किए जाते हैं; घाव या फोड़े, आदि पर लगाने का मरहम।

उपनिदेशक—पु. [सं.] निदेशक के नीचे का पद-नाम ('डिप्टी-डायरेक्टर')।

उपनिधान—पु. [सं.] समीप रखना; किसी के पास रखना; धरोहर रखना; धरोहर।

उपनिधि—स्त्री. [सं.] धरोहर, अमानत; मुहरबंद धरोहर, अमानत। **~भोक्ता**-पु. दूसरे की धरोहर को स्वयं प्रयोग में लाने वाला व्यक्ति।

उपनिपात—पु. [सं.] घटित होना; अचानक आ पड़ना, अचानक आक्रमण करना; समीप आना; राजा, चोर, आग, पानी, आदि का बिगड़ना या नष्ट होना (कौ.)।

उपनिपातन—पु. [सं.] अचानक घटित होना, अचानक आक्रमण।

उपनियम—पु. [सं.] गौण नियम; किसी नियम के साथ-साथ बनाए गए अन्य नियम ('बाइ-लॉ')।

उपनिर्देशक—पु. [सं.] द्र. 'उपनिदेशक'।

उपनिर्वाचन—पु. [सं.] मुख्य निर्वाचन के बाद किसी भी कारण से हुई पद-रिक्ति के लिए करवाया जाने वाला निर्वाचन, चुनाव ('बाइ-इलेक्शन')।

उपनिविष्ट—वि. [सं.] अनुभवी, सुशिक्षित।

उपनिवेश—पु. [सं.] वह बस्ती जिसमें किसी दूसरे देश से आए हुए लोग रहते हैं; वह विजित देश, जिसमें विजेता राष्ट्र के लोग आ कर बस गए हों ('कॉलोनी')। **~पद**-पु. स्वतंत्र उपनिवेश का दरजा; उस प्रकार स्वराज्य जो उन्हें प्रदान किया जाता था ('डोमिनियन स्टेटस')।

उपनिवेशन—पु. [सं.] उपनिवेश के रूप में बस्ती बसाना।

उपनिवेशित—वि. [सं.] उपनिवेश बनाया हुआ।

उपनिवेशी—वि. [सं.] दूसरे देश में जा कर बस जाने वाला; किसी उपनिवेश का वासी।

उपनिषत्, उपनिषद्—पु. [सं.] ब्रह्म-विद्या की प्राप्ति के निमित्त गुरु के पास बैठना; वेदों का ज्ञान कांड माने जाने वाले ब्रह्म-विद्या प्रतिपादक ग्रंथ जिनकी संख्या के बारे में विभिन्न मत—18, 34, 52, 108 और यहाँ तक कि इनकी संख्या 1180 तक मानी गई है (ऋग्वेद के 21, यजुर्वेद के 109, सामवेद के 1000 तथा अथर्ववेद के 50), इनमें 13 प्रमुख हैं—ईश, केन, कठ, प्रश्न, मुंडक, मांडूक्य, तैत्तिरीय,

ऐतरेय, छांदोग्य, बृहदारण्यक, कौशीतकी, मैत्रायणी, श्वेताश्वतर; वेदांत दर्शन, समीपस्थ, पड़ोस का भवन; रहस्य; एकांत; द्विजों के लिए कर्तव्य; एक विशेष व्रत।

उपनिषादी—वि. [सं.] गुरु के पास रहने वाला; वश में लाया हुआ।

उपनिष्कर—पु. [सं.] मुख्य मार्ग; राजमार्ग ('नेशनल-हाइवे')।

उपनिष्क्रमण—पु. [सं.] बाहर निकलना; नवजात शिशु को पहली बार सौर-गृह से बाहर निकालने का एक संस्कार; राजमार्ग।

उपनिहित—वि. [सं.] अमानत, धरोहर, रखा हुआ।

उपनीत—वि. [सं.] जिसका उपनयन संस्कार हो चुका हो; पास लाया हुआ।

उपनृत्य—पु. [सं.] नाच-घर, नृत्यशाला।

उपनेता—वि., पु. [सं.] पास ले जाने वाला; उपनयन संस्कार कराने वाला आचार्य या गुरु; नेता का अधीनस्थ या सहकारी।

उपन्यस्त—वि. [सं.] (किसी के) पास रखा हुआ; धरोहर, अमानत; उल्लिखित; कथित।

उपन्यास—पु. [सं.] धरोहर, अमानत; प्रसादन; प्रमाण; वाक्य का उपक्रम; संधि का एक प्रकार जो मंगलकारी कार्य की इच्छा से की जाए; गद्य की एक कथात्मक विधा जिसमें जीवन का विस्तार में चित्रण होता है ('नॉवेल')।

उपन्यासिका—स्त्री. [सं.] लघु उपन्यास। उपन्यास जो कम पृष्ठों का हो।

उपपक्ष—पु. [सं.] काँख; कंधा।

उपपति—पु. [सं.] पति के होते हुए कोई दूसरा प्रेमी, यार।

उपपत्ति—स्त्री. [सं.] उत्पन्न होना; प्रकट होना; घटित होना; तर्क, युक्ति; सिद्धि में तर्कसंगत प्रमाण देना; सिद्धि, प्रतिपादन, समाधान (ग.)।

उपपत्नी—स्त्री. [सं.] रखैल, पत्नी के होते हुए किसी स्त्री को विवाह के बिना ही पत्नी रूप में रखना।

उपपद—पु. [सं.] समीप, बोला गया पद, पहले जोड़ा गया पद; समास का पूर्व पद; उपाधि; प्रतिष्ठा-सूचक 'शर्मा', 'वर्मा', आदि सम्बोधनवाची शब्द। **~समास**-पु. कृदन्त के साथ किया गया संज्ञा पद का समास—कुम्भकार, आदि (व्या.)।

उपपन्न—वि. [सं.] उपलब्ध, प्राप्त, पाया हुआ; योग्य, उपयुक्त, उचित; युक्तियुंक्त; यथार्थ; पास आया हुआ; पहुँचा हुआ; शरणागत; सिद्ध किया हुआ, प्रमाणित; पूर्ण; नीरोग किया हुआ।

उपपात—पु. [सं.] अचानक घटित अप्रिय घटना; आपदा, संकट, विपत्ति; विनाश।

उपपातक—पु. [सं.] छोटा पाप, इनकी संख्या 49 या 50 मानी गई है, यथा—गोवध, परस्त्री गमन, आत्मविक्रय, गुरु त्याग, मातृ त्याग, पितृ त्याग, स्वाध्याय त्याग, पुत्र त्याग, स्त्री को बेचना, पुत्र को बेचना, वाटिका बेचना, आदि।

उपपार्श्व—पु. [सं.] कंधा; काँख, बगल; छोटी पसली।

उपपुराण—पु. [सं.] व्यास चरित अठारह प्रधान पुराणों के अतिरिक्त अन्य मुनियों द्वारा, बाद में, रचे गए अन्य पुराण, इनकी संख्या भी अठारह ही मानी गई है।

उपप्लव—पु. [सं.] उत्पात, उपद्रव; विपत्ति; विप्लव; अशुभ घटना; विद्रोह; अराजकता; चन्द्र या सूर्य-ग्रहण; उल्का-पात; राहु ग्रह; शिव; विघ्न।

उपप्लवी—वि. [सं.] उपप्लव से पीड़ित।

उपप्लुत—वि. [सं.] पीड़ित; आक्रांत।

उपबंध—पु. [सं.] संबंध, संयोग; एक रतिबंध।

उपबाहु—पु. [सं.] हाथ का बाहु से नीचे का भाग—कुहनी से कलाई तक, पहुँचा।

उपबोली—स्त्री. 'बोली' के साथ प्रयुक्त होने वाली सहायक बोली।

उपभाषा—स्त्री. [सं.] किसी भाषा की सहायक भाषा या बोली।

उपभुक्त—वि. [सं.] भोगा हुआ, काम में लाया हुआ; जूठा।

उपभुक्ति—स्त्री. [सं.] उपभोग।

उपभेद—पु. [सं.] उपविभाग, गौण भेद।

उपभोक्तव्य—वि., पु. [सं.] द्र. 'उपभोग्य'।

उपभोक्ता—वि. [सं.] उपभोग करने वाला; किसी वस्तु का प्रयोग-कर्ता ('कंज़्यूमर')।

उपभोग—पु. [सं.] भोगना; सांसारिक सुखों का स्वाद लेना; फल-भोग, विषय-सुख; स्त्री-सुख, सहवास; व्यवहार में लाना, बरतना।

उपभोगी—वि. [सं.] उपभोग करने वाला, उपभोक्ता।

उपभोग्य—वि. [सं.] भोगने योग्य। पु. भोग की वस्तु।

उपभोज्य—वि. [सं.] खाने योग्य। पु. आहार।

उपमंत्री—पु. [सं.] सहायक मंत्री।

उपमन्यु—वि. [सं.] उत्साही; बुद्धिमान। पु. एक ऋषि, गुरु-भक्ति के लिए प्रसिद्ध।

उपमर्द, उपमर्दन—पु. [सं.] दबाना; मसलना, रगड़ना; भूसी निकालना, हिलाना; निंदा; अपमान।

उपमहाद्वीप—पु. [सं.] महाद्वीप का बड़ा देश (यथा—भारत)।

उपमहापौर—पु. [सं.] महापौर का नायब, सहायक ('डिप्टी मेयर'), नगर-निगम का निर्वाचन के आधार पर सर्वोच्च पद।

उपमा—स्त्री. [सं.] समता, तुलना; एक अर्थालंकार जिसमें दो वस्तुओं में भेद होते हुए भी धर्मगत समानता तुलना स्थापित की जाती हो।

उपमाद—वि. [सं.] आनंददायक। पु. उपभोग; प्रसन्नता।

उपमान—पु. [सं.] वह वस्तु जिससे किसी की तुलना की जाए (मुख के लिए चन्द्रमा, कमल, आदि प्रमुख उपमान)। **~लुप्ता**-स्त्री. उपमा अलंकार का एक भेद जिसमें उपमान की विलुप्ति हो।

उपमालिनी—स्त्री. [सं.] एक छंद।

उपमित—वि. [सं.] जिसकी किसी से उपमा दी गई हो। पु. कर्मधारय समास का एक भेद, दो शब्दों के बीच जहाँ उपमावाची शब्द का लोप हो (व्या.)।

उपमिति—स्त्री. [सं.] सादृश्य बराबरी; सादृश्य-प्राप्त ज्ञान (व्या.)।

उपमुख्यमंत्री—पु. [सं.] मुख्यमंत्री का नायब, अधीनस्थ सहायक मंत्री ('डिप्टी चीफ़ मिनिस्टर')।

उपमेय—वि. [सं.] उपमा देने योग्य। पु. वह वस्तु जिसकी किसी से तुलना की जाए; वर्ण्य। **~लुप्ता**-स्त्री. उपमा अलंकार का एक भेद, इसमें उपमेय की विलुप्ति हो जाती है।

उपमेयोपमा—स्त्री. [सं.] उपमा अलंकार का एक भेद, इसमें उपमेय की उपमा उपमान से और उपमान की उपमेय से दी जाती है।

उपयुक्त—वि. [सं.] उचित, ठीक; योग्य; अनुकूल; प्रयुक्त, उपयोग में लाया हुआ।

उपयोग—पु. [सं.] लाभ; व्यवहार; काम लेना; उपयुक्तता।

उपयोगिता—स्त्री. [सं.] उपयुक्तता, उपयोगी होना। **~वाद**-पु. अधिक से अधिक लोगों का अधिक से अधिक हित साधन का उद्देश्य लेकर चलने वाला मत।

उपयोगितावादी—पु., वि. [सं.] उपयोगितावाद को मानने वाला। **~दृष्टि**-स्त्री. यह दृष्टि कि कोई व्यक्ति या वस्तु हमारे कितने काम की है; स्वार्थपरक दृष्टि।

उपयोगी—वि. [सं.] लाभदायक; सही, उचित; काम में आने वाला; कारगर।

उपरंजक—वि. [सं.] प्रभाव डालने वाला, रँगने वाला।

उपरंध्र—पु. [सं.] लघु छिद्र; घोड़े के शरीर का विशेष अंग, पसलियों के बीच का स्थान।

उपरत—वि. [सं.] विरक्त, जिसका चित्त सांसारिक आकर्षणों से हट गया हो, रागरहित; निवृत्त।

उपरना—पु. कमर से ऊपर ओढ़ा जाने वाला वस्त्र, दुपट्टा, उत्तरीय।

उपरला—वि. ऊपर का, ऊपर रहने वाला (वस्त्रादि)।

उपरति—स्त्री. [सं.] विराग, विषय-भोग से उपराम होना; उदासीनता।

उपरांत—अ. [सं.] बाद में, अनंतर।

उपराग—पु. [सं.] लाल रंग; लाली; रंग; सूर्य-चंद्र ग्रहण विषयासक्ति, विपत्ति, उपद्रव; निंदा; धिक्कार, फटकार; निकटस्थ वस्तु के प्रभाव से रंग-रूप बदलना (सांख्य); राहु।

उपराज्यपाल—पु. [सं.] राज्यपाल से एक स्तर नीचे का अधिकारी, छोटे केंद्र प्रशासित राज्य का राज्यपाल ('लेफ्टिनेंट गवर्नर')।

उपराम—पु. [सं.] निवृत्ति; वैराग्य; विश्रांति।

उपराष्ट्रपति—पु. [सं.] राष्ट्र का उपाध्यक्ष।

उपरि—अ. [सं.] ऊपर; उपरांत। **~कर**-पु. एक प्रकार का कर ('सरचार्ज')। **~लिखित**-पु. जो ऊपर या पहले लिखा जा चुका है।

उपरीतक—पु. [सं.] एक रति-बंध।

उपरूपक—पु. [सं.] निम्न श्रेणी का या गौण रूपक नाटक जिसके अठारह प्रकार माने गए हैं—नाटिका, त्रोटक, गोष्ठी, नाट्य-रासक, संलापक, आदि (साहि.शा.)।

उपरोक्त—वि. जो ऊपर कहा गया है 'उपर्युक्त' से बना शब्द।

उपरोध—पु. [सं.] रोक, बाधा; घेरना, अड़चन; उत्पात, आफ़त; परदा; रक्षा; अनुग्रह; फूट; कलह; सम्मान।

उपरोधक—वि. [सं.] उपरोध, बाधा उपस्थित करने वाला; ढकने वाला, आड़ करने वाला ('स्पीड-ब्रेकर'); भीतर का कमरा।

उपरोधन—पु. [सं.] रोक-टोक, बाधा, अड़चन।

उपरोहित*—पु. पुरोहित।

उपरौटा*—पु. किसी चीज़ का ऊपर का पल्ला (किवाड़, आदि में)।

उपर्युक्त—वि. [सं.] ऊपर या पहले कहा या लिखा हुआ।

उपलंभ, उपलंभन—पु. [सं.] लाभ, प्राप्ति; अनुभव; ज्ञान।

उपल—पु. [सं.] ओला; बादल; पत्थर; रत्न। **~वृष्टि**-स्त्री. ओले बरसना।

उपलक्षक—वि. [सं.] अनुमान करने वाला; भाँपने वाला; बोधक।

उपलक्षण—पु. [सं.] विशेष लक्षण, पहचान; संकेत; बोधक चिह्न।

उपलक्षित—वि. [सं.] लक्ष्य किया हुआ; इशारे से बताया हुआ; अनुमान किया हुआ।

उपलक्ष्य—वि. [सं.] लक्ष्य करने योग्य; अनुमान करने योग्य किसी विषय से संबंधित। **~में**-विषय से संबंधित, निमित्त से (शुभ कार्य, हर्ष, आदि के निमित्त से—जन्मदिन, विवाह, आदि के उपलक्ष्य में)।

उपलब्ध—वि. [सं.] प्राप्त, मिला हुआ।

उपलब्धि—स्त्री. [सं.] प्राप्ति; महत् प्राप्ति।

उपलभ्य—वि. [सं.] मिलने योग्य, सम्मान्य।

उपला—पु. गाय, बैल, भैंस, आदि के गोबर को पाथकर सुखा लेने के बाद बना जलावन, ईंधन।

उपली—स्त्री. द्र. 'उपला', आकार में छोटा उपला।

उपल्ला*—पु. ऊपर की परत, भितल्ला का विलोम।

उपवक्ता—पु. [सं.] यज्ञ का एक ऋत्विक; गौण या सहायक वक्ता।

उपवट—पु. [सं.] प्रियाल, चिरौंजी का पेड़।

उपवन—पु. [सं.] बगीचा, उद्यान, वाटिका।

उपवर्ग—पु. [सं.] वर्ग के अंतर्गत अगला विभाजन, वर्ग में भेद।

उपवर्ण्य—पु. [सं.] उपमान, अवर्ण्य।

उपवर्त—पु. [सं.] एक बड़ी संख्या।

उपवर्तन—पु. [सं.] व्यायामशाला, अखाड़ा, कसरत करने का स्थान; वसित या अवसित स्थान; जिला; राज्य; परगना; दलदल; निकट लाना।

उपवर्ष—पु. [सं.] मीमांसा दर्शन के एक आचार्य।

उपवसन—पु. [सं.] पास रहना; उपवास करना।

उपवाक्य—पु. [सं.] वाक्यांश, वाक्य खंड।

उपवाणिज्यदूत—पु. [सं.] सहायक वाणिज्यदूत।

उपवाद—पु. [सं.] निंदा, बुराई, लांछन।

उपवास—पु. [सं.] व्रत रूप में भोजन ग्रहण न करना; किसी विशेष उद्देश्य से भोजन ग्रहण न करना।

उपविद्या—स्त्री. [सं.] गौण विद्या; लौकिक विद्या।

उपविधि—स्त्री. [सं.] उपधारा; उपनियम।

उपविभाग—पु. [सं.] बड़े विभाग के अधीन या अंतर्गत छोटा विभाग।

उपविष—पु. [सं.] कृत्रिम या हलके विष—मदार, धतूरा, आदि।

उपविष्ट—वि. [सं.] बैठा हुआ; प्रविष्ट।

उपवीत—पु. [सं.] जनेऊ, उपनयन संस्कार।

उपवेद—पु. [सं.] वेदों से निकली लौकिक विद्याएँ, कलाएँ—आयुर्वेद, धनुर्वेद, स्थापत्य वेद।

उपवेधक—पु. [सं.] गुंडा, बदमाश।

उपवेशी, उपवेष्टा—वि. [सं.] बिठाने वाला।

उपवेष्टन—पु. [सं.] लपेटने की क्रिया।

उपवेष्टित—वि. [सं.] लपेटा हुआ, घिरा हुआ।

उपशम—पु. [सं.] शांत होना; तृष्णा, वासना का नाश; इन्द्रयनिग्रह, विश्रांति; निवृत्ति; इलाज; उपाय; रोग की पीड़ा का घटना।

उपशमन—पु. [सं.] शांत करना, निवारण, दबाना, घटाना; तुष्ट करना, लुप्त होना; शूलनाशक औषधि।

उपशय—पु. [सं.] अंकुर औषधि या पथ्य द्वारा रोग का उपचार, निदान; पास में सोना। वि. पास लेटने वाला; शांतिदायक।

उपशाखा—स्त्री. [सं.] छोटी शाखा; शाखा में-से निकली शाखा।

उपशिक्षक—पु. [सं.] सहायक शिक्षक।

उपशिष्य—पु. [सं.] शिष्य का शिष्य।

उपशीर्षक—पु. [सं.] मुख्य शीर्षक के नीचे या बीच में आने वाला शीर्षक; छोटा शीर्षक।

उपसंपादक—पु. [सं.] सहायक संपादक, संपादक अधीनस्थ पद ('सब-एडिटर')।

उपसंस्कार—पु. [सं.] पूरक या गौण संस्कार।

उपसंहार—पु. [सं.] सारांश, संपूर्ण विवेचन का निचोड़; समाप्ति; अध्ययन के निष्कर्ष देता हुआ पुस्तक का अंतिम अध्याय।

उपसंहारक—वि. [सं.] उपसंहार करने वाला, उपसंहार प्रस्तुत करने वाला।

उपसर—पु. [सं.] पास आना; गाय के निकट गर्भधारण के लिए साँड़ का जाना; गाय का प्रथम बार गर्भधारण करना।

उपसरण—पु. [सं.] (किसी की तरफ़) जाना, पास आना; शरणागत होना; शरण, पनाह।

उपसर्ग—पु. [सं.] वह अव्यय जो धातु से बने नाम अथवा धातु के आगे लगकर अर्थ बदल देता है—प्र, अव, उप, सम, आदि; भौतिक या दैविक उपद्रव; एक रोग के बीच में उत्पन्न दूसरा गौण रोग; प्रेतबाधा; मृत्यु का पूर्व लक्षण।

उपसर्गात्मक—वि. [सं.] उपसर्ग युक्त।

उपसुंद—पु. [सं.] सुंद दैत्य का छोटा भाई (महा.)।

उपस्कर—पु. [सं.] पूरक सामग्री; मसाला (नमक, मिर्च, हल्दी, आदि); घर की सजावट का सामान, उपकरण; गृहस्थी के लिए उपयोगी सामान—झाड़ू, छाज, छलनी, आदि; आभूषण; कलंक, दोष।

उपस्कार—पु. [सं.] पूरक; रिक्त स्थान की पूर्ति करने वाला, सँवारना; आभरण; आघात, हिंसा; आभूषण; साज-सज्जा; त्रुटि; कलंक।

उपस्कारक—वि. [सं.] साज-सज्जा करने वाला; पूर्ति करने वाला।

उपस्कृत—वि. [सं.] सज्जित, तैयार किया हुआ; इकट्ठा किया हुआ; परिवर्तित; लांछित, कलंकित; हत।

उपस्थ—पु. [सं.] शरीर का मध्य भाग; पेड़ू; गुदा; नितम्ब; स्त्री या पुरुष जननेंद्रिय। वि. पास बैठा हुआ; निकटवर्ती। **~दल, ~पत्र**-पु. पीपल का पेड़। **~निग्रह**-पु. इंद्रिय दमन, संयम।

उपस्थापक—वि. [सं.] पास लाने या रखने वाला; उपस्थित करने वाला, सिखाने-समझाने वाला, स्मरण कराने वाला।

उपस्थापन—पु. [सं.] पास या सामने रखना; तैयार रखना या करना; स्मृति ताजा करना; उपस्थिति; परिचर्या, सेवा-टहल; प्रस्ताव, आदि रखना; प्रस्तुत करना; किसी विषय का प्रारंभ करना (गोष्ठी, आदि में)।

उपस्थित—वि. [सं.] हाज़िर, मौजूद; पास या सामने आया हुआ; सामने रखा हुआ, प्रस्तुत, निकटवर्ती; याद, स्मृत; मार्जित; पूजित; प्राप्त; घटित।

उपस्थिति—स्त्री. [सं.] मौजूदगी, हाज़िरी, विद्यमानता; प्राप्त करना; पूरा करना।

उपहत—वि. [सं.] घायल, चोट खाया हुआ, आहत; हराया हुआ; नष्ट किया हुआ; दूषित; विकृत; अभिभूत; लांछित; जिस पर वज्रपात हुआ हो।

उपहसित—वि. [सं.] जिसका उपहास किया गया हो। पु. व्यंग्य।

उपहार—पु. [सं.] भेंट, सौगात; पूजन-सामग्री, नैवेद्य; दान; दक्षिणा; सम्मान; अतिथियों के लिए प्रस्तुत भोजन; युद्ध की क्षति-पूर्ति।

उपहारी—वि. [सं.] भेंट, सौगात देने वाला; पास लाने वाला।

उपहास—पु. [सं.] हँसी जो किसी की अवमानना करती हो; खिल्ली उड़ाना; व्यंग्य-विनोद, हँसी-ठट्ठा; किसी का तमाशा बनाना। **~आस्पद, ~पात्र**-पु. हँसी या खिल्ली उड़ाने योग्य; हास्यास्पद; उपहास्य।

उपहासक—वि. [सं.] उपहास करने वाला, खिल्ली उड़ाने वाला।

उपहासात्मक—वि. [सं.] उपहास, व्यंग्य से भरा हुआ।

उपहास्य—वि. [सं.] उपहास के योग्य।

उपहृत—वि. [सं.] निकट लाया हुआ; प्रस्तुत किया हुआ; परोसा गया (भोजन); एकत्रीकृत; बलि चढ़ाया हुआ।

उपांग—पु. [सं.] छोटा अंग; अंग का विभाग; पूरक, सहायक वस्तु; वेदांग के पूरक विषय—पुराण, न्याय, मीमांसा और धर्म-शास्त्र; टीका; भाल पर अंकित पादुका-चिह्न।

उपांत, उपांत्य—पु. [सं.] छोर, किनारा; आँख का कोना; सान्निध्य; अंत के पास का अक्षर। वि. अंत के पास का।

उपांतिक, उपांतिर्क, उपांतिम—वि. [सं.] समीपवर्ती, पड़ोस का। पु. पड़ोस, पास, समीप।

उपाइ, उपाउ*—पु. [सं.] 'उपाय'।

उपाकर्म—पु. [सं.] उपक्रम, आरम्भ; वेद-पाठ आरम्भ करने से पूर्व श्रावणी पूर्णिमा को किया जाने वाला संस्कार।

उपाकृत—वि. [सं.] पास लाया हुआ; आहूत; बलि चढ़ाया हुआ; आरम्भ किया हुआ। पु. बलि का पशु; आमंत्रण; दैवी उपद्रव।

उपाख्यान, उपाख्यानक—पु. [सं.] छोटी कथा या कहानी; कथा में प्रासंगिक कहानी; पौराणिक कहानी।

उपागम—पु. [सं.] निकट आना, पहुँचना; घटना; प्रतिज्ञा; स्वीकृति; वादा।

उपाड़-पु. *, **उपाड़ना**—स.क्रि. * किसी तेज़ दवा के खाने या लगाने से शरीर की खाल का कहीं से उचड़ना; खेत, आदि में पौधों, वनस्पति, आदि को जड़ से उखाड़ना ('उन्होंने खरबूजे की सारी पलेज उपाड़ दी')।

उपादान—पु. [सं.] कार्य-रूप प्राप्त करने वाला कारण; कारण, हेतु; सम्मिलित करना; ग्रहण करना; स्वीकार करना, प्राप्त करना; वर्णन करना; वे पदार्थ जिनसे कोई वस्तु बनी हो; विषयों से इंद्रियों को हटाना; सांख्य की चार आध्यात्मिक तुष्टियों में से एक। **~कारण**-पु. समवायी कारण। **~लक्षणा**-स्त्री. लक्षणा का एक भेद 'अजहत्स्वार्था लक्षणा'।

उपादेय—वि. [सं.] लाभकारी; योग्य, ग्रहण करने योग्य; उत्तम, उत्कृष्ट।

उपाधि—स्त्री. [सं.] पदवी, विशेषतः प्रतिष्ठा-सूचक पद या पदवी; विशेष लक्षण; चिह्न।

उपाध्यक्ष—पु. [सं.] सहायक अध्यक्ष।

उपाध्याय—पु. [सं.] वेद-वेदांग पढ़ाने वाला आचार्य; अध्यापक, शिक्षक, गुरु; ब्राह्मणों में एक उपजाति की उपाधि।

उपाध्याया—स्त्री. [सं.] अध्यापिका, शिक्षिका।

उपाध्यायानी—स्त्री. [सं.] गुरु-पत्नी।

उपाध्यायी—स्त्री. [सं.] अध्यापिका, शिक्षिका; गुरु-पत्नी।

उपानह्—पु. [सं.] जूता (हिंदी में इसका अपभ्रंश 'पनही')।

उपाय—पु. [सं.] साधन, युक्ति, तदवीर, तरीका; प्रयत्न; उद्योग। **~चतुष्टय**-पु. शत्रु पर विजय प्राप्ति के चार उपाय—साम, दाम, भेद, दंड। **~तुरीय**-पु. शत्रु विजय का चौथा उपाय—दंड, हिंसात्मक उपाय।

उपायन—पु. [सं.] पास जाना; शिष्य बनना; भेंट, उपहार; धर्मानुष्ठान में लगना।

उपायुक्त—पु. [सं.] आयुक्त ('कमिश्नर') का सहायक, अधीनस्थ ('डिप्टी कमिश्नर'), जिला अधिकारी।

उपार्जक—वि. [सं.] कमाने; पैदा करने वाला।

उपार्जन—पु., **उपार्जना**—स्त्री. पैदा करना; कमाना; हासिल करना।

उपार्जित—वि. [सं.] कमाया हुआ; (श्रमपूर्वक) प्राप्त; बटोरा हुआ।

उपार्थ—वि. [सं.] अल्प मूल्य या महत्त्व का।

उपालंभ, उपालंभन—पु. [सं.] उलाहना, (मीठी) शिकायत।

उपावर्तन—पु. [सं.] वापस आना; चक्कर देना; पास आना; विरत होना।

उपावृत—वि. [सं.] लौटा हुआ; चक्कर खाया हुआ; पास आया हुआ; विरत; निवृत; लेटा हुआ। पु. थकान दूर करने के लिए भूमि पर बार-बार लोट लगाने वाला घोड़ा।

उपासंग—पु. [सं.] सामीप्य; तूणीर, तरकश।

उपासक—वि. [सं.] उपासना करने वाला; आराधक; भक्त; अनुयायी; सेवक। पु. शूद्र; भिक्षु से अलग बुद्ध का पूजक।

उपासन—पु., **उपासना**—स्त्री. सेवन; पूजन, आराधना; ध्यान, आदि के द्वारा इष्टदेव का चिंतन; गार्हपत्य अग्नि; धनुर्विद्या या तीरंदाजी का अभ्यास; क्षति पहुँचाना।

उपासनीय—वि. [सं.] उपासना के योग्य; पूजनीय।

उपासा—स्त्री. [सं.] सेवा, परिचर्या; पूजन; ध्यान। हि.वि. जिसने उपवास रखा हुआ है, निराहार।

उपासिका—स्त्री. [सं.] 'उपासक' का स्त्री., उपासना करने वाली।

उपास्य—वि. [सं.] पूज्य, पूजनीय; आराधना या भक्ति के योग्य। पु. इष्टदेव।

उपाहार—पु. [सं.] जलपान, नाश्ता ('ब्रेकफास्ट'); अल्पाहार।

उपेंद्र—पु. [सं.] इंद्र के छोटे भाई, विष्णु; कृष्ण। **~वज्रा**-स्त्री. एक छंद।

उपेक्षक—वि. [सं.] उपेक्षा करने वाला; उदासीन।

उपेक्षण—पु. [सं.] अवहेलना; लापरवाही, उदासीनता; काम निकालने का एक उपाय।

उपेक्षणीय—वि. [सं.] उपेक्षा के योग्य।

उपेक्षा—स्त्री. [सं.] लापरवाही; उदासीनता; अवहेलना; तिरस्कार; अस्वीकृति; विरक्ति; योग की एक भावना; युद्ध के तीन क्षुद्र उपायों—माया, उपेक्षा और इंद्रजाल—में से एक।

उपेक्षित—वि. [सं.] जिसकी उपेक्षा की गई हो।

उपेक्ष्य—वि. [सं.] उपेक्षणीय, उपेक्षा के योग्य।

उपेत—वि. [सं.] मिला हुआ; युक्त।

उपोत्पाद—पु. [सं.] उत्पाद से बचे माल से तैयार उत्पाद ('बाइ-प्रोडक्ट')।

उपोद्घात—पु. [सं.] आरंभ; प्रस्तावना, भूमिका (पुस्तक के प्रारंभ में); उदाहरण; विश्लेषण।

उपोद्वलन—पु. [सं.] समर्थन, पुष्टि।

उफ़—अ. [अ.] दु:ख, पीड़ा, पछतावा, आदि का सूचक उद्गार। **मु. ~न करना, ~तक न करना**-पीड़ा को चुपचाप सहन करना, मुँह से आह तक न निकालना।

उफ़क—पु. [अ.] क्षितिज।

उफनना—अ.क्रि. उबलना, उफान आना। **मु.** जोश या क्रोध में आना ('वह तो उफन पड़ा', 'तुम उफन रहे हो')।

उफान—स्त्री. उबाल आना।

उफाल—स्त्री. लंबी डग।

उबकना—अ.क्रि. कै, वमन करना।

उबकाई—स्त्री. कै, वमन।

उबट*—वि. असमतल, ऊबड़-खाबड़; टेढ़ा (रास्ता, मार्ग)।

उबटन—पु. बेसन, हल्दी, तेल, आदि को मिला कर बनाया गया लेप जो मुख, शरीर पर त्वचा अच्छी करने के लिए लगाया जाता है।

उबटना—अ.क्रि., स.क्रि. उबटन लगाना, उबटन लगाने की क्रिया।

उबरना—अ.क्रि. बचना, छुटकारा पाना (ऋण, बीमारी, आदि से); (रोग, बीमारी में) दशा-सुधार।

उबलना—अ.क्रि. खौलना, उफनना; जोश खाना। **मु.** उबल पड़ना—क्रोध में भड़क कर उचित-अनुचित कहना।

उबाना—स.क्रि. किसी कार्य से मन हटा देना।

उबार—पु. बचाव; छुटकारा।

उबारना—स.क्रि. बचाना, छुड़ाना; उद्धार करना।

उबाल—पु. (किसी द्रव्य का) खौल कर ऊपर उठना, उफान; जोश; क्रोध का भड़क उठना।

उबालना—स.क्रि. खौलना; पानी में किसी चीज़ को बहुत देर तक गरम करना।

उबासी—स्त्री. जँभाई।

उभय—वि. [सं.] दोनों; दो में से प्रत्येक। **~चर**-वि. जल-स्थल दोनों जगह रह सकने वाला (जीव)। **~निष्ठ**-वि. दोनों में जिसकी निष्ठा हो, दोनों के प्रति वफादार। **~मुखी**-स्त्री. गर्भवती। **~लिंग**-वि. दो लिंगों प्रयुक्त होने वाला। **~विध**-वि. दोनों प्रकार का, दोनों प्रकार से।

उभयतः—अ. [सं.] दोनों अवस्थाओं में; दोनों ओर से, दोनों प्रकार से।

उभयतो—अ. [सं.] उभयतस् का समासगत रूप; दोनों ओर से, दोनों ओर; दोनों दशाओं में। **~अनर्थापद**-पु. ऐसी स्थिति जिसमें दो मार्ग हों और दोनों ही अनिष्ट कर हों। **~अर्थापद**-पु. दोनों ओर से ही विघ्न-बाधा युक्त। **~दन्त**-वि. जिसके दाँत मुख के दोनों ओर बाहर को निकले हों (हाथी, शूकर)। **~नाभि**-वि. जिसके दोनों ओर नाभि हों (पहिया)। **~भागी**-पु. मित्र और अमित्र दोनों का एक साथ उपकार करने वाला (राजा)। **~मुख**-वि. दोनों ओर मुख वाला। **~मुखी**-वि., स्त्री. ब्याती हुई गाय। **~लिंग, लिंगी**-वि. दो लिंगों में प्रयुक्त होने वाला (शब्द); स्त्री तथा पुरुष दोनों के चिह्नों वाला (व्यक्ति)।

उभयात्मक—वि. [सं.] दोनों रूप, प्रकार से बना; दोनों से बना।

उभयार्थ—वि. [सं.] द्विअर्थी, दो अर्थ देने वाला; अस्पष्ट।

उभयालंकार—पु. [सं.] वह अलंकार जो शब्दालंकार और अर्थालंकार दोनों हों।

उभरना—अ.क्रि. ऊपर उठना, ऊँचा होना; (शरीर में) दाने, चोट का निशान, आदि प्रकट होना; (गरीबी से मुक्त होकर) धन-मान की बढ़ोतरी होना।

उभार—पु. उभरने, बढ़ने की स्थिति या क्रिया; उठान।

उभारना—स.क्रि. ऊपर उठाना; ऊपर को कर देना। लाक्ष. (किसी के विरुद्ध) भड़काना, उकसाना।

उमंग—स्त्री. हर्ष की लहर; उल्लास; मस्ती; जोश; अरमान; आकांक्षा।

उमँगना*—अ.क्रि. उमंग या जोश में आना; उल्लसित, हर्षित।

उमड़—स्त्री. घिराव; बढ़ना (नदी, सागर, आदि में जल का बढ़ना); धावा, आक्रमण ('सेनाएँ उमड़ पड़ीं')। **~घुमड़**-गड़गड़ाहट करते हुए बादलों का छा जाना।

उमड़ना—स.क्रि. बढ़ना; बढ़कर फैलना; बह चलना; भावावेश में आना।

उमदा—वि. [अ.] 'उम्दा'।

उमर—स्त्री. द्र. 'उम्र'। **~क़ैद**-स्त्री. जिंदगी-भर की क़ैद, आजीवन कारावास। **~क़ैदी**-वि., पु. जिसे जिंदगी-भर की सज़ा मिली हो, आजीवन कारावास-भोगी। **~पट्टा**-पु. जिसने जिंदगी-भर का पट्टा, ठेका लिखा लिया हो; सदा जीवित रहने का ठेका लिया हो ('मैंने क्या उमर पट्टा लिखा रखा है')।

उमरा—पु. [अ.] धनिक; सरदार; सामंत, दरबारी (अमीर का बहु.)।

उमराव—पु. 'उमरा' का अपभ्रंश रूप, द्र. 'उमरा'।

उमस—स्त्री. हवा न चलने से मौसम में चिपचिपी-सी गरमी, बरसात के मौसम की गरमी—विशेषतः जुलाई से सितम्बर के महीने तक ('ह्यूमिडिटी')।

उमा—स्त्री. [सं.] शिव की पत्नी पार्वती; दुर्गा; कांति; कीर्ति; शांति; रात्रि; हल्दी; अलसी या पटसन; चंद्रकांत मणि। **~कांत**-पु. उमा के स्वामी शिव। **~गुरु, ~जनक**-पु. हिमालय पर्वत। **~पति**-पु. शिव। **~सुत**-पु. कार्त्तिकेय; गणेश।

उमाह*, उमाहा*—पु. उत्साह, उमंग; उल्लास; आनंद।

उमाहना*—अ.क्रि. उत्साहित होना; उमंग या उल्लास में आना।

उमेठन—स्त्री. ऐंठन, मरोड़ (रोग पूरे शरीर या पेट में); रस्सी, आदि को बल चढ़ा कर घुमा देना।

उमेठना—स.क्रि. ऐंठना, मरोड़ना; रस्सी, आदि को बल चढ़ा कर बटना; घुमा देना।

उमेठवाँ—वि. ऐंठन वाला; घुमावदार; जिसमें उमेठ, बल, चढ़े हुए हों (रस्सी, तार, आदि)।

उमेद*—स्त्री. द्र. 'उम्मीद'।

उम्दगी—स्त्री. [अ.] अच्छाई, खूबी।

उम्दा—वि. [अ.] उत्तम, श्रेष्ठ, बढ़िया; सुन्दर; मनोरम।

उम्म—स्त्री. [अ.] माँ, जननी; मूल।

उम्मत—स्त्री. [अ.] किसी विशेष अवतार या पैगम्बर को मानने वाला समुदाय; संप्रदाय।

उम्मीद—स्त्री. [फ़ा.] आशा, आस; उमीद; इच्छा; उत्कंठा; भरोसा; सहारा, आसरा। **~वार**-वि. आशा, उपेक्षा रखने वाला; नौकरी या पद विशेष का प्रार्थी। पु. चुनाव, निर्वाचन में खड़े होने वाला, प्रत्याशी। **मु. ~से होना**-गर्भवती ('वह उम्मीद से है')।

उम्मुल, उलूम—स्त्री. [अ.] व्याकरण।

उम्मुल किताब—स्त्री. [अ.] कुरान की पहली सूरत, 'फ़ातिहा'; कुरान।

उम्मेद, उम्मैद—स्त्री. द्र. 'उम्मीद'।

उम्र—स्त्री. [अ.] आयु, अवस्था, वयस। **~दराज़**-वि. लंबी आयु, दीर्घ आयु वाला; बुजुर्ग, वृद्ध (आशीर्वाद भी)। **मु. का पैमाना या भर जाना**-आयु का अंत निकट होना, मृत्यु के समीप।

उरः—पु. [सं.] 'उरस्' का समासगत रूप। वक्षस्थल, छाती; हृदय। **~क्षत**-पु. छाती का घाव। वि. हृदय रोग से पीड़ित। **~क्षय**-पु. क्ष्मा, तपेदिक रोग। **~घात**-पु. फेफड़े का रोग। **~त्राण**-पु. छाती पर बाँधने का कवच, ज़िरह-बख़्तर।

उर—वि. [सं.] श्रेष्ठ, उत्तम। पु. मन, चित्त; हृदय, छाती। **मु. ~लाना**-हृदय, छाती से लगाना; मन में विचारना।

उरई—स्त्री. खस।

उरग—पु. [सं.] (छाती के बल रेंगने वाला) साँप, छिपकली, आदि। **~भूषण**-पु. शिव। **~राज**-पु. शेषनाग, वासुकि। **~लता**-स्त्री. नागवल्ली; पान की बेल। **~शत्रु**-पु. गरुड़। **~सारचंदन**-पु. चंदन की एक प्रजाति। **~स्थान**-पु. साँपों, नागों का स्थान, नागलोक; पाताल।

उरगाद—पु. [सं.] गरुड़ (तुलसी); मोर।

उरगाय*—वि. [पु.] द्र. 'उरुगाय' (तुलसी)।

उरगारि, उरगाशन—पु. [सं.] गरुड़ (तुलसी); मोर।

उरगिनी*—स्त्री. सर्पिणी।

उरगी—स्त्री. [सं.] मादा साँप, सर्पिणी।

उरज, उरजात*—पु. द्र. 'उरोज'।

उरझना*—अ.क्रि. द्र. 'उलझना'।

उरझाना*—स.क्रि. द्र. 'उलझाना'। अ.क्रि. फँसना (तुलसी)।

उरणक—पु. [सं.] मेघ; बादल।

उरणी—स्त्री. [सं.] भेड़।

उरद (उड़द)—पु. दाल की प्रजाति का एक अन्न, काले रंग का, मुँह पर सफेद। **मु. ~पर सफेदी**—बहुत कम मात्रा में ('उसको तो ऐसी भी शर्म नहीं जैसी उरद पर सफेदी हो')।

उरप-तरप—पु. नृत्य का एक भेद।

उरबसी*—स्त्री. द्र. 'उर्वशी'; एक आभूषण जो गले में डाल कर छाती तक आता है।

उरभ्र—पु. [सं.] भेड़; एक विषैला कीट।

उरमी*—स्त्री. द्र. 'ऊर्मी'।

उरला—वि. इधर का ('परला' का विप.)।

उरस—वि. [सं.] चौड़ी छाती वाला।* नीरस, बिना स्वाद का।

उरसना* (उड़सना)*—स.क्रि. किसी चीज़, वस्त्र, रस्सी, आदि को ऊपर को उठा कर टाँग देना ('पाजामा ऊपर को उड़स ले'; 'रस्सी लटक रही है इसे छप्पर में उड़स दे')।

उरसिज, उरसिरुह—पु. [सं.] स्तन, उरोज।

उराहना (उलाहना)—पु. किसी बात की शिकायत, उपालंभ। स.क्रि. दोष देना, शिकायत, गिला करना। (लाक्ष.) **~उतारना**-शिकायत दूर करना; किसी के आग्रह या शिकायत पर कार्य करना, बे-मन से ('मैं तो उसके यहाँ उलाहना उतारने ही चला गया था')।

उरिन*—वि. द्र. 'उऋण'। ऋण मुक्त होना ('भरत भाई कपि ते उरिन हम नाहीं'—अनूप जलोटा)।

उरु—वि. विशाल; विस्तृत; प्रचुर, विपुल; लंबा; श्रेष्ठ, महान; मूल्यवान, क़ीमती। **~कीर्ति**-वि. प्रसिद्ध, सुपरिचित। **~क्रम**-पु. लंबा डग भरने वाला, वामन अवतार। **~गाय**-वि. बड़े लोगों द्वारा प्रशंसित। पु. विष्णु; इंद्र; सोम, चंद्रमा। **~विक्रम**-वि. पराक्रमी, बलवान। **~स्वन**-पु. उच्च स्वर, गंभीर स्वर। **~हार**-पु. मूल्यवान, श्रेष्ठ, हार।

उरे*—अ. इधर, 'परे' का विप. ('उरे आ जा)।

उरेह—पु. चित्र बनाना, उकेरना।

उरेहना—स. क्रि. चित्र बनाना; भित्ति, रेत—मिट्टी, आदि पर चित्र बनाना (उंगली, कूची, नुकीली कील, आदि की सहायता से); उकेरना।

उरो—पु. [सं.] 'उरस्' का समासगत रूप। **~गम**-पु. सर्प। **~ज, ~रुह**-पु. स्तन, कुच।

उर्जित—वि. [सं.] शक्तिशाली; वर्द्धित; प्रख्यात।

उर्द—पु. द्र. 'उरद'।

उर्दू—पु. [तु.] लश्कर; छावनी। स्त्री. भाषा विशेष जो अरबी; फ़ारसी शब्द भंडार पर अधिक आश्रित है और फ़ारसी लिपि में लिखी जाती है (मूलतः वह भाषा जो छावनी और छावनी के बाज़ार में बोली जाती थी)। **~ए मुल्ला**-स्त्री. वह उर्दू जो दिल्ली के किले में बेगमें बोलती थीं; उच्च; परिनिष्ठित उर्दू। **~बाज़ार**-पु. छावनी, लश्कर का बाज़ार; वह बाज़ार जहाँ सब चीजें मिलती हों, सदर बाज़ार।

उर्द—पु. [सं.] ऊद बिलाव।

उर्ध*—वि., अ. द्र. 'ऊर्ध्व'।

उर्फ़—पु. [अ.] उपनाम; किसी का बोलने में पड़ गया नाम; अधिक प्रचलित या प्रसिद्ध हुआ नाम।

उर्मि—स्त्री. द्र. 'ऊर्मि'।

उर्मिला—स्त्री. [सं.] लक्ष्मण की पत्नी।

उर्वर—वि. उपजाऊ।

उर्वरक—पु. रासायनिक खाद ('फर्टिलाइज़र')। **~संयंत्र**-पु. रासायनिक खाद का कारखाना, फैक्टरी ('फर्टिलाइज़र प्लांट')।

उर्वरता—स्त्री. उपजाऊपन।

उर्वरा—वि., स्त्री. [सं.] उपजाऊ। स्त्री. उपजाऊ भूमि।

उर्वरीकरण—पु. [सं.] बंजर या अनुर्वर भूमि को उपजाऊ, उर्वर बनाना।

उर्वशी—स्त्री. [सं.] इंद्रलोक (स्वर्ग) की एक प्रसिद्ध अप्सरा (नर्तकी), यह एक शापवश कुछ दिन पृथ्वी पर चंद्रवंशी राजा पुरुरवा की पत्नी बनकर रही। **~रमण, ~वल्लभ, ~सहाय**—पु. पुरुरवा।

उर्वारु, उर्वारुक—पु. [सं.] ककड़ी; खरबूज़ा।

उर्वी—स्त्री. [सं.] पृथ्वी; भूमि। **~जा**-स्त्री. पृथ्वी से उत्पन्न—सीता। **~तल**-पु. धरातल, पृथ्वी-तल। **~धर**-पु. पर्वत; शेषनाग। **~धव, ~पति**-पु. राजा। **~रुह**-पु. पौधा, वृक्ष।

उर्वीश, उर्वीश्वर—पु. [सं.] राजा; पृथ्वी का स्वामी।

उर्स—पु. [अ.] किसी मुसलमान संत, फ़कीर, की पुण्य (निधन) तिथि को मनाया जाने वाला वार्षिक उत्सव; ब्याह का खाना।

उलंग—वि. नंगा।

उलंगना, उलंघना*—स.क्रि. लाँघना, फाँदना; उल्लंघन करना; न मानना।

उलंघन—पु. द्र. 'उल्लंघन'।

उलंघना*—स.क्रि. द्र. 'उलंगना' के साथ।

उलझन—स्त्री. चिंता; सोच; कठिनाई; गुत्थी; फँसाव।

उलझना—अ.क्रि. धागे, ऊन, रस्सी, आदि का गुंजलक के रूप में फँस जाना, गुँथ जाना जिससे ओर-छोर न मिलें; हल्का झगड़ा या तकरार होना।

उलझाना—स.क्रि. फँसाना; उलझन में डाल देना; समस्या में डाल देना।

उलझाव—पु. उलझन; समस्या।

उलझेड़ा (अलझेड़ा)—पु. उलझन; झंझट।

उलटना—अ.क्रि. पलटा; घूमना, मुड़ना; सीधे का औंधा होना; विपरीत स्थिति में जाना; टूट पड़ना; बिलकुल बदल जाना; अस्त-व्यस्त होना; कुछ का कुछ कर देना; वमन करना; सरसरी तौर पर देखना या पढ़ना; ठीक से जमाव न होने कारण बोये हुए खेत को फिर से बोने के लिए जोतना। लाक्ष. **~पलटना**-ऊपर से नीचे, अस्त-व्यस्त कर देना; सरसरी तौर पर देखना या पढ़ना।

उलट-पलट, उलट-पुलट—पु. अदल-बदल; गड़बड़; पूरी तरह बदला हुआ; अस्त-व्यस्त स्थिति। वि. अस्त-व्यस्त; पूरी तरह बदला हुआ। लाक्ष. घबराहट; बेचैनी; जी-मिचलाना ('मेरा जी बहुत उलट-पुलट हो रहा है')।

उलट-फेर—पु. परिवर्तन, उलट-पलट; उत्थान-पतन, उन्नति-अवनति ('उसके भाग्य में बड़ा उलट-फेर है')।

उलटबाँसी—स्त्री. कविता में ऐसी उक्ति जो विरोधाभासी प्रतीत होती हो ('बलद बियावल गविया बाँझे'—कबीर)।

उलटा—वि. औंधा; विपरीत क्रम; जिसका ऊपर का भाग नीचे या दाहिने का बायाँ हो; जैसा होना चाहिए उसके विपरीत; अनुचित रूप में। **~तवा**-वि. बहुत काला। **~पलटी**-स्त्री. अदल-बदल; अस्त-व्यस्त। **~सीधा**-वि. सही-गलत; उचित-अनुचित। **मु. ~(टी)-खोपड़ी**-उलटी समझ, बुद्धि वाला; मूर्ख, नासमझ। **~गंगा बहना, ~गंगा बहाना**-परंपरा या रीति-विरुद्ध बात होना, या ऐसा कराना। **~पट्टी पढ़ाना**-बहकाना या किसी के विरुद्ध भड़काना। **~माला फेरना**-क्रम को उलट देना; किसी का बुरा चाहना। **~(टे) बाँस बरेली को**-जिस स्थान की कोई वस्तु प्रसिद्ध हो, उसी स्थान पर वही वस्तु ले जाना। **~साँस चलना, साँस लेना**-दम उखड़ना, जल्दी-जल्दी साँस लेना, मरणासन्न होना। **~सीधी सुनाना**-भली-बुरी, उचित-अनुचित सुनाना; फटकार लगाना। **~हवा बहना**-जमाने का खराब होना। **~छुरे से मूँड़ना**-धोखा दे कर किसी से पैसा ऐंठ लेना। **~पाँव फिरना, ~पाँव लौटना**-तुरंत लौटना। **~मुँह गिरना (औंधे मुँह गिरना)**-दूसरे को हानि पहुँचाने के क्रम में स्वयं अपनी हानि कर बैठना।

उलटाना*—स.क्रि. द्र. 'उलटना'।

उलटी—स्त्री. कै, वमन।

उलटे—अ. जैसा होना चाहिए उसके विपरीत; अनुचित रूप में।

उलथना*—अ.क्रि. उलटना; उछलना (समुद्र की लहरों, आदि का)।

उलप्य—पु. [सं.] रुद्र, शिव।

उलफ़त—स्त्री. [अ.] प्रेम, मुहब्बत, चाह।

उलमा—पु. [अ.] 'आलिम' का बहु., आलिम लोग, विद्वज्जन; किसी धार्मिक संस्था द्वारा मान्य-धर्म-गुरु।

उलरुआ—पु. बैलगाड़ी, आदि के उलार होने पर उसे नीचे जाने से रोकने के लिए गाड़ी के पीछे की ओर लगा दी जाने वाली टेक, लकड़ी।

उलाँघना*—स.क्रि. लाँघना; आज्ञा का पालन न करना।

उलार—वि. बैलगाड़ी, आदि में भार इस रूप में भरना कि वह पीछे की ओर जाने लगे। ('गाड़ी उलार है')।

उलारना*—स.क्रि. गाड़ी को आगे से उठाकर पीछे की ओर ढुलका देना।

उलाहना—पु. द्र. 'उपालंभ'।

उलिंद—पु. [सं.] शिव।

उलीचना—स.क्रि. पानी बाहर फेंकना (हाथों या किसी बर्तन की सहायता से)।

उलूक—पु. [सं.] उल्लू पक्षी; इन्द्र। लाक्ष. बुद्धू।

उलूखल—पु. [सं.] ओखली; खल (पशुओं का खाद्य)।

उलूखलक—पु. [सं.] गुग्गुल; छोटी ओखली।

उलूपी—स्त्री. [सं.] एक नाग-कन्या जिसका विवाह अर्जुन से हुआ था (महा.)।

उलेड़ना, उलैंड़ना*—स.क्रि. किसी चीज़ का द्रव्य, आदि को किसी वस्तु, द्रव्य, आदि को भूतल पर डाल या बिखेर देना। भूतल या किसी दूसरे बर्तन, आदि में डालना।

उल्का—स्त्री. [सं.] रात में आकाश से टूट कर गिरने वाला प्रकाशमय पिंड या तारा; मशाल। **~चक्र**-पु. ताराओं का विशेष स्थिति में आना (ज्यो.)। **~धारी**-पु. मशालची। **~पात**-पु. आकाश से जलते पिंड का टूट कर गिरना। लाक्ष. बहुत बड़ा संकट आ जाना, टूट पड़ना।

उल्टा—वि. द्र. 'उलटा'।

उल्था—पु. अनुवाद, भाषांन्तर।

उल्ब्य—पु. [सं.] शरीर के तीन तत्त्व—वात, पित्त, श्लेष्मा—में से किसी एक का दूषित हो जाना (आयु.); विपदा।

उल्मुक—पु. [सं.] मशाल; लुकाठी।

उल्लंघन—पु. [सं.] लाँघना; (आज्ञा-नियम, क़ानून, आदि के) विरुद्ध आचरण करना।

उल्लंघना*—स.क्रि. उल्लंघन करना।

उल्लंघित—वि. [सं.] जिसमें नियम तोड़ा गया हो; अतिक्रांत।

उल्लसित—वि. [सं.] हर्षयुक्त, उल्लास से भरा हुआ।

उल्लाल, उल्लाला—पु. [सं.] एक मात्रिक छंद।

उल्लास—पु. [सं.] हर्ष; उमंग; आह्लाद; (किसी ग्रंथ का) परिच्छेद या अध्याय; अर्थालंकार का एक भेद जहाँ किसी के गुण या दोष से किसी दूसरे का गुण या दोष दर्शाया जाए।

उल्लिखित—वि. [सं.] लिखा हुआ; वर्णित; उरेहा या उकेरा हुआ; खोदा हुआ।

उल्लू—पु. एक पक्षी जिसे दिन में दिखाई नहीं देता, यह बहुत अशुभ माना जाता है, उलूक। लाक्ष. वि. मूर्ख, बुद्धू। **~का पट्ठा**-एक गाली, बुद्धू, निपट मूर्ख। **~बनाना**-बेवकूफ़ बनाना, धोखा देना। **~बोलना**-उजड़ जाना; वीरान, वीरान होना; श्रीहीन हो जाना।

उल्लेख—पु. [सं.] चर्चा, जिक्र; लिखाई; खुदाई; अर्थालंकार का एक भेद जिसमें एक ही वस्तु का विभिन्न रूपों में वर्णन किया गया हो।

उल्लेखन—पु. [सं.] उल्लेख करना, वर्णित करना; खोदना।

उल्लेखनीय, उल्लेख्य—वि. [सं.] उल्लेख करने योग्य; बताने, चर्चा के योग्य।

उशबा—पु. [अ.] एक रक्त-शोधक औषधि।

उशीनर—पु. [सं.] राजा शिवि के पिता (महा.); गांधार देश (पेशावर से कंधार तक का प्रदेश) और वहाँ के निवासी।

उशीर, उशीरक, उषीर, उषीरक—पु. [सं.] खस, 'खस-खस' रूप में भी प्रसिद्ध।

उशीरिक, उषीरिक—वि. [सं.] खस का व्यापार करने वाला।

उष:—स्त्री. [सं.] भोर, तड़का, प्रत्यूष, भोर का उजाला; प्रात:काल की अधिष्ठात्री देवी; कर्ण रंध्र। **~कल**-पु. कुक्कुट। **~काल**-भोर का समय, तड़के। **~पान**-पु. योग की एक क्रिया जिसमें तड़के, भोर में नाक से पानी खींच कर मुँह से निकालते हैं।

उष—पु. [सं.] भोर, तड़का; कामुक पुरुष; गुग्गुल; खारी मिट्टी; लूना नमक।

उषण—पु. [सं.] काली मिर्च; अदरक; सौंठ; पिप्पली-मूल।

उषप—पु. [सं.] अग्नि; सूर्य।

उषर्बुध—वि. [सं.] उषाकाल में उठने वाला, तड़के जागने वाला। पु. अग्नि; शिशु।

उषसी—स्त्री. [सं.] संध्या; दिन का अवसान काल; गोधूलि वेला।

उषा—स्त्री. [सं.] भोर; प्रत्यूष, तड़का; प्रात:कालीन प्रकाश; झुटपुटा; लोनी भूमि; बाणासुर की कन्या जिसका विवाह अनिरुद्ध से हुआ था। **~कर**-पु. चन्द्रमा। **~कल**-पु. कुक्कुट, मुर्गा। **~पति, ~रमण**-पु. उषा का स्वामी, अनिरुद्ध।

उषित—वि. [सं.] बासी; जला हुआ, दग्ध; फुर्तीला। पु. बस्ती, आबादी।

उष्ट्र—पु. [सं.] ऊँट; भैंसा; साँड़; रथ; बैलगाड़ी। **~कांडी**-स्त्री. एक पुष्प, रक्त पुष्पी। **~पादिका**-स्त्री. भद्रवल्ली या शातभीरु नाम की एक लता। **~शिरोधर**-पु. भगंदर या बवासीर।

उष्ट्रिका—स्त्री. [सं.] ऊँटनी; शराब रखने की एक तरह की सुराही।

उष्ट्री—स्त्री. [सं.] ऊँटनी।

उष्ण—वि. [सं.] गरम; गरम तासीर वाला; तीखा, पैना; तेज़, फुर्तीला; चतुर; प्रेमी। पु. गरमी, धूप; ग्रीष्म ऋतु; प्याज़; एक नरक। **~अंशु, ~कर, ~गु, ~दीधिति, ~रश्मि, ~रुचि**-पु. सूर्य। **~अभिगम, ~आगम, ~उपगम**-ग्रीष्म ऋतु, गरमी का मौसम। **~कटिबंध**-पु. पृथ्वी की विषुवत् रेखा के दोनों ओर का वह भाग जो उत्तर में कर्क रेखा और दक्षिण में मकर रेखा द्वारा सीमित है तथा वहाँ सबसे ज़्यादा गरमी पड़ती है। **~काल, ~ग**-पु. गरमी का मौसम। **~घ्न**-पु. छाता। **~नदी**-स्त्री. वैतरणी नदी। **~वात**-पु. पित्त-वृद्धि का एक रोग। **~वारण**-पु. छाता।

उष्णक—वि. [सं.] गरम; गरमी पहुँचाने वाला ('हीटर'); फुर्तीला।

उष्णता—स्त्री. [सं.] गरमी।

उष्णत्व—पु. [सं.] गरमी।

उष्णांक—पु. [सं.] चिकित्सा विज्ञान में प्रचलित गरमी की मापक एक इकाई ('कैलोरी')।

उष्णा—स्त्री. [सं.] गरमी; क्षय; पित्त।

उष्णिमा—स्त्री. [सं.] गरमी।

उष्णीष—पु. [सं.] पगड़ी; साफा; मुकुट।

उष्णीषी—वि. [सं.] जो पगड़ी या मुकुट धारण किये हुए हो; शिव।

उष्म—पु. [सं.] गरमी; उमस; धूप; जोश; क्रोध। **~ज**-पु. पसीने सा मैल से उत्पन्न होने वाले कीड़े (जूँ, खटमल, आदि)। वि. गरमी से उत्पन्न (घमौरियाँ, पित्त उछल आना)।

उष्मा—स्त्री. [सं.] ताप; वाष्प; ग्रीष्म ऋतु; जोश; मधुरता, आत्मीयता (संबंधों में)।

उष्माघात—पु. [सं.] गरमी से उत्पन्न रोग; लू लगना, आदि।

उष्मिक—वि. [सं.] गरमी का अहसास; गरमी देने वाला।

उस—सर्व. 'वह' का विभक्ति से पहले प्रयोग में आने वाला रूप (उसने, उसको, उससे, उसमें, आदि)।

उसमान—पु. [अ.] मोहम्मद साहब के चार साथियों में से एक उमर की शहादत के बाद तीसरे खलीफा चुने गए।

उसमानिया—पु. [अ.] उसमान से चला हुआ, तुर्क राजवंश। **~सल्तनत**-पु. तुर्क साम्राज्य जिसका अंत प्रथम विश्व-युद्ध (1914-18 ई.) के बाद हुआ।

उसाँस—स्त्री. ऊपर को खींची हुई लम्बी साँस; दु:ख भरी साँस।

उसारना-उसालना—स.क्रि. उखाड़ना; मकान या दीवार, आदि बनाना।

उसारा—पु. छप्पर से छाया हुआ कोठे के आगे का स्थान (बरामदानुमा)।

उसास—स्त्री. द्र. 'उसाँस'।

उसासी*—स्त्री. थोड़ी देर सुस्ताने, दम लेने की अवधि।

उसूल—पु. [अ.] नियम, कायदा; सिद्धांत ('असल' का बहु.)।

उसूली—वि. उसूल वाला; सैद्धांतिक रूप में।

उस्तरा—पु. [फा.] छुरा, बाल मूँड़ने, हजामत का औज़ार।

उस्ताद—पु. [फा.] गुरु, शिक्षक। वि. प्रवीण; ज्ञानवान; (अवमानना अर्थ में) धूर्त, चालाक। **~कलम**-निपुण कलाकार, साहित्यकार, आदि।

उस्तादी—स्त्री. [फा.] चतुराई; प्रवीणता; विशेषज्ञता; धूर्तता, चालाकी ('हम से ही यह उस्तादी')।

उस्तानी—स्त्री. गुरु पत्नी; शिक्षिका; चालाक स्त्री।

उस्र—वि. [सं.] प्रात:काल, भोर; चमकीला। पु. रश्मि; साँड़; देवता; सूर्य; दिन; अश्विनी कुमार। **~धन्वा**-पु. इन्द्र।

उस्रा—स्त्री. [सं.] प्रत्यूष, भोर; तड़का; प्रकाश; गाय; पृथ्वी।

उस्रिक—पु. [सं.] बछड़ा, छोटा बैल; बूढ़ा बैल।

उहूँ—अ. 'ऊहूँ', नहीं, अस्वीकृति सूचक उद्‌गार ध्वनि।

ऊ

ऊ—देवनागरी वर्णमाला का छठा स्वर अक्षर। उच्चारण स्थान ओष्ठ, यह 'उ' का दीर्घ रूप है।

ऊँघ—स्त्री. नींद का झोंका; तंद्रा; झपकी (बैलगाड़ी, आदि के) पहिये में धूरे में आगे लगाए जाने वाली सन की ईंढी—जिस पर तेल लगा दिया जाता है।

ऊँघन—स्त्री. झपकी, तंद्रा, हलकी नींद।

ऊँघना—अ.क्रि. नींद में झूमना, उनींदा होना। लाक्ष. सुस्ती से काम करना।

ऊँच*—वि. ऊँचा; बड़ा; कुलीन, ऊँची जाति का; ऊपर वाला स्थान। **~नीच**-वि. छोटा-बड़ा; ऊँची-नीची जाति का; भला-बुरा; अप्रिय घटित हो जाना ('कोई ऊँच-नीच हो गई तो कौन जिम्मेवार होगा')।

ऊँचा—वि. बड़ा; श्रेष्ठ, उच्च; उदात्त, पद-प्रतिष्ठा में बड़ा सम्मानित; ऊपर की ओर उठा हुआ, लंबाई या अर्ज में वस्त्रादि का छोटा पड़ जाना ('तुम्हारा पाजामा कुछ ऊँचा रह गया है')। **~ई**-स्त्री. ऊँचा होना; बड़ाई; श्रेष्ठता। **~नीचा**-वि. ऊबड़-खाबड़; भला-बुरा; उचित-अनुचित। **~बोल**-पु. गर्व-भरी उक्ति, घमंड का बोल। **~सुनना**-कम सुनाई देना। स्त्री. **~मुँह-मु.** नीचा सुनाना, भला-बुरा, उचित-अनुचित कहना। **~(ची)-दुकान फीका पकवान**-प्रतिष्ठा-प्रसिद्धि के अनुरूप काम, गुण, आदि न होना, प्रतिष्ठा के अनुरूप गुणवत्ता का अभाव।

ऊँचे—अ. ऊँचाई पर, ऊपर की ओर। **~दामों पर**-महँगी वस्तु (खरीदना-बेचना)। **मु. ~नीचे पाँव पड़ना**-किसी कुमार्ग पर चल पड़ना, पतन की ओर चल पड़ना।

ऊँट—पु. एक पशु विशेष जिसकी पीठ पर ऊँचा-सा कूबड़ होता है, यह बोझा ढोने, कृषि, सवारी, लड़ाई, आदि में काम आता है, यह गरम और रेगिस्तानी प्रदेशों में पाया जाता है। रेत में तेज़ दौड़ने की क्षमता के कारण इसे रेगिस्तान का जहाज कहा जाता है। **~वान**-पु. ऊँट चलाने वाला या उसका मालिक, रखवाला। **मु. ~देखिए, ~किस करवट बैठता है**—किसी कार्य के परिणाम की अनिश्चितता कि पता नहीं क्या परिणाम रहे। **~के गले में बिल्ली**-किसी बेमेल असंगत छोटी चीज़ को बड़ी के साथ संलग्न कर देना। **~के मुँह में जीरा**-किसी बहुत अधिक खाने वाले के लिए बहुत थोड़ी-सी चीज़ देना।

ऊँटनी—स्त्री. मादा ऊँट, ऊँट की मादा। **~सवार**-पु. साँड़नी-सवार; हरकारा—चिट्‌ठी या संदेश ले जाने वाला।

ऊँहूँ—अ. द्र. 'उँहूँ'; नकार या अस्वीकृति सूचक उद्‌गार, मुँह से निकली ध्वनि।

ऊ—पु. [सं.] शिव; चंद्रमा; रक्षक। सर्व. वह; 'वो' के अर्थ में दूर स्थित वस्तु की ओर इंगित।

ऊक*—पु. उल्का, लुक। स्त्री. जलना; चूक, गलती। **~चूक**-स्त्री. त्रुटि, भूल ('कोई ऊक-चूक हो गई हो तो क्षमा करना')।

ऊकना*—अ.क्रि. भूल कर बैठना; तपाना; जलाना (ब्र.)।

ऊकार—पु. [सं.] 'ऊ' अक्षर या उसकी ध्वनि।

ऊकारांत—वि. 'ऊ' से अंत होने वाले शब्द (भालू, आलू, आदि)।

ऊख—पु. स्त्री. द्र. 'ईख'।

ऊखल—पु. द्र. 'ओखली'।

ऊजड़—वि. उजाड़, वीरान।

ऊजर*—वि. उजला ('आँख ऊजरी होत')।

ऊजरा*—वि. उजला।

ऊटपटाँग—वि. असंगत, बेसिर-पैर की, निरर्थक, बेतुकी (बातें या काम)।

ऊढा—स्त्री. [सं.] विवाहिता स्त्री; एक नायिका-भेद—वह स्त्री जो अपने पति को छोड़ किसी और से प्रेम करे।

ऊत—वि. निपूता; मूर्ख, नासमझ। पु. नि:संतान व्यक्ति।

ऊतक—पु. ताने-बाने की बनावट वाली वस्तु; रेशा; तंतु-समूह; कोशिकाओं से बना अंग। **~विज्ञान**-पु. जीव-जंतुओं एवं वनस्पतियों के ऊतकों का अध्ययन।

ऊद—पु. [अ.] ऊदबिलाव। **~बिलाव**-पु. एक जंगली जानवर।

ऊदल—पु. आल्हा नामक वीरगाथा के सुप्रसिद्ध नायक, वीर उदय सिंह।

ऊदा—वि. बैंगनी रंग का।

ऊदी—वि. ऊदे रंग का, बैंगनी।

ऊधम—पु. हंगामा, शोरगुल; उत्पात।

ऊधमी—वि. ऊधम मचाने वाला; उत्पाती।

ऊधव, ऊधो*—पु. [ब्र.] द्र. 'उद्धव'; कृष्ण के सखा।

ऊन—पु. भेड़ के बाल (जिनसे गरम कपड़ा बनता है)। वि. [सं.] न्यून, थोड़ा, कम; छोटा।

ऊनता—स्त्री. [सं.] न्यूनता, कमी; छोटाई।

ऊनी—वि. ऊन का बना हुआ; गरम।

ऊपर—अ. ऊँचाई पर; आकाश की ओर; नीचे का उलटा; मकान की छत पर; ऊपर की मंजिल; सहारे, आश्रित; सिर पर; दायित्व (लेख, आदि में) पहले; अधिक ('पाँच से ऊपर', 'दस से ऊपर')। **~ऊपर से**-अ. दिखावे के तौर पर; ऊपर की तरफ का। लाक्ष. **~की आमदनी**-वेतन, आदि की नियमित आय से अतिरिक्त आय, रिश्वत, आदि के रूप में। **~तले के**-एक के बाद एक उत्पन्न होने वाले बच्चे। **~लेना**-(अपने सिर पर) जिम्मेवारी लेना। **~होकर चलना**-अपने अधिकार से बाहर जा कर व्यवहार करना।

ऊपरी—वि. ऊपर का; दिखावटी। **~फसाद, ~हवा**-पु. प्रेत-बाधा।

ऊब—स्त्री. ऊबने का भाव, उकताना; विरक्ति; उत्साहहीनता।

ऊबड़-खाबड़—वि. ऊँचा-नीचा (भूमि, तल)।

ऊबना—अ.क्रि. देर तक किसी एक ही कार्य को करने, एक ही स्थिति में रहने से मन में विरक्ति आ जाना।* [बुंदेल.] गरम होना; कामातुर होना।

ऊबरना*—अ.क्रि. द्र. 'उबरना'।

ऊभ*—वि. ऊँचा। **~चूभ**-स्त्री. डूबने-उतराने की स्थिति; एक भाव का अवसान और दूसरे भाव का उदय।

ऊभना*—अ.क्रि. खड़ा होना, उठना।

ऊमस—स्त्री. द्र. 'उमस'।

ऊमहना*—अ.क्रि. उमंग में आना, बहुत अधिक उत्साहित होना।

ऊरध*—वि. [अ.] द्र. 'ऊर्ध्व'।

ऊरु—पु. [सं.] जाँघ, रान। **~ग्राहा**-पु. जाँघ का जकड़ जाना ('क्रैम्प' पड़ना)। **~ज, ~जन्मा, ~संभव**-वि. जाँघ से उत्पन्न। पु. वैश्य। **~संधि**-स्त्री. जाँघ का जोड़, पुट्ठा।

ऊरुद्भव—वि. [सं.] जाँघ से उत्पन्न। पु. वैश्य।

ऊर्ज—वि. [सं.] बली, शक्तिशाली। पु. रस; आहार; उत्साह; प्राण; जीवन; वीर्य।

ऊर्जस्वल—वि. [सं.] शक्तिशाली; तेजवान; उत्कृष्ट; श्रेष्ठ।

ऊर्जस्वान्—वि. [सं.] ऊर्जा संपन्न शक्तिशाली, रसीला।

ऊर्जस्वित—वि. [सं.] ऊर्जा से भरा हुआ।

ऊर्जस्वी—वि. [सं.] ऊर्जावान; तेजस्वी; श्रेष्ठ। पु. एक काव्य अलंकार, इसमें रसाभास या भावाभास स्थायी भाव का अंग होता है।

ऊर्जा—स्त्री. [सं.] आहार; बल; उत्साह; वृद्धि; शक्ति, कार्य-क्षमता; दक्ष की एक कन्या जिसका विवाह वसिष्ठ ऋषि से हुआ।

ऊर्जित—वि. [सं.] ओजस्वी (भाषण); शक्तिशाली, बलवान; तेजस्वी; श्रेष्ठ।

ऊर्ण—पु. [सं.] ऊन; ऊनी कपड़ा।

ऊर्ध—वि. द्र. 'ऊर्ध्व'।

ऊर्ध्व—वि. [सं.] ऊँचा; सीधा; उठा हुआ। अ. ऊपर; ऊपर की ओर; आगे; बाद। पु. ऊँचाई; ठीक ऊपर की ओर। **~कंठ**-वि. जिसकी गरदन ऊपर उठी हुई हो। **~कच, ~केश**-वि. जिसके बाल खड़े या बिखरे हों। पु. केतु। **~कर्ण**-वि. जिसके कान उठे हों। **~कर्म**—पु., **~क्रिया**-स्त्री. ऊपर की ओर की गति; ऊँचा पद पाने के लिए किया गया प्रयत्न। **~काय**-पु. शरीर का ऊपरी भाग। **~ग, ~गामी**-वि. ऊपर की ओर जाने वाला; पुण्यात्मा। **~गम, गमन**-पु. उच्च गति, ऊँची चाल; चढ़ाई; स्वर्ग-गमन। **~चरण, ~पाद**-वि. जिसकी टाँगें ऊपर की ओर उठी हों, सिर के बल खड़ा। **~ताल**-पु. कर्नाटक संगीत में एक ताल। **~दृष्टि**-वि. ऊपर की ओर देखने वाला; महत्त्वाकांक्षी। स्त्री. त्रिकुटी पर दृष्टि जमाने की क्रिया (यो.)। **~देव**-पु. विष्णु। **~देह**-पु. मृत्यु के बाद मिलने वाला शरीर। **~पात्र**-पु. यज्ञ का पात्र। **~पुण्ड्र**-पु. खड़ा तिलक, वैष्णवी या रामानंदी तिलक। **~बाहु**-पु. वह साधु या तपस्वी जो अपनी एक भुजा सदा ऊपर उठाए रहे। **~मंथी**-वि. ऊर्ध्वरेता; ब्रह्मचारी। **~मान**-पु. ऊँचाई। **~मुख**-वि. ऊपर की ओर मुँह किये हुए। **~मूल**-वि. जिसकी जड़ ऊपर की ओर हो। पु. संसार (गीता)। **~रेतस्, ~रेता**-वि. वीर्यपात न होने देने वाला; कभी भी स्त्री संसर्ग न करने वाला। पु. शिव; भीष्म; हनुमान। **~लोक**-पु. आकाश; स्वर्ग। **~वात**—पु., **~वायु**-स्त्री. शरीर के ऊपरी भाग में रहने वाली वायु। **~शायी**-वि. मुँह ऊपर की ओर करके सोने वाला। पु. शिव (महा.)। **~शोधन**-पु. वमन। **~श्वास**-पु. ऊपर की ओर चढ़ने वाली साँस; उलटी साँस, उसाँस; मृत्यु से पहले की साँस।

ऊर्ध्वक—पु. [सं.] एक तरह का मृदंग।

ऊर्ध्वग—वि. [सं.] ऊपर की ओर जाने वाला; जो ऊपर की ओर गया हो; सीधा खड़ा हो।

ऊर्ध्वांग—पु. [सं.] शरीर का ऊपर का भाग, सिर।

ऊर्ध्वा—स्त्री. [सं.] प्राचीन काल में एक प्रकार की नाव।

ऊर्ध्वारोहण—पु. [सं.] स्वर्ग-गमन; मृत्यु।

ऊर्ध्वोन्मुख—वि. [सं.] ऊपर खुला हुआ; ऊपर उठा हुआ।

ऊर्मि—स्त्री. [सं.] लहर, तरंग; प्रवाह, धार; पंक्ति; प्रकाश; गति; वेग; कपड़े की शिकन; प्राण, चित्त और शरीर के छः

क्लेश—भूख, प्यास, लोभ, मोह, सर्दी, गरमी (न्या.); खेद, परिताप; इच्छा; छः की संख्या; चिंता प्रकट होना; घोड़े की एक चाल (गति)। **~माला**-स्त्री. तरंगावली, एक छंद। **~माली**-पु. समुद्र।

ऊर्मिका—स्त्री. [सं.] लहर; अँगूठी; खेद, शोक; कपड़े की शिकन; भँवरे का गुंजन।

ऊर्मिमान्, ऊर्मिल—वि. [सं.] तरंगित; टेढ़ा; घुँघराले (केश)।

ऊर्मिला—स्त्री. [सं.] लक्ष्मण की पत्नी।

ऊर्मी, ऊर्म्य—वि. [सं.] लहरों वाला; लहराता हुआ।

ऊर्म्या—स्त्री. [सं.] रात।

ऊर्व—पु. [सं.] झील; ताल; समुद्र; पशुशाला; मेघ; बड़वानल; पितरों का एक वर्ग। वि. विस्तृत।

ऊर्वरा—स्त्री. [सं.] द्र. 'उर्वरा'।

ऊर्वशी—स्त्री. [सं.] द्र. 'उर्वशी'।

ऊर्विका—स्त्री. [सं.] जाँघ की हड्डी।

ऊलजलूल—वि. ऊटपटाँग, बेतुका, बेढंगा।

ऊलुपी—पु. [सं.] द्र. 'उलुपी'।

ऊलूक—पु. [सं.] द्र. 'उलूक'।

ऊष—पु. [सं.] ऊसर, रेह वाली जमीन; नोनी मिट्टी, अम्ल; दरार; विवर; भोर, प्रत्यूष; मलय पर्वत; वीर्य।

ऊषण—पु. [सं.] चीता; काली मिर्च; सौंठ, पिप्पली; पिप्पली-मूल।

ऊषर—वि. [सं.] खारा। पु. ऊसर जमीन। **~जय**-ऊसर, नोनी मिट्टी से उत्पन्न, नमक; एक तरह का चुंबक।

ऊषा—स्त्री. [सं.] द्र. 'उषा'।

ऊषी—स्त्री. [सं.] नोनी मिट्टी; खारी भूमि।

ऊष्म—पु. [सं.] गरमी; ताप, गरम मौसम। वि. गरम। **~ज**-पु. वि. 'उष्मज'। **~प**-पु. अग्नि; एक पितर वर्ग। **~वर्ण**-पु. श, ष, स, ह।

ऊष्मण, ~ऊष्मण्य—वि. गरम।

ऊष्मांक—पु. [सं.] ताप की इकाई (कैलोरी)।

ऊष्मा—स्त्री. [सं.] गरमी, ताप; भाप, ग्रीष्मकाल; आवेश; उग्रता।

ऊष्मायण—पु. [सं.] ग्रीष्म काल।

ऊसर—पु. वह भूमि जिसमें रेह हो और पैदावार न हो, अनुपजाऊ भूमि।

ऊसीजना*—अ.क्रि. उबलना।

ऊहा—स्त्री. [सं.] अनुमान, अटकल; परीक्षण; परिवर्तन; तर्क-वितर्क; अतिशय; कल्पना ('ऊहात्मक चित्रण')। **~पोह**-पु. किसी समस्या के पूर्व और उत्तर, हानि-लाभ, आदि पर विचार करना; संशय ('मैं इसी ऊहापोह में पड़ा हूँ')।

ऋ

ऋ—देवनागरी वर्णमाला का सातवाँ स्वर अक्षर। उच्चारण स्थान मूर्धा।

ऋ—स्त्री. [सं.] देवमाता, अदिति; उपहास; निंदा; पहुँचना, प्राप्त करना; आक्रमण करना; फेंकना। पु. स्वर्ग।

ऋक्—स्त्री. ऋचा, वेदमंत्र; ऋग्वेद का मंत्र; ऋग्वेद कांति; स्तुति; पूजा। **~तंत्र**-पु. सामवेद का परिशिष्ट। **~विधान**-पु. ऋग्वेद के मंत्रोच्चारण के साथ संपन्न होने वाले, कुछ वैदिक कर्म, अनुष्ठान। **~वेद**-पु. चार वेदों में से पहला और प्रधान वेद। **~संहिता**-ऋग्वेद के मंत्रों का संग्रह।

ऋकार—पु. [सं.] 'ऋ' अक्षर या उसकी ध्वनि।

ऋक्थ—पु. [सं.] धन; संपत्ति; सोना; मृत व्यक्ति की छोड़ी हुई संपत्ति; उत्तराधिकार में मिलने वाली संपत्ति, थाती, बपौती। **~ग्राह, ~भागी, ~हारी**—ऋक्थ प्राप्त करने वाला, उत्तराधिकारी, वारिस।

ऋक्ष—पु. [सं.] रीछ, भालू; रैवतक पर्वत; नक्षत्र; तारा; राशि (मेष, वृष, आदि)। वि. गंजा, खलवाट। **~ईश**-जांबवान्; चंद्रमा। **~गंधा**-स्त्री. क्षीर विदारी। **~नाथ, ~पति, ~राज**-पु. चंद्रमा, जांबवान्। **~नेमि**-पु. विष्णु।

ऋक्षर—पु. [सं.] काँटा; पुरोहित; वर्षा।

ऋक्षवान्—पु. [सं.] ऋक्ष पर्वत।

ऋक्षा—स्त्री. [सं.] उत्तर दिशा।

ऋक्षी—स्त्री. [सं.] मादा रीछ, भालू।

ऋक्षीक—वि. [सं.] भालू जैसा मांसभक्षी।

ऋक्षीका—स्त्री. [सं.] एक देवी।

ऋक्षेश—पु. [सं.] चंद्रमा।

ऋगु—'ऋच्' का समासगत रूप। **~वेद**-पु. चारों वेदों में से प्रथम और मुख्य वेद। **~वेदी**-वि. ऋग्वेद का ज्ञाता या पढ़ने वाला; जिसके संस्कार ऋग्वेद के अनुसार हों।

ऋग्वेदीय—वि. [सं.] ऋग्वेद से संबंधित।

ऋचा—स्त्री. [सं.] वेदमंत्र; ऋग्वेद का मंत्र।

ऋचीक—पु. [सं.] एक ऋषि जमदग्नि के पिता।

ऋचीष—पु. [सं.] एक नरक; कड़ाही।

ऋच्छ—पु. रीछ।

ऋजिमा—स्त्री. [सं.] सरलता।

ऋजु—वि. [सं.] सीधा, सरल, कुटिलता-रहित; सच्चा; अनुकूल; हितकर। **~काय**-वि. जिसका शरीर सीधा हो। पु. कश्यप मुनि। **~क्रतु**-सदाचारी। पु. इन्द्र। **~ग**-पु. बाण; सज्जन। वि. सरल व्यवहार करने वाला। **~नीति**-स्त्री. सदाचार। **~रोहित**-इन्द्र का सीधा लाल धनुष। **~लेखा**-स्त्री. सीधी रेखा।

ऋजुता—स्त्री. [सं.] सीधापन, सरलता; सच्चाई।

ऋज्वी—वि. स्त्री. [सं.] सरल, सीधी (स्त्री)।

ऋण—पु. [सं.] क़र्ज़, उधार; एहसान का बोझ; कर्तव्य; घटाने या बाकी करने का चिह्न (गणित); अभाव; दुर्ग, किला; जल; भूमि; तीन प्रकार के ऋण—देव, ऋषि, पितृ। **~अपाकरण, ~दान**—पु., **~मुक्ति**-स्त्री., **~मोक्ष**—पु., **~शोधन**-क़र्ज़ की अदायगी, ऋण शोध, ऋण चुकाना। **~आदान**-पु. ऋण का वसूल होना। **~ग्रस्त**-वि. क़र्ज़ में फँसा हुआ, जिस पर क़र्ज़ हो। **~निर्मोक्ष**-पु. पितरों के ऋण से मुक्ति। **~पत्र**-पु. वह दस्तावेज़ जिस पर ऋण का विवरण हो। **~शोधन**-ऋण चुकाना।

ऋणांतक—पु. [सं.] मंगल ग्रह।

ऋणात्मक—वि. [सं.] ऋण रूप; अभाव ('नेगेटिव')।

ऋणी—वि. [सं.] जिस पर ऋण हो; अनुगृहीत, कृतज्ञ, अहसानमंद।

ऋणेच्छुक—पु. [सं.] ऋण चाहने वाला।

ऋणोद्ग्रहण—पु. [सं.] क़र्ज़ वसूल करना।

ऋतंभर—वि. [सं.] सत्य को धारण और पोषित करने वाला। पु. परमेश्वर; विष्णु।

ऋतंभरा—वि. [सं.] योगदर्शन के अनुसार सत्य को धारण और पुष्ट करने वाली एक चित्त वृत्ति; बुद्धि। स्त्री. जंबू, आदि सात द्वीपों में से एक प्लक्ष द्वीप की एक नदी।

ऋत—पु. [सं.] उचित, ठीक; सच्चा; ईमानदार; पूजित, सम्मानित। पु. सत्य; सृष्टि का, आदि और धारक, दैवी नियम; ब्रह्म; कर्म-फल। **~प्रण**-पु. अयोध्या का एक राजा, यह राजा नल का मित्र और पासा खेलने में बहुत निपुण था।

ऋतव्य—वि. [सं.] ऋतु, मौसम संबंधी।

ऋति—स्त्री. [सं.] गति; आक्रमण; मंगल; अभ्युदय; स्मृति; दुर्भाग्य; निंदा; ईर्ष्या; स्पर्धा।

ऋतु—स्त्री. [सं.] मौसम, काल विशेष, छः ऋतुएँ—ग्रीष्म, पावस (वर्षा), शरत, हेमंत, शिशिर और बसंत; रजोदर्शन, गर्भधारण के लिए उपयुक्त काल; निश्चित व्यवस्था; दीप्ति; 'की संख्या'। **~काल**-पु. उपयुक्त काल रजोदर्शन के बाद का समय, सोलह रातें जिनमें स्त्री के गर्भ-धारण की अधिक संभावना रहती है। **~गामी**-वि. ऋतु काल में संभोग करने वाला। **~चर्या**-ऋतु विशेष के अनुकूल आहार-विहार। **~दान**-पु. ऋतुस्नाता पत्नी के साथ संतान-कामना से संभोग करना। **~नाथ, ~पति**-पु. वसन्त। **~प्रण**-पु. द्र. 'ऋत पर्ण'। **~प्राप्ता**-वि. स्त्री. जो रजस्वला हो चुकी हो। **~प्राप्ति**-स्त्री. रजोदर्शन। **~राज**-वसंत-ऋतु। **~विज्ञान**-पु. वायुमंडल में होने वाले परिवर्तनों का विज्ञान, जिसके आधार पर वर्षा, तूफान का अनुमान किया जाता है (मीटियोरोलॉजी)। **~विपर्य**-ऋतु के विपरीत बात होना, यथा—बे-मौसम बरसात। **~वृत्ति**-स्त्री. ऋतुओं का आवर्तन, वत्सर। **~वेला**-स्त्री., **~समय**-पु. रजःस्राव उसके बाद गर्भाधान का समय। **~संधि**-स्त्री. दो ऋतुओं के बीच का समय, संधिकाल। **~स्नाता**-स्त्री. ऋतु स्नान करके शुद्ध हुई स्त्री। **~स्नान**-रजोदर्शन के बाद किया जाने वाला स्नान (प्रायः चौथे दिन)।

ऋतुमती—वि., स्त्री. [सं.] रजस्वला।

ऋतुवती*—वि. स्त्री. रजस्वला।

ऋत्व—पु. [सं.] पुष्ट वीर्य; गर्भाधान का उपयुक्त समय।

ऋत्विक्, ऋत्विज—पु. [सं.] यज्ञ कराने वाला; सामान्य रूप से प्रत्येक यज्ञ में चार मुख्य ऋत्विक हुआ करते हैं—होता, अध्वर्यु, उद्‌गाता और ब्रह्मा। ये चारों अपने-अपने वेद में पारंगत होते हैं। बड़े-बड़े यज्ञों में इनकी संख्या सोलह बताई गई है। नाट्य साहित्य में नायक का धर्म सहायक भी ऋत्विक् होता है (सं.सा.)।

ऋद्ध—वि. [सं.] धन-धान्य से संपन्न; खुशहाल; समृद्ध, जिसकी निरंतर उन्नति हो रही हो। पु. विष्णु।

ऋद्धि—स्त्री. [सं.] संपन्नता, समृद्धि, उत्कर्ष; गौरव; सिद्धि; पार्वती; लक्ष्मी; पत्नी; गणेश जी की एक अनुचरी; आर्य छंद का एक भेद; अष्टवर्ग अंतर्गत कही गई एक प्राणदा औषधि; एक प्रकार की लता। **~काम**-वि. वृद्धि, समृद्धि की कामना करने वाला। **~सिद्धि**-स्त्री. धन-संपदा और सफलता; गणेश की दो अनुचरियाँ।

ऋनिया, ऋनी*—वि. द्र. 'ऋणी'।

ऋभु—पु. [सं.] देवता, एक गण देव; एक अनुचर वर्ग; तीन अर्धदेवों (ऋभु, वाज और विभ्वा) में से पहला जिसके नाम से तीनों का बोध होता है।

ऋभुक्ष—पु. [सं.] इंद्र; स्वर्ग; इंद्र का वज्र।

ऋश्य—पु. [सं.] सफेद टाँगों वाला बारह सींगा, वध, हत्या। **~केतन, ~केतु**-कामदेव; प्रद्युम्न का पुत्र अनिरुध।

ऋषभ—पु. [सं.] बैल; सूअर या मगरमच्छ की पूँछ; आठ प्रसिद्ध औषधियों में से एक, शतावरी; जैनियों में पूज्य एक अवतार विशेष; विष्णु का एक अवतार। वि. उत्तम, श्रेष्ठ (समासांत में—पुरुषर्षभ, भरतर्षभ, आदि)। **~कूट**-पु. एक पर्वत। **~ध्वज**-पु. शिव।

ऋषभक—पु. [सं.] अष्टवर्ग के अंतर्गत एक औषधि शतावरी।

ऋषभी—स्त्री. [सं.] गाय; वह स्त्री जिसके मूँछ, दाढ़ी या ऐसा ही कोई पुरुष चिह्न हो; विधवा; एक औषधि, शतावरी।

ऋषि—पु. [सं.] वैदिक मंत्रद्रष्टा; अनुष्ठान, आदि कर्म तथा उनका विधान बताने वाला सूत्रों का रचयिता; बहुत बड़ा तपस्वी या साधक, मुनि; सात की संख्या। **~ऋण**-पु. मनुष्य का ऋषियों के प्रति कर्तव्य (वेद पढ़ने पढ़ाने, ज्ञान-परंपरा को आगे बढ़ाने से इससे मुक्ति मिलती है)। **~कल्प**-वि. ऋषि तुल्य। **~कुमार**-पु. ऋषि पुत्र। **~कुल**-ऋषि का वंश, ऋषि का आश्रम, वह विद्यालय जहाँ विद्यार्थी रहते हुए विद्या प्राप्त करें। **~कुल्या**-स्त्री. एक नदी (महा.)। **~गिरि**-पु. मगध का पर्वत। **~तर्पण**-पु. ऋषियों की तृप्ति के लिए किया गया दान। **~पंचमी**-स्त्री. भादों में शुक्ल पक्ष की पंचमी। **~पतन, पत्तन**-पु. बनारस के समीपवर्ती एक जंगल, वर्तमान सारनाथ। **~यज्ञ**-पु. ऋषियों के लिए किया जाने वाला यज्ञ; वेदाध्ययन। **~लोक**-पु. एक लोक जो सत्य लोक के पास माना जाता है।

ऋषिक—पु. [सं.] निम्न श्रेणी का ऋषि; एक जनपद और उसका निवासी।

ऋषीक—पु. [सं.] एक प्राचीन जनपद और उसका निवासी।

ऋष्टि—स्त्री. [सं.] तलवार; दुधारी तलवार।

ऋष्टिक—पु. [सं.] देश विशेष।

ऋष्य—पु. [सं.] एक तरह का मृग, हिरन; कोढ़ का एक रूप। **~केतन, ~केतु**-पु. अनिरुद्ध, प्रद्युम्न का पुत्र। **~गंधा**—स्त्री. एक औषधि, ऋक्षगंधा। **~मूक**-पु. एक पर्वत जिस पर राम सुग्रीव के साथ रहे (रामा.)। **~शृंग**-पु. एक ऋषि जिनका विवाह दशरथ की पुत्री शांता से हुआ था।

ऋष्यक—पु. [सं.] मृग विशेष; हिरन की एक प्रजाति।

ए

ए—हिंदी में प्रयुक्त देवनागरी वर्णमाला का 8वाँ स्वर अक्षर (ऋ, लृ, ॡ, को छोड़कर 8वाँ, ये तीनों केवल संस्कृत में प्रयुक्त हुए हैं)। उच्चारण स्थान कंठ और तालु।

एंग्लो-इंडियन—अ. आंग्ल भारतीय (जाति या भाषा)।

एंच-पेंच—हि. [फा.] पु. उलझन; चक्र; घुमाव-फिराव; टेढ़ी तिरछी चाल।

एँचा-ताना—वि. द्र. 'ऐंचताना'।

एँचा-तानी—स्त्री. खींचातानी।

एंटी एयरक्राफ्ट—[अं.] पु. विमान-भेदी (तोप); वायुयान रोधक।

एंटी एयर गन—पु. [अं.] विमान-भेदी तोप।

एंटीबायोटिक—वि. [अं.] प्रति-जैविक; प्रतिरोधी औषधि।

एंट्रेंस—पु. [सं.] प्रवेश (द्वार, परीक्षा)।

एंजिन—पु. [अं.] द्र. 'इंजन'।

एंठना—पु. पैसा वसूलना; जबरन पैसा वसूल करना।

एँड़ा-बेंड़ा (एँडा-बेंडा)—वि. उलटा-सीधा; तिरछा-बंका; लड़खड़ाता हुआ।

एंडी—स्त्री. [अं.] विरोधी।

एंपरर—पु. [अं.] सम्राट्।

एंपायर—पु. [अं.] साम्राज्य।

एंबुलेंस—पु. [स्त्री.] [अं.] घायलों एवं बीमारों को लिटा कर अस्पताल ले जाने वाली विशेष गाड़ी; युद्ध-क्षेत्र का सचल अस्पताल।

ए—अ. [सं.] स्मृति; असूया, अनुकंपा, आह्वान, आमंत्रण, आदि के अर्थों में प्रयुक्त। पु. विष्णु। हि. सम्बोधन, पुकारने के लिए की गई ध्वनि।

एअरकंडीशन—[अं.] वातानुकूलन, शीत-ताप-नियंत्रित।

एअर कंडीशंड—[अं.] वातानुकूलित, शीत-ताप नियंत्रित।

एअर कंडीशनिंग—[अं.] वातानुकूलन, शीत-ताप-नियंत्रण।

एअर फोर्स—स्त्री. [अं.] वायु सेना।

एअर मेल—[अं.] हवाई डाक।

एअर लाइंस—[अं.] विमान सेवाएँ।

एअरोड्रम—[अं.] विमान पत्तन, हवाई अड्डा।

एअरोप्लेन—[अं.] हवाई जहाज।

ए एस आई—[अं.] एसिस्टेंट सब-इंस्पेक्टर (पुलिस विभाग में एक पद)।

ए.एस.आई.—[अं.] आर्केल्यॉजिकल सर्वे ऑफ इंडिया, भारतीय पुरातत्त्व सर्वेक्षण विभाग।

एकंग—वि. अकेला।

एकंगा—वि. एक तरफ़ का, एक ओर का।

एकंगी—स्त्री. वि. द्र. 'एकांगी'।

एकंत*—वि., पु. द्र. 'एकांत'।

एक—वि. [सं.] पहले अंक या इकाई से सूचित; दो का आधा; अकेला; बेजोड़; जिसके समान कोई अन्य न हो, अभिन्न या भेद रहित, ईषत्; प्रधान, मुख्य; सत्य। **~आध**-वि. एक या आधा, एक-दो, दो-एक, कोई-कोई। **~एक**-वि. प्रत्येक, हर एक। अ. एक के बाद एक बारी-बारी से।

~कंठ-वि. साथ-साथ एक स्वर में उच्चारण करने वाले (ब्राह्मण)। **~कालिक, ~कालीन**-वि. एक ही बार होने वाला; एक बार का; समकालीन। **~कुंडल**-पु. शेष; कुबेर; बलराम। **~गव्य**-पु. परमात्मा। **~चक्रा**-स्त्री. एक प्राचीन नगरी (महा.)। **~चित्त**-एकाग्रचित्त। **~च्छत्र**-वि. जिसमें दूसरे का अधिकार या प्रभुत्व न हो, एक ही राजा के पूर्ण नियंत्रण में शासित (राज्य)। **~जा**-स्त्री. सगी बहन, सहोदरा। **~तंत्र**-एक ही व्यक्ति के द्वारा शासित राज्य-व्यवस्था। **~तारा**-द्र. 'इकतारा'। **~ताल**-वि. जिसमें ताल-सुर का पूरा मेल हो। **~ताला**-पु. संगीत में एक ताल। **~दंत**-पु. गणेश। वि. एक दाँत वाला। **~दम**-अ. तुरंत, अचानक। **~दरा**-वि. एक दर का (दालान, बैठक, आदि)। **~दिल**-वि. एक ही विचार के जिनके मन मिले हों; अभिन्न। **~दृक्, ~दृष्टि**-वि. काना, जिसकी एक आँख खराब हो। **~देशी**-देशीय, जो किसी एक ही देश या अंचल में प्रचलन में हो। **~निष्ठ**-वि. एक के ऊपर निष्ठा, श्रद्धा या अनुराग रखने वाला। **~निष्ठा**-स्त्री. एकनिष्ठता, अनन्यता। **~पत्नीव्रत**-पु. पत्नी के सिवा और किसी स्त्री से प्रेम न करने का व्रत। **~पद**-वि. लँगड़ा। पु. एक रतिबंद्ध। **~बारगी**-अ. एक ही बार में। **~मत**-समान मत रखने वाले। **~मुश्त**-अ. एक ही बार में, इकट्ठा। **~रंगा, ~रंगी**-एक ही रंग का, एक ही रंग वाला। **~रूप**-वि. एक ही रूप वाला, जो सदा एक ही रूप या अवस्था में रहे। **~लव्य**-द्रोणाचार्य को मानसिक रूप से गुरु मानकर शस्त्र-अभ्यास करने वाला निषाद कुमार, द्रोणाचार्य ने गुरु दक्षिणा में उसका दाहिने हाथ का अँगूठा कटवा लिया था (महा.)। **~लिंग**-वि. एकलिंग वाला (शब्द)। शिव; मेवाड़ के राजवंश के कुलदेव; कुबेर। **~वचन**-वि. एक का वाचक शब्द (व्या.)। **~वचनांत**-वि. एक वचन की विभक्ति वाला। **~वस्त्रा**-स्त्री. जो एक ही कपड़ा पहने हुए हो; रजस्वला। **~वासा**-पु. जैन मतावलंबियों का एक भेद। **~वंश**-वि. इक्कीसवाँ। **~विंशति**-वि. बीस और एक, 21 की संख्या। **~वेणि, ~वेणी**-एक चोटी रखने वाली (वियोगिनी, विधवा भी)। **मु. ~अनार सौ बीमार**-वस्तु की मात्रा कम और उसके इच्छुक ज्यादा। **~आँख न भाना**-बिलकुल भी अच्छा न लगना। **~आँख से सबको देखना** सबके साथ समान व्यवहार करना। **~एक के दस-दस बनाना**-बहुत लाभ कमाना, **~और ग्यारह होते हैं**—दो के मिलकर कार्य करने से शक्ति कई गुना बढ़ जाती है। **~की चार (दस-दस लगाना)**-बढ़ा-चढ़ाकर निंदा करना। **~की दस सुनाना**-एक कड़वी बात के बदले बहुत सारी कड़वी बातें सुना डालना। **~ही थैली के चट्टे-बट्टे**-दो एक जैसे, दोनों में कोई विशेष अंतर नहीं (अवमानना के अर्थ में)। **~एक पंथ दो काज**-एक साथ या एक ही प्रयत्न में दो काम सिद्ध हो जाना। **~पाँव भीतर एक पाँव बाहर**-अति व्यस्तता में इधर-उधर वास-स्थान से बाहर बार-बार जाना। **~पाँव से खड़े रहना**-आज्ञा-पालन के लिए सदैव तत्पर रहना। **~लाठी से सबको हाँकना**-छोटे-बड़े, भले-बुरे का विचार किये बिना सबको एक-सा व्यवहार देना (अवमानना के अर्थ में)।

एकक—पु. [सं.] इकाई ('यूनिट')।

एकज़ीक्यूटिव—वि. [अं.] अधिशासी। **~इंजीनियर**-पु. अधिशासी अभियंता।

एकट्ठा*—वि. द्र. 'इकट्ठा'।

एकड़—पु. [अं.] भूमि की माप जो 32 बिस्वे या लगभग साढ़े पाँच बीघे होती है।

एकडेमी—स्त्री. [अं.] अकादमी; पाठशाला, विद्यालय, स्कूल; विज्ञान, कला, संस्कृति, आदि के विकास के लिए स्थापित की गई संस्था (संगीत नाटक अकादमी, साहित्य अकादमी, आदि)

एकत*—[अ.] एक ही स्थान पर (बिहारी लाल)।

एकतः—[अ.] एक ओर से; एक ही प्रकार; एक जगह।

एकता—स्त्री. [सं.] एक होना, संगठित होना; पारस्परिक मेल; अभेद।

एकतालीस—वि. चालीस और एक। पु. 41 की संख्या।

एकत्र—अ. [सं.] इकट्ठा, एक साथ।

एकत्रित—वि. एकत्रीकृत।

एकत्रीकरण—वि. [सं.] इकट्ठा करना।

एकत्रीभूत—वि. [सं.] इकट्ठा किया हुआ।

एकत्व—पु. [सं.] द्र. 'एकता'।

एकदा—अ. [सं.] एक बार, एक समय।

एकबारगी—[क्रि.वि] एक ही बार में; बिलकुल।

एकबाल—पु. [अ.] स्वीकार, हामी; सौभाग्य; प्रताप।

एकमेक—वि. [सं.] जो मिल कर एक, तद्रूप हो गया हो।

एकरार—पु. [अ.] स्वीकार; वादा। **~नामा**-पु. अनुबंध-पत्र, समझौता-पत्र।

एकल—वि. [सं.] अकेला, एक से संबंधित; वह खेल जिसमें दोनों ओर से एक-एक प्रतिभागी ही।

एकसाँ, एकसार (इकसार)—वि. [फा.] एक समान; हमवार।

एकस्व—पु. [सं.] एकाधिकार, एकमात्र अधिकार।

एकहत्तर (इकहत्तर)—वि. सत्तर और एक। पु. 71 की संख्या।

एकहरा (इकहरा)—वि. एक परत का; पतला (पतले शरीर वाला)।

एकांक, एकांकी—वि. [सं.] एक अंक वाला (नाटक, एक साहित्यिक विधा)।

एकांगी—वि. [सं.] एक अंग वाला; एकपक्षीय (विचार, निर्णय)।

एकांत—वि. [सं.] अकेला; अलग; एक ही ओर लगा हुआ। पु. सूना स्थान; निराला। **~कैवल्य**-पु. मुक्ति का एक भेद। **~वास**-पु. एकांत स्थान में रहना; एकांत वास की अवधि।

एकांतर—वि. [सं.] एक के बाद आने या पढ़ने वाला। पु. एक प्रकार का ज्वर, जो एक दिन छोड़कर आता है।

एकांतिक—वि. [सं.] द्र. 'ऐकांतिक'।

एकांती—पु. [सं.] एकांत में भजन या साधना करने वाला योगी। वि. एकांत प्रिय, जो सूने स्थान में रहना चाहता हो।

एकांश—पु. [सं.] छोटी इकाई (यूनिट का कोई अंश)।

एका—पु. एकता, संगठन, मेल; सबकी एक राय होना।

एका—स्त्री. [सं.] दुर्गा।

एकाएक—अ. अचानक, सहसा, एकदम।

एकाएकी *—अ. एकदम, अचानक; आसानी से ('एकाएकी तो उसकी हिम्मत नहीं पड़ती कि वह तुम पर हाथ उठा दे')।

एकाउंट (अकाउंट)—पु. [अं.] लेखा, हिसाब, खाता। **~बुक**-स्त्री. लेखा-वही, लेखा-पुस्तिका।

एकाउंटेंट—पु. [अं.] लेखाकार, हिसाब-किताब रखने वाला।

एकाकार—वि. [सं.] एक रूप, तद्‌रूप (हो जाना); तन्मय हो जाना।

एकाकिनी—वि. स्त्री. [सं.] अकेली।

एकाकी—वि. [सं.] अकेला।

एकाक्ष—वि. [सं.] एक आँख वाला; काना, काणा। पु. शिव; कौवा।

एकाक्षर—वि. [सं.] एक अक्षर वाला। पु. मंत्र 'ॐ'।

एकाक्षरी—वि. [सं.] एक अक्षर वाला। **~कोश**-पु. संस्कृत का एक कोश जिसमें एक-एक अक्षर के विभिन्न अर्थ दिए गए हैं।

एकाग्र—वि. [सं.] जिसका ध्यान एक ही ओर हो; अचंचल; एक ही नोक वाला। पु. चित्त की पाँच वृत्तियों में से एक (योग.)। **~चित्त**-वि. अस्थिर चित्त, जिसका मन या चित्त एक ही ओर लगा हो। **~दृष्टि**-वि. एक ही बिंदु पर दृष्टि जमाने वाला।

एकाग्रता—स्त्री. [सं.] एकाग्र होने का भाव; योग में चित्त की वह अवस्था जिसमें सांसारिक विषयों में विरक्ति हो, मन की चंचलता समाप्त हो जाती है।

एकाच्—वि. [सं.] एक स्वर वाला (शब्द)।

एकात्म—वि. [सं.] अभिन्न; एक प्राण। **~वाद**-पु. आत्मा, जीव-ब्रह्म की एकता मानने वाला सिद्धांत, अद्वैतवाद।

एकात्मक—वि. [सं.] तन्मय। **~ता**-स्त्री. तादात्म्य, तद्रूपता; समानता।

एकादश—वि. [सं.] दस और एक; ग्यारहवाँ। पु. 11 की संख्या।

एकादशी—स्त्री. [सं.] चांद्र पक्ष की ग्यारहवीं तिथि।

एकाध—वि. कोई-कोई; गिनती में बहुत कम।

एकाधिक—वि. [सं.] एक से अधिक, अनेक।

एकाधिकार—पु. [सं.] एक या अकेले व्यक्ति का ही पूर्ण अधिकार।

एकाधिप, एकाधिपति—पु. [सं.] पूरे देश पर एकच्छत्र राज्य करने वाला; अकेला स्वामी या शासक।

एकाधिपत्य—पु. [सं.] पूर्णाधिकार, एकाधिकार; एक आदमी को संपूर्ण अधिकारों की प्राप्ति।

एकान्विति—स्त्री. [सं.] एकमेक हो जाना, एकत्व।

एकामोडेशन—स्त्री. [अं.] आवास-स्थान; ठहरने का स्थान।

एकायन—वि. [सं.] एक का गमन, चलने योग्य (स्थान, पगडंडी); एकाग्र। पु. एकांत स्थान; मिलने की जगह; एकमात्र उद्‌देश्य; विचारों का एका।

एकार—पु. [सं.] 'ए' अक्षर या उसकी ध्वनि।

एकार्णव—पु. [सं.] जल-प्लावन, जल-प्रलय।

एकार्थ, एकार्थक—वि. [सं.] समान अर्थ वाला; एक ही अर्थ का द्योतन करने वाला।

एकालाप—पु. [सं.] एक ही व्यक्ति या पात्र का बोलना; स्वगत कथन (नाटक)।

एकावलि—स्त्री. [सं.] एक अर्थालंकार जिसमें माला की भाँति अनेक वस्तुओं को विशेष्य-विशेषण भाव से रखा जाता है। विशेष्य-विशेषण भाव की कहीं स्थापना होती है, कहीं निषेध; एक छंद; मोतियों की एक लंबी माला। वि. एक लड़ी का बना हार या माला।

एकावली—स्त्री. [सं.] द्र. 'एकावलि'।

एकीकरण—पु. [सं.] दो या अधिक वस्तुओं को मिला कर एक रूप कर देना।

एकीकृत—वि. [सं.] मिला कर एक किया हुआ।

एकीभूत—वि. [सं.] जो मिल कर एक हो गया हो।

एकेंद्रिय—वि. [सं.] जिसके एक ही इंद्रिय हो (केंचुआ, जोंक, आदि)।

एकेश्वरवाद—पु. [सं.] एक ही ब्रह्म की सत्ता को स्वीकारने वाला धर्म-मत, सिद्धांत।

एकेश्वरवादी—वि. [सं.] एकेश्वरवाद को मानने वाला।

एकोऽहं—[सं.] मैं एक ही हूँ, मैं ब्रह्म हूँ।

एकोत्तर—वि. [सं.] एक अधिक (जैसे चार से पाँच)।

एकोन्मुख—वि. [सं.] किसी एक ही की ओर झुका हुआ।

एक्रोबैट—[अं.] कलाबाज़। **~इक्स (एक्रोबैटिक्स)**-कलाबाज़ी; व्यायाम करने की एक नई प्रणाली।

एक्का—वि. अकेला; बेजोड़। **(इक्का)**-पु. दो पहियों की गाड़ी जिसमें एक ही घोड़ा जोता जाता है। ताश का वह पत्ता जिस पर एक ही बूटी मुद्रित हो। **(इक्का) ~दुक्का**-वि. कोई-कोई; एकाध (आदमी)।

एक्ज़िट-पोल—पु. [अं.] निर्वाचन-चुनाव से पूर्व सर्वेक्षण पर आधारित परिणाम, चुनाव-पूर्व परिणाम।

एक्जिबिशन—पु. [अं.] प्रदर्शनी, नुमाइश।

एक्ट—पु. [अं.] 'ऐक्ट'।

एक्टर—पु. [अं.] अभिनय करने वाला, अभिनेता, पात्र।

एक्टिंग—स्त्री. [अं.] क्रिया, अभिनय। **मु.** बहानेबाजी करना; झूठा दिखावा करना।

एक्ट्रेस—स्त्री. [अं.] अभिनेत्री, अभिनय करने वाली।

एक्य—पु. [सं.] द्र. 'ऐक्य'।

एक्यानबे (इक्यानबे)—वि. नब्बे और एक। पु. 91 की संख्या।

एक्यावन (इक्यावन)—वि. पचास और एक। पु. 51 की संख्या।

एक्यासी (इक्यासी)—वि. अस्सी और एक। पु. 81 की संख्या।

एक्सचेंज—[अं.] विनिमय, आदान-प्रदान, अदला-बदली करना; मिलान केंद्र (टेलीफोन)।

एक्सटेंशन—पु. [अं.] विस्तार, फैलाव, प्रसार, नौकरी के सेवाकाल में बढ़ोतरी।

एक्सट्रा—[अं.] अतिरिक्त, अधिक, विशेष, असाधारण, उत्कृष्ट।

एक्सपर्ट—[अं.] विशेषज्ञ, कुशल; निपुण, प्रवीण; सुविज्ञ।

एक्सपीरियंस—[अं.] अनुभव; अनुभूति; भोगना। **~ड्**-वि. अनुभवी; कार्यकुशल, दक्ष।

एक्सपेरिमेंट—पु. [अं.] प्रयोग, परीक्षण, अनुभव।

एक्सपोर्ट—पु. [अं.] निर्यात करना, (माल) बाहर भेजना। **~ड्यूटी**-निर्यात शुल्क। **~र**-पु. निर्यातक, निर्यातकर्ता।

एक्सप्रेस—स्त्री. [अं.] द्रुत गति (लैटर, ट्रेन, आदि); व्यक्त करना।

एक्सरसाइज़—[अं.] अभ्यास; व्यायाम; व्यवहार में लाना (अधिकार, आदि)।

एक्स-रे—पु. [अं.] एक्स-रे किरण; एक्स-किरणों द्वारा शरीर के भीतर के अंगों—विशेषत: हड्डियों, आदि का खींचा गया फोटो जिसका प्रयोग डॉक्टरी जाँच में होता है; किसी भी सामान की पैकिंग के भीतर का लिया गया फोटो। (हवाई अड्डों, आदि पर प्रयोग में)।

एक्साइज़—पु. [अं.] देश में बने हुए सामान पर लगने वाला उत्पादन कर; इस कर को वसूल करने की व्यवस्था (करने वाला विभाग); नमक तथा मादक वस्तुओं पर लगने वाला कर; आबकारी। **~डिपार्टमेंट**-पु. आबकारी विभाग। **~ड्यूटी**-स्त्री. देश में बनने वाली वस्तुओं, मादक द्रव्य, आदि पर लगने वाला कर।

एक्सीडेंट—पु. [अं.] दुर्घटना; आपात, अप्रत्याक्षित घटना; संयोग, इत्तफ़ाक।

एक्स-सर्विसमैन—पु. [अं.] भूतपूर्व सैन्य कर्मचारी।

एग्ज़ास्ट फैन—पु. [अं.] दूषित वायु बाहर निकालने वाला, बिजली से चलने वाला पंखा।

एग्ज़ीबिशन, एग्ज़िबिशन—पु. [अं.] द्र. 'एक्ज़िबिशन'।

एग्जीक्यूटिव—वि. [अं.] कार्यकारी; कार्यपालिका; प्रशासक, व्यवस्थापक। **~कमेटी, काउंसिल**-प्रशासकीय समिति, कार्यकारिणी समिति, परिषद, सभा, महासभा।

एग्री—क्रि. [अं.] सहमत होना, राज़ी होना; सहमति मान लेना। **~मेंट**-समझौता, रज़ामंदी, अनुबंध (पत्र)।

एग्रीकलचर (एग्रीकल्चर)—[अं.] कृषि, खेती-बाड़ी।

एच.आई.वी.—[अं.] ह्यूमन इम्यूनो डेफिशिएंसी वायरस, यौन-रोग विषयक विषाणु।

एजाज़—पु. [अ.] चमत्कार, करिश्मा, अलौकिक शक्ति दर्शाने वाला कार्य, करामात। सम्मान, प्रतिष्ठा, इज़्ज़त।

एजुकेशन—पु. [अं.] शिक्षा। **~डिपार्टमेंट**-पु. शिक्षा-विभाग।

एजेंट (एजंट)—पु. [अ.] कर्ता; किसी संस्था या व्यक्ति के प्रतिनिधि के रूप में काम करने वाला; किसी व्यापारी या कंपनी, संस्थान की ओर से कार्य करने वाला, खरीदने-बेचने वाला व्यक्ति; कमीशन पर माल बेचने वाला, आढ़तिया।

एजेंडा—[अं.] कार्य-सूची; कार्यावली, कार्यक्रम।

एजेंसी—स्त्री. [अं.] शाखा; माध्यम, साधन; अभिकरण; गवर्नर-जनरल के प्रतिनिधि का ऑफिस या रहने का स्थान।

एटमस्फ़िअर—पु. [अं.] वातावरण, वायुमंडल; पर्यावरण।

एटर्नी—पु. [अं.] वकील, अधिवक्ता; अधिकृत प्रतिनिधि। **(पावर ऑफ) एटर्नी**-अधिकृत अधिकार, मुख़्तारनामा, प्रदत्त अधिकार। **~जनरल**-महाधिवक्ता।

एटलस—[अं.] मानचित्रावली, भू-चित्रावली।

ए.टी.एम.—[अं.] ऑटोमेटिक टैलर मशीन—बैंक की स्वत: चालित वह मशीन जिससे राशि निकाली जा सकती है तथा खाते संबंधी जानकारियाँ प्राप्त की जा सकती हैं। **~कार्ड**-इस मशीन से राशि प्राप्त करने, जानकारी लेने के लिए इसमें डाला जाने वाला कार्ड।

एड—स्त्री. [अं.] सहायता, मदद देना; सहयोग; सहयोगी, सहायक; साधन। **~एडिड**-वि. सहायता, अनुदान प्राप्त (संस्था)।

एडवरटाइजमेंट, एडवरटिज़मेंट—[अं.] विज्ञापन।

एडीटर, एडिटर—पु. [अं.] संपादक, संपादन कार्य करने वाला।

एडिटरी—स्त्री. [अं.] एडिटर का काम, संपादन।

एडिटिंग—[अं.] संपादन क्रिया, कला।

एडिशन—पु. [अं.] (पुस्तक का) संस्करण, आवृत्ति।

एडिशनल—वि. [अं.] अतिरिक्त; बढ़ाया हुआ।

एडिसन—पु. [अं.] एक प्रमुख अंग्रेज़ी साहित्यकार, पूरा नाम जोजफ एडिसन (1672-1719 ई.); ग्रामोफोन

का आविष्कारक प्रसिद्ध अमेरिकी वैज्ञानिक, पूरा नाम टामस एलवा एडिसन (1877-1932 ई.)। इन्होंने विद्युत क्षेत्र में कुल मिला कर एक हज़ार आविष्कार किये।

एड़ी—स्त्री. पैर के तलवे में पिछला हिस्सा। **मु. ~चोटी का पसीना करना, ~चोटी का जोर लगाना**-बहुत अधिक परिश्रम, प्रयत्न करना, पूरी ताकत लगा देना। **~एड़ियाँ रखना**-बहुत दौड़-धूप करना, बहुत अधिक परिश्रम करना।

ए.डी.एम.के.—[अं.] तमिलनाडु राज्य का एक राजनीतिक दल—अन्ना द्रविड़ मुनेत्र कषगम।

एड्स—[अं.] एक्वायर्ड इम्यूनो डेफिशियेंसी सिन्ड्रोम, एक संक्रामक यौन-रोग।

एम.सी.ए.—[अं.] मास्टर ऑफ़ कंप्यूटर ऐप्लीकेशन, एक शैक्षणिक योग्यता, उपाधि—संगणक (कंप्यूटर) ज्ञान-संबंधी।

एतक़ाद—पु. [अ.] श्रद्धा, विश्वास; भरोसा, ऐतबार।

एतत—सर्व. [सं.] यह।

एतत्पूर्व—क्रि.वि. [सं.] इससे पूर्व, पहले।

एतदर्थ—अ. [सं.] इसलिए, इस कारण; इसके लिए।

एतदवधि—अ. [सं.] अब तक, इस समय तक।

एतद्देशीय—वि. [सं.] इस देश का।

एतद्द्वारा—वि. [सं.] इसके माध्यम से।

एतद्विषयक—वि. [सं.] इस विषय से संबंधित।

एतबार—पु. [सं.] विश्वास, भरोसा; साख; प्रतिष्ठा।

एतबारी—वि. [अ.] विश्वास करने योग्य, भरोसेमंद।

एतमाद—पु. [अ.] विश्वास, भरोसा।

एतराज़—पु. [अ.] विरोध, आपत्ति; दोष निकालना।

एतवार—पु. द्र. 'इतवार'।

एतादृक्—वि. [सं.] ऐसा, इस प्रकार का।

एतादृशी—वि., स्त्री. [सं.] इस प्रकार की, ऐसी।

एतावत्—वि. [सं.] इतना।

एतिक *—वि. स्त्री. इतनी (तुलसी.)।

एथलीट—पु. [अं.] खिलाड़ी; व्यायाम करने वाला।

एथलेटिक—वि. [अ.] व्यायाम संबंधी, खेल विषयक।

एन.डी.ए—[अं.] नेशनल डेमोक्रेटिक एलायंस, राष्ट्रीय जनतांत्रिक गठबंधन, एक राजनीतिक दल।

एन.सी.ई.आर.टी—[अं.] नेशनल काउंसिल ऑफ एजुकेशनल रिसर्च एंड ट्रेनिंग, राष्ट्रीय शैक्षिक अनुसंधान और प्रशिक्षण परिषद्।

एनाउंस—[अं.] घोषणा करना; ऊँचे स्वर से सूचित करना, उद्घोषणा। **~मेंट**-घोषणा, सूचना; विज्ञप्ति। **~र**-उद्घोषक, घोषक।

एनामेल—[अं.] धातु पर एक प्रकार का लेप। (~के बर्तन, आदि), तामचीन।

एनीमा—पु. [अं.] वस्ति कर्म, पेट में औषधियुक्त जल प्रवेश कराकर पेट पूरी तरह साफ कराने के लिए प्रयुक्त की जाने वाली विधि। **~यंत्र**-पु. वस्ति-कर्म कराने के लिए प्रयुक्त उपकरण।

एनीबेसेंट—स्त्री. भारत में स्वतंत्रता-संग्राम में भाग लेने वाली प्रसिद्ध महिला नेता, 'थिऑसाफिकल सोसायटी' की अध्यक्षा, 'होम रूल', 'स्वराज' आंदोलन की प्रस्थापिका, काशी के हिंदू कॉलेज की संस्थापिका।

एनीसथिसिया—[अं.] संज्ञाहीनता, असंवेदनता, बेहोशी; रोगी को ऑपरेशन—शल्य चिकित्सा—से पूर्व असंवेदनशील, संज्ञाहीनता की स्थिति में लाने के लिए दी जाने वाली औषधि या इंजेक्शन, आदि।

एनैक्सी—[अं.] (मुख्य भवन से) संलग्न छोटा-सा आवासीय स्थान।

एन्ज्योग्रैफी—[अं.] हृदय-रोग परीक्षण के लिए एक जाँच (टैस्ट)।

एन्ट्री—[अं.] प्रवेश; प्रविष्टि।

एन्ट्रेंस—स्त्री. [अं.] प्रवेश, प्रवेश-द्वार। **~एग्ज़ाम**-प्रवेश परीक्षा।

एपरेटस—पु. [अं.] उपकरण।

एपेंडिसाइटिस—पु. [अं.] उपांत्र (पेट में आमाशय, आदि) की शोध, उपांत्र शूल।

एप्रन—स्त्री. [अं.] छाती और पेट के वस्त्रों को दाग, आदि से सुरक्षित रखने के लिए बाँधा गया उपरि-वस्त्र।

एप्रूवर—पु. [सं.] मुख़बिर, इक़बाली गवाह, भेद-साक्षी, राज-साक्षी।

एप्लीकेशन—पु. [अं.] आवेदन-पत्र, प्रार्थना-पत्र। **~फार्म**-पु. आवेदन-पत्र।

एप्वाइंटमेंट—पु. [अं.] नियुक्ति। **~लैटर**-पु. नियुक्ति-पत्र।

एफ.आई.आर.—स्त्री. [अं.] फर्स्ट इनफॉरमेशन रिपोर्ट, प्राथमिकी।

एफ.आई.आई.—स्त्री. [अं.] फ़ॉरेन इनवेस्टमेंट इंस्टीट्यूशन, विदेशी विनियोग संस्थान।

एफ़िडेविट—पु. [अं.] शपथ-पत्र, हलफ़िया बयान, शपथ-पूर्वक घोषणा।

एबार्शन—पु. [अं.] गर्भ-स्राव।

एम.एल.ए.—[अं.] मैम्बर ऑफ लेजिस्लेटिव एसेम्बली, विधायक।

एमन—पु. एक मिश्रित राग (संगी.)।

एमेच्योर—पु. [अं.] शौकिया (खिलाड़ी, अभिनेता, कलाकार, आदि); अव्यवसायी।

एम्पलाइज़—[अं.] कर्मचारी।

एम्प्लिफायर—पु. [अं.] ध्वनि-विस्तारक उपकरण।

एम्बुलेंस—पु. [अं.] घायलों तथा मरीज़ों को चिकित्सालय पहुँचानेवाली गाड़ी।

एम्बेसी—स्त्री. [अं.] दूतावास (किसी दूसरे देश का)।

एम्बैसडर—पु. [अं.] राजदूत।

एयर—स्त्री. [अं.] हवा, वायु। **~कंडीशंड**-वि. वातानुकूलित, वातानुकूल। **~कंडीशन**-पु. वातानुकूलन, वातानुकूलित।

एयरक्राफ़्ट—पु. [अं.] वायुयान, हवाई जहाज़। **~कैरियर**-पु. वायुयान। वाहक (जलपोत)।

एयरगन—स्त्री. [अं.] हवाई बंदूक; तोप।

एयरटाइट—वि. [अं.] जिसमें हवा न जा सके (डिब्बे, आदि)।

एयरपोर्ट—पु. [अं.] हवाई अड्डा, विमान-पत्तन।

एयरफ़ोर्स—पु. [अं.] वायुसेना, नभसेना।

एयर-मेल—स्त्री. [अं.] हवाई जहाज से जाने वाली डाक।

एयररेड—पु. [अं.] हवाई हमला।

एरंड—पु. [सं.] एक पेड़ विशेष—रेंडी।

एरंडा—स्त्री. [सं.] पिप्पली।

एराब—पु. [अ.] ज़ेर, जबर, पेश की मात्राएँ या उनके चिह्न।

एरिअर—पु. [अं.] बकाया, शेष देय राशि (वेतन, आदि की)।

एरिअल, एरियल—वि. [अं.] हवाई, वायुयान द्वारा। पु. रेडियो, आदि में स्वर-संकेत पकड़ने के लिए लगा उपकरण।

एरिया—पु. [अं.] क्षेत्र, इलाका; भू-क्षेत्र; मैदान; क्षेत्रफल, विस्तार।

एरे—[अ.] अरे, हे! (संबोधन)।

एरोड्रोम—पु. [अं.] हवाई अड्डा, विमान-पत्तन।

एरोप्लेन—पु. [अं.] वायुयान, हवाई जहाज़, विमान।

एर्वारु, एर्वारुक—पु. [सं.] एक तरह की ककड़ी।

एल.आई.सी.—[अं.]लाइफ़ इंश्योरेंस कार्पोरेशन (ऑफ़ इंडिया), भारतीय जीवन बीमा निगम।

एल.ओ.सी.—स्त्री. [अं.] लाइन ऑफ़ कंट्रोल, नियंत्रण रेखा (दो देशों के बीच में युद्ध-विराम समझौते द्वारा मान्य)।

एलंग—पु. [सं.] एक तरह की मछली।

एलकोहल—पु. [अं.] तरल मादक द्रव्य जो शराब, आदि में प्रयुक्त होता है।

एलची—पु. [तु.] दूत; राजदूत।

एल.पी.जी.—स्त्री. [अं.] लिक्विड पैट्रोलियम गैस, 'गैस' नाम से ही पुकारी जाती है (ईंधन के रूप में प्रयुक्त)।

एलबम—पु. [अं.] चित्र, फोटो, संग्रह-पुस्तिका।

एलविल—पु. [सं.] कुबेर।

एला—स्त्री. [सं.] इलायची; इलायची का पेड़; आमोद-प्रमोद; क्रीड़ा। **~पर्णी**-स्त्री. एक पौधा।

एला*—पु. एक कंटीली लता।

एलाट (अलॉट)—स.क्रि [अं.] नियत करना, निर्धारित करना, आबंटन करना। **~मेंट**-आबंटन, बाँट देना; नियत कर देना।

एलान—पु. [सं.] नारंगी, संतरा।

एलान—पु. [अ.] द्र. 'ऐलान'।

एलानिया—पु. [अ.] एलानपूर्वक; ऊँचे स्वर से की गई घोषणा, घोषणा के रूप में।

एलार्म—पु. [अं.] संकट-सूचक शब्द या संकेत, नियत समय पर जगाने के लिए घड़ी, मोबाइल फोन, आदि द्वारा दिया गया संकेत; एलार्म वाली घड़ी जो किसी आधार पर रखी जाती है। **~चेन**-स्त्री. रेलगाड़ी में लगी हुई जंजीर जो आपात स्थिति में खींची जाती है।

एलीका—स्त्री. [सं.] छोटी इलायची।

एलुक—पु. [सं.] एक सुगंधित द्रव्य; पौधा जिससे यह द्रव्य निकाला जाता है।

एलोपैथ—पु. [अं.] अंग्रेज़ी चिकित्सा पद्धति का डॉक्टर।

एलोपैथी—स्त्री. [अं.] पाश्चात्य चिकित्सा पद्धति।

एवं—क्रि.वि. [सं.] ऐसा ही, इसी प्रकार; तथा। **~अस्तु**-ऐसा ही हो, स्वीकृति या वर देने के समय कहा जाता है।

एव—अ. [सं.] ऐसा ही, ही।

एवज़—पु. [अ.] बदला, प्रतिफल; स्थानापन्न; बदले में।

एवज़ी—वि. [अ.] बदले में काम करने वाला, स्थानापन्न।

एवेन्यू—पु. [अं.] वह सड़क जिस पर थोड़ी-थोड़ी दूर पर पेड़ लगे हों; चौड़ी सड़क; गली।

एवार्ड—पुरस्कार, सम्मान; निर्णय; दंड।

एशियन, एशिया, एशियाई—पु. [अं.] विश्व के पाँच महाद्वीपों में सबसे बड़ा महाद्वीप। **~ई**-वि. एशिया का, एशिया से संबद्ध। पु. एशिया-वासी।

एषण—पु. [सं.] इच्छा, चाह; प्राप्ति के लिए प्रयत्न।

एषणा—स्त्री. [सं.] इच्छा, चाह, कामना; प्रार्थना, याचना।

एषणिका—स्त्री. [सं.] सोना, चाँदी, रत्न, आदि तौलने की छोटी तराजू (पहले सुनारों, आदि के प्रयोग में थी)।

एषा—स्त्री. [सं.] इच्छा, चाह, कामना।

एस.वाई.एल.—[अं.] सतलुज-यमुना लिंक (नहर)।

एसिड—पु. [अं.] अम्ल।

एस.एच.ओ.—[अं.] स्टेशन हाउस आफिसर, थानेदार, दारोग़ा।

एस.एम.एस.—[अं.] शॉर्ट मैसेज सर्विस, संक्षिप्त सूचना-विधि।

एस.जी-पी.सी—[अं.] शिरोमणि गुरुद्वारा प्रबंधक कमेटी, सिखों की सर्वोच्च धार्मिक शक्तिशाली संस्था जो विभिन्न सिख संस्थानों के प्रबंधन का दायित्व निभाती है।

एस.टी.डी—[अं.] स्ट्रेट ट्रंक डायलिंग, दूरस्थ स्थानों के लिए सीधी टेलीफोन मिलाने की सुविधा।

एस.डी.एम.—[अं.] सब-डिविजनल मजिस्ट्रेट, तहसील या प्रखंड स्तर का प्रशासनिक अधिकारी।

एसेंबली—स्त्री. [अं.] सभा, परिषद; विधानसभा; एकत्रित जनसमूह।

एसेंस—पु. [अं.] सार, सत्त; फूलों का रस, इत्र; सुगंधि।

एसोसिएशन, एसोसियेशन—पु. [अं.] संस्था, सभा, समाज, संघ, संगठन, समिति।

एस्कीमो—पु. [अं.] टुंड्रा निवासी जो बर्फ में अपना घर बनाकर रहते हैं।

एस्केलेटर—[अं.] (स्वतः, मशीन से, चालित ऐसी) सीढ़ियाँ जिनके द्वारा व्यक्ति खड़े-खड़े ही, बिना चले ऊपर के स्थानों, तलों पर जा सकता है; चलती सीढ़ी।

एस्टिमेट—[अं.] अनुमानित खर्च, व्यय, तख़्मीना।

एस्ट्रानॉमी—[अं.] गणित-ज्योतिष; खगोल-विज्ञान।

एस्पिरांटो—पु. [अं.] कृत्रिम भाषा जो विभिन्न देशों में परस्पर व्यवहार के लिए विकसित की गई थी किंतु सफल नहीं हुई।

एस्परीन, एस्पिरिन—पु. [अं.] एक पीड़ा-नाशक दवा।

एह*—सर्व.—द्र. 'यह'।

एहतिमाम—पु. [अ.] इंतजाम, प्रबंध; आयोजन; निगरानी।

एहतिमाल—पु. [अ.] आशंका, अंदेशा; संभावना; शक, संदेह।

एहतियात—पु. [अ.] सावधानी, चौकसी, होशियारी; बचाव, बचना।

एहतियातन—अ. [अ.] सावधानी के रूप में; बचाव की दृष्टि से; एहतियात के तौर पर।

एहतियाती—वि. [अ.] सावधानी, हिफ़ाजत के लिए या संभावित आपदा, खतरे से बचने के लिए (किया जाने वाला प्रयत्न)। **~कार्रवाई**-स्त्री. संभाव्य आपदा, अनिष्ट या खतरे से बचाव के लिए किये गए प्रयत्न।

एहतिलाम—पु. [अ.] स्वप्नदोष, स्वप्न में वीर्यपात।

एहसान—पु. [अ.] कृपाभाव; ऋण; भलाई, नेकी, उपकार। **~फ़रामोश**-वि. एहसान भुला देने वाला, कृतघ्न। **~मंद**-वि. उपकार मानने वाला, कृतज्ञ।

एहसास—पु. [अ.] अनुभव, संवेदन, ध्यान, प्रतीति; महसूस होना, अनुभव करना।

एहो—अ. 'हे, ए!' संबोधन-सूचक, मनोभाव-सूचक।

ऐ

ऐ—देवनागरी वर्णमाला का बारहवाँ, हिंदी में ॠ, लृ, लॄ को छोड़कर नौवाँ स्वर, वर्ण। उच्चारण स्थान कंठ और तालु है।

ऐं—अ. ठीक तरह से न सुनने या समझ में न आने पर फिर से कहलवाने के लिए श्रोता इसका प्रयोग करता है।

ऐंगुद—वि. [सं.] इंगुदी का। पु. इंगुदी की गिरी।

ऐंग्लो—वि. [अं.] अंग्रेज़ी, इंग्लिश (समास में प्रयुक्त रूप)। **~इंडियन**-पु. यूरोपीय, अंग्रेज़ पिता और एशियाई, भारत मूल की माता की संतान। **~वर्नाक्यूलर (स्कूल)**-पु. जहाँ अंग्रेज़ी और देश-भाषा या प्रांतीय-भाषा, दोनों की पढ़ाई होती हो।

ऐंचना—स.क्रि. खींचना; किसी वस्तु को जबरदस्ती प्राप्त करना।

ऐंचताना—वि. ताकते समय जिसकी पुतली देखी जाने वाली वस्तु, व्यक्ति के दूसरी तरफ खिंची रहे, भैंगा।

ऐंचकबेंचा—वि. तिरछा-बंका।

ऐंचा—वि. द्र. 'ऐंचताना'।

ऐंचातानी—स्त्री. खींचातानी, अपनी-अपनी ओर खींचने का प्रयत्न। **मु.** खर्च में क़िल्लत; अभाव।

ऐंचीला—वि. लचीला; खींचे जाने योग्य।

ऐंटीबायोटिक—वि. पु. [अं.] प्रतिजैविक, व्रण प्रतिरोधी (औषधि, इंजेक्शन, आदि)।

ऐंटेना—पु. [अं.] द्र. 'एंटेना'।

ऐंठ—स्त्री. अकड़; घमंड, अहंभाव; मरोड़, ऐंठन (रस्सी, तार, आदि में)।

ऐंठन—स्त्री. मरोड़; खिंचाव।

ऐंठना—स.क्रि. अकड़ या घमंड दिखाना; धोखा दे कर या भय दिखा कर किसी से वस्तु या पैसा ले लेना; मरोड़ या घुमाव देना (रस्सी, तार, आदि को)।

ऐंठवाना, ऐंठाना—स.क्रि. ऐंठने के काम में मदद देना या यह क्रिया करवाना (रस्सी, तार, आदि में)।

ऐंठा—पु. ऐंठने की क्रिया पूरी करना; रस्सी बटने का लकड़ी का बना एक उपकरण।

ऐंठू—वि. घमंडी; अकड़बाज़; अकड़ दिखाने वाला।

ऐंड़, बैंड़*—वि. वक्र, तिरछा, टेढ़ा। **मु. बकना**-अनर्गल बात करना।

ऐंडा—वि. ऐंठा हुआ; घमंड से भरा।

ऐंद्र—वि. [सं.] इंद्र संबंधी। पु. इंद्र का पुत्र—अर्जुन; बालि; इंद्र का यज्ञांश; एक संवत्सर; ज्येष्ठा नक्षत्र; वन-अदरक।

ऐंद्रजाल—पु. [सं.] जादूगरी, बाज़ीगरी।

ऐंद्रजालिक—वि. [सं.] इंद्रजाल, जादू या नज़रबंदी का काम करने वाला। पु. जादूगर, बाज़ीगर, इंदजाल करने वाला। **~कर्म**-पु. इंद्रजाल, जादू के करतब।

ऐंद्रशिर—पु. [सं.] एक प्रकार का हाथी।

ऐंद्रि—पु. [सं.] इंद्र का पुत्र—जयंत; अर्जुन; बालि; इंद्र की शक्ति; इंद्राणी; दुर्गा; ऋग्वेद की एक ऋचा जिसमें इन्द्र की स्तुति की गई है।

ऐंद्रिय—वि. [सं.] इंद्रिय संबंधी; इंद्रियों द्वारा ग्राह्य।

ऐंबुलेंस—पु. [अं.] द्र. 'एंबुलेंस'।

ऐ—अ. [सं.] 'हे, ए!' का संबोधन। पु. शिव।

ऐक—वि. [सं.] एक से संबद्ध।

ऐकपत्य—पु. [सं.] पूर्ण प्रभुत्व; एक तंत्र शासन।

ऐकभाव्य—पु. [सं.] एक भाव का होना; स्वभाव, प्रकृति या उद्देश्य की एकता।

ऐकमत्य—पु. [सं.] एक ही मत या राय का होना; परस्पर संगठित रहने का भाव।

ऐकांतिक—वि. [सं.] संपूर्ण, बिलकुल; निश्चित; अत्यंत; न रुकने वाला, दृढ़।

ऐकाग्र—वि. [सं.] द्र. 'एकाग्र'।

ऐकात्म्य—पु. [सं.] एकात्मकता, एकरूपता, तादात्म्य।

ऐक्ट—पु. [अं.] अधिनियम (क़ानून का रूप प्राप्त करने से पूर्व); काम, क्रिया; अभिनय; नाटक, एकांकी, आदि में दृश्य ('सीन')।

ऐक्टर—पु. [अं.] द्र. 'एक्टर'।

ऐक्टिंग—स्त्री. [अं.] द्र. 'एक्टिंग'।

ऐक्ट्रेस—स्त्री. [अं.] द्र. 'ऐक्ट्रेस'।

ऐक्नॉलिज—क्रि. [अं.] स्वीकार करना; प्राप्ति सूचना; आभार मानना। **~मेंट**-रसीद, पावती; प्राप्ति सूचना।

ऐक्य—पु. [सं.] एकता, एका; एकरूपता।

ऐक्ष्वाक—वि. [सं.] इक्ष्वाकु वंश से संबंध रखने वाला। पु. इक्ष्वाकु वंश का; इस वंश द्वारा शासित प्रदेश, भू-भाग।

ऐग्री—क्रि. [अं.] द्र. 'एग्री'।

ऐक्सटेंशन—पु. [अं.] द्र. 'एक्सटेंशन'।

ऐक्सट्रा—[अं.] द्र. 'एक्सट्रा'।

ऐक्सप्रेस—[अं.] द्र. 'एक्सप्रेस'।

ऐक्सपेरिमेंट—पु. [अं.] द्र. 'एक्सपेरिमेंट'।

ऐक्सपर्ट—पु. [अं.] द्र. 'एक्सपर्ट'।

ऐच्छिक—वि. [सं.] अपनी इच्छा या मर्ज़ी पर आधारित, वैकल्पिक।

ऐजंडा—[अं.] द्र. 'एजेंडा'।

ऐज़न्—अ. [अं.] द्र. 'इंजन'।

ऐजीटेशन—[अं.] आंदोलन; उत्तेजना; अशांति; उत्तेजित करना।

ऐजूकेटिव—वि. [अं.] शिक्षाप्रद।

ऐजूकेटर—पु. [अं.] शिक्षक।

ऐजूकेशन—स्त्री. [अं.] शिक्षा। **~अल**-शैक्षिक, शिक्षा संबंधी।

ऐजूकेशनिस्ट—[अं.] शिक्षा-शास्त्री, शिक्षाविशारद।

ऐटम—पु. [अं.] परमाणु, अणु। **~बम (बम्ब)**-अणुबम, परमाणुबम।

ऐटेंडेंट—वि. [अं.] सेवा में उपस्थित; सेवक, सहायक के रूप में काम करने वाला।

ऐटमिक (ऐटमी)—[अ.] परमाण्विक।

ऐड—[अं.] विज्ञापन, एडवरटाईज़मेंट का संक्षिप्त रूप।

ऐडजस्ट—[अं.] समंजन या सामंजस्य करना; स्थितियों या व्यक्तियों से समझौता करना; अनुकूल बनाना। **~मेंट**-सामंजस्य, समंजन, समझौता।

ऐडमिनिस्ट्रेटर—पु. [अं.] प्रशासक, प्रबंधक।

ऐडमिनिस्ट्रेशन—[अं.] प्रशासन।

ऐडमिरल—पु. [अं.] नौसेना में सेनापति का पद।

ऐडमिशन—[अं.] प्रवेश, दाखिला। **~फ़ी, ~फ़ीस**-प्रवेश शुल्क। **~फार्म**-प्रवेश या दाखिले का आवेदन-पत्र।

ऐडवरटाइज़मेंट, एडवर्टिज़मेंट—पु. [अं.] विज्ञापन; घोषणा करना; किसी चीज का बढ़ा-चढ़ाकर प्रचार करना।

ऐडवांस—पु. [अं.] उधार; अग्रिम देना; पेशगी; अगाऊ, धन देना; आगे बढ़ना, उन्नति करना।

ऐडवाइजर—पु. [अं.] परामर्शदाता।

एडवेंचर—[अं.] साहस करना; जोखिम; साहस-कर्म, साहसिक-कार्य; अपूर्व अनुभव; साहसिक या जीवट का कर्म।

ऐडवोकेट—पु. [अं.] वकील, अधिवक्ता; पैरोकार, समर्थक।

ऐडवोकेट जनरल—[अं.] महाधिवक्ता।

ऐडहाक—[अं.] तदर्थ, कामचलाऊ व्यवस्था।

ऐडिशनल—वि. [अं.] अतिरिक्त; अपर।

ऐड्रेस—[अं.] पता; भाषण, अभिभाषण; अभिनन्दन, मानपत्र; संबोधन।

ऐत*—वि. इतना।

ऐतरेय—पु. [सं.] ऋग्वेद का एक ब्राह्मण; एक आरण्यक; इतर ऋषि के वंशज; एक उपनिषद्।

ऐतरेयी—वि. [सं.] ऐतरेय ब्राह्मण पढ़ने वाला; का ज्ञाता।

ऐतिहासिक—वि. [सं.] इतिहास संबंधी, इतिहास वर्णित; वह महत्त्वपूर्ण घटना, वस्तु या व्यक्ति जिसका महत्त्व इतिहास में उल्लेखनीय हो।

ऐतिहासिकतावाद—पु. [सं.] केवल इतिहास-सिद्ध बातों में विश्वास करने वाला मत।

ऐतिह्य—पु. [सं.] परंपरा प्राप्त उपदेश या प्रमाण; अनुश्रुत।

ऐन*—पु. द्र. 'अयन' और 'एण'। **~मेन***-बिलकुल वैसा ही; पूर्णतः मिलता हुआ। स्त्री. [अ.] आँख, चश्मा; वस्तु की असलियत; चश्म, स्रोत; उर्दू और अरबी वर्णमाला का एक अक्षर; छोटी नदी; तुल्य, सदृश; यथार्थ।

ऐनक—स्त्री. [अ., फा.] आँखों का चश्मा, उपनेत्र।

ऐन-ब-ऐन, ऐन-मैन—[अ.] हू-ब-हू, बिलकुल वैसा ही; सदृश।

ऐनस—पु. [सं.] पाप।

ऐनि—पु. [सं.] सूर्य-पुत्र; इक्ष्वाकु। **~वंश**-पु. सूर्य वंश।

ऐन्य—वि. [सं.] स्वामी या सूर्य संबंधी।

ऐपन—पु. चावल और हल्दी मिश्रित एक घोल या लेप जो मंगल-कार्यों, पूजा, आदि में प्रयुक्त होता है।

ऐपीसोड—पु. [अं.] कथांश, उपकथा; वृत्तांत; घटना, प्रसंग।

ऐप्रूवल—पु. [अं.] स्वीकृति, मंजूरी, अनुमोदन, समर्थन।

ऐप्रोच—स्त्री. [अं.] पहुँच; पास आना या पहुँचना; सिफ़ारिश; दृष्टि (दृष्टिकोण के अर्थ में)।

ऐप्लीकेशन—स्त्री. [अं.] द्र. 'एप्लीकेशन'।

ऐब—पु. [अ.] दोष, खोट, बुराई; धब्बा, लांछन। **~दार**-वि. ऐबवाला, सदोष; चरित्र की दृष्टि से जिसमें दोष हो; एक गाली के रूप में प्रयोग। **~पोशी-स्त्री.** किसी के दोष को छिपाना, उस पर पर्दा डालना।

ऐबनार्मल—वि. [अं.] असामान्य; अस्वाभाविक; अप-सामान्य; अनियमित (मानसिक दृष्टि या प्रकृति से)।

ऐबसर्ड—वि. [अं.] असंगत, अयुक्त, बेतुका; निरर्थक, अनर्गल; हास्यास्पद।

ऐबसेंट—वि. [अं.] अनुपस्थित, गैरहाज़िर, अविद्यमान, नामौजूद।

ऐबी—वि. [अ.] जिसमें कोई दोष या ऐब हो; विकलांग।

ऐमेचर—पु. [अं.] द्र. 'एमेच्योर'।

ऐयार—पु. [अ.] छली, चालाक, धूर्त, भोग-विलास प्रिय।

ऐयारी—स्त्री. [अ.] छलकपट, धूर्तता, चालाकी; भोग-विलास की प्रवृत्ति।

ऐयाश—वि. [अ.] भोग-विलास में रमने वाला, कामुक, विषयासक्त।

ऐयाशी—स्त्री. [अ.] विलासिता; कामुकता, विषयासक्ति।

ऐरा-गैरा—वि. इधर-उधर का; बाहरी, अजनबी; नगण्य, फालतू-सा। **मु. ~नत्थू खैरा, ~पंचकल्यानी**-जिससे दूर-दूर तक कोई संबंध न हो, फालतू-सा; तुच्छ।

ऐरावण—इंद्र का हाथी, ऐरावत।

ऐरावत—पु. [सं.] इंद्र का हाथी; पूर्व दिशा का दिग्गज; बिजली से चमकता हुआ बादल; इंद्रधनुष; पाताल-वासी नागों का एक राजा; ऐरावती (रावी नदी के आस-पास का क्षेत्र)।

ऐरावती—स्त्री. [सं.] ऐरावत की भार्या; इरावती (रावी नदी)।

ऐरिण—पु. [सं.] सेंधा नमक।

ऐरेय—पु. [सं.] एक प्रकार की मदिरा।

ऐल—पु. [सं.] इला पुत्र, पुरुरवा; मंगल ग्रह।

ऐलवालुक—पु. [सं.] एक गंध-द्रव्य।

ऐलविल—पु. [सं.] कुबेर; मंगल ग्रह।

ऐलान—पु. [अ.] घोषणा।

ऐलेय—पु. [सं.] एक सुगंधित द्रव्य; मंगल ग्रह, पुरुरवा।

ऐवरेज—वि. [अं.] औसत, मध्यक; साधारण, सामान्य, औसत दरजे का।

ऐश—वि. [सं.] ईश, शिव से संबंध रखने वाला; ईश्वरीय, दैवी; राजकीय।

ऐशान—वि. [सं.] शिव संबंधी; उत्तर-पूर्व दिशा का; उत्तर-पूर्व दिशा से संबंधित।

ऐशो-आराम—पु. [फ़ा, अ.] सुख-भोग; भोग-विलास, मौज-मस्ती; ऐश्वर्य।

ऐश-ट्रे—स्त्री. [अं.] सिगरेट, सिगार, आदि की राख झाड़ने के लिए बना पात्र (चीनी मिट्टी, शीशे, आदि का बना)।

ऐश्य—पु. [सं.] प्रभुत्व; शक्ति।

ऐश्वर्य—पु. [सं.] धन-वैभव; समृद्धि; ईश्वरता, प्रभुत्व; आधिपत्य। **~वान (वान्), ~शाली**-वि. ऐश्वर्य वाला।

ऐसन*—वि. द्र. 'ऐसा'।

ऐसा—वि. इस तरह का। **~वैसा**-वि. तुच्छ, सामान्य-सा। **(अमुक की) ऐसी-तैसी**—गाली, बुरी दशा कर देना। **मु. ~में जा (जाए)**-चूल्हे या भाड़ में जाए।

ऐसोसिएशन—स्त्री. [अं.] सभा, संस्था, समाज, संघ।

ऐसे—अ. इस प्रकार, इस ढंग से।

ऐसेम्बली—[अं.] द्र. 'एसेंबली'।

ऐहलौकिक—वि. [सं.] इस लोक से संबंधित।

ऐहिक—वि. [सं.] इस लोक का, इस लोक से संबंध रखने वाला, सांसारिक।

ऐहिकीकरण—पु. [सं.] सांसारिक बनाना।

ऐहिकतापरक—वि. [सं.] सांसारिक बातों से संबद्ध।

ओ

ओ—देवनागरी वर्णमाला का तेरहवाँ, ऋ, लृ, लॄ को छोड़कर दसवाँ स्वर, वर्ण। उच्चारण-स्थान कंठोष्ठ।

ओं—पु. [सं.] परब्रह्म का वाचक शब्द, ॐ।

ओंकना—अ.क्रि. वमन करना, कै करना; ऊब जाना; किसी वस्तु से मन भर जाना (खाने में)।

ओंकार—पु. [सं.] 'ओम्' मंत्र या इसका उच्चारण; आरंभ, श्रीगणेश; प्रणव; मंगल; एक पवित्र पद जो वेदाध्ययन के पूर्व और पश्चात्, आदि-अंत में बोला जाता है।

ओंगन*—पु. गाड़ी की धुरी में सन और तेल को मिला कर लगाई जाने वाली सामग्री।

ओंगना*—स.क्रि. गाड़ी की धुरी में सन और तेल लगाने की क्रिया।

ओंठ—पु. होंठ; घड़े, हाँडी, आदि बर्तनों के मुँह का किनारा। **मु. ~चबाना**-क्रोध प्रकट करना। **~चाटना**-किसी स्वादिष्ट चीज़ को खाने पर प्रसन्न होना। **~हिलाना**-मुँह से बात निकालना।

ओ—पु. [सं.] अ. हे, ए, अरे के स्थान पर प्रयुक्त संबोधन; कोई बात अचानक स्मरण हो आने पर भी बोला जाता है; 'ओह' के स्थान पर विस्मय के रूप में प्रयुक्त।

ओ.एन.जी.—[अं.] ऑयल एंड नैचुरल गैस।

ओक—स्त्री. अंजलि, हाथों से पानी पीने के लिए बनाई गई अंजलि। पु. [सं.] घर, वास-स्थान; आश्रय; विलास।

ओकण, ओकणि—पु. [सं.] खटमल; जूँ।

ओकना—अ.क्रि. कै, वमन करना।

ओक पति—पु. [सं.] सूर्य; चंद्रमा।

ओकाई—स्त्री. उलटी, वमन, कै, मिचली।

ओकार—पु. [सं.] 'ओ' अक्षर या उसकी ध्वनि।

ओकारांत—वि. [सं.] जिस शब्द के अंत में 'ओ' की मात्रा हो (माधो, सूधो, आदि)।

ओखल—पु. ओखली।

ओखली—स्त्री. पत्थर या काठ का वह पात्र जिसमें अन्नादि रखकर कूटते हैं, कुंडी, **मु. ~में सिर देना, ~में सिर दिया तो मूसलों का क्या डर**—जान-बूझकर स्वयं कोई झंझट या संकट मोल लेना और उसमें आने वाली हर स्थिति के लिए तैयार रहना।

ओगण*—पु. अवगुण।

ओघ—पु. [सं.] जल-प्लावन; धारा, बहाव; समूह, ढेर; राशि; संपूर्ण, समूचा; अविच्छिन्नता; परंपरागत उपदेश; एक प्रकार का नृत्य; द्रुत लय (संगीत); कालतुष्टि (सांख्य)।

ओछा—वि. गंभीरता रहित, क्षुद्र; खोटा; छोटा; हल्का; छिछोरा। **~पन**-पु. क्षुद्रता; कमीनापन; हल्कापन; छिछोरापन।

ओछाई—स्त्री. ओछापन।

ओज—वि. [सं.] विषम (क्रम में पहला, तीसरा, पाँचवाँ, आदि)। पु. [सं.] तेज; बल; कान्ति; वीर्य; आविर्भाव, रचना में विद्यमान तीन गुणों—ओज, माधुर्य और प्रसाद में से एक। वह गुण जिससे रचना में उत्साह या जोश संचार करने की क्षमता आती है।

ओजना*—स.क्रि. किसी पात्र, आदि से जल उड़ेलना।

ओजस्विता—स्त्री. [सं.] दीप्ति; तेज़; प्रताप; जिससे ओज, प्रभावोत्पादकता आए।

ओजस्वी—वि. [सं.] बल-वीर्यशाली; तेज युक्त; ओज या जोश-भरा।

ओज़ोन—पु. [अं.] ऑक्सीजन का घनीभूत रूप।

ओझ (ओज*)—पु. पेट, आमाशय; अँतड़ी।

ओझड़ी-स्त्री., **~ओझर**—पु., **~ओझरी**—स्त्री. द्र. 'ओझ'।

ओझल—पु. छिप जाना, ओट या आड़ में हो जाना।

ओझा—पु. झाड़-फूँक करने वाला; ब्राह्मणों में एक जाति-सूचक अल्ल वर्ग। **~ई**-स्त्री. झाड़-फूँक करने की क्रिया, ओझा का कर्म।

ओट—स्त्री. आड़, रोक; शरण; सहारा; परदा करने के लिए बनाई गई दीवार या टट्टी।

ओटन—पु. कपास ओटने की चरखी में लगे डंडे।

ओटना—स.क्रि. चरखी द्वारा कपास से बिनोलों को अलग करने की क्रिया। **मु.** एक ही बात को बार-बार कहे जाना; किसी दायित्व को स्वीकार कर लेना, जिम्मेवारी निभाने को स्वीकारना।

ओटनी—स्त्री. कपास से बिनौले निकालने की चरखी।

ओटपाय*—पु. उत्पात, शरारत।

ओटा—पु. परदे के लिए बनी हुई कच्ची दीवार।

ओ.टी.—[अं.] ओरियंटल टीचिंग (सर्टीफिकेट)—प्राच्य विद्या शिक्षण (प्रमाण-पत्र, उपाधि)।

ओटी—स्त्री. कपास ओटने की चरखी।

ओडव—पु. [सं.] राग का एक भेद जिसमें केवल पाँच स्वर लगते हैं।

ओड्र—पु. [सं.] उड़ीसा; उड़ीसा का निवासी, उड़िया।

ओढ़ना—स.क्रि. किसी कपड़े, आदि से शरीर छिपाना; सिर पर ऊपर लेने का वस्त्र; अपने जिम्मे लेना (लाक्ष.)।

मु. ~बिछौना बना लेना-हर समय किसी काम में लगे रहना। **ओढ़ूँ कि बिछाऊँ?**-किस काम में लाऊँ, किसी भी मतलब की न होना (कोई वस्तु)।

ओढ़नी—स्त्री. स्त्रियों के ओढ़ने के लिए दुपट्टे जैसा छोटा वस्त्र।

ओढ़ाना—स.क्रि. (दूसरे को) किसी कपड़े से ढँकना (चादर, कंबल, रजाई, आदि)।

ओत—वि. [सं.] बुना हुआ; गुँथा हुआ। **~प्रोत**-वि. भरा हुआ (किसी भाव से)।

ओथ—स्त्री. [अं.] शपथ, कसम।

ओदक—पु. [सं.] जल में रहने वाला प्राणी।

ओदन—पु. [सं.] भात; बादल।

ओदनिका—स्त्री. [सं.] महासमंगा नामक पौधा, औषधि के रूप में प्रयुक्त।

ओदनीय, ओदन्य—वि. [सं.] भात संबंधी।

ओनर—पु. [अं.] स्वामी, मालिक।

ओनामासी—स्त्री. अक्षरांभ ('ॐ नमः सिद्धम्' का अपभ्रंश रूप)।

ओप—स्त्री. कांति, आब, चमक; पॉलिश।

ओपन—वि. [सं.] खुला हुआ; प्रकट; निष्कपट; विचाराधीन; अनिश्चित; खाली; मुक्त; उदार, खुले हृदय (वाला)।

ओपना—स.क्रि. चमक लाने के लिए रगड़ना, माँजना, पॉलिश करना।

ओपिनियन—स्त्री. [अं.] विचार, राय, सम्मति, मत; अभिमत।

ओ.पी.डी.—पु. [अं.] आउट-डोर पेसेंट, बहिर्रोग (विभाग—चिकित्सालय, अस्पताल में)।

ओपेक—वि. [अं.] निष्प्रभ (शीशा, आदि)।

ओपरेटर—पु. [अं.] (किसी मशीन का) चालक, परिचालक; शल्य क्रिया, ऑपरेशन करना; सैनिक कार्रवाई करना।

ओपेरा—[अं.] गीतिनाट्य, सांगीत।

ओफ़—अ. [अ.] द्र. 'उफ़'।

ओबरी*—स्त्री. अनाज के भंडारण के लिए कोठे या कोठरी में बनी छोटी-सी कोठरी जिसमें खिड़की आदि होती, प्रवेश के लिए छोटा-सा दरवाजा बना होता है, बखार।

ओबलाइज—[अं.] आभारी बनाना, उपकृत करना; अनुग्रह करना; बाध्य करना।

ओम्—पु. [सं.] मंत्रों के आदि में तथा वेदपाठ के पहले और अंत में कहे जाने वाला पवित्र शब्द, प्रणव, ॐ; किसी भी प्रकार के मंगल के लिए उच्चरित शब्द।

ओर—स्त्री. तरफ, दिशा, पक्ष। **~छोर**-सिरा, छोर; आदि-अंत। **मु. ~आ जाना**-किसी का अंत या अवनति का समय आ जाना।

ओरांग-उरांग—पु. एक वन मानुष जो सुमात्रा, बोर्नियो, आदि द्वीपों में पाया जाता है।

ओरिजिनल—वि. [अं.] असली; मूल; आरंभिक; मौलिक। **~प्रति**-मूल प्रति।

ओरी—स्त्री. ओलाती या ओलती, वह स्थान जहाँ छप्पर से बरसात का पानी गिरता है; छप्पर से बरसात में गिरता हुआ पानी (जायसी)।

ओलंपिक, ओलिंपिक—पु. [अं.] ओलंपिक खेल समारोह; विश्व स्तर की खेल प्रतियोगिताओं का आयोजन।

ओलती—स्त्री. द्र. 'ओरी'।

ओलराना*—स.क्रि. लिटाना; झुकाना।

ओला—पु. जमे हुए जलकणों की बर्फ-सी डली जो कभी-कभी वर्षा के साथ गिरती है, उपल (सं.); परदा; भेद (छिपी हुई बात)।

ओली—स्त्री. आँचल, झोली; गोद।

ओल्या*—पु. बहाना; परदा।

ओवर—पु. [अं.] अतिरेक, अतिरिक्त, पार; सीमा से अधिक; के ऊपर।

ओवर एज—[अं.] अधिक व्यय, अधिक आयु हो जाना; आयु सीमा पार कर जाना।

ओवरकोट—पु. [अं.] कोट के ऊपर पहनने का लंबा कोट।

ओवरकॉन्फिडेंस—[अं.] बहुत अधिक विश्वास।

ओवरटाइम—पु. [अं.] अधिसमय, अतिसमय। वि. निर्धारित सीमा से अधिक या अतिरिक्त काम; अतिरिक्त काम के लिए मिलने वाली राशि।

ओवरड्यू—[अं.] कालातीत, समय से पीछे; विलम्बित।

ओवरड्राफ्ट—पु. [अं.] जमा से अधिक राशि निकालने का प्रावधान (बैंक, आदि में)।

ओवरब्रिज—[अं.] रेलवे कॉसिंग, आदि के ऊपर बना पुल (फ्लाई ओवर); ऊपरी पुल।

ओवरलुक—[अं.] अनदेखी करना; किसी बात पर ध्यान न देना; उपेक्षा कर देना।

ओवर वर्क—[अं.] अत्यधिक परिश्रम, बहुत ज्यादा काम।

ओवरसियर, ओवरसिअर—पु. [अं.] निर्माण कार्य, आदि का निरीक्षक (निर्माण विभाग, बिजली विभाग, आदि में)।

ओवरहाल—पु. [अं.] पूरी मरम्मत और सफाई।

ओविन—[अं.] चूल्हा, तंदूर, भट्ठी।

ओषजन—पु. [अं.] ऑक्सीजन (गैस)।

ओषधि, ओषधी—स्त्री. [सं.] वनस्पति, जड़ी-बूटी।

ओषधीश—पु. [सं.] चंद्रमा; कपूर।

ओष्ठ—पु. [सं.] ओठ।

ओष्ठक—वि. [सं.] ओठों की रक्षा करने वाला। पु. होंठ।

ओष्ठोपमफला—स्त्री. [सं.] बिम्बाफल (जिससे ओठों की लालिमा की उपमा दी जाती है)।

ओष्ठ्य—वि. [सं.] ओठ से संबद्ध; ओठ पर उपस्थित; ओठ से उच्चरित। **~वर्ण**-पु. उ, ऊ, फ्, ब्, भ्, म् जिनका उच्चारण ओठों से होता है।

ओष्ण—वि. [सं.] थोड़ा गरम, गुनगुना, कुनकुना।

ओस—स्त्री. रात में जल-कणों के रूप में जमीन, वनस्पति, आदि पर गिरने वाली हवा की भाप, शबनम। **मु. ~से प्यास नहीं बुजती**-वस्तु की थोड़ी-सी मात्रा से आवश्यकता की पूर्ति न होना।

ओसर, ओसरिया—स्त्री. गर्भ-धारण करने योग्य भैंस, गाय।

ओसरा*—स्त्री. बारी, अवसर।

ओसाई—स्त्री. ओसाने की मज़दूरी या कर्म, द्र. 'ओसाना'।

ओसाना—स.क्रि. माँड़े हुए अनाज को टोकरी में डाल कर या जेली से हवा में उड़ाते हुए दाने को भूसे से अलग करने की क्रिया।

ओसार (असार)—पु. फैलाव; चौड़ाई। वि. चौड़ा।

ओसारा—पु. छप्पर से छाया हुआ, बनाया हुआ बरामदा।

ओसारे—स्त्री. चिनाई, निर्माण-कार्य।

ओह—अ. दुःख या आश्चर्यसूचक शब्द।

ओहदा—पु. [अ.] पद, स्थान। **~(दे) दार**-पु. ओहदे वाला, पदाधिकारी।

ओहो—अ. हर्ष या आश्चर्य सूचक शब्द।

औ

औ—देवनागरी वर्णमाला का चौदहवाँ, ऋ, ऌ, ॡ को छोड़कर ग्यारहवाँ स्वर वर्ण। उच्चारण स्थान कंठोष्ठ।

औंगना—स.क्रि. द्र 'आँगना'।

औंगा*—वि. गूँगा।

औंगी—स्त्री. गूँगापन; चुप्पी।

औंघना*—अ.क्रि. द्र. 'ऊँघना'।

औंघाई—स्त्री. द्र. 'ऊँघना'।

औंटना—स.क्रि., अ.क्रि. द्र. 'औटना'।

औंटाना—स.क्रि. द्र. 'औटाना'।

औंधना—अ.क्रि. उलट जाना, औंधा होना। स.क्रि. उलट देना।

औंधा—वि. जिसका मुँह नीचे की ओर हो, उलटा; नीचा; विपरीत बुद्धि वाला। **मु. ~हो जाना**-(चाहे कितना ही) प्रयत्न करना (पर सफल न होना—'चाहे तू औंधा ही क्यों न हो जाए, पर वह तुझे पैसे नहीं देगा')। **~(धी) खोपड़ी**-मूर्ख, विपरीत या जड़ बुद्धि। **~(धे) मुँह गिरना**-बुरी तरह धोखा खाना, (पराजय के रूप में) धूल चाटना।

औंधाना—स.क्रि. नीचे को मुँह कर देना या उलटा कर देना।

औंस—पु. [अं.] एक अंग्रेज़ी माप, तरल वस्तु के रूप में पौंड का एक 1/16 और ठोस रूप में 1/12 भाग।

औ—पु. [सं.] शेषनाग; शब्द। स्त्री. पृथ्वी।

औ*—[अ.] और, तथा।

औक़ात—पु. [अ.] वक्त, समय; जमाना ('वक्त' का बहुवचन)। स्त्री. हैसियत; सामर्थ्य।

औखा—पु. गाय का चमड़ा।

औगी—स्त्री. चाबुक, पैना; जंगली जानवर फँसाने के लिए खोदा गया गड्ढा।

औगुन*—पु. द्र. 'अवगुण'।

औगुनी*—वि. दोषी; पापी; दुर्गुणी।

औघड़—पु. अघोरी; फक्कड़; मनमौजी। वि. अटपटा।

औघर—वि. अनघड़; अटपटा।

औचक—अ. अचानक, एकाएक।

औचित्य—पु. [सं.] उपयुक्तता, उचित होना।

औज—पु. द्र. 'ओज'। अ. ऊँचाई, बुलंदी; महत्ता; उत्कर्ष।

औजस्य—पु. [सं.] बल; उत्साह; ओज। वि. शक्तिवर्धक।

औज़ार—पु. [अ.] कोई काम करने का साधन, उपकरण।

औज्ज्वल्य—पु. [सं.] उजलापन; चमक; उज्ज्वलता।

औटन*—स्त्री. औटने की क्रिया।

औटना—स.क्रि. खौलना, दूध, चाय, आदि को देर तक उबाल देना।

औटनी—स्त्री. औटाई जाने वाली चीज़ को चलाने के लिए लकड़ी, आदि की बनी करछी।

औटपाई*—स्त्री. उत्पाती, शरारती (बच्चे के संदर्भ में)।

औटाना—स.क्रि. औटाने की क्रिया, दूध, चाय, आदि को बहुत अधिक उबाल कर गाढ़ा करना।

औटी—स्त्री. गाय, बैल, आदि को गुड़, दूध, तेल, आदि मिला कर खूब उबाल कर दी जाने वाली खुराक (नाल से पिलाई जाती है)।

औड—वि. [सं.] आर्द्र, गीला।

औडव—पु. [सं.] एक राग (संगी.)।

औडुंबर—पु. [सं.] द्र. 'औदुंबर'।

औडू—पु. [सं.] उड़ीसा का निवासी।

औढर—वि. थोड़ी सेवा से ही प्रसन्न होकर निहाल कर देने वाला। पु. शिव। **~दानी**-वि. भक्त को अपनी अनुकम्पा से निहाल कर देने वाला (शिव)।

औतार—पु. द्र. 'अवतार।'

औत्कंठ्य—पु. [सं.] उत्कंठा; तीव्र जिज्ञासा।

औत्तरेय—पु. [सं.] उत्तरा से उत्पन्न, परीक्षित।

औत्तानपाद, औत्तानपादि—पु. [सं.] ध्रुव; ध्रुवतारा।

औत्तापिक—वि. [सं.] उत्ताप संबंधी; जो उत्तापजनक हो।

औत्पत्तिक—वि. [सं.] उत्पत्ति से संबंधित, पैदाइशी रूप में।

औत्पातिक—वि. [सं.] उत्पात संबंधी।

औत्स—वि. [सं.] झरने में उत्पन्न; झरने से संबंधित।

औत्सर्गिक—वि. [सं.] उत्सर्ग संबंधी; सामान्य; समाप्त होने वाला; त्यागने, छोड़ने वाला।

औत्सुक्य—पु. [सं.] उत्सुकता।

औथरा*—वि. उथला, छिछला (जल, नदी, कूप, सर, आदि)।

औदक—वि. [सं.] जल संबंधी, जलीय।

औदनिक—पु. [सं.] भात पकाने वाला; भात बेचने वाला।

औदयिक—वि. [सं.] सूर्य उदय से जिसकी गणना की जाए; शुभ मुहूर्त में होने वाला।

औदर—वि. [सं.] उदर-संबंधी; उदर का।

औदरिक—वि. [सं.] पेटू, बहुत खाने वाला; उदर के लिए उपयुक्त।

औदर्य—वि. [सं.] उदर-संबंधी; उदर का।

औदार्य—पु. [सं.] उदारता; महत्ता; अर्थगांभीर्य।

औदासीन्य, औदास्य—पु. [सं.] उदासीनता, उदासी; एकाकीपन, निर्जनता; वैराग्य।

औदीच्य—पु. गुजराती ब्राह्मणों में एक उपजाति; उत्तर का रहने वाला। वि. उत्तरी।

औदुंबर—वि. [सं.] उदुंबर या गूलर से बना हुआ; ताम्र-निर्मित। पु. गूलर का फल; गूलर की लकड़ी; गूलर की लकड़ी से बना यज्ञ पात्र; ताँबा; एक यम। कुष्ठ रोग का एक प्रकार।

औदुंबरी—स्त्री. [सं.] गूलर की लकड़ी।

औद्धत्य—पु. [सं.] उद्धतता, उजड्डपन; बदतमीज़ी।

औद्भिज्ज—वि. [सं.] धरती से प्राप्त। पु. खारी नमक, सांभर।

औद्भिद—वि. [सं.] पृथ्वी को फोड़कर निकलने वाला (जीव)। पु. झरने का पानी; खारी नमक।

औद्योगिक—वि. [सं.] उद्योग, कल-कारखानों से संबंधित। **~उन्नति**-स्त्री. उद्योग-धंधों, कल-कारखानों की उन्नति।

औद्योगिकी—स्त्री. [सं.] उद्योग-धंधों से संबंधित ज्ञान।

औद्योगिकीकरण—पु. [सं.] उद्योग-धंधों की उन्नति करने, तीव्र गति से उद्योग-धंधे स्थापित करने की प्रक्रिया।

औने-पौने—[अ.] कुछ कम मूल्य पर; कुछ घाटा उठाकर।

औन्नत्य—पु. [सं.] उन्नति होना, उत्थान; ऊँचाई।

औपचारिक—वि. [सं.] रस्मी; दिखाऊ; उपचार संबंधी।

औपदेशिक—वि. [सं.] उपदेश संबंधी; शिक्षण कार्य से प्राप्त (आय); शिक्षण कार्य से जीविका चलाने वाला।

औपद्रविक—वि. [सं.] रोग लक्षणों से संबंध रखने वाला।

औपनिवेशिक—वि. [सं.] उपनिवेश से संबंधित। **~स्वराज्य**-पु. स्वराज्य का एक प्रकार जो ऑस्ट्रेलिया, कनाडा, आदि ब्रिटिश उपनिवेशों को प्राप्त था।

औपनिवेशीकरण—क्रि. [सं.] उपनिवेश के रूप में तब्दील करना, कर देना।

औपनिषद—वि. [सं.] उपनिषद् में कहा, बताया हुआ; उपनिषद् पर आधारित।

औपनिषदिक कर्म—पु. [सं.] उपनिषद् द्वारा निर्दिष्ट कर्म; वे कर्म जो शत्रु का नाश करें।

औपन्यासिक—वि. [सं.] उपन्यास संबंधी; उपन्यास की शैली का।

औपम्य—पु. [सं.] समता, बराबरी, सादृश्य।

औपसर्गिक—वि. [सं.] उपसर्ग संबंधी; विपत्ति का सामना करने योग्य। पु. एक प्रकार का सन्निपात (रोग)।

औपहारिक—वि. [सं.] उपहार संबंधी; उपहार के योग्य।

औरंगज़ेब—पु. [फा.] मुगल वंश का प्रायः अंतिम शक्तिशाली शासक (शासनकाल 1659-1707), शाहजहाँ का तीसरा पुत्र।

और—अ. दो शब्दों या वाक्यों को जोड़ने वाला एक शब्द, 'तथा', व के अर्थ में। वि. दूसरा; अधिक। **मु. ~का और**-कुछ का कुछ, उलटा। **~क्या ?**-हाँ, अवश्य। **~तो और**-इसके अतिरिक्त; इसको छोड़कर। **~ही कुछ**-सबसे अलग, अनूठा, निराला; अवर्णनीय जैसा ('उसकी तो बात ही कुछ और है', 'उसकी तो शोभा ही कुछ और है')।

औरग—वि. [सं.] साँप का; साँप संबंधी। पु. आश्लेषा नक्षत्र।

औरत—स्त्री. [अ.] स्त्री; पत्नी।

औरताना—[फा., अ.] औरतों के अंदाज़ में, औरतों की तरह।

औरभ्र—वि. [सं.] भेड़ संबंधी। भेड़ का मांस; ऊनी कपड़ा, कंबल।

औरभ्रक—पु. [सं.] भेड़ों का झुंड।

औरभ्रिक—वि. [सं.] भेड़ संबंधी। पु. गड़रिया।

औरस—वि. [सं.] विवाहिता पत्नी से उत्पन्न; वैध, जायज। पु. विवाहिता पत्नी से उत्पन्न पुत्र।

औरेब (उरेब)*—तिरछापन, टेढ़ापन; कपड़े की तिरछी काट। **~दार**-वि. तिरछी काट वाला; तिरछी चाल वाला।

और्व—वि. [सं.] धरती से संबद्ध या उत्पन्न; जाँघ से उत्पन्न। पु. एक ऋषि; बड़वाग्नि; खारी नमक।

और्वशेय—पु. [सं.] उर्वशी का पुत्र, वसिष्ठ; अगस्त्य।

औलाद—स्त्री. [अ.] संतान, बेटा-बेटी, वंश।

औलिया—पु. [अ.] सिद्ध पुरुष, महात्मा, संत, पहुँचा हुआ मुसलमान, संत, फकीर।

औलूक्य—पु. [सं.] वैशेषिक दर्शन के प्रस्थापक महर्षि कणाद। **~दर्शन**-पु. वैशेषिक दर्शन।

औशीर—पु. [सं.] खस की जड़; खस का लेप; खस की बनी चटाई, पंखा, आदि।

औषध—स्त्री. [सं.] दवा, ओषधि, जड़ी-बूटी।

औषधालय—पु. [सं.] ओषधियों की निर्माणशाला, दवाखाना, जहाँ ओषधियाँ मिलती हों।

औषधि, औषधी—स्त्री. [सं.] द्र. 'ओषधि'।

औषधोपचार—पु. [सं.] इलाज तथा दवा; ओषधियोंद्वारा उपचार।

औषस—वि. [सं.] उषा से संबद्ध; उषाकालीन।

औषसी—स्त्री. [सं.] भोर, प्रत्यूष।

औष्ट्र—वि. [सं.] ऊँट से संबद्ध या उत्पन्न। पु. ऊँटनी का दूध। **~रथ**-ऊँट-गाड़ी।

औष्ट्रक—वि. [सं.] ऊँट से प्राप्त। पु. ऊँटों का झुंड।

औष्ट्रिक—वि. [सं.] ऊँट से प्राप्त होने वाला।

औष्ठ—वि. [सं.] ओठ की शक्ल का।

औष्ठ्य—वि. [सं.] ओठ से संबंध रखने वाला।

औष्ण, औष्ण्य, औष्म्य—पु. [सं.] उष्णता, ताप, गरमी।

औसत—वि. [अ.] बीज का, साधारण। पु. बीच की संख्या या राशि, राशियों के जोड़ को उनकी संख्या से भाग देने पर भागफल के रूप में प्राप्त संख्या। **~दर्जे का**-बीच का, न बहुत अच्छा, न बुरा।

औसर*—पु. द्र. 'अवसर'।

औसान—पु. होश-हवास, चेतना। **मु. ~खोना**-होश-हवास खोना; घबरा जाना; सुध-बुध खोना।

क

क—देवनागरी वर्णमाला के क वर्ग का पहला व्यंजन वर्ण, उच्चारण स्थान कंठ, स्पर्श वर्ण।
जब यह शब्दों के अंत में प्रत्यय के रूप में लगता है तो यह अर्थ देता है—छोटा या अल्प, माणवक; करने वाला, जैसे—सूचक, लेखक, आदि; संबंध रखने वाला जैसे—संख्यक; किसी तत्त्व या भाव का बोधक, जैसे—श्रेष्ठक, दीनक, आदि।

कंक—पु. [सं.] एक मांसाहारी पक्षी, चील प्रजाति; क्षत्रिय; युधिष्ठिर का एक नाम जो उन्होंने अज्ञातवास के समय विराट नगर में धारण किया था; कंस का भाई। **~त्रोट**-पु. एक तरह की मछली।

कंकट—पु. [सं.] कवच; अंकुश।

कंकड़ (कंकर)—पु. पत्थर या ईंट का छोटा टुकड़ा।

कंकड़ी (कंकरी)—स्त्री. छोटा कंकड़, कंकड़ का भी टुकड़ा।

कंकड़ीला (कंकरीला)—वि. कंकड़युक्त, (मार्ग) जिसमें कंकड़ अधिक हों; दुर्गम।

कंकण—पु. [सं.] कंगन, कलाई में पहनने वाला आभूषण।

कंकणास्त्र—पु. [सं.] एक अस्त्र।

कंकणी, कंकणिका—स्त्री. [सं.] कमर में पहनने का घुँघरूदार आभूषण, तगड़ी।

कंकत—पु. [सं.] कंघी, कंघा।

कंकतिका, कंकती—स्त्री. [सं.] कंघी।

कंकन*—पु. द्र. 'कंकण' ('राम को रूप निहारति जानकी कंकन के नग की परछाइं'—तुलसी)।

कंकर—वि. [सं.] बुरा; नीच।

कंकरीट—स्त्री. [अं. क्रांक्रीट] रोड़ी-कंकड़, रोड़े, सीमेंट, रेत, आदि के मिश्रण से बना भवन-निर्माण में काम आने वाला मसाला; छोटी कंकरी।

कंका—स्त्री. [सं.] उग्रसेन की बेटी, इसका विवाह वसुदेव के छोटे भाई से हुआ।

कंकारी—स्त्री. एक पेड़।

कंकाल—पु. [सं.] हड्डियों का ढाँचा, ठठरी। **~माली**-वि. हड्डियों की माला धारण करने वाला। पु. शिव। **~शर**-पु. वह बाण जिसके सिरे पर हड्डी लगाई गई हो। **~शेष**-वि. जिसकी देह में ठठरी-भर रह गई हो, मरणासन्न।

कंकालय—पु. [सं.] शरीर।

कंकालिनी—स्त्री. [सं.] काली, दुर्गा का एक रूप।

कंकाली—पु. एक भिक्षाजीवी जाति; लड़ाका; दुष्ट स्त्री; कर्कशा।

कंकु—पु. [सं.] एक अन्न, कँगनी (चावल प्रजाति)।

कंकूष—पु. [सं.] अंदर का शरीर, भीतरी देह।

कंकेरू—पु. [सं.] एक तरह का कौआ।

कंख—पु. [सं.] पाप या फलभोग।

कँखवारी—स्त्री. काँख का, बगल का फोड़ा।

कंगन—पु. द्र. 'कंकण'!

कँगना—पु. विवाह के समय वर तथा वधू के हाथ में शकुन के रूप में बाँधा जाने वाला एक धागा जिसमें हलदी, लोहे का छल्ला, सुपारी, आदि बँधा होता है; कंगन बाँधते समय गाये जाने वाले मंगल गीत।

कँगनी—स्त्री. कंगन का छोटा रूप, बच्चों, आदि के लिए; दीवार में ऊपर की ओर बाहर को निकला थोड़ा-सा हिस्सा जो सजावट के लिए बनाया जाता है; सवाँ-कोदों प्रजाति का एक चावल, बीमार को पथ्य तथा व्रत में हल्के भोजन के रूप में प्रयुक्त।

कँगला*—वि. द्र. 'कंगाल'।

कँगही*—स्त्री. कंघी।

कंगारू—पु. [सं.] ऑस्ट्रेलिया, न्यूगिनी, आदि देशों में पाया जाने वाला एक जानवर जो अपने बच्चे को पेट में बाहर को बनी थैली-सी में बिठाकर उछल-कूद कर लेता है।

कंगाल—वि. निर्धन, गरीब; भुखमरी का शिकार।

कंगाली—स्त्री. बहुत अधिक गरीबी, निर्धनता, घोर दरिद्रता।

कंगूरा—पु. गुंबद, बुर्ज—किले की दीवार में थोड़ी-थोड़ी दूर पर बने वे ऊँचे और बीच में खाली स्थान जहाँ खड़े होकर सिपाही गोला-बारी करते थे; आभूषण या छपाई में शिखर के आकार की बनावट।

कंघा—पु. सिर के बाल सँवारने के लिए सींग, लकड़ी, धातु, प्लास्टिक, आदि की बनी वस्तु; जुलाहों का एक उपकरण जिससे वे धागे कसते हैं।

कंघी—स्त्री. कंघे का छोटा रूप; कंघे का वह रूप जो आकार में छोटा हो तथा जिसमें दोनों ओर बाल सँवारने के लिए दाँते बने हों।

कँघेरा—पु. कंघी बनाने वाला।

कंचन—पु. विशुद्ध सोना; धन-संपत्ति; धतूरा। स्त्री. एक जाति जिसकी स्त्रियाँ प्रायः वेश्या-कर्म करती थीं। वि. पूर्ण नीरोग, स्वस्थ (-काया); स्वच्छ। **~वर्ण**-लालिमायुक्त गोरा रंग।

कंचनिया—स्त्री. कचनार जाति का एक पेड़।

कंचनी—स्त्री. कंचन जाति की स्त्री; वेश्या।

कंचुक—पु. [सं.] चोली, अँगिया—स्त्रियों का अन्तर्वस्त्र, कुछ स्त्रियों द्वारा ऊपर भी स्वतंत्र वस्त्र के रूप में पहनी जाती है; बख्तर; जामा, अँगरखा जैसा वस्त्र; साँप की केंचुली।

कंचुकित—वि. [सं.] बख्तर डाले हुए; वस्त्र से ढका हुआ।

कंचुकी—स्त्री. द्र. 'कंचुक'

कंचुकी—वि. [सं.] कवचधारी; प्राचीन काल में राजमहलों के अंतःपुर में रक्षक (स्त्री और पुरुष दोनों); अन्तःपुर में दास-दासियों का प्रमुख (द्र. संस्कृत नाटकों में)।

कंचुलिका, कंचुली—स्त्री. [सं.] चोली, अँगिया।

कँचुली*—स्त्री. द्र. 'केंचुल'।

कंज—पु. [सं.] कमल; ब्रह्मा; केश; अमृत। वि. जल से उत्पन्न। **~ज**-पु. ब्रह्मा। **~नाभ**-पु. विष्णु।

कंजई—वि. कंजे या धुएँ के रंग का; खाकी रंग का।

कंजक—पु., **कंजका**—स्त्री. [सं.] कुमारिका, कुमारी। **मु. ~बिठाना**-नवरात्रों, आदि त्योहारों विवाह, यज्ञ, आदि शुभ कार्यों के समय कन्याओं को भोज कराना, जिमाना।

कंजकी—स्त्री. कमल का, कमल जैसा।

कंजड़ (कंजर)—पु. एक घूमने-फिरने वाली खानाबदोश जाति। **मु.** गाली के रूप में भी प्रयुक्त शब्द।

कंजन—पु. [सं.] कामदेव; एक पक्षी।

कंजर, कंजार—पु. [सं.] सूर्य; हाथी; ब्रह्मा; मोर; संन्यासी; उदर।

कंजल—पु. [सं.] एक पक्षी।

कंजा—पु. एक कँटीली झाड़ी जिसकी फली औषधि के रूप में प्रयुक्त होती है। वि. हल्के नीचे रंग की आँखों वाला (स्त्री. कंजी)।

कंजावलि—स्त्री. [सं.] एक वर्ण वृत्त।

कंजिका—स्त्री. [सं.] एक पौधा, भारंगी।

कँजियाना—अ.क्रि. काला-सा पड़ना; मुरझाना; ठंडा हो जाना।

कंजी—वि. स्त्री. द्र. 'कंजा'।

कंजूस—वि. कृपण, सूम, जो आवश्यकता में भी धन खर्च न करे या मुश्किल से करे।

कंजूसी—स्त्री. कंजूस होने की स्थिति, कृपणता; आवश्यकता में भी धन खर्च न करने की प्रवृत्ति।

कंट—वि. [सं.] कंटीला।

कंटक—पु. [सं.] काँटा। **ला.** बाधा, विघ्न, मार्ग में रोड़ा।

कंटकाकीर्ण—वि. [सं.] काँटों से भरा। **ला.** विघ्न, बाधाओं से भरा, कष्टप्रद तथा विकट।

कंटकालुक—पु. [सं.] जवासा—एक झीड़ीदार कँटीला पौधा जो प्रायः ऊसर या रेतीले क्षेत्रों में पाया जाता है, ग्रीष्म में हरा और वर्षा में सूख जाता है।

कंटकाशन—पु. [सं.] ऊँट।

कंटकित—वि. [सं.] कँटीला; रोमांचित, पुलकित।

कंटकी—वि. [सं.] काँटों वाला; कष्टदायक। पु. एक तरह की मछली; काँटेदार पेड़, यथा—खैर, बाँस, बेर, गोखरू का पौधा या पेड़।

कँटबाँस—पु. अधिक काँटों वाला बाँस।

कंटर—पु. शीशे की सुराही जैसी शीशी जो शराब, गुलाब जल, सुगंधित द्रव्य, आदि रखने के काम आती है।

कंटल—पु. [सं.] बबूल।

कंटिन्जेंसी—[अं.] आकस्मिक व्यय; फुटकर खर्च; किसी भी प्रकार की आकस्मिकता।

कँटिया—स्त्री. छोटी कील; मछली फँसाने की वंशी, अंकुशी ('हुक') के आकार की चीज़ जिसमें कोई चीज़ फँसाई जा सके।

कँटियारी—स्त्री. जिसमें छोटे-छोटे काँटें हों।

कंटी—वि. [सं.] काँटेदार। पु. अपामार्ग; गोखरू; खदिर।

कँटीला—वि. काँटेदार।

कंटूनमेंट—स्त्री. [अं. 'कैंटूनमेंट'] सैनिक छावनी।

कंटेला—पु. काँटों वाला।

कंटोप (कनटोप)—पु. वह टोपा या टोपी जिससे कान ढके रहें।

कंट्रैक्ट—पु. [अं.] ठेका; समझौता; शर्तनामा; नियत राशि तथा नियत समय पर कार्य संपन्न करने का अनुबंध।

कंट्रैक्टर—पु. [अं.] अनुबंध, कांट्रैक्ट करने वाला; ठेकेदार।

कंट्रोल—पु. [अं.] नियंत्रण; अंकुश।

कंठ—पु. [सं.] गला, हलक; गले की वे नलियाँ जिससे भोजन पेट में जाता है और आवाज़ निकलती है, आवाज़, स्वर; घड़े, हाँडी, आदि का ऊपर का हिस्सा; तोते, आदि पक्षियों के गले पर रंगीन वृत्ताकार रेखा है। वि. कंठस्थ करना। **~तालव्य**-वि. जिसका उच्चारण कंठ और तालु दोनों से हो—'ए', 'ऐ'। **~मणि**-पु. गले में पहनने वाली मणि। **~माला**-स्त्री. गले का एक रोग जिसमें लगातार कितने ही फोड़े निकल आते हैं। **~श्री**-स्त्री. गले में पहनने का एक आभूषण। **~स्थ**-वि. कंठ में स्थिति, कंठगत; ज़बानी याद रखना। **~हार**-पु. गले का हार।

कँठला—पु. द्र. 'कठला'।

कंठा—पु. बड़े मनकों की माला जो गले से सटी होती है; कुरते का गले पर रहने वाला अर्द्ध चन्द्राकार भाग।

कंठाग्र—वि. [सं.] कंठस्थ, मुँहज़बानी याद।

कंठावरोध—पु. [सं.] भावावेश में कंठ रुद्ध हो जाना।

कंठिका—स्त्री. [सं.] एक लड़ी का हार।

कंठी—स्त्री. [सं.] छोटे मनकों की माला का एक आभूषण; तुलसी के छोटे दानों की माला जिसे भक्तिभाव से धारण किया जाता है। **~धारी**-वि. जिसने कंठी को धर्म-सम्प्रदाय के विशेष नियमों के साथ धारण किया हो। **मु. ~लेना**-किसी सम्प्रदाय विशेष की दीक्षा लेना। वि. [सं.] ग्रीवा संबंधी।

कंठील—पु. [सं.] ऊँट; मंथन-पात्र।

कंठीला—स्त्री. [सं.] मंथन-पात्र।

कंठोष्ठ्य-कंठौष्ठ्य—वि. [सं.] जिसका उच्चारण कंठ और ओठ दोनों से हो—'ओ', 'औ'।

कंठ्य—वि. [सं.] कंठ संबंधी; कंठ के लिए उपयुक्त या हितकारी; कंठ से उच्चरित। **~वर्ण**-पु. वह वर्ण जिसका उच्चारण कंठ से होता है—अ-आ, क, ख, ग, घ, ङ, ह और विसर्ग।

कंडक्टर—पु. [अं.] मार्गदर्शक; बस, ट्रक, आदि में ड्राइवर का सहायक।

कंडा—पु. गोबर जो यूँ ही पड़ा-पड़ा सूख गया हो, बिना पथा उपला।

कंडी—स्त्री. छोटी टोकरी।

कंडील—स्त्री. द्र. 'क़ंदील'।

कंडीलिया—स्त्री. प्रकाश स्तंभ, क़ंदील, आदि लटकाने का बाँस।

कंडीशंड—वि. [अं.] अनुकूलित।

कंडीशन—[अं.] स्थिति, दशा; शर्त; प्रतिबंध।

कंडु, कंडू—स्त्री. [सं.] खाज, खारिश।

कँडेरा—पु. रुई धुनने वाली एक जाति, धुनिया।

कंडेम—[अं.] निंदा करना; दोषी या अपराधी ठहराना; निकम्मा या बेकार करके डाल देना।

कंडोल—पु. [सं.] अनाज भंडारण के लिए प्रयुक्त बाँस या बेंत का बना बड़ा टोकरा।

कंडोलक—पु. [सं.] बड़ा टोकरा; भंडार-घर।

कंडौरा—पु. कंडे रखने की जगह, बिटोड़ा।

कंत—वि. [सं.] प्रसन्न।

कंत—पु. [हि.] पति; प्यारा; ईश्वर।

कंतु—पु. [सं.] कामदेव; हृदय। वि. प्रसन्न।

कंथा—स्त्री. [सं.] गुदड़ी; कथरी; दीवार; नगर। **~धारी**-पु. योगी, संन्यासी।

कंथी—पु. [सं.] साधु, फकीर। वि. गुदड़ी धारण करने वाला।

कंद—पु. [सं.] गाँठ वाली या गूदे वाली जड़, यथा—सूरन, शकरकंद, आदि; बादल; एक वर्ण वृत्त। **~मूल**-पु. वे पौधे जिनकी जड़ का प्रयोग खाने के लिए होता है—मूली, आलू, अरवी, आदि।

क़ंद—पु. [फा.] जमाई हुई चीनी, मिसरी; बर्फी (कलाकंद), आदि।

कंदक—पु. [सं.] पालकी।

कंदर—पु. [सं.] गुफा; अंकुश; सोंठ।

कंदरा, कंदरी—स्त्री. [सं.] गुफा; घाटी।

कंदराकर—पु. [सं.] पहाड़।

कंदर्प—पु. [सं.] कामदेव; प्रणय, प्रेम; एक ताल (संगीत)। **~कूप**-पु. योनि। **~ज्वर**-पु. कामज्वर। **~गहन, ~मथन**-पु. शिव।

कंदल—पु. [सं.] कपाल; सोना; एक तरह का केला।

कंदली—पु. [सं.] चाँदी का तार खींचने वाला लंबा छड़; सोने या चाँदी का पतला तार।

क़ंदील—स्त्री. [अ.] कागज़, मिट्टी या अभ्रक का बना लटकने वाला दीपाधार-सा, दीपावली, आदि पर इसमें दीपक या लैंप जला कर प्रकाश किया जाता है।

कंदु (कंदू)—पु. [सं.] भट्ठा; भाड़।

कंदुक—पु. [सं.] गेंद; सुपारी; एक वर्णवृत्त। **~क्रीडा**-स्त्री. गेंद का खेल। **~तीर्थ**-पु. ब्रजमंडल वह स्थान जहाँ श्रीकृष्ण ने कंदुक लीला रचाई थी।

कंदैला *—वि. कीच-काँद वाला, कीचड़ भरा।

कंदोट—पु. [सं.] श्वेत कमल; नीलोत्पल।

कंदोत—पु. [सं.] श्वेत कमल।

कंधनी—स्त्री. करधनी, मेखला।

कंधरा—स्त्री. [सं.] गरदन।

कंधा—पु. शरीर का गरदन और बाहुमूल के बीच का भाग, स्कंध। **मु. ~डाल देना**-हिम्मत हारना; किसी दायित्व, जिम्मेदारी से मुँह मोड़ना। **~देना**-अरथी को कंधा लगाना। **~बदलना**-पालकी, काँवर, आदि ढोने में एक-दूसरे की मदद करते हुए आगे बढ़ना।

कंधार—पु. अफ़गानिस्तान का एक नगर और प्रदेश, गांधार।

कंधारी—वि. कंधार का; कंधार में उत्पन्न (~अनार, घोड़ा)।

कंधावर—स्त्री. छोटा दुपट्टा जो कंधे पर डाल लिया जाता है।

कंधि—स्त्री. [सं.] गरदन। पु. समुद्र।

कंधेला—पु. साड़ी का कंधे पर डाला हुआ पल्ला।

कंधेली—स्त्री. घोड़े का एक साज।

कंप—पु. [सं.] कँपकँपी, काँपना; सात्त्विक अनुभावों में से एक (का.शा.)।

कँपकँपाना—अ.क्रि. हिलना, काँपना।

कँपकँपी—स्त्री. काँपना, कंप। **~बँधना**-क्रि. निरन्तर काँपना।

कंपति—पु. [सं.] समुद्र।

कंपन—पु. [सं.] काँपना; कँपकँपी।

कँपना—अ.क्रि. काँपना, हिलना; डरना।

कंपनी—स्त्री. [अं.] संगति; मंडली, दल, टोली, गण; किसी कार्य-व्यापार को चलाने के लिए संयुक्त धन से स्थापित साझा व्यावसायिक उपक्रम।

कंपलसरी—[अं.] अनिवार्य।

कंपा—पु. बाँस की तीलियों में लासा लगा कर बनाया गया चिड़िया फँसाने का फंदा। स्त्री. (सं)—कंपन; भय।

कंपाउंड, कम्पाउंड—पु. [अं.] मिश्रण; हाता; अहाता; आँगन।

कंपाउंडर, कम्पाउंडर—पु. [अं.] डॉक्टर का सहायक जो प्राय: ही दवाएँ तैयार, मिश्रित करने का काम करता है।

कंपाउंडरी—स्त्री. [अं.] कंपाउंडर का कार्य, पेशा।

कँपाना—स.क्रि. हिलाना; डराना।

कँपायमान—वि. [सं.] काँपता हुआ।

कंपार्टमेंट, कम्पार्टमेंट—पु. [अं.] उपखंड; कक्ष; सामान रखने का खाना; (रेल का) डिब्बा; पूरक (परीक्षा)।

कंपास—स्त्री. [अं.] दिग्दर्शक यंत्र, कुतुबनुमा; परकार (ज्योमिति)।

कंपित—वि. [सं.] काँपता, हिलता हुआ।

कंपिल—पु. [सं.] रोचनी।

कंपिल्ल—पु. [सं.] द्र. 'कांपिल्ल'।

कंपीटीशन—[अं.] प्रतियोगिता; प्रतिस्पर्धा; मुकाबला।

कंपेनसेशन—[अं.] क्षतिपूर्ति करना; मुआवजा देना; हरजाना भरना।

कंपोज—पु. [अं.] मुद्रण के लिए प्रयुक्त होने वाले अक्षरों को जोड़ना; टाइप में अक्षरों को मुद्रण के लिए जोड़ना।

कंपोज़िंग—स्त्री. [अं.] कंपोज करने की क्रिया।

कंपोज़िटर, कंपोजीटर—पु. [अं.] कंपोज करने वाला, एक-एक अक्षर को शब्दों का रूप देने वाला (प्रेस में)।

कंपोज़िटरी—स्त्री. [अं.] कंपोजीटर का काम।

कंपोजीशन—[अं.] संयोजन; रचना; कृति।

कंपोटर—पु. [अं.] द्र. 'कंपाउंडर'।

कंप्यूटर—पु. [अं.] संगणक, गणित तथा अन्य अनेक कार्य करने वाला उपकारी यंत्र।

कंप्यूटरीकरण—[अं.] मनुष्य की जगह कंप्यूटर प्रयोग में लाने की प्रक्रिया।

कंप्रोमाइज़—[अं.] समझौता; मध्यमार्ग अपनाना।

कंबख़्त (कमबख़्त)—वि. अभागा, हतभाग्य। स्त्री. **कमबख़्ती**-दुर्भाग्य, बदनसीबी।

कंबर—वि. [सं.] कई वर्णों का।

कंबल—पु. [सं.] कंमल; गाय, बैल के गले के नीचे लटकने वाली खाल। ऊन का बना, कई वर्णों या एक ही वर्ण का, मोटा कपड़ा जो शीत ऋतु में ओढ़ने-बिछाने के काम आता है।

कंबलक—पु. [सं.] ऊनी वस्त्र, कंबल।

कंबलिका—स्त्री. [सं.] कमली; एक तरह की हिरनी।

कंबाइन—स्त्री. [अं.] कटाई-गहाई की मशीन।

कंबिका—स्त्री. [सं.] एक प्राचीन बाजा।

कंबु—पु. [सं.] शंख; गला; हाथी; चित्रवर्ण; कंगन। **~कंठी**-वि.स्त्री. शंख जैसी गरदन वाली (स्त्री)। **~ग्रीव**-वि. शंख जैसी सुराहीदार गरदन वाला। **~ग्रीवा**-स्त्री. शंख जैसी सुराहीदार गरदन। **~पुष्पी, ~मालिनी**-स्त्री. शंखपुष्पी, एक आयुर्वेदिक औषधि।

कंबुक—पु. [सं.] शंख; नीच व्यक्ति।

कंबुका—स्त्री. [सं.] अश्वगंधा; ग्रीवा।

कंबू—वि. [सं.] चोरी करने वाला।

कंबोज—पु. [सं.] एक प्राचीन जनपद जो अब अफगानिस्तान में है; शंख; एक तरह का हाथी; एक उपजाति।

कंभु—पु. [सं.] खस, कुशीर।

कँवल—पु. द्र. 'कमल'।

कंस—पु. [सं.] काँसा; एक माप; कटोरा; सुराही; काँसे का बर्तन; उग्रसेन का पुत्र, कृष्ण का मामा जिसे कृष्ण ने मारा था।

कंसक—पु. [सं.] काँसा, काँसे का पात्र; कसीस।

कंसरवेटिव—वि. [अं.] रूढ़िवादी, दक़ियानूसी; वर्तमान व्यवस्था को बदलने, नवीनता या सुधार, आदि का विरोधी। **~पार्टी**-स्त्री. ब्रिटेन का एक राजनीतिक दल।

कंसर्ट—पु. [अं.] कई बाजों का समूह या उनकी समवेत प्रस्तुति।

कंसवती—स्त्री. [सं.] कंस की बहन।

कंसाराति, कंसारि—पु. [सं.] श्रीकृष्ण।

कंसीय—वि. [सं.] कटोरे के लायक या उससे संबंध रखने वाला।

कँसुला—पु. काँसे का एक चौकोर टुकड़ा जो सुनार आभूषण बनाने में प्रयुक्त करते हैं।

कँसुवा—पु. ईख के पौधों में लगने वाला एक कीड़ा।

क—पु. [सं.] ब्रह्मा; विष्णु; कामदेव; अग्नि; वायु; यम; प्रजापति; सूर्य; आत्मा; राजा या राजकुमार; पक्षियों का राजा; पक्षी; मन; शरीर; गाँठ या जोड़; समय; शब्द, ध्वनि; बादल; मोर; पक्षिराज गरुड़; सुख; आनन्द, पानी।

कई—वि. एकाधिक, कुछ; चंद।

ककंद—पु. [सं.] सोना।

ककड़ी—स्त्री. गरमी में होने वाला एक फल, खीरे की प्रजाति का।

ककनू*—पु. एक पक्षी जिसके संबंध में कहा जाता है कि जब यह गाता है तब इसकी चोंच के छिद्रों से आग निकलती है और यह उसी में जल मरता है।

ककहरा—पु. 'क' से 'ह' तक अक्षर, वर्णमाला; किसी विषय की बहुत प्राथमिक मोटी-मोटी बातें।

ककाटिका—स्त्री. [सं.] सिर का पीछे का भाग, गुद्दी।

ककार—पु. [सं.] 'क' अक्षर या उसकी ध्वनि।

ककुंजल—पु. [सं.] चातक।

ककुत्स्थ—पु. [सं.] इक्ष्वाकुवंशीय एक राजा।

ककुभ—पु. [सं.] वीणा के अंत का एक मुड़ा हुआ भाग; अर्जुन नामक पेड़; कुटज पुष्प; एक राग; एक दैत्यराज।

ककुभा—स्त्री. [सं.] दिशा; एक रागिनी।

ककैया—स्त्री. लखौरी ईंट।

ककोरना—स.क्रि. खरोंचना; मोड़ना; सिकोड़ना।

कक्का—स्त्री. [सं.] काका।

कक्कुल—पु. [सं.] बकुल वृक्ष।

कक्कोल—पु., **कक्कोली**—स्त्री. एक फलदार वृक्ष।

कक्ष—पु. [सं.] कमरा, कोठरी; काँख, बगल; कछार; सूखा जंगल; जंगल का भीतरी भाग; राजा का अंत:पुर, रनिवास; लता; सेना का दाहिना-बायाँ अंग। **~प**-पु. कच्छप; कुबेर की निधि।

कक्षा—स्त्री. [सं.] परिधि; ग्रहों का भ्रमण-पथ; श्रेणी, दर्जा जैसे स्कूल में कोई कक्षा (क्लास); काँख, बगल; घर की दीवार या पाक; चहारदीवारी; आँगन। **~पर**-पु. कछोटा, कटिवस्त्र, कोपीन।

कक्षावेक्षक—पु. [सं.] अंत:पुर का निरीक्षक; द्वारपाल।

कक्षीवान्—पु. [सं.] एक वैदिक ऋषि।

कक्षोन्नति—स्त्री. [सं.] श्रेणी, क्लास, में उन्नति; अगली कक्षा में प्रवेश मिलना।

कगार—पु. नदी का ऊँचा तट; नदी तट का टीला।

कच—पु. [सं.] सिर के बाल, केश; फोड़ा या घाव; बृहस्पति का एक पुत्र। दाँत, काँटा, शीशा, आदि के कहीं गुभने की अनुकरण-वाची ध्वनि ('कच से 'शीशा' पैर में घुस गया')।

कचकच—स्त्री. द्र. 'किचकिच'।

कचकचाना—अ.क्रि. कचकच की आवाज़ करना; दाँत पीसते हुए (कोई बात करना)।

कचकेला—पु. केले का एक भेद; केले का पूरा न पक पाना।

कचड़ा—पु. द्र. 'कचरा'।

कचनार—पु. एक छोटा पेड़ जिसमें सुंदर पीले फूल बहुतायत में खिले होते हैं।

कचपच—स्त्री. गिचपिच; कचकच; थोड़ी जगह में बहुत-सी चीज़ों का अव्यवस्थित रूप में इकट्ठा हो जाना।

कचपचिया, कचपची—स्त्री. आकाश में पूर्व की ओर दिखाई देना वाला तारों का समूह; कृतिका नक्षत्र।

कचर-कचर—स्त्री. कच्चा फल खाने का शब्द। **मु. ~करना, ~लगा रखना**-शोर मचाते हुए बातचीत या अनर्गल बात करना।

कचरकूट—पु. कसकर पीट देना।

कचरधान—पु. शोरगुल करना।

कचर-पचर—पु. गिचपिच; किचकिच।

कचरा—पु. कूड़ा-करकट; रद्दी; मकई, आदि में लगने वाला एक फल जो कच्चा ही खाया जाता है, पकने पर इसे 'फूट' कहा जाता है।

कचरी—स्त्री. कचरे से छोटा उसी प्रजाति का फल; चावल के घोल से बनी सुखाई हुई चीज़ जिसे घी या तेल में तल कर खाया जाता है।

कचहरी—स्त्री. अदालत; न्यायालय; इजलास; दरबार; दफ्तर। **~लगाना**-भीड़ इकट्ठी कर लेना, जमावड़ा जमा लेना।

कचाई—स्त्री. कच्चापन; अनुभवहीनता; दोष, त्रुटि, खामी।

कचाकु—वि. [सं.] दुष्ट, कुटिल।

कचायँध—स्त्री. कच्चेपन की गंध; दुर्गंध-सी।

कचायन—स्त्री. लड़ाई-झगड़ा; किचकिच।

कचार—पु. नदी किनारे का उथला और गँदला जल।

कचारना—स.क्रि. पछाड़ना, खींचना, डंडे, आदि से पीट कर कपड़े, आदि धोना।

कचालू—पु. अरवी की प्रजाति की एक गोल-सी सब्ज़ी जिसे सब्ज़ी और चाट दोनों रूपों में खाया जाता है।

कचूमर—पु. कुचली हुई चीज़। **मु. ~करना, ~निकालना**-पीट-पीट कर भुर्ता बना देना, बेदम कर देना; किसी के शरीर को इतना दबा देना कि वह लगभग बेदम हो जाए।

कचूर—पु. हलदी की जाति का एक पौधा जो औषधि के रूप में प्रयुक्त होता है।

कचोट, कचोटन—स्त्री. चुभना, गढ़ना; किसी प्रिय के प्रति किये गए अप्रिय व्यवहार की आत्मग्लानि।

कचोटना—अ.क्रि. द्र. 'कचोट'।

कचौड़ी, कचौरी—स्त्री. उड़द की दाल, आलू, आदि की बनी पिट्ठी को भर कर बनाई गई पूरियाँ जैसी।

कच्चा—वि. बिना पका, अनपका, हरा और बिना रस का (फल); आँच में पूरा न तपाया हुआ (कच्चा घड़ा); जिसके आँच में पकने में कसर हो (दाल कुछ कच्ची है); मिट्टी का बना (कच्चा घर); प्रामाणिक माप-तौल से कम (कच्चा सेर, कच्चा बीघा); जिसे अभी पूरा ज्ञान न हो (अभी वह हिसाब में कच्चा है); जिस मसौदे को अंतिम रूप न दिया गया हो, जिसमें परिवर्तन की गुंजाइश हो (कच्चा मसौदा); जो नियमतः पूरी तरह स्वीकार्य न हो (कच्ची रसीद); अधिक दिन न रुकने वाला (कच्चा रंग); दूर-दूर पर सिलाई में अस्थायी रूप से डाले गए धागे (कच्चा करना)। **~कागज़**-पु. वह दस्तावेज अभी जिसकी विधिवत् रजिस्ट्री न हुई हो। **~पक्का**-वि. जैसा-तैसा। **~माल**-पु. वह वस्तु जिससे कोई चीज़ बनाई जाती है, जैसे—कपड़े के लिए रुई, प्लास्टिक सामान बनाने के लिए प्लास्टिक दाना, आदि। **~(च्ची) नौकरी**-स्त्री. अस्थायी नौकरी। **~कली**-स्त्री. अप्राप्त यौवना स्त्री। **~ज़बान**-स्त्री. गाली, अपशब्द; वह वायदा जो पूरा न किया जा सके। **मु. ~करना**-दोषी ठहराना। **~चिट्ठा खोलना**-सारे रहस्य उजागर कर देना। **~गोली खेलना**-अनाड़ीपन या अनुभवहीनता। **~दिल होना**-घबराना, भावुक होना।

कच्चू—स्त्री. अरवी या कचालू।

कच्छ—पु. [सं.] किनारे की जमीन, कछार; गुजरात का एक समुद्रतटीय अंचल; दलदल जमीन; धोती की काछ; एक छंद; तुन का पेड़। **~प**-पु. कछुआ; विष्णु के दस अवतारों में से एक; कुबेर की निधियों में से एक। **~पी**-स्त्री. मादा कछुआ; एक तरह की वीणा; सरस्वती की वीणा।

कच्छटिका—स्त्री. [सं.] धोती की लाँग।

कच्छा—स्त्री. [सं.] झींगुर; एक पौधा—वाराही। पु. घुटनों से ऊपर जाँघों तक पुरुषों व बच्चों द्वारा पहना जाने वाला अन्तर्वस्त्र।

कच्छार—पु. [सं.] एक अंचल, कच्छ।

कच्छी—वि. कच्छ देश का। पु. कच्छ देश का निवासी। स्त्री. कच्छ देश की भाषा।

कछनी—स्त्री. घुटने तक की कसी हुई धोती जिसमें दोनों ओर लाँग बाँधी जाती है; घुटनों तक का एक तरह का घाघरा, प्रायः नर्तकों द्वारा प्रयुक्त।

कछवाहा—पु. राजपूतों की एक उपजाति, एक गोत्र।

कछार—पु. नदी के किनारे तर और नीची जमीन; घाटी।

कछियाना—पु. काछियों की बस्ती।

कछु*—वि. द्र. 'कुछ'।

कछुआ-कछुवा—पु. कच्छप, जल में रहने वाला एक प्रसिद्ध जन्तु जिसकी पीठ अत्यन्त कठोर होती है। **मु. ~चाल**-अत्यन्त धीमी गति, जो दूसरों को अप्रिय लगे।

कछुक*—[ब्र.भा.] वि. द्र. 'कुछ'।

कछू*—पु. कच्छप। [ब्र.भा.] कुछ।

कछोटा—पु., **कछोटी**—स्त्री. कछनी; ऊँची पहनी हुई धोती।

कज—वि. [फा.] टेढ़ा, झुका हुआ, वक्र। पु. शारीरिक दोष, ऐब।

कजक—पु. [फा.] अंकुश।

कजकोल—पु. [फा.] मुसलमान फकीरों का नारियल का बना भिक्षा पात्र।

कजनी—स्त्री. पीतल, आदि का खरोंचने का औज़ार।

कजरा*—पु. काजल। **~ई**-वि., स्त्री. कालापन।

कजरारा—वि. काजल लगा हुआ, अंजनयुक्त; काजल के समान काला।

कजरी—एक धान। स्त्री. द्र. 'कजली'।

कजरौटा, कजलौटा—पु. काजल पारने, बनाने का मिट्टी या धातु का आधार; काजल रखने की चूड़ीदार डिबिया।

कजरौटी, कजलौटी—स्त्री. काजल रखने की छोटी डिबिया।

कजला—पु. काले रंग का एक पक्षी। वि. काली आँखों वाला; जिसकी आँखों में काजल लगा हो।

कजलाना—अ.क्रि. स्याह पड़ना। स.क्रि. काजल लगाना।

कजली—स्त्री. कालिख; पिसे हुए पारे और गंधक की बुकनी; रस फूँकने में धातु का वह अंश जो पात्र में लगा रह जाता है; वह गाय जिसकी आँखों के किनारों पर काले रंग के घेरे-से हों; वर्षा ऋतु में बनाया जाने वाला एक त्योहार; एक तरह का लोकगीत जो मिरज़ापुर (उ.प्र.) में गाया जाता है।

क़ज़ा—स्त्री. [अ.] आदेश देना; ईश्वरीय आदेश; भाग्य; न्याय; मृत्यु; जो इबादत अपने ठीक समय पर न की गई हो। **~ए-इलाही**-ईश्वरीय आदेश; खुदा की मर्ज़ी। **मु. ~आना**-मौत आना। **~करना, ~होना**-नमाज़ या मज़हब के किसी नियम का समुचित पालन न होना।

कजाक—पु. द्र. 'क़ज़्ज़ाक'।

कजाकी—स्त्री. द्र. 'क़ज़्ज़ाकी'; छल, धोखेबाजी।

कज़िन—[अं.] चचेरा, फुफेरा, ममेरा, मौसेरा जैसा भाई या बहन।

कज़िया—पु. [अ.] झगड़ा, टंटा।

कजी—स्त्री. [फा.] टेढ़ापन, वक्रता; दोष, शारीरिक ऐब।

कज्जल—पु. [सं.] काजल; काला; कालिख; सुरमा; बादल; एक छंद।

कज्जलित—वि. [सं.] जिसमें या जिसके काजल लगा हो; कालिख से पुता हुआ।

कज्जली—स्त्री. [सं.] एक तरह की मछली; स्याही; पारे और गंधक के मिश्रण से बना हुआ एक द्रव्य।

क़ज़्ज़ाक—पु. [तु.] रूस की एक तुर्क जाति, जो अपनी वीरता के लिए ख्यात; डाकू; लूटमार करने वाला।

क़ज़्ज़ाकी—स्त्री. लुटेरापन, राहजनी।

कटंकट—पु. [सं.] आग; स्वर्ण; गणेश; शिव; चित्रक नामक वृक्ष।

कट—पु. [सं.] हाथी का गंडस्थल; कटिदेश; घास की बनी टट्टी; शव, लाश; श्मशान। [हि.] 'काट' का संक्षिप्त रूप जिसका व्यवहार यौगिक शब्दों में होता है, जैसे—कटखना, कटवार। [अं.] कटौती (पावर-कट); काटना, कतरना; घाव होना, चोट लगना; अलग कर देना; संक्षिप्त करना। **~पीस**-पु. नये कपड़ों के टुकड़े, वह कपड़ा जो नये थान में से बचा रह गया हो। **~र**-[अं.] किसी चीज़ को काटने का उपकरण।

कटक—पु. [सं.] सोना; सोने का कड़ा; सेना; पहाड़ का मध्य भाग; राजधानी; घर; समुद्र; चक्र; हाथी के दाँत पर लगाया जाने वाला छल्ला; समूह, झुंड; महानदी के तट पर ओडिशा का एक प्रसिद्ध नगर, प्राचीन समय में उसकी राजधानी।

कटकई*—स्त्री. सेना, फौज।

कटकट—स्त्री. दाँतों के एक-दूसरे पर लगने से उत्पन्न शब्द। पु. [सं.] शिव। वि. बढ़िया, उत्तम।

कटकटाना—अ.क्रि. दाँत पीसना।

कटकटिका—स्त्री. एक पक्षी, बुलबुल की प्रजाति का।

कटखना—वि. काट खाने वाला (कुत्ता, बंदर, आदि)। **ला.** आक्रामक, चिड़चिड़ा, क्रोधी।

कटड़ा (कटरा)—पु. भैंस का नर बच्चा; छोटा बाज़ार; छोटा और सँकरा गली-मोहल्ला।

कटजीरा—पु. काला जीरा।

कटती—स्त्री. बिक्री; खपत।

कटना—अ.क्रि. दो टुकड़े होना, विभक्त हो जाना; किसी धारदार चीज़ का शरीर धँस जाना। **ला.** दूर होना, अलग होना; लज्जित होना ('कट कर रह गया')।

कटनी—स्त्री. फसल की कटाई; काटने का औज़ार।

कटपीस—पु. [अं.] द्र. 'कट'।

कटभी—स्त्री. [सं.] एक वृक्ष, एक लता; अपराजिता।

कटरा—पु. द्र. 'कटड़ा'।

कटरी—स्त्री. नदी किनारे की नीची और दलदल जमीन; धान का एक रोग।

कटलरी—स्त्री. [अं.] छुरी, काँटे, आदि (खाने के सामान में)।

कटलेट—पु. [अं.] आलू की टिक्की जैसी खाने की चाट जिसमें सब्जियों, आदि का मिश्रण भर कर तला गया हो।

कटल्लू—पु. कसाई।

कटवाँ—वि. जिसमें कटाई का काम हुआ हो। **~ब्याज**-पु. वह सूद जो कुछ मूलधन चुकता हो जाने पर शेष राशि पर लिया जाता है।

कटवा—पु. गले का एक आभूषण; एक तरह की छोटी मछली।

कटवाना—स.क्रि. द्र. 'कटाना'।

कटहर*—पु. द्र. 'कटहल'।

कटहल—पु. एक बड़ा फल जो सब्जी और खाने के काम आता है।

कटाई—स्त्री. काटने का काम; फसल के कटने का समय, वेला; काटने की मजदूरी।

कटाऊ—वि. काटे जाने लायक।

कटाकट—पु. कटकट शब्द ('फटाफट' जैसा)।

कटाकटी—स्त्री. मारकाट, खून-खराबा।

कटाक्ष—पु. [सं.] तिरछी निगाह; आक्षेप; व्यंग्य।

कटाग्नि—स्त्री. [सं.] घास-फूस की आग।

कटाच्छ, कटाछ*—पु. [ब्र.भा.] द्र. 'कटाक्ष'।

कटाछनी—स्त्री. [ब्र.भा.] काटने वाली तेज़ चीज़ ('काजर दे री न एरी सुहागनि, आंगुरी तेरी कटे री कटाछनि')।

कटाटंक—पु. [सं.] शिव।

कटान—स्त्री. कटन या काटने की क्रिया; नदी, आदि के तटबंध का पानी के प्रवेग से कटना।

कटाना—स.क्रि. काटने की क्रिया, प्रेरणार्थक क्रिया के रूप में दूसरे से करवाना।

कटार—स्त्री. एक दुधार हथियार, तलवार या खंजर का छोटा रूप; सिखों के धारण करने के पाँच ककारों में से एक।

कटारा—पु. इमली की फली का पका हुआ एक दाना।

कटारिया—पु. पंजाबी खत्रियों की एक उपजाति या गोत्र।

कटारी—स्त्री. छोटी कटार।

कटाव—पु. काट; काट या खोदकर बनाई गई फूल-पत्ती, आदि। **~दार**-वि. जिस पर कटाव का काम किया गया हो।

कटि—स्त्री. [सं.] कमर; हाथी का गंडस्थल। **~तट**-पु. कमर। **~त्र**-पु. धोती; करधनी, मेखला, कमरबंध। **~देश**-पु. पेड़ू, श्रोणि। **~बंध**-पु. कमरबंध; शीत-ताप की कमी और बढ़ोतरी के हिसाब से पृथ्वी के विषुवत् रेखा के समान्तर पाँच विभागों (उष्ण, शीतोष्ण, आदि) में से एक। **~बद्ध**-वि. जो कमर बाँधे हुए हो; तैयार, उद्यत, आमादा (किसी अप्रिय कार्य के लिए)।

कटिंग—[अं.] काटने की क्रिया, कटाई, कर्तन।

कटिका—स्त्री. [सं.] कमर के नीचे का मांसल भाग; चूतड़।

कटिया—स्त्री. भैंस का मादा बच्चा।

कटियाना—अ.क्रि. कंटकित, रोमांचित होना।

कटिस्नान—पु. [सं.] किसी कुंड, जलाशय या बड़े पात्र में कमर तक पानी रखकर स्नान करना (आयु.)।

कटी—स्त्री. [सं.] पिप्पली; कटि। [हि.] **ला.** ईर्ष्या, वैर-भाव ('वह तो उसकी कटी पर रहता है')।

कटीरा—पु. एक वृक्ष का गोंद, कतीरा।

कटीला—वि. काँटेदार; नुकीला; तीक्ष्ण; मुग्ध करने वाला (नेत्रों के संदर्भ में—'कटीले नयन')।

कटुंकता—स्त्री. [सं.] कर्कशता; उजड्डपन।

कटु—वि. [सं.] कड़ुआ, छह रसों में से एक; बुरा लगने वाला, अप्रिय। **~कंद**-पु. अदरक; लहसुन। **~भाषी**-वि. कड़वी बात कहने वाला।

कटुआ—पु. धान में लगने वाला एक कीड़ा।

कटुक—वि. [सं.] कड़वा; भयंकर; कठोर।

कटूक्ति—स्त्री. [सं.] कड़वी बात, कड़वा बोल।

कटैया*—पु. काटने वाला; फसल काटने वाला।

कटैला—पु. एक बहुमूल्य पत्थर, अँगूठी, आदि आभूषणों में प्रयुक्त।

कटोर—पु. [सं.] मिट्टी, आदि का छोटा पात्र। **~दान**-पु. [हि.] पीतल, स्टेनलेस स्टील, आदि का रोटियाँ रखने का ढक्कनदार बरतन।

कटोरा—पु. [सं.] फूल, पीतल, काँसे, आदि का पात्र जो कटोरी से बड़ा होता है।

कटोरिया—स्त्री. [ब्र.भा.] द्र. 'कटोरी' ('चिरजीवों अमी की कटोरिया-सी विक्टोरिया रानी'—भारतेन्दु)।

कटोरी—स्त्री. फूल, पीतल, काँसे, आदि का छोटा पात्र।

कटौती—स्त्री. किसी धन-राशि, आदि में से कुछ काट लेना; कम कर देना ('छुट्टियों की कटौती हो गई)।

कट्टर—वि. अपने मत या विश्वास पर बहुत अधिक आस्था रखने वाला; दुराग्रही, अनुदार; असहिष्णु। **~वादी**-पु. अनुदार विचार वाला, हठी, दुराग्रही, अपने मत के विरुद्ध कोई भी बात सुनने या न मानने वाला।

कट्टा—वि. तगड़ा, मोटा-ताजा (हट्टा-कट्टा)। पु. अवैध रूप में बनी पिस्तौल; खाद, सीमेंट, आदि का थैला।

कट्टार—पु. [सं.] कटार।

कट्ठा—पु. ज़मीन की एक नाप, जरीब का बीसवाँ भाग।

कट्फल—पु. [सं.] कायफल।

कट्वर—वि. [सं.] गणित, हेय। पु. छाछ, मट्ठा; चटनी, अचार, आदि।

कठ—पु. [सं.] एक मुनि जिनके नाम पर यजुर्वेद की एक शाखा का नाम पड़ा; कठ शाखा का अध्ययन या अनुसरण करने वाला; एक उपनिषद् (कठोपनिषद्)। **~वल्ली**-स्त्री. एक उपनिषद्। एक ब्राजा; 'काठ' का समासगत रूप। वि. काठ का बना; काठ से संबंधित। **~गुलाब**-पु. एक प्रकार का जंगली गुलाब। **~पुतली**-स्त्री. काठ की पुतली या गुड़िया जिसे तार या सूत से बाँधकर हिलाते-नचाते हैं। **ला.** दूसरे के आदेश या इशारे पर काम करने वाला व्यक्ति। **~फोड़वा, फोड़ा**-पु. एक चिड़िया जो अपनी चोंच से पेड़ों की छाल को छेद या फोड़ देती है। **~मुल्ला**-कम पढ़ा हुआ, कट्टर, अक्षर-पूजक मुल्ला या मौलवी।

कठप्रेम—पु. प्रिय के रुष्ट या विमुख हो जाने पर भी उसके प्रति बना रहने वाला प्रेम।

कठकरेज—वि. कठोर हृदय वाला।

कठन*—वि. द्र. 'कठिन'।

कठमर्द—पु. [सं.] शिव।

कठला—पु. बच्चों को अशुभ से बचाए जाने के लिए पहनाई जाने वाली माला जिसमें चाँदी का चंद्रमा, कटार, बघनखा, आदि पिरोये होते हैं (श्रीकृष्ण की बाल-लीला के संदर्भ में अनेक बार प्रयुक्त)।

कठवत—स्त्री. द्र. 'कठौत'।

कठवता—पु. द्र. 'कठौता'।

कठारी—स्त्री. कमंडल; काठ का बरतन।

कठिन—वि. [सं.] दुस्साध्य, मुश्किल, दुष्कर; कड़ा, सख्त।

कठिनताई *—स्त्री. द्र. 'कठिनाई'।

कठिनाई—स्त्री. कठिन; कठिन होने की स्थिति या दशा; दिक्कत, मुश्किल।

कठिया—वि. कड़े छिलके वाला।

कठुला—पु. द्र. 'कठला'।

कठेर—वि. [सं.] कष्ट-ग्रस्त। पु. निर्धन, गरीब।

कठैला—पु. कठौता।

कठैली—स्त्री. छोटा कठौता, काठ का छोटा बरतन।

कठोदर—पु. [सं.] एक उदर रोग।

कठोर—वि. [सं.] कड़ा, सख्त, निष्ठुर; निर्दय।

कठोरता—स्त्री. [सं.] कड़ापन, सख्ती; निर्दयता, बेरहमी, निष्ठुरता।

कठोरताई *—स्त्री. 'कठोरता'।

कठौत, कठौती—स्त्री. छोटा कठौता ('मन चंगा तो कठौती में गंगा'—**मु.**)।

कठौता—पु. काठ की बड़ी परात।

कडंग—पु. [सं.] एक तरह की शराब, काढ़ी गई शराब।

कड़ंगा—वि. कड़े अंगों वाला; हृष्ट-पुष्ट।

कडक—पु. [सं.] समुद्री नमक।

कड़क—स्त्री. तेज और डरावनी आवाज़; बिजली की चमक के साथ होने वाली आवाज़; बहुत तेज़ (~चाय)।

कड़कड़—पु. तेज आवाज़, कड़कड़ शब्द; घोर नाद; किसी कड़ी चीज़ के टूटने की आवाज़।

कड़कड़ाता—वि. जिससे कड़कड़ की आवाज़ निकले, क्रोध या आवेश में दनदनाता हुआ।

कड़कड़ाना—अ.क्रि. 'कड़कड़' की ध्वनि।

कड़कड़ाहट—स्त्री. 'कड़कड़' की ध्वनि।

कड़कना—अ. आवाज़ के साथ बिजली का कौंधना, गरजना।

कड़का—पु. कड़ाके की आवाज़।

कड़खा—पु. एक प्रकार के वीर गीत।

कड़खैत—पु. कड़खा वीर गीत गाने वाला; भाट, चारण।

कड़छा (करछा)—पु. बड़ी करछी।

कड़वा (कड़ुआ)—वि. कटु; अप्रिय; स्वाद में उग्र और अप्रिय, जैसे—करेला, नीम। **ला. ~घूँट**-अप्रिय कष्टकर बात। **मु. ~घूँट पीना**-किसी अप्रिय बात को चुपचाप सहन करना। **~तेल**-पु. सरसों का तेल। **~पन**—पु., **~हट**-कड़वा होने का भाव; कटुता।

कड़वी—वि. [स्त्री.] द्र. 'कड़वा'। स्त्री. ज्वार (जुआर), बाजरे के पौधे जो पशुओं के चारे के लिए काट कर सुखा लिये जाते हैं।

कड़ा—वि. सख्त, कठोर; जो नरम या लचीला न हो; अप्रिय और क्रोधपूर्ण, कर्कश (व्यवहार, तेवर)। पु. चूड़ी के आकार का उससे कुछ मोटा आभूषण जो पाँव या हाथ में पहना जाता है; सिखों का लोहे का कड़ा, जिसे वे धार्मिक चिह्न के रूप में धारण करते हैं, पाँच ककारों में से एक (अब सोने और चाँदी का भी धारण करते हैं)।

कड़ाई—स्त्री. कड़ापन, सख्ती; कठोर व्यवहार।

कड़ाकड़—क्रि.वि. कड़कड़ की ध्वनि करते हुए।

कड़ाका—पु. जोरदार, तीव्र, तेज। **~(के) का, की**-बहुत तीव्र; जोरदार (कड़ाके का जाड़ा, कड़ाके की सर्दी)।

कड़ाकेदार—फ़ा. हि. जबरदस्त।

कड़ाह, कड़ाहा—पु. लोहे का वृत्ताकार बड़ा बरतन। **~(कड़ाह) प्रसाद**-सिखों के यहाँ गुरुग्रंथ साहब के पाठ के बाद दिया जाने वाला हलवे का प्रसाद।

कड़ाही—स्त्री. कड़ाहे की आकृति का छोटा पात्र जो विभिन्न भोज पदार्थ बनाने के काम में लाई जाती है। **मु. ~में सिर देना, ~हाथ डालना**-कठिन परीक्षा या अनुभव से गुजरना।

कड़ियल—वि. हट्टा-कट्टा, हृष्ट-पुष्ट (कड़ियल जवान, आदमी)।

कड़िया—स्त्री. अरहर का सूखा डंठल।

कड़ी—स्त्री. कठिनाई, मुसीबत; जंजीर का एक छल्ला; कोई वस्तु लटकाने के लिए लगाया गया छल्ला; छत में लगाई जाने वाली छोटी शहतीर; जरीब का 1/100 भाग। वि. स्त्री. **~क़ैद**-ऐसी सजा जिसमें क़ैदी से कड़ी मेहनत कराई जाती है, सहश्रम कारावास। **~नज़र, ~निगाह**-बहुत बारीकी से देखभाल, खोजी दृष्टि; रोष, क्रोध, सूचक दृष्टि।

कडुआ—वि. द्र. 'कड़वा'।

कडुला—पु. बच्चों के हाथ या पाँव में पहनाये जाने वाला छोटा कड़ा।

कड़ुवाहट—स्त्री. कड़वापन।

कढ़ना—अ.क्रि. निकलना; खिंचलना।

कढ़नी—स्त्री. नेती, वह रस्सी जिससे गाय की टाँगों में बाँधकर दूध निकालते हैं।

कढ़वाना—स.क्रि. द्र. 'कढ़ाना'। **~(दूध)**-निकलवाना।

कढ़ाई—स्त्री. बेल-बूटे बनाने का काम (विशेषतः कपड़े का)।

कढ़ाना—स.क्रि. निकलवाना; बेल-बूटे बनवाना, कढ़ाई का काम करवाना।

कढ़ाव—पु. द्र. 'कड़ाह'।

कढ़ावना *—स.क्रि. द्र. 'कढ़ाना'।

कढ़ी—स्त्री. रोटी, चावल, आदि के साथ खाया जाने वाला व्यंजन, जिसे दही या छाछ में बेसन घोल कर, विभिन्न मसाले, आदि डाल कर कड़ाही में पकाया जाता है।

कढ़ुआ, कढ़ुवा—पु. घड़े, मटके, आदि से पानी निकालने (काढ़ने) का बरतन।

कढ़ेरना—पु. बरतन, आदि पर नक्काशी करने का पतली छेनी जैसा औज़ार।

कढ़ैया—पु. निकालने वाला (कुएँ में से कोई गिरी हुई वस्तु निकालने वाला; पैर या हाथ में से काँटा निकालने वाला, आदि)।

कण—पु. [सं.] बहुत छोटा टुकड़ा; जर्रा, रवा; अनाज का दाना; चावल, आदि का छोटा टुकड़ा। स्त्री. **कणी**-चावल, आदि के टूटे हुए कण; चावलों के नीचे शेषांश के रूप में बचे छोटे चावल।

कणप—पु. [सं.] लोहे का भाला।

कणा—स्त्री. [सं.] पीपल; जीरा; एक तरह की मक्खी।

कणाद—पु. [सं.] एक ऋषि, वैशेषिक दर्शन के प्रवर्तक।

कणिक—पु. [सं.] कण; अनाज की बाल; गेहूँ का आटा।

कणिका—स्त्री. [सं.] बहुत छोटा कण।

कणिश—पु. [सं.] जौ, गेहूँ, आदि की बाल।

कण्व—पु. [सं.] एक ऋषि जिन्होंने शकु[illegible] का पालन किया था; यजुर्वेद की काण्व शाखा के प्रवर्तक एक अन्य ऋषि।

कत*—अ. [ब्र.भा.] क्यों, किसलिए ('तुम कत स्याम शरीर'—सूर.)।

क़त—पु. [अ.] क़लम की नोक कोर; कलम की नोक को तिरछा काटना।

कतई—वि. [अ.] कदापि, किसी अवस्था में भी (नहीं); पक्का, निश्चित।

कतना—अ.क्रि. काता जाना (सूत, ऊन, आदि)।

कतनी—स्त्री. तकली, सूत कातने का सामान रखने वाली छोटी टोकरी।

कतन्ना—पु., **कतन्नी**—स्त्री. द्र. 'कतरना', 'कतरनी'।

कतमाल—पु. [सं.] अग्नि।

कतर-छाँट—स्त्री. काट-छाँट।

कतरन—स्त्री. कपड़े, कागज़, आदि काटने के बाद बच जाने वाले छोटे बेकार टुकड़े।

कतरना—स.क्रि. कैंची, सरौते, कटर, आदि से किसी चीज़ को काटना।

कतरनी—स्त्री. काटने वाला औज़ार; कैंची। **~सी-ला.**-तेज़ जीभ; कतर-कतर बोलने वाला, वाली।

कतर-ब्योंत—स्त्री. काट-छाँट (कपड़े नापने-सिलने में)। **ला. ~करना**-खर्चे में काट-छाँट कर किसी तरह घर चलाना ('गृहस्थ में बड़ी कतर-ब्योंत करनी पड़ती है')।

कतरवाना—स.क्रि. (कपड़े, आदि) कतरने का काम दूसरों से करवाना।

कतरा—पु. [हिं.] टुकड़ा या खंड ('मिठाई का कतरा')।

क़तरा—पु. [अ.] बूँद।

कतराई—स्त्री. कतरने के काम की मजदूरी; कतरने का काम।

कतराना—अ.क्रि. किसी से बचकर थोड़ा हट कर निकल जाना; संबंधों में किसी से दूरी बनाकर रखना।

कतरी—स्त्री. जमी हुई मिठाई—बरफी, पंजीरी, गुड़, आदि का पतला-सा टुकड़ा।

क़तल (क़त्ल)—पु. [अ.] जान से मार डालना, हत्या। **~की रात**-मुहर्रम की दसवीं रात। **मु.**—बहुत अधिक मुसीबत और दुःख भरी रात जिसका काटना भारी पड़ रहा हो। **~गाह**-पु. वध-स्थल। **~व ग़ारत**-स्त्री. हत्या-लूटपाट। **(ले) ~अमद**-जान-बूझकर इरादे के साथ क़त्ल करना। **~(ले) ~आम**-बिना किसी विवेक के सारी आबादी को क़त्ल करना।

कतला—पु. खाने की किसी चीज़ मिठाई, हलवे, आदि के तिकोने या चौकोर आकार के टुकड़े।

कतलाम—पु. द्र. 'क़त्लेआम'।

कतली—स्त्री. किसी पकवान, पंजीरी, आदि के चौकोर या तिकोने कटे टुकड़े।

कतवाना—स.क्रि. कातने का काम करवाना।

कतवार—पु. कातने वाला।

कतहुँ, कतहूँ*—अ. [ब.भा.] कहीं, किसी जगह।

क़ता—पु. [अ.] काटना, काट, तराश, काट-छाँट।

कताई—स्त्री. कातने की क्रिया; कातने की मजदूरी।

कतान—पु. बहुत बारीक रेशमी वस्त्र, इसके विषय में जनश्रुति है कि यह चाँदनी से भी फट जाता था।

कताना—स.क्रि. कातने का प्रे., कतवाना।

क़तार—स्त्री. [अ.] पंक्ति, पाँत; क्रम; सिलसिला।

कतिपय—वि. [सं.] कई; कुछ।

कतीरा—पु. एक पेड़ का गोंद, औषधि के रूप में प्रयुक्त।

कतेक*—वि. द्र. 'कितेक'।

कतेव—पु. धर्म ग्रंथ।

कतौनी—स्त्री. कताई, कातने की क्रिया।

कत्तल—पु. द्र. 'कतला'।

कत्ता*—पु. घास या बाँस काटने का लोहे का औज़ार जिसमें लकड़ी का बीटा लगा होता है।

कत्ती—स्त्री. छोटी तलवार, कटार।

कत्थई—वि. कत्थे के रंग का, खैरा। पु. कत्थई रंग।

कत्थक—पु. नृत्य की एक शैली या प्रकार; एक जाति जिसका काम गाना-बजाना है।

कत्था—पु. खैर वृक्ष की लकड़ियों को उबाल कर निकाला हुआ पदार्थ, जिसे पान में लगा कर खाया जाता है; खैर नामक पेड़।

क़त्ल—पु. [अ.] द्र 'क़तल'।

कथंचितु—क्रि.वि. शायद, कदाचित्।

कथ—पु. कत्था। **~कीकर**-पु. खैर का पेड़।

कथक—पु. [सं.] कथा कहने वाले, पुराण, आदि की कथा करने वाले।

कथक्कड़—पु. [सं.] कथा बाँचने का पेशा करने वाले; रामायण, भागवत, आदि की कथा में तरह-तरह के अर्थ करने वाला।

कथन—पु. [सं.] कहना; वचन, उक्ति; कही हुई बात; किसी के संबंध में ऐसा कथन जो अभी प्रमाणित न हुआ हो।

कथना*—स.क्रि. कहना, बोलना; निंदा या बुराई करना।

कथानुसार—[सं.] कथा के अनुसार।

कथनी*—स्त्री. कथन, बात; ऐसा कथन जिसका कोई आधार न हो; कोरी बकवास।

कथनीय—वि. [सं.] कहने योग्य।

कथनोपकथन—पु. [सं.] संवाद, वार्तालाप।

कथमपि—क्रि.वि. [सं.] किसी प्रकार; बहुत कठिनता से; कभी, हरिगज़ (नहीं, इस रूप में नहीं का प्रयोग आवश्यक है)।

कथरी—स्त्री. गुदड़ी, पुराने चिथड़ों को जोड़-जाड़कर बनाया गया ओढ़ना-बिछौना।

कथांतर—पु. [सं.] दूसरी कथा; कथा में अवांतर प्रसंग; कथा के अन्तर्गत दूसरी गौण कथा।

कथांश—पु. [सं.] किसी कथा का भाग, अंश।

कथा—स्त्री. [सं.] कहानी; कल्पित घटनाओं का क्रम-विधान; चर्चा, जिक्र; हाल, समाचार; धार्मिक प्रवचन; रामायण, भागवत, आदि की व्याख्या, उन पर व्याख्यान। **~नायक**-पु. कथा का प्रधान पात्र आलम्बन। **~प्रसंग**-पु. किसी कथा, कोई घटना; बातचीत। **~मुख**-पु. कथा की प्रस्तावना। **~वस्तु**-स्त्री. नाटक, उपन्यास, कहानी, आदि का मूलाधार ('प्लॉट')। **~बैठना**-कथा का आरम्भ होना। **~बैठाना**-किसी धर्मग्रंथ, आदि की कथा का आयोजन करना।

कथात्मक—वि. [सं.] जिसमें कहानी हो, कहानी वाला।

कथानक—पु. [सं.] आदि से अंत तक कहानी का घटनाक्रम ('प्लॉट')।

कथित—वि. [सं.] कहा हुआ, उक्त।

कथोद्घात—पु. [सं.] रूपक की प्रस्तावना के पाँच भेदों में से दूसरा (का.शा.); कथा का आरम्भ।

कथोपकथन—पु. [सं.] वार्तालाप, संवाद, बातचीत।

कथोपकथनात्मक—पु. [सं.] वार्तालाप, संवादों से भरा; जिसमें संवाद हों।

कथ्य—वि. [सं.] कहने योग्य, कथनीय; कथानक के माध्यम से प्रेषित सत्य, तथ्य।

कदंब—पु. [सं.] एक सुंदर पेड़, कदम (कृष्णलीला में बहुवर्णित वृक्ष)।

कदंबक—पु. [सं.] कदंब से संबंधित, कदंब का; हरिद्रा, हलदी।

कदंश—पु. [सं.] हीन, निकृष्ट भाव।

कद*—[अ.] कब, किस समय। [सं. कदा]।

क़द—पु. [फा.] ऊँचाई; डील-डौल, आकार। [फा.-द्द] -स्त्री. रंजिश, द्वेष।

कदक—पु. [सं.] तंबू; चँदोवा; डेरा।

कदक्षर—पु. [सं.] बुरे अक्षर, बुरी लिखाई।

कदन्न—पु. [सं.] खराब, मोटा अनाज; ऐसा अनाज जिसे खाना मुश्किल हो।

क़दम—पु. [अ.] पाँव, पग; डग; चलते समय दोनों पैरों के बीच का अंतर; दूरी का माप ('दस क़दम की दूरी पर'); किसी कार्य के लिए उठाया गया पग, प्रयत्न; घोड़े की एक चाल। **~चा**-पु. पैर रखने की जगह; पाखाना करने का स्थान; खुड्डी। **~ब-क़दम**-अ. साथ-साथ। **~बाज़**-वि. तरह-तरह की चाल चलने वाला (घोड़ा)। **~बोसी**-स्त्री. पाँव चूमना, बहुत अधिक सम्मान प्रदर्शित करना।

क़दमताल—क्रि. एक ही स्थान पर खड़े-खड़े कदमों, पैरों को ऊपर-नीचे उठाना-गिराना (सेना, पुलिस, आदि में शारीरिक व्यायाम की एक क्रिया)। **ला. ~करते रहना**-कोई प्रगति न करना, वहीं के वहीं खड़े रहना।

कदमा—स्त्री. कदंब के फूल के आकार की एक मिठाई।

कदर—पु. [सं.] आरा; अकुंश; गोखरू; सफेद खैर, कत्था।

क़दर—स्त्री. [अ.] मात्रा, मिकदार; मान, प्रतिष्ठा, आदर। **~दान**-क़दर करने वाला, गुण-ग्राहक।

कदर्थ—वि. [सं.] निरर्थक; निकम्मा।

कदर्थना—स्त्री. [सं.] सताना, पीड़ा पहुँचाना; तिरस्कार; दुर्दशा।

कदर्थित—वि. [सं.] जिसकी कदर्थना, तिरस्कार किया गया हो।

कदर्य—वि. [सं.] कृपण, कंजूस; तुच्छ, हेय, क्षुद्र।

कदल, कदलक—पु. [सं.] केला।

कदला—स्त्री. [सं.] शाल्मली।

कदलिका—स्त्री. [सं.] झंडा।

कदली—स्त्री. [सं.] केला; एक हिरण; झंडा। पु. [सं.] एक तरह का हिरण।

कदा—अ. [सं.] कब, किस समय ('यदा' के साथ प्रयोग)।

कदाकार—वि. [सं.] कुरूप, बुरे आकार का; अशोभनीय।

कदाच, कदाचि*—अ. कदाचित्।

कदाचन—अ. [सं.] द्र. 'कदाचित्'।

कदाचार—पु. [सं.] बुरा, कुत्सित आचार; भ्रष्टाचार।

कदाचित्—अ. [सं.] कभी, शायद।

कदापि—अ. [सं.] कभी, हरगिज़ (प्रायः ही इसके बाद नहीं का प्रयोग)।

क़दामत—स्त्री. [अ.] प्राचीनता।

कदाहार—पु. [सं.] बुरा भोजन, जो सुपाच्य न हो।

कदी—वि. कभी ('कदी-कदी तो ऐसा हो जावे है')।

क़दीम—वि. [अ.] प्राचीन, पुराना; जो आदि से हो; बहुत दिनों का।

क़दीमी—वि. द्र. 'क़दीम'।

कद्दावर—वि. बड़े डील-डौल का, लंबा तगड़ा; ऊँची प्रतिष्ठा का (~नेता)।

कद्दू—पु. [फा.] एक तरकारी, सब्ज़ी-लौकी-घिया और कुम्हड़ा—काशी फल, दोनों के लिए प्रयुक्त शब्द। **~कश**-कद्दू या किसी भी सब्ज़ी, आदि को कसकर छोटे-छोटे टुकड़े करने का रसोई-उपकरण।

क़द्र—स्त्री. [अ.] बड़ाई ; मान-सम्मान। **~दान**-द्र. 'क़दर' में।

कद्रु, कद्रू—स्त्री. [सं.] कश्यप की पत्नी जो साँपों की माता मानी जाती है। **~ज, ~पुत्र, ~सुत**-पु. साँप।

कनंक*—पु. सोना।

कन—पु. कण, प्रसाद; बहुत छोटा टुकड़ा, अनाज। 'कान' का समास में प्रयुक्त रूप, यथा—कनपटी, कनकटा, कनफटा, आदि। **~खजूरा (कानखजूरा)**-पु. एक रेंगने वाला कीड़ा जो कभी-कभी कान में घुस जाता है। **~छेदन**-पु. कान छेदे जाने की रस्म। **~टोप**-पु. वह टोप या टोपी जिससे कान ढक जाते हैं। **~पटी**-स्त्री. कान और आँख के बीच का स्थान। **~पेड़ा**-पु. कान का एक रोग, कान के नीचे गले गिल्टी-सी बन जाना ('मम्स')। **~फटा**-पु. गोरखपंथी साधु, नाथ, जिसके कान फटे होते हैं।

कनउँगली—स्त्री. कानी उँगली, छिगुनी, अनामिका।

कनउड़*—वि. द्र. 'कनौड़ा'।

कनक—स्त्री. गेहूँ (पंजाबी)। पु. स्त्री. सोना; धतूरा; नागकेशर; पलाश, ढाक; चंपा फूल की एक जाति। **~कदली**-स्त्री. एक तरह का केला। **~कली**-स्त्री. कान में पहनने की लौंग। **~क्षार**-पु. सुहागा। **~गिरि, ~शैल**-पु. सुमेरु पर्वत। **~चंपा**-स्त्री. चंपा पुष्प का एक प्रकार। **~दंड**-पु. राज-छत्र। **~नंदी**-पु. शिव के एक गण का नाम। **~निकष**-पु. सोना परखने की कसौटी। **~पत्र**-पु. कान का एक गहना। **~पराग**-पु. सोने के कण। **~प्रभ**-वि. सोने की-सी आभा, चमक वाला। **~प्रभा**-स्त्री. सोने जैसे रंग की। **~रस**-पु. तरल सोना; हरताल। **~शक्ति**-पु. कार्त्तिकेय। **~स्थली**-स्त्री. सोने की खान; जहाँ सोना पाया जाता हो।

कनकना—वि. चिड़चिड़ा, तुनुकमिजाज़।

कनकनाना—अ.क्रि. चुनचुनाना; नागवार; अप्रिय।

कनका—पु. कनकी, कण।

कनकाचल, कनकाद्रि—पु. [सं.] सुमेरु पर्वत।

कनकाध्यक्ष—पु. [सं.] खज़ानची, कोषाध्यक्ष।

कनकानी—पु. घोड़े की एक जाति।

कनकी—स्त्री. चावल का टूटा हुआ कण; चावलों के नीचे निकला हुआ चूरा-सा।

कनकौआ (वा)—पु. बड़ा पतंग; पतंग। **~(वे)-बाज़**-पु. पतंग उड़ाने वाला।

कनकाभ—वि. [सं.] सोने की-सी चमक वाला।

कनखियाना—स.क्रि. कनखी से देखना; कनखी से इशारा करना।

कनखी—स्त्री. आँख की कोर, तिरछी निगाह से देखना; दूसरों की निगाह बचाकर देखना; आँख का इशारा; सैन चलाना।

कनखैया*—स्त्री. कनखी चलाने वाला।

कनवास (कैनवास)—पु. [अं.] सन, पटसन, किरमिच, आदि का बना मोटा कपड़ा; मोटे कपड़े, आदि का बना आधार जिस पर चित्र, तैलचित्र, आदि बनाए जाते हैं; कथा का बड़ा आधार फलक ('ग्रामीण जीवन का चित्रण एक विस्तृत कैनवस पर किया गया है')।

कनवीनर (कन्वीनर)—अ. समन्वयक, संयोजक।

कनवेअंस—[अं.] सवारी, वाहन; परिवहन, आने-जाने का साधन। **~एलाउंस**-पु. यात्रा-भत्ता।

कनवोकेशन, कन्वोकेशन—अ. दीक्षांत समारोह, विश्व—विद्यालय, महाविद्यालय, प्रशिक्षण संस्थान, आदि का उपाधि-दान समारोह।

कनस्तर—पु. [अं.-कनिस्टर]—टीन का चौकोर बड़ा डिब्बा, पीपा जिसमें तेल, आटा, आदि रखा जाता है।

कनाउड़ा*—वि. द्र. 'कनौड़ा'।

कनागत*—पु. श्राद्ध-पक्ष।

कनाट—स्त्री. [तु.] मोटे कपड़े का दीवार की तरह खड़े करने वाला आधार जिसमें बीच-बीच में लकड़ी या प्लास्टिक के डंडे लगे होते हैं, खुले स्थान में तम्बू, डेरे, आदि में परदा देने के लिए प्रयुक्त।

कनाती—वि. क़नात से बनाया हुआ। **~मस्जिद**-स्त्री. कनातों द्वारा नमाज़ पढ़ने के लिए बनाया गया अस्थायी स्थान।

कनारा—पु. तमिलनाडु प्रांत का एक भाग।

कनारी—स्त्री. कनारा प्रदेश की भाषा 'कन्नड़'। पु. कनारा प्रदेश का निवासी।

कनावड़ा—वि. द्र. 'कनौड़ा'।

कनिका*—स्त्री. द्र. 'कणिका'।

कनियाँ*—स्त्री. [ब्र.भा.] गोद।

कनियाना—अ.क्रि. आँख बचाकर निकल जाना, कतराना।

कनियार—पु. कनकचंपा, कनेर का पौधा।

कनिष्क—पु. कुषाणवंशीय एक प्रसिद्ध सम्राट।

कनिष्ठ—वि. [सं.] उम्र में छोटा, बहुत छोटा, सबसे छोटा; पद में छोटा ('जूनियर'); जो पीछे या बाद में उत्पन्न हुआ हो। (~भ्राता)।

कनिष्ठक—वि. [सं.] कनिष्ठ।

कनिष्ठा—वि. स्त्री. [सं.] सबसे छोटी; छोटी। स्त्री. कानी उँगली; सबसे पीछे आई हुई पत्नी। (~रानी); वह नायिका जो पति को कम प्यारी हो; छोटे भाई की पत्नी।

कनिष्ठिका—स्त्री. [सं.] छिगुनी, अनामिका।

कनिहार—पु. कर्णधार, मल्लाह, केवट।

कनी—स्त्री. [सं.] बालिका, कन्या। [हि.] छोटा टुकड़ा, कणिका; हीरे की कणिका; चावल के छोटे-छोटे टुकड़े, बूँद।

कनीज़—स्त्री. [फा.] दासी, बाँदी, लौंडी; राजमहल में परिचारिका।

कनीन—वि. [सं.] तरुण, कम आयु का, किशोर।

कनीनक—पु. [सं.] लड़का; किशोर; अत्यन्त प्रिय।

कनीनका—स्त्री. [सं.] क्वारी लड़की, कुमारिका; अत्यन्त प्रिय।

कनूका*—पु. दाना, कण।

कनेक्शन—[अं.] संयोजन, योजन; संबंधित करना, संबंध; संबंधी; पूर्व परिचित; पूर्वापर संदर्भ।

कनेठी—स्त्री. कान ऐंठना, गोश मालिश।

कनेर, कनैर—पु. फूलों का एक बड़ा पौधा।

कनेरा—स्त्री. [सं.] द्र. 'कणेरा'।

कनेरिया—वि. कनेर के फूल के रंग का।

कनेरी—स्त्री. [अं.-कैनेरी] पीले रंग की एक चिड़िया विशेष।

कनौजिया—वि. पु. कन्नौज का रहना वाला, कान्यकुब्ज।

कनौड़ा—वि. कृतज्ञ, एहसानमंद; मोल लिया हुआ दास; काना, अपंग; तुच्छ, हीन; दुर्बल या असमर्थ।

कनौती—स्त्री. कान और आँख के बीच में आए सिर के बालों की तराश ('नाई से कनौती बनवा आओ')।

कन्टूनमेंट—[अं.] सैनिक छावनी, छावनी।

कन्नड़—स्त्री. कन्नड़, कर्नाटक प्रदेश की भाषा। पु. कर्नाटक का रहने वाला।

कन्ना—पु. किनारा; छोर; कोर; पलंग में ऊपर-नीचे बँधा वह धागा जिसमें डोर बाँधकर उसे उड़ाया जाता है।

कन्नी—स्त्री. किनारा; कोर; छोर; धोती (मर्दानी और जनानी दोनों) में बनी बेल-बूटे या अन्य किसी डिजाइन की किनारी; पतंग की कमानी में बाँधे जाने वाली कन्नी; राजगीर, मिस्त्री का चिनने का वह औज़ार जिससे वह गारा, मसाला लगाता और सीमेंट करता है, चिनाई का औज़ार। **मु. ~काटना**-कतराना; उपेक्षा करना।

कन्नौज—पु. उत्तर प्रदेश में एक नगर, इतिहास में प्रसिद्ध।

कन्नौजी—वि. कन्नौज से संबंधित। स्त्री. कन्नौज की भाषा। पु. कन्नौज का रहने वाला, कन्नौजिया।

कन्यका—स्त्री. [सं.] कन्या, छोटी आयु की लड़की; अविवाहिता लड़की।

कन्यस—पु. [सं.] सबसे छोटा भाई।

कन्यसा—स्त्री. [सं.] कानी उँगली, सबसे छोटी उंगली।

कन्यसी—स्त्री. [सं.] सबसे छोटी बहन।

कन्या—स्त्री. [सं.] लड़की, छोटी आयु की लड़की, बालिका; कुमारिका, क्वारी कन्या; ज्योतिष में बारह राशियों में से छठी; दुर्गा; एक वर्णवृत्त। **(कान्य) ~कुब्ज**-पु. कान्यकुब्ज प्रदेश; ब्राह्मणों की एक उपजाति। **~कुमारी**-स्त्री. एक अंतरीप जो दक्षिण में समुद्र पर भारत की अंतिम सीमा है; देवी का एक रूप। **~गत**-वि. कन्या राशि में स्थित (सूर्य)। **~दान**-पु. विवाह संस्कार में वर को माता-पिता द्वारा कन्या का दान। **~(स्त्री) धन**-पु. वह दान-दहेज, राशि जो कन्या अपने मायके से लाई हो। **~राशि**-वि. वह जातक जिसका जन्म कन्या राशि में हुआ हो। **~रासी-मु.** भाग्य का कमजोर।

कन्वेंशन—[अं.] सम्मेलन, सभा; समझौता; रूढ़ि, प्रथा, परिपाटी, रिवाज़, परंपरा।

कन्सेशन—[अं.] छूट, रियायत; सुविधा।

कन्हाई—पु. द्र. 'कन्हैया'।

कन्हैया—पु. [ब्र.भा.] श्रीकृष्ण; सुन्दर बालक।

कप—पु. [सं.] वरुण; दैत्यों की एक जाति। [अं.] प्याला।

कपट—पु. [सं.] छल, धोखा; मन के भाव को छिपाना; बनावटी व्यवहार। **~वेश**-पु. बनावटी वेश। वि. बनावटी वेश वाला।

कपटना—स.क्रि. फसल या पौधों को ऊपर-ऊपर से नोंच या काट लेना; किसी रकम में से चोरी या छल से कुछ काट या निकाल लेना।

कपटा—पु. धान की फसल में लगने वाला एक कीड़ा।

कपटाचरण—पु. [सं.] धोखे का व्यवहार।

कपटी—वि. [सं.] छल-कपट करने वाला, धोखेबाज़।

कपड़—पु. 'कपड़ा' का छोटा रूप जो समास में प्रयुक्त होता है। **~कोट**-पु. बहुत सारे कपड़े, कपड़ों का ढेर। **~गंध**-स्त्री. कपड़ा जलने की गंध। **~छन**-पु. पिसी हुई सूखी वस्तु-मसाले, औषधि, आदि को बारीक कपड़े में छानना। वि. बारीक कपड़े में छाना हुआ, बहुत बारीक।

कपड़ा—पु. रुई, रेशम, ऊन, आदि के धागों से बना पट, ओढ़ने-पहनने की चीज़ें जिससे बनाई जाती हैं; वस्त्र। **~लत्ता**-पु. ओढ़ने-पहनने की चीज़ें। **मु. ~उतार लेना**-सब कुछ छीन लेना; पूरी तरह बेबस कर देना। **~(कपड़ों) से होना**-रजस्वला होना।

कपड़िया-कपरिया—पु. छोटी कही जाने वाली एक जाति।

कपर्द, कपर्दक—पु. [सं.] कौड़ी; (शिव का) जटाजूट।

कपर्दिका—स्त्री. [सं.] कौड़ी।

कपर्दिनी—स्त्री. [सं.] दुर्गा, देवी का एक रूप।

कपर्दी—वि. [सं.] जटाजूटधारी। पु. शिव।

कपाट—पु. [सं.] किवाड़, दरवाज़ा। **~बद्ध**-पु. एक चित्रकार। **~वक्षा**-वि. किवाड़ जैसी चौड़ी छाती वाला। **~संधि**-स्त्री. दरवाजे के दोनों पल्लों का जोड़।

कपार*—पु. द्र. 'कपाल'।

कपाल—पु. [सं.] मस्तक, माथा; खोपड़ी; भाग्य लेख; मिट्टी का भिक्षा पात्र, खप्पर, किसी चीज़ का बाहरी ढक्कन या खोल। **~क्रिया**-स्त्री. शव-दाह करते समय मृतक की खोपड़ी में बाँस मारने, उसे फोड़ने की क्रिया। **~चूर्ण**-पु. नृत्य की एक क्रिया। **~भाती**-स्त्री. प्राणायाम की एक विशेष क्रिया, विधि। **~मालिनी**-स्त्री. दुर्गा। **~माली**-पु. शिव। **~मोचन**-पु. काशी में एक प्रख्यात तालाब, स्थान।

कपालक—वि. [सं.] प्याले की आकृति का। पु. प्याला।

कपालि—पु. [सं.] शिव।

कपालिका—स्त्री. [सं.] खोपड़ी; दुर्गा, रणचंडी, देवी का एक रूप।

कपालिनी—स्त्री. [सं.] दुर्गा।

कपाली—पु. [सं.] शिव; कपाल या खप्पर में भीख माँगकर गुजारा करने वाला।

कपास—स्त्री. एक पौधा जिसके फूल, डोंड़े से रुई निकलती है।

कपासी—वि. कपास के फूल के रंग का। पु. कपास के फूल का रंग, एकदम सफेद या हलका पीला।

कपिंजल—पु. [सं.] एक मुनि; चातक, पपीहा; गौरा पक्षी, गौरैया। वि. पीले रंग का।

कपि—पु. [सं.] बंदर; हाथी; सूर्य। **~कंदुक**-पु. खोपड़ी। **~केतन**-पु. अर्जुन, उनकी ध्वजा पर हनुमान जी अवस्थित थे। **~केश**-वि. भूरे बालों वाला। **~ध्वज**-पु. अर्जुन। **~प्रभु**-पु. राम; सुग्रीव।

कपित्थ—पु. [सं.] कैथ।

कपिल—वि. [सं.] भूरा, मटमैला, ताँबई रंग का। पु. एक प्रसिद्ध मुनि, इन्होंने राजा सगर के साठ हजार पुत्रों को अपने शाप से भस्म कर दिया था, सांख्य शास्त्र के कर्त्ता तथा विष्णु के चौबीस अवतारों में से एक माने जाते हैं; अग्नि का रूप; सूर्य। **~द्युति**-स्त्री. सूर्य। **~स्मृति**-स्त्री. सांख्य सूत्र।

कपिलांजन—पु. [सं.] शिव।

कपिला—वि. [सं.] स्त्री. भूरे या बादामी रंग वाली। स्त्री. भूरे या सफेद रंग की गाय; सीधी गाय; दक्ष प्रजापति की एक कन्या; अग्निकोण दिग्गज; पुण्डरीक की पत्नी का नाम।

कपिलाचार्य—पु. [सं.] विष्णु।

कपिलाश्व—पु. [सं.] इन्द्र।

कपिश—वि. [सं.] भूरा; बादामी।

कपिशा—स्त्री. [सं.] माधवी लता; एक नदी; एक तरह की शराब।

कपिस*—पु. रेशमी वस्त्र।

कपींद्र—पु. [सं.] सुग्रीव; हनुमान।

कपीज्य—पु. [सं.] सुग्रीव; राम।

कपीश—पु. [सं.] सुग्रीव; हनुमान; वानरों का राजा।

कपूत—पु. कुपुत्र, नालायक बेटा; बुरे चाल-चलन वाला पुत्र।

कपूती—स्त्री. कपूत का काम, नालायकी।

कपूर—पु. एक प्रसिद्ध सफेद सुगंधित द्रव्य जो वृक्ष विशेष से निकलता है, टिकिया रूप में भी उपलब्ध, यह कुछ दिनों में उड़ जाता है।

कपूरी—वि. कपूर के रंग का। स्त्री. एक जड़ी जिसकी जड़ कपूर जैसी गंध निकलती है।

कपोत—पु. [सं.] कबूतर; पंडुक; चिड़िया। **~वृत्ति**-स्त्री. संचय न करने की वृत्ति।

कपोतक—पु. [सं.] छोटा कबूतर।

कपोतनी—स्त्री. कबूतरी।

कपोतारि—पु. [सं.] बाज़ पक्षी।

कपोती—स्त्री. [सं.] कबूतरी।

कपोती—वि. [सं.] कबूतर की आकृति का; कपोत के रंग का; कबूतर रखने वाला।

कपोल—पु. [सं.] गाल। **~कल्पना**-स्त्री. एक-दूसरे से सुनकर गढ़ी हुई बात, मनगढ़ंत बात। **~कल्पित**-वि. मनगढ़ंत।

कप्तान—पु. [अं. 'कैप्टेन'] जल, स्थल सेना तथा अन्य सैन्यबलों में एक अफसर का पद-नाम; जहाज़ पर सर्वोच्च अधिकारी ('कैप्टेन ऑफ द शिप'), दल-नायक; किसी खेल में टीम का नायक।

कप्तानी—स्त्री. [अं. + हि.] कप्तान का कार्य; किसी दल का नायक होना।

कप्पड़, कप्पर*—पु. कपड़ा।

कप्यास—पु. [सं.] बंदर का चूतड़। वि. लाल।

कफ—पु. [सं.] शरीर की तीन धातुएँ—वात, पित्त, कफ—में से एक, वह गाढ़ी लसीली चीज़ जो प्राय: खाँसने से बाहर निकलती है, बलगम। **~कर, ~कारक**-वि. कफ पैदा करने वाला खाद्य पदार्थ। **~क्षय**-पु. यक्ष्मा, तपेदिक। **~हर**-वि. कफनाशक। **~ज्वर**-पु. कफ के कारण उत्पन्न ज्वर।

कफ़—पु. [अ.] कमीज़, कुर्ते, आदि में आगे का वह भाग जिसे दुहरा कपड़ा लगा कर बनाया जाता है तथा जिस पर बटन लगता है तथा कफ़-लिंक के लिए काज बनाए जाते हैं। स्त्री. [अ.] हथेली। **~दस्त**-पु. हथेली। **~पा**-पु. तलवा।

कफ़—पु. [फा.] झाग, फेन; लुआब; सूखी घास या सुखाई गई सब्ज़ी।

कफ़न—पु. [अ.] मृतक के शरीर पर लपेटा या ओढ़ाया जाने वाला कपड़ा। **~काठी**-स्त्री. शव-दाह, अंत्येष्टि का प्रबंध, सामग्री। **~चोर**-पु. दुष्ट व्यक्ति जो मुर्दे का कफन तक कब्र खोदकर चुरा ले। **~दफन**-पु. अंत्येष्टि, शव-दाह का प्रबंध। **मु. ~मैला न होना**-मृत्यु हुए अधिक दिन न होना, व्यक्ति को मरे हुए थोड़े ही दिन होना (मुसलमानों में प्रचलित मुहावरा क्योंकि वहाँ शव-दाह नहीं होता, दफ़न किया जाता है)। **~सरिया सिर से बाँधना**-प्राण हथेली पर रखकर किसी भी काम के लिए संकट में कूद पड़ना।

कफ़नाना—स.क्रि. मुर्दे को कफन में लपेटना।

कफ़नी—स्त्री. [अ.] बिना आस्तीन का कुर्ता जो मुर्दे को पहनाया जाता है।

कफ़श—पु. [फा.] जूता। **~बरदार**-पु. जूते ढोने वाला, तुच्छ सेवक; दास। पु. [अ.] पिंजड़ा; कैदखाना; तंग या बंद जगह।

कफारि—पु. [सं.] सोंठ; कफनाशक।

कफालत—स्त्री. [अ.] जिम्मेदारी; जमानत। **~नामा**-पु. जमानतनामा।

कफ़ील—पु. [अ.] जमानत करने या देने वाला; उत्तरदायी, जिम्मेवार।

कफोदर—पु. [सं.] पेट का एक रोग।

कबंध—पु. [सं.] बिना सिर का धड़, सिर-कटा शरीर; बादल; जल; राहु; रामकथा में एक राक्षस जिसे श्रीराम ने दंडक वन में मारा था।

कब—अ. किस समय [सं. 'कदा']; कभी नहीं ('तुमने मेरी बात कब मानी')। **~का**-कितनी देर से; बहुत देर से; बहुत पहले से ('कब की खड़ी तेरे द्वार')।

कबक—पु. [फा.] चकोर।

कबड्डी—स्त्री. दो दल बनाकर खेला जाने वाला खेल।

कबर—वि. [सं.] चितकबरा।

क़बर—स्त्री. स्त्री. द्र. 'क़ब्र'।

क़बरस्तान, क़बरिस्तान—पु. द्र. 'क़ब्रिस्तान'।

कबरा—वि. चितकबरा; जिसमें दूसरे रंग के धब्बे हों।

कबरी—स्त्री. [सं.] स्त्रियों के सिर की चोटी।

क़बाइली, कबायली—पु. कबीलों, समूहों में रहने वाले लोग; सरहदी, अफगानिस्तान के निवासी।

कबाड़—पु. टूटा-फूटा सामान, बेकार की चीज़ें, रद्दी सामान।

कबाड़ा—पु. कूड़ा-कर्कट, रद्दी (कर देना)। **मु. ~करके रख देना, ~कर देना**-काम बिगाड़ के रख देना; किसी चीज़ का नाश कर देना।

कबाड़िया, कबाड़ी—पु. टूटी-फूटी, रद्दी चीज़ें पुराने अखबार, लोहा, आदि खरीदने-बेचने वाला।

कबाब—पु. [फा.] बारीक कटे हुए या कुटे हुए मांस की टिकियाँ जो लोहे की सींख या सलाई पर सेंकी या भूनी गई हों। **मु. ~में हड्डी**-किसी दूसरे के आनन्द या खुशी में बाधक बनना। **~होना**-जलना-भुनना, क्रोध या ईर्ष्या में।

कबाबचीनी—स्त्री. शीतल चीनी, एक झाड़ के बीज जो औषधि के रूप में प्रयुक्त होते हैं।

कबाबी—पु. कबाब बेचने वाला, कबाब या मांस खाने वाला ('शराबी-कबाबी')।

कबार—पु. व्यवसाय, छोटा-मोटा काम; रद्दी, बेकार की छोटी-मोटी चीजें।

क़बाला—पु. [अ.] घर, आदि संपत्ति को दूसरे के नाम कर देने वाला दस्तावेज़, कागज़; बैनामा; रजिस्टरी, अधिकार पत्र। **~ए-नीलाम**-पु. नीलाम लेने को नीलाम करने वाले अधिकारी से मिला प्रमाण-पत्र। **~नवीस**-पु. कबाला, नीलामी लिखने वाला। **मु. ~लिखाना, ~लेना**-कब्ज़ा कर लेना, मालिक बन जाना।

कबीर—वि. [अ.] बड़ा, महान; श्रेष्ठ, उत्तम; सम्मानित। पु. एक प्रसिद्ध संत; हिंदी के प्रसिद्ध भक्त कवि; संत काव्य के प्रवर्तक और शीर्ष कवि; होली में गाये जाने वाले एक प्रकार के गीत। **~पंथ**-पु. संत कबीर के नाम पर चलाया हुआ संप्रदाय। **~पंथी**-वि., पु. कबीर पंथ का अनुयायी, शिष्य।

क़बील—पु. [अ.] मनुष्य; समूह, कुटुम्ब। **~गार**-पु. घर-परिवार वाला।

क़बीला—पु. [अ.] कुल, कुटुंब; वंश; जाति; समूहबद्ध रूप में रहने वाली जंगली जातियाँ। (कुटुंब)~पु. घर-परिवार।

कबुलवाना—स.क्रि. स्वीकार करवाना (कसूर, अपराध)।

कबूतर—पु. एक प्रसिद्ध पक्षी, पालतू और जंगली दो प्रकार की जातियाँ। **~ख़ाना**-पु. कबूतर रखने का दरबा, स्थान। **मु. ख़ाना**-किसी स्थान विशेष, कमरा, बैठक, आदि को अस्त-व्यस्त स्थिति में रखना। **~बाज**-पु. कबूतर पालने वाला, उनके रखने का शौकीन।

कबूतरी—स्त्री. कबूतर की मादा, कपोती। **ला.** सुन्दर युवती, स्त्री।

क़बूल—पु. [अ.] मानना, स्वीकार करना (किसी ग़लती या अपराध को)।

कबूलना—स.क्रि. स्वीकार करना, मान लेना (ग़लती या अपराध)।

कबूलियत—स्त्री. [अ.] स्वीकृति; वह दस्तावेज़ जिसमें करार की शर्तें दर्ज़ होती हैं।

क़बज़, क़ब्ज़—पु. [अ.] कोष्ठबद्धता, मल का आँतों में रुकना; पेट साफ न होना; पेट की ऐंठन और पीड़ा; पकड़; अधिकार; अवरोध। **~कुशा**-वि. क़ब्ज़ दूर करने वाला, रेचक।

क़ब्ज़ा—पु. [अ.] अधिकार; पकड़; काबू, वश (में होना); लोहे या पीतल का पुर्ज़ा जिसका प्रयोग किवाड़ को चौखट से जोड़ने के लिए किया जाता है, इससे कपाट आगे-पीछे भी किया जा सकता है।

क़ब्ज़ियत—स्त्री. द्र. 'क़ब्ज़'।

क़ब्ज़ुलवसूल—पु. [फा.] रजिस्टर, जिस पर वेतन पाने वाले के हस्ताक्षर किए जाते हैं।

क़ब्र—स्त्री. [अ.] वह गड्ढा जिसमें मुर्दे को दफ़न किया जाता है; उसके ऊपर रखा गया पत्थर या बनाया गया चबूतरा-सा। **~गाह**-स्त्री. क़ब्रिस्तान। **मु. ~का अज़ाब**-इस्लामी मान्यता अनुसार घोर पाप करने वाले को दिया जाने वाला दंड, क्लेश जिसे क़ब्र में भी नहीं बख़्शा जाता। **~का मुँह झाँक आना**-मरते-मरते बचना, मौत के मुँह से निकल आना। (अपनी) **~खोदना**-अपने आप ही अपनी हानि का पग उठाना। **~में पाँव, ~पैर लटकाए होना**-जिसकी मृत्यु निकट ही हो; बहुत वृद्ध होना। **~में साथ ले जाना**-मरते समय साथ ले जाने की बात।

क़ब्रिस्तान—पु. [अ.] वह स्थान जहाँ मुर्दे दफ़नाये जाते हैं; जहाँ बहुत-सी कब्रें बनी होती हैं।

क़ब्ल—अ. [अ.] पहले, आगे।

कभी—अ. [कब + ही] किसी समय। **~कभी**-जब-तब, यदा-कदा। **~का, ~की**-बहुत समय से, बहुत पहले से। **~न-कभी**-एक-न-एक दिन, किसी-न-किसी समय। **~भी**-चाहे जब, किसी भी समय।

कमंचा—पु. बढ़ई का छेद करने का कमान की शक्ल का एक औज़ार जिसमें रस्सी और आगे को कील लगी होती है, बरमी।

कमंडल—पु. द्र. 'कमंडलु'।

कमंडली—वि. कमंडलधारी; साधु; ढोंगी। पु. ब्रह्मा।

कमंडलु—पु. [सं.] साधु-संन्यासियों का भिक्षा पात्र जो तूम्बी, आदि का बना होता है। **~धर**-पु. शिव।

कमंद—स्त्री. [फा.] फंदा; वह फंदेदार रस्सी जिसे दीवार पर लगा कर चोर ऊँचे मकानों पर चढ़ जाते हैं। **मु. ~यहाँ आकर टूटी**-जब काम पूरी तरह समाप्त होने को हो तभी कोई अड़चन आ जाने पर इसका प्रयोग।

कमंध—पु. द्र. 'कबंध'।

कम—वि. [फा.] थोड़ा, अल्प; छोटा; बुरा; खराब। **~अकल, अक्ल**-वि. मूर्ख, नासमझ। **~ख़र्च**-वि. जो सोच-समझकर, किफ़ायत से खर्च करे। **मु. ~ख़र्च वाला नशीं**-कम क़ीमत में बढ़िया चीज़। **~गो**-वि. कम बोलने वाला, अल्पभाषी। **~ज़र्फ़**-वि. ओछा; कमीना, नीच। **~ज़ोर**-वि. दुर्बल, कम शारीरिक शक्ति वाला। **~ज़ोरी**-स्त्री. दुर्बलता, अशक्तता। **~तर**-वि. अपेक्षाकृत छोटा। **~तरीन**-वि. छोटे-से-छोटा, कम-से-कम। **~नसीब**-वि. अभागा, बदनसीब। **~नसीबी**-स्त्री. दुर्भाग्य, बदकिस्मती। **~बख़्त**-वि. अभागा, भाग्यहीन। (मो) **~बेश**-अ. थोड़ा-बहुत, थोड़ी बहुत कमी। **~सखुंन**-वि. कम बोलने वाला, अल्पभाषी। **~सिन**-वि. कम उम्र, अल्हड़।

कमकर—पु. कहारों जैसी एक जाति।

कमख़ाब—पु. [फा.] एक रेशमी कपड़ा विशेष, यह रंगीन और बूटेदार होता है।

कमची—स्त्री. [तु.] पतली, लचकने वाली पेड़ की पतली टहनी विशेषतः काँटेदार, बबूल, आदि की; बाँस की पतली बनाई गई छड़ी-सी, पतंग, आदि में प्रयोग की जाने वाली बाँस की तीली।

कमच्छा—स्त्री. द्र. 'कामाख्या'।

कमटी—स्त्री. द्र. 'कमची'।

कमठ—पु. [सं.] कछुआ; बाँस; कमंडलु; तूंबी; एक राक्षस।

कमठा—पु. कमान।

कमन—वि. [सं.] कामी; सुंदर। पु. कामदेव; अशोक नामक वृक्ष।

कमनीय—वि. [सं.] सुंदर, मनोहर; कामना करने, चाहने योग्य।

कमनैत—पु. कमान चलानेवाला, तीरंदाज; कमान बनाने वाला।

कमनैती—स्त्री. तीरंदाजी।

कमर—वि. [सं.] कामी। स्त्री. [फा.] शरीर का मध्य, पेट और पेडू के बीच का भाग, कटि; किसी वस्तु का

मध्य भाग। **~कस**-पु. पलाश का गोंद (कमरदर्द, आदि में औषधि के रूप में प्रयोग)। **~तोड़**-पु. कुश्ती का एक दाँव। **~बंद**-पु. कमर पर बाँधने वाला दुपट्टे जैसा वस्त्र, पटुका। **~बंध**-पु. कुश्ती का एक दाँव। **मु. ~कसना**-(किसी कार्य के करने के लिए) पूरी तरह तैयार, आमादा होना; किसी काम के लिए दृढ़ निश्चय कर तत्पर हो जाना। **~टूटना**-पूरी तरह नष्ट हो जाना; भारी हानि हो जाना जिससे सारी व्यवस्था चरमरा जाए; कुछ करने का साहस न रहना। **~बैठ जाना**-द्र. 'कमर टूटना'। **~सीधी करना**-थोड़ा आराम कर लेना, सुस्ता लेना।

कमरख—पु. एक वृक्ष; उस वृक्ष का फल जिसमें ऊपर फाँक-सी बनी होती है, यह खट्टा होता है, पकने पर वैसे भी खाया जाता है और अचार भी डाला जाता है।

कमरखी—वि. कमरख जैसा; जो कमरख के समान फाँक वाला हो।

कमरा—पु. कक्ष, कोठरी, (किसी मकान, भवन में बने अलग-अलग कक्षों में से एक)।

कमरिया*—स्त्री. कमर, विशेषतः पतली कमर।

कमल—पु. [सं.] पानी में होने वाला एक पौधा जो अपने सुंदर फूलों के लिए विख्यात है, इसकी अनेक प्रजातियाँ हैं; ध्रुव ताल का एक भेद; एक राग; पीलिया रोग (कमलबाय); योनि का अग्र भाग, गर्भाशय का मुख। **~कंद**-पु. कमल की जड़। **~गट्टा**-पु. कमल का बीज। **~ज**-पु. ब्रह्मा। **~नयन, ~नैन**-वि. कमल पुष्प की पँखुड़ी जैसी सुंदर आँखों वाला। पु. विष्णु; राम; कृष्ण। **~नाथ**-पु. विष्णु। **~नाल**-स्त्री. कमल की डंडी। **~पाणि**-वि. जिसके हाथ कमल की तरह हों। **~बंधु, ~बांधव**-पु. सूर्य। **~बाई, बाय**-स्त्री. कँवल रोग, पीलिया। **~वन**-पु. कमलों का बड़ा समूह।

कमलक—पु. [सं.] छोटा कमल।

कमला—स्त्री. [सं.] लक्ष्मी; धन-संपत्ति; एक नदी; एक वर्णवृत्त; एक प्रकार की बड़ी नारंगी, संतरे की प्रजाति। **~कांत, ~पति**-पु. विष्णु। पु. एक कीड़ा जिसके शरीर के छू जाने से खुजली हो जाती है। सूँड़ी, अनाज या फलों में लग जाने वाला कीड़ा।

कमलाकर—पु. [सं.] कमलों का समूह; कमलों से भरा सरोवर या झील।

कमलाकार—वि. [सं.] कमल की आकृति का। पु. छप्पय छंद का एक भेद।

कमलाक्ष—वि. [सं.] कमल जैसे नेत्रों वाला। पु. विष्णु।

कमलाग्रजा—स्त्री. [सं.] लक्ष्मी की बड़ी बहन।

कमलालया—स्त्री. [सं.] लक्ष्मी।

कमलासन—पु. [सं.] ब्रह्मा; योग का एक आसन, पद्मासन।

कमलिनी—स्त्री. [सं.] कमल की ही प्रजाति का एक फूल, नलिनी, यह चंद्रमा को देखकर विकसित होती है; कमलों से भरा सरोवर, जलाशय।

कमनी—स्त्री. काले रंग का छोटा कंबल।

कमली—स्त्री. काले रंग का छोटा कंबल। पु. [सं.] ब्रह्मा।

कमलेक्षण—वि. [सं.] कमल जैसी आँखों वाला।

कमलेश—पु. [सं.] विष्णु।

कमवाना—स.क्रि. 'कामने' का प्रे.।

कमांड—पु. [अं.] कमान; नियंत्रण; नेतृत्व; अधिकार ('अंग्रेज़ी पर उसकी अच्छी कमांड है')।

कमांडर—पु. [अं.] नायक, सेनापति; नौसेना में एक अफसर का पद नाम। **~इन्-चीफ़**-पु. प्रधान सेनापति।

कमांडिंग—वि. [अं.] समादेशक (~अफसर)।

कमांडो—पु. [अं.] भीषण खतरों से जूझने वाला विशेष प्रशिक्षण प्राप्त सैनिक दस्ता या सैनिक। **~ट्रेनिंग**-कमांडो का प्रशिक्षण।

कमांडेंट—पु. [अं.] कमान का सर्वोच्च अधिकारी।

कमा—स्त्री. [सं.] सौंदर्य।

कमाई—स्त्री. परिश्रम से पैदा किया हुआ रुपया या अन्य धन; अर्जित धन; श्रमफल, कमाया हुआ धन।

कमाऊ—वि. कमाने वाला; जो पैसा कमाकर दे, योग्य (**~पूत**)।

कमाच—पु. एक प्रकार का रेशमी वस्त्र।

कमान—स्त्री. [फा.] धनुष (तीर~); मेहराब; तोप; बंदूक; बढ़ई की कमान जिससे वे बरमी चलाते हैं। [अं. 'कमांड'] आदेश, हुकुम; फौजी टुकड़ी।

कमाना—स.क्रि. श्रम-कौशल से पैसा पैदा करना; अन्न, आदि उत्पन्न करना। **ला.** पाखाना, आदि साफ करने का काम; परिश्रमपूर्वक किसी चीज़ को सुधारने या बनाना—खेत कमाना, चमड़ा कमाना, आदि। **~(कमाया हुआ शरीर या देह)**-व्यायाम से बलिष्ठ, हृष्ट-पुष्ट बनाया हुआ शरीर।

कमानियर—पु. द्र. 'कमांडर'।

कमानिया—पु. तीरंदाज, कमनैत। वि. कमानीदार, मेहराबदार।

कमानी—स्त्री. लोहे, स्टेनलेस स्टील, पीतल, आदि की लचीली कुछ झुकी हुई तीली या तार; यह तार या तीली किसी मशीन, चश्मे, घड़ी, आदि में भी प्रयुक्त होती है; बढ़ई, आदि का कमान जैसा छोटा औज़ार जिसमें बरमा फँसाकर खींचा जाता है। **~दार**-जिसमें कमानी लगी हो।

कमायज—स्त्री. सारंगी बजाने की कमानी।

कमाल—पु. [अ.] अद्‌भुत या अनोखा काम; निपुणता, कौशल, फ़न; पूर्णता, पूरापन; चालाकी, धूर्ततापूर्ण, अनपेक्षित व्यवहार ('कमाल करते हो तुम')। प्रसिद्ध संत कबीरदास का पुत्र।

कमालपाशा—पु. तुर्की के एक प्रसिद्ध नेता (1881-1938), इन्हें आधुनिक तुर्की का निर्माता और राष्ट्रपिता माना जाता है; तुर्की प्रजातंत्र के प्रथम राष्ट्रपति (1923-1938)।

कमासुत—वि. कमाने वाला, कमाऊ बेटा।

कमिटी, कमेटी—स्त्री. [अं.] समिति।

कमिश्नर—पु. [अं.] कमिश्नरी का प्रधान अधिकारी, आयुक्त, किसी कमीशन का सदस्य; सरकारी संस्था या निकाय का सर्वोच्च अधिकारी ('म्यूनिसिपल कमिश्नर')।

कमिश्नरी—स्त्री. [अं.] कमिश्नर के अधीन प्रदेश का विशेष खंड, कुछ जिलों को मिला कर बनाई गई इकाई; कमिश्नर की कचहरी या न्यायालय।

कमी—स्त्री. कम होना, कम मात्रा; त्रुटि, न्यूनता; घाटा; कोताही, अभाव। **~बेशी**-कम या ज्यादा होना।

कमीज़—स्त्री. कुरते का एक रूप जिसमें कॉलर और कफ़ बने होते हैं ('शर्ट')।

कमीन—स्त्री. [फ़ा.] नीच, अधम, खल, धूर्त, पाजी, अकुलीन, जो शरीफ़ न हो; विभिन्न रूपों में परिवार के काम आने वाले, सेवा करने वाले—पाँच कमीन—भंगी, नाई, कुम्हार, लुहार, बढ़ई; धोबी और कहार भी इसी श्रेणी में।

कमीनगी—स्त्री. [फ़ा.] कमीनापन, शूद्रता; ओछा व्यवहार।

कमीना—वि. [फ़ा.] नीच, शूद्र; द्र. 'कमीन'।

कमीशंड—वि. [अं.] कमीशन प्राप्त; अधिकृत; सेना में अधकारी रूप में चुना गया, नियुक्ति।

कमीशन—पु. [अं.] किसी विषय की जाँच, विचार के लिए गठित छोटी समिति, आयोग; किसी वस्तु के खरीदने-बेचने, सौदे में प्राप्त दलाली, राशि; किसी जाँच के लिए बिठाया गया कुछ वकीलों का दल।

कमुकंदर*—पु. धनुष तोड़ने वाले श्रीराम।

कमून—पु. [अ.] जीरा।

कमूनी—वि. जीरे का बना।

कमेंटरी—[अं.] किसी घटना को देखते हुए उसका वर्णन, विवरण प्रस्तुत करना, आँखों-देखा हाल सुनाना; किसी चीज़ पर टीका-टिप्पणी करना; अभिमत देना।

कमेटी—स्त्री. [अं.] किसी कार्य विशेष के लिए गठित समिति।

कमेर—स्त्री. मेहनत का काम।

कमेरा—पु. काम करने वाला; खेतों में काम करने वाला, नौकर।

कमेला—पु. जानवरों को काटने का स्थान, कसाईखाना।

कमेहरा—पु. चूड़ियाँ बनाने का मिट्टी का साँचा।

कमोड—पु. [अं.] चीनी मिट्टी का बना पात्र विशेष जो मल-त्याग, आदि के लिए स्टूल में लगा दिया जाता है; चीनी मिट्टी का बना वह पात्र जो जमीन या फर्श पर (रेल, हवाई जहाज, आदि में) लगा दिया जाता है, मल-मूत्र त्याग का पात्र।

कमोडोर—[अं.] नौसेना और वायुसेना में एक उच्च अधिकारी का पद-नाम।

कमोदिक—पु. कामोद राग गाने वाला; गवैया।

कमोबेश—वि. [फ़ा.] द्र. 'कमी'।

कमोरा—पु. मटका, माट, घड़े से कुछ बड़ा पात्र।

कमोरी—स्त्री. मटकी।

कम्पाउंड—पु. [अं.] द्र. 'कंपाउंड'।

कम्पाउंडर—पु. [अं.] द्र. 'कंपाउंडर'।

कम्पार्टमेंट—द्र. 'कंपार्टमेंट'।

कम्पोस्ट—पु. [अं.] द्र. 'कंपोस्ट'।

कम्पोजिंग—पु. [अं.] द्र. 'कंपोजिंग'।

कम्प्यूटर—[अं.] द्र. 'कंप्यूटर'।

कम्मल—पु. द्र. 'कंबल'।

कम्यून—पु. [अं.] समुदाय, समूह या संग; फ्रांस, आदि देशों में प्रशासन का एक विभाग जो स्वायत्त होता है; ऐसे विभाग के निवासी या सरकार; किसी धार्मिक संस्था का संगठन।

कम्युनिकेशन—पु. [अं.] संचारण; संप्रेषण; सूचना, संदेश, खबर, पत्र-व्यवहार; आवागमन, यातायात; संचार व्यवस्था।

कम्यूनिटी—पु. [अं.] समुदाय; समाज; समूह; बिरादरी; संप्रदाय। **~डवलपमेंट**-पु. सामुदायिक विकास। **~हॉल**-पु. सामुदायिक सभा भवन, समारोह-स्थल।

कम्यूनिज़्म—पु. [अं.] समाज की वह व्यवस्था जिसका आधार मार्क्सवादी विचारधारा है, इसमें संपत्ति पर सबके समान अधिकार की बात विशेष महत्त्वपूर्ण, साम्यवाद।

कम्यूनिस्ट—पु. [अं.] साम्यवादी, साम्यवाद का अनुयायी, मार्क्सवादी।

कम्र—वि. [सं.] कामुक; सुंदर।

कयाधू—स्त्री. [सं.] हिरण्यकशिपु की पत्नी का नाम, प्रह्लाद की माता।

क़याम—पु. [अ.] अस्थायी निवास, थोड़े समय का वास, रुकना; नमाज़ में खड़े होने की अवस्था; किसी संस्था की नींव, स्थापना; निश्चय; यकीन।

क़यामत—स्त्री. [अ.] महाप्रलय, सारी दुनिया की उलट-पुलट, इसलामी और ईसाई मान्यता के अनुसार प्राणियों के पाप-पुण्य के निर्णय का दिन, विश्वास है कि उस दिन ये अल्लाह-ताला के सामने अपने कर्मों का लेखा-जोखा सुनेंगे; बहुत ही सुंदर और बढ़िया; अत्यन्त, बहुत। **~का**-अत्यन्त, बहुत ही गज़ब का। **मु. ~की घड़ी**-घोर संकट का समय। **~बरपा करना**-घोर संकट उपस्थित करना, गज़ब ढाना।

क़यास—पु. [अ.] अटकल; अंदाज़ा, अनुमान; कल्पना।

क़यासी—वि. अनुमान लगाया हुआ; अटकल वाली बात, कल्पित, फ़र्ज़ी।

करंक—पु. [सं.] ठठरी, अस्थि-पिंजर, कंकाल।

करंट—[अं.] धारा, प्रवाह; बिजली का प्रवाह; चेतना या शक्ति उद्रेक ('यह खुशी की बात सुनते ही उसमें तो करंट आ गया); वर्तमान, सामयिक, साम्प्रतिक; चालू, खुला, सक्रिय ('खाता'~एकाउंट)।

करंड—पु. बाँस का बना टोकरा या पिटारा; शहद का छत्ता; तलवार।

करंडक—पु., **करंडिका**—स्त्री. [सं.] बाँस की बनी टोकरी या पिटारी।

करंडी—स्त्री. द्र. 'करंडक', 'करंडिका'।

करंडी—पु. [सं.] मछली।

करंभ—पु. [सं.] दही में बना हुआ सत्तू; दलिया।

करंभक—पु. [सं.] द्र. 'करंभ'।

करंसी—[अं.] मुद्रा; बैंक-नोट और सिक्कों के रूप में प्रचलित।

कर—(प्रत्यय) करने वाला (हितकर, प्रलयंकर, भयंकर, आदि)।

कर—पु. [सं.] हाथ; किरण; हाथी की सूँड़; आकाश से गिरने वाला पत्थर; ओला; राजस्व, मालगुजारी, किसी संपत्ति वेतन, आय, आदि से सरकारी तौर पर लिया जानावाला धन का अंश (आयकर, बिक्रीकर, आदि)। **~कंटक**-पु. नाखून। **~कमल, ~पंकज, ~पद्म**-पु. कमल से सुंदर हाथ। **~गत**-वि. हस्तगत, हाथों में पहुँचा हुआ। **~ग्रहण**-पु. कर लगाना या वसूल करना; पाणिग्रहण। **~ज**-पु. नाखून; उँगली। **~जोड़ी**-स्त्री. हाथ जोड़कर। **~तल**-पु. हथेली। **~तल ध्वनि**-स्त्री. ताली (बजाना)। **~तार**-पु. ईश्वर। **~ताल**—पु., **~तालिका, ~ताली**-स्त्री. ताली। **~दाता**-पु. कर देने वाला। **~पल्लव**-पु. उँगली। **~पल्लवी**-स्त्री. उँगलियों से इशारे करना वाला, साधु विशेष। **~पृष्ठ**-पु. हाथ का ऊपर वाला, हथेली का उलटा भाग। **~भार**-पु. कर का बोझ भारी कर, राजस्व। **~माली**-पु. सूर्य। **~मुक्त**-पु. कर से मुक्त, जिस पर कर न लगाया गया हो। **~मूल**-पु. कलाई। **~वीर, ~वीरक**-पु. कनेर का फूल या पौधा; एक प्राचीन नगर। **~शाखा**-स्त्री. उँगली। **~संपुट**-अंजलि, अंजुलि। **~स्वन**-पु. ताला।

कर—विभ. [सं.] कृत; संबंध कारक का चिह्न—'का' जैसे—तिनकर (उनका)।

कर—प्रत्यय [हिं.] पूर्वकालिक क्रिया का सूचक प्रत्यय जो धातुओं में लगता है—आ कर, खा कर, सो कर, जा कर।

करई—स्त्री. करवे का छोटा रूप; एक छोटी चिड़िया।

करक—स्त्री. थोड़ी-थोड़ी देर बाद होने वाली पीड़ा, टीस ('करक कलेजे माँह'—मीरा)।

करकना—अ.क्रि. टीसना, चुभना; सालना।

करकराहट—स्त्री. आँख में किरकिरी पड़ जाने की-सी पीड़ा, कष्ट; कड़ापन ('पापड़ों में करकराहट नहीं है)।

करकस*—वि. द्र. 'करकश'।

करका—स्त्री. [सं.] ओला। **~पात**-पु. ओले गिरना।

करघा—पु. कपड़ा बुनने का यंत्र।

करछा—पु. एक बरतन, लंबी डांडी का आगे से कटोरीनुमा चमचा जो दाल; सब्ज़ी, आदि बनाने, परोसने के काम आता है।

करछिया—स्त्री. पानी के किनारे रहने वाली एक चिड़िया।

करछी, करछुली—स्त्री. लंबी डांडी का आगे से बड़ा चम्मचनुमा बरतन जो साग-सब्ज़ी बनाने-परोसने के काम आता है।

करछुला—पु. द्र. 'करछा'।

करटा—स्त्री. [सं.] हाथी की कनपटी; कठिनाई से दुही जाने वाली गाय।

करटी—पु. [सं.] हाथी।

करड़-करड़—स्त्री. कड़कड़ की ध्वनि।

करण—पु. [सं.] कोई काम करने की क्रिया, करना; आवश्यक साधन, औज़ार, उपकरण; वस्तु या साधन जिसके द्वारा कोई काम किया जाए; व्याकरण में वह कारक जिसके द्वारा कर्ता कार्य सिद्ध करता है (इसका चिह्न 'से' है); गणित की वह संख्या जिसका पूरा-पूरा वर्गमूल नहीं निकलता है; कर्ता, करने वाला (मंगलकरण, दुःखहरण, आदि)।

करणी—स्त्री. [सं.] गणित में वह संख्या जिसका पूरा-पूरा वर्गमूल न निकल सके।

करणीय—वि. [सं.] करने योग्य; उचित कार्य; कार्य, काम।

करतब—पु. हुनर, गुण; कौशल; ऐसा कार्य जिसे देखकर आश्चर्य हो; बाजीगरी; कौतुकपूर्ण काम।

करतबिया—वि. करतब करने वाला।

करतबी—वि. द्र. 'करतबिया'।

करतरी*—स्त्री. द्र. 'कर्तरी'।

करता—पु. द्र. 'कर्ता'; मुखिया, अधिकारी; एक वर्णवृत्त। **~धरता**-पु. वह व्यक्ति जिसका आदेश घर-परिवार या संस्था में चलता हो, सब प्रकार से मालिक।

करतार—पु. ईश्वर; सब-कुछ करने वाला।

करतारी*—स्त्री. ईश्वर की लीला; ताली।

करतूत—स्त्री. असामान्य-सा काम (निंदा अर्थ में)।

करतुति*—स्त्री. द्र. 'करतूत'।

करथरा—पु. सिंध प्रांत (पाकि.) में एक पर्वतमाला।

करद—स्त्री. छुरी, चाकू।

करदम*—पु. कर्दम, कीचड़, पंक; पाप।

करदा—पु. अनाज, आदि में मिला कूड़ा-कर्कट; करदे के रूप में काटी गई कटौती (आटा-पिसाई में)।

करदौना—पु. दौना।

करधनी—स्त्री. कमर में पहना जाने वाला एक आभूषण, तगड़ी; सूत या रेशम, आदि धागों की बनी मेखला, तगड़ी (प्रायः लड़के, पुरुषों द्वारा पहनी जाती है)।

करन*—पु. द्र. 'करण'। **~धार***-पु. कर्णधार, खेवैया; पालन—हार। **~फूल**-पु. कान में पहनने का आभूषण। **~बेध**-पु. कनछेदन संस्कार।

करनल, कर्नल—[अं.] सेना में एक उच्च अधिकारी का पद-नाम।

करना—स.क्रि. किसी काम को संपादित करना, निपटाना; पकाना; पति या पत्नी के रूप में रख लेना (उसने अमुक को कर लिया); किराये पर कोई सवारी निश्चित कर लेना; संसर्ग करना। पु. सुदर्शन नामक पौधा, उसका फूल।

करनाट—पु. द्र. 'कर्नाट'।

करनाटक, कर्नाटक—दक्षिणी भारत का एक प्रांत, राजधानी बंगलुरु।

करनाटकी, कर्नाटकी—वि. कर्नाटक प्रांत का। पु. कर्नाटक प्रांत का वासी। स्त्री. कर्नाटक प्रांत की भाषा, कन्नड़।

करनाटी—स्त्री. द्र. 'कर्नाटी'।

करनाल—पु. हरियाणा प्रांत में एक नगर, जनपद; एक प्रकार की तोप; एक प्रकार का बाजा—नरसिंहा।

करनैल—पु. [अं. 'कर्नल'] द्र. 'करनल'।

करफ्यू, कर्फ्यू—पु. [अं.] एक प्रकार की निषेधाज्ञा जिसमें घर या किसी भी भवन से बाहर निकलना किसी निश्चित समयावधि के लिए सरकारी आदेश से बंद कर दिया जाता है।

करबला, कर्बला—स्त्री. [अ.] मुसलमानों का प्रसिद्ध तीर्थ-स्थल, इराक का वह प्रसिद्ध स्थान जहाँ हज़रत इमाम हुसैन शहीद हुए थे और जहाँ उनकी मज़ार है; इसी प्रसिद्ध तीर्थ के प्रतीक-स्वरूप किसी भी शहर-बस्ती में वह स्थान जहाँ ताजिए दफन किये जाते हैं।

करबी (कड़बी)—स्त्री. ज्वार या बाजरे का सुखाया हुआ चारा।

करबूस—पु. घोड़े की जीन में लगी हुई वह पट्टी जिसमें हथियार लगाया जाता है।

करभ—पु. [सं.] हथेली का उलटा भाग; ऊँट का बच्चा; हाथी का बच्चा; कमर।

करभक—पु. [सं.] ऊँट।

करभा*—पु. कोल, भील जैसी जंगली जातियों का एक गान।

करभी—स्त्री. [सं.] ऊँटनी। पु. हाथी।

करभीर—पु. [सं.] सिंह।

करभोरु—वि., स्त्री. [सं.] जिसकी जाँघ हाथी की सूँड़ जैसी हो; सुंदर जंघा वाली।

करम—पु. भाग्य (अच्छे अर्थ में नहीं—'करम फूट गए', 'उसके करम ही माड़े हैं'); कर्म, काम। **मु. ~फूटना**-भाग्य फूटना, बदकिस्मती। [अ.] कृपा, दया; क्षमा; उदारता। **~फ़रमा**-वि. कृपा, दया; क्षमा; अनुग्रह करने वाला।

करमकल्ला—पु. एक प्रकार की गोभी की सब्ज़ी, गाँठ गोभी।

करमट्ठा*—वि. कंजूस।

करमठ*—वि. द्र. 'कर्मठ'।

करमैल*—पु. एक प्रकार का बड़ा तोता।

करमोद—पु. धन की एक प्रजाति।

करारी—स्त्री. वन तुलसी; एक पक्षी, कुररी।

करवट—स्त्री. दाहिनी या बायीं ओर लेटना, इस तरह लेटने की स्थिति, मुद्रा; बराबर में। **~(काशी)**-काशी में वह स्थान जहाँ स्वर्ग-प्राप्ति की आशा में जमीन के नीचे लगे आरे पर कट कर अपने प्राण गँवा बैठते थे ('करवट लेहूँ काशी'), अंग्रेज़ी-शासन ने इसे बंद कर दिया था।

करवत—पु. करपत्र; आरा।

करवा—पु. मिट्टी का बना टोंटीदार या बिना टोंटी का लोटे जैसा बरतन, पूजा या घर की किसी खाद्य सामग्री के भंडारण के लिए प्रयुक्त।

करवा चौथ—स्त्री. कार्तिक कृष्णा चतुर्थी को स्त्रियों, कन्याओं द्वारा पति की मंगल-कामना या अच्छे वर प्राप्ति के लिए रखा जाने वाला प्रसिद्ध व्रत, उपवास।

करवाना—स.क्रि. 'करना' प्रे.।

करवार*—स्त्री. तलवार।

करवाल—पु. [सं.] नाखून; तलवार।

करवीर—पु. [सं.] कनेर का पेड़; तलवार; श्मशान।

करवीराक्ष—पु. [सं.] श्रीराम के द्वारा मारा गया खर राक्षस का एक सेनापति।

करवैया—पु. करने वाला।

करश्मा, करिश्मा—पु. [फा.] चमत्कार, आश्चर्य, करामात; अनोखी बात; नाज़-नखरा।

करषना*—स.क्रि. खींचना; तानना; बुलाना; मन-मुटाव, द्वेष; लड़ाई में जोश।

करसी—स्त्री. उपले का कोई खंड, टुकड़ा।

करहंस—पु. [सं.] एक वर्णवृत्त।

करहाट, करहाटक—पु. [सं.] कमल की जड़; कमल के पत्तों का छत्ता-सा।

कराँकुल—पु. क्रौंच पक्षी।

करांगण—पु. [सं.] बाजार, हाट; वह स्थान जहाँ जाकर सब चुंगी-कर जमा कराते हैं।

कराँत—पु. आरा।

करा*—स्त्री. कला।

कराइत—पु. द्र. 'करैत'।

कराई—स्त्री. किसी काम को करने की मजदूरी; शुल्क; उर्द, मूँग, अरहर, आदि दालों का छिलका।

कराघात—पु. सं. हाथ का प्रहार, आघात।

कराटे—[अं.] एक जापानी खेल जिसमें प्रतिद्वंद्वी बिना किसी हथियार के अपने शरीर के विभिन्न अंगों—हाथ, कुहनी, पैर, खोपड़ी, आदि का प्रयोग करते हुए एक-दूसरे पर प्रहार करते हैं, आत्मरक्षा की कारगर कला, आजकल विश्व के प्रायः सभी देशों में मान्यता प्राप्त खेल।

करात—पु. सोना, रत्न, आदि की शुद्धता-मापक एक माप ('कैरेट')।

कराधिकारी—पु. [सं.] कर लेने, वसूल करने वाला अधिकारी।

कराना—स.क्रि. 'करना' का प्रे.।

क़राबा—पु. [अ.] शराब की सुराही; बहुत बड़ी बोतल; सुराही जैसी गरदन वाली शीशी जिसमें अर्क, इत्र इत्यादि रखा जाता है।

करामत—स्त्री. [अ.] चमत्कार; सिद्धि; अवतारों की लीला; कृपा, नवाजिश; प्रतिष्ठा। **~नामा**-पु. कृपापत्र, इनायतनामा।

करामात—स्त्री. [अ.] करामत का बहु.। द्र. 'करामत'।

करामाती—वि. करामात दिखाने वाला, चमत्कारी; मायावी; जादूगर; धूर्त।

क़रार—पु. [अ.] प्रतिज्ञा, अनुबंध, इकरार, समझौता; ठहराव; शांति, चैन। **~आना, ~पाना**-चैन, शांति, ठहराव, आराम, आना या पाना।

करार—पु. कगार, नदी का ऊँचा और खड़ा किनारा, तटबंध।

करारा—वि. सिंका हुआ; कड़ा; कुरकुरा; कठोर ('करारा जवाब')। स्त्री. 'करारी'। पु. कगार, तट, टीला।

करारी—वि. [अ.] जिसके संबंध में करार हुआ हो।

कराल—वि. [सं.] डरावना, भयानक; बड़े-बड़े दाँतों वाला।

कराला—स्त्री. डरावने रूप वाली, विकराल रूप; दुर्गा का एक रूप।

करालिका—स्त्री. [सं.] दुर्गा का एक रूप।

कराली—स्त्री. [सं.] अग्नि की सात जिह्वाओं में से एक।

कराव—पु. विवाह न हो पाने की स्थिति में जब पुरुष किसी स्त्री-अनाथ, विधवा, आदि को कुछ राशि दे कर अपनी पत्नी के रूप में ले आता था (~करना)।

करावल—पु. [तु.] आगे जाकर खबर लाने वाला सैनिक या फौजी टुकड़ी।

करावा—पु. द्र. 'कराव'।

कराह—पु. शारीरिक पीड़ा में स्वतः मुख से निकली दुःखभरी ध्वनि ('हाय', 'आह', आदि)।

कराहत—स्त्री. [अ.] घृणा, घिन, नफ़रत; अरुचि, नापसंदगी; उदासीनता।

कराहना—अ.क्रि. द्र. 'कराह'।

कराहियत—स्त्री. [अ.] द्र. 'कराह'।

करि*—पु. हाथी।

करिकट—पु. एक पक्षी।

करिका—स्त्री. [सं.] नाखून से छिलने पर होने वाला घाव।

करिणी—स्त्री. [सं.] हथिनी।

करिया—पु. ईख में लगने वाला एक रोग; मल्लाह। **~ई***-स्त्री. कालापन, कालिख।

करिश्मा—पु. [फा.] द्र. 'करश्मा'।

करींद्र—पु. [सं.] हाथियों का राजा; बहुत बड़ा हाथी; ऐरावत।

करी*—[अं.] कढ़ी; किसी सब्ज़ी, आदि का रसा।

करी—पु. [सं.] हाथी। **~(रि) कुंभ**-हाथी का मस्तक। **~दारक**-पु. सिंह। **~प**-पु. महावत। **~पोत, ~शाव, ~शावक**-पु. हाथी का बच्चा। **~बंध**-पु. हाथी बाँधने का बड़ा-सा खूँटा। **~स्कंध**-पु. हाथी का कंधा; हाथियों का झुंड।

क़रीन—वि. [अ.] मिला हुआ; एक समान, हमवार।

क़रीना—पु. [अ.] सलीके या ढंग से, तरतीब, क्रम और सजावट; शिष्टता; तमीज़।

क़रीब—वि. [अ.] निकट का, समीप; लगभग। **~क़रीब**-अ. लगभग। **~तरीम**-वि. सबसे निकट का।

क़रीबन—अ. लगभग।

करीबी—वि. निकट संबंधी, पास का (~गाँव)।

करीबुलमर्ग—वि. [अ.] जिसकी मृत्यु सन्निकट हो; बहुत अधिक वृद्ध।

करीम—वि. [अ.] उदार; रहम, करम करने वाला; दयावान; अपराध क्षमा करने वाला; दानशील; सखी; ईश्वर का एक नाम।

करीमी—स्त्री. [अ.] कृपा, दया, करम; ईश्वर की लीला।

करीर—पु. [सं.] बाँस में नया फूटा कल्ला; करील वृक्ष; घड़ा।

करील—पु. झाड़ीदार, कँटीला पेड़ (करीलकुंज)।

करीष—पु. [सं.] करसी, सूखा गोबर।

करीषिणी—स्त्री. [सं.] लक्ष्मी।

करुआ-करुवा*—वि. द्र. 'कड़वा'। **~(आ) ई***-कड़वापन।

करुआना, करुवाना*—अ.क्रि. दुःखना, चुभना, गड़ना। स.क्रि. कड़वाहट में मुँह बिगाड़ना।

करुखी*—स्त्री. कनखी, तिरछी चितवन, नज़र।

करुण—पु. [सं.] करुणा से भरा, दयापूर्ण; परमात्मा; काव्य का एक रस। वि. जिसके मन में करुणा हो, करुणायुक्त, दयामय; हृदयविदारक। **~विप्रलम्भ**-पु. वियोग शृंगार (का.शा.)।

करुणा—स्त्री. [सं.] दया, मन का वह भाव जो दूसरों का दुःख या कष्ट देखकर उत्पन्न होता है और उसके निवारण की प्रेरणा देता है; प्रिय के वियोग में होने वाला दुःख। **~निधान, ~निधि**-वि. करुणा से भरा हुआ, दया का भंडार, जिसका हृदय बहुत बड़ा हो; ईश्वर; ईश्वर का विरुद।

करुणामय—वि. [सं.] करुणा, दया से भरा हुआ। पु. ईश्वर। स्त्री. करुणामयी।

करुणार्द्र—वि. [सं.] करुणा से द्रवित होने वाला; ईश्वर।

करुणास्पद—पु. [सं.] करुणा उत्पन्न करने वाला; दया का पात्र।

करुवार—पु. नाव खेने की डाँड़, पतवार।

करुवारि*—स्त्री. पतवार।

करूष—पु. [सं.] एक प्राचीन जनपद।

करेंट—पु. [अं.] द्र. 'करंट'।

करेंसी—स्त्री. [अं.] द्र. 'करंसी'।

करेजा*—पु. [ब्र.भा.] द्र. 'कलेजा'।

करेजी—स्त्री. द्र. 'कलेजी'।

करेणु—पु. [सं.] हाथी; कनेर का पेड़। स्त्री. हथिनी।

करेणुका—स्त्री. [सं.] हथिनी।

करेणू—स्त्री. [सं.] हथिनी। पु. हाथी।

करेनर, करेवर—पु. [सं.] एक गंध द्रव्य, लोबान।

करेब—पु. [अं. 'क्रेप'] महीन बुनावट वाला झीना रेशमी वस्त्र।

करेमू—पु. पानी में उगने वाली बेल जिसके पत्तों की सब्ज़ी बनती है।

करेर, करेरा*—वि. कठोर, कड़ा।

करेल—पु. व्यायाम में काम आने वाला एक मुगदर; उस मुगदर को घुमाकर करने वाला व्यायाम।

करेला, करैला—पु. एक बेल; उस बेल पर आने वाला कड़वा फल जिसे सब्ज़ी के रूप में प्रयुक्त किया जाता है [सं. 'कारुवेल्ल']।

करेली, करैली—स्त्री. छोटी प्रजाति का करेला; जंगली करेला जो स्वतः उग आता है।

करेस्पान्डेंस—[अं.] पत्राचार, पत्रों का आदान-प्रदान। **~कोर्स**-वह पाठ्यक्रम जिसमें शिक्षा मुख्यतः पत्राचार द्वारा ही दी जाती है।

करैक्टर—[अं.] स्वभाव, चरित्र, आचरण, चाल-चलन; लक्षण, विशेषता, गुण; स्वरूप; प्रकार; पात्र, चरित्र (उपन्यास, नाटक, आदि में); वर्ण, अक्षर, अंक। **~लेस**-चरित्रहीन।

करैत—पु. साँपों की एक प्रजाति, बहुत जहरीला और बहुत तेज चलने वाला।

करोट—पु., **करोटि**—स्त्री. [सं.] खोपड़ी; प्याला।

करोटन—पु. [अं. 'क्रोटन'] वनस्पति में कितनी ही प्रकार की प्रजातियों के पौधे जिनके पत्ते धारीदार, चकत्तेदार, आदि होते हैं; बगीचे, घरों, में इन्हें सुंदरता के लिए लगाया जाते हैं।

करोड़—वि. कोटि, सौ लाख की संख्या। पु. एक करोड़ की संख्या; करोड़ रुपये। **~पति**-पु. जिसके पास करोड़ों रुपये हों।

करोड़ी—पु. मुसलमानी शासन काल में एक पद, कर इकट्ठा करने वाला अधिकारी।

करोत—पु. आरा।

करोदना*—स.क्रि. द्र. 'कुरेदना'।

करौंछ—स्त्री. द्र. 'कलौंस'।

करौंछा*—वि. काला।

करौंजी, कलौंजी—स्त्री. मसालों में एक प्रकार का काला दाना जो अचार, सब्ज़ी, आदि में डाला जाता है।

करौंट*—स्त्री. करवट।

करौंदा—पु. एक काँटेदार झाड़, उसका सफेद और हलका गुलाबी रंग का खट्टा फल जो सब्ज़ी के रूप में प्रयुक्त होता है और इसका अचार भी डाला जाता है।

करौंदिया, करौंदी—वि. करौंदे के फल के रंग का, आधा सफेद और आधा गुलाबी रंग का।

करौत—पु. आरा। स्त्री. वह स्त्री जो खरीद कर पत्नी रूप में लाई गई हो।

करौता—पु. आरा; एक प्रकार की मिट्टी।

करौती—स्त्री. आरी; काँच पकाने की भट्ठी।

करौना—पु. बरतन पर नक्काशी करने की कलम।

करौल*—पु. [तु. 'करावल'] हाँका दे कर शिकार खिलाने वाले।

करौली—स्त्री. सीधी, मूठदार छुरी; राजस्थान में एक छोटी रियासत थी।

कर्कंधु—पु. [सं.] बेर का फल; सूखा हुआ कुआँ।

कर्कंधू—स्त्री. [सं.] बेर।

कर्क—पु. [सं.] एक कीट—केकड़ा; ज्योतिष में बारह राशियों में से एक, चौथी राशि ('कैंसर'); आग; दर्पण; घड़ा, सफेद घोड़ा। **~रेखा**-स्त्री. कर्क राशि के पास से गुजरने वाली एक कल्पित रेखा।

कर्कट—पु. [सं.] केकड़ा; कर्क राशि; कमल की जड़; एक प्रकार का सारस पक्षी।

कर्कटक—पु. [सं.] केकड़ा; कर्क राशि।

कर्कटकी—स्त्री. [सं.] मादा केकड़ा।

कर्कटिका—स्त्री. [सं.] छोटी ककड़ी।

कर्कटी—स्त्री. [सं.] मादा केकड़ा; एक तरह की ककड़ी।

कर्कटु—पु. [सं.] सारस पक्षी की एक जाति।

कर्कर—वि. [सं.] कठोर, दृढ़। पु. कंकड़; दर्पण।

कर्करांग—पु. [सं.] खंजन पक्षी।

कर्करांधक, कर्करांधुक—पु. [सं.] अंधा कुआँ।

कर्कराल—पु. [सं.] सुगंधित घुँघराले केश।

कर्करी—स्त्री. [सं.] एक पौधा।

कर्कश—वि. [सं.] कठोर, खुरदरा, कड़ा; तीव्र, प्रचंड।

कर्कशा—वि., स्त्री. [सं.] कठोर स्वभाव वाली, लड़ाकी; कटुभाषणी; झगड़ालू (स्त्री.)।

कर्कारु—पु. [सं.] कुम्हड़ा, काशीफल।

कर्कारुक—पु. [सं.] तरबूज़।

कर्घा—पु. द्र. 'करघा'।

कर्चर, कर्चूर—पु. [सं.] सोना, स्वर्ण।

कर्चरिका—स्त्री. [सं.] कचौरी, कचौड़ी।

कर्चूरक—पु. [सं.] हलदी।

कर्छा—पु. द्र. 'कड़छा'।

कर्छी—स्त्री. द्र. 'कड़छी'।

क़र्ज़—पु. [अ.] ऋण, उधार। **~दार**-पु. ऋणी, जिस पर क़र्ज़ खड़ा हो, क़र्ज़ लेने वाला; एहसानमंद, उपकृत। **मु.-उतारना**-किसी उपकार के बदले ऐसा कार्य करना जिससे उऋण हो जाने का बोध हो।

क़र्ज़ा—पु. द्र. 'क़र्ज़'।

कर्ण—पु. [सं.] कान, सुनने की इंद्रिय; त्रिभुज के समकोण के सामने की रेखा; महाभारत का प्रसिद्ध धनुर्धर वीर योद्धा, सूर्य से उत्पन्न कुंती-पुत्र। **~कटु**-वि. कानों को चुभने वाला, अप्रिय (शब्द, संगीत)। **~गोचर**-वि. जो कानों से सुना जा सके। **~ज**-पु. कानों का मैल। **~धार**-पु. नौका खेने वाला माँझी, केवट। वि. संचालक; जिसके ऊपर सारा दायित्व हो। **~नाद**-पु. कान में सुनाई पड़ने वाली गूँज। **~पुट**-पु. श्रवण-मार्ग। **~पुर**-पु. अंग देश की पुरानी राजधानी चम्पा। **~प्रयाग**-पु. एक स्थान, तीर्थ, बदरिकाश्रम के मार्ग में स्थित, उत्तरांचल प्रांत में। **~फूल**-पु. कान का आभूषण। **~मूल**-पु. कान की जड़, कान के नीचे का स्थान। **~रंध्र, ~विवर**-पु. कान का छेद, कर्णमुख। **~वेध**-पु. कनछेदन संस्कार। **~शूल**-पु. कान का दर्द। **~स्राव**-पु. कान बहना। **~हीन**-वि. बहरा। पु. साँप।

कर्णांदु—पु., **कर्णांदू**—स्त्री. कर्णफूल, कान का आभूषण।

कर्णाट—पु. [सं.] कर्नाटक; एक राग।

कर्णाटी—स्त्री. कर्नाटक देश की स्त्री; एक राग।

कर्णानुज—पु. [सं.] युधिष्ठिर, अर्जुन, आदि।

कर्णारि—पु. [सं.] कर्ण का शत्रु, अर्जुन।

कर्णिका—स्त्री. [सं.] कर्णफूल; हाथ की बिचली उँगली; लेखनी, कलम।

कर्णिकाचल—पु. [सं.] सुमेरु पर्वत।

कर्णिकार—पु. [सं.] कनेर का पेड़; उसका फूल।

कर्तन—पु. [सं.] काटना, कतरना और कातना।

कर्तनी—स्त्री. [सं.] कतरनी, कैंची।

कर्तब*—पु. द्र. 'करतब'।

कर्तरि, कर्तरिका—स्त्री. [सं.] कैंची; छुरी; कटारी।

कर्तरी—स्त्री. [सं.] द्र. 'कर्तरि'।

कर्तव्य—वि. [सं.] करने योग्य काम, उचित कार्य; वह कार्य या दायित्व जिसे करना धर्म या मानवीय आचरण के योग्य हो। **~मूढ़, ~विमूढ़**-वि. अव्यवस्थित मानसिक स्थिति जिसमें कर्तव्य करने का विवेक न रह सके।

कर्ता—वि. [सं.] करने वाला; रचने या बनाने वाला; घर में सबसे बड़ा या घर का मालिक जिसका शासन सब मानते हों; व्याकरण के सात कारकों में से पहला जिससे क्रिया के करने वाले का बोध हो। **~धर्ता**-पु. सर्वेसर्वा जिसे सब कुछ करने का अधिकार हो और जिस पर सारे दायित्व हों। **~वाचक**-वि. कर्ता को बताने वाला (व्या.)। **~वाच्य**-पु. क्रिया का वह रूप जिसमें कर्ता की प्रधानता हो (व्या.)।

कर्तार—पु. जगत्-कर्ता; ईश्वर।

कर्तृ—पु., वि. [सं.] करने वाला (समास में प्रयुक्त)।

कर्तृका—स्त्री. [सं.] छुरी; कटारी।

कर्तृत्व—पु. [सं.] कार्य; कर्ता का भाव; कर्ता का धर्म, दायित्व।

कर्त्रिका, कर्त्री—स्त्री. [सं.] छुरी; कैंची।

कर्द—पु. [सं.] कीचड़, पंक।

कर्दट—पु. [सं.] कीचड़ से उत्पन्न; कीचड़।

कर्दम—पु. [सं.] कीचड़, पंक; पाप; भ्रष्टाचार।

कर्दमक—पु. [सं.] एक तरह का चावल; साँप की प्रजाति।

कर्दमी—स्त्री. [सं.] चैत्र-पूर्णिमा।

कर्नल—पु. [अं.] द्र. 'करनल'।

कर्नेता*—पु. घोड़ों की एक नस्ल।

कर्पट—पु. [सं.] चीथड़ा, फटा-पुराना मैला कपड़ा।

कर्पटिक, कर्पटी—वि. [सं.] जो चीथड़ों में लिपटा हुआ हो; भिखारी, आदि।

कर्पण—पु. [सं.] एक शस्त्र।

कर्पर—पु. [सं.] कड़ाह; एक शस्त्र; गूलर।

कर्पास—पु. [सं.] कपास।

कर्पासी—स्त्री. [सं.] कपास का पौधा।

कर्पूर—पु. [सं.] कपूर, द्र. 'कपूर'। **~गौर**-वि. कपूर जैसा सफेद। **~गौरी**-स्त्री. एक रागिनी।

कर्पूरक—पु. [सं.] कचूर।

क्रफ्र्यु—पु. [अं.] द्र. 'क़रफ्यू'।

कर्बुर—वि. [सं.] चितकबरा, रंग-बिरंगा, चित्तियों वाला।

कर्बुरी—स्त्री. [सं.] दुर्गा।

कर्म—पु. [सं.] क्रिया, कार्य, काम; आचरण; शास्त्रोक्त धर्म, आदि का नैमित्तिक-नित्य कार्य; भाग्य; व्याकरण में एक कारक जिस पर क्रिया का फल पड़े। **~कर**-पु. मज़दूर, मज़दूरी पर काम करने वाला; एक जाति। **~करी**-स्त्री. मज़दूरिन; दासी। **~कांड**-पु. धर्म संबंधी कृत्य, विधि-विधान, यज्ञ, संस्कार, आदि का विधि-विधान बताने वाला शास्त्र। **~कांडी**-पु. कर्मकांड, धर्म, यज्ञ का विधि-विधान कराने वाला; कर्मकांड का ज्ञाता, पुरोहित, पंडिताई करने वाला। **~कार**-पु. मज़दूर, सेवक, नौकर; कारीगर; लुहार। **~कारक**-पु. कारक का एक भेद (व्या.)। **~क्षेत्र**-पु. कर्मभूमि, कार्यक्षेत्र। **~चारी**-पु. काम करने वाला, किसी कार्यालय, संस्थान, आदि में काम करने वाला। **~धारय**-पु. व्याकरण में तत्पुरुष समास का एक भेद जिसमें विशेष और विशेषण समानाधिकरण हों। **~नाशा**-स्त्री. एक नदी जिसके जल स्पर्श से समस्त पुण्य नष्ट होने की बात मानी जाती है। **~निष्ठ**-वि. निष्ठापूर्वक कार्य करने वाला; धर्म विहित कार्यों को श्रद्धा और आस्था से करने वाला। **~पंचमी**-स्त्री. एक रागिनी। **~प्रधान**-वि. जिस क्रिया वाक्य में कर्म की प्रधानता हो, क्रिया का लिंग और वचन कर्म का अनुसरण करता हो। **~फल**-पु. पूर्व जन्म में किये हुए कर्मों का सुख-दुःख रूप में फलीभूत होना। **~बंध, ~बंधन**-पु. जन्म-मरण का बंधन। **~भोग**-पु. पूर्व जन्म के कर्मों के फल रूप में प्राप्त दुःख, संताप। **~योग**-पु. कर्म करते हुए जीवन जीना, कर्म मार्ग की साधना। **~योगी**-पु. कर्मयोग की साधना करने वाला। **~लेख**-स्त्री. भाग्यरेखा, भाग्य। **~वाच्य**-वि. व्याकरण में क्रिया का वह रूप जिसमें कर्म की प्रधानता हो। **~वाद**-पु. यह मत कि व्यक्ति को पूर्व जन्मों के कर्म का फल सुख-दुःख रूप में अवश्य ही भोगना पड़ता है, मीमांसा दर्शन। **~विपाक**-पु. पिछले जन्मों में किये हुए पाप-पुण्य का फल। **~वीर**-वि. निष्ठापूर्वक लोक में कार्य करने वाला, पुरुषार्थी। **~शाला**-स्त्री. कार्यशाला, कारखाना। **~शील**-वि. परिश्रमी, उद्यमी। **~हीन**-वि. अभागा, हतभाग्य।

कर्मठ—वि. [सं.] परिश्रम और निष्ठा से कार्य करने वाला; कर्मनिष्ठ।

कर्मणा, कर्मतः—अ. [सं.] कर्म से, कर्म द्वारा।

कर्मणि-प्रयोग—पु. [सं.] क्रिया का कर्म के अनुसार प्रयोग।

कर्मणि-वाच्य—वि. [सं.] क्रिया जो कर्म से संबंधित हो।

कर्मण्य—वि. [सं.] बहुत अधिक और अच्छा काम करने वाला, कार्य-कुशल; उद्यमी।

कर्मण्या—स्त्री. [सं.] पारिश्रमिक, किसी कार्य के बदले दी जाने वाली राशि।

कर्मना*—अ. द्र. 'कर्मणा'।

कर्माजीव—पु. [सं.] किसी कर्म, पेशे, शिल्प, आदि से जीविका अर्जन करने वाला।

कर्मांतिक—पु. [सं.] कर्मचारी।

कर्मादान—पु. [सं.] श्रावकों के लिए निषिद्ध 15 कर्मों में से कोई एक।

कर्मापरोध—पु. [सं.] रोगी के उपचार में कमी रह जाना।

कर्मार—पु. [सं.] कर्मकार, कारीगर; लुहार, आदि।

कर्माश्रया भृति—स्त्री. [सं.] कार्य के अनुसार वेतन, पारिश्रमिक।

कर्मिक—पु. [सं.] काम करने वाला, मजदूर। **~संगठन**-पु. मजदूरों हितों के रक्षक, उन्हीं की बनाई हुई संस्था (मजदूर यूनियन)।

कर्मिष्ठ—वि. [सं.] कार्य-कुशल, कर्मनिष्ठ।

कर्मी—वि. [सं.] काम करने वाला, विशेषतः हाथ का काम करने वाला, मजदूर, शिल्पी।

कर्मीर—वि. [सं.] चितकबरा।

कर्मेंद्रिय—स्त्री. [सं.] वे इन्द्रिय जिनसे कार्य संपन्न किए जाते हैं—पाँच कर्मेंद्रियाँ—हाथ, पैर, वाणी, गुदा और जननेंद्रिय।

कर्मोपघाती—वि. [सं.] कार्य बिगाड़ने वाला।

करी—वि. कड़ा, कठिन।

करीना—अ.क्रि. कड़ा होना, सख्त हो जाना।

कर्वट—पु. [सं.] मंडी, बाज़ार; नगर।

कर्वर—पु. [सं.] पाप; बाघ; राक्षस।

कर्वरी—स्त्री. [सं.] दुर्गा का एक रूप; रात्रि; राक्षसी, मादा बाघ।

कर्शित—वि. [सं.] क्षीण, दुबला-पतला।

कर्ष—पु. [सं.] खींचना, जोतना, जुताई; जुताई में हल द्वारा बनाई लीक—खूड़; सुनारों के यहाँ सोने की एक माप; प्राचीन समय में एक सिक्का; जोश, उत्साह।

कर्षक—वि. [सं.] खींचने वाला। पु. किसान।

कर्षण—पु. [सं.] खींचना; जोतना; खरोंच, क्षति पहुँचाना।

कर्षिणी—स्त्री. [सं.] दुराचारी स्त्री, व्यभिचारिणी।

कर्षित—वि. [सं.] खींचा हुआ; जोता हुआ; पीड़ित। स्त्री. कर्षिता।

कर्षी—वि. [सं.] खींचने वाला; आकर्षक। पु. हल चलाने वाला, हलवाहा।

कर्षू—स्त्री. [सं.] जुताई; जुताई में बनी खूड़; नहर; नदी। पु. कृषि, खेती; जीविका, कंडों की आग।

कर्हि—अ. [सं.] कब। **~चित्**-अ. कभी, किसी समय।

कलंक—पु. [सं.] दोष, लांछन; दाग, धब्बा; कालिख, काला दाग; चंद्रमा में दिखाई देने वाला दाग, धब्बा। **मु. ~का टीका**-बदनामी होना, लांछन लगना।

कलंकित—वि. [सं.] जिसे कलंक, दोष, लांछन लग गया हो।

कलंकी—वि. [सं.] जिस पर कलंक, दोष, लांछन लगा हो। पु. चंद्रमा।

कलंकुर—पु. [सं.] जल में पड़ने वाला भँवर, आवर्त।

कलँगा—पु. बरतन पर नक्काशी करने की छोटी-सी छेनी; एक पौधा।

कलँगी—स्त्री. द्र. 'कलगी'।

क़लंदर—पु. [सं.] एक जाति विशेष; उस जाति का व्यक्ति। [अ.] रीछ, बंदर, आदि का खेल दिखाने वाले; एक प्रकार के मुसलमान फ़क़ीर; प्रभु-भजन में मस्त रहने वाला भजन-कीर्तन करते हुए (सूफी); फक्कड़, मस्त और आज़ाद तबीयत का आदमी।

क़लंदरा—पु. [अ.] रेशमी कपड़े की एक किस्म।

क़लंदरी—वि. [फा.] कलंदरों जैसी हरकत करने वाला; कलंदर के स्वभाव का; रेशमी कपड़े की एक किस्म।

कलंदिका—स्त्री. [सं.] बुद्धि, समझ।

कलंब—पु. [सं.] बाण; कदंब।

कलंबक—पु. [सं.] एक प्रकार का कदंब-वृक्ष।

कलंबिका—स्त्री. [सं.] गरदन।

कलंबुट—पु. [सं.] ताज़ा मक्खन।

कल—वि. [सं.] मधुर, मंद (स्वर, ध्वनि); कोमल, श्रुति मधुर। पु. अस्पष्ट, मधुर ध्वनि। **~कंठ**-वि. सुरीले गले वाला। पु. कोयल; हंस; कबूतर। **~कल**-पु. झरने, नदी, आदि के प्रवाह की कोमल मधुर ध्वनि। **~कूजिका**-स्त्री. मधुर ध्वनि करने वाली, मनोहर स्वर वाली। **~घोष**-स्त्री. कोयल। **~ज**-पु. मुर्गा। **~धूत**-पु. चाँदी। **~धौत**-पु. सोना, स्वर्ण; चाँदी; मधुर ध्वनि। वि. सुनहला। **~ध्वनि**-स्त्री. कोमल मधुर ध्वनि। पु. कोयल; मोर; कबूतर। **~नाद**-पु. हंस। वि. मधुर स्वर वाला। **~रव**-पु. मधुर ध्वनि (पक्षी)। **~हंस**-पु. राजहंस; श्रेष्ठ राजा; प्रभु; राजपूतों में एक उपजाति। **~हास**-पु. हास्य का एक भेद। [अ.] आने वाला—अगला या व्यतीत—पिछला दिन, आगे आने या पीछे चले जाने वाला दिन। **~का**-कुछ ही दिनों का, बिलकुल हलका ('कल का हुआ हमें बात बनावे')। **~की कल**-जब समय आएगा तभी आगे का निश्चय होगा। 'काला' का समास में प्रयुक्त संक्षिप्त रूप (कलमुँहा, कलदुमा)। स्त्री. शांति, आराम, चैन ('कल न परत'); आरोग्य, तंदुरुस्ती; मशीन, यंत्र; बंदूक का घोड़ा; करवट। **~दार**-पु. कल, मशीन से ढला हुआ, सिक्का, रुपया। वि. कल-पेंच वाला।

क़लई—स्त्री. [अ.] चूना; चूने की पुताई; राँगा; राँगे, आदि का वह पतला लेप जो बरतनों को चमकाने के लिए उन्हें गरम कर उन पर चढ़ाया जाता है, मुलम्मा; बाहरी चमक-दमक, तड़क-भड़क। **मु. ~खुलना**-किसी का रहस्य, असलियत का प्रकट हो जाना, भेद खुल जाना; सच्चाई सामने आ जाना।

क़लक—पु. [अ.] दुःख, बेचैनी, विकलता; पछतावा, ग्लानि।

कलकान, कलकानि*—स्त्री. [ब्र.भा.] दुःख, परेशानी; कलह।

कलक्टर—पु. [अं.] जिले, जनपद में सर्वोच्च प्रशासक, उपायुक्त, जिलाधीश।

कलक्टरी—स्त्री. कलक्टर की कचहरी, कार्यालय; कलक्टर का पद या कार्य। वि. कलक्टर का; कलक्टर से संबंधित (~हुक्म)।

कलगी—स्त्री. [फा.] पगड़ी, टोपी में लगाए जाने वाला तुर्रा या फुँदना (राजा, दूल्हा, कव्वाल, आदि के द्वारा प्रयुक्त); मुर्गे; मोर तथा कुछ चिड़ियों के सिर की चोटी; ऊँची इमारत का शिखर; लावनी गायन में एक तर्ज़।

कलचुरी—पु. दक्षिणी भारत का एक पुराना राजवंश।

कलछा—पु. द्र. 'करछा'।

कलछी—स्त्री. द्र. 'करछी'।

कलछुला—पु. द्र. 'करछा'

कलजुग—पु. द्र. 'कलियुग'।

कलट्टर*—पु. द्र. 'कलक्टर'।

कलत—वि. [सं.] गंजा, खल्वाट।

कलत्र—पु. [सं.] पत्नी; श्रोणि; दुर्ग। (पुत्र)~ पु. घर-परिवार, गृहस्थ।

कलन—पु. [सं.] ग्रहण; जानना, समझना (आकलन)।

कलना—पु. [सं.] ज्ञान, बोध, ग्रहण करना।

कलपना—अ.क्रि. हृदय के भीतर-ही-भीतर दुःख में बिसूरना; अन्तर्वेदना; आत्मग्लानि भाव से हृदय के भीतर दुःख अनुभव करना; किसी प्रिय जन के दर्शन की इच्छा।

कलपाना—स.क्रि. सताना; रुलाना; दुखी करना।

कलफ़—पु. कपड़े में कड़ापन, करारापन लाने के लिए चावलों का माँड़, आदि लगाना। **~दार**-पु. जिसमें कलफ़ या माँड़ी लगी हुई हो।

कलबूत—पु. ढाँचा; साँचा, जिस पर चढ़ा कर जूता, टोपी, पगड़ी, आदि बनाए जाते हैं।

कलभ—पु. [सं.] हाथी या ऊँट का बच्चा; हाथी; धतूरा।

कलभक—पु. [सं.] हाथी का बच्चा।

कलभी—स्त्री. [सं.] हाथी या ऊँट का मादा बच्चा।

कलम—स्त्री. [सं. 'कलमः'] लेखनी, सरकंडे, आदि की; चोर; दुष्ट, बदमाश; धान, चावल की एक प्रजाति।

क़लम—स्त्री. [अ.] काटना; सरकंडे, नरसल, आदि की बनाई हुई लेखनी; निब लगी लेखनी; किसी पेड़ या पौधे की टहनी जो दूसरी प्रजाति का पेड़ या पौधा तैयार करने के लिए दूसरे पेड़ या पौधे की टहनी से ख़त काट कर जोड़ दी जाती है (आम, गुलाब, आदि की कलम); पुरुषों द्वारा कान के पास छोड़े गए बाल जिसे करीने से काट दिया जाता है; चित्र बनाने या रंग भरने की कूची; चित्र बनाने की किसी विशेष स्थान या परंपरा की शैली (राजस्थानी क़लम, पहाड़ी क़लम); वह औज़ार जिससे कोई चीज़ बारीकी से काटी, खोदी या नक्काशी की जाए। **कार**-पु. लेखक; चित्रकार। **~कारी**-स्त्री. कलम की कारीगरी; कलम से बनाये हुए बेल-बूटे। **~तराश**-पु. कलम बनाने का चाकू। **~दान**-पु. लकड़ी, पीतल, प्लास्टिक का बना आधार जिसमें कलम-दवात, आदि रखे जाते हैं; वर्तमान में केवल कलम, ऑलपिन, तारीख-कैलेंडर, आदि रखने का प्रावधान। **~बंद**-वि. लिखा हुआ, लिपिबद्ध; लिपिबद्ध ऐसा विवरण जिसमें हेर-फेर की संभावना ही न हो (~बयान)। **मु. ~तोड़ना**-साहित्य में ऐसी सुंदर रचना करना जिसमें अद्भुत रचना-कौशल हो, ऐसी सुंदर बात लिखना जिससे अधिक सुंदर की कल्पना न की जा सके। **~रोको हड़ताल**-ऐसी हड़ताल जिसमें कर्मचारी कार्यालय में तो आते हैं पर कोई कार्य नहीं करते ('पैन डाउन स्ट्राइक')।

कलमलाना, कुलमुलाना—अ.क्रि. कसमसाना, कुलबुलाना।

कलमा—पु. [अ.] शब्द; वाक्य; बात, उक्ति; इसलाम धर्म का मूल मंत्र—'ला इलाह इल्लिल्लाह, मुहम्मद रसू—लिल्लाह'। **~ए-ख़ैर**-पु. अच्छी-भली बात; साधारण प्रशंसा। **~गो**-पु. क़लमा पढ़ने वाला, मुसलमान। **~पढ़ना**-इसलाम धर्म स्वीकार करना। **~(में) का शरीक**-इसलाम का मानने वाला अपना ही भाईबंद।

क़लमी—वि. [फा.] क़लम संबंधी, हस्तलिखित ग्रंथ, विशेषत: प्राचीन हस्तलिखित ग्रंथ; कलम लगाये हुए पेड़ का फल; कोई पतला पदार्थ (कलमी शोरा)।

कलर—[अं.] रंग। **मु. ~आना**-रंग आना; स्वास्थ्य बहुत अधिक अच्छा होना; समृद्धि आना।

कलल—पु. [सं.] गर्भ की प्रारंभिक अवस्था; गर्भाशय।

कलवरिया—स्त्री. कलवार की दुकान; शराब की दुकान।

कलवार—पु. एक जाति जिसका मुख्य व्यवसाय शराब निकालना, बेचना होता था, उस जाति का व्यक्ति, कलाल।

कलश, कलस—पु. [सं.] घड़ा; कलसा; मंदिर का शिखर; ऊँचे भवन का कंगूरा; प्राचीन समय में तौल की एक माप, आठ सेर का। **~जन्मा, ~भव**-पु. कलश से उत्पन्न, अगस्त्य ऋषि।

कलशी, कलसी—स्त्री. [सं.] छोटा घड़ा, ताँबे, पीतल, आदि की छोटी गगरी, गागर। **~सुत**-पु. अगस्त्य ऋषि।

कलसा—पु. बड़ा घड़ा; ताँबे, पीतल, आदि का बड़ा घड़ा।

कलह—पु. [सं.] लड़ाई-झगड़ा, आपसी, पारिवारिक, लड़ाई-झगड़ा (वाक्-युद्ध तक ही सीमित)। **~प्रिय**-वि. झगड़ालू। **~प्रिया**-स्त्री., वि. झगड़ालू, लड़ाका स्त्री।

कलहनी—वि. [स्त्री.] झगड़ालू स्त्री।

कलहांतरिता—स्त्री. [सं.] एक नायिका-भेद, वह स्त्री जो पति या नायक का अपमान कर बाद में पछताती है।

कलही—वि. [सं.] झगड़ालू स्त्री।

कलाँ—वि. [फा.] ज्येष्ठ, बड़ा (ख़ुर्द का विपरीत यथा—मवाना कलाँ, खेड़ी कलाँ)।

कला—स्त्री. [सं.] अंश; भाग; चंद्रमा या उसके प्रकाश का सोलहवाँ भाग या अंश; राशि के तीसवें अंश का साठवाँ भाग; काल-माप का एक मान, 1.6 मिनट; किसी कार्य के करने का कौशल, इस रूप में कामशास्त्र में 64 कलाएँ मानी गई हैं; ललित कलाओं के रूप में पाँच कलाओं की मान्यता है। **~कार**-पु. किसी कला को जानने वाला; ललित कलाओं में से किसी भी कला का निष्णात। **~कुशल**-वि. किसी विशेष कला में निष्णात। **~कृति**-स्त्री. कलामयी रचना, साहित्य; चित्र, मूर्ति, आदि की कला। **~कौशल**-पु. किसी कला में विशेष योग्यता, निपुणता। **~क्षय**-पु. चंद्रमा का ह्रास, घटते जाना। **~धर, ~नाथ, ~निधि**-पु. चंद्रमा; किसी कला में निपुणता। **~पक्ष**-पु. साहित्य में रचना का शिल्प पक्ष—भाषा, अलंकार, छंद, आदि का विवेचन पक्ष। **~प्रदर्शन**-पु. कला दिखाना। **~प्रदर्शनी**-स्त्री. चित्र या मूर्तिकला का प्रदर्शन, नुमाइश। **~प्रवण**-वि. कला में निपुण, दक्ष। **~प्रेमी**-पु. कलाओं से प्रेम करने वाला। **~बाज़**-पु. विभिन्न प्रकार की शारीरिक आश्चर्यकारी क्रियाएँ करने वाला, बाज़ीगर, नट, आदि ये क्रियाएँ करते हैं। **~बाज़ी**-स्त्री. आश्चर्यकारी क्रियाएँ, नट-विद्या; सिर नीचे और पैर ऊपर करके कमर के बल उलट जाना। **~मर्मज्ञ**-पु. कला विशेष का विद्वान, ज्ञाता। **~विद्**-पु. कला का ज्ञाता। **~विद्यालय**-पु. वह संस्था जहाँ कलाओं-ललित कलाओं का प्रशिक्षण दिया जाता है (साहित्य को छोड़कर अन्य ललित कलाओं का)।

कलाई—स्त्री. बाजू का वह अग्र भाग जहाँ से हथेली, हाथ प्रारंभ होता है, पहुँचा, मणिबंध।

कलाकंद—पु. [फा., अ.] विशेष प्रकार की खोये की बनाई खादार बरफी।

कलाकुल—पु. [सं.] विष, हलाहल।

कलाचिक—पु., **कलाची**—स्त्री. कलाई; करछी।

कलात्मक—वि. [सं.] कलायुक्त; अत्यन्त सुंदर, सुरुचिपूर्ण ढंग से रची हुई, बनी हुई।

कलादर्श—पु. [सं.] कला का नमूना, जिसमें कला का वांछित रूप हो।

कलाप—पु. [सं.] समूह (क्रियाकलाप); चंद्रमा; करधनी; एक अर्द्ध चंद्राकार अस्त्र; एक रागिनी; मोर की पूँछ; तरकश।

कलापक—पु. [सं.] समूह, करधनी; चार श्लोकों का समूह; माथे पर अंकित संप्रदाय-सूचक चिह्न, तिलक।

कलापी—वि. [सं.] तरकशधारी; पंख फैलाने वाला (मोर)। पु. मोर; कोयल; वटवृक्ष।

कलाबतून—पु. [तु.] कलाबत्तू।

कलाबतूनी—वि. कलाबत्तू का बना हुआ।

कलाबत्तू—पु. रेशम के धागे पर बटा हुआ सोने-चाँदी का तार; इस प्रकार का काम हुआ कपड़े का अंश।

कलाबा, कलावा—पु. [अ.] सूत का वह गुच्छा जो लाल रंग में रँगा होता है—गाँठ बाँधकर उसे सफेद या पीला भी कहीं-कहीं से कर दिया जाता है, इसे पूजा, यज्ञ, आदि धार्मिक कृत्यों में कलाई में भी बाँधा जाता है और नैवेद्य रूप में देवों को भी अर्पित किया जाता है, मौलि; हाथी की गरदन।

कलाभिरुचि—स्त्री. [सं.] कलाओं में रुचि, कलाओं की ओर मन का रुझान।

कलाम—पु. [अ.] शब्द, वाणी, बोली; वार्तालाप; आपत्ति, एतराज। **~(मे) पाक, ~मजीद**-पु. कुरान शरीफ़।

कलामत*—कलावंत; संगीतज्ञ।

कलामुल्लाह—पु. [अ.] खुदा का कलाम, ईश्वर की वाणी; कुरान शरीफ़।

कलायन—पु. [सं.] नर्तक।

कलावंत—पु. कला में निष्णात; शास्त्रीय शिक्षा-प्राप्त गायक या वादक।

कलावती—वि., स्त्री. [सं.] कला की मर्मज्ञ, कला जानने वाली; सुंदर स्त्री।

कलावा—पु. द्र. 'कलाबा'।

कलिंग—पु. [सं.] भारत में एक प्राचीन राज्य, प्रदेश, वर्तमान का ओडिशा; वहाँ का निवासी। वि. चतुर, धूर्त; कलिंग देश का; इंद्र जौ; तरबूज़; वटवृक्ष; एक राग।

कलिंगक—पु. [सं.] इंद्र जौ; तरबूज़।

कलिंगड़ा—पु. एक राग।

कलिंगा—स्त्री. [सं.] सुंदर स्त्री।

कलिंज—पु. [सं.] चटाई; परदा। वह पर्वत जिससे यमुना का उद्गम है; सूर्य। **~कन्या, ~जा, ~तनया, ~नंदिनी, ~सुता**-स्त्री. यमुना।

कलिंद—पु. [सं.] वह पर्वत जिससे यमुना का उद्गम है; सूर्य। **~कन्या, ~जा, ~तनया, ~नंदिनी, ~सुता**-स्त्री. यमुना।

कलिंदी*—स्त्री. द्र. 'कालिंदी'।

कलि—पु. [सं.] कलह, झगड़ा; युद्ध; भारतीय मान्यता में चार युगों में से चौथा, अंतिम जिसकी आयु चार लाख बत्तीस हज़ार मानव वर्ष मानी जाती है; कलियुग का स्वामी असुर। **~काल**-पु. कलियुग। **~द्रुम ~वृक्ष**-पु. बहेड़ा। **~मल**-पु. पाप। **सरि**-स्त्री. कर्मनाशा नदी। **~युग**-पु. चार युगों में से अंतिम और वर्तमान युग जिसमें पाप और भ्रष्टाचार, आदि की बढ़ोतरी। **~युगी**-स्त्री. कलियुग का, कलियुग की प्रवृत्ति वाला।

कलिक—पु. [सं.] क्रौंच पक्षी।

कलिका—स्त्री. [सं.] कली; एक छंद।

कलिकान*—वि. हलकान, हैरान, परेशान।

कलित—वि. [सं.] गृहीत; ज्ञात; प्राप्त; युक्त; सुशोभित; जिसकी गणना कर ली हो; ध्वनित; सुंदर, मधुर।

क़लिया—पु. [अ.] पका हुआ रसेदार मांस; मांस।

कलियाना—अ.क्रि. कलियाँ आ जाना, खिल जाना; पक्षियों के नये पर निकल आना।

कलींद, कलींदा—पु. तरबूज़।

कली—स्त्री. [सं.] खिलने से पहले फूल की अवस्था, ऐसा फूल जिसका मुँह अभी बँधा होता है। **ला.** कम आयु कन्या।

कली—स्त्री. कुर्ते, आदि में लगने वाला कपड़े का तिकोना टुकड़ा, कपड़े की सिलाई में एक विशेष ढंग; छोटा हुक्का जिसे गुड़गुड़ी भी कहा जाता है। पत्थर का चूना जो दीवारों पर पोता जाता है। द्र. 'कलई'।

कलीरा—पु. कोड़ियों, छुहारों को गूँथकर बनाई गई माला जो लड़की को विवाह के समय हाथों में पहनाते हैं।

क़लील—वि. [अ.] थोड़ा, कम; छोटा।

कलीसा—पु. [यू. 'इकलीसिया'] गिरजाघर, ईसाइयों का पूजा स्थान ('चर्च')।

कलीसिया—पु. ईसाइयों का एक सम्प्रदाय।

कलुख*—पु., **कलुखाई***—स्त्री. द्र. 'कलुष'।

कलुष—पु. [सं.] मैल, गंदगी; पाप; क्रोध; कोई बुरा या दूषित भाव।

कलुषित, कलुषी—वि. [सं.] कलुष से भरा; पापपूर्ण; दूषित हृदय या विचारों वाला।

कलूटा—वि. काले रंग का, काला (तिरस्कार भाव में)।

कलेंडर, कलैंडर—पु. [अं.] तिथि-पत्र; आगामी कार्यों की सूची।

कलेऊ*—पु. द्र. 'कलेवा'।

कलेक्टर—पु. [अं.] द्र. 'कलक्टर'।

कलेजा—पु. प्राणियों के सीने में बायीं ओर वह अवयव जो रक्त शोधन, रक्त संचार का कार्य करता है, हृदय, दिल। **ला.** जीवट, साहस, हौसला। **मु. ~उछलना**-हर्ष,

शोक, उद्वेग, आशंका, आदि से दिल घबराना। **~काँपना**-भय से दिल घबराना। **~काढ़ कर रखना, ~देना, ~निकालना**-किसी के लिए बहुत कुछ करना, सर्वस्व दे देने का भाव। **~छलनी होना, ~बिंधना**-किसी की अप्रिय, कटु बातों, व्यंग्य-तानों, आदि से दिल दुःखना। **~टूटना**-घबराना; साहस समाप्त होना। **~ठंडा होना**-चित्त को शांति मिलना (किसी का अहित होने पर)। **~तर होना**-हृदय को शांति या तृप्ति मिलना (किसी का अहित देखकर)। **~थाम कर रह जाना**-किसी दुःख को भीतर-ही-भीतर, मन के ही मन में, मसोस कर रह जाना। **~धक-धक करना, ~धड़कना**-भय, आशंका, आदि से चित्त की घबराहट। **~धक से हो जाना**-एकाएक डर जाना, स्तब्ध हो जाना (किसी अप्रिय समाचार या घटना से)। **~निकाल कर धर या रख देना**-अत्यंत प्रिय वस्तु दे देना, समर्पण का भाव, किसी के लिए बहुत कुछ करना, सर्वस्व का भाव। **~पत्थर का करना**-किसी भी असह्य दुःख, घटना, समाचार के लिए जी कड़ा कर लेना; किसी भी आघात के लिए तैयार रहना; निष्ठुर या निर्मम बन जाना। **~फट जाना**-हृदय विदीर्ण हो जाना; किसी भी आघात को सहन न कर पाने की स्थिति। **~मुँह को आना**-किसी अप्रिय स्थिति, दूसरे का कष्ट, दुःख, आदि देखकर अत्यन्त दुखी होना। **~(जे) का टुकड़ा**-अत्यन्त प्रिय, संतान। **~पर छुरी चलना**-हृदय पर गहरा आघात लगना। **~साँप लोटना**-बहुत दुखी हो जाना, ईर्ष्यावश जल-भुन जाना। वि. **~में आग लगना**-बहुत अधिक क्रोध आना। **~में तीर लगना**-हृदय को बहुत चोट पहुँचना, मन में दुखी होना। **~से लगाना**-बहुत अधिक स्नेह कर सीने से लगा लेना।

कलेजी—स्त्री. कलेजे का मांस, पशु-पक्षी या किसी अन्य जीव का।

कलेवर—पु. [सं.] आकार; आकार-प्रकार ('गैट-अप्'); देह, शरीर। **मु. ~बदलना**-नया शरीर धारण कर लेना, दूसरा जन्म धारण कर लेना।

कलेवा—पु. प्रातःकाल का नाश्ता ('ब्रेकफास्ट'); विवाह की एक पुरानी रस्म।

कलेस*—पु. द्र. 'क्लेश'।

कलोर—स्त्री. जवान गाय जिसने अभी कोई बच्चा, ब्याँत न दिया हो।

कलोरी—स्त्री. जवान गाय। द्र. 'कलोर'।

कलोल, कल्लोल—पु. क्रीड़ा, केलि, उल्लास में उछल-कूद मचाना।

कलोलना*—अ.क्रि. कल्लोल करना।

कलौंछ—स्त्री. कलौंस, काला।

कलौंजी—स्त्री. द्र. 'करौंजी'।

कलौंस—स्त्री. काला, वि. जो थोड़ा कालापन लिये हुए हो।

कल्क—पु. [सं.] किसी तैलीय चीज़ के नीचे जमने वाला मैल; चूर्ण, बुकनी; पीठी; फल, आदि का गूदा; पाप; अवलेह।

कल्कि—पु. [सं.] विष्णु का दसवाँ और अंतिम अवतार, पौराणिक मान्यता के अनुसार यह अवतार कलयुग के अंत में कुमारी कन्या के गर्भ उत्पन्न होगा। **~पुराण**-पु. कल्कि अवतार की कथा पर आधारित एक उपपुराण।

कल्की—वि. [सं.] कल्क, दम्भ, पाप, आदि से भरा हुआ।

कल्चर—[अं.] संस्कृति। (प्रयोगशाला में रक्त की जाँच करते हुए) जीवाणु समूह की जाँच। **~ड**-कृत्रिम सृजन (कल्चर्ड मोती, आदि)।

कल्प—पु. [सं.] विधान, विधि; वेद के छः अंगों में से एक जिसमें यज्ञ, संस्कारों, आदि का विधान है; मिथकीय मान्यता में ब्रह्मा का एक दिन जिसे एक हजार महायुगों—4 अरब 32 करोड़ मानव वर्षों के तुल्य बताया गया है; प्रलय; आयुर्वेद का विष-चिकित्सा अंग; आयुर्वेद में उपचार की एक विधि जिसमें रोगी को किसी एक ही आहार पर रख नीरोग किया जाता है—दुग्ध कल्प, मट्ठा कल्प, विभिन्न फलों-सब्ज़ियों, आदि के कल्प; तुल्य, बराबर—ऋषि कल्प, देव कल्प; शराब। **~कार**-पु. कल्प सूत्रों का रचयिता; नाई; शराब बनाने वाला। **~क्षय**-पु. कल्पांत, युगांत। **~तरु, ~द्रुम, ~पादप, ~विटप, ~वृक्ष**-पु. मिथकीय मान्यता अनुसार देव उपवन नन्दन कानन में एक वृक्ष, समुद्र-मंथन से निकलने वाले चौदह रत्नों में से एक माना जाता है कि यह हर इच्छा को पूर्ण कर देना वाला है; एक वृक्ष जो अफ्रीका और भारत में कुछ समुद्र तटीय क्षेत्रों में पाया जाता है। **~विद्**-वि. कल्प सूत्रों का ज्ञाता, विद्वान्। **~सूत्र**-पु. वैदिक यज्ञ, आदि विधि-विधान बताने वाला सूत्र ग्रंथ—श्रौत्र और गृह्य सूत्र।

कल्पक—वि. [सं.] रचयिता; कल्पना करने वाला; किसी कार्य की योजना बनाने वाला। **(अभि) ~डिज़ाइनर**-नए-नए परिधानों की कल्पना करने वाला।

कल्पन—पु. [सं.] रचना; बनाना; कल्पना करना; सजाना-सँवारना।

कल्पना—स्त्री. [सं.] उद्भावना; कवियों, चित्रकार, आदि में मन की वह शक्ति जो किसी अनदेखी, अनसुनी, अनोखी वस्तु, व्यक्ति, आदि का साक्षात् रूप प्रस्तुत कर देते हैं ('इमेजिनेशन'); किसी वस्तु में दूसरी वस्तु का आरोपण। **~चित्र**-पु. कल्पना से खींचा हुआ चित्र। **~प्रसूत**-वि. कल्पना से उत्पन्न हुआ, जिसका कोई आधार न हो। **~वाद**-पु. साहित्य में रचना संबंधी एक दृष्टि जिसमें कल्पना की

प्रधानता मानी गई है। **~शक्ति**-स्त्री. कोई नई बात सोचने की शक्ति, उद्भावना शक्ति।

कल्पनातीत—वि. [सं.] जिसकी कल्पना न की जा सके; जो कल्पना की भी सीमा में न हो।

कल्पनात्मक, कल्पनामय—वि. [सं.] कल्पित, मनघड़ंत; बनावटी।

कल्पनीय—वि. [सं.] कल्पना करने योग्य।

कल्पांत—पु. [सं.] प्रलय, सृष्टि का अंत जिसमें एक कल्प की समाप्ति मानी जाती है।

कल्पातीत—पु. [सं.] जैन धर्म में मान्य एक देव।

कल्पित—वि. [सं.] जो कल्पना के आधार पर रचा गया हो; स्वयं ही किसी विचार को मन में गढ़ना; बनावटी, नकली।

कल्पितोपमा—स्त्री. [सं.] उपमा अलंकार का एक भेद, जहाँ प्रकृत उपमान न मिलने पर मनमाना उपमान कल्पित कर लिया जाए।

क़ल्ब—पु. [अ.] कुत्ता, कुक्कुर।

क़ल्बी—वि. [अ.] हार्दिक, दिली; मानसिक; आत्मिक; हृदय संबंधी।

कल्मष—पु. [सं.] मल; मैल; पाप; लांछन; एक नरक। वि. पापी, दुष्ट।

कल्माष—वि. [सं.] रंग-बिरंगा, चित्तीदार, काला और सफेद; काले और सफ़ेद का मिश्रण। **~कंठ**-पु. शिव। **~पाद**-पु. एक राजा, सुदास का पुत्र।

कल्माषी—स्त्री. [सं.] यमुना नदी।

कल्य—पु. [सं.] स्वस्थ, नीरोग, तंदुरुस्त; तत्पर; सुसज्जित; चतुर; रुचिकर; मंगलमय; बहरा और गूँगा; शिक्षाप्रद; भोर (का समय); तड़का; शराब।

कल्या—स्त्री. [सं.] शराब; मंगल-वचन, आशीर्वचन। **~पाल, ~पालक**-पु. शराब बेचने वाला, कलवार।

कल्याण—पु. [सं.] मंगल; सुख-सौभाग्य; भलाई; संगीत में एक राग। वि. मंगलकारी; सुंदर; शुभ। **~कर, ~कारी**-वि. कल्याण, शुभ, मंगलदायक। **~कामोद**-पु. संगीत में एक संकर राग।

कल्याणक—वि. [सं.] मंगलकारक, शुभदायक।

कल्याणी—वि. [सं.] कल्याणकारिणी, कल्याण करने वाली; सुखी, समृद्ध; भाग्यशाली; सुंदर नारी। स्त्री. गाय; कलोर गाय।

कल्यान*—पु. द्र. 'कल्याण'।

कल्लर—पु. परती, अनुपजाऊ ज़मीन, वह भूमि जो खेती योग्य न हो, जिस पर कुछ न उगता हो, बंजर।

कल्ला—पु. अँखुआ, बीज से अंकुर निकलना; जबड़ा; मुँह के नीचे गले तक का भाग; लालटेन या लैंप का वह भाग जिसमें बत्ती डाली जाती है।

कल्लू—वि. रंग का काला, कलूटा।

कल्लोल—पु. [सं.] द्र. 'कलोल'।

कल्लोलित—वि. [सं.] तरंगित, जिसमें लहरें उठ रही हों।

कल्लोलिनी—स्त्री. [सं.] नदी, जिसमें लहरें उठ रही हों।

कल्हण—पु. [सं.] बारहवीं शती के कश्मीर के प्रसिद्ध कवि, 'राजतरंगिणी' के रचयिता।

कल्हर*—पु. द्र. 'कल्लर'।

कल्हारना—स.क्रि. घी या तेल में हरे या भीगे हुए चने, मटर, आदि को हलका तलना।

कवच—पु. [सं.] लोहे का बना वह आवरण जो युद्ध में सैनिक पहनते थे, बख़्तर; वह ऊपरी मोटा छिलका या आवरण जिसके अंदर कोई फल या जीव रहता है—बादाम, अखरोट; कछुआ, आदि; तंत्र के अनुसार वे मंत्र जो व्यक्ति की रक्षा के निमित्त पढ़े जाते हैं; मंत्र शक्ति या तंत्र साधना से रक्षा के लिए बना यंत्र, ताबीज़; बड़ा नगाड़ा।

कवची—वि. [सं.] जो कवच धारण किये हो, बख़्तर पहने हुए। पु. शिव; धृतराष्ट्र का एक पुत्र।

कवयित्री—स्त्री. [सं.] कविता रचने वाली स्त्री।

कवयी—स्त्री. [सं.] एक मछली।

कवर (कबर, कबरी)—पु. [सं.] चोटी, जूड़ा; नमक; चितकबरापन।

कवर—[अं.] आवरण, आच्छादन, ढक्कन; पुस्तक, कॉपी, आदि पर जिल्द रूप में चढ़ाया गया काग़ज, लिफ़ाफ़ा।

कवरकी—स्त्री. [सं.] बंदिनी।

कवरी—स्त्री. [सं.] द्र. 'कवर'।

कवर्ग—पु. [सं.] हिंदी वर्णमाला में व्यंजनों में 'क' से 'ङ' तक का अक्षर-समूह।

कवल—पु. [सं.] मुट्ठी भर; कौर, ग्रास; एक मछली।

कवलन—पु. [सं.] चबाना; खाना; निगलना।

कवलिका—स्त्री. [सं.] फोड़े, व्रण, आदि पर बाँधी जाने वाली पट्टी।

कवलित—वि. [सं.] खाया या निगला हुआ; चबाया हुआ; लिया या पकड़ा हुआ।

कवष—पु. [सं.] ढाल; एक मंत्रद्रष्टा ऋषि।

कवस—पु. [सं.] कवच; एक काँटेदार झाड़ी।

कवाट—पु. [सं.] द्र. 'कपाट'।

क़वाम—पु. [अ.] सत्यता, सच्चाई; सरलता; न्याय, इंसाफ।

क़वायद—स्त्री. [अ.] कार्य-विधि, कार्य की प्रक्रिया; सेना या पुलिस के जवान, अफसरों, आदि के द्वारा शारीरिक क्रिया के अभ्यास ('ड्रिल', 'परेड')।

कवि—पु. [सं.] कविता की रचना करने वाला, काव्यकार; प्रतिभाशाली; चतुर, बुद्धिमान; विचारवान, विचारशील; प्रशंसनीय; सूर्य; सर्वज्ञ; असुरों के आचार्य शुक्र की उपाधि;

वाल्मीकि, आदि कवि; ब्रह्मा। **~ज्येष्ठ**-पु. आदिकवि वाल्मीकि। **~पुत्र**-पु. शुक्राचार्य। **~राज**-पु. कवि श्रेष्ठ, महान कवि; वैद्यक की एक उपाधि; भाट, चारण। **~समय**-पु. ऐसी मान्यताएँ और विश्वास जो प्रमाण-पुष्ट न भी हों तो भी कविगण इनका निरंतर वर्णन करते रहे हैं; यथा—किसी सुंदरी के पदाघात से अशोक का पुष्पित होना, सुंदरी के द्वारा मदिरा का कुल्ला किये जाने पर बकुल कुसुमित होना।

कविका—स्त्री. [सं.] केवड़ा; लगाम; एक मछली।

कविता—स्त्री. [सं.] कवि की पद्य में रसात्मक रचना।

कविताई*—स्त्री. द्र. 'कविता'।

कवित्त—पु. कविता, एक वर्णवृत्त।

कवित्व—पु. [सं.] काव्य का गुण, रस; काव्य रचना की शक्ति।

कविनासा*—स्त्री. कर्मनाशा नदी।

कविलास*—पु. कैलास (पर्वत); स्वर्ग।

कवींदु—पु. [सं.] वाल्मीकि।

कवींद्र—पु. [सं.] श्रेष्ठ कवि, कवि शिरोमणि।

कवीथ—पु. कैथा।

कवेला—पु. कौवे का बच्चा।

कवोष्ण—वि. [सं.] थोड़ा गरम; कुनकुना, गुनगुना।

कव्य—पु. [सं.] पितरों को दिया जाने वाला अन्न। **~बाल, ~वाह, ~वाहन**-पु. अग्नि।

कव्वाल—पु. [अ.] क़व्वाली गाने वाला; बहुत बात करने वाला।

क़व्वाली—स्त्री. [फा. + अ.] वह इसलामी गायन, गीतिशैली, जो मजारों, आदि पर गाई जाती है, अन्य मंचीय प्रस्तुतियाँ भी।

कश—पु. [सं.] चाबुक। [फा.] कक्ष; बगल; वक्षस्थल, छाती; दम; एक बार की खींच यथा—तंबाकू, सिगरेट, हुक्के, आदि धुएँ का एक घूँट खींचना। प्रत्य. करने या खींचने वाला जैसे—मेहनतकश, दिलकश, मयकश, कमाँकश; सहन करने वाला—सितमकश।

कशकोल—पु. [फा.] मुसलमान फ़क़ीरों का भिक्षा पात्र, खप्पर।

कशा—स्त्री. [सं.] चाबुक; रस्सी।

कशाघात—पु. [सं.] चाबुक या क़ोड़ा मारना।

कशिक—पु. [सं.] नेवला।

कशिपु—पु. [सं.] चटाई; बिछौना; तकिया, अन्न; वस्त्र; शंख।

कशिश—स्त्री. [फा.] आकर्षण; खिंचाव, झुकाव।

कशीद—स्त्री. [फा.] खिंचा हुआ, अप्रसन्न, नाराज़। **~गी**-स्त्री. खिंचाव; मनमुटाव, अप्रसन्नता।

कशीदा—वि. [फा.] खींचा हुआ, उठाया हुआ। पु. सुई-धागे से कपड़े पर बेल-बूटे काढ़ना, गुलकारी। **~कारी**-स्त्री. कशीदे के काम करना, कपड़े पर बेल-बूटे बनाना।

कशेरु—पु. [सं.] रीढ़ की हड्डी; रीढ़ की हड्डी के मनके; सूखे तालाब में निकलने वाला एक कंद।

कशेरुका—स्त्री. [सं.] रीढ़।

कश्चित्—वि., सर्व. [सं.] कोई; कोई एक।

कश्ती—स्त्री. [फा.] द्र; 'किश्ती'।

कश्मल—पु. [सं.] पाप; मूर्छा; उत्साहहीनता; मोह। वि. मलिन, गंदा।

कश्मीर—पु. [सं.] भारत के उत्तर-पश्चिम कोण में स्थित एक राज्य, अपनी प्राकृतिक सुंदरता के लिए ख्यात।

कश्मीरी—वि. कश्मीर का; कश्मीर में उत्पन्न; कश्मीर से संबंधित। पु. कश्मीर का निवासी। स्त्री. कश्मीर की भाषा।

कश्य—वि. [सं.] चाबुक; कोड़ा मारने योग्य। पु. घोड़े की पीठ या पार्श्व।

कश्यप—पु. [सं.] एक प्रसिद्ध ऋषि; कश्यप ऋषि के नाम पर प्रचलित गोत्र; एक उपजाति।

कष—पु. [सं.] कसौटी, परीक्षा; सान; रगड़ना। **~पट्टिका**-स्त्री. कसौटी।

कषण—पु. [सं.] रगड़ना; चिह्नित करना; कसौटी पर कसना; खरोंचना।

कषाय—वि. [सं.] कसैला, कुछ-कुछ कड़वाहट और खट्टेपन का स्वाद; गेरुवा या केसरिया रंग।

कषायित—वि. [सं.] गेरुवे या केसरिया रंग का; प्रभावित।

कषायी—वि. [सं.] कसैला; गेरुवे या केसरिया रंग का।

कषि—वि. [सं.] हानिकारक।

कषित—वि. [सं.] क्षतिग्रस्त, जिसे हानि हुई हो।

कषिका, कषीका—स्त्री. [सं.] एक तरह का पक्षी।

कषेरुका—स्त्री. [सं.] रीढ़।

कष्ट—पु. [सं.] पीड़ा, व्यथा, तकलीफ़; संकट, मुसीबत। **~कर**-वि. दुःख या तकलीफ़ देने वाला। **~कल्पना**-स्त्री. वह बात जो कठिनाई से ही दिमाग में आए; जिसकी कल्पना करने से कष्ट हो। **~कारक**-वि. कष्ट देने वाला। **~साध्य**-वि. जिसको करने में कठिनाई हो; जिसे करने में बहुत श्रम करना पड़े।

कष्टार्जित—वि. [सं.] बहुत मेहनत या कष्ट से कमाया हुआ (धन)।

कष्टार्थ—पु. [सं.] बहुत खींचतान कर लगाया हुआ अर्थ, दूर की कौड़ी वाला अर्थ।

कस—पु. [सं.] कसौटी; निकालना, बाहर खींचना। बल, शक्ति, जोर; क़ाबू, नियंत्रण; जाँच (करना); कसौटी। **~दार**-वि. बलवान, जिसमें शक्ति हो।

कसक—स्त्री. रह-रहकर उठने वाली पीड़ा, टीस; अभिलाषा, अरमान; पुराना वैर-भाव।

कसकन—स्त्री. कसकने का भाव, कसक महसूस होना।

कसकना—अ.क्रि. पीड़ा होना, टीसना, रह-रहकर हलका-हलका दर्द उठना।

कसकुट—पु. काँसा, ताँबे, जस्ते, आदि धातुओं के मेल से बनी एक धातु (रसोई के बरतन, आदि इस धातु के बनाए जाते हैं)।

कसगर—पु. मिट्टी के बरतन बनाने वाली मुसलमानों की एक जाति।

कसन—स्त्री. कसने की क्रिया, कसना (रस्सी, आदि को खींचना)।

कसना—स्त्री. [सं.] खोलना, प्रसार कर देना; नष्ट करना। स.क्रि. किसी बँधी हुई चीज़ की डोरी, रस्सी, आदि को खींचना, बंधन दृढ़ करना; जकड़ कर बाँधना; किसी पुर्ज़े, नट, बोल्ट, आदि की ढिलाई को दृढ़ करके बिठाना (पेचकस, प्लॉस्क, आदि से); साज रखकर घोड़े, घोड़ा-गाड़ी, आदि को तैयार करना (काठी, आदि को कसना; ठूँस-ठूँस कर भरना; कद्दूकस, आदि पर रगड़ना; जाँच के लिए सोने को कसौटी (पत्थर) पर रगड़ना)। **ला.** (ताने, फबती, व्यंग्य) ~कटाक्ष-भरी उक्ति का निशाना बनाना।

कसनी—स्त्री. स्त्रियों के पहनने की चोली, अँगिया (तानियों कसने के कारण 'कसनी')।

कसब—पु. [अ.] पेशा, व्यवसाय, रोज़गार; परिश्रम, मेहनत; वेश्या-वृत्ति।

क़सबा—पु. [अ.] छोटा शहर, गाँव से बड़ी और शहर से छोटी बस्ती, समुन्नत गाँव जिसमें बाज़ार, आदि की सुविधा हो गई हो।

क़सबात—पु. [अ.] क़सबे का बहुवचन, क़सबे।

कसबाती—वि. कसबे में रहने वाला।

कसबिन—स्त्री. द्र. 'कसबी'।

कसबी—स्त्री. वेश्या। **~ख़ाना**-पु. वेश्यालय।

क़सम—स्त्री. [अ.] सौगंध, शपथ, किसी प्रियजन या जीव के नाम पर की गई प्रतिज्ञा। **~उतारना**-शपथ के बंधन या प्रभाव से अपने को मुक्त करना; कहने-भर के लिए किसी काम को बेमन से करना। **~खाना**-किसी बात के लिए प्रतिज्ञाबद्ध होना। **ला. ~खाने को**-नाममात्र के लिए, बेमन से ('मैं तो क़सम खाने-भर वहाँ चला गया था')।

कसमस—पु. [स्त्री.] कसमसाहट, बेचैनी, घबराहट।

कसमसाना—अ.क्रि. घबराना, बेचैन होना; ऊब कर हिलना-डुलना।

कसमसाहट—स्त्री. बेचैनी, घबराहट, कुलबुलाहट।

कसमा-कसमी (क़सम-धर्मी)—स्त्री. दोनों पक्षों का क़सम खाना (लड़ाई-झगड़े, आदि में)।

कसमिया, कसमीया—वि. कसम उठाकर, शपथपूर्वक (बात कहना)।

कसर—स्त्री. [अ.] कमी, न्यूनता, त्रुटि (रह जाना); द्वेष, वैर; टोटा, घाटा, हानि; दोष। **मु. ~निकालना**-बदला लेना; क्षतिपूर्ति करना।

कसरत—स्त्री. [अ.] व्यायाम; मेहनत, **परिश्रम;** अधिकता, बहुलता।

कसरती—वि. कसरत, व्यायाम करने वाला; व्यायाम से बनाया (शरीर, बदन)।

कसरहट्टा—पु. कसेरों, बरतन बनाने और बेचने वालों की हाट, बाज़ार, कसेरा बाज़ार।

कसली—स्त्री. कसले, फावड़े का छोटा रूप।

कसवाना—स.क्रि. कसने, खींचने का काम करवाना।

कसा—वि. कसा हुआ, बँधा हुआ।

क़साई—पु. [अ.] मांस बेचने वाला, बूचड़। **ला. निर्दयी,** बेदर्द, निष्ठुर। **~ख़ाना, ~घर**-पु. वह स्थान जहाँ पशु काटे जाते हैं। **मु. ~के खूँटे बँधना**-किसी निर्दय, निष्ठुर व्यक्ति के साथ विवाह होना।

कसाई—स्त्री. किसी मशीन, आदि को लगाने या कसने की मजदूरी; कसने की क्रिया।

कसाकसी—स्त्री. तनातनी; थोड़ा लड़ाई-झगड़ा।

कसाना—अ.क्रि. स्वाद कसैला हो जाना। स.क्रि. कसवाना, 'कसना' का प्रे.।

कसार—पु. घी में भुना हुआ आटा, जिसमें थोड़ा घी, शक्कर या चीनी मिली हुई हो (कथा-कीर्तन में प्रसाद रूप में वितरण)।

कसाला—पु. मेहनत वाला, कठिन, श्रम-साध्य (काम)।

कसाव—पु. कसने का भाव, किसी ढीली चीज़ को तानना।

कसावट—स्त्री. तनाव, खिंचाव।

कसिया—पु. एक स्थान विशेष, उत्तर प्रदेश के देवरिया जिले में एक क़सबा जिसे भगवान बुद्ध के महानिर्वाण के स्थान के रूप में जाना जाता है, कुशीनगर।

कसीदा—पु. द्र. 'कशीदा'।

क़सीदा—पु. [अ.] प्रशंसा; उर्दू कविता की वह शैली जिसमें कम-से-कम पन्द्रह शेरों में किसी विषय का क्रमबद्ध चित्रण हो। **~गो**-वि. क़सीदा करने या लिखने वाला।

कसीदेदार—वि. [फा.] बेल-बूटे वाला।

कसीर—वि. [अ.] अत्यधिक, प्रचुर, ज्यादा।

कसीस—पु. नीला थोथा।

कसूँभी*—वि. कुसुम के रंग, हलका हरा रंग, इस रंग में रँगा हुआ।

क़सूर—पु. [अ. क़ुसूर] अपराध; दोष; भूल। **~मंद, ~वार**-वि. अपराधी; दोषी; भूल करने वाला।

कसेरा—पु. काँसे, पीतल, ताँबे, फूल, आदि के बरतन बनाने-बेचने वाला, बरतन विक्रेता।

कसेरिन—स्त्री. कसेरे की पत्नी।

कसेरू—पु. द्र. 'कशेरू'।

कसैला—वि. जिसका स्वाद तीता-सा हो।

कसैली*—स्त्री. सुपारी।

कसोरा—पु. मिट्टी का बना प्याला-सा जिसमें पानी, चाय, रायता, आदि आज भी कहीं-कहीं परोसा जाता है, सकोरा।

कसौटी—स्त्री. एक काला पत्थर जिस पर सुनार सोना घिसकर उसकी रेखा से सोने की शुद्धता जाँचते हैं।

कस्टडी—स्त्री. [अं.] संरक्षा; हिरासत, हवालात।

कस्टम—[अं.] सीमा-शुल्क, सीमा-कर; सीमा-शुल्क विभाग; रिवाज़, प्रथा, आचार; रूढ़ि। **~अफसर**-पु. सीमा-शुल्क अधिकारी। **~हाउस**-पु. सीमा-शुल्क कार्यालय।

कस्टमर—[अं.] ग्राहक।

कस्टर्ड—[अं.] हलका पीला फलों, आदि का पाउडर जिसमें दूध डाल कर पुडिंग के रूप में बनाया जाता है; इस पाउडर से तैयार खाने की मीठी चीज़ जिसमें फल, मेवे, चेरी, आदि डाल ली जाती है।

कस्तूर—पु. कस्तूरी मृग; कस्तूरी जैसा एक पदार्थ।

कस्तूरा—पु. कस्तूरी वाला हिरन, लोमड़ी के आकार का एक जंतु।

कस्तूरिका—स्त्री. [सं.] कस्तूरी।

कस्तूरिया—वि. कस्तूरी का; कस्तूरी से बना हुआ। पु. कस्तूरी मृग।

कस्तूरी—स्त्री. [सं.] हिरन विशेष की नाभि से निकलने वाला सुगंधित पदार्थ, इसका प्रयोग औषधियों में होता है। **~मृग**-पु. वह हिरन जिसकी नाभि में कस्तूरी का वास होता है। **मु. (पैर में) ~होना**-वह व्यक्ति जो कहीं भी टिक न बैठ सके, हिरन की तरह भागा-भागा फिरता है।

क़स्द—पु. [अ.] इरादा; इच्छा, संकल्प।

क़स्दन्—अ. [अ.] जान-बूझकर, इरादा करके, इरादतन।

क़स्बा—पु. द्र. 'क़सबा'।

कस्सा—पु. बबूल, कीकर की छाल; इस बबूल की छाल से बनने वाली शराब।

क़स्साब—पु. [अ.] क़साई, बूचड़। **~ख़ाना**-पु. कसाई घर, बूचड़ख़ाना।

क़स्साबी—स्त्री. [अ. + फा.] क़साई का काम।

कस्सी—स्त्री. फसल की गुड़ाई, आदि करने के लिए फावड़े का छोटा रूप जिससे ज़मीन ऊपर-ऊपर ही खुद पाती है।

कहँ*—[ब्र.भा.] कहाँ, कौन।

कहँरना—अ.क्रि. कराहना।

कहकशाँ—पु. [फा.] आकाश-गंगा, छायापथ।

क़हक़हा—पु. [अ.] बहुत जोर से हँसना, ठहाका।

कहगिल—स्त्री. [फा.] गारा, मिट्टी में भूसा पुआल की कुट्टी, आदि डाल कर तैयार गारा जिससे कच्ची दीवारें लीपी जाती हैं।

क़हत—पु. [अ.] दुर्भिक्ष, अकाल; अभाव, क़िल्लत, बहुत अधिक कमी (किसी वस्तु की)। **~ज़दा**-वि. क़हत, अकाल, दुर्भिक्ष का मारा हुआ, से पीड़ित।

कहन—स्त्री. वचन, उक्ति; बात, कहावत।

कहना—स.क्रि. मुँह से बात निकालना, बोलना, कथन; सूचित करना; आज्ञा देना; आदेश। **मु. सुनना**-समझाना-बुझाना; आपसी तक़रार। **(किसी के कहने) में आना**-किसी का सिखाया मान लेना, बहकावे में आ जाना।

कहनाउत*—स्त्री. द्र. 'कहनावत'।

कहनावत—स्त्री. कथन; कहावत।

कहनि*—स्त्री. द्र. 'कहन'।

कहनी—स्त्री. कहानी; कथन।

क़हर—पु. [अ. 'क़ाह'] आफ़त, भारी मुसीबत; बला; दैवी विपत्ति; जुल्म। **~इलाही**-पु. दैवी विपत्ति। **~का**-गज़ब का, अत्यधिक। **मु. ~टूटना**-दैवी संकट, विपदा। **~ढाना**-किसी पर जुल्म या आफत ढाना।

कहरना*—अ.क्रि. कराहना।

कहरवा—पु. एक ताल, कहरवा ताल पर गाया जाने वाला दादरा (संगी.)।

क़हरी—वि. क़हर ढाने वाला।

कहलवाना—स.क्रि. किसी दूसरे के द्वारा किसी से कुछ कहना; संदेश भेजना; उच्चारण करवाना; किसी से ज़बरदस्ती कुछ कहलाना।

कहलाना—स.क्रि. 'कहना' का प्रे.; दूसरे से कहने की क्रिया करवाना।

कहवइया, कहवैया*—पु. कहने वाला; पक्ष लेने वाला ('मेरा तो कोई कहवइया-सुनवइया ही नहीं)।

क़हवा—पु. [अ.] चाय की प्रजाति का एक पौधा जिसकी पत्तियाँ चाय के रूप में प्रयुक्त की जाती हैं।

कहवाना—स.क्रि. द्र. 'कहलवाना'।

कहाँ—अ. किस जगह, किस स्थान पर, किधर। **~का, ~से**-न जाने किस स्थान से (असम्मान भाव से—'न जाने कहाँ-कहाँ से चले आते हैं)। **~का कहाँ**-बहुत दूर ('इतनी देर में तो वह कहाँ का कहाँ पहुँच गया होगा')। **~की बात**-असंगत बात।

कहा—सर्व. क्या [ब्र.भा.] ('कहा भयो...')। **~सुनी**-लड़ाई-झगड़ा, तकरार; अप्रिय वाद-विवाद।

कहाउति*—स्त्री. द्र. 'कहावत'।

कहाना—स.क्रि., अ.क्रि. कह लाना।

कहानी—स्त्री. कथा, आख्यायिका, वृत्तान्त; किस्सा; यथार्थ और कल्पना के मिश्रण से प्रस्तुत कोई घटना, विवरण जो उद्देश्य प्रधान हो; गद्य साहित्य की एक समादृत विधा (शॉर्ट स्टोरी); मनघड़ंत बात (क्यों कहानी बनाए जा रहे हो)।

कहार—पु. एक जाति विशेष जो पालकी ढोने और घरों में कुएँ से पानी, आदि लाने का काम करती थी।

कहारा*—पु. टोकरा।

कहावत—स्त्री. लोकोक्ति, कथन, दृष्टांत रूप में बात कहना।

कहीं—[अ.] किसी जगह, अनिश्चित या अनजाने स्थान में; शायद ('कहीं ऐसा न हो...')। **~कहीं**-अ. कुछ स्थानों में, जहाँ-तहाँ। **मु. ~का न छोड़ा, ~का न रहना**-बेकार कर देना, कहीं मान्य न रहना। निषेधार्थक और प्रश्न रूप में भी प्रयोग—('ऐसा भी कहीं देखा है?')।

कही—स्त्री. कही हुई बात, कथन; उपदेश या शिक्षा के रूप में उच्चरित वचन ('हमारी कही मान जाओ')।

कहुं, कहूँ*—अ. द्र. 'कहीं'।

कह्—पु. [अ.] द्र. 'क़हर'—हिंदी में 'क़हर' ही स्वीकृत।

कह्लार—पु. [सं.] श्वेत कमल।

काँइयाँ—वि. चालाक, धूर्त, मक्कार।

काँईं (काँईंकूं)*—अ. क्यों।

काँकर*—पु. [ब्र.भा.] कंकड़।

काँकरी*—स्त्री. [ब्र.भा.] छोटी कंकड़।

काँ-काँ*—पु. द्र. 'काँव-काँव'।

काँकुनी*—स्त्री. कंगनी, एक किस्म के चावल।

कांक्षणीय—वि. [सं.] चाहने योग्य, कामना के योग्य।

कांक्षनीय—वि. [सं.] द्र. 'कांक्षणीय'।

कांक्षा—स्त्री. [सं.] इच्छा, कामना, चाह; अपेक्षा।

कांक्षित—वि. [सं.] चाहा हुआ।

कांक्षी—स्त्री. [सं.] एक तरह की सुगंधित मिट्टी। वि. [सं.] चाहने वाला।

काँख—स्त्री. बाहुमूल का नीचे का गहरा-सा स्थान, बगल।

काँखना—अ.क्रि. गले से खाँसने की आवाज़ निकालना।

काँगड़ा—पु. हिमाचल प्रदेश का एक स्थान, जिला; एक पक्षी। **(ड़े) ~वाली**-काँगड़ा स्थित प्रसिद्ध देवी।

काँगड़ी—स्त्री. गले में लटकाने वाली एक छोटी-सी अँगीठी जिसे कश्मीर में लोग सर्दी दूर करने के लिए प्रयोग करते हैं; सेना में ऊपर-से-नीचे तक बनीं एक पोशाक जिसमें पेंट और कमीज़ एक साथ जुड़े रहते हैं। **ला. ~पहलवान**-बहुत पतले-दुबले बच्चे या व्यक्ति को व्यंग्य भाव से कहा जाता है।

काँगरू—पु. द्र. 'कँगारू'।

कांग्रेस—स्त्री. [अं.] सम्मेलन; किसी संस्था के प्रतिनिधियों की वार्षिक बैठक ('हिस्ट्री-कांग्रेस'); भारत का प्रमुख राजनीतिक दल, इंडियन नेशनल कांग्रेस, भारतीय स्वतंत्रता संग्राम में इस दल का विशेष योगदान।

कांग्रेसी—वि. कांग्रेस दल का सदस्य, उस दल की विचारधारा का अनुयायी।

काँच—पु. शीशा। स्त्री. गुदा का भीतरी भाग; धोती का वह छोर जो जाँघों के बीच से ले जाकर पीछे के फेंटे में खोंसा जाता है। **मु. निकलना**-आघात, परिश्रम या संघर्ष, कठिनाई, आदि से व्यक्ति की दुर्दशा होना।

कांचन—पु. [सं.] स्वर्ण, सोना; धन। वि. सोने का बना; सुनहरा, दीप्ति, चमक वाला। **~कंदर**-पु. सोने की ख़ान। **~गिरि**-पु. सुमेरू पर्वत। **~चंगा, ~जंगा**-पु. हिमालय की एक चोटी का नाम। **~प्रभ**-वि. सोने के समान आभा वाला।

कांचनक—पु. [सं.] हरताल; चंपा।

कांचनार—पु. [सं.] कचनार (पुष्प, उसका पौधा)।

कांचनी—स्त्री. [सं.] हलदी; गोरोचन।

काँचरी, काँचली—स्त्री. द्र. 'कैंचुली'।

काँचा*—वि. कच्चा, अस्थिर।

कांचि, कांची—स्त्री. [सं.] करधनी, तगड़ी, मेखला; दक्षिण भारत का एक प्रसिद्ध स्थान, तीर्थ-स्थल। **~पुरी**-स्त्री. कांची, दक्षिण भारत का प्रसिद्ध नगर।

काँचुरी, काँचुली*—स्त्री. द्र. 'कैंचुली'।

काँचू—वि. जिसकी काँच निकलती हो, एक रोग।

काँछना—स.क्रि. काछना, सजाना-सँवारना; पहनना।

कांछा*—स्त्री. द्र. 'कांक्षा'।

कांजिक—पु. [सं.] कांजी।

कांजिवरम्, कांजिवारम्—पु. कांची नगरी; वहाँ की बनी विशेष प्रकार की साड़ी।

कांजी—स्त्री. [सं.] पिसी हुई राई, नमक, मिर्च, आदि डाल कर बनाया हुआ घोल, खट्टा रस जिसमें गाजर, आदि भी डाल लेते हैं, स्वादिष्ट और पाचक पेय।

काँजी—स्त्री. द्र. 'कांजी'।

कांजी-हाउस—पु. [अं.] वह स्थान जिसमें लावारिस या दूसरे के खेत, आदि में चरते हुए पशु बंद कर दिये जाते हैं और स्थानीय प्रशासन को दंडस्वरूप कुछ पैसा दे कर ही उन्हें छुड़ाया जा सकता है।

काँटा—पु. कंटक, पेड़ (बबूल, बेलपत्थर, बेरी, आदि)—पौधों (गुलाब, नींबू, किसी झाड़ी, आदि) की टहनियों से

निकली हुई सुई-सी, बहुत कड़ा नुकीला अंकुर, कुछ जीवों, पक्षियों, आदि के शरीर में उगे नुकीले पर-से; लोहे की बड़ी कील; मछली पकड़ने की कुंडी; लोहे की मुड़ी हुई पत्तियों का गुच्छा-सा जिससे कुएँ में गिरे हुए बरतन—बाल्टी, डोल, आदि; लोहे की तराजू जिसकी डंडी पर सुई लगी हुई होती है; भारी वज़न तौलने के लिए बनाई गई मशीन जो ज़मीन के अंदर लगा दी जाती है और उस पर से भारवाही वाहन गुज़र कर अपना वज़न कराते हैं; नाक या कान में पहनने की कील, लौंग (आभूषण); भोजन करने का चम्मच जैसा उपकरण जिसमें चम्मच के स्थान पर आगे काँटे-से बने होते हैं ('फ़ोर्क'); पेड़ से फल तोड़ने की कुंडी-सी जिसे किसी बाँस या लकड़ी से बाँधा होता है। **मु. ~निकलना, निकालना**-बाधा दूर हो जाना, बाधा दूर कर देना, संकट-निवारण। **(सूखकर) ~होना**-दुर्बलता के कारण शरीर सूख जाना, ठठरी बन जाना। **~(टे) की तौल**-बिलकुल ठीक माप, न कम न अधिक। **(राह में, मार्ग में) ~बिछाना**-बाधाएँ खड़ी करना, रोड़े अटकाना। **~बोना**-आने वाले समय में किसी के लिए मुसीबत खड़ी करना, अनिष्ट की संभावना को अवसर देना। **~में घसीटना**-(किसी को) झंझट या मुसीबत में डालना।

काँटी—स्त्री. छोटा काँटा; कील।

कांट्रेक्ट—पु. [अं.] समझौता; शर्तनामा, अनुबंध, अनुबंध-पत्र; ठेका देने वाला पत्र।

काँठा*—पु. [सं. कंठ] गला; किनारा, तट; पार्श्व, बगल। [सं. काष्ठा] जलाने की लकड़ी, ईंधन।

कांड—पु. [सं.] कोई बड़ा बखेड़ा, झगड़ा, अशुभ घटना, असामाजिक कृत्य; किसी कार्य, विषय या साहित्यिक रचना का विभाग ('रामचरितमानस में बालकांड, अयोध्या कांड, आदि); बाँस, आदि का वह अंश जो दो गाँठों के बीच में होता है। **~त्रय**-पु. तीन कांडों—कर्म, उपासना और ज्ञान का समूह।

काँड़ना*—स.क्रि. कुचलना, रौंदना; खूब मार लगाना।

काँड़ी—स्त्री. छप्पर, आदि में लगाये जाने वाला बल्ला या बाँस।

कांत—वि. [सं.] प्रिय; मनोहर, सुंदर। पु. पति; चंद्रमा; एक प्रकार का उत्तम लोहा। **~पाषाण**-पु. चुंबक। **~लौह**-पु. कांतसार; इस्पात। **~सार**-लोहे का एक प्रकार जो औषध रूप में प्रयुक्त होता है।

कांता—स्त्री. [सं.] प्रिया, पत्नी, भार्या; सुंदर स्त्री।

कांतार—पु. [सं.] गहन, भयानक वन; दुर्गम पथ।

कांतारक—पु. [सं.] ईख का एक प्रकार।

कांति—स्त्री. [सं.] दीप्ति, आभा, चमक; सुंदरता; सुंदर स्त्री; चन्द्रमा की सोलह कलाओं में से एक। **~कर**-वि. सौंदर्य बढ़ाने वाला। **~मान**-पु. कांतियुक्त, कांति वाला; आभामय; सुंदर। **~सार**-पु. एक प्रकार का उत्तम लोहा।

काँती*—स्त्री. छुरी, बड़े फलक वाला चाकू; कैंची।

काँथरि*—स्त्री. गुदड़ी।

काँदना*—अ.क्रि. रोना-चिल्लाना।

काँदला—वि. गंदला, मैला। पु. कीचड़; मैल।

कांदविक—पु. [सं.] एक जाति जो भूनने-पकाने का काम करती है, हलवाई।

काँदा—पु. प्याज़।

काँदू—पु. वैश्यों की एक उपजाति।

काँदो*—पु. पंक, कीचड़।

काँध*—पु. कंधा।

काँधना*—स.क्रि. उठाना, कंधा देना; सँभालना।

काँधी—स्त्री. कंधा।

काँन*—पु. [ब्र.भा.—कान्ह, कान्हा] कृष्ण।

काँप—स्त्री. बाँस, आदि की पतली-लचीली तीली, सरपंच, खपंच, जो पतंग, आदि में लगाई जाती है; सोने का पतला-लचीला पत्ता-सा, इसी से बना कान का कर्णफूल, आभूषण; सूअर का खाँभ; हाथी का दाँत।

काँपना—अ.क्रि. हिलना, थरथराना; डर या शीत, आदि के कारण शरीर का हिलना।

कांप्लेक्स—[अं.] परिसर, विशाल भवन या बहुत सारे भवनों का समूह जो विभिन्न क्षेत्रों में किसी एक ही उद्देश्य, विशेष प्रयोजन से निर्मित हो (यूनिवर्सिटी कांप्लेक्स, स्पोर्ट्स कांप्लेक्स, बाज़ार में बने हुए विभिन्न कांप्लेक्स)।

काँपा—पु. बाँस की पतली तीली, खपंच।

कांपिल—पु. [सं.] एक प्राचीन प्रदेश।

कांपिल्य—पु. [सं.] एक प्राचीन प्रदेश; उस प्रदेश का निवासी।

कांपिल्लक—पु. [सं.] कांपिल्य प्रदेश से संबंधित।

कांपील—पु. [सं.] द्र. 'कांपिल्य'।

कांफ़रेंस, कांफ्रेंस—स्त्री. [अं.] सम्मेलन।

कांबोज—वि. [सं.] कंबोज देश का। पु. कंबोज देश का निवासी; कंबोज देश का घोड़ा।

काँय-काँय, काँव-काँव—पु. कौवे का शब्द। **ला.** शोर, चिल्ल-पौं।

काँवर—स्त्री. कंधे पर लटकाने वाली लाठी जैसे डंडे पर दोनों ओर लटकी हुई बहँगी, टोकरियाँ जिनमें कलश रखा रहता है, इनमें गंगा जल भर कर, ला कर श्रावण पूर्णिमा को शिवजी पर चढ़ाते हैं।

काँवरथी, काँवरथु—पु. द्र. 'काँवरिया'।

काँवरि, काँवरी—स्त्री. द्र. 'काँवर'।

काँवरिया—पु. काँवर लाने वाला श्रद्धालु भक्त।

काँवरू—पु. कामरूप प्रदेश, आसाम।

काँवाँरथी—पु. द्र. 'काँवरिया'।

काँस—पु. एक लंबी जंगली घास, शरद और शीत ऋतु में उगती, हरी होती है, विशेषत: खेत की मेंड़ों पर बाड़ के रूप में लगाई जाती है।

काँसा—पु. एक धातु जो ताँबे, जस्ते, आदि धातुओं के मिश्रण से तैयार की जाती है, इसके बरतन बनते हैं। **~गर**-पु. काँसे का काम करने वाला।

काँसल, कांसुल—पु. [अं.] वाणिज्य दूत। **~जनरल**-पु. महावाणिज्य दूत, देश विशेष के वाणिज्य-हितों का संरक्षण करने वाला सर्वोच्च अधिकारी।

कांसीय—पु. [सं.] काँसे का बना हुआ।

कांस्टेबिल, कांस्टेबुल—पु. [अं.] पुलिस का सिपाही।

कांस्य—पु. [सं.] काँसे की धातु से निर्मित। **~प्रतिमा**-स्त्री. काँसे की बनी हुई मूर्ति ('ब्रॉन्ज़ स्टेच्यू')।

कांस्यक—पु. [सं.] काँसे का, काँसे से संबंधित।

कांस्ययुग—पु. [सं.] पुरातत्त्व की दृष्टि से प्रागैतिहासिक काल का वह कालखंड, जिसमें हथियार, औज़ार, बरतन, आदि विभिन्न उपकरण काँसे के ही बनाये जाते थे, इसी को 'ताम्रयुग' ('ब्रॉन्ज़ एज') भी कहा जाता है, यह प्रस्तर-युग के बाद का और लौहयुग के पहले—बीच—का माना जाता है।

का—प्र. संबंधकारक या षष्ठी का चिह्न, जैसे—राम का, घर का/सर्व. क्या ('का करूँ'); विभक्ति के पहले 'किस' अर्थ में प्रयुक्त—'कासों' ('कासों कहिए')।

काई—स्त्री. पोखर, तालाब या सीलन-भरी जगह, सतह, पत्थर, ईंट, आदि पर जमने वाली गहरे हरे रंग की घास। इसके रंग के आधार पर ही हरे रंग की विशेष रंगत जिसे 'काइया रंग' कहा जाता है।

काइयाँ—वि. धूर्त, मक्कार, दुष्ट प्रकृति।

काउंटर—[अं.] किसी दुकान, रेस्टॉरेंट, होटल, बैंक, कार्यालय, आदि में थोड़ी कम चौड़ी, लम्बी मेज़ जिस पर वस्तुओं का प्रदर्शन और क्रय-विक्रय होता है; मालिक या कर्मचारी के बैठने का स्थान; किसी बैंक या कार्यालय की छोटी-सी शाखा ('एक्सटेंशन काउंटर')। **~साइन, ~सिग्नेचर**-प्रति-हस्ताक्षर।

काउंसिल—स्त्री. [अं.] परिषद्, सभा, समिति।

काउंसलर—पु. स्त्री. [अं.] सभासद, पार्षद। (म्युनिसिपल)-नगर-परिषद् का सदस्य, पार्षद।

काउंसलिंग—[अं.] परामर्श, सलाह, मंत्रणा; विचार-विनिमय।

काउच—[अं.] सोफा, गद्देदार बड़ी कुर्सियाँ, कोच; गद्देदार पलंग; (कोई रहस्य जानने, सूचना लेने के लिए) घात लगा कर बैठना।

काक—पु. [सं.] कौवा; एक द्वीप। **~गोलक**-पु. कौवे के आँख की पुतली। **~चेष्टा**-स्त्री. कौवे की तरह सावधान दृष्टि। **~जात**-पु. कोयल। **~न्याय**-पु. किसी घटना का संयोगवश घटित हो जाना (जैसे किसी पक्षी के पेड़ पर बैठते ही आम, आदि पके फल का चू जाना)। **~पाली**-स्त्री. कोयल। **~पुच्छ, ~पुष्ट**-पु. कोयल। **~बलि**-स्त्री. श्राद्ध, आदि में कौवे के लिए निकाला जाने वाला ग्रास। **~भुशुंडि**-एक रामभक्त ऋषि जो शापवश कौवा हो गए थे।

कॉकटेल—स्त्री. [अं.] दो अलग-अलग प्रकार की मदिराओं का मिश्रण, ऐसे मदिरा-मिश्रण का पेय ('पैग')। **~पार्टी**-ऐसी पार्टी जिसमें मदिरा परोसी जाए।

काकड़ा—पु. एक पहाड़ी वृक्ष। **~सिंगी**-स्त्री. एक आयुर्वेदिक औषधि, जड़ी-बूटी।

काकणी—स्त्री. [सं.] घुँघची।

काकपट्टी—(जम्मू-कश्मीर, आदि में) घरों में बनी पत्थर या लकड़ी की वह पट्टी-सी जिस पर कौवों के लिए अन्न, ग्रास, आदि रख दिया जाता है।

काकपिट—पु. [अं.] वायुयान, हेलीकॉप्टर, आदि में चालक, पायलट के बैठने का स्थान।

काकल—पु. [सं.] कौवे, कबूतर, तोते, आदि की गरदन।

काकलक—पु. [सं.] गले में पहनने का आभूषण, कंठमणि; स्वर-नलिका का सिरा।

काकलि—स्त्री. [सं.] अस्फुट मधुर ध्वनि।

काकली—स्त्री. [सं.] मधुर ध्वनि, कलनाद; संगीत में एक स्थान। **~द्राक्षा**—स्त्री. अंगूर जिससे किशमिश बनती है। **~निषाद**—पु. एक विकृत स्वर (संगी.)।

काकलीक—पु [सं.] मंद मधुर स्वर।

काका—पु. चाचा; बच्चा (पंजाबी)।

काकाक्षिगोलक न्याय—पु. [सं.] एक ही शब्द या पद से एक साथ ही दो काम निकालना—जिस पर कौवे के आँख की पुतली दोनों गोलकों में एक साथ ही कार्य करती है।

काकातुआ—पु. एक तरह का बड़ा तोता जिस सिर पर कलगी, शिखा होती है।

काकादनी—स्त्री. [सं.] सफेद घुँघची; गूँजा।

काकारि—पु. [सं.] उल्लू।

काकिणी—स्त्री. [सं.] कौड़ी, एक माशे का चौथा भाग।

काकिनी—स्त्री. [सं.] द्र. 'काकिणी'।

काकिल—पु. [सं.] गरदन का ऊपरी भाग।

काकी—स्त्री. काका की पत्नी, चाची।

काकु—पु. [सं.] व्यंग्य; ताना; ध्वनि-भेद से अर्थ बदल जाना; वक्रोक्ति अलंकार का एक भेद, जिसमें कहने के ढंग, बलाघात से अर्थ बदल जाता है ('हौं सुकुमारि नाथ बन जोगू'—तुलसी)।

काकुत्स्थ—पु. [सं.] ककुत्स्थ वंश में उत्पन्न व्यक्ति—दशरथ, राम, आदि।

काकुद—पु. [सं.] तालु।

काकुल—स्त्री. [फा.] जुल्फ; कपटी पर लटकते हुए बाल।

काके*—[ब्र.भा.] किसके ('काके लागूँ पाँय')।

काकोदर—पु. [सं.] साँप।

काकोल—पु. [सं.] कौवा, काला कौवा; सर्प; सूअर; कुम्हार; एक नरक।

काकोली—स्त्री. [सं.] एक जड़ी-बूटी, औषधि जीवंती।

काक्ष—पु. [सं.] कटाक्ष; चढ़ी हुई भृकुटि।

काग—पु. द्र. 'काक'।

काग़ज़—पु. [फा.] घास, बाँस, सन, चिथड़े, आदि को गला कर लुगदी से बनाया हुआ पतला पत्तर जिस पर लिखा और छापा जाता है; लिखित प्रमाण, दस्तावेज़; ऋणपत्र; ज़मीन की रजिस्ट्री, आदि। **मु. ~की नाव**-न टिकने या चलने वाली वस्तु। **~काला करना**-बेकार की बातें लिखना। **~(ज़ी) के घोड़े**-काग़ज़ी कार्रवाई जिसका कोई वास्तविक अर्थ न हो।

काग़ज़ात—पु. [फा.] 'काग़ज़' का बहुवचन; किसी चीज़ का रिकॉर्ड, दस्तावेज़।

काग़ज़ी—वि. [फा.] काग़ज़ का बना; लिखित (**~सबूत**-लिखित प्रमाण)। पतले छिलके वाला—नींबू, बादाम, आदि। **~कार्रवाई**-लिखा पढ़ी की प्रक्रिया; वह योजना या लक्ष्य जो केवल काग़ज़ों तक ही सीमित रह जाए। **~सबूत**-पु. लिखित प्रमाण।

कागद—पु. [सं.] काग़ज़।

कागमारी—स्त्री. एक तरह की नाव।

कागर*—पु. [ब्र.भा.] काग़ज़।

कागरी*—वि. तुच्छ, हेय।

कागा*—पु. कौवा। **~रोल**-कौवे की काँव-काँव का शोर; उसी प्रकार के शोर के लिए प्रयुक्त शब्द।

काच—पु. [सं.] शीशा; काला नमक। **~भाजन**-शीशे के बरतन।

काचक—पु. [सं.] शीशा; पत्थर; नमक।

काचरी*—स्त्री. केंचुली।

काचा, काचो*—वि. द्र. 'कच्चा'।

काछ—पु. धोती का छोर जिसे जाँघों के बीच से ले जा कर पीछे कमर पर खोंसते हैं, लांग; सिखों का कच्छ; नटों, नृतकों का वेश-विन्यास (सूर.)।

काछना—स.क्रि. धोती को लांग के रूप में पीछे ले जा कर कमर में खोंसना; पहनना।

काछनी—स्त्री. घुटनों तक कसकर पहनी हुई धोती जिसकी दोनों लांग पीछे खोंसी हुई हों; नृतकों के द्वारा घाघरे, आदि के नीचे पहना जाने वाला लंबा कच्छा-सा।

काछा—पु. द्र. 'काछनी, काछ'।

काछी—पु. मालियों जैसी एक हिन्दू जाति जो मुख्यत: सब्ज़ियाँ बोने, बेचने का काम् करती थी।

काछू*—कछुआ।

काछे*—अ. निकट, पास।

काज—पु. काम, कार्य; व्यवसाय, धंधा; शुभ-कार्य, विवाह, हवन, आदि; बटन बंद करने के लिए छेद। **~(के)**-किसी के काम में सहायक होने ('रामचंद्र के काज')।

काजर—पु. द्र. 'काजल'।

काजरी*—स्त्री. वह गाय जिसकी आँख के चारों ओर काला घेरा हो, कजरी।

काजल—पु. दीपक के धुएँ की कालिख को मिट्टी के बने पाले पर उपाड़ कर उससे बनाई गई आँख की दवा। **मु. ~की कोठरी**-ऐसी जगह जाना या ऐसे काम में हाथ डालना जिसमें अपयश, बदनामी होती हो।

क़ाज़ी—पु. [अ.] मुसलमानों में मान्य न्यायकर्ता जो कुरआन के नियमानुसार निर्णय करे, न्यायाधीश; निकाह पढ़ाने वाला मौलवी। **~उल-कुज़्ज़ात**-पु. प्रधान, मुख्य क़ाज़ी। **मु. ~जी दुबले क्यों, शहर के अँधेरे से**-व्यर्थ की ऐसी बातों की चिन्ता करना, जिनका अपने से कोई संबंध न हो।

काजू—पु. एक झाड़ीदार वृक्ष; उस वृक्ष का फल जिसे मेवे के रूप में खाया, प्रयोग किया जाता है।

काजू-बोजू, काजू-भोजू—अत्यंत जर्जर, कमज़ोर (मेज़, व्यक्ति; वह व्यक्ति जिसे जरा-सी ही ठंड, गरमी, आदि सता जाए)।

काट—स्त्री. [सं.] काटने की क्रिया या भाव; काटने का ढंग या तरक़ीब; कुश्ती में किसी दाँव का तोड़; तेल, चाशनी, आदि को साफ करने की क्रिया। **~कूट**-स्त्री. किसी के लिखे हुए में शोधन करना; किसी चीज़ में कटौती करना ('काट-कूट कर आटा पाँच किलो ही मिला है; काट-कूट कर मुझे कुल पाँच सौ रुपये ही मिले')। **~छाँट**-स्त्री. शोधन करना, घटाना-बढ़ाना। **मु. ~फांस**-जोड़-तोड़ करना ('काट-फाँस करके बड़े मुश्किल से उसका महीना निकलता है')।

काटन—पु. काटा हुआ अंश, कतरन।

कॉटन—[अं.] रुई; सूती; सूत का बना हुआ, सूती कपड़ा, **(प्योर~)**-विशुद्ध सूती (कपड़ा)।

काटना—स.क्रि. किसी तीक्ष्ण चीज़—चाकू, कैंची, आदि से किसी वस्तु के टुकड़े करना, खंड-खंड करना; दाँत गड़ाकर खंड, क्षत या घाव करना (कुत्ते का काटना); किसी वस्तु में से कोई अंश निकाल लेना, किसी राशि में कटौती करना ('पाँच रुपये ढुलाई के काट लिये'); समय

बिताना ('किसी तरह दिन काट रहे हैं'); रास्ता, मंजिल तय करना ('आधे से ज्यादा तो रास्ता तय कर लिया'); किसी के लिखे को निरस्त करना; खेतों, आदि को काट कर सड़क, नहर, आदि बनाना ('सड़क कट रही है', 'नहर कट रही है'); जेल में क़ैद भोगना; फ़ौज, आदि के कर्मियों, आदि का छुट्टी बिताना ('छुट्टी काट कर अभी गया हूँ'); एक रेखा का किसी एक स्थान पर किसी दूसरी रेखा के ऊपर से होते हुए गुज़र जाना; (किसी बात, कथन या विचार) का खंडन। पु. किसी तीक्ष्ण वस्तु, **तंग** कपड़े, जूते, आदि का शरीर को चुभना। **मु. ~कष्ट कर लगना**-('अब तो यह घर काटता है')। **~(ने) खाना, ~दौड़ना**-सूना और उजाड़ लगना, किसी के न रहने पर एकाकीपन का तीव्र बोध।

कॉट—[अं.] चारपाई, खाट।

कॉटिज, कॉटेज—[अं.] झोंपड़ी, झोंपड़ा; कुटीर, कुटी, दोटा बँगला, मकान; विशाल भवनों-कोठियों के नामकरण में भी प्रचलन। **~इंडस्ट्री**-कुटीर उद्योग, छोटे उद्योग धंधे।

काठ—पु. [सं.] चट्टान, पत्थर।

काठ—पु. पेड़ की लकड़ी जो किसी वस्तु के बनाने में प्रयुक्त हो—चौगाठ, कठपुतली, खिलौने, साज-सज्जा की वस्तुएँ, आदि। **मु. ~का उल्लू**-बहुत मूर्ख, वज्र मूर्ख। **~की हांडी**-ऐसी दिखाऊ वस्तु या किसी का कपटपूर्ण व्यवहार जो एक बार से अधिक न चल सके। **~मार जाना**-किसी अप्रत्याशित समाचार या घटना से स्तब्ध रह जाना, चेतना-शून्य-सा रह जाना।

काठगोदाम—एक स्थान विशेष, उत्तरांचल राज्य में।

काठिन—कड़ापन, कठोरता।

काठिन्य—पु. [सं.] कठिनता।

काठियावाड़—पु. एक प्रदेश, गुजरात का एक अंचल।

काठियावाड़ी—पु. काठियावाड़ का रहने वाला। स्त्री. काठियावाड़ की, वहाँ से सम्बन्धित; वहाँ की भाषा, वेश-भूषा (~पगड़ी)।

काठी—स्त्री. घोड़े, ऊँट, आदि की पीठ पर कसने की जीन; शरीर की बनावट, गठन ('ऊँची कद काठी')।

काठू—पु. एक पहाड़ी पौधा।

काढ़ना—स.क्रि. अंदर से बाहर निकालना; अलग करना ('पूजा का सामान पहले ही काढ़ दो'); (गाय, भैंस, आदि का दूध) काढ़ना; खींचना ('घूँघट काढ़ लिया'); उरेहना (चित्र, आदि); कसीदाकारी करना, बेल-बूटे बनाना (कढ़ई हुई चादर, मेज़-पोश, आदि); घी, तेल में तलना। **ला.** लेने (कर्ज़ काढ़ना)।

काढ़ा—पु. आयुर्वैदिक औषधियों की प्रक्रिया जिसमें दवाओं को ओटाकर बनाया गया पेय, क्वाथ।

काडर—[अं.] श्रेणी; सेना, प्रशासकीय सेवाओं में पदों का श्रेणी विभाजन, क्षेत्र-विभाजन (पंजाब काडर, आंध्र काडर, आदि)।

काणा—वि. एक आँख का।

काणूक—पु. [सं.] कौआ; मुर्गा; हंस की एक प्रजाति; बया चिड़िया।

काणेय, काणेर—पु. [सं.] कानी स्त्री का पुत्र।

काण्व—पु. [सं.] कण्व ऋषि का वंशज।

कातंत्र—पु. [सं.] संस्कृत का एक व्याकरण (सर्वधर्म कृत)।

कात—पु. भेड़ों के बाल काटने की कैंची।

कातना—स.क्रि. चरखे और तकली पर कातने की क्रिया, रुई या ऊन से धागा निकालना।

कातर—वि. [सं.] अत्यन्त दुखी, कष्ट से आकुल, आर्त; विवश, अधीर; व्याकुल; भीत, डरा हुआ।

कातर्य—पु. [सं.] कातरता, कातर होने का भाव या दशा।

कातल—पु. [सं.] मछली की एक प्रजाति।

काता—पु. कता हुआ सूत; लोहे की पत्ती की बनी अर्धचन्द्राकार छुरी, चाकू।

काति—वि. [सं.] इच्छा करने वाला।

कातिक—पु. कार्तिक मास।

कातिब—पु. [अ.] लिखने वाला; लेखक; क्लर्क, लिपिक।

क़ातिल—पु. [अ.] क़तल करने वाला; हत्यारा। वि. घातक।

क़ातिलाना—वि. [अ. + फा.] जानलेवा, प्राणघातक; कतल के इरादे से।

काती—स्त्री. छोटी छुरी; चाकू; कैंची।

कातीय—वि. [सं.] कात्यायन से सम्बन्धित। पु. कात्यायन का शिष्य।

कातु—पु. [सं.] कुआँ।

कात्य—वि. [सं.] कात्य ऋषि से सम्बन्धित। पु. कात्यायन।

कात्यायन—पु. [सं.] एक प्रसिद्ध वैयाकरण जिन्होंने पाणिनि के सूत्रों पर अनुपूरक वार्तिक लिखे; एक ऋषि जिन्होंने श्रौत सूत्र व गुह्य सूत्रों की रचना की है, ये विश्वामित्र के वंशज माने जाते हैं।

कात्यायनी—स्त्री. [सं.] देवी का एक रूप, पार्वती; याज्ञवल्क्य पत्नी; एक प्रौढ़ विधवा। **~पुत्र, ~सुत**-पु. कार्त्तिकेय।

कात्यायनीय—वि. [सं.] कात्यायन द्वारा रचित।

काथ*—पु. कत्था।

काथरी*—स्त्री. गुदड़ी, कथरी।

काथिक—पु. [सं.] कहानियाँ सुनाने, कहने या लिखने वाला।

कादंब—वि. [सं.] कदंब से उत्पन्न या बना हुआ। पु. कदंब का पेड़ या फूल।

कादंबक—पु. [सं.] बाण।

कादंबर—पु. [सं.] कदंब के फूलों से बनी शराब; गुड़; दही की मलाई।

कादंबरी—स्त्री. [सं.] कादंब के फूलों की शराब; हाथी के गंड-स्थल से निकलने वाला मद, मादा कोकिला; बाणभट्ट रचित संस्कृत का प्रसिद्ध गद्य काव्य; इस गद्य काव्य की नायिका; सरस्वती की एक उपाधि।

कादंबिनी—स्त्री. [सं.] मेघमाला; बादलों की पंक्ति; एक रागिनी।

क़ादिर—वि. [अ.] समर्थ, शक्तिवान्, कुदरत वाला। **~(रे) मुतलक़**-वि. सर्वशक्तिमान (परमात्मा, अल्लाह)।

क़ादिरी—स्त्री. एक तरह की चोली।

काद्रवेय—पु. [सं.] साँप की एक प्रजाति।

कान—पु. सुनने वाली इन्द्रिय, कर्ण, श्रुति; चारपाई कपड़े आद का टेढ़ापन; सितार, वीणा, आदि की खूँटी। **मु. ~[नों] कान**-ख़बर न होना—किसी को तनिक भी भनक न लगना। **~उमेठना, ~ऐंठना**-दंड या चेतावनी देना, (प्रेम से)। **~कतरना, ~काटना**-किसी से आगे बढ़ जाना, नीचा दिखाना। **~करना, ~देना**-किसी की बात पर विश्वास करना, सुनना। **~का कच्चा**-किसी की बात, चुगली, आदि पर सहज में विश्वास कर लेना। **~खड़े होना**-किसी अनिष्ट आशंका के प्रति सचेत, चौकन्ना होना। **~खाना**-किसी की बात से परेशान होना। **~पकड़ कर निकाल देना**-अनादरपूर्वक किसी को बाहर निकाल देना। **~पकना**-किसी बात को सुनते-सुनते परेशान हो जाना। **~पड़ी आवाज न सुनना**-बहुत अधिक शोरगुल में कान के पास की आवाज भी न सुनना। **~पर जूँ न रेंगना**-तनिक भी परवाह न होना, बिल्कुल ध्यान न देना। **~फूँकना**-दीक्षा देना। **~बंद या बहरे कर देना**-जान-बूझकर किसी बात की अनसुनी कर देना, ध्यान न देना। **~बजना**-व्यर्थ में कल्पना करना कि कोई कुछ कह रहा है; ('मैंने तो तुमसे कुछ कहा ही नहीं, तुम्हारे कान क्यों बज रहे हैं')। **~पर हाथ रखना**-आश्चर्य करना, भौंचक रह जाना।

कानक—वि. [सं.] सोने का, सोने का बना।

कानड़ा—वि. काना।

कानन—पु. [सं.] वन, जंगल; बाग, बगीचा; घर।

काननारि—पु. [सं.] शमी वृक्ष।

काना—वि. एक आँख वाला, जिसकी एक आँख खराब हो गई हो, एकाक्ष; टेढ़ा, तिरछा।

कानागोसी*—स्त्री. कानाफूसी।

कानाफूसी—स्त्री. कान से लगकर धीरे-धीरे की जाने वाली बात (विशेष रूप से किसी की चुगली या विरोध में)।

कानाबाती—स्त्री. कान में कही जाने वाली बात। **~कुर्र, ~कू**-बच्चों के कान में की जाने वाली वह ध्वनि, जिससे वे किलकिला कर हँस पड़ते हैं।

कानि*—स्त्री. लोकलज्जा; मर्यादा, लिहाज़ ('कुलकानि')।

कानिष्ठिक—पु. [सं.] कनिष्ठा, छिगुनी।

कानी—वि. स्त्री. एक आँख वाली (स्त्री. गाय, आदि)। **~अंगुली**-स्त्री. छिगुनी। **~कोड़ी**-फूटी कोड़ी, एक भी पैसा (पास न होना)।

कानीन—पु. [सं.] बिना ब्याही स्त्री का पुत्र; व्यास; कर्ण। वि. अविवाहिता स्त्री से उत्पन्न।

कानीहाउस—पु. [अं. 'काइन हाउस'] द्र. 'कांजीहाउस'।

क़ानून—पु. [अ.] किसी देश की सरकार द्वारा प्रशासन के लिए बनाए गए नियम, विधान (जिसका उल्लंघन अपराध और दंडनीय होता है)। **~ग़ो**-मालगुज़ारी विभाग में एक कर्मचारी जिसका कार्य पटवारियों के कार्य का निरीक्षण होता है। **~दाँ**-वि. क़ानून जानने वाला, किसी भी चीज़ में दोष देखने वाला। **मु. ~छाँटना**-किसी चीज़ में व्यर्थ में दोष दर्शन करना।

क़ानूनन—अ. क़ानून के अनुसार, वैध रूप में।

क़ानूनिया—वि. क़ानून निकालने वाला, दोष-दर्शन, हुज्जत करने वाला।

क़ानूनी—वि. क़ानून से सम्बद्ध; क़ानून के अनुसार।

कान्ग्रेचुलेशन, कांग्रेच्यूलेशंज—[अं.] बधाई, बधाइयाँ।

कान्ट्रैक्ट—द्र. 'कांट्रैक्ट'।

कान्ट्रैक्टर—द्र. 'कांट्रैक्टर'।

कान्फरेंस—स्त्री. [सं.] सम्मेलन; किसी विषय पर विचार-विमर्श करने के लिए बुलाई गई सभा।

कान्यकुब्ज—पु. [सं.] ब्राह्मणों की एक उपजाति और एक प्राचीन जनपद; कान्यकुब्ज विदेश का निवासी।

कान्सर्ट (कन्सर्ट)—[अं.] संगीत-समारोह, संगीत-गोष्ठी; सामंजस्य, सहमति।

कान्स्टीट्युअंसी—[अं.] चुनाव क्षेत्र।

कान्स्टीट्यूशन (कॉन्स्टीट्यूशन)—[अ.] संविधान; विधान, नियम संग्रह; संघटन; संस्थापन; गठन, बनावट, संरचना, शरीर-गठन, प्रकृति-स्वभाव।

कान्स्टेबल, कॉन्स्टेबिल—[अं.] पुलिस का सिपाही।

कान्ह—पु. कृष्ण कन्हैया (श्रीकृष्ण का प्यार का नाम)।

कान्हड़ा, कान्हरा—पु. एक राग (संगी.)। **~नट**-पु. एक संकर राग।

कान्हड़ी—स्त्री. एक रागिनी।

कापटिक—वि. [सं.] कपट करने वाला, दुष्ट प्रकृति। **पु.** चाटुकार; विद्यार्थी।

कापट्य—पु. [सं.] छल-कपट; दुष्टता।

कापर*—पु. कपड़ा।

कापर, कॉपर—[अं.] ताँबा। **~प्लेट**-पु. ताँबे की चादर या टुकड़ा। **~टी**-स्त्री. स्त्री की योनि में स्थापित की जाने वाली ताँबे की गर्भ-निरोधक पत्ती-सी।

कापाल—वि. [सं.] कपाल, माथे से सम्बन्धित। पुं. कापालिक।

कापालिक—पु. [सं.] एक वाममार्गी शैव संप्रदाय का अनुयायी, ये मनुष्य की खोपड़ी का खप्पर बनाकर इसी में खाते-पीते हैं और विविध तांत्रिक साधनाएँ भी करते हैं।

कापाली—स्त्री. [सं.] कपालों की माला; चालाक, धूर्त स्त्री।

कापाली—पु. [सं.] शिव। वि. कपालों की माला धारण करने वाला (शिव)।

कापिक—वि. [सं.] कपि, बंदर जैसी आकृति या प्रकृति वाला।

कापिल—वि. [सं.] कपिल से सम्बद्ध; कपि द्वारा कहा गया; सफेद या भूरा। पु. सांख्यमत का माननेवाला; सफेद या भूरा रंग।

कापिशी—स्त्री. [सं.] स्थान विशेष जो अपनी मदिरा के लिए प्रसिद्ध है।

कापिशेय—पु. [सं.] पिशाच, भूत।

कापी—स्त्री. [अं.] नकल, प्रतिलिपि; कागज की बनी लिखने की पुस्तिका, बही; मुद्रण के लिए दिये जाने वाला लेख-पुस्तक, आदि। **~राइट**-किसी ग्रंथ या रचना के प्रकाशन पर लेखक या प्रकाशक का स्वत्वाधिकार।

कापुरुष—पु. [सं.] कायर, दुष्ट पुरुष।

कापेय—वि. [सं.] बंदर से सम्बद्ध। बंदरों की घुड़की, आदि।

कापोत—वि. [सं.] कपोत या धूसर वर्ण का। कबूतरों का झुंड; धूसर रंग; सुरमा।

काप्य—पु. [सं.] कपि ऋषि का गोत्र; पाप। **~कर, ~कार**-वि. अपने पापों पर पश्चात्ताप करने वाला।

क़ाफ़—पु. [अ.] अरबी-फारसी वर्णमाला का एक अक्षर; **एक कल्पित** पौराणिक पर्वत—कोह, काफ़; काकेशिया, यहाँ का सौन्दर्य प्रसिद्ध है। **~से क़ाफ़ तक**-सम्पूर्ण ब्रह्मांड में।

काफल—पु. [सं.] काय-फल।

क़ाफ़िया—पु. [अ.] तुक, अंत्यानुप्रास—'काल' का 'ताल', बाल, आदि। **~बंदी**-स्त्री. क़ाफ़िया या ताल मिलाना। **मु. ~तंग करना**—किसी का बुरा हाल कर देना।

काफ़िर—पु. [अ.] ईश्वर, अल्लाह के अस्तित्व को न मानने वाला; ईश्वर की दी हुई नियामत पर कृतज्ञता प्रकट न करने वाला; अफगानिस्तान की सीमा पर बसने वाली एक जाति। वि. नास्तिक; दुष्ट, उत्पाती; निर्दय; माशूक; प्रेम-पात्र।

काफ़िरिस्तान—पु. [अ.] अफगानिस्तान का वह सीमांत-प्रदेश जहाँ काफ़िर जाति बसती है।

क़ाफ़िरी—स्त्री. क़ाफ़िरों की भाषा। **~वि.**-क़ाफ़िरों जैसी। (करतूत)।

क़ाफ़िला—पु. [अ.] यात्रियों का समूह, यात्री-दल। काफ़िले का नेता, सरदार।

काफ़ी, कॉफी—स्त्री. [अं.] कॉफी, कहवा, एक पेय।

काफ़ी—वि. [अ.] 'पर्याप्त', बहुत, पूरा। पु. एक राग। **~से ज्यादा**-आवश्यकता से अधिक, भरपूर।

काफ़ूर—पु. [फा.] कपूर। **मु. ~होना**-उड़ जाना; (गायब हो जाना—'कल तुम कहाँ काफ़ूर हो गए थे?')।

काफ़ूरी—वि. कपूर का बना हुआ; कपूर के रंग का। पु. कपूरी रंग।

क़ाब—पु. [तु.] हाल, बड़ी रकाबी, खाने का बड़ा पात्र।

काबर—वि. चितकबरा। एक तरह की ज़मीन।

क़ाबा—पु. [अ.] मुसलमानों का मक्का में बना हुआ एक तीर्थ-स्थल, जिसे अल्लाह का घर माना जाता है; चौकोर इमारत, स्थल या वस्तु।

क़ाबिज़—वि. [अ.] कब्जा करने; रखने वाला; जिसमें किसी वस्तु या स्थान पर अधिकार कर लिया हो; कब्ज़ करने वाला खाद्य पदार्थ।

क़ाबिल—वि. [अ.] योग्य, विद्वान्; कुशल, माहिर; दक्ष, निपुण, होशियार। **~(ले)-ग़ौर**-वि. ध्यान देने योग्य। **~(ले)-ज़िक्र**-वि. चर्चा के योग्य; ध्यान देने योग्य। **~तारीफ़**-वि. सराहना या शाबाशी के योग्य।

क़ाबिलीयत—स्त्री. योग्यता; विद्वत्ता।

काबुक—स्त्री. [फा.] कबूतरों का दरबा।

काबुल—पु. अफगानिस्तान की राजधानी; वहाँ का एक प्रान्त। (स्त्री.)-एक नदी। **मु. ~में क्या गधे नहीं होते**-बुद्धिमानों में भी कुछ मूर्ख हो सकते हैं।

काबुली—वि. काबुल से सम्बन्धित; काबुल में उत्पन्न या काबुल का रहने वाला, अफगान कबूतर की एक प्रजाति। **~चने, ~मटर**-चने या मटर की एक किस्म जो थोड़ी बड़ी और सफेद (चना) होती है।

क़ाबू—पु. [तु.] वश, जोर; अधिकार, कब्ज़ा; अवसर।

काम—पु. [सं.] इच्छा, चाहा, कामना, मनोरथ, इन्द्रिय या विषय-सुख की इच्छा, चार पुरुषार्थों में से एक; संभोग की इच्छा। **~कला**-कामदेव की पत्नी, रति; संभोग को और अधिक आनन्दप्रद बनाने की विधियाँ, इस पर रचित शास्त्र, ग्रन्थ। **~कूट**-पु. वेश्या का यार; वेश्या का छलकपट। **~केलि, ~क्रीड़ा**-स्त्री. रतिक्रीड़ा, मैथुन। **~जय**-वि. वासना जनित। **~जित्**-वि. काम को जीतने वाला। पु. शिव; स्कंद; जिनदेव। **~ज्वर**-आयुर्वेद के अनुसार एक प्रकार का ज्वर

जो अखंड ब्रह्मचर्य के पालन से उत्पन्न होता है। **~दहन**-पु. काम को भस्म करने वाले, शिव। **~देव**-पु. काम का देवता, रति के पति। **~धेनु**-स्त्री. स्वर्ग में रहने वाली गाय जो समस्त कामनाओं को पूर्ण करने वाली मानी जाती है। **~बाण**-कामदेव के बाण जो पाँच माने गए हैं—मोहन, उन्मादन, संतापन, शोषण और निश्चेष्टीकरण। **~मुद्रा**-स्त्री. तंत्र की एक मुद्रा। **~रिपु**-पु. शिव। **~रूप**-पु. आसाम का एक स्थान तथा जिला। **~वल्लभ**-पु. वसन्त, चन्द्रमा। **~वल्लभा**-स्त्री. चाँदनी। **~शर**-पु. कामबाण। **~शास्त्र**-पु. काम-कला सिखाने वाला शास्त्र, कोक शास्त्र, रति-शास्त्र। **~सखा**-पु. वसन्त। **~सुत**-पु. प्रद्युम्न के पुत्र अनिरुद्ध। **~सूत्र**-पु. वात्स्यायन द्वारा रचित कामशास्त्र का प्रसिद्ध ग्रन्थ।

काम—पु. कर्म; रोज़गार, नौकरी, धंधा; प्रयोजन; बेल-बूटे, नक्काशी, आदि; कारीगरी। **~काज**-पु. कामधंधा, कारोबार। **~काजी**-(वि.) काम में व्यस्त रहने वाला। **~चलाऊ**-वि. जिससे किसी तरह काम निकल जाए, जैसे-तैसे आवश्यकता की पूर्ति हो जाए। **~चोर**-काम से जी चुराने वाला, आलसी। **~दानी**-स्त्री. वह सूती या रेशमी कपड़ा जिस पर ज़री की बूटियाँ बनी हों, सलमे-सितारे, आदि का काम हुआ हो। **~धाम**-पु. कामकाज। **मु. ~आना**-किसी का सहायक बनना; उपयोगी होना; युद्ध में मारा जाना; साथ देना। **~करना**-असर दिखाना, कारगर होना (दवा, आदि का)। **~का**-उपयोगी। **~तमाम करना**-मार डालना। **~निकलना**-प्रयोजन सिद्ध हो जाना। **~बनना**-काम में सफल हो जाना। **~से काम रखना**-अपने काम से संबंध रखना, किसी दूसरी ओर ध्यान न देना।

काम—पु. [फा.] इच्छा, इरादा, मनोरथ, ख्वाहिश; मतलब, संबंध ('इसमें तुम्हारा क्या काम')। **याब**-सफल होना, सफल मनोरथ; किसी परीक्षा में पास होना।

कामगार (कामदार)—पु. श्रमिक, मजदूर। **~यूनियन**-मजदूर संगठन, मजदूर के हितों का रक्षक संगठन।

कामठ—वि. [सं.] कछुए से सम्बन्धित।

कामड़िया—पु. एक प्रकार के साधु रामदेव पंथी।

कामता—पु. स्थान विशेष चित्रकूट के पास।

कामदार—पु. द्र. कामगार।

कामदी—स्त्री. [अं.] 'कॉमेडी', सुखान्तिकी; हास्य-नाटिका; हास्य-कृति।

कामन—[अं.] आम, सामान्य, साधारण। **~वेल्थ**-पूर्व में ब्रिटिश साम्राज्य के उपनिवेश देशों का स्वेच्छा से बनाया गया स्वतन्त्र संगठन।

कामना—स्त्री. [सं.] इच्छा, मनोकामना, चाह।

कामरिया—स्त्री. द्र. काँवरिया।

कामरी*—स्त्री. [ब्र.भ्र.] काला मोटा कम्बल जो गाय, आदि चुराने वाले रखते थे ('सूरदास प्रभु कारी कामरी, चढ़ै न दूजो रंग')।

कामरू—पु. द्र. 'कामरूप'।

कामरेड—पु. [अं.] साथी, साथ काम करनेवाला; साम्यवादी; साम्यवादियों द्वारा एक-दूसरे को दिये जाने वाला संबोधन।

कामर्स, कॉमर्स—पु. [अं.] व्यापार, वाणिज्य।

कामल—वि. [सं.] कामी; बहुत अधिक कारगर, सफल (दवा, उपचार)।

कामला—पु. एक प्रकार का रोग, पीलिया ('जॉण्डिस')।

कामलिका—स्त्री. [सं.] शराब, मद्य।

कामली—स्त्री. द्र. कामरी।

कामली—वि. [सं.] जिसे पीलिया रोग हो गया हो।

कामवती—वि. स्त्री. कामवासना वाली ('स्त्री')।

कामांध—वि. [सं.] जो काम से अंधा, विवेकहीन हो गया हो; कामातुर।

कामा—पु. [अं.] अर्ध-विराम, लघु-विराम (,)।

कामाक्षी—स्त्री. [सं.] देवी दुर्गा का एक नाम।

कामाख्या—स्त्री. [सं.] देवी दुर्गा का एक नाम, सती का एक पीठ, आसाम में गुवाहाटी में इस नाम का प्रसिद्ध मंदिर।

कामाग्नि—स्त्री. [सं.] कामवासना की उत्कटता, तीव्रता।

कामातुर—वि. [सं.] कामाग्नि से व्याकुल, बेहाल।

कामात्मज—पु. [सं.] कामदेव का पुत्र अनिरुद्ध।

कामाद्रि—पु. [सं.] आसाम में एक पहाड़।

कामानुज—पु. [सं.] क्रोध।

कामायन—पु. [सं.] कामगोत्र में उत्पन्न पुरुष।

कामायनी—स्त्री. [सं.] कामगोत्र में उत्पन्न स्त्री, आदि पुरुष मनु की पत्नी श्रद्धा; इसी शीर्षक से प्रसिद्ध कवि जयशंकर प्रसाद का एक प्रसिद्ध महाकाव्य।

कामायुध—पु. [सं.] काम का बाण; पुरुषेंद्रिय।

कामारि—पु. [सं.] शिव।

कामार्त—वि. [सं.] कामातुर, काम से पीड़ित।

कामार्थी—वि. [सं.] काम की इच्छा, वासना रखने वाला।

कामावशायिता, कामावसायिता—स्त्री. [सं.] योगियों की अष्ट सिद्धियों में से एक।

कामावेश—पु. [सं.] कामवासना की उत्तेजना।

कामिक—वि. [सं.] जिसकी इच्छा की गई हो।

कॉमिक, कॉमिक्स—[अं.] हास्यकर, हास्यजनक चित्र कथाएँ, व्यंग्य चित्र, आदि (विशेषत: बालकों के लिए)।

कामित—वि. [सं.] इच्छित, जिसकी इच्छा की गई हो।

कामिनी—स्त्री. [सं.] सुंदर स्त्री, कामना युक्त स्त्री; मदिरा।

कामिल—वि. [अ.] पूरा, संपूर्ण; योग्य, निपुण, दक्ष, होशियार; चमत्कारी साधु या फ़कीर।

कामी—वि. [सं.] कामनायुक्त, विषयवासना में पड़ा हुआ, कामुक, विषयी।

कामुक—वि. [सं.] विषयी, उत्तेजक ('सेक्सी')।

कामुकी—वि. स्त्री. [सं.] व्यभिचारिणी।

कामेश्वरी—स्त्री. [सं.] एक भैरवी; कामाख्या देवी की एक मूर्ति।

कामोद--पु. [सं.] एक राग। **~कल्याण**-एक संकर राग। **~तिलक**-एक संकर राग। **~नट**-पु. एक संकर राग। **~सामंत**-एक संकर राग।

कामोदक—पु. [सं.] मृत व्यक्ति को दी जाने वाले जलांजलि।

कामोदा—स्त्री. [सं.] एक रागिनी।

कामोदी—स्त्री. [सं.] एक रागिनी।

कामोद्दीपक—वि. [सं.] काम-वासना, संभोगेच्छा को बढ़ाने, उद्दीपत करने वाला।

कामोद्दीपन—पु. [सं.] द्र. कामोद्दीपन।

कामोद्दीप्त—वि. [सं.] जिसकी कामवासना भड़का दी गई हो।

कामोन्माद—पु. [सं.] कामवासना की प्रबलता, कामवासना पूर्ण न होने पर हो जाने वाला रोग।

काम्पलैक्स—द्र. 'कांप्लैक्स'।

काम्य—वि. [सं.] जिसकी कामना की गई हो; चाहने, प्राप्त करने योग्य। **~कर्म**-पु. करणीय कार्य, उद्देश्य विशेष को पूरा करने के लिए पूरा किये जाना वाला कार्य।

काम्यक—पु. [सं.] एक प्रसिद्ध वन (मिथकीय)।

काम्या—स्त्री. [सं.] इच्छा, कामना।

काम्येष्टि—स्त्री. [सं.] मनोकामना की सिद्धि के लिए किये जाने वाला यज्ञ।

काय—पु. [सं.] शरीर, देह। **~(या) क्लेश**-पु. शारीरिक कष्ट, पीड़ा, रोग। **~चिकित्सा**-स्त्री. औषधियों द्वारा शरीर के रोगों की चिकित्सा; आयुर्वेद के आठ विभागों में से एक, तीसरा विभाग।

कायक—वि. [सं.] शरीर संबंधी।

कायथ—पु. द्र. 'कायस्थ'।

क़ायदा—पु. [अ.] नियम, रीति, ढंग; अक्षर-ज्ञान कराने वाली प्रारम्भिक छोटी पुस्तिका।

कायफल—पु. एक पेड़, आयुर्वेद में इसकी छाल को दवा के रूप में प्रयुक्त किया जाता है।

क़ायम—वि. [अ.] ठहरा हुआ; स्थिर; जीवित; उपस्थित; स्थापित।

क़ायमी—स्त्री. क़ायम होना, स्थिर होना।

कायर—वि. डरपोक, भीरु।

क़ायल—वि. [अ.] मानने वाला; प्रभावित हो जाना; लोहा मान लेना; उपकार स्वीकार करना। **मु. ~करना**-किसी से कोई बात मनवा लेना, निरुत्तर कर जाना।

कायस्थ—पु. [सं.] हिन्दुओं की एक जाति।

कायांतरण—पु. [सं.] काया पलट कर देना, पूरी तरह रूप बदल कर रख देना।

काया—स्त्री. देह, शरीर। **~कल्प**-पु. शरीर का नया या जवान हो जाना; आयुर्वेद में कायाकल्प के अनेक विधान है; किसी भवन, संस्था, आदि का पूरी तरह रूप बदल कर रख देना। **~पलट**-पु. बड़ा भारी परिवर्तन करना, आमूल-चूल परिवर्तन कर देना।

कायिक—वि. [सं.] शरीर संबंधी, दैहिक; शरीर द्वारा किया गया।

कायिकी—स्त्री. [सं.] जीव-जन्तुओं तथा वनस्पतियों की काया का अध्ययन करने वाला विज्ञान ('फिजिओलॉजी')।

कायोत्सर्ग—पु. [सं.] शरीर छोड़ना, (स्वतः) मरण।

कार—पु. [फा.] काम, कार्य उद्यम, पेशा; कला, फ़न; करनेवाला। **~कुल**-पु. काम करने वाला; काम में मुखिया बनना। **~खाना**-पु. वह जगह, जहाँ कोई कल-पुर्जा, वस्तु, आदि बनाई जाती है। **~खानेदार**-पु. कारखाने का मालिक। **~गर**-वि. असर करने वाला, प्रभावी। **~गुजार**-वि. काम में चतुर, दक्ष। **~गुज़ारी**-कुशल से काम करना; (व्यंग्य में) किसी को काम बिगाड़ने को कहना ('यह क्या कारगुज़ारी दिखा डाली')। **~चोभ**-पु. लकड़ी का बना अड्डा जिस पर कपड़ा तान कर कशीदाकारी की जाती है। **~चोभी**-स्त्री. कशीदाकारी, कशीदे का काम। **~नामा**-प्रशंसनीय कार्य; (व्यंग्य में) बुरा काम, करतूत। **~खाई, (कार्रवाई)**-किसी काम की प्रक्रिया, चालू रखना, उपाय। **~स्तानी**-स्त्री. करतूत, साजिश, काम का बिगड़ा हुआ रूप।

कार*—वि. काला।

कार—पु. [सं.] (समास के अंत में) करनेवाला, कर्ता—चित्रकार, शिल्पकार। वर्ण के अंत में उसके उच्चारण के अर्थ में—टकार, लकार, नकार, आदि।

कार—[अं.] गाड़ी; मोटरगाड़ी।

कारक—पु. [सं.] संज्ञा सर्वनाम का वह रूप जो दूसरे शब्दों के साथ लग करके सम्बन्धित अर्थ देता है। वि. करनेवाला (प्रायः समास के अंत में लाभकारक हानिकारक)। **~दीपक**-पु. एक अर्थालंकार, जिसमें बहुत सी क्रियाओं के साथ कारक कर्ता एक ही बार कथन हो। **~विभक्ति**-स्त्री. छठी को छोड़कर और समस्त विभक्तियाँ। **~हेतु**-पु. वह कारण जिससे कार्य बनता हो।

कारज*—पु. कार्य, कोई बड़ा काम—विवाह, आदि ('हमें उसके कारज में सहायक बनना चाहिए')।

कारटून—पु. [अं.] किसी व्यक्ति या घटना को हास्यजनक रूप में चित्रण करने वाला रेखांकन, व्यंग्य चित्र।

कारटूनिस्ट—पु. [अं.] कारटून बनाने वाला व्यंग्य चित्रकार।

कारण—पु. [सं.] किसी बात का हेतु, वह जिससे किसी कार्य की उत्पत्ति हो, निमित्त, सबब, साधन, आदि, मूल ('सृष्टि का कारण ब्रह्मा')। **~माला**-स्त्री. एक अर्थालंकार जिसमें किसी कारण से उत्पन्न कार्य स्वयं कारण बनता हुआ अन्य कार्य उत्पन्न करता जाता है।

कारणिक—पु. [सं.] विचारक, परीक्षक; कारण के रूप में होने वाला, कारण संबंधी।

कारतूस—पु. गत्ते, आदि का बना खोल जिसमें बारूद भर कर अंत में पीतल की टोपी लगी होती है, जिसे बंदूक रिवॉल्वर, आदि में प्रयोग किया जाता है, विभिन्न हथियारों के लिए यह खोल अलग-अलग तरह के बने होते हैं।

कारनिस—स्त्री. [अं.] दीवार में बनाया गया आगे को निकला हिस्सा।

कारपोरल—पु. [अं.] सेना में एक छोटे अफ़सर का पद नाम। **~पनिशमेंट**-पु. शारीरिक दंड।

कारबंकल—पु. [अं.] कमर, आदि में निकलने वाला एक जहरीला फोड़ा।

कारबन, कार्बन—पु. [अं.] एक प्रकार की गैस—कोयले, हीरे, आदि में से निकलती है। **~पेपर**-पु. एक विशेष प्रकार का काग़ज़ जो एक ओर काला या नीला किया जाता है, इसे यदि दो या तीन काग़ज़ों के बीच में रखकर इस पर लिखा या टाइप किया जाता है तो प्रतिलिपि बन जाती है।

कारबाइन—स्त्री. [अं.] एक प्रकार की बंदूक।

कारबोनिक—वि. [अं.] कार्बन से सम्बन्धित, कार्बन का।

कारयित्री—स्त्री. [सं.] सृजन करने वाली (प्रतिभा)।

कार्रवाई, कार्यवाही—स्त्री. [फा.] किसी काम को करने की प्रक्रिया, उपाय; कार्य करने का ढंग।

कारवाँ—पु. [फा.] यात्रा पर निकले हुए लोगों का झुंड।

कारवेल्ल, कारवेल्लक—पु. [सं.] करेला।

कारसेवक—किसी धार्मिक स्थान के निर्माण में या धार्मिक आयोजन में स्वेच्छा से काम करने वाला।

कारसेवा—किसी धार्मिक स्थल के निर्माण या धार्मिक आयोजन में स्वेच्छा से श्रम रूप में दिया जाने वाला सहयोग।

कारस्कर—पु. [सं.] एक वृक्ष विशेष।

कारा—स्त्री. [सं.] बंदीगृह, क़ैदखाना, कारागार; पीड़ा, क्लेश।

कारागार—पु. [सं.] द्र. 'कारा', जेलखाना, बंदीगृह।

कारामद—वि. [फा.] प्रभावी; काम में आने लायक।

कारिंदा—पु. काम करनेवाला, कर्मचारी; गुमाश्ता।

क़ारिक़—पु. [अ.] कुर्की करने वाला।

कारिका—स्त्री. [सं.] श्लोकबद्ध व्याख्या; नटी, नर्तकी; व्यापार।

कारिडर, कॉरीडोर—पु. [अं.] बरामदा, वीथिका; गलियारा, लम्बा गलियारा।

कारी*—वि. स्त्री. काली (काली बंदरी, बदरिया)।

कारी—स्त्री. [फा.] असर करने वाला, गहरा।

कारी—वि. [सं.] (समास के अंत में) करने वाला, (कल्याणकारी, लाभकारी)।

कारीगर—पु. [फा.] दस्तकार, मिस्तरी, शिल्पी।

कारीगरी—स्त्री. [फा.] शिल्प, दस्तकारी; काम करने का कौशल।

कारु—पु. [सं.] शिल्पी, कारीगर; शिल्प। वि. करने, बनाने वाला; भयंकर। **~कार्य**-पु. शिल्पकार; नक्काशी, आदि का काम। **~ज**-पु. शिल्प, काम; कोई कारीगरी का काम।

कारुक—पु. [सं.] कलाकार, शिल्पी।

कारुणिक—वि. [सं.] करुणा से भरा हुआ जिसे देखकर करुणा उत्पन्न हो; दयाशील।

कारुण्य—पु. [सं.] दया, करुणा (का भाव)।

कारूँ—पु. [अ.] मूसा का चचेरा भाई, जो बहुत धनवान् और अत्यन्त कृपण था, अंत में अपने धन सहित पृथ्वी में समा गया था; वह व्यक्ति जो मालदार होने के साथ बहुत ही कंजूस हो। **मु. ~का ख़ज़ाना**-असीमित धन (व्यंग्य में—'यहाँ का कारू का ख़ज़ाना दबा है')।

कारूरा—पु. [अ.] मूत्र परीक्षण के लिए बनी शीशी जिसे हकीम को दिखाया जाता था। **मु. ~मिलना**-गहरी मित्रता होना; स्वभाव या आदतें मिलना।

कारोंछ—स्त्री. द्र. 'कालौंछ'।

कारो*—वि. [ब्र.भा.] काला।

कार्क—पु. [अं.] एक पेड़ की छाल; उस छाल से बनी शीशी पर लगाई जाने वाली डाट, काग।

कार्कश्य—पु. [सं.] कर्कशता, कठोरता; निर्दयता; निर्मलता।

कार्टून—पु. [अं.] द्र. 'कारटून'।

कार्टूनिस्ट—पु. [अं.] द्र. 'कारटूनिस्ट'।

कार्ड—पु. [अं.] मोटे कागज़ का टुकड़ा; ताश का पत्ता; पोस्टकार्ड; निमंत्रण पत्र, आदि के लिए प्रयुक्त संक्षिप्त रूप।

कार्डबोर्ड—पु. [अं.] गत्ता, मोटा गत्ता; दस्ती।

कार्डराय—पु. [अं.] कपड़े की एक विशेष किस्म जिसमें उभरी हुई धारियाँ-सी बनी होती हैं।

कार्डिगन—पु. [अं.] ऊपर पहनने का वस्त्र; ऊनी स्वेटर का एक रूप।

कार्डियोग्राम—पु. [अं.] हृदय की दशा दर्शाने वाला रेखाचित्र।

कार्डियोलाजिस्ट—पु. [अं.] हृदय-रोग विशेषज्ञ।

कार्डियोलाजी—पु. [अं.] हृदय-रोग विभाग; हृदय-रोगों का अध्ययन करने वाला शास्त्र, विज्ञान।

कार्ण—वि. [सं.] कर्ण संबंधी। पु. कान का मैल; कान का आभूषण।

कार्तयुग—वि. [सं.] कृत युग संबंधी।

कार्तवीर्य—पु. [सं.] कृतवीर्य का बेटा, सहस्रार्जुन।

कार्तिक—पु. [सं.] आश्विन के बाद और अगहन के बीच आने वाला महीना।

कार्तिकी—स्त्री. [सं.] कार्तिक की पूर्णिमा; कार्तिक में होने वाला।

कार्तिकेय—पु. [सं.] स्कंद, शिव के पुत्र।

कार्तूस—पु. [फा.] द्र. 'कारतूस'।

कार्दम—वि. [सं.] कीचड़ से बना या भरा हुआ।

कार्नफ्लेक्स—पु. [अं.] मक्की के दानों से तैयार किए गए, छिलके जो पथ्य रूप में दिये जाते हैं।

कार्नर, कॉर्नर—पु. [अं.] कोना, कोण; नाका, नुक्कड़।

कार्पटिक—पु. [सं.] यात्री; तीर्थ-यात्री; यात्रियों का समूह; परोपकार करने वाला व्यक्ति; पिछलग्गू।

कार्पण्य—पु. [सं.] कृपणता, कंजूसी।

कार्पास—वि. [सं.] कपास का बना। पु. कपास का बना सूती वस्त्र। **~नासिका**-तकुआ, इस पर कपास या रुई का सूत निकाला जाता है।

कार्पासिका, कार्पासी—स्त्री. [सं.] कपास का पौधा।

कार्पेंटर—पु. [अं.] बढ़ई, लकड़ी का काम करने वाला मिस्तरी, कारीगर।

कार्पेट—पु. [अं.] गलीचा, कालीन; (बढ़िया) दरी।

कार्पोरेशन, कॉर्पोरेशन—पु. [अं.] निगम, संघ, नगर—पालिका; नगर का प्रबंध करने वाला सरकारी विभाग (किसी विशेष जनसंख्या से नीचे इस संस्था को 'नगरपालिका' और उससे ऊपर की जनसंख्या वाले नगर में 'निगम'-कॉर्पोरेशन संस्था होती है)।

कार्पोरेट—पु. [अं.] सामूहिक, सम्मिलित। **~वर्ल्ड**-पु. व्यापार जगत।

कार्बन—पु. [अं.] द्र. 'कारबन'।

कार्बोहाइड्रेट—[अं.] भोजन में एक पौष्टिक तत्त्व—कार्बन-ऑक्सीजन और हाइड्रोजन का यौगिक जो गुड़-चीनी, रोटी, ग्लूकोज़, आदि में पाया जाता है।

कार्म—वि. [सं.] कर्मशील, परिश्रमी।

कार्मण—वि. [सं.] कार्य में चतुर, दक्ष।

कार्मारक—पु. [सं.] लुहार का काम।

कार्मिक—पु. [सं.] कार्य करने वाले मज़दूर (वर्कर)। **~संघ**-पु. मजदूरों के हितों की रक्षक संस्था।

कार्य—पु. [सं.] काम, धंधा; व्यवसाय, कारण का परिणाम; कर्तव्य, किसी सिद्धि के लिए किए जाने वाला प्रयत्न; नाटक की पाँच अर्थ प्रकृतियों में से एक जो नाटक के अंतिम परिणाम, फल के रूप होती है। **~कर्ता**-पु. काम करने वाला; विशेष काम करने वाला; किसी राजनीतिक दल के संगठन में काम करने वाला। **~कारण-भाग**-पु. कार्य और कारण का संबंध। **~कारिणी**-(स्त्री.) प्रबंध समिति ('एक्ज़िक्यूटिव कमेटी')। **~कारी**-वि. किसी पदाधिकारी की अनुपस्थिति में उसके पद पर अस्थायी रूप में काम करने वाला ('एक्टिंग'); विशेष रूप से कार्य करने वाला। **~कुशल**-जो किसी कार्य का करने में विशेष रूप से कुशल, अच्छा हो, दक्ष। **~कुशलता**-अच्छे ढंग से कार्य करने की, समुचित योग्यता ('एफिशियंसी')। **~क्रम**-किसी कार्य का सिलसिलेवार ब्यौरा ('प्रोग्राम')। **~क्षमता**-कार्य करने की सामर्थ्य। **~चिन्तक**-वि. सोच-समझकर काम करने वाला। **~दिवस**-पु. निर्धारित कार्य करने का दिवस, वह दिवस जिसे अवकाश दिवस की मान्यता न हो ('वर्किंग डे')। **~नीति**-किसी कार्य, योजना या उद्देश्य को पूरा करने के लिए बनाई गई नीति। **~प्रणाली**-काम करने का ढंग, प्रक्रिया। **~भार**-पु. किसी कार्य या पद से संबंध रखने वाले कार्यों का भार, दायित्व ('चार्ज')। **~भारी**-पु. जिसके ऊपर किसी पद से संबंधित कार्यों का भार, दायित्व हो ('इंचार्ज')। **~वाहक**-वि. कार्य चलाने वाला। **~विधि**-कार्य करने का ढंग, विधि ('प्रोसिजर')। **~वृत्त**-पु. किसी बैठक या अधिवेशन में जो कुछ हुआ हो, उसका प्रामाणिक विवरण ('मिनट्स')। **~वृत्त पंजी**-स्त्री. वह रजिस्टर या पुस्तिका जिसमें कार्यवृत्त लिखा जाता है ('मिनट्स बुक')। **~विवरण**-पु. किसी सभा समिति, आदि में जो निर्णय लिए गए हों, उनका विवरण ('प्रोसीडिंग्स')। **~समय**-पु. वह समय जब किसी कार्यालय, संस्था, मिल-कारखाना, आदि में काम होता हो ('ऑफिस'-ऑवर्स', 'वर्किंग ऑवर्स')। **~समिति**-स्त्री. किसी कार्य को करने के लिए विशिष्ट व्यक्तियों की समिति; प्रबंधकारिणी या कार्यकारिणी समिति ('एक्ज़ीक्यूटिव', 'बॉडी')। **~अध्यक्ष**-पु. वह व्यक्ति जो सबके ऊपर रहकर किसी कार्य का प्रबंधन देखता है।

कार्यतः—अ. [सं.] कार्य रूप में; फलतः।

कार्यवाह—वि. [सं.] कार्यवाहक, कार्य का निष्पादन करने वाला व्यक्ति।

कार्यवाही—स्त्री. द्र. 'कार्रवाई'।

कार्याकार्य—पु. [सं.] कर्तव्य-अकर्तव्य। **~विचार**-पु. कर्तव्य-अकर्तव्य का विवेक।

कार्याक्षम—वि. [सं.] कार्य करने में असमर्थ, अयोग्य।

कार्याधिप—पु. [सं.] कार्य का निरीक्षण-कर्ता।

कार्याध्यक्ष—पु. [सं.] कार्य का निरीक्षण, निगरानी करने वाला ('सुपरिंटेंडेंट')।

कार्यान्वित—वि. [सं.] कार्य रूप में लागू कर देना।

कार्यार्थी—वि. [सं.] किसी कार्य के लिए नियुक्त व्यक्ति; मुक़दमे की पैरवी करने वाला जिसे मुखतारनामा दिया गया हो।

कार्यालय—पु. [सं.] काम करने का स्थान, दफ़्तर ('ऑफ़िसर')।

कार्यालयाध्यक्ष—पु. [सं.] कार्यालय में कार्य की निगरानी करने वाला ('सुपरिंटेंडेंट')।

कार्षापण, कार्षिक—पु. [सं.] प्राचीन काल में प्रचलित एक सिक्का।

कार्ष्ण—वि. [सं.] कृष्ण, कृष्ण द्वैपायन, कृष्ण मृग से संबंधित; काला। पु. काले मृग का चर्म।

कार्ष्णि—पु. [सं.] प्रद्युम्न, कामदेव; शुकदेव।

कार्ष्ण्य—पु. [सं.] कालापन, कलौंछ।

कालंजर—पु. [सं.] एक पर्वत; इस पर्वत के पास का प्रदेश।

काल—पु. [सं.] समय, समय की कोई अवधि; विभाग, (घड़ी, घंटा, मिनट, आदि); अंत समय, मृत्यु, यम, उपर्युक्त समय, अवसर; अकाल, दुर्भिक्ष (का संक्षिप्त रूप); शिवजी का एक नाम; व्याकरण में किसी तत्त्व या क्रिया को सूचित करने वाला कि वह घटित हो चुका है—अतीत, भूत, वह घटित हो रहा है—वर्तमान या वह घटित होगा—भविष्य—इस प्रकार भूत, वर्तमान तथा भविष्य—तीन काल। **~कंठ**-पु. शिव। **~कवलित**-वि. जिसे काल ने समाप्त कर दिया हो; मृत। **~कूट**-पु. एक तीव्र विष, हलाहल, समुद्र-मंथन के समय निकला तीव्र विष जिसका शिव ने पान कर लिया था। **~कृत**-वि. समय के वश में, समय के द्वारा उत्पन्न। **~कोठरी**-स्त्री. जेल, कारागार में भयंकर अपराधियों को रखी जाने वाली बहुत तंग छोटी कोठरी। **~क्रम**-पु. समय की गति; समय के अनुसार एक के बाद एक होने वाला (कालक्रमानुसार)। **~चक्र**-पु. समय का चक्र; भाग्यदशा। **~चिह्न**-पु. मृत्यु निकट होने के लक्षण। **~ज्ञ**-पु. ज्योतिषी; मुर्गा। वि. अवसर को पहचानने वाला। **~ज्येष्ठ**-वि. आयु में बड़ा। **~त्रय**-पु. तीनों—भूत, वर्तमान और भविष्य—काल। **~दंड**-पु. मृत्यु; मृत्युदंड। **~धर्म**-पु. समय या ऋतु के अनुसार आचरण; मृत्यु। **~नाथ**-पु. शिव; कालभैरव। **~निशा**-स्त्री. घोर अँधेरी रात; प्रलय की रात। **~नेमि**-पु. एक राक्षस, रावण का मामा। **~पाश**-पु. मृत्यु, यम का फंदा; फाँसी। **~पाशिक**-पु. जल्लाद। **~पुरुष**-पु. परमात्मा, जो काल रूप है। **~भैरव**-पु. शिव; काशी में शिव के एक मुख्य गण। **~माप**-पु. काल की मात्रा, माप। **~योग**-पु. नियति, भाग्य; मृत्यु योग। **~योगी**-पु. शिव। **~रात्रि, ~रात्री**-स्त्री. घोर अँधेरी, भयाविनी रात; प्रलय की रात। **~सर्प-योग**-पु. ज्योतिष में मान्य एक दुर्भाग्यपूर्ण योग। **~सूर्य**-पु. प्रलयकालीन सूर्य। **~हर**-पु. शिव।

कालक—वि. [सं.] यकृत, जिगर; मस्सा, झाईं; पनीला साँप; आँख की पुतली का काला भाग।

कालबेल, कॉलबेल—पु. [अं.] पुकारने के लिए लगाई गई घंटी (द्वार, आदि पर); चपरासी, आदि को बुलाने वाली घंटी।

कालबूत—पु. गत्ते, रेत, आदि के द्वारा बनाई गई आकृति ('कालबूत के कोट ज्यों')।

कालम, कॉलम—पु. [अं.] स्तम्भ, खंभा (भवन, आदि में); स्तम्भ, कॉलम (समाचार-पत्र पत्रिका, आदि में); दस्ता, सैन्य-दल; किसी कागज़, फॉर्म, आदि में प्रविष्टि देने के लिए बनाया गया स्थान।

कॉलर—पु. [अं.] गला, गर्दनी (वस्त्र, आदि में)। **~बोन**-स्त्री. हँसली, गले की वह हड्डी जहाँ आकर कॉलर लगता है।

कॉलरा—पु. [अं.] हैज़ा, एक रोग जिसमें दस्त और उल्टी का तीव्र आक्रमण होता है।

कालशेय—पु. [सं.] छाछ, मट्ठा।

कालांजन—पु. [सं.] एक तरह का सुरमा।

कालांजनी—स्त्री. [सं.] एक छोटी झाड़ी जिसका प्रयोग औषधि के रूप में होता है।

कालांडज—पु. [सं.] कोकिल।

कालांतर—पु. [सं.] कुछ समय पश्चात्।

काला—वि. स्याह, काजल या कोयले के रंग का, कृष्ण वर्ण; कलुषित। **~कलूटा**-वि. बहुत काला। **~चोर**-वि. बहुत बड़ा चोर; निकृष्ट व्यक्ति। **~जीरा**-पु. काले रंग का जीरा (औषधि के रूप में प्रयुक्त)। **~तिल**-पु. चमड़ी पर काले रंग का तिल। **~नमक**-पु. एक प्रकार का नमक। **~नाग**-पु. काला साँप, साँप की एक विशेष जाति; (लॉ) अत्यन्त दुष्ट, खतरनाक व्यक्ति। **~पानी**-पु. अंडमान द्वीप जहाँ अंग्रेज़ों के समय आजीवन कारावास के अपराधियों को भेजा जाता था ('काले पानी की सज़ा')। **~भुजंग**-पु. अत्यन्त ज़हरीला साँप। **~आँधी**-स्त्री. वह आँधी जिससे भयानक अंधकार छा जाए। **~खाँसी**-स्त्री. एक प्रकार की खाँसी का रोग, विशेषत: बच्चों में। **~ज़बान**-वह जबान जिसकी बातें अशुभ और प्राय: सत्य ही होती हैं। **~मिर्च**-स्त्री. गोल काले दाने के रूप में एक प्रकार की मिर्च। **मु. ~कोस, ~कोसों**-बहुत दूर।

काला कच्छा—वि. चोर जो काला कच्छा पहन कर पूरे शरीर पर तेल चुपड़े होते हैं; जिससे पकड़ में न आ पाएँ।

काला क़ानून—वि. वह क़ानून जो जनहित के विरोध में अत्यन्त दुःखदायी हो।

काला धन—वि. वह धन जो अवैध, गलत, ढंग से कमाया जाए और जिसका कोई विधिवत् ब्यौरा न दिया जाए।

कालागुरु—पु. [सं.] एक तरह का अगरु।

कालाजिन—पु. [सं.] काले मृग की खाल।

कालातिक्रमण—पु. [सं.] समय बीत जाना, देर होना। वि. जो समय की सीमा को पार कर सके।

कालातीत—वि. [सं.] जिसका समय बीत गया हो; समय पर जिसका कोई प्रभाव न हो।

कालाध्यक्ष—पु. [सं.] सूर्य; परमात्मा।

कालानल—स्त्री. [सं.] प्रलयकाल की अग्नि।

कालायनी—स्त्री. [सं.] दुर्गा।

कालावधि—स्त्री. [सं.] नियत समय।

कालाशुद्धि—स्त्री. [सं.] शुभ कार्यों के लिए निषिद्ध समय।

कालास्त्र—पु. [सं.] वह घातक बाण, अस्त्र, जिससे मृत्यु निश्चित हो।

कालिंग—वि. [सं.] कलिंग देश का। पु. **~कलिंग**-कलिंग देश का निवासी, वहाँ का राजा; कलिंग देश का सर्प; हाथी।

कालिंगिका—स्त्री. [सं.] एक पौधा जो औषधि के रूप में काम आता है, त्रिधारा।

कालिंजर—पु. [सं.] एक पर्वत, तीर्थ स्थान के रूप में मान्य, इस नाम का नगर।

कालिंद—वि. [सं.] कलिंद पर्वत या कालिंदी नदी से संबद्ध।

कालिंदक—पु. [सं.] तरबूज़।

कालिंदी—स्त्री. [सं.] यमुना नदी, कलिंद पर्वत से निकली होने के कारण यह नाम; सगर की माता; श्रीकृष्ण की एक पत्नी; एक रागिनी।

कालिक—वि. [सं.] काल, समय, संबंधी; सामयिक; किसी विशेष काल या समय से संबंध रखनेवाला—पूर्वकालिक; समयोचित।

कालिका—स्त्री. [सं.] देवी का एक रूप; काली देवी। **~पुराण**-कालिका देवी के माहात्म्य का वर्णन करने वाला एक उपपुराण।

कालिकेय—पु. [सं.] दक्ष कन्या कालिका से उत्पन्न एक असुर जाति।

कालिख—स्त्री. धुएँ के जमने से लगी स्याही, कलौंछ; **(ला.)** कलंक।

कॉलेज, कॉलेज—पु. वह शिक्षण संस्था जहाँ उच्चशिक्षा स्कूल स्तर के ऊपर की दी जाती हो और वह किसी विश्वविद्यालय से संबद्ध हो।

कालिदास—पु. [सं.] संस्कृत के प्रख्यात कवि, 'अभिज्ञान शाकुन्तलम्', 'रघुवंशम्', 'कुमारसम्भवम्', 'मेघदूतम्', आदि प्रसिद्ध ग्रन्थों के रचयिता।

कालिमा—स्त्री. [सं.] कालापन, कालौंछ, कालिख। **(ला.)** कलंक, पाप ('उसके मन में कालिमा आ गई')।

कालिय—पु. [सं.] यमुना में रहने वाला एक प्रसिद्ध नाग जिसका वध श्रीकृष्ण ने किया था। **~जित, ~दमन, ~मर्दन**-पु. श्रीकृष्ण। **~ह्रद**-पु. वह कुंड जिसमें कालिय नाग रहता था।

काली—स्त्री. [सं.] देवी का एक रूप—कालिका, चंडी, दुर्गा; दश महाविद्याओं में से पहली; अग्नि की सात जिह्वाओं में से एक। वि. काले रंग वाली। **~दह**-पु. यमुना का वह कुंड जिसमें कालिय नाग रहता था।

कालीक—पु. [सं.] क्रौंच पक्षी।

क़ालीन—पु. [अ.] गलीचा।

कालुष्य—पु. [सं.] कालिमा। **(ला.)** अपवित्रता; वैर-भाव; किसी के प्रति दुर्भाव रखना।

कालेश—पु. [सं.] सूर्य; शिव; यम।

कालोनी—स्त्री. [अं.] बस्ती, नगर की कोई नये ढंग की आबादी, बस्ती, मुहल्ला; उपनिवेश, किसी बड़े देश के अधीन कोई छोटा देश।

कालौंछ, कलौंछ—स्त्री. कालिमा, कालिख।

काल्पनिक—वि. [सं.] कल्पना से संबंधित; जो कल्पना में उत्पन्न हो, कल्पित, मनगढ़त।

कावा—पु. [फा.] घोड़े को एक वृत्त या दायरे में चक्कर लगवाना; चक्कर। **मु. ~काटना, ~देना**-बचकर निकल जाना; किसी के पास किसी विशेष प्रयोजन से बार-बार चक्कर लगाना।

कावेरी—स्त्री. [सं.] दक्षिण भारत की एक प्रसिद्ध नदी।

काव्य—पु. [सं.] वह पद्यबद्ध रचना जिसमें रस और सौन्दर्य हो, कविता। **~लिङ्ग**-पु. एक अर्थालंकार जहाँ समर्थनीय अर्थ का अन्य अर्थ के द्वारा समर्थन किया जाए; इसे 'काव्यहेतु' भी कहा जाता है।

काव्यत्व—पु. [सं.] काव्य, कविता का गुण।

काव्यमय—वि. [सं.] कविता के गुण से भरपूर, रसमय।

काव्यांग—पु. [सं.] काव्य के भेद।

काव्यात्मक—वि. [सं.] काव्यगुण से भरपूर।

काव्यादर्श—पु. [सं.] काव्य का प्रतिमान।

काव्यार्थापत्ति—स्त्री. [सं.] एक अर्थालंकार जिसमें एक बात के कथन से दूसरी बात स्वत:सिद्ध मानी जाए।

काश—पु. [सं.] काँस; खाँसी। [अं., फ़ा.] ईश्वर करे, खुदा करे (इच्छा; कामना, आदि के मनोभाव को सूचित करता हुआ)।

काशि—पु. [सं.] मुट्ठी; सूर्य; ज्योति। **~राज**-पु. काशी का राजा।

काशिका—स्त्री. [सं.] काशी नगरी; पाणिनीय व्याकरण पर लिखी एक वृत्ति।

काशी—स्त्री. [सं.] एक प्रसिद्ध नगर (उत्तर प्रदेश), हिन्दुओं का प्रख्यात तीर्थ-स्थल, शिव की नगरी के रूप में मान्य, वर्तमान नाम वाराणसी। **~करवट**-स्त्री. काशी में एक स्थान जहाँ लोग मुक्ति-प्राप्ति की आशा में जमीन में लगे आरे से स्वयं को कटवा देते थे, अंग्रेज़ों द्वारा यह प्रथा बंद कर दी गई। **~नाथ**-पु. शिव। **~फल**-पु. कुम्हड़ा, कद्दू।

काश्त—स्त्री. [फा.] खेती; जोत, वह जमीन जिस पर खेती की जाती है। **~कार**-पु. किसान, खेती करनेवाला। **~कारी**-स्त्री. खेती, किसानी, कृषि-कर्म; वह जमीन जिस पर खेती करने का अधिकार हो।

काश्मरी—स्त्री. [सं.] एक वृक्ष, गंभारी।

काश्मीर—वि. [सं.] कश्मीर का; कश्मीर में उत्पन्न, कश्मीर का रहने वाला। पु. कश्मीर प्रदेश। **~ज**-पु. केसर।

काश्मीरक, काश्मीरिक—वि. [सं.] कश्मीर में उत्पन्न, कश्मीर का रहने वाला।

काश्मीरा—पु. एक ऊनी कपड़ा जो विशेषत: पहले कश्मीर में बनता था।

काश्मीरी—वि. कश्मीर का, कश्मीर से संबंधित। पु. कश्मीर निवासी।

काश्मीर्य—पु. [सं.] केसर।

काश्य—पु. [सं.] मद्य, शराब।

काश्यप—वि. [सं.] कश्यप गोत्र का; कश्यप संबंधी, कणाद मुनि। **~नंदन**-पु. गरुड़; अरुण।

काश्यपि—पु. [सं.] गरुड़, अरुण।

काश्यपी—स्त्री. [सं.] पृथ्वी।

काश्यपेय—पु. [सं.] सूर्य;, आदित्य गण, गरुड़।

काष—पु. [सं.] कसौटी; सान; एक ऋषि।

काषाय—वि. [सं.] गेरुआ, गेरुए रंग का। पु. गेरुआ वस्त्र।

काष्ठ—पु. [सं.] काठ, लकड़ी; ईंधन, जलावन। **~कीट** पु. लकड़ी का कीड़ा, घुन। **~तन्तु**-पु. लकड़ी के भीतर लगने वाला पतले सूत जैसा कीड़ा। **~तक्ष, ~तक्षक**-पु. बढ़ई। **~पुत्तलिका**-स्त्री. कठपुतली।

काष्ठक—पु. [सं.] अगरु।

काष्ठा—स्त्री. [सं.] दिशा; सीमा; चरम; कश्यप की एक पत्नी जो दक्ष कन्या थी।

काष्ठागार—पु. [सं.] लकड़ी, ईंधन के भंडारण का स्थान; लकड़ी का बना घर।

काष्ठिक—पु. [सं.] लकड़हारा।

काष्ठिका—स्त्री. [सं.] लकड़ी का छोटा टुकड़ा; चैली।

काष्ठीला—स्त्री. [सं.] केला।

कास—पु. [सं.] खाँसी; छींक; एक तरह की घास। **~कंद**-पु. कसेरु।

कासनी—स्त्री. [फा.] एक पौधा, इसके बीज औषधि के रूप में प्रयुक्त होते हैं; कासनी के फूल जैसा हल्का नीला रंग।

कासर—पु. [सं.] भैंसा।

कासा—पु. [फा.] प्याला; कटोरा, फकीरों का भिक्षा पात्र। **~सर**-पु. खोपड़ी।

कासार—पु. [सं.] तालाब; ताल, सरोवर, झील।

कासिका—स्त्री. [सं.] खाँसी।

क़ासिद—पु. [अ.] पत्रवाहक; दूत, संदेश ले जाने वाला। वि. कस्द, इरादा रखनेवाला।

कासिर—वि. [अ.] कसूर, दोष, कमी; दोषी।

कासीस—पु. [सं.] हीरा; कसीस।

कास्केट—पु. [अं.] मंजूषा, सुंदर-सी पेटी (मखमल, आदि की); शवपेटिका ('कॉफ़िन')।

कॉस्ट—स्त्री. [अं.] क़ीमत, मूल्य। जाति, वर्ण; नाटक, चलचित्र, आदि के पात्र।

कास्टिक—पु. [अं.] एक ज्वलनशील पदार्थ, तेजाब जैसा। **~सोडा**-पु. एक प्रकार का सोड़ा जो साबुन, आदि में प्रयुक्त होता है।

कास्टिंग मशीन—स्त्री. [अं.] डाई, खाँचा, साँचा, आदि बनाने की मशीन।

कास्टिंग वोट—क्रि. [अं.] वोट, मत डालना।

कॉस्मेटिक—पु. [अं.] सौंदर्य-प्रसाधन की सामग्री—क्रीम, पाउडर, अन्य अंगराग।

काह—पु. [फा.] सूखी घास।

काहल—पु. [सं.] बिल्ली; मुर्गा; कौब, शब्द; अस्पष्ट शब्द।

काहला—स्त्री. [सं.] सेना का ढोल।

काहलि—पु. [सं.] शिव।

काहली—स्त्री. [सं.] युवती।

काहि*—सर्व. किसे; किससे।

काहिल—वि. [अ.] सुस्त, आलसी, कामचोर।

काहिली—स्त्री. [अ.] सुस्ती, आलस्य, ढिलाई।

काही—वि. थोड़ा कालापन लिये हुए हरे रंग का, काई के रंग का। पु. गहरा हरा रंग थोड़ा कालापन लिये हुए।

काहु*—अ. किसी।

काहू*—सर्व. किसी। पु. [फा.] एक पौधा जो औषधि के रूप में प्रयुक्त होता है।

काहे*—अ. क्यों, किसलिए। **~को**-अ. किस कारण से।

किंकणी—स्त्री. [सं.] करधनी, एक घुँघरूदार आभूषण।

किंकर—पु. [सं.] सेवक, दास।

किंकर्तव्यविमूढ़—वि. [सं.] जिसे यह न सूझ पड़े कि अब क्या करना चाहिए; भौंचक, हक्का-बक्का।

किंकिणी—स्त्री. [सं.] करधनी।

किंकिनी*—स्त्री. करधनी।

किंकिर—पु. [सं.] घोड़ा; कोयल; एक बड़ा भ्रमर।

किंकिरा—स्त्री. [सं.] रक्त।

किंकिरात—पु. [सं.] तोता; कोयल; कामदेव; अशोक।

किंगिरी—स्त्री. [सं.] एक छोटी सारंगी जैसा वाद्य जिसे बजा कर योगी भिक्षा माँगते हैं।

किंचन—पु. [सं.] पलाश।

किंचित्—वि. [सं.] कुछ, अल्प, थोड़ा।

किंज, किंजल, किंजल्क—पु. [सं.] कमल का केसर, पद्म-पराग। वि. पद्म-पराग के रंग का पीला।

किंडरगार्टन—पु. [ज., अं.] छोटे बच्चों को खेल-खिलौनों द्वारा सहज में ही दी जाने वाली प्रारम्भिक शिक्षा-प्रणाली; ऐसी शिक्षा देने वाला प्राथमिक स्कूल।

किंतु—अ. [सं.] लेकिन परन्तु बल्कि।

किंपुरुष—पु. [सं.] किन्नर, हिजड़ा; नीच व्यक्ति।

किंवदंती—स्त्री. [सं.] जनश्रुति, लोक में प्रचलित बात, उदाहरण।

किंवा—अ. [सं.] या, या तो, अथवा।

किंशुक—पु. [सं.] पलाश।

किंशुलक, किंशुलुक—पु. [सं.] द्र. 'किंशुक'।

कि—अ. एक बीजक शब्द; अथवा; क्यों, क्योंकर; क्या।

किक—स्त्री. [अं.] पैर की ठोकर; फुटबॉल, गेंद, आदि में पैर से ठोकर मारने की क्रिया।

किकियाना—अ.क्रि. बारीक-सी आवाज़ में रोना-चिल्लाना; कुत्तें या पिल्लों का रोना-चिल्लाना।

किचकिच—स्त्री. झगड़ा, विवाद; अशांति; बरसात; कीचड़ के कारण हो जाने वाली असुविधा ('थोड़ी-सी ही बारिश से यहाँ किचकिच हो जाती है')।

किचकिचाना—अ.क्रि. दाँत पर दाँत रखकर दबाना पीसना (क्रोध में)।

किचकिचाहट—स्त्री. वर्षा से कीचड़ हो जाना।

किचकिची—स्त्री. मसमसाहट, प्यार से बच्चे को दबाने-गुदगुदाने की क्रिया।

किचपिच—स्त्री. भीड़भाड़; फिसलन; गिचपिच; लिखाई में काट-फाँस।

किचरपिचर—स्त्री., वि. द्र. 'किचपिच।

किचिन—स्त्री. [अं.] रसोई, रसोईघर।

किट—स्त्री. [अं.] सामान; उपकरण, औज़ार; सामान रखने का थैला-थैली, पेटिका, आदि। काम, आदि करने की वेष-भूषा, परिधान, गेम्स किट; मशीनों, आदि पर काम करने की वेश-भूषा।

किटकिट—पु. झगड़ा; किचकिच; अशांति।

किटकिटाना—अ.क्रि . गुस्से में दाँत पीसना।

किटि—पु. [सं.] सूअर।

किटिभ—पु. [सं.] जूँ, खटमल।

किडनी—स्त्री. [अं.] गुरदा।**~स्टोन**-पथरी, गुरदे की पथरी।

किडनैप—क्रि. [अं.] अपहरण।

किडनैपिंग—क्रि. [अं.] द्र. 'किडनैप'।

कित*—अ. किस ओर, किधर, **कहाँ**।

कितक*—वि. कितना; कहाँ; कितनी दूर।

कितना—वि. किस मात्रा का, किस गिनती का; किस दरजे का।

कितने (कितने ही)—वि. बहुत, बहुत से; बहुतेरे।

कितव—पु. [सं.] धूर्त, कपटी; जुआरी; दुष्ट; सनकी; धतूरे का पौधा।

क़िता—पु. [अ.] टुकड़ा, खंड, उर्दू का एक पद्य।

किताब—स्त्री. [अ.] लिखी हुई चीज़, पोथी, मुद्रित रचना। **~खाना**-पु. पुस्तकालय। **~फ़रोश**-पु. पुस्तक विक्रेता।

किताबत—स्त्री. [अ.] लिखाई, नक़ल करने का काम।

किताबी—वि. किताब से संबद्ध; पुस्तकीय जो व्यावहारिक न हो। **~इल्म**-पु. पुस्तक से प्राप्त ज्ञान, विद्या। **~कीड़ा**-पु. (**ला.**) जो हर समय किताबों में लगा रहता हो, किताबें ही पढ़ता रहता हो।

कितिक, कितेक—वि. कितना, बहुत।

कितेब*—स्त्री. किताब।

कितै*—अ. कहाँ, किस जगह।

किधर—अ. किस ओर, कहाँ। **मु. ~से चाँद निकला ?**-किसी का बहुत दिनों बाद दीख पड़ना (आज किधर से चाँद निकला ?)।

किधौं—अ. या, अथवा; या तो।

किन—सर्व. किसका बहु.। अ. क्यों न।

किनका—पु. कण; टूटा हुआ दाना—चावल, आदि का; रोटी, आदि के किए गए बहुत छोटे-छोटे टुकड़े।

किनर-मिनर—स्त्री. बारिश की हल्की-हल्की बूँदें लगातार; कुछ रुक रुकपु. [सं.] काँस; खाँसी।-कर गिरना।

किनार—पु. [फा.] किनारा।

किनारा—पु. [फा.] तट, तीर; हाशिया; छोर। **~कशी**-स्त्री. किनारा करना, उपेक्षा करना। **मु. ~करना**-किसी से संबंध तोड़ लेना, साथ छोड़ देना, दूर हो जाना।

किनारी—स्त्री. धोती, आदि में किनारे पर छपी या मशीन की कढ़ी बूटियाँ। **~दार**-वि. जिसमें किनारी बनी हुई हो।

किनारे—अ. किनारे पर, अलग। **मु. ~लगना**-काम पूरा होना; किसी वस्तु, आदि का समाप्त होना ('मिठाई तो बच्चों ने किनारे लगा दी')।

किनिका, किनुका*—पु. द्र. 'किनका'।

किन्नर—पु. [सं.] देवताओं की एक योनि जिनकी मुखाकृति घोड़े जैसी मानी जाती है; किंपुरुष, हिजड़ा।

किन्नरी—स्त्री. [सं.] किन्नर स्त्री; एक तरह का वाद्य, किंगरी।

किन्हें—सर्व. 'किस' का बहु.।

किफ़ायत—स्त्री. [अ.] बचत, कमखर्ची; पर्याप्त मात्रा में। **~शिआर**-वि. कर्म खर्च करनेवाला, बचानेवाला; थोड़े पैसों में काम चलाने वाला।

किफ़ायती—वि. किफ़ायत, बचत करनेवाला।

क़िबला—पु. [अ.] मुसलमानों के तीर्थ-स्थल मक्का में वह स्थान जहाँ हजरे अस्वद (काला पत्थर) स्थापित है, और जिसकी ओर मुँह करके मुसलमान नमाज़ पढ़ते हैं। प्रतिष्ठित और सम्मानित लोगों के लिए संबोधन। **~ए-आलम**-पु. बादशाह। **~गाह**-पु. पिता। **~नुमा**-पु. दिशा-बोधक एक यंत्र जिसकी सुई सदैव पश्चिम की ओर रहती है। **~रू**-वि. जो किबला की दिशा में मुँह किए हुए हो।

किमरिक, किमरिख—पु. सफ़ेद चिकना कपड़ा।

किमाकार—वि. [सं.] जिसका कोई निश्चित आकार न हो; रूप बदलते रहने वाला; भद्दा, भोंडा।

किमाम—पु. 'क़वाम'।

क़िमार—पु. [अ.] एक खेल जिसे शर्त लगाकर खेला जाता है, जुआ। **~ख़ाना**-पु. जुए का अड्डा। **~बाज़**-वि. जुआरी। **~बाज़ी**-स्त्री. जुए का खेल।

क़िमाश—पु. [अ.] ढंग, तर्ज।

किमि*—अ. कैसे।

किम्—सर्व. [सं.] कौन, क्या। अ. क्यों, कैसे, कहाँ से।

कियत्—वि. [सं.] कितना।

किया—स.क्रि. कार्य को करने की प्रक्रिया पूरी कर दी गई हो, 'करना' का भूतकालिक रूप।

कियारी—स्त्री. द्र. 'क्यारी'।

किरकिरा—वि. ऐसा स्वाद जिसमें मिट्टी-कंकर, आदि मिले होने का बोध हो (आटा, दाल, आदि में)।

किरकिराना—अ.क्रि. किरकिरे होने का बोध। द्र. 'किरकिरा'।

किरकिराहट—स्त्री. किरकिरा होने का बोध, अनुभव।

किरकिरी—स्त्री. रेत या कंकरी, आदि का चूरा मिला होना। **ला. ~होना**-अपमान या अवमानना होना।

किरकिल—पु. गिरगिट।

किरच—स्त्री. द्र. 'किरिच'; छोटा कण ('मिठाई की तो किरच भी नहीं बची')।

किरची—स्त्री. रेशम या सूत की लच्छी।

किरदार—पु. [अ.] नाटक, फिल्म, आदि में पात्र, पात्र की भूमिका।

किरण—स्त्री. [सं.] ज्योति की वे सूक्ष्म रेखाएँ जो प्रवाह के रूप में सूर्य, चंद्र, दीपक, आदि ज्योतिमान पदार्थों से निकलती दिखाई देती हैं, प्रकाश की रेखा; अंशु, रश्मि। **~केतु, ~पति, ~पाणि, ~माली**-पु. सूर्य।

किरणा—स्त्री. [सं.] काशी क्षेत्र में बहने वाली एक नदी।

किरन—स्त्री. द्र. 'किरण'। **मु. ~फूटना**-सूर्योदय होना।

किरपा*—स्त्री. द्र. 'कृपा'।

किरपान*—पु. द्र. 'कृपाण'।

किरमिच—पु. एक तरह का मोटा कपड़ा जिसमें कुछ अंश प्लास्टिक, आदि का मिला रहता है, जिसके जूते, आदि भी बनते थे।

किरराना—अ.क्रि. दाँत पीसना, किरकिर की आवाज़ करना।

किरवान, किरवार*—पु. कृपाण, तलवार।

किरात—पु. [सं.] एक जंगली जाति; शिव; एक प्राचीन प्रदेश।

क़िरात—स्त्री. [अ.] एक माप जो हीरे तौलने के काम आता है—लगभग चार जौ के बराबर।

किरातार्जुनीय—पु. [सं.] भारवि रचित संस्कृत का प्रसिद्ध महाकाव्य।

किराति—स्त्री. [सं.] दुर्गा; गंगा।

किरातिनी—स्त्री. [सं.] किरात की स्त्री।

किराती—स्त्री. [सं.] किरात जाति की स्त्री।

किराना—पु. जहाँ से घर-गृहस्थी के आटा, दाल, चावल, मसालें, आदि समान मिलते हैं, ऐसी दुकान।

किरानी—पु. किसी दफ़्तर का क्लर्क।

किराया—पु. किसी से किसी वस्तु के उपयोग के बदले ली जाने वाली नियत राशि, भाड़ा। **~(ये) दार**-पु. किसी के मकान-दुकान, आदि को किराये पर लेने वाला।

किरावल—पु. [तु.] सेना का वह दस्ता, टुकड़ी, जो लड़ाई के समय आगे जाकर मैदान साफ़ करता है, जिससे मुख्य सेना आगे बढ़ सके।

किरासन—पु. मिट्टी का तेल ('केरोसिन')।

किरि—पु. [सं.] शूकर; मेघ।

किरिका—स्त्री. [सं.] दवात, मसि-पात्र।

किरिच (किर्च)—स्त्री. किसी चीज़ का नुकीला टुकड़ा।

किरिया*—स्त्री. मृतक-कर्म। **मु. ~खराब करना**-किसी के साथ ठीक व्यवहार न करना; दुर्दशा कर देना।

किरीट—पु. [सं.] मुकुट, शिरोभूषण जिसे राजा या राजपरिवार के लोग धारण करते थे, एक वर्ण वृत्त। **~धारी**-पु. राजा।

किरीटी—वि. [सं.] किरीट धारण करने वाला।

किरोध*—पु. द्र. 'क्रोध'।

किर्च*—स्त्री. द्र. 'किरिच'।

किर्तनिया (कीर्तनिया)—पु. कीर्तन करने वाला।

किर्म—पु. [फा.] कीड़ा।

किर्मि, किर्मी—स्त्री. [सं.] बड़ा कमरा, इमारत, भवन; स्वर्ण या लौह प्रतिमा; पलाश का वृक्ष।

किर्मिज—पु. द्र. 'किरमिज'।

किल—पु. [सं.] क्रीड़ा। अ. निश्चय ही। **~किंचित्**-पु. संयोग, शृंगार का एक हाव, जिसमें नायिका एक साथ कई भाव प्रकट करती है।

किलक—पु. [स्त्री.] किलकारी; एक तरह की घास में निकली हुई बीच की डंडी जिससे लिखने की कलम बनाई जाती थी।

किलकन, किलकान—स्त्री. किलकने की क्रिया (शिशुओं द्वारा)।

किलकना—अ.क्रि. बच्चों, बंदरों, आदि का किलकारी मारना।

किलकार, किलकारी—स्त्री. बच्चों, बंदरों, आदि के मुख से हर्ष में निकलने वाली ध्वनि।

किलकारना—अ.क्रि. जोर से किलकारी मारना।

किलकिल—स्त्री. झगड़ा; बातचीत की किचकिच।

किलकिला—स्त्री. [सं.] किलकारी।

किलकिलाना—अ.क्रि. किलकारी मारना, हर्ष-ध्वनि करना।

किलकिलाहट—स्त्री. किलकारी।

किलकी—स्त्री. बढ़ई का एक औज़ार जिससे माप कर वे लकड़ी पर चिह्न लगाते हैं।

किलना—अ.क्रि. कीला जाना; वश में हो जाना।

किलवाना—स.क्रि. कीलने की क्रिया जो दूसरों से कराई जाए; मन्त्र, आदि द्वारा किसी की प्रेत-बाधा, आदि दूर करना।

किलवारी—स्त्री. छोटी नाव, डोंगी, आदि में पतवार का काम देने वाला छोटा डाँड़ा।

क़िला—पु. [अ.] लड़ाई के समय के लिए रक्षात्मक उपायों को ध्यान में रखकर राजाओं द्वारा बनवाई गई सुदृढ़ भवनों की शृंखला, दुर्ग, गढ़; विशाल, सुदृढ़ सुरक्षित स्थान। **~(ले) दार**-पु. किले का रक्षक सेनापति। **~बंदी**-स्त्री. किसी स्थान को चहारदीवारी, खाई, आदि से पूरी तरह सुरक्षित करना; सुरक्षा के संपूर्ण उपाय करना। **मु. ~फतह, ~सर करना**-किला जीत लेना, किसी कठिन काम, मुहिम को सफल कर लेना।

किलावा—पु. हाथी के गले में पड़ी हुई वह रस्सी जिस पर महावत पैर रखता है; सुनारों का एक औज़ार।

किलिंच, किलिंज, किलिंजक—पु. [सं.] चटाई।

किलोग्राम—पु. [अं.] भार का एक माप जिसमें एक हज़ार ग्राम होते हैं।

किलोमीटर—पु. [अं.] दूरी की एक माप जिसमें लगभग 5/8 मील होते हैं।

किलोल—पु. द्र. 'कल्लोल'।

किलोवाट—पु. [अं.] बिजली का भार मापने की एक माप।

किल्क—पु. स्त्री. [फा.] द्र. 'किलक'।

क़िल्लत—स्त्री. [अ.] कमी, तंगी; अनुपलब्धता।

किल्ला—पु. खूँटा; अंकुर। **मु. ~गाड़कर बैठना**-अटल होकर बैठना।

किल्लाना*—अ.क्रि. कल्लोल करना; किलकिलाना; हर्ष में किलकारियाँ मारना।

किल्ली—स्त्री. खूँटी, लकड़ी की बनी हुई।

किल्विष—पु. [सं.] पाप; दोष; रोग।

किवाड़—पु. कपाट, लकड़ी शीशे, आदि के बने पल्ले जो दरवाज़े पर लगाए जाते हैं।

किवार—पु. द्र. 'किवाड़'।

किशमिश—स्त्री. [फा.] एक मेवा जिसे छोटे अंगूरों को सुखा कर बनाया जाता है; दाख़।

किशमिशी—वि. किशमिश का, किशमिश के रंग का। पु. एक रंग जो किशमिश के रंग से मिलता है। **~अंगूर**-एक तरह के अंगूर जिनसे किशमिश बनाई जाती है।

किशल, किशलय—पु. [सं.] कोंपल, नवपल्लव, नये पत्ते।

किशोर—पु. [सं.] ग्यारह से पन्द्रह वर्ष तक की अवस्था का लड़का। स्त्री. 'किशोरी'।

किशोरक—पु. [सं.] बच्चा।

किशोरावस्था—स्त्री. [सं.] ग्यारह से पन्द्रह वर्ष तक की आयु।

किश्त—स्त्री. [फा.] कृषि, खेती; शतरंज के खेल में 'शह'। **~कार**-पु. कृषक, काश्तकार। **~कारी**-स्त्री. कृषि-कर्म, खेती का काम।

किश्ती—स्त्री. [फा.] नाव, डोंगी; लकड़ी या धातु की बनी लंबी नाव की शक्ल की तश्तरी। **~नुमा**-वि. किश्ती की आकृति की।

किष्किंध, किष्किंध्य—पु. [सं.] दक्षिण भार का एक पर्वत; मैसूर के आस-पास का प्रदेश।

किष्किंधा, किष्किंध्या—स्त्री. [सं.] बालि-सुग्रीव (रावण) की राजधानी। किष्किंधा पर्वत की एक गुफा। **~(धा) कांड**-पु. रामायण का एक कांड, अध्याय।

किस—सर्व. वि. 'कौन' का वह रूप जो विभक्ति लगने पर बनता है।

किस—क्रि. सं. [अं.] चुम्बन।

किसनई *—स्त्री. किसानी, कृषि-कर्म।

किसबत (किसमत)—स्त्री. [फा.] नाई की कई खानों वाली वह संदूकड़ी या थैला जिसमें वह हज़ामत का सामान रखता था।

किसमिस—स्त्री. द्र. 'किशमिश'।

किसल, किसलय—पु. [सं.] द्र. 'किशलय'।

किसान—पु. खेती का काम करनेवाला, काश्तकार, खेतिहर।

किसानी—स्त्री. किसान-कर्म, खेती।

किसिम—स्त्री. द्र. 'किस्म'।

किसी—सर्व. वि. 'कोई' का विभक्ति लगने से बनने वाला रूप।

क़िस्त—स्त्री. [अ.] किसी वस्तु के मूल्य, मालगुज़ारी, कर, ऋण, आदि को चुकता करने के लिए नियत समय पर दिये जाने वाला संपूर्ण राशि का एक अंश, भाग; नियत समय पर—सप्ताहिक, मासिक, आदि प्रकाशित होने वाली सामग्री (कहानी, लेख, उपन्यास, आदि की क़िस्त)।

क़िस्म—स्त्री. [अ.] प्रकार, भेद; प्रजाति; तरह।

किस्मत—स्त्री. [अ.] भाग्य, तकदीर। **~आजमायी**-भाग्य अजमाना, भाग्य की परीक्षा। **~वर**-वि. भाग्यवान, खुश-नसीब। **मु. ~का धनी**-भाग्यवान, बहुत अच्छे भाग्य वाला। **~का खेल**-बदकिस्मती, बुरे दिन आने। **~का लिखा**-जो भाग्य में निश्चित हो। **~चमकना, ~जागना**-भाग्य चमकना, खुलना। **~पलटना**-भाग्य बदल जाना, अच्छे दिन आ जाना। **~फूटना**-दुर्भाग्य होना।

किस्सा—पु. [अ.] कहानी; उपन्यास, वृत्तांत; ज़िक्र, चर्चा; घटना; कलह, झगड़ा; समस्या, मसला। **~कोताह, ~मुख़्तसर**-अ. संक्षेप में। **~ग़ो**-वि. कहानी कहने वाला। **~ग़ोई**-स्त्री. कहानी कहने की कला; कहानी कहने-सुनने का काम।

की *—अ. या, अथवा; क्या।

की—स्त्री. [अं.] कुंजी, चाबी; टीका, भाष्य (किसी पुस्तक का)।

कीक—स्त्री. चीख, चीत्कार।

कीकट—पु. [सं.] मगध देश, वहाँ की एक प्राचीन जन-जाति।

कीकना—अ.क्रि. 'की-की' की आवाज़ के साथ चीखना-चिल्लाना।

कीकर—स्त्री. बबूल का पेड़।

कीकरी—स्त्री. कीकर, बबूल की प्रजाति का ही एक पेड़; कीकर का छोटा पेड़।

कीच—स्त्री. कीचड़, पंक।

कीचक—पु. [सं.] महाभारत में एक पात्र, विराट का साला; पोला बाँस।

कीचड़—पु. स्त्री. पंक, कीच; आँख से लसलसे पानी के साथ निकलने वाला मैल, सफेद या हल्के नीचे रंग का।

कीट—पु. [सं.] कीड़ा। **~ज**-पु. रेशम। **~भृंग, ~न्याय**-पु. दर्शन में एक न्याय जो दो वस्तुओं या व्यक्तियों में एकरूपता आ जाने पर कहा जाता है।

कीटक—पु. [सं.] कीड़ा; एक मागध जाति।

कीटनाशक—पु. [सं.] कीड़े मारने की दवा, रसायन।

कीटाणु—पु. [सं.] छोटा कीड़ा।

कीटिका—स्त्री. [सं.] छोटा कीड़ा; तुच्छ जीव।

कीड़ा—पु. क्षुद्र जन्तु, कीट; खटमल; जुगनू; नाली में उत्पन्न होने वाले कीट। **मु. ~(ड़े) पड़ना**-एक गाली जिसका अर्थ अत्यन्त दुर्दशा हो, सड़-गल कर मृत्यु को प्राप्त होना।

कीड़ी—स्त्री. चींटी; कोई भी बहुत बारीक कीड़ा।

कीड़े-मकोड़े—पु. छोटे-छोटे कीड़े। **ला.** अत्यन्त तुच्छ ('वह हमें कीड़ा-मकोड़ा समझता है', 'वे लोग कीड़े-मकोड़े का जीवन जी रहे हैं')।

कीनना—स.क्रि. खरीदना।

कीना—पु. [फा.] देश, वैर-भाव।

कीनाश—पु. [सं.] यम; किसान; बंदरों की एक प्रजाति।

कीप—स्त्री. तेल या किसी द्रव्य को शीशी, आदि में डालने के लिए एक प्रकार की कुप्पी, धातु या प्लास्टिक की।

कीबोर्ड—पु. [अं.] टाइपिंग-मशीन या कंप्यूटर, आदि पर अक्षर टाइप करने के लिए बना पटल जिस पर विभिन्न अक्षर लगे होते हैं। ('की-बोर्ड')।

क़ीमत—स्त्री. [अ.] मूल्य, दाम; गुण; योग्यता।

क़ीमती—वि. [अ.] बहुत अधिक मूल्य का; मूल्यवान; महत्त्वपूर्ण।

क़ीमा—पु. [अ.] छोटे-छोटे टुकड़ों में कटा हुआ मांस; ऐसे मांस का तैयार किया हुआ व्यंजन। **मु. ~करना**-किसी चीज़ को चूरा-चूरा कर देना।

कीमिया—स्त्री. [अ.] रसायन-विद्या; सोना-चाँदी बनाने की कला, प्रभावकारी रसायन। **~गर, ~साग़**-पु. सोना-चाँदी बनाने वाला कुशल कारीगर; रसायन तैयार करने वाला। **~गरी**-स्त्री. सोना-चाँदी बनाने की कुशल कला।

कीर—पु. [सं.] तोता; मांस; कश्मीर देश।

कीरक—पु. [सं.] उपलब्धि, प्राप्ति।

कीरणा—स्त्री. [सं.] एक नदी।

कीरतन—पु. द्र. 'कीर्तन'।

कीरति *—स्त्री. द्र. 'कीर्ति'।

क़ीरात—पु. [अ.] द्र. 'करात'।

कीरी—स्त्री. द्र. 'कीड़ी'।

कीर्ण—वि. [सं.] बिखरा हुआ; ढका हुआ; मारा या चोट पहुँचाया हुआ।

कीर्तन—पु. [सं.] कीर्ति-वर्णन; प्रभु के यश, विरुद्ध, का गुण, आदि का गायन करते हुए नाम-स्मरण। **~कार**-पु. कीर्तन करने वाला।

कीर्तनिया—पु. कीर्तन करने वाला।

कीर्ति—स्त्री. [सं.] यश; प्रसिद्धि; आर्य छंद का एक भेद, एक ताल; दक्ष प्रजापति की कन्या का नाम। **~शाली**-वि. जिसका यश फैला हुआ हो। **~शेष**-वि. जिसकी कीर्ति, यशोगाथा ही इस संसार में रह गई हो अर्थात् मृत। **~स्तंभ**-पु. किसी को स्मृति, यशोगाथा को स्थायी बनाने के लिए बनवाया गया स्तम्भ।

कीर्तित—वि. [सं.] बहुत बार वर्णित, कथित जिसकी प्रशंसा की गई हो; प्रसिद्धि प्राप्त।

कीर्तिमान्—पु. [सं.] यशस्वी; एक मानक स्तर की प्राप्ति; किसी क्षेत्र में उपलब्धि, सर्वोच्च स्थान ('रिकॉर्ड'।'उसने प्रतियोगिता में एक नया कीर्तिमान स्थापित कर दिया')।

कील—स्त्री. कहीं गाढ़ने, ठोकने के लिए लोहे की बनी मेख, जिसमें टोपी-सी बनी होती है। (स्त्रियों द्वारा) नाक में पहनने का आभूषण, लौंग; मुँहासे के रूप में निकली हुई कढ़ी फुंसी-सी; चक्की के पाटों के बीच में गड़ी हुई खूँटी; कुम्हार के चाक के नीचे लगी हुई खूँटी-सी जिस पर वह घूमता है। ला **~काँटा**-पु. साजो-सामान, किसी कार्य को करने के लिए औजार। **मु. ~काँटे से दुरुस्त**-किसी भी स्थिति का सामना करने के लिए आवश्यक सामग्री से तैयार रहना।

कीलक—पु. [सं.] खूँटी; तन्त्रविद्या में मान्य एक देवता; यन्त्र का मध्य भाग; किसी अन्य मन्त्र का प्रभाव नष्ट करने वाला मंत्र।

कीलन—पु. [सं.] कीलना; बाँधना।

कीलना—स.क्रि. कील ठोकना; खूँटी गाड़ना, साँप का विष निकाल कर उसे मंत्र के प्रभाव से असमर्थ कर देना; मंत्र से वश में करना।

कीला—पु. लोहे की बड़ी खूँटी, मेख।

कीलाक्षर—पु. [सं.] एक प्राचीन लिपि जिसके अक्षरों की आकृति देखने में कील या काँटे जैसी होती थी।

कीलाल—पु. [सं.] देवलोक में एक वृक्ष; मधु; पशु; पानी।

कीलिका—स्त्री. [सं.] धुरे की खूँटी।

कीलित—वि. [सं.] कीला हुआ; वश में किया हुआ।

कीली—स्त्री. चक्र के बीच की वह कीली, खूँटी, जिस पर वह घूमता है।

कीश—पु. [सं.] बंदर।

कीस*—पु. बंदर।

कुँअर—पु. कुमार, जमींदारों, राजाओं, आदि के पुत्र को दिया जाने वाला संबोधन। **~जी**-पति (विशेषत: राजस्थान में प्रयुक्त)।

कुँअरि*—स्त्री. कुमारी; राजकुमारी।

कुँआ—पु. द्र. 'कुआँ'।

कुँआरा—वि. अविवाहित, जिसका विवाह न हुआ हो।

कुँआरी—वि. जिसका विवाह न हुआ हो; कुमारी, अविवाहित कन्या।

कुँइयाँ*—स्त्री. छोटा कुआँ जिसका घेरा-वृत्त कम चौड़ा हो।

कुँई—स्त्री. द्र. 'कुईं'।

कुंकुम—पु. [सं.] केसर; रोली।

कुंकुमा—पु. लाख का पोला गोला जिसमें गुलाल भर कर मारते हैं; शीशे, आदि का बना हुआ पोला लट्टू या बड़ा बल्ब।

कुंकुमाद्रि—पु. [सं.] कश्मीर स्थित एक पर्वत।

कुंचन—पु. [सं.] सिकुड़ना, सिमटना; टेढ़ा होना।

कुंचि—स्त्री. [सं.] आठ मुट्ठी की एक प्राचीन माप।

कुंचिका—स्त्री. [सं.] चाबी, कुंजी, ताली; मछली की एक प्रजाति; काला जीरा।

कुंचित—वि. [सं.] सिकुड़ा हुआ; टेढ़ा, मुड़ा हुआ; घुँघराले (केश)।

कुंची*—स्त्री. कुंजी; चाबी, ताली।

कुंज—पु. [फा.] कोना; दुशाले के कोने पर बनाए जाने वाले बेल-बूटे। पु. [सं.] वृक्षों, लताओं, आदि से घिरा हुआ स्थान, झुरमुट। **~कुटीर**-पु. पेड़ों के झुरमुट में बनी हुई कुटिया। **~गली**-स्त्री. लताओं से ढका हुआ छोटा-सा पथ; तंग रास्ता, गली। **~बिहारी**-पु. कुंज में विहार करने वाले, रमण करने वाले श्रीकृष्ण।

कुंजड़ा—पु. सब्जी बेचने वाला; एक मुस्लिम जाति जो सब्जी बेचने का काम करती है।

कुँजड़िन—स्त्री. कुंजड़े की स्त्री।

कुँजड़ी—स्त्री. द्र. 'कुंजड़िन'।

कुँजड़े-कसाई—पु. एक मुस्लिम जाति जो फेरी देते हुए बैल, आदि बेचने का धंधा करती है।

कुंजर—पु. [सं.] हाथी; पीपल; एक देश; बाल; रामायण में वर्णित एक पर्वत; आठ की संख्या; छप्पय छंद का एक भेद; हस्ति नक्षत्र; श्रेष्ठ (अपने वर्ग में, समास के अंत में लगकर यह अर्थ—'नरकुंजर', 'कपिकुंजर')।

कुंजरा—स्त्री. [सं.] हथिनी।

कुंजरानीक—पु. [सं.] हाथियों की सेना; हाथियों का दल।

कुंजराराति, कुंजरारि—पु. [सं.] सिंह, शेर।

कुंजरी—स्त्री. [सं.] हथिनी।

कुंजिका—स्त्री. [सं.] काला जीरा; कुंजी, चाबी।

कुंजित*—वि. कूजित; शब्दायमान।

कुंजी—स्त्री. ताली, चाबी।

कुंठ—वि. [सं.] भोथरा; मंद बुद्धि; सुस्त; कमजोर।

कुंठक—पु. [सं.] मूर्ख व्यक्ति। वि. मूर्ख।

कुंठा—स्त्री. [सं.] घोर निराशा ('फ्रस्ट्रेशन'); ग्रंथि पड़ जाना ('कॉम्प्लैक्स')।

कुंठित—वि. [सं.] कुंद या भोथरा किया हुआ; किसी ग्रंथि से पीड़ित।

कुंड—पु. [सं.] पानी से भरा हुआ कोई गड्ढा, छोटा तालाब; हवन करने के लिए या जल-संचय के लिए खोदा हुआ गढ़ा, हौज।

कुंडक—पु. [सं.] पात्र, मटका; धृतराष्ट्र का एक पुत्र।

कुंडकोदर—वि. [सं.] मटके जैसे पेट वाला। पु. शिव का एक गण।

कुंडनी—स्त्री. [सं.] एक पात्र।

कुँडरा—पु. गोलाकार खींची गई वह रेखा जिसके भीतर खड़े होकर शपथ ग्रहण करते हैं।

कुंडल—पु. [सं.] कान में पहनने का आभूषण, कर्णफूल; गोलाई में बना हुआ शीशे, आदि का वह गहना जिसे कनफटा जोगी कानों में पहनते हैं।

कुंडलाकार—वि. [सं.] कुंडल के आकार का, आकृति का; गोल।

कुंडलिका—स्त्री. [सं.] कुंडलाकार रेखा; कुंडलिया छंद; जलेबी।

कुंडलित—वि. [सं.] जो कुंडली मारे, घेरा बनाए हुए हो।

कुंडलिनी—स्त्री. [सं.] देवी का एक रूप; मूलाधार चक्र में स्थित एक शक्ति जिसे योगी योग-साधना में जगाने का काम करते हैं।

कुंडलिया—स्त्री. एक मात्रिक छंद।

कुंडली—स्त्री. [सं.] जन्मकुंडली; साँप, आदि का घेरा बनाकर बैठना। वि. [सं.] कुंडलधारी; कुंडलाकार। पु. साँप; मोर; वरुण; शिव; वह हिरण जिसके शरीर पर चित्तियाँ हों।

कुंडा—पु. नाँद (दही का कुंडा)। **मु. ~कर देना, ~कर के रख देना**-काम बिगाड़ देना; बहुत अधिक हानि पहुँचा देना।

कुंडिन—पु. [सं.] विदर्भ देश की राजधानी।

कुंडी—स्त्री. पत्थर की बनी ओखली-सी, पत्थर का बना गहरा पात्र; दरवाज़े को बंद रखने के लिए लगी जंजीर, चिटखनी, आदि।

कुंत—पु. [सं.] भाला; क्रोध; जूँ; एक प्रकार का अन्न।

कुंतल—पु. [सं.] केश; घुँघराले बाल; बहुरुपिया।

कुंतल—पु. [सं.] क्विंटल।

कुंतला—स्त्री. [सं.] कुंतल केश वाली, लम्बे घुँघराले बालों वाली स्त्री।

कुंतलिका—स्त्री. [सं.] एक पौधा।

कुंतली—स्त्री. एक तरह की मधुमक्खी।

कुंतली—स्त्री. [सं.] छुरी, चाकू।

कुंतिभोज—पु. [सं.] भोज देश के राजा जिन्होंने कुन्ती को गोद लिया था।

कुंती—स्त्री. बरछी; एक तरह की मधुमक्खी।

कुंती—स्त्री. [सं.] महाभारत की प्रसिद्ध पात्र, युधिष्ठिर भीम और अर्जुन की माता (अविवाहिता रूप में कर्ण की माता भी)।

कुंद—पु. [सं.] एक पौधा जिसके फूल सुंदर दाँतों के उपमान माने गए हैं; कुबेर की नौ निधियों में से एक; कन्नेर का पेड़; कमल।

कुंद—पु. खराद। **~कर**-पु. खराद का काम करने वाला। वि. [फा.] भोथरा; मंद। **~ज़हन**-वि. मंद बुद्धि, मोटी समझ वाला।

कुंदन—पु. विशुद्ध सोना, शुद्धता में सर्वोच्च गुणवत्ता का सोना। वि. तपे हुए सोने जैसे शुद्ध और निर्मल; स्वस्थ; सुंदर (काया)।

कुंदर—पु. [सं.] विष्णु।

कुँदरू—पु. एक बेल और उसका फल जिसे सब्ज़ी के रूप में प्रयोग किया जाता है।

कुंदा—पु. [फा.] लकड़ी का बड़ा मोटा लट्‌ठा, टुकड़ा; बंदूक का वह भाग जिसे घोड़ा दबाते हुए पकड़ा जाता है; छत या लकड़ी, आदि में जड़ा हुआ लोहे का बना काँटा जिस पर कोई चीज़ लटकाई जा सके ('हुक')।

कुंदु—पु. [सं.] चूहा।

कुंदुर—पु. [सं.] एक सुगंधित गोंद।

कुंदुरु—पु. [सं.] एक वृक्ष।

कुंभ—पु. [सं.] मिट्‌टी का घड़ा, कलश; हाथी के सिर के ऊपर हुआ भाग; ज्योतिष में एक राशि; गंगा, आदि पवित्र नदियों में स्नान का एक पर्व जो बारह वर्ष के पश्चात् आता है। पु. एक राग। **~कर्ण**-पु. रामायण में एक राक्षस, रावण का छोटा भाई। **~कार**-पु. कुम्हार; कुम्हारों की जाति। **~ज, ~जन्म, ~जात**-पु. अगस्त्य ऋषि; द्रोणाचार्य। **~संभव**-पु. अगस्त्य ऋषि; द्रोणाचार्य।

कुंभक—स्त्री. [सं.] प्राणायाम की एक क्रिया जिसमें साँस को भीतर रोककर रखा जाता है, तीन क्रियाओं में से एक (पूरक, कुंभक तथा रेचक)।

कुंभरी—स्त्री. [सं.] दुर्गा का एक रूप।

कुंभा—स्त्री. [सं.] वेश्या; नागदंती नामक औषधि।

कुंभिका—स्त्री. [सं.] छोटा घड़ा; वेश्या; जलकुंभी; एक नेत्र रोग; बिलनी।

कुंभिल—पु. [सं.] सेंध लगा कर चोरी करने वाला चोर; दूसरे की रचना की चोरी करने वाला।

कुंभी—स्त्री. [सं.] छोटा घड़ा; हांडी; एक जलीय पौधा, जलकुंभी। **~पाक**-पु. एक नरक; हांडी में पकाई हुई चीज़; एक तरह का ज्वर। **~मुख**-पु. एक तरह का फोड़ा। पु. [सं.] हाथी; मगर; कुंभीपाक नरक; मछली की एक प्रजाति। **~पुर**-पु. हस्तिनापुर।

कुंभीक—पु. [सं.] एक वृक्ष, पुन्नाग; जलकुंभी।

कुंभीका—स्त्री. [सं.] जलकुंभी; एक रोग।

कुंभीपुर*—पु. हस्तिनापुर।

कुंभीर—पु. [सं.] मगर; एक वृक्ष।

कुंभीरक—पु. [सं.] चोर।

कुंभीरासन—पु. [सं.] योग के अन्तर्गत एक आसन।

कुंभोदर—पु. [सं.] शिव का एक गण। वि. बड़े पेट वाला।

कुंवर—पु. लड़का, बेटा; राजकुमार।

कुँवरि, कुँवरी—स्त्री. कुमारी; राजकन्या।

कुँवारपन—पु. कुँवारे रहने की अवस्था।

कुंवारा—वि. द्र. 'कुँआरा'।

कु—स्त्री. [सं.] धरती; पृथ्वी; त्रिभुज का आधार। **~कील**-पु. पर्वत। **~ज**-पु. मंगलग्रह; वृक्ष; नरकासुर। वि. लाल।

कु—अ. [सं.] हीनता; नीचता, दुष्टता, अल्पता, कुत्सा, आदि। **~कर्म, ~कृत**-पु. बुरा काम; पाप कर्म। **~कर्मी**-वि. कुकर्म, बुरे काम करनेवाला। **~ख्यात**-वि. बदनाम। **~ख्याति**-स्त्री. निन्दा, बदनामी। **~गति**-स्त्री. दुर्गति, दुर्दशा। **~ग्रह**-पु. बुरे ग्रह। **~घात**-पु. कपटपूर्ण व्यवहार; धोखे से मारना। **~चक्र**-पु. षड्यन्त्र, साजिश; किसी को हानि पहुँचाने के लिए रची गई चाल। **~चक्री**-वि. षड्यन्त्र करने वाला। **~चर्चा**-स्त्री. खराब विषयों पर चर्चा, निन्दा। **~चर्या**-स्त्री. दुराचरण। **~चाल**-स्त्री. दुराचार; दुष्टता। **~चाली**-वि. दुराचारी, दुष्ट। **~चेल, ~चैल**-वि. मैले या फटे कपड़ों वाला। पु. मैला वस्त्र। **~चेष्टा**-स्त्री. बुरी नीयत की चेष्टा। **~चैला**-वि. मैले कपड़ों वाला। **~जाति**-स्त्री. नीच जाति। वि. हीन जाति वाला। **~टेव**-स्त्री. बुरी आदत, लत। **~ठाँउ*, ~ठाँय, ~ठाँव**-स्त्री. बुरी जगह, बेमौका; मर्मस्थल (पर चोट)। **~तर्क**-पु. असंगत तर्क, व्यर्थ में बहस करना। **~तर्की**-वि. कुतर्क करने वाला, व्यर्थ की बहस करने वाला। **~दृष्टि**-स्त्री. बुरी दृष्टि, पापदृष्टि; वासनापूर्ण दृष्टि। **~पंथ**-पु. बुरा मार्ग, दुराचारपूर्ण व्यवहार (में लिप्त होना)। **~पाठ**-पु. किसी रचना को वह अर्थ, व्याख्या करना जो रचनाकार का मंतव्य न हो। **~पात्र**-वि. अनधिकारी, अयोग्य पात्र। **~पुत्र**-पु. कपूत, नालायक बेटा। **~प्रबन्ध**-पु. जहाँ उचित व्यवस्था न हो, बदइंतजामी। **~बुद्धि**-स्त्री. दुर्बुद्धि। **~बेला**-स्त्री. बहुत अधिक समय हो जाना, रात पड़ जाना। **~मति**-स्त्री. दुर्बुद्धि; जिसका दिमाग बुरे कामों में चलता हो। **~मार्ग**-पु. कुपथ, दुराचारपूर्ण पथ। **~राह**-स्त्री. कुमार्ग, बुरे आचरण वाला मार्ग। **~रूप**-वि. जो सुंदर न हो, बुरी शक्ल वाला। **~रोग**-पु. कठिन, असाध्य रोग। **~लक्षण**-वि. बुरे लक्षण वाला। **~लक्षणी**-वि. स्त्री. बुरे, अशुभ लक्षणों वाली; दुराचारिणी। **~लच्छनी**-वि. द्र. 'कुलक्षणी'। **~वेश**-पु. बुरा वेश। **~संग**-पु. बुरी संगत। **~संगति**-स्त्री. बुरी सोहबत। **~संस्कार**-पु. बुरे संस्कार। **~समय**-पु. बुरा समय; कुवेला; मुसीबत का समय।

कुआर—पु. आश्विन मास।

कुआरा—वि. आश्विन, कुआर में होने वाला।

कुआरी—वि. आश्विन, कुआर, में तैयार होने वाली फसल, धान आदि।

कुइयाँ—स्त्री. छोटा कुआँ।

कुईं—स्त्री. कमल की प्रजाति का एक पौधा जिसमें सफेद फूल होते हैं, जो रात में खिलते हैं, कुमुद।

कुक—पु. [अं.] खाना बनाने वाला, खानसामा।

कुकटी—स्त्री. कपास की एक प्रजाति।

कुकड़ना—अ.क्रि. सिमटना (जाड़े के कारण)।

कुकड़ी (कूकड़ी)—कच्चे सूत की लच्छी, मकई का भूट्टा।

कुकड़ूँ-कूँ—स्त्री. मुर्गे की आवाज़। पु मुर्गा।

कुकनू—पु. [यू.] यूनानियों के अनुसार एक कल्पित पक्षी, उससे संगीत की उत्पत्ति मानी गई है।

कुकभ—पु. [सं.] एक तरह की शराब।

कुकर—पु. [अं.] खाना पकाने का पतीलेनुमा एक पात्र जिसमें भाप को रोककर सब्जी, चावल, आदि पकाए जाते हैं।

कुकरौंदा, कुकरौंधा—पु. एक पौधा।

कुकुंदर—पु. [सं.] एक पौधा।

कुकत्संद—पु. [सं.] गौतम बुद्ध से पहले हुए एक बुद्ध।

कुकुमा—स्त्री. [सं.] एक रागिनी।

कुकुर—पु. [सं.] कुत्ता; साँपों की एक प्रजाति। **~खाँसी**-स्त्री. एक तरह की सूखी खाँसी जो प्राय: बच्चों को होती है, एक ही साँस में इतनी अधिक खाँसी होना जो रुकने का नाम ही नहीं लेती। **~मुत्ता**-पु. एक छोटा पौधा जो वर्षा ऋतु में लकड़ी पर या सीलन की जगहों में उगता है। आजकल इसे एक पौष्टिक सब्ज़ी मानकर उगाया जाता है, होटलों विवाहादि में एक लोकप्रिय सब्ज़ी ('मशरूम')।

कुकुही—स्त्री. वन मुर्गी।

कुकूणक—पु. [सं.] आँखों का एक रोग, रोहे (हो जाना)।

कुकूल—पु. [सं.] भूसी; भूसी की आग।

कुकूलाग्नि—स्त्री. [सं.] भूसी की आग।

कुक्कुट—पु. [सं.] मुर्गा; वन मुर्गा। **~पालन, ~फॉर्म**-पु. मुर्गी पालने का व्यवसाय, मुर्गियों का फॉर्म।

कुक्कुटक—पु. [सं.] मुर्गा, वन मुर्गा।

कुक्कुटाभ—पु. [सं.] साँप की एक प्रजाति।

कुक्कुटासन—पु. [सं.] योग में एक आसन।

कुक्कुर—पु. [सं.] कुत्ता; श्वान।

कुक्ष—पु. [सं.] पेट।

कुक्षि—स्त्री. [सं.] पेट; कोख; गर्भाशय; किसी वस्तु का मध्य भाग; म्यान; खाड़ी।

कुख्यात—वि. [सं.] द्र. 'कु' के अन्तर्गत।

कुच—पु. [सं.] स्तन, उरोज। **~फल**-अनार। **~मुख**-पु. स्तन का अग्रभाग, चूचुक।

कुचकुचाना—स. क्रि बार-बार हाथों से धीरे-धीरे मसलना।

कुचना*—अ.क्रि. सिकुड़ना, संकुचित होना।

कुचलना—स.क्रि. किसी भारी चीज से या पैर आदि से जोर से दबाना, मसलना, रौंदना। **मु. ~कुल देना**—पीस डालना, समाप्त कर देना। ('सेना का विद्रोह कुचल दिया गया')।

कुचला—पु. एक पेड़ और उसका बीज, एक प्रकार का विष जो दवा के काम आता है।

कुचाग्र—पु. [सं.] स्तन का अग्रभाग।

कुचालक—वि. [सं.] जिसमें विद्युत एवं ताप का परिचालन सुगमता से न हो सके (बैड कन्डक्टर)।

कुचित—वि. [सं.] संकुचित; थोड़ा।

कुचुमार—पु. [सं.] कामशास्त्र के एक प्राचीन आचार्य।

कुच्छित*—वि. द्र. 'कुत्सित'।

कुछ—वि. थोड़ा-सा, तनिक, अल्प मात्रा या संख्या। सर्व. कोई वस्तु ('कुछ खिला-पिला दो'); कोई बड़ी बात, काम ('कुछ कर दिखाओ'); कोई अनुचित काम या अप्रिय बात ('वह कुछ कर न बैठे', 'वह कुछ भी कह देता है')। **~एक**-वि. थोड़ी-सी संख्या या मात्रा। **~ऐसा**-वि. विलक्षण, अनोखा। **~कुछ**-[अ.] थोड़ा; एक अलग तरह की अनुभूति ('प्रेम, आदि में')। **मु. ~कर देना**-जादू-टोना कर देना। **~का कुछ**-पूरी तरह बदला हुआ। **~खा लेना**-ज़हर खा लेना। **~न चलना**-वश न चलना। **~ने पूछिए**-अवर्णननीय; बहुत अधिक प्रशंसा में भी कहा जाता है। **~न समझना**-(अपने मुकाबले) किसी को कुछ न समझना; धन, बल, आदि का गर्व करना। **~भी हो**-चाहे जो हो। **~हो जाना**-रोग, प्रेत-बाधा, आदि हो जाना; काम का किसी सीमा तक हो जाना।

कुजंभल, कुजंभित—पु. [सं.] सेंध लगाने वाला चोर।

कुजाष्टम—पु. [सं.] ज्योतिष के अनुसार एक अशुभ योग, यह जन्म-कुंडली में मंगल के आठवें स्थान में होने से होता है।

कुज्जा—पु. पक्की मिट्टी के प्याले में जमाई हुई मिश्री।

कुज्झटि, कुज्झटिका, कुज्झटी—स्त्री. [सं.] कुहरा।

कुटंक—पु. [सं.] छत; छप्पर।

कुटंत*—स्त्री. मार पड़ना, पिटाई।

कुट—पु. कूटा हुआ, टुकड़ा। [सं.] गढ़, किला; घर, वृक्ष; पर्वत। **~ज**-पु. कमल; अगस्त्य; द्रोणाचार्य।

कुटक—पु. [सं.] एक वृक्ष; हल का फाल।

कुटका—पु. छोटा टुकड़ा।

कुटकी—स्त्री. एक पौधा, इसकी जड़ औषधि के रूप में काम आती है।

कुटनपन, कुटनपना, कुटनपेशा—पु. कुटनी का काम, पेशा; झगड़ा कराने का काम।

कुटनहारी—स्त्री. धान कूटने वाली स्त्री।

कुटना—अ.क्रि. कूटा जाना; मारा-पीटा जाना। पु. स्त्रियों को बहला-फुसला कर परपुरुष से मिलानेवाला।

कुटनाना—स.क्रि. किसी स्त्री को बहका कर दुराचार में प्रवृत्त करना।

कुटनी—स्त्री. किसी स्त्री को परपुरुष से संबंध बनाने के लिए प्रेरित करने वाली स्त्री; झगड़ा कराने वाली, चुगली करने वाली स्त्री।

कुटप—पु. [सं.] घर के पास का बगीचा; कमल।

कुटम्मस—स्त्री. मार-पिटाई।

कुटर—पु. [सं.] वह डंडा जिसमें मथनी की रस्सी को लपेटा जाता है।

कुटल—पु. [सं.] छप्पर, छाजन।

कुटवाना—स.क्रि. दूसरे से कूटने का काम करवाना।

कुटांट—पु. बुरी बुद्धि, बुरी बुद्धि वाला।

कुटाई—स्त्री. कूटने का काम, कूटने की क्रिया।

कुटास—स्त्री. पिटाई।

कुटि—स्त्री. [सं.] कुटी; देह; टेढ़ापन।

कुटिका—स्त्री. [सं.] कुटिया।

कुटिया—स्त्री. घास-फूस से बनी छोटी कुटी।

कुटिर—पु. [सं.] झोंपड़ी, कुटिया।

कुटिल—वि. [सं.] टेढ़ा; दुष्ट, जो सरल न हो।

कुटिलक—वि. [सं.] टेढ़ा, मुड़ा हुआ।

कुटिलता—स्त्री. [सं.] टेढ़ापन, दुष्टता; कपटपूर्ण व्यवहार।

कुटिला—स्त्री. [सं.] सरस्वती नदी; भारतवर्ष की एक प्राचीन लिपि।

कुटिलाई*—स्त्री. कुटिलता।

कुटिलिका—स्त्री. [सं.] चुपके-चुपके, दबे पैर आना; लुहार की भट्ठी।

कुटी—स्त्री. [सं.] कुटिया, झोंपड़ी।

कुटीका—स्त्री. [सं.] छोटा घर।

कुटीर—पु. [सं.] कुटी, कुटिया। **~उद्योग**-पु. छोटा उद्योग ('स्मॉल-स्केल इंडस्ट्री')।

कुटीरक—पु. [सं.] कुटी।

कुटुंब—पु. [सं.] परिवार, कुनबा; स्वजन, परिवार के सदस्य।

कुटुंबक—पु. [सं.] द्र. 'कुटुंब'।

कुटुंबिक, कुटुंबी—पु. [सं.] कुटुंब का, परिवार का सदस्य, कुटुंब संबंधी; एक ही कुटुंब, परिवार, का।

कुटुंबिनी—स्त्री. [सं.] गृहिणी।

कुटुनी—स्त्री. [सं.] कुटनी।

कुटुम*—पु. द्र. 'कुटुंब'। **~कबीला**-पु. कुटुंब, परिवार के बहुत सारे सदस्य।

कुटौनी—स्त्री. धान कूटने का काम। **~पिसौनी**-स्त्री. कूटने और आटा पीसने का काम।

कुट्टक—पु. [सं.] काटने, कूटने; पीसने वाला।

कुट्टन—पु. [सं.] कूटना; पीसना; क़ाटना।

कुट्टन, कुट्टिनी—स्त्री. [सं.] कुटनी।

कुट्टमित—पु. [सं.] शृंगार रस के अन्तर्गत वर्णित ग्यारह 'हावों' में से एक।

कुट्टा—पु. बच्चों का आपस में न बोलने का निर्णय ('उसने कुट्टा कर दी')।

कुट्टिम—पु. [सं.] पत्थर पर पच्चीकारी कर बनाया गया फर्श; रत्न की ख़ान।

कुट्टिमित—पु. [सं.] द्र. 'कुट्टमित'।

कुट्टी—स्त्री. पशुओं के हरे चारे को काट कर बारीक किया हुआ रूप ('काटने की क्रिया से प्राप्त चारा')। **~करना**-क्रि. बच्चों का आपस में न बोलने का निर्णय।

कुट्टीर—पु. [सं.] छोटा पहाड़, पहाड़ी।

कुट्टीरक—पु. [सं.] कुटिया।

कुठ—पु. [सं.] वृक्ष।

कुठला—पु. अनाज भंडारण के लिए बना बड़ा पात्र जो मिट्टी या कागज़ की लुगदी से बनाया जाता है।

कुठाकु—पु. [सं.] एक पक्षी, कठफोड़वा।

कुठाटंक—पु., **कुठाटंका**-स्त्री. कुल्हाड़ी।

कुठार—पु. कुठला; अनाज भंडारण के लिए घर के कोठे के भीतर बनाई गई कोठी जिसमें प्रवेश के लिए छोटी-सी खिड़की लगी होती है।

कुठार—पु. [सं.] कुल्हाड़ा; फाबड़ा। **~पाणि**-वि. जिसके हाथ में कुठार हो। पु. परशुराम।

कुठारक—पु. [सं.] कुल्हाड़ी।

कुठाराघात—पु. [सं.] घातक चोट; कुल्हाड़ी का घाव।

कुठारिक—वि., पु. [सं.] लकड़ी काटने वाला।

कुठारिक—स्त्री. [सं.] कुल्हाड़ी। वि. स्त्री. (समास के अन्तर्गत) नाश करने वाली।

कुठिया—स्त्री. छोटा कुठला।

कुठिला—पु. द्र. 'कुठला'।

कुठेर—पु. [सं.] अग्नि; तुलसी।

कुठेरक—पु. [सं.] श्वेत तुलसी।

कुड़क—वि. मुर्गी का अंडे देना बंद कर देना ('मुर्गी कुड़क हो गई')।

कुड़कना—अ.क्रि. कुड़कुड़ की आवाज़ करना; मुर्गी का अंडे देना बंद कर देना।

कुड़कुड़—पु. मुर्गी की आवाज।

कुड़कुड़ाना—अ.क्रि. मुर्गे या मुर्गी की आवाज़।

कुड़बुड़ाना—अ.क्रि. भीतर-भीतर कुढ़ना, झुँझलाना।

कुड़ी—स्त्री. [पं.] लड़की।

कुढ़न—स्त्री. खीज; जलन; डाह, कुढ़ने का भाव; मन ही मन किसी चीज़ पर दुःख मनाना।

कुढ़ना—अ.क्रि. भीतर ही भीतर दुखी होना; खीजना; मन ही मन संतप्त होना।

कुढ़ाना—स.क्रि. चिढ़ाना, खिजाना; जलाना।

कुणपाशी—पु. [सं.] मुर्गे को खाने वाला; एक तरह का प्रेत।

कुणि—पु. [सं.] तुन का पेड़; जिसका हाथ टेढ़ा हो गया हो या सूख गया हो।

कुतः (तस्)—अ. [सं.] कहाँ से; कहाँ; कैसे।

कुतना—अ.क्रि. कूता जाना, अनुमान लगाना।

कुतरन—स्त्री. कुतर कर डाले हुए किसी चीज़ के टुकड़े।

कुतरना—स.क्रि. दाँतों से किसी चीज़ का कुछ अंश काट लेना।

कुतवाल*—पु. द्र. 'कोतवाल'।

कुतवाली—स्त्री. द्र. 'कोतवाली'।

कुताही—स्त्री. द्र. 'कोताही'।

कुतिया—स्त्री. कुत्ते की मादा।

कुतुक—पु. [सं.] उत्सुकता, कुतूहल।

कुतुप—पु. [सं.] चमड़े की कुप्पी; दिन का आठवाँ पहर।

क़ुतुब—पु. [अ.] 'किताब' का बहु.। **~ख़ाना**-पु. पुस्तकालय। ध्रुवतारा। **~जनूबी**-पु. दक्षिणी ध्रुव। **~नुमा**-पु. दिशा-बोधक एक यंत्र, डिब्बी-सा, जिसकी सुई का एक सिरा सदैव उत्तर, उत्तरी ध्रुव की ओर रहता है। **~फ़रोश**-पु. किताब बेचने वाला। **~मीनार**-स्त्री. पुरानी दिल्ली में स्थित एक मीनार जो कुतुबुद्दीन

ऐबक द्वारा बनवाई गई, अपनी ऊँचाई के लिए प्रसिद्ध। **~शाही**-स्त्री. दक्षिणी भारत के पाँच बहमनी राज्यों में एक, उनकी राजधानी गोलकुंडा थी। **~शुमाली**-पु. उत्तरी ध्रुव।

कुतूहल—पु. [सं.] किसी वस्तु या विषय को जानने की तीव्र इच्छा; उत्सुकता, जिज्ञासा; आश्चर्य; क्रीड़ा।

कुतूहली—वि. [सं.] कुतूहल युक्त; कुतूहल पैदा करने वाला।

कुत्ता—पु. एक प्रसिद्ध जानवर, श्वान, कूकुर-घरों में रखवाली और शौक के लिए पालित जीव, अपनी स्वामी-भक्ति के लिए प्रसिद्ध; बंदूक का घोड़ा जिससे उसे चलाया जाता है; दरवाजे के पीछे लगा हुआ लकड़ी का टुकड़ा जिसे नीचे करने से दरवाज़ा बाहर से नहीं खुल सकता; रहट; घड़ी, आदि में किसी भी चक्र की गति को रोकने वाला पुर्जा। **मु. ~की दुम (पूछ) कभी सीधी नहीं होती**-बहुत समझाने-बुझाने पर भी दुष्ट प्रवृत्ति या बुरी आदतें न छोड़ना। **~की नींद**-ऐसी नींद जो ज़रा से भी खटके से खुल जाए। **~की मौत मरना**-बहुत दुर्दशा होकर मरना। **~के भौंकने से हाथी नहीं डरता**-सामर्थ्यवान व्यक्ति छोटे व्यक्तियों की आलोचना या जग-निन्दा से नहीं डरता। **ला.** नीच; दुष्ट प्रकृति का व्यक्ति; एक गाली।

कुत्ती—स्त्री. कुतिया, कुत्ते की मादा।

कुत्र—अ. [सं.] कहाँ, किस जगह।

कुत्सन—पु. [सं.] निन्दा करना।

कुत्सा—स्त्री. [सं.] निन्दा; घृणा।

कुत्सित—वि. [सं.] निन्दित; नीच, गर्हित; बुरा; पापपूर्ण (कुत्सित विचार)।

कुथा—स्त्री. [सं.] कपरी; कंथा, गुद्ड़ी; झूल।

कुथुआ—पु. बच्चों की आँखों में होने वाला एक रोग।

कुदक्कड़—वि. कूदने वाला।

कुदक्का*—पु. उछल-कूद।

क़ुदरत—स्त्री. [अ.] प्रकृति; ईश्वरीय शक्ति; जगत नियंता। **~(ते) ख़ुदा**-स्त्री. ईश्वर की महिमा, खुदा की करामात। **~का खेल**-ईश्वर की लीला।

क़ुदरती—वि. [फा.] प्राकृतिक; असली; प्रारम्भ या जन्म से ही।

कुदान—स्त्री. कूदने की क्रिया; छलाँग। **ला. ~करते फिरना**- आवारागर्दी करते फिरना।

कुदाना—स.क्रि. छलाँग लगवाना।

कुदारी—स्त्री. द्र. 'कुदाली'।

कुदाल, कुदाली—स्त्री. मिट्टी खोदने या खेत की नराई करने का छोटा-सा फाबड़ा, फाबड़ी।

कुदूरत—स्त्री. [अ.] मैलापन; रंजिश, द्वेष।

कुद्दार, कुद्दाल—पु. [सं.] कुदाल; लाल कचनार वृक्ष।

कुपच—पु. अपच, पेट खराब होना; क़ब्ज।

कुपित—वि. [सं.] क्रुद्ध, खफ़ा, जिसे कोप हुआ हो; दुखी।

कुपीन—पु. द्र. 'कौपीन'।

कुप्पा—पु. चमड़े का बना गोलाकार पात्र जिसमें घी या तेल रखते हैं; टीन का बना कुप्पी के आकार का बड़ा पात्र जिससे मिट्टी का तेल, आदि मापा जाता है।

कुप्पी—स्त्री. छोटा कुप्पा; टीन, आदि का बना छोटा पात्र (तेल की कुप्पी)।

कुफुर*—पु. द्रे. 'कुफ़्र'।

कुफेन—स्त्री. काबुल की नदी का पुराना नाम।

कुफ़्र—पु. [अ.] ईश्वर के अस्तित्व को न मानना, नास्तिकता; हठ, दुराग्रह; अस्वीकृति, क़बूल न करना; कृतघ्नता, अकृतज्ञता, नाशुक्री। **~का कलमा**-पु. ईश्वर या धर्म के विरुद्ध बात करना। **~का फ़तबा**-पु. अधिकृत मौलवी द्वारा किसी को काफ़िर करार देना। **मु. ~टूटना**-आफ़त, बड़ी मुसीबत आ जाना।

क़ुफ़्ल—पु. [अ.] ताला।

कुबंड—वि. विकलांग।

कुब—पु. कूबड़।

कुबजा*—स्त्री. द्र. 'कुब्जा'।

कुबड़ा—वि. जिसकी पीठ टेढ़ी हो गई हो, टेढ़ा चलने वाला। पु. टेढ़ी पीठ वाला आदमी।

कुबड़ी—स्त्री. 'कुबड़ा' का स्त्री., द्र. कुबड़ा।

कुबरी—स्त्री. कंस की दासी कुब्जा; कैकेयी की दासी मंथरा—दोनों का ही कूबड़ निकला हुआ था।

कुबलयापीड़—पु. द्र. 'कुवलयापीड़'।

कुबली—स्त्री. पिंडी।

कुबानि—स्त्री. बुरी बात या आदत। बुरी लत, कुटेव।

कुबानी—स्त्री. बुरी या अशुभ बात।

कुब्जिा*—स्त्री. द्र. 'कुब्जा'।

कुबेर—पु. [सं.] धन के देवता, यक्षराज—उत्तर दिशा के अधिष्ठाता देवता।

कुब्ज—वि. [सं.] कुबड़ा। **~ग्रामी**-वि. झुककर चलने वाला।

कुनकुना—वि. थोड़ा गरम।

कुनबा—पु. कुटुम्ब, परिवार।

कुनमुनाना—क्रि. नींद में सोए हुए व्यक्ति का थोड़ा हिलना।

कुनालिका—स्त्री. [सं.] कोयल।

कुनैन—स्त्री. [अं. क्विनाइन] एक कड़वा सत (साल्ट) जो गोली के रूप में मलेरिया बुखार में दिया जाता है।

कुब्जा—वि. स्त्री. [सं.] कुबड़ी। स्त्री. कंस की कुबड़ी दासी जिसका कूबड़ श्रीकृष्ण ने अपने स्पर्श से सीधा कर दिया था।

कुब्बा—पु. कुबड़ा, टेढ़ा।

कुब्र—पु. [सं.] वन; यज्ञ कुंड।

कुभा—स्त्री. [सं.] काबुल नदी (अफगानिस्तान में); पृथ्वी की छाया।

कुमक—स्त्री. [फा.] सहायता; युद्ध के मोर्चे पर पीछे से सहायतार्थ भेजी गई सेना, सेना की टुकड़ी।

कुमकी—स्त्री. प्रशिक्षित हथिनी, हाथियों को पकड़ने में इसकी सहायता ली जाती है।

कुमकुम—पु. केसर; सिंदूर।

कुमकुमा—पु. लाख का बना पोला लट्टू जिसमें होली पर गुलाल भर कर एक दूसरे को मारते थे; बिजली का बड़ा लट्टू जो द्वार, आदि पर शोभा के लिए टाँगा जाता है।

कुमकुमी—वि. कुमकुम के आकार का।

कुमरिया—पु. प्रशिक्षित हाथी।

कुमाच—पु. एक प्रकार का रेशमी वस्त्र।

कुमार—पु. [सं.] पुत्र, लड़का; पाँच वर्ष से कम आयु का लड़का; राजकुमार, युवराज; कार्त्तिकेय। वि. अविवाहित कुँआरा। **~जीभ**-पु. एक वृक्ष। **~तंत्र**-पु. आयुर्वेद का वह विभाग जिसमें बाल-रोग का अध्ययन होता है। **~वाहन**-पु. मयूर, मोर। **~व्रत**-पु. आजीवन ब्रह्मचर्य पालन का व्रत। **~संभव**-पु. महाकवि कालिदास का एक प्रसिद्ध महाकाव्य। **~सू**-स्त्री. पार्वती।

कुमारक—पु. [सं.] कुमार; आँख की पुतली।

कुमारबाज़—पु. जुआरी।

कुमारयु—पु. [सं.] राजकुमार; युवराज।

कुमारिक—वि. [सं.] जिसके लड़कियाँ हों; जिसके यहाँ बहुत लड़कियाँ हों।

कुमारिका—स्त्री. [सं.] कुमारी।

कुमारिल भट्ट—पु. [सं.] संस्कृत के प्रसिद्ध मीमांसाकार और भाष्यकार, शंकराचार्य के समकालीन।

कुमारी—स्त्री. [सं.] बारह वर्ष तक की अवस्था की कन्या; पार्वती; दुर्गा; भारतवर्ष के दक्षिणी छोर का अंतरीप; घीकुँआर नामक वनस्पति औषधि के रूप में प्रयुक्त। वि. स्त्री. अविवाहिता, कुँआरी; युवती। **~पुत्र**-कर्ण। **~पूजन**-पु. कुँआरी लड़कियों के पूजन का एक विधान।

कुमुक—स्त्री. [फा.] द्र. 'कुमक'।

कुमुद—पु. [सं.] कमल की प्रजाति का एक पौधा और उसका फुल, कुई; लाल कमल; चाँदी; विष्णु।

कुमुदनी—स्त्री. द्र. 'कुमुदिनी'।

कुमुदिक—वि. [सं.] कुमुदों से भरा हुआ।

कुमुदिनी—स्त्री. [सं.] कमल की प्रजाति का एक पौधा और उसका फूल, यह रात्रि में चन्द्रमा को देखकर खिलता है, कमलिनी। **~नाथ, ~पति**-पु. चन्द्रमा।

कुमुद्वती—स्त्री. [सं.] कुमुदिनी, कमलिनी।

कुमेरिया—पु. प्रशिक्षित हाथी।

कुमेरु—पु. [सं.] दक्षिणी-ध्रुव।

कुमोदक—पु. [सं.] विष्णु।

कुमोदनी, कुमोदिनी*—स्त्री. द्र. 'कुमुदिनी'।

कुम्हड़ा—पु. काशीफल, कद्दू; इस सब्ज़ी की बेल।

कुम्हड़ौरी—स्त्री. सफेद पेठे में मिला कर बनी हुई बड़ी (बरी)।

कुम्हरौटी—स्त्री. काली चिकनी मिट्टी जिसका प्रयोग विशेषत: कुम्हार करते हैं।

कुम्हलाना—अ.क्रि. मुरझाना; सूखने लगना; उदास हो जाना।

कुम्हार—पु. मिट्टी के बरतन बनाने वाला; इस व्यवसाय को करने वाली हिन्दुओं की एक जाति विशेष।

कुम्हारी—स्त्री. कुम्हार की स्त्री।

कुम्ही*—स्त्री. द्र. कुंभी।

कुम्हैड़ा*—पु. काशीफल ('सूरदास तीनों नहिं, उपजत, धनिया धान कुम्हेड़ा')।

कुरंग—वि. खराब रंग का, बदरंग।

कुरंग—पु. स्त्री. [सं.] ताँबई रंग का हिरण।

कुरंगक, कुरंगम—पु. [सं.] हिरण, मृग।

कुरंगिन*—स्त्री. हिरणी, मृगी।

कुरंड—पु. एक तरह का कठोर पत्थर जिसे सान बनाने के काम में लिया जाता है।

कुरंडक—पु. [सं.] अरंडक जाति की एक घास विशेष।

कुरआन—पु. [अ.] द्र. 'कुरान'।

कुरकी—स्त्री. द्र. कुर्की।

कुरकुट—पु. छोटा टुकड़ा।

कुरकुटा—पु. टुकड़ा; रोटी का टुकड़ा।

कुरकुर—पु. दबे स्वर में बोलते रहना (विशेषत: विरोध में)।

कुरकुरा—वि. तली या भुनी हुई खाने की तह चीज़ (पापड़, कचरी, आदि) जिसमें करारापन हो।

कुरकुराना—अ.क्रि. कुरकुर की आवाज़ करना।

कुरकुराहट—स्त्री. कुरकुरेपन की स्थिति।

कुरता—पु. कमीज़ की तरह का एक वस्त्र।

कुरती—स्त्री. स्त्रियों का पहनने का एक उपरि वस्त्र, जिसमें आगे बटन लगे होते थे (ब्लाउज़ या ब्लाउज़ जैसी)।

क़ुरबान—पु. [अ.] न्योछावर, बलि (होना)। **मु. ~जाना, ~होना**-न्योछावर होना; अत्यधिक प्रशंसा में निकला उद्गार।

क़ुरबानी—स्त्री. [अ.] मुसलमानों के त्योहार बकरीद के दिन दी जाने वाली बकरे की बलि; बलिदान कर देना; आत्मबलिदान।

कुरर—पु. [सं.] क्रौंच पक्षी।

कुररा—पु. क्रौंच पक्षी, टिटिहरी।

कुररी—स्त्री. [सं.] मादा टिटिहरी।

कुरल—पु. [सं.] क्रौंच पक्षी; घुँघराले बाल।

कुरलना*—अ.क्रि. कलरव करना; शब्द करते हुए क्रीड़ा करना।

कुरला—पु. कुल्ला; क्रीड़ा।

कुरवना—स.क्रि. ढेर लगाना; कोई वस्तु बहुत अधिक मात्रा में गिराना।

कुरवारना*—स.क्रि. खोदना; खरोंचना।

कुरसी—स्त्री. एक प्रकार का ऊँचे पाए का बैठने का आसन जिसमें पीठ को सहारा देने के लिए पटरी-सी लगी होती है; मकान के आधार को ऊँचा रखने के लिए बनाया गया चबूतरा-सा; पीढ़ी, पुश्त। **~नामा**-पु. वंश-वृक्ष।

क़ुरान—पु. [अ.] मुसलमानों का प्रसिद्ध। धार्मिक ग्रंथ, इसलाम का आधार ग्रंथ। **~मजीद, ~शरीफ़**-क़ुरान के लिए प्रयुक्त आदरसूचक संबोधन।

क़ुरानी—वि. क़ुरान से संबद्ध; क़ुरान को मानने वाला, क़ुरान के सिद्धांतों पर चलने वाला।

कुरी—स्त्री. ढेर, राशि।

कुरीर—पु. [सं.] सहवास, मैथुन।

कुरु—पु. [सं.] वैदिक आर्यों का एक कुल; एक चंद्रवंशी राजा जिनके वंशज पांडु और धृतराष्ट्र (पांडव-कौरव) हुए; दिल्ली के आस-पास का प्रदेश-हस्तिनापुर और कुरुक्षेत्र तक फैला हुआ। **~कुल**-पु. कौरव वंश। **~क्षेत्र**-पु. हरियाणा में स्थित एक स्थान, नगर, जहाँ महाभारत का प्रसिद्ध युद्ध हुआ था—प्राचीन नाम 'थानेश्वर', वर्तमान में एक जिला-स्तरीय नगर। **~खेत***-पु. कुरुक्षेत्र। **~जांगल**-पु. हस्तिनापुर से कुरुक्षेत्र तक फैला हुआ एक जंगल, एक वन जो 'कुरु' हाथियों के लिए प्रसिद्ध था। **~वृद्ध**-पु. भीष्म। **~श्रेष्ठ**-कुरुवंश में श्रेष्ठ, महाभारत, गीता में यह संबोधन विशेषत: अर्जुन के लिए आया है।

कुरुल—पु. [सं.] माथे पर बिखरी हुई लट।

कुरुला—स्त्री. [सं.] एक तरह की गमक (संगीत)।

कुरेदना—स.क्रि. खरोंचना; बीती अप्रिय बातों को बार-बार चर्चा में लाना।

कुरेदनी—स्त्री. नोकदार लोहे की तिल्ली या छड़—तिल्ली से दाँत, दाढ़ तथा छड़ से आग को कुरेदा जाता है।

कुरेभा—स्त्री. ऐसी गाय जो साल भर में दो बार प्रसव करे।

कुरेलना—स.क्रि. द्र. 'कुरेदना'।

कुरेलनी—स्त्री. द्र. कुरेदनी।

कुरैया—स्त्री. एक जंगली पेड़ जिसके बीज औषधि के रूप में प्रयुक्त होते हैं, कुटज।

कुर्क़—पु. [तु.] प्रशासन द्वारा किसी की संपत्ति पर अधिकार कर लेना। **~अमीन**-पु. संपत्ति पर प्रशासन का अधिकार करने वाला एक कर्मचारी, पद नाम। **~नामा**-पु. कुर्क़ी का सरकारी आदेश-पत्र।

कुर्क़ी—स्त्री. सरकारी कर, राजस्व, ऋण, आदि न चुकाने की स्थिति में प्रशासन द्वारा किसी की चल-अचल संपत्ति का अधिग्रहण, ज़ब्त कर लेना।

कुर्कुट—पु. [सं.] मुर्गा; कूड़ा।

कुर्कुर—पु. [सं.] कुत्ता, श्वान।

कुर्ता—पु. द्र. 'कुरता'।

कुर्दन—पु. [सं.] द्र. 'कूर्दन'।

कुर्पर—पु. [सं.] घुटना; कोहनी।

क़ुर्बान—पु. [अ.] द्र. 'क़ुरबान'।

क़ुर्बानी—स्त्री. [अ.] द्र. 'क़ुरबानी'।

कुर्मी—पु. हिन्दुओं की एक पिछड़ी जाति।

कुर्र-कुर्र—पु. पक्षियों का शब्द चहचहाहट। (ल.) किसी बात के विरोध में। अप्रसन्नता से दबे स्वर में कुछ-कुछ कहते रहना।

कुर्री—स्त्री. एक पक्षी।

क़ुर्स—पु. [सं.] टिकिया; किसी दवा की टिकिया; अरब देश का चाँदी का एक सिक्का।

कुर्सी—स्त्री. द्र. 'कुरसी'।

कुलंग—पु. [फा.] एक पक्षी, मुर्गा।

कुलंधर—पु. [सं.] वंश चलाने वाला।

कुलंभर—पु. [सं.] सेंध लगाने वाला चोर।

कुल—वि. सब, समस्त, सारा।

कुल—पु. [सं.] वंश; परिवार; गोत्र; एक जाति के लोगों का समूह, जाति; श्रेणी। **~कंटक**-पु. अपने बुरे कामों से परिवार के लोगों को दु:ख देने वाला। **~कन्या**-स्त्री. ऊँचे कुल में उत्पन्न कन्या; लड़की। **~कलंक**-पु. अपने बुरे कामों से कुल में दाग लगाने वाला, कुल की मान-प्रतिष्ठा नष्ट करने वाला। **~कानि**-स्त्री. कुल की मर्यादा, प्रतिष्ठा। **~केतु**-पु. कुल की प्रतिष्ठा बढ़ाने वाला, कुल में ध्वजा के समान यश अर्जन करने वाला। **~क्षय**-पु. कुल, वंश का नाश। **~गुरु**-पु. (परम्परा से चले आते हुए) वंश के गुरु। **~ज, ~जात**-वि. उच्च कुल में उत्पन्न। **~तारन**-वि. कुल को तारने वाला, परिवार का कल्याण करने वाला। **~तिलक**-पु. अपने वंश का गौरव। **~दीप, ~दीपक**-वंश का नाम उज्ज्वल करने वाला; पुत्र। **~देव**-पु. वह देवता जिसकी पूजा परम्परा से कुल, वंश, में चली आ रही हो। **~देवता**-पु. द्र. 'कुलदेव'। स्त्री. 16 मातृकाओं में से एक। **~धर्म**-पु. वह कर्तव्य जिसका पालन वंश, कुल, परम्परा से करता आ रहा हो। **~धर, ~धारक**-पु. पुत्र। **~पति**-पु. कुल का मुखिया; विश्वविद्यालय का प्रमुख ('वाइस चांसलर')। **~परम्परा**-स्त्री. वंश-परम्परा, वंश में चला

आता रीति-रिवाज। **~वधू**-स्त्री. भले घर की बहू, स्त्री। **~वृद्ध**-पु. घर का सबसे बड़ा बुज़ुर्ग। **~श्रेष्ठ**-वि. कुल में सर्वश्रेष्ठ। पु. ब्राह्मणों की एक उपजाति।

कुलक—वि. [सं.] अच्छे कुल का।

कुलकना—अ.क्रि. प्रसन्न होना।

कुलकुलाना—अ.क्रि. कुलकुल की आवाज़ निकलना।

कुलचा—पु. आटे या मैदा के खमीर से बनाई गई एक रोटी-सी।

कुलजा—स्त्री. जंगली भेड़।

कुलजा—स्त्री. [सं.] कुलवधू।

कुलट—पु. व्यभिचारी, लंपट।

कुलटा—स्त्री. [सं.] व्यभिचारिणी, दुश्चरित्र स्त्री।

कुलन—स्त्री. टीस।

कुलना—अ.क्रि. दर्द होना, टीसना।

कुलफ़त—स्त्री. [अ.] रंज, दुःख, मनोव्यथा; विकलता।

कुलफ़ा—पु. एक पौधा जिसका साग बनाते हैं।

कुलफी—स्त्री. कुलफ़ी नामक एक लंबी पोली नली-सी जिसमें सीख या तीली रखकर दूध में खोवा तथा मेवे, आदि डाल कर जमाया जाता है; इसमें तैयार की गई बर्फ को भी कुलफ़ी कहा जाता है।

कुलबुल—पु. छोटे जीवों का चलना-फिरना।

कुलबुलाना—अ.क्रि. नींद में अधजगी-सी अवस्था में हिलना।

कुलबुलाहट—स्त्री. कुलबुलाने का भाव, स्थिति।

कुलवंत—वि. अच्छे कुल का, कुलीन।

कुलवंती—स्त्री. स्त्री. अच्छे कुल की सच्चरित्र नारी।

कुलसचिव—पु. [सं.] विश्वविद्यालय में प्रशासनिक विभाग का सर्वोपरि अधिकारी, एक पद नाम ('रजिस्ट्रार')।

कुलह—स्त्री. टोपी, ऐसी टोपी जो पूरी तरह सिर को ढके रहती है; यह साफे के नीचे भी लगा ली जाती है; शिकारी चिड़ियों—बाज, आदि—की आँखों को ढकने की टोपी।

कुलहा*—पु. कुछ लोगों द्वारा साफे के नीचे पहने जाने वाली टोपी।

कुलही*—स्त्री. बच्चों की टोपी; मिट्टी का बना, पकाया हुआ कुल्हड़नुमा छोटा पात्र—पूजा में या बच्चों द्वारा खेल में प्रयुक्त।

कुलांगना—स्त्री. [सं.] कुलवधू।

कुलांगार—पु. [सं.] कुल का नाश करने वाला, कुपुत्र; कुलकलंक।

कुलाँच—स्त्री. छलाँग, चौकड़ी (विशेषतः हिरण की)।

कुलाँचना—अ.क्रि. चौकड़ी भरना, छलाँग लगाना।

कुलाच—स्त्री. द्र. 'कुलाँच'।

कुलाचार—पु. [सं.] वंश, परिवार में चली आती रीति, प्रथा; कुलधर्म।

कुलाचार्य—पु. [सं.] परिवार के गुरु।

कुलाधिपति, कुलाध्यक्ष—पु. [सं.] विश्वविद्यालय का सर्वोच्च अधिकारी ('चांसलर')।

कुलानुशासक—[सं.] विश्वविद्यालय का अनुशासन अधिकारी ('प्रॉक्टर')।

कुलाबा—पु. [अ.] सिंचाई, आदि की नाली में रास्तों के बीच में पानी के निकास के लिए डाला गया, कंकरीट का बना बड़ा-सा पाइप। **मु. ~मिलाना**-गप्प हाँकना ('कहाँ के कुलाबे मिलाए जा रहे हैं')।

कुलाय—पु. [सं.] घोंसला; स्थान।

कुलायिका—चिड़ियाखाना, पक्षी गृह; पिंजड़ा।

कुलाल—पु. [सं.] कुम्हार; उल्लू; वन मुर्ग।

कुलाली—स्त्री. [सं.] कुमारिन।

कुलावतंस—पु. [सं.] वंश का मुकुट, वंश का गौरव बढ़ाने वाला।

कुलाह—पु. [सं.] वह घोड़ा जिसके घुटने काले हों और वह भूरे रंग का हो।

कुलाह—पु. [फा.] द्र. 'कुलहा'।

कुलाहल*—पु. द्र. 'कोलाहल'।

कुलिंग—पु. [सं.] एक चिड़िया, गौरैया; एक तरह का चूहा।

कुलिंद—पु. [सं.] पश्चिमोत्तर भारत में एक प्राचीन जनपद।

कुलि—पु. [सं.] हाथ। **~ज**-पु. नाखून।

कुलिक—वि. [सं.] कुलीन। पु. शिल्पकर्मियों का प्रधान।

कुलिर—पु. [सं.] द्र. 'कुलीर'।

कुलिश—पु. [सं.] बिजली; (आकाश से गिरने वाली) इन्द्र का वज्र; हीरा; कुल्हाड़ी; कुठार; मछली की एक प्रजाति। **~धर, ~पाणि**-पु. इन्द्र।

कुलिशासन—पु. [सं.] बुद्ध।

कुलिस*—पु. द्र. 'कुलिश'।

कुली—स्त्री. [सं.] बड़ी साली।

क़ुली—पु. [तु.] गुलाम; रेलवे स्टेशन पर सामान उठाने वाले मजदूर; पहाड़ों पर सामान ऊपर नीचे ले जाने वाले—भोटिया।

कुलीन—वि. [सं.] ऊँचे कुल में उत्पन्न, अभिजन ('एलीट')।

कुलू—पु. द्र. कुलूत; एक पेड़।

कुलूत—पु. [सं.] पश्चिमोत्तर भारत का एक जनपद।

कुलेल—स्त्री. द्र. 'कलोल'।

कुलेलना*—अ.क्रि. कलोल करना, क्रीड़ा करना।

कुलोद्भव—वि. [सं.] कुल विशेष में उत्पन्न; कुलीन।

कुल्फ—पु. [सं.] एक रोग।

कुल्फी—स्त्री. द्र. 'कुलफ़ी'।

कुल्या—स्त्री. [सं.] नहर; माली, छोटी नदी, किसी बड़ी नदी में से निकली उपधारा।

कुल्ला—पु., **कुल्ली**—स्त्री. मुँह साफ करने के लिए मुँह में पानी का घूँट भर कर उसे भीतर वेग से घुमाते हुए बाहर फेंक देना।

कुल्लूक—पु. [सं.] मनुस्मृति के एक प्रसिद्ध टीकाकार।

कुल्हड़—पु. मिट्टी का बना पकाया हुआ छोटा-सा गिलासनुमा पात्र जिसमें पानी, दूध, चाय, आदि पीते हैं।

कुल्हाड़ा—पु. लकड़ी काटने का औज़ार जिसमें लकड़ी का बीटा लगा होता है, कुल्हाड़ी का बड़ा रूप।

कुल्हाड़ी—स्त्री. लकड़ी काटने का औज़ार जिसमें लकड़ी का बीटा लगा होता है, कुल्हाड़े का छोटा रूप।

कुल्हिया—स्त्री. मिट्टी का बना, पकाया हुआ कुल्हड़नुमा छोटा पात्र—पूजा में या बच्चों द्वारा खेल में प्रयुक्त। **मु. ~में गुड़ फोड़ना**-छिपा कर कोई काम करना, किसी बात को छिपाने का प्रयत्न करना।

कुवड्ड*—पु. निरक्षर; मंद बुद्धि; नासमझ।

कुवम—पु. [सं.] सूर्य।

कुवल—पु. [सं.] कुईं; मोती; जल।

कुवलय—पु. [सं.] कुईं; नीलकमल; भूमंडल।

कुवलयानंद—पु. [सं.] अप्पय दीक्षित कृत संस्कृत का प्रसिद्ध अलंकार ग्रंथ।

कुवलयापीड़—पु. [सं.] एक असुर जो हस्ति रूप धारण कर लेता था, श्रीकृष्ण द्वारा वध।

कुवलयाश्व—पु. [सं.] धुंधुमार नामक राजा।

कुवाट, कुवाटक—पु. [सं.] दरवाज़े का पल्ला।

कुवार—पु. द्र. 'कुआर'।

कुवारी—वि. कुआर, आश्विन माह में होने वाली फसल (धान, ज्वार, बाजरा, आदि)।

कुविंद—पु. [सं.] जुलाहा।

कुवेणी—स्त्री. [सं.] टोकरी, मछली रखने की टोकरी; अच्छी तरह से न बनाई गई चोटी, वेणी।

कुवेर—पु. [सं.] द्र. 'कुबेर'।

कुव्वत—स्त्री. [अ.] 'क़ूवत'।

कुश—पु. [सं.] एक घास जिसकी पत्तियाँ नुकीली होती हैं, वह यज्ञ-पूजन, आदि में पूजा सामग्री के रूप में प्रयुक्त (कुशा), पूजा के लिए इसके आसन भी बनाए जाते हैं। **~दीप**-पुराणों में वर्णित सात महादीपों में से एक। **~ध्वज**-पु. राजा जनक के छोटे भाई जिनकी पुत्रियाँ भरत और शत्रुघ्न को ब्याही गईं; एक ऋषि। **~नाम**-पु. अयोध्या नरेश कुश का एक पुत्र। **~पुष्पक**-पु. एक विष। **~मुद्रिका**-स्त्री. पवित्री, कुशा की बनी अँगूठी, जो पूजा-यज्ञ, आदि में पहनाई जाती है। **~स्थली**-स्त्री. द्वारका, कुशावती।

कुशन—पु. [अ.] सोफे, दीवान, कुर्सियों पर रखी जाने वाली छोटी गद्दी; कोई भी छोटी गद्दी ('पिन-कुशन')।

कुशप—पु. [सं.] पान-पात्र।

कुशय—पु. [सं.] जलकुंड, हौज; पान-पात्र।

कुशल—वि. [सं.] किसी कार्य को करने में दक्ष, निपुण; चतुर, होशियार। पु. प्रसन्न, क्षेम; भलाई। **~काम**-वि. कुशल चाहने, मनाने वाला। **~क्षेम**-पु. राज़ी-खुशी, आनन्द मंगल; सुख-स्वास्थ्य। **~प्रश्न**-पु. कुशल-मंगल, राज़ी-खुशी पूछना। **~मंगल**-पु. कुशल-क्षेम राज़ी-खुशी।

कुशलाई, कुशलात*—स्त्री. द्र. 'कुसलाई'।

कुशांगुरीय, कुशांगुलीय—स्त्री. [सं.] पवित्री, कुश की बनी अँगूठी, जो पूजा-यज्ञ, आदि में पहनाई जाती है।

कुशा—स्त्री. [सं.] रस्सी; लगाम, शेष अर्थों के लिए द्र. 'कुश'।

कुशाकर—पु. [सं.] यज्ञ की अग्नि।

कुशाक्ष—पु. [सं.] बंदर।

कुशाग्र—वि. [सं.] कुश की नोक जैसा तीक्ष्ण; तेज़; तीक्ष्ण बुद्धि। **~बुद्धि**-वि. तेज़ बुद्धि वाला, मेधावान।

कुशादगी—स्त्री. [फा.] विस्तार, फैलाव; खुलापन; गुंजाइश, समाई; प्रसन्नता; उदारता।

कुशादा—वि. [फा.] फैला हुआ, विस्तृत, लंबा-चौड़ा; खुला हुआ। **~दश्त, ~दिल**-वि. उदार, खुले दिल वाला; खुले हाथों खर्च करने वाला। **~पेशानी**-वि. हँसमुख, प्रसन्नचित्त।

कुशावती—स्त्री. [सं.] राम के पुत्र कुश की राजधानी।

कुशाश्व—पु. [सं.] इक्ष्वाकु वंश का एक राजा।

कुशासन—पु. [सं.] कुश घास का बना हुआ आसन, पूजा-यज्ञ, आदि में प्रयुक्त। वि. बुरा शासन।

कुशिक—पु. [सं.] एक राजा, विश्वामित्र के दादा।

कुशीनगर—पु. बिहार में एक स्थान, भगवान बुद्ध का निर्वाण-स्थल।

कुशीलव—पु. [सं.] भाट, चारण; गायक; गायकों की एक जाति।

कुशुंभ—पु. [सं.] संन्यासियों का जल-पात्र; घड़ा।

कुशूल—पु. [सं.] बखार—अनाज भंडारण का स्थान; कड़ाही।

कुश्तमकुश्ता—पु. एक दूसरे से कुश्ती की मुद्रा में लिपट कर झगड़ा करना, गुत्थमगुत्थ।

कुश्ता—वि. [फा.] मारा हुआ; हथ। पु. धातु या औषधि-द्रव्य की भस्म; लाश।

कुश्ती—स्त्री. [फा.] मलयुद्ध; दो आदमियों का एक-दूसरे के साथ विभिन्न दाँव-पेंचों से लड़ने का खेल।

कुश्तोखून—पु. [फा.] मारकाट।

कुषाकु—वि. [सं.] जलाने, झुलसाने वाला। पु. अग्नि; सूर्य; बंदर।

कुषीतक—पु. [सं.] एक ऋषि; एक पक्षी।

कुषीद—वि. [सं.] उदासीन, तटस्थ।

कुष्ठ—पु. [सं.] कोढ़, एक त्वचा-रोग। **~हंता**-हस्तिकंद, आयु ओषधि। **~हंत्री**-स्त्री. बाकुची, आयु. औषधि। **~हृत्**-

पु. खदिर, एक वृक्ष, इसकी छाल आयुर्वेद में औषधि रूप में प्रयुक्त।

कुष्ठारि—पु. [सं.] गंधक। वि. कुष्ठनाशक।

कुष्ठालय—पु. [सं.] कुष्ठ रोग से पीड़ित व्यक्तियों, कोढ़ियों के रहने का एक स्थान।

कुष्ठी—वि. [सं.] कुष्ठ रोग से पीड़ित, कोढ़ी।

कुष्मांड, कुष्मांडक—पु. [सं.] काशीफल, कुम्हड़ा।

कुष्मांडी—स्त्री. [सं.] यज्ञ क्रिया, पार्वती।

कुसल*—वि. [पु.] द्र. 'कुशल'।

कुसलई, कुसलाई*—स्त्री. कुशलक्षेम; राज़ी-खुशी।

कुसलात*—स्त्री. कुशलता का समाचार।

कुसली*—स्त्री. आम की गुठली।

कुसवाहा—पु. राजपूतों का एक गोत्र; एक जाति।

कुसीद—पु. [सं.] सूद पर रुपये देने का काम, ऋण देना, महाजनी। **~जीवी**-पु. ऋण देनेवाला, महाजनी करने वाला।

कुसीदा—स्त्री. [सं.] ऋण देने वाली, महाजनी करने वाली स्त्री।

कुसीदक-कुसीदी—पु. [सं.] ऋण देने वाला, महाजनी का काम करने वाला।

कुसुंब—पु. [सं.] एक वृक्ष।

कुसुंभ—पु. [सं.] कुसुंभ; कुसुंभ का फूल; केसर; सोना।

कुसुंभा—पु. कुसुम का रंग।

कुसुंभी—वि. कुसुम के रंग का।

कुसुम—पु. [सं.] फूल; एक फूल विशेष का नाम। **~पुर**-पु. पाटलिपुत्र का एक नाम, वर्तमान पटना। **~बाण, ~मार्गण, ~शर, ~सायक**-पु. कामदेव। **~रेणु**-पु. पराग। **~शयन**-पु. फूलों की सेज पर सोना। **~शय्या**-स्त्री. [सं.] फूलों की सेज। **~स्तवक**-पु. फूलों का गुच्छा, गुलदस्ता; एक वृत्त।

कुसुमांजन—पु. [सं.] एक प्रकार का सुरमा, जस्ते की भस्म का।

कुसुमांजलि—स्त्री. [सं.] फूलों से भरी अंजलि; आचार्य उदयन रचित न्यायशास्त्र का एक ग्रंथ।

कुसुमाकर—पु. [सं.] बाग; बसंत।

कुसुमागम—पु. [सं.] बसंत।

कुसुमाधिप, कुसुमाधिराज—पु. [सं.] चम्पा का पेड़।

कुसुमायुध—पु. [सं.] कामदेव।

कुसुमाल—पु. [सं.] चोर।

कुसुमावलि—स्त्री. [सं.] फूलों का गुच्छा; पंक्ति।

कुसुमासव—पु. [सं.] शहद; फूलों से बनाई हुई शराब।

कुसुमित—वि. [सं.] पुष्पित, जिस पर फूल खिले हों।

कुसुमेषु—पु. [सं.] कामदेव।

कुसुमोदर—पु. [सं.] ओट नामक वृक्ष।

कुसूर—पु. [अ.] जुर्म, अपराध; दोष; भूल-चूक; ख़ता; कोताही। **~मंद, ~वार**-वि. अपराधी; दोषी, ख़तावार।

कुस्तुंबरी स्त्री., **कुस्तुंबरु**—पु. [सं.] धनिया।

कुस्तुभ—पु. [सं.] समुद्र; विष्णु।

कुहँकुहँ*—पु. द्र. 'कुमकुम'।

कुह—पु. [सं.] कुबेर; दुष्ट; छलिया।

कुहक—स्त्री. कोयल की कूक; मोर का स्वर।

कुहक—पु. [सं.] धोखेबाज़ी; ठगी; इन्द्रजाल, जादू; ठग, वंचक; एक तरह का मेढक। **~कार**-पु. ठग, वंचक। **~स्वन, ~स्वर**-पु. मुर्गा।

कुहकना—अ.क्रि. कोयल की मधुर आवाज़; मोर की बोली; क्रीड़ा करना—पक्षी या बच्चे का।

कुहकनी—स्त्री. कोयल।

कुहकुह*—पु. 'कुंकुम; केसर'।

कुहकुहाना—अ.क्रि. कोयल या मोर का स्वर करना, कूजन।

कुहक्क—पु. [सं.] ताल का एक भेद।

कुहन—वि. [सं.] ईर्ष्यालु; दंभी। पु. मिट्टी या शीशे का बरतन; चूल्हा; साँप।

कुहना—वि. [फा.] पुराना।

कुहना*—स.क्रि. बुरी तरह मारना-पीटना।

कुहनी—स्त्री. बाँह, बाहु और भुजा का जोड़।

कुहप—पु. राक्षस, असुर।

कुहबर—पु. द्र. 'कोहबर'।

कुहर—पु. [सं.] गढ़ा; छेद; कान या गले का छेद; कान; गला।

कुहरा (कोहरा)—पु. धुन्ध, हवा में मिले जलकण जो ठंड से जमकर नीचे गिरते हैं।

कुहराम, कोहराम—पु. बहुत से आदमियों का एक साथ रोना-पीटना; रोने-पीटने का शोर (विशेषतः मृत्यु के शोक या दुर्घटना पर)।

कुहरित—पु. [सं.] कोयल का कूजन; शब्द, स्वर। वि. शब्दायमान।

कुहसार—पु. [फा.] पहाड़; पहाड़ी स्थान।

कुहाड़ा, कुहारा—पु. कुल्हाड़ा। स्त्री. 'कुहाड़ी'।

कुहासा—पु. द्र. 'कुहरा'।

कुहु, कुहू—स्त्री. [सं.] कोयल की कूक; अमावस्या; अमावस्या की अधिष्ठात्री देवी। **~कंठ, ~मुख, ~रव**-पु. कोयल।

कुहुक—स्त्री. पक्षियों का कूजन, मधुर बोली, चहचहाहट। **~बाण, ~बान**-पु. एक तरह का बाण जिसके चलाने पर कुछ ध्वनि उत्पन्न होती है।

कुहुकना—अ.क्रि. चहचहाना, पक्षियों का कूजन करना।

कुहू—स्त्री. [सं.] द्र. 'कुहु'।

कुहेडिका, कुहेडी, कुहेलिका—स्त्री. [सं.] कुहरा।

कूँख—स्त्री. कोख; पेट; काखने का शब्द।

कूँखना—अ.क्रि. काँखना।

कूँच—स्त्री. ताने का सूत साफ करने वाला बड़ा-सा ब्रश।

कूँची—स्त्री. ब्रश, तूलिका, मिसरी बनाने की कुल्हिया, साँचा-सा।

कूँज—पु. क्रौंच पक्षी।

कूँजना*—अ.क्रि. द्र. 'कूजना'।

कूँड़—पु. ढोल की आकृति का गहरा बरतन।

कूँड़ा*—पु. पानी रखने का गहरा चौड़ा बरतन।

कूँड़ी—स्त्री. पत्थर की कटोरी; छोटी नाँद, ईख पेलने वाले कोल्हू में मिट्टी का बना वह गहरा पात्र जिसमें गन्ने का रस गिरता है।

कूँथना—अ.क्रि. पीड़ा से कराहट की आवाज़ निकलना।

कूक—स्त्री. कोयल की बोली। **ला.** ऊँची आवाज़ में जोर से रोना ('क्यों कूक रही है')।

कूकना—अ.क्रि. कोयल का बोलना; जोर से रोना।

कूकर—पु. कुत्ता। **~कौर**-पु. कुत्ते के सामने डाला जाने वाला टुकड़ा, जूठन; तुच्छ वस्तु। **~मुक्ता**-पु. द्र. 'कुकुरमुक्ता'।

कूका—पु. सिखों का एक संप्रदाय।

कूकी—स्त्री. फसल में लगने वाला एक कीड़ा।

कूच—पु. [फा.] एक स्थान से दूसरी जगह जाना, रवाना होना; मृत्यु; परलोक यात्रा। **मु. ~का डंका बजना**-सेना के प्रस्थान का बिगुल या वाद्य बजना।

कूचा*—पु. क्रौंच पक्षी।

कूचा—पु. [फा.] गली, छोटा रास्ता; मुहल्ला।

कूचिका—स्त्री. [सं.] कूँची।

कूज, कूजन—पु. [सं.] पक्षियों का चहचहाना, कलरव।

कूजना—अ.क्रि. मधुर ध्वनि करना।

कूजा—पु. कुल्हड़; मिट्टी के कुल्हड़ से जमाई हुई मिश्री।

कूजित—वि. [सं.] ध्वनित, गूँजा हुआ।

कूट—पु. पहाड़ की ऊँची चोटी, शृंग (चित्रकूट), जानवर का सींग; राशि, ढेर (अन्नकूट); छल, धोखा; गुप्त रहस्य; वह पद जिसमें दूर की कौड़ी लाते हुए क्लिष्ट शब्दों का प्रयोग हो (कूट पद, द्रष्टि-कूट पद-सूरदास, आदि के)। **~कर्म**-पु. छल, धोखेबाज़ी। **~खड्ग**-पु. छिपी हुई तलवार, गुप्ती। **~नीति**-स्त्री. राजनीतिक चाल ('डिप्लोमेसी')। **~लिपि**-स्त्री., **~लेख**-पु. वह लिपि या दस्तावेज़, जिसे संकेत अक्षरों में लिखा गया हो।

कूटक—पु. [सं.] छल, धोखा।

कूटकाख्यान—पु. [सं.] कल्पित, बनावटी कथा (पूर्णतः अविश्वसनीय)।

कूटन—स्त्री. कूटने की क्रिया या भाव; मारना पीटना।

कूटना—स.क्रि. लकड़ी या लोहे की भारी चीज़ से किसी चीज़ को पीटना, चूरा करना (मूसल से ओखली में धान, अनाज, मूँगरी से किसी अन्न, आदि को पीटने की क्रिया)। **मु.** किसी गुण या दोष का अधिकता में होना।

कूटाख्यान—पु. [सं.] कूटार्थ वाले शब्दों, वाक्यों की कहानी।

कूटायुध—पु. [सं.] छड़ी या किसी भी खोल के भीतर छिपाया हुआ हथियार; गुप्ती।

कूटार्थ—पु. [सं.] ऐसे पद या शब्द जो सरलता से समझ में न आएँ।

कूटावपात—पु. [सं.] हाथी, आदि जंगली जानवरों को फँसाने के लिए छिपे हुए गड्ढे।

कूटी—स्त्री. दूती।

कूटू—पु. एक पौधे के बीज जिनका आटा व्रत-उपवास में प्रयुक्त होता है।

कूड़ा—पु. बिल्कुल रद्दी और निकम्मी चीज़ें जो घर में गंदगी मानी जाती हैं। **~करकट**-पु. रद्दी, गंदी, फालतू चीज़ें। **~(ड़े) दान**-वह पात्र या गड्ढा जिसमें कूड़ा डाला जाता है।

कूड़ेदान—पु. [हि. + फा.] कूड़ा डालने वाला स्थान; कूड़ा डालने का पात्र—टोकरी, बालटी या अन्य कोई बड़ा गहरा पात्र।

कूढ़—वि. मूर्ख, निर्बुद्धि। **~मग्ज़**-वि. मंदबुद्धि, जिसकी समझ में कुछ न आए, देर से आए, कम आए।

कूणिका—स्त्री. [सं.] वीणा, सितार, आदि की खूँटी; सींग।

कूजित—वि. [सं.] बंद, संकुचित।

कूत—स्त्री. संख्या, माप, तौल, आदि का अनुमान लगाना।

कूतना—स.क्रि. अनुमान लगाना।

कूथना—स.क्रि. बुरी तरह मारना-पीटना; चीथना।

कूद—स्त्री. कूदने की क्रिया। **~फ़ाद**-स्त्री. उछल-कूद।

कूदना—अ.क्रि. ज़मीन से वेगपूर्वक एक स्थान से दूसरे स्थान पर पैरों के भार गिरा देना। **मु. ~(किसी के बल पर)-किसी की शह पर, उकसाने पर, घमंड करना**-घमंडपूर्वक कोई अनुचित कार्य करना।

कूप—पु. [सं.] कुआँ; छेद, सुराख (रोमकूप); गहरा गड्ढा। **ला. ~मंडूक**-वह व्यक्ति जिसके ज्ञान की बहुत संकुचित सीमा हो, जो कुएँ के मेढक की तरह अपने से वृत्त को ही पूरी दुनिया मानता हो। **~कार**-पु. कुआँ खोदने वाला।

कूपक—पु. [सं.] छोटा कुआँ; कुप्पा।

कूपन—पु. [अं.] टिकटनुमा कागज का वह पुरजा जिसे दिखाकर कोई वस्तु मिल सके (ईनामी कूपन या होटल दुकान, आदि पर दिये जाने वाले कागज के पुरजे)।

कूपार—पु. [सं.] समुद्र।

कूपुषु—पु. [सं.] मूत्राशय, मसाना।

कूबड़—पु. पीठ की हड्डी का ऊपर को निकल आना जिससे व्यक्ति तिरछा होकर चलता है, सीधा नहीं चल सकता।

कूबत—स्त्री. [अ.] द्र. 'क़ुवत'।

कूबर—पु. [सं.] कुबड़ा। वि. कूबड़ वाला।

कूबरी—स्त्री. [सं.] द्र. 'कुबरी'।

कूबा—पु. द्र. 'कूबड़'।

कूर*—वि. निर्दय; क्रूर।

कूरम*—पु. द्र. 'कूर्म'।

कूरा—पु. ढेर, राशि; भाग।

कूरियर (कोरियर)—संदेश, पत्र-वाहक। **~सर्विस**-वह व्यवस्था जिसके द्वारा पत्र पार्सल, आदि भेजे जाते हैं—डाकखाने की सरकारी व्यवस्था से अलग निजी प्रबन्धन की डाक सेवा।

कूरी (कूड़ी)—स्त्री. कूड़े, गोबर, आदि की छोटी ढेरी, राशि—इसके कूड़े का प्राय: खाद के रूप में प्रयोग कर लिया जाता है।

कूर्चक—पु. [सं.] कूँची; ब्रश।

कूर्चिका—स्त्री. [सं.] कूँची; तूलिका।

कूर्म—पु. [सं.] कछुआ; विष्णु के दश अवतारों में से एक, दूसरा, कच्छपावतार। **~क्षेत्र**-पु. हिन्दुओं का एक तीर्थ। **~चक्र**-पु. तंत्र के अनुसार शुभ-अशुभ सूचक चक्र। **~पुराण**-पु. अठारह पुराणों में से एक। **~पृष्ठ**-पु. कछुए की पीठ। **~मुद्रा**-स्त्री. योग की एक मुद्रा। **~राज**-पु. विष्णु का कच्छपावतार।

कूर्मासन—पु. [सं.] योग में एक आसन।

कूर्दन—पु. [सं.] कूदना, क्रीड़ा करना, खेल-कूद करना।

कूर्दनी—स्त्री. [सं.] चैत्र की पूर्णिमा।

कूर्प—पु. [सं.] भौंहों के बीच का भाग।

कूर्पर—पु. [सं.] कुहनी; घुटना।

कूलंकष—वि. [सं.] किनारे, तटबंध को छूने या उससे टकराने वाला।

कूलंकषा—स्त्री. [सं.] नदी।

कूलंज—पु. [अ.] अँतड़ियों में होने वाला दर्द।

कूल—पु. [सं.] किनारा, तट।

कूलक—पु. [सं.] किनारा, तट; ढूह, बाँबी।

कूलर—पु. [अं.] ठंडक पहुँचाने वाला; टीन, प्लास्टिक, आदि के डिब्बेनुमा बक्से में लगा पंखा। स्त्री. [सं.] और पानी का पम्प वाला उपकरण जो गर्मियों में ठंडी हवा फेंकता है।

कूलवती—स्त्री. [सं.] नदी।

कूला—पु. नहर, राजवाहे, आदि में से निकली सिंचाई के पानी वाली नाली।

कूलिका—स्त्री. [सं.] वीणा के नीचे का भाग।

कूलिनी—स्त्री. [सं.] नदी।

कूल्हा—पु. धड़ और जाँघ का जोड़, पीठ की तरफ; कमर के दोनों ओर इस जोड़ पर उभरी हुई हड्डी।

क़ूवत—स्त्री. [अ.] शक्ति, बल; सामर्थ्य; किसी कार्य को करने की क्षमता। **~(ते) जिस्मानी**-स्त्री. शारीरिक शक्ति। **~बाजु**-स्त्री. बाहुबल, भुजाओं का बल। **~रूहानी**-स्त्री. आध्यात्मिक शक्ति।

कूवर—पु. [सं.] द्र. 'कूबर'।

कूष्मांड—पु. [सं.] कुम्हड़ा; काशीफल; एक ऋषि।

कूष्मांडी—स्त्री. [सं.] दुर्गा; एक औषधि।

कूसल—पु. एक तरह की घास।

कूहा—स्त्री. [सं.] कुहरा (कोहरा)।

कृंतन—पु. [सं.] काटना; कतरना; टुकड़े करना।

कृकण—पु. [सं.] तीतर जाति का एक पक्षी; कीड़ा।

कृकला—स्त्री. [सं.] पिप्पली।

कृकाटिका—स्त्री. [सं.] गरदन का पिछला उठा हुआ भाग, सिर और गरदन का जोड़।

कृच्छ्र—वि. [सं.] कठिन; कष्टसाध्य, कष्टपूर्ण; दुष्ट; घृणित। पु. कष्ट; दुःख; कठिनाई; व्रत; पाप।

कृच्छ्रातिकृच्छ्र—पु. [सं.] एक व्रत, कल्प, जिसमें 21 दिनों तक केवल दुग्ध का ही आहार किया जाता है।

कृत—वि. [सं.] किया हुआ, रचा हुआ, प्रणीत; पकाया हुआ। पु. उपकार, उद्देश्य, सत् युग; काम; चार की संख्या। **~कार्य**-वि. जो अपने कार्य या मनोरथ में सफल हो गया हो। **~कृत्य**-वि. सफल मनोरथ, कृतार्थ। **~घ्न**-वि. उपकार, भलाई को न मानने वाला, एहसानफ़रामोश, नाशुक्रा। **~निश्चय**-वि. दृढ़ निश्चय वाला। **~पूर्व**-वि. पहले किया हुआ। **~प्रतिज्ञ**-वि. जिसने कोई प्रतिज्ञा की हुई हो। **~फल**-वि. सफल। **~युग**-पु. भारतीय परम्परा में मान्य चार युगों में से पहला—सत् युग। **~वीर्य**-वि. वीर्यशाली, बली। पु. सहस्रार्जुन का पिता। **~संकल्प**-वि. जिसने कोई निश्चय किया हुआ हो।

कृतक—वि. [सं.] बना हुआ, बनावटी; अनित्य (न्या.)। **~पुत्रक**-पु. गोद लिया हुआ पुत्र, दत्तक।

कृतघ्नता—स्त्री. [सं.] एहसान, उपकार न मानने वाला, अकृतज्ञ।

कृतघ्नताई*—स्त्री. द्र. 'कृतघ्नता'।

कृतांक—वि. [सं.] चिह्नित।

कृतांजलि—वि. [सं.] जो अंजलि बाँधे हुए हो। स्त्री. लाजवंती, लज्जाशील।

कृतांत—वि. [सं.] अंत या निश्चय करने वाला। पु. यम; पूर्व जन्मों का कर्मफल; शनि; शनिवार।

कृताकृत—वि. [सं.] किया और न किया हुआ; अंशत: किया हुआ।

कृतागम—वि. [सं.] योग्य, कुशल। पु. परमात्मा।

कृतात्मा—वि. [सं.] शुद्ध मन, चित्त वाला।

कृतान्न—पु. [सं.] पकाया हुआ अन्न।
कृतापराध—वि. [सं.] अपराधी।
कृताभय—वि. [सं.] संकट से बचाया हुआ।
कृताभिषेक—वि. [सं.] जिसका अभिषेक हो चुका हो, जो सिंहासन पर बैठ गया हो। पु. राजा।
कृतार्थ—वि. [सं.] उपकृत, एहसानमंद; सफल मनोरथ; सन्तुष्ट।
कृतावधि—वि. [सं.] निश्चित अवधि वाला।
कृतास्त्र—वि. [सं.] अस्त्र चलाने में कुशल।
कृताह्वान—वि. [सं.] जो पुकारा या ललकारा गया हो।
कृति—स्त्री. [सं.] क्रिया; रचना; रची या बनाई गई वस्तु; कैंची।
कृती—वि. [सं.] कृतकार्य; यशस्वी, भाग्यवान; पुण्यवान।
कृते—अ. [सं.] (किसी) के लिए, के स्थान पर।
कृतोदक—वि. [सं.] स्नात, स्नान किया हुआ।
कृत्—पु. [सं.] धातु में लगकर संज्ञा और विशेषण बनाने वाले प्रत्ययों का एक वर्ग।
कृत्त—वि. [सं.] कटा हुआ; विभक्त।
कृत्ति—स्त्री. [सं.] खाल; मृगचर्म; भोजपत्र; कृत्तिका नक्षत्र।
कृत्तिका—स्त्री. [स.] एक नक्षत्र।
कृत्प्रत्यय—पु. [सं.] वह प्रत्यय जो क्रिया के साथ लगे (कृ से कृत क्रिया, कृति)।
कृत्य—वि. [सं.] करने योग्य, कर्तव्य। पु. करणीय कर्म; शास्त्रविहित कर्म, धार्मिक कृत्य।
कृत्यका—स्त्री. [सं.] जादूगरनी।
कृत्यवाह—पु. [सं.] कार्यभार सँभालने वाला।
कृत्या—स्त्री. [सं.] दुष्ट स्त्री; जादू-टोना; अभिचार; जादूगरनी; सर्वनाश करने वाली कोई चीज़; कर्कशा स्त्री; काम।
कृत्याकृत—पु. [सं.] कर्तव्य-अकर्तव्य।
कृत्रिम—वि. [सं.] बनावटी; नकली, जो असली न हो।
कृदंत—पु. [सं.] धातु में कृत् प्रत्यय लगाने से बना हुआ शब्द; क्रिया से बना हुआ विशेषण।
कृप—पु. [सं.] द्र. कृपाचार्य, एक राजर्षि।
कृपण—वि. [सं.] कंजूस; दीन; नीच। पु. कंजूस व्यक्ति। **~घी**, **~बुद्धि**-वि. छोटी बुद्धि, कम बुद्धि वाला।
कृपणता—स्त्री. [सं.] कंजूसी; दैन्य।
कृपणी—वि. [सं.] दुखी, दीन।
कृपन*—वि. [पु.] द्र. 'कृपण'।
कृपनाई*—स्त्री. द्र. 'कृपणता'।
कृपया—क्रि.वि. [सं.] कृपा करके, अनुग्रहपूर्वक।
कृपा—स्त्री. [सं.] किसी प्रकार की अपेक्षा या प्रतिफल की आशा न करते हुए किसी पर किए जाने वाला उपकार, दया, अनुग्रह। **~दृष्टि**-स्त्री. कृपाभाव, दयाभाव, अनुग्रह की दृष्टि। **~पात्र**-वि. कृपा या अनुग्रह के योग्य, कृपा, अनुग्रह का इच्छुक। **~सिंधु**-वि. कृपा के सागर।
कृपाचार्य—पु. [सं.] महाभारत में अश्वत्थामा के मामा, कौरव पक्ष के एक वीर शिरोमणि।
कृपाण—पु. [सं.] तलवार का छोटा रूप, कटार, कटारी; छुरी।
कृपाणिका—स्त्री. [सं.] छोटी कटारी, कटार।
कृपाणी—स्त्री. [सं.] द्र. 'कपाणिका'।
कृपाभिलाषी—वि. [सं.] कृपा या दया-भाव का इच्छुक।
कृपाल*—वि. द्र. 'कृपालु'।
कृपालु—वि. [सं.] कृपा, दया, अनुग्रह करने वाला।
कृपिनाई*—स्त्री. कृपणता।
कृपी—स्त्री. [सं.] कृपाचार्य की बहन तथा द्रोणाचार्य की पत्नी। **~सुत**-पु. अश्वत्थामा।
कृमि—पु. [सं.] कीड़ा; चीटी; लाख। **~ज**-वि. कीड़ों से उत्पन्न। **~फल**-पु. गूलर। **~रोग**-पु. पेट में कीड़े हो जाना। **~शुक्ति**-स्त्री. सीपी।
कृमिक—पु. [सं.] छोटा-कीड़ा।
कृमिज—वि. [सं.] जिसमें कीड़े हों, कृमियुक्त।
कृश—वि. [सं.] दुबला, कमजोर; थोड़ा।
कृशता—स्त्री. [सं.] कमजोरी, दुबलापन।
कृशताई*—स्त्री. द्र. 'कृशता'।
कृशर—पु. [सं.] तिल-चावल से बनी खिचड़ी; खिचड़ी।
कृशरान्न—पु. [सं.] खिचड़ी।
कृशला—स्त्री. [सं.] केश, सिर के बाल।
कृशांग—वि. [सं.] कमजोर, दुबला। पु. शिव।
कृशांगी—स्त्री. [सं.] कमजोर या दुबली-पतली स्त्री; प्रियंगुलता।
कृशाक्ष—पु. [सं.] मकड़ा।
कृशानु—पु. [सं.] अग्नि। **~रेता**-पु. शिव।
कृशित—वि. [सं.] क्षीणकाय, कमजोर; दुबला-पतला।
कृशोदरी—वि. स्त्री. [सं.] पतली कमर या कम पेट वाली स्त्री।
कृषक—पु. [सं.] किसान, खेतिहर; काश्तकार; हल की फाल।
कृषाण—पु. [सं.] किसान, खेतिहर।
कृषि—स्त्री. [सं.] जमीन को जोतना-बोना और उस पर फल उगाना। **~कर्म, ~कार्य**-पु. खेतीबाड़ी, किसानी का काम। **कार**-पु. कृषक। **~जीवी**-खेती पर निर्भर; खेती से जीविका चलाने वाला किसान।
कृषिक—पु. [सं.] कृषक, किसान।
कृषी—स्त्री. [सं.] खेती, कृषि; खेत।

कृषीवल—पु. [सं.] किसान, खेतिहर।
कृष्कर—पु. [सं.] शिव।
कृष्ट—वि. [सं.] खींचा हुआ; जोता हुआ।
कृष्टि—स्त्री. [सं.] खींचना; जोतना; आकृष्ट करना।
कृष्ण—वि. [सं.] काला, श्याम; पाप कर्म करने वाला, दुष्ट। पु. काला या गहरा नीला रंग; भगवान श्रीकृष्ण—विष्णु के प्रसिद्ध अवतार; वेदव्यास; अर्जुन; अथर्ववेद के अन्तर्गत एक उपनिषद्; बुरा या निन्दनीय कर्म (कृष्णकर्म)। **~द्वैपायन**-पु. महाभारत और पुराणों के रचनाकार—वेदव्यास। **~धन**-पु. कालाधन, पाप की कमाई। **~पक्ष**-पु. मास का अँधेरा पक्ष। **~पर्णि, ~मल्लिका**-स्त्री. श्यामा तुलसी, काली पत्तियों वाली। **~सखा**-पु. अर्जुन।
कृष्णक—पु. [सं.] काले मृग का चर्म; काली सरसों।
कृष्णा—स्त्री. [सं.] महाभारत की प्रसिद्ध पात्र द्रौपदी; दक्षिणी भारत में एक नदी; काली दाख, किशमिश; काली देवी—दुर्गा का एक रूप।
कृष्णाचल—पु. [सं.] रैवतक पर्वत; नीलगिरि।
कृष्णाजिन—पु. [सं.] काले मृग का चर्म।
कृष्णाभिसारिका—स्त्री. [सं.] एक नायिका भेद, अँधेरी रात में अभिसार करने जाने वाली नायिका।
कृष्णायस—पु. [सं.] लोहा।
कृष्णावास—पु. [सं.] अश्वत्थ, पीपल का पेड़।
कृष्णाष्टमी—स्त्री. [सं.] भाद्र मास में कृष्णपक्ष की अष्टमी; श्रीकृष्ण की जन्मतिथि, जन्माष्टमी।
कृष्णिका—स्त्री. [सं.] काली सरसों; श्यामा पक्षी।
कृष्णिमा—स्त्री. [सं.] कालिमा।
कृष्णी—स्त्री. [सं.] अँधेरी रात।
कृष्णोदर—पु. [सं.] साँप की एक प्रजाति।
कें-कें—स्त्री. कुत्ते के पिल्ले की आवाज़। **मु. ~करना**-पिल्ले की तरह चीखना (बच्चों के रोने के लिए प्रयुक्त)।
केंचुआ, केंचुवा—पु. एक लंबा बरसाती कीड़ा; आँतों में हो जाने वाला कीड़ा जो मल के साथ निकलता है।
केंचुल—स्त्री. द्र. 'केंचुली'।
केंचुली—स्त्री. साँप की त्वचा पर एक सफेद झिल्ली-सी जो वर्ष में एक बार स्वत: गिर जाती है। **ला.** खोल, छद्म, आवरण। **मु. ~बदलना**-पुराना रूप छोड़ कर कोई नया अप्रिय रूप धारण कर लेना।
केंदु—पु. [सं.] तेंदु का पेड़।
केंद्र—पु. [सं.] वृत्त का मध्य बिंदु, बीचोबीच; वह मूल या मुख्य स्थान जहाँ से चारों ओर दूर-दूर तक फैले कार्यों, व्यवसाय, संचालन या प्रबन्धन होता है; किसी वस्तु या उत्पादन के लिए प्रसिद्ध स्थान; केन्द्रीय सरकार ('सेंटर')। **~गामी**-वि. केंद्र की ओर जाने वाला। **~स्थ**-वि. केंद्र में स्थित।
केंद्रापसारी—वि. [सं.] केंद्र से दूर न जाने की प्रवृत्ति वाला।
केंद्राभिमुख—वि. [सं.] केंद्र की ओर जाने की प्रवृत्ति।
केंद्राभिसारी—वि. [सं.] केंद्र की ओर जाने वाला।
केंद्रित—वि. [सं.] केंद्र में स्थित; स्थान विशेष में एकत्रित।
केंद्री—वि. [सं.] केंद्र में स्थित।
केंद्रीकरण—पु. [सं.] केंद्रित करना, एक ही जगह एकत्रित कर देना; एक ही व्यक्ति के हाथ में या एक ही प्रबन्धन के अन्तर्गत सारी शक्तियाँ दे देना।
केंद्रीभूत—वि. [सं.] केंद्रित।
केंद्रीय—वि. [सं.] केंद्र संबंधी; केन्द्र में स्थित; मुख्य (केंद्रीय कार्यालय)। **~अन्वेषण ब्यूरो**-पु. अपराधों, आपराधिक गतिविधियों की जाँच करने वाली केंद्र सरकार की महत्त्वपूर्ण संस्था ('सेंट्रल ब्यूरो ऑफ इन्वेस्टिगेशन'—सी.बी.आई.)।
केंद्रोन्मुखी—वि. [सं.] केंद्र की ओर जाने वाली।
केउ*—सर्व. कौन।
केक—स्त्री. [अं.] रोटी; मेवे, चैरी, आदि डाल कर विशेष प्रकार से बनाई जाने वाली मीठी पाव रोटी—बर्थडे केक, वैडिंग केक, आदि; टिक्कियाँ; बट्टी, टिक्की (साबुन, आदि)।
केकड़ा—पु. समुद्र, तालाब, आदि में रहने वाला एक छोटा कीड़ा, जन्तु, जिसके आठ पैर और दो पंजे होते हैं, कुछ स्थानों पर खाद्य रूप में प्रयुक्त।
केकय—पु. [सं.] एक प्राचीन जनपद; उस प्रदेश का निवासी।
केकयी—स्त्री. [सं.] केकय देश की स्त्री; राजा दशरथ की पत्नी और भरत की माता।
केकर—वि. [सं.] ऐंचाताना, भेंगी आँख वाला।
केका—स्त्री. [सं.] मोर की बोली।
केकावल, केकिक, केकी—पु. [सं.] मोर।
केचित्—सर्व. [सं.] कोई, कोई-कोई।
केत—पु. [सं.] घर; स्थान; पताका।
केतक—पु. [सं.] केवड़ा; केवड़े का फूल; पताका।
केतक*—वि. कितना; बहुत।
केतकी—पु. [सं.] एक फूल, केवड़ा; इस फूल का पौधा।
केतन—पु. [सं.] घर, आवास, स्थान; निमंत्रण; चिह्न ।
केतली—स्त्री. चाय बनाने और परोसने का पात्र।
केता, केतिक*—वि. कितना।
केतित—वि. [सं.] आमंत्रित; बसा हुआ।
केतु—पु. [सं.] पताका, ध्वजा; दीप्ति, चमक; चिह्न, सौरमंडल का नौवाँ ग्रह, पुच्छल तारा, श्रेष्ठ, सर्वोच्च स्थान का अधिकारी ('रघुकुल-केतु')।

केतुमान्—वि. [सं.] ध्वजयुक्त; चिह्नयुक्त; तेजस्वी।

केतो*—वि. कितना।

केदार—पु. [सं.] हिमालय की एक चोटी; शिवलिंग, एक राग (संगी.)। **~खंड**-(पु.)। स्कन्द पुराण के अन्तर्गत एक खंड जिसमें केदारनाथ का माहात्म्य वर्णित है। **~गंगा**-स्त्री. गढ़वाल क्षेत्र में एक नदी। **~नट**-पु. एक संकर राग (संगी.)। **~नाथ**-पु. हिन्दुओं का एक प्रसिद्ध तीर्थ-स्थल, जहाँ पर प्रतिष्ठित शिवलिंग।

केदारा—पु. एक राग (संगी.)।

केदारी—स्त्री. दीपक राग की एक रागिणी।

केन—स्त्री. बाँदा जिले में एक नदी। पु. 11 प्रधान उपनिषदों में से एक।

केनार—पु. [सं.] सिर; कपोल; जोड़; कुंभीपाक नरक।

केप—पु. [अं.] अंतरीप।

केफ़िटीरिया—पु. [अं.] जलपान गृह, अल्पाहार गृह—विशेषत: कॉफी के लिए।

केबल—पु. [अं.] तार; मोटी तार; रस्से जैसी मोटी तार; केबल, तार के माध्यम से टी.वी. पर दिखाए जाने वाले विभिन्न चैनलों के कार्यक्रम।

केबिन—स्त्री. [अं.] कमरे या हॉल में बने प्रकोष्ठ, बैठने के लिए बने छोटे स्थान; कार्यालय के रूप में प्रयुक्त किए जाना वाला छोटा कमरा; रेलगाड़ी, जहाज, आदि में बने छोटे प्रकोष्ठ।

केबिनेट—पु. [अं.] मंत्रिमंडल, मंत्रिपरिषद्।

केबुल—पु. [अं.] द्र. 'केबल'।

केमरा (कैमरा)—पु. [अं.] फोटो खींचने का उपकरण।

केमिकल (कैमिकल)—पु. [अं.] रासायनिक; रसायन, रसद्रव्य।

केमिस्ट—पु. [अं.] रसायनज्ञ, रसायनी; औषधि-विक्रेता, दवा-फ़रोश, अत्तार।

केमिस्ट्री—स्त्री. [अं.] रसायनशास्त्र, रसायन विज्ञान।

केयूर—पु. [सं.] एक आभूषण, भुजबंध।

केयूरी—वि. [सं.] जिसने केयूर आभूषण धारण किया हुआ हो।

केरक—पु. [सं.] महाभारत में वर्णित एक जनपद; केरल।

केरल—पु. [सं.] दक्षिण भारत का एक प्रांत, राजधानी थिरुअनंतपुरम्, पुरातन नाम त्रिवेन्द्रम्।

केरली—स्त्री. [सं.] केरल प्रदेश का निवासी; केरल देश की स्त्री।

केरा*—पु. केला।

केरोसिन—पु. [अं.] मिट्टी का तेल।

केलक—पु. [सं.] तलवार की धार पर नाचने वाला।

केला—पु. कदली फल, उसका पेड़।

केलास—पु. [सं.] स्फटिक (पत्थर)।

केलि—स्त्री. [सं.] खेल, क्रीड़ा; काम-क्रीड़ा, रति; हँसी-मज़ाक, विनोद। **~कला**-स्त्री. काम कला; काम कला में कुशलता। **~गृह, ~निकेतन, ~मंदिर, ~सदन**-पु. रतिगृह; क्रीड़ा-गृह।

केलिक—पु. [सं.] अशोक वृक्ष।

केली—स्त्री. एक तरह का केला, छोटा केला।

केली—स्त्री. [सं.] क्रीड़ा; काम-क्रीड़ा।

केवका—पु. प्रसूता स्त्री को खिलाए जाने वाले लड्डू, पंजीरी, आदि जिनमें मेवे, आदि डाले होते हैं।

केवट—पु. मल्लाह, नौका चलाने वाला, केवट।

केवटी—स्त्री. दो या अधिक प्रकार की दालों को मिला कर पकाई हुई दाल।

केवड़ई—पु. एक रंग जो केवड़े के रंग से मिलता-जुलता है। वि. केवड़े के रंग का।

केवड़ा—पु. एक पौधा जिसके फूल अपनी सुगन्ध के लिए प्रसिद्ध हैं; केवड़े के फूल; केवड़े के फूल का अर्क।

केवरा*—पु. द्र. 'केवड़ा'।

केवल—वि. [सं.] अकेला, संपूर्ण, शुद्ध; जिसमें कुछ मिश्रित न हो। अ. सिर्फ, मात्र।

केवलात्मा—पु. [सं.] परमात्मा; शुद्ध स्वभाव वाला मनुष्य।

केवली—पु. [सं.] शुद्ध ज्ञान वाला, मुक्ति का अधिकारी साधु।

केवा*—पु. कमल।

केवाड़—पु. द्र. 'किवाड़'।

केश—पु. [सं.] सिर के बाल; बाल; विष्णु; सूर्य; रश्मि, किरण; विष। **~कर्म**-पु. बाल सँवारना, कंघी-चोटी करना। **~कलाप**-पु. केश-राशि। **~कीट**-पु. जूँ। **~पाश**-पु. केश-राशि; लटकती हुई लटें अपने आकर्षण कंधे में बाँधने वाली केश राशि। **~बंध**-जूड़ा बाँधने की डोरी या फीता। **~रंजन**-पु. केशों को रँगने वाला रंग ('डाई')। **~रचना**-स्त्री. बालों का सँवारना। **~लुंचक**-पु. जैन साधु। **~लुंचन**-पु. जैन संप्रदाय में साधु; भिक्षुक बनाने से पहले केश खींच कर उखाड़ने की क्रिया। **~विन्यास**-पु. बालों को काढ़ना-सँवारना।

केशक—वि. [सं.] बालों को सँवारने वाला, केश सँवारने में दक्ष।

केशकर्तनालय—पु. [सं.] बाल कटवाने का स्थान, नाई की दुकान ('हेयर कटिंग सैलून')।

केशट—पु. [सं.] बकरा, खटमल, जूँ; कामदेव का एक बाण; विष्णु।

केशरंजक—पु. [सं.] केश रँगने का मसाला, द्रव्य ('डाई')।

केशर—पु. [सं.] द्र. 'केसर'।

केशव—पु. [सं.] विष्णु; श्रीकृष्ण; ब्रह्म, परमात्मा; हिंदी के एक प्रसिद्ध कवि। वि. सुंदर केश वाला।

केशवायुध—पु. [सं.] विष्णु का अस्त्र, सुदर्शन चक्र।

केशांत—पु. [सं.] मुंडन संस्कार।

केशाकेशि—स्त्री. [सं.] झगड़े में एक दूसरे के बाल खींचना।

केशि—पु. [सं.] एक असुर, श्रीकृष्ण ने उसका वध किया था।

केशिक—वि. [सं.] सुंदर बालों वाला।

केशिका—स्त्री. [सं.] धमनी, आदि में से निकलने वाली छोटी नलिकाएँ, नसें।

केशिनी—स्त्री. [सं.] सुंदर बालों वाली स्त्री।

केशियर-कैशियर—पु. [अं.] खजांची, कोषाध्यक्ष।

केशी—स्त्री. [सं.] दुर्गा; चोटी।

केशी—पु. [सं.] सुंदर बालों वाला व्यक्ति, सिंह; घोड़ा; एक अश्व-रूपी राक्षस जिसका वध श्रीकृष्ण ने किया।

केस—पु. [अं.] खाना—चीज़ें खरने के लिए बना स्थान; बक्स; मुक़दमा; लकड़ी के बने हुए खाने जिनमें प्रेस में मुद्रण के लिए सिक्के के बने अक्षर रखे जाते हैं।

केसर—पु. [सं.] एक फूल विशेष, कुमकुम, जाफ़रान, फूलों के बीच का पराग।

केसराचल—पु. [सं.] सुमेरु-पर्वत।

केसरि—पु. [सं.] हनुमान के पिता।

केसरिया—वि. केसर के रंग का; जोगिया रंग का; केसर मिला हुआ। पु. केसर का रंग; केसर जैसा रंग।

केसरी—पु. [सं.] हनुमान के पिता; सिंह; घोड़ा। वि. सिंह के समान पराक्रमी, समास के अंत में (यथा—पंजाब केसरी, उत्कल केसरी, आदि)। **~(रि) किशोर**-पु. सिंह-शावक; हनुमान। **~तनय, ~नंदन, ~सुत**-पु. हनुमान।

केसू*—पु. 'केशू', पलाश का फूल।

केहरि*—पु. केसरी, सिंह।

केहा*—पु. मोर; तीतर जाति का एक पक्षी।

केहि*—वि. किस। सर्व. किसे।

केहुनि—स्त्री. द्र. 'कुहनी'।

केहूँ, केहू*—अ. किस; किसी तरह।

कैंकर्य—पु. [सं.] दासत्व, सेवा-टहल।

कैंचा—पु. बड़ी कैंची। वि. ऐंचा-ताना।

कैंची—स्त्री. [तु.] वस्त्र, बाल, आदि काटने, कतरने का दो फलक वाला उपकरण, कतरनी; कुश्ती का एक दाँव; टाँगों को एक-दूसरे में कैंची की तरह लिपटाना।

कैंट—पु. [अं.] सैनिक छावनी।

कैंटीन—स्त्री. [अं.] अल्पाहार, जलपान-गृह जहाँ चाय, खाने का सामान, शीतल पेय, आदि मिलते हैं; सेना में वह विक्रय स्थान जहाँ सैन्य कर्मियों को रियायती दरों पर ज़रूरत का सामान सुलभ कराया जाता है। ('सी.एस.डी. कैंटीन')।

कैंडल—स्त्री. [अं.] मोमबत्ती।

कैंडीडेट—पु. [अं.] प्रत्याशी, उम्मीदवार।

कैंड़ा-कैंडा—पु. ढंग, ढाँचा; चालाकी।

कैंडी—स्त्री. [अं.] मिश्री पागना; बच्चों के चूसने के लिए बनाई गई तिल्ली में लगी कोई मिठाई-सी; तिल्ली में लगी आइसक्रीम, हाज़मे, आदि की मीठी गोलियाँ।

कैंप—पु. [अं.] शिविर; सेना का अस्थायी पड़ाव; किसी का अस्थायी रूप से कहीं आवास।

कैंसर—पु. [अं.] एक भयंकर रोग जिसमें किसी भी स्थान का व्रण, घाव, आदि बढ़ता ही चला जाता है; कर्क राशि; ज्योतिष में एक ग्रह।

क़ै—स्त्री. [अ.] वमन, उलटी।

कैकय—पु. [सं.] केकय नरेश; केकय प्रदेश का निवासी।

कैकस—पु. [सं.] राक्षस।

कैकसी—स्त्री. [सं.] रावण की माता।

कैकेय—पु. [सं.] केकय नरेश के वंशज; केकय प्रदेश का निवासी।

कैकेयी—स्त्री. [सं.] केकय नरेश की पुत्री, दशरथ की सबसे छोटी रानी, भरत की माता।

कैक्टस—पु. [अं.] एक काँटेदार पौधा जिसकी अनेक प्रजातियाँ हैं, नागफनी—इन्हें आजकल अलंकरण के लिए रखा जाता है, इनके अलग बगीचे भी हैं।

कैच—पु. [अं.] किसी उछलती हुई चीज़ को लपक लेना। **~आउट**-पु. क्रिकेट के खेल में किसी खिलाड़ी का गेंद लपक लेने पर आउट हो जाना।

कैडेट (कैडिट)—पु. [अं.] सैन्य छात्र, छात्र सैनिक।

कैट—वि. [सं.] कीट संबंधी।

कैट—वि. [अं.] बिल्ली। **~वाक**-पु. फैशन परेड, आदि में मंच पर विभिन्न मुद्राओं में इठलाते हुए चलना।

कैटभ—पु. [सं.] एक राक्षस, मधु का छोटा भाई, भगवान विष्णु द्वारा वध। **~जित, ~रिपु**-पु. विष्णु।

कैटभा, कैटभी—स्त्री. [सं.] दुर्गा।

कैटभारि—पु. [सं.] विष्णु।

कैतक—पु. [सं.] केतक का फूल। वि. केतक से संबंधित।

कैतव—पु. [सं.] धोखा; छल; ठगी, जुआ; चौसर। **~प्रयोग**-पु. ठगी, धोखेबाज़ी।

कैतवापह्नुति—स्त्री. [सं.] अपह्नुति अलंकार का एक भेद।

क़ैतून—पु. [सं.] जरी और रेशम की बटी हुई डोरी जिसे कपड़ों के किनारे पर सजावट के लिए लगाया जाता है।

कैथ—पु. एक वृक्ष; उसका फल, कपित्थ।

कैथी—स्त्री. देवनागरी लिपि का एक भेद जिसमें कुछ कम अक्षर होते हैं और उन पर शिरोरेखा नहीं लगती; छोटी जाति का कैथ का पेड़।

कैथोलिक—पु. वि. [अं.] ईसाइयों का एक संप्रदाय।

क़ैद—स्त्री. [अ.] कारावास (जेल हो जाना); बंधन। **~ख़ाना**-पु. कारावास, बंदीगृह; जेलख़ाना। **तनहाई**-स्त्री. कैदी को बिलकुल अकेला रखने की सज़ा।

कैदी—वि. पु. [फा.] बंदी, जेल में सज़ा काटने वाला।

कैधों—अ. या, वा किंधौ।

कैनवस (कैनवास)—पु. [अं.] प्लास्टिक-रबड़ मिश्रित एक विशेष प्रकार का वस्त्र।

कैन्टीन—स्त्री. [अं.] द्र. 'कैंटीन'।

कैन्नर—वि. [सं.] किन्नर संबंधी।

कैन्सर—पु. [अं.] द्र. 'कैंसर'।

कैन्सल (कैंसल)—पु. [अं.] निरस्त, रद्द कर देना; काटना, हटा देना; समाप्त कर देना।

कैप—स्त्री. [अं.] टोपी।

कैपस्यूल—पु. [अं.] ऊपरी खोल (दवाएँ, आदि) जिसमें भीतर कुछ भरा हुआ होता है; जमीन में गाड़ने के लिए लोहे, आदि का बना खोल जिसमें कुछ सामग्री संचित होती है।

कैपिटल—स्त्री. [अं.] राजधानी; पूँजी; मूलधन; प्रधान; महत्त्वपूर्ण; उत्कृष्ट; घातक ('कैपिटल पनिशमेंट'—मृत्युदंड), बड़ा अक्षर ('कैपिटल लैटर्स')। **~इज़्म**-(पु.) पूँजीवाद। **~स्ट**-पु. पूँजीपति, सरमायेदार।

कैपटन—पु. [अं.] कप्तान, नायक, नेतृत्व प्रधान करने वाला।

कैप्शन—पु. [अं.] शीर्षक।

कैफ—पु. [अ.] आनन्द, मस्ती; नशा।

कैफ़ियत, कैफ़ीयत—स्त्री. [अ.] हाल, समाचार; विवरण; आनन्द, मस्ती। **मु. ~तलब करना**-(किसी गलती पर) जवाब, स्पष्टीकरण माँगना, कारण पूछना।

कैफ़ी—वि. [अ.] आनन्दमय, मस्त।

कैफीटेरिया—पु. [अं.] द्र. 'केफ़ीटेरिया'।

कैबिनट, कैबिनेट—पु. [अं.] मंत्रिपरिषद, मंत्रिमंडल; अलमारी, छोटी अलमारी; पेटिका ('केस')। **~फोटोग्राफ**-फोटो का एक विशेष आकार जो कार्ड साइज़ का दुगना होता है।

कैमा—पु. एक वृक्ष, कदंब की प्रजाति का।

कैम्पस—पु. [अं.] परिसर, बहुत से भवनों की शृंखला का क्षेत्र।

कैरट—पु. [अं.] सोने की शुद्धता का एक माप, (विशुद्ध सोना 24 कैरट का होता है); साढ़े तीन ग्रेन का माप।

कैरम बोर्ड—[अं.] खेलने का एक बोर्ड जिसमें गोटियाँ रखकर कोनों चारों के छेदों में डाली जाती हैं।

कैरव—पु. [सं.] कुमुद, कुईं; श्वेतकमल। **~बंधु**-पु. चन्द्रमा।

कैरविणी—स्त्री. [सं.] कुमुदिनी; कुमुद पुष्पों का समूह; कुमुद पुष्पों से भरा जलाशय।

कैरवी—स्त्री. [सं.] चाँदनी; पु. चन्द्रमा।

कैरा—पु. भूरा रंग जिसमें हल्की ललाई हो।

कैरात—वि. [सं.] किरात जाति या देश से संबंध रखनेवाला। पु. किरातों का राजा; शक्तिशाली पुरुष; एक राग (संगी.)।

कैरातक, कैरातिक—वि. [सं.] किरात संबंधी।

कैरिअर, कैरियर—पु. [अं.] पेशा, जीविका-वृत्ति। वाहक, संवाहक; कुली, भोटिया (सामान ढोने वाला); पत्र-वाहक कबूतर; साइकिल, आदि में सामान रखने के लिए पीछे लगा स्टैंड।

कैलंडर, कैलेंडर—पु. [अं.] अंग्रेज़ी तिथि-पत्र जिसमें दिन, तारीख मास, आदि दर्शाये रहते हैं; किसी संस्था का पूरे वर्ष या मास का कार्यवृत्त।

कैल—पु. [सं.] क्रीड़ा; मनोविनोद।

कैलकुलेटर—पु. [अं.] गणक, विभिन्न प्रकार की गणना करने वाला छोटा उपकरण।

कैलरी—स्त्री. [अं.] ऊष्मा, ऊष्मा तत्त्व; भोज्य पदार्थों में पाई जाने वाली ऊष्मा तत्त्व की मापक एक इकाई, 'डिग्री'।

कैलास-पु. [सं.], **कैलाश**—पु. [हि.] हिमालय की एक चोटी, शिव के वास-स्थान रूप में मान्य; वहाँ हिन्दुओं का पवित्र तीर्थ-स्थल। **~नाथ, ~पति,** ~पु. शिव; कुबेर। **~निकेतन**-पु. शिव। **~वास**-पु. मृत्यु।

कैलोरी—स्त्री. [अं.] द्र. 'कैलरी'। बहु. 'कैलोरीज़'।

कैलकटा—पु. [अ.] कोलकाता, पश्चिमी बंगाल की राजधानी, पूर्व का नाम 'कलकत्ता'।

कैवर्त—पु. [सं.] केवट, निषाद।

कैवर्तक—पु. [सं.] केवट।

कैवर्तिका—स्त्री. [सं.] एक लता जो दवा के काम आती है।

कैवल्य—पु. [सं.] मोक्ष; आत्मा की निर्लिप्त स्थिति; एक उपनिषद्। **~ज्ञान**-पु. विशुद्ध ज्ञान; परमात्मा संबंधी या मोक्ष संबंधी ज्ञान।

कैवा*—अ. कई बार।

कैश—पु. [अं.] रुपया, सिक्का; नक़द रुपया, नक़दी। **~बुक**-पु. रुपया आने-जाने का हिसाब रखने वाली बही, पुस्तिका। **~मीमो, ~मेमो**-पु. सामान का मूल्य नक़द चुकाने की रसीद।

कैशिक—वि. [सं.] केश जैसा; केश जैसा सूक्ष्म।

कैशिकी—स्त्री. [सं.] दुर्गा; नाटक की चार वृत्तियों में से एक जिसमें नृत्य, गीत, आदि का समायोजन होता है।

कैसियर, कैशियर—पु. [अं.] खजांची।

कैशोर—पु. [सं.] किशोर अवस्था।

कैशोर्य—पु. [सं.] किशोर अवस्था।

क़ैसर—पु. [अ.] सम्राट, शहंशाह; जर्मनी, आस्ट्रिया, रूस, आदि के पूर्व सम्राटों की उपाधि। **~(ऐ) हिंद**-पु. भारत सम्राट; अंग्रेज़ों द्वारा भारत के राजाओं को दी जाने वाली उपाधि; कुश्ती में दिया जाने वाला एक सम्मान।

क़ैसरा—स्त्री. [अ.] सम्राज्ञी।

कैस—पु. [अं.] कंडीशनल एक्सेससिस्टम—दूर संचार प्रणाली (टेलीफोन) में एक संचार प्रणाली।

कैस रोल—पु. [अं.] रोटी, चावल, आदि को गरम रखने के लिए बना एक रसोई-पात्र।

कैसा—वि. किस तरह का, किस प्रकार का। अ. किस तरह, किस प्रकार; कितना।

कैसे—अ. किस प्रकार।

कैसो*—वि. कैसा, जैसा।

कैसेट, कैसिट—स्त्री. [अं.] एक छोटी डिब्बीनुमा पेटिका जिसमें टेप पर आवाज़ तथा दृश्य अंकित होते हैं, जिसे बिजली चालित उपकरण पर चला कर देखा और सुना जा सकता है; अब यह छोटी गोल चपटी डिस्क रूप में उपलब्ध है। (ऑडियो)-स्त्री. वह कैसेट जिसे केवल सुना ही जा सकता हो। **(वीडियो)**-स्त्री. वह कैसेट जिसमें दृश्यों को देखा और आवाज़ को सुना जा सकता हो।

कोंकण—पु. [सं.] दक्षिण में सह्याद्रि पर्वतमाला के पश्चिमीय तट का प्रदेश, गोवा। **~स्थ**-वि. कोंकण में रहने वाला।

कोंकणा—स्त्री. [सं.] परशुराम की माता, रेणुका। **~सुत**-पु. परशुराम।

कोंकणी—स्त्री. कोंकण देश की भाषा।

कोंछना, कोंछियाना—स.क्रि. आँचल के छोर को कमर में पीछे की ओर खोंस लेना, उड़स देना।

कोंपल—स्त्री. नई कोमल पत्ती, कल्ला।

कोंवर, कोंवरा*—वि. कोमल, मुलायम।

कोंहड़ा—पु. द्र. 'कुम्हड़ा'।

कोंहार—पु. द्र. 'कुम्हार'।

को—प्र. [ब्र.भा.] कर्म, सम्प्रदान और संबंध कारक की विभक्ति। सर्व. कौन।

कोआ*—पु. द्र. 'कोया'।

कोआर्डिनेटर—पु. [अं.] समन्वयक, संयोजक।

कोइरी—पु. हिन्दुओं में एक जाति, काछी।

कोइलिया*—स्त्री. द्र. 'कोयल'।

कोइली—स्त्री. कोयल; काला दाग लगा कच्चा आम।

कोई—सर्व. अज्ञात, अनिश्चित, अनिर्दिष्ट वस्तु या व्यक्ति। अ. लगभग। **~न कोई**-सर्व. बहुतों में से कोई एक, चाहे कोई भी। **~भी**-सर्व. बहुतों में से कोई एक, चाहे कोई एक।

कोउ*—सर्व. [ब्र.भा.] कोई।

कोउक*—सर्व. [ब्र.भा.] कुछ लोग, कोई एक।

कोऊ*—सर्व. [ब.भा.] कोई।

कोक—पु. [फा.] कच्ची सिलाई; लंगर। पु. [सं.] चकवा, चक्रवाक; कोयल; मेढक; कामशास्त्र के एक प्रसिद्ध आचार्य—कोकदेव। **~देव**-पु. कबूतर; कामशास्त्र के एक आचार्य। **~शास्त्र**-पु. कामशास्त्र। —पु. [अं.] अमेरिका की प्रसिद्ध 'कोका-कोला' कम्पनी का एक प्रसिद्ध शीतल पेय, विश्वभर में प्रचलित।

कोकई—वि. कुछ-कुछ लाल-नीला रंग।

कोकन—पु. एक जंगली पेड़।

कोकना—स.क्रि. कच्ची सिलाई करना; लंगर डालना।

कोकव—पु. [सं.] एक तरह का राग (संगी.)।

कोका—पु. दक्षिणी अमेरिका में उत्पन्न होने वाला एक झाड़; कबूतर की एक प्रजाति।

कोकामुख—पु. [सं.] महाभारत में वर्णित एक तीर्थ स्थान।

कोकाह—पु. [सं.] सफेद घोड़ा।

कोकिल—पु. [सं.] कोयल, मधुर स्वर वाली चिड़िया; एक छंद। **~कंठी**-वि. कोयल जैसे मधुर स्वर वाली स्त्री, कन्या।

कोकिला—स्त्री. [सं.] कोयल।

कोकिलावास—पु. [सं.] आम का पेड़।

कोकिलेष्टा—स्त्री. [सं.] बड़ी जामुन।

कोकी—स्त्री. [सं.] मादा चकवा।

कोकीन—पु. द्र. 'कोकेन'। **~ची, ~बाज़**-पु. कोकीन खाने का आदी, कोकीन का व्यसनी।

कोकेन—पु. [अं.] कोका झाड़ की पत्तियों से निर्मित द्रव्य, नशे के लिए भी प्रयुक्त; इसके लगाने से कुछ देर के लिए अंग विशेष को सुन भी कर दिया जाता है।

कोको—स्त्री. चिड़िया। **ला.** बच्चों को बैठाने के लिए भी किसी वस्तु को छिपा कर कह दिया जाता है, 'कोको ले गई'। पु. [अं.] उष्ण कटिबंधीय देशों में पाया जाने वाला झाड़नुमा एक पेड़; इस पेड़ के फल का चूरा; कोको फल से बनाया जाने वाला चाय जैसा पेय।

कोकोजम, कोकोजेम—पु. वनस्पति तेलों से तैयार घी।

कोख—स्त्री. कुक्षि, पेट; गर्भाशय; पेट के दोनों ओर पसलियों के नीचे का भाग। **~जली**-वि. स्त्री. एक गाली, वह स्त्री

जिसके बच्चे न जीते हों। **मु. ~उजड़ना**-बच्चे का मर जाना। **~खुलना**-बच्चा होना; बाँझपन दूर हो जाना। **~बंद होना, ~मारी जाना**-गर्भ न रहना, बच्चा न होने की स्थिति आ जाना।

कोच—वि. [सं.] संकुचित करने वाला। पु. संकोच।

कोच—पु. [अं.] बस, रेल, आदि के डिब्बे, सवारी डिब्बे (डीलक्स-कोच, ए.सी. कोच, आदि); घोड़ा गाड़ी; रथ; यान; प्रशिक्षक (खेल, आदि में)।

कोचवान—पु. घोड़ा गाड़ी चलाने; हाँकने वाला।

कोचना—स.क्रि. कोई नुकीली चीज़ चुभोना। **ला.** किसी को चुभती बातें कहते रहना।

कोचिंग—पु. [अं.] प्रशिक्षण, शिक्षा देना। **~क्लास**-किसी परीक्षा की विशेष तैयारी करवाने के लिए अध्ययन कराना।

कोचीन—पु. दक्षिण भारत का एक प्राचीन राज्य, इस नाम का नगर भी।

कोजागर—पु. [सं.] शरद पूर्णिमा; शरद पूर्णिमा को होने वाला त्योहार।

कोट—पु. [सं.] किला, गढ़, दुर्ग; राजमहल; परकोटा, प्राचीर। **~पाल**-पु. दुर्गरक्षक, किलेदार। **~दार***-पु. दुर्ग-रक्षक, चौकीदार। यूथ, समूह। पु. [अं.] अंग्रेज़ी ढंग का कॉलर वाला एक वस्त्र; लेप, आलेपन।

कोटक—पु. [सं.] झोंपड़ी बनाने वाला; बढ़ई; एक जाति विशेष।

कोटर—पु. [सं.] पेड़ के तने में खोखला भाग; दुर्ग; किले के आसपास का जंगल जो सुरक्षा की दृष्टि से लगाया गया हो।

कोटरी, कोटवी—स्त्री. [सं.] नंगी स्त्री; दुर्गा का एक रूप।

कोटला—पु. छोटा किला; किले के आसपास की आबादी, बस्ती।

कोटा—पु. [अं.] नियत अंश, माप मात्रा; निर्धारित मात्रा या संख्या। राजस्थान का एक प्रसिद्ध नगर।

कोटि—स्त्री. [सं.] धनुष का सिरा, नोक; किसी हथियार की नोक, किसी आधार पर बनाई गई श्रेणी, वर्ग, आदि (निम्नकोटि, उच्चकोटि, यह कोटि)। वि. करोड़, सौ लाख की संख्या। **~ध्वज**-पु. करोड़पति।

कोटिक—वि. [सं.] करोड़ों (की संख्या), अगणित; चरमोत्कर्ष।

कोटिर—पु. [सं.] सींग के रूप में बँधी हुई जटाजूट।

कोटिशः—अ. [सं.] करोड़ों बार, अगणित रूप में (धन्यवाद, प्रणाम)।

कोटीश्वर, कोट्यधीश—पु. [सं.] दुर्गपती; करोड़पति।

कोटेशन—पु. [अं.] उद्धरण, अवतरण (किसी पुस्तक, कविता लेख, आदि से लिया गया अंश, किसी कार्य को पूरा करने के लिए ली जाने वाली रकम को निर्दिष्ट करना (किसी काम के ठेके, आदि में)।

कोट्ट—पु. [सं.] कोट, किला, दुर्ग। **~पाल**-पु. दुर्ग-रक्षक, किलेदार।

कोट्टवी—स्त्री. [सं.] नंगी स्त्री; दुर्गा; बाणासुर की माता।

कोट्टार—पु. [सं.] किलेबंदी वाला नगर; किला।

कोठ—पु. [सं.] एक तरह का कोढ़।

कोठरी—स्त्री. छोटा कमरा, पुराने ढंग के बने छोटे कमरे, विशेषत: कच्ची ईंटों या मिट्टी से बनी।

कोठा—पु. बड़ा कमरा; अटारी विशेषत: कच्ची ईंटों या मिट्टी से बना हुआ; पेट ('उसका कोठा खुश्क है')। **~(ठे) वाली**-स्त्री. वेश्या। **मु. (ठे) पर बैठना**—वेश्यावृत्ति अपनाना।

कोठार—पु. भंडार; अनाज भंडारण का स्थान, बखार।

कोठारी—पु. भंडारी, भंडार गृह का स्वामी।

कोठी—स्त्री. बड़ा और पक्का मकान; हवेली; आधुनिक ढंग का बना बड़ा मकान; वह मकान या हवेली जहाँ रुपयों का लेन-देन या बड़ा कारोबार होता हो (कपड़ों की कोठी, आदि); अनाज भंडारण के लिए बनी बखार।

कोड—पु. [अं.] संकेत लिपि; संकेत प्रणाली; संकेत पद्धति; नियमावली, संहिता। **~नंबर**-पु. सांकेतिक संख्या। **~लैंग्वेज**-स्त्री. कूट भाषा, सांकेतिक भाषा। **~वर्ड**-पु. संकेत शब्द।

कोड ऑफ कंडक्ट—पु. [अं.] आचरण संहिता, आचरण की नियमावली।

कोड़ा—पु. चाबुक, सोंटा; चुभने वाली बात।

कोड़ी—स्त्री. बीस की संख्या; बीस का समूह। वि. बीस।

कोढ़—पु. एक चर्म रोग, जिसके कई प्रकार—त्वचा का सफेद हो जाना, घाव हो जाना, आदि; घृणित, घातक दोष ('दहेज समाज का कोढ़ है')।

कोढ़िया—पु. तम्बाकू के पत्तों में लगने वाला एक रोग।

कोढ़ी—वि. कुष्ठ रोग से पीड़ित।

कोण—पु. [सं.] कोना; विभिन्न दिशाओं से आकर एक स्थान पर मिलने वाली रेखाओं या धरातलों का जोड़ या उनके बीच का स्थान ('ऐंगिल'); दो दिशाओं के बीच की दिशा—अग्नि, नैऋत्य, ईशान तथा वायव्य।

कोणिक, कोणीय—वि. [सं.] कोण संबंधी।

कोणाघात—पु. [सं.] अनेक वाक्यों की तुमुल ध्वनि।

कोणार्क—पु. [सं.] ओडिशा में एक प्रसिद्ध स्थान, तीर्थ, सूर्य मंदिर के शिल्प के लिए प्रख्यात।

कोत—स्त्री. आयुध गृह, सेना में हथियार रखने का स्थान।

कोतल—पु. [तु.] खास सवारी का घोड़ा; राजा की सवारी का घोड़ा।

कोतल गारद—पु. सैनिक छावनी में हथियार रखने वाले स्थान पर रहने वाली गार्ड, सैनिकों की टुकड़ी।

कोतवाल—पु. नगर का पुलिस अफसर, थानेदार।

कोतवाली—स्त्री. कोतवाल का पद; कोतवाल का कार्यालय; नगर का केन्द्रीय थाना।

कोतह—वि. [फा.] थोड़ा; छोटा, तंग। **~क़द**-वि. ठिंगना, नाटा, छोटे क़द का। **~गर्दन**-वि. जिसकी गर्दन कम लंबी हो, इसे 'कोतल गर्दन' भी कहा जाता है।

कोता*—वि. द्र. 'कोतह'।

कोताह—वि. [फा.] थोड़ा; छोटा, तंग।

कोताही—स्त्री. कमी, कसर, त्रुटि।

कोथ—पु. [सं.] आँख का एक रोग; मंथन।

कोथला—पु. बड़ा थैला।

कोथली—स्त्री. थैली; लड़की के विवाह के समय उसकी बड़ी बहन, मौसी, चाची, आदि बड़ों द्वारा दी जाने वाली वस्त्रों, मिठाई, आदि की सौगात।

कोदंड—पु. [सं.] धनुष, धनु राशि; भौंह, भृकुटि।

कोदंडी—पु. [सं.] शिव।

कोद*—स्त्री. दिशा, ओर, तरफ।

कोदों, कोदो—पु. सँवा की जाति का एक मोटा अन्न।

कोद्रव—पु. [सं.] द्र. 'कोदों'।

कोध*—स्त्री. द्र. कोदों।

कोन—पु. कोना।

कोना—पु. कोण, खूँट, कमरे या दीवारों, आदि का वह स्थान जहाँ दो दीवारें आकर मिलती हों। **~अंतराल**-घर के कोने और वे भीतरी भाग जहाँ प्रायः अँधेरा रहता है।

कोनिया—स्त्री. दीवार के कोने में चीज़ें रखने के लिए बनी पटरी या पटिया; चित्र या मूर्ति के चारों कोणों पर सजावट के लिए लगाई गई बेल, आदि।

कोप—पु. [सं.] क्रोध, गुस्सा, रोष। **~भवन**-पु. वह कमरा, प्रकोष्ठ जिसमें कोई रूठी हुई स्त्री या नायिका बैठी, लेटी रहे।

कोपन—पु. [सं.] क्रुद्ध होना या कुपित होना। वि. कुपित, कुपित करने वाला।

कोपना*—अ.क्रि. कोप करना, क्रुद्ध होना।

कोपल—स्त्री. द्र. 'कोंपल'।

कोपित—वि. [सं.] क्रोध से भरा हुआ, क्रुद्ध।

कोपी—वि. [सं.] कोप करने वाला, क्रुद्ध।

कोपीन—पु. द्र. 'कौपीन'।

कोफ़्त—स्त्री. [फा.] दुःख, रंज, सदमा; परेशानी।

कोफ़्ता—वि. [फा.] जिसके दिल को चोट, सदमा पहुँचा हो। पु. सब्ज़ी या मांस, आदि का तला हुआ पकौड़ा-सा जिसे सब्ज़ी के रूप में तैयार किया जाता है (घिया कोफ़्ता, मलाई कोफ़्ता, पनीर कोफ़्ता, कबाब कोफ़्ता), आदि।

कोबिद—वि. द्र. 'कोविद'।

कोबी—स्त्री. गोभी, धर्मप्राण हिन्दू 'गोभी' को 'गौ' संबंधित मान कर 'कोबी' कहते हैं।

कोमल—वि. [सं.] नरम, मुलायम; सुकुमार, अपरिपक्व; मधुर, मनोहर। पु. गान के तीन प्रकार के स्वरों में से एक। **~चित्त**-वि. दयालु हृदय वाला।

कोमलक—पु. [सं.] मृणाल।

कोमलता—स्त्री. कोमल, नरम, सुकुमारता, आदि का भाव।

कोमला—स्त्री. [सं.] एक वृत्ति या वर्ग योजना जिसमें य, र, ल, व, स, ह, आदि कोमल अक्षरों तथा छोटे समासों का प्रयोग किया जाता है।

कोमलांग—पु. [सं.] कोमल, सुन्दर अंगों वाला पुरुष। स्त्री. 'कोमलांगी'।

कोमलाभ—वि. [सं.] कोमल आभा वाला।

कोयल—स्त्री. काले रंग की चिड़िया जो अपनी मधुर आवाज़ के लिए प्रसिद्ध है, कोकिल।

कोयला—पु. जली हुई लकड़ी का बुझा हुआ अवशेष जो पुनः अँगीठी, प्रेस, आदि में जलाया जाता है; कोयले की शक्ल का एक खनिज पदार्थ जो भट्ठे, भट्ठी बिजली संयंत्र, आदि में काम आता है। **मु. ~(ले)-की दलाली में हाथ काले**—बुरे काम से बदनामी ही मिलती है। (अशर्फियों की बखेर)। **~(लों)-पर मुहर**—बहुमूल्य वस्तु के अपव्यय पर ध्यान न देना और छोटी-छोटी वस्तुओं की बचत करना, छोटे-छोटे खर्चों पर अंकुश रखना।

कोया—पु. आँख की पुतली; आँख का कोना; रेशम के कीड़े का खोल या घोंसला।

कोरंजा—पु. मजदूरी या फसलाने के रूप में दिया जाने वाला पका हुआ, काट कर दिया जाने वाला अन्न (गेहूँ, मक्की, बाजरा, ज्वार, आदि)।

कोर—पु. [सं.] शरीर की वह संधि या जोड़ जिस पर से अंग मोड़ा जा सके।

कोर*—वि. करोड़। स्त्री. किनारा, हाशिया; कोना; हथियार या चाकू, आदि की धार। **~कसर**-स्त्री. किसी प्रकार की कमी; त्रुटि; अभाव।

कोर—पु. [अं.] सेना का अंग विशेष—इंजीनियरिंग कोर, आर्डिनेंस कोर, सिंगनल कोर, आदि।

कोरक—पु. [सं.] कली; फूल की कटोरी; मृणाल।

कोरट—पु. द्र. 'कोर्ट'।

कोरना—स.क्रि. पत्थर या काष्ठ पर खुदाई करना, किसी आधार को खुरच कर उस पर चित्र बनाना, पच्चीकारी करना।

कोरनिश, कोर्निश, कोर्निस—स्त्री. [फा.] झुक कर सलाम करना, दरबारों, आदि में बादशाह, आदि के सामने झुककर सलाम करने की रीति।

कोरनी—स्त्री. पत्थर, आदि पर खुदाई द्वारा की जाने वाली पच्चीकारी।

कोरम—पु. [अं.] गण पूर्ति, किसी सभा, समिति, संस्था, आदि की बैठक में सदस्यों की वह नियत संख्या जिसके अभाव में कार्रवाई विधि-संगत नहीं मानी जाती।

क़ोरमा—पु. [तु.] मसाले, आदि डाल कर पकाया हुआ गोश्त, इसमें शोरबा नहीं होता। **~पलाव**-पु. क़ोरमा डाल कर बनाए हुए चावल।

कोरा—वि. नशा, जिसका प्रयोग न किया गया हो (कागज़, कपड़ा, आदि) जिस पर लिखा न गया हो; खाली, केवल। **ला.** मूर्ख, अनपढ़-अनविज्ञ। **~जवाब**-पु. साफ इनकार कर देना। **~बरतन**-पु. मिट्‌टी का बरतन जिसमें पानी न पड़ा हो।

कोरि*—वि. करोड़।

कोरित—वि. [सं.] अंकुरित; चूरा किया हुआ।

कोरी—पु. एक जाति, हिन्दू जुलाहे।

कोर्ट—पु. [अं.] दरबार, राजसभा; अदालत, न्यायालय; न्यायपीठ। **~ऑफ़ वार्ड्स**-पु. नाबालिगों, विधवाओं, ऋणग्रस्तों, नाबालिग उत्तराधिकारियों की रियासत, आदि का प्रबन्धन सरकार के हाथ में होना। **~इंस्पेक्टर**-पु. फौजदारी अदालतों में पुलिस की ओर से मुक़दमों की पैरवी करने वाला अफसर।

कोर्ट-फ़ीस—स्त्री. [अं.] मुक़दमों के निर्धारित कागज़ों पर स्टांप के रूप में लगने वाला शुल्क, 'स्टांप-ड्‌यूटी'।

कोर्ट-मार्शल—पु. [अं.] सैनिकों, अफसरों के अपराधों का निर्णय करने वाली सैन्य अदालत।

कोर्स—पु. [अं.] पाठ्‌यक्रम, किसी कक्षा या उपाधि के लिए निर्धारित अध्ययन के विषय; पथ, मार्ग; दिशा; प्रक्रिया।

कोल—पु. [सं.] सूअर; एक जंगली जाति। पु. [अं.] कोयला, द्र. 'कोयला'। **~अथॉरिटी ऑफ इंडिया**-भारतीय कोयला प्राधिकरण।

कोलक—पु. [सं.] काली मिर्च; अखरोट; दालचीनी।

कोलकाता—पु. पूर्व नाम 'कलकत्ता', भारत का एक प्रसिद्ध महानगर, पश्चिमी बंगाल की राजधानी।

कोलन—पु. [अं.] व्याकरण में वाक्य-विन्यास में प्रयुक्त होने वाला दो बिन्दुओं वाला एक चिह्न-:।

कोलना—स.क्रि. लकड़ी या पत्थर को बीच से काट कर खोखला, पोला करना।

कोलटार, कोलतार—पु. [अं.] अलकतरा, तारकोल, सड़क, आदि के निर्माण में गरम करके प्रयुक्त किया जाता है।

कोला—स्त्री. [सं.] पिप्पली; बेर का पेड़। [अं.] दक्षिणी अफ्रीका में होने वाला एक वृक्ष, इसके फलों के बीज मसाले, पेय, औषधि, आदि के रूप में प्रयुक्त किए जाते हैं; इसी से बना प्रसिद्ध पेय 'कोका कोला'।

कोलाहल—पु. [सं.] शोर, हंगामा, हल्ला।

कोलियरी—स्त्री. [अं.] कोयले की खान, खदान।

कोली—पु. एक जाति, कोरी, हिन्दू जुलाहे।

कोलैंदा—पु. महुए का फल।

कोल्ड—पु. [अं.] ठंड, शीत।

कोल्डक्रीम—पु. [अं.] मुख पर लगाने का वह आलेपन, (क्रीम) जो शीत ऋतु में लगाया जाता है।

कोल्हाड़—पु. ईख पेरने और गुड़ बनाने का स्थान।

कोल्हुआ—पु. कुश्ती का एक दाँव।

कोल्हू—पु. ईख या तेल पेरने का उपकरण, यन्त्र। **मु. ~का बैल**-एक ही बँधी-बँधाई रीति से निरन्तर कठिन परिश्रम करते जाना।

कोविद—वि. [सं.] पंडित, विद्वान्; दक्ष, प्रवीण।

कोविदार—पु. [सं.] कचनार का पेड़ या फूल।

कोश—पु. [सं.] अंडा; अंडकोश; डिब्बा, पानपात्र; म्यान, वेदान्त की मान्यता अनुसार जीवात्मा के पाँच आवरण—अन्नमय, प्राणमय, कोश, आदि; बादल; वह ग्रंथ जिसमें विशेष क्रम, अकारादि कोणों से शब्दों के व्याकरणिक रूप, शब्दों के अर्थ, प्रयोग, आदि दिए हुए हों ('डिक्शनरी')। **~फल**-पु. जायफल; कद्‌दू, कुम्हड़ा; तरबूज़ जैसे फल जो कोश युक्त हों। **~वासिन, ~वासी**-पु. कोश में रहने वाले शंख, घोंघा। **~वृद्धि**-स्त्री. अंडवृद्धि का रोग।

कोशक—पु. [सं.] अंडा; अंडकोश।

कोशल—पु. [सं.] एक राग (संगी.); द्र. 'कोसल'।

कोशला—स्त्री. [सं.] द्र. 'कोसला'।

कोशलिक—पु. [सं.] घूँस, रिश्वत।

कोशांबी—स्त्री. [सं.] द्र. 'कौशांबी'।

कोशागार—पु. [सं.] द्र. 'कोषागार'।

कोशाणु—पु. [सं.] द्र. 'कोषाणु'।

कोशातक—पु. [सं.] यजुर्वेद की एक शाखा, कठ शाखा।

कोशातकी—पु. [सं.] व्यापारी; व्यापार; वाहवाग्नि।

कोशाधिप, कोशाध्यक्ष, कोषाधिप, कोषाध्यक्ष—पु. [सं.] खजांची (इन सब शब्दों को 'ष' के साथ लिखना ही अधिक संगत है, यही अब धन के अगार, संचय स्थान के लिए प्रयुक्त)।

कोशाभिसंहरण—पु. [सं.] कोष की कमी पूरी करना।

कोशिका—स्त्री. [सं.] प्याला, गिलास; नाड़ी, बहु. कोशिकाएँ।

कोशिश—स्त्री. [फा.] प्रयत्न, उद्योग।

कोष—पु. [सं.] धन, सोना-चाँदी; धनागार, इस अर्थ में अब 'कोश' का प्रयोग नहीं किया जाता। **~पाल**-पु. खजांची। **~वृद्धि**-स्त्री. धनवृद्धि।

कोष्ठ—पु. [सं.] कोठा; घर का भीतरी भाग। शरीर के भीतर आमाशय, पित्ताशय; पेट; बड़ी आँख। **~पाल**-पु. भंडारी; कोषाध्यक्ष। **~बद्धता**-स्त्री. कब्ज़ होना। **~शुद्धि**-स्त्री. पेट की पूरी सफाई, मलरहित हो जाना।

कोष्ठक—पु. [सं.] लेखन में एक प्रकार के चिह्नों का जोड़ा जिसके अंदर केवल व्याख्या या सूचना के रूप में कुछ लिखा जाता है; कंडिका—[ ], ( )—(ब्रैकेट)।

कोष्ठागार—पु. [सं.] भंडार, कोषागार।

कोष्ठागारिक—पु. [सं.] कोश वासी प्राणी, भंडारी।

कोष्ठाग्नि—स्त्री. [सं.] पाचन शक्ति।

कोष्ठी—स्त्री. [सं.] जन्मपत्री।

कोष्ण—वि. [सं.] कुनकुना या गुनगुना। पु. उष्णता।

कोस—पु. दूरी की एक माप जो लगभग दो या ढाई मील मानी जाती है, मील; किलोमीटर से पहले दूरी मापने के लिए इसी का प्रयोग होता था। **~कोसों, (काले कोसों)**-बहुत दूर।

कोसना—स.क्रि. गालियों के रूप में किसी की अशुभ कामना करना, शाप-सा देना। **मु. पानी पी-पी कर कोसना**-निरन्तरता में बहुत अधिक कोसना।

कोसम—पु. एक पेड़।

कोसल—पु. [सं.] एक प्राचीन जनपद, प्रदेश—अवध; कोसल प्रदेश का निवासी।

कोसला—स्त्री. [सं.] कोसल प्रदेश की राजधानी, अयोध्या। **~धीश**-पु. कोसल प्रदेश के राजा; श्रीराम।

कोसली—स्त्री. एक रागिनी।

कोसा—पु. एक प्रकार का रेशमी वस्त्र; मिट्टी का कसोरा (कहीं कहीं इसे 'सकोरा' भी कहा जाता है)। 'कोसने' क्रि. का भूतकालिक रूप। **~कांटी**-स्त्री. बद्दुआ के रूप में दी जाने वाली बहुत सारी गालियाँ।

कोसिला*—स्त्री. द्र. 'कौसल्या'।

कोसी—स्त्री. एक नदी; मथुरा के पास एक नगर—'कोसी कलाँ'।

कोहँड़ा—पु. द्र. 'कुम्हड़ा'।

कोह*—पु. क्रोध। पु. [फा.] पहाड़, पर्वत। **~आतिश**-पु. ज्वालामुखी पहाड़। **~कन**-वि. पहाड़ खोदने वाला। **~क़ाफ़**-पु. क़ाफ़ पर्वत; काकेशस पर्वतमाला; उसके निवासी अपनी सुन्दरता के लिए प्रसिद्ध। **~जिगर**-वि. वीर, साहसी। **~(हे) आदम**-पु. श्रीलंका में पर्वत की एक चोटी, माना जाता है कि स्वर्ग से निकाले जाने के बाद आदम यही उतरा था। **~नूर (क्रोहेनूर)**-पु. भारत का एक विश्व प्रसिद्ध हीरा जो आजकल इंग्लैंड में है।

कोहनी—स्त्री. द्र. 'कुहनी'।

कोहबर—पु. घर में वह कमरा, कोठा, प्रकोष्ठ जिसमें विवाह के बाद कुल देवता की स्थापना कर वर-वधू से पूजा, आदि कराई जाती है।

कोहर—पु. कुआँ, कूप।

कोहरा—पु. द्र. 'कुहरा'।

कोहराम—पु. [अ.] द्र. 'कुहराम'।

कोहल—पु. [सं.] एक मुनि जो नाट्यशास्त्र के आदि आचार्य के रूप में मान्य हैं।

कोहाँर*—पु. द्र. 'कुम्हार'।

कोहान—पु. [फा.] ऊँट की पीठ पर ऊपर को उठा हुआ कूबड़ जैसा अंग।

कोहिस्तान—पु. [फा.] पहाड़ी प्रदेश; पर्वत माला; ईरान का एक क्षेत्र।

कोहिस्तानी—वि. पहाड़ी। पु. पहाड़ी प्रदेश का रहने वाला।

कोही*—वि. क्रोधी। स्त्री. [फा.] पहाड़ी।

कौंक, कौंकण—पु. [सं.] 'कोंकण'।

कौंच—पु. [सं.] हिमालय पर्वत माला में एक पहाड़। स्त्री. [सं.] सेम जैसी एक फली जिसकी सब्ज़ी बनती है, दवा के रूप में भी इसका प्रयोग; इसकी बेल, केबाँच।

क्रौंचना—स.क्रि. किसी चीज़ को शरीर में चुभाना। **ला.** बार-बार कोई चुभती हुई अप्रिय बात कहना।

कौंतेय—पु. [सं.] कुन्ती पुत्र—युधिष्ठिर, भीम, अर्जुन तथा कर्ण भी।

कौंध—स्त्री. बिजली की चमक; चमक।

कौंधना—अ.क्रि. बिजली का चमकना; चमकने की क्रिया।

कौंधनी, कौंधनी—स्त्री. द्र. करधनी, कमर पर धारण किए जाने वाला आभूषण।

कौंधा—स्त्री. बिजली की चमक, बिजली के चमकने की क्रिया।

कौंसिल—स्त्री. [अं.] परिषद्, समिति; सभा; महासभा।

कौंसिलर—पु. [अं.] सभासद, पार्षद।

कौ*—पु. द्र. 'को'।

कौआ—पु. एक प्रसिद्ध काला पक्षी, अपने कर्कश स्वर, गंदगीप्रिय प्रकृति, चालाकी के लिए प्रसिद्ध; गले में तालु के ऊपर का भाग; घाँटी।

कौकृत्य—पु. [सं.] कुकर्म करना; पश्चात्ताप।

कौक्कुटिक—वि., पु. [सं.] मुर्गे पालने वाला; ढोंग करने वाला।

कौक्षेयक—पु. [सं.] तलवार।

कौच—पु. [सं.] द्र. 'कोच'।

कौट—पु. [सं.] छल, धोखा; जल; कुटज वृक्ष। वि. अपने घर रहने वाला; घरेलू; छली; बेईमान। **~साक्ष**-पु. झूठी गवाही।

कौटभी—स्त्री. [सं.] दुर्गा, देवी का एक रूप।

कौटल्य—पु. [सं.] कौटिल्य से संबंधित।

कौटवी—स्त्री. [सं.] नंगी स्त्री।

कौटिलीय—वि. [सं.] कौटिल्य-कृत।

कौटिल्य—पु. [सं.] प्राचीन भारत के अर्थशास्त्र के आचार्य, कूटनीति के विशेषज्ञ, 'अर्थशास्त्र' ग्रंथ के प्रणेता तथा मगध साम्राज्य में चन्द्रगुप्त मौर्य के गुरु और महामंत्री आचार्य चाणक्य।

कौटीर—वि. [सं.] कुटीर या पौधों से संबंधित; कुटीर का बना।

कौटीर्या—स्त्री. [सं.] दुर्गा, देवी का एक रूप।

कौटुंब—वि. [सं.] कुटुंब के भरण-पोषण के लिए आवश्यक। पु. परिवार का, परिवार से संबद्ध।

कौटुंबिक—वि. [सं.] परिवार का सदस्य, एक ही परिवार का; कुटुंबी, एक ही कुनबे का। पु. पिता; गृह-स्वामी।

कौड़ा—पु. बड़ी कौड़ी; अलाव; एक पौधा।

कौड़िया—वि. कौड़ी की आकृति का।

कौड़ियाला—वि. कौड़ी के रंग का; एक ज़हरीला साँप; एक पौधा।

कौड़ीयाली—स्त्री. कौड़ियाला पौधा।

कौड़ी—स्त्री. घोंगे की शक्ल का एक कीड़ा जो पानी में अस्थिकोश में रहता है; उस कीड़े का अस्थिकोश, खोल, इसे खेल, औषधि, आदि में भी प्रयुक्त किया जाता है (भस्म के रूप में); प्राचीन समय में इसे विनिमय के साधन के रूप में भी प्रयोग किया जाता था, इसी से बना मुहावरा—'कौड़ियों के मोल'। **मु. ~का, ~का भी नहीं**-मूल्य रहित; तुच्छ, हेय। **~बराबर, ~भर**-कौड़ी के बराबर की मात्रा का। **(यों)-के मोल**-बहुत सस्ता। **~कौड़ी को मोहताज**-पैसे-पैसे को तरसना; बहुत गरीब। **~कौड़ी चुका देना**-पैसा-पैसा, छोटी से छोटी रकम भी चुका देना। **~कौड़ी जोड़ना**-एक एक पैसा करके धन एकत्रित करना।

कौतिक, कौतिग*—पु. द्र. 'कौतुक'।

कौतुक—पु. [सं.] कुतूहल, उत्सुकता; अचंभा; विनोद, हँसी-मज़ाक; आनन्द; प्रसन्नता; आश्चर्ययुक्त क्रीड़ा, खेल; भगवान की अवतार रूप में बाल-लीला। **~प्रिय**-वि. जिसे खेल-तमाशा; विनोद, हँसी-मज़ाक प्रिय हो।

कौतुकित—वि. [सं.] उत्सुक।

कौतुकिया—वि. कौतुक करने वाला; विनोदी।

कौतुकी—वि. [सं.] विनोदी; कौतुक रचने वाला; खेल तमाशा करने वाला।

कौतूहल—पु. [सं.] कुतूहल; त्योहार, उत्सव।

कौत्स—पु. [सं.] एक ऋषि, कुत्स ऋषि का पुत्र।

कौथुम—पु. [सं.] सामवेद की कौथुमी शाखा का अध्ययन करने वाला।

कौथुमी—स्त्री. [सं.] सामवेद की एक शाखा।

कौदन—वि. [फा.] मंद बुद्धि, अल्प बुद्धि, नासमझ।

कौदालिक, कौदालीक—पु. [सं.] मल्लाह।

कौद्रविक—पु. [सं.] काला नमक।

कौधनी—स्त्री. द्र. 'कौंधनी'।

कौन—सर्व. प्रश्नवाचक सर्वनाम जो किसी वस्तु या व्यक्ति के प्रति जिज्ञासा करता है। [ब्र.भा.] किस ('कौन गली गए श्याम')।

कौप—वि. [सं.] कूप, कुएँ से संबंधित।

कौपीन—पु. [सं.] पुरुष के गुप्तांग को ढकने वाला छोटा सा वस्त्र, लँगोटी; पुरुष का गुप्तांग।

कौपोदकी—स्त्री. [सं.] विष्णु की गदा का नाम।

कौबेर—वि. [सं.] कुबेर से संबंधित।

कौबेरी—स्त्री. [सं.] कुबेर की शक्ति; उत्तर दिशा।

कौब्ज्य—पु. [सं.] कूबड़पन।

क़ौम—स्त्री. [अ.] जाति; नस्ल; वंश; राष्ट्र। **~परस्त**-वि. राष्ट्रवादी, राष्ट्रवादी विचारधारा का; जो अपनी क़ौम के लिए जीता-मरता हो।

कौमार—पु. [सं.] कुमार; अवस्था, कौमार्य; कुँवारापन। वि. कुमार संबंधी। **~चारी**-वि. ब्रह्मचारी। **~भृत्य**-पु. बच्चों का पालन-पोषण; चिकित्सा; आयुर्वेद का शिशु चिकित्सा-विभाग। **~व्रत**-पु. अविवाहित रहने की प्रतिज्ञा, व्रत।

कौमारक—पु. [सं.] कुमारावस्था; एक राग (संगी.)।

कौमारिक—वि. [सं.] कुमार संबंधी। पु. लड़कियों का पिता।

कौमारिकेय—पु. [सं.] कुमारी स्त्री का बेटा।

कौमार्य—पु. [सं.] कुमारावस्था।

क़ौमियत, क़ौमीयत—स्त्री. [अ.] जाति, क़ौम का भाव; जातीयता; राष्ट्रीयता।

क़ौमी—वि. क़ौम से संबंध रखने वाला, जातीय; राष्ट्रीय। **~गीत, ~तराना**-राष्ट्रीय गान, राष्ट्रीय गीत।

कौमुद—पु. [सं.] कार्तिक का महीना।

कौमुदिक—वि. [सं.] कौमुद-संबंधी।

कौमुदिका—स्त्री. [सं.] चाँदनी।

कौमुदी—स्त्री. [सं.] चाँदनी, कार्तिक की पूर्णिमा; आश्विन की पूर्णिमा; उत्सव; दीपोत्सव (ग्रंथ के नाम के साथ) व्याख्या, टीका, यथा—काव्यकौमुदी। **~पति**-पु. चन्द्रमा। **~महोत्सव**-पु. कार्तिक की पूर्णिमा को होने वाला विशाल उत्सव।

कौमोदकी, कौमोदी—स्त्री. [सं.] विष्णु की गदा।

कौर—पु. निवाला, ग्रास।

कौरना*—स.क्रि. थोड़ा ही भूनना।

कौरव—पु. [सं.] कुरू का वंशज; कुरु प्रदेश का राजा। वि. कुरु राजवंशियों से संबंध रखने वाला। **~सेना**-स्त्री. कौरवों, दुर्योधन, आदि की सेना।

कौरवेय—पु. [सं.] कुरु का वंशज।

कौरव्य—पु. [सं.] कौरव।

कौरी*—स्त्री. अंक, गोद।

कौर्म—वि. [सं.] कूर्म संबंधी; कूर्मावतार संबंधी। पु. एक कल्प।

कौलंज—पु. पसलियों के नीचे होने वाला दर्द।

कौल—पु. कौर; हाथ की चक्की में एक ही बार में हाथ से डाले जाना वाला अन्न।

कौल—पु. [सं.] शाक्तों का एक संप्रदाय, वाममार्गी संप्रदाय; कश्मीरी ब्राह्मणों का एक गोत्र।

क़ौल—पु. [अ.] प्रतिज्ञा; वचन; उक्ति। **~क़रार**-पु. आपस में वचन देना, प्रतिज्ञा करना।

कौलई—वि. संतरे के रंग का। पु. नारंगी रंग।

कौलटिनेय—पु. [सं.] जारज पुत्र।

कौलटेय, कौलटेर—पु. [सं.] कुलटा का पुत्र, जारज पुत्र; भिक्षुणी का पुत्र।

कौलव—पु. [सं.] ज्योतिष में माने गए 11 कारणों में से एक।

कौला—पु. एक तरह का संतरा; मिट्टी का बना हुआ छोटा ओटा, दीवार।

कौलाचार—पु. [सं.] वाममार्ग।

कौलालक—वि. [सं.] कुम्हार संबंधी या उसका बनाया हुआ। पु. मिट्टी का बरतन।

कौलिक—वि. [सं.] कुल संबंधी; कुल में परम्परागत रूप में मान्य। पु. वाममार्गी; ढोंगी, पाखंडी; जुलाहा, जुलाहों से संबंधित।

कौली—स्त्री. आगोश, अँकवार। **~भरना**-पु. भुजाओं में ले लेना। **मु. (काम की) ~भरना**—बहुत सारे कामों को अपने ऊपर ले लेना।

कौलीन—वि. [सं.] कुलीन, कुल में परम्परागत रूप में मान्य। पु. वाममार्गी; भिक्षुणी का पुत्र; कुलीनता।

कौलीन्य—पु. [सं.] कुलीनता।

कौवा—पु. द्र. 'कौआ'।

क़ौवाल—पु. [अ.] कव्वाली गाने वाला; गवैया।

क़ौवाली—स्त्री. कव्वाली, एक प्रकार के सूफी गीत; संगीत में एक ताल।

कौविंदी—स्त्री. [सं.] जुलाहे की स्त्री, जुलाहिन।

कौवेर—वि. [सं.] द्र. 'कौबेर'।

कौवेरी—स्त्री. [सं.] द्रे. 'कौबेरी'।

कौश—वि. [सं.] रेशमी; कुशा से निर्मित। पु. कुशद्वीप।

कौशल—पु. [सं.] कुशलता, दक्षता।

कौशलिक—पु. [सं.] घूँस, रिश्वत।

कौशलिका, कौशली—स्त्री. [सं.] कुशल-क्षेम पूछना; भेंट, उपहार।

कौशलेय—पु. [सं.] कौसल्या के पुत्र, श्रीराम।

कौशल्य—पु. [सं.] द्र. 'कौशल'।

कौशल्या—स्त्री. [सं.] दशरथ की सबसे बड़ी रानी, राम की माता।

कौशल्यायनि—पु. [सं.] कौशल्या के पुत्र, राम।

कौशांब—पु. [सं.] कुश के एक पुत्र।

कौशांबी—स्त्री. [सं.] वत्स देश की प्राचीन राजधानी; कौशांब के द्वारा बसाई गई प्रसिद्ध नगरी।

कौशिक—पु. [सं.] कुशिक ऋषि का वंशज; विश्वामित्र; इन्द्र; शिव; कोशकार; उल्लू; शृंगार रस।

कौशिका—स्त्री. [सं.] पान-पात्र, गिलास, कटोरा, आदि।

कौशिकायुध—पु. [सं.] इन्द्र का वज्र; इन्द्र धनुष।

कौशिकाराति, कौशिकारि—पु. [सं.] काक, कौआ।

कौशिकी—स्त्री. [सं.] दुर्गा; नाटक की चार वृत्तियों में से एक; एक रागिनी (संगी.)। **~कान्हड़ा**-पु. संगीत में संकर राग जो कौशिकी और कान्हड़ा का मिला-जुला रूप होता है।

कौशीधान्य, कौषीधान्य—पु. [सं.] कोश से उत्पन्न होने वाला धान्य—तिल, आदि।

कौशीलव—पु. [सं.] नट; अभिनेता का पेशा।

कौशेय, कौषेय—पु. [सं.] रेशम; रेशमी कपड़ा। वि. रेशमी।

कौषीतक—पु. [सं.] प्रसिद्ध ऋषि जिन्हें ऋग्वेद की एक शाखा का प्रवर्तक माना जाता है, कुशीतक ऋषि के पुत्र।

कौषीतकी—स्त्री. [सं.] ऋग्वेद की एक शाखा, ऋग्वेद का एक ब्राह्मण; एक उपनिषद्; अगस्त्य ऋषि की पत्नी।

कौसल्या—स्त्री. [सं.] द्र. 'कौशल्या'। **~नंदन**-पु. श्री रामचंद्र।

कौसिक*—पु. द्र. 'कौशिक'।

कौसिला*—स्त्री. द्र. 'कौशल्या'। **~धीश**-पु. कौशल प्रदेश के अधिपति, श्रीराम।

कौसीद—वि. [सं.] ऋण संबंधी; सूदखोर।

कौसीद्य—पु. [सं.] कुसीद—वृत्ति, महाजनी पेशा; आलस्य; तंद्रा।

कौसुंभ—वि. [सं.] कुसुम के फूल का बना या उससे रँगा हुआ।

कौसुम—वि. [सं.] पुष्प-युक्त। पु. पराग।

कौस्तुभ—पु. [सं.] एक मणि, रत्न, जो समुद्र मंथन से प्राप्त हुई थी, विष्णु इसे अपने वक्षस्थल पर धारण किए

रहते हैं; उँगलियों को मिला कर बनाई गई एक मुद्रा; एक तरह का तेल।

कौह—पु. अर्जुन वृक्ष।

क्या—सर्व. प्रश्नवाचक सर्वनाम। वि. कितना; बहुत; कैसा, बहुत बढ़िया। अ. प्रश्नसूचक-शब्द। **मु. ~कहना, ~खूब**-बहुत अच्छा। **~रखा है**-कोई सार-तत्त्व नहीं।

क्यार*—प्र. खेत, ज़मीन का टुकड़ा। **ला.** खेत क्यार—खेती-बाड़ी का स्थान, भूमि।

क्यारी—स्त्री. खेत या बागबानी की जमीन को छोटे हिस्सों में बाँटना। ('इस क्यारी में क्या-क्या उगा है')।

क्यू—पु. [अं.] लाइन, पंक्ति।

क्यूरेटर—पु. [अं.] संग्रहालय का अध्यक्ष, संग्रहालय की देखभाल करने वाला।

क्यों—अ. किस कारण, किस लिए। **~कर**-कैसे। **~कि**-कारण यह है कि, इसलिए कि। **~नहीं**-अवश्य, बेशक।

क्रंदन—पु. [सं.] रोना, विलाप; युद्ध के लिए ललकार।

क्रंदित—वि. [सं.] ललकारा हुआ; आहूत।

क्रकच—पु. [सं.] आरा; एक नरक, करील का पेड़, ज्योतिष में एक योग।

क्रकचा—स्त्री. [सं.] केतकी।

क्रकर—पु. [सं.] एक चिड़िया, एक आरा, करील का पेड़; एक रोग।

क्रतु—पु. [सं.] विष्णु; प्रजापति; निश्चय; इच्छा; योग्यता; प्रेरणा।

क्रथकैशिक—पु. [सं.] एक प्राचीन देश।

क्रथन—पु. [सं.] काटना; वध।

क्रम—पु. [सं.] वस्तुओं या कार्यों के आगे-पीछे होने की योजना; सिलसिला; उचित रूप से काम करने का ढंग, पैर उठाना, डग भरना; अर्थालंकार, यथासंख्य। **~से**-धीरे; विशेष योजना के अनुसार। **~बद्ध**-वि. क्रम के अनुसार, सिलेसिलेवार। **~संख्या**-किसी वस्तु का क्रम के अनुसार प्राप्त स्थान की संख्या ('सीरियल नंबर')।

क्रमक—वि. [सं.] क्रमयुक्त।

क्रमण—पु. [सं.] एक से दूसरे स्थान को या किसी दूसरी स्थिति में जाना।

क्रमतः—अ. [सं.] द्र. 'क्रमशः'

क्रमशः—अ. [सं.] क्रम के अनुसार, यथाक्रम; धीरे-धीरे।

क्रमांक—पु. [सं.] क्रमसंख्या ('सीरियल नंबर')।

क्रमांकन—पु. [सं.] क्रमसंख्या डालना।

क्रमागत—वि. [सं.] क्रम से प्राप्त; कुल या वंश में क्रम से चला आता हुआ।

क्रमानुसार—अ. [सं.] क्रम के अनुसार, यथाक्रम, सिल-सिलेबार।

क्रमि—पु. [सं.] द्र. 'कृमि'।

क्रमिक—वि. [सं.] क्रम के अनुसार, क्रमागत।

क्रमु—पु. [सं.] सुपारी का पेड़।

क्रमुक—पु. [सं.] सुपारी का पेड़; नागरमोथा, पठानी लोध; शहतूत का पेड़; कपास की डोंडी।

क्रमुकी—स्त्री. [सं.] सुपारी का पेड़।

क्रमेल, क्रमेलक—पु. [सं.] ऊँट।

क्रमोद्वेग—पु. [सं.] बैल।

क्रमोन्नत—वि. [सं.] क्रम से की गई उन्नति, धीरे-धीरे की गई उन्नति।

क्रय—पु. [सं.] मोल लेना, खरीदना। **~विक्रय**-पु. खरीद-फ़रोख़्त, खरीदना-बेचना।

क्रयण—पु. [सं.] खरीदना।

क्रयारोह—पु. [सं.] हाट, बाजार; पु. व्यापारी।

क्रयिक—वि. [सं.] खरीदने वाला। पु. व्यापारी।

क्रयिम—पु. [सं.] क्रय-विक्रय पर लिया जाने वाला कर, शुल्क।

क्रयी—पु. [सं.] खरीदने वाला।

क्रयोपघात—पु. [सं.] खरीद में रुकावट।

क्रवान*—पु. कृपाण; तलवार।

क्रव्य—पु. [सं.] कच्चा मांस।

क्रशित—वि. [सं.] क्षीणकाय, दुबला-पतला।

क्रांत—वि. [सं.] गया हुआ; बीता हुआ, लाँघा हुआ; आक्रान्त; दबा हुआ। **~दर्शी**-वि. भूत, भविष्य को जानने वाला; दूरदर्शी।

क्रांति—स्त्री. [सं.] पूर्ण परिवर्तन, स्थिति में भारी उलट-फेर जिससे उसका स्वरूप पूरी तरह बदल जाए; राज या शासन व्यवस्था का बदल जाना, बलपूर्वक व्यवस्था को बदल देना। **~कारी**-वि. स्थिति या व्यवस्था में पूर्ण परिवर्तन कर देने वाला; व्यवस्था का विद्रोही। **~मंडल**-पु. सूर्य का भ्रमण मार्ग।

क्राइसिस—पु. [अं.] संकट; संकट की स्थिति।

क्राइस्ट—पु. [अं.] ईसा मसीह, ईसाई धर्म के प्रवर्तक।

क्राकचिक—पु. [सं.] लकड़ी चीरने वाला।

क्राकरी—स्त्री. [अं.] चीनी मिट्टी के बरतन जिनमें खाना और चाय, आदि परोसी जाती है।

क्रानिक—वि. [अं.] पुराना रोग।

क्राप—पु. [अं.] फसल। **~रोटेशन**-पु. फसल-चक्र।

क्रायक, क्रायिक—पु. [सं.] खरीदने वाला; व्यापारी।

क्रॉस—पु. [अं.] सूली, क्रूस, सलीब; पदक (विक्टोरिया क्रॉस); अधिकार-दंड; काटना; किसी चीज को लिख कर काटना; आड़ा, तिरछा, तिर्यक्। **~ब्रीड**-स्त्री. [अं.] संकर, मिश्रित प्रजाति।

क्रॉसिंग—स्त्री. [अं.] चौराहा; जहाँ एक सड़क दूसरी सड़क को काटती है; पारगमन; सड़क पर पार करने की जगह; संकरण-क्रिया ('ब्रीडिंग')।

क्रिकेट—पु. [अं.] एक खेल विशेष जो गेंद और बल्ले द्वारा खेला जाता है। **~मैच**-पु. क्रिकेट के खेल का मुकाबला।

क्रिकेटर—पु. [अं.] क्रिकेट खेलने वाला।

क्रिमनल—पु. [अं.] अपराधी।

क्रिमि—पु. [सं.] द्र. 'कृमि'।

क्रिय—पु. [सं.] मेष राशि (ज्यो.)।

क्रियमाण—वि. [सं.] जो किया जा रहा हो, जो हो रहा हो।

क्रिया—स्त्री. [सं.] व्याकरण में शब्द का वह भेद जिससे किसी व्यापार का होना या किया जाना सूचित होता है—खेलना, रोना, खाना, किसी काम का होना या किया जाना, कर्म, प्रयत्न, चेष्टा; हिलना-डुलना; गति; कर्म-व्यापार; श्राद्ध। **~करम, कर्म**-मृतक-क्रिया, अंत्येष्टि। **~कलाप**-किसी व्यक्ति या संस्था के द्वारा किया जाने वाला कार्य। **~लोप**-पु. शास्त्र निर्दिष्ट नित्य-नैमित्तिक कर्मों का न किए जाना। **~वाचक, ~वाची**-वि. क्रिया का अर्थ देने वाला शब्द (व्या.)। **~विदग्धा**-स्त्री. शारीरिक क्रिया के द्वारा अपना मंतव्य प्रकट करने वाली नायिका। **~विशेषण**-पु. वह शब्द जो क्रिया की विशेषता सूचित करे (व्या.)। **~शक्ति**-ईश्वर की सृष्टि निर्माणकारी शक्ति। **~शील**-वि. कर्मनिष्ठ; सचेष्ट।

क्रियातिपत्ति—स्त्री. [सं.] एक काव्यालंकार।

क्रियात्मक—वि. [सं.] क्रिया रूप में किया हुआ, जो प्रयोग में लाया हुआ हो।

क्रियापवर्ग—पु. [सं.] कार्य की समाप्ति।

क्रियेंद्रिय—स्त्री. [सं.] कर्मेन्द्रिय।

क्रिश्चियन—वि. [अं.] ईसाई।

क्रिसमस—पु. [अं.] बड़ा दिन, ईसा मसीह का जन्म दिवस—25 दिसम्बर।

क्रिस्टल—पु. [अं.] स्फटिक, विल्लौर रवादार टुकड़ा, रवे।

क्रिस्तान—पु. ईसाई।

क्रिस्तानी—वि. ईसाइयों का, ईसाइयों से संबंधित।

क्रीज़—स्त्री. [अं.] तह; चुन्नट, जिस किसी चीज़—वस्त्र या कागज़ आदि को मोड़ा जाए, उससे बनी सीधी लाइन, क्रिकेट में विकेट के पास ज़मीन पर बनी हुई लाइन जिस पर बैट्समैन को खड़ा होना होता है और वह बिन्दु जहाँ तक उसे रन बनाने के लिए दौड़ना पड़ता है।

क्रीट*—पु. द्र. 'किरीट'।

क्रीड—पु. [सं.] क्रीड़ा, खेल-कूद; विनोद, हँसी-मजाक।

क्रीडक—पु. [सं.] क्रीड़ा करने वाला; द्वारपाल।

क्रीडन—पु. [सं.] खेलना, खेलने का उपकरण, साधन; खिलौना।

क्रीडनक, क्रीडनीयक—पु. [सं.] खिलौना।

क्रीड़ना*—अ.क्रि. क्रीड़ा करना; खेल करना।

क्रीड़ा—स्त्री. [सं.] खेल-कूद; हास्य-विनोद; ताल के मुख्य भेदों में से एक। **~कानन, ~वन**-पु. प्रमोद-वन, आमोद-प्रमोद। **~गृह, ~मंदिर**-पु. केलि-गृह। **~नारी**-स्त्री. वेश्या। **~पर्वत, ~शैल**-पु. उद्यान, वाटिका, आदि में अलंकरण के लिए बनाया गया कृत्रिम पर्वत। **~शील**-वि. विनोदी प्रकृति का; खेलकूद में रुचि वाला।

क्रीडित—वि. [सं.] खेला हुआ, जो खेल चुका हो।

क्रीडी—वि. [सं.] क्रीड़ाशील।

क्रीत—वि. [सं.] क्रय किया हुआ, खरीदा हुआ। **~दास**-माँ-बाप को धन दे कर खरीदा हुआ दास।

क्रीतक—पु. [सं.] क्रीत पुत्र। वि. खरीदा हुआ।

क्रीम—पु. [अं.] मलाई; मुख-हाथ, आदि का आलेपन; सर्वोत्तम अंश या व्यक्ति। **~रोल**-पु. बेकरी में बना वह लम्बा-सा खाद्य पदार्थ जिसमें क्रीम भरी हुई हो।

क्रुद्ध—वि. [सं.] क्रोध युक्त, गुस्से से भरा हुआ।

क्रुष्ट—वि. [सं.] बुलाया हुआ, आहूत; जिसे बुरा-भला कहा गया हो।

क्रूजर—पु. [अं.] हलका और तेज गति वाला; जंगी जहाज।

क्रूड—पु. [अं.] कच्चा, अनगढ़; अपरिष्कृत; असभ्य; अशिष्ट। **~ऑयल**-वि. वह तेल जिसका परिष्करण न किया गया हो।

क्रूर—वि. [सं.] निर्दय, दयारहित; दुष्ट; नीच; भयंकर; डरावना। **~कर्म**-पु. निर्दयता से दूसरे को बहुत अधिक पीड़ा देने वाला कार्य। **~कोष्ठ**-वि. कड़े कोठे (खुश्क पेट) वाला। **~गंध**-स्त्री. बुरी लगने वाली तेज़ गंध। **~ग्रह**-पु. विपरीत ग्रह—रवि, शनि, राहु, मंगल और केतु में से कोई।

क्रूरा—वि. स्त्री. [सं.] क्रूर स्वभाव वाली (स्त्री.)।

क्रूराकृति—वि. [सं.] डरावनी, भयानक शक्ल वाला।

क्रूरात्मा—पु. [सं.] शनि। वि. क्रूर स्वभाववाला।

क्रूराशय—वि. [सं.] दुष्ट प्रवृत्ति वाला; निष्ठुर स्वभाव वाला।

क्रूस—पु. [अं. 'क्रॉस'] सूली, सलीब, ईसाइयों का धर्म चिह्न।

क्रूसेड—पु. [अं.] धर्मयुद्ध, जिहाद।

क्रेज़—पु. [अं.] सनक, उन्माद; किसी चीज़ के पीछे पागलपन की हद तक की दीवानगी।

क्रेट—पु. [अं.] किसी पेय पदार्थ की बोतलों, आदि की पेटी, पेटिका।

क्रेडिट—पु. [अं.] श्रेय, गौरव; साख, प्रतिष्ठा; विश्वास, मान्यता; भरोसा, किसी खाते में बची हुई राशि; उदार, ऋण।

क्रेता (तृ)—पु. [सं.] खरीदने वाला।

क्रेन—पु. [अं.] भार उठाने वाली मशीन, भारी वज़न या वस्तुओं को उठाने वाली मशीन।

क्रेप—पु. [अं.] एक प्रकार का कपड़ा जिसमें चुन्नटें-सी पड़ी होती हैं।

क्रेय—वि. [सं.] खरीदने योग्य।

क्रोंच—पु. [सं.] क्रौंच पर्वत।

क्रोड—पु. [सं.] गोद, अंक; पेड़ का खोखल; किसी वस्तु के बीच या अंदर का खाली हिस्सा।

क्रोडांक, क्रोडांघ्रि—पु. [सं.] कच्छप, कछुआ।

क्रोडीकरण—पु. [सं.] छाती से लगाना, आलिंगन।

क्रोध—पु. [सं.] कोप, गुस्सा—वह मनोभाव जो किसी अनुचित अप्रीतिकर या कष्टदायक क्रिया या शब्द की प्रतिक्रिया में तीव्रता से उत्पन्न होता है; रौद्र रस का स्थायी भाव। **~जय**-वि. क्रोध से उत्पन्न।

क्रोधन—वि. [सं.] क्रोधी स्वभाव वाला, क्रोध करने वाला।

क्रोधना—वि. स्त्री. [सं.] क्रोधी स्वभाव वाली स्त्री।

क्रोधा—स्त्री. [सं.] दक्ष प्रजापति की एक कन्या।

क्रोधालु—वि. [सं.] क्रोधी।

क्रोधित—वि. क्रुद्ध व्यक्ति जिसे क्रोध आया हुआ हो।

क्रोधी—वि. [सं.] क्रोध करने वाला।

क्रोम, क्रोमियम—पु. [अं.] रासायनिक धातु-तत्त्व।

क्रोमोसोम—पु. [अं.] गुण-सूत्र।

क्रोश—पु. [सं.] रोना, चिल्लाना; आवेश में आना।

क्रोशन—पु. [सं.] चिल्लाना।

क्रोशिया—पु. [फा.] हाथ से बुनाई-कढ़ाई करने वाली धातु की बनी एक सलाई-सी जिसके सिरे को चपटा कर छेद और नोक बनी होती है, इससे मौजे, बनियान, स्वेटर, आदि भी बनाये जाते हैं।

क्रोष्टा—पु. [सं.] शृगाल, गीदड़।

कोष्टु—[सं.] शृगाल, गीदड़।

क्रौंच—पु. [सं.] एक तरह का बगुला जाति का पक्षी; एक पर्वत; सात महाद्वीपों में से एक; मय दानव का पुत्र।

क्रौंचादन—पु. [सं.] मृणाल।

क्रौंचाराति, क्रौंचारि—पु. [सं.] कार्त्तिकेय; परशुराम।

क्रौड—वि. [सं.] शूकर-संबंधी; वराहावतार-संबंधी।

क्रौर्य—पु. [सं.] क्रूरता।

क्रौशशतिक—पु. [सं.] सौ कोस चलने वाला संन्यासी।

क्लच—पु. [अं.] शिकंजा; कार, आदि में लगा एक शिकंजा-सा; किसी भी मशीन पर कुछ कसने या पकड़ने वाला शिकंजा।

क्लब—पु. [अं.] मनोरंजन समिति; वह स्थान जहाँ मनोरंजन के विभिन्न कार्यक्रम खेल, आदि होते हैं।

क्लर्क—पु. [अं.] किसी दफ्तर में हिसाब रखने वाला, पत्राचार, आदि करने वाला कर्मचारी, लिपिक, बाबू।

क्लर्की—स्त्री. क्लर्क का कार्य।

क्लांत—वि. [सं.] थका हुआ; मुरझाया हुआ, क्षीणकाय; हतोत्साह।

क्लांति—स्त्री. [सं.] थकावट।

क्लाइंट—पु. [अं.] ग्राहक; मुवक्किल; आश्रित; मरीज़ (डॉक्टर का ग्राहक)।

क्लाइमेट—स्त्री. [अं.] जलवायु।

क्लाइमेक्स—पु. [अं.] चरम-सीमा, पराकाष्ठा; चरमोत्कर्ष; नाटक में रसास्वादन का वह बिन्दु जहाँ चरम आनन्द प्राप्त हो रहा हो।

क्लॉक—पु. [अं.] मेज पर, अलमारी, आदि में रखी जाने वाली छड़ी, दीवार-घड़ी।

क्लाथ—पु. [अं.] वस्त्र।

क्लारनेट—पु. [अं.] मुँह से बजाया जाना वाला एक वाद्य।

क्लास—पु. [अं.] कक्षा, श्रेणी, वर्ग। **~टीचर**-पु. किसी कक्षा विशेष की पूरी देखभाल करने वाला अध्यापक।

क्लासिकल—[अं.] शास्त्रीय; उत्कृष्ट; पुरातन; प्रतिष्ठित।

क्लासिक—वि. [अं.] उत्कृष्ट, आदर्श, प्रतिष्ठित।

क्लासिक्स—पु. [अं.] पुरातन, प्रतिष्ठित; ग्रंथ, श्रेण्य ग्रंथ।

क्लीनिक—पु. [अं.] चिकित्साल्य, निदानशाला।

क्लीनिकल—वि. [अं.] चिकित्सा संबंधी। **~लैब, ~लेबोरेटरी**-रक्त, मूत्र, वीर्य, आदि के परीक्षण करने वाली कार्यशाला, केंद्र।

क्लिन्न—वि. [सं.] गीला, आर्द्र।

क्लिन्नाक्ष—वि. [सं.] जिसकी आँख से पानी बहता हो।

क्लिप—स्त्री. [अं.] कागज़ों को इकट्ठा कर एक जगह लगाने वाली चुटकी-सी; वस्त्रों, बालों (केश) को बिठाने वाली चुटकी; कोई चीज़ उड़ या गिर न जाये उनको बाँधनेवाला चुटकी।

क्लियरेंस—स्त्री. [अं.] किसी कार्य को करने की अनुमति दे देना। **~सेल**-स्त्री. वह बिक्री जो स्टॉक, वस्तु के पूरे भंडारण को समाप्त करने के लिए की जाए।

क्लिष्ट—वि. [सं.] कठिन, दुरूह; जिसका अर्थ कठिनाई से निकले।

क्लिष्टा—स्त्री. [सं.] आत्मा को क्लेश देने वाली वृत्ति (यो.)।

क्लीत—पु. [सं.] एक विषैला कीड़ा।

क्लीब, क्लीव—वि. [सं.] नपुंसक, हिजड़ा, षंड; कायर, डरपोक।

क्लेक्शन—पु. [अं.] इकट्ठा, एकत्रित करना; किसी कार्य के लिए धन इकट्ठा करना। **~डेस**-फैशन, आदि के बहुत सारे उपकरण, प्रकार (फैशन से संबंधित)।

क्लेद—पु. [सं.] दु:ख; चिन्ता; गीलापन, आर्द्रता।

क्लेदक—वि. [सं.] चिन्ता, दु:ख-कारक; गीला करने वाला; पसीना लाने वाला।

क्लेदन—वि. [सं.] क्लेदक, दु:खकारक। पु. शरीर के पाँच प्रकार के कफों में से एक जिससे पसीना निकलता है।

क्लेदु—पु. [सं.] चन्द्रमा।

क्लेम—पु. [अं.] दावा, माँग; अधिकार।

क्लेश—पु. [सं.] दु:ख; चिन्ता, पीड़ा, झगड़ा, वितंडा। **~कर, ~दायक**-वि. क्लेश देने वाला।

क्लेशक—वि. [सं.] क्लेश देने वाला।

क्लेशित—वि. [सं.] पीड़ित जिसे दु:ख या चिन्ता हो।

क्लेस*—पु. द्र. 'क्लेश'।

क्लैव्य, क्लैव्य—पु. [सं.] क्लीवता, नपुंसकता का भाव; कायरपन, डरपोकपन।

क्लोक रूम—पु. [अं.] सामान घर, रेलवे स्टेशन, बस अड्डे, आदि पर।

क्लोरीन—पु. [अं.] एक गैस, उससे बनी हुई औषधि—पानी की शुद्धि के लिए प्रयुक्त।

क्लोरोफार्म—पु. [अं.] एक औषधि जिसके द्वारा रोगी को बेहोश कर शल्यक्रिया, आदि की जाती है।

क्व—अ. [सं.] कहाँ। **~चित**-अ. कभी-कभी, बहुत कम; कहीं-कहीं।

क्वण—पु. [सं.] ध्वनि; वीणा, घुँघरू, आदि की आवाज़।

क्वणन—पु. [सं.] रुन-झुन की आवाज; घुँघरू, वीणा, आदि की आवाज़।

क्वणित—वि. [सं.] गुंजित, ध्वनित।

क्वथ—पु. [सं.] काढ़ा, क्वाथ।

क्वथन—पु. [सं.] किसी चीज़ को उबालना, औटाना; गरम करते हुए किसी चीज़ को गाढ़ा करना।

क्वथित—वि. [सं.] औटाया हुआ, उबाला हुआ।

क्वथिता—स्त्री. [सं.] आयुर्वेद में बताई गई एक प्रकार की कढ़ी जो उत्तम पाचक मानी जाती है।

क्वारा—पु. वि. वह लड़का या व्यक्ति जिसका विवाह न हुआ हो।

क्वारी—स्त्री. वह लड़की या स्त्री. जिसका विवाह न हुआ हो।

क्वाण—पु. [सं.] झनकार; वीणा घुँघरू, आदि की मधुर ध्वनि।

क्वाथ—पु. [सं.] काढ़ा, विभिन्न आयुर्वेदिक औषधियों को उबाल कर तैयार हुआ पेय।

क्वाथोदभव—पु. [सं.] रसैभ।

क्वार—पु. आश्विन मास, भाद्रपद और कार्त्तिक मास के बीच आने वाला मास।

क्वारछल, क्वारपन—पु. अविवाहित अवस्था।

क्वाट्र्ज़—पु. [अं.] स्फटिक, बिल्लौर।

क्वाटर, क्वार्टर—पु. [अं.] चौथाई, चौथा भाग; चौथा हिस्सा, साल का चौथा हिस्सा, एक तिमाही। किसी संस्था या विभाग के द्वारा अपने कर्मचारियों के लिए बनाए हुए छोटे मकान। **मास्टर**-पु. फौज का एक कर्मचारी या अफसर जिसका काम सेना के लिए रसद, विभिन्न प्रकार की अन्य आवश्यक वस्तुएँ मकान, आदि की व्यवस्था करना होता है। **~मास्टर जनरल**-पु. सेना के लिए रसद तथा अन्य आवश्यकताओं की खरीद तथा मकान, आदि की व्यवस्था करने वाला सर्वोच्च अधिकारी, पद-नाम।

क्वानटिटी—स्त्री. [अं.] मात्रा।

क्वालिटी—स्त्री. [अं.] गुण; योग्यता; गुणवत्ता; स्वभाव; प्रकार, गुणवत्ता की प्रकार।

क्वालिफाइंग—पु. [अं.] योग्यता प्राप्त करना, अर्हता। **~मैच**-वह मैच जिससे प्रतिस्पर्धा में आगे खेलने की योग्यता, अर्हता बनती हो (खेल सन्दर्भ)।

क्वालिफ़िकेशन—पु. [अं.] योग्यता, अर्हता।

क्विंटल—पु. [अं.] सौ किलो की मात्रा की माप।

क्विक—वि. [अं.] शीघ्र, जल्दी, द्रुत।

क्विज़—स्त्री. [अं.] प्रश्नोत्तरी, प्रश्नोत्तरी प्रतियोगिता।

क्वीन—स्त्री. [अं.] रानी।

क्वेश्चन—पु. [अं.] प्रश्न।

क्वैला*—पु. कोयला।

क्षंतव्य—वि. [सं.] क्षमा-क्षम्य के योग्य, सहन करने योग्य।

क्षंता—वि. [सं.] क्षमाशील, सहिष्णु।

क्ष—'क' और 'ष' के योग से बना संयुक्त अक्षर। पु. [सं.] खेत; किसान; नाश; बिजली; प्रलय।

क्षण—पु. [सं.] काल या समय का सबसे छोटा मान, निमेष; अवसर; शुभकाल; उत्सव। **~द**-पु. ज्योतिषी। **~दा**-स्त्री. रात; हलदी। **~भंगुर**-वि. क्षणिक, थोड़ी ही देर में समाप्त हो जाने वाला; अनित्य। **~मात्र**-अ. क्षणभर।

क्षणन—पु. [सं.] वध करना; आहत करना।

क्षणिक—वि. [सं.] जो क्षण भर ही रहे। **~वाद**-पु. बौद्ध दर्शन में यह मत कि प्रत्येक वस्तु क्षणिक है अर्थात् यह संसार ही क्षणिक है।

क्षणिका—स्त्री. [सं.] बिजली।

क्षणिनी—स्त्री. [सं.] रात।

क्षत—वि. [सं.] खंडित, भग्न; घायल; कटा-फटा; क्षतिग्रस्त, जिसे क्षति या आघात पहुँचा हो। पु. घाव, जख्म; दु:ख। **~चिह्न**-पु. चोट या घाव का निशान। **~ज**-वि.

[सं.] चोट या घाव से उत्पन्न, क्षतजज्वर। पु. रक्त; पीव, मवाद। **~योनि**-वि., स्त्री. जिस स्त्री का कौमार्य नष्ट हो चुका हो, जिसका पुरुष से संमागम हो चुका हो। **~विक्षत**-वि. जिसकी देह में बहुत चोटों लगी हों या जिसकी देह घावों से भरी हो; लहूलुहान। **~व्रण**-पु. चोट से बना घाव। **~व्रत**-वि. जिसका व्रत खंडित हो गया हो।

क्षता—स्त्री. [सं.] वह कन्या जिसका कौमार्य विवाह से पहले भंग हो गया हो।

क्षति—स्त्री. [सं.] हानि, नुकसान; घाटा; चोट। **~ग्रस्त**-वि. जिसकी हानि हुई हो। **~पूर्ति**-स्त्री. हानि का भर जाना, किसी घाटे का पूरा हो जाना; किसी हानि के मुआवजे के रूप में दी जाने वाली राशि।

क्षतोदर—पु. [सं.] पेट का रोग जिसमें आँतों में किसी कारण व्रण, घाव हो जाते हैं (अल्सर')।

क्षत्र—पु. [सं.] बल; राज्य; देह; धन; शरीर; जल; क्षत्रिय। **~कर्म**-पु. क्षत्रियोचित कार्य, कर्तव्य। **~प**-पु. प्रांत का अधिपति, राज्यपाल; ईरान के प्राचीन साम्राज्य में मंडल या प्रांत के राजाओं की उपाधि। **~पति**-पु. राजा; मराठा वीर शिवाजी के साथ लगने वाला विरुद। **~विद्या**-स्त्री. धनुर्विद्या, युद्ध विद्या। **~वेद**-पु. धनुर्वेद।

क्षत्रांतक—पु. [सं.] परशुराम।

क्षत्राणी—स्त्री. क्षत्रिय-पत्नी; वीर नारी।

क्षत्रिय—पु. [सं.] हिन्दू वर्ण व्यवस्था में दूसरे स्थान की जाति जिसका काम मुख्यत: देश का शासन और रक्षा करना, युद्धप्रिय वीर जाति।

क्षत्रियत्व—पु. [सं.] शूरवीरता; क्षत्रिय के गुण।

क्षत्रिया—स्त्री. [सं.] क्षत्रिय स्त्री, क्षत्राणी।

क्षत्रियाणी, क्षत्रियी—स्त्री. [सं.] क्षत्रिय की पत्नी, क्षत्राणी।

क्षत्री—पु. [सं.] क्षत्रिय, एक जाति।

क्षदन—पु. [सं.] काटना; चीरना-फाड़ना।

क्षप—पु. [सं.] जल।

क्षपण—पु. [सं.] अशौच; दमन; बौद्ध या जैन संन्यासी।

क्षपणक—पु. [सं.] बौद्ध या जैन संन्यासी; विक्रमादित्य की राजसभा के नौ रत्नों में से एक। वि. निर्लज्ज।

क्षपांत—पु. [सं.] रात्रि का अंत; प्रभात।

क्षपांध्य—पु. [सं.] एक चक्षु रोग—रतौंधी जिसमें रात को दिखाई नहीं देता है।

क्षपा—स्त्री. [सं.] रात, रात्रि; हलदी। **~कर**-पु. चंद्रमा; कपूर। **~घन**-पु. घना काला बादल। **~चर**-पु. निशाचर, राक्षस। **~नाथ, ~पति**-पु. चंद्रमा; कपूर।

क्षपाट—पु. [सं.] रात्रि में चलने वाला; निशाचर, राक्षस।

क्षपित—वि. [सं.] नष्ट किया हुआ; दबाया हुआ।

क्षम—वि. [सं.] जिसमें किसी कार्य को करने की शक्ति, सामर्थ्य, योग्यता हो; उपयुक्त—हिन्दी में इसका प्रयोग केवल समास में होता है—सक्षम, अक्षम, कार्यक्षम, आदि। पु. उपयुक्तता, औचित्य।

क्षमणीय—वि. [सं.] क्षम्य, क्षमा करने योग्य।

क्षमता—स्त्री. [सं.] शक्ति, सामर्थ्य, योग्यता। **~वान्**-पु. शक्ति, सामर्थ्य, योग्यता से युक्त, क्षमतावाला।

क्षमा—स्त्री. [सं.] माफ करना; सहनशीलता; पृथ्वी; दुर्गा। **~शील**-वि. जिसकी प्रवृत्ति क्षमा करने की हो, सहनशील।

क्षमावान्—वि. [सं.] क्षमाशील, जिसकी प्रवृत्ति किसी का अपराध सहन करने की हो।

क्षमित—वि. [सं.] क्षमा किया हुआ।

क्षम्य—वि. [सं.] क्षमा करने योग्य।

क्षयंकर—वि. [सं.] नाश करने वाला, क्षयकारक।

क्षय—पु. [सं.] ह्रास; नाश, अर्थ-हानि; मूल्य, आदि का गिरना; एक रोग जिसमें फेफड़े गलने लगते हैं या गल जाते हैं, क्ष्मा, तपेदिक। **~तिथि**-स्त्री. वह तिथि जो व्यवहार घटी हुई या लुप्त मानी जाए, तिथि का घटना कहा जाता है। **~पक्ष**-पु. कृष्णपक्ष। **~मास**-पु. [सं.] तीन वर्ष के पश्चात् पड़ने वाला एक चांद्रमास जिसमें दो संक्रांतियाँ होती हैं और जिसके तीन मास पहले और तीन मास पीछे एक-एक मलमास भी पड़ता है।

क्षयण—पु. [सं.] खाड़ी या बंदरगाह; शांत जलाशय; निवास स्थान। वि. नाश करने वाला।

क्षयिष्णु—वि. [सं.] जिसका नाश होने को हो; क्षय होने वाला, छीजने वाला; नश्वर।

क्षयी—वि. [सं.] क्षय होने वाला; नष्ट होने वाला; क्षय रोग से पीड़त। पु. चंद्रमा।

क्षर—वि. [सं.] नाशवान्, नष्ट होने वाला। पु. जल; बादल; जीवात्मा; शरीर; अज्ञान।

क्षरण—पु. [सं.] छीजना, क्षीण होना; (किसी रस या द्रव्य का किसी पात्र से) चूना, रिसना।

क्षरित—वि. [सं.] छीजा हुआ, क्षीण हुआ; चुआ हुआ।

क्षांत—वि. [सं.] क्षमाशील, सहनशील; क्षमा किया हुआ। पु. शिव।

क्षांता—स्त्री. [सं.] क्षमाशील; धैर्यशील; पृथ्वी।

क्षांति—स्त्री. [सं.] क्षमा, सहिष्णुता।

क्षांतु—वि. [सं.] क्षमाशील, सहनशील। पु. पिता।

क्षा—स्त्री. [सं.] पृथ्वी।

क्षात्र—वि. [सं.] क्षत्रिय-संबंधी; क्षत्रियोचित। पु. क्षत्रिय का कार्य; क्षत्रिय जाति; क्षत्रियत्व। **~तेज**-पु. शौर्य, पराक्रम।

क्षात्रि—पु. [सं.] क्षत्रिय पिता और किसी अन्य वर्ण की स्त्री से उत्पन्न संतान।

क्षाम—वि. [सं.] क्षीण, कमजोर, दुबला; अल्प। पु. विष्णु का एक नाम; क्षय; नाश।

क्षामा—स्त्री. [सं.] पृथ्वी।

क्षार—पु. [सं.] खनिज द्रव्यों अथवा जड़ी-बूटियों, जारक औषधियों का रासायनिक विधि से तैयार किया हुआ नमक या राख जिसका प्रयोग औषधि के रूप में किया जाता है, खार ('एलकली'); शोरा; सुहागा; भस्म, राख। **~गुण**-पु. खारापन। **~नदी**-स्त्री. खारे पानी की नदी जिसकी स्थिति नरक में मानी गई है। **~भूमि**-स्त्री. ऊसर, रेह वाली जमीन। **~मेह**-पु. मधुमेह रोग का एक भेद।

क्षारक—पु. [सं.] खार; सब्जी; धोबी।

क्षारण—पु. [सं.] खार बनाना; पारे के प्रसंस्करण की पन्द्रहवीं क्रिया। **ला.**-चरित्र विषयक अपवाद लगाना।

क्षारीय—वि. [सं.] लवणयुक्त, जो खारा हो।

क्षारोद, क्षारोदक—पु. [सं.] वे वनस्पतियाँ या पदार्थ जिनमें खारापन हो।

क्षारोदधि—पु. [सं.] लवण समुद्र, जिसका जल खारा होता है।

क्षाल—पु. [सं.] धोना, धुलाई।

क्षालन—पु. [सं.] धोना, साफ़ करना।

क्षालित—वि. [सं.] धोया हुआ, साफ़ किया हुआ।

क्षिता—स्त्री. [सं.] पृथ्वी।

क्षिति—स्त्री. [सं.] पृथ्वी; वास-स्थान; क्षय। **~कंप**-पु. भूकंप।

क्षितिज—पु. [सं.] दृष्टि की दूर देखने की वह अंतिम सीमा जहाँ पृथ्वी और आकाश एक स्थान पर मिले-से दिखाई देते हैं ('होराइज़न'); मंगलग्रह; वृक्ष, पेड़।

क्षितींद्र, क्षितीश, क्षितीश्वर—पु. [सं.] राजा।

क्षित्यधिप—पु. [सं.] राजा।

क्षिद्र—पु. [सं.] सूर्य; रोग; सींग।

क्षिप—वि. [सं.] फेंकने वाला; मारने वाला। पु. फेंकना; अपमानित करना।

क्षिपक—वि. [सं.] फेंकने वाला। पु. योद्धा; तीर चलाने वाला।

क्षिपण्यु—वि. [सं.] सुगंधित। पु. शरीर; बसंत ऋतु।

क्षिपा—स्त्री. [सं.] फेंकना; भेजना; रात्रि।

क्षिप्त—वि. [सं.] त्यागा हुआ; फेंका हुआ; उपेक्षित; तिरस्कृत, अपमानित। **~चित्त**-वि. चंचल चित्त।

क्षिप्ता—स्त्री. [सं.] रात्रि।

क्षिप्ति—स्त्री. [सं.] फेंकना।

क्षिप्र—वि. [सं.] तेज़, द्रुत, शीघ्रगामी; लचीला।

क्षिया—स्त्री. [सं.] हानि; क्षय।

क्षीण—वि. [सं.] दुर्बल, दुबला-पतला; मृत; समाप्त; निर्धन। **~काय**-वि. दुर्बल, दुबला-पतला। **~वृत्ति**-वि. जिसके पास जीविका का कोई सहारा न हो, बेरोजगार। **~शक्ति**-वि. जिसकी शक्ति समाप्त हो गई हो, कमजोर। **~शरीर**-वि. दुबला-पतला, कमज़ोर।

क्षीणार्थ—वि. [सं.] जिसका धन समाप्त हो गया हो, जो निर्धन हो गया हो।

क्षीयमाण—वि. [सं.] जो बराबर घटना, छीजता चला जाए; जिसकी प्रवृत्ति निरन्तर शरण की हो।

क्षीर—पु. [सं.] दूध; बरगद, गूलर जैसे वृक्षों से निकलने वाला दूध जैसा रस। **~कंठ, ~कंठक**-पु. दूध पीने वाला शिशु। **~ज**-पु. चंद्रमा; दही; मक्खन। **~धात्री**-स्त्री. दूध पिलाने वाली धाय। **व्रत**-पु. वह उपवास जिसमें केवल दूध का ही सेवन किया जाता है। **~समुद्र, ~सागर**-पु. पुराणों में वर्णित सात सागरों में से एक—क्षीरसागर, दधिसागर, क्षारसागर, आदि।

क्षीरस—पु. [सं.] मलाई।

क्षीराद—पु. [सं.] दुधमुँहा शिशु।

क्षीरधि—पु. [सं.] सागर।

क्षीराब्धि—पु. [सं.] क्षीरसागर।

क्षीरी—वि. [सं.] दुग्ध युक्त, जिससे दूध निकले।

क्षीरोद—पु. [सं.] क्षीरसमुद्र। **~तनय**-पु. चंद्रमा। **~तनया**-स्त्री. लक्ष्मी।

क्षीरोदक—पु. [सं.] एक वृक्ष; एक प्रकार का रेशमी वस्त्र।

क्षीरोदधि—पु. [सं.] क्षीरसागर।

क्षीरौदन—पु. [सं.] खीर, दूध में पकाया हुआ चावल।

क्षुण—पु. [सं.] रीठा।

क्षुणी—स्त्री. [सं.] पृथ्वी।

क्षुण्ण—वि. [सं.] चूर किया हुआ, पिसा हुआ; दलित। **~मना**-वि. पश्चात्ताप करने वाला।

क्षुण्णक—पु. [सं.] अंत्येष्टि के समय बजाए जाने वाला एक तरह का ढोल।

क्षुतक—पु. [सं.] राई।

क्षुति—स्त्री. [सं.] छींकना।

क्षुत्—स्त्री. [सं.] छींक।

क्षुद्र—वि. [सं.] तुच्छ; छोटा, नन्हा; खोटा या ओछा व्यवहार करने वाला। **~कुलिश**-पु. एक बहुमूल्य पत्थर, वैक्रांत मणि। **~घंटिका**-स्त्री. छोटे-छोटे घुँघरू वाली करधनी ('क्षुद्र घंटिका कटि तट राजति'—सूरदास)।

क्षुद्रक—वि. [सं.] क्षुद्र। पु. एक प्राचीन जनपद।

क्षुद्रता—स्त्री. [सं.] नीचता; ओछापन, छोटापन।

क्षुद्रांजन—पु. [सं.] एक प्रकार का अंजन।

क्षुद्रा—स्त्री. [सं.] मक्खी; मधुमक्खी; वेश्या; झगड़ालू स्त्री।

क्षुद्रात्मा—वि. [सं.] नीच, ओछी प्रवृत्ति वाला।

क्षुद्रावली—स्त्री. [सं.] क्षुद्र घंटिका, घुँघरुओं वाली माला; करधनी।

क्षुद्राशय—वि. [सं.] नीच या ओछी प्रवृत्ति वाला।

क्षुद्रिका—स्त्री. [सं.] छोटी घंटी।

क्षुधा—स्त्री. [सं.] भूख, भोजन की इच्छा।

क्षुधातुर, क्षुधार्त—वि. [सं.] भूखा, भूख से पीड़ित।

क्षुधालु—वि. [सं.] जिसे प्रायः सदैव भूख लगी रहती हो, पेटू।

क्षुधित—वि. [सं.] भूखा।

क्षुप—पु. [सं.] छोटे तने, डालियों वाला पौधा; इक्ष्वाकु के पिता; श्रीकृष्ण के एक पुत्र।

क्षुब्ध—वि. [सं.] क्षोभ युक्त; व्यथित; चित्त में अशांत।

क्षुर—पु. [सं.] छुरा, उस्तरा; चारपाई का पाया। **~धार**-छुरे की-सी धार वाला।

क्षुरिका—स्त्री. [सं.] छुरी; मिट्टी का एक पात्र।

क्षुरिणी—स्त्री. [सं.] नाइन।

क्षुरी—पु. [सं.] नाई।

क्षुल्ल—वि. [सं.] छोटा; थोड़ा, अल्प।

क्षुल्लक—वि. [सं.] क्षुद्र, छोटा; थोड़ा, अल्प।

क्षेत्र—पु. [सं.] खेत; जमीन; स्थान; भूखंड; प्रदेश; रेखाओं या सीमा, आदि से घेरा गया स्थान; धार्मिक दृष्टि से पवित्र स्थान, तीर्थ। **~ज**-वि. खेत में उत्पन्न, शरीर से उत्पन्न। पु. नियोग प्रथा से उत्पन्न पुरुष। **~ज्ञ**-पु. जीवात्मा; परमात्मा; अंतर्यामी; साक्षी। **~पाल**-पु. खेत की रखवाली करने वाला। **~फल**-पु. खेत, भूमि का रकबा, उसकी लंबाई-चौड़ाई का गुणनफल।

क्षेत्राधिकार—पु. [सं.] क्षेत्र विशेष में प्राप्त अधिकार।

क्षेत्राधिप—पु. [सं.] क्षेत्र का स्वामी, खेत का स्वामी।

क्षेत्रिक—वि. [सं.] खेत वाला। पु. किसान।

क्षेत्रिय—वि. [सं.] खेत संबंधी; खेत में उपजा हुआ; क्षेत्र वाला।

क्षेत्री—वि. [सं.] क्षेत्र का अधिकारी। पु. किसान।

क्षेत्रीय—वि. [सं.] क्षेत्र से संबंधित, क्षेत्र विशेष का।

क्षेप—पु. [सं.] फेंकना, उछालना।

क्षेपक—वि. [सं.] फेंकने वाला; मिलाया हुआ; अपमान-जनक। पु. किसी ग्रंथ, पुस्तक, आदि के मूल पाठ में पीछे से, बाद में जोड़ा गया अंश।

क्षेपण—पु. [सं.] फेंकना; हिलाना; आक्षेप करना।

क्षेपणि—पु., **क्षेपणी**—स्त्री. [सं.] डाँड़; मछली पकड़ने का जाल; गुलेल।

क्षेपणिक—पु. [सं.] मल्लाह।

क्षेपणीय—वि. [सं.] फेंकने योग्य।

क्षेमंकर—वि. [सं.] कुशल-मंगल करने वाला।

क्षेमंकरी—स्त्री. [सं.] देवी का एक रूप।

क्षेमंकरी—पु. [सं.] एक तरह की सफेद चील, जिसका दर्शन शुभ शकुन माना जाता है।

क्षेम—पु. [सं.] कुशल, मंगल; सुरक्षा; प्राप्त वस्तु की सुरक्षा; विश्राम-स्थान। **~कर**-वि. मंगल-कारक। **~करी**-स्त्री. दुर्गा का एक रूप।

क्षेमक—पु. [सं.] एक गंध द्रव्य; शिव के एक अनुचर का नाम।

क्षेमा—स्त्री. [सं.] दुर्गा; एक अप्सरा।

क्षेमासन—पु. [सं.] एक प्रकार का आसन।

क्षेमेंद्र—पु. [सं.] संस्कृत के एक प्रसिद्ध साहित्यकार।

क्षेम्या—स्त्री. [सं.] दुर्गा का एक रूप।

क्षैरेय—वि. [सं.] दूध से बना हुआ।

क्षोदित—वि. [सं.] पीसा हुआ, चूरा किया हुआ।

क्षोभ—पु. [सं.] व्याकुलता; दु:ख; व्यथित अवस्था।

क्षोभक—वि. [सं.] क्षुब्ध करने वाला, क्षोभ देने वाला।

क्षोभण—वि. [सं.] क्षोभ देने वाला, क्षोभकारी।

क्षोभित*—वि. 'क्षुब्ध'।

क्षोभी—वि. [सं.] क्षुब्ध; व्याकुल।

क्षोम—पु. [सं.] दो मंजिला भवन में ऊपर का कमरा, अटारी।

क्षोणि, क्षौणी—स्त्री. [सं.] पृथ्वी; एक की संख्या। **~धर**-पु. पहाड़।

क्षौद्र—पु. [सं.] क्षुद्रता।

क्षौद्रक—पु. [सं.] मधु।

क्षौद्रेय—पु. [सं.] मोम।

क्षौर—पु. [सं.] सिर, आदि के बाल मूँड़ना, काटना, हजामत बनाना। **~कर्म**-पु. बाल, आदि बनाने का काम, हजामत करना।

क्षौरिक—पु. [सं.] नाई।

ख

ख—पु. देवनागरी वर्णमाला के कवर्ग का दूसरा वर्ण। उच्चारण-स्थान कंठ।

खंक, खंख*—वि. उजाड़, खाली; अत्यधिक कमज़ोर, जीर्ण शरीर।

खंखड़—वि. उजड़ा हुआ, वीरान।

खंखर*—वि. द्र. 'खंखड़'।

खँखार—पु. द्र. 'खखार'।

खँखारना—अ.क्रि. द्र. 'खखारना'।

खंगड़*—वि. अक्खड़, उजड्ड, ऊबड़-खाबड़ छोटा पत्थर।

खँगालना—स.क्रि. मैले धुले बर्तन में पानी डाल कर घुमाते हुए फिर से धोना; (चोरों, आदि द्वारा घर का) सब सामान साफ़ कर देना, खाली कर देना।

खँचिया—स्त्री. छोटा खाँचा, टोकरी।

खंजक—वि. [सं.] द्र. 'खंज'।

खँजड़ी—स्त्री. डफली की तरह का, आकार में उससे कुछ छोटा हाथ से बजाया जाने वाला वाद्य, साधुओं, आदि के पास।

खंजन—पु. [सं.] एक प्रसिद्ध छोटा पक्षी जो अपने चंचल नेत्रों के कारण साहित्य में प्रसिद्ध उपमान है।

खंजनक—पु. [सं.] खंजन जैसा।

खंजना—स्त्री. [सं.] खंजन जैसा ही एक छोटा पक्षी।

खंजनाकृति—पु. [सं.] खंजन के आकार का, एक पक्षी।

खंजनासन—पु. [सं.] योग में एक आसन।

खंजनिका—स्त्री. [सं.] खंजन की प्रजाति का ही एक पक्षी।

खंजर—पु. [अ.] कटार, बड़े छुरे जैसा एक अस्त्र।

खंजरीट, खंजरीटक—पु. [सं.] खंजन।

खंजा—स्त्री. [सं.] एक वर्ण-वृत्त।

खंड—पु. [सं.] टुकड़ा; अंश; भाग; किसी ग्रंथ का विभाग; देश; प्रांत, खाँड़, चीनी; काला नमक। वि. खंडित, बँटा हुआ; टूटा हुआ, अलग हुआ। **~कथा**-स्त्री. छोटी कथा; किसी बड़ी कथा का अंश। **~काव्य**-पु. छोटा प्रबंधात्मक काव्य; किसी कथा प्रसंग को आधार बनाकर लिखा गया काव्य।

खंडक—वि. [सं.] खंडन करने वाला।

खंडन—पु. [सं.] किसी बात या विचार का विरोध करना; किसी बात या विचार को गलत सिद्ध करना; किसी मत का तर्कपूर्वक निराकरण करना।

खंडनात्मक—वि. [सं.] खंडन करने वाला विचार।

खंडनीय—वि. [सं.] खंडन करने योग्य।

खँडहर—पु. किसी भवन, किले, आदि का ढाहा हुआ रूप।

खंडाभ्र—पु. [सं.] बिखरे हुए बादल।

खंडित—वि. [सं.] टूटा हुआ; तोड़ा हुआ; किसी मत या किसी विचार को गलत सिद्ध किया हुआ। **~विग्रह**-वि. वह मूर्ति जिसका कोई अंग भंग हो गया हो।

खंडिता—स्त्री. [सं.] वह नायिका जो नायक के अन्य स्त्री से रमण-चिह्न देखकर कुपित होती है।

खंडिनी—स्त्री. [सं.] पृथ्वी।

खंडोष्ठ—पु. [सं.] ओठ फटने का एक रोग।

खंदक़—स्त्री. [अ.] खाई, गहरा गड्ढा।

खंबायची—स्त्री. एक रागिनी, खम्भाच।

खंभ—पु. खंभा, स्तम्भ। **ला.** सहारा; प्रमुख पुरुष।

खंभा—पु. लोहे या सीमेंट, बजरी, आदि का बना लंबा, ऊँचा आधार, स्तम्भ।

खंभात—पु. अरब सागर की एक खाड़ी; पश्चिमी गुजरात का अंचल।

खँभार*, खंभार—पु. चिंता; आशंका; डर।

खँभारी, खंभारी—स्त्री. खंभारी नामक एक पेड़।

खंभावती—स्त्री. एक रागिनी।

ख—पु. [सं.] आकाश, शून्य स्थान, व्योम; सूर्य; शून्य; स्वर्ग। **~कक्षा**-स्त्री. आकाश की परिधि। **~गंगा**-स्त्री. आकाश गंगा। **~गोल**-पु. आकाश मंडल। **~गोलक**-पु. आकाश मंडल से संबंधित। **~ग्रास**-वि. सर्वग्रास, **पूर्ण** ग्रहण। **~द्योत**-पु. सूर्य; जुगनू।

खई *—स्त्री. नाश, क्षय; युद्ध; लड़ाई-झगड़ा।

खखार—पु. खाँसने या खखारने से गले से निकलने वाला बलगम।

खखारना—अ.क्रि. खखार निकालने की क्रिया, थूकना; घर की स्त्रियों को अपने आगमन की सूचना देने के लिए खाँसने-खखारने की क्रिया द्वारा संकेत-सा करना जिससे वे परदा कर लें।

खग—पु. [सं.] पक्षी; सूर्य; ग्रह; बादल।

खगासन—पु. [सं.] विष्णु, उदयगिरि।

खगेन्द्र, खगेश—पु. [सं.] गरुड़।

खचाखच—अ. बुरी तरह भरा हुआ, कोई हाल या सभा-भवन, आदि आदमियों से पूरी तरह भरा होना।

खचित—वि. [सं.] जड़ा हुआ; आबद्ध; चिह्नित; अंकित।

खचेड़ना—क्रि. घसीटना, जमीन पर डाल कर खींचना। **मु. ~कुत्ता खचेड़ी**-दुर्गति करना, कुत्ते जैसी बुरी दशा कर देना।

खच्चर—पु. घोड़े और गधे से मिल कर बनी प्रजाति, लगभग घोड़े जैसा ही एक पशु जो भार ढोने और गाड़ी खींचने के काम आता है।

खज्जल—वि. खराब होना, किसी को परेशानी में डाल देना। **मु. ख्वार होना**-हैरान, परेशान होना।

खजला—पु. मैदे की बनी बड़ी रोटी-सी एक मिठाई जिसे चाशनी में डाल कर तैयार किया जाता है।

ख़ज़ांची—पु. [फ़ा.] खजाने, कोष का अधिकारी, कोषाध्यक्ष।

खजाका—स्त्री. [सं.] करछी, कलछी।

ख़ज़ानची—पु. द्र. 'ख़ज़ांची'।

ख़ज़ाना—पु. [फ़ा.] कोष, धनागार, धन-भंडार, रुपया-पैसा, सोना-चाँदी, रत्न, आदि रखने का सामान।

ख़ज़ीना—पु. [फ़ा.] ख़ज़ाना, कोष।

खजुलाना—अ.क्रि., स.क्रि. द्र. 'खुजलाना'।

खजुली—स्त्री. द्र. 'खुजली'।

खजूर—पु. ताड़ की तरह का एक पेड़; इसका फल।

खजूरी—वि. खजूर का; खजूर के पत्तों के आकार का।

खजोहरा—पु. एक रोयेंदार कीड़ा जिसके स्पर्श से खुजली होती है।

खट—स्त्री. दो चीजों के टकराने की ध्वनि! **~खट**-स्त्री. खटखट की धुन। **~खटाना**-क्रि. दरवाज़े, आदि पर सूचना के लिए हाथ या किसी वस्तु से आवाज़ पैदा करना; **ला.** पुकार लगाना ('कहीं काम न बना तो उसका द्वार खटखटाया')।

खट—'खाट'-समास में प्रयुक्त रूप। **~कीड़ा, ~कीरा**-पु. खटमल। **~पाटी**-स्त्री. खाट की पाटी। **~मल**-पु. खाट में पैदा होने वाला कीड़ा जो सोने वाले को काटता है, उसका खून पीता है। **मु. ~राग**-गृहस्थी के काम-काज, उबाऊ काम-काज; एक ही अप्रिय बात को बार-बार कहते जाना ('फिर वही खटराग'); झंझट, झमेला।

खट—वि. 'खट्टा' का समास में प्रयुक्त रूप। **~मिट्ठा, मीठा**-वि. वस्तु या फल का वह स्वाद जिसमें एक साथ ही खटास और मिठास हो।

खट*—वि. संस्कृत 'षट्' का अपभ्रंश रूप, छः। **~करम**-पु. गलत-सलत विधि-विधान, अनुष्ठान।

खटक—स्त्री. आशंका; खटकने का भाव, चुभन; शिकायत।

खटकना—अ.क्रि. चुभना; अनुचित लगना; अनबन होना; संबंध बिगड़ जाना।

खटका—पु. खटखट की आवाज़; आशंका; चिंता; पुर्ज़ा; चिटकिनी, सिटकिनी।

खटकाना—स.क्रि. खटखटाना; सावधान करना, चेताना।

खटखटा—पु. खड़खड़ा, खटकने का शब्द।

खटना—अ.क्रि. कठिन परिश्रम करना; जीविका कमाने के लिए कड़ी मेहनत करना; घर-गृहस्थी के या दफ़्तर, आदि के काम में लगे रहना।

खटर-पटर—पु. 'खट-खट' जैसी आवाज़ करना। **ला. ~लगी रहना**-कुछ-न-कुछ छोटे-मोटे काम लगे रहना।

खटाई—स्त्री. खटास, खट्टी चीज़; कच्चे आम को सुखा कर बनाई हुई खटाई; कच्चे या पक्के आम को मीठा डाल कर बनाई हुई सब्ज़ी। **मु. ~में डालना**-किसी काम को लटकाये रखना, अनिर्णय व अनिश्चय की स्थिति में डाल देना। **~में पड़ना**-(कोई काम) अनिर्णय, अनिश्चय स्थिति में पड़ना।

खटाका—पु. 'खट' की आवाज़।

खटाखट—पु. खट-खट की आवाज़। वि. झटपट, तुरंत, तत्काल।

खटाना—स.क्रि. 'कस के काम लेना, खूब मेहनत कराना।

खटास—स्त्री. खट्टापन, थोड़ा खट्टा, तुर्शी।

खटिक, खटीक—पु. हिन्दुओं में एक निम्नवर्गीय जाति जो सब्ज़ी, आदि बेचने का काम करती है।

खटिया—स्त्री. छोटी चारपाई।

खटीक—पु. द्र. 'खटिक'।

खटोलना*—पु. द्र. 'खटोला'।

खटोला—पु. खाट का छोटा रूप जिस पर प्रायः बच्चों को सुलाया जाता है।

खटोली—स्त्री. चौड़ाई में खटोले से भी कम, खाट का छोटा रूप।

खट्ट—वि. [सं.] 'खट्टा'।

खट्टा—वि. जिसमें खटास हो। पु. दही जमाने के लिए अत्यंत अल्पमात्रा में दही, जामन।

खट्टी—वि. स्त्री. जिसमें खटाई हो।

खट्वांगी—पु. [सं.] शिव।

खड़ंजा (खरंजा)—पु. ईंटों को खड़े रूप में जोड़कर बनाया गया रास्ता।

खड़कना—अ.क्रि. खड़-खड़ की आवाज़ होना। **ला.** अनबन हो जाना, मनमुटाव हो जाना।

खड़काना—स.क्रि. खटकाना; चेताना।

खड़खड़ा—पु. खड़-खड़ की आवाज़ होना।

खड़खड़ाना—अ.क्रि. 'खड़-खड़' की आवाज़ पैदा करना, निकालना।

खड़खड़ाहट—स्त्री. 'खड़-खड़' की आवाज़।

खड्ड, खड्डा—पु. गड्ढा।

खड़सान—पु. द्र. 'खर-सान'।

खड़ा—वि. सीधा ऊपर को उठा हुआ; पैरों के सहारे स्थित, स्थिर, ठहरा हुआ, रुका हुआ, उपस्थित, मौजूद; जो पूरी तरह पका हुआ न हो (अन्न-चावल, दाल, आदि); बकाया (राशि)। **ला.** तैयार करना; (प्रश्न, समस्या) उठाना; किसी चुनाव में किसी को प्रत्याशी, उम्मीदवार बनाना।

खड़ाऊँ—पादुका, लकड़ी, आदि की बनी हुई।

खड़ाका, खड़का*—पु. खड़कने का शब्द।

खड़ानन*, (षड़ानन का अपभ्रंश)—पु. छः मुख वाला, कार्त्तिकेय। **~माता**-स्त्री. कार्त्तिकेय की माँ, पार्वती।

खड़िका—स्त्री. [सं.] खड़िया मिट्टी।

खड़िया—स्त्री. एक प्रकार की सफेद मुलायम मिट्टी जो लिखने और कच्चे घरों में सफेदी, आदि के काम आती थी।

खड़ी—वि. स्त्री. 'खड़ा' का स्त्रीलिंग, द्र. 'खड़ा'। **~चढ़ाई** स्त्री. बिलकुल सीधी, कठिन चढ़ाई। **~पाई**-स्त्री. सीधी, छोटी रेखा; मात्रा लगाने लिए अक्षर के आगे या पीछे लगाई जाने वाली सीधी लकीर; पूर्ण विराम का चिह्न। **~बोली**-स्त्री. दिल्ली, मेरठ, आदि समीपवर्ती स्थानों में बोली जाने वाली भाषा, 'बोली' जो हिंदी का आधुनिक तथा परिनिष्ठित

रूप है। **~लकीर**-स्त्री. लंब के रूप में खींची जाने वाली सीधी लकीर। **~सवारी**-अ. तुरंत, खड़े-खड़े।

खड्ग—पु. [सं.] तलवार की तरह का अस्त्र, खाँड़ा। **~कोश (कोष)**-पु. तलवार की म्यान। **~धर**-पु. तलवार धारण करने वाला। **~धारा**-तलवार की फलक। **ला.** बहुत कठिन कार्य। **~हस्त**-वि. जिसके हाथ में तलवार हो।

खड्गाधार—पु. [सं.] खड्गकोश।

खड्ड—पु. बहुत गहरा गड्ढा।

खड्डा, खड्ढा—पु. गड्ढा।

ख़त, ख़त्त—पु. [अ.] पत्र, चिट्ठी; लकीर, रेखा; चिह्न; लिखावट। **~(तो) किताबत**-स्त्री. पत्र-व्यवहार, चिट्ठी-पत्री का आदान-प्रदान। **~बनाना**-क्रि. दाढ़ी और कनपटी के बीच के बाल, कनौती को उस्तरे से सीधा करना; सरकंडे की बनी क़लम का ख़त काटना।

ख़तना—पु. [अ.] मुसलमानों में लड़के के लिंग के अगले हिस्से की खाल काटने की रस्म, सुन्नत।

ख़तम (ख़त्म)—पु. समाप्त, समप्ति; पूरा होना।

ख़तर, ख़तरा—पु. [अ.] भय, डर; आशंका; जोखिम। **~(र) नाक**-वि. ख़तरे से भरा हुआ, खतरे वाला; भयानक; डरावना। **मु. ~मोल लेना**-मुसीबत उठाने के लिए तैयार होना; विपत्ति को आमंत्रण देना।

खतरानी—स्त्री. खत्री स्त्री।

ख़ता—स्त्री. [अ.] चूक; अपराध; धोखा। **~वार**-वि. दोषी, कसूरवार। **मु. खाना**-धोखा होना।

खतियाना—स.क्रि. खाते में चढ़ाना, लिखना; वर्ग-विभाजन करना, अलग-अलग श्रेणी में रखना।

खतियौनी—स्त्री. द्र. 'खतौनी'।

ख़तीब—पु. [अ.] खुतबा पढ़ने वाला, मुस्लिम धर्मोपदेशक।

खतौनी—स्त्री. पटवारी का वह रजिस्टर या बही जिसमें वह प्रत्येक किसान का ज़मीनी हक, जोत का रक़बा, लगान, आदि लिखता है।

खत्ता—पु. गड्ढा, कोई चीज़ बनाने, रखने, आदि के लिए बनाया गया गड्ढा।

खत्ती—स्त्री. छोटा खत्ता; ज़मीन के अंदर अनाज, आदि का भंडारण करने के लिए बनाए गए गड्ढे, जिन्हें ईंट, आदि लगा कर या लीप कर पक्का बना दिया जाता था, बखार।

ख़त्म—पु. [अ.] द्र. 'ख़तम'।

खत्री—पु. क्षत्रिय का अपभ्रंश, (पंजाब, आदि प्रान्तों में) क्षत्रियों की एक जाति जो व्यापार क्षेत्र में कार्य करने लगी थी।

खदकना—अ.क्रि. किसी चीज़ का विशेषत: दाल, खीर, आदि का उबलते हुए गाढ़ी हो जाने पर शब्द करना।

खदका—पु. खदबदाने की क्रिया तक किसी वस्तु का उबलना। **~पड़ना**-क्रि. गुड़ बनाते समय जब वह गाढ़ा होकर खदबदाता है तो 'खदका पड़ना' कहा जाता है।

खदखदाना, खदबदाना—अ.क्रि. द्र. 'खदकना'।

खदान—स्त्री. खान; जहाँ से मिट्टी या रेत खोदा जाता है।

खदिर—पु. [सं.] खैर का पेड़; इंद्र, चंद्रमा। **~सार**-पु. कत्था।

ख़दीजा—स्त्री. [अ.] मुहम्मद साहब की पहली पत्नी जो इस्लाम ग्रहण करने वाली प्रथम स्त्री थी।

ख़दीव—पु. [तु.] मांडलिक नरेश; मिश्र के बादशाहों की एक उपाधि।

खदेड़ना—स.क्रि. भगाना; हटाना; पीछा करते हुए भगाना।

खदेरना—स.क्रि. द्र. 'खदेड़ना'।

खद्दर—पु. हाथ के सूत का कता-बुना कपड़ा, खादी।

खन*—पु. छन, क्षण। **~खन, खनखनाहट**-स्त्री. रुपये-पैसों की खरीज से होने वाला शब्द; चूड़ियों के बजने की आवाज़।

खनक—स्त्री. खनकने की क्रिया, आवाज़; रुपये, खरीज, चूड़ियों, आदि के बजने की आवाज़।

खनकना—अ.क्रि. 'खन-खन' करके बजना, खनखनाना।

खनकाना—स.क्रि. 'खन-खन' ध्वनि उत्पन्न करना; रुपये, आदि सिक्कों की शुद्धता परखने के लिए उछाल कर आवाज़ करना।

खनकार—स्त्री. खनक, झनकार।

खनखजूरा—पु. द्र. 'कनखजूरा'।

खनन—पु. [सं.] खोदना।

खनना—स.क्रि. खोदना।

खनवाना, खनाना—स.क्रि. खोदने का काम करवाना।

खनि, खनी—स्त्री. [सं.] खान; गड्ढा; गुफा। **~(नि) ज**-वि. खान से निकली हुई धातु—सोना, ताँबा, अभ्रक, आदि।

खनिक—पु. [सं.] खान खोदने वाला व्यक्ति; खान का मालिक। **~विद्यालय**-पु. वह संस्था जहाँ खान संबंधी विषयों का अध्ययन होता हो।

खनिजकी—[सं.] खनिज विज्ञान।

खनित्र—पु. [सं.] खोदने का औज़ार।

खन्ना—पु. (पंजाब, आदि में) खत्रियों का एक गोत्र, अल्ल; पंजाब का एक नगर, अनाज़ की प्रसिद्ध मंडी।

खपंच, खपच—स्त्री. बाँस का टुकड़ा, फाँस।

खपंची, खपची—स्त्री. बाँस या लकड़ी की फट्टी।

खपच्ची—स्त्री. द्र. 'खपंची'।

खपड़ा (खिपड़ा)—पु. मिट्टी के बने बर्तन का टूटा हुआ टुकड़ा।

खपड़ैल—पु. स्त्री. द्र. 'खपरैल'।

खपत—स्त्री. खपने का भाव, माल की बिक्री, वस्तु की मात्रा जितनी लगती हो, खर्च में आती हो।

खपना—अ.क्रि. खर्च होना, बिकना; मरना; नाश होना।

खपरा—पु. द्र. 'खपड़ा'।

खपरैल—पु. स्त्री. मिट्टी के बने पकाये हुए टुकड़े जिनसे मकान की छाजन बनती है; इससे बना हुआ घर।

खपाना—स.क्रि. पूरी तरह खर्च कर देना; काम में लाना ('पूरा तेल सिर में खपा दिया है')।

खप्पड़—पु. द्र. 'खप्पर'।

खप्पर—पु. काली देवी के हाथ में रहने वाला रुधिर पात्र; भिक्षा पात्र; मिट्टी के तसले जैसा बर्तन।

ख़फ़क़ान—पु. [अ.] परेशान, दिल का धड़कना; मस्तिष्क में विकृति होना।

ख़फ़गी—स्त्री. [फा.] नाराज़गी, रोष, क्रोध।

ख़फ़ा—वि. [फा.] नाराज़, रुष्ट, कुपित।

ख़फ़ीफ़—वि. [अ.] हलका; थोड़ा; तुच्छ; लज्जित।

ख़फ़ीफ़ा—स्त्री. [अ.] छोटी समस्याओं, धनराशि के दावे सुनने वाली अदालत।

ख़बर—स्त्री. [अ.] सूचना; समाचार; जानकारी; संदेशा; चौकन्ना, होश, चेतना। **~दार**-वि. सावधान; किसी की किसी बात से रोकना। **मु. ~लेना**-खोज-ख़बर लेना, हाल-चाल पूछना; डाँटना, फटकारना, दंड देना।

ख़बरनवीस—पु. [फा.] खबर देने, लिखने वाला।

ख़बरी, ख़बरि, ख़बरिया—स्त्री. ख़बर देने वाली। वि. जो ख़बर देता हो ('ख़बरिया चैनल')।

ख़बीस—वि. [अ.] दुष्ट; क्रूर, अपवित्र।

ख़ब्त—पु. [अ.] धुन, सनक, झक।

खब्ती—वि. जिसे खब्द हो, सनकी।

ख़ब्तुलहवास—वि. विकृत बुद्धि; पागल; सनकी।

खब्बा—वि. वह व्यक्ति जो अधिकांश काम बायें हाथ से करता हो, बायें हाथ से लिखता हो।

खभार*—पु. घबराहट; परेशानी।

ख़म—वि. [फा.] टेढ़ा, झुका हुआ। **~(दम)**-पु. हिम्मत; जोश; ताक़त। **~दार**-वि. टेढ़ा; घुँघराले; बाल। **~ठोंकना**-लड़ने के लिए ताल ठोंकना, जंघा पर हाथ मारना; ललकारना, चुनौती देना।

ख़मया—वि. [अ.] पाँच से संबंधित, पंचक, पाँच का समाहार। पु. वह पद जिसके हर बंद में पाँच-पाँच मिसरे हों, पाँचों उँगुलियाँ; संगीत में एक ताल।

ख़मियाज़ा, ख़ामियाज़ा—पु. [फा.] सज़ा, दंड; कष्ट; हानि।

ख़मीदगी—स्त्री. [फा.] टेढ़ापन, वक्रता।

ख़मीदा—वि. [फा.] झुका हुआ, टेढ़ा।

खमीर—पु. [अ.] गुँधे हुए आटे को देर तक रखने से उसमें पैदा हुई खटास और हलका उभार-सा, वह पदार्थ जिसमें ये गुण पैदा हो गए हों।

ख़मीरा—वि. [फा.] जिसमें खमीर हो गया हो। पु. मिसरी या चीनी की चाशनी में तैयार की हुई दवा (यूनानी दवा) किसी पदार्थ का खमीर बनाकर उससे तैयार किया गया सुगंधित तम्बाकू।

ख़मीरी—वि. स्त्री. ख़मीर वाली (रोटी)।

खमो—पु. एक पेड़।

ख़मोश—वि. [फा.] द्र. 'ख़ामोश'।

ख़मोशी—स्त्री. [फा.] द्र. 'ख़ामोशी'।

खम्माच—स्त्री. रात में गाए जाने वाली एक रागिनी। **~कान्हड़ा**-पु. एक संकर राग। **~टोड़ी**-स्त्री. एक संकर रागिनी।

खम्माची—स्त्री. द्र. 'खम्माच'।

खय*—पु. द्र. 'क्षय'।

खयानत—स्त्री. [फा.] किसी की अमानत रखी हुई चीज़, धनराशि को दबा लेना; बेईमानी करना। **मु. ~(अमानत में)**—किसी के अच्छे बनते काम को बिगाड़ देना।

ख़याल, ख़्याल—पु. [फा.] ध्यान, चिंता, सोच-विचार; कल्पना; विचार, मत; लिहाज़-शर्म। **मु. ~में न लाना**-कोई ध्यान न देना, परवाह न करना; बुरा न मानना। **मु. (लों) ~में समाना**-विचारों में डूबे रहना; हर समय किसी की स्मृति। **~से उतरना**-ध्यान से उतरना, भूल जाना, स्मरण में न रहना।

खयाली—वि. कल्पित, कल्पना में सोचा, माना गया। **~पुलाव**-पु. मन की गढ़ी हुई बात; वह कल्पना जिसका पूरा होना संभव न हो। **मु. ~पुलाव पकाना**-असंभव की कल्पना करना।

खरंजा—पु. द्र. 'खड़ंजा'।

खर—वि. [सं.] तीक्ष्ण; अशुभ। पु. गधा; रामकथा में एक राक्षस, जिसका वध राम ने किया। **-दूषण**-पु. रामकथा में एक राक्षस (खर, दूषण), शूर्पनखा के भाई। **~वार**-पु. अशुभ दिन। **~सान**-स्त्री. तीक्ष्ण धार, अस्त्र-शस्त्र, आदि में।

खर—पु. तृण, घास। **~पतवार, ~पात**-पु. घास-पात (खेत, आदि में)।

ख़र—पु. [फा.] गधा। वि. मूर्ख, बहुत बड़ा; भद्दा। **~दिमाग़**-वि. नासमझ; उल्टी बुद्धि का, खुराफाती; अशिष्ट, घमंडी। **~दिमाग़ी**-स्त्री. ख़र दिमाग़ वाला, द्र. 'ख़रदिमाग़'।

खरक, खिरक—पु. बाँस, बल्लियों, आदि से बनाया हुआ गाय, आदि पशु रखना का स्थान, बाड़ा। (सूरदास)।

खरक (खड़क)—स्त्री. आँखों में रह-रहकर उठने वाली पीड़ा, दर्द।

खरकना—अ.क्रि. द्र. 'खड़कना'; 'खटकना'।

खरखरा—वि. खुरखुरा।

खरच*—पु. द्र. 'ख़र्च'।

खरचना (खर्चना)—स.क्रि. ख़र्च करना; काम में लाना।

खरचा—पु. द्र. 'ख़र्चा'।

ख़रचीला—वि. [हिं + फा.] बहुत अधिक ख़र्च करने वाला; महँगा।

खरदा—पु. अंगूर की फसल को लगने वाला एक रोग।

खरना—स.क्रि. वंश, कुल; प्रजापति।

खरपत—पु. एक पेड़।

खरब—वि. सौ अरब, खर्व। पु. सौ अरब की संख्या।

ख़रबूज़ा—पु. गरमी की ऋतु में बेल पर लगने वाला एक प्रसिद्ध फल। **मु. (जे) को देखकर खरबूज़ा रंग बदलता**-आदमी संगत को देखकर वैसा ही हो जाता है (बुरे अर्थ में)।

ख़रबूज़ी—वि. खरबूज़े के रंग का।

खरर-खरर—स्त्री. खर-खर की ध्वनि।

खरल—पु. पत्थर या लोहे की कूँडी, जिसमें दवाएँ घोंटी या पीसी जाती हैं। **ला. ~करना**-खरल में बारीक पीसना।

खरस—पु. रीछ, भालू।

खरसा*—पु. एक पकवान।

खरसान—स्त्री. द्र. 'खर' के अन्तर्गत।

खरसैला—वि. खुजली के रोग वाला पशु, कुत्ता, आदि।

खरहरा, खुरहरा, खुरैया—पु. लोहे की बनी चौकोर कंघी-सी जिससे घोड़े, बैल, गाय, आदि के शरीर की गर्द साफ की जाती है, खुजली की जाती है।

खरहा—पु. लोमड़ी की प्रजाति का एक जंतु जिसके कान काफ़ी लंबे होते हैं; खरगोश।

खरहरी, खैरी—वि. स्त्री. वह खाट जिस पर कोई कपड़ा, दरी-चादर न बिछी हो।

खरांडक—पु. [सं.] शिव का एक अनुचर।

खरांशु—पु. [सं.] सूर्य।

खरा—वि. विशुद्ध, ख़ालिस; सच्चा (आदमी); छल-कपट से रहित; स्पष्टभाषी (व्यक्ति); करारा (ज़बाव, इनकार में)। **ला. ~खेल**-सच्चा व्यवहार, लेन-देन। **~खोटा**-वि. अच्छा-बुरा।

ख़राज—पु. [अ.] द्र. 'ख़िराज'।

ख़राद—पु. [फा.] खरादने की मशीन, वह मशीन जिस पर लोहे या धातु की वस्तु को काटा या तेज़ किया जाता है। वह मशीन जिस लकड़ी पायों, आदि को आकार दिया जाता है।

ख़रादना—स.क्रि. ख़राद पर चढ़ाकर लकड़ी या धातु चिकना-सुडौल बनाना।

ख़राब—वि. [अ.] नष्ट, बरबाद; बुरा, हीन; दुश्चरित।

खराबा—वि. [फा.] उजड़ा हुआ, वीरान। **ला. ~(ख़ून)**-लड़ाई-झगड़े में मार-काट होना, हताहत कर देना।

खराबात—पु. [फा.] शराबखाना; जुए का अड्डा; चकला (वेश्याओं का)।

खराबाती—पु. [फा.] शराबी; जुआरी; वेश्यागामी।

खराबी—स्त्री. [फा.] दोष, बुराई; बरबादी; (मशीन, आदि में) कोई दोष उत्पन्न हो जाना।

खरारि—पु. [सं.] खर के शत्रु श्रीराम; विष्णु; कृष्ण।

खरारी*—पु. द्र. 'खरारि'।

ख़राश—स्त्री. [फा.] त्वचा का छिलना, खरोंच; खुजली; सूजन या पकना—गले में।

खरिया—स्त्री. द्र. 'खड़िया'।

खरिहान—पु. द्र. 'खलिहान'।

खरी—स्त्री. [सं.] गधी।

खरी—वि. स्त्री. द्र. 'खरा'। **ला. खोटी**-भली-बुरी बात, अप्रिय बात। **मु. ~खरी सुनाना**-साफ-साफ, दो टूक बात कहना (अप्रिय)। **~खोटी सुनाना**-भला-बुरा कहना, गाली-गलौच करना।

खरीक*—पु. तिनका।

ख़रीद—स्त्री. [फा.] खरीदने की क्रिया; खरीदी हुई वस्तु। **~फ़रोख्त**-स्त्री. खरीदना-बेचना।

खरीदना—स.क्रि. मोल लेना, मूल्य दे कर किसी वस्तु को लेना।

ख़रीदा—वि. [फा.] खरीदा हुआ, क्रीत।

ख़रीदार—पु. [फा.] खरीदने वाला, ग्राहक; इच्छुक।

ख़रीदारी—स्त्री. [फा.] खरीद, क्रय।

ख़रीफ़—स्त्री. [अ.] वह फसल जो आषाढ़-सावन में बोई जाती है (इसे 'सावनी' भी कहा जाता है), यह कार्तिक-अगहन तक काट ली जाती है, यथा—धान, मकई, ज्वार, बाजरा आदि की फसलें।

खरेरा—पु. द्र. 'खरहरा'।

खरोंच—स्त्री. त्वचा की ऊपरी परत का किसी तरह क्षतिग्रस्त होना, कट-फट जाना, नाखून, आदि से या किसी हलकी रगड़ या घिसट से।

खरोंचना—स.क्रि. छीलना।

ख़रोश—पु. [फा.] जोर की आवाज़, शोर।

खरोष्ट्री, खरोष्ठी—स्त्री. [सं.] भारत में प्रचलित एक प्राचीन लिपि, जो फारसी की तरह दाहिने से बायीं ओर को लिखी जाती थी, मौर्यकाल में पश्चिमोत्तर भारत में इसका प्रचलन था।

ख़र्च—पु. [फा.] पैसे या किसी वस्तु का काम में लग जाना; व्यय, गुजारे की राशि। **ला. ~उठाना**-किसी चीज़ या व्यक्ति का व्यय-भार वहन करना। **~खाना**-हानि उठाना, हिसाब पूरा कर लेना ('ख़र्च कदे का खाय'—कबीरदास);

खर्चना—स.क्रि. द्र. 'खरचना'।
ख़र्चा—पु. [फा.] लागत, किसी चीज़ के लिए धनराशि देना।
ख़र्ची—वि. ख़र्च करने वाला।
खर्चीला—वि. बहुत खर्च करने वाला; महँगा।
खर्जन—पु. [सं.] खुजलाना।
खर्जुर—पु. [सं.] चाँदी; खजूर की एक प्रजाति।
खर्जू—स्त्री. [सं.] एक कीड़ा।
खर्जूर—पु. [सं.] खजूर का पेड़; उसका फल; चाँदी। **~रस**-पु. ताड़ी।
खर्जूरक—पु. [सं.] बिच्छू।
खर्जूरी—स्त्री. [सं.] खजूर।
खर्पर—पु. [सं.] खप्पर; कपाल, खोपड़ी; मिट्टी के फूटे हुए बर्तन का अंश।
खर्बुज, खर्वुज—पु. [सं.] खरबूज़ा।
खर्राट (खुर्राट)—वि. चालाक; चलता-पुर्जा, तेज़-तर्रार (व्यक्ति); वृद्ध।
खर्राटा—पु. सोते में व्यक्ति के मुँह से निकलने वाली आवाज़, श्वास-प्रश्वास की सोते समय आवाज़ के साथ असम गति।
खर्व—पु. [सं.] सौ अरब की संख्या। वि. विकलांग; बौना, ठिंगना।
खर्विता—स्त्री. [सं.] जिसका गर्व खंडित हो गया हो।
खल—वि. [सं.] दुष्ट, नीच; बुरा। **~नायक**-पु. नायक का प्रतिपक्षी चरित्र ('विलेन')।
ख़लक़—पु. [अ.] जगत, पूरी दुनिया।
ख़लक़त*—स्त्री. पूरी दुनिया; बहुत भीड़ ('गंगा मेले में पूरी ख़लक़त उमड़ी पड़ी थी')।
खल-खल—पु. किसी तरल पदार्थ की बोतल या छोटे मुँह वाले बर्तन से उँड़ेलने पर होने वाली ध्वनि।
खलना—अ.क्रि. अप्रिय लगना, बुरा लगना, किसी बात का चुभना।
खलबल—पु. द्र. 'खलबली'।
खलबलाना—अ.क्रि. क्षुब्ध होना, किसी बात से विचलित होना, बेचैन होने।
खलबलाहट—स्त्री. आक्रोश; खलबलाने का भाव, बेचैनी।
खलबली—स्त्री. बेचैनी, अशांति; घबराहट, क्षोभ।
ख़लल—पु. [अ.] बाधा, अड़चन; (बनते हुए काम को) बिगाड़ देना।
ख़लास—पु. [अ.] मुक्ति, समाप्त होना; पैसे, आदि की दृष्टि से पूरी तरह खाली हो जाना; सब कुछ समाप्त होकर खाली बैठ जाना।
खलासी—पु. छोटे-छोटे काम करने वाला, किसी कार्यालय में लगा हुआ मजदूर, चपरासी।
खलित*—वि. स्खलित; गिरा हुआ।
खलियान, खलिहान—पु. वह स्थान जहाँ फसल को काट कर रखा जाता है और कटे पौधों से अन्न-भूसा अलग किया जाता है।
खलियाना—स.क्रि. खाल उतारना (किसी मरे हुए पशु की)।
ख़लिश—स्त्री. [फा.] रंजिश, वैर-भाव; चुभन; खटक; किसी बात का अप्रिय, बुरा लगना।
खलिहान—पु. द्र. 'खलियान'।
खली—स्त्री. सरसों, आदि तिलहन का कोल्हू, आदि में तेल निकल जाने पर उसका अवशिष्ट, बचा हुआ अंश जिसे भिगोकर पशु को सानी की जाती है।
ख़लीज—स्त्री. [अ.] खाड़ी।
ख़लीफ़ा—पु. [अ.] पैगम्बर (मुहम्मद साहब) का उत्तराधिकारी; उत्तराधिकारी; कुश्ती, आदि के गुर-दाँव बताने वाला उस्ताद।
खलु—अ. [सं.] निश्चय; निषेध; जिज्ञासा; अनुनय-विनय, आदि अर्थों में प्रयुक्त।
खलेल—पु. तेल में रह जाने वाला खली का अंश, तलछट।
ख़ल्त-मल्त—वि. गड्ड-मड्ड।
खल्लड़—पु. वह गाय-भैंस जो प्रजनन बंद कर देती है; वह गाय-भैंस जो गाभिन न होती हो।
खल्लास—पु. पूरी तरह खाली (पैसे, आदि से)।
खल्व—पु. गंजापन, गंज।
खल्वाट—वि. [सं.] गंजा। पु. गंजापन।
खवाई—स्त्री. खाने की क्रिया; खूब पौष्टिक ख़ुराक देना ('इस पहलवान की, उस पशु की खवाई भी खूब हुई है')। पशुओं की खवाई के लिए अधिकांशतः 'चराई' का प्रयोग।
खवाना—स.क्रि. खिलाना।
खवारा*—वि. खराब, खोटा।
ख़वास—पु. [अ.] चुने हुए लोग, विशिष्ट जन; खास खिदमतगार, मुसाहिब, पार्षद।
ख़वासी—स्त्री. [अ.] ख़वास का काम, पद।
खवैया—पु. बहुत अधिक खाने वाला।
खश—पु. [सं.] द्र. 'खस'।
ख़शख़ाश—पु. [फा.] पोस्ते का बीज, खसखस।
ख़श्म—पु. [फा.] क्रोध, गुस्सा। **~गीन, ~नाक**-वि. गुस्से से भरा हुआ।
खस—पु. [सं.] एक पर्वतीय जाति; पोस्ते का पौधा।
ख़स—पु. [फा.] सूखा हुआ पोस्ते का पौधा, उसका पयाल जिसकी टट्टियाँ बनाकर दरवाजों पर लगा कर उन पर पानी का झिड़काव किया जाता था; जिससे सुगंधित ठंडी वायु निकल कर कमरों को ठंडा करती थी।

खसकना—अ.क्रि. द्र. 'खिसकना'।

खसकाना—स.क्रि. द्र. 'खिसकाना'।

खसखस—पु. पोस्ते का दाना, ख़शख़श।

खसखसा—वि. खस्ता।

खसखसी—वि. खसखस के रवा का, कुछ मटमैला सफ़ेद।

खसखास—पु. द्र. खसखस।

ख़सम—पु. अ. स्वामी, मालिक; पति। **मु. ~करना**-किसी को पति बनाना।

खसरा—पु. एक तरह की खुजली; एक प्रकार की माता, चेचक (रोग)।

ख़सरा—पु. [फा.] पटवारी की बही जिसमें गाँवों के खेत का नंबर, क्षेत्रफल, किसान का नाम, आदि विवरण लिखा रहता है; हिसाब रखने का रजिस्टर। **~आबादी**-पु. वह कागज़, रजिस्टर जिसमें गाँवों के हर घर का नंबर, रकबा, मालिक का नाम, आदि लिखे होते हैं। **~तक़सीम**-पु. बटवारे का कागज़ जिसमें उत्तराधिकारियों के बीच सम्पत्ति के बँटवारे का विवरण होता है।

ख़सलत—स्त्री. [अ.] आदत, स्वभाव, प्रकृति; गुण।

खसाना—स.क्रि. गिराना; फेंकना।

ख़सारा—पु., **खसारी**—स्त्री. पैसे की कमी; घाटा, हानि, कमी।

ख़सासत—स्त्री. [अ.] कंजूसी; नीचता, क्षुद्रता।

खसिया—पु. आसाम की एक पहाड़ी; उस पहाड़ी का आसपास का, अंचल।

खसियाना—स.क्रि. खसी करना।

ख़सी (खस्सी)—वि. [अ.] बधिया; हिजड़ा; नपुंसक। पु. बधिया, बकरा। **~करना (बछड़े, आदि को)**-नपुंसक करना, बधिया करना।

ख़सीस—वि. [अ.] कंजूस; क्षुद्र।

खसोट—स्त्री. खसोटने की क्रिया या भाव।

खसोटना—स.क्रि. नोंचना; उखाड़ना; छीन लेना।

खसोटा—पु. कुश्ती का एक दाव (दाँव)।

खसोटी—स्त्री. द्र. 'खसोट'।

खस्खस—पु. [सं.] पोस्ता, खसखस।

ख़स्तगी—स्त्री. [फा.] खस्तापन।

ख़स्ता—वि. [फा.] बहुत नरम और भुरभुरा, जरा सा ही दबाने से चूक हो जाने वाला; बुरी दशा; घायल। **~हाल**-वि. फटे हाल, दुर्दशाग्रस्त, विपन्न।

ख़स्सी—वि., पु. [अ.] द्र. 'ख़सी'।

खाँ—पु. द्र. 'खान'।

खाँग—पु. काँटा; जंगली सुअर का बाहर का निकला हुआ दाँत; गैंडे के मुँह पर रहने वाला सींग; तीतर, मुर्गे, आदि के पैर का काँटा; गाय, बैल, भैंस, आदि के खुरों में लग जाने वाला रोग जिसमें खुर पक जाते हैं।

खाँगना*—अ.क्रि. लँगड़ा हो जाना। खाँसना (पंजाबी भा. से।

खाँचना*—स.क्रि. द्र. 'खींचना'।

खाँचा—पु. किसी चीज का साँचा; शहतूत, आदि की टहनियों से बना बड़ा टोकरा।

खाँची—स्त्री. छोटा खाँचा, खंचिया।

खांड—पु. [सं.] खंडित होना; खांड से बनी वस्तु; मिसरी।

खाँड़—स्त्री. गुड़ से बनी सफ़ेद शक्कर, कच्ची चीनी। **~सारी**-स्त्री. खाँड़ बनाने का उद्योग, काम।

खांडव—पु. [सं.] महाभारत में वह वन जिसमें पांडव वनवास में रहे थे। **~प्रस्थ**-पु. पांडवों को कौरवों से मिला वह निर्जन स्थान जहाँ उन्होंने इन्द्रप्रस्थ नगर बसाया।

खांडविक—पु. [सं.] हलवाई।

खाँड़ा—पु. एक प्रकार की तलवार जिसका फलक सामान्य तलवार से कुछ बड़ा होता है।

खाँसना—अ.क्रि. झटके और आवाज़ के साथ हवा का मुँह से बाहर निकलना। **~मठारना**-किसी संकेत, आदि के लिए खाँसने की क्रिया।

खाँसी—स्त्री. खाँसने की क्रिया, झटके और आवाज़ के साथ हवा का बाहर निकलना; एक रोग जिसमें खाँसने की क्रिया बार-बार होती है।

खाई—स्त्री. किले, दुर्ग, आदि के चारों ओर रक्षार्थ बनाई गई गहरी नहर सी; पर्वतों या जंगलों में बहुत गहरा खाली स्थान।

खाऊ—वि. बहुत खाने वाला। **ला.** रिश्वत लेने वाला।

ख़ाक—स्त्री. [फा.] धूल; मिट्टी; राख, भस्म; तुच्छ वस्तु। वि. तुच्छ। **~सार**-वि. तुच्छ, नीच, विनम्रता से स्वयं के लिए प्रयुक्त शब्द ('खाक सार को सेवा का मौका तो दीजिए')। **मु. ~उड़ना**-बरबाद होना; बेरौनक होना। **~उड़ाना**-भटकते फिरना; बरबाद करना। **~छानना**-मारे-मारे फिरना; बहुत अधिक प्रयत्न करने पर भी सफल न होना। **~में मिलना**-नष्ट हो जाना, बरबाद होना।

खाकसी—स्त्री. [फा.] एक वनस्पति का दाना जिसका प्रयोग दवाओं में होता है।

ख़ाका—पु. [फा.] किसी कागज या कपड़े, आदि पर बनाया हुआ नक़्शा या चित्र; किसी चित्र को कच्चे रूप में रेखाओं द्वारा दर्शाना। **ला. ~खींचना**-किसी चीज़, स्थिति या घटना का सूक्ष्मता से पूरा विवरण देना, उसे वर्णन द्वारा जीवंत सा कर देना।

ख़ाक़ान—पु. [तु.] सम्राट्; चीन के प्राचीन राजाओं की एक उपाधि।

ख़ाकिस्तर—स्त्री. धूल; राख, भभूत।

ख़ाकी—वि. [फा.] मिट्टी के रंग का, मटियाला। पु. मटियाला रंग; इस रंग का कपड़ा; पुलिस या फौज़ की वर्दी।

खागना*—अ.क्रि. चुभना।

ख़ागीना—पु. [फा.] अंडे को तल कर बनाई गई सब्ज़ी।

खाज—स्त्री. त्वचा की खुजली, खुजाने का रोग, खारिश।

खाजा—पु. मैदे की बनी एक प्रसिद्ध मिठाई जिसे रोटी के आकार में बेलकर, फिर तहों में मोड़कर, घी में तल लिया जाता है, फिर चाशनी में पागा जाता है। बिहार के मिथिलांचल की प्रसिद्ध मिठाई।

खाजिक—पु. [सं.] भुना हुआ धान, मुरमुरे; खील।

ख़ाज़िन—पु. [अ.] खजांची, कोषाध्यक्ष।

खाजी*—स्त्री. खाद्य पदार्थ।

खाट—स्त्री. चारपाई, खटिया। **~खटोला**-पु. गृहस्थी का सामान। **मु. ~पर पड़ना**-बीमार होना। **~से उतारा जाना**-मृत्यु समीप आना जान कर खाट से उतार लिया जाता है। **~से लगना**-लम्बी बीमारी के कारण उठने-बैठने में असमर्थ हो जाना।

खाटा, खाटी*—वि. खट्टा, अम्ल।

खाटि, खाटिका, खाटी—स्त्री. [सं.] अरथी, शव को रखकर ले जाने वाली सीढ़ीनुमा वस्तु।

खाड़व—पु. छः स्वरों वाला राग, षाडव (संगी.)।

खाड़ी—स्त्री. समुद्र का वह भाग जो तीन ओर से ज़मीन से घिरा हो।

खात—पु. [सं.] खोदना, खुदाई; तालाब; कुआँ।

ख़ातम—पु. [अ.] मुहर; मुहर वाली अँगूठी। **~बंद**-पु. मोहर बनाने वाला; हाथी दाँत, आदि पर नक़्क़ाशी करने वाला।

ख़ातया—पु. [अ.] द्र. 'खातिमा'।

खाता—स्त्री. [सं.] तालाब।

खाता—पु. बही या रजिस्टर जिसमें प्रत्येक ग्राहक, आसामी, आदि का हिसाब लिखा जाए; बैंक, डाकखाना, आदि में किसी व्यक्ति का रुपया-पैसा आदि जमा करने, निकालने का विवरण रहता है; लेखा। **ला. ~खोलना**-लेखा, लेन देन प्रारंभ करना; किसी खेल, आदि में रन या गोल बनाना, प्रारंभ करना।

खाति—स्त्री. [सं.] खुदाई, खोदने की क्रिया।

ख़ातिम—वि. [अ.] समाप्ति करने वाला। पु. समाप्ति, समाप्त करना।

ख़ातिमा—पु. [अ.] अन्त, समाप्ति; मृत्यु; पुस्तक का अंतिम अध्याय।

ख़ातिर—स्त्री. [अ.] मन, दिल; धाम, आदर, सम्मान, आव-भगत। अ. वास्ते, लिए। **~जमा**-आश्वासन, इत्मीनान। **~दारी**-स्त्री. आदर-सत्कार, विशेषतः भोजन, आदि द्वारा। **मु. ~में ने लाना**-परवाह न करना, किसी वस्तु को तुच्छ समझना।

खाती—स्त्री. गड्डा; छोटा तालाब, पोखर। पु. एक जाति जो बढ़ईगीरी का काम करते हैं।

ख़ातून—स्त्री. [तु.] महिला के लिए सम्माननीय शब्द। **~ख़ाना**-स्त्री. गृहिणी।

खातेदार—पु. [फा.] जिसका खाता हो; भूमि, आदि में हक रखने वाला, हिस्सेदार; जिसके पास हिसाब-किताब हो।

खाते-बाकी—स्त्री. [अ.] अति शेष।

खात्र—पु. [सं.] फावड़ा; तालाब; सूत।

खाद (खात)—स्त्री. खेती, वाटिका के पेड़-पौधों की उपज बढ़ाने के लिए गोबर, घास-पत्तों, आदि को सड़ा कर डालने की सामग्री, इसे अब रासायनिक रूप में भी कारखानों में तैयार किया जाता है, यथा—यूरिया, डाई, आदि।

खादक—वि., पु. [सं.] खाने वाला; कर्ज़दार।

खादन—पु. [सं.] खाना, खाने की क्रिया, भक्षण; दाँत; खाद्य पदार्थ।

खादर—पु. नदियों के आस-पास की नीची ज़मीन जिसमें बरसात का पानी इकट्ठा हो जाता है, कछार।

खादित—वि. [सं.] खाया हुआ।

ख़ादिय—पु. [अ.] खिदमत, सेवा करने वाला, सेवक।

ख़ादिया—स्त्री. [अ.] सेवा करने वाली सेविका।

खादिर—वि. [सं.] खादर वृक्ष से उत्पन्न, प्राप्त। पु. कत्था।

खादी—स्त्री. हाथ का बुना मोटा कपड़ा; हाथ के चरखे पर कते सूत का बना हुआ कपड़ा। **~धारी**-वि. खादी ही पहनने वाला। **~भंडार**-पु. खादी के कपड़ों की दुकान।

खादी—वि. पु. [सं.] खाने वाला।

खादुक—वि. [सं.] बुराई करने वाला; हानिकारक।

खाद्य—वि. [सं.] खाने योग्य। पु. खाने की चीज़, भोजन। **~प्रसंस्करण**-खाने की चीज़ों को रासायनिक प्रक्रिया से लम्बे समय तक सुरक्षित रखने की प्रविधि।

खाद्याखाद्य—पु. [सं.] खाने योग्य और न खाने योग्य (सामग्री, वस्तु)।

खाद्यान्नाभाव—पु. [सं.] खाद्य सामग्री, अन्न का अभाव।

खाद्योत्पादन—पु. [सं.] खाद्य वस्तु का उत्पादन।

खान—स्त्री. वह स्थान जहाँ से धातुएँ—कोयला, अभ्रक, लोहा, सोना, चाँदी, आदि निकाले जाते हैं; भंडार, खज़ाना। **~पान**-पु. खाना-पीना; खाने-पीने का ढंग; खाने-पीने का व्यवहार, शिष्टाचार।

ख़ान—पु. [तु.] स्वामी, मालिक, सरदार; रईस; पठान; कुछ पठान शासकों की उपाधि; मुसलमानों में सम्मान-सूचक संबोधन। **~क़, ~ग**-स्त्री. दरवेशों के रहने का स्थान, दरगाह। **~ख़ाना, ~ख़ानान**-पु. सरदारों का सरदार; प्रधान सेनापति बैरम खाँ और उनके पुत्र प्रसिद्ध कवि अब्दुर्रहीम (रहीम) कवि की उपाधि। **~ज़ादा**-पु. खान का बेटा शहजादा। **~बहादुर**-पु. ब्रिटिश सरकार द्वारा मुसलमानों, पारसियों को दी जाने वाली उपाधि। **~सामा**-

पु. रसोइया; शाही महल का रसोइया, भंडारी या रसोई का प्रबंधक; अंग्रेज़ों का बावर्ची। **~साहब**-पु. मुसलमानों को दी जाने वाली एक उपाधि (अंग्रेज़ी राज में); मुसलमानों के लिए एक आदरसूचक संबोधन। **~ख़ान**-'ख़ाना' समास में प्रयुक्त रूप। **~गी**-वि. घर का, घरेलू, निजी। स्त्री. वेश्या-वृति करने वाली स्त्री। **~दान**-पु. घराना, कुल, कुटुंब। **~दानी**-वि. कुल, वंश-परम्परा से प्राप्त गुण, सम्पति, आदि; पैत्रिक; ऊँचे, भले कुल का, कुलीन।

खानक—पु. [सं.] खान खोदने वाला।

ख़ानम—स्त्री. [तु.] खान की पत्नी, बेगम; कुलीन, प्रतिष्ठित महिला।

खाना—स.क्रि. भोजन करना, किसी ठोस आहार को चबाकर निगलना; भक्षण करना। पु. भोजन। **मु.** खा जाना, डालना, मार डालना, निगल जाना; ख़र्च कर देना, हजम कर लेना, गबन कर देना; तंग करना, कष्ट देना; उड़ा देना, न रहने देना। **~न पचना**-चैन न पड़ना; शांति न रहना (किसी काम को किए बिना)। **~कमाना**-गुज़र-बसर करना, जीविका के लिए कार्य करना। **ला. ~पीना**-भोजन, आदि करना।

ख़ाना—पु. [फा.] घर, मकान; स्थान, यथा—डाकखाना, तोपखाना, दवाखाना, आदि; अलमारी, सन्दूक या दीवार में किसी चीज़ के रखने का बना विभाग, कोष्ठक। **~ख़राब**-वि. आवारा; बेघर-बार का; किसी चीज़ को नष्ट करना। **~तलाशी**-स्त्री. घर की तलाशी। **~पूरी**-स्त्री. किसी काम को बेमन से करना; औपचारिकता-भर पूरी करना। **~बदोश**-वि. जिसका कोई घर, ठौर ठिकाना न हो। पु. वे लोग या जाति जिनका कोई स्थायी निवास नहीं होता, ये लोग तम्बुओं या सिरकी, आदि से बनाई झोंपड़ियों में रहते हैं।

खानिक—पु. [सं.] दीवार में किया हुआ छेद, दरार; सेंध।

ख़ाम—वि. [फा.] कच्चा; अनुभवहीन। **~ख़याल**-वि. नासमझ, बेवकूफ। **~ख़याली**-स्त्री. नासमझी, अविवेकपूर्ण बात, विचार।

खामखाह—अ. द्र. 'ख्वाहमख़्वाह'।

ख़ामा—पु. [फा.] कलम, लेखनी।

ख़ामी—स्त्री. [फा.] कमी; दोष; अनुभवहीनता।

ख़ामुश—वि. [फा.] द्र. 'ख़ामोश'।

ख़ामुशी—स्त्री. [फा.] द्र. द्र. 'ख़ामोशी'।

ख़ामोश—वि. [फा.] चुप, मौन; शान्त।

ख़ामोशी—स्त्री. [फा.] चुप्पी, मौन; शान्ति।

खार—पु. क्षार; खारापन; रेह, लोनी मिट्टी। *खड्ढा, गड्ढा; पोखर।

ख़ार—पु. [फा.] काँटा; फाँस; मुर्गा, तीतर, आदि के पैर में निकला हुआ काँटा; द्वेष, जलन। **~दार**-वि. काँटेदार। **मु. ~खाना**-जलना, द्वेष करना। **~निकालना**-बदला लेना, जलन मिटाना।

खारक*—पु. द्र. 'खारिक'।

खारा—वि. जिसमें अम्ल या खारापन हो।

ख़ारा—पु. [फा.] कड़ा पत्थर, चट्टान; लहरदार, एक रेशमी कपड़ा।

ख़ारिक—पु. [फा.] खजूर; छुहारा; फारस की खाड़ी में एक टापू।

ख़ारिज—वि. [अ.] बाहर; बाहर किया हुआ, बहिष्कृत; अलग किया हुआ। **मु. ~करना**-बाहर कर देना, निकाल देना, विचार के आयोग्य मानना; न मंजूर करना (न्यायालय, आदि में किसी मुक़दमे की सुनवाई को न मंजूर करना)।

ख़ारिजी—वि. [अ.] बाहरी, बाह्य; दूसरे राष्ट्र से संबंधित। पु. मुसलमानों का एक संप्रदाय, ये लोग अली की खिलाफत को उचित नहीं मानते।

खारिश, खारिश्त—स्त्री. [फा.] खुजली, खुजाने का रोग।

खारिश्ती—वि. [फा.] जिसे खुजली का रोग हो।

खारी—वि. स्त्री. खारी नमक। वि. जो वस्तु अम्लयुक्त, खार हो। वि. (खारा का स्त्री.)।

खार्जुर—पु. [सं.] खजूर के रस से बनी शराब। वि. खजूर से बना हुआ; खजूर से संबंधित।

खार्वा—स्त्री. [सं.] त्रेता युग।

खाल—स्त्री. त्वचा, चमड़ी; छिलका; नीची जगह, नीची ज़मीन; गड्ढा। **मु. ~उधेड़ना**-बहुत अधिक पीटना, इतना मारना कि खाल, चमड़ी फट जाए। **~खींचना**-त्रास देना, परेशाना करना; बहुत अधिक आर्थिक तंगी में रहना।

ख़ाल—पु. [अ.] बदन पर काला चिह्न बिन्दु रूप में, तिल।

ख़ाल-ख़ाल—[अ.-फा.] कहीं-कहीं, बहुत विरल।

खालत्य, खालित्य—पु. [सं.] गंजापन।

ख़ालसा—पु. सिखों का एक प्रमुख संप्रदाय; सिख; वह सरकारी ज़मीन जिसका प्रबंध सरकार खुद करे और जो किसी की जागीर या जमींदारी न हो।

खाला—वि. नीचा।

ख़ाला—स्त्री. [फा.] माँ की बहन जैसी। **~ज़ाद**-वि. मौसेरा, मौसी से उत्पन्न (भाई-बहन)। **मु. ~(जी) का घर**—बहुत आसान काम (कबीरदास)।

खालिक—वि. [सं.] खलियान जैसा।

ख़ातिक़—वि. [अ.] बनाने वाला, सृष्टिकर्ता, ब्रह्म। **~बारी**-अमीर खुसरो-रचित एक ग्रन्थ जिसमें अरबी-फारसी शब्दों के हिन्दी पर्याय दिये गए हैं।

खालिस—वि. [अ.] शुद्ध, बिना मिलावट का, खरा; सच्चा।

ख़ालिसा—वि. [अ.] शुद्ध, बिना मिलावट का, खरा; सच्चा; जो राज्य के प्रबंधन में हो।

ख़ाली—वि. [अ.] जिसमें कुछ भरा-धरा न हो, रीता, रहित, शून्य; जिसके पास कोई काम न हो बेकार। अ. केवल। पु. तबले, आदि वाद्य बजाने में खाली छोड़ी हुई ताल। **~दिन**-पु. जो दिन शुभ कार्य या नए काम के लिए अनुपयुक्त हो। **~पेट**-वि. (सुबह ही सुबह) बिना कुछ खाए-पिए, बासी मुँह। **~हाथ**-वि. जिसके हाथ में, पास कुछ न हो, निर्धन; जिसके पास कोई हथियार न हो। **~का चाँद या महीना**-मुसलमानों का ग्यारहवाँ महीना ज़ीकाद, यह माना जाता है (क्योंकि इसके पहले महीने में ईद और बाद के महीने में बकरीद पड़ती है। **ला.** व्यर्थ होना, बेकार चले जाना; निशाना चूक जाना। **~बैठना**-बैकार बैठना, कोई काम न लगाना। **~हाथ लौटना**-असफल लौट आना।

ख़ालू—पु. [अ.] मौसा, मामूँ।

ख़ाविंद—पु. [फा.] पति, स्वामी।

ख़ाविंदी—स्त्री. कृपा, अनुग्रह; सेवा में।

ख़ास—वि. [अ.] विशेष, विशिष्ट, आम का विपरीतार्थी, चुना हुआ, किसी व्यक्ति से निकट संबंध रखने वाला, प्रिय। **~कर**-अ. विशेषतः, ख़ासतौर से। **मु. ~खासमखास**-वि. विशेष रूप से चुना हुआ, किसी व्यक्ति के अत्यन्त निकट, प्रिय होना। **~गी**-स्त्री. खासियत, विशेषता। **~दान**-पु. पानदान। **~महल**-पु. अंतःपुर, जनानखाना।

ख़ासा—वि. [अ.] काफी अच्छा, बढ़िया; मात्रा में काफ़ी।

ख़ासियत—स्त्री. [अ.] गुण, विशेषता, विशिष्टता; प्रकृति, स्वभाव।

ख़ास्तई—पु. [फा.] कबूतर का एक रंग।

खास्सा—पु. [अ.] गुण विशेष; स्वभाव, ख़ासियत।

ख़ाह—क्रि.वि. [फा.] द्र. 'ख्वाह'।

खाहाँ—वि. [फा.] द्र. 'ख्वाहाँ'।

ख़ाहिश—स्त्री. द्र. 'ख्वाहिश'।

खिंखिर—पु. [सं.] लोमड़ी; खाट का पाया (पावा); एक गन्ध-द्रव्य।

खिँचना—अ.क्रि. खींचा जाना, तनना; किसी दिशा में आगे बढ़ना, आकृष्ट होना; कसा जाना, बाहर निकलना; (किसी से अप्रसन्न होना, विरक्त)।

खिंचवाना—स.क्रि. 'खींचना' का प्रे.।

खिंचाई—स्त्री. खींचने की क्रिया, खींचा जाना।

खिंचाना—स.क्रि. द्र. 'खिँचवाना'।

खिंचाव—पु. खींचे जाने का भाव, तनाव, संबंधों में दूरी।

खिंडना—अ.क्रि. किसी पदार्थ या द्रव्य का किसी पात्र से गिर जाना ('दूध खिँड गया')।

खिंडाना—स.क्रि. किसी पदार्थ या द्रव्य को पात्र से बाहर गिरा देना।

खिखि—स्त्री. [सं.] लोमड़ी।

खिचड़वार—पु. मकर-संक्रांति।

खिचड़ा—पु. गेहूँ और कई तरह की दालें मिला कर बनाई गई खिचड़ी जो प्रायः मुहर्रम में बाँटी जाती है।

खिचड़ी—स्त्री. चावल और दाल को मिला कर बनाया हुआ खाद्य पदार्थ; दो या अधिक चीज़ों की मिलावट; दो रंगों की मिलावट विशेषतः सफ़ेद और काले की ('उसके बाल खिचड़ी हो गए हैं); दो या अधिक भाषाओं की मिलावट ('कबीर की भाषा खिचड़ी है')। **मु. ~पकना**-गुप्त मंत्रणा; साजिश रचना।

खिंचाव—पु. द्र. 'खिँचाव'।

खिजना—अ.क्रि. द्र. 'खीजना'।

खिजमत*—स्त्री. द्र. 'खिदमत'।

खिजमति*—स्त्री. द्र. 'खिदमत'।

खिज़र, खिज्र—पु. [अ.] एक पैगम्बर जो मुसलमानों के अनुसार अमृत पीकर अमर हो गए थे; पथ-प्रदर्शक। **~सूरत**-वि. संतों जैसे रूप, वेश वाला। **~(रे)-राह**-पु. पथ-प्रदर्शक।

खिजलाना—अ.क्रि. चिढ़ना। स.क्रि. चिढ़ाना, तंग करना।

ख़िज़ाँ—पु., स्त्री. [फा.] पतझड़ की ऋतु; ह्रास; बुढ़ापा; बेरौनक, आभाहीन।

खिजाना—स.क्रि. चिढ़ाना, गुस्सा दिलाना।

ख़िज़ाब—पु. [अ.] सफेद बालों को काला कर देने वाला लेपन, रंग।

ख़िज़ाबी—वि. खिज़ाब का। पु. खिज़ाब लगाने वाला।

खिज्र—पु. [अ.] एक मुस्लिम पैगंबर जो गुमराह लोगों को सही दिशा देने का कार्य करते थे, उनके अमर होने का मिथ प्रचलित है; पथ-प्रदर्शक, मसीहा।

खिझना—अ.क्रि. द्र. 'खीजना'।

खिझाना—स.क्रि. चिढ़ाना, छेड़ना; गुस्सा दिलाने वाली बात करना; तरह-तरह से मुँह बनाकर चिढ़ाना।

खिड़की—स्त्री. मकान, रेल, जहाज, हवाई जहाज, आदि में हवा और प्रकाश आने के लिए बनाया हुआ छोटा दरवाजा, झरोखा, वातायन।

ख़िताब—पु. [अ.] राज्य की ओर से दी जाने वाली उपाधि; किसी ओर मुँह करना, मुखातिर होना। **~याफ्ता**-वि. जिसे खिताब मिला हो।

ख़िताबी—वि. जिसे खिताब मिला हुआ हो।

ख़ित्ता—पु. [अ.] भू-भाग, प्रदेश।

ख़िदमत—स्त्री. [अ.] सेवा, टहल, चाकरी; काम; पद। **~गार**-पु. खिदमत करने वाला, सेवक, नौकर। **~गारी**-स्त्री. खिदमत का काम, सेवा करना। **~गुज़ार**-पु. सेवा करने वाला। **~में**-सामने, पास, सेवा में।

ख़िदमती—वि. खिदमत करने वाला; खिदमत के बदले में प्राप्त (खिदमती जागीर)।

खिदिर—पु. [सं.] चंद्रमा; तपस्वी; दरिद्र; इन्द्र।

खिद्र—पु. [सं.] निर्धन व्यक्ति; रोग।

खिन*—पु. क्षण, छन।

खिन्न—वि. [सं.] दुखी; खेद-युक्त; कष्ट-युक्त; उदास, चिंतित; क्लांत; दीन।

खिपना*—अ.क्रि. खपना, मिल जाना। द्र. ('खपना')।

ख़ियाल*—पु. [अ.] खयाल, विचार।

खिरका—पु. द्र. 'खरक'।

खिरनी—स्त्री. एक फल; उस फल का वृक्ष।

ख़िरस—पु. [फा.] रीछ, भालू।

ख़िराज—पु. [अ.] कर, मालगुजारी; अधीनस्थ राजा द्वारा विजेता राजा को दिये जाने वाला कर।

ख़िराम—पु. [फा.] मटकते हुए नाज़-नखरे के साथ चलना; ऐसी चाल।

ख़िरामाँ, (खरामाँ-खड़ामाँ)—वि. [फा.] मटक-मटक कर चलना, बेफिक्र होकर चलना।

खिलंदड़ा—वि. खिलवाड़ करने वाला।

खिल—पु. [सं.] परती ज़मीन, ऊसर; खाली जगह; परिशिष्ट, पूर्व; शेषांश; विष्णु; ब्रह्मा।

ख़िलअत—पु., स्त्री. [अ.] वह वेशभूषा जो बादशाह किसी को सम्मान के रूप में प्रदान करता था (उसके साथ धनराशि, भूमि, अन्य संपत्ति, आदि भी दी जाती थी)।

ख़िलक़त—स्त्री. [अ.] सृष्टि/प्रकृति; जगत; प्रकृति।

खिलखिलाना—अ.क्रि. आवाज़ करते हुए जोर से हँसना, कहकहा, ठहाका लगाना।

खिलखिलाहट—स्त्री. खिलखिला कर हँसने की आवाज़।

ख़िलजी—पु. पठानों की एक जाति; भारत पर शासन करने वाले मुस्लिम बादशाहों का एक राज-वंश।

खिलत, खिलति, खिलवति*—स्त्री. द्र. 'ख़िलअत'।

खिलना—अ.क्रि. कली का फूल के रूप में विकसित होना; सुन्दर लगना, फबना; प्रसन्न, प्रफुल्ल होना; पक कर या भुन कर अन्न का अलग-अलग हो जाना (चावल, मकी, चने, आदि के दाने); फट जाना ('लाठी से उसका सिर खिल गया')।

ख़िलवत—स्त्री. [अ.] एकांत, खाली, निर्जन स्थान; तनहाई; सोने का कमरा। **~ख़ाना**-पु. अकेले में मिलने, गुप्त मंत्रणा का स्थान; सोने का स्थान। **~नशीं**-वि. एकांतवासी।

खिलवाड़—पु. बच्चों का खेल, खेल का छोटा रूप।

खिलवाना—स.क्रि. किसी को भोजन कराना; कोई वस्तु खाने के लिए देना; किसी अन्न की खीलें बनवाना।

खिलाई—स्त्री. खिलाने का काम; पुष्टिकारक भोजन देना ('इस पहलवान की अच्छी खिलाई की गई है')।

खिलाड़ी—वि. खेलने वाला; किसी खेल में कुशल; करतब दिखाने वाला। **ला.** बहुत तेज़-तर्रार, चालाक।

खिलाना—स.क्रि. भोजन कराना; दावत देना; किसी बच्चे को बालक्रीड़ा में लगाए रखना; बच्चे को थोड़ी देर के लिए रख लेना, उसकी देखभाल करते हुए बहलाना ('जाओ, इसे थोड़ी देर बाहर खिला लाओ')।

ख़िलाफ़—वि. [अ.] विरुद्ध; प्रतिकूल, उलटा।

ख़िलाफ़त—स्त्री. [अ.] विरोध करना; प्रतिकूल होना। ~खलीफ़ा का पद; पैगंबर या बादशाह का प्रतिनिधि होना। **~आंदोलन**-पु. भारतवर्ष में प्रथम महायुद्ध (1914-18 ई.) के बाद खिलाफत की पुनः स्थापना के लिए अंग्रेज़ी सरकार के विरुद्ध चलाया गया आंदोलन।

ख़िलाफ़ी—स्त्री. विरोध, विरोध में खड़े होना।

खिलाल—स्त्री. [अ.] दाँत खोदने का तिनका, दो चीज़ों के बीच का फासला; मैत्री, दोस्ती; ताश की बाजी में मात, हार।

खिलौना—पु. खेलने की चीज़, साधन; बच्चों के मन बहलाव के लिए मिट्टी, काठ-लकड़ी, प्लास्टिक, रबर, आदि से बना खेलने का उपकरण। **ला.** मुलायम, कोमल ('तुमने यों इस लड़के को खिलौना बना रखा है') थोड़े से ही प्रयोग से टूट जाने वाली वस्तु जिसमें मज़बूती और टिकाऊपन न हो ('यह चीनी साइकिल तो खिलौने-सी है कोई अच्छी-सी दिखाओ')।

ख़िल्त—पु. [अ.] मिलावट; यूनानी वैज्ञानिक द्वारा मानी गई शरीर की चार धातुओं (सफरा, सौदा, बलगम तथा खून) में से कोई एक। **~मिलत**-वि. मिला-जुला, गड्डमड्ड।

खिल्ली—स्त्री. उपहास, मज़ाक बनाना। **~उड़ाना**-किसी का मज़ाक बनाना, उपहास करना।

खिसकना—अ.क्रि. हटना, सरकना, चुपके से निकल जाना, चल देना।

खिसकाना—स.क्रि. हटाना, सरकाना, चुपके से किसी चीज़ को निकाल लेना, उड़ाना।

खिसलना—अ.क्रि. द्र. 'फिसलना'।

खिसलाना—स.क्रि. किसी को खिसकाने के लिए प्रेरित करना।

खिसलाहट—स्त्री. फिसलने, खिसकने का भाव।

खिसाना*—अ.क्रि. द्र. 'खिसियाना'।

खिसारा—पु. द्र. 'ख़सारा'।

खिसारी—स्त्री. द्र. 'खसारा'।

खिसिआनपन—पु. शरमाने, लज्जित होने का भाव।

खिसिआना, खिसियाना—अ.क्रि. लज्जित होना, शरमाना; खीजना; उड़ जाना; नाराज़ होना। **मु. ~(नी) बिल्ली खंभा नोचे**-खिसियाया हुआ आदमी अपनी खीस, झुँझलाहट दूसरे पर उतारता है।

खिसियाहट—स्त्री. लज्जित होने, शरमाने, खीजने का भाव।

खींच—स्त्री. खींचने की क्रिया या भाव। **~तान (खींचा-तानी)**-स्त्री. खींचा-खींची, नोक-झोंक; मुश्किल से खर्च चलना, पूरा होना।

खींचना—स.क्रि. अपनी तरफ को आकृष्ट करने, खिसकाने, ऐंचने की क्रिया; घसीटना; चूसना या निकालना (सारा रस या सारी शक्ति, खून, आदि खींच कर रख दिया); सारपदार्थ, सत निकाल कर रख देना (शराब, अर्क खींचना)।

खींचा-खींची—स्त्री. किसी चीज़ को पाने के लिए दो व्यक्तियों द्वारा जोर-आजमाइश।

खींचा-तान, खींचा-तानी—स्त्री. द्र. 'खींच-तान'।

खीज—स्त्री. खीजने का भाव, झुँझलाहट, आक्रोश, कुढ़न।

खीजना—अ.क्रि. झुँझलाना; क्रोध में आना।

खीझ*—स्त्री. द्र. 'खीज'।

खीझना*—अ.क्रि. द्र. 'खीजना'।

खीन*—वि. द्र. 'क्षीण'।

खीनताई*—स्त्री. दुर्बलता, कमजोरी; सूक्ष्मता।

खीर—स्त्री. दूध में पकाया हुआ चावल, सूजी, मखाने, आदि से बनी खाने की चीज़। **~मोहन**-पु. खोवे से बनी एक मिठाई का नाम।

खीरा—पु. ककड़ी की जाति का एक फल।

खील—स्त्री. भुना हुआ धान, लावा।

खीस—स्त्री. खिसियाने का भाव, लज्जित होना; किसी असफलता पर निराश होने का भाव। **मु. ~या खीसें काढ़ना या निकालना**-इस प्रकार हँसना कि दाँत दिखाई दे (अवमानना के भाव से कहना—'खीसें क्यों निकाल रहे हो')।

खीसा—पु. जेब, गाँठ; थैली, बटुआ।

खुंखणी—स्त्री. [सं.] एक तरह की वीणा।

खुँटकढ़वा—पु. कान का मैल निकालने वाला।

खुँदवाना—स.क्रि. पैरों से रौंदवाना, दबवाना; घोड़े की टापों या हाथी के पैरों से कुचलवाना।

खुँदाना—स.क्रि. घोड़ा कुदाना।

खुक्ख—वि. खाली, छूँछा।

खुखड़ी—स्त्री. तकुए पर लपेटा हुआ सूत, ऊन, इसे 'कुकड़ी' भी कहा जाता है।

खुचड़, खुचर, खुचुर—स्त्री. किसी काम में व्यर्थ में ही कमी निकालना, छिद्रान्वेषण।

खुजलाना—अ.क्रि. खुजली करना, ख़ारिश मिटाना।

खुजलाहट—स्त्री. खुजली, ख़ारिश।

खुजली—स्त्री. ख़ारिश, त्वचा में आने वाली चुभन; खाज; त्वचा में ख़ारिश होने का रोग।

खुजवाना—स.क्रि. ख़ारिश मिटाना, किसी से त्वचा को नाखूनों, ब्रश, आदि से हल्के-हल्के खरोंच कराना।

खुजाई—स्त्री. ख़ारिश होना।

खुजाना—अ.क्रि., स.क्रि. खुजलाना।

खुट—'खोट' या खोटा का समास में प्रयुक्त रूप। **~चाल***-बुरी चाल, दुष्टता। **~चाली***-वि. दुष्ट, खोटा।

खुटकना—स.क्रि. किसी पौधे की फुनगी या ऊपर की पत्तियों को नोच लेना; उँगलियों से तोड़ देना।

खुटका—पु. वो.* खटका, आशंका।

खुटाई—स्त्री. खोटापन, दोष।

खुटिला—पु. कर्णफूल।

खुड्डी, खुड्ढी—स्त्री. पाखाने के लिए बना चूल्हे जैसा पायदान, कदमचा; छोटी सी कोठरी के लिए घृणा-भाव से प्रयुक्त शब्द।

ख़ुतबा—पु. [अ.] मुसलमानों में इमाम द्वारा दिया गया भाषण जो जुमे या ईद की नमाज़ के बाद दिया जाता है; पुस्तक की भूमिका। **~पढ़ना**-क्रि. भाषण पढ़ना।

ख़ुद—अ. [फ़ा.] स्वयं, आप। **~इख़्तियार**-वि. स्वतंत्र, स्वयं अधिकार रखने वाला। **~इख़्तियारी**-स्त्री. स्वतंत्रता जो चाहे करने का अधिकार। **~काश्त**-वि. अपनी जमीन में खुद खेती करने वाला, जमीन में किसान की खुद की खेती। **~कुशी**-स्त्री. आत्महत्या; आत्मघातक कार्य। **~ग़रज़ (ग़र्ज़)**-वि. अपनी ग़र्ज़, मतलब, स्वार्थ साधने वाला, स्वार्थी, मतलबी। **~ग़रज़ी (ग़र्ज़ी)**-स्त्री. स्वार्थपरता। **~(दे.) दारी**-स्त्री. आत्मसम्मान। **~परस्त**-अभिमानी, घमंडी, स्वार्थी। **~फ़रोश**-वि. अपनी बड़ाई आप करने वाला, डींग मारने वाला। **~ब-ख़ुद**-अ. अपने आप, स्वतः। **~मुख़्तार**-वि. स्वतंत्र, जो किसी के नियंत्रण में न हो। **~मुख़्तारी**-स्त्री. स्वतंत्रता, किसी के नियंत्रण में न होना।

खुदना—अ.क्रि. खोदा जाना।

खुदरा—पु. द्र. 'खुरदा'।

खुदरा—पु. [फ़ा.] फुटकर, छोटी सामान्य वस्तु; थोड़ी मात्रा में (चीजों की) बिक्री।

खुदवाई—स्त्री. खुदवाने की क्रिया; खुदवाने की मज़दूरी।

खुदवाना—स.क्रि. 'खोदना' का प्रे.।

ख़ुदा—पु. [फ़ा.] ईश्वर, ब्रह्म, मालिक; स्वयंभू। **~ई**-स्त्री. ईश्वर की महिमा, विभूति; सृष्टि; दुनिया, जगत। वि. ईश्वरीय, खुदा का बनाया हुआ। **~तर्स**-वि. ईश्वर से डरने वाला, धर्मभीरु। **~दाद**-वि. ईश्वर का दिया हुआ; सहज, स्वाभाविक। **~परस्त**-ईश्वर को मानने वाला; भक्त। **~बंद**-पु. मालिक, स्वामी; संबोधन में अर्थ—श्रीमान। **~बंदी**-स्त्री. मालिकाना; बादशाहत; अनुग्रह, कृपा। **~का कहर, ~का ग़ज़ब**-ईश्वर का कोप, ईश्वर द्वारा दी गई विपत्ति (बाढ़, अकाल, आदि)। **~का घर**-पु. उपासना-स्थल, मस्जिद; स्वर्ग। **~की मार**-ईश्वरीय कोप। **~की राह**-भक्ति के

मार्ग में; खुदा के नाम पर। **~की शान**-भगवान की महिमा, माया। **मु. ~के घर जाना**-मरना। **~खुदा करके**-बड़ी कठिनाई से। **~ख़ैर करे**-भगवान रक्षा करे, कुशल रखें, कृपा करें। **~गंजे को नाखून न दे**-प्रभु किसी क्षुद्र व्यक्ति को धन या अधिकार न दे। **~न ख़्वासता-(ख़ास्ता)**-ईश्वर न करे ऐसा हो, अनिष्ट की आशंका को परे करना। **~हाफ़िज़**-ईश्वर रक्षा करे।

ख़ुदाई—स्त्री. ईश्वरीय महिमा; सृष्टि।

ख़ुदी—स्त्री. [फा.] आपा; गर्व, अहंकार; स्वाभिमान।

ख़ुद्दी—स्त्री. चावल, दाल, आदि के बहुत छोटे टुकड़े, कनी।

ख़ुनक—वि. [फा.] ठंडा, सर्द।

खुनकी—स्त्री. [फा.] ठंडक, सर्दी।

खुनस, (खुन्नस)—स्त्री. क्रोध, रोष। **~निकालना**-बदला निकालना, लेना।

खुनसाना—अ.क्रि. क्रोध करना।

खुनसी—वि. क्रोधी, गुस्सा करने वाला।

खुन्नाना—क्रोध में आना।

ख़ुफ़िया—वि. [फा.] छिपा हुआ, गुप्त। **~खाना**-पु. चकला, वेश्यालय। **~पुलिस**-स्त्री. गुप्त रूप से काम करने वाली पुलिस, सी.आई.डी.; ख़ुफ़िया पुलिस का आदमी; जासूस।

खुभना—अ.क्रि. चुभना, धँसना।

खुभी—स्त्री. कान में पहनने की कील या लौंग, हाथी के दाँत पर चढ़ाए जाने वाला धातु का पत्तर।

खुम—पु. [फा.] मटका, घड़ा; शराब का मटका; भट्ठी (धोबी रेह में भिगोकर इस पर कपड़े रात-भर के लिए चढ़ाते थे, तब वे साबुन का प्रयोग नहीं करते थे)। **मु. ~ठोकना**-बाजुओं पर जोर से थपकी देते हुए किसी को चुनौती देना, कुश्ती, आदि में; किसी को ललकार-भरी चुनौती देना।

ख़ुमरा—पु. [फा.] मुसलमानों में एक प्रकार के फकीर; मुसलमानों की एक जाति बोरिये बुनने का काम करती है।

खुमान*—वि. आयुष्मान्; बड़ी आयु वाला। पु. शिवाजी की उपाधि।

ख़ुमार—पु. [अ.] नशा, मद; आँखों में छाया हुआ मद।

ख़ुमारी—स्त्री. द्र. 'ख़ुमार'।

खुमी—स्त्री. कुकुरमुत्ता; कुकुरमुत्ता की प्रजाति के किसी प्रकार के कई अन्य पौधे; दाँत में जड़ी हुई सोने की कील; हाथी के दाँत पर चढ़ाया हुआ धातु का पत्तर।

खुम्हारि*—स्त्री. द्र. 'खुम्हार'।

खुरंट—पु. द्र. 'खुरंड'।

खुरंड—पु. घाव के सूखने की अवस्था आने पर उस पर जमी हुई त्वचा की पपड़ी।

खुर—पु. [सं.] सुम, नख (पशु का)। **~पका**-पु. ([हि.]) गाय, बैल, आदि पशुओं में खुर और मुँह के पकने का एक रोग। **~बंदी**-स्त्री. (हि.) नालबंदी, घोड़े, बैल, आदि के खुरों में लोहे का पत्तर चढ़वाना जिससे उन्हें चलने में सुविधा होती है। **~हा**-पु. पशुओं का खुर पकने का रोग।

खुरक—पु. [स.] नृत्य का एक प्रकार; तिल।

खुरक—पु. खुजली; किसी काम को करने या बात को कहने की ललक जो मन में बार-बार उठती है।

खुरखुरा—वि. द्र. 'खुरदरा'।

खुरखुराना—अ.क्रि. खुरखुर की आवाज़ में, खुरखुर की आवाज करना; साँस का टूट-टूट कर आना, साँस लेने में घरघराहट की आवाज़।

खुरखुराहट—स्त्री. घरघराहट; खुरदरापन।

खुरचन—स्त्री. कड़ाही, पतीले, आदि बरतन में नीचे पेंदी में लगा मलाई, घी, चाशनी, मिठाई, आदि का अवशिष्ट; मलाई को खुरच-खुरच कर परत-दर-परत जमा कर बनाई गई एक मिठाई।

खुरचना—स.क्रि. बरतन में लगी हुई किसी चीज़ को बार-बार चम्मच-चम्मचे, आदि से रगड़ कर अलग करना। **ला. ~खुरच-खुरच कर पूछना**-किसी बात को बार-बार कुरेद-कुरेद कर पूछना।

खुरचनी—स्त्री. खुरचने के लिए प्रयोग में लाई जाने वाली सीपी; सीपी के आकार की लोहे की बनी खुर्ची।

खुरट—पु. पशुओं में खुरों के पकने का रोग।

खुरदरा—वि. जिसकी सतह चिकनी या इकसार न हो, जिसमें दाने-से पड़े हुए हों।

खुरदा—पु. [फा.] द्र. 'खुर्दा'।

खुरपा—पु. घास काटने, छीलने का एक औजार, इसका फलक चौड़ा और लकड़ी का बीटा, मूँठ लगी होती है।

खुरपी—स्त्री. खुरपे का छोटा रूप, घास, आदि निकालने के लिए छोटे फलक का खुरपा (द्र. 'खुरपा')।

ख़ुरमा—पु. [फा.] खजूर; छुहारा; एक तरह की मिठाई—बालूशाही जैसी।

खुरली—स्त्री. [सं.] शस्त्राभ्यास का स्थान; शस्त्राभ्यास।

खुरली—पशुओं के चारा डालने की मिट्टी, लकड़ी, आदि की बनी खोर।

खुरा—पु. खुरपका रोग।

खुराक—पु., **खुराका**—स्त्री. [सं.] पशु।

ख़ुराक—स्त्री. [फा.] खाना, आहार; एक आदमी का एक समय का आहार, आहार की मात्रा; दवा की एक मात्रा।

ख़ुराकी—वि. खुराक खाने वाला; जिसका शरीर पुष्टिकारक भोजन से अच्छा बना हुआ हो; अधिक खाने वाला; भोजन के बदले में दिया जाने वाला धन, खर्च, भोजन-भत्ता।

खुराघात—पु. [सं.] खुर का आघात; टाप से मरना।

खुराफ़ात—स्त्री. [अ.] शरारत; झगड़ा खड़ा करने वाली बात या हरकत; बुरा काम।

खुराफ़ाती—वि. खुराफ़ात करने वाला।

खुरालिक—पु. [सं.] नाई की किसबत, टीन की बनी छोटी-सी सन्दूकची; तकिया।

ख़ुरासान—पु. [फा.] एक देश जो वर्तमान में ईरान का एक प्रांत है।

ख़ुरासानी—वि. [फा.] ख़ुरासान का। पु. खुरासान का रहने वाला।

खुरी—स्त्री. टाप का चिह्न।

खुरू—पु. खुर के मिट्टी खोदने की क्रिया; उत्पात, झगड़ा-टंटा; बखेड़ा; बर्बादी।

ख़ुर्द—वि. [फा.] छोटा; उम्र में छोटा, छोटी आयु का। पु. खाना। **~बीन**-स्त्री. एक विशेष प्रकार का शीशा जिससे चीज़ें बड़े आकार में दिखाई देने लगती हैं, अणुवीक्षण यंत्र। **~बुर्द**-खा-पी जाना; नष्ट कर देना।

ख़ुर्दा—वि. [फा.] खाया हुआ। पु. टुकड़ा, खंड; रेज़गारी; थोड़ी मात्रा (थोप का उलटा); बिसातखाने का छोटा-मोटा सामान। **~फ़रोश**-पु. फुटकर सामान बेचने वाला ('रीटेलर'); बीसाती। **~करना**-रुपया, नोट भुनाना।

ख़ुर्दी—स्त्री. [फा.] बर्बादी।

खुर्रांट, खुर्राट—वि. बूढ़ा, अनुभवी; चालाक, उस्ताद (अवमानना के अर्थ में)।

खुर्रांटा, खुर्राटा—पु. द्र. 'खर्राटा'।

खुलना—अ.क्रि. बंधन छूटना, बँधी हुई चीज़ का बंधन न रहना; रोक हटना; आवरण हटना; फटना (घाव, आदि का); बंद रुके हुए काम का फिर शुरू होना (स्कूल-कॉलेज, दफ़्तर मील, आदि); छूटना (रेल, नाव, पोत, आदि); स्पष्टता से अपनी बात कहना, बातचीत में झिझक, भय, संकोच दूर होना ('वह अब उसके सामने बहुत खुल गया है')। **मु.** खुल कर खेलना; निःसंकोच रूप से सामने आकर काम करना। **ला. ~खुलता**-रंग—थोड़ा गोरा रंग, गोरपन पर।

खुलवाना—स.क्रि. खोलने का काम करवाना।

खुला—वि. जो बंद या बंदा न हो, जिसमें रोक-टोक न हो, जिसमें कुछ छिपाया न हो, प्रकट, जाहिर; जो तंग, घिरा हुआ न हो; लम्बा-चौड़ा; जहाँ काफ़ी रोशनी आए। [स्त्री. 'खुली']। **~डुला**-खूब लंबा-चौड़ा; हवादार ('घर खुला-डुला होना चाहिए')। **मु. ~(ली) मुट्ठी होना**-मुक्त हस्त से, खुले हाथ से दान देने वाला, खर्च करने वाला। **ला. ~(ले) आम, ~खजाने, ~बाज़ार, ~मैदान**-निडर होकर, सबके सामने। **~दिल का**-साफ दिल का, उदार। **~दिल से**-उदारतापूर्वक।

ख़ुलासा—पु. [अ.] सार, निचोड़, संक्षेप; बात को पूरी तरह स्पष्ट कर देना। वि. संक्षिप्त; चुना, छाँटा हुआ।

खुलेड़ना—स.क्रि. खुरेदना; उलट-पलट कर देना।

खुल्लमखुल्ला—अ. खुलेआम; बिना किसी से छिपाए सबके सामने (कोई बात कहना या काम करना)।

ख़ुवारी*—स्त्री. द्र. 'ख़्वारी'।

ख़ुश—वि. [फा.] प्रसन्न; सुखी; प्रफुल्ल; भला-चंगा। **~आमदीद**-अ. स्वागत; आना अच्छा लगा। **~आवाज़**-वि. अच्छी आवाज़ वाला, सुरीला। **~इंतिज़ाम (इंतज़ाम)**-वि. अच्छा प्रबंध करने वाला, प्रबंध पटु। **~इंतिज़ामी**-अच्छा प्रबंधक। **~क़िस्मत**-वि. अच्छे भाग्य वाला, भाग्यवान। **~क़िस्मती**-स्त्री. सौभाग्य। **~ख़त**-वि. सुन्दर अक्षर लिखने वाला; अच्छी लिखाई। **~ख़बरी**-स्त्री. खुश करने वाली ख़बर, शुभ समाचार। **~खुश**-अ. खुशी-खुशी, प्रसन्नतापूर्वक। **~ख़ू**-वि. अच्छी आदत, स्वभाव वाला। **~गवार**-वि. प्रिय, रुचिकर; सुखद। **~नवीस**-वि. सुन्दर अक्षर लिखने वाला, खुशख़त। **~नवीसी**-स्त्री. सुन्दर अक्षर लिखना; सुन्दर अक्षर लिखने की कला। **~नसीब**-स्त्री. सौभाग्य। **~नुमा**-वि. भला लगने वाला, सुन्दर। **~नुमाई**-स्त्री. सुन्दरता। **~बयान**-वि. अच्छा वक्ता, भाषण पटु। **~बू**-स्त्री. सुगन्ध। **~दार**-वि. सुगन्धयुक्त, ख़ुशबू वाला। **~मिज़ाज**-वि. हँसमुख, प्रसन्नचित्त। **~हाल**-वि. संपन्न, रुपए-पैसे से सुखी। **~हाली**-स्त्री. संपन्नता, समृद्धि।

खुश्की—स्त्री. द्र. 'खुश्की'।

खुशामद—स्त्री. [फा.] खुश करने वाली बात, चापलूसी (मूल अर्थ)—खुश + आमद = आदर-सत्कार, (आव-भगत)।

खुशामदी—वि. [फा.] चापलूस, खुशामद करने वाला। **~रट्टू**-खुशामदी, चापलूसी करने वाला (अवमानना के अर्थ में)।

ख़ुशी—स्त्री. [फा.] खुश होना, प्रसन्नता, हर्ष; इच्छा। **~खुशी**-अ. प्रसन्नतापूर्वक खुशी के साथ। **~का सौदा**-वह काम जिसे करना न करना अपनी मरज़ी की बात हो। **मु. ~से फूल उठना**-अति प्रसन्न होना, खिल उठना।

ख़ुश्क—वि. [फा.] सूखा; रूखा, अरसिक; जिसके साथ और कुछ न हो, खाली (खुश्क रु.)। **~साली**-स्त्री. अकस; जब वर्षा न हुई हो।

ख़ुश्का—पु. [फा.] सादा, पानी में पका हुआ चावल।

ख़ुश्की—स्त्री. [फा.] सूखापन; रूखापन; रसहीनता; जब वर्षा न हुई हो।

खुसफुसाहट—वि. खुसर-फुसर, गुपचुप रूप से बात करना।

खुसामति*—स्त्री. द्र. 'खुशामद', 'खुशामदी'।

ख़ुसिया—पु. [अ.] फोता, अंडकोश।

ख़ुसुरफ़ुसुर—स्त्री. कानाफ़ूसी, गुपचुप आवाज़ में, किसी से छिपाते हुए बात करना गुपचुप रूप से, धीमी आवाज़ में बात करना।

ख़ुसूसियत—स्त्री. [अ.] विशेषता; मेल; सौहार्द।

ख़ुसूसी—वि. [अ.] विशेष, खास।

खूँखार, खूँख्वार—वि. [फ़ा.] हिंसक; क्रूर, भयानक; निर्दयी।

खूँट—पु. कोना; किसी वस्त्र का छोर; दिशा ('चारों खूँट'); और; मकान के कोने पर लगाया जाने वाला पत्थर।

खूँटना—अ.क्रि. घटना; चुकना; समाप्त होना।

खूँटा—पु. लकड़ी या लोहे की बनाई हुई मेख जिसे गाड़ कर गाय-भैंस, बैल, आदि पशुओं को बाँधते हैं; खड़ी गाड़ी हुई मोटी सी लकड़ी। **मु. ~गाड़ना**-कहीं जा कर जम ही जाना। **~(टे) के बल कूदना**-दूसरे के बलबूते पर कूदना, इतराना।

खूँटी—स्त्री. छोटी मेख, लकड़ी की मेख जो कपड़े, आदि टाँगने के लिए दीवार में गाड़ी जाए ('खूँटा' का स्त्री.); चक्की की किल्ली, कीली; सितार, सारंगी, खड़ाऊँ, आदि में जड़ी छोटी मेख; अरहर, ज्वार, आदि की ऊपर निकली हुई जड़ जो फसल काटने के बाद ज़मीन में रह जाती है—दाढ़ी, आदि में बाल की जड़ जो उस्तरे, आदि से मूँड़ने के बाद रह जाती है।

खूँद—स्त्री. खूँदने की क्रिया।

खूँदना—अ.क्रि. पैरों, घोड़े, आदि के टापों से, पशु के खुरों से खोदना, दबाना, रौंदना।

ख़ू—स्त्री. [फ़ा.] आदत, स्वभाव, चाल।

खूक, खूखू*—पु. शूकर, सुअर।

खूखी—स्त्री. रबी की फसल को लगने वाला एक कीड़ा।

खूद—पु. तलछट, किसी तरल पदार्थ को छानने, निथारने से निकलने वाला गंदा अंश।

खून—पु. [फ़ा.] रक्त, लहू; हत्या, क़त्ल। **~ख़राबा**-पु. मारकाट। **~(खूँ)-रेज़ी**-स्त्री. मारकाट, रक्तपात। **मु. खून आँखों में उतरना**-क्रोध से आँखे लाल हो जाना, अत्यन्त क्रोध में होना। **~का प्यासा**-जान लेने पर तुला हुआ, जानी दुश्मन। **~के आँसू रोना**-बहुत शोक करना; बहुत दुःख मनाना। **~के घूँट पीना**-बहुत अधिक गुस्से को पी जाना। **~खौलना**-बहुत गुस्सा आना, गुस्से में लाल हो जाना। **~पसीना एक करना**-बहुत अधिक परिश्रम करना, जी-जान लगा देना। **~पीना**-मार डालना; किसी को बहुत अधिक परेशान करना ('क्यों मेरा खून पीए जा रहे हो')। **~मुँह लगना**-किसी को (हानि पहुँचाने की) बुरी लत लग जाना। **~सफेद होना**-निष्ठुर बनना; संबंधों में आत्मीयता शेष हो जाना। **~सूखना**-घबरा जाना; किसी चीज़ को देखकर पुरी तरह उससे विरक्त हो जाना, पसंद न करना ('हरी सब्जी देखकर तो उसका खून ही सूख जाता है)।

ख़ूनीं—वि. [फ़ा.] रक्तरंजित, जिसमें रक्तपात मचा हो (क्रांति); लाल; खूनी।

ख़ूनी—पु. [फ़ा.] खून करने वाला, क़ातिल, हत्यारा। वि. क्रूर, जालिम, मारकाट करने वाला।

ख़ूब—वि. [फ़ा.] अच्छा, बढ़िया; सुन्दर। अ. अच्छी तरह, पूरी तरह; बहुत; तारीफ़ में निकली वाह। **~रू**-वि. सुन्दर, सुरूप। **~रूई**-स्त्री. सुन्दरता। **~सूरत**-वि. सुन्दर, रूपवान। **~सूरती**-स्त्री. खुबसूरती, सुन्दरता।

ख़ूबकलाँ—पु. [फ़ा.] एक तरह की जड़ी-बूटी जिसके बीज दवा के रूप में काम में लाए जाते हैं।

ख़ूबानी—स्त्री. [फ़ा.] एक प्रसिद्ध फल; सूखे हुए रूप में यही एक मेवा।

ख़ूबी—स्त्री. [फ़ा.] गुण, विशेषता; भलाई, अच्छाई।

ख़ूराक—स्त्री. द्र. 'ख़ुराक'।

खूसट—वि. अरसिक; मनहूस; आयु से जीर्ण।

खूसर*—वि., [पु.] द्र. 'खूसट'।

खेचर—वि. [सं.] आकाश में चलने वाला। पु. ग्रह; पक्षी; वायु; बादल; विमान; देवता; राक्षस, शिव; भूत-प्रेत; पारा, कसीस।

खेचरान्न—पु. [सं.] चावल से बना एक व्यंजन।

खेचरी—वि. स्त्री. [सं.] आकाशचारिणी। स्त्री. दुर्गा; परी। **~गुटिका**-तंत्र में वर्णित ऐसी गोली जिसके संबंध में मान्यता है कि इसे मुँह में रखने वाला आकाश में उड़ सकता है। **~मुद्रा**-स्त्री. योग की एक मुद्रा जिसमें जीभ को उलटकर तालु में लगाया जाता है और दृष्टि त्रिकुटी में लगाई जाती है।

खेजड़ी—स्त्री. एक प्रकार का वृक्ष।

खेट—पु. [सं.] किसानों का छोटा गाँव; खेड़ा, क्षेत्र; घोड़ा; ढाल, आखेट; बलराम की गदा।

खेटक—पु. [सं.] छोटा गाँव; खेड़ा; ढाल; बलराम की गदा; आखेट।

खेड—पु. [सं.] खेट, गाँव।

खेड़ा—पु. छोटा गाँव; अंचल। **~पति**-खेड़ा विशेष का स्वामी या मुखिया।

खेत—पु. जमीन का टुकड़ा जिसमें खेती की जाती है। **ला.** फसल (चने का खेत)। **मु. ~कमाना**-मेहनत करते हुए खेत की जुताई, खाद, आदि से उपजाऊ बनाना। **~रहना, ~होना**-युद्ध में मारा जाना।

खेतिहर—पु. किसान, खेती करने वाला।

खेती—स्त्री. खेत जोतने-बोने का काम, किसानी; काश्त; फसल। **~बारी**-कृषि कार्य, किसानी।

खेद—पु. [सं.] हल्का दुःख; रंज; उदासी, ग्लानि; थकावट। **~जनक**-वि. खेद, दुःख पहुँचाने वाला; शोचनीय।

खेदन—पु. [सं.] थकावट; व्यथा; ग्लानि, अफ़सोस।

खेदना*—स.क्रि. शिकार का पीछा करना; द्र. 'खदेड़ना'।

खेदा—पु. किसी जंगली जानवर को, घेर कर ढोल-ढमाके से, शोर मचाते हुए शिकार की जगह ले जाना।

खेदित—वि. [सं.] खेदयुक्त, खिन्न; आहत; पीड़ित; क्लांत, थका हुआ।

खेना—स.क्रि. नाव चलाने के लिए डाँड़ मारना, चलाना। **ला.** गुजारा करना।

खेप—स्त्री. माल, बोझ, भार की उतनी मात्रा जितनी एक बार में ढोई जा सके; एक बार का बोझ (ईंटों की पहली खेप दूसरी खेप)। **~लादना**-बैलगाड़ी, गधे, आदि पर माल लादना।

खेपना—स.क्रि. बिताना; बिदा करना।

खेम*—पु. द्र. 'क्षेम'।

खेमटा—पु. एक ताल; उस ताल पर गाया जाने वाला गीत।

खेमा—पु. डेरा, तंबू। **ला. खेमे में चले जाना**-किसी दूसरे पक्ष या दल में चले जाना।

खेल—वि. [सं.] क्रीड़ाशील। पु. मन-बहलाव, व्यायाम, शरीर और मन को स्फूर्ति तथा आनंद प्रदान करने वाली चेष्टा, क्रीड़ा; लीला ('प्रभु का खेल')। **~कूद**-स्त्री. [हिं.] खेल, क्रीड़ा; बच्चों की उछल-कूद। **ला. ~करना, ~बनाना**-किसी काम को धीरे-धीरे करना; हँसी में समय गँवाते हुए काम करना। **~के दिन, (खेलने खाने के दिन)**-मौज-मस्ती, यौवन, लड़कपन के दिन। **~खेलना**-चाल चलना। **~खिलाना, ~खेलाना**-हैरान करना, तंग करना; बुरे दिन दिखाना ('प्रभु कैसे-कैसे खेल खिलाता है)। **~जानना, ~समझना**-बहुत आसान काम समझना। **~बिगड़ना**-अपूरणीय क्षति होना।

खेलना—अ.क्रि. मन बहलाव, व्यायाम, शरीर और मन को स्फूर्ति तथा आनंद प्रदान करने वाली चेष्टा, क्रीड़ा करना। स.क्रि. कोई विशेष खेल—ताश, शतरंज, जुआ, हॉकी, फुटबॉल, आदि—खेलना; अभिनय करना (नाटक खेलना)। **ला.** खेला-खाया। वि. अनुभवी जिसे संसार का सब प्रकार का दीर्घ अनुभव हो।

खेलवाड़—पु. द्र. 'खिलवाड़'।

खेला—स्त्री. [सं.] खेल, क्रीड़ा।

खेलाड़ी—वि., पु. द्र. 'खिलाड़ी'।

खेलाना, खेलवाना (खिलवाना)—खेलने या खेल में प्रवृत्त करना, शामिल करना; अवसर देना; (बच्चे को) बहलाना; घुमाना-फिराना; बार-बार बहाने करना।

खेवक*—पु. खेने वाला, केवट।

खेवट—पु. पटवारी की बही, रजिस्टर, खतौनी, जिसमें हर किसान, भूस्वामी के हिस्से की मालगुजारी ज़मीन के हक, आदि का ब्यौरा रहता है।* खेने वाला, केवट। **~दार**-पु. भूमि का स्वामी, पट्टीदार।

खेवटिया*—पु. मल्लाह, केवट।

खेवनहार—पु. खेने वाला; पार लगाने वाला; प्रभु।

खेवना—स.क्रि. द्र. 'खेना'।

खेवरिया*—पु. खेने वाला।

खेवा—पु. नाव खेने का किराया; नाव का भाड़ा, उतराई; नाव की खेप।

खेवाई—स्त्री. नाव खेने का काम; खेने का पारिश्रमिक।

खेवैया—पु. नाव खेने वाला, पार ले जाने वाला; प्रभु।

खेस—पु. मोटे सूत का बुना सोते समय ऊपर ओढ़ने का चादरनुमा कपड़ा।

खेह—स्त्री. धूल, मिट्टी; राख। **मु. ~खाना**-धूल फाँकना; बुरी दशा होना।

खैंचना—स.क्रि. द्र. 'खिंचना'।

खैंचातान, खैँचातानी—स्त्री. द्र. 'खींचातानी'।

खैनी—स्त्री. सुरती के पत्ते का चूर्ण।

ख़ैबर—पु. हिंदुस्तान और अफ़गानिस्तान के बीच में पड़ने वाला एक दर्रा जी किसी समय उत्तर से भारत का मुख्य प्रवेश मार्ग था।

ख़ैयाम—पु. [अ.] खेमा, तंबू सीने, बनाने वाला; अपनी रुबाइयों के लिए ख्यात प्रसिद्ध फारसी कवि, उमर ख़ैयाम।

खैर—पु. एक वृक्ष विशेष, खदिर; इसकी लकड़ी को उबाल कर कत्था बनाया जाता है; कत्था। **~सार**-पु. कत्था।

ख़ैर—स्त्री. [अ.] भलाई, नेकी; कुशल, राजी-खुशी। **~ख़ाह**-वि. द्र. 'खैरख्वाह'। **~ख्वाह**-वि. हितचिंतक, भलाई; कुशल, खैर चाहने वाला। **~ख्वाही**-स्त्री. शुभ-चिंतन, कुशल-क्षेम चाहना। **~व आफ़ियत**-वि. स्त्री. कुशल-क्षेम (पूछना-लिखना)। **~सल्ला*** स्त्री. द्र. 'खैरोसलाह'। **ला. बाद कहना**-विदा करना।

ख़ैरा—वि. कत्थई, कत्थई से रंग का या हल्के सलेटी रंग का बैल।

ख़ैरात—स्त्री. [फा.] ('खैर' का बहु.) दान-पुण्य, पुण्य-कर्म। **~ख़ाना**-पु. लंगर का खाना, भंडारा, दान-पुण्य के निमित्त खाना-खिलाना, भोजन कराना।

ख़ैराती—वि. [फा.] खैरात का, धर्मार्थ चलाए जाने वाला, मुफ़्त में मिला हुआ। **~अस्पताल, ~दवाख़ाना**-पु. वह औषधालय जहाँ मुफ़्त दवा दी जाती है, धर्मार्थ संस्था। **~माल**-पु. मुफ़्त में मिली हुई चीज़; रद्दी, बेकार की चीज़।

ख़ैरियत, ख़ैरीयत—स्त्री. [फा.] कुशल, राजी-खुशी, भलाई; नेकी।

ख़ैला—वि. स्त्री. [अ.] फूहड़, कमअक्ल; मूर्खा।

खोंखना*—अ.क्रि. खाँसना।

खों-खों—पु. खाँसने की आवाज़; बंदरों की घुड़की की आवाज़।

खोंच—स्त्री. खरोंच; कपड़े, आदि में किसी नुकीली चीज़ से छेद हो जाना या उसका चिर जाना; दोनों हाथों की बनाई हुई अंजलि, इससे पानी पिया जा सकता है या इसमें भर कर अनाज, आदि किसी को दिया जा सकता है।

खोंचा—पु. लग्गी या बाँस जिसके सिरे पर लासा लगा कर बहेलिये, आदि चिड़िया फँसाते हैं।

खोंची—स्त्री. वह अन्न या अन्य कोई वस्तु जो दुकानदार, आदि अपनी खोंच में भर कर किसी भिखारी के लिए रख देता है या दे देता है।

खोंटना—स.क्रि. किसी वनस्पति, साग-पात का ऊपर का भाग, फुनगी नोच लेना, नाखूनों से तोड़ देना।

खोंड़ा—वि. विकलांग; जिसका दाँत टूट गया हो; खंडित।

खोंप—स्त्री. दूर-दूर लगा हुआ टाँका (खौंप भरना)।

खोंपना—स.क्रि. (छुरा, आदि) घोंपना।

खोंपा—पु. हल का वह भाग जिसमें फाल लगा रहता है; भूसा रखने का जालदार घेरा।

खोंसना—स.क्रि. अटकाना, फँसाना।

खोआ—पु. द्र. 'खोया', 'खोवा'।

खोइया—स्त्री. द्र. 'खोई' फल, आदि का छिलका।

खोई—स्त्री. ईंख का डंठल, छिलका जिसका रस कोल्हू, क्रैशर, आदि से निकाल लिया गया हो।

खोखर—पु. एक राज; पेड़ की खोखल।

खोखल—वि. द्र. 'खोखला'। पेड़ के तने में हो गया खाली स्थान।

खोखलना—वि. भीतर से खाली, पोला। पु. खोकल की जगह; कोटर; बड़ा छेद।

खोखा—पु. वह कागज़ जिस पर हुंडी लिखी हो; चुकाई हुई हुंडी; चले हुए कारतूस या बम का ख़ाली हुई डिब्बी, पेटिका ('केस')।

खोखियाना—स.क्रि. झुंझलाना; गुस्से में आए रहना।

खोज़—स्त्री. खोजने की क्रिया, तलाश, अन्वेषण; निशान, चिह्न। **मु. ~ख़बर लेना**-राजी-खुशी पूछना; पता लेना। **~मारना**-सब जगह पूरी तरह खोजना। **~मिटाना**-नाम-निशान मिटा देना।

खोजक*—वि., पु. खोज करने वाला।

खोजना—स.क्रि. ढूँढ़ना, तलाश करना, पता लगाना।

खोजवाना—स.क्रि. 'खोजना' का प्रे.।

ख़ोजा—पु. [फा.] हिजड़ा; हिजड़ा सेवक जो मुसलमान बादशाहों के हरम, अतःपुर में रखा जाता था; व्यापार करने वाली एक मुसलमान जाति।

खोजी—वि. खोज करने वाला, अन्वेषक।

खोट—स्त्री. दोष, कमी, बुराई; कसूर ('कुसूर'), खता; पाप; दुष्टता; सोने-चाँदी में किसी घटिया धातु की मिलावट। **ला.** (वक़्त, समय)**~करना**-समय बरबाद करना।

खोटा—वि. जिसमें खोट हो, जो खरा न हो; घटिया; मिलावट वाला; खल, दुष्ट आत्मा। **~खरा**-वि. भला-बुरा; सच्चा-झूठा; घटिया-बढ़िया। **~सिक्का**-पु. जाली या घिसा हुआ, न चलने वाला सिक्का। **ला. (टी) ~खरी सुनाना**—बुरा-भला कहना, गालियाँ देना।

खोटाई—स्त्री. बुराई, खोटापन; कमी, दोष।

खोद—पु. खोदने की क्रिया। **ला.** खोद-खोद कर पूछना; बहुत गहराई में जा कर सूक्ष्मता से या बार-बार पूछना।

खोदना—स.क्रि. खुरचना, कुरेदना, किसी धारदार चीज़—खुरपा, फावड़ा, आदि से जमीन को छीलना, गड्ढा करना; नक़्क़ाशी करना।

खोदनी—स्त्री. खोदने का औज़ार, उपकरण।

खोदवाना—स.क्रि. खोदना का प्रे.।

खोदाई—स्त्री. द्र. 'खुदाई'।

खोना—स.क्रि. गँवाना, अपनी चीज़ कहीं भूल या छोड़ आना; नष्ट, बरबाद करना। **मु. ~खो जाना**-गुम हो जाना; किसी चिंता-विचार में डूब जाना, हक्का-बक्का हो जाना। **~खोया-खोया रहना**-किसी चिंता या विचार में मग्न रहना, अपने आस-पास का कुछ भान न रहना, गुमसुम रहना।

खोन्चा—पु. द्र. 'खोमचा'।

खोपड़ा—पु. कपाल, सिर; गरी का गोला; नारियल।

खोपड़ी—स्त्री. कपाल, सिर। **मु. ~खा जाना, ~चाट जाना**-अपनी बकवास से परेशान कर देना, दिमाग को थका डालना। **~खाली हो जाना**-किसी की बकवास या बहुत अधिक मानसिक श्रम से थक जाना। **~खुजलाना, ~टाट खुजलाना**-ऐसा काम करना जिससे लगे कि मार खाने को जी चाह रहा है।

खोपरा*—पु. बो. द्र. 'खोपड़ा'।

खोपा—पु. कच्चा नारियल, गरी वाला गोला; नारियल का ऊपरी कड़ा खोल।

खोभना—स.क्रि. किसी नुकीली चीज़ को त्वचा में चुभाना।

खोम*—पु. झुंड; जाति।

खोमचा—पु. मिठाई, चाट, आदि को बड़े थाल में लगा कर फेरी लगाते हुए बेचना।

खोया (खोवा)—पु. दूध को औटा कर पूरी तरह गाढ़ा कर देना; मावा।

खोर—स्त्री. गली (ब्रे.); गाय, बैल, भैंस, आदि के चारे की नाँद।

खोरना*—अ.क्रि. नहाना।

खोरनी—स्त्री. वह लकड़ी जिससे भड़भूँजे (भड़भूजे) बाहर बचा हुई ईंधन भाड़ के भीतर करते हैं।

खोराक—स्त्री. द्र. 'खुराक'।

खोरि, खोरी—स्त्री. गली; सँकरी गली (ब्र.); दोष, बुराई; कटोरी।

खोरिया—स्त्री. कटोरी; लड़के की बारात चले जाने के बाद स्त्रियों द्वारा किया जाने वाला स्वाँग-युक्त नृत्य।

खोरी—स्त्री. द्र. 'खोरि'।

खोल—पु. किसी चीज़ का ऊपरी आवरण (तकिये, लिहाफ़, आदि में), गिलाफ़; कुछ कीड़ों को ऊपरी त्वचा।

ख़ोल—पु. [फा.] खोल, ऊपरी आवरण; म्यान।

खोलक—पु. [सं.] शिरस्त्राण; कपाल; सुपारी का छिलका।

खोलना—स.क्रि. बंधन रहित करना; आवरण हटाना, अवरोध हटाना; छेद करना; प्रकट करना; आरंभ करना; चलाना। **ला. ~खोल कर कहना**-खुले शब्दों में, स्पष्ट रूप से कहना; पूरी तरह समझाकर कहना।

खोली—स्त्री. रहने का झोंपड़ीनुमा स्थान; छोटी-सी कोठरी।

खोवा—पु. द्र. 'खोया'।

खोसना*—स.क्रि. छीनना; किसी से जबरदस्ती कोई वस्तु ले लेना।

खोह—स्त्री. गुफा, कंदरा; दो पहाड़ों के बीच की तंग जगह, दर्रा।

खोही—स्त्री. द्र. 'खोई'।

खौंचा—पु. साढ़े छः का पहाड़ा।

ख़ौफ़—पु. [अ.] डर, भय, आतंक। **~नाक**-वि. डरावना, भयानक।

खौर—पु. चंदन का आड़ा तिलक, त्रिपुंड्र स्त्रियों का एक गहना; एक तरह का मछली पकड़ने का जाल।

खौरा—पु. कुत्तों, आदि में होने वाली खुजली।

खौरी*—वि. स्त्री. तिलक; गली।

खौलना—अ.क्रि. उबलना; जोश आना।

खौलाना—स.क्रि. उबालना, औटाना।

खौहा—वि. अधिक खाने वाला, पेटू; दूसरे की कमाई खाने वाला।

ख्यात—वि. [सं.] प्रसिद्ध, प्रख्यात; कथित; वर्णित।

ख्याति—स्त्री. [सं.] प्रसिद्धि; नाम, यश फैलना; प्रशंसा का वर्णन।

ख्यापक—वि., पु. [सं.] ख्याति करने वाला।

ख्यापन—पु. [सं.] प्रसिद्धि करना; प्रकाशित करना; दोष या पाप को प्रकट रूप से स्वीकारना।

ख्याल—पु. द्र. 'ख़याल'; एक विशेष गान-पद्धति, गायकी।

ख्यालिया—पु. ख़्याल गाने वाला।

ख्रिष्टान—पु. ईसाई।

ख्रिष्टाब्द—पु. [सं. + अं.] ईसाइयों का संवत्, साल, वर्ष (सन्)।

ख्रिष्टीय—वि. ईसा से संबंधित; ईसाई; ईसाइयों से संबंधित।

ख्रीष्ट—पु. क्राइस्ट, ईसा।

ख़्वाजा—पु. [फा.] मालिक, सरदार; मुसलमानों में एक पदवी; हिजड़ा; खोजा जाति। **~सरा**-अतःपुर, हरम में रहने वाले हिजड़ा सेवकों का मुखिया।

ख्वाब—पु. [फा.] नींद; सपना। **~गाह**-पु. सोने का कमरा; शयनागार। **~(बो.) ख्याल**-पु. कल्पना, भ्रम, वहम। **~(बे) ख़रगोश**-पु. ख़रगोश जैसी नींद, बेखबरी की नींद। **~ग़फ़लत**-स्त्री. मस्त, बेखबरी की नींद।

ख़्वार—वि. [फा.] बेइज्जत, जलील; तबाह, परेशान।

ख़्वारी—स्त्री. [फा.] बेइज्जती, जिल्लत; खराबी; बरबादी।

ख्वास्ता—वि. [फा.] चाहा हुआ, जिसकी कामना की गई हो।

ख़्वाह—अ. [फा.] चाहे, अथवा, या। **~मख़्वाह**-अ. चाहे या बिना चाहे; बिना मतलब के; बेकार में ही।

ख़्वाहाँ—वि. [फा.] चाहने वाला, इच्छुक (ख़ैर ख्वाहाँ, खैर ख्वाहा—कुशल क्षेम चाहने वाला)।

ख़्वाहिर—स्त्री. [फा.] बहिन, बहन। **~ज़ादा**-पु. भानजा, भांजा।

ख़्वाहिश—स्त्री. [फा.] इच्छा, चाह, कामना। **~मंद**-वि. इच्छुक, आकांक्षी, कामना करने वाला।

ग

ग—देवनागरी वर्णमाला के 'क' वर्ग का तीसरा वर्ण, उच्चारण स्थान कंठ।

गंग—स्त्री. गंगा। पु. भक्तिकाल के एक प्रसिद्ध हिंदी कवि; एक मात्रिक छंद; [फा.] गंगा। **~बरार**-स्त्री. गंगा या दूसरी किसी नदी की धारा के बीच में निकली हुई ज़मीन।

गंगई—स्त्री. मैना की प्रजाति की एक चिड़िया।

गंगा—स्त्री. [सं.] भारतवर्ष की एक मुख्य नदी, धार्मिक दृष्टि से बहुत पवित्र और पूज्य मानी जाती है, जाह्नवी, भागीरथी, आदि इसके अन्य नाम। **~क्षेत्र**-गंगा के आस-पास का क्षेत्र। **~जमुनी**-वि. [हि.] दो रंगों वाला; सोने-चाँदी के काम वाला; श्वेत-श्याम। **~जल**-पु. गंगा का जल; एक तरह का सफेद रेशमी कपड़ा। **~जली**-स्त्री.

[हि.] धातु, शीशे या प्लास्टिक की बनी सुराही-सी या जलपात्र जिसमें हरिद्वार, आदि से गंगाजल लाया जाता है। **~दत्त**-पु. गंगा द्वारा दिया गया। **~द्वार**-पु. हरिद्वार जहाँ से गंगा मैदानी भाग में प्रवेश करती है। **~धर**-पु. शिव; समुद्र; एक वर्णवृत्त। **~धार**-पु. समुद्र। **~पार**-पु. गंगा का दूसरा तट। **~पुत्र**-पु. भीष्म; कार्त्तिकेय। **~लहरी**-स्त्री. पंडितराज जगन्नाथ रचित एक प्रसिद्ध संस्कृत ग्रंथ। **~लाभ**-पु. गंगा की प्राप्ति, गंगा-तट पर मृत्यु या दाहकर्म होना। **~सागर**-पु. वह तीर्थ स्थान जहाँ गंगा का समुद्र में मिलन होता है (पश्चिमी बंगाल)। **~सुत्त**-पु. भीष्म; कार्त्तिकेय। **मु. ~जली उठाना**-गंगाजल का पात्र हाथ में ले कर कसम खाना। **~नहाना**-किसी कठिन कार्य को पूरा कर लेना, कृतकार्य होना।

गंगाबु—पु. [सं.] गंगा का जल; वर्षा का शुद्ध जल।

गंगिका—स्त्री. [सं.] गंगा।

गंगाल—पु. कलसेनुमा एक बड़ा जलपात्र।

गंगावतरण, गंगावतार—पु. [सं.] गंगा का स्वर्ग से उतरना, धरती पर आना।

गँगेरन, गँगेरू—पु. एक पौधा जो दवा के रूप में प्रयोग किया जाता है।

गंगेश—पु. [स.] शिव।

गंगोतरी—स्त्री. हिमालय की एक चोटी, गंगा का उद्‌गम स्थान।

गंगोदक—पु. [सं.] गंगाजल; एक वर्णवृत्त।

गंगोद्‌भेद—पु. [सं.] गंगा का उद्‌गम स्थान, गंगोतरी।

गंगोल—पु. [सं.] गोमेद मणि।

गंगौटी*—स्त्री. गंगा के किनारे की मिट्टी या रेत।

गंगौलिया—पु. एक तरह का नींबू।

गंज—सिर के बाल झड़ जाना, गंजापन।

गंज—पु. [सं.] खान, रत्नों की खान; खज़ाना, धन राशि; ढेर, भंडार; मंडी, बाज़ार।

गंज—पु. [फा.] ख़ज़ाना, धन राशि; ढेर, भंडार; मंडी। **~गोला**-पु. तोप का वह गोला जिसमें बहुत-सी चीज़ें भरी हों। **~बख़्श**-वि. खज़ाना लुटा देने वाला, महादानी।

गंजन—पु. [सं.] नाश कर देने वाला, नष्ट कर देने वाला, दूर कर देने वाला; अवज्ञा, तिरस्कार करना; हरा देना।

गंजा—वि. जिसके गंज हो गया हो, खल्वाट। पु. गंजापन, गंज रोग।

गंजा—स्त्री. [सं.] मदिरालय; झोंपड़ी; रत्नों की खान।

गंजिका—स्त्री. [सं.] मदिरालय; बनियान।

गंजी—स्त्री. छोटा गंज; ढेर, राशि; बनियान; बनियाननुमा बंडी।

गंजीफ़ा—पु. [फा.] ताश जैसा एक खेल जिसमें पत्ते गोल और संख्या में छियानबे होते हैं।

गँजेड़ी—वि. गाँजा पीने वाला।

गँठ—'गाँठ' का समास में प्रयुक्त रूप। **~कटा**-पु. गाँठ, गिरह काटने वाला, जेब कटा। **~जोड़ा, ~बंधन**-विवाह की एक रीति जिसमें वर-वधू के कपड़ों के छोर एक गाँठ के रूप में बाँध दिये जाते हैं, अटूट संबंध का प्रतीक। **ला. ~गठ बंधन, ~गठ बंधन की राजनीति**-दो या दो से अधिक राजनीतिक दलों का संबंध बनना, इन दलों द्वारा की जाने वाली राजनीति।

गँठजोड़, गँठजोड़ा, गठ बंधन—पु. द्र. 'गाँठ'।

गंड—पु. [सं.] गाल; कनपटी; गाल से कनपटी तक का मुख का भाग; हाथी की कनपटी का ऊपरी भाग; फोड़ा, फुंसी; घेघा; वीथि (नाटक) का अंग विशेष; ज्योतिष में एक अनिष्ट योग (गंडमूल)। **~कुसुम**-पु. हाथी की कनपटी से झरने वाला मद। **~दूर्वा**-स्त्री. गाँठ वाली दूर तक फैलनी वाली घास, दूब। **~देश, ~प्रदेश, ~मंडल, ~स्थल**-पु. कनपटी। **~मालक**—पु., **~माला**-स्त्री. कंठमाला रोग। **~मूर्ख**-वि. घोर मूर्ख, महामूर्ख।

गंडक—स्त्री. एक नदी जो हिमालय से निकलती है, आगे जा कर गंगा में मिलती है।

गंडक—पु. [सं.] चार कौड़ियों के मूल्य का एक सिक्का; निशान; बाधा; फोड़ा; पार्थक्य; ज्योतिष का एक अंग।

गंडकी—पु. संगीत में एक ताल।

गंडकी—स्त्री. [सं.] गंडक नदी; मादा गैंड़ा।

गंडली—पु. [सं.] शिव।

गंडा—पु. गाँठ; मंत्र पढ़कर गाँठ लगाया हुआ धागा जो पंडित-फकीर, आदि द्वारा दोष-निवारण, मनोकामना-पूर्ति, आदि के लिए दिया जाता है; बैलों, आदि पशुओं के गले में पड़ा घुँघरुओं वाला पट्टा; बोने के लिए काटा हुआ ईंख का गाँठ-युक्त टुकड़ा। **~तावीज़ (ताबीज़)**-पु. जंत्र-मंत्र, झाड़-फूँक वाला गले या बाजू में बाँधे जाने वाला डिब्बीनुमा उपकरण।

गंडारि—पु. [सं.] कचनार।

गंडाली—स्त्री. [सं.] सफेद दूब, गाँठ-युक्त घास।

गँड़ासा—पु. एक हथियार जिसमें लकड़ी के डंडे के सिरे पर लोहे का चौड़ा फलक लगा रहता है, परशु; एक औज़ार जिससे चारा काटते हैं।

गँड़ासी—स्त्री. गँडासे का छोटा रूप जिससे चारा, आदि काटा जाता है।

गंडिनी—स्त्री. [सं.] दुर्गा।

गंडूल—वि. [सं.] गाँठ वाला; टेढ़ा।

गंडूलना, गंडूला—पु. शिशु जब चलना सीखता है तो उसे सहारा देने के लिए लकड़ी का बनाया, तीन पहिये लगा खिलौनेनुमा उपकरण, जिसे पकड़कर वह चलता है।

गंडेरी—स्त्री. ईंख या गन्ने का छोटा टुकड़ा जो चूसने या कोल्हू में पेरने के लिए काटा जाए; गन्ने का छिला हुआ वह छोटा-सा टुकड़ा जिसे मुँह में रखकर चूसा जा सके।

गंडोपधान—पु. [सं.] तकिया।

गंडोल—पु. [सं.] गुड़; कौर, निवाला।

गंतव्य—वि. [सं.] जाने योग्य, गम्य। **ला.** उद्देश्य।

गंता—पु. [सं.] जाने वाला; पाने वाला; सहवास करने वाला।

गंतु—पु. [सं.] मार्ग; पथिक, जाने वाला।

गंगी—स्त्री. [सं.] घोड़ागाड़ी; बैलगाड़ी।

गंद—स्त्री. [फा.] गंदगी; बदबू; मलिनता। **मु. ~बकना**-गंदी बातें करना; गालियाँ बकना।

गंदगी—स्त्री. [फा.] मल; सड़ाँध, बदबू; मलिनता, गिलाज़त; भ्रष्टता, कदाचार।

गँदला—वि. गंदा, मैला-कुचैला।

गंदा—वि. [फा.] मैला; बदबूदार; खराब, बुरा; बिगड़ा हुआ।

गंदुम—पु. [फा.] गेहूँ।

गंदुभी—वि. [फा.] गेहुँए रंग का, कुछ कम गोरा। पु. गंदुभी रंग।

गंध—स्त्री. [सं.] बास, बू; सुगंध; सुगंधित द्रव्य; घिसा हुआ चंदन; चंदन, केसर, आदि का लेप। **~काष्ठ**-पु. अगर। **~गज**-वह हाथी जिसके कुंभ से मद झरता हो; श्रेष्ठ, महाबली हाथी। **~मादन**-पु. पुराण वर्णित एक पर्वत (राम कथा में)।

गंधक—पु., स्त्री. [सं.] एक तीक्ष्ण गंधयुक्त पीत वर्ण खनिज पदार्थ जो दवा, बारूद, आदि बनाने में प्रयुक्त होता है।

गंधकाम्ल—पु. [सं.] गंधक का तेज़ाब।

गंधकी—वि. गंधक के रंग का। पु. गंधकी रंग।

गंधन—पु. [सं.] गंध का प्रसार; एक प्रकार का चावल।

गंधरबिन*—स्त्री. गंधर्व स्त्री या गंधर्व की स्त्री।

गंधर्व—पु. [सं.] देवलोक में गायक वर्ग; कस्तूरी मृग; घोड़ा; मृत्यु के पश्चात् जीव के लिए निर्धारित एक योनि; एक हिंदू जाति जिसकी लड़कियाँ नाचने-गाने का पेशा करती हैं। **~लोक**-पु. मिथकीय मान्यता के अनुसार सात लोकों में से एक लोक, इसकी अवस्थिति गुह्यक लोक के ऊपर और विद्याधर लोक के नीचे मानी गई है। **~विद्या**-स्त्री. गान विद्या। **~विवाह**-'मनुस्मृति' में निर्धारित आठ प्रकार के विवाहों में से एक, वह विवाह जिसे वर-कन्या माता-पिता की अनुमति बिना ही चुपचाप कर लेते हैं, प्रेम विवाह। **~वेद**-पु. चार उपवेदों में से एक, संगीतशास्त्र।

गंधर्वा—स्त्री. [सं.] दुर्गा।

गंधर्वास्त्र—पु. [सं.] एक दिव्यास्त्र।

गंधर्विन—स्त्री. गंधर्व की या गंधर्व जाति की स्त्री।

गंधर्वी—वि. [सं.] गंधर्व का। स्त्री. गंधर्व की स्त्री।

गंधवती—स्त्री. [सं.] पृथ्वी; व्यास की माता; सुरा; मुरा नामक गंध-द्रव्य। वि. स्त्री. गंध वाली; सुगंध वाली।

गंधाजीव—पु. [सं.] गंधवी; इत्र बेचने वाला।

गंधाना—अ.क्रि. दुर्गंध फैलना। पु. एक वृत्त।

गंधाबिरोजा—पु. एक प्रकार का गोंद जिसका मरहम, फोड़े, घाव, आदि पर लगाते हैं।

गंधार—पु. [सं.] एक प्राचीन जनपद, गंधार के आस-पास का प्रदेश (महाभारत); सप्तक का तीसरा स्वर; एक राग (संगीत)।

गंधारी—स्त्री. द्र. 'गांधारी'।

गंधालु—वि. [सं.] गंधयुक्त, ख़ुशबूदार।

गंधाशन—पु. [सं.] वायु।

गंधाश्मा—पु. [सं.] गंधक।

गंधाष्टक—पु. [सं.] आठ गंध द्रव्यों का मिश्रण, अष्टगंध (भिन्न-भिन्न देवताओं के पूजा-अर्चण के लिए यह योग अलग-अलग है)।

गंधिक—वि. [सं.] गंध वाला। पु. इत्र बेचने वाला।

गंधी—पु. [सं.] इत्र बेचने वाला; खटमल; एक घास। वि. गंध वाला। **~पर्णन**-पु. गंध पर्णन नामक वृक्ष, उसका फूल।

गंधीला*—वि. गंदा, मैला। पु. जो गंदा रहता हो।

गंधेंद्रिय—स्त्री. [सं.] घ्राणेंद्रिय, नासिका।

गंधोत्तमा—स्त्री. [सं.] अंगूरी शराब।

गंधोपजीवी (विन्)—पु. [सं.] गंधी, इत्र बेचने वाला।

गंधोपल—पु. [सं.] गंधक।

गंधोष्णीष—पु. [सं.] सिंह।

गंभीर—वि. [सं.] गहरा; ऊँची और भारी (आवाज़); गहन; गूढ़, दुर्बोध; कठिन सोच-विचार कर बोलने और काम करने वाला; कम बोलने और हँसी-मज़ाक से दूर रहने वाला, संजीदा।

गंभीरा—स्त्री. [सं.] एक नदी।

गंभीरिका—स्त्री. [सं.] एक नदी।

गँवई—स्त्री. गाँव की (बोली, वेश-भूषा, आदि)।

गँवाऊ—वि. गँवाने वाला, उड़ाऊ।

गँवाना—स.क्रि. खोना, नष्ट करना या नष्ट हो जाने देना; (समय) काटना, खराब करना।

गँवार—वि. असभ्य; अशिष्ट; अनाड़ी।

गँवारिन—स्त्री. 'गँवार' का स्त्री., द्र. 'गँवार'।

गँवारी—वि. 'गँवार' का स्त्री.।

गँवारू—वि. अशोभन, अशोभनीय, बेढंगा, भौंडा।

गँवेली*—स्त्री. गँवार स्त्री।

ग—पु. [सं.] गीत; गणेश; गुरु मात्रा; गंधर्व। वि. गमन करने वाला; गाने वाला; समास के अंत में प्रयुक्त—'अध्वग', 'सामग', आदि।

गइंद*—पु. द्र. 'गयंद'।

गइनाही*—स्त्री. ज्ञान, जानकारी।

गई—वि. स्त्री. ('गया का स्त्री.') जो चली गई हो।

गऊ—स्त्री. गाय। **ला.** वि. सीधा, बिना छल-कपट वाला।

गकार—पु. [सं.] 'ग' अक्षर और उसकी ध्वनि।

गक्कर—पु. पंजाब के पश्चिमोत्तर भाग में रहने वाली एक जाति।

गगन—पु. [सं.] आकाश, अंतरिक्ष; शून्य। **~गिरा**-स्त्री. आकाशवाणी। **~चर**-वि. आकाशचारी। पु. पक्षी; राशि-चक्र; नक्षत्र; देवता। **~चुंबी (बिन्)**-वि. आकाश छूने वाला, बहुत ऊँचा। **~ध्वज**-पु. बादल; सूर्य। **~पति**-पु. इंद्र। **~भेदी**-वि. आकाश का भेदन करने वाला, बहुत ऊँचा, प्रचंड। **~विहारी (रिन्)**-वि. आकाश में विचरण करने वाला। पु. प्रकाशपिंड; सूर्य; देवता। **~सिंधु**-स्त्री. आकाशगंगा। **~स्पर्शी (र्शिन्)**-वि. आकाश को छूने वाला, बहुत ऊँचा।

गगनांगना—स्त्री. [सं.] अप्सरा।

गगनांबु—पु. [सं.] वर्षा का जल।

गगनाध्वग—पु. [सं.] सूर्य; ग्रह; देवता।

गगनानंग—पु. [सं.] मात्रिक छंद।

गगनापगा—स्त्री. [सं.] आकाशगंगा।

गगरा—पु. ताँबे, पीतल या लोहे का बना घड़ा, कलश।

गगरिया*—स्त्री. द्र. 'गगरी'।

गगरी—स्त्री. मिट्टी का छोटा घड़ा, गागर।

गगल—पु. [सं.] सर्प का विष।

गच—स्त्री. किसी नरम चीज़ में कड़ी, पैनी चीज़ के धँसने, खुभने की आवाज़।

गचना*—स.क्रि. गाँसना; ठूँस कर भरना।

गचपच—वि. द्र. 'गिचपिच'।

गच्चा—पु. गड्ढा, गर्त; जोखिम या हानि। **ला. ~खाना**-धोखा खाना; हानि उठाना।

गच्छ—पु. [सं.] पेड़, गाछ; जैन साधुओं का मठ।

गच्छना*—अ.क्रि. जाना।

गजंद, गजंदा*—पु. द्र. 'गजेंद्र'।

गजंद—पु. [फा.] सदमा; दु:ख; चोट; कष्ट; हानि।

गज—पु. [सं.] हाथी; आठ की संख्या; लंबाई की एक माप, तीस अंगुल; गजासुर आठ दिग्गजों में से एक; नींव, पुश्ता। **~कंद**-पु. एक जड़ी-बूटी। **~कर्ण**-पु. एक यक्ष। **~कर्णी**-स्त्री. एक जड़ी-बूटी। **~कुंभ**-पु. हाथी के मस्तिष्क का उभरा हुआ भाग, गंड-स्थल। **~कुसुम**-पु. नागकेसर। **~कुर्मांशी**-पु. गरुड़। **~केसर**-पु. धान की एक उत्तम जाति। **~कीड़ित**-नृत्य का एक भाव। **~गति**-हाथी के समान मंद, गौरव भरी चाल (गति का प्रसिद्ध उपमान); एक वर्णवृत्त; गज-चाल वाली स्त्री। वि. गज-गामिनी। **~गाह***-पु. हाथी पर डाली जाने वाली झूल। **~गौनी***-वि. गजगामिनी। **~च्छाया**-स्त्री. फलित ज्योतिष का एक योग जो श्राद्ध के लिए अच्छा माना जाता है। **~ढक्का**-पु. हाथी पर रखकर बजाए जाने वाला बड़ा नगाड़ा। **~दंत**-पु. हाथी का दाँत; गणेश; कपड़े टाँगने वाली दीवार में लगी खूँटी; एक तरह का घोड़ा; दाँत के ऊपर निकला हुआ दाँत; नृत्य का एक भाव। **~दंती**-वि. हाथी दाँत बना हुआ। **~दान**-हाथी का दान; हाथी गंड-स्थल से निकलने वाला मद। **धर**-पु. हाथियों का स्वामी। **~नाल**-स्त्री. भारी तोप जिसे पहले हाथी खींचते थे। **~नासा**-स्त्री. हाथी की सूँड़। **~पति**-पु. हाथी रखने वाला; राजाओं की एक उपाधि (जगन्नाथपुरी, विजय नगर, आदि के राजाओं की)। **~पिप्पली**-स्त्री. गज पीपल। **~पीपर, ~पीपल**-स्त्री. एक पौधा जिसकी मंजरी दवा में प्रयुक्त होती है। **~पुंगव**-पु. बड़ा हाथी; हाथियों में श्रेष्ठ। **~पुर**-पु. हस्तिनापुर। **~पुष्पी**-स्त्री. एक वनौषधि। **~बंध**-पु. चित्रकाव्य का एक भेद। **~बंधन**-पु. हाथी बाँधने का खूँटा। **~बँधनी, ~बंधिनी**-हाथियों का अस्तबल, हस्तिशाला। **~बदन***-पु. गणेश। **~मणि**-पु. गजमुक्ता। **~मद**-पु. गज के गंड-स्थल से निकलने वाला स्वेद। **~माचल, ~मोटन**-पु. सिंह। **~मुक्ता**-स्त्री. कवि-प्रसिद्धि है कि यह मोती हाथी के मस्तक से निकलता है। **~मुख, ~वक्त्र, ~वदन**-पु. गणेश। **~मोती**-पु. [हि.] गजमुक्ता। **~मौक्तिक**-पु. गजमुक्ता। **~यूथ**-पु. हाथियों का झुंड। **~रथ**-पु. विशाल रथ जिसे हाथी खींचते थे। **~राज**-पु. बहुत बड़ा हाथी, गजेंद्र। **~नील**-पु. एक ताल। **~विथी**-स्त्री. रोहिणी, मृगशिरा और आर्द्रा नक्षत्रों का समूह (ज्यो.)। **~व्रज**-पु. हाथियों की सेना। **~शाला**-स्त्री. हस्तिशाला, फ़ीलखाना। **~शिक्षा**-स्त्री. हाथियों को सिखाने, साधने की शिक्षा, हस्तिशास्त्र। **~स्नान**-पु. हाथी का नहाना; निरर्थक कार्य। (हाथी नहाने के तुरंत बाद अपनी सूँड़ से अपनी देह के ऊपर धूल या कीचड़ डाल लेता है)।

गज़—पु. [फा.] लंबाई का एक मान, छत्तीस इंच या सोलह गिरह का; लोहे की छड़ या लकड़ी का बना एक गज़ का माप। **इलाही**-पु. अकबरी-राज का गज़ जो एक 41 इंच का होता था।

गज़क—पु. [फा.] गुड़ और तिल या चीनी और तिल को पकाने के बाद कूट-कूट कर बनाया हुआ खाद्य पदार्थ, तिल-शकरी (सर्दियों में खाई जाती है)।

गज़ट—पु. [अं.] सरकारी अधिसूचना प्रकाशित करने वाला सरकार द्वारा ही प्रकाशित समाचार पत्र, राजपत्र ('गैज़ेट')।

गज़ेटेड—वि. [अं.] राजपत्रित, जिसकी स्वीकृति की सूचना गज़ट में प्रकाशित होती है। **~छुट्टी**-स्त्री. सरकारी

छुट्टी। **~अफ़सर, ~पद**-पु. सरकारी सेवा में अफ़सर का पद जिसकी अधिसूचना गज़ट, राजपत्र द्वारा मान्य की जाती है।

गज़ेटियर—[अं.] स्थान विशेष का भौगोलिक, ऐतिहासिक, आदि विवरणों से परिपूर्ण सरकारी कोश (ब्रिटिश सरकार ने बड़े वैज्ञानिक रूप में ये शोध/कोश प्रकाशित करवाए थे, जिलेवार, प्रांतवार)।

गजता—स्त्री. [सं.] हाथियों का झुंड।

गज़नवी—पु. [फा.] गज़नी का रहने वाला; एक तुर्क राजवंश जिसमें भारत पर आक्रमण करने वाला प्रसिद्ध विजेता महमूद ग़ज़नवी हुआ।

ग़ज़नी—पु. [फा.] अफ़गानिस्तान का एक नगर जो महमूद की राजधानी था।

ग़ज़ब—पु. [अ.] क्रोध, गुस्सा; बहुत अधिक क्रोध, प्रकोप; दैवी प्रकोप, ख़ुदाई-क़हर; अंधेर, जुल्म। **इलाही**-पु. ईश्वरीय प्रकोप, दैवी विपत्ति। **~नाक**-वि. अतिक्रुद्ध, कुपित। **~ख़ुदा का**—ईश्वरीय क्रोध, दैवी विपत्ति। **ला. ~टूटना, ~पड़ना**-अचानक भारी विपत्ति आना। **~ढाना**-पु. जुल्म करना, भारी अनर्थ करना, भारी अन्याय करना।

ग़ज़ब (गज़ब)—पु. [हिं.] आश्चर्यजनक बहुत अधिक सुंदर; बहुत अधिक स्वादिष्ट ('यह मिठाई गज़ब की है')। **ला. ~ढाना**-बहुत अधिक प्रभावित करना; बहुत अधिक मारक प्रभाव छोड़ना।

गजर—पु. पहर-पहर, घंटे-घंटे-भर बाद बजने वाला घंटा; भोर का घंटा; जागने की घंटी। **~दम**-पु. अ. तड़के; पौ फटते ही।

गजरभत्ता, गजरभात—पु. गाजर को कस कर दूध, मीठा (चीनी, गुड़, आदि) डाल कर भात के समान बनाया हुआ गाजर का हलवा।

गजरा—पु. फूलों की माला, हार; कलाई पर पहने जाने वाला एक आभूषण।

गजरी—स्त्री. कलाई पर पहने जाने वाला छोटा आभूषण।

ग़ज़ल—स्त्री. [अ.] फारसी-उर्दू में लिखी जाने वाली कविता का एक विशेष प्रकार जिसमें प्राय: 5 से 11 शेर होते हैं, सारे शे'र एक ही रदीफ़ और काफ़िए में होते हैं, पहला शेर 'मतला' कहलाता है जिसके दोनों मिस्रे सानुप्रास होते हैं और अंतिम शेर 'मक़्ता' होता है जिसमें शायर अपना उपनाम लाता है। ग़ज़ल के संग्रह को 'दीवान' कहते हैं; प्रेमिका से वार्तालाप। **~गो**-पु. ग़ज़ल गायक, ग़ज़ल कहने वाला। **~गोई**-स्त्री. ग़ज़ल कहना। **~सरा**-वि. ग़ज़ल सुनाने वाला, पढ़ने वाला, गाने वाला। **~सराई**-गज़ल गढ़ना, गाना।

गजवान्—पु. [सं.] महावत।

गजाधर—पु. द्र. 'गदाधर'।

गजानन—पु. [सं.] 'गणेश'।

गजायुर्वेद—पु. [सं.] हस्ति-चिकित्सा-शास्त्र।

गजारि—पु. [सं.] शिव; सिंह; एक वृक्ष।

गजारोह—पु. [सं.] महावत।

गजाशन—पु. [सं.] पीपल का पेड़; कमल की जड़।

गजासुर—पु. [सं.] एक राक्षस जो शिव जी के हाथों मारा गया।

गजास्य—पु. [सं.] गणेश।

गजी—वि., पु. [सं.] गजारोही।

गज़ी—पु. हाथ का बुना मोटा कपड़ा, गाढ़ा।

गजेन्द्र—पु. [सं.] गजराज; बड़ा हाथी; ऐरावत, इंद्र का हाथी।

गझिन—वि. घना, घिनका, सघन, गाढ़ा।

गट—स्त्री. किसी तरह पदार्थ को निगलने पर होने वाली आवाज़। **~गट, गटागट**-अ. किसी चीज़ को गटगट की ध्वनि के साथ जल्दी-जल्दी पीना, निगलना।

गटकना—स.क्रि. निगलना; हड़पना (अवमानना के अर्थ में)।

गटगटाना—स.क्रि. गटगट की ध्वनि के साथ कोई चीज़ पीना।

गटर—पु. [अं.] गंदा नाला, गंदी नाली, मोरी।

गटरमाला—स्त्री. बड़े दानों की माला।

गटागट—अ. द्र. 'गटगट'।

गटापारचा—पु. एक तरह का गोंद जो रबर की तरह काम में लाया जाता है।

गटी—स्त्री. गाँठ; समूह।

गट्टा—पु. कलाई; टखना; हुक्के के नैचे में बीच का भार।

गट्ठर—पु. बड़ी गठरी, गट्ठा।

गट्ठा—पु. बड़ी गठरी; घास, लकड़ी, आदि का बोझा; प्याज, आदि की गाँठ।

गट्ठी—स्त्री. गाँठ।

गठ—स्त्री. द्र. 'गँठ', समास रूप में प्रयुक्त।

गट्ठी—स्त्री. गाँठ।

गठ—स्त्री. द्र. 'गँठ', समास रूप में प्रयुक्त।

गठजोड़—पु. द्र. 'गँठजोड़'।

गठड़ी (गठरी)—स्त्री. कपड़े में बँधा हुआ सामान; बोझ। **ला.** संचित धन, जमा पूँजी; बड़ी रकम।

गठन—स्त्री. पु. बनावट, निर्मिति; अंगों का कसाव; दृढ़ता।

गठना—अ.क्रि. जुड़ना; गाँठा जाना; सिलाई होना, टाँका भरा जाना (जूते, आदि में)। **ला.** बहुत अधिक हेल-मेल, प्रेम होना; दोस्ती होना।

गठबंधन—पु. [सं.] द्र. 'गँठबंधन'।

गठरिया—स्त्री. छोटी गठरी।

गठरी—स्त्री. द्र. 'गठड़ी'।

गठवाना, गठाना—स.क्रि. 'गाँठना' का प्रे.।

गठाव—पु. गठन।

गठित—वि. गठा हुआ, ग्रथित, बना हुआ।

गठिया—पु. एक वात रोग, संधिवात, जिससे शरीर के जोड़ों में दर्द रहता है।

गठियाना—स.क्रि. गाँठ लगाना, गाँठ बाँध देना।

गठीला—वि. गठा हुआ, कसा हुआ, सुदृढ़ (बदन, शरीर)।

गडंत—स्त्री. टोट के रूप में गाड़ी गई वस्तु।

गडक—पु. [सं.] एक मछली।

गड़गड़ा—पु. एक तरह का हुक्का, बड़ी सी गुड़गुड़ी।

गड़गड़ाना—अ.क्रि. 'गड़-गड़' शब्द होना, गर्जना (बादल का)।

गड़गड़ाहट—स्त्री. गड़गड़ाना, बादल के गर्जने की आवाज़।

गड़गड़ी—स्त्री. छोटा नगाड़ा; डुबडुबी।

गड़दार—पु. मतवाले हाथी के साथ-साथ भाला ले कर चलने वाला महावत।

गड़ना—अ.क्रि. चुभना, धँसना; चुभने की पीड़ा होना; स्थिर होना, ठहरना; गाड़ा जाना (झंडा, आदि)। **मु. ~गड़ जाना**-अत्यधिक लज्जा अनुभव करना, लज्जा से सिर झुक जाना। **गड़े मुर्दे उखाड़ना**-पुरानी भूली हुई बातों को याद करना।

गड़प—स्त्री. पानी या दलदल में जल्दी से किसी चीज़ का धँस जाना, डूब जाना; विलुप्ति। **मु. ~कर जाना**-किसी की वस्तु या धन को बेईमानी से हड़प लेना।

गड़पना—स.क्रि. निगलना। **ला.** किसी की चीज़ या धन को बेईमानी से हड़प लेना।

गड़बड़—वि. गड्डमड्ड, अस्त-व्यस्त। पु., स्त्री. अव्यवस्था, गोलमाल; खराबी; उपद्रव; बिगड़ी हुई अवस्था (रोग, मरीज़, आदि की)। **~झाला**-पु. अव्यवस्था, गोलमाल; झमेला।

गड़बड़ाना—अ.क्रि. गड़बड़ होना, अव्यवस्था होना; हालत खराब हो जाना।

गड़बड़िया—वि. गड़बड़ करने वाला, अव्यवस्था करने वाला।

गड़बड़ी—स्त्री. 'गड़बड़'।

गड़रिया—पु. एक हिंदू जाति, भेड़-बकरी चराने, आदि का काम करने वाली।

गड़वाँत—स्त्री. पहिए की लीक।

गड़वाना—स.क्रि. 'गाड़ना' का प्रे.।

गड़हा—पु. द्र. 'गड्ढा'।

गड़ही—स्त्री. छोटा गड्ढा।

गड़ा—पु. अश्वों के चारे, लकड़ियों, ईंधन, आदि का बड़ा गट्ठर।

गड़ाना—स.क्रि. चुभाना, धँसाना।

गड़ाप—पु. द्र. 'गड़प'।

गड़ावन—पु. एक तरह का नमक।

गड़ासा—पु. द्र. 'गँड़ासा'।

गड़ु—पु. [सं.] कूबड़; निरर्थक वस्तु; कूबड़ वाला आदमी, केंचुवा। वि. कूबड़ वाला।

गड़ुआ, गड़ुवा—पु. टोंटी लगा हुआ लोटा, झारी; काँसे का लोटा।

गड़ुई—स्त्री. छोटा गड़ुआ; द्र. 'गड़ुवा'।

गड़ुर, गड़ुल—वि. [सं.] कुबड़ा।

गड़ुरी—स्त्री. एक पक्षी।

गड़ूलना, गड़ोलना—पु. द्र. 'गड़ूलना', गड़ूला'।

गड़ेर—पु. [सं.] बादल।

गड़ेरदार—वि. घेरदार।

गड़ेरन, गड़ेरिन—स्त्री. गड़रिया की स्त्री।

गड़ेरिया—पु. द्र. 'गड़रिया'।

गड़ेरुआ*—पु. पशुओं का एक रोग।

गडोलना—पु. लकड़ी की बनी बच्चों की छोटी गाड़ी, द्र. 'गड़ूलना'।

गड्ड—पु. गड्डी, एक पर एक रखी चीज़ों का ढेर, राशि। **~मड्ड**-वि. अस्त-व्यस्त क्रम में, रूप में चीज़ों को रखना।

गड्डमगोल—पु. गड़बड़झाला, अव्यवस्था।

गड्डर, गड्डल—पु. [सं.] भेड़, मेष।

गड्डरिका, गड्डलिका—स्त्री. [सं.] भेड़ों की पंक्ति, पाँत; अविच्छिन्न प्रवाह। **~प्रवाह**-पु. भेड़ियाधसान, अंधानुसरण।

गड्डी—स्त्री. नोटों, कागज़ों, ताश के पत्तों, आदि की छोटी राशि, ढेर।

गड्ढा—पु. गढ़ा, गर्त।

गढ़ंत—वि. गढ़ा हुआ, कपोल-कल्पित। स्त्री. गढ़ी हुई बात।

गढ़—पु. किला, दुर्ग; केन्द्र; अड्डा। **~पति, ~पाल**-पु. दुर्गपति, किलेदार, गढ़ का स्वामी।

गढ़त—स्त्री. गठन; बनावट।

गढ़न—स्त्री. बनावट, आकृति; गठन।

गढ़ना—स.क्रि. रचना, निर्माण, निर्माण करना; किसी पदार्थ, धातु, मिट्टी, आदि से कोई चीज़ बनाना—हाथों से या औज़ारों से; कल्पना करना; अपने मन से कोई बात बनाना; पीटना; मरम्मत करना; किसी चीज़ को सुडौल आकार देना।

गढ़वाना—स.क्रि. गढ़ाना।

गढ़ा—पु. गर्त, गड्ढा। **ला.** पेट। **मु. ~खोदना**-किसी को हानि पहुँचाने का उपाय करना। **~(ढ़े) में गिरना**- पतन होना; विपत्ति में फँसना।

गढ़ाई—स्त्री. गढ़ने का काम, व्यवसाय; किसी चीज़ के गढ़ने की मजदूरी, आभूषण, आदि की।

गढ़ाना—स.क्रि. गढ़वाना, बनवाना।

गढ़िया—पु. गढ़ने वाला।

गढ़ी—स्त्री. छोटा गढ़, किला; किले में बनी छोटी बस्ती।

गढ़ीश, गढ़ीस*—पु. दुर्गपति, किले का स्वामी।

गढ़ैया—पु. गढ़ने वाला। स्त्री. छोटा तालाब, पोखर।

गण—पु. [सं.] वर्ग, श्रेणी; जाति; समूह, एक जन का बहु.; (अतिथि गण); अनुचर, सेवक; अनुयायी; संख्या; शिव के सेवकों का समूह; अक्षौहिणी सेना का एक विभाग जिसमें 27 रथ, 27 हाथी, 81 घोड़े और 135 पदाति, पैदल सैनिक होते थे। छंद-शास्त्र में तीन वर्णों का समूह—यमण, तगण, आदि। व्याकरण में समान लोप, आगम, आदि वाले शब्दों, धातुओं का वर्ग। **~तंत्र**-पु. शासन का एक प्रकार, प्रजातंत्र, वह शासन प्रणाली जिसमें शासन कार्य चुने हुए प्रतिनिधियों द्वारा चलाया जाता है। **~दीक्षा**-स्त्री. बहुतों की एक साथ, सामूहिक दीक्षा। **~देवता**-पु. गण का देवता;, आदित्य, वसु, रुद्र, मरुत्, आदि देवता। **~द्रव्य**-पु. पंचायती, समूह का धन, संपत्ति। **~धर**-पु. किसी गण या वर्ग विशेष का प्रमुख; जैन आचार्यों का एक वर्ग। **~नाथ, ~नायक**-पु. गण का स्वामी; गणेश; शिव। **~नायिका**-स्त्री. दुर्गा। **~प, ~पति**-पु. गणेश; शिव; गण का स्वामी। **~पर्वत**-पु. कैलास। **~पुंगव, ~मुख्य**-पु. गण या जाति का मुखिया। **~भोज, भोजन**-पु. समूह के रूप में बैठ कर खाना, सहभोज। **~यज्ञ**-पु. सामूहिक यज्ञ। **~राज्य**-पु. राज्य की वह शासन प्रणाली जिसमें चुने हुए प्रतिनिधियों द्वारा शासन किया जाता है, प्राचीन भारत में कौशल, मगध, आदि गणराज्य।

गणक—पु. [सं.] गणना करने वाला ज्योतिषी।

गणकी—स्त्री. [सं.] ज्योतिषी की पत्नी।

गणतंत्र दिवस—पु. वह दिवस जिस दिन भारत की घोषणा स्वतंत्र संप्रभु राज्य के रूप में की और उसका अपना संविधान लागू हुआ, 26 जनवरी, 1950 ई.।

गणन—पु. [सं.] गिनना; हिसाब करना; मानना, समझना।

गणना—स्त्री. [सं.] गिनना; गिनती; हिसाब; मानना, लिहाज़। **~पति**-पु. अंकशास्त्री; गणेश। **~महामात्र**-पु. वित्तमंत्री।

गणनातीत—वि. [सं.] जिसकी गणना न की जा सके, संख्यातीत।

गणनीय—वि. [सं.] जिसकी गणना की जा सके, गिनने लायक, मान्य, जिसको महत्त्व दिया जा सके, माननीय।

गणाग्रणी—पु. [सं.] गणों में अग्रणी, गणेश।

गणाधिप, गणाधिपति, गणाध्यक्ष—पु. [सं.] गणस्वामी; सेनानायक; शिव; गणेश।

गणान्न—पु. [सं.] बहुत से व्यक्तियों के लिए एक साथ बनाया गया भोजन।

गणिका—स्त्री. [सं.] वेश्या, पैसे के लिए शरीर बेचने वाली स्त्री; हथिनी; एक सफेद फूल जो चमेली से मिलता-जुलता है।

गणित—पु. [सं.] वह शास्त्र जिसमें संख्या, मात्रा, आदि का विचार किया जाता है, अंकशास्त्र; हिसाब। वि. गिना हुआ, जोड़ा हुआ। **~ज्ञ**-वि. गणित-शास्त्री; ज्योतिषी। **~विद्या**-स्त्री. अंकशास्त्र।

गणितीय—वि. [सं.] गणित संबंधी (गणितीय प्रश्न)।

गणित्र—पु. [सं.] गणना करने की मशीन (कैलक्युलेटर)।

गणेरू—पु. [सं.] कर्णिकार नामक पेड़। स्त्री. वेश्या; हथिनी।

गणेरुका—स्त्री. [सं.] कुटनी; हथिनी।

गणेश—पु. [सं.] हिंदुओं के एक प्रमुख देवता, शिव-पार्वती के पुत्र, पंच देवों में प्रथमतः वंदनीय। **~कुसुम**-पु. लाल कनेर। **~चतुर्थी**-भाद्रपद मास के कृष्ण पक्ष की चतुर्थी तिथि जिसमें गणेश पूजा का विधान है।

गण्य—वि. [सं.] गणनीय। **~मान्य**-वि. सम्मानित।

गत—वि. [सं.] गया हुआ, बीता हुआ; पिछला (गत वर्ष, मास, सप्ताह, आदि); मृत; प्राप्त; स्थित। **~कल्मष**-वि. पाप-दोष से मुक्त। **~काल**-पु. बीता हुआ। **~चेतन**-वि. जिसकी चेतना चली गई हो, बेहोश। **~जीव**-वि. मृत। **~दिन, ~दिवस**-बीता हुआ दिन, कल।

गत—स्त्री. गति, हालत; बुरी गति, दुर्दशा, बेढंगा रूप (उसने अपनी क्या गत बना रखी है)। सितार, आदि पर बजाए जाने वाला राग का सरगम। **ला. ~का**-पु. अच्छा; स्तरीय (कपड़ा तो गत का पहना करो)। **~बजाना**-सितार, आदि पर राग का सरगम बजाना। **~बनाना**-दुर्दशा करना; किसी चीज़ को नष्ट-भ्रष्ट करना; किसी की खूब पिटाई करना।

गतक—पु. [सं.] गमन, गति।

गतका—पु. लाठी चलाने से मिलता-जुलता एक खेल जिसमें एक छोटे डंडे पर चमड़ा मढ़ा हुआ होता है, इससे एक-दूसरे पर वार किया जाता है, दूसरा उसे रोक कर प्रतिवार करता है।

गतांक—पु. [सं.] (किसी पत्र-पत्रिका, आदि का) पिछला अंक, संख्या। वि. गया-बीता।

गतांत—वि. [सं.] जिसका अंत आ गया हो।

गताक्ष—वि. [सं.] जिसकी आँखें चली गई हों, अंधा।

गतागत—पु. [सं.] जाना-आना (आना-जाना); जन्म-मरा। वि. आया-गया, आने-जाने वाला।

गतागति—स्त्री. [सं.] मरना और फिर जन्म लेना।

गतानुगत—पु. [सं.] किसी चली आती हुई परंपरा, रीति का पालन करना।

गतानुगतिक—वि. [सं.] बिना सोचे-समझे एक-दूसरे के पीछे चलने वाला अंधानुकरण।

गतायात—पु. [सं.] जाना और आना।

गतार्थ—वि. [सं.] अर्थहीन; निर्धन।

गतालोक—वि. [सं.] आलोक-रहित।

गतासु—वि. [सं.] मृत।

गति—स्त्री. [सं.] गमन, जाना; चाल, रफ़्तार, हिलना-डुलना, हरकत; अवस्था, दशा; प्रवेश, पैठ; सहारा; अवलंब; लीला, माया; ढंग, रीति; मृत्यु के पश्चात् जीव-आत्मा को प्राप्त होने वाली अवस्था; मृतक का क्रियाक्रम, अंतिम-संस्कार; मोक्ष, मुक्ति; ग्रहों की चाल। **~भंग, ~भेद**-पु. छंद, गान, आदि में लय का टूटना। **~विधि**-स्त्री. चेष्टा; क्रियाकलाप। **~शील**-गतिमान्, जो निरंतर प्रगति करे। **~सीमा**-स्त्री. वाहन, आदि की गति की वह सीमा जिससे ऊपर उसको चलाना वैध न हो। **~हीन**-वि. गतिरहित निष्क्रिय; असहाय।

गतिमान्—वि. [सं.] गतियुक्त, क्रियाशील।

गतिला—स्त्री. [सं.] परस्पर अभेद होना; एक नदी; एक पौधा।

गतिरोध—पु. रुकावट, बाधा।

गतिरोधक—वि. गति में बाधा डालने वाला, सड़क पर तेज़ गति को नियंत्रित करने के लिए लगाए या बनाए गए अवरोधक।

गत्ता—पु. मोटी लुगदी का बना मोटा भारी-सा एक प्रकार का कागज़, गत्ता।

गत्यवरोध—पु. [सं.] गति का रुक जाना, चलते हुए कार्य में बाधा पड़ जाना।

गत्यात्मक—वि. [सं.] गतिशील, क्रियाशील।

गत्वर—वि. [सं.] जाता हुआ; गतिवान; नाशवान।

गथ*—पु. [ब्र.भा.] पूँजी, जमा; माल; झुंड।

गथना*—स.क्रि. जोड़ना, एक साथ बाँधना, गढ़कर बातें करना।

गद—पु. किसी नरम चीज़ पर कड़ी या कड़ी चीज़ पर नरम चीज़ के गिरने से पैदा होने वाली आवाज़।

गदका—पु. द्र. 'गतका'।

गदगद*—वि. द्र. 'गद्गद'।

गदन—पु. [सं.] कथन, वर्णन।

गदना*—स.क्रि. कहना, बोलना।

गदबदा—वि. मुलायम, कोमल।

गदर—पु. ठाकुर जी को पहनाई जाने वाली रुई की बनी एक प्रकार की माला।

ग़दर—पु. [अ.] विद्रोह, बग़ावत, विप्लव; खलबली, हलचल।

गदरा—वि. गदराया हुआ, अधपका।

गदराना—अ.क्रि. किसी फल, आदि का पकने की स्थिति की ओर होना, पूरा पका न होना ('आम गदराया हुआ'); यौवन आने पर अंगों का भरना, खिल उठना; आँख का थोड़ा-थोड़ा लाल होना।

गदला—वि. मैला, थोड़ा मिट्टी या कीचड़ मिला हुआ (पानी)।

गदलाना—अ.क्रि. (पानी का) गदला होना। द्र. 'गदलाना'।

गदह—'गदह' का समास में प्रयुक्त रूप। **~पचीसी**-स्त्री. मस्ती और नासमझी की अवस्था, सोलह से पचीस वर्ष तक की अवस्था। **~पन, ~पना**-पु. मूर्खता। **~लोट**-पु. कुश्ती का एक पेंच, दावँ। **~लोटन**-पु. थकान मिटाने के लिए गधे का धूल में लोटना, वह जगह जहाँ गधे के लोटने का निशान बन जाता है।

गदहपूरना—स्त्री. एक पौधा जो दवा में प्रयुक्त होता है, पुनर्नवा।

गदहा—पु. द्र. 'गधा'।

गदांतक—पु. [सं.] अश्विनी कुमार, देवताओं के वैद्य।

गदांबर—पु. [सं.] बादल।

गदा—स्त्री. [सं.] एक प्राचीन अस्त्र जिसके सिरे पर नोकदार बड़ा लट्टू-सा लगा होता है, गुर्ज (हनुमान, भीम, आदि का अस्त्र)। **~धर, ~धारी**-पु. गदा धारण करने वाला, हनुमान; विष्णु। **~युद्ध**-पु. वह युद्ध जो गदाओं के द्वारा ही लड़ा जाए।

गदा—पु. [फ़ा.] भिखारी, याचक। वि. रंक, निर्धन।

गदागद—अ. एक पर एक लगातार।

गदागद—पु. [सं.] अश्विनीकुमार, देवताओं के वैद्य।

गदाला—पु. हाथी की पीठ पर कसा जाने वाला गद्दा।

गदेला—पु. गद्दा।

गदेली—स्त्री. हथेली।

गद्गद—वि. [सं.] हर्ष, प्रेम, आदि के आवेश में पूर्ण, हर्ष प्रेम, आदि के आधिक्य से गले का रुँधना, अवरुद्ध होना; पुलकित, आनंदित। **~कंठ**-पु. हर्ष, आदि से भरा गला। **~स्वर**-पु. पुलकित, आनंदित स्वर।

गद्गदिका—स्त्री. [सं.] हकलाहट।

गद्द—पु. किसी कोमल जगह पर किसी चीज़ के गिरने का शब्द; किसी अपाच्य वस्तु के खाने से पेट का भारी होना, भारीपन।

गद्दड़, गद्दर—वि. थोड़ा-थोड़ा पका हुआ कोई फल, (विशेषतः आम)।

गद्दा—पु. भारी मोटा तोशक, मोटा और गुदगुदा बिछौना जिसमें रुई, रबर, फोम, आदि भरी हुई होती है।

गद्दार—पु. [अ.] विद्रोही, बाग़ी; राष्ट्र-द्रोही, देश-द्रोही।

गद्दारी—स्त्री. [अ.] गद्दार होना, बागी बनना, विद्रोह भाव।

गद्दी—स्त्री. छोटा गद्दा, कुर्सी, सोफ़ा, आदि पर रखने के लिए, छोटा गद्दा, सम्माननीय व्यक्ति का आसन; राजा, मठाधीश, आदि का पद, कई तह किया हुआ कपड़ा जो

घाव, चोट, आदि पर रखते हैं। **~नशीं**-वि. गद्दी पर बैठा हुआ; सिंहासनासीन। **~नशीनी**-स्त्री. गद्दी पर बैठना; राज्य-पद सँभालना; उस अवसर पर होने वाले उत्सव, रस्म।

गद्य—पु. [सं.] वह रचना जो पद्य न हो, सामान्य भाषा में लिखी जाए। **~काव्य**-पु. गद्य की एक विधा जो गद्य में होते हुए भी काव्यात्मकता से भरपूर। **~पद्य**-पु. वह रचना जिसमें गद्य और पद्य दोनों हों, चंपू काव्य।

गद्यवत—वि. [सं.] गद्य के समान।

गद्यात्मक—वि. [सं.] गद्य के रूप में लिखा हुआ; वह रचना जो काव्य गुणविहीन हो।

गद्यानुरूप—वि. [सं.] जो गद्य के ढंग तथा प्रकार का हो।

गधा—पु. घोड़े की जाति का एक पशु जो बोझा ढोने के काम आता हो, खर, रासभ। **ला.** वि. मूर्ख, नासमझ, बुद्धू। **मु. ~(धे) को बाप बनाना**-अपना काम निकालने के लिए मूर्ख व्यक्ति को भी सम्मान देना, उसकी ख़ुशामद करना। **~पर चढ़ाना**-बेइज़्ज़त करना।

गधी—स्त्री. गधे की मादा।

गन*—पु. द्र. 'गण'। **~नायक, ~पति**-पु. द्र. 'गणनायक'; गणपति। **~राय**-पु. गणेश।

गनक*—पु. द्र. 'गणक'।

गनगौर—स्त्री. चैत्र शुक्ला तृतीया को मनाए जाने वाला पर्व, उत्सव जिसमें गणपति और गौरी पूजन किया जाता है, विशेषत: राजस्थान में।

गनगनाना*—अ.क्रि. गूँजना; जोर-जोर से शब्द करना।

गनिका*—स्त्री. द्र. 'गणिका'।

गनियारी—स्त्री. एक झाड़ जिसकी लकड़ी रगड़ने से आग, चिंगारी निकलती है, छोटी अरनी।

गनी—वि. द्र. 'ग़नी'।

ग़नी—स्त्री. [अं.] पटसन का बना मोटा टाट जिसके बोरे, थैले, आदि बनते हैं। **~बैग**-पु. बोरा; स्त्री. बोरी।

ग़नीम—वि. [अ.] धनी, मालदार; बेपरवाह; संतुष्ट।

ग़नीमत—स्त्री. [अ.] संतोष करने लायक बात ('गनीमत यह थी कि कुछ लोग तो वहाँ थे); लूट या मुफ़्त का माल।

गनौरी—स्त्री. एक घास, नागरमोथा।

गन्ना—पु. ईख, ईंख।

गप—पु. निगलना, निगलने की क्रिया। स्त्री. इधर-उधर की निष्प्रयोजन बातें; मन बहलाव के लिए की जाने वाली बातें; कपोल कल्पना; झूठी बातें। **~शप**-स्त्री. बातचीत, मन बहलाव के लिए इधर-उधर की, हलकी-फुलकी बातचीत। **मु. ~उड़ना, ~उड़ाना**-झूठी खबर फैलना, फैलाना। **~मारना, ~हाँकना**-डींग मारना, शेखी बघारना, लंबी चौड़ी बातें करना; निष्प्रयोजन बातें करना। **ला. ~लड़ाना**-गपशप करना, इधर-उधर की बात करना।

गपकना—स.क्रि. निगल लेना, झट से खा लेना; किसी वस्तु को जल्दी से ले लेना, झपट लेना।

गपड़चौथ—पु. निष्प्रयोजन, बेकार की बात, गड़बड़ अव्यवस्था।

गपना*—स.क्रि. गप मारना।

गपागप—अ. जल्दी-जल्दी।

गपिया—वि. गप मारने वाला।

गपोड़, गपोड़िया—वि. गप मारने वाला।

गपोड़ा—पु. गप मारने वाला।

गप्प—स्त्री. द्र. 'गप'।

गप्पी—वि. गप मारने वाला।

गप्फा—पु. बड़ा ग्रास; अचानक प्राप्त बड़ी धन राशि; अंधाधुंध लाभ; उससे प्राप्त राशि।

गफ—वि. घना, सघन बुना हुआ (कपड़ा), 'झीना' का उलटा।

ग़फ़लत—स्त्री. [अ.] असावधानी; भूल; बेहोशी; बेखबरी।

ग़फ़लती—वि. [अ.] असावधानी करने वाला, प्रमादी। स्त्री. बेसुधी, बेहोशी।

गफिलाई*—स्त्री. ग़फ़लत।

ग़फ़्र—वि. [अ.] क्षमा करने वाला, दयालु।

ग़फ़ूर—वि. [अ.] माफ़ करने वाला।

गफ़्फ़ार—वि. [अ.] बहुत दयालु, क्षमाशील। पु. ईश्वर।

गबद्द—वि. [अ.] मूर्ख, जड़मति, बुद्धू।

ग़बन—पु. [अ.] किसी दूसरे व्यक्ति या संस्था अथवा सरकारी विभाग की धन-राशि को चुराकर अपने काम में लेना।

गबर—पु. सब पालों के ऊपर लगाए जाने वाला पाल।

गबरगंड—वि. मूर्ख, बुद्धू।

गबरहा—वि. गोबर मिला या लगा हुआ।

गबरू—वि. नौजवान, हृष्ट-पुष्ट नवयुवक।

गबरून—पु. एक तरह का मोटा कपड़ा।

गब्बर—वि. घमंडी; हठी; धनी।

गब्र—पु. [फा.] पारसी, अग्निपूजक।

गभस्ति—पु. [सं.] किरण; सूर्य; हाथ। स्त्री. अग्नि की पत्नी स्वाहा। **~कर, ~पाणि, ~माली, ~हस्त**-पु. सूर्य। **~नेमि**-पु. विष्णु।

गभीर—वि. [सं.] द्र. 'गंभीर'।

गभीरिका—स्त्री. [सं.] बड़ा ढोल।

गभुआर, गभुवार—वि. गर्भ का, जन्म के समय का; जिसका मुंडन न हुआ हो, छोटा बालक।

गभोलिक—पु. [सं.] छोटा गाव तकिया।

गम—स्त्री. पहुँच, गुजर।

गम—पु. [सं.] गमन; सड़क; राह; कूच, अभियान।

ग़म—पु. [अ.] दुःख, शोक; मातम; चिंता, परवाह। **~ख़ार, ~खोर**-वि. सहनशील। **~ख़ारी, ~खोरी**-स्त्री. सहनशीलता। **~ख़्वार**-वि. दुःख बाँटने वाला, हमदर्द; सहनशील। **~ख़्वारी**-स्त्री. हमदर्दी; सहनशीलता। **~गीन**-वि. खिन्न, उदास। **~गीनी**-स्त्री. खिन्नता, उदासी। **~गुसार**-वि. हमदर्द, दुःख बाँटने वाला, दूसरे के दुःख में संवेदना रखने वाला। **~ज़दा**-वि. खिन्न, दुखी, उदास। **~नाक**-वि. दुःखद, दुःख से भरा। **मु. ~खाना, ~सहना**-सह लेना। **~गलत करना**-दुःख दूर करने के लिए किसी प्रकार का मन बहलाव करना।

गमक—स्त्री. सुवास, महक; चेहरे पर चमक, गूँजने की आवाज़। पु. गाने में एक श्रुति से दूसरी श्रुति पर जाने की एक रीति।

गमकना—अ.क्रि. महकना; गूँजने की आवाज़ होना, गूँज।

गमछा—पु. शरीर पोंछने का झीने-से कपड़े का तौलिया-सा, अँगोछा।

गमत—पु. रास्ता; पेशा, व्यवसाय।

गमथ—पु. [सं.] पथिक, मुसाफ़िर; रास्ता।

गमन—पु. [सं.] जाना; पास जाना; चढ़ाई, विजय यात्रा के लिए जाना; संभोग करना।

गमना, गमिना—पु. [सं.] जाना; चलना।

गमनागमन—पु. [सं.] आना-जाना।

गमनीय—वि. [सं.] गमन करने योग्य; पास जाने योग्य; सुबोध; अभ्यास करने योग्य।

गमला—पु. फूलों के पौधों के लिए बना मिट्टी या प्लास्टिक का बना बालटीनुमा बर्तन।

गमागम—पु. [सं.] आना-जाना।

गमाना*—स.क्रि. द्र. 'गँवाना'।

गभार*—वि. द्र. 'गँवार'।

गमी—वि. [सं.] जो जाने वाला हो। पु. पथिक।

ग़मी—स्त्री. [अ.], फा. मृत्यु का दुःख, शोक; मातम; मृत्यु।

गम्य—वि. [सं.] गमन करने, जाने योग्य; जिसके पास जाया जा सके; समझाने योग्य; सरल, सहज।

गयंद—पु. दोहे का एक भेद।

गयंद*—गजेंद्र, बड़ा हाथी।

गय—पु. [सं.] घर, धन, प्रण; आकाश; पुत्र; संतान।

गय*—पु. हाथी, गज। **~नाल**-स्त्री. द्र. 'गजनाल'।

गयल*—स्त्री. गली; रास्ता।

गया—स्त्री. [सं.] बिहार का एक प्रसिद्ध स्थान, विश्वास है कि वहाँ पिंडदान करने से पुण्य-लाभ होता है। **ला. ~करना**-गया में जा कर पिंडदान करना।

गया—अ.क्रि. 'जाना' क्रिया का एक वचन में भूतकालिक रूप। वि. गया हुआ, जो चला गया हो। **~गुज़रा, ~बीता**-वि. खराब, बिल्कुल बेकार, निकृष्ट; जो बहुत दीन-हीन हो, फटे हाल।

गयावाल—पु. गया का पंडा।

गरंड—पु. घरों में लगी चक्की के इर्द-गिर्द मिट्टी का बना हुआ, घेरा जिसमें आटा पिस-पिस कर गिरता रहता है।

गर—पु. [सं.] एक कड़वा पेय; विष, रोग, बीमारी।

गर*—पु. [ब्र.भा.] गला, गर्दन।

गर—प्र. [फा.] करने या बनाने वाला (कारीगर, बाजीगर, आदि); किसी कार्य का कारक—कारगर।

गर—अ. [फा.] 'अगर' का लघु रूप, अगर यदि जो।

ग़र—स्त्री. [फा.] व्यभिचारिणी, कुलटा, फ़ाहिशा।

गरई—स्त्री. एक छोटी मछली।

ग़रक़—वि. [अ.] डूबा हुआ; नष्ट होना; लीन, तन्मय।

ग़रक़ाब—वि. [अ.] डूबा हुआ। पु. डूबने योग्य पानी, डुबाव।

ग़रक़ी—स्त्री. [अ.] वह ज़मीन जो पानी में डूब जाए या डूबी रहे; बाढ़; लँगोटी। वि. डूब जाने वाला। **ला. ~आना**-बाढ़ आना; फसल का पानी में डूब जाना।

गरगज—पु. किले की चारदीवारी पर बना बुर्ज जिस पर तोप चढ़ी रहती है; वह ऊँची भूमि जहाँ से शत्रु को टोह ली जा सकती है- फाँसी के लिए बनी टिकटी (टिकठी)।

गरज—स्त्री. ऊँची, गंभीर आवाज़ (बादल, सिंह, युद्ध, आदि की)।

ग़रज़—स्त्री. [अ.] मतलब, स्वार्थ, प्रयोजन; चाह, जरूरत। **~मंद**-वि. गरज, जरूरत, स्वार्थ रखने वाला। **ला. ~का बावला**-अपना मतलब साधने के लिए, जरूरत पूरी करने के लिए कुछ भी करने को तैयार। **~यह कि**-मतलब यह कि, तात्पर्य यह कि, अर्थात्। **~बावली होती है**-गरजमंद विवशता में सब कुछ करने को तैयार, भले-बुरे का विचार नहीं करता।

गरजन*—पु. द्र. 'गर्जन'।

गरजना—अ.क्रि. जोर से बोलना, क्रोध, आवेश, आदि में; बादलों का गड़गड़ाना; शेर का दहाड़ना।

ग़रज़ी—वि. [अ.] गरजमंद।

गरद—स्त्री. द्र. 'गर्द'।

गरदन—स्त्री. [फा.] गला, गरीवा; घड़े, सुराही, आदि का मुँह के नीचे का भाग। **~घुमाव**-पु. कुश्ती का एक दाँव। **~तोड़**-पु. कुश्ती का एक दाँव। **~तोड़ बुखार**-पु. बुखार का एक प्रकार; एक संक्रामक रोग। **ला. ~उठाना**-विरोध करना। **~उड़ाना**-सिर धड़ से अलग कर देना, क़त्ल कर देना। **~ऐंठी रहना**-घमंड में चूर रहना; नाराज़ रहना। **~काटना**-गला काटना; किसी का बहुत अहित करना। **~झुकना**-लज्जित होना; पराजित कर देना। **~न उठना, ~उठाना**-लज्जित होना; सब कुछ बर्दाश्त करना। **~नापना**-पिटाई कर देना। **~पर छुरी फेरना**-भारी अन्याय, बहुत

अधिक अहित करना। **~फँसना**-वश में होना। **~मरोड़ना**-मार डालना।

गरदना—पु. कुश्ती का एक दाँव।

गरदनियाँ—स्त्री. गरदन पर, गले में पहने जाने वाला वस्त्र, आभूषण; कुश्ती का एक दावँ।

गरदनी—स्त्री. द्र. 'गरदनियाँ'।

गरदा—पु. उड़ती हुई धूल, द्र. 'गर्द'।

गरदान—वि. [फा.] घूम-फिर कर एक ही जगह पर आने वाला; स्त्री. शब्दों का रूप साधना (व्या.), पु. वह कबूतर जो घूम-फिर कर अपने अड्डे पर लौट आए।

गरदानना—स.क्रि. गरदान करना; शब्दों के रूप को दोहराना; समझना; मानना ('वह तो किसी को कुछ गरदानता ही नहीं')।

गरदिश—स्त्री. द्र. 'गर्दिश'।

गरदुआ—पु. पशुओं में होने वाला एक तरह का बुखार।

गरना—अ.क्रि. गिरना; निचुड़ना।

गरब*—पु. द्र. 'गर्व'। **~गहेला**-वि. गर्व करने वाला, घमंडी।

गरबई*—स्त्री. गर्व, घमंडी।

गरबना, गरबाना*—अ.क्रि. गर्व करना।

गरबा—पु. गुजरात का एक प्रसिद्ध लोक-नृत्य।

गरबित*—वि. द्र. 'गर्वित'।

गरबीला—वि. घमंडी; अहंकारी।

गरभ*—पु. 'गर्व'। [सं.] द्र. 'गर्भ'।

गरभाना*—अ.क्रि. गर्भ धारण करना; पौधों में (गेहूँ, जौ, मकई, आदि) बाल आना।

गरभी*—वि. घमंडी।

गरम—वि. पुष्ण, जलता हुआ, तप्त; ऊँचे तापमान वाला, जलता हुआ; तेज़, तीखा; क्रुद्ध, शीघ्र उत्तेजित हो जाने वाला (स्वभाव); जोशीला (भाषण) गरम रखने वाला। **~कपड़ा**-पु. सर्दियों में पहनने वाला रुई, ऊन, आदि का बना कपड़ा। **~ख़बर**-स्त्री. वह ख़बर जो लोगों में उत्तेजना दे, जिसकी बहुत चर्चा हो। **~चोट**-स्त्री. ताज़ा चोट, जो अभी-अभी लगी हो। **~मसाला**-पु. वह मसाला जिसमें धनिया, काली मिर्च, लौंग, इलायची, दालचीनी, आदि मिले। **~मिज़ाज**-वि. तीखे स्वभाव वाला जिसे जल्दी गुस्सा आ जाए। **होना**-पु. क्रुद्ध होना। **मु. ~सर्द-देखना, ~सहना**-जिसने दुनिया में दुःख-सुख दोनों प्रकार का समय देखा हो। दुःख-सुख।

गरमाई—स्त्री. द्र. 'गरमाहट', गर्मी।

गरमागरम—वि. बहुत गरम ताज़ा पका हुआ, तुरंत का, जिसमें गर्मी या उत्तेजना हो (बहस, चर्चा, भाषण)।

गरमागरमी—स्त्री. जोश; बातचीत में उत्तेजना आ जाना, आवेशपूर्ण कहा-सुनी।

गरमाना—अ.क्रि. गरमाहट अनुभव करना; गरम होना; मौसम का गरम हो जाना ('आज तो बहुत गरमा रहा है, बारिश होगी'); कामोत्तेजना होना।

गरमाहट—स्त्री. गरमी का अनुभव, उष्णता।

गरमी—स्त्री. गरम होने का भाव, ताप, उष्णता; जलन; तेजी, उग्रता, प्रचंडता; क्रोध, आवेश में आना। **मु. ~खाना**-गुस्से में आना, क्रोध करना। **~निकालना**-घमंड दूर करना।

गरराना*—अ.क्रि. गरजना, गंभीर ध्वनि करना; जोश में आना, कामोत्तेजना में आना।

गरल—पु. [सं.] विष, जहर; सर्प विष। **~धर**-पु. साँप; शिव।

गरवा*—वि.द्र. 'गरुआ'। पु. गला।

गराँ—वि. [फा.] भारी, वजनी; महँगा; कठिन; अप्रिय।

गराँव—स्त्री. पशुओं—गाय, बैल, भैंस, आदि के गले में डाले जाने वाला पगहा, जिसमें गले में डालने के रस्सी का एक फंदा-सा बना होता है।

गराज—पु. कार, आदि रखने का स्थान, गैराज ('गैरेज')।

गराड़ी—स्त्री. चरखी, घिरनी; रस्सी, आदि की रगड़ से पड़ी हुई लकीर।

गराना*—स.क्रि. गलाना; निचोड़ना।

गरानी—स्त्री. भारीपन; महँगी; पेट का भारी होना; अजीर्ण, कब्ज़।

गरामी—वि. [फा.] सम्मानित; पूजनीय; बुज़ुर्ग। **~नामा**-पु. किसी सम्मानित, पूजनीय व्यक्ति का पत्र।

गरारा—वि. घमंडी; उद्दंड।

ग़रारा—पु. [अ.] गले में हुई खराश को दूर करने के लिए गर्म पानी ले कर, उसमें नमक या कोई दवा डाल कर 'गरगर', 'गरड़-गरड़' की आवाज़ के साथ कुल्ली करने की क्रिया; स्त्रियों, लड़कियों के पहनने का ऊपर से छोटे और नीचे से बड़े पायँचे का पाजामानुमा वस्त्र।

गरारी—स्त्री. द्र. 'गराड़ी'।

गरास*—पु. द्र. 'ग्रास'।

गरिमा—स्त्री. [सं.] गुरुता, भारीपन; गौरव, महत्त्व; गर्व; शालीनता; आठ सिद्धियों में से एक जिससे योगी अपने शरीर को चाहे जितना बढ़ा कर सकता है।

गरियाना—स.क्रि. [ब्रा.भा.] गाली देना।

गरिष्ठ—वि. [सं.] सबसे भारी; सबसे सम्मानित; बहुत बड़ा; दुष्पाच्य (भोजन)।

गरी—स्त्री. नारियल के बीच में से निकला हुआ भाग, मग्ज़; गिरी-बादाम, खरबूज़े, तरबूज़, आदि के बीज का भीतरी भाग, मींग।

ग़रीब—वि. [अ.] निर्धन, धनहीन, दीनहीन। **~ख़ाना**-पु. ग़रीब का घर, शिष्टाचार में नम्रतावश अपने घर के

लिए कहा जाता है। **~गुरबा**-पु. बहु. दीन-दरिद्र, गरीब लोग। **~निवाज़**-वि. दीन पर दया, कृपा करने वाले; प्रभु का एक विरुद। **~परवर**-वि. गरीबों का पालन करने वाला।

ग़रीबान—पु. [फा.] द्र. 'गरेबान'।

ग़रीबाना—वि. जो गरीबों के लिए उपयुक्त हो; गरीबों जैसा (कपड़े, वेश-भूषा रहने का ढंग)।

ग़रीबी—स्त्री. [अ.] निर्धनता, आर्थिक अभाव; दीनता।

गरु*—वि. भारी, वज़नदार; गंभीर, शांत।

गरुअ, गरुआ*—वि. वज़नदार, गौरवयुक्त।

गरुआना*—अ.क्रि. भारी या वज़नदार होते चले जाना।

गरुड़—पु. [सं.] एक प्रकार का पक्षी जो पक्षियों का राजा माना जाता है; विष्णु के वाहन, गरुड़ाकार, बीच में चौड़ा आगे-पीछे उससे कम चौड़ा हवन, प्रासाद। गरुड़ाकार व्यूह-रचना, प्राचीन युद्धों में एक प्रकार की व्यूह-रचना। **~केतु**-पु. जिसके ध्वज पर गरुड़ चिह्न हो; श्रीकृष्ण। **~ध्वज**-पु. विष्णु; वह स्तंभ, खंभा (मंदिर, आदि में) जिसके ऊपर गरुड़ की मूर्ति स्थापित हो (जगन्नाथपुरी के मंदिर) के प्राँगण में; गुप्त वंश के शासकों का राज चिह्न। **~पाश**-पु. प्राचीन समय में युद्ध के समय प्रयोग में लाए जाने वाला एक प्रकार का फंदा। **~पुराण**-पु. अठारह पुराणों में से एक जिसमें विभिन्न प्रकार के नरकों का वर्णन, प्रेत-कर्म, आदि का विधान वर्णित है; मृतक की आत्मा की शांति के लिए हिंदुओं में इसके पाठ का विधान है। **~प्लुत**-पु. नृत्य में एक प्रकार का भाव। **~मंत्र**-पु. एक मंत्र जिसके देवता गरुड़ हैं। **व्यूह**-पु. एक प्रकार की सैन्य-रचना जिसमें सेना के बिचले भाग को अधिक सैनिक रखकर चौड़ा किया जाता है और आगे-पीछे कम सैनिक रखकर इन्हें छोटा रखा जाता है।

गरुडांक—पु. [सं.] विष्णु।

गरुडांकित—पु. [सं.] जिस वस्त्र, ध्वज, आदि पर गरुड़ का चित्र अंकित हो।

गरुडाग्रज—पु. [सं.] सूर्य का सारथि, अरुण।

गरुडाश्मा—पु. [सं.] पन्ना।

गरुता*—स्त्री. द्र. 'गुरुता'।

गरुत्—पु. [सं.] पंख; निगलना, भक्षण।

गरुवाई*—स्त्री. द्र. 'गुरुआई'।

गरु*—वि. गुरु, भारी; बड़ा।

ग़रूर—पु. [अ.] गर्व, घमंड।

गरूरत*—स्त्री. घमंड होना, घमंडीपन।

गरूरताई*—स्त्री. मस्ती; घमंड, अहंकार।

गरूरा*—वि. घमंडी, अहंकारी।

गरूरी*—वि. घमंडी, अहंकारी।

गरेबान—पु. [फा.] कुरते-कमीज़, आदि का कॉलर के नीचे और छाती के ऊपर का भाग। **मु. ~में मुँह डाल कर देखना**-आत्मान्वेषण कर अपने अभाव को देखना।

गरेरा*—पु. घेरा।

गरेरी—स्त्री. द्र. 'गराड़ी'।

गरोह—पु. [फा.] द्र. 'गिरोह'।

ग़र्क—वि. [अ.] डूबा हुआ, निमग्न; नष्ट।

गर्ग—पु. [सं.] एक मंत्रद्रष्टा ऋषि; ब्रह्मा का एक मानस पुत्र; एक प्राचीन ज्योतिषी।

गर्गर—पु. [सं.] भँवर; वैदिक काल का एक वाद्य; दही मथने का मटका; एक तरह की मछली।

गर्गरी—स्त्री. [सं.] घड़ा; कलसी; मथानी; दहेड़ी। हि. 'गगरी'।

गर्ज—पु. [सं.] गर्जना, हाथी का चिंग्घाड़ना; बादलों का गरजना।

गर्ज़—स्त्री. द्र. 'गरज़'।

गर्जक—पु. [सं.] एक तरह की मछली।

गर्जना—स्त्री. [सं.] गर्जन।

गर्जर—पु. [सं.] गाजर।

गर्जा—स्त्री. [सं.] बादलों का गरजना, गर्जन।

गर्जि—स्त्री. [सं.] बादलों का गर्जन।

गर्जित—वि. [सं.] गर्जा हुआ।

गर्डर—पु. [अं.] द्र. 'गार्डर'।

गर्त—पु. [सं.] गढ़ा, गड्ढा, बिल; नहर।

गर्ता—स्त्री. [सं.] बिल; गुफा।

गर्ताश्रय—पु. [सं.] बिल में रहने वाला जंतु (चूहा, खरगोश), आदि।

गर्द—वि. [सं.] चिल्लाने वाला। स्त्री. [फा.] धूल, राख। वि. (समास में प्रयुक्त होकर) घूमने वाला, भटकने वाला—आवारागर्द'। **~ख़ार, ~खोर**-वि. धूल को जज्ब करने वाला, जो जल्दी मैला न हो। **~(गर्दो) गुबार**-पु. धूल-धकड़।

गर्दन—स्त्री. [फा.] द्र. 'गरदन'।

गर्दभ—पु. [सं.] गधा, द्र. 'गधा'।

गर्दभक—पु. [सं.] एक कीड़ा, गुबरैला।

गर्दभांड—पु. [सं.] पाकड़; पीपल।

गर्दभिका—स्त्री. [सं.] एक चर्म रोग।

गर्दभी—स्त्री. [सं.] गधे की मादा, गधी।

गर्दाबाद—वि. धूल से भरा हुआ; उजाड़, वीरान। **ला. ~मचाना**-हुल्लड़ मचाना, करना, उड़दंग।

गर्दालू—पु. आलूबुखारा।

गर्दिश—स्त्री. [फा.] चक्कर, फेरा; दुर्भाग्य, बदक़िस्मती; काल-चक्र, आपत्ति का समय; भ्रमण। **~(शे) ज़माना, ~दौर**-पु. समय का फेर, दुर्भाग्य के दिन, काल चक्र की गति, समय का उलट-फेर, संघर्ष के दिन।

गर्ब—पु. द्र. 'गर्व'।

गर्बीला—वि. घमंडी।

गर्भ—पु. [सं.] स्त्री के पेट के अन्दर की कोठरी, कोख, गर्भाशय; गर्भाशय में स्थित बच्चा, भ्रूण, हमल किसी वस्तु का भीतरी, मध्यवर्ती भाग; घर या मंदिर का भीतरी, केंद्रवर्ती भाग; मंदिर में वह कोठरी या प्रखंड या स्थान जिसमें मूर्ति स्थापित होती है; नाटक की पाँच संधियों में से एक। **~कारी**-वि. गर्भ धारण कराने वाला या वाली (औषधि)। **~काल**-पु. ऋतु काल गर्भ धारण का समय। **~क्षय**-पु. गर्भपात। **~गृह**-पु. घर के बीचोबीच का कमरा, घर के बीच का भाग; मंदिर का वह प्रकोष्ठ या स्थान जिसमें मुख्य देवता की मूर्ति रहती है। **~हाली**-वि. जिसमें गर्भपात कराया हो। **~च्युति**-स्त्री. गर्भपात। **~ज, ~जात**-वि. जन्म के समय का, पैदाइशी (रोग, चिह्न, आदि)। **~नाल**-स्त्री. फूलों के अंदर की वह पतली डोरी-सी, नाल जिसके सिरे पर फूल का केसर होता है। **~पातक**-वि. गर्भनाश कराने वाला, वाली (औषधि)। **~संधि**-स्त्री. नाटक में पाँच प्रकार की संधियों में से एक। **~स्त्राव**-पु. गर्भपात, गर्भ का गिर जाना। **~हत्या**-स्त्री. भ्रूण-हत्या।

गर्भक—पु. [सं.] बालों के बीच धारण की हुई माला; दो रातों और उनके बीच के दिन का समय।

गर्भवती—वि. स्त्री. [सं.] गर्भवाली, गर्भिणी।

गर्भांक—पु. [सं.] नाटक के एक दृश्य में किसी दूसरे नाटक का दृश्य अथवा उसी नाटक का किसी अन्य अंक का दृश्य।

गर्भागार—पु. [सं.] गर्भाशय; गर्भगृह; शयनागार; प्रसूतिगृह।

गर्भाधान—पु. [सं.] गर्भ रहना, गर्भ-धारण; सोलह संस्कारों में से एक।

गर्भारि—पु. [सं.] छोटी इलायची।

गर्भावधि—स्त्री. [सं.] गर्भ-काल, वह समय जिसमें गर्भ रहता है।

गर्भावस्था—स्त्री. [सं.] गर्भ रहने की अवस्था।

गर्भाशय—पु. [सं.] स्त्री के पेट की वह थैली जिसमें बच्चा रहता है, बच्चेदानी।

गर्भाष्टम—पु. [सं.] गर्भ से आठवाँ महीना।

गर्भिणी—वि. स्त्री. जिसे गर्भ हो, गर्भवती। **~दौहद**-पु. गर्भवती का कुछ खास चीज़ों पर मन आना (अचार, मिठाई, आदि)।

गर्भित—वि. [सं.] गर्भयुक्त; भरा हुआ।

गर्भी (भिन्)—वि. [सं.] गर्भयुक्त।

गर्भोपनिषद्—स्त्री. [सं.] अथर्ववेद से संबद्ध एक उपनिषद्।

गर्म—वि. [फा.] गरम। **~जोशी**-स्त्री. उत्साह, उल्लास। **~मिज़ाज**-वि. उग्र स्वभाव का, जल्दी क्रोध में आने वाला।

गर्मी—स्त्री. [फा.] गरमी, ग्रीष्म ऋतु। **ला.** शरीर में किसी भी प्रकार की उत्तेजना का रोग; मद, घमंड (पैसे की गर्मी, आदि)।

ग़र्रा—पु. [अ.] घमंड, अहंकार।

गर्राना—घमंड में आना; कामोत्तेजना होना।

गर्व—पु. [सं.] गौरव, घमंड, अहंकार।

गर्वर—वि. [सं.] घमंडी। पु. घमंड।

गर्वरी—स्त्री. [सं.] दुर्गा।

गर्ववंत*—वि. गर्वयुक्त।

गर्वाना*—अ.क्रि. गर्व करना।

गर्वित—वि. [सं.] गर्वयुक्त, घमंडी।

गर्विता—स्त्री. [सं.] अपने रूप-गुण का गर्व करने वाली नायिका।

गर्वी—वि. [सं.] गर्व करने वाला, घमंडी, अहंकारी।

गर्वीला—वि. घमंडी, अहंकारी।

गर्हण—पु. [सं.] निंदा करना; दोष लगाना।

गर्हणीय—वि. [सं.] निंदा करने योग्य; घृणा करना।

गर्हा—स्त्री. [सं.] गर्हणीय; निंद्य, घृणा के योग्य।

गर्हित—वि. [सं.] घृणित; बहुत बुरा, ख़राब।

गर्ह्य—वि. [सं.] गर्हणीय, घृणा के योग्य; निंदा के योग्य।

गलंतिका, गलंती—स्त्री. [सं.] छोटी गागर; छेददार घड़ा जिससे शिवलिंग पर जल गिरता रहता है।

गल—पु. [सं.] गला, कंठ। **~गंड**-पु. गले का एक रोग जिसमें बाहर एक गाँठ-सी निकल आती है और बहुत अधिक बढ़ने पर कभी वह लटकने लगती है। **~थन, ~थना**-पु. गलस्तन (बकरी, आदि में)। **~बहियाँ, ~बाँही**-स्त्री. गले में बाँह डालना, बाँह डाल कर गले से आलिंगन। **~स्तन**-पु. गले का थन (बकरी का)। **~स्तनी**-स्त्री. गले में स्तन वाली बकरी। **~मुच्छा**-पु. गालों पर दोनों ओर मूँछों के रूप में रखे हुए बड़े-बड़े बाल। **~सुआ**-पु. एक रोग जिसमें गालों के नीचे के हिस्से सूज जाते हैं और ज्वर रहता है।

गलगल—पु. बहुत बड़ा खट्टा नींबू, चकोतरे के आकार का।

गलतंस*—पु. ऐसे आदमी की संपत्ति जिसका कोई उत्तराधिकारी न हो; निःसंतान; मृत व्यक्ति। **ला. ~हो जाना**-निर्वंश हो जाना, वंश का नाश हो जाना।

ग़लत—वि. [अ.] जो सही, ठीक न हो; मिथ्या, असत्य। **~फ़हमी**-स्त्री. गलत समझना, कुछ का कुछ समझना। **~बयानी**-स्त्री. कथन, झूठ बोलना।

ग़लताँ—वि. [फा.] लुढ़कता हुआ।

ग़लता—पु. [फा.] रेशम और सूत की मिलावट से बना एक प्रकार का चमकदार कपड़ा।

ग़लती—स्त्री. [अ.] अशुद्धि, गलत होना; भूल-चूक।

गलदश्रु—वि. [सं.] जिसके शीघ्र ही आँसू आ जाएँ। **~भावुकता**-स्त्री. बहुत जल्दी भावुकता में रो पड़ना।

ग़लबा—पु. [अ.] प्रबलता; जीत, विजय (होना, पाना)।

गलबाना—स.क्रि. गलाने का काम कराना।

गलही—स्त्री. नाव का अगला नोकदार हिस्सा।

गलांकुर—पु. [सं.] गले का एक रोग, गदूद फूलना।

गला—पु. कंठ, सिर और धड़ के बीच का अंग; हलक, कंठ का भीतरी भाग; सुर, आवाज़; कुरते, कमीज़, कोट, आदि का ऊपर का भाग, गरेबान; घड़े, लोटे जैसे पात्रों में मुँह के नीचे का तंग भाग। **~(ले) बाज**-पु. अच्छा गाने वाला, गवैया। **ला. ~कटवाना, ~कटाना**-जान देना, क़त्ल होना; अपनी भारी हानि उठाना। **~पढ़ना, ~बैठना**-किसी कारण से गले में शोथ, सूजन हो जाने से साफ़ आवाज़ न निकलना। **मु. ~(ले) का हार**-बहुत अधिक प्यारा, हर वक्त साथ रहने वाला। **~(ले) न उतरना**-बात पर विश्वास न आना। **~(ले) पड़ना**-किसी अनचाही, अरुचिकर, अप्रिय वस्तु या व्यक्ति की प्राप्ति होना; (विवशता भाव से) मत्थे मढ़े जाना।

गलाई—स्त्री. गलने की स्थिति, दशा; किसी सोने-चाँदी के आभूषण को गलाने की मज़दूरी।

गलाऊ—वि. गलने वाला।

गलाना—स.क्रि. किसी ठोस चीज़ को पिघलाना, तरल कर मूल रूप में पहुँचा देना (सोना-चाँदी, आदि); किसी गाँठ या गिल्टी को धीरे-धीरे समाप्त कर देना; नलकूप, नदी, आदि पर बनते हुए पुलों, आदि में लोहे के पाइपों, सरियों, आदि को ज़मीन के भीतर पहुँचाने की क्रिया।

गलानि*—स्त्री. द्र. 'ग्लानि'।

गलित—वि. [सं.] गला हुआ; पिघला हुआ; चुआ, गिरा हुआ (आम, आदि फल); जीर्ण; क्षय-प्राप्त। **~कुष्ठ**-पु. वह कोढ़ जिसमें हाथ-पाँव से मवाद निकलता है और उँगलियाँ गल कर गिरने लगती हैं। **~नकदंत**-वि. जिसके नख और दाँत गिर गए हों। **ला.** वृद्धावस्था के कारण शरीर का अशक्त हो जाना। **~यौवना**-वि. स्त्री. (वह स्त्री) जिसकी यौवन अवस्था बीत चली हो, ढली उम्र वाली।

गलिया—वि. वह बैल जो चलने में सुस्त हो।

गलियाना—स.क्रि. गाली देना।

गलियारा—पु., **गलियारी**—स्त्री. सँकरा, तंग-सा रास्ता, गली।

गली—स्त्री. सँकरा, तंग रास्ता जो घरों, मकानों, दुकानों के बीच बना हो, ऊँचा। **~ऊँचा**-पु. गली। **~गली**-अ. हर गली में, इस गली से उस गली में। **मु. ~गलियाँ छानना, झाँकना**-किसी की खोज में बहुत भटकना, परेशान हाल घूमना।

गलीचा—पु. सूत या ऊन के धागों से बना हुआ फर्श पर बिछाने का कालीन।

ग़लीज़—वि. [अ.] गंदा, मैला। पु. मैला, विष्ठा।

गलीत*—वि. गलित, जीर्ण, दुर्दशा को प्राप्त।

गलू—पु. एक क़ीमती पत्थर।

गलेफ—पु. रज़ाई, तकिये, आदि पर चढ़ाए जाने वाला कपड़े का खोल, गिलाफ़, ('कवर')।

गल्प—पु. स्त्री. गप्प; कहानी।

गल्भ—वि. [सं.] ढीठ; घमंडी; बहुत बोलने वाला, वाचाल।

गल्ल—पु. [सं.] गाल।

गल्ला*—पु. [फा.] पशुओं का झुंड।

ग़ल्ला—पु. [अ.] अन्न, अनाज; वह संदूकड़ी या दुकान की थड़ी पर बना वह स्थान जहाँ सामान की बिक्री के रुपए-पैसे रखे जाते हैं।

गल्वर्क—पु. [सं.] स्फटिक; उससे बना मदिरापान का पात्र।

गवन*—पु. गमन। **~चार**-पु. गौने की रस्म।

गवना—पु. द्र. 'गौना'।

गवर्नमेंट—स्त्री. [अं.] शासन, सरकार; शासन-पद्धति।

गवर्नर—पु. [अं.] शासक; प्रदेश, प्रांत का वह शासक जो केंद्रीय सत्ता द्वारा नियुक्त हो, राज्यपाल। **~जनरल**-पु. प्रधान शासक; ब्रिटिश साम्राज्य के अंतर्गत ब्रिटिश सरकार द्वारा नियुक्त सम्राट के प्रतिनिधि रूप में प्रधान शासक।

गवर्नरी—वि. गवर्नर का। स्त्री. गवर्नर का पद, कार्य या शासनकाल।

गवर्मेंट—स्त्री. द्र. 'गवर्नमेंट'।

गवर्मेंटी*—वि. सरकारी।

गवाँना—स.क्रि. खोना।

गवाक्ष, गवाक्षक—पु. [सं.] झरोखा, छोटी खिड़की ('विंडो')।

गवाक्षित—वि. [सं.] खिड़कीदार, झरोखेदार, जिसमें गवाक्ष हो (भवन, आदि)।

गवाक्षी—स्त्री. [सं.] इंद्रवारुणी, अपराजिता।

गवाख, गवाद्य*—पु. द्र. 'गवाक्ष'।

गवाची—स्त्री. [सं.] एक तरह की मछली।

गवादन—पु. [सं.] घास।

गवादनी—स्त्री. [सं.] गाय-बैल को चारा डालने की नाँद, खोर।

गवाधिका—स्त्री. [सं.] लाक्षा, लाख।

गवाना—स.क्रि. किसी से गाना, गीत बुलवाना।

गवायमन—पु. [सं.] एक प्रकार का वैदिक यज्ञ जो दस-बारह महीने में पूरा होता था।

गवार—वि. [फा.] लगने वाला, अनुभव होने वाला (केवल समास में 'खुशगवार', 'नागवार', आदि)।

गवारा—वि. [फा.] पचने वाला; रुचिकर।

गवारिश—स्त्री. [फा.] पाचक, चूरन।

गवास*—पु. कसाई, गोभक्षी।

गवाह—पु. [फा.] वह व्यक्ति जिसने किसी घटना को अपनी आँखों से देखा हो और वह उसकी पुष्टि करने को तैयार हो (अदालत, आदि में); साक्षी।

गवाही—स्त्री. [फा.] गवाह के रूप में दिया जाने वाला बयान, साक्ष्य।

गविष्ठ—पु. [सं.] सूर्य।

गविष्ठि—स्त्री. [सं.] इच्छा, उत्सुकता; लड़ने की इच्छा। वि. गायों की इच्छा रखने वाला।

गवीश—पु. [सं.] गायों का स्वामी; गोस्वामी, गोपालक; साँड़।

गवेरुक—पु. [सं.] गेरू, एक प्रकार की लाल चिकनी मिट्टी।

गवेष, गवेषण—पु. [सं.] खोजना; ढूँढ़ना (मूलार्थ—चोरी की गई गाय को ढूँढ़ना)।

गवेषक—वि. [सं.] गवेषणा करने वाला, खोज करने वाला।

गवेषणा—स्त्री. [सं.] खोज, अनुसंधान।

गवेषणीय—वि. [सं.] खोज, अनुसंधान करने योग्य।

गवेषित—वि. [सं.] जिसकी खोज की गई हो, की जा रही हो।

गवेषी—वि. [सं.] खोज, अनुसंधान करने वाला।

गवैया—पु. गीत गाने वाला, जो अच्छा गाता हो।

गव्य—वि. [सं.] गाय से उत्पन्न, प्राप्त दूध, दही, गोबर, आदि। पु. गायों का झुंड; दूध।

गव्या—स्त्री. [सं.] गायों का झुंड; प्राचीन समय में दो कोस की दूरी की एक माप।

गश—पु. [अ.] बेहोशी, मूर्च्छा। **~खाना**-मूर्च्छित होना।

गशी—स्त्री. [अ.] बेहोशी।

गश्त—स्त्री. [फा.] फिरना, भ्रमण, चक्कर; पुलिस कर्मचारी, सैनिक, चौकीदार, आदि का पहरा देते हुए रात में घूमना।

गश्ती—वि. [फा.] गश्त करने वाला, फिरने वाला; एक से दूसरे के पास पहुँचाए जाने वाला (हुक्म, संदेश)। **~चिट्ठी**-स्त्री., **~हुक्म**-पु. वह चिट्ठी या हुकम जो अधीनस्थ कर्मचारियों के पास एक-दूसरे से चलता हुआ पहुँचाया जाए।

गस्सा—पु. ग्रास, निवाला।

गहगह, गहगहा—वि. उत्साहित, प्रफुल्ल, आनंद उल्लास से भरा हुआ।

गहगहाना—अ.क्रि. खुशी से भर उठना; फसल, आदि का खूब हरा होना।

गहगहे—अ. धूमधाम से, हर्षोल्लास से।

गहन—वि. [सं.] गहरा, घना, अभेद्य (सुरक्षा); दुर्गम, कठिन (चढ़ाई)। पु. गहराई; गुफ़ा; गहरा (जल); घना (जंगल, वन); बहुत अधिक (पीड़ा)।

गहनता—स्त्री. [सं.] गंभीरता, गहराई।

गहना—पु. आभूषण, जेवर।

गहना*—स.क्रि. पकड़ना।

गहबर*—वि. गह्वर; दुर्गम; शोक में व्याकुल, शोक में आपा खोना, सुध-बुध खोना।

गहबरना*—अ.क्रि. घबड़ाना, व्याकुल होना।

गहबरनि*—स्त्री. शोक, वियोग में घबराई हुई।

गहमागहमी—[स्त्री.] शोर-गुल; भीड़-भड़क्का।

गहरना*—अ.क्रि. देर लगाना; लड़ना; उड़ना।

गहरवार—पु. क्षत्रियों का एक वंश।

गहरा—वि. जिसकी सतह आस-पास के स्थान से नीची हो, उथला का उलटा; गंभीर; भारी, कठिन; जिसके मन की बात जल्दी न जानी जा सके; गंभीर स्वभाव का; गूढ़। [स्त्री. 'गहरी']। **ला. ~आदमी**-वह आदमी जिसके मन का भेद न पाया जा सके; चालाक आदमी; छल-कपट से भरा। **मु. ~हाथ मारना**-ऐसा कार्य करना जिससे कोई बहुत मोटी रकम या बहुमूल्य संपत्ति हाथ लग जाए। **~(री) छनना**-गहरी दोस्ती होना; खूब घुल-मिल कर रहना, बातें करना।

गहराना—अ.क्रि. गहरा होना; घने बादलों का घिरना; किसी संकट या बीमारी का बहुत अधिक बढ़ जाना।

गहरेबाज़—वि. [फा.] तेजी से चलने वाला; तेजी से चलाने वाला।

गहरेबाजी—स्त्री. इक्के, ताँगे को खूब तेज़ दौड़ाना; इनकी दौड़ की प्रतियोगिता।

गहलौत—पु. राजपूतों का एक वंश।

गहवारा—पु. [फा.] पालना; बच्चे को सुलाने-बहलाने का झूला; वह स्थान जहाँ रखकर किसी चीज़ को पाल-पोस कर विकसित करना।

गहाई*—स्त्री. गहन; पकड़।

गहाना—स.क्रि. खलिहान में अनाज को पौधे-भूसे से अलग करने की प्रक्रिया।

गहीला—वि. गर्वीला, घमंडी, अहंकारी।

गह्वर—वि. [सं.] गहरा; घना; दुर्गम; निविड़; रहस्यमय। पु. गुफ़ा, कंदरा; बिल; अँधेरी; छिपने लायक स्थान; गड्ढा; गंभीर, गहरा (विषय, जल)।

गह्वरी—स्त्री. [सं.] गुफ़ा, कंदरा।

गांग—वि. [सं.] गंगा से संबंधित, गंगा का। पु. भीष्म; कार्त्तिकेय; सोना; धतूरा।

गाँगन—स्त्री. बड़ी-सी मोटी गाँठ वाली फुंसी, फोड़ा।

गांगी—स्त्री. [सं.] दुर्गा।

गांगेय—पु. [सं.] भीष्म; कार्त्तिकेय; सोना; कसेरू; हिलसा मछली। वि. गंगा में या गंगा तट पर स्थित; गंगा से उत्पन्न।

गांगेयी—स्त्री. [सं.] हिलसा मछली।

गाँजा—पु. भाँग की प्रजाति का एक पौधा जिसकी पत्तियाँ नशे के लिए तम्बाकू की तरह पीते हैं।

गाँठ—स्त्री. रस्सी, धागे, आदि में लगाए जाने वाली गिरह; ग्रंथी, कपड़े के छोर में कुछ रखकर या खाली यूँ ही लगाई हुई गिरह; जेब; टेंट; कपड़े की गठरी; हाथ-पाँव, आदि के जोड़; ईंख, बाँस, आदि के पोरों के जोड़; किसी पेड़ की गाँठ की शक्ल की जड़; लकड़ी में पड़ा हुआ गट्टा; गिलती। **ला. ~मन-मुटाव हो जाना**-('इनके संबंधों में गाँठ पड़ गई है')। **~गोभी**-स्त्री. गोभी की एक प्रजाति जिसमें जड़ से कुछ ऊपर गाँठ होती है। **मु. ~काटना**-जेब कतरना, किसी को मिलने वाली वस्तु या राशि में से कुछ अंश कम कर देना। **~का पूरा**-पैसे वाला, मालदार; अपने हित का ध्यान रखने वाला। **~का पूरा, आँख का अंधा**-पैसे वाला, पर उसको खर्च करने का जिसमें विवेक न हो। **~बाँधना**-(किसी बात को) पूरी तरह समझ कर हमेशा के लिए याद रखना।

गाँठना—स.क्रि. जूता सीना; जूते की मरम्मत करना, किसी को किसी बात के लिए तैयार करना।

गाँड़—स्त्री. गुदा; तला।

गाँडर—स्त्री. एक प्रकार की घास।

गाँडा—पु. ईंख के पौधे को जड़ से उखाड़ कर या काट कर, ऊपर का हरा भाग, अगौला, काट कर उसकी पत्तियाँ छिला हुआ रूप।

गांडीव—पु. [सं.] अर्जुन का धनुष जो उन्हें अग्नि से मिला था, धनुष। **~धन्वा, ~धारी**-पु. अर्जुन।

गांडीवी—पु. [सं.] अर्जुन।

गाँडू—वि. जिसे गाँड़ मराने, गुदा भंजन कराने की आदत हो। **ला.** कमजोर, निकम्मा; डरपोक।

गाँती—स्त्री. द्र. 'गाती'।

गांदिनी—स्त्री. [सं.] गंगा; अक्रूर की माता। **~सुत**-पु. भीष्म; कार्त्तिकेय; अक्रूर।

गांदी—स्त्री. [सं.] द्र. 'गांदिनी'।

गांधर्व—वि. [सं.] गंधर्व संबंधी; गंधर्व देश में उत्पन्न। पु. गंधर्व वेद, गान-विद्या। **~विवाह**-पु. प्रेम-विवाह, वह विवाह जिसमें माता-पिता की अनुमति न ली गई हो। **~वेद**-संगीत-शास्त्र; सामवेद का उपवेद।

गांधर्वक, गांधर्विक—पु. [सं.] गवैया।

गांधर्वी—स्त्री. [सं.] दुर्गा; वाणी।

गांधार—पु. [सं.] भारतवर्ष का एक प्राचीन प्रदेश, पेशावर से कंधार तक का प्रदेश, कंधार; गांधार देशवासी; गांधार का राजा; सात स्वरों में से तीसरा; सिन्दूर; एक राग; एक गंध द्रव्य। **~पंचम**-पु. एक राग। **~भैरव**-पु. एक राग।

गांधारि—पु. [सं.] दुर्योधन का मामा शकुनि।

गांधारी—स्त्री. [सं.] गांधार की राजकुमारी, धृतराष्ट की पत्नी, दुर्योधन की माता; एक रागिनी; हठयोग में बायीं आँख की एक नाड़ी।

गांधारेय—पु. [सं.] दुर्योधन।

गांधिक—पु. [सं.] गंधी, इत्र बेचने वाला; इत्र; गंध देने वाला एक कीड़ा।

गांधी—पु. गुजरात के वैश्यों में एक गोत्र; एक घास; एक कीड़ा। गांधी नाम राष्ट्रपिता महात्मा गांधी, मूल नाम मोहनदास करमचंद गांधी के लिए रुढ़ शब्द (जन्म-2 अक्तूबर, 1869, मृत्यु-30 जनवरी, 1948)। **~टोपी**-स्त्री. खादी की किश्तीनुमा सफेद टोपी। **~दर्शन**-पु. महात्मा गांधी का जीवन संबंधी दृष्टिकोण, विचारधारा। **~वाद**-पु. सत्य अहिंसा पर आधारित गांधी जी का विचार-दर्शन।

गांभीर्य—पु. [सं.] गंभीरता, गहराई; चित्त की स्थिरता।

गाँव—पु. ग्राम, प्रकृति के अंचल में बसी छोटी वस्तु।

गाँस—स्त्री. रुकावट; मन में पड़ गई दरार (संबंधों में; ईर्ष्या-द्वेष)।

गाँसना—स.क्रि. गूँथना; कसना; छेद करना।

गाँसी—स्त्री. मन की गाँठ; कपट; चुभने वाली बात; तीर, आदि का फल।

गाई *—स्त्री. द्र. 'गाय'।

गाइनी—स्त्री. [अं.] स्त्री-रोग विभाग, विज्ञान।

गाइनोक्लॉजिस्ट—स्त्री. [अं.] स्त्री रोग विशेषज्ञ, विशेषज्ञा।

गाइनोक्लॉजी—स्त्री. [अं.] स्त्री रोग विभाग; स्त्री रोग विज्ञान, शास्त्र।

गाइड—पु. [अं.] पथ प्रदर्शक; यात्रियों, पर्यटकों को किसी नगर या देश के दर्शनीय, ऐतिहासिक स्थानों वस्तुओं, आदि का परिचय दे कर दिखाने वाला; वह पुस्तक जिसमें नगर, अजायब घर, आदि का विवरण हो; विद्यार्थियों की सुविधा के लिए पाठ्य-पुस्तकों की सरल कुंजी; पीएच.डी., आदि की शोध-छात्र का मार्ग-दर्शक।

गाउन—पु. [अं.] लंबा और ढीला चोगे-जैसा वस्त्र जो वेशभूषा के ऊपर पहना जाता है—डॉ., नुकीला कुछ स्थानों पर अध्यापकों, गृहिणियों, आदि द्वारा पहना जाता है; स्नातक तथा स्नातकोत्तर उपाधियों को प्राप्त करते समय पहने जाने वाला सम्मानसूचक चोगेनुमा वस्त्र।

गागर *—स्त्री. घड़ा, कलसा। **मु. ~में सागर भरना**-थोड़े में, संक्षेप में बहुत अधिक बातें कहना।

गगरी *—स्त्री. द्र. 'गगरी'।

गॉगल, गॉगल्स—पु. [अं.] धूप का चश्मा।

गाछ—पु. पेड़, पौधा।

गाज—स्त्री. गर्जन; बिजली की कड़क; बिजली। **मु. ~गिरना, ~पड़ना**-बहुत भारी मुसीबत आना।

गाजना—अ.क्रि. गरजना; खुशी या आवेश में बहुत जोर से बोलना।

गाजर—स्त्री. [सं.] एक मीठी कंद प्रजाति की सब्ज़ी जिसका प्रयोग कच्ची खाने के लिए, सब्ज़ी रूप में, अचार-मुरब्बे के रूप में भी किया जाता है।

ग़ाज़ा—पु. [अ.] मुँह पर मलने का पाउडर, मुख-चूरन।

ग़ाज़ी—पु. [अ.] काफिरों से लड़ने वाला मुसलमान योद्धा; विजेता; शूरवीर। **~मर्द**-पु. वीर पुरुष; घोड़ा।

गाड़—पु. गड्ढा; अनाज रखने का गड्ढा, खत्ता, खत्ती।

गाड़ना—स.क्रि. गड्ढे में रखकर मिट्टी से ढकना; दफन करना; धरती में धँसा कर रखना; छिपा कर रखना। **ला.** एक गाली जिसे स्त्रियाँ प्राय: बच्चों को मारने के अर्थ में देती है ('तुझे गाड़ दूँगी')।

गाडव—पु. [सं.] बादल।

गाड़ी—स्त्री. पहियों के सहारे चलने वाली सवारी, शकट, (बैलगाड़ी, घोड़ागाड़ी, रेलगाड़ी, मोटरगाड़ी, आदि)।

गाढ—वि. [सं.] गाढ़ा; अवगाहन किया हुआ; गहरा; ठस; घना; खूब मज़बूत; अत्यधिक; कठिन; तीव्र; दुर्गम।

गाढ़—पु. संकट; कठिनाई; हाथ-करघा।

गाढ़ा—वि. जो अधिक पतला न हो, कोई भी तरल पदार्थ जो तरल रूप से ठोस रूप की ओर रूप धारण करता है; पतले का उलटा; गाढ़ा दूध, गाढ़ी लस्सी, दवा, आदि। पु. हाथ का बुना मोटा कपड़ा, एक गज का अर्ज होने के कारण इसे गजी भी कहा जाता है। **मु. ~(ढ़ी) छनना**-गहरी मित्रता होना। **~(ढ़े) का साथी**-संकट में साथ देने वाला। **~(ढ़े) दिन**-मुसीबत के दिन। **~पसीने की कमाई**-कड़ी मेहनत से कमाया हुआ धन। **~(ढ़े) में**-संकट में।

गाणपत—वि. [सं.] गणपति संबंधी।

गाणपत्य—पु. [सं.] गणपति का उपासक; गणपति की उपासना; गणनायकत्व।

गाणेश—पु. [सं.] गणेश का उपासक।

गात*—पु. शरीर, गात्र।

गतानुगतिक—वि. [सं.] एक-दूसरे का अंधानुकरण करने वाला; द्र. 'गतानुगतिक'—अब गतानुगतिक ही प्रचलन में।

गाती—स्त्री. चादर ओढ़ने (ओन्ने), आदि को लहँगे, पेटीकोट, आदि के ऊपर एक विशेष प्रकार से ओढ़ना, इसे 'गाती मारना' कहा जाता है।

गात्र—पु. [सं.] देह; अंग।

गात्रक—पु. [सं.] शरीर।

गात्रवर्ण—पु. [सं.] सुर साधने की एक पद्धति।

गाथ—पु. [सं.] स्तोत्र, अर्चना का मंत्र, गाना।

गाथक—पु. [सं.] गायक; स्तोत्र का पाठ, गान करने वाला।

गाथा—स्त्री. [सं.] प्राकृत में काव्य का एक भेद; कथा; छंदोबद्ध कथा; छंद; प्राकृत में आर्या छंद में रचित काव्य। **~कर**-पु. गाथा काव्य का गायक; कवि।

गाथिका—स्त्री. [सं.] गायिका; गानेवाली; गान।

गादुर*—पु. चमगादड़।

गाध—वि. [सं.] जिसकी थाह मिल सके, 'अगाध' का विपरीत।

गाधि—पु. [सं.] विश्वामित्र के पिता जिनकी उत्पत्ति इंद्र के अंश से मानी जाती है। **~तनय, ~नंदन, ~पुत्र, ~सूत, ~सूनु**-पु. विश्वामित्र। **~नगर, ~पुर**-पु. कान्यकुब्ज, वर्तमान कन्नोज।

गाधेय—पु. [सं.] विश्वामित्र।

गाधेया—स्त्री. [सं.] गाधि की कन्या, सत्यवती।

गान—पु. [सं.] गाना, गीत; बखान; स्तवन। **~वाद्य**-पु. गाना-बजाना। **~विद्या**-स्त्री. संगीत विद्या, संगीत-शास्त्र।

गाना—स.क्रि. किसी गीत को ताल सुर के साथ बोलना, वर्णित करना; मीठे बोल बोलना—कोयल, आदि का।

ग़ाफ़िल—वि. [अ.] ग़फ़लत करने वाला, बेखबर, असावधान, लापरवाह।

गाभ—पु. द्र. 'गाभा'; पशु का गर्भ।

गाभा—पु. कोंपल; कल्ला; पेड़, आदि का भीतरी भाग।

गाभिन—वि. पशु—गाय, भैंस, बकरी, आदि का गर्भवती होना ('ग्याभन', 'ग्याभिन')।

गाम*—पु. द्र. 'ग्राम'।

गामा किरण—स्त्री. [सं. + अं.] नाभिक से निकलने वाली विद्युत चुंबकीय किरण।

गामिनी—स्त्री. [सं.] प्राचीन काल में प्रयुक्त एक समुद्री नाव।

गामी—वि. [सं.] गमन करने वाला, जाने, चलने वाला, पहुँचने वाला; संभोग करने वाला (केवल समास में प्रयुक्त होने पर—स्त्रीगामी, परस्त्रीगामी, दूरगामी, कुपथगामी)।

गाय—पु. [सं.] गाना।

गाय—स्त्री. एक दुधारू पशु जो भारतीय संस्कृति में अत्यंत पूजनीय, बैल की मादा, गौ। **ला.** वि. सीधा, सीधा-सच्चा (आदमी)।

गायक—पु. [सं.] गाने वाला, गवैया।

गायकवाड़—पु. बड़ौदा-नरेश की वंशगत उपाधि।

गायकी—स्त्री. गाने की उच्च कला; गाने का पेशा, व्यवसाय।

गायत्र—पु. [सं.] (वैदिक) स्तोत्र; गायत्री छंद; स्तोत्र।

गायत्री—स्त्री. [सं.] एक प्रसिद्ध वैदिक मंत्र; एक वैदिक छंद जिसमें आठ-आठ वर्णों के तीन चरण होते हैं; सावित्री; दुर्गा; गंगा।

गायत्री—पु. [सं.] साम-गायक।

गायन—पु. [सं.] गाना, गीत।

गायनोत्सव—पु. [सं.] वह उत्सव जिसमें गायन की व्यवस्था की गई हो।

ग़ायब—वि. [अ.] छिपा हुआ; लुप्त; अदृश्य; अनुपस्थित।

गायिका—वि., स्त्री. [सं.] गायन करने वाली, गीत गाने वाली; गाने का व्यवसाय अपनाने वाली।

गारंटी—स्त्री. [अं.] ज़मानत; आश्वासन, प्रतिश्रुति, ज़िम्मा लेना, आश्वासन देना; प्रत्याभूति।

गार*—स्त्री. [ब्र.भा.] गाली, गारी।

गार—पु. [फा.] करने वाला (खिदमतगार, गुनहगार); साधन (यादगार)।

ग़ार—पु. [अ.] गहरा गड्ढा, खड्ड; गर्त; पहाड़ की कंदरा, गुफा; जन्तुओं के रहने की खोह।

गारत—स्त्री. [अ.] नष्ट करना, बरबाद करना; लूटना। वि. नष्ट, बरबाद, विध्वस्त, तबाह; लुटा-पिटा।

गारद—स्त्री. [अं. 'गार्ड'] पहरा, रखवाली; चौकी; चौकसी, सर्तकता; रक्षा; रक्षण; रोक; कवच। (व्यक्ति के रूप) गारड, गार्ड, रक्षक, पहरेदार, सन्तरी; सेना में वह टुकड़ी जो तोपखाने की रक्षा करती है तथा वह टुकड़ी जो सम्मान-स्वरूप अभिवादन 'सैल्यूट' करती है, सम्मान गारद।

गारना*—स.क्रि. निचोड़ना; गलाना; नष्ट करना।

गारा—पु. तालाब से निकाली गई वह काली मिट्टी जिसमें भूसा, आदि मिला कर कच्चे घरों की दीवारों-छतों को लीपा जाता था; पीली मिट्टी से तैयार किया हुआ वह गीला लेपन जिसे चिनाई में ईंटों को जोड़ने के काम में लिया जाता है। **~कान्हड़ा**-पु. संगीत में एक राग। **ला.** नष्ट कर देना, किसी वस्तु या काम को बेकार कर देना ('तुमने सारी मेहनत का गारा कर दिया')।

गारी*—स्त्री. [ब. भा.] द्र. 'गाली'

गारुड—वि. [सं.] गरुड़ संबंधी, गरुड़ के आकार का। पु. वह जिसका देवता गरुड़ हो; साँप का ज़हर दूर करने वाला मंत्र; पन्ना; गरुड़ास्त्र।

गारुडिक, गारुडी—पु. [सं.] साँप का ज़हर उतारने वाला; सपेरा।

गारो—पु. आसाम का एक पहाड़; वहाँ रहने वाली एक जनजाति।

गारो*—पु. गर्व; गौरव; प्रतिष्ठा।

गार्ग—वि. [सं.] गर्ग संबंधी; गर्ग गोत्र का।

गार्गि—पु. [सं.] गर्ग मुनि का पुत्र।

गार्गी—स्त्री. [सं.] गर्ग की पुत्री; एक प्रसिद्ध मंत्रद्रष्टा स्त्री ऋषि; दुर्गा।

गार्गेय—पु. [सं.] गर्ग गोत्र में उत्पन्न व्यक्ति; गर्ग द्वारा रचित ग्रंथ।

गार्गेयी—स्त्री. [सं.] गर्ग गोत्र वाली स्त्री।

गार्ग्य—पु. [सं.] गर्ग गोत्र में उत्पन्न व्यक्ति; पाणिनि के पूर्ववर्ती एक वैयाकरण।

गार्जर—पु. [सं.] गाजर।

गार्जियन—पु. [अं.] अभिभावक, बच्चे की सुरक्षा करने वाले, संरक्षक।

गार्ड—पु. [अं.] रक्षक, प्रहरी; द्र. 'गारद'; रेलगाड़ी की रक्षा के लिए ज़िम्मेदार अधिकारी जो सबसे पीछे के डिब्बे में बैठता है।

गार्डन—पु. [अं.] बगीचा, उपवन।

गार्दभ—वि. [सं.] गर्दभ, गधे से संबंधित, संबंध रखने वाला; गधे का।

गार्भ—वि. [सं.] गर्भ संबंधी; गर्भ पोषण-संवर्धन के लिए करणीय बातें।

गार्हपत—वि. [सं.] गृहपति-संबंधी। पु. गृहपतित्व, गृहपति होने का भाव।

गार्हपत्य—पु. [सं.] गृहस्थ के कर्तव्यों का पालक, पालन करने वाला।

गार्हपत्याग्नि—स्त्री. [सं.] वह अग्नि जो परिवार वंशानुगत रूप में चली आती है।

गार्हस्थ्य—पु. [सं.] गृहस्थ आश्रम; गृहस्थ के लिए कर्तव्य; गृहस्थ के लिए पंचयज्ञ-विधान; गृहस्थी; गृह-कार्य।

गाल—पु. कपोल, मुँह के दोनों ओर ठोढ़ी और कनपटी के बीच का कोमल भाग। **मु. फुलाना**-रूठना। **~बजाना**-बढ़-चढ़ कर बात करना, शेखी बघारना।

गालन—पु. [सं.] निचोड़ना, गलाना।

गालव—पु. [सं.] एक ऋषि जो विश्वामित्र के शिष्य थे; पाणिनि के पूर्ववर्ती एक वैयाकरण।

गाला—पु. धुनी हुई नरम रुई का गोला।

गालि—स्त्री. [सं.] गाली।

गालिनी—स्त्री. [सं.] तंत्र की एक मुद्रा।

ग़ालिब—वि. [अ.] जीने वाला, विजयी; प्रबल; बढ़ने वाला।

ग़ालिब—पु. [अ.] उर्दू के प्रख्यात शायर, कवि, पूरा नाम मिर्ज़ा असद अल्लाह खाँ, उपनाम ग़ालिब।

ग़ालिबन्—अ. [अ.] सम्भवतः, कदाचित्, शायद।

गाली—स्त्री. गंदा या अश्लील शब्द, अपशब्द; चरित्र पर लांछन लगाने वाली बात; विवाहोत्सव में गाए जाने वाला एक प्रकार का अश्लील गीत। **~गलौज, ~गुफ़्ता; ~गुफ़्तार**-स्त्री. एक-दूसरे को गालियाँ देना; अपशब्द कहना, दुर्वचन बोलना।

गालू*—वि. गाल बजाने वाला; शेखी बघारने वाला; डींग हाँकने वाला।

गॉल्फ—[अं.] एक खेल जिसे डंडेनुमा हॉकी जैसी लकड़ी से खेला जाता है, जमीन में बने छेदों में गेंद डालनी होती है। **~कोर्स**-पु. गॉल्फ खेलने का मैदान।

गाव—पु. [फा.] गाय-बैल। **~कुशी**-स्त्री. गोवध।

गावतकिया—पु. [फा.] बड़ा तकिया, मसनद।

गावदी, गावदू—वि. [फा.] जड़ बुद्धि, बुद्धू, मूर्ख।

गावन*—स्त्री. गायन, गाने की क्रिया; गाने का ढंग, पद्धति।

गाह—पु. [सं.] अवगाहन, डूबना; गहराई; पकड़; ग्राह, मकर। वि. अवगाहन करने वाला।

गाह—स्त्री. [फा.] स्थान; जगह (कत्लगाह, सैरगाह, आदि)। **~(हे) बगाहे**-वि. कभी-कभी।

गाहक—पु. ग्राहक, खरीददार; कद्र करने वाला।

गाहक—पु. [सं.] अवगाहन करने वाला।

गाहकी—स्त्री. खरीददारी; बिक्री।

गाहन—पु. [सं.] पानी में धँसना, पैठना, गोता लगाना; थाह लेना; छानना; बिलोना।

गाहना—स.क्रि. थाह लेना; अवगाहन करना, बिलोना; पार करना; अनाज (गेहूँ, आदि) को उसके सूखे पौधे, डंठल, आदि से अलग करने की प्रक्रिया।

गाहा*—स्त्री. 'गाथा' का प्राकृत रूप, कथा, गाथा, वृत्तांत।

गिंजाई (गिजाई)—स्त्री. बरसात में पैदा होने वाला एक कीड़ा।

गिंदौड़ा, गिंदौरा—पु. गुड़ का बड़ा-सा टुकड़ा।

गिआन*—पु. 'ज्ञान'।

गिउ*—स्त्री. ग्रीवा, गला।

गिचपिच—वि. बहुत पास-पास लिखा हुआ; काट-कूट कर अस्पष्ट लिखा हुआ; वस्तुओं या व्यक्तियों का किसी स्थान विशेष पर एक-दूसरे के बहुत निकट स्थित होना; घिचपिच।

गिचर-पिचर—वि. द्र. 'गिचपिच'।

गिजगिजा—वि. गीला; पिलपिला।

ग़िज़ा—स्त्री. [अ.] पौष्टिक आहार; पौष्टिक खाद्य पदार्थ सूखे मेवे, आदि।

ग़िज़ाई—वि. [अ.] आहार संबंधी; जो आहार-रूप में हो।

गिटकिरी—स्त्री. तान लेने में स्वर को कम्पित करने की क्रिया।

गिटकौरी—स्त्री. कंकड़ी, पत्थर का गोल छोटा टुकड़ा।

गिटपिट—स्त्री. विकृत, अर्थहीन शब्दावली; बातचीत।

गिटर-पिटर—द्र. 'गिटपिट'।

गिटार—[अं.] एक लंबा-सा वाद्य जिसमें लगे तंतुओं को झंकृत किया जाता है।

गिट्टक—पु. आम, जामुन, आदि की गुठली; लकड़ी या पत्थर का छोटा टुकड़ा; हुक्के की चिलम में रखे जाने वाला घड़े, आदि का छोटा टुकड़ा, गिट्टी।

गिट्टा—पु. द्र. 'गिट्टक'।

गिट्टी—स्त्री. ईंट, पत्थर के छोटे टुकड़े जो छत, फर्श, आदि बनाने के काम आते हैं; मिट्टी के बर्तनों का छोटा टुकड़ा; चिलम के छेद पर रखने का छोटा टुकड़ा; धागे की रील जिस पर वह लिपटा हुआ होता है; कैरम, आदि की गोटी।

गिड़गिड़ाना—अ.क्रि. दीन भाव से अनुनय-विनय करना; चिरौरी करना।

गिड़गिड़ाहट—स्त्री. गिड़गिड़ाने का भाव।

गिद्दा—पु. पंजाब में स्त्रियों का एक लोक-नृत्य।

गिद्ध—पु. चील से बड़े आकार का मांसाहारी तीक्ष्ण चोंच वाला एक पक्षी। **~राज**-पु. जटायु (रामकथा में)।

गिनती—स्त्री. गिनने की क्रिया, गणना; संख्या—एक से सौ तक, हाजिरी, उपस्थिति सेना, आदि में। **ला.** महत्त्व; महत्त्वहीन होना ('वह किस गिनती में है')। **~के**-बहुत थोड़े से, जो आसानी से गिने जा सकें।

गिनना—स.क्रि. संख्या, गिनती मालूम करना, गणन, गणना करना, हिसाब लगाना; सिक्कों, नोटों, आदि की गिनती करना। **ला. ~गिन-गिनकर**-गिनकर, पूरा हिसाब लगाते हुए (अच्छे कामों के लिए नहीं—'गिन-गिनकर बदला लेना')। **~गिने-गिनाये-चुने**-थोड़े से, गिनती के।

गिनवाना—स.क्रि. द्र. 'गिनाना'।

गिना-चुना (गिने-चुने)—वि. बहुत कम, थोड़े से (व्यक्ति और वस्तुओं दोनों के लिए प्रयुक्त)।

गिनाना—स.क्रि. गिनने का काम दूसरे से करवाना।

गिनी—स्त्री. [अं.] सोने का एक सिक्का, गिन्नी, मानक माप 21 शिलिंग; एक प्रकार की घास। **~गोल्ड**-पु. वह सोना जिसमें ताँबे का मेल हो।

गिन्नी—स्त्री. द्र. 'गिनी'।

गिफ़्ट—पु. [अं.] भेंट, सौगात; वरदान; कृपा भाव से कोई चीज़ देना।

गिब्बन—पु. [अं.] जावा, सुमात्रा, आदि में पाया जाने वाला एक तरह का बन्दर।

गियर—पु. [अं.] साज़; साज़-सामान, उपस्कर; औज़ार; किसी मशीन अथवा वाहन में लगा वह उपकरण जो उसकी गति की सीमा और दिशा निर्धारित करने में सहायक बनता है; वाहन के इंजिन और पहियों का तालमेल स्थापित रखता है। **~बॉक्स**-वह बक्सा जिसमें गियर और इंजिन का तारतम्य बनाने का उपकरण स्थापित रहता है।

गिर*—पु. द्र. 'गिरि'। **~धर, ~धारी**-पु. द्र. 'गिरिधर'। **~वर**-पु. श्रेष्ठ पहाड़, विशाल पहाड़, गिरिवर।

गिरगिट—पु. छिपकली जैसा घास में रहने वाला एक जंतु जो कई तरह के रंग बदलता है। **मु. ~की तरह रंग बदलना**-अपना मत, वृत्ति बदलते रहना; कभी कुछ कहना तो कभी कुछ कहना।

गिरजा—पु. ईसाइयों का उपासना-गृह, गिरजाघर।

गिरते-पड़ते—क्रि.वि. जैसे-तैसे, बड़ी मुश्किल से (कोई काम करना या कहीं पर पहुँचना)।

गिरदावर—वि. द्र. 'गिर्दावर'।

गिरदावरी—स्त्री. [फा.] पटवारी की वह बही या रजिस्टर जिसमें किसान की भूमि का हक, अधिकार और भूमि की नाप-जोख लिखी रहती है।

गिरना—अ.क्रि. ऊपर से, अपनी जगह से नीचे आना, खड़े रहना में असमर्थ होकर ज़मीन पर आ जाना, ढहना (घर, दीवार, आदि का), उखड़ना (पेड़, आदि का); किसी छोटी नदी का दूसरी बड़ी नदी में जा मिलना; छीजना; अवनत दशा में होना (स्वास्थ्य, आदि का); मंदा होना, दाम गिरना; बरसना (पानी); हारना; घायल होकर गिर जाना; मारा जाना, चारित्रिक स्तर से नीचे का काम करना; कुछ रोगों का होना, यथा—नज़ला गिरना, फालिज गिरना। **ला. गिरा-पड़ा**-अवमानना के अर्थ में हेय, तुच्छ। **गिर कर**-स्तर से नीचे उतर कर या किंचित् बेइज्जती सहते हुए किसी बात को मानना, स्वीकार करना।

गिरनार—पु. गुजरात में जूनागढ़ के पास का एक पर्वत, जैनियों का प्रसिद्ध तीर्थ भी है।

गिरनारी—वि. गिरनार पर्वत पर रहने वाला; गिरनार का।

गिरफ़्त—स्त्री. [फा.] पकड़; दोष या भूल पकड़ना; एतराज।

गिरफ़्तार—वि. [फा.] पकड़ा हुआ, पुलिस या सैन्य बलों द्वारा पकड़ा हुआ, बंदी; फँसा हुआ।

गिरफ़्तारी—स्त्री. [फा.] गिरफ़्तार होना या करना, कैद। **~वारंट**-पु. [अं.] वह आदेश-पत्र जिसमें गिरफ़्तारी का निर्देश हो।

गिरमिट—पु. [अं.] इकरारनामा ('एग्रीमेंट'); प्रतिज्ञा-पत्र।

गिरमिटिया—पु. किसी ब्रिटिश उपनिवेश में मजदूरी कराने के लिए ले जाए जाने वाले भारतीय।

गिरवान*—पु. द्र. 'गीरीवान'।

गिरवाना—स.क्रि. 'गिराना' का प्रे.।

गिरवी—स्त्री. बंधक, रेहन; बंधक रखी हुई चीज़। **~नामा**-पु. वह शर्तनामा जिसमें रेहन की शर्तें लिखी होती हैं।

गिरस्ती—स्त्री. द्र. 'गृहस्थी'।

गिरह—स्त्री. [फा.] गाँठ, बंधन; गुत्थी; उलझन; जेब; टेंट, मन में पड़ने वाली कोई ग्रंथि; शायरी में बंद के आखिर का शेर; कुश्ती का दाँव; कपड़े, आदि का एक माप जो लगभग सवा दो इंच के बराबर होता था। **~कट**-पु. जेब काटने वाला, पॉकेट मार। **~दार**-वि. जिसमें गाँठें हों। **~बाज़**-पु. वह कबूतर जो उड़ते हुए कलाबाज़ी करता है।

गिरही*—वि., पु. द्र. 'गृही'।

गिरा—स्त्री. [सं.] वाणी, सरस्वती; वाक्य; बोली, ज़बान। **~पति**-पु. ब्रह्मा।

गिराना—स.क्रि. नीचे डालना; फेंकना, ढाहना; पटक देना; ज़मीन पर गिरा देना; बहाना; (नाली, आदि में); मूल्य, शक्ति, प्रतिष्ठा, ईमानदारी, निष्ठा, आदि का घटाना; दुर्दशा में ले जाना; युद्ध में वध करना।

गिरा-पड़ा—वि. द्र. 'गिरना' के अन्तर्गत।

गिराव—पु., **गिरावट**—स्त्री. गिरने का भाव, पतन, अधोगति।

गिरास*—पु. द्र. 'ग्रास'।

गिरि—पु. [सं.] पर्वत, पहाड़; संन्यासियों की एक उपाधि; जोगी जाति के नाम में प्रयुक्त; पारे का एक दोष; गेंद; बादल; आठ की संख्या। **~कंटक**-पु. इंद्र का वज्र; बिजली। **~कंदर**-पु.; **~कंदरा**-स्त्री. पहाड़ की गुफा। **~कानन**-पु. पहाड़ के ऊपर लगा हुआ बगीचा। **~गुहा**-स्त्री. पहाड़ की गुफा। **~चर**-पु. पर्वतवासी। **~द्वार**-पु. दर्रा।

गिरिजा—स्त्री. [सं.] पार्वती; गंगा।

गिरिधर, गिरिधारी—पु. [सं.] श्रीकृष्ण। वि. पर्वत को धारण करने वाले।

गिरिक—वि. [सं.] पर्वत से उत्पन्न। पु. शिव।

गिरिस्ती—स्त्री. द्र. 'गृहस्थी'।

गिरींद्र—पु. [सं.] विशाल पहाड़; हिमालय; शिव; आठ की संख्या।

गिरी—स्त्री. बीज के भीतर का भाग, मग्ज़।

गिरीश—पु. [सं.] हिमालय; शिव; बृहस्पति।

गिरो—पु. [फा.] गिरवी, गिरवी रखी वस्तु; बंधक।

गिरोह—पु. [फा.] डाकुओं, बदमाशों, असामाजिक तत्त्वों का समूह, झुंड।

गिर्जा—पु. द्र. 'गिरजा'।

गिर्द—अ. [फा.] आस-पास; पास। पु. गोलाई; घेरा।

गिर्दागिर्द—अ. [फा.] चारों ओर, इर्द-गिर्द।

गिर्दावर—वि. [फा.] घूमने वाला, दौरा करने वाला।

गिर्दावरी—स्त्री. [फा.] द्र. 'गिरदावरी'।

गिल—वि. [सं.] भक्षक, निगलने वाला। पु. घड़ियाल।

गिल—स्त्री. [फा.] मिट्टी; गीली मिट्टी; गारा। **~अंदाज़ी**-स्त्री. सड़क, बाँध, आदि पर मिट्टी डालना; पुश्ताबंदी।

गिलगिला—वि. मुलायम-सा, गीला और नरम।

गिलगिलिया—स्त्री. एक पक्षी।

ग़िलज़ई—स्त्री. भारत की पश्चिमोत्तर सीमा और अफ़गानिस्तान में रहने वाली एक जनजाति।

गिलट—स्त्री. चाँदी के रंग की एक घटिया धातु जिसके आभूषण भी बनते थे।

गिलटी—स्त्री. शरीर के किसी अंग में गाँठ-सी बन जाना; एक रोग, प्लेग जिसमें गले में गिलटी निकल आती थी।

गिलना*—स.क्रि. निगलना।

गिलबिला—वि. गिलगिला, पिलपिला।

गिलम—स्त्री. ऊनी कालीन; मोटा गद्दा (पद्माकर)।

गिलहरी—स्त्री. पेड़ों पर रहने वाला चूहे जैसे आकार का धारीदार एक जंतु।

गिला—पु. [फा.] शिकायत; उलाहना।

ग़िलाज़त (गलाज़त)—स्त्री. [अ.] गंदगी; भ्रष्टाचार, कदाचार।

गिलान*—स्त्री. द्र. 'ग्लानि'।

गिलाफ़—पु. [फा.] रजाई, तकिया, सितार, आदि का कपड़े का बनाया खोल, 'कवर'; म्यान।

गिलायु—पु. [सं.] गले का एक रोग, गले के भीतर एक छोटी-सी गाँठ हो जाती है।

गिलावा—पु. [फा.] गारा।

गिलास—पु. पानी पीने का शीशे या किसी धातु का बना लंबोतरा बरतन।

गिलोय—स्त्री. [फा.] एक पौधा, गुडुच, इसका प्रयोग औषध रूप में होता है।

गिलौरी—स्त्री. पान का तिकोना या चार कोने वाला बीड़ा। **~दान**-पु. पानदान, कटोरदाननुमा पान रखने का एक डिब्बा-सा।

गिल्टी—स्त्री. द्र. 'गिलटी'।

गिल्यान*—स्त्री. द्र. 'ग्लानि'।

गिल्ला*—पु. द्र. 'गिला'। **~गुंजारी**-स्त्री. गिले-शिकवे की बातें।

गिल्ली—स्त्री. गुल्ली।

गिष्नु—पु. [सं.] गायक, सामगायक।

गीत—वि. [सं.] गाया हुआ; कथित, वर्णित। पु. वह जो गाया जाए, गाना, गान; बड़ाई। **~गोविंद**-पु. जयदेवरचित संस्कृत का एक प्रसिद्ध गीति-काव्य। **मु. ~गाना**-किसी की प्रशंसा करना, यश का वर्णन करना।

गीतक—[सं.] गान; स्तोत्र।

गीता—स्त्री. [सं.] हिन्दुओं का प्रसिद्ध ग्रंथ, भगवद्गीता जिसमें श्रीकृष्ण द्वारा अर्जुन को आध्यात्मिक, दर्शन समझाया गया है; ज्ञानमय उपदेश; कथा, वृत्तांत; एक मात्रिक छंद।

गीतायन—पु. [सं.] गीत का साधन, वीणा, आदि; गीतों का संग्रह।

गीति—स्त्री. [सं.] गीत; गेयात्मक काव्य। **~काव्य**-पु. वह गीतात्मक काव्य जिसमें प्रायः आत्मपरकता होती है। **~नाट्य, ~रूपक**-पु. वह नाटक जो गीति के रूप में लिखा गया हो, काव्यनाट्य; वह अभिनय या नृत्य जो गीति पर आधारित हो।

गीतिका—स्त्री. [सं.] छोटा गीत; एक मात्रिक छंद; एक वर्णवृत्त।

गीथा—स्त्री. [सं.] वाणी; गीत।

गीदड़—पु. भेड़िये की जाति का एक वन्य जानवर, शृगाल, स्यार। **ला.** वि. डरपोक, कायर। **~भवकी, ~भभकी**-स्त्री. झूठी धमकी देना, दिखावे को डराना।

गीदड़ी—स्त्री. गीदड़ की मादा, शृगाली, मादा स्यार।

गीध—पु. द्र. 'गिद्ध'।

गीयर—पु. [अं.] द्र. 'गियर'।

गीरथ—पु. [सं.] बृहस्पति।

गीरी—प्र. [फा.] प्रत्यय के रूप में यह कुछ शब्दों के पीछे लगकर भाववाचक संज्ञा का रूप बन जाता है, यथा—दादागीरी।

गीर्ण—वि. [सं.] निगला हुआ; वर्णित।

गीला—वि. भीगा हुआ, आर्द्र, नम। **~पन**-पु. गीला होना, नमी, आर्द्रता।

गीष्पति—पु. [सं.] बृहस्पति; पंडित।

गुँग—वि. [बो.] गूँगा, गूँगेपन की बीमारी।

गुँगुआना*—अ.क्रि. गूँगे की तरह बोलना।

गुंचा—पु. [फा.] कली; झुरमुट; भेड़। वि. घना आबाद; गुंजान।

गुंची—स्त्री. गूँजा।

गुंज—स्त्री. गले में पहनने का एक आभूषण। पु. भँवरे का गुंजार।

गुंजक—पु. [सं.] एक पौधा।

गुंजन—पु. [सं.] भँवरे का भिनभिनाना, गुंजार; गुनगुनाना; कलरव।

गुंजना—अ.क्रि. [सं.] द्र. 'गुंजन'।

गुंजल्क—स्त्री. [फा.] शिकन, सलवट; गाँठ, गुत्थी, उलझन; रुकावट।

गुंजा—स्त्री. घुँघची; भिनभिनाहट; मधुर ध्वनि; एक विषैला पौधा।

गुंजाइश—स्त्री. [फा.] सुभीता, सुविधा; समाई, अवकाश; किसी बात के घटित होने की संभावना; (किसी प्रकार की) छूट की कोई संभावना न रहना; स्थान, जगह ('दिलों में कोई गुंजाइश ही नहीं बची')।

गुंजान—वि. [फा.] घना, सटा हुआ।

गुंजायमान—वि. [सं.] गूँजता हुआ, हर्ष-ध्वनि से भरा हुआ।

गुंजायश—स्त्री. [फा.] द्र. 'गुंजाइश'।

गुंजार—पु. भँवरे की भिनभिनाहट।

गुंजारना—अ.क्रि. गूँजना।

गुंजिका—स्त्री. [सं.] घुँघची।

गुंजित—वि. [सं.] गूँजता हुआ, गुंजन युक्त।

गुंठन—पु. [सं.] ढकना; छिपाना; लेपन।

गुंठित—वि. [सं.] ढका; छुपाया हुआ; लेप किया हुआ; पिसा हुआ।

गुंड—पु. मलार राग का एक भेद।

गुंड—पु. [सं.] चूर्ण करना, पीसना; कसेरु।

गुंडई—स्त्री. गुंडापन, दादागीरी।

गुंडली—स्त्री. गेंडुरी, कुंडली।

गुंडा—वि. पु. 'बदमाश, असामाजिक तत्त्व; बुरे चाल-चलन वाला।

गुँथना—अ.क्रि. गूँथा जाना; एक-दूसरे से चिपटना—लड़ाई, कुश्ती, आदि में।

गुँधना—अ.क्रि. गूँधा जाना।

गुँधाई—स्त्री. गूँधने की क्रिया; गूँधने के लिए दिया जाने वाला पारिश्रमिक, मजदूरी।

गुंफ—पु. [सं.] गूँथना; संयुक्त करना; सजावट।

गुंफन—पु. [सं.] गूँथना; सजाना; तरतीब से, क्रम से सजा देना।

गुंफना—स्त्री. [सं.] गूँथना, सुंदर।

गुंफित—वि. [सं.] गूँथा हुआ; सजाया हुआ।

गुंबज—पु. द्र. 'गुंबद'।

गुंबद—पु. [फा.] मस्जिद, किले, महल, आदि पर बनी गोलाकार छत।

गुंबदी—वि. गुंबद की शक्ल का।

गुआरपाठा—स्त्री. द्र. 'गवारपाठा'।

गुआरि*—स्त्री. ग्वालिन; गोपी।

गुआलिन*—स्त्री. ग्वालिन।

गुइयाँ—पु. खेल का साथी।

गुखरू—पु. द्र. 'गोखरू'।

गुग्गुल, गुग्गुलु—पु. [सं.] एक कँटीला पेड़; उस पेड़ का गोंद जो जलाने पर अपने धुएँ से सुगंध देता है, पूजा, आदि में भी काम आता है; दक्षिण भारत में पाया जाना वाला एक वृक्ष जिसकी राल वार्निस बनाने में प्रयुक्त होती है।

गुच्ची—स्त्री. गुल्ली-डंडा का खेल खेलने के लिए जमीन में खोदा गया बहुत छोटा-सा गड्ढा।

गुच्छ—पु. [सं.] गुच्छा; फूलों का गुच्छा, गुलदस्ता, स्तवक।

गुच्छा—पु. किसी टहनी, शाखा में पास-पास लगे बहुत से फल या फूल; किसी एक ही स्थान पर एकत्रित वस्तुओं, कीट, आदि का समूह (चाबियों का गुच्छा, कीड़ों का गुच्छा, जुओं का गुच्छा, आदि)।

गुच्छिका—स्त्री. [सं.] नसों की ग्रंथी, नसों का इकट्ठा हो जाना।

गुच्छी—स्त्री. छोटी-छोटी वस्तुओं को एकत्रित कर एक जगह बाँधा हुआ रूप, गुत्थी (धनिया, पालक, आदि की); कश्मीर में पाया जाने वाला एक फूल जिसको सुखा कर सब्जी के रूप में बनाया जाता है।

गुज़र—पु. [अ.] प्रवेश; जाना, निकलना; रास्ता; घाट; पहुँच; गुजारा, निर्वाह। **~गाह**-पु. रास्ता; आम रास्ता। **~बसर**-निर्वाह, गुजारा।

गुज़रना—अ.क्रि. बीतना, कटना; जाना, निकलना; निभना; घटित होना। **ला.** मृत्यु होना, संसार से चले जाना।

गुजरात—पु. भारत के दक्षिण-पश्चिम में स्थित एक प्रांत, राजधानी गांधीनगर।

गुजराती—वि. गुजरात का; गुजरात का बना। पु. गुजरात का रहने वाला। स्त्री. गुजरात प्रांत की भाषा।

गुज़रान—पु. [अ.] गुज़र, निर्वाह।

गुजरिया*—स्त्री. द्र. 'गूजरी'।

गुजरी—स्त्री. शाम को सड़क के किनारे लगने वाला बाज़ार, पैंठ; गुदड़ी।

गुज़रता—वि. [फा.] बीता हुआ, अतीत, पिछला (सप्ताह, मास, वर्ष, आदि)।

गुज़ार—वि. [फा.] (समास के अंत में प्रयुक्त) अदा करने वाला, मानने वाला (शुक्रगुज़ार, खिदमतगुज़ार, आदि)।

गुज़ारना—स.क्रि. बिताना, काटना; अदा करना (नमाज़)।

गुज़ारा—पु. [फा.] निर्वाह; निर्वाह के लिए दी जाने वाली राशि; रास्ता; घाट; पुल या नाव से नदी पार करना।

गुज़ारिश—स्त्री. [फा.] निवेदन, प्रार्थना, अर्ज। **~नामा**-पु. निवेदन-पत्र; पत्र (छोटों की ओर से बड़ों के लिए लिखे गए पत्र के लिए आदरसूचक रूप में प्रयुक्त शब्द)।

गुझरोट, गुझरौट*—पु. कपड़े की सलवट; स्त्रियों की नाभि के आस-पास का भाग।

गुझिया (गुँझिया)—स्त्री. मैदे की बनी एक मिठाई जिसके भीतर भुने आटे में मिला कर मेवे, आदि भरे रहते हैं; मावे, खोवे की बनी लंबी-सी मिठाई।

गुट—पु. समूह; एक जैसे विचारों के लोगों का समूह। **~निरपेक्ष**-वि. जो किसी गुट विशेष से संबद्ध न हो। **~निरपेक्ष-नीति**-स्त्री. वह नीति जिसमें किसी भी गुट से संबद्ध न होकर स्वतंत्र नीति अपनाने की बात हो (विदेश-नीति के संदर्भ में)। **~बंदी**-स्त्री. गुट, समूह बनाकर रहते हुए किसी दूसरे गुट का विरोध। **~बाजी**-स्त्री. गुटबंदी।

गुटकना—अ.क्रि. कबूतर की मदमस्त ध्वनि। स.क्रि. निगलना।

गुटका—पु. गोली, गुटिका; छोटे आकार की पुस्तिका; लट्टू; पान के रूप में खाया जाने वाला एक मसाला।

गुटकाना—स.क्रि. तबला बजाना।

गुटरगूँ—स्त्री. कबूतर की बोली।

गुटिका, गुटी—स्त्री. [सं.] बटी, गोली; मंत्र सिद्ध गोली जिसे मुँह में रखकर व्यक्ति दूसरों के लिए अदृश्य हो जाता है; पुड़िया।

गुद्‌ठल—वि. गाँठ; गुठली वाला; कठिन; जड़, मूर्ख।

गुठली—स्त्री. आम, आड़ू, जामुन, आदि फलों के गूदे की भीतर का कड़ा अंश।

गुद्‌दू—पु. मुट्‌ठी बाँधकर किसी को आघात देना, मुक्का।

गुडलक—[अं.] शुभ कामना।

गुड़—पु. विशेषत: ईख या ताड़-खजूर के रस को कड़ाह में औटाकर गाढ़ा करके जमाई हुई परत, भेली या बट्‌टी-सी। **मु. ~कुल्हिया में गुड़ फोड़ना**-गुप्त रूप से कोई ऐसी बात या मंत्रणा करना जिसको छिपाना संभव न हो ('कुल्हिया में गुड़ मत फोड़ो, सबको बता दो')।

गुड़गुड़—पु. हुक्का पीने का शब्द; पेट में वायु संचार से उत्पन्न होने वाली ध्वनि।

गुड़गुड़ाना—अ.क्रि. 'गुड़गुड़' की आवाज़ करना; हुक्का पीने की क्रिया।

गुड़गुड़ाहट—स्त्री. 'गुड़गुड़' की आवाज़।

गुड़गुड़ी—स्त्री. छोटा-सा हुक्का जो खेत, आदि पर या इधर-उधर ले जाने के लिए इस्तेमाल किया जाता है, इसका आधार नारियल के खोल या मिट्‌टी का छोटा लोटा-जैसा होता है, उसी में नैंचा लगा लिया जाता है।

गुड़हर, गुड़हल—पु. एक पौधा; उस पर आने वाला सुर्ख लाल रंग का फूल।

गुड़ाई—स्त्री. खेत या क्यारी को खोदने-गोड़ने का कार्य।

गुड़ाकेश—पु. [सं.] अर्जुन; शिव। वि. वह व्यक्ति जिसने नींद पर विजय प्राप्त कर ली हो।

गुड़िया—स्त्री. कपड़े की बनी हुई पुतली। **~सी**-नन्ही-सी, सुंदर (लड़की और दुल्हन); बच्ची के लिए प्यार-भरा सम्बोधन। **मु. ~(यों) का खेल**-बहुत आसान काम।

गुड्‌डा—पु. लड़के के रूप में गुड़िया, नर गुँड़िया।

गुड्‌डी—स्त्री. पतंग।

गुण—पु. [सं.] अच्छी विशेषता; किसी व्यक्ति के चरित्र या स्वभाव की वृत्ति विशेष; धर्म; सद्‌गुण; प्रशंसा योग्य बात; प्रकृति का धर्म—सत्त्व, रजस, तम; रस्सी; धागा; डोरी; प्रत्यंचा। भाषा के तीन गुण—ओज, माधुर्य, प्रसाद। **~कथन**-पु. गुण वर्णन, यशोगान; शृंगार रस के अन्तर्गत नायक-नायिका की दस दशाओं में से एक। **~कर**-वि. लाभदायक। **~करी**-स्त्री. एक रागिनी। **~कारक, ~कारी**-वि. लाभदायक, असर करने वाला। **~कीर्तन**-गुणगान, यशोगान। **~गान**-पु. गुण वर्णन, यशगान। **~ग्राहक, ~ग्राही**-वि. पु. गुण को महत्त्व देने वाला, योग्यता का आदर करने वाला। **~हीन**-वि. गुण रहित, निर्गुण; जिसमें कोई खूबी न हो।

गुणक—पु. [सं.] वह अंक जिससे गुणा की जाती है।

गुणज—पु. [सं.] गुण को परखने वाला, योग्यता का आदर करने वाला।

गुणन—पु. [सं.] गुणा करने वाला। **~फल**-पु. वह अंक जो एक अंक से दूसरे को गुणन करने से उपलब्ध हो, हासिल।

गुणनीय—वि. [सं.] गुणन करने योग्य।

गुणवान्—वि. [सं.] गुणशाली, गुणी।

गुणांक—पु. [सं.] वह संख्या जिसको गुणा किया जाए।

गुणांकन—पु. [सं.] गुणा करना।

गुणा—पु. वह क्रिया जिससे यह ज्ञात होता है कि किसी अंक को एक से अधिक बार जोड़ने पर कितना प्राप्त होता है, यथा—$5 \times 4 = 20$।

गुणाकर—वि. [सं.] जो गुणों की खान, भंडार हो, गुणराशि।

गुणाढ्य—वि. [सं.] बहुत से अच्छे गुणों वाला, सद्‌गुणों वाला, एक प्रसिद्ध संस्कृत कवि।

गुणातीत—वि. [सं.] प्रकृति के तीनों गुणों से परे। पु. परमात्मा।

गुणात्मक—वि. [सं.] गुणों के आधार पर।

गुणानुवाद—पु. [सं.] गुणगान, गुण-कथन, यशोगान।

गुणान्वित—वि. [सं.] गुणों से युक्त।

गुणावली—स्त्री. [सं.] गुणों की लड़ी, बहुत से गुणों का वर्णन।

गुणित—वि. [सं.] जिसका गुणन किया गया हो; जिसकी गणना की गई हो।

गुणी—वि. [सं.] गुण युक्त, किसी विशेष कार्य, कला, आदि में पारंगत।

गुणीभूत—वि. [सं.] मुख्य अर्थ से रहित; गौण बनाया हुआ। **~व्यंग्य**-पु. काव्य का वह भेद जिसमें व्यंग्यार्थ वाच्यार्थ से अधिक चमत्कार वाला न हो।

गुण्य—वि. [सं.] गुणा करने योग्य; अच्छे गुणों वाला; वर्णन करने योग्य। पु. वह अंक जिसे गुणा करना हो।

गुण्यांक—पु. [सं.] वह अंक जिसका गुणन किया जाए।

गुत्थमगुत्था—पु. एक-दूसरे से लिपटना—लड़ाई और कुश्ती में; भिड़ंत।

गुत्थी—स्त्री. धागे, आदि में पड़ी हुई गाँठ; उलझन, समस्या; कठिनाई।

गुत्स—पु. [सं.] गुच्छा, चँवर; ग्रन्थ का परिच्छेद।

गुथना—अ.क्रि. उलझना; एक-दूसरे से लड़ाई में चिपटना; भिड़ना, गूँथा जाना।

गुथवाना—स.क्रि. 'गुथना' का प्रे.।

गुथीला—वि. जिसको गूँथ कर बनाया गया हो।

गुथुवाँ—वि. जिसे गूँथ कर बनाया गया हो।

गुद—पु. स्त्री. [सं.] गुदा, मलद्वार। **~कील, ~कीलक**-पु. बवासीर। **~भ्रंश**-पु. काँच निकलना। **~रोग**-पु. गुदा से संबंधित रोग।

गुदकार, गुदकारा—वि. गूदेदार; भरा या फूला हुआ; गुदगुदा।

गुदगुदा—वि. भरा हुआ; नरम, गुलगुला, गुदाज।

गुदगुदाना—स.क्रि. बगल, तलवे, आदि को अँगुलियों से इस प्रकार स्पर्श करना कि हँसी निकल जाए।

गुदगुदाहट—स्त्री. गुदगुदी।

गुदगुदी—स्त्री. गुदागुदाने से हँसी पैदा करने वाली एक अनुभूति।

गुदड़िया—पु. गूदड़ों-चीथड़ों, कपड़ों के छोटे-छोटे टुकड़ों से बनी हुई रजाई-सी, ऊपर ओढ़ने का वस्त्र।

गुदड़ी—स्त्री. द्र. 'गुदड़िया'। **~बाज़ार**-पु. फटे-पुराने कपड़े; टूटी-फूटी चीजों का बाज़ार। **मु. ~का लाल**-साधारण या गरीब घर में जन्मा असाधारण गुणों वाला व्यक्ति।

गुदनहारी—स्त्री. गोदने वाली।

गुदना—पु. गोदना।

गुदराना*—स.क्रि. निवेदन करना।

गुदवाना—स.क्रि. त्वचा अथवा किसी धातु के पत्र-आदि पर नाम खुदवाना या अन्य कसीदाकारी करवाना।

गुदांकुर—पु. [सं.] बवासीर।

गुदा—स्त्री. [सं.] मलद्वार। **~भंजन**-पु. पुरुष-पुरुष का अप्राकृतिक मैथुन, समलैंगिक संबंध।

गुदाज़—वि. [फा.] नरम, गुदगुदा; (समास में) पिघलाने वाला—दिलगुदाज़।

गुदाना—स.क्रि. 'गोदना' का प्रे.।

गुदाम—पु. द्र. 'गोदाम'।

गुदारा—पु. [फा.] नाव पर नदी पार करना, गुजारा।

गुदौष्ठ—पु. [सं.] गुदा के द्वार पर का चर्म।

गुद्दी*—स्त्री. गरदन का पिछला हिस्सा।

गुन*—पु. द्र. 'गुण'। **~गाहक**-वि., पु. गुणग्राहक।

गुनगुना—वि. द्र. 'कुनकुना', हलका गरम।

गुनगुनाना—अ.क्रि. बहुत धीमे स्वर में किसी गीत, कविता, आदि को गाना। **ला.** अस्पष्ट रूप में बात कहना।

गुनगुनाहट—स्त्री. धीमे स्वर में गाये जाने वाले गीत की ध्वनि।

गुनना—स.क्रि. विचार करना, सोचना, मनन करना।

गुनह—पु. [फा.] 'गुनाह' का लघु रूप। **~गार**-वि. दोषी, अपराधी। **~गारी**-स्त्री. दोष, अपराध।

गुना—वि. गुणित; वह शब्द जो किसी संख्या के अंत में लगकर उतनी ही बार होना सूचित करता है, यथा—दुगुना, तिगुना, चौगुना, आदि।

गुनाह—पु. [फा.] अपराध, दोष, दुष्कर्म; पाप।

गुनाही—वि. [फा.] गुनहगार।

गुनिया—पु. विचार करने वाला। स्त्री. राज-मिस्त्रियों के पास दीवार, आदि को नापने का एक उपकरण। **~में**-सीध में।

गुनी—वि. गुणों वाला। पु. किसीं कार्य में दक्ष व्यक्ति; झाड़-फूँक करने वाला, ओझा।

गुपचुप—अ. छिप कर, गुप्त रीति से।

गुपाल*—पु. द्र. 'गोपाल'।

गुपुत*—वि. द्र. 'गुप्त'।

गुप्त—वि. [सं.] छिपा या छिपाया हुआ, गूढ़; रहस्य; अदृश्य। पु. वैश्यों का उपनाम, वर्ण सूचक शब्द; भारतवर्ष का एक प्राचीन राजवंश। **~काशी**-स्त्री. बदरिकाश्रम के मार्ग में पड़ने वाला एक तीर्थ स्थान। **~चर**-पु. जासूस, छिप कर रहस्य लेने वाला, सूचना एकत्रित करने वाला। **~दान**-पु. वह दान जिसमें दाता अपना नाम प्रकट नहीं करना चाहता है, गुप्त रूप से किया गया दान। **~मार**-स्त्री. ऐसी मार या चोट जिसका कोई चिह्न दिखाई न दे; चुपचाप वार करना, मिल कर षड्यंत्र रचना। **~वेश**-वि. वेश बदल कर रहना।

गुप्तक—पु. [सं.] छिपा कर रखने वाला।

गुप्तांग—पु. [सं.] स्त्री और पुरुष के गुप्त अंग, जननांग।

गुप्ता—पु. वैश्यों का वर्णसूचक शब्द, अंग्रेज़ी के प्रभाव से 'गुप्त' से गुप्ता बना।

गुप्ता—स्त्री. [सं.] परकीया नायिका के भेदों में से एक, प्रेम छिपाने वाली नायिका; वह स्त्री जो छिपा कर रखैल के रूप में रखी गई हो।

गुप्तासन—पु. [सं.] सिद्धासन।

गुप्ति—स्त्री. [सं.] ढकने या छिपाने की क्रिया; कारागार।

गुप्ती—स्त्री. वह पोला डंडा या छड़ी जिसके भीतर छुरी या तलवार जैसा हथियार छिपा रहता है।

गुप्तोत्प्रेक्षा—स्त्री. [सं.] उत्प्रेक्षा अलंकार का वह भेद जिसमें वाचक पद—मानो, जानो, आदि का प्रयोग नहीं होता है।

गुप्फा—पु. गुच्छा; फुँदना।

गुफा—स्त्री. पहाड़ या जमीन में बना हुआ वह लंबा, अँधेरा स्थान जिसमें साधु, पशु, आदि रहते हैं, खोह, कंदरा, गुहा।

गुफ़्त—स्त्री. [फा.] कथन, उक्ति। **~गू**-स्त्री. बातचीत, बोलचाल।

गुफ़्तार—स्त्री. [फा.] बोलचाल, बातचीत।

गुबरैला—पु. एक कीड़ा जो गोबर, मैला, आदि खाता है।

ग़ुबार—पु. [अ.] धूल, गर्द; मन में संचित दुःख, शिकायत, आक्रोश। **ला. ~निकालना**-मन में संचित आक्रोश, क्रोध, भड़ास की अभिव्यक्ति बाहर निकालना।

गुबारा—पु. द्र. 'गुब्बारा'।

गुबिंद*—पु. द्र. 'गोविंद'; संगीत, गायन, आदि में **श्रीकृष्ण** के लिए 'गोविंद' से निकला संबोधन।

गुब्बारा—पु. रबर, प्लास्टिक, आदि का बना वह गोल थैला, थैली-सी जिसमें हवा भर कर ऊपर उड़ाया जाता है; बच्चों का प्रिय खिलौना-सा।

गुम—वि. [फा.] गायब, लापता, लुप्त, खोया हुआ। **~नाम**-वि. जिसका नाम, प्रसिद्ध न हो, जिसे बहुत ही कम लोग जानते हों; बिना नाम का (पत्र, लेख, आदि)। **~राह**-वि. जो रास्ता भूल गया हुआ, भटका हुआ; बुरे रास्ते पर जाने वाला, पथभ्रष्ट। **~शुदा**-वि. खोया हुआ, भूला हुआ। **~सुम**-वि. बिलकुल न हिलना-डुलना, निश्चेष्ट, स्तब्ध।

गुमक—स्त्री. द्र. 'गमक'।

गुमटा—पु. चोट, आदि के कारण होने वाली माथे पर गोल सूजन; कपास का एक कीड़ा।

गुमटी—स्त्री. मकान में सबसे ऊपर उठी हुई सीढ़ियों के ऊपर बनी छत, ममटी; रेलवे लाइन की हिफ़ाज़त करने वाले चौकीदार या सिगनल मैन के लिए लाइन के पास ही बनी छोटी कोठरी।

गुमना—अ.क्रि. गुम हो जाना, खो जाना।

गुमान—पु. [फा.] घमंड, गर्व; अनुमान; शक, संदेह।

गुमाना*—स.क्रि. खो देने, गुम कर देना, गँवाना।

गुमानी—वि. [फा.] गुमान करने वाला, घमंडी। **~(बद)**-स्त्री. कुधारणा; बुरी या अशुभ बात कहना।

गुमाश्ता—पु. [फा.] किसी व्यापारी, सेठ, आदि का कार्य-व्यापार करने वाला प्रतिनिधि 'एजेंट'; गिरी; गुमाश्ता का पद या काम।

गुम्मट—पु. द्र. 'गुंबद'।

गुम्मा—पु. बड़ी व मोटी ईंट। वि. गुमसुम रहने वाला, चुप्पा।

गुर—पु. हिसाब निकालने का संक्षिप्त और अचूक कायदा; बहुत अच्छी युक्ति; अमोघ साधन; गुरु; गुरु मंत्र। **~मुख**-वि. गुरु मुख से निकला (शब्द, वाणी)। **~मुखी**-स्त्री. द्र. 'गुरुमुखी'।

गुरगा—पु. (दुष्ट सेवक; गलत-सलत कार्य करने वाला किसी का प्रतिनिधि, अनुयायी; जासूस)।

गुरगाबी—पु. मुंडा जूता जिसमें फीता नहीं बाँधा जाता है; स्त्रियों के पहनने का जूतीनुमा जूता।

गुरज—पु. द्र. 'गुर्ज'।

गुरझ—स्त्री. द्र. 'गुर्ज'।

गुरदा—पु. [फा.] शरीर के अंदर रीढ़ के दोनों ओर अवस्थित अंग जिनका काम आहार से पेशाब को अलग करना और रक्त को शुद्ध करना है; हिम्मत, साहस, जीवट। **मु. ~बहुत बड़ा गुरदा चाहिए**-किसी बात को सहन करने या किसी जीवट, साहस के काम को अंजाम देने के लिए साहस की आवश्यकता।

गुरबत—स्त्री. [अ.] निर्धनता, दरिद्रता, कंगाली; परदेशी होना; परदेशी, बेवतनी। **~ज़दा**-वि. निर्धनता, कंगाली में पड़ा व्यक्ति, गरीबी का मारा; घर-बार छोड़कर परदेश में पड़ा हुआ, प्रवासी।

गुरसी—स्त्री. अंगीठी, गोरसी, बरोसी, जिसमें उपले जलाए जाते हैं।

गुराई*—स्त्री. द्र. 'गोराई'।

गुरिया—स्त्री. छोटी गोली; मनका, माला का दाना।

गुरिल्ला—पु. द्र. 'गोरिल्ला'; छापामार दस्ते का सैनिक। **~दस्ता**-पु. छोटी सैनिक टुकड़ी जो अवसर पाकर दुश्मन पर घात लगाती है। **~युद्ध**—पु., **~लड़ाई**-स्त्री. वह लड़ाई जिसमें छापामार ढंग से छोटी सैनिक टुकड़ियाँ आक्रमण करती हैं।

गुरु—वि. [सं.] भारी, वजनदार; बड़ा; पूज्य; महत्; देर से पचने वाला (भोजन); कठिन; दीर्घ या दो मात्राओं वाला (वर्ण, ताल); प्रिय; गर्वपूर्ण (कथन)। पु. पिता; पूज्य पुरुष; बुजुर्ग; शिक्षक, शिक्षा देने वाला, कोई कला-विद्या-हुनर सिखाने वाला पूज्य व्यक्ति, उस्ताद; गायत्री मंत्र का उपदेश करने वाला; बृहस्पति नामक आचार्य, देवताओं के गुरु; बृहस्पति नामक ग्रह। स्त्री. 'गुरुआनी'। **~कार्य**-पु. भारी, कठिन कार्य, महत्त्वपूर्ण कार्य; आचार्य का पद या कार्य। **~कुल**-पु. गुरु या आचार्य का निवास-स्थान जहाँ रहकर शिष्य विद्याध्ययन करते हों, गुरु गृह; प्राचीन पद्धति पर स्थापित शिक्षा का केन्द्र। **~गृह**-पु. गुरुकुल। **~चर्या**-स्त्री. गुरु की सेवा। **~जन**-पु. बड़ा, बुजुर्ग, पूज्य पुरुष, माता-पिता, आचार्य, आदि। **~तल्प**-पु. गुरु का बिस्तर, बिछौना; गुरु पत्नी के साथ अनुचित संबंध। **~तल्पग, ~तल्पी**-वि., पु. गुरु पत्नी या विमाता के साथ अनुचित संबंध रखने वाला। **~ताल**-पु. संगीत का एक ताल। **~तोमर**-पु. एक छंद। **~दक्षिणा**-स्त्री. शिक्षा पूर्ण हो जाने या मंत्रोपदेश के बाद गुरु को दी जाने वाली दक्षिणा। **~दैवत**-पु. पुष्य नक्षत्र। **~द्वारा**-पु. सिखों का पूजा-स्थल। **~पूर्णिमा**-स्त्री. आषाढ़ मास की पूर्णिमा जिसमें गुरु-पूजा का विशेष का विशेष विधान है। **~भाई**-पु. एक ही गुरु से शिक्षा या दीक्षा पाने वाला; एक ही गुरु के अनुयायी। **~मंत्र**-पु. गुरु से प्राप्त विशेष मंत्र। **~मुख**-वि. दीक्षा प्राप्त, दीक्षित; सिख धर्म का मानने वाला। **~मुखी**-स्त्री. वह लिपि जिसमें पंजाबी भाषा लिखी जाती है, देवनागरी लिपि से ही विकसित। **~रत्न**-पु. पुखराज नामक रत्न। **~वार, ~वासर**-पु. बृहस्पति वार।

गुरुअई, गुरुआई—स्त्री. गुरु का काम; मंत्रोपदेश देने का काम; उस्तादी; भारीपन।

गुरुआइन*—स्त्री. द्र. गुरुपत्नी।

गुरुआनी—स्त्री. गुरुपत्नी, शिक्षा देने वाली।

गुरुक—वि. [सं.] जो थोड़ा ही भारी; दीर्घ (पिंगल, छंद शास्त्र)।

गुरुज*—पु. द्र. 'गुर्ज'।

गुरुजनोचित—वि. [सं.] जो गुरुजनों के लिए उचित, शोभनीय हो।

गुरुडम—पु. साहित्य, कला, आदि क्षेत्रों में फैलाई जाने वाली मठाधीशी (अच्छे अर्थ में नहीं)।

गुरुता—स्त्री. [सं.] भारीपन, बोझ; महत्त्व; गौरव; गुरु का पद; गुरुत्वाकर्षण।

गुरुताई *—स्त्री. द्र. 'गुरुता'।

गुरुत्व—पु. [सं.] गुरुता। **~केन्द्र**-पु. पदार्थ या पिंड में वह मध्य बिंदु जिस पर पूरे पदार्थ का भार केन्द्रित हो सके।

गुरुत्वाकर्षण—पु. [सं.] भार के कारण वस्तु का पृथ्वी के केन्द्र की ओर खींचा जाना।

गुरू *—गुरु। **~घंटाल**-वि. बहुत चालाक, धूर्त, काँइयाँ।

गुरेरा *—पु. द्र. 'गुलेला'; घूरने की क्रिया; देखा-देखी।

गुर्ग—पु. [फा.] भेड़िया। **~आशनाई**-स्त्री. दिखाऊ, कपट भरी मित्रता, ऊपर-ऊपर से दोस्ती भीतर से दुश्मनी रखना।

गुर्गा—पु. द्र. 'गुरगा'।

गुर्ज़—पु. [फा.] गदा; बुर्ज। **~बरदार**-पु. गदाधारी सैनिक। **~मार**-पु. एक तरह के मुसलमान फकीर जो हाथ में लोहे का गुर्ज़ लिये रहते हैं और भिक्षा न मिलने पर अपने सिर में मार लेते हैं।

गुर्जर—पु. [सं.] गुजरात देश; गुजरात का रहने वाला, गुजराती।

गुर्जराट—पु. गुजरात।

गुर्जरी—स्त्री. [सं.] गुजरात देश की स्त्री; संगीत की एक रागिनी। **~टोड़ी**-स्त्री. एक राग (संगी.)।

गुर्दा—पु. द्र. 'गुरदा';* एक तरह की छोटी तोप।

गुर्रा—पु. [अ.] मुसलमानों के चाँद के महीने की पहली तारीख जो हिन्दुओं के कृष्ण पक्ष की तृतीया होती है; घोड़े के माथे की सफेदी; वह वस्तु जो उत्तम हो; दास अथवा दासी।

गुर्राना—अ.क्रि. (कुत्ते, बिल्ली, आदि का) मुँह बंद करके गले से भारी आवाज़ निकालना। **ला.** क्रोधसूचक आवाज़ में बोलना।

गुर्राहट—स्त्री. गुर्राने की ध्वनि।

गुर्वादित्य—पु. [सं.] ज्योतिष में एक योग जिसमें बृहस्पति और सूर्य एक राशि, एक नक्षत्र पर आ जाते हैं।

गुर्विणी, गुर्वी—स्त्री. [सं.] गुरुपत्नी; गर्भवती स्त्री, श्रेष्ठ स्त्री। वि. गर्भवती; विशाल, बहुत बड़ी।

गुल—पु. [सं.] गुड़।

गुल—पु. [फा.] फूल; गुलाब का फूल; कपड़े, आदि पर बना हुआ फूल; जलने या दागने का निशान, बत्ती का जला हुआ सिरा; हँसते समय गालों में पड़ने वाला गड्ढा; जलता हुआ कोयला, अंगारा; चिलम में तम्बाकू का जला हुआ अंश; गाय, बैल, आदि पशुओं के शरीर पर बना अलग रंग का दाग़। **~अशरफी**-स्त्री. एक पीले रंग का फूल। **~आतशी, ~आतिशी**-पु. सुर्ख लाल रंग का गुलाब। **~कंद**-पु. गुलाब की पंखुड़ियों को चाशनी में डाल कर बनाई हुई एक औषधि। **~कट**-पु. कपड़े पर बेल-बूटे छापने का ठप्पा। **~कार**-पु. गुलकारी करने वाला; वह चीज़ जिस पर गुलकारी की गई हो। **~कारी**-स्त्री. बेल-बूटे काढ़ने का काम, कशीदाकारी। **~चश्म**-वि. जिसकी आँख में फुल्ला हो। **~चाँदनी**-स्त्री. एक सफेद फूल जो चाँदनी रात में खिलता है; उसका पौधा। **~चीं**-पु. फूल चुनने वाला, माली; एक सदाबहार फूल; उसका पेड़। वि. लाभ उठाने वाला। **~ज़ार**-पु. वाटिका, उद्यान। वि. खिला हुआ, प्रफुल्ल; चहल-पहल वाला। **~तराश**-पु. गुल कतरने की कैंची। **~दस्ता**-पु. फूलों का गुच्छा, चुनी हुई चीज़ों का संग्रह, चयन (कविता, आदि)। **~दाउदी**-स्त्री. एक फूल; उसका पौधा। **~दोपहरिया**-पु. गहरे लाल रंग का एक फूल; उसका पौधा। **~दुम**-स्त्री. एक चिड़िया बुलबुल की प्रजाति की जिसकी दुम के नीचे लाल निशान होता है। **~फ़ाम**-वि. गुलाब के रंग का; सुंदर। पु. इंद्र-सभा की कहानी में एक प्रसिद्ध पात्र सब्जपरी का प्रेमी। **~बकावली**-स्त्री. उर्दू की एक प्रसिद्ध कहानी पर आधारित प्रबंध काव्य; एक सफेद सुगंधित फूल। **~बदन**-वि. फूलों जैसी देह वाला, सुंदर। **~मेख**-स्त्री. वह कील जिसका सिरा फूल जैसा होता है। **ला. ~होना**-(दीपक, बत्ती, आदि का) बुझना।

गुल—'गोला' का समासगत रूप। **~चला**-पु. गोला चलाने वाला, छोड़ने वाला।

ग़ुल—पु. [फा.] शोर, हल्ला।

गुल-गपाड़ा—पु. शोरगुल, हल्ला; किसी काम को खराब करना; हिसाब, आदि में गड़बड़ करना।

गुलगुल—वि. द्र. 'गुलगुला'।

गुलगुला—वि. नरम, मुलायम, गुदाज़। पु. पूड़ा, आटे में गुड़ या खाँड़ मिला कर तेल या घी में तल कर बनाए जाने वाला एक पकवान।

गुलगुली *—स्त्री. गुदगुदी।

गुलछर्रा—पु. मौज, चैन, ऐश। **मु. ~(र्रे) उड़ाना**-मौजमस्ती करना; निर्द्वन्द्व रूप में सुख, ऐश्वर्य भोगना, मौजमस्ती करना।

गुलझटी—स्त्री. धागे, आदि में गुलझट पड़ना, उलझाव।

गुलबंद—पु. द्र. 'गुलूबंद'।

गुलमा—पु. सिर पर चोट लगने से होने वाली सूजन का गुल्ला, गोल सूजन; मांस की बनाई हुई एक विशेष खाद्य वस्तु जिसमें बकरी की आँत में मसालेदार कीमा भरा जाता है।

गुलाब—पु. [फा.] एक कँटीला पौधा; उसका फूल जो अपनी सुंदरता, कोमलता और मधुर गंध के लिए प्रसिद्ध है; कोमलता और सुंदरता का प्रसिद्ध उपमान। **~जल**-पु. गुलाब का अर्क। **~जामुन**-पु. एक प्रसिद्ध मिठाई। **~पाश**-पु. गुलाब जल छिड़कने का एक हजारीदार, हजार छेदों वाला यंत्र। **~बाड़ी**-स्त्री. गुलाब के फूलों की वाटिका।

गुलाबाँस—पु. एक जंगली पौधा।

गुलाबी—वि. गुलाब के रंग का, हलका लाल; जिसमें गुलाबजल पड़ा हुआ हो (रेवड़ी, पेठा, आदि); गुलाब संबंधी। पु. गुलाब की पंखुड़ियों जैसा रंग। **ला.** हलका (जाड़ा, नशा, आदि)।

ग़ुलाम—पु. [अ.] दास; खरीदा हुआ नौकर; अधीन; वशवर्ती, पराधीन व्यक्ति; ताश का एक पत्ता।

ग़ुलामी—स्त्री. दासता; चाकरी; पराधीनता।

गुलाल—पु. अबीर, होली पर लगाए जाने वाला लाल, गुलाबी, हरा, पीला, आदि रंगों का चूर्ण-सा।

गुलिस्ताँ—पु. [फा.] बगीचा, पुष्प-वाटिका, उद्यान, शेखसादी रचित फारसी का एक प्रसिद्ध नीति-ग्रंथ।

गुलू—पु. [फा.] गला, गरदन। **~ख़लासी**-स्त्री. गला छूटना, पीछा छूटना, छुटकारा मिलना। **~बंद**-पु. जाड़े से बचने के लिए गले में लपेटे जाने वाला पट्टेनुमा वस्त्र, मफ़लर; गले में पहनने का एक आभूषण।

ग़ुलूला—पु. [फा.] गुलेल; गोली।

गुलेटन—पु. एक पत्थर जिस पर सिकलीगर, सान लगाने वाले, अपना मसाला रगड़ते हैं।

गुलेनार—पु. गुलनार, गहरे लाल रंग का एक फूल; उसका पेड़नुमा पौधा।

गुलेराना—पु. सुंदर फूल; एक फूल जो भीतर की ओर लाल और बाहर पीला होता है।

ग़ुलेल—स्त्री. [अ.] दो लकड़ी या प्लास्टिक, आदि की दुसाँके आधार पर लगी हुई रबर जिसमें मिट्टी की गोली रखकर तानते हुए दूर तक मार की जाती है। **~ची**-पु. गुलेल चलाने वाला। **~बाज़ी**-स्त्री. ग़ुलेल चलाना; गुलेल से चिड़िया, आदि मारने, भगाने का खेल या अभ्यास करना।

गुलेला—पु. गुलेल से फेंकने की मिट्टी की गोली।

गुल्फ—पु. [सं.] एड़ी के ऊपर की गाँठ, टखना।

गुल्म—पु. [सं.] बिना तने का पौधा जिसमें जड़ से ही कई शाखाएँ निकलती हैं (ईख, धान, सरकंडा, आदि); सेना की एक टुकड़ी; प्राचीन काल में सेना की एक विशेष टुकड़ी जिसमें 9 हाथी, 9 रथ, 27 घोड़े और 45 पदाति, पैदल सैनिक होते थे; पेट का एक रोग जिसमें पेट में गोला-सा बनता है। **~मूल**-पु. अदरक।

गुल्मी—स्त्री. [सं.] पेड़ों का झुरमुट; आँवले का पेड़; छोटी इलायची का पेड़; खेमा, तंबू।

गुल्मी—वि. [सं.] गुल्म रोग से पीड़ित; गुल्म के रूप में उगने वाला (पौधा)।

गुल्लक—पु. [सं.] गोलक।

गुल्ला—पु. गुलेल द्वारा फेंकी जाने वाली मिट्टी की गोली; माथे या सिर पर लगी चोट से पड़ा निशान।

गुल्ली—स्त्री. लकड़ी के पतले टुकड़े को दोनों छोरों को नुकीले रूप में छील कर बनाया गया खेल उपकरण। **~डंडा**-पु. लड़कों का एक खेल जिसमें डंडे से गुल्ली को टोल मारते हैं।

गुवारपाठा (गुआरपाठा)—पु. द्र. 'ग्वारपाठा'।

गुवाल*—पु. द्र. 'ग्वाल'।

गुवालि*—स्त्री. द्र. 'ग्वालिन'।

गुविंद*—पु. द्र. 'गोविंद'; कविता, गीत-संगीत, आदि में 'गोविंद' के लिए प्रयुक्त।

गुसल—पु. द्र. 'गुस्ल'।

गुसाँई—पु. द्र. 'गोस्वामी'; स्वामी; ईश्वर।

गुसैयाँ*—पु. स्वामी; ईश्वर।

ग़ुसैल—वि. [अ.] द्र. 'गुस्सैल'।

गुस्ताख़—वि. [फा.] ढीठ, अविनीत, बेअदब, अशिष्ट।

गुस्ताख़ाना—अ. [फा.] ढिठाई के साथ, बदतमीजी, अशिष्टतापूर्वक।

गुस्ताख़ी—स्त्री. [फा.] ढिठाई, अशिष्टता, बेअदबी।

गुस्ल—पु. [अ.] स्नान, सारे शरीर को धोना। **~ख़ाना**-पु. नहाने का स्थान, कमरा, स्नानघर। **~(स्ले)**-पु. सेहत, लंबी बीमारी के बाद किये जाने वाला प्रथम स्नान।

ग़ुस्सा—पु. [अ.] क्रोध, रोष, कोप; आक्रोश। **~वर**-वि. गुस्से वाला, गुस्सा जिसका स्वभाव हो।

गुस्सैल—वि. गुस्सा करने वाला, क्रोधी।

गुह—पु. द्र. 'गूढ़'।

गुह—पु. [सं.] कार्त्तिकेय; घोड़ा; राम कथा में निषादराज; बंगाली, कायस्थों की एक उपजाति जिसे वर्तमान में अंग्रेज़ी के प्रभावी से 'गुहा' कहा जाता है।

गुहा—स्त्री. [सं.] गुफा, खोह; माँद; छिपाने के लिए बनाई गई गहरी-सी जगह।

गुहाभिलेख—स्त्री. [सं.] वे लेख जो गुहा, गुफाओं में पत्थरों पर उत्कीर्ण हैं, गुहा की दीवारों पर।

गुहार—स्त्री. दुहाई; रक्षा के लिए पुकार।

गुहारि*—स्त्री. द्र. 'गुहार'।

गुह्य—वि. [सं.] छिपाने योग्य; गुप्त; गूढ़; कठिनता से समझ में आने वाला। पु. भेद, रहस्य; गुप्त अंग, उपस्थ, गुदा। **~द्वार**-पु. मलद्वार, गुदा।

गुह्यक—पु. [सं.] कुबेर के कोश की रक्षा करने वाला यक्षों का वर्ग।

गुह्यकेश्वर—पु. [सं.] कुबेर।

गूँगा—वि. जो बोल न सके, मूक। पु. गूँगा व्यक्ति। **मु. ~(गे) का गुड़**-अवर्णनीय अनुभव; जिसकी महिमा का बखान न किया जा सके।

गूँगी—वि., स्त्री. 'गूँगा' का स्त्रीलिंग; न बोलने वाली।

गूँच—स्त्री. घुँघची।

गूँज—स्त्री. प्रतिध्वनि, टकराकर लौटने वाले आवाज़; देर तक बनी रहने वाली ध्वनि। **ला.** प्रसिद्धि ('उसके भाषण की गूँज देर तक बनी रही', 'उसके भाषणों की गूँज दूर-दूर तक गई')।

गूँजना—अ.क्रि. आवाज़ का टकराकर लौटना, प्रतिध्वनि होना, वह ध्वनि जो देर तक सुनाई देती रहे; भँवरे या मधुमक्खी की गुंजार, ध्वनि।

गूँथना—स.क्रि. धागे में पिरोना, लड़ी बनाना, गुंफन; टाँके लगाना या टाकना; मोटी-मोटी सिलाई करना।

गूँधना—आटे में पानी डाल कर हाथों से मलते हुए उसे रोटी के लिए तैयार करना, माँड़ना; धागों या बालों को सलीके से सँवारना, चोटी बनाना, करना; पिरोना।

गू—पु. [सं.] पाखाना, विष्ठा, मैला; गंदगी। **~मूत**-पु. मलमूत्र। **ला. ~खाना**-अत्यंत अनुचित, घृणास्पद कार्य करना। **~मूत करना**-छोटे बच्चे का पालन-पोषण करना।

गूगल, गूगुल—पु. द्र. 'गुग्गुल'।

गूजर—पु. एक जाति।

गूजरी—स्त्री. गूजर स्त्री; नवयुवती; एक रागिनी।

गूढ—वि. [सं.] छिपा हुआ, ढका हुआ, गुप्त; जो कठिनाई से समझ में आए; गहन; जिसमें कोई गहरा अर्थ छिपा हो—'गूढ़ गिरा'।

गूढ़ता-स्त्री., **गूढत्व**—पु. [सं.] गूढ़ होना, गुप्त भाव; गहन, गंभीर होना।

गूढ़ार्थ—पु. [सं.] वह वाणी या कथन जिसमें कोई अर्थ छिपा हुआ हो; सामान्य अर्थ के पीछे छिपा रहस्यपूर्ण, वास्तविक अर्थ।

गूढ़ोक्ति—स्त्री. [सं.] एक अर्थालंकार, इसमें कोई गुप्त बात सीधे-सीधे संबंधित व्यक्ति से न कहकर किसी दूसरे व्यक्ति को लक्षित कर कही जाती है।

गूढ़ोत्तर—पु. [सं.] एक अर्थालंकार जिसमें किसी प्रश्न का उत्तर कोई गूढ़ अर्थ लिये हुए होता है।

गूदड़—पु. चीथड़ा; साह। **~साईं**-पु. गूदड़ी धारण करने वाला साधु, फकीर।

गूदर*—पु. द्र. 'गूदड़'।

गूदा—पु. फल व सब्जियों के छिलके के नीचे का भीतर का भाग जिसे खाया या पकाया जाता है। **~(दे) दार**-वि. जिसमें गूदा हो; जिसमें बहुत-सा गूदा हो।

गून—स्त्री. नाव को खींचने वाली रस्सी।

गूमड़ा—पु. सिर या माथे पर चोट लगने से होने वाली गोलाकार सूजन।

गूलर—पु. बरगद-पीपल की प्रजाति का एक पेड़, उदुंबर; उसका फल। **मु. ~का फूल**-अलभ्य, अप्राप्य वस्तु।

गूषणा—स्त्री. [सं.] मोर के पंखों पर बना अर्धचन्द्र जैसा चिह्न।

गूह—पु. द्र. 'गू'।

गृंजन—पु. [सं.] गाजर, शलजम; लाल लहसुन; गाँजा।

गृधु—पु. [सं.] कामदेव। वि. कामी।

गृधू—वि. [सं.] दुष्ट, खल।

गृध्र—पु. [सं.] गिद्ध। वि. लोभी। **~कूट**-पु. राजगृह के पास का एक पर्वत। **~राज**-पु. जटायु। **~व्यूह**-पु. वह व्यूह जिसमें सेना को गिद्ध के रूप में खड़ा किया जाता था।

गृध्रसी—स्त्री. [सं.] एक वात रोग जिससे कमर और पैरों में दर्द रहता है और गाँठें-सी बन जाती हैं।

गृध्रिका—स्त्री. [सं.] गिद्धों की आदि माता, ये कश्यप की पुत्री थीं।

गृध्री—स्त्री. [सं.] मादा गिद्ध।

गृह—पु. [सं.] घर, वास स्थान; गृहिणी, पत्नी; घर के निवासी; गृहस्थाश्रम; मेष, आदि राशि। **~उद्योग**-पु. घर में किया जाने वाला काम-धंधा, छोटे पैमाने का काम-काज, व्यवसाय। **~कार्य**-पु. घर का काम-काज। **~त्याग**-पु. घर छोड़ना। **~त्यागी**-वि. घर छोड़कर जाने वाला। पु. संन्यासी। **~दाह**-पु. घर में आग लगना या लगाना; प्रसिद्ध बांग्ला उपन्यासकार शरत् चन्द्र का एक प्रसिद्ध उपन्यास। **~दीप्ति**-स्त्री. घर की शोभा, गृहलक्ष्मी। **~देवता**-पु. घर के देवता; अग्नि से ब्रह्मा तक 45 देवता जिनकी गृह के विभिन्न भागों में स्थिति मानी गई है। **~प, ~पति**-पु. गृहपति, घर का मालिक; गृहस्थ। **~पत्नी**-स्त्री. गृहस्वामी। **~पशु**-पु. कुत्ता; घर में पाले जाने वाला कोई भी पशु। **~प्रवेश**-पु. नये घर में विधि-विधानपूर्वक प्रवेश करने के समय का उत्सव। **~मंत्री**-पु. देश की या प्रांत की आंतरिक व्यवस्था देखने वाला मंत्री। **~युद्ध**-पु. किसी देश के निवासियों, वर्गों की पारस्परिक लड़ाई; घर का, भाई-भाई, आदि का झगड़ा। **~लक्ष्मी**-स्त्री. घर की लक्ष्मी, सुशीला गृहिणी। **~वाटिका**-स्त्री. घर के आँगन में या घर से सटा हुआ उपवन या बगीचा। **~वासी**-वि., पु. घर में रहने वाला। **~विच्छेद**-पु. परिवार की

झगड़ों में बरबादी। **~सचिव**-पु. वह शासनाधिकारी जो प्रांत या देश की आंतरिक व्यवस्था संबंधी प्रशासन सँभालने, शासनाधिकारी। **~सज्जा**-स्त्री. घर की साज-सज्जा, सजावट। **~स्थ**-पु. ब्रह्मचर्य पालन के बाद विवाह करके दूसरे आश्रम में प्रवेश करने वाला या रहने वाला, गृही; घर-बार वाला। **~स्वामिनी**-स्त्री. घर की मालकिन, पत्नी।

गृहस्थाश्रम—पु. [सं.] भारतीय मान्यता के चार आश्रमों में से एक, ब्रह्मचर्य के बाद का दूसरा आश्रम, गृहस्थ जीवन; विवाहित जीवन।

गृहस्थी—स्त्री. गृहस्थ का जीवन; गार्हस्थ्य, घर-बार; घर का काम-काज; घर का साजो-सामान; कुटुम्ब ('इतनी बड़ी गृहस्थी है उसकी')।

गृहाक्ष—पु. [सं.] गवाक्ष, खिड़की, झरोखा।

गृहागत—वि. [सं.] घर आया हुआ, अतिथि।

गृहासक्त—वि. [सं.] घर-गृहस्थी, बाल-बच्चों, आदि में बहुत प्रेम रखने वाला।

गृहिणी—स्त्री. [सं.] गृहस्वामिनी, पत्नी।

गृहिणीत्व—पु. [सं.] गृहिणी का कर्तव्य, धर्म।

गृही—वि., पु. [सं.] गृहस्थ, घर-बार वाला।

गृहीत—वि. [सं.] ग्रहण किया हुआ; पकड़ा हुआ; प्राप्त; स्वीकृत; ज्ञात; संगृहीत।

गृहीतार्थ—वि. [सं.] जिसने अर्थ समझ लिया हो, अर्थ का ज्ञाता।

गृहोद्यान—पु. [सं.] गृह-वाटिका, घर का बगीचा।

गृहोद्योग—पु. [सं.] द्र. 'गृह-उद्योग', गृह के अन्तर्गत।

गृहोपकरण—पु. [सं.] घर का साजो-सामान, बरतन-भाँड़े, खाट-पीढ़ी, मेज-कुर्सी, आदि।

गृह्य—वि. [सं.] गृह संबंधी; घर में किये जाने वाला (कार्य); पालतू, आश्रित; ग्रहण करने योग्य। पु. पालतू पशु, पक्षी; गृहजन, आदि। **~सूत्र**-पु. संस्कारों की विधियाँ बताने वाला एक वैदिक ग्रंथ।

गेंडुरी, गेंडुली—स्त्री. ईंडुरी; कुंडली।

गेंद—पु. कपड़े, रबर, काठ, आदि का बना छोटा-सा गोला जिससे बच्चे विभिन्न रूपों में खेलते हैं, कंदुक। **~तड़ी**-स्त्री. गेंद से खेला जाने वाला एक खेल जिसमें बच्चे एक-दूसरे पर गेंद से प्रहार करते हैं। **~बल्ला**-पु. गेंद और बल्ले से खेले जाने वाला एक खेल, क्रिकेट। **~बाज**-पु. गेंद फेंकने में कुशल खिलाड़ी, गेंद फेंकने वाला। **~गेंदबाजी**-स्त्री. गेंदबाज द्वारा गेंद फेंके जाने की क्रिया, बल्ले पर गेंद फेंकना।

गेंदई—वि. गेंदे के फूल जैसे रंग का, ललाई लिये हुए पीले रंग का। पु. गेंदे के फूल से मिलता रंग।

गेंदा—पु. पीले रंग का एक फूल; उसका पौधा।

गे—[अं.] पुरुष समलैंगिक।

गेज—पु. [अं.] नापने का साधन (लोहे की चादर, आदि की मोटाई का नाप), रेल की दो पटरियों के बीच की दूरी मीटर गेज, नैरो गेज।

गेट—पु. [अं.] फाटक, बँगले या भवन का बाहरी द्वार। **~कीपर**-पु. द्वारपाल, दरवान।

गेटिस—पु. [अं.] सैनिकों का चमड़े का बना आवरण जिससे पिंडलियाँ ढकी रहती हैं; पैंट, निक्कर, आदि में बनी इलास्टिक की तनियाँ जो कंधे पर होकर पहनी जाती हैं जिससे वे नीचे नहीं खिसकें; लंबे मोज़ों पर ऊपर बाँधने का फीता-सा।

गेम—पु. [अं.] खेल।

गेम्स—पु. [अं.] 'गेम' का बहु.; खेल-प्रतियोगिताएँ, यथा—एशियन गेम्स, ओलम्पिक गेम्स, आदि।

गेय—वि. [सं.] गायन के योग्य; जो गाया जा सके (गेय पद)।

गेरना—स.क्रि. गिराना; उड़ेलना।

गेराँव—पु. पगहा; पशुओं के गले में पड़ा हुआ रस्सी का फंदा-सा।

गेरुआ—वि. गेरु के रंग का; गेरु में रँगा हुआ; जोगिया। पु. गेरु के रंग का एक कीड़ा; गेहूँ के पौधे का एक रोग। **~बाना**-पु. गेरुवे वस्त्र; संन्यासियों का वेश।

गेरू—पु., स्त्री. खानों से निकलने वाली एक तरह की लाल मिट्टी जो दीवार पर चित्र, आदि बनाने तथा दवा के रूप में भी प्रयुक्त होती है।

गेल—[अं.] 'गैस ऑथरिटी ऑफ इंडिया लिमिटेड' का संक्षिप्त रूप।

गेली—स्त्री. [अं.] प्रेस, छापेखाने में ट्रेनुमा वह तस्तरी-सी जिसमें अक्षर कंपोज करके रखे जाते थे। **~प्रूफ़**-पु. कंपोज की हुई सामग्री पर स्याही लगाकर कागज पर उतारा गया मुद्रण, प्रूफ़। मीटर गेज, नैरो गेज।

गेसू—पु. [फा.] स्त्रियों के केशों की लट, काकुल। **~दराज**-वि. जिसके गेसू, केश लंबे हों।

गेस्ट—पु. [अं.] अतिथि। **~हाउस**-पु. अतिथि-गृह; होटल जैसी वह व्यवस्था जिसमें यात्रियों के ठहरने का सशुल्क प्रबंध हो।

गेह—पु. [सं.] घर, मकान।

गेहिनी—स्त्री. [सं.] गृहिणी, गृह-स्वामिनी।

गेही—वि., पु. [सं.] घरवाला; घर-बार वाला।

गेहुँअन—पु. साँपों की एक प्रजाति, बहुत जहरीला और बहुत तेज भागने वाला और इसका रंग गेहूँ से मिलता है।

गेहुआँ—वि. गेहूँ के रंग का, थोड़ा गोरा, गंदुमी।

गेहूँ—पु. एक खाद्यान्न जिसके आटे की रोटी बनती है, मैदा, सूजी, दलिया, आदि भी इसी से बनते हैं।

गैंग—पु. [अं.] बदमाश, असामाजिक तत्त्वों का समूह, दल; गिरोह।

गैंड़ा—पु. भैंसे की शक्ल, उससे कुछ कम ऊँचाई का विशाल पशु, जिसकी नाक पर एक या दो सींग होते हैं और इसकी चमड़ी बहुत मोटी होती है, ढाल, आदि बनाने में इसका प्रयोग किया जाता है। **ला. ~गैंडे की खाल या चमड़ी**-ऐसा व्यक्ति जिस पर किसी बात का कम असर होता हो; संवेदना-शून्य।

गैंती—स्त्री. मिट्टी या पत्थर खोदने का कुदालीनुमा एक औज़ार जिसमें लकड़ी का बींटा लगा रहता है, दोनों ओर खोदने का फलक होता है।

गैन*—पु. रास्ता, गैल; गमन, जाना।

गैना—पु. नाटा बैल।

गैप—पु. [अं.] अंतर; अवकाश (समय, स्थान, आदि में)।

ग़ैब—पु. [अ.] छिपा हुआ, दृष्टिगोचर न होना; परोक्ष; परोक्ष विषय। **~दाँ**-वि. परोक्षदर्शी, भूत, भविष्य जानने वाला।

गैबर*—पु. श्रेष्ठ हाथी, बड़ा हाथी।

गैबी—वि. [अ.] ईश्वरीय; गुप्त; अज्ञात; अज्ञेय (ताकत, शक्ति, आदि)।

गैया*—स्त्री. गाय।

ग़ैर—वि. [अ.] दूसरा, अन्य; पराया, बेगाना। **~आबाद**-वि. जो आबाद न हो, उजाड़। **~इनसाफ़ी**-स्त्री. नाइंसाफी, अन्याय। **~इलाक़ा**-पु. दूसरा गाँव, अपरिचित क्षेत्र। **~जरूरी**-वि. अनावश्यक। **~जिम्मेदार, ~जिम्मेवार**-वि. जो अपने दायित्व, कर्तव्य को न निभाता हो, जिस पर भरोसा न किया जा सके। **~मर्द**-पु. पति के अतिरिक्त अन्य कोई व्यक्ति, बेगाना व्यक्ति। **~मामूली**-वि. असाधारण। **~मुकम्मल**-वि. अधूरा, अपूर्ण। **~मुनासिब**-वि. जो मुनासिब न हो, अनुचित। **~मुमकिन**-वि. असम्भव, जो न हो सके। **~मुल्की**-वि. विदेशी। **~मुस्तरका**-वि. जो साँझे का न हो, जो एक ही संपत्ति हो। **~मोरूसी**-वि. जो बपौती न हो; जिस पर उत्तराधिकार न हो। **~वाजिब**-वि. जो वाजिब न हो, अनुचित। **~सियासी**—वि. अराजनीतिक, राजनीति से जिसका कोई संबंध न हो, सामाजिक (संस्था, आदि)। **~हाज़िर**-वि. अनुपस्थित, जो हाजिर, उपस्थित न हो। **~हाज़िरी**-स्त्री. अनुपस्थिति, नागा।

ग़ैरत—स्त्री. [अ.] लज्जा, शर्म, आन। **~दार, ~मंद**-वि. लज्जाशील, शर्म करने वाला, जिसे गैरत हो।

गैरिक—पु. [सं.] गेरु; सोना। वि. गेरुए रंग का; पहाड़ से उत्पन्न।

गैरिज—पु., स्त्री. [अं.] गैराज़, कार, मोटर, बस, आदि रखने का स्थान; बस, कार, आदि वाहनों की मरम्मत करने का स्थान।

गैरिज़न—पु. [अं.] गढ़, दुर्ग रक्षक सेना; नगर, आदि की रक्षा में तैनात सेना। **~इंजीनियर**-पु. दुर्ग सेना में अभियंता (का पद)।

ग़ैरीयत—स्त्री. [अ.] ग़ैर होना, बेगानापन, परायापन, आत्मीयता का अभाव।

गैरेय—वि. [सं.] गिरि, पर्वत से या गिरि पर उत्पन्न; पहाड़ी। पु. गेरू, शिलाजीत।

गैल—स्त्री. रास्ता, सँकरा रास्ता; गली। **मु. ~(किसी की)-जाना**-किसी का अनुसरण करना।

गैलन—पु. [अं.] तरल पदार्थ का मापक एक मान जो लगभग तीन किलो का होता है; गैलन का मापक बरतन।

गैलरी—स्त्री. [अं.] दीर्घा, वीथि; नाट्यशाला, व्याख्यान भवन, आदि में बैठने के लिए सीढ़ीनुमा स्थान; मकान, आदि कमरों के आगे बना हुआ छोटा-संकरा रास्ता; विधानसभा, संसद, आदि में दर्शकों के बैठने का स्थान (दर्शक दीर्घा); चित्रकला, मूर्तिकला, आदि की कलाकृतियों को प्रदर्शित करने का स्थान ('आर्ट गैलरी')।

गैवर्डीन—[अं.] पैंट, आदि के लिए बना हुआ एक प्रकार का वस्त्र।

गैस—स्त्री. [अं.] सूक्ष्म वायु रूप में फैल जाने वाला द्रव्य (हाइड्रोजन, ऑक्सीजन, आदि); ज्वलनशील पदार्थ जिससे रोशनी उत्पन्न होती है, सड़ी-गली वस्तुओं को बंद पात्रों, स्थान, आदि से निकलने वाली दुर्गंध; पाखाने, मलमूत्र, आदि से निकलने वाली दुर्गंध; पेट में फैलने वाला, गड़बड़ करने वाला वायु-विकार।

गैसीकरण—पु. [सं.] गैस में बदलना।

गैसीय—वि. [सं.] गैस का, गैस से चलने वाला।

गोंड—पु. [सं.] एक जनजाति; उस जाति का व्यक्ति। **~किरी**-स्त्री. एक रागिनी।

गोंद—पु. पेड़ से रिसने वाले द्रव्य का सूखा हुआ रूप (कीकर, आम, नीम, आदि का गोंद); आटा, गुड़, सूखे मेवे, आदि डाल कर भूना गया एक खाद्य पदार्थ। **~दानी**-स्त्री.। **~गौंदा**—पु. गोंद में पानी डाल कर रखने वाला पात्र, कागज, आदि चिपकाने के काम आता। **~पंजीरी**-स्त्री. प्रसूता को खिलाया जाने वाला गोंद, आटे को भून कर मेवे और कीकर का गोंद डाल कर बनाया हुआ।

गो—स्त्री. [सं.] गाय; रश्मि, किरण; इन्द्रिय; वाणी; सरस्वती; आँख; वृष राशि; धरती; माता; दिशा; बिजली। **~कर्ण**-वि. गाय जैसे कानों वाला। पु. केरल में स्थित एक शैव-तीर्थ; हरिण की एक प्रजाति। **~ग्रास**-पु. भोजन **का वह**

भाग जो घर के सदस्यों के खाने से पहले गो के निमित्त निकाल दिया जाता। **~घृत**-पु. गाय के दूध से बना घी। **~चंदन**-पु. एक तरह का चंदन। **~चर**-वि. इंद्रियों द्वारा जानने योग्य; जिसे देखा जा सके। **~चरी**-स्त्री. भिक्षा-वृत्ति। **~चारण**-पु. गाय चराना। **~रोचन**-पु. एक सुगंधित पदार्थ, तिलक, आदि लगाने के काम आता है। **~द्वादशी**-फाल्गुन मास की शुक्ल पक्ष की द्वादशी।

गो—वि. [फा.] (समास में के अंत में प्रयुक्त) कहने वाला (किस्सागो, खुशगो, आदि)। पु. गेंद। अ. यद्यपि, अगरचे। **~कि**-यद्यपि, हालाँकि। **~मगो**-न कहने योग्य; गोपनीय।

गोइँठा—पु. उपला।

गोइंदा—पु. द्र. 'गोविंदा', 'गोयंदा'।

गोइन—पु. हिरणों की एक प्रजाति।

गोक्ष—पु. जोंख।

गोखरू—पु. एक घास पर लगा उसका कँटीला-सा गोल फल, औषधि के रूप में भी प्रयुक्त होता है।

गोखले—पु. महाराष्ट्र में ब्राह्मणों का एक गोत्र। गोपाल कृष्ण गोखले, स्वतंत्रता आंदोलन के एक प्रख्यात नेता।

गोखा*—पु. झरोखा, गवाक्ष; ताक, आला।

गोगापीर—पु. एक पीर, हिंदू-मुसलमान—दोनों में समान रूप से पूज्य।

गोचना—पु., **गोचनी**—स्त्री. चना मिला हुआ गेहूँ।

गोजई, गोजईं—स्त्री. जौ मिला हुआ गेहूँ।

गोट—स्त्री. किसी कपड़े पर सुंदरता के लिए किसी दूसरे कपड़े की लगाई हुई दुहरी पट्टी; किनारी।

गोटा—पु. सुनहरे या रुपहले और रेशमी तारों से मिला कर बुना पट्टा-सा जिसे कपड़े पर सुंदरता के लिए लगाया जाता है।

गोटिया चाल—स्त्री. दाँव-घात का व्यवहार, चालबाजी, किसी के साथ का करना।

गोटी—स्त्री. गोट; कंकड़, पत्थर के छोटे टुकड़े, खपड़े, आदि जिन्हें विभिन्न खेलों में चाल चलने के लिए इस्तेमाल किया जाता है। **मु. ~जमना, ~जमाना, ~बिठाना, ~बैठना**-युक्ति सफल होना; मित्रता स्थापित होना, करना; किसी कार्य को सफलीभूत करने के लिए पग उठाना।

गोठ—पु. गोष्ठ, गोशाला।

गोड़ना—स.क्रि. कुदाल, फावड़े, खुरपे, आदि से मिट्टी की खुदाई करके उसे भुरभुरी कर देना।

गोड़ाई—स्त्री. गोड़ने की क्रिया; गोड़ने के लिए दी जाने वाली मज़दूरी।

गोडाउन—पु. [अं.] गोदाम, वस्तुओं के भंडारण का स्थान।

गोत—पु. वंश, गोत्र; समूह।

ग़ोत—पु. [अ.] बेहोशी, गश, मूर्च्छा।

गोतम—पु. [सं.] एक ऋषि जिनके नाम पर गोत्र चला, अहल्या के पति; न्यायशास्त्र के प्रवर्तक गौतम ऋषि। **~पुत्र**-पु. शतानंद।

गोतमी—स्त्री. [सं.] अहल्या।

ग़ोता—पु. [अ.] पानी में डुबकी लगाना। **~ख़ोर**-वि., पु. ग़ोता, डुबकी लगाने वाला; कुएँ, नदी, समुद्र, आदि में डुबकी लगा कर गिरी हुई वस्तु या व्यक्ति को निकालने वाला। **मु. ~ख़ाना**-हानि उठाना, धोखा खाना। **~देना**-धोखा देना; डुबोना। **~मारना**-नागा करना, बिना सूचना के अनुपस्थित हो जाना।

गोतिया, गोती—वि. एक ही गोत्र के, गोत्रज।

गोतीत*—वि. इंद्रियों से परे, जो इंद्रिय ग्राह्य न हो, अगोचर।

गोत्र—पु. [सं.] कुल, वंश; किसी गोत्र प्रवर्तक ऋषि के नाम से चली आती वंश परम्परा; समूह। **~ज**-वि. एक ही गोत्र का, सगोती, गोती। **~प्रवर्तक**—पु., वि. गोत्र चलाने वाला, गोत्रकार।

गोत्रोच्चार—पु. [सं.] यज्ञ, विवाह, आदि के अवसर पर यजमान, वर-वधू के वंश, गोत्र और पूर्वजों, आदि के नाम का उच्चारण।

गोत्रा—स्त्री. [सं.] पृथ्वी; गायों का समूह।

गोत्री—वि. [सं.] सगोत्री, गोती।

गोत्रीय—वि. [सं.] गोत्र वाला; गोत्र विशेष में उत्पन्न (वत्स गोत्रीय, आदि)।

गोदंती, हरताल—पु. सफेद हरताल, एक औषधि।

गोद—पु. [सं.] मस्तिष्क।

गोद—स्त्री. क्रोड, पहलू, पेट के पार्श्व में कूल्हे के ऊपर का वह स्थान जहाँ शिशु को बिठाकर पकड़ते हैं। **~नशीं**-वि. गोद लिया हुआ, दत्तक (पुत्र)। **~नशींनी**-स्त्री. गोद लिया जाना, गोद लेने की रस्म। **~भरी**-वि., स्त्री. बाल-बच्चे वाली। **ला. ~का**-गोद में खेलने वाला, छोटा बच्चा, शिशु। **~का बच्चा**-द्र. 'गोद का'। **~देना**-अपनी संतान को दूसरे को दत्तक रूप में देना। **~भरना, ~भराई**-विवाह संबंध निश्चित हो जाने पर विवाह से पूर्व लड़की की गोद, आँचल में नारियल, वस्त्र, आभूषण, मिठाई, आदि रखना, किसी भी शुभ अवसर पर सौभाग्यवती स्त्री के आँचल में इसी प्रकार सामग्री रखने की रस्म (गृह प्रवेश, कुआँ पूजन, आदि पर)। **मु. हरी होना**-स्त्री का गर्भवती होना।

गोदनहर, गोदनहारी—स्त्री. गोदना गोदने वाली स्त्री।

गोदना—स.क्रि. चुभाना; शरीर के किसी भी अंग में सुई चुभोकर उसमें विभिन्न प्रकार के रंग या स्याही भर कर सुंदरता के लिए फूल-पत्ती अथवा विभिन्न आकृतियाँ बनाना ('टेटू' बनाना)। **ला.** बातों के ताने देना, बातों द्वारा त्रास देना।

गोदनिया—पु. गोदना गोदने वाला।

गोदनी—स्त्री. गोदना गोदने की सुई।

गोदाम—पु. व्यवसायियों द्वारा अपना माल, सामान रखने का स्थान।

गोदावरी—स्त्री. [सं.] दक्षिण भारत की एक प्रख्यात पवित्र नदी।

गोदी—स्त्री. द्र. 'गोद'।

गोदी—स्त्री. वह स्थान जहाँ जहाजों पर माल चढ़ाया-उतारा जाता है ('जेटी')। **~मज़दूर**-पु. वह मजदूर जो जहाजों पर माल चढ़ाने-उतारने का काम करता है।

गोधन—पु. [सं.] गौएँ, गौ रूपी संपत्ति; एक प्रकार का तीर।

गोधन—पु. [ब्र.भा.] (सं. में गोवर्धन) गोवर्धन पर्वत; दीपावली से अगले दिन मनाया जाने वाला त्योहार, जिसमें गोवर्धन की पूजा की जाती है, घरों में भी गोबर, आदि से गोवर्धन की प्रतिमा भूमि पर बनाकर उसकी पूजा की जाती है।

गोधिका—स्त्री. [सं.] गिरगिट।

गोधूम—पु. [सं.] गेहूँ। **~चूर्ण**-पु. आटा। **~सार**-पु. गेहूँ का सत्त।

गोन—स्त्री. [सं. 'गोणी'] बैल की पीठ पर सामान लादने वाला बोरा।

गोन—स्त्री. [सं. 'गुण'] वह रस्सी जो नाव खींचने के लिए मस्तूल में बाँधी जाती है।

गोनरखा—पु. [सं. 'गुन-रक्षक'] बड़ी नाव का वह मस्तूल जिसमें रस्सी बाँधी जाती है; नाव के मस्तूल में रस्सी बाँधकर खींचने वाला मल्लाह या मज़दूर।

गोना—स.क्रि. छिपाना।

गोनिया—पु. बैल पर सामान लादने वाला; बोझ ढोने वाला; मस्तूल में रस्सी बाँधकर नाव खींचने वाला। स्त्री. दीवार, आदि की सीध नापने वाला राज-मिस्त्रियों का एक औज़ार, गुनिया।

गोप—पु. [सं.] गौ का रक्षक; ग्वाला, अहीर; गोशाला का अध्यक्ष; राजा; गाँवों का मुखिया। **~कुमार**-पु. ग्वाला; श्रीकृष्ण।

गोप—पु. [सं. 'गुम्फ'] गले में पहनने का एक आभूषण।

गोपक—पु. [सं.] गोप; बहुत से गाँवों या क्षेत्र विशेष का अध्यक्ष।

गोपन—पु. [सं.] छिपाना, छिपाने का भाव; भर्त्सना, निंदा; रक्षा।

गोपना—स.क्रि. छिपाना।

गोपनीय—वि. [सं.] छिपाने योग्य।

गोपयिता—वि. [सं.] संरक्षक, छिपाने वाला।

गोपांगना—स्त्री. [सं.] ग्वालिन, गोपी; गोप-वधू।

गोपा—वि. [सं.] गोप जाति की स्त्री, गोपी; ग्वालिन; रहस्य प्रकट न करने वाली।

गोपाचल—पु. [सं.] ग्वालियर के पास स्थित एक पर्वत; ग्वालियर का पुराना नाम।

गोपाष्टमी—स्त्री. [सं.] कार्त्तिक मास की शुक्ल पक्ष की अष्टमी।

गोपिका—स्त्री. [सं.] गोप जाति की स्त्री, गोपी; ग्वालिन।

गोपित—वि. [सं.] छिपाया हुआ; छिपा हुआ।

गोपी—स्त्री. [सं.] ग्वालिन, गोपिका। **~नाथ**-पु. गोपियों का स्वामी; श्रीकृष्ण। **~चंदन**-पु. एक प्रकार की पीली मिट्टी।

गोपीचन्द—पु. गोपियों के स्वामी; श्रीकृष्ण; एक प्रसिद्ध राजा जो अपना राजपाट छोड़कर योगी हो गए थे, इन्हें भर्तृहरि का भानजा बताया जाता है।

गोपेंद्र—पु. [सं.] गोप कुल के स्वामी; श्रीकृष्ण।

गोप्ता—वि. [सं.] गोपन कर्त्ता; छिपाने वाला; रक्षक। पु. विष्णु।

गोप्य—वि. [सं.] गोपनीय (आयु, वित्त, गृहच्छिद्र, मंत्र, मैथुन, भेषज, तप, दान और अपमान—ये नौ विषय मुख्यतः गोप्य माने गए हैं)। पु. दासीपुत्र।

गोफा—पु. कल्ला (फूटना), गाभा। स्त्री. गुफा, तहखाना।

गोबर—पु. गाय, बैल, भैंस का मल। **ला. ~गणेश**-मूर्ख, अल्पमति; भद्दा, कुरूप। **~पाथी**-गोबर पाथने वाली स्त्री। **~हारा**-पु. गोबर उठाने वाला नौकर।

गोबरी—स्त्री. गोबर का लेप, पीली मिट्टी मिला कर तैयार किया हुआ लेपन जिससे भूमि को लीपा जाता है।

गोबरैला, गोबरीरा, गोबरौला—पु. द्र. 'गुबरैला'।

गोबी—स्त्री. द्र. 'गोभी'।

गोभ—पु. फसल में वल्लरी आने से पहले का रूप ('गेहुँओं में गोभ निकल आई है')।

गोभा*—स्त्री. लहर; द्र. 'गोभ'।

गोभिल—पु. [सं.] एक ऋषि, गृह्य सूत्रकार।

गोभी—स्त्री. एक प्रसिद्ध सब्जी जिसकी तीन प्रजातियाँ होती हैं—फूलगोभी, पत्तागोभी, गाँठगोभी।

गोमती—स्त्री. [सं.] एक नदी जो बनारस और गाज़ीपुर जिले की सीमा पर गंगा में मिलती है; एक वृत्त।

गोमेद, गोमेदक—पु. [सं.] एक बहुमूल्य पत्थर, रत्न।

गोया—वि. [फा.] बोलने वाला, वक्ता; समान। अ. मानो, जैसे। **~ई**-स्त्री. बोलने की शक्ति, कला।

गोर—वि. द्र. 'गोरा'। पु. [फा.] वह गड्ढा जिसमें मुर्दे को दफ़न किया जाता है, कब्र (कबीरदास)।

ग़ोर—पु. [फा.] कंधार के पास एक प्रदेश, मोहम्मद गोरी का स्थान।

गोरख—पु. गोरखनाथ, नाथ सम्प्रदाय के प्रवर्तक एक प्रसिद्ध नाथ। **~धंधा**-पु. तारों, कड़ियों या लकड़ी के टुकड़ों को जोड़कर बनाई जाने वाली वह लड़ी जिसे गोरखपंथी साधु ही अपनी युक्ति से अलग कर सकते थे। **ला.** आसानी से समझ में न आने वाली चीज़, बात या कोई समस्या। **~नाथ** पु. पंद्रहवीं शताब्दी के एक प्रसिद्ध हठयोगी और नाथ सम्प्रदाय के प्रर्वतक। **~पंथ**-पु. गोरखनाथ का चलाया हुआ सम्प्रदाय, नाथ सम्प्रदाय। **~पंथी**-वि., पु. गोरखनाथ के सम्प्रदाय का अनुयायी। **~मुंडी**-स्त्री. एक घास जो औषधि के रूप में प्रयुक्त होती है।

गोरख डिब्बी—स्त्री. पानी का कुंड जिसमें से खनिज पदार्थ-युक्त जल निकलता है; पानी का कुंड जिसमें से गरम जल निकलता हो (ज्वालाजी शक्तिपीठ पर)।

गोरखा—पु. नेपाल में एक प्रदेश; नेपाल में रहने वाली एक जाति; उस जाति का व्यक्ति। **~रेजीमेंट**-भारतीय सेना का वह सैन्य दल जिसमें गोरखा सिपाही होते हैं।

गोरखाली—पु. नेपाल की एक जाति। स्त्री. इस जाति और अंचल में बोली जाने वाली भाषा।

गोरखुल—पु. द्र. 'गोखरू'।

गोरसी—स्त्री. अंगीठी, बरोसी।

गोरा—वि. गौर, श्वेत वर्ण वाला (व्यक्ति)। **~ई**-स्त्री. गोरापन, सुंदरता, लुनाई। **~चिट्टा**-वि. खूब गोरा।

गोरिल्ला—पु. अफ्रीका में पाया जाने वाला विशालकाय, बलवान, हिंसक वनमानुष।

गोरिस्तान—पु. [फा.] कब्रिस्तान।

गोरी—वि., स्त्री. 'गोरा' का स्त्री.; गौर वर्ण वाली स्त्री., सुंदरी, रूपवती। **ला.** प्रिया, प्रेमिका (लोकगीतों, आदि में)।

ग़ोरी—वि. [फा.] गोर प्रदेश का। पु. गोर प्रदेश का रहने वाला; शाहबुद्दीन मोहम्मद गोरी का उपनाम।

गोरू*—पु. चौपाया, पशु (गाय, बैल, भैंस, आदि)।

गोलंदाज—पु. गोला चलाने वाला, तोपची।

गोलंदाजी—स्त्री. गोला चलाने का काम।

गोलंबर—पु. गुंबद; गुंबद जैसी उठी हुई छत का भवन, कमरा।

गोल—पु. [सं.] वृत्त या चक्र के आकार का। **~यंत्र**-पु. वह यंत्र जिससे ग्रह-नक्षत्रों की गति, स्थिति, आदि जानी जा सकती है। **~योग**-पु. ज्योतिष का वह योग जिसमें एक ही राशि में छह-सात ग्रह एकत्रित हो जाते हैं।

गोल—वि. वृत्ताकार; अस्पष्ट। **~गप्पा, ~गप्पे**-पु. चाट में वह फूली हुई छोटी करारी पूरी जिसमें मसालेदार पानी भर कर खाया जाता है। **~मटोल**-वि. वह बच्चा या व्यक्ति जो खूब मोटा, हृष्ट-पुष्ट हो। **~माल**-पु. गड़बड़, घपला, धाँधली। **~मोल**-वि. हृष्ट-पुष्ट, मोटा। **ला.** अस्पष्ट (उत्तर); अनिश्चित।

गोल—पु. द्र. 'ग़ोल'; गोला का समास में प्रयुक्त रूप।

गोल—पु. [अं.] फुटबॉल, आदि खेल में तीन लकड़ियों या लोहे की पाइपों, आदि का बना द्वारनुमा वह स्थान जहाँ गेंद को पहुँचा कर लक्ष्य प्राप्त कर जीत प्राप्त की जाती है; लक्ष्य या उद्देश्य। **~कीपर**-पु. गोल रक्षक।

ग़ोल—पु. [फा.] मंडली, झुंड, समूह; भीड़। **मु. ~बंद होना, ~बंदी करना**-किसी के खिलाफ कुछ लोगों का समूहबद्ध होना।

गोलक—पु. गोल पिंड; काठ या लोहे का वह संदूक जिसमें किसी धर्मार्थ कार्य के लिए धन इकट्ठा किया जाता है—मंदिर, गुरद्वारे, आदि में रखा रहता है; मिट्टी का बड़ा कुंडा, माट; आँख की पुतली; आँख की पुतली के भीतर का डेला।

गोलची—पु. गोल-रक्षक, गोल-कीपर।

गोला—स्त्री. गोलाकृति, वृत्त या पिंड की तरह की बड़ी वस्तु; लोहे, बारूद, आदि का वह गोल पिंड जिसे तोपों द्वारा शत्रु पर फेंका जाता है; जंगली कबूतर; गरी का गोला, नारियल का सूखा हुआ रूप; लकड़ी का लंबा लट्ठा, बड़े मकानों की छत, आदि में लगाया जाता था, शहतीर रस्सी, सूत, आदि की लपेटी हुई गोल पिंडी; पेट में उठने वाला वात रोग। **~ई**-स्त्री. गोलापन, गोलाकार आकृति। **~बारूद**-पु. गोला और बारूद; युद्ध सामग्री। **~बारी**-स्त्री. तोप से गोले फेंकने की क्रिया।

गोलाकार, गोलाकृति—वि. [सं.] गोल आकार का, पिंडाकार।

गोलाध्याय—पु. [सं.] भास्कराचार्य द्वारा रचित एक ज्योतिष ग्रंथ।

गोलार्द्ध—पु. [सं.] भूगोल में अध्ययन के लिए मानचित्र में दर्शाया पृथ्वी का आधा भाग जो एक ध्रुव से दूसरे ध्रुव तक बीचोबीच सीधी रेखा से काटने से बनता है, एक पूर्वी और दूसरा पश्चिमी गोलार्द्ध कहलाता है ('हेमिस्फ़ीयर')।

गोलास—पु. [सं.] छत्रक, कुकुरमुत्ता।

गोली—स्त्री. छोटा गोला; मिट्टी, काँच, आदि की बनी छोटी पिंडाकृति जिससे बच्चे खेलते हैं; शीशे या लोहे की बनी छोटी पिंडाकृति जिसे बंदूक, पिस्तौल, आदि में भर कर छोड़ते हैं; विभिन्न मशीनों, उपकरणों, आदि में डाली जाने वाली छोटी पिंडाकृति; औषधि के रूप में बनाई हुई बटी; नशीली वटी। **मु. ~मारना**-गोली से घायल करना; हेय समझ कर त्याग देना, ठुकरा देना।

गोली—पु. गोल-रक्षक, गोल-कीपर (फुटबॉल, आदि के खेल में)।

गोल्डन—वि. [अं.] सुनहरा (वस्तु, समय; स्वर्णिम, सुखमय); सर्वश्रेष्ठ (समय)। **~चांस**-पु. सुनहरी मौका, विशेष अवसर। **~जुबली**-स्वर्ण जयंती (पचास वर्ष की अवधि पूरी होने पर)।

गोल्फ—पु. [अं.] एक खेल जिसमें हॉकी से लंबे डंडेनुमा उपकरण से विशेष प्रकार की गेंद को मैदान में बने गोलाकार छेदों में डाला जाता है।

गोवर्धन—पु. [सं.] द्र. 'गो' के अन्तर्गत; एक पर्वत विशेष।

गोविंद—पु. [सं.] श्रीकृष्ण; ईश्वर।

गोश—पु. [फा.] कान। **~पेच**-पु. कान में पहनने का एक आभूषण। **~मायल**-पु. पगड़ी में लगी मोतियों की लड़ी जो कान के पास झूलती रहती है। **~माल, ~मालिश, ~माली**-स्त्री. कान मलना, उमेठना।

गोशवारा—पु. [फा.] बाला, कुंडल; रजिस्टर, आदि के खानों का शीर्षक; एक पेड़ का गोंद।

गोशा—पु. [फा.] कोना, कोण; दिशा; एकांत स्थान। **~ए-तन्हाई**-स्त्री. एकांत स्थान। **~ए-दिल**-पु. दिल, हृदय का कोना। **~नशीं**-वि. एकांत स्थान में रहने वाला, एकांतवासी; संसार त्यागी। **~नशीनी**-एकांतवास।

गोश्त—पु. [फा.] मांस। **~खोर**-वि. गोश्त खाने वाला, मांसाहारी।

गोष्ठ—पु. [सं.] गोशाला; परामर्श, सलाह; दल, समूह, मंडली; सभा।

गोष्ठागार—पु. [सं.] सभागृह, जहाँ गोष्ठी होती हो।

गोष्ठी—स्त्री. [सं.] सभा, मंडली; विचार-विमर्श करने वाली सभा (कवि गोष्ठी, विचार गोष्ठी, आदि)।

गोसा—पु. उपला, कंडा।

गोसाईं—पु. एक जाति, जो पहले गेरुए वस्त्र धारण करती थी, संन्यासी न होकर सामान्य गृहस्थ का जीवन बिताती थी; साधु-संन्यासियों के लिए संबोधन, गोस्वामी (यथा—तुलसीदास); श्रेष्ठ, बड़ा; स्वामी; ईश्वर।

गोह—स्त्री. छिपकली की प्रजाति का एक जहरीला जंतु, आकार में नेवले के बराबर।

गोहन—पु. [सं.] ढकना, छिपाना।

गोहर—पु. बिसखपड़ा कीड़ा।

गोहरा—पु. उपले रखने का स्थान।

गोहराना*—स.क्रि., अ.क्रि. आवाज़ देना, चिल्लाना; पुकारना।

गोहार—स्त्री. पुकार; सहायता के लिए चिल्लाना; गोहार सुनकर इकट्ठी होने वाली भीड़।

गोहुअन, गोहुवन—पु. बहुत जहरीले साँप की एक प्रजाति, इसका रंग गेहुँआ होता है।

गोहूँ—पु. द्र. 'गेहूँ'।

गौं—स्त्री. काम निकालने का मौका, अवसर; घात; मतलब। **~का, ~की**-मतलब का, मतलब की, काम का, काम की। **~का यार**-पु. मतलब का दोस्त, स्वार्थी मित्र।

गौ—स्त्री. [सं.] गाय। **~मुखी**-स्त्री. गौमुख के समान। **~शाला**-स्त्री. गोशाला, गौशाला।

ग़ौग़ा—पु. [अ.] शोरगुल, हल्ला; अफ़वाह। **~ई**-वि. शोर करने वाला; अफ़वाह फैलाने वाला।

गौड़—पु. [सं.] बंगाल का प्राचीन नाम, गौड़ देश; गौड़ देशवासी; ब्राह्मणों का एक वर्ग, उपजाति; एक राग। **~नट**-पु. एक संकर राग। **~पाद, ~पादाचार्य**-पु. शंकराचार्य के गुरु के गुरु जिन्होंने मांडूक्य उपनिषद् की कारिका लिखी थी। **~मल्लार**-पु. गौड़ और मल्लार राग के योग से बना एक संकर राग। **~सारंग**-पु. एक संकर राग।

गौडिया—वि. गौड़ देश का। **~सम्प्रदाय**-पु. चैतन्य महाप्रभु का चलाया हुआ सम्प्रदाय।

गौड़ी—स्त्री. [सं.] गुड़ से बनाई हुई शराब; एक रागिनी; चाटक की तीन रीतियों में से एक।

गौडीय—वि. [सं.] गौड़ देश संबंधी। पु. गौड़ निवासी। **~भाषा**-स्त्री. बांग्ला भाषा।

गौडेश्वर—पु. [सं.] चैतन्य महाप्रभु।

गौण—वि. [सं.] अप्रधान; अपेक्षाकृत कम महत्त्व का।

गौणी—वि., स्त्री. [सं.] गुण संबंधी; अप्रधान। **~लक्षणा**-स्त्री. भाषा की लक्षणा शक्ति का एक भेद जिसमें एक वस्तु का कोई गुण दूसरी में आरोपित कर दिया जाता है।

गौतम—पु. [सं.] गोतम का वंशज, एक ऋषि, अहल्या के पति; ब्राह्मणों का एक वर्ग, उपजाति। **~संभभा**-स्त्री. गोदावरी नदी।

गौतमी—स्त्री. [सं.] अहल्या; द्रोणाचार्य की पत्नी; गोदावरी नदी; दुर्गा; बुद्ध की शिक्षा (गौतमी वाणी)।

गौनर्द—पु. [सं.] गौनर्द देश में उत्पन्न; पतंजलि।

गौनहर—स्त्री. द्र. 'गौनहारी'।

गौनहाई (गोनियायी)*—स्त्री. वह वधू जो गौने, द्विरागमन में ससुराल आई हो, दूसरी बार दुल्हन के रूप में आई हो।

गौना—पु. विवाह के कुछ समय बाद दुल्हन का दूसरी बार ससुराल आना, द्विरागमन।

गौपुच्छ—वि. [सं.] गाय की पूँछ के समान।

गौर—वि. [सं.] गोरा; श्वेत। पु. सफेद रंग; पीला रंग। **~वर्ण**-वि. गोरे रंग वाला, गोरा। पु. गोरा रंग।

ग़ौर—पु. [अं.] सोच-विचार, ध्यान; चिन्तन। **~तलब**-वि. विचार के योग्य, विचारणीय। **~से**-ध्यानपूर्वक।

गौरक—पु. [सं.] एक तरह का धान।

गौरक्ष्य—पु. [सं.] गौ पालन, गौ-रक्षण।

गौरव—पु. [सं.] महत्त्व; सम्मान; प्रतिष्ठा; मर्यादा; गुरुता, भारीपन। **~शाली**-वि. गौरव-युक्त; सम्मानित; प्रतिष्ठा प्राप्त।

गौरवान्वित—वि. [सं.] गौरव-युक्त।

गौरवासन—पु. [सं.] गौरवपूर्ण आसन, प्रतिष्ठापूर्ण पद।

गौरवित—वि. [सं.] गौरव-युक्त, सम्मान-युक्त।

गौरांग—पु. [सं.] स्वामी चैतन्यदेव; श्रीकृष्ण; विष्णु। वि. गोरा, श्वेत चर्म वाला—अंग्रेज़, अमेरिकी, कोई भी यूरोपीय, 'गोरे'। **~महाप्रभु**-पु. चैतन्यदेव, उनकी उपाधि।

गौरांगी—वि. [सं.] गोरी। स्त्री. श्वेत चर्म वाली यूरोपीय स्त्री।

गौरा—पु. नर गौरैया पक्षी।

गौरा—स्त्री. पार्वती; दुर्गा; हलदी; एक रागिनी।

गौराहिक—पु. [सं.] साँप की एक प्रजाति।

गौरी—स्त्री. [सं.] पार्वती; दुर्गा; आठ वर्ष की अविवाहित कन्या; धरती; वाणी; सफेद धूप; हल्दी; गोरोचन; भारत के पश्चिमोत्तर अंचल की एक नदी; वरुण की पत्नी। **~चंदन**-पु. लाल चंदन। **~शंकर**-पु. हिमालय की सबसे ऊँची चोटी।

गौरीश—पु. [सं.] शिव।

गौरुतल्पिक—पु. [सं.] गुरुपत्नी से अनुचित संबंध रखने वाला।

गौरैया—स्त्री. एक छोटी चिड़िया।

गौला—स्त्री. पार्वती।

गौल्मिक—पु. [सं.] गुल्मनायक, तीस सैनिकों की टुकड़ी का नायक; गुल्म का सिपाही।

गौहर—पु. [फा.] मोती; जौहर। **~ताव**-पु. एक बहुत पतला कपड़ा जिसके भीतर से शरीर दिखाई देता रहता है।

ग्यान*—पु. 'ज्ञान'।

ग्यारस—स्त्री. एकादशी।

ग्यारह—वि. दस और एक। पु. दस और एक की संख्या—11।

ग्रंथ—पु. [सं.] पुस्तक; धन; अनुष्टुप् छन्द में रचित श्लोक। **~कर्ता, ~कार**-ग्रंथ का रचनाकार, ग्रंथ लेखक। **~माला**-स्त्री. किसी संस्थान, प्रकाशन गृह, आदि से क्रमपूर्वक प्रकाशित पुस्तकें। **~साहब**-पु. 'गुरु ग्रंथ साहब', सिखों का पूज्य धर्मग्रंथ जिसमें विभिन्न संत-कवियों और सिख गुरुओं की वाणी संगृहीत है।

ग्रंथन—पु. [सं.] गाँठ दे कर बाँधना; गूँथना, गुम्फन।

ग्रंथागार—पु. [सं.] पुस्तकालय।

ग्रंथागारिक—पु. [सं.] पुस्तकालयाध्यक्ष।

ग्रंथालय—पु. [सं.] पुस्तकालय।

ग्रंथावलि, ग्रंथावली—स्त्री. [सं.] ग्रंथमाला; किसी कवि या लेखक की समग्र रचनाओं का विभिन्न खंडों में एक साथ प्रकाशन (तुलसी ग्रंथावली, निराला ग्रंथावली, आदि)।

ग्रंथावलोकन—पु. [सं.] पुस्तक, ग्रंथ का अध्ययन।

ग्रंथि—स्त्री. [सं.] गाँठ, गिरह, गुत्थी; गुठली; शरीर के अंदर की गाँठें जिनसे रस निकलता है। **~बंधन**-पु. गठबंधन, विवाह-संस्कार।

ग्रंथित—वि. [सं.] ग्रथित, जिसमें गाँठ लगी हो।

ग्रंथी—पु. [सं.] जिसके पास बहुत से ग्रंथ हों; जिसने बहुत से ग्रंथ पढ़े हों; विद्वान। पु. ग्रंथ का पाठ करने वाला; ग्रंथकर्ता; सिखों के गुरुद्वारे में गुरुग्रंथ साहब की 'मर्यादा' का पालन करने वाला तथा पाठ करने वाला व्यक्ति; एकपद।

ग्रथन—पु. [सं.] गाँठ बाँधना, गूँथना।

ग्रथित—वि. [सं.] गूँथा हुआ; इकट्ठा बाँधा हुआ।

ग्रसन—पु. [सं.] भक्षण; निगलना; पकड़ना, जकड़ना; ग्रास; चंद्र-सूर्य का खंड-ग्रहण।

ग्रसना—स.क्रि. ग्रास करना, त्रास देना, सताना।

ग्रस्त—वि. [सं.] ग्रसा हुआ, पकड़ा हुआ; पीड़ित (रोग, आदि से—ज्वरग्रस्त); ग्रहण लगा हुआ।

ग्रस्ता—वि. [सं.] भक्षक; ग्रास करने वाला।

ग्रह—पु. [सं.] सूर्य की परिक्रमा करने वाला नक्षत्र, तारा, पिंड; सौरमंडल के नौ प्रधान पिंड, ग्रह—सूर्य, चन्द्र, मंगल, बुध, गुरु, शुक्र, शनि, राहु तथा केतु; ग्रहण प्राप्ति। **~गति**—स्त्री. ग्रहों की गति। **~चिंतक**—पु. ज्योतिषी। **~दशा**—स्त्री. जन्म राशि की दृष्टि से ग्रहों की स्थिति; उनकी स्थिति से शुभ या अशुभ का विचार। **~देवता**—पु. ग्रह विशेष का अधिष्ठाता देवता। **~दोष**—पु. ग्रह विशेष की अशुभ दृष्टि।

ग्रहण—पु. [सं.] पकड़ने की क्रिया, पकड़; ले लेना, स्वीकार करना; सूर्य और पृथ्वी के बीच में चन्द्रमा या सूर्य और चन्द्रमा के बीच पृथ्वी का आ जाना (सूर्य ग्रहण, चन्द्र ग्रहण)।

ग्रहणीय—वि. [सं.] ग्रहण करने योग्य।

ग्रहाधीश—पु. [सं.] सूर्य।

ग्रहाश्रय—पु. [सं.] ध्रुव तारा।

ग्रहीत—वि. द्र. 'गृहीत'।

ग्रहीता—वि., पु. [सं.] ग्रहण करने वाला, ग्राहक; कर्ज़ लेने वाला; निरीक्षण करने वाला।

ग्रांट—स्त्री. [अं.] अनुदान; किसी कार्य विशेष के लिए सरकार द्वारा दी जाने वाली निश्चित राशि; अनुमति देना, स्वीकार करना।

ग्राउंड—पु. [अं.] भूमि, ज़मीन, धरती, धरातल, स्थल; क्रीड़ा स्थल, खेल का मैदान (पोलो ग्राउंड, हॉकी ग्राउंड, आदि); थल; तल; क्षेत्र; आधार, मूल कारण। **~(बैक)**—स्त्री. पृष्ठभूमि। **ला. ~तैयार करना**—प्राथमिक तैयारी करना; प्राथमिक शिक्षा देना। **~नट**—[अं.] मूँगफली।

ग्राफ़—पु. [अं.] लेखाचित्र; किसी चीज़ के मूल्य-मान के चढ़ने-गिरने का रेखांकन। **~पेपर**—पु. वर्गांकित कागज़।

ग्राम—पु. [सं.] गाँव; बस्ती; समूह; संगीत में सात सुरों का समूह, सप्तक। **~देव, ~देवता**—पु. गाँव का अधिष्ठाता; गाँव की रक्षा करने वाला देवता। **~पंचायत**—स्त्री. गाँव के झगड़े सुनने और निपटाने तथा सफाई, स्वास्थ्य सेवा, आदि का प्रबंधन करने वाली ग्रामवासियों द्वारा चुने गए सदस्यों की संस्था। **~सुधार**—पु. गाँव के जीवन के सुधार का कार्य। **~सेवक**—पु. ग्रामवासियों के जीवन सुधार और सुविधाओं का खयाल रखने वाला व्यक्ति; इस कार्य के लिए नियुक्त व्यक्ति; एकपद।

ग्राम—पु. [अं.] एक तौल, भार मापने का मान (एक किलोग्राम एक हजार ग्राम)।

ग्रामर—स्त्री. [अं.] व्याकरण; व्याकरण की पुस्तक।

ग्रामांत—पु. [सं.] गाँव की सीमा, सीवाना; गाँव की बस्ती का बाहर का भाग।

ग्रामाचार—पु. [सं.] गाँव की प्रथा, रीति।

ग्रामीण—वि. [सं.] ग्राम संबंधी; गाँव का; ग्राम का व्यक्ति, ग्रामवासी।

ग्रामीणा—स्त्री. [सं.] ग्रामीण स्त्री।

ग्रामोद्योग—पु. [सं.] गाँव में लगे उद्योग-धंधे, कुटीर उद्योग।

ग्रामोफोन—पु. [अं.] एक यंत्र जिसमें शब्द ध्वनि भर कर उसे जब चाहे सुना जा सके, तवेनुमा उपकरण को लगा कर सुनने वाली मशीन।

ग्राम्य—वि. [सं.] ग्राम संबंधी, ग्रामीण; अश्लील (शब्द, 'ग्राम्यत्व दोष')।

ग्राम्या—वि., स्त्री. [सं.] गाँव में रहने वाली; असभ्य स्त्री।

ग्रास—पु. [सं.] कौरे, निवाला; आहार निगलना।

ग्राह—पु. [सं.] ग्रहण; पकड़; मगर, घड़ियाल; समझ, बोध।

ग्राहक—वि. [सं.] ग्रहण करने वाला। पु. खरीददार, ग्राहक।

ग्राहकी—स्त्री. [सं.] ग्राहकी, खरीददारी।

ग्राहिका—स्त्री. [सं.] ग्राहक का स्त्री., खरीदने वाली।

ग्राही—वि. [सं.] ग्रहण करने वाला; पकड़ने वाला; कब्ज़ करने वाला।

ग्राह्य—वि. [सं.] ग्रहण करने योग्य; पकड़ने योग्य; समझ आने योग्य; मान्य।

ग्रिप—स्त्री. [अं.] पकड़।

ग्रिल—स्त्री. [अं.] लोहे की जाली।

ग्रीक—वि. [अं.] यूनान; यूनान की भाषा; यूनान का रहने वाला।

ग्रीज़—स्त्री. [अं.] एक तरह की चिकनाई, मरहमनुमा गाढ़ी चिकनाई।

ग्रीटिंग—स्त्री. [अं.] अभिनंदन, बधाई। **~कार्ड**—पु. बधाई-पत्र।

ग्रीवा—स्त्री. [सं.] गरदन, गला।

ग्रीवी—वि. [सं.] लंबी, सुंदर गरदन वाला। पु. ऊँट।

ग्रीषम*—पु. द्र. 'ग्रीष्म'।

ग्रीष्म—पु. [सं.] गरमी का मौसम, गरमी, निदाध। **~काल**—पु. गरमी के दिन। **~कालीन**—वि. ग्रीष्म ऋतु संबंधी; गरमियों में चलने वाला (शिविर)।

ग्रीष्मावकाश—पु. [सं.] स्कूल, कॉलेज, विश्वविद्यालय, आदि शिक्षण संस्थानों में होने वाला गरमियों का अवकाश।

ग्रीस—पु. [अं.] यूनान; यूनान का वासी।

ग्रुप—पु. [अं.] समूह, झुंड, गुट।

ग्रे—वि. [अं.] सफेद; धूसर; सलेटी।

ग्रेचुइटी, ग्रेच्युटी—स्त्री. [अं.] सेवानिवृत्ति पर सेवा अवधि के अनुसार दी जाने वाली राशि।

ग्रेजुएट—पु. [अं.] बी.ए. पास व्यक्ति; स्नातक।

ग्रेट—वि. [अं.] महान, बड़ा। **~ब्रिटेन**—पु. इंग्लैंड स्कॉटलैंड और वेल्स का संयुक्त नाम।

ग्रेड—पु. [अं.] श्रेणी, कोटि, दर्जा, पदक्रम।

ग्रेन—पु. [अं.] एक अंग्रेज़ी तौल—आधी रत्ती।

ग्रेनाइट—पु. [अं.] एक तरह का बहुत कड़ा बिल्लौरी पत्थर।

ग्रेनैड—पु. [अं.] हथगोला, हाथ या तोप से फेंके जाने वाला बम।

ग्रेफ़ाइट—पु. [अं.] एक खनिज, सीसा।

ग्रेस—स्त्री. [अं.] गरिमा, गौरव। **~फुल**—वि. गरिमामय, सौम्य।

ग्रेह*—पु. गेह।

ग्रेही*—वि. संसारी।

ग्लाइडर—पु. [अं.] एक प्रकार का छोटा वायुयान; एक प्रकार का छोटा वायुयान या गुब्बारा जिसमें इंजिन नहीं होता है, बड़ा गुब्बारानुमा।

ग्लान—वि. [सं.] ग्लानि-युक्त; थका हुआ; खिन्न।

ग्लानि—स्त्री. [सं.] अपने किसी कार्य पर उत्पन्न खेद, पश्चात्ताप; एक संचारी भाव (का.शा.)।

ग्लास—पु. [अं.] शीशा।

ग्लासवेयर—पु. [अं.] शीशे का बना सामान, रसोई, आदि का।

ग्लिसरीन—पु. [अं.] एक औषधि-द्रव्य।

ग्लुकोज़, ग्लूकोस—पु. [अं.] दुग्ध-शर्करा, औषधि के रूप में प्रयुक्त।

ग्लेज़्ड—वि. [अं.] चमकीला।

ग्लेशियर—पु. [अं.] हिमनद, हिमानी।

ग्लोब—पु. [अं.] गोलक, गोला, गोल; भूमंडल, पृथ्वी, भूमंडल को दर्शाने वाला गोलाकार मानचित्र।

ग्लैमर—[अं.] मनोहर, मोहकता; चमक-दमक।

ग्लैमरस—वि. [अं.] मनोहरता, मोहक; चमकीला; तड़क-भड़क वाला।

ग्वार—स्त्री. एक अन्न; ग्वार का पौधा।

ग्वारपाठा—पु. एक पौधा, घी-कुवार, औषधि के रूप में प्रयुक्त।

ग्वारिन*—स्त्री. द्र. 'ग्वालिन'।

ग्वाल—पु. द्र. 'ग्वार'।

ग्वाला—पु. गोप, अहीर; गोपालक; दुधारू पशु रखने वाला।

ग्वालिन—स्त्री. गोपी, ग्वाला का स्त्री।

घ

घ—पु. देवनागरी वर्णमाला के कवर्ग का चौथा वर्ण। उच्चारण-स्थान जिह्वा-मूल या कंठ।

घंट—पु. वह घड़ा जो मृतक की क्रिया में पीपल से लटकाया जाता है; घंटा।

घंटा—पु. [सं.] काँसे या पीपल का बना एक प्रसिद्ध वाद्य जो मंदिर में लगा रहता है; काँसे या पीतल का बना गोल पट्ट जिसे लकड़ी की बनी हथौड़ी-सी से पूजन या समय की सूचना देने के लिए स्कूल, कॉलेज, आदि में बजाया जाता है; साठ मिनट का एक काल मान। **ला.**—कुछ नहीं, ठेंगा दिखाना। **~घर**—पु. नगर के बीच में बनी ऊँची मीनार जिसमें घड़ी लगी होती है और प्रत्येक घंटे के बाद प्राय: ध्वनि होती है (अब अधिकांश में ऐसी घड़ियाँ हैं जिनमें घंटा बीत जाने की ध्वनि नहीं होती)।

घंटिका—स्त्री. [सं.] छोटी घंटी (पूजा, आदि की); घुंघरू।

घंटी—स्त्री. छोटा घंटा, घुँघरू; पीतल या काँसे का छोटा लोटा, लुटिया।

घंटी—वि. [सं.] घंटा-युक्त; जिसमें घंटियाँ लगी हों; घंटी की तरह बजने वाला।

घकार—पु. [सं.] 'घ' अक्षर।

घघरा—पु. स्त्रियों का कमर पर बाँधे जाने वाला अधोवस्त्र, लहँगा।

घघरी—स्त्री. छोटा लहँगा, प्राय: लड़कियों द्वारा पहना जाता था।

घट—पु. [सं.] घड़ा; कलश; पिंड, देह; कुंभ राशि; हृदय, अंतर, मन। **~स्थापन**—पु. पूजन में किसी देवता के आह्वान के लिए घट की स्थापना।

घट—स्त्री. कमी। **~बढ़**—स्त्री. कमी-बेशी (घटत-बढ़त)।

घटक—वि. [सं.] वह वस्तु या पदार्थ जिसके मेल से कोई चीज़ बनती है (औषधि, आदि के संदर्भ); वे कारण जिनसे कोई स्थिति बनती है, कारक।

घटती—स्त्री., वि. अवनति, ढलती (उम्र); कम होती (आय, आदि)। **ला.**—आयु ('अब उससे उतना काम नहीं होता, अब उसकी भी घटती ही है')।

घटना—स्त्री. [सं.] होना, किसी कार्य-व्यापार का होना; अचानक होने वाली अप्रिय बात, काम, हादसा। **~क्रम**—पु. घटनाओं का सिलसिला, लगातार कोई कार्य-व्यापार होना। **~चक्र**—पु. घटनाओं का सिलसिला, लगातार होने वाला घटनाक्रम।

घटना—अ.क्रि. घटित होना; उक्ति या वचन का सत्य सिद्ध होना; क्रम होना; छीजना; तौल में किसी वस्तु का कम होना।

घटनात्मक—वि. [सं.] घटनाओं से भरा हुआ (उपन्यास, कहानी, आदि)।

घटनामय—वि. [सं.] घटनात्मक, घटनाओं से भरा हुआ।

घटनावली—स्त्री. [सं.] घटनाओं का समूह, एक के बाद एक होने वाली घटनाओं का क्रम।

घटवाई*—पु. घाट का कर लेने वाला अधिकारी। स्त्री. घाट पर यात्रियों, गाड़ियों, आदि से लिया जाना वाला कर।

घटवाना—स.क्रि. कम करवाना।

घटवार—पु. मल्लाह; घाट का कर लेने वाला व्यक्ति।

घटवारिया, घटवालिया—पु. घाटिया, केवट, मल्लाह।

घटवाह—पु. घाट का ठेकेदार; घाट का कर लेने वाला।

घटवाही—स्त्री. 'घटवाह' का स्त्री.।

घटहा*—पु. घाट का ठेकेदार।

घटा—स्त्री. [सं.] चेष्टा, प्रयत्न; संख्या; टोली, समूह; युद्ध, आदि के लिए एकत्र हुए हाथी।

घटा—स्त्री. बादल, बादलों का समूह। **(घनघोर~)** स्त्री. बहुत अधिक काली घटा, ज़ोर से उठी घटा, बादल।

घटाटोप—पु. [सं.] घनघोर घटा, बहुत अधिक उमड़े हुए बादल; गाड़ी या पालकी को ढकने वाला परदा। **~अँधेरा**—पु. घने बादलों द्वारा छाया अंधकार।

घटाना—स.क्रि. कम करना; गणित में किसी संख्या में से किसी दूसरी संख्या को निकाल कर बाकी निकालना (ग.); मान-प्रतिष्ठा या शोभा में किसी की तुलना में कम करना ('अमुक की हवेली ने तमुक की हवेली को घटा कर रख दिया')।

घटाव—पु. घटाना, कमी होना ('पानी में घटाव हो रहा है', बाढ़, आदि में); गणित में संख्या को घटाने की क्रिया—जोड़-घटाव।

घटिक—पु. [सं.] घड़े या घड़ों पर बँधे तख्ते पर बिठाकर नदी पार करवाने वाला।

घटिका—स्त्री. [सं.] समय का एक मान—24 मिनट का; एक घड़ी का समय; छोटा घड़ा; घड़ी की माप बताने वाली छोटी लुटिया-सी।

घटित—वि. [सं.] जो हुआ हो; जोड़, मिलाया हुआ; घटना द्वारा अनुभव सिद्ध।

घटिया—वि. खराब, निकृष्ट; 'बढ़िया' का विपरीतार्थी; तुच्छ।

घटी—स्त्री. [सं.] चौबीस मिनट का समय का एक मान; घड़ी; छोटा घड़ा; कलसी; रहट की घड़िया; समय जानने के लिए प्रयुक्त जलपात्र जिसके पैंदे में छोटा छेद होता है।

घटी—पु. [सं.] कुंभ राशि; शिव।

घटी—स्त्री. कम हुई, किसी चीज़ का कम हो जाना; हानि।

घटोत्कच—पु. [सं.] भीमसेन (पांडव) का हिडिम्बा राक्षसी से उत्पन्न पुत्र।

घटोद्भव—पु. [सं.] घट, कुंभ से उत्पन्न—अगस्त्य ऋषि।

घट्ठा—पु. लगातार किसी चीज़ की रगड़ लगने से हाथ, पैर या शरीर के किसी भी अंग में पड़ा निशान, मांस का उभरा हुआ भाग। **ला. ~खुलना**—फट जाना, दरार होना (चोट, आदि लगने से)।

घड़घड़—पु. गाड़ी, रेलगाड़ी, आदि के चलने तथा बादलों के गरजने की आवाज़।

घड़घड़ाना—अ.क्रि. 'घड़घड़' की आवाज़ होना।

घड़घड़ाहट—स्त्री. 'घड़घड़' की आवाज़।

घड़त—स्त्री. द्र. 'गड़त'।

घड़ना—स.क्रि. गड़ना।

घड़ा—पु. पानी रखने का मिट्टी का बरतन, कलसा जैसा। **मु. ~(घड़ों) पानी पड़ना**—लज्जा से गड़ जाना, अत्यधिक लज्जित होना।

घड़ाई—स्त्री. द्र. 'गड़ाई'।

घड़ाना—स.क्रि. द्र. 'गड़ाना'।

घड़िया—स्त्री. मिट्टी का बना घड़े जैसी आकृति का बहुत छोटा बरतन, कुल्हिया; सुनार की कुल्हिया या घरिया जिसमें सोना-चाँदी गलाते हैं; रहट में लगी हुई बाल्टियाँ।

घड़ियाल—पु. घंटा, पहर, आदि बताने के लिए या पूजा-आरती में बजाए जाने वाला घंटा; मगरमच्छ, एक हिंसक जल-जंतु।

घड़ियाली—पु. घड़ियाल बजाने वाला। स्त्री. पूजा में बजाने का एक तरह का घंटा, झालर।

घड़ी—स्त्री. समय बताने वाला यंत्र; दिन-रात का 60वाँ भाग, 24 मिनट का समय; अवसर; समय। **~घड़ी**—स्त्री. क्षण-क्षण, थोड़े-थोड़े समय पर। **मु. (घड़ियाँ) ~गिनना**—बहुत उत्सुकता से प्रतीक्षा करना; बहुत कठिनाई से समय व्यतीत करना; आसन्न मृत्यु। **~पल का मेहमान**—कुछ ही देर का मेहमान, आसन्न मृत्यु।

घड़ीआ—स्त्री. द्र. 'घड़िया'।

घड़ोला—पु. घड़े के आकार का छोटा बरतन, इसका मुँह घड़िया से ज्यादा बड़ा, चौड़ा होता है।

घड़ौंची—स्त्री. घड़ा रखने के लिए बनी हुई चबूतरी-सी; घड़ा रखने के लिए लकड़ी या लोहे के सरियों की बनी तिपाई-सी।

घन—वि. [सं.] घना, बहुत अधिक, गझिन; ठोस; अभेद्य; निविड़; गम्भीर। पु. मेघ, बादल; लुहार का बड़ा हथौड़ा; किसी अंक को उसी अंक से दो बार गुणा करने से उपलब्ध गुणनफल; दृढ़ता; घंटा; लोहा। **~कोदंड**—पु. इंद्रधनुष। **~क्षेत्र**—पु. लंबाई, चौड़ाई और गहराई का विस्तार। **~गरज**—स्त्री. बादलों की गरज; एक तरह की तोप। **~घोर**—वि. बहुत घना; डरावना। **~चक्र**—वि. मूर्ख, नासमझ; अल्पमति। पु. आतिशबाजी में एक तरह की चरखी। **~नाद**—पु. मेघ-गर्जन।

घनघनाना—अ.क्रि. घन-घन की आवाज़ होना, निकलना।

घनघनाहट—स्त्री. घन-घन की आवाज़।

घनत्व—पु. [सं.] घनापन; ठोसपन; दृढ़ता; लंबाई, चौड़ाई और मोटाई का भाव।

घनांजनी—स्त्री. [सं.] दुर्गा।

घनांत—पु. [सं.] शरद ऋतु।

घनांधकार—पु. [सं.] बहुत अधिक अँधेरा; घुप अँधेरा।

घना—वि. बहुत अधिक; गहन (वन)।

घनाकर, घनागम—पु. [सं.] वर्षा ऋतु।

घनाक्षरी—स्त्री. एक छंद; कवित्व; दंडक छंद।

घनात्मक—वि. [सं.] लंबाई, चौड़ाई और मोटाई में बराबर; लंबाई, चौड़ाई और मोटाई को गुणा करने से प्राप्त गुणनफल।

घनानंद—पु. [सं.] ब्रजभाषा के एक प्रसिद्ध मध्यकालीन कवि, शृंगार काल में स्वच्छंद धारा के प्रमुख कवि।

घनिष्ठ—वि. [सं.] अत्यधिक; प्रगाढ़, गहरा (संबंध, प्रेम); अंतरंग (जिससे बहुत गहरे संबध हों)।

घनिष्ठता—स्त्री. [सं.] आत्मीयता, बहुत गहरे संबंध।

घनीभूत—वि. [सं.] बहुत अधिक; केन्द्रीभूत, बहुत अधिक समय से एकत्रित (पीड़ा, आदि)।

घनेरा*—वि. द्र. 'घना'; घिनका (पेड़, पौधे, आदि का एक-दूसरे से बहुत अधिक सटा होना)। स्त्री. 'घिनकी' ('मकई बहुत घिनकी है')।

घनोपल—पु. [सं.] ओला।

घपला—पु. गड़बड़, गोलमाल; बेईमानी।

घपलेबाज़—वि. [फा.] घपला करने वाला, बेईमानी-धाँधलेबाज़ी करने वाला।

घपलेबाज़ी—स्त्री. [फा.] घपला करने की क्रिया, गड़बड़ी, बेईमानी।

घबड़ाना—अ.क्रि., स.क्रि. द्र. 'घबराना'।

घबड़ाहट—स्त्री. द्र. 'घबराहट'।

घबराना—अ.क्रि. अधीर होना; भय, दुःख या आकस्मिक संकट से चित्त में व्याकुलता आना; भौंचक रह जाना, किंकर्तव्यविमूढ़ होना; शरीर में व्याकुलता होना।

घबराहट—स्त्री. चित्त की अस्थिरता, अधीरता; उद्विग्नता, परेशानी, हड़बड़ी।

घमंड—पु. दंभ, दर्प; गर्व; अहंकार।

घमंडी—वि. घमंड करने वाला, दंभी।

घमसा—पु. उमस; घनापन।

घमसान—पु. द्र. 'घमासान'।

घमासान—पु. घोर युद्ध; भयानक मार-काट। **~लड़ाई**—स्त्री. बहुत अधिक मार-काट वाला युद्ध, घोर युद्ध, विकट संग्राम। **ला. ~मचाना**—बहुत अधिक अस्त-व्यस्त कर देना; बहुत शोर मचाना।

घमौरी—स्त्री. पसीने के कारण शरीर में विशेषतः कमर, पेट पर हो जाने वाली छोटी-छोटी लाल फुंसियाँ-सी।

घर—पु. [सं.] मनुष्यों के रहने का स्थान, आवास, दीवारों से घिरा हुआ, ऊपर से छाया हुआ स्थान, मकान; पैतृक वास स्थान; स्वदेश, जन्मभूमि; घराना; कार्यालय (डाकघर) जहाँ किसी चीज़ की बहुतायत हो; वह स्थान जहाँ घर का-सा आराम और संबंधों की ऊष्मा हो ('इसे अपना घर ही समझें'); कोठा, कमरा (रसोईघर, आदि); जन्म-कुंडली में यह विशेष, आदि का स्थान, खाना, चौकोर स्थान (चौसर, शतरंज, आदि में)। **~गई**—वि. जिसका घर उजड़ गया हो, निगोड़ी। **~गिरस्ती, गृहस्थी**—स्त्री. घर का कामकाज, घर के उत्तरदायित्व। **~घर**—अ. हर घर में, सबके यहाँ। **~घाल**—वि. घर बिगाड़ने वाला। **~घुसा**—वि. जो हर समय घर में ही घुसा रहता हो। **~जँवाई, ~जमाई**—पु. वह व्यक्ति जो अपनी ससुराल में ही आकर रहने लगता हो तथा सास-ससुर की संपत्ति पर उसी का अधिकार हो। **~द्वार**—पु. घर, आवास। **~बार**—पु. घर, वास स्थान; गृहस्थी; बाल-बच्चे। **~बारी**—पु. बाल-बच्चों वाला; गृहस्थ। **~बैठे**—अ. बिना काम किये। **~वाला**—पु. पति; गृह-स्वामी। **~वाली**—स्त्री. पत्नी; गृह-स्वामिनी। **मु. ~आबाद होना**—घर बसना, घर में चहल-पहल, रौनक होना। **~उजड़ना**—घर का नाश होना, धन-धान्य चले जाना। **~करना**—पति की मृत्यु पर किसी दूसरे को पति बना लेना। **~का**—अपने ही घर का; स्वयं द्वारा उत्पन्न (घर का घी, घर के आम, नींबू, आदि)। **~का उजाला**—बहुत सुंदर, बहुत प्यारा (संतान)। **~काठने (काटने) को आना**—घर में मन न लगना। **~का चिराग**—घर का उजाला, बहुत प्यारा। **~का न घाट का**—जो कहीं का न हो; निकम्मा। **~का भेदी**—घर के सब भेद जानने वाला, जो दूसरों को घर की सूचनाएँ दे। **~की बात**—आपस की ही बात; घर की ही समस्या। **~के घर**—बिना किसी हानि-लाभ के। **~फूँक तमाशा देखना**—घर का धन नष्ट कर मौज़-मस्ती करना। **~सिर पर उठा लेना**—बहुत अधिक शोर या ऊधम मचाना। **~से पाँव निकलना**—कुल-मर्यादा का अतिक्रमण कर चलना; स्वच्छंद हो जाना; चरित्रहीन हो जाना।

घरघराना—अ.क्रि. घर-घर की आवाज़ निकलना; बीमारी, व्याकुलता, आदि में पूरी आवाज़ न निकलना।

घरघराहट—स्त्री. घर-घर की आवाज़, द्र. 'घरघराना'।

घरणी—स्त्री. गृहिणी, पत्नी।

घरनाल—स्त्री. एक तरह की पुरानी तोप।

घरनी—स्त्री. गृहिणी, पत्नी।

घरर-घरर—पु. रगड़ने से उत्पन्न होने वाला घर-घर का शब्द।

घराऊ—वि. घरू, घरेलू।

घराती—पु. (विवाह के समय) कन्या-पक्ष का व्यक्ति; कन्या पक्ष वाले, 'बराती' का प्रतिपक्षी।

घराना—पु. कुल, वंश; किसी विद्या-कला के लिए प्रसिद्ध कुल-सम्प्रदाय, यथा—संगीत में पटियाला घराना, लखनऊ घराना, ग्वालियर घराना, भोपाल घराना, आदि।

घरिया—स्त्री. द्र. 'घड़िया'।

घरुआ, घरुवा—पु. घर का अच्छा प्रबंध।

घरू—वि. घर का; घर में रहने वाला आदमी; घर से संबंधित।

घरेलू—वि. घर का; घर से संबंध रखने वाला; पालतू।

घरोवा—वि. घर से संबंधित, घरेलू।

घरौंदा, घरौंधा—पु. छोटा-सा घर; बच्चों द्वारा खेलने के लिए मिट्टी, बालू, रेत, कागज़, आदि का बनाया गया छोटा-सा घर।

घर्घर—पु. [सं.] गाड़ी, चक्की, आदि के चलने की घर-घर आवाज़।

घर्घरक—पु. [सं.] घर-घर शब्द।

घर्म—पु. [सं.] धूप, घाम; ग्रीष्म काल; पसीना।

घर्ष—पु. [सं.] रगड़, घर्षण; घिसना।

घर्षक—वि., पु. [सं.] घिसने वाला; पॉलिश करने वाला।

घर्षण—पु. [सं.] रगड़ना; घिसना; माँजना।

घर्षित—वि. [सं.] घिसा या रगड़ा हुआ।

घसखुदा—पु. घास खोदने वाला। **ला.** असभ्य; गँवार।

घसियारा—पु. घास खोदने वाला; घास बेचने वाला। **ला.** अशिष्ट, असभ्य व्यक्ति।

घसियारिन, घसियारी—स्त्री. 'घसियारा' का स्त्री., **द्र.** 'घसियारा'।

घसीट—स्त्री. घसीटने का भाव; जल्दी में लिखे हुए अक्षर-शब्द जो सुन्दर और सुपाठ्य न हों, खराब लिखावट।

घसीटना—स.क्रि. किसी चीज़ को जमीन में खींचना जिस पर रगड़ लगती चले; जल्दी में किसी चीज़ को लिखना; खराब लिखावट में लिखना।

घहरना—अ.क्रि. द्र. 'घहराना'।

घहराना—अ.क्रि. गर्जन जैसा शब्द करना; गरजना।

घहरानि*—स्त्री. घहराने का भाव; गर्जन; गंभीर ध्वनि।

घांटिक—पु. [सं.] स्तुति-पाठ करने वाला; पूजा, आदि में घंटी बजाने वाला।

घाँटी—स्त्री. गले के अंदर की घंटी, कौआ। **~होना**—बच्चे के गले में कौआ पक जाना।

घाँटो—पु. एक तरह के लोकगीत जो प्राय: चैत में गाए जाते हैं।

घाइल*—वि. द्र. 'घायल'।

घाउ*—पु. द्र. 'घाव'।

घाग—पु. द्र. 'घाघ'।

घाघ—पु. भोजपुरी जनभाषा के एक प्रसिद्ध कवि जिनकी कृषि और नीति संबंधी उक्तियाँ अत्यंत प्रसिद्ध हैं; बहुत चालाक, धूर्त, काँइयाँ आदमी।

घाघरा—पु. लहँगा। स्त्री. सरयू नदी।

घाट—पु. [सं.] गरदन का पिछला भाग; घड़ा; नाव, आदि से उतरने का स्थान।

घाट—पु. नदी, तालाब, आदि में वह स्थान जहाँ लोग नहाते-धोते हैं, पशु पानी पीते हैं, धोबी कपड़े धोते हैं; वह स्थान जहाँ से नदी पार की जाती है; किसी से अपेक्षाकृत कम ('लड़ने में तू ही क्या घाट है ?')। **मु. ~घाट का पानी पीना**—जगह-जगह घूमकर बहुत अनुभव अर्जित करना; बहुत अनुभव अर्जित किये हुए, बहुत चालाक होना।

घाटा—पु. हानि, नुकसान।

घाटिया—पु. घाट पर बैठ कर दान ग्रहण करने वाला व्यक्ति।

घाटी—स्त्री. दो पहाड़ों के बीच की नीची जमीन; पहाड़ों के नीचे की भूमि, तलहटी।

घात—पु. [सं.] आघात, चोट, प्रहार; वध, हत्या; अहित, बुराई।

घात—स्त्री. छिप कर वार करने का अवसर खोजना, टोह में रहना। **मु. ~में रहना**—किसी के विरुद्ध कोई काम करने का अवसर तलाशना, मौका ढूँढ़ना।

घातक—वि. [सं.] घात करने वाला; वध, हत्या करने वाला; हानिकारक। पु. घात करने वाला व्यक्ति; जो भारी हानि पहुँचाए।

घातन—वि. [सं.] हत्या, वध करने वाला। पु. मारना, वध करना।

घाता—पु. वह चीज़ जो ग्राहक को तौल या गिनती के अतिरिक्त दी जाए, लभाव।

घाति—स्त्री. [सं.] आघात, चोट।

घातिया—वि. द्र. 'घाती'।

घाती—वि. घात में रहने वाला; विश्वासघाती।

घाती—वि. [सं.] घात करने वाला; नाश करने वाला।

घान—पु. अनाज़ की वह मात्रा जो एक बार पीसने के लिए चक्की में डाली जाए; वस्तु की मात्रा जो एक बार में कड़ाही या कड़ाह में पकाई-तली जाए; कोल्हू, आदि में गुड़ बनाते हुए एक बार में कड़ाह में चढ़ाया हुआ रस, आदि।

घानी—स्त्री. घान; ढेर। **(कच्ची)~का तेल**—कोल्हू में विशेष प्रकार से बनाया हुआ सरसों, आदि का तेल।

घाम—पु. धूप; गरमी में शरीर पर निकलने वाली घमौरियाँ।

घामड़—वि. मूर्ख; अल्पमति।

घायल—वि. जो चोट खाया हुआ हो, ज़ख़्मी, आहत।

घाल—पु. किसी वस्तु के साथ ग्राहक को अतिरिक्त रूप से दी जाने वाली वस्तु, लभाव। **ला. ~छुड़वाना**—तांत्रिक या ओझा द्वारा किसी व्यक्ति का अहित करने के लिए छोड़ी जाने वाली हाँड़ी।

घालक—वि. नाश करने वाला, मारने वाला।

घालना—स.क्रि. नाश करना, बिगाड़ना; मारना, प्रहार करना; पानी, दूध, आदि तरल पदार्थ को किसी पात्र में डालना (बोली)।

घालमेल—वि. गड्ड-मड्ड, अस्त-व्यस्त; सब चीजों को या बहुत-सी चीज़ों को एक जगह अप्रिय रूप से मिला देना।

घालिका, घालिनी—स्त्री. नाश करने वाला, घातिनी।

घाव—पु. चोट, आघात; व्रण, ज़ख़्म। **मु. ~पर नमक छिड़कना**—दु:ख को और अधिक बढ़ा देना। **~भरना**—किसी दु:ख या शोक को भूल जाना।

घास—स्त्री. भूमि पर उगे पत्तीदार बहुत छोटे पौधे, पशुओं के लिए एक चारा। **मु. ~काटना**—किसी काम को गलत ढंग से और बहुत जल्दी बेमन से करना। **~खोदना, ~छीलना**—तुच्छ या निरर्थक काम करना।

घासलेट—पु. कोटोजम घी, वनस्पति तेलों से बना हुआ (देसी घी की तुलना में निकृष्ट कोटि का होने के कारण 'घासलेट' कहा जाता था)।

घासलेटी—स्त्री. निकृष्ट कोटि का; अश्लील (घासलेटी साहित्य)।

घिग्घी—स्त्री. अत्यधिक भय के कारण घबरा जाना और मुँह से बोल न फूटना। **~बँधना**—भय से घबराकर मुँह से बोल न निकलने की स्थिति।

घिघियाना—अ.क्रि. गिड़गिड़ाना; रोते हुए अनुनय-विनय करना।

घिचपिच—स्त्री. थोड़ी जगह में अधिक आदमियों या चीज़ों का बहुत अधिक सटा होना, भीड़ हो जाना; जगह की कमी; लिखावट में शब्दों का बहुत सटा हुआ, कटा-पिटा रूप।

घिन—स्त्री. घृणा, नफ़रत।

घिनाना—अ.क्रि. घृणा करना।

घिनावना—वि. द्र. 'घिनौना'।

घिनौना—वि. घिन उपजाने वाला, घृणा के योग्य, गलाज़त भरा हुआ।

घिनौनापन—पु. घृणा की स्थिति, भाव।

घिन्नी—स्त्री. द्र. 'गिन्नी'; द्र. 'घिरनी'।

घिया—पु. एक सब्जी, लौकी।

घिरत-घिरित*—पु. द्र. 'घृत'।

घिरना—अ.क्रि. घेरे में आना, चारों तरफ़ से आच्छादित हो जाना।

घिरनी—स्त्री. कुएँ पर लगी पानी खींचने की चरखी; रस्सी खींचने की चरखी।

घिरवाना—स.क्रि. घेरने का काम करवाना। **(पशुओं को)** ~पशुओं को चरवाने का काम करवाना; पशुओं को एकत्रित करवाना।

घिराई—स्त्री. घेरने की क्रिया, पशुओं को चरवाने का काम; पशुओं को चरवाने के लिए दी जाने वाली मज़दूरी।

घिराव—पु. घेरने की क्रिया या भाव; घेरा।

घिर्री—स्त्री. चरखी।

घिवाल—वि., स्त्री. वह भैंस या गाय जिसके दूध में बहुत अधिक घी बनता हो।

घिसकना—अ.क्रि. द्र. 'खिसकना'।

घिसघिस—स्त्री. देर, ढिलाई; कंजूसी।

घिसना—स.क्रि. किसी चीज़ को पत्थर, लकड़ी, आदि के कठोर आधार पर रगड़ना जिससे वह अपना कुछ अंश छोड़ती चली जाए; प्रयोग से किसी वस्त्र, बरतन, आदि का जर्जर होना, छीजना, कमजोर होना।

घिसा-पिटा—वि. बहुत पुराना; जो बहुत दिनों से चला आ रहा हो, प्रयोग में हो।

घिसवाना—स.क्रि. 'घिसना' का प्रे.।

घिसाई—स्त्री. घिसने की क्रिया या भाव; घिसने से नष्ट हुआ किसी वस्तु का अंश।

घिसाना—स.क्रि. 'घिसना' का प्रे.।

घिसाव—पु. घिसने का भाव, रगड़; छीज।

घिसावट—स्त्री. द्र. 'घिसाव'।

घिस्समघिस्सा—पु. धक्कमधक्का।

घिस्सा—पु. रगड़; एक पतंग की डोर का दूसरी पतंग की डोर से रगड़ खाना; कुश्ती में दाँव के रूप में प्रतिस्पर्धी की गरदन पर बाजू से रगड़ देना।

घी—पु. घृत, मक्खन को औटा कर सार-तत्त्व रूप में निकाला गया तरल पदार्थ जो भोजन का मुख्य अंग है। **~कुआर, कुवार, ~गुवार**—पु. ग्वारपाठा, एक पौधा जो औषधि के रूप में प्रयुक्त होता है।

घीया—पु. द्र. 'घिया'।

घुंघची—स्त्री. एक बेल; उस बेल का लाल रंग का बीज, गुंजा।

घुँघनी—स्त्री. उबाला या भिगोकर तला हुआ चना, मटर, आदि।

घुंघराला—वि. लच्छेदार, बल खाया हुआ (केश), बहुवचन 'घुँघराले' रूप में प्रयुक्त। स्त्री. 'घुँघराली' (लट)।

घुंघरू—पु. सोने, चाँदी, पीतल, आदि का गोल पोला दाना जिसके भीतर उसी धातु की छोटी गोली पड़ी होती है जो हिलने से मधुर ध्वनि करती है; मंजीर; ऐसे दानों का बना हुआ पैरों का आभूषण; ऐसे दानों की बनी पट्टिका जो नृत्य में पैरों में बाँधते हैं। **~दार**—वि. जिसमें घुंघरू लगे हों।

घुंघुवारा, घुँघवारा—वि. द्र. 'घुँघराला'।

घुँटना—अ.क्रि. द्र. 'घुटना'।

घुंडी—स्त्री. कपड़े की सिलाई से बनाई गई गोली-सी जो बटन का काम देती है। **ला.** समस्या; किसी कार्य में आने वाली बाधा, पेंच।

घुइंयाँ—स्त्री. अरवी, ज़मीन के अंदर पैदा होनें वाला एक कंद, सब्जी रूप में प्रयुक्त।

घुग्घी—स्त्री. एक चिड़िया, पंडुक।

घुग्घु—पु. उल्लू। **ला.** मूर्ख।

घुघुआ—पु. द्र. 'घुग्घु'।

घुघुआना—अ.क्रि. उल्लू का बोलना; उल्लू की तरह बोलना।

घुचकली—स्त्री. छोटी कोठरी, रहने की तंग जगह।

घुटन—स्त्री. साँस आने में बाधा; वातावरण-मौसम का दमघोंटू रूप लेना (वर्षा के मौसम में धुएँ, गैस, आदि से)। **ला.** असहनीय स्थितियाँ।

घुटना—अ.क्रि. साँस रुकना, अटकना। **मु. घुट-घुट कर जीना, ~मरना**—असहनीय स्थितियों को झेलना। **ला. ~घुटा हुआ**—बहुत चालाक, काइयाँ।

घुटना—पु. जाँघ और टाँगों के बीच का जोड़, उसका ऊपरी भाग। **मु. ~(ने) टेकना**—हार मानना, पराजय स्वीकार कर लेना।

घुटन्ना—पु. घुटनों तक का पहनने का अधोवस्त्र, निक्कर, कच्छा।

घुटरू, घुटुरू*—पु. घुटना।

घुटवाना—स.क्रि. पिसवाना, रगड़वाना (साग, आदि); सिर मुँडवाना।

घुटाई—स्त्री. घोंटने की क्रिया या भाव; घोटने की क्रिया की मज़दूरी।

घुटाना—स.क्रि. 'घोंटने' का प्रे.।

घुटुरूअन, घुटुरून, घुटुरूवन*—अ. घुँटने के बल (चलना, ब्र.भा.)।

घुट्टी—स्त्री. शिशुओं को पिलाई जाने वाली पेट को व्यवस्थित रखने की एक पाचक दवा। **(जनम)~**नवजात शिशु को पिलाई जाने वाली घुट्टी, पेट को ठीक रखने के लिए।

घुड़—'घोड़ा' का समास में प्रयुक्त रूप। **~चढ़ी**—स्त्री. विवाह में एक रीति जिसमें वर घोड़ी पर आरूढ़ होता है। **~दौड़**—स्त्री. घोड़ों की दौड़; घोड़ों की वह दौड़ जिसमें बाज़ी लगाई जाती है। **~सवार**—पु. घोड़े पर बैठने वाला; घोड़े पर सवार सैनिक, अश्वारोही। **~साल, ~साला**—अस्तबल, अश्वशाला।

घुड़कना—स.क्रि. धमकी के स्वर में डाँटना, डपट कर बोलना।

घुड़की—स्त्री. घुड़कने की क्रिया या भाव; धमकी भरी डाँट। **(बंदर)~**—बंदर जैसी घुड़की, झूठी घुड़की, डराने के लिए।

घुड़सवारी—स्त्री. [फा.] घोड़े की सवारी; घोड़े पर बैठ कर की जाने वाली क्रीड़ा; एक शोक।

घुण—पु. [सं.] घुन।

घुणाक्षर—पु. [सं.] घुन लगने से या दीमक के चाटने से लकड़ी या पुस्तक के पन्नों में बनी लकीर। **~न्याय**—पु. बिना किसी प्रयत्न के संयोगवश किसी कार्य का हो जाना।

घुन—पु. अनाज, लकड़ी, आदि में लगने वाला एक कीड़ा।

घुनना—अ.क्रि. लकड़ी, अनाज़, आदि को घुन लगना, घुन कीड़े के द्वारा खाया जाना।

घुन्ना—वि. चुप्पा, अपने मन के भावों को गोपनीय रखने वाला; काँइयाँ, चालाक किंतु ऊपर से सीधा दिखने वाला।

घुन्नी—वि., स्त्री. 'घुन्ना' का स्त्री., मन के भाव को गोपनीय रखने वाली; काँइयाँ, चालाक स्त्री।

घुप—वि. गहरा, घोर (इसका प्रयोग 'अँधेरे' के साथ ही होता है)।

घुमंतू—वि. घूमने वाला।

घुमक्कड़—वि. बहुत घूमने वाला, सैर-सपाटा करने वाला।

घुमक्कड़ी—स्त्री. घूमने की वृत्ति, भ्रमण-वृत्ति।

घुमटा—पु. सिर में चक्कर आना, घूमेर।

घुमड़ना—अ.क्रि. बादलों का इधर-उधर से आकर एकत्रित होना और गरजना।

घुमड़ी—स्त्री. सिर में आने वाला चक्कर, घूमेर।

घुमरना—अ.क्रि. द्र. 'घुमड़ना'।

घुमरी—स्त्री. द्र. 'घुमड़ी'।

घुमाना—स.क्रि. घूमने में प्रवृत्त करना, चारों-ओर फिराना; टहलाना, सैर कराना; मोड़ना; प्रवृत्त करना। **ला.** किसी को सीधी राह न बताकर चक्कर में डाल देना।

घुमाव—पु. घूमने, घुमाने की क्रिया; चक्कर, फेरा; रास्ते में आने वाला मोड़। **~दार**—वि. चक्करदार, पेंचदार।

घुमेरी—स्त्री. द्र. 'घुमड़ी'।

घुर-घुर—पु. गले में कफ जमने पर रुक-रुक कर खाँस लेने की आवाज़; बिल्ली, सूअर, आदि के गले से निकलने वाली आवाज़।

घुरघुराना—अ.क्रि. गले से घुर-घुर की आवाज़ निकालना।

घुरघुराहट—स्त्री. घुर-घुर की आवाज़ निकालने की क्रिया या भाव।

घुरना—अ.क्रि. बजना; धीरे-धीरे निरंतर क्षीण होना, छीजते चले जाना।

घुलना—अ.क्रि. किसी वस्तु का तरल पदार्थ में बिला जाना, मिल जाना। **ला. ~मिलना, ~घुल-मिल जाना**—बहुत अधिक अंतरंग हो जाना, मित्रता स्थापित हो जाना। **~घुल-घुल कर जीना**—बहुत अधिक मानसिक संताप सहते हुए जीवन जीना। **~घुल-घुल कर मरना**—बहुत अधिक शारीरिक कष्ट सहते हुए, लंबी बीमारी में पीड़ा सहते हुए मृत्यु को प्राप्त होना।

घुलनीय—वि. [सं.] जो घुलने के लायक हो, जो किसी किसी तरल पदार्थ में मिल जाए; हल हो जाए।

घुलवाना—स.क्रि. 'घुलाना' या 'घोलना' का प्रे.।

घुलाना—स.क्रि. गलाना, पिघलाना।

घुला-मिला—वि. मिला-जुला।

घुसना—अ.क्रि. भीतर जाना, दाखिल होना; बलपूर्वक प्रवेश करना; किसी काम में ज़बरदस्ती दखल देना।

घुस-पैठ—स्त्री. पहुँच; (सीमा, आदि पर) चोरी-छिपे प्रवेश।

घुसपैठिए—पु., वि. किसी देश की सीमा में अवैध रूप से प्रवेश करने वाले, आतंकी गतिविधियाँ करने के उद्देश्य से।

घुसपेठिया—पु. द्र. 'घुसपैठिए', 'घुसपैठिए' का एकवचन।

घुसर-पुसर—स्त्री. खुसर-पुसर, कानाफूसी।

घुसवाना—स.क्रि. 'घुसना' का प्रे.।

घुसाना—स.क्रि. घुसने में प्रवृत्त करना; गड़ाना, चुभाना।

घुसेड़ना—स.क्रि. ठूँसना; धँसाना, घुसाने की क्रिया करना।

घूँघट—पु. साड़ी, दुपट्टे, आदि वस्त्र से लज्जावश, बड़ों के सम्मान, आदि के लिए विवाहिता स्त्रियों द्वारा परदा करना, अवगुंठन; बाहरी दरवाज़े से पीछे की दीवार जो आँगन के परदे के लिए बनाई जाती थी, घर की दुबारी में; घोड़े की आँखों पर बाँधे जाने वाला चमड़े, आदि का बना

उपकरण। **ला. ~उठाना**—मुँह देखने के लिए उस पर पड़ा परदा उठाना। **~करना, ~काढ़ना, ~निकालना**—साड़ी, दुपट्टे, आदि से मुँह को ढक लेना, परदा कर लेना।

घूँघर—पु. बालों में पड़ा हुआ छल्ला। **~वाला**—वि. घुँघराला (बाल, केश); एक नृत्य।

घूँ-घूँ—स्त्री. मंद आवाज़। **ला.** घुपचुप मंत्रणा करना।

घूँट—पु. जल या किसी पेय पदार्थ की वह मात्रा जो एक ही बार में गले से पी जाती है; किसी तरल, पेय पदार्थ की थोड़ी मात्रा (जल, दूध, आदि)। **मु. (खून का) ~पीकर रह जाना**—किसी असहनीय बात पर क्रोध को नियन्त्रित करते हुए चुप रह जाना।

घूँटना—स.क्रि. किसी तरल को गले से नीचे उतारना।

घूँटी—स्त्री. द्र. 'घुट्टी'।

घूँस—स्त्री. द्र. 'घूस'। पु. चूहे जैसा एक छोटा जंतु जो खेतों में बिल बना कर घुस जाता है।

घूँसा—पु. प्रहार के लिए बँधी हुई मुट्ठी, मुक्का। **~(से) बाज़ी**—स्त्री. घूँसों की लड़ाई; घूँसों के प्रहार का एक खेल ('बॉक्सिंग')।

घूँसेबाज़—पु. [फा.] घूँसा, मुक्का चलाने वाला ('बॉक्सर')।

घूक—पु. [सं.] उल्लू।

घूम—पु. घुमाव, मोड़; फेरा।

घूमना—अ.क्रि. फिरना, एक धुरी के चारों ओर चक्कर लगाना, भ्रमण करना; मुड़ना; लौटना।

घूर—पु. कूड़े-करकट का ढेर।

घूरना—अ.क्रि. बुरे भाव से आँखें गड़ा कर देखना; क्रोध-भरी दृष्टि से देखना।

घूरा—पु. कूड़ा-करकट फेंकने की जगह; कूड़े-करकट का ढेर।

घूराघारी—स्त्री. घूरने की क्रिया, घूर-घर कर देखना।

घूर्ण—पु. [सं.] घूमना, चक्कर खाना। वि. घूमता हुआ, भ्रांत। **~वायु**—पु. बवंडर, वात्याचक्र।

घूर्णन—पु., घूर्णना—स्त्री. [सं.] घूमना, चक्कर लगाना, भ्रमण, घुमाना।

घूर्णमान—वि. [सं.] घूमता हुआ, चलता हुआ; चक्कर काटता हुआ।

घूर्णित—वि. [सं.] घूमता हुआ, चलता हुआ; चक्कर काटता हुआ। **~जल**—पु. भँवर। **~वात**—स्त्री. बवंडर, वात्याचक्र।

घूस—स्त्री. वह धन या वस्तु जो अपना कार्य कराने के लिए अवैध रूप से किसी को दी जाए, रिश्वत।

घृणा—स्त्री. [सं.] नफ़रत, घिन; बीभत्स रस का स्थायी भाव।

घृणास्पद—वि. [सं.] घृणा के योग्य।

घृणित—वि. [सं.] घृणा करने योग्य, घृणा के पात्र; गर्हित; तिरस्कृत; निंदित।

घृण्य—वि. [सं.] घृणा के योग्य, घृणा का पात्र।

घृत—पु. [सं.] घी। **~कुमारी**—स्त्री. घीकुँवार, एक आयुर्वेदिक औषध-पादप।

घृताक्त—वि. [सं.] घी से चुपड़ा हुआ।

घृतान्न—पु. [सं.] घृत युक्त अन्न; अग्नि।

घृताहवन—पु. [सं.] अग्नि।

घृताहुति—स्त्री. [सं.] घी की आहुति।

घृतोद—पु. [सं.] घी का समुद्र।

घृष्ट—वि. [सं.] घिसा हुआ।

घृष्टि—स्त्री. [सं.] घर्षण; घिसाई; स्पर्धा।

घेंघा—पु. गले का एक रोग, गलगंड।

घेर—पु. घेरा, फैलाव; घेरने, फैलने की क्रिया; अहाता, वह स्थान जहाँ घर के पुरुष रहते हैं, पशु बाँधे जाते हैं; खेती, आदि के हल, गाड़ी, आदि रखे होते हैं। **~दार**—वि. जिसमें घेरा बना हुआ हो।

घेरना—स.क्रि. आवेष्टित करना, चारों ओर से घेरे में लेना; बहुत आग्रह या अनुनय-विनय करना; पशुओं, आदि को एकत्रित करना, चराना।

घेरा—पु. विस्तार, फैलाव, परिधि का मान।

घेरेदार—पु. जिसमें चारों ओर गोल घेरा लगा हो।

घेवर—पु. मैदे, घी, चीनी से छलनी में डाल कर बनाई गई एक मिठाई, विशेषत: बरसात के मौसम में बनाई जाती है।

घैया—स्त्री. थन से निकलती दूध की धार; दूध का अधबिला (आधा बिलोया हुआ) रूप।

घोंघ—पु. [सं.] एक जानवर; एक चिड़िया।

घोंघा—पु. शंख बनाने वाला एक कीड़ा। वि. मूर्ख, अल्पमति। **~बसंत**—वि. महामूर्ख।

घोंचू—वि. बुद्धू, मूर्ख, अल्पमति।

घोंटना—स.क्रि. रगड़ना; पीसना; घूँटना; गले को इस तरह दबाना कि साँस रुक जाए; रटना, खूब पढ़ना।

घोंटू—वि. कस कर दबाने वाला (गला घोंटू)।

घोंपना—स.क्रि. गड़ाना, चुभाना; शरीर के किसी अंग में धँसाना (जैसे—छुरा, तलवार, आदि)।

घोंसला—पु. नीड़, वृक्ष, आदि पर तिनकों का बना पक्षियों के रहने का स्थान।

घोघा—पु. एक छोटा कीड़ा।

घोटक—पु. [सं.] घोड़ा। **~मुख**—पु. किन्नरों का एक भेद।

घोटकारि—पु. [सं.] भैंसा।

घोटना—स.क्रि. किसी चीज़ से रगड़कर बारीक करना (साग, भाँग, आदि); रगड़कर चिकना करना (तख्ती, कागज़, आदि); अभ्यास करना, बार-बार याद करना (पाठ, आदि)। पु. घोटने का प्राय: लकड़ी का बना औज़ार।

घोटनी—स्त्री. घोटने का लकड़ी का बना छोटा उपकरण।

घोटवाना—स.क्रि. 'घोटना' का प्रे., घोटने की क्रिया करवाना।

घोटा—पु. घोटने का साधन, भाँग; साग, आदि घोटने का लकड़ी का उपकरण; मोटा डंडा; घोटने का काम, घोटाई।

घोटाई—स्त्री. घोटने का काम; घोटने के लिए दी जाने वाली मज़दूरी।

घोटाला—पु. घपला, गोलमाल, गड़बड़, धाँधलेबाज़ी ('स्कैम')।

घोटिका, घोटी—स्त्री. [सं.] घोड़ी।

घोटू—वि. घोटने वाला। **(दम)~**वि. जिससे दम घुटता हो (कोई कपड़ा, वातावरण)।

घोड़ा—पु. एक प्रसिद्ध पशु जो सवारी तथा ताँगा, गाड़ी, आदि खींचने के काम आता है, अश्व, तुरंग; बंदूक, रिवॉल्वर, कारबाइन जैसे हथियारों में लगा वह खटका जिसके दबाने से गोली चलाई जाती है। **~गाड़ी**—स्त्री. वह गाड़ी या ताँगा जिसमें घोड़ा या घोड़े जुते होते हैं। **मु. ~बेचकर सोना**—बहुत बेफ़िक्र होकर गहरी नींद सोना। **हर समय घोड़े पर सवार रहना**—हर समय बहुत जल्दी में होना।

घोड़ी—स्त्री. घोड़े की मादा; विवाह की रस्म; लड़के के विवाह में गाये जाने वाले गीत; पानी के घड़े रखने के लिए लकड़ी की बनाई हुई तिपाई; छत और ऊँची दीवारों पर राजमिस्त्री, सफेदी-पुताई, आदि करने वालों के लिए बनाई गई तिपाईनुमा ऊँची सीढ़ी जिस पर बैठने, खड़े होने का स्थान बना होता है। **मु. ~चढ़ना**—विवाह के लिए दूल्हे का घोड़ी पर बैठ कर जाना।

घोर*—स्त्री. बादलों की ध्वनि, शब्द। वि. [सं.] गाढ़ा, घना, गहरा, निविड़ (अंधकार, वन, आदि); कठिन; भारी (तपस्या); बहुत बुरा, अत्यधिक (अपराध, पाप)।

घोरा—वि., स्त्री. [सं.] घोर। स्त्री. रात; ज्योतिष में नक्षत्रों की एक गति।

घोराकार, घोराकृति—वि. [सं.] डरावना, भयानक आकृति, शक्ल।

घोल—पु. [सं.] पानी, आदि तरल पदार्थों में किसी चीज़ को मिला कर तैयार किया हुआ मिश्रण।

घोलना—स.क्रि. किसी चीज़ को पानी, आदि में इस तरह मिलाना कि वह एकमेक हो जाए। **मु. घोल कर पी जाना**—किसी को समाप्त करना (नकार के अर्थ में—'वह मुझे घोल कर तो नहीं पी जाएगा')।

घोला—पु. घोल कर बनाई हुई पी जाने वाली कोई चीज़।

घोष—पु. [सं.] ध्वनि; घोषणा; अफ़वाह; बादल की गरज।

घोष—पु. गाँव ('आयो **घोष** बढ़ो व्यापारी'—सूरदास); बंगालियों में एक उपजाति, उनके नाम के आगे लगने वाला जातिसूचक नाम।

घोषक—पु. [सं.] घोषणा करने वाला।

घोषण—पु., **घोषणा**—स्त्री. [सं.] जोर से बोल कर कोई सूचना प्रसारित करना; किसी सूचना का प्रसारण (परीक्षा-फल, चुनाव परिणाम, आदि; किसी कार्य विशेष की तिथि, आदि की आधिकारिक रूप में सूचना देना—चुनाव, आदि)।

घोषा—स्त्री. [सं.] सौंफ।

घोषाल—पु. बंगाल में एक उपजाति।

घोषित—वि. [सं.] जिसकी घोषणा कर दी गई हो।

घोसी—पु. दूध का व्यापार करने वाली जाति; गाय, भैंस, आदि रखने वाला; ग्वाला।

घ्राण—पु. [सं.] गंध, सूँघना; सूँघने की सामर्थ्य; नाक। **~चक्षु**—वि. अंधा; सूँघकर किसी वस्तु का ज्ञान प्राप्त करने वाला।

घ्राणेंद्रिय—स्त्री. [सं.] नाक।

घ्रात—वि. [सं.] सूँघा हुआ।

घ्रातव्य—वि. [सं.] सूँघने योग्य।

घ्राता—वि. [सं.] सूँघने वाला।

घ्रेय—वि. [सं.] सूँघने योग्य।

ङ

ङ—पु. देवनागरी वर्णमाला के 'क' वर्ग का पंचम वर्ण। उच्चारण स्थान कंठ और नासिका।

ङ—पु. [सं.] इंद्रिय-विषय; विषयेच्छा, कामना।

च

च—देवनागरी वर्णमाला में 'च' वर्ग का पहला वर्ण। उच्चारण स्थान तालु।

चंग—वि. [सं.] स्वस्थ; सुंदर; चतुर।

चंग—पु. [फा.] डफ जैसा एक बाजा; सितार का एक सुर। स्त्री. एक तरह की पतंग, इसमें दीया जला कर उड़ाया जाता है। **~नवाज़**—पु. चंग बजाने वाला।

चंगला—स्त्री. एक रागिनी।

चंगा—वि. स्वस्थ, नीरोग; निर्मल; भला, अच्छा।

चंगुल—पु. चिड़ियों, खासकर शिकारी चिड़ियों का पंजा, पकड़, काबू। **मु. ~में आना, ~में फँसना**—किसी की पकड़ में आना।

चँगेर, चँगेरी—स्त्री. फूल, रोली, आदि रखने की डलिया, उथली टोकरी।

चँगेरा—पु. द्र. 'चँगेर'।

चँगेरिक—पु., **चंगेरिका**—स्त्री. [सं.] उथली टोकरी, डलिया।

चँगेली—स्त्री. द्र. 'चँगेरी'।

चंच—पु. [सं.] टोकरी, डलिया; पाँच अंगुल की एक नाप।

चंच—स्त्री. चोंच।

चंचरी—पु. [सं.] भ्रमरी; एक वर्णवृत्त; एक मात्रिक छंद।

चंचरी, चंचरीक—पु. [सं.] भ्रमर।

चंचरीकावली—स्त्री. [सं.] भ्रमरों का समूह; एक वर्णवृत्त।

चंचल—वि. [सं.] एक जगह, एक स्थिति में न रहने वाला, अस्थिर, डाँवाँडोल; कम्पित; चपल, चुलबुला; शोख; कामुक। **~चित्त**—वि. अस्थिर मन।

चंचलता—स्त्री. [सं.] अस्थिरता; चपलता।

चंचलताई *—स्त्री. द्र. 'चंचलता'।

चंचला—स्त्री. [सं.] बिजली; लक्ष्मी।

चंचलाई *—स्त्री. चंचलता।

चंचा—स्त्री. [सं.] बेंत, आदि की बनी टोकरी; चटाई।

चंचु—पु. [सं.] एरंड का पौधा; बरसात में होने वाला एक साग। स्त्री. चोंच। **~पुट**—पु. पक्षी की बंद चोंच। **~प्रवेश**—पु. किसी विषय का अल्प ज्ञान। **~प्रहार**—पु. चोंच से मारना।

चंचुका—स्त्री. [सं.] चोंच।

चंचुमान्—पु. [सं.] पक्षी।

चंचुर—वि. [सं.] दक्ष, चतुर।

चंचू—स्त्री. [सं.] चोंच।

चँचोरना (चचोरना)—स.क्रि. (किसी चीज़ को) मुँह में देर तक चबाना, चुभलाना।

चंट—वि. चालाक, चतुर; बहुत तेज (अच्छे अर्थ में नहीं)।

चंड—वि. [सं.] तीक्ष्ण; उग्र; तीव्र; बहुत अधिक क्रोध में; गरम; हानिकर। पु. उष्णता, गरमी; क्रोध; मुंड राक्षस का भाई; शिव; स्कंद; इमली का पेड़। **~कर, ~भानु**—पु. तीव्र सूर्य। **~कौशिक**—पु. एक ऋषि; संस्कृत का एक प्रसिद्ध नाटक। **~घंटा**—स्त्री. दुर्गा का एक रूप। **~मुंड**—पु. शुंभ-निशुंभ के दो सेनापति, देवी ने इनका वध किया था। **~मुंडा**—स्त्री. चामुंडा देवी। **~रूपा**—स्त्री. देवी का एक रूप। **~विक्रम**—वि. अत्यंत शौर्यमान, प्रतापी। **~वृत्ति**—वि. हठी; विद्रोही।

चंडता—स्त्री. [सं.] उग्रता, तीव्रता; तीक्ष्णता।

चंडवती—स्त्री. [सं.] दुर्गा; तांत्रिकों की एक देवी।

चंडा—वि., स्त्री. [सं.] उग्र स्वभाव वाली, रोषशीला। स्त्री. दुर्गा।

चंडाल—पु. [सं.] द्र. 'चांडाल'। वि. क्रूर।

चंडालिका—स्त्री. [सं.] दुर्गा; चंडालवीणा।

चंडालिनी—स्त्री. दुष्ट स्त्री, चांडाल।

चंडाशु—पु. [सं.] सूर्य।

चंडि, चंडिका—स्त्री. [सं.] दुर्गा।

चंडिक—वि. [सं.] तेज स्वर वाला।

चंडी—स्त्री. [सं.] दुर्गा; **ला.** उग्र स्वभाव की स्त्री, रोष-शीला, कर्कशा।

चंडीश—पु. [सं.] शिव।

चंडु—पु. [सं.] चूहा; एक छोटा बंदर।

चंडू—पु. अफ़ीम का वह रूप जिसे नशे के लिए तम्बाकू की तरह पिया जाता है। **~खाना**—पु. वह स्थान, जहाँ चंडू पीने वाले, नशा करने वाले रहते हैं। **ला.** वह स्थान, जहाँ चीज़ें अस्त-व्यस्त रूप में पड़ी रहती हैं।

चंडूल—पु. एक चिड़िया।

चंडेश्वर—पु. [सं.] शिव का एक रूप।

चंडोग्रा—स्त्री. [सं.] दुर्गा की एक शक्ति।

चंडोल—पु. एक तरह की पालकी।

चंद—पु. [सं.] चंद्रमा; कपूर; पृथ्वीराज चौहान के दरबारी कवि और उनके प्रगाढ़ मित्र चंदबरदाई, 'पृथ्वीराज रासो' के रचयिता।

चंद—वि. [फा.] कुछ, थोड़े से, दो-चार। **~रोज़**—पु. थोड़े दिन, दो-चार दिन। **~रोज़ा**—वि. कुछ ही दिन टिकने, रहने वाला। पु. आयुर्वेद में एक औषधि, जिसके द्वारा आसन्न मृत्यु रोगी को कुछ देर जीवित रखा जा सकता था।

चंदक—पु. [सं.] चंद्रमा; चाँदनी; एक छोटी मछली; सिर पर पहनने का एक गहना। **~पुष्प**—पु. लौंग।

चंदन—पु. [सं.] एक प्रसिद्ध वृक्ष, जिसकी लकड़ी सुगंधित होती है, संदल ('सेंडल'); उस वृक्ष की लकड़ी; चंदन की लकड़ी को पानी में घिसकर बनाया हुआ लेप, जिसका तिलक, आदि लगाते हैं। **~गिरि**—पु. मलय पर्वत। **~गोह**—स्त्री. [हिं.] एक तरह की छोटी गोह। **~पुष्प**—पु. चंदन का फूल; लौंग।

चंदनादि—पु. [सं.] चंदन, खस, कपूर, बकुची, इलायची, आदि पित्तनाशक दवाओं का बना एक योग।

चंदनी—स्त्री. [सं.] रामकथा में वर्णित एक नदी। वि. चंदन से लिप्त। पु. शिव।

चँदला—वि. गंजा, खल्वाट।

चँदवा—पु. किसी सिंहासन, गद्दी, आदि के ऊपर लगाया गया छोटा वितान, शामियाना, चँदोवा।

चंदाँ—वि. [फा.] इतना; अधिक; बहुत।

चंदा—पु. चंद्रमा। **~मामा**—पु. चंद्रमा (बच्चों को बताने के लिए)।

चंदा—पु. [फा.] विभिन्न व्यक्तियों, दुकानों, संस्था, आदि से थोड़ा-थोड़ा इकट्ठा किया हुआ धन; सदस्यता का शुल्क; पत्र-पत्रिकाओं, आदि का वार्षिक, छमाही, आदि शुल्क।

चंदावत—पु. क्षत्रियों की एक शाखा, उपजाति।

चंदावती—स्त्री. एक रागिनी।

चंदावल—पु. [फा.] सेना का पिछला भाग, टुकड़ी ('हरावल' का विलोम)।

चंदिका—स्त्री. द्र. 'चंद्रिका'।

चंदिनि, चंदिनी*—स्त्री. चाँदनी। वि., स्त्री. चाँदनी वाली।

चँदिया—स्त्री. सिर का मध्य भाग, खोपड़ी; छोटी-सी रोटी; वह छोटी रोटी, जो रोटी बनाने के बाद सबसे पीछे तवे पर डाली जाती है।

चंदिर—पु. [सं.] चंद्रमा; हाथी; कपूर।

चंदे—अ. [फा.] कुछ दिन; थोड़े दिन।

चंदेरी—स्त्री. एक प्राचीन नगर; वहाँ की बनी साड़ी। **~पति**—पु. चंदेरी-नरेश, शिशुपाल।

चंदेल—पु. क्षत्रियों की एक शाखा, उपजाति।

चँदोया—पु. द्र. 'चँदोवा'।

चँदोवा—पु. छोटा शामियाना।

चंद्र—पु. [सं.] चंद्रमा; कपूर; जल; सोना, स्वर्ण; सानुनासिक वर्ण के ऊपर लगाई जाने वाली बिंदी, चंद्र बिंदु; लाल रंग का मोती। वि. सुंदर; श्रेष्ठ (**समासान्त में—पुरुषचंद्र**)। **~कर**—पु. चंद्रकिरण, चाँदनी। **~कला**—स्त्री. चंद्रमंडल का सोलहवाँ भाग, चंद्रमा की सोलह कलाएँ (कामशास्त्र में वर्णित सोलह कलाएँ—पूषा, यशा, सुमनसा, रति, प्राप्ति, धृति, ऋद्धि, सौम्या, मरीचि, अंशुमालिनी, अंगिरा, शशिनी, छाया, संपूर्ण मंडल, तुष्टि और अमृता); चंद्रमा की ज्योति, किरण; माथे पर धारण किया जाने वाला एक आभूषण; एक वर्णवृत्त। **~धर**—पु. शिव। **~कान्त**—पु. एक मणि। **~कान्ता**—स्त्री. चंद्रमा की पत्नी; रात; चाँदनी; एक वर्णवृत्त। **~कान्ति**—स्त्री. चाँदनी; चाँदी। **~कुमार**—पु. चंद्रमा का पुत्र, बुध। **~कूट**—पु. कामरूप, आसाम प्रदेश में एक प्रदेश। **~गिरि**—पु. नेपाल में काठमांडू के पास का एक पर्वत। **~गुप्त**—पु. चित्रगुप्त; मौर्य वंश का प्रथम सम्राट, चाणक्य का शिष्य; गुप्त वंश का प्रथम सम्राट, समुद्रगुप्त का पिता। **~गृह**—पु. कर्क राशि। **~ग्रह, ~ग्रहण**—पु. पृथ्वी की छाया से चंद्रमा का छिप जाना। **~घंटा**—स्त्री. देवी का एक रूप। **~चूड**—पु. शिव। **~धर**—पु. चंद्रमा को धारण करने वाले, शिव। **~पंचांग**—पु. चांद्र के तिथि—मास पर आधारित पंचांग। **~पर्णी**—स्त्री. एक लता। **~पाषण**—पु. चंद्रकान्त मणि। **~पुत्र**—पु. बुध ग्रह। **~प्रभा**—स्त्री. चाँदनी; बकुची औषधि। **~बाण**—पु. वह बाण जिसका फल अर्धचंद्राकार हो। **~बिंदु**—पु. सानुनासिक वर्ण के ऊपर लगाये जाने वाला अर्धचंद्राकार चिह्न सहित बिंदु। **~भस्म**—स्त्री. कपूर। **~भागा**—स्त्री. चंद्रभाग पर्वत से निकली हुई नदी, चनाब (का प्राचीन नाम)। **~भानु**—पु. सत्यभामा से उत्पन्न श्रीकृष्ण का एक पुत्र। **~भाल**—पु. शिव। **~भास**—स्त्री. तलवार। **~भूषण**—पु. शिव। **~मणि**—स्त्री. चंद्रकान्त मणि। **~मात्रा**—स्त्री. ताल का एक भेद। **~माला**—स्त्री. एक छंद। **~मुकुट**—पु. शिव। **~मुख**—वि. चंद्रमा जैसे मुखवाला। **~मुखी**—वि., स्त्री. चंद्रमा जैसे सुंदर मुख वाली। **~मौलि**—पु. शिव। **~रत्न**—पु. मोती। **~रेखा, ~लेखा**—स्त्री. चंद्रकला; चंद्रकिरण। **~लोक**—पु. चंद्रमा का लोक। **~वंश**—पु. भारतवर्ष का एक प्रधान राजवंश, जिसका आरम्भ बुध के पुत्र पुरूरवा से माना जाता है। **~वंशी**—वि. चंद्रवंशीय। **~वंशीय**—वि. चंद्र वंश में उत्पन्न। **~वदन**—वि. चंद्रमा के समान मुखवाला। **~वार**—पु. सोमवार। **~विंदु**—पु. द्र. 'बिंदु'। **~शेखर**—पु. शिव; एक पर्वत; आठ तालों में से एक। **~हार**—पु. एक तरह का हार, आभूषण। **~हास**—पु. तलवार; रावण की तलवार। **~हासा**—स्त्री. सोमलता।

चंद्रक—पु. [सं.] चंद्रमा; चाँदनी; मोरपंख पर बना चिह्न; चंद्र जैसा गोल चिह्न।

चंद्रगुप्त—पु. [सं.] द्र. 'चंद्र' के अन्तर्गत।

चंद्रमा—पु. [सं.] सौरमंडल का एक उपग्रह, चाँद। **~ललाट, ~ललाम**—पु. शिव।

चंद्रांकित—पु. [सं.] शिव।

चंद्रांशु—पु. [सं.] चंद्रकिरण; विष्णु।

चंद्रा—स्त्री. [सं.] चँदोवा।

चंद्रा—स्त्री. मरने के समय आँखों की वह अवस्था, जिसमें पुतलियाँ स्थिर हो जाती हैं तथा गला रुँध जाता है।

चंद्रागतिघात—पु. [सं.] मृदंग की एक थाप।

चंद्रातप—पु. [सं.] चाँदनी; खुला दालान; वितान, चँदोवा।

चंद्रात्मज—पु. [सं.] बुध।

चंद्रानन—वि. [सं.] चाँद जैसे मुख वाला। पु. कार्त्तिकेय।

चंद्रानना—वि., स्त्री. चाँद जैसे मुख वाली, चंद्रमुखी।

चंद्रापीड—पु. [सं.] शिव; कश्मीर का एक राजा; संस्कृत गद्य काव्य 'कादंबरी' का नायक।

चंद्रायतन—पु. [सं.] चंद्रशाला।

चंद्रार्द्ध—पु. [सं.] अर्धचन्द्र। **~चूड़ामणि**—पु. शिव।

चंद्रालोक—पु. [सं.] चाँदनी; संस्कृत कवि जयदेव का प्रसिद्ध अलंकार ग्रंथ।

चंद्रालोकित—वि. [सं.] चाँदनी से प्रकाशित।

चंद्रावती—स्त्री. [सं.] एक वर्णवृत्त।

चंद्रावली—स्त्री. [सं.] राधा की एक सखी; एक योगिनी।

चंद्रिकांबुज—पु. [सं.] कुमुद।

चंद्रिका—स्त्री. [सं.] चाँदनी; प्रकाश; चंद्रभागा नदी; बड़ी इलायची; जूही या चमेली; माथे पर धारण किया जाने वाला एक आभूषण।

चंद्रिकातप—पु. [सं.] चाँदनी।

चंद्रिकाभिसारिका—स्त्री. [सं.] वह नायिका, जो चाँदनी रात में अपने प्रिय से मिलने के लिए संकेत स्थल पर जाती है, शुक्लाभिसारिका।

चंद्रिकोत्सव—पु. [सं.] शरद पूर्णिमा को मनाए जाने वाला उत्सव।

चंद्रिमा—स्त्री. [सं.] चाँदनी।

चंद्री—वि. [सं.] जिसके पास सोना हो।

चंद्रेष्टा—स्त्री. [सं.] कुमुदिनी।

चंद्रोदय—पु. [सं.] चंद्रमा का उदय; चँदोवा; आयुर्वेद में एक प्रसिद्ध रस।

चंद्रोपराग—पु. [सं.] चंद्रग्रहण।

चंद्रोपल—पु. [सं.] चंद्रकान्त मणि।

चंप—पु. [सं.] चंपा; कचनार। **~कली**—स्त्री. गले में पहनने का एक आभूषण, चंपाकली।

चंपई—वि. चंपा के फूल जैसे रंग का। पु. चंपा का रंग।

चंपक—पु. [सं.] एक पुष्पवृक्ष, चंपा; उसका फूल; एक राग; बच्चों की एक प्रसिद्ध पत्रिका। **~माला**—स्त्री. चंपा के फूलों की माला; चंपाकली; एक वर्णवृत्त।

चंपकारण्य—पु. [सं.] एक प्राचीन तीर्थ, आधुनिक चंपारन।

चंपकालु—पु. [सं.] कटहल।

चंपकावती—स्त्री. [सं.] चंपापुरी, एक प्राचीन नगरी।

चंपकोश—पु. [सं.] कटहल।

चंपत—वि. गायब हो जाना, भाग जाना।

चंपा—पु. एक पुष्पवृक्ष; उसका पीले रंग का फूल। **~कली**—स्त्री. गले में पहनने का एक आभूषण।

चंपा—स्त्री. [सं.] एक प्राचीन नगर, अंगदेश की राजधानी, कर्णपुरी। **~पुरी**—स्त्री. कर्ण की राजधानी, कर्णपुरी।

चंपारण्य—पु. [सं.] द्र. 'चंपकारण्य'।

चंपालु—पु. [सं.] द्र. 'चंपकालु'।

चंपावती—स्त्री. [सं.] चंपापुरी।

चंपू—पु. [सं.] काव्य का एक भेद, गद्य-पद्यमय रचना।

चंबल—स्त्री. एक नदी, ग्वालियर के पास बहने वाली।

चंबल—पु. एक चर्म रोग, जिसमें त्वचा काली पड़ जाती है और उसमें खुजली होती रहती है।

चंबली—स्त्री. एक तरह का छोटा प्याला।

चँवर—पु. एक विशेष प्रकार की गाय के बालों का गुच्छा, जो डंडी में बाँधकर राजाओं, देव-मूर्तियों, गुरुग्रंथ साहिब के ऊपर डुलाया जाता है; घोड़ों, आदि के सिर पर लगाई जाने वाली कलगी।

च—पु. [सं.] शिव; चबाना; चंद्रमा; कछुआ; दुर्जन; चोर। अ. और।

चई—स्त्री. एक वृक्ष जिसकी लकड़ी औषधि के रूप में प्रयुक्त होती है।

चउतरा, चऊतरा—पु. द्र. 'चबूतरा'।

चउपाई*—स्त्री. द्र. 'चौपाई'।

चउहट्ट*—पु. चौहट्ट, चौराहा।

चउहान*—पु. द्र. 'चौहान'।

चक—पु. चक्रवाक, चकवा पक्षी; चक्र नामक अस्त्र; पहिया; ज़मीन का बड़ा टुकड़ा; छोटा गाँव।

चक—वि. भरपूर, यथेष्ठ।

चक—वि. [सं.] चकपकाया हुआ, सकपकाया हुआ, चकित।

चकई—स्त्री. मादा चकवा, मादा सुर्ख़ाब; एक खिलौना, लट्टू।

चकचकाना—अ.क्रि. बहुत अच्छा स्वास्थ्य होना, स्वास्थ्य की दृष्टि से समृद्धि; आर्थिक समृद्धि को प्राप्त करना।

चकचकी—स्त्री. करताल।

चकचून, चकचूर*—वि. चकनाचूर होना।

चकचूरना*—स.क्रि. चकनाचूर करना।

चकचौंध—स्त्री. द्र. 'चकाचौंध'।

चकचौंधना—अ.क्रि. आश्चर्यचकित रह जाना।

चकचौंधी, चकचौंह*—स्त्री. द्र. 'चकाचौंध'।

चकती—स्त्री. थेगली, कपड़े या चमड़े का वह टुकड़ा, जो दूसरे कपड़े या चमड़े पर पैबंद की तरह लगाया जाता है।

चकत्ता—पु. त्वचा पर पड़ा हुआ बड़ा निशान, दरोरा (ददोड़ा), दाँत से काटने का निशान; दही, आदि का बहुत ठोस रूप में जमना ('दही चकत्ता-सा जमा हुआ है')।

चकनाचूर—वि. चूर्णित, जो टूट कर चूर-चूर हो गया हो। **ला.—(थककर)~**—बहुत श्रम करने से पूरी तरह थका हुआ।

चकपक—वि. चकित, भौंचक।

चकपकाना—अ.क्रि. सकपकाना, भौंचक होना, चकित होना।

चक़मक़—पु. [तु.] वह पत्थर जिसको रगड़ने या आघात करने पर आग निकलती है।

चकमा—पु. धोखा, भुलावा; हानि।

चक़माक़ी—वि. जिसमें चक़मक़ पत्थर लगा हो।

चकराना—अ.क्रि. सिर का घूमना, चक्कर खाना; चकित, हैरान होना।

चकरी—स्त्री. चकई; एक तरह की आतिशबाज़ी जो चलने पर ज़मीन पर चक्कर काटती है।

चकलई—स्त्री. चौड़ाई।

चकला—पु. रोटी बेलने का लकड़ी या पत्थर का पाटा; चक्की का छोटा रूप जो एक स्थान से दूसरे स्थान पर रखा जा सकता है; वेश्यावृत्ति करने वाली स्त्रियों का अड्डा। वि. चौड़ा।

चकलाना—स.क्रि. चौड़ा करना।

चकली—स्त्री. छोटा चकला। स्त्री. चौड़ी।

चकल्लस—स्त्री. व्यर्थ की बहस; झगड़ा-टंटा; झंझट; मित्रों का परस्पर हास-परिहास, विनोद; मध्य प्रदेश में 'चकल्लस' नाम की संस्था। **~पुरस्कार**—पु. मध्य प्रदेश में 'चकल्लस' संस्था द्वारा दिया जाने वाला पुरस्कार।

चकवा—पु. एक पक्षी जिसके विषय में प्रसिद्ध है कि रात में अपने जोड़े से बिछुड़ जाता है, चक्रवाक, यह प्रायः जलाशय के निकट पाया जाता है।

चकवारि*—पु. कछुआ।

चकवी*—स्त्री. द्र. '**चकई**'।

चकाचक—वि. पूरी तरह भीगा हुआ; पूरी तरह तृप्त, अघाया हुआ; एकदम बढ़िया।

चकाचौंध—स्त्री. प्रकाश की तीव्रता से आँखों का चौंधिया जाना; (धन, ऐश्वर्य, आदि की) अधिकता।

चकाबू, चकाबूह—पु. द्र. '**चक्रव्यूह**'।

चकार—पु. [सं.] च अक्षर या उसकी ध्वनि; सहानुभूति और आश्चर्यसूचक शब्द (च्-च्)।

चकित—वि. [सं.] विस्मित, आश्चर्य, हैरानी में पड़ना; घबराया हुआ।

चकिता—स्त्री. [सं.] एक वर्णवृत्त।

चकिया—स्त्री. (पत्थर, आदि का) चौकोर छोटा टुकड़ा।

चकृत*—वि. द्र. '**चकित**'; चक्कर काटना ('निरालम्ब मन चक्रत धावै')।

चकोतरा—पु. बड़े नींबू की एक प्रजाति।

चकोता—पु. एक चर्मरोग।

चकोर, चकोरक—पु. [सं.] एक प्रसिद्ध पक्षी, चंद्रमा के प्रेमी रूप में प्रसिद्ध, अपने चंद्रमा प्रेम के कारण ही आग को ही चंद्रमा समझकर खाने के लिए ख्यात।

चकोरी—स्त्री. [सं.] मादा चकोर।

चक्क—पु. [सं.] चक्रवाक पक्षी, चकवा; कुम्हार का चाक।

चक्कर—पु. फेरा, परिक्रमा, गोलाई में घूमना; पहिए की तरह घूमने वाली कोई गोल वस्तु, चाक; बखेड़ा, झंझट; रास्ते का घुमाव-फिराव। **~काटना**—बार-बार किसी स्थान पर या व्यक्ति के पास जाना; हैरान, परेशान होना। **~खाना**—हैरान, चकित होना। **~में पड़ना**—चकित होना (किसी औपचारिकता में अतिरिक्त कार्य करना), ('बेकार क्यों चक्कर में पड़ते हो')।

चक्का—पु. पहिया; ढेला; किसी खाद्य वस्तु का जमा हुआ टुकड़ा।

चक्की—स्त्री. अन्न, मसालों, आदि को आटा, दाल या पिसे हुए रूप में करने के लिए पत्थर के दो पाटों का बना उपकरण; घुटने की गोल हड्डी, किसी खाद्य वस्तु विशेषतः मिष्टान्न, आदि का काटा हुआ छोटा टुकड़ा। **~रहा**—पु. चक्की को छैनी, आदि से खोट-खोट कर खुरदरा बनाने वाला।

चक्खी—स्त्री. चटपटी चीज़, चाट।

चक्र—पु. [सं.] पहिया (समय चक्र); चाक; पहिए के आकार का एक अस्त्र; भँवर; बवंडर (वात्याचक्र); उतना समय जितने में कुछ घटनाएँ किसी क्रम में होती हैं, फिर उतने ही समय में उनकी पुनरावृत्ति होती है (साइकिल); सेना का मंडलाकार व्यूह। **~ताल**—पु. चौताला ताल का एक भेद। **~घर**—वि. चक्र धारण करने वाला। पु. विष्णु, कृष्ण; राजा। **~पाणि, ~पानि**—पु. विष्णु। **~वृत्ति**—वि. सार्वभौम। पु. वह सम्राट जो समुद्र-पर्यन्त पृथ्वी का स्वामी हो। **~वाक**—पु. चकवा। **~वात**—पु. बवंडर, वात्याचक्र। **~वृद्धि, ब्याज**—पु. वह ब्याज जिसमें अर्जित ब्याज भी मूल में सम्मिलित कर उस पर ब्याज लगा दिया जाता है, सूद-दर-सूद। **~व्यूह**—पु. चक्र के आकार में सेना को खड़ा करना, जिसको भेद पाना बहुत कठिन होता था, महाभारत में द्रोणाचार्य ने यह व्यूह रचना अभिमन्यु के लिए की थी।

चक्रक—वि. [सं.] पहिए के आकार का, गोल, मंडलाकार।

चक्रांक—पु. [सं.] चक्र का चिह्न।

चक्रांकित—वि. [सं.] जिस पर चक्र का चिह्न अंकित हो।

चक्रांत—पु. [सं.] षड्यंत्र, दुरभिसंधि।

चक्रांतर—पु. [सं.] बुद्ध का एक रूप।

चक्रांश—पु. राशि चक्र का तीन सौ साठवाँ अंश।

चक्रा—स्त्री. [सं.] एक घास, नागरमोथा।

चक्राकार—वि. [सं.] चक्र के आकार का, मंडलाकार।

चक्रायुध—पु. [सं.] विष्णु।

चक्रावर्त—पु. चक्कर में घूमना।

चक्रिका—स्त्री. [सं.] समूह; सेना; दुरभिसंधि; घुटने की गोल हड्डी, पाली।

चक्रित*—वि. द्र. '**चकित**'।

चक्री—वि. [सं.] चक्र-युक्त; चक्रधारी; गोल। पु. चक्रवर्ती; कुम्हार; कुचक्री, षड्यंत्रकारी। पु. विष्णु, शिव; सम्राट।

चक्ष—पु. [सं.] चक्षु; दिखावे का दोस्त।

चक्षण—पु. [सं.] चखना; चखने की चीज़; चाट।

चक्षुः—'चक्षुस्' का समास में प्रयुक्त रूप। **~पथ**—पु. दृष्टिपथ, क्षितिज। **~पीड़ा**—स्त्री. आँख का दर्द। **~श्रवा**—पु. साँप।

चक्षु—पु. [सं.] आँख; दृष्टि; देखने की शक्ति; तेज; कांति।

चक्षुर्—'चक्षुस्' का समास में प्रयुक्त रूप। **~इंद्रिय**—स्त्री. आँख। **~गोचर**—वि. दृष्टिगोचर। **~दान**—पु. प्राण प्रतिष्ठा के समय मूर्ति की आँखों में रंग भरना। **~मल**—पु. आँख का मल, कीचड़। **~विषय**—पु. दृष्टि का विषय; क्षितिज; दृष्टि-पथ।

चक्षुष्—चक्षुस् का समासगत रूप, द्र. 'चक्षुर्'।

चक्षुष्मान—वि. [सं.] आँख वाला।

चक्षुष्या—स्त्री. [सं.] सुंदर स्त्री; सुरमा।

चक्षू—'चक्षुस्' का समास में प्रयुक्त रूप। **~राग**—पु. आँख की लाली; आँख को प्रिय वस्तु। **~रोग**—पु. नेत्र रोग।

चख*—पु. आँख।

चख़—स्त्री. [फा.] झगड़ा, बहसबाज़ी; वैर, शत्रुता। **~चख़**—स्त्री. झगड़ा; कहासुनी; बकवास; निरन्तर बातों से शांति भंग करना।

चखना—स.क्रि. स्वाद लेना, रसास्वादन करना; किसी चीज़ की गुणवत्ता देखने के लिए उसको थोड़ी मात्रा में खाना, चाटना या पीना।

चखौती—स्त्री. चटपटी चीजें।

चग़ताई—पु. [फा.] चंगेज खाँ के बेटे चगताई खाँ से चला हुआ मंगोल वंश, बाबर, अकबर, आदि इसी प्रसिद्ध वंश के शासक हुए।

चग़त्ता—पु. [तु.] द्र. 'चग़ताई'।

चचर—स्त्री. वह परती ज़मीन जो एक ही साल से जोत में आई हो।

चचा—पु. चाचा, पिता का छोटा भाई। **~ज़ाद**—वि. चचेरा (भाई)।

चचिया—वि. चचेरा, चाचा-संबंधी (सास-ससुर)।

चचेरा—वि. चाचा से उत्पन्न, चचाज़ाद (भाई)।

चचेरू—वि. चाचा का, चाचा से संबंधित।

चचोड़ना—स.क्रि. किसी चीज़ को दाँतों से चबाना-चूसना।

चचोड़वाना—स.क्रि. 'चचोड़ना' का प्रे.।

चच्छु*—पु. द्र. 'चक्षु'।

चट—अ. झट, तुरंत। **~पट**—अ. झटपट, बहुत जल्दी। **~से**—अ. झट, तुरंत, तत्क्षण। **मु. ~मंगनी, पट ब्याह**—तुरंत किसी बात को कार्य रूप में परिणत करना।

चट—स्त्री. चाटने का भाव; अंगुलियों के ऊपर आई हुई खाल (चट उखड़ना)। **ला. ~कर जाना**—किसी वस्तु को पूरा खा जाना; निगल जाना।

चट*—पु. दाग, धब्बा; लांछन, कलंक; पटसन का टाट। **~कल**—स्त्री. पटसन की वस्तुएँ बनाने वाली मशीन। **~शाला, ~सार, ~साल**—स्त्री. छोटे बच्चों की पाठशाला। **~चट**—स्त्री. 'चट-पट' की आवाज़।

चटक—वि. [सं.] चटकीला; फुर्तीला; चटपटा; थोड़ा-सा ही ज्यादा ('नमक कुछ चटक हो गया है')। **~दार**—वि. चटकीला, शोख; भड़काऊ। **~मटक**—स्त्री. दिखावा; नाज़ नखरा।

चटकना—अ.क्रि. टूटना, फूटना; फटना, तड़कना; कली का खिलना।

चटकनी—स्त्री. सिटकिनी, किवाड़ बंद करने की कुंडी।

चटकाना—स.क्रि. किसी चीज़ को तोड़ देना; अंगुलियों को खींचना।

चटकारा—वि. चटकीला; चपल।

चटकाली—स्त्री. [सं.] चिड़ियों को झुंड।

चटकाहट—स्त्री. चटकने का भाव; 'चट' की बहुत धीमी आवाज़।

चटकी—स्त्री. एक छोटी चिड़िया, चटक, गौरैया ('चटक चुटकी चटकावत')।

चटकीला—वि. भड़कीला; चमकीला, शोख।

चटखनी—स्त्री. द्र. 'चटकनी'।

चटखारा—पु. स्वादिष्ट वस्तु को खाते समय जीभ के तालु से लगने से होने वाली आवाज़। **ला. ~(रे) ले-लेकर बात कहना**—किसी की चुगली या निंदात्मक बातों को स्वाद ले-लेकर कहना।

चटचटाना—अ.क्रि. 'चट-चट' की आवाज़ के साथ टूटना, फूटना, जलना।

चटचटायन—पु. [सं.] जलती लकड़ी या आग का चटचटाना।

चटचेटक—पु. चटचटेक जादू।

चटनी—स्त्री. चाटने की चीज़, नमक, मिर्च, आदि मसाले डाल कर आम, धनिया, पुदीना, आँवला, आदि के साथ पीसकर बनाई जाने वाली चीज़, जो भोजन के साथ स्वाद वृद्धि के लिए बनाई जाती है; चटनी के रूप में आयुर्वेदिक विधि से बनाई गई औषधि, अवलेह। **ला.** बहुत बारीक पीसना।

चटपट—क्रि.वि. झटपट।

चटपटा—वि. ज़ायकेदार, चरपरा, मिर्च-मसालेदार। पु. चटपटी चीज़, चाट।

चटपटी—वि. स्त्री. द्र. 'चटपटा'।

चटर—पु. 'चट-चट' का शब्द।

चटर-चटर—पु. 'चट-चट' की आवाज़।

चटरजी (चटर्जी)—पु. बंगाली ब्राह्मणों की एक उपजाति, चट्टोपाध्याय।

चटरी—स्त्री. एक अन्न, प्राय: पशुओं को दाने के रूप में दिया जाता था। **~मटरी**—स्त्री. चटरी तथा छोटी मटर, पशुओं के दाने, आदि के रूप में खिलाई जाती थी।

चटवाना—स.क्रि. द्र. 'चाटने' का प्रे.।

चटाई—स्त्री. मूँज, सींक, बेंत की छाल, आदि की बनाई हुई लंबी बिछावन; चाटने की क्रिया।

चटाक, चटाख—पु. 'चट' की आवाज़; एकदम से ('चटाक से मना कर दिया'); चाँटा, आदि लगने की आवाज़। **~पटाक (पटाख)**—अ. तुरंत, झटपट, तेज़ी से।

चटाका, चटाखा—पु. लकड़ी, शीशे के किसी पात्र, आदि के चटकने, चाँटा, आदि लगने की आवाज़।

चटाचट—स्त्री. किसी वस्तु के टूटने की 'चट-चट' की आवाज़; फटाफट, तुरंत।

चटान*—स्त्री. द्र. 'चट्टान'।

चटाना—स.क्रि. चाटने की क्रिया करवाना, किसी चीज़ को थोड़ा-थोड़ा कर जीभ से खिलाना; (रुपया, आदि) रिश्वत रूप में देना।

चटापटी—स्त्री. जल्दी, उतावली (में कार्य करना)।

चटिका—स्त्री. [सं.] मादा चटक (चिड़िया)।

चटु—पु. [सं.] चापलूसी, कृपा, अनुनय-विनय पूर्ण वचन।

चटुल—वि. [सं.] चंचल; अस्थिर; सुंदर।

चटुला—स्त्री. [सं.] बिजली। वि. [सं.] द्र. 'चटुल'।

चटोर—वि. द्र. 'चटोरा'। **~पन**—पु. चटोरपन, स्वादिष्ट, चटपटी चीज़ें खाने का लालच।

चटोरा—वि. स्वादिष्ट, चटपटी चीज़ें खाने का शौकीन। **ला.** खाने-पीने में धन उड़ाने वाला।

चट्ट—वि. खा-पीकर समाप्त कर देना।

चट्टा—पु. ईंट, पत्थर, लकड़ी, आदि का सलीके से लगाया हुआ ढेर।

चट्टान—स्त्री. भारी और बड़ा पत्थर; पहाड़ी भूमि में, पर्वतमाला में पत्थर का बड़ा खंड। **ला. ~की तरह**—सुदृढ़, कठोर, अडिग।

चट्टा-बट्टा—पु. बच्चों के खेलने के लिए लकड़ी की बनी खरल, ओखली और मूसल; जादूगर के थैले में से निकलने वाले छोटे-छोटे गोले। **मु. एक ही थैले की चट्टे-बट्टे**—एक ही तरह के लोग (अच्छे अर्थ में नहीं, अवमानना में कहा जाता है)।

चट्टी—स्त्री. पड़ाव, पहाड़ी यात्रियों के रुकने की जगह; खड़ाऊँ।

चट्टू—वि. चटोरा, स्वादिष्ट चीज़ें खाने का शौकीन।

चड़—पु. लकड़ी, आदि के फटने का शब्द। **~चड़**—पु. सूखी लकड़ी के टूटने या जलने का शब्द। **~से**—'चड़' शब्द के साथ, चड़ की आवाज़ के साथ।

चड़बड़—स्त्री. बक-बक, टर-टर।

चड्डा, चड्ढा—पु. पंजाबी खत्रियों का एक गोत्र।

चड्डी—स्त्री. कच्छा या निक्कर का एक रूप; लड़कों का एक खेल जिसमें एक-दूसरे की पीठ पर सवार होते हैं।

चढ़त—स्त्री. बारात की एक रस्म, द्वार-पूजा के लिए जाती हुई बारात।

चढ़ना—अ.क्रि. नीचे से ऊपर को जाना, ऊँचा होना; सवार होना (घोड़े, आदि पर); चढ़ाई करना, उन्नति करना; देवताओं को कोई वस्तु भेंट करना; आरंभ होना (मास, नक्षत्र, आदि); पकाने के लिए आग या चूल्हे पर रखना; महँगा होना; बढ़ना, बाढ़ पर होना (नदी का)। **मु. ~बनना**—मनचाही बात हो जाने पर प्रसन्न होना।

चढ़वाना—स.क्रि. चढ़ने या चढ़ाने की क्रिया कराना।

चढ़ाई—स्त्री. चढ़ने की क्रिया, भाव; ऊँचाई या निरंतर ऊँची होती भूमि।

चढ़ा-उतरी—स्त्री. बार-बार चढ़ना-उतरना।

चढ़ाना—स.क्रि. ऊपर ले जाना, किसी लटकते हुए वस्त्र, आदि को ऊपर करना (बाँह चढ़ाना); तीखा करना; देवताओं को भेंट देना, कोई वस्तु अर्पित करना; लिखना, दर्ज़ करना (बही, आदि में); खींचना, तानना (भौंह, कमान); अपने ऊपर चढ़ा लेना (कर्ज़); पोतना (लेप, आदि); मँढ़ना (किताब पर कागज़, आदि); पी जाना, उदरस्थ करना। **ला.** उकसाना, कोई कार्य करवाने के लिए प्रेरित करना; किसी के खिलाफ भड़काना।

चढ़ाव—पु. चढ़ने का भाव; चढ़ाई; विवाह के समय वधू को वर पक्ष की ओर से दिये जाने वाले आभूषण।

चढ़ावा—पु. पूजा में देवता को चढ़ाई जाने वाली वस्तुएँ; विवाह के समय वधू को वर पक्ष की ओर से दिये जाने वाले आभूषण।

चढ़ैत—पु. चढ़ने वाला।

चणक—पु. [सं.] चना; एक ऋषि।

चणकात्मज—पु. [सं.] चाणक्य; वात्स्यायन।

चतरंग—पु. द्र. 'चतुरंग'।

चतुः—चतुर ('चत्वारि'—चार का) समासगत रूप। **~शफ**—वि. चार खुरों वाला। **~शास्त्र**—पु. शरीर। **~सम्प्रदाय**—पु. द्र. 'चतुरसम्प्रदाय'। **~सन**—पु. ब्रह्मा के चार पुत्र—सनक, सनंदन, सनातन तथा सनत् कुमार; विष्णु। **~सम**—पु. द्र. 'चतुरसम'। **~समुद्र**—वि. चार समुद्रों से घिरी हुई (पृथ्वी)। **~सीमा**—स्त्री. द्र. 'चतुरसीमा'। **~सूत्री**—स्त्री. द्र. 'चतुरसूत्री'।

चतुरंग—वि. [सं.] जिसके चार अंग हों। पु. सेना के चार अंग—हाथी, घोड़े, रथ और पैदल; चतुरंगिणी सेना; शतरंज।

चतुरंगिनी—स्त्री. [सं.] चार अंगों वाली सेना—हाथी, घोड़े, रथ और पैदल।

चतुर—वि. [सं.] चालाक, होशियार, कार्य-कुशल; तेज़, फुर्तीला; सुंदर; प्रिय। पु. क्रिया—चतुर अथवा वचन—चतुर नायक (सा.शा.)।

चतुरई *—स्त्री. द्र. 'चतुराई'।

चतुरक—वि. [सं.] दक्ष, होशियार।

चतुराई—स्त्री. होशियारी, चालाकी।

चतुरानन—पु. [सं.] ब्रह्मा, जिनके चार मुख माने जाते हैं।

चतुर्—वि. [सं.] चार। पु. चार की संख्या (इस रूप में यह समास में ही प्रयुक्त होता है)। **~आश्रम**—पु. चार आश्रम—ब्रह्मचर्य, गार्हस्थ्य, वानप्रस्थ तथा संन्यास। **~दश**—वि. चौदह, चौदहवाँ। **~दश भुवन**—पु. भूः, भुवः, स्व, मः, जनः, तपः, सत्य—ये सात स्वर्ग और अतल, सुतल, वितल, तलातल, महातल, रसातल और पाताल ये सात अधोलोक, इस प्रकार ये चौदह लोक या भुवन माने जाते हैं। **~दश विद्या**—स्त्री. चौदह विद्याएँ—चार वेद, छह वेदांग और धर्मशास्त्र, पुराण, मीमांसा और तर्क। **~दशी**—स्त्री. मास में पक्ष विशेष की चौदहवीं तिथि। **~दिक् (श्)**—पु. चारों दिशाएँ, चारों ओर। **~भुज**—वि. चार भुजाओं वाला। पु. विष्णु; चतुष्कोण वाला क्षेत्र। **~मास**—पु. वर्षा ऋतु के चार मास, चौमासा; आषाढ़ की पूर्णिमा या शुक्ला द्वादशी से कार्तिक शुक्ला द्वादशी तक काल। **~वर्ग**—पु. चारों पुरुषार्थ—धर्म, अर्थ, काम और मोक्ष। **~वर्ण**—पु. चारों वर्ण—ब्राह्मण, क्षत्रिय, वैश्य और शूद्र। **~विद्या**—स्त्री. चारों वेद। **~वेद**—पु. चारों वेद—ऋक्, यजुः, साम और अथर्व। वि. चारों वेदों का ज्ञाता। **~वेदी**—वि. चारों वेदों का ज्ञाता। पु. ब्राह्मणों की एक जाति।

चतुर्थ—वि. [सं.] चौथा। पु. एक ताल।

चतुर्थांश—पु. [सं.] चौथा भाग, चौथाई।

चतुर्थांशी—वि. [सं.] चतुर्थांश, चौथाई भाग का मालिक।

चतुर्थाश्रम—पु. [सं.] संन्यास।

चतुर्थी—वि. स्त्री. [सं.] चौथी। स्त्री. मास में पक्ष विशेष की चौथी तिथि; सम्प्रदान कारक (व्या.)। **~क्रिया**—स्त्री. मृत्यु के चौथे दिन की जाने वाली क्रिया। **~तत्पुरुष**—पु. तत्पुरुष समास का एक भेद, इसमें सम्प्रदान कारक की विभक्ति का लोप हो जाता है।

चतुर्दश—वि. [सं.] द्र. 'चतुर्' के अन्तर्गत।

चतुर्दश-पदी—स्त्री. [सं.] चौदह पंक्तियों का अंग्रेज़ी का एक छंद—'सॉनेट', हिंदी में छायावादी कवियों ने वहीं से ग्रहण किया।

चतुर्दशी—स्त्री. [सं.] द्र. 'चतुर्' के अन्तर्गत।

चतुर्दिक्—क्रि.वि. [सं.] द्र. 'चतुर्' के अन्तर्गत।

चतुर्धा—क्रि.वि. [सं.] चार प्रकार से, चतुर्विध; चार खंडों में।

चतुर्धाम—पु. [सं.] चार धर्म, प्रमुख तीर्थस्थल—बदरीनाथ, द्वारिका, रामेश्वरम् तथा जगन्नाथपुरी।

चतुर्भुजाकार—वि. [सं.] चतुर्भज की आकृति का।

चतुर्वर्षीय—वि. [सं.] चार वर्ष में एक बार होने वाला; चार वर्ष का; चार वर्ष वाला।

चतुश्—'चतुर्' का समास में प्रयुक्त रूप।

चतुश्शती—स्त्री. [सं.] चार सौ वर्ष का समय।

चतुष्—'चतुर्' का समास में प्रयुक्त रूप। **~कोण**—वि. चार कोणों वाला, चौकोर। **~पथ**—पु. चौराहा। **~पद**—वि. चार पैरों वाला। पु. चौपाया, जानवर। **~पदी**—स्त्री. चार चरणों वाला छंद; गीत; चौपाई छंद।

चतुष्क—पु. [सं.] चार का समाहार, चौकड़ी; चार खंभों वाला मंडप; चौराहा; चार लड़ियों का हार; आयताकार आँगन।

चतुष्टय—पु. [सं.] चार की संख्या; चार वस्तुओं, व्यक्तियों का समाहार; जन्मकुंडली में लग्न और लग्न से चौथा।

चतुष्टोम—पु. [सं.] एक वैदिक यज्ञ।

चतुस्—'चतुर्' का समास में प्रयुक्त रूप। **~ताल**—पु. चौताला, ताल का एक भेद। **~सम्प्रदाय**—पु. वैष्णव भक्ति परम्परा में चार सम्प्रदाय—श्री, माध्व, रुद्र और सनक। **~सूत्री**—स्त्री. ब्रह्मसूत्र के प्रथम चार सूत्र जो बड़े महत्त्व के समझे जाते हैं।

चतुस्तना, चतुस्तनी—वि. स्त्री. [सं.] चार स्तनों वाली। स्त्री. गाय।

चतूरात्र—पु. [सं.] एक वैदिक यज्ञ जो चार रातों में पूरा होता है।

चत्वर—पु. [सं.] चौकोर स्थान; चौराहा, चौमुहानी; यज्ञ के लिए साफ किया हुआ मैदान; चार रथों का समूह। **~तरु**—पु. पेड़।

चदरा—पु. द्र. 'चादर'।

चदरिया *—स्त्री. द्र. 'चादर'।

चदिर—पु. [सं.] चंद्रमा; कपूर; हाथी; सर्प।

चद्दर—स्त्री. द्र. 'चादर'।

चनक *—पु. चना; किसी झटके, आदि से कमर में हो जाने वाला दर्द (चनक होना या पड़ना)।

चना—पु. एक प्रसिद्ध अन्न।

चनाब—स्त्री. पंजाब की पाँच प्रधान नदियों में से एक (चिनाब), यह लद्दाख के पहाड़ों से निकल कर सिंध में जा मिलती है (प्राचीन नाम 'चन्द्रभागा')।

चनार, चिनार—पु. पहाड़ी प्रदेशों में पाये जाने वाला एक ऊँचा पेड़, विशेषतः कश्मीर में।

चप—वि. [फा.] बायाँ। **~व रास्त**—वि. दाहिना-बायाँ।

चपकन—स्त्री. एक तरह का अँगरखा।

चपटा—वि. द्र. 'चिपटा'।

चपटी—स्त्री. चपटा का स्त्री.।

चपड़-चपड़—स्त्री. खाने में चप-चप की आवाज़। **मु. ~करना**—बहुत अधिक बात करना, अनर्गल बात करना।

चपत—स्त्री. तमाचा; हानि। **ला. ~लगना**—नुकसान होना।

चपतियाना—स.क्रि. चपत लगाना।

चपरास—स. सिपाही, अरदली, दरबान, आदि का धातु निर्मित चिह्न जिसे कमर पर चमड़े की या वस्त्र की पट्टिका में लगा कर बाँधा जाता है; चपरासी की नौकरी।

चपरासी—पु. किसी कार्यालय, आदि में सेवक, अरदली।

चपरि*—अ. झटपट, तुरंत, फुरती से।

चपल—वि. [सं.] चंचल, अस्थिर; तेज़, फुरतीला।

चपलक—वि. [सं.] अस्थिर; तेज़, फुरतीला।

चपलता—स्त्री. [सं.] चंचलता; तेज़ी।

चपला—वि., स्त्री. [सं.] चपल, चंचल। स्त्री. बिजली; लक्ष्मी; चरित्रहीन स्त्री; जीभ।

चपलाई*—स्त्री. चपलता।

चपाती—स्त्री. रोटी; पतली रोटी, फुलका।

चपेट—स्त्री. रगड़, धक्का; दबाव। पु. चपत, चाँटा।

चपेटना—स.क्रि. दबाना, दबोचना; फटकार लगाना, डाँटना।

चपेटिका—स्त्री. [सं.] धक्का; तमाचा।

चप्पल—पु., स्त्री. पैरों में पहनने के लिए ऐसी चीज़ जिसमें अंगुली तथा पंजा फँसाने का स्थान चपड़े की पट्टियाँ लगा कर बना होता है।

चप्पा—पु. चार अंगुल या चार बित्ते का स्थान, छोटा-सा स्थान। **~चप्पा**—अ. हर जगह; थोड़ी-थोड़ी-सी दूर पर।

चप्पू—पु. पतवार की तरह प्रयोग में आने वाला डाँड़।

चबक—स्त्री. टीस, धीरे-धीरे थोड़ी-थोड़ी देर में होने वाली कसक।

चबकना—अ.क्रि. टीस उठना। द्र. 'चबक'।

चबवाना—स.क्रि. 'चबाना' का प्रे.।

चबाना—स.क्रि. दाँतों से काट-काट कर खाना। **ला. ~(कच्चा)**—किसी को बहुत अधिक क्रोध में कहा जाता है ('तुझे कच्चा चबा जाऊँगा')।

चबूतरा—पु. घर या बैठक के द्वार पर उठने-बैठने के लिए रास्ते से ऊँचा बना स्थान।

चबेना, चबैना—पु. चबाकर खाने की चीज़, भुने हुए चने, धान, मकी, आदि।

चबेनी, चबैनी—स्त्री. चीनी, खाँड़, आदि की बनी हुई छोटी गोलियों की मिठाई, प्रसाद, आदि के रूप में देव-स्थान मेलों, आदि में मिलती है।

चभक—स्त्री. किसी चीज़ के पानी में डूबने से निकलने वाली आवाज़, छभक।

चभड़-चभड़—स्त्री. कुत्ते, बिल्ली, आदि के जीभ से पानी या किसी चीज़ को खाते समय होने वाली आवाज़।

चम—'चाम' का समास में प्रयुक्त रूप। **~गादड़, ~गीदड़**—पु. चूहे जैसी शक्ल का स्तनपायी जीव जो चिड़ियों की तरह उड़ सकता है, प्रायः अँधेरे में उड़ता है। **~रख**—स्त्री. चमड़े का गोल टुकड़ा जिससे होकर चरखे का तकला घूमता है। **~रस**—पु. जूते की रगड़ से पैर के पंजों तथा एड़ी में हो जाने वाला घाव।

चमक—स्त्री. प्रकाश; कांति, ओप; किसी झटके, आदि से कमर में हो जाने वाला दर्द। **~चाँदनी**—स्त्री. बहुत सजने-सँवरने वाली स्त्री। **~दार**—वि. चमकीला, कांति-युक्त।

चमकना—अ.क्रि. जगमगाना; चमक देना; पॉलिश, आदि से किसी चीज़ का और अधिक उज्ज्वल हो जाना। **ला.** प्रसिद्ध होना; आर्थिक समृद्धि प्राप्त होना; भड़कना; बैल, आदि का किसी तेज़ शोर या ध्वनि से बिदकना।

चमकनी—वि., स्त्री. चटक-मटक वाली स्त्री; किसी वस्तु का बहुत अधिक कांतिमय होना।

चमकवाना—स.क्रि. 'चमकाना' का प्रे.।

चमकाना—स.क्रि. चमकदार बनाना, उज्ज्वल करना (घिसकर, रगड़कर या पॉलिश, आदि से किसी वस्तु को और अधिक उज्ज्वल कर देना, चमकवाना)।

चमकारा—पु. चमक, चकाचौंध कर देने वाली रोशनी।

चमकी—स्त्री. कपड़े पर कसीदाकारी में लगने वाले सितारे; नकली रेशम का कपड़ा।

चमकीला—वि. चमकदार, भड़कीला।

चमक्को—स्त्री. चमकाने वाली स्त्री; बहुत अधिक बनाव-श्रृंगार करने वाली (प्रायः दुश्चरित्रा के लिए)।

चमगादड़—पु. द्र. 'चम' के अन्तर्गत।

चमचम—पु. एक बंगाली मिठाई।

चमचमाना—अ.क्रि. चमकना, सफाई, पॉलिश, आदि से इतना साफ कर देना कि वह चमकने लगे।

चमचा—पु. चम्मच का बड़ा रूप, इसे सब्ज़ी, आदि बनाने, परोसने, आदि के काम लाया जाता है। **ला.** किसी का खास, पिछलग्गू जैसा व्यक्ति।

चमची—स्त्री. चमचे का छोटा रूप, चम्मच इसे किसी वस्तु को खाते समय मुँह में डालने के लिए प्रयोग किया जाता है।

चमचे—पु. 'चमचा' का बहु.।

चमटा—पु. द्र. 'चिमटा'।

चमड़ा—पु. पशुओं के शरीर से अलग की हुई खाल।

चमड़ी—स्त्री. चर्म, त्वचा।

चमत्कार—पु. [सं.] सामान्य से अलग वस्तु या क्रिया-व्यापार देखकर मन में उठता आश्चर्य भाव; अद्भुत बात, आश्चर्यजनक घटना, करामात।

चमत्कारक—वि. [सं.] चमत्कारी।

चमत्कारित—वि. [सं.] चमत्कृत, विस्मित।

चमत्कारी—वि. [सं.] चमत्कार करने वाला।

चमत्कृत—वि. [सं.] आश्चर्यचकित, विस्मित।

चमत्कृति—स्त्री. [सं.] चमत्कार, आश्चर्य।

चमन—पु. [सं.] पीना; खाना।

चमन—पु. [फा.] क्यारी; फुलवारी, बगीचा; हरा-भरा स्थान; खुशहाल स्थान।

चमनिस्तान—पु. [फा.] पुष्प-वाटिका; फूलों से सुशोभित स्थान।

चमर—पु. [सं.] सुरा गाय; चँवर।

चमर—'चमार' का समास में प्रयुक्त रूप। **~बाड़ा, ~वाड़ा**—पु. चमारों की बस्ती।

चमरक—पु. [सं.] मधुमक्खी।

चमरखा—पु. एक सुगंधित जड़ जो उबटन में डाली जाती है।

चमरस—पु. द्र. 'चम' के अन्तर्गत।

चमरी—स्त्री. [सं.] सुरा गाय।

चमरौटी—स्त्री. चमारों की बस्ती।

चमरौधा—पु. देशी ढंग की गाँवों में बनी मोटे चमड़े की जूती।

चमसि—स्त्री. [सं.] एक तरह की पीठी।

चमसी—स्त्री. [सं.] उड़द, मूँग, आदि की दाल की पीठी।

चमाचम—अ. बहुत अधिक चमकता हुआ, साफ-शुद्ध।

चमार—पु. चमड़ा कमाने, जूते, आदि बनाने वाली एक जाति।

चमारिन—स्त्री. चमार की स्त्री, 'चमार' का स्त्री.।

चमारी—स्त्री. चमार स्त्री, 'चमार' का स्त्री.।

चमीकर—पु. [सं.] सोने की खान।

चमुपति—पु. [सं.] द्र. 'चमूपति'।

चमू—स्त्री. [सं.] सेना; सेना का एक भाग जिसमें 729 हाथी, 729 रथ, 2187 अश्वारोही और 3645 पदाति, पैदल सैनिक होते थे। **~नाथ, ~नायक, ~प, ~पति**—पु. सेना नायक।

चमेलिया—वि. चमेली के रंग का।

चमेली—स्त्री. झाड़ीनुमा एक लता; उसका अत्यंत सुगंधित फूल।

चमोटा—पु. चमड़े का टुकड़ा जिस पर उस्तुरे या छुरे की धार रगड़ कर तेज़ की जाती है।

चम्मच—पु. चमची, चमचे का छोटा रूप, इसे किसी वस्तु को खाते समय मुँह में डालने के लिए प्रयोग किया जाता है।

चय—पु. [सं.] समूह, ढेर, ढूह, टीला; बाँध; दुर्ग-प्राचीर; चारदीवारी; किले का फाटक।

चयक—वि. [सं.] चयन करने वाला; चयन करने में कुशल।

चयन—पु. [सं.] चुनी हुई वस्तुओं का संग्रह; इकट्ठा करना, चुनना।

चयनिका—स्त्री. [सं.] चुनी हुई रचनाओं—कविता, कहानियाँ, आदि का संग्रह।

चयनीय—वि. [सं.] चयन करने योग्य।

चर—पु. कपड़े, आदि के फटने, चिरने का शब्द।

चर—पु. [सं.] राजा, प्रशासन की ओर से नियुक्त वह व्यक्ति जो घूम-घूमकर गुप्त बातों का पता लगाता हो, जासूस; विशेष कार्य के लिए भेजा हुआ व्यक्ति, दूत; सेवक, 'अनुचर' का संक्षिप्त रूप। वि. चल, अस्थिर; चलने वाला; सचल। **~नक्षत्र**—पु. स्वाति, पुनर्वसु, श्रवण, धनिष्टा, आदि नक्षत्र।

चरई—स्त्री. चरी, पशुओं के चारे के लिए ज्वार के पौधे; पशुओं को चारा या पानी देने के लिए बनाई गई खोर-सी।

चरक—स्त्री. द्र. 'चरकी'।

चरक—पु. [सं.] आयुर्वेद के एक प्रसिद्ध आचार्य, 'चरक संहिता' के रचयिता। **~संहिता**—स्त्री. आचार्य चरक रचित आयुर्वेद का एक प्रसिद्ध ग्रन्थ।

चरकना*—अ.क्रि. लकड़ी, आदि की बनी वस्तु का दरकना, फटना।

चरकी—स्त्री. एक विषैली मछली।

चरख—पु. चाक; चरखी; खराद; रेशमी कपड़े, साड़ी, आदि लपेटने की चरखी; तोप ढोने वाली गाड़ी।

चरखा—पु. सूत कातने का लकड़ी का बना एक प्रसिद्ध यंत्र। **ला. ~बनाना**—शरीर से अत्यधिक श्रम लेना; हर समय व्यस्त रहना ('उसने अपना चरखा बना डाला है')।

चरखी—स्त्री. घूमने वाला चक्र; ओटनी; सूत लपेटने की फिरकी; एक तरह की आतिशबाज़ी जो चक्कर लगाती हुई छूटती है; कुएँ से पानी निकालने की गराड़ी; छोटा हिंडोला।

चरचना—स.क्रि. चंदन, केसर, आदि का लेप करना; भाँपना; पूजा करना।

चर-चर—पु. लकड़ी, आदि के फटने, टूटने का शब्द।

चरचरा—वि. तीखा, तेज मिर्च, मसाले का, चरपरा।

चरचराना—अ.क्रि. 'चर-चर' की आवाज़ के साथ लकड़ी, आदि जलना या टूटना।

चरचराहट—स्त्री. चरचराने की आवाज़ या क्रिया।

चरचित*—वि. द्र. 'चर्चित'।

चरचा*—स्त्री. द्र. 'चर्चा'।

चरण—पु. [सं.] पैर, पग; कदम; कविता या छंद का एक पाद, मिसरा; चौथाई, चतुर्थांश; उपविभाग; आचरण; सूर्य, आदि की किरण; भक्षण करना; चरणों की समीपता। **~कमल, ~पद्म**—पु. देवता, पूज्य पुरुष, गुरु, आदि के पैर। **~चिह्न**—पु. पैरों के निशान, पद-चिह्न। **ला. ~चरण चिह्नों पर चलना**—किसी का अनुगमन करना, उसके

निर्दिष्ट मार्ग पर चलना। **~दास**—वि. सेवक, भक्त। पु. एक प्रसिद्ध संत। **~पादुका**—स्त्री. खड़ाऊँ; पत्थर या किसी शिला पर बने देवी-देवता के पद-चिह्न। **~पीठ**—पु. खड़ाऊँ। **~युग, ~युगल**—पु. दोनों पैर। **~रज**—स्त्री. चरण-धूलि। **~सेवा**—स्त्री. पाँव दबाना, सेवा का अवसर (देना)। **~सेवी**—पु. भक्त; चरणों में रहने वाला। **ला. ~लेना**—चरण छूना, पाँव पड़ना।

चरणानुग—वि. [सं.] (किसी के) पीछे चलने वाला, अनुगामी।

चरणामृत—पु. [सं.] वह जल या दूध, दही, आदि जिसमें देव मूर्ति को स्नान करवाया जाता है और उसका आचमन किया जाता है; पूज्य पुरुष के चरणों की धोवन।

चरणारविंद—पु. [सं.] चरण-कमल।

चरणोदक—पु. [सं.] चरणामृत।

चरणोपधान—पु. [सं.] पैर रखने की चीज़, पायदान।

चरन*—पु. द्र. 'चरण'।

चरना—स.क्रि. पशुओं का मैदान या खेत, आदि में घास, फसल, आदि खाना; लाँघना; दबाना।

चरनी—स्त्री. गाय, बैल, आदि पशुओं को चारा खिलाने, पानी पिलाने, आदि के लिए गाड़ी गई नाँद, लंबा-सा चबूतरा जिस पर गाय, बैल, आदि पशुओं को चारा-पानी दिया जाता है।

चरपरा—वि. तीखे स्वाद वाला, तेज़ मिर्च-मसालों वाला।

चरपराहट—स्त्री. स्वाद का तीखापन, तेज़ मसालों का स्वाद।

चरब—वि. [फा.] चरबीदार, चिकना; मोटा; तेज़, चतुर।

चरबाना—स.क्रि. ढोल पर चमड़ा चढ़ाना।

चरबी—स्त्री. [फा.] मांस के ऊपर और त्वचा के नीचे रहने वाला सफेद या हलके पीले रंग का चिकना पदार्थ, वसा; मांस को पिघला कर अलग की हुई चिकनाई; मोटाई। **मु. (आँखों में) ~आना, ~उतर आना, ~छाना**—बहुत अधिक घमंड होना; किसी की शर्म, हया, लिहाज न करना।

चरम—वि. [सं.] पराकाष्ठा, अंतिम सीमा तक पहुँचा हुआ; अंतिम; सबसे आगे या ऊपर।

चरमर—पु. चलने में जूते से, चारपाई, जर्जर, कुर्सी, आदि पर बैठने से होने वाली आवाज़।

चरमराना—अ.क्रि. चरमर आवाज़ होना। स.क्रि. चरमर शब्द उत्पन्न करना। **ला.** जर्जर हो जाना, बिगड़ जाना ('करों के भार से आर्थिक व्यवस्था चरमरा उठी')।

चरमावस्था—स्त्री. [सं.] चरम दशा को पहुँच जाना; अवस्था; अंतिम समय।

चरमोत्कर्ष—पु. [सं.] परम उत्कर्ष, सर्वाधिक उन्नति।

चरवाई—स्त्री. चराने का काम; चराने की मज़दूरी।

चरवाना—स.क्रि. पशुओं को चराने का काम करवाना।

चरवाहा—पु. गाय, भैंस, आदि चराने वाला।

चरवाही—स्त्री. पशु चराने का काम, पशु चराने की मज़दूरी।

चरव्य—वि. [सं.] जिससे चरू बनाया जाए।

चरस—पु. चमड़े का बना बहुत बड़ा थैला जिससे सिंचाई के लिए कुएँ से पानी निकाला जाता था, चरसा, मोट; भूमि की एक नाप जो 2100 हाथ की मानी जाती है; गाँजे के पेड़ से निकला गोंद जैसा चिपचिपा पदार्थ, इसका धुआँ तम्बाकू की तरह पीने से नशा होता है।

चरसा—पु. चमड़े का बना बहुत बड़ा थैला जिससे सिंचाई के लिए कुएँ से पानी निकाला जाता है।

चरसिया, चरसी—पु. चरस पीने वाला, चरस का नशेड़ी।

चराई—स्त्री. चरने या चराने का काम; चराने की मज़दूरी। **ला.** पहलवान, आदि को दी जाने वाली स्वास्थ्यवर्धक खुराक ('उसकी चराई बहुत अच्छी की गई')।

चराग़—पु. [फा.] चिराग़, दीया।

चरागाह—पु. [फा.] पशुओं के चरने, चराने का स्थान, घास का मैदान।

चराचर—वि. [सं.] चलने वाला और न चलने; स्थावर और जंगम (चर-अचर)। पु. संपूर्ण जगत; आकाश। **~गुरु, ~स्वामी**—पु. ब्रह्मा; परमात्मा; शिव।

चरान—पु. चरागाह।

चराना—स.क्रि. गाय, भैंस, बैल, आदि को जंगल, मैदान, आदि में ले जा कर घास खिलाना। **ला.** मूर्ख बनाना; धोखा देना।

चरिंदा—पु. [फा.] चरने वाला जानवर, पशु।

चरि—पु. [सं.] पशु।

चरित—पु. [सं.] आचरण; कर्म; शील, स्वभाव; जीवन-वृत्त। **~कार, ~लेखक**—पु. जीवन चरित का लेखक। **~नायक**—पु. किसी महाकाव्य, कहानी, उपन्यास, आदि का नायक, कथा का प्रधान पात्र।

चरितव्य—वि. [सं.] आचरण करने योग्य।

चरितार्थ—वि. [सं.] जो यथार्थ सिद्ध हो (किसी की उक्ति, वचन); जिसका अर्थ, प्रयोजन सिद्ध हो गया हो।

चरितार्थता—स्त्री. [सं.] यथार्थ सिद्ध होना।

चरितावली—स्त्री. [सं.] चरितमाला, वह पुस्तक जिसमें बहुत से व्यक्तियों के जीवन-चरित दिये गए हों।

चरित्तर (चलत्तर)—पु. बुरा चरित्र; छलपूर्ण आचरण; क्रोध, आदि में असामान्य व्यवहार।

चरित्र—पु. [सं.] स्वभाव, प्रकृति; जीवन में किए जाने वाला कार्य तथा आचरण; इस प्रकार के कार्यों या आचरणों का स्वरूप जो किसी की योग्यता, मनुष्यत्व, आदि का सूचक हो ('कैरेक्टर'); करणी, करतूत।

चरित्रवान—वि. [सं.] अच्छे चरित्र, प्रकृति वाला, सदाचारी।

चरित्रांकन—पु. [सं.] चरित्र का वर्णन, किसी के स्वभाव, प्रकृति का वर्णन।

चरी—स्त्री. ज्वार के हरे पौधे जो पशुओं को चारे के रूप में दिए जाते हैं; कड़बी, कड़ब।

चरीत्र—पु. [सं.] द्र. 'चरित्र'।

चरु—पु. गोचर भूमि, चरागाह; गोचर भूमि का कर।

चरु—पु. [सं.] यज्ञ में आहुति देने के लिए पकाया हुआ अन्न, हव्यान्न; वह बरतन जिसमें चरु पकाया जाए; घृत आहुति देने के लिए लकड़ी का बना लंबी डंडी का चमचा-सा।

चरुआ*—पु. चौड़े मुँह का हाँड़ी जैसा पात्र; वह पात्र जिसमें जच्चा के लिए पानी गर्म किया जाता था।

चरुखला*—पु. चरखा।

चरैया—पु. चरने वाला; चराने वाला।

चर्ख़—पु. [फा.] घूमने वाला चक्र; चाक; आकाश; खराद।

चर्खा—पु. द्र. 'चरखा'।

चर्खी—स्त्री. द्र. 'चरखी'।

चर्च—पु. [सं.] विचारना, विमर्श करना।

चर्च—पु. [अं.] ईसाइयों का उपासना स्थल, गिरजा।

चर्चक—पु. [सं.] चर्चा करने वाला; आवृत्ति करने वाला।

चर्चन—पु. [सं.] चर्चा; अध्ययन, आवृत्ति; चंदन, आदि का लेपन।

चर्चरिका—स्त्री. [सं.] नाटक में एक परदा गिरने के बाद और दूसरा परदा उठने से पहले—दोनों के बीच अंतराल में गाया जाने वाला गीत।

चर्चरी—स्त्री. [सं.] द्र. 'चाचर'; करतल ध्वनि; एक वर्णवृत्त; ताल का एक भेद।

चर्चरीक—पु. [सं.] महाकाल भैरव।

चर्चा—स्त्री. [सं.] किसी विषय पर बातचीत, विमर्श, ज़िक्र; किसी प्रकार का कथन या उल्लेख; अफ़वाह।

चर्चा—पु. [सं.] कुबेर की नौ निधियों में से एक।

चर्चा—स्त्री. [सं.] लेपन।

चर्चि—स्त्री. [सं.] आवृत्ति; विचारना, चर्चा।

चर्चित—वि. [सं.] लेपित; विचारित, जिस पर विचार-विमर्श किया गया हो; जो बहुत चर्चा में हो।

चर्चिल, विन्सटन—पु. ब्रिटेन के प्रसिद्ध प्रधानमंत्री, द्वितीय महायुद्ध 1940-45 के समय तथा 1951-55 तक।

चर्पटी—स्त्री. [सं.] चपाती।

चर्बी—स्त्री. द्र. 'चरबी'।

चर्म—पु. [सं.] खाल; ढाल।

चर्म—पु. [सं.] चमड़ा, खाल; ढाल। **~कार**—पु. चमड़े का काम करने वाला, मोची। **~चक्षु**—पु. स्थूल दृष्टि। **~रोग**—पु. त्वचा संबंधी रोग।

चर्मण्य—वि. [सं.] चमड़े का बना। पु. चमड़े का काम।

चर्मण्यवती—स्त्री. [सं.] चंबल नदी।

चर्ममय—वि. [सं.] चमड़े का बना हुआ।

चर्मार—पु. [सं.] चर्मकार, चमार।

चार्मिक—वि. [सं.] जिसके पास ढाल हो।

चर्मी—वि. [सं.] ढाल वाला; चमड़े का बना हुआ। पु. भोजपत्र का पेड़।

चर्य—वि. [सं.] गमन करने योग्य (स्थान, आदि); करने योग्य, आचरणीय।

चर्या—स्त्री. [सं.] आचरण; प्रतिदिन का कार्यक्रम; वृत्ति; जीविका; सेवा।

चर्राना—अ.क्रि. 'चर-चर' करके टूटना। **ला.** प्रबल इच्छा होना ('आजकल उसे घूमने का शौक चर्राया हुआ है')।

चर्वण—स्त्री. [सं.] चबाना; चबेना; ठोस खाद्य पदार्थ; रसास्वादन।

चर्वित—वि. [सं.] चबाया हुआ। **~चर्वण**—पु. चबाये हुए को चबाना। **ला.** एक ही बात को बार-बार कहना।

चर्व्य—वि. [सं.] चबाने योग्य। पु. चबाकर खाने की चीज़।

चल—वि. [सं.] अस्थिर; गतिमान, चलता हुआ; जो एक स्थान से दूसरे स्थान पर ले जाई जा सके (संपत्ति)। **~चित्र**—पु. सिनेमा, सिनेमा में दिखाई जाने वाली फिल्म।

चल—पु. [सं.] पारा; शिव; विष्णु।

चलकना—अ.क्रि. चिलकना; चसकना।

चलचलाव—पु. अंतिम यात्रा, मृत्यु की तैयारी।

चलता—स्त्री. [सं.] चल या गतिशील होने का भाव अस्थिरता।

चलता—वि. चलता हुआ, गतिमान; जो प्रचलन में हो, प्रवाहित होता हुआ (पानी); उन्नतिशील, बढ़ोतरी की ओर (दुकान, व्यवसाय, वकालत, डॉक्टरी, आदि); सरसरी, ऊपरी (दृष्टि, नज़र); बेमन से जल्दी में निपटाया हुआ काम। **ला.** बहुत तेज़-तर्रार (आदमी); हल्का, अस्तरीय (कपड़ा, कोई वस्तु, गाना, आदि)। **~पुरजा**—वि. चालाक, धूर्त। **मु. ~करना**—हटाना; विदा करना; निपटाना। **~फिरता नज़र आना**—चलता बनना, किसी स्थान से चले जाने का अवमाननापूर्ण आदेश। **~बनना**—होशियार बनना; खिसक जाना। **~हाथ-पाँव**—जब तक अपने शारीरिक कार्य करने की क्षमता रहे।

चलती—स्त्री. जोर; असर; प्रचार में होना।

चलन—पु. [सं.] गति, चाल; भ्रमण।

चलन—पु. चलने का भाव; व्यवहार; रिवाज़, प्रचलन; रीति; चाल, ढंग। **~सार**—वि. जिसका चलन, व्यवहार हो; चलन, रीति के अनुसार।

चलना—पु. बड़ी चलनी, अन्न, आदि छानने के लिए; छन्ना, छाँगना। अ.क्रि. हिलना, हरकत में रहना, एक से

दूसरी जगह जाना, प्रस्थान करना; प्रचलित होना; प्रारम्भ होना; छिड़ना (चर्चा, बात); जारी रहना, लेन-देन में काम करना; उपयोग में आना; (तीर, गोली, लाठी, आदि का) प्रयोग या प्रहार होना; पढ़ा जाना या बाँचा जाना (रामायण, आदि का पाठ); आचरण या व्यवहार होना; वश चलना ('जहाँ तक मेरी चली, मैं यह काम करके ही रहूँगा'); किसी कार्य प्रक्रिया में होना (मुक़दमा, चिनाई, रँगाई, आदि)। स.क्रि. (शतरंज, चौसर, ताश, आदि में) चाल चलना, अगला पग उठाना। **मु. ~पेट चलना**—दस्त होना; गुजारा, निर्वाह होना। **~मन चलना**—किसी के लिए इच्छा या लालसा होना। **~चल बसना**—मृत्यु को प्राप्त होना। **~चलते हुए बैल को आड़ (आर) लगाना**—ठीक तरह से काम करने वाले को बीच-बीच में इस प्रकार टोकना कि वह बाधा अनुभव करे।

चलनी—स्त्री. द्र. 'छलनी'।

चलवंत*—पु. पैदल सिपाही।

चलवाना—स.क्रि. 'चलना' का प्रे.।

चला—स्त्री. [सं.] बिजली, दामिनि।

चलाऊ—वि. किसी तरह काम चलाने वाला (काम चलाऊ); कम टिकाऊ, अधिक समय तक न ठहरने वाला।

चलाचल—वि. [सं.] चंचल, चपल।

चलाचली—स्त्री. चलने की क्रिया; चलने की तैयारी; एक के बाद दूसरे का प्रस्थान। **~का समय**—पु., **~की वेला**—स्त्री. मृत्यु का समय निकट होना, संसार से प्रस्थान की तैयारी।

चलान—पु. द्र. 'चालान'।

चलाना—स.क्रि. चलने को प्रेरित करना, चलने की क्रिया कराना; प्रारम्भ करना; प्रवर्तन करना (चर्चा, धर्म, वंश); (किसी खोटे सिक्के या जाली नोट को) प्रयोग में लाने में सफल होना।

चलायमान—वि. [सं.] चंचल, विचलित; डाँवाँडोल; ललचाता हुआ।

चलाव—पु. प्रस्थान, रवानगी।

चलावा—पु. गौना, द्विरागमन (वधू का)।

चलित—वि. [सं.] चलता हुआ; हिलता; काँपता हुआ; अस्थिर। पु. नृत्य में एक तरह की चेष्टा। **~ग्रह**—पु. वह ग्रह या नक्षत्र जिसका कुछ फल भोगा जा चुका हो और कुछ शेष हो।

चलिष्णु—वि. [सं.] प्रस्थान को तैयार; गमनशील।

चलुक—पु. [सं.] एक छोटा पात्र।

चलैया—पु. चलने वाला।

चलौना—पु. दूध, आदि चलाने की करछी।

चवना*—अ.क्रि. चूना, टपकना।

चवन्नी—स्त्री. चार आने मूल्य का सिक्का (रुपए में सोलह आने होते थे)।

चवाई—पु. चुगलखोर, निंदक; मिथ्याभाषी (सूरदास)।

चवालीस—वि. चालीस और चार की संख्या, चौवालीस।

चशम—स्त्री. द्र. 'चश्म'।

चशमा—पु. द्र. 'चश्मा'।

चश्म—स्त्री. [फा.] आँख, नेत्र; स्रोत, सोता; सरिता, छोटी नदी; कुंड, प्राकृतिक स्रोत। **~ए-ख़िज्र**—पु. आबेहयात का चश्मा, अमृत कुंड। **~क**—स्त्री. गुप्त बात के लिए आँख का संकेत; ऐनक। **~दरीद**—वि. निर्लज्ज, धृष्ट, बेहया। **~दीद**—वि. आँख से देखा हुआ, जो आँखों के सामने घटित हुआ हो, साक्षात्। **~नुमाई**—स्त्री. डराने के लिए आँख दिखाना। **~पोशी**—स्त्री. किसी के दोष-अवगुण देखकर उन्हें अनदेखा कर देना। **~(मे) नम**—स्त्री. आँसू भरी आँख। **~बद**—स्त्री. बुरी निगाह, नज़र (लगना)। **~(मे) बद दूर**—वि. (किसी के रूप की प्रशंसा करते हुए कहा जाता है)।

चश्मा—पु. [फा.] द्र. 'चश्म'।

चषक—पु. [सं.] शराब पीने का प्याला, पान-पात्र; शराब का एक प्रकार; शहद।

चषण—पु. [सं.] भक्षण; हनन।

चषाल—पु. [सं.] यज्ञ के खंभे में पशु को बाँधने के लिए लगाई गई लकड़ी या लोहे की खूँटी-सी।

चसक—स्त्री. हलकी पीड़ा, टीस।

चसकना—अ.क्रि. हलका दर्द होना, टीस उठना।

चसका—पु. किसी चीज़ या काम में आनन्द आने से उसे फिर-फिर करने की इच्छा। **~पड़ना, ~लगना**—क्रि. (बुरी) लत लगना।

चसम*—स्त्री. द्र. 'चश्म'।

चसमा—पु. द्र. 'चश्मा'।

चस्का—पु. द्र. 'चसका'।

चस्पाँ—वि. [फा.] चिपका हुआ; उपयुक्त; किसी दोष, उपाधि, आदि को किसी के नाम के साथ जोड़ देना।

चह—पु. नदी पर बनाया हुआ लकड़ी का अस्थायी पुल।

चह—पु. [फा.] 'चाह' का समास में प्रयुक्त रूप। **~बच्चा**—पु. गंदा पानी जमा करने के लिए खोदा गया गड्ढा।

चहक—स्त्री. चहकने का भाव, आह्लाद या प्रशंसा का भाव।

चहकना—अ.क्रि. चिड़ियों का चहचहाना, आनन्द में भर कर कलरव करना, प्रसन्नता से खिल कर बोलना। **ला.** आग का और अधिक दहकना।

चहचहा—पु. चहचहाने का भाव, चिड़ियों का कलरव; हँसी-खुशी; कुछ लोगों का एक साथ मिल कर हँसना;

आनन्द में उत्फुल्लता से बोलना, हँसी-मजाक; उल्लास की ध्वनि, बातचीत।

चहचहाना—अ.क्रि. चिड़ियों का आनन्द भरा स्वर करना, कलरव करना।

चहल*—स्त्री. द्र. 'चहला'; आनन्दोत्सव। **~पहल**—स्त्री. किसी स्थान में कुछ व्यक्तियों का एकत्रित होकर आनन्द मनाना; धूमधाम; रौनक, शोभा; किसी स्थान पर आबादी हो जाना। वि. [फा.] **~क़दमी**—स्त्री. धीरे-धीरे टहलना या घूमना।

चहला*—पु. कीचड़, गंदे पानी का गड्ढा।

चहलुम—पु. द्र. 'चेहलुम'।

चहार—वि. [फा.] चार। पु. चार की संख्या। **~दीवारी**—किसी स्थान के चारों-ओर सुरक्षा या आड़ के लिए बनाई हुई दीवार, परकोटा। **~यारी**—पु. मुसलमानों का सुन्नी संप्रदाय। **~शंबा**—पु. बुध।

चहारुम—वि. [फा.] चौथा। पु. चतुर्थांश, चौथाई।

चहुँ*—वि. चार, चारों। **~ओर, ~धा, ~दिश**—अ. चारों ओर। **~मुखी**—वि. सर्वपक्षीय, सर्वांगीण (विकास, उन्नति)।

चहुंक—स्त्री. द्र. 'चिहुक'।

चहुटना*—स.क्रि. चोट पहुँचाना।

चहुवान*—पु. द्र. 'चौहान'।

चहेता—वि. प्यारा, प्रेमपात्र (स्त्री. 'चहेती')।

चाँइयाँ—वि. मक्कार, धूर्त; ठग।

चाँचर, चाँचारि—स्त्री. होली के अवसर पर गाये जाने वाले एक प्रकार के गीत, फाग; परती ज़मीन।

चांचल्य—पु. [सं.] चंचलता, चपलता।

चाँटा—पु. चपत, तमाचा।

चांड—पु. [सं.] उग्रता, प्रचंडता। **~चांडना**—क्रि. गन्ने के उबले हुए रस की चाशनी को गुड़ बनाने की प्रक्रिया में चाक में बड़े पलटे से उलटना-पलटना जिससे ठंडा और गाढ़ा होकर वह गुड़ का रूप ले लेता है; किसी धारदार औज़ार, आदि की धार को तेज करना (प्रे. 'चंडवाना')।

चाँड़—स्त्री. भारी आवश्यकता, गरज; प्रबल इच्छा।

चांडाल—पु. [सं.] वर्ण व्यवस्था में अंत्यज, शूद्र वर्ग में माने जाने वाली सबसे निम्न कोटि की जाति, डोम। **ला.** क्रूर, अत्याचारी, नीच कर्म करने वाला व्यक्ति।

चांडालिका—स्त्री. [सं.] दुर्गा; एक प्रकार की वीणा।

चांडालिनी—स्त्री. [सं.] तंत्र में वर्णित देवी। **ला.** क्रूर, अत्याचारी; नीच कर्म करने वाली स्त्री।

चांडाली—स्त्री. [सं.] चांडाल स्त्री, क्रूर, अत्याचारी; नीच कर्म करने वाली स्त्री।

चाँद—पु. चंद्रमा; खोपड़ी; चाँदी का बना एक आभूषण। **~मारी**—स्त्री. बंदूक से निशाना लगाने का अभ्यास करना। **मु. ~का टुकड़ा**—अतिसुन्दर। **~पर थूकना**—किसी अच्छे, महिमावान या प्रसिद्ध व्यक्ति पर लांछन लगा कर स्वयं लांछित हो जाना। **~सा मुखड़ा**—अत्यंत सुन्दर, प्रिय दर्शन मुख।

चाँदना—पु. प्रकाश, उजाला, रोशनी; चाँदनी (कबीर.)। **ला. ~होना**—पौ फटना, सवेरा होना।

चांदनिक—वि. [सं.] चन्दन का बना हुआ; चन्दन से प्राप्त; चन्दन से सुगंधित किया हुआ।

चाँदनी—स्त्री. चाँद की रोशनी, प्रकाश, ज्योत्स्ना; फर्श पर बिछाई जाने वाली सफेद चादर।

चाँदी—स्त्री. सफेद रंग की चमकीली धातु जो आभूषण बनाने और सिक्के ढालने, आदि के काम आती है, आयुर्वेद में औषधि के रूप में भी प्रयुक्त। **मु. ~कटना, ~काटना**—बहुत अधिक लाभ होना; बहुत अधिक धन कमाना। **~का जूता, ~की जूती**—रिश्वत देना; कोई काम कराने के लिए किसी को भेंटस्वरूप बहुमूल्य वस्तुएँ देना। **~बन गई, ~हो गई**—बहुत अधिक लाभ की प्राप्ति।

चांद्र—वि. [सं.] चन्द्र संबंधी। पु. चांद्र मास; शुक्ल पक्ष। **~मास**—पु. चन्द्रमा की गति के अनुसार होने वाला महीना। **~वत्सर**—पु. चन्द्रमा की गति के अनुसार होने वाला वर्ष।

चांद्रभागा—स्त्री. [सं.] द्र. 'चन्द्रभागा'।

चांद्रमस—वि. [सं.] चन्द्रमा से संबंध रखने वाला। पु. मृगशिरा नक्षत्र।

चांद्रयसायन, चांद्रयसायनि—पु. [सं.] बुध ग्रह।

चांद्रमसी—स्त्री. [सं.] बृहस्पति की पत्नी।

चांद्रायण—पु. [सं.] एक मास में पूरा होने वाला एक व्रत, जिसमें चन्द्रमा के घटने-बढ़ने के अनुसार भोजन के कौर घटाने-बढ़ाने पड़ते हैं।

चांद्रायणिक—वि. [सं.] चांद्रायण व्रत करने वाला।

चांद्रि—पु. [सं.] बुध ग्रह।

चांद्री—स्त्री. [सं.] चाँदनी; चन्द्रमा की पत्नी।

चाँपना—स.क्रि. दबाना। **ला. ~चरण चाँपना**—खुशामद करना।

चांपिला—स्त्री. [सं.] चंपा नदी।

चांपेय—पु. [सं.] चंपक; नागकेसर; किंजल्क; धतूरा।

चांपेयक—पु. [सं.] किंजल्क; केसर।

चाँयँ-चाँयँ, चाँवँ-चाँवँ—स्त्री. बकबक, चकचक।

चांस—पु. [अं.] मौका; दुर्घटना।

चांसलर—पु. [अं.] विश्वविद्यालय का सर्वोच्च अधिकारी, प्रायः राज्य, प्रांत का राज्यपाल; केन्द्रीय विश्वविद्यालय और कुछ अन्य विश्वविद्यालयों में उपराष्ट्रपति; कुछ यूरोपियन देशों में राष्ट्राध्यक्ष का पद।

चाउर—पु. द्र. 'चावल'।

चाक—पु. कील पर घूमने वाला वह पत्थर जिसको चक्राकार घुमाकर कुम्हार बरतन बनाते हैं।

चाक़—वि. [तु.] दृढ़, मजबूत; हृष्ट-पुष्ट, हट्टा-कट्टा। **~चौबंद**—वि. चारों तरफ से पूरी तैयारी; चुस्त-दुरुस्त।

चाक़—पु. [फा.] दरार, चीर। **~(के) गरीबाँ**—पु. गिरीबान का खुला हुआ हिस्सा।

चाकचक—वि. सुरक्षित।

चाकचक्य (चाकचिक्य)—पु. [सं.] उज्ज्वलता; शोभा; चमक-दमक।

चाकचिक्य—पु. [सं.] द्र. 'चाकचक्य'।

चाकर—पु. [फा.] सेवक, नौकर।

चाकरनी, चाकरानी—स्त्री. नौकरानी।

चाकरी—स्त्री. [फा.] नौकरी; सेवा; सेवा-टहल।

चाकलेट—पु. [अं.] कोको की फलियों से बनाया हुआ एक खाद्य पदार्थ; इसका प्रयोग कॉफी, पुडिंग, आइसक्रीम, बिस्किट, आदि में भी किया जाता है; चाकलेट की परत जमाकर उससे बनी हुई एक मिठाई-सी जो प्राय: बच्चों में अधिक लोकप्रिय है।

चाकी—स्त्री. चक्की; चौकोर रूप में जमाई हुई गुड़, आदि की चक्की।

चाकू—पु. [तु.] छोटी छुरी, कलम तराश; फल, सब्जी, आदि काटने का छुरीनुमा छोटा उपकरण।

चाक्र—वि. [सं.] चक्राकार; चक्र संबंधी, चक्र से किये जाने वाला (युद्ध)।

चाक्रिक—वि. [सं.] चक्र या मंडल से संबंध रखने वाला; चक्राकार। पु. मंडलाकार खड़े होकर स्तुति गाने वाले चारण; कुम्हार; तेली; गाड़ीवान।

चाक्षुष—वि. [सं.] चक्षु, नेत्र संबंधी, चक्षु से प्राप्त, साक्षात् (ज्ञान); चक्षु-ग्राह्य। पु. चक्षु से प्राप्त ज्ञान, प्रत्यक्ष प्रमाण का एक भेद; छठे मनु; छठा मन्वंतर। [स्त्री.] 'चाक्षुषी'।

चाख—पु. द्र. 'चाष'।

चाखना*—स.क्रि. चखना, स्वाद लेना।

चाचपुट—पु. [सं.] ताल का एक भेद (संगीत)।

चाचर, चाचरि—स्त्री. द्र. 'चाँचर'; होली का गीतयुक्त एक नृत्य।

चाचरी—स्त्री. योग की एक मुद्रा।

चाचा—पु. पिता का छोटा भाई, चचा।

चाची—स्त्री. चाचा की स्त्री, चची।

चाचू—पु. चाचा।

चाट—स्त्री. नमक, मिर्च, मसाले, चटनी, आदि डाल कर दही, आदि के साथ बनाए गए तीखे स्वाद वाले खाद्य—दही-भल्ला, पपड़ी, गोल-गप्पे, आदि, फलों, आदि को काट कर भी बनाई जाती है; चस्का, लत।

चाटना—स.क्रि. किसी वस्तु को जीभ से स्पर्श करते हुए खाना; किसी चीज़ पर जीभ फिराना। **ला.** चाट डालना—किसी पुस्तक, आदि को आद्यंत पढ़ जाना; किसी चीज़ को पूरी तरह समाप्त कर देना।

चाटु—पु. [सं.] प्रिय वचन, मीठी बात; झूठी प्रशंसा, चापलूसी। **~कार**—पु. चापलूसी, खुशामद करने वाला। **~कारी**—स्त्री. चापलूसी, खुशामद। **~पटु**—वि. चापलूसी, खुशामद करने में कुशल।

चाटुकारिता—स्त्री. [सं.] खुशामद, चापलूसी।

चाटुक—पु. [सं.] प्रिय वचन, प्रशंसा के झूठे शब्द।

चाटूक्ति—स्त्री. [सं.] चापलूसी युक्त वचन।

चाणक्य—पु. [सं.] चणक मुनि के वंश में उत्पन्न; अर्थशास्त्र के रचयिता, प्रसिद्ध राजनीतिज्ञ विष्णुगुप्त, चन्द्रगुप्त मौर्य के गुरु और प्रधान अमात्य कौटिल्य। **~नीति**—स्त्री. चाणक्य रचित नीति, कुटिल नीति; चाणक्य रचित नीतिशास्त्र—'अर्थशास्त्र'।

चाणूर—पु. [सं.] कंस का एक मल्ल, पहलवान जिसका वध श्रीकृष्ण ने किया। **~मर्दन**—पु. चाणूर का मर्दन करने वाले, श्रीकृष्ण।

चातक—पु. [सं.] पपीहा, सारंग। कवि-प्रसिद्धि है कि यह पक्षी केवल वर्षा ऋतु में ही स्वाति नक्षत्र में होने वाली वर्षा के जल की बूँदों का पान करता है, तुलसीदास ने उसकी इसी निष्ठा का विशेष गान किया है।

चातर—पु. कपट-जाल, साजिश।

चातुर—वि. [सं.] चार से संबद्ध; चतुर; चापलूस; चार से खींचे जाने वाला रथ। पु. चार पहियों वाली गाड़ी।

चातुरक—वि. [सं.] चापलूस; दृश्य, गोचर।

चातुरक्ष—पु. [सं.] चार पासों का खेल।

चातुरिक—पु. [सं.] सारथि, गाड़ीवान।

चातुरी—स्त्री. [सं.] चतुराई।

चातुर्जात, चातुर्जातक—पु. [सं.] चार द्रव्यों का समाहार।

चातुर्थक, चातुर्थिक—वि. [सं.] चौथे दिन होने वाला; चौथा। पु. चौथिया ज्वर, चार दिन में चढ़ने वाला बुखार।

चातुर्दश—वि. [सं.] चतुर्दशी को उत्पन्न होने वाला। पु. राक्षस।

चातुर्दशिक—वि. पु. [सं.] चतुर्थी के दिन होने वाला, पड़ने वाला।

चातुर्महाराजिक—पु. [सं.] विष्णु; बुध।

चातुर्मास—वि. [सं.] चार महीने में होने वाला।

चातुर्मासिक—वि. [सं.] चार महीने में होने वाला (यज्ञ अथवा अन्य कोई धार्मिक कृत्य)।

चातुर्मासी—स्त्री. [सं.] एक यज्ञ; वह पूर्णिमा जिस दिन यह यज्ञ किया जाता है।

चातुर्मास्य—पु. [सं.] चार मास में होने वाला एक वैदिक यज्ञ; चौमासा—आषाढ़ पूर्णिमा या शुक्ला द्वादशी से कार्तिक पूर्णिमा या शुक्ला द्वादशी तक का समय; इस अवधि में किया जाने वाला एक व्रत। जैन मत में जैन मुनियों द्वारा जैन स्थानक में रुककर चार मास तक चलने वाला प्रवचन कार्यक्रम।

चातुर्य—पु. [सं.] चातुरी।

चातुर्वर्ण्य—पु. [सं.] चारों वर्णों—ब्राह्मण, क्षत्रिय, वैश्य और शूद्र के कर्तव्य। वि. चारों वर्णों से संबंध रखने वाला।

चातुर्विद्य—पु. [सं.] चारों वेदों का ज्ञाता, चारों वेद।

चातुर्होत्र—पु. [सं.] चार होताओं द्वारा किया जाने वाला यज्ञ।

चात्र—पु. [सं.] अग्नि-मंथन में प्रयुक्त खैर वृक्ष की बारह अंगुल लंबी लकड़ी।

चात्रिक, चात्रिग*—पु. चातक।

चादर—स्त्री. बिछाने या ओढ़ने का लंबा, चौड़ा वस्त्र (ओढ़ने वाली चादर, प्राय: ढाई गज़ की); लोहे, पीतल, चाँदी, सोना, आदि का लंबा, चौड़ा, पतला खंड, पत्तर; पर्वतीय स्थान में ऊपर से नीचे को गिरने वाली चौड़ी धार; चादर के रूप या चादर के ऊपर गुँथे हुए फूल या कशीदाकारी जो किसी कब्र या मजार पर चढ़ाये जाते हैं। एक आतिशबाज़ी जिसमें अग्नि की फुलझड़ियों की चादर-सी बन जाती है। **मु. ~उतारना**—किसी की कमजोरियाँ बताकर बेपर्द, बेइज्जत करना। **~ओढ़ाना, ~डालना**—किसी विधवा से विवाह कर लेना। **~देखकर पाँव फैलाना**—अपनी आर्थिक स्थिति, हैसियत देखकर खर्च करना।

चादरा—पु. कुछ बड़े आकार की चादर, मर्दानी चादर।

चानन—पु. चाँदना; प्रकाश, रोशनी।

चानस—पु. ताश का एक खेल (अंग्रेज़ी 'चांस' का अपभ्रंश रूप)।

चाप—पु. [सं.] धनुष; इंद्रधनुष; वृत्त की परिधि का कोई अंश ('आर्क')।

चाप—स्त्री. दबाव; पैरों की आहट, पद-चाप।

चापर—स्त्री. चापड़, चौकर।

चापल—पु. [सं.] चपलता, चंचलता; अस्थिरता; उतावली; शोखी।

चापलता*—स्त्री. द्र. 'चपलता'।

चापलूस—वि. [फा.] खुशामदी; चाटुकार।

चापलूसी—स्त्री. [फा.] खुशामद, झूठी प्रशंसा।

चापल्य—पु. [सं.] चपलता।

चाबना—स.क्रि. चबाना; खूब खाना।

चाबी—स्त्री. कुंजी, ताली। **मु. ~देना**—किसी को किसी के खिलाफ भड़काना।

चाबुक—पु. [फा.] कोड़ा; घोड़े, बैल, आदि को हाँकने वाला एक उपकरण जिसमें बाँस की पतली डंडी में चमड़े के साँटे और लोहे की कील लगी होती है। **ला. ~देना, ~लगाना**—किसी कार्य को करने के लिए प्रेरित करना; किसी कार्य को करने के लिए बार-बार उकसाना।

चाबुका—स्त्री. छोटा तकिया।

चाबुकी—स्त्री. [फा.] चुस्ती, फुरती, तेजी।

चाभना—स.क्रि. द्र. 'चाबना'।

चाभी—स्त्री. द्र. 'चाबी'।

चाभ—पु. चमड़ा, खाल।

चामर (चाँवर)—पु. [सं.] चँवर; मोरछल; एक वर्णवृत्त; गाय की एक प्रजाति।

चामरिक—पु. [सं.] चँवर डुलाने वाला।

चातरी—पु. [सं.] घोड़ा।

चामीकर—पु. [सं.] सोना; धतूरा।

चामीकराचल, चामीकराद्रि—पु. [सं.] मेरु पर्वत।

चामुंडा—स्त्री. [सं.] देवी दुर्गा का एक रूप।

चाय*—पु. [ब्र.भा.] चाव, उछाह।

चाय—स्त्री. एक पौधे की सुखाई हुई पत्तियाँ, इसे दूध, चीनी, आदि मिला कर एक गरम पेय बनाते हैं; चाय की पत्तियों को उबाल कर बनाया हुआ पेय। **~दान**—पु., **~दानी**—स्त्री. वह बरतन जिसमें चाय बनाई जाए या बना कर रखी जाए। **ला. ~पानी**—चाय के साथ अल्पाहार।

चार—वि. तीन और एक; कुछ। **मु. ~आँसू बहा देना**—थोड़ा रो लेना। पु. चार की संख्या। **~आईना**—पु. एक प्रकार का कवच जिसमें छाती, पीठ और दोनों भुजाओं पर बाँधने के लिए चार पटरियाँ-सी होती हैं। **~ख़ाना**—पु. वह कपड़ा जिसमें रंगीन धारियों के चौखूँटे ख़ाने बने होते हैं। **~ताल**—पु. चौताला। **~दिन**—पु. थोड़े दिन, अल्पकाल। **~दीवारी**—स्त्री. दीवारों का घेरा, प्राचीर, परकोटा। **~पाई**—स्त्री. खाट, बान, सन, सूत, आदि की बुनी हुई, चारपायों वाली वस्तु जिस पर सोया, बैठा जाता है। **~चारपाई—मु. ~पर पड़ना**—बीमार होना। **~से लगना**—बहुत अधिक बीमार हो जाना, चलने-फिरने में असमर्थ हो जाना। **~चार~(रों) ओर**—सब ओर, हर तरफ़। **~धाम**—चारों दिशाओं में हिंदुओं के चार प्रधान तीर्थस्थल—जगन्नाथपुरी, बदरिकाश्रम, द्वारिका तथा रामेश्वरम्। **~पदार्थ**—पु. हिंदुओं में मान्य मनुष्य के चार पुरुषार्थ—धर्म, अर्थ, काम और मोक्ष। **मु. आँखें चार होना**—प्रेम हो जाना। **~आँखें होना**—सावधान, सतर्क हो जाना। **~आदमी**—दो-चार प्रतिष्ठित आदमी।

~क़दम—थोड़ी-सी दूर, थोड़े से फासले पर। **~के कंधे या काँधे चलना या चढ़ना**—अरथी उठना, मृत्यु होना। **~दिन की चाँदनी**—थोड़े से समय की खुशी या संपन्नता। **~सौ बीस**—पु. चालाक, मक्कार व्यक्ति। **~सौ बीसी**—स्त्री. धूर्तता, मक्कारी। पु. आचार, रीति (द्वारचार, नेगचार); गति, चाल, गमन; कारागार; गुप्तचर, जासूस।

चारदीवारी—स्त्री. [फ़ा.] द्र. 'चार' के अन्तर्गत।

चारक—पु. [सं.] चरवाहा; चालक; अश्वारोही सैनिक; गुप्तचर; कारागार; हथकड़ी।

चारज—पु. द्र. 'चार्ज'; अचारज ('आचार्य' का अपभ्रंश), वह व्यक्ति जो मृतक का संस्कार कराता है।

चारण—पु. [सं.] राजाओं, आदि का यशोगान करने वाला, भाट, बंदीजन; राजपूतों में निचली श्रेणी की एक उपजाति जो बंदीजन का कार्य करती है; चराने का कार्य (गो-चारण; पशु-चारण)।

चारन*—पु. द्र. 'चारण'।

चारा—पु. पशुओं के खाने की घास, चरी, आदि; मछलियों, आदि को खिलाई जाने वाली वस्तु, आटे की गोली, आदि।

चारायण—पु. [सं.] कामशास्त्र के एक प्राचीन आचार्य।

चारिका—स्त्री. [सं.] सेविका, परिचारिका।

चारिणी—स्त्री. [सं.] एक पौधा, करुणी। वि., स्त्री. आचरण करने वाली (दुराचारिणी)।

चारित्र—पु. [सं.] चरित्र, चाल-चलन; स्वभाव, शील; कुल की रीति, व्यवहार; साधुता, सदाचार।

चारित्रिक—वि. [सं.] चरित्र से संबंधित; अच्छे चरित्र वाला। **~ता**—स्त्री. अच्छा चरित्र, चरित्र-चित्रण की कला।

चारित्री—वि. [सं.] चरित्रवान, सदाचारी।

चारित्र्य—पु. [सं.] द्र. 'चारित्र'।

चारी—स्त्री. [सं.] नृत्य में अंग विशेष, नृत्य के अन्तर्गत शृंगार, आदि रसों का उद्दीपन करने वाली कुछ चेष्टाएँ; फंदा, जाल।

चारी—वि. [सं.] चलने वाला, जाने वाला; आचरण करने वाला (व्यभिचारी, दुराचारी, सदाचारी)।

चारु—वि. [सं.] प्रिय, सुंदर, मनोहर। पु. बृहस्पति; केसर। **~दर्शना**—वि., स्त्री. रूपवती। **~नेत्र**—वि. सुंदर नेत्रों वाला। पु. हिरण। **~नेत्रा**—वि. सुंदर नेत्रों वाली स्त्री। **~लोचन**—वि. सुंदर नेत्रों वाला। **~लोचना**—वि. सुंदर नेत्रों वाली स्त्री। **~वेश, ~वेष**—वि. अच्छे वस्त्र धारण करने वाला। **~शीला**—स्त्री. एक रत्न। **~शील**—वि. सुंदर शील वाला, शिष्टाचार-युक्त। [स्त्री. 'चारु-शीला']। **~हंसिनी**—वि., स्त्री. मनोहर हँसी (स्त्री)।

चार्चिक—वि. [सं.] वेद-पाठ में कुशल।

चार्चिक्य—पु. [सं.] अंगराग का लेपन; अंगराग।

चार्ज—पु. [अं.] कार्यभार; देख-रेख; मूल्य (चार्जिज़); दोषारोपण, अभियोग; जोर से हमला करना, टूट पड़ना (सेना का)।

चार्जशीट—स्त्री. [अं.] अभियोग-पत्र, वह पत्र जिसमें दोष दर्शाये गए हों।

चार्ट—पु. [अं.] नक्शा; किसी चीज़ को रेखाएँ खींचकर, कोष्ठक, आदि बनाकर विवेचित करना।

चार्म—वि. [सं.] चर्म से बना हुआ; चमड़ा मढ़ा हुआ।

चार्मिक—वि. [सं.] चर्म-निर्मित।

चार्य—पु. [सं.] दूत-कर्म, दौत्य; जासूसी।

चार्वाक—पु. [सं.] चार्वाक-दर्शन के प्रणेता एक मुनि, नास्तिक मत के प्रवर्तक; महाभारत में वर्णित एक राक्षस, दुर्योधन का मित्र। **~दर्शन**—पु. चार्वाक द्वारा प्रस्थापित नास्तिकतावादी दर्शन जिसमें ईश्वर, वेद, पुनर्जन्म, परलोक, आदि को पूरी तरह नकारा गया है। **~मत**—पु. चार्वाक-दर्शन।

चार्वी—स्त्री. [सं.] चारुता-युक्त, सुंदर स्त्री; बुद्धि; दीप्ति; चाँदनी।

चाल—पु. [सं.] चलने की क्रिया, गति; चलने का ढंग; आचरण, व्यवहार; रीति-रिवाज, प्रथा, परिपाटी; युक्ति, तरकीब (बुरे अर्थ में—'यह उसकी कोई चाल है'); छल, कपटपूर्ण व्यवहार; शतरंज, ताश, चौसर, आदि खेलों में पत्ता या मोहरा दाँव पर रखने या आगे बढ़ाने का काम; गंदी बस्तियों (स्लम्स) में छोटी-छोटी कोठरियों के आवास (मुम्बई, आदि में)। **~चलन**—पु. आचरण, चरित्र; नीति-संबंधी आचरण। **~ढाल**—स्त्री. रहन-सहन का ढंग, तौर-तरीका। **~बाज़**—वि. चाल चलने वाला, कपटी। **~बाज़ी**—स्त्री. मक्कारी, धोखा देना।

चालक—वि. [सं.] किसी वाहन को चलाने वाला, ('ड्राइवर')।

चालकुंड—पु. [सं.] ओडिशा में स्थित चिलका झील।

चालना—स.क्रि. छानना; हिलाना। अ.क्रि. दुल्हन का पहली बार ससुराल आना (कहीं-कहीं द्विरागमन, गौने को भी 'चालना' कहा जाता है)।

चालनी—स्त्री. [सं.] छलनी।

चालनीय—वि. [सं.] चलाये, हिलाये जाने योग्य।

चाला—पु. रवानगी, प्रस्थान; प्रस्थान मुहूर्त; दुल्हन का दूसरी बार ससुराल आना, गौना; मृतक व्यक्ति को आगे किस योनि में जन्म मिलेगा, इसका पता लगाने के लिए षोडशी की रात को राख या बालू पर चालनी, छलनी को उलटा रखकर प्रात: में देखने की क्रिया (लोक-विश्वास)।

चालाक—वि. [फा.] चतुर (अवमानना के अर्थ में)।

चालाकी—स्त्री. [फा.] चतुराई (अवमानना के अर्थ में)।

चालान—पु. भेजे हुए सामान की सूची, विवरण, बीजक; रवन्ना; अभियुक्त का विचार के लिए न्यायाधीश के पास भेजा जाना; वाहन, आदि के काग़ज़ों में पाई जाने वाली त्रुटि के आधार पर पुलिस द्वारा जुर्माने का पर्चा काट देना।

चालिया—वि. चालबाज़।

चाली—वि. चलने का ढंग, व्यवहार का ढंग (कुचाली), इमारत की चिनाई में राजमिस्त्री द्वारा प्रयोग में लाई जाने वाली लंबी पटरी-सी, जिस पर बैठ कर वे ऊँची दीवार, आदि पर काम करते हैं।

चालीस—वि. तीस और दस। पु. चालीस की संख्या, 40। **~वाँ**—वि. जो क्रम में 39 के बाद आए। पु. मृत व्यक्ति का चालीसवें दिन किया जाने वाला कर्म, चेहलुम; चेहलुम का फातिहा।

चालीसा—पु. चालीस वस्तुओं का समाहार; चालीस दिन का काल, चिल्ला; वह पुस्तक या काव्य जिसमें चालीस पद हों—हनुमान चालीसा, शिव चालीसा, आदि।

चालुक्य—पु. [सं.] दक्षिण भारत का एक प्रसिद्ध राजवंश, जिसने वि. संवत् की छठी से तेरहवीं शती तक राज्य किया।

चालू—वि. जो चलने की प्रक्रिया में हो (मशीन, आदि)। **ला.** चालाक और मक्कार (आदमी)।

चाव—पु. तीव्र इच्छा, किसी कार्य के लिए बहुत अधिक उत्साह, उमंग; शौक; प्रेम। **~चोचले**—पु. लाड़-प्यार, दुलार।

चावड़ी—स्त्री. पड़ाव, ठहरने का स्थान, सराय। **~बाज़ार**—पु. दिल्ली का एक प्रसिद्ध बाज़ार, विशेषत: कागज़, आदि के लिए प्रसिद्ध।

चावण—पु. [सं.] गुजरात का एक प्राचीन राजपूत राजवंश।

चावर—पु. द्र. 'चावल'।

चावल—पु. एक प्रसिद्ध अन्न, धान की भूसी, छिलका उतार कर तैयार किया जाता है, तंडुल; पकाया हुआ चावल, भात; एक रत्ती की तौल।

चाशनी—स्त्री. [फा.] आग पर उबालते हुए चीनी, मिसरी, गुड़, आदि का गाढ़ा किया हुआ रूप।

चाष—पु. [सं.] एक पक्षी, नीलकंठ।

चाह—स्त्री. इच्छा, लालसा, प्रेम, जरूरत, गरज, पूछ, आदर।

चाह—पु. [फा.] कुआँ। **~कन**—पु. कुआँ खोदने वाला।

चाहक*—पु. चाहने वाला, प्रेमी।

चाहत*—स्त्री. चाह, प्रेम।

चाहना—स.क्रि. इच्छा करना, प्रेम करना; पसंद करना; माँगना; प्रेम भरी दृष्टि से देखना।

चाहिए—अ. उचित है; अपेक्षित है; जरूरत है।

चाही—वि., स्त्री. जिसकी इच्छा की जाए।

चाही—स्त्री. [फा.] वह भूमि जिस पर कुएँ, नहर, आदि से सिंचाई की सुविधा हो।

चाहे—अ. जी चाहे, इच्छा हो (तो); या तो। **ला. ~जो हो**—चाहे जो परिणाम हो।

चिंउंटा—पु. द्र. 'चींटा'।

चिंउंटी—स्त्री. द्र. 'चींटी'।

चिंगड़ा—पु. झींगा मछली।

चिंगारी—स्त्री. द्र. 'चिनगारी'।

चिंघाड़—स्त्री. हाथी के चिल्लाने का शब्द, उसका गर्जन; बहुत ज़ोर से बोलना, चीखना; रोना।

चिंघाड़ना—अ.क्रि. हाथी का ज़ोर से बोलना, चीखना; चीत्कार करना; गरजना।

चिंत*—स्त्री. चिंता; याद, ध्यान आना।

चिंतक—वि. [सं.] चिंतन करने वाला, मनन करने वाला। पु. विचारक।

चिंतन—पु. [सं.] किसी विषय को बार-बार ध्यान में लाना, उस पर विचार करना।

चिंतना—स्त्री. [सं.] चिंतन, सोचना-विचारना।

चिंतनीय—वि. [सं.] चिंता करने योग्य; विचारणीय; शोधनीय।

चिंता—स्त्री. [सं.] चिंतन; सोच, फ़िक्र; ध्यान; परवाह; बेचैनी; व्याकुलता। **~जनक**—वि. चिंता का कारण, चिंतित कर देने वाला। **~मणि**—स्त्री. पौराणिक मान्यता के अनुसार एक कल्पित रत्न जिससे मुँह माँगी वस्तु प्राप्त हो जाती है, कामनाएँ पूर्ण करने में समर्थ; ईश्वर; सरस्वती का बीज मंत्र जो नवजात शिशु की जिह्वा पर विद्या प्राप्ति के लिए लिखा जाता है। **~शील**—वि. जिसमें सोचने-विचारने की प्रवृत्ति हो, मनीषी।

चिंताकुल—वि. [सं.] चिंता से व्याकुल, विकल।

चिंतातुर—वि. [सं.] चिंता से विकल; उद्विग्न।

चिंतित—वि. [सं.] चिंता-युक्त, सोच में पड़ा हुआ।

चिंतिति—स्त्री. [सं.] चिंता।

चिंत्य—वि. [सं.] चिंता करने योग्य, चिंतनीय, विचारनीय।

चिंदी—वि. [सं.] छोटा टुकड़ा। **~चिंदी कर देना**—स.क्रि. छोटे-छोटे टुकड़े कर देना, धज्जियाँ कर देना।

चिंपांजी—पु. अफ्रीकी मूल का एक वनमानुष जन्तु जिसकी आकृति बंदर जैसी होते हुए भी आदमी से बहुत मिलती है।

चिउँटा—पु. द्र. 'चींटा'।

चिउँटी—स्त्री. द्र. 'चींटी'।

चिउड़ा—पु. द्र. 'चिवड़ा'।

चिक़—स्त्री. [तु.] बाँस की तीलियों का बना हुआ परदा, चिलमन।

चिक—पु. पशुओं को मार कर उनका मांस बेचने वाला जिसकी दुकान के आगे चिक पड़ी रहती है, कसाई।

चिकट—वि. द्र. 'चीकट'।

चिकटना—अ.क्रि. तेल पर धूल, मैल, आदि पड़कर चिपचिपा हो जाना।

चिकन—पु. सूती कपड़े पर सूई-धागे से बेल-बूटे बनाने का काम; ऐसे काम वाला कपड़ा। **~कार, ~गर, ~दोज़**—पु. चिकन बनाने वाला। **~कारी, ~दोज़ी**—स्त्री. चिकन बनाने का काम।

चिकना—वि. जिसकी सतह बराबर और कोमलता लिये हुए हो, जो खुरदरा न हो; जिस पर हाथ-पाँव फिसले; साफ और चमकीला; तेल, घी या कोई भी चिकनाई लगा हुआ, कोमल, स्निग्ध। **~ई**—स्त्री. चिकनापन, कोमलता, घी, तेल, आदि। **~हट**—स्त्री. चिकनाई। **मु. ~घड़ा**—जिस पर कहने-सुनने का असर न हो, बेहया

चिकनाना—स.क्रि. चिकना करना, तेल, आदि लगाना; खुरदरापन समाप्त करना।

चिकनिया—वि. जो बना-ठना रहे, सजा-धजा, छैला।

चिकनी—वि. [स्त्री.] द्र. 'चिकना'। **~चुपड़ी बातें**—स्त्री. किसी को बहलाने-फुसलाने के लिए कही जाने मीठी-मीठी बातें, चापलूसी की बातें। **~मिट्टी**—काली, गीली मिट्टी जो तालाब से निकलती है।

चिकवा—पु. बूचड़, कसाई।

चिकितान—पु. [सं.] एक ऋषि। वि. अभिज्ञ।

चिकित्सक—पु. [सं.] चिकित्सा, उपचार करने वाला, वैद्य, डॉक्टर।

चिकित्सा—स्त्री. [सं.] उपचार, रोग-निवारण का उपाय, इलाज; औषधि के द्वारा उपचार। **~व्यवसाय**—पु. डॉक्टर, वैद्य का पेशा।

चिकित्सालय—पु. [सं.] अस्पताल, वह स्थान जहाँ चिकित्सा की जाती है, शफ़ाखाना।

चिकित्सावकाश—पु. [सं.] चिकित्सा के लिए ली जाने वाली छुट्टी ('मेडिकल लीव')।

चिकित्सु—वि. [सं.] चिकित्सा, उपचार कराने वाला।

चिकिल—पु. [सं.] कीचड़।

चिकीर्षा—स्त्री. [सं.] करने की इच्छा।

चिकीर्षित—वि. [सं.] जिसे करने की इच्छा की गई हो। पु. इच्छा, अभिप्राय, प्रयोजन।

चिकीर्षु—वि. [सं.] करने की इच्छा रखने वाला।

चिकुटी*—स्त्री. चिकोटी, चुटकी।

चिकुर—पु. [सं.] केश, सिर के बाल; रेंगने वाला कीट; पर्वत; गिलहरी। **~कलाप, ~निकर, ~पक्ष, ~पाश, ~भार, ~हस्त**—पु. केशकलाप, जुल्फ़, लट।

चिकूर—पु. [सं.] बाल, केश।

चिकोटी—स्त्री. चुटकी।

चिक्कट—वि. बहुत मैला, गंदा। पु. जमा हुआ मैल।

चिक्कण—वि. [सं.] चिकना। पु. सुपारी का पेड़; उसका फल; हड़ (हेड़)।

चिक्कणा—स्त्री. [सं.] सुंदर गाय; सुपारी।

चिक्कणी—स्त्री. [सं.] सुपारी; चिकनी सुपारी।

चिक्करना—अ.क्रि. चीत्कार करना, चिंघाड़ना।

चिक्का—स्त्री. [सं.] सुपारी; चुहिया।

चिक्कार—पु. चिकार, चीत्कार।

चिक्कारा—पु. हिरण की एक प्रजाति।

चिखना*—पु. शराब के साथ खाने की चटपटी नमकीन, नमकीन।

चिचावना*—अ.क्रि. द्र. 'चिचियाना'।

चिचिंडा—पु. एक बेल जिसके लंबोतरे फल सब्जी के काम आते हैं।

चिचियाना—अ.क्रि. चीखना, चिल्लाना।

चिचोड़ना—स.क्रि. द्र. 'चचोड़ना'।

चिच्छिल—पु. [सं.] महाभारत में वर्णित एक देश; उस देश का निवासी।

चिट—स्त्री. कागज़ का छोटा टुकड़ा, पुरजा। **~नवीस**—पु. लेखक, मुहर्रिर।

चिटकना—स.क्रि. सूख कर चटकना, फटना, तड़कना; लकड़ी का जलते समय 'चिट-चिट' आवाज़ करना। **ला.** चिढ़ना, खीजना।

चिट्टा—वि. गोरा, खूब गोरा (गोरा-चिट्टा)।

चिट्ठा—पु. खाता; आय-व्यय, आदि का वार्षिक विवरण; बहुत लंबी-चौड़ी चिट्ठी। **मु. ~कोरा चिट्ठा खोल कर रख देना**—किसी के दोष, अभावों, आदि का पूरा गुप्त विवरण खोल कर रख देना।

चिट्ठी—स्त्री. पत्र, खत; आज्ञा-पत्र, निमंत्रण। **~पत्री**—स्त्री. पत्र; पत्र-व्यवहार। **~रसाँ, ~रसा**—पु. चिट्ठी बाँटने वाला, डाकिया।

चिड़चिड़ा—वि. ज़रा-ज़रा-सी बात पर झुँझलाने, झल्लाने वाला, तुनक-मिजाज़। **~पन**—पु. चिड़चिड़ा स्वभाव, तुनक-मिजाज़ी।

चिड़चिड़ाना—अ.क्रि. चिटकना, जलने में चिड़-चिड़ आवाज़ होना; चिढ़ना, झुँझलाना, झल्लाना।

चिड़चिड़ाहट—स्त्री. चिढ़चिढ़ाने का भाव, प्रवृत्ति, तुनक-मिजाज़ी।

चिड़वा—पु. हरे या भिगोये हुए धान को भून और कूट कर तैयार किया हुआ एक खाद्य पदार्थ।

चिड़ाना—स.क्रि. द्र. 'चिढ़ाना'।

चिड़िया—स्त्री. पंख और चोंच वाला द्विपद जन्तु, पक्षी, पखेरू; ताश के पत्तों का एक रंग, चिड़ी, बाँस या बैसाखी, आदि के सिरे पर लगाई जाने वाली चिड़िया की शक्ल की छोटी लकड़ी। **~ख़ाना, ~घर**—पु. पशु-पक्षियों को प्रदर्शनार्थ रखने का स्थान ('ज़ू')। **मु. ~का दूध**—अलभ्य, अप्राप्य वस्तु (माँगना)। **~फँसाना**—किसी व्यक्ति को अपने लाभ के लिए अपने जाल में फँसा लेना।

चिड़ी—स्त्री. ताश के पत्तों का एक रंग; चिड़िया (केवल समास में प्रयुक्त—चिड़ीमार, चिड़ीचोर)। **~मार**—पु. चिड़िया पकड़ने वाला, बहेलिया।

चिढ़—स्त्री. चिढ़ने का भाव, खीज, नाराज़गी; घृणा, नफ़रत; किसी को चिढ़ाने के लिए बोले जाने वाले शब्द, यथा—'करेला', 'बुड्ढा'।

चिढ़ना—अ.क्रि. नाराज़ होना, बुरा मानना, किसी बात पर झुँझला जाना।

चिढ़ाना—स.क्रि. 'चिढ़ना' का प्रे.; नाराज़ करना; नाराज़गी की बात कहना; खिजाना; मुँह बनाना; छेड़ना; उपहास करना।

चित—वि. [सं.] चुनकर इकट्ठा किया हुआ, जिसका चयन किया गया हो; संचित, संगृहीत; आच्छादित। पु. मकान, भवन।

चित—पु. [सं.] चित्त, मन, हृदय। **~चोर**—वि. चित्त, हृदय चुराने वाला, मनोहर।

चित—वि. पीठ के बल मुँह ऊपर किये हुए लेटा हुआ, पट्ट का उलटा; जिसकी पूरी पीठ ज़मीन से लगी हुई हो। **~पट**—पु. एक खेल; कुश्ती। **मु. ~करना**—प्रतिपक्षी को पछाड़ देना, उसकी पीठ ज़मीन से लगा देना। **~पट करना**—इधर या उधर कुछ भी निर्णय कर देना। **~पट होना**—कोई निर्णय हो जाना।

चितउर*—पु. चित्तौड़ (जायसी)।

चितकबरा—वि. सफेद और काले रंग के धब्बों वाला। स्त्री. 'चितकबरी' (बिल्ली, आदि)।

चितकूट*—पु. चित्रकूट।

चितरनहार—पु. चित्रण करने वाला।

चितला—वि. चितकबरा। पु. चित्तीदार, खरबूजों, आदि; एक बड़ी मछली।

चितवन—स्त्री. किसी की ओर (प्रेम से) देखने का ढंग, दृष्टि; कटाक्ष।

चितवनि*—स्त्री. द्र. 'चितवन'।

चिता—स्त्री. [सं.] मुरदे को जलाने के लिए चिनकर रखी हुई लकड़ियों का ढेर। **~भूमि**—स्त्री. श्मशान। **~साधन**—पु. तांत्रिकों द्वारा चिता के सामने बैठ कर अनुष्ठान करना।

चिताना—स.क्रि. किसी खतरे-बुराई, आदि के संबंध में सावधान करना; याद दिलाना; ज्ञानोपदेश करना।

चितारोहण—पु. [सं.] (विधवा का) सती होने के लिए चिता पर जाना, आसीन होना।

चितावनी—स्त्री. चेताने की क्रिया; चेताने के लिए कही गई बात, उपदेश ('चितावणी कौ अंग'—कबीर.)।

चिति—स्त्री. [सं.] चयन, चुनाव; समझ; ज्ञान; अंत:वृत्ति, ('साइकी')।

चितिका—स्त्री. [सं.] ढेर; चिता; करधनी।

चितेरा—पु. चित्रकार; चित्रण करने वाला।

चितेरिन, चितेरी—स्त्री. चित्रकार स्त्री; चित्रकार की पत्नी; चित्रण करने वाली।

चितौन, चितौनि*—स्त्री. [ब्र.भा.] द्र. 'चितवन'।

चितौना*—स.क्रि. द्र. 'चितवना'।

चितौनी—स्त्री. द्र. 'चितावनी'।

चित्—स्त्री. [सं.] चैतन्य, चेतना; ज्ञान; आत्मा; ब्रह्म; चित्त; अग्नि। **~पर, ~स्वरूप**—पु. परमात्मा।

चित्कार—पु. द्र. 'चीत्कार'।

चित्त—पु. [सं.] अंत:करण, मन, हृदय, दिल। **~कलित**—वि. जिसकी आशा की गई हो। **~ज्ञ**—वि. दूसरों के मन की इच्छा जानने वाला। **~नाथ**—पु. प्रेमी। **~निवृत्ति**—स्त्री. संतोष, सुख। **~वृत्ति**—स्त्री. मन की अवस्था; मन का भाव। **~वृत्ति निरोध**—पु. चित्त को सांसारिक विषयों से हटाकर अंतर्मुखी करना। **~शुद्धि**—स्त्री. चित्त का निर्मल, निर्विकार, सांसारिक वासनाओं से रहित होना। **~हारी**—वि. मन को हरण करने वाला। **मु. ~उचटना**—मन न लगना, उदास होना। **~चढ़ना, ~पर चढ़ना**—किसी चीज़ का अच्छा लगना, भा जाना; किसी बात या व्यक्ति की स्मृति बार-बार आना। **~बँटना**—मन या ध्यान किसी दूसरे विषय में लग जाना। **~से उतरना**—किसी व्यक्ति का अप्रिय हो जाना।

चित्ताकर्षक—वि. [सं.] मन को मोहने वाला, सुंदर।

चित्तापहारक—वि. [सं.] चित्त का हरण करने वाला; मनोहारी, सुंदर।

चित्तासंग—पु. [सं.] प्रेम।

चित्ति—स्त्री. [सं.] प्रज्ञा, बुद्धि; चिन्तन।

चित्ती—स्त्री. छोटा धब्बा; रोटी में जल जाने का दाग़; त्वचा पर पड़े हुए काले-काले निशान; चपटी कौड़ी जो पासे खेलने के काम आती है।

चित्तोद्रेक—पु. [सं.] गर्व, घमंड।

चित्तौर—पु. चित्तौड़, मेवाड़ के महाराणाओं की पुरानी राजधानी।

चित्य—वि. [सं.] चुनने योग्य, चयनीय; चिता-संबंधी। पु. श्मशान; समाधि।

चित्या—स्त्री. [सं.] चिता; चुनना; एकत्र करना।

चित्र—पु. [सं.] रेखाओं या रंगों से बनी हुई किसी वस्तु या व्यक्ति की आकृति, प्रतिमूर्ति, तस्वीर; किसी वस्तु की ज्यों की त्यों तैयार की हुई प्रतिकृति ('फ़ोटो'); सजीव, जीवन्त वर्ण। **~उतारना या खींचना**—शब्दों द्वारा ऐसा वर्णन करना कि सब बातें चित्र के समान स्पष्ट हो जाएँ। **~कला**—स्त्री. चित्र बनाने की कला। **~कार**—पु. चित्र बनाने वाला, चितेरा। **~कारी**—स्त्री. चित्रकार का काम, व्यवसाय, चित्रकला। **~काव्य**—पु. चित्र बनाकर लिखा गया काव्य—कमल, दीपक, छत्र, पक्षी, आदि के चित्र बनाकर लिखा गया कव्य; ऐसा काव्य जिसके अक्षर किसी विशेष क्रम से लगाने पर किसी वस्तु का चित्र बन जाता है। **~कूट**—पु. एक प्रसिद्ध पर्वत जिस पर राम-सीता वनवास के समय कुछ समय रहे। **~केतु**—पु. लक्ष्मण का एक पुत्र। **~गुप्त**—पु. मिथकीय मान्यता के अनुसार यम के दरबार में मनुष्यों के पाप-पुण्यों का लेखा-जोखा रखने वाला देवता, इन्हें कायस्थ जाति का आदिपुरुष भी माना जाता है। **~घंटा**—स्त्री. देवी का एक रूप। **~लिखित**—वि. चित्रित; गतिहीन, स्तब्ध; मूक। **~लिपि**—स्त्री. वह लिपि जिसमें अक्षरों की जगह सांकेतिक चित्र प्रयुक्त होते हैं। **~लेखा**—स्त्री. बाणासुर के मंत्री की कन्या जो उषा की एक सखी थी; एक अप्सरा; चित्र बनाने की कूँची। **~विचित्र**—वि. रंग-बिरंगा; बेढंगा। **~शाला**—स्त्री. वह भवन या मंडप जिसमें बहुत चित्र लगा कर रखे गए हों; जहाँ चित्रकला का प्रदर्शन करने के लिए बहुत से चित्र लगाये गए हों ('आर्टगैलरी', चित्र-वीथि)। **~सारी**—स्त्री. चित्रशाला।

चित्रक—पु. [सं.] चीता; बाघ।

चित्रपट—पु. [सं.] सिनेमा का परदा; सिनेमा; वह कपड़ा, कागज़, आदि जिस पर चित्र बनाए जाते हैं, चित्राधार।

चित्रमय—वि. [सं.] चित्रों से भरा हुआ, सचित्र।

चित्रवत्—वि. [सं.] चित्र जैसा। **ला.** स्तब्ध; मौन; स्थिर, गतिहीन।

चित्रांकन—पु. [सं.] चित्र अंकित करना; शब्दों द्वारा सजीव—विस्तृत वर्णन करना।

चित्रांकित—वि. [सं.] चित्र में अंकित।

चित्रांग—वि. [सं.] जिसका शरीर चित्तीदार हो। पु. अर्जुन; सिंदूर; हरताल; साँप की एक प्रजाति।

चित्रांगद—पु. [सं.] शांतनु एक पुत्र, विचित्रवीर्य का एक भाई।

चित्रांगदा—स्त्री. [सं.] अर्जुन की एक पत्नी जो मणिपुर के एक राजा की एक पुत्री थी।

चित्रांगी—स्त्री. [सं.] मजीठ; कनखजूरा।

चित्रा—स्त्री. [सं.] 27 नक्षत्रों में से एक; चितकबरी गाय; एक रागिनी; एक मूर्च्छा।

चित्राक्ष—वि. [सं.] सुंदर नेत्रों वाला।

चित्राक्षी—स्त्री. [सं.] मैना, सारिका।

चित्राटीर—पु. [सं.] चंद्रमा।

चित्रात्मक—वि. [सं.] चित्रों से पूर्ण, चित्रमय।

चित्राधार—पु. [सं.] चित्रपट; कागज़, कपड़ा, आदि जिस पर चित्र बनाया जाता है।

चित्रायस—पु. [सं.] इस्पात।

चित्रायुध—पु. [सं.] विचित्र अस्त्र। वि. विचित्र अस्त्र वाला।

चित्रालय—पु. [सं.] चित्रशाला; चित्र संग्रहालय।

चित्रिक—पु. [सं.] चैत का महिना।

चित्रिणी—स्त्री. [सं.] कामशास्त्र के अनुसार स्त्रियों के चार भेदों पद्मिनी, आदि में से एक जिसका गुण कला-निपुणता और शृंगारप्रियता बताया गया है।

चित्रित—वि. [सं.] जिसका चित्र खींचा गया हो; वर्णित; चितकबरा।

चित्री—वि. [सं.] चित्र-युक्त; चितकबरा, सफेद-काले धब्बों वाला।

चित्रीकरण—पु. [सं.] विभिन्न वर्णों से रँगना; चित्रित करना; सजाना।

चित्रेश—पु. [सं.] चंद्रमा; चित्रा नक्षत्र के पति।

चित्रोत्तर—पु. [सं.] एक शब्दालंकार जिसके प्रश्न के शब्दों में ही उसका उत्तर निहित होता है।

चित्रोपम—वि. [सं.] सजीव, जीवंत।

चित्र्य—वि. [सं.] पूज्य।

चिथड़ा—पु. फटा-पुराना कपड़ा, गूदड़, जर्जर कपड़ा।

चिथाड़ना—स.क्रि. फाड़ना, चिथड़े-चिथड़े कर देना। **ला.** विभिन्न रूपों में खंडन करना; किसी की धज्जियाँ उड़ाना।

चिद्—पु. [सं.] चित् का समास में प्रयुक्त रूप। **~आकाश**—पु. शुद्ध ज्ञान स्वरूप ब्रह्म। **~आभास**—पु. चित् स्वरूप परमात्मा का हृदय में प्रतिबिम्बित आभास। **~रूप**—वि. शुद्ध चैतन्य रूप। **~विलास**—पु. चित् स्वरूप ब्रह्म की माया; आत्मा का ब्रह्म स्वरूप में रमण।

चिन—पु. पहाड़ों में होने वाला एक सदाबहार पेड़।

चिनक—स्त्री. (पेशाब में) जलन के साथ होने वाली पीड़ा।

चिनगारी—स्त्री. जलते हुए कोयले, उपले, लकड़ी, आदि का बहुत छोटा अंश, अग्निकण, स्फुलिंग। **मु. ~छोड़ना**—झगड़ा कराने वाली बात कहना। **~भड़कना**—(विद्रोह, युद्ध, आदि) की शुरुआत होना।

चिनगी*—स्त्री. द्र. 'चिनगारी'।

चिनना*—स.क्रि. दीवार उठाना, बनाना, चिनाई करना।

चिनाना*—स.क्रि. चिनवाना, दीवार, आदि बनवाना।

चिनाब—स्त्री. पंजाब की पाँच प्रधान नदियों में से एक, प्राचीन नाम चन्द्रभागा।

चिनिया—वि. चीनी के रंग का, सफेद; चीनी जैसे स्वाद का मीठा। **~केला**—पु. बंगाल में होने वाला एक तरह का केला। **~बादाम (चिनाबादाम)**—पु. मूँगफली।

चिन्मय—वि. [सं.] शुद्ध ज्ञानमय, ज्ञान स्वरूप। पु. परब्रह्म।

चिन्मात्र—पु. [सं.] शुद्ध चैतन्य। वि. शुद्ध ज्ञान स्वरूप।

चिह्न—पु. द्र. 'चिह्न'।

चिह्नवाना*—स.क्रि. पहचान कराना।

चिह्नाना*—स.क्रि. पहचान कराना। अ.क्रि. पहचाना जाना।

चिह्नानी*—स्त्री. चिह्न, पहचान; यादगार।

चिह्नार*—वि. परिचित।

चिह्नारि, चिह्नारी*—स्त्री. जान-पहचान।

चिन्हित—वि. द्र. चिह्नित।

चिपकना—अ.क्रि. किसी लसदार चीज़ के द्वारा एक चीज़ का दूसरे से जुड़ना; सटना; लिपटना; किसी काम में लगना।

चिपकाना—स.क्रि. किसी लसदार चीज़ की सहायता से एक चीज़ को दूसरी से जोड़ना; लिपटाना।

चिपकाव—पु. चिपकने का भाव, किसी से लगाव (व्यक्ति या वस्तु से)।

चिपचिप—स्त्री. किसी लसदार वस्तु को छूने से होने वाला अनुभव या शब्द।

चिपचिपा—वि. चिपकने वाला, लसदार। **~हट**—स्त्री. चिपचिपा होने का भाव, लस। **ला. ~मौसम**—उमस वाला मौसम।

चिपचिपाना—अ.क्रि. लसदार होना, लगना।

चिपट—वि. [सं.] चपटी नाक वाला।

चिपटना—अ.क्रि. संलग्न होना, जुड़ना; आलिंगन में लेना।

चिपटा—वि. चपटा, जो उभरा हुआ न हो, बैठा या धँसा हुआ।

चिपटी—वि. स्त्री. द्र. 'चिपटा'।

चिप्पी—स्त्री. लकड़ी, धातु, आदि का छोटा चपटा टुकड़ा।

चिप्स—पु. [अं.] आलू, आदि के कतरे जिनमें मसाला, आदि डाला हुआ होता है।

चिबु, चिबुक—पु. [सं.] ठुड्डी, ठोड़ी।

चिमटना—अ.क्रि. चिपकना, लिपटना; शरीर के किसी अंग से लगना, उसे आलिंगन में लेना; पीछा न छोड़ना।

चिमटा—पु. आग, आदि, गरम चीज़ रोटी, आदि को पकड़ने या उठाने वाला छोहे की पत्तियों का खुले मुँह का औज़ार; उसी प्रकार का एक वाद्य जो कीर्तन, आदि में बजाया जाता है।

चिमटाना—स.क्रि. चिपकाना, लिपटाना।

चिमटी—स्त्री. चिमटे के आकार का छोटा औज़ार जो किसी वस्तु, आदि को उठाने, मोड़ने-तोड़ने के काम आता है।

चिमनी—स्त्री. [अं.] इंजिन, लालटेन, मकान में बने किसी कमरे, आदि का धुआँ निकलने की पाइपनुमा निकासी।

चियाँ—पु. एक जंगली पेड़ का बीज जिसे बच्चे खेल में प्रयोग में लाते थे। **~सी**—वि. बहुत छोटी-सी।

चिरंजीव—अ. [सं.] चिरजीवी हो, लंबी आयु हो (आशीर्वाद रूप में)। पु. कामदेव; बेटा, पुत्र।

चिरंजीवी—वि. [सं.] चिरजीवी, बहुत समय तक जीने वाला।

चिरंतन—वि. [सं.] बहुत दिनों तक, पुरातन; शाश्वत।

चिर—वि. [सं.] जो बहुत दिनों से हो, दीर्घकालीन; पुराना, जो बहुत समय तक बना रहे, दीर्घकालिक। पु. तीन मात्राओं का गण जिसका पहला वर्ण लघु हो। **~कांक्षित**—वि. जिसकी कामना, इच्छा बहुत दिनों से हो। **~काल**—पु. दीर्घकाल। अ. बहुत दिनों से, बहुत दिनों तक। **~कालार्जित**—वि. बहुत दिनों में कमाया, संगृहीत किया हुआ। **~कालिक, ~कालीन**—वि. बहुत दिन का, पुरातन; जीर्ण (रोग)। **~कुमार**—वि. आजीवन अविवाहित। ~[स्त्री. 'चिरकुमारी']। **~जीवक**—चिरजीवी। **~जीवी**—वि. बहुत दिन जीने वाला, जिसकी आयु दीर्घ हो; अमर। **~नवीन**—वि. जो सदैव नया बना रहा। **~निद्रा**—स्त्री. मृत्यु। **~नूतन**—वि. जो सदा नया बना रहे। **~परिचित**—वि. जो बहुत समय से परिचय में हो। **~प्रचलित**—वि. जो बहुत दिनों से चला आ रहा हो, पुराना। **~प्रतीक्षित**—वि. जिसकी बहुत दिनों से आशा की गई हो, प्रतीक्षा की जा रही हो। **~रोगी**—वि. जो दीर्घ समय से बीमार हो; जो सदा रोगी रहे। **~वियोग, ~विरह**—पु. लंबे समय तक चलने वाला वियोग, जुदाई। **~शत्रु**—वि. पुराना शत्रु। **~शांति**—स्त्री. स्थायी शांति, मुक्ति, मृत्यु। **~संगी**—वि. सदा का साथी, जन्म का साथी। **~स्थायी**—वि. बहुत दिनों तक बना रहने वाला, टिकाऊ। **~स्मरणीय**—वि. बहुत दिनों तक स्मरण के योग्य, दीर्घ समय तक स्मरण रहने वाला।

चिरई*—स्त्री. चिड़िया।

चिरकना—अ.क्रि. थोड़ी-थोड़ी मात्रा में पतले दस्त होना।

चिरकीन—वि. [फा.] मैला, गंदा, मैल में सना, लिपटा हुआ।

चिरकुट—पु. बहुत फटा हुआ कपड़ा, चिथड़ा।

चिरना—अ.क्रि. फटना, सीधा कट जाना।

चिरवाई—स्त्री. चिरवाने का काम या व्यवसाय।

चिरवाना—स.क्रि. चीरने का प्रे., चीरने का काम कराना।

चिरांद, चिरांध, चिराँदा—स्त्री. चमड़े, मांस, आदि के जलने से निकलने वाली बदबू।

चिराई—स्त्री. चीरने की क्रिया; चीरने के लिए दी जाने वाली मज़दूरी।

चिराग़—पु. [फा.] दीया, दीपक। **ला.** बेटा, पुत्र। **~जले**—अ. दीया जलने के समय, अँधेरा होने के समय। **~दान**—

पु. दीवट, दीपाधार। ~(ग़े) सहरी, ~सुबह—पु. भोर का दीया, बुझता हुआ दीया; वह जो मरणासन्न हो, कुछ दिनों का मेहमान। ला. ~ठंडा करना—दीया बुझाना। मु. ~तले अँधेरा—जहाँ चीज़ की बहुतायत हो किंतु कोई व्यक्ति उससे वंचित रह जाए (बहुत बड़े ज्ञानी के घर कोई अनपढ़ रह जाए, आदि) ।

चिराग़ी—स्त्री. दीयाबत्ती का खर्च; मजार पर दी जाने वाली भेंट जो प्राय: चिराग़ के नीचे रख दी जाती है; किसी मजार पर दीयाबत्ती करने का खर्च।

चिराटिका—स्त्री. [सं.] एक पौधा, चिरायता।

चिराद—पु. [सं.] गरुड़; बतख की जाति का एक पक्षी।

चिराना—स.क्रि. द्र. 'चिरवाना'।

चिरायँध—स्त्री. द्र. 'चिराँद', 'चिराँध'।

चिरायता—पु. एक कड़वे स्वाद वाला पौधा जिसके पत्ते, आदि दवा रूप में प्रयुक्त होते हैं।

चिरायु—वि. [सं.] बहुत दिन जीने वाला, चिरजीवी।

चिराव—पु. लकड़ी को चीरने का काम।

चिरिया*—स्त्री. द्र. 'चिड़िया'।

चिरी*—स्त्री. चिड़िया। **~ख़ाना**—पु. चिड़ियाघर।

चिरैया*—स्त्री. चिड़िया।

चिरौंटा—पु. नर चिड़िया।

चिरौंजी—स्त्री. एक पहाड़ी वृक्ष के फल का बीज, जिसकी गिरी मेवा के रूप में प्रयुक्त होती है।

चिरौरी—स्त्री. दीनतापूर्वक अनुनय-विनय करना।

चिलक—स्त्री. चमक, झलक; कभी-कभी तीव्रता से उठने वाली टीस।

चिलकना—अ.क्रि. चमकना, झलक मारना; टीसना।

चिलका—पु. चाँदी का चमचमाता सिक्का। स्त्री. ओडिशा में प्रसिद्ध एक झील।

चिलकाना—स.क्रि. चमकाना; उज्ज्वल करना।

चिलगोजा—पु. [फा.] एक मेवा जिसकी गिरी खाई जाती है।

चिलचिल—स्त्री. अभ्रक।

चिलचिलाना—अ.क्रि. गरमी में चमकना (चिलचिलाती धूप)।

चिलबिल—पु. एक जंगली पेड़।

चिलबिला, चिलबिल्ला—वि. चंचल, शरारती, नटखट।

चिलम—स्त्री. [फा.] हुक्के पर रखे जाने वाला कटोरीनुमा मिट्टी का नालीदार पात्र, जिसमें तम्बाकू के ऊपर आग रखी जाती है और हुक्के से घूँट मार कर उसका धुआँ पिया जाता है। **मु. ~भरना**—किसी की बहुत सेवा करना। **ला. ~पीना**—हुक्का पीना।

चिलमची—स्त्री. चौड़े मुँह का एक पात्र, बीच में परात की तरह गहरा जो हाथ-मुँह धोने, कुल्ला, आदि के काम आता है।

चिलमन—पु. [फा.] बाँस की तीलियों का बना हुआ परदा, दरवाज़े, बरामदे, आदि पर लटका दिया जाता है, चिक।

चिलवाँस*—पु. चील का मांस; चिड़िया फँसाने का एक तरह का फंदा।

चिल्ड्रेन—पु. [अं.] बच्चे, शिशु। **~पार्क**—पु. बच्चों के खेलने का स्थान, बगीचा।

चिल्ल—पु. [सं.] चील।

चिल्ल-पौं—स्त्री. शोर-शराबा, चीख-पुकार।

चिल्लर—पु. खरीज, छोटे-छोटे सिक्के।

चिल्लवाँस—पु. नवजात शिशु का किसी रोग या पीड़ा के कारण बहुत अधिक चिल्लाना-रोना।

चिल्लवाना—स.क्रि. चिल्लाने को प्रेरित करना, विवश करना।

चिल्ला—पु. धनुष की डोरी, प्रत्यंचा; चालीस दिन का समय, चालीस दिन का व्रत-उपवास। **~(ले) का जाड़ा**—चालीस दिन का घोर शीत का समय, जिसमें पूस के 15 और माघ के 25 दिन। **~चढ़ाना**—स.क्रि. धनुष की डोर चढ़ाना, बाँधना।

चिल्लाना—अ.क्रि. ज़ोर से बोलना, चीखना, शोर करना; आवेश में बोलना।

चिल्लाहट—स्त्री. चिल्लाने की क्रिया, द्र. 'चिल्लाना'।

चिहुँकना—अ.क्रि. चहकना।

चिहुँटनी, चिहुटनी*—स्त्री. घूँघची।

चिहुँटी*—स्त्री. चुटकी।

चिह्न—पु. [सं.] निशान, छाप; पहचान; लक्षण; ध्वजा; निशानी; याद। **~(चुनाव)**—पु. किसी प्रत्याक्षी या राजनीतिक दल का वह निशान (हाथ, कमल, लालटेन, साइकिल, आदि) जिसके आधार पर वे चुनाव लड़ते हैं।

चिह्नांकन—पु. [सं.] कोई चिह्न लगा देना, निशान बना देना, चिह्न अंकित कर देना।

चिह्नांकित—वि. [सं.] जिस पर चिह्न, निशान लगा हुआ हो।

चिह्नित—वि. [सं.] जिस पर चिह्न या निशान लगा दिया गया हो, अंकित; चिह्नयुक्त।

चीं—स्त्री. छोटी चिड़िया; चिड़िया के बच्चे की आवाज़ (चीं-चीं)। **~चपड़**—स्त्री. विरोध-भाव। **~चीं**—स्त्री. चीं-चीं की आवाज़। **ला. ~चीं करना, ~चीं लगाये रखना**—हर समय आक्रोश में रहना; किसी बात में विरोध स्वरूप टीका-टिप्पणी करना; बच्चों का हर समय बहुत अधिक रोना-झींखना। **मु. ~बोलना**—तौबा करना; हार मान लेना।

चींटा—पु. चींटी से बड़े आकार का एक कीड़ा, चिउँटा।

चींटी—स्त्री. एक छोटा कीड़ा, पिपीलिका।

चींयाँ—पु. एक जंगली पेड़, अरंड का बीज। **ला. ~सा**—वि. जरा-सा, बहुत छोटा।

चीक—स्त्री. द्र. 'चीख'।

चीकट—पु. तेल पर जमा हुआ मैल, धूल, आदि। वि. जिस पर चिकनाई—धूल भरा मैल हो; बहुत अधिक मैला।

चीकना*—अ.क्रि. द्र. 'चीखना'।

चीकू—पु. एक मीठा फल; छोटे आलू के आकार का, कुछ लंबी प्रजाति का भी।

चीख़—स्त्री. चीखने की आवाज़, चिल्लाहट। **~पुकार**—स्त्री. शोरगुल, शोरगुल मचा कर की जाने वाली प्रार्थना।

चीख़ना—अ.क्रि. चिल्लाना, शोर मचाना।

चीज़—स्त्री. [फा.] वस्तु, पदार्थ; बहुमूल्य; अनूठी वस्तु; साहित्य या कला की वस्तु; गहना, आभूषण। **~बस्त**—स्त्री. गहना, आभूषण तथा कपड़े, आदि।

चीटिंग—स्त्री. [अं.] धोखा देना।

चीड़—पु. एक प्रकार का पेड़, बहुत ऊँचा-लंबा, चिकने तने वाला, इसकी लकड़ी पेटियाँ, संदूक, आदि बनाने के काम आती है।

चीढ़—पु. द्र. 'चीड़'।

चीत*—पु. द्र. 'चित्त'; चित्रा नक्षत्र।

चीतकार*—पु. द्र. 'चीत्कार'।

चीतना*—स.क्रि. सोचना।

चीतर*—पु. द्र. 'चीतल'।

चीतल—पु. हिरण की एक प्रजाति, इसकी खाल पर सफेद चित्तियाँ होती हैं, चित्रमृग।

चीता—पु. बाघ की एक प्रजाति, इसकी खाल पर बड़ी-बड़ी गोल चित्तियाँ होती हैं, अपनी तेज झपट और चाल के लिए प्रसिद्ध।

चीता—वि. सोचा हुआ, चाहा हुआ ('मनचीता')।

चीत्कार—पु. [सं.] चीख़, चिल्लाहट; शोर; रोने या विलाप का तीव्र स्वर।

चीथड़ा—पु. द्र. 'चिथड़ा'।

चीथना—स.क्रि. कुचल देना, क्षत-विक्षत कर देना।

चीथरा*—पु. द्र. 'चिथड़ा'।

चीदा—वि. [फा.] चुना हुआ; अच्छा, बढ़िया। **~चीदा**—वि. चुने हुए, अच्छे-अच्छे (वस्तु, व्यक्ति)।

चीन—पु. [सं.] दक्षिण-पूर्व एशिया का प्रसिद्ध देश, संसार की जनसंख्या में सबसे ऊपर। **~की दीवार**—चीन में उत्तरी जातियों के आक्रमण से बचने के लिए बनाई हुई लगभग 1500 मील लंबी सुदृढ़ दीवार, संसार के सात आश्चर्यों में से एक।

चीनक—पु. [सं.] चीनी कपूर; कंगनी, एक प्रकार का चावल।

चीनना*—स.क्रि. चीन्हना, पहचानना।

चीनांशुक—पु. [सं.] चीन में बना एक प्रकार का रेशमी कपड़ा; रेशमी कपड़ा।

चीना—वि. चीन देश का, चीन में उत्पन्न, उपलब्ध। चीन देश का निवासी, चीनी।

चीनाक—पु. [सं.] चीनी कपूर।

चीनिया—वि. चीनी, चीन का। **~बादाम**—स्त्री. मूँगफली।

चीनी—स्त्री. ईख, खजूर, आदि के रस से बना हुआ, सफेद दानेदार चूर्ण रूप में एक प्रकार की शक्कर। वि. चीन संबंधी; चीनी का; चीन में उत्पन्न, उपलब्ध। पु. चीन देशवासी।

चीन्हना*—स.क्रि. पहचानना।

चीन्हा*—पु. चिह्न।

चीपड़—पु. आँख का कीचड़, मैल।

चीफ़—वि. [अं.] मुख्य, प्रधान। पु. मुखिया; जाति या कबीले का नेता, सरदार; राजा; विभिन्न पद नामों में प्रधान पद के लिए लगना वाला उपसर्ग—चीफ़ एडिटर, चीफ़ जस्टिस, आदि।

चीफ़ मिनिस्टर—पु. [अं.] मुख्यमंत्री।

चीर—पु. [सं.] वस्त्र-खंड; पट्टी; धज्जी; कपड़ा, वस्त्र; बौद्ध-भिक्षुओं का पहनावा; पेड़ की छाल; रेखा; सिर के बालों में माँग। **~हरण, ~हरण लीला**—पु. श्रीकृष्ण की एक बाललीला जिसमें उन्होंने यमुना-स्नान करती गोपियों के वस्त्र चुरा लिये थे।

चीर—स्त्री. चीरने की क्रिया या भाव; फटने की क्रिया या भाव ('चीर कर रख दिया')। **~फाड़**—चीरने-फाड़ने का काम, फोड़े, आदि में चीरा लगाना, शल्यक्रिया। **ला.** किसी बात को गहरे रूप में विश्लेषित करना।

चीरक—पु. [सं.] लिखित प्रमाण का एक भेद।

चीरना—स.क्रि. फाड़ना, टुकड़े करना, विदीर्ण करना; राह निकालना (भीड़, पानी, आदि में)। वि. **~चीरता हुआ**—बहुत अधिक पीड़ा देता हुआ (ऐसी बात जो कलेजे को चीरती हुई चली जाए, आदि)।

चीरा—पु. चीरने का भाव, फोड़े, आदि का काटना, शल्यक्रिया; कपड़े पर लगाए जाने वाली बेल-बूटेदार गोट।

चीरि—स्त्री. [सं.] आँख पर बाँधने की पट्टी; धोती, आदि की लाँग, फेंटा।

चीर्ण—वि. चीरा, फाड़ा हुआ।

चील—स्त्री. बाज की जाति की एक प्रसिद्ध मांसाहारी बड़ी-सी चिड़िया, खाने की चीज़ों पर हाथ में से झपट्टा भी मार लेती है।

चीला—पु. बेसन या आटे की घी-तेल डाल कर तवे पर पकाई हुई रोटी जैसी खाद्य वस्तु (मीठी और नमकीन दोनों प्रकार)।

चील्ह—स्त्री. चील।

चीवर—पु. [सं.] वस्त्र, पहनावा; साधुओं, बौद्ध भिक्षुओं, आदि का पहनने का ऊपरी वस्त्र; कंथा।

चीवरी—पु. [सं.] बौद्ध या जैन संन्यासी; भिक्षा।

चीस—स्त्री. टीस, फोड़े, व्रण, आदि में रह-रहकर उठने वाला दर्द, पीड़ा।

चुंगल—पु. पशु-पक्षियों को, विशेषत: शिकारी पशु-पक्षियों का पंजा, चंगुल।

चुँगाना—स.क्रि. द्र. 'चुगाना'।

चुंगी—स्त्री. चंगुल-भर वस्तु, अनाज, सब्जियों, आदि में से कुछ अंश जो कर ('टैक्स') रूप में लिया जाता है; नगर की सीमा में आने वाले सामान पर लिया जाने वाला कर जो प्राय: नगरपालिकाओं द्वारा लिया जाता है। **~घर, ~दफ़्तर**—पु. चुंगी का दफ़्तर, वह स्थान जहाँ चुंगी वसूली जाती है।

चुंघाना—स.क्रि. चुसवाना, (पशुओं द्वारा अपने बच्चे को अपना) स्तनपान कराना।

चुंडा—पु. [सं.] स्त्री का सिर; स्त्री के सिर के बाल (अवमानना के अर्थ में प्रयुक्त—'उसका चुंडा पकड़ कर हिला दिया')।

चुंदरी—स्त्री. द्र. 'चुनरी'।

चुंधलाना—अ.क्रि. तीव्र प्रकाश से आँखों का चौंधियाना, पूरी तरह दिखाई न देना।

चुंधा—वि. जिसकी आँखें प्रकाश के सामने सूरज की रोशनी में पूरी न खुल पाएँ।

चुंधियाना—अ.क्रि. चौंधना।

चुंबक—पु. [सं.] वह पत्थर या धातु जो लोहे को अपनी ओर खींचती है; वह जो चुंबन करने, चूमने वाला।

चुंबकत्व—पु. [सं.] चुंबक का गुण या भाव; आकर्षण शक्ति।

चुंबकीय—वि. [सं.] जिसमें आकर्षण क्षमता हो।

चुंबन—पु. [सं.] चूमने की क्रिया, होंठों द्वारा स्पर्श करना, चुम्मा।

चुंबित—वि. [सं.] जिसका चुंबन किया गया हो।

चुँभना*—अ.क्रि. द्र. 'चुभना'।

चुआ—पु. टपका हुआ, कहीं से पानी रिसने की क्रिया; फल का पूरी तरह पक कर पेड़ से गिर जाना (आम, आदि)।

चुआई—स्त्री. चुने की क्रिया, काम, चुआने की मज़दूरी।

चुआना—स.क्रि. टपकाना; भाप से अर्क खींचना।

चुआव—पु. चुआने की क्रिया या भाव।

चुकंदर—पु. [फा.] शलजम की आकृति का एक कंदमूल जिसका प्रयोग सब्जी, सलाद, आदि के रूप में होता है, इसका प्रयोग चीनी बनाने के लिए भी होता है।

चुक—पु. कमर में ऐसी पीड़ा जो अचानक हो जाती है (कभी भार, आदि उठाने से भी), इसमें उठना-बैठना दुश्वार हो जाता है।

चुकचुहिया—स्त्री. एक छोटी चिड़िया।

चुकटी—स्त्री. द्र. 'चुटकी'।

चुकता—वि. जो चुका दिया गया हो, जिसका हिसाब पूरा कर दिया गया हो।

चुकती—वि. स्त्री. द्र. 'चुकता'।

चुकना—अ.क्रि. समाप्त होना, बाकी न रहना, निबटना, शेष न रहना।

चुकवाना—स.क्रि. अदा कराना; दिलवाना।

चुकाना—स.क्रि. अदा करना, चुकता करना; निपटाना।

चुखाना—स.क्रि. गाय, भैंस, आदि के बच्चे को उसकी माँ का स्तनपान कराना।

चुग़द—पु. [फा.] महामूर्ख।

चुगना—स.क्रि. चिड़ियों का चोंच से चुन-चुन कर दाना खाना; गाय, भैंस, बैल, आदि का जंगल में घास चरना।

चुग़ल—पु. [अ.] 'चुग़ुल'। **~खोर**—पीठ पीछे दूसरों की नींदा करने वाला।

चुग़ला—पु. द्र. 'चुग़लखोर'।

चुगली—स्त्री. किसी के पीठ पीछे निंदा, बुराई। **ला. ~खाना**—किसी की पीठ पीछे निंदा करना; पीठ पीछे शिकायत करना।

चुगा (चुग्गा)—पु. चिड़ियों के चुगने के लिए डाले गए अन्न के दाने या कोई और चुगने की वस्तु।

चुगाई—स्त्री. चुगने की क्रिया; चुगाने की क्रिया। **ला.** शरीर बनाने के लिए दी जाने वाली खुराक ('इस पहलवान की अच्छी चुगाई की गई है')।

चुगाना—स.क्रि. चिड़ियों को दाना खिलाना, पशुओं गाय, भैंस, बैल, आदि को जंगल में घास चरवाना।

चुग़ुल—पु. चिलम में रखी जाने मिट्टी की गोल-सी टिक्की-सी।

चुगुल—पु. [फा.] पीठ पीछे निंदा, बुराई करने वाला, चुग़ली करने वाला। **~ख़ोर**—पु. चुग़ली करने वाला। **~ख़ोरी**—स्त्री. चुगली करना।

चुगुली—स्त्री. द्र. 'चुगली'।

चुग्गा—पु. द्र. 'चुगा'।

चुचकारना—स.क्रि. द्र. 'चुभकारना'; 'च-च' की ध्वनि करते हुए पूजा-भाव से किसी वस्तु को माथे से लगाना या हाथों से स्पर्श कर श्रद्धा-भाव से माथे से लगाना।

चुचकारी—स्त्री. चुचकारने का भाव, क्रिया।

चुचाना—अ.क्रि. चूना, रिसना।

चुचि (चुची, चूची)—स्त्री. [सं.] स्त्री का स्तन।

चुचुक—पु. [सं.] द्र. 'चूचुक'।

चुचुकारना*—स.क्रि. द्र. 'चुचकारना'।

चुटकला—पु. द्र. 'चुटकुला'।

चुटका—पु. बड़ी चुटकी; चुटकी भर चीज़।

चुटकी—स्त्री. अँगूठे और तर्जनी से खाल को पकड़ना; भिक्षुक को दिया जाने वाला आटा; बहुत थोड़ी मात्रा; किसी चीज़ को पकड़ने के लिए बनी छोटी चिमटी-सी ('क्लिप')। **~बजाते**—अ. क्षण भर में, अत्यल्प समय में। **~भर**—वि. जरा-सा, थोड़ा-सा। **~चुटकियों में**—क्षण भर में, अत्यल्प समय में।

चुटकुला—पु. छोटी-सी विनोदपूर्ण बात, उक्ति। **ला.** कोई मनोरंजक, विनोदपूर्ण बात कहना।

चुटपुट-चुटफुट—वि. थोड़ी-थोड़ी मात्रा की वस्तुएँ या बातें ('कभी कुछ तो कभी कुछ चुटपुट-चुटपुट चलती ही रहती है')।

चुटिया—स्त्री. सिर के बीचोबीच रखे हुए लंबे बाल, चोटी, शिखा; स्त्री या लड़की के लंबे सँवारे हुए बाल, केश। **~करना**—क्रि. (स्त्रियों-लड़कियों द्वारा) बालों का सँवारा जाना, वेणी बनाना। **मु. (किसी की)~हाथ में होना**—किसी की मजबूरी में बात अपने वश में होना।

चुटीलना—स.क्रि. चोटी में डाले जाने वाली रंगीन धागों की बनी चोटी-सी।

चुटीला—वि. जो चोट खायां हुए हो, घायल, जख़्मी; चोट करने वाला (साँप, कोई जानवर, आदि)। पु. धागों की बनी बालों में डाले जाने वाली चोटी-सी।

चुटुकी*—स्त्री. द्र. 'चुटकी'।

चुटैल—वि. चोट खाया हुआ, जख़्मी, घायल; चोट करने वाला (साँप, पशु, आदि)।

चुड़िहारा—पु. चूड़ियाँ बनाने, बेचने, पहनाने वाला, मनियार।

चुड़ैल—स्त्री. डायन, भूतनी; काली-कुरूप स्त्री। स्त्रियों में प्रयुक्त एक गाली।

चुदक्कड़—पु. द्र. 'चोदक्कड़'।

चुदना—अ.क्रि. पुरुष द्वारा संभोग किया जाना।

चुदवाई—स्त्री. संभोग की क्रिया; संभोग करने या कराने के लिए दिया जाने वाला धन, रुपया-पैसा।

चुदवाना—स.क्रि. पुरुष से संभोग कराना, मैथुन कराना।

चुदवास—स्त्री. संभोग कराने की इच्छा।

चुदवासी—स्त्री. वह स्त्री जो संभोग के लिए आतुर हो।

चुदवैया—पु. संभोग करने वाला।

चुदाई—स्त्री. द्र. 'चुदवाई'।

चुदाना—स.क्रि. द्र. 'चुदवाना'।

चुदास—स्त्री. संभोग करने की प्रबल इच्छा।

चुदैया—पु. द्र. 'चुदवैया'।

चुन—पु. छाँटना, पसंद कर लेना। **~चुन कर**—स.क्रि. छाँट-छाँट कर।

चुनचुना—वि. चुनचुनाहट पैदा करने वाला; चिड़चिड़ा, चिढ़ने वाला। पु. मलाशय में पैदा होने वाला सफेद, सूत जैसा पतला कीड़ा जो मल के साथ निकलता है। **ला. ~चुनचुने लगना**—किसी की बात या क्रिया से चिढ़ कर आक्रोशित होना, भुनभुनाना।

चुनचुनाना—अ.क्रि. किसी की बात या क्रिया से चिढ़ कर आक्रोशित होना, भुनभुनाना।

चुनचुनाहट—स्त्री. चुनचुनाने का भाव; जलन के साथ होने वाली हल्की खुजली।

चुनट, चुन्नट (चुनत)—स्त्री. साड़ी, लहँगे, आदि में कपड़े की सलवटों की तह-सी बना देना। **~डाल देना**—स.क्रि. कपड़े में तहें, सलवटें बनाकर उन्हें सिल देना, सिलाई कर देना।

चुनन—स्त्री. द्र. 'चुनट'।

चुनना—स.क्रि. चयन करना, चुनाव करना, छोटी चीज़ों को एक-एक करके इकट्ठा करना, बीनना; छाँटना; पसंद करना; अपने मन, 'वोट', से किसी उम्मीदवार को पद या किसी विशेष के लिए पसंद करना।

चुनरी—स्त्री. चुन्नी, द्र. 'चूनरी'।

चुनवाँ—वि. चुना हुआ, बढ़िया, चुनिंदा।

चुनवाना—स.क्रि. चुनने का काम करवाना, छँटवाना; किसी उम्मीदवार का जिताना।

चुनाई—स्त्री. चुनने की क्रिया।

चुनाना—स.क्रि. द्र. 'चुनवाना'।

चुनार—पु. बनारस के पास एक प्रसिद्ध पहाड़ी स्थान।

चुनाव—पु. चुनने की क्रिया या भाव; किसी पद या कार्य विशेष के लिए मतदान द्वारा किसी व्यक्ति को पसंद किया जाना; मतदान। **~पूर्व सर्वेक्षण**—चुनाव, निर्वाचन होने से पूर्व सर्वेक्षण द्वारा यह अनुमान लगाना कि किस दल या प्रत्याशी की जीत होगी, कितने प्रतिशत मत मिलेंगे।

चुनावट—स्त्री. द्र. 'चुनट, चुन्नट'।

चुनिंदा—वि. चुना हुआ, चयन किया हुआ; श्रेष्ठ। [फा.] 'चुनींदा'।

चुनौटिया—पु. एक तरह का कत्थे जैसा रंग।

चुनौटी—स्त्री. पान या तंबाकू के लिए चूना रखने की डिबिया।

चुनौती—स्त्री. ललकार, आह्वान; किसी कार्य को करने के लिए ललकार; कड़ा या मुश्किल लक्ष्य निर्धारित करना।

चुन्नी—स्त्री. स्त्रियों या लड़कियों के सिर, वक्ष पर ओढ़े जाने वाला वस्त्र-खंड, कढ़ा हुआ, बेल-बूटेदार भी।

चुप—वि. जो बोलता न हो, मौन, खामोश। स्त्री. चुप्पी, मौन। **~चाप**—अ. बिना बोले। **~चुप**—अ. चुपचाप, छिपा कर (कोई काम करना)।

चुपका—वि. चुप, मौन; घुन्ना, जो मन की बात किसी को न बताए।

चुपकी—स्त्री. मौन, चुप्पी।

चुपड़ना—स.क्रि. तेल, घी या दूसरा कोई खाद्य तेल लगाना; इन्हीं सब को रोटी पर लगाना।

चुपड़ा—वि. चुपड़ा या पोता हुआ; चिकनी-चुपड़ी बात करने वाला।

चुपड़ी—वि. स्त्री. तेल, घी, आदि से पुती हुई (रोटी, आदि)। **मु. ~चुपड़ी भी और दो-दो भी**—अच्छी वस्तु की इच्छा और वह भी अधिक मात्रा में।

चुपरना*—स.क्रि. द्र. 'चुपड़ना'।

चुपाना*—अ.क्रि. चुप हो जाना।

चुप्पा—वि. चुप रहने वाला, कम बोलने वाला; घुन्ना; अतर्मुखी। **ला. ~मार जाना**—चुप लगा जाना।

चुप्पी—स्त्री. मौन, खामोशी। **ला. ~मार जाना, ~साधना**—मौन हो जाना, चुप हो जाना।

चुबलाना, चुभलाना—स.क्रि. किसी चीज़ को मुँह में रखकर जीभ से स्वाद लेते हुए घुमाते रहना।

चुभन—स्त्री. चुभने का भाव; दर्द, खटक, हलका दर्द (पेट, आदि में)।

चुभना—अ.क्रि. धँसना, नुकीली चीज़ का भीतर घुसना; मन में धँसना; बस जाना।

चुभर-चुभर—पु. बच्चों के दूध पीने की आवाज़; आवाज़ करते हुए दूध पीना।

चुभलाना—स. द्र. 'चुबलाना'।

चुभवाना—स.क्रि. चुभाना का 'प्रे.'।

चुभाना—स.क्रि. धँसाना, गड़ाना।

चुभीला*—वि. चुभने वाला; थोड़ा नुकीला।

चुमकार—स्त्री. पुचकार, चूमने की आवाज़।

चुमकारना—स.क्रि. बच्चों को प्यार करने और पशुओं, आदि को प्यार करने तथा बुलाने के लिए मुँह से चूमने जैसी आवाज़ निकालना, पुचकारना।

चुमकारी—स्त्री. द्र. 'चुमकार'।

चुमवाना—स.क्रि. चुंबन करवाना।

चुमाना—स.क्रि. चूमने के लिए किसी को दूसरे के सामने कर देना।

चुम्मा—पु. चुंबन। **~चाटी**—स्त्री. चुंबनों का आदान-प्रदान।

चुर—वि. [सं.] बहुत अधिक (प्रचुर)। पु. हिंस्र जन्तु; माँद, खोह। **~चुर**—पु. सूखे पत्ते के टूटने की आवाज़। **~मुर**—पु. किसी चीज़ को छोटे-छोटे टुकड़ों में टूट-बिखर जाना।

चुरकुट—वि. चकनाचूर, चूरा किया हुआ।

चुरचुराना—अ.क्रि. 'चुर-चुर' की आवाज़ के साथ टूटना।

चुरमुराना—अ.क्रि. 'चुर-चुर' की आवाज़ के साथ टूटना।

चुरवाना—स.क्रि. चोरी करवा देना।

चुराना—स.क्रि. दूसरे की किसी चीज़ को उसकी जानकारी या अनुमति के बिना ले लेना; छिपाना, बचाना (आँख, मुँह)। **~गाय, भैंस, आदि का दूध चुराना**—इन पशुओं द्वारा अपना दूध ऊपर चढ़ा लेना और जितना वे दूध देती हैं, उससे कम देती हैं (विशेषतः गाय की प्रवृत्ति)।

चुरुट—पु. सिगार, सिगरेट से मोटा, तंबाकू भरा हुआ।

चुर्र, चुर्स—पु. द्र. 'चुरुट'।

चुल—स्त्री. खुजली; तीव्र इच्छा; तीव्र कामेच्छा (उठना, मिटना)।

चुलचुलाहट, चुलचुली—स्त्री. खुजली; हल्की खुजली।

चुलबुल—स्त्री. चुलबुलापन, चंचलता।

चुलबुला—वि. चंचल, नटखट; जो स्थिर न रह सके। **~पन**—पु. चंचलता, नटखटपन, शोख़ी।

चुलबुलाना—अ.क्रि. बार-बार हिलना-डुलना; स्थिर न रहना; चंचलता दिखाना।

चुलबुलिया—वि. द्र. 'चुलबुला'।

चुलियाला—पु. एक मात्रिक छंद।

चुलुक—पु. [सं.] चुल्लू; एक ऋषि।

चुलुका—स्त्री. [सं.] महाभारत में वर्णित एक नदी।

चुलूक*—पु. चुल्लू।

चुल्लुक—पु. [सं.] चुल्लू।

चुल्लू—पु. अंगुलियों को थोड़ा मोड़ कर हथेली की बनाई अंजुली जिसमें थोड़ा-सा पानी आता है। **~भर**—वि. जितना जल चुल्लू में आए, थोड़ी-सी मात्रा। **मु. ~भर पानी में डूब मरना**—लज्जा से किसी को मुँह दिखाने योग्य न रहना।

चुवाना—स.क्रि. द्र. 'चुआना'।

चुस—स्त्री. [फा.] ईर्ष्या; शत्रु भाव। **~बंदी**—स्त्री. शत्रुता का भाव ('उनकी आजकल चुसबंदी चल रही है')।

चुसकी—स्त्री. वह खाद्य वस्तु जिसे चूसा जा सके; कस किये हुए बर्फ पर रंग-बिरंगा शरबत डाल कर बच्चों के चूसने की वस्तु, इसमें सींक या तीली लगी होती है। **ला.** रस ले-लेकर किसी को छेड़ने के लिए की जाने वाली चर्चा।

चुसना—अ.क्रि. होंठों से पिया जाना, चूसा जाना; निचोड़ना; खोखला या सारहीन हो जाना; किसी का सब धन किसी के द्वारा ले लिया जाना।

चुसनी—स्त्री. छोटे बच्चों को बहलाने के लिए दिया जाने वाला रबर का एक खिलौना-सा जिसमें प्रायः शहद भरा होता है; बच्चों को दूध पिलाने की शीशी अथवा जिसमें ऊपर बिटकना ('निप्पिल') लगा होता है, पीतल, प्लास्टिक, आदि की भी बनी होती है।

चुसवाना—स.क्रि. द्र. चुसाना।

चुसाई—स्त्री. चूसने की क्रिया या भाव।

चुसाना—स.क्रि. चूसने का काम कराना।

चुस्त—पु. [सं.] भुने हुए मांस का ऊपरी हिस्सा; भुना हुआ मांस; छिलका। **~चालाक**—वि. तेज, फुरतीला, चतुर तथा चालाक।

चुस्त—वि. [फा.] फुरतीला, मुस्तैद; दक्ष, होशियार; कसा हुआ तथा फ़बती हुई पोशाक; दृढ़, मजबूत। **~चालाक**—वि. तेज, फुरतीला, चतुर तथा चालाक। **~दुरस्त**—वि. पूरी तरह ठीक-ठाक।

चुस्ती—स्त्री. [फा.] फुरतीलापन; दक्षता, होशियारी; दृढ़ता, मजबूती।

चुहचुहा—वि. द्र. 'चुहचुहाता'।

चुहचुहाता—वि. रसीला, मज़ेदार; फड़कता हुआ।

चुहड़ा—पु. द्र. 'चूहड़ा'।

चुहल—स्त्री. हँसी, विनोद, मज़ाक, ठिठोली। **~बाज़**—वि. हँसी-मज़ाक करने वाला, विनोदी वृत्ति का। **~बाज़ी**—स्त्री. हँसी, ठिठोली, विनोद, मसखरापन।

चुहिया—स्त्री. मादा चूहा, 'चूहा' का स्त्री.।

चुहुटना*—अ.क्रि. चिमटना, चिपकना।

चुहुटनी—वि., स्त्री. चिमटने, चिपकने वाली।

चूँ—पु. छोटी चिड़िया या चिड़िया के बच्चे की आवाज़; 'चूँ' की आवाज़ (चूहे, आदि छोटे जन्तुओं की आवाज़; गाड़ी, आदि की 'चरर्क-चूँ' आवाज़)। **~चूँ**—पु. चिड़ियों की आवाज़; 'चूँ-चूँ' की आवाज़। **मु. ~चूँ करना**—असंतोष प्रकट करना; किसी बात का नुक़्ता-चीनी करते हुए विरोध करना।

चूँ—अ. [फा.] जो, अगर; क्यों, किसलिए। **~कि**—अ. इसलिए की, क्योंकि।

चूँच*—स्त्री. चोंच।

चूँची—स्त्री. द्र. 'चूची'।

चूँरना—अ.क्रि. खाल को अंगुली और अंगूठे से खींचना; फूल या सब्जी, आदि को पौधों से तोड़ना।

चूँदरी*—स्त्री. द्र. 'चुनरी'।

चूक—स्त्री. भूल, गलती; अपराध; छल, धोखा। **~(खट्टा)**—बहुत अधिक खट्टा। **ला. ~गया**—अवसर खो देना, मौका गँवा देना।

चूकना—अ.क्रि. भूल, गलती करना; खोना, गँवाना (अवसर खोना)। **~(कहने से न)**—स्पष्ट बात कहने से बाज न आना।

चूची—स्त्री. स्तन का अग्र भाग, चूचुक; स्तन।

चूचुक, चूचूक—पु. [सं.] स्तन का अग्र भाग।

चूज़ा—पु. [फा.] मुरगी का बच्चा।

चूडांत—पु. [सं.] चरम सीमा। अ. बहुत ज्यादा। वि. चरम सीमा पर पहुँचा हुआ।

चूडा—स्त्री. [सं.] चोटी, शिखा; पहाड़ की चोटी; मस्तक; कलाई में पहने जाने वाला आभूषण, कड़ा, कंकण, चूडाकरण संस्कार।

चूड़ी—स्त्री. काँच, लाख, सोने, हाथी दाँत, आदि का बना गोल आभूषण जिसे स्त्रियाँ कलाई पर पहनती हैं; चूड़ी की शक्ल की चीज़; छड़, सरिया, आदि के सिरे पर बनाई गई चूड़ी की गोलाई जैसी गहरी रेखाएँ। **~दार**—वि. जिसमें चूड़ियों के आकार की गहरी रेखाएँ बनी हों, जिसे किसी दूसरी चीज़ पर चढ़ाया जाता है। पु. तंग और लंबी मोहरी का पाजामा जिसे पहनने पर पैरों पर चूड़ियों जैसी सलवटें पड़ जाती हैं। **मु. ~चूड़ियाँ ठंडी करना या तोड़ना**—विधवा होने पर चूड़ियाँ तोड़ देना। **~चूड़ियाँ पहनना**—स्त्रियों की तरह डर कर चुप बैठ जाना। **ला. ~पहनना**—विधवा होने पर किसी पुरुष के साथ बिना विवाह किये पत्नी रूप में रहने लगना।

चूत—स्त्री. भग, योनि। पु. [सं.] आम का पेड़; गुदा।

चूतक—पु. [सं.] आम का पेड़; छोटा कुआँ।

चूतड़—पु. नितम्ब, कमर के नीचे और जाँघों के ऊपर पीठ की ओर का मांसल भाग। **मु. ~दिखाना**—भाग जाना; किसी कार्य या दायित्व से मुँह मोड़ लेना।

चूति—स्त्री. [सं.] गुदा।

चूतिया—वि. मूर्ख, बुद्धू। **~खाता, ~चक्कर**—पु. निरर्थक काम (में पड़ना)।

चून—पु. आटा; चुगने या खाने की वस्तु।

चूनर, चूनरी—स्त्री. द्र. 'चुनरी'।

चूना—अ.क्रि. टपकना, बूँद-बूँद करके पानी का रिसना, पके फल का पेड़ से स्वतः गिर जाना, झड़ जाना। पु. पत्थर, सीप, आदि को फूँककर तैयार किये जाने वाला तीक्ष्ण क्षार जो पान, सुर्ती, आदि में खाने तथा दीवार, आदि पर सफेदी करने के काम आता है। **मु. ~लगाना**—हानि पहुँचाना; मूर्ख बनाना।

चूनी—स्त्री. अन्न, चने, आदि मोटे अनाजों के छोटे-छोटे टुकड़े, चुन्नी। **~भूसी**—स्त्री. चुन्नी और भूसी का चोकर, पशुओं के चारे, सानी, आदि पर डाला जाता है।

चूमना—स.क्रि. स्नेह या प्रेम प्रकाशन के लिए होंठों से किसी प्रिय का होंठों, गालों, आदि पर स्पर्श करना, चुंबन करना।

चूमा—पु. चूमने की क्रिया, चुंबन। **~चाटी**—स्त्री. चुंबन करना; चुंबन-आलिंगन।

चूर—पु. किसी ठोस वस्तु को कूट-पीसकर या रेत कर बहुत बारीक कर देना, चूर्ण, चूरा। वि. डूबा हुआ, निमग्न; बेसुध होना (नशे में चूर, घमंड में चूर); शिथिल (थक कर चूर)। **मु. ~चूर करना**—नष्ट कर देना (घमंड चूर-चूर कर देना)।

चूरण—पु. द्र. 'चूर्ण'।

चूरन—पु. द्र. 'चूर्ण'; हींग, सौंफ, आदि अन्य पाचक पदार्थों तथा दवाओं को चूर्ण रूप में बना देना।

चूरनहार—पु. एक जंगली पेड़ जिसका उपयोग दवा के रूप में होता है।

चूरना*—स.क्रि. चूर-चूर कर देना।

चूरमा—पु. मकी, बाजरे, आदि की रोटी को मसल कर चूरा कर उसमें घी, शक्कर मिला कर बनाया गया खाद्य।

चूरा—पु. किसी वस्तु का चूर्ण रूप, बुरादा; किसी खाद्य वस्तु का शेष बचा अंश, चूर्ण रूप में।

चूर्ण—पु. [सं.] चूर, किसी वस्तु का पिसा हुआ बारीक रूप। **~कार**—पु. पीसने वाला; चूना फूँकने वाला।

चूर्णक—पु. [सं.] सत्तू; सुगंधित चूर्ण; वह गद्य जो कर्ण-कटु वर्णों से रहित सरस हो, समासों का प्रयोग जिसमें न हो।

चूर्णन—पु. [सं.] चूर्ण करना।

चूर्णा—स्त्री. [सं.] आर्या छंद का एक भेद।

चूर्णि—स्त्री. [सं.] पाणिनि के सूत्रों का पतंजलि कृत महाभाष्य; भाष्य, व्याख्या, टीका, आदि जिनके द्वारा कठिन पदों के अर्थ समझे जा सकें।

चूर्णिका—स्त्री. [सं.] कठिन पदों की व्याख्या अथवा कठिन शब्दों के अर्थ बताने वाली पुस्तक।

चूर्णित—वि. [सं.] चूरा किया हुआ; नष्ट; ध्वस्त।

चूर्णी—स्त्री. [सं.] द्र. 'चूर्णि'। वि. चूर्ण से बना हुआ या चूर्ण रूप में परिवर्तित किया हुआ।

चूल—पु. [सं.] बाल, चोटी।

चूल—स्त्री. लकड़ी, बाँस, किसी भी प्रकार के काठ का पतला सिरा जो दूसरी लकड़ी के छेद में रख या ठोक दिया जाता है; पुराने ढंग के किवाड़ों में नीचे-ऊपर बनाये गए गोल सिरे जिन्हें उसके लिए बने गड्ढों में डाल कर घुमाए जाते थे। **मु. ~(लें) हिलना**—व्यवस्था पूरी तरह गड़बड़ा जाना, अव्यवस्थित स्थिति।

चूलिका—स्त्री. [सं.] नाटक में नेपथ्य से किसी घटना की सूचना देना (मृत्यु, वध, आग लगना, आदि जैसी घटनाओं की)।

चूल्हा—पु. मिट्टी, गारे, आदि का तीन बाजुओं वाला थोड़ा-सा ऊँचा बना स्थान जिसमें लकड़ियाँ, ईंधन जला कर खाना पकाया जाता है। **ला. ~जलना**—खाना पकना, पकाया जाना। **~न्यौत, ~न्यौतना**—घर के सारे सदस्यों को भोजन का निमंत्रण देना। **~फूँकना**—खाना पकाना, घर का धंधा करना। **~(ल्हे) में जाए, ~में पड़े**—(हमारी ओर से) कुछ भी करे, नष्ट हो जाए। **मु. ~(ल्हे) से निकल कर भट्ठी में जाना, पड़ना**—छोटी आफ़त से निकल कर बड़ी मुसीबत में पड़ना।

चूषण—पु. [सं.] चूसना।

चूषा—स्त्री. [सं.] चूसना; पेटी, कमरबंद।

चूष्य—वि. [सं.] जो चूसा जा सके। पु. चूसने योग्य भोज्य पदार्थ।

चूसना—स.क्रि. होंठों और जीभ के द्वारा किसी चीज़ का रसपान करना; रस, सार निचोड़ लेना; खोखला कर देना; किसी का धन ले लेना; शोषण करना।

चूहड़—पु. द्र. 'चूहड़ा'।

चूहड़ा—पु. भंगी, मेहतर; एक जाति। (स्त्री.) 'चूहड़ी'।

चूहा—पु. घरों, खेतों, आदि में बिल बनाकर रहने वाला एक चतुष्पद जंतु, मूषक। **~(हे) दान**—पु., **~दानी**—स्त्री. चूहे पकड़ने का एक खटकेदार लकड़ी या लोहे का बना पिंजड़ा-सा।

चें—स्त्री. चिड़ियों की बोली। **~चें**—स्त्री. अप्रिय शोरगुल। **~पें**—स्त्री. बकवास, शोर।

चेंज—पु. [अं.] परिवर्तन; नोट के बदले छोटी खरीज, छोटे-छोटे सिक्के।

चेंबर—पु. [अं.] कमरा, जज का कमरा जिसमें अदालत लगती है। **~ऑफ़ कॉमर्स**—पु. व्यापारियों की हित-रक्षार्थ बना एक व्यापारिक संगठन।

चेअर (चेयर)—स्त्री. [अं.] कुर्सी; किसी प्रख्यात व्यक्ति के नाम पर विश्वविद्यालय में स्थापित पीठ, अध्ययन केन्द्र (रविदास चेअर, गुरु ग्रन्थ साहब चेअर, राजाराम मोहन चेअर, आदि)।

चेक—पु. [अं.] चेक, किसी बैंक के नाम खाताधारी द्वारा रुपया देने का लिखित आदेश पत्रक। चार खाना (चेक की कमीज); निगरानी, निरीक्षण, यह देखना कि कोई काम ठीक तरह से हो रहा है या नहीं। **~(ब्लैंक)**—पु. निरंक चेक, जिस पर धनराशि न लिखी गई हो। **~बुक**—स्त्री. चेक पुस्तिका जिसमें बहुत से खाली चेक होते हैं। **ला. ~काटना**—चेक लिखकर देना।

चेकितान—पु. [सं.] शिव; महाभारत में पांडव-पक्ष का एक राजा। वि. बहुत ज्ञानवान।

चेचक—स्त्री. एक संक्रामक रोग जिसमें ज्वर के साथ पूरे शरीर पर दाने-दाने निकल आते हैं, इसके कई प्रकार हैं—खसरा, छोटी माता, बड़ी माता, शीतला।

चेट—पु. [सं.] दास, सेवक; पति; नायक और नायिका को मिलाने वाला।

चेटक—पु. [सं.] इंद्रजाल, जादू; बाज़ीगरी; दास, सेवक; उपपति; नायक-नायिका को मिलाने वाला चतुर सेवक; शीघ्रता।

चेटका—स्त्री. श्मशान; चिता।

चेटकी—पु. जादू दिखाने वाला, इंद्रजाल रचने वाला, बाज़ीगर।

चेटिका—स्त्री. [सं.] दासी, सेविका, लौंडी।

चेटिकी*—स्त्री. द्र. 'चेटिका'।

चेटी—स्त्री. [सं.] दासी, सेविका।

चेत:पीड़ा—स्त्री. [सं.] दु:ख; शौक।

चेत—पु. [सं.] होश, संज्ञा; याद, स्मृति; सावधानी।

चेतक—वि. [सं.] चेत कराने वाला; चेतन। पु. महाराणा प्रताप का प्रसिद्ध घोड़ा।

चेतकी—स्त्री. [सं.] हैड़, हरीतकी (आयु. औषध); चमेली; एक रागिनी।

चेतन—पु. [सं.] आत्मा, जीव; ईश्वर; सृष्टि के दो विभागों—जड़ और चेतन में से एक। वि. प्राणयुक्त, चैतन्य युक्त।

चेतना—अ.क्रि. होश में आना, बुद्धि-विवेक से काम लेना, सावधान हो जाना। स.क्रि. सोचना, विचारना। स्त्री. चैतन्य; ज्ञान; होश; बुद्धि; जीवन; जीवन अनुभव (यथा—सामाजिक चेतना)।

चेतनीय—वि. [सं.] जानने योग्य, ज्ञेय।

चेतनीया—स्त्री. [सं.] ऋद्धि नामक एक लता।

चेतावनी—स्त्री. सावधान करने, किसी हानिकारक कार्य से विरत करने के लिए कही गई बात; किसी आशंकित संकट, खतरे की पूर्व सूचना।

चेत्—अ. [सं.] यदि, अगर; कदाचित्।

चेत्य—वि. [सं.] ज्ञातव्य, जानने योग्य।

चेदि—पु. [सं.] एक प्राचीन जनपद; एक प्राचीन राज्य; वहाँ के निवासी; वहाँ का राजा। **~पति, ~राज**—पु. चेदि देश का राजा, शिशुपाल (महा.)।

चेन—स्त्री. [सं.] जंजीर; गले में पहनने का जंजीर के छोटे-छोटे कुंदों से बना एक आभूषण; स्वेटर, पेंट, आदि में लगने वाली कपड़े पर लगी जंजीर-सी ('जिप')।

चेना—पु. कंगनी या सवाँ की जाति का एक चावल जैसा अन्न।

चेनी सैट—पु. स्त्रियों का एक आभूषण समूह, जिसमें गले में पहनने की जंजीर में बना आभूषण कर्णफूल तथा अँगूठी होते हैं। इसमें बड़े सैट से तौल में कुछ कम सोना लगा होता है।

चेन्ज—स्त्री. [अं.] द्र. 'चेंज'।

चेन्नई—पु. दक्षिण भारत का एक प्रसिद्ध नगर, पूर्व नाम 'मद्रास', तमिलनाडु प्रांत की राजधानी।

चेयर—स्त्री. [अं.] द्र. 'चेअर'।

चेयरमैन—पु. [अं.] नगरपालिका या किसी अन्य संस्था का अध्यक्ष; सभापति।

चेयरमैनी—स्त्री. 'चेयरमैन' का पद, इस पद का दायित्व, कार्यभार।

चेर*—पु. दास, सेवक।

चेरा*—पु. दास, सेवक; शिष्य, चेला।

चेराई*—स्त्री. चाकरी, गुलामी; शाहगिर्दी।

चेरि, चेरी*—स्त्री. सेविका, दासी।

चेल—पु. [सं.] कपड़ा, वस्त्र।

चेला—पु. शिष्य, दीक्षित; वह जिसे कुछ सिखाया-पढ़ाया हो।

चेलिन, चेली—स्त्री. शिष्या; गुरु से दीक्षा या उपदेश प्राप्त करने वाली स्त्री।

चेले-चाटी—पु. शिष्य वर्ग; किसी के अनुयायी; सदा सेवा में रहने वाले।

चेलुक—पु. [सं.] बौद्ध भिक्षु का चेला, शिष्य।

चेलैंज—पु. [अं.] चुनौती, चुनौती देना।

चेल्हवा—स्त्री. एक छोटी मछली।

चेवी—स्त्री. [सं.] एक रागिनी।

चेष्टक—पु. [सं.] चेष्टा करने वाला; एक रतिबंध।

चेष्टन—पु. [सं.] चेष्टा करना।

चेष्टा—स्त्री. [सं.] प्रयत्न, क्रिया-साधक, कायिक व्यापार; भाव-भंगी।

चेष्टित—वि. [सं.] चेष्टा-युक्त। पु. चेष्टा।

चेहरा—पु. [फा.] शरीर का एक अंग, गले के ऊपर तथा बालों के नीचे का अगला भाग, मुख, मुखमंडल, बदन। **~मुहरा, ~मोहरा**—पु. मुखाकृति, सूरत-शकल। **मु. ~उतरना**—किसी शोक, दु:ख, कष्ट, आदि के कारण चेहरा का बेरौनक होना; कमज़ोर हो जाना। **~बिगाड़ना**—इतना मारना कि चेहरा का स्वरूप ही बदल जाए। **~(रे) पर हवाइयाँ उड़ना**—भय या घबराहट से चेहरे की रंगत बिगड़ जाना।

चेहल—वि. [फा.] चालीस।

चेहलुम—वि. [फा.] चालीसवाँ। पु. मुसलमानों में मृत्यु के चालीसवें दिन का फातिहा और भोज; मुसलमानों का एक पर्व मुहर्रम के चालीसवें दिन होने वाला करबला के शहीदों का फातिहा।

चैं-चैं—स्त्री. द्र. 'चें-चें'।

चैंपियन—पु. [अं.] विजेता, सर्वजेता; समर्थक, हिमायती।

चैंपियनशिप—स्त्री. [अं.] नेतृत्व; सर्वोपरि स्थान; सरदारी, प्रजेता का पद।

चैंबर—पु. [अं.] द्र. 'चेंबर'।

चैक—पु. [अं.] द्र. 'चेक'। रुक जाना; रोकना; नियंत्रण; जाँच करना, परीक्षण करना; मिलाना, मिलान करना (हिसाब, आदि)।

चैकअप—पु. [अं.] चिकित्सकीय दृष्टि से शरीर की जाँच, विभिन्न रोगों के लिए परीक्षण।

चैकितान—वि. [सं.] चेकितान वंश में उत्पन्न।

चैत—पु. चैत्र मास, फाल्गुन मास के बाद का महीना।

चैतन्य—पु. [सं.] चेतना, ज्ञान; आत्मा; परमात्मा; प्रकृति, एक वैष्णव संप्रदाय का प्रवर्तक कृष्ण चैतन्य गोस्वामी, चैतन्य महाप्रभु। **~वाहिनी नाड़ी**—स्त्री. इंद्रियों से प्राप्त ज्ञान को मस्तिष्क तक पहुँचाने वाली नाड़ी। **~संप्रदाय**—पु. चैतन्य देव द्वारा प्रवर्तित संप्रदाय।

चैता—पु. चैत्र मास में गाये जाने वाले लोकगीत।

चैती—वि. चैत में होने वाला। स्त्री. चैत में पकने वाली फसल, रबी।

चैत्य—वि. [सं.] चिता संबंधी। पु. घर, मंदिर; समाधि-स्थल; बौद्ध भिक्षुओं का समाधि-स्थल, मंदिर, बौद्ध विहार; बुद्धि-मूर्ति, बौद्ध भिखु।

चैत्यक—पु. [सं.] पीपल, बिहार में राजगृह के पास एक पर्वत।

चैत्र—पु. [सं.] चैत्र मास, चैत, चित्रा नक्षत्र में इसकी पूर्णिमा पड़ने से यह चैत्र कहलाता है; बौद्ध भिक्षु; यज्ञभूमि; मंदिर। **~सखा**—पु. कामदेव।

चैत्रक—पु. [सं.] चैत्र मास।

चैत्ररथ, चैत्ररथ्य—पु. [सं.] चित्ररथ गंधर्व का बनाया हुआ कुबेर का स्थान।

चैत्रावली—स्त्री. [सं.] चैत्र मास की पूर्णिमा, चैत्र शुक्ला त्रयोदशी।

चैत्रि, चैत्रिक—पु. [सं.] चैत्र मास।

चैत्री—स्त्री. [सं.] चैत्र की पूर्णिमा।

चैत्री—पु. [सं.] चैत्र मास।

चैदिक—वि. [सं.] चेदि देश का; चेदि देश में उत्पन्न।

चैद्य—पु. [सं.] चेदि देश का; शिशुपाल।

चैन—पु. सुख, आराम; शांति। **मु. ~की बंसी बजाना**—सुख-चैन से जीवन बिताना। **ला. ~पड़ना**—किसी पीड़ा में शांति मिलना, आराम मिलना। **~से कटना, ~से गुजरना**—आनंदपूर्वक, आराम से जीवन व्यतीत होना।

चैनल—पु. [अं.] किसी विशेष अक्षांश पर रेडियो या दूरदर्शन का प्रसारण केंद्र; किसी प्रसारण संस्था या कंपनी का उसी नाम से प्रसारण केंद्र (दूरदर्शन, सोनी, जी.टी.वी., स्टार प्लस, आदि)।

चैनेल—पु. [अं.] नहर, ('केनाल'), जलमार्ग, वाहिका; प्रणाली ('थ्रू प्रॉपर चैनल')।

चैल—पु. [सं.] कपड़ा, वस्त्र; पहनावा; महीना। वि. वस्त्र निर्मित।

चैलक—पु. [सं.] बौद्ध भिक्षु; एक वर्णसंकर जाति।

चैला—पु. जलाने के लिए चिरी हुई लकड़ी, चौड़े फाड़ की; फट्टा।

चैलिक—पु. [सं.] वस्त्र खंड।

चैस—पु. [अं.] शतरंज का खेल।

चोंगा—पु. कुछ रखने के लिए कागज़ या टीन, आदि का लिफाफा।

चोंच—स्त्री. चिड़ियों के मुँह का ऊपर का नोकदार भाग; मुँह (व्यंग्य)। **मु. ~बंद करना**—मुँह बंद करना, चुप हो जाना (अवमानना के अर्थ में)। **~लड़ाना**—बातों की झड़प ('क्यों चोंच लड़ा रही हो')।

चोंचला—पु. द्र. 'चोचला'।

चोआ—पु. कई सुगंधित पदार्थों, रसों, आदि का लेपन। ('चंदन चोआ, चोवा')।

चोई—स्त्री. छोटा बरसाती नाला, नाली।

चोकर—पु. गेहूँ, जौ, आदि अन्न का छिलका जो आटे को छानने के बाद छलनी में रह जाता है।

चोक्ष—वि. [सं.] शुद्ध, स्वच्छ; सच्चा; दक्ष, चतुर; खरा; तेज, तीखा।

चोखा—वि. शुद्ध, खरा; सच्चा; अच्छी-सी, घनी मात्रा में। पु. आलू, बैंगन, आदि का भुरता।

चोग़ा—पु. [फा.] लंबा ढीला-ढाला अँगरखा, कोट जैसा वस्त्र (साधुओं, फकीरों द्वारा पहना जाता है); वकीलों, अध्यापकों, आदि द्वारा पहना जाने वाला लंबा ऊपरी वस्त्र—'गाउन'।

चोचला—पु. नख़रा, हाव-भाव; झूठा दिखावा; दिखावा। **~(ले) बाज़**—वि. नख़रेबाज़, दिखावा करने वाला। **~बाज़ी**—स्त्री. नख़रेबाज़ी, चोचला करना।

चोज—पु. चमत्कारपूर्ण और विनोदात्मक कथन; हँसी-मज़ाक; व्यंग्यपूर्ण उपहास; उत्साह में किया जाने वाला कोई विनोदपूर्ण कार्य।

चोट—स्त्री. आघात, प्रहार; वार; आघात से होने वाला जख़्म, घाव; हिंस्र जंतुओं द्वारा किया जाने वाला आक्रमण; किसी को हानि पहुँचाने के लिए चली जाने वाली चाल; हृदय को आघात पहुँचाने वाला कथन; व्यंग्य; दुःख या शोक प्राप्त होना; किसी भारी वस्तु से किसी दूसरी वस्तु पर प्रहार करना (हथौड़े की चोट, आदि)। **मु. ~पर चोट पड़ना**—एक दुःख या शोक के पश्चात् दूसरा दुःख या शोक होना; एक हानि के बाद निरंतर हानियाँ होते चले जाना।

चोटहा—वि. जो चोट खाया हुआ हो; जिस पर चोट का निशान पड़ा हो।

चोटा—पु. स्त्री की चुटिया अथवा सिर के बालों के लिए प्रयुक्त अवमाननापूर्ण शब्द ('तेरा चोटा पकड़कर वहीं पहुँचा देंगे')।

चोटी—स्त्री. [सं.] लहँगा।

चोटी—स्त्री. शिखा; एक-दूसरे में गुँथे पीछे की ओर किये हुए बाल; रंगीन धागों से बनी चोटी जो केशों को और अधिक लंबा दिखाने के लिए बाँधी जाती है, चुटीलना; चिड़ियों के

सिर पर की कलगी; पर्वत का सबसे ऊँचा भाग, शिखर, शृंग; **ला.** चरम पर, उत्कर्ष की सीमा। **मु. ~हाथ में होना**—विवशतावश किसी के दबाव में होना, काबू में होना।

चोट्टा—पु. चोर; चीज़ चुराने वाले के लिए गाली रूप में प्रयुक्त शब्द।

चोथ*—पु. गाय, बैल, भैंस, आदि का नीचे गिरा हुआ गोबर; बीभत्स भाव से विष्टा, मल के लिए भी प्रयुक्त।

चोदना—स्त्री. [सं.] प्रेरणा; प्रवर्तन; विधि, शास्त्रादेश।

चोदना—स.क्रि. मैथुन करना, संभोग करना।

चोदाई—स्त्री. संभोग की क्रिया या भाव।

चोदित—वि. [सं.] प्रेरित; प्रेषित, आदिष्ट; तर्क रूप में पेश किया हुआ।

चोदू—पु. संभोग करने वाला।

चोप—पु. चाह; चाव; उमंग; बढ़ावा।

चोपना*—अ.क्रि. मोहित होना, आसक्त होना।

चोपी*—वि. चाव; चाह; उत्साह रखने वाला।

चोब—स्त्री. [फा.] लकड़ी, डंडा; खेमे का डंडा; ढोल, नगाड़ा, आदि बजाने की लकड़ी; सोना यो चाँदी मढ़ा डंडा (राज-छत्र, आदि में प्रयुक्त)। **~दार**—पु. चोब, राजदंड ले कर चलने वाला सेवक; प्रतिहारी, द्वारपाल, दरबान।

चोबा—पु. लोहे की पतली और लंबी कील; लकड़ी की धूनी, धुनकी।

चोर—पु. [सं.] चोरी करने वाला, छिप कर दूसरे की चीज़ हस्तगत कर लेने वाला; उचित से कम मूल्य की वस्तु देने वाला, बेईमान; मन में छुपी हुई बुराई, दुर्भाव; मन में छिपी विकृति। **~दरवाजा**—पु. किसी भवन में पीछे से गुप्त रूप से जाने का दुवार, जिसका पता कुछ ही खास लोगों को हो।

चोर बाज़ार—पु. वह बाज़ार जिसमें चोरी की चीजें बिकती हैं; ऐसा बाज़ार जहाँ तस्करी की विदेशी वस्तुएँ बिकती हैं; वह स्थान जहाँ नियंत्रित वस्तुएँ बहुत अधिक मूल्य पर बेची जाती हैं ('ब्लैक मार्केट')।

चोर बाज़ारी—स्त्री. वस्तुओं के निर्धारित और नियंत्रित मूल्य से बहुत अधिक मूल्य पर कोई वस्तु चोरी-छिपे बेचना।

चोरटा—पु. चोर, गाली और अवमानना के रूप में प्रयुक्त।

चोरा-चोरी*—अ. द्र. 'चोरी-चोरी'।

चोराना*—स.क्रि. द्र. 'चुराना'।

चोरी—स्त्री. चुराने की क्रिया; चोर का काम; छिपाव, दुराव। **~चोरी**—अ. छिपे-छिपे, छिपा कर। **~से**—(किसी से) छिपा कर (कोई वस्तु देना)।

चोल—पु. [सं.] दक्षिण भारत का एक प्रसिद्ध जनपद, राज्य, वर्तमान तंजौर; उस राज्य का निवासी; मजीठ; मजीठ का रंग, लाल रंग; शरीर, चोला। **~रंग**—पु. मजीठ का रंग, लाल रंग।

चोलना*—पु. साधुओं का लंबा कुरता; शरीर।

चोला—पु. साधुओं-संन्यासियों के पहनने का लंबा, ढीला-ढाला कुरता; शिशु को पहली बार पहनाये जाने वाला कपड़ा; शरीर; मृतक को पहनाये जाने वाला ढीला चोगा-सा। **ला. ~बदलना**—आत्मा का एक शरीर से दूसरा शरीर प्राप्त करना।

चोली—स्त्री. [सं.] स्त्रियों का वक्ष-स्थल पर पहना जाने वाला अंतर्वस्त्र। **मु. ~दामन का साथ**—कभी न छूटने वाला साथ।

चोषक—पु. [सं.] चूसने वाला।

चोषण—पु. [सं.] चूसना।

चोष्य—वि. [सं.] चूसने योग्य। पु. चूस कर खाये जाने वाला भोज्य पदार्थ।

चौंक—स्त्री. चौंकने का भाव।

चौंकना—अ.क्रि. भय, विस्मय या किसी अप्रत्याशित सूचना, समाचार से शरीर का हिलना या काँप जाना; नींद में भय, आदि से अचानक जाग जाना; चकित होना।

चौंकाना—स.क्रि. 'चौंकना' का प्रे., दूसरे को चौंकने की स्थिति पैदा करना।

चौंखना—अ.क्रि. गाय, भैंस, आदि के बच्चे का माँ के स्तन से दूध पीना।

चौंखाना—स.क्रि. 'चौंखना' का प्रे., गाय, भैंस के बच्चों को खूँटे से खोल कर उसकी माँ के दूध से लगा देना।

चौंटना*—स.क्रि. चुटकी से तोड़ना (फूल, पत्ती, आदि)।

चौंतिस—वि., पु. द्र. 'चौंतीस'।

चौंतीस—वि. तीस और चार। पु. तीस और चार की संख्या, 34।

चौंध—स्त्री. तीव्र प्रकाश जो आँखों को चमक दे, जिसके सामने आँखें सहजता से न खुल पाएँ।

चौंधना—अ.क्रि. चमकना, कौंधना।

चौंधियाना—अ.क्रि. चकाचौंध होना।

चौंप—स्त्री. इच्छा।

चौंर—पु. चँवर, झालर; फुँदना। **~भौंर होना**—अ.क्रि. चकित हो जाना, आश्चर्य में पड़ना।

चौंरी—स्त्री. चँवर; चोटी बाँधने की डोरी; सफेद पूँछ वाली गाय।

चौंसठ—वि. साठ और चार। पु. साठ और चार संख्या, 64।

चौ—पु. मोती तौलने का एक तौल, बाट।

चौ—वि. चार (केवल समास में प्रयुक्त होता है—चौपाया, चौपाई, चौखट, आदि)। **~कठ**—स्त्री. द्र. 'चौखट'। **~कड़ा**—पु. भोजन परोसने का वह बरतन जिसमें चार बड़े-बड़े कटोरे-से एक ही कुंदे में लगे होते हैं। **~कड़ी**—स्त्री. चार चीज़ों का समूह; चार आदमियों की टोली; चौपायों

की वह दौड़ या छलाँग जिसमें चारों पैरों से एक-साथ आगे दौड़ा जाए; हिरन, आदि की कुलाँच; चारपाई की वह बुनाई, जिसमें बान या सूत की चार-चार लड़ियाँ एक-साथ चलाई जाएँ। **~कड़ी मार बैठना**—अ.क्रि. दोनों पैरों को आपस में गूँथते हुए नितम्बों के भार बैठना, पालथी मार कर बैठना, पूजा, आदि, भोजन के लिए। **~पहिया**—वि. चार पहियों वाला। स्त्री. चार पहियों वाली गाड़ी, वाहन। **~पाई**—स्त्री. 16-16 मात्राओं के चार चरणों का एक प्रसिद्ध मात्रिक छंद ('रामचरितमानस, आदि में')। **~पाल**—स्त्री. वह बैठक, भवन जहाँ पुरुष वर्ग एकत्रित होकर बातचीत करते हैं, समय काटते हैं, किसी व्यक्ति विशेष या परिवार की तथा सामुदायिक दोनों प्रकार की होती है। **~बारा**—पु. ऊपरी मंजिल पर बना हुआ वह कमरा जिसमें चारों ओर दरवाजे, खिड़कियाँ लगी होती हैं। **~बीस**—वि. बीस और चार। पु. चौबीस का छंद। **~मंजिला**—वि. चार मंजिलों, खंडों, तलों वाला भवन। **~मग़ज़ा**—पु. अखरोट। **~मसिया, ~मासिया**—वि. चौमासे में होने वाला। पु. चौमासे भर के लिए काम पर रखा हुआ व्यक्ति। **~मासा**—पु. वर्षा के चार महीने, आषाढ़ से क्वार, आश्विन तक का समय; वर्षा ऋतु संबंधी लोकगीत। **~मुखा**—वि. चार मुँहों वाला; जिसके मुख चारों ओर हों। **~रसिया**—पु. एक जाति विशेष जिनका मुख्य कार्य पान की दुकान करना होता था। **~लड़ा**—वि. चार लड़ियों वाला (हार, आभूषण)। **~सर**—पु. गोटों और पासों के द्वारा बिसात पर खेले जाने वाला एक खेल, चौपड़; इस खेल की बिसात। **~हट, ~हट्ट, ~हट्टा**—पु. चौक; चौमोहानी।

चौआ—पु. चार अंगुल की माप; चार अंगुलियों का समूह; ताश का चार बूटियों वाला पत्ता, चौका।

चौक—पु. आँगन, घर के भीतर चौखूँटा सहन; नगर का मुख्य बाज़ार जहाँ से चारों ओर को रास्ते जाते हों; पूजन, आदि में आटे, आदि की रेखाओं से बनाया जाने वाला पूजन-क्षेत्र (चौक पूरना)।

चौका—पु. हिंदुओं की रसोई, खाना बनाने का स्थान; सफाई के लिए ज़मीन पर मिट्टी या गोबर का लेप, चार चीज़ों का समूह; आगे के चार दाँतों की पंक्ति। **~बरतन**—पु. खाना बन जाने पर चौका-बरतन, आदि की सफाई का काम।

चौकी—स्त्री. लकड़ी या पत्थर का चार पायों वाला आसन; छोटा तख्त; वह स्थान जहाँ पुलिस या सेना के कुछ सिपाही निगरानी तथा रक्षा के लिए रहते हैं; चुंगी वसूल करने वालों के लिए बैठने, रहने का स्थान; किसी देवी-देवता, आदि की पूजा का रात्रि-जागरण—माता की चौकी। **~दार**—पु. पहरा देने वाला; रखवाली करने वाला; गाँवों में पहरा देने के लिए नियुक्त व्यक्ति। **~दारी**—स्त्री. चौकीदार का काम, रखवाली; चौकीदार रखने के लिए दिया जाने वाला पैसा। **ला. ~लगाना**—रात्रि में मोहल्ले के लोगों द्वारा जागते हुए टोलियों में पहरा देना।

चौख़ानेदार—वि. [फा.] चार ख़ाने वाली (कमीज़, आदि)।

चौगड्डा—पु. गाँव या नगर के बाहर वाला चौरस्ता, चौराहा।

चौगान—पु. [फा.] एक खेल जिसमें घोड़ों पर बैठ कर लंबी हॉकीनुमा डंडे से गेंद के साथ खेला जाता है।

चौगिर्द—क्रि.वि. चारों ओर, तरफ।

चौगुना—वि. जितना हो उतना ही या उसका चार बार।

चौज—पु. द्र. 'चोज'।

चौड़ा—वि. विस्तृत।

चौड़ाई—स्त्री. लंबाई से कम या थोड़ा और उसका उलटा विस्तार, अर्ज, पनहा।

चौतरा*—पु. चबूतरा।

चौथ—स्त्री. पक्ष की चौथी तिथि, चतुर्थी; चौथाई; मराठों द्वारा दूसरों राज्यों से लिया जाने वाला कर जो उस राज्य के राजस्व का चतुर्थांश होता था। **~का चाँद**—पु. भाद्र शुक्ल चतुर्थी का चंद्रमा जिसके देखने से मिथ्या कलंक लगने की बात मानी जाती है।

चौथा—वि. क्रम में तीन के बाद, चार के स्थान पर। पु. मृतक के चौथे दिन होने वाला कर्मकांड।

चौथाई—स्त्री. चौथा भाग, चतुर्थांश।

चौथिया—पु. चौथे दिन चढ़ने वाला ज्वर; वह जो चौथाई का हकदार हो।

चौथी—वि., स्त्री. द्र. 'चौथा' (चौथी सीढ़ी, चौथी कक्षा)। स्त्री. विवाह के चौथे दिन होने वाली रस्म जिसमें वर-वधू एक-दूसरे का कंगना खोलते हैं (अब चौथे दिन का बंधन नहीं रहा, अगले दिन या कभी भी खोल लेते हैं)।

चौधर—पु. किसी जाति या समाज की सरदारी, मुखिया का पद।

चौधराइन—स्त्री. 'चौधरी' का स्त्री., चौधरी की पत्नी।

चौधराई—स्त्री. सरदारी, चौधरी का पद या काम।

चौधरात—स्त्री. द्र. 'चौधर'।

चौधराना—पु. द्र. 'चौधर'।

चौधरानी—स्त्री. चौधरी की पत्नी।

चौधरी—पु. किसी जाति या समाज का मुखिया, सरदार; जाटों या अन्य भूमिपति जातियों में सम्मान-सूचक संबोधन।

चौपत्ती—स्त्री. ताश का एक खेल।

चौपहिया—पु. 'चौ' के अन्तर्गत।

चौफेरी—स्त्री. चारों ओर चक्कर लगाना, फेरी करना।

चौबच्चा—पु. द्र. 'चहबच्चा'।

चौबाइन—स्त्री. चौबे की पत्नी।

चौबे—पु. ब्राह्मणों की एक उपजाति।

चौमुखी—वि. चतुर्दिक्; जिसके चार मुख हों।

चौरा—पु. चबूतरा; चौपाल; वह चबूतरा या वेदी जिस पर किसी देवी-देवता, साधु-संन्यासी या सती, आदि की स्थापना हुई हो (कबीर चौरा, सती चौरा, आदि)।

चौरानबे, चौरानवे—वि. नब्बे और चार। पु. चौरानबे की संख्या, 94।

चौरासी—वि. अस्सी और चार। पु. चौरासी की संख्या, 84; चौरासी लाख योनि।

चौर्य—पु. [सं.] चोरी, चोर का काम, छल-छद्म; छिपाना। **~वृत्ति**—स्त्री. चोरी की आदत; चोरी से ही जीविका चलाना।

चौर्यक—पु. [सं.] चोरी।

चौलड़ा—वि. द्र. 'चौ' के अन्तर्गत।

चौलाई—स्त्री. साग का एक पौधा, इसकी मंजरी के पके दानों का उपयोग लड्डू, आदि बनाने के रूप में होता है।

चौलुक्य—पु. [सं.] चुलुक ऋषि का वंशज।

चौवन—वि. पचास और चार। पु. चौवन की संख्या, 54 ('चवन्न' रूप में भी प्रयुक्त)।

चौवा—पु. द्र. 'चौआ'।

चौवालीस—वि. चालीस और चार। चौवालीस की संख्या, 44 ('चवालीस' रूप में भी प्रयुक्त)।

चौसठ—वि. साठ और चार। पु. चौसठ की संख्या, 64 ('चौंसठ' रूप में भी प्रयुक्त)।

चौसर—पु. द्र. 'चौ' के अन्तर्गत।

चौहट्टा—पु. वह बाज़ार जिसमें चारों ओर दुकानें हों, चौक; चौमुहानी।

चौहत्तर—वि. सत्तर और चार। पु. चौहत्तर की संख्या, 74।

चौहद्दी—स्त्री. [अ.] किसी मकान या ज़मीन के चारों ओर मकानों, ज़मीनों, आदि का विस्तार या विवरण, चारों ओर की हद, सीमा निर्धारित करना।

चौहरा—पु. चार तहों वाला; चौगुणा।

चौहान—पु. क्षत्रियों की एक उपजाति।

च्यवन—पु. [सं.] चूना, टपकना; क्षरण; एक ऋषि जिनके विषय में प्रसिद्ध है कि अश्विनीकुमारों ने उन्हें एक अवलेह, च्यवनप्राश खिला कर वृद्ध से युवा बना दिया था। **~प्राश**—पु. आयुर्वेद का एक प्रसिद्ध अवलेह जो खाँसी, दौर्बल्य, हृदय-दौर्बल्य, आदि की प्रसिद्ध औषधि मानी जाती है।

च्वाइस—स्त्री. [अं.] चुनाव, वरण, निर्वाचन; चुनने या वरण का अधिकार; पसंद, रुचि; चयन; उत्तम, श्रेष्ठ, चुनिंदा; विकल्प।

च्युत—वि. [सं.] गिरा या झड़ा हुआ, क्षरित, अपने स्थान से हटा या हटाया हुआ, स्थान-भ्रष्ट; विमुख, हटा हुआ (कर्तव्य-च्युत)।

च्युतात्मा—वि. [सं.] कुटिल; बुरे विचारों वाला।

च्युताधिकार—वि. [सं.] पद से हटाया हुआ, जिसका अधिकार छीन लिया गया हो।

च्युति—स्त्री. [सं.] च्युत होना, अपने स्थान से भ्रष्ट होना; चूक; स्खलित होना।

च्यूँटा—पु. द्र. 'चींटा'।

च्यूँटी—स्त्री. द्र. 'चींटी'।

छ

छ—देवनागरी वर्णमाला का चवर्ग का दूसरा वर्ण। उच्चारण स्थान तालु।

छंगा, छंगू—वि. जिसके हाथ या पैर के, विशेषत: हाथ के किसी पंजे में छ: अंगुलियाँ हों।

छंगुनिया*—स्त्री. द्र. 'छगुनी'।

छँगुलिया, छँगुली—स्त्री. द्र. 'छगुनी'।

छँटना—अ.क्रि. चुना जाना; कटना; दूर होना (अँधेरा, बादल, आदि; छाँटा जाना; क्षीण होना; साफ किया जाना) अन्न, आदि। **मु. ~(टा) हुआ**—चालाक, धूर्त।

छँटनी—स्त्री. छाँटने, हटाने का काम (किसी मिल-कारखाने, आदि में से कर्मचारियों का हटाने की प्रक्रिया)।

छँटवाना—स.क्रि. चुनवाना, छाँटने का काम कराना।

छँटाई—स्त्री. छाँटने का काम, अलग करने का काम; छाँटने की मज़दूरी।

छँटाना—स.क्रि. द्र. 'छँटवाना'।

छँटाव—पु. छँटाई।

छंद—'छंदस्' का समासगत रूप। **~शास्त्र**—पु. छंद रचना संबंधी शास्त्र जिसमें वर्ण-क्रम और मात्रा, आदि के विधान का ज्ञान कराया जाता है, पिंगल शास्त्र। **~दोष**—पु. छंद में वर्ण-मात्रा, आदि के अथवा यति, आदि के क्रम की अव्यवस्था हो जाना, गलत प्रयोग हो जाना। **~बद्ध**—वि. श्लोकबद्ध पद्य रूप में रचना। **~भंग**—पु. छंद में वर्ण, मात्रा, यति, आदि की त्रुटि।

छंद—पु. [सं.] अभिलाषा; नियंत्रण; रुचि; अभिप्राय।

छंद—पु. कलाई पर पहनने का एक गहना। (अप. रूप में 'छन' कहा जाता है)।

छंदक—वि. छली, छल-छंद करने वाला।

छंदक—पु. [सं.] रक्षक; वासुदेव, गौतम बुद्ध (सिद्धार्थ) का सारथि।

छंदन—पु. [सं.] प्रसन्न करना; रिझाना।

छंदस्कृत—पु. [सं.] वेद; वेद-मंत्र।

छंदाघात—पु. संगीतात्मक बल।

छंदात्मक—वि. [सं.] छंदबद्ध रचना, पद्य।

छंदित—वि. [सं.] प्रसन्न; संतुष्ट किया हुआ।

छंदो—छंदस् का समासगत रूप। **~ग**—पु. साम गायक। **~बद्ध**—वि. पद्य रूप में रचित, श्लोकबद्ध रचना।

छः—वि. पाँच और एक। पु. छः की संख्या, 6।

छ—पु. [सं.] काटना; खंड; घर। वि. निर्मल; अस्थिर।

छ—वि. पाँच और एक। पु. छ की संख्या, 6। **~माही**—वि. छः महीने बीतने पर होने वाला (परीक्षा; शुल्क, आदि)।

छक*—स्त्री. नशा; तृप्ति।

छकड़ा—पु. ठेला, बैलगाड़ी का छोटा रूप। वि. ढीले ढाँचे वाला, जर्जर स्थिति।

छकना—अ.क्रि. तृप्त होना, अघाना (भोजन, आदि) नशे में मदमस्त; परेशान होना।

छकाना—स.क्रि. तृप्त करना, खूब खिलाना; नशे में मदमस्त कर देना; चक्कर में डालना, परेशान कर देना।

छकार—पु. [सं.] 'छः' वर्ण।

छक्का—पु. छः का समूह; जुए, आदि में एक दाँव, ताश का पत्ता जिस पर छः बूटियाँ हों, पासे का वह आधार जिस पर छः बिंदियाँ हों। **ला. ~पंजा**—पु. दाँव-पेंच; छल-छद्म। **मु. ~(के) छूटना**—धैर्य खो देना, हिम्मत हार जाना; हैरान हो जाना।

छग—पु. [सं.] छाग, बकरा।

छगड़ा*—पु. बकरा।

छगन—पु. नन्हा, प्यारा बच्चा; छोटे बच्चे के लिए प्यार-भरा संबोधन, नाम। **~मगन**—पु. छोटे-छोटे बच्चे, हँसते-खेलते बच्चे।

छगल—पु. [सं.] बकरा; वह देश जहाँ बकरे अधिक हों।

छगलक—पु. [सं.] बकरा।

छगली—स्त्री. [सं.] बकरी।

छगुनी—स्त्री. कनिष्ठा, कानी अंगुली।

छछिआ, छछिया—स्त्री. छाछ, मट्ठा रखने का मिट्टी का चपटा बरतन, चपटिया ('छछिया भरि छाछ पै नाच नचावे'—रसखान)।

छछेरू, छछेडू—पु. मक्खन को ताते हुए घी बनाने की प्रक्रिया में बरतन की तली में जम जाने वाला छाछ का स्थूल रूप।

छछूँदर—पु. चूहे की प्रजाति का एक जंतु।

छजना—अ.क्रि. सजना, शोभा देना, फबना।

छजली—स्त्री. छत की दीवार के बाहर निकला हुआ थोड़ा कम चौड़ा बारजा-सा, दीवार से थोड़ी आगे बढ़ी हुई जगह; दीवार से आगे लगी पत्थर की पट्टी।

छज्जा—पु. छत की दीवार के बाहर आगे को बढ़ी हुई जगह जिसका मुख्य प्रयोजन दरवाजों को धूप और वर्षा की बौछारों से बचाना होता है।

छटंकी—स्त्री. छटाँक का बाट, तौल। वि. छोटा। **ला.** अवमानना के अर्थ में किसी छोटे कद वाली स्त्री को कहा जाता है।

छटकाना—स.क्रि. झटका दे कर किसी की पकड़ से छुटा लेना।

छटना—अ.क्रि. द्र. 'छँटना'।

छटनी—स्त्री. द्र. 'छँटनी'।

छटपट—वि. द्र. 'चटपट', 'झटपट'।

छटपटाना—अ.क्रि. तड़पना, शारीरिक कष्ट से; किसी के लिए तरसना, व्याकुल होना (प्रियजन के लिए)।

छटपटी—स्त्री. आकुलता, बेचैनी; छटपटाने का भाव।

छटाँक, छटाक—स्त्री. तौल का एक माप, एक सेर का सोलहवाँ भाग।

छटा—स्त्री. [सं.] शोभा, छवि, सौंदर्य, झलक; बिजली; लड़ी।

छटैल—वि. छटा हुआ; चालाक, धूर्त।

छठ—स्त्री. मास के किसी भी पक्ष की छठी तिथि।

छठवाँ—वि. द्र. 'छठा'।

छठाँ, छठा—वि. जो छहवें स्थान पर हो, क्रम में पाँच के बाद—छः के स्थान पर। **मु. ~छठे, छमासे**—बहुत दिनों के बाद, कभी-कभी।

छठी—वि. स्त्री. 'छठा' का स्त्री. रूप यथा—छठी कक्षा, छठी चीज़। स्त्री. बच्चे के जन्म के छठे दिन का कृत्य-पूजन उत्सव, आदि। **~पूजन**—पु. छठी के दिन की जाने वाली देवी की पूजा। **मु. ~का दूध याद आना**—कठिन मेहनत या कष्ट उठाना या पड़ जाना; सारी हेकड़ी या शान भूल कर हार-सी मान लेना।

छड़—पु., स्त्री. लोहे, पीतल, बाँस, आदि का पतला डंडा, खंड।

छड़ना—स.क्रि. ओखली में अनाज को डाल कर मूसल से कूटना।

छड़ा—पु. पैर का एक आभूषण; कुँवारा, अविवाहित (पंजाबी से गृहीत)।

छड़िया—पु. दरबान, द्वारपाल (छड़ी धारण करने के कारण छड़िया कहलाते थे)।

छड़ियाल—पु. एक तरह का भाला।

छड़ी—स्त्री. हाथ में लेकर चलने वाली सीधी पतली लकड़ी, डंडा; पीरों की मजार पर चढ़ाई जाने वाली झंडी। वि. स्त्री. अकेली, एकाकिनी। **~बरदार**—पु. चोबदार।

छत—स्त्री. चूने, कंकड़, ईंट-सीमेंट, आदि से बनी मकान की पक्की छाजन, पाटन। **ला.** घर, आश्रय ('सिर छिपाने के लिए एक छत तो चाहिए ही')।

छतना*—पु. पत्ते जोड़कर बनाया हुआ छाता, मधुमक्खियों का छत्ता।

छतनार, छतनारा—वि. (पेड़-पौधे) जिनकी शाखाएँ घनी और दूर तक फैली हुई हों, जिनकी छाया सघन हो।

छतरी—स्त्री. छाता, लोहे की तीलियों पर कपड़ा चढ़ाकर वर्षा या धूप से बचने के लिए बनाया हुआ आच्छादन, जो खोलने पर चँदोवे के रूप में तन जाता है; किसी की समाधि या चिता के स्थान पर मंडप रूप में बना हुआ स्मारक।

छति*—द्र. 'क्षति'।

छतिया*—स्त्री. [ब्र.भा.] द्र. 'छाती'।

छतियाना—स.क्रि. छाती से लगाना, सटाना।

छतीसा—वि. चालाक, मक्कार; चतुर।

छतौना—पु. छतरी; कुकुरमुत्ता।

छत्ता—पु. मधुमक्खियों, ततैया-भिड़ों, आदि का जालीदार सा घर; छाई हुई गली या बाज़ार (छत्ता लालदास, मगनीराम)।

छत्तीस—वि. तीस और छः। पु. तीन छः की संख्या।

छत्तीसी—वि. स्त्री. द्र. 'छतीसी'।

छत्र—पु. [सं.] राजचिह्न के रूप में राजाओं पर लगाए जाने वाला, चाँदी, आदि का बना छाता; कुकुरमुत्ता। **~चक्र**—पु. ज्योतिष का एक चक्र जिससे शुभ-अशुभ फल का विचार किया जाता है। **~च्छाया, ~छाया**—स्त्री. आश्रय, कृपा का वरदहस्त। **~धर, ~धार, ~धारी**—पु. छत्रधारी, राजा। **~पति**—पु. राजा; महाराजा शिवाजी की उपाधि।

छत्रक—पु. [सं.] छत्री; कुकुरमुत्ता; खुमी।

छत्रांग—पु. [सं.] गोदंती हरताल।

छत्रा—स्त्री. [सं.] कुकुरमुत्ता; धनिया।

छत्राक—पु. [सं.] कुकुरमुत्ता।

छत्राकी—स्त्री. [सं.] कुकुरमुत्ता।

छत्री—वि. [सं.] छत्रयुक्त, जो छाता लगाए हुए हो। *द्र. 'क्षत्रिय'।

छद, छदन—पु. [सं.] आवरण, ढकने वाली चीज़, खाल; छाल; गिलाफ, खोल। **~पत्र**—पु. भोजपत्र; तेजपात (मसाले में प्रयुक्त)।

छदाम—पु. पुराने समय में प्रचलित एक सिक्का जो पैसे का चौथा भाग होता था।

छद्म*—पु. छिपाव, छल, कपट; गोपन, बदला हुआ वेश। **~तापस**—पु. कपटी साधु। **~वेश**—बनावटी वेश; भेस। **~वेशी**—वि. जो भेस बदले हुए हो।

छन*—पु. क्षण, पल।

छन—स्त्री. जलते हुए तवे, आदि पर पानी, आदि गिरने की आवाज; घुँघरू, आदि के बजने की आवाज, झनकार। **~छन**—स्त्री. 'छन्-छन' की आवाज़।

छनक*—पु. एक क्षण। अ. क्षण भर। स्त्री. छन-छन की आवाज़, झनकार; भड़क; फुर्ती। **~सज-धज**—सजना-सँवरना।

छनकना—अ.क्रि. 'छन-छन' करना; छन-छन करके उड़ जाना (जलते तवे, आदि पर पानी की बूँद का); झनकार।

छनकाना—स.क्रि. पानी को आँच पर गर्म कर उसका कुछ अंश जलाना; भड़काना।

छनछनाना—अ.क्रि. 'छन-छन' की आवाज़ आना; झनकार होना।

छनछनाहट—स्त्री. छन-छन की आवाज़।

छनना—अ.क्रि. छाना जाना, छनने की क्रिया; छोटे-छोटे छिद्रों में से होकर निकलना; छिद जाना; मादक पदार्थ का सेवन (भाँग छनना)। पु. छानने का महीन कपड़ा, जिससे दूध, चाय, शरबत, आदि छाने जाते हैं। **मु. ~गहरी छनना**—गाढ़ी मित्रता होना।

छनवाना—स.क्रि. छानने का काम कराना।

छनाका—पु. 'छन' की आवाज़; झनकार।

छनाना—स.क्रि. छनवाना; (भाँग, शराब, आदि मादक चीज़) पिलाना।

छनिक*—वि. द्र. 'क्षणिक'। अ. क्षण-भर। पु. एक क्षण।

छन्न—पु. द्र. 'छन'।

छन्न—वि. [सं.] छिपा हुआ; ढका हुआ; लुप्त।

छन्ना—पु. द्र. 'छन्ना'।

छप—स्त्री. पानी में किसी चीज़ के गिरने की आवाज़; कीचड़ या किसी गाढ़ी चीज़ में गिरने पर छप से होने वाली आवाज़। **~छप**—स्त्री. 'छप' की आवाज़ बार-बार होना (वर्षा, आदि में)।

छपक*—स्त्री. तलवार, आदि से कटने की आवाज़।

छपकना—अ.क्रि. थोड़े पानी में तैरने का प्रयत्न करना।

छपका—पु. (बालों में डाल कर) माथे पर लगाए जाने वाला आभूषण; पशुओं में होने वाला रोग, जिसमें उनके खुर पक जाते हैं (संक्रामक)।

छपछपाना—अ.क्रि. पानी पर हाथ-पैर मारना।

छपटी—स्त्री. लकड़ी का टुकड़ा।

छपद—पु. भौंरा, भ्रमर (षटपद)।

छपना—अ.क्रि. छापा जाना, छपने का काम होना, मुद्रण।

छपर—पु. द. 'छप्पर'।

छपरा—पु. छप्पर; बाँस का टोकरा; बिहार में एक नगर।

छपरिया—स्त्री. छोटा छप्पर, छपरी।

छपरी*—स्त्री. झोंपड़ी।

छपवाना—स.क्रि. द्र. 'छपाना'।

छपवैया—पु. छापने वाला; छपाने वाला।

छपाई—स्त्री. छापने का काम, मुद्रण; छापने के लिए दिया जाने वाला मूल्य।

छपाका—पु. पानी पर किसी चीज़ के गिरने की आवाज़; कीचड़ या दही जैसी किसी गाढ़ी चीज़ में कोई चीज़ गिरने की आवाज़।

छपाछप—स्त्री. पानी पर हाथ मारने की आवाज़।

छपाना—स.क्रि. छपवाना, छापने, मुद्रण का काम कराना।

छप्पड़, छप्पर—पु. द्र. 'छप्पर'।

छप्पन—वि. पचास और छः। पु. छप्पन की संख्या; पाँच और छः।

छप्पय—स्त्री. छः चरणों वाला एक मात्रिक छंद।

छप्पर—पु. फूस, पत्ती, आदि की छाजन; तालाब या तलैया। **मु. ~पर फूस न होना**—बहुत गरीब होना। **~फाड़कर देना**—बिना कोई श्रम किए अचानक कोई बड़ी रकम मिल जाना, बहुत बड़ा लाभ हो जाना।

छब—स्त्री. द्र. 'छवि'।

छबड़ा—पु. छोटा टोकरा जो कुछ कम गहरा होता है।

छबि—स्त्री. शोभा, सुंदरता। **~धर**—वि. सुंदर।

छबीला—वि. सुंदर, सजीला, छवि वाला।

छब्बीस—वि. बीस और छः। पु. छब्बीस की संख्या, 26।

घमंड—पु. [सं.] बिना माँ-बाप का, अनाथ।

छम—स्त्री. घुँघरू बजने या वर्षा की बूँदें पड़ने की आवाज़। **~छम**—स्त्री. घुँघरू, पायल, आदि की बार-बार होने वाली आवाज़, झनकार; छमाछम।

छमक—स्त्री. ठसक, चलने की नज़ाकत।

छमकना—अ. गहने, घुँघरू, आदि की आवाज़; बनाव-सिंगार करना।

छमछमाना—अ.क्रि. 'छम-छम' शब्द करना या छम-छम शब्द करते हुए चलना।

छमा*—स्त्री. द्र. 'क्षमा'।

छमाछम—स्त्री. छम-छम की आवाज़।

छमाशी—स्त्री. छः माशी, छः माशे तौल का सोने का सिक्का (आभूषण रूप में या लेन-देन में चलता था)।

छमाही—स्त्री. [फ़ा.] छः माह बाद होने वाला—छमाही परीक्षा, आदि; छः माह का समय। वि. प्रत्येक छः माह पर होने वाला, छः माह के बाद होने वाला।

छय*—पु. द्र. 'क्षय'।

छयना*—अ.क्रि. क्षय, नाश होना।

छर—स्त्री. अनाज या कंकड़ियों के गिरने की आवाज़। वि. नाशवान्। **~छंदी**—वि. कपटी, चालाक, धूर्त। **~छर**—स्त्री. अनाज या कंकड़ियों के लगातार गिरने की आवाज़।

छरकना—अ.क्रि. बिखरना, छिटकना।

छरकीला—वि. लंबा और सुडौल; छहरीला।

छरना—अ.क्रि. चूना, क्षरण; नष्ट होना, क्षीण होना।

छरहरा—वि. लंबा, पतला, गहरे बदन का चुस्त, फुरतीला।

छरी*—स्त्री. द्र. 'छड़ी'।

छर्रा—पु. बंदूक, पिस्तौल, आदि के कारतूस में भरे जाने वाले लोहे, आदि के छोटे-छोटे टुकड़े, गोलियाँ।

छल—पु. [सं.] कपटपूर्ण व्यवहार; अपने असली रूप को छिपाना; दूसर को ठगना, धोखा देना; धूर्तता, शठता। **~कपट**—धोखा करना, धूर्ततापूर्ण व्यवहार। **~छंदी**—वि. छल-कपट करने वाला, धोखेबाज। **~छिद्र**—पु. छल-कपट।

छलक—स्त्री. छलकने का भाव।

छलकना—अ.क्रि. ऊपर तक लबालब भरे हुए पात्र का, बरतन का जल या कोई तरल पदार्थ हिलने के कारण बाहर गिरना; उछलना; उमड़ना (हृदय, हृदयगत भावों का बाहर छलकना—खुशी, आदि)।

छलकाना—स.क्रि. बरतन में भरे हुए जल या किसी अन्य तरल पदार्थ को हिला कर गिराना।

छल-छल—पु. पानी के छलकने की ध्वनि।

छलछलाना—अ.क्रि. आँखों का भर आना, आर्द्र हो जाना।

छलन—पु. [सं.] छलना, ठगना; कपट।

छलना—स.क्रि. धोखा देना, ठगना।

छलना—स्त्री. [सं.] छल, धोखा, वंचना।

छलनी—स्त्री. छानने का लोहे, पीतल, प्लास्टिक, आदि का जाली लगा उपकरण, आटा, दूध, चाय, घी, आदि छानने के काम आता है। **मु.** (हृदय, दिल) **~कर देना**—दुःखों या बातों से आघात पहुँचाना, जर्जर कर देना।

छलबल—स्त्री. कपट-युक्ति, कपटपूर्ण चाल।

छलाँग—स्त्री. चौकड़ी भरना, कूद, उछाल।

छलाना—स.क्रि. धोखा दिलवाना, ठगवाना।

छलावा—पु. भूत-प्रेत की छाया जो विभिन्न रूप धारण कर अदृश्य हो जाती है; भूत-प्रेत।

छलिया—वि. छली, मोहित कर लेने वाला; ठग लेने वाला।

छली—वि. [सं.] छल करने वाला, धोखेबाज; विमोहित कर लेने वाला।

छल्ला—पु. सोने, चाँदी, ताँबे, आदि के तार को मोड़कर बनाई हुई सादी-सी अगूँठी; वलय, मंडलाकार कड़ा या वलय जो किसी गोल चीज़ के मुँह पर लगाया जाता है; पर्दे, आदि टाँगने के लिए बना गोल कड़ा।

छल्ली—स्त्री. कच्ची दीवार के साथ खड़ी की गई पक्की दीवार; मकई का भुट्टा (पंजाबी से गृहीत)।

छवाई—स्त्री. छाने का काम; छप्पर, आदि छाने की मज़दूरी।

छवाना—स.क्रि. छाने का काम कराना।

छवि—स्त्री. [सं.] शोभा, सुंदरता, चमक; कांति, प्रभा; प्रकाश-किरण।

छवैया—पु. छाने का काम करने वाला।

छहरीला—वि. लंबा और सुडौल; चुस्त, छरहरा; छितराने वाला।

छहियाँ*—स्त्री. छाया; मनमोहक छाया।

छाँगुर*—वि. छंगा, वह व्यक्ति जिसके पंजे में छः अँगुलियाँ हों।

छाँछ, छाछ—स्त्री. मट्ठा, मही।

छाँट—स्त्री. छाँटने की क्रिया या ढंग; कतरने की क्रिया या ढंग; कतरन; छाँट कर अलग की हुई बेकार चीज़; अनाज छाँटने से निकलने वाला कना या भूसी।

छाँटन—स्त्री. छाँटने से निकली हुई बेकार चीज़; कतरन।

छाँटना—स.क्रि. काटना; कतरना; चुनना; अलग करना; अच्छी-अच्छी चीज़ें निकाल कर अलग रखना; बहुत सारे आदमियों (खिलाड़ियों, आदि) में से कुछ को चुनना।

छांदस—वि. [सं.] छंद-संबंधी; वेद-संबंधी, वैदिक; वेद का ज्ञाता; वेदपाठी। पु. वेदपाठी श्रोत्रिय।

छांदसीय—वि. [सं.] छंद-शास्त्र का ज्ञाता।

छांदोग्य—पु. [सं.] सामवेद का एक ब्राह्मण, उक्त ब्राह्मण का उपनिषद् जो दस उपनिषदों में प्रमुख स्थान रखता है।

छाँवँ—स्त्री. द्र. 'छावँ'।

छाँस—स्त्री. छाँटने से निकाला हुआ कन, भूसी, आदि; निकम्मी चीज़; कूड़ा-करकट।

छाँह—स्त्री. छाया; आश्रय-स्थान। **मु. ~न छूने देना**—पास न आने देना।

छाँही—स्त्री. द्र. 'छाँह'।

छा—स्त्री. [सं.] ढँकना, छिपाना।

छाई*—स्त्री. राख; किसी चीज़ के जलने से बनी या उड़ती हुई हलकी-सी राख; खाद।

छाक—स्त्री. छकने का भाव, तृप्ति; नशा, मस्ती; वह खाना जो हलवाहों या खेत में काम करने वाले लोगों के लिए भेजा जाता है, कलेवा। **~देना, ~ले जाना**—एक रस्म।

छाकटा*—पु. चालाक; बदमाश; तेज़-तर्रार, छँटे हुए के अर्थ में (बदमाश के रूप में)।

छाग—पु. [सं.] बकरा; बकरी का दूध। **~मुख**—पु. कार्त्तिकेय।

छागमय—पु. [सं.] कार्त्तिकेय का मुख।

छागल—पु. [सं.] बकरा; एक मछली।

छागल—स्त्री. पैर में पहनने का एक आभूषण; चमड़े की छोटी मशक।

छागिका, छागी—स्त्री. [सं.] बकरी।

छाछ—स्त्री. मट्ठा, मही।

छाछठ*—वि., पु. द्र. 'छासठ'।

छाज—पु. सींक या बाँस की तीलियों का बना लम्बा पात्र-सा जिससे अनाज फटका जाता है, सूप।

छाजन—स्त्री. आच्छादन, फूँस द्वारा बनाई गई छत, छप्पर रूप में।

छाजना—अ.क्रि. छप्पर बनाना; छप्पर बनाने की क्रिया।

छात—वि. [सं.] छिन, कटा हुआ; दुबला-पतला। पु. आश्रय।

छाता—पु. छतरी, छतरी का थोड़ा बड़ा रूप; छत्ता, गली-मुहल्ले में सड़क के ऊपर ईंटों-कड़ियों, आदि से बनाया हुआ छाजन।

छाती—स्त्री. वक्ष-स्थल, पेट और गरदन के बीच का भाग, सीना, स्तन। **मु. चौड़ी छाती होना**—साहस की आवश्यकता, किसी चुनौतीपूर्ण कार्य को करने के लिए कहा जाता है, 'चौड़ी छाती चाहिए'। **~ठंडी करना**—बदले की भावना का तुष्ट होना। **~ठोक कर कहना**—पूर्ण निडर भाव से कहना; प्रतिज्ञा रूप में कहना; पूरे विश्वास से कहना। **~तानकर चलना**—गर्वपूर्वक चलना। **~पत्थर की करना, (कलेजा पत्थर का करना)**—किसी भारी दुःख या आघात को सहने के लिए साहस जुटाना। **~पर मूँग दलना**—किसी के सामने ही अप्रतीतिकर हृदय दुःखाने वाला कार्य करना। **~पर रख कर ले जाना**—मरने पर साथ ले जाना। **~पर काला बाल होना**—किसी चुनौती पूर्ण कार्य को करने का साहस होना। **~पर साँप लोटना**—ईर्ष्या से जल उठना। **~फटना**—असह्य दुःख या शोक होना। **~फुलाना**—गर्व करना, इतराना। **~से लगाना**—अपनाना।

छात्र—पु. [सं.] विद्यार्थी, शिष्य। **~वृत्ति**—स्त्री. विद्यार्थी को शिक्षा-प्राप्ति के लिए दी जाने वाली राशि, सहायतार्थ दिया जाने वाला धन।

छात्रा—स्त्री. [सं.] विद्यार्थिन, 'छात्र' का स्त्री.।

छात्राध्यापक—पु. [सं.] अध्यापन का प्रशिक्षण प्राप्त करने वाला विद्यार्थी।

छात्रालय, छात्रावास—पु. [सं.] विद्यार्थियों, छात्रों का रहने का स्थान ('हॉस्टल')।

छाद—पु. [सं.] छप्पर, छत।

छादक—वि., पु. [सं.] छाने वाला, आच्छादन करने वाला।

छादन—पु. [सं.] छाना, आच्छादन करना; छिपाना।

छादित—वि. [सं.] छिपा, ढका हुआ; आच्छादित।

छद्मीक—वि. [सं.] छद्म वेश धारण करने वाला, कपटी।

छान—स्त्री. छप्पर; छानने की क्रिया या भाव (दूध, चाय, आदि के लिए 'छान लो' कहा जाता है)। **~बीन**—पूरी जाँच-पड़ताल, खोज-खबर (लेना)।

छानना—स.क्रि. आटे, आदि का मोटा अंश छलनी से निकालना; दूध, चाय, शिकंजी, आदि किसी द्रव पदार्थ को साफ करने के लिए बारीक कपड़े या छलनी से निकालना। **मु. ~छान मारना**—बहुत अधिक खोजना (किंतु असफल रहना)।

छानबे—वि. द्र. 'छियानबे'।

छाना—अ.क्रि. ऊपर फैलना, किसी चीज़ को आच्छादित कर लेना; छप्पर बनाने की क्रिया। **ला. ~छा जाना**—किसी

कार्य-व्यापार से बहुत अधिक प्रभावित कर देना ('तुम अपने भाषण से छा गए')।

छाप—स्त्री. किसी वस्तु का चिह्न, निशान; मोहर का निशान; मोहर वाली अंगूठी; शंख चक्र, आदि के चिह्न जो वैष्णव अपने अंगों पर दगवा कर या खुदवा कर बनवाते हैं; विभिन्न कारखानों में बनी वस्तुओं पर अपनी पहचान के लिए बनाया गया शब्द या चित्र या कोई निशान ('लोगो'); कविता में प्राय: अंतिम पंक्ति में कवि द्वारा अपने नाम का उल्लेख (''सूर' प्रभु की दरस छवि को मरत लोचन प्यास')।

छापना—स.क्रि. मुद्रित करना; ठप्पा, मोहर, अक्षर, आदि का चिह्न स्याही या रंग के द्वारा कागज पर उतारना।

छापा—पु. साँचा, ठप्पा; छपा हुआ चिह्न या अक्षर; मांगलिक अवसरों पर दीवार, कपड़े, आदि पर हल्दी, आदि का पंजे का निशान। **~डालना, ~पड़ना, ~मारना**—अवैध वस्तुओं या कार्य-व्यापार को पकड़ने के लिए पुलिस या किसी सरकारी विभाग द्वारा अचानक की जाने वाली जाँच-पड़ताल, तलाशी (आयकर विभाग, आदि द्वारा); बेखबर लोगों पर होने वाला आक्रमण।

छापाखाना—पु. मुद्रणालय, वह स्थान जहाँ छपाई, मुद्रण का काम होता है, प्रेस।

छापामार—वि. छापा मारने वाला, घात लगा कर, छिप कर दुश्मन पर आक्रमण करना (छापामार युद्ध, छापामार दस्ता, सैनिक टुकड़ी)।

छाबड़ी—स्त्री. टोकरी, बाँस की तीलियों या पेड़ की टहनियों से बनी हुई।

छाम*—वि. क्षाम, दुबला-पतला, क्षीण।

छाय*—स्त्री. छाछ, मट्ठा।

छायल—पु. स्त्रियों की एक वेशभूषा।

छायांक—पु. [सं.] चन्द्रमा।

छायांकन—पु. [सं.] फोटो खींचना।

छायांकित—वि. [सं.] फोटो या अक्स बनाया हुआ।

छाया—स्त्री. [सं.] परछाईं, प्रतिबिम्ब, वह स्थान जहाँ धूप न पहुँचती हो; प्रकाश के अवरोध से उत्पन्न हलका अँधेरा; चित्र का अपेक्षाकृत कम प्रकाश वाला भाग; भूत-प्रेत, आदि का प्रभाव, साया; प्राय: किसी के पीदे या सदेव साथ लगा रहने वाला व्यक्ति या पदार्थ, किसी बात या पदार्थ का बहुत ही क्षीण या नाम मात्र का अवशेष, जो इस मूल बात या पदार्थ का बहुत ही सामान्य आभास देता है; किसी वस्तु के अनुकरण पर बनी हुई और कुछ-कुछ वैसी ही जान पड़ने वाली किंतु कम महत्त्व वाली वस्तु, प्रतिकृति या अनुहार। **~ग्रहिणी**—स्त्री. छाया देखकर पकड़ने वाली एक राक्षसी जिनसे हनुमान को पकड़ लिया था। **~चित्र**—पु. फोटो। **~तनय**—पु. शनि। **~दान**—पु. ग्रहों की शांति के लिए किया जाने वाला एक विशेष दान, जिसमें काँसे की कटोरी में घी या तेल डाल कर यजमान अपनी छाया देखकर दान करते हैं। **~नट**—पु. एक राग (संगी.)। **~पथ**—पु. आकाश गंगा। **~वाद**—पु. आधुनिक हिंदी काव्य का एक विशेष आंदोलन और महत्त्वपूर्ण युग (छायावादी युग)। **~सुत**—पु. शनि।

छायानुवाद—पु. [सं.] शब्दश: अनुवाद न होकर भाव को ग्रहण करता हुआ अनुवाद, भावानुवाद।

छार—पु. क्षार, क्षार पदार्थ; खारा नमक; राख; धूल।

छाल—स्त्री. [सं.] पेड़ के ऊपर का छिलका; वल्कल; वल्कल वस्त्र।

छालटी—स्त्री. सन या पटसन के रेशे से बना कपड़ा।

छाला—पु. फफोला, आवला; छाल, चर्म (मृगछाला, आदि)।

छालिया—पु. छायादान करने की कटोरी।

छाली—स्त्री. सुपारी; कटी हुई सुपारी।

छावँ—स्त्री. छाया, परछाईं। **ला.** शरण, आश्रय।

छावनी—स्त्री. वह स्थान जहाँ सेना रहती है; पड़ाव, शिविर।

छासठ—वि. साठ और छ:। पु. 66 की संख्या।

छाह—स्त्री. द्र. 'छाछ'।

छिंकाना—स.क्रि. छींकने में प्रवृत्त करना।

छिंगुनिया, छिंगुनी—स्त्री. कानी उँगली, कनिष्ठिका।

छिंगुलिया, छिंगुली—स्त्री. द्र. 'छिंगुनी'।

छिंदुआ, छिंटुवा—पु. छींट कर, बिखेर कर बीज बोने का एक तरीका।

छि:, छि—अ. घृणा, तिरस्कार या धिक्कार-सूचक शब्द, छी:।

छिकनी—स्त्री. एक घास जिसे सूँघने से बहुत छींकें आती हैं।

छिक्का—स्त्री. [सं.] छींका ('छीका' दोनों रूप प्रचलित); रस्सी, तार, आदि का बना झोलीनुमा जाल-सा जिसे छत या छप्पर पर लटका कर उस पर कोई पात्र रख दिया जाता था—बच्चों, कुत्ता-बिल्ली, आदि की पहुँच से दूर।

छिगुनी—स्त्री. कानी उँगली, कनिष्ठिका।

छिछड़ा—पु. द्र. 'छीछड़ा'।

छिछला—वि. उथला। **ला.** वि. न्यून चरित्र का; ऊपरी दिखावा-सा करने वाला।

छिछोरपन—पु. ओछापन, क्षुद्रता, कमीनापन।

छिछोरा—वि. ओछा, क्षुद्र, कमीना। **~पन**—पु. द्र. 'छिछोरपन'।

छिजाना—स.क्रि. छीजने का कारण होना; छीजने देना।

छिटकना—अ.क्रि. बिखरना, फैलना; किसी चीज़ की ज्योति, प्रकाश विशेषत: चाँदनी का फैलना।

छिटकाना—स.क्रि. बिखेरना, फैलाना।

छिट-पुट (छिट-फुट)—क्रि.वि. छितराया हुआ; कुछ यहाँ कुछ-वहाँ; कहीं-कहीं; छोटा-मोटा (सामान); कोई-कोई।

छिड़कना—स.क्रि. जल या किसी दूसरे द्रव्य को छींटों के रूप में फेंकना, इत्र, आदि को भी।

छिड़कवाना—स.क्रि. छिड़कने का काम करवाना।

छिड़काई—स्त्री. छिड़कांव; छिड़कने की मजदूरी।

छिड़काव—पु. छिड़कने की क्रिया, छींटों से तर कर देना।

छिड़ना—अ.क्रि. छेड़ा जाना, आरम्भ होना; लड़ाई-झगड़ा होना; आक्रोश में आना।

छितराना—अ.क्रि. बिखरना। स.क्रि. बिखराना, फैलाना; अलग-अलग करना।

छितराव—पु. छितरे-छितराए हुए होने की अवस्था, दूर-दूर अवस्थिति।

छिति*—स्त्री. द्र. 'क्षिति'।

छित्वर—पु. [सं.] छेदनकर्ता; शत्रु; धूर्त।

छिदना—अ.क्रि. छेदा जाना, छेद होना; घायल होना; घावों से भरना; छलनी होना ('कलेजा छिद गया')।

छिदरा—वि. छेदों वाला; छितराया हुआ, जो घना न हो; फटा हुआ।

छिदवाना—स.क्रि. द्र. 'छिदाना'।

छिदाना—स.क्रि. छेदने का काम करवाना।

छिदि—स्त्री. [सं.] कुल्हाड़ी; वज्र; काटना।

छिदिर—पु. [सं.] कुल्हाड़ी; तलवार; अग्नि; रस्सी।

छिद्र—पु. [सं.] छेद, सूराख; गड्ढा; दोष; अभाव। **~कर्ण**—वि. जिसके कान छिदे हुए हों। **~दर्शी**—वि. दूसरे के दोष, अभाव ढूँढ़ने वाला।

छिद्रांतर—पु. [सं.] सरकंडा; नरकुल।

छिद्रांश—पु. [सं.] सरकंडा।

छिद्रात्मा—वि. [सं.] अपने दोष प्रकट करने वाला।

छिद्रानुजीवी—वि. [सं.] द्र. 'छिद्रान्वेषी'।

छिद्रानुसंधानी—वि. [सं.] द्र. 'छिद्रान्वेषण'।

छिद्रानुसारी—वि. [सं.] द्र. 'छिद्रान्वेषी'।

छिद्रान्वेषण—पु. [सं.] खोज-खोज कर दूसरे के दोष, अभाव देखना।

छिद्रान्वेषी—वि. [सं.] छिद्रान्वेषण करने वाला।

छिद्रित—वि. [सं.] जिसमें छेद हो, सूराख वाला।

छिनकना—स.क्रि. साँस के साथ नाक का मल बाहर निकालना, नाक साफ करना।

छिनना—अ.क्रि. छीना जाना।

छिनवाना—स.क्रि. छीनने का काम करवाना; पत्थर कटवाना; सिल, चक्की का पाट, आदि कुटवाना।

छिनाना—स.क्रि. द्र. 'छिनवाना'।

छिनार, छिनाल—वि., स्त्री. पुँश्चनी, दुश्चरित्र स्त्री, कुलटा; गाली रूप में प्रयुक्त।

छिनाला—पु. छिनालपन, व्यभिचार, बदकारी।

छिन्न—वि. [सं.] कटा हुआ, काट कर अलग किया हुआ, खंडित; नष्ट किया हुआ। **~केश**—वि. जिसके बाल काट या मूँड़ दिये गए हों। **~द्विवैध**—वि. जिसकी दुविधा या संशय मिट गया हो। **~नाश, ~नाशिक**—वि. नकटा, जिसकी नाक कट गई हो। **~बंधन**—वि. जिसके बंधन टूट गए हों, मुक्त। **~भिन्न**—वि. नष्ट-भ्रष्ट, तहस-नहस, तितर-बितर। **~मस्त, ~मस्तक**—वि. जिसका मस्तक, सिर कट गया हो। **~मस्तका, ~मस्ता**—स्त्री. दुर्गा का एक रूप, दस महाविद्याओं में से एक जो अपना सिर काट कर हथेली पर रखे हुए है और कंठ से फूटती रक्त-धारा स्वयं पान करती मानी जाती है। **~मूल**—वि. जड़ से कटा हुआ; अपनी जड़ों, परम्परा से कटा हुआ। **~संशय**—वि. जिसका संशय समाप्त हो गया हो।

छिन्नक—वि. [सं.] अंशतः कटा हुआ।

छिपकली—स्त्री. एक रेंगने वाला जंतु जो अक्सर घर की दीवारों पर रहता है, कीड़े-मकोड़े ही इसका खाद्य। **ला.** दुबली-पतली स्त्री।

छिपना—अ.क्रि. आड़ या परदे में होना, अलोप होना, दिखाई न देना; डूबना, अस्त होना। (अपभ्रंश रूप 'छुपना')।

छिपारुस्तम—वि. पु. असाधारण किंतु अप्रसिद्ध गुणी या विद्वान; वह व्यक्ति जिसकी कोई विशिष्टता या गुण अब तक पहचाना न गया हो। ('डार्क हॉर्स')।

छिपे-छिपे—अ. छिप कर, गुप्त रूप से।

छिपाना—स.क्रि. ऐसी जगह या स्थिति में रखना जहाँ कोई देख न सके; ढकना; प्रकट न करना, गोपनीय रखना।

छिपाव—पु. छिपाने की क्रिया या भाव, गोपन।

छिपी—पु. द्र. 'छीपी'।

छिमा*—स्त्री. द्र. 'क्षमा'।

छिया*—वि. मैला, गंदा; घृणित।

छियानबे—वि., पु. द्र. 'छियानवे'।

छियालीस—वि. चालीस और छः। पु. 46 की संख्या।

छियासठ—वि. द्र. 'छासठ'।

छियासी—वि. अस्सी और छः। पु. 86 की संख्या।

छिरकना*—स.क्रि. द्र. 'छिड़कना'।

छिलका—पु. फल, मूल, सब्जी, अंडे, आदि का ऊपरी आवरण; पतली-झिल्ली।

छिलना—पु. शरीर की चमड़ी या छिलके का कट कर अलग हो जाना या रगड़ से उघड़ जाना।

छिलवाई—स्त्री. छिलवाने की मज़दूरी।

छिलवाना—स.क्रि. छीलने का काम करवाना।

छिलाई—स्त्री. छीलने का काम; छीलने की मज़दूरी।

छिलाना—स.क्रि. द्र. 'छिलवाना'।

छिलाव—पु., **छिलावट**—स्त्री. छीलने की क्रिया।

छिहत्तर—वि. सत्तर और छः। पु. 76 की संख्या।

छींक—स्त्री. छींकने की क्रिया या आवाज़।

छींकना—अ.क्रि. एक शारीरिक क्रिया-व्यापार जिसमें नाक की वायु बहुत ज़ोर से आवाज़ करती हुई बाहर निकलती है, ठंड लग जाने से जुकाम, आदि में प्राय: ऐसे होता है। **मु. छींकते ही नाक काटना**—बात कहने में जरा-सी चूक होने पर ही रोकना या पकड़ना।

छींका—पु. द्र. 'छीका'।

छींट—स्त्री. वह कपड़ा जिस पर रंग-बिरंगी बूटियाँ छपी हों।

छींटा—पु. पानी या किसी दूसरे द्रव्य की बूँदें जो फेंकने या उछालने से किसी वस्तु या शरीर पर पड़ें; छींटे का दाग, नन्हा-सा दाग। **ला. ~कशी**—व्यंग्य बाण छोड़ना, व्यंग्य करना। **~पड़ना**—बहुत हलकी-हलकी बूँदें पड़ना। **~मारना, ~होना**—किसी वस्तु की बहुत सारी मात्रा में थोड़ी-सी किसी अन्य वस्तु को मिला देना, यथा—'उड़द की दाल में चने की दाल का छींटा'।

छींबी—स्त्री. मटर की छींमी।

छी—अ. घृणा, तिरस्कार या धिक्कार, आदि का सूचक शब्द। **~छी करना**—घृणा, तिरस्कार या धिक्कार, आदि प्रकट करना।

छीका (छींका)—पु. रस्सी, तार, आदि का बना झोलीनुमा जाल-सा जिसे छत या छप्पर पर लटका कर उस पर कोई पात्र रख दिया जाता था—बच्चों, कुत्ता, बिल्ली, आदि की पहुँच से दूर।

छीछड़ा—पु. द्र. 'छिछड़ा'।

छीछालेदर—स्त्री. दुर्दशा, फजीहत; लानत-मलानत देना।

छीज—स्त्री. क्षरण, कम होना, घट जाना, ह्रास।

छीजन—स्त्री. क्षय, नष्ट होना; कम या नष्ट किया हुआ अंश।

छीजना—अ.क्रि. क्षीण होना, कम होना, घट जाना; हानि होना।

छीतस्वामी—पु. भक्तिकाल के प्रसिद्ध कृष्णभक्त कवि, वल्लभाचार्य के शिष्य तथा अष्टछाप के एक कवि।

छीदा—वि. दूर-दूर पर (स्थित); विरल (छीदी आबादी, छीदा बोया हुआ अन्न)।

छीन*—वि. द्र. 'क्षीण'।

छीनना—स.क्रि. दूसरे से जबरदस्ती कोई वस्तु या अधिकार ले लेना।

छीना-खसोटी, छीना-छीनी, छीना-झपटी—स्त्री. एक-दूसरे के हाथ से छीन लेने की क्रिया, प्रयत्न, दूसरे से कोई वस्तु जबरदस्ती ले लेना।

छीपी—पु. छींट या बेल-बूटे छापने वाला। स्त्री. कबूतर उड़ाने का लग्गा।

छीमी—स्त्री. फली; मटर की फली।

छीर*—पु. द्र. 'क्षीर'।

छीलक*—पु. छिलका।

छीलना—स.क्रि. उतारना; खरोंचना, खुरच कर अलग कर देना; फल-सब्जी, आदि का छिलका तारने की क्रिया।

छुआई—स्त्री. स्पर्श।

छुआछूत—स्त्री. स्पृश्य-अपृश्य का भाव, छूतछात।

छुआना—स.क्रि. किसी चीज़ का स्पर्श करा देना; किसी चीज़ को बहुत हलके से, ज़रा-सा छुआ देना, लगा देना।

छुईमुई—स्त्री. लज्जावती, बहुत ही नाजुक मिजाज; एक घास जो ज़रा-सा छूने पर मुरझा-सी जाती है, फिर हरी हो जाती है।

छुछुंदर—पु., स्त्री. [सं.] द्र. 'छछूँदर'।

छुट*—अ. छोड़कर, सिवाय। वि. 'छोटा' का लघु और केवल समास में प्रयुक्त रूप। **~पन**—पु. छोटापन; बचपन। **~भइया**—पु. छोटे दरज़े का या महत्त्वहीन व्यक्ति।

छुटकाना*—स.क्रि. त्यागना, छोड़ना।

छुटकारा—पु. बन्धन से छूटना, किसी अप्रिय कार्य या व्यक्ति से निस्तार, मुक्ति मिलना; छुट्टी।

छुट-पुट (छुट-फुट)—वि. फुटकर, छोटा-मोटा।

छुटना*—अ.क्रि. द्र. 'छूटना'।

छुटाई—स्त्री. द्र. 'छोटाई'।

छुटाना—स.क्रि. द्र. 'छुड़ाना'।

छुट्टा—वि. जो बँधा न हो; अकेला, बिना बाल-बच्चों का; किसी बड़े नोट को छोटे नोटों में परिवर्तित करना।

छुट्टी—स्त्री. अवकाश, अवकाश का समय, फुरसत; काम बंद रहने का दिन; आये हुए को जाने की अनुमति।

छुड़वाना—स.क्रि. छोड़ने का काम करवाना।

छुड़ाई—स्त्री. छोड़ने या छुड़ाने की क्रिया; छोड़ने के लिए दिया जाने वाला धन।

छुड़ाना—स.क्रि. पकड़ रखी हुई वस्तु, व्यक्ति के छूटने का उपाय करना, छुटकारा दिलाना; (पुलिस, आदि से) छुड़वाना, रिहा करवाना।

छुड़ैया—पु. छुड़ाने वाला, बचाने वाला।

छुतहा, छुतिहा—वि. छूत वाला; जिसे छूत लगी हो।

छुद्र*—वि. द्र. 'क्षुद्र'।

छुद्रावली*—स्त्री. द्र. 'क्षुद्रावली'।

छुधा*—स्त्री. भूख, क्षुधा।

छुधित*—वि. भूखा, क्षुधित।

छुनछुनाना—अ.क्रि. छुन-छुन की आवाज़ पैदा करना। **मु. ~छुनछुने लगना**—पीड़ा होना या क्रोधित होना ('बिना बात तेरे क्यों छुनछुने लग रहे हैं')।

छुननमुनन, छुनमुन—पु. बच्चों की पैंजनिया या कड़ों की आवाज़।

छुप—पु. [सं.] स्पर्श; युद्ध; वायु।

छुपना—अ.क्रि. द्र. 'छिपना'।

छुपाना—स.क्रि. द्र. 'छिपाना'।

छुरधार*—स्त्री. छुरे की धार।

छुरा—स्त्री. [सं.] चूना।

छुरा—पु. बड़ा चाकू। **~(रे) बाज़ी**—स्त्री. दंगे, आदि में या लड़ाई में छुरा घोंपने की घटनाएँ।

छुरिका—स्त्री. [सं.] छुरी।

छुरित—वि. [सं.] लेप किया हुआ, पुता हुआ; खचित; कटा हुआ। पु. लास्य नृत्य का एक भेद।

छुरी—स्त्री. [सं.] छोटा छुरा, चाकू। **मु. ~चलाना**—बहुत सताना, कष्ट देना; भारी हानि पहुँचाना।

छुरेबाज़—पु. [फा.] द्र. 'छुरा' के अन्तर्गत।

छुलकना—अ.क्रि. थोड़ा-थोड़ा पेशाब होना।

छुलछुल—पु. थोड़ा-थोड़ा पेशाब होने की आवाज़।

छुलछुलाना—अ.क्रि. थोड़ा-थोड़ा पेशाब होना। स.क्रि. थोड़ा-थोड़ा करके पानी गिराना।

छुलाना—स.क्रि. दूसरी चीज़ से लगा देना, स्पर्श कराना।

छुवाछूत—स्त्री. द्र. 'छुआछूत'।

छुवाना*—स.क्रि. द्र. 'छुलाना'।

छुहारा—पु. खजूर की प्रजाति का एक फल, सूखे हुए रूप में प्रयोग किया जाता है।

छूँछा—वि. खाली, रीता; सार रहित; निर्धन, जिसके पास कुछ न हो।

छूँछी—वि. स्त्री. द्र. 'छूँछा'।

छू—पु. फूँकने, विशेषत: मंत्र पढ़कर फूँकने की आवाज़। **~मंत्र**—पु. मंत्र पढ़कर फूँकना; मंत्र, जादू। **मु. ~मंतर होना**—अचानक गायब हो जाना (व्यक्ति या पीड़ा, कष्ट, आदि का)। **ला. ~होना**—गायब हो जाना।

छूआछूत—स्त्री. द्र. 'छुआछूत'।

छूई-मूई—स्त्री. द्र. 'छुई-मुई'।

छूछा—वि. द्र. 'छूँछा'।

छूट—स्त्री. छूटने का भाव, छुटकारा; अवकाश; स्वतन्त्रतापूर्वक काम करने की अनुमति ('तुम्हें पूरी छूट है, यह काम तुम कैसे भी पूरा कर सकते हो'); लगान, मालगुज़ारी या ऋण, आदि की राशि में अंशत: माफ़ी।

छूटना—अ.क्रि. बंधन दूर होना, छुटकारा होना; बँधी हुई चीज़ का खुल जाना; (बस, रेल, आदि का) प्रस्थान, रवानगी; (तीर, बंदूक, आदि का) चलना, वेग से फेंका जाना, मारा जाना; (घर, देह, आदि से) बिछुड़ना, अलग होना, विमुक्त होना; (रोग, ज्वर, आदि, बुरी आदत, लत, आदि का) समाप्त होना, दूर होना; (पिचकारी, फुव्वारा, आतिशबाज़ी, आदि का) वेग से चलना; (किसी का, आदि का' शेष रह जाना; नौकरी, आदि से हटाया जाना।

छूत—स्त्री. स्पर्श; स्पर्शजनित अशुचिता; स्पर्श से रोग का एक-दूसरे को लग जाना। **~का रोग, ~की बीमारी**—वह रोग जो रोगी या उसके कफ़, मलमूत्र, आदि के स्पर्श से दूसरे को लग जाए।

छूना—स.क्रि. किसी चीज़ या व्यक्ति का कोई अंग किसी दूसरे के अंग से स्पर्श हो जाए; किसी लक्ष्य तक पहुँचना (पेड़, दीवार, आदि); दौड़ या खेल में किसी को पकड़ लेना, स्पर्श कर लेना; बहुत हलकी चपत लगाना।

छेंक—स्त्री. छेंकने की क्रिया; सेना, आदि को रोकना। ('गढ़ छेंका')।

छेंकना—स.क्रि. घेरना; रोकना; जगह लेना।

छेक—पु. [सं.] पालतू पशु।

छेकना*—अ.क्रि. छोड़ देना ('धावक ने सारे मुहल्ले में से उसी को क्यों छेक दिया')।

छेकानुप्रास—पु. [सं.] अनुप्रास अलंकार का एक भेद, जिसमें एक या एक से अधिक वर्णों की आवत्ति एक ही बार होती है।

छेकापह्नुति—स्त्री. [सं.] अपह्नुति अलंकार का एक भेद जिसमें वास्तविक बात को जानते हुए भी वक्ता अन्य अर्थ ग्रहण करके उस बात का निषेध करता है।

छेकाल, छेकिल—वि. [सं.] द्र. 'छेक'।

छेकोक्ति—स्त्री. [सं.] अर्थान्तर—गर्भित लोकोक्ति।

छेड़—स्त्री. छेड़ने की क्रिया या भाव; किसी व्यंग्य या चुटकी द्वारा किसी को चिढ़ाना, खिझाना; चिढ़ाने, खिझाने वाली बात; नोक-झोंक; एक-दूसरे पर चोट करना; सुर निकालने के लिए किसी वाद्य को छूना, दबाना, फूँक मारना, आदि ('बाँसुरी की तान छेड़ दी')। **~खानी, ~छाड़**—स्त्री. छेड़ने वाली बात, व्यंग्य, हँसी-ठिठोली करना, अश्लीलता युक्त हरकतें करना।

छेड़ना—स.क्रि. द्र. 'छेड़'।

छेड़वाना—स.क्रि. छेड़ने की क्रिया करवाना, 'छेड़ना' का प्रे.।

छेद—पु. [सं.] छेदन; खंडन; नाश; कटने का भाव; अभाव; असफलता; परिचायक चिह्न। **~कर**—पु. लकड़ी काटने वाला।

छेद—पु. छोटे मुँह वाला गहरा गड्ढा, बिल, सूराख; वह छिद्र जो किसी चीज़ के आर-पार हो गया हो।

छेदक—पु. [सं.] छेदन कर्त्ता; भाजक (ग.)। वि. काटने वाला।

छेदन—पु. [सं.] काटना, टुकड़े करना; निराकरण करना; नाश करना; काटने-छाँटने का अस्त्र, औज़ार। वि. छेदक, छेदन कर्त्ता।

छेदनहार*—वि. काटने वाला; नाश करने वाला।

छेदना—स.क्रि. सूराख, छेद करना, बेधना; घाव करना।

छेदनीय—वि. [सं.] छेदन करने योग्य।

छेदि—वि. [सं.] छेदन कर्ता।

छेदित—वि. [सं.] कटा हुआ, छिन्न।

छेदी—वि. [सं.] काटने या फाड़ने वाला; विभाजन करने वाला; नष्ट करना वाला; दूर करने वाला।

छेद्य—वि. [सं.] काटने; नाश करने योग्य।

छेना—पु. फटे हुए दूध का पानी निचोड़ देने पर शेष बचा अंश, पनीर।

छेनी—स्त्री. पत्थर या कोई धातु काटने या उस पर खुदाई करने का औज़ार, टाँकी।

छेम*—पु. द्र. 'क्षेम'। **~करी**—स्त्री. सफेद चील।

छेरा—पु. बच्चा; बकरा; पतले दस्त लगना, होना।

छेरी—स्त्री. बकरी।

छेलक—पु. [सं.] बकरा।

छेव—पु. वार, चोट; घाव।

छेह*—पु. राख; धूल; नाश, अंत; नृत्य का एक भेद।

छै—वि., पु. द्र. 'छः'।

छैदिक—पु. [सं.] बेंत।

छैना*—अ.क्रि. द्र. 'छेना'। पु. मंजीरे (पूजा, कीर्तन, आदि में बजाया जाने वाला वाद्य)।

छैया*—पु. (प्यार में) छोटे बच्चे के लिए प्रयुक्त शब्द।

छैल*—पु. द्र. 'छैला'। **~चिकनिया, ~छबीला**—वि. बनाव–सिंगार वाला, चाक-चिक्य बनकर रहने वाला।

छैला—पु. जो खूब बन-ठन कर रहे, बनाव-सिंगार करने वाला; रंगीला, रोमानी तबीयत का।

छो—पु. छोह; गुस्सा, क्रोध; प्रेम; दया।

छोई—स्त्री. खोई, गन्ने को पेलने के बाद उसका छूछा अंश।

छोकड़ा—पु. द्र. 'छोकरा'।

छोकड़ी—स्त्री. द्र. 'छोकरी'।

छोकरा—पु. अल्प वय और कम समझ वाला लड़का, लौंडा। **~पन**—पु. बालपन; नासमझी; ग़ैर-जिम्मेदाराना; अविवेकी।

छोकरी—स्त्री. कम उम्र और कम समझ लड़की, लौंडिया।

छोटा—वि. ऊँचाई, लम्बाई, चौड़ाई, आयु, आदि में कम, लघु; पद, प्रतिष्ठा; योग्यता; आर्थिक स्तर, आदि में कम; तुच्छ, क्षुद्र; ओछा; कमीना। **~आदमी**—पु. छोटे स्तर या हैसियत का आदमी; साधारण जन। **~ई**—स्त्री. छोटापन। **~पन**—पु. छोटाई। **~(छुट) पन**—पु. बचपन, शैशव। **~बड़ा**—वि. अमीर-गरीब। पु. बच्चा-बूढ़ा; बड़ा आदमी और सामान्य आदमी। **~मोटा**—वि. छोटा-सा, साधारण। **~(टे) मियाँ**—पु. किसी अमीर, कुलीन आदमी के बेटे के लिए सम्बोधन। **मु. ~(टे) मुँह बड़ी बात**—अपनी हैसियत से बड़ी बात कहना; छोटे आदमी द्वारा डरते-डरते किसी बड़े आदमी के विषय में कोई अप्रिय, निंदापरक बात कहना।

छोटिका—स्त्री. [सं.] चुटकी (बजाना)।

छोटी—वि., स्त्री. 'छोटा' का स्त्री.। **~इलायची**—स्त्री. एक प्रकार की इलायची हरापन लिये सफेद और पतले छिलके की, एक विशेष सुगंध लिये हुए।

छोड़कर—अ. अतिरिक्त, सिवाय, अलावा।

छोड़ना—स.क्रि. बंधन मुक्त करना, स्वतन्त्र करना, छुटकारा देना; किसी अभियोग, अपराध से मुक्त करना; त्याग देना, संबंध विच्छेद करना (पति-पत्नी के संबंध में); उत्तराधिकार रूप में सम्पत्ति छोड़ जाना; बाकी रखना ('यह काम कल के लिए छोड़ दिया'); डालना ('डाक में पत्र छोड़ना', 'अंगारों पर पानी छोड़ना'), स्वामित्व हटा लेना ('घर, दुकान उसके लिए छोड़ दी'); किसी नियत राशि में कृपाभाव से कुछ अंश छोड़ देना ('दस रुपये में पाँच छोड़ दिये'); ध्यान न देना, उपेक्षा करना ('छोर यार! इन बातों में क्या रखा है'); आकाश में कोई वस्तु, उपकरण, आदि प्रक्षेपित करना, चलाना (गुब्बारा, आतिशबाज़ी, उपग्रह, प्रक्षेपास्त्र); अपने से अलग करना (पेड़ की छाल अलग होना, शरीर से चमड़ी अलग होना, प्राण, आदि); भूल कर या जान-बूझ कर किसी वस्तु को कहीं रख देना; काम पूरा न करना ('काम आधा ही क्यों छोड़ दिया'); गुप्त रूप से किसी को नियुक्त करना या किसी के पीछे किसी को लगा देना (गुप्तचर, गुंडे, आदि)।

छोड़वाना—स.क्रि. 'छोड़ने' का प्रे.; छोड़ने का काम कराना।

छोड़ाना—स.क्रि., अ.क्रि. द्र. 'छुड़ाना'।

छोभ*—पु. द्र. 'क्षोभ'; नदी, आदि का उमड़ना।

छोभित*—वि. द्र. 'क्षोभित'।

छोर—पु. सिरा, नोक; कोना; सीमा।

छोरना*—स.क्रि. अपहरण करना, छीनना।

छोरा*—पु. लड़का, छोकरा। [स्त्री.] छोरी।

छोल—स्त्री. स्त्री. छिलने या खरोंच का चिह्न; गन्ने के खेत में कटाई की क्रिया।

छोलदारी—स्त्री. छोटा तम्बू।

छोलना*—स.क्रि. छीलना, खुरचना।

छोला—पु. चना; हरा चना; ईख काटने और छीलने वाला।

छोह—पु. गुस्सा, क्रोध; स्नेह, ममता; कृपा, दया।

छोहरा*—पु. द्र. 'छोरा'।

छोहरिया*—स्त्री. द्र. 'छोरी'।

छोहरी*—स्त्री. द्र. 'छोरी'।

छोहारा—पु. द्र. 'छुहारा'।

छोहिनी*—स्त्री. अक्षौहिणी।

छोही—वि. छोह करने वाला, स्नेही।

छौंक—स्त्री. छौंकने की क्रिया, बघार; वह चीज़ जिससे छौंका जाए।

छौंकना—स.क्रि. बघारना, तड़का देना।

छौंड़ा—पु. द्र. 'छोरा'।

छौंड़ी—स्त्री. द्र. 'छोरी'।

छौना—पु. जानवर का छोटा, प्यारा बच्चा, शावक। **ला.** (प्यार में) मानव शिशु को भी कहा जाता है।

छौलदारी—स्त्री. [फा.] द्र. 'छोलदारी'।

ज

ज—देवनागरी वर्णमाला में चवर्ग का तीसरा अक्षर। उच्चारण स्थान तालु; अल्पप्राण।

जंकफूड—पु. [अं.] वह भोज्य पदार्थ जो तैयार करने में और बाहर से लाने में सुविधाजनक हो, जो स्वास्थ्य के लिए प्राय: बहुत अच्छा नहीं होता ('फास्ट-फूड')।

जंकशन—पु. [अं.] दो सड़कों, मार्गों के मिलने का स्थान, वह बड़ा रेलवे स्टेशन जहाँ दो या अधिक रेल लाइनें मिलती हों।

जंक्शन—पु. [अं.] द्र. 'जंकशन'।

जंग—स्त्री. [फा.] लड़ाई, युद्ध। **~आवर (जंगावर)**, **~जू**—वि. योद्धा।

ज़ंग—पु. [फा.] मोरचा; धातु का मैल; हब्शियों का देश, अफ्रीका।

जंगम—वि. [सं.] चलने वाला, चल; जिसे एक जगह से दूसरी जगह ले जा सके, 'स्थावर' का विपरीतार्थी (जंगम सम्पत्ति); प्राणिजन्य; लिंगायत सम्प्रदाय के गुरुओं की उपाधि। पु. चल वस्तु। **~गुल्म**—पु. पैदल सिपाहियों की टुकड़ी।

जँगरैत—वि. जाँगर वाला; परिश्रमी।

जंगल—पु. [सं.] वन; रेगिस्तान; एकान्त स्थान; उजाड़ स्थान, बंजर; मांस। **~जलेबी**—स्त्री. काँटेदार एक जंगली वृक्ष जिसमें जलेबी के आकार वाला फल होता है; जंगल में पड़ा हुआ सूखा मल (देशज प्रयोग केवल कुछ स्थानों पर, यथा—पंजाब)। **ला. ~में मंगल**—उजाड़, निर्जन स्थान को शोभा प्रदान करना, उसमें आनन्दोत्सव मनाना।

जँगला—पु. छड़ या जाली लगी हुई खिड़की; छत, बरामदे, आदि में आगे लगी बाड़, जिसमें लोहे या लकड़ी के छड़ या जाली हुई लगी हो; दुपट्टे, कुरते, आदि के किनारों पर करोशिए से बनी जाली।

जंगलात—पु. [अ.] 'जंगल' का बहुवचन।

जंगली—वि. जंगल में मिलने या पैदा होने वाला, वन्य; बिना बोये उगने वाला; वह जन्तु या जानवर जो पालतू न हो। पु. जंगल में रहने वाला, वनवासी। **ला.** असभ्य; अशालीन, उजड्ड। **~जानवर**—पु. वन्य पशु।

ज़ंगार, ज़ंगाल—पु. [फा.] ताँबे का कसाव, तूतिया; एक रंग।

ज़ंगारी—वि. [फा.] ज़ंगार के रंग का, नीला।

जंगाल—पु. [सं.] काई के लच्छे-से, घनी काई।

ज़ंगाली—पु. रेशमी कपड़े का एक प्रकार।

जंगी—वि. [फा.] युद्ध संबंधी, सेना संबंधी; फौजी; युद्धोचित, युद्धोपयोगी (जंगी जहाज़, जंगी सामान, आदि); विशालकाय, बड़े डील-डौल वाला; लड़ाका, झगड़ालू। **~जवान**—पु. लंबा-चौड़ा-तगड़ा जवान। **~जहाज़**—पु. लड़ाई में काम आने वाला जहाज़, युद्धपोत। **~बेड़ा**—पु. जंगी जहाज़ों का समूह।

ज़ंगी—पु. [फा.] हब्सी। **~हड़**—स्त्री. काली और छोटी हड़।

जंगुल—पु. [सं.] विष।

जंघा—स्त्री. [सं.] जाँघ, घुटनों से ऊपर और पेट से नीचे टाँग का भाग।

जंघार—पु. जाँघ में होने वाला फोड़ा।

जंघारा—पु. राजपूतों की एक उपजाति।

जँचना—अ.क्रि. ठीक लगना, देखने में पसन्द आना; जाँचा जाना।

जँचा—वि. ठीक लगा हुआ; जाँचा हुआ।

जंज—स्त्री. बरात। **~घर**—पु. बरात ठहरने का स्थान, जनमाशा।

ज़ंजबील—स्त्री. [अ.] सौंठ।

जंजर, जंजल*—वि. टूटा-फूटा, जीर्ण; निकम्मा।

जंजाल (जंजार*)—पु. झंझट, झमेला; मुसीबत।

जंजालिया, जंजाली—वि. बखेड़िया, झगड़ालू, मुसीबत-टंटा खड़ा कर देने वाला।

ज़ंजीर—स्त्री. [फा.] धातु की बनी कड़ियों की श्रृंखला, लड़ी; साँकल, किवाड़ की कुंडी; बेड़ी।

जंजीरा—पु. ज़ंजीर की शक्ल का धागा; कशीदे, आदि की कढ़ाई जिससे ज़ंजीर-सी बनती जाती है, लहरिया। **~(रे)दार**—वि. लहरियादार (सिलाई, कढ़ाई)।

ज़ंजीरी—वि. [फा.] ज़ंजीर में बँधा हुआ, बंदी। **~गोला**—पु. तोप में रखे जाने वाले ज़ंजीर में बँधे गोले।

जंतर—पु. यंत्र, तावीज़; सोने-चाँदी, ताँबे, आदि का तावीज़ जिसके भीतर यंत्र अर्थात् मंत्र भर बनाया जाता है। **~मंतर**—पु. यंत्र-मंत्र; जादू-टोना; वेधशाला, नई दिल्ली में स्थित एक प्रसिद्ध वेधशाला।

जंतरी—स्त्री. पंचांग; पत्रा; छोटा जंतर। पु. जंतर-मंतर, जादू-टोना करने वाला।

जँत—'जाँता' का समासगत संक्षिप्त रूप। **~सर**—पु., **~सारी**—स्त्री. वे गीत जो स्त्रियाँ चक्की पीसते गाती हैं।

जंता—पु. यंत्र; तार खींचने का औज़ार।

जंती—स्त्री. छोटा जंता, चकला।

जंतु—पु. [सं.] प्राणी, जीव; पशु; कीड़ा-मकोड़ा; जीवात्मा।

जंतुका—स्त्री. [सं.] लाख।

जंतुमती—स्त्री. [सं.] धरती।

जंत्र—पु. यंत्र; तावीज़; ताला। **~मंत्र**—पु. द्र. जंतर-मंतर।

जंत्रना*—स.क्रि. ताला लगाना।

जंत्रित*—वि. यंत्रित; जकड़ा हुआ; बंद।

जंत्री—पु. वीणा। स्त्री. पंचांग, तिथि-पत्र।

ज़ंद—स्त्री. आर्यों की ईरानी शाखा की एक प्राचीन भाषा जो वैदिक संस्कृत के बहुत निकट है। **~अवेस्ता**—पु. पारसियों का जरतुस्त रचित धर्म ग्रंथ।

जंदरा—पु. जाँता, कल, मशीन।

जंफर—पु. [अं.] ब्लाउज़, स्त्रियों के पहनने का उपरि-वस्त्र।

जंब—पु. [सं.] पंक, कीचड़।

जंबाल—पु. [सं.] कीचड़; काई; सेवार।

जंबालिनी—स्त्री. [सं.] नदी।

जंबीर—पु. [सं.] एक प्रकार का नींबू; वन तुलसी।

जँबीरी नींबू—पु. नींबू की एक प्रजाति। यह आकार में गोल और काफी रसदार और खट्टा होता है।

जंबु, जंबू—पु. [सं.] जामुन का पेड़ और फल। **~खंड, ~द्वीप**—पु. पुराणानुसार सात द्वीपों में से एक, जिसमें भारतवर्ष भी है। **~नदी**—स्त्री. पुराणों में वर्णित एक नदी। **~प्रस्थ**—पु. वाल्मीकि रामायण में वर्णित एक नगर। **~ल**—पु. जामुन; केवड़ा; केतकी।

जंबुक, जंबूक—पु. [सं.] जामुन; केवड़ा; शृगाल, सियार; नीच, धूर्त आदमी।

जंबुमान्, जंबूमान्—पु. [सं.] पहाड़।

जंबूका—स्त्री. [सं.] किशमिश।

जंबूर—पु. शहद की मक्खी; पुराने समय की एक छोटी तोप। **~ची**—पु. तोपची।

जंभ—पु. [सं.] एक राक्षस का नाम; दाढ़; जबड़ा; जम्हाई।

जंभक—वि. [सं.] जम्हाई लेने वाला; भक्षण करने वाला; हिंसक।

जंभका—स्त्री. [सं.] जम्हाई।

जंभन—पु. [सं.] जम्हाई लेना; भक्षण।

जंभा—स्त्री. [सं.] जम्हाई।

जँभाई—स्त्री. द्र. 'जम्हाई'।

जँभाना—अ.क्रि. द्र. 'जम्हाना'।

जंभारि—पु. [सं.] इंद्र; वज्र; अग्नि।

जँभीरी—पु. द्र. 'जंबीरी'।

ज—पु. [सं.] मृत्युंजय; जन्म; पिता; विष्णु; शिव; छंद शास्त्र में गण विचार करते हुए यह जगण का संक्षिप्त रूप है। प्रत्यय रूप में यह शब्द के अंत में लगकर 'में उत्पन्न' या 'से उत्पन्न' का अर्थ देता है, यथा—जलज, देशज, आदि।

जई—स्त्री. जौं की प्रजाति का एक अनाज, जो प्रायः घोड़ों को खिलाया जाता है।

ज़ईफ़—वि. [अ.] बूढ़ा; दुर्बल।

ज़ईफ़ा—वि., स्त्री. [अ.] बूढ़ी, वृद्धा।

ज़ईफ़ी—स्त्री. बुढ़ापा; दुर्बलता।

ज़क़ंद—स्त्री. [फा.] छलाँग, चौकड़ी।

जक—स्त्री. हठ, धुन, रटन; बकवास।

ज़क—स्त्री. [अ.] हार, पराजय; नीचे देखना; हानि।

जकड़—स्त्री. जकड़ने, कसकर बाँधने की क्रिया या भाव। पु. कड़ा बंधन, पकड़।

जकड़ना—स.क्रि. कसकर बाँधना। अ.क्रि. (किसी अंग का) अकड़ना।

जकना*—अ.क्रि. भौंचक होना, आश्चर्य में पड़ना।

ज़कर—पु. [अ.] लिंग, पुरुषेंद्रिय; नर; औलाद।

जकरना*—स.क्रि. द्र. 'जकड़ना'।

जकात—स्त्री. बाहर से आने वाले माल पर लगने वाला कर, आयात कर।

ज़कात—स्त्री. [अ.] दान, ख़ैरात; बचत का चालीसवाँ भाग, जिसे दान करना प्रत्येक मुसलमान का कर्तव्य माना गया है, सूफ़ी मत में इस पर विशेष बल।

जकाती—पु. ज़कात वसूल करने वाला।

जकार—पु. [सं.] 'ज' व्यंजन या वर्ण।

जकुर—पु. [सं.] मलयाचल; बैंगन का फूल; कुत्ता; जोड़ा, युग्म।

जक्की—स्त्री. एक चिड़िया, बुलबुल की प्रजाति। वि. झक्की।

जक्ष*—पु. यक्ष।

जखम—पु. द्र. 'ज़ख़्म'।

जखमी—वि. द्र. 'ज़ख़्मी'।

ज़ख़ीरा—पु. [अ.] भंडार; ढेर; खजाना; पौद की क्यारी।

ज़ख़्म—पु. [फा.] घाव, चोट। **ला.** हानि, आघात (**पहुँचाना**)। **मु. ~हरा होना**—अतीत के दुःख की स्मृति हो आना।

ज़ख़्मी—वि. [फा.] घायल जिसे चोट या ज़ख़्म लगा हो।

जग—पु. जगत, संसार। **~कर**—पु. ब्रह्मा। **~कारण, ~कारन***—पु. जगत के कारण रूप, जगत कर्ता, ईश्वर। **~जननी***—स्त्री. जगत की माता, देवी, पार्वती, आदि के विभिन्न स्वरूप। **~जामिनी***—स्त्री. संसार-रूपी रात्रि। **~जाहिर**—वि. सर्वविदित, जगत-प्रसिद्ध। **~जीवन**—पु. जगत के प्राण, जीवनस्वरूप परमेश्वर। **~हँसाई**—स्त्री. संसार में उपहास का पात्र बनना।

जगच्चक्षु—पु. [सं.] सूर्य।

जगज्—'जगत' का समासगत रूप। **~जननी**—स्त्री. जगत की माता, देवी, पार्वती, आदि के विभिन्न स्वरूप।

जगण—पु. [सं.] छंद शास्त्र के आठ गणों में से एक गण, जिसमें मध्य का अक्षर गुरु तथा, आदि और अंत के अक्षर लघु होते हैं, यथा—सुनील (लिखने में इसका सांकेतिक रूप यह है। ऽ ।)।

जगत—पु. [सं.] संसार, दुनिया। **~कर्ता**—पु. ब्रह्मा, परमात्मा। **~कारण**—पु. सृष्टि के कारण रूप परमात्मा। **~तारण**—पु. जगत से तारने वाले, परमात्मा। **~यति, ~पिता**—पु. परमात्मा, ईश्वर। **~प्रसिद्ध**—वि. संसार में विख्यात। **~प्राण**—पु. वायु।

जगत—स्त्री. कुएँ का चबूतरा।

जगती—स्त्री. [सं.] धरती; संसार; मानव जाति, एक वैदिक छंद।

जगत्—पु. [सं.] द्र. 'जगत'।

जगदंबा—स्त्री. [सं.] जगत की माता, दुर्गा।

जगदीश—पु. [सं.] जगत के स्वामी, ईश्वर।

जगदीशचंद्र बसु—पु. प्रख्यात भारतीय वैज्ञानिक (1858-1937 ई.), पेड़-पौधों में भी जीवन तत्त्व होता है, इसकी खोज।

जगद्—'जगत्' का समासगत रूप। **~आत्मा**—पु. परमात्मा। **~ईश्वर**—पु. परमेश्वर; शिव; राजा। **~गुरु**—पु. जगत के गुरु, परमेश्वर; नारद; शंकराचार्य की गद्दी पर बैठने वालों की उपाधि; कुछ विशिष्ट संतों को दी जाने वाली उपाधि। **~विख्यात**—वि. जिसकी प्रसिद्धि सर्वत्र हो, विश्व विख्यात, विश्वविश्रुत।

जगद्विजेता—पु. [सं.] जग-विजेता, संसार को जीतने वाला; चक्रवर्ती सम्राट।

जगद्व्यापी—वि. [सं.] जो सारे संसार में व्याप्त हो।

जगना—अ.क्रि. जागना; प्रज्वलित होना, जलना (ज्योति, आदि)।

जगन्—'जगत्' का समासगत रूप। **~नाथ**—पु. परमेश्वर, विष्णु; ओडिशा में पुरी नामक स्थान पर स्थापित भगवान।

जगन्नाथ-धाम—पु. ओडिशा का पुरी नामक स्थान, हिंदुओं का प्रसिद्ध तीर्थस्थल।

जगन्नाथदास 'रत्नाकर'—पु. आधुनिक युग में ब्रजभाषा के प्रसिद्ध कवि (1866-1932)।

जगन्नियंता—पु. [सं.] जगत के स्वामी, परमात्मा।

जगन्मय—पु. [सं.] विष्णु।

जगन्मयी—स्त्री. [सं.] देवी, लक्ष्मी।

जगमग—वि. प्रकाशित, जगमगाता हुआ, रोशनी से चमचमाता हुआ।

जगमगा—वि. द्र. 'जगमग'।

जगमगाना—अ.क्रि. प्रकाश से चमचमाना, दमकना।

जगमगाहट—स्त्री. जगमगाने का भाव, चमक-दमक।

जगर—पु. [सं.] कवच।

जगर-मगर—वि. द्र. 'जगमग'।

जगल—वि. [सं.] धूर्त, चालबाज़।

जगवाना—स.क्रि. जगाने का काम करवाना।

जगह—स्त्री. स्थान, वस्तु या व्यक्ति विशेष का नियत स्थान, समाई, गुंजाइश; भूमि का खंड विशेष ('वह जगह खरीद ली'); नौकरी, पद; अवसर, मौका। **~जगह**—अ. हर जगह, सर्वत्र।

जगात*—स्त्री. द्र. 'ज़कात'।

जगाती*—पु. ज़कात वसूल करने वाला।

जगाना—स.क्रि. सोते से उठाना, जागने को प्रेरित करना; सुलगाना; प्रदीप्त करना (ज्योति, अग्नि, आदि); योग-क्रिया में कोई विशेष सिद्धि करना, मंत्र सिद्ध करना (कुंडलिनी जगाना)।

जगीर*—स्त्री. द्र. 'जागीर'।

जग्ध—वि. [सं.] खाया हुआ; भुक्त। पु. भोजन, आहार; वह स्थान जहाँ किसी ने भोजन किया हो।

जग्धि—स्त्री. [सं.] भोजन, आहार; सहभोजन।

जग्मि—वि. [सं.] चलता हुआ, जंगम। पु. वायु।

जघन—पु. [सं.] पुट्ठा, कूल्हा, चूतड़; स्त्रियों का पेड़ू; सेना का पिछला भाग।

जघनी—वि. [सं.] बड़े चूतड़ों वाला।

जघन्य—वि. [सं.] सबसे बुरा; अधम, नीच; हेय, निंदित, सबसे पीछे का।

जघ्नि—पु. [सं.] हनन का साधन, अस्त्र।

जघ्नु—वि. [सं.] हननकर्ता, घातक।

जघ्रि—पु. [सं.] सूँघने वाला।

ज़चगी—स्त्री. [फा.] प्रसव; प्रसूतावस्था।

जचना—अ.क्रि. द्र. 'जँचना'।

जचा, जच्चा—स्त्री. [फा.] सद्य:प्रसूता; वह स्त्री जिसके प्रसव को चालीस दिन न हुए हों। **~ख़ाना**—प्रसव गृह, सौर ग्रह। **~गीरी**—स्त्री. ज़च्चा-बच्चा की सेवा। **~बच्चा**—सद्य:प्रसूता तथा नवजात बच्चा।

जच्छ*—पु. द्र. 'यक्ष'।

जज—पु. [सं.] न्यायाधीश; निर्णायक। **~मेंट**—पु. निर्णय, फैसला।

जजना*—स.क्रि. आदर करना, पूजना।

जजमान—पु. द्र. 'यजमान'।

जजमानी—स्त्री. द्र. 'यजमानी'।

जजमेंट—पु. [अं.] द्र. 'जज' के अन्तर्गत।

जज़ा—स्त्री. [अ.] बदला, फल; परलोक में मिलने वाला पुण्य फल।

जज़िया—पु. [अ—अरबी में शुद्ध रूप 'जिज्य:' अथवा 'जिज़िया' किंतु बहु प्रचलित शब्द 'जज़िया']—कुछ मुसलमान शासकों द्वारा हिंदुओं पर लगाया जाने वाला धार्मिक कर; दंड।

जजी—स्त्री. जज का पद; वह स्थान जहाँ जज की कचहरी लगती हो।

जज़ीरा—पु. [अ.] टापू, द्वीप। **~नुमा**—पु. प्रायद्वीप।

जज्ञ*—पु. द्र. 'यज्ञ'।

जज़्ब—पु. [अ.] सोखना; खिंचाव, आकर्षण।

जज़्बा—पु. [अ.] भाव, मनोविकार; जोश; रोष।

जज़्बाती—वि. भाव संबंधी, भावात्मक।

जट—पु. द्र. 'जाट'। 'जाट' का समास में प्रयुक्त रूप। **~पना**—पु. जाट की चरित्रगत प्रवृत्तियाँ।

जटना—स.क्रि. ठगना; जड़ना; जकड़ना (जंजाल, आदि में)।

जटल—स्त्री. बकवास, बेतुकी बात, गप। **~बाज़**—वि. बकवास करने, गप हाँकने वाला।

जटा—स्त्री. [सं.] उलझे और आपस में चिपके हुए लम्बे बाल, संन्यासी, फकीरों, आदि के; पेड़-पौधों की जड़; शाखा; वेदपाठ की एक प्रणाली। **~जूट**—जूड़े के रूप में बँधी जटा; शिव की जटा। **~धर**—वि. जटाधारी। पु. शिव। **~धारी**—वि. जिसके सिर जटा हो। पु. साधु-संन्यासी।

जटाजिनी (निन्)—वि. [सं.] जटा और अजिन (मृगचर्म) धारण करने वाला।

जटाटीर—पु. [सं.] शिव।

जटामांसी—स्त्री. एक सुगंधित वनस्पति, औषधि के रूप में प्रयुक्त।

जटायु—पु. [सं.] रामायण में वर्णित एक गिद्ध, रावण द्वारा सीता को हरण कर ले जाते हुए सीता को छुड़ाने के लिए उससे युद्ध किया।

जटाल—वि. [सं.] जटाधारी; जटिल। पु. बरगद।

जटाला—स्त्री. [सं.] जटामांसी।

जटावती—स्त्री. [सं.] जटामांसी।

जटासुर—पु. [सं.] एक राक्षस, भीम के द्वारा वध किया गया था।

जटि—स्त्री. [सं.] जटा; समूह; जटामांसी; बरगद; पाकड़।

जटित—वि. जड़ा हुआ (रत्नजटित)।

जटिल—वि. [सं.] जटाधारी; उलझा हुआ, पेचीदा, कठिन, दुर्बोध। पु. ब्रह्मचारी; साधु-संन्यासी।

जटिलता—स्त्री. [सं.] उलझन, कठिनाई।

जटिला—स्त्री. [सं.] जटामांसी, पिप्पली; बच।

जटी—वि. [सं.] जटाधारी। पु. शिव; बरगद।

जटुल, जडुल—पु. [सं.] त्वचा पर पड़ा हुआ पैदाइशी दाग; त्वचा का लहसुन।

जठर—पु. [सं.] पेट, कुक्षि, जरायु; पुराण वर्णित एक पर्वत; महाभारत में वर्णित एक देश। **~ज्वाला**—स्त्री. उदर ज्वाला, भूख का कष्ट। **~यंत्रणा, ~यातना**—स्त्री. गर्भवास का कष्ट।

जठरागि*—स्त्री. द्र. 'जठराग्नि'।

जठराग्नि—स्त्री. [सं.] उदर स्थित अग्नि, यह आहार पचाने का काम करती है; आमाशय की गिल्टियों से निकलने वाला पाचक रस।

जठरानल—पु. [सं.] द्र. 'जठराग्नि'।

जठरामय—पु. [सं.] अतिसार; जलोदर रोग।

जठल—पु. [सं.] उदर के आकार का एक जल पात्र (वैद्य.)।

जठेरा*—वि. जेठा, बड़ा। पु. बड़ा लड़का।

जड—वि. [सं.] अचेतन, चेतना रहित; निर्बुद्धि, मूर्ख; वेद पढ़ने में असमर्थ; सर्दी से ठिठुरा, अकड़ा हुआ।

जड़—स्त्री. पेड़-पौधों का मूल, वह भाग जो ज़मीन के अंदर रहता है, जिसके द्वारा वे धरती से पोषण प्राप्त करते हैं। **मु. ~उखाड़ना, ~काटना, ~खोदना**—समूल नष्ट करना; भारी हानि पहुँचाना; मिल कर हानि पहुँचाना। **~जमना**—किसी जगह स्थायित्व प्राप्त कर लेना।

जड़ता—स्त्री., **जड़त्व**—पु. [सं.] जड़ होने का भाव; अचेतनता; अज्ञान, मूर्खता, चेष्टाविहीन स्थिति; एक संचारी भाव जिसमें मनोदशा के कारण नायक या नायिका चेष्टाविहीन स्थिति में आ जाते हैं।

जड़ताई*—स्त्री. द्र. 'जड़ता'।

जड़ना—स.क्रि. एक वस्तु को दूसरी वस्तु में बैठाना, जमाना, पच्ची करना, ठोंकना; मारना, लगाना (धौल, चाँटा); किसी की चुगली खाना या किसी के खिलाफ़ कान भरना, शिकायत करना।

जड़वाना—स.क्रि. द्र. 'जड़ाना'।

जड़ाई—स्त्री. जड़ने का काम; जड़ने की मज़दूरी।

जड़ाऊ—वि. जिस पर नग या रत्न जड़ा हो, जड़ाव वाला (आभूषण)।

जड़ाना—स.क्रि. जड़ने का काम करवाना। अ.क्रि. जाड़ा, सर्दी लगना, जाड़ा खाना।

जड़ाव—पु. जड़ने का काम।

जड़ावट—स्त्री. द्र. 'जड़ाव'।

जड़ित*—वि. जड़ा हुआ, जड़ाऊ।

जड़िया—पु. नग जड़ने का काम करने वाला।

जड़ी—स्त्री. वनौषधि, बूटी; वह वनस्पति, बूटी जिसकी जड़ दवा के काम में लाई जाए। **~बूटी**—स्त्री. वनौषधि।

जड़ीभूत—वि. [सं.] जड़ भाव को प्राप्त, जो हिलता-डुलता न हो, निःस्पंद।

जड़ुला—वि. जडुल्ले, बच्चे के वे बाल, केश जो मुँड़ाए न गए हों।

जत*—वि., अ. जितना।

जतन—पु. द्र. 'यत्न'।

जतलाना—स.क्रि. द्र. 'जताना'।

जताना—स.क्रि. अवगत करना; आगाह करना; किसी किये हुए उपकार, एहसान को बता देना।

जति*—पु. द्र. 'यति'।

जती*—पु. द्र. 'यती'।

जतु—पु. [सं.] गोंद; लाख।

जतुक—पु. [सं.] हींग; लाख।

जतुका—स्त्री. [सं.] लाख; चमगादड़; एक लता।

जतुनी—स्त्री. [सं.] चमगादड़।

जतू—स्त्री. [सं.] चमगादड़।

जतूका—स्त्री. [सं.] चमगादड़।

जतेक*—वि., अ. जितना।

जत्था—पु. कार्य विशेष के लिए संगठित छोटा दल, यूथ; झुंड, समूह (यात्रियों का)। **~बंदी**—स्त्री. जत्था बनाना, दलबंदी।

जत्थेदार—पु. [फा.] जत्थे का नायक, दल नायक; सिखों के धार्मिक संगठन में एक पद।

जत्थेबंदी—स्त्री. [फा.] दल बनाना, सिखों के विभिन्न पंथों के दल ('सभी जत्थेबंदियों ने यह निर्णय लिया')।

जत्रु, जत्रुक—पु. [सं.] कंधे के नीचे की हड्डी, हँसली।

जत्वश्मक—पु. [सं.] शिलाजीत।

जथा*—अ. द्र. 'यथा'।

जथारथ*—वि. द्र. 'यथार्थ'।

ज़द—अ. चोट, आघात; निशाना, मार; मारक दूरी।

ज़दनी—वि. [फा.] मारने के योग्य, वध्य।

जदपि*—अ. द्र. 'यद्यपि'।

जदल—पु. [अ.] युद्ध, लड़ाई।

ज़दा—वि. [फा.] मारा हुआ, पीड़ित (मुसीबतज़दा)।

जदीद—वि. [अ.] नया; हाल का।

जदु*—पु. द्र. 'यदु'।

जद्द*—वि. प्रबल, अधिक।

जद्दपि*—अ. द्र. 'यद्यपि'।

जद्दी—वि. बाप-दादा की, उत्तराधिकार में मिली हुई (संपत्ति, जायदाद)। स्त्री. कोशिश, दौड़-धूप, प्रयत्न।

जद्दोजेहद—स्त्री. [अ.] संघर्ष; बहसबाज़ी; तर्क-वितर्क।

जनंगम—पु. [सं.] चांडाल।

जन—मनुष्य, व्यक्ति; सामान्य व्यक्ति; मनुष्यों का समूह; लोक; जाति; सेवक, दास। **~आंदोलन**—पु. जनता द्वारा चलाया गया आंदोलन, जन-संघर्ष। **~गणना**—स्त्री. मर्दुमशुमारी देश या क्षेत्र विशेष की जनसंख्या की गणना, साथ ही संबंधित क्षेत्र के विशेष आँकड़े प्रस्तुत करना। **~जागरण**—पु. जनता में अपने अधिकारों और हितों के प्रति चेतना जगाना। **~तंत्र**—पु. लोकतंत्र, प्रजातंत्र। **~पद**—पु. देश, राज्य; ज़िला। **~प्रवाद**—पु. लोकापवाद। **~मत**—पु. लोक—मत, जनसाधारण की राय। **~रंजन**—वि. लोक को आनन्द देने वाला। **~रव**—पु. अफ़वाह; जनश्रुति; भीड़ का शोर। **~वासा**—पु. जनमासा, बरातियों के ठहरने का स्थान। **~हित**—पु. लोकहित, जनता के लाभ का कार्य। **~हीन**—वि. निर्जन।

ज़न—स्त्री. [फा.] स्त्री, नारी; पत्नी। **~मुरीद**—वि. जोरू का गुलाम, पत्नी के वश में रहने वाला।

जनक—वि. [सं.] जन्म देने वाला; उत्पादक। पु. पिता; रामायण में सीता के पिता, ब्रह्मज्ञानी ऋषि। **~तनया**—स्त्री. सीता। **~दुलारी, ~नंदनी**—स्त्री. सीता। **~पुर—पु.** मिथिला की पुरानी राजधानी। **~सुता**—स्त्री. सीता।

जनकात्मजा—स्त्री. [सं.] सीता।

ज़नख़ा—पु. हिजड़ा, किन्नर; स्त्रैण; औरतों की तरह बोलने और चेष्टा करने वाला।

जनता—स्त्री. [सं.] लोक, जनसमूह, सर्वसाधारण ('पब्लिक')। **~जनार्दन**—पु. जनता रूप भगवान, स्वामी।

जनन—पु. [सं.] उत्पत्ति, जन्म, जनना, उत्पादन; वंश; जीवन; प्रकट होना।

जननांग—पु. [सं.] शिश्न, लिंग।

जनना—स.क्रि. बच्चे को जन्म देना, प्रसव करना।

जननाशौच—पु. [सं.] प्रसव, जनन का अशौच, सौर ग्रह का सूतक।

जननि—स्त्री. [सं.] माता; जन्म; जनि नामक गंध द्रव्य।

जननी—स्त्री. [सं.] जन्म देने वाली, माता।

जननेंद्रिय—स्त्री. [सं.] वह इंद्रिय जिससे संतान की उत्पत्ति होती है, स्त्री-पुरुष की इंद्रिय।

जनम—पु. जन्म; जीवन, जिंदगी। द्र. 'जन्म'।

जनमना—अ.क्रि. जन्म लेना, पैदा होना। स.क्रि. उत्पन्न करना (संतान)।

जनमाना—स.क्रि. जन्म देना, जनना।

जनमेजय—पु. [सं.] महाभारत में परीक्षित् का पुत्र, पिता का प्रतिशोध लेने के लिए सर्पों का नाश करने के लिए इसने सर्प-यज्ञ किया था।

जनयिता—वि. [सं.] जन्म देने वाला, उत्पादक। पु. पिता।

जनयित्री—स्त्री. [सं.] जननी, माता। वि., स्त्री. जन्म देने वाली।

जनरल—पु. [अं.] सेना का एक उच्च पदस्थ अधिकारी।

जनरेटर—पु. [अं.] जनक, उत्पादक, यंत्र (मशीन); बिजली पैदा करने की मशीन।

जनवरी—स्त्री. ईसवी सन् का प्रथम मास, इसका नामकरण 'जेनस' नामक देवता के नाम पर हुआ जो द्वारों तथा शुभारंभों का देव माना गया है; आगे-पीछे, अतीत और भविष्य को देखने की इसमें क्षमता है और 9 जनवरी को इसका पर्व मनाया जाता था।

जनवाई—स्त्री. बच्चों को जन्म दिलाने की मज़दूरी या नेग।

जनवाना—स.क्रि. बच्चा जनना, जनने में मदद करना; सूचित करना ('सोइ जानत जेहि तुमहई जनाई')।

जन संसाधन—पु. [सं.] मानव शक्ति स्रोत, केंद्र ('ह्यूमन रिसोर्सेस'); मानव संसाधन (मंत्रालय)।

जन सांख्यिक—वि. जनसंख्या के अध्ययन संबंधी।

जन सांख्यिकी—स्त्री. जनसंख्या का विभिन्न दृष्टियों से अध्ययन करने वाला शास्त्र, विज्ञान ('डेमोग्राफ़ी')।

जन स्वीकृति—स्त्री. जनता, लोक द्वारा दी गई अनुमति।

जनांकिकी—स्त्री. [सं.] जनसंख्या का विभिन्न दृष्टियों से अध्ययन करने वाला शास्त्र, विज्ञान ('डेमोग्राफ़ी')।

जनांत—पु. [सं.] प्रदेश; ज़िला; जनहीन स्थान; मृत्यु का देवता यम। पु. मनुष्यों का अंत करने वाला।

जनांतिक—पु. [सं.] अभिनय में एक अभिनेता का दूसरे के कान में कुछ कहना।

जना—वि. उत्पन्न किया हुआ (माई का जना, किसका जना)।

ज़ना—पु. [अ.] द्र. 'ज़िना'।

जनाई—स्त्री. जनाने की मज़दूरी या नेग; जनाने वाली स्त्री, दाई।

जनाउ*—पु. द्र. **'जनाब'**।

जनाकीर्ण—वि. [सं.] आदमियों से भरा हुआ; बहुत घनी आबादी वाला।

जनाचार—पु. [सं.] लोकाचार।

जनाज़ा—पु. [अ.] अरथी, ताबूत (उठना, निकलना); लाश। **~(ज़े) की नमाज़**—स्त्री. मुसलमानों में अंत्येष्टि के अवसर पर कब्रिस्तान में पढ़ी जाने वाली नमाज़।

जनातिग—वि. [सं.] असाधारण, लोकोत्तर।

जनादेश—पु. मत गणना द्वारा प्राप्त जनता का आदेश, स्वीकृति ('रेफ़ेंडम')।

जनाधार—पु. [सं.] जिसकी लोकप्रियता हो (नेता के संदर्भ में)।

जनाधिकार—पु. [सं.] लोक का अधिकार, जनता का अधिकार।

जनाधिक्य—पु. [सं.] लोगों की भीड़; बहुत अधिक आबादी, जनसंख्या।

जनाधिनाथ—पु. [सं.] राजा; विष्णु।

जनाधिप—पु. [सं.] राजा; विष्णु।

ज़नानख़ाना—पु. [फा.] घर का वह भाग या खंड जिसमें स्त्रियाँ रहती हैं, अंत:पुर।

जनाना—स.क्रि. जताना, सूचित करना; द्र. 'जनवाना'।

ज़नाना—वि. [फा.] स्त्रियों का, स्त्री संबंधी (अस्पताल, रेल का डिब्बा, आदि); स्त्री की तरह (चाल, शूरत, पहनावा)।

ज़नानी—वि. स्त्री. 'ज़नाना' का स्त्री.।

जनाब—पु. [अ.] श्रीमन्, महोदय, हुजूर, आदि ('सर') जैसा संबोधन। **~(बे) आली**—श्रीमान्, महोदय, आदि जैसा ही संबोधन।

ज़नावा—स्त्री. [अ.] श्रीमती, स्त्री के लिए सम्मानसूचक संबोधन।

जनार्दन—पु. [सं.] परमात्मा; विष्णु।

जनावर*—पु. जानवर, पशु; हिंसक पशु।

जनाशन—पु. [सं.] भेड़िया; मनुष्य का भक्षण करने वाला; मनुष्य का भक्षण।

जनाश्रम—पु. [सं.] धर्मशाला, सराय।

जनाश्रय—पु. [सं.] धर्मशाला, सराय; मकान।

जनि*—अ. नहीं, मत (निषेधार्थक)।

जनि—स्त्री. [सं.] जन्म, स्त्री; माता; पुत्रवधू।

जनिक—वि. [सं.] जन्म देने वाला, उत्पादक।

जनित—वि. [सं.] उत्पन्न, पैदा हुआ।

जनित—पु. [सं.] पिता।

जनित्र—पु. [सं.] जन्मस्थान, स्रोत।

जनित्री—स्त्री. [सं.] माता, जननी।

जनित्व—पु. [सं.] पिता।

जनित्वा—स्त्री. [सं.] माता।

जनिमा—स्त्री. [सं.] जन्म, संतति।

जनी—वि. पैदा की हुई।

जनु—स्त्री. [सं.] जन्म।

जनु*—अ. मानो; जैसे।

जनू—स्त्री. [सं.] जन्म।

जनून—पु. [अ.] पागलपन, उन्माद; ख़ब्त।

जनूनी—वि. पागल; ख़ब्ती; शक्की; किसी चीज़ के पीछे पागलपन की हद तक लगना।

जनूब—पु. [अ.] दक्खिन, दक्षिण।

जनूबी—वि. दक्खिनी, दक्षिणी।

जनेंद्र—पु. [सं.] राजा।

जनेऊ—पु. यज्ञोपवीत; यज्ञोपवीत संस्कार।

जनेत—स्त्री. बरात।

जनेवा—पु. धड़ का वह भाग जिस पर जनेऊ रहता है; लकड़ी, आदि में पड़ी हुई धारी।

जनेश—पु. [सं.] राजा।

जनेष्ट—वि. [सं.] लोकप्रिय; जो जनता को चाहिए।

जनोन्मुख—वि. [सं.] लोकोन्मुख, लोक कल्याणकारी।

जनोपयोगी—वि. [सं.] लोकोपयोगी, जन कल्याणकारी।

जनौ*—अ. मानो, जानो।

जनौघ—पु. [सं.] मनुष्यों की भीड़।

ज़न्न—पु. [अ.] धारणा, गुमान, खयाल।

ज़न्नत—पु. [अ.] स्वर्ग, वैकुंठ, बहीश्त; एक उद्यान, बगीचा। **~(ते) अदन**—पु. वह बाग जिसमें आदम और हव्वा को सेब या गेहूँ खाने से पहले रखा गया था।

जन्नती—वि. जन्नत में रहने वाला, स्वर्गवासी। **ला.** सीधा, भोला।

जन्म—पु. [सं.] उत्पत्ति, पैदाइश, गर्भ से बाहर आना; जीवन। **~कुंडली**—स्त्री. ज्योतिष के अनुसार बनाया गया वह चक्कर और फलादेश, जिसमें जन्मकाल के ग्रहों की स्थिति, आदि बताई गई हो।

जन्मतः—क्रि.वि. [सं.] जन्म के समय से ही; जन्म से।

जन्मना—अ. [सं.] जन्म से, जन्मतः (~मूर्ख, ब्राह्मण, आदि)।

जन्मांतर—पु. [सं.] दूसरा जन्म; पिछला जन्म; अगला जन्म; परलोक। **~वाद**—पु. पुनर्जन्मवाद।

जन्मांध—वि. [सं.] जन्म से ही अंधा।

जन्माधिप—पु. [सं.] जन्म राशि का स्वामी।

जन्माष्टमी—स्त्री. [सं.] श्रीकृष्ण की जन्म तिथि, भाद्र कृष्ण पक्ष की अष्टमी।

जन्मास्पद—पु. [सं.] जन्भ स्थान।

जन्मेजय—पु. [सं.] द्र. 'जनमेजय'।

जन्मेश—पु. [सं.] जन्म राशि का स्वामी।

जन्मोत्सव—पु. [सं.] जन्मदिन का उत्सव, (जन्म की) वर्षगाँठ।

जन्य—वि. [सं.] जन्म लेने वाला, जायमान; जात, उत्पन्न; समासांत में प्रयुक्त होने पर '...से उत्पन्न' (परिस्थितिजन्य, आदि); किसी जाति या वंश से संबंध रखने वाला, उसमें उत्पन्न।

जप—पु. [सं.] किसी मंत्र स्तोत्र, प्रभु नाम, आदि को मन ही मन में या धीमे स्वर से या प्रकट स्वर से बार-बार दोहराना। **~तप**—पु. पूजा-पाठ, व्रत-उपवास।

जपजी—पु. (जपुजी) सिखों की धर्म पुस्तक।

जपतव्य—वि. [सं.] द्र. 'जपनीय'।

जपन—पु. [सं.] जप करने की क्रिया, जप।

जपना—स.क्रि. जप करना।

जपनी—स्त्री. जप करने की माला; गोमुखी।

जपनीय—वि. [सं.] जप करने योग्य।

जपा*—वि. जप करने वाला।

जपी—वि., पु. [सं.] जप करने वाला।

जप्त—पु. द्र. 'ज़ब्त'।

जप्ती—स्त्री. द्र. 'ज़ब्ती'।

जप्य—वि. [सं.] जपने योग्य। पु. जपा जाने वाला मंत्र।

ज़फर—स्त्री. [अ.] विजय, सफलता। **~याब**—वि. विजय पाने वाला।

जफ़ा—पु. [अ.] जुल्म, अत्याचार, सख्ती। **~कश**—वि. कष्ट सहने वाला; परिश्रमी; जुल्म सहने वाला। **~कशी**—स्त्री. सहिष्णु, परिश्रमी बनना, होना।

ज़फ़ीर, ज़फ़ील—स्त्री. [अ.] सीटी; मुँह से निकाली जाने वाली सीटी की आवाज़।

ज़फ़ीरी—स्त्री. [अ.] सीटी।

जब—अ. जिस समय, यदा। **~कभी**—अ. चाहे जब, किसी समय। **~कि**—अ. जब। **~जब**—अ. जिस-जिस समय। **~तब**—अ. कभी-कभी, यदा-कदा।

जबड़ा—पु. मुँह के भीतर ऊपर-नीचे की हड्डियाँ जिनमें दाँतों की स्थिति होती है, कल्ला।

ज़बर—वि. [फा.] बलवान; बल में अधिक; ऊपर वाला। पु. अरबी, फारसी लिपि में ह्रस्व अकार का चिह्न। अ. ऊपर। **~दस्त**—वि. बलवान; बहुत अधिक; भारी; विशाल। **~दस्ती**—स्त्री. जुल्म; ज्यादती; धींगा-मस्ती।

जबरजद—पु. [अ.] एक रत्न, पुखराज, पन्ना की एक प्रजाति।

जबरन्—अ. द्र. 'जब्रन्'।

जबरा—वि. जबरदस्त, बलवान।

जबराइल—पु. द्र. 'जिब्रील'।

जबर्दस्त—वि. द्र. 'जबरदस्त', 'जबर' के अन्तर्गत।

जबर्दस्ती—स्त्री. द्र. 'जबरदस्ती', 'जबर' के अन्तर्गत।

जबल—पु. [अ.] पहाड़।

जबह—पु. द्र. 'ज़ब्ह'।

जबहा—पु. हिम्मत, जीवट।

ज़बान—स्त्री. [फा.] जीभ, रसना; वाणी, बोली; भाषा; वचन। **~दराज**—वि. बहुत बोलने वाला, बोलने में अशिष्ट, बदज़बान; मुँहफट। **~दराज़ी**—स्त्री. वाचालता; अशिष्टता; बदज़बानी। **~दानी**—स्त्री. भाषा विशेष का पूर्ण ज्ञान, पांडित्य। **~देना**—**ला.** वायदा करना।

ज़बानी—वि. [फा.] जो केवल ज़बान से कहा गया हो, मौखिक, अलिखित। **~जमाख़र्च**—पु. वह बात जो कही जाए पर पूरी न की जाए; दिखाऊ।

ज़बून—वि. [फा.] ख़राब, निकृष्ट; निर्बल।

ज़बूर—स्त्री. [अ.] वह इलहामी किताब जो इस्लाम के विश्वासियों के अनुसार हज़रत दाऊद पर उतरी थी।

ज़ब्त—पु. [अ.] सहन, धैर्य धारण करना; प्रशासन द्वारा किसी व्यक्ति की वस्तु, संपत्ति का हरण, उस पर अधिकार (करना, होना); प्रबंध; निगरानी। **~शुदा**—वि. ज़ब्त किया हुआ।

ज़ब्ती—स्त्री. किसी चीज़ का ज़ब्त किया जाना; कुर्की।

ज़ब्तीया—स्त्री. [अ.] पुलिस।

जब्र—पु. [अ.] दबाव, मजबूरी; जबरदस्ती; सख्ती; जुर्म।

जब्रन्—अ. [अ.] जबरदस्ती से, दबाव दे कर, बलात्।

जब्री—वि. बलपूर्वक कराया जाने वाला (काम); अनिवार्य (~भरती)।

जब्रीया—अ. [अ.] जबरदस्ती, मजबूर करके।

जब्रील—पु. [अ.] द्र. 'जिब्रील'।

ज़ब्ह—पु. [अ.] गला काट कर जान ले लेना। **~करना**—गला काट कर मार देना। **ला.** बहुत तकलीफ़ देना।

जम*—पु. द्र. 'यम'। **~दूत**—पु. द्र. 'यमदूत'। **~राज**—पु. द्र. 'यमराज'। **ला.** गाली रूप में शब्द का प्रयोग।

जमघट, जमघता—पु. आदमियों की भीड़, जमाव, मजमा (लगाना, होना)।

जमघट्ट*—पु. द्र. 'जमघट'।

जमजम—अ. सदा, हमेशा। **~नित-नित**—अ. सदा।

ज़मज़म—पु. [अ.] काबा के पास का एक कुआँ।

ज़मज़मा—पु. [फा.] गाना; राग; गीत। पु. गायक, गवैया।

जमदग्नि—पु. [सं.] एक ऋषि, परशुराम के पिता।

जमन—पु. [सं.] भोजन; आहार।

ज़मन—पु. [अ.] जमाना, काल।

जमना—स्त्री. द्र. 'यमुना'। अ.क्रि. पतली चीज़ का गाढ़ी या ठोस हो जाना (दही, बर्फ़, आदि); किसी जगह पर देर तक बैठना; अपनी जगह पर, अपनी बात पर बने रहना, डटे रहना; किसी बीज, आदि का अंकुरित हो जाना; किसी बात, गीत, आदि का रुचिकर लगना ('बात कुछ जमी नहीं', 'यह गाना जमा नहीं'); चल निकलना, सफल होना ('काम जम गया')। **~जम कर**—अ. दृढ़तापूर्वक; परिश्रमपूर्वक ('जमकर पढ़ाई करो')।

जमनिका—स्त्री. द्र. 'जवनिका'।

जमनोत्तरी—स्त्री. हिमालय की वह चोटी जो यमुना का उद्गम स्थान है।

जमशेद—पु. ईरान का एक प्राचीन बादशाह, कहा जाता है कि उसके पास एक ऐसा प्याला था जिसमें सारे संसार की घटनाएँ दिखाई देती थीं।

जमहूर—पु. [अ.] द्र. 'जुमहूर'।

जमहूरियत—स्त्री. [अ.] द्र. 'जुमहूरियत'।

जमहूरी—वि. द्र. 'जुमहूरी'।

जमा—स्त्री. [अ.] समूह, जमात; जोड़ (ग.); बहुवचन (व्या.); पूँजी, धन, बहीखाते का वह भाग या मद जिसमें प्राप्ति या आमदनी लिखी जाए; लगान। **~ख़र्च**—पु. प्राप्ति, आमदनी और ख़र्च; आय-व्यय का विवरण, हिसाब। **~खोरी**—स्त्री. वस्तुओं को व्यापारी द्वारा जमा करके रख लेना (विशेष रूप से जब उन वस्तुओं की प्राप्ति कम हो)। **~दार**—पु. सिपाहियों, आदि का मुखिया; पुलिस और सेना में एक पद; भंगी; भंगियों के काम की निगरानी करने वाला। **~पूँजी**—स्त्री. संचित धन। **~बंदी**—स्त्री. पटवारी तथा अमीन के पास रहने वाली वह बही जिसमें गाँव के प्रत्येक किसान के लगान का हिसाब, ब्यौरा दर्ज होता है।

जमाअत—स्त्री. [अ.] कक्षा, श्रेणी; दल; समुदाय, जत्था; नमाज़ियों की पंक्ति; भीड़, मजमा।

जमाअती—वि. सामुदायिक।

जमाई—पु. दामाद, जामाता।

जमात—स्त्री. द्र. 'जमाअत'।

जमाती—वि. [अ.] सहपाठी।

जमादारिन—स्त्री. [अ.] भंगिन।

जमादारी—स्त्री. [अ.] जमादार का काम।

ज़मानत—स्त्री. [अ.] किसी दूसरे के लिए ली जाने वाली जिम्मेदारी (किसी अपराधी, ऋण चुकाने, आदि के संदर्भ में); किसी बात के दायित्व को निभाने के लिए जमा की जाने वाली रक़म, धनराशि।

ज़मानती—वि. जो किसी की ज़मानत कराता है; ज़मानत के योग्य (~वारंट)।

जमाना—स.क्रि. किसी पतली चीज़ को गाढ़ी या ठोस बनाना (दही, बर्फ़, आदि); मज़बूती से बैठाना; (चीज़ों को) सजा कर रखना, जड़ मजबूत करना; (किसी काम, संस्था, आदि को) सफलतापूर्वक चलने योग्य बनाना; स्थापित करना, बैठाना (धाक, रौब, प्रभाव, आदि); मारना (थप्पड़, घूँसा, लाठी, आदि); अभ्यास करना (मशीन में हाथ जमाना); (किसी बीज, आदि को) अंकुरित करना।

ज़माना—पु. [अ.] काल; युग; अरसा, अवधि; बहुत समय; राज्यकाल; कार्यकाल; संसार, दुनिया; सफलता के दिन; सौभाग्य काल। **ला. ~उलटना**—समय का परिवर्तन, नया युग आ जाना। **~देखना**—अनुभव प्राप्त करना। **~(ने) भर का**—बहुत अधिक ('झूठ इससे ज़माने भर का बुलवा लो')।

जमाल—पु. [अ.] ऐश्वर्य, सुंदरता, शोभा, हुस्न; ईश्वर का माधुर्य।

जमालगोटा—पु. एक फल का बीज, औषधि में प्रयुक्त, तीव्र विरेचक।

जमाली—वि. प्रिय, रमणीक, जिसमें ईश्वर की शान दिखाई दे।

जमाव—पु. जमने का भाव, भीड़, मजमा (इकट्ठा होना)।

जमावट—स्त्री. जमने का भाव।

जमावड़ा—पु. जमाव।

जमाही—स्त्री. द्र. 'जम्हाई'।

ज़मीं, ज़मीन—स्त्री. [फा.] पृथ्वी (ग्रह); धरती, भूमि; धरती का स्थल भाग; ज़मीन का टुकड़ा, खेत; यह लोक; मिट्टी; कागज़, कपड़े, प्लास्टिक चादर, आदि की बनाई गई वह आधार भूमि जिस पर चित्रकारी, छपाई, नक्काशी, आदि की जाए ('नीली ज़मीन पर पीले फूल')। **~जमीं, ~कंद**—पु. सूरण, एक सब्जी। **~दार**—पु. ज़मीन का मालिक; किसान; ब्रिटिश राज में नियुक्त जागीरों के स्वामी। **~दारी**—स्त्री. जमींदार का हक, उसके अधिकार की भूमि; जमींदार का काम। **~दोज़**—वि. ज़मीन में धँसा हुआ; ज़मीन में गाड़ देना ('गाली के अर्थ में भी)। **मु. ~आसमान करना**—अत्यधिक प्रयत्न या उद्योग करना; बहुत शोर मचाना—करना; सब जगह खोज लेना। **~आसमान का फ़र्क**—आकाश-पाताल का अन्तर, बहुत अधिक अन्तर। **~आसमान के कुलाबे मिलाना**—बहुत अधिक शेख़ी बघारना, झूठ के पुल बाँधना; बहुत उद्योग करना। **~नापना**—बहुत अधिक यात्रा करना; बेकार घूमते रहना। **~पर पाँव न पड़ना या रखना**—बहुत गर्व, घमंड होना। **~में गड़ जाना**—अत्यंत लज्जित होना, शर्म से सिर न उठा सकना।

ज़मीनी—वि. [फा.] ज़मीन का; ज़मीन से संबद्ध; यथार्थ (~सच्चाई)।

जमीर—पु. [अ.] हृदय, सद्-असद् का विचार करने वाली अंत:करण की वृत्ति; हृदय की भीतरी आवाज़; ईमान। **ला. ~बेचना**—ईमान बेचना।

जमील—वि. [अ.] सुंदर; जमाल वाला।

जमीला—वि., स्त्री. [अ.] सुंदरी।

जमुआ, जम्हुआ—पु. एक घातक बाल रोग। [पं.] जम्मू—'जमुए का राजा'।

जमुना—स्त्री. यमुना, उत्तर भारत की एक प्रसिद्ध नदी, जमनोत्तरी से प्रयाग तक जाती है।

जमुनियाँ—वि. जामुन के रंग का। पु. जामुन का रंग।

जमुर्रद—पु. [फा.] पन्ना, एक रत्न।

जमुर्रदी—वि. द्र. 'जमुर्रदीन'।

जमुर्रदीन—वि. [फा.] जमुर्रद के रंग का, हरा। पु. हरा रंग।

जमुहाना*—अ.क्रि. जम्हाई लेना।

जमूरक*—पु. प्राचीन समय की एक तोप जो घोड़े या ऊँट पर लदी होती थी।

जमैयत—स्त्री. [अ.] इकट्ठा होना; मजमा, समुदाय; सभा; परिषद्।

जमैयतुल उलेमा—स्त्री. [अ.] मुसलमान आलिमों की सभा या परिषद्।

जमौआ—वि. जमा कर बनाया हुआ (किसी तरल पदार्थ से)।

जम्बो-जेट—पु. [अं.] एक बड़ा हवाई जहाज।

जम्मू—पु. कश्मीर प्रांत का एक खंड और इसी नाम का नगर।

जम्हाई—स्त्री. उबासी, निद्रा या आलस्य के कारण मुँह के पूरा खुलने और साँस को जोर से अंदर खींच कर फिर बाहर निकालने की स्वाभाविक शारीरिक क्रिया।

जम्हाना—अ.क्रि. जम्हाई लेना।

जयंत—पु. [सं.] इंद्र का पुत्र; शिव; विष्णु, स्कंद, कार्त्तिकेय; विजयी।

जयंतिका—स्त्री. [सं.] हल्दी; द्र. 'जयंती'।

जयंती—स्त्री. [सं.] पताका; इंद्र की कन्या; दुर्गा; पार्वती; किसी महापुरुष या संस्था की जन्म तिथि अथवा किसी महत्त्वपूर्ण कार्य के आरम्भ होने की वार्षिक तिथि पर होने वाला उत्सव। **~वर्ष**—गणना के अनुसार विभिन्न वर्ष संख्याओं पर जयंतियों के विभिन्न रूप—**रजत जयंती** (25 वर्ष बीतने पर), स्वर्ण जयंती (50 वर्ष बीतने पर), हीरक जयंती (75 वर्ष बीतने पर)।

जय—स्त्री. [सं.] शत्रु या विपक्षी को हराना, विजय, जीत; वश में करना, निग्रह (इंद्रिय जय)। पु. विष्णु के दो द्वारपालों में से एक (जय-विजय); 'महाभारत' का पुराना नाम, 'जयकाव्य'। **~कार**—पु. जय ध्वनि। **~घोष**—पु. विजय ध्वनि। **~जयकार**—पु. जय ध्वनि, विजय ध्वनि। **~जयवंती**—स्त्री. [हिं.] एक रागिनी (संगी.)। **~ध्वनि**—स्त्री. जयघोष। **~पराजय**—स्त्री. जीत-हार।

जयक—वि., पु. [सं.] विजयी, जीतने वाला।

जयचंद—पु. प्रसिद्ध हिंदू सम्राट, पृथ्वीराज चौहान का मौसेरा भाई, कन्नौज का राजा।

जयति—पु. एक संकर राग। **~श्री**—स्त्री. एक रागिनी (संगी.)।

जयती—स्त्री. श्री-राग की एक रागिनी (संगी.)।

जयतु—अ. [सं.] जय हो, आशीर्वाद।

जयत्कल्याण—पु. [सं.] एक संकर राग (संगी.)।

जयत्सेन—पु. [सं.] पांडवों के अज्ञातवास के समय विराट नगर में नकुल का नाम।

जयदेव—पु. संस्कृत के प्रसिद्ध कवि, 'गीत गोविन्द' के रचयिता।

जयद्रथ—पु. [सं.] महाभारत में सिंधु—सोवीर नरेश, दुर्योधन का बहनोई, इसने चक्रव्यूह में फँसे अभिमन्यु का वध किया था।

जयद्बल—पु. [सं.] पांडवों के अज्ञातवास के समय विराट नगर में सहदेव का नाम।

जयन—पु. [सं.] विजय करना। वि. विजयी।

जयनी—स्त्री. [सं.] इंद्र की कन्या।

जयशंकर प्रसाद—पु. हिंदी के प्रसिद्ध साहित्यकार (1889-1937), कविता, कहानी, नाटक, उपन्यास, निबन्ध, आदि सभी विधाओं में महत्त्वपूर्ण रचनाएँ, छायावादी काव्य के प्रवर्तक और 'कामायनी' जैसे प्रसिद्ध महाकाव्य के प्रणेता।

जया—स्त्री. [सं.] दुर्गा; पार्वती; हरी दूब; पताका।

जयापीठ—पु. [सं.] आठवीं शती में कश्मीर का एक प्रसिद्ध राजा।

जयावती—स्त्री. [सं.] एक संकर रागिनी (संगी.)।

जयिष्णु—वि. [सं.] जयशील, सदा जीतने वाला।

जयी—वि. [सं.] विजय पाने वाला।

जयेती—स्त्री. [सं.] एक संकर रागिनी (संगी.)।

जयेत्—पु. [सं.] एक राग।

जयेद्गौरी—स्त्री. [सं.] एक संकर रागिनी (संगी.)।

जयोल्लास—पु. [सं.] विजय का उल्लास, प्रसन्नता।

जरंड—वि. [सं.] क्षीण; वृद्ध।

जरंत—पु. [सं.] वृद्ध मनुष्य; भैंसा।

जर—पु. [सं.] जरा, वृद्धावस्था; विनाश। वि. वृद्ध; क्षीण।

ज़र—पु. [फा.] सोना; धन-दौलत। **~खरीद**—वि. रुपया दे कर खरीदा हुआ, क्रीत (दास, भूमि); जिस पर पूर्ण स्वामित्व हो। **~दोज़ी**—स्त्री. कलाबत्तू या सलमे-सितारे का काम।

जरजर—वि. द्र. 'जर्जर'।

जरठ—वि. [सं.] बूढ़ा; जीर्ण; कठोर, करकश।

जरठाई*—स्त्री. बुढ़ापा।

जरण—पु. [सं.] बुढ़ापा।

जरणा—स्त्री. [सं.] बुढ़ापा।

ज़रतुश्त—पु. [फा.] पारसी धर्म के प्रवर्तक और उनके प्रसिद्ध ग्रंथ 'जेंद-अवेस्ता' के रचयिता।

ज़रतुश्ती—वि. जरतुश्त का, उनसे संबद्ध।

जरतू—वि. [सं.] बूढ़ा; जीर्ण।

जरद—वि. द्र. 'ज़र्द'।

ज़रदा—पु. [फा.] पान के साथ खाई जाने वाली सुगंधित सुरती। **~फ़रोश**—पु. जरदा बेचने वाला।

ज़रदालू—पु. [फा.] खूबानी।

ज़रदुश्त—पु. द्र. 'जरतुश्त'।

जरनल—पु. [अं.] सेना का एक उच्चपदस्थ अधिकारी।

जरना*—अ.क्रि. द्र. 'जलना'।

जरनैल—पु. द्र. 'जनरल'।

ज़रब—स्त्री. [अ.] चोट; मार, आघात; गुणा (ग.)। **~तक़सीम**—पु. गुणा-भाग (ग.)।

जरबुलमसल—स्त्री. [अ.] कहावत, लोकोक्ति।

जरमन—वि. [अं.] जरमनी का; जरमनी, जरमन जाति या जरमन भाषा से संबद्ध। पु. जरमनी का निवासी। स्त्री. जरमनी की भाषा।

जरमन सिलवर—पु. जस्ते-ताँबे और निकल के मिश्रण से बनी एक धातु जिसके बरतन, आदि बनते हैं।

जरमनी—पु. [अं.] यूरोप का एक प्रमुख देश।

जरसी—स्त्री. [अं.] सर्दियों में पहनने का ऊन का बना पूरी बाँहों का स्वेटर; गाय की एक नस्ल।

जरा—स्त्री. [सं.] बुढ़ापा; एक राक्षसी जिसके विषय में कहा जाता है कि उसने जरासंध की देह के दो टुकड़ों को जोड़कर एक कर दिया (महाभा.)। पु. एक निषाद जिसका बाण श्रीकृष्ण के पैर के तलुवे में लगने से उनकी मृत्यु हुई। **~ग्रस्त**—वि. बूढ़ा, वृद्धावस्था को प्राप्त। **~संध**—पु. महाभारत कथा में प्रसिद्ध राजा।

ज़रा—वि. [अ.] थोड़ा, तनिक। **~ज़रा**—अ. थोड़ा-थोड़ा। **~सा**—अ. थोड़ा-सा।

ज़राअत—स्त्री. [अ.] द्र. 'ज़िराअत'।

जराउ*—वि. [ब्र.भा.] द्र. 'जड़ाऊ'।

जरातुर—वि. [सं.] जराग्रस्त, बूढ़ा।

जराना*—स.क्रि. [ब्र.भा.] जलाना; ईर्ष्या उत्पन्न करना।

ज़राफ—स्त्री. [अ.] विनोद; हँसी-मज़ाक।

ज़राफ़ा—पु. [अ.] द्र. 'ज़िराफ़ा'।

जरामरा—अ. बहुत थोड़ा-सा।

जरायणि—पु. [सं.] जरासंध, महाभारतकालीन एक राजा।

जरायम-पेशा—वि. अपराध करने वाला, जुर्म करने वाला (जातियाँ)।

जरायु—पु. [सं.] वह झिल्ली जिसमें लिपटा हुआ बच्चा माँ के गर्भ से बाहर आता है; गर्भाशय।

जराह—पु. द्र. 'ज़र्राह'।

ज़रिया—पु. [अ.] साधन।

ज़रीं—वि. [फा.] सोने का बना हुआ, सुनहरा।

जरी*—स्त्री. द्र. 'जड़ी'।

ज़री—वि. [फा.] सुनहरी तारों का बना हुआ। **~का काम**—कलाबत्तू या सलमे-सितारे का काम।

जरी—वि. [सं.] बूढ़ा।

जरीदा—पु. [अ.] बही, पुस्तक; सरकारी-गज़ट।

ज़रीफ़—वि. [अ.] हँसमुख, विनोदप्रिय, परिहास-प्रिय।

जरीब—स्त्री. [अ.] लाठी, डंडा; (पटवारियों, आदि के पास) ज़मीन नापने की जंजीर जो 55 या 60 गज़ की होती है।

जरीबी—वि. जरीब से नापा हुआ (बीघा, बिसवा, आदि)।

जरीमाना—पु. [फा.] द्र. 'जुर्माना'।

जरूथ—पु. [सं.] मांस। वि. कटुभाषी।

ज़रूर—वि. [अ.] आवश्यक, अवश्य, करनीय। **~ज़रूर**—अ. निश्चय ही, अवश्य ही।

ज़रूरत—स्त्री. [अ.] आवश्यकता, हाजत ('नीड')।

ज़रूरतन्—अ. [अ.] आवश्यकतावश।

ज़रूरियात—स्त्री. [अ.] 'जरूरत' का बहु., आवश्यक वस्तुओं।

ज़रूरी—वि. [अ.] आवश्यक, अनिवार्य, जिसके बिना काम न चल सके।

ज़र्क-बर्क़—वि. [अ.] चमक-दमक वाला, भड़काऊ। स्त्री. चमक-दमक; ठाठ-बाट।

जर्जर—वि. [सं.] जीर्ण; टूटा-फूटा, क्षत-विक्षत।

जर्जरित—वि. [सं.] जो जीर्ण, जर्जर हो गया हो।

जर्जरीक—वि. [सं.] क्षीण; पुराना; छेदों से भरा हुआ।

जर्ण—वि. [सं.] क्षीण; जीर्ण।

ज़र्द—वि. [फा.] पीला। **ला.** पड़ना, पीला हो जाना।

ज़र्दा—पु. द्र. 'ज़रदा'।

ज़र्दालू—पु. द्र. 'ज़रदालू'।

ज़र्दी—स्त्री. [फा.] पीलापन; पीला रंग।

जर्नल—वि. [अं.] सामान्य। पु. पत्रिका।

जर्नलिज़्म—पु. [अं.] पत्रकारिता।

जर्नलिस्ट—पु. [अं.] पत्रकार।

ज़र्फ़—पु. [अ.] पात्र, बरतन; पात्रता, योग्यता।

ज़र्फ़ीयत—स्त्री. [फा.] पात्रता।

जर्म—पु. [अं.] कीटाणु।

ज़र्रा—पु. [अ.] अणु; किसी वस्तु का बहुत ही छोटा कण, टुकड़ा; रज-कण; सूक्ष्म मात्रा। **~ज़र्रा**—अ. तिल-तिल; कण-कण। **~भर**—वि. बहुत थोड़ा, तनिक-सा।

जर्राह—पु. [अ.] चीर-फाड़, शल्य क्रिया करने वाला (प्राय: ही अशिक्षित या अल्पशिक्षित होता था)।

जर्राही—स्त्री. [अ.] चीर-फाड़ का काम।

जर्सी—स्त्री. द्र. 'जरसी'।

जल—पु. [सं.] पानी; खस, पूर्वाषाढ़ा नक्षत्र, सुगंध वाला। **~चरी**—स्त्री. मछली। **~चादर**—पु. ऊँचाई से गिरने वाली पानी की चौड़ी धार, चादर जैसी। **~चारी**—पु. जलजंतु, मछली। वि. जल में रहने वाला। **~जात**—वि. जल में उत्पन्न। पु. कमल। **~तरंग**—पु. एक वाद्य जिसमें पानी से भरी कटोरियों पर लकड़ी की छड़ी से मधुर नाद उत्पन्न किया जाता है। स्त्री. पानी की लहर। **~दस्यु**—पु. समुद्री डाकू। **~धि**—पु. समुद्र। **~निधि**—पु. समुद्र। **~पति**—पु. समुद्र; वरुण। **~पान**—पु. अल्पाहार, नाश्ता। **~हरी**—स्त्री. शिवलिंग पर लटकाए जाने वाला कलश जिसके पेंदे में एक छेद होता है। **मु. ~थल एक होना**—घोर वर्षा से चारों ओर पानी ही पानी होना।

जलक—पु. [सं.] शंख; कौड़ी।

जलकुंभी—स्त्री. पानी में होने वाला एक पौधा, कुंभी। कुकुरमुत्ता।

ज़लज़ला—पु. [अ.] भूकंप, भूचाल।

जलद—वि. [सं.] जल देने वाला। पु. मेघ, बादल; कपूर।

जलदागम—पु. [सं.] बर्षाकाल।

जलदाम—वि. [सं.] बादल के रंग का, काला।

जलन—स्त्री. जलने की पीड़ा, दाह; ईर्ष्या, द्वेष; मनोव्यथा।

जलना—अ.क्रि. किसी चीज़ का आग पकड़ना, अग्नि के संपर्क से ज्योति या ज्वाला का रूप प्राप्त करना; भस्म होना; दर्द होना; ईर्ष्या, द्वेष, आदि से कुढ़ना। **~जलकर**—कुढ़ कर, ईर्ष्या से दुखी होना। **ला. ~जली-कटी**—गुस्से या जलन से भरी हुई बातें करना, तीखे व्यंग्य करना।

जलप्लावन—पु. [सं.] बाढ़, जल प्रवेग; एक प्रकार की प्रलय।

जलमय—वि. [सं.] पानी से भरा हुआ, जल-प्लावित।

जलवायु—पु. [सं.] किसी स्थान की प्राकृतिक स्थिति और वहाँ प्राप्त हवा-पानी, मौसम।

जलसा—पु. [अ.] अधिवेशन, सभा; बैठक; गाने-बजाने; राग-रंग की महफ़िल, गोष्ठी।

जलांजलि—स्त्री. [सं.] अंजली-भर पानी; प्रेत या पितरों की तृप्ति के लिए किया जाने वाला जलदान, तर्पण।

जलांतक—पु. [सं.] समुद्र; सत्यभामा से उत्पन्न श्रीकृष्ण का एक पुत्र।

जलाकर—पु. [सं.] समुद्र; जल-राशि।

जलाकांक्ष, जलाकांक्षी—पु. [सं.] हाथी।

जलाका—स्त्री. [सं.] जोंक।

जलाकाश—पु. [सं.] जल में प्रतिबिम्बित आकाश।

जलाधिदैवत—पु. [सं.] वरुण; पूर्वाषाढ़ा नक्षत्र।

जलाधिप—पु. [सं.] वरुण।

जलाना—स.क्रि. जलने का कारण होना, किसी चीज़ को आग में डाल देना, आग से समाप्त कर देना; सताना, व्यथित, संतप्त करना। **ला. ~जला-जला कर मारना**—बहुत सताना, घुला-घुला कर मारना।

जलाभाव—पु. [सं.] जल का अभाव, कमी।

जलाभुना—वि. संताप ग्रस्त, क्रोध में पीड़ित।

जलार्क—पु. [सं.] जल में प्रतिबिम्बित सूर्य।

जलार्णव—पु. [सं.] समुद्र; वर्षाकाल।

जलार्द्र—वि. [सं.] पानी से भीगा हुआ।

जलार्द्रा—स्त्री. [सं.] गीला वस्त्र।

जलाल—पु. [अ.] तेज; महत्ता; गौरव; रौब; ताक़त।

ज़लालत—स्त्री. [अ.] तिरस्कार, अपमान, अनादर।

जलाली—वि. [अ.] जिसमें जलाल हो, द्र. 'जलाल'। पु. मुसलमान फ़कीरों का एक संप्रदाय; जलालुद्दीन का चलाया हुआ सन्, साल।

जलावतन—पु. [अ.] निर्वासन, देश-निकाला, स्वदेश से निष्कासन।

जलावतनी—स्त्री. निर्वासन, देश-निकाला।

जलावतरण—पु. [सं.] जल का नीचे उतरना (पहाड़ की चोटी, आदि से)।

जलावन—पु. जलाने के काम में आने वाली लकड़ियाँ, घास-फूँस, चीजें; ईंधन।

जलावर्त—पु. [सं.] भँवर।

जलाशय—पु. [सं.] झील; तालाब।

जली-कटी—वि. हृदय-बेधक बातें (सुनाना)।

जलीय—वि. [सं.] जल संबंधी।

ज़लील—वि. [अ.] तिरस्कृत, अपमानित; शर्मिंदा।

जलूस—पु. द्र. 'जुलूस'।

जलेंद्र—पु. [सं.] वरुण; समुद्र; शिव।

जलेब—पु. जलेबी का बड़ा रूप।

जलेबी—स्त्री. कुंडली के आकार की मैदे से बनी, तली हुई चाशनी में डली एक मिठाई।

जलेश—पु. [सं.] वरुण; समुद्र।

जलेशय—पु. [सं.] जलसायी, विष्णु; मत्स्य।

जलेश्वर—पु. [सं.] वरुण; समुद्र।

जलोदर—पु. [सं.] पेट का एक रोग जिसमें पेट में पानी भर जाता है।

जलोरगी—स्त्री. [सं.] जोंक।

जलौकस—पु. [सं.] जोंक।

जलौका—स्त्री. [सं.] जोंक।

जल्द—वि. [अ.] तेज़, फुरतीला। **~बाज़**—वि. उतावला, जल्दी मचाने वाला। **~बाज़ी**—स्त्री. उतावलापन।

जल्दी—स्त्री. शीघ्रता, शीघ्र, तेज़ी; उतावलापन।

जल्प—पु. [सं.] बकवास; कथन; व्यर्थ के तर्क या बहस।

जल्पक, जल्पाक—वि. [सं.] वाचाल, बातूनी।

जल्पन—पु. [सं.] कथन, बकवास, व्यर्थ का तर्क या बहस।

जल्पित—वि. [सं.] कथित; व्यर्थ तर्क के रूप में कहा हुआ।

जल्लाद—पु. [अ.] फाँसी पर चढ़ाने वाला, वधिक। वि. निर्दय, बेरहम।

जव—पु. [सं.] जौ।

जवन—पु. [सं.] वेग; घोड़ा; द्र. 'यवन'।

जवनिका—स्त्री. [सं.] परदा; नाटक में अंक पश्चात् गिराये जाने वाला परदा; कनात; पाल।

जवनिया—स्त्री. [सं.] वेग।

जवनी—स्त्री. [सं.] अजवायन; द्र. 'यवनी'।

जवस—पु. [सं.] एक घास, जवास।

जवाँ—'जवान' का समास में प्रयुक्त रूप। **~मर्द**—पु. बहादुर, वीर; हृष्ट-पुष्ट। **~मर्दी**—स्त्री. बहादुरी, मर्दानगी।

जवा—स्त्री. अड़हुल का पौधा तथा पुष्प। **~कुसुम**—पु. अड़हुल का फूल।

जवाइन—स्त्री. द्र. 'अजवायन'।

जवादि—पु. [सं.] एक सुगंधित द्रव्य।

जवाधिक—वि. [सं.] बहुत वेगवान।

जवान—वि. [फा.] युवा, तरुण; वीर; बलवान। पु. युवा पुरुष; सिपाही; योद्धा।

जवानिल—पु. [सं.] आँधी।

जवानी—स्त्री. [फा.] युवावस्था, यौवन; जवानी का जोश; मस्ती; सुंदरता। **ला. ~चढ़ना**—जवानी आना; मस्ती में होना। **~ढलना**—जवानी शेष होना, जवानी का अवसान।

जवाब—पु. [फा.] प्रश्न का उत्तर; किसी पत्र का उत्तर; किसी अभिवादन का उत्तर; प्रतिवाद; बचाव। **ला. ~देना**—किसी काम को मना कर देना; नौकरी से अलग कर देना; अशिष्टतापूर्वक व्यवहार या बात करना। **~देह**—वि. उत्तरदायी, जिम्मेदार। **~देही**—स्त्री. उत्तरदायित्व, जिम्मेदारी।

जवाबी—वि. [फा.] उत्तर रूप में, बदले में किया हुआ (कार्य—'सेना द्वारा की गई जवाबी कार्रवाई')।

जवार—स्त्री. द्र. 'ज्वार'।

जवारा—पु. जौ के अंकुर।

जवास—पु. द्र. 'जवासा'।

जवासा—पु. एक कंटीली झाड़ी जो प्रायः रेतीले खेत या क्षेत्र में होती है, ग्रीष्म काल में हरी रहती है और वर्षागमन पर गल जाती है (बिहारी, आदि कवियों ने इसका वर्णन एक ईर्ष्यालु के रूप में किया है, जो शेष प्रकृति की हरीतिमा, समृद्धि देखकर जल-भुन जाती है)।

जवाहर—पु. द्र. 'जवाहिर'।

जवाहर लाल नेहरू—पु. स्वतंत्र भारत के प्रथम प्रधानमंत्री, राष्ट्रीय स्वतंत्रता संग्राम के प्रधान नेता, जन्म : 14 नवम्बर, 1889; निधन : 27 मई, 1964।

जवाहरात—पु. [अ.] द्र. 'जवाहिरात'।

जवाहिर—पु. [अ.] रत्न, मणि।

जवाहिरात—पु. [अ.] कई प्रकार के रत्न, मणि, 'जवाहिर' का बहु.।

जशन—पु. द्र. 'जश्न'।

जश्न—पु. [फा.] उत्सव; उल्लास; प्रसन्नता की महफिल, समागम; गाना-बजाना।

जस*—पु. [ब्र.भा.] द्र. 'यश'।

जस*—अ. जैसा।

जसद—पु. [सं.] जस्ता (धातु)।

जसु—पु. [सं.] आयुध, हथियार।

जसुरि—पु. [सं.] वज्र।

जसूटन—पु. लड़के के जन्म के उपलक्ष्य में कुछ दिन बाद मनाया जाने वाला उत्सव, प्रीतिभोज, आदि।

जसोदा*—स्त्री. [ब्र.भा.] द्र. 'यशोदा'।

यसोमति, जसौवे*—स्त्री. [ब्र.भा.] द्र. 'यशोदा'।

जस्टिस—स्त्री. [अं.] न्यायाधीश। पु. न्याय, इंसाफ।

जस्त—पु. द्र. 'जस्ता'।

जस्तई—वि. जस्ते के रंग का; जस्ते का बना हुआ। पु. जस्ते का रंग।

जस्ता—पु. एक धातु जो ताँबे और पीतल के मिश्रण से बनाई जाती है।

जहँ*—अ. द्र. 'जहाँ'।

जहत्स्वार्था—स्त्री. [सं.] लक्षणा शब्द शक्ति का एक भेद, जिसमें पद या वाक्य अभिधा के अर्थ को त्याग कर उससे संबद्ध अर्थ को प्रकट करे।

जहदजहल्लक्षणा—स्त्री. [सं.] लक्षणा शब्द शक्ति का एक भेद जिसमें कुछ विषयों या अर्थों को त्याग कर किसी एक को ग्रहण किया जाता है।

जहदा*—पु. दलदल।

जहद्दम*—पु. द्र. 'जहन्नुम'।

ज़हन—पु. [अ.] दिमाग, मस्तिष्क; बुद्धि।

ज़हनियत—स्त्री. [अ.] मानसिकता।

जहन्नम—पु. [अ.] द्र. 'ज़हन्नुम'।

ज़हन्नुम—पु. [अ.] नरक; इसलामी मान्यता में पहला नरक; गहरा कुआँ। **मु. ~में जाना**—नष्ट होना, बरबाद होना; गाली रूप में भी प्रयुक्त।

जहन्नुमी—वि. नरक में जाने वाला; नारकीय।

ज़हमत—स्त्री. [अ.] कष्ट, तकलीफ़; झंझट।

ज़हर—पु. [फा.] विष, गरल, वह चीज़, खाद्य वस्तु, आदि जो देह में पहुँचकर मृत्यु का कारण बने या शरीर की हानि का कारण बने; कड़वी वस्तु; अति अप्रिय, असह्य बात। वि. अत्यंत हानिकारक, घातक; अति कटु; अति अप्रिय। **~बाद**—पु. ज़हरीला और कष्टदायक फोड़ा; कोई भी बीमारी जिससे शरीर में ज़हर फैल गया हो। **~मोहरा**—पु. एक तरह का पत्थर जिसमें साँप के तथा अन्य विषों को भी सोख लेने का गुण होता है। **मु. ~उगलना**—किसी के विरुद्ध बहुत कटु बातें कहना। **~का घूँट पीकर रह जाना, ~का घूँट पीना**—किसी विवशता के कारण किसी अप्रिय, कटु बात को भीतर-ही-भीतर सहना, क्रोध को दबाना।

ज़हरी, ज़हरीला—वि. जिसमें ज़हर हो, विषयुक्त।

जहवाँ*—अ. द्र. 'जहाँ'।

जहाँ—अ. जिस जगह, जिस स्थान पर। **~कहाँ**—अ. इधर-उधर; अनेक स्थानों पर। **~का तहाँ**—अ. जहाँ था वहीं, अपनी जगह पर।

जहाँ—पु. [फा.] 'जहान' का समास में प्रयुक्त रूप, दुनिया, विश्व। **~गीर**—वि. दुनिया पर राज्य करने वाला, विश्व-विजेता। पु. भारत का चौथा मुगल सम्राट्, अकबर का पुत्र। **~गीरी**—स्त्री. विश्व-विजय, समस्त पृथ्वी का राज; कलाई पर पहनने का एक जड़ाऊ गहना। वि. जहाँगीर का, जहाँगीर से संबद्ध।

जहाँपनाह—पु. [फा.] संसार का आश्रयदाता (बादशाहों के लिए संबोधन)।

जहाज़—पु. [अ.] जलयान, पोत। **मु. ~का कौआ, ~का पंछी**—जहाज़ पर बैठने वाला कौआ जो ज़मीन की तलाश में दूर-दूर तक उड़कर जाता है और फिर जहाज़ पर ही आ बैठता है (भक्ति के संदर्भ में कवियों द्वारा बार-बार प्रयोग)।

जहाज़ी—वि. जहाज़ से संबंधित; जहाज़ से चलने वाला व्यापार।

जहाद—पु. [अ.] द्र. 'जेहाद'।

जहान—पु. [फा.] दुनिया, जगत, लोक। **~आरा**—वि. सृष्टि की शोभा, शृंगार। स्त्री. शाहजहाँ की बड़ी बेटी।

जहानक—पु. [सं.] प्रलय।

जहालत—स्त्री. [अ.] अज्ञान; मूर्खता; जाहिलपन।

जहिया*—अ. जब।

जहीं—अ. ज्यों ही; जिस स्थान पर, जहाँ ही।

ज़हीन—वि. [अ.] तेज़ जेहन, बुद्धि वाला, मेधावी।

ज़हूर—पु. द्र. 'जुहूर'।

ज़हेज़—पु. [अ.] कन्या को विवाह के समय माँ-बाप से मिला धन-संपत्ति, दहेज़।

जह्नु—पु. [सं.] विष्णु; एक ऋषि जिन्होंने भगीरथ द्वारा गंगा को पृथ्वी पर लाते समय पी लिया और उनकी प्रार्थना पर फिर कान की राह निकाल दिया था (इसीलिए गंगा का एक नाम 'जाह्नवी' भी है)।

जह्र—पु. [फा.] द्र. 'ज़हर'।

जाँ—स्त्री. [फा.] द्र. 'जान'। **~निसार**—पु. द्र. 'जान निसार'। **~बाज़**—वि. जान पर खेलने वाला, वीर, साहसी।

जाँगर—पु. पौरुष; मेहनत करना, श्रम-शक्ति।

जांगल—वि. [सं.] जंगल का, जंगली। पु. वह प्रदेश जहाँ जंगल-ही-जंगल, वन-ही-वन हो ('कुरु जांगल')।

जांगलि, जांगलिक—पु. [सं.] सपेरा, मदारी।

जाँगलू, जाँगलूक—वि. असभ्य, उजड्ड; अल्पमति।

जांगुलि, जांगुलिक—पु. [सं.] सपेरा।

जांगुली—स्त्री. [सं.] दुर्गा।

जाँघ—स्त्री. पैर का, कमर और घुटने के बीच का भाग, ऊरु।

जाँघिया—पु. घुटनों तक का पाजामा जो केवल जाँघ तक घुटनों से ऊपर ही रहता है, इसीलिए इसे 'घुटन्ना' भी कहा जाता है, कच्छा।

जाँच—स्त्री. परखने, परीक्षा लेने, छान-बीन करने की क्रिया। **~पड़ताल**—स्त्री. छान-बीन, तहकीक़ात, तफ़तीश।

जाँचना—स.क्रि. किसी बात के सही-गलत, सत्य-असत्य होने का पता लगाना, परख करना।

जाँत, जाँता—पु. आटा चक्की।

जांतव—वि. [सं.] जंतु संबंधी; जंतुओं से प्राप्त; उत्पन्न।

जांब*—पु. द्र. 'जामुन'।

जांबवंत—पु. द्र. 'जांबवान'।

जांबवती—स्त्री. [सं.] जांबवान की कन्या।

जांबवान—पु. [सं.] (राम-कथा में) सुग्रीव का मंत्री।

जांबुक—वि. [सं.] शृगाल-संबंधी।

जांबुमाली—पु. [सं.] लंका का एक राक्षस, अशोक वाटिका में हनुमान ने इसका वध किया था।

जांबुवान्—पु. [सं.] द्र. 'जांबवान'।

जा—स्त्री. [सं.] जाति; देवरानी; माता। वि., स्त्री. उत्पन्न करने वाली।

जाई—स्त्री. उत्पन्न; कन्या ('माँ जाई')।

जाकट—स्त्री. [अं.] एक तरह की कुरती ('जैकेट')।

जाकिट—स्त्री. द्र. 'जैकेट'।

जॉकी—पु. [अं.] घोड़े को दौड़ाने वाला, घुड़सवार।

जाग—स्त्री. जागने का भाव, जागरण।

जागता—वि. जागता हुआ, जो सोये से उठा हुआ हो।

जागतिक—वि. [सं.] जगत-संबंधी, सांसारिक।

जागती—वि., स्त्री. उठी हुई; प्रज्वलित, प्रदीप्त। **~कला, ~जोत**—स्त्री. जलता हुआ दीपक; इष्टदेव के सामने जलती हुई ज्योति।

जागना—अ.क्रि. जागना; नींद का त्याग; जगा हुआ होना; सजग होना; प्रदीप्त होना। **ला. ~भाग्य जागना**—सुख-समृद्धि आना, भाग्य का अनुकूल होना।

जागबलिक—पु. द्र. 'याज्ञवल्क्य'।

जागर—पु. [सं.] जागरण। वि. जागता हुआ, जाग्रत।

जागरण—पु. [सं.] जगना; जाग; जगा हुआ होना; भजन-कीर्तन, आदि करते हुए रात बिताना, रतजगा।

जागरन*—पु. द्र. 'जागरण'।

जागरित—वि. [सं.] जाग्रत, जागता हुआ।

जागरूक—वि. [सं.] जागता हुआ; कर्तव्य के प्रति सावधान; प्रबुद्ध।

जागर्ति—स्त्री. [सं.] जागरण।

जागर्या—स्त्री. [सं.] जागरण।

जागीर—स्त्री. [फा.] वह भूमि जो राजा या प्रशासन की ओर से किसी को पुरस्कार रूप में दी गई हो। **~दार**—पु. जिसे जागीर मिली हो; सरदार; सामन्त। **~दारी**—स्त्री. जागीरदार का पद; रईसी।

जागृति—स्त्री. जागरण।

जागृवि—पु. [सं.] राजा; अग्नि।

जाग्रति—स्त्री. [सं.] 'जागृति'।

जाग्रत्—वि. [सं.] जागता हुआ; सजग, सावधान; प्रबुद्ध। पु. वह अवस्था जिसमें जीव शब्द-स्पर्श-रूप-रस-गंध विषयों को ग्रहण करे। **~स्वप्न**—पु. कोरी कल्पना; असंभव की कल्पना।

जाचक*—पु. द्र. 'याचक'।

जाचकता*—स्त्री. द्र. 'याचकता'।

जाजम—स्त्री. द्र. 'जाज़िम'।

जाज मलार—पु. एक राग (संगी.)।

जाजरा*—वि. जीर्ण, जर्जर।

जाजल—पु. [सं.] अथर्ववेद की एक शाखा।

जाजलि—पु. [सं.] एक ऋषि।

जाज़िम—स्त्री. [तु.] बहुत बड़ी चादर जो छपी हुई होती है और सभा, जलसों, ब्याह-बरात, आदि में बिछाने के काम आती थी।

जाज्वलित—वि. [सं.] प्रज्वलित; प्रकाशित।

जाज्वल्यमान—वि. [सं.] प्रज्वलित; प्रकाशित।

जाट—पु. एक हिंदू जाति—विशेषत: पश्चिमी उत्तर प्रदेश, हरियाणा, पंजाब, राजस्थान, आदि में; उस जाति का व्यक्ति।

जाटू—स्त्री. जाटों की बोली, बांगड़ू; देसी।

जाठर—वि. [सं.] जठर—पेट संबंधी; जठर से उत्पन्न; जठर में स्थित।

जाठराग्नि—स्त्री. [सं.] जठराग्नि।

जाठरानल—पु. [सं.] द्र. 'जठराग्नि'।

जाड़ा—पु. शीत ऋतु; सर्दी, ठंड (पड़ना, लगना)।

जात—वि. [सं.] जनमा हुआ, जना हुआ; उत्पन्न। पु. जन्म; पुत्र; बच्चा; वर्ग, समूह; 'जाति' का अपभ्रंश रूप भी 'जात न पूछै साधु की...'। **~कर्म**—पु., **~क्रिया**—स्त्री. पुत्र जन्मोत्सव के रूप में किये जाने वाला एक संस्कार, हिंदुओं के 16 संस्कारों में से चौथा।

जात—स्त्री. द्र. 'जाति'। **~पाँत**—स्त्री. जाति-बिरादरी की वर्ग व्यवस्था।

जातक—पु. [सं.] नवजात शिशु, बच्चा; भिक्षु; फलित ज्योतिष का वह अंग जिसके अनुसार नवजात शिशु का भविष्य फल बताया जाता है; वह बौद्ध ग्रंथ जिसमें भगवान बुद्ध के पूर्व जन्म की कथाओं का वर्णन है।

जातना, जातनाई*—स्त्री. द्र. 'यातना'।

जाता—स्त्री. [सं.] लड़की, कन्या।

जाति—स्त्री. [सं.] जन्म, उत्पत्ति; वंश; वर्ण (ब्राह्मण, क्षत्रिय, आदि) अथवा योनि (स्त्री जाति, पुरुष जाति) का भेद सूचित करने वाला वर्ग; देश भेद या वंश परम्परा के विचार से किया गया मानव समाज का विभाग ('रेस', 'मेशन')। **~च्युत**—वि. स्वजाति से बहिष्कृत। **~वाचक**—वि. जाति बताने वाला; व्याकरण में संज्ञा का एक भेद जो जाति का बोध देता है (गाय, कुत्ता, आदि)।

जातिमान्—वि. [सं.] कुलीन, उच्च कुल में उत्पन्न।

ज़ाती—वि. व्यक्तिगत, निजी, अपना (मामला)।

जातीय—वि. [सं.] जाति संबंधी।

जातीयता—स्त्री. [सं.] जाति विशेष से संबद्ध होने का भाव; कौमीयत, राष्ट्रीयता-बोध; अपनी जाति का अभिमान; जाति के अनुसार भेदभाव रखना ('वह जातीयता की भावनाओं को बढ़ावा देता है')।

जातु—अ. [सं.] शायद, कदाचित्, कभी।

जातुक—पु. [सं.] हींग।

जातुधान—पु. यातुधान, राक्षस।

जातू—पु. [सं.] वज्र।

जातेष्टि—स्त्री. [सं.] जात-कर्म।

जात्यंध—वि. [सं.] जन्मांध।

जात्य—वि. [सं.] कुलीन; सुंदर; श्रेष्ठ; समकोण (ग.)। **~त्रिभुज**—पु. समकोण त्रिभुज।

जात्याभिमान—पु. [सं.] जाति का अभिमान, घमंड, गौरव।

जात्रा—स्त्री. द्र. 'यात्रा'।

जात्री—पु. द्र. 'यात्री'।

जादव*—पु. द्र. 'यादव'। **~पति**—पु. श्रीकृष्ण।

जादसपति, जादसपती*—पु. वरुण।

जादा*—वि. द्र. 'ज़्यादा'।

जादू—पु. [फा.] टोना, जंतर-मंतर; ऐसा आश्चर्यजनक काम जिसमें हाथ की सफाई का काम दिखाया गया हो; वह अद्‌भुत खेल जिसका रहस्य दर्शकों की समझ में न आए, इंद्रजाल। **~गर**—पु. जादू करने वाला [स्त्री. 'जादूगरनी']। **~गिरी**—स्त्री. जादू का काम; जादू करने की विद्या।

जादौ*—पु. द्र. 'यादव'। **~राय**—पु. 'श्रीकृष्ण'।

जान—पु., स्त्री. जानने का भाव, ज्ञान, जानकारी, समझ, ख्याल (इस शब्द का प्रयोग पु., स्त्री. दोनों रूपों में होता है—'मेरे जान में तो वह पागल है', 'मेरी जान में तो वह पागल है')। **~कार**—वि. जानने वाला, किसी कार्य में दक्ष। **~कारी**—स्त्री. परिचय; अभिज्ञता, किसी कार्य में दक्षता। **~पहचान**—स्त्री. परिचय।

जान—स्त्री. [फा.] प्राण, जीव; जीवन; दम; शक्ति, ताक़त; अति प्यारी वस्तु; प्रियजन का संबोधन; सार तत्त्व, मुख्य आकर्षण ('चतुर्थ अंक शकुंतला नाटक की जान है')। **~दार**—वि. जिसमें जान हो; हिम्मत वाला, प्राणवान, सशक्त। **~माल**—पु. प्राण और संपत्ति। **मु. ~में जान आना**—हिम्मत बँधना, साहस मिलना। **~से हाथ धोना**—जान गँवाना, मरना। **~है तो जहान है**—यदि मनुष्य की जिंदगी है तो उसके लिए सब कुछ है।

जानकी—स्त्री. [सं.] जनक की पुत्री, सीता। **~जीवन, ~नाथ**—पु. श्रीरामचंद्र। **~मंगल**—पु. महाकवि तुलसीदास की एक कृति जिसमें राम-सीता के विवाह का चित्रण है। **~रमण**—पु. श्रीरामचंद्र। **~वल्लभ**—पु. श्रीरामचंद्र।

जाननहार*—पु. जानने वाला।

जानना—स.क्रि. ज्ञान होना; परिचित होना, मालूम होना; सूचना या ख़बर रखना; अनुमान करना, समझना। **~जानकर**—जानते हुए भी, जान-बूझ कर। **~जान पड़ना**—अनुमानित ज्ञान, मालूम होना, दिखाई देना। **~जान-बूझ कर**—जानते-समझते हुए, सोच-समझ कर। **~जाने-अनजाने**—जानकर या बिना जाने; भूल-चूक से।

जानपद—पु. [सं.] जनपदवासी, जनपद से संबंधित; देश; सारे देश से संबंध रखने वाला (सैनिक, धर्म क्षेत्रों से भिन्न), जैसे—जनपद सेवा ('सिविल सर्विस') जनपद विधि ('सिविल लॉ')।

जानहुँ—अ. मानो, जानो।

जानाँ—स्त्री. [फा.] ('जान' का बहु.) प्रेमपात्र, प्रेयसी, प्रिया।

जाना—अ.क्रि. गमन करना, एक स्थान से दूसरे स्थान पर पहुँचने की क्रिया; प्रस्थान करना। **ला. जा पड़ना या पहुँचाना**—अवांछित से कहीं पहुँच जाना। **किसी बात पर जाना**—ध्यान देना ('मैं तुम्हारी बात पर नहीं जाता')। **चले जाना**—किसी वस्तु का अधिकार से निकल जाना।

जानि—स्त्री. [सं.] पत्नी, भार्या (केवल समास में प्रयुक्त—'जानकी जानि')।

जानिब—स्त्री. [अ.] तरफ़, दिशा। **~दार**—वि. पक्षपाती, तरफ़दारी करने वाला।

जानी—वि. [फा.] जानकार, जान से संबंध रखने वाला। स्त्री. प्राणप्रिया, प्यारी। **~दुश्मन**—पु. कट्टर शत्रु, प्राण लेने को तैयार रहने वाला शत्रु।

जानु—पु. [सं.] घुटना।

ज़ानू—पु. [फा.] घुटना; जाँघ। **~पोश**—पु. वह कपड़ा जिसे मुसलमान खाते समय जाँघ पर बिछा लेते हैं।

जाने—अ. पता नहीं कि ('जाने तूने क्या कहा, जाने तूने क्या सुना')।

जानो—अ. मानो, जैसे।

जानोईमान—पु. [अ.] जान और ईमान, प्राण और धर्म।

जाप—पु. [सं.] जप।

जापक—वि. [सं.] जप करने वाला।

जापा—पु. प्रसूति अवस्था, प्रसव के बाद का समय (पहले 40 दिन का होता था)।

जापान—पु. पूर्वी एशिया का एक प्रमुख देश, राजधानी तोक्यो।

जापानी—वि. जापान का, जापान से संबद्ध। पु. जापान वासी। स्त्री. जापान की भाषा।

जापी—वि. [सं.] जप करने वाला।

जाप्य—वि. [सं.] जप करने योग्य।

ज़ाफ़रान—पु. [अ.] केसर।

ज़ाफ़रानी—वि. केसरिया, केसर के रंग का।

जॉब—[अं.] काम, व्यवसाय।

ज़ाबता—पु. [अ.] द्र. 'ज़ाबिता'।

जाबाल—पु. [सं.] एक ऋषि, इनकी माता का नाम जाबाला था।

जाबालि—पु. [सं.] एक ऋषि, उप-स्मृतिकार; दशरथ के एक पुरोहित इन्होंने रामचंद्र को वन से लौट जाने के लिए समझाया था।

ज़ाबित—वि. [अ.] जब्त, धैर्य रखने वाला, सहनशील; नियामक; रक्षक।

ज़ाबिता—पु. [अ.] नियम, कायदा; रीति, दस्तूर, विधि। **~(तए) अदालत**—पु. अदालती कार्रवाई। **~दीवानी**—पु. दीवानी अदालतों की कार्रवाई। **~फौजदारी**—पु. फौजदारी अदालतों की कार्रवाई। **~माल**—पु. माल अदालतों की कार्रवाई।

जाबिर—पु. [अ.] जब्र करने वाला, अत्याचारी, अन्यायी, क्रूर।

जा बेजा—वि. [फा.] उचित-अनुचित।

ज़ाब्ता—पु. द्र. 'ज़ाबिता'।

जाम—वि. [अं.] अवरुद्ध ('ट्रैफिक जाम')।

जाम—पु. पहर, याम (आठों जाम)।

जाम—पु. [फा.] प्याला; शराब का प्याला; खुरासान का एक नगर। **~(मे) सहित, सेहत**—पु. किसी के स्वास्थ्य अथवा शुभकामनाओं के लिए पिया जाने वाला शराब का प्याला।

जामदग्न्य—पु. [सं.] जमदग्नि के पुत्र, परशुराम।

जामदानी—स्त्री. [फा.] कपड़ा रखने का संदूक (जमादानी); चमड़े का संदूक; एक पतला कपड़ा।

जामन—पु. 'जामुन' का बोलचाल में प्रयुक्त रूप; दूध को जमाने के लिए डाली जाने वाली दही।

जामवंत—पु. द्र. 'जांबवान'।

जामा—स्त्री. [सं.] बेटी; पुत्रवधू।

जामा—पु. [फा.] कपड़ा, पहनावा; दूल्हे को पहनाये जाने वाला अँगरखा जैसा वस्त्र। **~वार**—पु. वह ऊनी शॉल जिसकी सारी ज़मीन पर बूटे कढ़े हुए हों। **मु. ~से बाहर होना**—क्रोध में आपा खोना, बहुत अधिक क्रुद्ध होना।

जामाता—पु. [सं.] दामाद, कन्या का पति, स्वामी।

जामातु*—पु. द्र. 'जामाता'।

जामातृक—पु. [सं.] दामाद।

जामि—स्त्री. [सं.] बहन; बेटी; पतोहू; निकट संबंध वाली स्त्री।

जामित्र—पु. [सं.] कुंडली में लग्न से सातवाँ स्थान। **~वेध**—पु. एक अशुभ योग।

ज़ामिन—पु. [फा.] जमानत करने वाला; दायित्व लेने वाला।

जामिनी—स्त्री. द्र. 'यामिनी'।

जामुन—पु. वर्षा ऋतु में होने वाला प्रायः काले, जामुनी रंग का एक फल; उसका पेड़।

जामुनी—वि. जामुन के रंग का, ईषत् लालिमा लिये हुए पक्का काला रंग।

जामेय—पु. [सं.] भानजा (भांजा), बहन का बेटा।

जामेवार—पु. [फा.] बेल-बूटेदार दुशाला, जिसकी पूरी ज़मीन पर बेल-बूटे कढ़े हों।

जाय*—अ., वि. व्यर्थ, बेकार; उचित, वाजिब, ठीक ('जाय-बेजाय')।

जायक—पु. [सं.] पीला चंदन।

ज़ायका—पु. [अ.] स्वाद, आनन्द।

ज़ायचा—पु. [फा.] जन्म-पत्री; रमल में बनाये जाने वाली कुंडली।

जायज़—वि. [अ.] उचित, मानने योग्य, मुनासिब।

जायज़ा—पु. [अ.] परख; जाँच-पड़ताल (देना, लेना)।

ज़ायद—वि. [अ.] ज्यादा, अधिक; अतिरिक्त, फालतू।

जायदाद—स्त्री. [फा.] संपत्ति, भूमि, धन, माल, आदि।

जायफल—पु. एक सुगंधित फल जो सूखे हुए रूप में मसाले और दवा के रूप में काम में लाया जाता है।

जायस—पु. रायबरेली ज़िले में एक स्थान, प्रसिद्ध सूफी कवि मलिक मुहम्मद जायसी का जन्म स्थान।

जायसी—पु. (रायबरेली के अंतर्गत) जायस का रहने वाला; प्रसिद्ध सूफी कवि मलिक मुहम्मद जायसी।

जाया*—वि. उत्पन्न किया हुआ।

जाया—स्त्री. [सं.] पत्नी।

ज़ाया—वि. [अ.] नष्ट, बरबाद, व्यर्थ (करना, जाना, होना)।

जाइ*—वि. नाशक। पु. जाल।

जार—पु. [सं.] परस्त्री से प्रेम करने वाला; उपपति। **~कर्म**—पु. व्यभिचार।

जार—पु. [रूसी/अं.] रूस के पुराने बादशाहों की उपाधि। **~कालीन**—वि. जार के समय (1917 से पहले) का।

जार—[अं.] शीशे, आदि का बना पात्र, मर्तबान।

जारक—वि. [सं.] क्षय करने वाला; पाचन बढ़ाने वाला।

जारण—पु. [सं.] गलाना; पचाना; जीर्ण-शीर्ण करना; किसी धातु को शोधन; पारे का एक संस्कार।

जारणी—स्त्री. [सं.] सफेद जीरा।

जारिणी—स्त्री. [सं.] जार से प्रेम करने वाली स्त्री, कुलटा।

जारी—स्त्री. जारकरन।

जारी—वि. [अ.] बहता हुआ, चलता हुआ, प्रचलित; बना हुआ। **~करना**—निकालना, चलाना; आरंभ करना।

जारूथ्य—पु. [सं.] अश्वमेध यज्ञ का भेद।

जार्जेट—पु. [अं.] एक विशेष प्रकार का कपड़ा।

जालंधर—पु. [सं.] द्र. 'जलंधर'। **~बंध**—पु. हठयोग की एक मुद्रा।

जालंधरी विद्या—स्त्री. इंद्रजाल, जादू।

जाल—पु. [सं.] एक में बुने या गुँथे हुए बहुत से धागों का समूह, तार या धागों, सूत, आदि का वह पट जिसको मछलियों, चिड़ियों, आदि को पकड़ने के काम में लाया जाता है।

जाल—पु. [अ.] किसी चीज़ की नकल जो धोखा देने के लिए की जाए, दूसरे की लिखावट या हस्ताक्षर की नकल। **~साज़**—पु. जाल, छल करने वाला। **~साज़ी**—स्त्री. छल करना, नकली दस्तावेज, हस्ताक्षर, आदि बनाना। **ला.** किसी को फँसाने के लिए चली गई चाल या कोई कार्रवाई।

जाला—पु. मकड़ी का बुना हुआ जाल; घास-भूसा, आदि बाँधने का जाल; आँखों का एक रोग जिसमें पुतली पर झिल्ली-सी पड़ जाती है।

जालाक्ष—पु. [सं.] झरोखा।

जालिक—पु. [सं.] मछुवा; बहेलिया; ठग।

ज़ालिम—वि. [अ.] जुल्म करने वाला, अत्याचारी, क्रूर; निर्दय, निष्ठुर।

ज़ालियाना—वि. अत्याचारपूर्ण, क्रूरतापूर्ण।

जालिया—वि. जालसाज़।

जाली—वि. नकली, झूठा (दस्तावेज़, नोट, आदि)। स्त्री. ऐसी बुनावट की लकड़ी या पत्थर या लोहे की बनी ऐसी ही बुनावट जिसको खिड़कियों, आदि में जड़ा जाता है; ऐसी ही बुनावट का कपड़ा (मसेहरी, आदि में)।

जावक—पु. महावर, आलता, अलक्तक।

जावत—वि., अ. द्र. 'यावत्'।

जावन*—पु. द्र. 'जामन'।

जावन्य—पु. [सं.] वेग, तेज़ी; शीघ्रता।

जावा—पु. पूर्वी एशिया का एक बड़ा द्वीप, यवद्वीप।

जावित्री—स्त्री. जायफल का छिलका, मसाले और दवा रूप में प्रयुक्त।

जासु*—सर्व. जिसका।

जासूस—पु. छिप कर भेद लेने वाला; अपराध, आदि का गुप्त रूप से पता लगाने वाला; मुखबिर।

जासूसी—स्त्री. जासूस का काम; मुखबिरी।

जाहर*—वि. द्र. 'ज़ाहिर'।

ज़ाहिद—पु. [अ.] जप-तप, संयम-नियम करने वाला व्यक्ति; जितेंद्रिय; सूफी साधना में साधक की एक स्थिति।

ज़ाहिर—वि. [अ.] प्रकट, खुला हुआ। पु. बाह्य रूप। **~पीर**—पु. एक पीर।

ज़ाहिरा—अ. ऊपर से देखने में, प्रकटतः। **~तौर पर**—ऊपर से देखने में, प्रकटतः।

ज़ाहिरी—वि. ऊपरी, बाह्य, दिखाऊ।

जाहिल—वि. [अ.] मूर्ख; असभ्य, गँवार; अपढ़।

जाहिली—स्त्री. मूर्खता; असभ्यता, **गँवारूपन**।

जाहिलीयत—स्त्री. जाहिल होना, मूर्खता, अज्ञानता; असभ्यता, गँवारूपन; अरब में इसलाम की स्थापना से पहले का काल।

जाहीं*—स्त्री. जहाँ।

जाह्नवी—वि. [सं.] गंगा, जह्नु ऋषि से जन्मी हुई।

जिंक—स्त्री. [सं.] एक धातु।

जिंदगानी—स्त्री. [फा.] जिंदगी।

ज़िंदगी—स्त्री. [फा.] जीवन, जीवित होना; आयु; सजीवता। **~भर**—अ. आजीवन।

ज़िंदा—वि. [फा.] जीता हुआ, जीवित; सजीव; प्रफुल्ल, हरा-भरा। **~दिल**—वि. प्रसन्नचित्त; विनोदी वृत्ति का; उत्साही। **~दिली**—स्त्री. जिंदादिल होना।

जिंवाना—स.क्रि. द्र. 'जिमाना'।

जिंस—स्त्री. [अ.] वस्तु; व्यापार की चीज़ें; गल्ला, फसल, पैदावारी।

जिआना*—स.क्रि. जलाना; पालना।

जिऑलजी—[अं.] भू-विज्ञान, भौमिकी, भूगर्भ विज्ञान।

जिऑलजिकल—[अं.] भू-विज्ञान संबंधी, भूगर्भ विषयक।

जिऑलजिस्ट—[अं.] भू-वैज्ञानिक, भूगर्भ वेत्ता, भूगर्भ शास्त्री।

जिउ*—पु. द्र. 'जीव'।

जिउतिया—स्त्री. द्र. 'जिताष्टमी'।

ज़िक्र—पु. [अ.] चर्चा; वर्णन; स्मरण; ईश्वर का नाम जप।

जिगत्लु—पु. [सं.] प्राण वायु।

जिगयिषा—स्त्री. [सं.] जाने की इच्छा।

जिगयिषु—वि. [सं.] जाने की इच्छा करने वाला।

जिगर—पु. [फा.] कलेजा, यकृत; हिम्मत, साहस, जीवट; किसी वस्तु का मुख्य भाग। **मु. ~के टुकड़े होना**—दिल पर भारी सदमा, दुःख होना। **~थाम कर बैठ जाना**—असहनीय दुःख, विपत्ति से व्याकुल होना।

जिगरा—पु. साहस, जीवट।

जिगरी—वि. [फा.] जिगर का, दिली, अंतरंग (यार, दोस्त)।

जिगीषा—स्त्री. [सं.] जीतने की इच्छा, जय की अभिलाषा, प्रकर्ष, उद्यम।

जिगीषु—वि. [सं.] विजय की इच्छा रखने वाला।

जिघत्सा—स्त्री. [सं.] भोजन की इच्छा, भूख।

जिघत्सु—वि. [सं.] भोजन की इच्छा करने वाला, इच्छा।

जिघांसक—वि. [सं.] वध का इच्छुक; शत्रु।

जिघांसा—स्त्री. [सं.] मार डालने की इच्छा; प्रतिहिंसा।

जिघांसु—वि. [सं.] मार डालने की इच्छा रखने वाला; शत्रु; घातक।

जिघृक्षा—स्त्री. [सं.] पकड़ने की इच्छा।

जिघृक्षु—वि. [सं.] पकड़ने का इच्छुक।

जिघ्र—वि. [सं.] सूँघने वाला; संदेह करने वाला; देखने-समझने वाला।

ज़िच—स्त्री. मजबूरी, विवशता; शतरंज में एक चाल; किसी मामले में आगे बढ़ने का रास्ता बंद हो जाना, गतिरोध।

जिजिया—स्त्री. बड़ी बहन।

जिज़िया—पु. [अ.] मुसलमान शासकों द्वारा हिंदुओं पर लगाया गया एक कर।

जिजीविषा—स्त्री. [सं.] जीने की उत्कट, तीव्र इच्छा।

जिजीविषु—वि. [सं.] जीने की उत्कट इच्छा रखने वाला।

जिज्ञापयिषा—स्त्री. [सं.] जताने की इच्छा।

जिज्ञापयिषु—वि. [सं.] जताने का इच्छुक।

जिज्ञासा—स्त्री. [सं.] जानने, ज्ञान की इच्छा।

जिज्ञासित—वि. [सं.] पूछा हुआ, जिसकी जिज्ञासा की गई हो।

जिज्ञासु—वि. [सं.] जानने का इच्छुक, ज्ञान-पिपासु; खोजी।

जिज्ञास्य—वि. [सं.] जिज्ञासा करने योग्य।

जिठानी—स्त्री. द्र. 'जेठानी'।

जिठौत (जेठोत)—पु. जेठ का लड़का।

जित—वि. [सं.] जीता हुआ, पराजित; वश में किया हुआ। **~कोप, ~क्रोध, ~मन्यु**—वि. जिसने क्रोध को जीत लिया हो, क्रोध रहित।

जित*—अ. [ब्र.भा.] जिधर, जिस ओर।

जितना—वि. जिस मात्रा का, जिस परिमाण में।

जितवाना—स.क्रि. द्र. 'जिताना'।

जितवैया—पु. जीतने वाला।

जिताक्ष—वि. [सं.] जितेंद्रिय।

जिताक्षर—वि. [सं.] अच्छा पढ़ने-लिखने वाला।

जितात्मा—वि. [सं.] जिसने अपने मन, इंद्रियों को वश में कर लिया हो।

जिताना—स.क्रि. जीने का कारण होना, जीतने में सहायता करना।

जितारि—वि. [सं.] जिसने अपने शत्रुओं या काम, क्रोध, आदि शत्रुओं को जीत लिया हो। पु. भगवान बुद्ध, उनकी एक उपाधि।

जिताष्टमी—स्त्री. [सं.] पुत्र की दीर्घायु कामना का व्रत, यह आश्विन-कृष्णाष्टमी को रखा जाता है।

जिताहार—वि. [सं.] जिसने भोजन की इच्छा पर विजय प्राप्त कर ली हो।

जिति—स्त्री. [सं.] जीत, जय; प्राप्ति।

जितुम—पु. [सं.] मिथुन राशि।

जितेंद्रिय—वि. [सं.] जिसने अपनी इंद्रियों को वश में कर लिया हो।

जितै*—अ. [ब्र.भा.] जिस ओर।

जितैया*—पु. जीतने वाला।

जित्—वि. [सं.] ...को जीतने वाला (समासान्त में प्रयुक्त—इन्द्रजित्, आदि)।

जित्तम, जित्म—पु. [सं.] मिथुन राशि।

जित्य—वि. [सं.] जेय, जीतने योग्य।

जित्वर, जित्वा—वि. [सं.] जीने वाला, जयशील।

ज़िद—स्त्री. [अ.] हठ, अड़; विपरीत, विरुद्ध, उलटा; वैमनस्य, रंजिश।

जिद्दन—अ. [अ.] ज़िद करके, हठ-वश।

जिद्दी—वि. ज़िद करने वाला, हठी।

जिधर—अ. जिस ओर; जहाँ। **~किधर**—अ. जहाँ-तहाँ।

जिन—सर्व. 'जिस का' बहु.।

जिन—पु. [सं.] जैन तीर्थंकर; बुद्ध; विष्णु।

जिन, जिन्न—पु. [अ.] भूत-प्रेत; आसुरी शक्ति; अड़ियल; हठी आदमी; आसुरी बल-पौरुष वाला आदमी।

ज़िना—पु. [अ.] परस्त्री गमन या परपुरुष गमन, व्यभिचार, बदकारी। **~कार**—वि. व्यभिचार। **~कारी**—स्त्री. व्यभिचार।

जिना (मुहम्मद अली)—पु. प्रसिद्ध भारतीय मुस्लिम नेता (1879-1948 ई.), पाकिस्तान की स्थापना का मुख्य श्रेय इन्हीं को, विभाजन के पश्चात् 1947 ई. में पाकिस्तान के प्रथम गवर्नर जनरल।

जिनिस—स्त्री. द्र. 'जनी'।

जिनेंद्र—पु. [सं.] एक जैन मुनि, बुद्ध की एक उपाधि, बुद्ध।

जिन्नात—पु. [अ.] 'जिन' (भूत-प्रेत) का बहु.।

जिन्नाती—वि. जिन, भूत-प्रेत का, से संबंधित।

जिन्हें—सर्व. 'जिसको' का बहु.।

जिप (ज़िप)—पु. [अं.] पेंट, जरसी, आदि में लगाई जाने वाली कपड़े में लगी चेन।

जिप्सम—पु. [अं.] चूने के सल्फेट का एक खनिज पदार्थ।

जिप्सी—पु. [अं.] खानाबदोश, बनजारा; कंजर; एक विशेष प्रकार की गाड़ी जो पीछे से प्रायः खुली होती है।

जिबह—पु. गला काटना, हलाल करना। **ला.** किसी को पूरी तरह मार देना; गाली रूप में भी प्रयुक्त।

जिब्रील—पु. खुदा का एक फ़रिश्ता।

जिब्हा*—स्त्री. द्र. 'जिह्वा'।

जिभ्या*—स्त्री. द्र. 'जिह्वा'।

जिम—[अं.] व्यायामशाला।

जिमख़ाना—पु. [अं.] व्यायामशाला।

जिमनास्टिक—पु. [अं.] व्यायाम कला।

जिमाना—स.क्रि. भोजन खिलाना, कराना (धार्मिक कृत्य या सामाजिक आयोजन—बरात, आदि में)।

जिमि*—अ. [ब्र.भा.] जैसे ('इन्द्र जिमि जम्भ पर')।

ज़िम्मा—पु. [अ.] उत्तरदायित्व, जिम्मेदारी, प्रतिभूति; ज़मानत। **(म्मे) ~दार**—वि. उत्तरदायी, जवाबदेह। **(म्मे) ~दारी**—स्त्री. उत्तरदायित्व, जवाबदेही। **(म्मे) ~वार**—वि. ज़िम्मेदार, उत्तरदायी। **(म्मे) ~वारी**—स्त्री. उत्तरदायित्व, ज़िम्मेदारी, जवाबदेही।

ज़िम्मी—पु. [अ.] इसलामी राज्य में ग़ैर मुस्लिम।

जिय*—पु. [ब्र.भा.] जी, जीव।

जियन*—पु. [ब्र.भा.] जीवन।

जियरा*—पु. जीव।

ज़िया—स्त्री. [अ.] सूर्य का प्रकाश, प्रभा; रत्न की कांति।

ज़ियादत—स्त्री. [अ.] अधिकता; जुल्म, ज़बरदस्ती।

ज़ियादती—स्त्री. द्र. 'ज़ियादत'।

ज़ियादा—वि. [अ.] अधिक, बहुत, फालतू। **~तर**—वि. अधिकतर।

ज़ियान—पु. [फ़ा.] हानि, नुकसान, टोटा।

जियाना*—स.क्रि. द्र. 'जलाना'।

ज़ियाफ़त—स्त्री. [अ.] दावत, भोजन से सत्कार; आतिथ्य।

ज़ियारत—स्त्री. [अ.] साधु-संत; देवमूर्ति के दर्शन करने जाना; तीर्थयात्रा। **~गाह**—पु. श्रद्धापूर्ण दर्शनीय स्थान, दरगाह।

ज़ियारती—वि. ज़ियारत करने वाला, तीर्थयात्री, दर्शनार्थी।

जिरण—पु. [सं.] ज़ीरा।

जिरह—स्त्री. अदालत में वकीलों द्वारा की जाने वाली बहस, तर्क-वितर्क; चीरा; घाव।

ज़िरत—स्त्री. [फ़ा.] फौलाद की कड़ियों का बना हुआ कवच, ज़िरह बख़्तर।

ज़िराअत—स्त्री. [अ.] खेती, कृषि-कार्य। **~पेशा**—वि. कृषि-जीवी, खेतिहर।

जिरात*—स्त्री. द्र. 'जिराअत'।

जिराफ़—पु. [अ.] प्रायः अफ्रीका के जंगलों में पाये जाने वाला एक जानवर जिसकी गरदन ऊँट जैसी लंबी और उसकी खाल पर बड़े-बड़े लाल-पीले या भूरे चकत्ते होते हैं, चौपायों में यह सबसे ऊँचा होता है, नर जिराफ़ की तो ऊँचाई कभी-कभी 18 फीट से भी अधिक होती है।

जिराफ़ा—पु. द्र. 'जिराफ़'।

जिरायत—स्त्री. [अ.] द्र. 'ज़िराअत'।

जिला—स्त्री. [अ.] माँज कर या रोगन, पॉलिश, आदि को चढ़ाकर किसी वस्तु को चमकाना।

ज़िला—पु. [अ.] प्रांत का वह भाग जो किसी एक प्रशासनिक अधिकारी, उपायुक्त ('डिप्टी कमिश्नर' या 'कलक्टर') के अधीन होता है, (डिस्ट्रिक्ट')। **(ले) ~दार**—पु. नहर विभाग में एक पद; जमींदार का कर्मचारी जो गाँव में लगान वसूली का काम करता था।

जिलाट—पु. [सं.] प्राचीन काल का एक बाजा।

जिलाधिकारी—पु. [सं.] ज़िले का प्रशासक, उपायुक्त ('डिप्टी कमिश्नर' या 'कलक्टर')।

जिलाधीश—पु. [सं.] द्र. 'जिलाधिकारी'।

जिलाना—स.क्रि. मरे हुए को जिंदा करना, मरने से बचाना, जीवन देना।

जिलेटिन—स्त्री. [अं.] सरेस।

जिल्द—स्त्री. [अ.] खाल, त्वचा; पुस्तक की सुरक्षा के लिए चिपकाया हुआ गत्ता, गत्ते को आवरण रूप देना; पुस्तक का अलग खंड ('वॉल्यूम')। **~बंदी**—स्त्री. जिल्द बाँधने, बनाने का काम। **~साज़**—पु. जिल्द बनाने वाला। **~साज़ी**—स्त्री. जिल्दबंदी।

ज़िल्लत—स्त्री. [अ.] बेइज्जती; हीनता; दुर्गति। **ला. ~उठाना**—अपमानित होना; लज्जित होना।

जिव*—पु. द्र. 'जीव'।

जिवाँना—स.क्रि. द्र. 'जिमाना'।

जिवाजिव—पु. [सं.] चकोर पक्षी।

जिवाना*—स.क्रि. जिलाना।

जिष्णु—वि. [सं.] जीतने वाला, जयशील। पु. विष्णु; सूर्य; इंद्र; अर्जुन।

जिस—सर्व. 'जो' का विभक्ति लगकर बनने वाला रूप—जिसने, जिसको, आदि।

जिसिम—पु. द्र. 'जिस्म'।

जिस्ता—पु. द्र. 'दस्ता'।

जिस्म—पु. [अ.] शरीर, देह, बदन; ठोस चीज़।

जिस्मानी—वि. [अ.] शारीरिक, देह संबंधी।

ज़िस्मी—वि. शारीरिक।

ज़िहन—पु. द्र. 'ज़ेहन'।

जिहाद—पु. [अ.] (मुसलमानों के अनुसार) धर्मयुद्ध, वह युद्ध जो धर्म की रक्षा के लिए काफ़िरों से लड़ा जाए।

जिहादी—वि. धर्मयुद्ध, जिहाद करने वाला।

जिहानक—पु. [सं.] प्रलय।

जिहालत—स्त्री. द्र. 'जहालत'।

जिहासा—स्त्री. [सं.] त्यागने, छोड़ने की इच्छा।

जिहासु—वि. [सं.] त्याग करने का इच्छुक।

जिहीषी—स्त्री. [सं.] हरण करने, छीन लेने की इच्छा।

जिहीर्षु—वि. [सं.] हरण का इच्छुक।

जिहेज़—पु. [अ.] द्र. 'जहेज़'।

जिह्माक्ष—वि. [सं.] ऐंचाताना; जिसकी आँख में भेंगापना हो।

जिह्वा—स्त्री. [सं.] जीभ, रसना; आग की लपट। **~मूल**—पु. जीभ की जड़। **~मूलीय**—पु. जिह्वामूल से उच्चरित वर्ण। **~लोलुप**—वि. चटोरा।

जिह्वाग्र—पु. [सं.] जो जीभ की नोक पर हो।

जी—अ. किसी के नाम या संबंधसूचक शब्द के साथ लगाये जाने वाला आदरसूचक शब्द (सुरेंद्रजी, चाचाजी, आदि); बड़ों से बातचीत करते समय समर्थन सूचक, बात की स्वीकृति के लिए अथवा प्रश्नवाचक रूप में प्रयुक्त शब्द। पु. जान, जीव; मन, चित्त; तबीयत। **ला./मु. ~उचटना (उछटना)**—किसी काम में या किसी स्थान पर दिल न लगना। **~करना**—इच्छा होना, दिल चाहना। **~हलका हो जाना**—चिंता या आशंका दूर हो जाना; तबीयत, स्वास्थ्य बेहतर हो जाना। **~को रोग लगना**—किसी बात की चिंता रहना। **~जलाना**—सताना; कुढ़ाना। **~जानता है**—अपना दिल ही जानता है, समझता है। **~जान लड़ाना**—खूब दत्तचित्त होकर काम करना; खूब परिश्रम करना। **~तरसना**—किसी चीज़ को पाने के लिए लालायित होना। **~बहलना**—किसी दु:ख में किसी बात से थोड़ी प्रसन्नता अनुभव करना। **~भर कर**—जितना जी, मन चाहे, यथेच्छ। **~लगना**—दिल लगना। **~लगाना**—मन लगाना। **~लगा होना**—(किसी स्थान पर) मन लगा रहना, प्रसन्न रहना। **~ललचाना**—किसी चीज़ को पाने या भोगने की प्रबल इच्छा।

जीअ, जीउ*—पु. द्र. 'जी', 'जीव'।

जीअन*—पु. द्र. 'जीवन'।

जी.एन.—[अं.] जनरल मैनेजर।

ज़ीक़ाद—पु. [अ.] हिजरी सन् का ग्यारहवाँ महीना।

जीजा—पु. बड़ी बहन का पति।

जीजी—स्त्री. बड़ी बहन।

जीजू—पु. बड़ी बहन के पति लिए संबोधन।

जीत—स्त्री. विजय, सफलता; लाभ।

जीतना—स.क्रि. विजय प्राप्त करना, विपक्षी को हराना; दमन करना; वश में लाना (इंद्रियों, आदि को)।

जीता—वि. जीता हुआ; जिंदा। **~जागता**—वि. भला-चंगा, सशक्त, सतेज।

जीति—स्त्री. [सं.] विजय; क्षति, क्षय।

जीन—वि. [सं.] जीर्ण, क्षीण; वृद्ध। पु. चमड़े का थैला।

ज़ीन—पु. [फा.] काठी, घोड़े, ऊँट, आदि पर बैठने के लिए चमड़े, आदि का बना आधार; एक मोटा कड़ा सूती कपड़ा।

ज़ीनत—स्त्री. [अ.] सजावट, शृंगार, शोभा।

जीना—अ.क्रि. जीवित अवस्था में होना, देह में प्राण, साँस बना रहना; जिंदा होना, जीवन-यात्रा करना।

ज़ीना—पु. [फा.] घर में छत के ऊपर चढ़ने के लिए बनाई गई सीढ़ियाँ, सोपान।

जीन्स—स्त्री. [अं.] पैंटनुमा मोटे कपड़े का पहनने का वस्त्र।

जीप—स्त्री. [अं.] एक विशेष प्रकार की कार।

जीभ—स्त्री. मुँह के भीतर स्थित वह मांसल अंग जो खाद्य पदार्थों, रसों का स्वाद चखने और मनुष्यों में बोलने का साधन; जिह्वा, रसना, ज़बान; कलम या पैन, आदि की नोक जिससे लिखा जाता है।

जीभी (जिब्भी)—स्त्री. ताँबे, पीतल, आदि की बनी पतरी-सी जिससे जीभ का मैल साफ किया जाता है।

जीमखाना—पु. [अं.] खेल-कूद का क्लब, व्यायामशाला।

ज़ीमना—स.क्रि. भोजन करना।

जीमूत—पु. [सं.] बादल; पर्वत; इंद्र; सूर्य; एक ऋषि।

जीभ*—पु. द्र. 'जी', 'जीव'।

जीयट—पु. द्र. 'जीवट'।

जीयति*—स्त्री. जीवन।

जीर—पु. [सं.] ज़ीरा।

जीरक, जीरण—पु. [सं.] ज़ीरा।

जीरण, जीरन*—वि. द्र. 'जीर्ण'।

ज़ीरा—पु. एक सुगंधित बीज, मसाले और दवा के रूप में प्रयुक्त होता है; इसका पौधा।

जीरो—[अं.] शून्य, सिफर; कुछ नहीं (बिलकुल समाप्त—जीरो बैलेंस)।

जीर्ण—वि. [सं.] बूढ़ा, जरायुक्त; पुराना; फटा-पुराना, जर्जर, ढहता हुआ। पु. वृद्ध व्यक्ति, बुढ़ापा; क्षीणता।

जीर्णक—वि. [सं.] मुरझाया हुआ या लगभग सूखा हुआ।

जीर्णा—वि., स्त्री. [सं.] वह स्त्री जो वृद्ध, जर्जर हो गई हो।

जीर्णोद्धार—पु. [सं.] जीर्ण-शीर्ण, फटी-टूटी चीज़, भवन, पुरातन मंदिर, कुएँ, तालाब, आदि की मरम्मत, पुनर्निर्माण ('रिनोवेशन')।

जीवंत—वि. [सं.] जीवित, जीता हुआ; दीर्घायु; सशक्त (कविता, आदि)।

जीवंती—वि., स्त्री. [सं.] जीती हुई, जिंदा।

जीव—पु. [सं.] प्राण, जान; जीवात्मा, आत्मा; प्राणी; जीवधारी। **~जंतु**—पु. छोटे प्राणी, कीड़ा-मकोड़ा। **~जगत**—पु. प्राणी जगत, सचेतन जगत।

जीवक—पु. [सं.] प्राण धारक, अष्टवर्ग (आयु.) के अंतर्गत एक जड़ी-बूटी।

जीवट—पु. हिम्मत, साहस; बहादुरी; लगन; तीव्र जीवन-इच्छा।

जीवत्—वि. [सं.] द्र. 'जीवन'।

जीवधारी—पु. [सं.] प्राणी; जीव-जंतु, पशु।

जीवन—पु. [सं.] जीवित रहने का भाव, जन्म से मृत्यु तक का समय, जिंदगी; जीवत रखने वाली वस्तुएँ जैसे—हवा, पानी, अन्न। **~चरित, ~चरित्र**—पु. जीवन वृत्तांत; वह पुस्तक जिसमें किसी का जीवन वृत्त लिखा हो। **~चर्या**—स्त्री. रहन-सहन का ढंग।

जीवनक—पु. [सं.] अन्न; आहार।

जीवनांत—पु. [सं.] जीवन का अंत, मृत्यु।

जीवनानंद—पु. [सं.] जीवन का सुख।

जीवनी—स्त्री. जीवन चरित, जीवन की गाथा।

जीवनोपयोगी—वि. [सं.] जीवन के लिए लाभदायक।

जीवनोपाय—पु. [सं.] जीविका; (किसी के) प्राण बचाने का उपाय।

जीवनोपार्जन—पु. [सं.] जीविका का साधन, भरण-पोषण के लिए किया जाने वाला कार्य।

जीवनौषध—स्त्री. [सं.] जीवन-बूटी, संजीवनी।

जीवन्—वि. [सं.] द्र. 'जीवन'।

जीवन्मुक्त—वि. [सं.] जीवन में मुक्ति की अवस्था, सांसारिक बंधनों से निवृत्ति।

जीवरा*—पु. जीव।

जीवांतक—पु. [सं.] बहेलिया।

जीवा—स्त्री. [सं.] धनुष की डोरी, प्रत्यंचा।

जीवाणु—पु. [सं.] जीव का अत्यंत सूक्ष्म अणु रूप जो विकसित होकर नये जीव का रूप धारण करता है; जीव-युक्त अणु जो प्राय: अनेक प्रकार के रोग उत्पन्न करते हैं, कीटाणु ('जर्म')।

जीवात्मा—पु. [सं.] जीव, देह में स्थित चैतन्य, व्यक्ति की आत्मा।

जीवाशेष, जीवाश्म—पु. [सं.] मृत जीवों के अवशेष, पुराजीव। **~विज्ञान**—पु. वह विज्ञान जिसमें पुराजीव एवं उनके मिलने के स्थानों का अध्ययन किया जाता है।

जीवास्तिकाय—पु. [सं.] जीव या आत्मा का एक प्रकार (जै.)।

जीविका—स्त्री. [सं.] जीवन-यापन का साधन, रोज़ी-रोटी, वृत्ति।

जीविकार्जन—पु. [सं.] जीविका, रोज़ी कमाना।

जीविकार्थ—वि. [सं.] जीविका, रोज़ी-रोटी के लिए।

जीवकोपार्जन—पु. [सं.] जीविका, रोज़ी-रोटी कमाना।

जीवित—वि. [सं.] जीता हुआ, जिसमें जीवन हो; जिसे पुन: जीवन मिला हो। पु. जीवन; जीवन काल, जीवित, प्राणी। **~काल**—पु. आयु।

जीवितव्य—वि. [सं.] जीवित रखने योग्य। पु. जीवित रहने की संभावना, जीवन।

जीवितांतक—पु. [सं.] शिव।

जीवितावस्था—स्त्री. [सं.] जीते हुए, जीवनावस्था।

जीवितेश—पु. [सं.] प्राणाधार; चन्द्र; सूर्य, यम।

जीवितेश्वर—पु. [सं.] शिव।

जीवी (विन्)—वि. [सं.] जीने वाला (—से जीने वाला। केवल समास में व्यवहृत—जैसे चिरजीवी, दीर्घजीवी, मसिजीवी, श्रमजीवी, आदि)। पु. जीवधारी।

जीवेश—पु. [सं.] परमात्मा।

ज़ीस्त—स्त्री. [फा.] जीवन, जिंदगी।

जीह, जीहा*—स्त्री. द्रे. जिह्वा।

जीहि, जीही*—स्त्री. द्र. 'जीभ'।

जुंबिश—स्त्री. [फा.] गति, हरकत, हिलना-डुलना।

ज*—अ., सर्व. द्र. 'जो'।

जुअती*—स्त्री. द्र. 'युवती'।

जुआँ—पु. द्र. 'जूँ'।

जुआ—पु. हल, बैलगाड़ी, ताँगे, बुग्गी, आदि में बैलों, आदि के जोड़ने के लिए उनके कंधे पर रखी जानी कसी लकड़ी; बाजी लगा कर खेला जाने वाला (ताश, चौपड़, आदि का) खेल, द्यूत। **~ख़ाना**—पु. जुआ खेलने का स्थान, अड्डा।

जुआड़ी—पु. जुआरी, जुआ खेलने वाला।

जुआर—स्त्री. द्र. 'ज्वार'। **~भाटा**—पु. द्र. 'ज्वारभाटा'।

जुआरी—पु. जुआ खेलने वाला।

जुइं—स्त्री. छोटी जूँ।

जुएबाज़—पु. [फा.] जुआरी जिसे जुए की लत लग गई हो।

जुएबाज़ी—स्त्री. [फा.] जुआ खेलने की लत।

जुकाम—पु. [अ.] सर्द-गर्म हो जाने से लगने वाला नाक का रोग जिसमें नाक बहती है, छींकें आती हैं (साथ में ज्वर, आदि भी हो जाता है)।

जुग—पु. 'युग' का अपभ्रंश रूप, युग, पीढ़ी, युग्म। **~जुग**—अ. सदा, युगों तक।

जुगत—स्त्री. युक्ति; उपाय; चतुराई।

जुगती—वि. जोड़-तोड़ करने वाला; चतुर सुजान।

जुगनी—स्त्री. द्र. 'जुगनू'।

जुगनू—पु. एक कीड़ा, अँधेरे में पंखों से रोशनी टिमटिमाता है, खद्योत।

जुगम—वि. द्र. 'युग्म'।

जुगल—वि. द्र. 'युगल'।

जुगाड़—पु. किसी कार्य को संपन्न करने के लिए जुटाई गई सामग्री, साधन; मोटर साइकिल पर बनाया गया टैंपो जैसा यात्री-वाहक वाहन।

जुगाल—पु. द्र. जुगाली।

जुगालना—अ.क्रि. जुगाली करना, पागुर करना।

जुगाली—स्त्री. गाय, बैल, भैंस, आदि पशुओं द्वारा खाये हुए चारे को थोड़ा-थोड़ा पेट से वापिस मुँह में लाकर आराम से चबाना, रोमंथ; किसी विषय को बार-बार चर्चित-चर्वण करना।

जुगुत, जुगुति*—स्त्री. द्र. 'युक्ति'।

जुगुप्सक—पु. [सं.] निंदा करने वाला, घृणा करना।

जुगुप्सन—पु. [सं.] निंदा करना; घृणा करना।

जुगुप्सा—स्त्री. [सं.] घृणा; निंदा, बीभत्स रस का स्थायी भाव।

जुगुप्सित—वि. [सं.] निंदित; घृणित।

जुगुप्सु—वि. [सं.] निंदा, घृणा करने वाला।

जुगुल—वि. द्र. युगल।

जुज़—अ. [फा.] के सिवा, अलावा। पु. [अ.] अंश, टुकड़ा, बहुत छोटा खंड; पुस्तक के अलग छपे हुए कागज़; अध्याय; पुस्तक के 16 पृष्ठ का अंश; (शब्द का शुद्ध रूप 'जुज़्ब' है)। **~बंदी**—स्त्री. पुस्तक के जुज़ों, फर्मों को अलग-अलग लिखने की विधि।

जुज़वी—वि. [अ.] बहुत थोड़ा; छोटा; आंशिक, अंशतः।

जुज्झ*—पु. 'युद्ध', 'युद्ध' का अपभ्रंश।

जुझवाना—स.क्रि. द्र. 'जुझाना'।

जुझाऊ—वि. युद्ध संबंधी; जूझने के लिए उत्प्रेरित करने वाला।

जुझाना—स.क्रि. जूझने को प्रोत्साहित करना।

जुझार*—वि. युद्ध-प्रिय, वीर।

जुझारू—वि. जूझने का हौसला रखने वाला। **~मुद्रा**—स्त्री. जूझने के लिए तैयार रहने वाला भाव।

जुट—स्त्री. गुट; जोड़ा; युग्म।

जुटना—अ.क्रि. (काम में) लग जाना; चिमटना, गुँथ जाना, इकट्ठा होना (भीड़, समूह का)।

जुटाना—स.क्रि. इकट्ठा करना; प्रबंध करना; पास पहुँचाना।

जुटाव—पु. जमाव, इकट्ठा होना।

जुट्टी—स्त्री. गड्डी (धनिए या ऐसे ही छोटे पौधों, आदि की); जूड़ा।

जुठारना, जुठालना—स.क्रि. जूठा करना, जूठा करके छोड़ देना।

जुठिहारा—पु. जूठा खाने वाला।

जुड़ना—अ.क्रि. इकट्ठा होना; किसी व्यक्ति या संस्था से सम्बद्ध होना।

जुड़वाँ—वि. जुड़े हुए; युग्म रूप में। पु. एक साथ पैदा हुए दो बच्चे।

जुड़वाई—स्त्री. इकट्ठे होने की क्रिया।

जुड़वाना—स.क्रि. मिलवा देना; दो या दो से अधिक वस्तुओं को एकत्रित करवा देना।

जुड़ाना—अ.क्रि. शीतल होना, ठंडा होना। **ला.** तृप्त होना। **मु. ~(हृदय)**—हृदय को शांति प्राप्त होना, सुख अनुभव करना।

जुड़ावना*—स.क्रि. मिलवाना।

जुडीशल—वि. [अं.] न्याय से संबंधित; न्याय-प्रक्रिया से संबंधित; न्यायिक।

जुत*—वि. द्र. 'युक्त'।

जुतना—अ.क्रि. जोता जाना; लगना; काम में जुट जाना।

जुतवाना—स.क्रि. जोतने का काम कराना; घोड़े, बैल, आदि को जुए या ताँगे में लगवा देना।

जुताई—स्त्री. [खेत.] जोतने का काम कराना।

जुताना—स.क्रि. जोतने का काम करवाना।

जुतियाना—स.क्रि. जूते मारना। ला. बुरी तरह अपमानित करना।

जुत्का*—पु. द्र. 'यूथ'।

जुदा—वि. [फा.] अलग; भिन्न, निराला। **~ई**—स्त्री. विदाई, वियोग, अलग होना।

जुद्ध*—पु. द्र. 'युद्ध'।

जुनून—पु. [अ.] द्र. 'जनून'।

जुनूब—पु. [अ.] द्र. 'जनूब'।

जुन्हाई—स्त्री. चाँदनी, चन्द्रिका।

जुन्हैया*—स्त्री. द्र. 'जुन्हाई'।

जुफ़्त—पु. [फा.] जोड़ा, दो समसंख्या।

जुबराज*—पु. 'युवराज'।

जुबली—स्त्री. [अं. 'जुबिली'] उत्सव; जयंती (25वीं जयंती—सिलवर जुबली, रजत जयंती; 50वीं जयंती—गोल्डेन जुबली, स्वर्ण जयंती, आदि)।

जुबानी—वि. द्र. 'ज़बानी'।

जुमला—वि. [अ.] कुल, तमाम, सब। पु. जोड़, सब मिला कर; वाक्य।

जुमहूर—पु. [अ.] जनसमुदाय, जनता, लोक।

जुमहूरियत—स्त्री. [अ.] गणतंत्र, प्रजातंत्र, लोकतंत्र।

जुमहूरी—वि. लोकसत्तात्मक, जनतांत्रिक। **~सल्तनत**—स्त्री. प्रजातंत्र शासन, राज्य।

जुमा—पु. [अ.] शुक्रवार। **~मस्जिद**—स्त्री. वह मस्जिद जिसमें शुक्रवार को दोपहर की सामूहिक नमाज़ पढ़ी जाती है, जामा मस्जिद। **~(मे)रात**—स्त्री. शुक्रवार। **~राती**—वि. जुमेरात को उत्पन्न हुआ।

जुम्मा—पु. द्र. 'जुमा'।

जुयाँग—पु. उड़ीसा की एक जन-जाति।

जुर*—पु. ज्वर।

जुरअत—स्त्री. [अ.] बहादुरी, साहस, मर्दानगी।

जुरना*—अ.क्रि. द्र. 'जुड़ना।

जुरमाना—पु. द्र. 'जुर्माना'।

जुरा*—स्त्री. बुढ़ापा; मृत्यु।

जुराना*—अ.क्रि. ठंडा होना। स. क्र. एकत्र होना।

जुराफा—पु. द्र. 'जिराफ़ा'।

जुरावना*—स.क्रि. द्र. 'जुराना'।

जुरी—स्त्री. हल्का बुख़ार, हरारत।

जुर्म—पु. [अ.] अपराध, वह कर्म जो क़ानून की दृष्टि से अवैध और दंडनीय हो; क्रूर कार्य।

जुर्माना—पु. अर्थदंड, वह राशि जो किसी अपराध के दंडस्वरूप देनी पड़ी।

जुर्रत—स्त्री. द्र. 'जुरअत'।

जुर्राब—स्त्री. [तु.] मौज़ा ('शाक्स')।

जुलना—अ.क्रि. मिलना (केवल 'मिलना' के साथ ही युग्मक रूप में प्रयुक्त होता है)।

जुलफ, जुलुफ*—स्त्री. द्र. 'जुल्फ़'।

जुलम—पु. [अ.] द्र. 'जुल्म'।

जुलाई—स्त्री. [अं.] ईस्वी सन् का सातवाँ महीना, प्रसिद्ध रोमन सम्राट जूलियस सीज़र के नाम पर इस माह का नाम, वह इसी माह में जनमा था।

जुलाब—पु. विरेचन, दस्त कराने वाली दवा।

जुलाहा—पु. कपड़ा बुनने वाला, तंतुवाय। स्त्री. 'जुलाहिन'।

जुलूस—पु. [अ.] शोभा-यात्रा, समारोह के साथ यात्रा, गश्त, चल समारोह; बैठना; राजा, आदि का गद्दी पर बैठना, सुशोभित होना।

जुल्फ़—स्त्री. [फा.] सिर के बल, केश, पट्टा, काकुल, गेसू। **~परीशां**—स्त्री. बिखरे हुए बस (कविता)।

जुल्फ़ी—स्त्री. जुल्फ़ वाला, द्र. जुल्फ़।

जुल्म—पु. [अ.] अत्याचार; अंधेर; अन्याय; ज़बरदस्ती; आफ़त। **~(ल्मे) सितम**—पु. अत्याचार। **मु. ~ढाना, ~तोड़ना**—अत्याचार, अन्याय करना।

जुल्मत—स्त्री. [अ.] अंधकार, तम, तिमिर; अंधकार की कालिमा।

जुल्मात—पु. [अ.] 'जुल्मत' का बहु., अंधकार; वह घोर अंधकार जो सिकंदर को अमृत कुंड तक पहुँचने में पड़ा था।

जुल्मी—वि. जालिम, अत्याचारी।

जुल्लाब—पु. [अ.] जुलाब, विरेचन।

जुवराज—पु. द्र. 'युवराज'।

जुवा—पु. द्र. 'जुआ'।

जुवार—स्त्री. द्र. 'ज्वार'। **~भाटा**—पु. द्र. 'ज्वार भाटा'।

जुवारी—पु. द्र. 'जुआरी'।

जुष्य—वि. [सं.] पूज्य, सेव्य।

जुसाँदा—पु. औटायी हुई दवाओं का पानी, जुकाम, आदि में प्रयुक्त।

जुस्तजू—स्त्री. [फा.] खोज, तलाश।

जुहाना*—स.क्रि. इकट्ठा करना। अ.क्रि. एकत्र होना।

जुहार—स्त्री. प्रणाम, अभिवादन का एक प्रकार।

जुहारना—स.क्रि. अभिवादन करना।

जुहावना*—स.क्रि. एकत्र करना।

जुही—स्त्री. द्र. 'जूही'।

जुहूवान—पु. [सं.] अग्नि; वृक्ष; निष्ठुर व्यक्ति।

जुहू—स्त्री. [सं.] पलाश की लकड़ी का बना यज्ञ पात्र; पूर्व दिशा। मुंबई में एक प्रसिद्ध स्थान।

जुहूर—पु. [अ.] प्रकट होना; नुमाइश।

जुहूवान् (वत्)—पु. [सं.] अग्नि।

जूँ—स्त्री. गंदगी के कारण सिर के बालों या पहनने के अन्तर्वस्त्रों में पैदा होने वाला कीड़ा। **मु. (कानों पर) ~न रेंगना**—किसी बात पर ध्यान न देना; (कोई बात विशेष) न सुनना।

जूँठ, जूँठा—वि. उच्छिष्ट, किसी दूसरे का खाया हुआ।

जूँठन—स्त्री. द्र. 'जूठन'।

जू—स्त्री. [सं.] वातावरण; राक्षसी; सरस्वती।

जू*—अ. नाम के साथ लगाया जाने वाला आदरसूचक शब्द, ब्रज, बुंदेली, राजस्थानी, आदि भाषाओं में 'जी' का प्रचलित रूप।

जूआ—पु. द्र. 'जुआ'।

जूझ*—पु. 'युद्ध'।

जूझना—अ.क्रि. लड़ना; लड़ते हुए मर जाना। **ला.** किसी कार्य में दत्तचित्त हो कर लग जाना।

जूट—पु. [सं.] जूड़ा, जटा (जटाजूट)।

जूट—[अं.] पटसन, पटसन का बना कपड़ा। **~मिल**—स्त्री. जूट का कपड़ा, आदि बनाने का कारखाना।

जूठन—स्त्री. खा कर छोड़ा हुआ भोजन, उच्छिष्ट। **ला.** इस्तेमाल, प्रयुक्त की हुई वस्तु, स्त्री, आदि।

जूठा—वि. द्र. 'जूठन'।

जूड़ा—पु. केशों को पीछे बाँधकर सँवारी गई सज्जा।

जूडिशियल—वि. [अं.] न्याय संबंधी।

जूड़ी—स्त्री. जाड़े और कंपन के साथ आने वाला बुखार; छोटे बालों के पीछे बाँधी गई चोटी।

जूडो—एक प्रकार का खेल, जापान में विशेषत: (जूडो कराटे)।

जूता—पु. चमड़े, रबर, किरमिच, रैक्सीन, आदि का बना हुआ पाद-त्राण; उपानह।

जूति—स्त्री. [सं.] वेग; तेज़ी, उत्तेजन, प्रोत्साहन।

जूतिका—स्त्री. [सं.] कपूर का एक प्रकार।

जूती—स्त्री. जूते का एक विशेष रूप, देसी जूता।

जूथ*—पु. द्र. 'यूथ'।

जूथका, जूथिका*—स्त्री. द्र. 'यूथिका'।

जून—पु. वेला, वक्त; दिन का अर्द्धभाग ('दोनों जून')। ईसवी सन् का छठा महीना जिसका नाम 'जूनो' नामक देवताओं की रानी के नाम पर रखा गया था।

जूना—पु. बर्तन माँजने के लिए रस्सियों के छोटे टुकड़ों को एकत्रित किया हुआ गोला-सा।

जूनियर—वि. [अं.] कनिष्ठ, अवर, छोटा।

जूमना*—अ.क्रि. जुटना, एकत्रित होना।

जूरना*—स.क्रि. जोड़ना, इकट्ठा करना। अ.क्रि. इकट्ठा होना।

जूरा*—पु. द्र. 'जूड़ा'।

जूरी—स्त्री. [अं.] न्यायाधीशों की पीठ, कई न्यायाधीशों का मंडल।

जूर्णाख्य—पु. [सं.] एक घास।

जूर्णाह्वय—पु. [सं.] देवधान्य।

जुर्णि—स्त्री. [सं.] वेग; क्रोध; स्त्रियों का एक रोग। पु. ब्रह्म; आदित्य।

जूर्ति—स्त्री. [सं.] ज्वर।

जूलाई—स्त्री. द्र. 'जुलाई'।

जूष—पु. [सं.] जूस, फलों, आदि का सार-तत्त्व; दाल, आदि का रसा।

जूषण—पु. [सं.] फूलों का एक पादप।

जूस—पु. फलों, आदि का निकाला गया रस, सार तत्त्व; दाल, आदि का रसा।

जूसी—वि. [अं.] रसपूर्ण, जिसमें खूब रस भरा हो।

जूह*—पु. द्र. 'यूथ'।

जूही—स्त्री. एक मधुरगंधी पुष्प; उस पुष्प की लता।

जृंभ—पु. [सं.] जँहाई; फैलाव; खिलना।

जृंभक—वि. [सं.] जंभाई लेने वाला; सुस्त करने वाला।

जृंभण—पु. [सं.] जम्हाई लेना; फैलना; खिलना।

जृंभिका—स्त्री. [सं.] जम्हाई, आलस्य।

जृंभी (भिन्)—वि. [सं.] जम्हाई लेने वाला, फैलने वाला; विकसित होने वाला।

जेंटिलमैन—पु. [अं.] शरीफ़ आदमी, भद्रजन, कुलीन व्यक्ति, सज्जन; सभ्य; सभ्य वेशभूषा वाला आदमी।

जेंताक—पु. [सं.] गरम कमरा; इस प्रकार के साधन जिससे गरमी आ कर पसीना निकले।

जेंना*—स.क्रि. द्र. 'जीमना'।

जेंवन—पु. खाने की वस्तुएँ, पदार्थ; खाने की क्रिया।

जेंवना—स.क्रि. द्र. 'जीमना'।

जेंवना—स्त्री. द्र. 'जेवनार'।

जेंवाना—स.क्रि. भोजन खिलाना, परोसना।

जेइ, जेउ, जेऊ*—सर्व. द्र. 'जो'।

जे.एन.यू.—[अं.] जवाहरलाल नेहरू यूनिवर्सिटी, देश का नई दिल्ली स्थित प्रसिद्ध विश्वविद्यालय।

जेटी—स्त्री. ढेर; गोद।

जेठस—पु., **जेठसी**—स्त्री. पति के बड़े भाई की संपत्ति का अंश, हिस्सा।

जेठ—वि. ज्येष्ठ, आयु में बड़ा। पु. पति का बड़ा भाई; बैसाख और आषाढ़ के बीच पड़ने वाला चांद्र मास।

जेठा—वि. बड़ा, ज्येष्ठ (भाई)।

जेठानी—स्त्री. पति के बड़े भाई की पत्नी।

जेठी—वि. द्र. 'जेठानी'।

जेठी मधु—पु. मुलेठी।

जेठौत, (जिठौत)—पु. पति के बड़े भाई का पुत्र।

जेतव्य—वि. [सं.] जेय, जीतने योग्य।

जेतिक*—अ. जितना।

जेते*—वि. जितने।

जेतो*—अ. जितना।

जेनरल (जनरल)—वि. [अं.] आम, सामान्य; बड़ा, प्रधान (—हॉस्पिटल, अस्पताल, पोस्ट ऑफिस, आदि)। पु. सेना का एक उच्च पद। **~इलेक्शन**—पु. आम चुनाव। **~मरचेंट**—पु. बिसारी के सामान की दुकान। **~सेक्रेटरी**—पु. प्रधान सचिव। **~स्टाफ**—पु. प्रधान सेनापति के सहायक अधिकारी, आदि।

जेना—स.क्रि. द्र. 'जीमना'।

जेनरेटर—पु. [अं.] बिजली उत्पादित करने वाला यंत्र जो डीज़ल, आदि से चलाया जाता है; बिजली बनाने वाला बड़ा संयत्र।

जैनरेशन—पु. [अं.] पीढ़ी।

जैनरेशन गैप—पु. [अं.] पीढ़ी अंतराल, पीढ़ियों के बीच का अंतर।

जेन्ट्स—पु. [अं.] सज्जन पुरुष (बहु.)। वि. पुरुषों के लिए (~शर्ट, स्वेटर, आदि)।

जेब—पु. [अ.] कमीज़, कुर्ते, आदि में रुपये-पैसे, रूमाल, आदि रखने के लिए लगी हुई कपड़े की एक थैली-सी,

सामने सीने और बाजुओं के साथ लगाई जाती है, ('पॉकिट') **~कट, ~कतरा**—पु. जेब काटने वाला। स्त्री. [फ़ा.] सुन्दरता, शोभा; शृंगार।

ज़ेबरा—पु. [अं.] एक खूँखार जंगली जानवर, इसके शरीर पर धारियाँ होती हैं और आकृति घोड़े या खच्चर जैसी होती है। **~क्रॉसिंग**—पु. सड़क पर पैदल चलने वालों के सड़क पार करने के लिए बनी सफ़ेद धारियाँ ज़ेबरा जैसी ही—इन पर चल कर सड़क पार की जाती है (भीड़-भरे, चौराहों जैसे स्थानों पर)।

ज़ेबा—वि. [फा.] शोभाजनक, शोभाकारक, सुंदर लगने वाला।

ज़ेबाइश, ज़ेबाई—स्त्री. [फा.] शोभा; सुंदरता; सजावट।

ज़ेबी—वि. [अ.] जेब में रखने योग्य, छोटा (कंधा, डिक्शनरी, आदि)।

जेबुन्निसा (बेगम)—स्त्री. [अ.] मुगल सम्राट औरंगज़ेब की बेटी, यह फारसी की अच्छी कवयित्री थीं, आजीवन अविवाहित रहीं।

जेमन—पु. [सं.] भोजन, आहार; भोजन करना, जीमना।

जेय—वि. [सं.] जीतने योग्य, जेतव्य।

ज़ेर—अ. [फ़ा.] नीचे, तने। वि. कमज़ोर, दवा हुआ। स्त्री. अरबी-फारसी लिपि में 'इ' की मात्रा। **~जामा**—पु. वह कपड़ा जिसे घोड़े की पीठ पर डाल कर ऊपर जीन कसते हैं। **~(रो) ज़बर**—वि. तले-ऊपर, उथल-पुथल, अस्त-व्यस्त।

जेल—स्त्री. [अं.] बंदीगृह, कैदखाना, कारागार। **ला.** बंधन; जंजाल। **~ख़ाना**—पु. कामगार। **~काटना**—क़ैद की सज़ा भुगतना।

जेलर—पु. [अं.] जेल अधीक्षक, जेल की देखभाल करने वाला अधिकारी।

जेली—स्त्री. भूसा इकट्ठा करने, सँवारने का एक उपकरण जिसमें लम्बे लाठीनुमा बाँस या लकड़ी में लोहे की लंबी पत्तियों का पंजा-सा लगा होता है।

जेली—स्त्री. [अं.] फलों का जमा हुआ पाग; एक प्रकार का सरेस।

जेवड़ी—स्त्री. द्र. 'जेवरी'।

जेवना—स.क्रि. द्र. 'जीमना'।

जेवनार—स्त्री. भोज, दावत।

ज़ेवर—पु. [फा.] आभूषण, गहना, शोभा के रूप में कोई वस्तु। **ला.** सुंदर गुण ('लज्जा स्त्री का ज़ेवर है')।

जेवरा* (जेबड़ा)—पु. मोटी रस्सी या रस्सा।

ज़ेवरात—पु. [फा.] बहुत से आभूषण, 'ज़ेवर' का बहु.।

जेवरी*—स्त्री. द्रे. आभूषण।

जेष्ठ—वि. [पु.] द्र. ज्येष्ठ, जेठ मास; वय, आयु में बड़ा।

जेष्ठा—स्त्री. द्र. 'ज्येष्ठा'।

जेहन—पु. द्र. 'जेह्न'।

जेहाद—पु. [अ.] जिहाद, धर्मयुद्ध।

जेहि*—सर्व. जिसे; जिससे।

ज़ेह्न—पु. [अ.] धारणा शक्ति, बुद्धि, समझ; स्मरण शक्ति, याददाश्त। **~में बैठना**—समझ, बुद्धि में आ जाना।

जै—वि. जितने।* जय। **~कार**—पु. जयकार। **~जैवंती**—स्त्री. द्र. 'जयजयवंती'। **~माल, ~माला**—स्त्री. द्र. जयमाला।

जैक—पु. [अं.] भारी वस्तु, मशीन को ऊपर कर देने, उठाने का उपकरण। **ला.** सिफ़ारिश।

जैकेट, जैकिट—स्त्री. [अं.] कमीज़, आदि के ऊपर पहनने का वस्त्र, आवरण ('कवर'—पुस्तक, आदि में)।

जैतू—पु. [अ.] जैतून का तेल।

जैतून—पु. [अ.] एक वृक्ष जिसका फल खाया जाता है और बीजों का तेल खाने और औषध रूप में प्रयुक्त होता है।

जैतूनी—वि. [अ.] जैतून से बना, संबंधित।

जैत्र—वि. [सं.] जयशील, विजयी; श्रेष्ठ।

जैत्री—स्त्री. [सं.] जयंती वृक्ष।

जैन—पु. [सं.] जिन की उपासना करने वाला, जैन धर्मावलंबी, महावीर स्वामी के धर्म-संप्रदाय का अनुयायी।

जैनी—पु. जैन धर्मावलंबी।

जैन्य—वि. [सं.] जैन संबंधी।

जैम—पु. [अं.] मुरब्बे का एक प्रकार, रत्न।

जैमिनी—पु. [सं.] एक प्रसिद्ध ऋषि, पूर्व मीमांसा दर्शन के कर्ता और प्रवर्तक।

जैमिनीय—वि. [सं.] जैमिनी रचित; जैमिनी का।

जैयद—वि. [अ.] भारी, ज़बरदस्त।

ज़ैल—पु. [अ.] दामन, कुर्ते, आदि का नीचे लटकने वाला भाग; निम्न, नीचे।

जैव—वि. [सं.] जीव संबंधी, बृहस्पति संबंधी। पु. पुष्य नक्षत्र।

जैवातृक—वि. [सं.] दीर्घायु; दुबला-पतला, क्षीण। पु. चंद्रमा; कपूर; पुत्र; औषधि; कृषक।

जैवेय—पु. [सं.] बृहस्पति के पुत्र कच।

जैस*—वि. जैसा।

जैसवार—पु. कुर्मियों और कलवारों की एक उपजाति।

जैविक—वि. [सं.] जीव का (जैविक क्रियाएँ)। **~रासायनिक**—वि. जैव रासायनिक।

जैविकी—स्त्री. [सं.] जीव विज्ञान; जीव-विज्ञान संबंधी।

जैविकीय—वि. [सं.] जैविक; जीव संबंधी।

जैश-ए-मोहम्मद—मुस्लिम आतंकवादी संगठन।

जैसा—वि. जिस तरह का; जितना; सदृश, सरीखा।

जैसे—अ. जिस तरह; जिस रीति से; ज्यों। **~जैसे**—अ. ज्यूँ-ज्यूँ। **~ही**—अ. ज्यों ही। **ला. ~बने**—जिस तरह भी हो सके।

जैसो*—वि. [ब्र.] जैसा।

जों—अ. ज्यों। **~जों**—अ. ज्यों-ज्यों। **~तों**—अ. ज्यों-त्यों।

जोंक—स्त्री. पानी का एक पतला लंबा कीड़ा जो जीवों की देह पर चिपक उनका खून चूसता है।

जोकर—पु. [अं.] विदूषक; विचित्र वेश-भूषा वाला पात्र या कोई भी व्यक्ति।

जोंग, जोंगक—पु. [सं.] अगुरु, एक सुगंधित पदार्थ।

जोंगट—पु. [सं.] गर्भिणी की इच्छा, दोहद।

जोंताला—स्त्री. [सं.] देवधान्य।

जो—सर्व. संबंधवाचक सर्वनाम। अ. यदि, अगर। **~पै***—अ. अगर, यद्यपि।

जोइ*—स्त्री. द्र. 'जो'।

जोइसी*—पु. द्र. 'ज्योतिषी'।

जोउ*—सर्व. [ब्र.] जो।

जोख—स्त्री. जोखने, नापने की क्रिया या भाव; तौल।

जोखना—स.क्रि. तौलना; सोचना, विचार करना; सोच-विचार करना।

जोखम—स्त्री. द्र. 'जोखिम'।

जोखा—पु. हिसाब ('लेखा' के साथ प्रयुक्त—'लेखा-जोखा')।

जोखिम—स्त्री. हानि, अनिष्ट, ख़तरा। **~का काम**—ख़तरे, संकट, का काम।

जोखिमी—वि. जिसमें जोखिम हो।

जोखों—स्त्री. जोखिम, ख़तरा, संकट।

जोग*—पु. द्र. 'योग'।

जोगड़ा—पु. साधु का दिखावा करने वाला; नकली साधु।

जोगन—स्त्री. द्र. 'जोगिन'।

जोगानल*—पु. योगानल, योग से उत्पन्न अग्नि।

जोगिंद*—पु. द्र. 'जोगीन्द्र'।

जोगि*—स्त्री. द्र. 'जोगिन'।

जोगिन—स्त्री. जोगी की स्त्री, पिशाचिनी; एक रणदेवी; साध्वी।

जोगिनी—स्त्री. द्र. 'योगिनी', द्र. 'जोगिन'।

जोगिया—वि. योग, योग का, जोगी का, गेरुआ रंग का; भगवा। पु. जोगिया रंग; जोगीड़ा; योगी।

जोगींद्र*—पु. द्र. 'योगीन्द्र'।

जोगी—पु. द्र. 'योगी'। ब्राह्मण वर्ग की एक निम्न स्तरीय मानी जाने वाली एक जाति।

जोगीड़ा—पु. वसंत ऋतु में गाया जाने वाले लोकगीत का एक प्रकार।

जोगीश्वर, जोगेश्वर*—पु. द्र. 'योगीश्वर'।

जोग्य*—वि. द्र. 'योग्य'।

जोजन*—पु. द्र. 'योजन'।

जोट*—पु. जोड़ा; साथी; दो बैलों की जोड़ी।

जोटी*—स्त्री. जोड़ी; जोड़ी का साथी।

जोड़—पु. जोड़ने की क्रिया; कई संख्याओं को जोड़ने की क्रिया; संख्याओं को जोड़ने से निकलने वाली संख्या, योग ('टोटल'); दो या अधिक अंगों, टुकड़ों, पुरजों या पदार्थों के जुड़ने का चिह्न या स्थान, संधि ('जोएंट'); बराबरी, समानता; किसी के साथ तुलनीय या बराबरी का ('वह पहलवान उसके जोड़ का है')। **~तोड़**—पु. युक्ति, तरक़ीब लगाना।

जोड़ना—स.क्रि. दो चीजों, टुकड़ों को एक साथ चिपकाना, मिलाना; संचित करना, इकट्ठा करना; संबंधों में प्रेम स्थापित करना; संख्याओं का योगफल निकालना, जोड़ लगाना; किसी अस्पष्ट कविता, आदि का अनुमानित अर्थ लगा लेना।

जोड़वाँ—वि., पु. द्र. 'जुड़वाँ'।

जोड़वाई—स्त्री. जोड़वाने की क्रिया; जोड़ने के लिए ली जाने वाली मज़दूरी।

जोड़वाना—स.क्रि. जोड़वाने का काम कराना।

जोड़ा—पु. एक-सी या एक साथ काम में लाई जाने वाली दो समान वस्तुएँ; साथ-साथ पहने जाने वाले दो कपड़े, पूरा पहनावा; दोनों पैरों के जूते; नर और मादा (पक्षी, अन्य जीव, आदि); स्त्री और पुरुष; वर-कन्या; विवाह, आदि में भेजे जाने वाले कपड़े।

जोड़ाई—स्त्री. जोड़ने का काम; जोड़ने के काम की मज़दूरी।

जोड़ी—स्त्री. एक ही तरह की दो वस्तुएँ, जोड़ा; दो बैलों, घोड़ों, आदि का युग्म। **~दार**—वि. (किसी के) साथ रहने वाला।

जोड़ू—स्त्री. धन जोड़ने वाला; मितव्ययी; कभी-कभी 'कंजूस' के अर्थ में भी प्रयुक्त।

जोत—स्त्री. जोतने की क्रिया; उतनी भूमि जो किसी के जोतने के अधिकार में हो, काश्त; चमड़े का वह तस्मा या मोटी रस्सी जो एक ओर जुतने वाले जानवर और दूसरी ओर जुए, आदि से बँधी होती है; वह रस्सी जिसमें तराजू के पल्ले बँधे होते हैं।

जोत—स्त्री. ज्योति, पूजा, आदि में जलने वाली दीप-शिखा।

जोतना—स.क्रि. खेत में हल चलाना; गाड़ी, कोल्हू, हल, आदि में बैलों को जोड़ना, लगाना। **ला.** किसी को कठिन कार्य में लगाना, पेल देना।

जोताई—स्त्री. जोतने का काम; जोतने के लिए दी जाने वाली मज़दूरी ('जुताई' प्रयोग भी)।

जोति*—स्त्री. ज्योति, पूजा, आदि में जलने वाली दीप-शिखा।

जोतिक, जोतिखी*—पु. द्र. 'ज्योतिषी'।

जोतिस*—पु. द्र. 'ज्योतिष'।

ज्योतिसी*—पु. द्र. 'ज्योतिषी'।

जोती—स्त्री. द्र. 'ज्योति'।

जोत्स्ना—स्त्री. द्र. 'ज्योत्स्ना'।

जोध, जोधा*—पु. द्र. योद्धा।

ज़ोन—पु. [अं.] क्षेत्र; मंडल।

जोना*—स.क्रि. जोहना, देखना।

जोनि*—स्त्री. द्र. 'योनि'।

जोन्ह, जोन्हाई—स्त्री. चाँदनी।

जोन्हरी*—स्त्री. ज्वार; मक्का।

जोन्हि—स्त्री. जुन्हाई, चाँदनी।

जोप—पु. द्र. 'यूप'।

ज़ोफ़—पु. [अ.] कमज़ोरी, निर्बलता।

जोबन—पु. यौवन, जवानी, उठती हुई जवानी; यौवन की सुंदरता ('उस पर जोबन छा रहा है'); बहार, शोभा ('गेहूँ पर तो जोबन आ रहा है'); स्त्री. वक्ष।

ज़ोम—पु. [अ.] गर्व, घमंड; उत्साह, उमंग; प्रबल ('नदी पूरे ज़ोम में है')।

जोय*—स्त्री. पत्नी। सर्व. जो।

ज़ोर—पु. [फा.] बल, शक्ति; प्रबलता; वेग, तेज़ी; वश; बल-प्रयोग, ज़बरदस्ती। **~ज़ुल्म**—पु. अन्याय-अत्याचार। **~दार**—वि. प्रबल, जबरदस्त; बहुत सुंदर, आकर्षक, ('जूतियाँ बड़ी ज़ोरदार हैं')। **~शोर**—पु. बहुत उत्साह से; बहुत धूम-धाम से, बहुत ताम-झाम से। **मु. ~आज़माना**—शक्ति, बल-परीक्षण करना; मुकाबला करना। **~डालना**—आग्रह करना; दबाव डालना। **~दे कर**—आग्रहपूर्वक, बलपूर्वक (कहना); **~पकड़ना**—जाना ('मलेरिया जोर मार रहा है'), वेग प्राप्त करना। **~पर होना**—बढ़ा हुआ होना, बाढ़ पर, प्रबल होना।

जोराजोरी—अ. बलपूर्वक, जबरदस्ती।

ज़ोरावर—वि. [फा.] बलवान, शक्तिशाली; ज़बरदस्त।

ज़ोरावरी—[फ़ा.] ज़बरदस्ती; धींगामस्ती।

जोरी*—स्त्री. द्र. 'जोड़ी'; ज़बरदस्ती।

जोरू—स्त्री. पत्नी। **~जाँता**—पु. घर-बार, गृहस्थी। **मु. ~न जाँता, अल्ला मियाँ से नाता**—अकेले, अविवाहित रहना।

जोल*—पु. समूह, झुंड।

जोलहा—पु. द्र. 'जुलाहा'।

जोलाहा—पु. द्र. 'जुलाहा'।

जोश—पु. [फा.] उत्साह; आवेश; उत्तेजना; आक्रोश। **मु. ~खाना, ~मारना**—क्रोध में आना।

जोशन—पु. [फा.] बाँह का आभूषण; जिरह-बख़्तर, कवच।

जोशाँदा—पु. [फा.] एक काढ़ा, क्वाथ (जुकाम, आदि में प्रयुक्त)।

जोशिश—स्त्री. [फा.] जोश।

जोशी, जोषी—पु. ज्योतिषी, ब्राह्मणों की एक उपजाति।

जोशीला—वि. ओजपूर्ण, जोश से भरा हुआ, उत्साह-संवर्द्धक।

जोष—पु. [सं.] सुख; आराम; संतुष्टि।

जोषी—पु. द्र. 'ज्योतिषी'।

जोहड़—पु. तालाब, पोखर।

जोहन*—स्त्री. देखने की क्रिया; खोज, प्रतीक्षा।

जोहना*—स.क्रि. देखना; प्रतीक्षा करना, राह देखना; खोजना।

ज़ोहरा—स्त्री. [अ.] शुक्र ग्रह।

जोहार—स्त्री. द्र. 'जुहारना'।

जोहारना—स.क्रि. द्र. 'जुहारना'।

जौं*—अ. जो, यदि; ज्यों।

जौंरा-भौंरा—पु. खज़ाना रखने का तहख़ाना।

जौंरे*—अ. निकट, आस-पास।

जौ—पु. एक अनाज, यव, जौ का पौधा। **~भर**—ज़रा-सा, तनिक-सा; छः राई की मात्रा की माप।

जौ*—अ. जो, यदि, अगर, जब। **~पै***—अ. अगर, यदि।

जौक, जौख*—पु. समूह, झुंड; सेना।

ज़ौजा—स्त्री. पत्नी, भार्या।

ज़ौजीयत—स्त्री. [फा.] पत्नीत्व।

जौतुक—पु. द्र. 'यौतुक'।

जौन*—सर्व. जो। पु. द्र. 'यवन'।

जौन्ह*—स्त्री. द्र. 'जोन्ह'।

जौबति*—स्त्री. द्र. 'युवती'।

जौबन, जौवन*—पु. द्र. 'यौवन'।

जौहड़—पु. द्र. 'जोहड़'।

जौहर—पु. पति के जीते जी राजपूत स्त्रियों का समूहबद्ध हो कर चिता में जलना, जब उन्हें लगता था कि युद्धरत उनके पति शत्रु पर विजय नहीं पा सकते और उन्हें अपने सतीत्व की रक्षा करनी है, मुसलमान आक्रांताओं के हाथों नहीं पड़ना है।

जौहर—पु. [अ.] रत्न, मणि; गुण, सिफ़त; दक्षता, चतुराई; सार, सत; धर्म; खासियत; बारीक धारियाँ जो अच्छी तलवार पर दिखाई देती हैं।

जौहरी—पु. [अ.] रत्न बेचने वाला, मणिकार, रत्नों का व्यापारी। वि. परख, गुण-दोष पहचानने वाला; कद्र करने वाला।

ज्ञ—'ज्' और 'ञ' के संयोग से बना हुआ संयुक्त अक्षर। अब हिंदी में स्वतंत्र अक्षर के रूप में मान्य।

ज्ञ—वि. (संज्ञा, आदि के अंत में लगने पर) जानने वाला (गुणज्ञ, बहुज्ञ, आदि)। पु. ज्ञानी, पंडित; ब्रह्मा; बुध ग्रह; मंगल ग्रह; जीवात्मा।

ज्ञपित, ज्ञप्त—वि. [सं.] जताया हुआ, ज्ञापित।

ज्ञप्ति—स्त्री. [सं.] ज्ञान; बुद्धि, तेज़ करना; जानकारी।

ज्ञात—वि. [सं.] जाना हुआ, विदित, पता होना। **~यौवना**—स्त्री. नायिका का एक भेद, मुग्धा नायिका जिसे यौवनागम का ज्ञान हो।

ज्ञातव्य—वि. [सं.] जानने योग्य, ज्ञेय।

ज्ञाता (तृ)—वि. [सं.] जानने वाला। पु. पंडित।

ज्ञाति—पु. [सं.] पिता; पितृ वंश में उत्पन्न व्यक्ति; सगोत्रीय।

ज्ञातृत्व—पु. [सं.] ज्ञाता होना; जानकारी।

ज्ञातेय—पु. [सं.] ज्ञात होने योग्य, अपने ही कुल, वंश का।

ज्ञान—पु. [सं.] जानना, बोध, जानकारी; यथार्थ बात या तत्त्व की पूरी जानकारी। **~कांड**—पु. वेद का वह विभाग जिसमें ब्रह्म-विचार है। **~गर्भ**—वि. ज्ञान से भरा हुआ। **~योग**—पु. शुद्ध ज्ञान की प्राप्ति। **~वृद्ध**—वि. ज्ञान में बड़ा।

ज्ञानतः—अ. [सं.] जानते हुए, ज्ञानपूर्वक।

ज्ञानमय—वि. [सं.] ज्ञान से भरा हुआ, ज्ञानस्वरूप; चिन्मय।

ज्ञानांजन—पु. [सं.] ब्रह्म ज्ञान।

ज्ञानाकार—पु. [सं.] बुद्ध।

ज्ञानात्मक—वि. [सं.] ज्ञान संबंधी।

ज्ञानापोह—पु. [सं.] विस्मरण की प्रवृत्ति।

ज्ञानार्जन—पु. [सं.] ज्ञानोपलब्धि।

ज्ञानावरण—पु. [सं.] ज्ञान-प्राप्ति में बाधक पाप कर्म।

ज्ञानाश्रयी—वि. [सं.] ज्ञान पर आश्रित, ज्ञान से संबंधित।

ज्ञानासन—पु. [सं.] योग का एक आसन।

ज्ञानी—वि. [सं.] ज्ञानवान जिसे ब्रह्म-ज्ञान प्राप्त हो गया हो। पु. ऋषि; पंजाब में धार्मिक व्यक्ति की उपाधि।

ज्ञानेंद्रिय—स्त्री. [सं.] आँख, कान, नाक, त्वचा और रसना—ये पाँच इन्द्रियाँ जिनसे पाँचों विषयों का बोध होता है—पाँच विषय क्रमशः रूप, श्रवण, गंध, स्पर्श और रस।

ज्ञानोदधि—पु. [सं.] ज्ञान के सागर, ज्ञान-निधि।

ज्ञानोदय—पु. [सं.] ज्ञान का उदय, उत्पत्ति।

ज्ञानोदीप्ति—स्त्री. [सं.] ज्ञान का प्रकाश।

ज्ञानोपदेश—पु. [सं.] ज्ञान का उपदेश।

ज्ञानोपलब्धि—स्त्री. [सं.] ज्ञान प्राप्त करना।

ज्ञाप—पु. [सं.] जताना।

ज्ञापक—वि. [सं.] ज्ञान प्राप्त कराने वाला; परिचय देने वाला; बोधक, सूचक।

ज्ञापन—पु. [सं.] जताना, बताना; प्रकट करना; स्मरण दिलाने का पत्र।

ज्ञापयिता (तृ)—वि. [सं.] ज्ञापक।

ज्ञापित—वि. [सं.] सूचित; बताया हुआ; प्रकट करना, जताना।

ज्ञाप्य—वि. [सं.] जताने, ज्ञापन योग्य।

ज्ञेय—वि. [सं.] जानने योग्य; जो जाना जा सके।

ज्या—स्त्री. [सं.] प्रत्यंचा, धनुष की डोरी; चाप के सिरों को मिलाने वाली सीधी रेखा; पृथ्वी; माता।

ज़्यादती—स्त्री. जुल्म, अत्याचार, ज़बरदस्ती; अधिकता।

ज़्यादा—वि. अधिक; आवश्यकता से अधिक, फालतू।

ज़्यादातर—वि. [अ.] अधिकतर।

ज़्याफ़त—स्त्री. द्र. 'जियाफ़त'।

ज्यामितिक—वि. [सं.] रेखागणित से संबंधित।

ज्यूरी—स्त्री. [सं.] न्यायाधीशों का मंडल, न्यायाधीशों की पीठ।

ज्येष्ठ—वि. [सं.] सबसे बड़ा (भाई); श्रेष्ठ। पु. बड़ा भाई; जेठ का महीना; पद, मर्यादा, वय, आदि में किसी से बड़ा, बढ़कर ('सीनियर')।

ज्येष्ठांबु—पु. [सं.] चावल का धोवन, माँड़।

ज्येष्ठांश—पु. [सं.] बड़े भाई का हिस्सा।

ज्येष्ठा—स्त्री. [सं.] बड़ी बहन; 18वाँ नक्षत्र; पति को औरों से अधिक प्रिय पत्नी; लक्ष्मी की बड़ी बहन।

ज्येष्ठाश्रम—पु. [सं.] गृहस्थाश्रम; गृहस्थ।

ज्येष्ठाश्रमी—पु. [सं.] गृहस्थ।

ज्येष्ठी—स्त्री. [सं.] छिपकली।

ज्यों—अ. जैसे, जिस तरह; जिस क्षण।

ज्योति—स्त्री. [सं.] प्रकाश; रोशनी; लौ; सूर्य; नक्षत्र, अग्नि; आँख की दृष्टि-शक्ति ('उसकी ज्योति चली गई')।

ज्योतिःशास्त्र—पु. [सं.] पु. ज्योतिष शास्त्र।

ज्योतिर्मय—वि. [सं.] विद्युतयुक्त, ज्योति से भरा।

ज्योतिर्विद्—पु. [सं.] ज्योतिषी।

ज्योतिर्विज्ञान—पु. [सं.] ज्योतिष विज्ञान।

ज्योतिश्चक—पु. [सं.] नक्षत्रों से युक्त राशि-चक्र।

ज्योतिश्चक्र—पु. [सं.] ज्योति मंडल।

ज्योतिष—पु. [सं.] ग्रह-नक्षत्रों की गति, स्थिति, भविष्य-गणना, आदि विचार करने का शास्त्र।

ज्योतिषिक—पु. [सं.] ज्योतिष जानने वाला, ज्योतिष संबंधी।

ज्योतिषी—पु. ज्योतिष शास्त्र का ज्ञाता, विद्वान।

ज्योतित—वि. [सं.] प्रकाशित।

ज्योतिमान—वि. प्रकाशपूर्ण; ज्योतिष्मान, ज्योतिर्मय, आलोक-युक्त।

ज्योतिष्क—पु. [सं.] ज्योतिष से संबंधित; ग्रह, नक्षत्र, आदि।

ज्योतिष्का—स्त्री. [सं.] ज्योतिष्मती लता, मालकंगनी।

ज्योतिष्पथ—पु. [सं.] आकाश, अंतरिक्ष।

ज्योतिष्मती—वि. स्त्री. [सं.] ज्योतिर्मयी। स्त्री. रात्रि; एक नदी।

ज्योतिष्मान्—वि. [सं.] ज्योतिर्मय, आलोकपूर्ण। पु. सूर्य; प्रलय के समय उदित होने वाले सात सूर्यों में से एक।

ज्योति—'ज्योतिस्' का समास में प्रयुक्त रूप।

ज्योत्स्ना—स्त्री. [सं.] चाँदनी; चाँदनी रात; दुर्गा।

ज्योत्स्नी—स्त्री. [सं.] चाँदनी रात।

ज्योत्स्नेश—पु. [सं.] चंद्रमा।

ज्योनार—स्त्री. जेवनार, भोज।

ज्योमेट्री—[अं.] रेखागणित।

ज्यौ *—अ. यदि, अगर।

ज्यौतिष—वि. [सं.] ज्योतिष से सम्बद्ध, ज्योतिष विषयक।

ज्यौतिषिक—पु. [सं.] ज्योतिषी।

ज्यौत्स्न—वि. [सं.] चंद्रिकायुक्त। पु. शुक्ल पक्ष।

ज्यौत्स्नी—स्त्री. [सं.] पूर्णिमा की रात।

ज्यौनार—स्त्री. द्र. 'जेवनार'।

ज्वर—पु. [सं.] बुखार, शरीर की अस्वस्थता-सूचक ताप।

ज्वरांकुश—पु. [सं.] एक प्रकार की घास; औषधि के रूप में प्रयुक्त एक घास।

ज्वरांतक—पु. [सं.] नीम का एक प्रकार। वि. ज्वरनाशक।

ज्वरा—स्त्री. [सं.] ज्वर*; मृत्यु।

ज्वराक्रांत—वि. [सं.] बुखार से पीड़ित।

ज्वाइंट—[अं.] जोड़; संयुक्त।

ज्वाइन—[अं.] मिलना, जोड़, मिल जाना, जुड़ जाना, (बाद में) सम्मिलित हो जाना, संयुक्त करना; पद-भार ग्रहण करना।

ज्वरित, ज्वरी—वि. [सं.] ज्वर-ग्रस्त।

ज्वलंत—वि. जलता हुआ; प्रकाशमान; स्पष्ट, जीता-जागता (उदाहरण)।

ज्वल—वि. [सं.] जलता हुआ। पु. ज्वाला।

ज्वलका—स्त्री. [सं.] आग की लपट।

ज्वलन—पु. [सं.] जलना; अग्नि; चमकना; वि. जलता हुआ; चमकता हुआ।

ज्वलनाश्मा—पु. [सं.] सूर्यकांत मणि।

ज्वलित—वि. [सं.] जला हुआ, दीप्त।

ज्वार—स्त्री. खरीफ़ की फसल का एक मोटा अनाज, इसके हल्के लाल दाने होते हैं।

ज्वेलर—पु. [अं.] स्वर्णकार, सुनार।

ज्वाल—पु. [सं.] ज्वाला; मशाल। **~माली**—पु. सूर्य। वि. जलता हुआ।

ज्वाला—स्त्री. [सं.] अग्नि की लपट, अग्निशिखा; ताप, दाह। **~मुखी**—पु. एक शक्तिपीठ, ज्वालादेवी; अग्नि, लावा; लावा फूटने, निकलने का स्थान।

ज्वाली—वि. [सं.] ज्वालायुक्त। पु. शिव।

झ

झ—देवनागरी वर्णमाला में 'च' वर्ग का चौथा वर्ण। उच्चारण स्थान तालु।

झं—पु. धातु के पात्र, आदि।

झंकना—अ.क्रि. द्र. 'झींखना'।

झंकार—स्त्री. [सं.] झाँझ, पायल, आदि के बजने की ध्वनि; वीणा, सितार, आदि वाद्यों के तारों से उत्पन्न ध्वनि।

झंकारना—स.क्रि. 'झन्-झन्' की आवाज़ करना। अ.क्रि. 'झन-झन' की ध्वनि होना।

झंकारित—वि. [सं.] झंकारयुक्त; झंकार पैदा करना।

झंकारिणी—स्त्री. [सं.] गंगा।

झंकृत—वि. [सं.] झंकार-युक्त, जिसमें झंकार हुई हो।

झंकृता—स्त्री. [सं.] तारा देवी।

झंकृति—स्त्री. [सं.] झंकार।

झंखना—अ.क्रि. द्र. 'झींखना'।

झंखाड़—पु. कँटिदार झाड़ी या पौधा (सूखा हुआ), समास में प्रयुक्त रूप 'झाड़-झंखाड़'।

झंगुला, झंगुली, झँगूली *—स्त्री. छोटे बच्चों का ढीला कुर्ता।

झँजोड़ना—स.क्रि. (किसी सोते हुए या बैठे हुए को) बुरी तरह हिला देना, झकझोरना।

झंझट—पु., स्त्री. मुसीबत, परेशानी, कठिनाई; झमेला; झगड़ा-बखेड़ा।

झंझटी—वि. झंझट खड़ा करने वाला, झगड़ालू।

झंझनाना—अ.क्रि. द्र. 'झंकारना'।

झँझरी—स्त्री. जाली; जालीदार खिड़की; जालीदार मिट्टी का पात्र।

झंझा—स्त्री. [सं.] आँधी; अंधड़, तेज़ हवा, आँधी के साथ होने वाली वर्षा; ऐसी वर्षा की आवाज़।

झंझानिल—पु. [सं.] द्र. 'झंझावात'।

झंझी—स्त्री. फूटी कौड़ी।

झंझोड़ना—स.क्रि. द्र. 'झँझोड़ना'।

झंडा—पु. पताका, निशान जो किसी बाँस या लंबे डंडे-लकड़ी के सिरे पर किसी रूप में बाँधा जाता है, यह किसी

राष्ट्र, किसी राजनीतिक दल अथवा धर्म-संप्रदाय के प्रतीक रूप में प्रयुक्त होता है। **मु. ~गाड़ना**—अपने अधिकार के लिए खड़े हो जाना। **~(किसी के)~(डे) के नीचे, ~तले आना या जमा होना**—किसी की ओर से लड़ने के लिए तैयार होना, एकत्र होना, दल विशेष में सम्मिलित हो जाना।

झंडी—स्त्री. छोटा झंडा। ~वि. जिसमें झंडी लगी हो।

झँडूला (जँडुला)—वि. जिसके सिर पर जन्म से ही उगे बाल हों; जिन बालों का मुंडन नहीं हुआ हो।

झंडोत्तोलन—पु. [सं.] झंडा फहराना।

झँपकना—अ.क्रि. द्र. 'झपकना'।

झँपताल—पु. द्र. 'झपताल'।

झँपना—अ.क्रि. (आँख) बंद होना।

झँवाना—अ.क्रि. कुछ स्याही आना; आग का मंद पड़ जाना; कोयले या अंगारों पर राख आ जाना। स.क्रि. झाँने से रगड़ना या रगड़वाना।

झँसना—स.क्रि. ठगना, धोखा देना; पैसे ठग लेना।

झ—पु. [सं.] झंझावात, अंधड़; तेज़ हवा के साथ वृष्टि।

झउआ—पु. मिट्टी या अन्य सामान ढोने का उथला टोकरा, छाबड़ा।

झक—स्त्री. सनक, खब्त, धुन। **मु. ~मारना**—समझा कर हार जाना; निरर्थक प्रयत्न करना, मेहनत करना।

झकझक—वि. हुज्जत, तकरार, व्यर्थ तर्कातर्क करना।

झकझका—वि. चमकदार, चमकीला। **~हट**—स्त्री. चमक।

झकझकाहत—स्त्री. कांति; उज्ज्वलता; चमक।

झकझोर—पु. बुरी तरह हिलाना, हिला कर रख देना।

झकझोरना—स.क्रि. झँझोड़ना, हिला कर रख देना।

झकझोरा—पु. तेजी से हिलाना, झटके देना।

झकझोलना—स.क्रि. द्र. 'झकझोरना'।

झकना—अ.क्रि. बकवास करना; तर्क करके या बात कर हार जाना।

झकना—पु. समझाने का निरर्थक प्रयत्न।

झकाझक—वि. खूब चमकता हुआ, चमाचम, उज्ज्वल।

झकुराना*—अ. क्रि. झकोरा देना।

झकोर—पु. द्र. 'झकोरा'।

झकोरना—अ.क्रि. वायु का तीव्र गति से बहना, पेड़ों को बुरी तरह से हिलाते हुए, झकोरा देते हुए।

झकोरा—पु. वायु का तेज़ झोंका, पेड़-पौधों का तेज़ हवा से बुरी तरह हिलना।

झकोल—पु. द्र. 'झकोर'।

झकोला—पु. द्र. 'झकोरा'।

झक्क—स्त्री., वि. द्र. 'झक'।

झक्कड़—पु. अंधड़; तेज हवा। वि. झक्की, झक मारने वाला।

झक्की—वि. झक्क मारने वाला; व्यर्थ की बकझक करने वाला।

झख—पु. द्र. 'झष'।

झखना*—अ.क्रि. द्र. 'झींखना'।

झखी*—स्त्री. झष; मछली।

झगड़ना—अ.क्रि. झगड़ा करना, लड़ाई करना।

झगड़ा—पु. किसी बात पर हुई बहस, तकरार, कलह। **मु. ~मोल लेना**—जान-बूझ कर झगड़े में पड़ना; लड़ाई की बात खड़ी कर देना।

झगड़ालू—वि. झगड़ा जिसकी प्रवृत्ति हो, झगड़ा करने वाला, कलह-प्रिय।

झगर—पु. एक चिड़िया।

झगरना*—अ.क्रि. द्र. 'झगड़ना'।

झगरा*—पु. द्र. 'झगड़ा'।

झगराऊ*—वि. द्र. 'झगड़ालू'।

झगला*—पु. द्र. 'झगड़ा'।

झगा—पु. शिशुओं का ढीला कुरता, अँगरखानुमा।

झगुलिया, झगुली—स्त्री. झगा, ढीला कुरता-सा।

झज्जर, झज्झर—पु. चौड़े मुँह वाला घड़ा, झंझर।

झज्झी—स्त्री. फूटी कौड़ी।

झझक—स्त्री. द्र. झिझक।

झट—अ. तुरंत, एकदम, जल्द।

झटकना—स.क्रि. झटका देना; छीन लेना; हथिया लेना।

झटका—पु. धक्का, आघात, झटकने की क्रिया या भाव; झाँस खाने के लिए पशु-पक्षी काटने का वह ढंग जिसमें उसे हथियार के एक ही वार में गर्दन काट दी जाती है (झटका मीट)। **ला.** विपत्ति, रोग, शोक, आदि का आघात।

झटकारना—स.क्रि. धूल, आदि झाड़ने के लिए किसी वस्त्र, आदि को झटका देना।

झट-पट—क्रि.वि. एकदम, बहुत जल्द, तुरंत।

झटाका—अ. जल्दी से, तुरंत, चटपट।

झड़—पु. कई दिन तक निरंतर होती वर्षा।

झड़कना—स.क्रि. द्र. 'झिड़कना'।

झड़ना—अ.क्रि. टूट कर गिरना (पेड़ के पत्तों, सिर के बालों, आदि का)।

झड़प—स्त्री. हल्की लड़ाई, आवेश में कहा-सुनी हो जाना, बातचीत में क्रोध का प्रकटीकरण।

झड़पना—अ.क्रि. टूट पड़ना, क्रोध में कुछ कह देना, डाँट देना।

झड़पा-झड़पी—स्त्री. वाग्युद्ध, आवेश में कहा-सुनी।

झड़पाना—स.क्रि. पक्षियों को आपस में लड़ाना।

झड़बेरी—स्त्री. जंगली बेर; इन बेरों की झाड़ी।

झड़वाना—स.क्रि. झाड़ने का काम करवाना; (बच्चों को) ओझा, आदि से मंत्र पढ़वा कर बीमारी से मुक्त कराने का प्रयत्न।

झड़ाई—स्त्री. झाड़ने की क्रिया; झाड़ने की क्रिया की मज़दूरी।

झड़ाझड़—अ. लगातार, झड़ी के रूप में।

झड़ी—स्त्री. लगातार किसी वस्तु का गिरना, पाना ('इनामों की झड़ी लग गई'); हल्की लगातार वर्षा; लगातार कोई बात कहना।

झणझण—पु., **झणझणा**—पु. [सं.] 'झनझन' की आवाज़; 'झनझन' की आवाज़ करने वाला खिलौना।

झणत्कार—पु. [सं.] झनकार।

झन—स्त्री. किसी धातु-खंड पर आघात होने से उत्पन्न झनकार, ध्वनि। **~झन**—स्त्री. 'झन-झन' की ध्वनि, झनकार।

झनक—स्त्री. झनकार; झनझनाहट; पैर को झटका दे कर चलना।

झनकना—अ.क्रि. झनक होना; झुँझलाना, खीजना; पैर झटकार कर चलना।

झनकार—स्त्री. 'झन-झन' की आवाज़, पायल, झींगुर, आदि की आवाज़।

झनकारना—अ.क्रि. 'झन-झन' की आवाज़ निकालना; पैदा करना।

झनझना—वि. झुनझुना, बजने वाला खिलौना।

झनझनाना—अ.क्रि. 'झन-झन' की आवाज़ होना।

झनझनाहट—स्त्री. झनझन की आवाज़; पैरों-हाथों में झनकार-सी का रोग ('पैरों में झनझनाहट हो रही है')।

झनाझन—स्त्री. झन-झन की ध्वनि होना।

झन्नाना—अ.क्रि. झनझनाना।

झन्नाहट—स्त्री. झनझनाहट, झनझनाने का अनुभव होना।

झप—अ. झट, तुरंत।

झपक—स्त्री. पलकों का झपकना, गिरना; पलक गिरने तक का समय, पल; झपकी।

झपकना—अ.क्रि. पलक गिरना, (नींद की) झपकी लेना।

झपकाना—स.क्रि. बार-बार पलकों को गिराना-उठाना।

झपकी—स्त्री. हल्की, बहुत थोड़ी देर की नींद; आँख लगना।

झपट—स्त्री. झपटने की क्रिया, टूट पड़ना। **~मार**—पु., स्त्री. जो सोने के आभूषण—कान और गले के—झपट्टा मार कर ले कर भाग जाते हैं ('चेन स्नेचर्स')।

झपटना—अ.क्रि. किसी चीज़ को हमला करके, झपट्टा मार कर ले लेना, टूट पड़ना। स.क्रि. झपट कर छीन लेना, पकड़ लेना।

झपटान—स्त्री. झपट, झपट्टा।

झपटाना—स.क्रि. झपटने की क्रिया करवाना।

झपट्टा—पु. झपटने की क्रिया। **ला. ~मारना**—किसी चीज़ पर टूट पड़ना, जबरदस्ती प्राप्त कर लेना।

झपताल—पु. संगीत में दस मात्राओं का एक ताल।

झपना—अ.क्रि. द्र. 'झपकना'।

झपाटा—पु. झपट्टा, झपट।

झपेट—स्त्री. द्र. 'झपट'।

झपेटना—स.क्रि. दबोच लेना।

झप्पड़—पु. थप्पड़।

झबरा—वि. लंबे और सब तरफ़ बिखरे बालों वाला (कुत्ता, आदि)।

झबरीला—वि. जिसके बाल चारों ओर बिखरे हुए हों।

झब्बा—पु. गुच्छा, फुँदना।

झमक—स्त्री. चमक; ठसकपूर्ण चाल; 'झम-झम' की आवाज़।

झमकना—अ.क्रि. झम-झम की आवाज़ होना; पैरों के गहनों की झनकार के साथ चलना; झकड़ दिखाना।

झमकाना—स.क्रि. चमकाना; मटकाना; 'झम-झम' की आवाज़ करना।

झमकीला—वि. चमकीला।

झमझम—स्त्री. घुँघरुओं की झनकार; वर्षा की बूँदों की आवाज़।

झमझमाना—अ.क्रि. 'झम-झम' की आवाज़ होना; चमकना। स.क्रि. झम-झम की आवाज़ करना।

झमाझम—अ. झमझम की आवाज़ करते हुए, निरंतर वर्षा आवाज़ के साथ।

झमेला—पु. झगड़ा-टंटा, बखेड़ा; किसी तरह का चक्कर (डाल देना)।

झमेलिया—पु. झमेला, झगड़ा करने वाला।

झर—पु. [सं.] झरना; सोता। स्त्री. झड़ी।

झर-झर—स्त्री. वर्षा की झड़ी या पानी गिरने अथवा हवा बहने की आवाज़।

झरझराना—अ.क्रि. 'झर-झर' की ध्वनि के साथ बहना, गिरना।

झरना—पु. निर्झर, सोता, पहाड़ से गिरने वाला जल-स्रोत, धारा; अनाज छानने की लोहे, आदि की बड़ी छलनी।

झरबेर, झरबेरी—स्त्री. द्र. 'झड़बेरी'।

झरी—स्त्री. [सं.] झरना, सोता।

झरोखा—पु. छोटी खिड़की, गवाक्ष।

झर्झर—पु. [सं.] झाँझ; डिंडिम; झरना।

झर्झरी—पु. [सं.] शिव। स्त्री. झाँझ।

झर्झरीक—पु. [सं.] शरीर; देश।

झर्प*—स्त्री. द्र. 'झड़प'।

झल—पु. ज्वाला, जलन; क्रोध; पेशाब, आदि की असहनीय बदबू; तेल, आदि की तीखी गंध (सरसों, आदि के तेल में)।

झलक—स्त्री. चमक; क्षणिक, पल-भर के लिए किसी व्यक्ति या वस्तु का दीख जाना; आभास, किसी के समान दिखना।

झलकना—अ.क्रि. चमकता; दिखाई देना; आभास होना।

झलकनि*—स्त्री. द्र. '**झलक**'।

झलका—पु. छाला; दिखाई दिया।

झलकाना—स.क्रि. चमकाना; दिखाना; आभास देना।

झलकी—स्त्री. झाँकी; किसी कार्यक्रम—नाटक, फ़िल्म, आदि का कुछ नमूना; रेडियो-नाट्य, नाटिका।

झलझलाना—अ.क्रि. क्रोध करना; आवेश में बोलना; झलझलाना।

झलझलाहट—स्त्री. क्रोध; आवेश; किसी चीज का तीखा स्वाद।

झलना—स.क्रि. (पंखा, चँवर, आदि) हिला कर हवा करना; हवा करने के लिए हिलाना।

झलमल—पु. चमक-दमक; आर्कचर, झलमलाता हुआ प्रकाश।

झलमला—वि. चमक-दमक; झलमल करता हुआ।

झलमलाना—अ.क्रि. चमचमाना; रह-रह कर चमकना; झलक मारना।

झलवाना—स.क्रि. झलने का काम करवाना; पंखा, आदि से हवा करवाना।

झलाझल—वि. चमकता हुआ, चमाचम।

झलि—स्त्री. [सं.] एक प्रकार की सुपारी।

झल्ला—पु. बड़ा टोकरा। [पंजाबी] पागल-जैसा; निरर्थक बातें करने वाला।

झल्लाना—अ.क्रि. झुँझला उठना, क्रोधावेश में आना।

झल्लाहट—स्त्री. झुँझलाने की प्रवृत्ति, झुँझला जाना।

झष—पु. [सं.] मछली; मगर; मीन राशि।

झषांक—पु. [सं.] कामदेव।

झषोदरी—स्त्री. [सं.] व्यास की माता; मत्स्य जैसे पेट वाली।

झाईं—स्त्री. छाया, परछाईं, मुख, कपोलों पर पड़ जाने वाले काले-काले-से धब्बे।

झाँक—स्त्री. झाँकने की क्रिया ('ताक-झाँक' के युग्म में प्रयुक्त)।

झाँकना—अ.क्रि. किसी झाड़ या झरोखे, आदि से बाहर देखना; इधर-उधर देखना।

झाँकर—पु. द्र. 'झंखाड़'।

झाँका—पु. झरोखा, गवाक्ष।

झाँकी—स्त्री. दर्शन; किसी देवता, भगवान, आदि के जीवन से संबंधित दृश्य; किसी कार्यक्रम, नाटक, आदि का संक्षिप्त-सा दृश्य।

झाँझ*—स्त्री. एक वाद्य, दो तश्तरियों को जोड़कर मंजीरे की तरह बजाया जाने वाला बाजा। **ला. ~मारना**—उबाने वाली बात करना, अप्रिय बात करना।

झाँझन—स्त्री. पैरों में पहनने वाला पोला चाँदी, आदि का कड़ा—'झलझन' बजता है।

झाँझर*—स्त्री. द्र. 'झाँझन'।

झाँझरि*—स्त्री. द्र. 'झाँझन'।

झाँझिया—पु. झाँझ बजाने वाला।

झाँझी—स्त्री. झाँझ बजाने वाला।

झाँट—स्त्री. पुरुष-स्त्री के गुप्तांग के बाल।

झाँप—पु. ढकने वाली चीज़; बाँस का टोकरा।

झाँपना—स.क्रि. ढकना, आवरण करना।

झाँवर—स्त्री. पैर-एड़ी रगड़ने का मिट्टी का बना पकाया हुआ उपकरण; छोटा दानेदार लाल ईंट जैसा।

झाँवाँ—पु. द्र. 'झाँमर'।

झाँसना—स.क्रि. झाँसा देना, ठगना; बहकाना।

झाँसा—पु. धोखा, जाल; बहकावा।

झाँसू—पु. झाँसा देने वाला; जबरदस्त; बहुत अच्छा।

झा—पु. मैथिल ब्राह्मणों की एक उपाधि।

झाईं—स्त्री. द्र. 'झाँईं'।

झाऊ—पु. एक झाड़नुमा पौधा जो नदी के कछार में पाया जाता है, ईंधन रूप में प्रयुक्त ('झाऊ के जंगल')।

झाग—पु. फेन, गाज।

झाड़—पु. छोटा कँटीला पौधा जो बहुत फैला हुआ होता है। **~झंखाड़**—पु. कँटीले पौधों, झाड़ियों का समूह। **~फ़ानूस**—पु. शीशे का बना रोशनी करने और सजावट का सामान, छत से लटकाया जाता है।

झाड़—स्त्री. झाड़ने की क्रिया या भाव; फटकार, डाँट-फटकार; मंत्र पढ़ कर झाड़-फूँक की क्रिया।

झाड़न—स्त्री. झाड़ने से निकली गर्द, धूल, कूड़ा; झाड़ने के काम आने वाला कपड़ा ('डस्टर')।

झाड़ना—स.क्रि. धूल-गर्द साफ़ करना; ऊपर पड़ी हुई किसी चीज़ (विशेषत: कपड़े, आदि) को झटका दे कर साफ़ कर देना; रोग, प्रेत-बाधा, आदि दूर करने के लिए मंत्र पढ़ कर फूँकना। **ला.** डाँट-फटकार करना। **मु. ~हाथ झाड़ लेना**—किसी दायित्व से पीछा छुड़ा लेना।

झाड़ा—पु. झाड़-फूँक; तलाशी (नंगा झाड़ा—सारे कपड़े उतरवा कर तलाशी लेना); मल-त्याग की क्रिया। **~फिरना**—मल-त्याग करना, शौच के लिए जाना।

झाड़ी—स्त्री. छोटे-छोटे कँटीले पौधों का समूह, काँटेदार छोटा पेड़।

झाड़ू—स्त्री. लम्बी सींकों का समूह जिससे धूल, कूड़ा, आदि साफ़ किया जाता है, बुहारी।

झापड़—पु. थप्पड़, जोर का तमाचा।

झाबा—पु. बड़ा टोकरा, खाँचा।

झाबी—स्त्री. छोटा टोकरा।

झामर—पु. पैरों का एक आभूषण।

झामुमो—पु. 'झारखंड मुक्ति मोर्चा' नामक एक राजनीतिक दल, जिसने झारखंड राज्य बनवाया, झारखंड का प्रमुख राजनीतिक दल।

झायँ-झायँ—स्त्री. सनसनाती तेज़ हवा की ध्वनि। **मु. ~करना**—सना, डरावना लगना।

झार*—स्त्री. ज्वाला, झाल। पु. द्र. 'झाड़'।

झारन—स्त्री. द्र. 'झाड़न'।

झारना—स.क्रि. द्र. 'झाड़ना'।

झारा—पु. झरना; छानने का बड़ा अड्डा-सा। *तलाशी।

झारी—स्त्री. पानी परोसने, हाथ-मुँह धुलाने, आदि के लिए काम में लाया जाने वाला टोंटीदार बरतन, सागर।

झाल—पु. झाँझ, एक बाजा। स्त्री. मिर्चों का तीता स्वाद, ज्वाला; वर्षा की झड़ी—कई दिन तक लगी हुई।

झालना—स.क्रि. धातु की चीज़ों की मरम्मत करने के लिए टाँका लगा कर जोड़ना।

झालर—स्त्री. किसी कपड़े के किनारों पर सजावट के लिए लगाया गया लटकने वाला किनारा; कोई लटकती हुई चीज़; किसी बरामदे, आदि में लटकने वाली सीमेंट, आदि की बनी लटकन।

झाला—पु. कानों का एक आभूषण; राजपूतों की एक उपजाति, गोत्र।

झावँ-झावँ—स्त्री. हुज्जत तकरार, अनर्गल बातें करना।

झिंगन (झींगन)—पु. सारस्वत ब्राह्मणों की एक उपजाति।

झिंझिया—स्त्री. वह घड़ा जिसके पैंदे में बहुत से छेद होते हैं, इसमें दीया जला कर घरों में घुमाया जाता है।

झिंझौटी—स्त्री. एक रागिनी (संगी.)।

झिझक—स्त्री. संकोच, लज्जा।

झिझकना—अ.क्रि. संकोच, लज्जा, आदि के कारण कहने या करने में ठिठकना, हिचकना।

झिझकार—पु. झिझकने की क्रिया या भाव।

झिझकारना—स.क्रि. दुत्कारना; झिड़कना।

झिड़कना—स.क्रि. डाँटना-फटकारना; अवज्ञा करना।

खिड़की—स्त्री. डाँट-फटकार, झिड़कने का भाव।

झिर-झिर—अ. मंद गति से; 'झिर-झिर' की ध्वनि के साथ।

झिरझिरा—वि. झीना; बहुत जर्जर।

झिलना—अ.क्रि. झेल जाना, सहन करना।

झिलय—स्त्री. सिर पर पहनी हुई मुँह तक आती लोहे की टोपी जो युद्ध में पहनी जाती थी।

झिलमिल—स्त्री. हिलता हुआ प्रकाश, रह-रह कर चमकता हुआ।

झिलमिला—वि. चमकता हुआ; धुँधला-सा।

झिलमिलाना—अ.क्रि. रोशनी का टिमटिमाना, कभी-कभी चमकना।

झिलमिलाहट—स्त्री. चमचमाहट, झिलमिलाने का भाव।

झिलवाना—स.क्रि. झेलने का काम कराना, सहन कराना।

झिल्लि—स्त्री. [सं.] एक बाजा; झींगुर।

झिल्लिका—स्त्री. [सं.] झिल्ली, झींगुर; झींगुर की झनकार।

झिल्ली—स्त्री. [सं.] त्वचा की हल्की-सी ऊपरी परत; मलाई की पतली परत; आँख की पतली त्वचा।

झिल्लीक—पु. [सं.] झींगुर।

झिल्लीका—स्त्री. [सं.] झींगुर।

झींकना—अ.क्रि. द्र. 'झींखना'।

झींख—स्त्री. झींखने का भाव, क्रिया।

झींखना—अ.क्रि. कुढ़ना; दुखी होना; दु:खड़ा रोना; दुखी मन से कोई कार्य करना।

झींगा—पु. मछली की एक प्रजाति, छोटी मछली इसके मुँह और पूँछ पर बाल होते हैं।

झींगुर—पु. एक कीड़ा जिसकी आवाज़ बहुत तेज होती है, घर के कोने-अँतरों में निवास, बरसात के दिनों में विशेषत:।

झींवर*—पु. द्र. 'झीमर'।

झींसी—स्त्री. नन्हीं-नन्हीं बूँदों की फुहार, वर्षा।

झीखना—अ.क्रि. द्र. 'झींखना'।

झीना—वि. बहुत पतला, बारीक (कपड़ा); दूर-दूर बुना हुआ।

झीमर—पु. धींवर; मछुआरा।

झीरिका, झीरुका—स्त्री. [सं.] झींगुर।

झील—स्त्री. लम्बा-चौड़ा प्राकृतिक जलाशय; बहुत बड़ा प्राकृतिक ताल।

झीलर—पु. बरसाती पानी से बना तालाब-सा, लंबा-चौड़ा जल-भरा गड्ढा।

झीवर—पु. मछुआरा।

झुंगना*—जुगनू।

झुंझना*—पु. झुनझुन, बच्चों को बहलाने का छोटा बजने वाला खिलौना।

झुंझलाना—अ.क्रि. खीझना, चिढ़ना, बिगड़ना।

झुंझलाहट—स्त्री. झुंझलाने की क्रिया या भाव।

झुंड—पु. समूह, विशेषत: पशु-पक्षियों का समूह।

झुंडी—स्त्री. ईख, अरहर, आदि के पेड़ों की जड़ जो कटाई के बाद खेत में रह जाती है, ईंधन के रूप में प्रयुक्त।

झुकना—अ. क्रि ऊपरी भाग का नीचे की ओर आना, लटक जाना; दबना, नमित होना; किसी ओर पक्षपात करना। **ला.** नम्रता दिखाना, विनीत हो जाना; हार मान लेना।

झुकमुख*—पु. झुटपुटा।

झुकवाना—स.क्रि. किसी खड़ी चीज़ को नीच की ओर करवाना, झुकना का प्रेरणार्थक रूपक; प्रवृत्त करना; हार मनवाना।

झुकाई—स्त्री. झुकने की क्रिया या भाव।

झुकाना—स.क्रि. झुकना का प्रेरणार्थक; द्र. 'झुकवाना'।

झुकाव—पु. झुकने की क्रिया या भाव; किसी ओर या किसी व्यक्ति विशेष की ओर मन होना।

झुकावट—स्त्री. द्र. 'झुकाव'।

झुग्गी—स्त्री. झोंपड़ी।

झुटपुटा—पु. सवेरे या शाम का वह समय जब कुछ-कुछ अँधेरा हो, कुछ-कुछ उजाला भी हो।

झुटलाना—स.क्रि. द्र. 'झुठलाना'।

झुटालना—स.क्रि. द्र. 'जुठारना'।

झुठलाना—स.क्रि. झूठा साबित कर देना, झूठ कहकर धोखा देना।

झुठाई—स्त्री. झूठापन, असत्यता।

झुठाना—स.क्रि. द्र. 'झुठलाना'।

झुठालना—स.क्रि. द्र. 'झुठलाना'; द्र. 'जुठारना'।

झुनक—स्त्री. घुँघरू की आवाज़, शब्द।

झुनकना—अ.क्रि. 'झुन-झुन' बजना; द्र. 'झुनझुना'।

झुनझुन—पु. घुँघरू, पायल, आदि बजने का शब्द।

झुनझुना—पु. बच्चों का बजने वाला छोटा खिलौना—धातु, प्लास्टिक, आदि का बना हुआ। **ला.** कोई बहकाने वाली चीज़, माँग-पूर्ति का वायदा (क्षमा देना)।

झुनझुनाना—अ.क्रि. 'झुन-झुन' शब्द होना, ऐसा शब्द उत्पन्न कर देना।

झुनझुनियाँ—स्त्री. बजने वाला गहना, पैर, आदि का।

झुनझुनी—स्त्री. हाथ-पाँव में रक्त संचार रुक सुन्न हो जाना।

झुमका—पु. कान का एक लटकने वाला आभूषण।

झुमरि—स्त्री. [सं.] एक रागिनी (संगी.)।

झुमाना—स.क्रि. किसी को झूमने में प्रवृत्त कर देना।

झुमिरना*—अ. द्र. 'झूमना'।

झुरझुरी—स्त्री. कँपकँपी, ज्वर-ताप, आदि में; अनिष्ट, अघटित हो जाने पर।

झुरना*—अ.क्रि. सूखना; पत्ता, आदि सूख कर गिरना। **ला.** दु:ख का चिंता में घुलना, क्षीण होना।

झुरमुट—पु. बहुत पास-पास पेड़ या पौधा का उगना जिससे उनका कुंज सा बन जाए; समूह; मंडली।

झुरसना*—अ.क्रि., स.क्रि. द्र. 'झुलसना'।

झुरसाना*—स.क्रि. द्र. 'झुलसाना'।

झुरहुरी—स्त्री. द्र. 'झुरझुरी'।

झुराना*—अ.क्रि. सूखना, क्षीण होना।

झुर्री—स्त्री. शरीर की त्वचा पर पड़ने वाली सलवटें, त्वचा सिकुड़ जाना (विशेषत: वृद्धावस्था या बीमारी में)।

झुलना—पु. द्र. 'झूलना'।

झुलनी—स्त्री. सोने, मोतियों, आदि की झालर जो आभूषणों में लगाई जाती है, लटकन।

झुलवाना—स.क्रि. झूलने की क्रिया में प्रवृत्त करना।

झुलसना—अ.क्रि. वस्तु या त्वचा के ऊपरी भाग का जलना, जल कर काला पड़ जाना; धूप, लू या पाले से पौधों का सूखना या मुरझा जाना।

झुलसवाना—स.क्रि. झुलसने का काम करवाना।

झुलसाना—स.क्रि. किसी वस्तु या त्वचा, आदि का ऊपरी भाग जला देना, अधजला कर देना।

झुलाना—स.क्रि. झूले को हिलाने की क्रिया; बच्चों या किसी को भी झूले पर बिठा कर झोंटे देना।

झुलावना*—स.क्रि. द्र. 'झुलाना'।

झुलावनि*—स्त्री. [ब्र.भा.] झुलाने की क्रिया या भाव।

झूँटा—वि. झूठा। पु. पेंग; झोंटा।

झूट—वि., पु. द्र. 'झूठा'।

झूठ—वि. जो सच न हो, असत्य, मिथ्या; अयथार्थ। पु. झूठी बात, असत्य। **~मूठ**—अ. यों ही, अकारण; दिखावे भर को।

झूठन—स्त्री. द्र. 'जूठन'।

झूठा—वि. जो सत्य न हो, असत्य, मिथ्या; झूठ बोलने वाला; दिखावटी; नक़ली। **ला. ~पड़ना**—वायदे पर खरा न उतर पाना; किसी पुरज़े, आदि का काम लायक न रहना, बेकार हो जाना।

झूठों—अ. दिखावे के लिए (भी न पूछना)।

झूतरे*—पु. बिखरे हुए बाल, विशेषत: स्त्रियों के अनसँवारे खुले बाल, असम्मानपूर्वक 'भूतरे' का प्रयोग।

झूम—स्त्री. झूमने की क्रिया, ऊँघना।

झूमक—पु. झूमर; वह नृत्य जिसमें घूम-घूम कर वृत्त बना कर स्त्रियाँ नाचती हैं; साड़ी या दुपट्टे के किनारों पर लगी झालर।

झूमका—पु. द्र. 'झुमका'।

झूमड़—पु. द्र. 'झूमर'।

झूमड़ा—पु. द्र. 'झूमर'।

झूमना—अ.क्रि. आनंद विभोर हो सिर को इधर-उधर घुमाना, बहुत आनंदित होना; नशे में मदहोश हो हिलते-डुलते चलना।

झूमर—पु. माथे पर टीके की तरह पहने जाना वाला आभूषण; एक गीत, लोकगीत; इस गीत के साथ किए जाने वाला नृत्य।

झूमरा—पु. संगीत में एक ताल।

झूमरी—स्त्री. शालक राग का एक भेद (संगी.)।

झूरना*—अ.क्रि. सूखना; किसी को बहुत बुरी तरह मारना-पीटना; बुरी तरह डाँटना।

झूल—स्त्री. हाथी, घोड़े, बैलों, आदि की पीठ पर सजावट के लिए ओढ़ने वाला वस्त्र; ढीला-ढाला, भद्दा पहनावा। पु. झूला, जो झूलने के लिए डाला जाता है।

झूलन—पु. झूलने का उत्सव; एक लोकगीत।

झूलना—अ.क्रि. पेंग लेना, झूले पर बैठ कर आगे-पीछे होना; किसी काम का बीच में ही अनिश्चय में लटकना। पु. झूला, हिंडोला। वि. झूलने वाला।

झूलनी—वि. स्त्री. झूलने वाली।

झूला—पु. झूलने का साधन, किसी पेड़ की डाल, छत की कड़ियों में लटकते कुंडे, आदि में रस्सियाँ बाँध कर बनाई गई लटकन जिस पर बैठ कर पेंग लेते हैं, हिंडोला।

झेंपना—अ.क्रि. लज्जित होना, शरमाना।

झेंपू—वि. झेंपने, लज्जित होने वाला, शर्मीला।

झेपना—अ.क्रि. द्र. 'झेंपना'।

झेपू—वि. द्र. 'झेंपू'।

झेरना—स.क्रि. झेलना।

झेल—स्त्री. झेलने की क्रिया या भाव।

झेलना—स.क्रि. सहना, बरदाश्त करना।

झैड़-फैड़*—स्त्री. वि. बहुत जल्दी, त्वरित।

झोंक—स्त्री. वेग, झोंका; भाड़ या भट्ठी में झोंके जाना वाला ईंधन, गन्नों की पत्ती और रस निकला हुआ कोल्हू में पेल कर निकाला गया ऊख का सूखा छिलका; बहाव, उमंग या लहर (में)।

झोंकना—स.क्रि. कोई वस्तु जलाने के लिए भट्ठी, झाड़, आदि में फेंकना; ठेल देना। **ला.** काम में लगा देना।

झोंकवा—पु. झोंकने का काम करने वाला।

झोंकवाना—स.क्रि. झोंकने में प्रवृत्त करना, झोंकने का काम करवाना।

झोंका—पु. हवा का तेज प्रवाह; पानी का हिलोरा; तेज़ी से आने वाला धक्का (किसी रैले, आदि का)।

झोंकाई—स्त्री. झोंकने की क्रिया या भाव; झोंकने की मज़दूरी।

झोंकिया—पु. झोंकने का काम करने वाला, झोंकवा।

झोंझ*—पु. तेज़ खुजली (होना), रोग के रूप में ('झोंक उठना या लगना')।

झोंटा—पु. सिर के बालों का अस्त-व्यस्त रूप; झूले की पेंग।

झोंपड़-पट्टी—स्त्री. झोंपड़े की बसावट, शहर के बाहरी भागों में।

झोंपड़ा—पु. घास-फूस से बना, छाया हुआ घर, कच्चा घर। **ला.** विनम्रतावश स्वयं के घर के लिए इस शब्द का प्रयोग।

झोंपड़ी—स्त्री. घास-फूस की पत्तियों से कच्ची मिट्टी के आधार या मोटी लकड़ियों के आधार पर बनाई गई कुटिया, छाजन।

झोंपा—पु. ढकने की क्रिया।

झोपड़ा—पु. द्र. 'झोंपड़ा'।

झोपड़ी—स्त्री. द्र. 'झोंपड़ी'।

झोर—पु. द्र. 'झोल'।

झोरना*—स.क्रि. जोर से हिलाना; पेड़ की डाल को पके फल गिराने के लिए जोर से हिलाना।

झोरि*—स्त्री. द्र. 'झोली'।

झोरी*—स्त्री. झोली।

झोल—पु. सब्ज़ी, आदि का गाढ़ा रस; धातु पर चढ़ाया गया मुलम्मा; धोखे की बात; कमी, अंतर; कपड़े का वह भाग जिसमें सिलाई सीधी न रह कर कपड़े पर किसी स्थान में सलवट डाल देती है।

झोलना*—स.क्रि. जलाना।

झोला—पु. कपड़े, टाट, आदि का बना बड़ा थैला।

झोली—स्त्री. चारों कोनों से वस्त्र को बाँध कर झोले, थैले का रूप दे कर कंधे पर लटका कपड़ा। **मु. ~फैलाना, ~फैला कर माँगना**—अत्यंत विनम्र हो, बहुत अनुनय-विनयपूर्वक कोई चीज़ माँगना, बात मनवाना।

झौंर—पु. [ब्र.भा.] झुंड, समूह।

झौर—पु. हुज्जत करना।

ञ

ञ—देवनागरी वर्णमाला का 'च' वर्ग का पाँचवाँ वर्ण। उच्चारण-स्थान तालु तथा नासिका।

ट

ट—देवनागरी वर्णमाला का ग्यारहवाँ व्यंजन, ट वर्ग का पहला वर्ण, उच्चारण स्थान मूर्द्धा।

टंक—पु. [सं.] चार माशे की एक पुरानी तौल; पत्थर गढ़ने, काटने की छैनी; कुल्हाड़ी; सुहागा।

टंकक—पु. [सं.] चाँदी का एक सिक्का; टंकण यंत्र पर कार्य करने वाले ('टाइपिस्ट')।

टंकण—पु. [सं.] धातु की किसी पत्तरी पर कुछ उकेरना; टाँकी लगाना। टाइपराइटर पर टाइप करना।

टंकन—पु. [सं.] टाँकी देना; सुहागा; टाइपिंग (का कार्य)।

टँकना—अ.क्रि. टाँका जाना; लिखा जाना; सिल, चक्की के पाट को टाँकी लगाना।

टँकवाना—स.क्रि. टाँका लगवाना, सिलाई करवाना; सिल, चक्की के पाटों, आदि को टाँकी लगवाना; खुदवाना।

टंका—पु. चाँदी की एक पुरानी तौल; एक सिक्का।

टँकाई—स्त्री. टाँकी लगाने की मज़दूरी; टाँकने की क्रिया।

टंकार—स्त्री. [सं.] धनुष की प्रत्यंचा को खींच कर छोड़ने से उत्पन्न ध्वनि; धातु के टुकड़े, आदि को आघात देने से होने वाला शब्द; झंकार।

टंकारना—स.क्रि. धनुष की प्रत्यंचा खींच कर छोड़ देने पर होने वाला शब्द।

टंकिका—स्त्री. [सं.] टाँकी लगाने की छैनी।

टंकी—स्त्री. पानी, तेल, आदि का भंडारण करने के लिए बनाया गया बड़ा पात्र या कुंड।

टंकोर—स्त्री. द्र. 'टंकार'।

टंकोरना—स.क्रि. द्र. 'टंकारना'।

टँकोरी, टँकौरी—स्त्री. सोने-चाँदी, आदि बहुमूल्य धातुओं, आदि को तौलने की पुरानी तराज़ू।

टंग—पु. [सं.] कुदाल; फरसा; चार माशे की एक पुरानी तौल—टंक।

टँगड़ी—स्त्री. टाँग, पैर अड़ा कर किसी को गिरा देना।

टँगण—पु. [सं.] सुहागा।

टँगना—अ.क्रि. लटकना; लटकाने की क्रिया। **ला. ~टंग जाना**—किसी कार्य में फँसा रहना, फँस जाना।

टंच—वि. तैयार, मुस्तैद।

टंट-घंट—पु. पूजा-पाठ का आडम्बर—घंटी, आदि बजाना; आडम्बर।

टंटा—पु. झगड़ा, फसाद, कलह। **~खड़ा करना**—मुसीबत खड़ी कर देना।

टंडैल—पु. मज़दूरों का सरदार, मेठ।

ट—पु. [सं.] टंकार जैसा शब्द।

टक—स्त्री. लगातार एक ओर या एक ही बिंदु पर देखना।

टकटका*—पु. द्र. 'टकटकी'।

टकटकाना—अ.क्रि. देर तक स्थिर दृष्टि से एक ओर या एक ही बिंदु पर देखना।

टकटकी—स्त्री. देर तक स्थिर दृष्टि से देखना।

टकटोना*—स.क्रि. टटोलना, उँगलियों से किसी चीज़ को टोहना, पता लगाना।

टकटोरना*—स.क्रि. द्र. 'टटोलना'।

टकतंत्री—स्त्री. सितारनुमा एक पुराना वाद्य।

टकराना—अ.क्रि. एक चीज़ या व्यक्ति का दूसरी चीज़ या व्यक्ति से जोर से भिड़ना।

टकराव—पु., **टकराहट**—स्त्री. टकराने की क्रिया या भाव।

टकसार—स्त्री. द्र. 'टकसाल'।

टकसाल—स्त्री. वह स्थान जहाँ सरकार द्वारा सिक्के ढालने का कार्य किया जाता है।

टकसाली—वि. टकसाल संबंधी; खरा; प्रामाणिक; विशेषज्ञों द्वारा प्रमाणित, अनुमोदित।

टका—पु. चाँदी का पुराना सिक्का; ताँबे का एक पुराना सिक्का जिसका मूल्य दो पैसे होता था, अधन्नी। **मु. ~सा जवाब देना**—साफ़ तौर से नकारात्मक उत्तर देना।

टकार—पु. [सं.] 'ट' वर्ग।

टकुआ—पु. द्र. 'तकुआ'।

टकुली—स्त्री. पत्थर काटने की छैनी, छोटी छैनी।

टकोर—स्त्री. हलकी चोट या आघात; दवा की पोटली या गरम पानी से चोट या मोच के स्थान पर हलका सेंक देना।

टकोरना—स.क्रि. टकोर की क्रिया, द्र. 'टकोर'।

टक्कर—स्त्री. दो वस्तुओं या व्यक्तियों का एक-दूसरे से वेगपूर्वक भिड़ जाना; मुकाबला, सामना; हानि। **~का मुकाबला**—जोरदार मुकाबला, प्रतिस्पर्द्धा। **~मारना**—निरर्थक प्रयत्न करना।

टक्कर—पु. [सं.] शिव।

टखना—पु. एड़ी के ऊपर की हड्डी की गाँठ।

टगण—पु. [सं.] छः मात्राओं का एक गण (पिंग.)।

टगर—पु. [सं.] सुहागा।

टटका*—वि. ताज़ा।

टटिया—स्त्री. बाँस-फूस, आदि की छोटी आड़, छपड़िया।

टटीरी—स्त्री. कुररी पक्षी।

टटोल—स्त्री. टटोलने की क्रिया या भाव।

टटोलना—स.क्रि. अंगुलियों से छू कर किसी चीज़ को पहचानने का प्रयत्न; बातचीत द्वारा किसी के मन की थाह लेना।

टट्टर—पु. बाँस-फूस, आदि का बना छप्परनुमा छोटा परदा, पल्ला।

टट्टा—पु. बाँस-फूस, आदि का बना छपरनुमा बड़ा परदा, पल्ला।

टट्टी—स्त्री. बाँस-फूस, आदि का छप्परनुमा छोटा पल्ला, परदा।

टट्टुर—पु. [सं.] द्र. 'टट्टा'।

टट्टू—पु. छोटे कद का घोड़ा।

टन—पु. [अं.] 100 किलोग्राम भार की माप; 100 किलोग्राम भार-मापक बाट।

टन—पु. घड़ी या घंटे का शब्द (टन-टन)।

टनकना—अ.क्रि. 'टन-टन' बजना; धूप या गर्मी से सिर में होने वाला दर्द; रह-रह कर पीड़ा होना।

टनटनाना—स.क्रि. किसी घंटे, धातु या बरतन पर आघात देने से होने वाला शब्द।

टनमन—पु. जादू-टोना।

टनमना—वि. स्वस्थ, हरा-भरा, प्रसन्नचित्त।

टनल—स्त्री. [अं.] पहाड़ के बीच या नदी के नीचे से निकाली गई सुरंग।

टना—पु. भग, भग का एक भाग (गाली रूप में प्रयुक्त)।

टनाटन—पु. लगातार 'टन-टन' होने वाला शब्द। **ला.** पूर्ण स्वस्थ; हृष्ट-पुष्ट।

टनेल—पु. [अं.] द्र. 'टनल'।

टप*—स्त्री. किसी चीज़ का छाजन, ऊपर ढकने का उपकरण (गाड़ी का टप)।

टप—पु. बूँद, फल, आदि के गिरने का शब्द। **~से**—झट से, तुरंत।

टप—पु. [अं.] द्र. 'टब'।

टपक—स्त्री. टपकने की क्रिया भाव; बूँद गिरने का शब्द।

टपकन—स्त्री. बूँद-बूँद गिरना।

टपकना—अ.क्रि. बूँद-बूँद गिरना; ऊपर से सहसा आकर गिरना। **ला.** किसी का अचानक आ जाना।

टपका—पु. रिसाव, बूँद-बूँद कर गिरना; किसी फल, विशेषत: आम, आदि का पककर चू कर गिरना; इस प्रकार गिरने वाला आम।

टपका-टपकी—स्त्री. रह-रहकर बूँद रूप में गिरना; बहुत थोड़ी हल्की वर्षा (लगातार होती वर्षा के बाद की)।

टपकाना—स.क्रि. बूँद के रूप में गिराना, चुआना ('जरा-सा घी टपकाना')।

टपरा—पु., **टप्परी**—छोटा छप्पर; झोंपड़ी।

टपाटप—अ. 'टप-टप' की आवाज़; लगातार।

टप्पर—पु. छप्पर, छाजन।

टप्पा—पु. उछलती हुई चीज़, गेंद, आदि का बार-बार जमीन छूना; उतनी दूरी जहाँ फेंकी हुई वस्तु गिरे; उछाल, फलाँग; एक पंजाबी लोकगीत का प्रकार।

टफ—वि. [अं.] कठिन; सहनशील।

टब—पु. [अं.] पानी रखने, स्नान, आदि करने का बड़ा पात्र।

टमटम—पु. [अं.] ऊँचे पहियों वाली एक खुली घोड़ा-गाड़ी, बग्घी।

टमस—स्त्री. तमसा नदी।

टमाटर—पु. एक सब्ज़ी।

टर—स्त्री. मेढक की बोली; घमंड-भरी बात, गर्वोक्ति; अविनीत आचरण, उद्दंडता। **मु. ~टर करना, ~टर लगाए रखना**—निरर्थक बात करना, आक्रोश, नाराज़गी व्यक्त करने के लिए बड़बड़ाते रहना।

टरकना—अ.क्रि. द्र. 'टलना'।

टरकाना—स.क्रि. टाल देना; चलता कर देना; बहका देना।

टरटराना—अ.क्रि. टर-टर शब्द करना; लगातार विरोध स्वरूप बोलते रहना।

टर्न—पु. [अं.] घुमाव; मोड़; घूमना; चक्कर खिलाना, घुमाना; चक्कर, फेरा।

टर्बाइन—स्त्री. [अं.] वह यंत्र या मोटर जिसका पहिया पानी, भाप, गैस, आदि के द्वारा चलता है।

टर्म—स्त्री. [अं.] नाम रखना, कहना; अवधि, समय-सीमा; सत्र। **(टैक्नीकल)**~पारिभाषिक शब्द।

टर्र-टर्र—स्त्री. मेढक की ध्वनि। **ला.** निरर्थक, विरोधस्वरूप लगातार बोलना।

टर्राना—अ.क्रि. विरोधस्वरूप लगातार बर्र-बर्र करना।

टर्मिनल—पु. [अं.] अंतिम स्टेशन। वि. सत्र संबंधी; सत्र समाप्ति पर; त्रैमासिक। **~परीक्षा**—स्त्री. सत्रांत परीक्षा, त्रैमासिक परीक्षा।

टलना—अ.क्रि. अपने स्थान से हटना; सरकना; आगे के लिए कोई समय होना।

टलमल—वि. हिलता हुआ।

टलाटली*—स्त्री. द्र. 'टाल-मटोल'।

टवर्ग—पु. [सं.] ट, ठ, ड, ढ तथा ण—इन पाँच वर्णों का वर्ग।

टस—स्त्री. भारी वस्तु के हटने का शब्द। **मु. ~से मस न होना**—अपने स्थान या बात से थोड़ा भी न हटना; कहने-सुनने का कोई प्रभाव न पड़ना।

टसक—स्त्री. रह-रह कर होने वाली पीड़ा।

टसकना—अ.क्रि. टीस, रह-रह कर उठने वाली पीड़ा।

टसकाना—स.क्रि. खिसकाना, अपनी जगह से थोड़ा हटाना।

टसर—पु. एक प्रकार रेशमी कपड़ा, मोटा रेशमी कपड़ा।

टसुआ—पु. आँसू। **मु. ~टसुए बहाना**—किसी के रोने को महत्त्व न देने पर कहा जाता है—'क्यों टसुए बहा रहे हो'।

टहक—स्त्री. थोड़ा रुकने का भाव या क्रिया।

टहकना—अ.क्रि. मृत्यु हो जाना।

टहनी—स्त्री. पेड़ की पतली, छोटी शाखा, डाल।

टहल—स्त्री. सेवा, शुश्रूषा; चाकरी। **ला. ~बजा लाना**—सेवा करना।

टहलना—अ.क्रि. व्यायाम की दृष्टि से या मौज-मस्ती, मन बहलाने के लिए धीरे-धीरे चलना, घूमना, सैर करना।

टहलनी—स्त्री. दासी, नौकरानी।

टहलाना—स.क्रि. सैर कराना; धीरे-धीरे चलाना (द्र. 'टहलना', टहलना का प्रे.)।

टहलुआ, टहलुवा—पु. चाकर, सेवक।

टहलू—पु. चाकर, सेवक।

टही—स्त्री. काम निकालने की युक्ति।

टहोका—पु. हाथ से दिया जाने वाला हलका-सा धक्का।

टाँक—स्त्री. चार माशे की एक माप, तौल। **ला. ~देना**—लिख देना।

टाँकना—स.क्रि. सुई-धागे से किसी चीज़ को वस्त्र से जोड़ देना; सीं कर अटकाना; सिल, चक्की के पाट, आदि को छैनी से छोटे-छोटे कर खोदना; लिख लेना; खाने, आदि में प्रविष्टि लिख देना।

टाँका—पु. सीवन, जोड़-धातु या धातु की किसी वस्तु में जोड़ लगाना, उसका छेद बंद करना। **मु. ~भिड़ना**—प्रेम संबंध जुड़ जाना।

टाँकी—स्त्री. पत्थर काटने या गढ़ने की छैनी।

टाँग—स्त्री. पैर, जाँघ से ले कर एड़ी तक का शरीर भाग। **मु.~ अड़ाना**—बिना अधिकार के, व्यर्थ में किसी आदमी के काम में हस्तक्षेप करना। **~तले से निकलना**—पराजय स्वीकार कर लेना। **~पसार कर सोना**—निश्चिंत हो कर सोना।

टाँगना—स.क्रि. किसी ऊँची जगह, खूँटी या अलगनी, आदि पर, किसी वस्तु को इस प्रकार लटकाना कि उसका पूरा भार नीचे को आ जाए; फाँसी पर चढ़ाना। **ला.** प्रतीक्षा कराना या अनिश्चय की स्थिति में रखना।

टाँगा—पु. द्र. 'ताँगा'।

टाँच—स्त्री. ऐसी बात जिससे बनता काम बिगड़ जाए, भाँजी (मारना)।

टाँचना—स.क्रि. टाँका लगाना, टाँकना; काट-छाँट कर ठीक करना।

टाँड़—स्त्री. मचान; घर, कमरे या कोठे के भीतर छत से कुछ नीचे लकड़ी के फट्टों से बना सामान रखने का स्थान।

टाँड़ा—पु. व्यापार की वस्तुओं या घर के सामान से लदा-फदा पशु (बैल या गधा, घोड़ा, खच्चर), पशुओं का झुंड जो व्यापारी ले कर चलते हैं; वह माल, सामान जो व्यापारियों द्वारा एक स्थान से दूसरे स्थान को ले जाया जाता है; बिक्री के माल की खेप; कुटुंब, परिवार।

टाँड़ी*—स्त्री. टिड्डी।

टाँय-टाँय—स्त्री. 'टें टें' का कर्कश शब्द, व्यर्थ का विरोधपूर्ण स्वर, निरंतर विरोध। **मु. ~फिस**—बातें बहुत पर परिणाम कुछ नहीं; असफल होना।

टाँस—स्त्री. शिराओं की अकड़न से होने वाला दर्द।

टाँसना*—स.क्रि. जोड़ना; टाँकना; राँगे-शीशे, आदि से किसी बरतन, आदि का छेद बंद करना।

टाँसिल—[अं.] गदूद फूलना, गले का एक रोग।

टा—स्त्री. [सं.] पृथ्वी; शपथ।

टाइट—वि. [अं.] बहुत तंग, कपड़े का शरीर से चिपक जाना; कसना।

टाइटिल—स्त्री. [अं.] शीर्षक; उपाधि, पदवी; स्वत्वाधिकार।

टाइप—पु. [अं.] छपाई, मुद्रण में काम आने वाला सीसे के ढले अक्षर; प्रकार ('किस टाइप के')। **~राइटर**—पु., स्त्री. वह छोटी मशीन जिस पर अक्षर छापे जाते हैं, टंकन मशीन।

टाइपराइटर—वह छोटी मशीन जिस पर अक्षर छापे जाते हैं, टंकन मशीन।

टाइपिंग—स्त्री. [अं.] टाइप करने की क्रिया, टंकन।

टाइपिस्ट—पु. [अं.] टाइप करने वाला, टंकक।

टाइफ़ाइड, टाइफ़ायड—पु. [अं.] मियादी बुखार, एक शारीरिक रोग, ज्वर का एक प्रकार।

टाइम—पु. [अं.] समय। **~बम**—वह बम जिसके फटने का समय निश्चित कर दिया गया हो। **~बार**—वि. वह वस्तु या कार्य जिसका समय समाप्त हो गया हो।

टाइमकीपर—[अं.] समय बताने वाला; घड़ी।

टाइमटेबल—[अं.] समय-सारिणी, समय-सूची; कार्यक्रम।

टाइम पीस—[अं.] अलमारी, आदि पर रखी जाने वाली घड़ी।

टाइल—[अं.] खपड़ा, खपड़ी; पत्थर या सैरेमिक, आदि का बना चौखंड (फ़र्श, दीवार, आदि पर लगाने के लिए प्रयुक्त)।

टाइलेट—[अं.] प्रसाधन-स्थान; शौच-स्थान, शौचालय; शृंगार, प्रसाधन।

टाई—स्त्री. [अं.] स्त्री. गले में बाँधने का पट्टीनुमा वस्त्र—सूट, आदि के साथ पहने जाना वाला, नेकटाई।

टाउन—पु. [अं.] कस्बा; शहर; छोटा शहर। **~शिप**—स्त्री. शहरी बसावट।

टॉकिज़ (टाकीज़)—पु. [अं.] सिनेमा, बोलने वाले चित्रपट दिखाने का स्थान।

टॉनिक—[अं.] बलवर्धक, शक्तिवर्धक (औषधि)।

टॉन्सिल्स—[अं.] गले का गदूद सूज जाने का रोग; गले का एक भाग।

टॉकी-फिल्म—स्त्री. [अं.] स्वर-युक्त फ़िल्म, चित्रपट।

टाट—पु. सन या पटसन का बना मोटा कपड़ा, इससे बोरी, बिछावन, आदि बनाए जाते हैं।

टाटर—पु. द्र. 'टट्टर'।

टाटा, सर जमशेतजी—पु. इस्पात उद्योग के पितामह प्रसिद्ध उद्योगपति, पूरा वास्तविक नाम 'जमशेतजी नुसेरवानी टाटा'

(1839-1904) जिन्होंने टाटा उद्योग-समूह, इस्पात संयंत्र का प्रारंभ कर विश्वस्तरीय उद्योग-संस्थान का मार्ग प्रशस्त किया।

टाडा—[अं.] आतंक विरोधी क़ानून (टेररिस्ट एंड डिस्टरप्टिव एक्टीविटीज़-प्रिवेंशन एक्ट)।

टान—स्त्री. तनाव, खिंचाव; खींचने की क्रिया।

टानना—स.क्रि. खींचना।

टॉनिक—पु. [अं.] बलवर्द्धक, शक्तिवर्द्धक (औषधि)।

टाप—स्त्री. घोड़े के पाँव का निचला भाग; घोड़े के पाँवों के भूमि पर पड़ने की आवाज़।

टॉप—[अं.] शिखर, चोटी; ढक्कन, ढकना; चमर, पराकाष्ठा; पेंट, जींस, आदि के ऊपर पहने जाने वाला वस्त्र (विशेषत: महिलाओं का); सर्वप्रथम या सर्वोत्तम होना। ('टॉप क्वालिटी')।

टापना—अ.क्रि. कूद जाना, छलाँग लगाना। **ला.** ताकते रह जाना (असफलता में)।

टापू—पु. जल से चारों ओर से घिरा हुआ पृथ्वी का भाग, द्वीप (आइलैंड)।

टाप्स, टॉफ़ी—स्त्री. [अं.] चाकलेट, मीठे, आदि से बनी मीठी गोलियाँ, मिठाई।

टाबर*—पु. लड़का।

टामी—पु. [अं.] सिपाही।

टायफ़ायड—पु. [अं.] द्र. 'टाइफाइड', मियादी बुखार।

टायर—पु. [अं.] पंक्ति, कतार, श्रेणी; एक दूसरे के ऊपर, तला—ऊपर रखना। स्कूटर, कार, आदि वाहनों का पहिया।

टायलेट—स्त्री. [अं.] द्र. 'टाइलेट'।

टारगेट—[अं.] लक्ष्य, निशाना।

टारपीडो—पु. [अं.] एक प्रकार का बम जो समुद्री जहाज से प्रक्षेपित किया जाता है, आयुध विशेष।

टॉर्च—स्त्री. [अं.] अँधेरे में जलाई जाने वाली एक विशेष प्रकार की बत्ती जिसके मुँह पर शीशा लगा होता है और वह बैटरी, सेल से चलाई जाती है, इसे बैटरी भी कहा जाता है।

टाल—स्त्री. जलावन, लकड़ी की दुकान; टालने की क्रिया। **~मटोल**—स्त्री. बहाना (बनाना), टरकाना। **मु. ~देना**—बहाना कर देना, टरकाना; किसी काम को आगे के लिए स्थगित करना।

टालना—स.क्रि. टरकाना; किसी वस्तु को उसके स्थान या समय से हटाना, खिसकाना। **मु. किसी पर टाल देना**—अपने को बचाते हुए किसी दूसरे को दायित्व दे देना।

टाली—स्त्री. बैल, आदि के गले की घंटी।

टॉलीवुड—स्त्री. 'हॉलिवुड', 'बॉलिवुड', आदि की तर्ज़ पर कोलकाता की फिल्म नगरी टालीगंज स्थित।

टॉल्स्टॉय, काउंट लिओ—पु. प्रख्यात रूसी उपन्यासकार, साहित्यकार, अपने उपन्यास 'युद्ध और शांति' के लिए चर्चित (1828-1910 ई.)।

टावर—[अं.] मीनार, लाट; बुर्ज़; किला, गढ़, दुर्ग।

टावल—[अं.] तौलिया, शरीर पूछने का वस्त्र, वस्त्र-खंड।

टॉस—[अं.] उछालना; फेंक देना, डाल देना; सिक्का उछालना; सिक्का उछाल कर निर्णय करना; (चित-पट्ट देखना); डूबना-उतराना।

टास्क—[अं.] काम, कार्य; नियत, निर्धारित कार्य; कठिन काम।

टाहली*—पु. सेवक, नौकर।

टिंचर—पु. [अं.] एक एलोपैथी औषधि।

टिंड, टिंडा—पु. एक सब्ज़ी।

टिंबर—[अं.] इमारती लकड़ी।

टिकट—पु. कागज, गत्ते, आदि का वह छोटा टुकड़ा जो काई विशेष कार्य करने का अधिकार पाने के लिए मूल्य देने पर मिलता है—रेल, बस का टिकट, डाक टिकट, प्रवेश-पत्र; चुनाव लड़ने के लिए किसी राजनीतिक दल की ओर से दिया जाने वाला अधिकार-पत्र।

टिक-टिक—स्त्री. घड़ी की हल्की-सी आवाज़; किसी भी चीज़ या मशीन में होने वाली हल्की-सी आवाज़।

टिकटिकी—स्त्री. फाँसी देने का तख़्ता, टिकटी।

टिकठी—स्त्री. फाँसी का तख्ता।

टिकड़ा—पु. चपटा, गोल टुकड़ा, धातु, पतर या खड़े का छोटा टुकड़ा।

टिकड़ी—स्त्री. छोटा टिकड़ा।

टिकना—अ.क्रि. ठहरना; थोड़े समय के लिए रुकना; अपनी बात पर दृढ़ रहना; जमना, युद्ध में डटना।

टिकरी—स्त्री. एक नमकीन पकवान; टिकिया।

टिकली—स्त्री. छोटी बिंदी; आभूषण रूप में छोटा टीका।

टिकस—पु. कर, महसूल।

टिकाऊ—वि. मज़बूत; कुछ समय तक बना रहने वाला।

टिकान—स्त्री. टिकने की क्रिया; पड़ाव।

टिकाना—स.क्रि. ठहराना, कुछ समय रहने के लिए स्थान देना; (किसी को) किसी बात पर राज़ी कर लेना।

टिकाव—पु. ठहराव, शांति।

टिकिया—स्त्री. ठोस पदार्थ का गोला; आलू, आदि का बना खाद्य-पदार्थ, टिक्की।

टिकुरी—स्त्री. तकली।

टिकुली—स्त्री. माथे की बिंदी; तकली।

टिकैत—पु. सरदार; युवराज, राजकुमार जो राजा के बाद राजतिलक का अधिकारी हो।

टिकोरा—पु. आम के फल का छोटा रूप, अंबिया, छोटी आंबी।

टिक्कड़—पु. रोटी के लिए अवमाननापूर्ण रूप में प्रयुक्त शब्द ('टिक्कड़ खा ले')।

टिक्का—पु. टीकड़ा, टीका।

टिक्की—स्त्री. छोटी टिकिया; आलू, आदि का बना तला हुआ खाद्य-पदार्थ।

टिचन—वि. बिलकुल ठीक-ठाक, दुरुस्त।

टिटकारना—स.क्रि. 'तिक्-तिक्' या 'टिक्-टिक्' कर बैलों या घोड़े, आदि को चलने के लिए प्रेरित करना।

टिटकारी—स्त्री. 'तिक्-तिक्' या 'ट-ट-ट' की आवाज़ (बैलों, आदि को चलाने के लिए)।

टिटहरी—स्त्री. पानी की तलाश में रहने वाली एक सफेद चिड़िया, लोक-विश्वास है कि यह सोते समय अपने पंजे ऊपर आकाश की ओर करके सोती है कि यदि आकाश गिरेगा, तो यह उसे सँभाल लेगी। इसी के आधार पर मुहावरा कि व्यक्ति अपने सामर्थ्य से कहीं अधिक करने के शेखचिल्ली स्वप्न पालता है।

टिटार—वि. [वि.] दुपहरी के साथ प्रयुक्त 'टिटार दोपहरी या दोपहर'—बहुत तेज़, प्रचंड धूप।

टिड्डा—पु. बरसात में होने वाला हरी टाँगों का उछलने वाला कीड़ा।

टिड्डी—स्त्री. एक लाल रंग का कीड़ा जो झुंडों में चलता है और खड़ी हुई हरी फसल को कुछ ही समय में चट कर जाता है, फसलों पर जब यह आक्रमण करता है तो प्रशासनिक स्तर पर इससे निपटने के व्यापक प्रबंध किए जाते हैं।

टिन—पु. द्र. 'टीन'।

टिन्नाना—अ.क्रि. क्रुद्ध होना, आक्रोश प्रकट करना।

टिप—स्त्री. [अं.] सेवक, होटल-रेस्तराँ, आदि के बेयरे को दी जानी वाली बख़्शीश।

टिपटॉप—बहुत अधिक सुसज्जित; सुंदर रखरखाव।

टिप-टिप—स्त्री. बूँदों के गिरने का शब्द।

टिपवाना—स.क्रि. लिखवाना; नकल करा देना।

टिप्पण—पु. [सं.] कोई टिप्पणी, नोट लिखना।

टिप्पणी, टिप्पनी—स्त्री. [सं.] संक्षिप्त रूप में लिखा गया आलेख, छोटा लेख, नोट, आदि।

टिप्पन—पु. टीका; व्याख्या।

टिप्पस—स्त्री. युक्ति; चाल; उपाय। **ला. ~भिड़ाना**—तरकीब लगाना; चाल चलना।

टिप्पी—स्त्री. अँगूठे, आदि का स्याही या किसी रंग से बना निशान।

टिफ़न, टिफ़िन—पु. [अं.] खाना, भोजन (जो बाहर 'टिफिन' नामक पात्र में भेजा या ले जाया जाता है)।

टिबरी—स्त्री. पहाड़ की छोटी चोटी।

टिब्बा—पु. टीला, ढूह (रेत या मिट्टी का)।

टिमटिमाना—अ.क्रि. रह-रह कर हल्का प्रकाश होना; दीपक, आदि का मंद-मंद प्रकाश।

टिमटिमाहट—स्त्री. रह-रह कर होने वाला हल्का प्रकाश; उस प्रकाश की झलक।

टिश्यू—[अं.] महीन या जालीदार कपड़ा, काग़ज; पतला मुलायम कागज; कोमल शिराएँ (त्वचा के नीचे)।

टी—स्त्री. [अं.] चाय; चाय-पत्ती; चाय के साथ अल्पाहार। **~पार्टी**—स्त्री. चाय की पार्टी, अल्पाहार सहित; जलपान।

टीक—[अं.] सागौन (का पेड़ या लकड़ी)।

टीका—स्त्री. [सं.] व्याख्या। **~कार**—पु. किसी ग्रंथ की व्याख्या करने वाला।

टीका—पु. तिलक, माथे पर हल्की, चंदन, रोली, आदि से बनाया जाने वाला शुभ चिह्न; विवाह से पूर्व सगाई की रस्म; राजतिलक; माथे पर पहने जाना वाला आभूषण; संक्रामक रोग की रोक-थाम के लिए सुई द्वारा शरीर में औषधि पहुँचाने की क्रिया (टीका लगवाना)।

टीन—पु. [अं.] कलई, पॉलिश की हुई लोहे, आदि की चादर; कनस्तर।

टीप—स्त्री. लिखना, लिखा हुआ अंश (छोटा-संक्षिप्त); ईंटों के जोड़ों पर सीमेंट का मसाला लगाना; ऊँचा स्वर; तार-सप्तक में से किसी एक पर थोड़ा ठहराव (संगी.), जन्म-पत्री।

टीपॉट—[अं.] चायदानी, चाय रखने का पात्र।

टीपन—पु. जन्म-पत्री; टिप्पणी।

टीपना—स.क्रि. टाँक लेना; दवा देना (गला टीप दिया); नकल कर लेना।

टीबा—पु. टीला (रेत, आदि का), ढूह।

टी.बी.—[अं.] एक रोग—क्षय रोग, यक्ष्मा ('ट्यूबर-क्लोसिस')।

टीम—स्त्री. [अं.] खिलाड़ियों का दल जो एक साथ एक पक्ष में खेलते हैं; साथ काम करने वाले लोगों का दल।

टीम-टाम—स्त्री. बनाव-सिंगार; दिखाना।

टीला—पु. मिट्टी, पत्थर, आदि का उठा हुआ भू-भाग, ढूह; छोटी पहाड़ी।

टी.वी.—टेलीविज़न, दूरदर्शन। **~चैनल**—टी.वी. के प्रसारण केन्द्र (विभिन्न स्टेशन)।

टी-शर्ट—[अं.] खेल, आदि में (अब सामान्यतः भी) पहना जाने वाला छोटा कमीज़नुमा वस्त्र, उपरि वस्त्र।

टी-सेट—[अं.] चाय पीने के लिए, चीनी, आदि बरतनों का सेट, जिसमें चायदानी, दूधदानी, चीनी रखने का पात्र, आदि होते हैं।

टीसना—अ.क्रि. रह-रह कर दर्द उठना, पीड़ा उठना।

टी स्टॉल—[अं.] चाय की छोटी दुकान।

टुंच—वि. कमीना, नीच, तुच्छ।

टुंटा (टूंटा)—वि. जिसके बाजू न हो।

टुंडी—स्त्री. नाभि।

टुइंयाँ—पु. छोटा तोता; बहुत छोटा; ठिंगना।

टुक—वि. थोड़ा, तनिक, अल्प।

टुकड़—'टुकड़ा' का समासगत रूप। **~खोर**—वि. टुकड़ा, भोजन माँग कर खाने वाला।

टुकड़ा—पु. किसी वस्तु का एक खंड; रोटी का टुकड़ा।

टुकड़ी—स्त्री. छोटा झुंड या समुदाय, टोली; सैनिकों का छोटा दल, कंपनी, दस्ता।

टुकुर-टुकुर—अ. टकटकी लगा कर (देखना)।

टुच्चा—वि. छोटा, कमीना; दुष्ट; अनुचित एवं हेय।

टुटका—पु. द्र. 'टोटका'।

टुटपुँजिया—वि. बहुत कम धन या पूँजी वाला, गरीब। **~पन**—कम पूँजी या धन की अवस्था।

टुटियल—वि. जर्जर, टूटा-फूटा; कमज़ोर, दुर्बल; टुटपुँजिया, टटपुँजिया।

टुनगी—स्त्री. फुनगी, पेड़ की शाखा पर सबसे ऊपर की पत्ती।

टुन्ना—पु. वह डंठल जिस पर फल लगता है।

टूँगना—स.क्रि. धीरे-धीरे बेमन से किसी चीज़ को खाना।

टूक*—पु. टुकड़ा; रोटी का टुकड़ा।

टूट*—वि. टूटा हुआ, खंडित।

टूटना—अ.क्रि. भग्न होना, खंडित होना, हड्डियों का जोड़ अलग हो जाना; गति का रुक जाना; अलग हो जाना; कृश हो जाना; निर्धन हो जाना, धनहीन होना।

टूटा—वि. खंडित; अलग हो जाना। **~फूटा**—वि. जीर्ण-शीर्ण; (धन की दृष्टि से) सामान्य-सा।

टूथ—पु. [अं.] दाँत।

टूथपाउडर—[अं.] दंत-मंजन।

टूट पेस्ट—[अं.] दंत-मंजन का गीला-सा अवलेह जैसा रूप।

टूम*—स्त्री. आभूषण, चीज़-बस्त।

टूर—[अं.] पर्यटन, यात्रा; दौरा; सैर, भ्रमण।

टूरिस्ट—[अं.] पर्यटक, यात्री; सैलानी।

टूर्नामेंट—पु. [अं.] खेल-प्रतियोगिता।

टूल—पु. [अं.] औज़ार, हथियार; उपकरण, साधन।

टूव्हीलर्स—[अं.] दुपहिया वाहन—मोटर साइकिल, स्कूटर, आदि।

टस—पु. एक तरह का ऊनी कपड़ा।

टें—स्त्री. तोते की आवाज़, बोली। **~टें**—स्त्री. व्यर्थ की विरोधपूर्ण बात, बकवास। **~टें करना—ला.** व्यर्थ का विरोधी स्वर, हर समय बड़बड़ाना।

टेंट—स्त्री. धोती की अंटी जिसमें नोट, खरीज, आदि उड़स लेते हैं; धोती के चुन्नट भी इसी को आधार बना कर उसमें उड़से जाते हैं।

टेंटी—स्त्री. करील का फल।

टेंटुवा*—पु. गला।

टेंडर—पु. [अं.] निविदा, ठेका। **~नोटिस**—पु. निविदा विज्ञप्ति, निविदा सूचना, ठेका-कार्य-सूचना।

टेंडसी—स्त्री. टिंडे नामक सब्ज़ी की ही प्रजाति, टिंडे से बड़ी।

टेंडेसी—[अं.] प्रवृत्ति, आदत।

टेंपरेचर—पु. [अं.] तापमान; बुखार।

टेक—स्त्री. सहारा, थूनी; गीत के मुखड़े की पंक्ति जो बार-बार दुहराई जाती है।

टेकड़ी—स्त्री. टेकरी, ऊँची भूमि।

टेकन—पु. थूनी, सहारा देने वाली लकड़ी।

टेकना—स.क्रि. सहारे के लिए कोई वस्तु पकड़ लेना; सहारा लेना; थाम लेना।

टेकनी—स्त्री. वह वस्तु जिसका सहारा लिया जाए।

टेकनीकलर—[अं.] बहुरंगी, विविध रंगों का।

टेकनॉलोजी—[अं.] प्रौद्योगिकी।

टेकनिकल—[अं.] तकनीकी, प्राविधिक; यांत्रिक; पारिभाषिक।

टेकनीक—[अं.] तकनीक, प्रविधि; शिल्प-विधि; प्रणाली; प्रक्रिया।

टेकनीशियन—[अं.] तकनीशियन, प्रविधिज्ञ; यंत्रविद्; शिल्पी; मिस्त्री।

टेकनोलाजिस्ट—पु. [अं.] शिल्प वैज्ञानिक; शिल्प-विज्ञानी।

टेकर, टेकरा—पु. ऊँची भूमि, ढूह, छोटी पहाड़ी।

टेकरी—स्त्री. ऊँची उठी भूमि, ढूह, छोटी पहाड़ी।

टेकाना—स.क्रि. सहारा देना; हाथ का सहारा देना।

टेकानी—स्त्री. जो किसी चीज़ को सहारा दे, धुरे में लगने वाली कील जो पहिए को गिरने से रोकती है; गाड़ी को पीछे ठेल कर लगाई जाने वाली लकड़ी, टेक।

टेकी—वि. हठी, आग्रही; प्रतिज्ञा पर दृढ़।

टेक्सटाइल—[अं.] कपड़ा, वस्त्र। वि. बुना हुआ (वस्त्र)। **~उद्योग**—पु. वस्त्रोद्योग।

टेकस्ट—[अं.] मूल, मूल-पाठ; उद्धरण, अवतरण। **~बुक**—स्त्री. पाठ्य-पुस्तक।

टेढ़*—वि. द्र. 'टेढ़ा'। स्त्री. टेढ़ापन; दुष्टता; उजड्डपन।

टेढ़ा—वि. तिरछा, वक्र; झुका हुआ; कुटिल, दुष्ट; दुःसाध्य, कठिन; पेचीदा। **~मेढ़ा**—वि. तिरछा-बंका; वक्र। **मु. ~(टेढ़ी) खीर**—कठिन काम।

टेढ़ी—वि. स्त्री. द्र. टेढ़ा।

टेढ़े—अ. तिरछे। **मु. ~टेढ़े जाना**—कुटिल चाल चलना; सीधे-सादे रूप में न चलना, रहना।

टेनिस—पु. [अं.] रबड़ की गेंद को बैट से मारने का एक खेल। **~(टेबिल)**—पु. प्लास्टिक के छोटे बल्ले और छोटी गेंद से बड़ी-सी मेज पर खेला जाने वाला खेल।

टेनेन्ट—[अं.] किरायेदार; असामी; पट्टेधारी।

टेंशन—[अं.] चिंतित; क्षुब्ध, उत्तेजित; तनाव, तनावपूर्ण।

टेप—[अं.] फ़ीता; पट्टी; टेप रिकॉर्डर का अभिलेख फीता; मापने की पट्टी, फीता।

टेपरिकॉर्डर—[अं.] आवाज़ का अभिलेखन करने वाला यंत्र।

टेबिल, टेबुल—पु. [अं.] मेज़; तालिका; सारणी; सूची; पहाड़ा। **~क्लॉथ**—मेजपोश, मेज पर बिछाए जाना वाला सजावटी कपड़ा।

टेबुलेटर—[अं.] सारणीबद्ध, तालिकाबद्ध करने वाला; सारणी यंत्र, सारणीयक।

टेबुलेशन—[अं.] सारणी बनाना, सूचीबद्ध करना।

टेबलो—[अं.] चित्र; सजीव चित्र; प्रभावशाली दृश्य; नाटकीय दृश्य; झाँकी।

टेम्परामेंट—[अं.] स्वभाव, प्रकृति, मिज़ाज।

टेम्पो, टेम्पू—पु. [अं.] ताल; गति, रफ़्तार, तेज़ी; सवारी या सामान ढोने वाला छोटा वाहन (मोटर-चालित)।

टेम्प्रेरी—वि. [अं.] अस्थायी; अल्पकालिक; अंतरिम; कामचलाऊ; कच्चा।

टेर—स्त्री. पुकार, हाँक; ऊँचे स्वर का गायन।

टेर—पु. [सं.] टेढ़ा देखना; ऐंचाताना।

टेरक—वि. [सं.] टेढ़ा देखने वाला; ऐंचाताना।

टेरना—स.क्रि. ऊँचे स्वर में पुकारना; हाँक लगाना; सहायता के लिए पुकारना; ऊँचे तार स्वर में गाना।

टेररिस्ट—[अं.] आतंकवादी, दहशतगर्द।

टेराकोटा—पु. [अं.] मृण्मूर्ति, मिट्टी की मूर्तियाँ।

टेरीकोट—एक प्रकार का कपड़ा जिसमें एक प्रकार के प्लास्टिक से बना पतला धागा सूती धागे के साथ प्रयुक्त होता है।

टेरीलीन—पु. [अं.] एक प्रकार के प्लास्टिक के धागे से बना कपड़ा।

टेरीवूल—स्त्री. [अं.] टेरीलीन और ऊन के मिश्रण से बना कपड़ा।

टेलर—पु. [अं.] दर्ज़ी, वस्त्र सिलने-बनाने वाला।

टेलिकास्ट—[अं.] दूरदर्शन से प्रसारण।

टेलिग्राफ—पु. [अं.] तार, लिखने का यंत्र; संकेत लिपि में तार से समाचार भेजना।

टेलिग्राम—पु. [अं.] तार, टेलीग्राम।

टेलिफ़ोन—पु. [अं.] दूरभाष, टेलीफ़ोन; दूरभाष—वह यंत्र जिसमें तार के माध्यम से दूर से संवाद किया जाता है।

टेलिविज़न—पु. [अं.] दूरदर्शन, लघु रेडियो तरंगों द्वारा दृश्य-प्रेषण तथा दूर के स्थान पर उनको यथावत् देखा जाना।

टेलिस्कोप—[अं.] दूरबीन, दूरदर्शक यंत्र।

टेलीकॉम, टेलीकोम, टेलीग्राफ—पु. [अं.] द्र. 'टेलिग्राफ़'।

टेलीग्राम—पु. [अं.] द्र. 'टेलिग्राम'।

टेलीपैथी—स्त्री. [अं.] दूर-संवेदन, दूर-संवेदन, दूर से दो व्यक्तियों के मन का एक संवेदन।

टेलीप्रिंटर—पु. [अं.] दूर-मुद्रक, दूरस्थ स्थान से मुद्रण।

टेलीफोन—पु. [अं.] द्र. 'टेलिफ़ोन'।

टेलीविज़न—पु. [अं.] द्र. 'टेलिविज़न'।

टेलीस्कोप—पु. [अं.] द्र. 'टेलिस्कोप'।

टेलेक्स—पु. [अं.] दो-तरफा टेलीप्रिंटर संचार-व्यवस्था, टेलीप्रिंटर पर टेलिफ़ोन का संदेश अंकित करने वाला यंत्र।

टेव—स्त्री. आदत, स्वभाव, लत।

टेवा—पु. लघु जन्म पत्री, कुंडली।

टेसू—पु. पलाश का फूल, सूखे हुए रूप में। लड़कों का पैसे, तेल माँगने का बनाया हुआ एक खेल जिसमें लकड़ी पर आधार बना कर सरसों के तेल का दीपक जलाते हैं।

टेस्ट—पु. [अं.] स्वाद, आस्वाद, ज़ायक़ा।

टैंक—पु. [अं.] टैंक, टंकी, हौज़; तालाब; कुंड।

टैंकर—पु. [अं.] तेल का जहाज, पोत; पानी, गैस, दूध, आदि की बड़ी टंकी का वाहन।

टेस्ट ट्यूब—स्त्री. [अं.] परख-नली।

टेस्टीमोनियल—पु. [अं.] प्रमाण-पत्र; अनुशंसा पत्र।

टैक्ट—पु. [अं.] कार्य-कौशल; शऊर; व्यवहार-कौशल।

टैक्स—पु. [अं.] कर, टैक्स, महसूल।

टैक्सटाइल—पु. [अं.] कपड़ा, वस्त्र। **~मिल**—कपड़ा मिल।

टैक्सी—स्त्री. [अं.] टैक्सी, किराये पर चलाई जाने वाली कार।

टैग—पु. [अं.] पट्टी; घिसा-पिटा उद्धरण, सूक्ति।

टैटू—पु. [अं.] गोदना, शरीर के किसी भी अंग पर गोदे जाना वाला फूल, डिज़ाइन, आदि।

टैनरी—स्त्री. [अं.] चर्मशाला; चर्म-शोधनशाला।

टैबलेट—पु. [अं.] दवा की टिकिया; फलक, पट्टी।

टैरिफ़—पु. [अं.] शुल्क; सीमा-शुल्क; किराया (वायुयान, होटल, आदि का)।

टैलकम—पु. [अं.] शरीर पर लगाने का पाउडर।

टॉक—स्त्री. [अं.] भाषण; संवाद; कर्ता; संलाप, बातचीत; विचार-विमर्श; अफ़वाह, प्रवाद।

टोंट-(टॉण्ट)—ताना मारना; उपहास करना।

टोंटी—स्त्री. पानी निकलने की नली जिसमें पानी खोलने-बंद करने के लिए एक नियंत्रक—'फेस' लगा होता है।

टोक—स्त्री. रोक; पूछताछ; टोकने की क्रिया।

टोकना—स.क्रि. किसी कार्य या बात करने से रोकना, वर्जित करना।

टोकनी—स्त्री. छोटे मुँह वाला घड़े के आकार का पीतल या स्टेनलेस स्टील का बरतन।

टोकेन—पु. [अं.] चिह्न; संकेत; प्रतीक; प्रमाण; प्रतीक चिह्न। **~स्ट्राइक**—वि. सांकेतिक हड़ताल।

टोकरा—पु. टोकरी का बड़ा रूप, झाबा, खाँचा।

टोकरी—स्त्री. बाँस या किसी और पेड़ की डालियों से बना गोल, गहरा पात्र-सा।

टोका-टाकी—स्त्री. रोक-टोक, वर्जित करना, किसी बात या काम से रोकना।

टोटका—पु. टोना।

टोटम—पु. [अं.] कुल-चिह्न, गण-चिह्न।

टोटल—पु. [अं.] योग, जोड़—संख्याओं का योग।

टोना—पु. जादू, टोटका।

टोप—पु. सिर पर पहनने का टोपी से बड़ा शिरस्त्राण।

टोपा—पु. सिर पर पहनने वाली टोपी का बड़ा रूप, गोलाकार।

टोपी—स्त्री. सिर पर धारण किये जाने वाला लंबाकार शिरस्त्राण।

टोमैटो, टोमाटो—पु. [अं.] टमाटर, एक सब्ज़ी।

टोमी-गन—पु. [अं.] टॉमी गन, खिलौना बंदूक।

टोल—स्त्री. [अं.] टैक्स, कर, महसूल। **~टैक्स**—पु. राहदारी के रूप में लिया जाने वाला कर, महसूल।

टोला—पु. छोटी बस्ती, (एक) मुहल्ला; किसी जाति या व्यवसाय-कर्मियों की बस्ती। **~-सा मारना**—किसी काम या निमंत्रण के लिए हल्के रूप में कहना, थोड़ा-सा कहना।

टोली—स्त्री. समूह, झुंड, छोटा मुहल्ला, बस्ती।

टोस्ट—पु. [अं.] डबल रोटी, पाव रोटी का सेंका हुआ टुकड़ा; डबल रोटी के दो टुकड़ों के बीच में कुछ भर कर बनाया हुआ खाद्य।

टोस्ट—पु. [अं.] स्वास्थ्य के लिए पिए जाने वाला जाम।

टोस्टर—पु. [अं.] टोस्ट सेंकने का बिजली-चालित उपकरण।

टोह—स्त्री. खोज, थाह, अनुमान से कोई बात ज्ञात करने का प्रयत्न।

टोहना—स.क्रि. थाह लेना, छू कर देखना; टटोलना; खोजना।

टोहाटाई—स्त्री. खोज-ख़बर, थाह लेने की क्रिया।

टोहिया—वि., पु. टोही, खोज-खबर लेने वाला।

टोही—वि., पु. द्र. 'टोहिया'।

टौंस—स्त्री. उत्तर प्रदेश की एक नदी, अयोध्या के पास से बलिया तक है।

टौनहाल—पु. द्र. 'टाउन हॉल'।

ट्यूटर—पु. [अं.] घर पर आ कर पढ़ाने वाला शिक्षक, अध्यापक।

ट्यून—स्त्री. [अं.] स्वर; धुन, लय; तालमेल, स्वर-संगति।

ट्यूब—पु. [अं.] नली; रोशनी करने वाली सफेद बत्ती (गोल, डंडेनुमा)।

ट्यूब-बेल—पु. [अं.] नल-कूप, सिंचाई के लिए पानी देने वाला बिजली चालित उपकरण।

ट्यूलिप—पु. [अं.] एक फूल; उस फूल का पौधा।

ट्यूशन—पु. [अं.] अनुशिक्षण; शिक्षण शुल्क।

ट्यूशन फ़ी—स्त्री. [अं.] शिक्षण शुल्क।

ट्रंक—पु. [अं.] टीन का बड़ा संदूक।

ट्रंक-कॉल—पु. [अं.] नगर या अपने स्थान से बाहर से आने वाला फ़ोन (फ़ोन-संदेश)।

ट्रंक-टेलीफ़ोन-लाइन—स्त्री. [अं.] दूरभाष तार-व्यवस्था।

ट्रंप—पु. [अं.] ताश के खेल में नियत किया जाने वाला बड़ा पत्ता।

ट्रक—स्त्री. [अं.] सामान ढोने वाली बड़ी मोटरगाड़ी।

ट्रस्ट—पु. [अं.] न्यास, सामान्य जनता के लाभार्थ बनाई गई संस्था जो अपनी संपत्ति जन-हितार्थ खर्च करती है।

ट्रस्टी—पु. [अं.] वह व्यक्ति जिसे किसी ट्रस्ट, न्यास के संपत्ति प्रबंधन का अधिकार दिया जाए।

ट्रस्टीशिप—स्त्री. [अं.] न्यासधारिता, न्यासिता।

ट्रांज़िस्टर—पु. [अं.] छोटा रेडियो।

ट्रांसपोर्ट—पु. [अं.] परिवहन।

ट्रांसफर—पु. [अं.] तबादला, बदली।

ट्रान्सफ़ार्मर, ट्रांसफ़ोर्मर—पु. [अं.] ऐसा बिजली उपकरण जो उच्च शक्ति (हाई वॉल्टेज) बिजली को निम्न शक्ति (लो वॉल्टेज) बिजली में परिवर्तित कर प्रयोग के लिए उपलब्ध कराता है।

ट्रांसमीटर—पु. [अं.] प्रेषक; संचारी; प्रसारी; दाता।

ट्रांस्पोर्ट—पु. [अं.] परिवहन।

ट्राफ़ी—स्त्री. [अं.] वैजयंती, विजय चिह्न।

ट्राइबुनल (ट्रिब्यूनल)—पु. [अं.] अधिकरण।

ट्राइसिकिल—स्त्री. [अं.] तिपहिया साइकिल (बच्चों की)।

ट्राई—स्त्री. [अं.] प्रयत्न, कोशिश, चेष्टा।

ट्रान्सलेटर—[अं.] अनुवादक।

ट्रान्सलेशन—[अं.] अनुवाद।

ट्रायल—पु. [अं.] परीक्षण; जाँच; विपत्ति।

ट्राली—स्त्री. [अं.] ठेला, ठेले का छोटा रूप।

ट्रिक—स्त्री. [अं.] चाल, युक्ति, दाँव-पेंच।

ट्रिप—पु. [अं.] यात्रा, भ्रमण।

ट्रिप्लीकेट—स्त्री. [अं.] त्रिगुण; त्रिविध; तिगुना; तीन प्रतियाँ।

ट्रिब्यूनस—पु. [अं.] अधिकरण, न्यायाधिकरण; अदालत।

ट्रीटमेंट—पु. [अं.] चिकित्सा, इलाज, उपचार; व्यवहार, बरताव, सलूक।

ट्रूप—पु. [अं.] दल, टोली; सेना या अन्य सैन्य-बलों की टुकड़ी, दस्ता।

ट्रेंड—वि. [अं.] प्रवृत्ति; झुकाव, प्रवाह।

ट्रे—स्त्री. [अं.] बड़ी तश्तरी-सी।

ट्रेज़रर—पु. [अं.] कोषाध्यक्ष, खजांची।

ट्रेज़री—स्त्री. [अं.] खज़ाना, कोष।

ट्रेजडी, ट्रेजेडी—स्त्री. [अं.] विषाद नाटक, दुःखांत नाटक, (सर्वाधिक स्वीकृत शब्द) त्रासदी।

ट्रेड—पु. [अं.] व्यापार; लेन-देन; सौदा बेचना। **~र**—पु. व्यापारी।

ट्रेडमार्क—पु. [अं.] किसी उत्पाद पर लगाए जाना वाला निजता चिह्न, मार्का।

ट्रेड-यूनियन—स्त्री. [अं.] श्रमिक संघ, मज़दूर संघ।

ट्रेड-यूनियनिस्ट—पु. [अं.] श्रमिक संघी, श्रमिक संघ-कर्मी।

ट्रेडिल मशीन—स्त्री. [अं.] छापने, मुद्रण की छोटी मशीन।

ट्रेन—स्त्री. [अं.] रेल गाड़ी, रेल।

ट्रेनर—पु. [अं.] प्रशिक्षक।

ट्रेनिंग—स्त्री. [अं.] प्रशिक्षण, कार्य विशेष की शिक्षा।

ट्रेनी—स्त्री. [अं.] प्रशिक्षु, प्रशिक्षणार्थी।

ट्रेवेल—पु. [अं.] यात्रा, सफ़र।

ट्रेलर—पु. [अं.] फिल्म, नाटक, आदि की झलकियाँ।

ट्रेसपास—क्रि. [अं.] अतिक्रमण करना, अनधिकार प्रवेश।

ट्रेक्टर—पु. [अं.] ट्रैक्टर, खेती में प्रयुक्त मशीन, जुताई, आदि के कार्यों में प्रयुक्त।

ट्रैफ़िक—पु. [अं.] यातायात।

ट्रौली—स्त्री. [अं.] सामान, आदि ले जाने वाली ठेल कर चलाने वाली गाड़ी।

ट्वीड—स्त्री. [अं.] एक प्रकार का मोटा ऊनी कपड़ा (कोट, आदि के लिए प्रयुक्त)।

ठ

ठ—देवनागरी वर्णमाला में 'ट' वर्ग का दूसरा वर्ण। उच्चारण-स्थान मूर्द्धा।

ठंठ—वि. ठूँठ, वह वृक्ष जिसकी शाखाएँ-पत्तियाँ सूख कर समाप्त हो गई हों।

ठंठनाना—स.क्रि. 'ठ', 'ठ' की ध्वनि निकालना। अ.क्रि. 'ठ', 'ठ' की।

ठंठार—वि. रिक्त, शून्य।

ठंठी—स्त्री. अन्न की वह बाल जिसमें अन्न के कुछ दाने पीटने के बाद भी लगे रह जाते हैं।

ठंड—स्त्री. शीत, जाड़ा, सर्दी।

ठंडक—स्त्री. द्र. 'ठंड'। **ला.** संतोष, तृप्ति ('हृदय में ठंडक पड़ गई')।

ठंडा—वि. जिसमें शीतलता हो, सर्द, शीतल। **ला.** शीतल पेय, (शर्बत, शर्बत जैसे कंपनियों के विभिन्न उत्पाद)।

ठंढी—वि. स्त्री. द्र. 'ठंडा'। **ला. ~साँस**—स्त्री. दुःखभरी साँस; चैन की साँस।

ठंडाई—स्त्री. बादाम, ख़स, कालीमिर्च आदि मिश्रित दूध का शर्बत।

ठ—पु. [सं.] शिव; भारी शब्द; शून्य स्थान; चंद्र मंडल।

ठक—स्त्री. काठ, लकड़ी आदि पर आघात कर, ठोंकने से हुआ शब्द।

ठकठकाना—स.क्रि. 'ठक-ठक' की आवाज़ करना, लकड़ी-काठ पर आघात दे कर।

ठकार—पु. [सं.] 'ठ' अक्षर।

ठकुरसुहाती—स्त्री. चापलूसी, चाटुकारिता, खुशामद; अपने किसी स्वामी, अधिकारी, आदि को प्रिय लगने वाली बात।

ठकुराइत—स्त्री. द्र. 'ठकुरायत'।

ठकुराइन—स्त्री. ठाकुर की स्त्री; क्षत्रिय की पत्नी; रानी।

ठकुराई—स्त्री. स्वामित्व; प्रभुता; समस्त संपदा, वैभव ('लो अपनी ठकुराई'); उच्चता बोध।

ठकुरानी—स्त्री. द्र. 'ठकुराइन'।

ठकुरायत—स्त्री. प्रभुता, स्वामित्व; शासनाधीन भूभाग।

ठकोरी—स्त्री. सहारा लेने के लिए बेंतनुमा लकड़ी, आगे से थोड़ी मुड़ी हुई।

ठग—पु. धोखा दे कर लूटने वाला; धूर्त, धोखेबाज़।

ठगण—पु. [सं.] छंद शास्त्र में पाँच मात्रिक गणों में से एक।

ठगना—स.क्रि. धोखा दे कर माल लूटना; छलना; ग्राहक से किसी वस्तु का अधिक दाम लेना। **ला.** मन मोह लेना ('रूप ठगोरी')। **~ठगा-सा रह जाना**—भौंचक, आश्चर्यचकित रह जाना।

ठगनी—स्त्री. ठगने वाली स्त्री, कुटनी; ठग की स्त्री।

ठगवाना—स.क्रि. दूसरे को धोखे में डलवा देना।

ठगहाई, ठगहारी—स्त्री. ठगने की क्रिया, ठगपना।

ठगाई—स्त्री. ठगपना; ठगने की क्रिया।

ठगाठगी—स्त्री. छल-कपट, धूर्तता; ठगने की क्रिया।

ठगाना—अ.क्रि. ठगा जाना; दूसरे को धोखा दिलाना।

ठगिन—स्त्री. ठगने वाली स्त्री।

ठगिनी—स्त्री. द्र. 'ठगनी'।

ठगिया—पु. ठग, ठगी करने वाला, धोखेबाज।

ठगी—स्त्री. ठगने का कार्य; ठगने का व्यवसाय।

ठगोरी—स्त्री. जादू-टोना; मोहित करने की क्रिया ('रूप ठगोरी')।

ठट—पु. वस्तुओं अथवा लोगों का झुंड। **~के ठट**—बहुत बड़ी संख्या में मनुष्यों की उपस्थिति, किसी एक स्थान पर या मेले-ठेले में।

ठटरी—स्त्री. अरथी; ढाँचा; शरीर का ढाँचा, अस्थिपंजर।

ठट्ट—पु. द्र. 'ठट'।

ठट्टी—स्त्री. ठटरी।

ठट्ठई*—स्त्री. हँसी, विनोद, परिहास।

ठट्ठा*—पु. मज़ाक, विनोद, खिलवाड़, परिहास। **~(ट्ठे) बाज़**—वि. हँसोड़, विनोदी।

ठट्ठेबाज़ी—[फा.] मज़ाक बनाने, विनोद करने की आदत, प्रवृत्ति।

ठठ—पु. द्र. 'ठट'।

ठठई—स्त्री. द्र. 'ठट्ठई'।

ठठकना—अ.क्रि. द्र. 'ठिठकना'।

ठठना—अ.क्रि. अड़ना, रुक जाना; खड़ा होना।

ठठरी—स्त्री. हड्डियों का ढाँचा, कंकाल; ढाँचा; अरथी; भूसा बाँधने का जाल।

ठठाना—स.क्रि. आघात करना; जोर से पीटना।

ठठिरिन*—स्त्री. द्र. 'ठठेरिन'।

ठठेरा—पु. धातु के बरतनों का व्यवसाय करने वाला; धातु के बरतनों की मरम्मत करने वाला; कसेरा।

ठठेरिन—स्त्री. ठठेरे की स्त्री।

ठठेरी—स्त्री. ठठेरे का काम; ठठेरे की स्त्री।

ठठोल—वि. परिहास करने वाला; परिहास, विनोद।

ठठोली—स्त्री. परिहास, विनोद में कही गई बात।

ठन—स्त्री. धातु के टुकड़े, बरतन या रुपए के सिक्के बजने की ध्वनि।

ठनक—स्त्री. तबला, मृदंग आदि चमड़े मढ़े वाद्य आदि पर आघात देने से हुई आवाज़; गर्वीला भाव; दर्द भाव।

ठनकना—अ.क्रि. 'ठन-ठन' की आवाज़; बच्चे का जिद करना।

ठनका—पु. द्र. 'ठनक'।

ठनकाना—स.क्रि. धातुखंड पर आघात कर या तबला आदि बजा कर ध्वनि उत्पन्न करना।

ठनकार—पु. धातु के टुकड़े आदि पर आघात करने से उत्पन्न ध्वनि।

ठनगन—पु. हठ, जिद; नेग, शगुन पाने के लिए जिद करना।

ठनगना—अ.क्रि. ठनगन करना।

ठन-ठन—स्त्री. धातुखंड पर आघात से होने वाली ध्वनि। **~गोपाल**—पु. खाली, जिसके पास रुपए-पैसे न हों।

ठनठनाना—स.क्रि. 'ठन-ठन' की ध्वनि उत्पन्न करना।

ठनना—अ.क्रि. दृढ़ निश्चय होना; तत्परतापूर्वक किसी बात के लिए तैयार होना। **ला.** लड़ाई, कलह के लिए तत्पर हो जाना। मु. **~ठन गई, ठनी हुई है**—लड़ाई, कलह की स्थिति।

ठनाठन—अ. 'ठन-ठन' की आवाज़।

ठप—वि. बंद।

ठप्प—वि. बंद; काम बिगड़ जाना।

ठप्पा—पु. खाँचा, लकड़ी या धातु का वह खंड जिस पर कोई बेलबूटे आदि खुदे हुए हों और किसी दूसरी वस्तु पर रख कर दबाने से उसकी आकृति उतर आए; मुहर; पहचान-चिह्न।

ठमक—स्त्री. इतराते हुए चलने का भाव, चाल; चलते-चलते रुक जाना।

ठमकना—अ.क्रि. चलते-चलते रुकने की क्रिया; सहम कर रुक जाना।

ठमकाना—स.क्रि. चलते को अचानक रोक देना।

ठरुआ*—स्त्री. जिसे पाला मार गया हो।

ठर्रा—पु. देसी शराब।

ठलवार—वि. खाली समय, जिस समय कोई काम न हो।

ठलुआ—पु. निकम्मा, बेकार; खाली, ठाली आदमी।

ठवन—स्त्री. खड़े होने का ढंग; अंग-संचालन का ढंग।

ठवनि*—स्त्री. द्र. 'ठवन'।

ठस—वि. मंद, सुस्त; आलसी।

ठसक—स्त्री. नखरा, गर्वपूर्ण चेष्टा, गर्व भाव; ठाट-बाट, शान।

ठसका—पु. ठोकर; धक्का।

ठसाठस—अ. खचाखच; ठूँस-ठूँस कर भरा हुआ (बस, रेल, अथवा किसी स्थान के संदर्भ में प्रयुक्त)।

ठहर*—पु. निश्चय होना; किसी वस्तु, आदि का मोल तय हो जाना; किन्हीं बातों का निर्णय परस्पर हो जाना।

ठहरना—अ.क्रि. रुकना, टिकना; अस्थायी रूप का रहना; प्रतीक्षा करना, थमना।

ठहराई—स्त्री. ठहराने की क्रिया; मज़दूरी तय हो जाना।

ठहराऊ—वि. टिकाऊ।

ठहराना—स.क्रि. ठहरने की व्यवस्था करना; रोकना, टिकाना।

ठहराव—पु. ठहरने का भाव। **ला.** शांति और संतोष (की वृत्ति)।

ठहरौनी—स्त्री. दहेज आदि के सामान तथा राशि आदि का तय हो जाना।

ठहाका—पु. जोर की हँसी, अट्टहास।

ठाँ—स्त्री. द्र. 'ठाँव'।

ठाँउँ*—पु. द्र. 'ठाँव'।

ठाँठ—वि. रसहीन; गाय-भैंस जो दूध न देती हो।

ठाँव—पु. स्थान, जगह; अवसर, मौका।

ठाकुर—पु. क्षत्रियों की उपाधि; देवता; देवमूर्ति; स्वामी, प्रभु; ईश्वर; पूज्य व्यक्ति; जमींदार। **~बाड़ी**—स्त्री. देव-स्थान, मंदिर। **~सेवा**—स्त्री. देव-पूजन।

ठाकुरी—स्त्री. द्र. 'ठकुराई'।

ठाटर—पु. ठट्टर, ठठरी।

ठाठ—पु. शृंगार, सजावट, सजधज; शान; तैयारी, आयोजन।

ठाड़ा—वि. खड़ा हुआ, स्थित; हृष्ट-पुष्ट; लंबा।

ठाढ़, ठाढ़ा*—वि. द्र. 'ठाड़ा'।

ठान—स्त्री. दृढ़ निश्चय या संकल्प।

ठानना—स.क्रि. दृढ़ निश्चय करना, संकल्प करना।

ठाम*—पु. स्थान, जगह; ठवन, मुद्रा।

ठायँ—स्त्री. द्र. 'ठाँव'।

ठार—पु. [सं.] कड़ा जाड़ा; पाला; बहुत ठंडा ('ठंडा-ठार' के रूप में प्रयुक्त)।

ठाल—स्त्री. बिना काम (का समय, ठलकार)।

ठाला—पु. बिना काम के, रोज़गार न होना; काम का न चलना, व्यवसाय मंद होना।

ठाली—वि. बिना काम के, निठल्ला; खाली, रिक्त।

ठावँ—पु. द्र. 'ठाँव'।

ठाह—स्त्री. गायन-वादन में विलंबित गति।

ठिकाना—पु. रहने, रुकने का स्थान; नियत या अनुकूल स्थान; व्यवस्था। **मु. ~लगाना**—मार देना, क़त्ल कर देना; समाप्त कर देना।

ठिठक—स्त्री. झिझक, संकोच; चलते-चलते रुकने की क्रिया।

ठिठकना—अ.क्रि. रुकना, चलते-चलते रुकना; स्तंभित होना।

ठिठुरना—अ.क्रि. सर्दी, ठंड से सिकुड़ता, कँपकँपाना।

ठिठोली—स्त्री. द्र. 'ठठोली'।

ठिनकना—अ.क्रि. बच्चों का जिद करके रोना-मचलना।

ठिर—स्त्री. कड़ाके की सर्दी में ठिठुरना; बहुत अधिक सर्दी।

ठिरना—अ.क्रि. ठिठुरना; सर्दी में अकड़ जाना।

ठिलुआ—वि. निठल्ला, बेकार, जिसके पास कोई काम न हो।

ठीक—वि. उपयुक्त, जैसा होना चाहिए वैसा ही; मनोनुकूल; उचित; पूरा-पूरा; हू-ब-हू (वैसा ही)। **~ठाक**—पु. समुचित; सकुशल।

ठीकड़ा—पु. द्र. 'ठीकरा'।

ठीकमठीक—अ. एकदम ठीक; पूर्णतः संतोषजनक।

ठीकरा—पु. मिट्टी के बर्तन का टुकड़ा, खपड़ा। **मु. ~फोड़ना**—किसी दूसरे को अप्रिय कृत्य का जिम्मेदार ठहराना।

ठीकरी—स्त्री. छोटा ठीकरा, छोटा सपड़ा। **~पहरा**—गाँव का किसी मुहल्ले के लोगों की टोली का रात को बारी-बारी से पहरा देना।

ठी-ठी—स्त्री. धीरे-धीरे हँसना; बेहूदा हँसी।

ठीहा—पु. स्थान, किसी का निश्चित स्थान; लकड़ी का टुकड़ा जिस पर कोई चीज़ काटी-पीटी जाती है; ऊँची जगह।

ठुंठ—पु. बिना डाल-पात का सूखा वृक्ष, ठूँठ।

ठुंड—पु., वि. द्र. 'ठुंठ'।

ठुकना—अ.क्रि. चोट खा कर भीतर धँसना; पीटा जाना; ठोका जाना; **ला.** हानि होना ('दस हज़ार रुपए की ठुक गई')।

ठुकराना—स.क्रि. अस्वीकार करना; तिरस्कारपूर्वक ठोकर मारना; पैर के प्रहार से हटाना।

ठुकवाना—स.क्रि. पिटवाना, मार खिलवाना; हानि करा देना।

ठुड्डी—स्त्री. ठोड़ी, निचले होंठ के नीचे निकलना हुआ भाग; भुना हुआ दाना जो खिला न हो (चना, मक्की आदि का)।

ठुनकना—अ.क्रि. द्र. 'ठिनकना'।

ठुनकाना—स.क्रि. द्र. 'ठिनकना'।

ठुमक—वि. ठसक-भरी चाल; बच्चों का पैर धीरे-धीरे उठा कर चलना।

ठुमकना—अ.क्रि. बच्चों का छोटे-छोटे कदमों से रुक-रुक कर चलना; नृत्य में ताल के अनुसार पैर पटकना।

ठुमका—पु. नृत्य में कमर को मोड़ते हुए पैर पटकने की क्रिया। वि. छोटे कद का, नाटा।

ठुमकी—वि. स्त्री. रुक-रुक कर पैर पटकते हुए चलने की क्रिया; छोटे कद की, नाटी (स्त्री)।

ठुमरी—स्त्री. गायन की एक शैली (संगी.)।

ठुर्राना—अ.क्रि. नींद में जोर-जोर से खर्राटे लेना।

ठुसना—अ.क्रि. किसी जगह में स्थान से अधिक वस्तुओं या व्यक्तियों का बामुश्किल भर जाना।

ठुसवाना—स.क्रि. किसी जगह में स्थान से अधिक वस्तुओं या व्यक्तियों का भरवाना, अँटवा देना।

ठूँग—स्त्री. चोंच द्वारा मारी गई चोट।

ठूँठ, ठूँठा—पु. बिना डाल-पात का सूखा वृक्ष।

ठूँठी—स्त्री. अरहर, ज्वार, बाजरे, आदि के पौधे के कट जाने पर खेत में जड़ के साथ ऊपर को रह गया अंश, खूँटियों जैसा।

ठूँसना—स.क्रि. दबा-दबा कर स्थान से अधिक वस्तुओं आदि को भरना; खूब दबा कर, पेट भर कर खाना।

ठूँसा—पु. अँगूठा, ठेंगा। **~ठाँसी**—स्त्री. ठूँस-ठूँस कर भरने की क्रिया।

ठूसना—स.क्रि. दबा-दबा कर भरना; बहुत अधिक खाना।

ठेंगा—पु. अँगूठा (दिखाना), किसी का कोई काम न करना। **~दिखाना**—मु. किसी कार्य को मना कर देना; निराश करना।

ठेंपी*—स्त्री. बोतल, आदि का मुँह बंद करने की लकड़ी, डाट, काग।

ठेक—पु. रुकने का स्थान।

ठेका—पु. नियत समय पर निश्चित दर पर काम करने का अनुबंध ('कांट्रेक्ट'); कर, महसूल, आदि वसूल करने का अनुबंध।

ठेठ—वि. एकदम, निरा, बिलकुल; खालिस; जिसमें किसी प्रकार की कृत्रिमता, बनावट न हो। **~भाषा**—स्त्री. बोली, वह बोली जिसमें परिनिष्ठित भाषा का मेल न हो।

ठेलना—स.क्रि. धकेल कर आगे बढ़ाना या खिसकाना।

ठेला—पु. वह गाड़ी जिस पर सामान लाद कर हाथ से धकेलते हुए उसे आगे ले जाते हैं।

ठेस—स्त्री. साधारण-सी चोट, हलका आघात। **ला.** दुःख पहुँचना; मानसिक आघात।

ठोंक—स्त्री. आघात देना, चोट मारना। **~बजा कर देखना, लेना**—किसी वस्तु, व्यक्ति के गुण-दोषों को परख कर स्वीकार करना।

ठोंकना—स.क्रि. (किसी चीज़ को) अंदर धँसाने, गाड़ने के लिए चोट मारना।

ठोंग—स्त्री. चोंच; चोंच की चोट, मार।

ठोंगना—स.क्रि. चोंच मारना।

ठोंगा—पु. कागज़ का बना थैलानुमा लिफ़ाफ़ा—दुकानदार, इसमें सामान रख कर देते हैं।

ठो—अ. पूरबी हिंदी में संख्या के साथ लगने वाला शब्द—एक ठो, दो ठो, आदि।

ठोकना—स.क्रि. भार देना, चोट देना—द्र. 'ठोंकना'।

ठोकर—स्त्री. चलते समय कंकड़, पत्थर, ईंट आदि से टकरा कर पैर में लगने वाली चोट; जूते आदि का अगला हिस्सा। **ला.** दुःख, हानि से लगने वाला आघात ('ज़िंदगी में बड़ी ठोकरें खानी पड़ती हैं')।

ठोड़ी, ठोढ़ी—स्त्री. द्र. 'ठुड्डी'।

ठोस—वि. जो पोला या खोखला न हो, मज़बूत। **ला.** सारवान; उपयोगी; महत्त्वपूर्ण।

ठौनि*—स्त्री. द्र. 'ठवन'।

ठौर—पु. जगह, स्थान। **ला. ~कुठौर**—अच्छी-बुरी जगह (पर)। **~ठिकाना**—रहने का स्थान।

ठौर-ठौर—पु. स्थान-स्थान पर, जगह-जगह।

ड

ड—देवनागरी वर्णमाला में व्यंजनों का तेरहवाँ और टवर्ग का तीसरा वर्ण। उच्चारण-स्थान मूर्द्धा।

डंक—पु. बिच्छू, मधुमक्खी, आदि कीड़ों में पीछे का ज़हरीला काँटा, जिसे वे दूसरे जीवों में घुसा कर अपना ज़हर छोड़ देते हैं, दंश; कलम का अग्र भाग जिससे लिखा जाता है।

डंका—पु. नगाड़ा, धौंसा; नगाड़ा बजाने का लकड़ी का बना छोटा डंडेनुमा उपकरण। **मु. ~डंके की चोट**—सबके सामने निडरतापूर्वक कहना, घोषित करना।

डंकिनी—स्त्री. द्र. 'डाकिनी'।

डंगर—पु. पशु, चौपाया, जानवर। **ला.** असभ्य, उजड्ड, जड़, मूर्ख।

डँगवारा—पु. किसानों में हल-बैल आदि का लेन-देन, व्यवहार।

डंठल—पु. फल, फूल, सब्ज़ी या अन्न के पौधों का ऊपर का वह भाग जिस पर फूल या अन्न की बाली लगती है।

डंड—पु. डंडा, लाठी; बाहुदंड, बाँह; व्यायाम का एक रूप जिसमें हाथ-पैर के पंजों के बल पेट को उठा कर सीने को ऊपर को उठाया जाता है।

डंडक*—पु. द्र. 'दंडक'।

डंडवत—पु., स्त्री. द्र. 'दंडवत्'।

डँडवारा—पु., **डँडवारी**—स्त्री. रोक या किसी भूखंड को घेरने के लिए खड़ी की गई छोटी दीवारें, चहारदीवारी।

डंडा—पु. लकड़ी-बाँस आदि का लंबा खंड, टुकड़ा; लाठी, सोंटा; किसी चीज़ का लंबा टुकड़ा ('साबुन का डंडा'); सीधी दीवार (करवा देना)।

डंडाकरन*—पु. दंडकारण्य।

डंडी—स्त्री. छोटी, सीधी और पतली लकड़ी; किसी वस्तु को पकड़ने के लिए लगी पतली लकड़ी, दस्ता, हत्था, मूठ; तराजू के पलड़ों को साधने वाली लकड़ी; तने के ऊपर का भाग; डंठल जिस पर फल या फूल लगते हैं।

डंडौत—पु., स्त्री. द्र. 'दंडवत्'।

डंबर—पु. [सं.] आडंबर, चहल-पहल; बड़ा शामियाना; विस्तार।

डँबरू—पु. द्र. 'डमरू'।

डँवाँडोल—वि. द्र. 'डाँवाँडोल'।

डंस—पु. द्र. 'डाँस'।

डँसना—स.क्रि. द्र. 'डसना'।

ड—पु. [सं.] शब्द; एक प्रकार का नगाड़ा।

डक—पु. [अं-डॉक] मोटा सूती कपड़ा जिससे जहाजों के पाल बनते हैं; समुद्र या नदी में बना पक्का घाट जहाँ जहाज लंगर डालते हैं और माल लादते-उतारते हैं।

डकराना—अ.क्रि. जोर से आवाज़ के साथ रुदन—असहनीय पीड़ा, शोक आदि के कारण।

डकार—स्त्री. आवाज़ के साथ मुँह से निकली वायु, उद्‌भार। **मु. ~भी न लेना**—किसी की कोई वस्तु या धन चुपचाप हजम कर जाना।

डकारना—अ.क्रि. डकार लेना, भोजन से तृप्त होकर वायु को मुँह से निकालना; पेट बहुत भर जाने पर पेट की वायु को मुँह से निकालना। **ला.** किसी का माल, धन हजम कर जाना।

डकैत—पु. डाकू, लुटेरा; बलपूर्वक माल उड़ा ले जाने वाला।

डकैती—स्त्री. डाका, डाका डालने का काम, बलपूर्वक लूट।

डकौत, डकौतिया—पु. शनिवार का दान लेने वाला; इन लोगों की एक जाति।

डग—पु. पग, कदम, एक जगह से पैर उस कर दूसरी जगह रखना।

डगमग—अ. लड़खड़ाता हुआ; विचलित; अनिश्चिय की स्थिति में।

डगमगना*—अ.क्रि. द्र. 'डगमगाना'।

डगमगाना—अ.क्रि. इधर-उधर हिलना या झुकना; लड़खड़ा कर चलना, विचलित होना; निर्णय या निश्चय से हटना; लड़खड़ाना।

डगमगाहट—स्त्री. डगमग होने, अनिश्चय की अवस्था; विचलित होने का भाव।

डगर—स्त्री. मार्ग, रास्ता। **ला. ~बताना**—उपाय बताना; कोई रास्ता सुझाना।

डगरना*—अ.क्रि. डग भरते हुए (धीरे-धीरे) चलना।

डच—पु. हॉलैंड का निवासी। वि. हॉलैंड का।

डटना—अ.क्रि. एक स्थान पर जमना, अपनी जगह, अपने निर्णय पर दृढ़ होकर खड़े रहना।

डटाई—स्त्री. डटने का भाव।

डटाना—स.क्रि. अड़ा देना; जमा देना।

डढ़ना*—अ.क्रि. जलना, झुलसना।

डढ़ार, डढ़ारा—वि. बड़ी दाढ़ी वाला; वीर, बहादुर।

डढ़ियल—वि. दाढ़ी वाला; लंबी दाढ़ी वाला।

डपट—स्त्री. फटकार, झिड़की, घुड़की; डाँटने की क्रिया या भाव।

डपटना—स.क्रि. फटकारना, झिड़कना, घुड़कना, डाँटना।

डपोरशंख, डपोरसंख—पु. डींग मारने वाला; बढ़ा-चढ़ा कर बातें करने वाला।

डफ—पु. एक प्रकार का चमड़े से मढ़ा हुआ वाद्य, चंग। (स्त्री. रूप में भी प्रयोग)।

डफला—पु. द्र. 'डफ'।

डफली—स्त्री. छोटा डफ, खंजरी। **मु. ~अपनी-अपनी डफली बजाना**—अपनी-अपनी राय देना, अपना-अपना अलग व्यवहार।

डफाली—पु. डफ बजाने वाला; डफली पर गाने वाले।

डफोरना*—अ.क्रि. बढ़ा-चढ़ा कर बात करना।

डबकना—अ.क्रि. पीड़ा होना, टीस उठना; आँसू आ जाना—डबडबाना।

डबडबाना—अ.क्रि. आँसू आ जाना, अश्रुपूर्ण हो जाना।

डबरा—पु. छोटा तालाब; वह छोटा तालाब जिसमें कम पानी हो।

डबल—पु. [अं.] दोहरा; मोटा, बड़ा या भारी (कंबल, रज़ाई आदि); ब्रिटिश काल का एक पैसे का बड़ा सिक्का।

डबल्स—अं. टेनिस, बैडमिंटन के खेल में दो की जोड़ी।

डबोना—स.क्रि. 'डुबोना'।

डब्बा—पु. धातु-गत्ते आदि का बना छोटा ढक्कनदार पात्र-सा; रेलगाड़ी का कमरानुमा खाना जिनको जोड़ कर रेलगाड़ी बनती है।

डब्बी—स्त्री. द्र. 'डिब्बी'।

डब्बू—पु. करछुल, बड़ी करछी जैसा बर्तन जो भोजन आदि परोसने और रोटी आदि रखने के काम आता है, कटोरदान।

डम—पु. [सं.] एक संकर जाति, डोम वर्ग में।

डमरू—पु. [सं.] चमड़े से मढ़ा हुआ हाथ से हिलाकर बजाय जाने वाला बाजा-सा जो मध्य भाग से पतला होता है, हिलाने से उसमें लगी घुंडियों से बजता है। **~मध्य**—पु. जल या स्थल के दो बड़े खंडों को मिलाने वाला संकीर्ण भाग, (जल डमरू मध्य, स्थल डमरू मध्य)।

डमरू—पु. द्र. 'डमरु'।

डमी—अं. स्त्री. नक़ली, दिखावटी, (किसी के हाथ की) कठपुतली; मूर्ख; नमूने की प्रति (पुस्तक, आदि)।

डर—पु. भय, त्रास, अंदेशा, आशंका; त्रास।

डरना—अ.क्रि. भय खाना, भयभीत होना; आशंका होना; संकोच होना।

डरवाना—स.क्रि. द्र. 'डराना'।

डराना—स.क्रि. भय दिखाना; किसी आशंका से सचेत कर देना।

डरावना—वि. भयानक, जिसे देख कर डर लगे।

डरावा—पु. डराने के लिए कही जाने वाली बात; फल वाले पेड़ों में कपड़े पहना कर टाँगी जाने वाली लकड़ी, जिससे पक्षी डर कर पेड़ पर नहीं बैठते।

डरेला, डरैला*—वि. डरावना, भयानक।

डल—स्त्री. झील; कश्मीर की प्रसिद्ध झील; खंड, टुकड़ा।

डलना—अ.क्रि. डाला जाना; छोड़ा जाना; पड़ना।

डलवाना—स.क्रि. डालने का प्रे., डालने का काम कराना।

डला—पु. ढेला; टुकड़ा, खंड (नमक, गुड़ आदि का)।

डलिया—स्त्री. बाँस की बनी छोटी टोकरी।

डली—स्त्री. छोटा टुकड़ा (नमक, गुड़, आदि का)।

डसना—स.क्रि. साँप बिच्छू आदि द्वारा दंश देना, डंक मार देना (उससे हुई मौत)।

डसवाना—स.क्रि. द्र. 'डसाना'।

डसाना—स.क्रि. साँप, बिच्छू आदि द्वारा दंश दिलवाना।

डस्ट-कवर—पु. [अं.] किसी वस्तु (टी.वी., ए.सी. आदि) को धूल से बचाने के लिए ढँकने वाला सिला वस्त्र।

डहकाना*—स.क्रि. खोना, गँवाना, समाप्त करना।

डहडहा*—वि. हरा-भरा; लहलहाता हुआ; प्रफुल्ल, ताजा।

डहडहाट*—स्त्री. प्रफुल्लता, ताज़गी।

डहडहाना—अ.क्रि. प्रफुल्लित होना; हरा-भरा होना; लहलहाना।

डहराना*—स.क्रि. चलाना, घुमाना।

डाँग*—पु. डंका; घना जंगल। स्त्री. लाठी, डंडा, बड़ी लाठी, लट्ठा।

डाँगी—अं. कुत्ता।

डाँगर*—पु., वि. द्र. 'डंगर'।

डाँट—स्त्री. फटकार, झिड़की; क्रोधपूर्वक दी गई ताड़ना।

डाँटना—स.क्रि. फटकारना, झिड़की देना, क्रोधपूर्वक जोर से बोलना।

डाँड़—पु. नाव खेने का मोटा बाँस; एक प्रकार का गदका; खेत की मेंड़; अर्थ-दंड, जुरमाना; कर्तव्य या किसी प्रतिज्ञा का पालन न कर पाने के भरा जाने वाला जुरमाना, हरजाना।

डाँड़ना—स.क्रि. दंड देना; अर्थ दंड, जुरमाना देना।

डाँड़ा—पु. बड़ा डंडा; नाव खेने का बड़ा-सा बाँस।

डाँड़ी—स्त्री. पतली लकड़ी; तराजू की डंडी; बड़े डंडे में बँधी हुई झोली-जैसी सवारी।

डाँवाँडोल—वि. अस्थिर; अनिश्चित; हिलता हुआ (जो कभी भी गिर पड़ने की स्थिति में हो)।

डाँस—पु. एक तरह का बड़ा मच्छर जो पशुओं को काटता है (विशेषत: बरसात के दिनों में)।

डा—स्त्री. [सं.] डाकिनी।

डाइग्राम—पु. [अं.] रेखा-लेख, रेखाओं द्वारा दर्शायी गई स्थिति।

डाइट—स्त्री. [अं.] पय, आहार, भोजन; दैनिक आहार।

डाइन—स्त्री. चुड़ैल; दुष्टा स्त्री; क्रूर स्त्री।

डाइनामाइट—पु. [अं.] एक विस्फोटक (पदार्थ)।

डाइनिंग टेबुल—स्त्री. [अं.] खाना खाने की मेज़।

डाइनिंग रूम—पु. [अं.] भोजन-कक्ष, कमरा, भोजन का स्थान।

डाइरेक्ट—अं. सीधे; प्रत्यक्ष; सीधा-सरल; जिसके बीच में कोई न हो; बिना अवरोध या रुकावट।

डाइरेक्टर—पु. [अं.] निदेशक; निर्देशक (फिल्म, नाटक आदि का); संचालक, अध्यक्ष (संस्था, कंपनी आदि का)।

डाइरेक्टरी—स्त्री. [अं.] निर्देशिका; निदेशिका।

डाइरेक्टोरेट—पु. [अं.] निदेशालय; नियंत्रक संस्था।

डाई—स्त्री. [अं.] रंग; रंग-सामग्री; बालों को काला करने की वस्तु, सामग्री।

डाउरी—स्त्री. [अं.] दहेज, लड़की के विवाह में दिया जाने वाला सामान।

डाउन—क्रि.वि. [अं.] नीचे; नीचा; नीचे की ओर; उतार की ओर; अधोमुख।

डाक—स्त्री. पत्र, चिट्ठी आदि। **~ख़ाना**—पु. डाकघर, पोस्ट ऑफिस; डाक का नियमन करने वाला कार्यालय। **~गाड़ी**—स्त्री. तेज़ चलने वाली गाड़ी, मेल ट्रेन; वह गाड़ी जिसमें डाक ले जाई जाती है। **~व्यय**—पु. चिट्ठी-पत्री आदि पर होने वाला ख़र्च। **~शुल्क**—पु. डाक-ख़र्च, पोस्टेज।

डॉक—पु. [अं.] गोदी, जहाज-नौकाओं का घाट।

डाकना—स.क्रि. आवाज़ लगा कर बुलाना।

डाका—पु. धन, सामान लूटने के लिए लुटेरों द्वारा किया गया आक्रमण, धावा। **~ज़नी**—स्त्री. डकैती, डाका डालने की क्रिया।

डाकिन—स्त्री. द्र. 'डाकिनी'।

डाकिनी—स्त्री. [सं.] चुड़ैल।

डाकिया—पु. डाक पहुँचाने, बाँटने वाला।

डाकुमेंट (डाक्यूमेंट)—पु. [अं.] दस्तावेज़, प्रलेख।

डाकुमेंटरी (डाक्यूमेंट्री)—स्त्री. [सं.] दस्तावेज़, प्रलेख संबंधी। **~फ़िल्म**—स्त्री. वृत्त चित्र (सूचनात्मक, घटनात्मक फ़िल्म)।

डाकू—पु. डाका डालने वाला, लुटेरा।

डाक्टर (डॉक्टर)—पु. [अं.] डाक्टर, चिकित्सक, वैद्य।

डॉक्टरनी—स्त्री. [अं.] महिला डॉक्टर, चिकित्सक; डॉक्टर की पत्नी।

डॉक्टरी—स्त्री. [अं.] चिकित्सा, डॉक्टर का पेशा, काम।

डॉक्टरेट—स्त्री. [अं.] स्नातकोत्तर शोध उपाधि।

डाट—स्त्री. बोतल आदि के मुँह के भीतर जाने वाला ढक्कन, कार्क; मेहराव, आदि पर लगाया गया पत्थर; घर के कमरों आदि के दरवाज़ों पर बनाया गया स्थान; टेक, सहारा।

डाटना—स.क्रि. किसी वस्तु को भिड़ाकर आगे सरकाना, खाली स्थान को डाटनुमा लकड़ी आदि से भर देना, छेद आदि बंद कर देना।

डाढ़—स्त्री. चबाने के दाँत, सामान्य दाँत से कुछ बड़े, दाड़, दाढ़।

डाढ़ा—पु. बड़ी दाढ़ी, ठोड़ी से नीचे लटकती हुई।

डाढ़ी—स्त्री. ठुड्डी के ऊपर के बाल; ठुड्डी और गालों के ऊपर के बाल।

डाब—पु. द्र. 'डाभ'।

डाबक, डाभक—वि. नारियल का पानी।

डाबर—डबरा, छोटा गड्ढा या तालाब, जिसमें बरसात का पानी इकट्ठा हो जाता है।

डाभ—पु. कुश जैसी एक घास; कुश, कुशा।

डायग्राम—पु. [अं.] द्र. 'डाइग्राम'।

डायग्नोसिस—पु. [अं.] निदान; रोग की पहचान।

डायन—स्त्री. द्र. 'डाइन'।

डायनमो—पु. [अं.] बिजली बनाने, उत्पादन की मशीन।

डायनामाइट—पु. [अं.] द्र. 'डाइनामाइट'।

डायबिटिक—वि. [अं.] वह व्यक्ति, रोगी, जिसे मधुमेह रोग हो।

डायबिटीज़—स्त्री. [अं.] मधुमेह रोग, मूत्र-रोग, रक्त में शर्करा का बढ़ जाना।

डायरिया—पु. [अं.] दस्त।

डायरी—स्त्री. [अं.] दैनंदिनी, वह पुस्तिका जिसमें व्यक्ति अपना दैनिक वृत्त लिखता।

डायल—पु. [अं.] (घड़ी का) अंकपट्ट। क्रि. घुमाना, नम्बर मिलाना (टेलीफ़ोन का)।

डायलेक्टिस—पु. [अं.] द्वंद्वात्मक पद्धति; द्वन्द्वात्मक तर्क।

डार*—स्त्री. डाल, शाखा।

डारना*—स.क्रि. द्र. 'डालना'।

डार्क—पु. [अं.] अंधकार, अँधेरा; काला; गहरा (रंगों के संदर्भ में, यथा—डार्क-ब्ल्यू, आदि, अज्ञात)।

डाल—स्त्री. शाखा; विवाह के बाद की रस्म जिसमें वर की ओर से वधू तथा उसके मायके के छोटे बच्चों के कपड़े आदि दिये जाते हैं; आषाढ़ मास में लड़की की ससुराल में मिठाई, पूरी, वस्त्र आदि भेजने की एक रस्म।

डालना—स.क्रि. किसी वस्तु को ऊपर से गिराना; बरतन आदि झोली, आदि में कोई वस्तु छोड़ना।

डॉलर—पु. [अं.] अमेरिका, कनाडा, आस्ट्रेलिया आदि देशों की मुद्रा, उस मुद्रा का नोट।

डार्लिंग—अं. [स्त्री.] अत्यंत प्रिय; प्रेम-पात्र; कृपा-पात्र।

डालिम—पु. [सं.] द्र. 'दाडिम'।

डाली—स्त्री. छोटी, पतली शाखा; भेंट के रूप में भेजे हुए फल, मिठाई, आदि; रिश्वत रूप में दी गई सौगात, धन-राशि।

डावरा*—पु. पुत्र, बेटा (राजस्थान आदि में प्रचलित शब्द)।

डावरी*—स्त्री. पुत्री, बेटी।

डाह—स्त्री. जलन, ईर्ष्या।

डाहना—स.क्रि. जलन देना, संतप्त करना।

डिंग-डांग—पु. अनुकरणात्मक ध्वनि, आवाज़।

डिंगल—स्त्री. राजस्थान के भाटों-चारणों की काव्य-भाषा, ब्रज और राजस्थानी मिश्रित भाषा।

डिंडिभ—[सं.] जल-सर्प।

डिंडिम—पु. [सं.] डुगडुगी, प्राचीन काल का एक ढोलनुमा वाद्य।

डिंडिमी—स्त्री. डुगडुगी।

डिंब—पु. [सं.] जीव-जंतुओं में स्त्री जाति का वह जीवाणु जो पुरुष जाति के वीर्य के संयोग से अथवा स्वतः ही बढ़ कर नए जीव, प्राणी का रूप प्राप्त करता है; आरंभिक अवस्था का भ्रूण; गर्भाशय ('ओवम')।

डिंभ—पु. [सं.] छोटा बच्चा; शावक; मूर्ख व्यक्ति।

डिंभक—पु. [सं.] छोटा बच्चा।

डिक्की—स्त्री. मोटर-कार में पीछे सामान रखने का स्थान।

डिक्टेटर—पु. [अं.] तानाशाह, अधिनायक। **~शिप**—स्त्री. तानाशाही, अधिनायकत्व, अधिनायक तंत्र।

डिक्टेशन—पु. [अं.] श्रुतलेख, श्रुतलेखन; आज्ञापन, आज्ञा देना।

डिक्री—द्र. 'डिगरी'।

डिक्लेरेशन—पु. [अं.] घोषणा; वैधानिक घोषणा, घोषणा-पत्र, इकरारनामा ('शिमला डिक्लेरेशन)।

डिक्शनरी—स्त्री. [अं.] शब्दकोश।

डिगंबर*—पु. द्र. 'दिगंबर'।

डिगना—अ.क्रि. हटना; हिलना; वचन से हटना, कायदा तोड़ना।

डिगरी—स्त्री. [अं.] वादी के संपत्ति आदि पर मिलने वाला अधिकार दिलाने वाला न्यायालय का निर्णय।

डिगाना—स.क्रि. हटाना; सरकाना; हिलाना।

डिग्गी—स्त्री. द्र. 'डिक्की'।

डिग्री—स्त्री. [सं.] विश्वविद्यालय आदि से मिलने वाली उपाधि; कोटि, श्रेणी, दरजा; अंश।

डिज़ाइन—स्त्री. [अं.] बनावट; नमूना; अभिकल्पना; आकलन; बनावट।

डिज़ाइनर—पु. अभिकलक, वस्त्र, आभूषण आदि का रूपांकन करने वाला।

डिटेक्टिव—पु. [अं.] जासूस, गुप्तचर।

डिटेल—पु. [अं.] विवरण, ब्यौरा देना; ब्यौरा, तफ़सील।

डिटो—अ. [अं.] तदैव, तथैव; यथोपरि; हू-ब-हू, यथावत्।

डिठार—वि. दृष्टि वाला।

डिठोहरी—स्त्री. एक फल का बीज जो ताबीज़ के रूप में बुरी नज़र से बचाने के लिए पहनाते हैं; कोई भी वह चिह्न जो बच्चे को कुदृष्टि से बचाने के लिए बनाया जाए।

डिठौना—पु. काजल का टीका जो बच्चे के माथे के कोने या कान के पीछे नज़र न लगने के लिए लगाया जाता है।

डिनर—पु. [अं.] रात्रि भोज; रात्रि में दिया जाने वाला प्रीति-भोज।

डिपटी (डिपुटी, डिप्टी)—पु. [अं.] उप, नायब (डिप्टी कलक्टर, डिप्टी डायरेक्टर, आदि)।

डिपाज़िट—स्त्री. [अं.] जमा करना, धरोहर, अमानत रखना; रख देना।

डिपार्टमेंट—पु. [अं.] विभाग, महकमा, क्षेत्र।

डिपुटी—पु. [अं.] द्र. 'डिपटी'।

डिपो—स्त्री. [अं.] भंडार, आगार, गोदाम।

डिप्टी—पु. [अं.] द्र. 'डिपटी'।

डिप्लोमा—पु. [अं.] सनद, प्रमाण-पत्र, उपाधि-पत्र (डिग्री से निचले स्तर का)। **~होल्डर**—पु. डिप्लोमा धारक।

डिप्लोमेट—पु. [अं.] राजनयिक; कूटनीतिज्ञ।

डिप्लोमेटिक—वि. [अं.] राजनयिक, कूटनीतिक। पु. चाल-युक्त, व्यवहार-कुशल।

डिफेंस—पु. [अं.] रक्षा, प्रतिरक्षा; बचाव; प्रतिवाद, सफ़ाई (में कुछ कहना), प्रतिपक्ष (वकील, आदि)।

डिबार—पु. [अं.] बहिष्कृत कर देना, निकाल देना; रोक देना; रोक लगा देना।

डिबिया—स्त्री. छोटी डिब्बी, डिब्बा।

डिबेंचर—पु. [अं.] ऋण-पत्र।

डिबेट—स्त्री. [अं.] वाद-विवाद; बहस; वाद-विवाद प्रतियोगिता।

डिब्बा—पु. द्र. डब्बा।

डिब्बी—स्त्री. छोटा डिब्बा।

डिम—पु. [सं.] धुँधला, मंद; फीका; अस्पष्ट।

डिमडिमी—स्त्री. डुगडुगी।

डिमरेज (डेमरेज)—पु. [अं.] हरजाना।

डिमांड—स्त्री. [अं.] माँग, दावा अभियाचना।

डिमांस्ट्रेशन—पु. [अं.] प्रदर्शन, निदर्शन, निरूपण।

डिमाई—स्त्री. [अं.] 23 × 36 इंच कागज की माप।

डिमाक्रेट (डेमोक्रेट)—पु. [अं.] लोकतंत्रवादी, लोकतंत्र का विश्वासी।

डिमाक्रेटिक—वि. [अं.] प्रजातंत्रीय, लोकतंत्रीय, जनतंत्रीय।

डिमार्केशन—पु. [अं.] सीमांकन; निशानदेही।

डिलवरी-डिलीवरी—[अं.] प्रदान करना; माल छुड़ाई; वितरण; प्रसव, प्रसूति; भाषण-शैली।

डिल्ला—पु. एक छंद, बैल के कंधे पर ऊँचा उठा भाग, टाट।

डिवाइडर—पु. [अं.] विभाजक; वितरक; विभेदक; परकार (ज्यामिति)।

डिवाइड—पु. [अं.] विभाजन, विभाजित करना (ग.); वर्गीकरण करना, बाँटना; अलग करना; फूट डालना।

डिवीज़न—पु. [अं.] विभाजन, बँटवारा, वितरण; मन-भेद, मत-गणना; श्रेणी; खंड, मंडल ('कमिश्नरी'), डिवीज़न (सेना); भाग-चिह्न (ग.)।

डिविडेंड—पु. [अं.] लाभांश।

डिश—पु. [अं.] थाली; भोजन; पकवान; बरतन। **~वाशर**—स्त्री. जूठे बरतन धोने की मशीन।

डिसमिस—पु. [अं.] बरख़ास्त करना, पदच्युत करना, सेवामुक्त करना; विसर्जित करना; खारिज करना, रद्द करना; अस्वीकार करना।

डिसिप्लिन—पु. [अं.] अनुशासन; आत्म-नियंत्रण; आत्म-संयम; नियमावली; विद्या विशेष, ज्ञान का विशेष विषय-क्षेत्र।

डिसेन्ट्री—स्त्री. [अं.] दस्त लगना, बार-बार शौच जाना।

डिस्क—स्त्री. [अं.] डिस्क, मंडलक, चक्रिका; तवेदार बिम्ब, गीत रिकॉर्ड, विवरण आदि संजोने वाली चक्रिका; कमर पर त्रिक—तीन अस्थियों का संधि-स्थल।

डिस्कस—क्रि. [अं.] विचार-विमर्श करना; विचार करना, बातचीत करना।

डिस्काउंट—पु. [अं.] छूट, कटौती, बट्टा; विश्वास न करना।

डिस्को—पु. [अं.] पाश्चात्य नृत्य की एक शैली।

डिस्चार्ज—पु. [अं.] मुक्त करना; रिहा करना; छोड़ देना; हटा देना; छुड़ाना; निकाल देना; विमुक्ति, छुट्टी हो जाना (अस्पताल, आदि से)।

डिस्ट्रिक्ट—पु. [अं.] ज़िला; इलाका, क्षेत्र।

डिस्टर्ब—क्रि. [अं.] शांति भंग करना; उत्तेजित करना; क्षुब्ध, व्याकुल करना, बाधा देना।

डिस्ट्रिब्यूटर—पु. [अं.] वितरक।

डिस्पेंसरी—स्त्री. [अं.] दवाख़ाना, औषधालय।

डिस्पैच—पु. [अं.] प्रेषण करना, भेजना। **~बुक**—स्त्री. प्रेषण-पुस्तिका।

डिस्पैचर—पु. [अं.] प्रेषणकर्मी; भेजने वाला।

डिस्पोज़ल—पु. [अं.] निपटारा, समापन; अधिकार में।

डिस्प्लेस्ड—पु. [अं.] विस्थापित, स्थान छीन लेना; निकाल देना, बरख़ास्त, पदच्युत कर देना।

डिस्सर्टेशन—पु. [अं.] विस्तृत शोध निबंध, लघु शोध प्रबंध।

डी.आई.जी.—पु. [अं.] पुलिस का एक वरिष्ठ अधिकारी पद; उपपुलिस महानिरीक्षक, डिप्टी इंस्पेक्टर जनरल (ऑफ पुलिस)।

डी.ए.—पु. [अं.] महँगाई भत्ता, डिअरनेस एलाउंस।

डी.एम.—पु. [अं.] जिलाधीश, जिला न्यायाधीश, डिस्ट्रिक्ट मजिस्ट्रेट।

डी.एन.के.—द्रविड़ मुनेत्र कषगम, तमिलनाडु का एक राजनीतिक दल।

डीज़ल—डीज़ल इंजन; एक प्रकार का भारी प्राकृतिक तेल जिसकी खोज म्यूनिख़ के डॉ. आर. डिज़ल (1858-1913 ई.) ने की थी, यह इंजन के चलाने के लिए ईंधन के रूप में प्रयुक्त होता है।

डी.जी.—डायरेक्टर जनरल, महानिदेशक।

डीठ—स्त्री. दृष्टि, नज़र; बुरी नज़र; सूझ-बूझ।

डीठना*—स.क्रि. देखना।

डीठि*—स्त्री. द्र. 'डीठ'।

डीडीटी—स्त्री. [अं.] एक कीटनाशक (पदार्थ)।

डीन—पु. [सं.] उड़ान; पक्षियों की गति।

डीन—पु. [अं.] संकाय प्रमुख, संकायाध्यक्ष।

डी.पी.आई—डायरेक्टर ऑफ पब्लिक इंस्ट्रक्शन, उच्च शिक्षा निदेशक।

डील—पु. [अं.] सौदा; समझौता।

डीलर—पु. [अं.] किसी वस्तु, उत्पाद, संपत्ति, आदि का विक्रेता; व्यापारी।

डीलिंग—बरताव, व्यवहार; लेन-देन; व्यापार; संपर्क, संबंध।

डी.वी.डी—डिज़िटल वीडियो डिस्क।

डी.सी.—डिप्टी कमिश्नर, उपायुक्त; विद्युत करेंट जो सदैव एक ही दिशा में प्रवहमान रहता है।

डीह—पु. गाँव; ऊँचे टीले पर बसा गाँव; ग्राम देवता।

डुकास*—पु. बहुत तेज प्यास (अवमाननापूर्ण ढंग, उपेक्षा भाव, से कहना)।

डुगडुगाना—स.क्रि. डुगडुगी को लकड़ी आदि से बजाना।

डुप्लीकेट—वि. दोहरा; दूसरा; नकली; अनुलिपि; (फिल्म आदि में वह व्यक्ति) जो प्रसिद्ध अभिनेता का उस जैसा ही रूप धर अभिनय करता है, स्थानापन्न रूप में प्राय: ख़तरनाक दृश्यों का अभिनयकर्ता।

डुबकी—स्त्री. पानी में डूबने, गोता लगाने की क्रिया, गोता।

डुबवाना—स.क्रि. डुबोने का काम करवाना, 'डूबना' का प्रे.।

डुबाना—स.क्रि. पानी या किसी द्रव में डाल देना, गोता, डुबकी लगवा देना; नष्ट कर देना, समाप्त कर देना। **ला.** कलंकित कर देना, धब्बा, लांछन लगवा देना; लज्जित कर देना।

डुबाव—पु. डूबने की गहराई ('हाथी डुबाव', आदि)।

डुबोना—स.क्रि. द्र. 'डुबाना'।

डुलाना—स.क्रि. हिलाना; हटाना; दूर भगाना; इधर-उधर घुमाना।

डूँगर—पु. टीला; ढूह, ऊँचा स्थान।

डूँगरी—स्त्री. छोटी पहाड़ी; टेकरी; टीला।

डूबना—अ.क्रि. पानी या किसी तरल पदार्थ में नीचे चले जाना; गोता लगाना; मग्न होना, लीन होना; अस्त होना (सूर्य आदि का)। **ला.** कलंकित होना, नष्ट होना, बर्बाद होना।

डेंगू—एक प्रजाति के मच्छरों के काटने से होने वाला ज्वर (विशेषत: गंदे पानी में होने वाले मच्छर से वर्षा ऋतु में और उसके आस-पास फैलने वाला घातक ज्वर)।

डेंड़सी—स्त्री. एक सब्ज़ी।

डेक—पु. [अं.] लकड़ी के तख़्तों से पटा हुआ जहाज़ का लोहे का पाटन, जहाज के ऊपर का भाग।

डेग—पु. द्र. 'देग'।

डेट—स्त्री. [अं.] तिथि, तारीख़, दिनांक। **~आउट ऑफ**—पुराना; अप्रचलित।

डेटा—पु. [अं.] आँकड़े; आधार-सामग्री।

डेन्टिस्ट—पु. [अं.] दंत चिकित्सक, दाँतों का डॉक्टर।

डेढ़—वि. एक और आधा। पु. डेढ़ की संख्या।

डेपुटेशन—पु. [अं.] प्रतिनिधि मंडल, शिष्ट मंडल।

डेफ़िसिट—पु. [अं.] घाटा; कमी, अभाव।

डेबिट—पु. [अं.] बाकी; नाम में बाकी राशि, देय राशि लिखना।

डेमरेज़—पु. [अं.] देरी का हर्जाना।

डेमोक्रेसी—स्त्री. [अं.] लोकतंत्र, प्रजातंत्र; जनता के चुने हुए प्रतिनिधियों के द्वारा चलाई जाने वाली शासन व्यवस्था।

डेयरी—स्त्री. [अं.] डेयरी, दुग्धशाला।

डेयरी-फार्म—पु. [अं.] दुग्धशाला-उद्योग रूप में।

डेरा—पु. टिकने, रुकने का अल्पकालिक स्थान, तम्बू आदि का बना हुआ। **ला.** (बिहार आदि में) आवास, मकान आदि के लिए विनम्रतावश प्रयुक्त शब्द; महंतों-संतों, आदि के आश्रमनुमा रहने के स्थान।

डेरी—स्त्री. [अं.] द्र. 'डेयरी'।

डेरीफ़ार्म—पु. [अं.] द्र. 'डेयरी फार्म'।

डेलटा—पु. [अं.] नदियों के द्वारा बहा कर लाई गई मिट्टी का ढूह, बालुका—राशि; बालुका राशि के इधर-उधर बहने वाली धाराओं के बीच उठा हुआ तिकोना भू-भाग।

डेला—पु. मिट्टी का ढेला; आँख का गोलक।

डेलिक्रेट—पु. [अं.] कोमल, सुकुमार, मृदु।

डेलिगेट—पु. [अं.] किसी शासन, राष्ट्र, आदि या संस्था का प्रतिनिधि; प्रतिभागी।

डेलिगेशन—पु. [अं.] प्रतिनिधि मंडल, शिष्ट मंडल।

डेलिरियम—पु. [अं.] उन्माद, सन्निपात, प्रलापावस्था।

डेली—स्त्री. [अं.] नित्य प्रति। **~वेजिज़**—[अं.] नित्य की मज़दूरी, दिहाड़ी।

डेलीगेट—पु. [अं.] द्र. 'डेलिगेट'।

डेलीगेशन (डैलीगेशन)—पु. [अं.] द्र. 'डेलिगेशन'।

डेल्टा—पु. [अं.] पु. द्र. 'डेलटा'।

डेवढ़ा—वि. ड्योढ़ा, डेढ़ गुना।

डेवढ़ी—स्त्री. द्र. 'ड्योढ़ी'।

डेब्यू—एक्टर, फिल्म।

डेस्क—पु. [अं.] पढ़ने-लिखने के लिए काम आने वाली ढलुआँ पटल की मेज-सी; किसी समाचार-पत्र आदि के दफ़्तर में कार्य विशेष से संबंधित अनुभाग—स्पोर्ट्स डेस्क, सिने डेस्क, आदि।

डैडी—पु. [अं.] पिता।

डैना—पु. पंख, पर।

डैम—पु. [अं.] बाँध (नदी आदि पर)।

डैबिट कार्ड—बैंक द्वारा दिया गया वह कार्ड जिस पर अपनी जमा-राशि पर रुपया निकाला जा सकता है।

डैश—पु. [अं.] योजक या निर्देशक रूप में खींची जाने वाली छोटी रेखा (—)।

डोंगा—पु. खाद्य-सामग्री, वस्तु, रखने वाला बड़ा-सा गहरा पात्र।

डोंगी—स्त्री. छोटी नाव।

डोंड़ी—स्त्री. पोस्ते का फूल, उसके ऊपर का डंठल; फूल आदि पर ऊपर लगी डौड़ी जो फूल के झड़ जाने पर लगी रहती है।

डोई—स्त्री. काठ, लकड़ी की बनी बड़ी कलछी-सी, गुड़ बनाने आदि के काम आती है, कड़ाह से चाक में पका हुआ रस इसी से डाला जाता है।

डोकरा—पु. वृद्ध, बूढ़ा आदमी।

डोकरी—स्त्री. बुढ़िया।

डोज़—पु. [अं.] (दवाई, आदि की) मात्रा, खुराक।

डोपिंग—अ.क्रि. [अं.] मादक द्रव्य, औषधि का सेवन।

डोब, डोबा—पु. गोता, डुबकी; एक बार में कलम से दवात में से ली गई स्याही, कलम डुबोकर एक बार निकालना।

डोबना—स.क्रि. डुबोना।

डोम—पु. [सं.] शूद्र वर्ग में परिगणित एक जाति।

डोमनी, डोमिन—स्त्री. डोम या डोम जाति की स्त्री।

डोमिनियन—पु. [अं.] राज्य; साम्राज्य; स्वतंत्र उपनिवेश; प्रभुत्व, स्वामित्व।

डोर—स्त्री. [सं.] पतली रस्सी, सूत आदि, धागों से बनी। **ला.** बंधन; लगाव।

डोरा—पु. धागा, सूत, तागा; आँख की पतली लाल नसें।

डोरिया—पु. धारीदार पतला कपड़ा।

डोरियाना*—स.क्रि. प।

डोरी—स्त्री. द्र. 'डोर'।

डोरे*—अ. साथ-साथ। **ला. ~डालना**—प्रेम करना; किसी कार्य को कराने के लिए खुशामद करना।

डोल—पु. कुएँ से पानी निकालने का लोहे की मोटी चादर का गोल बरतन; झूला; झूलने का साधन; पालकी। वि. हिलने या डोलने वाला; चंचल; अनिश्चय की स्थिति (डाँवाँडोल)।

डोल-डाल—पु. चलना-फिरना। **ला.** घर से बाहर घूमते हुए खेतों आदि में शौच के लिए जाना।

डोलना—अ.क्रि. इधर-उधर घूमना, चलना-फिरना; अपनी जगह से हटना; (मन का) विचलित होना।

डोला—पु. पालकी—विवाह के समय दुलहन को ले जाने वाली। **मु. ~देना**—किसी से अपनी कन्या का विवाह तय कर देना; किसी के साथ कन्या का विवाह कर देना।

डोलाना—स.क्रि. हिलाना, पंखा (आदि) झलना, घुमाना।

डोली—स्त्री. स्त्रियों की पालकी; दुलहन को ले जाने वाली पालकी।

डौंड़ी—स्त्री. मुनादी, डुग्गी। **~पिटवाना**—घोषणा करवा देना, मुनादी करा देना।

डौंरू—पु. द्र. 'डमरू'।

डौआ*—पु. काठ की बनी बड़ी करछी।

डौल—पु. तर्ज़; रूपरेखा; ढाँचा।

ड्यू—पु. [अं.] देय, दातव्य; शुल्क, चुंगी। वि. देय, दातव्य; उचित, मुनासिब, यथोचित; पर्याप्त, काफी।

ड्यूटी—स्त्री. [अं.] कर्तव्य, फर्ज़; कार्य, काम।

ड्योढ़ा—वि., पु. डेढ़ गुना।

ड्योढ़ी—स्त्री. दहलीज़; पौरी, घर के प्रवेश-द्वार में बना कमरा-सा जिसकी एक दीवार भीतर के मकान को ढकती हुई आधी बनाई जाती है, इसीलिए डेढ़ दीवार के कारण ड्योढ़ी कहलाती है, इसे दुबारी भी कहा जाता है।

ड्राअर—पु. [अं.] दराज़, मेज़ आदि में।

ड्रग—स्त्री. औषधि, दवा; नशीली दवा, पदार्थ।

ड्रगिस्ट—पु. [अं.] औषधि-विक्रेता ('केमिस्ट')।

ड्रम—पु. [अं.] ढोल; मृदंग; खाली बड़ा पीपा।

ड्राइंग—स्त्री. [अं.] रेखांकन कला, चित्रकला; किसी भवन आदि का नक़शा (रेखांकन)।

ड्राइंग-रूम—पु. [अं.] बैठक, घर में बैठक के रूप में प्रयुक्त कमरा।

ड्राइक्लीनर—पु. [अं.] पेट्रोल आदि से बहुमूल्य कपड़ों, गरम कपड़ों आदि की धुलाई करने वाला।

ड्राइक्लीनिंग—स्त्री. [अं.] पेट्रोल आदि से कपड़ों को धोने की क्रिया।

ड्राइवर—पु. [अं.] चालक (कार, मोटर, आदि को चलाने वाला)।

ड्राफ्ट—पु. [अं.] धनादेश, (एक प्रकार का चैक), हुंडी; प्रारूप, मसौदा, खाका।

ड्राफ्ट्स मैन—पु. [अं.] नक़्शा-नवीस, प्रारूपकार।

ड्राम—पु. [अं.] औंस का 1/16वाँ भाग, एक अंग्रेजी तौल।

ड्रामा—पु. [अं.] नाटक।

ड्रावर—पु. [अं.] द्र. 'ड्राअर'।

ड्रिंक—पु. [अं.] (किसी का) पेय, शराब आदि।

ड्रिल—स्त्री. [अं.] कवायद, पी.टी.; बरमा-छेद करने का उपकरण।

ड्रेन—स्त्री. [अं.] गंदे पानी, मल-मूत्र आदि की नाली।

ड्रेनेज—पु. [अं.] जल-निकास, जल-निकास-व्यवस्था, प्रणाली।

ड्रेस—स्त्री. [अं.] वेश-भूषा, पोशाक। **~फुल रिहर्सल**—पूरी तरह सुसज्जित पूर्वाभ्यास।

ड्रेसिंग—पु. [अं.] मरहम-पट्टी; शृंगार, सजावट। **~कॉर्नर**—स्नानागार, बाथ-रूम के समीप बना छोटा-सा प्रसाधन स्थान। **~रूम**—शृंगार, सजावट का कक्ष; रंगमंच पर बना प्रसाधन कक्ष; नेपथ्य। **~टेबिल**—सिंगार-मेज़।

ढ

ढ—देवनागरी वर्णमाला में 'ट' वर्ग का चौथा वर्ण। उच्चारण-स्थान मूर्द्धा।

ढँकना—पु., सं. क्रि., अ.क्रि. द्र. 'ढकना'।

ढंग—पु. रीति, तरीका, कार्य-शैली, चलन; तरह, प्रकार।

ढँढोरची—पु. ढिंढोरा पीटने वाला, मुनादी करने वाला।

ढँढोरना—पु. खोज करना, ढूँढ़ना, बारीकी से किसी वस्तु की खोज-बीन।

ढँढोरिया—पु. ढिंढोरा पीटने वाला, मुनादी करने वाला।

ढ—पु. [सं.] बड़ा ढोल; कुत्ता।

ढई—स्त्री. धरना लगा देना। **मु. ~देना**—किसी के यहाँ आ कर जम जाना; जब तक वांछित कार्य न हो किसी के यहाँ डटे रहना।

ढकना—पु. ढक्कन। स.क्रि. छिपाना, आच्छादित करना। अ.क्रि. छिपना, आच्छादित होना।

ढकार—पु. [सं.] 'ढ' वर्ण।

ढकेलना—स.क्रि. धक्का देकर आगे बढ़ाना, चलाना ('ठेला ढकेल दिया'), धकेलना।

ढकोसना—स.क्रि. एक बारगी किसी चीज को अत्यधिक मात्रा में पी जाना; जल्दी-जल्दी पीने की क्रिया।

ढकोसला—पु. झूठा दिखावा, पाखंड, मिथ्या आडम्बर।

ढकोसलेबाजी—स्त्री. [फा.] आडम्बर, मिथ्या आडम्बर।

ढक्कन—पु. ढाँकने की वस्तु, ढकना (शीशी, बोतल, बरतनों, आदि का)।

ढक्का—स्त्री. [सं.] बड़ा ढोल; बड़े ढोल को बजाने का घड़ा हुआ डंडा-सा।

ढक्कारी—स्त्री. [सं.] तारा देवी, देवी का एक रूप।

ढगण—पु. [सं.] तीन मात्राओं का गण (छंद शा.)।

ढचर—पु. ढाँचा; दुबला-पतला।

ढप, ढफ*—पु. द्र. 'डफ़'।

ढपना—पु. ढक्कन; ढाँकना, छिपा देना।

ढपली—स्त्री. द्र. 'डफ़ली'।

ढपोरसंखी—वि. पाखंडी; आडम्बर खड़ा कर देने वाला।

ढब—पु. ढंग, तौर-तरीका, तरह; बनावट; उपाय, युक्ति।

ढबरी—स्त्री. द्र. 'ढिबरी'।

ढम-ढम—पु. ढोल, आदि बजने की ध्वनि, आवाज़।

ढरकना*—अ.क्रि. नीचे की ओर जाना; ढाल की ओर बहना; जल आदि का पात्र में से गिरना।

ढरका—पु. आँखों से बराबर पानी गिरने का रोग।

ढरकाना*—स.क्रि. जल आदि को पात्र से गिराना।

ढरकी—स्त्री. जुलाहों का एक औज़ार, शटल।

ढरनि*—स्त्री. गिरने का भाव या क्रिया; झुकाव।

ढरहरना*—अ.क्रि. ढलना; प्रसन्नता से किसी ओर झुकाव।

ढर्रा—पु. ढंग, शैली, आदत, कार्य-शैली (अवमानना अर्थ में प्रयुक्त—'यह क्या ढर्रा बना रखा है?')।

ढलकना—अ.क्रि. द्र. 'ढलना'।

ढलका—पु. आँखों से पानी गिरने का रोग।

ढलकाना—स.क्रि. ढुलकाना—पानी आदि।

ढलना—अ.क्रि. ढरकना; नीचे की ओर जाना, अस्ताचल की ओर जाना; साँचे में ढाल देना। **ला.** आयु बढ़ना अथवा स्वास्थ्य गिरना ('अब वह ढल चुका है')।

ढलमल—वि. शिथिल, अनिश्चय की स्थिति।

ढलवाँ—वि. ढला हुआ, नीचे की ओर (भूमि, आदि)।

ढलवाना—स.क्रि. ढालने का काम कराना।

ढलाई—स्त्री. ढालने की क्रिया; ढालने की मज़दूरी।

ढलान—स्त्री. ढाल वाली भूमि, नीचे की ओर जाती जमीन।

ढलाना—स.क्रि. द्र. 'ढलवाना'।

ढलाव—पु. ढलान, नीचे की ओर जाती भूमि। **ला.** उम्र या स्वास्थ्य की शिथिलता।

ढहना—अ.क्रि. मकान आदि का गिरना, ध्वस्त हो जाना।

ढहवाना—स.क्रि. मकान आदि को ढहाने का काम।

ढहाना—स.क्रि. गिराना, ध्वस्त करना।

ढाँख*—पु. ढाक, पलाश।

ढाँचा—पु. वस्तु, भवन आदि का प्रारंभिक रूप, किसी भी वस्तु का प्रारंभिक प्रयत्न; पंजर (शरीर का ढाँचा), बनावट (सामाजिक ढाँचा); तौर-तरीका (रहन-सहन का ढाँचा)।

ढाँपना—स.क्रि. द्र. 'ढकना'।

ढाँस—स्त्री. सूखी खाँसी की आवाज़।

ढाँसना—अ.क्रि. सूखी खाँसी खाँसने की क्रिया।

ढाँसी—स्त्री. सूखी खाँसी।

ढाई—वि. दो और आधा। पु. ढाई की, 2.5।

ढाक—पु. पलाश। **मु. ~के तीन पात**—निराशाजनक स्थिति, वही हमेशा की स्थिति।

ढाका—पु. बांग्लादेश का एक नगर, वहाँ की राजधानी।

ढाटा, ढाठा—पु. मुँह पर बाँधने वाला कपड़ा, पट्टी; ढाढ़ी बाँधने की कपड़े की पट्टी।

ढाड़, ढाढ़—स्त्री. चीत्कार, चीख़। **ला.** बहुत जोर से रोना।

ढाढ़स—पु. सांत्वना, दिलासा, धैर्य।

ढाढ़ी—पु. एक जाति विशेष, स्थान-स्थान पर जाकर जन्मोत्सव के गीत गाने वाली।

ढाना—स.क्रि. गिराना (किसी व्यक्ति को कुश्ती आदि में गिरा देना); मकान, दीवार आदि गिरा देना, ध्वस्त कर देना।

ढाबा—पु. पुराने ढंग का भोजनालय; आज आधुनिक रूप में भी ढाबों का नवीन आधुनिक रूप।

ढारस—पु. द्र. 'ढाढ़स'।

ढाल—स्त्री. ढलान—आगे की ओर नीची होती चली गई जमीन; उतार; ढंग; तरीका, प्रकार; तलवार, भाले आदि तीखी धार वाले हथियारों के वार को रोकने के लिए लोहे या मोटे चमड़े का गोल अथवा चौरस बड़ा-सा उपकरण, हथियार।

ढालना—स.क्रि. पानी आदि गिराना, उड़ेलना; मदिरा पीना; पिघली हुई धातु, प्लास्टिक, आदि को साँचों में डाल कर किसी वस्तु, आभूषण, मूर्ति, आदि का रूप देना।

ढालवाँ—वि. ढालू; आगे की ओर क्रमशः नीची होती चली गई भूमि।

ढालिया—पु. बरतन ढालनेवाला; गहने ढालने, बनाने वाला।

ढालुआँ—वि. द्र. 'ढालवाँ'।

ढालू—वि. द्र. 'ढालवाँ'।

ढाहना*—स.क्रि. द्र. 'ढाना'।

ढिंढोरची—पु. [तु.] ढिंढोरा पीटने वाला, मुनादी करने वाला।

ढिंढोरा—पु. मुनादी। **ला. ~पीटना**—किसी बात को पूरी तरह सार्वजनिक कर देना, गुप्त-सी बात को सबको बता देना।

ढिग—अ. पास, समीप, निकट।

ढिठाई—स्त्री. धृष्टता; लज्जा या शर्म का अभाव—बेशर्मी; दु:साहस।

ढिपुनी—स्त्री. चूचुक।

ढिबरी—स्त्री. प्रकाश के लिए दीपक की तरह काम आने वाली टीन, शीशी, आदि में तेल-बत्ती डाल कर प्रयुक्त की जाने वाली वस्तु।

ढिमका, ढिमाका—सर्व. अमुक, फलाँ।

ढिलाई—स्त्री. शिथिलता, ढीलापन; कार्य में कोताही।

ढिलाना—स.क्रि. ढीला कराना; बंधन से मुक्त कर देना।

ढिल्लड़—वि. आलसी; ढील करने वाला; काम में शिथिलता करने वाला।

ढिसरना*—अ.क्रि. अपने स्तर से गिरना; शिथिलता आ जाना (विशेषतः वृद्धों के लिए प्रयुक्त)।

ढीठ—वि. जिसे कोई शर्म न हो, दु:साहसी, अशिष्ट; कहना न मानने वाला।

ढील—स्त्री. शिथिलता, देर। **ला. ~देना**—किसी को छूट देना, थोड़ी स्वतंत्रता दे देना।

ढीला—वि. जो कस कर बैठा या बँधा न हो; जो वस्त्र पहनने में थोड़ा बड़ा हो; सुस्त। **ला. ~पड़ना**—सुस्त हो जाना; लापरवाह हो जाना।

ढीह—पु. ढीला, ढूह।

ढुंढपाणि, ढुंढपानि*—पु. दंडपाणि भैरव, एक देवता।

ढुँढ़वाना—स.क्रि. खोज करवाना, पता लगवाना।

ढुकास—स्त्री. डुकास, तेज़ प्यास।

ढुरकना*—अ.क्रि. ढुलकना, लुढ़कना; नीचे की ओर खिसकना।

ढुलकना—अ.क्रि. उलटते-पुलटते गिरना।

ढुलकाना—स.क्रि. लुढ़काना, गिराना।

ढुलढुल—वि. लुढ़कने वाला। **ला.** शिथिल।

ढुलमुल—वि. अनिश्चय की स्थिति।

ढुलवाई—स्त्री. ढोने का काम; ढोने के लिए दी जाने वाली मज़दूरी।

ढुलवाना—स.क्रि. ढोने का काम करवाना।

ढुलाई—स्त्री. ढोने की क्रिया; ढोने की मज़दूरी।

ढूँगा—पु. कमर से नीचे पेट के अंत का पार्श्व भाग (जिस पर बच्चे को बिठाया जाता है, स्त्रियाँ इस पर रख कर घड़ा भी लाती थीं)।

ढूँढ़—स्त्री. खोज, तलाश।

ढूँढ़ना—स.क्रि. खोजना, तलाश करना।

ढूह—पु. ढेर; टीला; रेत का टीला।

ढेंकली—स्त्री. कुएँ से सिंचाई के लिए पानी निकालने की बाल्टी जैसी वस्तु; ढेंकी; धान कूटने का उपकरण।

ढेंकुली—स्त्री. द्र. 'ढेंकली'।

ढेंकुला—पु. द्र. 'ढेंकली'।

ढेंपा—पु. बड़ा-सा गुड़, जमे हुए घी, आदि का खंड, टुकड़ा।

ढेबरी—स्त्री. द्र. 'ढिबरी'।

ढेर—पु. राशि, बहुत अधिक मात्रा में एक स्थान पर रखी हुई कोई वस्तु।

ढेरी—स्त्री. द्र. 'ढेर'।

ढेला—पु. मिट्टी आदि का गोल-सा टुकड़ा।

ढेलेबाज़ी—स्त्री. [फा.] मिट्टी का टुकड़ा, ढेला फेंकना।

ढैया—पु. ढाई सेर (2.5) की तौल का बाट; ढाई सेर की गुड़ की भेली; ढाई का पहाड़ा जिसमें क्रम से ढाई गुना बढ़ा कर बोला जाता है। 'ढाई एकम ढाई', 'ढाई दोयम पाँच', आदि।

ढोआई—स्त्री. द्र. 'ढलाई'।

ढोंग—पु. पाखंड, छल, आडम्बर; झूठा दिखावा। **~बाज़**—वि. द्र. 'ढोंगी'। **~बाज़ी**—स्त्री. पाखंड, आडम्बर, मिथ्या दिखावा।

ढोंगिया—पु. ढोंग करने वाला।

ढोंगी—वि. ढोंग करने वाला, पाखंडी; झूठ-मूठ बहाने बनाने वाला।

ढोंटा—पु. द्र. 'ढोटा'।

ढोटा*—पु. पुत्र, बेटा, बालक।

ढोटी*—स्त्री. पुत्री, बेटी, बालिका।

ढोना—स.क्रि. बोझ या किसी भारी-सी वस्तु को एक स्थान से दूसरे स्थान पर पहुँचा देना, लाद कर ले जाना।

ढोर—पु. पशु, चौपाया, मवेशी।

ढोल—पु. [सं.] बड़ा सा चमड़े का मढ़ा ऊपर से गोल और नीचे छोटा हो जाने वाला हाथ की डंडी से बजाया जाने वाला वाद्य। **ला. ~बजाना**—खुशियाँ मनाना। **~ढमक्का**—गाजा-बाजा। **~पीटना**—किसी बात को सबको बताना, सबसे कहते फिरना।

ढोलक—स्त्री. ढोल का छोटा और लंबा रूप, जिसमें दोनों हाथों से बजाने के लिए चमड़ा मढ़ा होता है, विशेष स्त्रियों द्वारा गायन-लोकगीतों में प्रयुक्त।

ढोलकिया—पु. ढोलक बजाने वाला।

ढोलकी—स्त्री. द्र. 'ढोलक'।

ढोला—पु. एक प्रकार का लोकगीत।

ढोलिया—पु. द्र. 'ढोलकिया'।

ढोली—स्त्री. द्र. 'ढोलकिया'।

ढोवाई—स्त्री. द्र. 'ढुलाई'।

ढोहना*—स.क्रि. ढूँढ़ना; टोह लेना।

ढौंचा—पु. एक पहाड़ा जिसमें क्रम से अंकों की साढ़े चार गुना संख्या पढ़ी-बोली जाती है (एक टौंचा-ढौंचा, दो ढौंचा नौ, आदि)।

ण

ण—देवनागरी वर्णमाला में 'ट' वर्ग का पंचम वर्ण। उच्चारण-स्थान मूर्द्धा।

ण—पु. [सं.] भगवान बुद्ध का एक नाम; भूषण, शिव, ज्ञान।

णगण—पु. [सं.] दो मात्राओं का एक गण।

त

त—देवनागरी वर्णमाला में 'त' वर्ग का पहला वर्ण। उच्चारण-स्थान दंत।

तंक—पु. [सं.] भय; कष्टमय जीवन, प्रिय से वियोग का दु:ख।

तंकन—पु. [सं.] कष्टमय जीवन।

तंग—वि. [फा.] संकीर्ण, लम्बाई-चौड़ाई में कम; कसा हुआ (वस्त्र) परेशान, दुखी। **ला. ~दस्त**—वि. पैसे की कमी, अर्थ-कष्ट में। **~दस्ती**—स्त्री. पैसे की कमी होना, अर्थ-कष्ट होना। **~नज़री**—संकीर्ण दृष्टि। **~हाल**—आर्थिक कष्ट में; किसी विपदा में। **मु. ~आना**—परेशान हो जाना। **~करना**—परेशान करना, दु:ख पहुँचाना।

तंगी—स्त्री. ग़रीबी; परेशानी।

तंज़ीम—स्त्री. [अ.] प्रबंध; संगठन।

तंज़ेब—स्त्री. द्र. 'तनज़ेब'।

तंडक—पु. [सं.] बाज़ीगर; खंजन; सजावट।
तंडि—पु. [सं.] एक ऋषि।
तंडु—पु. [सं.] नंदी।
तंडुरीण—पु. [सं.] चावल का धोवन; माँड़; बर्बर।
तंडुल—पु. [सं.] चावल, धान।
तंडुला—स्त्री. [सं.] बायबिडंग; चौलाई का साग।
तंडुली—स्त्री. [सं.] एक लता; चौलाई का साग।
तंडुलीक—पु. [सं.] बायबिडंग (एक आयुर्वेदिक औषधि); चौलाई का साग।
तंडुलीय, तंडुलीयक—पु. [सं.] बायबिडंग (एक आयुर्वेदिक औषधि)।
तंडुलीयिका—स्त्री. [सं.] बायबिडंग (एक आयुर्वेदिक औषधि)।
तंडुलोत्थ—पु. [सं.] माँड़, चावल का धोवन।
तंडुलोदक—पु. [सं.] माँड़, चावल का धोवन।
तंत*—पु. ताँत; तारवाला वाद्य; उचित समय।
तंतरी*—स्त्री. तंत्री; तार वाला वाद्य।
तंति—स्त्री. [सं.] लंबी रस्सी, गौ। पु. जुलाहा। **~पाल**—गौओं का पालन करने वाला, चरवाहा।
तंतु—पु. [सं.] सूत, धागा, डोरा; संतान; विस्तार, फैलाव। **~कीट**—पु. रेशम का कीड़ा; मकड़ी। **~वादक**—तारवाला वाद्य बजाने वाला। **~वाद्य**—तारवाला बाजा। **~वाप, वाय**—पु. जुलाहा, ताँती।
तंतुमान्—पु. [सं.] अग्नि।
तंतुर, तंतुल—पु. [सं.] मृणाल, कमल की नाल।
तंत्र—पु. [सं.] तंतु, ताँत; सूत; परिवार का भरण-पोषण; झाड़ने-फूँकने का तंत्र या शास्त्र; कार्य करने की प्रक्रिया अथवा साधन; व्यवस्था; प्रबंध, शासन-प्रबंध; शासन प्रणाली, यथा—प्रजातंत्र, लोकतंत्र, गणतंत्र; अधीनता; हिन्दू कर्म में उपासना का एक शास्त्र, जिसके प्रस्थापक शिव माने जाते हैं, आगम; वीणा जैसे वाद्यों का तार। **~मंत्र**—पु. जादू-टोना। **~होम**—तंत्र विधि का हवन, यज्ञ।
तंत्राचार्य—पु. [सं.] तंत्र सिखाने वाला आचार्य, गुरु।
तंत्रिका—स्त्री. [सं.] ताँत।
तंत्री—स्त्री. [सं.] वीणा; वीणा जैसे तार लगे अन्य वाद्य; वीणा का तार; रस्सी; नाड़ी। पु. व्यवस्था करने वाला; व्यवस्था-प्रबंधन में निपुण।
तंदरा*—स्त्री. द्र. 'तंद्रा'।
तंदुरुस्त—वि. [फा.] स्वस्थ, नीरोग।
तंदुरुस्ती—स्त्री. स्वास्थ्य, नीरोग अवस्था।
तंदुल*—पु. द्र. 'तंडुल'।
तंदूर—पु. मिट्टी का बना बड़ा गहरा-सा चूल्हा जिसे रोटियाँ पकाने से पहले ईंधन डालकर गरम कर लिया जाता है, विशेषतः पंजाब और पंजाबी होटलों, ढाबों में प्रयुक्त (इसी से 'तंदूरी रोटी' बनती है)।
तंदूरी—वि. तंदूर पर तैयार (रोटी, आदि)।
तंदेही—स्त्री. द्र. 'तनदेही'।
तंद्र—वि. [सं.] शिथिल, क्लांत; आलस से भरा हुआ।
तंद्रा—स्त्री. [सं.] ऊँघ, क्लांति; शिथिलता।
तंद्राच्छन्न—वि. [सं.] जो आलस से भरा हुआ।
तंद्रालस—स्त्री. [सं.] ऊँघ से उत्पन्न आलस्य।
तंद्रालु—वि. [सं.] जिसे निद्रा की ऊँघ हो।
तंद्रि—स्त्री. [सं.] द्र. 'तंद्रा'।
तंद्रित—वि. [सं.] आलस में भरा हुआ।
तंद्रिल—वि. [सं.] तंद्रा, आलस्य, ऊँघ से भरा हुआ।
तंद्री—स्त्री. [सं.] द्र. 'तंद्रि', 'तंद्रा'।
तंपा—स्त्री. [सं.] गाय।
तंबा—पु. चौड़ी मोहरी का पाजामा।
तंबाकू—पु. एक प्रकार का पौधा; इसके पत्तों को सुखा कर उनमें शीरा मिला कर हुक्के में पीने के लिए गीले रूप में पिंडी-सा तैयार किया जाता है।
तंबिका—स्त्री. [सं.] गाय।
तँबिया—पु. ताँबे की छोटी तसली, एक गहरा-उथला-सा बरतन।
तंबीर—पु. [सं.] ज्योतिष में एक योग।
तंबीह—स्त्री. [फा.] चेतावनी।
तंबू—पु. शामियाना, खेमा।
तंबूर—पु. [फा.] एक प्रकार का ढोल। **~ची**—पु. तंबूर बजाने वाला।
तंबूरा—पु. तानपुरा, सितार जैसा एक बाजा।
तंबूल*—पु. पान, तांबूल।
तंबोल—पु. तांबूल, पान।
तंबोलिन—स्त्री. पान बेचने वाली स्त्री।
तंबोली—पु. पान बेचने वाला।
तंभ*—पु. शृंगार रस में एक सात्त्विक अनुभाव; स्तंभ।
तंभन*—पु. द्र. 'तंभ'।
तंभावती—स्त्री. एक रागिनी।
तँवाई—स्त्री. ताप, दाह, जलन।
तः—पु. [सं.] संस्कृत प्रत्यय जो शब्दों के अंत में लग कर विभिन्न अर्थ देता है, यथा—साधारणतः, नियमतः, आदि।
तअब्जुब—पु. [अ.] आश्चर्य।
तअम्मुल—पु. [अ.] आगा-पीछा (देखना), सोच-विचार; विलंब; ढील; शंका; भ्रम; असमंजस, पसोपेश।
तअल्लुक़—पु. [अ.] संबंध, लगाव; रिश्तेदारी; प्रेम, आशनाई।
तअल्लुक़ा—पु. [अ.] भू-संपत्ति, जायदाद; क्षेत्र, इलाका; बड़ी रियासत, जमींदारी।

तअस्सुब—पु. [अ.] पक्षपात; धार्मिक पक्षपात; अनुचित तरफ़दारी।

तइनात—वि. [अ.] तैनात, नियुक्त।

तईं—स्त्री. प्रति, को, से; वास्ते।

तऊ*—अ. तो भी, तथापि।

तक—अ. सीमा या अवधि सूचित करने वाला शब्द—सुबह तक, कल तक, आदि।

तकड़ा—वि. स्वस्थ; मज़बूत, सुदृढ़।

तक़दमा—पु. [अ.] अनुमान, अंदाज़ा, तख़मीना।

तक़दीर—स्त्री. [अ.] भाग्य, किस्मत। **~वर**—वि. भाग्य-शाली। **मु. ~का खेल**—भाग्य का खेल, चमत्कार। **~धनी**—भाग्यशाली। **~जागना**—भाग्य चमकना। **~फूटना**—भाग्य खराब हो जाना।

तक़दीरी—वि. भाग्य-संबंधी, भाग्यवशात्।

तकना*—स.क्रि. देखना; ताक में रहना। **ला.** आश्रय के लिए आशा लगाना; किसी पर निर्भर होना।

तकनीक—स्त्री. [अं.] प्रविधि; शिल्प-विधि।

तकनीकी—वि. [अं.] प्रविधि संबंधी; मशीनी।

तकबीर—स्त्री. [अ.] अल्लाह का नाम लेना, नाम-चर्चा, ख़ुदा की बड़ाई का बखान।

तकब्बुर—पु. [अ.] घमंड, गर्व।

तकमा—पु. तमगा, सम्मान-चिह्न।

तकमील—स्त्री. [अ.] पूरा होना; पूर्णता; समाप्ति।

तकरार—स्त्री. [अ.] विवाद; कहा-सुनी, झगड़ा; हुज्जत।

तकरारी—वि. तकरार, झगड़ा करने वाला।

तक़रीब—स्त्री. [अ.] समीप आना; विवाह आदि का उत्सव।

तक़रीबन—अ. [अ.] लगभग, अनुमान से कहना।

तक़रीर—स्त्री. [अ.] भाषण; बातचीत, बोलना।

तकरीरी—वि. [अ.] मौखिक; तकरीर में कहा हुआ।

तकला—पु. तकुआ, चरखे में सूत कातने और लपेटने के काम आने वाली लोहे की सलाई-सी।

तकली—स्त्री. छोटे तकुए का रूप जिससे बिना चरखे के सूत काता जाता है।

तकलीफ़—स्त्री. [अ.] दुःख, कष्ट, क्लेश; मानसिक अथवा शारीरिक कष्ट।

तकल्लुफ़—पु. [अ.] औपचारिकता; औपचारिक शिष्टाचार।

तकल्लुफ़ाना—वि. [फा.] औपचारिक।

तकवा—पु. द्र. तकला।

तकवाना—स.क्रि. ताकने, देखने के लिए प्रेरित करना।

तक़सीम—स्त्री. [अ.] बँटवारा, बाँटना; एक संख्या से दूसरी संख्या को भाग देना।

तक़सीमी—वि. [अ.] बँटवारे का; भाग देने का।

तक़सीर—स्त्री. [अ.] अपराध, कसूर, गुनाह।

तकाई—स्त्री. ताकने की क्रिया।

तक़ाज़ा—पु. [अ.] तगादा, देय वस्तु, राशि आदि को माँगना; माँग, दायित्व ('वक्त का तकाज़ा')।

तकाना—स.क्रि. तकवाना, किसी की ओर दृष्टि डलवाना।

तक़ावी—स्त्री. [अ.] सरकार द्वारा किसानों को बैल अथवा कृषि उपकरण, आदि खरीदने के लिए दिए जाना वाला ऋण।

तकिया—पु. [फा.] सिरहाना, उपधान, रुई से भरा एक थैला-सा जिसे सोते समय/लेटते हुए सिर के नीचे रखते हैं; छज्जे आदि पर रोक के लिए लगाई जाने वाली पत्थर की पटिया; साधुओं का डेरा। **~कलाम**—पु. मुँह पर चढ़ा कोई शब्द जिसे कोई बार-बार कहता है।

तकिल—वि. [सं.] धूर्त, दुष्ट।

तकुआ—पु. द्र. 'तकला'।

तक्र—पु. [सं.] मट्ठा, छाछ।

तक्राट—पु. [सं.] मथानी।

तक्ष—पु. [सं.] राम के भाई भरत के ज्येष्ठ पुत्र का नाम; एक सर्प।

तक्षक—पु. [सं.] एक नाग जिसने परीक्षित को डसा था; साँप, सर्प; एक प्राचीन जाति; बढ़ई।

तक्षण—पु. [सं.] काटने वाला; लकड़ी, पत्थर आदि छीलना, काटना।

तक्षणी—स्त्री. [सं.] वसूला, लकड़ी छीलने का औज़ार; पत्थर छीलने, काटने का औज़ार, छैनी।

तक्षा—पु. [सं.] बढ़ई; विश्वकर्मा।

तख़फ़ीफ़—स्त्री. कमी, अभाव, न्यूनता।

तख़मीनन—अ. [अ.] अंदाज़े से, अनुमान से।

तख़मीना—पु. [अ.] खर्च और आमदनी का अनुमान या हिसाब लगाना।

तख़लिया—पु. [अ.] तनहाई, खाली करना; एकांत।

तख़ल्लुस—पु. [अ.] साहित्यकार का उपनाम; किसी व्यक्ति विशेष को दिया गया उपनाम।

तख़सीर—पु. [अ.] विजय।

तख़सीस—पु. [अ.] विशेषता, विशेष प्रवृत्ति।

तख़्त—पु. [फा.] सिंहासन; लकड़ी का बना दीवान, सोने के लिए लकड़ी के तख़्तों की चारपाई जैसी वस्तु। **~नशीन**—वि. सिंहासनासीन। **~पोश**—पु. तख़्त पर बिछाने की चादर। **~-ए-ताऊस**—पु. शाहजहाँ का रत्नजड़ित मोर की आकृति का सिंहासन, जिसे 1739 ई. में नादिरशाह लूट कर ले गया।

तख़्ता—पु. [फा.] लकड़ी का लंबा, कम मोटा और चौड़ा टुकड़ा जो किवाड़, मेज़, आदि घर की वस्तुएँ बनाने में प्रयुक्त होता है। **मु. ~उलट जाना**—सत्ता बदल जाना, सिंहासन से किसी का अपदस्थ हो जाना।

तख़्ती—स्त्री. छोटा तख़्ता, लकड़ी की वह पटिया जिस पर बच्चे लिखते हैं (थे)।

तख़्तोताज—पु. [फ़ा.] राजसिंहासन और राजमुकुट, राज्य।

तगड़ा—वि. पूर्णतः स्वस्थ; हृष्ट-पुष्ट, हट्टा-कट्टा; सशक्त।

तगण—पु. [सं.] तीन वर्णों का एक मात्रिक गण।

तगमा—पु. द्र. 'तमग़ा'।

तगर—पु. [सं.] एक वृक्ष, मदन-वृक्ष; एक औषधि।

तगाड़—पु. द्र. 'तग़ार'।

तगादा—पु. द्र. 'तकाज़ा'।

तग़ार—पु. वह छोटा-सा स्थान जहाँ इमारत बनाने के लिए चूना, सीमेंट से, गारा आदि मिलाकर तैयार किया जाता है।

तग़ारा—पु. [फ़ा.] पीतल का बड़ा बरतन, गहरी परात-सी; मिट्टी की नाँद।

तग़ारी—स्त्री. [फ़ा.] छोटा तगार।

तगीर—स्त्री. [अ.] परिवर्तन; स्थिति में परिवर्तन।

तग़ीरी—स्त्री. [अ.] बदलाव।

तचना*—अ.क्रि. गरम होना, तपना; दुखी या संतप्त होना।

तचा*—स्त्री. त्वचा, चमड़ी।

तचाना*—स.क्रि. गरम करना, तपाना; दुःख या संताप देना।

तचित*—वि. तपा हुआ, गरम किया हुआ; दुखी, संतप्त।

तज—पु. दालचीनी की प्रजाति का एक वृक्ष, इसकी छाल औषधि के रूप में प्रयुक्त—इसी का पत्ता 'तेजपात' या 'तेजपत्ता' होता है।

तज़किरा—पु. [अ.] चर्चा, ज़िक्र; जीवन-चरित।

तजदीद—पु. [अ.] नया करना; पट्टे आदि बदलना।

तजना—स.क्रि. त्यागना; छोड़ना।

तज़रबा—पु. [अ.] अनुभव, प्रयोग।

तज़रुबा—पु. द्र. 'तज़रबा'।

तजल्ली—स्त्री. [अ.] प्रकट होना; दिव्य ज्योति की झाँकी, दर्शन।

तजवीज़—स्त्री. [अ.] विचार; सम्मति, राय; फैसला, निर्णय; निर्देश, प्रस्ताव।

तजुर्बा—पु. [अ.] द्र. 'तज़रबा'।

तजुर्बेकार—वि. [अ.] अनुभवी।

तज्जनित, तज्जन्य—वि. [सं.] उससे उत्पन्न।

तज्ञ—वि. [सं.] विशेषज्ञ, विशेष जानकार।

तटंक*—पु. कर्णफूल, कान का गहना।

तट—पु. [सं.] नदी, समुद्र आदि का किनारा, कूल; नदी के किनारे के आस-पास का क्षेत्र। **~स्थ**—वि. जो गुटबंदी से अलग हो; उदासीन, कोई रुचि न रखने वाला; जो किसी से मतलब न रखता हो।

तटक—पु. [सं.] नदी आदि का किनारा।

तटग—पु. [सं.] तड़ाग, ताल।

तटाक—पु. [सं.] तड़ाग, ताल।

तटाकिनी—स्त्री. [सं.] बड़ा तालाब।

तटावरोध—पु. [सं.] वह आदेश जिसके द्वारा पोतों का तट पर आना रोक दिया जाता है।

तटिनी—स्त्री. [सं.] नदी।

तटी—स्त्री. [सं.] तीर, किनारा, कूल; नदी।

तटीय—वि. [सं.] तट संबंधी, तटवर्ती; तट की भूमि।

तड़—पु. जाति का उपविभाग, बिरादरी; थप्पड़ मारने या किसी चीज़ के भूमि पर गिरने से उत्पन्न आवाज़।

तड़क—स्त्री. तड़कने की क्रिया या भाव; तड़कने से पड़ने वाला चिह्न। **~भड़क**—ठाठ-बाट, अमीरी दिखाने के लिए किया गया आयोजन, प्रबंध।

तड़कना—अ.क्रि. आँच पाकर तड़ की आवाज़ के साथ किसी चीज़ का फटना या टूटना।

तड़का—पु. भोर का समय, सबेरा।

तड़का—पु. [पंजाबी का शब्द.] सब्जियों आदि में लगाया जाने वाला छौंक, छौंका। **ला. (बातचीत में) ~लगाया—** बात में मसाला लगा कर, उसे चटपटा बना कर पेश करना; किसी दूसरी भाषा को किंचित् प्रयोग, मिश्रण ('इन गीतों में पंजाबी तड़का है, राजस्थानी तड़का है')।

तड़काना—स.क्रि. 'तड़कना' का प्रे.।

तड़के—क्रि.वि. सवेरे, भोर में।

तडग—पु. [सं.] द्र. 'तड़ाग'।

तड़तड़ाना—अ.क्रि. 'तड़-तड़' शब्द होना। स.क्रि. 'तड़-तड़' शब्द उत्पन्न करना।

तड़तड़ाहट—स्त्री. तड़तड़ाने की क्रिया या भाव।

तड़प—स्त्री. तड़पने की क्रिया या भाव; किसी से मिलने की तीव्र इच्छा; पीड़ा।

तड़पना—अ.क्रि. (किसी प्रिय व्यक्ति के लिए) दुखी होना; पीड़ा; शारीरिक कष्ट से छटपटाना।

तड़पवाना—स.क्रि. तड़पाने का काम करवाना।

तड़पाना—स.क्रि. द्र. 'तड़पवाना'।

तड़फड़ाना—अ.क्रि. दुःख से विचलित होना, बेचैन होना। दुखी करना, कष्ट पहुँचाना।

तड़फड़ाहट—स्त्री. तड़पने का भाव या क्रिया।

तड़फना—अ.क्रि. द्र. 'तड़पना'।

तड़ाक—पु. [सं.] द्र. 'तड़ाग'।

तड़ाक—स्त्री. तड़ाके का शब्द; चाँटा मारने का शब्द; एकदम से (नकारात्मक) उत्तर देना। **~पड़ाक, फड़ाक**—अ. एकदम से, फौरन, झटपट।

तड़ाका—स्त्री. [सं.] आघात; कूल; कांति।

तड़ाका—पु. 'तड़' की ध्वनि।

तड़ाग—पु. [सं.] सरोवर, तालाब।

तड़ातड़—[अ.] 'तड़-तड़' की ध्वनि के साथ (लगातार, दनादन चाँटे मारना)।

तड़ित, तडिता*—स्त्री. द्र. 'तडित्'।

तडित्—स्त्री. [सं.] बिजली, विद्युत्।

तडिन्मय—वि. [सं.] विद्युत्, बिजली की चमक वाला।

तत—पु. [सं.] वायु; विस्तार; पिता; पुत्र; तारवाला बाजा—वीणा, सारंगी, सितार, आदि। वि. गरम, तपा हुआ।

ततकार—पु. नृत्य या नाच के बोल।

ततखन*—अ. द्र. 'तत्क्षण'।

ततछन*—अ. द्र. 'तत्क्षण'।

ततैया—स्त्री. बर्र, उड़ने वाला पीले और लाल रंग का कीट जिसके दंश से सूजन भी हो जाती है।

ततोधिक—वि. [सं.] उससे अधिक; उससे बढ़ कर।

तत्—पु. [सं.] ब्रह्म, परमात्मा। **सर्व.** वह, उस। **~काल**—उसी समय।

तत्काल—अ. [सं.] उसी समय, फौरन।

तत्कालीन—वि. [सं.] उस समय का।

तत्क्षण—अ. [सं.] उसी क्षण, तुरंत।

तत्क्षेत्रीय—वि. [सं.] उसी क्षेत्र से संबंधित।

तत्ता*—वि. अधिक तपा हुआ, गरम, उष्ण।

तत्ताथेई—स्त्री. नाच के बोल, शब्द।

तत्पद—पु. परम पद।

तत्पश्चात्—अ. [सं.] उसके बाद।

तत्पुरुष—पु. [सं.] समास का एक भेद जिसमें दो संज्ञाओं के बीच की विभक्ति लुप्त हो जाती है तथा दूसरा प्रधान होकर यह बतलाता है कि वह पहले पद का कार्य है, यथा—नभचर, देशभक्ति; ईश्वर, परमेश्वर।

तत्त्व—पु. [सं.] आकाश; अग्नि, जल, थल और पवन—ये पाँच सृष्टि तत्त्व, गुण; सार-वस्तु; असलियत; ईश्वर। **~ज्ञ**—पु. ब्रह्म-ज्ञानी; दार्शनिक। **~ज्ञान**—पु. अध्यात्म ज्ञान। **~तः**—क्रि.वि. वस्तुतः; मूल गुण के विचार से।

तत्त्वतः (तस्)—अ. [सं.] यथार्थ रूप में, वास्तव में।

तत्वान्वेषी—वि. [सं.] तत्त्व की खोज करने वाला।

तत्त्वावधान—पु. [सं.] देखरेख।

तत्सामयिक—वि. [सं.] उस समय का।

तत्स्वरूप—वि. [सं.] तत्सदृश।

तत्र—अ. [सं.] उस जगह, वहाँ।

तत्रापि—अ. [सं.] तथापि, तो भी।

तथा—अ. [सं.] और, व; वैसा, वैसा ही।

तथापि—अ. [सं.] तो भी, फिर भी, तिस पर भी।

तथास्तु—अ. [सं.] ऐसा ही हो, एवमस्तु।

तथैव—अ. [सं.] उसी प्रकार, वैसे ही।

तथोक्त—वि. [सं.] उसी प्रकार कहा गया।

तथ्य—पु. [सं.] यथार्थ, वास्तविक घटना।

तथ्यातथ्य—पु. [सं.] सच-झूठ।

तथ्यात्मक—वि. [सं.] वास्तविक, तथ्यों पर आधारित।

तथ्यान्वेषी—वि. [सं.] तथ्य का खोजी, वास्तविकता तक जाने वाला।

तदनुकूल—वि. [सं.] उसके अनुकूल या उसके अनुसार।

तदनुरूप—वि. [सं.] उसके अनुरूप या सदृश, समान; उसी के मेल का।

तदनुवर्ती—वि. [सं.] उसके पीछे का।

तदबीर—स्त्री. [अ.-'तद्बीर'] काम पूरा करने की युक्ति, उपाय।

तदर्थ—क्रि.वि. [सं.] उसके लिए। वि. किसी कार्य विशेष के लिए बना हुआ, निमित्त ('ऐड हॉक)। **~समिति**—किसी कार्य विशेष के लिए बनाई गई, गठित समिति, कमेटी।

तदर्थीय—वि. [सं.] (वह शब्द या पद) जो किसी दूसरी भाषा के शब्द के स्थान पर प्रयुक्त होता हो; किसी कार्य विशेष के निमित्त (बनी समिति, आदि)।

तदा—अ. [सं.] उस समय, तब।

तदाकार—वि. [सं.] उसी आकार या रूप का, तद्रूप, वैसा ही; तन्मय, तल्लीन।

तद्—'तत्' का समासगत रूप।

तद्गुण—पु. [सं.] वह अर्थालंकार जहाँ अपना गुण त्याग कर उत्कृष्ट गुण वाली अन्य वस्तु के गुण के ग्रहण करने का वर्णन किया जाता है। गुण से यहाँ तात्पर्य वस्तु के रूप, रंग और गंध, आदि से है।

तद्धित—पु. [सं.] संज्ञा शब्दों में लगने वाला एक प्रकार का प्रत्यय, यथा—'मित्रता' में 'ता'।

तद्भव—पु. [सं.] उससे उत्पन्न; संस्कृत भाषा से दूसरी भारतीय या विदेशी भाषाओं में शब्द का बदला हुआ, उससे निकला अपभ्रंश शब्द—'हस्त' से 'हाथ', अग्नि से आग।

तद्यपि*—अ. तथापि, तिस पर भी।

तद्वत—वि. [सं.] उसके समान, वैसा (ही); उसी प्रकार।

तन—पु. [फा.] शरीर, देह।

तनक*—तनिक, थोड़ा-सा; अल्प, छोटा।

तनक़ीद—स्त्री. [अ.] समीक्षा, आलोचना; गुण-दोष की परख।

तनख़ाह—स्त्री. द्र. 'तनख़्वाह'।

तनख़्वाह—स्त्री. [फा.] वेतन।

तनखैया—पु. सिख पंथ में धर्म विरोधी; पंथ विरोधी कृत्य, आचरण करने वाला घोषित अपराधी।

तनज़ेब—स्त्री. [फा.] बढ़िया महीन मलमल जैसा कपड़ा।

तनज़्जुल—पु. [अ.] अवनति, नीचे गिरने, उतरने का क्रम, ह्रास।

तनदेही—स्त्री. [फा.] तन-मन से किया जाने वाला (काम, कार्य)।

तनना—अ.क्रि. खिंचकर कड़ा होना; फैलना। **मु.** रुष्ट होना।

तनमय*—वि. द्र. 'तन्मय'।

तनमात्रा*—स्त्री. द्र. 'तन्मात्रा'।

तनय—पु. [सं.] बेटा, पुत्र।

तनया—स्त्री. [सं.] बेटी, पुत्री।

तनवाना—स.क्रि. खिंचवाना; तनवाने का काम करवाना।

तनसीख़—स्त्री. [अ.] रद्द करना।

तनहा—वि. [फा.] अकेला।

तनहाई—स्त्री. अकेलापन, एकांत स्थान (में रहना)।

तना—पु. [फा.] पेड़ का निचला भाग, धड़।

तनाज़ा—पु. [अ.] झगड़ा, लड़ाई।

तनातनी—स्त्री. [अ.] खिंचाव, लड़ाई-झगड़ा (होना)।

तनाब—स्त्री. [अ.] तम्बू, खेमे, आदि को खींच कर बाँधने वाली रस्सी।

तनाव—पु. तनने की क्रिया या भाव; चिंता, भय आदि के कारण विकलता, व्याकुलता।

तनासुख़—पु. [अ.] आवागमन।

तनि, तनिक*—वि. थोड़ा, अल्प; कुछ, जरा।

तनी—स्त्री. डोरी की तरह बनी कपड़े आदि की पट्टी; बंधन।

तनु—पु. [सं.] शरीर; स्त्री।

तनुक—वि. [सं.] पतला, छोटा।

तनुल—वि. [सं.] फैला हुआ।

तनू—पु. [सं.] शरीर; पुत्र। **~ज**—पु. बेटा। **~जा**—स्त्री. बेटी।

तन्—'तत्' का समासगत रूप, यथा—'तन्मय'। **~मात्र**—पु. पंचभूतों के मूल सूक्ष्म रूप।

तन्मय—वि. [सं.] दत्तचित्त, तल्लीन।

तन्वंग—वि. [सं.] दुर्बल; कोमल शरीर वाला, सुकुमार।

तन्वंगी—वि. [सं.] कोमल अंगों वाली, सुकुमार अंगों वाली।

तन्वी—वि. [सं.] पतली, सुकुमार स्त्री।

तपः—'तपस्' का समासगत रूप। **~पूत**—वि. जो तपस्या करके तन-मन से पवित्र हो गया हो। **~स्थल**—पु. तप करने का स्थान।

तपःशक्ति—स्त्री. [सं.] तप की शक्ति।

तप—पु. [सं.] तपस्या; ताप, दाह, गरमी।

तप(स्)—पु. [सं.] ताप; सूर्य; अग्नि; कष्ट; कष्टदायक व्रत, नियम, उपासना आदि; शरीर को भूख-प्यास, प्रत्येक ऋतु के शीत-उष्ण प्रभावों को सहने के लिए किया गया आचरण।

तपकना—अ.क्रि. धड़कना; टपकना।

तपती—अ.क्रि. सूर्य की एक पुत्री का नाम; ताप्ती नदी का अपभ्रंश शब्द।

तपन—वि. [सं.] जलन; गर्मी; धूप, अग्नि आदि का ताप।

तपनांशु—पु. [सं.] सूर्य; सूर्य-किरण।

तपना—अ.क्रि. धूप, अग्नि के ताप आदि से गरम होना; सूर्य की प्रखरता की गरमी।

तपनि*—स्त्री. ताप, जलन।

तपनीय—पु. [सं.] तप करने, सहन करने योग्य।

तपनीयक—पु. [सं.] सोना।

तपनोपल—पु. [सं.] सूर्यकांत मणि।

तपवाना—स.क्रि. गरम करवाना।

तपश्—'तपस्' का समासगत रूप। **~चर्या**—स्त्री. तपस्या।

तपसा—स्त्री. ताप्ती नदी का लोक-प्रचलित एक नाम।

तपसाली—वि. जिसने बहुत कठिन तपस्या की हो।

तपसी*—पु. द्र. 'तपस्वी'।

तपस्वी—वि. [सं.] तपस्या करने वाला। पु. संन्यासी।

तपस्विनी—स्त्री. [सं.] तपस्या करने वाली स्त्री।

तपाक—पु. [फा.] गर्मजोशी; आवभगत; सोत्साह; एकदम।

तपाना—स.क्रि. गरम करना, तप्त करना।

तपाव—पु. गरम होने या गरम करने की क्रिया।

तपित—वि. [सं.] गरम किया हुआ; शुद्ध किया हुआ (सोना)।

तपिस—स्त्री. [फा.] गरमी, तपन।

तपी—पु. [सं.] तपस्वी, साधु।

तपेदिक—स्त्री. [फा.] यक्ष्मा नामक रोग ('टीबी')।

तपेला*—पु. भट्ठी।

तपो—'तपस्' का समासगत रूप। **~धन**—वि. तप ही जिसकी पूँजी हो, तपस्वी। **~निधि**—पु. तपस्वी। **~निष्ठ**—पु. तप में जिसकी निष्ठा, आस्था हो। **~बल**—पु. तप से प्राप्त शक्ति। **~भूमि**—स्त्री. तप करने का स्थान। **~मूर्ति**—पु. साक्षात् तप, तपस्वी। **~वन**—पु. तपस्वियों के रहने का स्थान, वन।

तपोमय—वि. [सं.] तपवाला; तपस्या करने वाला।

तप्त—वि. [सं.] गरम, तपाया हुआ; व्यथित, दुखित; क्रुद्ध।

तप्ताभरण—पु. [सं.] शुद्ध सोने का आभूषण।

तप्ति—स्त्री. [सं.] ताप, गरमी।

तप्य—पु. [सं.] तपाने योग्य, जिसको तपाना आवश्यक हो।

तफ़तीश—स्त्री. [अ.] छानबीन; (पुलिस आदि द्वारा की गई तहक़ीक़ात)।

तफ़रक़ा—पु. [अ.] अंतर, भेदभाव; फूट।

तफ़रीक़—स्त्री. अ. अलग करना, फर्क करना; (गणित में) घटाव करना, घटाना।

तफ़रीह—स्त्री. [अ.] मनोरंजन; मन बहलाव, दिल्लगी, सैर; भ्रमण।

तफ़रीहन्—अ. बतौर मन बहलाव, दिल्लगी के तौर पर।

तफ़सीर—स्त्री. [अ.] व्याख्या या भाष्य करना; कुरान की व्याख्या या भाष्य।

तफ़सील—स्त्री. [अ.] ब्यौरा, विवरण; अलग करना।

तब—अ. उस समय, बाद में; इस कारण से, इस वजह से।

तबक़—पु. [अ.] तल, परत, तह; सोने-चाँदी आदि की पतली परत, वरक; एक तरह की चौड़ी थाली।

तबका—पु. [अ.] आदमियों का समूह, वर्ग; जमीन का छोटा-सा टुकड़ा।

तबदील—स्त्री. [अ.] बदलना, एक स्थान से दूसरे स्थान पर जाना, स्थानांतरित; परिवर्तित।

तबदीली—स्त्री. स्थानांतरण; तबादला; परिवर्तन।

तबर—पु. [फा.] कुल्हाड़ी; एक धारदार शस्त्र।

तबर्रा—पु. [अ.] किसी के प्रति घृणा व्यक्त करना; धिक्कारना।

तबर्रुक—पु. [अ.] आशीर्वादस्वरूप प्राप्त वस्तु, प्रसाद।

तबल—पु. [अ.] बड़ा ढोल; नगाड़ा।

तबलची—पु. तबला बजानेवाला, तबला वादक।

तबला—पु. ताल देकर बजाने वाला चमड़ा-मढ़ा प्रसिद्ध वाद्य, जो प्राय: जोड़ी में ही होता है। **~वादक**—पु. तबला बजाने वाला। **~वादन**—पु. तबला बजाना; तबला बजाने की कला।

तबलिया—पु. तबलची, तबला बजाने वाला।

तबलीग—स्त्री. [अ.] धर्म-प्रचार; (सामान्य रूप से भी) प्रचार।

तबस्सुम—पु. [अ.] मुस्कुराहट।

तबादला—पु. [अ.] (किसी कर्मचारी का) स्थानांतरण, एक स्थान से दूसरे स्थान पर चले जाना।

तबाबत—स्त्री. [अ.] चिकित्सा का पेशा।

तबाह—वि. [फा.] पूर्णत: नष्ट हो जाना, बरबाद; जिसका सर्वस्व लुट गया हो। **~हाल**—पु. [अ.] दुर्गति।

तबाही—स्त्री. [फा.] नाश, बरबादी।

तबीअत, तबीयत—स्त्री. [अ.] स्वभाव; धर्म; जी, मन, दिल, ख़ासियत, प्रकृति, स्वभाव; रुचि, आदत; स्वास्थ्य या रोग की दृष्टि से शरीर की दशा। **~दार**—वि. भावुक, सहृदय। **मु. ~आना**—आसक्त हो जाना।

तबीब—पु. [अ.] चिकित्सक, दवा देने वाला, वैद्य, हकीम।

तबेला—पु. अस्तबल, घुड़साल।

तभी—अ. उसी समय; इसीलिए।

तमंचा—पु. [फा.] पिस्तौल।

तम:—'तमस्' का समासगत रूप।

तम—पु. [सं.] अंधकार, अँधेरा; राहु; क्रोध, अज्ञान; कालिख़, कालिमा; नरक; मोह; तीन गुणों—सत्, रज, तम—में से एक।

तम—प्र. [सं.] एक प्रत्यय जो विशेषण के अंत में लग कर 'सबसे बढ़ कर', यथा—'श्रेष्ठतम', 'न्यूनतम'।

तमअ—स्त्री. [अ.] इच्छा; लालच।

तमक—पु. आवेश, जोश, उद्वेग; तेज़ी, तीव्रता; क्रोध।

तमकना—अ.क्रि. आवेश, क्रोध में आना; रुष्ट होना।

तमग़ा—पु. [तु.] पदक, सोने, चाँदी या इनका पानी चढ़ा धातु-खंड जो पुरस्कारस्वरूप प्रदान किया जाता है।

तमचर—पु. निशाचर; उल्लू।

तमचुर, तमचूर, तमचोर*—पु. कुक्कुट, मुरगा।

तमतमाता—वि. चमकता; गरम; क्रोधित।

तमतमाना—अ.क्रि. क्रोध या धूप के कारण चेहरे का लाल हो जाना।

तमतमाहट—स्त्री. तमतमाने की दशा, स्थिति।

तमन्ना—स्त्री. [अ.] इच्छा, तीव्र इच्छा, लालसा।

तमलेट—पु. टीन का चीनी मिट्टी की कलई किया हुआ बर्तन।

तमस—पु. [सं.] द्र. 'तम (स्)'।

तमसा—स्त्री. [सं.] एक नदी, टौंस नदी।

तमसावृत—वि. [सं.] अंधकार से घिरा, अंधकारपूर्ण।

तमस्क—पु. [सं.] अंधकार।

तमस्वती—स्त्री. [सं.] रात; हल्दी। वि. स्त्री. अंधकारमयी।

तमस्विनी—स्त्री. [सं.] रात; हलदी।

तमहीद—स्त्री. [अ.] भूमिका, प्रस्तावना।

तमा—स्त्री. [सं.] रात्रि।

तमा—पु. [सं.] राहु।

तमाकू—पु. द्र. 'तंबाकू'।

तमाचा—पु. थप्पड़, झापड़।

तमाम—वि. [अ.] सारा, समस्त, कुल। **मु. (काम) ~करना**—समाप्त करना।

तमारि—पु. [सं.] सूर्य, अंधकार का शत्रु।

तमाल—पु. [सं.] एक सदाबहार पेड़—पहाड़ों और नदी के कछारों में होने वाला; एक प्रकार की तलवार।

तमालिका—स्त्री. [सं.] एक लता।

तमाली—स्त्री. [सं.] एक लता।

तमाशगीर—पु. [फा.] तमाशा देखने वाला।

तमाशबीन—पु. तमाशा देखने वाले।

तमाशबीनी—स्त्री. मनोरंजन करने की प्रवृत्ति; अय्याशी।

तमाशा—पु. [अ.] मनोरंजन; वह खेल जिसे देख कर मन प्रसन्न हो; अनोखी बात (व्यंग्य में प्रयोग—'क्या तमाशा बना रखा है')।

तमाशाई—पु. द्र. 'तमाशबीन'।

तमि, तमी—स्त्री. [सं.] रात्रि; मोह, मूर्च्छा। **~चर**—पु. राक्षस, निशाचर।

तमिल—स्त्री. द्रविड़ भाषा-समूह की एक प्राचीन और समृद्ध भाषा, वर्तमान में तमिलनाडु प्रांत की राजभाषा; वहाँ की जाति।

तमिस्र—पु. [सं.] अंधकार, अँधेरा; एक नरक। **~पक्ष**—पु. (मास का) कृष्ण पक्ष।

तमिस्रा—स्त्री. [सं.] अँधेरी रात, घोर अंधकार।

तमीज़—स्त्री. [अ.] अच्छे-बुरे की पहचान; शिष्टाचार; शिष्टता, सभ्यता, तहज़ीब; अक्ल, ज्ञान, विवेक।

तमूरा—पु. द्र. 'तंबूरा'।

तमो—'तमस्' का समासगत रूप। **~गुण**—पु. प्रकृति के तीन गुणों में से एक, जो निकृष्ट माना गया है। **~गुणी**—वि. तामसी वृत्ति वाला।

तमोमय—वि. [सं.] अंधकारपूर्ण; तमोगुण से भरा हुआ।

तमोर, तमोल*—पु. तांबूल, पान।

तमोलिन—स्त्री. पान बेचने वाली; तमोली की पत्नी।

तमोली—पु. पान बेचने वाला।

तमोवृत्ति—स्त्री. [सं.] तामसिक स्वभाव।

तय—वि. [अ.] निश्चित; निर्णीत; पूरा किया हुआ ('सफर' आदि, सफर तय किया)।

तयना*—अ. गरम होकर पिघलना ('घी तय गया है')।

तयार*—वि. द्र. 'तैयार'।

तरंग—स्त्री. [सं.] पानी की लहर; हिलोर; मौज, उमंग। पु. ग्रंथ का खंड, अध्याय (प्रथम तरंग, आदि)।

तरंगक—पु. [सं.] पानी की लहर; स्वरलहरी।

तरंगवती—स्त्री. [सं.] लहरों वाली; नदी।

तरंगायित—वि. [सं.] तरंगों से भरा, जिसमें तरंग उठ रही हों।

तरंगिणी—स्त्री. [सं.] नदी। वि. स्त्री. तरंगों वाली।

तरंगित—वि. [सं.] लहराता हुआ; ऊपर से बहता हुआ; कंपायमान।

तरंगी—वि. [सं.] तरंगों, लहरों से भरा, लहराता हुआ।

तरंती—स्त्री. [सं.] नौका।

तर—पु. [सं.] पार करने की क्रिया ('संसार सागर से तर गया'), वृक्ष; अग्नि।

तर—क्रि.वि. [सं.] तले, नीचे ('तरु तर')।

तर—वि. [फा.] आर्द्र, गीला, भीगा हुआ (पानी में तर, घी में तर, आदि), डुबोया हुआ, सराबोर।

तरई*—स्त्री. तारा, नक्षत्र।

तरक*—पु. तर्क, युक्ति; सोच-विचार।

तरकना*—अ.क्रि. तर्क करना।

तरकश—पु. [फा.] तीर रखने का कमर के पीछे बाँधा जाने वाला चोंगा, तूणीर।

तरकस*—पु. द्र. 'तरकश'।

तरकसी*—स्त्री. छोटा तरकश।

तरकारी—स्त्री. [फा.] सब्जी; रसेदार सब्जी।

तरकी—स्त्री. कान में पहनने का आभूषण, कर्णफूल।

तरकीब—स्त्री. [अ.] युक्ति, उपाय; ढंग।

तरक्की—स्त्री. [अ.] उन्नति; वृद्धि; प्रगति; (किसी भी क्षेत्र में) नीचे से ऊपर जाना।

तरखान—पु. [पंजा.] बढ़ई।

तरज—पु. द्र. 'तर्ज़'।

तरजना—अ.क्रि. बरजना; डाँटना, घुड़कना।

तरजनी—स्त्री. अँगूठी के पास वाली उँगली (जो निर्देश, इंगित, आदि में उठती है), तर्जनी।

तरजीह—स्त्री. [अ.] प्रधानता; महत्त्व में अधिक होना।

तरजुमा—पु. [अ.] अनुवाद; उलथा।

तरजुमान—पु. [अ.] अनुवादक।

तरण—पु. [सं.] नदी, सरोवर आदि में तैरना; इन्हें पार करने की क्रिया। **~ताल**—पु. तैरने का ताल ('स्वीमिंग पूल')।

तरणि—पु. [सं.] द्र. 'तरणी'।

तरणी—स्त्री. [सं.] छोटी नौका, नाव। **~जा, ~तनया, ~तनूजा**—स्त्री. यमुना। **~तनय**—पु. यम; शनि; कर्ण; सुग्रीव, आदि। **~सुत**—पु. द्र. 'तनय'। **~सुता**—स्त्री. यमुना।

तरतीब—स्त्री. [अ.] क्रम, सिलसिला; व्यवस्था।

तरदीद—स्त्री. [अ.] रद्द करना; खंडन करना।

तरद्दुद—पु. [अ.] झंझट, परेशानी; चिंता, सोच, फिक्र।

तरन*—पु. द्र. 'तरण'; तरौना। **~तारन**—पु. उद्धार करने वाला।

तरना—अ.क्रि. पार हो जाना, संसार से मुक्ति।

तरनि*—पु. द्र. 'तरणी'।

तरन्नुम—पु. [अ.] आलाप।

तरपन*—पु. द्र. 'तर्पण'।

तरफ़—स्त्री. [अ.] ओर; दिशा संकेत ('उस तरफ़'), पक्ष में ('तुम किसके पक्ष में हो')। **~दार**—वि. पक्ष लेने वाला; पक्ष में बोलने वाला। **~दारी**—स्त्री. पक्षपात।

तरब—पु. सारंगी के तार; आनंद, हर्ष, उल्लास, खुशी, मसर्रत।

तरबतर—वि. खुशी, मसर्रत।

तरबियत—स्त्री. [अ.] पालन-पोषण करना; परवरिश करना; शिक्षा।

तरबूज़—पु. [फा.] गरमियों में रेतीली जमीन, नदी तटों पर होने वाला एक प्रसिद्ध फल, ऊपर हरे रंग पर सफेद धारियों वाला बक्कल, भीतर सुर्ख़ लाल गूदा, इसकी ठंडी तासीर, प्रकृति।

तरबूज़ा*—पु. द्र. 'तरबूज़'।

तरबूजिया, तरबूजी—वि. तरबूज़ के रंग का, गहरा हरा रंग।

तरसीम—स्त्री. [अ.] संशोधन, संशोधन, हेर-फेर।

तरल—वि. [सं.] द्रव; हिलता-डुलता, क्षण-भंगुर; चंचल; कोमल, मन्द।

तरलाई—स्त्री. तरलता, द्रव रूप।

तरलायित—वि. [सं.] हिलाया हुआ, हिलता हुआ; चलायमान, अस्थिर।

तरलीकृत—वि. [सं.] द्रव्य रूप में, द्रव्य रूप में परिवर्तित।

तरवर*—पु. श्रेष्ठ तरु, पेड़।

तरवार*—स्त्री. द्र. 'तलवार'।

तरवारि—स्त्री. [सं.] तलवार।

तरस—पु. दया, दया-भाव, रहम। **मु. ~खाना**—दया करना।

तरसना—अ.क्रि. किसी चीज़ की प्राति के लिए विकल होना, तृषित रहना।

तरसाना—स.क्रि. किसी चीज़ के लिए किसी को व्याकुल कर देना, ललचा कर दु:ख देना।

तरह—स्त्री. [अ.] प्रकार, भाँति, किस्म; युक्ति, उपाय।

तराई—स्त्री. पहाड़ के नीचे की भूमि जहाँ आर्द्रता, तरी बनी रहती है। **~करना**—क्रि. पानी छिड़कना (ईंटों, दीवार आदि की)।

तराज़ू—पु. तुला, तौलने का एक प्रसिद्ध उपकरण, जिसमें डंडी के सहारे दो पलड़े लटके रहते हैं—एक तरफ़ बाट और दूसरी ओर तौलने वाली वस्तु रखी जाती है।

तराटक*—पु. द्र. 'त्राटक'।

तराना—पु. [फा.] गीत, प्राय: संगीत के साथ गाया जाता है।

तराबोर—वि. सराबोर, तर-बतर, पूरी तरह भीगा हुआ।

तरावट—स्त्री. ठंडक, शीतलता; तर होने की स्थिति, गीला होना; शरीर में ठंडक, शीतलता लाने वाली चीज़ें।

तराश—स्त्री. [फा.] काटने का ढंग या भाव, काट; बनावट, रचना-प्रकार।

तराशना—स.क्रि. काटना, कतरना।

तरि—स्त्री. [सं.] नौका; नाव।

तरिका—स्त्री. [सं.] नौका, बिजली।

तरिणी—स्त्री. [सं.] द्र. 'तरणी'।

तरी—स्त्री. [सं.] नाव, नौका।

तरी—स्त्री. [फा.] गीलापन, आर्द्रता, नमी; ठंडक, शीतलता।

तरीक़ा—पु. [अ.] रीति, ढंग, विधि; चाल, व्यवहार; उपाय, युक्ति, तदबीर।

तरीष—पु. [सं.] सूखा गोबर; उपला, कंडा; एक विशेष प्रकार की नाव।

तरीषी—स्त्री. [सं.] इन्द्र की एक कन्या।

तरु—पु. [सं.] वृक्ष, पेड़।

तरुण—वि. [सं.] किशोर, जिसने अभी बाल्यावस्था पार की हो, युवावस्था में पदार्पण कर रहा हो; नया, नूतन।

तरुणाई—स्त्री. किशोर अवस्था; युवावस्था में प्रवेश की अवस्था।

तरुणास्थि—स्त्री. [सं.] कोमल अस्थि, हड्डी।

तरुणिमा—स्त्री. [सं.] तारुण्य, तरुणावस्था।

तरुणी—स्त्री. [सं.] किशोरी, नवयुवती।

तरुन*—वि. द्र. 'तरुण'।

तरुनाई-स्त्री, **तरुनापन, तरुनापा***—पु. तारुण्य, किशोर अवस्था, यौवन में पदार्पण करने वाली अवस्था।

तरेड़—स्त्री. दरार।

तरेरना*—स.क्रि. बरजने या अप्रिय स्थिति में नेत्र तिरछे कर देखना।

तरैया—पु. तारने वाला।

तरोताज़ा—वि. [फा.] स्फूर्तिपूर्ण, ताज़ा और हरा-भरा।

तरौना—पु. कान का एक आभूषण, कर्णफूल।

तर्क—पु. [सं.] किसी विचार के पक्ष-विपक्ष में प्रस्तुत की गई युक्ति, दलील। **~शास्त्र**—पु. वह शास्त्र जिसमें तर्क के नियम, सिद्धांत, आदि का विवेचन होता है (लॉजिक), न्याय-शास्त्र।

तर्क—पु. [अ.] छूटना; परित्याग, छोड़ना, किनाराकशी। **~वितर्क**—पु. वाद-विवाद, बहस; सोच-विचार, ऊहापोह की स्थिति।

तर्कक—वि., पु. [सं.] तर्क करने वाला, तार्किक; तर्क-शास्त्री।

तर्कण—पु. [सं.] तर्क करने की क्रिया।

तर्कणा—स्त्री. [सं.] तर्क करने की क्रिया, विचार।

तर्कना—स्त्री. विचार, युक्ति।

तर्कश—पु. द्र. 'तरकश'।

तर्काभास—पु. [सं.] गलत तर्क; ऐसा तर्क जो ऊपर से सही लगे पर वास्तव में सही न हो।

तर्कित—वि. [सं.] जिस पर तर्क किया जा चुका हो।

तर्क्य—वि. [सं.] तर्क, विचार करने योग्य, जिसके पक्ष-विपक्ष में कुछ कहने की स्थिति हो।

तर्क्षु—पु. [सं.] तेंदुआ।

तर्ज़—पु. [अ.] रीति, शैली, ढंग; बनावट।

तर्जन—पु. [सं.] डाँटना-डपटना; धमकाना।

तर्जना—स्त्री. [सं.] द्र. 'तर्जन'।

तर्जनी—स्त्री. [सं.] अँगूठे के पास वाली उँगली।

तर्जुमा—पु. [अ.] द्र. 'तरजुमा'।

तर्ण—पु. [सं.] बछड़ा।

तर्णि—पु. [सं.] सूर्य; बेड़ा।

तर्तरीक—पु. [सं.] एक प्रकार की नाव, नौका।

तर्पण—पु. [सं.] तृप्त करने की क्रिया; देवताओं, ऋषियों, पितरों को तिल या तंडुल मिश्रित जल देने की क्रिया।

तर्बूज—पु. द्र. 'तरबूज़'।

तर्योना—पु. द्र. 'तरौना'।

तर्ष—पु. [सं.] 'तृष्णा'।

तर्षण—पु. [सं.] पिपासा, तृषा; तीव्र इच्छा।

तर्षित—वि. [सं.] प्यासा; इच्छुक।

तर्षुल—वि. [सं.] द्र. 'तर्षित'।

तल—पु. [सं.] नीचे का भाग, पेंदा, तला; किसी भवन के ऊपर-नीचे बने खंड—प्रथम तल, द्वितीय तल, आदि ('फ्लोर')। **~घर**—पु. तहखाना। **~छट**—स्त्री. पानी आदि द्रव पदार्थों के नीचे बैठने वाला मैल।

तलक—पु. [सं.] तालाब; एक तरह का नमक।* अ. तक।

तलख—वि. [फा.] कड़वा, कड़वी (तलख बात)।

तलना—स.क्रि. घी या तेल में पकाना।

तलप*—पु. द्र. 'गल्प'।

तलपना*—अ.क्रि. द्र. 'तलफना'।

तलफ़—वि. [अ.] नष्ट, बरबाद, तबाह।

तलफना—अ.क्रि. तड़पना, पीड़ा से व्याकुल होना, छटपटाना।

तलफाना—स.क्रि. तड़फाना, तड़पाना।

तलफी—स्त्री. बरबादी, तवाही; हानि।

तलफ़्फ़ुज़—पु. [अ.] उच्चारण।

तलब—स्त्री. [अ.] तीव्र चाह, इच्छा; आवश्यकता; बुलावा; वेतन। **~गार**—वि. चाहने या माँगने वाला। **ला. ~करना**—बुलाना, बुलवा लेना।

तलबाना—पु. [फा.] अदालत में जमा किया जाने वाला गवाहों को तलब करने का खर्च; समय पर राजकीय कर न दिये जाने पर लगने वाला दंड।

तलबी—स्त्री. [फा.] बुलाहट; माँग।

तलबेली*—स्त्री. बेचैनी, जल्दी (तलाबेली)।

तलबा—पु. पैर का नीचे का भाग जो चलने में भूमि पर पड़ता है।

तलवार—स्त्री. एक प्रसिद्ध शस्त्र, असि।

तलवारिया—पु. तलवार चलाने वाला; तलवार चलाने में कुशल।

तलस्पर्शी—वि. [सं.] तल को स्पर्श करने वाला, गंभीर (विवेचन)।

तलहटी—स्त्री. पहाड़ के नीचे की भूमि।

तलांगुलि—स्त्री. [सं.] पैर की उँगली।

तला—पु. पेंदा, वस्तु, जूते आदि का नीचे का भाग।

तलाई—स्त्री. तलैया; तलने या तलवाने की क्रिया; तलवाने के लिए दी जाने वाली मज़दूरी।

तलाक़—पु. [अ.] कानूनी रूप से विवाह-विच्छेद, पति-पत्नी का अलग हो जाना।

तलाची—स्त्री. [सं.] चटाई।

तलातल—पु. [सं.] सात पातालों में से एक।

तलाफ़ी—स्त्री. हानि का मुआवज़ा, क्षतिपूर्ति।

तलाब—पु. द्र. 'तालाब'।

तलाबेली—स्त्री. शीघ्रता, उतावलेपन में, जल्दी।

तलावत—स्त्री. [अ.] कुरान शरीफ़ पढ़ना।

तलाश—स्त्री. [तु.] खोज; चाह।

तलाशना—स.क्रि. खोजना, ढूँढ़ना।

तलाशी—स्त्री. किसी खोई हुई या छिपाई हुई वस्तु को ढूँढ़ना। **ला. ~लेना**—खोई हुई वस्तु को पाने के लिए किसी के घर या शरीर की जाँच-पड़ताल करना।

तलित—वि. [सं.] तला हुआ, तेल या घी में भुना या पकाया हुआ, उतारा हुआ।

तलिन—वि. [सं.] विरल, दुर्बल; थोड़ा।

तली—स्त्री. पेंदी, नीचे की जगह; हथेली।

तलुआ—पु. तालू, जीभ के नीचे का भाग।

तलुबा—पु. [सं.] तलवा।

तले—अ. नीचे। **~ऊपर**—अ. एक के ऊपर दूसरा (एक के एकदम बाद पैदा होने वाला बच्चा)।

तलेटी—स्त्री. तलहटी, पर्वत के नीचे की भूमि—तराई; तलहटी, पेंदी।

तलैया—स्त्री. छोटा तालाब, पोखर।

तलोदा—स्त्री. [सं.] नदी।

तलौंछ—स्त्री. द्र. 'तलछट'।

तल्क—पु. [सं.] वन, जंगल।

तल्ख़—वि. [फा.] कटु, कड़वा। **ला. ~होना**—किंचित् क्रोध में आना।

तल्ख़ी—स्त्री. कटुता, कड़वापन।

तल्प—पु. [सं.] शय्या, सेज; पलंग, तख़्त।

तल्पक—पु. [सं.] पलंग बिछाने वाला सेवक; पलंग पर सोते व्यक्ति को अपनी सेवाएँ देने वाला नौकर।

तल्ला—पु. जूते का निचला हिस्सा; मकान का खंड, मंजिल (दूसरा तल्ला, तीसरा तल्ला, आदि)।

तल्लीन—वि. [सं.] किसी कार्य में लीन, मग्न।

तव—सर्व. [सं.] तुम्हारा।

तवक्क़ा—पु. [अ.] आशा, भरोसा, उम्मीद।

तवक़्क़ुफ़—पु. [अ.] देर, ढील।

तवज्जोह—स्त्री. [अ.] ध्यान; अनुग्रह, कृपा पूर्ण दृष्टि।

तवज्जुह—स्त्री. [अ.] द्र. 'तवज्जोह'।

तवर्गीय—वि. [सं.] 'त' वर्ग से संबंध रखने वाला।

तवा—पु. लोहे का प्रसिद्ध उथला-सा गोल पात्र जिस पर रोटी पकाई जाती है; हुक्के की चिलम पर रखे जाना वाला ठीकरा जिस पर तंबाकू की टिकिया बना कर रखी जाती है।

तवाज़ा—स्त्री. [अ.] आदर, सम्मान।

तवाना—स.क्रि. गरम करवाना; घी आदि को गरम कर पिघलाना।

तवायफ़—स्त्री. [अ.] (मूल रूप 'तवाइफ़', 'ताइफ़' का बहुवचन, किंतु हिंदी में एक वचन के रूप में प्रयुक्त) वेश्या, गणिका।

तवारीख़—स्त्री. [अ.] इतिहास।

तवालत—स्त्री. [अ.] झमेला, टंटा; लंबाई, दीर्घता, विलंब, ढील, देरा।

तवील—वि. [अ.] तंबा।

तवीष—पु. [सं.] स्वर्ग; समुद्र; सोना।

तशख़ीस—स्त्री. [अ.] निश्चय; रोग का निदान।

तशद्दुद—पु. [अ.] सख़्ती, ज़्यादती; जुल्म करना, मारपीट करना।

तशबीह—स्त्री. [अ.] उपमा।

तशरीफ़—स्त्री. [अ.] आदर-सम्मान। **ला. ~रखना**—(आदरपूर्वक) बिठाना, बैठने का आग्रह करना।

तशरीह—स्त्री. [अ.] व्याख्या।

तश्त—पु. [फा.] थाली, परात जैसा उथला बरतन।

तश्तरी—स्त्री. छोटी थाली; रकाबी, प्लेट।

तष्ट—वि. [सं.] छीला या दला हुआ।

तष्टा—पु. [सं.] बढ़ई।

तस*—वि. वैसा।

तसकीन—स्त्री. [अ.] सांत्वना, धीरज (देना)।

तसदीक़—स्त्री. [अ.] पुष्टि, समर्थन; प्रमाणित करना।

तसदीह*—स्त्री. पीड़ा, कष्ट।

तसद्दुक़—पु. [अ.] भक्ति; दान; कुर्बानी।

तसनीफ़—स्त्री. [अ.] ग्रंथ-रचना।

तसफ़ीया—पु. [अ.] परिष्कार; फैसला; समझौता।

तसबी—स्त्री. द्र. 'तसबीह'।

तसबीह—स्त्री. [अ.] माला, सुमिरनी, जाप करने वाली माला।

तसमा—पु. [फा.] चमड़े या सूत की पट्टी, जो किसी वस्तु को बाँधने के काम आती है; (जूतों में प्रयुक्त होने वाला तसमा, डोरी)।

तसर—पु. [सं.] द्र. 'टसर'।

तसला—पु. लोहे, पीतल आदि का कटोरे की आकृति का बड़ा-सा पात्र—सामान रखने, मिट्टी आदि ढोने के काम आता है।

तसली—स्त्री. छोटा तसला, तसले का छोटा रूप।

तसलीम—स्त्री. [अ.] सलाम, प्रणाम करना; अभिवादन; स्वीकार करना, कबूल करना; आज्ञा का पालन करना, हुक्म बजा लाना।

तसल्ली—स्त्री. [अ.] सांत्वना, धीरज, ढाढ़स।

तसवीर—स्त्री. [अ.] चित्र, फोटो।

तस्कर—पु. [सं.] विदेशों से चोरी से, अवैध रूप के माल मँगा कर बेचने वाला।

तस्करी—स्त्री. [सं.] विदेशों से चोरी से माल मँगा कर बेचने का अवैध, ग़ैर-कानूनी व्यवसाय।

तसव्वुफ़—पु. [अ.] सूफ़ीवाद; ब्रह्मवाद; वेदांत; मन की सांसारिक विषयों से विरक्ति।

तसव्वुर—पु. [अ.] ध्यान; विचार; कल्पना; चित्त को एकाग्र कर किसी को ध्यान में लाना।

तह—स्त्री. [फा.] परत; किसी वस्त्र आदि को मोड़ कर करीने से रखना। **~बाज़ारी**—स्त्री. हाट, बाज़ार, पैंठ आदि में अस्थायी तौर पर लगाई जाने वाली दुकानों से लिया जाने वाला कर।

तहक़ीक़—स्त्री. [अ.] असलियत, यथार्थ, जानना; जाँच-पड़ताल।

तहक़ीक़ात—स्त्री. असलियत, यथार्थ जानने के लिए घटना की सरकार के द्वारा की गई जाँच-पड़ताल।

तहज़ीब—स्त्री. [अ.] शिष्टाचार, सभ्यता। **~याफ़्ता**—वि. सभ्य, शिष्ट।

तहत—पु. [अ.] अन्तर्गत; अधिकार, वश; अधीनता, मातहती।

तहमद—पु. [फ़ा.] धोती की तरह बाँधा जाने वाला अधोवस्त्र; लुंगी।

तहम्मुल—पु. [अ.] सहनशीलता।

तहरी—स्त्री. पुलाव, खिचड़ी।

तहरीक—स्त्री. [अ.] प्रस्ताव; उत्तेजना देना; उकसाना।

तहरीर—स्त्री. [अ.] लिखाई, लिखावट, लिखने का ढंग, लिखित प्रमाण।

तहरीरी—वि. लिपिबद्ध (रूप में)।

तहलका—पु. [अ.] हलचल, खलबली।

तहवील—स्त्री. [अ.] अमानत, किसी कार्य के लिए किसी के पास जमा रुपया। **~दार**—पु. वह व्यक्ति जिसके पास अमानत के रूप में रुपया रखा हो।

तहस-नहस—वि. सर्वथा नष्ट (करना); रौंद देना; बरबाद (कर देना)।

तहसील—स्त्री. [अ.] लोगों से कर, मालगुजारी वसूल करना; जिले का वह उपभाग जो व्यवस्था प्रबंधन के लिए बनाया जाता है। **~दार**—पु. क्षेत्र विशेष में राजकीय कर, मालगुज़ारी वसूल करने वाला अधिकारी, 'तहसीलदार' का पद।

तहाँ—अ. वहाँ।

तहाना—स.क्रि. तह लगाना, तह लगा कर (वस्त्र, आदि को) रख देना।

तहियाना—स.क्रि. तह करना।

तहीं—अ. वहीं।

तहेदिल—वि. [फा.] दिल की गहराई से, हार्दिक रूप में, अन्तर्मन (से)।

तहैया—पु. [अ.] दृढ़, पक्का निश्चय।

ताँईं*—अ. के लिए, निमित्त।

ताँगा—पु. घोड़े से जोता जाने वाला गाड़ीनुमा दो पहियों वाला वाहन।

ताँगेवाला—पु. ताँगा चलाने वाला।

तांडव—पु. [सं.] शिवजी का प्रसिद्ध नृत्य जो वह क्रोध में या प्रलय-काल में करते हैं; पुरुषों का नृत्य। **ला.**—क्रोध में होना, आचरण करना।

तांडवी—स्त्री. [सं.] संगीत की एक ताल।

तांडि—पु. [सं.] नृत्य-शास्त्र।

तांड्य—पु. [सं.] सामवेद का एक ब्राह्मण ग्रंथ।

ताँत—स्त्री. पशुओं, विशेषत: भेद-बकरियों की आँतों को काट कर बनाई गई डोरी-सी, जिसका प्रयोग विविध रूपों में होता है; धनुष की डोरी; जुलाहे का एक उपकरण जिसे वे ताने को सीधा करने के लिए फिराते हैं।

ताँतड़ी—स्त्री. ताँत।

ताँतव—वि. [सं.] तंतुओं या ताँत से बना हुआ।

ताँतवा—पु. जीभ के नीचे के हिस्से में लगा तंतु (यह यदि जुड़ा रह जाए तो बच्चा बोल नहीं सकता)।

ताँता—पु. अटूट पंक्ति, कतार, पंक्ति की अनवरत शृंखला। **ला. ~लगना**—लोगों की भीड़ का लगातार आना।

ताँतिया—वि. ताँत के समान दुबला-पतला।

ताँती—स्त्री. जुलाहा।

तांतुवायि, तांतुवाय्य—पु. [सं.] ।

तांत्रिक—पु. [सं.] तंत्र संबंधी; तंत्र का; तंत्र विद्या, शास्त्र का ज्ञाता; तंत्र का प्रयोग करने वाला।

ताँबा—पु. कालिमायुक्त लाल रंग की एक प्रसिद्ध धातु, इसके बर्तन, तार, पत्तर, आदि बनाए जाते हैं।

ताँबिया—वि. ताँबे के रंग का।

ताँबी—स्त्री. छोटी ताँबिया, उथली-सी तश्तरी।

तांबूल—पु. [सं.] पान; पान का बीड़ा।

तांबूलिक—पु. [सं.] पान बेचने वाला, तमोली।

तांबूली—स्त्री. [सं.] पान की बेल।

तांबूली—पु. [सं.] पान बेचने वाला; पान बना कर पेश करने वाला।

ताँसना*—स.क्रि. संत्रस्त करना, डाँटना।

ता—प्र. [सं.] एक भाववाचक प्रत्यय जो विशेषण और संज्ञा के अंत में लगता है, जैसे—'उत्तमता' या 'विशेषता' में 'ता'।* सर्व. उस, उसे।

ताईं*—अ. 'ताँईं' का ही रूप, निमित्त, लिये।

ताई—स्त्री. पिता के बड़े भाई, ताऊ की पत्नी।

ताईद—स्त्री. [अ.] समर्थन, पुष्टि।

ताउ*—पु. क्रोध; ताप, ताव; आवेश। **ला. ~चढ़ना**—गुस्सा, क्रोध आना।

ताऊ—पु. पिता का बड़ा भाई।

ताऊन—पु. [अ.] प्लेग; एक संक्रामक बीमारी, महामारी।

ताऊस—पु. [अ.] मोर; एक वाद्य जिस पर मोर की आकृति बनी होती है।

ताऊसी—वि. मोर जैसा; मोर के रंग का।

ताक—स्त्री. ताकने की क्रिया, टकटकी बाँध कर देखना। **~ताक-झाँक**—स्त्री. ताकने-झाँकने की क्रिया, छिप-छिप कर देखना। **ला. ~में रहना**—किसी व्यक्ति या अवसर की प्रतीक्षा में रहना।

ताक़—पु. [अ.] ताख़, आला, दीवार में बना स्थान।

ताक़त—स्त्री. [अ.] शक्ति, बल, सामर्थ्य।

ताकना—स.क्रि. टकटकी लगा कर देखना।

ताकरी—स्त्री. एक लिपि, नागरी से पर्याप्त साम्य रखने वाली।

ताका*—तिरछा देखने वाला। क्रि. देखा, लगातार देखा गया।

ताकि—अ. [फा.] जिसको; जिसमें; इसलिए।

ताकीद—स्त्री. [अ.] चेतावनी; अच्छी तरह सावधान करते हुए कोई बात आदेशात्मक रूप में कहना।

ताख़—पु. द्र. 'ताक़'।

ताखा—पु., वि. आला, ताक़।

ताग*—पु. ताग।

तागड़ी—स्त्री. 'तगड़ी' भी कहा जाता है, कमर पर धारण किया जाने वाला आभूषण, करधनी, क्षुद्र-घंटिका।

तागना—स.क्रि. रजाई, आदि में दूर-दूर धागे, तागा डालना।

तागा—पु. धागा, सूत, डोरा।

ताज—पु. [फा.] राजमुकुट; सिर पर पहने जाना वाला शोभा और पद-सूचक चिह्न; विजय-चिह्न; मोर, मुर्गे, आदि के सिर की चोटी, शिखा; आगरा स्थित प्रसिद्ध ताजमहल स्मारक का संक्षिप्त नाम। **~दार**-पु. बादशाह। **~महल**—पु. आगरा का प्रसिद्ध स्मारक जिसे शाहजहाँ ने अपनी बेगम मुमताज महल की स्मृति में बनवाया था।

ताज़क—पु. [फा.] एक ईरानी जाति।

ताज़गी—स्त्री. [फा.] ताज़ा होने का भाव; नयापन; स्वास्थ्य में स्फूर्ति का अनुभव, चेहरे पर रौनक।

ताजपोशी—स्त्री. [फा.] राजगद्दी पर बिठाना, राज्याभिषेक।

ताज़ा—वि. [फा.] जो अभी का हो; जो अभी बन कर तैयार हुआ है; बिलकुल नया; जो सूखा या बासी न हो; (फल, फूल, सब्ज़ी, आदि) जो अभी पौधे, बेल या पेड़ से तोड़ कर लाया गया हो; चेहरे पर रौनक दिखना।

ताज़िंदगी—क्रि.वि. [फा.] ज़िंदगी-भर।

ताज़िया—पु. [अ.] मकबरे के आकार का बनाया हुआ वह ढाँचा, जो इमाम हसन और इमाम हुसेन के मकबरे की आकृति का होता है—बाँस की तीलियों, रंगीन काग़ज़ों, आदि से बनाया जाता है, मुहर्रम के दिनों में शिया मुसलमान दस दिन तक रख कर आखिरी दिन दफ़ना देते हैं।

ताज़ियाना—पु. [फा.] चाबुक, कोड़ा।

ताजिर—पु. [अ.] सौदागर, व्यापारी।

ताज़ी—वि. [फा.] 'ताज़ा' का स्त्रीलिंग; अरब की भाषा, अरबी; अरब का घोड़ा; अरब का रहने वाला; एक तरह का शिकारी कुत्ता; शिकारी कुत्ते की एक नस्ल।

ताज़ीम—स्त्री. [अ.] बड़ों के प्रति व्यक्त आदर-सम्मान; दूसरों को बड़ा समझना।

ताज़ीमी सरदार—पु. [फा.] वह सरदार जिसको बादशाह भी सम्मान दे।

ताज़ीर—स्त्री. [अ.] दंड, सज़ा।

ताज़ीरात—स्त्री. [अ.] दंड संहिता; आपराधिक दंडों से संबंधित कानूनों का संग्रह, पुस्तक ('ताज़ीरात हिंद')।

ताज़ीरी—वि. [अ.] दंडात्मक; दंडस्वरूप लगाया गया कर, पुलिस। **~पुलिस**—पुलिस का वह दस्ता, टुकड़ी जो ऐसे स्थान पर तैनात किया जाता है जहाँ उपद्रव, आदि हुआ हो, इसका खर्च उस स्थान के निवासी वहन करते हैं।

ताज्जुब—पु. [अ.] अरबी में 'तअज्जुव' किंतु हिंदी में 'ताज्जुब' के रूप में प्रचलित—आश्चर्य, विस्मय, हैरत।

ताटंक—पु. [सं.] कान का एक आभूषण; एक छंद।

ताटस्थ्य—पु. [सं.] तटस्थता, निरपेक्षता, उदासीनता।

ताड—पु. [सं.] आघात, प्रहार; शब्द।

ताड़—पु. एक प्रसिद्ध लंबा वृक्ष जिसकी शाखा-प्रशाखाएँ नहीं होतीं, केवल शीर्ष पर लंबी पत्तियाँ होती हैं, तमाल।

ताड़*—स्त्री. भाँप या पहचान (लेना)।

ताडक—पु. [सं.] वधिक, जल्लाद।

ताड़का—स्त्री. [सं.] राम-कथा में एक प्रसिद्ध राक्षसी जिसका वध राम ने किया था।

ताडकायन—पु. [सं.] विश्वामित्र के एक पुत्र।

ताडकारि—पु. [सं.] श्रीरामचंद्र, ताड़का के शत्रु।

ताडकेय—पु. [सं.] ताड़का का पुत्र, मारीच।

ताडन—पु. [सं.] द्र. 'ताड़ना'।

ताडना—स्त्री. [सं.] मार, प्रहार; डाँट-डपट (करना), फटकारना।

ताड़ना—स.क्रि. भाँप लेना, समझ लेना; डाँटना; सज़ा देना।

ताडनी—स्त्री. [सं.] कोड़ा, चाबुक।

ताडनीय—वि. [सं.] दंडनीय, जो डाँटने-डपटने योग्य हो।

ताड़ी—स्त्री. ताड़ से निकलने वाला एक द्रव्य, जिसे शराब के रूप में प्रयुक्त किया जाता है।

ताडुल—वि. [सं.] मार-पीट करने वाला।

तात—पु. [सं.] पिता; सम्मान्य व्यक्ति; आदरणीय व्यक्तियों को दिया जाने वाला संबोधन; अपनों से छोटों के लिए आत्मीय रूप में प्रयुक्त शब्द, संबोधन।

तातन—पु. [सं.] खंजन पक्षी।

ताताथेई—स्त्री. नृत्य का एक बोल, विशेषत: कथक नृत्य में प्रयुक्त। **ला. ~करे जाना**—एक ही बात या क्रिया को निष्फल रूप में करने पर कहा जाता है।

तातार—पु. [फा.] मध्य एशिया का एक देश।

तातारी—पु. तातार देश का वासी। वि. तातार देश का।

तातील—स्त्री. [अ.] अवकाश, छुट्टी।

तात्कालिक—वि. [सं.] तत्काल, उसी समय का।

तात्क्षणिक—वि. [सं.] उसी क्षण, तुरंत।

तात्त्विक—वि. [सं.] तत्त्व संबंधी; वास्तविक।

तात्पर्य—पु. [सं.] अभिप्राय, आशय, मतलब।

तात्पर्यार्थ—पु. [सं.] वाक्यार्थ से भिन्न अर्थ जो उसका असली मंतव्य, निहितार्थ हो।

ताथेई—स्त्री. द्र. 'ताताथेई'।

तादात्म्य—पु. [सं.] अभिन्नता, दो वस्तुओं, व्यक्तियों के बीच अभिन्नता, उनका एकमेक हो जाना। **~संबंध**—पु. अभेद संबंध, पूरी तरह हिल-मिल जाना।

तादाद—स्त्री. [अ.] संख्या, गिनती।

तादृश—वि. [सं.] वैसा, उसके समान।

ताधर्म्य—पु. [सं.] वैसा ही गुण-धर्म; उसी प्रकार की प्रवृत्तियाँ।

ताधा—स्त्री. 'ताताथेई' के समान ही नृत्य का एक बोल।

तान—स्त्री. संगीत में स्वरों का कलापूर्ण विस्तार; खिंचाव, तानने की क्रिया या भाव।

तानना—स.क्रि. खींच कर फैलाना, खींच कर खड़ा कर देना, किसी को मारने के लिए हाथ (घूँसा) या अस्त्र आदि उठाना। **मु. लंबी ~कर सोना**—पूर्णत: निश्चिंत, बेफ़िक्र हो जाना (किसी को आश्वस्ति देने के लिए भी कहा जाता है)।

तानबान*—पु. [स.] ताना-बाना।

तानसेन—पु. अकबर के दरबार के प्रसिद्ध गायक।

ताना—पु. कपड़े की बुनाई में लंबाई में फैलाया हुआ सूत (ताना-बाना);* स.क्रि. घी, आदि को आग में तपाना; किसी जमे हुए द्रव्य को आँच पर तपा कर पिघलाना। **मु. ~मारना**—किसी उपकार की याद दिलाते हुए हृदय दुखित करने वाली बात कहना, उलाहना देना।

तानारीरी—स्त्री. नौसिखिए व्यक्ति का गाना, अटपटा-सा गाना।

तानूर—पु. [सं.] जल में पड़ने वाला भँवर; चक्रवात, बवंडर।

तानेज़नी—[अ.] स्त्री. ताने मारना, कटाक्ष करना।

तानेबाज़ी—वि. [अ.] एक-दूसरे को ताने देना, कटाक्ष करना।

तानाशाह—पु. निरंकुश शासक; वह शासक जो अधिकारों का मनमाना प्रयोग करे।

तानाशाही—स्त्री. अधिनायकत्व, मनमानी (अत्याचार के रूप में)।

तानी*—स्त्री. कपड़े की बुनावट में लंबाई में रखा हुआ सूत; सूत के तार।

तान्व—पु. [सं.] औरस पुत्र।

ताप—पु. [सं.] उष्णता, गरमी; ज्वर, दुःख (तीन ताप—दैहिक, दैविक, भौतिक)। **~क्रम**—पु. शरीर या वायु-मंडल की उष्णता का उतार-चढ़ाव। **~त्रय**—पु. दैहिक, दैविक, भौतिक—तीन प्रकार के दुःख। **~मान**—पु. शरीर की थर्मामीटर द्वारा मापी गई गरमी; वायुमंडल की मौसम विभाग द्वारा मानी गई उष्णता। **~यंत्र**—पु. थर्मामीटर।

तापक—वि. [सं.] तापोत्पादक; गरमी, उष्णता मापने का उपकरण।

तापती—स्त्री. [सं.] सूर्य की कन्या; एक प्रसिद्ध नदी।

तापत्य—पु. [सं.] अर्जुन का एक नाम। वि. तापती से संबंधित।

तापन—पु. [सं.] ताप देने वाला; सूर्य; कामदेव के पंच बाणों में से एक।

तापना—अ.क्रि. (शीत ऋतु में) आँच से शरीर को गरम करना।

तापनीय—पु. [सं.] एक उपनिषद्।

तापस—पु. [सं.] तप करने वाला, तपस्वी।

तापसी—वि. [सं.] तपस्या करने वाली स्त्री।

तापस्य—पु. [सं.] तापस धर्म, तप।

तापित—वि. [सं.] तपाया हुआ; पीड़ित।

तापी—स्त्री. [सं.] ताप्ती नदी का संक्षिप्त नाम; ताप से उत्पन्न (तापीय ऊर्जा)।

तापोपचार—पु. [सं.] ताप, गरमी देकर प्रभाव उत्पन्न करने की क्रिया; अग्नि का ताप देकर किया जाने वाला उपचार।

ताप्ती—स्त्री. तापती नदी।

ताफ़्ता—पु. [फ़ा.] एक प्रकार का वस्त्र जिसमें धूपछाँहीं रंग होते हैं ('दिप्त ताफ़्ता रंग'—बिहारी)।

ताब—स्त्री. [फ़ा.] हिम्मत, साहस; सामर्थ्य; मजाल; धैर्य।

ताबड़तोड़—अ. लगातार, निरंतर।

ताबीज़—पु. [अ.] तावीज़।

ताबूत—पु. [अ.] शव ले जाने का संदूक।

ताबे—वि. अधीन, वशवर्ती। **~दार**—वि. आज्ञा, आदेश मानने वाला।

ताम—पु. [सं.] दोष, विकार; व्याकुलता, बेचैनी; इच्छा, वासना; थकावट; चिंता; ग्लानि।

तामचीनी—स्त्री. इनैमल, लोहे की परत के बने बर्तनों पर चीनी मिट्टी की परत चढ़ा कर तैयार की गई वस्तुएँ।

तामजान, तामदान—पु. एक तरह की खुली पालकी।

ताम-झाम—पु. अतिरिक्त साज-सज्जा; किसी वस्तु के साथ और बहुत-सी छोटी-मोटी चीज़ों (का संभार)।

तामड़ा—वि. ताँबे के रंग का।

तामर—पु. [सं.] घी; पानी।

तामरस—पु. [सं.] कमल; सोना; ताँबा; धतूरा।

तामरसी—स्त्री. [सं.] कमलों वाला सरोवर, ताल।

तामलूक—पु. बंगाल का एक भूखंड जिसका प्राचीन नाम 'ताम्रलिप्त', 'ताम्रलिप्ति' था।

तामलेट, तामलोट—पु. टबनुमा चौकोर बड़ा बर्तन, छोटे ड्रम जैसा।

तामस—पु. [सं.] तामसी गुण वाला, तमोगुणी।

तामसिक—वि. [सं.] तमोगुण संबंधी, जिसमें बुरे गुण हों।

तामसी—स्त्री. [सं.] अँधेरी रात; तमोगुण वाली।

तामिल—स्त्री. द्र. 'तमिल'।

तामिस्र—पु. [सं.] एक नरक; क्रोध; द्वेष।

तामीर—स्त्री. [अ.] भवन, इमारत बनाने का काम।

तामील—स्त्री. [अ.] आज्ञा, आदेश की पालना।

तामोल*—पु. द्र. 'तांबूल'।

ताम्र—पु. [सं.] ताँबा—एक धातु। **~चूड, ~चूड़**—पु. [सं.] मुर्गा। **~पट, पत्र**—ताँबे का पत्तर, टुकड़ा जिस पर दान-विवरण, आदि लिखा जाता था, अभिलेख के रूप में भी इसका प्रयोग किया जाता था। **~पर्णी**—स्त्री. दक्षिण भारत की एक नदी। **~युग**—पु. इतिहास का वह काल जब मनुष्य ने ताँबे के पात्र, अस्त्र आदि का प्रयोग प्रारंभ कर दिया था, प्रस्तर युग के बाद और लौह-युग के पहले का समय ('ब्रांज एज')। **~लिप्त**—पु. बंगाल में मेदिनीपुर जिले का वर्तमान 'तामलूक' नामक स्थान।

ताम्रक—पु. [सं.] ताँबा।

ताम्राक्ष—पु. [सं.] कोकिल। वि. जिसकी आँखें लाल हों।

ताम्राभ—पु. [सं.] रक्त-चंदन। वि. लाल आभा, चमक वाला।

ताम्रार्द्ध—पु. [सं.] (पीतल) जिसमें आधा ताँबा हो, काँसा—मिश्रित एक धातु।

ताम्रिका—स्त्री. [सं.] घुँघची, गुँजा।

ताम्रिमा—स्त्री. [सं.] लालिमा।

ताम्रेश्वर—पु. [सं.] ताँबे की भस्म।

ताय*—ताप, धूप। सर्व. [ब्र.भा.] उसको।

तायना*—स.क्रि. ताना (घी, आदि को) आँच पर पिघलाना, द्रव्य रूप देना।

तायफ़ा—स्त्री. [अ.] वेश्या; वेश्या और उसके समाजियों की मंडली।

ताया—पु. [पंजा.] ताऊ, पिता का बड़ा भाई।

तार—पु. [सं.] रूपा, चाँदी; धातु को खींच कर उसका बनाया हुआ तंतु—चाँदी का तार, सोने का तार, आदि। वह प्रविधि जिसके द्वारा बिजली के तार के माध्यम से संकेत प्रेषित कर समाचार दिये जाते हैं—'टेलीग्राम'। **ला. ~तार-तार होना**—किसी कपड़े का पूरी तरह जर्जर हो जाना।

तारक—पु. [सं.] तारने वाला; नक्षत्र; आँख की पुतली; एक दैत्य; कर्णधार; नाविक। **~तीर्थ**—पु. गया। **~ब्रह्म**—पु. श्रीराम का षडक्षर मंत्र—'ओं रामाय नमः।'

तारकांकित—वि. [सं.] जिसके साथ सितारे ('स्टार') का चिह्न दिया गया हो।

तारका—स्त्री. [सं.] नक्षत्र; उल्का; आँख की पुतली।

तारकाक्ष—पु. [सं.] तारकासुर का एक पुत्र।

तारकामय—पु. [सं.] शिव।

तारकायण—पु. [सं.] विश्वामित्र का एक पुत्र।

तारकारि—पु. [सं.] कार्त्तिकेय जिन्होंने तारक असुर, तारकासुर का वध किया था।

तारकासुर—पु. [सं.] तारक नामक असुर।

तारकिणी—स्त्री. [सं.] तारों-भरी रात।

तारकित—वि. [सं.] तारखचित।

तारकीय—वि. [सं.] तारों से युक्त, तारों भरी (रात)।

तारकेश्वर—पु. [सं.] शिव; आयुर्वेद में एक औषधि।

तारकोल—पु. 'अलकतरा'।

तारण—पु. [सं.] तारने की क्रिया; तारने वाला (विष्णु, शिव, आदि का विशेषण)।

तारणी—स्त्री. [सं.] नौका; कश्यप की एक पत्नी।

तारतम्य—पु. [सं.] व्यवस्था (देना, करना); न्यूनाधिक के अनुसार क्रम; संगति (बिठाना)।

तारन—वि. तारने वाला, उद्धार करने वाला।

तारना—स.क्रि. पार करना; कल्याण करना; उद्धार कर देना।

तारपीडो—स्त्री. नौ-सेना का एक प्रकार का बम (टारपीडो)।

तारपीन—पु. वार्निश, औषधि आदि में प्रयुक्त होने वाला चीड़ के गोंद से बनाया हुआ तेल।

तारल—वि. [सं.] चंचल, अस्थिर; लंपट।

तारल्य—पु. [सं.] तरलता, द्रवत्व; चंचलता; लंपटता।

तारांकित—वि. [सं.] तारों से भरा हुआ, तारे जड़ा हुआ; वह शब्द या स्थल जिस पर तारा ('स्टार') मुद्रित हो।

तारा—पु. [सं.] नक्षत्र, सितारा; आँख की पुतली। स्त्री. तंत्र वर्णित दस विद्याओं में से एक; देवी का एक नाम; बालि (राम कथा में) की पत्नी। **~गण**—पु. तारों का समूह। **~पथ**—पु. आकाश। **मु. ~(रे) गिनना**—नींद न आना; रात भर जागते रहना। **(दिन में) ~(रे) दिखाई जाना**—संकटों के कारण विकट स्थिति आ जाना और उससे घबराना।

ताराधिप—पु. [सं.] चन्द्रमा; शिव; बृहस्पति; बालि।

ताराधीश—पु. [सं.] द्र. 'ताराधिप'।

ताराभ—पु. [सं.] पारद, पारा। वि. तारे जैसी चमक, आभा वाला।

ताराभ्र—पु. [सं.] कपूर।

तारायण—पु. [सं.] आकाश; वटवृक्ष।

तारावती—स्त्री. दुर्गा का एक रूप।

तारावली—स्त्री. [सं.] तारों की पंक्ति, तारों का समूह।

तारिक—पु. [सं.] मल्लाह, नाविक; नाव का किराया, शुल्क।

तारिका—स्त्री. [सं.] नक्षत्र, जिसका नाम स्त्रीलिंग में हो; सिने अभिनेत्री।

तारिणी—वि. स्त्री. [सं.] तारने वाली, उद्धार करने वाली।

तारी*—स्त्री. कर-ताली, ताली ('राम कथा सुंदर कर तारी') कुंजी; समाधि, ध्यान (लगना)।

तारी—वि. [सं.] उद्धार करने वाला; पार लगा देने वाला।

तारीक—वि. [फा.] काला; अंधकारमय; अँधेरा, अंधकार।

तारीकी—स्त्री. अंधकार; स्याही, धुँधला।

तारीख़—स्त्री. [अ.] तिथि, मिति। **ला. ~टलना**—किसी काम का निश्चित दिन आगे लिए स्थगित हो जाना; (बुरी) घड़ी टल जाना।

तारीख़ी—वि. [अ.] ऐतिहासिक।

तारीफ़—स्त्री. [अ.] प्रशंसा, बड़ाई, सराहना; परिचय; लक्षण; परिभाषा।

तारुण्य—पु. [सं.] यौवन, जवानी।

तारुण्यागम—पु. [सं.] यौवनागम।

तारेय—पु. [सं.] तारा का पुत्र—अंगद।

तारेश—पु. [सं.] चंद्रमा।

तार्किक—वि., पु. [सं.] तर्क शास्त्र का ज्ञाता; तर्क करने वाला; विवेक-सम्मत।

तार्क्ष—पु. [सं.] कश्यप ऋषि।

तालंक—पु. [सं.] ताटंक।

ताल—पु. [सं.] संगीत में नियत मात्रा पर ताली बजाना; करतल, हथेली; छोटा तालाब, सरोवर। **~पत्र**—पु. ताड़ का पत्ता। **मु. ~ठोंकना**—किसी को चुनौती देना।

तालक—पु. [सं.] ताड़ का पेड़ या फल; ताला; अरहर; हरताल।

तालकाभ—वि. [सं.] हरा।

तालकी—स्त्री. [सं.] ताड़ी।

तालकेश्वर—पु. [सं.] एक औषधि।

तालव्य—वि. [सं.] तालु से संबंधित; तालु से निसृत, तालु से उच्चरित होने वाला (वर्ण—त थ द ध)।

तालव्यीकरण—पु. [सं.] किसी अन्य वर्ण को तालु से बोलना।

तालव्यीकृत—वि. [सं.] तालु से उच्चरित।

तालांक—पु. [सं.] ताड़ का पत्ता (जिस पर लिखा जाता है); आरा; बलराम।

ताला—पु. दरवाज़े, संदूक, अलमारी आदि पर सुरक्षा के लिए लगाया जाने वाला उपकरण जो इन्हें बंद कर देता है। **मु. ~सात तालों में बंद रखना**—गहरी सुरक्षा में रखना।

तालाब—पु. सरोवर, पोखर।

तालाबेली*(तलाबेली)—स्त्री. जल्दी, शीघ्रता में बेचैनी।

तालिका—स्त्री. [सं.] ताली, कुंजी; सूची; व्यक्तियों की नामावली।

तालिब—पु. [अ.] इच्छुक, ख्वाहिशमंद; याचक, माँगने वाला; अभिलाषी, अर्ज़ूमंद; शिष्य।

तालिश—पु. [सं.] पहाड़।

ताली—स्त्री. [सं.] चाबी, कुंजी, वह गढ़ी हुई कीलीनुमा पत्ती-सी जिससे ताला खुलता और बंद होता है।

ताली—पु. [सं.] दोनों हथेलियों को आपस में आघात देने से उत्पन्न शब्द, कर-ताली, करतल ध्वनि (प्रसन्नता में)।

तालीक़ा—पु. [अ.] माल-असबाब को कब्ज़े में कर लेना; मकान, आदि की कुर्की; कुर्क सामान की सूची।

तालीम—स्त्री. [अ.] शिक्षा देना, पढ़ाना, सबक सिखाना।

तालीमी—वि. [अ.] शैक्षिक, शिक्षा संबंधी।

तालीशपत्र—पु., **तालीशपत्री**—स्त्री. [सं.] पहाड़ पर पाया जाने वाला पेड़।

तालु—पु. [सं.] मुँह के अंदर का ऊपरी भाग (छतनुमा), इसके नीचे जीभ की स्थिति होती है।

तालुक—पु. [सं.] तालु, तालु का एक रोग।

तालू—पु. द्र. 'तालु'।

ताल्लुक़—पु. संबंध, लगाव, वास्ता।

ताल्लुका—पु. [अ.] गाँवों का समूह, गाँवों का बड़ा क्षेत्र।

ताल्लुक़ेदार—पु. [अ.] ताल्लुका का स्वामी, अवध में कुछ विशिष्ट जमींदार जिनकी प्रतिष्ठा और रुतबा सामान्य जमींदार से अधिक था।

ताल्लुक़ेदारी—स्त्री. [अ.] ताल्लुक़े का क्षेत्र, ताल्लुक़ा।

ताव—पु. किसी चीज़ को ताप देने, गरम करने के लिए दी जानी वाली गरमी, ताप, आँच; अहंकारयुक्त रोष। **मु. ~खाना**—क्रोध, रोष में आना। (मूँछों पर) **~देना**—घमंड में मूँछों को पैना करना, उनकी नोक-सी बनाना।

तावत्—अ. [सं.] तब तक; तब, उस अवधि तक; उतनी दूर तक, वहाँ तक।

तावना*—स.क्रि. ताना, गरमी देना।

तावर*—स्त्री. द्र. 'तावरी'।

तावरी—स्त्री. ताप, धूप, गरमी; ज्वर, बुखार।

तावान—पु. [फा.] किसी हानि की पूर्ति के लिए खेती पर लगाया गया जुर्माना, कर।

ताविषी, तावीषी—स्त्री. [सं.] इन्द्र-कन्या; नदी; पृथ्वी।

तावीज़—पु. [अ.] वह यंत्र-मंत्र जो कपड़े अथवा किसी धातु के संपुट में बंद कर गले में पहना जाता है या बाजू पर बाँधा जाता है, रोग-शोक से मुक्ति का रक्षा-कवच सा।

तावीष—पु. [सं.] समुद्र; सोना; स्वर्ग।

तावुरि—पु. [सं.] वृष राशि।

ताश—पु. एक खेल में प्रयुक्त मोटे कागज़ के चौकोर टुकड़े के 52 कार्ड जिन पर पान, चिड़ी, ईंट आदि के चिह्न छपे होते हैं, बादशाह, बेग़म, इक्का आदि भी; एक प्रकार का जरदोजी का कपड़ा; एक प्रकार का गोल बर्तन जिसमें पानी या अन्न, आटा आदि भरा जाता है।

ताशा—पु. चमड़े का मढ़ा चौड़ी ढपलीनुमा एक वाद्य जो गले में लटका कर लकड़ी की डंडियों से बजाया जाता है।

तास*—पु. द्र. 'ताश'।

तासना—पु. [क्रि.] सताना, त्रास देना।

तासा—पु. द्र. 'ताशा'।

तासीर—स्त्री. [अ.] किसी वस्तु के गुण-धर्म, प्रकृति; (किसी वस्तु का) प्रभाव, असर ('उस फल की तासीर गरम है')।

तासु*—सर्व. उसका, उससे।

तास्कर्य—पु. [सं.] तस्करी, चोरी का काम।

तास्सुब—पु. द्र. 'तअस्सुब'।

तास्सुबी—पु. धार्मिक दृष्टि से कट्टर प्रवृत्ति का।

ताहम—अ. [फा.] तथापि, हालाँकि।

ताहि, ताही*—सर्व. उसे, उसको।

तिंघड़ा-तिंघड़ना—क्रि. बहुत अधिक बोझ उठाने में झुक-झुक जाना।

तिंदु—पु. [सं.] तेंदू का पेड़।

तिंदुकी—स्त्री. [सं.] तेंदू का छोटा पेड़।

तिंदुल—पु. [सं.] तेंदू का पेड़।

ति*—वि. तीन (समास में प्रयुक्त)। **~कोन***—त्रिकोण, तिकोना। **~कोना**—तीन कोने वाला, त्रिभुजकार। **~कोनिया**—वि. जिसके तीन कोने हों, तीन कोने वाला (फर्क, आदि)। **~खुंटा**—वि. तीन कोने वाला (भूखंड, आदि)। **~गुना**—तीन गुना। **~पाई**—तीन पायों वाला बैठने का आधार, 'स्टूल'। **~पाड़***—तीन पाटों का। **~बारा**—अ. तीसरी बार। **~रंगा**—तीन रंगों वाला; भारत का राष्ट्रीय ध्वज। **~लड़ा**—वि. तीन लड़ों वाला (हार, आदि)। **~लड़ी**—स्त्री. वि. तीन लड़ियों वाली माला। **~लोक***—त्रिलोक, तीनों लोक।

तिआ*—स्त्री. तिया, स्त्री।

तिकड़म—पु. (बुरी) चाल; गुप्त योजना; चालाकी से भरा कोई पग (प्राय: दूसरे को हानि पहुँचाने वाला)।

तिकड़मी—वि. चालबाज़, तिकड़म करने वाला।

तिक्की—स्त्री. तिग्गी, ताश का वह पत्ता, कार्ड जिस पर ताश के किसी रंग की बूटियाँ छपी होती हैं।

तिक्त—वि. [सं.] कसैला, तीता, चरपरा (जिससे जीभ पर जलन-सी लगे)।

तिक्तता—स्त्री. [सं.] कसैलापन, चरपरापन, तीतापन।

तिखंडा—वि. तीन खंडों, तीन मंजिलों, तलों वाला (भवन, हवेली)।

तिखाई—स्त्री. तीक्ष्णता, तेजी।

तिग्म—वि. [सं.] तीक्ष्ण; प्रखर; प्रचंड, तेज़; तापयुक्त।

तिग्मांशु—पु. [सं.] सूर्य।

तिजहरिया, तिजहरी—स्त्री. तीसरा पहर, दिन का तीसरा भाग। वि. तीन-तीन दिन बाद चढ़ने वाला ज्वर।

तिजारत—स्त्री. [अ.] व्यापार, व्यवसाय।

तिजोरी—स्त्री. लोहे की बनी, तीन तहों पर ताले वाली, मज़बूत अलमारी जिसमें बहुमूल्य वस्तुएँ, आभूषण, नक़दी आदि रखी जाती हैं।

तिड़ीबाज़—पु. [फा.] बहाने लगा कर भाग जाने वाला (व्यक्ति)।

तित*—अ. वहाँ; तहाँ, उधर।

तितरफा—वि. [अ.] तीन तरफ़ से ('तितरफ़ा आक्रमण')।

तितर-बितर—वि. अस्त-व्यस्त, इधर-उधर बिखरा हुआ, पूरी तरह अव्यवस्थित।

तितली—स्त्री. सुंदर, रंग-बिरंगे पंखों वाला, उड़ने वाला एक कीट। **ला.** चंचल, साज-शृंगार में सजी युवती।

तितिक्ष—वि. [सं.] सहिष्णु, सहनशील।

तितिक्षा—स्त्री. [सं.] क्षमा; शांति; दु:ख, कष्ट, आदि सहन करने की क्षमता; सहिष्णुता।

तितिक्षु—वि. [सं.] सहिष्णु, सहनशील; क्षमावान।

तितिम्मा—पु. [फा.] पुस्तक का परिशिष्ट; पूरक अंश।

तितिल—पु. [सं.] तिल की खली; नाँद; बालटी।

तितीर्षा—स्त्री. [सं.] तरने या पार करने की इच्छा।

तितीर्षु—वि. [सं.] तरने या पार करने का इच्छुक।

तिते*—वि. उधर ही; उतने ही।

तितेक*—वि. उतना, उतना ही।

तितै*—अ. वहाँ, उधर।

तितो*—वि. उतना ही, उसी परिमाण में।

तित्तिर—पु. [सं.] तीतर पक्षी, एक प्राचीन जनपद का नाम।

तित्तिरि—पु. [सं.] तीतर पक्षी; नृत्य में पाँव रखने का एक ढंग; यजुर्वेद की एक शाखा।

तिथ—पु. [सं.] समय; कामदेव; अग्नि।

तिथि—स्त्री. [सं.] चान्द्र मास के किसी पक्ष का कोई दिन (प्रतिपदा से अमावस या पूर्णिमा तक की 15 तिथियाँ होती हैं)। **~पत्र**—पंचांग, जन्त्री।

तिदरा—वि. [फा.] तीन दरों वाला (घर, मकान)। **~तिदरी**—स्त्री. वह बरामदा जिसमें तीन द्वार, दरवाज़े हों।

तिन*—सर्व. 'तिस' का बहुवचन, उन्होंने।

तिनकना—अ.क्रि. किंचित् आक्रोश में आना; झल्लाना; बिगड़ना; चिढ़ना; चिड़चिड़ा होना।

तिनका—पु. तृण, घास-फूस का टुकड़ा। **मु. ~तोड़ना**—संबंध पूरी तरह तोड़ देना (शव दाह के पश्चात् तिनका तोड़ कर चिता में फेंकने से यही भाव प्रकट होता है)। **~दाँतों में पकड़ना**—क्षमा या दया के लिए अनुनय करना, भिक्षा-सी माँगना (युद्धोपरांत संधि के समय हारा हुआ राजा ऐसा करता था)।

तिनिश—पु. [सं.] शीशम की तरह का एक पेड़।

तिनुका, तिनूका—पु. द्र. 'तिनका'।

तिन्नी—स्त्री. चावल की प्रजाति का एक अन्न, सवाँ-कोदों जैसा, फलाहार के रूप में उपवास में प्रयुक्त।

तिपति*—स्त्री. तृप्ति।

तिपल्ला—वि. तीन पल्लों वाला दरवाज़ा।

तिपहिया—वि. तीन पहियों वाला। **~वाहन**—पु. तीन पहियों वाली सवारी ('ऑटो रिक्शा')।

तिब्ब—स्त्री. [अ.] चिकित्सा शास्त्र, यूनानी चिकित्सा शास्त्र, हक़ीमगीरी।

तिब्बत—पु. हिमालय और चीन के बीच का एक देश, वर्तमान में चीन के आधिपत्य में।

तिब्बती—वि. तिब्बत का, तिब्बत का रहने वाला; तिब्बत देश से संबंधित। पु. तिब्बत का निवासी। स्त्री. तिब्बत की भाषा।

तिब्बिया—वि. [अ.] तिब्ब, चिकित्सा शास्त्र संबंधी। **~कॉलेज**—यूनानी चिकित्साशास्त्र की शिक्षा प्रदान करने वाला विद्यालय।

तिब्बी—वि. [अ.] तिब्बत संबंधी।

तिमंजिला—वि. [अ.] तीन मंजिलों, तलों वाला (भवन)।

तिमाही—वि. [फ़ा.] तीन माह में होने वाला (कोई कार्य, यथा—तिमाही परीक्षा, कोई पत्र-पत्रिका जो तीन माह में एक बार प्रकाशित होती हो)।

तिमिंगिल—पु. [सं.] एक वृहदाकार समुद्री जन्तु।

तिमि—अ. उस प्रकार, वैसे ही।

तिमिर—पु. [सं.] अंधकार; आँखों से धुँधला दिखना।

तिमिरमय—पु. [सं.] अंधकारपूर्ण।

तिमिराच्छन्न, तिमिराच्छादित, तिमिरावृत—वि. [सं.] अंधकार से घिरा हुआ, अंधकारपूर्ण।

तिमिरारि—पु. [सं.] अंधकार का शत्रु, सूर्य।

तिमिष—पु. [सं.] ककड़ी।

तिय*—स्त्री. स्त्री, पत्नी।

तिया—स्त्री. तीन गुना (तीन तिया 3 × 3 = 9)।

तियागी*—वि. त्याग करने वाला, 'त्यागी' का अपभ्रंश रूप।

तिर—'त्रि' का अपभ्रंश रूप, समास में प्रयुक्त, यथा—तिरफला, तिरलोक, तिरशूल, आदि।

तिरंगा—वि. तीन रंगों वाला। पु. भारत का राष्ट्रीय ध्वज।

तिरछा—वि. वक्र, टेढ़ा।

तिरछाना—अ.क्रि. तिरछा कर देना, टेढ़ा कर देना।

तिरछे—अ. तिरछापन लिये हुए।

तिरछौंहाँ—वि. कुछ-कुछ तिरछा।

तिरपन—वि. तरेपन। पु. पचास और तीन की संख्या (53)।

तिरपाल—पु. वर्षा या धूप से बचाने के लिए किसी चीज़ को ढकने वाला एक विशेष प्रकार का मोटा कपड़ा।

तिरमिरा—पु. आँखों से धुँधला दिखाई देने का रोग।

तिरमिराना—अ.क्रि. धुँधला दिखाई देना।

तिरमिराहट—स्त्री. तैरती हुई चिकनाई।

तिरशूल—पु. त्रिशूल, तीन नुकीली धारों वाला अस्त्र, (शिवजी का एक अस्त्र)।

तिरस्—अ. [सं.] एक शब्द जो अंतर्धान, तिरछापन, तिरस्कार आदि का द्योतक है। **~कार**—पु. अपमान, अनादर, अवमानना। **~कृत**—वि. जिसका अपमान, तिरस्कार किया गया हो।

तिरानबे—वि. नब्बे और तीन। पु. तिरानबे की संख्या (93)।

तिराना—स.क्रि. पानी पर तैरा देना। **ला.** उद्धार कर देना।

तिरासी—वि. अस्सी और तीन। पु. तिरासी की संख्या (83)।

तिरिया*—स्त्री. स्त्री, औरत। **~चरित्तर**—पु. स्त्री. का रूप दिखाना, स्त्री—सुलभ चालबाजियाँ करना।

तिरो—'तिरस' का समास में प्रयुक्त रूप। **~धान**—पु. अन्तर्धान, लोप, तिरोहित, दृष्टि से दूर होने की क्रिया। **~भाव**—पु. अन्तर्धान या विलुप्त होना।

तिर्यक, तिर्यक्—वि. [सं.] तिरछा, टेढ़ा। **~गति**—स्त्री. तिरछी चाल।

तिर्यग्—वि. [सं.] 'तिर्यक्' का समास में प्रयुक्त रूप।

तिलंगाना—पु. तैलंगाना, आंध्र प्रदेश से टूटकर स्वतंत्र रूप से बना एक नया राज्य; तैलंग देश ('देश' का प्रयोग अंचल के अर्थ में)।

तिलंतुद—पु. [सं.] तेली, तेल निकालने वाला।

तिल—पु. [सं.] तिलहन की प्रजाति का एक प्रसिद्ध छोटा दाना, काला और सफ़ेद दोनों तरह का होता है, खाद्यान्न (गुड़ और तिल, आदि) के रूप में भी प्रयुक्त।

तिलक—पु. [सं.] चंदन, केसर, रोली, आदि का मस्तक पर लगाया जाने वाला लंबा चिह्न, धार्मिक पंथ या संप्रदायों का अलग-अलग चिह्न; राज्याभिषेक, राजगद्दी; विवाह पक्का करने की एक रस्म, सगाई को भी 'तिलक करना' कहा जाता है; माथे पर धारण किया जाने वाला एक आभूषण; एक पौधा। वि. उत्तम, श्रेष्ठ; शोभा, कीर्ति आदि को बढ़ाने वाला, यथा—'रघुकुल तिलक', आदि। **~कामोद**—पु. संगीत में एक राग।

तिलकना—अ.क्रि. गीली मिट्टी या जमीन का सूख कर फटना; फोड़े-फुंसी आदि के घाव का थोड़ा-सा फट जाना।

तिलका—स्त्री. [सं.] एक प्रकार का हार।

तिलकाश्रय—पु. [सं.] ललाट, माथा।

तिलछना—अ.क्रि. छटपटाना, व्याकुल होना।

तिलड़ी—स्त्री. तीन लड़ों वाली (माला, आदि)।

तिलमिल—स्त्री. तिलमिलाहट, चकाचौंध।

तिलमिलाना—अ. क्रि. विचलित हो जाना, बेचैन हो जाना।

तिलमिलाहट—स्त्री. विचलित होने, तिलमिलाने का भाव, बेचैनी।

तिलवट—पु. तिलपट्टी, गुड़ और तिल से बनी मिठाई-सी पट्टी।

तिलवा—पु. तिल का बना लड्डू।

तिलस्म—पु. द्र. 'तिलिस्म'।

तिलस्मात—पु. [अ.] 'तिलिस्म' (आश्चर्य)।

तिलस्मी—वि. द्र. 'तिलिस्मी'।

तिलहन—पु. वह फसल जो तेल निकालने के लिए तैयार की जाए—तिल, अलसी, सरसों, आदि।

तिलांजलि—स्त्री. [सं.] किसी की मृत्यु के बाद के अंतिम संस्कारों में एक कृत्य, जिसमें मृतक के निमित्त अंजलि में तिल रख कर जल की अंजलि दी जाती है। **ला.** किसी व्यक्ति या वस्तु से पूरी तरह संबंध तोड़ देना।

तिलांबु—पु. [सं.] द्र. 'तिलांजलि'। **ला.** अर्थ में यह शब्द प्रयुक्त नहीं होता।

तिला—पु. [अ.] नपुंसकता दूर करने या काम-शक्ति बढ़ाने वाला औषधियुक्त तेल (शिश्न पर इसकी मालिश की जाती है)।

तिलान्न—पु. [सं.] तिल की खिचड़ी।

तिलापत्या—स्त्री. [सं.] काला जीरा।

तिलिंग—पु. [सं.] तैलंग, आंध्र प्रदेश से टूटकर बना एक नया राज्य।

तिलिस्म—पु. [अ.] जादू, इन्द्रजाल; आश्चर्य; अद्‌भुत कार्य जिसका रहस्य समझ में न आ पाए; माया।

तिलिस्मी—वि. जादुई, मायावी; आश्चर्यकारक, चमत्कारी।

तिली—स्त्री. तितली।

तिलोकी—स्त्री. तिलोकी, तीन लोकों से संबंधित; एक मात्रिक छंद, जिसमें 26 मात्राएँ होती हैं।

तिलोत्तमा—स्त्री. [सं.] इन्द्र-दरबार की सर्वाधिक सुंदर अप्सरा, (उसके शरीर के तिल-तिल स्थान पर सौंदर्य के श्रेष्ठतम रूप में प्रस्तुत किया गया था)।

तिलोदक—पु. [सं.] द्र. 'तिलांजलि'।

तिल्ला—पु. एक प्रकार का चमकीला गोटा जो स्त्रियों के वस्त्रों, कुरतों, दुपट्टों, आदि पर लगाया जाता है; जूतियों की सजावट में भी इसका प्रयोग ('तिल्ले वाली जूती')।

तिल्ली—स्त्री. प्लीहा, पेट के भीतरी भाग में एक छोटा अवयव, पसलियों के नीचे बाईं ओर स्थित; इस अंग के सूजने का रोग (तिल्ली बढ़ना)।

तिल्लेदार—वि. [अ.] सुनहरे चमकीले गोटे वाला/वाली चीज़।

तिवाड़ी*, तिवारी—पु. ब्राह्मणों की एक उपजाति, 'त्रिवेदी' का अपभ्रंश रूप।

तिशना—स्त्री. 'तृष्णा' का अपभ्रंश रूप। पु. व्यंग्य, तान्त, (ताना-तिशना)।

तिष्ठा—स्त्री. [सं.] एक नदी।

तिष्य—पु. [सं.] पुष्य नक्षत्र; पौष मास; सम्राट अशोक के एक भाई का नाम। वि. शुभ, तिष्य नक्षत्र में उत्पन्न; सौभाग्यवान। **~रक्षिता**—स्त्री. सम्राट अशोक की एक पत्नी का नाम।

तिष्यक—पु. [सं.] पौष मास।

तिसना*—स्त्री. द्र. 'तृष्णा'।

तिस्त्रा—स्त्री. [सं.] शंखपुष्पी, एक आयुर्वेदिक औषधि।

तिहत्तर—वि. सत्तर और तीन। पु. तिहत्तर की संख्या (73)।

तिहरा—वि. तीन तहों वाला (दुहरा, तिहरा); तीन बार का (कार्य)।

तिहराना—स.क्रि. तीन तह कर देना; तीन बार कर देना (दुहराना से आगे तिहराना)।

तिहवार—पु. 'त्योहार' का अपभ्रंश।

तिहाई—स्त्री. तीसरा भाग, तीसरा हिस्सा (फसल, जमीन, आदि में)।

तिहार, तिहारा, तिहारो*—सर्व. [ब्र.भा.] तुम्हारा।

तिहुँलोक—पु. [सं.] तीनों लोक—स्वर्ग लोक, मृत्यु लोक तथा पाताल लोक।

तिहूँ*—वि. तीनों ('तिहूँ लोक')।

ती*—स्त्री. स्त्री, पत्नी; तिय।

तीक्ष्ण—वि. [सं.] तेज़ नोक, धार वाला; प्रखर, तीव्र, तेज़; उग्र, प्रचंड; जिसका स्वाद तीखा या चरपरा हो; सुनने में अप्रिय, कर्ण कटु। **~दृष्टि**—वि. जिसकी दृष्टि तेज़ हो, सूक्ष्मदर्शी। **~धार**—पु. तलवार। वि. तेज़ धारवाला। **~पत्र**—पु. मसालों में प्रयुक्त एक पत्ता—तेज़ पत्ता। **~पुष्प**—स्त्री. लौंग। **~पुष्पा**—स्त्री. केतकी। **~बुद्धि**—स्त्री. प्रखर बुद्धि।

तीक्ष्णक—पु. [सं.] पीली सरसों।

तीक्ष्णता—स्त्री. [सं.] तीखापन; प्रखरता।

तीक्ष्णांशु—पु. [सं.] सूर्य।

तीक्ष्णायस—पु. [सं.] इस्पात।

तीखन*—वि. तीक्ष्ण।

तीखा—वि. तीक्ष्ण; चरपरा; धारदार, नोकदार।

तीज—स्त्री. श्रावण (सावन) मास के शुक्ल पक्ष की तृतीया को मनाने वाला त्योहार; किसी भी मास के किसी भी पक्ष की तीसरी तिथि।

तीजा—पु. मुसलमानों में मृत्यु के बाद का तीसरा दिन, जिस दिन संबंधियों द्वारा शोक प्रकट किया जाता है। वि. तीसरा।

तीतर—पु. एक प्रसिद्ध पक्षी।

तीता—वि. तीखे स्वाद वाला, चरपरा।

तीन—वि. दो और एक। पु. तीन की संख्या (3)। **मु. ~पाँच करना**—इधर-उधर की बात कर काम को टालना; चालाकी बरतना। **~तेरह करना**—बरबाद कर देना; किसी चीज़ को दुरुपयोग द्वारा समाप्त कर देना। **~में, न तेरह में**—नगण्य, किसी गिनती में न लाना, पूरी तरह उपेक्षित कर देना।

तीमार—पु. [फा.] (बीमार की) सेवा-शुश्रूषा, देख-भाल करना। **~दार**—पु. रोगी की सेवा करने वाला, देख-भाल करने वाला।

तीरंदाज़—पु. [फा.] तीर चलाने वाला, धनुर्धर।

तीरंदाज़ी—स्त्री. [फा.] तीर चलाने की क्रिया, विद्या, कला।

तीर—पु. [सं.] नदी का तट, किनारा, कूल। [फा.] बाण, शर।

तीरथ*—पु. द्र. 'तीर्थ'।

तीरस्थ—वि. [सं.] तट पर स्थित।

तीरु—पु. [सं.] शिव।

तीर्ण—वि. [सं.] जो तर गया हो; जो पार कर गया हो। **~प्रतिज्ञ**—जिसने अपनी प्रतिज्ञा पूरी कर ली हो।

तीर्णा—स्त्री. [सं.] एक वर्णिक छंद जिसके प्रत्येक चरण में एक नगर और एक गुरु होता है।

तीर्थंकर—पु. [सं.] जैन मत में पूज्य 24 देव।

तीर्थ—पु. [सं.] वह पवित्र स्थान जहाँ लोग भक्ति-भावना से पूजा-अर्चना के लिए जाते हैं, धाम; शास्त्र; यज्ञ। **~यात्रा**—स्त्री. धार्मिक स्थलों पर पुण्य-लाभ के लिए जाना। **~राज**—पु. तीर्थों का राजा, प्रयाग।

तीर्थाटन—पु. [सं.] तीर्थ-यात्रा, तीर्थ-भ्रमण।

तीर्थिक—पु. [सं.] तीर्थ-यात्री; तीर्थ का पुरोहित, पंडा।

तीर्थोदक—पु. [सं.] तीर्थ का जल।

तीर्थ्य—पु. [सं.] सहपाठी; गुरुभाई। वि. तीर्थ से संबंधित।

तीली—स्त्री. मोटी सींक; किसी धागे आदि को लपेटने की सलाई।

तीवर—पु. [सं.] मछुआ; बहेलिया; एक वर्ण संकर निम्नवर्गीय जाति।

तीव्र—वि. [सं.] अतिशय, अत्यधिक; कटु; असह्य; द्रुत, वेगवान; कुछ ऊँचा (स्वर, संगीत में)। **~गति**—वि. जिसकी चाल तेज़ हो (हवा, यान, गाड़ी, रेलगाड़ी, आदि)। **~गामी**—वि. तेज़ गति वाला।

तीव्रा—स्त्री. [सं.] राई; तुलसी; एक श्रुति (संगीत)।

तीव्रानंद—पु. [सं.] शिव, महादेव। वि. बहुत अधिक आनंद, सुख।

तीव्रानुराग—पु. [सं.] उत्कट प्रेम; भक्ति में एक अवस्था।

तीस—वि. बीस और दस। पु. तीस की संख्या (30)। **मु. ~मार खाँ**—अपने को बहुत अधिक समझने वाला; हिकारत, अवमानना के साथ किसी के लिए प्रयुक्त ('वह अपने को तीस मार खाँ समझता है')।

तीसर*—वि. क्रम से तीसरा।

तीसरा—वि. क्रम में दो के बाद के स्थान पर; अन्य के अर्थ में—जो दोनों में से किसी भी पक्ष का न हो ('किसी तीसरे से निर्णय करा लो')। **~पहर**—पु. दिन का तीसरा भाग, दोपहरी का और उसके कुछ बाद का समय।

तीसी—स्त्री. अलसी, मसाले, औषधि आदि में प्रयुक्त।

तुंग—वि. [सं.] ऊँचा, उन्नत; ऊपर को उठा हुआ; (तुंग शृंग) उन्नत; उग्र। पु. चतुर व्यक्ति; पर्वत, पहाड़।

तुंगा—स्त्री. [सं.] वंशलोचन; शमी वृक्ष; एक वृत्त (छंद); मैसूर की एक नदी।

तुंगारण्य—पु. [सं.] ओरछा के समीप बेतवा के किनारे पर एक तीर्थ—वन में स्थित।

तुंगिमा—स्त्री. [सं.] ऊँचाई।

तुंगी—स्त्री. [सं.] हलदी; रात्रि; वनतुलसी। वि. ऊँचा।

तुंगीश—पु. [सं.] शिव; कृष्ण; सूर्य; चंद्र।

तुंज—पु. [सं.] आक्रमण; आघात; वज्र।

तुंड—पु. [सं.] मुख; मुख का अग्र भाग; थूथन; चोंच; हाथी की सूँड़।

तुंडि—पु. [सं.] मुँह; मुख का अग्र भाग; चोंच; बिम्बाफल।

तुंडिक—वि. [सं.] थूथन वाला।

तुंडिका—स्त्री. [सं.] नाभि (अपभ्रंश रूप 'टुंडी')।

तुंडिभ—वि. [सं.] उभरी हुई नाभि वाला; तोंद वाला।

तुंडिल—वि. [सं.] ऊँची नाभि वाला; बड़ी तोंद वाला; बहुत बोलने वाला।

तुंडी—वि. [सं.] नाभि; (अपभ्रंश 'टुंडी'); कुम्हड़े की एक प्रजाति।

तुंद—वि. [फ़ा.] उग्र; तीव्र; प्रचंड, तेज़। पु. [सं.] नाभि; पेट; तोंद। **~कूपिका; ~कूपी**—स्त्री. नाभि का गड्ढा।

तुंदि—स्त्री. [सं.] पेट; नाभि।

तुंदिक—वि. [सं.] जिसका पेट, तोंद बड़ी हो; जिसके तोंद हो, तोंदिल।

तुंदिका—स्त्री. [सं.] नाभि।

तुंदिलीकरण—पु. [सं.] फुलाना, बढ़ाना।

तुंदी—स्त्री. [सं.] नाभि (अपभ्रंश 'तुंडी')।

तुंब—पु. [सं.] लौकी; तूँबा; आँवला।

तुंबर—पु. [सं.] तानपुरा।

तुंबरी—स्त्री. द्र. तूँबी।

तुंबा—स्त्री. [सं.] कद्दू, कद्दू की एक प्रजाति। **ला. (फूल कर) ~हो जाना**—प्रशंसा में फूला न समाना, अत्यधिक प्रसन्नता अनुभव करना।

तुंबिका—स्त्री. [सं.] तूँबी, कड़ुवी लौकी।

तुंबी—स्त्री. [सं.] कड़वी लौकी; उससे बना छोटा-सा पात्र जिसे वाद्य रूप में बजाया जाता है।

तुअ*—सर्व. तुम्हारा।

तुअर*—स्त्री. अरहर की एक प्रजाति।

तुई*—सर्व. तू ही।

तुक—स्त्री. किसी कविता या गीत के चरणों के अंतिम अक्षरों का मेल; अंत्यानुप्रास; सामंजस्य। **~बंदी**—स्त्री. तुक, अंतिम अक्षरों का मेल कराने की क्रिया; कविता की रचना करना; निम्न स्तरीय कविता। **ला. ~मिलाना, ~भिड़ाना**—दो व्यक्तियों का मेल कराने या संबंध बनाने की क्रिया (अधिकांशतः अप्रिय, अस्वीकार्य रूप में)।

तुकांत—पु. अंत्यानुप्रास; गीत या कविता के चरणों में अंतिम अक्षरों का मेल।

तुकार—पु. 'तू-तू' करके किसी को सम्बोधित करना।

तुकारना—स.क्रि. द्र. 'तुकार'।

तुक्कड़—वि., पु. तुकबंदी करने वाला; सामान्य-सी कविता करने वाला।

तुक्का—पु. [फा.] बिना फल वाला बाण; अनुमान से ही कोई बात बताना; बिना ज़्यादा सोचे-समझे कोई युक्ति बताना। **मु. चल जाए तो तीर, नहीं तो तुक्का**—कोशिश करके देख लेना, शायद सफलता मिल जाए।

तुखार—पु. [सं.] एक प्राचीन देश; वहाँ का घोड़ा प्रसिद्ध था।

तुख़्म—पु. [अ.] बीज; वीर्य। **मु. तासीर सोहबते असर**—बीज की अपनी प्रकृति होते हुए भी संगति का प्रभाव अवश्य पड़ता है।

तुचा*—पु. द्र. 'त्वचा'।

तुच्छ—वि. [सं.] हीन, क्षुद्र; ओछा; नगण्य; हेय; नीच; अल्प, थोड़ा।

तुच्छक—वि. [सं.] रिक्त, खोखला, निःसार।

तुच्छातितुच्छ—वि. [सं.] तुच्छ से भी तुच्छ, अत्यंत हेय, क्षुद्र, अत्यंत निकृष्ट।

तुज़ुक—पु. [तु.] शान-शौकत; ऐश्वर्य; विधान; व्यवस्था; सज्जा; विधान, कानून; आत्मकथा; फौज की तर्तीब।

तुझ—सर्व. 'तू' शब्द का वह रूप जो उसे कर्त्ता तथा संबंध कारक के अतिरिक्त अन्य कारकों में प्रयुक्त होने से पहले प्राप्त होता है—तुझे, तुझसे।

तुझे—सर्व. 'तू' का कर्म और संप्रदान कारक का रूप, तुझको।

तुटि—स्त्री. [सं.] छोटी इलायची।

तुटितुट—पु. [सं.] शिव।

तुटुम—पु. [सं.] चूहा, मूषक।

तुड़वाना—स.क्रि. तोड़वाना; संबंध-विच्छेद करना; बड़े नोट या सिक्के को छोटे नोट-सिक्के में बदलवाना।

तुड़ाई—स्त्री. तोड़ने की क्रिया; तोड़ने की मज़दूरी।

तुड़ाना—स.क्रि. द्र. 'तुड़वाना'।

तुडी—स्त्री. [सं.] एक रागिनी (संगी.)।

तुतरौंहाँ*—वि. दे. 'तोतला'।

तुतलाना—अ.क्रि. बच्चों का (या कुछ बड़ों का भी) शब्दों या **वर्णों** को अस्पष्ट और अस्फुट रूप में बोलना; बच्चों में यह जिह्वा-दोष प्रायः कुछ समय तक रहता है।

तुतलाहट—स्त्री. तोतला, अस्फुट, अस्पष्ट बोलने की क्रिया।

तुतली—वि. स्त्री. द्र. 'तोतली'—'तुतला' का स्त्री।

तुत्थ—पु. [सं.] अग्नि; पत्थर; नीला थोथा।

तुत्थांजन—पु. [सं.] एक प्रकार की उपधातु।

तुत्था—स्त्री. [सं.] नील का पौधा; छोटी इलायची।

तुदन—पु. [सं.] कष्ट, पीड़ा, व्यथा।

तुन—पु. एक वृक्ष—'तुन-तुन'।

तुनक—वि. [फा.] थोड़ा; छोटा; सूक्ष्म; दुर्बल; नाजुक। **~मिज़ाज**—चिड़चिड़ी प्रवृत्ति का, छोटी-छोटी बातों पर नाराज़ हो जाने की प्रवृत्ति।

तुनतुनी—स्त्री. एक बाजा, वाद्य।

तुनीर*—पु. द्र. 'तूणीर'।

तुन्न—पु. [सं.] तुनका पेड़। वि. छिन्न, कटा हुआ।

तुफ़ंग—स्त्री. [फा.] एक लंबी नली जिसमें डाल कर कंकड़ी, तीर, आदि फूँक के जोर से छोड़े जाते हैं; एक प्रकार की हवाई बंदूक।

तुफ़ैल—पु. [अ.] द्वारा, कारण, ज़रिया। **~से**—के द्वारा।

तुम—सर्व. वह सर्वनाम जिसका प्रयोग उस पुरुष के लिए किया जाता है, जिसको सम्बोधित कर बात की जाती है (छोटों के लिए प्रयुक्त); कभी-कभी 'तू' के बहुवचन रूप में भी प्रयुक्त।

तुमड़ी—स्त्री. सूखा कद्दू, सूखे कद्दू के ऊपरी खोल का पात्र रूप में प्रयोग; सूखे कद्दू से बनाया गया एक वाद्य जिसे सपेरे बजाते हैं।

तुमुर—वि. पु. [सं.] द्र. 'तुमुल'।

तुमुल—वि. [सं.] जिसमें बहुत शोर हो; सेना का युद्ध का शोर, विभिन्न प्रकार की ध्वनियाँ; भीषण युद्ध, घोर युद्ध।

तुम्ह*—सर्व. द्र. 'तुम'।

तुम्हारा—सर्व. 'तुम का संबंधकारक में रूप, उसका जिससे वक्ता बोलता है।

तुम्हीं—सर्व. 'तुम' का ही के साथ बना रूप—तुम ही।

तुम्हें—सर्व. 'तुम' का कर्म और संप्रदानकारक रूप।

तुरंग—पु. [सं.] घोड़ा, अश्व; मन, चित्त (लाक्षणिक रूप में); सात की संख्या।

तुरंगक—पु. [सं.] घोड़ा, बड़ी तुरई।

तुरंगम—पु. [सं.] घोड़ा; एक वृत्त।

तुरंगमी—स्त्री. [सं.] घोड़ी।

तुरंगमी—पु. [सं.] अश्वारोही, घुड़सवार।

तुरंगारि—पु. [सं.] भैंसा; कनेर।

तुरंगारूढ़—पु. [सं.] तुरंग, घोड़े पर बैठा हुआ।

तुरंगिका—स्त्री. [सं.] एक लता—देवताली।

तुरंगी—स्त्री. [सं.] घोड़ी।

तुरंगी—पु. [सं.] अश्वारोही, घुड़सवार।

तुरंज—पु. एक प्रकार का नींबू; चकोतरा नींबू।

तुरंत—अ. फौरन, तत्काल, उसी समय।

तुरंता—पु. तुरंत प्रभाव करने वाला।

तुर—अ. [सं.] शीघ्र, जल्दी, वेग के साथ।

तुरई—स्त्री. एक हरी सब्ज़ी।

तुरक—पु. [फा.] द्र. 'तुर्क'।

तुरकाना—वि. [फा.] तुर्कों जैसा, तुर्कों की तर्ज़ का।

तुरकानी—स्त्री. [फा.] तुर्क जाति की स्त्री; तुर्क स्त्रियों का पहनावा।

तुरकिन—स्त्री. तुर्क जाति की स्त्री; तुर्क की स्त्री।

तुरकिस्तान—पु. [फा.] द्र. 'तुर्किस्तान'।

तुरकी—वि. [फा.] तुर्क देश का; तुर्क देश-संबंधी। स्त्री. तुर्क देश की भाषा।

तुरग—पु. [सं.] घोड़ा; अश्व। **ला.** मन। द्र. 'तुर्की', दोनों वर्तनी के साथ प्रचलित।

तुरगारोह—पु. [सं.] अश्वारोहण; घोड़े पर बैठना।

तुरगी—स्त्री. [सं.] द्र. 'तुरंगी'।

तुरगी—पु. [सं.] अश्वारोही।

तुरत—अ. तुरंत, तत्क्षण, तत्काल; झटपट।

तुरपई—स्त्री. द्र. 'तुरपाई'।

तुरपन—स्त्री. एक तरह की सिलाई, तुरपने की क्रिया।

तुरपना—स.क्रि. हाथ द्वारा की गई सीधी सिलाई।

तुरपवाना—स.क्रि. तुरपन की सिलाई कराना। द्र. 'तुरपना'।

तुरपाना—स.क्रि. द्र. 'तुरपवाना'।

तुरय*—पु. तुरही, एक प्रकार का मुँह से बजाने का वाद्य।

तुरसीला*—वि. थोड़ा खट्टा; तीख़ा। **ला.** थोड़े कड़े स्वभाव का (व्यक्ति)।

तुरही—स्त्री. एक प्रकार का वाद्य जो मुँह से बजाया जाता है।

तुरा*—स्त्री. द्र. 'त्वरा'।

तुराइ, तुराय*—अ. त्वरा में, आतुरता के साथ।

तुरायण—पु. [सं.] एक यज्ञ; अनासक्ति।

तुरी*—स्त्री. घोड़ी।

तुरीय—वि. [सं.] गतियुक्त; चौथा, चतुर्थ। पु. वेदांत के अनुसार भक्ति की वह अवस्था जिसमें आत्मा परमात्मा में लीन हो जाती है। **~वर्ण**—पु. चतुर्थ वर्ण, शूद्र।

तुरीयावस्था—स्त्री. [सं.] द्र. 'तुरीय'।

तुरुक—पु. द्र. 'तुर्क'।

तुरुप—पु. ताश के खेल में सब पत्तों में बड़ा मानते हुए एक रंग के पत्तों को विशेष घोषित कर देना, 'ट्रंप कार्ड'।

तुरुपना—स.क्रि. द्र. 'तुरपना'।

तुरुष्क—पु. [सं.] तुर्क जाति; इस जाति का व्यक्ति; तुर्किस्तान का निवासी; तुर्किस्तान। **~गौड**—पु. एक राग।

तुर्क—पु. [फा.] तुर्क जाति का; तुर्किस्तान का वासी। **~मान**—पु. तुर्कों की एक जाति; तुर्की घोड़ा।

तुर्कनी, तुर्किन—स्त्री. [फ़ा.] 'तुरकिन'।

तुर्किनी—स्त्री. [फ़ा.] तुर्क जाति की स्त्री।

तुर्किस्तान—पु. [फा.] तुर्कों का देश।

तुर्की—वि., स्त्री. द्र. 'तुरकी'। **~टोपी**—स्त्री. एक प्रकार की ऊँची टोपी। दोनों वर्तनी के साथ प्रयोग स्वीकृत।

तुर्त-फुर्त—क्रि.वि. शीघ्र, शीघ्रता में। ***~तुर्ता-फुर्ती में**—शीघ्रता में, झटपट।

तुर्य—वि. [सं.] चौथा; तुरीय।

तुर्याश्रम—पु. [सं.] चतुर्थ, संन्यास आश्रम।

तुर्रा—पु. [अ.] जुल्फ; पगड़ी या टोपी में लगा फुंदना या पर, कलगी। **मु. ~यह कि**—ऊपर से यह बात और (अनुचित कार्य के संदर्भ में)।

तुर्रेबाज़—पु. [अ.] झूठी शान दिखाने वाला।

तुर्वसु—पु. [सं.] ययाति का पुत्र जिसने पिता को अपना यौवन देना स्वीकार नहीं किया था।

तुर्श—वि. [फा.] खट्टा; कड़ा, कटु, अप्रसन्न (तजुरबा, अनुभव); किंचित् आक्रोश, झुँझलाहट में। **~रू**—तुनक-मिज़ाज, शीघ्र नाराज़ होने वाला।

तुर्शाना—अ.क्रि. खट्टा हो जाना; स्वाद बदल कर खट्टा हो जाना।

तुर्शी—स्त्री. खटाई, खट्टापन; थोड़ा आक्रोश।

तुलन—पु. [सं.] तौलना; तौलने की क्रिया; बराबरी करना।

तुलना—अ.क्रि. किसी दूसरी वस्तु या दूसरे व्यक्ति से गुण, स्वभाव, विशेषताओं आदि का मिलान, उन्हें तौलना; सादृश्य, समानता देखना; समता-विषमताओं पर विचार करना।

तुलनात्मक—वि. [सं.] तुलनायुक्त; जिसमें (अध्ययन, आदि में) किसी से तुलना की जाए।

तुलनीय—वि. [सं.] तुलना के योग्य, तुलना करने के लिए।

तुलवाई—स्त्री. तौलने की क्रिया; तौलने के काम की मज़दूरी।

तुलवाना—स.क्रि. द्र. तौलने का प्रे. शब्द।

तुलसारिणी—स्त्री. [सं.] तूणीर।

तुलसी—स्त्री. [सं.] एक प्रसिद्ध पौधा, हिंदुओं के यहाँ पवित्र और पूजनीय पादप के रूप में मान्य। **~दल**—पु. तुलसी के पत्ते; औषधि के रूप में भी प्रयुक्त।

तुलसीदास—पु. हिंदी के प्रसिद्ध रामभक्त कवि, 'रामचरितमानस' जैसे प्रसिद्ध ग्रंथ के रचयिता।

तुला—स्त्री. [सं.] तराज़ू, काँटा, भार मापने का उपकरण; बारह राशियों में से एक—सातवीं राशि। **~दान**—पु. एक प्रकार की दान-विधि जिसमें व्यक्ति के भार की तौल में अन्न, द्रव्य, आदि दान में दिया जाता है।

तुलाई—स्त्री. द्र. 'तौलाई'; बैलगाड़ी आदि में तेल देने की प्रक्रिया—'औंगाई' (देशज शब्द)।

तुलाना*—अ.क्रि. तुलवाना, तौलने की क्रिया करवाना।

तुलि—स्त्री. [सं.] तूलिका।

तुलित—वि. [सं.] जिसकी तुलना की गई हो; समान, सदृश।

तुलिनी—स्त्री. [सं.] शाल्मली।

तुल्य—वि. [सं.] समान, सदृश, बराबर। **~कक्ष**—वि. समान पद या स्थिति का।

तुल्ययोगिता—स्त्री. [सं.] अर्थालंकार का एक भेद, जिसमें बहुत से उपमेयों अथवा उपमानों का एक ही धर्म बताया जाए।

तुवर—स्त्री. [सं.] एक प्रकार की अरहर।

तुवरिका—स्त्री. [सं.] अरहर की एक प्रजाति; फिटकरी।

तुवरी—स्त्री. [सं.] द्र. 'तुवरिका'।

तुष—पु. [सं.] अन्न का ऊपरी छिलका, भूसी; अंडे के ऊपर का छिलका। **~धान्य**—पु. छिलके वाला अन्न।

तुषाग्नि—स्त्री. [सं.] द्र. 'तुषानल'।

तुषानल—पु. [सं.] भूसी या फूस (लपेट कर लगाई जाने वाली) की आग, प्रायश्चित्तस्वरूप जला कर मारने के लिए इस प्रकार आग लगाई जाती थी।

तुषार—पु. [सं.] हवा में मिली भाप (वाष्प) जो जम कर हिम रूप में पृथ्वी पर गिरती है, पाला (पड़ना)। **~कण**—पु. बरफ़ के कण, हिमकण। **~गौर**—पु. कपूर। वि. तुषार, हिम जैसा श्वेत रंग। **~द्युति**—पु. चन्द्रमा।

तुषारर्तु—स्त्री. [सं.] तुषार वाली ऋतु, भीषण शीत का मौसम।

तुषारांशु—पु. [सं.] चंद्रमा।

तुषाराद्रि—पु. [सं.] हिमालय पर्वत।

तुषित—पु. [सं.] एक प्रकार के गण देवता।

तुषिता—स्त्री. [सं.] तुषित नामक गण देवताओं की माता।

तुष्ट—वि. [सं.] संतुष्ट, प्रसन्न, तोष युक्त।

तुष्टि—स्त्री. [सं.] संतुष्टि, संतोष; किसी वस्तु आदि की और इच्छा न रहना, परितृप्ति।

तुसार—पु. [सं.] द्र. 'तुषार'।

तुस्त—पु. [सं.] धूल, गर्द; भूसी।

तुहमत—स्त्री. [फा.] तोहमत, इलज़ाम, दोषारोपण, झूठा आरोप।

तुहमती—वि., पु. झूठा इलज़ाम लगाने वाला, तोहमत लगाने वाला।

तुहिन—पु. [सं.] तुषार, हिम; बरफ़, चंद्रमा की ज्योति, चाँदनी, चन्द्रिका। **~कण**—ओस; पाला।

तुहिनांशु—पु. [सं.] चंद्रमा; कपूर।

तुहिनाचल—पु. [सं.] हिमालय पर्वत।

तुहिनाद्रि—पु. [सं.] हिमालय पर्वत।

तूँबड़ा—पु. कद्दू, काशीफल के सूखे खोल का बना पात्र।

तूँबा—पु. द्र. 'तूँबड़ा'।

तूँबी—स्त्री. कद्दू, काशीफल के सूखे खोल का छोटा पात्र, तूँबा का छोटा रूप।

तू—सर्व. मध्यम पुरुष एक वचन सर्वनाम, उस व्यक्ति के लिए प्रयुक्त किया जाता है, जिससे बात कर रहे हैं—विशेषत: अपनों से छोटे के लिए प्रयोग किया जाता है; कभी-कभी अंतरंगता और आत्मीयता में भी इसका प्रयोग; कुत्तों को भगवाने, ताड़ना, आदि के लिए भी 'तू-तू' का निरंतर प्रयोग। **~तड़ाक करना**—बदतमीज़ी, अशिष्टता से बात करना। **मु. ~तू-तू, मैं-मैं करना**—गाली-गलौच करना, अशिष्टता से बोलना।

तूठना*—अ.क्रि. तुष्ट, प्रसन्न होना।

तूण—पु. [सं.] द्र. 'तूणीर'।

तूणक—पु. [सं.] एक छंद जिसके प्रत्येक पद में पन्द्रह अक्षर होते हैं।

तूणव—पु. [सं.] बाँसुरी, वेणु।

तूणि—वि. [सं.] शीघ्र, तेज़।

तूणी*—पु. [सं.] तरकश। वि. तरकश धारण करने वाला, धनुषधारी।

तूणीक—पु. [सं.] 'तुन-तुन' का पेड़।

तूणीर—पु. [सं.] तरकश, बाण रखने का चोंगा।

तूत—पु. [फा.] शहतूत; शहतूत का पेड़।

तूतक—पु. [सं.] तूतिया।

तूतिया—पु. नीला थोथा।

तूती—स्त्री. एक छोटी चिड़िया। **मु. ~(नक्कारख़ाने में) ~की आवाज़**—भीड़ के असंयत स्वर में विवेकवान स्वर का उपेक्षित रह जाना, समझदारी की कोई बात नहीं मानना। **~बोलना**—किसी की खूब चलना, प्रतिष्ठा बनना।

तूद—पु. [सं.] एक वृक्ष, शाल्मली वृक्ष।

तून—पु. एक पेड़, 'तुन-तुन'।

तूनीर*—पु. द्र. 'तूणीर'।

तूफ़ान—पु. [सं.] आँधी, अंधड़, ऐसा अंधड़ जिसमें हवा, वर्षा, आदि का तीव्र उत्पात हो। **ला.** भारी आपत्ति। **मु. ~उठाना, ~मचाना**—भारी उपद्रव, हंगामा करना।

तूफ़ानी—वि. तूफ़ान जैसी तीव्र गति वाला (दौरा); तूफ़ान जैसा प्रचंड।

तूमार—पु. [अ.] उपद्रव, उत्पात। **ला. ~बाँधना**—छोटी सी बात को बड़ा कर देना; बखेड़ा खड़ा कर देना।

तूर—स्त्री. तुअर, अरहर।

तूरा—स्त्री. [सं.] वेग।

तूरान—पु. [फा.] तातार देश।

तूरानी—वि. तूरान देश का, तूरान-संबंधी। पु. तूरान देश का वासी।

तूर्य—पु. [सं.] मुँह से हवा भर कर बजाया जाने वाला एक वाद्य, बिगुल जैसा ही।

तूल—पु. [सं.] आकाश; रुई।

तूल—पु. [अ.] लम्बाई, विस्तार। **मु. ~देना**—बहुत अधिक महत्त्व देना; किसी बात का वितंडा बना देना।

तूला—स्त्री. [सं.] कपास; दीप की बाती, बत्ती।

तूलि—स्त्री. [सं.] चित्रकार की कूची।

तूलिका—स्त्री. [सं.] चित्रकार की कूची; लेखनी।

तूलिनी—स्त्री. [सं.] शाल्मली।

तूली—स्त्री. [सं.] रुई; दीप की बत्ती; चित्रकार की कूची।

तूष—पु. [सं.] कपड़े की किनारी।

तूष्णी—वि. मौन, चुप्पी।

तूष्णीक—वि. [सं.] मौन रहने वाला व्यक्ति।

तूष्णीम्—अ. [सं.] चुपचाप, निर्वाक्, बिना बोले।

तूस—पु. भूसी; ऊन की एक बढ़िया किस्म, पशमीना।

तूसदान—पु. करतूस।

तूसा—पु. भूसी।

तूसी—वि. स्लेट के रंग का, सलेटी रंग।

तूस्त—पु. [सं.] धूल, गर्द; जटा।

तृक्ष—पु. [सं.] कश्यप ऋषि।

तृख—पु. [सं.] जायफल।

तृखा*—स्त्री. द्र. 'तृषा'।

तृण—पु. [सं.] तिनका; घास; खर-पात। **~कुटी, ~कुटीर**—स्त्री. घास-फूस, तिनकों की बनी कुटिया, आश्रम-स्थल।

तृणमय—वि. [सं.] तृण, तिनको का बना हुआ, घास-फूस से निर्मित।

तृणवत्—वि. [सं.] तिनके के समान, अत्यंत तुच्छ।

तृणावर्त—पु. [सं.] वात्याचक्र, वायु का बगूला, बवंडर; एक राक्षस जिसे कंस ने बाल कृष्ण को मारने के लिए भेजा था।

तृणेंद्र—पु. [सं.] ताड़ का पेड़।

तृण्या—स्त्री. [सं.] घास-फूस का ढेर।

तृतीय—वि. [सं.] तीसरा, दो के बाद की संख्या वाला।

तृतीयांश—पु. [सं.] तीसरा भाग।

तृतीया—वि. स्त्री. [सं.] तीसरी। स्त्री. किसी भी माह के एक पक्ष में पड़ने वाली तीसरी तिथि; संस्कृत व्याकरण में करण कारक की विभक्ति।

तृतीयाश्रम—पु. [सं.] जीवन के चार आश्रमों में से तीसरा आश्रम, वानप्रस्थ।

तृन*—पु. द्र. 'तृण'।

तृपत्—पु. [सं.] चंद्रमा।

तृपल—पु. [सं.] उपल, ओले; पत्थर। वि. संतुष्ट; व्याकुल, बेचैन, अशांत।

तृपला—स्त्री. [सं.] एक लता; त्रिफला।

तृप्त—वि. [सं.] अघाया हुआ, (भोजन से) संतुष्ट।

तृप्ति—स्त्री. [सं.] भोजन आदि से उत्पन्न संतोष, परितृप्ति का भाव, पूरी तरह अघा जाना।

तृफला—स्त्री. [सं.] द्र. 'त्रिफला'।

तृषा—स्त्री. [सं.] न बुझ सकने वाली तीव्र प्यास; अभिलाषा।

तृषालु—वि. [सं.] प्यासा, पिपासु।

तृषावान—वि. [सं.] जिसमें तृषा, प्यास, तीव्र इच्छा हो।

तृषित—वि. [सं.] प्यासा, जिसे प्यास लगी हो।

तृष्णा—स्त्री. [सं.] प्यास; असभ्य वस्तुओं के लिए तीव्र कामना; लोभ; भोग की तीव्र इच्छा।

तृष्णालु—वि. [सं.] तृष्णा से भरा हुआ; प्यासा; लोभी।

तृष्य—वि. [सं.] इच्छा या लोभ के योग्य, जिसकी इच्छा की जा सके।

तें*—पु. से; द्वारा।

तेंतालीस—वि. चालीस और तीन। पु. तैंतालीस की संख्या, 43।

तेंतीस—वि. तीस और तीन। पु. तैंतीस की संख्या, 33।

तेंदुआ—पु. चीते की प्रजाति का एक हिंस्र पशु, शरीर पर काली चित्तियाँ।

तेंदू—पु. एक पेड़। **~पत्ता**—तेंदू के पेड़ का पत्ता जो बीड़ी बनाने में प्रयुक्त होता है।

ते*—अ. से। सर्व. [सं.] वे, वे लोग।

तेइ*—सर्व. वे ही, वही।

तेईस—वि. बीस और तीन। पु. तेईस की संख्या, 23।

तेग़—स्त्री. [फा.] तलवार, खड्ग, असि; बड़ी तलवार।

तेगा—पु. द्र. 'तेग़'।

तेज—पु. [सं.] आभा, दीप्ति, कांति, चमक; पराक्रम, बल; वीर्य, सार भाग, तत्त्व, सत; ताप, गरमी; प्रखरता; प्रताप, रौब; पाँच महाभूतों में से एक—तीसरा जिसमें ताप और प्रकाश होता है।

तेज़—पु. [सं.] जिसकी धार तीक्ष्ण हो (चाकू, आदि); वेगवान, जल्दी चलने वाला; चटपट काम करने वाला, फुरतीला; तीक्ष्ण स्वाद का, तीता; उग्र, प्रचंड; तुरंत प्रभावकारी; प्रखर बुद्धि वाला; महँगा, बहुत अधिक मूल्य का; चंचल।

तेजक—पु. [सं.] मूँज, सरपत।

तेजल—पु. [सं.] चातक, पपीहा।

तेजवंत*—वि. द्र. 'तेजवान'।

तेजवान—वि. तेज युक्त, पराक्रमी; बलिष्ठ; ओजस्वी, जिसके मुख पर स्वास्थ्य की कांति हो।

तेजस—पु. [सं.] तेज; शक्ति।

तेजस्—पु. [सं.] द्र. 'तेज', केवल समास में प्रयुक्त। **~कर**—वि. तेज बढ़ाने वाला; कांति बढ़ाने वाला।

तेजस्वान्—वि. [सं.] तेज से युक्त, तेज वाला।

तेजस्विता—स्त्री. [सं.] तेजस्वी होने का भाव।

तेजस्विनी—स्त्री. [सं.] तेज युक्त स्त्री, तेज वाली।

तेजस्वी-(विन्)—वि. [सं.] तेज वाला; प्रतापी; शक्तिशाली; प्रभावशाली।

तेज़ाब—पु. [फा.] किसी क्षार पदार्थ का अम्ल सार, जिसमें गलाने और जलाने की क्षमता होती है।

तेज़ाबी—वि. तेजाब संबंधी; तेज़ाब जैसा। **~ज़बान**—स्त्री. **ला.** कड़वी जबान, कटु-भाषी।

तेजित—वि. [सं.] तेज किया हुआ; उत्तेजित।

तेज़ी—स्त्री. शीघ्रता, जल्दी; महँगाई, किसी वस्तु का भाव बढ़ जाना।

तेजो—'तेजस्' का समास में प्रयुक्त रूप। **~भय**—वि. तेजयुक्त। **~वती**—वि. स्त्री. तेजयुक्त स्त्री। **~वान्**—वि. तेज युक्त।

तेता*—वि. उतना, परिमाप में उतना ही, उसी के बराबर।

तेतालीस—वि., पु. द्र. 'तेंतालीस'।

तेतीस—वि. पु. द्र. 'तेंतीस'।

तेतो*—वि. उतना।

तेरस—स्त्री. द्र. 'त्रयोदशी'।

तेरह—वि. दस और तीन। पु. तेरह की संख्या, 13।

तेरहवीं—स्त्री. मृतक की मृत्यु से तेरहवें दिन का ब्राह्मण-भोज और अन्य कर्म।

तेरहीं—स्त्री. द्र. 'तेरहवीं'।

तेरा—सर्व. 'तू' का संबंध कारक रूप [स्त्री. 'तेरी']।

तेरो*—सर्व. द्र. 'तेरा'।

तेल—पु. बीज, वनस्पति, सूखे मेवे आदि (बादाम) का चिकना सार तत्त्व जो उनके दलन से तरल रूप में निकलता है—सरसों, बिनौलों, बादाम (रोगन) आदि का तेल।

तेलगू—स्त्री. आंध्र और तैलंगाना प्रदेश की भाषा। पु. वहाँ का निवासी।

तेलहन—पु. वे अन्न-बीज जिनसे तेल निकलता है, शब्द का शुद्ध रूप 'तिलहन'।

तेलिन—स्त्री. तेली की पत्नी।

तेली—पु. तेल निकाल कर बेचने वाली एक जाति; उस जाति का सदस्य।

तेवर—पु. क्रोधपूर्ण दृष्टि; आक्रोशपूर्ण दृष्टि।

तेवरी—स्त्री. द्र. 'त्योरी'।

तेनहार—पु. द्र. 'त्योहार'।

तेवान*—पु. सोच, चिंता।

तेह*—पु. क्रोध, कोप; स्वाभिमान; प्रखरता।

तेहरा—वि. तिहरा, तीन परत, तहों वाला; तीसरी बार किया हुआ कार्य।

तेहराना—स.क्रि. तिहराना, तीन परतों का या तहों का बनाना, तीन लड़े बनाना (रस्सी, आदि की)।

तेहा*—पु. 'तेह'।

तेहि*—सर्व. उसी को, उसे।

तैं*—सर्व. 'तू'। प्र. से।

तैंतालीस—वि., पु. द्र. 'तेंतालीस'।

तैंतीस—वि., पु. द्र. 'तेंतीस'।

तै—वि. द्र. 'तेंतीस'।

तैक्त—पु. [सं.] तिक्तता, तिक्त होने का भाव, तीखे स्वाद का।

तैक्ष्ण्य—पु. [सं.] तीक्ष्णता, तीक्ष्ण होने का भाव, तीखापन; उग्रता।

तैखाना*—पु. तहखाना।

तैजस—वि. [सं.] तेज से उत्पन्न; जिसमें तेज हो; तेज संबंधी।

तैतिक्ष—वि. [सं.] सहिष्णु, सहनशील, उदार।

तैतिर—पु. [सं.] तीतर पक्षी।

तैत्तिरि—पु. [सं.] एक ऋषि।

तैत्तिरिक—पु. [सं.] तीतर पकड़ने वाला।

तैत्तिरीय, तैत्तिरीयक—पु. [सं.] यजुर्वेद की एक शाखा; इस शाखा का अनुयायी अथवा इस शाखा से संबंधित।

तैत्तिरीयारण्यक—पु. [सं.] तैत्तिरीय शाखा का आरण्यक।

तैना*—स.क्रि. घी, आदि का द्रव्य रूप में ताप से पिघल जाना।

तैनात—वि. किसी पद पर नियुक्त किया जाना।

तैनाती—स्त्री. नियुक्ति।

तैयार—वि. जो (वस्तु) बन कर कार्य के लिए प्रस्तुत हो; मोटा-ताजा (बैल, अन्य पशु आदि); काम के योग्य।

तैयारी—स्त्री. तैयार होने की क्रिया या भाव; तत्परता; सज-धज, साज-सज्जा; व्यवस्था ('क्या-क्या तैयारी हो गई'); अभ्यास या प्रयत्न से कुशलता प्राप्त करना ('परीक्षा की तैयारी')।

तैरना—अ.क्रि. हाथ-पैर मारते हुए पानी पर मनुष्य का संचरण; पानी पर संतरण कर पार उतरना।

तैराई—स्त्री. तैरने की क्रिया या भाव; तैरने की शिक्षा, प्रशिक्षण; तैरा कर या नाव आदि पर बिठा कर पार ले जाने की मज़दूरी।

तैराक—वि. तैरने में कुशल; प्रशिक्षित तैरने वाला।

तैराकी—स्त्री. तैरने की क्रिया या अभ्यास; तैरने की क्रीड़ा। **~प्रतियोगिता**—स्त्री. तैरने की क्रिया में पारंगत सिद्ध करने के लिए रखी गई स्पर्द्धा, प्रतियोगिता।

तैराना—स.क्रि. तैरने का काम कराना, दूसरों को तैरने के लिए प्रवृत्त करना।

तैर्थ—वि. [सं.] तीर्थ संबंधी। पु. तीर्थ में किया जाने वाला कर्म।

तैर्थिक—वि. [सं.] तीर्थ संबंधी; तीर्थ संबंधी; तीर्थों में घूमने वाला। पु. संन्यासी।

तैलंग—पु. तैलंग प्रदेश का निवासी।

तैलंगी—वि. तैलंग प्रदेश का; तैलंग प्रदेश संबंधी। स्त्री. तैलंग प्रदेश की भाषा।

तैल—पु. [सं.] तेल; तिल, सरसों, तराँ, अलसी, नारियल, सूरजमुखी, बादाम, आदि के पेर कर निकाला गया तरल सार तत्त्व। **~यंत्र**—पु. कोल्हू।

तैलाक्त—वि. [सं.] तेल से भीगा, तेल युक्त।

तैलिक—पु. [सं.] तेली। वि. तेल संबंधी। **~यंत्र**—पु. तेल निकालने वाला कोल्हू।

तैली—पु. [सं.] तेली। वि. तेल-संबंधी।

तैलीय—वि. तेल युक्त, जिसमें तेल दिखाई दे; तेल से बना (पदार्थ)। **~त्वचा**—स्त्री. चेहरे की ऐसी त्वचा जिस पर तेल-सा दिखाई दे ('ऑयली स्किन')।

तैश—पु. [अ.] क्रोध, कोप, गुस्सा।

तैसा—वि. वैसा, उसी जैसा।

तैसे—अ. वैसे, उसी प्रकार।

तों*—अ. त्यों; उस प्रकार।

तोंद—स्त्री. पेट का आगे को बढ़ा हुआ भाग।

तोंदल—वि. तोंद वाला, जिसका पेट निकला हुआ हो।

तोंदीला—वि. तोंद वाला।

तो—अ. तब, उस स्थिति में; एक अव्यय जिसका प्रयोग किसी शब्द या बात पर बल देने के लिए किया जाता है ('तुम जाओगे तो, खाओगे तो, आदि') निश्चयपरक अर्थ में।

तोकक—पु. [सं.] चातक, पपीहा।

तोख*—पु. तोष, संतोष।

तोटक—पु. [सं.] एक वर्णवृत्त जिसके प्रत्येक चरण में चार संगम होते हैं।

तोटना*—अ.क्रि. टूटना।

तोड़—पु. तोड़ने की क्रिया या भाव। **ला.** किसी बात का सार; किसी बात का अंतिम निर्णय ('तोड़ की बात यह है...')।

तोड़क—पु. तोड़ने वाला।

तोड़ना—स.क्रि. किसी वस्तु को खंड कर देना; खंडित कर देना; किसी नियम या कानून का उल्लंघन; किसी संबंध को न निभाना; किसी अनुबंध आदि को अमान्य कर देना।

तोड़वाना—स.क्रि. तोड़ने का कार्य करवाना, तोड़ने में प्रवृत्त कराना।

तोड़ा—पु. पुरुषों द्वारा पहनी जाने वाली सोने की मोटी-सी जंजीर।

तोड़ाई—स्त्री. तुड़ाई, तोड़ने की क्रिया; भवन, आदि को किसी भी निर्माण को तोड़ने की क्रिया; तोड़ने के लिए दी जाने वाली मज़दूरी।

तोड़ाना—स.क्रि. तुड़वाना, तोड़ने का काम कराना; किसी को तोड़ने के लिए प्रेरित करना।

तोतई—वि. तोते के रंग का। पु. तोते का-सा रंग।

तोतर—वि. द्र. 'तोतला'।

तोतरा—वि. द्र. 'तोतला'।

तोतराना—अ.क्रि. द्र. 'तुतलाना'।

तोतला—वि. जो तोतला बोलता हो।

तोतलाना—अ.क्रि. द्र. 'तुतलाना'।

तोता—पु. हरे रंग का लाल चोंच वाला एक प्रसिद्ध पक्षी। **~चश्म**—वि. बेवफ़ा जो तोते के समान आँखें फेर लेता है। **~परी**—पु. आम की एक प्रजाति जिसकी नीचे की आकृति तोते की नाक-जैसी मुड़ी होती है। **~रटंत**—स्त्री. तोते की तरह एक ही बात को बार-बार कहना; बिना सोचे-समझे किसी चीज़ को स्मृति में बसा लेना, कंठस्थ कर लेना।

तोप—स्त्री. [तु.] गोला फेंकने का युद्ध का एक अस्त्र, जिसमें रख कर गोला दागा जाता है, इसे पहियों वाली गाड़ी पर स्थापित किया जाता है। **~ख़ाना**—पु. तोप रखने का स्थान; सेना का एक विशेष अंग, टुकड़ी जिसका कार्य तोप चलाना और उनका रख-रखाव होता है। **ला. ~तोप**—पु. प्रभावी व्यक्ति ('वह उस विभाग में बड़ी तोप है')।

तोफा—वि. द्र. 'तोहफ़ा'।

तोबड़ा—पु. घोड़े का दाना खिलाने का चमड़े या टाट का बना थैला-सा।

तोबा—पु. द्र. 'तौबा'।

तोम—पु. [अ.] समूह; राशि; खुराक, भोजन; जीविका, रोज़ी।

तोमड़ी—स्त्री. तूँबड़ी।

तोमर—पु. [सं.] राजपूतों की एक उपजाति, गोत्र; राजपूतों का एक पुराना राजवंश; बारह मात्राओं का एक छंद, प्रत्येक पद में नौ अक्षरों का विधान।

तोय—पु. [सं.] जल, पानी; पूर्वाषाढ़ा नक्षत्र।

तोयालय—पु. [सं.] समुद्र।

तोयेश—पु. [सं.] वरुण; एक नक्षत्र।

तोर—पु. तुअर, अरहर।

तोर—पु. [ब्र.] तुम्हारा।

तोरई—स्त्री. तुरई, एक प्रसिद्ध हरी सब्ज़ी।

तोरण—पु. [सं.] किसी नगर या घर का बाहरी सुसज्जित द्वार; खंभों आदि पर पुष्प-माल और बंदनवारों से सज्जित स्वागत द्वार बनवाना।

तोरना*—स.क्रि. द्र. 'तोड़ना'।

तोरी—स्त्री. द्र. 'तोरई'।

तोल—पु. [सं.] द्र. 'तौल'।

तोलना*—स.क्रि. द्र. 'तौलना'।

तोलवाना—स.क्रि. द्र. 'तौलना'।

तोला—पु. बारह माशे या दस ग्राम की एक तौल; इस तौल का मापक बाट।

तोलिया—पु., स्त्री. द्र. 'तौलिया'।

तोल्य—वि. [सं.] तौले जाने योग्य।

तोशक—स्त्री. [तु.] पलँग पर बिछाने का रुई का गद्दा, छोटा गद्दा। **~ख़ाना**—पु. धनी लोगों, रईसों के वस्त्र अथवा खाने-पीने के सामान रखने का स्थान।

तोशदान—पु. सफ़र, यात्रा के लिए भोजन सामग्री रखने का पात्र; सिपाहियों की कारतूस रखने की चमड़े की पेटी।

तोशा—पु. [फ़ा.] संबल, पाथेय।

तोष—पु. [सं.] तुष्टि, संतोष; प्रसन्नता।

तोषक—वि. [सं.] तोष, संतोष, प्रदान करने वाला, तृप्ति-कारक।

तोषण—पु. [सं.] संतोष प्रदान करने की क्रिया या भाव, आनंद।

तोषणी—स्त्री. [सं.] दुर्गा

तोषना*—स.क्रि. संतुष्ट करना, तृप्त होना।

तोषल—पु. [सं.] एक अस्त्र; मूसल; कंस दरबार में एक मल्ल जिसका वध श्रीकृष्ण ने किया था।

तोषित—वि. [सं.] संतुष्ट, तृप्त।

तोषी—वि. [सं.] प्रसन्न करने वाला; संतुष्ट।

तोहफ़ा—वि. [अ.] उत्तम, अच्छा, श्रेष्ठ। पु. भेंट, सौगात; सुंदर, श्रेष्ठ वस्तु।

तोहमत—स्त्री. [अ.] लांछन, दोषारोपण; मिथ्या आरोप।

तोहमती—वि. तोहमत, मिथ्या आरोप लगाने वाला, लांछन लगाने वाला।

तोहरा*—सर्व. तुम्हारा।

तोहार*—सर्व. तुम्हारा।

तोहि*—सर्व. तुम्हें, तुझे।

तौंस—स्त्री. तेज़ धूप के कारण लगी तेज़ प्यास जो सहज ही बुझने में नहीं आती।

तौंसा—पु. भीषण गरमी।

तौक़—पु. [अ.] हँसुली; मन्नत पूरी करने या स्वास्थ्य की कुशलता के लिए बच्चों को पहनाई जाने वाली हँसुली; तावीज़।

तौकी*—स्त्री. गले का एक आभूषण।

तौक़ीर—स्त्री. [अ.] आदर, सम्मान।

तौक्षिक—पु. [सं.] धनु राशि।

तौतातिक—पु. [सं.] कुमारिल भट्ट रचित मीमांसाशास्त्र।

तौतिक—पु. [सं.] मोती; मोती वाली सीप।

तौन*—सर्व. वह, सो।

तौफ़ीक़—पु. [अ.] हिम्मत, साहस; शक्ति, सामर्थ्य; अनुग्रह, साधन।

तौबा—स्त्री. द्र. 'तोबा'।

तौर—पु. [अ.] ढंग, तरीका, चाल; तरह, भाँति। **~तरीक़, तरीक़ा**—पु. चाल-चलन; व्यवहार; चाल-ढाल। **~ब**—के रूप में ('बतौर नमूना')।

तौरेत—पु. [इब.] यहूदियों का लोकप्रिय धर्म ग्रंथ।

तौर्य—पु. [सं.] मृदंग आदि की ध्वनि।

तौल—स्त्री. माप, ताप, जोख, वजन, परिमाण, तौलने की क्रिया। पु. [सं.] तराज़ू, तुला।

तौलना—स.क्रि. मापना, जोखना; तौलने की क्रिया—तुला, काँटे आदि पर रखकर।

तौलवाई—स्त्री. द्र. 'तुलवाई'।

तौलवाना—स.क्रि. तौलने का काम करवाना।

तौलाई—स्त्री. द्र. 'तुलवाई'।

तौलिया—पु. स्त्री. शरीर पोंछने का वस्त्र; एक प्रकार का अंगोछा।

तौल्य—पु. [सं.] समानता, तुलना; सादृश्य; वज़न।

तौषार—पु. [सं.] पाला, हिम, ठंड। **वि.** तुषार युक्त, बर्फ़ युक्त।

तौहीन—स्त्री. [अ.] अपमान, बेइज्ज़ती, अनादर।

तौहीनी—स्त्री. द्र. 'तौहीन'।

त्यक्त—वि. [सं.] जो त्याग दिया गया हो, छोड़ा हुआ; जिसका त्याग कर दिया गया हो।

त्यक्तव्य—वि. [सं.] त्यागने, छोड़ने लायक।

त्यक्ता—वि., पु [सं.] छोड़ने वाला, त्याग देने वाला।

त्यक्तात्मा-(त्मन्)—वि. [सं.] निराश, हताश।

त्यजन—पु. [सं.] त्यागने, छोड़ने की क्रिया।

त्यजनीय—वि. [सं.] जो त्यागने, छोड़ने योग्य हो।

त्यज्यमान—वि. [सं.] जिसे छोड़ा जा रहा है।

त्याग—पु. [सं.] किसी वस्तु पर अपना अधिकार छोड़ना, उत्सर्ग; किसी के संबंध तोड़ने की क्रिया; ममता छोड़ना; संन्यास, वैराग्य आदि के लिए सांसारिक भोगों-पदार्थों को छोड़ने की क्रिया; किसी उच्च उद्देश्य, लक्ष्य के लिए अपने सुख, लाभ, आदि को छोड़ना। **~पत्र**—पु. इस्तीफा, पद या नौकरी से स्वेच्छा से हटने का प्रार्थना-पत्र।

त्यागना—स.क्रि. छोड़ना, त्याग करना।

त्यागी—वि. [सं.] सांसारिक सुखों को छोड़ देने वाला; अपने स्वार्थ, लाभ, हित, आदि को छोड़ देने वाला; विरक्त; उ.प्र. में ब्राह्मण वर्ग में एक उपजाति।

त्याजित—वि. [सं.] जिसका परित्याग करा दिया गया हो; जिसे उपेक्षित कर दिया गया हो।

त्याज्य—वि. [सं.] छोड़ने, त्यागने लायक।

त्यार*—वि. द्र. 'तैयार'।

त्यूँ—अ. द्र. 'त्यों'।

त्यों—अ. उसी तरह, प्रकार; उसी समय, तत्क्षण।

त्योर*—पु. दृष्टि, नज़र ('उसका त्योर कम हो गया है)।

त्योरस*—पु. बीता हुआ, पिछला तीसरा बरस।

त्योरी—स्त्री. तिरछी नज़र, क्रोध में माथे पर पड़े हुए बल; वक्र दृष्टि। **मु. ~चढ़ना या बदलना**—किसी से नाराज़गी प्रकट करना। **~में बल पड़ना**—किसी के प्रति आक्रोश की अभिव्यक्ति।

त्योहार—पु. कोई धार्मिक या जातीय उत्सव (प्रति वर्ष एक ही निश्चित तिथि को मनाया जाने वाला पर्व)।

त्योहारी—स्त्री. त्योहार के दिन सेवक वर्ग को दिया जाने वाला भोजन—भाग, वस्त्र, आदि भी।

त्यौं—वि. द्र. 'त्यों'।

त्यौर*—पु. द्र. 'त्योर'।

त्यौरी—स्त्री. द्र. 'त्योरी'।

त्यौहार—पु. द्र. 'त्योहार'।

त्यौहारी—स्त्री. द्र. 'त्योहारी'।

त्र—वि. [सं.] (समास के अंत में प्रयुक्त) रक्षा करने वाला; तीन। पु. सप्तमी विभक्ति में प्रयुक्त होने वाला एक प्रत्यय। 'त्' और 'र' के योग से बना एक संयुक्त वर्ण जिसे अब स्वतंत्र अक्षर, वर्ण की मान्यता है।

त्रपा—स्त्री. [सं.] लज्जा, शर्म; कुलटा, व्यभिचारिणी स्त्री।

त्रपित—वि. [सं.] नम्र, विनयशील; लज्जित।

त्रपु—पु. [सं.] सीसा; राँगा।

त्रपुटी—स्त्री. [सं.] छोटी इलायची।

त्रपुल—पु. [सं.] राँगा (धातु)।

त्रपुष, त्रपुस—पु. [सं.] राँगा (धातु)।

त्रप्सा—स्त्री. [सं.] जमा हुआ कफ़।

त्रय—वि. [सं.] तीन। **~ताप**—पु. तीन प्रकार के दुःख—दैहिक, दैविक और भौतिक।

त्रयी—स्त्री. [सं.] तीन वस्तुओं या व्यक्तियों का समूह।

त्रयीमय—पु. [सं.] सूर्य, परमेश्वर।

त्रयोदश—वि. [सं.] तेरह, तेरहवाँ।

त्रयोदशी—स्त्री. [सं.] चान्द्र मास के किसी पक्ष (कृष्ण पक्ष, शुक्ल पक्ष) की तेरहवीं तिथि, तेरस।

त्रस—पु. [सं.] जैन धर्म के अनुसार जीवों की एक कोटि; वन, जंगल; पशु-पक्षी।

त्रसन—पु. [सं.] भय; चिंता; व्याकुलता।

त्रसना*—अ.क्रि. डरना, आतंकित होना।

त्रसाना*—स.क्रि. डराना, त्रास देना, आतंकित करना।

त्रसित—वि. भयभीत, डरा हुआ, त्रास में।

त्रसुर—वि. [सं.] भीरु, डरपोक।

त्रस्त—वि. [सं.] भीत, डरा हुआ; काँपता हुआ; घबराया हुआ, व्याकुल।

त्राटक—पु. [सं.] योग की एक क्रिया जिसमें किसी एक बिंदु, विशेषतः दोनों नेत्रों की भौंह तथा नासिका के मिलन स्थल पर दृष्टि केन्द्रित की जाती है; दोनों भौंहों और नासिका का मिलन स्थल।

त्राण—पु. [सं.] छुटकारा, रक्षा, बचाव, (समास में) बचाव का साधन, उपकरण, यथा—पाद-त्राण।

त्राणक—पु. [सं.] रक्षक।

त्रात—वि. [सं.] रक्षित, बचाया हुआ; जिसकी रक्षा कर ली गई हो।

त्रातव्य—वि. [सं.] रक्षणीय; रक्षा करने योग्य।

त्राता (तृ)—वि., पु. [सं.] रक्षक, मुक्तिदाता।

त्रातार*—पु. रक्षक।

त्रायमाण—पु. [सं.] एक लता, औषधि के रूप में प्रयुक्त।

त्रायमाणा, त्रायमाणिका—स्त्री. [सं.] द्र. 'त्रायमाण'।

त्रास—पु. [सं.] भय, आतंक, दुःख-कष्ट।

त्रासक—वि., पु. [सं.] भय देने वाला, डराने वाला; दुःख या कष्ट देने वाला; हटाने वाला, दूर करने वाला, कष्ट-निवारक।

त्रासद—वि. [सं.] दुःख, कष्ट दायक; आतंकित करने वाला।

त्रासदी—स्त्री. [सं.] दुःखदायक, कष्टकारक; शोक-दुःख से परिपूर्ण रचना, जिसका अंत त्रासद हो।

त्रासन—पु. [सं.] त्रास—दुःख का कारक, क्रिया।

त्रासना*—स.क्रि. डराना, आतंकित रखना।

त्रासित—वि. [सं.] त्रस्त किया हुआ, डराया हुआ।

त्रासी—वि. [सं.] भयकारी, कष्टदायक।

त्राहि—अ. [सं.] बचाओ, रक्षा करो। **~माम**—प्रभु से दैन्यपूर्वक रक्षा करने की प्रार्थना, आर्त पुकार।

त्रिंश—वि. [सं.] तीसवाँ।

त्रिंशत्—वि. [सं.] तीस।

त्रि—वि. [सं.] तीन (यौगिक शब्दों के आरंभ में जोड़ा जाता है, यथा—त्रिदेव, त्रिकाल और त्रिलोक, आदि)। **~काल**—पु. तीनों काल—भूत, वर्तमान और भविष्य; तीनों समय—प्रातः, मध्याह्न और सायं। **~ज्ञ**—वि. पु. तीनों कालों का ज्ञाता। **~कुटी**—स्त्री. भौंहों के बीच का स्थान, नासिका के ठीक ऊपर, यहीं त्रिकुट चक्र की स्थिति मानी गई है (योग)। **~कुल**—पु. तीनों कुल—पितृ-कुल, मातृ-कुल तथा श्वसुर कुल। **~कूट**—पु. एक पर्वत, इस पर ही लंका बसी बताई जाती थी; तीन चोटियों वाला पर्वत। **~कोण**—पु. तीन कोनों का क्षेत्र, तीन कोने वाली वस्तु, त्रिभुज Δ। **~गुण**—पु. तीन गुण—सत्, रज और तम। **~गुणा**—स्त्री. माया, दुर्गा। **~गुणातीत**—वि. जो तीनों गुणों—सत्, रज और तम से परे हो, परमात्मा का विशेषण। **~गुणात्मक**—तीनों गुणों—सत्, रज, तम—से युक्त (संसार)। **~जटा**—स्त्री. अशोक वाटिका में सीता की सेवा में नियुक्त राक्षसी। **~देव**—पु. ब्रह्मा, विष्णु तथा महेश—तीन देव। **~दोष**—पु. (आयु.) तीनों दोष, विकार—वात, पित्त और कफ़; तीनों विकारों से उत्पन्न रोग; सन्निपात। **~पदा**—पु. एक छंद; गायत्री छंद। **~पाठी**—पु. तीन वेदों का ज्ञाता, ब्राह्मणों की एक उपजाति, गोत्र। **~पिटक**—पु. बौद्धों का मूल धर्म ग्रंथ—विनय, सुत्त और अभिधम्म शीर्षक तीन 'पिटकों' (भागों) में विभक्त। **~पुंड, पुंड्र**—पु. एक प्रकार का तिलक, इसे माथे पर चंदन आदि की तीन अर्द्ध चंद्राकार या आड़ी रेखाओं के रूप में लगाया जाता है। **~फला**—पु. हड़ (हैड़), बहेड़ा और आँवला का योग (आयु.)। **~बली**—स्त्री. पेट पर पड़ने वाले तीन बल; पेट पर नाभि के ऊपर की रोम-राशि-रेखा। **~भंग**—वि. तीन स्थानों पर टेढ़ा, जिसमें तीन जगह बल हों। **~भंगी**—स्त्री. एक वृत्त। **~भंगी**—वि. जिसमें तीन बल पड़ते हों, तीन जगह से टेढ़ा। पु. संगीत में ताल का एक भेद। **~भुक्ति**—स्त्री. तिरहुत नामक स्थान; मिथिला। **~भुज**—पु. तीन भुजाओं से घिरा स्थान ज्यामिति में त्रिकोण। **~भुवन**—पु. तीन लोक—स्वर्ग, पृथ्वी और पाताल।

~लोक—पु. स्वर्ग, पृथ्वी, पाताल—तीन लोक। **~लोचन**—पु. शिव। वि. तीन नेत्रों वाला। **~लोचनी**—स्त्री. दुर्गा। **~वेणी**—स्त्री. वह स्थान जहाँ से तीन नदियाँ, तीन दिशाओं में बहती हों; प्रयाग (इलाहाबाद) में गंगा, यमुना और अलोप-अदृश्य सरस्वती के मिलने का स्थान। **~वेद**—पु. तीनों वेद—ऋग्वेद, यजुर्वेद और सामवेद; इन तीनों वेदों का ज्ञाता। **~वेदी**—पु. तीनों वेदों का ज्ञाता; ब्राह्मणों में एक उपजाति। **~शिरा**—पु. एक राक्षस जिसका वध राम ने दंडकारण्य में किया था। **~स्थली**—स्त्री. काशी, गया और प्रयाग—तीन तीर्थस्थल।

त्रिक—पु. [सं.] तीन का एकत्रीकरण; रीढ़ का निचला स्थान जहाँ दोनों ओर के कूल्हों की हड्डियाँ आकर मिलती हैं; कमर, कटि। **~त्रिय**—पु. आयुर्वेद में ख्यात 3-3 औषधियों के तीन समूह—1. त्रिफला—आँवला, हड़ (हैड़) तथा बहेड़ा, 2. सोंठ, मिर्च और पीपल, 3. मोथा, चीता और बाय बिडंग।

त्रितय—वि. [सं.] तीन भागों वाला। पु. तीन का समूह।

त्रिदशाचार्य—पु. [सं.] बृहस्पति।

त्रिदशाधिप—पु. [सं.] इन्द्र, देवराज।

त्रिदशाध्यक्ष—पु. [सं.] विष्णु।

त्रिदशायन—पु. [सं.] विष्णु।

त्रिदशायुध—पु. [सं.] वज्र।

त्रिदशारि—पु. [सं.] असुर, राक्षस।

त्रिदशालय—पु. [सं.] सुमेरु पर्वत; स्वर्ग।

त्रिदशाहार—पु. [सं.] अमृत।

त्रिदशेश्वर—पु. [सं.] इन्द्र, देवराज।

त्रिदशेश्वरी—पु. [सं.] दुर्गा, देवी।

त्रिदिवाधीश—पु. [सं.] देवराज इन्द्र।

त्रिदिवेश—पु. [सं.] इन्द्र, देवता।

त्रिदोषना*—अ.क्रि. तीनों दोषों से ग्रस्त, काम, क्रोध और लोभ के वशीभूत।

त्रिधा—अ. [सं.] तीन तरह से; तीन भागों में। वि. तीन प्रकार का, तीन रूपों में। **~मूर्ति**—पु. तीन मूर्तियाँ—ब्रह्मा, विष्णु तथा महेश।

त्रिपुरासुर—पु. [सं.] एक राक्षस, बाणासुर।

त्रिय, त्रिया*—स्त्री. नारी, स्त्री। **~(या) चरित्र**—पु. स्त्री. स्वभाव के अनुकूल आचरण।

त्रिलोकेश—पु. [सं.] तीनों लोकों का स्वामी, ईश्वर; सूर्य।

त्रिवण—पु. [सं.] (संगीत में) एक राग।

त्रिवणी—स्त्री. [सं.] (संगीत में) एक रागिनी।

त्रिशंकु—पु. [सं.] एक प्रसिद्ध सूर्यवंशी राजा जिन्हें विश्वामित्र ने पृथ्वी और आकाश के बीच उलटा लटका कर अवस्थित कर दिया था। **ला.** अनिश्चय की स्थिति।

त्रिशूल—पु. [सं.] एक अस्त्र जिसके सिरे पर तीन फल होते हैं; भगवान शिव का प्रसिद्ध अस्त्र।

त्रिषा*—स्त्री. द्र. 'तृषा'।

त्रिषित*—वि. द्र. 'तृषित'।

त्रुटि—स्त्री. [सं.] चूक, भूल, ग़लती; छोटी इलायची का पौधा।

त्रुटित—वि. [सं.] खंडित, टूटा हुआ।

त्रुटी—स्त्री. [सं.] द्र. 'त्रुटि'।

त्रेता—पु. [सं.] भारतीय मान्यता में स्वीकृत चार युगों में से दूसरा युग, जिसकी अवधि 1296000 वर्ष मानी गई है, श्रीराम का अवतार इसी युग में माना जाता है।

त्रेताग्नि—स्त्री. [सं.] तीन प्रकार की अग्नि—दक्षिण, गार्हपत्य तथा आहवनीय।

त्रेधा—अ. [सं.] तीन प्रकार से, त्रिधा; तीन भागों में।

त्रै*—वि. तीन।

त्रैकालिक—वि. [सं.] तीन कालों में होने वाला, त्रिकाल संबंधी।

त्रैकोणिक—वि. [सं.] तीन कोणों वाला।

त्रैगुणिक—वि. [सं.] त्रिगुण संबंधी; तीन बार किया हुआ।

त्रैगुण्य—पु. [सं.] तीनों गुणों से युक्त।

त्रैमासिक—वि. [सं.] तीन महीनों में प्रकाशित होने वाली पत्रिका, तीन महीने के बाद घटित होने वाला।

त्रैमास्य—पु. [सं.] तीन मास का समय।

त्रैयंबक—पु. [सं.] एक यज्ञ। वि. त्र्यंबक—त्रिनेत्र शिवजी से संबंधित।

त्रैराशिक—पु. [सं.] तीन ज्ञात राशियों के सहारे चौथी राशि ज्ञात करने की विधि (ग.)।

त्रैलोक—पु. [सं.] इन्द्र।

त्रैलोक्य—पु. [सं.] द्र. त्रिलोक।

त्रैवर्गिक—पु. [सं.] धर्म, अर्थ, काम संबंधी कर्म।

त्रैवर्णिक—पु. [सं.] ब्राह्मण, क्षत्रिय तथा वैश्य—इन तीन वर्णों से संबंधित धर्म; ये तीनों वर्ण।

त्रैवर्षिक—वि. [सं.] जो तीन वर्षों में हो।

त्रैवार्षिक—वि. [सं.] तीन वर्षों में होने वाला, तीन वर्षों के अंतराल से होने वाला (आयोजन, मेला, उत्सव, आदि)।

त्रैविक्रम—वि. [सं.] त्रिविक्रम संबंधी; विष्णु का।

त्रैविद्य—पु. [सं.] तीन वेदों का ज्ञाता; तीन वेद; तीनों वेदों का अध्ययन।

त्रैविष्टप—पु. [सं.] देवता। वि. स्वर्ग में रहने वाला।

त्रैशंकव—पु. [सं.] हरिश्चन्द्र।

त्रैस्वर्य—पु. [सं.] तीनों स्वर—उदात्त, अनुदात्त और त्वरित।

त्रोटक—पु. [सं.] नाटक का एक भेद, इसमें 5, 7, 8 या 9 अंकों का विधान।

त्रोटि, त्रोटी—स्त्री. [सं.] चोंच।

त्रोण—पु. [सं.] तरकश।
त्रोतल—वि. [सं.] तोतला, तुतला कर बोलने वाला।
त्र्यंजन—पु. [सं.] तीन प्रकार के अंजन—कालांजन, रसांजन और पुष्पांजन।
त्र्यंबक—पु. [सं.] शिव, त्रिनेत्र शिव।
त्र्यंबका—स्त्री. [सं.] दुर्गा।
त्र्यक्ष—पु. [सं.] शिव; एक दैत्य।
त्र्यक्षक—पु. [सं.] शिव।
त्र्यक्षर, त्र्यक्षरक—वि. [सं.] तीन अक्षरों वाला।
त्र्यशीत—वि. [सं.] तिरासीवाँ।
त्र्यशीति—स्त्री. [सं.] तिरासी की संख्या, 83। वि. अस्सी और तीन।
त्र्यक्ष, त्र्यस्त्र—पु. [सं.] त्रिकोण, त्रिभुज। वि. त्रिभुजाकार।
त्र्यह—पु. [सं.] तीन दिनों का समूह।
त्वक—पु. द्र. 'त्वक्'।
त्वक् (च्)—पु. [सं.] छिलका; चर्म; वल्कल।
त्वग्—'त्वक्' का समास में प्रयुक्त रूप।
त्वच—पु. [सं.] छाल; दालचीनी; तेजपत्ता।
त्वचा—स्त्री. [सं.] (मनुष्य के शरीर का) चर्म, चमड़ी।
त्वचिसुगंधा—स्त्री. [सं.] छोटी इलायची।
त्वदीय—वि. [सं.] तुम्हारा।
त्वम्—सर्व. [सं.] तुम।
त्वरण—पु. [सं.] शीघ्रता से काम करना, तेज़ी से।
त्वरणीय—वि. [सं.] जिसे तेज़ी से करना हो।
त्वरा—स्त्री. [सं.] शीघ्रता, जल्दी।
त्वरावान् (वत्)—वि. [सं.] द्रुतगामी; शीघ्रता करने वाला।
त्वरि—स्त्री. [सं.] शीघ्रता।
त्वरित—वि. [सं.] तेज़, तीव्र गति वाला।
त्वरिता—स्त्री. [सं.] तंत्र में एक देवि।
त्वाच—वि. [सं.] त्वचा संबंधी।
त्वाष्टी—स्त्री. [सं.] दुर्गा।
त्विट्—स्त्री. [सं.] आभा, द्युति, चमक, दीप्ति; वाणी।
त्वेष—वि. [सं.] दीप्त, प्रकाशित।
त्वेष्य—वि. [सं.] भयंकर, डरावना।

थ

थ—देवनागरी वर्णमाला का सत्रहवाँ व्यंजन वर्ण और त वर्ग का दूसरा वर्ण। उच्चारण-स्थान दंत।
थंब—पु. द्र. 'थंभ'।
थंभ—पु. स्तंभ, खंभा।
थंभन—पु. रुकावट; एक तांत्रिक क्रिया; स्तंभन करने वाली औषधि।
थँभना*—अ.क्रि. थमना; ठहराना; रुकना।
थंभित*—वि. रुका हुआ, टिका हुआ; स्तब्ध।
थ—पु. [सं.] पहाड़; रक्षक; एक रोग।
थक—पु. थाक, समूह।
थकन—स्त्री. द्र. 'थकान'।
थकना—अ.क्रि. श्रम के कारण शिथिल हो जाना, क्लांत हो जाना; ऊब कर शिथिल होना; बुढ़ापे के कारण शिथिल हो जाना; मोहित होना (ब्र.भ.); तंग आ जाना, परेशान हो जाना।
थकान—स्त्री. थकावट, शैथिल्य।
थकाना—स.क्रि. हराना; परेशान करना; अशक्त कर देना।
थकार—पु. [सं.] 'थ' वर्ण।
थक्का—पु. किसी चीज का जमा हुआ अंश, टुकड़ा ('खून का थक्का')।
थड़ा—पु. चबूतरा-सा, बैठने की जगह।
थड़ी—स्त्री. दुकानों के आगे जगह बढ़ा कर सामान रखने, बेचने का स्थान। **ला. ~लगाना**—जगह-जगह नीचे फर्श पर ही अस्थायी रूप से सामान बेचने का काम।
थकावट, थकाहट—स्त्री. द्र. 'थकान'।
थकित—वि. थका हुआ, श्रांत, शिथिल; मुग्ध।
थन—पु. गाय, भैंस, बकरी, आदि पशुओं का स्तन, जिनसे दूध निकाला जाता है।
थनेला—पु. स्त्रियों के स्तन का सूजना।
थनैत—पु. गाँव का मुखिया; जमींदार का कारिंदा।
थपकना—स.क्रि. प्यार से धीरे-धीरे कमर पर हथेली से हलका आघात-सा देना (बच्चे को सुलाने के लिए विशेषत:)।
थपकी—स्त्री. हथेली से हलका-सा आघात। **ला. ~देना**—शाबाशी देना, उत्साहित करना।
थपथपाना—स.क्रि. थपकी देने की क्रिया।
थपथपाहट, थपथपी—स्त्री. थपकना।
थपथपी—स्त्री. थपकी देना। **ला.** उत्साहित करना, शाबाशी देना।
थपेड़ना—स.क्रि. थप्पड़ लगाना, मार-पीट कर देना।
थपेड़ा—पु. जोर का थप्पड़, तमाचा।
थप्पड़—पु. तमाचा, झापड़। **ला. कसना**—जोर से तमाचा, थप्पड़ मारना।

थम*—पु. रुकना, काम बंद करने का आदेश, निर्देश।
थमना—अ.क्रि. रुकना, ठहरना।
थमाना—स.क्रि. किसी चीज को सौंप देना, पकड़ा देना।
थमास—पु. धैर्य, धैर्य सहित रुकने की क्रिया, भाव।
थर—पु. राजस्थान के उत्तर में रेगिस्तानी क्षेत्र।
थरथर—अ. शरीर का काँपना।
थरथराना—अ.क्रि. भय के मारे शरीर में कंपन; ज्वर, आदि रोग में शरीर का काँपना।
थरथराहट—स्त्री. कँपकँपी।
थरथरी—स्त्री. भय, आदि के कारण शरीर का काँपना।
थरमस—पु. [अं.] पानी, चाय, आदि गरम या ठंडा रखने के लिए बना एक पात्र विशेष।
थरमामीटर—पु. [अं.] द्र. 'थर्मामीटर'।
थरहरी—स्त्री. द्र. 'थरथरी'।
थर्ड—वि. [अं.] तीसरा। **ला. ~क्लास**—बेकार, एकदम निम्न स्तरीय।
थर्मस—पु. [अं.] द्र. 'थरमस'।
थर्मामीटर—पु. [अं.] बुख़ार, शरीर की गरमी मापने का यंत्र।
थर्राना—अ.क्रि. काँपना, दहल जाना।
थल—पु. स्थान, जगह; जल रहित भूमि। **~चर**—पु. पृथ्वी पर रहने वाला जीव।
थल-थल*—वि. मुटापे के कारण हिलता हुआ, थुल-थुल।
थलिया—स्त्री. छोटी थाली।
थली—स्त्री. स्थली; प्रदेश; रेतीला स्थान।
थसकना—अ.क्रि. नीचे की ओर दबना या खिसकना।
थहाना—स.क्रि. थाह लेना, अनुमान करना।
थाँमना*—स.क्रि. द्र. 'थामना'।
थाँवला—पु. थाला, पौधे या पेड़ की जड़ के चारों ओर पानी के लिए बनाया गया स्थान।
था—अ.क्रि. 'होना' का भूतकालिक रूप।
थाई*—वि. स्थायी, जो सुदीर्घ समय तक बना रहे।
थाई—वि. थाईलैंड देश का, वहाँ से संबंधित। स्त्री. थाईलैंड देश की भाषा। पु. थाईलैंड का निवासी।
थाक—पु. सीमा, राशि, समूह।
थाट—पु. वह राग या स्वरों का समूह जो कई रागों का आधार हो (संगी.)।
थाती—स्त्री. धरोहर, अमानत, किसी के पास रखी हुई संपत्ति; संचित धन, पूँजी जो अगली पीढ़ी को सौंपा जाता है।
थान—पु. स्थान; पशुओं के बाँधने का स्थान; देवता, आदि के लिए स्थापित स्थान; कपड़े की बड़ी-सी लंबाई का बँधा हुआ रूप।
थानक—पु. स्थान; नगर।
थाना—पु. पुलिस की चौकी; पुलिस केन्द्र। **~(ने) घर**—पु. थाने का प्रधान अफ़सर, एक पदनाम, दारोगा। **~(ने) दारी**—स्त्री. थानेदार का पद या कार्य।
थाप—स्त्री. 'थप' की ध्वनि के साथ तबले, ढोलक, ढोल पर किया गया हाथ का आघात; मंगल-चिह्न के रूप में दीवार पर हल्दी आदि में भीगा हाथ छाप देना।
थापन—पु. स्थापित करने या स्थायी बनाने की क्रिया।
थापना—स.क्रि. स्थापना करना; गोबर-मिट्टी आदि को मिलाकर किसी चीज़ को ढँकना; गोबर आदि पाथना।
थापर—स्त्री. पंजाब में कायस्थ जाति में एक गोत्र।
थापा—पु. गीली हल्दी, मेहँदी आदि में भिगो कर दीवार, आदि पर हाथ का चिह्न मंगल-चिह्न के रूप में छाप देना; नेपाल में एक जाति, गोत्र।
थापी—स्त्री. कपड़े धोते समय उन्हें पीटने के लिए लकड़ी का घड़ा हुआ टुकड़ा; कुम्हारों का कच्चे बने बर्तनों को वांछित आकार देने के लिए बनाया गया लम्बाई में कुछ कम, लकड़ी का ऐसा ही टुकड़ा।
थाम—स्त्री. थामने की क्रिया; पकड़ (लेना)।
थामना—स.क्रि. पकड़ना, पकड़ने की क्रिया; रोके रखने की क्रिया; किसी कार्य का दायित्व सँभालना।
थाम्हना—स.क्रि. द्र. 'थामना'।
थार, थारा—पु. द्र. 'थाल'।
थारी—स्त्री. द्र. 'थाली'।
थारू—पु. नेपाल की एक आदिवासी जनजाति।
थाल—पु. भोजन परोसने वाला एक बड़ा-सा चौड़ा चपटा पात्र—पीतल, काँसे, स्टेनलेस स्टील, आदि का धातु-पात्र।
थाला—पु. पौधे या पेड़ के चारों ओर बनाया गया क्यारी की तरह का घेरा, आलबाल।
थाली—स्त्री. थाल का छोटा रूप, द्र. 'थाल'। **मु. ~का बैंगन**—कभी इस पक्ष में, तो कभी दूसरे पक्ष में चले जाने वाला, जिसका कोई निश्चित मन न रहता हो।
थावर*—वि. जंगम का विपरीतार्थी, स्थावर, अचल।
थाह—स्त्री. गहराई; गहराई को मापना (नदी, समुद्र की गहराई आदि को मापना); ज्ञान, महत्त्व आदि की माप, पांडित्य का अनुमान, माप (पाना)।
थाहना—स.क्रि. थाह लेना, गहराई का अनुमान लगाना, किसी गुप्त बात की टोह लेना।
थिएटर, थियेटर—पु. [अं.] रंगशाला, नाट्य-शाला; सिनेमा; अभिनय।
थिएट्रिकल—वि. [अं.] थियेटर संबंधी, नाटकीय।
थिगली—स्त्री. थेगली, किसी कपड़े के फटने पर उसमें कपड़े का टुकड़ा सिल कर जोड़ लगाया हुआ।

थियोसाफ़ी—स्त्री. [अं.] एक धार्मिक संप्रदाय, थियोसिफिकल सोसायटी जिसकी स्थापना ऐनी बेसेंट ने की थी।

थिर—वि. स्थिर, एक ही स्थान पर रुका हुआ, स्थित।

थिरक—स्त्री. नृत्य में पग-गति, पैर का संगीत, तबले, आदि के साथ नृत्य में उठना, नृत्य में पग-चालन।

थिरकना—अ.क्रि. पैरों की नृत्य में गति, पग-चालन; नृत्य में अंग-संचालन—हाथ, पाँव, कमर, आदि हिलाना।

थिरता, थिरताई*—स्त्री. स्थिरता, ठहराव; स्थायित्व; शांति; सुव्यवस्थित।

थीम—स्त्री. [अं.] कथ्य; विषय-वस्तु।

थीसिस—पु. [अं.] शोध-प्रबंध।

थुकवाना—स.क्रि. द्र. 'थुकाना'।

थुकाई—स्त्री. थूकने का काम।

थुकाना—स.क्रि. थूकने में प्रवृत्त करना, थूने के लायक काम करवाना।

थुक्काफ़जीहत—स्त्री. धिक्कारपूर्ण स्थिति।

थुड़ी—अ. धिक्कार अभिव्यक्ति, छीः। स्त्री. बेइज़्ज़ती, अपमान। **मु. ~थुड़ी करना**—धिक्कारना, थू-थू करना।

थुतकारना—स.क्रि. 'थू-थू' करना, घोर घृणा प्रकट करना।

थुत्कार—पु. [सं.] थूकने की आवाज़; थूकने की क्रिया।

थू—पु. थूकने की आवाज़, थूकते समय मुँह से निकलने वाली आवाज़।

थूक—पु. मुँह से निकली लार, गाढ़ा सफेद लसीला पदार्थ।

थूकना—अ.क्रि. थूक निकालने की क्रिया। **मु. ~(मुँह पर)**—धिक्कार देना, नज़रों में गिराना किसी घृणास्पद कार्य पर लानत-मलामत देना।

थूत्कार, थूत्कृत—पु. [सं.] दे. थुत्कार।

थूथन—पु. सुअर, आदि पशुओं का लंबा-सा मुख।

थूथनी—स्त्री. द्र. 'थूथन'।

थूनी—स्त्री. छप्पर, आदि में भार रोकने के लिए लगाई जाने वाली लकड़ी की टेक, छोटे स्तंभ-रूप में लगाई जाती है।

थूल*—वि. स्थूल।

थूवा—पु. ढूह, टीला।

थूहड़—पु. द्र. 'थूहर'।

थूहर—पु. अरहर की प्रजाति का अन्न; उसका पौधा।

थेई-थेई—स्त्री. नाच के बोल, विशेषतः कथक में प्रयुक्त।

थेगली—स्त्री. द्र. 'थिगली'।

थैंक्स—पु. [अं.] धन्यवाद, अंग्रेज़ी में आभार प्रकट करने का शब्द।

थैला—पु. कपड़े, टाट आदि का बना झोला, जिसमें सामान रखकर इधर-उधर ले जाते हैं।

थैली—स्त्री. थैले का छोटा रूप; रुपए-पैसे आदि रखने के लिए कपड़े का बना बटुआ-सा।

थोक—पु. ढेर, राशि; एकत्र किया हुआ बहुत-सा माल; बहुत बड़ी मात्रा में सामान का खरीदना-बेचना (थोक व्यापार—'होल सेल')।

थोड़ा—वि. अल्प, जरा-सा, तनिक-सा; न्यून; आवश्यकता से कम ('खाना थोड़ा रह गया')। **~बहुत**—थोड़े से जरा ही ज़्यादा।

थोथ—वि. जो भीतर से खाली; खोखला; तत्त्व रहित; निस्सार।

थोथरा—वि. द्र. 'थोथ'।

थोथा—वि. द्र. 'थोथ'।

थोपना—स.क्रि. गोबर-मिट्टी को मिला कर किसी वस्तु पर लौंदों के रूप में चिपका देना, रख देना। **ला.** (दोष) आरोपित करना; कोई दायित्व ज़बरदस्ती सौंपना।

थोबड़ा—पु. मुख के लिए अपमान या आक्रोश में प्रयुक्त शब्द, अवमानना के अर्थ में।

थोरिक*—वि. थोड़ा-सा ('एहि घाट से थोरिक दूरि')।

थौंद—स्त्री. द्र. 'तोंद'।

थ्योरी—स्त्री. [अं.] सिद्धांत; सिद्धांत-कथन।

थ्रिल—पु. [अं.] रोमांच, सनसनी।

थ्रू—पु. [अं.] बरास्ता, उस रास्ते से होकर।

थ्रेशर—पु. [अं.] गेहूँ, आदि अनाज गाहने-निकालने की मशीन।

द

द—देवनागरी वर्णमाला का अठारहवाँ व्यंजन और 'त' वर्ग का तीसरा वर्ण, उच्चारण स्थान दन्त, दन्त मूल में जिह्वा के अगले भाग के स्पर्श से उच्चारण।

दंग—वि. [फा.] चकित, विस्मित, हक्का-बक्का (रह जाना)। **ला. ~रह जाना**—चकित, विस्मित, भौंचक्का हो जाना।

दंगई—वि., पु. दंगा, उपद्रव करने वाला, लड़ाका, फसादी।

दंगल—पु. [फा.] कुश्ती की प्रतियोगिता, अखाड़े में कुश्ती-आयोजन। **ला. ~मारना**—कुश्ती-प्रतियोगिता जीतना।

दंगली—वि. दंगल करने वाला; शैतान (बच्चे के संदर्भ में)।

दंगा—पु. विप्लव, उत्पात, सांप्रदायिक झगड़े। **~ई**—दंगा करने वाले, बलबाई।

दंड—पु. [सं.] सजा, जुरमाना; हरजाने के रूप में दिया जाने वाला धन, हरजाना; डंडा; संन्यासियों के धारण करने का डंडा; समय की एक माप—साठ पल (24 मिनट) का समय। **~विधान**—पु. दंड की व्याख्या; सज़ा की कानून-व्यवस्था।

दंडक—पु. [सं.] एक वन, दंडकारण्य; वह छंद जिसके प्रत्येक चरण में 26 से अधिक वर्ण अथवा जिसके प्रत्येक चरण में 32 से अधिक मात्राएँ हों; झंडा लगाने का डंडा, दंड।

दंडकारण्य—पु. [सं.] एक घना वन, विंध्याचल के दक्षिण में स्थित, वनवास के समय राम यहाँ रहे थे, सीता का हरण भी इसी वन में हुआ।

दंडना*—स.क्रि. दंड देना।

दंडनीय—वि. [सं.] दंड के योग्य।

दंडमान*—वि. दंडनीय।

दंडवत्—पु., स्त्री. [सं.] दंड, डंडे की तरह लम्बवत् भूमि पर लेट कर किया गया प्रणाम; साष्टांग प्रणाम।

दंडाकार—वि. [सं.] दंड के आकार का।

दंडादंडि—स्त्री. [सं.] लट्ठबाज़ी, लाठियों से लड़ाई का प्रदर्शन।

दंडाधिकारी—पु. [सं.] प्राचीन समय में एक पद-नाम, आपराधिक अभियोगों पर विचार कर दंड देने वाला अधिकारी।

दंडाधिप—पु. [सं.] नगर का प्रधान शासक।

दंडानीक—पु. [सं.] सेना का एक विभाग।

दंडायमान—वि. [सं.] जो डंडे की तरह सीधे भूमि पर लेट जाए।

दंडालय—पु. [सं.] अदालत, न्यायालय।

दंडाहत—वि. [सं.] डंडे से पीटा हुआ, जिसको डंडे से पीटा गया हो।

दंडिका—स्त्री. [सं.] एक वर्णिक छंद।

दंडित—वि. [सं.] जिसे दंड दिया गया हो।

दंडी—पु. [सं.] जो दंड धारण करना हो; संतों का एक संप्रदाय जो सदैव दंड धारण कर चलते हैं (उन्हीं में 'दंडी स्वामी')।

दंड्य—वि. [सं.] द्र. 'दंडनीय'।

दंत—पु. [सं.] दाँत; बत्तीस (32) की संख्या। **~कथा**—स्त्री. किंवदंती, जनश्रुति। **~क्षत**—पु. रति-क्रिया के उद्दाम वेग में नायिका के कपोलों, अधरों, आदि पर दाँतों से काटे गए के चिह्न। **~छत**—पु. द्र. 'दंत-क्षत'। **~हीन**—वि. जिसके दाँत न हों, वृद्ध।

दंत-चिकित्सिक—पु. दाँतों का डॉक्टर।

दंत चिकित्सा—स्त्री. दाँतों का इलाज।

दंतांतर—पु. [सं.] दाँतों के बीच का स्थान।

दंताघात—पु. [सं.] दाँतों से दिया गया आघात, घाव।

दंतायुध—पु. [सं.] सूअर (दाँत ही जिसका आयुध, अस्त्र है)।

दंतार—वि. बड़े दाँतों वाला। पु. हाथी।

दंतारा—वि. द्र. 'दंतार'।

दंतार्बुद—पु. [सं.] मसूड़े में होने वाली फुंसी, घाव।

दंताल—पु. हाथी।

दंतालय—पु. [सं.] मुख।

दंतालि, दंतावलि—स्त्री. [सं.] दंत-पंक्ति।

दंतालिका, दंताली—स्त्री. [सं.] लगाम।

दंतावल—पु. [सं.] हाथी।

दंति*—पु. हाथी।

दँतिया—स्त्री. छोटे-छोटे दाँत।

दंती—वि. [सं.] दाँत वाला। पु. हाथी; गणेश। **~मद**—पु. हाथी के मस्तक से रिसने वाला मद।

दंतुर—वि. [सं.] जिसके दाँत आगे की ओर निकले हों।

दंतुरक—वि. [सं.] जिसके दाँत निकले हों।

दँतुरिया*—स्त्री. [ब्र.भा.] बच्चों के ताज़े निकले दाँत।

दंतुल—वि. [सं.] दाँतों वाला।

दँतुला—वि. जिसके दाँत आगे की ओर निकले हुए हों, दाँतू।

दंतोद्भेद—पु. [सं.] दाँतों का निकलना।

दंतोष्ठ्य—वि. [सं.] दाँत और ओष्ठों से उच्चरित होने वाला (वर्ण, यथा—'व')।

दंद*—पु. दुंद*, 'द्वन्द्व' का अपभ्रंश; झगड़ा, उपद्रव।

दंदन*—वि. दमन करने वाला।

दंदश—पु. [सं.] दाँत।

दंपति*—पु. द्र. 'दंपती'।

दंपती—पु. [सं.] पति-पत्नी।

दंभ—पु. [सं.] घमंड, अभिमान; पाखंड, आडम्बर, ढकोसला।

दंभक—वि., पु. [सं.] घमंडी; पाखंडी।

दंभन—पु. [सं.] पाखंड, ढोंग करना।

दंभी-(भिन्)—वि. [सं.] अभिमानी, दंभ करने वाला।

दँवरी—स्त्री. दाँय, बैलों से गेहूँ, जौ, आदि अनाज के सूखे पौधों को रौंदवाना।

दँवारि*—स्त्री. दावाग्नि, वन, जंगल में लगने वाली आग।

दंश—पु. [सं.] विषैले जीव-जंतु के काटने या डंक मारने का घाव; बड़ी मक्खी के डंक से लगा घाव जिसमें तीव्र पीड़ा; दाँतों से काट कर दिया गया घाव, दंत-क्षत। **ला.** पीड़ा देने वाली या चुभने वाली बात।

दंशक—वि. [सं.] डंक मारने वाला या काटने वाला। पु. डाँस, एक प्रकार का बड़ा मच्छर।

दंशन—पु. [सं.] डंक मारने या काट खाने की क्रिया।
दंशित—वि. [सं.] जिसे दंश मिला हो; जिसे किसी ने दाँत से काटा हो।
दंष्ट्रायुध—पु. [सं.] शूकर, वराह।
दंष्ट्राल—वि. [सं.] दाढ़ों वाला।
दंष्ट्रास्त्र—पु. [सं.] शूकर, वराह।
दंष्ट्रिक—वि. [सं.] दाढ़ों वाला।
दंस*—पु. द्र. 'दंश'।
दइत*—पु. द्र. 'दैत्य'।
दइमारा*—वि. द्र. 'दई-मारा'।
दई—पु. भाग्य; विधाता, विधि। **~दई**—अ. हा दैव! हा दैव! हे ईश्वर, ईश्वर की दुहाई (देना)। **~मारा**—वि. देवे, भाग्य का मारा हुआ; (ब्रज में) एक गाली। **~जार**—वि. द्र. 'मारा'।
दक—पु. [सं.] जल।
दकन—पु. दक्खिन, दक्षिण; दक्षिणी भारत।
दकनी—वि. दक्खिन का; उर्दू का वह रूप जो दक्षिण में हैदराबाद क्षेत्र में प्रचलित है।
दकार—पु. [सं.] 'त' वर्ग की तीसरा वर्ण।
दक़ियानूस—पु. फ़ारस और अरब का इतिहास-काल से पहले का एक बहुत ही अत्याचारी शासक। **ला.** पुराने विचारों वाला।
दक़ियानूसी—वि. पुरातन-पंथी; रूढ़िवादी।
दक्खिन—पु. उत्तर के सामने की दिशा, दक्षिण; भारतवर्ष का दक्षिणी भाग, दक्षिण के प्रांत।
दक्खिनी—वि. दक्षिण दिशा का, दक्षिण में स्थित; दक्षिण देश का; दक्षिण से संबंधित। स्त्री. दक्षिण देश की भाषा, हैदराबाद क्षेत्र में प्रचलित।
दक्ष—वि. [सं.] कुशल, निपुण, चतुर; सिद्धहस्त। पु. एक मुनि, ऋषि, एक प्रजापति। **~कन्या**—स्त्री. दक्ष की पुत्री सती जिनका विवाह शिव से हुआ था। **~सुता**—स्त्री. सती।
दक्षतांड—पु. [सं.] मुर्गी का अंडा।
दक्षा—स्त्री. [सं.] पृथ्वी।
दक्षिण—पु. [सं.] उत्तर के सामने की दिशा। वि. 'बायाँ' का उल्टा, दाहिना; जो किसी की कार्य-सिद्धि में अनुकूल, सहायक हो। **~पंथ**—पु. दक्षिण मार्ग। **~पंथी**—पु. दक्षिण मार्गी। **~मार्ग**—पु. वैदिक धर्म या वेद-सम्मत मान्यताएँ, आधुनिक राजनीति में वह मार्ग या सिद्धांत जो विधान-सम्मत प्रावधानों से विकास का पक्षधर हो ('राइट विंग')। **~मार्गी**—वि. दक्षिण मार्ग का अनुयायी।
दक्षिण नायक—पु. [सं.] वह नायक जो अपनी सब नायिकाओं को एक-सा प्रेम करता हो, सबको प्रसन्न रखता हो।
दक्षिणा—स्त्री. [सं.] यज्ञ के बाद दान की गई वस्तु और ब्राह्मणों को भोज कराने के बाद दी जाने वाली राशि, धन; भेंट के रूप में दी जाने वाली राशि; दक्षिण दिशा; नायिका की एक कोटि।
दक्षिणाग्नि—स्त्री. [सं.] यज्ञ में गार्हपत्य अग्नि के दक्षिण रखी जाने वाली अग्नि।
दक्षिणाग्र—वि. [सं.] जिसका अग्र, आगे का भाग दक्षिण की ओर हो।
दक्षिणाचल—पु. [सं.] मलयगिरि (पर्वत)।
दक्षिणाचार—पु. [सं.] शुद्ध आचरण; तंत्र साधना में एक आचार, कर्म।
दक्षिणाचारी—वि., पु. [सं.] शुद्ध आचरण करने वाला; शक्ति का उपासक।
दक्षिणापरा—स्त्री. [सं.] नैऋत्य कोण।
दक्षिणाभिमुख—वि. [सं.] जिसका मुँह दक्षिण की ओर हो (शंख, आदि); दक्षिण दिशा की ओर बहने वाला।
दक्षिणायण—पु., वि. [सं.] सूर्य का भूमध्यीय रेखा, कर्क रेखा से मकर रेखा की ओर गमन, इसका समय छः माह—21 जून से 22 दिसम्बर तक, दक्षिणायन सूर्य।
दक्षिणायन—पु. [सं.] छः माह का वह समय जब सूर्य दक्षिणायन हो, दक्षिण की ओर जाता हो।
दक्षिणावर्त—पु. [सं.] दाहिनी ओर घूमने वाला; वह शंख जिसमें पिछली ओर का हिस्सा, हवा निकलने का मार्ग दाहिनी ओर हो।
दक्षिणावह—पु. [सं.] दक्षिण पवन, दक्षिण दिशा से या मलयगिरि की ओर से आने वाली वायु।
दक्षिणी—पु. दक्षिण देश का निवासी। वि. दक्षिण देश का; दक्षिण-देश संबंधी।
दक्षिन*—पु. द्र. 'दक्षिण'।
दक्षिनी*—वि. द्र. 'दक्षिणी'।
दखमा—पु. वह स्थान जहाँ पारसी अपने मुर्दे पक्षियों के खा जाने के लिए रखते हैं।
दख़लंदाज़—पु. [अ.] रोड़ा अटकाने वाला; हस्तक्षेप करने वाला।
दख़लंदाज़ी—पु. [अ.] रोड़ा अटकाना; हस्तक्षेप करना।
दख़ल—पु. [अ.] हस्तक्षेप; कब्ज़ा, अधिकार। **~नामा**—पु. वह सरकारी आदेश जिसके द्वारा किसी वस्तु या भूमि, आदि पर कब्ज़ा, अधिकार दिया जाता है। **ला. ~देना**—बीच में बोलना, हस्तक्षेप करना।
दखिन*—पु. द्र. 'दक्षिण'।
दखिनहा*—वि. दक्षिण दिशा में, दक्षिणी।
दख़ील—वि. [अ.] दख़ल देने वाला, कब्जा लेने वाला, अधिकार प्राप्त करने वाला।

दगड़*—पु. लड़ाई का डंका।

दगड़ा*—पु. रास्ता, कच्ची सड़क का रास्ता।

दग़दग़ा—वि. चमकता हुआ; आलोकमय। पु. [अ.] खौफ़, डर; अंदेशा, आशंका; सन्देह।

दग़दग़ाहट—स्त्री. चमक-दमक; तमतमाहट।

दगध*—वि. दग्ध, जला हुआ।

दगधना*—अ.क्रि. जलाना, दग्ध करना। **ला.** बहुत दुखी करना।

दगना—अ.क्रि. छूटना या चलाया जाना (बंदूक, तोप, आदि का); दाग़ा जाना। **ला.** जलना।

दगला—पु. एक लंबा-सा कुर्ता, लबादा—भारी वस्त्र।

दगवाना—स.क्रि. दागने का काम कराना, दूसरों से दागने का काम कराना।

दगहा—वि. दाग़ा हुआ, दाग़दार। पु. मृतक का संस्कार करने वाला (जाति विशेष)।

दग़ा—स्त्री. [फा.] छल-कपट, धोखा, फरेब। **~बाज़**—वि. छल करने वाला, धोखा देने वाला, कपटी। **~बाज़ी**—स्त्री. धोखेबाज़ी, फरेब, छल-कपट।

दग़ीला—वि. [फा.] दाग़ वाला, धब्बे वाला, दाग़दार।

दग़ैल—वि. जिसे दाग़ लगा हो; जिसमें दाग़ लगा हो; कपटी, धोखेबाज।

दग्ध—वि. [सं.] जला या जलाया हुआ, पीड़ित। **ला.** जिसे पीड़ा या कष्ट पहुँचा हो।

दग्धव्य—वि. [सं.] जलाने योग्य।

दग्धा—स्त्री. [सं.] कुछ विशेष तिथियाँ जो अशुभ मानी जाती हैं।

दग्धाक्षर—पु. [सं.] कुछ अक्षर—झ, ह, र, भ तथा प—जिनका छंद के प्रारंभ में प्रयोग अशुभ माना जाता है।

दग्धिका—स्त्री. [सं.] जला हुआ अन्न, भात, आदि।

दग्धित*—वि. द्र. 'दग्ध'।

दचक—स्त्री. दचकने की क्रिया या भाव, दचका, खराब रास्ते में जोर से हिल जाना, धक्के लगना।

दचकना—अ.क्रि. दबना; नीचे-ऊपर हिलना; झटके खाना।

दचका—पु. द्र. 'दचक'।

दच्छ*—पु. द्र. 'दक्ष'।

दच्छना, दच्छिना*—स्त्री. दक्षिणा, ब्राह्मणों को दान देने तथा भोजन कराने के बाद दी जानी वाली राशि।

दच्छिन*—वि. [पु.] अ. 'दक्षिण'।

दड़ेकना, दड़कना—अ.क्रि. गरजना, जोर से बोलना; दहाड़ना।

दढ़ियल—वि. दाढ़ीवाला।

दतवन—स्त्री. दातून।

दतुअन, दतुवन, दतून, दतौन—स्त्री. द्र. 'दातून'।

दत्त—पु. [सं.] दत्तात्रेय; ब्रह्मा, विष्णु तथा महेश का संयुक्त रूप; दत्तक, दान। वि. दिया हुआ; दान किया हुआ। **~चित्त**—वि. जिसका मन किसी कार्य में पूरी तरह लगा हो, एकाग्र।

दत्तक—पु. [सं.] जो अपना पुत्र न होते हुए भी शास्त्र और विधि के अनुसार अपना पुत्र बना लिया गया हो, गोद लिया हुआ पुत्र।

दत्तात्रेय—पु. [सं.] विष्णु के चौबीस अवतारों में से मान्य एक अवतार, अत्रि ऋषि के पुत्र।

दत्ति—स्त्री. [सं.] दान।

दत्तेय—पु. [सं.] इंद्र।

दत्तोपनिषद्—स्त्री. [सं.] एक उपनिषद्।

दत्तोलि—पु. [सं.] पुलस्त्य ऋषि।

ददिता (तृ)—वि., पु. [सं.] देने वाला।

ददियाल—पु. द्र. 'ददिहाल'।

ददिया ससुर—पु. दादा ससुर, पति के दादा या दादा के संबंध वाला व्यक्ति (दादा के भाई।

ददिया सास—स्त्री. दादी-सास, पति की दादी।

ददिहाल—पु. दादा, बाबा का घर; दादा का वंश।

ददोरा—पु. किसी मच्छर, चींटी, आदि के काटने से त्वचा पर पड़ा चकत्ता, लाल-सा दाग़।

दद्रु—पु. [सं.] दाद, एक त्वचा रोग।

दद्रुण, दद्रूण—वि. [सं.] एक त्वचा रोग, एक प्रकार का कुष्ठ।

दद्रू—स्त्री. [सं.] द्र. 'दद्रु'।

दध—वि. [सं.] देने वाला; धारण करने वाला।

दधि—पु. [सं.] दही; घर; वस्त्र।

दधि*—पु. समुद्र। **~सुत**—पु. चंद्रमा।

दधित्थ—पु. [सं.] कपित्थ, कैथ। **~रस**—पु. लोबान।

दधीच—पु. [सं.] एक प्रसिद्ध ऋषि जिन्होंने इन्द्र का अस्त्र वज्र बनाने के लिए अपनी अस्थियों का दान कर दिया था।

दधीचि—पु. [सं.] द्र. 'दधीच'।

दधीच्यस्थि—स्त्री. [सं.] वज्र; हीरा।

दधन—पु. [सं.] चौदह यमों में से एक।

दनदनाना—स.क्रि. 'दन-दन' शब्द करना; जोर-जोर से बोलना, गरजना।

दनादन—अ. 'दन-दन' शब्द के साथ; लगातार, बिना रुके—एक के बाद एक।

दनु—स्त्री. [सं.] कश्यप ऋषि की पत्नी जिसके पुत्र दानव कहलाए।

दनुज—पु. [सं.] असुर, राक्षस।

दनुजारि—पु. [सं.] देवता, सुर।

दनुजेंद्र—पु. [सं.] राक्षसों का स्वामी, नरेश; रावण; हिरण्यकशिपु।

दनुजेश—पु. [सं.] द्र. 'दनुजेन्द्र'।

दन्न—पु. तोप, आदि की ज़ोर की आवाज़।

दपट—स्त्री. डाँटने-डपटने की क्रिया, घुड़की, झिड़की।

दपटना—स.क्रि. डाँटना; घुड़कना, झिड़कना।

दपु*—पु. दर्प, अहंकार।

दफ़तर—पु. [अ.] कार्यालय, ऑफिस।

दफ़ती—स्त्री. द्र. 'दफ़्ती'।

दफ़न—पु. [अ.] मुरदे को ज़मीन में गाड़ने का काम।

दफ़नाना—स.क्रि. मुरदे को ज़मीन में गाड़ना।

दफ़ा—स्त्री. बार, मर्तबा; किसी कानून, विधान की कोई धारा, एक अंश जिसमें किसी अपराध को व्याख्यायित किया गया हो। **(फ़े)~दार**—पु. चौकीदारों का मुखिया; जेल में बंदियों में से ही बनाया गया कोई प्रमुख। **~लगाना**—किसी कानून की धारा विशेष के अन्तर्गत अपराध निश्चित करना।

दफ़ा—पु. [अ.] दूर करना, हटाना ('दफ़ा हो जा', 'दफ़ा कर दो')।

दफ़ीना—पु. [अ.] दफ़न किया हुआ, पृथ्वी में गड़ा हुआ खज़ाना, धन।

दफ़्तर—पु. [अ.] कार्यालय।

दफ़्तरी—पु. दफ़्तर में एक छोटा पद; जिल्दबंदी करने वाला।

दफ़्ती—स्त्री. [फा.] गत्ता, कई कागज़ों को आपस में चिपका कर तैयार किया गया मोटा-सा कागज़ ('कार्ड बोर्ड')।

दबंग—वि. प्रभावशाली, रोबीला, जिसका दबदबा—प्रभाव हो।

दबक—स्त्री. दबाने की क्रिया। **ला.** किसी के भय दिखाने की क्रिया, डाँट।

दबकना—अ.क्रि. डराना, आतंकित करना।

दबकनी—स्त्री. पुराने, कच्चे, घरों में किसी चीज़ को छिपा कर रखने का बनाया स्थान।

दबकवाना—स.क्रि. दबकाने का काम कराना (दूसरों से)।

दबका—पु. घर की छत के नीचे सामान आदि रखने के लिए बनाया गया स्थान, प्रायः गैलरी, बाथरूम, रसोई, आदि के ऊपर।

दबकाना—स.क्रि. डाँटना।

दबकी—स्त्री. घुड़की, झिड़की।

दबकैया—पु. दबका देने वाला, डाँट लगाने वाला।

दबदबा—पु. रौब, प्रभाव।

दबना—अ.क्रि. किसी भारी वस्तु, बोझ, आदि के नीचे आ जाना; किसी वस्तु, आदि का भार किसी के ऊपर आ जाना; किसी से किसी भी प्रकार का भय मान कर उसकी बात मानना; किसी से भय खा कर उसका विरोध न करने के लिए बाध्य होना; फीका पड़ना; किसी बात या मामले पर आगे कार्रवाई न होना; शांत रहना; किसी के अहसान के कारण उससे भय मान कर चुप रहना; संकोच करना ('दबा-दबा सा रहना')।

दबवाना—स.क्रि. दबाव में लाना, प्रवृत्त करना।

दबा—वि. भार से आक्रांत, भार के नीचे आया हुआ। [स्त्री. 'दबी']। **~(बी-) आवाज़**—स्त्री. धीमा स्वर; डरी हुई आवाज़।

दबाऊ—वि. दबाने वाला। पु. बैलगाड़ी की वह स्थिति जब उस पर लदा सामान, भार आगे की ओर ज़्यादा हो जाता है, इसका विपरीतार्थी शब्द 'उलाड़ू'—जिसमें भार पिछले हिस्से पर ज़्यादा होता है।

दबाना—स.क्रि. किसी चीज़ पर भार रख देना; दमन करना; किसी पर रौब डालना, उसे आतंकित रखना; किसी बात को गुप्त रखना, उसे आगे न बढ़ने देना; ज़मीन में गाड़ना; उभरते हुए वेग, विरोध, आदि का दमन करना; विरोध-विद्रोह को शांत करना—तूल न पकड़ने देना।

दबाव—पु. दबाने की क्रिया या भाव।

दबिश—स्त्री. पुलिस, आदि बलों द्वारा अपराधी को पकड़ने के लिए दबाव बनाना।

दबीज़—वि. [फा.] मोटा, गफ़; संगीन।

दबीर—पु. [अ.] मुहर्रिर, क्लर्क, लिपिक।

दबैल—वि. किसी से दबा हुआ, किसी से आतंकित।

दबोचना—स.क्रि. धर दबाना; झपट कर दबा देना।

दब्बू—वि. स्वभाव से दबने वाला, दुर्बल वृत्ति का।

दभ्र—वि. [सं.] थोड़ा; सूक्ष्म; कृश तनु। पु. समुद्र।

दमकना*—अ.क्रि. चमकना, दीपित होना, द्योतित होना।

दम—पु. [सं.] दंड, दमन; इन्द्रियों का संयम।

दम—पु. [फा.] जान, प्राण, श्वास, साँस; ताक़त, शक्ति; हुक्के, बीड़ी-सिगरेट आदि का कश। **~आलू**—पु. आलू की मसालेदार सब्ज़ी। **~कल**—स्त्री. आग बुझाने की एक प्रसिद्ध मशीन ('फ़ायर ब्रिगेड')। **~ख़म**—पु. शक्ति और दृढ़ता। **~दार**—वि. दृढ़, तेज़, शक्तिवाला। **~घोंट देना**—साँस रोक कर, गला आदि दबा कर साँस बंद कर मार देना। **मु. (नाक में) ~आना या होना**—बहुत अधिक परेशान हो जाना।

दमदमा—पु. नक्कारे की आवाज़; तोपों की आवाज़।

दमनीय—वि. [सं.] दमन करने योग्य, जिसका दमन किया जा सके।

दमयंती—स्त्री. [सं.] महाभारतीय कक्ष में राजा नल की पत्नी।

दमा—पु. एक प्रकार का श्वास रोग, साँस लेने में कष्ट—दम उखड़ा रहता है, कफ़ रुक-रुक कर बहुत जोर लगाने पर निकलता है।

दमाग़—पु. [अ.] द्र. 'दिमाग़'।

दमादम—अ. निरंतर, लगातार।

दमाना—पु. बड़ा नगाड़ा, बड़ा ढोल जिसका बजाने वाला तल बहुत बड़ा होता है (रीति कवि बिहारीलाल द्वारा प्रयुक्त)।

दमित—वि. [सं.] जिसका दमन किया गया हो, विजित।

दमी—वि. भाँग, गाँजा, चरस आदि नशीले पदार्थों का सेवन करने वाला, दम लगाने वाला।

दमुना—पु. [सं.] अग्नि।

दमोदर*—पु. द्र. 'दामोदर'।

दम्य—वि. [सं.] द्र. 'दमनीय'।

दय—पु. [सं.] दया।

दयनीय—वि. [सं.] दया करने योग्य।

दया—स्त्री. [सं.] वह मनोभाव जो दूसरे का दुःख देख कर उसे दूर करने के लिए प्रेरित करे, करुणा, रहम; दक्ष प्रजापति के एक पुत्री, धर्म से इसका विवाह हुआ था। **~दृष्टि**—स्त्री. दया, करुणा की दृष्टि। **~निधान**—पु. दया का भंडार, वह जो दया से भरा हो; प्रभु का एक अभिधान। **~निधि**—पु. प्रभु; द्र. 'दया निधान'। **~पात्र**—पु. जिस पर दया की जा सके, दया के योग्य। **~शील**—वि. स्वभाव से दया करने वाला। **~याचिका**—मृत्यु दंड क्षमा करवाने के लिए दिया जाने वाला प्रार्थना-पत्र ('मरसी पेटीशन')। **~सागर**—पु. दयालु व्यक्ति, प्रभु।

दयानत—स्त्री. [अ.] ईमानदारी, सचाई। **~दार**—वि. ईमानदार। **~दारी**—स्त्री. ईमानदारी।

दयानन्द, स्वामी—पु. आर्य समाज के संस्थापक, प्रसिद्ध समाज सुधारक (12 फरवरी, 1824-31 अक्तूबर, 1883)।

दयामय—पु. [सं.] प्रभु। वि. दया से भरा हुआ, अत्यंत दयालु, कृपालु।

दयार—पु. देवदार।

दयार्द्र—वि. [सं.] दयालु, जिसका हृदय दया से पिघल जाए।

दयाल*—वि. द्र. 'दयालु'।

दयालु—वि. [सं.] दया करने वाला, कृपालु।

दयावंत*—वि. दया करने वाला, कृपालु।

दयावान्—वि. [सं.] दयावान, दयालु, कृपालु।

दर—पु. [सं.] भय; कंदरा, गुहा; शंख।

दर—पु. [फा.] द्वार, दरवाज़ा; दहलीज़। अ. में, अंदर। **~असल**—अ. वास्तव में, असल में। **~कार**—वि. आवश्यक, जरूरी। **~किनार**—वि. अलग, जुदा; उपेक्षा। **~ख़्वास्त**—स्त्री. अर्ज़ी, प्रार्थना-पत्र। **~गाह**—स्त्री. मकबरा, मजार; चौखट; दरबार। **~दर**—अ. द्वार, द्वार। **~पेश**—अ. सामने, आगे। **~बान**—पु. द्वार की चौकसी करने वाला, द्वार के पहरे पर रहने वाला। **~बार**—पु. वह स्थान जहाँ बादशाह, राजा की सभा सजती हो। **~बारी**—वि. दरबार से संबंधित, दरबार का सदस्य। **~माहा**—पु. मासिक वेतन। **~मियान**—पु. बीच, मध्य। अ. बीच में, भीतर। **~मियानी**—वि. भीतरी, आंतरिक। **~हक़ीक़त**—अ. दरअसल।

दरक—स्त्री. दरकने की क्रिया; दरार।

दरकना—अ.क्रि. दबाव से फटना, चटख़ जाना, तरेड़ पड़ जाना।

दरखत*—पु. द्र. 'दरख़्त'।

दरख़्त—पु. [फा.] पेड़, वृक्ष।

दरज—स्त्री. दरार, फाड़।

दरजन—वि., पु. द्र. 'दर्जन'।

दरजा—पु. द्र. 'दर्ज़ा'।

दरजिन—स्त्री. द्र. 'दर्जिन'।

दरजी—पु. द्र. 'दर्ज़ी'।

दरण—पु. [सं.] विदारण, चीरना, चीर कर रख देना।

दरणि, दरणी—स्त्री. [सं.] लहर; भँवर; तीव्र प्रवाह; दारण।

दरत्—स्त्री. [सं.] हृदय; भय; पर्वत; बाँध; बाण।

दरथ—पु. [सं.] गड्ढा; गुफ़ा; चरागाह की तलाश में घूमना।

दरद—पु. दर्द, पीड़ा, करुणा, तरस, दया-भाव।

दरदरा—वि. थोड़ा मोटा पीसा गया पदार्थ।

दरदराना—स.क्रि. मोटा पीसना।

दरदीला—वि. दर्द-भरा।

दरन*—पु. द्र. 'दरण'।

दरना*—स.क्रि. पीसना; दलन करना; मलना।

दरप*—पु. द्र. 'दर्प'।

दरपन—पु. द्र. 'दर्पण'।

दरपना—अ.क्रि. अभियान करना, गर्वित होना; घमंड करना।

दरपनी—स्त्री. छोटा दर्पण।

दरब*—पु. द्रव्य, धन।

दरबा—पु. कबूतरों के रहने के लिए लकड़ी का बना खानेदार स्थानों का बक्सा-सा।

दरभ—पु. बंदर।

दरमन—पु. [फा.] दवा; औषधि; इलाज।

दरया—पु. [फा.] द्र. 'दरिया'।

दररना—स.क्रि. रगड़ना; धक्का देना; पीसना।

दरवाज़ा—पु. [फा.] द्वार, कपाट, किवाड़।

दरवेश—पु. [फा.] साधु, फकीर; भिखारी।

दरशन—पु. द्र. 'दर्शन'।

दरशाना—स.क्रि. दिखलाना, बताना, समझाना; किसी के लिए किए गए कार्य को अतिरिक्त रूप से प्रचारित करना।

दरस—पु. दर्शन, मिलना।

दरसन—पु. द्र. 'दर्शन'।

दराज़—वि. [फ़ा.] लंबा, दीर्घ; विस्तृत; अधिक, बहुत।

दराज़—स्त्री. [अं.] मेज़, आदि में सामान रखने का खाना, स्थान।

दरसाना*—स.क्रि. जतलाना; दृष्टिगत कराना।

दरहम—वि. [फ़ा.] अस्त-व्यस्त। **~बरहम**—वि. अस्त-व्यस्त।

दराँत—पु. साग, सब्ज़ी काटने का उपकरण, लकड़ी के आधार पर स्थित।

दराँती—पु., [स्त्री.] घास, चारा, आदि काटने का बीटा लगा हुआ उपकरण।

दरार—स्त्री. दीवार या लकड़ी आदि में फटने या तरेड़ पड़ने से हुआ लंबा रेखा-सी बनाना अवकाश, खाली स्थान।

दरारा—पु. घात-प्रतिघात, धक्का।

दरिंद, दरिंदा—पु. [फा.] हिंस्र, क्रूर, जंतु। **ला.** वह व्यक्ति जो क्रूर, नृशंस कर्म करता हो।

दरि—स्त्री. [सं.] द्र. 'दरी'।

दरिद्दर—पु. 'दरिद्र' का अपभ्रंश, द्र. 'दरिद्र'।

दरिद्र—वि. [सं.] ग़रीब, निर्धन, कंगाल। पु. निर्धन-व्यक्ति। **~नारायण**—पु. दरिद्रों, ग़रीबों का स्वामी, प्रभु।

दरिद्राण—पु. [सं.] निर्धनता, गरीबी।

दरिद्रायक—वि. [सं.] दरिद्र, निर्धन।

दरिया—पु. नदी; समुद्र। **~दिल**—वि. उदारमना, दयालु। **~दिली**—स्त्री. उदारता।

दरियाई—स्त्री. [फा.] एक प्रकार का रेशमी वस्त्र। वि. नदी से संबंधित; जो नदी में रहता हो। **~घोड़ा**—पु. गैंडे जैसा जंगली जानवरी जो नदियों के किनारे पर रहता है।

दरियाफ़्त—स्त्री. [फा.] मालूम करना, पता लगाना।

दरियाव—पु. द्र. 'दरिया'।

दरी—स्त्री. मोटे सूत का बना एक वस्त्र जो खाट-पलँग, आदि पर बिछाया जाता है। [फ़ा.] ईरान की एक प्राचीन भाषा।

दरी—स्त्री. [सं.] कंदरा, गुफ़ा।

दरी—वि. [सं.] कायर, डरपोक।

दरीख़ाना—पु. अनेक द्वारों वाला घर।

दरीचा—पु. [फा.] खिड़की; छोटा दरवाज़ा।

दरीची—स्त्री. छोटी खिड़की; छोटा दरवाज़ा।

दरीबा—पु. पान-बाज़ार।

दरेंद्र—पु. [सं.] विष्णु जी का शंख।

दरेरना—स.क्रि. धक्का देना; जबर्दस्ती कोई काम कराना।

दरेसी—स्त्री. काँट-छाँट कर व्यवस्थित करना; समतल करना।

दरोग़—पु. [अ.] मिथ्या, झूठ, असत्य।

दरोगा—पु. द्र. 'दारोग़ा'।

दर्ज—स्त्री. द्र. 'दरज'। वि. अंकित, लिखा हुआ; हिसाब आदि के रजिस्टर में लिखा हुआ, चढ़ाया हुआ।

दर्जन—वि. बारह। पु. बारह की संख्या में वस्तुएँ ('एक दर्जन केले', 'एक दर्जन पैन', आदि)।

दर्जा—पु. [अ.] श्रेणी, कोटि, विद्यार्थी की श्रेणी, कक्षा; पद, स्थान ('ऊँचा दर्जा')।

दर्जिन—स्त्री. दर्जी की स्त्री; दर्जी जाति की स्त्री।

दर्ज़ी—पु. [फा.] कपड़े सिलने वाला, सिलाई का काम करने वाला।

दर्द—पु. [फा.] कष्ट, पीड़ा, व्यथा, दुःख, तकलीफ़; सहानुभूति। **~नाक**—वि. दर्द, दुःख से भरा; व्यथित करने वाला।

दर्दरीक—पु. [सं.] मेढक; बादल; एक वाद्य यंत्र।

दर्दी—वि. [फा.] हमदर्द, सहानुभूति रखने वाला।

दर्दीला—वि. [फ़ा.] दर्द भरा, मार्मिक।

दर्दुर—पु. [सं.] दादुर, मेढक; एक वाद्य-यंत्र; नगाड़े की आवाज़।

दर्दुरक—पु. [सं.] मेढक; एक वाद्य यंत्र।

दर्देशिकम—पु. [फ़ा.] पेट का दर्द।

दर्द्रु—पु. [सं.] दाद, दद्र।

दर्द्रुण, दर्द्रूण—पु. [सं.] दाद का रोगी।

दर्द्रू—स्त्री. [सं.] द्र. 'दद्र'।

दर्प—पु. [सं.] घमंड, अहंकार, गर्व; उदंडता।

दर्पक—वि. [सं.] दर्प, घमंड उत्पन्न करने वाला। पु. कामदेव।

दर्पण—पु. [सं.] वह शीशा जिसमें मुख देखा जाता है, मुकुर, आईना, आरसी।

दर्पित, दर्पी (र्पिन्)—वि. [सं.] अहंकार, दर्प से भरा हुआ, घमंडी।

दर्पोन्नत, दर्पोन्मद—वि. [सं.] घमंड, दर्प से भरा हुआ।

दर्बान—पु. द्र. 'दरबान'।

दर्बार—पु. द्र. 'दरबार'।

दर्भ—पु. [सं.] कुश, डाभ।

दर्भासन—पु. [सं.] कुशा, डाभ का बना आसन।

दर्भाह्वय—पु. [सं.] मूँज, काँस—एक प्रकार की नुकीली और खुरदरी-सी घास।

दर्याव*—पु. द्र. 'दरिया'।

दर्रा—पु. दो पहाड़ियों, पहाड़ों के बीच का सँकरा रास्ता, घाटी।

दर्व—पु. [सं.] राक्षस; हिंसा करने वाला; हिंस्र पशु।

दर्वट—पु. [सं.] गाँव का चौकीदार; द्वारपाल।

दर्वरीक—पु. [सं.] इन्द्र; वायु; एक वाद्य-यंत्र।

दर्श—पु. [सं.] दर्शन; अवलोकन; दृश्य; अमावस्या; अमावस्या के दिन किया जाने वाला एक यज्ञ।

दर्शक—वि. [सं.] देखने वाला, दर्शन करने वाला; द्रष्टा।

दर्शन—पु. [सं.] नेत्रों के द्वारा जानना, देखना; किसी देवता, देवमूर्ति या बड़े व्यक्ति का साक्षात्कार, श्रद्धा सहित देखना, नम्रता से साक्षात्कार के लिए कहा जाने वाला शब्द; वह शास्त्र, ज्ञानानुशासन जिसमें जीव, ब्रह्म और जगत के सत्य के निरूपण का प्रयास किया जाता है ('फिलॉसफ़ी')।

दर्शनाभिलाषी—पु. [सं.] दर्शन की इच्छा करने वाला।

दर्शनार्थी—पु. [सं.] दर्शन करने वाले लोग, दर्शन करने आए लोग।

दर्शनीय—वि. [सं.] दर्शन करने योग्य।

दर्शिका—स्त्री. [सं.] मार्ग-दर्शन करने वाली।

दर्शी—वि. [सं.] (समासांत में प्रयुक्त) साक्षात्कार करने वाला, देखने वाला ('प्रत्यक्षदर्शी', 'आत्मदर्शी')।

दल—पु. [सं.] गुट, गिरोह (डाकुओं का दल, शत्रुओं का दल); झुंड, टोली; एक साथ किसी विचारधारा के साथ जुड़ कर कार्य करने वाले लोग—राजनीतिक दल, कांग्रेस, भारतीय जनता पार्टी, आदि; फौज की टुकड़ी, दस्ता, फूलों के झुंड—कमल दल, आदि; पौधों के पत्तों-पत्तियों का समूह—तुलसी दल; अन्न के दो बराबर भागों में से एक। **~पति**—पु. मुखिया, सरदार; सेनापति। **~बंदी**—स्त्री. किसी कार्य-सिद्धि के लिए लोगों द्वारा अपना अलग समूह, दल बना लेना। **~बल**—पु. लाव-लश्कर, फौज़; संगी-साथी, अनुयायी, आदि।

दलक—स्त्री. किसी घाव, फोड़े, आदि में लग जाने वाली ठसक, हलका-सा आघात; उस आघात से उत्पन्न पीड़ा, दुःख, टीस।

दलकन—स्त्री. हलका आघात; टीस।

दलकना—अ.क्रि. (दबाव से) फटना, चिर जाना; काँपना।

दलगत—वि. [सं.] दल से सम्बद्ध ('दलगत राजनीति')।

दलदल—पु., स्त्री. [अ.] कीचड़, पंक; कीचड़-पानी से भरी ऐसी भूमि जिसमें पाँव या कोई वाहन, पशु, आदि धँसता ही चला जाए, निकलना दूभर हो जाए।

दलदला—वि. दलदल वाला [स्त्री. दलदली]।

दलन—पु. [सं.] पीसना, कुचलना, चूर्ण करना; नाश, संहार ('दुष्ट-दलन')।

दलना—स.क्रि. चक्की आदि में डाल कर पीसना; रौंदना, कुचलना; मसलना; नष्ट करना; पूरी तरह समाप्त कर देना।

दलमलना—स.क्रि. कुचल डालना; मसल डालना; रौंद डालना।

दलवाना—स.क्रि. दलने का काम करवाना ('दाल दलवाना')।

दलवैया—पु. दलने वाला, दलने का काम करने वाला।

दलहन—पु. वे अन्न जिनसे दाल बनती है, मूँग, उड़द आदि।

दलान—पु. द्र. 'दालान'।

दलाना—स.क्रि. द्र. 'दलवाना'।

दलाल—पु. किसी भी सौदे में क्रेता और विक्रेता के बीच मध्यस्थता कर धन कमाने वाला ('ब्रोकर'); वेश्याओं, आदि के लिए ग्राहक लाने वाला।

दलाली—स्त्री. किसी सौदे में दलाल का पारिश्रमिक।

दलित—वि. [सं.] कुचला, दबाया हुआ, शोषित। **~वर्ग**—पु. समाज का वह वर्ग जिसे अन्य उच्च वर्ग कहे जाने वाले लोगों के समान अधिकार और सम्मान प्राप्त नहीं हैं, अछूत मानी जाने वाली, जातियाँ।

दलिद्दर—पु. दरिद्र, कंगाल; दरिद्रता, ग़रीबी।

दलिया—पु. गेहूँ आदि अनाज का दला हुआ रूप।

दलील—स्त्री. [अ.] तर्क; युक्ति; बहस।

दव—पु. [सं.] वन, जंगल; जंगल में स्वतः लगने वाली आग, दावानल।

दवा*—स्त्री. दावानल।

दवा—स्त्री. [फ़ा.] औषधि, उपचार, इलाज, चिकित्सा; सही रास्ते पर लाना। **~ख़ाना**—पु. औषधालय, वह स्थान जहाँ दवा, औषधियाँ मिलती हैं। **~दारू**—स्त्री. इलाज, चिकित्सा, उपचार।

दवाई—स्त्री. द्र. 'दवा'।

दवाग, दवागिन*—स्त्री. द्र. 'दावाग्नि'।

दवाग्नि—स्त्री. [सं.] वन में अपने आप भड़कने वाली आग, दावाग्नि, दावानल।

दवात—स्त्री. [अ.] मसि-पात्र, स्याही रखने की शीशी; पीतल आदि का छोटा पात्र, आदि।

दवाम—अ. [अ.] हमेशा, सर्वदा।

दवामी—वि. स्थायी, कायमी। **~बंदोबस्त**—पु. ज़मीन की वह व्यवस्था जिसमें मालगुज़ारी हमेशा-हमेशा के लिए निर्धारित कर दी जाती है, उसे घटाया-बढ़ाया नहीं जाता।

दवार, दवारि*—स्त्री. द्र. 'दावाग्नि'।

दश—वि. [सं.] नौ और एक, दस। पु. दस की संख्या, 10। **~कंठ**—पु. दशानन, दस मुख वाला, रावण। **~कंधर**—दश कंधों वाला, रावण। **~गात्र**—पु. शरीर के प्रमुख दस अंग; किसी की मृत्यु के दसवें दिन होने वाला कृत्य, पिंडदान, आदि। **~ग्रीव**—पु. दस ग्रीवाओं वाला, रावण। **~नामी**—पु. संन्यासियों का एक संप्रदाय। **~मुख**—पु. दस मुखों वाला, रावण। **~शीश**—पु. दस सीसों वाला, रावण।

दशकंठारि—पु. [सं.] दश कंठ रावण के शत्रु, राम।

दशक—पु. [सं.] दस की संख्या की वस्तुओं का समूह; दस वर्षों का समूह, सन् संवत्, आदि में प्रत्येक इकाई से दहाई तक के दस वर्षों का काम, समय ('डीकेड')।

दशति—स्त्री. [सं.] सौ, शत।

दशधा—अ. [सं.] दस प्रकार से; दस भागों में।

दशधाभक्ति—स्त्री. [सं.] दस प्रकार की भक्ति, नवधा भक्ति के अतिरिक्त प्रेमाभक्ति—इस प्रकार दस प्रकार की भक्ति।

दशन—पु. [सं.] दाँत।

दशनांशु—पु. [सं.] दाँतों की चमक।

दशनामी—पु. [सं.] द्र. 'दश' के अन्तर्गत।

दशनावली—स्त्री. [सं.] दंत पंक्ति।

दशनोच्छिष्ट—पु. [सं.] अधर आदि का चुंबन, ओष्ठ।

दशम—वि. [सं.] दसवाँ। **~दशा**—स्त्री. वियोग की अंतिम अवस्था, जिसमें वियोगी प्रिय-विरह में प्राण त्याग देता है। **~भाव**—पु. फलित ज्योतिष के अनुसार जन्म लग्न में दसवाँ स्थान, घर।

दशमलव—पु. [सं.] ग. में दसवें, सौवें आदि के मध्य किसी अंश को दर्शाने के लिए लगाया गया बिंदु—दश दशमलव पाँच—10.5; दशमलव से सूचित की गई संख्या जैसे—5.82।

दशमांश—पु. [सं.] दसवाँ भाग, किसी की आय का दशमांश जो धर्मार्थ अथवा दानार्थ रखा जाता है।

दशमिक-भग्नांश—पु. [सं.] दशमलव।

दशमी—स्त्री. [सं.] चांद्र मास के प्रत्येक पक्ष की दसवीं तिथि।

दशमुखांतक—पु. [सं.] राम।

दशरथ—पु. [सं.] श्रीराम के पिता, अयोध्या के प्रसिद्ध सूर्यवंशी राजा।

दशहरा—पु. वर्ष में दो बार इस नाम से मनाया जाने वाला त्योहार—ज्येष्ठ शुक्ला दशमी को गंगा दशहरा तथा दूसरा—आश्विन (क्वार) मास में शुक्ल पक्ष की दशमी का दशहरा, विजयादशमी।

दशांगुल—पु. [सं.] खरबूजा।

दशांतर—पु. [सं.] ज्योतिष में ग्रह स्थितियों का परिवर्तन।

दशांश—पु. [सं.] दसवाँ भाग।

दशा—स्त्री. [सं.] अवस्था, स्थिति, हालत; जीवन की विभिन्न अवस्थाएँ; विरह की दस अवस्थाओं में कोई एक—अभिलाष, चिंता, स्मरण आदि।

दशाकर्ष—पु. [सं.] दीपक, दीया।

दशाक्षर—पु. [सं.] एक छंद।

दशानन—पु. [सं.] दस मुख वाला, रावण।

दशाब्दी—स्त्री. [सं.] दस वर्ष का समय।

दशामय—पु. [सं.] रुद्र, शिव।

दशार्द्ध—वि. [सं.] दस का आधा, पाँच।

दशार्ह—पु. [सं.] एक युद्ध-प्रिय जाति; एक प्रसिद्ध राजा।

दशावतार—पु. [सं.] विष्णु के दस अवतार—मत्स्य, कच्छप, वराह, नृसिंह, वामन, परशुराम, राम, कृष्ण, बुद्ध तथा कल्कि।

दशाश्व—पु. [सं.] चंद्रमा।

दशास्य—पु. [सं.] रावण।

दशाह—पु. [सं.] दस दिनों का समूह।

दशी—स्त्री. [सं.] दशक, द्र. 'दशक'।

दशेंधन—पु. [सं.] दीपक।

दशेरक, दशेरुक—पु. [सं.] मरुदेश; मरुदेश का निवासी; छोटी आयु का ऊँट।

दशेश—पु. [सं.] दस ग्रामों का मुखिया, नायक।

दष्ट—वि. [सं.] काटा हुआ या दंशित।

दस—वि., पु. द्र. 'दश'।

दसखत—पु. द्र. 'दस्तख़त'।

दसन—पु. [सं.] द्र. 'दशन'।

दसमी—स्त्री. द्र. 'दशमी'।

दसवाँ—वि. दस के स्थान पर, नौवें के बाद का स्थान। पु. **ला.** मृत्यु के पश्चात् दसवें दिन किया जाने वाला कृत्य।

दसा—स्त्री. द्र. 'दशा'।

दसौंधी—पु. भाट, चारणों की एक जाति।

दस्तंदाज़—वि. [फा.] हस्तक्षेप करने वाला, दख़ल देने वाला।

दस्तंदाज़ी—स्त्री. [फा.] हस्तक्षेप, छेड़छाड़।

दस्त—वि. [सं.] क्षीण, नष्ट; फेंका या उछाला गया।

दस्त—पु. [फ़ा.] हाथ; पंजा; पतला पाखाना; एक हाथ की माप। **~कारी**—स्त्री. हस्तकला; हाथ से बनाई गई कलापूर्ण कृति, कृतित्व। **~ख़त**—पु. हस्ताक्षर।

दस्तक—स्त्री. [फा.] बुलाने के लिए दरवाज़ा को खटखटाना।

दस्तरख़्वान (दस्तरखान)—पु. [फ़ा.] खाना रखने, परोसने के लिए बिछाया जाने वाला कपड़ा जो फर्श, चौके या मेज़ पर बिछाया जाता है।

दस्ताना—पु. [फा.] हाथों की सुरक्षा के लिए कपड़े, प्लास्टिक, रबर, आदि का बनाया हुआ गिलाफ़-सा।

दस्तावर—वि. [फा.] वह पदार्थ या औषधि जिसके खाने से दस्त हो जाएँ, रेचक।

दस्तावेज़—स्त्री. [फा.] वह अभिलेख, अनुबंध या किसी भी चीज़ को प्रमाणित करने का साक्ष्य-पत्र, जिसको कानूनी, और संपुष्टि करने की मान्यता प्राप्त हो।

दस्तावेज़ी—वि. दस्तावेज़ संबंधी।

दस्ती—वि. [फा.] हाथ का; जो हाथ से ले जाया जाए (पत्र, आदि), छोटा-सा लकड़ी का टुकड़ा जो बेंत के रूप में साथ रखा जाता है।

दस्तूर—पु. [फा.] रीति, तौर-तरीका, प्रणाली; नेग; पारसियों का पुरोहित।

दस्तूरी—स्त्री. वह धन या वस्तु जो किसी भी सौदे की खरीद-बिक्री में रीति-दस्तूर के अनुसार नौकर, कर्मचारी

या किसी भी बीच के व्यक्ति को मिलती है, एक बँधे हुए रिवाज़ के अनुसार।

दस्म—पु. [सं.] यजमान; चोर; खल।

दस्यु—पु. [सं.] डाकू, लुटेरा। **~वृत्ति**—स्त्री. डाकू का पेशा, जीविका रूप में यह कार्य, लुटेरापन।

दह—पु. नदी का वह भाग जहाँ बहुत गहरा पानी हो (कालीदह); हौज।

दहक—स्त्री. आग की लपट, ज्वाला, ताप।

दहकन—स्त्री. दहकने, जलने की क्रिया; तीव्र अग्नि।

दहकना—अ.क्रि. तेज़ी से जलना; आग का तीव्र होना।

दहकाना—स.क्रि. आग को भड़काना, तीव्र करना।

दहड़-दहड़—अ. धधक-धधक कर।

दहन—पु. [सं.] जलना, अग्नि में नष्ट होना (लंका-दहन)।

दहना*—अ.क्रि. जलना, दग्ध होना, भस्म होना; धँसना।

दहनि*—स्त्री. जलने की क्रिया, दग्ध होना।

दहनीय—वि. [सं.] जलने योग्य; जलाये जाने योग्य।

दहनोपल—पु. [सं.] सूर्यकांत मणि; आतशी शीशा।

दहरना*—अ.क्रि. दहलाना।

दहल—स्त्री. थरथराहट; डर से काँपना, हिल जाना।

दहला—पु. ताश का वह पत्ता जिस पर किसी रंग के दस चिह्न बने हुए हों, नहले (नौ वाले) से अगली संख्या का पत्ता।

दहलाना—स.क्रि. थर्राना, डर के मारे काँपना।

दहलीज़—स्त्री. [फ़ा.] घर के प्रवेश द्वार, दरवाज़े की निचली लकड़ी। **ला. ~न झाँकना**—किसी के घर न जाने की प्रतिज्ञा या दृढ़ निश्चय।

दहशत—स्त्री. [फा.] आतंक, भय, डर। **~गर्द**—पु. आतंक फैलाने वाले, आतंकी।

दहा—पु. ताज़िया; मुहर्रम का समय।

दहाई—स्त्री. अंकों की गिनती करते समय दाएँ से दूसरा स्थान, दस का मान या भाव।

दहाड़—पु. शेर या बाघ की गरज, तेज़ आवाज़; बहुत तेज़ आवाज़ के साथ रोना, तीव्र रुदन।

दहाड़ना—अ.क्रि. शेर या बाघ का गरजना, उनकी भयंकर आवाज़; चिल्ला कर रोना या बोलना।

दही—पु. खटाई या जामन डालकर जमाया हुआ दूध का रूप, प्रसिद्ध खाद्य-पदार्थ।

दहेंड़ी—स्त्री. दही रखने का मिट्टी का बरतन, हाँड़ी।

दहेज—पु. विवाह पर कन्या-पक्ष की ओर से वर-पक्ष को दिया जाने वाला सामान, धन।

दहयो*—पु. जला; जल चुका।

दह्य—वि. [सं.] जलने योग्य।

दाँ—पु. दफ़ा, बार, बरी।

दाँ—पु. [फ़ा.] ज्ञाता, जानने वाला (कानूनदाँ)।

दाँग—स्त्री. [फा.] छः रत्ती का तौल, एक माप; किसी वस्तु का छठा भाग।

दांड—वि. [सं.] दंड से संबंधित; दंड स्वरूप।

दांडिक—वि., पु. [सं.] दंड देने वाला।

दांत—वि. [सं.] दंत संबंधी; दमित; शांत; धीर।

दाँत—पु. मुँह के भीतर का एक प्रसिद्ध भाग, जीवों के मुँह में ऊपर-नीचे, जबड़ों में स्थित अस्थि-खंडों का पंक्तिबद्ध रूप। **मु. ~काटी रोटी**—बहुत घनिष्ठ मित्रता। **~खट्टे करना**—परास्त करना, नाक में दम करना, परेशान कर डालना। **~(तों) तले उँगली दबाना**—आश्चर्यचकित रह जाना। **~निकालना, निपोरना**—व्यर्थ में या खिसियानी-सी हँसी हँसना। **~पीसना**—बहुत अधिक क्रोध में होना।

दांतक, दांतिक—वि. [सं.] हाथी दाँत का बना हुआ।

दाँतना—अ.क्रि. पशुओं (बछड़े, आदि) का जवान होना ('दाँत गया है')।

दाँता किटकिट, दाँता किलकिल—स्त्री. तक़रार, तू-तू—मैं-मैं करना।

दांपत्य—पु. [सं.] पति-पत्नी का संबंध; दंपती का; पति-पत्नी संबंधी का।

दाँय—स्त्री. बैलों को खलिहान में गेहूँ, आदि अनाज के सूखे पौधों पर घुमाने का कार्य (अनाज निकालने के लिए)।

दाँयाँ—वि. द्र. 'दाहिना'।

दाँवँ—पु. द्र. 'दावँ'।

दाँवरी—स्त्री. रस्सी, डोरी।

दा—पु. पंजाबी में एक विभक्ति—'का' के अर्थ में प्रयुक्त ('माँ दा लाडला')।

दाईं—वि. स्त्री. दाहिनी (~ओर)।*—स्त्री. बार, बारी, दफ़ा।

दाई—स्त्री. बच्चे को जन्म दिलाने वाली स्त्री; धाय, बच्चों की देखभाल करने वाली सेविका।

दाउ*—स्त्री. दावानल।

दाऊ—पु. [ब्र. भा.] बड़ा भाई; श्रीकृष्ण के बड़े भाई बलराम।

दाऊद—पु. [अ.] ईसाई, मुसलमान और यहूदी धर्म में मान्य एक पैगम्बर।

दाएँ—क्रि.वि. दायें, दाहिने। **~बाएँ**—(क्रि.वि.) इधर-उधर।

दाक्ष—वि. [सं.] दक्ष संबंधी। पु. दक्षिण दिशा।

दाक्षायण—पु. [सं.] एक यज्ञ जिसे दक्ष प्रजापति ने संपन्न किया था। वि. दक्ष गोत्र का।

दाक्षि—पु. [सं.] दक्ष का पुत्र।

दाक्षिण—पु. [सं.] एक यज्ञ, दक्षिणा-संग्रह। वि. दक्षिण दिशा संबंधी; दक्षिणा संबंधी।

दाक्षिणात्य—पु. [सं.] दक्षिण देश का वासी; दक्षिण में ब्राह्मणों की एक उपजाति। वि. दक्षिण देश का; दक्षिणी।

दाक्षिणिक—वि. [सं.] दक्षिणा संबंधी।

दाक्षिण्य—पु. [सं.] अनुकूलता; निपुणता; उदारता। वि. दक्षिणा संबंधी।

दाक्षी—स्त्री. [सं.] दक्ष की पुत्री। **~पुत्र**—पु. पाणिनि।

दाक्ष्य—पु. [सं.] दक्षता, कुशलता, निपुणता।

दाख़—स्त्री. एक प्रसिद्ध मेवा, अंगूर का सूखा रूप—किशमिश, मुनक्का।

दाख़िल—वि. [फा.] प्रविष्ट; भीतर आया हुआ; शामिल। **~ख़ारिज**—पु. सरकारी कागज़ों, दस्तावेज़ों में किसी व्यक्ति का नाम हटा कर दूसरे को मालिकाना हक़ देने का कार्य। **~दफ़्तर**—वि. किसी कार्यालय में किसी कागज़ या फ़ाइल को बिना कोई कार्रवाई के एक ओर रख देना।

दाख़िला—पु. [अ.] प्रवेश; जमा करने का काम; महसूस या चुंगी की रसीद।

दाग—पु. दग्ध, जलाने की क्रिया। **ला. ~लगाना**—मृतक को अग्नि देना।

दाग़—पु. [फा.] धब्बा, रंग आदि से कपड़े पर लग जाने वाला निशान। **ला.** कलंक, दोष। **~दार**—वि. जिस पर दाग़, निशान पड़ गया हो; **ला.** वह जिस पर किसी दोष या अपराध का कलंक लगा हो। **मु. ~लगाना**—कलंकित कर देना।

दागना—स.क्रि. (बंदूक आदि से गोली, आदि) चला देना; जलाना; तपाए हुए लोहे से मनुष्य या पशु के शरीर पर चिह्न लगा देना।

दाग़ी—वि. [फा.] जिस पर दाग़, धब्बा लगा हुआ हो; **ला.** कलंकित; घोषित अपराधी; दंड पाया हुआ है।

दाघ—पु. [सं.] ताप, दाह।

दाजन, दाझन*—स्त्री. धीरे-धीरे, सुलगते हुए जलना, दुःख भोगना ('रात दिना का दाझना-दाझणा—मोपै सहा न जाए'—कबीर)।

दाजना, दाझना*—अ.क्रि. द्र. 'दाजन-दाझन'।

दाडक—पु. [सं.] दाढ़, दाँत।

दाडिंब—पु. [सं.] अनार का पेड़।

दाड़िम—पु. [सं.] अनार; अनार का वृक्ष।

दाढ़—पु. जबड़े के भीतर के बड़े दाँत, दंत-पंक्ति के पिछले भाग में।

दाढ़ा—पु. बड़ा दाँत; समूह; बहुत बड़ी दाढ़ी।

दाढ़ी—स्त्री. ठुड्डी, ठोढ़ी, चिबुक; इस स्थान पर उगे बाल।

दात*—पु. दान; दाता।

दातन—स्त्री. द्र. 'दातुन'-'दातून'।

दातव्य—वि. [सं.] देने योग्य; जो दिया जाना है।

दाता—पु. [सं.] दान देने वाला; देने वाला (सुखदाता)।

दातार—पु. देने वाला; प्रदान करने वाला।

दाति—स्त्री. [सं.] देना।

दाती*—स्त्री. देने वाली, दात्री।

दातुन, दातून—स्त्री. नीम, बबूल, आदि की टहनी, जिससे दाँत साफ़ करते हैं; दाँत साफ़ करने की क्रिया।

दातौन—स्त्री. द्र. 'दातुन', 'दातून'।

दात्री—वि. स्त्री. [सं.] देने वाली; देवी—वरदान देने वाली।

दाद—स्त्री. पसीने से हो जाने वाला एक चर्म रोग, गोल चकत्ता-सा बन कर उस पर बहुत खाज होती है।

दाद—पु. [सं.] दान।

दादरा—पु. एक ताल।

दादस—स्त्री. दादी सास, ददिया सास, पति की दादी।

दादा—पु. बाबा, पिता के पिता, पितामह।

दादी—स्त्री. पिता की माता, पितामही।

दादुर—पु. मेढक।

दादू—पु. 'दादा' का सम्बोधन का एक रूप; दादू पंथ के संस्थापक, एक प्रसिद्ध संत।

दाध*—स्त्री. जलना, ताप।

दाधना*—स.क्रि. जलाना, तपाना, पीड़ा देना।

दाधिक—वि. [सं.] दही से बना हुआ; वह खाद्य पदार्थ जिसमें दही डाला गया हो। पु. दही बेचने वाला।

दाधीच—पु. [सं.] दधीचि के वंश का।

दान—पु. [सं.] देने की क्रिया; धार्मिक दृष्टि या पुण्य-लाभ की दृष्टि से दिया जाने वाला धन या वस्तु; हाथी के गंड-स्थल से निकलने वाला मद-जल। **~पत्र**—पु. वह लेख जिसमें कोई संपत्ति, धन सदैव के लिए दिए जाने की घोषणा हो। **~पात्र**—पु. धार्मिक स्थल, मंदिर, गुरुद्वारा, आदि में दान देने के लिए रखा गया सीलबंद पात्र, बक्सा, आदि।

दान—पु. [फा.] पात्र, बरतन—नमकदान, पीकदान, आदि; जानने वाला—'कद्रदान'।

दानव—पु. [सं.] असुर, राक्षस; कश्यप के पुत्र जो उनकी 'दनु' नाम की पत्नी से उत्पन्न हुए थे, वे देवताओं के शत्रु थे, उनसे विपरीत दुष्ट प्रकृति के कारण ही राक्षस कहलाते थे।

दानवारि—पु. [सं.] दानवों, राक्षसों का संहार करने वाला।

दानवी—वि. राक्षसी, राक्षस का स्त्री.।

दानवेंद्र—पु. [सं.] दानवों का राजा, बलि।

दाना—पु. [फा.] अन्न का एक कण; भोजन; पशुओं के चारे के ऊपर डाला जाने वाला पिसा हुआ मोटा-सा दला हुआ अनाज, अनाज का मोटा-सा आटा।

दाना—वि. [फा.] बुद्धिमान, समझदार।

दानिनी—स्त्री. दान करने वाली स्त्री।

दानिया—वि. द्र. 'दानी'।

दानिश—स्त्री. [फा.] बुद्धि, अक्ल। **~मंद**—वि. बुद्धिमान।

दानी—वि. [सं.] दान करने वाला, दानशील, उदार। पु. दान करने वाला व्यक्ति।

दाप—पु. दर्प, अहंकार, घमंड; क्रोध।

दापना*—स.क्रि. दबाना; रोक देना।

दाफड़—पु. मक्खी-मच्छर के काटने पर त्वचा पर पड़ा लाल-सा निशान।

दाब—पु. दबाने का भाव, दबाव।

दाबना*—स.क्रि. दबा देना, गाड़ देना।

दाबा—पु. पौध बनाने के लिए पेड़ की टहनी को मिट्टी में दबाना, गाड़ देना।

दाभ—पु. डाभ, कुश।

दाम—पु. मूल्य, कीमत, वस्तु के बदले में मिलने वाला रुपया-पैसा।

दाम—पु. [सं.] रस्सी, डोर।

दामन—पु. [फा.] पल्ला, आँचल, ऊपर पहने जाने वाले कपड़े, कुर्ते, आदि का ऊपर का भाग; पहाड़ के नीचे की भूमि।

दामर—पु. डामर, गाढ़ा तारकोल।

दामरि, दामरी*—स्त्री. रस्सी।

दामा—स्त्री. [सं.] रस्सी।

दामाद—पु. जामाता, पुत्री का पति।

दामिनी—स्त्री. [सं.] आकाश में चमकने वाली बिजली, विद्युत।

दामी—वि. कीमती, बहुत अधिक मूल्य का।

दामोदर—पु. [सं.] श्रीकृष्ण; नारायण।

दायँ*—पु. द्र. 'दावँ'। स्त्री. द्र. 'दँवरी'।

दाय—पु. [सं.] देने योग्य धन; वह धन जो उत्तराधिकारियों, अगली पीढ़ियों को दिया जाता है।

दायक—पु. [सं.] देने वाला, दाता।

दायज, दायजा—पु. दहेज, विवाह के समय कन्या-पक्ष की ओर से वर-पक्ष को दिया जाने वाला धन, सामान, आदि।

दायम—अ. [अ.] सदा, उम्र-भर।

दायमुलहब्स—पु. [अ.] आजीवन कारावास।

दायर—वि. [अ.] जो निर्णय के लिए अदालत या अफसर के सामने प्रस्तुत किया गया हो (मुकदमा, 'केस')।

दायरा—पु. [अ.] गोल घेरा, वृत्त; कार्य का अधिकार-क्षेत्र, सीमा।

दायाँ—वि. दाहिना।

दायित—वि. [सं.] दे. ।

दायित्व—पु. [सं.] जिम्मेदारी। **~बोध**—पु. जिम्मेदारी का भाव।

दायी—वि. [सं.] दायक, देने वाला ('सुखदायी')।

दायें—अ. दाहिनी ओर।

दार—वि. [फ़ा.] रखने वाला, जो किसी का स्वामी हो—दुकानदार, किरायेदार, मकानदार, आदि।

दारक—पु. [सं.] बालक; पुत्र। वि. चोट देने वाला, विदारक।

दारचीनी—स्त्री. एक वृक्ष जिसकी छाल मसाले और दवा के रूप में प्रयुक्त।

दारण—पु. [सं.] चीरने की क्रिया; भेदन करना। वि. चीरने या विदीर्ण करने वाला।

दारणी—स्त्री. [सं.] दुर्गा, देवी।

दारद—पु. [सं.] पारा; एक प्रकारा का विष।

दारन*—वि. द्र. 'दारण', 'दारुण'।

दारना*—स.क्रि. चीरना, फाड़ना, नष्ट कर देना।

दारब—वि. [सं.] दारू संबंधी; लकड़ी का।

दार मदार—पु. [फा.] दायित्व, जिम्मेदारी, किसी कार्य को पूरा करने का भार।

दारा—स्त्री. स्त्री, पत्नी, भार्या।

दाराई—स्त्री. [फा.] एक प्रकार का लाल रेशमी कपड़ा।

दाराचार्य—पु. [सं.] अध्यापक।

दारि—स्त्री. [सं.] विदारण, छेदन।

दारिका—स्त्री. [सं.] कन्या, पुत्री।

दारित—वि. [सं.] चीरा हुआ, विदीर्ण किया हुआ।

दारिद*—पु. द्र. 'दारिद्र्य'।

दारिद्र*—पु. द्र. 'दारिद्र्य'।

दारिद्र्य—पु. [सं.] निर्धनता, गरीब।

दारिम*—पु. द्र. 'दाड़िम'।

दारी—स्त्री. [सं.] दरार; एक रोग।

दारी—पु. [सं.] पति; वह पुरुष जिसकी एकाधिक पत्नियाँ हों।

दारु—पु. [सं.] काष्ठ, काठ, पीतल; देवदारु; शिल्पी।

दारुक—पु. [सं.] देवदारु; श्रीकृष्ण के सारथि।

दारुका—स्त्री. [सं.] काठ की मूर्ति; काठ की पुतली, कठपुतली।

दारुण—वि. [सं.] निर्दय; कठोर, कड़ा; उग्र।

दारुण्य—पु. [सं.] कठोरता; निर्दयता।

दारुन*—वि. द्र. 'दारुण'।

दारुमय—वि. [सं.] काठ का; काठ का बना हुआ।

दारुलशफ़ा—पु. [अ.] चिकित्सालय, अस्पताल।

दारुलहुकूमत, दारुस्सल्तनत—पु. [अ.] राजधानी।

दारू—स्त्री. [फा.] शराब; दवा, औषधि ('दवा-दारू')। **~ख़ोर**—पु. शराब पीने वाला।

दारूड़ा—पु. शराब।

दारोग़ा—पु. [फा.] थानेदार, थाने का प्रधान अधिकारी; निगरानी करने वाला ('सफ़ाई दारोगा')।

दारोमदार—पु. [फ़ा.] निर्भरता, किसी काम के पूरा करने की जिम्मेदारी।

दार्दुर—वि. [सं.] मेढक संबंधी।

दार्दुरक—वि. [सं.] मेढक-संबंधी।

दार्दुरिक—वि. [सं.] मेढक-संबंधी।

दार्भ—वि. [सं.] कुश, डाभ का बना हुआ।

दार्व—वि. [सं.] काठ का बना हुआ, काष्ठ-निर्मित।

दार्विका—स्त्री. [सं.] दारू-हल्दी से तैयार किया हुआ—तूतिया।

दार्वी—स्त्री. [सं.] दारू-हल्दी।

दार्श—वि. [सं.] दर्श—अमावस्या के दिन होने वाला, मनाया जाने वाला।

दार्शनिक—पु. [सं.] दर्शन शास्त्र का ज्ञाता; चिंतक। **वि.** दर्शन शास्त्र से संबंधित (दार्शनिक सिद्धांत)।

दाल—स्त्री. दली हुई मूँग, अरहर, उड़द, आदि का रूप जिसे पका कर खाया जाता है; पकाई हुई दाल। **मु. ~गलना**—प्रयोजन सिद्ध होना, काम सिद्ध हो जाना। **~में काला होना**—कुछ सन्देह या आशंका होना। **~रोटी चलना**—गुज़र-बसर होना, निर्वाह हो जाना।

दालचीनी—स्त्री. द्र. 'दारचीनी'।

दालान—पु. घर का बरामदा।

दालिम—पु. [सं.] अनार का पेड़।

दाल्मि—पु. [सं.] इन्द्र।

दावँ—पु. बार, मर्तबा; कार्यसिद्धि का अवसर, मौका, सुयोग; युक्ति; कुश्ती का पैंतरा, पेंच; जुए, गिल्ली-डंडा आदि में आने वाली बारी।

दावँरी—स्त्री. द्र. 'दाँवरी'।

दाव—पु. [सं.] वन, जंगल; वन में लगने वाली अग्नि; दाह, पीड़ा, दुःख।

दावत—स्त्री. [अ.] भोज; भोजन का निमंत्रण; कोई काम करने का निमंत्रण।

दावा*—स्त्री. द्र. 'दावाग्नि'।

दावा—पु. [अ.] अपने अधिकार की रक्षा या किसी अन्याय के विरुद्ध न्यायालय में दिया गया प्रार्थना-पत्र; किसी वस्तु पर अपना अधिकार सिद्ध करने के लिए किया गया निवेदन; किसी बात को जोर देकर उसे सही सिद्ध करना ('दावे से कह सकता हूँ...)।

दावाग्नि—स्त्री. [सं.] वन में लग जाने वाली आग।

दावात—स्त्री. द्र. 'दवात'।

दावानल—पु. [सं.] दावानल, वन में लगने वाली आग।

दावित—वि. [सं.] पीड़ित।

दाश—पु. [सं.] धीवर, मछुआरा, केवट; चाकर, सेवक।

दाशमिक—वि. [सं.] दशम संबंधी, 'दशम का'; जिसका संबंध प्रत्येक दस से हो; दशमलव के अनुसार, दशमलव प्रणाली से।

दाशरथ—वि. [सं.]।

दाशरथि—पु. [सं.] दशरथ के पुत्र राम, भरत, आदि।

दाशरात्रिक—पु. [सं.] दस दिनों में समाप्त होने वाला योग।

दाशेय—पु. [सं.] धीवरों से उत्पन्न संतान।

दाशेयी—स्त्री. [सं.] सत्यवती।

दाश्त—स्त्री. [फा.] परवरिश, भरण-पोषण; रखवाली।

दास—पु. [सं.] सेवक, नौकर, भृत्य; खरीदा हुआ नौकर, गुलाम; बंगाल, असम, ओडिशा, आदि में उपजाति की एक उपाधि।

दासता—स्त्री. [सं.] दास होने का भाव, गुलामी; परतंत्रता।

दासत्व—पु. [सं.] दास-वृत्ति, दासता, परतंत्रता।

दासानुदास—पु. [सं.] दासों का दास; अत्यंत विनम्र सेवक।

दासायन—पु. [सं.] दासी-पुत्र।

दासिका—स्त्री. [सं.] द्र. 'दासी'।

दासी—स्त्री. [सं.] सेविका, दास की स्त्री।

दासेय—पु. [सं.] दासी का पुत्र, दास।

दासेर, दासेरक—पु. [सं.] दासी का पुत्र।

दास्तां, दास्तान—स्त्री. [फा.] कहानी, वृत्तांत, सुदीर्घ विवरण।

दास्य—पु. [सं.] नवधा भक्ति का एक भेद—दास्य भक्ति।

दाह—पु. [सं.] जलन, ताप; जलाना; मुर्दे को जलाना। **~कर्म**—पु. मृतक का दाह-संस्कार; जलाने की क्रिया, विधि-विधान सहित। **~क्रिया**—स्त्री. दाह कर्म।

दाहक—पु. [सं.] अग्नि। वि. जलाने वाला, तप्त करने वाला।

दाहन—पु. [सं.] जलाने या जलवाने का काम; जलाना या जलवाना; गरम लोहे से जलाना, दगवाना।

दाहिना—वि. दाहिने हाथ की ओर पड़ने वाला, बायें का उलटा।

दाहिने—अ. दाहिने, सीधे हाथ की ओर। **मु. ~होना**—अनुकूल होना।

दाह्य—वि. [सं.] जलाने योग्य; जल जाने वाला।

दिंक—पु. [सं.] जूँ आदि का अंडा।

दिंडिर—पु. [सं.] एक प्राचीन बाजा।

दिअना—पु. द्र. 'दीया'।

दिअली—स्त्री. छोटा दीप।

दिआ—पु. द्र. 'दीया'।

दिउला—पु., **दिउली**—स्त्री. छोटा दीप, दीया।

दिक़—पु. [अ.] एक बीमारी, तपेदिक। वि. तंग आना, परेशान।

दिकदाह*—पु. द्र. 'दिग्दाह'।

दिक्—स्त्री. [सं.] दिशा, ओर। **~कन्या**—स्त्री. दिशा रूपी कन्या। **~कुंजर**—दिग्गज, दिशाओं के हाथी, दिशाओं को

धारण करने वाले गज, हाथी। **~पति**—पु. आठ ग्रह जो आठ दिशाओं के स्वामी माने जाते हैं; दसों दिशाओं के पति, स्वामी। **~पाल**—पु. दस दिशाओं के रक्षक, स्वामी जो इस प्रकार माने गए हैं—पूर्व के इन्द्र, अग्निकोण के अग्नि, दक्षिण के यम, नैऋत्य कोण के नैऋत्य, पश्चिम के वरुण, वायुकोण के मरुत, उत्तर के कुबेर, ईशानकोण के ईश, ऊर्ध्व दिशा के ब्रह्मा तथा अधोदिशा के अनंत। **~शूल**—पु. वह मुहूर्त जिसमें किसी विशेष दिशा में जाना अशुभ माना जाता है।

दिक़्क़त—स्त्री. [अ.] कठिनाई, परेशानी, तंगी। **~तलब**—वि. कठिनाई से होने वाला, जिसमें कठिनाइयाँ होंगी।

दिखना—अ.क्रि. दिखाई देना।

दिखलवाई—स्त्री. दिखलाने का काम; दिखाने के बदले में मिलने वाली वस्तु या राशि।

दिखलवाना—स.क्रि. देखने का काम कराना, दूसरों को देखने में प्रवृत्त करना।

दिखलाई—द्र. 'दिखलवाई'; प्रदर्शित करना, प्रदर्शन।

दिखलाना—स.क्रि. देखने का काम कराना, दूसरों को देखने में लगाना, प्रवृत्त करना; प्रदर्शित करना; अतिरिक्त रूप से ज़ाहिर करना, प्रकट करना ('वह दिखा रहा है कि उसके पास बहुत धन है')।

दिखाई—स्त्री. दिखाने की क्रिया या भाव; दिखाने के लिए दी जाने वाली वस्तु या राशि।

दिखाना—स.क्रि. द्र. 'दिखलाना'।

दिखावटी—वि. जो ऊपर-ऊपर से अच्छा लगे, उसमें वास्तविक गुणवत्ता न हो।

दिखावा—पु. आडंबर, ढोंग, व्यर्थ का ताम-झाम।

दिखैया*—पु. दिखाने वाला।

दिखौआ, दिखौवा—वि. दिखावटी, कृत्रिम, बनावटी।

दिग्—'दिक्' का समास में प्रयुक्त रूप। **~अंत**—पु. दिशा का अंत, छोर। **~अंतर**—पु. दो दिशाओं के बीच का अंतराल। **~अंबर**—पु. दिशाएँ ही जिसका अम्बर-वस्त्र हों, शिव; जैन मत में एक संप्रदाय। **~गज**—पु. दिशाओं को सँभालने वाले हाथी। **~दर्शन**—पु. सामान्य परिचय, सामान्य ज्ञान। **~दाह**—पु. जिसमें असमय में दिशाओं में लालिमा-सी छा जाती है, मानो दिशाएँ जल रही हों। **~विजय**—स्त्री. किसी राजा द्वारा समस्त दिशाओं के राजाओं को विजित कर लेना।

दिग्दर्शक—वि. [सं.] पथ-प्रदर्शक (गाइड), दिशाओं का ज्ञान कराने वाला यंत्र—कुतुबनुमा।

दिग्दिगंत—पु. [सं.] समस्त दिशाओं में; समस्त दिशाओं के छोर तक, सर्वत्र।

दिग्ध—वि. [सं.] विष में बुझा हुआ; गंदा किया हुआ।

दिग्भ्रमित—वि. [सं.] दिशाभ्रम में पड़ा हुआ; जो करणीय का विवेक न कर सके।

दिग्भ्रांत—पु. [सं.] जिसे दिशा भ्रम हुआ हो; जो कर्तव्य या करणीय का निर्णय न कर सके।

दिग्मंडल—पु. [सं.] दिशाओं का समूह।

दिङ्—'दिक्' का समास में प्रयुक्त रूप।

दिगर—वि. [फा.] द्र. 'दीगर'।

दिच्छा*—स्त्री. द्र. 'दीक्षा'।

दिच्छित, दिछित*—वि. द्र. 'दीक्षित'।

दिजराज*—पु. द्र. 'द्विजराज'।

दिजोत्तम*—पु. द्र. 'द्विजोत्तम'।

दिठवन*—स्त्री. द्र. 'देवोत्थान' (एकादशी)।

दिठौना—पु. बच्चों को बुरी नज़र से बचाने के लिए लगाया जाने वाला काजल का टीका—प्राय: भाल के कोने पर अथवा कान के पीछे लगाया जाता है।

दिढ़*—वि. द्र. 'दृढ़'।

दिढ़ता*—स्त्री. द्र. 'दृढ़ता'।

दिढ़ाई*—स्त्री. द्र. 'दृढ़ता'।

दिति—स्त्री. [सं.] दैत्यों की माता जो दक्ष प्रजापति की कन्या, कश्यप की पत्नी। **~ज, ~तनय, ~पुत्र, ~सुत**—पु. असुर, दैत्य, राक्षस।

दित्य—पु. [सं.] असुर, दैत्य, राक्षस।

दित्सा—स्त्री. [सं.] देने या दान करने की इच्छा।

दित्सु—वि. [सं.] जिसे देने या दान करने की इच्छा हो।

दित्स्य—वि. [सं.] जिस वस्तु या पदार्थ को दान कर देने की इच्छा हो।

दिदृक्षा—स्त्री. [सं.] देखने की इच्छा।

दिदृक्षु—वि. [सं.] देखने का इच्छुक।

दिद्यु—पु. [सं.] आकाश।

दिधि—स्त्री. [सं.] दृढ़ता, स्थिरता।

दिधिषु—पु. [सं.] पति।

दिधिषू, दिधीषू—स्त्री. [सं.] वह स्त्री जिसके दो विवाह हुए हों।

दिन—पु. [सं.] सूर्य उदित होने से अस्त होने तक का समय, चौबीस घंटे या आठ पहर का समय; समय, काल, वक्त; नियत दिन या समय, (शुभ दिन, त्योहार का दिन, छुट्टी का दिन); सप्ताह के सात दिनों में से कोई सा दिन ('आज कौन-सा दिन है')। **~कर**—पु. सूर्य। **~रात**—अ. सदैव, दिन के सभी समय, चौबीस घंटे। **मु. ~कटना**—किसी तरह दिन बीतना। **~काटना**—किसी तरह दिन बिताना (ऊब)। **~को तारे नज़र आना**—सिट्टी-पिट्टी गुम होना, कोई सम्बल दिखाई न देना। **~को रात कहना**—(स्वामी या अधिकारी, आदि के निर्देश से) सही को ग़लत

कहना। **~गिनना**—प्रतीक्षा करना; मुश्किल से समय बिताना। **~चढ़ना**—सूर्योदय के बाद काफ़ी समय हो जाना; गर्भ ठहर जाना। **~दहाड़े**—खूब प्रकाश होते हुए, पूरा दिन जब प्रकाश की स्थिति में हो (कोई अपराध घटित होना)। **~दूना, रात चौगुना बढ़ना**—खूब तेज़ी से आर्थिक समृद्धि प्राप्त करना। **~फिरना**—अच्छे दिन, सुख का समय आ जाना।

दिनांक—पु. [सं.] तारीख़, तिथि।

दिनांकित—वि. [सं.] जो तारीख़ लिखी हुई हो, अंकित की गई हुई हो।

दिनांड—पु. [सं.] अंधकार।

दिनांत—पु. [सं.] संध्या, शाम।

दिनांतक—पु. [सं.] अंधकार।

दिनांध—वि. [सं.] जिसे दिन में दिखाई न देता हो। पु. उल्लू पक्षी।

दिनागम—पु. [सं.] प्रातःकाल, सवेरा।

दिनाती—स्त्री. मज़दूरों की एक दिन की मज़दूरी।

दिनातीत—वि. [सं.] जिसके दिन बीत गये हों।

दिनात्यय—पु. [सं.] सूर्यास्त।

दिनादि—पु. [सं.] प्रातःकाल, सवेरा।

दिनाधीश—पु. [सं.] सूर्य।

दिनानुदिन—क्रि.वि. प्रति दिन, नित्य प्रति।

दिनार*—पु. द्र. 'दीनार'।

दिनार्द्ध—पु. [सं.] मध्याह्न, दोपहर।

दिनास्त—पु. [सं.] सूर्यास्त।

दिनी—वि. पुराना, बहुत दिनों का।

दिनेश—पु. [सं.] सूर्य; दिन के स्वामी ग्रह; आक, मदार (पौधा)।

दिनेशात्मज—पु. [सं.] शनि, यम, कर्ण।

दिनेशात्मजा—स्त्री. [सं.] यमुना, तापती।

दिनेश्वर—पु. [सं.] सूर्य, दिन के स्वामी ग्रह।

दिनेस*—पु. द्र. 'दिनेश'।

दिनोंदिन—क्रि.वि. दिन-प्रति-दिन।

दिनौंधी—स्त्री. एक रोग जिसमें सूर्य के प्रकाश में बहुत कम दिखाई देता है।

दिपना*—अ.क्रि. चमकना, देदीप्यमान होना।

दिपाना*—अ.क्रि. चमकना। स.क्रि. चमकाना।

दिमाक*—पु. द्र. 'दिमाग़'।

दिमाग़—पु. [अ.] बुद्धि, समझ; मस्तिष्क, भेजा; अभिमान। **~दार**—वि. अच्छी समझ या बुद्धि वाला। **मु. ~आसमान पर होना**—बहुत घमंड, अभिमान होना। **~खाली कर देना**—समझा-समझा कर थक जाना। **~में ख़लल होना**—मस्तिष्क में कोई फ़ितूर उठना, व्यर्थ की समस्या उठना। **~सातवें आसमान पर होना**—बहुत अधिक घमंड, अभिमान होना।

दिमाग़ी—वि. दिमाग़ से संबंधित; दिमाग़ का।

दिया—पु. दीपक। **~बत्ती**—स्त्री. संध्या समय पूजा भाव से दीप प्रज्वलित करना।

दियानत—स्त्री. द्र. 'दयानत'।

दियारा—पु. कछार, प्रदेश, अंचल।

दियासा*—पु. मृग-तृष्णा।

दिरम—पु. [फा.] मिस्र में प्रचलित चाँदी का एक सिक्का।

दिरमानी*—पु. चिकित्सक, वैद्य। स्त्री. चिकित्सा शास्त्र।

दिरहम—पु. द्र. 'दिरम'।

दिरानी*—स्त्री. देवरानी।

दिरिस*—पु. द्र. 'दृश्य'।

दिल—पु. [फा.] हृदय, दिल, चित्त, मन; हिम्मत, हौसला। **~कश**—वि. मन को खींचने वाला, चित्ताकर्षक। **~कुशा**—वि. चित्त, मन को प्रसन्न करने वाला। **~कुशाई**—स्त्री. चित्त को प्रसन्न करने वाला। **~कुशी**—स्त्री. मन को प्रसन्न करने वाला। **~ख़ुश**—वि. मन को प्रसन्न करने वाला। **~गीर**—वि. शोकग्रस्त, उदास। **~गीरी**—स्त्री. उदासी, दुःख। **~चस्प**—वि. जिसमें मन लगे, रुचिकर। **~चस्पी**—स्त्री. चाव, शौक। **~जला**—वि. दुखी। **~जोई**—स्त्री. हिम्मत बँधाना, ढाढ़स देना। **~दरिया**—वि. द्र. 'दरियादिल'। **~दार**—वि. जिससे प्रेम किया जाए, प्रेम पात्र। **~रुबा**—वि. मन को लुभाने वाला, प्यारा, प्रेम-पात्र। **~रुबाई**—स्त्री. मन को लुभाना। **मु. ~बैठा जाना**—व्याकुल होना, घबराना। **~भर आना**—किसी के दुःख से द्रवित होना। **~में आना**—इच्छा होना, विचार आना।

दिलवाना—स.क्रि. द्र. 'दिलाना'।

दिलवैया—पु. दिलाने वाला।

दिलाना—स.क्रि. देने का काम कराना, देने में दूसरों को प्रवृत्त करना।

दिलावर—वि. [फा.] साहसी; बहादुर, दिलेर।

दिलावरी—स्त्री. [फा.] बहादुरी, शौर्य।

दिलासा—पु. धीरज (देना), सांत्वना; आश्वासन।

दिली—वि. हार्दिक।

दिलीप—पु. [सं.] इक्ष्वाकु वंश के एक प्रसिद्ध राजा, इन्होंने नंदिनी की सेवा कर उसके वरदान से पुत्र प्राप्त किया था।

दिलेर—वि. [फा.] साहसी, बहादुर।

दिलेरी—स्त्री. साहस, बहादुरी।

दिलोजान—पु. तन-मन।

दिलोदिमाग़—पु. [अ.] मन-बुद्धि।

दिल्लगी—स्त्री. मज़ाक, हँसी, परिहास।

दिल्ला—पु. किवाड़ के पल्लों में सजावट के लिए लगे लकड़ी के चौकोर टुकड़े।

दिल्ली—स्त्री. उत्तर भारत में एक प्रसिद्ध नगर, भारत की राजधानी।

दिवंगत—वि. [सं.] स्वर्गीय, जिसका निधन हो गया हो।

दिवंगम—वि. [सं.] स्वर्गगामी।

दिव—पु. [सं.] दिन; स्वर्ग; वन।

दिवस—पु. [सं.] दिन, रोज़, वार।

दिवसांतर—वि. [सं.] जो केवल एक दिन का हो; एक दिन के बाद का समय।

दिवसीय—वि. [सं.] दिन का (त्रिदिवसीय)।

दिवसेश, दिवसेश्वर—पु. [सं.] सूर्य।

दिवस्पति—पु. [सं.] इन्द्र।

दिवांध—पु. [सं.] जिसे दिन में दिखाई न दे।

दिवा—पु. [सं.] दिन, दिवस; एक वर्ण वृत्त। **~कर**—पु. सूर्य; मदार। **~स्वप्न**—पु. हवाई किले बनाना, असंभव की कल्पना।

दिवाटन—पु. [सं.] कौआ।

दिवातन—वि. [सं.] दिन संबंधी।

दिवान—पु. द्र. 'दीवान'।

दिवाना*—वि. द्र. 'दीवाना'।

दिवानी—स्त्री. द्र. 'दीवानी'।

दिवाभिसारिका—स्त्री. [सं.] वह नायिका जो दिन में अभिसार करती हो; प्रेमी से मिलने जाती है।

दिवार*—स्त्री. द्र. 'दीवार'।

दिवारी*—स्त्री. द्र. 'दीवाली'।

दिवाल—स्त्री. द्र. 'दीवार'।

दिवाला—पु. आर्थिक संकट की वह अवस्था जिसमें कोई व्यक्ति अथवा संस्था अपना ऋण न चुका पाये। **मु. ~निकलना**—पूरा आर्थिक संकट जिसमें किसी भी प्रकार की देनदारी देने की क्षमता न बचे।

दिवालिया—वि. जिसका दिवाला निकल गया हो, ऋण न चुका पाने की स्थिति, जिसके पास कुछ भी न बचा रह सका हो।

दिवालियापन—पु. दिवाला निकल जाना।

दिवाली—स्त्री. द्र. 'दीवाली'।

दिवि—पु. [सं.] नीलकंठ नामक एक पक्षी।

दिविज—पु. [सं.] देवता।

दिविता—स्त्री. [सं.] प्रभा, दीप्ति, आभा।

दिविष्ठ—पु. [सं.] देवता।

दिविस्थ—पु. देवता।

दिवैया—पु. देने वाला।

दिवोदास—पु. [सं.] काशी के एक राजा (महाभारतीय कथा में उल्लेख)।

दिवोद्‌भवा—स्त्री. [सं.] इलायची।

दिवोल्का—स्त्री. [सं.] दिन में गिरने वाला उल्का।

दिवौका—पु. [सं.] देवता, स्वर्ग में रहने वाला।

दिव्य—वि. [सं.] अलौकिक; लोकातीत; स्वर्ग-संबंधी। **~दृष्टि**—स्त्री. सूक्ष्म दृष्टि, वह दृष्टि जिसमें सब कुछ—भूत-भविष्य देखने की क्षमता हो; ज्ञान-दृष्टि।

दिव्यक—पु. [सं.] सर्प विशेष; एक जंतु।

दिव्यांगना—स्त्री. [सं.] अप्सरा, देव-स्त्री।

दिव्यांशु—पु. [सं.] सूर्य।

दिव्या—स्त्री. [सं.] अलौकिक स्त्री; देवी; देव-पत्नी।

दिव्यादिव्य—पु. [सं.] लोकोत्तर गुणों से युक्त नायक।

दिव्यादिव्या—स्त्री. [सं.] वह नायिका जो लोकोत्तर गुणों से युक्त हो।

दिव्यासन—पु. [सं.] अलौकिक आसन।

दिव्यास्त्र—पु. [सं.] देवों द्वारा प्रयुक्त अस्त्र; वह अस्त्र जो देव द्वारा प्रदान किया गया हो।

दिव्येलक—पु. [सं.] सर्पों का एक भेद।

दिव्योदक—पु. [सं.] वर्षा का जल।

दिव्यौषधि—स्त्री. [सं.] अलौकिक गुणों से युक्त औषधि।

दिश्—स्त्री. [सं.] दिशा, दिक्।

दिशा—स्त्री. [सं.] ओर, तरफ; दस दिशाएँ। **~शूल**—पु. द्र. 'दिक्-शूल'।

दिशावकाश—पु. [सं.] दो दिशाओं के बीच का भाग।

दिशेम—पु. [सं.] दिग्गज, दिशा विशेष को धारण करने वाला हाथी।

दिष्टि—स्त्री. [सं.] भाग्य; सौभाग्य; हर्ष; उपदेश; उत्सव।

दिष्णु—वि. [सं.] देने वाला, दाता।

दिसंतर*—पु. देशांतर; विदेश।

दिसंबर—पु. [अं.] अंग्रेज़ी साल का अंतिम माह, इस शब्द का उद्‌भव लैटिन शब्द 'दिसेम'—जिसका अर्थ दस है (वर्ष का दसवाँ महीना—पहले दस मास ही कैलेंडर में थे)।

दिसा*—स्त्री. द्र. 'दिशा'। **ला. ~मैदान जाना**—शौच के लिए खेत आदि में जाना।

दिसावर—पु. परदेश, अन्य देश।

दिसावरी—वि. बाहर या दूसरे देश से लाया हुआ या आया हुआ; दूसरी जगह का, बाहरी।

दिसि*—स्त्री. द्र. 'दिशा'।

दिस्टि*—स्त्री. द्र. 'दृष्टि'।

दिहरा*—पु. देवस्थान, मंदिर।

दिहली*—स्त्री. द्र. 'दहलीज़'।

दिहाड़ा—पु. दिहाड़ी; दिन; दिवस।

दिहाड़ी—स्त्री. दैनिक मज़दूरी; मज़दूरों के प्रतिदिन काम का निर्धारित समय (यथा—आठ घंटे की एक दिहाड़ी)।

दिहात—स्त्री. द्र. 'देहात'।

दिहाती—वि. द्र. 'देहाती'।

दीअट*—स्त्री. द्र. 'दीवट'।

दीआ—पु. द्र. 'दीया'।

दीक्षक—पु. [सं.] दीक्षा देने वाला, गुरु; मंत्रोपदेष्टा।

दीक्षण—पु. [सं.] दीक्षा देने की क्रिया; यज्ञ समाप्त होने पर उसकी त्रुटियों के परिहार के लिए आयोजित यज्ञ।

दीक्षांत—पु. [सं.] शिक्षा के अंत में दीक्षा के लिए आयोजित (उत्सव, 'कनवोकेशन')।

दीक्षांत भाषण—पु. [सं.] दीक्षा के समय दिया जाने वाला भाषण ('कनवोकेशन एड्रेस')।

दीक्षा—स्त्री. [सं.] शिक्षा के वाद, स्नातक हो जाने पर, गुरु द्वारा दिया जाने वाला उपदेश; उपनयन संस्कार। **~गुरु**—पु. दीक्षा प्रदान करने वाला गुरु।

दीक्षित—वि. [सं.] जिसे दीक्षा दी गई हो या जिसने गुरु से दीक्षा ली हो।

दीखना—अ.क्रि. दिखाई देना।

दीच्छा*—स्त्री. द्र. 'दीक्षा'।

दीठ—स्त्री. द्र. दृष्टि; बुरी दृष्टि; नज़र लगना।

दीठना*—स.क्रि. देखना।

दीठवंत—वि. [सं.] देखने वाला; दिव्य दृष्टि वाला।

दीठि*—स्त्री. दृष्टि।

दीद—वि. [फा.] देखा हुआ।

दीदा—पु. [फा.] आँख, दृष्टि, निगाह। **मु. ~न लगना**—किसी काम में मन न लगना (लांछन के रूप में)।

दीदार—पु. [फा.] दर्शन, साक्षात्कार।

दीदी—स्त्री. बड़ी बहन के लिए प्रयुक्त सम्बोधन।

दीधिति—स्त्री. [सं.] किरण; उँगली।

दीन—वि. [सं.] ग़रीब, दरिद्र; दयनीय दशा में पड़ा हुआ; करुण; दुःखपूर्ण। **~दयाल**—वि. पु. द्र. 'दीनदयालु'। **~दयालु**—वि. दीनों पर दया करने वाला। **~बंधु**—वि. दीनों का सहायक, रक्षक। **~वत्सल**—वि. दीनों पर करुणा करने वाला, उनका सहायक।

दीन—पु. [अ.] धर्म, मज़हब, पंथ। **~ए-इलाही**—पु. अकबर द्वारा चलाया हुआ एक धर्ममत, जिसमें सर्वधर्म-समता पर बल, अधिक समय तक नहीं चल पाया। **~दुनिया**—स्त्री. लोक तथा परलोक, **ला.** सामाजिक रीति-नीति।

दीनक—वि. [सं.] दीन, दुःखित।

दीनता—स्त्री. [सं.] दरिद्रता, ग़रीबी; विपन्नता।

दीनताई*—स्त्री. दीनता।

दीनानाथ—पु. प्रभु, परमात्मा के लिए एक सम्बोधन; उनका एक गुण; दीनों, दुःखियों के स्वामी।

दीनार—पु. [सं.] कुछ देशों में प्रचलित सोने का एक सिक्का।

दीपंकर—पु. [सं.] भगवान बुद्ध का एक अवतार; उनके लिए प्रयुक्त एक सम्बोधन।

दीप—दीपक, दीया, चिराग। **~दान**—पु. मृतक के लिए श्रद्धांजलि स्वरूप जल में प्रवाहित किया जाने वाला दीपक।

दीपक—पु. [सं.] दीया, चिराग; एक मात्रिक छंद; अर्थालंकार का एक भेद, जिसमें उपमेय और उपमान का एक ही धर्म कहा जाए; एक राग; एक ताल।

दीपकावृत्ति—स्त्री. [सं.] दीपक अलंकार का एक भेद, इसमें एक ही क्रियापद भिन्न-भिन्न अर्थों में कई बार आये या एक ही अर्थ के विभिन्न क्रियापदों का प्रयोग हो।

दीपत, दीपति*—स्त्री. चमक; शोभा, दीप्ति।

दीपन—पु. [सं.] आलोकित करना, दीप्त करना; प्रज्वलित करना; उत्तेजित करना; भूख तेज करना; मन में आवेग उत्पन्न करना।

दीपना*—अ.क्रि. दीप्त, प्रकाशित होना; चमकना। स.क्रि. चमकाना; प्रदीप्त करना।

दीपनी—स्त्री. [सं.] मेथी; अजवायन।

दीपनीय—वि. [सं.] दीप्त करने योग्य; उत्तेजित करने योग्य।

दीपांकुर—पु. [सं.] दीपक की लौ।

दीपाग्नि—स्त्री. [सं.] दीप की आँच, दीप से प्रज्वलित अग्नि, ज्योति।

दीपाधार—पु. [सं.] दीवट, दीपक रखने का स्थान, पीतल आदि का बना दीपक रखने का दंड-सा जिस पर एकाधिक दीपों के रखने के स्थान सज्जापूर्वक बने होते हैं।

दीपान्विता—स्त्री. [सं.] कार्तिक मास की दीपावली वाली अमावस्या।

दीपाराधन—पु. [सं.] दीपक द्वारा पूजन।

दीपालंकार—पु. [सं.] दीपक अलंकार, द्र. 'दीपक' के अन्तर्गत।

दीपालि, दीपाली—स्त्री. [सं.] दिवाली (दीवाली), दीपावली।

दीपावती—स्त्री. [सं.] एक रागिनी।

दीपावलि, दीपावली—स्त्री. [सं.] दीवाली (दिवाली), कार्तिक मास में अमावस्या को पड़ने वाला हिंदुओं का एक प्रसिद्ध त्योहार, प्रकाश-पर्व।

दीपिका—स्त्री. [सं.] छोटा दीपक, एक रागिनी; चाँदनी।

दीपित—वि. [सं.] दीप्त; शोभित; प्रज्वलित।

दीपोत्सव—पु. [सं.] दीवाली, दीपावली, प्रकाश-पर्व।

दीप्त—वि. [सं.] द्र. 'दीपित'। पु. सुवर्ण, सोना।

दीप्तक—पु. [सं.] सोना, स्वर्ण; आभा देने वाला।

दीप्तांग—पु. [सं.] भोर।

दीप्तांशु—पु. [सं.] सूर्य।

दीप्ता—वि. स्त्री. [सं.] द्युतियुक्त, प्रभामयी; चमक वाली।

दीप्ताक्ष—पु. [सं.] बिलाव (बिल्ली का नर, पु.)।

दीप्ताग्नि—पु. [सं.] अगस्त्य ऋषि। स्त्री. प्रज्वलित या धधकती अग्नि। वि. जिसकी जठराग्नि प्रदीप्त हो।

दीप्ति—स्त्री. [सं.] कांति, शोभा; प्रभा, द्युति, चमक; छवि।

दीप्तिमान—वि. [सं.] प्रभायुक्त, द्युतियुक्त, कीर्तियुक्त।

दीप्तोपल—पु. [सं.] सूर्यकांत मणि।

दीप्य—वि. [सं.] जिसे प्रज्वलित किया जाना हो; प्रज्वलित करने योग्य।

दीप्यमान—वि. [सं.] प्रकाशमान, चमकता हुआ।

दीप्या—स्त्री. [सं.] खजूर (फल); पिंडखजूर।

दीमक—स्त्री. एक सफेद रंग का चींटी जैसा छोटा कीट जो कागज़, लकड़ी, आदि में लग कर उन्हें नष्ट कर देता है।

दीयट—स्त्री. द्र. 'दीवट'।

दीया—पु. दीपक, मिट्टी का बना छोटा कटोरी जैसा पात्र, जिसमें तेल-घी भर कर बत्ती रख कर जलाते हैं। **~बत्ती**—स्त्री. संध्या होने पर धार्मिक भाव से पूजा-दीप प्रज्वलित करना। **ला. ~ठंडा करना**—दीपक को बुझा देना। **~दिखाना**—पथ आलोकित करना, मार्ग निर्देश करना। **~लेकर खोजने पर भी न मिलना**—बहुत यत्न करने पर भी ऐसा व्यक्ति न मिलना।

दीरघ*—वि. द्र. 'दीर्घ'।

दीर्घ—वि. [सं.] विस्तृत; लंबा; बड़ा, ऊँचा; गुरु ('लघु' का विपरीत), बड़ी मात्रा (ई, ऊ, आदि की)। **~जीवी**—वि. जो बहुत दिनों तक जीवित रहे। **~तपा**—वि. जिसने दीर्घ काल तक तपस्या की हो। **~तरु**—पु. ताड़ का पेड़; लंबा पेड़।

दीर्घकाय—वि. [सं.] बहुत बड़े आकार का, शरीर का; बहुत बड़ा।

दीर्घसूत्री—वि. पु. प्रत्येक काम में बहुत समय लगानें वाला।

दीर्घा—स्त्री. आने-जाने के लिए लम्बा और ऊपर से छाया हुआ मार्ग, वीथि; किसी भवन के ऊपर, प्रायः प्रथम तल पर बना दर्शकों के बैठने का स्थान (दर्शक-दीर्घा)।

दीर्घायु—वि. [सं.] दीर्घ जीवी, लंबे समय तक जीवित रहने वाला।

दीर्घायुध—पु. [सं.] भाला। वि. जो बड़ा अस्त्र धारण करता हो।

दीर्घालर्क—पु. [सं.]।

दीर्घावकाश—पु. [सं.] लंबी छुट्टी; समय का बड़ा अंतराल।

दीर्घावधि—स्त्री. [सं.] लंबी अवधि। वि. लम्बी अवधि वाला।

दीर्घास्य—पु. [सं.] हाथी। वि. जिसका मुँह बड़ा हो।

दीर्घिका—स्त्री. [सं.] एक तरह का जलाशय, वापी; बड़ी नाव।

दीर्घीकरण—पु. [सं.] विस्तार देना, विस्तारीकरण।

दीर्घेर्वारु—पु. [सं.] ककड़ी का एक प्रकार।

दीर्घोच्चारण—पु. [सं.] वर्ण को लंबा करके उच्चरित करना।

दीर्ण—वि. [सं.] फटा हुआ, विदारित।

दीवँक—स्त्री. द्र. 'दीमक'।

दीवट—स्त्री. दीपाधार, दीवट।

दीवा*—पु. द्र. 'दीया'।

दीवान—पु. [फा.] शाही दरबार या अदालत, राजसभा; राज्य का प्रधानमंत्री; किसी शायर की सब गज़लों का संग्रह। **~ए-आम**—पु. वह दरबार जिसमें सामान्य लोग, सर्वसाधारण भी राजा के सामने जा सकते हैं। **~ख़ास**—पु. वह स्थान जहाँ राजा, बादशाह अपने मंत्रियों या ख़ास लोगों के साथ सभा करता है।

दीवानगी—स्त्री. [फा.] द्र. 'दीवानापन'।

दीवाना—वि. [फा.] पागल, विक्षिप्त, सनकी; मुग्ध प्रेमी जो किसी के प्रेम में पागल जैसा हो जाए।

दीवानी—स्त्री. [फा.] वह अदालत जिसमें वित्तीय मामलों का निर्णय होता है; दीवान का पद या कार्य।

दीवार—स्त्री. [फा.] मिट्टी, ईंट आदि का बनाया परदा-सा, जिससे कोई स्थान घेर कर कमरा, मकान, आदि बनाते हैं, भीत; किसी वस्तु का ऊपर उठा हुआ घेरा, जिससे कोई स्थान घेर लिया जाए।

दीवाल—स्त्री. [फा.] द्र. 'दीवार'।

दीवाली—स्त्री. कार्त्तिक मास की अमावस्या को मनाया जाने वाला हिंदुओं का एक प्रसिद्ध त्योहार—दीपावली, प्रकाश पर्व जिसमें दीप, मोमबत्तियों आदि से रोशनी कर लक्ष्मी-पूजन होता है।

दीसना*—अ.क्रि. दिखाई देना, दृष्टिगत होना।

दीह*—वि. दीर्घ; लंबा; बड़ा।

दुंद*—पु. द्वन्द्व का अपभ्रंश रूप; दो व्यक्तियों का युद्ध; कलह; ऊधम (मचाना), उत्पात; नगाड़ा, डंका।

दुंदभ*—पु. [सं.] जन्म-मरण का क्लेश।

दुंदम—पु. [सं.] एक नगाड़े जैसा वाद्य।

दुंदुभ—पु. [सं.] डंका, दुंदुभि; पानी का साँप।

दुंदुभा—स्त्री. [सं.] नगाड़े की ध्वनि।

दुंदुभि—स्त्री. [सं.] डंका, नगाड़ा, धौंसा।

दुंदुभिक—पु. [सं.] एक ज़हरीला कीड़ा।

दुंदुभी—स्त्री. द्र. 'दुंदुभि'।

दुंदुभ्याघात—पु. [सं.] नगाड़ा, दुंदुभि बजाने वाला।

दुंबा—पु. एक प्रकार का मेढ़ा (भेड़ का पु.) जिसकी पूँछ मोटी और चौड़ी-सी होती है।

दुःख—पु. [सं.] कष्ट, पीड़ा, क्लेश। **~कर**—वि. कष्टप्रद, दुःख पहुँचाने वाला। **~द**—वि. दुःख, पीड़ादायक। **~दग्ध**—वि. दुःख, कष्ट में ग्रसित। **~दायक, ~दायी**—वि. दुःख देने वाला, जिससे दुःख, कष्ट पहुँचे।

दुःखमय—वि. [सं.] दुःखपूर्ण, दुःखों से भरा हुआ।

दुःखांत—वि. [सं.] जिसका अंत दुःखपूर्ण हो। पु. वह नाटक जिसका अंत दुःखपूर्ण हो।

दुःखातीत—वि. [सं.] कष्ट से मुक्त; कष्टों से परे।

दुःखार्त—वि. [सं.] दुःख से भरा हुआ, कष्ट में पड़ा हुआ; अत्यंत दुखी।

दुःखित—वि. [सं.] वह जिसे कष्ट हो; जिसे दुःख पहुँचा हो।

दुःखिनी—वि. स्त्री. [सं.] वह स्त्री जिस पर दुःख या विपत्ति पड़ी हो, दुःख में पड़ी हुई हो।

दुखी—वि. [सं.] जिसे दुःख, कष्ट हो।

दुःशकुन—पु. [सं.] बुरा शकुन, अनिष्ट फल सूचक अशुभ लक्षण।

दुःशला—स्त्री. [सं.] महाभारतीय कथा में धृतराष्ट्र की एक मात्र पुत्री, जिसका पति जयद्रथ था।

दुःशासन—पु. [सं.] दुर्योधन का एक छोटा भाई, जिसने द्रौपदी का चीर-हरण किया था। वि. जिस पर शासन करना कठिन हो।

दुःशील—वि. [सं.] जो सुशील न हो, दुर्विनीत, उद्दंड, बुरे स्वभाव का।

दुःशोध—वि. [सं.] जिसका शोधन, परिमार्जन करना कठिन हो।

दुःसह—वि. [सं.] जिसे सहना-करना कठिन हो, असह्य।

दुःसाध्य—वि. [सं.] जो कठिनाई से सिद्ध, पूर्ण किया जा सके; जिसे करना कठिन हो, दुष्कर, असाध्य।

दुःसाहस—पु. [सं.] किसी असंभव या कठिन कार्य को करने का साहस; धृष्टता, अनुचित साहस।

दुःसाहसिक—वि. [सं.] जिसके लिए साहस करना उचित न हो।

दुःसाहसी—वि. [सं.] अनुचित साहस करने वाला।

दुःस्थ—वि. [सं.] जिसकी अवस्था, दशा, अच्छी न हो।

दुःस्वप्न—पु. [सं.] बुरा, डरावना स्वप्न; वह स्वप्न जिसका फल अशुभ हो।

दुःस्वभाव—वि. [सं.] बुरे स्वभाव वाला, दुष्ट, कुटिल।

दु—'दो' का संक्षिप्त रूप जो समास में पूर्वपद के रूप में प्रयुक्त होता है, यथा—'दुपहर', 'दुअन्नी', आदि। **~कूलिनी***—स्त्री. जिसके दो किनारे हों, नदी। **~गना**—वि. दो गुणा, जितना हो, उतना ही और। **~चित***—वि. संशय या दुविधा में पड़ा हुआ, अस्थिर चित्त। **~चिताई***—स्त्री. द्विधा, संदेह, संशय। **~टूक**—वि. जो दो खंडों, टुकड़ों में, स्पष्टता से (कहना)। **~तरफ़ा, ~तर्फ़ा**—वि. जो दोनों तरफ़ हो, दोनों ओर। **~धारा**—वि. दोनों ओर धारवाला। पु. एक प्रकार की तलवार जिसमें दोनों ओर धार होती है। **~धारी**—वि. स्त्री. वह तलवार जिसमें दोनों ओर धार हो। **~नाली**—वि. स्त्री. वह बंदूक जिसमें दो नालियाँ हों। **~पट्टा**—पु. उत्तरीय, ऊपर ओढ़ने वाला वस्त्र, चुन्नी। **~पलिया**—स्त्री. दो पल्लों वाली (टोपी)। **~पहरी**—स्त्री. दोपहर के बाद का समय; चार बजे से पहले। **~भाषिया**—वि. जो भाषाएँ जानने वाला, अनुवाद कर बोलने वाला। **~मुँहा**—वि. जिसके दो मुँह हों। **~रंगा**—वि. दो रंगों वाला। **~साख**—वि. पेड़ की वह टहनी जहाँ से दो शाखाएँ फूटती हों, दो शाखों वाला।

दुअर्थी—वि. [सं.] द्विअर्थी, दो अर्थों वाला।

दुआ—स्त्री. [अ.] प्रार्थना; ईश्वर से प्रार्थना; याचना; आशीर्वाद।

दुआदस*—वि. 'द्वादश'।

दुआदसी—वि. स्त्री. एकादशी के बाद का दिन, द्वादशी।

दुआर, दुआरा—पु. द्र. 'द्वार'।

दुआरी*—स्त्री. दुबारी, घर के भीतर ड्योढ़ी।

दुइ*—वि. द्र. दो होना, दो, द्वैत्य की भावना; पराया, दूसरा समझना।

दुइज*—स्त्री. द्र. 'दूज'।

दुई*—स्त्री. द्र. 'दुई'।

दुऔ—वि. दोनों।

दुकड़ा—पु. जोड़ा, बारातों, भोज आदि में खाना परोसने के लिए एक ही डंडी में दो बड़े कटोरे लगा पात्र।

दुकान—स्त्री. [फा.] सौदा, सामान, बेचने-खरीदने का स्थान। **~दार**—पु. दुकान का स्वामी, दुकानवाला।

दुकाल—पु. द्र. 'अकाल'।

दुकूल—पु. [सं.] दुपट्टा; रेशमी वस्त्र।

दुकूलिनी—स्त्री. [सं.] नदी।

दुकेला—वि. जिसके साथ कोई और भी हो।

दुकेले—अ. किसी दूसरे व्यक्ति के साथ।

दुक्का—पु. ताश का वह पत्ता जिस पर किसी रंग—पान, चिड़ी, ईंट, हुकुम—की दो बूटियाँ छपी होती हैं।

दुक्की—स्त्री. द्र. 'दुक्का'।

दुःख—पु. द्र. 'दुःख', वैसे अब 'दुःख' बहुप्रचलित रूप।

दुःखड़ा—पु. दुःख की कथा, गाथा। **मु. ~रोना**—दूसरे से अपनी व्यथा-कथा कहना।

दुःखना—अ.क्रि. दर्द करना, पीड़ा होना।

दुःखमय—वि. दुःखमय, दुःख-भरा।

दुःखरा*—पु. द्र. 'दुःखड़ा'।

दुःखाना—स.क्रि. किसी दूसरे को पीड़ा, कष्ट देना।

दुःखारी*—वि. दुखी, व्यथित।

दुखित—वि. द्र. 'दुःखित'।

दुखिया—वि. दुःख, विपत्ति में पड़ा हुआ।

दुखियारा—वि. दुःख में पड़ा हुआ, विपत्तिग्रस्त।

दुखी—वि. जिसे मानसिक पीड़ा, कष्ट हो।

दुगई*—स्त्री. बरामदा।

दुग*—पु. द्र. 'दुर्ग'।

दुग्ध—पु. [सं.] दूध।

दुग्धांक—पु. [सं.] एक प्रकार का पत्थर जिस पर दूध के रंग के छींटे पड़े होते हैं।

दुग्धाक्ष—पु. [सं.] द्र. 'दुग्धांक'।

दुग्धाग्र—पु. [सं.] मलाई।

दुग्धाब्धि—पु. [सं.] क्षीर सागर।

दुग्धालय—पु. [सं.] दुग्धशाला।

दुग्धिका—स्त्री. [सं.] दुद्धी नामक घास।

दुग्धी—वि. [सं.] दूध वाला; जिसमें दूध हो।

दुछत्ती—वि. ऊपर की छत के नीचे एक और छत बना कर सामान रखने का स्थान, परछत्ती।

दुजेश*—पु. द्र. 'द्विजेश'।

दुत—अ. घृणा या तिरस्कारसूचक शब्द (बच्चों को प्यार या घृणा से दुतकारना)। 'दुत-दुत' कह कर।

दुतकारना—स.क्रि. 'दुत-दुत' कहकर तिरस्कार करना, धिक्कारना।

दुति*—स्त्री. द्र. 'द्युति'।

दुतिय*—वि. द्र. 'द्वितीय'।

दुतिया*—स्त्री. द्र. 'द्वितीया'।

दुतीय*—स्त्री. द्र. 'द्वितीय'।

दुतीया—स्त्री. द्र. 'द्वितीया'।

दुदुकारना—स.क्रि. द्र. 'दुतकारना'।

दुद्धी—स्त्री. एक प्रकार की घास।

दुध—'दूध' का समास में प्रयुक्त रूप, यथा—'दुधमुँहा'।

दुधार—वि. अधिक मात्रा में दूध देने वाली (गाय, भैंस)।

दुधारू*—वि. द्र. 'दुधार'।

दुधिया—स्त्री. दुद्धी नामक घास।

दुधैल—वि. [स्त्री.] जो बहुत दूध देती हो।

दुनिया—स्त्री. [अ.] संसार, जगत; संसार में रहने वाले लोग; संसार का झंझट। **~दारी**—स्त्री. लोक चातुरी। **मु. ~की हवा लगना**—ज़माने के साथ चलने की प्रवृत्तियाँ। **~के परदे पर**—पूरे संसार में।

दुनियावी—वि. दुनिया के दस्तूर के अनुसार चलने वाला।

दुनी*—स्त्री. दुनिया, संसार।

दुपहिया—दो पहियों वाला पेट्रोल या डीज़ल से चलने वाला वाहन—स्कूटर, मोटर-साइकिल, मोपेट, आदि।

दुबकना—अ.क्रि. छिपना।

दुबराना*—अ.क्रि. दुर्बल होना, कृश हो जाना।

दुबला—वि. जो शरीर से कमज़ोर हो।

दुबारी—स्त्री. घर के प्रवेश द्वार के भीतर ड्योढ़ी से पहले का कमरा, कक्ष।

दुबिधा—स्त्री. 'दुविधा' का अपभ्रंश रूप; संशय।

दुबे—पु. ब्राह्मणों की एक उपजाति।

दुभाँत, दुभात—पु. किसी के साथ दूसरे की तुलना में समान व्यवहार न करना, विशेषत: खाने-पीने की चीज़ों में।

दुभाषिणी—स्त्री. [सं.] दो भाषाएँ जानने वाली, अनुवादिका।

दुम—स्त्री. [फा.] पूँछ, पुच्छ। **ला.** वह जो हमेशा किसी के पीछे लगा रहे। **मु. ~दबा कर भागना**—डर के कारण भाग जाना, जैसे कुत्ता दुम दबा कर डर के कारण भाग जाता है।

दुमाता—स्त्री. खराब स्वभाव की माता; विमाता।

दुरंत—वि. [सं.] जिसका परिणाम बुरा हो; जिसका पार पाना कठिन हो; प्रबल, प्रचंड।

दुरंतक—पु. [सं.] शिव।

दुर—पु. द्र. 'दुर्र'। अ. किसी को तिरस्कृत करते समय उसे हटाने के लिए बोला जाने वाला शब्द।

दुरक्ष—वि. [सं.] जिसकी आँखें कमजोर हों; बुरी दृष्टि वाला।

दुरजन*—पु. द्र. 'दुर्जन'।

दुरजोधन*—पु. द्र. 'दुर्योधन'।

दुरतिक्रम—वि. [सं.] जिसका उल्लंघन शक्ति के बाहर हो, दुर्लंघ्य; जिसका अतिक्रमण कठिन हो।

दुरदाम*—वि. प्रबल; कठिन।

दुरदुराना—स.क्रि. अनादरपूर्वक दूर भगाना, तिरस्कार करना।

दुरधीत—पु. [सं.] अशुद्ध उच्चारण और स्वर के साथ किया गया वेद का अध्ययन।

दुरना*—अ.क्रि. दूर हो जाना, आँखों से ओझल होना।

दुरन्वय—वि. [सं.] जिसका अनुसरण करना कठिन हो; दुष्प्राप्य।

दुरपदी*—स्त्री. द्र. 'द्रौपदी'।

दुरपवाद—पु. [सं.] निंदा; कुत्सित निंदा-भाव।

दुरबल*—वि. द्र. 'दुर्बल'।

दुरबासा—पु. द्र. 'दुर्वासा'।

दुरबीन—स्त्री. द्र. 'दूरबीन'।

दुरबेस*—पु. दरवेश, फकीर।

दुरभिसंधि—स्त्री. [सं.] कुचक्र, किसी के विरुद्ध गुप्त मंत्रणा।

दुरमुस—पु. सामान्य बोलचाल में 'दुरमुट' भी कहा जाता है; पत्थर, ईंट, रोड़े, आदि कूटने का एक उपकरण—बाँस के टुकड़े पर भारी-सा लोहे का आधार।

दुरलभ*—वि. द्र. 'दुर्लभ'।

दुरवस्था—स्त्री. [सं.] ग़रीबी के कारण दयनीय दशा, दारिद्र्य-दशा, दुर्गति।

दुराउ*—पु. द्र. 'दुराव'।

दुराकृति—वि. [सं.] बुरी शक्ल वाला।

दुराक्रमण—पु. [सं.] कपटपूर्ण आक्रमण।

दुरागम—पु. [सं.] बुरे या अवैध रूप से प्राप्त होना।

दुरागमन—पु. द्र. 'द्विरागमन'।

दुरागौन*—पु. द्र. 'द्विरागमन'।

दुराग्रह—पु. [सं.] हठ, जिद; अनुचित रूप में किसी बात की जिद।

दुराग्रही—वि. [सं.] हठी, जिद्दी; जो दुराग्रह करता हो।

दुराचरण—पु. [सं.] द्र. 'दुराचार'।

दुराचार—पु. [सं.] कदाचार, कुकृत्य; अवैध रूप से, बलपूर्वक किसी के साथ यौन-संबंध स्थापित करना।

दुराचारी—वि. [सं.] बुरे कृत्य करने वाला, निंद्य आचरण; किसी के साथ दुराचार—यौन-आक्रमण—करने वाला।

दुरात्मा—वि. [सं.] बुरे हृदय वाला, दुष्ट प्रकृति का।

दुरादुरी—स्त्री. छिपाव, दुराव।

दुराधन—पु. [सं.] धृतराष्ट्र के एक पुत्र का नाम।

दुराधर—पु. [सं.] धृतराष्ट्र के एक पुत्र का नाम।

दुराधर्ष—पु. [सं.] विष्णु, पीली सरसों। वि. जिसे हराया न जा सके, प्रचंड; उग्र; विकट।

दुराधार—पु. [सं.] शिव।

दुरानम—वि. [सं.] जिसे झुकाना कठिन हो।

दुराना—स.क्रि. दूर करना; छिपाना।

दुराबाध—पु. [सं.] शिव।

दुराराध्य—वि. [सं.] जिसकी आराधना बहुत कठिन हो; जिस देवता को प्रसन्न करना कठिन हो।

दुरारुह—वि. [सं.] जिस पर चढ़ना बहुत कठिन हो।

दुरारुहा—स्त्री. [सं.] खजूर का पेड़।

दुरारोह—वि. [सं.] जिस पर चढ़ना कठिन हो।

दुरारोहा—स्त्री. [सं.] खजूर का पेड़; सेमर का पेड़।

दुरालंभ, दुरालभ—वि. [सं.] जिसे पाना बहुत कठिन हो।

दुरालंभा—स्त्री. [सं.] जवासा; कपास।

दुरालाप—पु. [सं.] दुर्वचन; गाली।

दुरालोक—वि. [सं.] जिसे कठिनाई से देखा जा सके।

दुराव—पु. छिपाव, गोपन, छिपाने की क्रिया।

दुरावस्था—स्त्री. [सं.] गरीबी से बुरी दशा; कष्टप्रद, दयनीय स्थिति।

दुराश—वि. जिसे दुराशा हो, दुराशा वाला।

दुराश—वि. [सं.] ।

दुराशय—पु. [सं.] बुरे, कुत्सित विचारों, वृत्ति का व्यक्ति; बुरा विचार। **वि.** कुत्सित विचारों वाला।

दुराशा—स्त्री. [सं.] झूठी आशा; बुरी इच्छा।

दुरासा*—स्त्री. द्र. 'दुरासा'।

दुरुक्त, दुरुक्ति—पु. स्त्री. [सं.] बुरी उक्ति, दुर्वचन।

दुरुच्छेद—वि. [सं.] जिसका उच्छेद कठिन हो।

दुरुत्तर—पु. [सं.] बुरा उत्तर।

दुरुद्वह—वि. [सं.] असहनीय; जिसका वहन न हो सके।

दुरुपयोग—पु. [सं.] अनुचित उपयोग, बुरी तरह से इस्तेमाल।

दुरुफ—पु. [सं.] ज्योतिष में एक योग।

दुरुस्त—वि. [फा.] ठीक; उचित; यथार्थ; युक्तियुक्त; दोष रहित।

दुरुस्ती—स्त्री. सुधारना, दुरुस्त करने की क्रिया।

दुरूह—वि. [सं.] कठिनता से समझ में आने वाला।

दुरेषणा—स्त्री. [सं.] शाप।

दुरोदर—पु. [सं.] जुआरी; जुआबाजी।

दुर्—उप. [सं.] दूषण या निषेध सूचक एक उपसर्ग—दुर्दशा, दुर्जन, दुराग्रह, आदि।

दुर्कुल*—पु. द्र. 'दुष्कुल'।

दुर्गंध—स्त्री. [सं.] बुरी गंध, बदबू।

दुर्ग—पु. [सं.] गढ़, किला; राजा, उसके सैनिक तथा विभिन्न अधिकारियों के रहने का चारों ओर से दुर्भेद्य दीवारों से सुरक्षित परिसर। **~पति**—पु. दुर्ग का स्वामी। **~पाल**—पु. दुर्ग की रक्षा करने वाला (सेनापति)।

दुर्गत—वि. [सं.] बुरी दशा, विपिन्न अवस्था।

दुर्गति—स्त्री. [सं.] दुर्दशा, बुरी दशा, दारिद्र्य; नरक।

दुर्गम—वि. [सं.] जहाँ पहुँचना कठिन हो; बीहड़; दुर्बोध; सुगम का विपरीतार्थी शब्द।

दुर्गमनीय—वि. [सं.] द्र. 'दुर्गम'।

दुर्गा—स्त्री. [सं.] देवी (का एक रूप); शक्ति का रूप; पार्वती।

दुर्गाधिकारी—पु. [सं.] द्र. 'दुर्गपति'।

दुर्गाध्यक्ष—पु. [सं.] द्र. 'दुर्गपति'।

दुर्गाष्टमी—स्त्री. [सं.] आश्विन शुक्ल पक्ष की अष्टमी तिथि, नवरात्रों में अष्टमी।

दुर्गुण—पु. [सं.] दोष, बुरा गुण।

दुर्गेश—पु. [सं.] द्र. 'दुर्गपति'।

दुर्गोत्सव—पु. [सं.] नवरात्र में होने वाली दुर्गा-पूजा।

दुर्ग्रह—वि. [सं.] जो कठिनाई से प्राप्य हो, दुष्प्राप्य; बुरा ग्रह।

दुर्ग्राह्य—वि. [सं.] जिसे पकड़ना, धारण करना दुष्कर हो।

दुर्घट—वि. [सं.] जिसका होना कठिन हो; जो बुरा घट गया हो।

दुर्घटना—स्त्री. [सं.] अशुभ घटना; 'एक्सीडेंट'।

दुर्घोष—वि. [सं.] बहुत जोर का कर्ण-कटु शब्द, स्वर।

दुर्जन—पु. [सं.] दुष्ट प्रकृति का पुरुष, खल।

दुर्जय—पु. [सं.] ईश्वर। वि. जिस पर विजय पाना कठिन हो।

दुर्जर—वि. [सं.] जो देर से, कठिनता से पच सके।
दुर्जीव—पु. [सं.] घृणित, निंदनीय जीवन।
दुर्जेय—वि. [सं.] द्र. 'दुर्जय'।
दुर्ज्ञेय—वि. [सं.] दुर्बोध, जो कठिनाई से जाना जा सके।
दुर्दम, दुर्दमन, दुर्दमनीय, दुरदम्य—वि. [सं.] जिसे दबाना या वश में करना कठिन हो; प्रबल।
दुर्दर्श—वि. [सं.] जिस पर दृष्टि जमाना कठिन हो; चकाचौंध पैदा करने वाला।
दुर्दर्शन—वि. [सं.] जो देखने में सुंदर न हो, बदसूरत।
दुर्दशा—स्त्री. [सं.] बुरी दशा, दुर्गति।
दुर्दांत—वि. [सं.] द्र. 'दुर्दम'।
दुर्दिन, दुर्दिवस—पु. [सं.] बुरा दिना; निराशापूर्ण दिन, समय; विपत्ति का समय।
दुर्दृश—वि. [सं.] जो देखने में अच्छा, प्रीतिकर न लगे।
दुर्दैव—पु. [सं.] दुर्भाग्य, बदकिस्मती।
दुर्धर—पु. [सं.] एक नरक का नाम; एक औषधि; पारा।
दुर्धर्ष—पु. [सं.] धृतराष्ट्र का एक पुत्र; रावण की सेना का एक राक्षस। वि. जिसे हराया न जा सके, जिसे वशवर्ती करना कठिन हो।
दुर्नय—पु. [सं.] बुरी नीति; अन्याय।
दुर्नाम—पु. [सं.] बुरा नाम; अपयश; दुर्वचन।
दुर्निमित्त—पु. [सं.] बुरा बहाना; अपशकुन।
दुर्निवार, दुर्निवार्य—वि. [सं.] जिसका निवारण कठिन हो; जो सहसा रोका न जा सके; जिसे दूर करना कठिन हो; जिसका समाधान कठिन हो।
दुर्नीत—वि. [सं.] नीति विरुद्ध चलने वाला। पु. दुष्कर्म; दुर्भाग्य।
दुर्नीति—स्त्री. [सं.] कुनीति, गलत नीति।
दुर्बल—वि. [सं.] कमज़ोर, शक्तिहीन, बलहीन; क्षीणकाय, कृश।
दुर्बाल—वि. [सं.] जिसका सिर गंजा हो।
दुर्बुद्धि—वि. [सं.] दुष्ट बुद्धि वाला, कुबुद्धि; बुरी चाल चलने वाला।
दुर्बोध—वि. [सं.] जो शीघ्र समझ में न आए; गूढ़, क्लिष्ट।
दुर्भक्ष—वि. [सं.] जिसका स्वाद अच्छा न हो; जिसे खाना कठिन हो।
दुर्भगा—स्त्री. [सं.] ऐसी स्त्री जिसका पति उसे न चाहता हो। वि. दुर्भाग्य वाली स्त्री, अभागिन।
दुर्भाग—पु. [सं.] भाग्यहीन, अभागा।
दुर्भागी—वि. भाग्यहीन, अभागा; अभागी।
दुर्भाग्य—पु. [सं.] प्रतिकूल भाग्य, जिसका भाग्य अच्छा न हो।
दुर्भाव—पु. [सं.] बुरा भाव; वैरभाव; तुच्छ विचार।
दुर्भावना—स्त्री. [सं.] बुरी भावना, कुविचार।
दुर्भाव्य—वि. [सं.] जिसकी कल्पना करना कठिन हो।
दुर्भिक्ष—पु. [सं.] अकाल, क़हर।
दुर्भिच्छ*—पु. द्र. 'दुर्भिक्ष'।
दुर्भिद, दुर्भेद, दुर्भेद्य—वि. [सं.] जो कठिनाई से भेदा जा सके; सुदृढ़।
दुर्भृत्य—पु. [सं.] दुष्ट नौकर, वह नौकर जिसका व्यवहार ठीक न हो।
दुर्मंत्र—पु., **दुर्मंत्रणा**—स्त्री. [सं.] बुरी सलाह, राय।
दुर्मद—वि. [सं.] मदांध, गर्व, घमंड से भरा हुआ।
दुर्मना—वि. [सं.] बुरे हृदय, दुष्ट प्रकृति का मनुष्य।
दुर्मल्लिका, दुर्मल्ली—स्त्री. [सं.] नाटकों का एक रूप, उपरूपक का भेद—इसमें चार अंकों की नियोजना होती है और हास्य की प्रधानता रहती है।
दुर्मित्र—पु. [सं.] बुरा मित्र।
दुर्मिल—वि. [सं.] बेमेल, अनमेल। पु. एक मात्रिक छंद; सवैया का एक भेद।
दुर्मुख—पु. [सं.] घोड़ा; एक राक्षस; रावण की सेना में एक योद्धा; धृतराष्ट्र का एक पुत्र। **वि.** कटुभाषी; कड़वा बोलने वाला।
दुर्मुहूर्त—पु. [सं.] अशुभ मुहूर्त, समय-योग।
दुर्मूल्य—वि. [सं.] अधिक दाम का।
दुर्मेधा—वि. [सं.] मंदबुद्धि, मूर्ख। पु. मंदबुद्धि वाला व्यक्ति।
दुर्मोह—पु. [सं.] एक पक्षी—काकतुंडी, कौआठोठी।
दुर्मोहा—स्त्री. [सं.] कौआठोठी।
दुर्यश—पु. [सं.] अपयश, बदनामी।
दुर्योग—पु. [सं.] ग्रहों का बुरा योग, दुर्भाग्यपूर्ण समय-योग।
दुर्योध—वि. [सं.] जो भीषण युद्ध में भी साहसपूर्वक लड़ता रहे; अजेय।
दुर्योधन—पु. [सं.] धृतराष्ट्र का ज्येष्ठ पुत्र (महा.)।
दुर्र—पु. [अ.] मोती; कान का एक आभूषण।
दुर्रानी—पु. अफगानों की एक जाति।
दुर्लंघ्य—वि. [सं.] जिसे लाँघना, पार करना बहुत कठिन हो।
दुर्लक्ष्य—पु. [सं.] बुरा उद्देश्य, ध्येय। वि. जो कठिनाई से देखा जा सके।
दुर्लभ—वि. [सं.] जो कठिनता से प्राप्त हो, दुष्प्राप्य; प्रिय।
दुर्ललित—वि. [सं.] अधिक प्यार से बिगाड़ा हुआ; नटखट, अति चंचल।
दुर्लेख्य—वि. [सं.] जिसकी लिखावट इतनी बुरी हो कि उसे पढ़ा न जा सके।
दुर्वच—पु. [सं.] कटूक्ति, कटु वचन; गाली।

दुर्वचन—पु. [सं.] गाली; कटु वचन।
दुर्वचा(चस्)—वि. [सं.] कटु भाषी; बुरे शब्द बोलने वाला।
दुर्वर्ण—पु. [सं.] खराब अक्षर; रजत, चाँदी।
दुर्वर्णा—स्त्री. [सं.] चाँदी।
दुर्वस—वि. [सं.] जहाँ कठिनाई से ही रहा जा सके।
दुर्वसति—स्त्री. [सं.] रहने का बुरा स्थान, असुविधापूर्ण स्थान।
दुर्वह—वि. [सं.] असह्य, दु:सह; जिसे ढोना कठिन हो।
दुर्वाद—पु. [सं.] अपवाद, अपयश, निंदा में कहा गया वचन।
दुर्वादी—वि. [सं.] दुर्वचन कहने वाला, बुरा बोलने वाला।
दुर्वार, दुर्वारण, दुर्वार्य—वि. [सं.] द्र. 'दुर्निवार'।
दुर्वासना—स्त्री. [सं.] बुरी वासना, मन की बुरी वृत्ति।
दुर्वासा—पु. [सं.] एक अत्यंत क्रोधी ऋषि।
दुर्विज्ञेय—वि. [सं.] जिसे जानना या समझना कठिन हो; जो सरलता से न जाना जा सके।
दुर्विदग्ध—वि. [सं.] थोड़े से ज्ञान पर घमंड करने वाला।
दुर्विध—वि. [सं.] मूर्ख; दुष्ट; दरिद्र।
दुर्विनय—स्त्री. [सं.] अशालीनता, उद्दंडता।
दुर्विनीत—वि. [सं.] अशिष्ट, अशालीन, अक्खड़।
दुर्विपाक—पु. [सं.] दुष्परिणाम, कुपरिणाम।
दुर्विभाव्य—वि. [सं.] जिसकी कल्पना भी न की जा सके।
दुर्विलसित—पु. [सं.] उजड्डपन, अशिष्टता।
दुर्विलास—पु. [सं.] भाग्य खराब होना।
दुर्विष—पु. [सं.] शिव (जिन पर विष का प्रभाव नहीं पड़ा) था। वि. बुरे स्वभाव वाला।
दुर्विषह—पु. [सं.] शिव; धृतराष्ट्र का एक पुत्र। वि. दु:सह।
दुर्वृत्त—पु. [सं.] निंदित आचरण। वि. दुराचारी, जिसका आचरण बुरा हो।
दुर्वृत्ति—स्त्री. [सं.] बुरी वृत्ति; दुराचरण; धोखा, छल।
दुर्वृष्टि—स्त्री. [सं.] अनावृष्टि, सूखा।
दुर्वेद—वि. [सं.] जिसे समझना कठिन हो।
दुर्व्यवस्था—स्त्री. [सं.] खराब व्यवस्था, कुप्रबंध।
दुर्व्यवहार—पु. [सं.] बुरा व्यवहार, बर्ताव।
दुर्व्यसन—पु. [सं.] बुरी आदत, लत; स्वास्थ्य के लिए हानिकारक किसी वस्तु की लत पड़ जाना।
दुर्व्यसनी—वि. [सं.] बुरे व्यसन वाला, बुरी लत वाला।
दुर्व्रत—वि. [सं.] नियम या आज्ञा का पालन न करने वाला।
दुर्हृदय—वि. [सं.] दुरात्मा; बुरे विचारों वाला; कुटिल प्रवृत्ति का।
दुर्हृद्—पु. [सं.] शत्रु। वि. द्र. 'दुर्हृदय'।
दुलकी—स्त्री. घोड़े की एक चाल, जिसमें वह मध्यम गति से कदम, टाप उठाते चलता है।
दुलत्ती—स्त्री. घोड़े आदि पशु का पिछले दोनों पैरों से एक साथ प्रहार करना; दोनों लातों, पैरों से मारना ('दुलत्ती झाड़ना')।
दुलदुल—पु. [अ.] मुहर्रम के अवसर पर निकाला जाने वाला घोड़े के आकार का ताज़िया; एक मादा खच्चर जो इस्कंदरीया के बादशाह ने हज़रत मुहम्मद साहब को भेंट किया था और उन्होंने उसे हज़रत अली को दे दिया था।
दुलभ*—वि. द्र. 'दुर्लभ'।
दुलराना*—स.क्रि. लाड़-चाव करना, स्नेह से बच्चों को स्पर्श कर प्यार करना।
दुलहन, दुलहिन—स्त्री. नई बहू, जिसका हाल ही में विवाह हुआ हो, वह युवती, स्त्री; पुत्रवधू आदि के लिए स्नेह से दिया जाने वाला सम्बोधन।
दुलहा—पु. द्र. 'दूल्हा'।
दुलहिया*—स्त्री. द्र. ।
दुलही—स्त्री. द्र. 'दुलहन'।
दुलाई—स्त्री. रुई-भरी हुई हलकी रजाई; मोटी-सी चादर।
दुलाना*—स.क्रि. द्र. 'डुलाना'।
दुलार—पु. लाड़-चाव, छोटों के लिए प्यार-स्नेह।
दुलारना—स.क्रि. बच्चों को स्नेह से स्पर्श करना, पुचकारना, आलिंगन-चुंबन आदि करना, लाड़-प्यार करना।
दुलारा—वि. बहुत प्यारा। पु. लाड़ला; प्यारा बेटा।
दुलारी—स्त्री. प्यारी पुत्री, लाड़ली पुत्री। स्त्री. लाड़ली।
दुलीचा*—पु. कालीन, गलीचा।
दुलैचा—पु. द्र. 'दुलीचा'।
दुवाज—पु. एक तरह का घोड़ा।
दुवादस*—वि. 'द्वादश'।
दुवादसी—स्त्री. द्र. 'द्वादशी'।
दुवार—पु. द्र. 'द्वार'।
दुवारिका—स्त्री. द्र. 'द्वारिका'।
दुविद*—पु. द्र. 'द्विविद'।
दुविधा—स्त्री. संशय; असमंजस, अनिर्णय।
दुवो*—वि. दोनों।
दुशमन—पु. द्र. 'दुश्मन'।
दुशवार—वि. [फा.] कठिन, मुश्किल।
दुशवारी—स्त्री. कठिनाई, मुश्किल।
दुशाला—पु. [फा.] ऊनी चादर जिसके किनारों पर बेल-बूटे कढ़े होते हैं।
दुशासन*—पु. द्र. 'दु:शासन'।
दुश्चर—वि. [सं.] जिसे करना कठिन हो; कष्टसाध्य, दुष्कर।
दुश्चरित—पु. [सं.] बुरा आचरण, कदाचार। वि. बुरे आचरण वाला, कदाचारी।
दुश्चरित्र—पु. [सं.] बुरा चाल-चलन, स्वभाव। वि. चरित्रहीन, बदचलन।

दुश्चिंता—स्त्री. [सं.] बुरी चिंता।
दुश्चिकित्स्य—वि. [सं.] जिसकी चिकित्सा करना बहुत कठिन हो, असाध्य (रोग)।
दुश्चेष्टा—स्त्री. [सं.] कुचेष्टा, बुरी चेष्टा।
दुश्चेष्टित—पु. [सं.] नीच, निंद्य कर्म।
दुश्च्यवन—पु. [सं.] इन्द्र। वि. जो शीघ्र विचलित न किया जा सके।
दुश्च्याव—पु. [सं.] शिव।
दुश्मन—पु. [फा.] शत्रु, बैरी, अपकारी, अहित चाहने वाला।
दुश्मनी—स्त्री. शत्रुता, वैर-भाव।
दुष्कर—पु. [सं.] कठिन कार्य। वि. जिसे करना कठिन हो।
दुष्कर्ण—पु. [सं.] धृतराष्ट्र का एक पुत्र।
दुष्कर्म—पु. [सं.] बुरा काम; पाप; बलात्कार; यौनाक्रमण।
दुष्कर्मा—वि. [सं.] कुकर्मी, पापी।
दुष्कर्मी—वि. कुकर्मी; बुरा कार्य करने वाला।
दुष्काल—पु. [सं.] बुरा समय; प्रलय; दुर्भिक्ष।
दुष्कीर्ति—स्त्री. [सं.] अपयश, बदनामी।
दुष्कृत—पु. [सं.] नीच कर्म, पाप। वि. बुरे ढंग से किया हुआ; पापी।
दुष्कृति—स्त्री. [सं.] पाप। वि. नीच, पतित कर्म करने वाला, पापी।
दुष्कृती—वि. [सं.] कुकर्मी; पापी।
दुष्क्रीत—वि. [सं.] महँगा (सौदा); खराब माल।
दुष्ट—वि. [सं.] खल; बुरा; नीच; बदमाश।
दुष्टा—स्त्री. [सं.] बुरी स्त्री; बुरे स्वभाव वाली स्त्री।
दुष्टाचार—पु. [सं.] द्र. 'दुराचार'।
दुष्टाचारी—वि. [सं.] द्र. 'दुराचारी'।
दुष्टात्मा, दुष्टाशय—वि. [सं.] द्र. 'दुरात्मा'।
दुष्पच—वि. [सं.] जो देर में पच सके।
दुष्पराजय—वि. [सं.] द्र. 'दुर्जय'।
दुष्परिग्रह—वि. [सं.] जिसे पकड़ना, वश में करना कठिन हो।
दुष्परिणाम—पु. [सं.] बुरा परिणाम, फल।
दुष्पर्श—वि. [सं.] जिसे छूना कठिन हो।
दुष्पर्शा—स्त्री. [सं.] जवासा नामक घास, वनस्पति।
दुष्पार—वि. [सं.] जिसे पार करना कठिन हो; दुष्कर।
दुष्प्रकृति—स्त्री. [सं.] बुरा स्वभाव। वि. बुरे, नीच स्वभाव वाला।
दुष्प्रभाव—पु. [सं.] बुरा प्रभाव।
दुष्प्राप, दुष्प्रापण, दुष्प्राप्य—वि. [सं.] जिसका मिलना कठिन हो, जिसका मिलना सुगम न हो।
दुष्प्रेक्ष्य—वि. [सं.] जिसे देखना कठिन हो; जिसकी ओर देखने का साहस न हो।
दुष्यंत—पु. [सं.] प्रसिद्ध पुरुवंशी सम्राट, शकुंतला से गंधर्व विवाह किया था और इनके पुत्र भरत के नाम पर आर्यावर्त का नाम भारत पड़ा।
दुसह*—वि. द्र. 'दुःसह'।
दुसाध—पु. शूद्रों में एक जाति, सूअर पालना इनका व्यवसाय।
दुसासन*—पु. द्र. 'दुःशासन'।
दुस्तर—वि. [सं.] दुष्कर, जिसे करना सुकर न हो; जिसे पार करना कठिन हो।
दुस्त्यज—वि. [सं.] जिसे छोड़ना कठिन हो; जिसे छोड़ा न जा सके।
दुस्पृष्ट—पु. [सं.] जिह्वा का ईषत् स्पर्श, इससे य्, र्, ल्, व् का उच्चारण किया जाता है।
दुस्सह—वि. [सं.] द्र. 'दुःसह'।
दुस्साहस—पु. [सं.] दुःसाहस; ऐसा साहस जिसे करना चुनौतीपूर्ण हो।
दुस्साहसिक—वि. [सं.] दुःसाहस करने वाला; चुनौतीपूर्ण साहस स्वीकार कर लेने वाला।
दुहता—पु. दोहता, दौहित्र, बेटी का बेटा, नाती।
दुहत्थड़—वि. दोनों हाथों से किया जाने वाला प्रहार।
दुहत्था—वि. दोनों हाथों से होने वाला; दोनों हाथों से चलने वाला।
दुहना—स.क्रि. दूध निकालना; सार तत्त्व निकालना; किसी का धन अपहरण करना; किसी का शोषण करना।
दुहनी—स्त्री. [स.] दोहनी, दूध दुहने का पात्र।
दुहरना—अ.क्रि., स.क्रि. द्र. 'दोहराना'।
दुहरा—वि. द्र. 'दोहरा'।
दुहराना—स.क्रि. द्र. 'दोहराना'।
दुहाई—स्त्री. रक्षा के लिए की गई पुकार; रक्षा के लिए किसी देवता या शक्ति से की गई आर्त प्रार्थना।
दुहाग—पु. वैधव्य; दुर्भाग्य।
दुहागिन*—वि. अभागिन; विधवा। 'सुहागिन' का विपरीतार्थी शब्द।
दुहागी*—वि. भाग्यहीना, अभागी।
दुहाना—स.क्रि. दुहने का काम करवाना।
दुहाजू—वि. पत्नी की मृत्यु के पश्चात् दूसरा विवाह करने वाला व्यक्ति।
दुहिता—स्त्री. [सं.] पुत्री, कन्या।
दुहेल*—पु. क्लेश, संकट।
दुहेला—पु. कष्टपूर्ण कार्य, क्लेश देने वाला काम।
दुहोतरा—पु. बेटी का बेटा, नाती, दौहित्र।
दुह्य—वि. [सं.] दुहने योग्य, जिसका दोहन हो सके।
दूँद*—पु. द्र. 'द्वंद्व'।
दूँदना—अ.क्रि. दुंद, उत्पात करना।

दूआ—पु. द्र. दुक्की; दो की संख्या।

दूई*—वि. दो।

दूकान—स्त्री. द्र. 'दुकान'।

दूखन—पु. द्र. 'दूषण'।

दूखना*—अ.क्रि. द्र. 'दु:खना'।

दूज—स्त्री. चान्द्र मास (हिन्दू कैलेंडर) के किसी पक्ष—कृष्ण पक्ष, शुक्ल पक्ष—की दूसरी तिथि, द्वितीया।

दूजा*—वि. दूसरा।

दूत—पु. [सं.] किसी राजा या राष्ट्र का प्रतिनिधि जो किसी अन्य राष्ट्र में राजकीय कार्य के निमित्त भेजा गया हो या वहाँ इसी कार्य के लिए किसी समय विशेष के लिए नियुक्त किया जाता है, राजदूत; प्रेमी-प्रेमिका का संदेश एक-दूसरे के पास पहुँचाने वाला व्यक्ति; किसी स्थान या व्यक्ति तक संदेश, पत्र, आदि पहुँचाने वाला व्यक्ति।

दूतक—पु. [सं.] द्र. 'दूत'।

दूतत्व—पु. [सं.] दूत कार्य।

दूतर*—वि. दुस्तर, कठिन।

दूतावास—पु. [सं.] राजदूत का निवास और कार्यालय।

दूतिका, दूती—स्त्री. [सं.] वह स्त्री जो प्रेमी-प्रेमिका के बीच संदेश, आदि पहुँचाने का कार्य करे।

दूत्य—पु. [सं.] दूत का कार्य, भाव।

दूद—पु. [फा.] धुआँ।

दूदुह*—पु. द्र. 'दुंदुभ'।

दूध—पु. पय, दुग्ध—गाय, भैंस, बकरी, आदि के स्तन से निकलने वाला सफेद रंग का तरल पदार्थ, जिसे उनके बच्चे और मनुष्य पीते हैं; किसी वृक्ष आदि से निकलने वाला सफेद द्रव। **~पूत**—पु. धन्य-धान्य, समृद्धि। **मु. ~का दूध और पानी का पानी**—उचित न्याय, विवेकपूर्ण न्याय। **~की मक्खी की तरह निकाल फेंकना**—अत्यंत तुच्छ वस्तु की तरह किसी को एकदम अलग कर देना। **~के दाँत भी न टूटना**—कच्ची आयु का होना या अनुभवहीन होना।

दूधा-भाती—स्त्री. कुछ स्थानों पर विवाह में किया जाने वाला एक लोकाचार जिसमें वर-वधू एक-दूसरे को दूध-भात अपने हाथों से खिलाते हैं।

दूधिया—स्त्री. दूध के रंग का कोई पदार्थ या तरल पदार्थ; एक घास। वि. दूध मिला हुआ या मिली हुई कोई चीज़; बहुत कच्चा; कच्चा होने के कारण जिसके दानों आदि में दूध हो (दूधिया मकी, ज्वार, आदि)।

दून—स्त्री. दूने का भाव, संख्या। वि. दुगुना, दोहरा।

दून—पु. तराई, घाटी।

दूना—वि. दुगुना, दो-गुणा।

दूनौ*—वि. दोनों।

दूब—स्त्री. एक प्रकार की घास विशेष, दूर्वा।

दूबरा*—वि. दुर्बल, कमज़ोर, अशक्त; दीनहीन।

दूबे—पु. दुबे, ब्राह्मणों की एक उपजाति, उस उपजाति की आस्पद।

दूभर—वि. कठिन; असहय्; दुष्कर; भारी, बोझिल।

दूरंगम—वि. [सं.] द्र. 'दूरगामी'।

दूरंदेश—वि. [फा.] द्र. 'दूरदर्शी'।

दूरंदेशी—स्त्री. द्र. 'दूरदर्शिता'।

दूर—अ. [सं.] विस्तार, काल, संबंध, स्थान आदि की दृष्टि से बहुत अंतर पर, फासले पर, 'निकट', 'पास' का विपरीतार्थी शब्द। **~दर्शक**—पु. पंडित, दूर तक देखने वाला व्यक्ति, दूरदर्शी। वि. दूर तक देखने वाला, दूरदर्शी। **~दर्शन**—वह उपकरण जिसमें दूर के दृश्य उसके परदे पर प्रत्यक्ष-से दिखाई पड़ते हैं ('टेलीविज़न')। **~दर्शिता**—स्त्री. दूर की बात सोचने का गुण, दूरदर्शी होने का भाव। **~दर्शी**—वि. दूर की बात देखने या सोचने वाला व्यक्ति। पु. गिद्ध; पंडित। **~दृष्टि**—स्त्री. दूरदर्शिता, दूरंदेशी। **~वर्ती**—वि. दूरी पर रहने वाला, जो दूर हो। **मु. ~की सोचना**—दूरंदेशी की सोच। **~भागना**—अपने से किसी से बहुत अलग रखना। **~होना**—हट जाना।

दूरभाष—पु. टेलीविज़न।

दूर—अ., वि. [फा.] द्र. ।

दूरबा*—स्त्री. दूर्वा, दूब—एक घास विशेष।

दूरागत—वि. [सं.] दूर से आया हुआ।

दूरान्वय—पु. [सं.] कर्ता-क्रिया, विशेष्य-विशेषण, आदि का एक-दूसरे से दूर होना; साहित्य-रचना में एक दोष।

दूरापात—वि. [सं.] जो दूर से फेंका जा सके।

दूरारूढ—वि. [सं.] बहुत ऊँचाई पर चढ़ा हुआ; बहुत आगे बढ़ी हुई (कल्पना); तीव्र।

दूरी—स्त्री. अंतर, फासला; दूर होने का भाव।

दूरीकरण—पु. [सं.] दूर करना।

दूरोहण—पु. [सं.] सूर्य।

दूर्वा—स्त्री. [सं.] दूब।

दूर्वाष्टमी—स्त्री. [सं.] भादों सुदी अष्टमी की तिथि।

दूर्वेष्टका—स्त्री. [सं.] यज्ञ की वेदी बनाने में ईंट की तरह प्रयुक्त घास।

दूलह—पु. द्र. 'दूल्हा'।

दूल्हा—पु. वर, नौशा, वह व्यक्ति जिसका विवाह होने जा रहा हो।

दूश्य—पु. [सं.] खेमा, तम्बू।

दूषक—पु. [सं.] दोषारोपण करने वाला व्यक्ति; दुष्ट व्यक्ति; कलंकित करने वाला।

दूषण—पु. [सं.] दोष, दुर्गुण, खराबी; दोष लगाने का कार्य या भाव; रावण का एक भाई।

दूषणारि—पु. [सं.] दूषण के शत्रु, राम।

दूषणीय—वि. [सं.] दोषारोपण के योग्य; जिस पर दोष लगाया जा सके।

दूषन*—पु. द्र. 'दूषण'।

दूषित—वि. [सं.] बुरा, गंदा, दोषयुक्त; कलंकित।

दूष्य—वि. [सं.] दोष लगाने योग्य।

दूसर*—वि. द्र. 'दूसरा'।

दूसरा—वि. क्रम में पहले के बाद आने वाला, द्वितीय; जिनका प्रस्तुत विषय से कोई संबंध न हो, अन्य, कोई और; अपर।

दूहनी—स्त्री. द्र. 'दोहनी'।

दूहा*—पु. द्र. 'दोहा'।

दृक—पु. [सं.] छेद, छिद्र।

दृक्—पु. [सं.] दृष्टि; आँख; देखना; द्रष्टा। **~पथ**—पु. दृष्टि-पथ। **~पात**—पु. दृष्टि डालना।

दृग*—पु. आँख, दृष्टि।

दृग्—'दृश्' का समास में प्रयुक्त रूप।

दृढ—वि. [सं.] मज़बूत, सबल; जो विचलित न हो, जिसे डिगाया न जा सके; स्थायी; पक्का; अटल; कठिन। **~चेता**—वि. पक्के इरादे वाला। **~प्रतिज्ञ**—वि. जो अपनी प्रतिज्ञा से न डिगे।

दृढता—स्त्री., **दृढत्व**—पु. [सं.] दृढ़ होने का भाव।

दृढ़ाना—अ.क्रि. दृढ़ होना, पुष्ट करना।

दृढायुध—पु. [सं.] शिव; धृतराष्ट्र का एक पुत्र। वि. दृढ़ता-पूर्वक अस्त्र चलाना।

दृत—वि. [सं.] सम्मानित, जिसे आदर दिया गया हो।

दृता—स्त्री. [सं.] जीरा।

दृप्त—वि. [सं.] गर्वित; तेजोयुक्त; दीप्त; हर्षयुक्त। पु. विष्णु।

दृप्ति—स्त्री. [सं.] चमक, आभा; तेजस्विता; प्रकाश; अभिमान; गर्व; उग्रता; प्रचंडता।

दृशद्वती—स्त्री. [सं.] द्र. 'दृष्द्वती'।

दृश—वि. [सं.] देखने वाला, दर्शक; दिखाने वाला, प्रदर्शक। पु. देखना। स्त्री. दृष्टि; आँख; ज्ञान।

दृशा—स्त्री. [सं.] आँख।

दृशाकांक्ष्य—पु. [सं.] कमल।

दृशान—पु. [सं.] धार्मिक गुरु; ब्राह्मण; चमक, आभा।

दृशि—स्त्री. [सं.] आँख; दृष्टि; देखना; प्रकाश।

दृशी—स्त्री. [सं.] द्र. 'दृशि'।

दृशीक—वि. [सं.] ध्यान देने योग्य; सुंदर।

दृशोपम—पु. [सं.] श्वेत कमल।

दृश्य—पु. [सं.] जो दिखाई दे, दृष्टिगोचर। वि. देखने योग्य, दर्शनीय; मनोरम, सुन्दर; जो दर्शकों को अभिनय द्वारा दिखाया जाए।

दृश्यमान—वि. [सं.] जो दिखाई दे रहा हो।

दृश्यात्मक—वि. [सं.] दृश्य संबंधी; मनोहर, सुंदर।

दृश्यावली—स्त्री. [सं.] दृश्यों की शृंखला, श्रेणी।

दृश्यावलोकन—पु. [सं.] दृश्य को देखना।

दृषद्वती—स्त्री. [सं.] ऋग्वेद में वर्णित एक नदी; विश्वामित्र की एक पत्नी का नाम।

दृष्ट—पु. [सं.] अनुभूति; साक्षात्कार, दर्शन। वि. देखा हुआ, साक्षात् देखा जाने वाला, अनुभूत; प्रत्यक्ष। **~कूट**—पु. वह कविता जिसका अर्थ दूरारूढ़ शाब्दिक अर्थों से कठिनता से निकाला जाता है।

दृष्टमान*—वि. द्र. 'दृश्यमान'।

दृष्टव्य—[सं.] द्र. 'द्रष्टव्य'।

दृष्टांत—पु. [सं.] उदाहरण, मिसाल; अर्थालंकार का एक भेद जहाँ उपमेय तथा उपमान वाक्यों तथा दोनों के धर्मों में बिम्ब-प्रतिबिम्ब भाव दिखाया जाए। **~परक**—वि. दृष्टांत पर आधारित।

दृष्टार्थ—वि. [सं.] जिसका अर्थ या विषय स्पष्ट हो; व्यावहारिक।

दृष्टि—स्त्री. [सं.] देखना, अवलोकन; देखने की शक्ति; नज़र; ज्ञान; मत, विचार, ख्याल; सोचने-विचारने की वृत्ति। **~कूट**—पु. द्र. 'दृष्टकूट'। **~कोण**—पु. देखने-सोचने, विवेचन करने का पहलू, पक्ष। **~क्षेप**—पु. दृष्टि डालने की क्रिया, दृष्टि, नज़र डालना। **~गत**—वि. जो दृष्टि में आए, जिस पर दृष्टि पड़ती हो; जो दिखाई दे। **~गोचर**—वि. जो प्रत्यक्ष दिखाई दे; दिखाई पड़ने वाला। **~दोष**—पु. देखने में चूक होना। **~निपात**—पु. द्र. 'दृष्टिक्षेप'। **~पथ**—वि. जहाँ तक दिखाई दे, देखने की क्षेत्र-सीमा। **~पात**—पु. द्र. 'दृष्टिक्षेप'।

दृष्टिवंत—वि. दृष्टि वाला, देखने की क्षमता वाला; ज्ञानवान, बुद्धिमान।

दे—पु. बंगाली कायस्थों में एक उपजाति की उपाधि।

देई*—स्त्री. द्र. 'देवी'।

देउ*—पु. द्र. 'देव'।

देउर*—पु. द्र. 'देवर'।

देउरानी—स्त्री. द्र. 'देवरानी'।

देख—स्त्री. देखने की क्रिया या भाव। **~भाल, ~रेख**—स्त्री. निरीक्षण, निगरानी; पालन-पोषण करना।

देखन*—स्त्री. देखने की क्रिया या भाव; चितवन, दृष्टि। **~हारा**—पु. देखने वाला, दर्शक; भगवान।

देखना—स.क्रि. अवलोकन करना, निहारना; तलाश करना, खोज करना, परखना; प्रबंध करना; सोचना-समझना; अनुभव करना; संशोधन करना; निबटना; ध्यान देना।

देखाऊ—वि. दिखावटी, जो केवल देखने भर को हो; बनावटी, नकली।

देखादेखी—स्त्री. एक-दूसरे को देख कर; साक्षात्कार; देखने की अवस्था।

देखा-भाली—स्त्री. देख-भाल (करना)।

देग़—पु. [फा.] खाना पकाने का ताँबे का बड़ा-सा बरतन, बड़े मटके के आकार का। **~ची**—स्त्री. छोटी देग़, पतीली।

देदीप्यमान—वि. [सं.] खूब चमकता हुआ, जाज्वल्यमान।

देन—स्त्री. देने की क्रिया या भाव; समर्पित करना; प्रदत्त या प्राप्त वस्तु—ईश्वरीय देन, आदि। **~दार**—वि. कर्ज़दार, ऋणी; आभारी। **~दारी**—स्त्री. किसी का धन, आदि देने का दायित्व। **~हार, ~हारा**—वि. देने वाला।

देना—स.क्रि. दूसरे को सौंपना; पहुँचना; प्रहार करना, मारना; डालना।

देय—वि. [सं.] देने योग्य, दातव्य।

देयक—पु. बिल।

देयादेय—पु. आय-व्यय। **~फलक**—पु. आय-व्यय विवरण ('बैलेंस शीट')।

देर—स्त्री. [फा.] विलंब, उचित से अधिक समय (लगना); समय, वक्त ('इस काम में कितनी देर लगेगी')।

देरानी*—स्त्री. द्र. देवरानी।

देरी—स्त्री. द्र. 'देर'।

देव—पु. [फा.] दानव, राक्षस; बहुत लंबा-चौड़ा आदमी; भूत-प्रेत।

देव—पु. देवता; पूज्य व्यक्ति; बड़ों के लिए श्रद्धापूर्वक दिया गया सम्बोधन; राजा, आदि को दिया जाने वाला शब्द। **~ऋण**—पु. एक प्रकार का ऋण जिससे मुक्त होने के लिए यज्ञ, उपवास, आदि धार्मिक कृत्य कर देवताओं को प्रसन्न करने का प्रयत्न किया जाता है। **~ऋषि**—पु. देवताओं के समान पूज्य ऋषि, इस श्रेणी में नारद, अत्रि, मरीचि, भरद्वाज, भृगु आदि ऋषियों की गणना। **~कार्य**—पु. देवताओं को प्रसन्न करने के लिए किए जाने वाले कृत्य—यज्ञ, पूजा, आदि। **~भूमि**—स्त्री. स्वर्ग जैसी भूमि।

देवक—पु. [सं.] देवता; एक यदुवंशी राजा, इनकी पुत्री देवकी से ही श्रीकृष्ण का जन्म हुआ था; देवता संबंधी।

देवकी—स्त्री. [सं.] वसुदेव की पत्नी और श्रीकृष्ण की माता।

देवकीय, देवक्य—वि. [सं.] देवता का; देवता संबंधी।

देवट—पु. [सं.] शिल्पी।

देवढ़ी—स्त्री. ड्योढ़ी; द्वार; चौखट।

देवता—पु. [सं.] देव, स्वर्ग की दिव्य शक्ति। **~प्रतिमा**—स्त्री. देवमूर्ति। **~स्थान**—पु. देवमंदिर।

देवतागार—पु. [सं.] मंदिर, देवस्थान।

देवतात्मा—पु. [सं.] देवस्वरूप; पीपल का वृक्ष।

देवताधिप—पु. [सं.] द्र. 'देवाधिप'।

देवताध्याय—पु. [सं.] सामवेद का एक ब्राह्मण।

देवत्व—पु. [सं.] देवता होने की अवस्था; देवता का पद, पदवी।

देवन—पु. [सं.] पासे का खेल, जुआ; जुआ खेलना।

देवना—स्त्री. [सं.] जुआ, क्रीड़ा।

देवयु—वि. [सं.] धार्मिक, धर्मात्मा। पु. देवता।

देवर—पु. [सं.] पति का छोटा भाई।

देवरा*—पु. साधारण देवता; देवता के लिए दिया जाने वाला सम्बोधन।

देवरानी—स्त्री. देवर की पत्नी, पति के छोटे भाई की पत्नी।

देवरी*—स्त्री. छोटी-मोटी देवी।

देवर्द्धि—पु. [सं.] एक प्रसिद्ध जैन स्थविर, इन्होंने जैन सिद्धांतों को लिपिबद्ध किया।

देवर्षि—पु. [सं.] द्र. 'देवऋषि'।

देवल—पु. मंदिर, देवालय।

देवांगना—स्त्री. [सं.] देवता की स्त्री; अप्सरा; देव लोक की स्त्री।

देवांश—पु. [सं.] देवता का अंश; देवता के लिए निकाला गया प्रसाद।

देवाजीव, देवाजीवी—पु. [सं.] पुजारी।

देवाट—पु. [सं.] हरिहर क्षेत्र; देव भूमि।

देवातिदेव—पु. [सं.] विष्णु; शिव।

देवाधिदेव—पु. [सं.] विष्णु; शिव।

देवाधिप—पु. [सं.] परमात्मा; इन्द्र।

देवान—पु. दीवान, मंत्री; राज-दरबार।

देवानांप्रिय—पु. [सं.] सम्राट अशोक की उपाधि; बकरा। वि. देवप्रिय; मूर्ख।

देवानीक—पु. [सं.] देवताओं की सेना।

देवानुग—पु. [सं.] देवताओं के पीछे-पीछे चलने वाले सेवक, विद्याधर, यक्ष आदि दस उपदेव।

देवान्न—पु. [सं.] अमृत; चरु।

देवापगा—स्त्री. [सं.] सुर-सरिता, गंगा।

देवाभियोग—पु. [सं.] जैन-मत की मान्यतानुसार अनुचित कर्म कराने वाले देवता का शरीर में प्रवेश।

देवाभीष्टा—स्त्री. [सं.] तांबूली।

देवायुध—पु. [सं.] देवताओं का अस्त्र।

देवारण्य—पु. [सं.] देवताओं का उपवन, नंदनकानन।

देवाराधन—पु. [सं.] देवताओं को प्रसन्न करने के लिए की जाने वाली आराधना, प्रार्थना, पूजा-पाठ, आदि।

देवारि—पु. [सं.] देवताओं का शत्रु, असुर, दैत्य, राक्षस।

देवारी, देवाली—स्त्री. [सं.] दिवाली, दीपावली।

देवार्चन—पु., **देवार्चना**—स्त्री. [सं.] देवता का पूजन।

देवार्पण—पु. [सं.] किसी वस्तु का देवता के लिए समर्पण।

देवाल—पु. दिवाल, देने वाला; बेचने वाला।

देवालय—पु. [सं.] मंदिर, देवता के निवास का स्थान।

देवाला—पु. द्र. 'दिवाला'।

देवा-लेई—स्त्री. देन-लेन, लेन-देन।

देवावास—पु. [सं.] देवालय, मन्दिर।

देवाश्व—पु. [सं.] देवराज इन्द्र का घोड़ा, उच्चै:श्रवा।

देविक, देविल—वि. [सं.] दैवी, देव संबंधी।

देविका—स्त्री. [सं.] देवियों का एक वर्ग; युधिष्ठिर की पत्नी; एक नदी।

देवी—स्त्री. [सं.] देवता की पत्नी; दुर्गा; देवी के अनेक रूपों में से कोई भी—सरस्वती, लक्ष्मी, आदि; स्त्रियों के लिए एक सम्मानजनक सम्बोधन; राजमहिषी, पटरानी। **~पुराण**—पु. एक पुराण, इसमें देवी दुर्गा का माहात्म्य वर्णित है। **~भागवत**—पु. एक पुराण, इसमें भी देवी दुर्गा का माहात्म्य वर्णित है। **~सूक्त**—पु. ऋग्वेद में देवी विषयक एक सूत्र; दुर्गा सप्तशती में एक देवी स्तोत्र।

देवेंद्र—पु. [सं.] देवताओं के स्वामी, राजा; इन्द्र।

देवेज्य—पु. [सं.] देवताओं के गुरु बृहस्पति।

देवेश, देवेश्वर—पु. [सं.] देवताओं के स्वामी, राजा, इन्द्र।

देवेशय—पु. [सं.] परमात्मा, विष्णु।

देवेशी—स्त्री. [सं.] देवी; पार्वती।

देवै*—स्त्री. देवकी।

देवैया*—पु. देने वाला, दिवैया।

देवोत्तर—पु. [सं.] देवताओं के लिए नियत की गई संपत्ति।

देवोत्थान—पु. [सं.] कार्तिक शुक्ला एकादशी को मनाया जाने वाला एक पर्व, माना जाता है कि इस दिन विष्णु जी सोकर उठते हैं, जन-भाषा में इसे 'देवउठानी एकादशी' भी कहा जाता है।

देवोद्यान—पु. [सं.] देवताओं का उपवन—नंदन-कानन।

देवोन्माद—पु. [सं.] देवताओं के क्रोध से होने वाला उन्माद, उत्पात।

देवोपासना—स्त्री. [सं.] देवता की आराधना, पूजा।

देश—पु. [सं.] प्राकृतिक रूप में विभाजित विशिष्ट भू-भाग (अमेरिका भारत, आदि देश), मुल्क, राष्ट्र। **~भक्त**—पु. जो अपने देश के कल्याण के लिए प्रयत्न-रत रहता हो। **~भक्ति**—स्त्री. अपने देश के उत्थान, कल्याण के लिए कार्य करने की वृत्ति, भावना।

देशक—पु. [सं.] मार्ग-प्रदर्शक; शिक्षक।

देशना—स्त्री. [सं.] शिक्षा, उपदेश (जैन मत में)।

देशांकी—स्त्री. एक रागिनी।

देशांतर—पु. [सं.] दूसरा देश, विदेश; पृथ्वी के मानचित्र पर उत्तर और दक्षिण ध्रुव को मिलाने वाली रेखा से पूर्व या पश्चिम की दूरी।

देशांतरण—पु. [सं.] विदेश में जा कर रहना; देश-निर्वासन का दंड।

देशांश—पु. [सं.] देशांतर।

देशाचार—पु. [सं.] देश विशेष में प्रचलित रीति-रिवाज़, लोकाचार।

देशाटन—पु. [सं.] भिन्न-भिन्न स्थानों में भ्रमण, घूमना।

देशातिथि—पु. [सं.] विदेशी, अन्य देश का (व्यक्ति)।

देशित—वि. [सं.] जिसे आदेश दिया गया हो, आदिष्ट; जिसे उपदेश दिया गया हो।

देशिनी—स्त्री. [सं.] तर्जनी अंगुली।

देशी—वि. अपने देश का, स्वदेशी, स्वदेश में निर्मित, उत्पन्न। स्त्री. [सं.] एक रागिनी; स्थान या देश विशेष की बोली।

देशीय—वि. [सं.] द्र. 'देशी'।

देस—पु. द्र. 'देश'।

देसावर—पु. विदेश, परदेस।

देसावरी—वि. अन्य स्थान या देश का, विदेशी (माल)।

देसी—वि. द्र. 'देशी'।

देहंभर—वि., पु. [सं.] शरीर का पोषण करने वाला; अधिक खाने वाला, पेटू।

देह—स्त्री. [सं.] शरीर, तन; जीवन, ज़िंदगी। **~धारी**—पु. वह जिसने देह धारण की है, मनुष्य। **~यात्रा**—स्त्री. का शरीर त्याग कर परलोक में जाना, मरण।

देह—पु. [अ.] गाँव। **~क़ान**—पु. ग्रामवासी; किसान। **~क़ानी**—वि. देहात का, देहाती; गँवार।

देहर—पु. नदी के पास की निचली भूमि।

देहरा—पु. देवालय, मंदिर।

देहरि, देहरी—स्त्री. द्र. 'देहली'।

देहला—स्त्री. [सं.] मदिरा; शराब।

देहलि, देहली—स्त्री. [सं.] दरवाज़े की चोखट में नीचे वाली लकड़ी, दहलीज़।

देहवंत—वि. शरीरधारी। पु. देहधारी, मनुष्य।

देहांत—पु. [सं.] मृत्यु, मरण।

देहांतर—पु. [सं.] दूसरा शरीर।

देहांतरण—पु. [सं.] नया शरीर धारण करना।

देहात—स्त्री. गाँव, ग्राम।

देहातिन—स्त्री. [फा.] गाँव की स्त्री; गँवार स्त्री।

देहाती—वि. गाँव का; गाँव में रहने वाला; गँवार। **~पन**—पु. देहात में होने का भाव; गँवारपन, उजड्डपना।

देहातीत—वि. [सं.] जो देह से परे हो; देहाभिमान से विरत; विदेह।

देहात्म—पु. [सं.] शरीर और आत्मा। **~वाद**—पु. दर्शन में एक सिद्धांत जिसके अनुसार देह ही आत्मा है, देह से भिन्न आत्मा की कोई स्थिति नहीं है। **~वादी**—पु.

देहात्मवाद को मानने वाला; चार्वाक मत का अनुयायी, देह-सुख का विश्वासी।

देहावरण—पु. [सं.] वस्त्र; जिरह।

देहावसान—पु. [सं.] मृत्यु, (इस) जीवन का अंत।

देही*—स्त्री. शरीर।

देही—पु. [सं.] देहधारी, जीव, शरीर।

देहेश्वर—पु. [सं.] देह का स्वामी, आत्मा।

देहोत्सर्ग—पु. [सं.] देहावसान, मृत्यु, मरण।

देहोद्भव, देहोद्भत—वि. [सं.] सहज, जन्मजात।

दैड़ना—पु. किसी चीज़ को जल्दी-जल्दी खाना, बिना चबाये (अवमानना भाव से)।

दैतेय—पु. [सं.] असुर, दैत्य। **~गुरु**—पु. शुक्राचार्य। **~माता**—स्त्री. दिति।

दैत्य—पुं. [सं.] राक्षस, दिति से उत्पन्न; बड़े शरीर वाला, भीमकाय। **~गुरु**—पु. शुक्राचार्य। **~सेना**—स्त्री. प्रजापति की कन्या।

दैत्या—स्त्री. [सं.] राक्षिसी, दैत्य जाति की स्त्री।

दैत्याकार—वि. [सं.] राक्षस जैसे शरीर वाला; बड़े डील-डौल वाला।

दैत्यारि—पु. [सं.] विष्णु; देवता; राक्षसों के शत्रु।

दैत्येंद्र—पु. [सं.] दैत्यों का राजा।

दैत्येज्य—पु. [सं.] शुक्राचार्य।

दैनंदिन—अ. [सं.] प्रतिदिन। वि. प्रतिदिन होने वाला, नित्य का।

दैनंदिनी—वि. स्त्री. [सं.] प्रतिदिन का ब्यौरा रखने वाला रोज़नामचा, डायरी।

दैन—पु. [सं.] दीनता; शोक; नीचता; निर्बलता। वि. दिन संबंधी, देने वाला।* दी हुई वस्तु; देने की क्रिया।

दैनिक—वि. [सं.] प्रति दिन का; प्रति दिन होने या निकलने वाला, प्रकाशित होने वाला; दिन संबंधी।

दैनिकी—वि. [सं.] स्त्री. प्रतिदिन के जीवन का रोज़नामचा, डायरी।

दैन्य—पु. [सं.] दीनता; कातरता; एक संचारी भाव (साहि. शा.)।

दैयत*—पु. द्र. 'दैत्य'।

दैया—पु. दैव, दई। अ. आश्चर्य या शोक-सूचक शब्द।

दैर्घ, दैर्घ्य—पु. [सं.] दीर्घता, लंबाई।

दैव—पु. [सं.] देवता-संबंधी; देवता या ईश्वर का किया हुआ; भाग्य, नियति, होनहार; ईश्वर, विधाता। **~कृत**—वि. होनहार, प्राकृतिक; परमात्मा का किया हुआ। **~दुर्विपाक**—पु. ईश्वर, भाग्य का प्रतिकूल होना।

दैवत—पु. [सं.] देवता; देवताओं का समूह; देवप्रतिमा। वि. देवता संबंधी।

दैवत्य—पु. [सं.] देवता।

दैवाकरि—पु. [सं.] शनि; यम।

दैवाकरी—स्त्री. [सं.] यमुना।

दैवागत—वि. [सं.] आकस्मिक; जो दैवयोग से हुआ हो।

दैवात्—अ. [सं.] संयोग से, दैवयोग से, प्रभु-कृपा से।

दैवासुर—पु. [सं.] देव और असुर। **~संग्राम**—पु. देवताओं और असुरों का युद्ध।

दैविक—वि. [सं.] देव संबंधी, ईश्वरीय, आकस्मिक।

दैवी—वि. देव-संबंधी; ईश्वरीय; आकस्मिक।

दैवोपहत—वि. [सं.] अभागा, मंदभाग्य।

दैत्य—वि. [सं.] देवता-संबंधी। पु. भाग्य; दैवी शक्ति।

दैशिक—वि. [सं.] देश संबंधी; देश-जनित; देश का।

दैहिक—वि. [सं.] देह-संबंधी, शारीरिक; तीन तापों—दैहिक, दैविक और भौतिक—में से एक।

दो—वि. एक और एक योग। पु. दो की संख्या। **~आब, ~आबा**—पु. दो नदियों के बीच की भूमि। **~एक**—वि. कुछ, थोड़े, संख्या में कम। **~गुना**—वि. द्विगुणित। **~दो-चार**—अ. कुछ-एक, संख्या में थोड़े। **~टूक**—वि. साफ़-साफ़ (कहना), खरी-खरी (कहना)। **~पहर**—स्त्री. दिन का दूसरा प्रहर, मध्याह्न। **~पहरी**—स्त्री. दोपहर के बाद का समय, ग्रीष्म काल में, दोपहर से लगभग 4 बजे सायं तक का समय।

दोइ—वि., पु. दो।

दोउ, दोऊ—वि. दोनों ('अरे इन दोउन राह न पाई'—कबीर)।

दोख*—पु. दोष, 'दोष' का अपभ्रंश रूप।

दोगला—पु. वह जो अपने पिता से उत्पन्न न हो, जारज (संतान); पशुओं आदि की वह प्रजाति जिसके माता-पिता भिन्न प्रजाति के हों।

दोधड़—पु. एक साथ ऊपर-नीचे रखे हुए दो घड़े।

दोज*—स्त्री. दूज, द्वितीया तिथि।

दोज़ख़—पु. इस्लाम के अनुसार वह स्थान जहाँ क़यामत के बाद पापी जाएँगे, नरक, जहन्नुम।

दोज़ख़ी—वि. दोज़ख़ संबंधी, नारकीय, दोज़ख जैसा; पापी; बहुत बड़ा पापी; दोज़ख़ में भेजने योग्य।

दोजग*—पु. द्र. 'दोज़ख़'।

दोधक—पु. [सं.] एक वर्णवृत्त।

दोन—पु. तराई, दून; दो नदियों के बीच का भूभाग—दोआबा; दो पहाड़ों के बीच का स्थान।

दोना—पु. द्र. 'दौना'।

दोनों—वि. ऐसे दो व्यक्ति या वस्तुएँ जिनमें से किसी को भी छोड़ा न जा सके, दो ही एक साथ।

दोपाया—वि. [फ़ा.] दो पैरों वाला।

दोप्याज़ा—पु. [फ़ा.] अधिक प्याज़ डालकर कर बनाई गई सब्ज़ी या मांसाहारी व्यंजन।

दोफला—वि. दो फल, धार, वाला (चाकू, आदि)।

दोबारा—क्रि.वि. [फ़ा.] दूसरी बार, दफ़ा; पुनः होने वाला।

दोय*—वि. दोनों।

दोयम—वि. [फा.] दूसरे दर्जे का, दूसरे नंबर का; निचली (स्थिति)।

दोराहा—पु. [फा.] वह स्थान जहाँ से दो रास्ते जाते हैं।

दोरुख़ा—वि. [फ़ा.] कभी एक तरह का और कभी दूसरी तरह का व्यवहार, कोई निश्चित एक मत नहीं।

दोल—पु. [सं.] झूला; हिंडोला; दोलोत्सव।

दोलन—पु. [सं.] झूला।

दोला—स्त्री. [सं.] झूला; हिंडोला; अनिश्चय।

दोलाधिरूढ़—वि. [सं.] झूले पर चढ़ा हुआ। **ला.** जिसका कोई निश्चित मत न हो।

दोलायमान—वि. [सं.] झूलता हुआ; ढुलमुल; संशय में पड़ा हुआ।

दोलायित, दोलित—वि. [सं.] झूलता हुआ; अस्थिर।

दोलिका—स्त्री. [सं.] झूला, डोली।

दोलित—वि. [सं.] झूलता हुआ, अस्थिर।

दोलोत्सव—पु. [सं.] होली का पर्व, फाल्गुन पूर्णिमा को मनाया जाने वाला पर्व—उत्सव जिसमें श्रीकृष्ण की मूर्ति को झूले में झुलाते हैं।

दोशीज़गी—स्त्री. [फा.] कौमार्य, कौमार अवस्था।

दोशीज़ा—स्त्री. [फा.] कुमारी कन्या, कुँवारी लड़की।

दोष—पु. [सं.] अपराध; कसूर; अवगुण, ऐब; विकार, खराबी; लांछन; कलंक, पाप, कलुष; त्रुटि। **~कर, ~कारी**—वि. अनिष्टकर; जिसमें बुराई या अवगुण हो। **~त्रय**—पु. (आयु. में) तीन प्रकार के दोष जो सभी बीमारियों के कारक हैं—वात, पित्त और कफ़।

दोषण—पु. [सं.] दोषारोपण।

दोषा—स्त्री. [सं.] रात्रि।

दोषारोपण—पु. [सं.] दोष लगाना।

दोषी—वि., पु. [सं.] जिसमें दोष हो; अपराधी; अभियुक्त।

दोसा—पु. डोसा, एक दक्षिण भारतीय खाद्य जो चावल का बना चीले जैसा बड़ी रोटी के आकार का होता है।

दोस्त—पु. [फा.] मित्र, सुहृद्।

दोस्ताना—पु. [फा.] मित्रता; मित्रता का व्यवहार। वि. दोस्ती का, मित्रों जैसा।

दोस्ती—स्त्री. मित्रता, सौहार्द।

दोह*—पु. द्र. 'द्रोह'।

दोह—पु. [सं.] दुहने की क्रिया, दोहना। **ला.** किसी चीज़ या व्यक्ति से भरपूर लाभ उठाना।

दोहता—पु. पुत्री का पुत्र, नाती।

दोहद—पु. [सं.] गर्भिणी की इच्छा, लालसा (विशेषतः कुछ खाने की); गर्भावस्था; कवि समय के अनुसार (संस्कृत साहित्य में विशेषतः) सुन्दरियों के स्पर्श, पदाघात, दृष्टिपात, मदिरा का कुल्ला करने, आदि से कुछ वृक्षों—प्रियंगु, अशोक, तिलक, आदि में फूल आते हैं।

दोहदवती—स्त्री. [सं.] वह गर्भिणी जिसे किसी पदार्थ को खाने की इच्छा हो।

दोहदी—वि. [सं.] जिसे खाने की वस्तु की प्रबल इच्छा हो।

दोहन—पु. [सं.] दुहने का काम; दुग्ध पात्र। **ला.** किसी को चूसना; किसी व्यक्ति या वस्तु से पूरा लाभ प्राप्त करना।

दोहनी—स्त्री. [सं.] दूध गरम कर रखने या जमाने का मिट्टी का बरतन।

दोहर—स्त्री. एक तरह की दोहरी चादर, दो परतों की चादर।

दोहरा—वि. जिसमें दो परतें या तहें हों; दो बार या दूसरी बार का।

दोहराना—स.क्रि. किसी बात को बार-बार कहना, पुनरावृत्ति करना; अशुद्धि को दूर करने के लिए किसी पाठ/लेख को दुबारा पढ़ जाना।

दोहरी—वि. दो तह की हुई हो, दो परतों की; दुगनी।

दोहल—पु. [सं.] दोहद, गर्भवती की इच्छा।

दोहा—पु. [सं.] एक मात्रिक छंद जिसके प्रथम और तृतीय चरण में 13-13 तथा द्वितीय व चतुर्थ चरण में 11-11 मात्राएँ होती हैं।

दोहाई*—स्त्री. दुहाई; गुहार, पुकार।

दोहाग*—पु. दुर्भाग्य, बदकिस्मती।

दोहित*—पु. दौहित्र, पुत्री का पुत्र, नाती।

दोही—स्त्री. एक छंद।

दोह्य—वि. [सं.] दुहने योग्य। पु. दूध।

दोह्या—स्त्री. [सं.] गाय।

दौंगड़ा, दौंगरा—पु. आषाढ़ मास में, वर्षा ऋतु में तपती धरती पर पड़ने वाली पहली बारिश ('दवँगरा'—जायसी)।

दौंचना—स.क्रि. किसी को चुपचाप डाँटना।

दौकूल, दौगूल—वि. [सं.] दुकूल, दुपट्टे संबंधी।

दौड़—स्त्री. दौड़ने की क्रिया या भाव; दौड़ने की प्रतियोगिता, किसी कार्य के लिए बहुत अधिक प्रयत्न (भाग-दौड़)। **~धूप**—स्त्री. भरपूर प्रयत्न, उद्योग; जोरदार कोशिश।

दौड़ना—अ.क्रि. अति वेग से चलना, भागना, भागने की क्रिया।

दौड़ादौड़ी—स्त्री. दौड़-धूप; जल्दबाजी, त्वरा।

दौड़ान—स्त्री. दौड़ने की क्रिया, दौड़; वेग।

दौड़ाना—स.क्रि. दौड़ में लगा देना; हैरान-परेशान करना।

दौत्य—पु. [सं.] दूत का कार्य, दूतत्व।

दौना—पु. पत्तों से बनाई गई कटोरी-सी (इसे 'दोना' भी कहा जाता है); एक पौधा जिसकी पत्तियों में एक तीव्र सुगंध होती है।

दौनागिरि—पु. द्र. 'द्रोणगिरि'।

दौनाचल—पु. द्र. 'द्रोणगिरि'।

दौफाड़, दोफाड़, दुफाड़—वि. जिसके दो टुकड़े, खंड कर दिए जाएँ।

दौर—पु. [अ.] चक्कर, फेरा; घुमाव; समय का विभाग (नया दौर); युग; प्रभाव; पारी। **~दौरा**—पु. बोलबाला, प्रभाव का समय।

दौरा—पु. किसी अधिकारी का अपने अधिकार-क्षेत्र में कार्य-प्रणाली की समीक्षा के लिए अनेक स्थानों पर जाना, निरीक्षणार्थ। **~पड़ना**—किसी बीमारी में संज्ञा-शून्य-सा हो जाना; किसी बीमारी का तीव्र आक्रमण।

दौरात्म्य—पु. [सं.] दुर्जनता, दुरात्मा होने का भाव।

दौरादौरी*—स्त्री. द्र. 'दौड़ादौड़ी'।

दौरान—पु. [अ.] इस बीच; इस बीच के समय में।

दौर्गत्य—पु. [सं.] दुर्गति; कष्ट; निर्धनता।

दौर्बल्य—पु. [सं.] दुर्बलता; दुर्बलता का भाव।

दौर्भागिनेय—पु. [सं.] ऐसी स्त्री का पुत्र जिसका पति उसे चाहता न हो।

दौर्भाग्य—पु. [सं.] दुर्भाग्य, भाग्य विपरीत होना।

दौहार्द—पु. [सं.] शत्रुता, 'सौहार्द' का विपरीतार्थी।

दौलत—स्त्री. [अ.] धन, संपत्ति। **~मंद**—पु. जिसके पास दौलत हो, अमीर, धनी।

दौतेय—पु. [सं.] कच्छप, कछुआ।

दौवारिक—पु. [सं.] द्वारपाल, प्रतिहार।

दौवारिकी—स्त्री. [सं.] प्रतिहारिणी, द्वारपालिका।

दौश्चर्य—पु. [सं.] दुष्कर्म, दुष्टता, दुराचरण।

दौष्ट्य—पु. [सं.] दुष्टता।

दौष्यंति—पु. [सं.] दुष्यंत का पुत्र, भरत।

दौहित्र—पु. [सं.] पुत्री का पुत्र, नाती।

दौहित्रायण—पु. [सं.] दौहित्र, नाती का पुत्र।

दौहित्री—स्त्री. [सं.] नातिन, पुत्री की पुत्री।

द्यु—पु. [सं.] दिवस, दिन; स्वर्ग; आकाश; सूर्यलोक।

द्युक—पु. [सं.] उल्लू।

द्युकारि—पु. [सं.] कौआ।

द्युति—स्त्री. [सं.] चमक, आभा, दीप्ति, शोभा; शरीर की सहज कांति।

द्युतिमंत—वि. द्र. 'द्युतिमान'।

द्युतिया—स्त्री. [सं.] शोभा, कांति, प्रभा, तेज।

द्युतिमान्—वि. [सं.] शोभायुक्त, आभायुक्त, द्युति वाला।

द्युत्—पु. [सं.] किरण।

द्युन—पु. [सं.] जन्म लग्न से सातवाँ स्थान।

द्युमान्—वि. [सं.] कांतियुक्त।

द्युम्न—पु. [सं.] वित्त, धन; बल; कांति, शोभा।

द्युवा (वन्)—पु. [सं.] सूर्य।

द्यूत—पु. [सं.] जुआ, दाँव, बाजी पर धन लगा कर खेला जाने वाला खेल।

द्यो—स्त्री. [सं.] स्वर्ग, आकाश। **~कार**—पु. राजगीर, मकान बनाने वाला मिस्त्री।

द्योत—पु. [सं.] प्रकाश; धूप, ताप।

द्योतक—वि., पु. [सं.] सूचक; प्रकाश करने वाला, प्रकाशक।

द्योतन—पु. [सं.] सूचित करना; प्रकाश; प्रकाश करना, प्रकाशन। वि. चमकने वाला, प्रकाश-प्रदायक।

द्योतनिका—स्त्री. [सं.] व्याख्या, टीका।

द्योति—स्त्री. [सं.] ज्योति, प्रकाश; आभा।

द्योतित—वि. [सं.] प्रकाशित; आभापूर्ण।

द्योतिरिंगण—पु. [सं.] खद्योत, जुगनू।

द्योस, द्यौस*—पु. दिन, दिवस।

द्योहरा*—पु. देवालय।

द्यौ—स्त्री. [सं.] स्वर्ग; आकाश; दिन, प्रकाश; अग्नि; चमक।

द्रंक्षण—पु. [सं.] तोले के बराबर की एक माप, मान।

द्रंग—पु. [सं.] छोटा नगर, पुरी।

द्रग*—पु. दृग, नेत्र।

द्रप्स—पु. [सं.] पतली दही; रस।

द्रमिल—पु. [सं.] तमिल देश का पुराना नाम।

द्रमुक—द्रविड़ मुनेत्र कषगम्—तमिलनाडु का एक राजनीतिक दल।

द्रव—पु. [सं.] तरल; गीला, तर, आर्द्र; पिघला हुआ; आसव।

द्रवक—वि. [सं.] बहने वाला; क्षरणशील; पलायनशील।

द्रवण—पु. [सं.] पिघलने की क्रिया, तरल होना; बहना।

द्रवना*—अ.क्रि. तरल होना; पिघलना; पसीजना; दयार्द्र होना।

द्रवाधार—पु. [सं.] छोटा पात्र; अंजलि, चुल्लू।

द्रविड—पु. [सं.] भारत का एक दक्षिणी प्रांत; इस प्रांत का वासी; वहाँ के ब्राह्मणों की उपजाति।

द्रविण—पु. [सं.] धन; सोना; पराक्रम, बल; इच्छा।

द्रविणाधिपति—पु. [सं.] कुबेर।

द्रवीभूत—वि. [सं.] पिघला हुआ, जो द्रव हो गया हो, पदार्थ का तरल रूप।

द्रवेतर—वि. [सं.] द्रव रूप से अलग, ठोस।

द्रव्य—पु. [सं.] पदार्थ, वस्तु; वह वस्तु जो गुण और क्रिया या केवल गुण का आश्रय हो (वैशेषिक दर्शन के अनुसार नौ द्रव्य होते हैं—पृथ्वी, जल, तेज, वायु, आकाश, काल, दिक्, आत्मा और मन), धन-दौलत, संपत्ति; लेन-देन के लिए रुपए, पैसे या नोट, सिक्के, आदि।

द्रव्यक—पु. [सं.] द्रव्य या वस्तु का वाहक।

द्रव्यमय—वि. [सं.] धन-संपत्ति से परिपूर्ण; किसी द्रव्य से निर्मित।

द्रव्यांतर—पु. [सं.] दूसरा द्रव्य, द्रव्य बदल देना।

द्रव्यार्जन—पु. [सं.] धन कमाना, धनोपार्जन।

द्रव्याश्रित—वि. [सं.] द्रव्य पर निर्भर; द्रव्य में निर्मित।

द्रष्टव्य—वि. [सं.] देखने या दिखाने योग्य; दर्शनीय; जो दिखाया जाना हो।

द्रष्टा—पु. [सं.] देखने वाला, दर्शक; सांख्य दर्शन के अनुसार आत्मा।

द्रह—पु. [सं.] बहुत गहरी झील, दह।

द्राक्षा—स्त्री. [सं.] दाख, अंगूर; मुनक्का।

द्राक्षासव—पु. [सं.] अंगूर का अर्क; एक आयुर्वेदिक औषधि।

द्राधिया—स्त्री. [सं.] दीर्घता, लंबाई।

द्राण—पु. [सं.] निद्रा; पलायन, भागना।

द्राप—पु. [सं.] कीचड़; आकाश; मूर्ख व्यक्ति; शिव; कौड़ी।

द्रामिल—पु. [सं.] चाणक्य।

द्राव—पु. [सं.] तरल होने की क्रिया, पिघलना, पसीजना; क्षरण; करुणार्द्र, दयार्द्र होना।

द्रावक—वि. [सं.] तरल बनाने वाला, द्रवीभूत करने वाला।

द्रावण—पु. [सं.] द्रव बनाने की क्रिया या भाव, गलाना, पिघलाना।

द्राविका—स्त्री. [सं.] लार।

द्राविड़—पु. [सं.] द्रविड़ देश; द्रविड़ देश का वासी। वि. द्रविड़ का, द्रविड़ संबंधी। **~प्राणायाम**—पु. आसान और सीधे काम को लम्बी प्रक्रिया वाला और कठिन बना देना।

द्राविडक—पु. [सं.] काला नमक।

द्राविडी—स्त्री. [सं.] द्राविड़ देश या जाति की स्त्री; छोटी इलायची।

द्रावित—वि. [सं.] द्रव किया हुआ; गलाया या पिघलाया हुआ।

द्राव्य—वि. [सं.] गलाये जाने योग्य; भगाये जाने योग्य।

द्राह्यायण—पु. [सं.] एक ऋषि, जो सामवेद के कुछ सूत्रों के रचयिता माने जाते हैं।

द्रु—पु. [सं.] वृक्ष; शाखा; लकड़ी; लकड़ी का बना पात्र।

द्रुग्ध—वि. [सं.] क्षतिग्रस्त; जिसके विरुद्ध षड्यंत्र रचा गया हो।

द्रुण—पु. [सं.] धनुष; भृंग; बिच्छू; दुष्ट व्यक्ति।

द्रुणा—स्त्री. [सं.] धनुष की डोरी, प्रत्यंचा।

द्रुणि, द्रणी—स्त्री. [सं.] काठ, लकड़ी का बना एक पात्र।

द्रुत—वि. [सं.] शीघ्रतायुक्त; भागा हुआ; तीव्र गति वाला। **~गामी**—वि. तेज़ गति से चलने वाला। **~विलंबित**—पु. एक वर्णवृत्त।

द्रुति—स्त्री. [सं.] भागना; जाना।

द्रुतै*—अ. शीघ्रता से।

द्रुपद—पु. [सं.] पांचाल देश के नरेश, द्रौपदी के पिता।

द्रुपदात्मज—पु. [सं.] द्रुपद का पुत्र—शिखंडी, धृष्टद्युम्न।

द्रुपदात्मजा—स्त्री. [सं.] द्रुपद की पुत्री, द्रौपदी।

द्रुम—पु. [सं.] वृक्ष, पेड़, तरु; पारिजात; कुबेर।

द्रुमालय—पु. [सं.] जंगल।

द्रुमाश्रय—पु. [सं.] गिरगिट।

द्रुमिणी—स्त्री. [सं.] जंगल।

द्रुमिला—स्त्री. [सं.] एक मात्रिक छंद।

द्रुमेश्वर—पु. [सं.] पारिजात; ताड़।

द्रुही—स्त्री. [सं.] पुत्री।

द्रुह्य—पु. [सं.] ययाति का एक पुत्र, शर्मिष्ठा से उत्पन्न।

द्रू—पु. [सं.] सोना।

द्रूघण—पु. [सं.] हथौड़ा।

द्रूण—पु. [सं.] धनुष; बिच्छू।

द्रोण—पु. [सं.] द्रोणाचार्य, कौरव-पांडवों के गुरु; बत्तीस सेर की एक प्राचीन तौल; नाव; बिच्छू। **~गिरि**—पु. एक पर्वत (राम-कथा में हनुमान यहीं से संजीवनी बूटी लाए थे)।

द्रोणाचार्य—पु. [सं.] महाभारत में कौरव-पांडवों के धनुर्विद्या के आचार्य, गुरु।

द्रोणि, द्रोणी—स्त्री. [सं.] द्रोणाचार्य की पत्नी; पहाड़ों के बीच की भूमि; पानी के भंडारण के लिए लकड़ी का बना गहरा-सा पात्र; टब; एक प्रकार का नमक; केले का पेड़।

द्रोणिका—स्त्री. [सं.] नील का पौधा; लकड़ी का बना गहरा-सा पात्र।

द्रोन*—पु. द्र. 'द्रोण'।

द्रोह—पु. [सं.] विद्रोह; वैर-भाव; दूसरे के अनिष्ट की चाह।

द्रोही—वि. [सं.] द्रोह, विद्रोह करने वाला; दूसरे का अहित चाहने वाला। पु. विद्रोह करने वाला।

द्रौणायन, द्रौणायनि—पु. [सं.] द्रोणाचार्य का पुत्र, अश्वत्थामा।

द्रौणि—पु. [सं.] अश्वत्थामा।

द्रौणिक—वि. [सं.] द्रोण संबंधी; जिसमें एक द्रोण (एक माप) बीज बोया जा सके।

द्रौणिकी—स्त्री. [सं.] एक द्रोण की तौल का पात्र।

द्रौणी—स्त्री. [सं.] काष्ठ का बना पात्र।

द्रौपद—पु. [सं.] द्रुपद का पुत्र।

द्रौपदी—स्त्री. [सं.] द्रुपद की पुत्री, पांडव-बंधुओं की पत्नी।

द्रौपदेय—पु. [सं.] द्रौपदी का पुत्र।

द्वंद—पु. [सं.] घड़ियाल; युग्म, जोड़ा।

द्वंद्व—पु. [सं.] दो व्यक्तियों के बीच का युद्ध; कलह, संघर्ष, झगड़ा; नर-मादा का जोड़ा; एक प्रकार का समास जिसमें दोनों पद समान होते हैं, उनका अन्वय एक ही क्रिया के साथ होता है, यथा—दाल-भात, शोक-मोह, शीत-उष्ण। **~युद्ध**—पु. दो व्यक्तियों के बीच का युद्ध।

द्वंद्वमय—वि. [सं.] द्वंद्वपूर्ण, संघर्षपूर्ण।

द्वंद्वात्मक—वि. [सं.] संघर्षपूर्ण, द्वंद्वपूर्ण।

द्वंद्वी—वि. [सं.] (हर समय) झगड़ा करने वाले; परस्पर युद्ध करने वाले दो व्यक्ति।

द्वय—वि. [सं.] दो। पु. युग्म, जोड़ा (समास के अंत में—भ्रातृ-द्वय आदि)।

द्वा—'द्वि' का समास में प्रयुक्त रूप। **~ज**—पु. जारज पुत्र। **~दश**—वि. बारह, बारहवाँ। **~दशी**—स्त्री. पक्ष की बारहवीं तिथि। **~दस**—वि. 'द्वादश', बारह।

द्वादशांग—पु. [सं.] गुग्गुल, चंदन, तेजपात, आदि बारह चीज़ों के मिश्रण की हवन-सामग्री।

द्वादशांगुल—पु. [सं.] बारह अंगुल की माप, बारह बालिश्त।

द्वादशाक्ष—पु. [सं.] कार्त्तिकेय; बुद्ध।

द्वादशाक्षर—पु. [सं.] विष्णुजी का बारह अक्षरों का मंत्र—ॐ नमो भगवते वासुदेवाय।

द्वादशाख्य—पु. [सं.] भगवान बुद्ध।

द्वादशात्मा—पु. [सं.] सूर्य; मदार।

द्वादशायतन—पु. [सं.] बौद्ध दर्शन के अनुसार मन, बुद्धि, आदि पूजा-स्थान।

द्वादशी—स्त्री. [सं.] चांद्रमास के किसी पक्ष की बारहवीं तिथि।

द्वार—पु. [सं.] भवन, कमरे आदि के भीतर जाने का बनाया हुआ मार्ग; इन्द्रियों के मार्ग या छिद्र, जैसे—आँख, नाक, कान, आदि।

द्वारका, द्वारिका—स्त्री. [सं.] गुजरात में समुद्र-तट पर स्थित प्राचीन नगरी, श्रीकृष्ण की राजधानी, हिंदुओं के चार धामों में से एक। **~नाथ, पति**—पु. श्रीकृष्ण, द्वारका स्थित उनकी मूर्ति।

द्वारकाधीश—पु. [सं.] श्रीकृष्ण।

द्वारकेश—पु. [सं.] श्रीकृष्ण, द्वारका के अधिपति।

द्वारवती, द्वारावती—स्त्री. [सं.] द्र. 'द्वारका'।

द्वारा—अ. [सं.] साधन-रूप, जरिए, मार्फ़त।

द्वाराचार—पु. [सं.] विवाह के समय बारात के स्वागत के साथ वर-पूजा की एक रस्म।

द्वाराधिप—पु. [सं.] द्वारपाल।

द्वाराध्यक्ष—पु. [सं.] द्वारपाल।

द्वारिक—पु. [सं.] द्वारपाल।

द्विः—अ. [सं.] द्र. 'द्वि', दो बार।

द्वि—वि. [सं.] दो। **~गुण**—वि. दुगना, दूना। **~गुणित**—वि. दुगना किया हुआ। **~रद**—वि. जिसके दो दाँत हों। **~विध**—वि. दो प्रकार का।

द्विक—वि. [सं.] दुगुना; युग्म बनाने वाला; जिसमें दो हों।

द्विज—पु. [सं.] ब्राह्मण। वि. जिसने दो बार जन्म लिया हो—दाँत, पक्षी, स्त्री, आदि।

द्विजाग्रज, द्विजाग्रय—पु. [सं.] ब्राह्मण श्रेष्ठ।

द्विजायनी—स्त्री. [सं.] यज्ञोपवीत, जनेऊ।

द्विजालय—पु. [सं.] द्विज, ब्राह्मण का घर।

द्विजेंद्रलाल राय—पु. बांग्ला के प्रसिद्ध साहित्यकार—प्रसिद्ध कवि और नाटककार (1863-1913)।

द्विजोत्तम—पु. [सं.] द्विजों, ब्राह्मणों में श्रेष्ठ।

द्वितीय—वि. [सं.] दूसरा।

द्वितीयक—वि. [सं.] दूसरा; दूसरी बार होने वाला।

द्वितीयतः—क्रि.वि. [सं.]।

द्वितीया—स्त्री. [सं.] चान्द्र मास के पक्ष की दूसरी तिथि।

द्वितीयाश्रम—पु. [सं.] जीवन का दूसरा आश्रम, गृहस्थाश्रम।

द्वित्व—पु. [सं.] दो या दोहरा होने का भाव; युग्म; दो की संख्या।

द्विध—वि. [सं.] दो खंडों में विभक्त।

द्विधा—अ. [सं.] दो प्रकार से; दो खंडों में।

द्विधात्मक—पु. [सं.] दो प्रकार से, दो रूपों में; जायफल।

द्विपक्षीय—पु. [सं.] दोनों पक्षों से संबंधित ('बाइलैटरल')।

द्विर्—अ. [सं.] द्र. 'द्विः'। **~आगमन**—पु. पुनरागमन, विवाह के बाद वधू का पहली बार पति के घर आना, गौना।

द्वीप—पु. [सं.] समुद्र के बीच का वह स्थल, भूभाग, जो चारों ओर पानी से घिरा हुआ हो, टापू।

द्वीपवती—स्त्री. [सं.] नदी; भूमि।

द्वीपवान्—वि. [सं.] द्वीपों से पूर्ण। पु. नद; समुद्र।

द्वीपिका—स्त्री. [सं.] सतावर नामक आयुर्वेदिक औषधि।

द्वीपी—पु. [सं.] बाघ; चीता।

द्वीप्य—वि. [सं.] द्वीप में उत्पन्न। पु. द्वीप निवासी; व्यास।

द्वेष—पु. [सं.] वैर, शत्रुता; चित्त का वह भाव जो अप्रिय वस्तु या व्यक्ति के नाश के लिए उत्प्रेरित करता है; रूप, रस, आदि चौबीस गुणों में से एक जिसे आत्मा की वृत्ति माना जाता है।

द्वेषण—पु. [सं.] द्वेष करने की क्रिया; घृणा; शत्रुता, वैर भाव।

द्वेषी—वि. [सं.] द्वेष-भाव रखने वाला। पु. शत्रु, विरोधी।

द्वेष्टा—पु. [सं.] द्वेष करने वाला; वैरी।

द्वेष्य—वि. [सं.] द्वेष करने योग्य। पु. द्वेष का पात्र।

द्वै*—वि. दो; दोनों।

द्वैक*—वि. दो-एक।

द्वैगुणिक—वि. [सं.] जो दूना ब्याज ले। पु. शत-प्रतिशत, दुगना ब्याज लेने वाला।

द्वैगुण्य—पु. [सं.] दूनी रक़म या परिमाण।

द्वैज*—स्त्री. द्वितीया, दूज।

द्वैत—पु. [सं.] दो होने का भाव; भेद-भावना; द्वैतवाद—एक दार्शनिक सिद्धांत। **~वाद**—पु. एक दार्शनिक सिद्धांत

जो जीव और ब्रह्म की सत्ता को अभेद नहीं मानता, उनका अस्तित्व भिन्न-भिन्न स्वीकार करता है।

द्वैध—पु. [सं.] दो प्रकार का; भिन्नता; परस्पर विरुद्ध होने का भाव।

द्वैधीकरण—पु. [सं.] दो भागों में विभक्त करना।

द्वैधीभाव—पु. [सं.] निश्चय का अभाव, दुविधा, संशय।

द्वैप—वि. [सं.] द्वीप संबंधी; टापू से सम्बद्ध।

द्वैपायन—पु. [सं.] वेदव्यास; महाभारत, पुराणों, आदि ग्रंथों के प्रणेता।

द्वैभाषिक—वि. [सं.] (वह नगर, प्रांत या भूभाग) जिसमें दो भाषाएँ बोली जाती हों।

द्वैमातुर—पु. [सं.] गणेश; जरासंध। वि. जिसकी दो माताएँ हों।

द्वैमासिक—वि. [सं.] जो दो माह में घटित होता हो (पत्रिका, आदि)।

द्वैवार्षिक—वि. [सं.] प्रति दो वर्ष में एक बार होने वाला (पत्रिका, सम्मेलन, बैठक, आदि)।

दैविध्य—पु. [सं.] दो तरह का; दुविधा; भिन्नता।

द्वौ*—वि. दोनों।

द्वयक्ष—वि. [सं.] दो नेत्रों वाला, द्विनेत्र।

द्वयर्थ, द्वयर्थक—वि. [सं.] जिस उक्ति, अभिव्यक्ति के दो अर्थ निकलते हों।

द्वर्थी—वि. [सं.] दो अर्थों वाली अभिव्यक्ति, उक्ति।

ध

ध—देवनागरी वर्णमाला का उन्नीसवाँ व्यंजन और त-वर्ग का चौथा वर्ण। उच्चारण-स्थान दंत।

धंध*—पु. मशीनी-सा, उबाऊ, बहुत अधिक काम। **ला. ~पेलना**—गृहस्थी की जिम्मेदारियाँ ढोना, झेलना; अत्यधिक काम को अंजाम देना।

धँधला*—पु. आडम्बर, ढोंग।

धंधा—पु. काम-काज; पेशा; रोज़गार, व्यवसाय। **ला.** वेश्या-वृत्ति का कार्य; शरीर बेचने का काम।

धंधारी—स्त्री. गोरखधंधा।

धँसन—स्त्री. धँसने की क्रिया।

धँसना—अ.क्रि. गड़ना; पैठना; प्रवेश करना, भीतर घुसना; ऊपर से दबाव पा कर किसी कड़ी या नुकीली वस्तु का कोमल वस्तु, स्थान में घुसना, प्रवेश करना।

धँसान—स्त्री. धँसने की क्रिया या ढंग; ऐसी भूमि जिसमें पाँव धँसते चले जाएँ, दलदल।

धँसाना—स.क्रि. 'धँसना' का सकर्मक क्रिया रूप; किसी कड़ी या नुकीली वस्तु को जोर लगा कर भीतर घुसाना।

धँसाव—पु. द्र. 'धँसान'।

ध—पु. [सं.] धर्म; कुबेर; ब्रह्मा; धन; धैवत स्वर का संकेत (संगीत)।

धक—स्त्री. भय, उत्तेजना, आदि से हृदय की गति, धड़कन तेज़ होने का भाव या शब्द।

धकधकना—अ.क्रि. द्र. 'धकधकाना'।

धकधकाना—अ.क्रि. भय, उत्तेजना, घबराहट, आदि में हृदय की गति तेज होना, कलेजा धड़कना।

धकधकाहट—स्त्री. धधकाने की क्रिया, धड़कन, द्र. 'धकधकाना'।

धकधकी—स्त्री. कलेजे, हृदय का तेज़ी से धड़कना।

धकपकाना—अ.क्रि. भय खाना, आतंकित होना।

धकपेल—स्त्री. रेलपेल; धक्कमधक्का।

धका*—पु. धक्का, झोंका; आघात।

धकाधकी—स्त्री. धकम्मधक्का।

धकाना*—स.क्रि. जलाना, दहकाना।

धकार—पु. [सं.] 'ध' वर्ण।

धकियाना—स.क्रि. धक्का देना; ढकेलना।

धकेलना—स.क्रि. धक्का देना; ढकेलना, ठेलना।

धकैत—वि. धक्का देने वाला।

धक्कमधक्का—पु. बहुत बड़े जन-समूह में मनुष्यों का एक-दूसरे को धक्का देना, ठेला-ठेली।

धक्का—पु. एक वस्तु या व्यक्ति का दूसरी वस्तु या व्यक्ति के साथ वेगपूर्ण स्पर्श, टक्कर; ढकेलने की क्रिया या भाव। **ला.** दुःख, शोक, अन्य किसी प्रकार की हानि का आघात।

धक्काड़—वि. जिसकी खूब धाक जमी हुई हो; बहुत प्रभावी व्यक्ति।

धगड़ी—स्त्री. दुष्चरित्रा स्त्री।

धगा*—पु. धागा, तागा, डोरा, सूत।

धचका—पु. धक्का; झोंका।

धज—स्त्री. शोधा; बनाव-शृंगार; काम करने, उठने-बैठने का ढंग; शक्ल-सूरत। [इसका प्रयोग 'सज' के साथ प्रायः ही किया जाता है—'सज-धज']।

धजा*—स्त्री. द्र. 'ध्वजा'।

धजीला—वि. धजवाला, सजीला।

धज्जी—स्त्री. कपड़े, कागज़ आदि का लंबा, पतला-सा टुकड़ा मु. **~धज्जियाँ उड़ाना**—किसी चीज़ को टुकड़े-

टुकड़े कर नष्ट कर देना। किसी के विचार या मत का बुरी तरह खंडन कर देना।

धट—पु. [सं.] तराजू।

धटक—पु. [सं.] बयालीस रत्तियों की एक पुरानी तौल।

धटिका—स्त्री. [सं.] पाँच सेर की एक माप, पसेरी; लँगोटी।

धटी—स्त्री. [सं.] लँगोटी, कौपीन।

धटी—पु. [सं.] शिव; तुला राशि; व्यापारी।

धड़ंग—वि. नंगा (प्राय: 'नंग' के साथ ही इसका प्रयोग—'नंग-धड़ंग')।

धड़—पु. शरीर का गले से लेकर कमर तक का भुजा-रहित भाग; पेड़ का तना।

धड़—स्त्री. अचानक किसी भारी वस्तु के गिरने से उत्पन्न शब्द (इसका प्रयोग प्राय: 'से' के साथ होता है)।

धड़क—स्त्री. हृदय के उछलने की क्रिया, स्पंदन।

धड़कन—स्त्री. हृदय के उछलने की क्रिया—भय, शोक, आदि में हृदय का स्पंदन।

धड़कना—अ.क्रि. हृदय का स्पंदन, धकधक करना।

धड़का—पु. हृदय की धड़कन, स्पंदन की क्रिया; आशंका, खटका।

धड़काना—स.क्रि. 'धड़कन' का स.क्रि.।

धड़धड़ाना—अ.क्रि. किसी भारी चीज़ के गिरने या गुज़रने का धड़धड़ शब्द ('ट्रेन धड़धड़ाती गुज़र गई')।

धड़ल्ला—पु. किसी काम के करने में कुछ भी हिचक या संकोच न हो तेज़ी से उसे कर देना।

धड़ा—पु. पाँच सेर की तौल का बाट; झुंड; जत्था, दल, गुट।

धड़ाका—पु. 'धड़' से होने वाला किसी वस्तु के जोर से गिरने का शब्द; धमाका।

धड़ाधड़—अ. जल्दी-जल्दी, बिना रुके हुए; लगातार 'धड़धड़' शब्द के साथ; निरंतर, लगातार ('धड़ाधड़ जवाब देना')।

धड़ाम—पु. जोर से कूदने, गिरने, आदि से उत्पन्न शब्द, 'धड़ से' या 'धम से'।

धड़ी—स्त्री. पाँच सेर की तौल ('एक धड़ी आलू'); दीवार आदि पर रंग या सीमेंट आदि से बनाई गई लकीर-सी।

धत—स्त्री. तिरस्कारपूर्वक हटाने के लिए प्रयुक्त शब्द; किसी को तुच्छ या बुरा कहने के लिए प्रयुक्त शब्द।

धतकारना—स.क्रि. दुत्कारना; तिरस्कार करना।

धता—वि. दूर किया हुआ, हटाया हुआ। **मु. ~बताना**—किसी को उपेक्षापूर्वक हटाना।

धतींगड़, धतींगड़ा—पु. विशाल आकार वाला मनुष्य, बड़े डील-डौल का।

धतूर*—पु. तुरही जैसा एक वाद्य।

धतूरा—पु. एक विषैला पौधा; उसके बीज।

धत्—अ. धिक्कारसूचक शब्द; दुतकारने का शब्द।

धत्—क्रि.वि. लत, दुर्व्यसन।

धत्ता—पु. एक छंद।

धत्तूर, धत्तूरक—पु., **धत्तूरका**—स्त्री. [सं.] धतूरा।

धधक—स्त्री. धधकने की क्रिया या भाव; अग्नि का पूरी तरह दहकना, प्रचंड रूप।

धधकना—अ.क्रि. दहकाना; आग को प्रचंड रूप में प्रज्वलित करना।

धधकाना—स.क्रि. आग को दहकाना, आग को प्रचंड रूप देना।

धनंजय—पु. [सं.] अर्जुन; विष्णु; अग्नि। वि. जिसने धन जीत लिया हो।

धन—वि. जिसमें कुछ जोड़ा जाए, गणित में जोड़ का चिह्न, 'ऋण' शब्द का उलटा। पु. [सं.] रुपया-पैसा, सोना-चाँदी, आदि द्रव्य, सम्पत्ति। **~धान्य**—पु. रुपया-पैसा, अन्न, आदि।

धन—'धान' का समास में प्रयुक्त रूप। **~कटी**—स्त्री. धान की कटाई। **~कर**—वह खेत या भूमि जिसमें धान बोया जाता है। युवती, स्त्री; नायिका या प्रेमिका।

धनक—पु. [सं.] धन की इच्छा, वित्त की कामना।

धनकुबेर—पु. [सं.] अत्यंत धनी।

धनमान—वि. धनवान, जिसके पास बहुत अधिक धन हो।

धनवंत*—वि. धनवान।

धनवती—वि. स्त्री. [सं.] धन वाली स्त्री।

धनवान्—वि. [सं.] जिसके पास धन हो।

धनाढ्य—वि. [सं.] धनवान, धनी।

धनादेश—पु. [सं.] (बैंक का) चैक; डाकखाने द्वारा भेजा जाने वाला धन, मनीऑर्डर।

धनाधिप—पु. [सं.] कुबेर; धनपति, बहुत बड़ा धनी।

धनाधीश—पु. [सं.] धन का स्वामी, धनी; कुबेर।

धनाध्यक्ष—पु. [सं.] कोषाध्यक्ष, ख़जांची।

धनाभाव—पु. [सं.] धन की कमी।

धनार्चित—वि. [सं.] धन द्वारा संतुष्ट किया हुआ; भेंट ('गिफ़्ट') आदि के द्वारा संतुष्ट किया हुआ।

धनार्जन—पु. [सं.] धनोपार्जन, धन कमाना।

धनार्थ—क्रि.वि. [सं.] धन के लिए, धन के निमित्त।

धनार्थी—वि., पु. [सं.] धन चाहने वाला।

धनाशा—स्त्री. [सं.] धन-प्राप्ति की आशा।

धनाश्री—स्त्री. [सं.] एक रागिनी।

धनि*—स्त्री. युवती; स्त्री; प्रेमिका; पत्नी।

धनिक—वि. [सं.] धनी, धनवान।

धनिया—स्त्री. एक छोटा पौधा जिसके पत्ते सुगंधित होते हैं, सब्जियों में प्रयुक्त; इस पौधे के बीच जो मसाले के रूप में प्रयुक्त होते हैं।

धनिष्ठा—स्त्री. [सं.] एक नक्षत्र।

धनी—स्त्री. [सं.] युवती; स्त्री; प्रेमिका; पत्नी।

धनी—वि. [सं.] धनवान, दौलतमंद; कुशल, सिद्धहस्त ('तलवार का धनी', 'कलम का धनी')। **~मानी**—वि. धनवान और प्रतिष्ठित।

धनीयक—पु. [सं.] धनिया।

धनुः—'धनुस्'। का समास में प्रयुक्त रूप।

धनुः रोग—पु. [सं.] धनुष-बाण; एक रोग।

धनु—पु. [सं.] धनुष; ज्योतिष में बारह राशियों में से एक।

धनुआ—पु. रुई धुनने का उपकरण; धनुष।

धनुई*—स्त्री. द्र. 'धनुही'।

धनुक—पु. धनुष।

धनुक-बाई—स्त्री. धनुक बाय—एक रोग।

धनुर्—'धनुस्' का समास में प्रयुक्त रूप। **~गुण**—पु. प्रत्यंचा, धनुष की डोरी। **~ज्या**—स्त्री. प्रत्यंचा। **~धर**—पु. धनुष धारण करने वाला। **~धारी**—वि. जो धनुष धारण करता हो। **~यज्ञ**—पु. एक यज्ञ जो सीता के स्वयंवर के लिए राजा जनक ने किया था। **~विद्या**—स्त्री. धनुष चलाने की कला, बाण विद्या। **~वेद**—पु. यजुर्वेद का उपवेद, इसमें धनुर्विद्या और अन्य शास्त्रों का वर्णन है।

धनुष्—पु. [सं.] द्र. 'धनुस्'। **~आकार**—वि. धनुष के आकार का। **~कार**—पु. धनुष बनाने वाला। **~कोटि**—पु. धनुष का छोर; बदरिकाश्रम के मार्ग में स्थित एक तीर्थ-स्थल। **~पाणि**—वि. जिसके हाथ में धनुष हो।

धनुष्मान्—पु. [सं.] धनुर्धर।

धनुस्—पु. [सं.] तीर चलाने का एक अस्त्र।

धनेश, धनेश्वर—पु. [सं.] कुबेर; खजांची; विष्णु; जन्म-पत्री में लग्न से दूसरा स्थान।

धनैषणा—स्त्री. [सं.] धन की लालसा, इच्छा।

धनैषी—वि. [सं.] धन चाहने वाला।

धनोपार्जन—पु. [सं.] धन कमाना, अर्जित करना।

धनोष्मा—स्त्री. [सं.] धन की गरमी।

धन्नासेठ—पु. बहुत धनी व्यक्ति (अवमानना अर्थ में प्रयुक्त)।

धन्नी—स्त्री. गाय-बैलों की एक जाति; घोड़े की एक प्रजाति, किस्म।

धन्य—वि. [सं.] भाग्यशाली; कृतार्थ; प्रशंसनीय। अ. प्रशंसा के लिए प्रयुक्त शब्द। पु. भाग्यवान व्यक्ति। **~वाद**—पु. 'धन्य-धन्य' कहना, साधुवाद; कृतज्ञता-प्रकाशन।

धन्यम्मन्य—वि. [सं.] अपने **को धन्य**, भाग्यवान, मानने वाला।

धन्या—स्त्री. [सं.] उपमाता, **धात्री**। वि. भाग्यशालिनी (स्त्री), पुण्यवती (स्त्री), प्रशंसा के योग्य।

धन्याक—पु. [सं.] धनिया।

धन्वंतर—पु. [सं.] चार हाथ की एक माप।

धन्वंतरि—पु. [सं.] देवताओं के वैद्य; आयुर्वेद के जनक आचार्य; समुद्र-मंथन के समय निकले चौदह रत्नों में से एक।

धन्व—पु. [सं.] धनुष।

धन्वन—पु. [सं.] एक वृक्ष, धनुर्वृक्ष।

धन्वा—पु. [सं.] धनुष।

धन्वाकार—वि. [सं.] धनुष के आकार का।

धन्विन—पु. [सं.] सूअर, शूकर।

धन्वी—वि. [सं.] जिसने धनुष धारण किया हुआ हो।

धप—स्त्री. किसी भारी चीज़ के गिरने पर 'धप' की आवाज़; थप्पड़।

धप्पा—पु. थप्पड़, तमाचा; हानि, टोटा।

धब-धब—स्त्री. किसी मोटी चीज़ से नरम चीज़ पर होने वाले आघात की ध्वनि, शब्द।

धब्बा—पु. किसी वस्तु या स्थान पर लगा हुआ भद्दा निशान। **ला.** कलंक।

धम—पु. [सं.] चंद्रमा; कृष्ण; यम; ब्रह्म। स्त्री. किसी भारी वस्तु के गिरने का शब्द, किसी व्यक्ति के चलने की जोर से हुई ध्वनि ('धम-धम करके चलना')।

धमक—स्त्री. द्र. 'धम'।

धमकना—अ.क्रि. 'धम' की ध्वनि पैदा करते हुए गिरना। **मु. ~(आ)**—बिना बुलाए ही अयाचित रूप में आ जाना।

धमकाना—स.क्रि. धमकी देना, डराना, आतंकित करना।

धमकी—स्त्री. धुड़की, धमकाने की क्रिया।

धमधमाना—अ.क्रि. 'धम-धम' शब्द करना।

धमनि, धमनी—स्त्री. [सं.] नाड़ी, शिरा।

धमरगज्ज—बहुत धमाल मचाना, शोर करना।

धमाका—पु. भारी वस्तु के गिरने का शब्द; बम, आदि के विस्फोट का शब्द।

धमाचौकड़ी—स्त्री. उछल-कूद करते हुए की गई शरारतें।

धमाधम—अ. लगातार 'धम-धम' की आवाज़ के साथ (कोई काम करना)।

धमार, धमाल—पु. फागुन, होली के अवसर पर गाए जाने वाले लोक गीत, संगीत। **ला.** ऊधम मचाना (धमाल मचाना, करना)।

धमारिया—वि. उपद्रव, उत्पात करने वाला। पु. धमार गाने वाला व्यक्ति।

धमारी—स्त्री. होली का नृत्ययुक्त लोक-गान।

धमि—स्त्री. [सं.] फूँकने की क्रिया।

धर—वि. [सं.] धारण करने वाला, रखने वाला—मुरलीधर, धनुर्धर; अपने ऊपर धारण करके भार सँभालने वाला—धरणीधर; रक्षक, देख-भाव करने वाला। पु. पर्वत, पहाड़;

कच्छप, मान्यता है कि ये पृथ्वी को अपने ऊपर धारण किए हुए हैं। **~उठाई**—स्त्री. सामान को रखने-उठाने की क्रिया। **~पकड़**—स्त्री. (पुलिस द्वारा) पकड़ने, गिरफ़्तार करने की क्रिया।

धरण—पु. [सं.] धारण करने की क्रिया; एक प्राचीन तौल।

धरणि, धरणी—स्त्री. [सं.] पृथ्वी; शहतीर; सेमर का पेड़; तरु, नाड़ी।

धरणीय—वि. [सं.] धारण करने योग्य; सहारा देने योग्य।

धरणीश्वर—पु. [सं.] शिव; विष्णु; राजा, भूपति।

धरती—स्त्री. पृथ्वी, भूमंडल, संसार।

धरन—स्त्री. धरने की क्रिया; गर्भाशय का आधार; हठ; शहतीर।

धरना—स.क्रि. पकड़ना, थामना, रखना, स्थापित करना। **ला.** किसी कार्य के विरोध में या अपनी माँगें मनवाने के लिए स्थान विशेष पर किसी व्यक्ति या व्यक्ति-समूह का अनशन पर बैठना (धरना लगाना)।

धरनि—स्त्री. द्र. 'धरणि'।

धरनी—स्त्री. द्र. 'धरणी'।* टेक, प्रतिज्ञा ('चातक की धरनी')।

धरम*—पु. द्र. 'धर्म'।

धरहरा—पु. मीनार, धौरहर।

धरहरिया—पु. लड़ाई का बीच-बचाव करने वाला।

धरा—स्त्री. [सं.] पृथ्वी, धरती, भूमि। **~शायी**—वि. गिरा हुआ; युद्ध में मार गिरा देना; नष्ट कर देना।

धराऊ—वि. वे (वस्त्र, आदि) वस्तुएँ जो विशेष अवसरों पर प्रयुक्त करने के लिए सुरक्षित रखी रहें।

धरात्मज—पु. [सं.] मंगल ग्रह; नरकासुर।

धरात्मजा—स्त्री. [सं.] सीता, पृथ्वी से उत्पन्न।

धराधाम—पु. [सं.] धर और जमीन; पृथ्वी।

धराधिप, धराधिपति—पु. [सं.] राजा, भूपति।

धराधीश—पु. [सं.] राजा, भूपति।

धरित्री—स्त्री. [सं.] पृथ्वी।

धरी—स्त्री. उप-पत्नी।

धरुण—पु. [सं.] ब्रह्मा; स्वर्ग; किसी वस्तु को सुरक्षित रखने का स्थान; दूध पीने वाला बछड़ा, वत्स।

धरेश—पु. [सं.] धराधीश, राजा, भूपति।

धरैया—पु. धरने वाला, पकड़ने वाला।

धरोहर—स्त्री. अमानत, थाती, रिक्थ।

धर्ता (र्तृ)—पु. [सं.] धारण करने वाला, टेकने वाला।

धर्म—पु. [सं.] किसी संत, मुनि, आचार्य या ऋषि द्वारा प्रवर्तित मत जिसमें कुछ निश्चित सिद्धांतों, कृत्यों, परिपाटी आदि का पालन आवश्यक होता है; किसी व्यक्ति या वस्तु की मूल प्रवृत्ति, प्रकृति, स्वभाव का मूल गुण, यथा—अग्नि का धर्म जलाना, ताप देना; सदाचार तथा शुभ कर्म, का. शास्त्र में उपमेय और उपमान दोनों का समान गुण, वृत्ति (साधारण धर्म); गुण, वृत्ति। **~परायण**—वि. धर्म में निष्ठा रखने वाला। **~शाला**—स्त्री. यात्रियों के निःशुल्क ठहरने का स्थान जिसे किसी ने धर्मार्थ, परोपकार भावना से, निर्मित किया हो। **मु. ~बिगाड़ना**—किसी को धर्म-मार्ग से च्युत करना, हटाना; किसी स्त्री का सतीत्व भंग करना।

धर्मण—पु. [सं.] धामिन नामक सर्प; धामिन पक्षी।

धर्मत:—अ. [सं.] धर्म के अनुसार; धर्म की साक्षी देना।

धर्मवान—वि. [सं.] धर्मात्मा, धर्मनिष्ठ (व्यक्ति)।

धर्मांतर—पु. [सं.] किसी अन्य धर्म को ग्रहण करना।

धर्मांतरण—पु. [सं.] दूसरा धर्म ग्रहण करना।

धर्मांतरित—वि. [सं.] जिसने दूसरा धर्म ग्रहण कर लिया हो।

धर्मांध—वि. [सं.] अपने धर्म में अंध श्रद्धा रखते हुए दूसरे के धर्म के प्रति दुष्भाव रखना; कट्टरता से अपने धर्म का पालन करने वाला।

धर्माचरण—पु. [सं.] धर्म के अनुसार आचरण करने वाला।

धर्माचार्य—पु. [सं.] धर्म की शिक्षा देने वाला गुरु, आचार्य।

धर्मातिक्रमण—पु. [सं.] धर्म का अतिक्रमण।

धर्मात्मज—पु. [सं.] धर्म-पुत्र, युधिष्ठिर।

धर्मात्मा—वि. [सं.] धर्मशील, धर्म का पालन करने वाला।

धर्माधर्म—पु. [सं.] धर्म और अधर्म।

धर्माधिकरण—पु. [सं.] न्यायालय; न्यायाधीश (प्राचीन समय में प्रयुक्त शब्द)।

धर्माधिकारी—पु. [सं.] धर्म, न्याय की व्यवस्था देने वाला, न्यायाधीश।

धर्माधिकृत—पु. [सं.] धर्माध्यक्ष।

धर्माधिपति—पु. [सं.] धर्म, न्याय की व्यवस्था देने वाला; न्यायाधीश।

धर्माधिष्ठान—पु. [सं.] न्यायालय।

धर्माध्यक्ष—पु. [सं.] द्र. 'धर्माधिपति'।

धर्मानुकूल—क्रि.वि. [सं.] धर्म, न्याय के अनुसार।

धर्मानुष्ठान—पु. [सं.] धार्मिक कृत्य करना, पूजा-विधान आदि करना।

धर्माभास—पु. [सं.] धर्म मार्ग से अलग; धर्म का त्रुटिपूर्ण, मिथ्या मार्ग अपनाना।

धर्माभिमानी—वि. [सं.] अपने धर्म का अभिमानी, गर्व करने वाला।

धर्मारण्य—पु. [सं.] तपोवन; गया के निकट एक तीर्थ।

धर्मार्थ—अ. [सं.] धर्म, परोपकार के निमित्त।

धर्मावतार—पु. [सं.] राजा आदि के लिए प्रयुक्त आदरसूचक शब्द।

धर्माश्रयी—वि. [सं.] धर्म की शरण में आया हुआ।

धर्माश्रित—वि. [सं.] धर्म के अनुरूप, अनुसार।
धर्मासन—पु. [सं.] पीठ या आसन जिस पर बैठ कर व्यवस्था, धर्म-अधर्म का निर्णय दिया जाता है; न्यायाधीश का आसन।
धर्मिष्ठ—वि. [सं.] अत्यंत धार्मिक वृत्ति का (व्यक्ति)।
धर्मी—वि. [सं.] धर्म-कर्म का पालन करने वाला, पुण्यात्मा।
धर्मेंद्र—पु. [सं.] युधिष्ठिर।
धर्मेतर—वि. [सं.] धर्म से अलग; जो धर्म-विहित न हो।
धर्मोत्तर—वि. [सं.] अति धार्मिक।
धर्मोन्माद—पु. [सं.] धार्मिक कट्टरता से दूसरे धर्म वाले के साथ अनुचित व्यवहार, धर्म के नाम पर उत्पात।
धर्मोपदेश—पु. [सं.] धर्म का उपदेश, प्रवचन।
धर्मोपदेशक—पु. [सं.] धर्म की शिक्षा देने वाला, उपदेशक, प्रवचन करने वाला।
धर्मोपाध्याय—पु. [सं.] पुरोहित।
धर्म्य—वि. [सं.] धर्मसंगत; न्यायसंगत।
धव—पु. [सं.] एक जंगली पेड़।
धवई—स्त्री. एक पेड़ जिसमें लाल फूल होते हैं।
धवनी—स्त्री. धौंकनी।
धवल—वि. [सं.] श्वेत, सफ़ेद; स्वच्छ, निर्मल, सुंदर। पु. सफ़ेद रंग। **~कीर्ति**—वि. जिसकी कीर्ति, यश उज्ज्वल हो।
धवला—वि. उजला, सफ़ेद। वि. [स्त्री.] सफ़ेद रंग की; गौरवर्ण स्त्री।
धवलाई—स्त्री. सफ़ेदी।
धवली—स्त्री. [सं.] सफेद गाय ('धौली' सम्बोधन भी)।
धवलोत्पल—पु. [सं.] श्वेत कमल।
धवाना*—स.क्रि. दौड़ाना।
धसक—स्त्री. सूखी खाँसी; मिर्च के चूरे आदि के प्रभाव से उठने वाली खाँसी।
धसकना—अ.क्रि. किसी वस्तु या जमीन का नीचे खिसकना, किसी भार या पानी के कारण।
धसका—पु. मिर्च, आदि तेज मसालों की गंध से खाँसी-सी उठना; पशुओं में होने वाला एक रोग।
धसान—स्त्री. द्र. 'धँसान'।
धाँधल—स्त्री. धूर्तता; दगा, छल।
धाँधली—वि. धोखा, अनीति, अनाचार।
धाँय—स्त्री. द्र. 'धायँ'।
धाँस—स्त्री. हाथ, उँगली, आदि में लकड़ी का तिनका, टुकड़ा, त्वचा में फँस जाना।
धाँसना—अ.क्रि. घोड़े आदि पशुओं का खाँसना।
धा—पु. तबले का एक बोल, धैवत स्वर का संकेत (संगीत)। प्र. एक प्रत्यय जो संख्यावाचक विशेषणों के पीछे प्रकार, खंड, बार (बारी) के अर्थ में जोड़ा जाता है, यथा—बहुधा, शतधा, आदि।
धाइ—स्त्री. द्र. 'धाय'।
धाईं मिचक्का*—पु. (बच्चों का) आँख मिचौली (मिचौनी) का खेल।
धाई—स्त्री. द्र. 'धाय'।
धाक—स्त्री. दबदबा; ख्याति; रौब; प्रतिष्ठा। **मु. ~जमना—~जमाना**—रौब जमना, रौब जमाना, प्रतिष्ठा अर्जित करना।
धाकड़—वि. रौबीला; प्रभाव वाला, प्रभावी व्यक्तित्व, जिसकी खूब चलती हो; साहसी।
धागा—पु. तागा, डोरा।
धाड़—स्त्री. खूब जोर से (मारना, गिराना) जोर से गिरना ('धाड़ से गिर पड़ा', धाड़ गिरा)। **ला. ~मार कर रोना**—खूब जोर से शब्द करते हुए रोना।
धाड़स—पु. ढाढ़स, तसल्ली; सांत्वना।
धाता—पु. [सं.] ब्रह्मा; विष्णु; महेश; व्यवस्था करने वाला; रक्षक।
धातु—स्त्री. [सं.] खनिज पदार्थ—सोना, चाँदी, पीतल, ताँबा, आदि। आयुर्वेद के अनुसार शरीर के सात महत्त्वपूर्ण सार तत्त्व, घटक—सप्त धातु—रस, रक्त, मांस, मेद, अस्थि, मज्जा तथा शुक्र (वीर्य)।
धातुमय—वि. [सं.] खनिज पदार्थों से युक्त (खाद्य, आदि)।
धातुमान्—वि. [सं.] जिसमें धातु हों; जिसके पास धातुएँ हों।
धात्र—पु. [सं.] पात्र।
धात्री—स्त्री. [सं.] धाय, उपमाता, पालन करने वाली माँ; पृथ्वी; माता। **~कर्म**—पु. धाय का काम, प्रसव कराने का काम। **~विद्या**—स्त्री. प्रसव कराने का हुनर।
धात्वर्थ—पु. [सं.] धातु, पद या शब्द को प्रकृति से प्राप्त अर्थ।
धात्विकीकरण—पु. [सं.] धातु बनाना।
धात्वीय—वि. [सं.] धातु का, धातु से सम्बद्ध।
धान—पु. एक प्रसिद्ध अन्न, उसका पौधा जिससे चावल निकलता है।
धानक—पु. [सं.] धनिया; एक प्राचीन परिमाप; धनुष चलाने वाला; धुनिया—धनुष की डोरी से रुई धुनने वाला।
धाना—स्त्री. [सं.] भुना हुआ जौ या चावल, सत्तू, धनिया।
धाना*—अ.क्रि. दौड़ कर जाना, तीव्र गति से चलना।
धानी—वि. धान की हरी पत्ती के रंग का। पु. धान की पत्ती जैसा हरा रंग। स्त्री. [सं.] स्थान—(राजधानी)।
धानुक—पु. धनुर्धर; एक छोटी जाति—धनुक, धुना।
धान्य—पु. [सं.] अन्न, अनाज; चार तिल का एक प्राचीन परिमाण।

धान्यागार—पु. [सं.] वह स्थान जहाँ अन्न का भंडारण किया जाता है।

धान्वंतर्य—वि. [सं.] धन्वंतरि देव के लिए किए जाने वाला, समर्पित।

धान्व—वि. [सं.] धन्नव देश का।

धाबा—पु. ढाबा, होटल का देसी रूप।

धाम—पु. [सं.] गृह, घर; वह स्थान या लोक जहाँ किसी देवता का निवास हो; देव स्थान, तीर्थ स्थल।

धामिन—पु. साँप की एक प्रजाति।

धामिया—पु. एक पंथ; इस पंथ का अनुयायी।

धायँ—स्त्री. गोले या गोली छूटने का शब्द। **~धायँ**—अ. लगातार 'धायँ' की आवाज़; इस आवाज़ के साथ आग का जलना—('चिता धायँ-धायँ कर जल उठी')।

धाय—स्त्री. बच्चे को दूध पिलाने और उसकी परवरिश करने वाली, धात्री, उपमाता।

धाय्य—पु. [सं.] पुरोहित।

धार—पु. [सं.] धारा के रूप में जल का गिरना; नदी आदि की एक धारा; तलवार, चाकू आदि के फल का तीक्ष्ण रूप।

धारक—वि. [सं.] धारण करने वाला; जिसके नाम पर कोई धनादेश ('चैक', आदि हो)—चैकधारक, बीमाधारक, पॉलिसीधारक; वह वस्तु जिसमें कोई वस्तु रखी जाए—पात्र, कलश, आदि।

धारका—स्त्री. [सं.] योनि, भग।

धारण—पु. [सं.] किसी वस्तु को ग्रहण करना; उसे पकड़ना; किसी वस्त्र या आभूषण को पहनना; किसी बात को स्मरण में रखना।

धारणा—स्त्री. [सं.] धारण करने की क्रिया या भाव; मन में धारण करने, रखने, आदि की समझ, शक्ति, बुद्धि; किसी विषय के संबंध में अपना विचार या मत; याद, स्मृति; योग के आठ अंगों में से एक (ध्यान, धारणा, आदि)। **~योग**—पु. गहन समाधि।

धारणावान—वि. [सं.] मेधावी; बौद्धिक व्यक्ति।

धारणिक—पु. [सं.] ऋणी, कर्ज़दार।

धारणी—स्त्री. [सं.] स्थिरता; धमनी; श्रेणी, पंक्ति; बौद्धों का एक मंत्र।

धारणीय—वि. [सं.] धारण करने योग्य।

धारयिता—वि., पु. [सं.] धारणकर्ता, धारक, धारण करने वाला।

धारयित्री—वि. स्त्री. [सं.] धारण करने वाली। स्त्री. पृथ्वी।

धारस—पु. द्र. 'ढाढ़स'।

धारांकुर—पु. [सं.] जल का कण; ओला, उपल।

धारांग—पु. [सं.] तलवार।

धारा—स्त्री. [सं.] नदी का जल-प्रवाह; किसी वस्तु या तत्त्व का किसी दिशा में आगे बढ़ते जाना; किसी विचार-सारणी का आगे प्रसार—भक्ति-धारा, राम-काव्य धारा आदि; किसी विधान, अनुबंध पत्र या मसौदे का स्वतंत्र अनुच्छेद ('भारतीय दंड संहिता की धारा 321 के अनुसार', आदि)।

धारा—स्त्री. दफ़ा। **~सभा**—स्त्री. व्यवस्थापिका सभा ('काउंसिल')।

धाराग्र—पु. [सं.] बाण का अग्रभाग, सिरा।

धाराल—वि. [सं.] जिसमें धार हो, धारदार (चाकू, तलवार, आदि)।

धारावाहिक—पु. जो क्रम से आता हो, प्रकाशित होता हो ('सीरियल'—पत्र-पत्रिकाओं में प्रकाशन, दूरदर्शन और रेडियो पर प्रसारण)।

धारासार—पु. [सं.] महावृष्टि, बहुत तेज वर्षा, मूसलधार वर्षा।

धारिणी—स्त्री. [सं.] पृथ्वी। वि. धारण करने वाली; जिस स्त्री पर किसी का ऋण हो।

धारित—वि. [सं.] धारण किया हुआ; सँभाला हुआ।

धारी—पु. एक वर्णवृत्त। स्त्री. कपड़े आदि पर दूसरे रंग की लकीर-सी ('लाइनिंग')। **~दार**—वि. जिस वस्त्र, आदि पर धारियाँ हों।

धारी—वि. [सं.] धारण करने वाला, इस अर्थ में इसका प्रयोग किसी अन्य शब्द के साथ ही होता है—देहधारी, जीवधारी।

धारोष्ण—वि. [सं.] वह दूध जो गाय, भैंस आदि से तुरंत निकला हो और तासीर में ऊष्ण हो।

धार्तराष्ट्र—पु. [सं.] धृतराष्ट्र का पुत्र; धृतराष्ट्र के वंश का।

धार्म—वि. [सं.] धर्म संबंधी।

धार्मिक—वि. [सं.] धर्मशील, पुण्यात्मा, धर्मात्मा; धर्म संबंधी; धर्म के अनुसार।

धार्मिकोत्सव—पु. [सं.] धर्म संबंधी उत्सव, पर्व।

धार्मिण—पु. [सं.] धार्मिक व्यक्तियों का समूह, मंडली।

धार्य—वि. [सं.] धारण करने योग्य; स्मरण रखने योग्य। पु. धारण करने योग्य (वस्तु, आदि)।

धावक—पु. [सं.] दूत; हरकारा; हर्षकालीन एक संस्कृत कवि। वि. दौड़ने वाला; धोने वाला।

धावन—पु. [सं.] दौड़ना; बहना; हमला करना।

धावल्य—पु. [सं.] धवलता, श्वेतता, सफ़ेदी।

धावा—पु. हमला, आक्रमण; दौड़ कर आक्रमण करना। **मु. ~करना, ~बोलना, ~मारना**—आक्रमण करना, चढ़ाई करना।

धावित—वि. [सं.] दौड़ा हुआ; दौड़ता हुआ।

धिंगाई*—स्त्री. ज़ोर-ज़बरदस्ती; उपद्रव।

धि—पु. [सं.] आधार, भांडार—केवल समास के अंत में प्रयुक्त—जलधि, उदधि, आदि।

धिआन—पु. द्र. 'ध्यान'।

धिआना*—स.क्रि. द्र. 'ध्याना'।

धिक—अ. द्र. 'धिक्'।

धिक्—अ. [सं.] निंदा, घृणा, भर्त्सना, धिक्कार के लिए प्रयुक्त शब्द।

धिक्कार—पु. निंदा, घृणा, भर्त्सना, अवमानना करना, लानत।

धिक्कारना—अ.क्रि. घृणा करते हुए अपशब्द कहना, लानत-मलामत देना।

धिया—स्त्री. पुत्री, कन्या।

धींग—पु. बलशाली; शरीर में बड़ा।

धींगड़ा—पु. शरीर से हृष्ट-पुष्ट, बलशाली। स्त्री. धींगड़ी।

धींगरा—पु. द्र. धींगड़ा।

धींवर—पु. धीमर, घरों में पानी भरने और सब्ज़ी, आदि की खेती करने वाली एक छोटी जाति।

धी—स्त्री. पुत्री, लड़की। [सं.] प्रज्ञा, बुद्धि; समझ; ज्ञान; मन। **~मान**—पु. बुद्धिमान।

धीआ—स्त्री. पुत्री, लड़की।

धीमर—पु. द्र. 'धींवर'।

धीमा—वि. मंद, मंथर, वेग-रहित, कम गति वाला।

धीमान्—वि. [सं.] द्र. 'धी' के अन्तर्गत।

धीय—स्त्री. द्र. 'धी'।

धीया—स्त्री. बेटी, लड़की।

धीर—वि. [सं.] धैर्ययुक्त, स्थिरचित्त, जो जल्दी विचलित न हो; गंभीर; मंद। **~ललित**—पु. वह नायक जो धीर और वीर होने के साथ साहित्य और कलाओं का प्रेमी हो। **~शांत**—वह नायक जो वीर और धीर होने के साथ शांत प्रकृति का हो।

धीरज*—पु. द्र. 'धैर्य'।

धीरता—स्त्री., **धीरत्व**—पु. [सं.] धीरज, धैर्य का भाव या गुण; चित्त की स्थिरता, गंभीरता।

धीरा—स्त्री. [सं.] एक नायिका-भेद जो पति के पर-स्त्री-गमन पर व्यंग्य से अपना आक्रोश प्रकट करके भी अपना धैर्य नहीं खोती।

धीरा-धीरा—स्त्री. [सं.] अपने पति के पर-स्त्रीगमन की बात जान कर अपनी मुख-मुद्रा प्रदर्शन और रुदन कर क्रोध प्रकट करने वाली नायिका।

धीरावी—स्त्री. [सं.] शीशम का पेड़।

धीरे—अ. मंद गति से, चुपके से, मंद स्वर में।

धीरोदात्त—पु. [सं.] सुशील, दयावान, विनम्र, दृढ़ चरित्र नायक।

धीरोद्धत—पु. [सं.] प्रचंड स्वभाव वाला, चंचल और आत्मश्लाघा करने वाला बड़बोला नायक।

धीवर—पु. [सं.] द्र. 'धींवर'।

धीवरक—पु. [सं.] मल्लाह।

धीवरी—स्त्री. [सं.] धींवर की स्त्री।

धुंआ—पु. द्र. 'धुआँ'।

धुँआरा—वि. जो धुएँ से मैला हो गया हो। पु. धुएँ जैसा रंग।

धुँगार—स्त्री. दही, मट्ठा आदि में लगाया जाने वाला छौंक, बघारना।

धुँगारना—स.क्रि. धुँगार, छौंक, बघार लगाने की क्रिया।

धुंद—स्त्री. द्र. 'धुंध'।

धुंध—स्त्री. आकाश में बहुत अधिक गर्द छा जाने से होने वाला अँधेरा सा, कुहरे के छा जाने से होने वाला अँधेरा; आँखों की ज्योति मंद पड़ने का एक रोग।

धुंधराना, धुँधलाना*—अ.क्रि. धुँधलाना, अँधेरा-सा छा जाना।

धुँधला—वि. अस्पष्ट दिखना; धुएँ के रंग का; स्मृति में पुराना पड़ना। **~पन**—पु. धुँधला होने का भाव।

धुँधली—स्त्री. अस्पष्ट (दृष्टि), कम-सा दिखना। वि. स्त्री. कुछ कम याद आती बात, स्मृति में अस्पष्ट।

धुँधि*—स्त्री. द्र. 'धुंध'।

धुंधु—पु. [सं.] एक राक्षस।

धुँवाँ—पु. द्र. 'धुआँ'।

धु—स्त्री. [सं.] कंपन।

धुअ*—पु. द्र. 'ध्रुव'।

धुआँ—पु. किसी वस्तु (लकड़ी, ईंधन, आदि) के जलने से उठने वाला काला पदार्थ, धूम। **~धार**—वि. जोरदार; घोर, भीषण। अ. लगातार और बहुत वेग से, बड़े जोर से।

धुआँना—धुआँ हो जाना, छा जाना; किसी खाद्य-पदार्थ, दूध आदि का धुएँ के कारण गंधा जाना।

धुआँरा—पु. धुएँ के रंग का; धुएँ में हो जाना।

धुआँसा—पु. धुएँ की कालिख लग जाना।

धुकड़-पुकड़—पु. भय, आशंका से चित्त का घबराना; धुकधुकी चलना।

धुकधुकी—स्त्री. घबराहट, अत्यधिक हर्ष, आदि में चित्त की विचलन।

धुगधुगी—स्त्री. द्र. 'धुकधुकी'।

धुजा*—स्त्री. द्र. 'ध्वजा'।

धुत—वि. [सं.] हिलाया हुआ, कंपित; व्यक्त।

धुतकारना—स.क्रि. द्र. 'दुतकारना'।

धुत्त—वि. (किसी नशे, आदि में) निश्चेष्ट, बेहोश-सा हो जाना।

धुन—स्त्री. किसी गीत की विशेष तर्ज़, विशिष्ट स्वर-क्रम या लय; किसी कार्य में पूर्ण तल्लीनता से लग जाना; किसी चीज़, लक्ष्य को प्राप्त करने की तीव्र लगन।

धुनकी—स्त्री. धुनियों का रुई धुनने का उपकरण—धनुष-सा; छोटा धनुष—बच्चों के खेल का।

धुनना—स.क्रि. रुई को धुनकी से रेशे-रेशे के रूप में बिखरा देना। **ला.** किसी को बुरी तरह पीटना।

धुनवाना—स.क्रि. 'धुनने' का प्रे.।

धुनि—स्त्री. द्र. 'ध्वनि'।

धुनियाँ, धुनिया—पु. रुई धुनने का काम करने वाला; रुई धुनने का उपकरण—धनुष-सा।

धुनी—वि. जिसमें किसी काम की धुन, लगन लग गई हो।

धुरंधर—वि. [सं.] बहुत अधिक उच्च कोटि का (विद्वान); अग्रगण्य।

धुर—पु. [सं.] गाड़ी का धुरा, अक्ष; शीर्ष या उच्च स्थान। वि. एक दम से, पक्का (धुर गँवार)।

धुरजटी*—पु. द्र. 'धूर्जटी'।

धुरपद—पु. द्र. 'ध्रुवपद'।

धुरा—पु. [सं.] लकड़ी या लोहे का वह डंडा जिस पर चढ़ाया गया पहिया घूमता है, अक्ष।

धुरी—स्त्री. छोटे आकार का धुरा।

धुरीण—वि. [सं.] श्रेष्ठ; प्रमुख, अग्रगण्य।

धुरेंडी, धुलेंडी—स्त्री. दुल्हैंडी, होलिका-दहन, पूर्णिमा से अगला दिन, मदनोत्सव।

धुर्य—पु. [सं.] विष्णु; बैल।

धुर्रा—पु. किसी वस्तु का चूरा; निरा, खालिस ('धुर्रा गँवार')।

धुलना—अ.क्रि. पानी, साबुन, आदि से (कपड़े, आदि को) स्वच्छ करना; झाड़ू-पानी आदि से (फर्श, दीवार, आदि को) स्वच्छ करना।

धुलवाना—स.क्रि, द्र. 'धुलाना'।

धुलाई—स्त्री. धोने की क्रिया; धोने की मज़दूरी, शुल्क।

धुलाना—स.क्रि. धोने का काम करवाना।

धुव*—वि., पु. द्र. 'ध्रुव'।

धुवाँ—पु. द्र. 'धुआँ'।

धुवाँरा—पु. छत, आदि में धुआँ निकलने का छेद।

धुस्स—पु. ढूह, ढहे हुए मकान के मलबे का ढेर; नदी का बाँध बँधा।

धुस्सा—पु. ऊन का भारी कंबल।

धूत*—वि. धूर्त, छली, पाखंडी। [सं.] हिलाया हुआ, छोड़ा हुआ, डाँटा हुआ।

धूता—स्त्री. [सं.] पत्नी।

धूति—स्त्री. [सं.] हिलना, कंपन; हठयोग में शरीर को शुद्ध करने की एक क्रिया।

धू धू—पु. आग के प्रचंड रूप में जलने पर होने वाला शब्द ('धू-धू कर जल उठा')।

धून—वि. [सं.] हिलाया हुआ, कँपाया हुआ।

धूनक—पु. [सं.] हिलाने वाला, कंपित कर देने वाला।

धूना—पु. साधुओं के तापने, तप करने, समाधि लगाने, आदि का वह अग्नि-स्थान या कुंड जिसमें निरंतर अग्नि जलती रहती है।

धूनी—स्त्री. वह अग्नि जहाँ साधु तप करते हैं ('धुनी रमाना'); वह अग्नि जिसमें गुग्गुल, आदि का धुआँ किया जाता है।

धूप—स्त्री. [सं.] एक मिश्रित पूजा पदार्थ जिसके जलाने पर सुगंधित धुआँ निकलता है; सूर्य की किरणों का विस्तार, आतम; सूर्य की गर्मी। **मु. ~में बाल सफ़ेद नहीं किए**—बिना अनुभव लिए उम्र यूँ ही नहीं बिता दी, अनुभवी होने का दावा।

धूपछाँही—वि. (कपड़े में) एक रंग-योजना कहीं गहरा और कहीं हलका रंग दिखाई देता है।

धूपित—वि. [सं.] धूप, धुएँ से रँगा हुआ; थका हुआ।

धूम—पु. [सं.] धुआँ; कुहरा; हलचल; शोर। **ला. ~धाम से**—खूब उत्साहपूर्वक, पूरे जोर-शोर और तैयारी से।

धूमांग—पु. [सं.] शीशम का पेड़। वि. जिसका रंग धुएँ जैसा हो।

धूमाक्ष—वि. [सं.] जिसकी आँखें धुएँ के रंग की हों। ['स्त्री. 'धूमाक्षी']।

धूमाग्नि—स्त्री. [सं.] धूम, धुएँ से भरी अग्नि।

धूमाभ—वि. [सं.] धुएँ के रंग का।

धूमायन—पु. [सं.] धुआँ देना।

धूमावती—स्त्री. [सं.] दस महाविद्याओं में से एक।

धूमावृत—वि. [सं.] धुएँ से घिरा हुआ।

धूमित—वि. [सं.] धुएँ से भरा हुआ।

धूमिता—स्त्री. [सं.] वह दिशा जिस ओर सूर्य पहले मुड़ता है।

धूमिल—वि. [सं.] धुएँ के रंग का, मटमैला। **ला. ~पड़ जाना**—विस्मृति में चले जाना, फीका पड़ जाना; मलिन हो जाना, फीका पड़ जाना।

धूम्र—पु. [सं.] कृष्ण—लोहित वर्ण, ललाई लिये कसा रंग, ताँबई; शिव; एक असुर।

धूम्रक—पु. [सं.] ऊँट।

धूर*—स्त्री. द्र. 'धूल'।

धूरजटी*—पु. द्र. 'धूर्जटि'।

धूरत*—वि. 'धूर्त'।

धूर्जटि—पु. [सं.] शिव, महादेव।

धूर्त—वि. [सं.] चालाक, चालबाज़; घृणास्पद रूप में किसी को कहा जाता है।

धूर्तता—स्त्री. [सं.] चालबाज़ी; धोखाधड़ी, छल।

धूल—स्त्री. मिट्टी, आदि की—रज, कण। **ला.** बहुत तुच्छ वस्तु। **मु. ~चटाना**—हरा देना, पराजित करना। **~में**

मिलना—सर्वथा नष्ट होना, सब निष्फल हो जाना। **~में मिला देना**—पूरी तरह नष्ट कर देना; चकनाचूर कर देना।

धूलि—स्त्री. [सं.] धूल, गर्द, रज। **~धूसरित**—धूल से भरा हुआ।

धूलिका—स्त्री. [सं.] कुहरा।

धूसर—वि. [सं.] भूरे रंग का; धूल में सना हुआ।

धूसरित—वि. [सं.] धूसर किया हुआ, धूल में लिपटा हुआ; धूसर, भूरा, मटमैला रंग।

धृक, धृग*—अ. द्र. 'धिक्'।

धृत—वि. [सं.] धारण या ग्रहण किया हुआ; स्थिर किया हुआ; गिरा हुआ, पतित। **~राष्ट्र**—पु. कौरव नरेश, दुर्योधन के पिता।

धृति—स्त्री. [सं.] धैर्य, धीरज; दृढ़ स्मरणशक्ति; धारण; ग्रहण, पकड़ना।

धृतिमान्—वि. [सं.] धैर्यवाला, वीर; संतुष्ट। [स्त्री. 'धृतिमती']।

धृत्वा—पु. [सं.] विष्णु; ब्रह्मा; धर्म; आकाश; समुद्र।

धृष्ट—वि. [सं.] निर्लज्ज; उद्दंड; उद्धत; वह नायक जो अपराध करता रहता है, तिरस्कृत होता रहता है, फिर भी नायिका के पीछे लगा रहता है (साहि.)। **~द्युम्न**—पु. महाभारतीय कथा में राजा द्रुपद का पुत्र।

धृष्टता—स्त्री. [सं.] निर्लज्जता; उद्दंडता; ढिठाई।

धृष्य—वि. [सं.] आक्रमण करने योग्य; जीतने योग्य।

धेन—पु. [सं.] समुद्र; नद।

धेना—स्त्री. [सं.] नदी; वाणी।

धेनिका—स्त्री. [सं.] धनिया।

धेनु—स्त्री. [सं.] गाय; हाल की ब्याही हुई, सद्य:प्रसूता गाय।

धेनुक—पु. [सं.] एक राक्षस, बलराम ने इसका वध किया था।

धेनुमती—स्त्री. [सं.] गोमती नदी।

धेय—वि. [सं.] धारण करने योग्य; पोषण करने योग्य।

धेलचा—पु. द्र. 'अधेला'।

धेला—पु. द्र. 'अधेला'।

धेली—स्त्री. अठन्नी, आठ आने का प्राचीन सिक्का।

धेवता—पु. दौहित्र, पुत्री का पुत्र। [स्त्री. धेवती]।

धैनव—पु. [सं.] बछड़ा। वि. गाय से उत्पन्न।

धैनुक—पु. [सं.] गौ-समूह।

धैर्य—पु. [सं.] विषम स्थितियों में भी चित्त के स्थिर रहने का भाव, धीरता, धीरज; शान्ति, संतोष।

धैवत—पु. [सं.] सप्तक का छठा स्वर (संगी.)।

धोंकना*—अ.क्रि. काँपना।

धोइ—स्त्री. जिस दाल का छिलका उतारा हुआ हो (उड़द, मूँग, आदि की)।

धोका*—पु. द्र. 'धोखा'।

धोखा—पु. भुलावा, छल, दगा; आश्वासन देकर भी कार्य न करना; कुछ का कुछ समझने का भाव; भूल; गैर जानकारी। **~(खे) बाज़**—वि. धोखा देने वाला, छलिया, वंचक। **~बाज़ी**—स्त्री. धोखा देने का काम, छलने की चाल।

धोखाधड़ी—स्त्री. जालसाज़ी, धोखा देने की चाल, चालें।

धोतर—पु. धोती से छोटा एक मोटा कपड़ा।

धोती—स्त्री. एक प्रसिद्ध वस्त्र, पुरुष इसे कमर से टखनों तक पहनते हैं और स्त्रियाँ ऊपर से नीचे तक लगभग पूरा शरीर इससे ढँकती हैं—मर्दानी धोती, जनानी धोती।

धोना—स.क्रि. पानी से किसी चीज़ को स्वच्छ करना।

धोब—पु. धोए जाने की क्रिया, धुलाई।

धोबन*—स्त्री. द्र. 'धोबिन'।

धोबिन—स्त्री. धोबी की स्त्री; धोबी जाति की स्त्री; एक चिड़िया।

धोबिया-पाट—पु. कुश्ती का एक दावँ, धोबी पछाड़।

धोबी—पु. कपड़े धोने का काम करने वाला; इस काम को करने वाली एक जाति। **लोकोक्ति—~का कुत्ता, घर का न घाट का**—व्यर्थ, निकम्मा आदमी जो घर और बाहर सभी जगह असफल हो।

धोरण—पु. [सं.] सवारी, वाहन; घोड़े की एक चाल।

धोरणि, धोरणी—स्त्री. [सं.] अविच्छिन्न क्रम, परंपरा।

धोरित—पु. [सं.] घोड़े की दुलकी चाल; गमन।

धोवन—पु. वह पानी जिसमें कोई वस्तु धोई जाती है। **ला.** किसी खाद्य पदार्थ का बहुत ही पतला होना ('दाल बिलकुल धोवन-सी बनी है', 'यह तो दाल का धोवन है')।

धोवा*—पु. धोवन, पानी जैसा।

धौ*—अ. [ब्र.भा.] संशय, विकल्प, आदेश, आदि में प्रयुक्त शब्द—न मालूम, न जाने, पता नहीं, कुछ ठीक नहीं, क्या मालूम—क्या भाव।

धौंक—स्त्री. धौंकने की क्रिया; गरम हवा।

धौंकना—स.क्रि. आग को प्रदीप्त करने के लिए उस पर चमड़े के बने थैले से हवा का झोंका पहुँचाना, मार डालना।

धौंकनी—स्त्री. आग दहकाने के लिए लोहे या बाँस की बनी नलकी-सी।

धौंकी—स्त्री. द्र. 'धौंकनी'।

धौंस—स्त्री. धाक, रौब (जमाना), डाँट-डपट।

धौंसना—स.क्रि. धाक जमाना, रौब दिखाना; धमकाना।

धौंसा—पु. बहुत बड़ा नगाड़ा, युद्ध वाद्य।

धौंसिया—पु. धौंसा, नगाड़ा बजाने वाला।

धौत—वि. [सं.] धोया हुआ, प्रक्षालित; धवल, श्वेत।

धौति, धौती—स्त्री. [सं.] हठयोग की एक क्रिया—शरीर-शुद्धि के निमित्त की जाती है; इस क्रिया में मुँह में रखी जाने वाली कपड़े की पट्टी।

धौम्य—पु. [सं.] महाभारतीय कथा में एक ऋषि, पांडवों के पुरोहित।

धौम्र—वि. [सं.] धूम्र वर्ण वाला, धुएँ के रंग का। पु. धूम्र वर्ण।

धौर*—वि. धवल, श्वेत, सफ़ेद।

धौरहर*—पु. धरहरा, मीनार; भवन।

धौरा—वि. धवल, श्वेत, सफ़ेद, धौला। पु. सफ़ेद रंग का बैल।

धौराहर—पु. द्र. 'धौरहर'।

धौरितक—पु. [सं.] धूर्तता, लंपटता, चालबाज़ी; उद्दंडता।

धौरी—स्त्री. उजली गाय। वि. धौली, सफ़ेद।

धौरेय—वि. [सं.] जो धुरा धारण करने योग्य, बोझ ढोने योग्य।

धौल—स्त्री. घूँसा, सिर या कमर आदि पर लगने वाला जोर का घूँसा, हाथ का आघात।

धौला—वि. द्र. 'धवल'। **~गिरि**—पु. एक पर्वत, ओडिशा में भुवनेश्वर के सन्निकट वह स्थान जहाँ प्रसिद्ध कलिंग-युद्ध हुआ था और अशोक ने शस्त्र-त्याग किया था।

ध्यात—वि. [सं.] ध्यान किया हुआ, सोचा हुआ।

ध्यान—पु. [सं.] किसी बात, विषय, व्यक्ति आदि के विषय में चित्त का लगना, एकाग्रता; विचार; सोच। **~गम्य**—वि. केवल ध्यान से प्राप्त होने वाला। **~योग**—पु. वह योग जिसमें ध्यान ही प्रधान हो। **~स्थ**—वि. ध्यान में लगा हुआ, ध्यान-मग्न। **ला. ~धरना**—किसी के स्वरूप को सोच, चित्त में लाना; मन लगा कर ईश्वर को स्मरण में लाना।

ध्यानना, ध्याना*—स.क्रि. ध्यान करना, निरंतर स्मरण करना।

ध्यानाकर्षक—वि. [सं.] ध्यान, मन को आकृष्ट करने वाला।

ध्यानाकर्षण—पु. [सं.] ध्यान आकृष्ट करने वाला। **~प्रस्ताव**—पु. वह प्रस्ताव जिसके द्वारा संसद या विधान-सभा आदि में विषय विशेष पर ध्यान दिलाया जाए।

ध्यानावस्था—स्त्री. [सं.] ध्यान की स्थिति में बैठना।

ध्यानावस्थित—वि. [सं.] ध्यान में लगा हुआ, ध्यान-मग्न।

ध्यानास्थ—वि. [सं.] ध्यान में पड़ा हुआ, ध्यान-मग्न।

ध्यानिक—वि. [सं.] ध्यान द्वारा सिद्ध **होने योग्य**, ध्यान से साध्य।

ध्यानी—वि. [सं.] ध्यान करने वाली; परमात्मा में ध्यान लगाने वाला।

ध्येय—वि. [सं.] जिसका ध्यान किया जाए; उद्देश्य।

ध्रुपद—पु. एक प्रकार की शास्त्रीय गान-शैली (संगी.)।

ध्रुव—वि. [सं.] स्थिर अचल; अटल, सुनिश्चित; नित्य, शाश्वत। पु. एक प्रसिद्ध बाल-भक्त—पिता राजा उत्तानपाद और माता सुनीति; आकाश; आकाश में उत्तर दिशा में सदा एक ही स्थान पर स्थित एक प्रसिद्ध नक्षत्र, पृथ्वी के उत्तरी और दक्षिणी ध्रुव, सिरे जिनके बीचोबीच अक्षरेखा की स्थिति मानी जाती है।

ध्रुवक—पु. [सं.] गीत की वह प्रारंभिक पंक्ति जो बार-बार दुहराई जाती है, टेक।

ध्रुवांचल—पु. [सं.] ध्रुव प्रदेश।

ध्रुवा—स्त्री. [सं.] एक अन्न पात्र, मूर्वा (काठ का बना हुआ)।

ध्रुवाक्षर—पु. [सं.] विष्णु।

ध्वंस—पु. [सं.] नाश; मकान या इमारत का ढहना, समाप्त हो जाना। **मु. ~स्वप्न~होना (स्वप्न ध्वंस होना)**—सपनों, इच्छाओं, महत्त्वाकांक्षाओं का समाप्त हो जाना।

ध्वंसक—वि. [सं.] ध्वंस, नाश करने वाला।

ध्वंसात्मक—वि. [सं.] नष्ट करने वाला (पग; दृष्टिकोण)।

ध्वंसावशेष—पु. [सं.] खँडहर, भवन के नष्ट हो जाने पर शेष रहा अंश।

ध्वंसित—वि. [सं.] नष्ट किया हुआ।

ध्वज—पु. [सं.] राष्ट्र, सेना, रथ, देवता, आदि का गौरवपूर्ण चिह्न, पताका, झंडा।

ध्वजा—स्त्री. पताका, झंडा।

ध्वजारोपण—पु. [सं.] ध्वजा को रोपित करना, गाड़ना; पताका, झंडा लगाना।

ध्वजी—वि. [सं.] ध्वज, पताका रखने वाला।

ध्वजोत्तोलन—पु. [सं.] ध्वजा फहराना, झंडा फहराना।

ध्वजोत्थान—पु. [सं.] इंद्र ध्वज महोत्सव।

ध्वनन—पु. [सं.] शब्द करना; शब्द में व्यंग्यार्थ की प्रतीति।

ध्वनि—स्त्री. [सं.] शब्द, आवाज़; आवाज़ की गूँज, प्रतिध्वनि; वह अर्थ जो सीधे-सीधे शब्द न देता हो, उसका व्यंग्यार्थ।

ध्वनित—वि. [सं.] जिसकी ध्वनि हुई हो, जो ध्वनि के रूप में व्यक्त हुआ हो।

ध्वन्य—वि. [सं.] ध्वनित होने योग्य; ध्वनि करने वाला; व्यंग्य।

ध्वन्यात्मक—वि. [सं.] ध्वनि रूप, ध्वनिमय; जिसमें व्यंग्य प्रधान हो (काव्य)।

ध्वन्यार्थ—पु. [सं.] शब्द की व्यंजना शक्ति से उत्पन्न अर्थ।

ध्वस्त—वि. [सं.] नष्ट, गिरा हुआ; ढहा हुआ; पतित।

ध्वस्ति—स्त्री. [सं.] ध्वंस, नाश।

ध्वांत—पु. [सं.] अंधकार, अँधेरा; एक नरक जहाँ सदा अँधेरा रहता है, ऐसा लोक विश्वास।

ध्वांताराति—पु. [सं.] सूर्य; चन्द्रमा; अग्नि; श्वेत वर्ण।

ध्वानिकी—स्त्री. [सं.] भाषाविज्ञान की एक शाखा, इसमें ध्वनियों की रचना, विशिष्टताओं आदि का अध्ययन किया जाता है।

न

न—देवनागरी वर्णमाला में 'त' वर्ग का पाँचवाँ वर्ण। उच्चारण स्थान दंत और नासिका।

नंग—पु. [सं.] जार, उपपति।

नंग—पु. नंगापन, नग्नता। वि. नंगा। ला. निर्लज्ज; बेहया; लुच्छा, नीच।

नंग—पु. [फा.] शर्म, हया, लज्जा। **मु.** लज्जास्पद कार्य व्यवहार या स्थिति को सँभालना।

नंगा—वि. जिसके शरीर पर कोई वस्त्र न हो, नग्न; जिस पर कोई आच्छादन न हो ('छप्पर नंगा हो गया है')। **~झोली**—स्त्री. चोरी हो गई वस्तु की तलाश के लिए किसी के पूरे कपड़े उतरवा कर तलाशी लेना। **~बूचा**—बिलकुल धनहीन।

नंदंत—वि. [सं.] प्रसन्न करने वाला। पु. पुत्र; मित्र; राजा।

नंदंती—स्त्री. [सं.] पुत्री।

नंद—स्त्री. पति की बहन, ननद।

नंद—पु. [सं.] आनंद, हर्ष; गोकुल में श्रीकृष्ण का पालन करने वाले पिता रूप; मगध के एक प्रसिद्ध राजा—नंद वंश के संस्थापक; पुराणों के अनुसार नौ निधियों में से एक। **~किशोर**—पु. कृष्ण। **~कुमार**—पु. कृष्ण। **~प्रयाग**—पु. बदरिकाश्रम के मार्ग में पड़ने वाला एक तीर्थ-स्थल। **~वंश**—पु. मगध का एक प्रसिद्ध राजवंश।

नंदक—वि. [सं.] प्रसन्न करने वाला, हर्षदायक। पु. नंद नामक गोप, श्रीकृष्ण का पालन करने के कारण 'नंद बाबा' रूप में प्रसिद्ध; प्रसन्नता।

नंदकि—स्त्री. [सं.] पिप्पली।

नंदकी—पु. [सं.] विष्णु।

नंदन—वि. [सं.] आनंद देने वाला, हर्षदायक। पु. देवलोक में इन्द्र का उपवन; मेघ; विष्णु; शिव; एक छंद।

नंदनक—पु. [सं.] पुत्र, बेटा।

नंदना—स्त्री. [सं.] पुत्री।

नंदा—स्त्री. [सं.] आनंद; आनंद प्रदायक; देवी का एक रूप, संपत्ति, धन-संपदा; ननद। **~देवी**—स्त्री. हिमालय की एक चोटी, 25000 फीट से भी अधिक ऊँची।

नंदात्मज—पु. [सं.] श्रीकृष्ण।

नंदात्मजा—स्त्री. [सं.] योगमाया।

नंदि—पु. [सं.] आनंद; परमेश्वर; विष्णु; शिव; शिव का वाहन—नंदी। **~ग्राम**—पु. वह गाँव जहाँ भरत राम के वन से लौटने तक रहे।

नंदिक—पु. [सं.] आनंद; तुन नामक वृक्ष; नंदन कानन।

नंदिका—स्त्री. [सं.] मिट्टी की नाँद; नंदन-कानन।

नंदिकावर्त—पु. [सं.] एक मणि का नाम।

नंदिकेश, नंदिकेश्वर—पु. [सं.] शिव का वाहन—नंदी।

नंदित—वि. [सं.] आनंद से भरा, प्रसन्न।

नंदिन*—स्त्री. पुत्री।

नंदिनी—स्त्री. [सं.] पुत्री, बेटी; दुर्गा; तुलसी का पौधा; वसिष्ठ की धेनु जिसके द्वारा राजा दिलीप को रघु नामक पुत्र की प्राप्ति हुई थी।

नंदिषेण—पु. [सं.] कार्त्तिकेय का एक सेवक।

नंदी (दिन्)—पु. [सं.] पुत्र; नाटक में नांदी पाठ प्रस्तुत करने वाला व्यक्ति; शिव का वाहन; शिव के नाम पर छोड़ा गया वृषभ, साँड़।

नंदीमुख*—पु. द्र. 'नांदीमुख'।

नंदीश, नंदीश्वर—पु. [सं.] शिव; ताल का एक भेद (संगीत)।

नंदेऊ*—पु. द्र. 'नंदोई'।

नंदोई, नंदोसी—पु. ननद, पति की बहन का पति।

नंबर—पु. [सं.] संख्या, गिनती, अंक। **~दार**—पु. गाँव में एक पद।

नंबरी—वि. नंबर वाला; प्रसिद्ध; कुख्यात।

नंशुक—वि. [सं.] नाश करने वाला, हानिकारक; भटकने वाला; बहुत छोटा, सूक्ष्म।

नंस*—वि. नष्ट।

न—अ. [सं.] निषेधसूचक शब्द—नहीं, मत, कि नहीं, या नहीं का द्योतक।

नइहर—पु. स्त्रियों का पितृगृह, नैहर, मायका।

नई—वि. नया का स्त्री.।

नउआ*—पु. नाऊ, नाई।

नउका*—स्त्री. द्र. 'नौका'।

नउलि*—वि. नया, ताजा; नौली—रुपया-पैसा।

नक—'नाक' का समास में प्रयुक्त रूप—नकचढ़ा, नककटा, आदि।

नकटा—वि. जिसकी नाक कट गई हो।

नकटी—वि. स्त्री जिसकी नाक कट गई हो।

नकड़ा—पु. नाक का एक रोग; बैलों का एक रोग।

नक़द—पु., वि. द्र. 'नक़्द'।

नक़दी—स्त्री. द्र. 'नक़्दी'।

नकना*—अ.क्रि. द्र. 'नकाना'।

नक़ब—स्त्री. [अ.] सेंध। **~ज़नी**—स्त्री. सेंध लगाना; सेंध मार कर चोरी करना।

नक़ल—स्त्री. [अ.] अनुकरण; किसी लेख, आदि की प्रतिलिपि, ('कॉपी'), अनुकृति; वह जो किसी से रूप, आकृति, आदि में मिलता हो, अभिनय; किसी की अनुकृति कर हँसाना। **~ची**—नकल करने वाला।

नक़ली—वि. जो असली न हो; असल का उलटा; खोटा, जाली (नोट, आदि); झूठा; बनावटी।

नकसा—पु. द्र. 'नक्शा'।

नक़ाब—अ. स्त्री. मुँह ढँकने का सिर से गले तक का जालीदार या रंगीन कपड़ा; घूँघट। **~पोश**—वि. जिसने नक़ाब पहन रखा हो; जिसका चेहरा नक़ाब से ढका हो।

नकार—पु. [सं.] 'न' अक्षर; निषेध या अस्वीकृति-सूचक शब्द; अस्वीकृति, इनकार।

नकारची—पु. द्र. 'नक्कारची'।

नकारना—अ.क्रि. अस्वीकृत करना, इनकार करना।

नकारा—वि. [फ़ा.] निकम्मा; बेकार; बेरोज़गार।

नकारात्मक—वि. [सं.] निषेध-सूचक, अस्वीकृति-सूचक (उत्तर)।

नक़ाश—पु. [अ.] द्र. 'नक्क़ाश'।

नकाशी—स्त्री. द्र. 'नक्क़ाशी'।

नकास—पु. द्र. 'नक्क़ाश'।

नकासी—स्त्री. द्र. 'नक्क़ाशी'।

नकियाना—अ.क्रि. नाक से बोलना। स.क्रि. बहुत तंग कर देना।

नक़ीब—पु. अ. बंदी, चारण—राजाओं आदि का स्तुति-गान करने वाला।

नकुल—पु. [सं.] युधिष्ठिर के एक अनुज, छोटे भाई; नेवला।

नकुलक—पु. [सं.] रुपया-पैसा रखने की एक प्रकार की थैली, बटुआ; एक आभूषण।

नकुला—स्त्री. [सं.] पार्वती।

नकुली—स्त्री. [सं.] मादा नेवला।

नकेल—स्त्री. बैल, ऊँट, भैंसे, आदि की नाक में डाली जाने वाली रस्सी जिससे वे नियंत्रण में रहते हैं। **मु. ~डाल देना**—पूरी तरह वश में कर लेना, पूर्ण नियंत्रण।

नक्का—पु. सुई, आदि का छोटा छिद्र। **~दूआ**—पु. कौड़ियों से खेला जाने वाला एक खेल।

नक़्क़ारख़ाना—पु. [फ़ा.] नौबतख़ाना, महल में प्रवेश-द्वार के ऊपर वह स्थान जहाँ नगाड़े आदि वाद्य मंगल-ध्वनि के रूप में बजाय जाते हैं, नौबतखाना। **~मु. (ने) में तूती की आवाज़**—जहाँ कोई बात, फ़रियाद न सुनी जाती हो।

नक़्क़ारची—पु. [फ़ा.] नगाड़ा बजाने वाला।

नक़्क़ारा—पु. [अ.] नगाड़ा, बड़ा नगाड़ा।

नक़्क़ाल—पु. [अ.] नक़ल करने वाला; स्वाँग करने वाला, भाँड़।

नक़्क़ाली—स्त्री. नक़ल का काम।

नक़्क़ाश—पु. [अ.] किसी दीवार, बरतन, धातु के आधार पर बेल-बूटे खोदने, चित्रकारी करने वाला। **~दार**—वि. वह वस्तु जिस पर नक्काशी की गई हो।

नक़्क़ाशी—स्त्री. किसी बरतन, धातु के आधार या दीवार, आदि पर बेल-बूटे खोदने, चित्र आदि उकेरने का काम।

नक्कू—वि. जिसकी नाक बड़ी हो, बड़ी नाक वाला। **ला.** अगुआ, (तिरस्कार के रूप में प्रयुक्त—'तुम्हीं क्यों नक्कू बन रहे हो?')।

नक्तांध—वि. [सं.] जिसे रात को दिखाई न देता हो।

नक्तांध्य—पु. [सं.] रात में दिखाई न देने का रोग, रतौंधी।

नक़्द—पु. [अ.] नक़द, वह धन जो सिक्को, रुपयों, आदि के रूप में तत्काल दिया जाए ('कैश')।

नक़्दी—स्त्री. [अ.] नकद रुपया-पैसा ('कैश')।

नक्र—पु. [सं.] नाक; घड़ियाल, मगरमच्छ।

नक़्श—पु. [अ.] मुहर या ठप्पे द्वारा बनाया गया निशान, चिह्न; तस्वीर बनाना; फूल-पत्ती, बेल-बूटे उकेरने का काम; पद-चिह्न।

नक़्शा—पु. [अ.] भूमंडल के किसी भाग या पूरी पृथ्वी का मानचित्र; मकान, सड़क, आदि का मानचित्र; तस्वीर, चित्र। **~नवीस**—पु. नक़्शा बनाने वाला।

नक़्शी—वि. जिस पर बेल-बूटे कढ़े, उकेरे हुए हों।

नक्षत्र—पु. [सं.] तारा; 27 तारों के समूह माने जाते हैं—अश्विनी, मृगशिरा, आर्द्रा, पुनर्वसु, पूर्वा फाल्गुनी, उत्तरा फाल्गुनी आदि इनके नाम। **~गण**—पु. ताओं के समूह। **~पति**—पु. चन्द्रमा। **~विद्या**—स्त्री. ज्योतिष शास्त्र।

नक्षत्री—वि. जो किसी शुभ नक्षत्र में उत्पन्न हुआ हो, भाग्यवान।

नक्षत्री—पु. [सं.] चन्द्रमा; विष्णु।

नक्षत्रेश—पु. [सं.] चन्द्रमा, कपूर।

नक्षत्रेश्वर—पु. [सं.] चन्द्रमा।

नक्षत्रेष्टि—स्त्री. [सं.] नक्षत्रों को अनुकूल करने के लिए किया जाने वाला यज्ञ।

नक्सल-पंथी, नक्सलवादी—पु. [सं.] नक्सलवाद का अनुयायी, शोषितों की पक्षधरता में खड़े एक दर्शन विशेष का अनुयायी।

नक्सली—वि. नक्सल-पंथ का अनुयायी।

नख—पु. [सं.] नाखून; एक प्रसिद्ध गंध-द्रव्य। **~क्षत**—पु. रति-क्रिया में पुरुष द्वारा स्त्री को नाखूनों से दिये गए चिह्न—ग्रीवा, कपोल, वक्ष, आदि पर। **~शिख वर्णन**—पु. काव्य, आदि में पैर के नाखून से लेकर सिर तक के विभिन्न अंगों का सौंदर्य-चित्रण।

नख़—स्त्री. [फ़ा.] रेशम का बटा हुआ धागा; पतंग की डोर।

नखत*—पु. द्र. 'नक्षत्र'।

नखतर*—पु. 'नक्षत्र'।

नखत्र*—पु. द्र. 'नक्षत्र'।

नखना—स.क्रि. नष्ट करना; पार करना।

नख़रा—पु. [फा.] ऊपर-ऊपर से, दिखावटी-सी अस्वीकृति, इनकार; अपनी सुकुमारता, कोमलता को जताते हुए किसी बात के लिए आनाकानी।

नख़लिस्तान—पु. [अ.] रेगिस्तानी इलाक़े में वह हरा-भरा भूखंड, स्थल जहाँ हरियाली उगी हो, प्राय: ही खजूर के पेड़।

नखांक—पु. [सं.] नाखून गड़ने के चिह्न, नख-क्षत।

नखांग—पु. [सं.] नख नाम का एक गंधद्रव्य।

नखाघात—पु. [सं.] द्र. 'नख-क्षत', 'नख' के अन्तर्गत।

नखानखि—स्त्री. [सं.] वह लड़ाई जिसमें प्रतिद्वन्द्वी एक-दूसरे पर नखों से वार करते हैं।

नखायुध—ुप. [सं.] सिंह; बाघ; मुर्गा।

नखारि—पु. [सं.] शिव का एक अनुचर।

नख़ास—पु. पशुओं का बाज़ार; घोड़ों का बाजार; सामान्य बाज़ार।

नखी—वि. [सं.] बड़े नाखूनों वाला। पु. सिंह, बाघ।

नखेद*—पु. द्र. 'निषिद्ध'।

नग—पु. [सं.] पर्वत, पहाड़; सूर्य; सर्प; सात की संख्या।

नग—पु. [फ़ा.] आभूषणों में जड़ा जाने वाला बहुमूल्य पत्थर, नगीना; संख्या, अदद ('ले जाने के लिए पाँच नग हैं')।

नगण—पु. [सं.] (छंद शास्त्र, पिंगल में) एक गण जिसमें तीनों अक्षर लघु होते हैं (।।।)।

नगण्य—वि. [सं.] तुच्छ; निकष्ट, जो गणना के योग्य न हो।

नगद—पु., पु. द्र. 'नक़द'।

नगदी—स्त्री. द्र. 'नक़दी'।

नगन*—वि. नग्न, शरीर पर कोई वस्त्र न होने की स्थिति।

नगनिका—स्त्री. एक छंद, इसके प्रत्येक पाद में चार अक्षर होते हैं।

नगफंग—वि. उपद्रवी; शैतान; लज्जाहीन, बेशर्म।

नग़मा—पु. [अ.] गान; राग; सुरीली आवाज़।

नगर—पु. [सं.] गाँव और क़स्बे से बड़ी बसाहत का स्थान जहाँ बाज़ार, शिक्षण संस्थान, प्रशासनिक कार्यालय, सड़कें, आदि होते हैं। **~कीर्तन**—पु. नगर में घूम-घूम कर किया जाने वाला कीर्तन, धर्म-प्रचारार्थ किया जाने वाला गायन-वादन, आदि, विशेषत: सिख धर्म में नगर-कीर्तन मान्यता।

नगरहा—पु. नगरवासी।

नगराधिप—पु. [सं.] नगर का प्रशासनिक अधिकारी जिस पर नगर के सारे प्रबंधन का भार हो।

नगराधिपति—पु. [सं.] द्र. 'नगराधिप'।

नगराध्यक्ष—पु. [सं.] द्र. 'नगराधिप'।

नगराभ्याश, नगराभ्यास—पु. [सं.] नगर का पड़ोस।

नगरी—स्त्री. [सं.] छोटा नगर, शहर।

नगरीय—वि. [सं.] नगर संबंधी।

नगरोत्था—स्त्री. [सं.] नागरमोथा, एक घास।

नगरोपरांत—पु. [सं.] उपनगर, नगर का बाहरी भाग।

नगरोपांत—पु. [सं.] द्र. 'नगरोपरांत'।

नगाड़ा—पु. बहुत बड़ा चमड़े का मढ़ा वाद्य, लकड़ी के डंडों से बजाया जाता है, बड़े ढोल-सा।

नगाधिप, नगाधिपति—पु. [सं.] पर्वतों का राजा, हिमालय।

नगाधिराज—पु. [सं.] हिमालय; सुमेरु पर्वत।

नगारा—पु. द्र. 'नगाड़ा'।

नगारि—पु. [सं.] इन्द्र।

नगावास—पु. [सं.] मोर।

नगाश्रय—वि. [सं.] पर्वत पर रहने वाला।

नगी—स्त्री. छोटा रत्न; पार्वती; पहाड़ी स्त्री।

नगीच*—अ. द्र. 'नज़दीक'।

नगीना—पु. [फा.] आभूषणों में जड़े जाने वाले रंगीन पत्थर, नग; रत्न।

नगेंद्र—पु. [सं.] हिमालय; सुमेरु।

नगेश—पु. [सं.] द्र. 'नगेन्द्र'।

नगेसरि*—पु. नागकेसर।

नग्न—वि. [सं.] वस्त्र, आवरण रहित, विवस्त्र ('न्यूड'); दिगम्बर।

नग्नक—वि. [सं.] नंगा, विवस्त्र, निरावरण। पु. दिगम्बर जैन या बौद्ध भिक्षु।

नग्नका, नग्निका—स्त्री. [सं.] नंगी; निर्लज्ज स्त्री।

नग्मा—पु. द्र. 'नग़मा'।

नचना*—अ.क्रि. नाचना, नृत्य करना। वि. नाचनेवाला, **ला.** जो इधर-उधर घूमता रहे।

नचनि*—स्त्री. नाच; नाचने की क्रिया या ढंग।

नचनिया*—पु. नाचने वाला; नाचने का व्यवसाय करने वाला।

नचनी—वि. स्त्री. नाचने वाली; वह स्त्री जो एक स्थान पर न रुके, इधर-उधर घूमती रहे।

नचवैया—पु. नाचने वाला।

नचाना—स.क्रि. नाच करवाना, नाच के लिए प्रेरित करना। **ला.** (अपने) इशारों पर चलाना; कभी कोई काम बताना, कभी कोई।

नचिकेता—पु. [सं.] उद्दालक ऋषि का पुत्र जिसने मृत्यु का साक्षात्कार कर ब्रह्मज्ञान प्राप्त किया था।

नचिर—वि. [सं.] जो बहुत देर न रह सके।

नछत्र*—पु. द्र. 'नक्षत्र'।

नज़दीक—अ. [फा.] समीप, पास।

नज़दीकी—वि. [फा.] निकट का ('नज़दीकी दुकान')। पु. निकट का संबंधी।

नज़म—स्त्री. द्र. 'नज़्म'।

नज़र—स्त्री. [अ.] दृष्टि, निगाह; भेंट, शगुन; कृपादृष्टि; देख-रेख, निगरानी; ध्यान, ख्याल (रखना)। **मु. ~नज़र आना**—दिखाई पड़ना। **~(-ए) इनायत**—कृपा-दृष्टि।

नज़राना—पु. भेंट, उपहार।

नजरि*—स्त्री. द्र. 'नज़र'।

नज़ला—पु. [अ.] जुक़ाम, प्रतिश्याय—एक रोग जिसमें नाक बहने लगती है। **मु. ~पड़ना**—क्रोध प्रकट होना।

नज़ाक़त—स्त्री. [फा.] सुकुमारता, कोमलता।

नजात—स्त्री. [अ.] मुक्ति, छुटकारा।

नज़ामत—स्त्री. नाज़िम का पद, नाजिम का दफ़्तर; प्रबंध, इंतजाम।

नज़ारत—स्त्री. नाज़िर का पद; नाज़िर का कार्यालय, दफ़्तर।

नज़ारा, नज़्ज़ारा—पु. [अ.] दृश्य।

नजीक*—[अ.] नज़दीक, पास, समीप।

नज़ीर—स्त्री. [अ.] उदाहरण, दृष्यंत; किसी मुकदमे का ऐसा फैसला जो आगे के लिए पथ-प्रदर्शक बने, मिसाल बने।

नजूम—पु. [अ.] ज्योतिष।

नजूमी—पु. ज्योतिषी।

नजूल—पु. [अ.] सरकारी जमीन।

नज़्म—पु. [अ.] कविता; पद्य। पु. आकाश का तारा, नक्षत्र।

नट—पु. [सं.] नाटक करने वाला; अभिनेता; एक जाति जो रस्सी आदि पर खेल-तमाशा दिखा कर जीविका कमाती घूमती रहती है; नर्तक। **~नागर**—पु. श्रीकृष्ण। **~नर नागर**—पु. श्रीकृष्ण। **~राज**—पु. शिवजी। **~वर**—पु. श्रीकृष्ण जिन्हें नृत्याचार्य माना जाता है। **~विद्या**—स्त्री. नाटक खेलने की कला।

नटक—पु. [सं.] अभिनेता।

नटखट—वि. चंचल; शरारती; चपल।

नटखटी—स्त्री. चंचलता, चपलता।

नटता—स्त्री. [सं.] नट कर्म, अभिनय।

नटन—पु. [सं.] नाचना, नृत्य करना; अभिनय करना।

नटना*—अ.क्रि. अभिनय करना; एक बार किसी बात के लिए स्वीकृति देकर फिर मुकर जाना।

नटनि*—स्त्री. नर्तन, नृत्य; इनकार, मुकरना।

नटनी—स्त्री. नृत्य करने वाली; नट जाति की स्त्री। **ला.** गाली रूप में निर्लज्ज के अर्थ में प्रयुक्त।

नटित—पु. [सं.] अभिनय किया गया।

नटिन, नटिनी—स्त्री. नट की स्त्री; नट जाति की स्त्री।

नटिया—पु. वह बछड़ा जो अभी बैल के रूप में तैयार किया गया हो।

नटी—स्त्री. [सं.] अभिनेत्री; नाट्य कर्म करने वाली स्त्री; सूत्रधार की पत्नी; नट जाति की स्त्री; एक रागिनी।

नटेश, नटेश्वर—पु. [सं.] महादेव, शिव।

नत—वि. [सं.] नम्रता में झुका हुआ; झुका हुआ।

नतरु*—अ. नहीं तो, अन्यथा।

नतांग—वि. [सं.] जिसका शरीर झुका हुआ हो।

नतांगी—स्त्री. [सं.] स्त्री, नारी।

नति—स्त्री. [सं.] नम्र होना, झुकना, नमन; विनय।

नतिनी*—स्त्री. पुत्री की पुत्री।

नतीजा—पु. [फा.] परिणाम; परीक्षा-फल; फल।

न तु*—अ. नहीं तो, अन्यथा।

नतैत*—पु. वह व्यक्ति जो नाते में कुछ लगता हो, रिश्तेदार, संबंधी।

नतैनी*—स्त्री. नाता, संबंध, रिश्ता।

नत्थी—स्त्री. कागज़ आदि के टुकड़े किसी के साथ संलग्न कर देना। **ला.** किसी के साथ हमेशा लगे रहना।

नथ—स्त्री. नाक में पहने जाने वाला गोलाकर एक आभूषण—प्राय: सोने-चाँदी की।

नथना—अ.क्रि. नाक का छेदा जाना—विशेषत: बैल, भैंसे, आदि पशुओं का; नाक में छेद करवा कर रस्सी डलवा देना (पशुओं की)। **ला.** किसी को नियंत्रण में लाने के लिए उठाए गए पग।

नथनी—स्त्री. छोटी नथ; बैल, भैंसे आदि की नाक में डाली जाने वाली रस्सी।

नथुना—पु. नासिका का छिद्र।

नथुनी—स्त्री. छोटी नथ।

नद—पु. [सं.] बड़ी नदी यथा—सोन, ब्रह्मपुत्र, सिंधु, आदि।

नदना*—अ.क्रि. शब्द करना; जोर की आवाज़।

नदनु—पु. [सं.] सिंह; सिंह की गर्जना; बादल।

नदर—वि. [सं.] नदी के पास वाला भूभाग; निर्भय, निडर।

नदान*—वि. नादान, बेसमझ, अबोध।

नदारद—वि. [फा.] ग़ायब, लुप्त; खाली; अनुपस्थित।

नदिका—स्त्री. [सं.] छोटी नदी।

नदिया—पु. बंगाल में एक प्रसिद्ध नगर।* स्त्री. छोटी नदी।

नदी—स्त्री. [सं.] जल की वह प्राकृतिक धारा जो किसी पर्वत, झील, आदि से निकल कर मार्ग बनाती हुई समुद्र या किसी दूसरी नदी, जल-धारा में जा मिलती है। **मु. ~नाव संयोग**—थोड़े ही समय का सुखद साथ।

नदीदा—वि. [फा.] न देखी हुई वस्तु; खाने की किसी वस्तु का लालची।

नदीन—पु. [सं.] समुद्र, वरुण।

नदीश—पु. [सं.] समुद्र, वरुण।

नद्ध—वि. [सं.] बँधा हुआ; ढका हुआ; मिलाया हुआ। पु. बंधन; गिरह, गाँठ।

नद्धि—स्त्री. [सं.] बाँधने की क्रिया।

नद्य—वि. [सं.] नदी संबंधी।

नधना—अ.क्रि. नाथा जाना, जोता जाना; किसी काम में लग जाना, जुट जाना।

नन—स्त्री. [अं.] ईसाई धर्म में दीक्षित तपस्विनियाँ, धर्म सेवा को समर्पित।

ननद—स्त्री. पति की बहन।

ननदोई—पु. पति की बहन का पति।

ननसार*—स्त्री. द्र. 'ननसाल'—'ननिहाल'।

ननसाल—पु. नाना का घर।

ननिअउरा, ननिआउर*—पु. द्र. 'ननिहाल'।

ननियाससुर—पु. पति या पत्नी का नाना।

ननियासास—स्त्री. पति या पत्नी की नानी, ननिया ससुर की पत्नी।

ननिहाल—पु. नाना का घर।

ननु-नच—पु. ना-नुकर करना, छोटी-मोटी आपत्ति प्रकट करना।

नन्हा—वि. छोटा। **मु. ~कातना**—कोई चीज़ थोड़ी मात्रा में देना।

नन्हैया*—वि. द्र. 'नन्हा'।

नपवाना—स.क्रि. नापने का प्रे.।

नपाई—स्त्री. नापना, नापने की क्रिया; नापने की मज़दूरी।

नपाक*—वि. द्र. 'नापाक'।

नपा-तुला—वि. नापा और तौला हुआ। **ला.** किसी चीज़ का पूरा-पूरा ही पड़ना—फालतू की न होना।

नपुंस—पु. [सं.] क्लीव, हिजड़ा। **ला.** वि. वह जिसे अपनी मर्यादा का ख़्याल न हो; कायर।

नपुंसक—पु. [सं.] काम-शक्ति से हीन पुरुष, हिजड़ा। **ला.** कायर; जिसे अपनी मर्यादा का ध्यान न हो।

नपुंसकता—स्त्री., **नपुंसकत्व**—पु. [सं.] नपुंसक होने का भाव; नपुंसक होने का रोग; नामर्दी, हिजड़ापन।

नफ़र—पु. [अ.] मज़दूर, सेवक, नौकर, व्यक्ति (संख्या में कितने)।

नफ़रत—स्त्री. [अ.] घृणा। **~अंगेज़**—वि. घृणित, घृणा के योग्य।

नफरीं—पु. [फा.] लानत, धिक्कार, घृणा।

नफ़री—स्त्री. मज़दूरों की दिहाड़ी; मज़दूरों या सिपाहियों की गिनती।

नफ़स—पु. [अ.] साँस, दम।

नफ़ा—पु. [अ.] लाभ, फायदा, हासिल।

नफ़ासत—स्त्री. सलीका और स्वच्छता, निर्मलता, उम्दापन; कोमलता।

नफ़ीरी—स्त्री. [फा.] शहनाई।

नफ़ीस—वि. [अ.] उम्दा, बढ़िया, सुंदर।

नफ़्स—पु. [अ.] आत्मा; व्यक्ति; वासना, काम-शक्ति।

~कुश—वि. कामनाओं, भोगेच्छाओं का दमन करने वाला।

~कुशी—स्त्री. वासनाओं-कामनाओं का दमन।

नबी—पु. [अ.] पैगम्बर, ईश्वर का दूत।

नबेड़ना—स.क्रि. द्र. 'निबेड़ना'।

नबेड़ा—पु. द्र. 'निबेड़ा'।

नबेरन*—स.क्रि. द्र. 'निबेड़ना'।

नबेरा—पु. द्र. 'निबेड़ा'।

नब्ज़—स्त्री. [अ.] कलाई की वह नाड़ी जिस पर हाथ रख कर वैद्य-हकीम मरीज़ की बीमारी का निदान करते हैं।

नब्बे—वि. अस्सी और दस की संख्या। नब्बे की संख्या-90।

नभः—'नभस्' का समास में प्रयुक्त रूप। **~केतन**—पु. सूर्य।

नभ—वि. [सं.] हिंसक।

नभ—पु. [सं.] आकाश; व्योम; अंतरिक्ष; मेघ; जल; एक ऋषि।

नभगेश—पु. [सं.] गरुड़।

नभस—पु. [सं.] दसवें मन्वंतर के सप्तर्षियों में से एक ऋषि।

नभस्तल—पु. [सं.] वायुमंडल, आकाश का निचला भाग।

नभस्य—वि. [सं.] काव्यपूर्ण; कुहरे से आपूरित।

नभो—'नभस्' का समास में प्रयुक्त रूप।

नभोवाणी—स्त्री. [सं.] आकाश वाणी, देव वाणी।

नभौका—पु. [सं.] आकाश में विचरने वाला—पक्षी, देवता, ग्रह, उपग्रह, आदि।

नभ्य—वि. [सं.] पहिए की नाभि के लिए आवश्यक। पु. धुरा; धुरे में लगाया जाने वाला तेल।

नभ्राट—पु. [सं.] काला बादल।

नमः—अ. [सं.] प्रणाम, समर्पण, श्रद्धा, आदि का सूचक शब्द। पु. नमन।

नम—वि. [फा.] तर, सीला हुआ, भीगा हुआ, आर्द्र।

नमक—पु. [फा.] भोज्य पदार्थों, फलों आदि में स्वाद, विशेष, नमकीन के लिए प्रयुक्त किया जाने वाला एक क्षारीय पदार्थ, लवण, नोन। **~दानी**—स्त्री. नमक रखने का छोटा शीशीनुमा पात्र। **~हराम**—वि. अपने स्वामी या पालक से छल या विद्रोह करने वाला; कृतघ्न। **~हरामी**—स्त्री. द्रोह या पालक से छल-कपट करने की क्रिया। **~हलाल**—वि. स्वामी या पालक के नमक, भोजन, का हक् अदा करने वाला, उनके प्रति कर्तव्य का पालन करने

वाला। **मु. ~अदा करना**—स्वामी या पालक के प्रति अपने कर्तव्य का पालन करना। **~(किसी का) ~खाना**—किसी की कृपा से जीविका चलाना। **~(जले या कटे पर) ~छिड़कना**—अपने प्रयत्न से किसी का दुःख बढ़ा देना। **~मिर्च मिलाना, मिला कर कहना**—किसी के विरुद्ध कही हुई बात को और बढ़ा-चढ़ा कर कहना, जिससे सुनने वाला और अधिक विपरीत हो सके।

नमकीन—वि. [फा.] जिसके स्वाद में नमक हो, लवणयुक्त। **ला.** सुंदर, मोहक।

नमत—वि. [सं.] नत, झुका हुआ।

नमदा—पु. [फा.] मोटा ऊनी कपड़ा जिसे ऊन को जमा कर बनाया जाता है, फ़र्श, तख़्त, आदि पर बिछाया जाता है।

नमन—पु. [सं.] नमस्कार, प्रणाम, करना; श्रद्धा से झुकना।

नमना*—अ.क्रि. प्रणाम करना, नत होना।

नमनि*—स्त्री. द्र. 'नमन'।

नमनीय—वि. [सं.] नमस्कार या प्रणाम के योग्य, श्रद्धेय।

नमस—वि. [सं.] अनुकूल, प्रसन्न।

नमसकारना*—स.क्रि. नमस्कार करना, अभिवादन करना।

नमस्—अ. [सं.] द्र. 'नमः'। **~कार**—पु. किसी के प्रति आदर, विनय सूचित करने के लिए किंचित् सिर झुका कर हाथ जोड़ना, माथे से लगाना।

नमस्य—वि. [सं.] पूज्य, श्रद्धेय, सम्मान्य।

नमस्या—स्त्री. [सं.] पूजा, अर्चन।

नमाज़—स्त्री. [फा.] मुसलमानों द्वारा खुदा से की गई प्रार्थना, जो पाँच वक़्त की जाती है। **~गाह**—स्त्री. मस्जिद में नमाज़ पढ़ने का स्थान।

नमाज़ी—वि. [फा.] नमाज़ पढ़ने वाला। **~कपड़ा**—पु. वह कपड़ा जो केवल नमाज़ के वक्त पहना जाए।

नमाना*—स.क्रि. झुकाना।

नमित—वि. [सं.] झुका हुआ; झुकाया हुआ।

नमी—स्त्री. [फा.] सीलन, आर्द्रता।

नमुचि—पु. [सं.] कामदेव; एक दानव।

नमूद—स्त्री. [फ़ा.] प्रकट होना; अस्तित्व में आना; तड़क-भड़क, दिखावा।

नमूदार—वि. [फा.] प्रकट, आविर्भूत।

नमूदारी—स्त्री. प्रकट होना, आविर्भाव होना।

नमूना—पु. [फा.] किसी वस्तु का परिचय देन के लिए उसका कुछ अंश, जिससे वस्तु का पूरा परिचय मिल जाए; वह वस्तु जिसे देख कर वैसी ही अन्य वस्तुओं (माल) का स्वरूप-अनुमान किया जा सके।

नमोगुरु—पु. [सं.] आध्यात्मिक गुरु।

नम्बर वन—पु. [अं.] सर्वश्रेष्ठ; बहुत अच्छा; सब में प्रथम।

नम्य—वि. [सं.] द्र. 'नमस्य'।

नम्र—वि. [सं.] झुका हुआ; विनयशील।

नम्रक—पु. [सं.] बेंत। वि. झुका हुआ।

नय—पु. [सं.] ले जाने; नेतृत्व करने की क्रिया; नीति; राजनीति; व्यवहार, विविध। वि. नेतृत्व करने वाला; उपयुक्त उचित। **~कोविद**—वि. नीति का ज्ञाता। **~नागर**—वि. नीति-निपुण। **~विद्**—वि., पु. राजनीति का ज्ञाता। **~शास्त्र**—पु. राजनीति शास्त्र।

नयन—पु. [सं.] नेत्र; ले जाना, पथ-प्रदर्शन करना। **~गोचर**—वि. नेत्रों से दिखाई देने वाला।

नयना—स्त्री. [सं.] आँख की पुतली।

नयनाभिराम—वि. [सं.] जो देखने में सुंदर लगे, नेत्रों को प्रिय, प्रिय-दर्शन।

नयनोत्सव—पु. [सं.] दीपक, मनोहर वस्तु।

नया—वि. जो कुछ ही समय पूर्व अस्तित्व में आया हो; नवीन, नूतन; जिससे पहली बार मिला गया हो; पहले वाले का स्थानापन्न, जिसका आरंभ या पुनरारंभ अभी हाल ही में हुआ हो। **~पन**—पु. नया होने का भाव, नवीनता।

नयाचार—पु. [सं.] बाइबल का नया विधान ('न्यू टेस्टामेंट')।

नयी निकोर—वि. [स्त्री.] एकदम नई, बिलकुल नई (कमीज़, कोई भी चीज़, आदि)।

नर—पु. [सं.] पुरुष, मर्द; अर्जुन; विष्णु। **~कपाल**—पु. मनुष्य की खोपड़ी। **~केसरी**—पु. सिंह जैसा पराक्रमी व्यक्ति; विष्णु के अवतार नृसिंह। **~नारायण**—पु. नर और नारायण, अर्जुन और कृष्ण। **~नारी**—स्त्री. पुरुष-स्त्री। **~पिशाच**—पु. पिशाच, राक्षस के स्वभाव का क्रूर व्यक्ति। **~पुंगव**—पु. श्रेष्ठ मनुष्य। **~भक्षी**—पु. मनुष्यों को खाने वाला राक्षस। **~लोक**—पु. मृत्यु लोक, यह संसार। **~सिंह**—पु. विष्णु का वह अवतार जिसमें उन्होंने शरीर का ऊपरी भाग सिंह का और धड़ मनुष्य का रखा था (नर + सिंह)। **~हरि**—पु. नरसिंह। **~हरी**—पु. एक छंद। **~हीरा**—पु. बड़ा हीरा।

नरई—स्त्री. एक प्रकार की जंगली घास।

नरक—पु. [सं.] धार्मिक मान्यता में वह स्थान जहाँ जीव अपने कुकर्मों के, मृत्यु के पश्चात् जाता है, स्वर्ग का विपरीत। **~कुंड**—पु. नरक में वह कुंड, गड्ढा, जहाँ नरकवासियों को विभिन्न प्रकार की यातनाएँ—खौलते तेल में डालना, आग में जलाकर चींटियों आदि से शरीर समाप्त कराना, आदि—दी जाती हैं। **~चतुर्दशी**—स्त्री. दिवाली से ठीक एक दिन पहले का दिन, छोटी दीपावली। **ला.** बहुत गंदा स्थान, घृणित ('जीवन नरक बना कर रख दिया')।

नरकट—पु. काँसनुमा एक पौधा जिसके सूखे सरकंडे से क़लम, चटाई, आदि बनाए जाते हैं।

नरकल, नरकुल—पु. द्र. 'नरकट'।

नरकस—पु. नरकट, द्र. 'नरकट'।

नरकांतक—पु. [सं.] (नरकासुर का वध करने वाले) श्रीकृष्ण।

नरकारि—पु. [सं.] नरकासुर के शत्रु, श्रीकृष्ण।

नरकावास—पु. [सं.] नरक में वास।

नरकासुर—पु. [सं.] एक राक्षस, इसका वध श्रीकृष्ण ने किया था।

नरगिस—पु. [फा.] हलके पीले रंग का एक प्रसिद्ध फूल, उर्दू-फारसी साहित्य में आँख के लिए प्रसिद्ध उपमान ('नरगिसी आँखें')। वि. नरगिसी।

नरतक*—पु. द्र. 'नर्तक'।

नरबदा—स्त्री. द्र. 'नर्मदा'।

नरम—वि. द्र. 'नर्म'।

नरमट—स्त्री. मुलायम मिट्टी वाली ज़मीन।

नरमदा—स्त्री. द्र. 'नर्मदा'।

नरमा—स्त्री. एक प्रकार की रुई; कपास की एक प्रजाति।

नरमाई*—स्त्री. द्र. 'नर्मी'।

नरमाना—अ.क्रि. नरम हो जाना, मुलायम बन जाना।

नरमी—स्त्री. द्र. 'नर्मी'।

नरांतक—पु. [सं.] रावण का एक पुत्र।

नराच—पु. बाण, तीर। [सं.] एक वर्णवृत्त।

नराज—वि. द्र. 'नाराज़'।

नराधम—पु. [सं.] नीच मनुष्य, मनुष्यों में नीच।

नराधार—पु. [सं.] शिव।

नराधिप, नराधिपति—पु. [सं.] राजा।

नरायण—पु. [सं.] द्र. 'नारायण'।

नराश, नराशन—पु. [सं.] राक्षस।

नरिअर, नरियन*—पु. द्र. 'नारियल'।

नरी—स्त्री. [सं.] स्त्री।

नरी—स्त्री. [फा.] बकरी या बकरे का रँगा हुआ चमड़ा; नली; सुनारों की बाँस की फूँकनी।

नरेंद्र—पु. [सं.] राजा।

नरेतर—पु. [सं.] मनुष्यों से भिन्न प्राणी; जीव-जंतु।

नरेली—स्त्री. छोटा नारियल; छोटे नारियल के खोपरे से बनाया गया छोटा-सा हुक्का, गुड़गुड़ी।

नरेश, नरेश्वर—पु. [सं.] राजा।

नरेस*—पु. द्र. 'नरेश'।

नरोत्तम—पु. [सं.] मनुष्यों में श्रेष्ठ; विष्णु।

नर्क—पु. [सं.] नाक।

नर्क—पु. द्र. 'नरक'।

नर्कट—पु. द्र. 'नरकट'।

नर्गिस—पु. द्र. 'नरगिस'।

नर्त—वि. [सं.] नाचने वाला। पु. नाच, नृत्य।

नर्तक—पु. [सं.] नाचने, नृत्य करने वाला।

नर्तकी—स्त्री. [सं.] नाचने या नृत्य का काम करने वाली; वेश्या।

नर्तन—पु. [सं.] नाच, नृत्य।

नर्तित—वि. [सं.] नाचता हुआ; नचाया हुआ हो; जो नाच चुका हो।

नर्तु—पु. [सं.] तलवार की धार पर नाचने वाला नर्तक।

नर्तू—स्त्री. [सं.] नर्तकी; अभिनेत्री।

नर्बदा—स्त्री. द्र. 'नर्मदा'।

नर्म—पु. [सं.] हँसी, परिहास, विनोद।

नर्म—वि. [फा.] गुदगुदा, कोमल, मुलायम; धीमा; विनयशील।

नर्मट—पु. [सं.] सूर्य; मिट्टी का एक पात्र, खप्पर।

नर्मद—वि. [सं.] हँसाने वाला, परिहास प्रिय, विनोदशील।

नर्मदा—स्त्री. मध्य प्रदेश की एक प्रमुख नदी।

नर्मदेश्वर—पु. [सं.] नर्मदा नदी से निकलने वाला एक शिवलिंग।

नर्मी—स्त्री. नर्म, कोमल, मृदु होने का भाव।

नर्वस—वि. [अं.] व्याकुल विचलित।

नर्स—स्त्री. [अं.] रोगियों की सेवा-शुश्रूषा के लिए प्रशिक्षित स्त्री; परिचारिका; धात्री, धाय।

नर्सरी—स्त्री. [अं.] बच्चों के पालन-पोषण की जगह; वह स्थान जहाँ पेड़-पौधे तैयार कर बेचे जाते हैं या सामान्यत: रखे जाते हैं, पौधशाला; छोटे बच्चों का अंग्रेजी ढंग का स्कूल।

नर्सिंगहोम—पु. [अं.] रोगियों की चिकित्सा और देशभाल करने वाला स्थान, छोटा चिकित्सालय जहाँ मरीज़ों, रोगियों के ठहरने की भी व्यवस्था हो।

नल—पु. जमीन से पानी निकालने का एक यंत्र (मशीन); पानी को वहन करने के लिए धातु, लकड़ी, आदि की बनी पोली नाली-सी।

नलका—पु. जमीन से पानी निकालने का यंत्र (मशीन), नल।

नला—पु. पेशाब की नली, मूत्र नलिका।

नलाई—स्त्री. निराई, पौधों में से घास, खर-पतवार आदि निकालना।

नलिका—स्त्री. [सं.] जुलाहों का कपड़े बुनने का उपकरण—नली; छोटा नल; एक प्राचीन अस्त्र।

नलिन—पु. [सं.] कमल; कुमुद; जल; सारस।

नलिनी—स्त्री. [सं.] कमलिनी, कमल की एक प्रजाति; वह स्थान जहाँ कमल प्रचुरता में होते हैं।

नलिनेशय—पु. [सं.] विष्णु।

नली—स्त्री. छोटा और पतला नल (छोटा 'पाइप'); बंदूक में वह अगला भाग जिसमें से होकर गोली निकलती है; पतले नल जैसी शरीर में एक हड्डी ('उसकी नली चढ़ गई है)।

नलुआ—पु. छोटा नल; पशुओं में होने वाला एक रोग।

नलोपाख्यान—पु. [सं.] राजा नल की कथा, महाभारत के वन पर्व के अन्तर्गत।

नवंबर—पु. [सं.] ईस्वी वर्ष का ग्यारहवाँ माह, लैटिन 'नोवेम' (कदाचित् संस्कृत 'नवम्' से पहुँचा शब्द) जिसका अर्थ नवम्—नौवाँ महीना ही होता है—पहले नवम्बर (कैलेंडर) ईस्वी वर्ष में नौवें स्थान पर ही आता था।

नव—वि. [सं.] नवीन, नतून, नया; पहले-पहल हुआ, निर्मित। **~जात**—वि. जो अभी पैदा हुआ हो (बच्चा)। **~प्रसूता**—स्त्री. वह स्त्री जिसने अभी बच्चे को जन्म दिया हो। **~मल्लिका**—एक पुष्प; उसका पौधा। **~मालिका**—स्त्री. एक छंद। **~यौवन**—नई तरुणी। **~यौवना**—स्त्री. वह युवती जिसकी चढ़ती जवानी हो, तरुणी। **~वधू**—स्त्री. नव—विवाहिता स्त्री, दुलहिन। **~शशि**—पु. दूज का चाँद।

नव—वि. [सं.] नौ। पु. नौ की संख्या—9। **~कुमारी**—स्त्री. नवरात्र में पूजी जाने वाली नौ कुमारियाँ—कुमारिका, त्रिमूर्ति, कल्याणी, रोहिणी, काली, चंडिका, शांभवी, दुर्गा तथा सुभद्रा। **~खंड**—पूरा विश्व, पृथ्वी के नौ-विभाग, खंड—भारत, इलावृत, विपुरुष, भद्र, केतुमाल, हरि, हिरण्य, रम्य और कुश। **~दुर्गा**—स्त्री. देवी, दुर्गा, के नौ रूप, विग्रह, नवरात्र में प्रति दिन इनमें से एक-एक की पूजा की जाती है—शैलपुत्री, ब्रह्मचारिणी, चंद्रघंटा, कूष्मांडा, स्कंद माता, कात्यायनी, कालरात्रि, महागौरी तथा सिद्धिदात्री। **~द्वार**—पु. शरीर के नौ छिद्र (जिनमें से किसी एक में होकर प्राण-वायु निकल जाती है) दो नेत्र, दो नासिका छिद्र, मुख, दो कान, गुदा द्वार तथा जनेन्द्रिय; नया द्वार। **~द्वीप**—पु. बंगाल का एक प्रसिद्ध स्थान। **~धातु**—स्त्री. नौ धातुएँ—सुवर्ण, रजत, लोहा, सीसा, ताँबा, राँगा, तीक्ष्णक (पारा?) काँसा, कांत लौह (शब्द चिंतामणि में वर्णित)। **~निधि**—स्त्री. पद्म, महा पद्म, शंख, मकर, कच्छप, मुकुंद, कुंद, नील और खर्व। **~धा भक्ति**—स्त्री. नौ प्रकार की भक्ति—श्रवण, कीर्तन, स्मरण, पाद-सेवन, अर्चन, वंदन, दास्य, सख्य तथा आत्म-निवेदन। **~रत्न**—पु. नौ प्रकार के रत्न—मोती, मानिक, वैदुर्य, गोमेद, हीरा, मूँगा, पद्मराग, पन्ना तथा नीलम। राजा विक्रमादित्य की राजसभा के नौ रत्न भी प्रसिद्ध हुए हैं—धन्वंतरि, क्षपणक, अमर सिंह, शंकु, वेताल भट्ट, घटखर्पर, कालिदास, वराहमिहिर और वररुचि। **~रस**—पु. साहित्य शास्त्र में वर्णित प्रसिद्ध नौ रस—शृंगार, हास्य, करुण, रौद्र, वीर, भयानक, बीभत्स, अद्भुत और शांत। **~रात्र**—नव रात्रि (दिन) होने वाल देवी-पूजा, यज्ञ, आदि—वर्ष में दो नवरात्र—चैत्र मास तथा आश्विन मास में (शारदीय नवरात्र)।

नवक—वि. [सं.] जिसमें नौ हों।

नवता—स्त्री., **नवत्व**—पु. [सं.] नया होने का भाव, नयापन।

नवति—वि. [सं.] अस्सी और दस। स्त्री. नब्बे की संख्या, 90।

नवधा—अ. [सं.] नौ प्रकार से, नौ खंडों में। **~भक्ति**—स्त्री. द्र. 'नव' के अन्तर्गत।

नवन—पु. [सं.] झुकना, नमना।

नवना*—अ.क्रि. झुकना; नम्र होना।

नवनि*—स्त्री. झुकने की क्रिया या भाव; नम्रता।

नवम—वि. [सं.] नौवाँ, नौवें स्थान पर।

नवमी—स्त्री. [सं.] किसी भी मास के पक्ष की नौवीं तिथि।

नवल—वि. नया, नवीन; सुंदर; नई उम्र का।

नवाँ—वि. नवम, क्रम में आठ के बाद का।

नवा*—वि. नया।

नवाई*—स्त्री. नम्रता।

नवागंतुक—वि. [सं.] नया आने वाला।

नवाज़—वि. [फा.] कृपा करने वाला, दयालु, कृपालु। **~(गरीब)**—पु. ग़रीबों पर दया करने वाला, ईश्वर के लिए बहुप्रयुक्त विशेषण।

नवाज़िश—स्त्री. [फ़ा.] कृपा, दया, मेहरबानी।

नवागत—वि. [सं.] जो नया, अभी-अभी आया हो।

नवागता—स्त्री. [सं.] जो अभी, अभी, नई आई हो, 'नवागत' का स्त्रीलिंग शब्द।

नवागमन—पु. [सं.] जो पहली बार आया हो।

नवाचार—पु. [सं.] (बाइबल का) नया विधान ('न्यू टेस्टामेंट'); सभ्यता का नया आचार-विचार।

नवाना—स.क्रि. झुकना; नम्र होने के लिए प्रेरित करना।

नवान्न—पु. [सं.] (घर में आया) नया अन्न। **~उत्सव**—पु. नव अन्न, नई फसल के घर आने पर मनाया जाने वाला त्योहार।

नवाब—पु. [अ.—तत्सम 'नव्वाब'] मुस्लिम शासकों के शासन-काल में किसी प्रांत या अंचल विशेष के लिए नियुक्त शासनाध्यक्ष, (हैदराबाद, अवध, आदि के नवाब); रईस मुसलमानों को दी जाने वाली उपाधि (पहले अंग्रेजी शासन ने कुछ लोगों को यह उपाधि प्रदान की थी)। वि. शान-शौक़त से रहने वाला। **ला.** अपव्ययी, फ़िज़ूल-खर्च। **~ज़ादा**—पु. नवाब का पुत्र।

नवाबी—स्त्री. नवाब का पद, उपाधि; नवाबों का शासन-काल। **~ठाट-शान-ओ-शौक़त**—वैभवशाली, ठाट-बाट की ज़िंदगी, नवाबों जैसी ऐश की ज़िंदगी।

नवाभ्युत्थान—पु. [सं.] नये सिरे से उन्नति पाना।

नवारी—स्त्री. द्र. 'नेवारी'।

नवार्चि—पु. [सं.] मंगल ग्रह।

नवाविष्कृत—वि. [सं.] नया-नया आविष्कार किया गया, खोजा गया।

नवासा—पु. [फ़ा.] पुत्री का पुत्र, दौहित्र।

नवासी—स्त्री. [फा.] अस्सी और नौ। पु. नवासी की संख्या; 89।

नवासी—स्त्री. बेटी की बेटी, नातिन।

नवाह—पु. [सं.] नौ दिन; नवाँ दिन; नौ दिनों में होने वाला (रामायण, आदि) का पाठ; किसी सप्ताह, पक्ष का प्रथम दिवस।

नवीकरण—पु. [सं.] पुनः नया करवाना ('रिन्यूअल')।

नवीन—वि. [सं.] नया, नूतन; पहले पहल होने वाला; अपूर्व; नया; मौलिक।

नवीनतम—वि. [सं.] बिलकुल नया।

नवीनीकरण—पु. [सं.] नया करवा लेना; अवधि बढ़वाना ('रिन्यूअल')।

नवीस—पु. [फा.] लिखने वाला (अर्जी नवीस)।

नवीसी—स्त्री. लिखाई का काम।

नवेद—पु. नियंत्रण; निमंत्रण-पत्र।

नवेला—वि. नया, नवीन; नई उम्र का, युवा। [स्त्री. 'नवेली']।

नवोढ़ा—स्त्री. [सं.] नव विवाहिता स्त्री; युवती; एक नायिका-भेद—वह युवती जो लज्जा और भय के कारण नायक के पास जाने में संकोच अनुभव करे।

नवोत्थान—पु. [सं.] नई उन्नति, फिर से उन्नति; नव जागरण।

नवोदक—पु. [सं.] पहली वर्षा का जल; खोदते समय पृथ्वी के भीतर से निकलने वाला पहला जल।

नवोद्धृत—पु. [सं.] ताज़ा नवनीत, मक्खन।

नवोद्भावना—पु. [सं.] नई कल्पना, विचार, कथन।

नव्य—वि. [सं.] नया, नवीन। **~ता**—स्त्री. नयापन, नवीनता।

नव्वाब—पु. [अ.] द्र. 'नवाब'।

नव्वाबी—स्त्री. द्र. 'नवाबी'।

नव्वे*—वि. नब्बे।

नशा—पु. [अ.] किसी मादक द्रव्य, **पदार्थ**—भाँग, अफ़ीम, शराब, आदि से उत्पन्न शरीर और मन की अवस्था जिसमें कभी-कभी इन्द्रियाँ और बुद्धि अपने वश में नहीं रहतीं; नशा उत्पन्न कर देने वाला पदार्थ या द्रव्य।

नशास्ता—पु. [फ़ा.] गेहूँ का सत; बादाम, आदि को पीस कर घी में भून कर दूध में बनाया जाने वाला पेय।

नशीं, नशीन—वि. [फा.] बैठने वाला (समास रूप में प्रयुक्त, यथा—तख़्तनशीं, परदानशीं)।

नशीनी—स्त्री. बैठने या पदासीन होने की क्रिया (केवल समास में प्रयुक्त यथा—तख़्तनशीनी, परदानशीनी)।

नशीला—वि. नशा करने वाला, मादक; मदभरा, जिसमें नशा भरा हो।

नशेड़ी—वि. नशा करने वाला, नशेबाज।

नशेबाज़ी—स्त्री. [फ़ा.] नशा करने की आदत, कुटेव।

नश्तर—पु. [फा.] शरीर की चीड़-फाड़ करने वाला छोटा चाकू। **ला.** जख़्म, दुःख या आघात-सा देना।

नश्वर—वि. [सं.] नाशवान, नाशशील; क्षण-भंगुर।

नष*—पु. नाखून, नख।

नषत*—पु. द्र. 'नक्षत्र'।

नष्ट—वि. [सं.] समाप्त, जिसका अस्तित्व समाप्त हो चुका हो, जो अब न हो; बरबाद, ध्वस्त, चौपट।

नष्टप्राय—वि. [सं.] लगभग समाप्त; समाप्त होने की प्रक्रिया में अंतिम स्थिति।

नष्टात्मा—वि. [सं.] पापी; नीच, अधम।

नष्टाशंक—वि. [सं.] निरापद, जिसकी शंका समाप्त हो गई हो।

नष्टेंद्रिय—वि. [सं.] जिसकी इन्द्रियाँ संज्ञाहीन हो गई हों, संज्ञाहीन।

नस—स्त्री. रग, शिरा, रक्तवाहिनी, पतली नलिका, तंतु।

नसना*—अ.क्रि. भागना।

नसबनामा—पु. [फा.] वंश-वृक्ष, शजरा।

नसर—स्त्री. [अ.] गद्य ('नज़्म, कविता का उलटा')।

नसल—स्त्री. द्र. 'नस्ल'।

नसली—वि. [अ.] अच्छी नस्ल, प्रजाति का।

नसवार—स्त्री. सुँघनी, जिसे नाक में दवा के रूप में सूँघा जाता है।

नसा—स्त्री. [सं.] नासिका, नाक।* पु. द्र. 'नशा'।

नसाना*—स.क्रि. नष्ट करना।

नसीत*—स्त्री. 'नसीहत'।

नसीब—पु. [अ.] भाग्य, दैव, किस्मत; हिस्सा, भाग।

नसीबा—पु. द्र. नसीब, भाग्य।

नसीम—स्त्री. [अ.] ठंडी, स्वच्छ, मंद बयार, वायु।

नसीर—पु. [अ.] मदद करने वाला; ईश्वर।

नसीला—पु. [अ.] द्र. 'नशीला'।

नसीहत—स्त्री. [अ.] उपदेश, शिक्षा; अच्छी राय।

नसेनी—स्त्री. सीढ़ी।

नस्त—पु. [सं.] नाक; सुँघनी।

नस्तक—पु. [सं.] पशुओं की नाक में किया जाने वाला छेद।

नस्ता—स्त्री. [सं.] नाक का छेद।

नस्ल—स्त्री. [अ.] वंश, कुल; प्रजाति।

नस्वर*—वि. द्र. 'नश्वर'।

नहँ*—पु. नख।

नह*—पु. नख, नाखून। **~छू**—पु. तेल-हल्दी लगाने के बाद वर की शरीर-शुद्धि की रस्म जिसमें वर की हजामत बनाई जाती है, नाखून, आदि काटे जाते हैं। स्थान-भेद से यह रस्म कन्या के लिए भी विवाह-समय की जाती है।

नहन्ना—पु. नाइयों, हज्जामों का नाखून काटने का लोहे का बना आगे से छोटे फलक वाला उपकरण।

नहन्नी—स्त्री. द्र. 'नहन्ना'—नहन्ना का छोटा रूप।

नहर—स्त्री. सिंचाई आदि के लिए नदी से निकाला गया जल-मार्ग ('केनाल')।

नहरना—पु., **नहरनी**—स्त्री. द्र. 'नहन्ना'।

नहरी—स्त्री. नहर से सींची जाने वाली जमीन।

नहला—पु. ताश का एक पत्ता, जिसमें नौ बूटियाँ बनी होती हैं।

नहलाई—स्त्री. नहलाने की क्रिया; नहलाने की रस्म का शगुन।

नहलाना, नहवाना—स.क्रि. स्नान कराना।

नहान—पु. नहाने की क्रिया, स्नान; स्नान करने का पर्व (गंगा, नर्मदा जैसी पवित्र नदियों पर पूर्णिमा, अमावस्या, आदि का स्नान)।

नहाना—अ.क्रि. स्नान करना, शरीर की स्वच्छता-निर्मलता के लिए ऊपर से जल डाल कर धोने की क्रिया, साबुन, आदि के प्रयोग के साथ।

नहार—वि. जिसने सवेरे से कुछ नहीं खाया हो, बासी मुँह।

नहारी—स्त्री. प्रातःकाल का हलका भोजन, जलपान, अल्पाहार, नाश्ता।

नहिं, नहिंन—अ. द्र. 'नहीं'।

नहीं—अ. अस्वीकृति, अभाव, निषेधसूचक शब्द।

नहुष—पु. [सं.] एक प्राचीन राजा जिसे शापवश सर्प योनि में जन्म लेना पड़ा; एक वैदिक ऋषि।

नहुषात्मज—पु. [सं.] नहुष का पुत्र ययाति।

नहूसत—स्त्री. [अ.] मनहूसी, दुःखभरी उदासी।

नाँघना—स.क्रि. लाँघना।

नाँटना*—स.क्रि. नाटना, किसी बात का वायदा कर उससे मुकर जाना; किसी चीज़, बात को मना कर देना।

नाँठना—अ.क्रि. नष्ट होना, बरबाद होना।

नाँद—स्त्री. पशुओं के चारा खाने या पानी पीने के लिए मिट्टी का बड़ा गहरा-सा बरतन जिसे प्रायः ऊँचे आधार पर मिट्टी-गारे आदि से स्थापित कर दिया जाता है; इसी प्रकार का पीतल, आदि का पात्र जिसमें पानी, आदि भरा जाता है।

नाँदना*—अ.क्रि. शब्द करना; छींकना।

नांदी—स्त्री. [सं.] अभ्युदय, समृद्धि; अभ्युदय, समृद्धि की मंगल कामना करने वाला नाटक के प्रारंभ का वह श्लोक जो सूत्रधार पढ़ता है, मंगलाचरण। **~कर**—पु. नांदी पाठ करने वाला; नाटक के प्रारंभ में मंगलवाद्य तुरही, आदि बजाने वाला।

नांदी—पु. [सं.] 'नांदीकर'।

नाँह*—पु. नाथ, स्वामी (जायसी 'हौं विनु नाँह मंदिर को छावा')।

नांदीक—पु. [सं.] नांदी-मुख नामक श्राद्ध।

ना—अ. [सं.] न, नहीं, अस्वीकृति, निषेधसूचक शब्द, नहीं-सूचक उपसर्ग।

ना—उप. [फ़ा.] शब्द के शुरू में आकर नहीं का अर्थ देता है, यथा—नाउम्मीद। **~इत्तिफ़ाक, इत्तिफ़ाकी**—विरोध; मनमुटाव; मत न मिलना। **~इंसाफ़ी**—वि. अन्याय; ग़लत व्यवहार। **~उम्मेद**—वि. निराश, कोई आशा न रहना। **~उम्मेदी**—स्त्री. निराश होने का भाव, निराशा। **~क़ाबिल**—वि. अयोग्य। **~कारा**—वि. जो काम का न हो, निकम्मा। **~ख़ुश**—वि. अप्रसन्न, रुष्ट, नाराज़। **~गवार**—वि. अप्रिय; असह्य। **~चीज़**—वि. नगण्य, तुच्छ। **~जायज़**—वि. अनुचित, जिसे करना या कहना उचित न हो। **~दान**—वि. नासमझ, अबोध, मूर्ख। **~पाक**—वि. जो पवित्र न हो, अपवित्र। **~फ़रमानी**—स्त्री. आदेश न मानना। **~बालिग़**—वि. जो वयस्क न हो (प्रायः 18 वर्ष की आयु से कम)। **~मंज़ूर**—वि. जो मंजूर, स्वीकार्य न हो। **~मर्द**—वि. नपुंसक, डरपोक। **~मर्दी**—स्त्री. नपुंसकता, कायरता, भीरुता। **~माकूल**—वि. अनुपयुक्त, जो माकूल नहीं हो, अयोग्य। **~मालूम**—वि. जो मालूम न हो; अत्यल्प, बहुत ही कम। **~मुमकिन**—वि. असंभव। **~राज़**—वि. अप्रसन्न, रुष्ट। **~राजी**—स्त्री. नाराज़ होने का भाव, अप्रसन्न। **~वाफिक**—वि. अनभिज्ञ, अपरिचित। **~वाजिब**—वि. अनुचित। **~समझ**—वि. जिसे समझ न हो, बुद्धिहीन, मूर्ख। **~समझी**—स्त्री. नासमझ होने का भाव, बुद्धिहीनता, मूर्खता।

नाइक*—पु. द्र. 'नायक'।

नाइट-सूट—पु. [अं.] रात को पहनने वाली पोशाक, वस्त्र।

नाइटी—स्त्री. [अं.] रात को स्त्रियों द्वारा पहनने का लंबा-सा वस्त्र।

नाइट्रोजन—पु. [अं.] एक प्रकार की गैस।

नाइन—स्त्री. नाई की स्त्री; नाई जाति की स्त्री।

नाइब*—वि. [पु.] द्र. 'नायब'।

नाइलन, नायलॉन—पु. [अं.] एक प्रकार का धागा या धागे से बना वस्त्र जिसमें पॉलिस्टर का मिश्रण हो।

नाईं—अ. भाँति, तरह, प्रकार ('चोर की नाईं')।

नाई—पु. एक जाति जिसका मुख्य कार्य हजामत बनाना, ब्याह-शादी में बुलावा, न्योता देना, आदि होता था।

नाउँ*—पु. नाम।

नाउ*—स्त्री. द्र. 'नाई'।

नाउत—पु. ओझा, भूत-प्रेत झाड़ने वाला।

नाऊ—पु. द्र. 'नाई'।

नाक—पु. [सं.] मगर की प्रजाति का एक जल-जंतु।

नाक—स्त्री. नासिका, होंठों के ऊपर की सूँघने और साँस लेने की एक इन्द्रिय, शरीर में मुख भाग का प्रसिद्ध अवयव। **ला.** प्रतिष्ठा बनाए रखने वाला ('वह उस समुदाय की नाक है'); इज्ज़त, मान ('नाक रखने' का प्रयोग)। **मु. ~कटना**—बेइज़्ज़ती होना, मान-मर्यादा नष्ट होना। **~का बाल**—अत्यंत अंतरंग मित्र। **~में दम करना**—बहुत परेशान करना। **~रगड़ना**—बहुत अनुनय-विनय करना, दीनता प्रकट करना, गिड़गिड़ाना।

नाका—पु. वह स्थान जहाँ पहरा देने के लिए सिपाही तैनात किए जाते हैं; किसी नगर, दुर्ग आदि का प्रवेश द्वार; चुंगी, कर, वसूल करने के लिए नगर के प्रवेश द्वार पर बनाया गया स्थान (चुंगी नाका)।

नाकाफ़ी—वि. [अ.] अपर्याप्त, आवश्यकता से कम।

नाकामयाब—वि. [फ़ा.] असफल, विफल।

नाकामयाबी—स्त्री. [फ़ा.] असफलता, विफलता।

नाकामी—स्त्री. [फ़ा.] विफलता।

वाकिह—पु. [अ.] निकाह, ब्याह करने वाला।

नाकुलि—पु. [सं.] नकुल का पुत्र।

नाकेबंदी—स्त्री. [फ़ा.] नाका लगाना, चारों ओर से घेर लेना।

नाकेश—पु. [सं.] इन्द्र।

नाक्षत्र—वि. [सं.] नक्षत्र संबंधी; नक्षत्रों की दशा के अनुसार बनाई गई (जन्म-पत्री, आदि)।

नाक्षत्रिक—वि. [सं.] नक्षत्रों से संबंधित, नक्षत्रों की गति, दशा के अनुसार निर्मित (जन्मपत्री, आदि)

नाख—स्त्री. नासपाती की प्रजाति का एक फल।

ना-ख़ुदा—वि. [फा.] खुदा को न मानने वाला।

नाखून—पु. [फा.] अंगुलियों के ऊपरी सिरे पर सफ़ेद-सा कठोर आवरण।

नाग—पु. [सं.] साँप, विशेषत: फन वाला; पातालवासी सर्प, इन्हें देव-योनि में माना गया है, इनके आठ कुल माने गए हैं—वासुकि, तक्षक, कुलक, कर्कोटक, पद्म, शंखचूड़, महापद्म तथा धनंजय; हाथी; राँगा; सीसा (धातु); बादल; आठ की संख्या। **~कन्या**—स्त्री. नाग जाति की कन्या। **~केशर**—स्त्री. सफेद फूलों वाला एक पेड़। **~लोक**—पु. पाताल।

नागन—स्त्री. द्र. 'नागिन'।

नागमती—स्त्री. [सं.] चित्तौड़ की एक महारानी; एक लता।

नागयज्ञ—पु. [सं.] एक यज्ञ, महाभारत में राजा जनमेजय ने नागों (सर्पों) का विनाश करने के लिए यह यज्ञ किया था।

नागर—वि. [सं.] नगर संबंधी; नगर में रहने वाला; चतुर, होशियार। पु. नगरवासी; सभ्य पुरुष। **~मोथा**—एक प्रकार की घास, जिसका उपयोग आयुर्वेद में औषधि के रूप में होता है।

नागरक—पु. [सं.] शिल्पी, कारीगर।

नागरिक—वि. [सं.] नगर संबंधी; नगर का। पु. नगरवासी।

नागरिकता—स्त्री. [सं.] 'नागरिक' होने की स्थिति; किसी देश के स्थायी वासी होने की स्थिति, जिससे उस देश के नागरिक के समान अधिकार प्राप्त हो जाते हैं।

नागरबेल—स्त्री. एक लता, पान की लता।

नागरी—स्त्री. [सं.] नगर की रहने वाली; चतुर स्त्री; देवनागरी लिपि; हिंदी।

नागरेयक—वि. [सं.] नगर में उत्पन्न।

नागांग—पु. [सं.] हस्तिनापुर का एक नाम।

नागांगना—स्त्री. [सं.] हथिनी।

नागांचला—स्त्री. [सं.] नागयष्टि।

नागांजना—स्त्री. [सं.] नागयष्टि; हथिनी।

नागा (नगा)—पु. नंगे रहने वाला साधु, ये शैव संप्रदाय के अखाड़ों के अनुयायी होते हैं; असम की एक जंगली जाति; असम में एक पहाड़; किसी निरंतर चलने वाले काम में पड़ने वाला अंतर ('पाँच दिन की नागा हो गई दूध की')।

नागानंद—पु. [सं.] हर्षरचित एक प्रसिद्ध संस्कृत नाटक।

नागानन—पु. [सं.] गणेश।

नागाभिभु—पु. [सं.] बुद्ध का एक रूप।

नागार्जुन—पु. [सं.] एक बौद्ध आचार्य, इन्होंने शून्यवाद (माध्यमिक सिद्धांत) का प्रतिपादन किया था, इनकी प्रसिद्ध पुस्तक 'माध्यमिक शास्त्र' या 'माध्यमिक कारिका' है।

नागार्जुनी—स्त्री. [सं.] एक घास, दूधिया घास।

नागाशन—पु. [सं.] गरुड़; मोर; सिंह।

नागिन—स्त्री. सर्पिणी, नाग की मादा; नाग नामक जाति के सर्प की मादा (फन वाले साँप की मादा)।

नागिनी—स्त्री. द्र. 'नागिन'।

नागी—स्त्री. [सं.] 'हस्तिनी'।

नागी—पु. [सं.] शिव।

नागेंद्र—पु. [सं.] बड़ा साँप; शेषनाग; विशालकाय हाथी; गजराज, ऐरावत।

नागेश—पु. [सं.] शेष नाग; संस्कृत के एक प्रसिद्ध वैयाकरण, नागेश भट्ट; पतंजलि।

नागेश्वर—पु. [सं.] शेषनाग; ऐरावत।

नागेसर—पु. द्र. 'नागेश्वर'।

नागौर—पु. राजस्थान में एक स्थान, जहाँ के बैल बहुत प्रसिद्ध हैं।

नागौरा—वि. नागौर का; अच्छी प्रजाति का (बैल, आदि); का डील-डौल वाला।

नागौरी—वि. द्र. 'नागौरा'।

नाच—पु. कलात्मक ढंग से संगीतात्मक रूप में अंग-संचालन; नृत्य।

नाचना—अ.क्रि. संगीतात्मक, कलात्मक रूप से अंग संचालन करना, नृत्य करना।

नाचिकेत—पु. [सं.] एक ऋषि; अग्नि।

नाज*—पु. अनाज, अन्न—गेहूँ, चावल, आदि।

नाज़—पु. [फा.] गर्व, घमंड; नखरा।

नाज़िम—वि. [अ.] प्रबंध, व्यवस्था करने वाला, प्रबंधकर्ता। पु. मुस्लिम शासनकाल में एक प्रमुख राजकर्मचारी (का पद)।

नाज़िर—वि. [अ.] देखने वाला, दर्शक। पु. वह कर्मचारी जो कचहरी में विभिन्न रूपों में देख-भाल करता था।

नाज़िल—वि. [अ.] उतरने वाला, नीचे आने वाला।

नाज़ी—पु. [अं.] जर्मनी का एक प्रसिद्ध राजनीतिक दल, अपनी क्रूरता के लिए ख्यात।

नाज़ुक—वि. [फा.] कोमल, सुकुमार; जल्दी टूटने वाला; संकटपूर्ण ('नाज़ुक समय')। **~मिज़ाज**—वि. कोमल तथा मृदु प्रकृति, स्वभाव का।

नाज़ुकी—स्त्री. [फा.] सुकुमारता, कोमलता।

नाज़ेब—वि. [फ़ा.] बेमेल, अनुपयुक्त; भद्दा, कुरूप; अश्लील।

नॉट—स्त्री. [अं.] गाँठ ('टाई की नॉट')।

नाट—पु. [सं.] नृत्य; नाटक; अभिनय; एक राग।

नाटक—पु. [सं.] दृश्य काव्य, रूपक के दस भेदों में से एक प्रमुख भेद; साहित्य में गद्य की एक विधा जिसमें कथोपकथन, संवादों के माध्यम से कथा आगे बढ़ती है; अभिनय।

नाटकत्व—पु. [सं.] नाटकीय भाव, नाटक होने का भाव।

नाटकावतार—पु. [सं.] नाटक के अन्तर्गत एक अन्य (छोटे) नाटक का अवतरण।

नाटकिया—पु. अभिनय करने वाला (अवमानना के अर्थ में)।

नाटकीय—वि. [सं.] नाटक संबंधी; नाटक का; दिखावटी।

नाटना—अ.क्रि. मना करना, किसी बात की स्वीकृति देकर मुकर जाना।

नाटा—वि. छोटे कद का।

नाटार—पु. [सं.] अभिनेत्री का पुत्र।

नाटिका—स्त्री. [सं.] उपरूपक (नाटक) का एक भेद (पूर्व में, संस्कृत में, इसमें चार अंक होते थे और कथा पूर्णत: कल्पित)।

नाटित—वि. [सं.] जिसका अभिनय किया गया हो, अभिनीत।

नाट्य—पु. [सं.] अभिनय कर्म; नृत्य कला; अभिनय कला। **~प्रिय**—पु. शिव। **~रासक**—पु. उपरूपक का एक भेद। **~शाला**—स्त्री. नाटक खेलने का स्थान, रंगशाला। **~शास्त्र**—पु. नाटक के सिद्धांत प्रस्तुत करने वाला ग्रंथ; आचार्य भरत विरचित प्रसिद्ध ग्रंथ—'नाट्यशास्त्र'।

नाट्यागार—पु. [सं.] नाट्यशाला, रंगशाला।

नाट्याचार्य—पु. [सं.] नाटक की शिक्षा देने वाला आचार्य।

नाट्यात्मक—वि. [सं.] जिसमें नाटक का अंश हो।

नाट्योक्ति—स्त्री. [सं.] नाटकीय वाक्य-विन्यास।

नाट्योचित—वि. [सं.] अभिनय करने योग्य।

नाठ—पु. नाश।

नाड़—स्त्री. गर्दन।

नाड़ा—पु. एक मोटी डोरी या कपड़े को पतली डोरी के समान सिल कर पाजामे, पेटीकोट आदि में डालने वाला वस्त्र-खंड।

नाडि—स्त्री. [सं.] नाड़ी, नली।

नाडिका—स्त्री. [सं.] नाड़ी; नाली।

नाड़िकेल—पु. [सं.] नारियल।

नाड़िया—पु. नाड़ी देखने वाला, वैद्य।

नाड़ी—स्त्री. [सं.] नब्ज़; शरीर की रक्तवाहिनी शिराएँ, शरीर में वे नलिकाएँ जिनमें रक्त का संचार होता है।

नाडीकेल—पु. [सं.] नारियल।

नाता—पु. संबंध, रिश्ता। **~(ते)दार**—पु. संबंधी, रिश्तेदार।

नातिदूर—वि. [सं.] जो ज़्यादा दूर न हो।

नातिन—स्त्री. पुत्री की पुत्री।

नाती—पु. पुत्री का पुत्र।

नाते—अ. 'नाता' का बहुवचन, प्राय: समास में प्रयुक्त रिश्ते-नाते।

नात्र—पु. [सं.] शिव; ऋषि।

नात्सी—पु. [ज.] द्र. 'नाज़ी'।

नाथ—पु. [सं.] स्वामी; पति; प्रभु, ईश्वर, स्वामी; बैल, भैंसे, ऊँट, आदि की नाक में पहनाई जाने वाली रस्सी।

नाथ—पु. एक साधु संप्रदाय। **~पंथ**—पु. एक प्रसिद्ध पंथ जिसमें नौ नाथ हुए—गोरखनाथ, मत्स्येन्द्रनाथ, जलंधरनाथ, आदि।

नाथना—स.क्रि. बैल, भैंसे, आदि पशुओं की नाक छेद कर उसमें रस्सी डालना। **ला.** वश में करना।

नाद—पु. [सं.] शब्द, ध्वनि; वर्णों के उच्चारण करते समय एक प्रकार का बाह्य प्रयत्न; गर्जना। **~मुद्रा**—स्त्री. हाथ की एक तांत्रिक मुद्रा।

नादि—वि. [सं.] शब्द करने वाला; गरजने वाला।

नादित—वि. [सं.] बजाया हुआ।

नादिम—वि. [अ.] लज्जित, शर्मिंदा।

नादिया—पु. नंदी; वह बैल जिसे सजाकर साथ में घुमाते हुए योगी (एक जाति के लोग जिन्हें 'जोगी' कहा जाता है) भिक्षा माँगते हैं।

नादिर—वि. [अ.] अद्भुत, अस्त्र-धारण। **~शाह**—पु. फारस का एक नृशंस बादशाह, इसने सन् 1738 में दिल्ली के तत्कालीन बादशाह मुहम्मद शाह को हराक र नगर में जनता का कत्लेआम कराया था। **~शाही**—वि. जो नादिरशाह से संबंधित हो; नादिरशाह के अत्याचार जैसा। **~शाही फरमान**—पु. निरंकुश तथा नृशंस राजा का आदेश।

नादिरी—स्त्री. [अ.] मुग़लकाल का सदरी जैसा पहनने का एक वस्त्र, इसके किनारों पर जरी आदि का काम हुआ रहता था।

नादी—वि. [सं.] नाद करने वाला; वाद्य (तुरही, आदि) बजाने वाला।

नादेय—वि. [सं.] नदी संबंधी; नदी का; नदी में उत्पन्न।

नाधना—स.क्रि. बैल, घोड़े, आदि को नाथ डाल कर वश में कर जोतने के योग्य बना लेना।

नान—स्त्री. [फा.] तंदूर में पकी एक प्रकार की खमीर उठा कर बनाई गई रोटी। **~ख़ताई, ~खटाई**—स्त्री. एक प्रकार की आग पर या ओवन आदि में सिंकी मिठाई—मैदा और बेसन दोनों की बनती है।

नानक—पु. सिख धर्म के पूज्य आदि गुरु।

नानवेजीटेरियन—पु. [अं.] सामिष भोजन करने वाला; सामिष भोजन (मांस, मछली, आदि)।

नानस—स्त्री. ननिया सास, पति की नानी।

नानसेन्स—वि. [अं.] मूर्खतापूर्ण, विवेकहीन। पु. मूर्ख।

नाना—पु. माँ का पिता। वि. अनेक। **~विध**—वि. अनेक प्रकार के।

नानात्मवाद—पु. [सं.] सांख्य मत।

नानात्मवादी—वि. [सं.] सांख्य मत का अनुयायी।

नानार्थ—वि. [सं.] अनेक अर्थों वाला, अनेकार्थी; जो कई कामों में आ सके। **~नानार्थी**—स्त्री. जिससे बहुत सारे प्रयोजन सिद्ध हो सकते हों।

नानिहाल—पु. ननिहाल, नाना-नानी का घर, स्थान (गाँव, नगर, आदि)।

नानी—स्त्री. माँ की माँ।

नानुकर—पु. किसी काम के लिए न मानना—नख़रे करना।

नानू—पु. नाना, माँ के पिता के लिए वर्तमान में प्रचलित सम्बोधन।

नान्हा*—वि. नन्हा, छोटा।

नाप—स्त्री. माप, किसी विशेष मानदंड के अनुसार किसी वस्तु की लंबाई, चौड़ाई, गहराई, ऊँचाई, आदि को निर्धारित करना; वस्त्र, पहनावे, आदि की लंबाई, चौड़ाई, प्रत्येक अंग के लिए वांछित आकार का निर्धारण (दर्ज़ी, आदि द्वारा)। **~जोख, ~तौल**—स्त्री. नाप-तौल कर निर्धारण करना; नाप कर या तौल कर निर्धारित करना।

नापना—स.क्रि. नाप लेने की प्रक्रिया, निर्धारित, वांछित मानदंड के अनुसार किसी वस्तु के आकार-विस्तार, परिमाण, मात्रा, आदि का निर्धारण।

नापसंद—वि. [फ़ा.] जो पसंद न हो।

नापसंदगी—स्त्री. [फ़ा.] पसंद न होने की स्थिति या भाव।

नापित—पु. [सं.] नाई, हज्जाम।

नापितायनि—पु. [सं.] नाई का लड़का।

नापित्य—पु. [सं.] नाई का काम, व्यवसाय; नाई का लड़का।

नाफ़—स्त्री. [फा.] नाभि; मध्य स्थान; केन्द्रीय स्थान।

नाफ़रमानी—स्त्री. [फ़ा.] आज्ञा न मानना।

नाफ़ा—पु. [फा.] कस्तूरी मृग की नाभि के भीतर की कस्तूरी की थैली।

नाबदान—पु. घर के गंदे पानी के निकास के लिए घर के बाहर बना गड्ढा-सा या गाड़ी गई नाँद।

नाभस—वि. [सं.] नभ, आकाश संबंधी, आकाशकीय।

नाभाग—पु. [सं.] इक्ष्वाकु वंश के एक राजा; महाराज अज के पिता, दशरथ के पितामह।

नाभागारिष्ट—पु. [सं.] वैवस्त मनु के एक पुत्र।

नाभादास—पु. प्रसिद्ध वैष्णव साधु, 'भक्तमाल' नामक भक्ति ग्रंथ के रचयिता।

नाभि—स्त्री. [सं.] पेट के बीचोबीच एक गड्ढा जिससे गर्भावस्था में जरुयुनाल जुड़ा रहता है; पहिए के बीचोबीच वह छिद्र जिसमें धुरी रखी जाती है, चक्र-मध्य। **~संबंध**—पु. एक ही उदर से या एक ही गोत्र से उत्पन्न होने का संबंध।

नाभिका—स्त्री. [सं.] नाभि जैसा गड्ढा।

नाभिकीय—वि. [सं.] नाभि से उत्पन्न या संबंधित। **~ऊर्जा**—स्त्री. नाभि-कोष, केन्द्रीय स्थल से उत्पन्न शक्ति (न्यूक्लिअर एनर्जी)।

नाभिल—वि. [सं.] नाभि संबंधी; जिसकी नाभि ऊपर को उठी हुई हो।

नाभील—पु. [सं.] नाभि-द्वार, नाभि का गड्ढा।

नाभ्य—पु. [सं.] नाभि संबंधी।

नामंजूर—वि. [फ़ा.] अस्वीकृत, जो मंजूर न हो।

नाम—पु. [सं.] वह शब्द जिससे किसी व्यक्ति, वस्तु, आदि का बोध हो; जिस शब्द से किसी व्यक्ति को पुकारा जाए, संज्ञा। **~करण**—पु. नाम रखने का संस्कार। **~कीर्तन**—पु. प्रभु के नाम का गाने-बजाने, संगीत के साथ स्मरण, नाम जपना। **मु. ~उछलना**—बदनामी होना। **~उछालना**—बदनामी करना। **~धरना**—भला-बुरा कहना। **~मिटना**—यश, कीर्ति समाप्त होना।

नाम—पु. [फ़ा.] प्रसिद्धि; धाक; इज्ज़त, आदर। **~ज़द**—वि. जिसका नाम प्रस्तावित किया गया हो, जिसका नाम किसी संदर्भ में अंकित किया गया हो। **~ज़द रिपोर्ट**—वि. पुलिस, न्यायालय, आदि में किसी अपराध के लिए किसी व्यक्ति का नाम लिखाना। **~वर**—वि. विख्यात, प्रसिद्ध। **मु. ~के लिए**—बहुत थोड़ा-सा, अत्यल्प। **~को**—कहने भर को, अत्यल्प, प्रसिद्धि के लिए। **~चार को**—कहने-भर को, बहुत थोड़ा-सा। **~डुबाना**—कलंक लगवाना, मान-मर्यादा समाप्त कर लेना।

नामक—वि. [सं.] नाम वाला, नाम से प्रसिद्ध (समासांत में)।

नामतः—अ. [सं.] नाम से, नाम के द्वारा।

नामदार—वि. [फ़ा.] नामवर, प्रसिद्ध, नाम वाला।

नामांकन—पु. [सं.] नाम अंकित करना; नाम प्रस्तावित करना; आधिकारिक रूप से नियुक्त किया जाना ('नामिनेशन')। **~पत्र**—पु. वह परिपत्र जिसमें चुनाव लड़ने वाले को अपना विवरण देना होता है।

नामांकित—वि. [सं.] जिसका नाम प्रस्तावित हुआ हो; जिस पर नाम अंकित किया गया हो।

नामांतर—पु. [सं.] दूसरा नाम; उपनाम।

नामांतरण—पु. [सं.] नाम बदलना; (किसी रजिस्टर, आदि में) दूसरे का नाम लिखना।

नामा—वि. [सं.] नाम वाला, नामक (केवल समास में उत्तर पद के रूप में प्रयुक्त)।

नामाकूल—वि. [अ.] अयोग्य; अनुपयुक्त, अनुचित।

नामानुक्रमणिका—स्त्री. [सं.] नामों की तालिका; किसी पुस्तक के अंत में अकारादि-क्रम से लेखकों की पृष्ठ-वार सूची।

नामानुशासन—पु. [सं.] कोश।

नामाभिधान—पु. [सं.] कोश।

नामावली—स्त्री. [सं.] नामों की सूची।

नामि—पु. [सं.] विष्णु।

नामिक—वि. [सं.] नाम-संबंधी।

नामित—वि. [सं.] झुकाया हुआ।

नामिनी—वि. (किसी) नाम के अनुसार।

नामौजूदगी—स्त्री. [फ़ा.] अनुपस्थिति।

नाम्य—वि. [सं.] झुकाने योग्य, लचीला।

नायँ*—अ. नहीं।

नाय—पु. [सं.] नेता; नेतृत्व।

नायक—पु. [सं.] नेता, अगुआ, राह दिखाने वाला; अधिपति, स्वामी; किसी दल या समुदाय का प्रधान, अग्रगण्य व्यक्ति; काव्य या नाटक का मुख्य चरित्र जिसके इर्द-गिर्द कथा बुनी जाती है; नायक के चार भेद—धीरोदात्त, धीरोद्धत, धीर ललित धीर प्रशांत।

नायकाधिप—पु. [सं.] राजा।

नायकी—पु. एक राग। **~कान्हड़ा**—पु. एक राग (संगी.)। **~मल्लार**—पु. एक राग।

नायन*—स्त्री. द्र. 'नाइन'।

नायब—पु. [अ.] सहायक, किसी बड़े अधिकारी का अधीनस्थ—नायब तहसीलदार, आदि।

नायबी—स्त्री. नायक का काम; नायब का पद।

नायलन—पु. [अं.] नाइलन, रासायनिक विधि से बनाया गया धागा, जिससे विभिन्न चीज़ें बनती हैं—मोज़ा, रस्सी, आदि।

नायाब—वि. [फ़ा.] दुष्प्राप्य; अप्राप्य; अमूल्य; बेशकीमती (हीरा, आदि)।

नायिका—स्त्री. [सं.] नायक का स्त्रीलिंग शब्द, रूप-गुण संपन्न स्त्री, जो शृंगार रस का आलम्बन हो; वह स्त्री जिसका चरित्र मुख्यतः कृति (काव्य, नाटक, उपन्यास, आदि) में चित्रित किया गया हो; नायक की पत्नी।

नारंग—पु. [सं.] नारंग का फल या पेड़।

नारंगी—स्त्री. संतरे की प्रजाति का एक रसदार फल। वि. नारंगी के रंग का; हलके पीले रंग वाला।

नार—पु. [सं.] नाल, जल, पानी।

नार—स्त्री. गरदन, ग्रीवा; जुलाहे की ढरकी, नली।

नारक—वि. [सं.] नरक संबंधी। पु. नरक में पड़ा हुआ।

नारकी—वि. [सं.] नरक में जाने योग्य; नरकभोगी। पु. नरक में रहने वाला।

नारकीय—वि. [सं.] नरक संबंधी; अति निकृष्ट; ऐसा जो नरक का भोगी हो।

नाराज़—वि. [अ.] अप्रसन्न, रुष्ट, ख़फ़ा, नाख़ुश।

नाराज़ी—स्त्री. [अ.] अप्रसन्नता, रुष्टता, नाराज़गी।

नारद—पु. [सं.] एक प्रसिद्ध ऋषि जो ब्रह्मा के मानस-पुत्र माने जाते हैं, एक लोक से दूसरे लोक में वीणा बजाते घूमते रहते हैं, ऐसी प्रसिद्धि। **ला.** एक की दूसरे से लगाने वाला, कलह करा देने वाला।

नारदीय—वि. [सं.] नारद का, नारद-रचित।

नारसिंह—वि. [सं.] जिसमें नरसिंह का वर्णन हो; नर-सिंह संबंधी; नरसिंह का।

नारा—पु. किसी राजनीतिक दल, समुदाय, आदि का वह घोष, कुछ उच्चरित वाक्यांश जो जोश, उत्साह पैदा करे; नाला (पानी का); नाड़ा, इज़ारबंद।

नाराइन*—पु. नारायण, विष्णु।

नाराच—पु. [सं.] लोहे का बना बाण; बाण (सामान्य); एक वर्णवृत्त—24 मात्राओं का एक छंद।

नारायण—पु. [सं.] विष्णु; भगवान, प्रभु; अजामिल नामक कसाई का पुत्र; एक ऋषि; एक उपनिषद्।

नारायणी—स्त्री. [सं.] लक्ष्मी; दुर्गा; श्रीकृष्ण की सेना का नाम।

नारायणीय—वि. [सं.] नारायण का; नारायण संबंधी।

नाराशंसी—स्त्री. [सं.] मनुष्यों की प्रशंसा।

नारि*—स्त्री. द्र. 'नारी'।

नारिक—वि. [सं.] जल का, जल संबंधी, जलीय।

नारिकेर, नारिकेल—पु. [सं.] नारियल।

नारिकेरी, नारिकेली—स्त्री. [सं.] नारियल; नारियल-पानी से बनने वाला एक खाद्य।

नारियल—पु. एक ऊँचा पेड़ जो समुद्र के किनारे तथा समीपवर्ती भूमि-क्षेत्र में पाया जाता है; उस पेड़ का फल जो ऊपर से कठोर और भीतर सफ़ेद गिरी वाला होता है, इसी का गोला, खोप्पा बनता है; नारियल के ऊपरी खोल का बना छोटा हुक्का।

नारियली—स्त्री. नारियल का ऊपरी खोल; नारियल की बनी ताड़ी।

नारी—स्त्री. [सं.] स्त्री, औरत, महिला।

नारीकेल—पु., **नारीकेली**—स्त्री. [सं.] नारियल।

नारीत्व—पु. [सं.] वे गुण जो स्त्री की गरिमा के सूचक हैं।

नारीष्टा—स्त्री. [सं.] चमेली।

नारेबाज—पु. नारे लगाने वाला; नारे लगाने की प्रवृत्ति वाला।

नारेबाज़ी—स्त्री. [अ.] किसी के विरोध में नारे लगाने वाला।

नॉर्थ—पु. [अं.] उत्तर।

नार्पत्य—वि. [सं.] नृपति, राजा संबंधी।

नार्मद—वि. [सं.] नर्मदा (नदी) संबंधी। पु. नर्मदा में पाया जाने वाला शिवलिंग।

नॉर्मल—वि. [अं.] सामान्य।

नालंदा—पु. भारत के बिहार राज्य में स्थित एक प्राचीन, प्रसिद्ध नगर; वहाँ स्थित विश्वविख्यात विश्वविद्यालय।

नालंबी—स्त्री. [सं.] शिव की वीणा।

नाल—स्त्री. [सं.] कमल, कुमुद, आदि फूलों की पतली डंडी, वृंत; पोली नली (जिसमें कुछ भरा जा सके—घी की नाल जो बैलों, आदि को दी जाती है); बंदूक की नली; गर्भस्थ शिशु की नाभि से गर्भाशय तक जुड़ी पतली-सी स्नायु-डोर।

नाल—पु. [अ.] लोहे का बनाया गया अर्द्ध चंद्राकार टुकड़ा जो घोड़े की टापों के नीचे तथा जूतों की एड़ी के नीचे लगाया जाता है। **~बंदी**—स्त्री. घोड़े की टापों में नाल लगाने का काम; नाल लगाने का पेशा।

नाला—पु. बरसात का या गंदे पानी के बहने का खोदा हुआ या पहाड़ों में स्वयं जल मार्ग बनाता हुआ जल-प्रवाह, जो किसी नदी में जा कर मिल जाता है।

नालायक—वि. [फा.] अयोग्य, मूखर्तापूर्ण व्यवहार करने वाला।

नालायक़ी—स्त्री. [अ.] अयोग्यता; मूर्खता; मूर्खतापूर्ण व्यवहार।

नालि—स्त्री. [सं.] कमल की डंडी।

नालिक—पु. [सं.] कमल; भैंसा।

नालिकेर—पु., **नालिकेली**—स्त्री. [सं.] द्र. 'नारिकेर'।

नालिश—स्त्री. [फा.] फरियाद, प्रार्थना; किसी बड़े अधिकारी या न्यायालय में किसी के विरुद्ध किया गया आवेदन जिससे दोषी को दंड दिया जा सके।

नाली—स्त्री. [सं.] पानी के बहने का छोटा नाला, पतला-सा तथा थोड़ा गहरा जल-मार्ग; गंदा पानी बहने की मोरी।

नालीष—पु. [सं.] कदंब का पेड़।

नालुक—पु. [सं.] एक गंध द्रव्य।

नाँव*—पु. नाम।

नाव—स्त्री. जल के ऊपर काठ तथा टिन, आदि का बना यान, जो नदी, सरोवर, झील आदि में वाहन के रूप में प्रयुक्त होता है, नौका, तरणि, किश्ती।

नावक—पु. [फा.] एक प्रकार का छोटा तीर, जो प्रायः मोटाई में छोटा ही होता था, जो एक नली—नावक—में रखकर चलाया जाता था जिससे उसकी गति सीधी और प्रभाव मारक होता था। 'ज्यों नावक के तीर'—बिहारी।

नावक़्त—वि. अनुपयुक्त समय में उत्पन्न; नालायक़।

नावना*—स.क्रि. नवाना, झुकाना।

नावर, नावरि*—स्त्री. नौका, नाव; नाव में की जाने वाली क्रीड़ा।

नॉवल—पु. [अं.] उपन्यास।

नॉवलिस्ट—पु. [अं.] उपन्यासकार।

नॉवल्टी—स्त्री. [अं.] विलक्षणता, अनूठापन; अपूर्व।

नावाक़िफ़—वि. [अ.] अपरिचित।

नावाक़िफ़ियत—स्त्री. [अ.] अपरिचय।

नावाजिब—वि. [अ.] अनुचित; अनुपयुक्त।

नाविक—पु. [सं.] मल्लाह, नाव चलाने वाला। **ला.** कर्णधार।

नावी—पु. [सं.] मल्लाह, केवट, नाव खेने वाला।

नावाक़िफ़ियत—स्त्री. [अ.] अपरिचय।

नावाजिब—वि. [अ.] अनुचित; अनुपयुक्त।

नाविक—पु. [सं.] मल्लाह, नाव चलाने वाला। **ला.** कर्णधार।

नावी—पु. [सं.] मल्लाह, केवट, नाव खेने वाला।

नॉवेल—पु. [अ.] द्र. 'नॉवल'।

नाव्य—वि. [सं.] नाव से पार करने योग्य।

नाश—पु. [सं.] बरबादी, ध्वंस; किसी वस्तु या व्यक्ति का अस्तित्व में न रहना; संहार; समाप्ति। **~कारी**—वि. नाश करने वाला।

नाशक—वि. [सं.] नाश कर देने वाला, नष्ट कर देने वाला; संहार कर देने वाला; दूर करने, निवारण करने वाला (दर्द-नाशक)।

नाशन—पु. [सं.] नष्ट करना; संहार करना; विस्मरण।

नाशना—स.क्रि. द्र. 'नासना'।

नाशपाती, नासपाती—स्त्री. वर्षा ऋतु में प्राप्त एक प्रसिद्ध फल; इस फल का पेड़।

नाशवान—वि. [सं.] जो नष्ट हो जाए, नश्वर, समाप्त हो जाने वाला।

नाशित—वि. [सं.] जो नष्ट किया गया हो; जिसका नाश हो गया हो।

नाशी—वि. [सं.] नाशक, नश्वर, नाशशील।

नाश्ता—पु. [फा.] जलपान, अल्पाहार; कलेवा।

नाश्य—वि. [सं.] नाश योग्य, नाशशील।

नास*—पु. द्र. 'नाश'।

नासना*—स.क्रि. नष्ट करना, बरबाद करना, मार डालना।

नासपीटा—वि. स्त्रियों द्वारा दी जाने वाली एक गाली, नष्ट होने योग्य (मरजाना के अर्थ में)।

नासमझ—वि. [फ़ा.] जिसे समझ न हो; अबोध।

नासमझी—स्त्री. [फ़ा.] नासमझ अवस्था, भाव; ऐसा कार्य जिसमें समझदारी न हो।

नासमीटा—वि. द्र. 'नासपीटा'।

नासा—नासिका, नाक, घ्राणेन्द्रिय। **~छिद्र**—पु. नाक का छेद। **~पुट**—पु. नाक का छेद। **~रंध्र**—पु. नाक का छेद। **~विवर**—पु. नाक का छेद।

नासाग्र—पु. [सं.] नाक का अगला हिस्सा।

नासिक—पु. महाराष्ट्र का एक प्रसिद्ध नगर; कुंभ के मेले के लिए भी प्रसिद्ध।

नासिका—स्त्री. [सं.] नाक, घ्राणेन्द्रिय।

नासिकाग्र—पु. [सं.] द्र. 'नासाग्र'।

नासिक्य—वि. [सं.] नाक से उत्पन्न।

नासिक्यक—पु. [सं.] नाक।

नासिर—पु. [अ.] नस्र (गद्य) लिखने वाला; विजेता।

नासी*—वि. द्र. 'नाशी'—प्राय: समास में प्रयुक्त—सत्यानाशी।

नासीर—वि. [सं.] आगे जाने वाला, अगुआ; दल का नेता। पु. सेना का अग्रभाग, हरावल टुकड़ी।

नासूर—पु. [अ.] शरीर में होने वाला पुराना घाव, जिसमें छोटा छेद होकर प्राय: मवाद बहता रहता है; नाड़ी का व्रण।

नास्तिक—पु. [सं.] वह व्यक्ति जिसे ईश्वर, परलोक आदि में विश्वास न हो; वेद-निंदक; आस्तिक का विपरीतार्थी (बौद्ध, जैन और चार्वाक नास्तिक के रूप में मान्य)।

नास्तिकता—स्त्री., **नास्तिकत्व**—पु. [सं.] नास्तिक होने का भाव, ईश्वर, परलोक, आदि में विश्वास न रखना।

नास्तिक्य—पु. [सं.] द्र. 'नास्तिकता'

नास्तिवाद—पु. [सं.] नास्तिकता।

नास्य—वि. [सं.] नाक, नासिक से संबद्ध; नासिका से उत्पन्न।

नाह—पु. नाथ, अधीश्वर; पति।

नाहक़—क्रि.वि. व्यर्थ, बेकार में ही।

नाहर—पु. शेर, सिंह।

नाहिन*—अ. नहीं।

नाहीं—अ. द्र. 'नहीं'।

नाहुष, नाहुषि—पु. [सं.] नहुष के पुत्र, ययाति।

निंत*—अ. नित्य, सदैव।

निंद*—वि. द्र. 'निंद्य'।

निंदक—वि. [सं.] निंदा, बुराई करने वाला।

निंदन—पु. [सं.] निंदा, बुराई करना।

निंदना*—स.क्रि. निंदा, बुराई करना।

निंदनीय—वि. [सं.] निंदा के योग्य।

निंदरिया*—स्त्री. नींद, निद्रा।

निंदा—स्त्री. [सं.] किसी के विरुद्ध कुछ कहना—दोष निकालना, बदनाम करना, अपकीर्ति, अपयश।

निंदासा—वि. जिसे नींद आ रही हो, नींद से पहले आलस्य की अवस्था।

निंदित—वि. [सं.] जिसकी निंदा की गई हो या की जाती हो; गर्हित, दूषित।

निंदिया*—स्त्री. नींद, निद्रा।

निंद्य—वि. [सं.] निंदा करने योग्य; निंदनीय; गर्हित; जिसकी निंदा की गई हो।

निंब—पु. [सं.] नीम का पेड़।

निंबकौड़ी, निंबकौरी—स्त्री. नीम का फल।

निंबादित्य—पु. [सं.] निंबार्क संप्रदाय के संस्थापक आचार्य, इन्हें राधा जी के कंगन का अवतार माना जाता है।

निंबार्क—पु. [सं.] निबार्क संप्रदाय के संस्थापक निंबादित्य; इस संप्रदाय का अनुयायी।

निंबू, निंबूक—पु. [सं.] नींबू।

निंबोली—पु. निबौरी, नीम के कच्चे फल ('कच्चे नीम की निंबोली'—लोकगीत में प्रयोग)।

नि:कपट—वि. [सं.] द्र. 'निष्कपट'।

नि:कासित—वि. [सं.] द्र. 'निष्कासित'।

नि:क्षत्र—वि. [सं.] क्षत्रियों से रहित।

नि:क्षेप—पु. [सं.] द्र. 'निक्षेप'।

नि:परिश्रम—वि. [सं.] बिना परिश्रम।

नि:प्रभ—वि. [सं.] द्र. 'निष्प्रभ'।

नि:शंक—वि. [सं.] बिना किसी आशंका के, बिना किसी डर के, निडर (होकर)।

नि:शक्त—वि. [सं.] शक्तिविहीन, असमर्थ।

नि:शत्रु—वि. [सं.] शत्रुरहित।

नि:शब्द—वि. [सं.] शब्दरहित; जो किसी भी प्रकार की ध्वनि, शब्द न करे।

नि:शभ—पु. [सं.] क्रोध; अशांति; बेचैनी।

नि:शरण—वि. [सं.] जिसे किसी की शरण प्राप्त न हो।

नि:शस्त्र—वि. [सं.] बिना शस्त्र के।

नि:शस्त्रीकरण—पु. [सं.] शस्त्रों, हथियारों की होड़ ख़त्म करना, हथियारों को कम करने का उपक्रम।

नि:शाख—वि. [सं.] शाखाविहीन।

नि:शील—वि. [सं.] द्र. 'निश्शील'।

नि:शुल्क—वि. [सं.] बिना शुल्क, बिना फीस (के); शुल्क न देने वाला।

नि:शेष—वि. [सं.] जिसमें कुछ न शेष रह जाए; सब कुछ समाप्त।

नि:शोक—वि. [सं.] शोक, चिंता से रहित।

नि:शोध्य—वि. [सं.] जिसका शोधन, परिमार्जन करना आवश्यक न हो।

नि:श्रीक—वि. [सं.] शोभाहीन; असुंदर।

नि:श्रेयस—पु. [सं.] मोक्ष; कल्याण; मंगल; शिव। वि. सर्वोत्तम।

नि:श्वसन—पु. [सं.] साँस बाहर करना, निकालना।

नि:श्वास—पु. [सं.] साँस का बाहर निकलना; लंबी साँस।

नि:संकोच—अ. वि. [सं.] द्र. 'निस्संकोच'।

नि:संख्य—वि. [सं.] अगणित, बेशुमार।

नि:संग—वि. [सं.] द्र. 'निस्संग'।

नि:संचार—वि. [सं.] गतिहीन। **ला.** घर न छोड़ने वाला।

नि:संज्ञ—वि. [सं.] संज्ञाहीन, बेहोश।

नि:संतान—वि. [सं.] द्र. 'निस्संतान'।

नि:संदिग्ध—वि. [सं.] निस्संदेह, संदेहरहित।

नि:संदेह—वि. [सं.] द्र. 'निस्संदेह'।

नि:संधि—वि. [सं.] संधिरहित।

नि:संशय—वि. [सं.] संशयरहित; निश्शंक।

नि:सहाय—वि. [सं.] जिसकी सहायता करने वाला कोई न हो।

नि:सार—वि. [सं.] द्र. 'निस्सार'।

नि:सीम—वि. [सं.] द्र. 'निस्सीम'।

नि:स्पंद—वि. [सं.] द्र. 'निस्पंद'।

नि:स्पृह—वि. [सं.] जिसे किसी वस्तु की इच्छा न हो; निरीह; जो कोई आशा, इच्छा न रखे।

नि:स्रव—पु. [सं.] बचत, अवशेष।

नि—उप. [सं.] एक उपसर्ग जो शब्दों के पहले लग कर विभिन्न अर्थ-छवियाँ देता है, यथा—समूह—'निकर', नित्यता—'निवेश', आदेश—'निदेश', कौशल—'निपुण', समीपता—'निकट', दर्शन—'निदर्शन', आश्रय—'निलय', आदि सूचित करने के लिए संज्ञा, क्रिया, आदि के पूर्व जोड़ा जाता है। पु. संगीत में निषाद स्वर का संकेत।

निअर*—अ. समीप, निकट।

निअराना*—अ.क्रि. निकट, समीप आना। स.क्रि. पास पहुँचना (अवधी में—'रामचरितमानस' में प्रयुक्त)।

निआउ*—पु. द्र. 'न्याय'।

निआमत—स्त्री. [अ.] द्र. 'नेमत'।

निआरा*—वि. द्र. 'न्यारा'।

निऋृति—स्त्री. [सं.] दक्षिण-पश्चिम दिशा-कोण की अधिष्ठात्री देवी; अधर्म की पत्नी; भारी विपत्ति; मृत्यु; नाश।

निकंटक—वि. द्र. 'निष्कंटक'।

निकंदन—पु. [सं.] नाश, संहार, वध। वि. संहार करने वाला (असुर-निकंदन)।

निकट—अ. [सं.] पास, समीप। वि. पास, निकट का। **~वर्ती**—वि. पास का, समीप ही; जिससे निकट, नज़दीक का संबंध हो।

निकटता—स्त्री. [सं.] समीपता, समीप होने का भाव।

निकटत्व—पु. [सं.] समीप होने का भाव, निकटता।

निकम्मा—वि. एकदम बेकार, व्यर्थ का, जो किसी काम का न हो, निरर्थक; जो कोई काम न करता हो।

निकर—पु. [सं.] समूह, झुंड; राशि, ढेर; निधि; कोष।

निकर—पु. [अं.] निक्कर, अंग्रेज़ी पोशाक के ढंग का आधा पाजामा जितना घुटन्ना; जाँधिया।

निकर्षण—पु. [सं.] क्रीड़ा-स्थल, खेल का मैदान; घर के बाहर का आँगन, खुला स्थान।

निकलंक—वि. दोषरहित, निर्दोष।

निकलंकी—पु. निर्दोष, दोषरहित (व्यक्ति)।

निकल—स्त्री. [अं.] सफ़ेद रंग की एक प्रसिद्ध धातु, सिक्के आदि बनाने में इसका प्रयोग।

निकलना—अ.क्रि. बाहर आना; मिली हुई या साथ मिली हुई वस्तु का अलग होना; प्रस्थान करना; एक ओर से दूसरी ओर निकल जाना; अपने स्थान से प्रादुर्भूत होना, प्रकाशित होना ('पुस्तक निकल गई', 'अखबार आगरा से निकला', आदि); 'भाग जाओ' का भाव—असम्मानपूर्वक ('निकलो यहाँ से'); स्पष्ट होना, (अर्थ या उत्तर निकालना), ठीक उत्तर प्राप्त होना ('हल निकलना'); मुक्त होना, छूटना; माल की खपत या बिक्री होना ('सारा माल निकल गया'); हिसाब होने पर कुछ राशि, रक़म

किसी के हिस्से आना ('तुम्हारी तरफ़ पाँच सौ रुपए निकले'), गुज़रना ('सवारी निकल चुकी है'); सिद्ध होना, साबित होना; बात हाथ में न रह जाना, अवसर बीत जाना ('अब तो मौका निकल गया')।

निकलवाना—स.क्रि. निकलना का प्रे., निकालने का काम करवाना।

निकष—पु. [सं.] कसौटी; कसौटी पर कसने की क्रिया; कसौटी पर सोना रगड़ने, कसने से पड़ी रेखा।

निकषण—पु. [सं.] कसौटी, घिसना, रगड़ना।

निकषा—स्त्री. [सं.] रावण आदि राक्षसों की माता। अ. निकट।

निकषात्मज—पु. [सं.] राक्षस।

निकषोपल—पु. [सं.] सोना कसने का पत्थर, कसौटी पत्थर।

निकाई*—पु. द्र. 'निकाय'। स्त्री. भलाई, अच्छापन, सुंदरता।

निकाम—वि. बेकाम; निकम्मा; खराब।

निकाय—पु. [सं.] समूह; समुदाय; सजातीय प्राणियों का समूह; आवास, वास-स्थान।

निकार—पु. निष्कासन, बहिष्कार; निकास।

निकारण—पु. [सं.] मारण, वध।

निकाल—पु. निकालने, निकालने की क्रिया या भाव।

निकालना—स.क्रि. अन्दर से बाहर करना या लाना। शेष अर्थ-छवियों के लिए द्र. 'निकलना'।

निकाला—पु. निकालने का कार्य या भाव; बहिष्कार; निर्वासन।

निकास—पु. निकलने अथवा निकालने की क्रिया या भाव; मार्ग, द्वार, रास्ता; मूल स्थान; बचाव का उपाय।

निकासी—स्त्री. निकालने की क्रिया या भाव; प्रस्थान (बारात, जुलूस, आदि का); लाभांश, मुनाफ़ा; माल, सामान की लदाई; चुंगी।

निकाह—पु. [अ.] मुसलमानों के यहाँ होने वाला विवाह। **~नामा**—पु. वह दस्तावेज़, काग़ज़ जिसमें निकाह, विवाह की शर्तें लिखी होती हैं।

निकाही—वि. स्त्री. जिसने निकाह किया हो, जिससे निकाह हुआ हो।

निकुंचित—वि. [सं.] ताली, कुंजी, चाबी।

निकुंज—पु. [सं.] लता-मंडप; वृक्षों और लताओं का झुरमुट।

निकुंभ—पु. [सं.] एक राक्षस श्रीकृष्ण ने जिसका वध किया था।

निकुंभी—स्त्री. [सं.] एक पेड़, दंती।

निकुलीनिका—स्त्री. [सं.] वंशपरंपरागत कला।

निकृत—वि. [सं.] तिरस्कृत; बहिष्कृत; पतित; नीच।

निकृति—स्त्री. [सं.] बहिष्कार; तिरस्कार; नीचता।

निकृती—वि. [सं.] नीच, अधम।

निकृष्ट—वि. [सं.] तुच्छ, खराब, बुरा।

निकेत, निकेतक—पु. [सं.] घर, निवास, वासस्थान; चिह्न।

निकेतन—पु. [सं.] घर, वास-स्थान; प्याज़।

निक्कण, निक्काण—पु. [सं.] वीणा आदि का शब्द।

निक्षण—पु. [सं.] चुंबन।

निक्षिप्त—वि. [सं.] फेंका हुआ; धरोहर रूप में रखा हुआ।

विक्षुभा—स्त्री. [सं.] सूर्य की पत्नी; ब्राह्मणी।

निक्षेप—पु. [सं.] फेंकना; डालना; भेजना; चलाना; धरोहर के रूप में रखना।

निक्षेपक—पु. [सं.] धरोहर रखने वाला; निक्षेपकर्ता (द्र. 'निक्षेप')।

निक्षेपण—पु. [सं.] फेंकना, त्यागना; धरोहर के रूप में रखी गई वस्तु, राशि।

निक्षेपित—वि. [सं.] बंधक या धरोहर रखा हुआ।

निक्षेपी—वि. [सं.] निक्षेप करने वाला; धरोहर रखने वाला।

निक्षेप्य—वि. [सं.] निक्षेप करने योग्य।

निखट्टू—वि. बेकार व्यक्ति, जो कोई काम न करता हो, बेरोज़गार; निकम्मा।

निखरना—अ.क्रि. निर्मल, स्वच्छ हो जाना (धोने या स्नान आदि के बाद)।

निखरवाना—स.क्रि. निर्मल, स्वच्छ करवाना।

निखर्व—वि. [सं.] दस हज़ार करोड़; छोटे कद का, ठिंगना। पु. दस हज़ार करोड़ की संख्या।

निखात—वि. [सं.] खोदा हुआ, जमाया हुआ।

निखार—पु. स्वच्छता, निर्मलता आ जाना।

निखारना—स.क्रि. स्वच्छ, निर्मल करना।

निखारा—पु. गुड़, शक्कर तैयार करने के लिए डाला जाने वाला सामान।

निखालिस*—वि. बिना मिलावट का, पूरा शुद्ध (निखालिश घी)।

निखिल—वि. [सं.] संपूर्ण, सब, सारा।

निखेध*—पु. द्र. 'निषिद्ध'।

निखेधना*—स.क्रि. निषेध करना, मना करना।

निखोट—वि. बिना खोट का, शुद्ध (सोना, आदि); दोष रहित, निष्कलंक।

निखोड़ा—वि. निष्ठुर, कठोर हृदय वाला।

निखोलना—ऊपर का छिलका उतारना (मूँगफली, मटर, आदि का)।

निगंध*—वि. गंधरहित, जिसमें गंध न हो।

निगड—स्त्री. [सं.] बेड़ी, शृंखला; हाथी जैसे बड़े पशु बाँधने की मोटी जंजीर।

निगडित—वि. [सं.] बेड़ी या शृंखला में जकड़ा हुआ।

निगण—पु. [सं.] यज्ञ-अग्नि का धुआँ।

निगद—पु. [सं.] भाषण; कथन।

निगदन—पु. [सं.] कथन; स्मरण की गई चीज़ को पुनः कहना।

निगम—पु. [सं.] वेद; वैदिक परंपरा के ग्रंथ; पथ, मार्ग; हाट, बाज़ार; मेला; वह संस्था जो किसी नगर, विभाग, कार्यालयों की शृंखला, आदि का प्रबंधन करे (नगर निगम, खाद्य निगम, जल निगम, विद्युत निगम, आदि)।

निगमन—पु. [सं.] हेतु; किसी व्रत के समय ली गई प्रतिज्ञा का पुनः कथन।

निगमागम—पु. [सं.] निगम और आगम (ग्रंथ, परंपरा)।

निगमायुक्त—पु. [सं.] निगम का प्रधान प्रशासनिक अधिकारी, निगम कमिश्नर।

निगमी—पु. [सं.] निगम; वेद का ज्ञाता, वेद विशेषज्ञ विद्वान।

निगर—पु. [सं.] निगलना; भक्षण करना; यज्ञ का धुआँ।

निगरण—पु. [सं.] निगलना; भक्षण करना।

निगराँ—वि. [फा.] देख-भाल, निगरानी करने वाला।

निगरा—वि. खालिस, वह रस, द्रव्य जिसमें पानी न मिलाया गया हुआ हो।

निगरानी—स्त्री. [फा.] देख-भाल, निरीक्षण।

निगलना—स.क्रि. गले से नीचे उतारना, खा जाना। **ला.** (किसी का) रुपया या धन हड़प लेना।

निगह—स्त्री. [फा.] निगाह, दृष्टि। **~बान**—वि. देख-भाल करने वाला; रक्षक, रखवाला। **~बानी**—स्त्री. देखरेख, रखवाली, सुरक्षा।

निगार—पु. [सं.] निगलना, भक्षण।

निगार—स्त्री. [फ़ा.] नक्काशी; बेलबूटे; एक फारसी राग।

निगारक, निगालक—वि. [सं.] निगलने, भक्षण करने वाला।

निगाल—पु. [सं.] द्र. 'निगार'।

निगालिका—स्त्री. [सं.] एक वर्णवृत्त।

निगाली—स्त्री. हुक्के में नैचे का वह भाग जो मुँह में रहता है।

निगाह—स्त्री. [फा.] दृष्टि, नज़र; कृपा, दया-दृष्टि; परख, पहचान (की दृष्टि)। **मु. ~रखना**—कृपा-भाव रखना, दयादृष्टि रखना; ख्याल रखना; चौकस रहना।

निगीर्ण—वि. [सं.] निगला हुआ; अंतर्भूत, समाहित।

निगुण, निगुन, निगुना*—वि. द्र. 'निर्गुण'।

निगुनी*—वि. जो गुणी न हो, जिसमें गुण न हों।

निगुरा—वि. जिसने किसी गुरु से दीक्षा न ली हो।

निगूढ़—वि. [सं.] रहस्यपूर्ण, जो जल्दी समझ में न आए; अति गुप्त।

निगूढ़ार्थ—वि. [सं.] जिसका अर्थ छिपा हो, कूटार्थ; बहुत स्पष्ट न हो।

निगृहीत—वि. [सं.] पकड़ा हुआ; गिरफ़्तार किया हुआ; जिसका दमन किया गया हो।

निगृहीति—स्त्री. [सं.] रोक, अवरोध।

निगेटिव—पु. [सं.] नकारात्मक; निषेधात्मक; निषेध; रोकना; अस्वीकार; अभावात्मक; नकार, वह प्रतिचित्र जिसके आधार पर फोटो चित्र तैयार किया जाता है।

निगोटना*—अ.क्रि. गटागट पीना (बहुत अधिक मात्रा में)—अवमानना के रूप में कहा जाता है।

निगोड़ा—वि. अभागा; जिसके कोई न हो; निकम्मा; एक प्यार-भरी गाली, अपनत्व में झिड़कने के लिए दी जाती है।

निगोरा*—वि. द्र. 'निगोड़ा'।

निग्रह—पु. [सं.] अवरोध, रोक; वश में करना; दंड देना, अनुग्रह का अभाव; प्रवृत्ति से निवारित करना; चित्तवृत्ति का निरोध; वश में करना।

निग्रहण—पु. [सं.] रोकने, अवरुद्ध करने की क्रिया; दंडित करने का काम।

निग्रही—वि. [सं.] निग्रह, दमन करने वाला; दंड देने वाला।

निग्राह—पु. [सं.] शाप; दंड।

निग्राहक—वि. [सं.] अपराधी को न्याय-विरुद्ध दंड देने वाला।

निघंटिका—स्त्री. [सं.] एक कंद-मूल।

निघंटु—पु. [सं.] वह कोश-ग्रंथ जिसमें शब्दों के पर्याय का संग्रह हो ('अमरकोश', 'हलायुध', 'वैजयंती' आदि इसी प्रकार के प्रसिद्ध कोश); वैदिक शब्द कोश जिसकी व्याख्या यास्क ने अपने निरुक्त में की है।

निघ—वि. [सं.] जिसकी लंबाई-चौड़ाई तथा मोटाई बराबर हो।

निघटना*—अ.क्रि. निरंतर घटते जाना, क्षीण होते जाना।

निघरा—वि. बिना घर-बार का।

निघात—पु. [सं.] आघात, प्रहार; अनुदात्त स्वर।

निघाति—स्त्री. [सं.] निहाई, जिस पर रख कर लुहार चोट मारता है।

निघाती—वि. [सं.] आघात, प्रहार करने वाला।

निघुष्ट—पु. [सं.] शब्द, आवाज़; शोरगुल।

निघृष्ट—वि. [सं.] घिसा गया, रगड़ा गया; पराजित किया हुआ।

निचय—पु. [सं.] समूह, राशि; निश्चय।

निचल*—वि. निश्चल, अटल।

निचला—वि. नीचे का; नीचे वाला।

निचाई—स्त्री. नीचे की ओर का विस्तार, ऊँचाई का उलटा।

निचान—स्त्री. ढलुआपन, ढलान।

निचाय—पु. [सं.] ढेर, राशि।

निचिंत—वि. द्र. 'निश्चिंत'।

निचुड़ना—अ.क्रि. निचोड़ा जाना; सारहीन हो जाना; सत्त्व निकल जाना; बल या शक्ति से क्षीण हो जाना।

निचोड़—पु. निचोड़ने की क्रिया या भाव; शेष अंश (बोतल में शहद का निचोड़ यही है); निचोड़ा हुआ रस, सार, सत; कथन का सारांश; निष्कर्ष।

निचोड़ना—स.क्रि. किसी गीली, भीगी हुई वस्तु, आदि को दबा कर उस वस्तु में से रस निकालना; किसी गीले वस्त्र को दवा कर पानी निकाल देना; किसी व्यक्ति का पूरा शोषण कर लेना।

निचोर*—पु. द्र. 'निचोड़'।

निचोरना*—स.क्रि. द्र. 'निचोड़ना'।

निचौहाँ—वि. नीचा; नीचे की ओर झुकाया हुआ।

निचौहें—अ. नीचे की ओर।

निछत्र—वि. जिसके सर पर छत्र न हो, बिना छत्र का।

निछावर—स्त्री. किसी के ऊपर घुमा कर, वार-फेर कर या सिर से स्पर्श करा कर कुछ राशि या कोई वस्तु किसी को दे देना—दानस्वरूप, उत्सर्ग कर देना।

निछोह—वि. जिसमें किसी के लिए ममता या प्रेम न हो।

निछोही—वि. द्र. 'निछोह'।

निज—वि. [सं.] अपना, स्वकीय; मुख्य, प्रधान।

निजता—स्त्री. [सं.] अपनापन।

निजत्व—पु. [सं.] अपनत्व।

निजन*—वि. निर्जन, सुनसान, जनरहित।

निजात—स्त्री. द्र. 'नजात'।

निज़ाम—पु. [अ.] व्यवस्था, प्रबंध; हैदराबाद के पुराने नवाबों की उपाधि ('निज़ाम हैदराबाद')।

निजी—वि. व्यक्तिगत; जो केवल अपना, अपने प्रयोग के लिए हो। **~करण**—पु. सार्वजनिक उद्योग को निजी संस्थान, वैयक्तिक संस्थान को दे देना ('प्राइवेटाइज़ेशन')। **~सहायक**—पु. वह जो किसी अधिकारी, मंत्री आदि के सभी कार्यों में सहयोग देता हो।

निजू—वि. निज का, व्यक्तिगत।

निटलाक्ष, निटिलाक्ष—पु. [सं.] शंकर, शिव।

निटिंग-मशीन—स्त्री. [अं.] बुनने की मशीन।

निटोल—पु. टोला, मुहल्ला।

निठल्ला, निठल्लू—वि. जिसे कोई काम न हो, बेकार, अकर्मण्य।

निठाला—पु. बेकारी का समय, जब आय का कोई साधन न हो।

निठुर—वि. द्र. 'निष्ठुर'।

निड़ै*—अ. नेड़े, निकट, पास।

निढाल—वि. थक कर बेहाल हो जाना, उत्साहहीन हो जाना, थका-थका।

नितंब—पु. [सं.] शरीर का कमर से नीचे का भाग (विशेषत: स्त्रियों का), चूतड़।

नितंबिनी—वि. स्त्री [सं.] सुंदर और भारी, सुडौल नितंबों (चूतड़) वाली।

नित—अ. नित्य, प्रति दिन, सदा। **~नित**—अ. प्रतिदिन, अनुदिन।

नितांत—अ. [सं.] बहुत अधिक, अत्यंत; एकदम, बिलकुल।

नित्य—वि. [सं.] सदैव वैसा ही बना रहने वाला; शाश्वत, अविनाशी; अक्षर; अनश्वर; प्रतिदिन, हर दिन, सदैव; प्रति दिन किया जाने वाला। **~कर्म, ~कृत्य**—पु. प्रतिदिन किया जाने वाला भजन-पूजन, आदि का कर्म।

नित्यता—स्त्री. नित्य होने का भाव; अक्षरता।

नित्यर्तु—वि. [सं.] प्रत्येक ऋतु में यथा—समय होने वाला।

नित्यशः—अ. [सं.] प्रतिदिन, सदा।

नित्या—स्त्री. [सं.] देवी, दुर्गा का एक रूप।

नित्याचार—पु. [सं.] सदैव बना रहने वाला सदाचार।

नित्यानंद—पु. [सं.] वह आनंद जो सदैव बना रहे। वि. जो सदा आनंद से रहे।

नित्यानित्य—वि. [सं.] नित्य और अनित्य, नश्वर और अनश्वर।

नित्योदित—वि. [सं.] जो नित्य उदित होता हो।

निथरना—अ.क्रि. किसी द्रव्य, तरल पदार्थ, जल, आदि में मैल आदि का नीचे बैठ जाना और उसका स्वच्छ रूप ऊपर रह जाना।

निथार—पु. निथरे हुए जल या अन्य तरल पदार्थ का नीचे बैठा हुआ मैल, आदि।

निथारना—स.क्रि. जल या अन्य किसी तरल पदार्थ को इस प्रक्रिया से गुज़ारना कि उसका मैल आदि नीचे तली में बैठ जाए।

निथालना*—स.क्रि. द्र. 'निथारना'।

निदर्शक—वि. [सं.] दिखलाने, दिशा-निर्देश करने वाला।

निदर्शन—पु. [सं.] प्रदर्शन; उदाहरण, दृष्टांत।

निदर्शना—स्त्री. [सं.] अर्थालंकार का एक भेद, इसमें से पदार्थों में भिन्नता होते हुए भी उपमा द्वारा उनका संबंध कल्पित किया जाता है।

निद—पु. [सं.] विष। वि. निंदा करने वाला।

निदई*—वि. द्र. 'निर्दयी'।

निदाध—पु. [सं.] ग्रीष्म ऋतु; गरमी; घाम।

निदान—पु. [सं.] रोग का परीक्षण कर उसके रोग का निश्चय, रोग की पहचान ('डायगनोसिस'); रोग का उपचार; समस्या का समाधान; मूल कारण।

निदारुण—वि. [सं.] कठिन; निर्दय; असहय।

निदाह*—पु. द्र. 'निदाघ'।

निदिग्धा, निदिग्धिका—स्त्री. [सं.] इलायची।

निदिध्यास, निदिध्यासन—पु. [सं.] बार-बार स्मरण करना, किसी बात का निरंतर ध्यान रहना।

निदिष्ट—वि. [सं.] आदिष्ट; निदर्शित।

निदेश—पु. [सं.] शासन; आज्ञा; कथन।

निदेशक—पु. [सं.] विभाग विशेष का सर्वोच्च अधिकारी ('डाइरेक्टर'), सर्वोच्च प्रशासक अधिकारी।

निदेशालय—पु. [सं.] निदेशक का कार्यालय।

निदेशिनी—स्त्री. [सं.] दिशा। वि. स्त्री. आज्ञा देने वाली।

निद्रा—स्त्री. [सं.] मनुष्यों की वह अवस्था जिसमें वह पूरी तरह निश्चेष्ट हो आँख मींचे लेटा हुआ होता है, नींद।

निद्रायमाण—वि. [सं.] जिसे नींद आ रही हो; जो सो रहा हो।

निद्रालस—वि. [सं.] जिसे नींद का आलस्य आया हुआ हो; तंद्रा में पड़ा हुआ।

निद्रालु—वि. [सं.] सोने वाला हो, जिसे नींद आ रही हो।

निद्रित—वि. [सं.] सोया हुआ, सुप्त।

निधड़क—अ. बेधड़क; नि:शंक; बेहिचक।

निधन—पु. [सं.] मरण, मृत्यु, मौत, अंत।

निधरक—अ. द्र. 'निधड़क'।

निधातव्य—वि. [सं.] रखने योग्य।

निधान—पु. [सं.] आधार, आश्रय; निधि, कोष; भंडार (दयानिधान)।

निधि—स्त्री. [सं.] कोष, खजाना; गड़ा हुआ धन; नौ निधियाँ—कुबेर के नौ रत्न—पद्म, महापद्म, शंख, मकर, कच्छप, मुकुंद, कुंद, नील और खर्व; समुद्र; विष्णु; शिव; संस्था आदि की या किसी विशेष कार्य के लिए रक्षित वह धनराशि जिससे वह संस्था अपना कार्य कर सके; किसी वस्तु या विषय का बहुत बड़ा आधार, भंडार—गुणनिधि, दयानिधि।

निधीश, निधीश्वर—पु. [सं.] कुबेर।

निनदित, निनादित—वि. [सं.] ध्वनित, शब्द से गुंजित।

निनर्द—पु. [सं.] वेद मंत्रों की विशेष प्रकार की उच्चारण-विधि।

निनाद—पु. [सं.] शब्द, गुंजार; जोर का शब्द।

निनार, निनारा*—वि. न्यारा, सबसे अलग; अलग जुदा (होकर), दूर।

निन्नानबे—वि., पु. द्र. 'निन्यानबे'।

निन्यानबे—वि. नब्बे और नौ। पु. निन्यानबे की संख्या—99। **मु. ~का चक्कर या फेर**—धन-लालसा (कि कब निन्यानबे के सौ बनें, और फिर निन्यानबे हो जाने पर यही लालसा)।

निपंग*—वि. पंगु, अपाहिज।

निपजना*—अ.क्रि. उपजना, फसल आदि के रूप में उगना, उत्पन्न होना।

निपजी*—स्त्री. उपजी, उगी हुई, पैदा हो जाना, जमी हुई।

निपट—अ. नितांत, एकदम, बिलकुल, निरा।

निपटना—अ.क्रि. द्र. 'निबटना'।

निपटान—स्त्री. किसी काम का समापन हो जाना।

निपटाना—स.क्रि. द्र. 'निबटाना'।

निपटारा—पु. कार्य संपादित कर देना; कोई विवाद या झगड़ा समाप्त हो जाना।

निपतन—पु. [सं.] गिरना, पतन; नीचे आना, उतरना।

निपतित—वि. [सं.] गिरा हुआ; नीचे उतरा हुआ।

निपत्र—वि. पत्र हीन, बिना पत्तों का (पेड़ या पौधा)।

निपल—पु. [अं.] बोतल आदि पर चढ़ाया जाने वाला बच्चों के दूध पीने का बिटकना, चूचुक; स्तन का अग्रभाग, स्तनाग्र; किसी उपकरण में चोंचदार स्थान पर लगने वाला ढक्कन-सा।

निपाँगुर—वि. पूरी तरह पंगु, अपाहिज।

निपाक—पु. [सं.] बहुत अधिक पका हुआ।

निपात—वि. द्र. 'निपत्र'।

निपात—पु. [सं.] पतन; गिरना; अध:पतन; नाश, विनाश; मृत्यु; वह उपपद जो वाक्य के अर्थ को प्रभावित करे।

निपातक—पु. [सं.] पाप, दुष्कर्म।

निपातन—पु. [सं.] गिराने का कार्य; मारना-पीटना; विनाश; (पत्ते आदि का) नीचे गिराना।

निपातना—स.क्रि. गिराना; विनष्ट करना; वध करना।

निपातित—वि. [सं.] गिराया हुआ; हत या नष्ट किया हुआ।

निपाती—वि. [सं.] द्र. 'निपत्र'।

निपीड़क—वि. [सं.] बहुत अधिक पीड़ा पहुँचाने वाला; पेलने, मसलने या दबाने वाला।

निपीड़ित—वि. [सं.] बहुत अधिक पीड़ित, दबाया हुआ।

निपीत—वि. [सं.] पान किया हुआ; शोषित।

निपुण—वि. [सं.] कुशल, प्रवीण, दक्ष, चतुर (किसी कला या विद्या में)।

निपुणता—स्त्री. [सं.] निपुण होने का भाव—दक्षता, कुशलता, चतुराई।

निपुत्री—वि. जिसके पुत्र या संतान न हो।

निपुन*—वि. द्र. 'निपुण'।

निपूत*—वि. पुत्रहीन, जिसे पुत्र न हो (गाली रूप में भी प्रयुक्त)।

निपूता—वि. द्र. 'निपूत'।

निफल*—वि. द्र. 'निष्फल'।

निबंध—पु. [सं.] लेख; किसी विषय का सविस्तार विवेचन; छोटे लेख जो विद्यार्थी लेखन में अभ्यास के रूप में लिखते हैं; अच्छी तरह बाँधने की क्रिया या भाव; पेशाब रुकने की बीमारी (आयु.)।

निबंधन—पु. [सं.] बाँधने की क्रिया या भाव; बंधन; अवरोध करना; संबंध।

निबंधा—पु. [सं.] बाँधने वाला; लेखक; रचयिता।

निब—स्त्री. [अं.] अंग्रेज़ी ढंग की कलम में लगाया जाने वाला नोकदार फलक जिसे लगा कर लिखा जाता है।

निबकौड़ी, निबकौरी—स्त्री. नीम का फल या बीज।

निबटना—अ.क्रि. निवृत्त होना, छुटकारा पाना; काम का समाप्त होना; तय होना ('मामला निबट गया')। **ला.** शौच क्रिया से निवृत्त होना।

निबटाना—स.क्रि. समाप्त करना; पूरी राशि अदा कर देना; तय करना, फैसला करना; निर्णय करना।

निबटारा—पु. काम पूरा हो जाना; फैसला हो जाना।

निबड़ना*—अ.क्रि. द्र. 'निबटना'।

निबद्ध—वि. [सं.] बँधा हुआ; ग्रथित; लिखा हुआ, शब्दबद्ध किया हुआ, प्रणीत, रचित; अवरुद्ध।

निबरना—अ.क्रि. द्र. 'निबटना'।

निबर्हण—मारण, नाश करने की क्रिया।

निबल*—वि. द्र. 'निर्बल'; न्यून, कुछ कम (इसका विपरीतार्थी 'सिजल')।

निबहना—अ.क्रि. निर्वाह होना; संबंधों में कोई खटास न आना, निभना।

निबाह—पु. निर्वाह; गुज़ारा; किसी संबंध को बनाए रखना, निबाहना।

निबाहक—वि. निबाह, निर्वाह करने वाला।

निबाहना—स.क्रि. निर्वाह करना; किसी संबंध को बनाए रखना (विषम स्थितियों में भी); निभाना; पूरा करना; साध लेना।

निबिड़—वि. [सं.] घना; गहरा (तिमिर); कठिन (मार्ग)।

निबुआ*—पु. द्र. 'नींबू'।

निबेड़ना—स.क्रि. सुलझाना; दूर कर देना (समस्या, आदि को); बंधन रहित करना; फैसला करना।

निबेड़ा—पु. छुटकारा, त्राण; सुलझा देना; पूरा कर देना।

निबेरना—स.क्रि. द्र. 'निबेड़ना'।

निबेरा—पु. द्र. 'निबेड़ा'।

निबोध—पु. [सं.] समझना; बताना; निर्देशित करना, समझाना।

निबोधन—पु. [सं.] प्रबोध देना, समझाना।

निबौरी*—स्त्री. द्र. निंबौली, नीम का फल, निमकौड़ी।

निबौली—स्त्री. द्र. 'निबौरी'।

निभना—अ.क्रि. द्र. 'निबहना'।

निभरम*—जिसे कोई शंका न हो, निःशंक।

निभाउ, निभाव—पु. द्र. 'निर्वाह', 'निबह'।

निभागा—वि. अभागा, भाग्यहीन।

निभाना—स.क्रि. द्र. 'निबाहना'।

निभालन—पु. [सं.] देखना, मालूम करना।

निभूत—वि. [सं.] बीता हुआ, अतीत।

निभृत—वि. [सं.] निर्जन; शांत; आवृत्त; छिपा हुआ, गुप्त।

निभृतात्मा—वि. [सं.] धीर, दृढ़।

निभ्रांत—वि. द्र. 'निर्भांत'।

निमंत्रण—पु. [सं.] किसी कार्यक्रम, उत्सव, भोज, आदि में साग्रह बुलाने का न्योता, निवेदन। **~पत्र**—पु. वह पत्र जिसमें किसी कार्यक्रम, उत्सव, भोज, आदि में सम्मिलित होने का निवेदन हो।

निमंत्रण*—स.क्रि. निमंत्रण, न्योता देना।

निमंत्रित—वि. [सं.] जिसे बुलाया गया हो, निमंत्रण दिया गया हो।

निम—पु. [सं.] खूँटी, कील।

निमक—पु. द्र. 'नमक'।

निमकी—स्त्री. द्र. जिसमें नमक हो—नमकीन बिस्कुट, टिकिया, मट्ठी, आदि।

निमकौड़ी—स्त्री. द्र. 'निंबौली'।

निमग्न—वि. [सं.] डूबा हुआ, मग्न; अत्यधिक तल्लीन।

निमज्जन—पु. [सं.] स्नान करना, अवगाहन करना, डुबकी लगाना।

निमज्जित—वि. [सं.] डूबा हुआ; स्नान किए हुए।

निमटना—अ.क्रि. द्र. 'निबटना'।

निमटाना—स.क्रि. द्र. 'निबटाना'।

निमद—पु. [सं.] मंद स्वर में किया जाने वाला स्पष्ट उच्चारण।

निमाज—स्त्री. द्र. 'नमाज़'।

निमान*—पु. नीची जगह, ढाल।

निमाना—वि. नीचा, निम्न, ढलान, विनम्र, विनयशील, शिष्ट।

निमि—पु. [सं.] इक्ष्वाकुवंशीय एक राजा; पलकों का गिरना, निमेष; एक ऋषि।

निमिख*—पु. द्र. 'निमिष'।

निमित्त—पु. [सं.] कारण; चिह्न; बहाना।

निमित्तक—वि. [सं.] (किसी के) निमित्त होने वाला; उत्पन्न; जनित।

निमिष—पु. [सं.] पलक गिराना; पल-भर का समय।

निमिषांतर—पु. [सं.] पल-भर, क्षण-भर का समय।

निमीलन—पु. [सं.] आँखों का बंद करना, सिकोड़ना। **ला.** मरण।

निमुँहा—वि. जिसे बोलने का साहस न हो, चुप रहने वाला।

निमीला, निमीलका—स्त्री. [सं.] निमीलन; देखते हुए भी न देखना; छल।

निमीलित—वि. [सं.] (नेत्र) मुँदे हुए, बंद।

निमूँद—वि. मुँदा हुआ, बंद।

निमूल—वि. द्र. 'निर्मूल'।

निमेष*—स्त्री. पलक, पल-भर। पु. द्र. 'निमिष'।

निमेषक—पु. [सं.] पलक; जुगनू।

निमोछिया—पु. वि. जिसके मूँछें न हों।

निमोनिया—पु. [अं.] एक प्रकार का ज्वर जिसमें जाड़े के साथ ताप चढ़ता है।

निम्न—वि. [सं.] नीचा, गहरा; जो ऊँचा न हो। **~लिखित**—वि. नीचे लिखा हुआ।

निम्नतम—वि. [सं.] सबसे नीचा।

निम्नांकित—वि. [सं.] नीचे लिखा हुआ।

निम्नारण्य—पु. [सं.] घाटी।

नियंतव्य—वि. [सं.] नियमन करने योग्य।

नियंता—वि., पु. [सं.] नियमन करने वाला, नियंत्रण में रखने वाला; शासनकर्ता; संचालक।

नियंत्रक—पु. [सं.] नियंत्रण में रखने वाला।

नियंत्रण—पु. [सं.] वश में रखना, स्वच्छंद न रहने देना; नियमों में बाँध कर अनुशासित रखना। **~कर्ता**—पु. नियंत्रण में रखने वाला; ईश्वर।

नियंत्रित—वि. [सं.] नियंत्रण में रखा हुआ; जिस पर नियंत्रण कर लिया गया हो, वश में कर लिया गया।

नियत—वि. [सं.] निश्चित, मुकर्रर; नियमानुसार।

नियतांक—पु. [सं.] नियत किया गया अंक।

नियतांश—पु. [सं.] नियत किया हुआ अंश, भाग।

नियतात्मा—वि., पु. [सं.] संयमी, नियतेंद्रिय।

नियताप्ति—स्त्री. [सं.] नाट्यशास्त्र में वर्णित नाटक की पाँच अवस्थाओं में से एक, इसमें नाटक के फल की प्राप्ति का निश्चय होता है।

नियताहार—वि. [सं.] सुनिश्चित मात्रा में भोजन करने वाला।

नियति—स्त्री. [सं.] भाग्य, भवितव्यता, अदृष्ट। **~वाद**—पु. भाग्यवाद।

नियम—पु. [सं.] वे निश्चित निर्देश, बातें जिनके द्वारा कोई संस्था या व्यवस्था चलाई जाती है, विधान; निश्चित व्यवस्था; योग के आठ अंगों में से एक। **~बद्ध**—वि. नियमों के अनुसार।

नियमन—पु. [सं.] नियमों में अनुशासित रखना; शासन; नियंत्रण।

नियमानुकूल—वि. [सं.] नियमों के अनुसार।

नियमानुरूप—वि. [सं.] द्र. 'नियमानुकूल'।

नियमानुसार—वि. [सं.] द्र. 'नियमानुकूल'।

नियमापवाद—पु. [सं.] नियमों में छूट।

नियमावली—स्त्री. [सं.] किसी संस्था, कार्यालय, आदि के प्रशासन-संबंधी नियमों का संग्रह।

नियमित—वि. [सं.] नियम के अनुसार; नित्य प्रति; बँधा हुआ; बराबर या ठीक समय पर होने वाला।

नियमी—वि. [सं.] नियमों के अनुसार चलने वाला; संयमी।

नियम्य—वि. [सं.] नियमन, शासन करने योग्य; नियमबद्ध होने योग्य।

नियर*—अ. निकट, पास।

नियराई*—स्त्री. समीप, निकट।

नियराना*—अ.क्रि. पास आना।

नियाज़—पु. [फा.] आवश्यकता; प्रार्थना; भेंट; इच्छा। स्त्री. चढ़ावा, प्रसाद।

नियाम—पु. [सं.] नियम।

नियामक—पु. [सं.] व्यवस्था या विधान करने वाला; नियमों में बाँधकर रखने वाला।

नियामत—स्त्री. द्र. 'नेमत'।

नियारा*—पु. वि. अनोखा; सबसे अलग, जुदा।

नियारे*—अ. द्र. 'न्यारे'।

नियाव*—पु. द्र. 'न्याय'।

नियुक्त—वि. [सं.] किसी पद, कार्य या स्थान पर रखा गया हो, लगाया हुआ; नियोग के लिए नियुक्त।

नियुक्ति—स्त्री. [सं.] नियुक्त होने या नियुक्त करने की क्रिया, तैनाती।

नियोक्ता—वि., पु. [सं.] नियुक्त करने वाला, नियुक्ति देने वाला; नियोग करने वाला।

नियोग—पु. [सं.] एक प्राचीन प्रथा है, जिसके अनुसार निस्संतान स्त्री कुछ विशेष परिस्थितियों में, यथा—पति के रोगग्रस्त होने, नपुंसक या मृत होने की स्थिति में—देवर या किसी अन्य गोत्रज अथवा ऋषि आदि से संतान प्राप्त कर सकती थी; नियुक्त करने की क्रिया।

नियोगी—वि. [सं.] जिसकी नियुक्त नियोग के निमित्त हुई हो, द्र. 'नियोग'। पु. बंगाल में एक जाति-नाम।

नियोग्य—वि. [सं.] नियोग करने योग्य।

नियोजक—पु. [सं.] नियोजित करने वाला; नियुक्ति देने वाला।

नियोजन—पु. [सं.] नियुक्त करने की क्रिया; किसी कार्य में प्रवृत्त करना, लगाना; प्रेरणा देना।

नियोजित—वि. [सं.] नियुक्त किया हुआ; प्रवृत्त किया हुआ।

नियोज्य—वि. [सं.] नियोजित करने योग्य, जिसकी नियुक्ति की जाए।

नियोद्धा—पु. [सं.] मल्ल, पहलवान।

नियोधक—पु. [सं.] द्र. 'नियोद्धा'।

निरंकार—वि. [पु.] द्र. 'निराकार'।

निरंकुश—वि. [सं.] मनमाना व्यवहार करने वाला, स्वेच्छाचारी।

निरंग—वि. बदरंग, जिसका रंग फीका पड़ गया हो।

निरंजन—वि. [सं.] अज्ञान से रहित; सादा; बिना अंजन का।

निरंजना—स्त्री. [सं.] पूर्णिमा; देवी का एक रूप—दुर्गा।

निरंजनी—वि. [सं.] अंजनरहित, जिसमें अंजन न हो; निर्दोष; अज्ञान से रहित। पु. परमात्मा; शिव।

निरंतर—वि. [सं.] जिसका क्रम टूटा न हो, लगातार होने वाला; सदा बना रहने वाला; देश-काल की दृष्टि से अविच्छिन्न।

निरंतराभ्यास—पु. [सं.] बराबर किया जाने वाला अभ्यास; सदा की जाने वाली आवृत्ति।

निरंतराल—वि. [सं.] जिसमें अंतराल, अवकाश न हो।

निरंध—वि. [सं.] बिलकुल अंधा; निपट मूर्ख, महामूर्ख।

निरंबर—वि. [सं.] नंगा, दिगंबर।

निरंबु—वि. [सं.] बिना जल; जो पानी तक न पिये।

निरंभ—वि. [सं.] द्र. 'निरंबु'।

निरकार—वि. [पु.] द्र. 'निराकार'।

निरक्षर—वि. [सं.] अनपढ़; गँवार, मूर्ख।

निरखना—स.क्रि. देखना; निरीक्षण करना।

निरग*—पु. द्र. 'नृग'।

निरगुन*—वि. द्र. 'निर्गुण'।

निरगुनी—वि. द्र. 'निर्गुण'।

निरजल—वि. द्र. 'निर्जल'।

निरत—वि. [सं.] लगा हुआ, रत, लीन; प्रसन्न।

निरति—स्त्री. [सं.] विशेष अनुरक्ति; आसक्ति।

निरदई, निरदय, निरदयी—वि. द्र. 'निर्दय'।

निरन्न—वि. [सं.] जिसने अन्न न खाया हो; बिना अन्न का; निराहार।

निरन्ना—वि. जिसने अन्न न खाया हो, निराहार।

निरन्वय—वि. [सं.] निःसंतान; असंबद्ध; असंगत।

निरपराध—वि. [सं.] जिसने अपराध न किया हो, निर्दोष, बेकसूर।

निरपराधी—वि. द्र. 'निरपराध'।

निरपवाद—वि. [सं.] अपकीर्ति से रहित, निर्दोष; सर्वत्र एक-सा लगने वाला।

निरपेक्ष—वि. [सं.] किसी और से अपेक्षा न रखने वाला; आशा, तृष्णा से मुक्त, विरक्त; उदासीन।

निरपेक्षा—स्त्री. [सं.] उपेक्षा; उदासीनता।

निरपेक्षित—वि. [सं.] जिसकी अपेक्षा न की गई हो।

निरपेक्षी—वि. [सं.] उपेक्षा करने वाला; उदासीन।

निरफल—वि. द्र. 'निष्फल'।

निरबंध*—वि. बंधन रहित।

निरबंसी—वि. जिसकी कोई संतान न हो।

निरबल*—वि. द्र. 'निर्बल'।

निरबहना—अ.क्रि. निर्वाह, निबाह होना।

निरबाहना—स.क्रि. द्र. 'निबाहना'।

निरभय—वि. द्र. 'निर्भय'।

निरभर—वि. द्र. 'निर्भर'।

निरभिमान—वि. [सं.] अभिमानरहित, जिसे दर्प न हो।

निरभिलाप—वि. [सं.] जिसे किसी वस्तु की चाह, इच्छा न हो।

निरभ्र—वि. [सं.] बादल रहित (—आकाश)।

निरमर, निरमल—वि. द्र. 'निर्मल'।

निरमली—स्त्री. द्र. 'निर्मली'।

निरमान—पु. द्र. 'निर्माण'।

निरमाना*—स.क्रि. निर्माण करना, बनाना।

निरमूल—वि. द्र. 'निर्मूल'।

निरमूलना*—स.क्रि. जड़ से उखाड़ना, समूल नष्ट करना।

निरमोल—वि. द्र. 'अनमोल'।

निरमोही*—वि. द्र. 'निर्मोही'।

निरर्गल—वि. [सं.] अर्गलारहित; जिस पर कोई प्रतिबंध, रोक न हो।

निरर्थ—वि. [सं.] द्र. 'निरर्थक'।

निरर्थक—वि. [सं.] जिसका कोई अर्थ न हो; व्यर्थ; निष्प्रयोजन, बेकाम।

निरर्बुद—पु. [सं.] एक नरक।

निरलस—वि. [सं.] आलस्यहीन।

निरवकाश—वि. [सं.] जिसे अवकाश न मिले, अवकाश-रहित।

निरवधि—वि. [सं.] जिसकी कोई समय-सीमा न हो।

निरवयव—वि. [सं.] अंगरहित, पूर्ण; जिसका विभाग न हो सके।

निरवलंब—वि. [सं.] जिसका कोई सहारा न हो, असहाय; आश्रयविहीन।

निरवशेष—वि. [सं.] संपूर्ण, समग्र।

निरवसाद—वि. [सं.] प्रसन्न।

निरवार—पु. टालने या दूर करने की क्रिया; त्राण, बचाव; निबटारा।

निरवारना*—स.क्रि. निवारण करना, हटाना; मुक्त करना।

निरवाह—पु. द्र. 'निर्वाह'।

निरविच्छिन्न—वि. [सं.] निरंतर, लगातार, जिसका क्रम न टूटे।

निरवेद—पु. द्र. 'निर्वेद'।

निरव्यय—वि. [सं.] शाश्वत, अनश्वर।

निरशन—वि. [सं.] जिसने कुछ न खाया-पीया हो। पु. उपवास; भोजन की कमी।

निरसंक—वि. द्र. 'निःशंक'।

निरस—वि. [सं.] जिसमें रस न हो; स्वादहीन; फीका; जो आनंद न दे सके।

निरसन—पु. [सं.] फेंकना; दूर हटाना।

निरस्त—वि. [सं.] जिसका निरसन किया गया हो, रद्द (कर देना—आदेश आदि)।

निरस्त्र—वि. [सं.] बिना हथियार का, जिसके पास अस्त्र न हो।

निरस्त्रीकरण—पु. [सं.] किसी देश या राज्य से उसके अस्त्र-शस्त्र प्रयोग न करने का समझौता। किसी देश की सैन्य-शक्ति के विश्व समुदाय द्वारा सीमित प्रयोग का समझौता।

निरस्त्रीकृत—वि. [सं.] जिसने अस्त्र-शस्त्रों का प्रयोग बंद कर दिया हो।

निरहंकार, निरहंकृत, निरहंकृति—वि. [सं.] जिसमें अभिमान न हो, अहं रहित।

निरहम्—वि. [सं.] अहंकाररहित।

निरा—वि. विशुद्ध, जिसमें कोई मिलावट न हो; एकदम; कोरा; निपट।

निराकरण—पु. [सं.] दूर कर देना (किसी कष्ट, समस्या, आदि को); परिहार; खंडन, निरसन।

निराकांक्ष—वि. [सं.] इच्छा, अपेक्षा रहित, निरपेक्ष।

निराकाश—वि. [सं.] जिसमें कोई भी स्थान खाली न हो।

निराकुल—वि. [सं.] जो घबराया हुआ न हो, व्याकुल न हो; धीर; शांत।

निराकृत—वि. [सं.] जिसका निराकरण, निपटारा किया जा चुका हो।

निराकृति—स्त्री. [सं.] निराकरण। वि. निराकार, बिना आकार का।

निराकृती—वि. [सं.] जो निराकरण करे।

निराक्रंद—वि. [सं.] जो चिल्लाये न, शिकायत न करे; जिसकी पुकार न सुनी जाए। पु. वह स्थान जहाँ कोई शब्द न सुना जा सके।

निराग—वि. रागविहीन, विरक्त।

निराग—वि. [सं.] निष्पाप, निरपराध।

निराचार—वि. [सं.] आचारहीन, संस्कारहीन।

निराडंबर—वि. [सं.] आडम्बरहीन, सादा।

निरातंक—वि. [सं.] निडर; आतंक, भयरहित।

निरातप—वि. [सं.] जिसमें धूप या गरमी न हो।

निरादर—वि. [सं.] अपमानजनक, असम्मानीय। पु. अपमान, असम्मान।

निरादृत—वि. [सं.] जिसका निरादर हुआ हो।

निराधार—वि. [सं.] जो प्रमाणपुष्ट न हो, बिना किसी आधार के; जिसका कोई सहारा न हो।

निराधि—वि. [सं.] नीरोग, जिसे मनोव्यथा न हो।

निरानंद—वि. [सं.] आनंदरहित। पु. आनंद का अभाव; दुःख।

निराना—स.क्रि. खेत, बग़ीचे आदि में उगे खर-पतवार को खुरपी से खोद कर निकालने की क्रिया।

निरापद—वि. [सं.] मुसीबत, कठिनाई से रहित; पूर्णतः सुरक्षित।

निराबाध—वि. [सं.] बांधा रहित, जिसमें रुकावट न हो।

निराभिमानी—वि. [सं.] जिसे अभिमान न हो।

निरामय—वि. [सं.] जिसे कोई रोग न हो, नीरोग; निर्दोष; निर्मल।

निरामिष—वि. [सं.] जहाँ मांस का प्रयोग न होता हो (भोजन); मांस न खाने वाला।

निरामिषाशी—वि. [सं.] जो मांस न खाता हो, शाकाहारी।

निराय—वि. [सं.] जिसकी कुछ आय न हो; जिससे कुछ आय न होती हो।

निरायास—वि. [सं.] बिना किसी प्रयत्न के, सुकर, सहज।

निरायुध—वि. [सं.] जिसके पास कोई हथियार अस्त्र न हो, निहत्था, निरस्त्र।

निरालंब—वि. [सं.] द्र. 'निरवलंब', बिना किसी रूपाकार के ('निरालंब मन चक्रत धावै'—सूरदास)।

निरालस्य—वि. [सं.] जिसमें आलस्य न हो, आलस्यरहित।

निराला—वि. अनोखा; विलक्षण; बेजोड़, अनुपम, अद्वितीय।

निरावरण—वि. [सं.] आवरणरहित, खुला हुआ।

निरावृत—वि. [सं.] जो ढका हुआ न हो, खुला हुआ।

निराश—वि. [सं.] आशा का अभाव, जिसे कोई आशा न रहे।

निराशा—स्त्री. [सं.] आशा का अभाव, कोई उम्मीद न रहना।

निराशावाद—पु. [सं.] सदैव निराशा दिखाने वाली मनोवृत्ति; निराशा की ही बात करने वाला।

निराशावादी—वि. [सं.] सदैव निराशा की बात करने वाला।

निराशात्मक, निराशामय—वि. [सं.] निराशा की बातें; निराशा की बातें करने वाला।

निराशिष—वि. [सं.] आशीर्वाद से वंचित।

निराश्रय—वि. [सं.] द्र. 'निरवलंब'।

निरास—वि. द्र. 'निराश'।

निरासा—स्त्री. द्र. 'निराशा'।

निरासी*—वि. हताश, जो उदासी से भरा है।

निरास्वाद—वि. [सं.] स्वादरहित; जिसमें कोई आनंद न हो।

निराहार—वि. [सं.] जिसने कुछ खाया-पिया न हो; जिसमें कुछ खाया-पिया न जाए (-व्रत)।

निरीक्षक—पु. [सं.] निरीक्षण, निगरानी करने वाला।

निरीक्षण—पु. [सं.] जाँच करना, निगरानी करना।

निरीक्षित—वि. [सं.] जिसका निरीक्षण हो गया हो।

निरीक्ष्य—वि. [सं.] निरीक्षण, जाँच करने योग्य।

निरीक्ष्यमाण—वि. [सं.] जिसका निरीक्षण किया जा रहा हो, जिसकी जाँच चल रही हो।

निरीश्वर—वि. [सं.] जिसमें ईश्वर के अस्तित्व का खंडन हो। **~वाद**—पु. ईश्वर के अस्तित्व को नकारने वाला सिद्धांत। **~वादी**—पु. ईश्वर में विश्वास न रखने वाला।

निरीह—वि. [सं.] सीधा-सादा, बेचारा; जिसे किसी वस्तु की इच्छा न हो; उदासीन।

निरीहता—स्त्री., **निरीहत्व**—पु. [सं.] निरीह होने का भाव।

निरुक्त—पु. [सं.] छह वेदांगों में से एक, जिसमें वैदिक शब्दों की व्याख्या है; व्याकरण का वह अंग जिसमें शब्दों की व्युत्पत्ति और स्वरूप का अध्ययन होता है।

निरुक्ति—स्त्री. [सं.] किसी पद या वाक्य की ऐसी विवेचना, जिसमें उसकी व्युत्पत्ति, आदि का विवेचन हो; शब्द की व्युत्पत्ति का अध्ययन।

निरुच्छ्‌वास—वि. [सं.] जो श्वास-प्रश्वास न लेता हो; तंग, संकरा जहाँ साँस भी न आ पाए।

निरुज*—वि. द्र. 'नीरुज'।

निरुत्तर—वि. [सं.] जिसके पास कोई उत्तर न हो; जिससे कोई जवाब न बन सके; जो कोई उत्तर न दे सके।

निरुत्सव—वि. [सं.] बिना उत्सव के।

निरुत्साह—वि. [सं.] उत्साहीन, जिसमें उत्साह न हो।

निरुत्साहित—वि. [सं.] जिसका उत्साह समाप्त कर दिया गया हो, जिसमें उत्साह न रह गया हो।

निरुत्सुक—वि. [सं.] उत्सुकतारहित, जिसमें उत्सुकता न हो।

निरुदक—वि. [सं.] जलरहित।

निरुद्‌देश्य—वि. [सं.] बिना किसी उद्‌देश्य के, उद्‌देश्यरहित।

निरुद्ध—वि. [सं.] रुका हुआ; विशेष रूप से रोका हुआ; योग में चित्त की पाँच भूमियों में से एक।

निरुद्यम—वि. [सं.] बेकार, निकम्मा, जो कोई उद्यम न करता हो।

निरुद्यमी—आलसी, बेकार, कामचोर।

निरुद्वेग—वि. [सं.] शांत, उद्वेगरहित।

निरुपजीव्य—वि. [सं.] जिससे गुज़र न हो सके, जो निर्वाह न कर पाये।

निरुपद्रव—वि. [सं.] जहाँ कोई उत्पात या झगड़ा न हो, सुरक्षित।

निरुपधि—वि. [सं.] पवित्र, विशुद्ध; निष्कपट, सच्चा।

निरुपम—वि. [सं.] जिसकी उपमा न दी जा सके, अतुलनीय।

निरुपमा—स्त्री. [सं.] जिसकी उपमा न दी जा सके; गायत्री।

निरुपयोग—वि. [सं.] जिसका कोई उपयोग न हो सके, जो उपयोग के योग्य न हो।

निरुपयोगी—वि. बेकार, निरर्थक।

निरुपाधि—वि. [सं.] जिसकी कोई उपाधि न हो, जिसे कोई उपाधि न दी जा सके, सभी उसके लिए छोटी पड़ जाएँ, ईश्वर।

निरुपाय—वि. [सं.] जिसका कोई उपाय न हो, बेबस; जहाँ कोई वश न चल सके।

निरुपेक्ष—वि. [सं.] जो उपेक्षा न करे।

निरुढ़—वि. [सं.] अत्यधिक रूढ़, प्रसिद्ध।

निरूढ़ा—स्त्री. [सं.] भाषा की लक्षणा शक्ति का एक भेद—निरूढ़ लक्षणा; प्रसिद्ध।

निरूढ़ि—स्त्री. [सं.] प्रसिद्ध; निरूढ़ लक्षणा।

निरूप—वि. रूपरहित; बिना रूप का; कुरूप।

निरूपक—वि., पु. [सं.] निरूपण, व्याख्यान-विवेचन करने वाला।

निरूपण—पु. [सं.] किसी विषय का विवेचन; सांगोपांग देखना।

निरूपणा—स्त्री. [सं.] द्र. 'निरूपण'।

निरूपना*—स.क्रि. निरूपण करना, पूरी तरह समझा देना, विवेचना करना।

निरूपित—वि. [सं.] जिसका निरूपण कर दिया गया हो।

निरूपिति—स्त्री. [सं.] व्याख्या, विवेचन।

निरूप्य—वि. [सं.] निरूपण करने योग्य।

निरोग, निरोगी—वि. जिसे कोई रोग न हो, पूर्ण स्वस्थ।

निरोध—रोक, रुकावट, प्रतिबंध; योग की वह अवस्था जिसमें चित्तवृत्तियों को नियंत्रित कर लिया जाता है; एक गर्भ निरोधक उपकरण ('कंडोम')।

निरोधक—वि. [सं.] निरोध करने वाला, रोकने वाला; जो गर्भ न ठहरने दे, गर्भ निरोधक।

निरोधी—वि. [सं.] रोकने वाला (रोग निरोधी)।

निर्गंध—वि. [सं.] गंधरहित, जिसमें गंध न हो।

निर्गत—वि. [सं.] निकला हुआ; जो बाहर आया हो।

निर्गम—पु. [सं.] बाहर जाना, निकलना।

निर्गमन—पु. [सं.] बाहर आना, निकलना; बाहर जाने का मार्ग, द्वार।

निर्गमित—वि. [सं.] जो द्वार से बाहर निकल गया हो।

निर्गर्व—वि. [सं.] जिसे गर्व, अभिमान न हो।

निर्गवाक्ष—वि. [सं.] जिसमें कोई खिड़की न हो।

निर्गुट—वि. [सं.] जो किसी गुट में न हो, तटस्थ।

निर्गुण—वि. [सं.] सत्, रज, तम—तीनों गुणों से परे—परमात्मा; जिसमें कोई गुण न हो, गुणहीन। पु. त्रिगुणातीत, रूपाकार-रहित परमात्मा।

निर्गुणिया, निर्गुनिया—वि. निर्गुण ईश्वर का भक्त, उपासक।
निर्ग्रंथ—वि. [सं.] मूर्ख; असहाय; विरक्त; बंधनमुक्त।
निर्ग्रंथन—पु. [सं.] वध, मारना।
निर्ग्रंथिका—स्त्री. [सं.] बौद्ध संन्यासिनी।
निर्ग्राह्य—वि. [सं.] ग्रहण करने योग्य, ग्रहणीय; अनुभव करने योग्य; साक्षात्कार करने योग्य।
निर्घंट—पु. [सं.] ग्रंथों का सूची-पत्र।
निर्घट—पु. [सं.] भीड़-भरा बड़ा बाज़ार या मेला।
निर्घात—पु. [सं.] नाश, ध्वंस; भूकंप; तूफ़ान; वज्राघात; प्रहार।
निर्घातन—पु. [सं.] बाहर निकालना।
निर्घृण—वि. [सं.] निष्ठुर, निर्दय; निर्लज्ज, बेहया।
निर्घृणा—स्त्री. [सं.] निष्ठुरता, धृष्टता।
निर्घोष—पु. [सं.] शब्द, निनाद। वि. शब्द रहित।
निर्छल*—वि. छल, कपटरहित, सीधा-सादा।
निर्जन—वि. [सं.] जनशून्य, जहाँ कोई मनुष्य न हो, सुनसान।
निर्जय, निर्जिति—स्त्री. [सं.] पूर्ण विजय।
निर्जर—वि. [सं.] जो कभी बूढ़ा न हो। पु. देवता, अमृत।
निर्जल—वि. [सं.] जहाँ जल न हो; जिसमें जल न ग्रहण किया जाए (व्रत)।
निर्जित—वि. [सं.] जो पूर्ण रूप से जीत लिया गया हो, वश में कर लिया हो।
निर्जीव—वि. [सं.] जिसमें जान-प्राण न हो; शक्ति या उत्साह से रहित, पूरी तरह सुस्त, आलस्य से भरा।
निर्झर—पु. [सं.] झरना, प्रपात।
निर्झरिणी, निर्झरी—स्त्री. [सं.] निर्झर, झरने से निकली नदी।
निर्झरी—पु. [सं.] पर्वत। वि. जिससे झरने झरते हों।
निर्णय—पु. [सं.] औचित्य और अनौचित्य का विचार कर सही का निश्चय; वादी और प्रतिवादी का पक्ष और तर्क सुन कर फैसला करना ('जजमेंट', 'डिसीज़न')।
निर्णयन—पु. [सं.] निर्णय कर देना, निपटारा कर देना।
निर्णयोपमा—स्त्री. [सं.] अर्थालंकार का एक भेद, इसमें उपमेय तथा उपमानों के गुण-दोषों का विवेचन होता है।
निर्णायक—वि., पु. [सं.] निर्णय करने वाला।
निर्णीत—वि. [सं.] जिसका फैसला, निर्णय कर दिया गया हो।
निर्दय—वि. [सं.] निष्ठुर; दयारहित, कठोर हृदय; उग्र।
निर्दयता—स्त्री. [सं.] निष्ठुरता, निर्दय होने का भाव।
निर्दल—वि. [सं.] दलहीन; पत्रहीन; दलबंदी से अलग, तटस्थ।
निर्दलन—पु. [सं.] नाश करना; समाप्त करना।
निर्दली, निर्दलीय—वि. [सं.] जो किसी दल का सदस्य न हो; जो किसी राजनीतिक दल से सम्बद्ध न हो।
निर्दिष्ट—वि. [सं.] जिसका निर्देश दिया गया हो; जो बताया गया हो।
निर्देश—पु. [सं.] आदेश; संकेत करना; आज्ञा देना।
निर्देशक—वि. [सं.] जो निर्देशन दे।
निर्देशन—पु. [सं.] निर्देश देना।
निर्देशात्मक—वि. [सं.] निर्देशपूर्ण, जिसमें निर्देश दिया गया हो।
निर्देशानुसार—वि. [सं.] जो आज्ञा या निर्देश दिया गया है, उसके अनुसार।
निर्देशिका—स्त्री. [सं.] निर्देश पुस्तिका ('डायरेक्टरी')।
निर्देष्टा—वि. पु. [सं.] निर्देश देने वाला।
निर्दैन्य—वि. [सं.] सुखी।
निर्दोष—वि. [सं.] दोषरहित, निरपराध।
निर्दोषता—स्त्री. [सं.] निर्दोषता।
निर्दोषी—वि. द्र. 'निर्दोष'।
निर्द्वंद—वि. द्र. 'निर्द्वंद्व'।
निर्द्वंद्व—वि. [सं.] द्वंद्वहीन, जिसका कोई विरोधी न हो।
निर्धन—वि. [सं.] धनहीन, दरिद्र, ग़रीब।
निर्धर्म—वि. [सं.] जो धर्म का पालन न करे, धर्म को न मानने वाला।
निर्धातु—वि. [सं.] जिसकी धातु क्षीण हो गई हो, वीर्य-क्षीण; शक्तिरहित।
निर्धार, निर्धारण—पु. [सं.] नियत करना; निश्चय करना; निर्णय।
निर्धारक—वि. [सं.] निर्धारित करने वाला।
निर्धारना*—स.क्रि. निर्धारण करना, निर्धारित करना।
निर्धारित—वि. [सं.] जिसका निर्धारण कर दिया गया हो।
निर्धार्य—वि. [सं.] निर्धारण करने योग्य।
निर्धूम—वि. [सं.] धुएँ से रहित, जहाँ धुआँ न हो।
निर्नाथ—वि. [सं.] जिसका कोई स्वामी या पालनहार न हो।
निर्निमित्त, निर्मिमित्तक—वि. [सं.] अकारण, बिना कारण के।
निर्निमेष—वि. [सं.] जिसमें पलक न झपकी जाए; बिना पलक गिराए, टकटकी लगा कर।
निर्फल*—वि. द्र. 'निष्फल'।
निर्बंध—वि. [सं.] बंधनरहित, स्वच्छंद।
निर्बल—वि. [सं.] कमज़ोर, शक्तिहीन।
निर्बहना*—अ.क्रि. निर्वाह करना, निभाना।
निर्बाध—वि. [सं.] बाधारहित, प्रतिबंधरहित।
निर्बाधित—वि. जिसमें कोई बाधा न हो।
निर्बुद्धि—वि. [सं.] जिसमें बुद्धि न हो; बेवकूफ।
निर्बोध—वि. [सं.] भोला; जिसे कोई ज्ञान न हो; जिसमें भले-बुरे का विवेक न हो।

निर्भग्न—वि. [सं.] खंडित, टुकड़े-टुकड़े।
निर्भय—वि. [सं.] निडर, भयरहित।
निर्भर—वि. [सं.] आश्रित, अवलंबित।
निर्भाग्य—वि. [सं.] अभागा; जिसका भाग्य साथ न दे रहा हो।
निर्भीक—वि. [सं.] निडर, भयरहित।
निर्भृति—वि. [सं.] बेगार में काम करने वाला।
निर्भेद—पु. [सं.] उद्घाटन करना, प्रकट करना, स्पष्ट रूप से कहना।
निर्भ्रम—वि. [सं.] जिसे कोई भ्रम न हो, भ्रमरहित।
निर्भ्रांत—वि. [सं.] जिसे कोई भ्रांति या भ्रम न हो।
निर्मद—वि. [सं.] दंभरहित, मद, अहं से शून्य।
निर्मनुज, निर्मनुष्य, निर्मानुष—वि. [सं.] निर्जन, जनशून्य, मनुष्यों का जहाँ नामो-निशान भी न हो।
निर्मम—वि. [सं.] निष्ठुर, ममता, दयारहित।
निर्मर्याद—वि. [सं.] जिसने मर्यादा त्याग दी हो, अशिष्ट; उद्दंड।
निर्मल—वि. [सं.] स्वच्छ, शुद्ध; पवित्र; कलुषविहीन।
निर्मली—स्त्री. एक पेड़ विशेष, इसका फल पानी को स्वच्छ करने के काम आता है, दवा के रूप में भी प्रयुक्त।
निर्मलोपल—पु. [सं.] स्फटिक पत्थर।
निर्मांस—वि. [सं.] मांसरहित।
निर्माण—पु. [सं.] (भवन, आदि) की रचना, बनाना।
निर्माता—वि., पु. [सं.] स्रष्टा, रचना करने वाला, बनाने वाला।
निर्माल्य—पु. [सं.] किसी देवता को समर्पित सामग्री—पुष्प, माला, प्रसाद, आदि।
निर्मित—वि. [सं.] बनाया हुआ, रचित।
निर्मिति—स्त्री. [सं.] निर्माण, रचना।
निर्मुक्त—वि. [सं.] पूरी तरह से मुक्त, बंधनों से पूरी तरह मुक्त।
निर्मुक्ति—स्त्री. [सं.] मुक्ति, छुटकारा।
निर्मूल—वि. [सं.] बिना मूल का, बिना किसी आधार या पुष्ट प्रमाण के; सर्वथा नष्ट कर देना।
निर्मूलन—पु. [सं.] समूल नष्ट कर देना, पूर्ण विनाश।
निर्मेध—वि. [सं.] मूर्ख; बुद्धिहीन।
निर्मोक—पु. [सं.] साँप की केंचुल। **ला.** ऊपरी आवरण।
निर्मोक्ष—पु. [सं.] पूर्ण मोक्ष।
निर्मोचन—पु. [सं.] मुक्ति, छुटकारा।
निर्मोल*—वि. अनमोल, बहुमूल्य।
निर्मोह—वि. [सं.] मोह या अज्ञान से रहित; निष्ठुर; ममता, दया से रहित।
निर्मोही—वि. द्र. 'निर्मोह'।
निर्यंत्रण—वि. [सं.] अनियंत्रित, अबाधित।
निर्याण—पु. [सं.] निकलना, निकासी; कूच, प्रस्थान (विशेष रूप में सेना, आदि सशस्त्र बलों का)।
निर्यात—वि. [सं.] जो देश से बाहर भेजा जाता हो, सामान, उत्पादन, आदि ('एक्सपोर्ट')।
निर्यातक—वि. [सं.] जो उत्पाद, सामान आदि को देश से बाहर भेजता हो ('एक्सपोर्टर')।
निर्याति—स्त्री. [सं.] प्रस्थान, गमन।
निर्याम—पु. [सं.] नाविक, पोत चालक।
निर्यामक—पु. [सं.] द्र. 'निर्याम'।
निर्यास—पु. [सं.] वृक्षों से निकलने वाला रस या दूध-सा, गोंद।
निर्लज्ज—वि. [सं.] लज्जाहीन, बेशर्म, बेहया।
निर्लिप्त—वि. [सं.] जो किसी वस्तु या विषय में आसक्त न हो, रुचि न रखता हो।
निर्लेप—वि. [सं.] जिस पर कोई लेप, कलई आदि न की गई हो; जो किसी से कोई संबंध न रखे; जिसकी किसी भी वस्तु या विषय में आसक्ति न हो।
निर्लोभ—वि. [सं.] लोभरहित, संतोषी।
निर्वंश—वि. [सं.] जिसके वंश में कोई शेष न रहे, जिसके आगे कोई संतान न हो।
निर्वचन—वि. [सं.] मौन, चुप। पु. निरुक्ति; उच्चारण; उक्ति, कहावत।
निर्वचनीय—वि. [सं.] जिसका निरूपण न किया जा सके, जिसका स्वरूप विवेचन न हो सके।
निर्वसन—वि. [सं.] वस्त्रहीन।
निर्वसु—वि. [सं.] दरिद्र, ग़रीब।
निर्वहण—पु. [सं.] निबाहना; समाप्ति। स्त्री. नाटक में एक संधि।
निर्वाक्—वि. [सं.] मौन, चुप।
निर्वाचक—पु. [सं.] निर्वाचन करने वाला, वह जिसे मत देना हो।
निर्वाचन—पु. [सं.] चुनाव, मत देकर चुनना ('इलेक्शन')।
निर्वाचित—वि. [सं.] जो मत द्वारा चुना गया हो।
निर्वाच्य—वि. [सं.] न कहने योग्य।
निर्वाण—वि. [सं.] मुक्त; शांत; अचल; मृत्यु; जो अस्त हो गया हो। पु. मोक्ष; परम गति; बौद्ध मत में 'मुक्ति' के अर्थ में पारिभाषिक शब्द।
निर्वात—वि. [सं.] जहाँ वायु न चलती हो, शांत।
निर्वाद—पु. [सं.] लोकापवाद, लोक-निंदा।
निर्वास, निर्वासन—पु. [सं.] देश-निकाला, प्रवास।
निर्वासित—वि. [सं.] देश या नगर से निष्कासित, निकाला हुआ।

निर्वाह—पु. [सं.] किसी कार्य को पूरा करना, निष्पादन; निभाना; पालन; गुज़ारा।

निर्वाहक—वि. [सं.] निर्वाह, निबाह करने वाला।

निर्वाहण—पु. [सं.] निभाना; पूरा करना।

निर्वाहिका—स्त्री. [सं.] निर्वाह-राशि, भृति।

निर्विकल्प—वि. [सं.] विकल्प रहित; स्थिर; निश्चित। **पु. ~समाधि**—स्त्री. समाधि के दो भेदों में से एक, जिसमें ध्यान और ध्येय में भेद नहीं रहता, ध्याता और ध्येय में तादात्म्य की स्थिति।

निर्विकल्पक—वि. [सं.] द्र. 'निर्विकल्प'।

निर्विकार—वि. [सं.] विकाररहित, अपरिवर्तित। पु. ब्रह्म; ब्रह्म की एक उपाधि।

निर्विघ्न—वि. [सं.] बिना विघ्न-बाधा के।

निर्वितर्क—वि. [सं.] जिस पर कोई तर्क न किया जा सके।

निर्विरोध—वि. [सं.] बिना किसी विरोध के।

निर्विवाद—वि. [सं.] जिसके विषय में कोई विवाद न हो; बिना किसी झगड़े-विरोध के।

निर्विवेक—वि. [सं.] विवेकशून्य।

निर्विशेष—वि. [सं.] सदा एक-सा रहने वाला, ब्रह्म; ब्रह्म की एक उपाधि।

निर्वीज—वि. [सं.] बीज रहित; कारणरहित; नपुंसक, निर्वीर्य।

निर्वीजा—स्त्री. [सं.] किशमश।

निर्वीर—वि. [सं.] वीरविहीन, वीरों से शून्य।

निर्वीरा—स्त्री. [सं.] पति और पुत्रविहीन।

निर्वीर्य—वि. [सं.] निर्बल; नपुंसक; वीर्यरहित; शक्तिहीन।

निर्वृत्त—वि. [सं.] पूर्ण, पूरा।

निर्वृत्ति—स्त्री. [सं.] निष्पत्ति; आनंद; परमानंद, पूर्णता।

निर्वेग—वि. [सं.] वेगरहित, शांत।

निर्वेतन—वि. [सं.] जिसे वेतन न मिलता हो, बिना वेतन का।

निर्वेद—वि. [सं.] नास्तिक। पु. वैराग्य; शांत रस का स्थायी भाव; खेद।

निर्वेश—पु. [सं.] मूर्च्छित होना; भोग।

निर्वैयक्तिक—वि. [सं.] जो व्यक्तिगत न हो।

निर्वैर—वि. [सं.] जिसमें वैर, शत्रु भाव न हो। पु. वैर या शत्रुता का अभाव।

निर्व्याज—वि. [सं.] सच्चा, विशुद्ध; छल-कपट से रहित; बिना किसी स्वार्थ के।

निर्व्याधि—वि. [सं.] व्याधिरहित, नीरोग।

निर्व्यापार—वि. [सं.] जिसे कोई काम न हो, बेकार।

निर्व्यूढ—वि. [सं.] समाप्त किया हुआ, पूर्ण किया हुआ।

निर्व्यूढि—स्त्री. [सं.] समाप्ति, अंत।

निर्व्रण—वि. [सं.] व्रण, घावरहित।

निर्हरण—पु. [सं.] शव को बाहर निकालना, श्मशान ले जाना; नष्ट करना।

निर्हारी—पु. [सं.] निर्हरण करने वाला; दूर तक फैलने वाली सुगंध।

निर्हेतु—वि. [सं.] बिना कारण, अकारण; बिना स्वार्थ के।

निर्ह्रीक—वि. [सं.] निर्लज्ज; धृष्ट।

निलंबन—पु. [सं.] पद से कुछ समय के लिए हटा देना ('सस्पेंशन')।

निलज—वि. द्र. 'निर्लज्ज'।

निलज्ज*—वि. द्र. 'निर्लज्ज'।

निलय—पु. [सं.] रहने का स्थान, वास स्थान, घर।

निलयन—पु. [सं.] घर, वास स्थान।

निलहा—वि. नील वाला, नील का व्यवसाय करने वाला।

निलीन—वि. [सं.] छिपा हुआ; पिघला हुआ; नष्ट; परिवर्तित।

निवर—वि. [सं.] निवारण करने वाला।

निवर्तक—वि. [सं.] लौटने वाला; रुकने वाला; दूर करने वाला; लौटाने वाला।

निवर्तन—पु. [सं.] रोकना, निवारण; पीछे हटना या हटाना; भूमि की एक पुरानी नाप।

निवर्तमान—वि. [सं.] पद-भार से मुक्त, सेवा-मुक्त ('रिटायर्ड')।

निवसथ—पु. [सं.] गाँव, ग्राम, बस्ती।

निवह—पु. [सं.] समूह, समुदाय; सात वायुओं में से एक; अग्नि की सात जिह्वाओं में से एक; वध।

निवाज—वि. दया, रहम करने वाला (-गरीब निवाज, समास में उत्तर पद के रूप में प्रयुक्त)।

निवाजिश—स्त्री. द्र. 'नवाज़िश'।

निवाड़—पु. स्त्री. द्र. 'निवार'।

निवात—वि. [सं.] जहाँ हवा न चलती हो; शस्त्रों द्वारा पूरी तरह सुरक्षित; वायु का अभाव।

निवार—स्त्री. पलंग आदि बुनने की मोटे सूत की बुनी हुई चौड़ी पट्टी, निवाड़।

निवाला—पु. [फा.] ग्रास, लुकमा।

निवास—पु. [सं.] रहने का स्थान; रहने का भाव, कार्य; घर, आश्रय।

निवास—स्त्री. गर्माइश ('रजाई में बड़ी निवास है')।

निवासी—वि. [सं.] रहने वाला, निवास करने वाला।

निविड़—वि. [सं.] घना, घोर (-तम)।

निविडीश, निविडीस—वि. [सं.] द्र. 'निविरीश'।

निविद्धान—पु. [सं.] एक ही दिन में संपन्न होने वाला यज्ञ, आदि।

निर्विशेष—वि. [सं.] भेदरहित, समान, एकरूप।

निवीत—पु. [सं.] यज्ञोपवीत, जनेऊ; ओढ़नी, ऊपर ओढ़ने का कपड़ा।

निवृत—पु. [सं.] उत्तरीय, ओढ़नी। वि. आवेष्टित, घिरा हुआ।

निवृत्ति—स्त्री. [सं.] घेरा, आवरण।

निवृत्त—वि. [सं.] मुक्त; जिसका काम पूरा हो गया हो, जो छुटकारा पा गया हो; विरत; रागरहित।

निवृत्तात्मा—वि. [सं.] विषयों से मुक्त। पु. विष्णु; ईश्वर।

निवृत्ति—स्त्री. [सं.] मुक्ति, मोक्ष, छुटकारा; पद-भार से मुक्ति ('रिटायरमेंट)।

निवेदक—वि., पु. [सं.] निवेदन, प्रार्थना करने वाला।

निवेदन—पु. [सं.] विनम्रतापूर्वक कुछ कहना, प्रार्थना रूप में कुछ कहना।

निवेदित—वि. [सं.] प्रार्थना रूप में कुछ कहा हुआ, जिसका निवेदन किया गया हो, अर्पित।

निवेरना*—स.क्रि. निबेड़ना; निपटारा करना।

निवेरा*—वि. निपटारा; मामला सुलझा देना; (किसी तरह) समाप्त किया।

निवेश—पु. [सं.] व्यापार, शेयर, प्रतिभूतियों, आदि में लाभ की दृष्टि से पूँजी लगाना; घर; नगर; मुहल्ला।

निवेशक—व्यापार, शेयर, प्रतिभूतियों, आदि में पूँजी लगाने वाला।

निवेशन—पु. [सं.] व्यवसाय, आदि में पूँजी लगाने की क्रिया या भाव।

निवेशित—वि. [सं.] निवेश किया हुआ।

निव्यूढ—पु. [सं.] उत्साह।

निशंक—वि. द्र. 'निःशंक'।

निशब्द—वि. [सं.] शब्दरहित; मौन, चुप।

निशांत—पु. [सं.] रात्रि का अंत; प्रातः, भोर।

निशांध—वि. [सं.] जिसे रात्रि में दिखाई न दे, रतौंधी नामक रोग से ग्रस्त।

निशा—स्त्री. [सं.] रात्रि, रात। **~कर**—पु. चन्द्रमा; मुर्गा। **~कांत**—पु. चन्द्रमा। **~केतु**—मु. चंद्रमा। **~चर**—वि. रात में चलने-फिरने वाला। पु. राक्षस; उल्लू, राक्षस, भूत-प्रेत। **~चरी**—स्त्री. राक्षसी; कुलटा, चरित्रहीन। **~जल**—पु. ओस। **~नाथ, पति**—पु. चन्द्रमा।

निशाख़ातिर—स्त्री. निश्चिंतता, तसल्ली, इतमीनान।

निशात—वि. [सं.] सान पर चढ़ा कर तेज किया हुआ, चमकाया हुआ।

निशातिक्रम—पु. [सं.] रात का व्यतीत होना, प्रातःकाल।

निशान—पु. [सं.] सान पर चढ़ाना, तेज करना।

निशान—पु. [फा.] चिह्न; परिचायक चिह्न; शरीर या किसी वस्तु पर पड़ी चोट का दाग; बड़ा झंडा जो प्रायः राजाओं की सवारी के आगे चलता था; राजाओं की सवारी के आगे बजने वाला वाद्य—नगाड़ा, डंका, आदि। **~साहब**—पु. गुरुद्वारों के सामने लगने वाला ऊँचा पीला-सा, केसरिया पूज्य झंडा।

निशाना—पु. [फा.] लक्ष्य, वह जिस पर कोई अस्त्र चलाया जाए; जिस पर वार किया जाए।

निशानी—स्त्री. किसी का स्मृतिचिह्न; याद रखने के लिए दी गई वस्तु; वह जिससे किसी की पहचान हो सके।

निशावसान—पु. [सं.] निशा, रात की समाप्ति।

निशास्ता—वि. [फा.] जमाया हुआ। पु. दूध में पिसे बादाम और घी का छौंक लगा कर बनाया गया पौष्टिक पेय।

निशि*—स्त्री. रात। **~दिन**—अ. रात-दिन; सदैव।

निशि—अ. [सं.] रात में।

निशीथ—पु. [सं.] रात्रि; शयन-काल; आधी रात।

निशीथिनी—स्त्री. [सं.] रात, रात्रि।

निशीथिनीश—पु. [सं.] चंद्रमा; कपूर।

निशुंभ—पु. [सं.] एक असुर जिसका वध दुर्गा देवी ने किया था।

निशुंभी—पु. [सं.] बुद्ध का एक रूप।

निशोत्सर्ग—पु. [सं.] सवेरा, भोर; प्रभात।

निश्चंद्र—वि. [सं.] चंद्रमा से रहित।

निश्चक्षु—वि. [सं.] नेत्रहीन, अंधा।

निश्चय—पु. [सं.] दृढ़ विचार, भ्रम या दुविधारहित निर्णय; स्थिर की हुई बात, धारणा; एक अर्थालंकार।

निश्चयात्मक—वि. [सं.] पूरी तरह से निश्चित, सुनिश्चित, पक्का।

निश्चल—वि. [सं.] अचल, स्थिर, जो चल न हो, अटल।

निश्चला—स्त्री. [सं.] पृथ्वी।

निश्चायक—वि., पु. [सं.] निश्चिय, निर्णय करने वाला।

निश्चिंत—वि. [सं.] चिंतारहित, चिंतामुक्त।

निश्चित—वि. [सं.] दृढ़, पक्का; जिसके संबंध में निश्चय हो चुका हो, निर्णीत; जिसमें किसी परिवर्तन, हेर-फेर की संभावना न हो।

निश्चिति—स्त्री. [सं.] निश्चित होने की अवस्था या भाव।

निश्चित्त—पु. [सं.] (योग में) एक प्रकार की समाधि, समाधि की एक अवस्था।

निश्चेतन—वि. [सं.] संज्ञाहीन; बेहोश।

निश्चेष्ट—वि. [सं.] अचेत, मूर्च्छित; अचल।

निश्चेष्टाकरण—पु. [सं.] कामदेव के पंच बाणों में से एक।

निश्चै—पु. द्र. 'निश्चय'।

निश्छंदा—वि. [सं.] जिसने वेद का अध्ययन न किया हो।

निश्छल—वि. [सं.] छल-कपटरहित; शुद्ध हृदय वाला; निष्कपट।

निश्रेयस—पु. [सं.] कल्याण; मोक्ष।

निःश्वास—पु. [सं.] साँस का बाहर निकलना; श्वास, साँस; गहरी साँस।

निश्शंक—वि. [सं.] द्र. 'निःशंक'।

निश्शील—वि. [सं.] शील रहित, धृष्ट स्वभाव का।

निश्शेष—वि. [सं.] द्र. निःशेष'।

निषंग—पु. [सं.] तूणीर, तरकश; मुँह से बजाय जाने वाला एक वाद्य।

निषक्त—वि. [सं.] बहुत अधिक अनुरक्त।

निषाद—पु. [सं.] एक प्राचीन अनार्य जाति; रामायण में वर्णित एक प्राचीन देश; इस देश की भाषा; संगीत में सप्तक का सबसे ऊँचा सातवाँ स्वर।

निषिद्ध—वि. [सं.] जिसका निषेध किया गया हो, जिसे करने की मनाही हो; बुरा, त्याज्य।

निषेध—पु. [सं.] निषिद्ध कार्य, मनाही; बाधा, रोक, बरजना, प्रतिबंध। **~आज्ञा**—स्त्री. प्रशासन द्वारा पाँच से अधिक व्यक्तियों के एकत्रित होने पर लगाई गई रोक।

निषेधक—वि. [सं.] निषेध करने वाला, रोक लगाने वाला।

निषेधन—पु. [सं.] निषेध करने की क्रिया, मनाही, रोक।

निष्कंटक—वि. [सं.] बाधा, आपत्ति, आदि से रहित; जहाँ काँटे न हो; कोई बाधा या कठिनाई न हो, निर्विघ्न।

निष्कंप—वि. [सं.] जिसमें कोई कंपन न हो, अचल, स्थिर।

निष्क—पु. [सं.] सोलह माशे की तौल या एक पुराना सोने का सिक्का; एक प्राचीन तौल, माप जो चार सुवर्णों के बराबर मानी जाती थी।

निष्कपट—वि. [सं.] छल-कपट से रहित, सीधा-सरल।

निष्कर—वि. [सं.] जिस पर कोई कर न हो।

निष्कर्ष—पु. [सं.] विचार-चर्चा से निकला सार तत्त्व, निचोड़; सारांश।

निष्कलंक—वि. [सं.] जिस पर कोई कलंक न लगा हो; निर्दोष।

निष्काम—वि. [सं.] किसी भी प्रकार की कामना से शून्य, बिना किसी इच्छा या स्वार्थ के किया जाने वाला (कार्य)।

निष्कारण—वि. [सं.] अकारण, बिना कारण के।

निष्कासन—पु. [सं.] बाहर निकालना; निःसारण।

निष्कासित—वि. [सं.] बाहर किया हुआ, निकाला हुआ।

निष्कृत—वि. [सं.] निकाला हुआ; मुक्त; उपेक्षित।

निष्कृति—स्त्री. [सं.] निस्तार; मुक्ति, छुटकारा; उपेक्षा।

निष्क्रम—वि. [सं.] बिना क्रम का। पु. बाहर निकलना।

निष्क्रमण—पु. [सं.] द्र. 'निष्क्रम'।

निष्क्रांत—वि. [सं.] जिसका निष्क्रमण हो चुका हो, जो बाहर निकाल दिया गया हो; उपेक्षित।

निष्क्रमित—वि. [सं.] निकाला हुआ; हटाया हुआ।

निष्क्रिय—वि. [सं.] निश्चेष्ट, जो कोई काम-काज न करे; क्रिया-शून्य।

निष्क्रियता—स्त्री. [सं.] निष्क्रिय अवस्था, कोई भी कार्य न करने की स्थिति।

निष्ठ—वि. [सं.] ठहरा हुआ, स्थित; काम में लगा हुआ, तत्पर; किसी के प्रति श्रद्धा, निष्ठा या भक्ति रखने वाला (प्रायः समास के अंत में प्रयुक्त धर्मनिष्ठ, कर्तव्यनिष्ठ)।

निष्ठा—स्त्री. [सं.] श्रद्धा; अनुराग; विश्वास; स्थिति, ठहराव; बड़ों और श्रद्धेय के प्रति पूज्य भाव और विश्वास। **~वान**—वि. जो निष्ठा रखता हो।

निष्ठुर—वि. [सं.] निर्दय, बेरहम; कठोर हृदय।

निष्ण, निष्णात—वि. [सं.] प्रवीण, निपुण, कुशल; किसी विषय का पूर्ण ज्ञान रखने वाला।

निष्पंद—वि. [सं.] गतिविहीन, स्थिर।

निष्पक्ष—वि. [सं.] पक्षपातरहित; पक्षपात न करने वाला। **~ता**—स्त्री. निष्पक्ष रहने की स्थिति; निष्पक्ष रहने का आचरण।

निष्पत्ति—स्त्री. [सं.] उत्पत्ति, आविर्भाव; पूर्णता; समाप्ति; (किसी उद्‌देश्य आदि की) सिद्धि।

निष्पत्र—वि. [सं.] पत्रहीन, पत्तों से रहित; पंखहीन।

निष्पद—वि. [सं.] जिसके पैर न हों। पु. बिना पहिए की सवारी (नाव, आदि)।

निष्पन्न—वि. [सं.] अच्छी तरह पूरा किया हुआ (कार्य); जन्मा हुआ, उत्पन्न।

निष्पलक—क्रि.वि. [सं.] बिना पलक झपकाए।

निष्पादक—वि., पु. [सं.] आदेश, व्यवस्था के अनुसार कार्य संपन्न करने वाला, निष्पादन करने वाला।

निष्पादन—पु. [सं.] निष्पन्न करना, पूरा करना।

निष्पाप—वि. [सं.] पापरहित; पाप न करने वाला; जिसे करने से पाप न लगे।

निष्प्रयोजन—वि. [सं.] बिना किसी प्रयोजन के, जिससे कोई प्रयोजन सिद्ध न हो; व्यर्थ का; बिना किसी स्वार्थ के। अ. वृथा, बिना किसी मतलब, प्रयोजन के।

निष्फल—वि. [सं.] व्यर्थ, बेकार; असफल; जिसमें फल न लगे।

निष्फला—स्त्री. [सं.] अधिक आयु की स्त्री, जिसे रजोधर्म न होता हो; संतान उत्पन्न करने में अक्षम स्त्री।

निसंक*—वि. द्र. 'निःशंक'।

निसंग*—वि. द्र. 'निस्संग'।

निसंशय—वि. [सं.] निःशंक।

निस*—स्त्री. निशा, रात। **~कर**—पु. चंद्रमा। **~द्योरु**—अ. रात-दिन।

निसतरना*—अ.क्रि. निस्तार, मुक्ति, छुटकारा पाना।

निसतार*—पु. द्र. 'निस्तार'।

निस्बत—स्त्री. [अ.] तुलना में; संबंध, वास्ता।

निसबती—वि. संबंधी, रिश्तेदार।

निसर्ग—पु. [सं.] प्रकृति, स्वभाव; सृष्टि; परित्याग; दान।

निसर्गतः—क्रि.वि. [सं.] प्रकृति के अनुसार।

निसहाय—वि. द्र. 'निस्सहाय'।

निसाँक*—वि. द्र. 'निःशंक'।

निसाँस*—स्त्री. निःश्वास, लंबी साँस। वि. बेहोश, मृतप्राय।

निसान*—पु. द्र. 'निशान'; डंका; नगाड़ा।

निसाफ*—पु. [अ.] इंसाफ़, न्याय।

निसार—पु. [सं.] समुदाय, समूह। [अ.] निछावर; मुगलकालीन एक सिक्का, यह चार आने के सममूल्य का होता था।

निसि—स्त्री. एक वृत्त।* रात।

निसृत—वि. [सं.] निकला हुआ।

निस्—उप. [सं.] विभिन्न अर्थों में इस उपसर्ग का प्रयोग, संधि नियमों के अनुसार 'निस्' का 'स' विसर्ग 'र', 'श्' और 'ष' में बदल जाता है, यथा—आदेश-निर्देश, अतिक्रम-निष्क्रांत, आदि।

निस्तब्ध—वि. [सं.] स्तब्ध, शांत (निस्तब्ध रात्रि); जड़ या चेष्टाहीन, गतिहीन।

निस्तार—पु. [सं.] छुटकारा, मुक्ति; पार जाना, पार पाना।

निस्तारक—वि., पु. निस्तार करने वाला; छुटकारा, मुक्ति दिलाने वाला।

निस्तारण—पु. [सं.] पार करना, उद्धार करना।

निस्तीर्ण—वि. [सं.] जिसका छुटकारा, मुक्ति हो चुकी हो।

निस्पंद—वि. [सं.] स्पंदन, कंपनरहित।

निस्पृह—वि. [सं.] लोभ रहित, निर्लोभ; इच्छा, कामना-शून्य।

निस्फ़—वि. [फा.] आधा।

निस्बत—स्त्री. अ. द्र. 'निसबत'।

निस्संकोच—वि. [सं.] बिना संकोच के, संकोच रहित।

निस्संग—वि. [सं.] जो किसी से संपृक्त न हो, निर्लिप्त।

निस्संतान—वि. [सं.] संतानहीन।

निस्संदेह—वि. [सं.] संदेहरहित, जिसमें कोई संदेह न हो, असंदिग्ध।

निस्सत्त्व—वि. [सं.] शक्तिहीन; सत्त्व रहित; तुच्छ।

निस्सहाय—वि. [सं.] जिसका कोई सहायक न हो, सहारा न हो, बेसहारा।

निस्सार—वि. [सं.] जिसमें कोई सार, तत्त्व न हो, व्यर्थ।

निस्सीम—वि. [सं.] जिसकी कोई सीमा न हो, अपार।

निस्स्नेह—वि. [सं.] स्नेहशून्य, जिसमें कोई स्नेह न हो।

निस्स्पंद—वि. [सं.] द्र. 'निस्पंद'।

निस्स्पृह—वि. [सं.] द्र. 'निस्पृह'।

निस्स्वादु—वि. [सं.] स्वादहीन, अस्वादिष्ट।

निस्स्वार्थ—वि. [सं.] स्वार्थरहित, बिना स्वार्थ के।

निहंग—वि. निःसंग, एकाकी; जिसने विवाह न किया हुआ; सिक्ख समुदाय में गृहत्यागी सिंहों (साधुओं) का एक वर्ग, जिन्हें युद्ध-कला (मार्शल आर्ट) भी सिखाई जाती है।

निहंता—वि. [सं.] नाश, हनन करने वाला, प्राण ले लेने वाला।

निहकर्मा, निहकर्मी*—वि. द्र. 'निष्कर्मा'।

निहकलंक—वि. द्र. 'निष्कलंक'।

निहचल*—वि. द्र. 'निश्चल'।

निहचिंत*—वि. द्र. 'निश्चिंत'।

निहतार्थ—पु. [सं.] शब्दों के पीछे छिपा अर्थ; एक काव्य दोष—इसमें द्वयअर्थक शब्द को उसके अप्रसिद्ध अर्थ में प्रयुक्त किया जाता है।

निहत्था—वि. जिसके हाथ में कोई हथियार न हो, निःशस्त्र, निरस्त्र।

निहाई—स्त्री. लुहार के यहाँ लोहे का वह बड़ा खंड, जिस पर रख कर किसी वस्तु को हथौड़े से चोट की जाती है।

निहानी—स्त्री. पत्थर का बारीक काम करने के लिए एक औज़ार।

निहायत—अ. [अ.] बहुत अधिक।

निहार—पु. [सं.] कुहरा; पाला; ओस।

निहारिका—स्त्री. [सं.] द्र. 'नीहारिका'।

निहाल—वि. अत्यधिक प्रसन्न, प्रमुदित, पूरी तरह से परितृप्त।

निहित—वि. [सं.] किसी के भीतर रखा हुआ, भरा हुआ, भीतर स्थित।

निहितार्थ—वि. [सं.] अर्थ के पीछे छिपा वास्तविक अर्थ, जो अर्थ शब्दों के ऊपरी अर्थ के भीतर, प्रच्छन्नतः अर्थ।

निहीन—वि. [सं.] अधम, नीच। पु. नीच व्यक्ति।

निहोर*—पु. द्र. 'निहोरा'। **~निहोरना***—स.क्रि. प्रार्थना करना; मनाना; अनुनय-विनय करना। **~निहोरा***—पु. प्रार्थना, अनुनय-विनय। **~निहोरे**—अ. कारण से, निमित्त, वास्ते।

निह्राद—पु. [सं.] स्वर, ध्वनि, आवाज़।

नींद—स्त्री. निद्रा।

नींबू—पु. द्र. 'नीबू'।

नीक—पु. [सं.] अच्छाई। वि. उत्तम, अच्छा, भला। **~नीका**—वि. द्र. 'नीक'। **~नीके**—अ. सकुशल, अच्छी तरह।

नीग्रो—पु. [अं.] अफ्रीका का निवासी; हब्शी।

नीच—वि. [सं.] अधम; खल, दुष्ट; जाति, गुण, कर्म, आचरण आदि में निम्न स्तर का हो। **ला.** गाली के रूप में प्रयुक्त।

नीचता—स्त्री., **नीचत्व**—पु. [सं.] नीच होने का भाव; दुष्टता; ओछापन; अवगुण।

नीचा—वि. जो ऊँचा न हो, कम ऊँचाई वाला; झुका हुआ; 'ऊँचा' का विपरीतार्थी। **ला.** मंद, धीमा। **मु. ~दिखाना**—अवमानना करना, तुच्छ सिद्ध करना।

नीचाशय—ओछे विचारों का, क्षुद्र।

नीचे—अ. 'ऊपर' का विपरीतार्थी; अधोभाग में। **~ऊपर**—अ. क्रम में व्यतिक्रम हो जाना, ऊपर-नीचे हो जाना। **मु. ~गिरना**—पतन होना, चरित्र या आचरण की दृष्टि से क्षुद्र व्यवहार करना।

नीड—पु. [सं.] घोंसला; आश्रय; रहने या ठहरने का स्थान।

नीडोद्‌भव—पु. [सं.] नीड़ में उत्पन्न, पक्षी, चिड़िया।

नीति—स्त्री. [सं.] वह सिद्धांत जिसके अनुसार कोई कार्य संपन्न किया जाए; उपाय, ढंग; जनता या समाज के हितार्थ निश्चित आचार-व्यवहार, नियम, आदि। **~ज्ञ, ~निपुण, ~निष्णात**—वि. नीति का ज्ञाता।

नीपजना*—अ.क्रि. उत्पन्न होना।

नीबी—स्त्री. द्र. 'नीवी'।

नीबू—पु. एक छोटा रसदार खट्टा, प्रसिद्ध फल; इस फल का पेड़।

नीम—पु. एक प्रसिद्ध छायादार वृक्ष, जिसके पत्ते, फल (निंबौली) सब बहुत कड़वे होते हैं, आयुर्वेद में बहुत महत्त्व, अनेक औषधियों में प्रयुक्त होता है।

नीम—वि. [फा.] आधा ('नीम पागल')। **~हक़ीम**—पु. बहुत कम ज्ञान वाला वैद्य, डॉक्टर, चिकित्सक।

नीयत—स्त्री. [अ.] इरादा, लक्ष्य या उद्‌देश्य, आशय; मन का भाव।

नीरंध्र—वि. [सं.] छेदरहित।

नीर—पु. [सं.] पानी, जल। **~ज**—वि. जल से उत्पन्न, जल में उत्पन्न; कमल; मोती। **~जा**—वि. धूलिरहित। **~द**—पु. बादल। **वि. ~नीरद**—जिसके दाँत न हों, बिना दाँत का।

नीरव—वि. [सं.] बिना ध्वनि का, शब्दरहित; जो शब्द न करे।

नीरस—वि. [सं.] रसहीन; सूखा; बिना स्वाद का।

नीराजन—पु. [सं.] देवता को दीप आदि अर्पित कर पूजन करना; आरती की एक विधि।

नीरुक(ज्), नीरोग—वि. [सं.] रोग शून्य, नीरोग, स्वस्थ।

नीरुज—वि. [सं.] रोग शून्य, नीरोग।

नील—वि. [सं.] नीला रंग—गहरा आसमानी; सौ खरब की संख्या; एक पौधा जिसकी खेती की जाती थी; उस पौधे से निकला हुआ रंग, सूखा नील भी इसी से बनाया जाता है; नील नामक एक पर्वत; श्रीराम की सेना में एक प्रसिद्ध वानर (नल-नील ने समुद्र पर सेतु निर्माण किया था; एक मणि)। **~कंठ**—वि. एक पक्षी विशेष; शिव—जिनका कंठ विषपान के कारण नीला। **~कमल**—पु. नीले रंग की प्रजाति का कमल। **~कांत**—पु. विष्णु; नीलम नामक मणि। **~गाय**—स्त्री. एक पशु जो देखने में गाय जैसा, इसके सींग नहीं होते। **~गिरि**—पु. दक्षिण में एक पर्वत। **~मणि**—पु. नीलम।

नीलकंठाक्ष—पु. [सं.] रुद्राक्ष।

नीलकंठाक्षी—वि. स्त्री. [सं.] खंजन जैसी आँखों वाली।

नीलक—पु. [सं.] भ्रमर, भँवरा।

नीलम—पु. [फा.] नीले रंग का प्रसिद्ध रत्न।

नीलांग—वि. [सं.] जिसका शरीर नीला हो।

नीलांजन—पु. [सं.] नीला सुरमा; नीला तूतिया।

नीलांजना—स्त्री. [सं.] बिजली।

नीलांजली—स्त्री. [सं.] कालांजनी।

नीलांबर—वि. [सं.] नीले वस्त्र वाला। पु. नीला वस्त्र।

नीलांबरी—स्त्री. [सं.] एक रागिनी।

नीलांबुज—पु. [सं.] नील कमल।

नीला—स्त्री. [सं.] एक रागिनी। **मु. ~पीला होना**—क्रोध में होना।

नीलाकाश—पु. [सं.] नीला आसमान।

नीलाक्ष—वि. [सं.] नीले नेत्रों वाला।

नीलाचल—पु. [सं.] नीलगिरि पहाड़।

नीलाम—पु. बोली द्वारा बेचने की क्रिया, सबसे अधिक दाम लगाने वाले को वस्तु बेच दी जाती।

नीलामी—वि. नीलाम की क्रिया; नीलामी में खरीदी गई वस्तु।

नीलिमा—स्त्री. [सं.] नीलापन, हलका नीला रंग।

नीली—वि. [सं.] नीले रंग की।

नीलोत्पल—पु. [सं.] नील कमल।

नीलोपल—पु. [सं.] नीला पत्थर, नीलम।

नीलोफ़र—पु. [फा.] नील कमल; कुमुदिनी, कुईं।

नीवँ—स्त्री. मूल भित्ति, मूलाधार; नींव।

नीवि—स्त्री. [सं.] द्र. 'नीवी'।

नीवी—स्त्री. [सं.] नाभि के समीप, ऊपर या नीचे, बाँधी जाने वाली धोती, साड़ी की गाँठ; इसी स्थान पर बाँधी जानी वाली सूत आदि की डोरी की गाँठ।

नीस—पु. सफ़ेद धतूरा, धतूरे की एक प्रजाति।

नीहार—पु. [सं.] कुहरा, हिम। **~कण**—पु. ओस।

नीहारिका—स्त्री. [सं.] आकाश में दूर तक फैला कुहरे जैसा प्रकाश-पुंज, अँधेरी रात में सफ़ेद धारी या धारा-सा दिखाई देता है।

नुक़ता—पु. [अ.] बारीक बात, तर्क; दोष, ऐब, छिद्र। **~चीं**—वि. नुक़्स, दोष निकालने वाला। **~चीनी**—स्त्री. दोष निकालना, ढूँढ़ना, छिद्रान्वेषण।

नुक़ता—पु. [अ.] अक्षरों के नीचे लगाई जाने वाली बिंदी।

नुकसान—पु. [अ.] हानि, क्षति।

नुकीला—वि. नोकदार, नोक वाला।

नुक्कड़—पु. कोने का स्थान; मोड़।

नुक़्स—पु. [अ.] दोष, त्रुटि, खामी।

नुगदी—स्त्री. बेसन की छोटी-छोटी बूँदियाँ, तेल या घी में तली हुई (नुगदी के लड्डू, रायता, आदि)।

नुचना—अ.क्रि. नोचा जाना।

नुचवाना—स.क्रि. नोचने का काम कराना।

नुत—वि. [सं.] वंदित, जिसे प्रणाम किया गया हो, जिसकी स्तुति की गई हो।

नुति—स्त्री. [सं.] प्रणाम, स्तुति।

नुत्फ़ा—पु. [अ.] वीर्य, शुक्राणु। **~(त्फ़े) हराम**—वि. दोगला, जारज; कमीना—गाली रूप में प्रयुक्त।

नुनाई*—स्त्री. लुनाई, शोभा, सुंदरता।

नुमा—वि. [फा.] सदृश, समान (समास रूप में प्रयुक्त खुशनुमा, रहनुमा)।

नुमाइंदगी—स्त्री. [फा.] प्रतिनिधित्व।

नुमाइंदा—पु. [फा.] प्रतिनिधि।

नुमाइश—स्त्री. [फा.] प्रदर्शन; प्रदर्शनी, मेला। **~गाह**—स्त्री. वह स्थान जहाँ नुमाइश, प्रदर्शनी लगाई जाती है।

नुमाइशी—वि. [फा.] दिखावटी; मात्र दिखावटी जिसमें टिकाऊपन न हो।

नुमाई—स्त्री. [फा.] दिखावा, प्रदर्शन।

नुमायाँ—वि. [फा.] मुख्य, प्रधान; प्रकट, जाहिर (करना)।

नुसख़ा—पु. [अ.] किसी चिकित्सक द्वारा लिखा गया वह काग़ज़, पर्चा जिस पर औषधि और रोग-निदान लिखा रहता है।

नूडल्स—पु. [अं.] छोटी-छोटी सेवइयों का बना खाद्य-पदार्थ ('फास्ट फूड')।

नूतन—वि. [सं.] नवीन, नया, अभिनव; अपूर्व।

नूतनता—स्त्री. नूतन, नवीन होने का भाव; नवीनता।

नूतनीकरण—पु. [सं.] नवीकरण।

नून—पु. नमक। **~तेल, लकड़ी**—घर-गृहस्थी।

नूनी—स्त्री. बच्चे का लिंग।

नूपुर—पु. [सं.] घुँघरू।

नूर—पु. [अ.] कांति, द्युति, सुंदरता; ज्योति, प्रकाश; प्रभु का एक नाम। **~ए चश्म**—पु. प्रिय पुत्र।

नूरा—पु. नूर, सुंदरता से परिपूर्ण। वि. तेजस्वी।

नूह—पु. [अ.] इस्लामी मान्यतानुसार एक पैगम्बर जिनके समय में दुनिया में जल-प्रलय हुई थी, कुछ ही लोग बचे थे—नूह ने एक नौका में उन्हें और कुछ पशुओं को बचाया था, उन्हीं से सृष्टि का आगे का क्रम चला।

नृ—पु. [सं.] नर, मनुष्य, आदमी। **~सिंह**—पु. भगवान विष्णु का चतुर्थ अवतार रूप, जिसमें उनका मुख सिंह था और शेष अधोभाग मनुष्य का था, इसी रूप में उन्होंने हिरण्यकशिपु का संहार किया था; सिंह जैसा पराक्रमी व्यक्ति।

नृग—पु. [सं.] एक प्रसिद्ध पौराणिक सम्राट जिन्हें शापवश गिरगिट का शरीर धारण करना पड़ा था।

नृति—स्त्री. [सं.] नृत्य, नाच।

नृतु—पु. [सं.] नर्तक, नाचने वाला।

नृत्त—पु. [सं.] वह नृत्य जिसमें केवल अंग-संचालन होता है।

नृत्य—पु. [सं.] नाच, नर्तन। **~शाला**—स्त्री. नृत्य करने का स्थान।

नृपंजय—पु. [सं.] पुरुवंशी एक सम्राट।

नृप—पु. [सं.] राजा।

नृपति—पु. [सं.] राजा।

नृपोचित—वि. [सं.] जो राजा के अनुरूप, योग्य हो।

ने—प्र. एक कारक चिह्न, भूतकालिक सकर्मक क्रिया के कर्ता का चिह्न।

नेअमत—स्त्री. [अ.] द्र. 'नेमत'।

नेउता—पु. [सं.] 'न्योता'।

नेउला—पु. द्र. 'नेवला'।

नेक*—अ. भला, सच्चरित्र; अच्छा, श्रेष्ठ (काम)। **~चलन**—वि. सदाचारी, सच्चरित्र, अच्छे चाल-चलन वाला। **~दिल**—वि. अच्छे दिल, अच्छी नीयत वाला। **~नामी**—स्त्री. जिसकी अच्छी ख्याति हो, यशस्वी। **~नीयत**—वि. अच्छी नीयत वाला, ईमानदार। **~बख़्त**—वि. अच्छे भाग्य वाला, भाग्यवान। **~बख़्ती**—स्त्री. सौभाग्य।

नेकटाई—स्त्री. [अं.] गले में कमीज़ के कॉलर में गाँठ बाँधकर पहने जाने वाला वस्त्र-खंड।

नेकलेस—पु. [अं.] हार, माला (गले में पहने जाने वाला आभूषण)।

नेक्स्ट—पु. [अं.] अगला।

नेकी—स्त्री. [फ़ा.] अच्छाई; भलाई, उपकार। **मु. ~ और पूछ-पूछ**—भलाई, उपकार करने के लिए अनुमति, सहमति की कोई आवश्यकता नहीं।

नेग—पु. परिवार में मांगलिक अवसरों पर संबंधियों तथा सेवकों आदि को दी जाने वाली शगुन की राशि या कोई अन्य उपहार-वस्तु, वस्त्र, आदि; किसी रस्म पर दिया जाने वाला शगुन।

नेगी—पु. नेग पाने वाला; उत्तरांचल के पर्वतीय क्षेत्र में एक जातिसूचक गोत्र।

नेगेटिव—पु. [अं.] नकारात्मक, नकार; निषेधात्मक; प्रतिचित्र जिससे फोटो बनाया जाता है; अस्वीकार करना; रोकना।

नेचर—पु. [अं.] प्रकृति; स्वभाव; आदत।

नेछावर—स्त्री. द्र. 'निछावर'।

नेजा—पु. [फ़ा.] भाला।

नेजू*—स्त्री. बाल्टी, डोल आदि में बाँधी जाने वाली रस्सी, जिससे कुएँ से पानी खींचते हैं।

नेट—पु. [अं.] जाल, पाश; जाल, पाश में घेर लेना। **वि.** शुद्ध, वास्तविक, कुल (लाभ—'प्रोफ़िट')। **~वर्क**—पु. जाल, तंत्र, व्यवस्था।

नेड़े*—अ. नज़दीक, पास, समीप।

नेता—पु. [सं.] नायक, जनता को आगे ले जाने वाला, पथ-प्रदर्शक ('लीडर'), किसी दल का कार्यकर्ता। **~गिरी**—स्त्री. नेतृत्व करना (अवमानना के अर्थ में प्रयुक्त)।

नेता जी—पु. प्रसिद्ध स्वतंत्रता सेनानी सुभाषचंद्र बोस की उपाधि, विरुद।

नेति—[सं.] ईश्वर की महिमा सूचित करने वाला 'अनंत' के अर्थ में प्रयुक्त पद—परमात्मा को 'नेति-नेति' कहा गया है।

नेती*—स्त्री. मथानी में प्रयोग की जाने वाली रस्सी; हठयोग की एक क्रिया, जिसमें नाक में एक ओर से पानी डाल कर दूसरी ओर से निकालते हैं।

नेतृत्व—पु. [सं.] नेता होने का भाव, कार्य; नायकत्व।

नेत्र—पु. [सं.] आँख; (ज्योतिष में) दो की संख्या। **~रोग**—पु. आँख का रोग।

नेत्रजन—पु. [अं.] 'नाइट्रोजन'।

नेत्रजनीय—पु. [अं. + सं.] नाइट्रोजन से उत्पन्न (नेत्रजनीय खाद)।

नेत्रांत—पु. [सं.] आँख का बाहरी कोना।

नेत्रांबु, नेत्रांभ—पु. [सं.] आँसू।

नेत्री—स्त्री. [सं.] नेता का स्त्री, जनता का नेतृत्व करने वाली।

नेत्रोत्सव—पु. [सं.] आँखों को तृप्त करने वाली वस्तु, दृश्य।

नेत्रौषध, नेत्रौषधि—स्त्री. [सं.] नेत्रों की दवा।

नेत्र्य—वि. [सं.] नेत्र संबंधी।

नेपकिन—पु. [अं.] छोटा रूमाल।

नेपथ्य—पु. [सं.] रंगमंच के पीछे का वह स्थान जहाँ अभिनेता वेश-सज्जा करते हैं।

नेपाल—पु. [सं.] भारत के उत्तर में स्थित एक देश।

नेपाली—वि. नेपाल से संबंधित; नेपाल का (यथा—नेपाली कंबल), नेपाल का निवासी।

नेपुर*—पु. द्र. 'नूपुर'।

नेफ़ा—पु. [फा.] पाजामे, सलवार, लहँगे आदि में वह ऊपरी हिस्सा जिसमें नाड़ा, इज़ारबंद डाला जाता है।

नेफ़्यू—पु. [अं.] भतीजा, भानजा, भगिनेय (बहन का पुत्र)।

नेम—पु. [सं.] रीति, प्रथा; बँधा हुआ नित्य का कर्म; धार्मिक दृष्टि से नित्य किया जाने वाला कर्म। **~धरम**—पु. धार्मिक दृष्टि से किया गया कार्य, पूजा-वंदन, आदि।

नेमत—स्त्री. [अ.] (न्यामत) बहुमूल्य पदार्थ; ईश्वर की देन, वरदान; सुख।

नेमी—वि. नेम, नियम से रहने वाला, धार्मिक नेम; नियम का पालन करने वाला।

नेरे—अ. निकट, पास।

नेल-पालिश—स्त्री. [अं.] नाखूनों पर लगाया जाने वाला रंग, पालिश।

नेवजा—पु. [फा.] चिलगोज़ा, एक मेवा।

नेवर—पु. नूपुर, घुँघरू।

नेवला—पु. गिलहरी जैसा उससे कुछ लंबा एक जंतु, साँपों का शत्रु।

नेवारी—स्त्री. जूही की प्रजाति का एक पौधा; उसका फूल।

नेशन—पु. [अं.] राष्ट्र।

नेस्त—वि. [फा.] जिसका अस्तित्व न हो, जो हो ही न। **~नाबूद**—वि. जड़-मूल से नष्ट।

नेस्ती—स्त्री. [फा.] सुस्ती, आलस्य।

नेह—पु. स्नेह, प्रेम; तेल या घी। **~नेही**—वि. स्नेह, प्रेम करने वाला।

नेहरू—पु. कश्मीरी पंडितों का एक गोत्र (मोतीलाल नेहरू, जवाहरलाल नेहरू, आदि)।

नै—पु. द्र. 'नय'।

नै—स्त्री. [फा.] बाँस की नली; हुक्के की नली, नैचा।

नैऋत, नैऋत्य*—वि. पु. पश्चिम-दक्षिण दिशा का कोण; मूल नक्षत्र।

नैक, नैकु—अ. तनिक, थोड़ा।

नैकट्य—पु. [सं.] निकटता, सामीप्य।

नैकटाई—स्त्री. [अं.] गले में कमीज़ के कॉलर के नीचे से पहने जाना वाला एक प्रकार का वस्त्र-खंड—'टाई'।

नैकलेस—पु. [अं.] गले में पहनी जाने वाली माला, हार।

नैगम—वि. [सं.] निगम संबंधी, निगम का। पु. वेद का वह भाग जिसमें ब्रह्म की स्वरूप-विवेचना है, उपनिषद्।

नैगमिक—वि. [सं.] वेद से संबंधित; वेदों से निकला हुआ।

नैघंटुक—पु. [सं.] वैदिक शब्दों का संग्रह ग्रंथ, इसकी व्याख्या यास्क ने अपने निरुक्त में की है।

नैचा—पु. [फा.] हुक्के की बाँस की बनी नली जिससे कश लिया जाता है।

नैतिक—वि. [सं.] नीति संबंधी (जिसका संबंध चरित्र और आचरण से हो)।

नैत्य—वि. [सं.] नित्य किया जाने वाला या होने वाला।

नैत्यक, नैत्यिक—वि. [सं.] नियमित रूप से नित्य होने वाला।

नैत्रिकी—स्त्री. [सं.] नेत्र संबंधी रोग एवं उनकी चिकित्सा प्रणाली, नेत्र-विज्ञान।

नैदाघ—वि. [सं.] निदाघ-संबंधी, निदाघ, ग्रीष्म का। पु. ग्रीष्म ऋतु।

नैदानिक—वि. [सं.] जो रोग का निदान जानता हो। पु. रोग का निदान करने वाला।

नैन—पु. द्र. 'नयन'। **~सुख**—पु. बढ़िया मारकीन जैसा एक कपड़ा। **~मटक्का**—पु. **ला.** नैन मिलाना, छिप-छिप कर प्रेम करना।

नैपुण, नैपुण्य—पु. [सं.] निपुण होने का भाव, चातुरी, कौशल।

नैपोलियन बोनापार्ट—पु. एक फ्रांसीसी वीर योद्धा, सेनापति (1769-1821 ई.)।

नैपाल—वि. [सं.] नेपाल संबंधी; नेपाल देश का।

नैपकिन—पु. [अं.] रूमाल जैसा वस्त्र जो खाने के समय मुँह-हाथ पोंछने के लिए प्रयुक्त होता है, काग़ज़ का भी होता है ('पेपर नेपकिन')।

नैपालिक—वि. [सं.] नेपाल मूल का।

नैपाली—वि. नेपाल संबंधी; नेपाल मूल का; नेपाल-निवासी।

नैमित्त—वि. [सं.] जो किसी विशेष निमित्त से किया गया हो, निमित्त संबंधी।

नैमित्तिक—वि. [सं.] जो किसी विशेष निमित्त या उद्देश्य से किया गया हो; शकुन विचारने वाला।

नैमिष—पु. [सं.] नैमिषारण्य, एक तीर्थ स्थान।

नैमिषारण्य—पु. [सं.] उ. प्र. में एक विशेष वन-क्षेत्र, हिंदुओं का तीर्थस्थान।

नैमिषेय—वि. [सं.] नैमिष संबंधी। पु. नैमिषारण्य का निवासी।

नैयमिक—वि. [सं.] नियम के अनुसार होने या किया जाने वाला।

नैया*—स्त्री. नाव।

नैयायिक—पु. [सं.] न्यायशास्त्र का विद्वान, ज्ञाता।

नैरंतर्य—पु. [सं.] निरंतरता, अविच्छिन्नता।

नैरपेक्ष्य—पु. [सं.] निरपेक्षता; तटस्थता।

नैराश्य—पु. [सं.] निराशा; हतोत्साह।

नैरुक्त—वि. [सं.] शब्द-व्युत्पत्ति से संबंधित; निरुक्त शास्त्र से संबंधित; शब्दों की व्युत्पत्ति का ज्ञाता; शब्दों की निरुक्ति का ग्रंथ।

नैरुज्य—पु. [सं.] आरोग्य, स्वस्थ।

नैर्ऋत—पु. [सं.] दक्षिण-पश्चिम दिशा के कोण का स्वामी।

नैर्ऋती—वि. [सं.] दक्षिण-पश्चिम दिशा का कोण, कोना; देवी दुर्गा।

नैवासिक—वि. [सं.] निवास-योग्य, निवास के लिए।

नैवेद्य—पु. [सं.] देवता को भोग के लिए समर्पित सामग्री, पदार्थ।

नैश, नैशिक—वि. [सं.] निशा संबंधी; निशा का।

नैश-युद्ध—पु. निशा, रात्रि में किया जाने वाला युद्ध।

नैषध—पु. [सं.] निषध देश का; निषध देश का राजा नल; निषध देश का वासी।

नैषधीय—वि. [सं.] निषध देश संबंधी; राजा नल संबंधी।

नैषाद—पु. [सं.] निषाद-पुत्र।

नैष्ठिक—वि. [सं.] निष्ठावान; किसी व्रत के अनुष्ठान में रत।

नैष्ठुर्य—पु. [सं.] निर्दयता, निष्ठुरता।

नैसर्गिक—वि. [सं.] प्राकृतिक, स्वाभाविक, सहज; निसर्ग संबंधी।

नैसर्गिकी—स्त्री. [सं.] निसर्ग संबंधी बात।

नैहर—पु. नइहर, मायका, पीहर, लड़की के पिता का घर।

नोक—स्त्री. [फ़ा.] किसी वस्तु का आगे का नुकीला, पतला, भाग, किसी वस्तु का निकला हुआ बारीक, सूक्ष्म सिरा। **~झोंक**—स्त्री. ला. छोटी-मोटी तकरार, बातों की लड़ाई; दो सेनाओं में चलने वाली छोटी-मोटी आक्रमण जैसी बातें। **मु. ~नोक भर जाना**—किसी बात या तर्क, आलोचना आदि में तीक्ष्णता न रहना।

नो-कान्फिडेन्स—पु. [अं.] अविश्वास। **~मोशन**—पु. [अं.] अविश्वास प्रस्ताव।

नोकीला—वि. द्र. 'नुकीला'।

नोखा*—वि. अनोखा, अद्‌भुत, अपूर्व।

नोच—स्त्री. नोचने की क्रिया। **ला.** किसी को परेशान करते हुए उससे बार-बार कुछ लेना। **~खसोट**—स्त्री. किसी से जबर्दस्ती या बिना उसकी इच्छा के कुछ छीनना, झपटना। **~नोचना**—स.क्रि. किसी लगी हुई वस्तु को झटके से तोड़ कर अलग करना; नाखूनों के किसी वस्तु को खींचना जिससे उसका कुछ अंश निकल जाए। **~नोचू**—वि. नोचने वाला।

नोट—पु. [अं.] सरकार के खज़ाने से जारी की गई काग़ज़ की वह मुद्रा जिस पर देय राशि, मूल्य मुद्रित रहता है, उसका प्रयोग उसी मुद्रा के लिए किया जाता है; स्मरण के लिए लिख लेना; पत्र, चिट्ठी; टिप्पणी। **~बुक**—वह पुस्तिका, छोटी बही-सी जिसमें स्मरण के लिए कुछ लिख लिया जाता है।

नोटरी—पु. [अं.] लेख्य प्रमाणक, लेख या दस्तावेज़ प्रमाणित करने वाला अधिकारी, प्राय: ही एडवोकेट, वकील।

नोटिस—स्त्री. [अं.] सूचना। **~मिलना**—**ला.** चेतावनी मिल जाना।

नोन*—पु. नून, नमक, लोनी, लवणयुक्त ज़मीन।

नोना—पु. सीलन के कारण दीवार या जमीन पर आ जाने वाला नमक, क्षार।

नोनिया—वि. लोनी मिट्टी, वह जिसमें नमक, क्षार हो।

नोमिनेशन—पु. [अं.] नामांकन, मनोनयन, मनोनीत करना; नियुक्त करना।

नौ—वि. [सं.] आठ और एक—नौ। पु. नौ की संख्या।

नौ—स्त्री. [सं.] नाव, जहाज (नौसेना)।

नौ—वि. [फा.] नया, नवीन; ताज़ा, हाल का; हरा-भरा। (नौजवान)।

नौकर—पु. [फा.] वेतन लेकर कार्य करने वाला; वैतनिक कर्मचारी; सेवक। स्त्री. नौकरानी। **~शाह**—पु. वह कर्मचारी जिसके पास शासन की सत्ता हो। **~शाही**—स्त्री. राज-कर्मचारियों का वह वर्ग जिसके हाथ में प्रशासन की सत्ता हो ('ब्यूरोक्रेसी')। **~नौकरी**—स्त्री. नौकर का काम, पेशा; कोई भी वह पद या कार्य जिसके लिए वेतन दिया जाता है। **~पेशा**—वि., पु. नौकरी या वेतन-भोगी कार्य कर जीवन-यापन करने वाला।

नौका—स्त्री. [सं.] नाव, पोत। **~चालन**—पु. [सं.] नौका चलाना। **~विहार**—नौका, नाव की सैर।

नौछावर—स्त्री. द्र. 'निछावर'।

नौज—अ. प्रभु करे, ऐसा न हो, ऐसा न हो!

नौजा*—पु. चिलगोजा।

नौटंकी—स्त्री. एक लोक-नाट्य जिसमें संगीत तथा गायन प्रमुख, संवाद गीतों में। **ला. ~करना**—आडम्बर रचना; झूठा प्रदर्शन करना—गुस्सा दिखाना, आदि।

नौतम*—वि. नया, नव। पु. नम्रता, विनय।

नौता*—द्र. 'न्योता'।

नौ निधि—स्त्री. [सं.] निधियाँ—महापद्म, पद्म, शंख, मकर, कच्छप, कुंद, नील तथा खर्व।

नौनिहाल—पु. नौजवान, नवयुवक; पुत्र।

नौ-परिवहन—पु. [सं.] जल-परिवहन।

नौ-पोत—पु. [सं.] जलयान, पानी का जहाज।

नौबत—स्त्री. [फा.] हालत, दशा (बुरी दशा); संयोग; वैभवसूचक मंगल ध्वनि, राजमहलों और मंदिरों में बजने वाली वाद्य ध्वनियाँ ('जिनके नौबत बाजती, मंगल बँधते बार'—कबीर)। **~ख़ाना**—पु. महल या मंदिर के प्रवेश द्वार के ऊपर बना छज्जे-छतरीनुमा स्थान जहाँ से नौबत बजाई जाती थी। **~नौबती**—पु. [फा.] नौबत बजाने वाला।

नौमी*—स्त्री. द्र. 'नवमी'।

नौरंग—पु. नया रंग। **ला.** आमोद-प्रमोद।

नौलखा—वि. नौ लाख का, जिसका मूल्य नौ लाख हो। **~हार**—पु. वह हार जो नौ लाख रुपए मूल्य का हो।

नौ-शक्ति—स्त्री. किसी देश की नौ सेना, जल सेना की शक्ति।

नौशा—पु. [फा.] दूल्हा, वर।

नौशेरवाँ—पु. [फा.] फारस में छठी शती ई. में हुआ एक प्रतापी।

नौसादर—पु. एक प्रकार का क्षार, औषधि के रूप में प्रयुक्त।

नौ-सेनाध्यक्ष, नौ-सेनापति—पु. नौ सेना, जल सेना का सेनापति, सर्वोच्च अधिकारी।

नौ-सेना—स्त्री. [सं.] जल सेना ('नेवी')।

नौ-सैनिक—वि. [सं.] जल सेना का सैनिक ('सेलर')।

न्यस्त—वि. [सं.] रखा या धरा हुआ; स्थापित; न्यास, धरोहर के रूप में रखा हुआ; जमा किया हुआ।

न्याय—पु. [सं.] किसी मुकदमे अथवा समस्या आदि के संबंध में अपराध अथवा विभिन्न पक्षों पर विचार कर दिया गया विवेकपूर्वक निर्णय ('जजमेंट'); फैसला; षड्दर्शनों में से एक दर्शन, जिसमें किसी वस्तु के यथार्थ ज्ञान के लिए मतों या विचारों का समुचित विवेचन होता है; वह वाक्यांश जिसका व्यवहार दृष्टांत देने के निमित्त होता है—'अग्नि-धूप न्याय'; वाज़िब, उचित (न्याय की बात)। **~परता**—स्त्री. [सं.] न्यायशीलता। **~प्रिय**—वि. जो सदा न्याय करता है। **~विद्**—पु. विधि का ज्ञाता। **~मूर्ति**—पु. [सं.] न्यायाधीश की उपाधि, आदर से सम्बोधन। **~संगत**—वि. [सं.] न्याय, औचित्य की दृष्टि से ठीक।

न्यायत:—अ. [सं.] न्याय को दृष्टिगत रखते हुए, न्याय के अनुसार।

न्यायाधिकरण—पु. [सं.] विवादपूर्ण विषयों पर विचार कर उनका निर्णय, न्याय, करने वाला अधिकारी वर्ग (ट्रिब्यूनल)।

न्यायाधिकारी—पु. [सं.] न्यायाधीश ('जज')। विवादपूर्ण विषयों पर विचार कर उनका निर्णय, न्याय करने वाला अधिकारी वर्ग ('ट्रिब्यूनल')।

न्यायाधिपति—पु. [सं.] न्याय-मूर्ति ('जज')।

न्यायाधीश—पु. [सं.] मुकदमों पर फैसला, निर्णय देने वाला अधिकारी—'जज'।

न्यायालय—पु. [सं.] अदालत, कचहरी ('कोर्ट')।

न्यायोचित—वि. [सं.] जो न्याय के अनुसार उचित हो, न्यायसंगत।

न्यारा—वि. दूसरों से अलग, भिन्न; अद्भुत; निराला, अनोखा।

न्यारे—[अ.] अलग ('दोनों भाई न्यारे हो गए हैं')।

न्याव—पु. 'न्याय' का अपभ्रंश, द्र. 'न्याय'।

न्यास—पु. [सं.] विशेष लोकोपकारी कार्य के लिए सौंपी गई संपत्ति की सुरक्षा, व्यवस्था करने वाली संस्था; किसी लोकोपकारी कार्य विशेष के लिए दिया गया धन और उसको समुचित रूप से रखना, न्यस्त करना ('ट्रस्ट')।

न्यासी—पु. [सं.] न्यास का सदस्य ('ट्रस्टी')।

न्युरोलोजिस्ट—पु. [अं.] तंत्रिका विज्ञानी, मस्तिष्क रोग विशेषज्ञ।

न्यू—पु. [अं.] नया।

न्यूक्लियर—वि. [अं.] नाभिकीय।

न्यूज़—पु. [अं.] समाचार, ख़बर। **~प्रिंट**—पु. अख़बारी काग़ज़, जिस पर अख़बार छपता है।

न्यूज़पेपर—पु. [अं.] समाचार-पत्र, अख़बार।

न्यूज़ रील—स्त्री. [अं.] समाचार दर्शन।

न्यूट्रल—[अं.] तटस्थ।

न्यूट्रशन—[अं.8 पोषक।

न्यून—पु. [सं.] कम, थोड़ा। **~ता**—स्त्री. कमी, हलकापन। **~ता-बोधक**—वि. न्यूनता का बोध, अहसास कराने वाला। **~तम**—पु. सबसे कम।

न्यूनांग—वि. [सं.] जिसका कोई अंग विकृत हो, अपंग, विकलांग।

न्यूनाधिक—वि. [सं.] कमोबेश, थोड़ा-बहुत।

न्यूमोनिया—पु. [अं.] जाड़े के साथ चढ़ने वाला एक प्रकार का ज्वर।

न्योछावर—स्त्री. द्र. 'निछावर'।

न्योता—पु. भोज, दावत, आदि का निमंत्रण।

न्हान*—पु. स्नान; पर्व-त्योहार पर गंगा जैसी किसी पवित्र नदी में स्नान।

न्हाना*—अ.क्रि. स्नान करना।

प

प—देवनागरी वर्णमाला के व्यंजन वर्ग में 'प' वर्ग का प्रथम वर्ण, उच्चारण-स्थान ओष्ठ।

पंक—पु. [सं.] कीचड़, दलदल। ला. पाप।

पंकजासन—पु. [सं.] जिनका आसन कमल का हो, ब्रह्मा।

पंकिल—वि. [सं.] पंकयुक्त, कीचड़ से भरा।

पंकिलता—स्त्री. [सं.] कलुष, कालिमा।

पंक्चर—पु. [अं.] छेद ('पंक्चर')।

पंक्ति—स्त्री. [सं.] एक ही प्रकार की वस्तुओं या व्यक्तियों अथवा जीवों क एक सीध में स्थिति, कतार, श्रेणी। **~बद्ध**—वि. पंक्ति या कतार में स्थित, खड़ा हुआ, श्रेणीबद्ध।

पंख—पु. पर, डैना। **ला. ~लगना**—गति तेज़ होना।

पँखड़ी—स्त्री. फूलों की पत्ती, सम्मिलित रूप से इनके खिलने पर ही फूल का रूप बनता है।

पंखा—पु. वह उपकरण जिससे हवा की जाती है। **~कुली**—पु. पंखा खींचने वाला सेवक।

पंखी—पु. पक्षी, चिड़िया।

पँखुड़ी, पँखुरी*—स्त्री. द्र. 'पंखड़ी'।

पँखेरू—पु. द्र. 'पखेरू'।

पंग*—वि. [सं.—'पंगु'] जिसके हाथ या पैर न चलते हों।

पंगत, पंगति—स्त्री. एक साथ भोजन करने वालों की पंक्ति, पाँत।

पंगा—पु. [पंजा.] झंझट, झगड़ा।

पंगु—वि. [सं.] लँगड़ा, जो पैरों से न चल सकता हो।

पंगुक—वि. [स.] द्र. 'पंगु'।

पंगुता—स्त्री. [सं.] द्र. 'पंगुत्व'।

पंगुत्व—पु. [सं.] लँगड़ापन।

पंगुल—वि. [सं.] पंगु, लँगड़ा।

पंच—वि. [सं.] पाँच। पु. पाँच की संख्या या अंक। पंचायत में चुने गए जनप्रतिनिधि; न्याय करने वाला; झगड़े के निपटारे के लिए नियुक्त व्यक्ति। **~कन्या**—स्त्री. अहल्या, द्रौपदी, कुंती, तारा तथा मंदोदरी—इन स्त्रियों को सदा कन्या होने का वरदान प्राप्त था—ऐसी मान्यता है। **~कर्म**—पु. पाँच प्रकार के कर्म—उत्क्षेपण, अपक्षेपण, आकुंचन, प्रसारण और गमन (न्याय); आयुर्वेदीय चिकित्सा में उपचार की पाँच क्रियाएँ—वमन, विरेचन, नस्य, निरूह और अनुवासन। **~कोश, कोष**—पु. आत्मा के पाँच आवरण जिन्हें कोश कहा जाता है—अन्नमय कोश, प्राणमय कोश, मनोमय कोश, विज्ञानमय कोश और आनंदमय कोश। **~कोसी**—स्त्री. [हि.] पाँच कोस की यात्रा जो किसी तीर्थ स्थल की परिक्रमा करते हुए की जाती है—गोवर्द्धन, काशी, आदि में। **~गुण**—पु. शब्द, स्पर्श, रूप, रस और गंध। **~देव**—पु. विष्णु, शिव, सूर्य, गणेश और दुर्गा। **~वाण, शर**—पु. कामदेव; कामदेव के पाँच प्रकार के बाण—सम्मोहन, उन्मादन, स्तंभन, शोषण और तापन। **~भूत**—पु. पृथ्वी, जल, वायु, तेज (अग्नि) और आकाश—पाँच तत्त्व।

~मकार—पु. वाममार्ग में मान्य पाँच 'म' से प्रारंभ होने वाली बातें, पदार्थ जिनका सेवन उनके द्वारा किया जाता था—मांस, मद्य, मत्स्य, मुद्रा और मैथुन। **~महापातक**—पु. पाँच महापाप—ब्रह्महत्या, सुरापान, स्तेय (चोरी), गुरुतल्प-गमन और पातकी का संसर्ग **~महाव्याधि**—स्त्री. अर्श, यक्ष्मा, कुष्ठ, प्रमेह तथा उन्माद। **~मुख**—पु. शिव; पाँच मुखों वाला रुद्राक्ष। वि. जिसके पाँच मुख हों। **~रंगा**—वि. पाँच रंगोंवाला; पाँच प्रकार की चीज़ें जिसमें हों (अचार, आदि)। **~लड़ा**—वि. पाँच लड़ों वाला (हार)। **~लड़ी**—स्त्री. पाँच लड़ियों वाली माला।

पंचक—पु. [सं.] पाँच का समूह (समास में प्रयुक्त), धनिष्ठा से रेवती तक के पाँच नक्षत्रों के समूह का समय जिनमें शुभ कार्य करना अशुभ माना जाता है, यात्रा आदि के लिए भी दोष-मुक्त समय माना जाता है।

पंचम—वि. [सं.] पाँचवाँ।

पंचमांग—पु. [सं.] पाँचवाँ अंग; पाँचवाँ अंश।

पंचमांगी—वि. [सं.] पंचमांग संबंधी।

पंचमांश—पु. [सं.] पाँचवाँ अंश।

पंचमी—स्त्री. [सं.] चांद्र मास के शुक्ल या कृष्ण पक्ष की पाँचवीं तिथि।

पंचांग—वि. [सं.] पाँच अंगों वाला। पु. ज्योतिषियों का वह पत्रा, जिसमें किसी सम्वत् के वार, तिथि, नक्षत्र, योग और करण (पाँच अंगों) के विवरण लिखे हुए होते हैं, इन्हीं के आधार पर शुभ-अशुभ विचार; पाँच अंगों वाली वस्तु; आयुर्वेद में वृक्ष के पाँच अंग—जड़, छाल, पत्ती, फूल और फल।

पंचांगिक—वि. [सं.] पाँच अंगों वाला।

पंचांगुल—वि. [सं.] पाँच अंगुल का; जिसकी पाँच अंगुलियाँ।

पंचांश—पु. [सं.] पाँचवाँ अंश, भाग।

पंचाइत—स्त्री. द्र. 'पंचायत'।

पंचाक्षर—वि. [सं.] पाँच अक्षरों वाला। पु. शिवजी का पाँच अक्षरों वाला मंत्र—'ॐ नमः शिवाय'; एक छंद।

पंचाग्नि—स्त्री. [सं.] चारों ओर आग जला कर, ऊपर से सूर्य-ताप की अग्नि—पाँच प्रकार की अग्नि (का तप); शरीर में मानी जाने वाली पाँच अग्नियाँ—अन्हावार्य, गार्हपत्य, आहवनीय, सभ्य और आवसाध्य।

पंचातप—वि. [सं.] पाँच अग्नियों के बीच तप करने वाला; पाँच अग्नियों वाला तप।

पंचानन—वि. [सं.] पाँच मुखों वाला। पु. शिव; सिंह (चार पंजे और एक मुख—पंजों से भी सिंह मुख का काम लेता है)।

पंचाननी—स्त्री. [सं.] दुर्गा; सिंहनी।

पंचानबे—वि. नब्बे तथा पाँच, सौ से पाँच कम। पु. पंचानबे की संख्या, 95।

पंचामृत—वि. [सं.] देवताओं के स्नान के लिए दूध, दही, घृत, शर्करा (या चीनी) और मधु से बनाया गया द्रव्य, जो चरणामृत के रूप में पिया जाता है।

पंचाम्ल—पु. [सं.] बेर, अनार, अमलबेत, चूक तथा नींबू—ये पाँच खट्टे फल।

पंचायत—स्त्री. पंचों, जनप्रतिनिधियों की सभा जो झगड़ों, समस्याओं का निपटारा और गाँव का प्रबंधन करती है। **ला. ~करना**—कुछ आदमियों का एकत्रित होकर गपशप करना ('क्या पंचायत जुड़ रही है?')।

पंचायतन—पु. [सं.] मूर्तियों या चित्रों के रूप में पाँच देवताओं का समूह—राम पंचायतन, शिव पंचायतन, आदि।

पंचायती—वि. पंचायत संबंधी, पंचायत का; जिसका संचालन पंचों, चुने हुए प्रतिनिधियों द्वारा किया जाता है; साझे का, बहुत से लोगों द्वारा।

पंचाल—पु. [सं.] एक प्राचीन देश, हिमालय और चंबल के बीच में अवस्थित था, द्रुपद देश, द्रुपद यहीं के राजा थे (म. भा.); इस देश का वासी।

पंचाली—स्त्री. [सं.] पंचाल देश की; द्रौपदी।

पंचावयव—वि. [सं.] पाँच अवयवों या अंगों वाला।

पंचाश—वि. [सं.] पचासवाँ।

पंचाशिका—स्त्री. [सं.] पचास वस्तुओं, व्यक्तियों का समूह तथा पचास कविताओं का समुच्चय।

पंचिका—स्त्री. [सं.] पाँच अध्यायों की पुस्तक।

पंचेंद्रिय—स्त्री. [सं.] पाँच इन्द्रियाँ—ज्ञानेंद्रियाँ अथवा कर्मेन्द्रियाँ।

पंचेषु—पु. [सं.] कामदेव।

पंचोपचार—पु. [सं.] पूजा के लिए प्रयुक्त पाँच पदार्थ—गंध, पुष्प, धूप, दीप और नैवेद्य—इन पाँचों से किया गया पूजन।

पंचोष्मा—पु. [सं.] आहार को पचाने वाली पाँच अग्नियाँ (आयु.)।

पंछी—पु. पक्षी, चिड़िया।

पंज—वि. [फा.] पाँच।

पंजर—पु. [सं.] ठठरी, कंपाल, शरीर की हड्डियों का ढाँचा; शरीर, देह; पिंजड़ा।

पंजा—पु. [फा.] हाथ या पैर की पाँच अंगुलियों का समूह।

पंजाब—पु. [फा.] भारत के उत्तर का एक प्रांत, राजधानी चंडीगढ़।

पंजाबी—वि. [फा.] पंजाब प्रांत का; पंजाब प्रांत का वासी; पंजाब प्रांत की भाषा। स्त्री. 'पंजाबिन'।

पंजिका—स्त्री. [सं.] पंचांग; पत्रा-तिथि आदि का विचार।

पंजी—स्त्री. [सं.] पंचांग तिथि-पत्रा; बही—हिसाब या विवरण लिखने की पुस्तिका।

पंजीरी—स्त्री. आटे को घी में भून कर बनाई गई खाने की वस्तु, मेवे आदि भी इसमें मिलाये जाते हैं।

पँड़वा—पु. भैंस का बच्चा, कटरा।

पंडा—पु. किसी धर्मस्थान, तीर्थ-स्थल, मंदिर या घाट आदि पर पूजा कराने वाला व्यक्ति, ब्राह्मण। स्त्री. 'पंडाइन'।

पंडाइन—स्त्री. पंडा की स्त्री।

पंडाल—पु. बड़े तम्बू, शामियाने लगा कर बनाया गया सभा-स्थल।

पंडित—पु. [सं.] ब्राह्मण; वह जिसे किसी विषय का गहन ज्ञान हो; कुशल; प्रवीण। स्त्री. पंडिता, पंडिताइन, पंडितानी।

पंडिताई—स्त्री. पांडित्य; पुरोहिती का कार्य।

पंडिताऊ—वि. पंडितों जैसा; ज्ञान-बोझिल; गरिष्ठ (भाषा), जो सुबोध न हो।

पंडु—वि. [सं.] द्र. 'पांडु'।

पंडुक—पु. कबूतर की तरह का एक पक्षी विशेष, फ़ाख़्ता।

पंथ—पु. मार्ग, रास्ता, राह। सिख धर्मावलंबियों का पंथ—सिख धर्म के अनुयायी।

पंथी—पु. बटोही, राही, पथिक; किसी संप्रदाय या अनुयायी—दादू पंथी, नानक पंथी।

पंदरह, पंद्रह—वि. दस और पाँच। पु. 15 की संख्या।

पंप—पु. [अं.] पानी आदि तरल पदार्थों को ऊपर खींचने या पहुँचाने वाला नल; साइकिल आदि की ट्यूब में हवा भरने का एक उपकरण। **~शू**—[अं.] बिना फीते वाला जूता।

पंपा—स्त्री. [सं.] दक्षिण भारत की एक प्राचीन नदी, इस नदी के तट पर स्थित एक नगर। **~सर**—इस नगर के पास का एक सर, तालाब (रामायण)।

पँवाड़ा, पँवारा—पु. विस्तृत कथा; एक प्रकार की पद्यमय वीर गाथाएँ। ला. किसी कार्य को बिगाड़ देना ('यह क्या पँवाड़ा कर डाला!')।

पँवार—पु. परमार, राजपूतों की एक उपजाति; गोत्र।

पंसारी—मिर्च-मसाले, छोटी-मोटी आयुर्वेदिक औषधियाँ बेचने वाला दुकानदार।

पँसुरी, पँसुली—स्त्री. द्र. 'पसली'।

पंसेरी—स्त्री. पाँच सेर की तौल का बाट; पाँच सेर की वस्तु (गुड़ की पंसेरी)।

प—वि. पीने वाला (समास के अंत में—मद्यप)।

पकड़—स्त्री. पकड़ने की क्रिया या भाव; कुश्ती में दाँव चलाने की एक क्रिया; किसी की त्रुटि निकालने की क्रिया। **~धकड़**—स्त्री. पुलिस द्वारा पकड़ना। **~में आना**—पकड़ा जाना, वश में हो जाना।

पकड़ना—स.क्रि. ग्रहण करना, धरना, किसी वस्तु को हाथ में इस रूप में लेना कि निकल न जाए।

पकड़वाना—स.क्रि. पकड़ने में सहायता करना, प्रवृत्त करना।

पकड़ाई—स्त्री. पकड़ में आना; पकड़ने की मज़दूरी।

पकड़ाना—स.क्रि. किसी को कुछ देना।

पकना—अ.क्रि. पूर्णता की अवस्था तक पहुँचना ('उम्र पक गई'); अन्न की फसल, फल, आदि का खाने के लिए पूरी तरह तैयार हो जाना; आग पर ताप द्वारा गल जाना—सब्ज़ी, दाल, आदि का तैयार हो जाना; (बालों का) सफेद हो जाना; फोड़े-फुंसी आदि का मवाद से भर जाना; किसी आदत का दृढ़ हो जाना।

पकवान—पु. घी-तेल में तल कर बनाया हुआ भोज्य पदार्थ—पूरी-कचौड़ी, पुए, पकौड़ी-मकौड़े, आदि।

पकाई—स्त्री. पकने या पकाने की क्रिया।

पकाना—स.क्रि. पकाने की क्रिया—द्र. 'पकना' के अन्तर्गत आए सभी अर्थ-संदर्भ।

पका-पकाया—वि. पूरी तरह तैयार (खाना); दूसरे के द्वारा तैयार किया गया (खाना, आदि)।

पकौड़ी—स्त्री. पकौड़ी का बड़ा रूप (जिसमें भीतर भी कुछ भरा हुआ होता है)।

पक्का—वि. दृढ़, मज़बूत, सुस्थिर; निश्चित; पूरी तरह निश्चित; पुष्ट हुआ; 'कच्चा' या 'स्थूल' का उलटा; अनुभवी; कानून या विधि की दृष्टि से प्रामाणिक ('पक्का काम', 'पक्की रजिस्ट्री'); जो प्रामाणिक तौल हो—('पक्का सेर', 'सेर पक्का'); पकी हुई ईंटों का ('पक्का घर', 'पक्का चबूतरा', आदि)।

पक्व—वि. [सं.] पका हुआ, पक्का (परिपक्व)।

पक्वान्न—पु. [सं.] पकाया हुआ अन्न।

पक्ष—पु. [सं.] किसी वस्तु का बायाँ या दायाँ भाग; किसी विषय का कोई पहलू या अंग; किसी वाद-विवाद में किसी एक ओर से बोलना; चांद्रमास के पन्द्रह-पन्द्रह दिनों के दो विभाग—शुक्ल पक्ष, कृष्ण पक्ष; किसी विषय के संबंध में विभिन्न मत रखने वालों का दल, वर्ग विशेष; शरीर का किसी एक ओर का अर्द्ध भाग; पंख। **~पात**—पु. किसी एक व्यक्ति का समर्थन करना, पक्ष लेना। **~पाती**—पु. किसी का पक्ष लेने वाला, समर्थन करने वाला।

पक्षांत—पु. [सं.] पन्द्रह दिन के वाद का समय, दिन—अमावस्या, पूर्णिमा।

पक्षाघात—पु. [सं.] लकवा, एक रोग जिसमें शरीर का एक पक्ष, हिस्सा क्रियाहीन हो जाता है, अर्द्धांग, अर्द्धरंग नामक रोग।

पक्षिणी—स्त्री. [सं.] मादा पक्षी।

पक्षी—पु. [सं.] चिड़िया, पंखी; पक्ष ग्रहण करने वाला।

पक्षीय—वि. [सं.] पक्ष संबंधी, पक्ष का।

पखवाड़ा—पु. द्र. 'पखवारा'।

पखवारा—पु. महीने का एक पक्ष, आधा भाग, पन्द्रह दिनों का समय।

पखाउज—पु. द्र. 'पखावज'।

पखान*—पु. द्र. 'पाषाण'।

पखाना*—पु. [सं.—उपाख्यान] कथा, कहानी; कहावत, लोकोक्ति। पु. द्र. 'पाखाना'।

पखारना—स.क्रि. पानी से धोना, पानी में निकाल देना।

पखाल—पु. मशक; धौंकनी।

पखाली—पु. भिश्ती, पखाल, मशक ढोने वाला।

पखावज—पु. मृदंग, एक वाद्य।

पखावजी—पु. पखावज बजाने वाला।

पखेरू—पु. पक्षी, चिड़िया।

पग—पु. पैर, पाँव; कदम। **~डंडी**—स्त्री. पैदल चलने के लिए खेतों, पहाड़, आदि के बीच बना पतला, सँकरा-सा मार्ग, बाट।

पगड़ी—स्त्री. सिर पर बाँधे जाने वाला लम्बा-सा वस्त्र-खंड, उष्णीश, पाग; मकान, दुकान आदि किराये पर दिये जाने से पूर्व किरायेदार से ली जाने वाली राशि, जिसे लौटाया नहीं जाता है। **मु. ~उछलना**—बेइज्ज़ती, अपमान होना (किसी के कुकृत्य से)। **~उतरना**—प्रतिष्ठा नष्ट होना। **~उतारना**—अपमानित करना, बेइज्ज़ती करना। **~बदलना**—मित्रता स्थापित करना।

पगना—अ.क्रि. किसी वस्तु को चाशनी में डुबोना जिससे चाशनी उसमें पूरी तरह जज़्ब हो जाए, उसमें भीग जाए।

पगला—वि. पागल, मूर्ख, नासमझ।

पगहा—अ.क्रि. पशुओं के गले में बाँधी जाने वाली रस्सी।

पगा*—पु. डूबा हुआ (प्रेम पगा)।

पगार—पु. वेतन।

पगुराना—अ.क्रि. जुगाली, पागुर करना।

पगोड़ा—पु. [अं.—पैगोडा] बौद्ध मंदिर।

पघा*—पु. द्र. 'पगहा'।

पच—पु. पाँच (समासगत रूप)। **~कल्याणी**—वैसे ही फालतू का आदमी ('ऐरा गैरा पच कल्यानी'—मु.)। **~मेल**—वि. जिसमें पाँच या कई वस्तुएँ मिली हुई हों (पचमेल खिचड़ी)। **~रंगा**—वि. पाँच रंगों वाला, जिसमें पाँच प्रकार के फलों-सब्जियों का योग हो (-अचार)।

पचकाना—स.क्रि. द्र. 'पिचकाना'।

पचड़ा—पु. झंझट, बखेड़ा, झगड़ा-टंटा।

पचना—अ.क्रि. पचाया जाना, हजम होना।

पचनाग्नि—स्त्री. [सं.] जठराग्नि।

पचपन—वि. पचास और पाँच। पु. पचपन की संख्या—55।

पचहत्तर—वि. सत्तर तथा पाँच। पु. सत्तर और पाँच की संख्या—75।

पचानवे—वि. पंचानवे (दोनों रूप प्रचलित), नब्बे और पाँच। पु. नब्बे और पाँच पचानवे की संख्या—95।

पचाना—स.क्रि. हज़म करना, खाई हुई वस्तु, पदार्थ को जठराग्नि से रस आदि में परिणत करना। ला. किसी बात को गुप्त रखना; किसी बात को सह लेना।

पचाव—पु. पचाने की क्रिया।

पचास—वि. चालीस और दस की संख्या। पु. पचास की संख्या—50।

पचासा—पु. किसी एक ही वर्ग की पचास वस्तुओं का समुच्चय, समूह।

पचासी—वि. अस्सी से पाँच अधिक। पु. पचासी की संख्या—85।

पचित—वि. पचाया हुआ।

पच्चर—पु. ('पच्चड़' भी प्रचलन में) लकड़ी अथवा बाँस का पतला टुकड़ा जो लकड़ी की चीज़ों में दरार में ठोंका, बिठाया जाता है।

पच्ची—स्त्री. जड़ाव का काम, किसी वस्तु या आभूषण, आदि में किसी लकड़ी के टुकड़े या रत्नों, नगों आदि को इस प्रकार खोद कर जड़ता कि वे वस्तु में एकमेक हो जाएँ। **~कारी**—स्त्री. जड़ने की कला; बारीक काम की कलाकारी।

पच्चीस—वि. बीस तथा पाँच। पु. पच्चीस की संख्या—25।

पच्चीसी—स्त्री. पच्चीस एक जैसी वस्तुओं का समुच्चय; पच्चीस वर्षों का समय। **~गदहा**—जीवन के प्रारंभिक पच्चीस वर्ष।

पच्छ*—पु. द्र. 'पक्ष'।

पच्छम—पु. द्र. 'पश्चिम'।

पच्छमी—वि. द्र. 'पश्चिमी'।

पच्छाघात—पु. द्र. 'पक्षाघात'।

पच्छि—पु. द्र. 'पक्षी'।

पच्छिम—पु. द्र. 'पश्चिम'।

पच्छी*—पु. चिड़िया, पक्षी; पक्ष ग्रहण करने वाला।

पछड़ना—अ.क्रि. पीछे रह जाना (चलने में या किसी भी क्षेत्र में)।

पछताना—अ.क्रि. पश्चात्ताप करना, किए हुए अनुचित कर्म की ग्लानि।

पछतावा—पु. पश्चात्ताप।

पछरना*—अ.क्रि. पिछड़ना।

पछवाँ—वि. ('पछवा' भी प्रचलित) पश्चिम की, पश्चिमीय। स्त्री. पश्चिम की ओर से चलने वाली वायु, हवा।

पछाँह—पु. पश्चिम; पश्चिम में।

पछाँहिया—वि. द्र. 'पछाँही'।

पछाड़—स्त्री. शोक-विह्वल होकर गिर पड़ना। **~धोबी**—पु. कुश्ती में एक दाँव। **ला. ~**शोक से मूर्च्छित होकर गिर पड़ना।

पछाड़ना—स.क्रि. प्रतियोगिता में हरा देना; कपड़े को धोते समय पत्थर आदि पर पटक-पटक कर साफ़ करना।

पछाड़ी—स्त्री. द्र. 'पिछाड़ी'।

पछाहँ—पु. द्र. 'पछाँह'।

पछिताना*—अ.क्रि. द्र. 'पछताना'।

पछितानि—स्त्री., **पछिताव**—पु. द्र. 'पछतावा'।

पछीत—स्त्री. मकान में पीछे की दीवार।

पछुवा—स्त्री. पश्चिम से आने वाली हवा।

पज़मुर्दा—वि. [फा.] मुरझाया हुआ, कुम्हलाया हुआ।

पजरना*—अ.क्रि. सुलगना, धीरे-धीरे जलना।

पजामा*—पु. द्र. पाजामा।

पजारना*—स.क्रि. जलाना।

पजावा—पु. [फा.] ईंटों को पकाने की भट्ठी।

पटंबर*—पु. द्र. 'पाटम्बर'।

पट—पु. [सं.] वस्त्र, कपड़ा; पर्दा; रंगमंच का पर्दा; दरवाजे का एक पल्ला या दोनों पल्ले ('मंदिर के पट खुल गए')। **~रानी**—स्त्री. राजा की सबसे बड़ी रानी, पट्ट महिषी।

पट—पु. किसी वस्तु के ऊपर से गिरने पर होने वाली ध्वनि। **~पट**—जल्दी-जल्दी। **~चट**—तुरंत, झटपट।

पटक—पु. उठा कर गिरा देना। **ला. ~लग जाना**—बीमारी से कमज़ोर हो जाना।

पटकथा—स्त्री. किसी फिल्म, चित्रपट की कथा।

पटकन*—पु. पटकने की क्रिया।

पटकना—स.क्रि. किसी वस्तु या व्यक्ति को जोर से भूमि या किसी आधार पर गिरा देना। **मु. ~सिर पटकना**—बार-बार कह कर हार जाना।

पटकनी—स्त्री. उठा कर पटक देने की क्रिया।

पटका—पु. कमर पर बाँधा जाने वाला वस्त्र; (पंजाब में) सिर पर बाँधा जाने वाला वस्त्र-खंड।

पटड़ा—पु. पटरा, लकड़ी या प्लास्टिक का बैठने का छोटा पायों का आधार।

पटड़ी—स्त्री. छोटा पटरा, 'पटरा' का स्त्री.।

पटतर*—पु. तुलना में, बराबर; उपमा (कबीर)।

पटना—अ.क्रि. गड्ढे, आदि का मिट्टी से भर कर समतल हो जाना; दीवारों पर छत बन जाना; मित्रता हो जाना; प्रेम हो जाना; मूल्य या शर्तों का निश्चित हो जाना ('सौदा पट गया'); कर्ज़, ऋण का चुकाना ('कर्ज़ पट गया')।

पटनिया, पटनिहा—वि. पटना का, पटना से संबंधित; पटना का बना हुआ।

पटपर—वि. चौरस, समतल।

पटबीजना*—पु. जुगनू, बरसात में होने वाला एक कीड़ा, रात में चमचमाता है।

पटरा—पु. द्र. 'पटड़ा'। **मु. ~कर देना**—नष्ट कर देना, बर्बाद कर देना।

पटरी—स्त्री. छोटा पटरा, द्र. 'पटड़ी'। **मु. ~जमना, बैठना**—मेल-जोल बढ़ना, मित्रता स्थापित हो जाना।

पटल—पु. [सं.] पटरा, तख़्ता। **~सदन का पटल**—सदन की मेज़, जिस पर प्रस्ताव, अधिनियम, आदि पढ़ने के लिए रख दिये जाते हैं।

पटवा—पु. आभूषणों के मनकों, दानों आदि को सूती या रेशमी धागों में गूँथने वाला, कंठी आदि बनाने वाला; पटसन, पाट।

पटवाना—स.क्रि. पाटने का काम करवाना, दीवारों के ऊपर छत डलवाना।

पटवार—स्त्री. पटवारियों के बैठने का स्थान, उनका कार्य-स्थल।

पटवारगीरी—स्त्री. पटवारी का काम; पटवारी का पद।

पटवारी—पु. गाँव की ज़मीन का लेखा-जोखा रखने वाला सरकारी कर्मचारी।

पटसन—पु. एक प्रसिद्ध पौधा जिसकी छाल से बने रेशे से टाट, बोरे, रस्सी, आदि बनाये जाते हैं।

पटहंसिका—स्त्री. [सं.] एक रागिनी।

पटा—पु. तलवार का वार रोकने के लिए एक लोहे की पट्टी-सी; पटरा; वस्त्र, कपड़ा; दुपट्टा; सौदा पटने की क्रिया।

पटाई—स्त्री. पाटने का कार्य; पाटने की मज़दूरी।

पटाक—पु. 'पट' की ध्वनि; तुरंत।

पटाका—पु. पट की आवाज़ करती एक छोटी आतिशबाज़ी; पट या पटाक की ध्वनि।

पटाक्षेप—पु. [सं.] नाटक में दृश्य की समाप्ति पर पर्दे का गिरना; किसी घटना की समाप्ति।

पटाख़ा—पु. पटाका, एक तरह की छोटी आतिशबाजी।

पटाना—स.क्रि. पाटने का काम कराना; ऋण चुकाना; किसी सौदे का मूल्य निश्चित कराना; किसी को अपने अनुकूल कर लेना; किसी को प्रेम करने के लिए अनुकूल करना।

पटापट—स्त्री. 'पटपट' की आवाज़; झटपट, तुरंत।

पटाव—पु. पाटने का कार्य; पाट कर समतल की गई भूमि।

पटिया—स्त्री. पत्थर का कटा हुआ समतल टुकड़ा।

पटु—वि. [सं.] निपुण, प्रवीण, दक्ष, कुशल; चतुर, चालाक; तेज़।

पटुआ—पु. [सं.] पटसन, पटवा।

पटुता—स्त्री., **पटुत्व**—पु. [सं.] दक्षता, कुशलता।

पटेर—सरकंडे की प्रजाति की उथले पानी में होने वाली घास।

पटेल—पु. गुजरात में जातिसूचक उपाधि, गोत्र।

पटेटोचॉप्स—पु. [अं.] आलू की तली हुई कतलियाँ।

पटेल, सरदार वल्लभ भाई—पु. प्रसिद्ध स्वतंत्रता सेनानी (31.10.1875—15.12.1950), स्वतंत्र भारत के प्रथम गृह मंत्री, गृह मंत्री के रूप में देशी रियासतों-राज्यों को भारतीय गणराज्य में सम्मिलित करने का महत्त्वपूर्ण कार्य जिसके कारण उन्हें 'लौह पुरुष' के रूप में जाना जाता है।

पटोर—पु. एक प्रकार का रेशमी वस्त्र।

पटोरी—स्त्री. रेशमी चादर या साड़ी।

पटोल—पु. [सं.] एक प्रकार का रेशमी वस्त्र ('पुटोला'—कबीर)।

पटोला—पु. द्र. 'पटोल'।

पटोली*—स्त्री. चादर, रेशमी वस्त्र-खंड।

पट्ट—पु. [सं.] पटरी, पट्टी, तख्ती, काठ, लकड़ी, पत्थर, ताँबे, आदि की लंबी पट्टी-सी जिसे दान-पत्र, सूचना-पट्ट, नाम-पट्ट, आदि के रूप में प्रयुक्त। **~महिषी**—स्त्री. पटरानी, राजा की प्रधान रानी।

पट्टन—पु. [सं.] शहर, नगर ('ये पुर पट्टन...')।

पट्टा—पु. भूमि आदि अचल संपत्ति का अधिकार-पत्र, जिसकी कानूनी मान्यता होती है, पालतू जानवर—कुत्ते, बिल्ली, आदि के गले में बँधी कपड़े या चमड़े आदि की पट्टिका; चमड़े का कमरबंद, चपरास।

पट्टिका—स्त्री. [सं.] द्र. 'पट्ट'।

पट्टी—स्त्री. [सं.] लकड़ी की तख़्ती, पटरी जिस पर बच्चे लिखा करते थे। **ला. ~पढ़ाना**—उल्टी सीख देना। पाठ, सबक ('यह कौन-सी पाटी पढ़े हो लला...'); घाव पर बाँधने का पतला-लम्बा वस्त्र खंड; सँकरी-सी गलीनुमा बस्ती (बाम्हन पट्टी), बच्चों के खाने की चौलाई, खीलों आदि को चाशनी में पाग कर बनाई गई मिठाई; भाँग-पट्टी—बालों को दोनों ओर काट कर बीच में बनी रेखा-सी।

पट्टू—पु. एक प्रकार का मोटा ऊनी कपड़ा।

पट्टेदार—पु. [फा.] जिसे जमीन का पट्टा, अधिकार-पत्र मिल गया हो।

पट्ठा—पु. जवान, तरुण; स्वस्थ, हट्टा-कट्टा नौजवान।

पठन—पु. [सं.] पढ़ना।

पठनीय—वि. [सं.] पढ़ने योग्य।

पठवाना*—स.क्रि. भिजवाना।

पठान—पु. अफगानिस्तान और पश्चिमी सीमांत प्रदेश में बसने वाली एक योद्धा मुसलमान जाति। स्त्री. पठारिन।

पठाना*—स.क्रि. भेजना।

पठानिन—स्त्री. द्र. 'पठान', 'पठान' का स्त्री.।

पठानी—स्त्री. द्र. 'पठान', 'पठान' का स्त्री.।

पठार—पु. वह लम्बा-चौड़ा ऊँचा मैदान जो आस-पास की ज़मीन से बहुत ऊँचाई पर हो ('प्लेटो')।

पठित—वि. [सं.] पढ़ा हुआ।

पड़छती, पड़छत्ती—स्त्री. द्र. 'परछत्ती'।

पड़ताल—स्त्री. किसी वस्तु या बात के ठीक होने की जाँच, निरीक्षण (प्राय: ही 'जाँच' के साथ प्रयुक्त—जाँच-पड़ताल); पटवारी, कानूनगो, आदि द्वारा भूमि, फसल, उसकी सिंचाई, आई के विवरणों की जाँच और लेखा-जोखा रखना।

पड़तालना—स.क्रि. जाँचना, निरीक्षण करना; किसी पाठ या लिखे हुए को पुन: जाँचना।

पड़ना—अ.क्रि. ऊपर से नीचे गिरना। **ला. बीच में पड़ना**—समझौता कराने के लिए मध्यस्थ की भूमिका में आना।

पड़-पड़—स्त्री. 'पड़'-'पड़' की ध्वनि (वर्षा, आदि होना)।

पड़पड़ाना—अ.क्रि. पड़पड़ शब्द होना।

पड़पड़ाहट—स्त्री. पड़पड़ाने की क्रिया, भाव, ध्वनि।

पड़पोता—पु. द्र. 'परपोता'।

पड़वा—स्त्री. प्रतिपदा, चांद्र मास के किसी भी पक्ष की पहली तिथि।

पड़ा—पु. भैंस का बच्चा, कटरा, पँड़वा।

पड़ापड़—स्त्री. पड़-पड़ की ध्वनि (वर्षा, आदि); दनादन (चाँटे आदि मारना)।

पड़ाव—पु. पैदल यात्रा में कहीं बीच में रुकना, ठहरना; वह स्थान जहाँ यात्री ठहरते हैं।

पड़िया—स्त्री. भैंस का मादा बच्चा, कटिया; भिक्षा माँगने वाली एक जाति, प्राय: शनिवार को अवश्य माँगने जाते हैं।

पड़ोस—पु. किसी आवासीय स्थान के आस-पास का स्थान; वहाँ रहने वाले लोग। स्त्री. पड़ोसिन।

पड़ोसी, पड़ौसी—पु. पड़ोस में रहने वाला।

पढंत—स्त्री. पढ़ाई; पढ़ने की क्रिया।

पढ़ना—स.क्रि. पुस्तक, लेख, आदि को देख कर ज्ञान प्राप्त होना; ग्रंथों को देखना, अध्ययन करना; पुस्तक या लेख के शब्दों को उच्चरित करना। **ला.** मंत्र पढ़ कर फूँकना; जादू-टोना कर देना। **~पढ़वाना**—स.क्रि. किसी को पढ़ने में प्रवृत्त करना। **~पढ़वैया**—पु. पढ़ने वाला, अध्ययनशील; हर समय या बहुत अधिक पढ़ने वाला। **~पढ़ाई**—स्त्री. पढ़ने की क्रिया। **~लिखाई**—स्त्री. शिक्षा। **~पढ़ाकू**—वि. बहुत अधिक पढ़ने वाला (व्यंग्यपूर्ण ढंग से या अवमानना में कहा जाता है)।

पढ़ाना—स.क्रि. शिक्षा देना, कोई विषय या बात सिखाना। **ला.** उल्टी शिक्षा देना; बुराई, निंदा करना।

पण—पु. [सं.] जुए की बाजी; प्राचीन काल में भारत में प्रचलित ताँबे का एक सिक्का; व्यापार; रोज़गार; माल, सौदा।

पणन—पु. [सं.] क्रय करना, मोल लेना; विक्रय; शर्त लगाने की क्रिया; व्यापार आदि करने की क्रिया; बाजी लगाना।

पणनीय—वि. [सं.] खरीदने-बेचने योग्य।

पणवी—पु. [सं.] शिव।

पणासी*—वि. विनाशक ('पाप-पणासी'—केशव)।

पणितव्य—वि. [सं.] खरीदने-बेचने योग्य; बाजी लगाने योग्य।

पणी—वि. [सं.] क्रय-विक्रय करने वाला, व्यापारी।

पण्य—वि. [सं.] क्रय-विक्रय के योग्य, व्यापार के योग्य। पु. सौदा, बिक्री की वस्तु, उत्पाद। **~दासी**—खरीदी हुई दासी, सेविका।

पण्यांगना—स्त्री. [सं.] वेश्या।

पण्याजीवक—पु. [सं.] व्यापारी।

पतंग—पु. [सं.] पक्षी; सूर्य; एक कीट। स्त्री. कनकौआ, गुड्डी। **~बाज़**—पु. पतंग उड़ाने वाला। **~बाज़ी**—पतंग उड़ाने की क्रिया, आदत।

पतंगा—पु. जुगनू, एक कीड़ा; चिनगारी।

पतंगेंद्र—पु. [सं.] गरुड़।

पतंजलि—पु. [सं.] योग सूत्रों के रचयिता एक प्रसिद्ध ऋषि, योग-दर्शन के प्रवर्तक आचार्य; एक ऋषि जिन्होंने पापिनि के व्याकरण सूत्रों की व्याख्या में 'महाभाष्य' नामक प्रसिद्ध ग्रंथ रचा। (मान्यता है कि योग के आदि गुरु पतंजलि और 'महाभाष्य' के रचयिता पतंजलि एक ही ऋषि थे)।

पत*—स्त्री. प्रतिष्ठा, इज्ज़त; लाज। **ला. ~रखना**—प्रतिष्ठा, सम्मान की रक्षा करना।

पत—'पत्ता' का समासगत रूप। **~झड़**—स्त्री. एक ऋतु-शिशिर जिसमें वृक्षों के पत्ते झर जाते हैं। **~झर**—स्त्री. पतझड़।

पतगेंद्र—पु. [सं.] गरुड़।

पतन—पु. [सं.] ऊपर से नीचे आने या गिरने की क्रिया या भाव, गिरना; वैभव, उन्नत अवस्था, मर्यादा, स्तर, आदि से बहुत नीचे आना, गिरना; अवनति, अधोगति; युद्ध में किसी नगर, किले, स्थान, मोर्चे आदि पर शत्रु का अधिकार हो जाना।

पतनोन्मुख—वि. [सं.] जो पतन की ओर अग्रसर हो रहा हो, जिसका पतन या दुर्गति निकट ही हो।

पतम—पु. [सं.] चन्द्रमा; पक्षी; टिड्डी।

पतरोल—पु. नहर विभाग में एक छोटा कर्मचारी (पतरौल)।

पतला—वि. बारीक, झीना; कृश, जो स्थूल न हो; कमज़ोर; 'मोटा' का विपरीतार्थी।

पतलून—पु. [अं. 'पैंटलून'] पाश्चात्य ढंग का पाजामा जैसा एक वस्त्र, संक्षिप्त रूप 'पैंट'।

पतवार—स्त्री. [सं.] नाव या जहाज का वह तिकोना पिछला भाग जिसके द्वारा नाव को इधर-उधर घुमाया जाता है। हि. कूड़ा-करकट (खर-पतवार)।

पता—पु. पत्र आदि के ऊपर लिखा हुआ किसी का नाम, रहने का स्थान, मोहल्ले या सड़क तथा नगर, (राज्य) का नाम; वे सूचनाएँ जिससे किसी व्यक्ति तक पहुँचा जा सकता हो। **~(ते) की बात**—भेदभरी या गूढ़ बात, जिसमें कोई रहस्य छिपा हो ऐसी बात। **~ठिकाना**—पु. अता-पता, किसी के विषय में कोई सूचना।

पताकांशुक—पु. [सं.] झंडा, पताका।

पताका—स्त्री. [सं.] ध्वज, झंडा; ध्वज-दंड पर फहराया जाने वाला वह कपड़ा जिस पर किसी राजा, राष्ट्र, संस्था, आदि का निजी चिह्न बना रहता है; दस खर्व की संख्या; नाटक का वह स्थान जहाँ एक पात्र कुछ सोचता रहता है और दूसरा पात्र आ कर किसी और विषय पर बात करने लगता है।

पताल—द्र. 'पाताल'।

पति—पु. स्त्री का जिससे विवाह हुआ हो, दूल्हा; स्वामी, मालिक; अधिपति; शासक।

पतिआना—स.क्रि. द्र. 'पतियाना'।

पतित—वि. [सं.] आचारभ्रष्ट; गिरा हुआ; महापापी। **~पावन**—वि. पतितों को पवित्र करने वाला, पतितों का उद्धार करने वाला।

पतितावस्था—स्त्री. [सं.] पतित होने की स्थिति, दशा।

पतित्व—पु. [सं.] पति या मालिक होने का भाव, स्वामित्व।

पतिनी*—स्त्री. द्र. 'पत्नी'।

पतिमती—वि. स्त्री. [सं.] पति वाली, जिसका कोई स्वामी, पति हो।

पतिया*—स्त्री. पत्री, चिट्ठी।

पतियाना*—स.क्रि. विश्वास करना; सच्चा या ठीक मानना।

पतिवंती*—वि. सौभाग्यवती स्त्री, जिसका पति जीवित हो।

पतीला—पु. ताँबे या पीतल की बड़ी बटलोई—गहरा-सा बरतन। **~पतीली**—स्त्री. छोटी बटलोई, रसोई में दाल, सब्ज़ी, आदि बनाने के काम आती है।

पतुरिया—स्त्री. वेश्या, रंडी, कुलटा, दुश्चरित्रा।

पतुख, पतूखी*—स्त्री. द्र. 'पतोखी'।

पतोखा—पु. पत्तों से बना दौना।

पतोखी—स्त्री. छोटा दौना।

पतोह—स्त्री. द्र. 'पतोहू'।

पतोहू—स्त्री. पोते, पौत्र की बहू।

पत्तन—पु. [सं.] नगर, शहर; 'पोर्ट'—विमान पत्तन।

पत्तर—पु. चाँदी, ताँबा, सोना, आदि धातुओं को पीट कर बनाया गया काग़ज़ जैसा पतला टुकड़ा, जो किसी मूर्ति, मंदिर, दीवार आदि पर चढ़ाया जाता है।

पत्तल—स्त्री. भोजन परोसने के लिए पत्तों का बना थाल जैसा आधार (किसी सामूहिक भोज, बारात आदि में खाना इसी पर खिलाया जाता था)।

पत्ता—पु. पेड़-पौधों की शाखाओं से निकलने वाला हरे रंग का अवयव, पर्ण। **ला. ~तक न खड़कना**—पूर्णत: शांत, कोई आवाज़ तक न होना।

पत्ती—स्त्री. पत्ते का छोटा रूप; साझे का अंश, भाग, हिस्सा (व्यापार, आदि में)।

पत्ती—पु. [सं.] पत्ते का छोटा रूप; फूल की पँखुड़ी, दल; किसी व्यापार या संपत्ति में साझेदारी, भाग; लकड़ी, धातु, आदि का कोई छोटा टुकड़ा।

पत्थर—पु. पृथ्वी का कड़ा, कठोर स्तर; पथ्वी के कड़े स्तर का कोई खंड, टुकड़ा; मील या किलोमीटर निर्देशित करने वाला सड़क के किनारे गाड़ा जाने वाला पत्थर का लंबा-सा टुकड़ा। **~चट**—पु. एक प्रकार की घास, वनस्पति जिसमें लाल रंग के फूल वसंत ऋतु में आते हैं। **मु. ~का कलेजा, दिल या हृदय**—अति कठोर हृदय, निर्दय। **~की छाती**—अत्यंत सहनशील, विषम परिस्थितियों में भी अविचलित रहने वाला। **~पर दूब जमना**—अनहोनी बात, असंभव की कल्पना।

पत्नी—स्त्री. [सं.] परिणीता स्त्री, भार्या, जोरू, विवाहिता। **~व्रत**—पु. पत्नी के अतिरिक्त किसी और स्त्री से प्रेम-संबंध न रखने की प्रतिबद्धता।

पत्नीत्व—पु. [सं.] पत्नी होने का भाव, अवस्था।

पत्याना*—स.क्रि. द्र. 'पतियाना'।

पत्र—पु. [सं.] चिट्ठी, ख़त; (पेड़-पौधे का) पत्ता; धातु, आदि की पट्टी जिस पर कोई प्रामाणिक तथ्य खुदवाया या लिखाया गया हो (दान-पत्र, ताम्र पत्र); समाचार-पत्र, अख़बार; पुस्तक, आदि का पन्ना। **~कार**—पु. समाचार पत्र का संपादक, संवाददाता। **~पुष्प**—पु. फूल-पत्ता, किसी कार्य के लिए दिये जाने वाले मानदेय को विनम्रतापूर्वक 'पत्र-पुष्प' कहा जाता है। **~व्यवहार**—पु. पत्रों का आदान-प्रदान।

पत्रकारिता—स्त्री. [सं.] समाचार-पत्र, पत्रिका, रेडियो, दूरदर्शन, आदि के लिए समाचार, सूचनाएँ, लेख आदि के एकत्रीकरण, प्रस्तुतीकरण, संपादन, आदि का कार्य; पत्रकार की कला।

पत्रांक—पु. [सं.] पत्र का अंक, पत्र की संदर्भ संख्या।

पत्रा—पु. पंचांग; तिथि-पत्र, जन्तरी।

पत्राचार—पु. पत्रों का आदान-प्रदान; ख़तो-किताबत।

पत्राहार—पु. [सं.] केवल पत्तों का आहार, भोजन।

पत्रिका—स्त्री. [सं.] चिट्ठी, पत्र; साप्ताहिक, पाक्षिक मासिक या वार्षिक प्रकाशित होने वाला पत्र, पुस्तक ('मैगज़ीन')।

पत्री—स्त्री. [सं.] चिट्ठी, पत्र।

पथ—पु. [सं.] मार्ग, रास्ता; व्यवहार या पद्धति, आचरण। **~प्रदर्शक**—पु. मार्गदर्शक।

पथक—पु. [सं.] मार्गदर्शक, पथ का जानकार।

पथराना—अ.क्रि. पत्थर की तरह हो जाना; स्तब्ध हो जाना; रसहीन और कठोर हृदय हो जाना।

पथराव—पु. बार-बार पत्थर फेंकना (पुलिस या अन्य सुरक्षा वलों, जन-समूह, आदि पर)।

पथरी—स्त्री. एक रोग जिसमें मूत्राशय, पित्ताशय, गुरदे, आदि में पत्थरनुमा छोटे-छोटे टुकड़े हो जाते हैं; पत्थर की छोटी कटोरीनुमा कुंडी; उस्तरे, आदि को तेज़ करने का पत्थर का लंबा-सा टुकड़ा।

पथरीला—वि. पत्थर के टुकड़ों से भरा (मार्ग, आदि)। **ला.** कठिन (मार्ग)।

पथरौटा—पु. पत्थर का कटोरानुमा पात्र।

पथरौटी—स्त्री. पत्थर की कुंडी, गहरी बड़ी कटोरी-सी।

पथिक—पु. [सं.] राही, यात्री, बटोही, रस्ता चलने वाला।

पथी—पु. [सं.] यात्री, पथिक।

पथीय—वि. [सं.] पथ, मार्ग, संबंधी; पथ, मार्ग का।

पथेर—पु. वह स्थान जहाँ गोबर या ईंटें पाथी जाती हैं; एक बार में पाथी गई ईंटें ('पहली पथेर भट्ठे में है')।

पथेरा—पु. पाथने वाला—ईंट, गोबर, आदि पाथने वाला, कुम्हार।

पथ्य—वि. [सं.] रोगी के लिए उपयुक्त आहार। **~(अ)**—वि. आहार जो रोगी के लिए अनुकूल न हो।

पथ्यापथ्य—वि. [सं.] रोगी के लिए उपयुक्त और अनुपयुक्त भोजन।

पद—पु. [सं.] पग, पैर, डग, कदम; किसी व्यवस्था, प्रशासन, आदि में किसी का नियत स्थान ('पोस्ट')। **~मैत्री**—स्त्री. किसी छंद या पद्य में एक ही शब्द या वर्ण की उसके सौंदर्य में अभिवृद्धि करने वाली आवृत्ति; अनुप्रास। **~च्युत**—वि. पद से हरा दिया गया व्यक्ति। **~च्युति**—स्त्री. किसी स्थान या पद से हटाने की क्रिया या भाव। **~दलित**—वि. पैरों से रौंदा हुआ; जाति या वर्ग जो समाज द्वारा सताया गया हो, शोषित।

पदक—पु. धातु—सोने, चाँदी, ताँबे, आदि—का वह टुकड़ा जो किसी की उपलब्धि पर पुरस्कारस्वरूप दिया जाता है, तमगा ('मैडल'); खेल प्रतियोगिताओं में प्रथम, द्वितीय, तृतीय स्थान पर आने वाले प्रतियोगियों को दिये जाने वाले तमगे ('मैडल')।

पदचारी—पु. [सं.] पैदल चलने वाला।

पदमाकर*—पु. द्र. 'पद्माकर'।

पदवि, पदवी—स्त्री. [सं.] राजा, शासन, आदि द्वारा किसी व्यक्ति को दी जाने वाली सम्मानसूचक, योग्यतासूचक उपाधि, पद।

पदांक—पु. [सं.] पैर का निशान, चिह्न।

पदांत—पु. [सं.] किसी पद, श्लोक का अंतिम भाग; किसी श्लोक या पद्य के चरण का अंतिम भाग।

पदाक्रांत—वि. [सं.] पैरों के तले कुचला हुआ, रौंदा हुआ।

पदाघात—पु. [सं.] पैरों का आघात, ठोकर।

पदात—पु. [सं.] द्र. 'पदाति'।

पदाति—पु. [सं.] पैदल चलने वाला; यात्री; पैदल सिपाही।

पदातिक, पदातीय—पु. [सं.] द्र. 'पदाति'।

पदाती—पु. [सं.] पैदल चलने वाला, पैदल सिपाही। वि. पैदल चलने वाले सैनिकों की सेना।

पदादि—पु. [सं.] छंद के चरण का आरंभ; शब्द का पहला वर्ण।

पदाधिकारी—पु. [सं.] किसी पद पर नियुक्त व्यक्ति, अधिकारी, ओहदेदार।

पदाना—स.क्रि. (गिल्ली-डंडा आदि के खेल में) किसी को दौड़ाना, बार-बार हैरान-परेशान करना।

पदानुग—वि. [सं.] पीछे-पीछे चलने वाला; अनुयायी; साथी।

पदानुशासन—पु. [सं.] व्याकरण।

पदारथ*—पु. द्र. 'पदार्थ'।

पदारविंद—पु. [सं.] द्र. 'पदकंज'।

पदारूढ़—वि. [सं.] पद पर आसीन।

पदार्घ्य—पु. [सं.] अतिथि के चरण धोने के लिए दिया जाने वाला जल।

पदार्थ—पु. [सं.] शब्द या पद का अर्थ; वह जिसका कोई रूपाकार हो—वस्तु, चीज़; किसी दर्शन में प्रतिपादित वह विषय जिसका ज्ञान मुक्ति-प्रदायक माना जाता है, न्याय, वैशेषिक, सांख्य, योग, और वेदांत दर्शनों में पदार्थ की संख्या भिन्न-भिन्न मानी गई है; पुराण आदि में वर्णित चार पदार्थ—धर्म, अर्थ, काम और मोक्ष—मनुष्य के लिए ये चार प्राप्य बताए गए हैं। **~वाद**—पु. [सं.] वह सिद्धांत जिसमें भौतिक पदार्थों को ही सबकुछ माना जाता है, आत्मा-परमात्मा आदि को महत्त्व नहीं दिया जाता (मैटिरियलिज्म)।

पदार्पण—पु. [सं.] (सम्मानपूर्वक किसी के) आगमन (पर कहा जाता है), पैर रखना, प्रवेश करना।

पदावनत—वि. [सं.] जिसकी पदावनति हुई हो; पैरों पर झुका हुआ; विनीत।

पदावली—स्त्री. [सं.] किसी रचना में निबद्ध, संकलित अनेक पद या शब्द (विद्यापति पदावली); किसी लेखक या कवि द्वारा प्रयुक्त शब्द-समूह; भजनों, आदि का संग्रह।

पदासन—पु. [सं.] पैर रखने की छोटी चौकी, पादपीठ।

पदासीन—वि. [सं.] पद पर आरूढ़, नियुक्त।

पदिक—वि. [सं.] पैदल सैनिक, पदाति।

पदुमिनी—स्त्री. द्र. 'पद्मिनी'।

पदेन—अ. [सं.] पद के अधिकार से (प्राप्त पद, सुविधा, आदि)।

पदोन्नति—स्त्री. [सं.] पद में उन्नति, तरक्की।

पद्—पु. [सं.] पैर।

पद्घटिका—स्त्री. [सं.] एक मात्रिक छंद।

पद्धति—स्त्री. [सं.] राह, पथ, मार्ग; प्रथा, रीति, प्रणाली, विधि; ढंग।

पद्धरि, पद्धरी—स्त्री. एक मात्रिक छंद।

पद्म—पु. [सं.] कमल, कमल का पौधा; सामुद्रिक के अनुसार किसी के पैर के तलुए में एक शुभ चिह्न; कुबेर की नौ निधियों में से एक; योग में षड्चक्रों में से एक। वि. सौ नील की संख्या। **~कोश**—पु. कमल का संपुट। **~जा**—स्त्री. [सं.] लक्ष्मी जी। **~जात**—पु. ब्रह्मा। **~नाभ**—पु. विष्णु। **~नाल**—स्त्री. कमल की नाल, डंडी। **~निधि**—स्त्री. कुबेर की एक निधि। **~पत्र, पर्ण**—पु. कमल की पँखुड़ी। **~पाणि**—वि. जिसके हाथ में कमल का पुष्प हो, विष्णु; ब्रह्मा; बुद्ध। **~बंध**—पु. एक प्रकार का चित्र-काव्य अथवा चित्रालंकार जिसमें अक्षरों का क्रम-नियोजन इस रूप में होता है कि कमल-पुष्प बन जाता है।

पद्मा—स्त्री. [सं.] लक्ष्मी।

पद्माकर—पु. [सं.] वह जलाशय, तालाब, झील, आदि जिसमें कमल उत्पन्न होते हैं।

पद्माक्ष—पु. [सं.] विष्णु; सूर्य। वि. जिसके नेत्र कमल के समान हों।

पद्माधीश—पु. [सं.] विष्णु।

पद्मावती—स्त्री. [सं.] एक प्रसिद्ध रानी, लोककथा के अनुसार सिंहल देश की राजकुमारी जिसका विवाह चित्तौड़-नरेश राजा रत्नसेन से हुआ था; एक प्राचीन नदी का नाम।

पद्मासन—पु. [सं.] योग-साधना में एक आसन, जिसमें पालथी मार कर मेरुदंड को सीधा तान कर बैठना होता है।

पद्मिनी—स्त्री. [सं.] कमलिनी; लक्ष्मी जी; कामशास्त्र के अनुसार चार प्रकार की नायिकाओं में से एक, जिसके शरीर से पद्म की सुगंध आती है, नायिकाओं में सर्वश्रेष्ठ कोटि।

पद्मोद्भव—पु. [सं.] पद्म से उत्पन्न, ब्रह्मा।

पद्य—वि. [सं.] छंद से बद्ध रचना, कविता, गद्य का उलटा।

पद्यमय—वि. [सं.] पद्यात्मक, पद्य, कविता से युक्त।

पद्यात्मक—वि. [सं.] द्र. 'पद्यमय'।

पन—पु. [सं.] आयु के चार भागों में कोई एक अवस्था—बचपन, वृद्धापन। [हि.] एक प्रत्यय जो भाववाचक संज्ञा

बनाने के लिए तद्भव नामवाचक या गुणवाचक संज्ञाओं में प्रयुक्त होता है—पचपन, गँवारपन, आदि; प्रण का अपभ्रंश रूप ('भुज उठाय पन कीन'); पानी और पान का समास में प्रयुक्त—पनबिजली, पनचक्की, पनडब्बा।

पनघट—पु. कुएँ का स्थान जहाँ लोग पानी भरते हों।

पनडुब्बी—स्त्री. पानी के भीतर चलने वाला युद्धपोत ('सबमेरीन')।

पनपना—अ.क्रि. पल्लवित होना; बड़ा हो जाना; फलना-फूलना; फिर से स्वस्थ होते चले जाना।

पनस—पु. [सं.] कटहल।

पनवाड़ी (पनवारी)—पु. पान बेचने वाला, तमोली।

पनहा—पु. कपड़े आदि की चौड़ाई, अरज।

पनहिया—स्त्री. द्र. 'पनही'।

पनही*—स्त्री. जूता, जूती।

पना—पु. आम, इमली, आदि के रस या गूदे से तैयार किया गया एक प्रकार का पेय, पन्ना।

पनाती—पु. परनाती, नाती का बेटा।

पनारा, पनाला—पु. पतनाला, घर-मकान की छत से गिरने वाले पानी का प्रवाह, इस प्रवाह को निकालने के लिए बनाया गया निकास।

पनारी—स्त्री. पतनाली, नाली, मोरी।

पनाली—स्त्री. पतली-सी नाली, मोरी।

पनाह—स्त्री. [फा.] शरण, आड़, शरण-स्थली; बचाव।

पनिया—वि. पानी-सा; पानी का; पानी मिला हुआ (~दूध)।

पनिहारिन—स्त्री. (कुएँ या नदी से) पानी भर कर लाने वाली।

पनिहारी—स्त्री. द्र. 'पनिहारिन'।

पनीर—पु. [फा.] दूध को फाड़ कर निकाले जाने वाला खाद्य पदार्थ।

पनीरी—स्त्री. किसी अन्य स्थान पर लगाने से पहले तैयार किए गए छोटे पौधे; इस प्रकार के पौधे लगाने वाला स्थान, क्यारी।

पनीला—वि. जिसमें पानी मिला हुआ हो; जिसमें पानी हो।

पनेरी—स्त्री. द्र. 'पनीरी'।

पन्नग—पु. [सं.] साँप की एक प्रजाति।

पन्नगारि, पन्नगाशन—पु. [सं.] गरुड़।

पन्नगी—स्त्री. [सं.] सर्पिणी, साँपिन।

पन्ना—पु. एक प्रसिद्ध रत्न, इसका रंग हरा होता है, मरकत; पुस्तक आदि का पृष्ठ; आम आदि से बना पना।

पन्नी—स्त्री. राँगे या पीतल को पीट कर बनाया हुआ पत्तर।

पन्नी—पु. [फा.] पठानों की एक जाति।

पपड़ियाना—अ.क्रि. घाव के भरने पर उस पर पपड़ी, खुरंड बन जाना।

पपड़ी—स्त्री. किसी तरल पदार्थ—दूध, चाय, आदि पर जम जाने वाली पतली परत; घाव के सूखने पर उस पर आई त्वचा की पतली परत।

पपड़ीला—वि. जिस पर पपड़ी आ गई हो।

पपीता—पु. एक प्रसिद्ध फल; उस फल का पेड़।

पपीहरा—पु. द्र. 'पपीहा'।

पपीहा—पु. वर्षा और वसंत ऋतु में 'पी-पी' की मधुर ध्वनि करने वाला एक पक्षी, चातक।

पपैया—पु. आम की गुठली से बनाई गई सीटी (बच्चों का खेल)।

पपोटा—पु. आँख के ऊपर की पलक।

पपोलना—अ.क्रि. दाँतों का प्रयोग किए बिना किसी अंग या चीज़ को चूसना, मुँह में घुमाते रहना।

पब्लिक—स्त्री. [अं.] जनता। **~प्रासिक्यूटर**—पु. सरकारी वकील।

पब्लिशर—पु. [अं.] प्रकाशक, पुस्तक को मुद्रित करा कर उसकी बिक्री करने वाला।

पब्लिसिटी—स्त्री. [अं.] प्रचार, विज्ञापित करना।

पमार—पु. राजपूतों की एक उपजाति, 'परमार' का अपभ्रंश रूप।

पम्प—पु. [अं.] पानी निकालने या हवा डालने वाला एक उपकरण।

पम्फ़लेट—पु. [अं.] विज्ञापन-पत्रक, विज्ञापन के लिए छपा काग़ज़, पत्रक।

पम्पशू—पु. [अं.] बिना फीते वाला जूता।

पय—पु. [सं.] दूध; जल; शुक्र, वीर्य।

पयस्य—वि. [सं.] दूध से या जल से बना हुआ।

पयस्विनी—स्त्री. [सं.] दूध देने वाली गाय, धेनु; नदी।

पयहारी—पु. केवल दूध या जल पर रहने वाला साधु।

पयादा—वि. द्र. 'प्यादा'।

पयान—पु. 'प्रयाण' का अपभ्रंश रूप; प्रस्थान, गमन।

पयाम—पु. [फा.] पैग़ाम, संदेश।

पयाल—पु. पके हुए धान के सूखे पौधे, जिनसे अन्न-भाग निकाल लिया गया हो।

पयोद—पु. [सं.] मेघ, बादल।

पयोधर—पु. [सं.] स्तन; बादल; पहाड़, पर्वत।

पयोधि, पयोनिधि—पु. [सं.] समुद्र।

पयोष्णी—स्त्री. [सं.] एक पुरानी नदी जिसका उद्गम विंध्याचल है।

परंतप—वि. [सं.] शत्रुओं को ग्रास देने वाला। पु. अर्जुन, कौन्तेय।

परंतु—अ. [सं.] तो भी; पर, किंतु, मगर, लेकिन।

परंदा—पु. द्र. 'परिंदा'।

परंपरा—स्त्री. [सं.] बहुत-सी बातों, घटनाओं या कामों का अविच्छिन्न क्रम, सिलसिला; बहुत-सी प्रथाओं का चला आता क्रम; एक विचार-सरणि का निरंतर क्रम।

परंपरागत—वि. [सं.] परंपरा, अविच्छिन्न रूप से चला आता क्रम।

परंपरानुकूल, परंपरानुगत—वि. [सं.] अविच्छिन्न रूप से चला आ रहा, अनुक्रमागत।

परंपरित—वि. [सं.] जो परंपरा से चला आ रहा है, परंपरा पर आधारित। **~रूपक**—पु. सूचक अलंकार का एक भेद, जिसमें किसी एक पर आरोपण किसी दूसरे के आरोप का कारण बनता है।

परः—'परस' का समास में प्रयुक्त रूप।

पर—वि. [सं.] अपने से भिन्न, दूसरा, अन्य, और; दूसरे का पराया; पीछे या बाद में होने वाला—परवर्ती, परलोक; वर्तमान के ठीक बाद—परसाल।

पर—अ. बाद वाली पीढ़ी या पहले की पीढ़ी का सूचक—परपोता, परदादा। प्रत्यय शब्द के अंत में लग कर विभिन्न अर्थ देता है—तत्पर, स्वार्थ पर। परसर्ग—सप्तमी या अधिकरण का चिह्न, आधार या सूचक—इस पर, उस पर। योजक—परंतु, लेकिन।

पर—पु. [फा.] पक्षी का पंख, डैना। **मु. ~कट जाना**—अशक्त हो जाना। **~काट देना**—अशक्त बना देना। **~लग जाना**—इतराना, घमंड करना। **~न मारना**—पहुँच से बाहर। **~निकलना**—चालाक हो जाना, बहुत होशियारी दिखाना।

परक—प्रत्य. [सं.] एक प्रत्यय जो शब्द के अंत में लग कर 'संबंधी' का अर्थ देता है—धर्मपरक, विष्णुपरक, जीवनपरक।

परकार—पु. [फा.] ज्यामिति में वृत्त या गोलाई खींचने का एक उपकरण।

परकाला—पु. टुकड़ा, खंड; शीशे का टुकड़ा। **मु. आफ़त की ~**—आफत ढाने वाली।

परकास*—पु. द्र. 'प्रकाश'।

परकासना*—स.क्रि. प्रकाशित करना।

परकीय—वि. [सं.] दूसरे का (~प्रेम)।

परकीया—स्त्री. [सं.] नायिका का एक भेद, वह नायिका जो गुप्त रूप से परपुरुष से प्रेम करे।

परकोटा—पु. रक्षा के लिए चारों ओर बनाई गई दीवार, किले, गढ़ी, आदि पर।

परख—स्त्री. गुण-दोष का परीक्षण।

परखचा—पु. टुकड़ा, खंड। **मु. ~(चे) उड़ाना**—नष्ट कर देना, धज्जियाँ उड़ा देना।

परखना—स.क्रि. गुण-दोष का परीक्षण करना; किसी व्यक्ति के गुण-दोषों को अनुभव से जानना।

परखवैया—पु. परख करने वाला।

परखाई—स्त्री. परखने का कार्य।

परखैया—पु. परख, परीक्षण करने वाला।

परगटना*—अ.क्रि. प्रकट होना।

परगना—पु. [फा.] बहुत से गाँवों को मिला कर प्रशासन के लिए बनाई गई इकाई।

परगनाधीश—पु. द्र. परगने का स्वामी, अफ़सर।

परगना-हाकिम—पु. [अ.] परगने का अधिकारी।

परगाढ़*—वि. द्र. 'प्रगाढ़'।

परगास*—पु. द्र. 'प्रकाश'।

परगासना*—स.क्रि. प्रकाशित करना।

परचंड*—वि. 'प्रचंड।

परचना—अ.क्रि. हिल-मिल जाना, खूब अच्छी जान-पहचान हो जाना।

परचम—पु. [फा.] झंडा, ध्वज।

परचा—पु. [फा.] काग़ज़ का टुकड़ा; परीक्षा का प्रश्न-पत्र।

परचाना—स.क्रि. हिलाना-मिलाना, खूब परिचय करा देना।

परचून—पु. आटा-चावल आदि रसोई का सामान। **~की दुकान**—स्त्री. आटा-दाल, आदि रसोई के सामान की दुकान।

परचूनी—स्त्री. परचून का काम।

परचे, परचै—पु. द्र. 'परिचय'।

परछत्ती—स्त्री. कमरे की छत के नीचे एक और पाटन, जिसमें सामान आदि रखा जाता है।

परछन—पु. विवाह के लोकाचारों में एक आचार, रीति, इसमें सुहागिन स्त्रियाँ वर को टीका लगाती हैं।

परछना—स.क्रि. परछन की क्रिया संपन्न करना।

परछाईं—स्त्री. प्रकाश पड़ने पर किसी व्यक्ति, वस्तु, भवन, आदि की छाया। **मु. ~की तरह रहना**—हर समय साथ रहना, साथ निभाना।

परछिद्रान्वेषण—पु. [सं.] दूसरों में दोष खोजना, कमी निकालना।

परजन्य*—पु. द्र. 'पर्जन्य'।

परजा—स्त्री. प्रजा; गाँव में नाई, धोबी, कुम्हार, आदि जो किसान के आश्रित होते थे।

परत—स्त्री. तह, स्तर।

परतच्छ, परतछ*—वि. [अ.] द्र. 'प्रत्यक्ष'।

परताप*—पु. द्र. 'प्रताप'।

परताल—स्त्री. द्र. 'पड़ताल'।

परतिग्या, परतिज्ञा*—स्त्री. द्र. 'प्रतिज्ञा'।

परती—स्त्री. वह भूमि जो कृषि योग्य न हो।

परतीत, परतीति*—स्त्री. द्र. 'प्रतीति'।

परदच्छिना, परदछिना*—स्त्री. द्र. 'प्रदक्षिणा'।

परदा—पु. [फा.] किसी वस्तु, व्यक्ति, आदि को छिपाने के लिए लटकाया जाने वाला कपड़ा, टाट, आदि; ऐसी ही आड़ करने के लिए बनाई गई दीवार; घूँघट। **मु. ~(दे) की रानी**—घर के भीतर ही रहने वाली स्त्री (अवमानना अर्थ में प्रयुक्त)। **आँखों पर ~पड़ना**—किसी प्रकार की शर्म न रहना, निर्लज्ज बन जाना।

परदादा—पु. पिता के दादा का पिता, प्रपितामह। [स्त्री. 'परदादी']।

परदेस—पु. विदेश, परदेश, वह देश जो अपना न हो।

परदेसी—पु. वि. परदेशी, जिसका देश कोई दूसरा हो, अन्य देश का।

परदोस*—पु. द्र. 'प्रदोष'।

परधान*—वि. द्र. 'प्रधान'।

परन—पु. मृदंग जैसे वाद्यों के मुख्य बोलों के साथ बीच-बीच में बजाय जाने वाले संगीत के बोल। पु. प्रण का अपभ्रंश रूप, द्र. 'प्रण'।

परना*—अ.क्रि. रसोई का छोटा कपड़ा।

परनाती—पु. नाती, दौहित्र का बेटा।

परनाना—पु. नाना के पिता।

परनानी—स्त्री. नानी की माँ, परनाना की स्त्री।

परनाम*—पु. द्र. 'प्रणाम'।

परनाला—पु. वह नाली जिससे छत का पानी आता है, पतनाला; गंदे पानी की नाली।

परनाली—स्त्री. गंदे पानी की छोटी नाली।

परपंच*—पु. द्र. 'प्रपंच'।

परपंचक*—वि. प्रपंच रचने वाला, झगड़ा-टंटा करने वाला।

परपोता—पु. पोते, पौत्र का बेटा।

परफ़ार्मेंस—स्त्री. [अं.] (कला आदि का) प्रदर्शन, अभिनय, तमाशा; काम करना, संपन्न करना।

परब—पु. द्र. 'पर्व'।

परबत—पु. द्र. 'पर्वत'।

परबल*—वि. द्र. 'प्रबल'।

परबाल—पु. आँख का एक रोग जिसमें पलक पर बाल निकल आता है।

परबी—स्त्री. पर्व का दिन, त्योहार; गंगा आदि पवित्र नदियों में स्नान का पुण्य दिन।

परबीन*—वि. [सं.] 'प्रवीण'।

परबोध*—पु. द्र. 'प्रबोध'।

परभा*—स्त्री. द्र. 'प्रभा'।

परभात*—पु. द्र. 'प्रभात'।

परभाती*—स्त्री. 'प्रभाती'।

परभाव*—पु. द्र. 'प्रभाव'।

परम—वि. [सं.] अत्यधिक, चरम; सर्वोत्कृष्ट; सबसे खराब, निकृष्ट; **~गति**—स्त्री. उत्तम गति, मुक्ति। **~पद**—पु. सबसे उच्च पद या स्थान; मुक्ति। **~पिता**—पु. परमात्मा, ईश्वर। **~पुरुष**—पु. परमात्मा, ईश्वर। **~ब्रह्म**—पु. परमात्मा, ईश्वर। **~भट्टारक**—पु. गुप्त काल में चक्रवर्ती राजाओं की उपाधि, उनको दिया गया सम्बोधन। **~हंस**—पु. वह संन्यासी जिसने संन्यास की चरम सिद्धि प्राप्त कर ली हो।

परमर्षि—पु. [सं.] उच्च कोटि का ऋषि, ऋषि श्रेष्ठ।

परमाकांक्षा—स्त्री. [सं.] बहुत बड़ी इच्छा।

परमाणविक—वि. [सं.] परमाणु संबंधी।

परमाणु—पु. [सं.] अत्यंत सूक्ष्म कण; पदार्थ का अति सूक्ष्म कण जो अविभाज्य होता है। **~अस्त्र**—पु. परमाणु निर्मित अस्त्र। **~ऊर्जा**—स्त्री. परमाणु से उत्पन्न शक्ति। **~परीक्षण**—पु. परमाणु शक्ति-निर्मित नवीन अस्त्रों का परीक्षण। **~बम**—पु. परमाणु शक्ति-निर्मित ऐसा अस्त्र जो अपने विस्फोट से महाविनाश कर देता है, एटम बम। **~भट्ठी**—स्त्री. वह भट्ठी जिसमें परमाणु ईंधन उत्पन्न होता है। **~वाद**—पु. न्याय और वैशेषिक दर्शन का वह सिद्धांत जिसकी मान्यता है कि परमाणुओं से ही जगत की सृष्टि होती है।

परमात्मा—पु. परब्रह्म, ईश्वर।

परमाद्वैत—पु. [सं.] सभी भेदों से रहित परमात्मा, ब्रह्म।

परमानंद—पु. [सं.] सर्वोच्च आनंद, आनंद की सर्वोत्तम अवस्था।

परमानेंट—वि. [अं.] स्थायी, चिर, सदैव रहने वाले।

परमान*—पु. द्र. 'प्रमाण'।

परमार—पु. राजपूतों की एक उपजाति, उनका एक गोत्र भी।

परमारथ*—पु. द्र. 'परमार्थ'।

परमार्थ—पु. [सं.] मोक्ष; ब्रह्म; परम सत्य; परोपकार। **~वादी**—पु. परमार्थवाद संबंधी; परमार्थवाद का अनुयायी; परमार्थवाद का ज्ञाता।

परमार्थी—वि. [सं.] मोक्ष चाहने वाला; वास्तविक तत्त्व को खोजने वाला; दूसरों की भलाई, परोपकार करने वाला, परोपकारी।

परमावश्यक—वि. [सं.] बहुत ज़रूरी, अपरिहार्य।

परमिट—पु. [अं.] किसी चीज़ को प्राप्त करने या बेचने का अधिकार-पत्र, अधिकृत अनुमति-पत्र।

परमुखापेक्षिता—स्त्री. [सं.] दूसरों के ऊपर निर्भर रहने की अपेक्षा।

परमुखापेक्षी—वि. [सं.] जो सदैव दूसरों का मुख सहायता के लिए देखता हो, दूसरों पर निर्भर रहने वाला।

परमेश्वर—पु. [सं.] परमात्मा; ब्रह्मा; विष्णु; महेश।

परमेश्वरी—स्त्री. [सं.] दुर्गा, देवी।

परमेसर, परमेसुर*—पु. द्र. 'परमेश्वर'।

परमेसरी*—स्त्री. द्र. 'परमेश्वरी'।

परमोत्कर्ष—पु. [सं.] सर्वोच्चता।

परमोत्कृष्ट—वि. [सं.] सबसे उत्तम, उत्कृष्ट।

परमोद*—पु. द्र. 'प्रमोद'।

परमोपयोगी—वि. [सं.] सबसे उपयोगी; अत्यंत उपयोगी।

परयंक*—पु. द्र. 'पर्यंक'।

परलय*—पु., स्त्री. द्र. 'प्रलय'।

परला—वि. उस ओर का, दूसरी ओर का, 'उरला' का उलटा। **मु. ~(ले) दरजे का, ~सिरे का**—हद दरजे का, अत्यधिक।

परवरिश—स्त्री. [फा.] पालन-पोषण; कृपा, मेहरबानी।

परवर्ती—वि. [सं.] बाद के समय का; बाद में होने वाला।

परवल—पु. एक हरी सब्ज़ी।

परवस्ती—स्त्री. परवरिश, पालन-पोषण; कृपा-भाव।

परवा—पु. [फ़ा.] फिक्र, चिंता; गरज।

परवाज़—स्त्री. [फा.] उड़ना; उड़ान।

परवान*—पु. प्रमाण; सबूत; सीमा, हद।

परवानगी—स्त्री. [फा.] अनुमति; आज्ञा, फरमान।

परवाना—पु. [फा.] लिखित आज्ञा, अनुमति-पत्र, हुक्मनामा; फरमान; आत्म-बलिदान करने वाला ('आज़ादी का परवाना')।

परवान्—वि. [सं.] पराधीन, असहाय।

परवाल*—पु. द्र. 'प्रवाल'।

परवीन*—वि. द्र. 'प्रवीन'।

परवेश*—पु. द्र. 'प्रवेश'।

परशु—पु. [सं.] कुल्हाड़ी जैसे चौड़े फलक का एक शस्त्र—परशुराम का प्रसिद्ध शस्त्र। **~राम**—पु. एक प्रसिद्ध ऋषि, जिन्होंने पृथ्वी को 21 बार क्षत्रियों से रहित कर दिया था।

परसंग*—पु. द्र. 'प्रसंग'।

परसंसा*—स्त्री. द्र. 'प्रशंसा'।

परस*—पु. स्पर्श, छूना।

परसन*—पु. स्पर्श। वि. प्रसन्न, खुश।

परसना*—स.क्रि. खाने के लिए भोज्य पदार्थ ससम्मान रखना।

परसन्न*—वि. द्र. 'प्रसन्न'।

परसर्ग—पु. [सं.] शब्द के आगे लगने वाला प्रत्यय।

परसा—पु. फरसा, कुठार; पत्तल, थाली आदि में भोज्य पदार्थ ससम्मान रखे हुए।

परसाद*—पु. द्र. 'प्रसाद'।

परसिद्ध*—वि. द्र. 'प्रसिद्ध'।

परसूत*—वि. द्र. 'प्रसूत'।

परसेंट (परसैंट)—वि. [अं.] प्रतिशत।

परसों—अ. पिछले दिन से एक दिन पहले (का दिन), अगले दिन से एक दिन आगे आने वाला दिन।

परसोतम*—पु. द्र. 'पुरुषोत्तम'।

परस्—अ. [सं.] दूर, परे। **~अ.**—एक दूसरे के साथ, आपस में।

परस्परोपमा—स्त्री. [सं.] उपमालंकार का एक भेद, उपमेयोपमा।

परस्मैपद—वि. [सं.] व्या. क्रियाएँ जो कर्ता की अनुसारी होती हैं।

परहेज़—पु. [फा.] खाने-पीने में सावधानी, संयम, कुपथ्य से बचना; दोष, पापों, बुराइयों, व्यसनों से बचना।

पराँठा—पु. तवे पर घी लगा कर बनाई गई एक प्रकार की रोटी; आलू, मेथी, पनीर, आदि भी इस प्रकार की रोटी में भरी जाती है—आलू पराँठा, मेथी पराँठा, पनीर पराँठा, आदि।

परांतक—पु. [सं.] शिव।

परा—उप. [सं.] विपरीत भाव या दूसरे का भाव सूचित करने वाला एक उपसर्ग—पराजय, परार्थ (दूसरे का हित)। **~विद्या**—स्त्री. परमार्थ का ज्ञान कराने वाली विद्या, ब्रह्म विद्या। **~काष्ठा**—स्त्री. चरम सीमा, चूड़ांत ('क्लाइमैक्स'); अंतिम सीमा जहाँ तक कोई बात पहुँच सकती है।

पराई (परायी)*—वि. स्त्री. दूसरे की।

पराक्रम—पु. [सं.] बल, शौर्य, विक्रम; सामर्थ्य, पुरुषार्थ, शक्ति।

पराक्रमी—वि. [सं.] पराक्रम वाला, शूरवीर, शक्तिशाली, सामर्थ्यवान, पुरुषार्थी।

पराग—पु. [सं.] फूल के भीतर, बीच का अंश, पुष्प-रज, मकरंद।

पराङ्मुख—वि. [सं.] जिसने किसी व्यक्ति या दायित्व से मुँह फेर लिया हो, विमुख हो गया हो।

पराजय—स्त्री. [सं.] हार, 'जय' का विपरीतार्थी।

पराजित—वि. [सं.] हारा हुआ, विजित।

पराठा—पु. द्र. 'पराँठा'।

परात—स्त्री. थाली जैसा एक बड़ा पात्र, मुख्यतः आटा गूँधने या खाने का सामान रखने के लिए प्रयुक्त।

परात्पर—वि. [सं.] जो सबसे परे हो। पु. परमात्मा ('परात्पर ब्रह्म')।

पराधीन—वि. [सं.] जो दूसरे के अधीन हो, जो दूसरों के शासन में हो, परवश, परतंत्र।

पराधीनता—स्त्री. [सं.] दूसरे के अधीन होने की अवस्था, परतंत्रता।

परान—पु. द्र. 'प्राण'।

परान्न—पु. [सं.] दूसरे का अन्न, दूसरे का दिया हुआ भोजन। **~भोजी**—वि. दूसरे के दिये हुए भोजन पर पलने वाला, परतंत्र।

परापर—वि. [सं.] पर और अपर; परत्व और अपरत्व दोनों गुणों से युक्त; दर्शन में ईश्वर की उपाधि।

परा-बैंगनी—वि. [सं.] सूर्य की सात रंग की किरणों में से गहरी बैंगनी रंग की (किरण)।

पराभव—पु. [सं.] पराजय, हार; विनाश; तिरस्कार।

पराभूत—वि. [सं.] पराजित, हारा हुआ; जिसका पराभव हुआ हो।

परा-मनोविज्ञान—पु. [सं.] मनोविज्ञान की एक नई शाखा, जिसमें मानव की आध्यात्मिक एवं मानसिक शक्तियों का विश्लेषण कर अध्ययन किया जाता है।

परा-मनोवैज्ञानिक—वि. [सं.] परा-मनोविज्ञान का ज्ञाता।

परामर्श—पु. [सं.] दूसरे से ली गई सलाह, मंत्रणा; दूसरों के साथ बैठकर किसी विषय पर सलाह-मशविरा (करना)। **~दाता**—पु. परामर्श देने वाला। **~दात्री**—स्त्री. परामर्श देने वाली स्त्री।

परायण—वि. [सं.] लगा हुआ, प्रवृत्त; किसी विषय या बात पर स्थिर रहने वाला—धर्मपरायण, सत्यपरायण।

पराया—वि. दूसरे का, अन्य का, अपने से भिन्न।

परारब्ध, परालब्ध—पु. द्र. 'प्रारब्ध'।

परार्थ—पु. [सं.] दूसरे का उपकार, परोपकार; जो दूसरे के लिए हो। **~वाद**—पु. यह सिद्धांत कि मनुष्य को सदैव परोपकार के लिए ही जीना चाहिए।

परावर्त, परावर्तन—पु. [सं.] फिर अपने स्थान पर लौट आना; उलट कर फिर पहले जैसा होना।

परावर्तित—वि. [सं.] लौटाया हुआ।

परावर्ती—वि. [सं.] पुनः अपने स्थान पर लौट आने वाला; पुनः अपनी उसी स्थिति में आने वाला।

परावर्त्य—वि. [सं.] जो लौटाया या बदला जा सके।

परावसु—पु. [सं.] असुरों का एक वर्ग; एक गंधर्व।

पराविद्ध—पु. [सं.] कुबेर।

परावृत्त—वि. [सं.] लौटा हुआ, लौटाया हुआ; बदला हुआ।

परावृत्ति—स्त्री. [सं.] लौटना, पलटना; लौटाया जाना, पलटा जाना।

पराशक्ति—स्त्री. [सं.] लोकोत्तर शक्ति, दैवी शक्ति।

पराशर—पु. [सं.] एक प्रसिद्ध ऋषि, वसिष्ठ के पौत्र।

पराश्रय—पु. [सं.] दूसरे का सहारा, अवलंब। वि. दूसरे पर आश्रित।

पराश्रयी—वि. [सं.] दूसरे के सहारे रहने वाला, परजीवी।

पराश्रित—वि. [सं.] दूसरे पर आश्रित, दूसरे के सहारे रहने वाला।

परास्त—वि. [सं.] हारा हुआ; जो हरा दिया गया हो।

परिंदा—पु. [फा.] पक्षी, चिड़िया।

परि—उप. [सं.] एक संस्कृत उपसर्ग जो शब्दों के पहले आकर विभिन्न अर्थ द्योतित करता है, यथा—चारों ओर, यथा—परिक्रमा; अच्छी तरह, यथा—परिपूर्ण; अतिशय, बढ़ाना, यथा—परिवर्धन; दोष, यथा—परिवाद; पूजन आदि यथा—परिचर्या, आदि।

परिकथा—स्त्री. [सं.] कथा के अन्तर्गत आने वाली छोटी कथा।

परिकर—पु. [सं.] परिवार (माया परिकर); समूह, झुंड; कमरबंद, पटका; अनुचर, सेवक।

परिकरमा*—स्त्री. द्र. 'परिक्रमा'।

परिकांकुर—पु. [सं.] एक अर्थालंकार, इसमें विशेष अभिप्राय से युक्त किसी विशेष्य का प्रयोग हो।

परिकर्तन—पु. [सं.] गोलाकार काटना; काटना।

परिकल्पन—पु., **परिकल्पना**—स्त्री. [सं.] मन में किसी रचना की कल्पना; प्रस्तुत करना।

परिकल्पित—वि. [सं.] मन में रची गई किसी योजना की कल्पना।

परिकूट—पु. [सं.] नगर-द्वार के चारों ओर बनाई गई खाई, परकोटा।

परिकृश—वि. [सं.] बहुत पतला; क्षीण।

परिकोप—पु. [सं.] प्रचंड कोप, क्रोध।

परिक्रम—पु. [सं.] चारों ओर घूमना, प्रदक्षिणा करना।

परिक्रमण—पु. [सं.] चारों ओर घूमना, परिक्रमा करना।

परिक्रमा—स्त्री. किसी स्थान के, विशेषतः देवता, मूर्ति या पवित्र वस्तु के चारों ओर घूमना; मंदिर तथा तीर्थ के चारों ओर प्रदक्षिणा के लिए बनाया गया मार्ग।

परिक्रांत—वि. [सं.] रौंदा हुआ, पदाक्रांत।

परिक्लांत—वि. [सं.] बहुत अधिक थका हुआ।

परिक्लिष्ट—वि. [सं.] जिसे बहुत अधिक क्लेश, दुःख पहुँचा है; बहुत अधिक थका हुआ।

परिक्षालन—पु. [सं.] अच्छी तरह धोना; धोने के काम आने वाला पानी, जिसमें साबुन आदि भी मिला हो सकता है।

परिक्षिप्त—वि. [सं.] चारों ओर फेंका हुआ; त्यागा हुआ, परित्यक्त; चारों ओर से घिरा हुआ।

परिक्षीण—वि. [सं.] अत्यंत क्षीण; शक्तिहीन; लुप्त; नष्ट।

परिक्षेप—पु. [सं.] इधर-उधर घूमना, टहलना।

परिखा—स्त्री. [सं.] नगर या दुर्ग के चारों ओर खोदी हुई खाई।

परिख्यात—वि. [सं.] बहुत अधिक प्रसिद्ध।

परिगणक—पु. [सं.] गणना करने वाला।

परिगणन—पु., **परिगणना**—स्त्री. [सं.] गणन करना, गिनना।

परिगणनीय—वि. [सं.] गणन, गिनने के योग्य।

परिगणित—वि. [सं.] जिसकी गणना कर ली गई है।

परिगत—वि. [सं.] घिरा हुआ; प्राप्त किया हुआ; बीता हुआ, व्यतीत; मृत।

परिगमन—पु. [सं.] घेरना।

परिगर्वित—वि. [सं.] जिसे बहुत अधिक गर्व हो, घमंडी।

परिगृहीत—वि. [सं.] गृहण किया हुआ, स्वीकृत; मिला हुआ, प्राप्त।

परिगृहीता—वि. स्त्री. [सं.] विवाहिता।

परिग्रह—पु. [सं.] ग्रहण करना, लेना, स्वीकार करना (आदरपूर्वक); धन आदि का संग्रह।

परिग्रहण—पु. [सं.] ग्रहण करना या स्वीकृत करना।

परिघात—पु. [सं.] मार डालना, घातक आघात।

परिचय—पु. [सं.] जानकारी, अभिज्ञता; जान-पहचान, किसी व्यक्ति के नाम, पद, गुण या कर्म आदि की जानकारी। **~पत्र**—पु. वह पत्र जिसमें किसी व्यक्ति का परिचय लिखा हुआ है।

परिचयात्मक—वि. [सं.] (वह पत्रक आदि जिसमें) किसी व्यक्ति अथवा वस्तु के परिचय से संबंधित (सामग्री हो)।

परिचर—पु. [सं.] सेवक, भृत्य; अंगरक्षक; रोगी की सेवा करने वाला।

परिचर्चा—स्त्री. [सं.] किसी विषय अथवा पुस्तक, आदि पर विभिन्न व्यक्तियों द्वारा विशद चर्चा, विमर्श।

परिचर्या—स्त्री. [सं.] रोगी, आदि की सेवा, तीमारदारी।

परिचायक—पु. [सं.] परिचय कराने वाला।

परिचार—पु. [सं.] सेवा।

परिचारक, परिचारिक, परिचारी—पु. [सं.] सेवा करने वाला; रोगी की परिचर्या करने वाला; किसी स्थान की देखभाल करने वाला।

परिचारण—पु. [सं.] सेवा।

परिचारिका—स्त्री. [सं.] सेवा करने वाली; रोगी की सेवा करने वाली।

परिचालक—वि. पु. [सं.] परिचालन करने वाला, ड्राइवर आदि का सहायक ('कंडक्टर')।

परिचालन—पु. [सं.] चलाना; किसी कार्य की व्यवस्था करना।

परिचालित—वि. [सं.] जिसका परिचालन किया गया हो, जिसे चलाया गया हो।

परिचित—वि. [सं.] जान-पहचान वाला, जो परिचय में हो।

परिचिति—स्त्री. [सं.] परिचय, जान-पहचान।

परिचुंबन—पु. [सं.] प्रगाढ़ चुम्बन।

परिचुंबित—वि. [सं.] बहुत प्रेम से, प्रगाढ़ता से चूमा हुआ।

परिचेय—वि. [सं.] प्रिचय के योग्य।

परिच्छद—पु. [सं.] ढकने का वस्त्र, आच्छादन।

परिच्छन्न—वि. [सं.] ढका हुआ, आवृत।

परिच्छिन्न—वि. [सं.] ढका हुआ, आवृत।

परिच्छेद—पु. [सं.] किसी पुस्तक का अध्याय, प्रकरण, किसी वस्तु, विषय आदि को अलग-अलग विभागों में बाँटना।

परिच्छेदन—पु. [सं.] पुस्तक का अध्याय या विभाग; विभाजन ('डिमार्केशन')।

परिच्युत—वि. [सं.] गिरा हुआ, पतित, भ्रष्ट।

परिच्युति—स्त्री. [सं.] पतन।

परिछन—पु. द्र. 'परछन'।

परिछाहीं—स्त्री. द्र. 'परछाईं'।

परिजन—पु. [सं.] परिवार-जन; आश्रित लोग; साथ में रहने वाले सेवक, आदि।

परिजात—वि. [सं.] जन्मा हुआ, उत्पन्न।

परिज्ञात—वि. [सं.] अच्छी तरह जाना हुआ।

परिज्ञाता—वि., पु. [सं.] अच्छी तरह जाना हुआ, पूरी तरह पहचाना हुआ।

परिज्ञान—पु. [सं.] पूरा ज्ञान।

परिणत—वि. [सं.] रूपांतरित; पका हुआ या पचा हुआ।

परिणति—स्त्री. [सं.] रूपांतरण; परिपाक; अंत, अवसान।

परिणय—पु. [सं.] विवाह।

परिणयन—पु. [सं.] विवाह की क्रिया; वैवाहिक लोकाचार।

परिणाम—पु. [सं.] नतीजा, फल; रूपांतर; परिपाक; पूर्ण वृद्धि। **~स्वरूप**—क्रि.वि. फलस्वरूप।

परिणामतः, परिणामतया—क्रि.वि. [सं.] परिणामस्वरूप, फलस्वरूप।

परिणीत—वि. [सं.] जिसका परिणय, विवाह हो चुका हो।

परिणीता—वि., स्त्री. [सं.] विवाहिता।

परितः (तस्)—अ. [सं.] चारों ओर; चारों ओर से।

परितप्त—वि. [सं.] बहुत अधिक तपाया हुआ, बहुत अधिक गरम; अत्यधिक दुखी, संतप्त।

परितप्ति—स्त्री. [सं.] अत्यधिक दुःख, संताप; मनस्ताप।

परिताप—पु. [सं.] अत्यधिक दुःख, संताप, शोक; भय।

परितापी—वि. [सं.] जिसे बहुत अधिक दुःख, शोक या संताप हो।

परितुष्ट—वि. [सं.] अच्छी तरह संतुष्ट।

परितुष्टि—स्त्री. [सं.] परितृप्त होने का भाव, पूरा संतोष।

परितृप्त—वि. [सं.] पूरी तरह अघाया हुआ, संतुष्ट।

परितृप्ति—स्त्री. [सं.] पूर्ण तुष्टि, संतुष्टि।

परितोष—पु. [सं.] तृप्ति, संतोष; किसी उपलब्धि पर होने वाला संतोष।

परितोषक—पु. [सं.] परितुष्ट करने वाला।

परितोषण—पु. [सं.] संतुष्ट, परितृप्त करने का भाव या स्थिति।

परितोषी—वि. [सं.] परितोष करने वाला, परितृप्त।

परित्यक्त—वि. [सं.] त्यागा हुआ, छोड़ा हुआ, चलाया हुआ (बाण, आदि)। स्त्री. **परित्यक्ता**—पति द्वारा छोड़ी हुई, त्यागी हुई स्त्री।

परित्याग—पु. [सं.] पूरी तरह त्याग देना, छोड़ देना।

परित्यागी—वि. [सं.] पूरी तरह त्याग देने वाला, त्याग करने वाला।

परित्याज्य—वि. [सं.] परित्याग करने योग्य, छोड़ने योग्य।

परित्रस्त—वि. [सं.] बहुत भयभीत, आतंकित।

परित्राण—पु. [सं.] पूर्ण रक्षा, बचाव; छुटकारा।

परिदर्शन—पु. [सं.] सब ओर से अच्छी तरह देखना, घूम कर देखना।

परिदाह—पु. [सं.] अति दाह, ताप। **ला.** घोर मानसिक कष्ट।

परिधान—पु. [सं.] पहनावा, पोशाक; वस्त्र, कपड़ा (सिला हुआ)।

परिधि—स्त्री. [सं.] वृत्त को घेरने वाली गोल रेखा या उसकी लम्बाई की नाप; लकड़ी आदि का घेरा या बाड़ा; प्रायः गोलाकार वह मार्ग जिस पर कोई चीज़ चलती, घूमती या चक्कर लगाती है, कक्षा, सीमा रेखा ('परिधि से बाहर मत जाओ')।

परिधूमन—पु. [सं.] डकार।

परिनाम—पु. द्र. 'परिणाम'।

परिनिवृति—स्त्री. [सं.] मुक्ति, मोक्ष, पूरी तरह छुटकारा।

परिनिष्ठा—स्त्री. [सं.] चरम सीमा।

परिनिष्ठित—वि. [सं.] पूर्णतया शुद्ध, टकसाली (भाषा, आदि)।

परिपंच*—पु. द्र. 'प्रपंच'।

परिपक्व—वि. [सं.] पूरी तरह से पका हुआ; प्रौढ़; जिसका पूरा विकास हो चुका हो, कच्चापन न हो; पूरी तरह कुशल, निपुण।

परिपक्वता—स्त्री. [सं.] परिपक्व; पूरी तरह विकसित अवस्था।

परिपक्वावस्था—स्त्री. [सं.] परिपक्व होने की दशा।

परिपांडु—वि. [सं.] अत्यधिक सफ़ेद, पूरी तरह सफेद।

परिपांडुर—वि. [सं.] द्र. 'परिपांडु'।

परिपाक—पु. [सं.] अच्छी तरह पकना, पकाया जाना; पूर्ण विकास; परिणति, परिणाम।

परिपाटि, परिपाटी—स्त्री. [सं.] चला आता क्रम, सिलसिला, रीति-रिवाज़; परंपरा; प्रथा।

परिपाठ—पु. [सं.] गहन पाठ।

परिपार्श्व—पु. [सं.] बगल में। वि. पास का, निकटवर्ती।

परिपालक—पु. [सं.] पालन करने वाला, अच्छी तरह देखभाल करने वाला।

परिपालन—पु. [सं.] पालन-पोषण करना, अच्छी तरह भरण-पोषण करना।

परिपालना—स्त्री. [सं.] रक्षा करना, बचाव करना।

परिपीड़न—पु. [सं.] दूसरों को पीड़ा, दुःख, कष्ट देना।

परिपीड़ित—वि. [सं.] अत्यधिक पीड़ित।

परिपुष्ट—वि. [सं.] अति पुष्ट, बहुत अधिक स्वस्थ; जिसका पालन-पोषण अच्छी तरह हुआ हो।

परिपूजन—पु. [सं.] अच्छी तरह किया गया पूजन।

परिपूजा—स्त्री. [सं.] ठीक तरह से की गई पूजा।

परिपूजित—वि. [सं.] अच्छी तरह पूजित, जिसकी पूजा विधिवत् की गई हो।

परिपूरक—वि. [सं.] परिपूर्ण करने वाला; पूर्णतः संपन्न बनाने वाला।

परिपूरण—पु. [सं.] परिपूर्ण कर देना, भर देना।

परिपूरणीय—वि. [सं.] परिपूर्ण करने योग्य।

परिपूरित—वि. [सं.] भरा-पूरा।

परिपूर्ण—वि. [सं.] पूरी तरह भरा हुआ; सब तरह से पूरा किया हुआ; पूर्ण संतुष्ट।

परिपूर्णेंदु—पु. [सं.] पूरा चंद्रमा, पूर्णिमा का चंद्रमा।

परिपूर्ति—स्त्री. [सं.] सम्यक् पूर्ति, सब प्रकार से पूर्ति कर देना।

परिपृच्छक—वि., पु. [सं.] प्रश्न पूछने वाला; जिज्ञासु।

परिप्लावित—वि. [सं.] पूरी तरह जल से भरा हुआ; बाढ़ के पानी से पूरी तरह घिरा हुआ।

परिभंग—पु. [सं.] टुकड़े-टुकड़े, खंड-खंड होना।

परिभव—पु. [सं.] पराजय; अनादर, तिरस्कार।

परिभाव—पु. [सं.] अनादर, असम्मान।

परिभाषा—स्त्री. [सं.] किसी शब्द या पद का अर्थ या पूरी व्याख्या कर देने वाला कथन; अपने प्रयोग के लिए शास्त्रकारों द्वारा निश्चित शब्द या पद की व्याख्या।

परिभाषित—वि. [सं.] जिसकी व्याख्या निश्चित शब्दावली में कर दी गई हो।

परिभाष्य—वि. [सं.] कथन के योग्य।

परिभुक्त—वि. [सं.] जो प्रयुक्त कर लिया गया हो।

परिमल—पु. [सं.] सुगंध, सुवास; पुष्प-राग।

परिमाण—पु. [सं.] मात्रा; माप; तौल।

परिमार्जक—वि., पु. [सं.] स्वच्छ करने वाला, धोने वाला।

परिमार्जन—पु. [सं.] परिष्कृत करना, साफ़ करना, स्वच्छ करना; धोना।

परिमार्जनीय—वि. [सं.] जो परिमार्जन, परिष्कार के योग्य हो।

परिमार्जित—वि. [सं.] साफ़ किया हुआ, स्वच्छ किया गया; धोया हुआ।

परिमित—वि. [सं.] सीमित; थोड़ा; मापा या तौला हुआ; जो मात्रा या परिमाण में आवश्यकता से अधिक या कम न हो—पूरा-पूरा ही उतरने वाला।

परिमितायु—वि. [सं.] अल्पायु, कम आयु वाला।

परिमिति—स्त्री. [सं.] सीमा; मर्यादा; परिमाण।

परिमुक्त—वि. [सं.] मुक्त किया हुआ, जिसे छुटकारा मिल गया हो।

परिमुक्ति—स्त्री. [सं.] छुटकारा।

परिमेय—वि. [सं.] जो मापा या तौला जा सके; सीमित।

परिम्लान—वि. [सं.] कुम्हलाया, मुरझाया हुआ, क्लांत, क्षीण। पु. भय, दुःख या थकान से चेहरे का कुम्हला जाना।

परियोजना—स्त्री. [सं.] विशिष्ट योजना; विकास की दृष्टि से बनाई गई कोई बड़ी योजना ('नर्मदा परियोजना')।

परिरंभ, परिरंभण—पु. [सं.] आलिंगन करना, प्रगाढ़ आलिंगन।

परिरक्षण—पु. [सं.] हर दृष्टि से रक्षा करना; बचाव करना।

परिरक्षित—वि. [सं.] जिसकी भलीभाँति रक्षा की गई हो।

परिलंघन—पु. [सं.] उछलना।

परिलुप्त—वि. [सं.] लुप्त, विनष्ट।

परिवदन—पु. [सं.] शोर मचाना; निंदा करना।

परिवर्जन—पु. [सं.] त्याग, त्यागना।

परिवर्जनीय—वि. [सं.] त्यागने, छोड़ने योग्य।

परिवर्जित—वि. [सं.] त्यागा, छोड़ा हुआ।

परिवर्तक—वि. [सं.] परिवर्तन उपस्थित कर देने वाला।

परिवर्तन—पु. [सं.] कुछ घटा-बढ़ा कर रूप बदलना; नया रूप देना; किसी काल विशेष या युग का अंत; विनिमय—(नोट का खरीज में परिवर्तन)।

परिवर्तनीय—वि. [सं.] परिवर्तन, बदलाव के योग्य।

परिवर्तित—वि. [सं.] जिसका परिवर्तन हो चुका हो, जो बदला हुआ हो।

परिवर्धन—पु. [सं.] अच्छी तरह बढ़ना या बढ़ाया जाना, सम्यक् वृद्धि।

परिवर्धित—वि. [सं.] जिसमें अच्छी तरह वृद्धि कर दी गई हो।

परिवह—पु. [सं.] सात प्रकार की वायु में से एक; अग्नि की सात जिह्वाओं में से एक।

परिवहन—पु. [सं.] रेल, ट्रक, बस आदि जो वस्तुओं या मनुष्यों को एक स्थान से दूसरे स्थान पर ले जाने का कार्य करती हैं—('ट्रांसपोर्ट')।

परिवाद—पु. [सं.] निंदा; शिकायत; झूठी निंदा; कुख्याति; आरोप; रोष।

परिवादक—पु. [सं.] निंदा करने वाला; वादी, मुद्दई।

परिवादी—वि. [सं.] आरोपी; निंदा करने वाला।

परिवार—पु. [सं.] कुटुंब, परिजन, घर के लोग; खानदान; एक तरह की वस्तुओं का समूह, वर्ग, कुल, जाति।

परिवृत्त—वि. [सं.] घुमाया हुआ; लौटाया हुआ।

परिवृत्ति—स्त्री. [सं.] घुमाव, चक्कर; विनिमय; समाप्ति, अंत।

परिवेश, परिवेष—पु. [सं.] आस-पास का स्थान; सूर्य या चन्द्रमा के चारों ओर का घेरा, परिधि, मंडल।

परिवेष्टन—पु. [सं.] आवृत करने या ढँकने वाला वस्त्र, आभरण; घेरा, परिधि।

परिवेष्टित—वि. [सं.] चारों ओर से घिरा हुआ; आवृत्त, आच्छादित; परिधि, घेरा।

परिव्रज्या—स्त्री. [सं.] इधर-उधर घूमना; तपस्या; संन्यासी या भिक्षुक की तरह घूमना।

परिव्राज, परिव्राजक—पु. [सं.] संन्यासी; सदा भ्रमण में रहने वाला संन्यासी।

परिव्राट्—पु. [सं.] परिव्राजक, भ्रमणशील संन्यासी।

परिशिष्ट—वि. [सं.] पुस्तक या लेख के बाद दिया गया वह अंश जो पुस्तक या लेख में न हो किंतु विशेष अध्ययन के लिए आवश्यक हो; बचा हुआ।

परिशीलन—पु. [सं.] गंभीरतापूर्वक किया गया अध्ययन।

परिशीलित—वि. [सं.] जिसका परिशीलन, गंभीर अध्ययन किया गया हो।

परिशुद्ध—वि. [सं.] विशुद्ध, पूरी तरह शुद्ध।

परिशुद्धि—स्त्री. [सं.] पूर्ण शुद्धि।

परिशोध—पु. [सं.] पूरी तरह शुद्ध किया हुआ; किसी प्रकार का भुगतान, देय, चुकाना।

परिशोधन—पु. [सं.] पूर्णतया शुद्ध करना।

परिश्रम—पु. [सं.] शरीर से खूब काम लेना, मेहनत।

परिश्रमी—वि. [सं.] परिश्रम, मेहनत करने वाला।

परिश्रांत—वि. [सं.] बहुत थका हुआ, जिसने बहुत परिश्रम किया हो।

परिश्रांति—स्त्री. [सं.] बहुत अधिक थकावट।

परिश्रुत—वि. [सं.] प्रख्यात, प्रसिद्ध।

परिषद, परिषद्—स्त्री. [सं.] सभा, समाज; चुने हुए या नियुक्त सदस्यों की सभा, संस्था।

परिष्कर—पु. [सं.] सजावट।

परिष्करण—पु. [सं.] स्वच्छ या शुद्ध करना; दोष या त्रुटियाँ दूर करना।

परिष्कार—पु. [सं.] संस्कार, शुद्धि; दोष या त्रुटियाँ दूर करने की क्रिया।

परिष्कृत—वि. [सं.] जिसका परिष्करण हो गया हो, सुधारा हुआ; सँवरा या सजाया हुआ।

परिष्कृति—स्त्री. [सं.] सजाना, सँवारना।

परिसंख्या—स्त्री. [सं.] गणना, गिनती; एक अर्थालंकार।

परिसंपत्ति—स्त्री. [सं.] संपदा, भूमि आदि ('प्रॉपर्टी', 'एस्टेट')।

परिसंवाद—पु. [सं.] विशेषज्ञों, विद्वानों में किसी विषय पर होने वाला विचार-विमर्श, गंभीर चर्चा।

परिसमाप्ति—स्त्री. [सं.] पूर्ण समाप्ति, कार्य का संपन्न होना।

परिसर—पु. [सं.] फैला हुआ, विस्तृत भूभाग; किसी संस्था, विश्वविद्यालय, आदि के भवन, उद्यान, क्रीड़ा-मैदान, आदि (कैम्पस)।

परिसांत्वन—पु. [सं.] सांत्वना देना, ढाढ़स देना।

परिसारी—वि. [सं.] चारों ओर जाने वाला, घूमने वाला।

परिसीमा—स्त्री. [सं.] हद, अंतिम सीमा।

परिसीमन—पु. [सं.] किसी चुनाव क्षेत्र की सीमाओं का निर्धारण ('डिमार्केशन'), चौहद्दी बनाना, निर्धारित करना।

परिस्तान—पु. [फा.] परियों का लोक, देश।

परिस्थिति—स्त्री. [सं.] चारों ओर की स्थिति; वे बातें या अवस्थाएँ जो किसी व्यक्ति या घटना के चारों ओर होती हैं।

परिहार—पु. [सं.] दोष या त्रुटि का निराकरण करना; दोष दूर करने का उपाय; परित्याग, छोड़ना; राजपूतों का एक वंश।

परिहार्य—वि. [सं.] जिसका परिहार, त्रुटि-निवारण किया जाना चाहिए; जिसका परिहार उचित हो।

परिहास—पु. [सं.] हँसी-मज़ाक, विनोद।

परी—स्त्री. [फा.] अदृश्य लोक की परों वाली सुंदरियाँ (जो लोककथाओं में वर्णित हैं); फारस की जनश्रुतियों के अनुसार कोह काफ़ में रहने वाली परों वाली सुंदरियाँ। **ला.** परम रूपवती नारी।

परीक्षक—पु. [सं.] परीक्षा लेने वाला; जाँच-निरीक्षण करने वाला।

परीक्षण—पु. [सं.] परीक्षा लेने की क्रिया।

परीक्षणात्मक—वि. [सं.] परीक्षा के रूप में होने वाला, परीक्षा संबंधी।

परीक्षण—पु. [सं.] किसी प्रयोग विशेष के गुण-दोष जाँचना (परमाणु-परीक्षण)।

परीक्षा—स्त्री. [सं.] योग्यता, विशेषता, सामर्थ्य, गुण, आदि को परखने, समीक्षा करने की क्रिया (एग्ज़ामिनेशन), किसी रोग आदि के निदान के लिए विभिन्न प्रकार की जाँच (रक्त-परीक्षा); इम्तहान (हाईस्कूल, बी.ए. आदि की परीक्षा); किसी प्रयोग विशेष को परखना-देखना ('परमाणु-परीक्षा', 'एक्सपेरिमेंट')।

परीक्षामूलक—वि. [सं.] परीक्षा पर आधारित; जिसका स्वरूप परीक्षण का हो।

परीक्षार्थ—अ. [सं.] परीक्षा के लिए।

परीक्षार्थी—पु. [सं.] परीक्षा देने वाला।

परीक्षित—वि. [सं.] जिसकी परीक्षा, जाँच की जा चुकी हो।

परीछा*—स्त्री. द्र. 'परीक्षा'।

परीभाव—पु. [सं.] आनंद, तिरस्कार।

परुष—वि. [सं.] कठोर, कड़ा; कर्कश, कटु; निष्ठुर, निर्दय। स्त्री. 'परुषा'।

परुषा—स्त्री. साहित्य में तीन वृत्तियों में से एक जिसमें ट ठ ड ढ वर्गों के कठोर वर्ण तथा लम्बे-लम्बे समास आते हैं और रचना ओजपूर्ण, वीर रसोपयुक्त हो जाती है।

परुषाक्षर—वि. [सं.] वह रचना जिसमें कठोर वर्णों का प्रयोग हो।

परुषेतर—वि. [सं.] कोमल, मृदु जो परुष, कठोर न हो।

परुषोक्ति—स्त्री. [सं.] कटु वचन, कटु उक्ति, कड़वी बात।

परे—अ. उस ओर, उधर; दूर; अलग; आगे; बाद।

परेई—स्त्री. मादा परेवा, कबूतरी; कोई भी चिड़िया।

परेखना—स.क्रि. परखना, जाँच-परख करना; पश्चात्ताप करना।

परेखा*—पु. परीक्षा, पश्चात्ताप।

परेड—पु., स्त्री. [अं.] सैनिकों की कवायद। **~ग्राउंड**—पु. सैनिकों की कवायद, परेड का मैदान।

परेली—पु. तांडव नृत्य का एक भेद।

परेवा—पु. कबूतर; पक्षी; तेज उड़ान वाला पक्षी।

परेश—पु. [सं.] परमात्मा, ईश्वर।

परेशान—वि. [फा.] व्याकुल, चिंतित, हैरान।

परेशानकुन—वि. [फ़ा.] परेशान करने वाला।

परेशानी—स्त्री. [फा.] चिंता, व्याकुलता, हैरानी।

परोक्ष—वि. [सं.] जो आँखों के सामने न हो, अप्रत्यक्ष; अनुपस्थित; छिपा हुआ; जो सीधे या सामने न होकर किसी दूसरे रूप में हो। **~कर**—पु. वह कर जो उपभोक्ता को सीधे-सीधे न देकर किसी दूसरे के द्वारा देना पड़े ('वैट' आदि)।

परोक्षार्थ—वि. [सं.] जिसका अर्थ सीधा-सादा न हो, घुमा-फिरा कर या किसी दूसरे रूप में हो।

परोत्कर्ष—पु. [सं.] दूसरे की उन्नति।

परोपकार—पु. [सं.] दूसरों की भलाई।

परोपकारिता—स्त्री. [सं.] परोपकार करने का भाव।

परोपकारी—वि. [सं.] परोपकार करने वाला।

परोपजीवी—वि. [सं.] दूसरे के सहारे रहने वाला।

परोपदेश—पु. [सं.] दूसरे को उपदेश देना।

परोसक—पु. [सं.] भोजन परोसने, देने वाला, खाना निकालने वाला।

परौंठा—पु. द्र. पराँठा।

पर्चा—पु. द्र. 'परचा'।

पर्जन्य—पु. [सं.] बादल, मेघ।

पर्ण—पु. [सं.] पेड़ का पत्ता, पत्र; पुस्तक, बही, आदि का पृष्ठ; कागज़, कागज़ का टुकड़ा। **~कुटी**—स्त्री. पत्तों से बनी कुटिया। **~शाला**—स्त्री. पर्णकुटी, पत्तों से बनी कुटिया।

पर्णाद—पु. [सं.] पत्तों के भोजन पर निर्भर रहने वाला तपस्वी।

पर्णी—पु. [सं.] वृक्ष, पेड़।

पर्दा—पु. द्र. 'परदा'।

पर्परी—स्त्री. पापड़ी।

पर्ब—पु. द्र. 'पर्व'।

पर्बत—पु. द्र. 'पर्वत'।

पर्मानेंट—पु. [अं.] स्थायी; पुख़्ता, मज़बूत।

पर्मिशन—पु. [अं.] अनुमति; सहमति।

पर्यंक—पु. [सं.] पलँग, खाट का बड़ा रूप।

पर्यंत—अ. [सं.] तक, सीमित। पु. अंतिम सीमा (समुद्र-पर्यंत)।

पर्यटक—पु. [सं.] घूमने वाला; विभिन्न स्थानों पर घूमने जाने वाला ('टूरिस्ट')।

पर्यटन—पु. [सं.] घूमना, विभिन्न स्थानों पर दर्शनार्थ जाना ('टूरिज्म')। **~स्थल**—पु. वह दर्शनीय स्थान जहाँ लोग घूमने जाते हैं।

पर्यवसान—पु. [सं.] समाप्ति, अंत।

पर्यवसित—वि. [सं.] समाप्त।

पर्यवेक्षक—पु. [सं.] किसी कार्य के सुचारु संचालन का उत्तरदायी अधिकारी; निगरानी करने वाला, देख-भाल करने वाला।

पर्यवेक्षण—पु. [सं.] किसी कार्य को भली प्रकार देखना, निगरानी करना।

पर्यस्तापह्नुति—स्त्री. [सं.] अपह्नुति अलंकार का एक भेद।

पर्याप्त—वि. [सं.] आवश्यकता-भर, जितना चाहिए उतना, यथेष्ठ, काफ़ी।

पर्याप्ततः—क्रि.वि. [सं.] पर्याप्त रूप से, पूरी तरह से।

पर्याय—पु. [सं.] समानार्थक शब्द, एक शब्द के उसी अर्थ का सूचक दूसरा शब्द। **~वाचक, ~वाची**—वि. समानार्थी शब्द।

पर्यायार्थी—वि. [सं.] समान अर्थ वाला।

पर्यायी—वि. [सं.] पर्यायवाची।

पर्यायोक्ति—स्त्री. [सं.] एक अर्थालंकार।

पर्यालोचन—पु., **पर्यालोचना**—स्त्री. [सं.] अच्छी तरह से की गई आलोचना, सम्यक् अध्यापन।

पर्यावरण—पु. [सं.] वातावरण, जलवायु संबंधी परिस्थितियाँ।

पर्यावर्त—पु. [सं.] वापस आना, लौटना।

पर्युक्षण—पु. [सं.] हवन-पूजन, आदि धार्मिक अनुष्ठान।

पर्युत्सक—वि. [सं.] अत्यंत उत्सुक।

पर्युषण—पु. [सं.] पूजा, उपासना।

पर्व—पु. [सं.] उत्सव, त्योहार; कोई बड़ा उत्सव; त्योहार या उत्सव पर पवित्र नदी, आदि में स्नान का विशेष दिन।

पर्वत—पु. [सं.] पहाड़; दशनामी संन्यासियों का एक भेद।

पर्वतक—पु. [सं.] पहाड़।

पर्वतात्मज—पु. [सं.] मैनाक।

पर्वतात्मजा—स्त्री. [सं.] पार्वती।

पवतारि—पु. [सं.] इन्द्र।

पर्वतारोहण—पु. [सं.] पर्वत पर चढ़ने की क्रिया।

पर्वतारोही—वि. [सं.] पर्वत पर चढ़ने वाला।

पर्वताशय—पु. [सं.] बादल, मेघ।

पर्वतीय—वि. [सं.] पर्वत से संबंधित; पहाड़ का वासी; पहाड़ी ब्राह्मणों की एक उपाधि।

पर्वतेश्वर—पु. [सं.] हिमालय।

पर्शु—पु. [सं.] परशु नामक अस्त्र, फरसा। **~पाणि**—पु. गणेश, परशुराम।

पर्स—पु. [अं.] बटुआ, पैसे रखने का चमड़े, रैक्सीन आदि का बटुआ।

पर्सनैलिटी—स्त्री. [अं.] व्यक्तित्व; शारीरिक रचना।

पलंग—पु. बड़ी सुंदर चारपाई, पलका।

पलँगिया—स्त्री. छोटा पलंग।

पल—पु. [सं.] समय का एक सूक्ष्म विभाग, 24 सेकंड के बराबर माना गया है, पलक झपकने भर का समय; एक पुरानी तौल या माप।

पलक—स्त्री. आँख को ऊपर से ढँकने वाला त्वचा का वह परदा, जिसके गिरने-उठने से आँख बंद और खुलती है।

पलका*—पु. द्र. 'पलँग'।

पलटन—स्त्री. सैन्य दल; सेना। **ला.** बहुत अधिक लोग (अवज्ञा अर्थ में—'अतिथियों की पलटन ही आ गई')।

पलटना—अ.क्रि. उलट जाना; (बात से) फिर जाना; स्वरूप बदल जाना; पीछे की ओर मुड़ना; वापस लौटना; नीचे का भाग ऊपर और ऊपर का भाग नीचे हो जाना।

पलटनिया—वि. पलटन, फौज, सेना का (पलटनिया बाज़ार)।

पलटा—पु. पलटने का कार्य या भाव; प्रतिफल; पीतल, स्टेनलैस स्टील, आदि का चपटा-सा रसोई-उपकरण।

पलटाना—स.क्रि. पलट देना, स्थिति को बदल देना; लौटाना।

पलटी—स्त्री. बदली, परिवर्तन; परिवर्तित स्थिति।

पलना—अ.क्रि. पालित होना, पाला-पोसा जाना; खा-पी कर हृष्ट-पुष्ट होना। **ला. पला पड़ा (है)**—खूब तंदुरुस्त।

पलस्तर—पु. [अं.] सीमेंट-रेत, आदि से बनाया मसाले का लेप जो दीवार आदि पर, मज़बूती और सुंदरता के लिए किया जाता है।

पलांडु—पु. [सं.] प्याज़।

पलायन—पु. [सं.] दूसरी जगह चले जाना (भय या किसी संकट की आशंका के कारण); दंड आदि के भय से अपने स्थान से चले जाना, भाग जाना। **~वादी**—वि. संसार से डर कर भागने वाला; संन्यासी बन जाना।

पलाश—पु. [सं.] एक फूल, उसका पौधा—टेसू, ढाक, किंशुक।

पलास—पु. द्र. 'पलाश'।

पलिया—पु. टोकरी—बाँस, शहतूत की छाल, आदि से बनी।

पली—स्त्री. किसी बड़े बर्तन में से तेल, घी, आदि निकालने की एक तरह की कलछी।

पलीता—पु. बंदूक, तोप, बम आदि को चलाने वाली एक बत्ती-सी, जिसमें आग लगने पर वह छूट जाता है, चल जाता है; पटाखों, आदि की आतिशबाजी में लगा एक धागे का टुकड़ा जिसमें आग लगा कर उन्हें चलाया जाता है। **मु. ~पलीता लगाना**—विस्फोटक स्थिति पैदा कर देना।

पलीद—वि. [फा.] अपवित्र; दुष्ट; खराब। **मु. ~मिट्टी पलीद करना**—दुर्दशा करना।

पलेज*—स्त्री. खरबूज़े, तरबूज़, आदि का खेत।

पलेट—स्त्री. [अं.] प्लेट, रक़ाबी; पैंट, कमीज़ आदि में सिलाई से बनाई जाने वाली पट्टी-सी।

पलेथन, पलोथन—पु. सूखा आटा जिसे रोटी की लोई पर लगा कर बेलते हैं। **मु. ~पलेथन लगाना**—किसी को धोखा देकर आर्थिक हानि पहुँचाना।

पलेवा*—पु. खेत में बीज बोने से पहले उसे तैयार करने के लिए पानी देना।

पल्लव—पु. [सं.] नया निकला कोमल पत्ता, कोंपल।

पल्लवित—वि. [सं.] जिसमें नए पत्ते आ गए हों; हरा-भरा; जिसका पल्लवन, पालन-पोषण किया गया हो।

पल्लवी—वि. [सं.] जिसमें पल्लव, नए पत्ते आ गए हों।

पल्ला—पु. कपड़े का छोर; आँचल; साड़ी, आदि का सामने आने वाला छोर; दुपल्ली टोपी का एक भाग; दरवाज़े की किनारों का एक भाग। **~दार**—पु. अनाज ढोने व तौलने वाला। **मु. ~छुड़ाना**—छुट्टी पा लेना, किसी से छुटकारा हो जाना। **~बँधना**—किसी से पत्नी रूप में जुड़ जाना, विवाहिता हो जाना। **~बाँध देना**—किसी को जबरदस्ती कोई चीज़ दे देना; किसी से ब्याह देना।

पल्लि, पल्ली—स्त्री. [सं.] छोटी बस्ती, गाँव, टोला।

पल्स पोलियो—स्त्री. पल्स पोलियो ड्रॉप्स, पोलियो नामक बीमारी को रोकने के लिए बच्चों को कुछ-कुछ अंतराल पर दी जाने वाली औषधि की बूँदें।

पवन—पु. [सं.] हवा, वायु। **~कुमार, ~पुत्र, ~सुत**—हनुमान।

पवनात्मज—पु. [सं.] हनुमान।

पवर्ग—पु. [सं.] प, फ, ब, भ, म व्यंजन वर्णों का समूह।

पवाँड़ा—पु. राजस्थान में प्रचलित एक प्रकार के वीर गीत। **ला.** ऊब पैदा करने वाला लंबा कथन ('कहाँ का पवाँड़ा लेकर बैठ गए')।

पवाँर—पु. क्षत्रियों का एक गोत्र, उपजाति भी।

पवि—पु. [सं.] वज्र, अग्नि, बिजली। **~धर**—पु. इंद्र।

पवित—वि. [सं.] पवित्र, शुद्ध किया हुआ।

पवित्तर—वि. द्र. 'पवित्र'।

पवित्र—वि. [सं.] पुनीत, निर्मल, स्वच्छ; जो गंदा या मैला न हो; धार्मिक दृष्टि से श्रद्धेय।

पवित्रता—स्त्री. [सं.] पवित्र होने का भाव।

पवित्रा—स्त्री. [सं.] तुलसी; एक प्राचीन नदी।

पवित्रात्मा—वि. [सं.] जिसकी आत्मा, अंतःकरण शुद्ध, निर्मल हो, निर्मलमना।

पवित्रारोपण, पवित्रारोहण—पु. [सं.] यज्ञोपवीत धारण करना; विष्णु, शिव, आदि देवों को यज्ञोपवीत पहनाने का अनुष्ठान।

पवित्री—स्त्री. [सं.] यज्ञादि में पूजन के समय यजमान को पहनाया जाने वाला कुशा का छल्ला।

पवित्रीकरण—पु. [सं.] किसी अपवित्र, अशुद्ध वस्तु को शुद्ध, पवित्र करना।

पशम—पु. [फा.] बढ़िया, मुलायम ऊन जिससे पशमीना बनाया जाता है, पशमीने के शॉल, चादर, लोई, आदि।

पशमीना—पु. पशम, बढ़िया ऊन का बना वस्त्र, जिससे शॉल, चादर, लोई, आदि बनाई जाती हैं।

पशु—पु. [सं.] पूँछ और चार पैरों वाले (चौपाये) जानवर—घोड़ा, गौ, भैंस, कुत्ता, आदि। **~पति**—पु. शिव; पशुओं का पालन करने वाला। **~पालन**—पु. दुधारू पशुओं को पाल कर जीविका चलाना। **~मैथुन**—पु. नर और मादा पशुओं का परस्पर संभोग; मनुष्य का बकरी, गाय, कुत्ते, आदि के साथ संभोग। **~वत्—~वत, ~वत्**—वि. पशुओं के समान, जंगली।

पशुता—स्त्री., **पशुत्व**—पु. [सं.] जंगलीपन, जानवरपन।

पश्च—वि. [सं.] बाद का; पश्चिमी।

पश्चात्—अ. [सं.] बाद में, अनंतर, पीछे।

पश्चात्ताप—पु. [सं.] किए हुए अनुचित या बुरे काम से चित्त में होने वाला पछतावा, ग्लानि, दुःख जैसा भाव।

पश्चाद्—'पश्चात्' का समासगत रूप।

पश्चानुताप—पु. [सं.] पछतावा।

पश्चिम—वि. [सं.] पच्छिम दिशा, सूर्योदय के समय सूर्य की ओर मुँह करके खड़े होने पर पीठ के ठीक पीछे की दिशा।

पश्चिमा—स्त्री. [सं.] पश्चिम दिशा।

पश्चिमाचल—पु. [सं.] अस्ताचल, वह पर्वत जिसके पीछे सूर्य छिपता है।

पश्चिमी—वि. पश्चिम दिशा का, पछाहीं।

पश्चिमोत्तर—वि. [सं.] पश्चिम और उत्तर में स्थित, उत्तरी-पश्चिमी।

पश्तो—स्त्री. एक प्राचीन आर्य भाषा, जो भारत की पश्चिमोत्तर सीमा से लेकर अफगानिस्तान तक बोली जाती है।

पश्म—पु. [फा.] द्र. 'पशम'।

पश्मीना—पु. [फा.] द्र. 'पशमीना'।

पश्यंती—स्त्री. [सं.] व्याकरण में स्फोट के चार भेदों में से दूसरा, जिसका निवास स्थान मणिपूर चक्र है। अन्य भेद हैं—परा, मध्यमा और वैखरी।

पषाण, पषान*—पु. [सं.] पाषाण, पत्थर।

पसंद—स्त्री. [फा.] रुचि; स्वीकृति, अच्छी लगने वाली वस्तु।

पसंदगी—स्त्री. [फा.] पसंद आने की स्थिति, भाव।

पसंदीदा—वि. [फा.] पसंद किया हुआ; जो पसंद हो।

पस—पु. [अं.] मवाद।

पसमीना*—पु. द्र. 'पशमीना'।

पसर—पु. हाथों की बनाई हुई अंजुरि (अनाज, आटा, आदि देने के समय)। स्त्री. प्रसार, फैलाव, विस्तार।

पसली—स्त्री. मनुष्य शरीर के पार्श्व, बगलों के नीचे की पतली-पतली हड्डियाँ।

पसाना—स.क्रि. उबाले हुए चावलों में से उनका पानी, माँड़, निकालना।

पसार—पु. प्रसार, फैलाव, विस्तार। ला. भाया परिकर, पसारा, सांसारिक जंजाल।

पसारना—स.क्रि. फैलाना, छितराना।

पसारा—पु. फैलाव; चीज़ों को अस्त-व्यस्त रूप में लापरवाही से फैलाना।

पसावन—पु. पसाने; उबले हुए चावल में से निकला पानी, माँड़।

पसिंजर—पु. द्र. 'पैसेंजर'।

पसीजना—अ.क्रि. ताप या गरमी के कारण किसी चीज़ में से हलका पानी-सा ऊपर आ जाना; हलका पसीना-सा आना। **ला.** दया भाव आ जाना।

पसीना—पु. गरमी अथवा परिश्रम के कारण शरीर से निकलने वाले जल-कण, स्वेद, प्रस्वेद। **मु. ~निकालना**—बहुत परिश्रम करना। **~बहाना**—कठिन परिश्रम करना।

पसु*—पु. द्र. 'पशु'।

पसुरी, पसुली*—स्त्री. द्र. 'पसली'।

पसेउ*—पु. प्रस्वेद, पसीना, स्वेद।

पसेरी—स्त्री. पंसेरी, पाँच सेर की तौल; पाँच सेर का बाट।

पसेव—पु. हलका-सा पसीना; किसी वस्तु के पसीजने से निकले जल-कण, स्वेद कण।

पसोपेश—पु. असमंजस की स्थिति।

पस्त—वि. [फा.] हारा हुआ; शिथिल। **~हिम्मत**—वि. जो हिम्मत हार चुका हो, हतोत्साहित।

पहचनवाना—स.क्रि. पहचान करवाना।

पहचान—स्त्री. पहचानने की क्रिया; किसी के गुण, दोष, योग्यता आदि की परख, किसी को देखकर यह सत्यापित करना कि यह वही व्यक्ति है। **~पत्र**—पु. वह कार्ड जिसमें उस व्यक्ति का परिचय-विवरण दिया होता है—जन्मतिथि, फोटो, आवास-स्थान, पद-नाम, आदि।

पहचानना—स.क्रि. किसी पूर्व परिचित व्यक्ति या वस्तु को देख कर जान जाना कि यह वही है; किसी के गुण-दोष, आदि को वास्तव में जान लेना; किसी को यथार्थ में जान लेना (अवमाननापूर्ण अर्थ में)।

पहनना—स.क्रि. वस्त्र अथवा आभूषण, आदि को अपने शरीर या अंगों पर धारण करना।

पहनवाना—स.क्रि. किसी को वस्त्र या आभूषण धारण कराना, पहनाना।

पहनाई—स्त्री. पहनाने की क्रिया, पहनाने के बदले दी जाने वाली राशि।

पहनाना—स.क्रि. किसी को वस्त्र या आभूषण धारण कराना।

पहनावा—पु. पहनने के वस्त्र; वेश-भूषा; कपड़े पहनने का ढंग, शऊर।

पहर—पु. समय; समय विशेष; तीन घंटे का समय; दिन और रात में आठ पहर।

पहरा—पु. रक्षक दल; किसी की रक्षा के लिए किए गए चौकसी के प्रबंध; रक्षक दल का घूम-घूम कर चौकसी रखना (पहरा देना)।

पहरावनी—स्त्री. धार्मिक दृष्टि से दान या भेंट में दी गई वेश-भूषा—धोती-कुर्ता, आदि।

पहरावा—पु. द्र. 'पहनावा'।

पहरी—पु. प्रहरी, पहरेदार।

पहरुआ—पु. पहरेदार, प्रहरी।

पहरेदार—पु. [फ़ा.] प्रहरी; चौकसी रखने वाला; रक्षक।

पहरेदारी—स्त्री. [फ़ा.] चौकीदारी, पहरेदार का पद, काम।

पहल—पु. किसी अच्छे कार्य के लिए किया जाने वाला पहला प्रयास।

पहलवान—पु. [फा.] कुश्ती लड़ने वाला हृष्ट-पुष्ट व्यक्ति; हृष्ट-पुष्ट, स्वस्थ आदमी।

पहलवानी—स्त्री. [फा.] कुश्ती लड़ने का काम; पेशा।

पहलवी—स्त्री. [फा.] ईरान की एक पुरानी भाषा।

पहला—वि. प्रथम, आद्य, शुरू में होने वाला; गिनती के क्रम में आदि, शुरू में पड़ने वाला (पहला, दूसरा, तीसरा, आदि)।

पहलू—पु. [फा.] पार्श्व, बगल; करवट; गुण-दोष, आदि की दृष्टि से किसी वस्तु या विषय के विभिन्न पक्ष।

पहले—अ. शुरू में; प्रथम; किसी कार्य के आरंभ से पूर्व; स्थिति या क्रम में सबसे आगे; पुराने समय में या पूर्व काल में।

पहलौंठा, पहलौठा—वि. प्रथम पुत्र; प्रथम प्रसव।

पहलौंठी, पहलौठी—स्त्री. प्रथम प्रसव; प्रथम प्रसव-क्रिया।

पहाड़—पु. भूमि का बहुत ऊपर उठा पथरीला प्राकृतिक भाग, पर्वत; बहुत बड़ी राशि, बड़ा ढेर। **ला.** बहुत लंबा ('पहाड़-सा दिन'), बहुत बड़ी संख्या ('रनों का पहाड़'); बहुत कठिन काम। **मु. ~टूटना, ~टूट पड़ना**—बहुत भारी विपत्ति आना।

पहाड़ा—पु. किसी अंक के गुणनफलों की क्रमागत सूची, छोटी कक्षाओं या छोटे बच्चों को सिखाई जाती है ($2 \times 2 = 4$, $3 \times 4 = 12$ आदि)।

पहाड़िन—स्त्री. पहाड़ी स्त्री, पहाड़ पर रहने वाली स्त्री।

पहाड़िया—वि. द्र. 'पहाड़ी'।

पहाड़ी—वि. पहाड़ का; पहाड़ पर या पहाड़ी क्षेत्र का रहने वाला; पहाड़ पर मिलने वाला (जड़ी-बूटियाँ, औषधि, आदि); पहाड़ पर बोली जाने वाली भाषा।

पहिचान—स्त्री. द्र. 'पहचान'।

पहिचानना—स.क्रि. द्र. 'पहचानना'।

पहिनना—स.क्रि. द्र. 'पहनना'।

पहिनावा—पु. द्र. 'पहनावा'।

पहिया—पु. गाड़ी अथवा किसी कल, मशीन में लगा वह चक्का, जिसकी धुरी पर, घूमने से गाड़ी या कल, मशीन चलती है।

पहिरावनि, पहिरावनी*—स्त्री. द्र. 'पहरावनी'।

पहिला—वि. द्र. 'पहला'।

पहिले—अ. द्र. 'पहले'।

पहुँच—स्त्री. पहुँचने, किसी स्थान तक जाने की क्रिया या भाव; गति, पैठ, प्रवेश; किसी बात को समझने, ग्रहण करने की सामर्थ्य, ज्ञान को आत्मसात् करने की क्षमता।

पहुँचना—अ.क्रि. एक स्थान से चल कर दूसरे स्थान तक जाना; किसी पद आदि को प्राप्त करना। **ला. ~पहुँचा हुआ**—ज्ञानी या सिद्ध पुरुष; बहुत चालाक, तेज़-तर्रार।

पहुँचा—पु. कलाई के ऊपर का भाग। **मु. (उँगली पकड़ कर) ~पहुँचा पकड़ना**—धीरे-धीरे आगे बढ़ते हुए अपनी माँग बढ़ाना।

पहुँचाना—स.क्रि. किसी व्यक्ति या वस्तु को एक स्थान से दूसरे स्थान पर पहुँचाना—व्यक्ति के साथ जाकर, वस्तु को ले जाकर; कोई पद आदि प्राप्त करा देना; बराबरी में लाना।

पहुँची—स्त्री. हाथ में पहनने का स्त्रियों का आभूषण विशेष; रक्षा बंधन पर कलाई में बाँधी जाने वाली राखी।

पहुनाई—स्त्री. पाहुने के रूप में कहीं जाना, आतिथ्य ग्रहण करना; आतिथ्य।

पहुप*—पु. पुहुप, फूल, पुष्प, कुसुम।

पहुम, पहुमि, पहुमी—स्त्री. 'पृथ्वी'।

पहेली—स्त्री. प्रहेलिका, बुझौवल; किसी की बुद्धि की परीक्षा लेने के लिए घुमा-फिरा कर बात को प्रस्तुत कर उसका उत्तर बताने को कहना—'बोलो क्या', बोलो तो जानें' से उक्ति का अंत।

पह्लव—पु. [सं.] एक प्राचीन विदेशी जाति, ईरान की; ईरान का पुराना नाम।

पह्लवी—स्त्री. ईरान की एक प्राचीन भाषा।

पाँ, पाँइ*—पु. पैर, पाँव।

पाँइता*—पु. चारपाई, खाट का पैरों की ओर का हिस्सा, पाँयताना।

पाँउ*—पु. पैर, पाँव।

पांक्तेय, पांक्त्य—वि. [सं.] जो पंक्ति, पंगत में बैठने योग्य हो; पंक्ति में गणना योग्य।

पाँखड़ा—पु. पंख, पर।

पाँखड़ी—स्त्री. द्र. 'पंखुड़ी'।

पाँखी*—स्त्री. 'पाखी'।

पाँखुरी—स्त्री. द्र. 'पंखुरी'।

पाँगुर*—वि. पंगु; लँगड़ा आदि।

पांगुल्य—पु. [सं.] पंगुता, लँगड़ापन।

पाँच—वि. चार और एक की संख्या, चार से एक आगे की संख्या। **~वाँ**—वि. गिनती या क्रम में पाँच के स्थान पर पड़ने वाला। **मु. ~पाँचों उँगलियाँ घी में होना**—बहुत अधिक लाभ की स्थिति प्राप्त होना।

पांचजन्य—पु. [सं.] श्रीकृष्ण के शंख का नाम।

पांचदश—वि. [सं.] महीने के पन्द्रहवें दिन से सम्बद्ध।

पांचनद—वि. [सं.] पंचनद संबंधी; पंजाब का, पंजाबी।

पाँचभौतिक—वि. [सं.] पाँच तत्त्वों—पृथ्वी, जल, वायु, आकाश तथा अग्नि से संबंधित; पाँच तत्त्वों से बना हुआ।

पांचयज्ञिक—वि. [सं.] पंच यज्ञ संबंधी।

पांचरात्र—पु. [सं.] एक वैष्णव संप्रदाय।

पाँचवर्षिक—वि. [सं.] पाँच वर्ष का।

पांचार्थिक—पु. [सं.] शैव।

पांचाल—वि. [सं.] पांचाल देश का, पांचाल देश संबंधी; पांचाल देश का राजा; पांचाल देश का वासी।

पांचालक—पु. [सं.] पंचाल देश का राजा। वि. पंचाल—वासियों के संबंध का।

पांचालिका—स्त्री. [सं.] द्रौपदी; पांचाल देश की स्त्री; बच्चों के खेलने की कपड़े आदि की गुड़िया, पुतली।

पांचाली—स्त्री. [सं.] पांचाल देश की राजकन्या द्रौपदी; पांचाल देश की स्त्री या रानी; काव्य की एक प्रसिद्ध रचना-शैली, इसमें दीर्घ समासों का प्रयोग कर ललित पदावली रची जाती है।

पाँजना—स क्रि. पीतल, लोहे आदि धातु की वस्तुओं, बरतनों आदि में राँगे आदि का टाँका लगा कर उनकी मरम्मत कर देना।

पांडर—पु. [सं.] सफेद रंग।

पांडव—पु. [सं.] पांडु के पुत्र—युधिष्ठिर, भीम, अर्जुन, नकुल और सहदेव; इन पाँचों में से कोई एक।

पांडवाभील, पांडवायन—पु. [सं.] श्रीकृष्ण।

पांडवीय—पु. [सं.] पांडव संबंधी; पांडवों का।

पांडवेय—पु. [सं.] पांडु का पुत्र, पांडव।

पांडित्य—पु. [सं.] विद्वत्ता, गहन ज्ञान।

पांडु—पु. [सं.] कुरुवंश के राजा, पांडवों के पिता; कुछ-कुछ पीला रंग (रक्ताल्पता के कारण), राजा पांडु के कृशकाय और पीला रंग होने के कारण पांडु नाम पड़ा। **~लिपि**—स्त्री. पुस्तक, लेख, आदि की वह प्रति जो हाथ से लिखी हुई वह प्रति, जो छपने के लिए दी जाती है, मूल हस्तलिखित प्रति।

पांडुर—पु. [सं.] कुछ पीलापन लिए हुए सफेद रंग ('क्रीम कलर') रक्ताल्पता का एक रोग, इसमें रंग पीला पड़ जाता है।

पांडुरिमा—स्त्री. [सं.] पांडु रंग लिए हुए सफेदी ('क्रीम शेड')।

पांडेय—पु. ब्राह्मणों की एक उपाधि, एक उपजाति।

पाँत—स्त्री. पाँति, पंगत, कतार।

पाँति—स्त्री. द्र. 'पाँत'।

पांथ—पु. [सं.] पथिक, राही। **~शाला**—स्त्री. धर्मशाला, सराय, यात्रियों के ठहरने का स्थान।

पॉप कॉर्न—पु. [अं.] मशीन पर भुने मकई के दाने।

पाँयँ*—पु. पैर, पाँव, चरण। **~चा**—पु. द्र. 'पायँचा'।

पाँव—पु. पैर, शरीर का वह अंग जिसके आधार पर कोई खड़ा होता है तथा उनसे ही चलता है। **मु. ~की जूती**—तुच्छ सेवक की हैसियत (समझना)। **~धोकर पीना**—हमेशा के लिए दास बन जाना। **~पीटना**—किसी बात के लिए बहुत जिद करना। **~पूजना**—बहुत अनुनय-विनय करना।

पाँवड़ा—पु. वह वस्त्र जो किसी आदरणीय के स्वागत के लिए बिछाया जाता है, वह उस पर चरण रख कर आता है ('पलक पाँवड़े बिछाना')।

पाँवर*—वि. पामर, नीच, तुच्छ।

पा—पु. [फ़ा.—संस्कृत 'पाद' से] पैर, पाँव। **~ख़ाना**—पु., मल, गू; मल-त्याग के लिए बना स्थान। **~जामा**—पु. कमर से पैरों तक का दो पायँचों वाला एक वस्त्र। **मु. ~(जामे) से बाहर होना**—क्रोध में आपा खोना। **~ज़ेब**—स्त्री. स्त्रियों के पैरों का एक आभूषण। **~बंद**—वि. समय, नियम या रीति से बँधा हुआ। **~बंदी**—स्त्री. प्रतिबंध, रोक। **~लागन**—स्त्री. पैर छूना, आदर प्रकट करने, पैर छूना, प्रणाम करना।

पाइप—पु. [अं.] नल; नली, पानी की नली; एक प्रकार का बाजा; तम्बाकू पीने का एक उपकरण।

पाइरिया—पु. [अं.] एक प्रकार का दाँतों का रोग, इसमें मसूड़ों से ख़ून निकलता है और मुँह से बदबू आती है।

पाइलट—पु. [अं.] वायुयान का चालक।

पाई—स्त्री. पैर, पाँव; किसी अंक के आगे 1/4 का मान सूचित करने के लिए लगाई जाने वाली सीधी खड़ी रेखा, जैसे—५। अर्थात् सवा पाँच; पिंगल शास्त्र में दीर्घ स्वर-सूचक मात्रा; लेखन में पूर्णविराम सूचक खड़ी रेखा; पैसे के तिहाई मूल्य का एक पुराना छोटा सिक्का; धान आदि में लगने वाला छोटा कीड़ा।

पाउँ*—पु. पाँव, पैर।

पाउंड—पु. [अं.] मुख्यतः ब्रिटेन का सोने का एक सिक्का; इसी के सम मूल्य का करेंसी नोट; तौल की एक माप।

पाउ*—पु. पाँव।

पाउडर—पु. [अं.] चूरा, शरीर या मुख की सुंदरता बढ़ाने के लिए लगाया जाने वाला विभिन्न तत्त्वों का चूरा; चूर्ण की गई औषधि।

पाक—पु. [सं.] पकने या पकाने की क्रिया या भाव; पकवान; रसोई; चाशनी में बनाई गई औषधि; भोजन, पचने की क्रिया, भाव; पकवान। **~क्रिया**—स्त्री. (भोजन) पकाने, बनाने को क्रि..

पाक—वि. [फा.] शुद्ध, पवित्र, साफ-सुथरा; पाप या बुराई से बचने वाला। **~दामन**—वि. जिसका आचरण पवित्र हो, निष्पाप। **~दिल**—वि. साफ़, पवित्र मन वाला। **~निगाह**—वि. पवित्र, निष्काप दृष्टि वाला, कामवासना-शून्य दृष्टि। **~नीयत**—वि. शुद्ध विचार, निष्पाप हृदय। **~परवरदिगार**—पु. परमात्मा। **~मुहब्ब**—स्त्री. विशुद्ध प्रेम, निस्स्वार्थ प्रीति। **~साफ़**—वि. साफ़-सुथरा, विशुद्ध। पु. पाकिस्तान का संक्षिप्त रूप ('भारत-पाक संधि')।

पाकड़, पाकर—पु. बरगद की प्रजाति का एक पेड़।

पॉकिट, पॉकेट—स्त्री. [अं.] जेब, थैली। **~मनी**—पु. जेब-खर्च। **~मार**—पु. जेबकतरा, जेब काटने वाला।

पाकिस्तान—पु. [फा.] धर्म और जाति के आधार पर गठित वह मुस्लिम बहुल देश, जो भारत से अलग होकर 1947 में अस्तित्व में आया।

पाकिस्तानी—वि. [फा.] पाकिस्तान का, पाकिस्तान से संबंधित।

पाकीज़गी—स्त्री. [फा.] शुद्धता, पवित्रता; सफ़ाई; सुंदरता।

पाकीज़ा—वि. [फा.] निर्दोष, निष्कलंक; सुंदर, हसीना।

पॉकेट—पु. [अ.] द्र. 'पॉकिट'।

पाक्षिक—वि. [सं.] पक्ष संबंधी; एक पक्ष या पन्द्रह दिनों में होने वाला; कोई समाचार-पत्र या पत्रिका जो पन्द्रह दिनों में प्रकाशित होती है।

पाखंड—पु. [सं.] ढोंग, आडम्बर; छल, धोखा; धूर्तता, चालाकी। **मु. ~रचना**—किसी को धोखा देने का प्रयत्न करना।

पाखंडी—वि. [सं.] ढोंग करने वाला, जो झूठा दिखावा करता हो, धार्मिक दृष्टि से या धर्म के नाम पर ढोंग रचने वाला।

पाख—पु. पक्ष, पन्द्रह दिन का समय।

पाखान*—पु. पाषाण, पत्थर।

पाख़ाना—पु. [फ़ा.] मल, गुह, गू; मल त्याग के लिए बना स्थान ('टायलेट')।

पाग—स्त्री. पगड़ी। पु. वह चाशनी जिसमें मिठाई--बालूशाही, इमरती, जलेबी, आदि को डुबो कर तैयार किया जाता है।

पागना—स.क्रि. चाशनी, पाग में (मिठाई, आदि को) डुबोने की क्रिया।

पागल—वि. [सं.] अत्यंत मूर्ख, नासमझ; जिसके मस्तिष्क में विकार आ गया हो, जिसकी मानसिक दशा ठीक न हो; प्रेम, क्रोध, आदि में उन्मत्त होना। **~ख़ाना**—पु. वह स्थान जहाँ पागलों को चिकित्सा और देख-रेख के लिए रखा जाता है।

पागलपन—पु. वह मानसिक स्थिति जिसमें मनुष्य की बुद्धि, विवेक कार्य नहीं कर पाता है, विक्षिप्त अवस्था।

पागुर—पु. (पशुओं की) जुगाली।

पाचक—वि. [सं.] पचाने या पकाने वाला। पु. पाचनशक्ति बढ़ाने वाली दवा, औषधि; रसोइया, रसोई बनाने वाला।

पाचन—पु. [सं.] पचाना या पकाना; पचाने की अग्नि; पाचक औषधि। **~शक्ति**—स्त्री. भोजन पचाने वाली शक्ति, प्रक्रिया, हाजमा।

पाचनीय—वि. [सं.] पचाने योग्य; पकाने योग्य।

पाछा*—पीछा।

पॉज़—पु. [अं.] विराम, यति; रुकना; ठहर जाना; हिचकना।

पाजामा—पु. [फ़ा.] एक प्रसिद्ध सिला हुआ अधोवस्त्र, जो कमर पर नाड़े द्वारा बाँधा जाकर दोनों टाँगों को ढकता हुआ नीचे एड़ी तक जाता है।

पाजी—वि. दुष्ट, बदमाश; प्यार में बच्चों को दिया जाने वाला सम्बोधन; मूल अर्थ—बदमाश, शैतान के रूप में।

पाजेब—स्त्री. [फ़ा.] पैरों में पहनने का आभूषण, पायल।

पाटंबर—पु. रेशमी वस्त्र।

पाट—पु. [सं.] विस्तार, फैलाव; चौड़ाई। हि. रेशम; रेशमी वस्त्र; पटसन; चक्की के दो भागों में से एक।

पाटन—स्त्री. पाटने, छत पर छाजन डालने की क्रिया।

पाटना—स.क्रि. पाटने की क्रिया, किसी नीची भूमि या गड्ढे, आदि को मिट्टी आदि से भर कर समतल कर देना; भरना; किसी वस्तु की बहुत अधिक मात्रा उपस्थित कर देना, ढेर लगा देना।

पाटल—पु. [सं.] एक पेड़—पाढर; इस पेड़ का फूल।

पाटला—पु. पाढर का पेड़; बढ़िया और खरा सोना।

पाटलि—स्त्री. पाढर का पेड़। **~पुत्र**—पु. एक प्रसिद्ध प्राचीन नगर, मगध की राजधानी, वर्तमान का पटना शहर।

पाटा—स्त्री. [सं.] एक लंबी भारी लकड़ी जिसे बैलों आदि से चला कर (जोत कर) खेत के ढेलों को तोड़ कर बिलकुल समतल कर दिया जाता है। **मु. ~फेरना**—मटियामेट कर देना, किसी कार्य या योजना को पूरी तरह समाप्त कर देना।

पाटी—स्त्री. [सं.] परिपाटी, रीति, शैली; अंकगणित की विभिन्न तालिकाएँ। **हि.** बच्चों की लिखने की तख़्ती—लकड़ी का कुछ लंबा-सा टुकड़ा जिसको विभिन्न रूपों में चिकना कर बच्चों को लिखना सिखाया जाता है; सबक ('तुम कौन-सी पाटी पढ़े हो लला'—घनानंद); सिर के बालों के बीच में निकाली गई माँग; पलंग या खाट के चौखटे में लम्बाई वाली लकड़ी; पत्थर की पटिया—छोटा टुकड़ा।

पॉटी—स्त्री. [अं.] बच्चों के शौच के लिए कहीं भी उठा कर रखा जाने वाला पात्र-विशेष; टट्टी। **~आना**—क्रि. शौच की हाजत, शौच के लिए जाने का दबाव।

पाटीर—पु. [सं.] चन्दन; खेत, मैदान।

पाठ—पु. [सं.] पढ़ने की क्रिया या भाव; किसी धर्म ग्रंथ को श्रद्धापूर्वक पढ़ना—पूजा रूप में; पढ़ने या पढ़ाने का विषय; एक बार में पढ़ा जाने वाला पुस्तक का अंश—सबक। **मु. ~पढ़ाना**—ग़लत शिक्षा या सलाह देना। **~शाला**—स्त्री. वह स्थान, जहाँ छोटे बच्चों को पढ़ाया जाता है—छोटी कक्षाओं का स्कूल।

पाठक—पु. [सं.] पढ़ने वाला।

पाठन—पु. [सं.] पढ़ाने की क्रिया; अध्यापन। **~शैली**—स्त्री. पढ़ाने का ढंग, शैली।

पाठांतर—पु. [सं.] पाठ में भिन्नता होना, एक पुस्तक की दूसरी प्रति या संस्करण में स्थान विशेष पर भिन्नता।

पाठांश—पु. [सं.] पाठ का भाग।

पाठा—पु. जवान, हृष्ट-पुष्ट।

पाठालोचना—स्त्री. [सं.] आलोचना की एक प्रविधि, जिसमें वैज्ञानिक रूप से अनुसंधान कर कृति के वास्तविक स्वरूप का विवेचन किया जाता है।

पाठावली—स्त्री. [सं.] पाठों का संग्रह; जिस पुस्तक में किसी विषय के विभिन्न पाठों का संग्रह हो।

पाठी—पु. [सं.] पाठ करने वाला; (सिख धर्म में) गुरु ग्रंथ साहब का पाठ करने वाला व्यक्ति।

पाठ्य—वि. [सं.] पाठ्य संबंधी, पढ़ने योग्य। **~क्रम**—पु. किसी संस्था द्वारा कक्षा विशेष के लिए निर्धारित पठनीय पुस्तकें (कोर्स में निर्धारित पुस्तकें); किसी संस्था द्वारा कक्षा विशेष के लिए पठनीय विषयों की सूची ('करिक्यूलम')। **~पुस्तक**—स्त्री. कक्षा विशेष में निर्धारित पुस्तक।

पाड़—पु. धोती या साड़ी का किनारा; भवन-निर्माण में प्रयोग के लिए बाँसों को बाँध कर बनाया गया आधार-तल, इसी पर बैठ कर राज-मिस्त्री चिनाई-लिपाई, आदि का काम करता है।

पाड़ा—पु. मुहल्ला (गणेश पाड़ा, स्वामी पाड़ा, आदि)।

पाढर, पाढ़र—पु. एक पेड़।

पाण—पु. [सं.] व्यापार, व्यवसाय; व्यापारी, व्यवसायी।

पाणि—पु. [सं.] हाथ। **~ग्रहण**—पु. विवाह संस्कार। **~पाद**—पु. हाथ और पैर।

पाणिनी—पु. [सं.] एक प्रसिद्ध वैयाकरण, 'अष्टाध्यायी' के रचयिता।

पाणिनीय—वि. [सं.] पाणिनी संबधी; पाणिनी द्वारा रचित।

पाणी—पु. द्र. 'पाणि'।

पातंजल—वि. [सं.] पतंजलि संबंधी; पतंजलि का; पतंजलि रचित या प्रवर्तित।

पात—पु. [सं.] गिरने या गिराने की क्रिया या भाव (वज्रपात, उल्कापात); नाश, बर्बादी; मृत्यु। **हि.** पत्ता, पेड़ का पत्ता; जच्चा के भोजन के लिए बनाया जाने वाला एक विशेष प्रकार का अवलेह, खाने के लिए घी-गुड़, आदि से बनाया गया एक प्रकार का हलवा-सा।

पातक—पु. [सं.] पाप, गुनाह। पाँच पातक या महापातक—ब्रह्महत्या, मद्यपान, गुरुशय्या गमन, स्तेय तथा पातकी का संसर्ग।

पातकी—वि. [सं.] पापी।

पातन—पु. [सं.] गिराने की क्रिया; काट कर गिरा देना; फेंकना।

पातशाह—पु. द्र. 'पादशाह'।

पातशाही—स्त्री. द्र. 'पादशाही'।

पातार*—पु. द्र. 'पाताल'।

पाताल—पु. [सं.] पौराणिक मान्यता के अनुसार पृथ्वी के नीचे के सात लोकों में सबसे नीचे का लोक (ये सात लोक—अतल, वितल, सुतल, रसातल, तलातल, महातल और पाताल लोक)। **~गंगा**—स्त्री. पाताल लोक की गंगा, एक नदी।

पातित्य—पु. [सं.] पतित होने की स्थिति या भाव।

पातिव्रत—पु. द्र. 'पातिव्रत्य'।

पातिव्रत्य—पु. [सं.] पतिव्रता का धर्म, आचरण, भाव।

पाती*—स्त्री. पत्र, चिट्ठी; पत्री, पेड़ की छोटी पत्ती, पत्ता।

पाती—वि. [सं.] गिरने वाला, गिराने वाला।

पातुर, पातुरनी, पातुरि—स्त्री. वेश्या, रंडी।

पात्य—वि. [सं.] गिराने योग्य; प्रहार करने योग्य, जिस पर प्रहार, आघात किया जा सके।

पात्र—पु. [सं.] वह जिसमें कुछ रखा जा सके—बरतन, आधार; कोई वस्तु पाने का अधिकारी व्यक्ति; नाटक, उपन्यास, कहानी, आदि का चरित्र; नाटक में अभिनय करने वाला, अभिनेता।

पात्रता—स्त्री., **पात्रत्व**—पु. पात्र होने की अवस्था या भाव; किसी पद के लिए निर्धारित योग्यता, गुण, आदि।

पात्री—स्त्री. [सं.] पात्र, अभिनेता का स्त्रीलिंग, अभिनेत्री।

पाथ—पु. [सं.] पानी, जल; मार्ग, रास्ता; पाथेय।

पाथना—स.क्रि. हाथों या साँचे से पीट-पीट कर कुछ बनाना—गोबर से उपले पाथना, गारे से ईंट बनाना।

पाथर*—पु. द्र. 'पत्थर'।

पाद—पु. [सं.] पैर, पाँव, श्लोक या कविता का चरण, पद; नीचे का भाग, तल। **~टिप्पणी**—स्त्री. वह टिप्पणी जो प्रसंगात् सूचना, संदर्भ, निर्देश, आदि के रूप में किसी पुस्तक के पृष्ठ के नीचे दी जाती है। **~त्राण**—पु. जूता, जूती। **हि.** अपान वायु, वह वायु जो पेट के अपच के कारण गुदा मार्ग से आवाज़ करती खारिज होती है।

पादना—अ.क्रि. द्र. 'पाद', पाद निकलने या निकालने की क्रिया।

पादप—पु. [सं.] वृक्ष, पेड़।

पादरी—पु. ईसाई धर्म में चर्च का पुरोहित या आचार्य।

पादशाह—पु. [फा.] बादशाह, सम्राट। **~ज़ादा**—पु. राजकुमार।

पादशाही—स्त्री. बादशाही, किसी पादशाह का समय (नौवीं पादशाही)।

पादांगुष्ठ—पु. [सं.] पैर का अँगूठा।

पादांत—पु. [सं.] श्लोक या पद का अंतिम भाग, बिलकुल अंत का भाग; पैर का अग्रभाग—पंजा।

पादांबु—पु. [सं.] पैर धोने का जल; पैरों को धोया हुआ जल।

पादाकुलक—पु. [सं.] एक मात्रिक छंद।

पादाक्रांत—वि. [सं.] पैरों से रौंदा हुआ; पैरों तले दबाया हुआ।

पादाघात—पु. [सं.] पैरों, लातों से किया हुआ आघात, प्रहार।

पादात—पु. पैदल सैनिक; पैदल सेना।

पादाति, पादातिक—पु. [सं.] पैदल सिपाही।

पादानुप्रास—पु. [सं.] एक शब्दालंकार—अनुप्रास का एक भेद, पदगत अनुप्रास।

पादारविंद—पु. [सं.] चरण-कमल।

पादार्पण—पु. [सं.] द्र. 'पदार्पण'।

पादाविक—पु. [सं.] पैदल सिपाही।

पादासन—पु. [सं.] पाद-पीठ, पैर रखने का पीढ़ा।

पादुक—वि. [सं.] पैदल चलने वाला।

पादुका—स्त्री. [सं.] खड़ाऊँ; जूता; जूती, चप्पल, आदि, पैरों में पहनने की कोई भी चीज़।

पादू—स्त्री. [सं.] जूता।

पादोदक—पु. [सं.] पैर धोने का जल; पैरों को धोया हुआ जल, चरणामृत।

पाधा—पु. पंडित, आचार्य; किंचित् निम्न श्रेणी का ब्राह्मण; एक जाति विशेष।

पान—पु. [सं.] जल, शराब, शर्बत, आदि पीने की क्रिया। एक लता का प्रसिद्ध पत्ता जिस पर चूना-कत्था, आदि लगा कर खाया जाता है, ताम्बूल।

पानस—वि. [सं.] कटहल का, कटहल से बना हुआ।

पाना—स.क्रि. प्राप्त करना, अपने पास या अधिकार में करना; खोई हुई वस्तु को प्राप्त कर लेना। **पु.** एक औज़ार जिसे मिस्त्री लोग मरम्मत के लिए प्रयुक्त करते हैं; नट-बोल्ट, आदि कसने के लिए।

पानागार—पु. [सं.] मद्यपान करने का स्थान, शराबघर।

पानि*—पु. (पाणि) हाथ।

पानिप*—पु. कांति, लावण्य, तेज।

पानी—पु. जल, नीर। **मु. ~उतारना**—बेइज्ज़त करना, अनादर प्रकट करना। **~के मोल**—बहुत सस्ता। **(घड़ों) ~पड़ना**—लज्जा से गड़ जाना। **~माँगना**—हार मान जाना, तंग आ जाना। **(किसी के सामने या आगे) ~भरना**—अति तुच्छ सिद्ध होना; किसी की तुलना में कहीं न ठहरना।

पानीपत—पु. दिल्ली और करनाल के बीच में एक प्रसिद्ध स्थान; नगर।

पान्यो*—पु. [ब्र.भा.] पानी।

पाप—वि. [सं.] धर्म की दृष्टि से अशुभ, निकृष्ट कर्म (जिसका अशुभ फल परलोक में भोगने का विश्वास, जिसके फलस्वरूप दंड मिलने की धारणा); अनिष्ट। **~कर्म**—पु. पाप, अशुभ कृत्य, कार्य। **~दृष्टि**—वि. जिसकी दृष्टि पवित्र न हो। **~हर**—वि. पापों का नाश करने वाला।

पापड़—पु. खाने के साथ खाया जाने वाला एक प्रसिद्ध पदार्थ, उड़द या मूँग की दाल की पीठी में मसाले डाल कर बनाई गई चपाती सी, जिसे सुखा कर रख लिया जाता है—बाद में तल कर या भून कर खाया जाता है।

पापड़ी—स्त्री. पापड़ की तरह मैदा से तैयार खाने का एक पदार्थ, चाट के रूप में भी खाई जाती है। **(सोन) ~पापड़ी**—स्त्री. एक प्रसिद्ध मिठाई।

पापमय—वि. [सं.] पाप से भरा।

पॉपर—पु. [अं.] कंगाल, निर्धन।

पॉपलीन—स्त्री. एक प्रकार का पतला कपड़ा।

पापांकुशा (एकादशी)—स्त्री. [सं.] एक पवित्र तिथि, आश्विन मास के शुक्ल पक्ष की एकादशी।

पापा—पु. [अं.] पिता; पिता के लिए सम्बोधन।

पापाचार—पु. [सं.] पापपूर्ण आचरण, कृत्य।

पापाचारी—वि. [सं.] पाप कर्म करने वाला।

पापात्मा—वि. [सं.] जिसकी आत्मा पाप में डूबी हुई हो; जो पाप करता हो।

पापाधम—पु. [सं.] पापियों में भी पापी, महापापी।

पापिष्ठ—वि. [सं.] बहुत बड़ा पापी, सबसे बड़ा पापी। स्त्री. पापिष्ठा।

पापी—वि. [सं.] पाप करने वाला। पु. वह जो पाप करे।

पाबंद—वि. [फ़ा.] नियम, विधि-विधान, आदि का नियमित रूप से पालन करने वाला; बाँधा हुआ, बद्ध।

पाबंदी—स्त्री. [फ़ा.] रोक, प्रतिबंध।

पामर—वि. [सं.] पापी; नीच; दुष्ट, खल, कमीना।

पामाल—वि. [फ़ा.] तबाह, बरबाद; पद-दलित; दुर्दशाग्रस्त, मुसीबत में पड़ा।

पायँ*—पु. पैर, पाँव। **~चा**—पु. पाजामे में बनी दोनों टाँगों में से एक। **~ता**—पु. पायताना, खाट, चारपाई का वह भाग जिधर सोने वाले के पाँव रहते हैं।

पायंट—स्त्री. [अं.] बिंदु; नोक, अनी; अंक; क्षण, समय; विषय, बात; प्रश्न, विषय, सवाल; वाद-विवाद में तर्क। **(मेन)** ~पु. मुख्य विषय, प्रश्न; चोटी, शिखर।

पायँता—पु., **पायँती**—स्त्री. पलँग या खाट का वह भाग जिधर पैर कर सोते हैं।

पायंदाज—पु. (पा-अंदाज़) पैर पोंछने का बिछावन, गलीचे का टुकड़ा-सा; पाँवड़ा।

पाय—पु. [सं.] द्र. 'पाँव'।

पायड़ा*—पु. रक़ाब, पैर रखने का स्थान।

पायरिया—पु. [अं.] दाँतों-मसूड़ों की बीमारी जिसमें मसूड़ों से खून रिसता रहता है।

पायलट—पु. [अं.] चालक (वायुयान का), विमान-चालक; नियामक, कर्णधार; मार्गदर्शक; पथप्रदर्शी। **~कार**—स्त्री. पथदर्श गाड़ी।

पायस—वि. [सं.] खीर; दूध का बना हुआ।

पाया—पु. [फ़ा.] चारपाई, कुरसी, मेज़, आदि का वह डंडा, जिसके आधार पर वह खड़ी होती है, पावा; खंभा, स्तंभ; पद, दरजा, ओहदा।

पायी—वि., पु. [सं.] पीने वाला (प्रायः समास के अंत में प्रयुक्त—स्तनपायी, मधुपायी, आदि)।

पारंगत—वि. [सं.] जो पार हो चुका हो। **ला.** पूरा पंडित, विषय विशेष में पूर्ण कुशल, निष्णात।

पारंपरिक—वि. [सं.] परंपरा से चला आता हुआ, परंपरागत।

पारंपरीण—वि. [सं.] परंपरागत, क्रमागत।

पारंपरीय—वि. [सं.] परंपरागत, परंपरा से चला आता।

पारंपर्योपदेश—पु. [सं.] परंपरागत उपदेश।

पार—पु. [सं.] दूसरी ओर का तट; दूर तक फैली हुई वस्तु, भूमि आदि का अंतिम छोर, सिरा। **~गामी**—वि. पार जाने वाला। **~दर्शी**—वि. दूरदर्शी; बहुज्ञ, पंडित। **मु. ~उतर जाना**—काम पूरा हो जाना। **~उतारना**—उद्धार कर देना। **~न पाना**—किसी का भेद न जान पाना। **~न बसाना**—वश न चलना, कुछ न कर पाना। **~लगाना**—निर्वाह करना, काम पूरा कर देना। **(बेड़ा) ~लगाना**—किसी का काम पूरा करना।

पारक—वि. [सं.] पार कराने वाला; पार लगाने वाला; पूर्ति करने वाला।

पारक्—पु. [सं.] सोना।

पारखी—पु. परख या पहचान रखने वाला; किसी के गुण जानने वाला।

पारगमन—पु. [सं.] दूसरे स्थान पर या दूसरे देश में जाना ('ट्रांज़िट')।

पारण—पु. [सं.] पार करने की क्रिया या भाव; परीक्षा या जाँच में खरा उतरना; रुकावट या प्रतिबंध को लाँघ कर आगे बढ़ना; किसी व्रत या उपवास के बाद का प्रथम भोजन।

पारणा—स्त्री. [सं.] व्रत के बाद का पहला भोजन।

पारणीय—वि. [सं.] समाप्त या पूरा करने योग्य।

पारतंत्र्य—पु. [सं.] परतंत्रता, पराधीनता।

पारत—पु. [सं.] पारा।

पारदर्शक—वि. [सं.] जिसके (शीशे, आदि के) पार की चीज़ें दिखाई पड़ें ('ट्रांस्पेरेंट')।

पारद—पु. [सं.] पारा; फारस देश में एक प्राचीन जाति।

पारदेशिक—वि. [सं.] दूसरे देश का, विदेशी। पु. दूसरे देश का निवासी; यात्री।

पारधी—पु. शिकारी, बहेलिया, चिड़ीमार।

पारना—स.क्रि. रखना या देना; डालना, गिराना; पछाड़ना (कुश्ती, आदि में)।

पारबती—स्त्री. द्र. 'पार्वती'।

पारमहंस, पारमहंस्य—वि. [सं.] परमहंस संबंधी, परमहंस का।

पारमार्थिक—वि. [सं.] परमार्थ में रुचि रखने वाला; परमार्थ-प्रेमी; परमार्थ संबंधी।

पारमिता—स्त्री. [सं.] पूर्णता, उत्कृष्टता (छः प्रकार की उत्कृष्टता मानी गई है—दान, शील, शांति, वीर्य, ध्यान और प्रज्ञा। बौद्ध दर्शन में इनकी संख्या दस मानी गई है, उपरोक्त में सत्य, अधिष्ठान, मैत्र और उपेक्षा को सम्मिलित कर लिया गया है)।

पारमेश्वर—वि. [सं.] परमेश्वर-संबंधी; परमेश्वर का।

पारयुगीन—वि. [सं.] परवर्ती युग का; परवर्ती समय, युग में होने वाला।

पारलोक्य—वि. [सं.] परलोक का; परलोक संबंधी।

पारलौकिक—वि. [सं.] परलोक संबंधी; परलोक का।

पारवत—पु. [सं.] कबूतर।

पारवश्य—पु. [सं.] पराधीनता, परवशता।

पारस—पु. लोक-विश्वास में एक पत्थर विशेष जिसके स्पर्श से लोहा कंचन, सोना हो जाता है; वह कमरा या स्थान जहाँ विवाह, आदि के समय मिठाई-पकवान, आदि बनवा कर रखे जाते हैं।

पारसल—पु. [अं.] वह बंडल या किसी वस्तु की पोटली-सी जिसे डाक या रेल से किसी दूसरे स्थान पर भेजा जाता है।

पारसाल—पु. [फ़ा.] पिछले से पिछला साल, अब से पहला तीसरा साल।

पारसिक—पु. [सं.] द्र. 'पारसीक'।

पारसी—पु. पारस देश का; पारस देश संबंधी; पारस देश का; मुख्यतः मुंबई-गुजरात में बसी पारस से आई एक अग्निपूजक जाति। स्त्री. पारस देश की भाषा।

पारसीक—पु. [सं.] पारस देश का; पारस देश का निवासी; पारस देश के घोड़ों की प्रसिद्ध प्रजाति।

पारसीकेय—वि. [सं.] पारस का, फारस संबंधी।

पारस्परिक—वि. [सं.] आपसी, आपस का।

पारा—स्त्री. [सं.] एक प्राचीन नदी।

पारा—पु. एक प्रसिद्ध धातु जो द्रव रूप में होती है।

पारापत—पु. [सं.] कबूतर।

पारायण—पु. [सं.] किसी ग्रंथ का श्रद्धापूर्वक पाठ; पूरा करने का काम, समापन।

पारायणिक—वि., पु. [सं.] किसी धर्म ग्रंथ का पारायण करने वाला; पुराण, आदि का पाठ करने वाला।

पारावत—पु. [सं.] कबूतर; बंदर; एक प्रकार का सर्प।

पारावर—पु. [सं.] सीमा, हद; समुद्र।

पाराशर—पु. [सं.] पराशर के पुत्र वेदव्यास। वि. पराशर द्वारा रचित।

पाराशरि—पु. [सं.] शुकदेव, वेदव्यास।

पाराशर्य—पु. [सं.] पराशर के पुत्र वेदव्यास।

पारिंद्र—पु. [सं.] सिंह, शेर।

पारिक्षित—पु. [सं.] परीक्षित के पुत्र जनमेजय।

पॉरिज—स्त्री. [अं.] दलिया जैसी खाने की चीज़।

पारिजात—पु. [सं.] समुद्र मंथन से निकला एक वृक्ष, जो इन्द्र के नंदन कानन में लगा माना जाता है।

पारिजातक—पु. [सं.] द्र. 'पारिजात'।

पारितोषिक—पु. [सं.] किसी की सफलता या उपलब्धि पर प्रसन्न होकर उपहारस्वरूप दिया जाने वाला पदार्थ, इनाम, पुरस्कार।

पारिपार्श्वक, पारिपार्श्विक—पु. [सं.] अनुचर, सेवक; नाटक के स्थापक का सहायक नट।

पारिभाषिक—वि. [सं.] परिभाषा से संबंध रखने वाला; (वह शब्द) जिसका प्रयोग किसी विशेष अर्थ में होता हो। **~शब्दावली**—स्त्री. किसी विशेष अर्थ में प्रयुक्त होने वाले शब्द।

पारिवारिक—वि. [सं.] परिवार संबंधी।

पारिव्राजक, पारिव्राज्य—पु. [सं.] संन्यासी; संन्यास।

पारिश्रमिक—पु. [सं.] किए गए कार्य, परिश्रम के लिए दिया जाने वाला धन, राशि, मेहनताना।

पारिस्थितिकी—पु. [सं.] परिस्थितियों, परिवेश, पर्यावरण, आदि का अध्ययन करने वाला शास्त्र, विज्ञान।

पारी—स्त्री. बारी, काम को करने का क्रम।

पारुष्य—पु. [सं.] परुषता, कठोरता; रूखापन, बेरुखी।

पार्क—पु. [अं.] बगीचा, उद्यान, उपवन।

पार्किंग—स्त्री. [सं.] वाहन—कार, स्कूटर, आदि खड़े करने का स्थल, बाड़ा-सा।

पार्जन्य—वि. [सं.] बादलों से संबंधित।

पार्ट—पु. [अं.] हिस्सा, अंग, अंश; पुरज़ा (मशीन, आदि का), भाग, खंड—पुस्तक, फ़िल्म, नाटक आदि का; भूमिका (नाटक, फ़िल्म, आदि में; क्षेत्र, इलाक़ा; विभक्त)। **~टाइम**—वि. अंशकालिक।

पार्टनर—पु. [अं.] साथी; जीवन-साथी (पति-पत्नी में कोई भी); भागीदार, साझी (व्यापार, आदि में)।

पार्टनरशिप—स्त्री. [अं.] भागीदारी, हिस्सेदारी।

पार्टी—स्त्री. [अं.] दल; राजनीतिक दल; वादी पक्ष; प्रतिवादी।

पार्टीशन—पु. [अं.] विभाजन; पृथक्करण; बँटवारा।

पार्थ—पु. [सं.] अर्जुन (विशेषतः); युधिष्ठिर, भीम (भी)। **~सारथि**—पु. श्रीकृष्ण।

पार्थक्य—पु. [सं.] अलगाव, बिलगाव।

पार्थिव—वि. [सं.] मिट्टी का बना; पृथ्वी संबंधी; पृथ्वी से उत्पन्न वस्तुओं का बना हुआ।

पार्लियामेंट—पु./स्त्री. [अं.] देश की संसद, निर्वाचित विधायिका संस्था।

पार्वत—वि. [सं.] पर्वत पर रहने वाला।

पार्वतिक—पु. [सं.] पर्वतमाला।

पार्वती—स्त्री. [सं.] शिव की पत्नी—गौरी, उमा, भवानी, गिरिजा, शिवा, आदि अन्य नाम।

पार्वतीय—वि. [सं.] पहाड़ का, पहाड़ संबंधी, पहाड़ी।

पार्वतेय—वि. [सं.] पर्वत से उत्पन्न।

पार्वत्य—वि. [सं.] पर्वत का।

पार्श्व—वि. [सं.] निकट, पास का। पु. छाती के दायें या बायें भाग का, अगल-बगल की जगह; पास का स्थान।

पार्श्विक—वि. [सं.] पार्श्व संबंधी। पु. पक्षपात करने वाला।

पार्षती—स्त्री. [सं.] द्रौपदी; दुर्गा।

पार्षद—पु. [सं.] परिषद् का सदस्य; नगर पालिका या नगर निगम का सदस्य।

पार्सल—पु. [अं.] द्र. 'पारसल'।

पालंक—पु. [सं.] पालक नाम का साग।

पालंकी—स्त्री. [सं.] पालक नाम का साग।

पाल—पु. [सं.] पालन कर्ता, पालक, रक्षा करने वाला; किसी विभाग, क्षेत्र, राज्य, आदि का संचालक, सर्वोच्च अधिकारी—कोटपाल, राज्यपाल।

पाल—पु. आम, केला, पपीता जैसे फलों के कुछ कम पके हुए रूप को पत्तों, अख़बार आदि में ढँक कर गरमी देकर पकाने की विधि। **~रखना, ~लगाना**—पु. इन फलों को पकाने के लिए रखना; गाड़ी, आदि को ऊपर से ढँकने वाला बड़ा-सा चादरा; वह बहुत बड़ा कपड़ा जो नाव के मस्तूल में बाँधा जाता है। **~वंश**—पु. बंगाल का एक प्रसिद्ध राजवंश—शासनकाल 775 से 1161 तक।

पाल—स्त्री. [सं.—'पालि'] पानी रोकने के लिए बाँधी गई मेंड़, लगाये गये बंध।

पालक—पु. एक प्रसिद्ध साग।

पालक—पु. [सं.] रक्षक, पालन करने वाला; राजा; ईश्वर; पिता से भिन्न व्यक्ति जिसने उसका पालन-पोषण किया हो।

पालकी—स्त्री. एक तरह की सवारी जिसे आदमी कंधों पर ढोकर ले जाते हैं, शिविका।

पालतू—वि. वह जानवर, पक्षी, आदि जो पाला हुआ हो; (कुत्ता, तोता, ख़रगोश, आदि)।

पालथी—स्त्री. बैठने की एक मुद्रा, आसन जिसमें दोनों पैर एक-दूसरी जाँघ के नीचे दबा कर बैठा जाता है।

पालन—पु. [सं.] रक्षा करना, भरण-पोषण करना; निभाना (प्रतिज्ञा पालन)।

पालना—स.क्रि. पालन-पोषण, भरण-पोषण करना, परवरिश करना; पशु-पक्षी आदि का अपने घर रख कर भरण-पोषण करना। पु. छोटे बच्चों को लिटा कर झुलाने वाला एक छोटा झूला-सा।

पालनीय—वि. [सं.] पालन करने योग्य।

पाला—पु. हिम, बरफ़ जो अत्यधिक सर्दी की ऋतु में सूक्ष्म अणु के रूप में पृथ्वी पर सफ़ेद तह के रूप में जम जाती है, विशेषतः रात में। **~पड़ना**—किसी से व्यवहार का संयोग होना ('एक बार मेरा उससे पाला पड़ा'—अच्छे अर्थ में नहीं) खेल आदि के एक दल की ओर का क्षेत्र (कबड्डी, आदि में)।

पालागन—पु. पैर पड़ना, पैर छूना, चरण-स्पर्श करना।

पालाश—वि. [सं.] पलाश संबंधी; पलाश का।

पालि—स्त्री. कान की लौ; किनारा; श्रेणी; सीमा; बाँध, पुल।

पालिका—स्त्री. रक्षिका; नगर का प्रबंध करने वाली, प्रशासन चलाने वाली संस्था।

पॉलिटिक्स—स्त्री. [अं.] राजनीति।

पालित—वि. [सं.] जिसका पालन किया गया हो, पाला हुआ, रक्षित।

पालित्य—पु. [सं.] पालित होने की अवस्था, भाव।

पालिनी—वि. स्त्री. [सं.] पालन करने वाली।

पालिश, पॉलिश—स्त्री. [अं.] चिकनाई और कांति, चमक जो एक वस्तु को दूसरी पर रगड़ने से आती है; वह मसाला या द्रव या लेप आदि जिसके लगाने से वस्तु पर चमक आ जाती है।

पॉलिसी—स्त्री. [अं.] नीति; बीमा कंपनी का वह अनुबंध-पत्र जो किसी बीमा कंपनी से बीमा-धारक को दिया जाता है। **~होल्डर**—पु. बीमा धारक जो किसी कंपनी से बीमा कराता है।

पाली—स्त्री. श्रमिकों के कारखाने, मिल, आदि में काम करने की निश्चित अवधि की बारी (पहली पारी, दूसरी पारी); किसी प्रतियोगिता या खेल में किसी खिलाड़ी या दल की खेलने की पारी, बारी; एक प्राचीन भाषा जिसमें बौद्ध धर्म के उपदेश मूलतः लिखे गए।

पाली—वि. [सं.] पालन, रक्षा करने वाला।

पालीवाल—पु. ब्राह्मणों की एक उपजाति; गोत्र।

पालू—वि. पालतू।

पाल्य—वि. [सं.] पालने योग्य।

पावँ—पु. द्र. 'पाँव'।

पावँड़ा—पु. द्र. 'पाँवड़ा'।

पावँर*—वि. द्र. 'पाँवर'।

पावँरी—स्त्री. द्र. पाँवड़ी'।

पाव—पु. चौथा भाग; सेर या किलो का चौथा भाग। **~बट्टा**—पु. महाराष्ट्र, विशेषतः मुंबई में खाया जाने वाला एक भोज्य पदार्थ, जिसमें पाव रोटी में आलू रख कर बनाया जाता है। **~भाजी**—स्त्री. पाव रोटी सब्ज़ी के साथ खाया जाने वाला एक भोजन, भोज्य पदार्थ।

पावक—पु. [सं.] अग्नि, आग; शुद्ध या पवित्र करने वाला।

पावकात्मज—पु. [सं.] कार्त्तिकेय।

पावती—स्त्री. किसी वस्तु की प्राप्ति, रसीद।

पावती—स्त्री. किसी वस्तु की प्राप्ति, रसीद।

पावन—वि. [सं.] पवित्र, शुद्ध; पवित्र, शुद्ध करने वाला।

पावना*—स.क्रि. प्राप्त करना, पाना।

पावर—पु. [अं.] बिजली, मशीन चलाने की शक्ति, ऊर्जा। **~कट**—पु. वह समय जब बिजली नहीं होती, उसकी आपूर्ति नहीं होती।

पावरोटी—स्त्री. बेकरी में बनाई गई एक प्रकार की खमीर से बनी रोटी-सी ('ब्रेड')।

पावस—पु. वर्षा ऋतु।

पावा—पु. द्र. 'पाया'।

पाश—पु. [सं.] किसी प्रकार का बंधन, रस्सी, तार आदि का फंदा।

पॉश—पु. [अं.] शानदार तथा ख़र्चीला, संभ्रांत (~एरिया, ~कॉलोनी, ~होटल, आदि)।

पाशव—वि. [सं.] पशु संबंधी; पशु का-सा, पशु जैसा; निर्दय, निर्मम।

पाशविक—वि. द्र. 'पाशव'।

पाशविकता—स्त्री. [सं.] पशुता; निर्दयता, निर्ममता।

पाशुपत—वि. [सं.] पशुपति, शिव संबंधी; शिव प्रदत्त। पु. पशुपति, शिव का उपासक; एक प्रसिद्ध दार्शनिक मत, इस मत का अनुयायी। **~दर्शन**—पु. एक प्रसिद्ध दर्शन।

पाशुपतास्त्र—पु. [सं.] शिवजी का एक प्रसिद्ध अस्त्र, अर्जुन ने शिव की तपस्या से इसे प्राप्त किया था।

पाश्चात्य—वि. [सं.] पश्चिम का (यूरोप का); पश्चिम का रहने वाला; पश्चिमी सभ्यता, आदि से संबंध रखने वाला।

पाषंड—वि., पु. [सं.] द्र. 'पाखंड'।

पाषंडक, पाषंडिक, पाषंडी (डिन)—वि. [सं.] द्र. 'पाखंडी'।

पाषाण—पु. [सं.] पत्थर, शिला। **~मणि**—स्त्री. सूर्यकांत मणि।

पाषाणी—स्त्री. पत्थर की तरह कठोर हृदय वाली।

पाषान*—पु. पाषाण, पत्थर।

पासँग—पु. [फा.] तराजू की डंडी या तौल बराबर रखने के लिए हलके पलड़े की ओर डंडी पर लटकाई जाने वाली कोई वस्तु, हलका भार-सा।

पास—अ. समीप, नजदीक; अधिकार में ('मेरे पास है...')। **~पास**—अ. एक-दूसरे के समीप, नज़दीक, निकट। **मु. ~जाना**—संभोग करने के लिए निकट जाना। **~तक न फटकना**—पास न आना, दूर-दूर ही रहना।

पास—पु. [सं.] परीक्षा, आदि में सफल होना; कहीं जाने की लिखित अनुमति, अनुमति-पत्र; वह टिकट या आज्ञा-पात्र जिसे दिखा कर रेल, बस, आदि में टिकट बिना यात्रा की जा सके।

पासपोर्ट—पु. [अं.] विदेश जाने के लिए सरकार द्वारा दिया गया आज्ञा-पत्र, अनुमति-पत्र।

पासबुक—स्त्री. [अं.] बैंक या डाकखाने से प्राप्त वह पंजिका, जिसमें खाता धारक के खाते का संपूर्ण विवरण दर्ज़ होता है।

पासना*—अ.क्रि. गाय तथा भैंस जैसे दुधारू पशुओं के स्तनों में दूध उतर आने की क्रिया ('भैंस पास गई है')।

पासशुदा—वि. [फ़ा.] जिसे पास कर दिया गया हो (किसी प्रशासकीय संस्था द्वारा)।

पासा—पु. चौसर के खेल में फेंकी जाने वाली, दाँव चलने वाली गोटी, जिस पर बिंदियाँ बनी होती हैं। **ला. ~पलटना**—बाजी उलटी पड़ जाना, किसी कार्य का अनपेक्षित परिणाम निकलना। **~फेंकना**—चाल चलना।

पासी—पु. एक जाति विशेष, कुछ स्थानों पर एक अस्पृश्य जाति (पंजाब में 'पासी' अस्पृश्य जाति नहीं है)।

पासुरी*—स्त्री. पसली।

पाहन*—पु. पत्थर, शिला।

पाहिँ*—अ. पास, समीप; किसी के प्रति, किसी को।

पाहि (क्रियापद)—[सं.] रक्षा करो, बचाओ।

पाहुन—पु. द्र. 'पाहुना'।

पाहुना—पु. अतिथि, मेहमान; दामाद।

पाहुनी—स्त्री. स्त्री अतिथि; अतिथि सत्कार, आतिथ्य।

पिंक—वि. [अं.] गुलाबी रंग का। पु. गुलाबी रंग।

पिंग—वि. [सं.] लालिमा लिये हुए भूरे रंग का। पु. लालिमायुक्त भूरा रंग।

पिंगल—वि. [सं.] पीत, पीला; लालिमायुक्त भूरे रंग का। **पु.** लालिमायुक्त भूरा रंग, धूसर पीत रंग; छंद शास्त्र; एक प्रसिद्ध ऋषि जिन्होंने छंद शास्त्र का प्रणयन किया; बंदर; अग्नि; उल्लू पक्षी।

पिंगला—स्त्री. [सं.] योग शास्त्र में निर्दिष्ट मेरुदंड में स्थित तीन नाड़ियों में से एक (इड़ा, पिंगला और सुषम्ना), मेरुदंड के दक्षिण भाग में स्थित; लक्ष्मी।

पिंगलाक्ष—पु. [सं.] शिव, पीली आँख वाले।

पिंगा—पु. वह व्यक्ति जिसके अंग टेढ़े हों।

पिंगाक्ष—वि. [सं.] जिसके नेत्र लालिमायुक्त भूरेपन पर हों। पु. शिव।

पिंगी—स्त्री. [सं.] शमी का वृक्ष।

पिंगेक्षण—पु. [सं.] शिव। वि. जिसके नेत्र पिंग वर्ण के हों।

पिंगेश—पु. [सं.] अग्नि।

पिंजड़ा—पु. द्र. 'पिंजरा'।

पिंजप—पु. [सं.] रुई धुनने की क्रिया। **पिंजवाना**—स.क्रि. रुई धुनवाना।

पिंजर—पु. [सं.] कंकाल, अस्थिपंजर, ठठरी; पिंजरा।

पिंजरक—पु. [सं.] हरताल (औषधि)।

पिंजरा—पु. लोहे की छड़ों, पत्तर अथवा बाँस की तीलियों से बना वह कठघरा-सा जिसमें पालतू जानवर (शेर, चीता), पक्षी (तोता, तीतर, आदि) रखे जाते हैं।

पिंजल—वि. [सं.] व्याकुल, बहुत घबराया हुआ; आतंकित।

पिंड—पु. [सं.] किसी पदार्थ का ठोस गोला-सा; चावल, आटे की बनी लोई-सी जिसे शव को तथा पुरखों के श्राद्ध में अर्पित करते हैं; शरीर, देह। **~खजूर, ~खर्जूर**—पु. एक प्रसिद्ध फल, उसका पेड़। **मु. ~छुड़ाना**—किसी झंझट से अपने को मुक्त करना। **~छूटना**—किसी झंझटपूर्ण काम से मुक्ति।

पिंडली—स्त्री. टाँग का घुटने से नीचे का पिछला मांसल भाग।

पिंडा—स्त्री. [सं.] शरीर, देह; सिर।

पिंडारी—पु. एक जाति, मराठों की सेना से निकाले जाने पर लूट-पाट करना इनका मुख्य पेशा बन गया था, अंग्रेज़ों ने इनका दमन किया था।

पिंडि, पिंडी—स्त्री. [सं.] छोटा गोला या लोई; सूत, ऊन आदि का छोटा गोला; खजूरों का एकत्रित रूप—बड़ा गोला या चौकोर-सा।

पिंडितार्थ—पु. [सं.] सारांश।

पिंडूक—पु. पंडूक; उल्लू।

पिंडोदक क्रिया—स्त्री. [सं.] पिंडदान और तर्पण।

पिंडोल—स्त्री. एक प्रकार की चिकनी पीली मिट्टी, पहले इससे घरों की पुताई की जाती थी।

पिअ*—पु. द्र. 'प्रिय'।

पिअराई*—स्त्री. पीलापन।

पिआज—पु. द्र. 'प्याज़'।

पिआना*—स.क्रि. द्र. 'पिलाना'।

पिआर*—पु. द्र. 'प्यार'।

पिआरा*—वि. द्र. 'प्यारा'।

पिआस*—स्त्री. द्र. 'प्यासा'।

पिआसा*—वि. द्र. 'प्यास'।

पिउ*—पु. प्रिय, प्रियतम, कांत, स्वामी।

पिक—पु. [सं.] कोकिल, कोयल। **~बैनी**—वि. कोयल जैसे मधुर स्वर वाली (स्त्री)।

पिकनिक—स्त्री. [सं.] मौज मस्ती के लिए किसी प्राकृतिक सौंदर्य-स्थल, दर्शनीय स्थान की यात्रा, वहीं भोजनादि।

पिकांग—पु. [सं.] चातक।

पिक्चर—स्त्री. [अं.] चित्र, तस्वीर; फ़िल्म, सिने-चित्र।

पिघलना—अ.क्रि. किसी ठोस पदार्थ या गरमी से तरल रूप में परिवर्तित हो जाना (बर्फ़, घी, आदि का)। **ला.** चित्त में दया उत्पन्न होना। स.क्रि. पिघलाना।

पिच—स्त्री. [सं.] क्रिकेट आदि खेलने का स्थान।

पिचकना—अ.क्रि. फूली हुई वस्तु अथवा उभरे हुए तल, स्थान आदि का दबना। स.क्रि. पिचकवाना, पिचकाना।

पिचकारी—स्त्री. एक नलीदार पोला उपकरण, जिसमें रंग, पानी आदि तरल पदार्थ भर कर एक-दूसरे पर होली जैसे हर्षोल्लास पर्व पर डालते हैं।

पिचपिचा—वि. चिपचिपा; आसानी से दबाया जाने योग्य।

पिचपिचाहट—स्त्री. पिचपिचाने का भाव।

पिचलना—स.क्रि. कुचलना।

पिचास*—पु. द्र. 'पिशाच'।

पिछ—'पीछा' का समास रूप में प्रयुक्त रूप—पिछलग्गू, पिछलती, पिछवाई, आदि। **~लग्गू**—पु. किसी का अंधानुकरण करने वाला। **~लत्ती**—स्त्री. घोड़े, गधे आदि का पीछे की ओर लात, दुलत्ती मारना। **~वाई**—स्त्री. पीछे की ओर लगाया जाने वाला परदा। **~वाड़ा**—पु. मकान, घर का पिछली ओर का भाग, उसके पीछे की भूमि।

पिछड़ना—अ.क्रि. पीछे रह जाना, बराबरी करने में पीछे रह जाना।

पिछड़ा—वि. जो पिछड़ गया हो, जो उन्नति न कर सका हो; दलित। बहु व. पिछड़े।

पिछलगुआ—वि. जो किसी के पीछे-पीछे लगा रहता हो।

पिछला—वि. पीछे की ओर जाने वाला (रास्ता), खुलने वाला (दरवाज़ा); बीता हुआ, व्यतीत (समय), ठीक पीछे का।

पिछाड़ी—स्त्री. पीछे का भाग।

पिछान*—स्त्री. द्र. 'पहचान'।

पिछानना*—स.क्रि. द्र. 'पहचानना'।

पिछौरा*—पु. दुपट्टा, उत्तरीय।

पिछौरी*—स्त्री. स्त्रियों का दुपट्टा, ओढ़नी।

पिज्जा, पिज़्ज़ा—पु. [अं.] मैदा, क्रीम, ब्रेड, आदि से बनाया गया एक प्रसिद्ध खाद्य पदार्थ, पराँठेनुमा।

पिटंत—स्त्री. पीटने की क्रिया, मार-पिटाई।

पिट—पु. [सं.] पिटारा; संदूक।

पिटक—पु. [सं.] पिटारा; संदूक; ग्रंथ का कोई भाग, खंड।

पिटना—अ.क्रि. पीटा जाना; मार खाना; बजाया जाना, बजना।

पिटपिटाना—अ.क्रि. लाचार, विवश होकर रह जाना।

पिटवाना—स.क्रि. किसी को पीटने में प्रवृत्त करना; किसी के पीटे जाने का कारण बना; बजवाना (डोंडी पिटवाना)।

पिटाई—स्त्री. पीटने, मारने की क्रिया; पीटे जाने की मज़दूरी।

पिटा-पिटाया—वि. मार खाया हुआ; पीटा हुआ। ला. हारा हुआ।

पिटारा—पु. बाँस, बेंत, आदि की तीलियों से बना हुआ ढक्कनदार बड़ा पात्र-सा।

पिटारी—स्त्री. छोटा पिटारा (द्र. 'पिटारा')।

पिटीशन (पेटीशन)—पु. [अं.] याचिका, अर्ज़ी (न्यायालय, अदालत में); निवेदन-पत्र, याचना-पत्र (किसी कार्यालय, आदि में)।

पिटीशनर—पु. [अं.] याचिका-कर्ता (न्यायालय में)।

पिट्ठू—पु. पीछे-पीछे चलने वाला; अनुगामी (अवमानना अर्थ में); खुशामदी; कुछ खेलों में किसी खिलाड़ी द्वारा रखे जाने वाला कल्पित साथी, जिसे वह अपने साथ खिलाने की क्रिया करता है, स्वयं उसका कार्य करता हुआ।

पितंबर*—पु. द्र. 'पीताम्बर'।

पितर—पु. दिवंगत हुए पूर्वज, पुरखे।

पिता—पु. [सं.] जनक, बाप, किसी के संबंध से वह पुरुष, जिसने अपने वीर्य से उसे जन्म दिया हो।

पितामह—पु. [सं.] दादा, पिता के पिता।

पितामही—स्त्री. [सं.] दादी, पिता की माँ।

पितु*—पु. पिता।

पितृ—पु. [सं.] द्र. पिता। दिवंगत हुए पुरखे, पूर्वज। **~ऋण**—पु. धर्मशास्त्रानुसार पिता का ऋण, पुत्र-उत्पन्न कर व्यक्ति इससे उऋण होता है (तीन ऋणों—पितृ-ऋण, ऋषि-ऋण और देव-ऋण—में से एक)। **~कुल**—पु. पिता की ओर का वंश। **~घात**—पु. पिता की हत्या। **~भक्ति**—स्त्री. पिता के प्रति श्रद्धा-सेवा भाव। **~हत्या**—स्त्री. पिता की हत्या।

पितृक—वि. [सं.] पैतृक, पिता से प्राप्त।

पितृता—स्त्री., **पितृत्व**—पु. [सं.] पिता होने की स्थिति।

पितृव्य—पु. [सं.] चाचा, पिता का अनुज, छोटा भाई।

पित्त—पु. [सं.] शरीर में उत्पन्न होने वाला एक तरल पदार्थ, यकृत से बनता है, इसकी सही मात्रा पाचन-क्रिया में सहायक। **~नाशक**—स्त्री. पित्त की अधिक मात्रा का शमन करने वाली औषधि।

पित्ता—पु. यकृत की वह थैली जिसमें पित्त बनता है ('गॉल-ब्लेडर)। **मु. ~मारना**—मन को मार कर काम में लगे रहना, घोर परिश्रम करना।

पित्तातिसार—पु. [सं.] पित्त के प्रकोप से उत्पन्न अतिसार, एक रोग।

पित्ताशय—पु. [सं.] पित्त की थैली ('गॉल ब्लेडर')।

पित्ती—स्त्री. एक चर्म रोग जिसमें शरीर में छोटे-छोटे लाल दाने निकल आते हैं, किसी वस्तु के प्रयोग की प्रतिक्रियास्वरूप व गरमी से भी हो जाता है।

पित्र्य—वि. [सं.] पिता संबंधी, पिता का।

पिथौरा—पु. दिल्ली के अंतिम हिंदू सम्राट पृथ्वीराज।

पिदर—पु. [फा.] पिता। **~कुशी**—पितृ-हत्या।

पिद्दी—स्त्री. बहुत पिछड़ा; नगण्य या तुच्छ।

पिन—स्त्री. [अं.] कागज़, आदि नत्थी करने के लिए सुइनुमा कील, जिसका सिरा एक ओर टोपी वाला होता है, आलपिन।

पिनक—स्त्री. किसी मादक पदार्थ, विशेषत: अफीम के नशे में रहना।

पिनकना—अ.क्रि. अफ़ीम के नशे में ऊँघना, झूमना, पिनक में होना।

पिनकी (पीनकी)—वि., पु. पीनक लेने वाला, अफ़ीमची।

पिन-पिन—स्त्री. असंतोष में भुनभुनाना, बड़बड़ करना; बच्चों का ज़िद करते हुआ मचलना।

पिनपिनाना—अ.क्रि. पिन-पिन करना, द्र. 'पिन-पिन'।

पिनपिनाहट—स्त्री. पिनपिनाने की क्रिया या भाव, द्र.'पिन-पिन'।

पिनाकी—पु. [सं.] शिव।

पिन्नस—स्त्री. पीनस; नाक का एक रोग।

पिन्हाना—स.क्रि. द्र. 'पहनाना'।

पिपरमिंट—पु. [अं.] एक विदेशी पौधा जो प्राय: औषधि के रूप में प्रयुक्त, इसका सत मुँह में रखने पर ठंडा-ठंडा लगता है।

पिपरामूल—पु. पीपल की जड़, पिप्पलीमूल।

पिपास*—स्त्री. प्यास, पीने की इच्छा; लालच; तृष्णा।

पिपासा—स्त्री. [सं.] प्यास, पीने की इच्छा।

पिपासित—वि. [सं.] जिसे पिपासा हो, प्यासा।

पिपासी—वि. [सं.] प्यासा।

पिपासु—वि. [सं.] पीने की इच्छा रखने वाला, प्यासा; तृषित; ज्ञान का जिज्ञासु।

पिपील, पिपीलक—पु. [सं.] चींटा।

पिपीलिक—पु. [सं.] चींटा।

पिपीलिका—स्त्री. [सं.] चींटी। **~गति**—स्त्री. बहुत धीमी गति।

पिप्पला—स्त्री. [सं.] एक प्राचीन नदी।

पिप्पलाद—पु. [सं.] एक ऋषि।

पिय*—पु. प्रियतम, स्वामी, कांत, पति।

पियर*—वि. पीला।

पियराई—स्त्री. पीलापन।

पियरी*—वि. स्त्री. पीली। स्त्री. पीली धोती या चूनर।

पिया*—पु. द्र. 'प्रिय'।

पियाज*—पु. द्र. 'प्याज़ी'।

पियाजी—वि. द्र. 'प्याज़ी'।

पियादा—पु. 'प्यादा'।

पियानो—पु. [अं.] एक प्रसिद्ध अंग्रेज़ी वाद्य, बड़ी मेज़ पर इसका नोट्स (सुर, ध्वनि) पटल।

पियारा*—वि. 'प्यारा'।

पियाला*—पु. द्र. 'प्याला'।

पियास*—स्त्री. द्र. 'प्यास'।

पियासा*—स्त्री. द्र. 'प्यासा'।

पियूख, पियूष*—पु. द्र. 'पीयूष'।

पिरथी—स्त्री. द्र. 'पृथ्वी'।

पिराई*—स्त्री. पीलापन।

पिराना*—अ.क्रि. दर्द करना; दर्द का अनुभव करना।

पिरामिड—स्त्री. [अं.] पिरामिड, सूची स्तंभ; मिश्र के प्रसिद्ध स्मारक भवन।

पिरोज़ा—पु. फीरोज़ा, हलके हरे रंग का एक बहुमूल्य पत्थर, एक प्रकार का हीरा।

पिरोना—स.क्रि. सुई के छेद में धागा डालना; सूत, तागे आदि में कुछ गूँथना, मोती आदि डालना।

पिलना—अ.क्रि. किसी काम में बुरी तरह जुट जाना, जी-जान से लग जाना; किसी पर तेज़ी से आक्रमण करना—पिल पड़ना।

पिलपिल—वि. द्र. 'पिलपिला'।

पिलपिला—वि. भीतर से बहुत नरम, पिचक-पिचक जाने वाला।

पिलवाना—स.क्रि. पेरने का काम करवाना (काम में पिलवा दिया); किसी चीज़ को पीने के लिए प्रवृत्त करना (चाय) पिलवाओ।

पिलाई—स्त्री. पिलाने की क्रिया या भाव।

पिलाना—स.क्रि. पीने में प्रवृत्त करना; पान कराना, पीने को देना।

पिल्ला—पु. कुत्ते का बच्चा।

पिव*—पु. प्रियतम, स्वामी, कांत।

पिवाना—स.क्रि. द्र. 'पिलाना'।

पिशाच—पु. [सं.] भूत, प्रेत, आदि निकृष्ट योनि के जीव।

पिशाचक—पु. [सं.] पिशाच।

पिशाचिका—स्त्री. [सं.] पिशाचिनी, पिशाच की स्त्री।

पिशाची—स्त्री. [सं.] द्र. 'पिशाचिका'।

पिष्ट—वि. [सं.] पिसा हुआ, पीसा हुआ चूर्ण, किया हुआ; निचोड़ा हुआ। **~पेषण**—पु. पिसे हुए को फिर से

पीसना। **ला.** कही हुई बात को पुनः-पुनः कहना; व्यर्थ रूप में कहना। **~उक्ति-(पिष्टोक्ति)**—स्त्री. घिसी-पिटी बात।

पिष्टि—स्त्री. [सं.] पीठी, जिसे अन्न, दाल आदि को पीसकर तैयार किया जाता है।

पिसनहारी—स्त्री. आटा पीसने वाली।

पिसना—अ.क्रि. पीसा जाना, चूर्ण किया जाना, दब कर रहना। **ला.** बहुत अधिक कष्ट पाना; घोर परिश्रम करना।

पिसवाना—स.क्रि. पीसने में प्रवृत्त करना, पीसने का काम करवाना।

पिसाई—स्त्री. पीसने की क्रिया, काम; आटा पीसने का व्यवसाय; (आटा) पीसने की मज़दूरी।

पिसाच*—पु. द्र. 'पिशाच'।

पिसाना—स.क्रि. पीसने की क्रिया, काम कराना।

पिस्टल (पिस्तौल)—एक प्रकार की छोटी बंदूक जैसा गोली चलाने वाला हथियार।

पिस्तई—वि. पिस्ते के रंग का।

पिस्ताँ—पु. [फा.] स्त्री के वक्षस्थल का उभार।

पिस्ता—पु. एक प्रसिद्ध मेवा; उसका पेड़।

पिस्तौल—स्त्री. द्र. 'पिस्टल'।

पिस्सू—पु. एक छोटा कीड़ा, पशुओं की त्वचा पर चिपक कर खून पीता रहता है।

पींजन—स्त्री. धुनकी।

पींजना—स.क्रि. (रुई) धुनना।

पींजर*—पु. पिंजरा; अस्थिपंजर।

पींजरा—पु. द्र. 'पिंजरा'।

पी*—पु. प्रियतम, पति। स्त्री. पपीहे की बोली।

पीउन—पु. [अं.] चपरासी, कार्यालय में काम करने वाला सेवक।

पी.एम.ओ.—पु. [अं.] प्राइम मिनिस्टर्स ऑफिस, प्रधानमंत्री कार्यालय।

पी.एम.टी.—प्रि-मेडिकल टेस्ट, मेडिकल प्रवेश परीक्षा, डॉक्टरी की प्रवेश परीक्षा।

पीक—स्त्री. खाए हुए पान की थूक। **~दान**—पान की पीक थूकने का पात्र, उगलदान।

पीक—स्त्री. [अं.] चरम सीमा, पराकाष्ठा; शिखर, चोटी।

पीछा—पु. आगे का उलट, पीछे का भाग; मनुष्य के शरीर का पिछला भाग।

पीछे—अ. पश्चात्, बाद में, अनंतर; पीठ की ओर; खातिर, लिए (तुम्हारे पीछे मैंने खाना छोड़ दिया), किसी के मरने के बाद। **ला. (किसी के) ~चलना**—किसी का अनुसरण करना; किसी के कहे में रहना। **~छूटना**—पिछड़ जाना। **~पड़ना**—किसी को निरंतर हानि पहुँचाने का प्रयत्न करना। **~लगना**—किसी काम को कराने के लिए निरंतर प्रयत्नशील रहना।

पीज़ा—पु. [अं.] द्र. 'पिज्जा'।

पीटना—स.क्रि. किसी व्यक्ति या वस्तु पर हाथ अथवा डंडे आदि से आघात करना, मारना (बच्चे, औरत, कपड़े, आदि को पीटना); किसी धातु आदि को पीटकर चौड़ा और पतला करना। **मु. (छाती)~**—दुःख मनाना; पश्चात्ताप करना। **(लकीर)~**—परंपरा या रीत का व्यर्थ में पालन करना।

पी.टी.आई.—पु. [अं.] प्रेस ट्रस्ट ऑफ इंडिया।

पीठ—पु. [सं.] लकड़ी, पत्थर, आदि का बैठने का स्थान; विद्यार्थियों की शिक्षा का स्थान (विद्यापीठ); किसी विश्वविद्यालय का साहित्यकार विशेष का शोध-संस्थान, केन्द्र ('चेयर'—पीठ, प्रेमचंद पीठ, निराला सृजन पीठ, रविदास पीठ, आदि); सिंहासन; वेदी; कोई विशेष पवित्र स्थान (सिद्ध पीठ); विधानसभा, आदि में किसी विशिष्ट दल या पक्ष का बैठने का निर्धारित स्थान; न्यायाधीशों की समिति जो किसी मुकदमे की सुनवाई करती है ('बेंच')।

पीठ—स्त्री. [सं.] मनुष्य के शरीर में पेट के दूसरी ओर का, पीछे वाला भाग, पृष्ठ। **मु. ~ठोंकना**—शाबाशी देना, प्रोत्साहित करना। **~दिखाना**—भाग खड़ा होना। **~पर होना**—सहायता के लिए तत्पर रहना। **~फेरना**—विमुख हो जाना। **ला. ~पीछे**—किसी की अनुपस्थिति में। **~मर्द**—नाट्य शास्त्र के अनुसार नाटक का वह नायक, जो रूठी नायिका को मना सके; नायक का वह सखा जो रुष्ट नायिका को मना सके।

पीठक—पु. [सं.] आसन, चौकी, कुर्सी, आदि।

पीठ स्थविर—पु. [सं.] किसी विद्या केन्द्र, बौद्ध मठ आदि का प्रधान अधिकारी।

पीठा—पु. एक प्रकार का पकवान, ओडिशा, आदि में विशेष लोकप्रिय।

पीठासीन—वि. [सं.] पीठ पर पद-स्थापित अधिकारी। **~अधिकारी**—पु. पीठ पर नियुक्त अधिकारी, पीठाध्यक्ष।

पीठि*—स्त्री. पीठ।

पीठिका—स्त्री. [सं.] लकड़ी, पत्थर या धातु की बनी चौकी; वह आसन जिस पर देव प्रतिमा स्थापित की जाती है; पुस्तक आदि की भूमिका; पृष्ठभूमि।

पीठी—स्त्री. पानी में भीगी पिसी हुई दाल—उड़द, मूँग आदि, जिससे बड़ियाँ, पकौड़ी, आदि बनाते हैं।

पीड़क—पु. [सं.] पीड़ा देने वाला, सताने वाला, शोषक।

पीड़न—पु. [सं.] दबना; मलना; पीड़ा पहुँचाना, दुःख देना, सताना।

पीड़ा—स्त्री. [सं.] व्यथा, वेदना, दर्द; कष्ट, तक़लीफ़; रोग, व्याधि।

पीड़ित—वि. [सं.] जिसे पीड़ा दी गई हो, सताया हुआ, दबाया हुआ; शोषित।

पीढ़ी—स्त्री. कुल, वंश-परंपरा में किसी के पिता, दादा, परदादा अथवा पुत्र, पौत्र आदि की क्रमागत स्थिति—एक के बाद एक—वंश-परंपरा; किसी विशेष समय में होने वाले, रहने वाले लोगों का सम्मिलित रूप, समुदाय ('जेनरेशन')। **पीढ़ी**—छोटा आसन, पीढ़े का छोटा रूप; लकड़ी, धातु, आदि का बना छोटा आसन।

पीत—वि [सं.] पीला; पिया हुआ; जिसने पिया हो।

पीतम*—पु. प्रियतम, पति।

पीतर*—पु. द्र. 'पीतल'।

पीतल—पु. [सं.] पीले रंग की एक प्रसिद्ध धातु, जो ताँबे और जस्ते के मिश्रण से बनाई जाती है।

पी[सं.] पीले अंगों वाला।

पीतांबर—पु. [सं.] पीला वस्त्र; विशेष प्रकार की पीले रंग की धोती—पूजा आदि के समय या पंडितों द्वारा धारण की जाती है; श्रीकृष्ण; विष्णु; पीत वस्त्रधारी संन्यासी।

पीताभ—वि. [सं.] पीले रंग का, पीली कांति, शोभा वाला।

पीतारुण—पु. [सं.] लालिमा लिये हुए लाल रंग, लोहित पीला।

पीताश्मा—पु. [सं.] पुखराज, एक प्रकार का कीमती पत्थर (आभूषणों में प्रयुक्त होता है)।

पीतिमा—स्त्री. [सं.] पीलापन।

पीती*—स्त्री. द्र. 'प्रीति'।

पीन—वि. [सं.] स्थूल, मोटा; परिपुष्ट; बृहत्। **~पयोधर**—पु. उन्नत, नुकीले वक्ष। **~पयोधरा**—वि. स्त्री. उन्नत, नुकीले वक्ष वाली (स्त्री, नायिका)।

पीनक—स्त्री. अफ़ीम के नशे में ऊँघना।

पीनस—स्त्री. पालकी। पु. [सं.] नाक का एक रोग, निरंतर जुकाम रहना।

पीनसा—स्त्री. [सं.] ककड़ी।

पीना—स.क्रि. किसी तरल वस्तु को गले के नीचे उतारना, पान करना; शराब पीना। **ला.** किसी बात को सह लेना (पी जाना); भीतर ही भीतर दवा देना (क्रोध)।

पीप—स्त्री. फोड़े या घाव में से निकलने वाला सफेद-सा विषाक्त पदार्थ, मवाद।

पीपर—पु. द्र. 'पीपल'।

पीपरामूल, पीपलामूल—पु. पिप्पली मूल, एक प्रसिद्ध आयुर्वेदिक औषधि।

पीपल—पु. एक प्रसिद्ध वृक्ष, आकार में बड़ा और हिंदुओं में पूजनीय। स्त्री. [सं.] एक लता जिसकी कली औषधि के रूप में प्रयुक्त (आयु.)।

पीपलामूल—पु. पीपल लता की जड़, आयुर्वेद में औषधि के रूप में प्रयुक्त।

पीपा—पु. लोहे या टीन का चौकोर लंबा डिब्बा-सा, इसमें घी, तेल, शीरा, आदि तरल पदार्थ रखे जाते हैं, बड़ा मुँह, ऊपर से खुला होने पर आटा, चावल, आदि भी रखे जाते हैं।

पीब—स्त्री. द्र. 'पीव'।

पीय*—पु. द्र. स्वामी, पति।

पीयूख*—पु. द्र. 'पीयूष'।

पीयूष—पु. [सं.] अमृत, सुधा; दूध।

पीर*—स्त्री. पीड़ा, व्यथा, दुःख। पु. [फ़ा.] वृद्ध, बुड्ढा, बुजुर्ग, महात्मा, सिद्ध पुरुष; मुसलमानों के पूज्य महात्मा, संन्यासी; ऐसे किसी संन्यासी-साधु-संत का कब्र रूप में स्मारक; सोमवार (का दिन)। **~ज़ादा**—पु. धर्मगुरु, संन्यासी का पुत्र।

पीरना*—स.क्रि. पेरना, कोल्हू आदि में किसी चीज़ को दबा कर उसका रस, तेल, निकालना।

पीरा—स्त्री. द्र. 'पीड़ा'। वि. द्र. 'पीला'।

पीरी—स्त्री. [फा.] बुढ़ापा, वृद्धावस्था; धार्मिक गुरु बन कर अनुयायी बनाने का काम।

पीरियड—पु. [अं.] युग, काल, समय; अवधि, कालावधि; कक्षा का एक विषय को पढ़ाया जाने वाला समय, घंटा। **बहु. ~पीरियड्स**—पु. मासिक धर्म।

पील—पु. [फा.] हाथी; शतरंज के खेल का एक मोहरा। **~खाना, फ़ीलखाना**—पु. हाथियों को बाँधने का स्थान। **~पाँव, फ़ील पाँव**—पु. घुटनों से नीचे पैरों का फूल जाने का एक रोग, श्लीपद, बहुत ज़्यादा सूजने पर पैर हाथी की तरह के हो जाते हैं—'फीलपा' भी कहते हैं। **~वान**—पु. हाथीवान, हाथी हाँकने वाला, महावत।

पीला—वि. हल्दी, केसर आदि के रंग का; कांतिहीन, निस्तेज। स्त्री. पीली। **~पीली चिट्ठी**—स्त्री. विवाह से पूर्व निकट संबंधियों को भेजी जाने वाली चिट्ठी, जिसमें उनसे आने का आग्रह किया जाता है—स्वास्तिक चिह्न, हल्दी, आदि युक्त।

पीलिमा*—स्त्री. पीलापन।

पीलिया—पु. पांडु रोग, जिसमें चेहरा पीला पड़ जाता है।

पीलुक—पु. [सं.] 'चींटा'।

पीलू—पु. एक वृक्ष, इसका फल आयुर्वेद में औषधि के रूप में प्रयुक्त।

पीव*—पु. प्रियतम, स्वामी, कंत; आम को डाल से तोड़ने पर उसके मुँह पर से निकलने वाला ज़हरीला-सा रस।

पीवर—वि. [सं.] मोटा, स्थूल; भारी।

पीवरा—स्त्री. [सं.] असगंध, सतावर (आयु.)।

पीस—पु. [अं.] टुकड़ा, खंड, हिस्सा (कपड़े, ज़मीन, आदि का); कलाकृति, सुंदर कला कृति। **ला.** सुंदर स्त्री, लड़की।

पीसना—स.क्रि. रगड़ कर या पत्थर, आदि के दबाव से या मिक्सी जैसे उपकरण से किसी अन्न, मसाले के दानों, चावल आदि को आटे या चूर्ण रूप में कर देना; किसी पदार्थ को जल आदि डाल कर रगड़ना (सिल पर, खरल, आदि में)। **ला.** शोषित करना; काम में पेल देना, घोर परिश्रम कराना।

पीहर—पु. विवाह के पश्चात् स्त्रियों के लिए माता-पिता का घर, मायका, मैका।

पुं—पु. [सं.] पुल्लिंग। **~(पुं)गव**—पु. साँड़; बैल; समासांत में प्रयुक्त होकर '**श्रेष्ठ**' का अर्थ—नरपुंगव, वीरपुंगव।

पुंग—पु. [सं.] समूह, राशि।

पुंगफल—पु. सुपारी।

पुंगल—पु. [सं.] आत्मा।

पुंगीफल—पु. सुपारी।

पुँछल्ला—पु. किसी भी बात में पूँछ की तरह कोई न कोई कमी दर्शाती बात।

पुंज—पु. [सं.] समूह, राशि, ढेर।

पुंजिष्ठ—वि. [सं.] ढेर किया हुआ।

पुंजीभूत—वि. [सं.] जो राशि के रूप में एकत्रित कर दिया गया हो।

पुंड—पु. [सं.] तिलक, टीका।

पुंडरीक—पु. [सं.] श्वेत कमल, कमल; तिलक, टीका; अग्नि, आग; सिंह, शेर; सफ़ेद रंग का हाथी।

पुंडरीकाक्ष—वि. [सं.] जिसकी आँखें कमल के समान हों। पु. विष्णु।

पुंड्र—पु. [सं.] ऊख, ईख की प्रजाति का एक पौधा, गन्ने जैसा ही, किंचित् मोटा, पौंडा।

पुंड्रक—पु. [सं.] ऊख, ईख की एक प्रजाति, पौंडा; तिलक, टीका।

पुंवत्, पुंसवत्—वि. [सं.] पुरुष जैसा, पुरुष की तरह।

पुंश्चली, पुंश्चलू—स्त्री. [सं.] कुलटा, वेश्या।

पुंश्चिह्न—पु. [सं.] पुरुषत्व का चिह्न, शिश्न।

पुंस*—पु. पुरुष।

पुंसत्व—पु. [सं.] पुरुषत्व; पौरुष की शक्ति, कामशक्ति।

पुआ—पु. मीठा मिला कर मैदे या आटे के घोल से बना घी या तेल में तलकर बनाया गया एक प्रसिद्ध खाद्य पदार्थ।

पुआल (पयाल)—पु. धान की मंजरी रहित नीचे के भाग की राशि, फूस जैसा।

पुकार—स्त्री. पुकारने या बुलाने की क्रिया, नाम लेकर बुलाना—जोर से आवाज़ देकर बुलाना, टेर; सहायता के लिए आते स्वर में किसी को जोर से बुलाना, दुहाई; फ़रियाद करना; किसी अधिकारी से प्रार्थना करना।

पुकारना—स.क्रि. नाम लेकर बुलाना; नाम-स्मरण करना (प्रभु का)।

पुखता—वि. द्र. 'पुख़्ता'।

पुखर, पुखरा*—पु. पोखर, तालाब।

पुखराज—पु. पीले रंग का एक प्रसिद्ध रत्न।

पुख़्ता—वि. [फा.] पक्का; मज़बूत; टिकाऊ; निश्चित।

पुगाना—स.क्रि. पूरा करना, भरपाई करना; ठीक जँचना।

पुचकार—स्त्री. चूमने का शब्द करते हुए प्यार प्रकट करना (विशेषत: अपने से छोटों को), वात्सल्यमिश्रित भाव।

पुचकारना—स.क्रि. चूमने का शब्द करते हुए प्रेम प्रकट करना।

पुचकारी—स्त्री. द्र. 'पुचकार'।

पुचारा—पु. किसी फ़र्श, मेज़, आदि पर गीला कपड़ा फेरना; हलका लेप (निरे सीमेंट का पुचारा)।

पुच्छ—पु. [सं.] पूँछ; पिछला भाग।

पुच्छल—वि. पूँछवाला, पूँछदार। **~तारा**—पु. कभी-कभी दिखाई देने वाला तारा जो गिरते समय पूँछ-सी छोड़ता दिखाई देता है।

पुच्छाग्र—पु. [सं.] पूँछ का अगला भाग।

पुछइया*—वि. पूछ करने वाला, सुध लेने वाला (उसका कोई पुछइया या पुछवैया नहीं है)।

पुछल्ला—पु. पूँछ की तरह साथ में लगी वस्तु या व्यक्ति (अनावश्यक)।

पुछवाना—स.क्रि. पूछना का प्रेरणार्थक, पूछने का काम करवाना।

पुछवैया—पु. द्र. 'पुछइया'।

पुछार*—पु. पूछने वाला, कुशलता लेने वाला। **ला.** परवरिश, पालन-पोषण करने वाला।

पुछैया—पु. द्र. 'पुछइया'।

पुजना—अ.क्रि. पूजित होना, पूजा जाना; सम्मानित होना।

पुजवाना—स.क्रि. दूसरे से पूजा करवाना; सम्मान करवाना।

पुजाई—स्त्री. पूजने की क्रिया या भाव; पूजा के बदले मिलने वाली राशि, पारिश्रमिक।

पुजाना—स.क्रि. 'पुजवाना'।

पुजापा—पु. पूजा की सामग्री।

पुजारिन—स्त्री. पुजारी का स्त्री., पूजा करने वाली स्त्री।

पुजारी—पु. पूजा करने वाला; मंदिर, आदि में पूजा के लिए नियुक्त व्यक्ति।

पुजैया—पु. पूजा करने वाला, पूजक (अवमानना भाव में प्रयुक्त—'तू तो बड़ा पुजैया है!')।

पुजौरा—पु. पूजा में रखी जाने वाली सामग्री।

पुट—पु. किसी वस्तु में थोड़ी-सी मात्रा में कुछ मिलाना (आषधि आदि में) किसी दूसरी वस्तु का हलका-सा स्पर्श किसी वस्तु में कर देना।

पुटकी—स्त्री. पोटली, गठरी।

पुटरिया—स्त्री. छोटी पोटली, गठरी।

पुटास—पु. द्र. 'पोटाश'।

पुटिका—स्त्री. [सं.] पुड़िया, इलायची।

पुटी—स्त्री. [सं.] छोटा दोना, कटोरा; पुड़िया; कौपीन, लँगोटी।

पुटीन—पु. लकड़ी के जोड़, छेद, आदि को भरने का तैयार किया हुआ मसाला।

पुट्ठा—पु. चूतड़ के ऊपर का हिस्सा।

पुड़ा—पु. बड़ी पुड़िया, पुड़िया का बड़ा रूप।

पुड़िया—स्त्री. कागज़ को मोड़ कर बनाया हुआ सम्पुट, जिसमें कोई वस्तु रख कर कागज़ को तह बनाते हुए मोड़ दिया जाता है; औषधि की एक खुराक जो इसी प्रकार कागज़ में लपेट कर दी जाती है।

पुड़ी—स्त्री. द्र. 'पुड़िया'।

पुण्य—वि. [सं.] पवित्र; शुभ; धार्मिक दृष्टि से शुभ फल देने वाला काम, धर्मकार्य; ऐसा शुभ कार्य का उत्तम फल; परोपकार का कार्य। **~काल**—पु. ऐसा समय जिसमें स्नान, दान, आदि करने से पुण्य लाभ होता है। **~क्षेत्र**—पु. तीर्थ स्थान। **~तिथि**—स्त्री. किसी महापुरुष के निधन की तिथि; किसी शुभ कार्य, पूजा आदि के लिए अच्छी तिथि या दिन। **~श्लोक**—वि. पवित्र आचरण वाला, उत्तम चरित्र।

पुण्यजनेश्वर—पु. [सं.] कुबेर।

पुण्या—स्त्री. [सं.] तुलसी।

पुण्यात्मा—वि. [सं.] पुण्यशील, धर्मात्मा।

पुण्यार्थ—वि. [सं.] पुण्य के निमित्त, धर्मार्थ कार्य के लिए।

पुण्योदय—पु. [सं.] सौभाग्य का उदय, अच्छे दिनों का आना।

पुतना—अ.क्रि. पोता जाना; चुपड़ा जाना।

पुतरा*—पु. द्र. 'पुतला'।

पुतला—पु. लकड़ी, घास, फूस, आदि से तैयार किया गया मनुष्य का आकार; किसी व्यक्ति की इन्हीं चीज़ों अथवा आटे, आदि से बनाई गई प्रतिमा।

पुतली—स्त्री. लकड़ी, कपड़े, आदि की बनाई हुई प्रतिमा खिलौने के रूप में; गुड़िया; आँख के मध्य स्थित बनाया भाग; कपड़ा बुनने का यंत्र; सुंदर युवती।

पुताई—स्त्री. पोतने की क्रिया, दीवार आदि पर कलई, चूना, गोबर, पेंट, आदि का लेप करना; पोतने के काम की मज़दूरी, पारिश्रमिक।

पुतारा—पु. द्र. पुचारा।

पुत्—पु. [सं.] एक नरक जिससे छुटकारा पाने का साधन पुत्र को माना जाता है।

पुत्त*—पु. द्र. 'पुत्त'।

पुत्तरी*—स्त्री. द्र. 'पुत्री'; द्र. 'पुतली'।

पुत्तल—पु. [सं.] पुतला।

पुत्तलक—पु. [सं.] पुतला।

पुत्र—पु. [सं.] बेटा, आत्मज। **~वती**—स्त्री. पुत्र वाली। **~वधू**—स्त्री. पुत्र की पत्नी, बहू। **~वान**—पु. पुत्र वाला।

पुत्रार्थी—वि. [सं.] पुत्र की इच्छा रखने वाला।

पुत्रिका—स्त्री. [सं.] बेटी; पुतली; गुड़िया।

पुत्री—स्त्री. [सं.] बेटी, आत्मजा।

पुत्रेष्टि, पुत्रेष्टिका—स्त्री. [सं.] पुत्र-प्राप्ति की कामना से किया जाने वाला यज्ञ।

पुत्रैषणा—स्त्री. [सं.] पुत्र-प्राप्ति की इच्छा, लालसा, कामना।

पुत्रोत्सव—पु. [सं.] पुत्र के जन्म पर होने वाला उत्सव।

पुदीना—पु. एक प्रसिद्ध पौधा जिसकी छोटी-छोटी पत्तियाँ सुगंध देती हैं और चटनी, रायते, आदि तथा औषधि के लिए अनेक रूपों में प्रयुक्त की जाती हैं।

पुद्गल—पु. [सं.] परमाणु; जैन दर्शन के अनुसार वे द्रव्य जिनके संधान से शरीर, मन, प्राण आदि का निर्माण होता है।

पुद्गलास्तिकाय—पु. [सं.] जैन दर्शन के अनुसार पाँच प्रकार के द्रव्यों में से एक।

पुनः—पुनर् का समास में प्रयुक्त रूप; फिर से, दुबारा; बार-बार।

पुन*—पु. पुण्य।

पुनपुन, पुनपुना—स्त्री. बिहार में गया के पास एक छोटी नदी जिसे पवित्र माना जाता है।

पुनरपि—अ. [सं.] फिर भी; बार-बार।

पुनरभ्यास—पु. [सं.] फिर से, बार-बार किसी काम को करना।

पुनरारंभ—पु. [सं.] फिर से प्रारंभ करना।

पुनरावर्तन—पु. [सं.] फिर से लौट कर आना।

पुनरावेदन—पु. [सं.] फिर से निवेदन करना, फिर से प्रार्थना-पत्र देना।

पुनरीक्षण—पु. [सं.] दुबारा जाँचना, देखना, पुनरावलोकन।

पुनरीक्षित—वि. [सं.] पुनरीक्षण किया हुआ।

पुनरुज्जीवन—पु. [सं.] फिर से जीवन मिलना, फिर से जीवित हो जाना।

पुनरुज्जीवित—वि. [सं.] जिसने पुनः जीवन प्राप्त किया हो।

पुनर्—अ. [सं.] एक बार फिर, और, दुबारा।

पुनर्गठन—पु. [सं.] दुबारा गठित।

पुनर्जागरण—पु. [सं.] फिर से जाग जाना।

पुनर्जागृति—वि. [सं.] फिर से जागा हुआ।

पुनर्जीवन—[सं.] पुनः जीवन प्राप्त करना, पुनर्जन्म।

पुनर्जीवित—वि. [सं.] जो पुनः जीवन पा गया हो।

पुनर्दर्शन—पु. [सं.] फिर से देखना।

पुनर्नवीकरण—पु. [सं.] फिर से नया कर देना।

पुनर्नियुक्त—स्त्री. [सं.] फिर से नियुक्त करना।

पुनर्निरीक्षण—पु. [सं.] पुन जाँचना, फिर से देखना।

पुनर्निर्धारण—पु. [सं.] फिर से निर्धारित करना, निश्चित करना।

पुनर्निर्माण—पु. [सं.] फिर से बनाना (भवन, पुल, आदि)।

पुनर्निर्यात—पु. [सं.] फिर से माल देश से बाहर भेजना।

पुनर्निर्वाचन—पु. [सं.] फिर से चुनाव कराना।

पुनर्परीक्षण—पु. [सं.] पुनः परीक्षण, जाँच करना।

पुनर्प्रकाशन—पु. [सं.] फिर से, दुबारा प्रकाशित करना।

पुनर्प्रेषण—पु. [सं.] फिर से भेजना ('रिडाइरेक्टिड')।

पुनर्मिलन—पु. [सं.] फिर से, पुनः मिलना।

पुनर्मुद्रण—पु. [सं.] फिर से, पुनः छापना (किसी पुस्तक, आदि को)।

पुनर्मुद्रणाधिकार—पु. [सं.] फिर से मुद्रित करने, छापने का अधिकार।

पुनर्मुद्रित—वि. [सं.] दुबारा, फिर छापा गया।

पुनर्मूल्यन—पु. [सं.] फिर से दाम लगाना।

पुनर्मूल्यांकन—पु. [सं.] फिर से मूल्य निर्धारित करना; फिर से मूल्यांकन, परीक्षण करना (उत्तर-पुस्तिकाओं, आदि का)।

पुनर्वरण—पु. [सं.] फिर से चुनना।

पुनर्वर्गीकरण—पु. [सं.] फिर से विभाजन, वर्गीकरण करना।

पुनर्वास—पु. [सं.] फिर से बसना, फिर से बसाना। **~मंत्रालय**—पु. वह मंत्रालय जो विस्थापित नागरिकों को फिर से बसाने की व्यवस्था करना है।

पुनर्विचार—पु. [सं.] फिर से विचार करना (किसी निर्णय, आदि पर)।

पुनर्वितरण—पु. [सं.] फिर से बाँटना।

पुनर्विभाजन—पु. [सं.] किसी विभाजित की गई वस्तु का पुनः विभाजन करना।

पुनर्विहित—वि. [सं.] जिसका फिर से विधान किया गया हो; नए विधान के रूप में लाया गया।

पुनवाँसी*—स्त्री. द्र. 'पूर्णमासी'।

पुनश्चः—अ. [सं.] इसके बाद, फिर; दूसरी बार, दुबारा; जो कुछ कहा जा चुका है, उसके बाद।

पुनश्चर्या—स्त्री. [सं.] काम को दुहराना। **~पाठ्यक्रम**—पु. पढ़े हुए को पुनः स्मरण कराना, उसका नवीकरण कराना ('रिफ्रेशर कोर्स')।

पुनि*—अ. पुनः, फिर।

पुनीत—वि. [सं.] पवित्र, पाक।

पुन्न*—पु. द्र. 'पुण्य'।

पुन्य*—पु. द्र. 'पुण्य'। **~ताई***—स्त्री. दे. 'पुण्य'।

पुमान्—पु. [सं.] पुरुष, नर।

पुरंजय—पु. [सं.] रघुवंश में उत्पन्न एक प्रसिद्ध राजा।

पुरंदर—पु. [सं.] इन्द्र; विष्णु।

पुरंदरा—स्त्री. [सं.] गंगा।

पुरः—आगे; पहले।

पुर—पु. [सं.] नगर, बस्ती; कोट, किला; राशि, ढेर। हि. मोट, चरसा (कुएँ से पानी निकालने का चमड़े का बड़ा-सा बोरा)। वि. [फ़ा.] भरा हुआ, पूर्ण।

पुरइन*—स्त्री. कमलिनी; कमल की एक प्रजाति।

पुरखा—पु. पिता से पूर्व पीढ़ी का कोई पुरुष—दादा, परदादा, आदि।

पुरजा—पु. [फा.] टुकड़ा, खंड; काग़ज़ का टुकड़ा; कटा हुआ टुकड़ा, कतरन; अंश, भाग; किसी उपकरण या यंत्र का अंश, भाग ('पार्ट')।

पुरट—पु. [सं.] स्वर्ण, सोना।

पुरण—पु. [सं.] समुद्र।

पुरतः—अ. [सं.] समक्ष, आगे।

पुरबला, पुरबिला, पुरबुला*—वि. पहले का, पूर्वजन्म का।

पुरबिया—वि. पूरब का, प्रांत के पूर्व का (उ.प्र. के पूर्व भाग का, बनारस, इलाहाबाद तथा वहाँ से आगे का)।

पुरवइया—स्त्री. पूर्व की ओर से आने वाली वायु।

पुरवा—स्त्री. पूर्व की ओर से बहने वाली हवा; मिट्टी का लोटे जैसा पात्र।* छोटा गाँव, छोटी-सी बस्ती, टोला।

पुरवाई—स्त्री. द्र. 'पुरवइया'।

पुरवी—स्त्री. [सं.] एक रागिनी (स्त्री.)।

पुरवैया—स्त्री. द्र. 'पुरवइया'।

पुरश्—'पुरस्' का समास में प्रयुक्त।

पुरस्—अ. [सं.] सामने, आगे।

पुरस्कार—पु. [सं.] किसी प्रतियोगिता के विजेता अथवा किसी अच्छे काम के कर्ता को दिया जाने वाला पारितोषिक, इनाम-धन या प्रतीक चिह्न के रूप में; सम्मान; उपहार, भेंट।

पुरस्कृत—वि. [सं.] जिसे पुरस्कार दिया गया हो।

पुरस्तात—अ. [सं.] आगे, सामने; पहले, आरंभ में।

पुरहूत*—पु. पुरुहूत, इंद्र।

पुरांतक—पु. [सं.] शिव।

पुरा—पु. बस्ती, गाँव, छोटा गाँव, बस्ती। **~कथा**—स्त्री. पौराणिक, प्राचीन कथा। **~काल**—पु. इतिहासपूर्व काल, समय। **~कृत**—वि. प्राचीन, पुराना; प्राचीन काल का बना हुआ।

पुराण—पु. [सं.] प्राचीन वृत्तांत; सृष्टि के जन्म, प्रलय, मन्वंतरों, प्राचीन ऋषियों, मुनियों, राजाओं, आदि के चरितों

के आख्यान; हिंदू धर्म ग्रंथ जिनकी संख्या मूलतः अठारह है—ब्रह्म, पद्म, विष्णु, शिव, भागवत, नारद, मार्कंडेय, अग्नि, भविष्य, ब्रह्मवैवर्त, लिंग, वाराह, स्कन्द, वामन, कूर्म, मत्स्य, गरुड़ और ब्रह्माण्ड।

पुरातत्त्व—पु. [सं.] वह विद्या जिसमें प्राचीन काल, मुख्यतः इतिहासपूर्व की वस्तुओं, भवनों, आदि के अध्ययन के आधार पर अज्ञात इतिहास का शोध किया जाता है।

पुरातत्त्वज्ञ—पुं. [सं.] वह व्यक्ति जो पुरातत्त्व का विद्वान हो।

पुरातन—वि. [सं.] प्राचीन, पुराना।

पुराधिप, पुराध्यक्ष—पु. [सं.] नगर के प्रशासन का प्रधान अधिकारी।

पुराना—वि. जिसके अस्तित्व को बहुत दिन हो गए हों, पुरातन; जो बहुत दिनों का, समय का, होने के कारण जर्जर या ख़राब हो गया हो (भवन, वस्त्र); जिसे सुदीर्घ अनुभव हो (पुराना कारीगर); जिसका प्रचलन न हो।

पुरारि—पु. [सं.] शिव।

पुराल*—पु. द्र. 'पयाल'।

पुरालिपि—स्त्री. [सं.] प्राचीन काल की लिपि, इतिहासपूर्व काल की लिपि।

पुरावती—स्त्री. [सं.] एक प्राचीन नदी।

पुरासाट् (ह्)—पु. [सं.] इन्द्र।

पुरी—स्त्री. [सं.] नगरी, छोटा शहर, ओडिशा का एक प्रसिद्ध नगर, शंकराचार्य द्वारा स्थापित चार पीठों में से एक यहाँ है।

पुरु—पु. [सं.] प्राचीन समय के एक राजा, ययाति के पुत्र जिसने अपना यौवन पिता को समर्पित कर दिया था; देवलोक, स्वर्ग; एक राक्षस इन्द्र ने जिसका वध किया था। **~जित**—पु. विष्णु; अर्जुन के मामा कुंतिभोज।

पुरुख*—पु. पुरुष ('उस ही पुरुख की लाज'—कबीर)।

पुरुखा—पु. द्र. 'पुरखा'।

पुरुष—पु. [सं.] नर, मर्द; सांख्य के अनुसार वह तत्त्व जो त्रिगुणातीत, चेतन, अविकारी, नित्य, सर्वव्यापक, आदि गुणों से मंडित होता है—परमात्मा; विष्णु।

पुरुषत्व—पु. [सं.] पौरुष, मर्दानगी, पुरुष होने का भाव।

पुरषांग—पु. [सं.] पुरुष की लिंगेन्द्रिय, शिश्न।

पुरुषाद्य—पु. [सं.] विष्णु।

पुरुषाधम—पु. [सं.] नीच, दुष्ट प्रकृति का मनुष्य।

पुरुषानुक्रम—पु. [सं.] पीढ़ियों का क्रम, एक के बाद एक पीढ़ी।

पुरुषायुष—पु. [सं.] मनुष्य की आयु।

पुरुषारथ*—पु. द्र. 'पुरुषार्थ'।

पुरुषार्थ—पु. [सं.] पौरुष, पराक्रम; सामर्थ्य, शक्ति; मनुष्य जीवन का प्रधान उद्देश्य; मनुष्य जीवन का प्राप्य, जिसे चार पुरुषार्थ के रूप में माना गया है—धर्म, अर्थ, काम और मोक्ष।

पुरुषार्थी—वि. [सं.] पुरुषार्थ करने वाला; उद्योगशील, परिश्रमी; पराक्रमी।

पुरुषेंद्र—पु. [सं.] श्रेष्ठ पुरुष; राजा।

पुरुषोचित—वि. [सं.] जो पुरुष के कर्तव्य के लिए उचित हो।

पुरुषोत्तम—वि. [सं.] पुरुषों में उत्तम, श्रेष्ठ; श्रीराम; श्री जगन्नाथ जी (पुरी में अधिष्ठित)। **~क्षेत्र**—पु. ओडिशा में जगन्नाथ जी का पुण्यक्षेत्र, पुरी नामक नगर।

पुरुहूत—पु. [सं.] इन्द्र, पुरन्दर।

पुरूरवा—पु. [सं.] एक प्रसिद्ध सोमवंशी राजा, इनका विवाह उर्वशी से हुआ था।

पुरो—'पुरस्' का समास में प्रयुक्त रूप। पु. नायक, अग्रदूत। वि. आगे-आगे चलने वाला। **~वाद**—पु. पूर्वकथन।

पुरोगमन—पु. [सं.] सबसे आगे चलना।

पुरोगामी—वि. [सं.] जो सबसे आगे चलता हो, अग्रगामी; किसी विषय में उदार विचार रखने और अग्रसर रहने वाला।

पुरोडाश्—पु. जौ, चावल, आदि के आटे की टिकिया जिसे कपाल में रख कर अग्नि में हवन करते हैं, पुरोडाश या हवन में आहुति देते समय बोले जाना वाला मंत्र।

पुरोडाशीय—वि. [सं.] पुरोडाश से संबंधित।

पुरोत्सव—पु. [सं.] नगर का उत्सव, नगर में होने वाला उत्सव।

पुरोद्यान—पु. [सं.] नगर के अंदर बना उद्यान ('पार्क')।

पुरोधा—पु. [सं.] पुरोहित, हवन-पूजन करने वाला।

पुरोहित—पु. [सं.] धार्मिक कृत्य, हवन-पूजन करने वाला।

पुरोहिताई—स्त्री. पुरोहित का काम।

पुरोहितानी—स्त्री. पुरोहित की पत्नी।

पुरोहिती—स्त्री. पुरोहिताई।

पुर्ज़ा—पु. [फ़ा.] द्र. 'पुरजा'।

पुर्तगाल—पु. यूरोप का एक देश।

पुर्तगाली—वि. पुर्तगाल-संबंधी, पुर्तगाल का। वि. पुर्तगाल में रहने वाला, वहाँ का निवासी।

पुर्तगीज़—पु. [अं.] द्र. 'पुर्तगाली'।

पुर्बला—वि. द्र. 'पुरबला'।

पुल—वि. [सं.] बड़ा, भारी, महान।

पुल—पु. [फा.] नदी, सरोवर, नाले, आदि के ऊपर उन्हें पार करने के लिए नावों, पत्थर-कंक्रीट आदि से पाटा गया मार्ग। **मु. (तारीफ़ों के) ~बाँधना**—बहुत बढ़ा-चढ़ा कर कहना।

पुलक—पु. [सं.] प्रेम, हर्ष, आदि के कारण रोम खड़े हो जाना, रोमांच।

पुलकना*—अ.क्रि. पुलकित, हर्षित होना।

पुलकावलि—स्त्री. [सं.] प्रसन्नता, हर्ष से उत्पन्न रोमांच, हर्षातिरेक में रोमावली में स्फुरण हो जाना।

पुलकित—वि. [सं.] प्रसन्न, हर्ष से रोमांचित।

पुलकोत्कंप—पु. [सं.] हर्षातिरेक में काँपना, रोमांचित होना।

पुलट—स्त्री. ('उलट' के साथ प्रयुक्त) पलटने की क्रिया।

पुलटिस—स्त्री. फोड़े, आदि को पकाने के लिए अथवा चोट पर बाँधे जाने वाला आटा, हल्दी, गुड़, अलसी आदि को पका कर बनाया गया लेपन।

पुलपुल—वि. द्र. 'पुलपुला'।

पुलपुला—वि. जो भीतर से नरम और ढीला-ढीला हो, पिलपिला।

पुलस्त*—पु. द्र. 'पुलस्त्य'।

पुलस्ति, पुलस्त्य—पु. [सं.] एक ऋषि, जिनकी गणना सप्तर्षियों तथा प्रजापतियों में की जाती है।

पुलह—पु. [सं.] एक प्राचीन ऋषि, कदाचित् 'पुलस्त्य' का ही अपभ्रंश रूप 'पुलस्त्य' और पुलह एक ही ऋषि।

पुलाव—पु. चावल में कुछ अन्य खाने वाली चीज़ें मिला कर बनाया गया एक खाद्य-पदार्थ, मांसाहारी और शाकाहारी—दोनों प्रकार से यह बनाया जाता है।

पुलिंद—पु. [सं.] एक जनजाति, इस जाति का वास का अंचल; जहाज का मस्तूल।

पुलिंदा—पु. बहुत से लपेटे हुए कागज़, कपड़ों आदि का बँधा हुआ एकत्रित रूप, बंडल।

पुलिन—पु. [सं.] नदी का तट, रेतीला किनारा।

पुलिनवती—स्त्री. [सं.] नदी।

पुलिया—स्त्री. वह छोटा-सा पुल, जो नालों, छोटी धाराओं को पार करने के लिए सड़क या किसी भी रास्ते पर बनाया जाता है।

पुलिश—पु. [सं.] एक प्राचीन ऋषि।

पुलिस, पुलीस—स्त्री. [सं.] जनता की रक्षा करने के लिए रखे गए सुरक्षा कर्मी तथा अफ़सर। **~मैन**—इस विभाग का कर्मचारी, सिपाही।

पुली—स्त्री. [अं.] किसी चीज़ को खींचने के लिए बनाया गया पहिए वाला आधार, इस पर रस्सी, तार आदि रखकर वस्तु को खींचा जाता है—'पुल'—[अं.] खींचना से 'पुली'।

पुलोमा—स्त्री. [सं.] भृगु ऋषि की पत्नी, च्यवन ऋषि की माता। **पु.** एक दैत्य, इन्द्र की पत्नी शची का पिता।

पुलोवर—पु. [अं.—पुल ओवर] पहनी हुई कमीज के ऊपर पहनने का ऊनी वस्त्र, पूरी बाजू का स्वेटर।

पुल्ल—वि. [सं.] विकसित।

पुश्त—स्त्री. [फा.] पीठ; पृष्ठ; पिछला भाग, पीछा; वंश परंपरा में, पीढ़ी। **~दर-पुश्त, ~ब-पुश्त**—अ. कई पीढ़ियों से, पीढ़ी-दर-पीढ़ी।

पुश्ता—पु. [फा.] पानी की रोक या दीवार की मज़बूती के लिए ईंट, पत्थर, गारा-चूना, आदि की सामग्री से बनाई गई दीवार, बाँध, बंदा।

पुश्तापुश्त—अ. [फा.] पुश्त-दर-पुश्त, कई पीढ़ियों से।

पुश्तैनी—वि. जो कई पीढ़ियों से चला आ रहा हो (व्यवसाय; मकान, भवन, रोग, आदि)।

पुष्कर—पु. [सं.] राजस्थान में अजमेर के पास एक तीर्थ स्थान, अपने सरोवर के कारण प्रसिद्ध; जलाशय, सरोवर; कमल; बाण; तीर्थ; सूर्य।

पुष्करिणी—स्त्री. [सं.] छोटा सरोवर, ताल।

पुष्कराक्ष—वि. [सं.] कमल के समान नेत्रों वाला। पु. विष्णु।

पुष्करावती—स्त्री. [सं.] एक नदी।

पुष्करिणी—स्त्री. [सं.] कमलयुक्त जलाशय।

पुष्कल—वि. [सं.] प्रचुर, बहुत अधिक; भरपूर; प्रभूत, श्रीराम के भाई भरत का एक पुत्र।

पुष्कलावती—स्त्री. [सं.] प्राचीन काल में एक नगर, भरत के पुत्र पुश्कल की राजधानी।

पुष्ट—वि. [सं.] बलिष्ठ, मोटा-ताज़ा; जिसका पोषण किया गया हो।

पुष्टई—स्त्री. बल तथा वीर्यवर्द्धक औषधि, पुष्टिकारक औषधि।

पुष्टता—स्त्री. [सं.] पुष्ट होने का भाव, बलिष्ठता।

पुष्टि—स्त्री. [सं.] किसी कथन, बात का समर्थन ('कन्फर्मेशन'); एक बार तय की गई या कही गई बात को पुनः कहना ('एफरमेशन'); पोषण; बलिष्ठता, तगड़ापन। **~कर, ~कारक**—वि. पुष्ट करने वाली (औषधि, खाद्य-पदार्थ, फल, आदि), बलवर्द्धक। **~मार्ग**—पु. महाप्रभु वल्लभाचार्य प्रस्थापित एक भक्ति-मार्ग। **~करण**—पु. किसी के मत, कही हुई बात का समर्थन; किसी निर्णय का पक्का करने के लिए उसका पुनःकथन। **~कृत**—वि. [सं.] जिसकी पुष्टि कर दी गई हो।

पुष्प—पु. [सं.] फूल, कुसुम, सुमन। **~वती**—स्त्री. रजस्वला स्त्री। **~वाटिका**—स्त्री. फूलों का छोटा बगीचा, उद्यान। **~वाण—(~बाण)**—पु. कामदेव, पुष्प धन्वा। **~वृष्टि**—स्त्री. पुष्पों की वर्षा—मंगल तथा हर्ष-सूचक।

पुष्पक—पु. [सं.] फूल; पीपल; कुबेर का विमान।

पुष्पांजलि—स्त्री. [सं.] पुष्पों से भरी हुई अंजली; अंजुली में पुष्प लेकर अर्पित करना; पुष्पगुच्छ (भेंट करना)।

पुष्पांबुज—पु. [सं.] मकरंद।

पुष्पा—स्त्री. [सं.] एक नगर—चंपापुरी, वर्तमान का भागलपुर।

पुष्पाकर, पुष्पागम—पु. [सं.] वसंत ऋतु, वसंत ऋतु का आगमन।

पुष्पाभरण—पु. [सं.] फूलों के आभूषण, गजरा, आदि।

पुष्पाभिषेक—पु. [सं.] पुष्प-स्नान, फूलों से किया गया स्नान।

पुष्पायुध—पु. [सं.] कामदेव, पुष्पों का धनुष धारण करने वाला।

पुष्पासव—पु. [सं.] फूलों से तैयार की गई शराब।

पुष्पास्त्र—पु. [सं.] कामदेव।

पुष्पिका—स्त्री. [सं.] किसी ग्रंथ के किसी अध्याय का समापन वाक्य, जिसमें उसके प्रतिपाद्य की सूचना रहती है।

पुष्पिणी—स्त्री. [सं.] रजस्वला, ऋतुमती स्त्री।

पुष्पित—वि. [सं.] खिला हुआ, विकसित; जिसमें फूल आ गए हों, लगे हों (पौधा, लता, आदि)।

पुष्पिताग्रा—स्त्री. [सं.] एक वृत्त, छंद।

पुष्पी—वि. [सं.] फूलों से भरा, जिसमें फूल लगे हों।

पुष्पेषु—पु. [सं.] कामदेव।

पुष्पोद्यान—पु. [सं.] पुष्प वाटिका, फूलों का बगीचा।

पुष्पोहार—पु. [सं.] पुष्प, फूलों का हार।

पुष्य—पु. [सं.] एक प्रसिद्ध नक्षत्र; पूस माह।

पुसाना*—अ.क्रि. पूरा पड़ना, उचित लगना (किसी काम की मज़दूरी, किसी वस्तु के मोल-भाव के संदर्भ)।

पुस्त—पु. [सं.] लकड़ी, मिट्टी, लोहे आदि पर शिल्पकारी; हाथ की लिखी पोथी, किताब।

पुस्तक—स्त्री. [सं.] छपी हुई किताब, जिसमें बहुत से पन्ने होते हैं।

पुस्तकाकार—वि. [सं.] पुस्तक के रूप में, आकार में।

पुस्तकागार, पुस्तकालय—पु. [सं.] वह स्थान जहाँ विविध विषयों की पुस्तकें पढ़ने के लिए उपलब्ध हों (लाइब्रेरी); वह स्थान जहाँ पुस्तकों की बिक्री होती हो।

पुस्तकालयाध्यक्ष—पु. [सं.] पुस्तकालय का प्रधान प्रबंध अधिकारी ('लाइब्रेरियन')।

पुस्तकीय—वि. [सं.] पुस्तक से संबंधित, पुस्तक से प्राप्त होने वाला (ज्ञान, भाव जो मात्र पुस्तकीय हो, व्यावहारिक नहीं)।

पुस्तिका—स्त्री. [सं.] छोटी पुस्तक।

पुहकर, पुहुकर—पु. द्र. 'पुष्कर'।

पुहना*—अ.क्रि. गूँथना, पिरोना।

पुहमी*, पुहुमी*—स्त्री. पृथ्वी (जायसी)।

पुहुप*—पु. फूल, पुष्प (कबीर)।

पूँगी*—स्त्री. एक तरह की बाँसुरी।

पूँछ—स्त्री. दुम, पशु, पक्षियों आदि के शरीर में पिछला अंग, जिसमें बालों का गुच्छ होता है। **मु. (किसी की) ~पकड़ कर चलना**—किसी का आँख मूँद कर पिछलग्गू बनना।

पूँछ—स्त्री. द्र. 'पूछ'।

पूँछना—स.क्रि. द्र. 'पूछना'।

पूँजी—स्त्री. किसी व्यक्ति का कमाया हुआ धन; संचित धन; वह धन जिससे कोई व्यवसाय शुरू किया जाता है, व्यवसाय में लगाया गया मूलधन ('कैपिटल'); किसी व्यक्ति का विषय विशेष में ज्ञान। **~पति**—पु. वह व्यक्ति जिसके पास बहुत धन हो, धनी। **~वाद**—पु. वह व्यवस्था जिसमें मुख्यत: धनियों का उत्पादन के साधनों और उससे प्राप्त लाभ पर अधिकार होता है। **~वादी**—वि. पूँजीवाद-संबंधी, वह जो पूँजीवाद की मान्यताओं का समर्थक हो।

पूआ—पु. द्र. 'पुआ'।

पूग—पु. [सं.] सुपारी का पेड़, उसका फल; राशि, समूह, ढेर।

पूगना*—अ.क्रि. पूरा होना।

पूगी—स्त्री. [सं.] सुपारी का पेड़, उसका फल।

पूछ—स्त्री. पूछने, पूछे जाने का भाव, क्रिया; खोज, चाह, तलाश; आदर, सम्मान ('आजकल उसी की पूछ है')।

पूछना—स.क्रि. किसी वस्तु के संबंध में किसी से जानकारी लेना; खोज-खबर, कुशल-क्षेम मालूम करना। **मु. (बात न)~** समुचित आदर-सम्मान न करना, उपेक्षा करना।

पूछाताछी, पूछापाछी—स्त्री. पूछताछ करने की क्रिया; कुरेद-कुरेद कर प्रश्न पूछना।

पूजक—पु. [सं.] पूजा करने वाला, उपासक।

पूजन—पु. [सं.] पूजने की क्रिया, अर्चना; सत्कार-सम्मान करना।

पूजना—स.क्रि. किसी देवता, ईश्वर आदि का ध्यान, स्तवन, आदि; पत्र, पुष्प, गंध, फल, दूध, मीठा, आदि देवता को समर्पित कर वंदन-आराधन।

पूजनीय—वि. [सं.] पूजा करने योग्य, वंदनीय; आदर सम्मान के योग्य।

पूजा—स्त्री. [सं.] ईश्वर या किसी देवता का विविध रूपों में पूजन-स्मरण, स्तवन; आवभाव, सम्मान। **ला. ~देना, ~चढ़ाना**—रिश्वत देना। **~करना**—दंड देना।

पूजार्ह—वि. [सं.] पूजनीय, पूजा, सत्कार के योग्य, मान्य।

पूजित—वि. [सं.] जिसकी पूजा की गई हो; जिसका सत्कार-आदर-सम्मान किया गया हो।

पूजितव्य—वि. [सं.] पूजनीय, पूजा के योग्य।

पूजोपकरण—पु. [सं.] पूजा के लिए आवश्यक सामग्री, पात्र, पत्र-पुष्प, आदि।

पूज्य—वि. [सं.] आदर-सत्कार के योग्य; पूजा किए जाने योग्य। **~पाद**—वि. जिसके पैर, चरण पूजनीय हों; अत्यंत पूज्य और माननीय।

पूज्यमान—वि. [सं.] जो पूजित हो रहा हो, पूजा जाता हुआ।

पूड़ा*—पु. पुआ।

पूड़ी*—स्त्री. द्र. 'पूरी'।

पूत—पु. पुत्र, बेटा, आत्मज। [सं.] वि. पवित्र, शुद्ध।

पूतना—स्त्री. [सं.] एक राक्षसी, कंस ने इसे श्रीकृष्ण को मारने के लिए भेजा था, श्रीकृष्ण ने इसका स्तनपान कर इसके प्राण हर लिये थे।

पूतात्मा—वि. [सं.] पवित्र आत्मा, शुद्ध अंत:करण वाला। पु. संत।

पूति—स्त्री. [सं.] पवित्रता, शुद्धता।

पूनी—स्त्री. सूत कातने के लिए बनाई गई रुई की मोटी-सी हलकी बटी हुई बत्ती जैसी।

पूनो*—स्त्री. पूर्णिमा।

पून्यो*—स्त्री. दे. 'पूनो'।

पूप—पु. [सं.] पूआ।

पूरक—वि. [सं.] पूरा करने वाला; किसी अभाव को भरने वाला; तुष्ट करने वाला। पु. प्राणायाम का वह पहला चरण जिसमें नाक से साँस खींच कर भीतर भर ली जाती है।

पूरण—पु. [सं.] पूर्ण, पूरा करने की क्रिया; समाप्त करना।

पूरनपूरी—स्त्री. विशेष प्रकार की मीठी पूरी, महाराष्ट्र में विशेष लोकप्रिय।

पूरणीय—वि. [सं.] पूर्ण करने योग्य।

पूरना—स.क्रि. मांगलिक अवसरों, उत्सवों पर द्वार पर या घर के आँगन में आटे, चावल व रंगों से विभिन्न रूपों में सजावट करना, चौक पूरना।

पूरनिमा*—स्त्री. द्र. 'पूर्णिमा'।

पूरब—पु. पूर्व दिशा, वह दिशा जिससे सूर्य निकलता है।

पूरबल*—पु. पूर्व, पहले का, पुराने समय का; पूर्व जन्म का।

पूरबला*—वि. पूर्व का, पहले का, पुराने समय का, पूर्व जन्म का।

पूरबली*—स्त्री. द्र. 'पूरबला'।

पूरबिया—पु. देश के पूर्व भाग का निवासी, लखनऊ-बनारस, गोंडा, आदि जिलों के रहने वालों के लिए रूढ़ शब्द।

पूरबी—स्त्री. एक राग (संगी.)।

पूरा—वि. भरा हुआ, परिपूर्ण; समूचा, सारा, समस्त; जिसमें कोई त्रुटि या अभाव न हो; भरपूर, यथेष्ट, काफ़ी, पर्याप्त; सिद्ध। **मु. ~उतरना**—अपेक्षा के अनुरूप सिद्ध होना। **ला. ~होना**—मृत्यु को प्राप्त हो जाना, जीवन का पूर्णता को प्राप्त कर लेना।

पूरित—वि. [सं.] पूरा किया हुआ; भरा हुआ; तृप्त।

पूरिया—पु. एक राग (संगी.)। **~कल्याण**—एक संकर राग (संगी.)।

पूरी—स्त्री. खूब गरम घी या तेल में तल कर छोटे आकार में बनाई गई एक प्रकार की रोटी-सी। मृदंग, तबले, ढोल आदि के मुँह पर मढ़ा हुआ गोल चमड़ा, उस पर लगी हुई गोल काली टिक्की।

पूरी—वि. [सं.] जो पूरा हो चुकी हो (पढ़ाई पूरी हो गई), सिलाई, कढ़ाई, आदि की किसी चीज़ का पूरा हो जाना; जो नाप में पूरी हो।

पुरु—पु. [सं.] एक प्रसिद्ध राजा, ययाति के कनिष्ठ पुत्र।

पूर्ण—वि. [सं.] जो सब दृष्टियों से पूरा हो, जिसमें कोई न्यूनता न हो; सब अंगों से युक्त, पूरा। **~काम**—वि. जिसकी सभी इच्छाएँ पूरी हो चुकी हों, परितुष्ट। पु. परमात्मा। **~मासी**—स्त्री. शुक्ल पक्ष की अंतिम तिथि जिसमें चंद्रमा की सभी कलाएँ विकसित हो जाती हैं, पूर्णिमा। **~विराम**—पु. वाक्य के अंत में लगने वाला चिह्न—खड़ी पाई (।) और बिंदी (˙)—दोनों रूपों में प्रचलित।

पूर्णकालिक—वि. [सं.] पूरे समय का (कर्मचारी, आदि)।

पूर्णतः, पूर्णतया—अ. [सं.] पूरी तरह, पूर्ण रूप से, अच्छी तरह।

पूर्णांक—पु. [सं.] पूरी संख्या, संपूर्ण अंक, किसी प्रश्नपत्र के लिए निर्धारित पूरे अंक।

पूर्णा—स्त्री. [सं.] चंद्रमा की पंद्रहवीं कला, पूर्णिमा और अमावस्था।

पूर्णाघात—पु. [सं.] तास में एक विशेष स्थान (संगी.)।

पूर्णानंद—पु. [सं.] परमात्मा, ईश्वर, जिसे संपूर्ण आनंद प्राप्त हों।

पूर्णाभिलाष—वि. [सं.] जिसकी अभिलाषा पूर्ण हो गई हो, परितृप्त।

पूर्णाभिषेक—पु. [सं.] मंदिरों में मूर्ति का विशेष अभिषेक, स्नान-विधान।

पूर्णामृता—स्त्री. [सं.] चंद्रमा की सोलह कला।

पूर्णायु—स्त्री. [सं.] पूरी आयु, 100 वर्ष की आयु (भारतीय परंपरा में सौ वर्ष की आयु पूर्ण मानी गई है, इसीलिए शतजीवी होने का आशीर्वाद)।

पूर्णावतार—पु. [सं.] ईश्वर का वह अवतार, जिसमें उनकी सारी कलाओं की लीलाएँ होती हैं।

पूर्णाश—वि. [सं.] जिसकी आशा पूरी हो चुकी हो।

पूर्णाहुति—स्त्री. [सं.] हवन, यज्ञ, आदि के समापन पर दी जाने वाली आहुति, अंतिम आहुति जिसमें बचा हुआ सारा हव्य डाल दिया जाता है। **ला.** किसी कार्य का वह अंतिम कृत्य जिससे वह पूर्णता प्राप्त करता है।

पूर्णिमा, पूर्णिमासी—स्त्री. [सं.] मास की अंतिम तिथि, शुक्लपक्ष की अंतिम तिथि, पूनो।

पूर्णेंदु—पु. [सं.] पूर्णिमा का पूरा चाँद।

पूर्णोपमा—स्त्री. [सं.] उपमा अलंकार का एक भेद, इसमें उपमा के चारों अंग—उपमेय, उपमान, उपमावाची शब्द और साधारण धर्म—विद्यमान होते हैं।

पूर्त—वि. [सं.] पूरा किया हुआ; व्याप्त।

पूर्ति—स्त्री. [सं.] पूरा करने की क्रिया, पूर्णता; किसी कार्य की समाप्ति; किसी प्रकार की त्रुटि, अपेक्षा या कमी को पूरा करने की क्रिया—अभाव की पूर्ति, समस्या पूर्ति, आदि।

पूर्व—वि., पु., अ. [सं.] द्र. 'पूर्व'।

पूर्व—वि. [सं.] पहला, प्रथम, पहले का; प्राचीन; पुराना, पिछला; बहुत दिनों से चला आता हुआ (~प्रचलित)। **पु.** सूर्य के उदय होने की दिशा, पश्चिम के सामने की दिशा; पहले से होने वाला, पीछे का, पिछला। **~कर्म**—पु. पूर्व जन्म का कर्म। **~कालिक, ~कालीन**—वि. पहले का, प्राचीन, पुरातन। **~कालिक क्रिया**—स्त्री. वह क्रिया जिसे पूरा कर कर्ता दूसरा कार्य करने लगे (व्या.)।

पूर्ववत्—अ. [सं.] पहले की तरह।

पूर्वा—स्त्री. [सं.] प्राची, पूरब।

पूर्वाकलन—पु. [सं.] किसी कार्य को करने से पहले का अनुमान।

पूर्वागम—पु. [सं.] भाषाविज्ञान में शब्द के आदि में रहने वाले व्यंजन के साथ स्वाभाविक रूप से 'द', 'उ' स्वर का लगना ('स्त्री' का 'इस्त्री' के रूप में उच्चारण पूर्वागम है)।

पूर्वाग्रह—पु. [सं.] वह धारणा, मत, जो किसी विषय या व्यक्ति के संबंध में कई प्रकार के आग्रहों के चलते बना कर रख ली गई हो।

पूर्वाग्रही—वि. [सं.] पहले से निश्चित धारणा, मत लेकर चलने वाला।

पूर्वाचल, पूर्वाद्रि—पु. [सं.] उदयाचल (पर्वत)।

पूर्वाधिकारी—पु. [सं.] पहले का अधिकारी।

पूर्वानिल—पु. [सं.] पूर्व से आने वाली हवा, पूरबी हवा।

पूर्वानुराग—पु. [सं.] नायक और नायिका में श्रवण, दर्शन, आदि के कारण मिलन-पूर्व हुआ अनुराग, प्रेमाकर्षण।

पूर्वापर—वि. [सं.] अगला और पिछला (क्रम में)।

पूर्वापर्य—पु. [सं.] पूर्वापर का भाव।

पूर्वाभास—पु. [सं.] घटना के घटित होने से पूर्व हो जाने वाला आभास (किसी आसन्न संकट का)।

पूर्वाभ्यास—पु. [सं.] (किसी उत्सव, समारोह, आदि का) पहले किया जाने वाला अभ्यास।

पूर्वार्चिक—पु. [सं.] सामवेद का पूर्वार्द्ध।

पूर्वार्जित—वि. [सं.] पहले का अर्जित, कमाया हुआ धन। पु. पैतृक संपत्ति, उत्तराधिकार में प्राप्त संपत्ति।

पूर्वार्द्ध, पूर्वार्ध—पु. [सं.] दो बराबर के भागों में पहला, प्रारंभ का आधा भाग।

पूर्वाशा—स्त्री. [सं.] पूर्व दिशा।

पूर्वाश्रम—पु. [सं.] ब्रह्मचर्य आश्रम, जीवन के चार आश्रमों में से सबसे पहला।

पूर्वाषाढ़ा—स्त्री. [सं.] सत्ताईस नक्षत्रों में से बीसवाँ नक्षत्र, वर्षा का प्रारंभ इसी नक्षत्र से माना जाता है।

पूर्वाह्न—पु. [सं.] दिन का पहला भाग, दोपहर तक का समय।

पूर्वी—वि. पूर्व दिशा का, पूरब का।

पूर्वेतर—वि. [सं.] पूर्व दिशा से अलग दिशा; पश्चिमी।

पूर्वोक्त—वि. [सं.] पहले का कहा हुआ, जिसकी चर्चा पहले की जा चुका हो।

पूर्वोत्तर—वि. [सं.] उत्तर-पूर्वी ('नॉर्थ-ईस्ट')।

पूर्वोत्तरा—स्त्री. [सं.] पूरब और उत्तर के बीच की दिशा, ईशान कोण।

पूल, पूलक—पु. [सं.] तृण, फूस आदि का ढेर, पूला।

पूल—पु. [अं.] तालाब, पोखर; इकट्ठा करना, धन एकत्रित कर सामूहिक कार्य में लगाना; (कामों, आदि का) यात्रा, आदि के लिए समूह प्रबंधन।

पूला—पु. द्र. 'पूलक'।

पूषक—पु. [सं.] शहतूत का पेड़।

पूषण, पूषन*—पु. सूर्य।

पूषा—पु. [सं.] सूर्य; बारह आदित्यों में से एक।

पूस—पु. पौष मास, अगहन के बाद और माघ के पहले का महीना।

पृच्छक—पु. [सं.] पूछने वाला, जिज्ञासु।

पृच्छा—स्त्री. [सं.] प्रश्न पूछने वाला।

पृथक, पृथक्—अ. [सं.] भिन्न, अलग, जुदा; अपने कार्य या पद से हटाया हुआ। **~करण**—पु. अलग, भिन्न-भिन्न करने का काम।

पृथक्ता—स्त्री., **पृथकत्व**—पु. [सं.] पृथक् होने का भाव, भिन्नता।

पृथग्—'पृथक्' का समास में प्रयुक्त रूप—पृथगात्मा, पृथग्जन, पृथगरूप।

पृथा—स्त्री. [सं.] पांडु की पत्नी, कुंती।

पृथिवी—स्त्री. [सं.] द्र. 'पृथ्वी'।

पृथी—पु. [सं.] एक पौराणिक राजा।

पृथु—वि. [सं.] विशाल, विस्तीर्ण, चौड़ा; प्रभूत। पु. इक्ष्वाकु वंश का एक राजा, त्रिशंकु का पिता; अग्नि; विष्णु।

पृथुल—वि. [सं.] स्थूल, मोटा, विशाल, विस्तृत।

पृथुलाक्ष—वि. [सं.] बड़ी आँखों वाला।

पृथूदक—पु. [सं.] कुरुक्षेत्र के निकट एक प्राचीन स्थान, वर्तमान का पेहवा नगर।

पृथूदर—वि. [सं.] बड़े, मोटे पेट वाला।

पृथ्वींद्र—पु. [सं.] राजा, पृथ्वी का स्वामी।

पृथ्वी—स्त्री. [सं.] सौरमंडल का वह ग्रह जिस पर हम सबका वास है, धरा, अवनि; पृथ्वी का तल धरती, जमीन।

पृथ्वीश—पु. [सं.] राजा, पृथ्वी का स्वामी।

पृष्ट—वि. [सं.] पूछा हुआ।

पृष्ठ—पु. [सं.] पीठ; पीछे का भाग; पुस्तक का एक पन्ना; कागज, सफ़ा। **~पोषक**—पु. पीठ ठोंकने वाला; सहायक। **~पोषण**—पु. पीठ ठोंकने की क्रिया या भाव; सहयोग तथा समर्थन करने की क्रिया। **~भूमि**—स्त्री. पहले की बातें, परिस्थितियाँ; पिछला भाग; मूर्ति या चित्र में पीछे का भाग ('बैक ग्राउंड')।

पृष्ठाधार—पु. [सं.] पीठ के लिए आधार, टेक।

पृष्ठानुग, पृष्ठानुगामी—वि. [सं.] अनुगमन करने वाला।

पृष्ठास्थि—स्त्री. [सं.] रीढ़, कमर की हड्डी।

पें—स्त्री. रोने का शब्द; किसी मुख वाद्य से निकलने वाली 'पें' या 'पीं-पीं' की ध्वनि।

पेंग—स्त्री. भूले या हिंडोले पर आगे-पीछे जाना।

पेंच—पु. द्र. 'पेच'।

पेंचक—स्त्री. द्र. [फा.] 'पेचक'।

पेंट—पु. [अं.] पेंट, रंग, रंग-लेप, प्रलेप। क्रि. रँगना, पोतना; चित्र बनाना; (सजीव) वर्णन करना।

पेंटर—पु. [अं.] चित्रकार, चितेरा; रंगसाज़।

पेंटिंग—स्त्री. [अं.] चित्र; चित्रकला।

पेंडुलम—पु. [अं.] दीवार घड़ी का वह लटकता हुआ पुर्ज़ा, जो हर सेकंड पर इधर-उधर हिलता है।

पेंडुकी—स्त्री. एक चिड़िया, फ़ाख़ता, पंडुक।

पेंदा—पु. किसी वस्तु, बरतन, आदि का निचला हिस्सा, आधार जिस पर वह रखा रहता है, ठहरता है।

पेंदी—स्त्री. पेंदा का छोटा रूप, द्र. 'पेंदा'।

पेंशन—स्त्री. [अं.] सेवा-निवृत्ति के बाद नियमित रूप से प्रत्येक मास मिलने वाली धन-राशि; किसी राजा या स्वामी द्वारा अपने किसी उत्तराधिकारी, सेवक, आदि को दी जाने वाली मासिक या वार्षिक वृत्ति।

पेंसिल—स्त्री. [अं.] एक प्रकार की लेखनी, जिसमें लकड़ी के बीच सीसा (धातु) सलाई-सी के रूप में भरी होती है, जिससे लिखा जाता है।

पे—स्त्री. [अं.] वेतन, तनख़ाह।

पेउसी*, पेवसी—स्त्री. गाय या भैंस के ब्याने के बाद के कुछ दिनों का उबाला हुआ दूध जो गाढ़ा रूप ले लेता है।

पेखना*—स.क्रि. देखना।

पेच—पु. [फा.] कुश्ती का दाँव; एक प्रकार की कील जिसमें चूड़ियाँ बनी होती हैं ('स्क्रू'); कठिनाई, मुश्किल, झमेला ('इस बात में एक पेच पड़ गया है'); एक आभूषण जो पगड़ी में टाँका या बाँधा जाता है; पतंगों का एक दूसरे में उलझना ('पेच पड़ जाना')।

पेचक—स्त्री. [फा.] धागों की रील, गुच्छी।

पेचिश—स्त्री. [फा.] पेट का एक रोग, जिसमें आँव आता है।

पेचीदगी—स्त्री. पेचीदा स्थिति।

पेचीदा—वि. [फा.] जिसमें उलझन हो; जो जल्दी हल न हो सके; कठिन, टेढ़ा।

पेज—पु. [अं.] पुस्तक का पृष्ठ, पन्ना, कागज़।

पेट—पु. शरीर का अंग, छाती के नीचे स्थित जिसमें भोजन, आदि एकत्रित होकर पचता है, उदर। **~पोंछना**—पु. अंतिम संतान। **~वाली, ~से**—स्त्री. गर्भवती स्त्री। **मु. (अपना) ~काटना**—अपने खर्चों में कटौती कर किसी अन्य कार्य के लिए बचाना। **ला. ~गिराना**—गर्भपात कराना। **~चलना**—दस्त लग जाना। **~में चूहे कूदना या दौड़ना**—बहुत तेज़ भूख लगना। **~में दाढ़ी होना**—छोटी आयु में ही बहुत तेज़ होना (अवमानना के अर्थ में), चालाक होना।

पेटल—वि. मोटे पेट वाला; खाने वाला।

पेटा—पु. किसी पदार्थ के बीच का भाग; किसी वस्तु के बीच का खाली भाग, जिसमें कुछ भरा जाता है; ब्यौरा, विवरण।

पेटारा*—पु. द्र. 'पिटारा'।

पेटारी*—स्त्री. द्र. 'पिटारी'।

पेटिका—स्त्री. [सं.] पिटारी, छोटा पिटारा।

पेटी—स्त्री. पैंट, निक्कर आदि पर बाँधी जाने वाली चमड़े की पट्टी-सी, जिससे वह पहनी हुई वस्तु को नीचे नहीं खिसकने देती है।

पेटीकोट—पु. [अं.] हलके घाघरे, लहँगे जैसा एक हलका वस्त्र, जिसे स्त्रियाँ साड़ी के नीचे पहनती हैं।

पेटू—वि. बहुत अधिक खाने वाला; जिसे सदैव खाने की चिंता लगी रहे कि आगे क्या खाना है।

पेटेंट—पु. [अं.] किसी नए आविष्कार या उत्पाद की ऐसी सरकारी रजिस्ट्री, जिससे उस पर बिक्री, वितरण आदि का एकाधिकार प्राप्त हो जाता है।

पेट्रोल—पु. [अं.] एक प्रकार का खनिज तेल, जिससे उत्पन्न ऊर्जा से कार, बस, हवाई जहाज़, आदि चलते हैं।

पेट्रोल—पु. [अं.] पेट्रोलिंग का कार्य—सैनिकों द्वारा घूम-घूम कर दिया जाने वाला पहरा; वह सिपाही जो पहरा देने का काम करता है।

पेट्रोलियम—पु. [अं.] पेट्रोल जैसे अन्य तैलीय पदार्थ—मिट्टी का तेल, डीज़ल, आदि।

पेठा—पु. सफेद कद्दू; उसकी बनी मिठाई।

पेड़—पु. वृक्ष, दरख़्त।

पेड़ा—पु. खोवे की एक प्रसिद्ध मिठाई; गूँधे हुए आटे की गोलाकार लोई जिसे बेल कर रोटी बनाते हैं।

पेडल, पेडिल, पैडल—पु. [अं.] साइकिल आदि का वह पुर्जा जिसे पैर से चलाने से वह चलती है।

पेडियाट्रिक्स—पु. [अं.] शिशु-चिकित्सा विभाग; शिशु-चिकित्सा शास्त्र।

पेड़ी (पेढ़ी)—स्त्री. ईख का वह खेत जो ईख के कट जाने के बाद रबी की फसल के लिए जोता जाए; पान की पुरानी बेल, पुरानी बेल से उतारा गया पान।

पेडू—पु. शरीर का नाभि के नीचे और मूत्रेन्द्रिय, उपस्थ के ऊपर का भाग।

पेन—पु. [अं.] दर्द, पीड़ा।

पेनल्टी—स्त्री. [अं.] दंड, जुर्माना; हॉकी तथा फुटबॉल के खेल में गोल-पोस्ट के ऊपर से दिया जाने वाला हिट या किक, जिसे अकेला गोल-रक्षक ही रोकने का प्रयत्न करता है।

पेनिसिलिन—पु. [अं.] एक प्रसिद्ध; प्रतिजैविक औषधि।

पेन्शन—स्त्री. [अं.] द्र. 'पेंशन'।

पेपर—पु. [अं.] कागज़; प्रश्न-पत्र; परीक्षा।

पेपरमाशी—पु. [फ्रेंच.] कागज़ की लुगदी से बनाई गई कलाकृतियाँ।

पेपरवेट—पु. [अं.] कागज़ों को उड़ने से बचाने के लिए दबाया जाने वाला शीशे आदि का छोटा-सा भार।

पेमेंट—[अं.] भुगतान, चुकाई जाने वाली या प्राप्त होने वाली राशि।

पेम्फलेट—पु. [अं.] विज्ञापन-पत्र, विज्ञापन का पर्चा, कागज़।

पेय—वि. [सं.] जो पीने योग्य हो। पु. पीने का तरल पदार्थ—शरबत, मदिरा, आदि।

पेरना—स.क्रि. (पेलना) कोल्हू आदि में डाल कर किसी वस्तु को बेलन जैसे उपकरण से इस प्रकार दबाना कि उसका रस या तेल निकल आए—ईख, सरसों, कोई भी तिलहन। **ला. ~(काम में)**—बुरी तरह काम लेना, काम में जोत देना। स.क्रि. पेरवाना, पेलवाना।

पेलना—स.क्रि. द्र. 'पेरना'।

पेवमेंट—पु. [अं.] पटरी, सड़क के किनारे पैदल चलने के लिए बना मार्ग; खड़ंजा, फर्श।

पेश—अ. [फ़ा.] सामने आया या लाया हुआ; आगे; पहले। **~कश**—स्त्री. प्रस्ताव; नज़र, भेंट, उपहार। **~कर**—पु. पेश करने वाला या आगे रखने वाला; अदालत में वह कर्मचारी जो अधिकारी के सामने किसी मुकदमे, केस, आदि की फ़ाइल प्रस्तुत करता है। **~कारी**—स्त्री. पेशकार का कार्य, नौकरी; प्रस्तुति (नृत्य में)।

पेशगी—स्त्री. [फ़ा.] निश्चित राशि, पारिश्रमिक का वह थोड़ा-सा अंश, जो अग्रिम, पहले दे दिया जाता है।

पेश—पु. [सं.] रूप, आकृति; चमक, कांति; सज्जा।

पेशल—वि. [सं.] सुंदर, सुहावना; बहुत अच्छा, उत्तम; दक्ष, चतुर।

पेशवा—पु. [फा.] मराठों के प्रधानमंत्री की उपाधि, पदनाम; नेता, सरदार। **~ई**—स्त्री. पेशवा का पद; पेशवाओं का शासनकाल।

पेशवाज़—स्त्री. [फा.] नर्तकियों का ज़री आदि के काम का कीमती लहँगा।

पेशा—पु. [फा.] जीविका के लिए किया जाने वाला काम, व्यवसाय। **~करना**—व्यभिचार के द्वारा धन कमाना, वेश्या कर्म।

पेशानी—स्त्री. [फा.] ललाट, माथा।

पेशाब—पु. [फा.] मूत्र, मूत। **ला.** वीर्य, शुक्र (उसके मूत से पैदा नहीं)। **~घर**—पु. मूत्रालय, पेशाब करने का स्थान। **मु. ~करना**—किसी वस्तु को अत्यंत तुच्छ समझना, लानत भेजना। **(किसी के) ~से चिराग़ जलना**—बहुत अधिक रौब या दबदबा होना, प्रतापी होना, जिसकी खूब चलती हो।

पेशावर—पु. [फा.] पाकिस्तान में एक प्रसिद्ध नगर।

पेशि—स्त्री. [सं.] मांसपिंड। **(मांस)~** मांस में बनी हुई शिराएँ, मांसल गाँठ।

पेशी—स्त्री. [फ़ा.] पेश होने की क्रिया; अदालत में पेश होने की तिथि; अदालत में पेश होने का आदेश।

पेशेंट—पु. [अं.] रोगी, मरीज़।

पेशेवर—वि. पु. पेशे में निपुण; वह जो कोई पेशा या व्यवसाय करता हो।

पेषण—पु. [सं.] पीसना, पिसाई; खरल।

पेषल—वि., पु. [सं.] द्र. 'पेशल'।

पेसल—वि., पु. [सं.] द्र. 'पेशल'।

पेस्ट—पु. [अं.] लेई, किसी वस्तु को पानी में पीस कर गाढ़ा रूप दे देना। **(टूथ)~** पु. गाढ़ा लेप या दंतमंजन।

पेस्टल—पु. [अं.] रंग की बत्ती। **~कलर**—पु. बत्ती के से रूप में बने रंग, चित्रकला में काम आते हैं।

पेस्ट्री—स्त्री. [अं.] बेकरी में बना एक खाद्य-पदार्थ।

पैंट—स्त्री. [अं.] पतलून, पाजामे के कपड़े से अधिक मोटे कपड़े का बना अंग्रेजी ढंग का पाजामा-सा, नाड़े के बजाय बटन-पट्टी से बाँधी जाती है।

पैंट्री—स्त्री. [अं.] रसोई-भंडार।

पैंठ—स्त्री. सप्ताह के निश्चित दिनों में लगने वाला बाज़ार, हाट, दुकान, आदि सजती हैं।

पैंड़ा—पु. रास्ता, मार्ग।

पैंतरा—पु. चालाकी भरी चाल; पग, युक्ति; कुश्ती, तलवारबाज़ी आदि खेलों में अपने को बचाते हुए प्रतिद्वन्द्वी पर वार करना।

पैंतरेबाज—स्त्री. [फ़ा.] चालबाज़, चालबाजी करने वाला।

पैंतालिस—वि., पु. द्र. 'पैंतालीस'।

पैंतालीस—वि. चालीस और पाँच। पु. चालीस से पाँच अधिक की संख्या, 45।

पैंतीस—वि. तीस से पाँच अधिक। पु. तीस से पाँच अधिक की संख्या, 35।

पैयाँ*—स्त्री. पैर, पाँव (शिशु के)।

पैंसठ—वि. साठ से पाँच अधिक। पु. साठ से पाँच अधिक की संख्या, 65।

पैंती—स्त्री. पूजा के समय पहनी जाने वाली कुशा, हरी दूब की अँगूठी।

पै*—योजक पर, लेकिन; अवश्य, ज़रूर। क्रि.वि. पास, समीप, निकट। प्रत्य. पर (किस पै)।

पैकार—पु. [फा.] घर-घर घूम कर सामान बेचने वाला व्यापारी; फुटकर माल बेचने वाला।

पैकिंग—स्त्री. [अं.] किसी वस्तु को कहीं भेजने या ले जाते समय बक्स, आदि के अन्दर अथवा मज़बूत कागज़, गत्ते, कपड़े आदि में ऐसे बाँधना कि सुरक्षित पहुँच जाए।

पैकेज—पु. [अं.] पैकेज, कोई पुलिंदा-सा या बंडल। **(पे)~** पु. वार्षिक वेतन, अन्य सुविधाओं आदि का प्रस्ताव या अनुबंध; किसी समझौते की शर्तें।

पैकेट—पु. [अं.] पैकेट, छोटा पार्सल या बंडल-सा।

पैक्ट—पु. [अं.] समझौता; सुलहनामा, उपसंधि; अनुबंध (दो या अधिक राष्ट्रों के बीच)।

पैगंबर—पु. [फा.—'पैगामवर'] ईश्वर का संदेश पहुँचाने वाला, ईश्वर का दूत, नबी, यथा—ईसा, मुहम्मद, मूसा, आदि।

पैगंबरी—वि. पैगंबर का, पैगंबर से संबंधित।

पैग*—पु. पग, डग।

पैग—पु. [अं.] शराब का प्याला, पीने के लिए शराब की एक माप (एक पैग, दो पैग)। पैमाना, एक पैग में 60 मि.लि. शराब होती है। **(पटियाला)~** पु. महाराजा पटियाला के नाम से प्रसिद्ध गिलास पर चार अंगुलियों की माप का जाम।

पैग़ाम—पु. [फा.] संदेश, संवाद; कही हुई बात की सूचना।

पैग़ामी—पु. [फा.] संदेशवाहक, दूत।

पैचवर्क—पु. [अं.] कपड़े आदि पर काट कर डिज़ाइन बनाने का काम।

पैछर*—पैरों की आवाज़, पैरों की हलकी-सी आवाज, पदचाप।

पैज*—स्त्री. प्रतिस्पर्द्धा; विरोध; प्रतिज्ञा (किसी कार्य को पूरा करने की)।

पैंजनिया—स्त्री. द्र. 'पैजनी'।

पैंजनी—स्त्री. पैजनी, पैरों का आभूषण जिसमें बजाने वाले घुँघरू लगे होते हैं।

पैज़ार—पु. [फा.] जूता। **(जूतम)~** जूतों से मारपीट।

पैटर्न—पु. [अं.] आदर्श; नमूना; बनावट; ढाँचा (डिज़ाइन')।

पैट्रन—पु. [अं.] संरक्षक।

पैट्रोमैक्स—पु. [अं.] गैस का हंडा, प्रकाश बत्ती।

पैट्रोल—पु. [अं.] पैट्रोल; भूगर्भ से निकला तेल।

पैट्रोल—पु. [अं.] सेना में पहरा देने वाला दस्ता, सैनिक।

पैट्रोलिंग—क्रि. सैनिकों की पहरे देने की ड्यूटी, कार्य।

पैट्रोलियम—वि. [अं.] पैट्रोल, भूतलीय तेल-पदार्थ।

पैठ—स्त्री. पहुँच, गति, प्रवेश।

पैठना—अ.क्रि. प्रवेश करना; घुसना।

पैठाना—स.क्रि. प्रवेश कराना, भीतर पहुँचाना, घुसाना।

पैड—पु. [अं.] जिल्द में बँधे छोटे आकार के कागज़-पत्र, आदि लिखे के लिए; सोख़्ते का काम करने वाली गद्दी। **(सेटरी)~** पु. महिलाओं द्वारा मासिक स्राव के समय उपयोग में आने वाली छोटी गद्दियाँ वाली पट्टियाँ-सी।

पैडल—पु. [अं.] साइकिल आदि में पैर रख कर पहिए को चलाने वाला एक पुर्जा।

पैड़ी—स्त्री. सीढ़ी (हर की पैड़ी, पौड़ी)।

पैतरा—पु. द्र. 'पैंतरा'।

पैतृक—वि. [सं.] पिता का, पिता संबंधी; पिता से प्राप्त; पूर्वजों से प्राप्त।

पैदल—वि. पैरों से चलने वाला; बिना किसी सवारी के पाँवों से चलने वाला।

पैदा—वि. [फा.] उत्पन्न; प्रादुर्भूत; उपार्जित।

पैदाइश—स्त्री. [फा.] उत्पत्ति, जन्म।

पैदाइशी—वि. जन्मजात, कुदरती, सहज।

पैदायश—स्त्री. [फ़ा.] द्र. 'पैदाइश'।

पैदावार—स्त्री. [फ़ा.] उपज, फसल—अन्न, फल, आदि का उत्पादन।

पैन—पु. [अं.] लेखनी, पेन।

पैनल—पु. [अं.] नामों की तालिका (किसी कार्य के निष्पादन के निमित्त—'पैनल ऑफ जजिज़', 'पैनल ऑफ स्पीकर्स', आदि), नाम-सूची; लकड़ी, धातु, आदि का फलक; शोभा या सजावट के लिए मूर्तियों, चित्रों, आदि की दीवार पर शृंखला (एकाधिक)।

पैनल्टी—पु./स्त्री. [अं.] जुर्माना, दंड; हॉकी या फुटबॉल के खेल में प्रतियोगी टीम को दंडस्वरूप फ्री हिट, फ्री किक दिया जाना।

पैना—वि. जिसकी धार बहुत पतली, तीख़ी, तेज़ हो। **~पैनी**—स्त्री. तेज़, नुकीली। **~दृष्टि**—स्त्री. भीतर तक जाने वाली, भेदने वाली दृष्टि।

पैनाना—स.क्रि. किसी वस्तु को धार देकर तेज़ करना, पैना बनाना।

पैमाइश—स्त्री. [फा.] जमीन, आदि की नाप-जोख (करना), जमीन की लम्बाई-चौड़ाई नापना।

पैमाना—पु. [फा.] वह उपकरण जिससे कोई वस्तु मापी जाए; नाप; मदिरा का पान-पात्र, प्याला।

पैयाँ*—स्त्री. पैर, पाँव।

पैर—पु. पाँव, पग, चरण—शरीर का वह अंग जिस पर खड़े होते और उसी के द्वारा चलना होता है। **मु. ~उखड़ जाना**—टिक न पाना; पराजित होना, हौसले पस्त हो जाना। **~उखाड़ना**—किसी काम के लिए इतनी जल्दबाजी करना कि दूसरा अव्यवस्थित हो जाए। **~जमना**—व्यवस्थित होना, किसी काम में स्थिति सुदृढ़ होना। **~निकलना**—घर से बाहर रहने की आदत हो जाना। **~भारी होना**—गर्भ ठहरना।

पैरना*—अ.क्रि. तैरना।

पैरवी—स्त्री. [फा.] मुकदमे की देखरेख (करना); किसी का पक्ष प्रतिपादित करना; प्रयत्न, कोशिश।

पैरहन—पु. लंबे चोगे जैसा एक पहनावा, वस्त्र।

पैरा—पु. [अं.] पैराग्राफ, अनुच्छेद।

पैराक—पु. पैरने, तैरने वाला, तैराक।

पैराना—स.क्रि. तैराना, तैरने में प्रवृत्त करना।

पैरामिलिटरी फोर्स—स्त्री. [अं.] अर्धसैनिक बल।

पैराशूट—पु. [अं.] सैनिकों आदि को दी जाने वाली हवाई छतरी, जो शरीर से बँधी होती है और वायुयान, हेलीकॉप्टर से कूदने पर खुल जाती है, एक प्राणरक्षक उपकरण।

पैरोकार—पु. पैरवीकार, किसी की पैरवी करने वाला, द्र. 'पैरवी'।

पैरोल—पु. [अं.] किसी आपराधिक कृत्य में शामिल न होने और जेल में पुनः समय पर उपस्थित हो जाने, आदि की शर्तों को मानने पर किसी आवश्यकतावश दंड-अवधि से पहले कुछ समय के लिए क़ैदी को जेल से छोड़ना।

पैवंद—पु. [फा.] फटे कपड़े के छेद, फटे स्थान को कपड़े के टुकड़े से सिल कर बंद कर देना, टाँकी; पौधे में कलम लगाने के लिए दूसरे पौधे की डंडी को जोड़ देना।

पैवंदी—वि. पैवंद लगा कर तैयार किए हुए पौधे, पेड़ का फूल या फल, क़लमी।

पैवस्त—वि. [फा.] किसी वस्तु या व्यक्ति में पूरी तरह व्याप्त, फैल जाना, समा जाना।

पैवेलियन—पु. [अं.] मंडप (किसी प्रदर्शनी, मेले आदि में); खेल के मैदान में दर्शक दीर्घा (क्रिकेट, आदि)।

पैशाच—वि. [सं.] पिशाच संबंधी; पिशाचकृत; पिशाच का।

पैशाचिक—वि. [सं.] राक्षसी, पिचाश संबंधी; क्रूरतापूर्ण; बीभत्स।

पैशाचिकी—स्त्री. [सं.] पिशाच के समान, पैशाचिक वृत्ति।

पैशाची—स्त्री. [सं.] प्राकृत भाषा का एक भेद।

पैशाच्य—पु. [सं.] क्रूर स्वभाव, पिशाच जैसा स्वभाव।

पैसा—पु. धन, रुपया-पैसा; ताँबे का एक सिक्का जो एक आने के चौथे और रुपए के चौंसठवें भाग के मान का होता था। **(नया)~** पु. रुपए का सौवाँ भाग।

पैसेंजर—पु. [अं.] यात्री, सवारी। **~गाड़ी**—स्त्री. सवारियाँ ले जाने वाली रेलगाड़ी; वह रेलगाड़ी जो सामान्य गति से चलती है, तेज़ ('एक्सप्रेस') नहीं।

पोंगा—पु. अनजान; मूर्ख, भोला-भंडारी।

पोंछना—स.क्रि. किसी वस्तु या फ़र्श, आदि पर लगी हुई धूल, गंदगी, आदि को हाथ या कपड़े से साफ़ कर देना।

पोखर—पु. तालाब, प्राकृतिक रूप में वर्षा से गहरे खड्डे में भरा हुआ जल।

पोखरा—पु. तालाब; बड़ा तालाब।

पोखरी—स्त्री. छोटा-सा तालाब।

पोच—वि. कमज़ोर; हीन, निकृष्ट।

पोज़ीशन—स्त्री. [अं.] स्थिति, दशा; पद। **ला.** प्रतिष्ठा; प्रतिष्ठा-स्तर।

पोट—स्त्री. गठरी।

पोटला—पु. बड़ी गठरी, गट्ठड़।

पोटली—स्त्री. गठरी, कपड़े के टुकड़े में बाँध कर रखे हुए वस्त्र या वस्तुएँ, आदि।

पोत—पु. [सं.] जहाज; बड़ी नाव (जलपोत)।

पोत—पु. काँच का छोटा दाना जो माला में पिरोया जाता है; लगान, भूमि-कर। **~दार**—पु. वह जिसके पास लगान रखा जाता है। *बारी, पारी।

पोतड़ा—पु. छोटे बच्चे के नीचे बिछाने का कपड़ा (जिससे टट्टी, पेशाब उसी पर करे)।

पोतना—स.क्रि. पुताई, पोतने की क्रिया—किसी वस्तु का दीवार आदि पर लेपन करना; चेहरे, हाथ, आदि पर किसी अनुलेपन को बहुत अधिक मात्रा में लगाना।

पोता—पु. [सं.] पौत्र, बेटे का बेटा। पु. [फ़ा.] फोता, अंडकोष; लगान, भूमि-कर। पु. [हिं.] गीली चीज़ पोतने का कपड़ा, पोतना; वह मिट्टी आदि का घोल जो किसी चीज़ पर पोता जाए।

पोती—स्त्री. पुत्र की पुत्री, पोता का स्त्री; पौत्री।

पोथा—पु. बड़ी पुस्तक, पृथलाकार, पुस्तक।

पोथी—स्त्री. पुस्तक।

पोदना—पु नाटा व्यक्ति, छोटे कद का। **~सा**—वि. बहुत छोटा।

पोदीना—पु. द्र. 'पुदीना'।

पोद्दार—पु. मारवाड़ी वैश्यों की एक उपाधि; पोतदार।

पोना—स.क्रि. रोटी बनाना, हाथ से लोई की रोटी बनाना; माला में मोती पिरोना; गूँथना।

पोप—पु. [अं.] ईसाई-धर्म में चर्च का प्रधान धर्माचार्य। **~लीला**—स्त्री. धार्मिक कृत्यों का आडम्बर।

पोपला—वि. जिसके मुँह में दाँत न हों; जो भीतर से खाली हो। स्त्री. 'पोपली'।

पोर—स्त्री. उँगली की गाँठ; उँगली का दो गाँठ के बीच का भाग; ईख, बाँस, आदि का दो गाँठों के बीच का भाग।

पोर्क—पु. [अं.] सूअर का मांस।

पोर्च—पु. [अं.] द्वार-मंडप, घर के प्रवेश द्वार में कार, आदि खड़ी करने का स्थान।

पोर्चुगीज़—पु. [अं.] पुर्तगाल का, पुर्तगाल से संबंधित, पुर्तगालवासी। स्त्री. पुर्तगाल की भाषा।

पोर्ट—पु. [अं.] बंदरगाह, पत्तन। **~अथॉरिटी**—पु. पत्तन प्राधिकरण। **~चर्चिज़**—पु. पत्तन-प्रभार।

पोर्टफ़ोलियो—पु. [अं.] फ़ाइल; विभाग (मंत्री, आदि का)।

पोर्टरेट, पोर्टर—पु. [अं.] कुली, पल्लेदार, भारिक।

पोर्टिको—पु. [अं.] मंडप, ड्योढ़ी; कोठियों में कार, आदि खड़ी करने का स्थान।

पोर्टेबल—वि. [अं.] आसानी से ले जाने योग्य।

पोर्शन—पु. [अं.] भाग, अंश, हिस्सा।

पोल—पु. [अं.] ध्रुव (उत्तरी ध्रुव, दक्षिणी ध्रुव); खंभा; लट्ठा।

पोला—वि. खोखला; भीतर से खाली; जो दबाव पड़ने से पिचक जाए। **ला.** निस्सार, तत्त्वहीन।

पोलिंग—स्त्री. [अं.] मतदान। **~बूथ**—पु. मतदान प्रकोष्ठ, मतदान-स्थान। **~स्टेशन**—पु. मतदान केन्द्र।

पोलिटिकल—वि. [अं.] राजनीतिक।

पोलिटिक्स—स्त्री. [अं.] राजनीति; राजनीतिक चाल; राजनीतिशास्त्र।

पोलियो—पु. [अं.] विषाणु से उत्पन्न एक संक्रामक रोग, जिसमें बच्चों के पैर अपंग हो जाते हैं, पोलियो। **~ड्रॉप्स**—स्त्री. पोलियो प्रतिरोधी औषधि की बूँदें जो शिशुओं को दी जाती हैं।

पोलीथिन—पु. [अं.] प्लास्टिक की बनी पतली-सी चादर जिससे लिफाफे, थैले-थैलियाँ आदि बनते हैं।

पोलो—पु. [अं.] घोड़ों पर चढ़ कर खेले जाने वाला हॉकी जैसा खेल, चौगान।

पोश—पु. [फा.] पहनने या ढकने की चीज़, कपड़ा; पहनने वाला, ढकने वाला (समासांत में प्रयुक्त—मेजपोश, थाल, पोश, नकाबपोश, रूहपोश, आदि)।

पोशाक—स्त्री. [फा.] पहनने के कपड़े, लिबास, वेशभूषा।

पोशीदगी—स्त्री. गुप्त होने का भाव, छिपाव।

पोशीदा—वि. [फा.] गुप्त, छिपा हुआ।

पोशीदी—वि. [फा.] ढका हुआ; छिपाया हुआ; गुप्त।

पोषक—वि., पु. [सं.] पालन-पोषण करने वाला; बढ़ाने वाला।

पोषण—पु. [सं.] पालने, बढ़ाने की क्रिया।

पोषणीय—वि. [सं.] पोषण, पालन के योग्य।

पोषना*—स.क्रि. पोषण करना।

पोषाहार—पु. [सं.] पोषण करने वाला पुष्टिकारक भोजन; आँगनबाड़ियों के माध्यम से गरीब ग्रामीण शिशुओं को दिया जाने वाला आहार, भोजन।

पोषिका—स्त्री. [सं.] पालन-पोषण करने वाली स्त्री।

पोषित—वि. [सं.] पोषण किया हुआ, पाला हुआ।

पोष्टा—वि. [सं.] पोषक, पालन-पोषण करने वाला।

पोष्य—वि. [सं.] पोषण, पालने के योग्य।

पोसती*—पु. अफ़ीमची।

पोसन*—पु. पोषण।

पोसना—स.क्रि. पालन करना, आहार, पानी आदि देकर बड़ा करना (पक्षियों, पौधों, आदि को)।

पोस्ट—पु. [अं.] डाक; पद; खंभा; जगह। **~आफ़िस**—पु. डाकखाना। **~कार्ड**—पु. पत्र लिखने के लिए डाक-विभाग का एक कार्ड। **~बॉक्स**—पु. किसी की डाक सुरक्षित रखने के लिए डाकखाने में रखा हुआ बक्सा। **~मास्टर**—पु. डाकखाने का प्रधान कर्मचारी।

पोस्टपोन—वि. [अं.] स्थगित।

पोस्टमार्टम—पु. [अं.] शव-परीक्षा, मृत्यु का कारण जानने के लिए शव की चीर-फाड़ कर किया गया परीक्षण।

पोस्टर—पु. [अं.] किसी चीज़ के विज्ञापन या सूचना देने के लिए बड़े कागज़ पर बड़े-बड़े अक्षरों में लिखी सामग्री, जिसे दीवारों आदि पर चिपकाया-लगाया जाता है।

पोस्टल—वि. [अं.] डाक-विभाग संबंधी। **~ऑर्डर**—पु. डाकखाने का वह धनादेश पत्र जिसे किसी को भी दिया जा सकता है।

पोस्टिंग—स्त्री. [अं.] पद की तैनाती, स्थान विशेष या पद विशेष पर; खतियाना, खाते में प्रविष्टि भरना।

पोस्टेज—पु. [अं.] डाक-खर्च; डाक से पत्र, पार्सल, रजिस्ट्री, आदि भेजने का शुल्क जो टिकट रूप में लगाया जाता है।

पोस्त—पु. [फा.] छिलका; चमड़ा; अफ़ीम का पौधा; इस पौधे की डोंडी।

पोस्ता—पु. अफीम का पौधा।

पोस्ती—वि. अफीम का सेवन करने वाला, अफ़ीमची; काहिल; आलसी।

पोहना*—स.क्रि. गूँथना, पिरोना; भेदना, छेदना।

पोहा*—पु. चौपाया; महाराष्ट्र का एक प्रसिद्ध खाद्य, चीवड़ा; चीवड़े को छौंक-भून कर बनाया जाता है।

पौंचा—पु. साढ़े पाँच का पहाड़ा।

पौंड—पु. द्र. 'पाउंड'।

पौंडरीक—वि. [सं.] कमल संबंधी; कमल का, कमल का बना हुआ।

पौंडा—पु. ईख की एक प्रजाति; इस ईख का गन्ना।

पौंड्र—पु. [सं.] एक प्राचीन देश; इस देश का निवासी; महाभारत में भीम के शंख का नाम।

पौंड्रक—पु. [सं.] पौंडा, पौंडा ईख।

पौंड्रिक—पु. [सं.] पौंड्रा ईख।

पौ—स्त्री. प्रात:काल की लालिमा। **~फटना**—सवेरे का थोड़ा-थोड़ा उजाला उजास, होना।

पौआ—पु. एक सेर का चौथाई भाग, पाव; पाव-भर माप का बाट या बरतन।

पौडर—पु. [अं.] द्र. 'पाउडर'।

पौढ़ाना—स.क्रि. लेटना, भूलना।

पौत्र—वि. [सं.] पोता, पुत्र का पुत्र।

पौत्रिक—वि. [सं.] पुत्र संबंधी; पौत्र संबंधी।

पौत्री—स्त्री. [सं.] पोती, पुत्र की पुत्री।

पौद (पौध)—स्त्री. छोटा पौधा जिसे एक स्थान से उखाड़ कर दूसरे स्थान पर लगाया जाता है। **ला.** संतान। **(नई) ~** स्त्री. नई पीढ़ी।

पौधा—पु. पेड़ का छोटा-सा रूप, पादप।

पौन—पु. पवन, हवा, वायु; जीव, प्राण। तीन-चौथाई, एक के चार भागों में से एक कम।

पौना—पु. पौन का पहाड़ा, लोहे या स्टील की छेदों वाली कलछी।

पौनी—स्त्री. छोटी छेददार कलछी।

पौने—वि. तीन-चौथाई, किसी भी संख्या में एक-चौथाई कम—(पौने पाँच मीटर, आदि)।

पौरंदर—वि. [सं.] इन्द्र संबंधी।

पौर*—स्त्री. ड्योढ़ी। वि. पुर संबंधी; नगर का। **(महा) ~** पु. नगर परिषद् या नगर निगम का चुना हुआ अध्यक्ष; अध्यक्ष का पद।

पौरव—वि. [सं.] पुरु संबंधी; पुरु का; पुरु के गोत्र में उत्पन्न।

पौरस्त्य—वि. [सं.] पूर्व, पूरब का, पूरबी, प्राच्य।

पौरा*—पु. पग, आगमन होना (पौरा पड़ना)।

पौराणिक—वि. [सं.] पुराणवाचक।

पौरी—स्त्री. ड्योढ़ी; सीढ़ी; सीढ़ी में लगा डंडा।

पौरुष—वि. [सं.] पुरुष संबंधी; पुरुष का। पु. पुरुषत्व; पुरुषार्थ; उद्यम; पराक्रम; पुरुष का लिंग। **~ग्रंथि**—स्त्री. पुरुष का एक अंग विशेष, मूत्राशय के निकट।

पौरुषेय—वि. [सं.] पुरुष का; पुरुष संबंधी।

पौरुहूत—वि. [सं.] इन्द्र का; इन्द्र संबंधी।

पौरोडाश—वि. [सं.] पुरोडाश संबंधी, पुरोडाश का।

पौरोडाशिक—पु. [सं.] पोरीडाश मंत्र का पाठ करने वाला।

पौरोहित्य—पु. [सं.] पुरोहित का पद या कर्म।

पौर्णमासिक—वि. [सं.] पूर्णिमा संबंधी।

पौर्णमासी—स्त्री. [सं.] पूर्णिमा, पूनो।

पौर्व—वि. [सं.] पूरबी; पहले का।

पौर्वाल्य—वि. [सं.] 'पाश्चात्य' के अनुकरण पर प्रचलित उसका विपरीतार्थी शब्द (अशुद्ध), शुद्ध रूप 'पौरस्त्य'।

पौर्वापर्य—पु. [सं.] पूर्वापर का भाव, पूर्वापर क्रम, सिलसिला।

पौल—स्त्री. नगर या दुर्ग का सिंह द्वार, बड़ा फाटक।

पौलस्त्य—वि. [सं.] पुलस्त्य-संबंधी; पुलस्त्य गोत्र में उत्पन्न। पु. रावण; कुबेर; विभीषण, चंद्रमा आदि (पुलस्त्य ऋषि से उत्पन्न)।

पौवा—पु. पाव, पउवा, सेर का चौथा भाग; इस माप का बाट; इस माप का दूध, तेल, आदि का बरतन।

पौष—पु. [सं.] पूस का महीना (अगहन और माघ के बीच का महीना)।

पौषी—स्त्री. [सं.] पूस मास की पूर्णिमा।

पौष्टिक—वि. [सं.] पुष्ट करने वाला, शक्तिवर्द्धक।

पौष्ण—पु. [सं.] रेवती नक्षत्र। वि. सूर्य संबंधी।

प्याऊ—पु. वह स्थान जहाँ प्यासों को पानी पिलाया जाता है, धर्मार्थ जल पिलाने की व्यवस्था।

प्याज़—पु. [फा.] एक प्रसिद्ध कंद जो सब्ज़ियों, आदि में डाली जाती है, सलाद के रूप में खाई जाती है, तीव्र गंधी कंद।

प्याज़ी—वि. [फ़ा.] प्याज़ के रंग का, हलका गुलाबी रंग का, प्याज़ू।

प्यादा—पु. [फ़ा.] पैदल सिपाही; दूत; शतरंज का एक मोहरा; पैदल चलने वाला।

प्यानो—पु. [अं.] द्र. 'पियानो'।

प्यार—पु. प्रेम, मुहब्बत; चुंबन, लाड़-दुलार।

प्यारा—वि. जो बहुत अच्छा लगे, प्रिय; प्रेम का पात्र; अच्छा लगने वाला, मोहक।

प्योर—वि. [अं.] विशुद्ध; शुद्ध, पवित्र; जिसमें कोई मिलावट न हो।

प्याला—पु. [फ़ा.] पीने का कटोरा-सा पात्र; मद्यपान का छोटा-सा कटोरे जैसा पात्र।

प्याली—स्त्री. [फ़ा.] प्याले का छोटा रूप; छोटे आकार का प्याला।

प्लंबर—पु. [अं.] नल, आदि का काम करने वाला कारीगर, मज़दूर, नलसाज़।

प्लग—पु. [अं.] डाट; डाट लगाना; बिजली का कोई उपकरण लगाने के लिए दीवार आदि में बना स्थान।

प्यास—स्त्री. पानी पीने की इच्छा, तृषा। **ला.** लालसा, किसी वस्तु की तीव्र इच्छा।

प्यासा—वि. जिसे प्यास लगी हो, तृषित। ला. किसी वस्तु की तीव्र इच्छा, लालसा रखने वाला।

प्र—उप. [सं.] एक उपसर्ग जो शब्दों से पहले लग कर अर्थ द्योतित करता है—आरंभ (प्रयाण), शक्ति (प्रभु), आधिक्य (प्रवाद, प्रच्छाय); ऊँचा, लबा (प्रांशु), आदि।

प्रकंप—पु. [सं.] कँपकँपी, थरथराहट।

प्रकंपन—पु. [सं.] वायु, तेज़ हवा; जोर से हिलने की क्रिया। वि. कँपाने वाला; हिलाने वाला।

प्रकंपमान—पु. [सं.] बहुत जोर से हिलता हुआ; काँपता हुआ।

प्रकंपित—वि. [सं.] काँपता हुआ, हिलता हुआ।

प्रकच—वि. [सं.] जिसके बाल खड़े हों।

प्रकट—वि. [सं.] प्रत्यक्ष; जाहिर; स्पष्ट, साफ़; आविर्भाव।

प्रकटतः—[सं.] स्पष्ट रूप से; प्रत्यक्ष रूप से।

प्रकटन—पु. [सं.] प्रकट करने की क्रिया।

प्रकटना*—अ.क्रि. प्रकट होना।

प्रकटीकरण—पु. [सं.] प्रकट करने की क्रिया; प्रकट करना।

प्रकथन—पु. [सं.] घोषित करना, किए हुए काम की पुष्टि।

प्रकर—पु. [सं.] राशि; समूह; मैत्री।

प्रकरण—पु. [सं.] चर्चा, वर्णन; प्रसंग, संदर्भ; किसी ग्रंथ का एक परिच्छेद, जिसमें विषय विशेष का प्रतिपादन हो; दृश्य काव्य में रूपक का एक भेद।

प्रकरणिका, प्रकरणी—स्त्री. [सं.] एक प्रसंग का चित्रण करने वाला छोटा-सा नाटक।

प्रकरिका—स्त्री. [सं.] प्रासंगिक कथावस्तु।

प्रकरी—स्त्री. [सं.] नाटक में एक अर्थ-प्रकृति जिसमें किसी अवांतर कथा की सहायता से कथावस्तु का प्रयोजन सिद्ध किया जाता है।

प्रकर्ष—पु. [सं.] उत्कर्ष; अतिरेक, अधिकता।

प्रकर्षक—पु. [सं.] खींचने वाला; कामदेव।

प्रकर्षण—पु. [सं.] खींचना; हल चलाना; चाबुक।

प्रकर्षित—वि. [सं.] खींचा हुआ; ताना हुआ।

प्रकल्पना—स्त्री. [सं.] नियत करना, स्थिर करना; योजना।

प्रकल्पित—वि. [सं.] निर्मित, रचित; नियत किया हुआ।

प्रकांड—वि. [सं.] उत्तम, प्रशस्त; सर्वश्रेष्ठ; बहुत बड़ा।

प्रकार—पु. [सं.] भेद, किस्म; रीति, ढंग।

प्रकारांतर—पु. [सं.] दूसरा प्रकार, दूसरे रूप में, अन्य प्रकार से।

प्रकाश—पु. [सं.] आलोक, ज्योति; प्रकट या गोचर होना, अभिव्यक्त करना; किसी पुस्तक का कोई खंड।

प्रकाशक—वि. [सं.] पुस्तक, आदि को मुद्रित करवा कर उसकी बिक्री करता हो, पुस्तक आदि को प्रकाश में लाने वाला।

प्रकाशकीय—पु. [सं.] प्रकाशक संबंधी; प्रकाशक का; प्रकाशक की ओर से (कथन, निवेदन)।

प्रकाशन—पु. [सं.] पुस्तक, आदि छपवा कर, मुद्रित करा कर, प्रकट करना; प्रकाशक का काम करने वाला संस्थान। **~गृह**—पु. प्रकाशन-संस्था।

प्रकाशनार्थ—वि. [सं.] प्रकाशन के लिए, निमित्त (देना)।

प्रकाशमान—वि. [सं.] चमकता हुआ; प्रसिद्ध, ख्यात।

प्रकाशवान्—वि. [सं.] प्रकाशयुक्त।

प्रकाशित—वि. [सं.] जो छप चुकी हो, प्रकाश में आ चुकी हो (पुस्तक, आदि)।

प्रकाश्य—वि. [सं.] जो छपने योग्य हो; जो छपने जा रही हो, छप कर आने वाली (पुस्तक); स्पष्ट रूप में, प्रकट रूप में (नाटक में उपस्थिति या संवाद—सबके सामने)।

प्रकास*—पु. द्र. 'प्रकाश'।

प्रकीर्ण—वि. [सं.] बिखरा हुआ, अव्यवस्थित; जो किसी एक मद में न हो, विभिन्न मदों में, फुटकल।

प्रकीर्णक—पु. [सं.] वह जिसमें कई तरह की फुटकल चीज़ें हों, फुटकल वस्तुओं, विषयों का संग्रह।

प्रकीर्तन—पु. [सं.] यश-गान, बहुत अधिक प्रशंसा करना।

प्रकीर्ति—स्त्री. [सं.] अत्यधिक ख्याति, यश।

प्रकुपित—वि. [सं.] बहुत क्रोधित, अति क्रुद्ध।

प्रकुल—पु. [सं.] सुंदर शरीर।

प्रकूष्मांडी—स्त्री. [सं.] देवी दुर्गा।

प्रकृत—वि. [सं.] असली, सच्चा; अविकृत; स्वाभाविक, सहज; शुद्ध।

प्रकृतार्थ—पु. [सं.] यथार्थ अर्थ। वि. वास्तविक, असल।

प्रकृति—स्त्री. [सं.] व्यक्ति या वस्तु का मूल गुण, स्वभाव, मिजाज़; जगत का विकास करने वाली मूल शक्ति, माया; पंच महाभूत।

प्रकृतिस्थ—वि. [सं.] जो अपनी प्राकृतिक अवस्था में हो; स्वाभाविक; जिसके होश-हवास, विवेक ठीक अवस्था में हों।

प्रकृत्या—अ. [सं.] स्वभाव से, स्वभावतः।

प्रकृष्ट—वि. [सं.] उत्तम, श्रेष्ठ; प्रधान, मुख्य; खींचा हुआ; जोता हुआ खेत।

प्रकोप—पु. [सं.] बहुत अधिक क्रोध, कोप, उत्तेजना; किसी रोग का जोर; शरीर के वात, पित्त, आदि में अव्यवस्था आना, उनका बिगड़ना।

प्रकोष्ठ—पु. [सं.] मुख्य द्वार के पास का कमरा; बड़ा कक्ष, कमरा; हाथ से ऊपर बाँह का भाग, पहुँचा (जहाँ घड़ी या राखी बाँधी जाती है); किसी कार्यालय या संस्था का विशेष अनुभाग ('सैल')।

प्रक्रम—पु. [सं.] क्रम; उपक्रम।

प्रक्रिया—स्त्री. [सं.] वह क्रिया या प्रणाली, जिससे कोई वस्तु बनती है ('प्रासेस'); किसी कार्य विशेषत: मुकदमे आदि की सुनवाई के विभिन्न चरण ('प्रोसिजर'); किसी कार्य की सारी कार्रवाई ('प्रोसिडिंग')।

प्रक्षपण—पु. [सं.] नष्ट करना।

प्रक्षय—पु. [सं.] अंत, विनाश।

प्रक्षाल—वि. [सं.] शुद्ध करने वाला।

प्रक्षालन—पु. [सं.] धोना; साफ़ करना।

प्रक्षालित—वि. [सं.] धोया हुआ, साफ़ किया हुआ।

प्रक्षिप्त—वि. [सं.] फेंका हुआ; क्षेपक के रूप में बाद में जोड़ा हुआ।

प्रक्षीण—वि. [सं.] विनष्ट, लुप्त।

प्रक्षेप—पु. [सं.] फेंकना, डालना; ग्रंथ के मूल रूप में बाद में जोड़ा गया अंश।

प्रक्षेपण—पु. [सं.] फेंकना; दूर फेंकना।

प्रक्षेपणास्त्र—पु. [सं.] वह परमाणु अस्त्र, जो दूर तक फेंका जा सके।

प्रक्षेपणीय—वि. [सं.] प्रक्षेपण, फेंकने के योग्य।

प्रक्षेपास्त्र—पु. [सं.] द्र. 'प्रक्षेपणास्त्र'।

प्रक्षेपित—वि. [सं.] फेंका हुआ।

प्रखर—वि. [सं.] बहुत तेज़, प्रचंड, उग्र।

प्रखरता—स्त्री. [सं.] तीक्ष्णता, तेज़ी; उग्रता।

प्रख्या—स्त्री. [सं.] अत्यंत प्रसिद्ध, ख्याति।

प्रख्यात—वि. [सं.] बहुत प्रसिद्ध; विशेष रूप से ख्यात।

प्रख्याति—स्त्री. [सं.] विशेष ख्याति, प्रसिद्धि।

प्रगट—वि. द्र. 'प्रकट'।

प्रगटन—पु. द्र. 'प्रकटन'।

प्रगटना*—अ.क्रि. प्रकट होना, जन्म लेना; प्रकट करना।

प्रगटाना*—स.क्रि. प्रकट करना।

प्रगत—वि. [सं.] जो चला गया हो; आगे बढ़ा हुआ।

प्रगति—स्त्री. [सं.] आगे की ओर बढ़ना, उन्नति करना; उन्नति। **~वाद**—पु. साहित्य में एक आंदोलन, जिसमें सामान्य जन के प्रति प्रतिबद्धता दर्शाई जाती है। **~शील**—वि. आगे बढ़ने वाला, उन्नतिशील।

प्रगल्भ—वि. [सं.] चतुर, होशियार; निर्भय, निडर; निश्शंक; प्रतिभावान; प्रत्युत्पन्नमति; साहसी; वाग्मी, वाक्पटु।

प्रगल्भता—स्त्री. [सं.] प्रगल्भ होने का भाव; कुशलता, दक्षता; वाग्मिता, वाक्पटुता।

प्रगल्भा—स्त्री. [सं.] नायिका का एक भेद, प्रेमकला में चतुर और अग्रगामी; प्रौढ़ आयु की तथा अपने पति पर शासन करने वाली स्त्री; उद्धत या प्रौढ़ स्त्री।

प्रगाढ़—वि. [सं.] घनिष्ठ; दृढ़, मज़बूत; डुबाया हुआ, तर किया हुआ।

प्रगाता—पु., वि. [सं.] अच्छा गायक।

प्रगामी—वि. [सं.] प्रस्थान करने वाला, जाने वाला।

प्रगीत—वि. [सं.] गाया हुआ; गीति काव्य की एक शैली।

प्रगीतात्मक—वि. [सं.] गीति युक्त।

प्रगीति—स्त्री. [सं.] छंद का एक रूप।

प्रग्रह—पु. [सं.] ग्रहण करना, पकड़ना; सूर्य ग्रहण या चन्द्र ग्रहण का प्रारंभ।

प्रग्रहण—पु. [सं.] ग्रहण करने या पकड़ने की क्रिया; सूर्य या चन्द्रमा के ग्रहण का आरंभ।

प्रघोष—पु. [सं.] प्रचंड शब्द, घोर शब्द।

प्रचंड—वि. [सं.] प्रबल; घोर, भीषण; अत्यंत तीव्र; प्रतापी।

प्रचंडा—स्त्री. [सं.] शंखपुष्पी; देवी दुर्गा की एक सखी; देवी दुर्गा का एक रूप।

प्रचलन—पु. [सं.] प्रचार; रीति, चलन।

प्रचलाकी—पु. [सं.] भोर।

प्रचलित—वि. [सं.] जिसका चलन, प्रसार हो; जो चल चुका हो।

प्रचार—पु. [सं.] प्रयोग, प्रचलन, किसी वस्तु का व्यापक प्रयोग; किसी वस्तु को प्रसिद्ध करने या प्रचलन में लाने का प्रयत्न।

प्रचारक—वि., पु. [सं.] प्रचार करने वाला। स्त्री. प्रचारिका—प्रचार करने वाली।

प्रचारण—पु. [सं.] फैलाना; प्रचार करना।

प्रचारात्मक—वि. [सं.] प्रचार संबंधी।

प्रचारित—वि. [सं.] प्रचार किया हुआ, चलाया हुआ, फैलाया हुआ।

प्रचालन—पु. [सं.] चलाने की क्रिया।

प्रचालित—वि. [सं.] जो प्रचलित हो चुका हो; जो चलाया गया हो।

प्रचुर—वि. [सं.] बहुत अधिक, प्रभूत।

प्रचुरता—स्त्री., **प्रचुरत्व**—पु. [सं.] आधिक्य, प्रचुर होने का भाव।

प्रचेता—पु. [सं.] चयन करने वाला; सारथि। वि. बुद्धिमान, चतुर।

प्रच्छक—वि., पु. [सं.] पूछने वाला, प्रश्नकर्ता।

प्रच्छन्न—वि. [सं.] ढका हुआ, आच्छन्न; छिपा हुआ; गुप्त।

प्रच्छादक—वि., पु. [सं.] छिपाने या ढकने वाला (व्यक्ति या वस्त्र-खंड, आदि)।

प्रच्छादन—पु. [सं.] छिपाना; ढकने की क्रिया; ओढ़नी, उत्तरीय।

प्रच्छादित—वि. [सं.] ढका हुआ; छिपाया हुआ।

प्रच्युत—वि. [सं.] पतित, भ्रष्ट, गिरा हुआ; विचलित।

प्रच्युति—स्त्री. [सं.] अपने स्थान, पद से भ्रष्ट होना; पतन; हानि।

प्रछालना*—स.क्रि. धोना।

प्रजंघा—स्त्री. [सं.] जाँघ का ऊपर का भाग।

प्रजंत—निपा. पर्यंत।

प्रजन—पु. [सं.] संतान उत्पन्न करना; गर्भाधान के लिए नरपशु से मादा का संगम।

प्रजनन—पु. [सं.] संतान उत्पन्न करना; जन्म; बच्चा प्रसव कराने का कार्य, धात्री कर्म।

प्रजनिका—स्त्री. [सं.] माता; जन्म देने वाली; प्रसव कराने वाली।

प्रजनू—स्त्री. [सं.] योनि, भग।

प्रजा—स्त्री. [सं.] किसी राज्य, राष्ट्र या देश में रहने वाली जनता, रिआया; किसी राज्य के अधीन या उसके राज्य के निवासी। **~तंत्र**—पु. प्रजा, जनता या उसके चुने हुए प्रतिनिधियों द्वारा परिचालित शासन-व्यवस्था। **~तंत्री**—वि. प्रजातंत्र व्यवस्था में विश्वास रखने वाला। **~पति**—पु. सृष्टि का रचयिता, सृष्टिकर्ता—ब्रह्मा; मनु; सूर्य।

प्रजात—वि. [सं.] उत्पन्न।

प्रजाता—स्त्री. [सं.] वह स्त्री जिसके संतान उत्पन्न हुई हो।

प्रजाति—स्त्री. [सं.] मानव जाति, वनस्पति, जीवों की विभिन्न नस्लें, किस्में।

प्रजातीय—वि. [सं.] प्रजाति, नस्ल से संबंधित।

प्रजारना*—स.क्रि. अच्छी तरह जलाना।

प्रजित—वि. [सं.] विजयी।

प्रज्ञ—वि. [सं.] विद्वान; बुद्धिमान, मतिमान; किसी बात की जानकारी रखने वाला (समास में प्रयुक्त होने पर)।

प्रज्ञता—स्त्री. [सं.] विद्वत्ता, बुद्धिमत्ता।

प्रज्ञप्ति—स्त्री. [सं.] सूचना-पत्र; सबको सूचित करने की क्रिया; माल के साथ भेजा जाने वाला विवरा-पत्र, बीजक।

प्रज्ञा—स्त्री. [सं.] मेधा—विवेक का असाधारण रूप; तीव्र बुद्धि। **~चक्षु**—पु. अंध व्यक्ति, जिसकी बुद्धि ही आँखों का काम करती है। **~वान, ~शील**—पु. बुद्धिमान, मतिमान, अत्यधिक बुद्धिमान।

प्रज्ञात—वि. [सं.] अच्छी तरह जाना हुआ; प्रसिद्ध, ख्यात।

प्रज्ञान—पु. [सं.] बुद्धि; चिह्न। वि. बुद्धिमान, मतिमान।

प्रज्ञापक—वि. [सं.] प्रज्ञापन करने वाला; बड़े या मोटे अक्षरों में लिखा विज्ञापन।

प्रज्ञापन—पु. [सं.] विशेष रूप से ज्ञात कराने, सूचित करने वाला लेख, विज्ञापन, आदि।

प्रज्वलन—पु. [सं.] जलना, दहकना, जोर से जलने की क्रिया।

प्रज्वलित—वि. [सं.] जलता हुआ; चमकता हुआ, दहकता हुआ।

प्रण—पु. प्रतिज्ञा, दृढ़ निश्चय।

प्रणत—वि. [सं.] प्रणाम करने के लिए झुका हुआ; झुका हुआ, विनम्र भाव से झुका हुआ; विनत, नम्र। **~पाल, ~पालक**—पु. शरणागत की रक्षा करने वाला।

प्रणति—स्त्री. [सं.] प्रणाम; प्रणाम में झुकना, नम्रता; शरण में जाना।

प्रणमन—पु. [सं.] प्रणाम करना; विनय भाव से झुकना।

प्रणम्य—वि. [सं.] प्रणाम करने योग्य।

प्रणय—पु. [सं.] प्रेम, विशेषतः प्रेमी-प्रेमिका या पति-पत्नी के बीच होने वाला प्रेम। **~निवेदन**—पु. प्रेमी-प्रेमिका का परस्पर प्रेम प्रकट करना।

प्रणयन—पु. [सं.] किसी कृति की रचना करना; बनाना।

प्रणयाकुल—वि. [सं.] प्रेम में व्याकुल।

प्रणयालाप—पु. [सं.] प्रेम में प्रेमी-प्रेमिका का वार्तालाप।

प्रणयिनी—स्त्री. [सं.] प्रेमिका; पत्नी, भार्या।

प्रणयी—वि. [सं.] प्रणय, प्रेम करने वाला।

प्रणव—पु. [सं.] ओंकार मंत्र; ईश्वर।

प्रणाद—पु. [सं.] जोर की आवाज़; गर्जना; प्रसन्नता में मुँह से निकलने वाली जोर की आवाज़।

प्रणाम—पु. [सं.] झुक कर नमस्कार, अभिवादन करना।

प्रणामांजलि—स्त्री. [सं.] हाथ जोड़ कर किया जाने वाला नमस्कार, प्रणाम, करबद्ध प्रणाम।

प्रणामी—वि. [सं.] किसी बड़े को प्रणाम करते समय भेंटस्वरूप अर्पित धन-राशि।

प्रणाली—स्त्री. [सं.] पद्धति, ढंग, रीति, तरीका; प्रथा, चलन।

प्रणिधान—पु. [सं.] भक्ति का एक प्रकार; एक प्रकार की समाधि (यो.); मन की एकाग्रता, ध्यान।

प्रणिपात—पु. [सं.] चरणों पर गिर कर प्रणाम करना।

प्रणीत—वि. [सं.] रचित, बनाया हुआ, लिखा हुआ; भेजा हुआ, लाया हुआ।

प्रणेता—पु. [सं.] रचयिता, लेखक; बनाने वाला।

प्रतनु—वि. [सं.] अति क्षीण, बहुत पतला; अति सूक्ष्म; अत्यल्प, तुच्छ।

प्रतप्त—वि. [सं.] विशेष रूप से तपाया हुआ।

प्रताड़ना—स्त्री. [सं.] डाँट-फटकार; कष्ट पहुँचाने की क्रिया।

प्रताप—पु. [सं.] प्रभुत्व, पराक्रम, तेज; शक्ति, वीरता, पराक्रम आदि का ऐसा प्रभाव, जो दूसरों को प्रभावित करे, आतंकित करे।

प्रतापवान—वि. [सं.] प्रतापी।

प्रतापी—वि. [सं.] प्रताप वाला, प्रतापवान।

प्रतारण—पु. [सं.] वंचना, ठगी।

प्रतारणा—स्त्री. [सं.] द्र. 'प्रतारण'।

प्रतारित—वि. [सं.] जो ठगा गया हो, वंचित।

प्रति—स्त्री. नकल; बहुत सी पुस्तकों का एक नग। उप. [सं.] एक उपसर्ग जो शब्दों के पहले लग कर विभिन्न

अर्थ देता है—विपरीत यथा—प्रतिवाद, सामने यथा—प्रत्यक्ष, बदले में यथा—प्रत्युपकार, हर एक यथा—प्रति दिन, विरोध में प्रतिद्वंद्वी, आदि।

प्रतिकाय—पु. [सं.] पुतला, प्रतिमूर्ति।

प्रतिकार—पु. [सं.] बदला चुकाना; किसी कार्य या प्रभाव को रोकने के लिए किए जाना वाला कार्य, प्रयत्न; चिकित्सा, इलाज।

प्रतिकारक—वि., पु. [सं.] प्रतिकार करने वाला।

प्रतिकूल—वि. [सं.] जो अनुकूल न हो, विपरीत, विरुद्ध, उलटा। पु. विरोध, प्रतिरोध।

प्रतिकृति—स्त्री. [सं.] प्रति रूप, प्रतिभा; किसी के अनुकरण पर बताई गई मूर्ति, चित्र, आदि।

प्रतिक्रिया—स्त्री. [सं.] किसी कार्य के परिणामस्वरूप होने वाला कार्य, अभिव्यक्ति, अपना मत; किसी कार्य को देख कर उस पर अपना विचार प्रकट करना।

प्रतिक्रियात्मक—वि. [सं.] वह कार्य जो किसी कार्य के परिणामस्वरूप किया जाए; विचार या मत जो किसी कार्य को देख कर व्यक्त किया जाए।

प्रतिक्रोध—पु. [सं.] किसी के क्रोध के प्रति होने वाला क्रोध।

प्रतिक्षण—अ. [सं.] प्रत्येक क्षण, हर पल।

प्रतिगमन—पु. [सं.] लौटना।

प्रतिगामी—पु. [सं.] पीछे लौटने वाला; प्रतिक्रियावादी।

प्रतिग्या*—स्त्री. द्र. 'प्रतिज्ञा'।

प्रतिघात—पु. [सं.] आघात के बदले किया जाने वाला आघात, चोट।

प्रतिघातक—वि., पु. [सं.] प्रतिघात करने वाला।

प्रतिघाती—वि., पु. [सं.] विरोधी; क्षतिकारक।

प्रतिच्छन्न—वि. [सं.] छिपा हुआ; वस्त्र से आच्छादित, छिपाया हुआ।

प्रतिच्छवि—स्त्री. [सं.] प्रतिबिम्ब, परछाईं।

प्रतिच्छाया—स्त्री. [सं.] प्रतिरूप; प्रतिबिंब; चित्र।

प्रतिच्छायित—वि. [सं.] प्रतिबिम्बित।

प्रतिज्ञा—स्त्री. [सं.] दृढ़ संकल्प; वायदा; पक्का निश्चय; शपथ, प्रण।

प्रतिज्ञात—वि. [सं.] जिसकी प्रतिज्ञा की गई हो।

प्रतिज्ञान—पु. [सं.] प्रतिज्ञा, स्वीकार।

प्रतिज्ञेय—वि. [सं.] जिसके विषय में प्रतिज्ञा की जाए; प्रतिज्ञा करने योग्य।

प्रतिदत्त—वि. [सं.] बदले में दिया हुआ; वापस किया हुआ।

प्रतिदान—पु. [सं.] किसी दी हुई वस्तु के बदले दी जाने वाली वस्तु; विनिमय।

प्रतिदारण—पु. [सं.] फाड़ना, चीरना, विदीर्ण करना।

प्रतिदिन—अ. [सं.] प्रत्येक दिन, नित्य, हर रोज़।

प्रतिदेय—वि. [सं.] जो बदला या लौटाया जाए।

प्रतिद्वंद्विता—स्त्री. बराबर वालों की लड़ाई, वैर-भाव, शत्रुता; प्रतियोगिता।

प्रतिद्वंद्वी—पु. [सं.] विपक्षी, विरोधी; शत्रु। वि. मुकाबला करने वाला, प्रतिपक्षी।

प्रतिध्वनि—स्त्री. [सं.] प्रति शब्द, गूँज—वह ध्वनि या शब्द जो अन्यत्र टकराता हुआ उसी रूप में सुनाई पड़े।

प्रतिनायक—पु. [सं.] नायक का प्रतिद्वंद्वी।

प्रतिनिधि—पु. [सं.] वह व्यक्ति जो किसी के स्थान पर उसका कार्य निष्पादन करे; वह जो अपने वर्ग, समूह, समाज, आदि के सदस्य के रूप में आए।

प्रतिनिधित्व—पु. [सं.] प्रतिनिधि का कार्य।

प्रतिनियत—वि. [सं.] पूर्व निश्चित, पहले से निर्धारित।

प्रतिनियुक्त—वि. [सं.] प्रतिनिधि के रूप में भेजा हुआ।

प्रतिनियुक्ति—स्त्री. [सं.] प्रतिनिधि के रूप में दूसरे स्थान पर नियुक्ति ('डेपूटेशन')।

प्रतिपक्ष—पु. [सं.] विरोधी पक्ष, विपक्ष; विरोधी; प्रतिवादी।

प्रतिपक्षी—पु. [सं.] विरोधी; शत्रु।

प्रतिपद—अ. [सं.] पग-पग पर।

प्रतिपदा, प्रतिपदी—स्त्री. [सं.] पक्ष की पहली तिथि, पड़वा (परिवा, परवा)।

प्रतिपादक—वि., पु. [सं.] विषय को प्रस्तुत करने वाला वक्ता; विषय का निरूपण करने वाला (वक्ता)।

प्रतिपादन—पु. [सं.] किसी विषय को प्रमाणसहित प्रस्तुत करना; विषय का आरंभ करना, स्थापन करना।

प्रतिपादित—वि. [सं.] किसी विषय की स्थापना कर देना, आरंभ कर देना; जिसका प्रतिपादन कर दिया गया हो।

प्रतिपाद्य—वि. [सं.] जिसका प्रतिपादन किया जाए, विषय।

प्रतिपालक—पु. [सं.] पालक, पालन करने वाला, रक्षक।

प्रतिपालन—पु. [सं.] पालन करना, रक्षा करना।

प्रतिपालना*—स.क्रि. पालन करना, रक्षा करना।

प्रतिपालित—वि. [सं.] जिसका पालन किया गया हो, पाला-पोसा गया हो।

प्रतिपाल्य—वि. [सं.] पालन करने योग्य, रक्षा करने योग्य।

प्रतिपीडन—पु. [सं.] कष्ट देना, पीड़ा देना।

प्रतिप्रणाम—पु. [सं.] प्रणाम के उत्तर में किया गया प्रणाम।

प्रतिप्रयाण—पु. [सं.] लौटना, वापसी।

प्रतिप्रश्न—पु. [सं.] प्रश्न के बदले उत्तर में पूछा जाने वाला प्रश्न।

प्रतिप्रहार—पु. [सं.] प्रहार के बदले किया जाने वाला प्रहार।

प्रतिफल—पु. [सं.] पुरस्कार; वह जो बदले में दिया जाए; परिणाम।

प्रतिफलन—पु. [सं.] द्र. 'प्रतिफल'।

प्रतिबंध—पु. [सं.] रोक, रुकावट; विघ्न, बाधा।

प्रतिबंधक—पु. [सं.] बाधा या रुकावट डालने वाला।

प्रतिबंधात्मक—वि. [सं.] रुकावट वाला, जिस पर रोक हो।

प्रतिबंधित—वि. [सं.] जिस पर प्रतिबंध, रोक हो।

प्रतिबद्ध—वि. [सं.] जो किसी से पूरी तरह बँधा हुआ हो; जो किसी विचारधारा विशेष से पूरी तरह निष्ठापूर्वक जुड़ा हुआ हो।

प्रतिबद्धता—स्त्री. [सं.] निष्ठापूर्वक किसी से जुड़ना, वचनबद्धता।

प्रतिबिंब, प्रतिविंब—पु. [सं.] परछाईं, प्रतिच्छाया; प्रतिमा, प्रतिमूर्ति। **~वाद**—पु. जीव को ब्रह्म का प्रतिबिम्ब मानने का सिद्धांत।

प्रतिबिंबन, प्रतिविंबन—पु. [सं.] प्रतिबिम्बित होना, पूरी तरह अनुकरण।

प्रतिबिंबित, प्रतिविंबित—वि. [सं.] जिसका प्रतिबिम्ब पड़ा हो; दर्पण, जल, आदि में पड़ी हुई किसी की छाया।

प्रतिभा—स्त्री. [सं.] असाधारण मानसिक कौशलयुक्त बुद्धि; असाधारण मानसिक योग्यता। **~वान**—वि. प्रतिभायुक्त। **~शाली**—वि. जिसमें प्रतिभा हो।

प्रतिभागी—पु. [सं.] किसी प्रतियोगिता में भाग लेने वाला ('कंपटीटर')।

प्रतिभान—पु. [सं.] बुद्धि, समझ; मालूम होना, ज्ञात होना।

प्रतिभान्वित—वि. [सं.] प्रतिभा से युक्त, जिसमें प्रतिभा हो।

प्रतिभावान—वि. [सं.] जिसमें प्रतिभा हो।

प्रतिभास—[सं.] जिसका मिथ्या भ्रम हो।

प्रतिभू—पु. [सं.] जमानत करने वाला, जामिन।

प्रतिभूति—स्त्री. [सं.] जमानत की राशि, वह राशि जिसके आधार पर किसी को ऋण मिलता है; वह दस्तावेज़ जिसमें ऋण संबंधी सभी शर्तें लिखी रहती हैं।

प्रतिभेदन—पु. [सं.] चीरना-फाड़ना, विदीर्ण करना; (आँख आदि) निकाल लेना।

प्रतिमंडल—पु. [सं.] सूर्य, चंद्र, आदि के चारों ओर का घेरा, प्रभामंडल।

प्रतिमंडित—वि. [सं.] अलंकृत; सजाया हुआ।

प्रतिमा—स्त्री. [सं.] मिट्टी, पत्थर, आदि की बनाई हुई किसी देवता की मूर्ति; किसी के स्वरूप की अनुकृति।

प्रतिमान—पु. [सं.] आदर्श के रूप में गृहीत कसौटी; तौलने का बाट; किसी वस्तु को देख कर उसके अनुरूप बनाई गई वस्तु।

प्रतिमानीकरण—पु. [सं.] प्रतिमान स्थापित करने, बनाने की प्रक्रिया।

प्रतिमास—अ. [सं.] प्रत्येक, हरेक मास, महीने।

प्रतिमुख—पु. [सं.] नाटक की पाँच संधियों में से एक; मुख का प्रतिबिंब। वि. उपस्थित, जो निकट, सामने हो।

प्रतिमुद्रा—स्त्री. [सं.] मुद्रा की छाप।

प्रतिमूर्ति—स्त्री. [सं.] किसी की हू-ब-हू, ज्यों की त्यों बनी मूर्ति।

प्रतियोगिता—स्त्री. [सं.] किसी कार्य में औरों से आगे बढ़ने का प्रयत्न, प्रतद्वन्द्विता; ऐसा कार्य जिसमें बहुत से लोग अपनी अपनी तरह शीर्ष पर पहुँचने की चेष्टा करते हैं।

प्रतियोगी—पु. [सं.] प्रतियोगिता में भाग लेने वाला, प्रतिद्वन्द्वी। वि. विरोधी, बराबर का।

प्रतियोध, प्रतियोधी, प्रतियोद्धा—पु. [सं.] प्रतिद्वन्द्वी, प्रतियोगिता में लड़ने वाला।

प्रतिरात्र—अ. [सं.] प्रत्येक, हरेक रात।

प्रतिरुद्ध—वि. [सं.] रोका हुआ, अवरुद्ध।

प्रतिरूप—पु. [सं.] वह जो रूप या आकृति में किसी के बिलकुल अनुरूप हो; प्रतिमा, प्रतिमूर्ति।

प्रतिरोध—पु. [सं.] विरोध, रुकावट, बाधा; किसी सिद्धांत या विचारधारा का विरोध।

प्रतिरोधक,-प्रतिरोधी—पु. [सं.] प्रतिरोध करने वाला, रोकने वाला।

प्रतिरोधन—पु. [सं.] प्रतिरोध, विरोध करने की क्रिया।

प्रतिरोधी—वि. [सं.] प्रतिरोध करने वाला।

प्रतिलिपि—स्त्री. [सं.] किसी लेख, पुस्तक आदि की यथावत् नकल।

प्रतिलोम—वि. [सं.] विपरीत, उलटा।

प्रतिलोमक—पु. [सं.] विपरीत क्रम।

प्रतिवत्सर, प्रतिवर्ष—अ. [सं.] हर साल, हर वर्ष।

प्रतिवर्तन—पु. [सं.] लौटना, वापस जाना।

प्रतिवस्तूपमा—स्त्री. [सं.] एक अर्थालंकार, जहाँ दो वाक्यों के बीच उपमा दी जाती है, वहाँ वस्तु प्रतिवस्तूपमा होती है, यहाँ उपमेय और उपमान वाक्यों में भिन्न-भिन्न शब्दों से एक ही समान धर्म का कथन हो।

प्रतिवाक्य—पु. [सं.] उत्तर, जवाब।

प्रतिवाद—पु. [सं.] वह कथन जो किसी के मत, कथन या अभियोग को ग़लत सिद्ध करने के लिए हो, विरोध, खंडन।

प्रतिवादी—पु. [सं.] प्रतिवाद करने वाला, प्रतिपक्षी।

प्रतिवार—पु. [सं.] निवारण करना, हटाना, दूर करना। अ. प्रतिदिन, हर दिन, हर बार।

प्रतिवासर—अ. [सं.] प्रति दिन, नित्य।

प्रतिवासरिक—वि. [सं.] दैनिक, नित्य होने वाला।

प्रतिवासी—पु. [सं.] पड़ोस में रहने वाला, पड़ोसी।

प्रतिविंध्य—पु. [सं.] युधिष्ठिर के एक पुत्र का नाम।

प्रतिवेदन—पु. [सं.] प्रार्थना; अध्ययन; अथवा निरीक्षण के उपरांत दिया गया निष्कर्षात्मक विवरण ('रिपोर्ट')।

प्रतिवेदी—वि. [सं.] प्रतिवेदन करने वाला। वि. प्रतिवेदन संबंधी।

प्रतिवेश—पु. [सं.] पड़ोसी, पड़ौसी।

प्रतिवेशी—पु. [सं.] पड़ोसी।

प्रतिवेश्य—पु. [सं.] पड़ोसी।

प्रतिशंका—स्त्री. [सं.] बराबर बनी रहने वाली शंका, भय।

प्रतिशत—अ. [सं.] प्रत्येक सौ पर, फी सदी ('परसेंट')।

प्रतिशब्द—पु. [सं.] प्रतिध्वनि, गूँज।

प्रतिशोध—पु. [सं.] प्रतिकार, बदला।

प्रतिशोधात्मक—वि. प्रतिशोध से भरा; प्रतिशोध विषयक।

प्रतिश्यान, प्रतिश्याय—पु. [सं.] जुकाम, सर्दी से नाक बहना (आयु.)।

प्रतिश्रुत—वि. [सं.] जिसकी प्रतिज्ञा की गई हो; जिस बात के लिए वचन दिया गया हो।

प्रतिश्रुति—स्त्री. [सं.] प्रतिज्ञा; प्रतिध्वनि।

प्रतिषेध—पु. [सं.] निवारण, निषेध, मनाही; खंडन; एक अर्थालंकार।

प्रतिषेधोपमा—स्त्री. [सं.] उपमा अलंकार का एक भेद।

प्रतिष्ठ—वि. [सं.] प्रसिद्ध, ख्यात।

प्रतिष्ठा—स्त्री. [सं.] गौरव, मान-मर्यादा, ख्याति, प्रसिद्धि; स्थापना, रखा जाना (देव प्रतिमा की); आदर-सत्कार।

प्रतिष्ठान—पु. [सं.] किसी परोपकारी कार्य के लिए बनी संस्था या संगठन।

प्रतिष्ठापन—पु. [सं.] स्थापित करने का काम; देव प्रतिमा की स्थापना; पदासीन करना।

प्रतिष्ठापयिता—वि., पु. [सं.] प्रतिष्ठापन करने वाला।

प्रतिष्ठापित—वि. [सं.] जिसकी प्रतिष्ठा की गई हो।

प्रतिष्ठावान—वि. [सं.] गौरवशाली, मान-मर्यादा वाला।

प्रतिष्ठित—वि. [सं.] जिसकी प्रतिष्ठा की गई हो, सम्मानित; जो स्थापित किया गया हो।

प्रतिसंदेश—पु. [सं.] संदेश के उत्तर में भेजा गया संदेश।

प्रतिसंवत्सर—अ. [सं.] प्रत्येक वर्ष, हरेक साल।

प्रतिसायम्—अ. [सं.] हर शाम।

प्रतिस्पर्द्धा, प्रतिस्पर्धा—स्त्री. [सं.] एक-दूसरे से आगे निकलने की चेष्टा, होड़ (अच्छे अर्थ में)।

प्रतिहार—पु. [सं.] द्वारपाल; दरबान; द्वार, दरवाज़ा।

प्रतिहारी—स्त्री. [सं.] द्वारपाल का काम करने वाली स्त्री। पु. द्वारपाल।

प्रतिहिंसा—स्त्री. [सं.] हिंसा के बदले में की गई हिंसा।

प्रतीक—वि. [सं.] चिह्न, लक्षण, निशान; किसी के स्थान पर रखी हुई या काम आने वाली वस्तु, प्रतिरूप; प्रतिमा, मूर्ति।

प्रतीकतः—क्रि.वि. [सं.] प्रतीक रूप में।

प्रतीकत्व—पु. [सं.] प्रतीक भाव।

प्रतीकात्मक—वि. [सं.] प्रतीक से सम्बद्ध, प्रतीक संबंधी।

प्रतीकार्थ—वि. [सं.] प्रतीक में निहित अर्थ।

प्रतीकोपासना—स्त्री. [सं.] प्रतीक के आधार पर उपासना, भक्ति; प्रतिमा-पूजन।

प्रतीक्ष, प्रतीक्षक—वि., पु. [सं.] प्रतीक्षा करने वाला।

प्रतीक्षा—स्त्री. [सं.] इंतज़ार, किसी की बाट जोहना।

प्रतीक्षाकुल—वि. [सं.] प्रतीक्षा, इंतजार में विकल, व्याकुल।

प्रतीक्षालय—पु. [सं.] वह स्थान, कमरा जहाँ लोग प्रतीक्षा करते हैं—बस-स्टैंड, रेलवे स्टेशन, हवाई अड्डे पर यात्रियों का प्रतीक्षालय, किसी कार्यालय, अस्पताल, आदि में भी यह बना होता है।

प्रतीक्षित—वि. [सं.] जिसकी प्रतीक्षा की गई हो।

प्रतीक्ष्य—वि. [सं.] जिसकी प्रतीक्षा की जाए; प्रतीक्षा के योग्य।

प्रतीची—स्त्री. [सं.] पश्चिम दिशा।

प्रतीचीन—वि. [सं.] पश्चिम दिशा का, पश्चिमी।

प्रतीचीश—पु. [सं.] वरुण, पश्चिम दिशा के स्वामी देव।

प्रतीच्य—वि. [सं.] पश्चिम का, पश्चिमी।

प्रतीच्या—स्त्री. [सं.] पुलस्त्य की माता।

प्रतीत—वि. [सं.] दूर या ऊपर से देखने पर जान पड़ने वाला; ज्ञात, विदित।

प्रतीति—स्त्री. [सं.] विश्वास; ज्ञान, जानकारी, बोध।

प्रतीप—वि. [सं.] प्रतिकूल, उलटा; एक अर्थालंकार, जिसमें प्रसिद्ध उपमान को उपमेय से हीन दर्शाया जाता है।

प्रतीयमान—वि. [सं.] जिसकी प्रतीति हो रही हो, जान पड़ता हुआ।

प्रतीर—पु. [सं.] तट, किनारा।

प्रतुष्टि—स्त्री. [सं.] संतुष्टि, बहुत अधिक संतुष्टि, तृप्ति।

प्रतोद—पु. [सं.] अंकुश; चाबुक; बैल आदि हाँकने का पैना।

प्रतोष—पु. [सं.] संतोष, बहुत अधिक, संतोष; मनु के एक पुत्र।

प्रत्यंग—पु. [सं.] शरीर का कोई गौण अंग (सामान्यतः 'अंग' के साथ प्रयुक्त—अंग-प्रत्यंग)।

प्रत्यंगिरा—स्त्री. [सं.] देवी का एक रूप, तांत्रिकों में पूज्य।

प्रत्यंचा—स्त्री. धनुष की डोरी।

प्रत्यक्ष—वि. [सं.] जो आँखों के सामने हो और स्पष्ट दिखाई दे; जिसका ज्ञान आँखों के द्वारा हो (प्रति + अक्ष)।

~**दर्शी**—पु. वह जिसने कोई घटना स्वयं अपनी आँखों से देखी हो। ~**वाद**—पु. एक दार्शनिक मत जिसमें केवल प्रत्यक्ष, दृश्य बातों या तत्त्वों को ही प्रामाणिक और वास्तविक माना जाता है।

प्रत्यक्षता—स्त्री., **प्रत्यक्षत्व**—पु. [सं.] प्रत्यक्ष होने का भाव।

प्रत्यक्षर—अ. [सं.] प्रत्येक अक्षर में, अक्षर-अक्षर में।

प्रत्यक्षी—वि. [सं.] जिसने किसी बात को घटित होते स्वयं देखा हो, प्रत्यक्षदर्शी।

प्रत्यक्षीकरण—पु. [सं.] किसी घटना या बात को स्वयं अपनी आँखों से देखने की क्रिया।

प्रत्यक्षीकृत—वि. [सं.] जिसको आँखों से देखा जा चुका हो।

प्रत्यक्षीभूत—वि. [सं.] जो प्रत्यक्ष, पूरी तरह स्पष्ट हो चुका हो।

प्रत्यनीक—पु. [सं.] शत्रु सेना; शत्रु; शत्रुता; एक अर्थालंकार।

प्रत्यपकार—पु. [सं.] अपकार का बदला लेने के लिए किया जाने वाला अपकार।

प्रत्यब्द—अ. [सं.] प्रति वर्ष, हर साल।

प्रत्यभिज्ञा—स्त्री. [सं.] पहचान, पहले देखी हुई वस्तु या व्यक्ति का यह ज्ञान कि यह वही है। ~**दर्शन**—पु. यह ज्ञान कि परमात्मा और जीवात्मा एक हैं; एक दर्शन जिसके अनुसार महेश्वर या परमशिव ब्रह्म या परमात्मा माने जाते हैं।

प्रत्यभिज्ञान—पु. [सं.] स्मृति की सहायता से प्राप्त ज्ञान, पहचान।

प्रत्यभियोग—पु. [सं.] अभियुक्त या प्रतिवादी की ओर से वादी पर लगाया गया अभियोग।

प्रत्यय—पु. [सं.] विश्वास, प्रतीति।

प्रत्ययन—पु. [सं.] प्रतीति, विश्वास होने की क्रिया।

प्रत्ययी—वि. [सं.] विश्वासी; विश्वासयुक्त।

प्रत्यर्पण—पु. [सं.] वस्तु या व्यक्ति को उसके वास्तविक अधिकारी को दे देना। ~**संधि**—स्त्री. वह संधि जिसके अन्तर्गत एक देश को दूसरे देश के बंदी, अपराधी को उसके देश को सौंपना होता है।

प्रत्यर्पित—वि. [सं.] लौटाया हुआ।

प्रत्यवरोध-प्रत्यवरोधन—पु. [सं.] बाधा, रुकावट।

प्रत्याक्रमण—पु. [सं.] किसी आक्रमण के उत्तर में किया जाने वाला आक्रमण।

प्रत्याख्यान—पु. [सं.] अस्वीकृति, इनकार।

प्रत्यागमन—पु. [सं.] वापस आना।

प्रत्याघात—पु. [सं.] आघात के बदले में किया गया आघात।

प्रत्यादेश—पु. [सं.] चेतावनी, हिदायत; अस्वीकृति, इनकार।

प्रत्यारोप—पु. [सं.] किसी आरोप के उत्तर में लगाया गया आरोप।

प्रत्यालोचना—स्त्री. [सं.] आलोचना की आलोचना, समीक्षा की समीक्षा।

प्रत्यावर्तन—पु. [सं.] लौट आना, वापस आना।

प्रत्याशा—स्त्री. [सं.] आशा, उम्मीद, भरोसा।

प्रत्याशित—वि. [सं.] पूर्वानुमानित, जिसकी संभावना पहले से ही लगती हो।

प्रत्याशी—वि. [सं.] प्रत्याशा करने वाला; उम्मीदवार, पद का इच्छुक व्यक्ति, जिसे बहुतों के बीच चुना जाना है।

प्रत्याहत—वि. [सं.] अस्वीकृत; हटाया हुआ, निवारित।

प्रत्याहरण—पु. [सं.] हटाना; निग्रह; इन्द्रियों को विषयों से हटाना।

प्रत्याहार—पु. [सं.] योग में एक क्रिया जिसमें इन्द्रियों को उनके विषयों को हटाकर मन को एकाग्र करते हैं; पीछे खींचना, हटाना।

प्रत्याहूत—वि. [सं.] वापस बुलाया हुआ।

प्रत्युक्ति—स्त्री. [सं.] उत्तर, जवाब में दिया गया तर्क।

प्रत्युत—अ. [सं.] वरन्, बल्कि, इसके विपरीत।

प्रत्युत्तर—पु. [सं.] उत्तर का उत्तर; उत्तर पाने पर दिया गया उत्तर।

प्रत्युत्पन्न—वि. [सं.] जो तत्काल उत्पन्न हुआ हो। ~**मति**—वि. जिसे समुचित उत्तर तत्काल सूझ जाए, हाज़िरजवाब।

प्रत्युपकार—पु. [सं.] किसी उपकार के बदले किया गया उपकार।

प्रत्युपकारी—वि., पु. [सं.] उपकार के बदले उपकार करने वाला।

प्रत्युपदेश—पु. [सं.] उपदेश के बदले दिया गया उपदेश।

प्रत्युपपन्न—वि. [सं.] द्र. 'प्रत्युत्पन्न'।

प्रत्युपमान—पु. [सं.] उपमान का उपमान।

प्रत्युष—पु. [सं.] प्रातःकाल।

प्रत्यूष—पु. [सं.] प्रभात, तड़का।

प्रत्यूह—पु. [सं.] विघ्न, बाधा।

प्रत्येक—वि. [सं.] हर एक, बहुतों या जितने भी हों उनमें से हर एक।

प्रथम—वि. [सं.] गणना में सबसे पहले आना वाला, पहला; सबसे बढ़ कर, श्रेष्ठ; प्रधान, मुख्य। ~**पुरुष**—पु. उत्तम पुरुष, वह सर्वनाम जो बोलने वाले का सूचक होता है—'मैं', 'हम' (व्या.)।

प्रथमक—वि. [सं.] पहला।

प्रथमतः—अ. [सं.] सबसे पहले, पहले।

प्रथमा—स्त्री. [सं.] व्याकरण में प्रथम कारक, कर्ता कारक।

प्रथमाक्षर—पु. [सं.] पहला अक्षर।

प्रथमार्द्ध, प्रथमार्ध—पु. [सं.] दो समान भागों में से पहला, पूर्वार्द्ध।

प्रथमाश्रम—पु. [सं.] जीवन के चार आश्रमों में से पहला, ब्रह्मचर्य।

प्रथमेतर—वि. [सं.] पहले के बाद का, दूसरा।

प्रथमोपचार—पु. [सं.] प्राथमिक उपचार।

प्रथा—स्त्री. [सं.] रीति, परिपाटी; नियम।

प्रथित—वि. [सं.] प्रसिद्ध, विख्यात; बढ़ा हुआ, फैला हुआ, विस्तृत।

प्रथिति—स्त्री. [सं.] प्रसिद्धि, ख्याति।

प्रथु—पु. [सं.] विष्णु। वि. विस्तृत, फैला हुआ।

प्रद—वि. [सं.] दायक, देने वाला (यौगिक शब्दों में यथा—संतोषप्रद, फलप्रद)।

प्रदक्षिण—पु. [सं.] परिक्रमा, फेरी, देवमूर्ति या मंदिर के चारों ओर घूम कर फेरा पूरा करना।

प्रदक्षिणा—स्त्री. [सं.] द्र. 'प्रदक्षिण'।

प्रदत्त—वि. [सं.] दिया हुआ, प्रदान किया हुआ।

प्रदर—पु. [सं.] स्त्रियों का एक रोग, इसमें उनके गर्भाशय से सफ़ेद या लाल लसदार पदार्थ निकलता है।

प्रदर्शक—पु. [सं.] वह जो कोई शिक्षाप्रद मार्ग दिखलाए; गुरु, पैगम्बर; प्रदर्शन करने वाला।

प्रदर्शन—पु. [सं.] दिखलाने का काम; जुलूस निकालना, नारे आदि लगाना, जो विरोध या असंतोष, आक्रोश प्रकट करने के लिए किया जाता है।

प्रदर्शी—पु. [सं.] दिखलाने वाला, प्रदर्शन करने वाला।

प्रदर्शनी—स्त्री. [सं.] वह स्थान जहाँ विभिन्न प्रकार की वस्तुएँ प्रदर्शन के लिए रखी जाएँ, नुमाइश।

प्रदर्शित—वि. [सं.] जो प्रदर्शनी में रखा जाए, दिखलाया जाए।

प्रदाता—पु. [सं.] देने वाला, दाता।

प्रदान—पु. [सं.] देना; वह जो किसी को दिया जाए।

प्रदाय—पु. [सं.] उपहार, भेंट।

प्रदायक, प्रदायी—वि., पु. [सं.] प्रदान करने वाला, देने वाला।

प्रदाह—पु. [सं.] फोड़े-फुंसी, ज्वर-सूजन आदि के कारण शरीर में होने वाली जलन।

प्रदीप—पु. [सं.] वह जो प्रकाश करे, दीपक, चिराग़; जो किसी विषय को स्पष्ट करे (ग्रहों के नामों में इसका प्रयोग—'काव्य प्रदीप', आदि)।

प्रदीपक—वि. [सं.] प्रकाश करने वाला; स्पष्ट करने वाला।

प्रदीपन—पु. [सं.] प्रकाश करना, प्रज्वलित करना (दीपक को), उज्ज्वल करना।

प्रदीपिका—स्त्री. [सं.] छोटा दीपक, दीया; अर्थ या विषय को स्पष्ट करने वाली छोटी पुस्तक।

प्रदीप्त—वि. [सं.] प्रकाशित किया हुआ; जलाया हुआ; जगमगाता हुआ।

प्रदीप्ति—स्त्री. [सं.] प्रकाश; प्रभा, चमक, आभा, दीप्ति।

प्रदीर्घ—वि. [सं.] बहुत अधिक दीर्घ।

प्रदूषक—वि., पु. [सं.] दूषित करने वाला।

प्रदूषण—पु. [सं.] वातावरण को दूषित करने वाली वस्तु या बात; दोषमुक्त, अशुद्ध करने वाला पदार्थ, तत्त्व, वस्तु।

प्रदूषित—वि. [सं.] विशेष रूप से दूषित, अशुद्ध।

प्रदेय—वि. [सं.] देने योग्य, दान करने योग्य। पु. उपहार, भेंट; योगदान।

प्रदेश—पु. [सं.] प्रांत, सूबा, राज्य।

प्रदेशीय—वि. [सं.] प्रदेश का, प्रदेश संबंधी।

प्रदेह—पु. [सं.] प्रलेप, लेप; फोड़े, आदि पर पुल्टिस बाँधना।

प्रदोष—पु. [सं.] सूर्य के अस्त होने का समय, संध्या; रात का पहला प्रहर; प्रत्येक पक्ष की त्रयोदशी को होने वाला एक व्रत, जिसमें संध्या के समय शिव-पूजन कर भोजन किया जाता है।

प्रदोषक—वि. [सं.] जो प्रदोष काल में उत्पन्न हुआ हो।

प्रद्युम्न—पु. [सं.] कृष्ण के बड़े पुत्र; कामदेव।

प्रद्योत—पु. [सं.] किरण; दीप्ति, चमक, प्रभा।

प्रधा—स्त्री. [सं.] दक्ष की एक कन्या, कश्यप की पत्नी।

प्रधान—वि. [सं.] मुख्य, खास, किसी दल, संस्था आदि का प्रमुख अधिकारी। **~कार्यालय**—पु. मुख्य कार्यालय, संस्था का मुख्य और सबसे बड़ा कार्यालय, जहाँ से उसके कार्यों तथा शाखाओं का संचालन किया जाता है।

प्रधानतः—अ. [सं.] मुख्यतः; प्रधान रूप में।

प्रधानाचार्य—पु. [सं.] किसी विद्यालय, शिक्षण संस्था का प्रधान अध्यापक।

प्रधानाध्यापक—पु. [सं.] द्र. 'प्रधानाचार्य'।

प्रधानामात्य—पु. [सं.] प्राचीन गणराज्यों में प्रधान मंत्री का पद।

प्रनत*—वि. द्र. 'प्रणत'।

प्रनति*—स्त्री. द्र. 'प्रणति'।

प्रनाम*—पु. द्र. 'प्रणाम'।

प्रनामी*—स्त्री. गुरु, ब्राह्मण, आदि को प्रणाम करते समय दी जाने वाली भेंट।

प्रनिपात—पु. द्र. 'प्रनिपात'।

प्रपंच—पु. [सं.] संसार और उसका माया जाल; विस्तार, फैलाव; बखेड़ा, झगड़ा-टंटा; आडम्बर, ढोंग; छल-कपट।

प्रपंची—वि. [सं.] प्रपंच रचने वाला; धोखेबाज़, छली-कपटी।

प्रपन्न—वि. [सं.] शरणागत, शरण में आया हुआ; आया हुआ, प्राप्त।

प्रपाठक—पु. [सं.] विश्वविद्यालयी व्यवस्था में प्रोफेसर और व्याख्याता के बीच का पद—'रीडर'।

प्रपात—पु. [सं.] झरना, निर्झर; पहाड़ या ऊँचे स्थान से नीचे गिरना।

प्रपानक—पु. [सं.] पन्ना—कच्चे आम, आदि से बनाया गया एक पेय पदार्थ।

प्रपितामह—पु. [सं.] परदादा, पड़दादा।

प्रपितामही—स्त्री. [सं.] परदादी, पड़दादी।

प्रपीडक—पु. [सं.] सताने वाला, पीड़ा देने वाला।

प्रपुत्र—पु. [सं.] पौत्र, पोता।

प्रपौत्र—पु. [सं.] पोते का पुत्र।

प्रपौत्री—स्त्री. [सं.] पोते की बेटी।

प्रफुल्ल—वि. [सं.] प्रसन्न; खिला हुआ, विकसित (फूल)।

प्रफुल्लित—वि. [सं.] जो प्रफुल्ल, अति प्रसन्न, प्रमुदित हो।

प्रबंध—पु. [सं.] कोई काम ठीक तरह से करने की व्यवस्था, इंतजाम, बंदोबस्त; आयोजन, उपाय; कोई ऐसा लेख या निबंध, योजनाबद्ध पुस्तक, शोध कार्य जो विश्वविद्यालय, आदि में किसी उपाधि के लिए प्रस्तुत किया जाता है ('थीसिस', 'डिसर्टेशन')। **~कर्ता**—वि. पु. प्रबंध करने वाला। **~काव्य**—पु. वह काव्य जिसमें आद्यंत कोई कथा-सूत्र विद्यमान होता है।

प्रबंधक—वि. पु. [सं.] द्र. 'प्रबंधकर्ता'।

प्रबंधन—पु. [सं.] व्यवस्था करना; आयोजन करना; प्रबंध देखने वाली संस्था ('मैनेजमेंट')।

प्रबंधात्मक—वि. [सं.] प्रबंध संबंधी; जिसमें कथा-सूत्र विद्यमान हो (काव्य)।

प्रबल—वि. [सं.] बहुत शक्तिशाली; प्रचंड, उग्र, तेज़।

प्रबाल—पु. [सं.] नया कोमल पत्ता, नव पल्लव; मूँगा (रत्न); वीणादंड। **~पद्म**—पु. लाल कमल।

प्रबुद्ध—वि. [सं.] ज्ञानी; विवेकवान; जागा हुआ; होश में आया हुआ।

प्रबोध—पु. [सं.] यथार्थ ज्ञान, तत्त्व ज्ञान; सांत्वना, ढाढ़स।

प्रबोधक—वि., पु. [सं.] ज्ञान देने वाला, ज्ञानदाता; सांत्वना देने वाला; जगाने वाला।

प्रबोधन—पु. [सं.] तत्त्व ज्ञान; यथार्थ ज्ञान; बोध कराना, समझाना।

प्रबोधना*—स.क्रि. समझाना, बुझाना, कोई बात सिखाना।

प्रबोधनी—स्त्री. [सं.] दे. 'प्रबोधिनी'।

प्रभंजन—पु. [सं.] प्रचंड वायु, जोर की हवा, तेज आँधी, झंझावात।

प्रभविष्णु—वि. [सं.] प्रभावशाली, शक्तिशाली; बलवान।

प्रभविष्णुता—स्त्री. [सं.] प्रभावोत्पादकता।

प्रभा—स्त्री. [सं.] आभा, दीप्ति, प्रकाश; किरण। **~कर**—पु. सूर्य; चन्द्रमा; समुद्र। **~मय**—वि. प्रभा, दीप्ति, आभा से परिपूर्ण, भरा हुआ। **~वती**—वि. प्रभावशाली।

प्रभाग—पु. [सं.] भाग का भाग; किसी कार्यालय में उसका एक अनुभाग।

प्रभात—पु. [सं.] सवेरा, तड़का, प्रातःकाल। **~फेरी**—स्त्री. [हि.] किसी उत्सव के समय भोर में, प्रातःकाल नारे लगाते हुए अथवा कीर्तन करते, भजन गाते हुए जुलूस के रूप में नगर, बस्ती में घूमना।

प्रभाती—स्त्री. [सं.] प्रातःकाल, प्रभात में गाया जाने वाला गीत।

प्रभामंडल—पु. [सं.] किसी प्रकाश के चारों ओर फैली उजास। **ला.** किसी प्रसिद्ध व्यक्ति के चारों ओर घिरे रहने वाले लोग।

प्रभार—पु. [सं.] कार्यभार, दायित्व ('चार्ज')।

प्रभारी—वि. [सं.] कार्य-भार सँभालने वाला।

प्रभाव—पु. [सं.] किसी वस्तु या बात का होने वाला परिणाम; होना या सामने आना, प्रादुर्भाव।

प्रभावान्वित—वि. [सं.] प्रभाव से युक्त, प्रभावित।

प्रभावान्विति—स्त्री. [सं.] समग्र रूप में पड़ने वाला प्रभाव।

प्रभावित—वि. [सं.] जिस पर प्रभाव पड़ा हो।

प्रभावी—वि., [सं.] जिसका कोई महत्त्वपूर्ण प्रभाव पड़ता हो।

प्रभावोत्पादक—वि. [सं.] प्रभाव उत्पन्न करने वाली, प्रभावशाली।

प्रभास—वि. [सं.] अति प्रभा, आभा, दीप्ति वाला। पु. एक प्राचीन तीर्थ, सोम तीर्थ।

प्रभु—पु. [सं.] ईश्वर; विष्णु; शिव; ब्रह्मा; राजा या स्वामी।

प्रभुजन—पु. [सं.] वर्चस्वी व्यक्तित्व (गॉड फादर)।

प्रभुता—स्त्री., **प्रभुत्व**—पु. [सं.] स्वामित्व; वैभव, ऐश्वर्य; गौरव, महत्त्व; अधिकार, स्वामित्व।

प्रभुताई*—स्त्री. द्र. 'प्रभुता'।

प्रभूत—वि. [सं.] बहुत अधिक, प्रचुर।

प्रभूति—स्त्री. [सं.] आधिक्य, प्रचुरता।

प्रभृति—अ. [सं.] इत्यादि, आदि, वगैरह।

प्रभेद—पु. [सं.] भेद, प्रकार, किस्म; विभाग।

प्रमति—वि. [सं.] तीव्र बुद्धिवाला।

प्रमत्त—वि. [सं.] पागल, नशे में चूर; विक्षिप्त; प्रमादयुक्त।

प्रमत्तता—स्त्री. [सं.] पागलपन, नशे में चूर होने की स्थिति; लापरवाही।

प्रमथ—पु. [सं.] धृतराष्ट्र का एक पुत्र; शिव के कुछ गण।

प्रमथित—वि. [सं.] अच्छी तरह मथा हुआ; जिसे कष्ट दिया गया हो, रौंदा हुआ, उत्पीड़ित।

प्रमद—वि. [सं.] प्रमत्त, मतवाला; प्रसन्न; विवेकहीन। पु. आनंद, प्रसन्नता। **~कानन, ~वन**—पु. (राजा-रानियों का) क्रीड़ा उद्यान, प्रमोद वन।

प्रमदक—वि. [सं.] कामुक।

प्रमदन—पु. [सं.] कामेच्छा; क्रीड़ा उद्यान।

प्रमदा—स्त्री. [सं.] अत्यंत सुंदर स्त्री, कामिनी ('सेक्सी'); एक वर्णिक छंद।

प्रमर्दित—वि. [सं.] रौंदा हुआ; उत्पीड़ित; ध्वस्त किया हुआ।

प्रमा—स्त्री. [सं.] शुद्ध और यथार्थ ज्ञान; चेतना, बोध; माप-तौल।

प्रमाण—पु. [सं.] वह साधन जिसके आधार पर कोई बात सिद्ध की जाए, सबूत; माप; परिमाण, मात्रा; एक अर्थालंकार। **~पत्र**—पु. वह पत्र या लेख को प्रमाण माना जाए।

प्रमाणतः—अ. [सं.] प्रमाण के अनुसार।

प्रमाणिक—वि. [सं.] जिसके लिए कोई प्रमाण हो, प्रमाणसिद्ध।

प्रमाणित—वि. [सं.] प्रमाण द्वारा सिद्ध, प्रमाण सिद्ध।

प्रमाणीकरण—पु. [सं.] द्र. 'प्रामाणिक'।

प्रमाता—वि. [सं.] प्रमा रूप, यथार्थ ज्ञान को प्राप्त करने वाला; किसी विषय का साक्षात्कार करने वाला।

प्रमातामह—पु. [सं.] परनाना। स्त्री. 'प्रमातामही'।

प्रमाद—पु. [सं.] आलस्य, लापरवाही; कर्तव्य के प्रति असावधानी; मद।

प्रमादी—वि. [सं.] प्रमादशील, लापरवाह; आलसी।

प्रमान*—पु. द्र. 'प्रमाण'।

प्रमार्जन—पु. [सं.] धोना, साफ़ करना; पोंछना; दूर करना।

प्रमुख—वि. [सं.] प्रथम; मुख्य, प्रधान।

प्रमुदित—वि. [सं.] अति प्रसन्न, हर्षित।

प्रमेय—वि. [सं.] जो प्रमाणित करने योग्य हो; जिसका किसी प्रमाण द्वारा यथार्थ ज्ञान प्राप्त किया जाए; जो नापा जा सके।

प्रमेह—पु. [सं.] एक रोग जिसमें मूत्र के साथ या उसके मार्ग से शरीर की शुक्र, आदि धातुएँ निकलती रहती हैं।

प्रमोद—पु. [सं.] हर्ष, अत्यधिक प्रसन्नता, आनंद।

प्रमोहित—वि. [सं.] स्तब्ध, चकित।

प्रयत्न—पु. [सं.] किसी कार्य या उद्देश्य की पूर्ति के लिए किया जाने वाला प्रयास, कोशिश, क्रिया। **~शील**—वि. जो प्रयास या कोशिश में लगा हो।

प्रयाग—पु. [सं.] उत्तर प्रदेश में हिंदुओं का एक प्रसिद्ध तीर्थ स्थान, इलाहाबाद।

प्रयाण—पु. [सं.] प्रस्थान, गमन; एक स्थान से दूसरे स्थान को जाना; युद्ध के लिए सेना का जाना।

प्रयुक्त—वि. [सं.] प्रयोग किया हुआ; जो काम में ले लिया गया हो।

प्रयुक्ति—स्त्री. [सं.] प्रयोग; उद्देश्य।

प्रयोक्ता—वि. [सं.] प्रयोग करने वाला, प्रयोगकर्ता; प्रेरक।

प्रयोग—पु. [सं.] किसी काम में लगना; किसी वस्तु को कार्य में लाए जाने की क्रिया; किसी ज्ञान को कार्यरूप, व्यवहार रूप में लाना; कोई बात जाँचने, परीक्षा करने के लिए किया गया कार्य।

प्रयोगतः—अ. [सं.] प्रयोग के द्वारा, परिणाम रूप में।

प्रयोगात्मक—वि. [सं.] प्रयोग संबंधी।

प्रयोजक—पु. [सं.] प्रयोगकर्ता, प्रयोग करने वाला; प्रेरक; प्रेरणार्थक क्रिया का कर्ता (व्या.)।

प्रयोजन—पु. [सं.] काम, अर्थ; उद्देश्य, अभिप्राय; उपयोग, व्यवहार।

प्रयोजनवती लक्षणा—स्त्री. [सं.] वह लक्षणा (शब्द शक्ति), जिसके द्वारा किसी विशिष्ट प्रयोजन की सिद्धि के लिए वाच्यार्थ से भिन्न अर्थ निकाला जाए।

प्रयोजनीय—वि. [सं.] प्रयोग में लाने योग्य, उपयोगी।

प्रयोज्य—वि. [सं.] प्रयोग के योग्य, जिसका प्रयोग किया जा सकता हो।

प्ररोचन—पु. [सं.] रुचि उत्पन्न करना; उत्तेजित करना।

प्ररोचना—स्त्री. [सं.] द. 'प्ररोचन'; स्तुति; नाटककार द्वारा नाटक की कथा में कौतूहल जगाने का प्रयत्न।

प्ररोह—पु. [सं.] अंकुरित होना; उत्पत्ति।

प्ररोहण—पु. [सं.] उगना, जमना; उत्पत्ति; अंकुर उगना।

प्रलंब—वि. [सं.] अधिक लंबा; लटका हुआ; सुस्त।

प्रलंबन—पु. [सं.] लटकना; अवलंबित होना।

प्रलंबित—वि. [सं.] लटका हुआ, जिसे बहुत विलंब हो गया हो।

प्रलंभन—पु. [सं.] धोखा देना, छलना।

प्रलयंकर—वि. [सं.] प्रलय जैसा सर्वनाश करने वाला।

प्रलय—पु. [सं.] प्रलय जैसी सर्वनाश की-सी स्थिति, सृष्टि का, संसार का, पूरी तरह विनष्ट हो जाना, जिसके पश्चात् नई सृष्टि का प्रारंभ।

प्रललाट—वि. [सं.] जिसका ललाट, मस्तक ऊँचा हो।

प्रलाप—पु. [सं.] (रोग अवस्था में) अंट-शंट बकना, अव्यवस्थित कथन; निरर्थक बात, पागलों की तरह बकना।

प्रलापक—पु. [सं.] प्रलाप करने वाला, द्र. 'प्रलाप'।

प्रलापी—वि. [सं.] प्रलाप करने वाला, द्र. 'प्रलाप'।

प्रलिप्त—वि. [सं.] चिपका, लिपटा हुआ।

प्रलुब्ध—वि. [सं.] जो लालच में पड़ गया है।

प्रलेख—पु. [सं.] वह दस्तावेज़ जिसे सरकारी मान्यता प्राप्त हो ('डाक्यूमेंट')।

प्रलेखक—पु. [सं.] दस्तावेज़ लिखने वाला, अर्जीनवीस।

प्रलेप—पु. [सं.] लेप, घाव या फोड़े पर लगाया जाने वाला लेप, मरहम (मलहम)।

प्रलेपन—पु. [सं.] लेप या मरहम लगाने की क्रिया।

प्रलेप्य—वि. [सं.] लेप करने योग्य।

प्रलेस—पु. प्रगतिशील लेखक संघ।

प्रलोभ—पु. [सं.] अधिक लोभ, तीव्र लालच।

प्रलोभक—वि., पु. [सं.] प्रलोभन, लालच देने वाला; लालच उत्पन्न करने वाला।

प्रलोभन—पु. [सं.] लालच देना; ललचाने वाली वस्तु।

प्रलोभित—वि. [सं.] प्रलोभन, लालच में पड़ा हुआ।

प्रलोभी—वि. [सं.] लालच में पड़ने वाला; ललचाने वाला।

प्रवंचक—वि., पु. [सं.] धोखेबाज़, धूर्त, ठग।

प्रवंचन—पु. [सं.] ठगना, धोखा देना, छल करना।

प्रवंचना—स्त्री. [सं.] धोखा, ठगी, धूर्तता।

प्रवंचित—वि. [सं.] जिसे धोखा दिया गया हो, जो ठगा गया हो।

प्रवक्ता—वि. पु. [सं.] व्याख्याता ('लेक्चरर'), व्याख्यान देने वाला; किसी सिद्धांत या मत का पक्षधर; किसी संस्था, राजनीतिक दल की ओर से आधिकारिक रूप से बोलने वाला ('स्पोक्स मैन', स्पोक्स पर्सन)।

प्रवचनीय—वि. [सं.] प्रवचन, उपदेश के योग्य।

प्रवण—वि. [सं.] दक्ष, निपुण; प्रवृत्त; नम्र; किसी वस्तु की ओर झुका हुआ; जमीन का ढाल, उतार।

प्रवर—वि. [सं.] श्रेष्ठ; प्रधान; ज्येष्ठ।

प्रवर्तक—पु. [सं.] किसी काम, विचार या संस्था की स्थापना करने वाला; किसी काम में लगाने, प्रवृत्त करने वाला।

प्रवर्तन—पु. [सं.] कार्य प्रारंभ करना; किसी संस्था, मत, धर्म-संप्रदाय आदि का प्रारंभ करना।

प्रवर्द्धन, प्रवर्धन—पु. [सं.] वृद्धि, विकास, बढ़ती।

प्रवर्द्धित—वि. [सं.] बढ़ाया हुआ।

प्रवर्षण—पु. [सं.] भारी वर्षा; पहली वर्षा।

प्रवसन—पु. [सं.] प्रवास, विदेश की यात्रा।

प्रवहमान—वि. [सं.] जोर से बहता हुआ, प्रवाहशील, बहने वाला।

प्रवाद—पु. [सं.] झूठी अपवाह; लोगों में फैली बात (किसी के विरुद्ध)।

प्रवारण—पु. [सं.] निषेध, मनाही; प्रतिरोध।

प्रवाल—पु. [सं.] मूँगा (रत्न)।

प्रवास—पु. [सं.] विदेश में जाना, रहना; यात्रा।

प्रवासी—वि. [सं.] परदेश, विदेश में रहने वाला (एन.आर.ई.—नॉन रेज़िडेंट इंडियन)।

प्रवाह—पु. [सं.] बहने की क्रिया, बहाव; रक्त आदि का बहाव—रक्त-प्रवाह; जल, आदि की धारा, नदी आदि की धारा में कोई वस्तु बहाना (अस्थि-प्रवाह)।

प्रवाहित—वि. [सं.] बहाया हुआ, बहता हुआ।

प्रवाहिनी—स्त्री. [सं.] नदी।

प्रविधि—स्त्री. [सं.] किसी विशेष विषय की विशेष विधि; तकनीक।

प्रविष्ट—वि. [सं.] घुसा हुआ; जिसका प्रवेश हुआ हो।

प्रविष्टि—स्त्री. [सं.] जिसको अंकित किया गया हो; कोई बात, शब्द, आदि जिसे किसी सूची में सम्मिलित किया गया हो ('एंट्री')।

प्रवीण—वि. [सं.] निपुण, कुशल, दक्ष, होशियार।

प्रवीणता—स्त्री. [सं.] निपुणता, कौशल, दक्षता, चतुराई।

प्रवीन*—वि. द्र. 'प्रवीण'।

प्रवीर—पु. [सं.] श्रेष्ठ वीर, सुभट।

प्रवृत्त—वि. [सं.] किसी काम में लगा हुआ; उद्यत, तैयार; किसी बात की ओर झुका हुआ।

प्रवृत्तक—पु. [सं.] एक मात्रिक छंद।

प्रवृत्ति—स्त्री. [सं.] आचार-व्यवहार; प्रवाह, बहाव; सांसारिक विषयों या भोगों में राग, अनुरक्ति, 'निवृत्ति' का विलोम।

प्रवृत्यात्मक—वि. [सं.] झुकाव वाला; प्रवृत्तियों के आधार पर।

प्रवृद्ध—वि. [सं.] बहुत अधिक बढ़ा हुआ; प्रौढ़।

प्रवेग—पु. [सं.] अत्यधिक तेज़, बहुत तेज़ बहाव।

प्रवेश—पु. [सं.] अंदर जाना, घुसना, प्रवेश, प्रवेश द्वार ('एंट्री'); किसी नाटक, दृश्य, आदि में पात्र का मंच पर आना (ना.); किसी विषय या शास्त्र की जानकारी। **~पत्र**—पु. वह पत्र जिसके द्वारा कहीं प्रवेश का अधिकार मिल जाता है। **~शुल्क**—पु. कहीं—संस्था आदि में प्रवेश के लिए निर्धारित राशि।

प्रवेशार्थी—पु. [सं.] कहीं प्रवेश ('एडमिशन') लेने का इच्छुक।

प्रवेशिका—स्त्री. [सं.] किसी पाठ्य-क्रम, उपाधि, आदि के लिए ली जाने वाली परीक्षा; किसी विषय का प्रारंभिक ज्ञान देने वाली छोटी पुस्तक; संस्कृत में एक कक्षा; परीक्षा।

प्रवेशित—वि. [सं.] घुसाया हुआ, पैठाया हुआ।

प्रवेश्य—वि. [सं.] प्रवेश करने योग्य, जिसमें प्रवेश किया जाए।

प्रव्रजन—पु. [सं.] संन्यास लेना; विदेश-गमन।

प्रव्रजित—वि. [सं.] जिसने संन्यास लिया हो, संन्यासी; जो बाहर, विदेश चला गया हो।

प्रव्रज्या—स्त्री. [सं.] संन्यास; संन्यासाश्रम; विदेश-गमन। **~ग्रहण**—पु. संन्यास लेना।

प्रव्राजक—पु. [सं.] संन्यासी।

प्रशंस*—स्त्री. प्रशंसा।

प्रशंसक—वि., पु. [सं.] प्रशंसा करने वाला।

प्रशंसन—पु. [सं.] प्रशंसा करना।

प्रशंसनीय—वि. [सं.] प्रशंसा, श्लाघा के योग्य।

प्रशंसा—स्त्री. [सं.] किसी व्यक्ति या वस्तु के गुणों की बड़ाई, तारीफ़।

प्रशंसात्मक—वि. [सं.] प्रशंसा से भरा हुआ, प्रशंसापूर्ण।

प्रशंसिका—स्त्री. [सं.] प्रशंसा करने वाली स्त्री।

प्रशंसित—वि. [सं.] जिसकी प्रशंसा की गई हो।

प्रशंसोपमा—स्त्री. [सं.] उपमा अलंकार का एक भेद, इसमें उपमेय की प्रशंसा कर उपमान का उत्कर्ष दिखाया जाता है।

प्रशंस्य—वि. [सं.] प्रशंसा के योग्य।

प्रशमन—पु. [सं.] शांत करना, दबाना; नीरोग करना।

प्रशस्त—वि. [सं.] जिसकी प्रशंसा की गई हो; प्रशंसा के योग्य; श्रेष्ठ, उत्तम; विस्तृत; विशाल; आगे का मार्ग दिखाना।

प्रशस्ति—स्त्री. [सं.] किसी की प्रशंसा में लिखी गई कविता, टिप्पणी, आदि; राजा या राजवंश की प्रशंसा, कीर्ति-गाथा के लिखे गए लेख जो शिलाओं या ताम्रपत्र, आदि पर लिखे जाते थे; प्राचीन ग्रंथों में आदि और अंत का वह भाग जिसमें उसके रचयिता, काल, विषय, आदि का परिचय दिया होता था।

प्रशांत—वि. [सं.] शांत, निश्चल वृत्ति वाला; चंचलता रहित, स्थिर। पु. एशिया और अमेरिका के बीच का महासागर ('पैसिफिक ओशन')। **~काम**—वि. जिसकी इच्छाएँ, कामनाएँ पूर्ण हो गई हों, पूरी तरह परितुष्ट।

प्रशांति—स्त्री. [सं.] शांति, विश्राम, शमन, पूर्ण शांति।

प्रशाखा—स्त्री. [सं.] शाखा से निकली उपशाखा, छोटी टहनी।

प्रशासक—पु. [सं.] शासन करने वाला (अधिकारी)।

प्रशासकीय—पु. [सं.] प्रशासन संबंधी; प्रशासक संबंधी।

प्रशासन—पु. [सं.] शासन, राज्य चलाने की व्यवस्था, शासकीय प्रबंध।

प्रशासनाधिकारी—पु. [सं.] राज्य की ओर से किसी विभाग का प्रबंधन करने वाला अधिकारी।

प्रशासनिक—वि. [सं.] प्रशासन संबंधी।

प्रशासित—वि. [सं.] जिसका शासन किया गया हो।

प्रशासी—वि. [सं.] प्रशासनिक।

प्रशिक्षक—पु. [सं.] प्रशिक्षण देने वाला।

प्रशिक्षण—पु. [सं.] किसी विशेष पाठ्यक्रम, उपाधि, आदि के लिए दी जाने वाली सुविचारित, नियमित व्यावहारिक शिक्षा।

प्रशिक्षणार्थी—पु. [सं.] प्रशिक्षण पाने वाला।

प्रशिक्षित—वि. [सं.] जिसे प्रशिक्षण दिया जा चुका है, प्रशिक्षण प्राप्त।

प्रशिष्य—पु. [सं.] शिष्य का शिष्य।

प्रश्न—पु. [सं.] सवाल, पूछना; जिज्ञासा; विषय, समस्या। **~क**—पु. प्रश्न पूछने वाला। **~काल**—पु. संसद या विधान सभा में वह नियत समय जिसमें सदस्य मंत्रियों से प्रश्न करते हैं, वे उनका उत्तर देते हैं। **~चिह्न**—पु. प्रश्नवाचक वाक्य के अन्त में लगाया जाने वाला चिह्न। **~पत्र**—पु. वह पत्र, कागज़ जिस पर विद्यार्थियों से पूछे जाने वाले प्रश्न लिखे होते हैं।

प्रश्नात्मक—वि. [सं.] जिसमें प्रश्न पूछा गया हो।

प्रश्नावली—स्त्री. [सं.] प्रश्नों की सूची।

प्रश्नी—वि., पु. [सं.] प्राश्निक, प्रश्न पूछने वाला।

प्रश्नोत्तर—पु. [सं.] प्रश्न और उत्तर, संवाद; एक काव्यालंकार।

प्रश्नोत्तरी—स्त्री. [सं.] किसी विषय के प्रश्न और उत्तरों का संकलन।

प्रश्नोपनिषद्—स्त्री. [सं.] अथर्ववेद का एक उपनिषद्।

प्रश्रय—पु. [सं.] सहारा, आश्रय का स्थान; आधार, टेक; नम्रता, विनय।

प्रश्वास—पु. [सं.] बाहर निकलने वाली साँस; साँस बाहर निकालना।

प्रसंग—पु. [सं.] प्रकरण, अध्याय; विषय; संबंध, लगाव; स्त्री-पुरुष का समागम, मैथुन। **~वश**—क्रि.वि. प्रसंग उपस्थित होने पर, प्रसंग, जिक्र आ जाने पर।

प्रसंगोचित—वि. [सं.] प्रसंग के अनुकूल।

प्रसंस्करण—पु. [सं.] किसी पदार्थ को मशीनों आदि से परिशोधित कर लंबे समय तक सुरक्षित रखने की तकनीक। **~संयंत्र**—पु. प्रसंस्करण करने वाला बड़ा कारखाना ('प्रोसेसिंग प्लांट')।

प्रसन्न—वि. [सं.] हर्षित, खुश; संतुष्ट, तुष्ट; अनुकूल, कृपालु। **~चित्त**—वि. जो मन से हर्षित हो।

प्रसन्नता—स्त्री. [सं.] प्रसन्न, हर्षित होने की दशा, भाव।

प्रसन्नात्मा—वि. [सं.] प्रसन्न, संतुष्ट व्यक्ति।

प्रसर—पु. [सं.] फैलाव, विस्तार, आगे बढ़ना।

प्रसरण—पु. [सं.] फैलना, बढ़ना; विस्तार।

प्रसवंती—स्त्री. [सं.] प्रसव वेदना सहती स्त्री।

प्रसव—पु. [सं.] बच्चा जनने की क्रिया, प्रसूति। **~वेदना, ~व्यथा**—स्त्री. प्रसव, बच्चा जनते समय होने वाली तीव्र पीड़ा, असहय दर्द।

प्रसवन—पु. [सं.] बच्चा जनना, बच्चे को जन्म देना।

प्रसविनी—वि. स्त्री. [सं.] जन्म देने वाली, उत्पन्न करने वाली।

प्रसाद—पु. [सं.] वह वस्तु जो देवता को चढ़ाई जा चुकी हो; प्रसन्नता; अनुग्रह, कृपा; कविता का वह गुण, जिसमें भाषा-शैली, अभिव्यक्ति सरल और सुबोध/हो।

प्रसादन—वि. [सं.] प्रसन्न करने वाला, निर्मल बनाने वाला। पु. प्रसन्न करना।

प्रसादनीय—वि. [सं.] प्रसन्न करने योग्य।

प्रसादी—स्त्री. प्रसाद के रूप में प्राप्त भोज्य सामग्री।

प्रसाधक—वि. [सं.] शृंगार करने वाला, भूषक।

प्रसाधन—पु. [सं.] शृंगार; शृंगार की सामग्री; शौचालय, स्नानघर आदि ('टॉयलेट')।

प्रसाधिका—स्त्री. [सं.] शृंगार करने वाली (विशेषत: राजमहल में शृंगार करने के लिए नियुक्त दासियाँ)।

प्रसाधित—वि. [सं.] जिसका शृंगार, सजावट कर दी गई हो।

प्रसार—पु. [सं.] फैलाने की क्रिया, फैलाव; प्रचार।

प्रसारक—वि. [सं.] फैलाने वाला।

प्रसारण—पु. [सं.] फैलाना; रेडियो, दूरदर्शन, आदि द्वारा किसी वार्ता, नाटक, गीत, कविता, किसी भी कार्यक्रम को सब केन्द्रों से फैलाना ('ब्रॉडकास्ट')।

प्रसारना*—स.क्रि. फैलाना, पसारना।

प्रसारित—वि. [सं.] जिसका प्रसारण हुआ हो।

प्रसिद्ध—वि. [सं.] विख्यात, मशहूर।

प्रसिद्धि—स्त्री. [सं.] ख्याति, शोहरत।

प्रसुप्त—वि. [सं.] गहरी नींद में सोया हुआ; रुका या थमा हुआ।

प्रसुप्ति—स्त्री. [सं.] गहरी नींद।

प्रसू—स्त्री. [सं.] जन्म देने वाली; माता।

प्रसूत—वि. [सं.] उत्पन्न, पैदा, प्रसव किया हुआ।

प्रसूता—स्त्री. [सं.] प्रसव करने वाली स्त्री, जच्चा।

प्रसूति—स्त्री. [सं.] प्रसव, जनन; उद्‌भव, उत्पत्ति।

प्रसूतिका—स्त्री. [सं.] प्रसूता, जच्चा।

प्रसून—वि. [सं.] उत्पन्न, संजात। पु. फूल; फल।

प्रसूनेषु—पु. [सं.] फूलों का स्वामी, कामदेव।

प्रसृत—वि. [सं.] फैला हुआ, विस्तीर्ण; लंबा।

प्रसेन—पु. [सं.] एक प्राचीन राजा, प्रसेनजित्।

प्रसेनजित्—पु. [सं.] द्र. 'प्रसेन'।

प्रस्कण्व—पु. [सं.] एक ऋषि, कण्व के पुत्र।

प्रस्तर—पु. [सं.] पत्थर; बिछौना। **~युग**—पु. किसी देश या जाति के सभ्यता के इतिहास में वह समय जब अस्त्र-शस्त्र और औजार केवल पत्थर के बनते थे; सभ्यता का प्रारम्भिक काल।

प्रस्तरण—पु. [सं.] बिछावन।

प्रस्तार—पु. [सं.] फैलाना; ढकना; पत्तों, आदि का बिछावन।

प्रस्ताव—वि. [सं.] वह बात या विचार; जो किसी सभा या समाज में स्वीकृति के लिए रखा जाए; किसी कार्य के लिए रखा गया विचार; किसी विवाद में उसे सुलझाने के लिए रखा गया विचार, मत।

प्रस्तावक—पु. [सं.] प्रस्ताव, विचार प्रस्तुत करने वाला, विचार के लिए कोई बात या मंतव्य प्रस्तुत करने वाला।

प्रस्तावना—स्त्री. [सं.] पुस्तक की भूमिका, पूर्व कथन; नाटक के आरंभ में कथा का परिचय देने वाला प्रसंग।

प्रस्तावित—वि. [सं.] जिसका प्रस्ताव किया गया हो, जो मत विचार के लिए प्रस्तुत किया गया हो।

प्रस्तुत—वि. [सं.] उद्यत, तत्पर, तैयार; प्रस्ताव के रूप में या विचार के लिए रखा गया मत। **~अलंकार**—पु. एक काव्यालंकार जिसमें प्रस्तुत के विषय में कुछ कह कर उसका अभिप्राय दूसरे प्रस्तुत पर घटाया जाए।

प्रस्तुति—स्त्री. [सं.] प्रस्तुत किया जाने वाला कार्यक्रम; प्रस्तुत करने, सामने रखने की क्रिया।

प्रस्तुतीकरण—पु. [सं.] प्रस्तुत करने की क्रिया या भाव।

प्रस्तोता—पु. [सं.] प्रस्ताव करने वाला; प्रस्तुत करने वाला, प्रस्तावक।

प्रस्थ—वि. [सं.] विस्तार, चौड़ाई।

प्रस्थान—पु. [सं.] किसी एक स्थान से दूसरे स्थान को जाना, गमन, रवानगी; युद्ध के लिए कूच। **~त्रयी**—स्त्री. उपनिषद्, गीता और ब्रह्मसूत्र—तीन ग्रंथों का समुच्चय।

प्रस्थापन—पु. [सं.] स्थापित करने के लिए किया गया कार्य या प्रारंभिक विचार।

प्रस्थापना—स्त्री. [सं.] किसी विचार, संस्था, भवन आदि की स्थापना—प्रारंभ करना।

प्रस्थापित—वि. [सं.] जिसकी स्थापना की गई हो।

प्रस्पंदन—पु. [सं.] प्रकंपन।

प्रस्फुट—वि. [सं.] विकसित, प्रफुल्ल, खिला हुआ।

प्रस्फुटन—पु. [सं.] खिलना, विकसित होना।

प्रस्फुटित—वि. [सं.] खिला हुआ, विकसित (फूल)।

प्रस्फुरण—पु. [सं.] फूलना, खिलना; निकलना।

प्रस्फुरित—वि. [सं.] काँपता हुआ, हिलता हुआ।

प्रस्फोट—पु. [सं.] शब्द के साथ फूटना, विकसित होना।

प्रस्फोटक—वि. [सं.] प्रस्फोट, स्फोट करने वाला; प्रस्फोट करने वाली सामग्री (गोला, बारूद, आदि)।

प्रस्फोटन—पु. [सं.] अचानक विस्फोट होना; विकसित होना।

प्रस्रव—पु. [सं.] लगातार चूना या बहना।

प्रस्रवण—पु. [सं.] जल, आदि का लगातार चूना, बहना; पसीना।

प्रस्राव—पु. [सं.] चूने की क्रिया, क्षरण, बहाव।

प्रस्वेद—पु. [सं.] पसीना।

प्रस्वेदक—वि. [सं.] पसीना उत्पन्न करने वाला; पसीना लाने वाली दवा।

प्रस्वेदित—वि. [सं.] पसीने से तर, भीगा हुआ।

प्रहत—वि. [सं.] आहत; निहत, मारा हुआ; जिस पर आघात किया गया हो (ढोल जैसे वाद्य पर)।

प्रहर—पु. [सं.] एक दिन का आठवाँ भाग, याम, पहर।

प्रहरक—पु. [सं.] पहरेदार, चौकीदार।

प्रहरण—पु. [सं.] प्रहार, आघात।

प्रहरी—पु. [सं.] पहरेदार, चौकीदार।

प्रहर्षण—पु. [सं.] हर्ष, प्रसन्नता, आनंद; एक काव्यालंकार—इसमें बिना अधिक प्रयत्न के ही अभीष्ट की प्राप्ति का चित्रण होता है।

प्रहर्षित—वि. [सं.] रोमांचित, प्रसन्न।

प्रहसन—प्र. [सं.] हँसी, दिल्लगी, मज़ाक; हास्य रस प्रधान एक रूपक, नाटक।

प्रहसित—पु. [सं.] हँसी से भरा हुआ; जिसकी हँसी उड़ाई जाए, उपहासास्पद।

प्रहस्त—पु. [सं.] हाथ का पंजा, अग्र भाग।

प्रहार—पु. [सं.] आघात, वार, चोट; मार।

प्रहारक—वि. [सं.] आघात करने वाला; चोट मारने वाला, प्रहार करने वाला।

प्रहारी—वि. [सं.] प्रहार करने वाला।

प्रहास—पु. [सं.] जोर की हँसी, अट्टहास, ठहाका।

प्रहासक—वि. पु. [सं.] हँसाने वाला, मसखरा।

प्रहेलि, प्रहेलिका—स्त्री. [सं.] पहेली।

प्रह्लाद, प्रह्लाद—पु. [सं.] अत्यधिक आनंद, प्रसन्नता, प्रमोद; हिरण्यकशिपु का प्रसिद्ध विष्णु भक्त पुत्र।

प्रह्लादक—वि. [सं.] प्रसन्न करने वाला, हर्षदायक।

प्रह्लादित—वि. [सं.] प्रसन्न किया हुआ।

प्रांगण—पु. [सं.] आँगन।

प्रांजल—वि. [सं.] स्वच्छ और शुद्ध (भाषा); सरल, सीधा।

प्रांजलता—अर्थ की सुस्पष्टता।

प्रांत—पु. [सं.] प्रदेश, देश का खंड विशेष। **~पति**—पु. राज्य के किसी प्रांत, प्रदेश का सर्वप्रधान शासक—राज्यपाल ('गवर्नर')।

प्रांतर—पु. [सं.] वह भूखंड जिसमें जल और वृक्ष न हों (वन-प्रांतर)।

प्रांतीय—वि. [सं.] प्रांत संबंधी; प्रांत का।

प्रांतीयता—स्त्री. [सं.] अपने प्रांत के प्रति अतिरिक्त मोह; प्रांत को लेकर किया जाने वाला पक्षपात।

प्रांशु—वि. [सं.] ऊँचा, लंबा।

प्राइज़—पु. [अं.] पुरस्कार।

प्राइम-मिनिस्टर—पु. [अं.] प्रधान मंत्री।

प्राइमर—पु. [अं.] प्रवेशिका (पुस्तक); वह रंग ('पेंट') आधार के रूप में मुख्य रंग से पहले लगाया जाता है।

प्राइमरी—वि. [सं.] आरंभिक, प्राथमिक। **~स्कूल**—पु. वह स्कूल, जिसमें आरंभिक शिक्षा दी जाती है।

प्राइवेट—वि. [अं.] निजी; व्यक्तिगत; दूसरे से छिपाने योग्य, गोपनीय; गैर-सरकारी ('जैसे प्राइवेट सर्विस')।

प्राइस—स्त्री. [अं.] कीमत, दाम। **~इंडेक्स**—पु. कीमत सूचकांक।

प्राकट्य—पु. [सं.] प्रकट होने का भाव, प्रकट रूप में।

प्राकार—पु. [सं.] नगर या किले के चारों ओर सुरक्षा के लिए बनाई गई दीवार, परकोटा।

प्राकृत—वि. [सं.] प्रकृति से उत्पन्न; निसर्ग या प्रकृति संबंधी, स्वाभाविक। स्त्री. संस्कृत—पूर्व बोलचाल की वह भाषा जिससे आधुनिक आर्य-भाषाएँ विकसित हुई हैं।

प्राकृतिक—वि. [सं.] प्रकृति संबंधी, प्रकृति का; स्वाभाविक, सहज ('नेचुरल')। **~चिकित्सा**—स्त्री. वह चिकित्सा प्रणाली जिसमें प्राकृतिक विधियों से चिकित्सा की जाती है—उपवास, मिट्टी का लेपन, कल्प—दुग्ध कल्प, गाजर कल्प, आदि।

प्राक्—वि. [सं.] आरंभिक, प्रारंभ में होने वाला; किसी की अपेक्षा या तुलना में पहले का; किसी से पुराना या पूर्व काल का—प्राक्-ऐतिहासिक, प्रागैतिहासिक।

प्राक्कथन—पु. [सं.] (पुस्तक आदि में) आरंभ में परिचयात्मक भूमिका ('फ़ॉरवर्ड'), पूर्व कथन।

प्राक्कलित—वि. [सं.] पूर्वानुमानित।

प्रॉक्टर—अनुशासन रखने वाला अधिकारी, कुलानुशासक (विश्वविद्यालय, कॉलेज, आदि में)।

प्राक्तन—वि. [सं.] पहले का, प्राचीन, पूर्व जन्म का।

प्रागैतिहासिक—वि. [सं.] इतिहास में वर्णित काल से पूर्व का, उस काल का जिसका इतिहास उपलब्ध नहीं है।

प्राग्—'प्राक्' का समासगत रूप।

प्राग्वैदिक—वि. [सं.] वैदिक काल से पूर्व का।

प्राचंड्य—पु. [सं.] प्रचंडता, उग्रता; भयंकरता।

प्राचार्य—पु. [सं.] प्रधान आचार्य।

प्राची—स्त्री. [सं.] पूर्व, पूर्व दिशा।

प्राचीन—वि. [सं.] पुराना, पुरातन युग का, पहले का।

प्राचीनता—स्त्री. [सं.] प्राचीन होने की अवस्था।

प्राचीना—वि. स्त्री. [सं.] पुरानी ('प्राचीन' का स्त्री.)।

प्राचीर—पु. [सं.] नगर या किले के चारों ओर बनी सुरक्षा दीवार, परकोटा।

प्राचुर्य—पु. [सं.] आधिक्य, प्रचुरता, बहुतायत।

प्राचेतस—पु. [सं.] वाल्मीकि मुनि, प्रचेता का पुत्र; मनु।

प्राच्य—वि. [सं.] पूर्व दिशा का, पूर्वी; पुराना, प्राचीन।

प्राजक—पु. [सं.] सारथि।

प्राजापत्य—वि. [सं.] प्रजापति से संबंधित; प्रजापति से उत्पन्न। **~विवाह**—पु. प्राचीन काल में आठ प्रकार के विवाहों में से एक, इसमें पिता अपनी कन्या को यह कह कर वर को सौंप देता है कि तुम लोग मिल कर गृहस्थ धर्म का पालन करोगे।

प्राज्ञ—वि. [सं.] बुद्धिमान, समझदार; चतुर, दक्ष।

प्राज्ञा—स्त्री. [सं.] बुद्धि; बुद्धिमती स्त्री।

प्राज्ञी—स्त्री. [सं.] विदुषी, विद्वान स्त्री।

प्राण—पु. [सं.] शरीर की वह जीवनीशक्ति, जान, जिससे वह अस्तित्व में रहता है; वायु, हवा, श्वास-वायु। **पंच प्राण**—प्राण के पाँच भेद—प्राण, अपान, व्यान, उदान और समान। **~घातक**—वि. प्राण समाप्त करने वाला, जीवन समाप्त करने वाला। **~नाथ**—पु. पति, स्वामी, प्रियतम। **~प्रतिष्ठा**—स्त्री. मंत्राभिसिक्त कर मूर्ति की मंदिर में स्थापना। **~प्रिय**—वि. प्राणों के समान परम प्रिय।

प्राणमय—वि. [सं.] जिसमें प्राण हो, प्राणयुक्त। **~कोश**—पु. वेदांत के अनुसार शरीर के पाँच कोशों में से दूसरा।

प्राणवत्ता—स्त्री. [सं.] प्राणवान् या जीवित होने का भाव।

प्राणवान्—वि. [सं.] जिसमें प्राण हों, सप्राण, जीवंत।

प्राणांत—वि. [सं.] मृत्यु, मौत।

प्राणांतक—वि., पु. [सं.] प्राण हरने वाला; जीवनपर्यंत रहने वाला।

प्राणाघात—पु. [सं.] हत्या, वध।

प्राणात्मा—पु. [सं.] जीवात्मा।

प्राणाधार—पु. [सं.] जिस पर जीवन अवलंबित हो, पति, प्रियतम।

प्राणाधिक—वि. [सं.] जो प्राणों से भी बढ़ कर हो।

प्राणाधिनाथ—पु. [सं.] पति।

प्राणाधिप—पु. [सं.] आत्मा।

प्राणायतन—पु. [सं.] प्राणों के निकलने के मुख्य मार्ग—ये नौ हैं—मुख, दोनों कान, नाक के दोनों छिद्र, दो नेत्र, गुदा, उपस्थ—नव द्वार।

प्राणायाम—पु. [सं.] योगशास्त्र-विधि के अनुसार श्वास और प्रश्वास को नियमित रूप से खींचने और बाहर निकालने की प्रक्रिया, योग के आठ अंगों में से एक।

प्राणार्पण—पु. [सं.] प्राण, जान दे देना।

प्राणावरोध—पु. [सं.] श्वास का रुकना या रोकना।

प्राणाहुति—स्त्री. [सं.] भोजन प्रारंभ करने से पूर्व पाँच ग्रास निकालना।

प्राणिवाचक—वि. [सं.] सजीव पदार्थ का बोधक (शब्द)।

प्राणिविज्ञ—पु. [सं.] प्राणि शास्त्री।

प्राणिविज्ञान—पु. द्र. प्राणि शास्त्र।

प्राणिशास्त्र—पु. [सं.] प्राणियों, जीवों की जाति, वर्ग-भेद, आदि का अध्ययन करने वाला विज्ञान ('ज्यूलॉजी')।

प्राणी-(जिन्)—वि. [सं.] प्राणवान्; जीव-जंतु; मनुष्य, व्यक्ति।

प्राणीत्य—पु. [सं.] ऋण, कर्ज।

प्राणेश, प्राणेश्वर—पु. [सं.] पति, स्वामी; प्रियतम।

प्राणेशा, प्राणेश्वरी—स्त्री. [सं.] पत्नी; प्रियतमा।

प्राणोत्सर्ग—पु. [सं.] प्राण न्योछावर कर देना, मृत्यु।

प्रातः—पु. [सं.] सवेरा, प्रभात। **~कर्म, ~कार्य, ~कृत्य**—पु. प्रातःकाल में किए जाने वाले कर्म—स्नान-ध्यान, आदि। **~काल**—पु. सवेरे का समय, प्रभात; रात के अंत और सूर्योदय का समय। **~स्मरणीय**—वि. जो नित्य प्रातःकाल स्मरण करने योग्य हो, पूज्य।

प्रात*—पु. द्र. 'प्रातः'।

प्रातर्—अ. [सं.] द्र. 'प्रातः'। **~आश**—पु. सुबह का अल्पाहार, कलेवा।

प्रातिकूल्य—पु. [सं.] प्रतिकूलता, प्रतिकूल, विरुद्ध होने का भाव।

प्रातिनिधिक—पु. [सं.] प्रतिनिधि। वि. प्रतिनिधि के रूप में।

प्रातिपक्ष—वि. [सं.] विरुद्ध, प्रतिकूल।

प्रातिपद—वि. [सं.] प्रतिपदा संबंधी; प्रतिपदा को होने वाला।

प्रातिभ—वि. [सं.] प्रतिभावान, प्रतिभायुक्त; प्रतिभा संबंधी।

प्रातिभासिक—वि. [सं.] जो वास्तव में न होकर भ्रमवश भासित होता हो, जो वास्तविक न हो।

प्रातिरूपिक—वि. [सं.] उसी रूप का, उसी की नकल।

प्रातिवेशिक—पु. [सं.] पड़ोसी।

प्रातिवेश्य—पु. [सं.] पड़ोस, पड़ौसी।

प्रातिहार, प्रातिहारक—पु. [सं.] ऐंद्रजालिक, बाजीगर।

प्रात्यक्ष—वि. [सं.] प्रत्यक्ष संबंधी।

प्रात्यहिक—वि. [सं.] प्रतिदिन का, दैनिक।

प्राथमिक—वि. [सं.] आरंभ का, प्रारंभिक; सबसे अधिक महत्त्व का, मुख्य।

प्राथमिकी—स्त्री. [सं.] एफ.आई.आर., अपराध की पुलिस रिकॉर्ड में दर्ज की जाने वाली पहली रपट।

प्रादुर्भाव—पु. [सं.] प्रकट होना; उत्पत्ति; देवता आदि का पृथ्वी पर अवतार लेना।

प्रादुर्भूत—वि. [सं.] जिसका प्रादुर्भाव हुआ हो, जो प्रकट हुआ हो, उत्पन्न।

प्रादुष्य—पु. [सं.] प्रादुर्भाव।

प्रादेशिक—वि. [सं.] प्रदेश संबंधी; प्रदेश का; सीमित क्षेत्र का, स्थानिक।

प्रादोष, प्रादोषिक—वि. [सं.] प्रदोष संबंधी।

प्राधान्य—पु. [सं.] प्रधानता; श्रेष्ठता; मूल कारण।

प्राधिकरण—पु. [सं.] अधिकार-प्राप्त संस्थान ('अथॉरिटी', यथा—'एयरपोर्ट अथॉरिटी')।

प्राधिकृत—वि. [सं.] जिसे वैधानिक रूप से अधिकार प्रदान कर दिया गया हो, विधिविहित अधिकार प्राप्त।

प्राध्यापक—पु. [सं.] महाविद्यालय या विश्वविद्यालय का अध्यापक ('प्रोफ़ेसर')।

प्राप—पु. [सं.] प्राप्ति, पहुँचना।

प्रापक—वि., पु. [सं.] प्राप्त करने वाला।

प्रापणीय—वि. [सं.] प्राप्त करने योग्य।

प्रापी—वि. [सं.] प्राप्त करने वाला।

प्रॉपर्टी—स्त्री. [अं.] संपत्ति, अचल संपत्ति, भू-संपत्ति।

प्रोपेगंडा—पु. [अं.] प्रचार; दुष्प्रचार।

प्राप्त—वि. [सं.] पाया हुआ; लब्ध, मिला हुआ; हस्तगत।

प्राप्तव्य—वि. [सं.] पाने, मिलने योग्य।

प्राप्तांक—पु. [सं.] जो अंक प्राप्त किये गए हों।

प्राप्ताधिकार—पु. [सं.] विशेषाधिकार।

प्राप्तार्थ—वि. [सं.] प्राप्त धन, वस्तु, आदि।

प्राप्ति—स्त्री. [सं.] मिलना, उपलब्धि; फायदा, लाभ; ग्रहण करना; आठ सिद्धियों में से एक, इसके द्वारा प्रत्येक इच्छित फल मिलना। **~कर्ता**—पु. प्राप्त करने वाला व्यक्ति। **~स्वीकार**—पु. पहुँच की स्वीकृति।

प्राप्त्याशा—स्त्री. [सं.] प्राप्ति की आशा, मिलने की आशा; नाटक में संधि के अंतर्गत एक अवस्था, जिसमें फल-प्राप्ति की आशा होती है।

प्राप्य—वि. [सं.] प्राप्त करने योग्य; जहाँ तक पहुँच हो सके।

प्रॉफ़िट—पु. [अं.] लाभ; फायदा; हित, कल्याण।

प्रॉबलम—स्त्री. [अं.] समस्या।

प्राबल्य—पु. [सं.] प्रबलता, प्रधानता।

प्राभंजन—वि. [सं.] तीव्र वायु संबंधी, झंझा से संबंधित।

प्रामाणिक—वि. [सं.] जो प्रत्यक्ष आदि प्रमाणों से सिद्ध हो; शास्त्र-सिद्ध; मानने योग्य; प्रमाण-रूप।

प्रामाण्य—पु. [सं.] प्रमाण-सिद्ध; विश्वसनीयता।

प्रामादिक—वि. [सं.] प्रमादसहित, जो प्रमाद से हुआ हो।

प्रामिसरी—वि. [अं.] जिसमें किसी बात की प्रतिज्ञा, वायदा किया गया हो। **~नोट**—पु. वह दस्तावेज़ जिसमें कोई यह प्रतिज्ञा करता है कि वह अमुक तिथि को या कभी भी माँगने पर इस पत्रधारक को इतनी राशि देगा।

प्राम्प्ट—वि. [सं.] तत्पर, उद्यत; तत्काल, शीघ्र।

प्रायः—वि. [सं.] अधिक अवसरों पर, बहुलता में; लगभग, करीब।

प्राय—पु. [सं.] समान, लगभग, जैसे—नष्टप्रद, समाप्तप्राय; प्रायद्वीप।

प्रायशः—अ. [सं.] प्रायः, अक्सर, बहुधा।

प्रायश्चित्त—पु. [सं.] कोई पाप, दुष्कर्म करने पर उसके दोष से मुक्त होने के लिए किया जाने वाला कोई धार्मिक कृत्य या अच्छा कार्य, शोधन।

प्रायोज्य—वि. [सं.] प्रयोजन के योग्य; वह वस्तु जो किसी के लिए विशेष प्रयोजन की हो।

प्रारंभ—पु. [सं.] आरंभ; किसी कार्य के आरंभ का अंश, भाग।

प्रायश्चित्ति—स्त्री. [सं.] द्र. 'प्रायश्चित्त'।

प्रायोगिक—वि. [सं.] जिसका नित्य प्रयोग किया जाए। **~परीक्षा**—स्त्री. वह परीक्षा जिसमें किसी सिद्धांत को प्रत्यक्ष रूप में करके दिखाया जाता है, कार्य रूप में दिखाया जाता है।

प्रायोजक—पु. [सं.] किसी कार्य, कार्यक्रम, आदि को आर्थिक रूप में चलाना, आर्थिक सहायता करने वाला ('स्पांसर')।

प्रायोजित—क्रि.वि. [सं.] (किसी के द्वारा) प्रबंध किया गया; किसी के खिलाफ़ पहले से किया गया प्रबंध।

प्रारंभण—पु. [सं.] आरंभ करना।

प्रारंभिक—वि. [सं.] आरंभ का, शुरू में होने वाला।

प्रारब्ध—वि. [सं.] भाग्य, किस्मत; कर्मफल का भोग।

प्रारब्धी—वि. [सं.] प्रारब्ध वाला, भाग्यशाली।

प्रारूप—पु. [सं.] प्राथमिक रूप; मसौदा; कच्चा-सा पूर्व लेख, प्रालेख।

प्रारूपिक—वि. [सं.] प्रारूप संबंधी, नमूने का।

प्रार्थक—वि. [सं.] प्रार्थी, प्रार्थना करने वाला।

प्रार्थना—स्त्री. [सं.] किसी से कुछ माँगने, लेने के लिए निवेदन करना, याचना; विनय, निवेदन। **~पत्र**—वह पत्र जिसमें प्रार्थना, विनती, याचना की गई हो, अरजी ('एप्लीकेशन')।

प्रार्थनीय—वि. [सं.] प्रार्थना करने योग्य, जिसके लिए प्रार्थना की जाए।

प्रार्थित—वि. [सं.] जिसकी या जिसके लिए प्रार्थना की गई हो।

प्रार्थी—वि. [सं.] प्रार्थना करने वाला, निवेदक, आवेदक।

प्रालंब—वि. [सं.] विशेष रूप से लटकने वाला। स्त्री. सीने तक लटकने वाली माला।

प्रालंबिका—स्त्री. [सं.] एक तरह का सोने का हार।

प्रालेयांशु—पु. [सं.] चंद्रमा; कपूर।

प्राविधानिक—वि. [सं.] जिसे प्राविधान में स्थान मिला हो; प्राविधान संबंधी।

प्रावृत—वि. [सं.] विशेष रूप से आवृत, घिरा हुआ।

प्रावधान—पु. [सं.] नियमों में ऐसी व्यवस्था, जिससे किसी अपेक्षा की पूर्ति होती हो; किसी कार्य के लिए धन, आदि की व्यवस्था।

प्रावेशिक—वि. [सं.] प्रवेश संबंधी।

प्राव्रज्य—पु. [सं.] संन्यास संबंधी। पु. संन्यासी जीवन।

प्राशक—वि., पु. [सं.] भोजन करने वाला।

प्राशन—पु. [सं.] भोजन; खाना; खिलाना।

प्राश्निक—पु. [सं.] प्रश्न करने वाला; परीक्षा का प्रश्न-पत्र बनाने वाला।

प्रासंगिक—वि. [सं.] जिसका प्रसंग हो; कथा के बीच में प्रसंगवश आ जाने वाला (प्रकरण); आनुषंगिक; किसी प्रसंग में आकस्मिक रूप से आ जाने वाला।

प्रासक—पु. [सं.] भाला; पासा।

प्रासाद—पु. [सं.] विशाल भवन, महल; आलीशान इमारत।

प्रासादिक—वि. [सं.] जो प्रसाद के रूप में दिया जाए; कृपामुक्त।

प्रासिक्यूटर—पु. [अं.] अभियोजक, मुकदमा दाखिल करने वाला वकील।

प्रासूतिक—वि. [सं.] प्रसूति या प्रसव से संबंधित।

प्रास्ताविक—वि. [सं.] प्रस्ताव के रूप में काम आने वाला।

प्रास्थानिक—वि. [सं.] जो प्रस्थान के समय आवश्यक या उचित हो; प्रस्थान से संबंधित।

प्रास्पेक्टस—पु. [अं.] विवरण-पत्र, विवरणिका (किसी संस्था की)।

प्रिंटर—पु. [अं.] छापने वाला (व्यक्ति), मुद्रक; छापने वाला उपकरण, जिससे सामग्री मुद्रित रूप में निकाली जाती है।

प्रिंटिंग—स्त्री. [अं.] छपाई, मुद्रण। **~इंक**—स्त्री. छपाई में प्रयुक्त होने वाली स्याही। **~प्रेस**—पु. छापाखाना। **~मशीन**—स्त्री. छपाई, मुद्रण की मशीन।

प्रिंस—पु. [अं.] राजकुमार, शहज़ादा।

प्रिंसिपल—पु. [अं.] किसी महाविद्यालय, कॉलेज का सर्वोच्च अध्यापक; मूलधन जो सूद पर दिया जाता है।

प्रिथमी *—स्त्री. द्र. 'पृथ्वी'।

प्रियंकर—वि. [सं.] प्रसन्नतादायक, शुभकारी।

प्रियंगु—स्त्री. [सं.] एक वृक्ष।

प्रियंवद—वि. [सं.] प्रिय, मधुर बोलने वाला।

प्रियंवदा—स्त्री. [सं.] एक वृत्त। वि. प्रिय, मधुर बोलने वाली।

प्रिय—वि. [सं.] प्यारा, अच्छा लगने वाला, मनोहर, सुंदर।

प्रियतम—वि. [सं.] सबसे अधिक प्रिय, प्यारा, परम प्रिय। पु. पति।

प्रियतमा—वि., स्त्री. [सं.] सबसे अधिक प्यारी, प्रिय। स्त्री. पत्नी, प्रेमिका।

प्रिया—स्त्री. [सं.] पत्नी, भार्या; प्रेमिका।

प्रिवी—वि. [अं.] अंतरंग। **~कौंसिल**—स्त्री. इंग्लैंड के सम्राट / सम्राज्ञी की परामर्शदात्री परिषद, इसमें वहाँ के राजवंश के लोग, उच्च अधिकारी; बड़े-बड़े पादरी, आदि सदस्य होते हैं।

प्रीत—वि. [सं.] प्रीतिपूर्ण; प्रसन्न। *स्त्री. प्रेम, प्रीति।

प्रीतम—पु. प्रियतम, पति; प्रेमी।

प्रीति—स्त्री. [सं.] प्रेम; हर्ष, प्रसन्नता; कृपा। **~कर**—वि. हर्ष या प्रेम उत्पन्न करने वाला। **~भोज**—पु. प्रियजनों को दिया जाने वाला भोज, दावत।

प्रीत्यर्थ—अ. [सं.] प्रसन्नता के लिए, प्रसन्न करने के लिए।

प्रूफ़—पु. [अं.] प्रमाण, सबूत; किसी छापने वाली सामग्री का वह नमूना जो अशुद्धियाँ ठीक करने के लिए प्रस्तुत किया जाता है; रोधक, प्रतिरोधक ('वाटरप्रूफ़', 'फ़ायर-प्रूफ')। रोधक, यथा—'वाटर प्रूफ़', 'फ़ामरप्रूफ़', 'शॉक प्रूफ़', आदि। **~रीडर**—पु. प्रूफ़ पढ़ने वाला, अशुद्धियाँ ठीक करने वाला।

प्रेक्टिस—पु. [अं.] व्यवहार (जो आदत में शुमार हो); प्रथा, रिवाज़, दस्तूर ('कस्टम'); आदत ('हैबिट'); (व्यायाम का) अभ्यास; डॉक्टर, वकील आदि का अपना व्यवसाय करना।

प्रेक्षक—वि.; पु. [सं.] देखने वाला, दर्शक।

प्रेक्षण—पु. [सं.] देखने की क्रिया; किसी प्रकार का अभिनय, तमाशा, आदि।

प्रेक्षणीय—वि. [सं.] देखने योग्य; सुंदर; विचार के योग्य।

प्रेक्षा—स्त्री. [सं.] देखना; नृत्य, अभिनय, तमाशा, आदि देखना। **~गृह**—पु. रंगशाला, नाट्यशाला।

प्रेक्षागार—पु. [सं.] 'प्रेक्षा ~गृह'।

प्रेक्षित—वि. [सं.] देखा हुआ।

प्रेक्ष्य—वि. [सं.] द्र. 'प्रेक्षणीय'।

प्रेज़ीडेंट—पु. [अं.] राष्ट्रपति; अध्यक्ष; सभापति।

प्रेज़ीडेंसी—स्त्री. [अं.] राष्ट्रपतित्व; सभापतित्व; अध्यक्षता।

प्रेत—वि. [सं.] मृत, मरा हुआ। पु. मृत प्राणी की आत्मा; कल्पना में बनाया हुआ है कि मृत्यु के बाद आदमी इस योनि, भूत योनि, प्रेत योनि में जन्म लेता है; भयंकर आकार वाला आदमी। **~कर्म**—मृत्यु के पश्चात् शव-दाह, पिंडदान, आदि के परंपरा प्रचलित कृत्य। **~गृह**—पु. श्मशान। **~लोक**—पु. यमलोक।

प्रेतनी—स्त्री. प्रेत की स्त्री।

प्रेतात्मा—स्त्री. [सं.] मरे हुए व्यक्ति की आत्मा।

प्रेताधिप—पु. [सं.] यमराज।

प्रेतायन—पु. [सं.] एक नरक।

प्रेतावास—पु. [सं.] श्मशान।

प्रेतेश, प्रेतेश्वर—पु. [सं.] यमराज।

प्रेतोन्माद—पु. [सं.] प्रेत बाधा के कारण होने वाले उत्पात, कष्ट।

प्रेम—पु. [सं.] स्नेह, प्रीति; स्त्री-पुरुष की एक-दूसरे में अनुरक्ति, प्रीति, प्यार। **~पात्र**—पु. जिससे प्रेम किया जाए; प्रेम किए जाने योग्य। **~पुलक**—पु. प्रेम के कारण होने वाला रोमांच। **~वती**—स्त्री. पत्नी।

प्रेमचंद—पु. हिंदी के प्रसिद्ध कथाकार (जन्म—31 जुलाई, 1880 ई.; निधन—8 अक्तूबर, 1936 ई.) मूल नाम—धनपतराय, पिता—अजायबलाल श्रीवास्तव, जन्मस्थान—उ.प्र. में वाराणसी जिले का लमही नामक गाँव। 'मुंशी प्रेमचंद' के रूप में ख्यात, 'कथा-सम्राट', 'उपन्यास सम्राट' आदि रूपों में जाने-माने जाते हैं। 'गोदान', 'रंगभूमि', 'सेवासदन', 'कायाकल्प' आदि 14 उपन्यास और 'कफ़न', 'पूस की रात', 'ठाकुर का कुआँ', 'शतरंज के खिलाड़ी', 'सवा सेर गेहूँ', आदि प्राय: 300 कहानियाँ।

प्रेमाकांक्षा—स्त्री. [सं.] प्रेम की इच्छा।

प्रेमाख्यान—पु. [सं.] प्रेम गाथा; सूफ़ी प्रेम-गाथाएँ।

प्रेमाख्यानक—[सं.] प्रेम कहानी; सूफी प्रेम-गाथाएँ।

प्रेमानुभूति—स्त्री. [सं.] प्रेम की अनुभूति, प्रेम में होने वाला अनुभव।

प्रेमानुराग—पु. [सं.] प्रेमपूर्ण अनुराग।

प्रेमालाप—पु. [सं.] प्रेमपूर्ण बातचीत, प्रेमियों के बीच होने वाली बातचीत।

प्रेमालिंगन—पु. [सं.] प्रेमी-प्रेमिका का परस्पर आलिंगन।

प्रेमाश्रयी—वि. [सं.] प्रेममार्गी (सूफ़ी कवियों की वाणी को प्रेममार्गी और उनकी भक्ति को भी प्रेममार्गी कहा गया है)।

प्रेमाश्रु—पु. [सं.] प्रेम के आँसू, प्रेमातिरेक में निकले आँसू।

प्रेमिका—स्त्री. [सं.] जिस स्त्री को प्रेम किया जाता है; प्रेम करने वाली स्त्री।

प्रेमी—पु. [सं.] प्रेम करने वाला। वि. प्रेमयुक्त, प्रेमवाला।

प्रेमोन्मत्त—वि. [सं.] प्रेम में पागल।

प्रेय—वि. [सं.] अत्यधिक प्रिय। पु. अत्यंत प्रिय व्यक्ति; प्रेमी; पति; सांसारिक सुख।

प्रेयसी—स्त्री. [सं.] पत्नी; प्रिया, प्रियतमा।

प्रेरक—वि., पु. [सं.] प्रेरणा देने वाला; प्रयोजक। **~शक्ति**—स्त्री. प्रेरणाशक्ति।

प्रेरण—पु. [सं.] किसी को किसी कार्य में प्रवृत्त करना, प्रेरणा देना।

प्रेरणा—स्त्री. [सं.] किसी को किसी कार्य में प्रवृत्त करने की क्रिया; मन में उत्पन्न ऐसा विचार या धारणा कि लगे, वह ईश्वरीय कृपा से ही संभव हुई है ('इंस्पिरेशन')। **~दायक**—वि. जो प्रेरणा दे। **~मय**—वि. प्रेरणा से भरा हुआ।

प्रेरणात्मक—वि. [सं.] प्रेरणापूर्ण।

प्रेरणार्थक क्रिया—स्त्री. [सं.] क्रिया का वह रूप जिससे बोध हो कि कार्य किसी की प्रेरणा से हुआ है, जैसे—'खाना' से 'खिलाना', 'पढ़ना' से 'पढ़वाना'।

प्रेरणास्पद—वि. [सं.] प्रेरणा देने वाला।

प्रेषक—वि., पु. [सं.] भेजने वाला।

प्रेषण—पु. [सं.] भेजना, रवाना करना।

प्रेषणीय—वि. [सं.] भेजने योग्य।

प्रेषित—वि. [सं.] भेजा गया।

प्रेषितव्य—वि. [सं.] भेजने योग्य।

प्रेष्य—पु. [सं.] जो भेजा जाए; भेजे जाने योग्य।

प्रेस—पु. [अं.] छापाखाना, मुद्रणालय, जहाँ छपाई का काम होता है; समाचार-पत्रों का वर्ग; पत्रकार; दबाना; अनुरोध, आग्रह करना; बाध्य करना; इस्तरी ('आयरन')। **~कॉन्फ्रेस**—स्त्री. पत्रकार सम्मेलन। **~कॉपी**—स्त्री. मुद्रण प्रति। **~रिलीज़**—पु. प्रकाशनार्थ विज्ञप्ति, समाचार-पत्र में दी गई सामयिक सूचना। **~फ़ोटोग्राफर**—पु. समाचार-पत्र के लिए फोटो खींचने वाला।

प्रेसक्रिप्शन—पु. [अं.] नुस्खा, डॉक्टर द्वारा मरीज़ को निर्देश और दवा लिखना।

प्रेशर—पु. [अं.] दबाव; किसी बात के लिए जोर देना, आग्रह करना। **~कुकर**—पु. रसोई में सब्ज़ी आदि बनाने का उपकरण, जिसमें भाप को रोककर चीज़ें पकाई जाती हैं।

प्रैम—स्त्री. [अं.] शिशुओं को लिटा कर घुमाने वाली हाथों से पकड़ कर चलाने वाली गाड़ी।

प्रोग्राम—पु. [अं.] किसी व्यक्ति या समारोह का कार्यक्रम।

प्रोग्रेस—पु. [अं.] प्रगति, उन्नति; विकास, आगे बढ़ना।

प्रोग्रेसिव—वि. [अं.] प्रगतिशील; क्रमिक, उत्तरोत्तर, वर्धमान।

प्रोटीन—पु. [अं.] प्रोटीन, एक स्वास्थ्यवर्द्धक तत्त्व, सब्ज़ियों, फलों, दालों आदि में पाया जाता है, औषधि के रूप में भी उपलब्ध।

प्रोटेस्ट—स्त्री. [अं.] विरोध (प्रकट करना); विरोध प्रदर्शन।

प्रोटेस्टेंट—पु. [अं.] ईसाई धर्म में अनुयायियों का एक वर्ग विशेष।

प्रोड्यूसर—पु. [अं.] (फिल्म, नाटक, आदि) का प्रस्तुतकर्ता, सूत्रधार; उत्पादक (किसी माल, उत्पाद का)।

प्रोत्फुल्ल—वि. [सं.] अच्छी तरह, पूरी तरह खिला हुआ, अत्यंत प्रसन्न।

प्रोत्साह—पु. [सं.] अत्यधिक उत्साह, प्रबल उत्साह।

प्रोत्साहक—वि. पु. [सं.] उत्साह बढ़ाने वाला।

प्रोत्साहन—पु. [सं.] उत्साह बढ़ाना, किसी को हिम्मत देना।

प्रोत्साहित—वि. [सं.] जिसका उत्साह बढ़ाया गया हो।

प्रोदर—वि. [सं.] तोंद वाला।

प्रोनोट—पु. [अं.] वह रुक्का, प्रलेख जो कर्ज़ लेने वाला रसीद के रूप में लिखता है।

प्रोन्नत—वि. [सं.] किसी पद पर उन्नति, तरक्की देना ('प्रोमोशन')।

प्रोन्नति—स्त्री. [सं.] किसी पद में तरक्की, उन्नति होना।

प्रोप्राइटर—पु. [अं.] (किसी फर्म, आदि का) स्वामी, मालिक।

प्रोफ़ार्मा—पु. [अं.] कहीं आवेदन आदि करने का प्रपत्र।

प्रोफ़ेशन—पु. [अं.] व्यवसाय, पेशा, वृत्ति, धन्धा।

प्रोफ़ेशनल—वि. [अं.] व्यावसायिक, पेशावर।

प्रोफ़ेसर—पु. [अं.] किसी कॉलेज, विश्वविद्यालय में प्राध्यापक; विश्वविद्यालय में अध्यापन में सर्वोच्च पद, आचार्य।

प्रोफ़ेसरी—स्त्री. [अं.] प्रोफ़ेसर का पद, वृत्ति; द्र. 'प्रोफ़ेसर'।

प्रोबेशन—पु. [अं.] परिवीक्षा, परख की अवधि (किसी पद पर नियुक्ति के समय)।

प्रोमोशन—पु. [अं.] किसी पद पर उन्नति, प्रोन्नति।

प्रोलेटेरियट—पु. [अं.] सर्वहारा, श्रमजीवी वर्ग।

प्रोवाइसचांसलर—पु. [अं.] प्रति कुलपति, विश्वविद्यालय में कुलपति के बाद का सर्वोच्च अधिकारी।

प्रोविज़न—पु. [अं.] प्रबंध, व्यवस्था। **~स्टोर**—पु. खाद्य सामग्री की दुकान।

प्रोविज़नल—पु. [अं.] अस्थायी, अनन्तिम, अन्त:कालीन।

प्रोसीडिंग्स—स्त्री. [अं.] कार्यवाई; मुकदमा चलाना।

प्रोसेशन—पु. [अं.] जुलूस, शोभा यात्रा।

प्रोस्पेक्टस—पु. [अं.] विवरण-पत्रिका।

प्रौढ़—वि. [सं.] जिसकी आयु अधिक हो चली हो, 40 से 50 वर्ष तक की आयु वाला व्यक्ति; परिपक्व, जिसमें पूर्णता आ गई हो। स्त्री. 'प्रौढ़ा'।

प्रौढ़ता—स्त्री., **प्रौढ़त्व**—पु. [सं.] प्रौढ़ आयु, परिपक्व आयु, प्रौढ़ होने की दशा या भाव।

प्रौढ़ोक्ति—स्त्री. [सं.] प्रबल उक्ति; एक काव्यालंकार, इसमें जो उत्कर्ष का कारण न हो, उसे कारण बताया जाता है।

प्रौढ़ोपयोगी—वि. [सं.] प्रौढ़ आयु वर्ग के लिए उपयोगी; उनके उपयोगार्थ।

प्रौद्योगिक—वि. [सं.] उद्योग संबंधी। **~शिक्षा**—स्त्री. उद्योग-धंधों से संबंधित शिक्षा, प्रशिक्षण।

प्रौद्योगिकी—स्त्री. [सं.] प्राविधिकी, तकनीक संबंधी ज्ञान।

प्लक्ष—पु. [सं.] एक पौराणिक द्वीप; पाकड़ का पेड़।

प्लक्षा—स्त्री. [सं.] सरस्वती नदी।

प्लक्षावतरण—पु. [सं.] सरस्वती नदी का उद्गम।

प्लग—पु. [अं.] बिजली का उपकरण लगाने का उपकरण; डाट लगाना।

प्लम—पु. [अं.] आलूबुखारा नामक फल।

प्लवंग—पु. [सं.] हिरण; वानर; पाकड़ का पेड़।

प्लवंगम—पु. [सं.] मेढक; वानर।

प्लांट—पु. [अं.] पौधा, कोई संयत्र, बड़ा कारखाना।

प्लाइवुड—पु. [अं.] लकड़ी की पतली चादरों को रासायनिक प्रक्रिया से जोड़ कर एक मोटी परत की लकड़ी की चादर-सी के रूप में परिवर्तित लकड़ी।

प्लाट—पु. [अं.] भवन निर्माण आदि के लिए नियत भूखंड, जमीन का टुकड़ा; उपन्यास, कहानी, नाटक, आदि का कथानक, कथा-सूत्र।

प्लाटून—पु. [अं.] सेना में एक टुकड़ी।

प्लान—पु. [अं.] योजना; नक्शा; किसी कार्य से पूर्व किया जाने वाला सोच-विचार।

प्लावन—पु. [सं.] बाढ़ सैलाब। **(जल)~**पु. सृष्टि के अंत और आदि के समय आने वाली तेज़ बाढ़, जल-प्रलय।

प्लावित—वि. [सं.] जलमग्न, डूबा हुआ। **(आ)~** वि. भरा हुआ।

प्लास्टर—पु. [अं.] चूना; एक प्रकार का सफेद चूना जैसा पदार्थ, जो हड्डी टूटने पर प्रभावित स्थान पर लेप के रूप में पट्टियों के ऊपर चढ़ाया जाता है।

प्लास्टिक—पु. [अं.] ढाल कर बनाया हुआ एक प्रकार का कड़ा पदार्थ, जिससे बहुत सारे उपकरण बनाए जाते हैं।

प्लीहा—स्त्री. [सं.] पेट के अंदर की तिल्ली; तिल्ली के सूजने का एक रोग।

प्लीहोदर—पु. [सं.] तिल्ली का रोग। **वि. प्लीहोदरी**—जिसे तिल्ली का रोग हुआ हो।

प्लुत—वि. [सं.] जल आदि से सराबोर, भरा हुआ।

प्ले—पु. [अं.] (कोई भी) खेल।

प्लेग—पु. [अं.] एक भयानक संक्रामक रोग, जिसमें गले में गिल्टी निकल कर तेज ज्वर आता है और व्यक्ति मर जाता है।

प्लेट—पु. [अं.] तश्तरी; अंकित, लिखा हुआ धातु, आदि का पत्तर (नंबर प्लेट); कपड़ों की सिलाई में कपड़े को पट्टी के रूप में मोड़ देना (प्लेट डाल देना); फोटो, एक्स-रे आदि लेने का पत्तर विशेष।

प्लेटफार्म—पु. [अं.] रेलवे स्टेशन पर गाड़ियों के रुकने का लंबा चबूतरानुमा स्थान; चौकोर चौरस तथा ऊँचा मंच।

प्लेटिनम—पु. [अं.] सफेद रंग की प्रसिद्ध कड़ी व बहुमूल्य धातु।

प्लेन—वि. [अं.] समतल, सपाट। **एअर~, ऐरो~** पु. विमान, वायुयान।

प्लेबिसाइट, प्लेबिसिट—पु. [अं.] जनमत; जनमत-संग्रह।

प्लैनेटेरियम—पु. [अं.] तारामंडल घर।

प्वाइंट—पु. [अं.] बिंदु; निशान; अंक; दशमलव चिह्न; नोक, अनी; तर्कसंगत बात, तर्क, दलील।

फ

फ—देवनागरी वर्णमाला में 'प' वर्ग का द्वितीय वर्ण, उच्चारण-स्थान ओष्ठ, ओष्ठ्य वर्ण।

फ़ंकशन—पु. [अं.] समारोह, उत्सव; कार्य; कार्य-भार।

फंका—पु. किसी पदार्थ, चूर्ण, औषधि आदि की वह मात्रा, जो हथेली पर रख कर एक ही बार में मुँह में डाली जाती है। **~फंकी**—स्त्री. 'फंका' से कम मात्रा की खुराक ('चूर्ण की फंकी ले लो')।

फंड—पु. [अं.] कार्य विशेष के लिए नियत या एकत्रित।

फंडा—पु. गुर, मंत्र-रूप, तरकीब।

फंद*—पु. बंधन; फंदा, जाल; छल, धोखा; जान का जंजाल।

फंदना, फँदना—अ.क्रि. फंदे, जाल में पड़ना, फँसना।

फंदा—पु. किसी चीज़ या व्यक्ति को बाँधने के लिए रस्सी का विशेष प्रकार का बनाया घेरा; पाश, जाल; कष्टदायक दायित्व; स्वेटर या क्रोशिए की बुनाई में एक कुंदा, बुनाई का एक क्रम।

फँसना—अ.क्रि. फंदे में पड़ जाना; उलझना। **ला. किसी से फँसना**—किसी से प्रेम हो जाना; किसी से अवैध संबंध हो जाना।

फँसाना—स.क्रि. किसी को किसी जाल, फरेब में डाल देना, उलझा लेना।

फक—वि. फीका, बदरंग। **मु. (रंग) ~पड़ जाना**—भय, आशंका, आदि से त्रस्त हो घबरा जाना।

फ़क़त—वि. [अ.] अकेला, केवल, सिर्फ़।

फ़कीर—पु. [अ.] भिक्षुक, भीख माँगने वाला, भिखारी; मुसलमान भिक्षुक; अकिंचन व्यक्ति।

फ़कीरी—स्त्री. 'फकीर' का स्त्री., भीख माँगने वाली स्त्री।

फ़कीराना—वि. फकीरों जैसा; फकीरों के समान फक्कड़; सांसारिक भोग-विलास से दूर।

फ़कीरी—स्त्री. फ़कीर के स्वभाव, वृत्ति का। वि. फ़कीर संबंधी।

फक्कड़—पु. जिसके पास सांसारिक साधन, उपभोग की वस्तुएँ न हों, इन सबके प्रति बेपरवाह व्यक्ति।

फ़ख़र, फ़ख़्र—पु. [अ.] गर्व, घमंड; नाज़।

फगुआ—पु. द्र. 'फाग'।* फाग, होली खेलने पर दिया जाने वाला उपहार।

फगुनहट—स्त्री. फागुन माह की तेज़ सुखद हवा।

फ़जर—स्त्री. [अ.] प्रभात, तड़का, सुबह। **~की नमाज़**—सुबह की नमाज़।

फ़ज़ल—पु. अ. द्र. 'फ़ज़्ल'।

फजिहतिताई*—स्त्री. फजीहत, झगड़ा-टंटा करने वाली बात।

फ़जीता—पु. झंझट; दुर्दशा।

फ़ज़ीलत—स्त्री. [अ.] गौरव, महत्ता। **~पगड़ी**—स्त्री. विद्वत्ता का सम्मान करने के लिए, उसकी स्वीकृति स्वरूप पहनाई जाने वाली पगड़ी, इसे 'फ़ज़ीलत की पगड़ी'।

फ़ज़ीहत—स्त्री. [अ.] दुर्दशा, दुर्गति; बदनामी।

फ़ज़ीहती—स्त्री. द्र. 'फ़ज़ीहत'।

फ़ज़ूल—वि. बेकार का, व्यर्थ, अनावश्यक।

फ़ज़्ल—पु. [अ.] कृपा, अनुग्रह, दया ('खुदा के फ़ज़्ल (फ़ज़ल) से...)।

फट—स्त्री. एकदम, तुरंत; किसी चीज़ पर कुछ गिरने के आघात का शब्द। **~फट**—स्त्री. 'फट' ध्वनि की आवृत्ति।

फटक—पु. स्फटिक, बिल्लौर (बहुमूल्य पत्थर)।

फटकन—स्त्री. अन्न आदि फटकने से निकला थोथा-भाग, बेकार थोथा अन्न और उसका कूड़ा।

फटकना—पु. सूप, छाज आदि में रख कर अन्न को उछालते हुए साफ़ करना। **ला. (पास न)~** पास, नज़दीक न आना।

फटकवाना—स.क्रि. किसी से सूप में अन्न साफ़ करवाना, फटकवाकर अन्न साफ़ करवाना।

फटकार—स्त्री. फटकारने की क्रिया या भाव; किसी को तिरस्कृत करते हुए अपमानजनक शब्द कहना, डाँट लगाना।

फटकारना—स.क्रि. किसी को तिरस्कृत करते हुए भला-बुरा कहना, डाँट-डपट करना।

फटना—अ.क्रि. किसी वस्तु, वस्त्र, आदि का एक भाग से अलग हो जाना; किसी नुकीली चीज़ में लग कर वस्त्र, या किसी अन्य वस्तु में छिद्र हो जाना; किसी आवरण आदि का छिन्न-भिन्न हो जाना (बादल का फटना); पदार्थ के सार-भाग से पानी अलग हो जाना—दूध फटना। **मु. छाती~** अत्यधिक दुःख होना। **मन~** मन-मुटाव हो जाना।

फटफटिया—स्त्री. मोटर साइकिल।

फटाव—पु. फटने, अलग होने की क्रिया; संबंधों में दूरी आना।

फटीचर—वि. दुर्दशाग्रस्त, खराब आर्थिक दशा; फटे-पुराने कपड़े पहनने वाला।

फटेहाल—क्रि.वि. दुर्दशाग्रस्त, खराब आर्थिक दशा, ग़रीबी में रहना।

फट्टा—पु. छोटा तख्ता।

फट्टी—पु. लकड़ी का छोटा टुकड़ा।

फड़—स्त्री. जुए का दाँव; जुआ खेलने का स्थान; दुकान में वह स्थान जहाँ दुकानदार अपना माल लगाता है; पंख

आदि के हिलने से उत्पन्न शब्द। **~बाज़**—पु. जुआरी। **~बाजी**—स्त्री. जुएबाजी।

फड़क—स्त्री. फड़कने की क्रिया या भाव; स्पंदन, स्फुरण।

फड़कन—स्त्री. द्र. 'फड़क'।

फड़कना—अ.क्रि. बार-बार शरीर के किसी अंग का हिलना, ऊपर-नीचे होना (आँख, भुजा)।

फड़नवीस—पु. मराठों के राज्य काल में एक उच्च पद (नाना फड़नवीस)।

फड़फड़ाना—स.क्रि. पक्षी आदि के पंख हिलने से होने वाला 'फड़-फड़' शब्द।

फड़वाना—स.क्रि. किसी को (वस्त्र, पुस्तक आदि) फड़वाने के लिए प्रवृत्त करना।

फण—पु. [सं.] साँप का फन। **~धर**—पु. साँप; शिव। **~वान**—पु. सर्प।

फणिक—पु. [सं.] सर्प।

फणींद्र—पु. [सं.] शेष नाग; सर्पराज; वासुकि।

फणीश—पु. [सं.] द्र. 'फणींद्र'।

फणीश्वर—पु. [सं.] द्र. 'फणींद्र'।

फ़तवा—पु. [अ.] (इस्लाम धर्म की व्यवस्था के अनुसार) किसी कर्म के उचित-अनुचित होने की मुल्ला-मौलवी द्वारा दी गई व्यवस्था।

फ़तह—स्त्री. [अ.] विजय, जीत, सफलता।

फतहपुर सीकरी—पु. उ.प्र. के आगरा जिले में एक इतिहास प्रसिद्ध स्थान।

फतुही—स्त्री. दे. 'फ़तूही'।

फतूर—पु. दे. 'फ़ुतूर'।

फतूह*—स्त्री. [अ.—'फ़तह' का बहु.] विजय, जीत; फ़तह किया हुआ, लूट का माल।

फ़तूही—स्त्री. [अ.] बिना बाँह की एक कुरती-सी, जिसमें सामने बटन या कपड़े की बनी घुंडी लगी होती हैं।

फते*—स्त्री. फतह, विजय।

फतेह*—स्त्री. विजय, जीत।

फन—पु. साँप का उठा हुआ सिर, फण।

फ़न, फ़न्न—पु. [अ.] गुण, कला, हुनर, विशेषज्ञता। **ला.** **~हर फ़न मौला**—जो थोड़ा-बहुत हर काम जानता हो।

फनफनाना—अ.क्रि. तेजी से हिलना। **ला.** क्रोध, आवेश में आना।

फनस—पु. पनस, कटहल।

फ़ना—स्त्री. [अ.] विनाश, नष्ट होना, अस्तित्व समाप्त होना; मिटना; सूफ़ी साधना में साधना की एक अवस्था, जिसमें आत्मा और परमात्मा एक हो जाते हैं, उनमें अभेद स्थापित हो जाता है।

फनि*—पु. द्र. 'फणी'।

फप्फस—वि. बहुत मोटा किंतु भीतर से कमज़ोर।

फफकना—अ.क्रि. रुक-रुक कर रोना।

फफूँद—स्त्री. खाने आदि की वस्तुओं के पुराने पड़ जाने पर उन पर सफ़ेद-नीली सी परत जम जाना।

फफूँदी*—स्त्री. द्र. 'फफूँद'।

फफोला—पु. जलने या किसी चोट से शरीर पर पड़ने वाला छाला।

फबती—स्त्री. कटाक्ष, व्यंग्य।

फबन—स्त्री. शोभा, सुंदरता।

फबना—अ.क्रि. शोभा होना, बहुत उपयुक्त लगना।

फबि*—स्त्री. शोभा, छवि, सुंदरता।

फबीला—वि. शोभा देने वाला, जँचने वाला।

फ़रक़—पु. [अ.] द्र. 'फ़र्क'।

फ़रग़ाना—पु. तुर्की में एक स्थान, बाबर का मूल स्थान।

फ़रजंद—पु. [फा.] पुत्र, बेटा।

फ़रजंदी—स्त्री. पिता-पुत्र का संबंध।

फ़रज—पु. [अ.] द्र. 'फ़र्ज़'।

फ़रज़ाना—वि. [फा.] बुद्धिमान।

फ़रज़ी—पु. नकली, बनावटी; शतरंज में वजीर का मोहरा। **~मात**—स्त्री. शतरंज के खेल में वह मात जो केवल एक फ़रज़ी और एक प्यादे की सहायता से दी जाती है।

फ़रद—स्त्री. द्र. 'फ़र्द'।

फर-फर—स्त्री. तेज़ चलती मधुर हवा।

फ़रमाँ—पु. [फ़ा.] आधिकारिक आदेश; आदेश-पत्र। **~गुज़ार**—वि. आज्ञाकारी। **~गुज़ारी**—स्त्री. आज्ञाकारिता।

फ़रमाँबरदार—वि. [फ़ा.] आज्ञाकारी।

फ़रमाँबरदारी—स्त्री. [फ़ा.] आज्ञाकारिता।

फ़रमा—पु. [अं.] (किसी चीज़ को ढालने के लिए) साँचा; कागज़ का पूरा तख़्ता जो एक बार प्रेस में जाता है; छापेखाने, प्रेस में, ढाँचे में कसी हुई छपने वाली सामग्री।

फ़रमाइश—स्त्री. कोई चीज़ खाने, लाने अथवा प्राप्त करने के लिए दी जाने वाली आज्ञा, जताई गई इच्छा।

फ़रमाइशी—वि. फ़रमाइश करके बनाया हुआ, प्राप्त किया हुआ।

फ़रमान—पु. [फा.] आज्ञा, राजकीय आज्ञा या आज्ञा-पत्र; कानून के समान मान्य आदेश।

फ़रमाना—स.क्रि. कहना, आज्ञा देना (आदरसूचक रूप में प्रयोग)।

फ़रयाद—स्त्री. द्र. 'फ़रियाद'।

फ़रलांग—पु. [अं.] दूरी की एक माप, मील का आठवाँ भाग।

फरलो—स्त्री. [अं.] सरकारी कर्मचारी को दफ़्तर से ज़बानी दी गई छुट्टी, जिसकी गणना उसकी छुट्टियों में नहीं होती; दफ़्तर से चुपचाप अनुपस्थिति।

फरवरी—पु. ईसवी सन् का दूसरा महीना, 'फेब्रअरी', 'फेब्रुआ' नामक एक पुरातन रोमन त्योहार के नाम पर इस मास का नामकरण, जो वर्ष के दूसरे महीने में मनाया जाता था।

फ़रश—पु. द्र. 'फ़र्श'।

फ़रशी—स्त्री. द्र. 'फ़र्शी'।

फरसा—पु. कुल्हाड़ी से ज़्यादा चौड़े फलक का एक अस्त्र, जिसमें लकड़ी का छोटा हत्था लगा होता है।

फ़रहत—स्त्री. [अ.] प्रसन्नता, प्रफुल्लता। **~बख़्श**—वि. फरहत, प्रसन्नता प्रदान करने वाला।

फ़रहाद—पु. [फा.] 'शीरीं-फ़रहाद' की कहानी का प्रसिद्ध नायक, जिसने शीरीं से मिलने के लिए कोहे (पर्वत) बेसितून से शीरी के महल तक नहर खोद कर लाने की शर्त पूरी की थी।

फ़राक—वि. दे. 'फ़राख'।

फराकत—वि. दे. 'फ़राख'। स्त्री. द्र. 'फ़रागत'।

फ़राख़—वि. [फा.] चौड़ा, विशाल, विस्तृत। **~दिल**—वि. बड़े दिलवाला।

फ़रागत—स्त्री. [अ.] छुटकारा, निश्चिंतता। ला. मल त्याग, शौच हो आना।

फ़राज़—वि. [फा.] ऊँचा। पु. ऊँचाई।

फ़राज़ी—स्त्री. ऊँचाई।

फ़रामोश—वि. [फा.] भूल जाने वाला; भूला हुआ, विस्मृत ('अहसान फ़रामोश')।

फ़रामोशी—स्त्री. भूलने का भाव (वायदा फरामोशी)।

फरार—वि. दे. 'फ़रारी'।

फ़रार—पु. [अ.] पलायन; भागना; छुपना; रूहपोशी।

फ़रारी—पु. अपराधी जो पुलिस से बच कर भाग गया हो।

फरिया—स्त्री. छोटा लहँगा।

फ़रियाद—स्त्री. [फा.] शिकायत; किसी के अनाचार से बचाने की प्रार्थना, निवेदन; नालिश (न्यायालय में निवेदन)।

फ़रियादी—वि. फरियाद करने वाला; प्रार्थी; नालिश करने वाला।

फरियाना—स.क्रि. किसी चीज़ को सुखाने के लिए छितरा कर अलग-अलग कर देना।

फ़रिश्ता—पु. [फा.—तत्सम 'फ़िरिश्ता'] देवता; देवदूत; अलौकिक, दैवी पुरुष।

फ़रीक़—पु. [अ.] दो पक्षों में से कोई एक पक्ष; किसी एक पक्ष का आदमी; प्रतिद्वन्द्वी, विपक्षी।

फ़रीकैन—पु. दोनों पक्ष—वादी, प्रतिवादी।

फ़रेब—पु. [फा.] छल, धोखा। वि. (समास के अंत में प्रयुक्त होकर) ठगने वाला, लुभानेवाला—दिलफरेब, नज़रफरेब, आदि।

फ़रेबी—वि. धोखेबाज़, फरेब करने वाला।

फ़रोख़्त—स्त्री. [फा.] बिक्री (समास में खरीद-फरोख़्त)।

फ़रोश—वि. [फा.] (समास के अंत में) बेचने वाला (मेवा-फ़रोश), उपभोग करने वाला (जिस्म-फ़रोश)।

फ़रोशी—स्त्री. [फ़ा.] बेचने का व्यवसाय, व्यापार (जिस्म-फ़रोशी)।

फ़र्क़—पु. [अ.] अंतर, दूरी; भेद-भिन्नता।

फ़र्ज़—पु. [अ.] कर्तव्य, कर्म; जिम्मेदारी, दायित्व।

फ़र्ज़ी—वि. झूठा; नक़ली; कल्पित।

फ़र्टिलाइज़र—पु. [अं.] रासायनिक खाद, उर्वरक।

फ़र्द—वि. [अ.] भूमि के स्वामित्व को प्रमाणित करने वाला आधिकारिक प्रलेख, दस्तावेज़ (पटवारी द्वारा जारी किया जाता है, भूमि के खाता-खतौनी के आधार पर)।

फ़र्म—स्त्री. [अं.] कंपनी, साझे का व्यवसाय करने वाले व्यक्तियों का संघ।

फ़र्याद—स्त्री. द्र. 'फ़रियाद'।

फ़र्रा—पु. बड़ा-सा कागज़ जिसमें कुछ लिखा होता है ('उसने हिसाब का फ़र्रा पकड़ा दिया')।

फर्राटा—पु. वेग, तेज़ी; बिजली का पेडस्टल तेज़ पंखा, जो दूर तक वेग से हवा फेंकता है।

फ़र्राश—पु. [अ.] फ़र्श बिछाने वाला; झाड़ू लगाने वाला।

फ़र्श—पु. [अ.] धरातल; वह चीज़ जो जमीन पर बिछाई जाए—दरी, कालीन, आदि; किसी भवन में बनाया जाने वाला धरातल।

फ़र्शी—वि. फ़र्श का, फ़र्श संबंधी। **~सलाम**—पु. सम्मानपूर्वक किया गया सलाम जो लगभग फर्श तक झुक कर किया जाता है, दरबारी सलाम।

फ़र्स्ट—वि. [अं.] प्रथम; पहला, प्रथम स्थान। **~एड**—स्त्री. प्राथमिक चिकित्सा, उपचार। **~क्लास**—स्त्री. उत्कृष्ट, सर्वोत्तम, श्रेष्ठ।

फल—पु. [सं.] वह जो पेड़ पर गूदेदार बीजकोश का रूप प्राप्त करता है (आम, अमरूद, पपीता आदि); नतीजा, परिणाम (परीक्षाफल, परिश्रम का फल, आदि; गणितीय क्रिया से प्राप्त अंक, सुख-दुःख के रूप में कर्मफल)। **~दाता**—पु. फल देने वाला; लाभदायक। **~दार**—पु. फल देने वाला (वृक्ष)।

फल—पु. [सं.] तीर, बर्छी, भाले, आदि का अग्र भाग।

फलक—पु. [सं.] पटल, जो किसी लेख या चित्र आदि का आधार हो; जिस पर कुछ लिखा या चित्रित किया जाए ('व्यापक फलक')।

फ़लक—पु. [अ.] आकाश, स्वर्ग।

फ़लकी—वि. आकाश से संबंधित।

फलतः—अ. [सं.] परिणामस्वरूप, फलस्वरूप।

फलना—अ.क्रि. वृक्षों का फल देना, वृक्षों में फल आना; एक चर्मरोग जिसमें फुंसियों के रूप में घाव-सा बन जाता है (गंदे पानी आदि)।

फलवती—स्त्री. वि. [सं.] फलवाली।

फ़लसफ़ा—पु. [अ.] दर्शन, दर्शन-शास्त्र, तर्क, विद्या।

फ़लसफ़ी—पु. दार्शनिक; दर्शन शास्त्र का ज्ञाता।

फ़लाँ—वि. [अ.] अमुक (फलाँ व्यक्ति)।

फलाँग*—स्त्री. छलाँग, कूद।

फलाँगना*—अ.क्रि. छलाँग मारना, कूदना।

फलांश—पु. [सं.] सारांश, तात्पर्य।

फलाकांक्षा—स्त्री. [सं.] फल, परिणाम की कामना, इच्छा।

फलागम—पु. [सं.] फल आना; फल आने का काल; नाटक में कथावस्तु की वह अवस्था जिसमें फल की प्राप्ति होती है।

फलादेश—पु. [सं.] ज्योतिषी द्वारा ग्रह-नक्षत्र-दशा के परिणाम, भविष्य की गणना।

फलाना—वि. द्र. 'फलाँ'।

फलानी—स्त्री. अमुक स्त्री, 'फलाँ' का स्त्री.।

फलान्वेषी—वि. [सं.] फल का आकांक्षी।

फलापेक्षा—स्त्री. [सं.] फल की अपेक्षा, आशा।

फलाफल—पु. [सं.] कर्मफल के रूप में शुभ-अशुभ।

फलार्थी—वि. [सं.] फल, परिणाम की कामना करने वाला।

फ़लालेन, फ़लालैन—पु. एक तरह का मुलायम-सा कुछ मोटा कपड़ा जो गरम होता है।

फ़लासक्त—वि. [सं.] फल, परिणाम में अनुरक्त।

फलासक्ति—स्त्री. फल, परिणाम में आसक्ति।

फलाहार—पु. [सं.] फलों का आहार; वह खाद्य-पदार्थ जो केवल फलों से बना हो, उसमें अन्न न हो।

फलाहारी—वि. [सं.] केवल फल खा कर रहने वाला।

फलित—वि. [सं.] फला हुआ, सफलीभूत। **~ज्योतिष**—पु. ज्योतिष का वह अंग जिसमें ग्रह-नक्षत्र गणना कर भविष्य का आकलन किया जाता है।

फलिता—स्त्री. [सं.] रजस्वला स्त्री, वह स्त्री जिसे मासिक धर्म हो चुका हो, जिसकी आयु मासिक धर्म की हो गई हो।

फलितार्थ—पु. [सं.] तात्पर्य, निचोड़।

फली—स्त्री. छोटे बीजों वाली लम्बी सब्ज़ी या फल।

फलीभूत—वि. [सं.] जिसका फल, परिणाम सामने आ गया हो।

फलोदय—पु. [सं.] फल मिलना प्रारंभ होना; लाभ।

फलोपजीवी—वि., पु. [सं.] फल का व्यवसाय करने वाला।

फल्गु—स्त्री. [सं.] एक प्रसिद्ध नदी, गया नगर इसी के तट पर; वसंत ऋतु।

फल्गुन—वि. [सं.] फाल्गुनी नक्षत्र में उत्पन्न; फाल्गुन मास।

फल्गुनी—स्त्री. [सं.] फाल्गुनी, एक नक्षत्र।

फल्गूत्सव—पु. [सं.] होली, वसंतोत्सव।

फ़व्वारा—पु. [अ.] फुहारा।

फसल—स्त्री. [अ.] खेती की पैदावार, उपज; ऋतु (आम की फसल)।

फ़सली—वि. फसल या ऋतु का। **~सन्**—पु. अकबर के समय चलाया हुआ एक सन्, संवत्, इसका व्यवहार खेती संबंधी कार्यों, लगान-वसूली, आदि के लिए होता था।

फ़साद—पु. [अ.] झगड़ा; सांप्रदायिक उन्माद का झगड़ा, दंगा।

फ़सादी—वि. फसाद करने वाला, उत्पाती।

फ़साना—पु. [फा. अफ़साना] कहानी।

फ़साहत—स्त्री. भाषा का परिमार्जित और सुंदर रूप।

फ़सील—स्त्री. [अ.] दीवार; परकोटा।

फ़स्ल—स्त्री. [अ.] फसल, खेती की पैदावार; किसी चीज़ का मौसम (आम की फ़स्ल)।

फ़हम—स्त्री. समझ, समझ में आने वाली (आमफ़हम भाषा)।

फहरान—स्त्री. फहराने की क्रिया।

फहराना—स.क्रि. (झंडा, कपड़ा, आदि) हवा में लहराना, उड़ाना।

फहरानि*—स्त्री. द्र. 'फहरान'।

फाँक—स्त्री. किसी पुल आदि का चीरा या कटा हुआ टुकड़ा।

फाँकना—स.क्रि. किसी चूर्ण, आदि या पिसे हुए खाद्य पदार्थ (चीनी, बूरा, आदि) को मुँह में डाल लेना।

फाँका—पु. फाँकने की क्रिया; एक बार में फाँकने योग्य (चीज़)।

फाँकी—स्त्री. द्र. 'फाँक'।

फाँटना—स.क्रि. बाँटना, किसी चीज़ को बार-बार उलट-पुलट कर इकसार करना (ताश फाँटना)।

फाँद—स्त्री. छलाँग, उछाल।

फाँदना—अ.क्रि. छलाँग लगाना, कूद कर किसी चीज़ को पार करना (दीवार फाँदना)।

फाँस—स्त्री. पाश, फंदा; बाँस आदि का कड़ा-सा रेशा जो हाथ आदि में कहीं त्वचा में धँस जाता है। **ला.** मन में गड़ने, चुभने वाली बात।

फाँसना—स.क्रि. फंदे में डाल लेना; वश में कर लेना; किसी चाल, धोखे में कर लेना।

फाँसी—स्त्री. रस्सी का गले में फँसाने का फंदा, जिससे दम घुट कर आदमी मर जाता है; इस प्रकार गला घोंट कर मारने का प्राणदंड का आदेश।

फ़ाइटर—पु. [अं.] योद्धा; लड़ाका; प्रतिद्वन्द्वी; मुक्केबाज़।

फ़ाइन—पु. [अं.] उत्तम, उत्कृष्ट, बढ़िया; सुहावना (मौसम, आदि); पतला (कपड़ा, आदि)।

फ़ाइनल—वि. [अं.] अंतिम; निर्णायक; सुनिश्चित; किसी प्रतियोगिता का अंतिम चरण, खेल।

फ़ाइबर—पु. [अं.] रेशा।

फ़ाइल—पु. [सं.] फ़ाइल; मिसिल; रेती (मरम्मत का उपकरण, एक औज़ार)।

फाउंटेन पेन—पु. [अं.] फाउंटेन पेन, विशेष प्रकार की लेखनी जिसमें एक बार स्याही भरने पर काफ़ी देर तक लिखा जा सकता है।

फ़ाका—पु. [अ.] अनाहार, भूखा रहना। **~कश**—वि. फाका, अनाहार रहने वाला। **~मस्ती**—स्त्री. ग़रीबी में भी मस्त रहना।

फ़ाख़ता—स्त्री. [अ.] एक चिड़िया, पंडुक।

फाग—पु. फागुन में गाये जाने वाले गीत; फागुन में होने वाला राग-रंग, होली (खोलना)।

फागुन—पु. फाल्गुन मास, माघ के बाद का महीना, इसी मासांत में होली का उत्सव।

फागुनि, फागुनी—वि. फागुन की तरह (मधुर, वायु, फ़िज़ा, आदि)।

फ़ाज़िल—वि. [अ.] बढ़ा हुआ, अतिरिक्त; (हिसाब में) बचा हुआ; आवश्यकता से ज़्यादा।

फाटक—पु. बड़ा दरवाज़ा; बाहर का बड़ा दरवाज़ा।

फाटका—पु. सट्टा; सट्टे का जुआ।

फाड़न—पु. फाड़ने से बचा हआ वस्त्र, लकड़ी, आदि का टुकड़ा; दूध को फाड़ने पर बचा हुआ अंश।

फाड़ना—स.क्रि. टुकड़े करना, चीरना।

फ़ातिमा—स्त्री. [अ.] इस्लाम में मुहम्मद साहब की बेटी, हसन-हुसैन की माँ।

फ़ातिहा—स्त्री. [अ.] आरंभ; कुरान की पहली आयत; आत्मा की शांति के लिए पढ़ा जाने वाला कुरान का अंश विशेष। **~ख़्वानी**—स्त्री. फ़ातिहा पढ़ने की रस्म।

फ़ादर—पु. [अं.] पिता, बाप, जनक; प्रवर्तक, जन्मदाता; चर्च का पादरी—फादर।

फ़ादर-इन-लॉ—पु. श्वसुर, ससुर, पत्नी का पिता।

फ़ानी—वि. [अ.] मिथ्या, नाशवान; फना होने वाला, समाप्त होने वाला।

फ़ानूस—पु. [फा.] छत में सजावट के लिए टाँगने वाला शीशे के गिलास और फूलपत्तियों से बना शमादान—जिसमें पहले मोमबत्ती, अब बल्ब जलाए जाते हैं।

फ़ायदा—पु. [अ.] लाभ, नफ़ा; आराम ('दर्द में कुछ फ़ायदा है क्या?')। **~(दे) मंद**—वि. लाभजनक, उपयोगी, गुणकारी।

फ़ायर—पु. [अं.] आग; गोली चलाना।

फ़ायर ब्रिगेड—स्त्री. [अं.] अग्निशमन दल।

फ़ारम—पु. द्र. 'फ़ॉर्म'।

फ़ारवर्ड—पु. [अं.] आगे; अग्रसर (कर देना-प्रार्थना-पत्र, आदि); आधुनिक, स्पष्ट।

फ़ारस—पु. [अ.] ईरान, फारस।

फ़ारसी—स्त्री. [अ.] फ़ारस की भाषा। वि. फारस का। पु. फ़ारस का रहने वाला, ईरानी। **~दाँ**—वि. फ़ारसी का विद्वान, ज्ञाता।

फ़ारिग़—वि. [अ.] मुक्त, आज़ाद; निश्चिंत, बेफ़िक्र; अवकाश-प्राप्त; सावकाश, फ़ुर्सत में; जो अपना काम कर चुका हो।

फ़ॉरेन—पु. [अं.] विदेशी; वैदेशिक; बाह्य, बाहरी; विजातीय।

फ़ार्म—पु. [अं.] प्रपत्र; खेती-बाड़ी की जमीन बड़ा-सा भूखंड।

फॉर्म—पु. रूप, आकार; आकृति; रूप विधान; प्रपत्र।

फ़ार्मिंग—स्त्री. [अं.] खेती, खेती-बाड़ी।

फ़ॉर्मूला—पु. [अं.] सूत्र; नियम; नुसख़ा; किसी चीज़ को तैयार करने की प्रविधि।

फार्मेलिटी—स्त्री. [सं.] औपचारिकता, उपचार।

फ़ार्मेसी—स्त्री. [अं.] औषधालय, औषधिशाला; औषधि निर्माण विज्ञान।

फाल—पु. [सं.] ठोस वस्तु का टुकड़ा; लोहे का वह फ़ल, टुकड़ा जिससे जमीन जुतती है।

फ़ालतू—वि. बेकार, निरर्थक; निकम्मा। **~फंड**—पु. बेकार का, निरर्थक (काम)।

फ़ालसई—वि. फालसे का रंग, ललाईयुक्त काला। पु. ललाईयुक्त काला रंग।

फ़ालसा—पु. [फा.] गरमियों में मिलने वाला छोटा फल लालिमायुक्त काले रंग का, छोटे-छोटे दानों के रूप में।

फ़ालसाई—वि., पु. द्र. 'फ़ालसई'।

फ़ालिज—पु. [अ.] पक्षाघात, लक़वा (एक रोग), अधरंग।

फ़ालूदा—पु. [फा.] सेवई की तरह शर्बत की तरह पीने-खाने वाला एक पदार्थ।

फाल्गुन—पु. [सं.] फागुन का महीना।

फाल्गुनिक—वि. [सं.] फाल्गुनी नक्षत्र-संबंधी; फाल्गुन की पूर्णिमा संबंधी।

फाल्गुनी—स्त्री. [सं.] फ़ाल्गुन मास की पूर्णिमा; फाल्गुनी नक्षत्र।

फावड़ा—पु. चौड़े फाल वाला लकड़ी के बेंट वाला खेती का एक उपकरण।

फ़ाश—वि. [फा.] खुला हुआ, प्रकट, नग्नता लिये हुए; अनावृत (पर्दाफ़ाश करना)।

फ़ासफोरस—पु. [अं.] एक ज्वलनशील तत्त्व (रसा.)।

फ़ासला—पु. [अ.—'फ़ासिला'] अंतर, दूरी।

फ़ासिज़्म—पु. [अं.] साम्यवाद के विरोध में—1914-18 ई. के युद्धकाल में इटली में देशभक्त क्रांति का संगठन एवं उनके सिद्धांतों के फलस्वरूप बेनिटो मुसोलिनी की तानाशाही स्थापित हुई, दूसरे देशों में भी फासिस्टवादियों ने इन नीतियों का अनुकरण किया; तानाशाही, हुक्मशाही। **~फासिस्ट**—पु. तानाशाही का समर्थक।

फ़ासिद—वि. [अ.] फसाद, झगड़ा करने वाला; झगड़ालू।

फ़ासिल—वि. [अ.] जुदा करने वाला, अंतर करने वाला।

फ़ास्ट-फूड—पु. [अं.] तुरंता भोजन, वह भोजन जो मैक्डोनल आदि बड़े रेस्तराँ और अन्य खाने की छोटी जगहों पर भी तुरंत मिल जाता है, तुरंत खाया भी जाता है।

फाहा—पु. रुई का टुकड़ा; रुई का वह टुकड़ा जो इत्र, दवा, आदि में तर हो।

फ़ाहिशा—स्त्री. [अ.] चरित्रहीन स्त्री, पुंश्चली।

फिंकवाना—स.क्रि. (किसी से) फेंकने का काम कराना।

फ़िकर—स्त्री. द्र. 'फ़िक्र'।

फ़िकरा—पु. [अ.] वाक्य। **ला. ~कसना**—व्यंग्य करना।

फ़िक्र—स्त्री. [अ.] सोच, चिंता; परवाह।

फ़िक्स—वि. [अं.] निश्चित करना, निर्धारित करना। **~ड्**—वि. निर्धारित, नियत, निश्चित। **~रेट**—पु. नियत, निर्धारित, निश्चित मूल्य।

फिचकुर—पु. मुँह से निकला झाग (मूर्च्छा आदि में)।

फ़िज़िकल—वि. [अं.] शारीरिक, शरीर से संबंधित।

फ़िज़िक्स—स्त्री. [अं.] भौतिक शास्त्र।

फ़िजूल—वि. [अ.] व्यर्थ, बेकार।

फ़िट—वि. [अं.] ठीक, उपयुक्त; दुरुस्त, बिलकुल तैयार।

फ़िट—पु. दौरा, मूर्च्छा; सनक, लहर, तरंग; स्वस्थ, तंदरुस्त; उपयुक्त; सज्जित।

फिटकरी—स्त्री. औषधि के रूप में प्रयुक्त होने वाला सफेद रंग का एक प्रसिद्ध पदार्थ, एलम।

फिटन—स्त्री. पुराने समय में प्रयोग की जाने वाली विशेष प्रकार की घोड़ा-गाड़ी, बग्घी।

फ़िटर—पु. [अं.] मशीन पर काम करने वाला एक प्रकार का मिस्त्री।

फ़िटिंग—स्त्री. [अं.] लगवाई, किसी मशीन, आदि को जोड़ना।

फिड्डल—वि. वह जूता जो बिलकुल जर्जर हो गया हो।

फ़ितना—पु. [अ.] चालाक आदमी; झगड़ा-फसाद, उपद्रव।

फ़ितरत—स्त्री. [अ.] प्रकृति, स्वभाव; चालाकी; चालाकी-भरी चाल।

फ़ितरती—वि. प्रकृतिगत, पैदाइशी; शरारती; चालबाज़।

फ़ितूर—पु. [अ.—फ़ुतूर] उत्पात, विकार, दोष, खराबी।

फ़िदा—वि. [अ.] मुग्ध, आसक्त; किसी पर जान छिड़कने वाला।

फ़िदायीन—पु. [फ़ा.] आत्मघाती आतंकी। **~हमले**—पु. आत्मघाती हमले।

फिनाइल—पु. [अं.] एक कीटनाशक द्रव।

फ़िनिश—पु. समाप्त, समाप्त करना; अंत, समाप्ति; परिष्कृत करना, परिष्कार।

फिरंग—पु. यूरोपीय; यूरोप।

फिरंगिस्तान—पु. यूरोप, फिरंगियों का देश।

फिरंगी—पु. यूरोपियन। वि. यूरोपीय; विलायती।

फिर—अ. इसके बाद, पीछे, अनंतर। **~फिर**—अ. बार-बार, पुनः-पुनः।

फिरक—स्त्री. छोटी बैलगाड़ी, छोटा ताँगा-सा (जब बैलों को गाड़ी में जोतने का समय आता है, पहले इस ताँगे-से में जोता जाता है, उनके लिए हलका रहता है)।

फ़िरक़ा—पु. [अ.] जमात, संप्रदाय, समुदाय। **~परस्ती**—स्त्री. जातिगत संकीर्णता, सांप्रदायिकता।

फिरकी—स्त्री. चकई, मलखंभ का एक व्यायाम; कुश्ती का एक दाँव।

फ़िरदौस—पु. [अ.] स्वर्ग, बहिश्त; उद्यान।

फिरदौसी—पु. [अ.] प्रसिद्ध फारसी कवि, फारसी के प्रसिद्ध महाकाव्य 'शाहनामा' का रचयिता—अबुलकासिम तूसी (932-1020 ई.)।

फिरना—अ.क्रि. घूमना, इधर-उधर जाना, भ्रमण करना; लौट कर आना; (अपनी बात से) लौटना, पलटना, मुकरना।

फ़िरनी—स्त्री. [फा.] चावल या मैदा की सेवइयों की खीर।

फिरवाना—स.क्रि. लौटवाना, फेरने का काम कराना।

फिराऊ—वि. जिसे खरीदने के बाद भी लौटाया जा सके।

फिराक़—पु. वियोग, जुदाई; तलाश; ताक में रहना।

फ़िराक़—पु. [अ.] चिंता, टोह; सोच; खोज।

फिराद*—स्त्री. फरियाद, पक्ष लेने की कातर प्रार्थना।

फिराना—स.क्रि. इधर-उधर घुमाना, चलाना; साथ लिये घूमना।

फ़िरिश्ता-पु. **फ़रिश्ता**—हि. पु. [फा.] देवता, सुर, बहुत ही सज्जन और सरल स्वभाव का व्यक्ति, देव-तुल्य पुरुष। एक प्रसिद्ध इतिहासकार जिन्होंने हिंदुस्तान के मुसलमानी शासकों का इतिहास 'तारीख़े फ़िरिश्ता' लिखा।

फिरौती—स्त्री. किसी का अपहरण कर अथवा कोई पशु आदि चोरी कर उसके लौटाने के लिए माँगी गई रकम।

फ़िलफ़ौर—अ. तुरंत, फौरन।

फिलवक्त—वि. [अ.] तत्क्षण, तत्काल, उसी समय; फ़ौरन, इस समय।

फ़िलहक़ीक़त—अ. यथार्थतः; हक़ीक़त में, सचमुच, मूलतः।

फ़िलहाल—अ. इस समय।

फ़िलामेंट—पु. [अं.] तंतु, रेशा।

फ़िलासफ़र—पु. [अं.] दार्शनिक, तत्त्वज्ञाता।

फ़िलासफ़ी—स्त्री. [अं.] दर्शन शास्त्र; विचारधारा।

फ़िल्टर—पु. [अं.] छन्ना, छन्नी।

फ़िल्म—स्त्री. [अं.] चलचित्र; एक्स-रे की पट्टी जिस पर चित्र अंकित होता है; कैमरे में डाली जाने वाली रील।

फ़िल्मांतरण—पु. [सं.] फिल्म के रूप में रूपांतरण, फिल्माना, चलचित्र बनाना।

फ़िल्माना—स.क्रि. द्र. 'फिल्मांतरण', चलचित्र बनाना।

फ़िल्मी—वि. [अं.] फिल्म संबंधी, फिल्म का; सिनेमा संबंधी (फिल्मी गीत, कहानी)।

फिस—वि. बेकार। **ला. ~होना**—बेकार सिद्ध हो जाना; कुछ शेष न रहना।

फिसड्डी—वि. पीछे रह जाने वाला; काम में पीछे रह जाने वाला; (पढ़ाई, आदि में) कमज़ोर।

फिसलन—स्त्री. रपटन, फिसलने की जगह; फिसलने की स्थिति।

फिसलना—अ.क्रि. रपटना, पैर का आगे या पीछे हो जाना, रपट जाना। **ला.** कर्तव्यच्युत होना।

फिसलाना—स.क्रि. किसी के रपटने, फिसलने का कारण बनना। **ला.** लोभ, आदि में प्रवृत्त होना।

फ़िहरिस्त—स्त्री. [अ.] द्र. फ़ेहरिस्त।

फ़ींचना—स.क्रि. धुलाई में कपड़े मलना।

फ़ी—अ.क्रि. दोष, त्रुटि, कमी (फ़ी निकालना)। अ. बीच, प्रति, हर, पीछे ('फी आदमी पाँच रु. लो)।

फीका—वि. रसहीन, बेमजा; हलका (रंग फीका है, फीका पड़ गया)।

फ़ीचर—पु. [अं.] विशेषता; आकृति, चेहरा-मोहरा, नाक-नक़्श; आलेख। **~फिल्म**—स्त्री. कथायुक्त फिल्म।

फ़ीडर—पु. [अं.] पोषक। **~नहर**—स्त्री. मुख्य नहर।

फ़ीता—पु. [पुर्त.] कपड़े की पट्टी-सी (वस्त्रों में) या धागों-से बनी डोरी (जूते, आदि में); ज़मीन या कपड़ा मापने की लम्बी पट्टी-सी, जिस पर इंच, फुट, से.मी. आदि निशान बने होते हैं।

फ़ीमेल—स्त्री. [अं.] स्त्री, मादा।

फ़ीरोज़—वि. [फा.] विजयी; सौभाग्यशाली। **~शाह**—पु. खिलजी वंश का एक सुलतान।

फ़ीरोज़ा—पु. [फा.] एक कीमती पत्थर, रत्न, जिसका रंग नीला-सा होता है।

फ़ीरोज़ी—स्त्री. फीरोज़ा जैसा रंग, हलका नीला। वि. फ़ीरोजा के रंग का।

फ़ील—पु. [अ.] हाथी। **~खाना**—पु. हाथीखाना। **~पाँव**—पु. पैर सूजने का रोग।

फ़ील्ड—पु. [अं.] मैदान।

फील्डिंग—स्त्री. [अं.] क्रिकेट के खेल में दूसरी टीम को बैटिंग का अवसर देकर खेलना।

फ़ीवर—पु. [अं.] बुखार। **ला.** सनक ('क्रिकेट फीवर')।

फ़ीस—स्त्री. [अं.] शुल्क; पारिश्रमिक रूप में दिया गया धन।

फुंकना—अ.क्रि. भस्म होना, जलना (झोंपड़ा फुँकना, आदि)।

फुँकनी—स्त्री. आग में फूँक मारने के लिए बाँस या धातु की बनी पोली नलकी।

फुँकवाना, फुँकाना—स.क्रि. फूँकने का काम कराना।

फुँकार—पु. फुफकार।

फुँकारना—अ.क्रि. फुफकारना; क्रोध, आवेश में लंबी-लंबी साँस छोड़ना।

फुँदना—पु. सूत, ऊन आदि का बनाया फूल जो टोपी या किसी अन्य वस्त्र, आदि में लगाया जाता है।

फुँदनेदार—वि. जिसमें फुँदना लगा हुआ हो, द्र. 'फुँदना'।

फुंसी—स्त्री. छोटा फोड़ा-सा।

फुआ—स्त्री. बुआ, पिता की बहन।

फुआरा—पु. फुहारा।

फुकनी—स्त्री. द्र. 'फुँकनी'।

फुचड़ा—पु. किसी वस्त्र, कपड़े, दरी, आदि में निकला हुआ रेशा।

फुज़ूल—वि. [फा.] हि. **फ़िज़ूल**—व्यर्थ, बेकार, अनावश्यक। **~फिजूलखर्ची**—व्यर्थ में, अनाप-शनाप खर्च करना।

फुट—पु. [अं.] लम्बाई, आदि नापने की बारह इंच की माप।

फुटकर, फुटकल—वि. विषम, अकेला; अलग; कई प्रकार का मिला-जुला (जो बचा रह गया है); खुदरा, 'थोक' या इकट्ठे का विपरीतार्थी।

फुटपाथ—पु. [अं.] पैदल चलने का छोटा पथ, रास्ता।

फुटबॉल—पु. [अं.] बॉल में पैर मार कर खेले जाना वाला खेल।

फुटबोर्ड—पु. [अं.] पायदान।

फुटा—पु. 12 इंच माप की एक पट्टी, जिसे बच्चे पढ़ने-लिखने में प्रयोग करते हैं।

फुतकार—पु. फुफकार करते हुए मुँह से झाग निकलना।

फुतकार—पु. फुफकार करते हुए मुँह से झाग निकलना।

फुतूर—पु. [अ.] हि. **फ़ितूर**—शरारत; फसाद; खराबी।

फुतूरिया, फुतूरी—वि. फ़ितूर, फसाद करने वाला।

फुत्कार—पु. [सं.] द्र. 'फूत्कार'।

फुदकना—अ.क्रि. उछलते हुए चलना (चिड़िया, चिड़िया के बच्चों, मेढक, आदि का उछलना; उनके समान उछलते हुए आदमी का चलना भी)।

फुदकी—स्त्री. एक चिड़िया जो फुदकती हुई चलती है।

फुनकार*—पु. द्र. 'फुंकार'।

फुनगी—स्त्री. वृक्ष की सबसे ऊँची शाखा का सिरा; शाखा की अंत की कोमल पत्तियाँ।

फुनफुनी*—अ. पुनः पुनः, बार-बार।

फुफकार—पु. फूत्कार, साँप के मुँह से निकलने वाली वायु की ध्वनि।

फुफकारना—अ.क्रि. साँप का मुँह से जोर से हवा निकालना।

फुफिया—वि. फूफी, बुआ से संबंधित (फुफिया सास, ससुर)।

फुफेरा—वि. फूफा से संबंधित, फूफा से उत्पन्न (फुफेरा भाई)।

फुरक़त—स्त्री. [अ.] वियोग, जुदाई।

फुरती—स्त्री. तेज़ी, जल्दी, चुस्ती। वि. फुरतीला (फुर्तीला)।

फुर-फुर—स्त्री. पंखों के फड़फड़ाने का शब्द। **ला.** जल्दी-जल्दी (काम करना, ठीक से न करना)।

फ़ुरसत—स्त्री. [अ.] (फुर्सत) अवकाश, खाली समय, इतमीनान।

फुरहरी—स्त्री. जाड़े की कँपकँपी-सी।

फुरेरी—स्त्री. सींक या तिनके के सिरे पर दवा, तेल, आदि में डूबा रुई का फ़ाहा।

फुर्ती—स्त्री. द्र. 'फुरती'।

फुर्तीला—वि. द्र. 'फुरती' के अन्तर्गत।

फुर्र—पु. पक्षी के उड़ने का शब्द। **ला. ~से उड़ना**—किसी व्यक्ति का अचानक जल्दी से चले जाना।

फुर्सत—स्त्री. द्र. 'फुरसत'।

फुल—वि. [अं.] पूर्ण, पूरा, भरा, परिपूर्ण, भरपूर। **~फुल्ली**—वि. पूरी तरह (ऑटोमैटिक, सैटिसफाइड)।

फुलका—पु. हलकी पतली रोटी (फूली हुई रोटी)।

फुलकारी—स्त्री. कपड़े पर सुई-धागे से फूल-पत्ती काढ़ने की (पंजाब की) कला।

फुलकी—स्त्री. बहुत छोटी रोटी।

फुलबेरी—स्त्री. शरीर पर सफेद दाग़ होने का चर्म-रोग।

फुलस्केप—पु. [अं.] कागज़ की एक माप 17" × 13½" या 16"-15" × 12½"। **~कागज़**—पु. [फा.] उस नाप का कागज़।

फुलाना—स.क्रि. हवा भर कर फैलाना। **मु. ~गाल फुलाना**—रूठ कर बैठना, रूठना। **~सीना**—गर्वित होना।

फुलाव—पु. द्र. 'फुलावट'।

फुलावट—स्त्री. फूलने की क्रिया, भाव; जो दूर से बहुत भारी लगे (फुलावट के गहने)।

फुलेल—पु. खुशबूदार तेल ('तेल-फुलेल'); इत्र।

फुल्ल—वि. [सं.] खिला हुआ, प्रफुल्ल, विकसित, प्रसन्न।

फुवारा—पु. फुहारा।

फुस-फुस—स्त्री. बहुत धीमी अस्फुट आवाज़।

फुसफुसा—वि. भीतर से खोखला, (ऊपर से मोटा पर (भीतर से) शक्तिहीन, भीतर से कमज़ोर)।

फुसफुसाना—अ.क्रि. बहुत धीमी, अस्पष्ट-अस्फुट आवाज़ में बात करना।

फुसफुसाहट—स्त्री. फुस-फुस, अस्पष्ट-अस्फुट आवाज़ में की गई बात।

फुसलाना—स.क्रि. मीठी-मीठी बात कर किसी को बहकाना।

फुहर*—वि., स्त्री. द्र. 'फूहड़'।

फुहार—स्त्री. नन्हीं-नन्हीं बूँदों की झड़ी; हलकी वर्षा।

फुहारा—पु. बारीक धार, बूँदों वाला, पात्र या यंत्र, इससे निकलने वाली पानी की पतली धाराएँ।

फुही—स्त्री. हलकी फुहार।

फूँ—स्त्री. ओठों से 'फूँ' की ध्वनि के साथ निकलने वाली हवा। **मु. ~अकड़-फूँ**—घमंड।

फूँक—स्त्री. मुँह से तेज़ गति से निकलने वाली हवा; श्वास-प्रश्वास। **मु. ~निकल जाना**—प्राणांत हो जाना, मर जाना।

फूँकना—स.क्रि. मुँह से तेज हवा निकालना; मंत्र पढ़ कर मुँह से हवा छोड़ना; फूँक कर, मुँह से हवा छोड़ कर कोई मुख-वाद्य बजाना (शंख बजाना); जलाना। **मु. ~फूँक-फूँक कर कदम रखना**—बहुत सोच-समझ कर, सावधानी से कार्य करना।

फूँकनी—स्त्री. आग प्रज्वलित करने के लिए फूँक मारने की लकड़ी या धातु की पोली नलकी।

फूँस—पु. द्र. 'फूस'।

फू—स्त्री. फूँकने की आवाज़।

फूई—स्त्री. फफूँदी।

फूट—स्त्री. विरोध या वैमनस्य के कारण मन में होने वाला भेद; आपसी कलह; मकई की फसल आदि में होने वाला पकी कचरी, खाने में फल के रूप में प्रयुक्त।

फूटन—स्त्री. फूट कर अलग हुआ अंश; खराब-जर्जर हो गए बरतन। **हड़~** स्त्री. थकान या ज्वर आदि से शरीर में होने वाली पीड़ा।

फूटना—अ.क्रि. आघात या गिरने से किसी पात्र आदि का टूटना; (फोड़े-फुंसी, आदि का) पक कर त्वचा से बाहर फट जाना। **ला. आँख~** कुछ भी दिखाई न देना (अवमानना या गाली के अर्थ में)। **भाग्य~** भाग्य खराब होना।

फूड—पु. [अं.] खाद्य, भोजन, आहार, खाना। **~प्वाइज़निंग**—विषैला भोजन खा लेना, उससे उत्पन्न विकार—उल्टी-दस्त, आदि।

फूत्कार—पु. [सं.] फुफकार, साँप की फुफकार; चीत्कार।

फूफा—पु. फूफी या बुआ का पति।

फूफी—स्त्री. बुआ, पिता की बहिन।

फूफू—स्त्री. द्र. 'फूफा'।

फूल—पु. पुष्प, सुमन, कुसुम, जो पौधों पर खिलता है।

फूलना—अ.क्रि. (पेड़-पौधे में) फूल आना, कुसुमित होना; गर्वित होना, अति प्रसन्न होना (फूला न समाना); हवा भरने से किसी खोल, गुब्बारे का फूल, फैल जाना। **मु. ~फूल कर कुप्पा हो जाना**—अत्यधिक प्रसन्न या गर्वित होना।

फूला—पु. आँख की पुतली पर मोटी सफेद झिल्ली आ जाना।

फूस—पु. (फूस) सूखी घास; मूँज, काँस आदि की लम्बी सूखी घास (छप्पर, आदि बाँधने के काम आती है)।

फूहड़—वि. बेशऊर, जिसे ढंग से काम करना न आता हो, भद्दा; अनर्गल (बात)।

फूहर*—वि., स्त्री. द्र. 'फूहड़'।

फूहा—पु. रुई का गाला, फाया।

फूही—स्त्री. फुहार, वर्षा की नन्हीं-नन्हीं बूँदें।

फेंकना—स.क्रि. जमीन पर गिरा देना, पटकना; तिरस्कार-पूर्वक छोड़ना; इधर-उधर बिखराना।

फेंट—स्त्री. धोती का वह भाग जो कमर पर लपेटा जाता है।

फेंटना—स.क्रि. किसी द्रव पदार्थ, गीले खाद्य पदार्थ आदि में कुछ अन्य चीजें डाल कर हाथ से अच्छी तरह मिलाना; ताश की गड्डी के पत्तों को ऊपर-नीचे कर अच्छी तरह गड्ड-मड्ड कर देना।

फेंटा—पु. कमर का घेरा, कमर पर बाँधा जाने वाला कपड़ा।

फ़ेअर—पु. [अं.] मेला। वि. मनोहर, सुंदर; गौर, गौर वर्ण; उजला रंग; न्यायसंगत, न्यायोचित; निष्पक्ष; साफ़ (रंग, मौसम); ईमानदार, निष्कपट (व्यवहार, व्यापार)।

फ़ेज़—पु. अवस्था, दशा, स्थिति; विकास का चरण, अगला क्रम।

फेटा—पु. द्र. 'फैंटा'।

फेण, फेन—पु. [सं.] झाग, बुलबुलों का एकत्रीकरण।

फेनल—वि. [सं.] द्र. 'फेनिल'।

फेनिल—वि. [सं.] फेनयुक्त, झागदार, झागों से भरा।

फेनी—स्त्री. [सं.] एक मिठाई, मैदा के घी में तले लच्छे से जिन्हें दूध में भिगो कर, चीनी डाल कर खाया जाता है (विशेषतः करवा चौथ पर)।

फेफड़ा—पु. [सं.] छाती के अंदर का वह अवयव, जिससे साँस ली जाती है, फुफ्फुस।

फ़ेयरवेल—पु. [अं.] विदाई, विदाई समारोह।

फेर—घुमाव, रास्ते का घुमाव, चक्कर; समय का बदलना, भाग्य में बुरे दिन आना (भाग्य का फेर)।

फेरना—स.क्रि. घुमाना, दिशा बदल देना; किसी खरीदी चीज़ को वापस करना।

फेरा—पु. चक्कर, परिक्रमा; भाँवर (बहु. 'फेरे')।

फेल—पु. [अं.] असफल होना; अनुत्तीर्ण।

फ़ेवर—पु. [अं.] अनुग्रह, कृपा, कृपा-दृष्टि; पक्षपात, तरफ़दारी।

फेस्टिवल—पु. [अं.] उत्सव, त्योहार, पर्व; समारोह; मेला।

फ़ेहरिस्त—स्त्री. सूची।

फैंसी—वि. [अं.] रंग-बिरंगी, मोहक; कल्पना, कल्पना-शक्ति।

फ़ैकल्टी—स्त्री. [अं.] संकाय (आर्ट्स फैकल्टी), (विश्वविद्यालय का) अध्यापक वर्ग।

फ़ैक्टर—पु. [अं.] घटक, कारक; कारण, निमित्त; गुणन-खंड, गुणक।

फ़ैक्टरी—स्त्री. [अं.] कारखाना, उद्योग-इकाई।

फ़ैज़—पु. [अ.] लाभ, भलाई। **~(ज़े) आम**—पु. आम लोगों, जनसाधारण की भलाई, जनहितार्थ, लोकहितार्थ।

फ़ैज़ी—अकबर के दरबार का विद्वान अबुल. फैज़ फैज़ी, इन्होंने फारसी में महाभारत प्रस्तुत किया।

फ़ैन—पु. [अं.] पंखा, व्यजन; प्रेमी (दर्शक, पाठक, आदि), भक्त; शौकीन।

फ़ैमिली—स्त्री. [अं.] परिवार, घराना; प्रजाति; वर्ग। **~मेम्बर**—पु. पारिवारिक सदस्य। **~नेम**—पु. कुल नाम, वंश। **~प्लानिंग**—पु. परिवार नियोजन। **~ट्री.**—वंश-वृक्ष, वंशावली।

फ़ैयाज़—वि. [अ.] उदार, दरियादिल।

फैयाज़ी—स्त्री. [अ.] उदारता, दरियादिली।

फ़ैर*—पु. [अं.] बंदूक, पिस्तौल, आदि का दागा जाना।

फैलना—अ.क्रि. अधिक स्थान घेरना, अधिक बड़ा या विस्तृत होना; वृद्धि होना; प्रचलित या प्रसिद्ध होना; प्रचारित होना; हठ करना, क्रोध या ज़िद करना (सुबह से ही फैल रहा है)।

फैलाना—स.क्रि. विस्तार करना, पसारना; इधर-उधर बिखरा देना; प्रचलित या प्रसिद्ध कर देना; पूरी प्रक्रिया दिखाना (हिसाब फैला कर दिखा दो)।

फैलाव—पु. लंबाई-चौड़ाई; विस्तार; प्रसार-प्रचार।

फैलावट—स्त्री. फैलाव।

फैशन—पु. [अं.] पहनावे, पोशाक, सज्जा आदि का रिवाज़, लोकाचार।

फ़ैशनेबल, फ़ैशनेबुल—वि. [अं.] लोकप्रिय, जिसका प्रचलन हो (वस्त्र, शोभा-सज्जा, आदि)।

फ़ैसल—पु. [अ.] निर्णय, निपटारा।

फ़ैसला—पु. [अ.] निर्णय; निपटारा; निश्चय।

फ़ैसिलिटी—स्त्री. [अं.] सुविधा, सुभीता, सहूलियत।

फोक—पु. [अं.] लोक। **~आर्ट**—स्त्री. लोक कला। **~लोक**—पु. लोक-विद्या, किंवदंती; लोक-गीत। **~साँग**—पु. लोक गीत।

फोकट—वि. मुफ़्त (~में, ~का)।

फ़ोकस—पु. [अं.] केन्द्र; केन्द्र-बिंदु; संकेन्द्रण।

फोका*—पु. खोखला, पोला; बिना मिठास का; रसहीन और बेस्वाद।

फोटा—पु. गोल बिंदी; गोलाकार चिह्न।

फ़ोटो—पु. [अं.] छाया चित्र, अक्स, छवि-चित्र। **~ग्राफ़**—पु. छाया चित्र। **~ग्राफ़र**—पु. छायाचित्र उतारने वाला। **~ग्राफ़ी**—स्त्री. छायाचित्र उतारने की कला।

फ़ोटोस्टेट—स्त्री. फोटो द्वारा चित्रांकन। **~मशीन**—स्त्री. छायाचित्र उतारने वाली मशीन।

फोड़ना—स.क्रि. तोड़ना, नष्ट कर देना। **ला.** किसी को दूसरे पक्ष से तोड़ कर अपनी ओर मिला लेना।

फोड़ा—पु. शरीर में कहीं विष एकत्र होने से उत्पन्न वह शोथ, जिसमें रक्त सड़कर मवाद बन जाता है, व्रण, बड़ी फुंसी।

फोता—पु. [अ.] अंडकोष।

फ़ोन—पु. [अं.] टेलीफ़ोन, दूरभाष।

फ़ोनोग्राफ—पु. [अं.] ध्वनि को अंकित करने वाला एक यंत्र, ग्रामोफ़ोन।

फ़ोनोग्राम—पु. [अं.] ध्वनि-समूह इकाई।

फोया—पु. द्र. 'फोहा'।

फोरना*—स.क्रि. द्र. 'फोड़ना'।

फ़ोरमैन—पु. [अं.] किसी कारखाने, औद्योगिक इकाई में कार्मिकों का मुखिया, उन पर निगरानी रखने वाला।

फ़ोर व्हीलर—पु. [अं.] चार पहियों वाला वाहन, कार, मोटर, आदि।

फोर्जरी—स्त्री. [अं.] धोखेबाजी (किसी आर्थिक मामले में)।

फोर्ट—पु. [अं.] दुर्ग, गढ़, किला।

फ़ोल्डर—पु. [अं.] पुस्तिका; विज्ञापन-पत्रक; फ़ाइल।

फ़ोल्डिंग—वि. [अं.] मोड़ कर रखी जाने वाली (कुर्सी, बेड, आदि)।

फ़ौआरा—पु. [अ.] द्र. 'फ़ुहारा'।

फ़ौज—स्त्री. [अ.] सेना; जनसमूह, मजमा। **ला. ~की फौज**—स्त्री. बहुत भीड़। **~दारी**—स्त्री. मारपीट, लड़ाई।

फ़ौजी—वि. फौज से संबंध रखने वाला। पु. सैनिक; सिपाही।

फौंट—पु. [अं.] छापेखाने के ढले हुए अक्षर; कंप्यूटर पर अक्षरों के रूप, विभिन्न रूप।

फ़ौरन—अ. [अ.] तुरंत, झटपट, अभी-अभी।

फ़ौरी—वि. जल्दी का (~काम)।

फ़ौलाद—पु. [फा.] एक प्रकार का लोहा—कड़ा और उत्तम श्रेणी का।

फ़ौलादी—वि. फ़ौलाद का बना हुआ, बहुत शक्तिवान, मज़बूत।

फ़ौवारा—पु. द्र. 'फ़ुहारा'।

फार्मूला—पु. [अं.] सूत्र (ग.); नुसख़ा।

फ्रांस—पु. [अं.] यूरोप का एक देश।

फ्रांसीसी—वि. फ्रांस का, फ्रांस से संबंधित; फ्रांस देश का निवासी; फ्रांस देश की भाषा।

फ्राई—स.क्रि. तलना, भूनना (घी, तेल, आदि में)। **~(फ्राइंग) पैन**—पु. कड़ाही, तवा, आदि।

फ्रॉक—पु. [अं.] लड़कियों का ऊपर पहनने का एक कपड़ा-कुर्ता जैसा।

फ्रॉड—पु. [अं.] छल, धोखा, कपट; धोखेबाज़ी; छल-कपट।

फ्रिज—पु. [अं.] धातु-अल्युमिनियम, आदि से बना अलमारीनुमा एक रसोई-उपकरण, जिसे बिजली से शीत नियंत्रित रखा जाता है, इसमें खाद्य पदार्थ ठंडे और ताज़े रहते हैं।

फ्रिल—स्त्री. [अं.] झालर।

फ्री—वि. [अं.] निःशुल्क, मुफ़्त; स्वतंत्र, आज़ाद; मुक्त; खाली, सावकाश; उदार (विचारों से); स्पष्टवादी; बेरोक-टोक, खुला; उन्मुक्त।

फ्रीडम—स्त्री. [अं.] स्वतंत्रता, आज़ादी।

फ्रूट—पु. [अं.] फल; परिणाम; लाभ। **(ड्राइ)~** पु. सूखे मेवे (बादाम, अखरोट, काजू, आदि)।

फ्रेंच—वि. [अं.] फ्रांस का रहने वाला; फ्रांसीसी; फ्रांस में बोली जाने वाली भाषा।

फ्रेम—पु. [अं.] ढाँचा; चौखट; (तस्वीर लगाने का) चौखटा।

फ्रेश—वि. पु. [अं.] ताज़ा; नया, अभिनव, नतून; चुस्त, सबल; निर्मल, शुद्ध, स्वच्छ (वायु); कच्चा, अनुभवहीन।

फ्रैक्चर—पु. [अं.] टूटना; अस्थि-भंग, शरीर की कोई हड्डी टूटना।

फ्यूज़—पु. [अं.] बिजली के सर्किट या प्लग में लगा बिजली के नियंत्रित करने वाला एक छोटा-सा उपकरण; एक छोटा तार जिसके जोड़ने से बिजली आगे प्रवाहित होती है।

फ़्लड—स्त्री. [अं.] बाढ़, सैलाब। **~लाइट**—स्त्री. एक ही जगह केन्द्रित तेज़ प्रकाश, लाइट; इस प्रकार का प्रकाश देने वाली बिजली की बड़ी बत्ती।

फ़्लाइंग—स्त्री. [अं.] उड़ने वाला; त्वरित, तेज़। **~फ्लाइंग लेफ्टिनेंट**—पु. वायु सेना में अधिकारी स्तर का एक पद।

फ़्लाइट—स्त्री. [अं.] उड़ान (स्थान विशेष के लिए हवाई जहाज की उड़ान)।

फ़्लाई-ओवर—पु. [अं.] सड़क पर बनने वाला पुल।

फ़्लास्क—पु. [अं.] बोतल, ठंडा या गरम पेय, पानी, आदि रखने की बोतल।

फ़्लू—पु. [अं.] एक प्रकार का ज्वर, बुखार।

फ़्लैट—पु. [अं.] नीचे-ऊपर, कई-कई मंजिल के स्वतंत्र मकान, रहने की इकाई। वि. समतल, चौरस; सपाट; कोरा (जवाब)।

फ्लैश-लाइट—स्त्री. [अं.] कौंध, चमक पैदा करने वाली रोशनी (कैमरा आदि में)।

फ़्लोटिंग—वि. [अं.] तिरता हुआ, पानी के ऊपर उतराता, तैरता हुआ। **~रेस्टोरेंट**—पु. किसी नहर, आदि पर बना हुआ रेस्तराँ।

फ़्लोर—पु. [अं.] आटा; फर्श; मंजिल, तल्ला (ग्राउंड फ्लोर, फर्स्ट फ्लोर, आदि)।

ब

ब—देवनागरी वर्णमाला में 'प' वर्ग का तीसरा वर्ण, उच्चारण-स्थान ओष्ठ, ओष्ठ्य वर्ण।

बंक*—वि. टेढ़ा, वक्र, तिरछा।

बंकर—पु. [अं.] तलघर, तहखाना; सेना के लड़ने के लिए मोर्चों पर बने तलघरनुमा स्थान जहाँ से शत्रु पर छिप कर आक्रमण किया जा सकता है।

बंकिम—वि. टेढ़ा।

बंकिमचंद्र चट्टोपाध्याय—पु. बंगाल के सुप्रसिद्ध साहित्यकार (1838-1894)—उपन्यासकार, कवि तथा पत्रकार। राष्ट्र गीत 'वंदे मातरम्' के रचयिता। बांग्ला में 13 उपन्यास, जिनमें सर्वाधिक प्रसिद्ध कृति 'आनंदमठ' (1858 ई.)।

बंग—पु. बंगाल, वर्तमान का (पश्चिम) बंगाल प्रांत, राजधानी कोलकाता।

बँगला—वि. बंगाल का, बंगाल संबंधी। स्त्री. बांग्ला भाषा। पु. खुली हुई जगह में बना सुंदर मकान; मकान के सबसे ऊपर बना कमरा। **~डाक**—पु. सरकारी अधिकारियों के ठहरने का अतिथि गृह ('सरकिट हाउस'), प्राय: प्रत्येक जिला स्तर के नगर में।

बंगाल—पु. द्र. 'बंग' भारत का एक प्रांत।

बंगालिन—स्त्री. बंगाल की स्त्री।

बंगाली—पु. बंगाल का रहने वाला।

बंचक—पु. द्र. 'वंचक'।

बंचकता, बंचकताई*—स्त्री. द्र. 'बंचकता'।

बँचवाना—स.क्रि. (किसी दूसरे से) पढ़वाना।

बंचित*—वि. द्र. 'वंचित'।

बंजर—पु. वह ज़मीन जिस पर खेती न की जा सके।

बंजारा—पु. द्र. 'बनजारा'।

बंझा—वि. स्त्री. वंध्या स्त्री।

बँटना—अ.क्रि. बाँटा जाना, वितरित होना; हिस्से के अनुसार कुछ मिलना या दिया जाना।

बँटवाना—स.क्रि. 'बाँटने' का प्रे., दूसरे से बँटवाना।

बँटवारा—पु. विभाजन; अलगोझा।

बँटाई—स्त्री. बाँटने का काम; जमीन की खेती में मालिक और खेत जोतने वाले के बीच उपज का हिस्सा दोनों को मिलने का समझौता।

बंटाधार—वि. विनाश, बरबादी, चौपट (कर देना)।

बंडल—पु. [अं.] पुलिंदा; किसी सामान की छोटी गठरी-सी, गड्डी।

बंडी—स्त्री. फतुही, कमीज़, आदि के ऊपर पहना जाने वाला बाँहों का एक वस्त्र, जैकेट-जैसा।

बंद—पु. [फा.] वह चीज़ जिससे कुछ बाँधा जाए; तनी; कुश्ती का एक दाँव; उर्दू-फारसी कविता में पद्य का एक चरण। **(बाजू) ~बंद**—पु. एक आभूषण जिसे स्त्रियाँ बाजू पर धारण करती हैं। वि. चारों ओर से घिरा हुआ (बंद कमरा); जो खुला हुआ न हो (द्वार, ताला, बक्स, आदि); रुका हुआ। **~गोभी**—स्त्री. एक प्रसिद्ध सब्जी, पत्तों वाली गोभी।

बंदगी—स्त्री. [फा.] नमस्कार, सलाम; ईश्वर की पूजा, इबादत, उपासना।

बंदन*—पु. द्र. 'वंदन'।

बंदनवार—पु. फूल-पत्तों, आदि की झालर जो मांगलिक अवसरों पर द्वार, मंडप, आदि पर बाँधी जाती है।

बंदना—स्त्री. द्र. 'वंदना'।

बंदर—पु. वृक्षों पर रहने वाला एक स्तनपायी पशु, वानर, कपि, मर्कट।

बंदर—पु. [फा.] जहाज़ों के रुकने-ठहरने का स्थान, बंदरगाह। **~गाह**—पु. समुद्र किनारे बसा हुआ नगर, जहाँ

जहाज ठहरते हैं ('फोर्ट')। **मु. ~घुड़की**—बंदरों की तरह झूठे को ही डराना, ऐसा डर दिखाना जो यथार्थ में न हो सके।

बँदरिया, बँदरी—स्त्री. बंदर की स्त्री; मादा बंदर।

बंदा—पु. [फा.] सेवक, दास, मनुष्य। **~नवाज़**—पु. बंदे पर कृपा करने वाला, कृपालु। **~नवाज़ी**—स्त्री. कृपा, अनुग्रह। **~परवर**—वि. बंदे, दास का पालन करने वाला।

बंदिनी—स्त्री. [सं.] कैदी महिला।

बंदी-प्रत्यक्षीकरण—पु. [सं.] बंदी, कैदी की न्यायालय में न्यायार्थ दी गई याचिका।

बंदिश—स्त्री. [फा.] प्रतिबंध, रोक, रुकावट; कविता की शब्द-योजना।

बंदी—पु. [सं.] कैदी; चारण, भाट। **~जन**—पु. भाट, चारण।

बंदूक—स्त्री. [फा.] एक प्रसिद्ध अस्त्र जिससे गोली चलाई जाती है।

बंदोबस्त—पु. [फा.] प्रबंध, इंतज़ाम, व्यवस्था; भूमि का कर निर्धारण करना ('सेटिलमेंट')। **~अफ़सर**—पु. बंदोबस्त विभाग का प्रधान अधिकारी। **~इस्तमरारी**—पु. भूमि का स्थायी प्रबंध, इस नाम का एक कानून, जिसे अंग्रेज़ सरकार ने लागू किया था।

बंध—पु. [सं.] गाँठ, गिरह; वह जिससे कोई चीज़ बाँधी जाए; योग-साधना की कोई मुद्रा या आसन; रति, संभोग का कोई आसन; निर्माण (सेतुबंध)।

बंधक—पु. [सं.] किसी का अपहरण कर फिरौती की रकम या शर्तें मानने के लिए उसे पकड़कर रख लेना; किसी को ऋण देकर उसको सुरक्षा के लिए कोई वस्तु रख लेना, रेहन (रखना)।

बंधन—वि. [सं.] जिससे कोई चीज़ बाँधी जाए; रुकावट, प्रतिबंध, अड़चन। पु. बाँधना, जंजीर, बेड़ी, रस्सी।

बंधना—अ.क्रि. बाँधा जाना; किसी प्रकार के बंधन में आ जाना; वचन देना; निश्चित होना।

बंधनागार—पु. [सं.] कारागार; बंदीगृह।

बंधनालय—पु. [सं.] कारागार, बंदीगृह।

बंधनी—स्त्री. [सं.] बंधन, बाँधने का साधन।

बंधनीय—पु. [सं.] बाँधने, रोकने के योग्य।

बँधवाना—स.क्रि. बाँधने का प्रे., दूसरे से बँधवाने का काम कराना।

बँधाई—स्त्री. बाँधने की क्रिया (छप्पर की बँधाई चल रही है); बाँधने की मज़दूरी (छप्पर, ईख, आदि की बँधाई की)।

बंधान—पु. परिपाटी, दस्तूर।

बँधा-बँधाया—वि. बाँध कर तैयार रखा हुआ; सुनिश्चित (आम, महीने की बँधी-बँधाई आय)।

बंधु—पु. [सं.] भाई; सहायक; मित्र, दोस्त; सगोत्रीय। **~जन**—पु. भाई-बंद, पारिवारिक।

बंधुआ, बँधुवा—पु. क़ैदी; दास; किसी प्रकार के बंधन में पड़ा हुआ। **~मज़दूर**—पु. ऐसा मज़दूर जो रात-दिन मालिक की सेवा में रहता हो और उसे किसी प्रकार की स्वतंत्रता न हो, न ही काम छोड़कर जाने की।

बंधुक—पु. [सं.] गुलदुपहरिया का फूल।

बंधुता—स्त्री. [सं.] भाईचारा; बंधु वर्ग; रिश्ता, संबंध।

बंधुत्व—पु. [सं.] भाईचारा, संबंध, स्नेह।

बंधुर—पु. [सं.] गुलदुपहरिया का फूल।

बंधूक—पु. [सं.] गुलदुपहरिया का फूल।

बंधेज—पु. गाँठ लगी हुई, बंधानयुक्त (~की साड़ी)।

बंध्य—वि. [सं.] बाँधने योग्य; बाँझ।

बंध्या—स्त्री. [सं.] बाँझ स्त्री, जिसके संतान नहीं हो सकती।

बंब—पु. 'बम-बम' शब्द ('बम-बम, बंब-बंब भोले शंकर')।

बंबा—पु. पानी का नल; राजबहा-नहर में से निकला पानी का प्रवाह, जिससे सिंचाई की जाती है।

बँबाना*—अ.क्रि. बहुत जोर से रोना-डकराना; गाय-बैल, आदि का रँभाना।

बँभनाई—स्त्री. ब्राह्मणों की वृत्ति, यजमानी।

बंस*—पु. वंश, कुल। **~लोचन**—पु. द्र. 'वंशलोचन'।

बँसरी*—स्त्री. द्र. 'बाँसुरी'।

बँसवाड़ी—स्त्री. जहाँ बाँस के बहुत से पेड़ खड़े हों।

बंसी—स्त्री. बाँसुरी, मुरली; मछली फँसाने का काँटा।

बँसोड़, बँसोर—पु. बाँस की टोकरियाँ, आदि बनाने वाली एक जाति।

बँहगी—स्त्री. द्र. 'बहँगी'।

ब—पु. [सं.] वरुण; जल; घट; समुद्र।

ब—अ. [फा.] साथ; से; लिए; वास्ते। **~ख़ुद**—अ. अपने से, आपको। **~ख़ूबी**—अ. अच्छी तरह, भली-भाँति। **~दौलत**—अ. (-के) सहारे, द्वारा; (-की) कृपा से; (के) कारण। **~निस्बत**—अ. अपेक्षा, मुक़ाबले में, तुलना में। **~मुश्किल**—अ. कठिनाई से, मुश्किल से। **~रास्ते**—अ. (-उस) रास्ते से होकर (-रेलगाड़ी बरास्ता रोहतक जम्मू जाएगी)।

बउरा*—वि. द्र. 'बावला'।

बउराना—अ.क्रि. पगला जाना, उन्मत्त हो जाना।

बक—पु. [सं.] बगुला; श्रीकृष्ण के द्वारा मारा गया एक राक्षस। **~ध्यानी**—पु. बगुलाभगत, भक्ति का ढोंग करने वाला।

बक—स्त्री. बकने की क्रिया। **~वाद**—स्त्री. निरर्थक बात, बकवास, अनर्गल बातचीत। **~वादी**—वि. बकवाद, बकवास करने वाला।

बकना—स.क्रि. बकवास करना; अनर्गल बोलना।

बकबक—स्त्री. द्र. 'बकवाद'; 'बकवास'।

बक़र—पु. [अ.] गाय, बैल; कुरान की एक सूरत। **~ईद**—स्त्री. मुसलमानों का एक प्रसिद्ध त्योहार, इस दिन धार्मिक दृष्टि से बकरे की बलि को शुभ माना जाता है।

बकरना—अ.क्रि. अपना दोष, अपराध स्वीकार कर लेना।

बकरम (बुकरम)—पु. एक प्रकार का कड़ा कपड़ा, जो कमीज़, आदि के कॉलर और आस्तीन के कफ़ों में उनको कड़क बनाने के लिए किया जाता है।

बकरवाना—स.क्रि. किसी को दोष, अपराध स्वीकार करने के लिए विवश करना।

बकरा—पु. बकरी का पु., एक प्रसिद्ध चौपाया।

बकरीद—स्त्री. द्र. 'बक़र-ईद'।

बकलस—पु. [अं. 'बकल्स'] लोहे, पीतल आदि का चौकोर या लम्बा-सा छल्ला, जिसे कमर पेटी, ('बेल्ट') आदि में लगाया जाता है।

बकवाना—स.क्रि. किसी को बोलने के लिए विवश करना।

बकस—पु. [अं. 'बॉक्स'] कपड़े आदि रखने की पेटी, संदूक; डब्बा।

बकसना—स.क्रि. द्र. 'बख़्शना'।

बकसवाना, बकसाना—स.क्रि. द्र. 'बख़्शवाना'।

बकसीस*—स्त्री. दे. 'बख़्शीश'।

बकसुआ, बकसुवा—पु. द्र. 'बकलस'।

बक़ा—स्त्री. [अ.] बाकी रहना, जीवित रहना।

बकाइन—पु. द्र. 'बकायन'।

बकायन—पु. नीम की प्रजाति का एक पेड़, जिसके फूल, फल, पत्तियाँ आदि औषधि के रूप में प्रयुक्त होते हैं (आयु.)।

बक़ाया—वि. [अ.] शेष रह गई रक़म; किसी पर ऋण की शेष रक़म।

बकारि—पु. [सं.] श्रीकृष्ण; भीम।

बकारी—स्त्री. मुँह से निकले हुए शब्द ('अब बकारी भी कुछ')।

बकावली—स्त्री. द्र. 'गुलबकावली'।

बकासुर—पु. [सं.] बक नाम का एक राक्षस, श्रीकृष्ण ने उसका वध (उद्धार) किया था।

बकी—स्त्री. [सं.] मादा बगला, 'बक' का स्त्री.।

बकुचना*—अ.क्रि. सिमटना, सिकुड़ना।

बकुची—स्त्री. छोटी गठरी; एक पौधा जो चर्म रोगों में औषधि के रूप में प्रयुक्त होता है।

बकुल—पु. [सं.] फूलों का एक पौधा, मौलसिरी।

बकोटना—स.क्रि. मुँह से किसी को काटना।

बक़ौल—क्रि.वि. [अ.] कथनानुसार।

बक्कल—पु. पेड़ की छाल; फल, सब्ज़ी आदि का छिलका।

बक्की—वि. बहुत बोलने वाला, बकबक करने वाला।

बक्खर—पु. आटा, मैदा, आदि के खाद्य-पदार्थों को पागने के लिए बनाई गई गाढ़ी चाशनी।

बक्षोज—पु. द्र. 'वक्षोज'।

बक्स—पु. द्र. 'बॉक्स'।

बखत*—पु. द्र. 'वक्त'।

बखान—पु. वर्णन, बड़ाई, गुण-कथन, बढ़ा-चढ़ा कर तारीफ़ करना।

बखानना—स.क्रि. वर्णन करना; सराहना करना; बड़ाई करना।

बखार—पु. अनाज भंडारण के लिए घर के अंदर बनी कोठरीनुमा छोटी जगह।

बख़िया—पु. [फा.] दुहरे टाँकों से की गई सिलाई, मज़बूती के लिए ('बखिया कर देना')।

बखियाना—स.क्रि. बखिया करना।

बख़ुशी—क्रि.वि. [फ़ा.] प्रसन्नतापूर्वक।

बख़ूबी—क्रि.वि. [फ़ा.] भली प्रकार से, अच्छी तरह।

बखेड़ा—पु. झंझट; झगड़ा-टंटा; वाद-विवाद; रुकावट, अड़चन।

बखेड़िया—वि. बखेड़ा खड़ा करने वाला, द्र. 'बखेड़ा'।

बखेरना—स.क्रि. द्र. 'बिखराना'।

बख़ैर—क्रि.वि. [अ.] ख़ैर सहित, सकुशल।

बख़ैरियत—क्रि.वि. [अ.] कुशलता से।

बख़्त—पु. [फा.] समय, काल। **ला.** भाग्य। **मु.** **~पड़ना**—भाग्य का विपरीत होना।

बख़्तर—पु. ज़िरह-बकतर, लोहे के जाल का बना कवच, सैनिक मुँह से लेकर पेट को ढकते हुए इसका प्रयोग करते थे।

बख़्तावर—वि. [फा.] भाग्यशाली।

बख़्तियार—वि. [फा.] सौभाग्यशाली, भाग्यवान।

बख़्श—वि. [फा.] पद के अंत में लगने पर 'देने वाला' के अर्थ में—जाँ-बख़्श, ख़ता-बख़्श; नाम के अंत में 'देन' के अर्थ में—ख़ुदा-बख़्श, मौला, बख़्श।

बख़्शना—स.क्रि. कृपापूर्वक देना, दान करना; क्षमा करना।

बख़्शवाना, बख़्शाना—स.क्रि. माफ़ कराना, क्षमा दिलवाना।

बख़्शी—पु. [फ़ा.] मालखाने का अधिकारी; खजांची।

बख़्शीश—स्त्री. [फा.] इनाम; देन; क्षमा। **~नामा**—पु. दान-पत्र।

बग*—पु. बगुला। **~छुट, ~टूट**—अ. सरपट, बहुत तेज़ दौड़ना।

बग़दाद—पु. [फा.] ईरान में एक प्रसिद्ध, पुरातन नगर।

बग़दादी—वि. [फा.] बग़दाद का; बग़दाद का निवासी।

बगर*—पु. पास; बगल का। **~पड़ोस**—पु. साथ ही का पड़ोस, एकदम नज़दीक (रहने वाला)।

बग़ल—स्त्री. [फा.] कंधे के नीच भुजमूल का स्थान, काँख; समीपवर्ती स्थान ('बगल में ही उसका घर है')। **मु. ~गीर होना**—आलिंगन में लेना, अँकवारना; निकट संबंध, मैत्री होना।

बगलियाना—अ.क्रि. अलग हटकर चलना। ला. उपेक्षित कर देना।

बग़ावत—स्त्री. [अ.] विद्रोह, विप्लव; राजद्रोह; अराजकता।

बगिया—स्त्री. छोटा बाग, वाटिका।

बगीचा—पु. छोटा बाग, वाटिका।

बगीची—स्त्री. छोटा बाग, वाटिका।

बगुला—पु. एक जलपक्षी जो छिपकर मछलियों आदि का शिकार करता है, अपनी कपट वृत्ति के लिए प्रसिद्ध। **ला. ~भगत**—अपनी साधुता का ढोंग करने वाला। **~मुखी**—ऊपर-ऊपर से शराफ़त का ढोंग करने वाला।

बगूला—पु. [फा.] वात्याचक्र, बवंडर, चक्र बनाती तेज़ हवा।

बगैर—क्रि.वि. [अ.] बिना (बगैर नमक, बगैर चीनी)।

बग्गी—स्त्री. द्र. 'बग्घी'।

बग्घी—स्त्री. चार पहियों की सजावट से बनी घोड़ागाड़ी।

बघंबर*—पु. द्र. 'बाघंबर'।

बघ—~'बाघ' का समास में प्रयुक्त लघु रूप—बघनखा, बघछाल।

बघार—पु. छौंक, बघार, मसालों को डाल कर घी-तेल में भूनना (दान, सब्ज़ी, आदि में)।

बघारना—स.क्रि. बघार, छौंक लगाने की क्रिया, मसालों को घी-तेल में भून कर दाल, सब्ज़ी, आदि में डालना।

बघेलखंड—पु. मध्य भारत में एक प्राचीन प्रदेश—रीवा, आदि रियासतों का समीपवर्ती क्षेत्र।

बघेलखंडी—पु. बघेलखंड से संबंधित, बघेलखंड का निवासी, वहाँ का रहने वाला। स्त्री. बघेलखंड क्षेत्र की भाषा।

बच—स्त्री. एक पौधा, इसकी जड़ का औषधि के रूप में प्रयोग [आयु.]।

बचकाना—वि. बच्चों जैसा नासमझी का कार्य; मूर्खतापूर्ण कार्य।

बचत—स्त्री. ख़र्च से बची हुई राशि; लाभ ('बचत कितनी हो जाती है')।

बचन—पु. द्र. 'वचन'।

बचना—अ.क्रि. दूर या अलग रहना; किसी संकट या संगति से दूर या अलग रहना।

बचपन—पु. शैशव, बाल्यावस्था।

बचपना—पु. बच्चों की तरह नासमझी का व्यवहार, मूर्खतापूर्ण कार्य।

बचवा—पु. बच्चे के लिए स्नेहभरा संबोधन।

बचवैया*—वि. बचाने वाला, रक्षक।

बचश्म—क्रि.वि. [फ़ा.] आँखों से।

बचा-खुचा—वि. शेष, अवशिष्ट, रहा-सहा।

बचाना—स.क्रि. रक्षा करना; खर्च से बचत; छिपा कर रखना, छिपाना।

बचा-बचाया—वि. शेष रहा, अवशिष्ट।

बचाव—पु. बचने का भाव, रक्षा।

बच्चा—पु. शिशु, नवजात शिशु, बालक। **~बच्चे कच्चे**—पु. छोटे-छोटे बच्चे, बहुत से बच्चे।

बच्ची—स्त्री. लड़की, बच्चे का स्त्री.।

बच्छ*—पु. द्र. 'वत्स'।

बच्छा—पु. द्र. 'बछड़ा'।

बछड़ा—पु. गाय का बच्चा; गाय का वह बच्चा जो अभी बैल के रूप में जोता नहीं जाता है।

बछरा*—पु. द्र. 'बछड़ा'।

बछिया—स्त्री. गाय का मादा बच्चा। मु. **~का ताऊ**—मूर्ख; भोंदू, नासमझ।

बछेड़ा—पु. घोड़े का बच्चा (स्त्री. 'बछेड़ी')। **~(ड़े)-सा**—वि. चंचल; शैतान।

बछेरू*—पु. 'बछड़ा'।

बजट—पु. [अं.] आय-व्यय का अनुमानित विवरण।

बजना—अ.क्रि. आघात आदि से ध्वनि होना; किसी वाद्य, बाजे, आदि से शब्द होना।

बजबजाना—अ.क्रि. किसी सड़े हुए गंदे पानी, नाली, आदि में बुलबुले उठना ('गंदगी से बजबजा रहा है')।

बजमारा*—वि. ब्रज प्रदेश में एक गाली, जिसका अर्थ वज्र का मारा हुआ, जिस पर बिजली गिरी हो।

बजरंग—वि. जिसका शरीर वज्र जैसा हो। पु. हनुमान।

बजर*—पु. द्र. 'वज्र'।

बजरा—पु. जिस पर ऊपर छत बनी हो, ऐसी बड़ी-सी नाव।

बजरागि*—स्त्री. वज्राग्नि।

बज़रिया—अ. [अ.] के द्वारा। स्त्री. छोटा-सा बाज़ार।

बजरी—स्त्री. पत्थर के छोटे-छोटे टुकड़े, भवन, सड़क, निर्माण आदि में प्रयुक्त।

बजवाई—स्त्री. बाजा बजाने की मज़दूरी।

बजवाना—स.क्रि. बजाने का काम दूसरे से कराना, बजाने का प्रे.।

बजा—वि. [फा.] उचित, दुरुस्त, ठीक।

बजागि*—स्त्री. वज्राग्नि।

बज़ाज़—पु. [अ.] कपड़ा बेचने वाला, वस्त्र-विक्रेता।

बज़ाज़ा—पु. कपड़ों, वस्त्रों का बाज़ार।

बज़ाज़ी—स्त्री. बजाजे, कपड़े बेचने का व्यवसाय।

बजाना—स.क्रि. किसी वाद्य को गति में लाना; आघात से शब्द उत्पन्न कर वाद्य बजाना (तबला), श्वास-वायु फूँक कर वाद्य बजाना (वंशी)।

बजाय—क्रि.वि. [फा.] बदले में।

बजार*—पु. द्र. 'बाज़ार'।

बजारी—वि. द्र. 'बाजारी'।

बजारू—वि. द्र. 'बाज़ारू'।

बज्जात*—वि. द्र. 'बदजात', एक गाली।

बज़्म—स्त्री. [फा.] महफ़िल, सभा, गोष्ठी।

बज्र—पु. द्र. 'वज्र'।

बज्री—पु. द्र. 'वज्री'।

बट—पु. द्र. 'वट', बरगद का पेड़; मार्ग, रास्ता। **~मार**—पु. राह में लूटने वाला। **~मारी**—स्त्री. बटमार, राहजनी का पेशा।

बटखरा—पु. बाट, तौलने के लिए निश्चित मान का लोहे, पत्थर आदि का टुकड़ा (लौह-खंड पर तौल-मान अंकित रहता है)।

बटन—पु. [अं.] सीप, सींग, पीतल, आदि की छेद वाली या बिना छेद की घुंडी, जिसे पहनने के वस्त्र को दो भाग, पल्ले मिला दिये जाते हैं।

बटन-होल—पु. [अं.] काज, सिला हुआ वह छेद जिसमें बटन लगाया जाता है।

बटना—स.क्रि. सूत, सन, ऊन, धागों, आदि को डोरी, रस्सी का रूप देने के लिए ऐंठना, मरोड़ना।

बटर—पु. [अं.] मक्खन, नवनीत। **~मिल्क**—पु. छाछ, मट्ठा, मही। **ला. ~बटरिंग**—स.क्रि. चापलूसी करना, मक्खन मारना।

बटली—स्त्री. 'बटलोई'।

बटाई—स्त्री. बटने, विभाजन की प्रक्रिया, बाँट, विभाजन; ज़मीन की वह व्यवस्था जिसमें मालिक और जोतदार में फसल का विभाजन तयशुदा शर्तों के अनुसार होता है।

बटाऊ*—पु. बटेऊ, पथिक, राही।

बटालियन—पु. [अं.] पैदल सेना का एक बड़ा विभाग, जिसके अन्तर्गत कई कंपनियाँ होती हैं।

बटिया—स्त्री. गोल, चिकना पत्थर; छोटा, सँकरा रास्ता।

बटी—स्त्री. गोली, बटी।

बटुआ—पु. रुपए-पैसे रखने के लिए बनी थैली, चमड़े, रैक्सीन, आदि का जेब में रखने वाला उपकरण, जिसमें रुपए, पैसे, कार्ड, आदि रखे जाते हैं ('पर्स')।

बटुक—पु. द्र. 'वटुक'।

बटुवा—पु. द्र. 'बटुआ'।

बटे—पु. बटा (एक बटे चार, ¼)।

बटेर—स्त्री. तीतर की प्रजाति की एक चिड़िया।

बटोरना—स.क्रि. बिखरी हुई चीज़ों को इकट्ठा करना; जगह-जगह से एकत्रित करना।

बटोही—पु. राही, पथिक।

बट्टा—पु. वह रक़म जो नोट, किसी भुगतान में से किसी कार्य के लिए काट ली जाती है, दलाली; घाटा, नुकसान।

बट्टा—पु. कूटने, पीसने का पत्थर, लोढ़ा (सिल-बट्टा)।

बट्टी—स्त्री. टिक्की (साबुन, आदि), टिकिया।

बड़—पु. बरगद, वट का वृक्ष।

बड़—स्त्री. बकवाद। **~बड़**—स्त्री. अस्पष्ट, अस्फुट रूप में किसी के विरोध में कुछ कहना। **~बड़ाना**—स.क्रि. नींद में असम्बद्ध रूप में कुछ बोलना। **~बोला**—वि. बहुत बढ़-चढ़ कर बोलने वाला, डींग मारने वाला। **~भागी**—वि. भाग्यशाली।

बड़का—वि. सबसे बड़ा (लड़का)।

बड़प्पन—पु. बड़े होने का गौरव भाव।

बड़वाग्नि—स्त्री. [सं.] समुद्र में लगने वाली।

बड़वानल—पु. [सं.] समुद्र में लगने वाली आग।

बढ़वार*—पु. बढ़ने की प्रक्रिया (किसी किशोर को देखकर 'वह बढ़वार पर है')।

बड़हंस—पु. एक राग (संगी.)।

बड़हंसिका—स्त्री. एक रागिनी (संगी.)।

बड़हर, बड़हल—पु. एक फल, उसका पेड़।

बड़ा—वि. अधिक फैलाव, विस्तार वाला, लंबा-चौड़ा; छोटे का उलटा; अधिक आयु का; श्रेष्ठ; महत्त्वपूर्ण। **~आदमी**—पु. बली, बड़े पद, प्रतिष्ठा वाला व्यक्ति। **~ई**—स्त्री. प्रशंसा, महत्ता। **~काम**—पु. महत्त्वपूर्ण काम; कठिन काम। **~घर**—धनी आदमी का घर। **ला.** जेल, कारागार। **~दिन**—पु. लंबा दिन; 25 दिसम्बर का दिन—ईसाइयों के लिए महत्त्वपूर्ण—'क्रिसमस डे'। **~बाबू**—पु. हेड क्लर्क। **~बूढ़ा**—पु. बुजुर्ग, गुरुजन। **~(ड़ी) इलायची**—स्त्री. मोटे दाने की काले-से रंग की इलायची—मसाले के रूप में प्रयुक्त।

बड़ा—पु. उड़द की दाल की बनाई पीठी की तली हुई टिक्की-सी, सूखी व दही में दोनों रूपों में खाया जाता है।

बड़ी—स्त्री. उड़द की दाल की पीठी में मसाले आदि डाल कर बनाई जाती है, सुखा कर रख ली जाती है, सब्ज़ी के रूप में बनाई जाती है।

बढ़—स्त्री. बढ़ने का भाव, बढ़ती ('घट-बढ़')।

बढ़ई—पु. लकड़ी का काम, दरवाज़े, मेज़, आदि बनाने वाला कारीगर ('कारपेंटर')।

बढ़ती—स्त्री. वृद्धि, अधिकता; आर्थिक उन्नति, समृद्धि आना।

बढ़ना—अ.क्रि. किसी स्थान से आगे जाना; आकार, संख्या, मात्रा आदि का अधिक होना; दीपक का बुझाया जाना; दुकान का बंद किया जाना।

बढ़ाना—स.क्रि. 'बढ़ने' का प्रे., द्र. 'बढ़ना'।

बढ़ाव—पु. बढ़ने की क्रिया या भाव, अग्रसर होना।

बढ़ावा—पु. प्रोत्साहन; हिम्मत या हौसला देना।

बढ़िया—वि. उत्तम, अच्छा।

बढ़ोतरी—स्त्री. वृद्धि, अभिवृद्धि।

बणिक् (ज्)—पु. [सं. 'वणिक'] व्यापारी, व्यवसायी, विक्रेता।

बणिग्—'विणक्' का समासगत रूप।

बत—'बात' का समास में प्रयुक्त रूप। **~कही***—बातचीत। **~रस**—पु. वार्ता का रस, बातचीत का आनंद।

बतख़—स्त्री. एक जलपक्षी, बतख़।

बतराना*—अ.क्रि. बातचीत करना।

बतलाना—स.क्रि. बातचीत करना।

बताना—स.क्रि. कहना, बयान करना; प्रकट करना; सूचित करना।

बताशा—पु. द्र. 'बतासा'।

बतासा—पु. चीनी की चाशनी से बनी एक मिठाई, खुशी और मांगलिक अवसरों पर बाँटी जाती है।

बतियाना—अ.क्रि. बात करना।

बतीसा—प. बेसन की मेवे आदि डाल कर बनाई गई एक मिठाई।

बतीसी—स्त्री. बत्तीस दाँतों की नीचे-ऊपर की दंत-पंक्ति, बत्तीस दाँत।

बतू*—पु. कलाबत्तू।

बतौर—क्रि.वि. [अ.] के रूप में, सदृश, समान; रीति से।

बत्ती—स्त्री. रुई, किसी कपड़े आदि की बट कर या ऐंठ कर बतली हुई छोटी-सी पूनी, जिसे दीपक में घी-तेल डाल कर जलाते हैं।

बत्तीस—वि. तीस और दो। पु. बत्तीस की संख्या, 32।

बत्तीसा—पु. द्र. 'बतीसा'।

बत्तीसी—स्त्री. द्र. 'बतीसी'।

बथान—पु. गाय, बैल, पशुओं का थान, स्थान।

बथुआ—पु. एक पौधा जो शीत ऋतु में खेतों में स्वतः उग आता है, साग के रूप में खाया जाता है।

बद—वि. [फा.] बुरा, ख़राब, दुष्ट, खोटा, अशुभ। **~अख़लाक़**—वि. अशिष्ट, धृष्ट। **~अमनी**—स्त्री. अशांति, उपद्रव। **~इंतज़ामी**—स्त्री. अव्यवस्था, कुप्रबंध। **~कारी**—दुराचार, व्यभिचार। **~गोई**—स्त्री. बुराई, निंदा। **~चलन**—वि. दुश्चरित्र, बुरा चाल-चलन। **~ज़बान**—वि. अशिष्ट, गाली आदि का प्रयोग करने वाला। **~ज़बानी**—स्त्री. गाली-गलौच। **~ज़ात**—वि. नीच, कमीना (एक गाली)। **~तमीज़**—वि. अशिष्ट, जिसे तमीज़ न हो, गँवार, अशिष्ट। **~तमीज़ी**—स्त्री. अशिष्टता। **~दिमाग़**—वि. जिसका दिमाग़ ख़राब हो, घमंडी। **~दुआ**—स्त्री. शाप। **~नसीब**—बुरी किस्मत वाला, अभागा। **~नाम**—वि. जो अपने बुरे कारनामों के लिए जाना जाता है। **~नीयत**—वि. बुरी नीयतवाला, बेईमान। **~परहेज़ी**—स्त्री. उल्टा-सीधा खाना। **~माशी**—स्त्री. बदलचनी, दुष्टता। **~मिज़ाज़**—वि. तीख़े स्वभाव वाला, बिगड़ैल। **~शक्ल**—वि. कुरूप, भोंडा। **~सलूकी**—स्त्री. दुर्व्यवहार, बुरा बर्ताव। **~सूरत**—वि. कुरूप, बुरी शक्ल का।

बदन—पु. [फा.] शरीर, देह। **ला. ~जुड़ना**—शरीर दुःखना, शिथिल होना। **~टूटना**—ज्वर का पूर्वाभास, शरीर के जोड़ों में हलकी पीड़ा। **~साँचे में ढला होना**—सुडौल और सुंदर शरीर। **~सूख कर काँटा हो जाना**—बहुत दुर्बल हो जाना।

बदना—स.क्रि. शर्त लगाना।

बदरंग—वि. [फ़ा.] जिसका रंग फीका या खराब हो गया हो।

बदर—पु. [सं.] बेर का फल, उसका पेड़।

बदर—अ. [फ़ा.] बाहर, दरवाज़े के बाहर। **(दर) ~करना**—घर से बाहर निकालना। **(शहर) ~करना**—शहर से निष्कासित करना।

बदरा—पु.* बादल।

बदरि—स्त्री. [सं.] बेर का पेड़।

बदरिका—स्त्री. [सं.] बेर का फल, उसका पेड़, गंगा का उद्गम स्थल पर बना आश्रम, एक तीर्थ स्थल।

बदरी*—स्त्री. बदली, बादल का छोटा खंड। **~नाथ**—पु. बदरिका आश्रम का मंदिर, हिंदुओं का प्रसिद्ध तीर्थ। **~नारायण**—बदिराश्रम में प्रतिष्ठित नारायण की प्रतिमा। **~वन**—पु. बेर का जंगल, बदरिकाश्रम।

बदल—पु. [अ.] परिवर्तन, फेर-फार। **(अदल) ~**—किसी चीज़ के साथ दूसरी बदल लेना।

बदलना—अ.क्रि. परिवर्तित होना; एक की जगह दूसरा हो जाना, अपना स्वभाव परिवर्तित कर लेना; ~एक चीज़ हटा कर उसकी जगह दूसरी रख देना (कपड़े बदलना, चादर बदलना, आदि।)

बदलवाना—स.क्रि. 'बदलना' का प्रे. बदलने का काम करना।

बदला—पु. प्रतिशोध; विनिमय—एक वस्तु के बदले दूसरी ले लेना।

बदलाई—स्त्री. बदलने की क्रिया; बदले में ली या दी जाने वाली चीज़; कोई खरीदी चीज़ बदलने के लिए दी गई राशि।

बदलाना—स.क्रि. द्र. 'बदलवाना।'

बदलाव—पु. परिवर्तन, बदलने की प्रक्रिया; बदली हुई स्थिति।

बदली—स्त्री. बादल का छोटा टुकड़ा, घटा; तबादला—एक स्थान से हटा कर किसी कर्मचारी, आदि को दूसरी जगह भेज देना ('उसकी बदली मेरठ हो गई है')।

बदस्तूर—क्रि.वि. पहले की तरह से पूर्ववत्; किसी परिवर्तन के; दस्तूर, रीति-रिवाज के अनुसार।

बदा—वि. भाग्य में लिखा हुआ, भाग्य में नियत।

बदाबदी—स्त्री. होड़, प्रतिस्पर्धा।

बदाम—पु. द्र. 'बादाम'।

बदामी—वि. द्र. 'बादामी'।

बदी—स्त्री. चन्द्रमास का कृष्ण पक्ष (ज्येष्ठ बदी तीज़)।

बदी—स्त्री. [फ़ा.]—बुराई ('नेकी' का विपरीतार्थी), अपकार।

बदौलत—क्रि.वि. [अ.] कृपा से, सहारे से, कारण से।

बद्दुआ—स्त्री. बुरी दुआएँ।

बद्ध—वि. [सं.] बँधा हुआ, बाँधा हुआ; संसार के बंधन में पड़ा हुआ; निर्धारित (समय बद्ध)। **~कोष्ठ**—वि. जिसे कब्ज़ हो।

बद्धांजलि—वि. [सं.] हाथ जोड़े हुए, करबद्ध।

बद्धी—स्त्री. डोरी या बाँधने की कोई चीज़; गले में पहनने का एक आभूषण।

बध—पु. द्र. 'वध'।

बधना*—पु. मिट्टी का टोंटीदार लोटा (मुसलमानों के यहाँ प्रयुक्त)।

बधाई—स्त्री. शुभ कामना, मुबारकबाद; हर्षोत्सव के समय गाये जाने वाले मंगल गीत।

बधावा—पु. पुत्र जन्म पर गाये जाने वाले मंगल गीत ('घर घर बजत बधावा')।

बधिक—पु. वध करने वाला जल्लाद; व्याध, बहेलिया।

बधिया—पु. बछड़ा, घोड़ा, आदि जिनका अंडकोष कुचल कर उन्हें जोतने के काम के योग्य बनाया गया है। **मु. ~बैठना**—किसी व्यवसाय, काम में हानि होना।

बधिर—पु. [सं.] बहरा।

बधिरता—स्त्री. [सं.] बहरापन।

बधूक—पु. द्र. 'बंधूक'।

बधूटी—स्त्री. द्र. 'वधूटी'।

बध्य—वि. 'वध्य'।

बन—पु. वन, जंगल, कानन; झुंड-समूह (वन का वन खड़ा है इन पेड़ों का); कपास। स्त्री. सज-धज, सजावट, ('बन-ठन कर निकलना')। (द्र. 'वन' भी)। **~वास**—पु. बन में जाकर रहना, बसना।

बनज—पु. द्र. 'बनिज'।

बनजारन, बनजारी—(बंजारिन)—स्त्री. बनजारे की स्त्री।

बनजारा (बंजारा)—पु. एक खानाबदोश जाति जो पशुओं पर अपना सारा सामान लाद कर कहीं भी चल देते हैं और अस्थायी रूप से कहीं भी डेरा डाल लेते हैं। **ला.** ~ दुनिया में आया व्यक्ति, जीव ('जब लाद चलेगा बनजारा')।

बनड़ा—पु. लड़के के विवाहोत्सव पर गाये जाने वाले गीत, बनरा; दूल्हा; विलावल राग का एक भेद (संगी.)।

बनत—स्त्री. बनावट, रचना।

बनना—अ.क्रि. उचित रूप प्राप्त करना, तैयार होना। **ला. बनना-सँवरना**—सजना, शृंगार करना। **बनो मत**—ढोंग मत करो, **उसको खूब बनाया**—बेवकूफ़ बनाना। (जो कुछ भी) **बन पड़ा**—संभव हो सका, जो सामर्थ्य में था।

बननि*—स्त्री. शृंगार, सजावट।

बनफ़शई—वि. बनफ़शे के रंग का।

बनफ़्शा—पु. [फा.] (हि. बनफ़शा) एक पौधा जो औषधि के रूप में प्रयुक्त होता है।

बनरा—पु. द्र. 'बनड़ा'।

बनरी—स्त्री. दुलहिन, नववधू, बँदरिया।

बनवाना—स.क्रि. 'बनाने' का प्रे., किसी से बनाने का काम कराना।

बनवारी—पु. वनमाली, श्रीकृष्ण।

बना—पु. दूल्हा, वर।

बनागि*—स्त्री. वनाग्नि, दावानल।

बनाग्नि—स्त्री. वनाग्नि, दावानल।

बना-ठना—वि. सजा-सँवरा (आदमी)।

बनाना—स.क्रि. रचना, निर्माण करना; किसी चीज़ को नया रूप देना, मरम्मत कर देना।

बनाफर—पु. राजपूतों की एक उपजाति।

बनाम—क्रि.वि. [फ़ा.] नाम पर, किसी के प्रति।

बनारस—पु. भारत का एक प्रसिद्ध नगर—वाराणसी, काशी।

बनारसी—वि. बनारस से संबंधित, बनारस का रहने वाला।

बनावट—स्त्री. बनाने की क्रिया, रचना, गठन, आडंबर, दिखावा।

बनावटी—वि. कृत्रिम, नकली, दिखावटी।

बनावनहार, बनावनहारा*—पु. बनाने वाला, रचयिता; सुधारने वाला।

बनिक—पु. द्र. 'वणिक्'।

बनिज—पु. व्यापार, क्रय-विक्रय की वस्तु, सौदा।

बनिता—स्त्री. स्त्री, पत्नी।

बनिया—पु. वैश्य, व्यापार करने वाली जाति; आटा, दाल आदि बेचने वाला। स्त्री. 'बनैनी'।

बनियाइन—स्त्री. पुरुषों का अन्तर्वस्त्र, कमीज़-कुरते के नीचे पहना जाता है, गंजी।

बनिस्बत—क्रि.वि. [अ.] अपेक्षया, तुलना में।

बनिहार—पु. खेतिहर, मज़दूर।

बनिहारी—स्त्री. खेतीबाड़ी।

बनी—स्त्री. दुल्हन, वधू; वनस्थली; कपास के पेड़।

बनैनी—स्त्री. बनिया, वैश्य जाति की स्त्री।

बनैला—वि. जंगली, वन्य खूँखार पशु।

बन्ना—पु. दूल्हा, वर; लड़के के विवाह पर गाये जाने वाले लोकगीत।

बन्नी—स्त्री. दुल्हन, वधू।

बन्हि—पु. द्र. 'वन्हि'।

बपतिस्मा—पु. [अं.—'बैपटिज़्म'] ईसाई धर्म में दीक्षित किए जाने वाला संस्कार।

बपु, बपुख*—पु. [सं. 'वपु'] शरीर, देह।

बपुरा*—वि. बेचारा, दीन, विवश।

बपौती—स्त्री. बाप दादा से प्राप्त संपत्ति, पैतृक संपत्ति।

बप्पा—पु. बाप, पिता (के लिए सम्बोधन)।

बफारा—पु. भपारा, औषधि मिले गरम पानी की भाप से शरीर का कोई अंग सेंकना।

बबकना—अ.क्रि. क्रोध, उत्तेजना में अमर्यादित रूप में बोलना।

बबर—पु. [फा.] अफ्रीका में पाए जाने वाले शेर की प्रजाति, बबर शेर। 'बब्बर' भी बोला जाता है।

बबुआ—पु. छोटे लड़कों के लिए प्यार से दिया गया सम्बोधन।

बबूल—पु. कीकर, एक प्रसिद्ध कंटीला पेड़।

बबूला—पु. बगूला, वात्याचक्र; बुलबुला। **~मु. (आग)~** होना—बहुत अधिक क्रोध में आना।

बभूत—स्त्री. द्र. 'भभूत'।

बभ्रु—वि. [सं.] गहरे भूरे रंग का; गंजा, खल्वाट। पु. शिव; विष्णु; चातक।

बम—पु. शिवजी की स्तुति, कीर्तन, आदि में बोले जाने वाला शब्द—'बम-बम भोले'।

बम—पु. [अं. बाँब] विस्फोटक सामग्री से भरा वह गोला जो शत्रु पर फेंका जाता है या आतंकवादी गतिविधियों में भय उत्पन्न करने के लिए कहीं भी फेंक या रख दिया जाता है; घोड़े-ताँगे, एक्के आदि में लगे हुए बाँस (या लकड़ी) जिनमें घोड़े को जोड़ा जाता है।

बमकना—अ.क्रि. क्रोध या आवेश में अमर्यादित रूप में बोलना।

बमचख—स्त्री. शोर-शराबा।

बम्बा—पु. राजबहा, नहर में से निकली बड़ी उपधारा, जिसमें से सिंचाई के लिए नालियाँ निकाली जाती हैं, जो खेतों तक पानी पहुँचाती हैं।

बया—पु. एक प्रसिद्ध चिड़िया।

बयान—पु. [अ.] कथन; वक्तव्य; अदालत में दिया गया विवरण जो वादी या प्रतिवादी द्वारा दिया जाता है। **~तहरीरी**—पु. अदालत में दिया गया लिखित विवरण, बयान। **~ताईदी**—पु. दूसरे के बयान की पुष्टि करने वाला बयान।

बयाना—पु. भूमि, किसी वस्तु के मूल्य या किसी काम के पारिश्रमिक का वह अंश जो निश्चित की गई शर्तों के अनुसार पेशगी, अग्रिम राशि के रूप में दिया जाता है।

बयार—स्त्री. वायु, हवा; शीतल मंद वायु। **ला.** फैशन, प्रवृत्ति।

बयालिस, बयालीस—वि. चालीस और दो। पु. चालीस और दो की संख्या, 42।

बयासी—वि. अस्सी और दो। पु. अस्सी और दो की संख्या, 82।

बर—पु. दूल्हा।

बर—अ. [फा.] ऊपर, पर, बाहर। **~अक्स**—अ. उलटा, विपरीत, विरुद्ध। **~क़रार**—वि. स्थिर, कायम; दृढ़, बना हुआ; जीवित। **~खुरदार**—पु. बेटा, संतान। **~दाश्त**—स्त्री. सहन।

बरकत—स्त्री. [अ.] किसी वस्तु, सौभाग्य, की बढ़ोतरी, वृद्धि; लाभ; बहुतायत। **~रहना, होना**—किसी वस्तु में यथेष्ठता, प्रचुरता रहना, कोई कमी न पड़ना।

बरख*—पु. दे. 'वर्ष'।

बरखास्त—वि. [फ.] जो नौकरी से हटा दिया गया हो, निष्कासित, पद-च्युत; विसर्जित, समाप्त ('डिसमिस्ड)।

बरगद—पु. एक प्रसिद्ध वृक्ष, हिंदुओं में पूज्य।

बरगलाना—स.क्रि. फुसलाना, छल-कपट से भ्रमित कर देना।

बरच्छा—स्त्री. द्र. 'बरेच्छा'।

बरछा—पु. भाला।

बरछी—स्त्री. छोटा बरछा।

बरजना*—स.क्रि. मना करना, रोकना।

बरजनि*—स्त्री. [ब्र.भा.] मनाही, रोक।

बरज़ोर—वि. जबरदस्ती, ज़ोर, शक्ति के बल पर।

बरजोरी—स्त्री. शक्ति प्रयोग।

बरत*—पु. द्र. 'व्रत'।

बरतन—पु. धातु, शीशे, मिट्टी आदि के पात्र, रसोई में खाना बनाने, भोजन परोसने के लिए प्रयुक्त होते हैं।

बरतना—स.क्रि. व्यवहार, बर्ताव करना।

बरताना—स.क्रि. बाँटना, वितरण करना।

बरताव—पु. किसी के साथ किया जाने वाला व्यवहार, बरतने का ढंग।

बरती*—वि. दे. 'व्रती'।

बरद*—पु. दे.

बरदा*—पु. दे.

बरध—पु. द्र. 'बैल'।

बरन*—पु.

बरनन*—पु. दे. 'वर्णन'।

बरनर—पु. दे. 'बर्नर'।

बरना*—स.क्रि. वरना, वरण करना, ब्याहना।

बरपा—वि. [फ़ा.] उठ खड़ा हुआ; मचा हुआ ('हंगामा बरपा है'।)

बरफ़—स्त्री. द्र. 'बर्फ़'।

बरफ़ानी—वि. दे. 'बर्फ़ानी।'

बरफ़ी—स्त्री. एक प्रसिद्ध मिठाई—चीनी, खोवा, बेसन, गोले, आदि की बनाई जाती है। (खोवे की बरफ़ी, बेसन की बरफ़ी, आदि)

बरबस—अ. ज़बरदस्ती, बलपूर्वक, स्वत: ही; अचानक।

बरमा—पु. लकड़ी में छेद करने का एक औज़ार; भारत का समीपस्थ एक देश, वर्तमान नाम म्याँमार।

बरफ़ीला—वि. द्र. 'बर्फ़ीला'।

बरबंड*—वि. उद्दंड; बहुत तेज़।

बरबर—पु. बड़-बड़, बकवाद।

बरमी—पु. बरमा का रहने वाला। स्त्री. बरमा की भाषा।

बरवा—पु. द्र. 'बरवै'।

बरवै—पु. एक मात्रिक छंद।

बरस—पु. वर्ष, साल।

बरसना—अ.क्रि. वर्षा होना, तेज़ बारिश होना।

बरसाऊ—वि. बरसने वाला (बादल)।

बरसात—स्त्री. वर्षा; वर्षा ऋतु; वर्षा के दिन।

बरसाती—वि. बरसात का; बरसात में होने वाला। स्त्री. बरसात में सोने-बैठने की सबसे ऊपर की मंजिल के ऊपर बना बिना दरवाज़ों का खुला कमरा-सा; वर्षा से बचने के लिए मोमजामे, रैक्सीन या किसी अन्य जल-रोधक वस्त्र का बना बड़ा कोट-सा।

बरसाना—स.क्रि. वर्षा करना, वर्षा की बूँदों की तरह जल या कोई अन्य वस्तु (नोट, आदि) गिराना; बड़ी संख्या, मात्रा में कुछ फेंकना, बिखेरना (फूल बरसाना); जिस अन्न (गेहूँ, आदि) की बालों को बैलों, भैंसे आदि की दाँय चला कर बारीक कर दिया गया हो, उसे छोटे टोकरों से हवा के रुख की ओर ऊपर से गिरा कर अनाज और भूसे को अलग करना। पु. ब्रज क्षेत्र में एक गाँव, श्री राधा की जन्मभूमि रूप में प्रसिद्ध।

बरसिंघा—पु. द्र. 'बारहसिंगा'।

बरसी—स्त्री. मृतक का वार्षिक श्राद्ध, पुण्य-तिथि, उस पर की जाने वाली रस्में।

बरहमंड—पु. द्र. 'ब्रह्मांड'।

बरहा—पु. सिंचाई के लिए बनाई गई नाली; मोटा रस्सा।

बरांडा—पु. द्र. 'बरामदा'।

बरांडी—स्त्री. द्र. 'ब्रांडी'।

बराई*—स्त्री. द्र. 'बड़ाई'।

बराक—पु. [सं. 'वराक'] शिव; युद्ध।

बरात—स्त्री. बारात, विवाह के समय कन्या-पक्ष के यहाँ दूल्हे के साथ जाने वाले प्रियजन, विवाह के समय की शोभा यात्रा। **ला.** बहुत सारे लोग ('तुम तो पूरी बारात ले आए')।

बराती—वि. बारात में जाने वाले लोग, द्र. 'बारात'।

बरानकोट—पु. [अं. 'ब्राउनकोट'] सेना द्वारा पहने जाना वाला ऊनी ओवर कोट।

बराबर—वि. [फ़ा.] समान, तुल्य, सदृश; समतल, हमवार। क्रि.वि. लगातार, निरंतर; एक साथ; सदैव, हमेशा।

बराबरी—स्त्री. समता, समानता; किसी के बराबर दीखने या होने की क्रिया या भाव।

बरामद—पु. [फा.] खोया या चोरी किया गया सामान पकड़ लेना, खोज निकालना।

बरामदा—पु. [फा.] मकान के बाहर छज्जा निकाल कर बनाया हुआ स्थान; कमरों के आगे छाजन (कड़ियों या लैंटर डालकर) बनाया गया स्थान।

बराय—अ. [फा.] वास्ते, लिए। **~नाम**—अ. नाम के लिए, दिखावे के लिए।

बराह—क्रि.वि. [फ़ा.] मार्ग से, रास्ते से; द्वारा, जरिए से; के रूप में, के तौर पर; के विचार में।

बराह—पु. द्र. 'वराह'।

बरिआई*—स्त्री. जबर्दस्ती। अ. बलपूर्वक।

बरिच्छा—स्त्री. बरेच्छा, फलदान।

बरिबंड*—वि. बलवान, शक्तिशाली।

बरियार*—वि. बलवान, शक्तिशाली।

बरी*—वि. बली, शक्तिशाली।

बरी—[अ.] आजाद, रिहा; निर्दोष।

बरु*—अ. [ब्र.भा.] बल्कि; भले ही।

बरुआ, बरुवा*—पु. बंगाल—आसाम में ब्राह्मणों का एक गोत्र।

बरुणालय—पु. समुद्र।

बरुन*—पु. द्र. 'वरुण'।

बरुनी—स्त्री. द्र. 'बरौनी'।

बरुथी—स्त्री. उत्तर प्रदेश में एक छोटी नदी।

बरेखी—स्त्री. मँगनी, विवाह निश्चित होना।

बरेच्छा—स्त्री. विवाह संबंध निश्चित हो जाना, उसकी रस्म।

बरोठा, बरौठा, बरौठी—पु. ड्योढ़ी; बैठक; विवाह के समय बारात के स्वागत की एक रस्म, द्वारपूजा।

बरोह—पु. बरगद की जटा, वह जटा जो जमीन तक फैल कर पुन: जड़ का रूप धारण कर, नए रूप में पादप, वृक्ष बन जाती है।

बरौनी—स्त्री. पलकों के आगे के बाल।

बर्कत—स्त्री. द्र. 'बरकत'।

बर्खास्त—वि. द्र. 'बरख़ास्त'।

बर्गर—पु. [अं.] तुरंता भोजन, फास्ट-फूड का एक उत्पाद।

बर्छा—पु. द्र. 'बरछा'।

बर्णन*—पु. द्र. 'वर्णन'।

बर्णना*—स.क्रि. वर्णन करना। स्त्री. द्र. 'वर्णना'।

बर्ताव—पु. द्र. 'बरताव'।

बर्तुल—वि. द्र. 'वर्तुल'।

बर्थ—पु. [अं.] जन्म; शायिका; नौकरी, स्थान देना। **~डे.**—पु. जन्म दिन।

कंट्रोल—पु. परिवार नियोजन, परिवार को नियंत्रित, सीमित करना।

बर्द—पु. बैल।

बर्दाश्त—स्त्री. द्र. 'बरदाश्त'।

बर्न—पु. द्र. 'वर्ण'।

बर्नर—पु. [अं.] लैंप, गैस चूल्हे आदि का वह हिस्सा जो प्रज्वलित होता है।

बर्नार्ड शॉ—पु. पूरा नाम जार्ज बर्नार्ड शॉ (1856-1950 ई.) अंग्रेज़ी भाषा के प्रसिद्ध नाटककार।

बर्फ़—स्त्री. [फा.] भाप के अणुओं का सरदी से घनीभूत होकर पृथ्वी पर रुई के गालों के रूप में गिर कर कड़ा हो जाना, जम जाना; मशीन अथवा अन्य कृत्रिम उपयों से जमाया हुआ जल जिसे विविध रूपों में पीने के लिए प्रयुक्त किया जाता है। **~बारी**—स्त्री. हिम वर्षा, बर्फ़ की वर्षा, लगातार बर्फ़ पड़ने का क्रम।

बर्फ़ानी—वि. [फा.] जिसमें या जिस पर बर्फ़ हो (हवा, देश, पर्वत)।

बर्फ़ी—स्त्री. द्र. 'बरफ़ी'।

बर्फ़ीला—वि. बर्फ़ से भरा हुआ, ढका हुआ।

बर्बर—वि. [सं.] असभ्य, क्रूर; जंगली; अनार्य।

बर्र—पु. भिड़, ततैया—उड़ने वाला एक ज़हरीला कीड़ा।

बर्राक—पु. चमकता हुआ (बर्राक सफेद), तेज़, द्रुतगामी।

बर्राना—अ.क्रि. नींद या बेहोशी में कुछ अव्यवस्थित बोलना।

बर्राहट—स्त्री. द्र. 'बर्राना', बर्राने की क्रिया।

बर्रै—पु. द्र. 'बर्र'।

बर्सर—पु. [अं.] खजांची, कोषाध्यक्ष।

बलंद—वि. द्र. 'बुलंद'।

बलंदी—स्त्री. द्र. 'बुलंदी'।

बल—पु. [सं.] शरीर की शक्ति, ताक़त, जोर, सामर्थ्य, सेना, फौज (सैन्य बल, अर्द्ध सैनिक बल); पार्श्व, अंग, पक्ष (पीठ के बल, पेट के बल); ऐंठन, फेरा; लपेट ('रस्सी को तीन बल दे दो'), सलवट ('कपड़ों के बल खोल दो')। **~कारक**—वि. बल देने वाला। **~पूर्वक**—क्रि.वि. बल द्वारा, शक्ति का प्रयोग करके। **~बूता**—पु. ताक़त, ज़ोर। **~भद्र**—पु. बलराम (श्रीकृष्ण के भाई), बलवान पुरुष। **~राम**—पु. श्रीकृष्ण के बड़े भाई। **~शाली**—वि. बलयुक्त, शक्तियुक्त।

बलकटी—स्त्री. किसी की पकी फसल की बालियाँ (गेहूँ आदि की) चोरी से काट लेना।

बलकल*—पु. द्र. 'वल्कल'।

बलग़म—पु. [अ.] कफ़, श्लेष्मा, खखार।

बलग़मी—वि. जिसे बलग़म हो, कफ़ प्रधान (प्रकृति)।

बलटूट, बलतोड़—पु. बाल टूटने से जाँघ पर बड़ा फोड़ा हो जाना, जो भीतर ही भीतर अपना दल बनाता रहता है।

बलना—अ.क्रि. जलना, दहकना।

बलबलाना—अ.क्रि. ऊँट के बोलने की आवाज़। **ला.** क्रोध में उबलना।

बलबलाहट—स्त्री. बलबलाने की क्रिया।

बलम*—पु. प्रियतम, पति।

बलमीक—पु. बाँबी।

बलय*—पु. दे. 'वलय'।

बलवंत*—वि. बलवान।

बलवत्ता—स्त्री. [सं.] शक्तिमत्ता, बलवान होने का भाव।

बलवा—पु. उपद्रव, विद्रोह, विप्लव, दंगा। **~ई**—वि. पु. बलवा करने वाला, विद्रोही।

बलवान—वि. [सं.] शक्तिशाली, ताक़तवर।

बला—स्त्री. [अ.] विपत्ति, आफ़त; दुःख, कष्ट; भूत-प्रेत बाधा; बहुत कष्ट देने वाला व्यक्ति, वस्तु।

बलाक—पु. [सं.] बगला, एक पक्षी।

बलाका—स्त्री. [सं.] बगलों की पाँत, पंक्ति।

बलात्—अ. [सं.] बलपूर्वक, ज़बर्दस्ती।

बलात्कार—पु. [सं.] बल प्रयोग किया गया संभाग, अत्याचार।

बलादग्रहण—पु. [सं.] बलपूर्वक लेना।

बलाधिक—वि. [सं.] अधिक बलवाला।

बलाधिकरण—पु. [सं.] सेना की कार्रवाई।

बलाधिकृत—पु. [सं.] प्राचीन भारत के गणराज्यों में सेना प्रमुख का पद।

बलाधिक्य—पु. [सं.] बल, शक्ति की अधिकता।

बलाध्यक्ष—पु. [सं.] सेनापति, प्राचीन भारत में सेना प्रमुख का पद।

बलाबल—पु. [सं.] बल और बल का अभाव, तुलनात्मक बल और निर्बलता।

बलाय—पु. बला, द्र. 'बला'।

बलाहक—पु. [सं.] बादल, मेघ।

बलि—पु. [सं.] किसी देवता के लिए मार कर चढ़ाया जाने वाला पशु, बकरा, मुर्गा, आदि; एक पौराणिक प्रतापी

राजा जिसे भगवान विष्णु ने वामन रूप धर कर छला था, तीन डग भूमि माँगकर। **~पशु**—पु. वह पशु देवता को प्रसन्न करने के लिए जिसका वध किया जाता है।

बलिया—वि. बलवान। पु. उत्तर प्रदेश में एक स्थान, जिला।

बलिवर्द—पु. [सं.] द्र. 'बलीबर्द'।

बलिष्ठ—वि. [सं.] सबसे अधिक बली; बहुत बलवान।

बलिहारी—स्त्री. निछावर होना, कुर्बान जाना—प्रेम, श्रद्धा, आदि के कारण।

बली—वि. [सं.] बलवान, शक्तिशाली।

बलीवर्द—पु. [सं.] साँड़, बैल।

बलुआ—वि. जिसमें बालू अधिक हो (बलुआ पत्थर)।

बलूच—पु. बलूचिस्तान की एक जाति; बलूचिस्तान में रहने वाला।

बलूचिस्तान—पु. भारत के पश्चिम में पाकिस्तान का सीमावर्ती देश।

बलूची—पु. बलूचिस्तान का रहने वाला।

बलून—पु. [अं.] बैलून, गुब्बारा।

बल्कल—पु. द्र. 'वल्कल'।

बल्कि—अ. [फा.] किंतु, प्रत्युत, अच्छा हो कि।

बल्ब—पु. [अं.] बिजली का लट्टू।

बल्लभ—वि. द्र. पु. 'वल्लभ'।

बल्लभी—स्त्री. प्रिया, द्र. 'वल्लभी'।

बल्लम—पु. भाला।

बल्लरी—स्त्री. द्र. 'वल्लरी'।

बल्ला—पु. गेंद, बैडमिंटन की चिड़िया, आदि खेलने का लम्बा-सा डंडा, खेलों के अनुसार अलग-अलग रूप।

बल्लारी—स्त्री. एक रागिनी।

बल्लेबाज़—पु. क्रिकेट के खेल में अच्छा बल्ला चलाने वाला।

बल्लेबाज़ी—स्त्री. बल्ला खेलना (क्रिकेट में)।

बवंडर—पु. बगूला, वात्याचक्र, अंधड़।

बवाल—पु. झंझट।

बवासीर—स्त्री. [अ.] एक गुदा रोग।

बशिष्ट—पु. द्र. 'वसिष्ठ'।

बसंत—पु. द्र. 'वसंत'।

बसंती—वि. बसंती रंग, वसंत का। पु. हलका पीला रंग।

बस—पु. वश, शक्ति।

बस—स्त्री. [अं.] मोटर। **~स्टॉप**—पु. जहाँ मोटर सवारी उतारने-चढ़ाने के लिए रुकती है।

बसति*—स्त्री. द्र. 'बस्ती'।

बसन*—पु. द्र. 'वसन'।

बसना—अ.क्रि. स्थायी रूप से कहीं रहना, वहीं टिक जाना, ठहर जाना; आबाद होना।

बसपा—स्त्री. [हि.] बहुजन समाज पार्टी, उत्तर भारत के राज्यों में एक प्रसिद्ध राजनीतिक दल।

बसर—स्त्री. [फा.] निर्वाह, गुज़र। **(गुज़र)~** स्त्री. निर्वाह होना।

बसात—स्त्री. द्र. 'बिसात'।

बसाना—स.क्रि. किसी को कहीं से ला कर बसा देना, स्थायी रूप से टिका देना, बसने का प्रबंध करना।

बसिष्ठ—पु. द्र. 'वसिष्ठ'।

बसीकरन*—पु. द्र. 'वशीकरण'।

बसु—पु. द्र. 'वसु'।

बसुमती—स्त्री. द्र. 'वसुमती'।

बसूला—पु. बढ़ई का एक औज़ार, जिससे वह लकड़ी काटता-छीलता है।

बसूली—स्त्री. छोटा बसूला; राजमिस्त्री का एक औज़ार, जिससे वह ईंट काटता-पीटता है।

बसेरा—पु. ठहरने का अस्थायी स्थान। **ला.** 'दुनिया रैन-बसेरा'।

बस्ट—पु. [अं.] आवक्ष मूर्ति, अर्द्ध मूर्ति।

बस्त—स्त्री. वस्तु। **(चीज)~** स्त्री. गहने, आभूषण, कीमती सामान।

बस्तर—पु. द्र. 'वस्त्र'।

बस्ता—वि. [फा.] वह कपड़ा, कपड़े का झोला-सा, जिसमें पुस्तकें, बहियाँ, कॉपियाँ, आदि रखी जाती हैं; इस प्रकार बँधी हुई पुस्तकें, बहियाँ, कॉपियाँ, आदि।

बस्ती—स्त्री. आबादी, छोटा-सा गाँव, कस्बा, आदि।

बस्त्र—पु. द्र. 'वस्त्र'।

बहँगा—पु. बड़ी बहँगी, द्र. 'बहँगी'।

बहँगी—स्त्री. बोझ ढोने के लिए लकड़ी या बाँस पर दोनों ओर लटकाए छींके।

बहक—स्त्री. बहकने की क्रिया या भाव; अनर्गल बात, बकवाद, पथभ्रष्टता।

बहकना—अ.क्रि. उचित व्यवहार छोड़ना, पथभ्रष्ट होना; ठीक रास्ते न जाकर दूसरे रास्ते चले जाना; किसी प्रकार के मद या आवेश में अंट-शंट बकना।

बहकाना—स.क्रि. भरमाना; बहलाना (बच्चों को); भ्रष्ट करना; किसी से कुछ काम कराने के लिए ग़लत तरीक़े से प्रेरित करना।

बहकावा—पु. भुलावा, बहकाने वाली बात।

बहत्तर—वि. सत्तर और दो। पु. सत्तर और दो की संख्या, 72।

बहन (बहिन)—स्त्री. पिता की पुत्री, भगिनी; चाचा, मामा, बुआ, आदि की लड़की; समवयस्क लड़की, स्त्री के लिए सम्बोधन।

बहना—अ.क्रि. तरल पदार्थ का निचले स्तर, नीचे की ओर चलना; हवा का चलना; चरित्र-भ्रष्ट होना; पानी में किसी व्यक्ति या वस्तु का प्रवाह के साथ चले जाना।

बहनापा—पु. बहन का संबंध।

बहनोई—पु. बहन का पति; छोटी बहन का पति।

बहम—पु. द्र. 'वहम'।

बहरा—वि. जिसे सुनाई न दे, ऊँचा सुनने वाला। **ला.** अनसुनी कर देने वाला, ध्यान न देने वाला।

बहरी—स्त्री. 'बहरा' का स्त्री.।

बहल—स्त्री. बहली, छोटा छतरीदार बैल ताँगा।

बहलना—अ.क्रि. भुलाने में आना; मनोरंजन होना; दुःख या चिंता से हट कर मन का दूसरी ओर लगना।

बहलाना—स.क्रि. भुलावा देना, मन को दुःख देने वाली बात से हटा कर दूसरी ओर लगाना।

बहलाव—पु. मन का बहलना, दूसरी ओर लग जाना।

बहली—स्त्री. द्र. 'बहल'।

बहस—स्त्री. [अ.] उत्तर-प्रत्युत्तर, वाद-विवाद; मुकदमे में वकील का अदालत में अपने पक्ष की प्रस्तुति। **~मुबाहिसा**—पु. वाद-विवाद, शास्त्रार्थ।

बहसना*—अ.क्रि. बहस, तर्क-वितर्क करना।

बहसा-बहसी—स्त्री. [अ.] तर्क-वितर्क करना।

बहादुर*—वि. [फ़ा.] शूरवीर; साहसी; निडर।

बहादुराना—अ. [फा.] वीरतापूर्वक, वीरोचित रूप में।

बहादुरी—स्त्री. वीरता, शौर्य।

बहाना—स.क्रि. 'बहना' का प्रे., द्र. 'बहना'। पु. [फ़ा.] किसी काम को न करने के लिए झूठा, बनावटी तर्क। **~(ने) बाज़ी**—स्त्री. बहाने बनाना।

बहार—स्त्री. [फा.] वसंत ऋतु; आनंद, मौज़; ऋतु ('आम की बहार'); शोभा; आनंद।

बहाल—अ. [फा.] पुनर्नियुक्त, अपने पद पर पुनः स्थित, पूर्ववत्।

बहाली—स्त्री. पुनर्नियुक्ति।

बहाव—पु. प्रवाह, धारा; प्रबल वेग की धारा; बहता हुआ पानी।

बहिन—स्त्री. द्र. 'बहन'।

बहिनापा—पु. द्र. 'बहनापा'।

बहियाँ*—स्त्री. 'बाँह'।

बहिर, बहिरा*—वि. बहरा, द्र. 'बहरा'।

बहिर्—'बहिस्' का समास में प्रयुक्त रूप। **~अंग**—वि. बाहरी, बाहर का। **~गमन**—पु. बाहर जाना। **~गामी**—वि. बाहर जाने वाला। **~जगत**—बाह्य जगत। **~चिकित्सा**—स्त्री. जहाँ बाहर से आए रोगी देखे जाते हैं (ओ.पी.डी.)।

बही—स्त्री. हिसाब-किताब लिखने की लंबी सी पुस्तिका (लाल जिल्द में बँधी हुई), पुराने दुकानदारों-व्यापारियों के यहाँ प्रयोग की जाती है। **~खाता**—पु. किसी व्यापारी-महाजन, आदि की हिसाब-किताब की पुस्तिका।

बहु—वि. [सं.] अनेक, बहुत, ज्यादा। **~आयामी**—वि. अत्यधिक विस्तार वाला। **~उद्देशीय**—वि. जिसके उद्देश्य अनेक हैं। **~कालिक**—वि. दीर्घकालीन। **~ज्ञ**—वि. बहुत सी बातें जानने वाला, बहुत से विषयों का ज्ञाता। **~पठित**—वि. जिसने बहुत कुछ पढ़ा है, विद्वान्, अधीक विद्वान्। **~मूल्य**—वि. जिसका मूल्य, कीमत बहुत अधिक हो; जिसका बहुत महत्त्व हो, मूल्यवान। **~रंगी**—वि. बहुत से रंगों वाला; बहुरूपिया। **~वचन**—पु. व्याकरण में संज्ञा, सर्वनाम, क्रिया का वह रूप जो दो या उससे अधिक व्यक्तियों, वस्तुओं, व्यापारों आदि का बोध कराता है। **~वर्षी**—वि. जिसकी अवधि या जीवनकाल अनेक वर्षों का हो। **~विद्**—वि. बहुज्ञ, विद्वान्।

बहुत—वि. अधिक, ज्यादा (संख्या या मात्रा में); प्रभूत, काफ़ी, पर्याप्त, यथेष्ट। **~कुछ**—वि. यथेष्ट; प्रचुर।

बहुतक*—वि. बहुतेरा (भतेरा)।

बहुताइत—स्त्री. द्र. 'बहुतायत'।

बहुतात, बहुतायत—स्त्री. अधिकता, प्रचुरता।

बहुतेरा—वि. बहुत सा (अप. भतेरा)।

बहुतेरे—वि. बहुत से, अनेक।

बहुधा—अ. [सं.] अक्सर, प्रायः।

बहुरना*—अ.क्रि. लौटना।

बहुराष्ट्रीय—वि. बहुत से राष्ट्रों का (मल्टीनेशनल), बहुत से राष्ट्रों से संबंधित। **~कंपनी**—स्त्री. बहुत पूँजीवाली और बहुत से राष्ट्रों में फैली कंपनी।

बहुरि*—फिर, पीछे।

बहुरिया—स्त्री. दुलहिन, नववधू।

बहुल—वि. [सं.] अधिक, ज़्यादा।

बहुलता—स्त्री. [सं.] अधिकता।

बहुलाश्व—पु. [सं.] प्राचीन मिथिला के एक नरेश।

बहुशः—अ. [सं.] बहुत बार, बहुत तरह से, अनेक रूपों में।

बहू—स्त्री. पुत्रवधू, दुलहिन, पत्नी।

बहूपमा—स्त्री. [सं.] एक अर्थालंकार—उपमेय के एक ही धर्म के लिए अनेक उपमानों का प्रयोग।

बहेड़ा—पु. एक जंगली पेड़, औषधि के रूप में प्रयोग (आयु.)।

बहेतू—वि. जो इधर-उधर मारा-मारा फिरता हो, आवारा।

बहेलिया—पु. चिड़ियों को फँसाने का काम करने वाला, चिड़ीमार, चिड़ियों का शिकार करने वाला।

बहोर*—पु. बहुरि, लौटना।

बहोरि*—अ. द्र. 'बहुरि', पुनः, फिर-फिर।

बाँ—पु. गाय, बैल की आवाज़, रँभाना।

बाँक—पु. टेढ़ापन, वक्रता।

बाँकपन, बाँकपना—पु. टेढ़ापन, वक्रता; सुंदरता, छवि, शोभा।

बाँका—वि. टेढ़ा, तिरछा; सजा-सजीला, बना-ठना; बहादुर, वीर। स्त्री. 'बाँकी'।

बाँग—स्त्री. [फा.] मुर्गे की आवाज, पुकार, पुकारने के लिए दिए जाने वाली आवाज़।

बाँगड़—पु. हरियाणा का क्षेत्र विशेष—हिसार, रोहतक और करनाल जिले।

बाँगड़ू—स्त्री. बाँगड़ क्षेत्र की बोली, द्र. 'बाँगड़'। बाँगड़ क्षेत्र का, वहाँ का रहने वाला।

बाँचना—स.क्रि. वाचन करना, पढ़ना, (पुस्तक या पत्र बाँचना), पढ़ कर सुनाना।

बाँछा*—स्त्री. द्र. 'वांछा'।

बाँछित*—वि. द्र. 'वांछित'।

बाँझ—वि. जिसे संतान उत्पन्न न हो। स्त्री. वंध्या स्त्री, गाय, आदि

बाँट—स्त्री. बाँटने की क्रिया या भाव, बँटवारा; बाँट में आया भाग; हिस्सा।

बाँटना—स.क्रि. वितरण करना, कई भाग कर देना; बहुतों को थोड़ा-थोड़ा देना (प्रसाद)।

बाँड़ा—वि. बांडा, दुमकटा; जो थोड़ा लँगड़ा कर चलता हो।

बाँड़ी—स्त्री. बांडी, बिना पूछ की गाय या कोई मादा पशु; जो थोड़ा लँगड़ा कर चलती हो।

बाँदर*—पु. बंदर, वानर।

बाँदा—पु. उत्तर प्रदेश में एक नगर, जिला।

बाँदी—स्त्री. दासी, गुलाम स्त्री, लौंडी।

बाँध—पु. पानी का प्रवाह रोकने के लिए बनाया गया बंद, पुश्ता; नदी का प्रवाह रोक कर बिजली उत्पन्न करने के लिए संयंत्र लगाना ('डैम', भाखड़ा बाँध)।

बाँधना—स.क्रि. रस्सी, कपड़े, आदि से कसकर गाँठ लगाना; बंधन में लाना; रस्सी आदि से (पशु को) बाँध कर खूँटे में गाँठ दे देना; वचन, शर्त आदि से प्रतिबद्ध होना।

बांधव—पु. [सं.] भाई-बंधु; रिश्तेदार, संबंधी, मित्र-दोस्त।

बांधुक—वि. [सं.] बंधुक वृक्ष से संबंधित।

बाँभन*—पु. 'ब्राह्मण'।

बाँया—वि. द्र. 'बायाँ'।

बाँस—पु. एक प्रसिद्ध लम्बी, मज़बूत और लचकदार वनस्पति, इसका दंड छप्पर बाँधने, सीढ़ी बनाने, टोकरी आदि बनाने के काम आता है।

बाँसुरी—स्त्री. बाँस का बना पोला मुँह से फूँककर बजाया जाने वाला वाद्य, वंशी, मुरली।

बाँह—स्त्री. भुजा, हाथ। **~गहना या पकड़ना**—किसी की सहायता करने का दायित्व लेना, सहारा देना।

बा*—पु. जल, पानी। [फा.] पास, साथ (संज्ञा पद से युक्त होकर युक्ता, साथ का अर्थ देता है)। **~अदब**—वि. आदर, सम्मान, अदब के साथ; विनयपूर्वक। **~आबरू**—इज़्ज़त, सम्मान सहित, प्रतिष्ठित।

बाइबल—स्त्री. ईसाइयों की धर्म पुस्तक।

बाइस—वि. द्र. 'बाईस'।

बाइसिकल, बाइसिकिल—स्त्री. [अं.] दो पहियों का एक प्रसिद्ध वाहन, साइकिल जो पैरों से चलाई जाती है।

बाइस्कोप—पु. [अं.] तस्वीर दिखाने का एक यंत्र, चित्रदर्शी; सिनेमाघर।

बाई—स्त्री. बाय; वायु।

बाई—स्त्री. प्रतिष्ठित महिला; वेश्या।

बाईस—वि. बीस और दो। पु. बाईस की संख्या, 22।

बाउंड्री—स्त्री. [अं.] सीमा, चौहद्दी, परिसीमा।

बाउंस—वि. [अं.] क्रिकेट के खेल में गेंद का एक ख़ास तरह से उछलना; गेंद को इस रूप में फेंकना कि वह उछलकर पुनः ऊपर आ जाए; किसी भी चीज़ का वापिस उछल कर आना; छलाँग। **~चैक**—वि. जब बैंक किसी भी कारण से चैक की राशि का भुगतान अस्वीकृत कर देता है।

बाकला—स्त्री. एक छोटा पौधा, इसकी फलियाँ सब्ज़ी के रूप में प्रयुक्त होती हैं।

बाक़ी—वि. [अ.] शेष, जो बच गया हो; जो राशि हिसाब करने पर किसी पर शेष रह जाए, शेष राशि उसकी ओर निकलना, बाक़ी निकलना।

बॉक्स—पु. [अं.] डिब्बा; ट्रंक; मंजूषा; कक्ष, खाना। (समाचार-पत्र, पत्रिका, आदि में)।

बॉक्सिंग—स्त्री. [अं.] मुक्केबाजी।

बाखर—पु. बक्खर, चीनी की चाशनी, मिठाइयों में प्रयुक्त जलेबी, इमरती, मठरियों, आदि को इसमें पागा जाता है।

बाग—स्त्री. घोड़े की लगाम, रास। **~डोर**—स्त्री. लगाम में बाँधी जाने वाली रस्सी। **ला.** नेतृत्व; प्रबंध; प्रबंधन।

बाग़—पु. [फा.] वह भूमि जिसमें फलदार वृक्ष लगे हुए हों।

बाग़ान—पु. [फा.] बग़ीचे **(चाय)** ~पु.—चाय के बग़ीचे।

बाग़ी—वि. [अ.] बग़ावत, विद्रोह करने वाला, विद्रोही।

बाग़ीचा—पु. [फा.] छोटा बाग़, जिसमें फूलों के पौधे होते हैं, फलदार वृक्ष भी कभी-कभी उसमें होते हैं।

बागेसरी—स्त्री. द्र. 'वागीश्वरी' एक रागिनी (संगी.)।

बाघंबर—पु. बाघ की छाल (खाल)।

बाघ—पु. शेर की प्रजाति का, उससे कुछ अलग एक हिंस्र जंतु, व्याघ्र।

बाघनी—स्त्री. मादा बाघ, द्र. 'बाघ'।

बाज़—पु. [फा.] एक प्रसिद्ध शिकारी पक्षी।

बाज—पु. [फ़ा.] एक प्रत्यय जो शब्दों के अंत में लग कर व्यसनी का अर्थ देता है—नशेबाज़, बहानेबाज़।

बाजरा—पु. एक मोटा अनाज, गोल दाना; उसका पौधा।

बाजा—पु. बजाने के बहुत से वाद्य, मंगलोत्सव तथा खुशी के समय बजवाया जाता है। **मु.~बजना**—बेइज़्ज़ती होना; भद्द पिटना।

बाज़ाब्ता—क्रि.वि. नियमपूर्वक; कानूनन।

बाज़ार—पु. [फा.] हार, वह स्थान जहाँ चीजें खरीदी-बेची जाती हैं; पैंठ।

बाज़ारी—वि. बाज़ार का; बाज़ार में प्रचलित (भाषा); साधारण।

बाजारू—वि. बाज़ार से संबंधित; सभ्य समाज में जो न प्रचलित हो; घटिया। **~औरत**—स्त्री. वेश्या, दुश्चरित्रा।

बाजि—पु. घोड़ा।

बाजी—स्त्री. बड़ी बहन।

बाज़ी—स्त्री. [फा.] ऐसी शर्त जिसमें जीतने वाले को कुछ धन या शर्त में रखी वस्तु मिलती हैं; बुरा व्यसन (जुएबाजी, रंडीबाजी)। **~गर**—पु. जादू के खेल दिखाने वाला, नट। स्त्री. 'बाजीगरनी'।

बाजु, बाज़ू—पु. [फा.] बाँह, भुजा। **ला. (दाहिना) ~** पु. सहायक।

बाट—पु. चीज़ें तौलने का मापक बटखरा—पत्थर या लोहे का। **स्त्री.** राह, सँकरा पथ, प्रतीक्षा, इंतज़ार।

बॉटल—स्त्री. [अं.] बोतल, शीशी। **~ग्रीन**—वि. गहरा हरा रंग।

बाटिका—स्त्री. द्र. 'वाटिका'।

बाटी—स्त्री. उपलों पर सेंकी गई गोल, मोटी-सी रोटी (राजस्थान का प्रिय खाद्य—दाल-बाटी)।

बॉटेनी—स्त्री. [अं.] वनस्पतिशास्त्र, वनस्पति विज्ञान।

बॉटनिकल—वानस्पतिक, वनस्पतिशास्त्र से संबंधित।

बॉटेनिकल गार्डन—वनस्पतियों का उद्यान, वनस्पतिशास्त्र वर्णित पौधों का उद्यान।

बाड़—स्त्री. खेत में फसल की सुरक्षा के लिए बनाया गया पेड़-पौधों या काँटों आद का घेरा।

बाढव—पु. [सं.] बढ़वाग्नि, समुद्र में लगने वाली आग।

बाड़ा—पु. अहाता, हाता, घेरा; पशुओं के बाँधने का बाहर बना खुला स्थान।

बॉडिस—स्त्री. [अं.] स्त्रियों के पहनने का अन्तर्वस्त्र।

बाडी—स्त्री. [अं.] शरीर, बदन, देह। **~गार्ड**—पु. अंगरक्षक।

बाढ़—स्त्री. अत्यधिक वर्षा के कारण नदी का जल अपनी सीमा से निकल कर इधर-उधर फैलना, जल-प्लावन, सैलाब ('फ्लड'); बढ़ने का भाव या क्रिया।

बाढ़ना*—अ.क्रि. द्र. 'बढ़ना'।

बाण—पु. [सं.] तीर, शर, जिसे धनुष पर चढ़ा कर छोड़ा जाता है।

बाणावलि, बाणावली—स्त्री. [सं.] बाणों की पंक्ति, एक के पीछे एक तीर छोड़ना।

बाणासुर—पु. [सं.] एक राक्षस।

बाणिज्य—पु. [सं.] द्र. 'वाणिज्य'।

बाणी—स्त्री. [सं.] द्र. 'वाणी'।

बात—पु. द्र. वात। स्त्री. कहा हुआ, कथन। **~चीत**—स्त्री. वार्तालाप। **ला. ~काटना**—बीच में बोलना, टोकना। **~की बात में**—तुरंत, झट, शीघ्र, थोड़े ही समय में। **~टालना**—कहना न मानना। **~बिगड़ना**—काम बिगड़ना। **~रखना**—कहा मान लेना, कहे का सम्मान करना।

बातूनी—वि. बहुत बोलने वाला।

बाथ—पु. [अं.] स्नान। **~रूम**—पु. गुसलखाना, नहाने का स्थान।

बाथू—पु. बथुआ, एक प्रकार का साग।

बाद—पु. वाद-विवाद, तर्क-वितर्क।

बाद—अ. [अ.] पीछे, अनंतर। **~में**—पीछे।

बाद—पु. [फा.] हवा, वायु।

बादर—पु. बादल।

बादरायण—पु. [सं.] वेदांत सूत्र के रचनाकार वेद-व्यास। **~संबंध**—पु. बहुत दूर का, खींच-तान कर जोड़ा हुआ संबंध। **~सूत्र**—पु. ब्रह्मसूत्र।

बादरायणि—पु. [सं.] शुकदेव मुनि।

बादल—पु. मेघ, घन।

बादला—पु. एक प्रकार का सुनहला, रुपहला, चमकीला तार जो कपड़ों पर सज्जा के लिए, फूल-पत्ती काढ़ने के काम में लाया जाता है।

बादशाह—पु. [फा.] राजा, सुलतान। **ला.** किसी कार्य में दक्षता प्राप्त पुरुष। **~ज़ादा**—पु. शहज़ादा, राजकुमार, बादशाह का बेटा। **~ज़ादी**—स्त्री. बादशाह की बेटी, राजकुमारी।

बादशाहत—स्त्री. बादशाह का पद, राजत्व; शासनकाल।

बादशाही—वि. बादशाह का, राजोचित गौरव का। स्त्री. राज्य, शासन-काल। **~ख़र्च**—पु. भारी खर्च, दिल खोल कर खर्च (करना)। **~फ़रमान, हुक्म**—पु. राजाज्ञा।

बादाम—पु. [फा.] एक प्रसिद्ध मेवा; इसका वृक्ष।

बादामी—वि. बादाम की गिरी के, छिलके के रंग का, बादाम का बना हुआ (शर्बत)।

बादी—स्त्री. वायु विकार; वायु विकार से हुआ मोटापन ('उसे बादी है')।

बादुर*—पु. चमगादड़।

बाध—पु. [सं.] रोक, प्रतिबंध, प्रतिरोध, बाधा देने वाला।

बाधक—वि. [सं.] बाधा, रुकावट डालने वाला; कष्ट देने वाला।

बाधा—स्त्री. [सं.] रुकावट, विघ्न, अड़चन, पीड़ा, कष्ट; भय (प्रेत बाधा)। **~हर**—वि. बाधा दूर करने वाला।

बाधित—वि. [सं.] जिसमें रुकावट आ गई हो।

बाधिर्य—पु. [सं.] बहरापन।

बाध्य—वि. [सं.] जो किसी बात के लिए विवश, मज़बूर किया गया हो; पीड़ित।

बान—पु. बाण, तीर; मूँज की बटी हुई खाट बुनने की रस्सी। स्त्री. आदत, टेव, अभ्यास।

बानक*—स्त्री. वेष, बाना, भेस; सजावट, शृंगार; संयोग।

बानगी—स्त्री. नमूना, थोड़ी सी मात्रा में दी गई वस्तु, जो देखने-चखने के लिए दी गई हो।

बानबे (बानवे)—वि. नब्बे और दो। पु. नब्बे और दो की संख्या, 92।

बानर*—पु. द्र. 'वानर'।

बाना—पु. वेश-भूषा, पहनावा, पोशाक; युद्धभूमि में पहनने की पोशाक (केसरिया बाना)।

बानि*—स्त्री. बान, आदत, अभ्यास, टेव।

बानिया*—पु. द्र. 'बनिया'।

बानी—स्त्री. द्र. 'वाणी'।

बाप—पु. पिता, जनक। **~दादा**—पु. पूर्वज, परिवार के पूर्व पुरुष। **मु. ~रे बाप**—दुःख, भय या आश्चर्य सूचित करने वाली अभिव्यक्ति।

बापा—पु. बाप, पिता।

बापिका—स्त्री. द्र. 'वापिका'।

बापी—स्त्री. द्र. 'बापी'।

बापुरा—वि. बेचारा, नगण्य, तुच्छ। [स्त्री. 'बापुरी']।

बापू—पु. पिता; पिता, बाप के लिए सम्बोधन; पिता समान आदरणीय, पूज्य व्यक्तियों के लिए सम्बोधन।

बाप्पा—पु. मेवाड़ के राजवंश के आदि पुरुष।

बाबत—स्त्री. [फा.] (इस) संबंध में, विषय में, संदर्भ में।

बाबर—पु. भारत में मुग़ल साम्राज्य के प्रवर्तक, पूरा नाम जहीरुद्दीन मुहम्मद बाबर (1483-1530 ई.)।

बाबरची—पु. द्र. 'बावरची'।

बाबरी—स्त्री. बाबर के युग का; बाबर द्वारा निर्मित।

बाबा—पु. [फा.] दादा, पिता का पिता; वृद्धों के लिए सम्बोधन; साधु-संन्यासी; साधु-संन्यासियों के लिए प्रयुक्त सम्बोधन; बच्चों के लिए प्यार का सम्बोधन। **~सूट**—पु. बच्चों का सूट।

बाबुल—पु. बाप, पिता।

बाबू—पु. किसी सरकारी अथवा निजी कार्यालय का लिपिक, क्लर्क। **~जी**—पु. पिता के लिए सम्बोधन; शिक्षितों, आदरणीय लोगों के लिए एक सम्बोधन।

बाभन*—पु. द्र. ब्राह्मण, बाह्मन; भूमिहार।

बाम—वि. द्र. 'वाम'।

बामन—पु. वि. द्र. 'वामन'; ब्राह्मण।

बामा—स्त्री. दे. 'वामा'।

बाम्हन—पु. द्र. 'ब्राह्मण'।

बाय*—स्त्री. वायु।

बायकाट—पु. [अं.] बहिष्कार।

बायन—पु. मित्रों, सगे-संबंधियों के यहाँ शुभ अवसरों पर दी जाने वाली विशेष प्रकार की मिठाइयाँ—मट्ठी, मीठे पगे हुए सेब, मठरी, आदि।

बायबिडंग—पु. एक लता जिसके फल औषधि के रूप में प्रयुक्त (आयु.)।

बायबी—वि. द्र. 'बायवी'।

बायाँ—वि. दाहिना का उलटा, वाम; विरुद्ध, प्रतिकूल।

बायु—स्त्री. द्र. 'वायु'।

बायस*—पु. 'वायस'।

बायस्कोप—पु. [अं.] परदे पर चलते-फिरते चित्र दिखाने वाला एक यंत्र।

बायें—अ. बाईं ओर, प्रतिकूल।

बायोलॉजी—स्त्री. [अं.] प्राणिविज्ञान।

बारंबार—अ. फिर-फिर, कई बार।

बार—स्त्री. समय; देर; दफ़ा, मर्तबा। पु. द्वार (घर-बार)।

बार—पु. [अं.] वकीलों का समूह; शराबखाना, मदिरालय। **~एसोसिएशन**—पु. वकीलों का संघ, संगठन।

बारक—स्त्री. 'बारिक'। * अ. एक बार।

बारजा—पु. मकान के सामने पाट कर बनाया हुआ खुला या छत वाला बरामदा; मकान या कमरे के सामने छत डाल कर ऊपर बनाया हुआ स्थान।

बारण—पु. द्र. 'वारण'।

बारदाना—पु. दुकानदार का सामान।

बारना—स.क्रि. रोकना, निवारण करना; न्योछावर करना।

बारनिश—स्त्री. [अं. 'वारनिश'] द्र 'वारनिश'।

बारबर—पु. [अं.] नाई, बाल काटने वाला।

बारह—वि. दस और दो। पु. बारह की संख्या, 12। **~खड़ी**—स्त्री. व्यंजनों के बारह स्वरों के युक्त रूप। **~दरी**—स्त्री. वह भवन या बाग़-बाग़ीचा जिसमें बारह या अधिक द्वार हों। **~बानी**—वि. खरा, खालिस, विशुद्ध (बारह बानी सोना)। **~मासा**—पु. वे कविता या गीत जिनमें बारह महीनों की प्रकृति का चित्रण नायक-नायिका की मन:स्थिति के अनुसार किया जाता है। **~मासी**—वि. वह सब्ज़ी या फल जो बारहों महीने उपलब्ध रहे। **~वफ़ात**—स्त्री. इस्लाम में मान्य एक पुण्यतिथि, रबी-उल-औवल की 12वीं तारीख जो मुहम्मद साहब की निधन-तिथि है ('वफ़ात'—मृत्यु,

मरण)। **~सिंगा, सिंघा**—पु. हिरन की प्रजाति का एक जंगली जानवर जिसके सींगों में कई-कई शाखाएँ होती हैं। **~बाट (करना)**—नष्ट-भ्रष्ट करना; बरबाद करना, नष्ट-भ्रष्ट कर देना।

बारहा—अ. [फा.] अनेक बार।

बारा—वि. बालक, किशोर।

बारानी—वि. [फा.] जो वर्षा पर निर्भर हो, जिसमें सिंचाई की सुविधा न हो (फसल, ज़मीन)।

बाराह—पु. द्र. 'वाराह'।

बारि*—पु. द्र. 'वारि'।

बारिश—स्त्री. [फा.] वर्षा, मेह, बरसात।

बारिस्टर—पु. [अं. 'बैरिस्टर'] इंग्लैंड में कानून की परीक्षा पास वकील।

बारिस्टरी*—स्त्री. वकालत, द्र. 'बारिस्टर'।

बारी—स्त्री. पारी, यथाक्रम अवसर (अनेक व्यक्तियों में)। **~से**—एक के बाद दूसरा।

बारी—वि. अल्प वय, कमसिन (लड़की)। बालिका, किशोरी। पु. नाई, एक जाति।

बारीक—वि. [फा.] बहुत पतला, महीन; सूक्ष्म (निगाह)।

बारीकी—स्त्री. [फा.] सूक्ष्मता, पतलापन; गहनता, गहराई (बात की)।

बारुणी बारुनी*—स्त्री. द्र. 'वारुणी'।

बारु*—स्त्री. द्र. 'बालू'।

बारूद—स्त्री. एक प्रसिद्ध विस्फोटक, जो अग्नि के संयोग से भड़क उठता है; बम, गोले, तोप, आदि तथा आतिशबाजी में प्रयुक्त होता है।

बारूदी—वि. [फा.] जिसमें बारूद भरी हो।

बारोठा—पु. बरौठी, विवाह में द्वार-पूजा की रस्म।

बार्डर—पु. [अं.] सीमा; सीमांत; किनारा (कपड़े, आदि में)।

बार्बर—वि. [सं.] द्र. 'बारबर'।

बार्हस्पत, बार्हस्पत्य—वि. [सं.] बृहस्पति संबंधी।

बाल—स्त्री. जौ, गेहूँ, आदि का वह भाग जिसमें दाने लगे होते हैं। पु. [सं.] बच्चा, बालक, किशोर; केश; शीशे, आदि में पड़ी बारीक-सी दरार। **~कांड**—रामायण का पहला कांड, इसमें रामचन्द्र जी के जन्म, शिक्षा, विवाह आदि का वर्णन है। **~चन्द्र**—पु. दूज का चाँद। **~बच्चे**—पु. संतान। **~बुद्धि**—स्त्री. बालोचित बुद्धि; नासमझी, कम-अक्ली। **~ब्रह्मचारी**—पु. वह जिसने बचपन से ही ब्रह्मचर्य व्रत धारण कर लिया हो। **~भवन**—पु. बच्चों के मनोरंजन का सार्वजनिक स्थल। **~मुकुंद**—पु. बालकृष्ण। **~लीला**—स्त्री. बालकों के, शिशुओं के मनोहर खेल, क्रिया-कलाप। **~विधवा**—स्त्री. वह स्त्री जो बाल्यावस्था, छोटी अवस्था में ही विधवा हो गई हो। **~सुलभ**—वि. बच्चों की आयु और स्वभाव के अनुरूप।

बॉल—पु. [अं.] गेंद; नाच का जलसा, समूह नृत्य। **~डांस**—पु. अंग्रेज़ी ढंग के नृत्य का एक रूप।

बालक—पु. [सं.] बच्चा, लड़का।

बालकनी—स्त्री. [अं.] बारजा, पटा हुआ छज्जा।

बालकपन—पु. बचपन; नासमझी।

बालकोपयोगी—वि. [सं.] बालकोचित।

बालना—स.क्रि. जलाना।

बालपन—पु. बचपन या शैशव अवस्था। **ला.** नासमझी।

बॉलपेन—पु. [अं.] एक प्रकार का लिखने का पैन जिसमें स्याही नहीं भरी जाती, उसकी बॉल, टिप से ही लिखा जाता है।

बालम—पु. पति; प्रेमी।

बाला—पु. कान का एक आभूषण।

बाला—वि. [फा.] ऊपर का, ऊँचा। **~ए ताक़**—वि. अलग, दूर (रखना)। **~खाना**—पु. ऊपर की मंजिल का कमरा, अटारी।

बालादित्य—पु. [सं.] बाल सूर्य, नवोदित सूर्य।

बालापन—पु. बचपन, शैशव, लड़कपन। **ला. नासमझी।**

बालार्क—पु. [सं.] बाल सूर्य, नवोदित सूर्य।

बालावस्था—स्त्री. [सं.] बचपन, शैशव।

बालि*—पु. [सं.] मंजरी।

बालिका—स्त्री. [सं.] छोटी लड़की, कम आयु की लड़की।

बालिग़—वि. [अ.] वयस्क, वयः प्राप्त (आदमी)।

बालिगा—स्त्री. सयानी, वयस्क लड़की।

बालिश्त—पु. [फा.] बित्ता, बिलांद, अँगूठे और कनिका अंगुली तक हाथ को खोल कर लिया गया माप।

बाली—स्त्री. कान में पहनने का आभूषण, सोने या चाँदी के तार का छल्ला-सा; गेहूँ, जौ, आदि की मंजरी, बाल।

बाली—पु. [सं.] रामकथा में किष्किंधा का वानर, राजा सुग्रीव का बड़ा भाई।

बालीदगी—स्त्री. [फा.] वृद्धि।

बालुका—स्त्री. [सं.] बालू, रेत।

बालू—स्त्री., पु. रेत। **~की भीत**—क्षण-भंगुर वस्तु, थोड़ी देर चलने वाली वस्तु।

बालेंदु—पु. [सं.] बाल चंद्र, दूज का चाँद।

बालोचित—वि. [सं.] जो बालकों के लिए उचित हो, बालकों के योग्य।

बालोद्यान—पु. [सं.] बाल वाटिका, बालकों की क्रीड़ा का बगीचा।

बालोपचार—पु. [सं.] बच्चों की चिकित्सा।

बालोपयोगी—वि. [सं.] बालकों के लिए उपयोगी।

बाल्य—पु. [सं.] बचपन, बाल्य काल।

बाल्यावस्था—स्त्री. [सं.] बचपन, शैशव की अवस्था।

बाल्हक, बाल्हिक, बाल्हीक—पु. [सं.] बलख देश; बलख का रहने वाला; बलख का घोड़ा।

बावजूद—क्रि.वि. [अ.] इतना होने पर भी, यद्यपि।

बावड़ी—स्त्री. द्र. 'बावली'।

बावन—वि. पचास और दो। पु. बावन की संख्या, 52।

बावर*—वि. द्र. 'बावला'।

बावरची—पु. खाना पकाने वाला, रसोइया। **~ख़ाना**—पु. रसोई, पाकशाला।

बावरा*—वि. पागल।

बावरि, बावरी—स्त्री. द्र. 'बावली'।

बावला—वि. पगला, वात रोगी। **~पन**—पु. पागलपन; सनक।

बावली—स्त्री. वह बड़ा और चौड़ा कुआँ, जिसमें नीचे उतरने के लिए सीढ़ियाँ बनी होती हैं, छोटा गहरा तालाब।

बावेला—पु. लड़ाई-झगड़ा, कुहराम।

बाशिंदा—पु. [फा.] बसने वाला, रहने वाला, वासी।

बाष्प—पु. [सं.] भाप, आँसू। **~कंठ**—वि. जिसका गला भर आया हो।

बाष्पाकुल—वि. [सं.] आँसुओं के कारण मंद पड़ जाना।

बासंतिक—वि. [सं.] द्र. 'वासंतिक'।

बास—पु. निवास, निवास-स्थान। स्त्री. गंध; दुर्गंध।

बासकसज्जा—स्त्री. द्र. 'वासकसज्जा'।

बासठ—वि. साठ और दो। पु. बासठ की संख्या, 62।

बासन*—पु. बरतन।

बासमती—पु. एक प्रकार का बढ़िया चावल, जो पकने पर सुगंध, बास देता है।

बासर*—पु. द्र. 'वासर'।

बासव—पु. इंद्र।

बासा—पु. मारवाड़ी ढाबा, भोजनालय।

बासी—वि. रहने वाला, वासी; देर का पका हुआ भोजन, खाद्य पदार्थ, 'ताज़ा' का विपरीतार्थी।

बासुकी—पु. वासुकि नाग।

बास्केटबॉल—पु. [अं.] एक खेल जिसमें ऊपर स्थित बास्केट, टोकरी में गेंद डाली जाती है।

बाहन—पु. द्र. 'वाहन'।

बाहना*—स.क्रि. हल चलाकर ज़मीन जोतना; कंघे आदि से बाल ठीक करना।

बाहनी*—नदी; सेना।

बाहर—अ. स्थान या वस्तु की सीमा के उस पार; अंदर का उलटा ('घर से बाहर', 'दरवाज़े से बाहर'; अलग, दूर, अन्यत्र)।

बाहरला—वि. बाहर का; विदेश का, विदेश से संबंधित।

बाहरी—वि. बाहर का, जो घर का न हो; गैर, पराया; बाहर या ऊपर से दिखाई देने वाला।

बहिनी—स्त्री. द्र. 'वाहिनी'।

बाहु—स्त्री. [सं.] भुजा, बाँह। **~बल**—पु. बाहुओं, भुजाओं का बल, शारीरिक शक्ति। **~बली**—वि. शक्तिवान, पराक्रमी। **ला.** गुंडा-तत्त्व, जो भुजबल पर जबर्दस्ती कोई काम करा ले। **~मूल**—पु. कंधे और बाँह के जोड़ का भीतरी भाग, काँख।

बाहुक—पु. [सं.] एक नाग; बंदर। **(हनुमान)~**पु. तुलसीदास रचित कविता पुस्तक।

बाहुदा—स्त्री. [सं.] महाभारत की कथा में एक नदी; राजा परीक्षित की पत्नी का नाम।

बाहुरूप्य—पु. [सं.] बहुरूपता।

बाहुली—स्त्री. [सं.] कार्त्तिक मास की पूर्णिमा।

बाहुल्य—पु. [सं.] अधिकता, बहुतायत; फालतूपन।

बाहुश्रुत्य—पु. [सं.] बहुश्रुत होने का भाव।

बाह्मन—पु. 'ब्राह्मण'।

बाह्य—वि. [सं.] बाहरी, बाहर का; 'आंतरिक' का विपरीतार्थी। **~रूप**—दिखाऊ रूप, ऊपरी।

बाह्यांतर—वि. [सं.] बाह्य और अंतर दोनों का, बाहरी तथा भीतरी।

बाह्याचरण—पु. [सं.] (धार्मिक) ढकोसला, आडम्बर।

बाह्याभ्यंतर—पु. [सं.] प्राणायाम का एक भेद। वि. बाहरी और भीतरी (दोनों)।

बाह्येंद्रिय—स्त्री. [सं.] पाँच इन्द्रियाँ—आँख, नाक, कान, जीभ एवं त्वचा।

बाह्लीक—पु. [सं.] 'वाल्हीक'।

बिंदा—पु. बड़ी बिंदी।

बिंदास—वि. बेपरवाह; अलमस्त; खुले विचारों का।

बिंदिया—स्त्री. बिंदी; माथे की बिंदी।

बिंदी—स्त्री. शून्यसूचक चिह्न—0; सिफ़र; बिंदु; माथे पर लगाया जाने वाला छोटा टीका; इस प्रकार का कोई चिह्न।

बिंदु—पु. [सं.] बूँद; बिंदी; अनुस्वार का चिह्न; शून्य। **ला.** तर्क (अंग्रेज़ी के 'प्वाइंट' के समानार्थी रूप में)।

बिंदुली—स्त्री. बिंदी, टिकुली (माथे की)।

बिंद्राबन—पु. द्र. 'वृंदावन'।

बिंध—पु. द्र. 'विंध्याचल'।

बिंधना—स.क्रि. छेदना।

बिंधाना—अ.क्रि. बेधा जाना।

बिंधिया—पु. मोती बेधने वाला।

बिंब—पु. [सं.] प्रतिबिम्ब, छाया, प्रतिच्छाया; सूर्य या चन्द्रमा का मंडल; प्रतिमूर्ति या प्रतिकृति; कल्पना-प्रसूत मन में उभरने वाला चित्र या भाव।

बिंबा, बिंबी—स्त्री. [सं.] लाल रंग का एक फल।

बिंबाधरोष्ठी—वि. स्त्री. [सं.] जिसके होंठ बिम्बाफल के समान लाल हों।

बिंबित—वि. [सं.] प्रतिबिम्बित।

बिंबु—पु. [सं.] सुपारी का पेड़।

बिंबोष्ठ, बिंबौष्ठ—वि. [सं.] जिसके होंठ बिम्ब फल के समान लाल हों।

बिआधि*—स्त्री. द्र. 'व्याधि'।

बिआहना*—स.क्रि. ब्याह करना।

बिकट—वि. द्र. 'विकट'।

बिकना—अ.क्रि. बेचा जाना, मूल्य लेकर वस्तु को दे देना। **ला.** मुग्ध हो जाना; किसी के अधीन हो जाना।

बिकरम*—पु. द्र. 'विक्रम'; 'विक्रमादित्य'।

बिकराल—वि. द्र. 'विकराल'।

बिकल—वि. विकल, बेचैन, व्याकुल।

बिकलाना*—अ.क्रि. व्याकुल होना। स.क्रि. व्याकुल करना।

बिकवाना—स.क्रि. बेचने का काम दूसरे से करवाना; बेचने में सहायता करना।

बिकसना—द्र. 'विकसना'।

बिकाऊ—वि. जो बेचा जाने वाला हो, बिकने के लिए तैयार।

बिकाना*—अ.क्रि. बिकना, वश में होना।

बिकार—पु. द्र. 'विकार'।

बिकारी—स्त्री. मन, सेर, रुपए आदि को दर्शाने वाली टेढ़ी पाई—(,)।

बिकास—पु. द्र. 'विकास'।

बिकुंठ*—पु. बैकुंठ।

बिक्रम—पु. द्र. 'विक्रम'।

बिक्रमाजीत—पु. द्र. 'विक्रमादित्य'।

बिक्रमी—वि. द्र. 'विक्रमी'।

बिक्रय—पु. विक्रय।

बिक्री—स्त्री. किसी चीज़ के बेचे जाने की क्रिया या भाव, विक्रय; वस्तु बेचे जाने से मिलने वाला धन। **~कर**—पु. वस्तु की बिक्री पर लिया जाने वाला राजकीय शुल्क।

बिखरना—अ.क्रि. तितर-बितर होना, अव्यवस्थित रूप में चीज़ों का इधर-उधर फैल जाना।

बिखराना—स.क्रि. चीज़ों को इधर-उधर डाल देना।

बिखराव—पु. बिखरने की क्रिया, अवस्था।

बिखेरना—स.क्रि. द्र. 'बिखराना'।

बिगड़ना—अ.क्रि. बुरी दशा में आना; खराब हो जाना; चरित्र खराब होना; क्रुद्ध, नाराज़ होना; विद्रोह करना; (पशु, बैल, आदि का) चालक के वश में रहना; (गाय, भैंस आदि का) दूध देना छोड़ देना।

बिगड़ैल—वि. क्रोधी; हठी; झगड़ालू, लड़ाकू।

बिगरना*—अ.क्रि. द्र. 'बिगड़ना'।

बिगरैल—वि. द्र. 'बिगड़ैल'।

बिगलित—वि. द्र. 'विगलित'।

बिगसना*—अ.क्रि. द्र. 'बिकसना'।

बिगाड़—पु. खराबी, विकृति; अनबन, झगड़ा।

बिगाड़ना—स.क्रि. खराब करना, विकृत करना; पथभ्रष्ट करना; बुरी आदत लगाना, डालना; बहकाना; बरबाद करना, नष्ट कर देना।

बिगाना—वि. द्र. 'बेगाना'।

बिगार*—पु. द्र. 'बिगाड़'।

बिगास*—पु. द्र. 'विकास'।

बिगुल—पु. [अं.] सेना या पुलिस में सिपाहियों को बुलाने, ध्वज वंदना, आदि के लिए बजाया जाने वाला तुरही जैसा वाद्य, मुँह से हवा डाल कर बजाया जाता है। **ला. ~बजा देना, ~फूँक देना**—किसी युद्ध, क्रांति आदि का प्रारंभ कर देना।

बिगूचन*—स्त्री. असमंजस, कठिनाई, उलझन।

बिगूचना*—अ.क्रि. असमंजस या कठिनाई में पड़ना; दबोचना।

बिगूतना*—अ.क्रि. द्र. 'बिगूचना'।

बिगोना—स.क्रि. बिगाड़ना; किसी चीज़, पदार्थ आदि को विरूप कर देना।

बिग्यान*—पु. द्र. 'विज्ञान'।

बिग्रह—पु. द्र. 'विग्रह'।

बिघटन—पु. द्र. 'विघटन'।

बिघन*—पु. द्र. 'विघ्न'।

बिचरना—अ.क्रि. घूमना-फिरना, टहलना, विचरण करना।

बिचलना—अ.क्रि. विचलित होना, आक्रोश, क्रोध में आना।

बिचला—वि. बीच का, मध्य का।

बिचलाना—अ.क्रि. विचलित करना; मार्ग से हटाना; ध्यान भंग कर देना।

बिचार*—पु. द्र. 'विचार'।

बिचारना*—स.क्रि. विचार करना, सोचना।

बिचारा—वि. द्र. 'बेचारा'।

बिचारी—वि. बेचारा का स्त्री., विवश, असहाय स्त्री।

बिचौला—वि. विवाह संबंध स्थिर कराने में मध्यस्थ (व्यक्ति)।

बिचौलिया—पु. द्र. 'बिचौला'।

बिच्छित्ति—स्त्री. 'बिंच्छिति'।

बिच्छू—पु. रेंगने वाला एक छोटा ज़हरीला कीट, जिसका दंश बहुत पीड़ादायक और कभी-कभी प्राणलेवा भी हो जाता है।

बिच्छेप*—पु. द्र. 'विक्षेप'।

बिछड़ना—अ.क्रि. अलग होना, जुदा होना; वियोग होना।
बिछना—अ.क्रि. फैलाया जाना।
बिछलन—स्त्री. फिसलन। **ला.** सही मार्ग से हटना, डगमगाना।
बिछलना, बिछलाना—अ.क्रि. फिसलना; डगमगाना। **ला.** सही मार्ग से हटना।
बिछवाना—स.क्रि. बिछाने, किसी वस्त्र आदि को फैलाने का काम किसी से कराना।
बिछाई—स्त्री. बिछाने का काम; बिछाई की मज़दूरी।
बिछाना—स.क्रि. फैलाना; मार कर गिरा देना।
बिछावन—पु. द्र. 'बिछौना', बिछाने का कोई कपड़ा।
बिछिप्त*—वि. द्र. 'विक्षिप्त'।
बिछिया—स्त्री. पैर की अंगुली में पहनने का छल्लानुमा गहना; एक प्रकार की छोटी कटार।
बिछुआ, बिछुवा—पु. पैर की अंगुली में पहनने का एक छल्लानुमा गहना (पहले केवल विवाहिता स्त्रियाँ ही पहनती थीं, अब फैशन में कोई भी स्त्री, लड़की इसे पहन लेती है)।
बिछुड़न*—स्त्री. वियोग, जुदाई।
बिछुड़ना—अ.क्रि. जुदा होना; वियोग होना।
बिछुरना*—अ.क्रि. द्र. 'बिछुड़ना'।
बिछोड़ा*—पु. बिछुड़ना, अलग होना; साथ छूटना; वियोग होना।
बिछोय*—पु. द्र. 'बिछोह'।
बिछोह—पु. वियोग, जुदाई; अलग होना, साथ छूट जाना।
बिछौना—पु. बिस्तर, बिछावन; वे कपड़े जो सोने या बैठने के लिए चारपाई, आदि पर बिछाए जाते हैं।
बिजन*—पु. बीजना, पंखा; निर्जन वन।
बिज़नेस—पु. [अं.] व्यापार, व्यवसाय, कारोबार; पेशा, कार्य-व्यापार।
बिज़नेस मैन—पु. [अं.] व्यवसायी।
बिजय—स्त्री. द्र. 'विजय'।
बिज़ी—वि. [अं.] व्यस्त; भीड़-भाड़ वाला।
बिजयी—वि. द्र. 'विजयी'।
बिजली—स्त्री. विद्युत; रासायनिक क्रिया या चुंबकीय शक्ति से उत्पन्न विशेष प्रकार की ऊर्जा, शक्ति; बादलों में चमकने वाली प्रकाश-रेखा, तड़ित; आम की गुठली के भीतर का सफ़ेद कड़ा अंश। **मु. ~गिरना**—अचानक कोई भारी विपत्ति आ पड़ना।
बिजुरी*—स्त्री. द्र. 'बिजली'।
बिजूका, बिजूखा—पु. पक्षियों, आदि को डराने-भगाने के लिए खेत में लकड़ी और कपड़े से बनाया पुतला-सा।
बिजै*—स्त्री. द्र. 'विजय'।
बिजोग—पु. द्र. 'वियोग'।
बिज्जु*—स्त्री. बिजली।
बिज्जुल*—स्त्री. द्र. 'बिजली'।
बिज्जू—पु. एक जंगली जानवर, बिल्ली से मिलती शक्ल।
बिज्जूहा—पु. एक वर्णवृत्त।
बिझुका*—पु. द्र. 'बिजूका'।
बिट—पु. वैश्य; विदूषक।
बिटप—पु. द्र. 'विटप'।
बिटिनिया—स्त्री. द्र. 'बिटिया'; बेटी के लिए प्यार-भरा सम्बोधन।
बिटिया—स्त्री. बेटी, पुत्री।
बिटौरा*—उपलों का भंडारण करने के लिए बनाया गया, गोबर से लीपा गया स्तूप-सा, विशेष रूप से चिना जाता है।
बिट्ठल—पु. भगवान विष्णु का एक नाम, महाराष्ट्र में पंढरपुर में स्थापित देव।
बिठलाना—स.क्रि. द्र. 'बिठाना'।
बिठाना—स.क्रि. 'बैठाना।
बिठालना—स.क्रि. द्र. 'बिठाना।
बिडंबना—स्त्री. द्र. 'विडंबना'।
बिडराना—स.क्रि. बिखेरना, तितर-बितर कर देना।
बिड़ा*—पु. वृक्ष।
बिडाल—पु. [सं.] मानोर, बिलाव।
बिडालक—पु. [सं.] बिलाव।
बिडालाक्ष—वि. [सं.] बिल्ली जैसी आँखों वाला।
बिडालिका—स्त्री. [सं.] छोटी बिल्ली; हरताल (आयु.)।
बिडाली—स्त्री. [सं.] बिल्ली।
बित—पु. द्र. 'वित्त'।
बिताना—स.क्रि. (समय) व्यतीत करना, गुज़ारना।
बितुंड—पु. द्र. 'वितुंड'।
बित्त—पु. द्र. 'वित्त।
बित्ता—पु. बालिश्त, हाथ की अंगुलियों को पूरा फैला कर अंगूठे के सिरे से कनिष्ठका के सिरे तक का माप।
बिथरना—अ.क्रि. बिखरना।
बिथराना, बिथुराना—स.क्रि. बिखेरना, तितर-बितर कर देना।
बिथा*—स्त्री. द्र. 'व्यथा'।
बिथित*—वि. द्र. 'व्यथित'।
बिदकना*—अ.क्रि. चौंकना; भड़कना।
बिदकाना—स.क्रि. चौंकाना, भड़काना; किसी के विरुद्ध कर देना।
बिदर—पु. विदर्भ देश, बरार।
बिदरना—अ.क्रि. विदीर्ण होना, फटना।

बिदा—स्त्री. द्र. 'विदा'।
बिदारना *—स.क्रि. विदीर्ण करना, फाड़ना; आहत करना।
बिदिसा *—स्त्री. द्र. 'विदिशा'।
बिदेस—पु. द्र. 'विदेश'।
बिदेसी—वि. द्र. 'विदेशी'।
बिद्ध—वि. बिंधा हुआ, छेदा हुआ।
बिध—स्त्री. द्र. 'विधि'।
बिधना—पु. ब्रह्मा, विधि, विधाता।
बिधवा *—स्त्री. द्र. 'विधवा'।
बिधवाना—स.क्रि. छेद करना।
बिधान—पु. द्र. 'विधान'।
बिधाना—अ.क्रि. 'बिंधाना'।
बिधि—स्त्री., पु. द्र. 'विधि'।
बिधिना *—पु. ब्रह्मा, विधाता।
बिधुर—वि. द्र. 'विधुर'।
बिन *—अ. द्र. 'बिना'।
बिनई *—वि. द्र. 'विनयी'।
बिनती—स्त्री. विनती, प्रार्थना, निवेदन।
बिनना—स.क्रि. चुनना, छाँटना।
बिनय—स्त्री. द्र. 'विनय'।
बिनवाना—स.क्रि. चुनवाना, छँटवाना।
बिनशना, बिनसना *—अ.क्रि. नष्ट होना।
बिनसाना *—स.क्रि. विनाश करना, मिटाना।
बिना—अ. बगैर, छोड़ कर।
बिनाई—स्त्री. चुनने, छाँटने, बीनने की क्रिया; दृष्टि नज़र ('उसकी बिनाई कमज़ोर हो गई है')।
बिनाती *—स्त्री. द्र. बिनती, विनती।
बिनाना—स.क्रि. बुनवाना।
बिनावट—स्त्री. द्र. 'बुनावट'।
बिनास *—पु. द्र. 'विनाश'।
बिनासी *—वि. विनाशी, नष्ट होने वाला, नश्वर।
बिनूठा *—वि. अनूठा।
बिनै *—स्त्री. द्र. 'विनय'।
बिनौला—पु. कपास का बीज।
बिपक्ष—पु. द्र. 'विपक्ष'।
बिपक्षी *—वि. द्र. विपक्षी।
बिपच्छी *—वि. द्र. 'विपक्षी'।
बिपत, बिपता *—स्त्री. द्र. 'विपत्ति'।
बिपति *—स्त्री. द्र. 'विपत्ति'।
बिपत्ति—स्त्री. द्र. 'विपत्ति'।
बिपथ—पु. कुमार्ग, ग़लत रास्ता।
बिपद, बिपदा *—स्त्री. विपत्ति, मुसीबत।
बिफरना *—अ.क्रि. भड़कना; नाराज़ होना; क्रोधित होना।
बिबर—पु. द्र. 'बिवर'।
बिबरन *—वि. द्र. 'विवर्ण'। पु. द्र. 'विवरण'।
बिबस *—वि. द्र. 'विवश'।
बिबाई *—स्त्री. द्र. 'बिवाई'।
बिबाक *—वि. द्र. 'बेबाक'।
बिबाकी *—स्त्री. द्र. 'बेबाक़ी'।
बिब्बोक—पु. [सं.] गर्वपूर्ण उपेक्षा; रूप गर्व में प्रिय की उपेक्षा।
बिभचारी *—वि. द्र. 'व्यभिचारी'।
बिभावरी *—स्त्री. द्र. 'विभावरी'।
बिभिचारी *—वि. द्र. 'व्यभिचारी'।
बिभीषिका *—स्त्री. [सं.] द्र. 'विभीषिका'।
बिभु *—पु. द्र. 'विभु'।
बिमन *—वि. विमन, उदास, बेमन से।
बिमान—पु. द्र. विमान।
बिमूढ़—वि. द्र. 'विमूढ़'।
बिमोट, बिमोटा—पु. बाँबी, वल्मीकि, चींटियों द्वारा निकाली गई मिट्टी का ऊँचा ढेर।
बिमोहना *—अ.क्रि. विमोहित करना, मुग्ध होना। स.क्रि. मुग्ध करना।
बियर—स्त्री. [अं.] एक प्रकार की शराब, जौ, आदि अन्न से बनी हुई।
बियाज—पु. द्र. 'ब्याज'।
बियाजू—वि. ब्याज पर दिया हुआ धन।
बियाध *—पु. द्र. 'व्याध'।
बियाधि *—स्त्री. द्र. 'व्याधि'।
बियाना *—स.क्रि., अ.क्रि. 'ब्याना'।
बियाबान—पु. निर्जन स्थान, एकदम जन-शून्य, वन, जंगल।
बियारी, बियारू—स्त्री. बियालु—पु. द्र. 'व्यालू'।
बियाह *—पु. द्र. 'ब्याह'।
बियाहना *—स.क्रि. ब्याहना, विवाह करना।
बियोग *—पु. द्र. 'वियोग'।
बिरंचि *—पु. ब्रह्मा, विधाता।
बिरचना *—स.क्रि. बनाना, रचना करना।
बिरछ *—पु. द्र. 'वृक्ष'।
बिरज—वि. निर्मल, निर्दोष।
बिरतांत *—पु. 'वृत्तांत'।
बिरति *—स्त्री. द्र. 'विरक्ति'।
बिरथा *—वि. वृथा, व्यर्थ, बेकार।
बिरद—पु. यश, बड़ाई।
बिरध *—वि. द्र. 'वृद्ध'।
बिरधाई *—स्त्री. बुढ़ापा, वृद्धावस्था।
बिरधापन *—पु. बुढ़ापा, वृद्धावस्था।

बिरमाना*—रोकना, मार्ग से भटका देना; ठहर जाना।

बिरल*—वि. द्र. 'विरल'।

बिरला—वि. बहुत बड़ी संख्या में से कोई एक व्यक्ति। बहु. 'बिरले'—बहुत थोड़े।

बिरवा*—पु. पौधा, वृक्ष।

बिरह—पु. द्र. 'विरह'।

बिरहा—पु. एक प्रकार का लोकगीत जिसमें वियोग की अभिव्यक्ति होती है।

बिराग—पु. द्र. 'विराग'।

बिराजना—अ.क्रि. बैठना, आसीन होना।

बिरादर—पु. [फा.] भाई-बंधु, सजातीय।

बिरादराना—वि. [फा.] सजातीय भाव, व्यवहार, भाई-बंधु जैसा (संबंध)।

बिरादरी—स्त्री. [फा.] जाति, वर्ग।

बिराना*—वि. पराया। स.क्रि. मुँह बनाना, किसी की नकल उतारते हुए बात कहना।

बिरिया*—स्त्री. बार, दफ़ा; बारी; वेला, समय।

बिरद—पु. द्र. 'बिरद'।

बिरुद्ध—वि. द्र. 'विरूप'।

बिरोग*—पु. दुःख, चिंता।

बिरोजा—पु. एक दवा (आयु.); गंध बिरोजा।

बिलंब—पु. द्र. 'विलंब'।

बिलंबित—वि. द्र. 'विलंबित'।

बिल—पु. [स.] जमीन या दीवार में बनाया हुआ लंबा-सा छेद, खाली स्थान, विवर जिसमें चूहा, साँप आदि रहते हैं।

बिल—पु. [अं.] किसी बिके हुए माल का वह पत्रक, जिसमें उसका मूल्य अंकित रहता है; किसी किये हुए काम का प्राप्ति के लिए दिया गया परचा, पत्रक; कानून का मसौदा जो स्वीकृति के लिए सदन में प्रस्तुत किया जाता है।

बिलखाना*—अ.क्रि. बहुत रुलाना।

बिलग—वि. अलग, जुदा, पृथक्, भिन्न; बुरा (मानना)।

बिलगाना—स.क्रि. अलग करना।

बिलगाव—पु. अलगाव, पार्थक्य, अलग होने की क्रिया का भाव।

बिलच्छन*—वि. द्र. 'विलक्षण'।

बिलटी—स्त्री. रेल के भेजे जाने वाले सामान, माल की रसीद जिसे गंतव्य स्टेशन पर दिखाकर सामान, माल ले लिया जाता है (स्टेशन से छुड़ा लिया जाता है)।

बिलनी—स्त्री. आँख के नीचे या ऊपर की पलक में निकलने वाली फुंसी, गुहेरी; मिट्टी की दीवारों पर निकलने वाला हरे रंग का कीड़ा—मिट्टी का घर बना लेता है।

बिलपना*—अ.क्रि. विलाप करना।

बिलबिलाना—अ.क्रि. पीड़ा से तड़पना, विकल हो जाना; छोटे कीड़ों का रेंगना।

बिलम*—पु. 'विलंब'।

बिलमना*—अ.क्रि. देर करना, रुक जाना, अटक जाना; किसी के प्रेम में पड़कर उसके पास रुक जाना।

बिलमाना*—स.क्रि. रोक लेना, विलंब कर देना; प्रेम में फँसा रखना।

बिला—अ. [अ.] बिना, बगैर। **~नागा**—अ. प्रतिदिन, हर रोज़ एक दिन का भी व्यवधान न होना। **~वजह**—अ. अकारण।

बिलाई—स्त्री. बिल्ली, एक छोटा जंतु।

बिलाना—अ. खो जाना, विलुप्त हो जाना।

बिलाप—पु. द्र. 'विलाप'।

बिलायत—पु. इंग्लैंड।

बिलार*—पु. बड़ी बिल्ली, बिल्ला।

बिलारी*—स्त्री. बिल्ली।

बिलाल—पु. बिल्ला।

बिलाव—पु. बिल्ला, नर बिल्ली।

बिलावल—पु. एक राग (संगी.)।

बिलास—पु. द्र. 'विलास'।

बिलासिनी—स्त्री. वेश्या।

बिलासी—वि. द्र. 'विलासी'।

बिलियर्ड—पु. [अं.] एक खेल जो उसकी मेज़ पर बने छेद में लंबी छड़ी से बाल (गेंद) डालकर खेला जाता है।

बिलोकना*—स.क्रि. विलोकना, देखना।

बिलोकनि*—स्त्री. दृष्टि, चितवन।

बिलोचन—पु. विलोचन, नेत्र।

बिलोना—स.क्रि. मथना, मंथन करना, डालना, गिराना।

बिलौटा—पु. बिल्ला, नर बिल्ली।

बिलौर—पु. द्र. 'बिल्लौर'।

बिल्कुल—वि. [अ.] द्र. 'बिलकुल'।

बिल्टी—स्त्री. [अं.] द्र. 'बिलटी'।

बिल्डिंग—पु. [अं.] भवन, मकान।

बिल्ला—पु. बिलाव, नर बिल्ली; कपड़े का वह फूल या पहचान-चिह्न,, जो कार्यकर्ता सीने पर लगाते हैं।

बिल्ली—स्त्री. एक छोटा जंतु जो पालतू रूप में घरों में भी रखा जाता है।

बिल्लौर—पु. एक प्रकार का सफेद पारदर्शी पत्थर, स्फटिक।

बिल्लौरी—वि. बिल्लौर पत्थर के समान चमकीली। **~आँखें**—वि. चमकती हुई आँखें।

बिल्व—पु. [स.] बेल का पेड़ या फल।

बिवाई—स्त्री. एड़ी में त्वचा के फटने के निशान।

बिशप—पु. [अं.] चर्च का धर्माधिकारी, बड़ा पादरी।

बिशाखा—स्त्री. राधा की एक सखी।

बिष—पु. द्र. 'विष'।

बिषया—स्त्री. विषय-वासना।
बिसंभर*—पु. द्र. 'विश्वंभर'।
बिस—पु. द्र. 'विष'।
बिसमिल—वि. जख्मी, घायल, क्षत।
बिसमिल्ला—पु. द्र. 'बिस्मिल्लाह'।
बिसरना—अ.क्रि. भूल जाना।
बिसराना—स.क्रि. भुला देना।
बिसराम*—पु. द्र. 'विश्राम'।
बिसहर*—पु. विषधर, सर्प।
बिसात—स्त्री. [अ.] वह कपड़ा जिस पर शतरंज की गोटियाँ फैलाई जाती हैं, खेल खेला जाता है; फैलाव, पसारा; हैसियत; शक्ति; सामर्थ्य। **~खाना**—पु. बिसाती की दुकान, जिसमें तरह-तरह की चीज़ें मिलती हैं—शृंगार-प्रसाधन; तेल-साबुन आदि, 'स्टेशनरी' का सामान।
बिसाती—पु. बिसात की दुकान चलाने वाला, द्र. 'बिसात'।
बिसायँध—स्त्री. दुर्गंध।
बिसारना—स.क्रि. भुला देना, याद न रखना।
बिसासी*—वि. [ब्र.भा.] विश्वासघाती, धोखा देने वाला।
बिसुकरमा, बिसुकर्मा*—पु. द्र. 'विश्वकर्मा'।
बिसूरना—अ.क्रि. चुपके-चुपके रोना; दुखित होना।
बिसेख, बिसेस*—वि. द्र. 'विशेष'।
बिसेसर*—पु. द्र. 'विश्वेश्वर।
बिसैला—पु., वि. द्र. 'विषैला'।
बिसोक*—वि. शोकरहित।
बिस्कुट—पु. [अं.] एक खाद्य जो घी-आटे आदि से बनाया जाता है।
बिस्तर—पु. [फा.] बिछौना।
बिस्तरा—पु. [फा.] द्र. 'बिस्तर'।
बिस्तार—पु. द्र. 'विस्तार'।
बिस्मिल्ला, बिस्मिल्लाह—स्त्री. [अ.] कुरान की एक आयत जिसका अर्थ है—मैं ईश्वर के नाम से प्रारंभ करता हूँ, जो अत्यंत दयालु है; आरंभ। **मु. ~करना**—आरंभ करना।
बिस्वा—पु. बीघे का बीसवाँ भाग।
बिस्वास—पु. द्र. 'विश्बास'।
बिहँग—पु. द्र. 'विहंग'।
बिहँसना—अ.क्रि. हँसना, मुस्कराना।
बिहग—पु. द्र. 'विहग'।
बिहद, बिहद्द*—वि. द्र. 'बेहद'।
बिहरना*—अ.क्रि. विचरना; विहार करना।
बिहाग—पु. एक राग (संगी.)।
बिहागड़ा—पु. एक राग (संगी.)।
बिहान—पु. द्र. 'विहान'।
बिहार—पु. द्र. 'बिहार'। भारतवर्ष का एक प्रांत।
बिहारी—पु. बिहार का रहने वाला। वि. बिहार का; बिहार की बोली, भाषा।
बिहारी लाल—पु. हिंदी के प्रसिद्ध कवि, 'बिहारी सतसई' के रचयिता।
बिहाल*—वि. द्र. 'बेहाल'।
बिहि*—पु. विधि, ब्रह्मा।
बिहिश्त—पु. [फा.] जन्नत, स्वर्ग, वैकुंठ।
बिहीन—वि. द्र. 'विहीन'।
बींधना—स.क्रि. छेदना, छेद करना, बेधना।
बी—स्त्री. महिला के नाम के साथ लगाया जाने वाला सम्मान-सूचक प्रत्यय (बड़ी बी, हाशिमा बी)।
बी.एस.ई.—पु. [अं.] बम्बई स्टॉक एक्सचेंज, शेयर बाज़ार की कारोबारी संस्था।
बी.एस.एन.एल.—पु. [अं.] भारत संचार निगम लिमिटेड, दूर-संचार, टेलीफ़ोन विभाग की प्रबंधकर्ता संस्था।
बी.एस.एफ.—पु. बॉर्डर सिक्योरिटी फोर्स, सीमा सुरक्षा बल।
बीघा—पु. ज़मीन की माप की एक इकाई, बीस बिस्वे का क्षेत्रफल।
बीच—पु. किसी पदार्थ का मध्य भाग, मध्य; दो चीज़ों या दूरी के मध्य। **(बीचो) ~**पु.- बिलकुल मध्य में, ठीक मध्य में। **वाला**—पु. मध्यस्थ। **~बिचाव**—पु. झगड़ा निपटाने का काम, मध्यस्थता करना। (हाथापाई को समाप्त करने के लिए)। **मु. ~में पड़ना**—मध्यस्थता करना। **~में कूदना**—देखल देना, किसी काम में अपनी उपस्थिति अनावश्यक रूप में जताना।
बीच—स्त्री. [अं.] समुद्र-तट, समुद्र का किनारा।
बीचि*—स्त्री. द्र. 'वीचि'।
बीछि—स्त्री. द्र. 'बिच्छू'।
बीज—पु. [सं.] अनाजों व फूलों के वे पके दाने, जिनसे वही नया अनाज या पौधा अगली ऋतु में उपजता है; प्रधान, मुख्य कारण; मूल; जड़; बिजली (ब्र.भा.)। **मु. ~बोना**—किसी बुरे कार्य या झगड़े का कारण उपस्थित करना ('लड़ाई के बीज बोना')। **~भाषण**—पु. आधार-भाषण, किसी संगोष्ठी आदि में दिया गया वह भाषण जिसके आधार पर आगे चर्चा की जाती है।
बीज गणित—पु. गणित की एक शाखा, 'अलजेबरा'।
बीजक—पु. [स.] वह सूची जिसमें भेजे गए माल या ब्यौरा, दर, मूल्य आदि लिखा होता है ('इन्वायस'); संत कबीरदास के पदों का प्रसिद्ध संग्रह।
बीजना*—पु. (तत्सम-व्यंजन), पंखा।
बीजरी*—स्त्री. द्र. 'बिजली'।
बीजांकुर—पु. [स.] बीज से निकला अंकुर। **~न्याय**—पु. बीज से अंकुर और फिर अंकुर से बीज की उत्पत्ति का निरंतर क्रम।

बीजाक्षर—पु. [सं.] किसी मंत्र का प्रथम अक्षर।

बीजु*—स्त्री. [ब्र.भा.] बिजली।

बीट—स्त्री. चिड़ियों का विष्ठा या मल।

बीड़ा—पु. पान की गिलौरी, लगा हुआ तथा तहाया हुआ पान। **~उठाना**—मु. किसी कठिन कार्य को पूरा करने का संकल्प करना, अपने ऊपर दायित्व लेना।

बीड़ी—स्त्री. तेंदु पत्ते में सूखे तम्बाकू का चूर्ण-सा लपेट कर सिगरेट जैसी बनाई गई बत्ती, जिसे जला कर सिगरेट की तरह पीते हैं।

बीतना—अ.क्रि. व्यतीत होना, गुज़रना, घटित हो जाना।

बीती—स्त्री. गुज़री हुई बात, घटित घटना

बीन—स्त्री. सपेरों का मुँह से फूँक कर बजाया जाने वाला वाद्य।

बीनना—स.क्रि. चुनना, बीनना।

बीबी—स्त्री. बेटी या किसी भी अपने से आयु में छोटी स्त्री के लिए आदर और स्नेह-सूचक सम्बोधन।

बीभत्स—वि. [स.] घृणास्पद, गर्हित, गंदा। पु. नौ रसों में से एक जिसका स्थायी भाव जुगुप्सा है।

बीभत्सित—वि. [स.] घृणित, जुगुप्सापूर्ण।

बीम—पु. [फा.] डर, जोखिम।

बीम—स्त्री. [अं.] शहतीर।

बीमा—पु. [फा.] किसी व्यक्ति की दुर्घटना या मृत्यु या माल, सामान के रास्ते में खो जाने की स्थिति में निश्चित राशि देने का दायित्व, जो कुछ निश्चित राशि एक साथ या किस्तों में लेकर उसके बदले में लिया जाता है ('इंश्योरेंस)। **~की पॉलिसी**—स्त्री. बीमे की शर्तों का अनुबंध पत्र।

बीमार—पु. [फा.] अस्वस्थ, जिसे कोई रोग हो।

बीमारी—स्त्री. [फा.] रोग, व्याधि, मर्ज़, बुरी आदत। ला. झंझट; बुरी आदत, लत।

बीर—वि. वीर, बहादुर। पु. वीर पुरुष; भाई (लोक का.)।

बीरन—पु. भाई के लिए ममत्व भरा सम्बोधन।

बीरबहूटी—स्त्री. गहरे लाल रंग का एक बरसाती कीड़ा।

बीवी—स्त्री. [फा.] पत्नी।

बीस—वि. उन्नीस से एक अधिक। ला. बढ़कर, श्रेष्ठ। पु. बीस की संख्या, 20। **~बिस्वे**—**ला.** पूरी तरह, पूर्ण विश्वास से (कहना—'वह बीस बिस्वे सही है')।

बीसी—स्त्री. बीस का एकत्रित रूप (पाँच बीसी-5 × 20 का अर्थ सौ); कौड़ी। **बीसों**—बीस से अधिक, बहुत अधिक ('वहाँ बीसों आदमी थे')।

बीहड़—वि. ऊबड़-खाबड़, घना जंगल, वन।

बुंद—स्त्री., पु. द्र. 'बूँद'।

बुंदकी—स्त्री. छोटी-छोटी बिंदियाँ।

बुंदा—पु. कान का एक आभूषण जो कानों में लटकता है।

बुंदिया—स्त्री. बेसन के घोल को पौने पर डालकर तेल में तली हुई छोटी-छोटी बूँदों जैसी, (बूंदी के लड्डू, दही में बुंदियाँ)।

बुंदेलखंड—पु. भारतवर्ष का एक अंचल जिसमें उत्तर प्रदेश के उत्तर-पश्चिम के बाँदा, आदि जिले और म.प्र. की पन्ना, छतरपुर आदि की पुरानी रियासतें सम्मिलित हैं।

बुंदेलखंडी—वि. बुंदेलखंड का। पु. बुंदेलखंड का निवासी। स्त्री. बुंदेलखंड की भाषा।

बुंदेला—पु. राजपूतों की एक उपजाति, जो बुंदेलखंड में पाई जाती है।

बुआ—स्त्री. द्र. 'बूआ'।

बुक—स्त्री. [अं.] पुस्तक, किताब। **~पोस्ट**—पु. [अं.] डाकखाने द्वारा पत्र, पुस्तक आदि भेजने की विधि। **~सेलर**—पु. [अं.] पुस्तक-विक्रेता। **~स्टाल**—पु. पुस्तकों की छोटी दुकान, स्थान।

बुक़चा—पु. [फा.] कपड़ों की गठरी।

बुक़ची—स्त्री. छोट संदूकड़ी।

बुकनी—स्त्री. चूर्ण; किसी चाट आदि में डाला जाने वाला मसाला।

बुकिंग ऑफिस—पु. [अं.] किसी चीज़, प्रदर्शनी आदि के लिए टिकट देने का कार्यालय।

बुकिंग क्लर्क—पु. [अं.] टिकट बाबू।

बुक्क—पु. [स.] हृदय।

बुक्का—पु. हृदय। **~फाड़ कर रोना**—मु. बहुत ज़ोर से रोना।

बुख़ार—पु. [अ.] ज्वर, ताप।

बुख़ारा—पु. रूस में तुर्किस्तान का प्रदेश, उसकी राजधानी।

बुख़ारी—स्त्री. दीवार में बनाया गया छोटा कुठार, भंडारण-स्थान (छोटा 'स्टोर')।

बुग़चा—पु. [तु.] कपड़ों की गठरी।

बुज़—पु., स्त्री. [फा.] बकरा, बकरी। **~दिल**—वि. कायर, डरपोक, भीरु। **~दिली**—स्त्री. कायरपन, भीरुता।

बुज़ुर्ग—वि. [फा.] (आदरणीय रूप में) वृद्ध; पुरखे, बाप-दादा।

बुज़ुर्गाना—वि. बुज़ुर्गों जैसा, गुरुजनोचित।

बुज़ुर्गी—स्त्री. बड़प्पन, बड़ों की तरह व्यवहार।

बुझना—अ.क्रि. (आग, दीपक, मोमबत्ती आदि का) जलना बंद हो जाना, गरम चीज़ का पानी में पड़कर शांत हो जाना।

बुझाई—स्त्री. आग बुझाने का पारिश्रमिक, मज़दूरी।

बुझाना—स.क्रि. जलती हुई चीज़ या आग को बंद करना, शांत करना; जलती हुई चीज़ को पानी में डालकर ठंडा करना; समझाना, ज्ञान देना।

बुझारत—स्त्री. पहेली।

बुझौवल—स्त्री. पहेली।

बुड़की*—स्त्री. डुबकी।

बुड़ना*—अ.क्रि. बूड़ना, डूबना।

बुड़बुड़ाना—अ.क्रि. आक्रोश में या कुढ़ कर धीरे-धीरे अस्पष्ट रूप में बोलकर अपना असंतोष प्रकट करना।

बुड्ढा—वि. बूढ़ा, वृद्ध।

बुढ़भस—स्त्री. बुढ़ापे में भी जवानी की तरंग।

बुढ़ाना—अ.क्रि. वृद्ध हो जाना, वृद्धावस्था को प्राप्त करना।

बुढ़ापा—पु. वृद्धावस्था, वार्धक्य।

बुढ़िया—स्त्री. वृद्धा स्त्री, वृद्ध का स्त्री.। **~के बाल**—स्त्री. चीनी से तैयार की जाने वाली एक मिठाई, जिसके तार बुढ़िया के बालों की तरह होते हैं।

बुढ़ौती—स्त्री. वृद्धावस्था, बुढ़ापा।

बुत—पु. [फा.] मूर्ति, प्रतिमा; देव प्रतिमा। वि. मूर्ति की तरह जड़ या निष्चेष्ट ('बुत बन गया')। **~खाना**—पु. मंदिर। **~तराश**—पु. मूर्ति बनानेवाला। **~परस्त**—पु. वि. मूर्तिपूजक; सौंदर्य प्रेमी। **~परस्ती**—स्त्री. मूर्ति-पूजा। **~शिकन**—पु. वि. मूर्ति तोड़ने वाला; मूर्ति भंजक।

बुताना—स.क्रि. बुझाना; शांत करना ('मन मोदक नहीं भूख बुताई')।

बुदबुदा—पु. बुलबुला।

बुदबुदाना—अ.क्रि. विरोध-स्वरूप धीरे-धीरे कुछ कहना, अस्पष्ट रूप से कुछ कहना, बुड़-बुड़ करना।

बुद्ध—वि. [सं.] जागा हुआ, जाग्रत; ज्ञानी; पंडित। पु. बौद्ध धर्म के प्रवर्तक गौतम बुद्ध मूल नाम सिद्धार्थ [जन्म- ई.पू. 557, निर्वाण ई.पू. 447]।

बुद्धत्व—पु. [सं.] बुद्ध के पद की प्राप्ति।

बुद्धागम—पु. [सं.] बौद्धधर्म के सिद्धांत ग्रंथ।

बुद्धि—स्त्री. [सं.] सोचने-समझने और विचारने की शक्ति, समझ, प्रज्ञा। **~कौशल**—पु. चतुराई। **~गम्य, ग्राह्य**—वि. जो समझ में आने योग्य हो। **~जीवी**—पु. वि. वह जो बुद्धि-बल को अपनी जीविका चलाता है, दिमागी काम करने वाला, लेखक, चिकित्सक, प्राध्यापक, वकील आदि।

बुद्धिमत्ता—स्त्री. [स.] बुद्धिमानी, समझदारी, अक्लमंदी।

बुद्धिमान-वि. [स.] चतुर, समझदार।

बुद्धिमानी—स्त्री. द्र. 'बुद्धिमत्ता'।

बुद्धिवंत—वि. बुद्धिमान, समझदार।

बुद्धू—पु. नासमझ, बुद्धिहीन।

बुद्बुद—पु. [स.] बुलबुला।

बुध—पु. [स.] एक प्रसिद्ध ग्रह जो सूर्य के बहुत पास है; बुद्धिमान व्यक्ति; विद्वान् व्यक्ति। **~जन**—पु. पंडित, विद्वान्।

बुनकर—पु. कपड़ा बुनने वाला, जुलाहा।

बुनना—स.क्रि. धागों से करघे पर कपड़ा बनाना; सलाई द्वारा ऊन का स्वेटर आदि बनाना; चारपाई, कुरसी आदि को बान, प्लास्टिक या बेंत के छिलके के तारों से बनाना, खाली जगह को भरना।

बुनवाना—स.क्रि. बुनने का काम कराना।

बुनाई—स्त्री. बुनाने की क्रिया; बुनावट; बुनने की मज़दूरी।

बुनावट—स्त्री. बुनने का ढंग।

बुनियाद—स्त्री. [फा.] नींव, आधार, वास्तविकता, असलियत।

बुनियादी—वि. बुनियाद से संबंधित; बिलकुल प्रारंभिक, प्राथमिक, प्रारंभिक, आधार रूप।

बुभुक्षा—स्त्री. [सं.] भूख, क्षुधा; भोगों की कामना।

बुभुक्षित, बुभुक्षु—वि. [सं.] भूखा, क्षुधित।

बुभुत्सा—स्त्री. [सं.] जानने की इच्छा।

बुर—स्त्री. भग, योनि।

बुरकना—स.क्रि. चूर्ण या किसी बारीक पिसी हुई चीज़-मसाले आदि को किसी वस्तु पर छिड़कना।

बुरकाना—स.क्रि. द्र. 'बुरकना', 'बुरकना' का प्रे.।

बुरक़ा—पु. [अ.] एक पहनावा जिससे मुस्लिम स्त्रियाँ अपने को सिर से पैर तक ढँक कर बाहर निकलती हैं। **~पोश**—वि. जो बुरका पहने हुए हो।

बुरकी—स्त्री. चुटकी में आने योग्य—राख, चूर्ण, पिसी हुई चीज़, मसाला आदि।

बुरा—वि. खवाब; हानिकर; निकृष्ट; चरित्र से खराब, खोटा, कुचाली। **~काम**—पु. निंदित कर्म; व्यभिचार। **~भला**—वि. अच्छा-बुरा। **~वक्त**—पु. कठिनाई का समय, दुर्भाग्य-काल। **~हाल**—पु. दुर्दशा। **~हाल कर देना**—मार-पीट कर दुर्दशा कर देना। मु. **~करना**—हानिकारक कार्य करना। **~मानना**—नाराज़ हो जाना।

बुराई—स्त्री. बुरापन, खराबी; अवगुण, दोष; बुरी बात, कुरीति। **~भलाई**—स्त्री. अच्छा-बुरा काम।

बुरादा—पु. [फा.] लकड़ी, कोयले आदि का चूरा, किसी चीज़ की भूस्सी या चूरा, गोले, नारियल आदि का कस करके किया गया चूरा।

बुरि—स्त्री. [सं.]

बुरी—वि. स्त्री. द्र. 'बुरा' का स्त्री.। **~खबर**—स्त्री. मृत्यु की सूचना। **~घड़ी**—स्त्री. संकट का समय, विपत्ति, आफ़त की घड़ी। **~तरह**—अ. बहुत अधिक (बुरी तरह घायल)।

बुरुज—पु. द्र. 'बुर्ज'।

बुरुश—पु. [अं. 'ब्रश'] बाल, तार, प्लास्टिक आदि के हलके रेशों से बनाई गई कूची-सी, दाँत साफ़ करने, बाल काढ़ने, धूल आदि झाड़ने के काम आती है।

बुर्ज—पु. किले, आदि की दीवार में ऊपर बना स्थान, जिसमें सैनिकों के बैठने के लिए जगह होती है; मीनार का ऊपरी गोलाकार भाग; इसी प्रकार की कोई इमारत।

बुर्जी—स्त्री. छोटा बुर्ज़, द्र. 'बुर्ज'।

बुलंद—वि. [फ़ा.] ऊँचा, उच्च। **~आवाज़**—स्त्री. ऊँची जोर की आवाज़। **~हौसला**—वि. बहुत साहसी, ऊँची हिम्मत।

बुलंदी—स्त्री. [फ़ा.] ऊँचाई, उत्कर्ष।

बुलडॉग—पु. [अं.] विदेशी नस्ल के कुत्तों की एक प्रजाति।

बुलडोज़र—पु. [अं.] एक भारी मोटरचालित यंत्र, जिससे मकान, पेड़, ऊँची-नीची जमीन को उखाड़ कर समतल कर दिया जाता है।

बुलबुल—स्त्री. [अ.] एक प्रसिद्ध छोटी काली चिड़िया, जिसकी आवाज़ बहुत मधुर होती है।

बुलबुला—पु. पानी का बुदबुदा।

बुलवाना—स.क्रि. बोलने में प्रवृत्त करना; किसी को बुला कर लाने के लिए कहना।

बुलाक—पु. [तु.] नाक में पहनने का एक आभूषण, जो लटकता है।

बुलाकी—पु. घोड़ों की एक प्रजाति।

बुलाना—स.क्रि. पास आने को कहना, पुकारना; किसी को बोलने में प्रवृत्त करना।

बुलावा—पु. किसी को बुलाने के लिए कहना, न्योता, निमंत्रण।

बुलेट—स्त्री. [अं.] गोली। **~प्रूफ**—वि. गोली-रोधक। **~प्रूफ कार**—स्त्री. वि. गोली-रोधक कार। **~प्रूफ जैकेट**—स्त्री. गोली-रोधक जैकेट।

बुलौआ, बुलौवा—पु. द्र. 'बुलावा'।

बुशर्ट, बुश्शर्ट—पु. [अं.] आधी आस्तीन की कमीज़।

बुहारना—स.क्रि. झाड़ना; झाड़ू से साफ़ करना।

बुहारनी—स्त्री. झाड़ू।

बुहारी—स्त्री. झाड़ू।

बूँद—स्त्री. पानी या किसी तरल पदार्थ का छोटा-सा अंश जो छोटी-सी गोली के रूप में नीचे गिरता है।

बूँदाबाँदी—स्त्री. हलकी-हलकी बूँदें पड़ना।

बूँदी—स्त्री. बेसन की छोटी-छोटी बूँदें जो तली हुई होती हैं; एक तरह की मिठाई जो बूँदी से बनाई जाती है।

बू—स्त्री. [फ़ा.] दुर्गंध; सुगंध; गंध। **ला.** घमंड, ठसक।

बूआ—स्त्री. पिता की बहन, बुआ, फूफी।

बूचड़—पु. कसाई, मांस विक्रेता, मांस काटने वाला। **~खाना**—पु. कसाईखाना जहाँ पशुओं को काटा जाता है।

बूझ—स्त्री. समझ, विवेक (समास रूप में 'सूझ' के साथ प्रयुक्त-सूझ-बूझ)।

बूझना—स.क्रि. समझना; जानना; पूछना।

बूट—पु. हरे चने का पौधा; एक प्रकार का जूता।

बूटा—पु. फूल, फल आदि का छोटा पौधा; कपड़े आदि पर बनी हुई फूलपत्ती।

बूटी—स्त्री. कपड़े आदि पर बनी छोटी-छोटी फूल-पत्तियाँ; जड़ी (जड़ी-बूटी)—आयुर्वेदिक चिकित्सा में प्रयुक्त वनस्पति।

बूटीक—पु. [अं.] स्त्रियों की डिज़ाइनदार पोशाकों का विक्रय-स्थल, दुकान या शोरूम।

बूड़ना*—अ.क्रि. डूबना, लीन होना।

बूड़ा—पु. जो जल में डूब जाए।

बूढ़ा—वि. वृद्ध बुड्ढा। मु. **~मुँह मुँहासे**—वृद्धावस्था में जवानी के शौक, दिखावा।

बूढ़ी—वि. स्त्री. वृद्धा, बुढ़िया। मु. **~घोड़ी लाल लगाम**—वृद्धावस्था में जवानों की तरह रहने की हिर्स, वृत्ति।

बूता—पु. शक्ति, सामर्थ्य।

बूथ—पु. [अं.] मंडप, कुटी, छोटी दुकान। **(पोलिंग)~** निर्वाचन केंद्र, मतदान केंद्र। **~कैप्चरिंग**—मतदान केन्द्र पर बाहुबल से कब्ज़ा करना।

बूम—स्त्री. [अं.] तेज़ी, गरमबाजारी; दामों या व्यापार में सहसा तेज़ वृद्धि।

बूर—स्त्री. कपड़े के ऊपर से रेशे का छोटी-छोटी-सी गोलियों में बदल जाना।

बूरा—पु. खांड को कूट कर बनाया गया चूरा।

बृंद—पु. द्र. 'वृंद'।

बृंदारण्य—पु. [सं.] वृंदावन।

बृक—पु. भेड़िया; गीदड़।

बृच्छ*—पु. द्र. 'वृक्ष'।

बृष—पु. द्र. 'वृष'।

बृषभ—पु. द्र. 'वृषभ'।

बृहत्—वि. [सं.] बहुत बड़ा, विशाल। **~कथा**—स्त्री. संस्कृत में गुणाढ्य रचित प्रसिद्ध कथा-पुस्तक। **~कथा मंजरी**—स्त्री. संस्कृत में क्षेमेन्द्र रचित प्रसिद्ध कथा-पुस्तक।

बृहत्तर—वि. [सं.] और भी बड़ा, मूल से भी बड़ा।

बृहद्—'बृहत्' का समास में प्रयुक्त रूप। **~आरण्यक**—पु. एक प्रसिद्ध उपनिषद् ग्रंथ। **~एला**—स्त्री. बड़ी इलायची।

बृहन्—'बृहत्' का समास में प्रयुक्त रूप। **~नला**—स्त्री., पु. अर्जुन का नाम जब वे अज्ञातवास में विराट के यहाँ किन्नर रूप में रहे थे। **~नाट्**—पु. एक राग (संगी.)। **~नारदीय**—पु. एक उपपुराण। **~नारायण**—पु. एक उपनिषद् ग्रंथ।

बृहस्पति—पु. [सं.] देवताओं के गुरु; सौरमंडल का एक प्रसिद्ध ग्रह।

बेंच—स्त्री. [अं.] लकड़ी, लोहे आदि की लम्बी-सी कई आदमियों के बैठने की कुर्सी जैसी वस्तु; न्यायालय के कई

न्यायाधीश जो किसी विशेष मामले की सुनवाई के लिए नियुक्त किए जाते हैं।

बेंट, बेंठ—लकड़ी की मूठ या दस्ता, जो लोहे के औज़ारों में लगाया जाता है।

बेंत—पु. एक लता जिसकी टहनियों से छड़ियाँ, टोकरियाँ आदि बनाई जाती हैं, कुर्सियों की बुनाई भी उससे बने तार से की जाती है।

बें-बें—पु. भेड़ की आवाज़।

बे—अ. अरे, अबे। [फा.] बिना, बगैर, सिवाय। पु. फारसी वर्णमाला का दूसरा अक्षर। **~अंत**—वि. जिसका अंत न हो। **~अक़्ल, अक्ल**—वि. बुद्धू, नासमझ, मूर्ख। **~अक़्ली**—स्त्री. नासमझी, मूर्खता। **~अदब**—वि. अशिष्ट, बड़ों का अदब, सम्मान न करने वाला। **~अदबी**—स्त्री. अशिष्टता, गुस्ताखी। **~आब**—वि. जिसमें आब, चमक, कांति न हो। **~आबरू**—वि. जिसकी इज़्ज़त, प्रतिष्ठा न हो। **~इंसाफ-वि., इंसाफी**—स्त्री. अन्याय, नाइंसाफी। **~इज़्ज़त-वि., इज़्ज़ती**—स्त्री. प्रतिष्ठा रहित, अपमानित; अप्रतिष्ठा, अपमान। **~इल्म** वि., **इल्मी**—स्त्री.—अपढ़, विद्याहित; अपढ़ता, विद्या का अभाव। **~ईमान-वि.; ईमानी**—स्त्री. छलकपट या अन्य कोई अनाचार करने वाला; धर्म को न मानने वाला; बदनीयती, झुठाई। **~उज्र**—जिसे किसी बात के मानने में कोई आपत्ति न हो, आपत्ति रहित। **~क़दर, ~क़द्र**—वि. जिसकी कोई इज़्ज़त, आदर-सम्मान न हो, जिसकी कोई परवाह न की जाती हो। **~क़द्री**—आदर-मान का अभाव, बेइज़्ज़ती, पूछ न होना। **~क़रार-वि., ~क़रारी**—वि. विकल, बेचैन; बेचैनी, विकलता। **~कल-वि., ~कली**—स्त्री.—बेचैन, विकल; बेचैनी विकलता। **~कस-वि., ~कसी**—स्त्री.—असहाय, दीन, विवश, असहायता, दीनता, विवशता। **~क़ाबू**-वि.—जो काबू में न हो, आये; नियंत्रणहीन। **~काम, ~कार**-वि.—जिसे कोई काम न हो; व्यर्थ, निरर्थक। **~कारी**—स्त्री. कोई काम न करने की स्थिति, बेरोज़गारी। **~कुसूर**—वि. निर्दोष, निरपराध। **~खता**—वि. बेकसूर, निरपराध। **~खबर**-वि., **~खबरी**—स्त्री.—जिसे किसी बात की सूचना या जानकारी न हो; लापरवाह; बेसुध; बेखबर होना। **~खुदी**—स्त्री. आत्मविस्मृति, मदहोशी। **~खौफ़**—वि. निर्भय, निडर। **~गाना**—वि. पराया, गैर, अनजाना। **~गुन**—वि. गुणहीन। **~गुनाह**-वि., **~गुनाही**—स्त्री. बेकसूर, निरपराध; निर्दोषिता। **~चारगी**—स्त्री. दीनता, विवशता, बेचारापन। **~चारा**-वि.—असहाय, दीन, विवश। **~चैन**-वि., **~चैनी**—स्त्री. अशांत, बेकरार; घबराहट। **~जान**—वि. निष्प्राण, जिसमें जान न हो, मुर्दा, शव। **~जोड़**—अतुलनीय, जिसके बराबर का कोई न हो; बिना जोड़ का। **~डौल**—वि. भद्दा, कुरूप। **~ढंगा**—वि. भद्दा, कुरूप। **~तरह**—वि. बुरी तरह, बहुत ज्यादा। **~तहाशा**—अ. बहुत तेज़ी से (भागना)। **~ताब**-वि., **~ताबी**—स्त्री. अधीर, विकल, व्याकुल, बेचैन; अधीरता, विकलता। **~ताल, ~ताला**—वि. गायन-वादन में ताल से चूक जाना। **~तुका, ~तुकी**—वि. बेमेल; असंगत (बात)। **~दम**—वि. बेजान, बहुत कमजोर। **~दर्द**-वि., **~दर्दी**—स्त्री. निष्ठुर, निर्दय; निर्दयता, बेरहमी। **~दिमाग**—वि. बुद्धू, नासमझ। **~धड़क**—अं. निर्भय निश्शंक। **~नज़ीर**—वि. अनुपम, बेजोड़। **~नियाज़**—वि. बेपरवाह। **~नियाज़ी**—स्त्री. किसी चीज़ की परवा न होना, लापरवाही। **~परवाही**—स्त्री. लापरवाही। **~फ़िक्र**—वि. निश्चिंत, बेपरवा। **~बस**—वि. विवश, लाचार, असहाय। **~बसी**—स्त्री. विवशता, लाचारी। **~बाक**-वि., **~बाकी**—स्त्री. निडर, स्पष्ट; निडरता, स्पष्ट; निडरता, स्पष्टवादिता। **~बुनियाद**—वि. निराधार, मनगढ़ंत। **~मतलब**—अ. व्यर्थ, बेकार। वि. निरर्थक। **~मुरौवत**-वि., **~मुरौवती**—स्त्री. जिसमें कोई लिहाज़ न हो; लिहाज़, शर्म का अभाव। **~मौत**—अ. बिना मौत, बिना काल के (मरना)। **~रोज़गार**-वि., **~रोज़गारी**—स्त्री. जिसके पास कोई काम न हो; बेकारी, जीविका कमाने का कोई कार्य न होना। **~रौनक**-वि., **~रौनकी**—स्त्री. उदास, जिसकी शोभा, चहल-पहल चली गई हो; उदासी, कोई शोभा न हो। **~लगाम**—वि. नियंत्रणहीन, स्वच्छंद। **~लाग**—वि. खरा, दो-टूक (बात) **~वक्त**—अ. असमय। **~वफ़ा**-वि., **~वफ़ाई**—स्त्री. प्रेम का निर्वाह न करने वाला, कृतघ्न; प्रेम में धोखा देना, कृतघ्नता। **~शक**—अ. ज़रूर, निस्संदेह। **~शरम, ~शर्म**-वि., **~शर्मी**—स्त्री. निर्लज्ज; निर्लज्जता। **~शुमार**—वि. अगणित, बेहिसाब। **~समझ**—वि. नासमझ। **~साख्ता**—वि. स्वतः स्फूर्त रूप से, स्वाभाविक। **~स्वाद**—वि. स्वाद रहित। **~हया**—वि. बेशर्म, निर्लज्ज। **~हाल**—वि. जिसका हाल बुरा हो, बुरी दशा। **~हूदा**—वि. अशिष्ट, भद्दा, बेतुका।

बेकरी—स्त्री. [अं.] केक, बिस्कुट, डबल रोटी, आदि बनाने का कारखाना व दुकान।

बेग—पु. द्र. 'वेग'। [तु.] अमीर, सरदार, मुगलों के नाम के साथ लगाई जाने वाली उपाधि।

बेगम—स्त्री. [तु. 'बेग़म'] बेग की पत्नी; किसी धनी आदमी की पत्नी; स्त्रियों के लिए प्रयुक्त किया जाने वाला सम्मानसूचक शब्द; पत्नी; ताश का पत्ता जिस पर बेगम का चित्र बना होता है। वि. निश्चिंत, बेफिक्र, जिसे चिंता न हो।

बेगमात—स्त्री. [तु.] 'बेगम' का बहुवचन।

बेगार—स्त्री. [फा.] जबर्दस्ती कराया जाने वाला काम, जिसकी मज़दूरी नहीं दी जाती; बेमन काम काम।

बेगारी—स्त्री. द्र. 'बेगार'।

बेगि*—अ. वेगपूर्वक, शीघ्र, झटपट।

बेचना—स.क्रि. मूल्य देकर कोई वस्तु देना, बिक्री करना; पैसे के बदले में (निष्ठा, धर्म आदि) देना।

बेचवाना, बेचाना—स.क्रि. द्र. 'बिकवाना'।

बेची—स्त्री. बिक्री, खरीद के साथ प्रयुक्त—खरीद-बेची।

बेचू—पु. बेचने वाला।

बेझड़—पु. मोटा मिश्रित अनाज—जौ, चना, मटर आदि।

बेझरा—पु. द्र. 'बेझड़'।

बेटवा*—पु. पुत्र, बेटा; बेटे के लिए प्यार का सम्बोधन।

बेटा—पु. पुत्र, लड़का; छोटों के लिए प्यार भरा सम्बोधन।

बेटी—स्त्री. पुत्री, लड़की के लिए बड़ों द्वारा प्यार का सम्बोधन।

बेटे-पोते—पु. पुत्र-पौत्र।

बेठ—स्त्री. दस्ता, मूठ।

बेठन—पु. पुस्तक, आदि को गर्द से बचाने के लिए लपेटे जाना वाला कपड़ा, वेष्टन।

बेड—स्त्री. [अं.] पलंग, पर्यंक; चारपाई, खाट; शय्या, बिस्तर।

बेडरूम—पु. [अं.] शयन-कक्ष, सोने का कमरा।

बेडिंग—पु. [अं.] बिस्तर, बिछौना।

बेड़ा—पु. नावों या जहाजों का समूह; युद्धपोतों का समूह, लट्ठों, बाँसों या तख्तों को बाँध कर बनाई गई खुली नाव जैसा। **मु. ~पार**—(संघर्ष के बाद) लक्ष्य पा जाना।

बेड़िन, बेड़िनी—स्त्री. गाने को पेशा बनाने वाली जाति की स्त्री।

बेड़ी—स्त्री. लोहे के कड़ों की वह जंजीर जो कैदियों के पैरों में डाली जाती है।

बेणी—स्त्री. द्र. 'वेणी'।

बेत—पु. द्र. 'बेंत'।

बेतवा—स्त्री. बुंदेलखंड की प्रसिद्ध नदी।

बेद—पु. द्र. 'वेद'।

बेदखल—वि. जिसका दखल, अधिकार, कब्जा हटा दिया गया हो; अधिकारच्युत।

बेदखली—स्त्री. संपत्ति, भूमि आदि पर से किसी का कब्जा, अधिकार समाप्त करना।

बेदना—स्त्री. द्र. 'वेदना'।

बेधक—वि. बेधने, छेद करने वाला।

बेधना—स.क्रि. छेद करना; घाव करना।

बेनी—स्त्री. वेणी, स्त्रियों की चोटी

बेनु—पु. द्र. 'वेणु'।

बेंड—पु. [अं.] अंग्रेजी ढंग का बाजा, जिसमें बहुत से वाद्य होते हैं।

बेपार*—पु. द्र. 'व्यापार'।

बेपारी*—पु. द्र. 'व्यापारी'।

बेबी—पु., स्त्री. [अं.] बच्चा; बच्चे के लिए प्यार का सम्बोधन, विशेषत: लड़की के लिए।

बेमारी*—स्त्री. द्र. 'बीमारी'।

बेयरा—पु. [अं.] परोसक, होटल-रेस्त्राँ आदि में खाना परोसने वाला।

बेर—पु. एक प्रसिद्ध छोटा-सा फल; उसका पेड़; देर, समय। स्त्री. बार, दफा।

बेरा—स्त्री. समय; सवेरा; दफा, बार।

बेरी—स्त्री. एक काँटेदार वृक्ष, बेर फल इस पर लगता है।

बे[illegible] एक प्रसिद्ध फल, श्रीफल, बिल्व, बेल-पत्थर; इस प[illegible] का वृक्ष।

बेल—स्त्री. लता, वल्लरी। **(दाग़)** ~चूने आदि से भूमि पर माप के लिए लगाए गए निशान।

बेल—स्त्री. एक तरह की कुदाली।

बेल—स्त्री. [अं.] जमानत: किसी कैदी आदि का जेल से सशर्त कुछ अवधि के लिए छूटना।

बेलट—पु. [अं.] मत-पत्र।

बेलड़ी, बेलरी*—स्त्री. बेल, लता।

बेलन—पु. रोटी, पूरी आदि बेलने का काठ का रसोई-उपकरण; रुई धुनने का लकड़ी का बना उपकरण; पत्थर या लोहे का समतल करने वाला यंत्रचालित उपकरण ('रोलर')।

बेलना—स.क्रि. चकले पर बेलन से रोटी, पूरी आदि बनाने की क्रिया।

बेलनाकार—वि. [सं.] बेलन के आकार का।

बेल-बूटा—पु. किसी आधार-वस्त्र, बरतन आदि पर काढ़े गए फूल-पत्ती आदि।

बेलवाना—स.क्रि. बेलने का काम दूसरे से कराना।

बेला—स्त्री. एक प्रसिद्ध फूल; उसका पौधा; चौड़े आकार का कटोरे जैसा पात्र; समय (रात की बेला, घूमने की बेला)।

बेलि—स्त्री. बेल, लता।

बेली—पु. साथी, सहायक, गहरा मित्र।

बेलून—पु. [अं.] गुब्बारा।

बेल्ट—पु. [अं.] कमर-पेटी, कमर में बाँधी जाने वाली चमड़े, कपड़े आदि की पेटी।

बेवहार*—पु. द्र. 'व्यवहार'।

बेवा—स्त्री. [फा.] विधवा, जिसका पति मर गया हो।

बेश—वि. [फा.] ज्यादा, अधिक, खासतौर पर समास रूप में 'कमो' के साथ-प्रयुक्त—कमोबेश। **~क़ीमती**—बहुमूल्य।

बेशी—स्त्री. [फा.] अधिकता, बहुत ज्यादा।
बेसन—पु. चने की दाल का आटा।
बेसनी—वि. बेसन की बनी हुई।
बेसबा*—स्त्री. वेश्या, रंडी, गाली रूप में प्रयुक्त शब्द।
बेसबॉल—स्त्री. [अं.] एक खेल।
बेसमेंट—पु. [अं.] तलघर, तहखाना।
बेसर—स्त्री. नाक का आभूषण, बुलाक।
बेसिक—वि. [अं.] प्रारंभिक, प्राथमिक, मौलिक, आधारभूत, प्रधान।
बेसिन—पु. बंदरगाह; नदी का थाला, नदी की घाटी; प्याला, कटोरा, कुंडी जिसमें रखकर किसी चीज़ को कूटते हैं।
बैंक—पु. [अं.] बैंक, धनागार, वह स्थान जहाँ जनता, व्यापारी वर्ग अपना रुपया सुरक्षित रूप में रख सकते हैं और यथावश्यकता निकाल रुकते हैं, बैंक ऋण देने, धन-विनिमय आदि की सेवाएँ भी प्रदान करते हैं; (नदी)—तट, तीर, किनारा।
बैंगन—पु. एक प्रसिद्ध सब्ज़ी, इस सब्ज़ी का पौधा।
बैंगनी—वि. बैंगन के रंग का।
बैंच—स्त्री. द्र. 'बेंच'।
बैंजनी*—वि. बैंगन के रंग का।
बैंड—पु. [अं.] अंग्रेजी बाज़ा; उसके बजाने वालों का समूह, पट्टी, पट्टा; फीता।
बैंड—पु. [अं.] मोड़, घुमाव; झुकना, मुड़ना।
बै—स्त्री. [अ.] अपनी भूमि, खेत आदि को बेचकर किसी के नाम कर देना (बै कर देना)। **~नामा**—पु. वह अधिकार-पत्र, रजिस्ट्री, जिससे जमीन, घर या किसी अचल संपत्ति पर किसी का अधिकार हो जाता है (बैनामा कर देना)।
बैकुंठ—पु. दे. 'वैकुंठ'।
बैक्टिरिया—पु. [अं.] जीवाणु।
बैक ग्राउंड—स्त्री. [अं.] पृष्ठभूमि; भूमिका।
बैकवर्ड—वि. [अं.] पिछड़ा; उल्टा (समुद्र की लहरें); संकोचशील। पु. दलित।
बैखरी—स्त्री. द्र. 'वैखरी'।
बैखानस—पु. दे.' वैखानस'।
बैग—पु. [अं.] थैला; झोला; बोरा।
बैगन—पु. द्र. 'बैंगन'।
बैगनी—वि. द्र. 'बैंगनी'।
बैच—पु. [अं.] समूह, टोली, जत्था, दल।
बैजंती, बैजयंती—स्त्री. द्र. 'वैजयंती'।
बैजनाथ—पु. द्र. 'वैद्यनाथ'।
बैट—पु. [अं.] बल्ला, बैट। **~(ट्)स मैन**—पु. बल्लेबाज़। **~बैटिंग**—बल्लेबाजी।
बैटरी, बैट्री—स्त्री. सैल रूप में बंद बिजली पैदा करने के लिए प्रयुक्त उपकरण; इसी प्रक्रिया से रोशनी पैदा करने वाला उपकरण ('टॉर्च'); तोपखाना।
बैठक—स्त्री. मकान में आगंतुकों के बैठने का कमरा; चौपाल; परामर्श-विमर्श के लिए बहुत से लोगों का स्थान विशेष पर एकत्रित होना ('मीटिंग'); अधिवेशन।
बैठका—पु. मित्रों के मिल-बैठने का कमरा।
बैठकी—स्त्री. बैठक लगाना—एक प्रकार का व्यायाम; किसी के पढ़ने-अध्ययन करने की अवधि ('वह लंबी बैठकी नहीं कर सकता')।
बैठना—अ.क्रि. पृथ्वी, किसी आसन, कुर्सी आदि पर स्थित होना।
बैठवाना—स.क्रि. बैठने के लिए प्रवृत्त करना।
बैठाना—स.क्रि. द्र. 'बैठवाना'।
बैडमिंटन—पु. [अं.] चिड़ी-बल्ले, बैट और शटल के द्वारा खेले जाने वाला खेल।
बैतरनी—स्त्री. द्र. 'वैतरणी'।
बैताल—पु. भाट, चारण।
बैतालिक—पु. द्र. 'वैतालिक'।
बैतुलमुकद्दस—पु. यरूशलम नामक नगर।
बैतुल्लाह—पु. [अ.] खुदा का घर।
बैद*—पु. द्र. 'वैद्य'।
बैदूर्य—पु. द्र. 'वैदूर्य'।
बैदेही—स्त्री. द्र. 'वैदेही'।
बैन*—पु. वचन, बोल। **~करना**—किसी के शोक में कुछ कहते हुए रोना, रुदन।
बैनर—पु. [अं.] झंडा, ध्वज।
बैनामा—पु. [फ़ा.] द्र. 'बै' के अन्तर्गत।
बैयर*—स्त्री. स्त्री, औरत। **~बानी**—स्त्री, औरत।
बैरंग—वि. वह पत्र जिस पर भेजने वाले ने टिकट न लगाया हो या पूरी राशि के टिकट न लगाए हों। **~ला. लौटना**—बिना कार्य-सिद्धि के वापस लौटना।
बैर—पु. द्र. 'वैर'।
बैरक—स्त्री. [अ.] सैनिक छावनियों, पुलिस के रहने वाले स्थानों पर लम्बे-लम्बे मकान, जिनमें सैनिक अपने अलग-अलग बिस्तर आदि लगा कर रहते हैं।
बैरन, बैरिन—स्त्री. शत्रु स्त्री; सौत।
बैरा—पु. [अं.] परोसक, होटल, रेस्तराँ आदि में भोजन परोसने वाला।
बैराग, बैराग्य—पु. द्र. 'वैराग्य'।
बैरागी—पु. संन्यासी, संसार से विरक्त।
बैरिन—स्त्री. द्र. 'बैरन'।
बैरिस्टर—पु. [अं.] इंग्लैंड से वकालत की परीक्षा में उत्तीर्ण डिग्रीधारी वकील।

बैरी—वि., पु. शत्रु, विरोधी।

बैरोमीटर—पु. [अं.] वातावरण का तापमान मापने वाला यंत्र।

बैल—पु. गाय से उत्पन्न एक प्रसिद्ध पशु जो खेती के काम आता है, बछड़े को बधिया कर बैल बनाया जाता है।

बैलट—पु. [अं.] मतपत्र। **~बॉक्स**—स्त्री. मतपेटी।

बैलून—पु. [अं.] गुब्बारा।

बैलेंस—पु. [अं.] संतुलन, सामंजस्य; शेष, बकाया (राशि); तुला, तराजू, काँटा।

बैले—पु. [अं.] अंग्रेज़ी ढंग का एक नृत्य।

बैलेट—पु. [अं.] द्र. 'बैलट'।

बैस*—स्त्री. वयस, उम्र।

बैसना*—अ.क्रि. द्र. 'बैठना'।

बैसवाड़ा, बैसवारा—पु. अवध का पश्चिमी क्षेत्र।

बैसवाड़ी—स्त्री. बेसवाड़ा क्षेत्र बोली, अवधी का एक रूप।

बैसाख—पु. वैशाख, चैत्र मास के बाद का मास, महीना। **~नंदन**—पु. 'वैशाखनंदन'।

बैसाखी—स्त्री. [सं.] वह लाठी जिसे लेकर वृद्ध या पैर से अपंग लोग चलते हैं; वह दो शाखाओं वाला डंडा जिसे बगल के नीचे रखकर लँगड़े लोग चलते हैं। हिं. बैसाख की मेष संक्रांति, प्राय: 13 अप्रैल के दिन पड़ती है, पंजाब में गेहूँ की फसल काटने का प्रारंभ करने वाला एक बड़ा त्योहार।

बोआई—स्त्री. बुवाई, फसल बोने, लगाने का काम, फसल लगाने के काम की मज़दूरी।

बोआना—स.क्रि. बोने का काम कराना, 'बोने' का प्रे.।

बोगी—स्त्री. [अं.] रेलगाड़ी का डिब्बा।

बोगस—वि. [अं.] खोटा; बनावटी जाली; झूठा।

बोझ—पु. भार, वज़न। ला. कठिन या भारी काम, अरुचिकर काम; किसी कार्य का दायित्व; कार्यभार। **~मु. उठाना**—कोई कठिन काम का दायित्व लेना। **~उतरना**—किसी काम को पूरा कर निश्चित हो जाना।

बोझल, बोझिल—वि. भारी, वज़नदार।

बोझा—पु. द्र. 'बोझ'।

बोट—स्त्री. [अं.] नाव।

बोटिंग—स्त्री. [अं.] नाव चलाना, नाव चलाने की क्रीड़ा।

बोटी—स्त्री. मांस का छोटा टुकड़ा। **मु. ~बोटी काटना**—शरीर के छोटे-छोटे टुकड़े कर देना; क्रोध में गाली रूप में कहना। **~फड़कना**—अंग-अंग फड़कना; बहुत अधिक प्रसन्न होना; बहुत चंचल होना।

बोतल—स्त्री. काँच की बड़ी शीशी-सी।

बोदा—वि. बहुत कमज़ोर।

बोद्धव्य—वि. [सं.] जानने योग्य; जाग्रत करने योग्य।

बोद्धा—वि. पु. [सं.] जानने-समझने वाला।

बोध—पु. [सं.] ज्ञान, जानकारी, प्रबोध, सांत्वना, तसल्ली। **~गम्य**—वि. समझ में आने लायक।

बोधक—वि. [सं.] बोध कराने, समझाने वाला; सूचक।

बोधन—पु. [सं.] ज्ञान कराना, जताना; जगाना।

बोधना*—स.क्रि. समझाना-बुझाना; जताना।

बोधनी—स्त्री. [स.] समझ, ज्ञान।

बोधनीय—वि. [सं.] जताने, जगाने योग्य।

बोधव्य—वि. [सं.] ज्ञान प्राप्त करने योग्य।

बोधायन—पु. [सं.] ब्रह्मसूत्र वृत्ति के रचनाकार, एक आचार्य।

बोधि—स्त्री. [स.] समाधि का एक भेद; पीपल का वृक्ष। **~वृक्ष**—पु. गया (बिहार) में स्थित एक पीपल का पेड़, जिसके नीचे भगवान बुद्ध को बुद्धत्व, ज्ञान प्राप्त हुआ था, बौद्ध मतावलंबियों में पूज्य। **~सत्व**—पु. वह जो बुद्धत्व का अधिकारी हो; महात्मा बुद्ध के पूर्वजन्मों का सूचक नाम।

बोधित—वि. [स.] जिसे बोध कराया गया हो।

बोधितव्य—वि. [सं.] जनाने योग्य।

बोधी—वि. [सं.] जानने वाला; ज्ञान देने वाला।

बोधोदय—पु. [सं.] ज्ञान का उदय, ज्ञानोत्पत्ति।

बोध्य—वि. [सं.] जानने योग्य, जताने योग्य।

बोनस—स्त्री. [अं.] बोनस, अधिलाभ, अधिलाभांश, इनाम।

बोना—स.क्रि. बीज जमीन में डालने की क्रिया।

बोफोर्स—स्त्री. [अं.] एक प्रसिद्ध तोप।

बोम्बे—पु. [अं.] भारत का एक प्रसिद्ध महानगर, मुंबई।

बोय*—स्त्री. द्र. 'बू'।

बोर—पु. [अं.] उदास, ऊबना, परेशान।

बोरना*—स.क्रि. डुबाना; डुबा कर तर करना; नष्ट करना, नाश करना।

बोरसी*—स्त्री. अँगीठी

बोरा—पु. टाट का बना बड़ा थैला, जिसमें अनाज, सामान, आदि भरा जाता है।

बोरिंग—वि. [अं.] उबाऊ, उदासी; परेशानी पैदा करने वाला।

बोरियत—स्त्री. [अं.] ऊब, उदासी, परेशानी।

बोरिया—स्त्री. टाट का टुकड़ा। ला. **~बिस्तर**—घर का पूरा सामान। **(मय) बोरिया~** पूरे साज़ो-सामान के साथ।

बोरी—स्त्री. छोटा बोरा, द्र. 'बोरा'।

बोर्ड—पु. [अं.] लकड़ी का तख्ता; दफ्ती; कमेटी; किसी स्थायी कार्य के लिए गठित संस्था-म्यूनिसिपल बोर्ड, जिला बोर्ड; कार्य विशेष के लिए स्थायी सरकारी संस्था-रेलवे बोर्ड, सैंसर बोर्ड, (परीक्षा लेने वाला) हाई स्कूल बोर्ड।

बोर्डिंग-स्कूल—पु. [अं.] छात्रावासी विद्यालय, जहाँ छात्रों के कहने की व्यवस्था हो।

बोर्डिंग-हाउस—पु. [अं.] छात्रावास, हॉस्टल।

बोल—पु. बोली या कही हुई बात, वचन, बात, वाणी; ताना या व्यंग्य; गीत और बाजे, वाद्य के शब्द, ठुमरी के बोल; मृदंग, सितार या वीणा के बोल। ला. **~मारना**—ताने मारना। **~चाल**—स्त्री. बातचीत, बोलने का ढंग। मु.**~बाला होना**—मान-प्रतिष्ठा होना, मान-सम्मान होना।

बोलता—वि. बोलना। पु. प्राण, जान। मु. **~बंद होना**—आवाज़ बंद हो जाना, प्राणांत हो जाना।

बोलती—वि. स्त्री. बोलती हुई। स्त्री. बोलने की शक्ति। मु. **~बंद होना**—बोल न सकना; लज्जा या दु:ख से बोल न पाना।

बोलना—अ.क्रि. मुँह से शब्द उच्चारण करना, बात कहना; शब्द करना; रोक-टोक करना; भाषण देना। ला. **~बोल जाना**—किसी वस्तु का इतना जर्जर हो जाना कि वह प्रयोग में न आ सके।

बोलवाना—स.क्रि. बोलने के लिए प्रेरित या बाध्य करना।

बोलिंग—स्त्री. [अं.] क्रिकेट के खेल में बॉल फेंकने का काम।

बोली—स्त्री. मुँह से निकली बात, शब्द, वाणी; किसी विशिष्ट क्षेत्र में प्रचलित वाणी, जिसका कोई साहित्य नहीं होता ('डाइलेक्ट'); ताना, व्यंग्य। ला.**~मारना**—ताना मारना या व्यंग्य करना। **~ठोली मारना**—ताना मारना या व्यंग्य करना।

बोल्ट—स्त्री. [अं.] चटखनी; काबला, बोल्ट।

बोहनी—स्त्री. दुकान या किसी भी व्यापार में पहली बिक्री।

बोहित*—पु. नाव, पानी का जहाज।

बौखल—वि. बदहवास, विक्षिप्त।

बौखलाना—अ.क्रि. क्रोध या आवेश में उबलना, अंट-शंट बकना।

बौखलाहट—स्त्री. बदहवासी, विक्षिप्तता, क्रोधावेश।

बौछाड़—स्त्री. द्र. 'बौछार'।

बौछार—स्त्री. झड़ी, वर्षा की, गोलियों की, गालियों की।

बौधायन—पु. [स.] एक ऋषि, कल्पसूत्र के रचयिता।

बौड़म—वि. बुद्धू, पागल।

बोड़हा—वि. बोड़म, पागल।

बौद्ध—पु. [स.] बुद्ध के धर्म का अनुयायी, उस धर्म में दीक्षित। **~धर्म**—गौतम बुद्ध द्वारा प्रवर्तित धर्म।

बौद्धिक—वि. [सं.] बुद्धि संबंधी। पु. बुद्धिजीवी, प्रबुद्ध (व्यक्ति)।

बौना—वि. ठिंगने कद का व्यक्ति। पु. ठिंगना आदमी।

बौर—पु. आम की मंजरी; किसी फलदार वृक्ष पर आए फूल।

बौरना—अ.क्रि. बौर आना।

बौरा—वि. पागल, बावला हो जाना। स.क्रि. पगला जाना, उन्मत्त हो जाना।

बौराना*—अ.क्रि. बावला या पागल हो जाना।

बौरी*—वि. पगली, बावली, उन्मत्त हुई स्त्री।

ब्यंजन—पु. द्र. 'व्यंजन'।

ब्यतीतना*—अ.क्रि. व्यतीत होना, गुज़रना।

ब्यथा*—स्त्री. द्र. 'व्यथा'।

ब्यवहार—पु. द्र. 'व्यवहार'।

बयवहारी—पु. व्यवहार, लेन-देन करने वाला; जिसके साथ मैत्री संबंध हों।

ब्याज—पु. सूद, किसी को उधार दिये रुपयों पर कुछ समय तक मिलने वाली राशि ('इन्टरेस्ट')।

ब्याजू—वि. सूद पर दिया हुआ रुपया।

ब्याधि—स्त्री. द्र. 'व्याधि'।

ब्याना—स.क्रि. मादा पशु का बच्चा देना।

ब्यापक—वि. द्र. 'व्यापक'।

ब्यापना*—अ.क्रि. व्यापना, व्याप्त होना।

ब्यापार—पु. द्र. 'व्यापार'।

ब्यापारी—पु. द्र. 'व्यापारी'।

ब्यार, ब्यारि—स्त्री. हवा।

ब्याह—पु. विवाह, पाणिग्रहण।

ब्याहता—वि. विवाहिता (स्त्री.)।

ब्याहना*—स.क्रि. विवाह करना, पत्नी बनाना।

ब्यूटी—स्त्री. [अं.] सुदंरता, सौंदर्य, खूबसूरती। **~फुल**—वि. सुंदर, खूबसूरत।

ब्यूरो—पु. [अं.] केन्द्र; कार्यालय; विभाग।

ब्यूरोक्रेसी—स्त्री. [अं.] नौकरशाही, प्रशासनिक सेवा।

ब्योंत—स्त्री. कपड़ों की काट-छाँट, नाप-जोख; ढंग, तरीका। ला. **(कतर) ~करना**—खर्चों में कटौती कर आवश्यक खर्च चलाना।

ब्योंतना—स.क्रि. पहनने के कपड़ों की नाप-जोख कर काटना-छाँटना।

ब्योपार*—पु. व्यापार।

ब्योपारी—पु. व्यापारी।

ब्यौरा—पु. विस्तार से विवरण बताना। **~(रे)-वार**—अ. विस्तार में क्रमानुसार पूरा विवरण।

ब्लर्ब—पु. [अं.] पुस्तक के प्रारंभ में आवरणपृष्ठ का भीतरी भाग, जिसमें पुस्तक की विशेषताओं की विज्ञप्ति की जाती है; पुस्तक का परिचय, विज्ञापन।

ब्रज—पु. द्र. 'व्रज'। **~भाषा**—ब्रज क्षेत्र की भाषा।

ब्रश—पु. [अं.] ब्रुश, कूची, तूलिका।

ब्रह्मंड*—पु. द्र. 'ब्रह्मांड'।

ब्रह्म—पु. [सं.] परमात्मा, परम तत्त्व, ईश्वर; आत्मा; ब्राह्मण (समास-ब्रह्म वाक्य)। **~चर्य**—पु. चार आश्रमों में से पहला, जिसमें शरीर, मन तथा वाणी द्वारा स्त्री-संसर्ग से

दूर रहा जाता है; मन को ब्रह्म में संलिप्त रखने की क्रिया। **~चारी**—पु. [स्त्री. 'ब्रह्मचारिणी'] संयमपूर्वक रहकर ब्रह्मचर्य का पालन करते हुए धर्मशास्त्रों का अध्ययन करने वाला। **~जीवी**—पु. श्रोत कर्मों से जीविका कमाने वाला। **~ज्ञ**—वि. ब्रह्म को जानने वाला ज्ञानी। **~ज्ञान**—पु. ब्रह्म, परम तत्त्व को जानना। **~द्रोही**—वि. ब्राह्मण-द्रोही। **~पुत्र**—पु. एक प्रसिद्ध नद (नदी का विशाल रूप), उत्तर-पूर्वी भारत में; आसाम की राजधानी गुवाहाटी इसी के तट पर। **~रंध्र**—पु. शीश के बीचोबीच माना जाने वाला एक गुप्त छिद्र, दशम द्वार, माना जाता है कि यहाँ से प्राणवायु निकलने वाले को ब्रह्मलोक की प्राप्ति होती है। **~राक्षस**—पु. प्रेतयोनि प्राप्त करने वाला ब्राह्मण। **~लोक**—पु. ब्रह्मा का लोक, स्वर्ग। **~विद्या**—स्त्री. ब्रह्मज्ञान, अध्यात्म विद्या। **~वैवर्त, वैवर्तक**—पु. अठारह पुराणों में से एक प्रसिद्ध पुराण। **~समाज**—पु. द्र. 'ब्राह्मसमाज'। **~सूत्र**—पु. व्यास रचित वेदांत-सूत्र।

ब्रह्मण्य—वि. [सं.] ब्रह्म संबंधी; धार्मिक।

ब्रह्मत्व—पु. [स.] ब्रह्मभाव।

ब्रह्मर्षि—पु. [सं.] मंत्रद्रष्टा ऋषि, वसिष्ठ आदि।

ब्रह्मांड—पु. [स.] संपूर्ण विश्व।

ब्रह्मा—पु. [स.] हिन्दुओं में मान्य तीन देवों में से एक (ब्रह्मा, विष्णु और महेश)।

ब्रह्माक्षर—पु. [स.] ॐ।

ब्रह्माणी—स्त्री. [स.] ब्रह्मा की पत्नी; सरस्वती।

ब्रह्मानंद—पु. [स.] ब्रह्म, परमात्मा के दर्शन का आनंद।

ब्रह्माभ्यास—पु. [स.] वेदाध्ययन।

ब्रह्मावर्त—पु. [स.] सरस्वती और दृशद्वती नदियों के बीच का देश।

ब्रह्मासन—पु. [स.] ब्रह्मा का आसन।

ब्रह्मास्त्र—पु. [स.] मंत्र शक्ति से परिचालित एक अमोघ, अचूक अस्त्र—महाभारत आदि धर्म ग्रंथों में वर्णित। ला. कभी न विफल होने वाली युक्ति।

ब्रह्मिष्ठ—वि. [स.] वेदों का निष्णात पंडित।

ब्रांकाइटिस—स्त्री. [अं.] एक रोग, जिसमें श्वासनली में शोथ हो जाती है, श्वास के कष्ट का रोग।

ब्रांच—स्त्री. [अं.] शाखा, किसी कार्यालय, संस्था आदि की अन्य स्थान पर कार्यालय; (पेड़ की) डाल।

ब्रांड—पु. [अं.] किसी विशेष निर्माता का उत्पाद।

ब्रांडी—स्त्री. [अं.] ब्रांडी, शराब की एक किस्म।

ब्राउन—वि. भूरे, हलके लालिमायुक्त रंग का। पु. भूरा रंग, ईषत् लालिमायुक्त, हलका लाल रंग।

ब्राडकास्ट—पु. [अं.] प्रसारण।

ब्रात*—पु. दे. 'व्रात्य'।

ब्रासलेट—पु. [अं.] कलाई में पहने जाना वाला आभूषण।

ब्राह्म—वि. [स.] ब्रह्म संबंधी; ब्रह्मा संबंधी। **~मुहूर्त**—भोर का समय। **~समाज**—पु. बंगाल के राजा राममोहन राय द्वारा चलाया गया धर्म, मत और पंथ। **~समाजी**—पु. ब्राह्मसमाज का अनुयायी।

ब्राह्मण—पु. [स.] [स्त्री. ब्राह्मणी] हिंदुओं के चार वर्णों में से एक, सबसे श्रेष्ठ माना जाता है; उस जाति का व्यक्ति।

ब्राह्मणत्व—पु. [स.] ब्राह्मणपन; ब्राह्मण का पद।

ब्राह्मी—स्त्री. [स.] भारत की एक प्राचीन लिपि, जिससे देवनागरी आदि आधुनिक लिपियाँ विकसित हुई हैं; एक प्रसिद्ध बूटी, जो बुद्धि, स्मृतिवर्द्धक मानी जाती है (आयु.)।

ब्रिगेड—पु. [अ.] थल सेना का एक विभाग, जिसके अन्तर्गत बहुत-सी टुकड़ियाँ ('यूनिट') होती हैं।

ब्रिगेडियर—पु. [अं.] थल सेना में ब्रिगेड का कमांडर, कर्नल से ऊपर का अधिकारी।

ब्रिज—पु. [अं.] पुल, सेतु।

ब्रिटिश—वि. [अं.] ब्रिटेन का, अंग्रेजी। **~राज**—पु. ब्रिटिश, अंग्रेज राज, शासन।

ब्रिटेन—पु. [अं.] इंग्लैंड, वेल्स और स्कॉटलैंड का सम्मिलित रूप।

ब्रीड़—पु., ब्रीड़ा—स्त्री. द्र. 'व्रीड', 'व्रीडा'।

ब्रीथलैस—पु. गीत, गाने की वह शैली जिसमें बिना साँस लिए बहुत देर तक गायक गाता रहता है।

ब्रीफ़केस—पु. [अं.] छोटी अटैची।

ब्रुश—पु. [अं.] द्र. 'ब्रश'।

ब्रेक—पु. [अं.] पहिए या किसी भी गाड़ी आदि की गति रोकनेवाला उपकरण, यंत्र; अवरोध। **~डाउन**—पु. किसी भी व्यवस्था, संयंत्र आदि का अचानक रुक जाना। **~(नर्वस) डाउन**—चेतना समाप्त हो जाना।

ब्रेक फास्ट—पु. [अं.] प्रात:कालीन नाश्ता, कलेवा, अल्पाहार।

ब्रेड—स्त्री. [अं.] डबल रोटी, बेकरी में बनी विशेष प्रकार की रोटी।

ब्रेन—पु. [अं.] मस्तिष्क। **~ट्यूमर**—पु. दिमाग, मस्तिष्क का व्रण।

ब्रेल—पु. [अं.] अंधों के पढ़ने के लिए लिपि, जिसमें कागज़ पर उभरे हुए बिंदुओं के रूप में वर्णमाला के अक्षर मुद्रित होते हैं।

ब्रोकर—पु. [अं.] दलाल, आढ़तिया, कोई सौदा कराने वाला मध्यस्थ।

ब्रोशर—विवरण पत्रिका; परिचयात्मक विज्ञप्ति पत्र; परिचय-पुस्तिका।

ब्लंट—वि. [अं.] भोथरा, कुंठित, कुंद। लां. स्पष्टवादी; रूखा; मुँहफट।

ब्लड—पु. [अं.] रक्त, लहू, खून, रुधिर; स्वभाव, प्रकृति। **~ग्रुप**—पु. रुधिर वर्ग, रक्त वर्ग। **~प्रेशर**—पु. रक्त-चाप, रक्त दबाव। **~बैंक**—पु. रक्त बैंक, रक्तदान बैंक।

ब्लफ—पु. [अं.] झाँसा-पट्टी; धुप्पल। **~मास्टर**—पु. झाँसा देने में कुशल, धोखेबाज़।

ब्लाउज़—पु. [अं.] स्त्रियों का साड़ी के ऊपर पहनने का वस्त्र। **~पीस**—पु. ब्लाउज़ का कपड़ा, टुकड़ा।

ब्लाक—पु. [अं.] भवन समूह, भूमि-खंड; किसी बड़े भवन, इमारत का खंड (विशेष); पुस्तक-मुद्रण, आदि का ठप्पा, डिज़ाइन का ठप्पा।

ब्लाटिंग-पेपर—पु. [अं.] स्याही सोख्ता, सोख्ता।

ब्लीचिंग-पाउडर—पु. [अं.] विरंजक चूर्ण, जो कपड़ों आदि में उनमें चमक लाने के लिए प्रयुक्त होता है, इससे रंग भी उतर जाता है इसलिए विरंजक।

ब्लीडिंग—स्त्री. [अं.] रक्तस्राव; मासिक धर्म में रक्तस्राव।

ब्लेज़र—पु. [अं.] एक विशेष प्रकार का गहरे रंग (प्राय: नीला या उन्नाबी) का कोट, जिस पर किसी समूह (खेल टीम आदि) का बैज भी जेब पर टँका रहता है, फैशन में बिना बैज के भी पहना जाता है।

ब्लेड—पु. [अं.] दाढ़ी आदि बनाने का पतली धार का धातु का पत्तर; लोहे या किसी अन्य धातु को काटने का लंबा पत्तर; बिजली के पंखे, आदि की पँखुड़ी।

ब्लैंक—वि. खाली स्थान। **~चैक**—पु. वह चैक जिस पर राशि न लिखी गई हो; स्मृति में कुछ न रहना, कुछ समझ में न आना।

ब्लैक—वि. [अं.] काला। **~आउट**—पु. युद्ध आदि के समय प्रकाश को विलुप्त कर देना।

ब्लैक-बोर्ड—पु. [अं.] श्याम-पट।

ब्लैक-मार्केट—पु. [अं.] काला बाज़ार (कालाबाज़ारी)।

ब्लैकमेल—पु. [अं.] कोई भय दिखा कर अपनी शर्त मनवाना।

ब्लैक-लिस्ट—स्त्री. [अं.] काली सूची; किसी का नाम किसी सूची से काट देना; किसी को प्रतिबंधित करना; किसी गलत कार्य, व्यवहार के कारण किसी को प्रतिबंधित करना।

भ

भ—देवनागरी वर्णमाला में प वर्ग का चौथा वर्ण, उच्चारण-स्थान ओष्ठ।

भंग—पु. [सं.] टूटना, खंडित होना; ध्वंस (धनुष-भंग)। स्त्री. भाँग, एक नशीली घास, बूटी।

भंगड़—वि. भँगेड़ी, बहुत भाँग पीने वाला।

भंगड़ा—पु. पंजाब का एक अत्यन्त प्रसिद्ध लोकनृत्य।

भंगड़ी—वि. द्र. 'भँगेड़ी'।

भंगराज—पु. एक चिड़िया।

भंगार—कूड़ा-करकट; जहाँ कूड़ा-करकट, फालतू सामान रखा जाता हो ('स्टोर')।

भंगि—स्त्री. [सं.] टेढ़ापन; कुटिलता; ढंग; वेश-विन्यास।

भंगिमा—स्त्री. [सं.] छवि; खंड होने का ढंग; वक्रता।

भंगी—पु. एक जाति जो पहले मैला ढोने, सफ़ाई आदि का काम करती थी, दलित जाति।

भंगुर—वि. [सं.] जल्दी नष्ट हो जाने वाला, नाशवान; अधिक समय तक न रहने वाला।

भँगेड़ी—वि. बहुत भाँग पीने वाला; भाँग का नशा करने वाला।

भंजक—वि. पु. [सं.] तोड़ने वाला, भंग करने वाला।

भंजन—पु. [सं.] तोड़ने, नाश करने का काम, ध्वंस। वि. तोड़ने, समाप्त करने वाला, नाश करने वाला (दु:ख-भंजन)।

भंटा*—पु. बैंगन।

भंड—पु. पात्र, बरतन, 'भंडा' का समासगत रूप। **~फोड़**—मिट्टी के बरतन को तोड़ देना। **ला.** किसी गुप्त बात या रहस्य को सार्वजनिक कर देना।

भंडा—पु. भाँडा, पात्र, बरतन। **ला. ~फोड़**—पु. गुप्त बात या रहस्य का सार्वजनिक हो जाना।

भंडार—पु. खज़ाना, कोष; पाकशाला; वह स्थान जहाँ अनाज, खाने-पीने का सामान, आदि रखा जाता है, कोठार; पेट, उदर।

भंडारण—पु. भंडार में सामान एकत्रित करने की क्रिया।

भंडारा—पु. साधु-संतों का भोज; किसी धार्मिक पर्व, आदि पर सामान्य जन के लिए भोज देना।

भंडारी—पु. भंडार का प्रबंध करने वाला अधिकारी; कोषाध्यक्ष।

भंडील—पु. [सं.] मंजिष्ठा।

भँड़ैती—स्त्री. भाँडों का पेशा, भाँडों जैसा सस्ता हास्य।

भंड़ौआ—पु. भाँडों के गीत; सस्ते हास्य गीत।

भँभाना—अ.क्रि. बहुत जोर-जोर से रोना, रुदन करना।

भंभीरी—स्त्री. गुंजन करता हुआ एक कीड़ा।

भँवर—पु. भ्रमर, भौंरा; लहरों का चक्कर, जलावर्त; गड्ढा, गर्त। **~जाल**—पु. सांसारिक जाल, माया जाल।

भँवरा—पु. भ्रमर, भौंरा।

भँवरी—स्त्री. पानी का चक्कर, भँवर; मादा भँवरा।

भइया—पु. भाई, बड़े भाई या बराबर वालों के लिए प्यार-भरा सम्बोधन।

भउजाई—स्त्री. द्र. 'भौजाई'।

भक-भक—स्त्री. तेज लपटों के रूप में जलना; रुक-रुक कर दीपक, लालटेन आदि का जलना, 'भक्-भक्' शब्द कर जलना।

भकुआ, भकुवा—वि. मूर्ख।

भकुआना, भकुवाना—अ.क्रि. भौंचक होना।

भकोसना—स.क्रि. जल्दी-जल्दी भोजन करना, ठूँसने के भाव से।

भकोसू—वि. भकोसने वाला, जल्दी-जल्दी बहुत खाने वाला।

भक्त—वि. [सं.] ईश्वर या देवता की पूजा-भक्ति करने वाला, उपासक, प्रभु का सेवक; कई भागों में बँटा हुआ। **~बछल**—वि. द्र. 'भक्तवत्सल'।

भक्ताई*—स्त्री. भक्ति।

भक्ति—स्त्री. [सं.] प्रभु या किसी पूज्य व्यक्ति के प्रति प्रेमानुराग, श्रद्धा; आदर-भाव। **~प्रवण**—भक्ति में तल्लीन। **~मार्ग**—पु. मोक्ष-प्राप्ति का एक मार्ग। **~योग**—पु. भक्ति का योग, भक्ति-मार्ग से प्रभु-प्राप्ति। **~रस**—पु. भगवान के प्रति तीव्र अनुरक्ति। **~सूत्र**—पु. शांडिल्य रचित 'भक्ति-सूत्र'। **(नवधा) ~**—भक्ति के नौ रूप—श्रवण, कीर्तन, स्मरण, पाद सेवन, अर्चन, वंदन, दास्य, सख्य और आत्म-निवेदन।

भक्ष—पु. [सं.] भोजन, भक्षण, खाना।

भक्षक—वि. [सं.] खाने वाला, भक्षण करने वाला; पेटू।

भक्षण—पु. [सं.] खाना, खाने की क्रिया।

भक्षणीय—वि. [सं.] भक्षण, खाने योग्य।

भक्षित—वि. [सं.] खाया हुआ।

भक्षी—वि. [सं.] खाने वाला समासांत में प्रयुक्त (नर-भक्षी, मांस-भक्षी)।

भक्ष्य—वि. [सं.] खाने योग्य।

भक्ष्याभक्ष्य—वि. [सं.] खाद्य, अखाद्य—खाने योग्य, न खाने योग्य।

भगंदर—पु. [सं.] एक गुदा रोग, इसमें गुदा के भीतरी भाग में व्रण, नासूर हो जाता है।

भग—पु. [सं.] योनि, स्त्री की जननेन्द्रिय।

भगत—वि. भक्त, द्र. 'भक्त'।

भगति, भगती*—स्त्री. द्र. 'भक्ति'।

भगतिन—स्त्री. भक्तिन, भक्त, 'भगत' का स्त्री. शब्द।

भगदड़, भगदर—स्त्री. बहुत सारे लोगों का जान बचाने के लिए एक साथ इधर-उधर भागना, दौड़ पड़ना।

भगना—अ.क्र. द्र. 'भागना'।

भगवंत—पु. [सं.] द्र. 'भगवत'।

भगवत—पु. परमेश्वर, भगवान। **~भजन**—पु. प्रभु का भजन, नाम-स्मरण।

भगवती—स्त्री. [सं.] देवी, दुर्गा, लक्ष्मी; किसी भी स्त्री के लिए आदरसूचक सम्बोधन।

भगवत्पदी—स्त्री. [सं.] गंगा।

भगवदीय—पु. [सं.] भगवद्-भक्त।

भगवद्—पु. 'भगवत्' का समास में प्रयुक्त रूप। **~गीता**—स्त्री. कुरुक्षेत्र युद्ध में अर्जुन को दिया गया श्रीकृष्ण का प्रसिद्ध उपदेश, हिंदुओं में पूज्य ग्रंथ के रूप में समादृत। **~भाव**—पु. भक्ति। **~विग्रह**—पु. भगवान की मूर्ति। **~विमुख**—वि. जो ईश्वर के विमुख, प्रतिकूल हो।

भगवन्मय—वि. [सं.] भगवान में तल्लीन।

भगवा—पु. केसरिया रंग। वि. इस रंग में रँगा हुआ। **~करण**—पु. हिन्दू धर्म और संस्कृति में रँगने, ढालने की प्रक्रिया।

भगवान, भगवान्—पु. [सं.] परमात्मा, ईश्वर।

भगाना—स.क्रि. किसी को कहीं से हट जाने, चले जाने के लिए प्रवृत्त करना; किसी को काम से हटा देना; किसी लड़की, स्त्री या बच्चे को छिपा कर कहीं ले जाना ('एवडक्शन')।

भगिनिका—स्त्री. [सं.] बहिन, बहन।

भगिनी—स्त्री. [सं.] बहन, सहोदरा।

भगिनीय—पु. [सं.] भांजा, बहन का पुत्र।

भगीरथ—पु. [सं.] सूर्यवंशी प्रसिद्ध राजा, दिलीप के पुत्र, जो अपनी तपस्या से गंगा को पृथ्वी पर लाए थे। **~प्रयत्न**—पु. लक्ष्य-प्राप्ति के लिए किया गया असाधारण प्रयत्न।

भगेड़ू, भगेलू—वि. द्र. 'भगोड़ा'।

भगोड़ा—वि. छिप कर भागा हुआ, युद्ध-क्षेत्र से भागा हुआ सैनिक; पुलिस से बच कर भागा हुआ अपराधी।

भगोष्ठ—पु. [सं.] योनि, भग का बाहिरी हिस्सा।

भग्गी—स्त्री. भगदड़ (भग्गी मच जाना)।

भग्न—वि. [सं.] खंडित, टूटा हुआ, नष्ट; हताश (भग्नाशा)। **~अवशेष**—पु. टूटा-फूटा भवन, उजड़ी हुई बस्ती का शेष बचा अंश, खँडहर; किसी चीज़ का टूटा-फूटा शेष रह गया अंश। **~हृदय**—वि. जिसका हृदय टूट गया हो।

भग्नप्राय—वि. लगभग विनष्ट, समाप्ति की ओर।

भग्नांश—पु. [सं.] समान विभागों में से कुछ अंश।

भग्नाश—वि. [सं.] हताश।

भग्नोत्साह—वि. [सं.] जिसका उत्साह नष्ट हो गया हो।

भचकना—अ.क्रि. लँगड़ाते हुए चलना।

भचक्र—खगोल शास्त्र में खगोल को 360 अंशों में विभाजित किया जाता है। इसे भी आगे क्रान्तिवृत्त में पड़ने वाले नक्षत्रों

के बारह वर्गों में बाँटा गया है, जो इस प्रकार हैं—मेष, वृष, मिथुन, कर्क, सिंह, वृश्चिक, कन्या, तुला, धनु, मकर, कुम्भ और मीन। यही ज्योतिष में मान्य बारह राशियाँ हैं।

भच्छ*—पु. द्र. 'भक्ष्य'।

भच्छक*—वि., पु. द्र. 'भक्षक'।

भच्छन*—पु. द्र. 'भक्षण'।

भच्छना—स.क्रि. भक्षण करना, खाना।

भजक—वि. पु. [सं.] भजन करने वाला; विभाग करने वाला।

भजन—पु. [सं.] प्रभु या किसी भी देवता का विभिन्न रूपों में नाम-स्मरण, उपासना; प्रभु या देवता का विरुद बताने वाला गीत, कविता।

भजना—स.क्रि. स्तुति करना, नाम जपना; धारण या वहन करना।

भजनानंद—पु. [सं.] भजन, प्रभु गुणगान से प्राप्त आनंद। वि. भजन में तल्लीन रहने वाला।

भजनानंदी—वि. भगवद्-भजन में मग्न रहने वाला।

भजनी—वि. भजन गाने वाला।

भजनीक, भजनोपदेशक—पु. भजन गाकर उपदेश करने वाला।

भजनीय—वि. [सं.] सम्मान्य, पूज्य।

भजाना*—स.क्रि. भगाना।

भजितव्य—वि. [सं.] द्र. 'भजनीय'।

भजेन्य, भज्य—वि. [सं.] द्र. 'भजनीय'।

भट—पु. [सं.] योद्धा, सैनिक; पहलवान, मल्ल।

भटई—स्त्री. झूठी प्रशंसा, तारीफ, चापलूसी।

भटकना—अ.क्रि. रास्ता भूल कर इधर-उधर चले जाना; व्यर्थ में इधर-उधर घूमना; भ्रम में पड़ जाना।

भटका*—पु. व्यर्थ घूमने की क्रिया।

भटकाना—स.क्रि. गलत रास्ते पर डालना।

भटकैया*—पु. भटकने वाला।

भटियारा—पु. द्र. 'भठियारा'।

भटियारी—स्त्री. द्र. 'भठियारी'; एक संकर रागिनी (संगी.)

भटिहारिन, भटिहारी—स्त्री. द्र. 'भठिहारिन'।

भट्ट—पु. [सं.] ब्राह्मणों की एक उपजाति, पंडित; भाट, योद्धा।

भट्टा—पु. ईंटें आदि पकाने का पजावा, बड़ी भट्ठी।

भट्टाचार्य—पु. [सं.] दर्शनशास्त्र का विद्वान्; बंगालियों की एक उपजाति।

भट्टार—पु. [सं.] पूज्य; माननीय।

भट्टारक—वि. [सं.] पूज्य, माननीय, पु. राजा; मुनि; सूर्य; देवता। (**परम**)~ वि. राजाओं की एक उपाधि।

भट्टारिका—स्त्री. [सं.] सम्मान्य स्त्री, देवी प्राचीन राजसभाओं में एक उपाधि।

भट्टिनी—स्त्री. [सं.] ब्राह्मणी, सम्मान्य स्त्री।

भट्टोजि—पु. [सं.] संस्कृत ग्रंथ 'सिद्धांत कौमुदी' के रचनाकार।

भट्ठा—पु. द्र. 'भट्टा'।

भट्ठी—स्त्री. कुछ भूनने के लिए बनाया गया विशेष प्रकार का बड़ा चूल्हा; देशी शराब बनाने का स्थान।

भठियारखाना—पु. भठियारी का घर, असमभ्य लोगों का स्थान।

भठियारन, भठियारिन, भठियारी—स्त्री. समय का प्रबंध करने वाली।

भठियारपन—पु. कमीनापन।

भठियारा—पु. सराय का प्रबंध करने वाला।

भड़क—स्त्री. चमक-दमक, समासांत में प्रयुक्त—तड़क-भड़क। **~दार**—वि. चमक-दमक वाला।

भड़कना—अ.क्रि. आवेश में आ जाना; प्रज्वलित हो उठना (आग)।

भड़काऊ—वि. भड़काने वाला; चमक-दमक वाला; आवेश में लाने वाला (भाषण)।

भड़काना—स.क्रि. उत्तेजित करना, उकसाना, बढ़ावा देना; बहकाना; चौंकाना; प्रज्वलित करना।

भड़कीला—वि. चमक-दमक; चटख रंगों वाला।

भड़भड़—स्त्री. किसी चीज़ के जोर से गिरने की आवाज़।

भड़भड़ाना—स.क्रि. 'भड़-भड़' आवाज़ पैदा करना।

भड़भूँजा—पु. एक जाति जो भाड़ झोंकने का काम करती है।

भड़वा—पु. द्र. 'भड़ुआ'।

भड़ास—स्त्री. दिल में भरा हुआ गुबार (भड़ास निकालना)।

भड़ुआ—पु. वेश्याओं का दलाल।

भणन—पु. [सं.] कहना, कथन, वर्णन।

भणित—वि. [सं.] कथित, कहा हुआ।

भणिति—स्त्री. [सं.] कथन; कविता ('भणिति भोर सब गुन रहित')।

भतार*—पु. द्र. 'भर्तार'।

भतीजा—पु. भाई का पुत्र।

भतीजी—स्त्री. भाई की पुत्री।

भतेरा—वि. बहुत अधिक, पर्याप्त, बहुतेरा।

भत्ता—पु. वह मासिक या दैनिक व्यय, जो किसी कर्मचारी को वेतन से अलग यात्रा-व्यय, किसी अतिरिक्त ख़र्च या सेवा के लिए दिया जाता है।

भदंत—वि. [सं.] पूज्य, सम्मानित। पु. बौद्ध भिक्षु।

भदई—वि. भादों में होने वाला। वि. भादों में होने वाली फसल।

भदभद—स्त्री. 'भद्-भद्' शब्द।

भदरंगा—वि. भद्दे रंग का; रंग खराब हो जाना।

भदावर—पु. ग्वालियर के निकट एक रियासत।

भदेस*—वि. बेढंगा; भद्दा; असभ्य।

भदौहाँ—वि. भादों में होने वाला (फल—आम, अमरूद आदि)।

भदौरिया—पु. भदावर का रहने वाला; राजपूतों की एक उपजाति।

भद्दा—वि. बेढंगा; असभ्य, अशिष्ट (मज़ाक)। **~पन**—पु. बेढंगापन, अशिष्टता।

भद्रंकर—वि. [सं.] मंगलकारी, शुभ।

भद्र—वि. [सं.] सभ्य, शिष्ट; श्रेष्ठ; साधु। **भद्रे**—ऐसे व्यक्तियों के लिए सम्बोधन।

भद्रक—पु. [सं.] ओडिशा प्रांत में एक स्थान।

भद्रा—वि. स्त्री [सं.] गाय; दुर्गा; पृथ्वी; फलित ज्योतिष में एक अशुभ योग; माह के पक्ष विशेष में द्वितीया, सप्तमी और द्वादशी तिथियाँ।

भद्राकृति—वि. [सं.] सुंदर, भव्य आकृति वाला।

भद्राभद्र—वि. [सं.] भला-बुरा।

भद्रावती—स्त्री. [सं.] महाभारत में वर्णित एक नदी।

भद्रासन—पु. [सं.] योग का एक आसन।

भद्रेश्वर—पु. [सं.] शिव।

भनक—स्त्री. धीमा शब्द, आवाज़; उड़ती हुई ख़बर।

भनभनाना—अ.क्रि. मक्खियों आदि का 'भन-भन' शब्द करते गुंजार करना, भिनभिनाना।

भनभनाहट—स्त्री. धीमी आवाज़, गुंजार।

भनित*—वि. पु. द्र. 'भणित'।

भनिति*—स्त्री. दे. भणित, रचना।

भबका—पु. अर्क निकालने का उपकरण।

भबकी—स्त्री. झूठी धमकी।

भब्भड़, भभ्भड़—स्त्री. भीड़-भाड़ जिसमें धक्कम-धक्का होती है।

भभक—स्त्री. तेज़ ताप; तेज़ बदबू; भड़क उठना।

भभकना—अ.क्रि. उबलना; जोर से जलना; बहुत गरम होना।

भभका—पु. द्र. 'भवका'।

भभकी—स्त्री. द्र. 'भवकी'।

भभूका—पु. तेज़ लपट, ज्वाला।

भभूत—स्त्री. विभूति, पूजा-अर्चना की राख, जिसे मस्तक, शरीर पर लगाते हैं।

भमीरी*—स्त्री. एक कीड़ा जो आवाज़ करता हुआ उड़ता है।

भयंकर—वि. [सं.] जिसे देखने से डर लगे, डरावना।

भय—पु. [सं.] डर, खौफ़, खतरा। **~भीत**—वि. डरा हुआ, भयातुर। **~हारी**—वि. डर, भय दूर करने वाला।

भयाकुल—वि. [सं.] डर से घबराया हुआ।

भयाक्रांत—वि. [सं.] भय से अभिभूत।

भयातुर—वि. [सं.] द्र. 'भयाकुल'।

भयानक—वि. [सं.] डरावना, भय उत्पन्न करने वाला।

भयान्वित—वि. [सं.] डरा हुआ, भय से युक्त।

भयार्त—वि. [सं.] डरा हुआ, भय से घबराया हुआ।

भयावह—वि. [सं.] डरावना, खतरनाक।

भयोत्पादक—वि. [सं.] भय उत्पन्न करने वाला।

भय्या—पु. द्र. 'भैया'।

भर—वि. सब, पूरा, सारा। **~पाई**—स्त्री. किसी अभाव, कमी को पूरा करना। **~पूर**—वि. पूरी मात्रा मे भरा हुआ, परिपूर्ण। **~सक**—अ. शक्ति, सामर्थ्य-भर। (पात्र, मान, माप, आदि के संदर्भ में) कटोरा-भर, रत्ती-भर, गज-भर।

भरण—पु. [सं.] भरने की क्रिया; पालन-पोषण ('भरण-पोषण)।

भरणीय—वि. [सं.] भरण करने योग्य।

भरत—पु. [सं.] श्रीराम के छोटे भाई, कैकेयी के पुत्र; दुष्यंत-शकुंतला के पुत्र जिनके नाम पर 'भारत वर्ष' का नाम पड़ा; 'नाट्यशास्त्र' के प्रसिद्ध आचार्य, 'नाट्यशास्त्र' के प्रणेता। हि. काँसा; कोई अन्य धातु जो किसी आभूषण, आदि के बीच में भरी जाए; किसी गहरी भूमि को समतल करने के लिए डाली गई मिट्टी।

भरतर्षभ—वि. [सं.] भरतवंश में श्रेष्ठ।

भरता—पु. बैंगन या आलू को भून और मसलकर मसाले, आदि डाल कर बनाई गई प्रसिद्ध सब्ज़ी।

भरताग्रज—पु. [सं.] श्रीराम।

भरतार—पु. पति, स्वामी, कांत।

भरती—स्त्री. किसी चीज़ में भरे जाने का भाव; सेना में सिपाही के रूप में नौकरी के लिए चुनने की प्रक्रिया (रिक्रूटमेंट); किसी अन्य विभाग में कर्मचारी रखने की प्रक्रिया—रेलवे आदि में।

भरथरी—पु. द्र. 'भर्तृहरि'।

भरद्वाज—पु. [सं.] एक ऋषि।

भरना—स.क्रि. खाली जगह को भरने के लिए उसमें कोई चीज़ डालना—'हवा भरना', खाली थैला भरना; पूर्ति करना (किसी हानि को); गुप्त रूप से किसी के विरुद्ध कुछ कहना, किसी को भड़काना, घाव का ठीक होना, पूरा होना; शरीर भरना—स्वास्थ्य में शरीर का अच्छा होना, अधिक स्वस्थ होना।

भरभराना—अ.क्रि. जर्जर होकर गिरना (इमारत भरभरा कर गिर गई)।

भरम—पु. द्र. 'भ्रम'।

भरमाना—स.क्रि. भ्रम में डालना; बहकाना; धोखा देना।

भरमार—स्त्री. अधिकता, बहुतायत, बाहुल्य।
भरवाई—स्त्री. भरवाने की क्रिया; किसी गड्ढे आदि को भरने की मज़दूरी।
भरवाना—स.क्रि. भरवाने का काम कराना (पानी भरवाना)।
भरसक—क्रि.वि. द्र. 'भर' के अन्तर्गत।
भरा—वि. पूर्ण; यथेष्ट मात्रा में; बहुत अधिक संख्या या मात्रा में—भरा घर; भरा बाज़ार, भरी सभा, आदि; क्रोध, क्षोभ, खीझ से भरा। **~पूरा**—वि. सब तरह से सम्पन्न।
भराई—स्त्री. द्र. 'भरवाई'। **(गोद)~**—स्त्री. विवाह-संबंध निश्चित हो जाने तथा स्त्री के गर्भवती होने पर की जाने वाली एक रस्म।
भराव—पु. जिस भूमि के गहराव को मिट्टी से भरकर समतल कर दिया गया हो (भराव की जमीन), फूल-पत्तियों आदि को क़शीदे में काढ़ना।
भरित—वि. [सं.] भरा हुआ (भाव-भरित); पालन-पोषण किया गया।
भरैया—पु. भरने वाला (ईंटों के भट्ठे पर ईंट पकने के लिए लगाने, पंजावा भरने वाला)।
भरोस*—पु. सं. 'भरोसा' (तुलसीदास)।
भरोसा—पु. विश्वास; पक्की; आसरा।
भरोसेदार, भरोसेमंद—वि. [फा.] विश्वासयोग्य, विश्वसनीय।
भर्जन—पु. [सं.] भूनना, भूनने का पात्र, कड़ाही।
भर्तव्य—वि. [सं.] भरण करने, पालन करने योग्य।
भर्ता—पु. [सं.] भरण करने वाला; स्वामी; पति; विष्णु।
भर्तार—पु. पति, स्वामी।
भर्तुमती—स्त्री. [सं.] सधवा स्त्री।
भर्तृहरि—पु. [सं.] संस्कृत के प्रसिद्ध कवि, भक्ति शतक, वैराग्य शतक तथा श्रृंगार शतक के रचयिता।
भर्त्सक—पु. [सं.] भर्त्सना करने वाला।
भर्त्सन—पु., **भर्त्सना** स्त्री. [सं.] किसी को भला-बुरा कहना, फटकार लगाना, लानत-मलामत देना।
भर्त्सनामय—वि. [सं.] लानत-मलामत, भर्त्सना से भरा हुआ।
भर्त्सनीय—वि. [सं.] निंदनीय, भर्त्सना के योग्य।
भर्राना—अ.क्रि. अश्रु विगलित कंठ, दुःख में भरे गले की आवाज़।
भलभल—स्त्री. तरल पदार्थ, खून आदि के तेज़ बहने का शब्द।
भलभलाना—अ.क्रि. 'भल-भल' शब्द करते हुए बहना।
भलमनसात, भलमनसाहत, भलमनसी—स्त्री. सज्जनता, शराफ़त, मानवीयता।
भला—वि. अच्छा, नेक, सुंदर, अच्छा, उत्तम, श्रेष्ठ; कुशल, भलाई; लाभ, हित।
भल्ल—पु. [सं.]
भल्लक—पु. [सं.] भालू; भाला।
भल्लूक—पु. [सं.] भालू।
भवंग, भवंगा*—पु. सर्प।
भवंगम*—पु. भुजंगम, सर्प।
भवंत—पु. [सं.] वर्तमान काल।
भवंति—पु. [सं.] वर्तमान काल।
भवँर—पु. द्र. 'भँवर'।
भव—पु. [सं.] उत्पत्ति, जन्म; मेघ, बादल; शिव; संसार, जगत; कामदेव। **~चक्र**—संसार-चक्र। **~जाल**—पु. संसार का जाल, माया-चक्र। **~चाप**—पु. शिव धनुष। **~बंधन**—पु. संसार-बंधन, जन्म-मरण का चक्र। **~भंजन**—पु. परमात्मा। **~भय**—पु. बार-बार जन्म-मरण का चक्र। **~भीति**—स्त्री. जिसे पुनर्जन्म, जन्म-मरण-चक्र का भय हो। **~भूति**—स्त्री. सांसारिक ऐश्वर्य। **~शूल**—पु. भौतिक दुःख। **~सागर, ~सिंधु**—पु. संसार-रूपी समुद्र।
भवदीय—वि. [सं.] आपका [स्त्री. 'भवदीया']।
भवन—पु. [सं.] मकान, इमारत, घर; प्रासाद, महल, विशाल, आवास।
भवनिष्ठ—वि. [सं.] परस्पर विश्वास रखने वाला; विश्वास-पात्र।
भवांबुधि—पु. [सं.] संसार-समुद्र, भव-सागर।
भवदीय—वि. [सं.] आपका [स्त्री. 'भवदीया']।
भवानी—स्त्री. [सं.] पार्वती; दुर्गा। **~नंदन**—पु. कार्त्तिकेय; गणेश।
भवान्—सर्व. [सं.] आप, श्रीमान ('संबोधन')।
भवाब्धि—पु. [सं.] भव-समुद्र।
भविक—वि. [सं.] मंगलकारी, धार्मिक।
भवित—वि. [सं.] जो हो चुका है, भूत।
भवितव्य—वि. [सं.] होनहार, अवश्यंभावी।
भवितव्यता—स्त्री. [सं.] जिसका होना सुनिश्चित हो, भाग्य।
भविष्य—पु. [सं.] आने वाला समय, काल।
भविष्यत्—वि. [सं.] होने वाला, भावी।
भविष्यद्—'भविष्यत्' का समास में प्रयुक्त रूप।
भवेश—पु. [सं.] संसार का स्वामी, शिव।
भव्य—वि. [सं.] बहुत सुंदर, शानदार, विशाल।
भव्यता—स्त्री. [सं.] सौंदर्य, उपयुक्तता।
भव्या—स्त्री. [सं.] पार्वती।
भष*—पु. भक्ष्य, आहार।
भषक—पु. [सं.] कुत्ता।
भषण—पु. [सं.] भौंकना, कुत्ता।
भसंत—पु. [सं.] काल, समय।

भसम*—पु. द्र. 'भस्म'।

भसुंड*—पु. हाथी।

भस्म—पु. [सं.] राख; चिता की राख; आयुर्वेद में धातुओं आदि का वह रूप जो विविध क्रियाओं से, फूँक-जला कर प्राप्त किया जाता है (स्वर्ण भस्म, रजत भस्म आदि)। **~सात्**—वि. जो जल कर राख हो गया हो।

भस्माच्छादित—वि. [सं.] राख, भस्म से ढका हुआ।

भस्मावशेष—वि. [सं.] जल कर राख बन गया हो जो; राख के रूप में बचा हुआ अंश।

भस्मासुर—पु. [सं.] एक राक्षस, जिसने शिव से वरदान प्राप्त कर लिया था कि वह जिसके भी सिर पर हाथ रखे, वह भस्म हो जाए।

भस्मीभूत—वि. [सं.] पूरी तरह से जला हुआ; जल कर नष्ट हो गया हो, राख के रूप में परिणत।

भहराना—अ.क्रि. भरभरा कर गिरना, एकाएक वेगपूर्वक टूट पड़ना।

भाँग—वि. [सं.] एक प्रसिद्ध पौधा जिसकी पत्तियाँ पीस कर नशे के लिए खाई जाती हैं। **मु. (घर में भूँजी) ~न होना**—अत्यन्त दरिद्र, ग़रीब होना।

भाँजना—स.क्रि. मुगदर, लाठी आदि घुमाना; तोड़-मोड़ कर या और किसी प्रकार नष्ट करना।

भांजा—पु. द्र. 'भानजा'।

भाँजी—स्त्री. 'मारने' के साथ प्रयुक्त 'भाँजी मारना', किसी के बनते काम को बिगाड़ देना, चुगली कर विघ्न डाल देना। **~मारा**—वि. वह व्यक्ति जो चुगली कर काम बिगाड़ देता है।

भाँट*—पु. बैंगन।

भांड—पु. [सं.] बर्तन, भांडा।

भांडागार—पु. [सं.] भंडार, गोदाम, खज़ाना।

भाँड—पु. विदूषक, मसखरा; महफिलों आदि में नाच-गा कर हास्यपूर्ण चेष्टाएँ, अभिनय कर अपनी जीविका कमाने वाला।

भांडार—पु. [सं.] भंडार।

भांडारिक, भांडारी—पु. [सं.] भंडारी, भंडार का रक्षक, अध्यक्ष।

भाँत—स्त्री. द्र. 'भाँति'।

भाँति—स्त्री. तरह, प्रकार; रीति, ढंग।

भाँपना—स.क्रि. दूर से देखकर समझ जाना; जाएज़ा लेना, अनुमान लगाना।

भाँपू—वि. भाँप जाने वाला, ताड़ जाने वाला।

भाँय-भाँय—पु. सन्नाटे की निःशब्दता, घोर सन्नाटा ('सूना घर भाँय-भाँय करता है')।

भाँवर—स्त्री. विवाह के समय अग्नि की साक्षी में वर-वधू द्वारा की जाने वाली परिक्रमा ('रामदेव संग भाँवर लेहूँ'—कबीर)।

भाँवरि, भाँवरी*—स्त्री. परिक्रमा, चक्कर।

भा—स्त्री. चमक, दीप्ति; शोभा; किरण। हि. चाहे, या।

भाई—पु. मन का भाव या विचार—उदा. 'जिहि जिहि भाई करत जन सेवा; चमक, दीप्ति'।

भाई—पु. एक ही माता-पिता से उत्पन्न व्यक्तियों में से एक; सहोदर, भ्राता; बराबर वाले प्रियजन को आदरसूचक सम्बोधन। **~चारा**—पु. भाई जैसा संबंध, बंधुत्व। **~दूज**—स्त्री. भैयादूज, श्रावण पूर्णिमा को मनाया जाने वाला भाई-बहन का त्योहार। **~बंद**—पु. अपने ही परिवार के लोग, अपनी ही जाति के लोग। **~बिरादर**—पु. भाई-बंद, एक ही जाति के। **~बंधु**—पु. भाई-बंद।

भाउ*—पु. द्र. 'भाव'।

भाऊ*—पु. भाव; प्रेम; स्वभाव।

भा.क.पा.—पु. भारतीय कम्युनिस्ट पार्टी।

भा.कि.यू.—पु. भारतीय किसान यूनियन।

भाक्ष—वि. [सं.] बहुत खाने वाला, भकोसू।

भाखना*—अ.क्रि., स.क्रि. बोलना, कहना।

भाखा*—स्त्री. द्र. 'भाषा'।

भाग—पु. [सं.] हिस्सा, खंड ('पार्ट'); अंश ('पोर्शन'); पार्श्व, तरफ़, ओर; भाग्य; सौभाग्य; गणित में किसी राशि या संख्या को कई अशों या भागों में बाँटने की क्रिया। **~वान**—वि. भाग्यवान, सौभाग्य प्राप्त। **मु. ~खुलना, ~जागना**—भाग्योदय होना।

भागड़—स्त्री. भगदड़, घबरा कर बहुत से लोगों का एक साथ भागना, दौड़ना।

भागदौड़—स्त्री. दौड़-धूप, अति व्यस्तता।

भागना—अ.क्रि. दौड़ना; पलायन करना, (कर्तव्य, धर्म, आदि से); हार कर चले जाना, दौड़ जाना।

भागनेय—पु. द्र. 'भागिनेय'।

भागमभाग—पु. दौड़-धूप, अति-व्यस्तता।

भागवत—पु. [सं.] अठारह पुराणों में से एक जिसमें मुख्यतः कृष्ण कक्ष का वर्णन है। वि. भगवत् संबंधी; भगवत का।

भागवती—स्त्री. एक तरह की कंठी, माला।

भागार्थी—वि. [सं.] अपना हिस्सा चाहने वाला।

भागिनेय—पु. [सं.] भानजा, बहन का पुत्र। स्त्री. भागिनेयी-भानजी।

भागी—वि. [सं.] हिस्सेदारी, अंशी; अधिकारी, हकदार। भाग्यवाला (बड़भागी)।

भागीरथ—वि. [सं.] भगीरथ-संबंधी।

भागीरथी—स्त्री. [सं.] गंगा, भगीरथ के द्वारा पृथ्वी पर लाये जाने के कारण 'भागीरथी'।

भाग्य—पु. [सं.] नियति, तकदीर, सौभाग्य, वह निश्चित और अटल दैवी विधान, जो किसी मनुष्य के लिए पूर्व निर्धारित

है, प्रारब्ध, दैव। **~वान, ~वान्**—पु. सौभाग्यशाली, जिसका भाग्य अच्छा हो।

भाग्याधीन, भाग्यायत्त—वि. [सं.] भाग्य पर आश्रित, जो भाग्य के अधीन हो।

भाग्योदय—पु. [सं.] भाग्य उदय होना, जाग्रत होना।

भाजक—वि. [सं.] विभाग करने वाला। पु. (गणित में) वह अंक जिससे किसी संख्या या राशि का भाग किया जाए।

भाजकांश—पु. [सं.] वह भाजक जिससे किसी राशि को भाग देने पर कुछ शेष नहीं रहता है।

भाजन—पु. [सं.] योग्य अधिकारी; आधार (विश्वासभाजन, कोपभाजन); बरतन, पात्र; किसी वस्तु के विभाग या टुकड़े करने की क्रिया; गणित में भाग की क्रिया।

भाजना*—अ.क्रि. द्र. 'भागना'।

भाजयूमो—पु. [हि.] भारतीय जनता युवा मोर्चा।

भाजित—वि. [सं.] भाग किया हुआ, विभक्त।

भाजी—स्त्री. [सं.] बनी हुई साग-सब्जी।

भाज्य—पु. [सं.] वह अंक जिसे भाजक अंक से भाग दिया जाता है।

भाट—स्त्री. राजाओं का यशोगान करने वाले बंदीजन, बंदी जनों की जाति; वंश-चरित सुनाने वाले व्यक्तियों की जाति; चापलूस।

भाटा—पु. समुद्र के जल का उतार या पीछे हटना, ज्वार का उलटा।

भाड़—पु. भड़भूँजे की अनाज भूनने की भट्ठी। **मु. ~झोंकना**—तुच्छ काम करना; निरर्थक श्रम करना। **~में जाए**—उपेक्षा से कहना—कुछ भी हो।

भाड़ा—पु. किराया, वह मूल्य या राशि जो किसी स्थान पर रहने (मकान-भाड़ा), किसी सवारी में बैठने (रेल भाड़ा, बस भाड़ा), कहीं कोई वस्तु भेजने के लिए (डाक महसूल) ली जाती है।

भाण—पु. [सं.] एक अंक वाला हास्य रस प्रधान रूपक (सा.शा.)।

भात—पु. पकाया हुआ चावल, विवाह में एक रस्म, जिसमें मामा पक्ष के लोग दान-दहेज और राशि देते हैं।

भाति—स्त्री. [सं.] चमक, दीप्ति।

भातु—पु. [सं.] सूर्य, सूरज।

भादों—पु. भाद्रपद, सावन के बाद आने वाला महीना।

भाद्र—पु. [सं.] भादों का महीना। **~पद**—पु. भादों का महीना।

भाद्री—स्त्री. [सं.] भादों की पूर्णिमा; भाद्र मास से संबंधित।

भान*—पु. भास, अनुमान (भान भी न होना)। पु. [सं.] प्रकाश, रोशनी; दीप्ति, चमक, आभा।

भानजा—पु. बहन का पुत्र, भांजा।

भानना—स.क्रि. तोड़ना, नष्ट कर देना (भान कर रख दिया)।

भानमती—स्त्री. जादूगरनी, जादू का खेल करने वाली। **मु. ~कुनबा**—यहाँ-वहाँ से बेमेल और बेमतलब इकट्ठी की गई चीज़ें। **~का पिटारा**—पु. वह बक्सा-डिब्बा जिसमें तरह-तरह की वस्तुएँ एकत्रित की हुई हों।

भाना—अ.क्रि. अच्छा लगना, सुंदर लगना।

भानु—पु. [सं.] सूर्य; प्रभा; किरण। **~जा, ~तनया, ~तनूजा**—स्त्री. यमुना। **~प्रताप**—पु. राम कथा में वर्णित एक राजा, जो ब्राह्मणों के शाप से अगले जन्म में रावण के रूप में जनमा।

भानुमती—स्त्री. [सं.] गंगा; दुर्योधन की पत्नी।

भाप, भाफ—स्त्री. पानी को उबालने पर उठने वाला जलकणों का धुआँ-सा, वाष्प।

भाबर, भाभर—पु. एक घास जिसकी रस्सी बँटी जाती है।

भाभी—स्त्री. बड़े भाई की पत्नी, भौजाई, भावज।

भामता*—पु. भावता, मन को अच्छा लगने वाला; प्रियतम।

भामती*—स्त्री. भावती, प्रियतमा।

भामह—पु. [सं.] काव्यशास्त्र के एक प्रसिद्ध संस्कृत आचार्य, अलंकार शास्त्री।

भामा—स्त्री. [सं.] स्त्री, औरत; क्रोधी स्त्री।

भामिन*—स्त्री. द्र. 'भामिनी'।

भामिनी—स्त्री. [सं.] स्त्री, सुंदर स्त्री।

भायप—पु. भाईचारा।

भार—पु. [सं.] बोझ; राशि, ढेर; जिम्मेदारी, दायित्व (कार्य-भार)। **~वाह, ~वाहक, ~वाहिक**—पु. बोझ, माल ढोने वाला। **मु. (किसी का) ~उठाना**—दायित्व उठाना।

भारत—पु. [सं.] भारतवर्ष, हिंदुस्तान; भरतवंश में उत्पन्न व्यक्ति; महाभारत का वह मूल या पूर्व रूप जो 24000 श्लोकों का था। **~वासी**—वि. भारत का रहने वाला, भारतीय।

भारतवर्षीय—वि. [सं.] भारतवर्ष संबंधी, भारत का।

भारती—स्त्री. [सं.] वाणी; वाणी की अधिष्ठात्री देवी सरस्वती; एक वृत्ति या वर्णन शैली (सा.शा.), भारत माता।

भारतीय—वि. [सं.] भारत-संबंधी। पु. भारतवासी। **~पुरातत्त्व सर्वेक्षण**—पु. ए.एस.आई.—आरकोलॉजिकल सर्वे ऑफ इंडिया, प्राचीन स्मारकों का रख-रखाव रखने वाली संस्था। **~राष्ट्रीय कांग्रेस**—स्त्री. इंडियन नेशनल कांग्रेस, भारत का एक प्रसिद्ध प्रमुख राजनीतिक दल, इसी के नेतृत्व में भारत की स्वतंत्रता का संघर्ष किया गया आदि।

भारतीयकरण—पु. [सं.] भारतीय बनाने की प्रक्रिया; (विदेश में) किसी संस्था में भारतीयों की प्रधानता कर देना।

भारद्वाज—वि. [सं.] भारद्वाज के गोत्र या वंश में उत्पन्न। पु. ब्राह्मणों का एक प्रसिद्ध गोत्र।

भारवी—स्त्री. [सं.] तुलसी।

भारा—वि. बहुत भारी, बहुत अधिक।

भाराक्रांत—वि. [सं.] बोझ से दबा हुआ।

भाराक्रांता—स्त्री. [सं.] एक वर्णवृत्त।

भारी—वि. वज़नी; बहुत ज्यादा ('भारी बहुमत') देर में पचने वाला ('भारी पानी'); कष्टकर ('वह मुझे भारी नहीं है')। **~पन**—पु. भारी होने का भाव, बोझ, गरिष्ठता ('पेट में भारीपन है'), हलका दर्द ('सिर में भारीपन है')। **~भरकम**—वि. बड़े आकार, डील-डौल का; नामी व्यक्तित्व। **मु. (—पर)~होना**—प्रबल होना, प्रतिद्वन्द्वी से बेहतर सिद्ध होना।

भारोत्तोलक—पु. [सं.] भार उठाने वाला यंत्र।

भारोत्तोलन—पु. [सं.] भार उठाना।

भारोपीय—वि. [सं.] भारत और यूरोप दोनों में समान रूप से पाए जाने वाले या दोनों के समान मूल से उत्पन्न ('इंडो-यूरोपियन'—जाति समूह या भाषा वर्ग)।

भार्गव—वि. [सं.] भृगुवंशीय, भृगुवंश में उत्पन्न; परशुराम; शुक्राचार्य; उ.प्र. में ब्राह्मणों का एक प्रसिद्ध गोत्र।

भार्य—वि. [सं.] भरण करने योग्य। पु. सेवक, आश्रित व्यक्ति।

भार्या—स्त्री. [सं.] विवाहिता स्त्री, पत्नी।

भार्याटिक—वि. [सं.] पत्नी के शासन में रहने वाला।

भार्यात्व—पु. [सं.] पत्नीत्व।

भाल—पु. [सं.] माथा, ललाट।

भालना—स.क्रि. अच्छी, भली तरह देखना ('देखना' के साथ प्रयुक्त देखना-भालना, देखभाल)।

भाला—पु. बरछा, नेजा।

भालु—पु. भालू। [सं.] सूर्य।

भालुक, भालू, भालूक, भाल्लुक, भाल्लूक—पु. [सं.] रीछ, एक हिंसक चौपाया।

भावंता*—पु. प्रेम-पात्र, प्रिय।

भाव—पु. होने की क्रिया तत्त्व, सत्ता, अस्तित्व, 'अभाव' का विपरीतार्थी; मनोविकार; अभिप्राय, तात्पर्य; मन का कोई विकार या वृत्ति; प्रेम; प्रकार, तरह; ईश्वर, देवता, आदि के लिए मन में उदित श्रद्धा। किसी वस्तु की बिक्री का मूल्य, दर ('रेट')। **~वाचक**—वि. [सं.] व्याकरण में किसी व्यक्ति, पदार्थ आदि के गुण-धर्म सूचित करने वाली संज्ञा—सज्जनता, सच्चाई, ईमानदारी, आदि।

भावक—वि. [सं.] भावना करने वाला; उत्पादक; रसज्ञ।

भावज—स्त्री. बड़े भाई की पत्नी, भाभी, भौजाई।

भावता*—वि. जो अच्छा लगे ('मन भावता')।

भावन—पु. [सं.] मन को अच्छा या प्रिय लगने वाला, 'मन' के साथ प्रयुक्त ('मन-भावन')।

भावना—स्त्री. [सं.] मन की कोई वृत्ति, विचार; इच्छा, चाह, धारणा; आयुर्वेद में औषधि तैयार करने की एक विधि।

भावनात्मक—वि. [सं.] भावना से मुक्त; भावना संबंधी।

भावनामय—वि. [सं.] भावनायुक्त, भावनाओं से भरा हुआ।

भावाकुल, भावातुर—वि. [सं.] भावनाओं, भावों से भरा हुआ।

भावानुवाद—पु. [सं.] शब्दशः नहीं, भावों को सुरक्षित रखते हुए किया गया अनुवाद।

भावाभास—पु. [सं.] कृत्रिम भाव, भावनाओं का दिखावा करना।

भावाभिव्यक्ति—स्त्री. [सं.] भाव प्रकट करना।

भावार्थ—पु. [सं.] वह अर्थ जिसमें प्रत्येक शब्द का अर्थ, व्याख्या न देकर मूल भाव को बता दिया जाए।

भावावेग, भावावेश—पु. [सं.] भावों की प्रबलता, भावुकता।

भावाश्रित—पु. [सं.] नृत्य का एक भेद।

भाविक—वि. [सं.] भावनाप्रधान, भावुक; मर्मज्ञ। पु. एक अर्थालंकार।

भावित—वि. [सं.] सोचा हुआ, जाना हुआ।

भाविता—स्त्री. [सं.] होनहार।

भाविनी—स्त्री. [सं.] सुंदर स्त्री; मन को अच्छी लगने वाली।

भावी—स्त्री. आने वाला समय, भविष्यत् काल; भवितव्यता, होनी, भविष्य में होने वाली बात; भाग्य। वि. भविष्य में होने वाली घटना (भावी युग)।

भावुक—वि. [सं.] जिसके मन में तीव्र संवेदन क्षमता हो, कोमल मन वाला ('इमोशनल', 'सेंटीमेंटल')।

भावुकता—स्त्री. [सं.] भावुक होने का भाव; भाव-प्रवणता।

भावोत्कर्ष—पु. [सं.] भाव-समृद्धि।

भावोत्तेजक—वि. [सं.] भावों को उत्तेजित करने वाला।

भावोदय—पु. [सं.] साहित्य में इस प्रकार का वर्णन, जिसमें एक भाव की शांति और दूसरे का उदय हुआ हो, इस भावोदय में कोई चमत्कार रहता है।

भावोद्गार—पु. [सं.] भावों का स्वाभाविक प्रस्फुटन।

भावोद्दीपक—वि. [सं.] भावों को उत्तेजित करने वाला।

भावोद्रेक—पु. [सं.] भावावेश।

भावोन्मत्त—वि. [सं.] भाव-विह्वल।

भावोन्मेष—पु. [सं.] भाव का उदय, उद्रेक।

भाव्य—वि. [सं.] विचारणीय, सोचने या चिंता करने योग्य।

भाष—पु. भाषा, वाणी।

भाषक—पु. [सं.] कहने, बोलने वाला।

भाषण—पु. [सं.] व्याख्यान; बोलना। **~प्रतियोगिता**—स्त्री. किसी प्रदत्त विषय पर व्याखान देने की प्रतियोगिता। **~कला**—स्त्री. अपने भाषण से श्रोताओं को प्रभावित करने की कला।

भाषणाभिलाषी—वि. [सं.] भाषण देने का इच्छुक।

भाषांतर—पु. [सं.] अनुवाद; अनुवाद करना।

भाषा—स्त्री. [सं.] मुँह से निकलने वाली व्यक्त ध्वनियों या सार्थक शब्दों और वाक्यों का वह समूह, जिसके द्वारा मन के भावों को व्यक्त किया जाता है; वाणी; किसी देश या अंचल में प्रचलित बातचीत का ढंग, बोली; मध्ययुगीन हिंदी ('संसकिरत है कूप जल, भाषा बहता नीर'—कबीर)। **~वार**—वि. भाषा के आधार पर होने वाला, भाषा के अनुसार होने वाला, यथा—भाषावार, प्रांत, भाषावार जनगणना सूची।

भाषायी—वि. [सं.] शुद्ध 'भाषाई'; भाषा संबंधी, यथा—भाषाई आंदोलन।

भाषिक—वि. [सं.] भाषा या बोली संबंधी।

भाषिका—वि. [सं.] स्त्री. बोलने, कहने वाली।

भाषिकी—स्त्री. [सं.] भाषा विज्ञान।

भाषिणी—वि. स्त्री. [सं.] बोलने वाली (मृदु भाषिणी)।

भाषित—वि. [सं.] कथित, उक्त (समासांत में प्रयुक्त 'आकाश भाषित')।

भाषी—वि. [सं.] बोलने वाला (समासांत में प्रयुक्त हिंदी भाषी, बँगला भाषी, कन्नड़ भाषी)।

भाष्य—पु. [सं.] मूल ग्रंथ या सूत्र की व्याख्या, विवृति। वि. कहने योग्य। **~कार**—पु. भाष्य, टीका करने वाला।

भासंत—वि. [सं.] प्रकाशमान, सुंदर।

भासंती—स्त्री. [सं.] तारा।

भास—पु. [सं.] चमक, दीप्ति; आभास। एक संस्कृत महाकवि, 'स्वप्नवासवदत्ता' आदि के रचयिता।

भासक—वि., पु. [सं.] चमकाने वाला।

भासना*—अ.क्रि. प्रतीत होना, कुछ-कुछ आभास होना, मालूम होना, जान पड़ता।

भासमान—वि. [सं.] जान पड़ता हुआ; कुछ-कुछ दिखाई देना।

भासिक—वि. [सं.] दिखाई पड़ने वाला, लक्षित होने वाला।

भासित—वि. [सं.] प्रकाशित, चमकीला।

भासु—पु. [सं.] सूर्य।

भासुर—वि. [सं.] दीप्तिमान, चमकीला।

भास्—स्त्री. [सं.] चमक, दीप्ति; आभास; प्रतिबिम्ब। **~कर**—पु. सूर्य।

भास्य—वि. [सं.] प्रकट करने योग्य।

भास्वती—वि. स्त्री. [सं.] दीप्तिमय। स्त्री. एक प्राचीन नदी।

भास्वर—वि. [सं.] दीप्तिमान, द्युतिमान, चमकीला। पु. सूर्य, दिन।

भास्वान्—वि. [सं.] दीप्तिमय, चमकता हुआ।

भिंडी—स्त्री. [सं.] एक प्रसिद्ध सब्ज़ी, उसका पौधा।

भिंसार—पु. सवेरा, उषा काल; प्रत्यूष वेला।

भिक्षा—स्त्री. [सं.] याचना, माँगना; दीनतापूर्वक अनुनय-विनय करते हुए कुछ माँगना ('सुहाग-रक्षा की भीख माँगती हूँ'); किसी ग़रीब या साधु-संन्यासी को भोजन के निमित्त दिया जाने वाला अन्न, आटा, आदि। **~जीवी**—वि. भीख माँग कर जीवन जीने वाला। **~पात्र**—पु. भीख माँगने का पात्र, कोई भी बरतन या कमंडल। **~वृत्ति**—स्त्री. भिक्षा माँग कर गुज़र करना।

भिक्षाटन—पु. [सं.] भीख माँगने के लिए घूमते फिरना।

भिक्षान्न—पु. [सं.] भिक्षा में प्राप्त अन्न।

भिक्षार्थी—वि., पु. [सं.] भिक्षाजीवी।

भिक्षार्ह—वि. [सं.] भिक्षा देने योग्य।

भिक्षु—पु. [सं.] भीख माँगने वाला, याचक; संन्यासी; बौद्ध संन्यासी।

भिक्षुक—पु. [सं.] भिखारी, याचक, भीख माँगने वाला।

भिक्षुकी—स्त्री. [सं.] भिक्षुक स्त्री।

भिक्षुणी—स्त्री. [सं.] बौद्ध संन्यासिनी।

भिख—'भीख' का समास में प्रयुक्त रूप। **~मंगन, ~मंगिन**—स्त्री. भिखारिन। **~मंगा**—पु. भीख माँगने वाला। **ला. ~मंगा**—पु. जो सदैव कोई न कोई याचना करता रहता है।

भिखारिणी—स्त्री. द्र. 'भिखारिन'।

भिखारिन, भिखारिनी—स्त्री. माँगने वाली।

भिखारी—पु. भिक्षुक, भीख माँगने वाला। वि. **ला.** कंगाल, अकिंचन।

भिगोना—स.क्रि. पानी, रंग आदि से तर करना; कपड़े, आदि को पानी में डालना।

भिच्छु*—पु. द्र. 'भिक्षु'।

भिच्छुक*—पु. द्र. 'भिक्षुक'।

भिजवाना—स.क्रि. भेजने का काम कराना।

भिड़ंत—स्त्री. मुठभेड़।

भिड़—स्त्री. बर्र, ततैया।

भिड़ना—अ.क्रि. टकराना, लड़ना; उत्तर-प्रत्युत्तर करना; सटना ('दरवाज़ा भेड़ दो')।

भिड़ाना—स.क्रि. लड़ाई, झगड़ा कराना।

भितरिया—वि. भीतर रहने वाला, अंतरंग।

भितल्ला—पु. कपड़े के अंदर का पल्ला, अस्तर। वि. भीतरी।

भितल्ली—स्त्री. भीतर की।

भित्ति—पु. [सं.] भीत, दीवार। **~चित्र**—पु. भीत, दीवार पर बनाया हुआ चित्र।

भिदना—अ.क्रि. बिद्ध होना, छिदना।

भिद्—वि. [सं.] (समास के अंत में प्रयुक्त) तोड़ने, नष्ट करने वाला। स्त्री. खंडन।

भिनकना—अ.क्रि. (मक्खियों का) भिन-भिन करना। **ला.** दुर्गति होना।

भिन-भिन—स्त्री. मक्खी आदि कीट की आवाज़।

भिनभिनाना—अ.क्रि. मक्खियों का भिन-भिन करना।

भिनभिनाहट—स्त्री. मक्खियों के उड़ने की आवाज़।

भिनसार, भिनुसार*—पु. ऊषा काल, तड़का, प्रत्यूष।

भिन्न—वि. [सं.] पृथक्, अलग, जुदा; परिवर्तित; दूसरा, अन्य; अलग तरह का; अपने वर्ग या मेल के औरों से कुछ अलग और विशेष प्रकार का।

भिन्नता—स्त्री. [सं.] भिन्न, अलग होने का भाव, भेद।

भिन्नाना—अ.क्रि. चकराना ('सिर भन्ना गया')।

भिन्नार्थ—वि. [सं.] भिन्न उद्देश्य, अर्थ वाला।

भिन्नोदर—पु. [सं.] सौतेला भाई।

भिन्नोदरी—स्त्री. [सं.] सौतेली बहन।

भिलनी—स्त्री. द्र. 'भीलनी'।

भिल्ल—पु. [सं.] भील।

भिश्त*—पु. द्र. 'बिहिश्त'।

भिश्ती—पु. मशक से पानी ढोने, छिड़कने वाला, सक्का।

भिषक्—पु. [सं.] वैद्य, चिकित्सक।

भिषग्—'भिषक्' का समास में प्रयुक्त रूप।

भिष्टा—स्त्री. मल, विष्ठा।

भिस्त—पु. द्र. 'बिहिश्त'।

भिस्ती—पु. द्र. 'भिश्ती'।

भींचना*—स.क्रि. दबाना, बंद करना (मुँह, आँख, आदि)।

भींजना*—अ.क्रि. भीगना। **ला.** पुलकित होना, गद्गद होना।

भी—अ. अवश्य; तक; अधिक ('और भी')।

भीक—स्त्री. द्र. 'भीख'।

भीख—स्त्री. भिक्षा, याचना; माँगी हुई वस्तु; खैरात।

भीखन*—वि. द्र. 'भीषण'।

भीगना—अ.क्रि. गीला होना, भीग जाना, तर हो जाना। **मु. (गी) बिल्ली**—भय से अत्यंत नम्र, दीन बन जाना।

भीगा—वि. तर हुआ, गीला।

भीजना*—अ.क्रि. द्र. 'भीगना'।

भीड़—स्त्री. आदमियों का समूह, जन-समूह। **~भीड़**—स्त्री. बहुत बड़ा जनसमूह।

भीत—वि. [सं.] डरा हुआ, भय-ग्रस्त। पु. भय, भीति। स्त्री. दीवार।

भीतर—अ. अंदर, घर के, भवन के अंदर।

भीतरी—वि. अंदरूनी, भीतर का; मन की (बात)।

भीति—स्त्री. [सं.] भय, डर।

भीना—वि. बहुत मंद, धीमा। (संगीत)।

भीनी—वि. स्त्री. हलकी, मीठी (सुगंध, हवा)।

भीम—वि. [सं.] विशालकाय, बहुत बड़ा; डरावना। पु. पाँचों पांडवों में से एक, दूसरे क्रम पर। **~काय**—वि. जिसकी काया विशाल और डरावनी हो।

भीमता—स्त्री. [सं.] डरावनापन; विशालता।

भीमान—वि. [सं.] भयावह।

भीर*—स्त्री. द्र. भीड़; कष्ट, दुःख, विपत्ति ('जब जब भीर पड़ी भक्तन पर'), अधिकता ('प्रेम की भीर')।

भीरु—वि. [सं.] डरपोक; (—से) डरना, (पाप-भीरु, धर्म-भीरु)।

भीरुता—स्त्री. [सं.] कायरता, भयशीलता।

भीरुताई*—स्त्री. द्र. 'भीरुता'।

भीरू—वि. स्त्री. [सं.] भीरु स्वभाव की स्त्री, 'भीरु' का स्त्री.।

भील—पु. एक प्रसिद्ध जनजाति, मुख्यतः राजस्थान में।

भीलनी—स्त्री. भील की स्त्री।

भीषण—वि. [सं.] भयानक, डरावना; विकट, घोर, दारुण।

भीषणक—वि. [सं.] भयानक।

भीषणता—स्त्री. [सं.] डरावनापन, विकटता, दारुणता।

भीषणाकार—वि. [सं.] डरावनी शक्ल का।

भीषन*—वि. द्र. 'भीषण'।

भीषम*—वि. द्र. 'भीष्म'।

भीष्म—वि. [सं.] भयानक, भीषण (प्रतिज्ञा)। पु. महाभारत के प्रसिद्ध योद्धा, गंगा से उत्पन्न महाभाग शांतनु के पुत्र देवव्रत, आजीवन ब्रह्मचारी रहने की भीष्म प्रतिज्ञा के लिए ख्यात।

भुअंग, भुअंगम*—पु. द्र. 'भुजंग', 'भुजंगम' ('विरह भुअंगम तन बसै')।

भुआल*—पु. भूपाल, राजा।

भुइँ*—स्त्री. द्र. 'भूमि' ('सीस उतारै भुइँ धरै, तब पैठे घर माँहि')।

भुँइ—स्त्री. दे. 'भूमि'।

भुकाना—स.क्रि. बकवास, अनर्गल बात करने में प्रवृत्त करना।

भुक्कड़—वि. द्र. 'भुक्खड़'।

भुक्खड़—वि. बहुत भूखा; पेटू; कंगाल, जिसके पास कुछ न हो।

भुक्त—वि. [सं.] भोगा हुआ; खाया हुआ। ~वि. जो भोग चुका हो। **~भोगी**—वि. जो किसी दुःख की अनुभूति स्वयं कर चुका हो।

भुक्ति—स्त्री. [सं.] लौकिक सुख भोग; भोजन, आहार।

भुक्तोच्छिष्ट—पु. [सं.] जूठन।

भुख—'भूख' का समास में प्रयुक्त रूप। **~मरा**—वि. भूख से व्याकुल, भुक्खड़। **~मरी**—स्त्री. भूखों मरने की नौबत, स्थिति।

भुगतना—स.क्रि. भोगना, बीतना।

भुगतान—पु. मूल्य, देय धन देना; पूरा हिसाब निबटाना।

भुगताना—स.क्रि. चुकाना, अदा करना; कार्य संपादित कर देना।

भुगुति*—स्त्री. द्र. 'भुक्ति'।

भुग्गा—वि. बुद्धू, मूर्ख।

भुच्च, भुच्चड़—वि. मूर्ख, बुद्धू, जड़मति।

भुजंग—पु. [सं.] सर्प, साँप। **~प्रयात**—पु. एक वर्णवृत्त।

भुजंगम—पु. [सं.] सर्प, साँप।

भुजंगा—पु. काले रंग की एक चिड़िया।

भुजंगिनी—स्त्री. [सं.] सर्पिणी, नागिन।

भुजंगी—स्त्री. [सं.] सर्पिणी, नागिन; एक वर्णवृत्त।

भुजंगेश—पु. [सं.] द्र. 'भुजगेश'।

भुज—पु. [सं.] बाजू; हाथ; हाथी की सूँड़; ज्यामिति, रेखागणित में किसी क्षेत्र का किनारा या किनारे की रेखा; समकोणों का पूरक कोण। **~दंड**—पु. सुडौल लंबी बाँह। **~पाश**—पु. भुजाओं में आलिंगित कर लेना। **~बल**—पु. बाहुबल। **~मूल**—पु. बगल, काँख।

भुजगांतक—पु. [सं.] गरुड़; मोर; नेवला।

भुजगाशन—पु. [सं.] मोर; गरुड़।

भुजगेंद्र, भुजगेश—पु. [सं.] शेषनाग; वासुकि।

भुजा—स्त्री. [सं.] बाहु, भुजा। **~मध्य**—पु. कुहनी।

भुजाग्र—पु. [सं.] हाथ।

भुजाली—स्त्री. एक प्रकार का टेढ़ा बड़ा-सा छुरा, खुखरी।

भुजिया—पु. उबाले हुए धान का चावल, घी या तेल में भुनी हुई सब्ज़ी (मूली, पालक, आदि की भुजिया), बेसन आदि की तली हुई सेवइयाँ-सी, एक प्रकार का नमकीन।

भुजेना—पु. चवेना।

भुजौना*—पु. भुना हुआ अन्न; भुनाई में दिया जाने वाला अन्न।

भुट्टा—पु. मकई, बाजरे या जुआर की बाल।

भुतनी*—स्त्री. द्र. 'भूतिनी'।

भुनगा—पु. उड़ने वाला छोटा कीड़ा। **ला.** तुच्छ, नगण्य प्राणी।

भुनगी—स्त्री. ईख की फसल में लगने वाला कीड़ा।

भुनगा—अ.क्रि. भूना जाना, सिंकना।

भुन-भुन—स्त्री. धीमी, अस्पष्ट ध्वनि (कुढ़ कर धीरे-धीरे बोलना)।

भुनभुनाना—अ.क्रि. 'भुन-भुन' करना, कुढ़ कर धीरे-धीरे बोलना।

भुनवाई, भुनाई—स्त्री. भूनने के बदले में दी जाने वाली मज़दूरी।

भुनवाना—स.क्रि. भूनने की क्रिया में प्रवृत्त करना, बड़े नोट को छोटे नोटों या सिक्कों में बदलवाना।

भुनाना—स.क्रि. बड़े नोट को छोटे नोटों या सिक्कों में बदलवाना।

भुबि*—स्त्री. द्र. 'भूमि'।

भुरकना—स.क्रि. बुरकना, छिड़कना।

भुरकुस—पु. चूर्ण, चूर-चूर हुई वस्तु।

भुरता—पु. द्र. 'भरता'।

भुरभुरा—वि. छूने से ही चुर्र-मुर्र हो जाने वाला, चूर्ण रूप हो जाना।

भुराना*—अ.क्रि. भुलावे में आना।

भुलक्कड़—वि. बहुत भूलने वाला।

भुलना—वि. जल्दी भूल जाने वाला।

भुलवाना—स.क्रि. भुला देने के लिए प्रेरित करना।

भुलाना—स.क्रि. भूल जाना; भूल जाने के लिए प्रेरित करना।

भुलावा—पु. बहकावा, भ्रम, धोखा।

भुवंग*—पु. द्र. 'भुजंग'।

भुवंगम*—पु. द्र. भुजंगम, सर्प।

भुव—पु. [सं.] भूमि और सूर्य के बीच का लोक-आकाश, अंतरिक्ष।

भुवन—पु. [स.] जगत, जल; जन, लोग, लोक-पुराणानुसार चौदह लोक हैं, भू, भुवः, स्वः, महः, जनः, तपः, और सत्य—ये सात ऊपर के लोक और अतल, सुतल, वितल, गभस्तिमत, महातल, रसातल और पाताल—ये सात नीचे के; सृष्टि। **~पति, ~पाल**—पु. द्र. 'भूपाल'। **~मोहिनी**—स्त्री. जगत को मोह लेने वाली। **~विदित**—वि. जगत प्रसिद्ध।

भुवनेश्वर—पु. [सं.] राजा; शिव; ओडिशा की राजधानी, एक प्रसिद्ध हिंदू तीर्थस्थल।

भुवनेश्वरी—स्त्री. [सं.] देवी का एक स्वरूप।

भुवन्यु—पु. [सं.] स्वामी; सूर्य; चन्द्रमा; अग्नि।

भुवर्लोक—पु. [सं.] अंतरिक्ष लोक।

भुवाल*—पु. द्र. 'भूपाल'।

भुवि*—स्त्री. द्र. 'भूमि'।

भुशुंडि—पु. [सं.] काकभुशुंडि, एक शापग्रस्त ऋषि, जो काग योनि में उत्पन्न हुए, रामकथा में वर्णन।

भुशुंडि—स्त्री. [स.]

भुस—पु.

भुसुंड—स्त्री. 'सूँड़'।

भुसंडी*—पु. द्र. 'भुशुंडि'।

भुसौरा—पु. भूसा रखने का घर, बौंगा।

भूँकना—अ.क्रि. कुत्ते का भौं-भौं शब्द करना। **ला.** व्यर्थ बकवास करना।

भूँजना—स.क्रि. भूनना। **ला.** सताना

भूँजा—पु. भुना हुआ अन्न; भड़भूँजा।

भूँड़*—स्त्री.भूड़, रेतीली मिट्टी का भू-भाग।

भू—स्त्री. [सं.] पृथ्वी, भूमि; स्थान। **~कंप**—पु. भूचाल भूगर्भीय उथल-पुथल से पृथ्वी की ऊपरी सतह का हिलना।

भूक—स्त्री. द्र. 'भूख'।

भूकना—अ.क्रि. द्र. 'भूँकना'।

भूख—स्त्री. भोजन की इच्छा, क्षुधा। **~हड़ताल**—स्त्री. कुछ माँगें मनवाने के लिए अनशन रखकर धरने पर बैठना।

भूखण, भूखन*—पु. द्र. 'भूषण'।

भूखा—वि. जिसे भूख लगी हो, क्षुधित। **~नंगा**—वि. दीन, दरिद्र।

भूजी—स्त्री. द्र. 'भुजिया'।

भूटान—पु. आसाम के उत्तर और हिमालय के दक्षिण में स्थित एक राज्य।

भूटानी—पु. भूटान का निवासी। वि. भूटान का, भूटान से संबंधित-भूटानी कुत्ता, भूटानी वस्त्र।

भूटिया—वि. भूटान का। पु. भूटान का रहने वाला।

भूड़—स्त्री. रेतीली ज़मीन।

भूत—वि. [सं.] बीता हुआ, गत; समान, तुल्य; रूप या अवस्था विशेष को प्राप्त—घनीभूत, पुंजीभूत। पु. तत्त्व; सृष्टि के सभी जड़ पदार्थ और चेतन प्राणी; वे पाँच महाभूत, जिनसे सृष्टि की रचना हुई है—पृथ्वी, जल, अग्नि, वायु और आकाश; मृत शरीर या उसकी आत्मा, भूतात्मा; प्रेत, शैतान, **~काल**—पु. बीता हुआ समय, अतीत; व्याकरण में क्रिया का वह रूप, जो बीते हुए समय का सूचक हो। **मु. ~उतरना**—किसी फितूर, खब्त का समाप्त होना; क्रोध उतर जाना। **~चढ़ना**—किसी काम की ऐसी धुन होना कि हर समय उसी में लगे रहना; क्रोध में पागल-सा हो जाना। **~सवार होना**—किसी काम के पीछे पड़ जाना, उसी में पूरी तरह रम जाना। **~कालिक**—भूत काल, अतीत से संबंधित।

भूतनी—स्त्री. प्रेतनी, स्त्री भूत, द्र. 'भूतिनी'।

भूतपूर्व—पु. इस समय से पहले का; किसी पद से निवृत्त, सेवा-निवृत्त।

भूतल—पु. किसी बहुमंजिली इमारत का भूमि वाला तल ('ग्राउंड फ्लोर')।

भूताक्ष—पु. [स.] सूर्य।

भूताधिपति—पु. [स.] शिव।

भूतायन—पु. [सं.] परमात्मा।

भूताविष्ट—वि. [सं.] जिसे भूत लगा हो।

भूति—स्त्री. [सं.] होना, उत्पत्ति; वैभव; आणिमादि अष्ट सिद्धियाँ।

भूतिक—पु. [सं.] कपूर; चंदन।

भूतिनी—स्त्री. प्रेतिनी।

भूतेश—पु. [सं.] शिव।

भूतेश्वर—पु. [सं.] शिव।

भूदान—पु. [सं.] पृथ्वी, ज़मीन का दान, विनोबा भावे द्वारा चलाया गया आंदोलन—भूदान आंदोलन।

भूनना—स.क्रि. आग पर रखकर बिना पानी के किसी चीज़ को पकाना; घी-तेल में तलना; भाड़, भट्टी आदि पर किसी चीज़ को पकाना। **ला.** जलाना, क्रोध दिलाना, संताप देना।

भूप—पु. [सं.] राजा, नृप, सम्राट।

भूपेंद्र—पु. [सं.] राजाओं में श्रेष्ठ; राजाओं के भी स्वामी।

भूभल—स्त्री. गरम राख; गरम रेत।

भूभुर, भूभुरि—स्त्री. द्र. 'भूभल'।

भूमंडल—पु. पृथ्वी, जगत, संसार। **भूमंडलीकरण**—पु. पूरे विश्व में एक जीवन-पद्धति या विचार का प्रसार।

भूम—पु. [सं.] पृथ्वी। स्त्री. भूमि।

भूमय—वि. [सं.] मिट्टी का बना।

भूमा—पु. [सं.] ऐश्वर्य; धरती, प्राणी।

भूमि—स्त्री. [सं.] जमीन, पृथ्वी-तल, धरती, देश (भारतभूमि)। **~हार**—पु. ब्राह्मणों की एक जाति।

भूमिका—स्त्री. [सं.] किसी ग्रंथ की प्रस्तावना, विषय-प्रवेश के पूर्व का कथन; किसी नाटक, फिल्म आदि में किसी पात्र का अभिनय; किसी कथन की पृष्ठभूमि, पूर्वाधार।

भूमीश्वर—पु. [सं.] राजा।

भूयः—अ. [सं.] पुनः, साधारणतः।

भूयशः—अ. [सं.] अतिशय।

भूयसी—वि. स्त्री. [सं.] बहुत अधिक।

भूयोभूयः—अु. [सं.] पुनः-पुनः, बार-बार।

भूरा—पु. सफेद रंग की झलक लिये मटमैला रंग; गोरा (वह भूरा है)।

भूरि—वि. [सं.] बहुत (प्रायः दो बार प्रयुक्त 'भूरि-भूरि')।

भूरिक—स्त्री. पृथ्वी।

भूर्ज—पु. [सं.] भोज पत्र का पेड़।

भूर्णि—स्त्री. [सं.] पृथ्वी; मरुभूमि।

भूर्भुव—पु. [सं.] ब्रह्मा का एक मानस पुत्र।

भूर्लोक—पु. [सं.] भू-लोक, पृथ्वी-लोक।

भूल—स्त्री. दोष, गलती, चूक, भूलने की दशा; अनजाने में हुआ कोई कसूर, अपराध।

भूलना—अ.क्रि. विस्मृत करना, याद न रखना; गलती करना, इतराना, मदमस्त हो जाना।

भूषण—पु. [सं.] गहना, जेवर; सजावट; शोभाजनक वस्तु।

भूषणीय—वि. [सं.] अलंकृत, सजावट करने योग्य।

भूषन*—पु. द्र. 'भूषण'।

भूषा—स्त्री. [सं.] शृंगार, सजावट; आभूषण, गहना, शृंगार-सामग्री।

भूषित—वि. [सं.] सज्जित, शोभित, अलंकृत।

भूसा—पु. अनाजों के डंठल का चूरा किया हुआ रूप, पशुओं के खाने के काम आता है। **मु. (दिमाग में) ~भरा होना**—जिसके दिमाग में कुछ न आए, बुद्धिहीन।

भूसी—स्त्री. धान, चने, मटर, ईसबगोल आदि का छिलका।

भृंग—पु. [सं.] भौंरा।

भृंगक—पु. [सं.] भौंरा।

भृंगार—पु. [सं.] सोने की झारी, अभिषेक पात्र।

भृंगारक—पु. [सं.] घड़ा; बड़ा पात्र।

भृंगारि—स्त्री. [सं.] केवड़ा।

भृंगारु—पु. [सं.] घड़ा, पात्र।

भृंगावली—स्त्री. [सं.] भौंरों की पंक्ति।

भृंगि—पु. [सं.] शिव का एक गण।

भृंगी—स्त्री. [सं.] एक कीट, बिलनी, भाँग।

भृंगी—पु. [सं.] शिव का एक गण।

भृंगीश—पु. [सं.] शिव।

भृकुटि—स्त्री. [सं.] भौंह, भ्रूभंग; भौं चढ़ाता, त्यौरी।

भृगु—पु. [सं.] एक प्रसिद्ध मुनि जिन्होंने विष्णु की छाती पर पद-प्रहार किया था; परशुराम; शुक्राचार्य।

भृत—वि. [सं.] भरा हुआ, पूरित, पाला पोसा (हुआ)। पु. दास, नौकर।

भृतक—वि. [सं.] मज़दूरी या वेतन पर रखा हुआ सेवक। **पु.** नौकर।

भृति—स्त्री. [सं.] भरण, भरण का साधन; वेतन, मजदूरी।

भृत्य—वि. [सं.] भरण, पालन करने योग्य। पु. सेवक।

भृत्या—स्त्री. [सं.] दासी, सेविका।

भृश—वि. [सं.] प्रचंड, अतिशय।

भेंगा—वि. ऐंचाताना। **~पन**—पु. आँख का टेढ़ापन।

भेंट—स्त्री. (भेंट) उपहार; मिलना, मुलाकात।

भेंटना*—स.क्रि. (भेंटना) मिलना; गले लगना या लगाना।

भेंड़—स्त्री. द्र. 'भेड़'।

भेक—पु. [सं.] मेढक।

भेकी—स्त्री. [सं.] मेढकी।

भेख*—पु. द्र. 'भेस'।

भेखज*—पु. द्र. 'भेषज'।

भेजना—स.क्रि. कोई वस्तु एक स्थान से दूसरे स्थान के लिए रवाना करना, पहुँचाने का प्रबंध करना।

भेजा—पु. दिमाग, बुद्धि; मगज़, सिर के अंदर का गूदा।

भेट—स्त्री. द्र. 'भेंट'।

भेटना—स.क्रि. द्र. 'भेंटना'।

भेड़—स्त्री. [सं.] बकरी की तरह का एक चौपाया, दूध और ऊन के लिए प्रसिद्ध।

भेड़ना—स.क्रि. बंद करना; आधा बंद करना ('दरवाज़ा भेड़ दो')। **ला.** धोखे से कोई सस्ती या खराब वस्तु दे देना।

भेड़ा—पु. नर भेड़, मेढ़ा।

भेड़िया—पु. गीदड़ की जाति का एक हिंस्र जंतु, वृक। **~धसान**—पु. भेड़ों जैसी अंधानुकरण की प्रवृत्ति (भेड़िये से नहीं भेड़ से संबंध)।

भेद—पु. [सं.] रहस्य, मर्म; प्रकार; फूट पड़ना; प्रकट होना (रहस्य-भेद हो गया); राजनीति के चार उपायों में से एक- साम, दाम, दंड, भेद। **~नीति**—स्त्री. फूट डालने की नीति। **~वादी**—वि. द्वैतवादी।

भेदक—वि. [सं.] छेद करने वाला।

भेदकातिशयोक्ति—स्त्री. [सं.] अतिशयोक्ति अलंकार का एक भेद।

भेदन—पु. [सं.] छेद करना; भेद, अंतर।

भेदिया—पु. जासूस, किसी के भेद, रहस्य जानने वाला।

भेदी—वि. [सं.] भेद, रहस्य जानने वाला, जासूस।

भेद्य—वि. [सं.] भेद करने योग्य।

भेर—पु. [सं.] नगाड़ा, डंका।

भेरि, भेरी—स्त्री. [सं.] दुंदुभि, तूर्य (रणभेरी)

भेली—स्त्री. गुड़ की ढाई किलो या पाँच किलो की पिंडी।

भेष—पु. दे. 'भेस'।

भेषज—पु. [सं.] औषधि, उपचार।

भेषजीय—वि. [सं.] औषधि संबंधी, औषधीय।

भेषज्य—वि. [सं.] आरोग्यदायक।

भेस—पु. वेशभूषा; बाह्य रूप।

भैंस—स्त्री. एक प्रसिद्ध दुधारु काले रंग का पशु, महिषी।

भैंसा—पु. भैंस का नर।

भै*—पु. द्र. 'भय'।

भैक्ष—पु. [सं.] भिक्षा; भिक्षा में प्राप्त वस्तु, भीख।

भैक्षक—पु. [सं.] भीख, भिक्षा, दान।

भैक्षान्न—पु. [सं.] भिक्षा का अन्न।

भैन, भैना, भैनी—स्त्री. बहन।

भैया—पु. भाई, बराबर वाले या छोटों को स्नेह-भरा सम्बोधन।

भैरव—वि. [सं.] भयानक, डरावना, दुखी। पु. शिव के एक गण।

भैरवी—स्त्री. [सं.] दुर्गा, दस महाविद्याओं में से एक; एक रागिनी (संगी.); एक नदी; शैव संन्यासिनी। **~चक्र**—पु. वाममार्गी तांत्रिक, साधना में एक यौगिक रीति।

भैरू, भैंरो—पु. द्र. 'भैरव'।

भैषजनिक—वि [सं.] औषधि संबंधी।

भैषजिकी—स्त्री. [सं.] औषधि विज्ञान।

भोंकना—स.क्रि. शरीर में कोई नुकीली चीज़ (छुरा, बर्छी, भाला आदि) घुसेड़ देना; कुत्ते का शब्द करना।

भोंचाल—पु. भूचाल, भूकंप।

भोंडा—वि. भद्दा, बदशक्ल, बेडौल; मूर्ख; हास्यास्पद।

भोंतरा—वि. जिसकी धार कुंद हो।

भोंदू—वि. बूद्धू, मूर्ख।

भोंपा, भोंपू—पु. एक तरह की तुरही; आवाज को दूर तक सुनाने के लिए लगाया जाने वाला उपकरण।

भों-भों—पु. कुत्ते के भौंकने (भूँकने) की आवाज।

भोंसला, भोंसले—पु. महाराष्ट्र का एक राजवंश।

भो—अ. [सं.] (संबोधन में) हे, अहो!

भोक्तव्य—वि. [सं.] भोगने योग्य।

भोक्ता—वि. [सं.] भोग करने वाला, भोजन करने वाला।

भोग—पु. [सं.] सुख-दुःख आदि की अनुभूति; पाप-पुण्य का वह फल जो सुख-दुःख के रूप में भोगा जाता है, प्रारब्ध, किसी वस्तु का उपभोग करना, देवताओं के आगे रखी जाने वाली खाद्य-सामग्री, नैवेद्य; स्त्री-संभोग, मैथुन। **~लिप्सा**—स्त्री. भोग की लालसा, तृष्णा। **~शील**—वि. भोगी।

भोगना—स.क्रि. सुख-दुःख का अनुभव करना; (कष्ट) सहना; संभोग करना।

भोगी—वि. [सं.] भोग करने वाला, विषय-वासना में पड़ा हुआ।

भोग्य—वि. [सं.] भोग करने योग्य।पु. भोग्य वस्तु; धन-रुपया।

भोग्या—स्त्री. [सं.] वेश्या, जिसका केवल भोग किया जाए (प्रेम नहीं)।

भोज—पु. [सं.] कान्य-कुब्ज के नौवीं शती के एक यशस्वी राजा; मालवा के परमारवंशी यशस्वी राजा, राजा भोज के रूप में ख्यात। **~पुरिया**—वि. भोजपुर क्षेत्र का। पु. वहाँ का निवासी। **~पुरी**—वि. भोजपुर क्षेत्र का। पु. भोजपुर निवासी। स्त्री. भोजपुर क्षेत्र की बोली, भाषा।

भोज—पु. (हि.) बहुत से लोगों का एक साथ बैठकर खान-पान, ज्योनार, जेवनार, दौलत।

भोजन—पु. [सं.] खाने की सामग्री, खाद्य पदार्थ; खाने की वस्तु, आहार। **~कराना**—स.क्रि. खाना खिलाना। **~भट्ट**—पु. हि. पेटू।

भोजनागार—पु. [सं.] भोजनशाला, रसोई।

भोजनार्थी—वि. [सं.] भोजन का इच्छुक, भूखा।

भोजनालय—पु. [सं.] भोजनशाला, होटल।

भोजनावकाश—पु. [सं.] खाना खाने की छुट्टी (कार्य-समय के बीच में)।

भोजनीय—वि. [सं.] भोज्य, खाने योग्य। पु. आहार, खाद्य पदार्थ।

भोजनोत्तर—वि. [सं.] भोजन के पश्चात्।

भोजपत्र—पु. [सं.] एक वृक्ष, प्राचीन समय में इसकी छाल पर लेखन-कार्य किया जाता था, ग्रंथ-रचना आदि।

भोज्य—वि. [सं.] खाने योग्य। पु. भोजन, खाद्य।

भोट—पु. [सं.] भूटान देश, तिब्बत।

भोटांग—पु. [सं.] भूटान।

भोटिया—पु. भूटान का निवासी। स्त्री. भूटान की भाषा।

भोटीय—वि. [सं.] भोट देश का।

भोथर, भोथरा—वि. जिसकी धार कुंद हो गई हो।

भोर—पु. प्रभात, तड़का, प्रत्यूष।

भोरा*—वि. [ब्र.भा.] द्र. 'भोला'।

भोला—वि. सीधा, सरल, छल-कपट से शून्य, दूर।

भौं—स्त्री. भौंह, आँख के ऊपर की हड्डी पर धनुष-आकार में जमे बाल, भृकुटि। मु. **~चढ़ाना,~तानना**—क्रोध प्रकट करना, नाराज़गी जताना।

भौंकना—अ.क्रि. कुत्ते की 'भौं-भौं' की आवाज।

भौंचाल—पु. 'भूकंप'।

भौंर*—पु. समास में 'चौंर' के साथ प्रयुक्त—चौंर-भौंर, आश्चर्यचकित होना।

भौंरा—पु. एक काला कीट जो फूलों पर बैठकर उनका रस ग्रहण करता है, भ्रमर। बच्चों का खेलने का लट्टू जो डोरी लपेट कर घुमाया जाता है; चकडोरी, तहखाना, अनाज-भंडारण का तहखाना। **ला. ~प्रयोग**—'कहाँ भौंरे में खो गए'- कहाँ जा बड़े, घुसे हुए हो।

भौंह—स्त्री. द्र. 'भौं'।

भौ*—पु. 'भव'।द्र. 'भव'।**~जल**—पु. भवजल, सांसारिक जाल, भव सागर।

भौगोलिक—वि. [सं.] भूगोल संबंधी। **~स्थिति**—स्त्री. किसी स्थान की अवस्थिति-अक्षांश, देक्षांश की स्थिति।

भौचक, भौचक्का—वि. हक्का-बक्का, हैरान, आश्चर्यचकित।

भौचाल*—पु. द्र. 'भूचाल', 'भूकंप'।

भौजलि—पु. भवजल, सांसारिक बंधन, जाल।

भौट—पु. [सं.] तिब्बत निवासी।

भौतिक—वि. [सं.] पार्थिव, शरीर संबंधी, पंच महाभूतों या किसी एक भूत से बना हुआ; भूत संबंधी। **~वाद**—पु. पंचमहाभूतों के आधार पर बना हुआ सिद्धांत, 'पदार्थवाद'। **~विज्ञान**— पु. वह विज्ञान जिसमें जल, वायु, प्रकाश आदि तत्त्वों का अध्ययन किया जाता है—भौतिकी, पदार्थ विज्ञान ('फिजिक्स')।

भौतिकी—स्त्री. [सं.] पदार्थ-विज्ञान ('फिजिक्स')।

भौन*—पु. द्र. [ब्र.भा.] 'भवन'- 'भरे भौन में करत हैं नैनन ही सौं बात'—बिहारी।

भौम—वि. [सं.] भूमि संबंधी; भूमि से उत्पन्न। पु. मंगल ग्रह। **~वार**— पु. मंगलवार, मंगल ग्रह का दिन।

भौमक—पु. [सं.] भूमि पर रहने वाला जीव।

भौमासुर—पु. [सं.] नरकासुर—एक राक्षस।

भौमिक—वि. [सं.] भूमि संबंधी। पु. जमींदार, भूस्वामी; बंगाल में एक जातिगत नाम।

भ्रंगी—पु. एक उड़ने वाला कीट ('कीट भंग्री-न्याय में इसी का उल्लेख)।

भ्रंश, भ्रंस—पु. [सं.] पतन, भ्रष्ट।

भ्रंशित—वि. [सं.] नीचे गिराया हुआ, भ्रष्ट हो गया हो।

भ्रंशी—वि. [सं.] भ्रष्ट होने वाला, जो भ्रष्ट हो गया हो।

भ्रकुटि—स्त्री. [सं.] 'भृकुटि'।

भ्रम—पु. [सं.] भ्रांति, धोखा; संदेह, शक; मिथ्या या अयथार्थ ज्ञान। **~कारी**— वि. भ्रमोत्पादक, जिससे भ्रम हो जाए।

भ्रमण—पु. [सं.] घूमना-फिरना, सैर-सपाटा; यात्रा, पर्यटन।

भ्रमणार्थी—पु. [सं.] भ्रमण का इच्छुक, पर्यटक।

भ्रमणीय—वि. [सं.] घूमने योग्य, दर्शनीय (स्थल)।

भ्रमर—पु. [सं.] भौंरा, मधुप; कृष्ण कथा में उद्धव के लिए संबोधन। **~गीत**— पु. कृष्ण कथा में वह गीत जिसमें भ्रमर को संबोधित कर उद्धव और श्रीकृष्ण को खूब खरी-खोटी सुनाई गई है।

भ्रमरावली—स्त्री. [सं.] भौंरों की पंक्ति।

भ्रमरी—स्त्री. [सं.] मादा भौंरा।

भ्रमात्मक—वि. [सं.] धोखे में डालने वाला, भ्रम में पड़ा हुआ।

भ्रमित—वि. [सं.] जो भ्रम में पड़ा हुआ हो।

भ्रष्ट—वि. [सं.] पतित, नीचे गिरा हुआ; दुश्चरित्र, बदचलन; नीतिपथ से विचलित, निंदनीय आचरण वाला।

भ्रष्टा—स्त्री. [सं.] पतित, दुश्चरित्रा स्त्री।

भ्रष्टाचरण—पु. [सं.] भ्रष्ट, पतित आचरण

भ्रष्टाचार —वि. [सं.] बुरा आचरण, कदाचार। पु. दूषित आचरण, समाज में बुरा माना जाने वाला आचरण; राज़नीति और प्रशासन क्षेत्र में सत्ता का दुरुपयोग, घूसखोरी, सरकारी या जनता के धन की लूट-खसोट, धाँधलेबाजी। ('करप्शन')।

भ्रष्टाचारिता—स्त्री. [सं.] भ्रष्टाचार।

भ्रष्टाचारी—वि. [सं.] भ्रष्ट आचरण करने वाला।

भ्रांत—वि. [सं.] जिसे भ्रांति हुई हो, धोखे भ्रम में पड़ा हुआ।

भ्रांतापह्नुति—स्त्री. [सं.] आपह्नुति अलंकार का एक भेद, इसमें किसी एक बात या वस्तु में दूसरी बात या वस्तु की भ्रांति या भ्रम होने पर वास्तविकता बता कर भ्रम दूर करने का चित्रण होता है।

भ्रांति—स्त्री. [सं.] भ्रम; धोखा; संदेह, शक; भूल-चूक; साहित्य में एक अलंकार, जिसमें उपमेय को देखकर भ्रमवश उसे उपमान ही समझ लिया जाता है, यथा—पलाश के फूलों (उपमेय) को विरहिणी नायिका द्वारा भ्रमवश अग्नि (उपमान) समझ लेना।

भ्रांतिमान्—वि. [सं.] भ्रमयुक्त। **पु.** भ्रांति नामक अर्थालंकार (पिंग.)।

भ्राता—पु. [सं.] भाई। **~ज**-पु.—भाई का पुत्र। **~जा**—स्त्री. भाई की पुत्री। **~द्वितीया**—स्त्री. भैयादूज, कार्तिक शुक्ला द्वितीया को मनाई जाती है। **~पुत्र**—पु. भतीजा। **~भाव**—पु. भाईचारा, भाई जैसा प्रेम।

भ्रातुष्पुत्र—पु. [सं.] भतीजा, भाई का पुत्र।

भ्रातुष्पुत्री—स्त्री. [सं.] भतीजी, भाई की पुत्री।

भ्रातृज—पु. [सं.] भतीजा, भाई का पुत्र।

भ्रातृजा—स्त्री. [सं.] भतीजी, भाई की पुत्री।

भ्रातृजाया—स्त्री. [सं.] भाई की पत्नी, भाभी।

भ्रातृत्व—पु. [सं.] भाई की प्रीति, भ्रातृभाव।

भ्रातृ-प्रेम—पु. [सं.] भाई का प्रेम।

भ्रातृभाव—पु. [सं.] भाईचारा, भाई जैसा प्रेम-व्यवहार।

भ्रातृवत् —वि. [सं.] भाई के समान।

भ्रातृहत्या—स्त्री. [सं.] भाई की हत्या।

भ्रात्र—पु. [सं.] भाई।

भ्रात्रीय—वि. [सं.] भ्राता, भाई संबंधी।

भ्रामक—वि. [सं.] भ्रमपूर्ण, भ्रम, संदेह उत्पन्न करने वाला।

भ्रामर—वि. [सं.] भ्रमर संबंधी।

भ्रामरी—स्त्री. [सं.] योग में प्राणायाम की एक विधि।

भ्रुकुटि, भ्रुकुटी—स्त्री. [सं.] भौं, भ्रूभंग।

भ्रुव—स्त्री. भौंह।

भ्रू—स्त्री. [सं.] भौं, भृकुटि।

भ्रूण—पु. [सं.] गर्भ में पहले चार महीने की अवस्था (का गर्भस्थ शिशु)। **~हत्या**—स्त्री. गर्भपात द्वारा गर्भस्थ शिशु की हत्या (विशेषतः कन्या-भ्रूण की)।

म

म—देवनागरी वर्णमाला में 'प' वर्ग का अंतिम व्यंजन वर्ण। उच्चारण-स्थान ओष्ठ और नासिका। स्पर्श वर्ण, अनुनासिक।

मंकुर—पु. [सं.] शीशा, आईना।

मंख—पु. [सं.] भाट, चारण; एक औषधि।

मँगता—पु. भिखमंगा; जो सदैव कुछ न कुछ माँगता रहे।

मँगनी—स्त्री. माँगने पर कुछ समय के लिए कोई वस्तु दे देना; विवाह संबंध पक्का करने की रस्म।

मंगल—पु. [सं.] शुभ, कल्याण; सौभाग्य; सौर जगत का एक प्रसिद्ध ग्रह, भौम; मंगलवार। वि. कल्याणकारी, शुभ।

~करण—पु. मंगलकारी, शुभकारी। **~गान**—पु., **~गीत**—पु. मांगलिक, शुभ अवसरों पर गाये जाने वाले शुभ गीत। **~ग्रह**—पु. सौर जगत में नामक ग्रह ('मार्स')। **~वार**—पु. सोमवार के बाद का दिन, भौमवार। **~सूत्र**—पु. विवाहित स्त्रियों द्वारा गले में पहने जाना वाला सौभाग्यसूचक आभूषण।

मंगलमय—वि. [सं.] कल्याणमय, शुभ।

मंगला—वि. मंगली (पुरुष)। **~मुखी**—स्त्री. वेश्या। स्त्री. पार्वती; पतिव्रता स्त्री।

मंगलाचरण—पु. [सं.] वह पद्य, काव्य जो शुभ कार्य से पूर्व गाया जाता है; किसी ग्रंथ के प्रारंभ में की जाने वाली मंगल कामना, देव-स्तुति।

मंगलाचार—पु. [सं.] मंगल गान, शुभ कार्य के प्रारंभ में गाये जाने वाले गीत।

मंगलायतन—पु. [सं.] शुभ स्थान।

मंगलायन—पु. [सं.] सुख-समृद्धि का मार्ग।

मंगलारंभ—पु. [सं.] गणेश स्तुति।

मंगलाष्टक—पु. [सं.] विवाह में पाणिग्रहण संस्कार में वर-वधू के कल्याण के लिए उच्चरित मंत्र।

मंगली—वि. वह लड़का या लड़की, जिसकी जन्म-कुंडली के चौथे, आठवें या बारहवें स्थान में मंगल ग्रह हो (अशुभकारी)।

मंगलेच्छु—वि. [सं.] मंगल, शुभ, कल्याण चाहने वाला।

मंगलोत्सव—पु. [सं.] शुभ, मांगलिक उत्सव।

मँगवाना—स.क्रि. दूसरे से कोई चीज़ मँगवाना।

मँगेतर—वि., स्त्री. जिस लड़की या लड़के से विवाह संबंध निश्चित हुआ हो।

मंगोल—पु. मंगोलिया प्रदेश से, वहाँ का रहने वाला, मध्य एशिया में रहने वाली एक जाति।

मंच—पु. [सं.] वह ऊँचा बनाया गया स्थान, जिस पर कोई कार्यक्रम प्रस्तुत किया जाए, रंगभूमि ('स्टेज')।

मंचन—पु. [सं.] नाटक की मंच पर प्रस्तुति, खेला जाना।

मंचीय—वि. [सं.] मंच संबंधी, मंच का।

मंजन—पु. दाँत साफ करने का विशेष रूप से बनाया गया चूर्ण-सा।

मँजना—अ.क्रि. मंजन से साफ़ किया जाना; साफ़ किया जाना (बर्तन मँजना); अभ्यास होना ('अब उसका हाथ मँज गया है')।

मंजर—पु. [सं.] मोती।

मंज़र—पु. [अ.] दृश्य, नज़ारा; दर्शनीय स्थान।

मंजरि—स्त्री. [सं.] द्र. 'मंजरी'।

मंजरित—वि. [सं.] मंजरियों से भरा हुआ।

मंजरी—स्त्री. [सं.] पौधों की डालियों में लगा फूलों का लंबा गुच्छा-सा—तुलसी, आदि में।

मंजरीक—पु. [सं.] तुलसी।

मँजाई—स्त्री. माँजने की क्रिया; माँजने की मज़दूरी।

मंज़िल—स्त्री. [अ.] यात्रा में ठहरने का स्थान, पड़ाव; गंतव्य; मकान का खंड, तल।

मंज़िला—स्त्री. [अ.] तल्ले वाला, प्रायः ही समास के अंत में प्रयुक्त—दुमंज़िला, चौमंज़िला, आदि।

मंजिष्ठा—स्त्री. [सं.] मजीठ, एक फल, आयुर्वेद में प्रयुक्त, लाल रंग का।

मँजीरा—पु. द्र. 'मजीरा'।

मंजु—वि. [सं.] सुंदर, मनोहर। **~गति**—वि. मनोहर चाल वाला। **~घोष**—वि. सुंदर, मनोहर वाणी वाला। **~घोषा**—स्त्री. एक अप्सरा। **~श्री**—पु. मंजुल घोष, मनोहर शोभा।

मंजुल—वि. [सं.] सुंदर, मनोहर।

मंजूर—वि. [अ.] स्वीकृत, पसंद किया हुआ।

मंजूरी—स्त्री. स्वीकृति, मंजूर कर देना।

मंजूषा—स्त्री. [सं.] सुंदर पिटारी।

मंजूसा—स्त्री. द्र. 'मंजूषा'।

मँझला—वि. द्र. 'मझला'।

मंझा—पु. द्र. 'माँझा'।

मँझोला—वि. बीच का।

मँड़ई—स्त्री. झोंपड़ी, कुटिया।

मंडन—पु. [सं.] सजाना; सजाने की क्रिया।

मंडप—पु. [सं.] किसी मांगलिक कार्य, समारोह, आदि के लिए लकड़ी, फूस, कपड़े, आदि का बनाया स्थान। **(लता) ~**पु. लताओं से घिरा हुआ स्थान, कुंज।

मँडराना—अ.क्रि. घूमते हुए चक्कर देते उड़ना (फूल पर भँवरे का चक्कर लगाना); किसी के आसपास चक्कर लगाना, घूमते रहना।

मंडल—पु. [सं.] घेरा; कुंडली; सूर्य, चंद्र के चारों ओर का घेरा; समिति; ऋग्वेद का एक खंड; समुदाय।

मंडलाकार, मंडलाकृत—वि. [सं.] गोलाकार, गोल आकृति का।

मंडलाधिप—पु. [सं.] द्र. 'मंडलेश्वर, मंडल का अधिपति।

मंडलाधीश—पु. [सं.] द्र. 'मंडलाधिप'।

मंडलायुक्त—पु. [सं.] मंडलेश्वर, मंडल-अधिपति।

मंडली—स्त्री. समूह, समाज; कुछ लोगों का कार्य विशेष के लिए बनाया गया दल—कीर्तन मंडली।

मंडलीक—पु. [सं.] मंडल का प्रधान, राजा।

मंडलेश—पु. [सं.] मंडल का स्वामी, शासक, प्रधान।

मंडलेश्वर—पु. [सं.] मंडल का शासक, अधिपति; साधु समाज की मंडली का नेता। **(महा)** ~साधु समाज के बहुत से मंडलेश्वरों का शासक, स्वामी, अधिपति।

मँड़वा—पु. मंडप; शामियाना।

मंडित—वि. [सं.] सजाया हुआ, भूषित; भरा हुआ; युक्त; ऊपर से आवरण रूप में ढका हुआ—स्वर्ण मंडित।

मंडिता—वि. [सं.] शोभित, शोभा पाये हुए।

मंडी—स्त्री. किसी वस्तु का बड़ा बाज़ार—धान मंडी, अनाज मंडी, सब्ज़ी मंडी; थोक बाज़ार।

मँडुआ—पु. एक मोटा अनाज (लो, मँडुए की रोटी 'घी चुपड़ी')।

मंडूक—पु. [सं.] मेढक। **(कूप)**~पु. कुएँ का मेढक; सीमित बुद्धि वाला।

मंडूकी—स्त्री. [सं.] मेढकी।

मंत—पु. [सं.] परामर्श, सलाह; से युक्त (श्रीमंत)।

मंतर-जंतर—पु. मंत्र-यंत्र।

मंतव्य—वि. [सं.] मानने योग्य, माननीय। पु. मत; विचार; प्रस्ताव।

मंत्र—पु. [सं.] वह शब्द या शब्द-समूह, जिसमें किसी देवता, ईश्वर या किसी अलौकिक शक्ति की स्तुति हो; वेद के कथन, वाक्य, झाड़-फूँक करने वाले ओझाओं द्वारा उच्चरित शब्द, वाक्य। **~द्रष्टा**—पु. वेद-मंत्रों का रचयिता। **(बीज)** ~पु. मूल मंत्र, मुख्य मंत्र। **~मुग्ध**—वि. मोहित कर स्तब्ध कर देना (अपने गीत, वचन, प्रदर्शन आदि से)। **~शक्ति**—स्त्री. मंत्र का प्रभाव, बल।

मंत्रण—पु. [सं.] परामर्श, मंत्रणा करना।

मंत्रणा—स्त्री. [सं.] परामर्श, सलाह; विचार-विमर्श।

मंत्रालय—पु. [सं.] मंत्री का कार्यालय; मंत्री का विभाग।

मंत्रि—पु. [सं.] मंत्री के लिए समास में प्रयुक्त पद—मंत्रिपरिषद्, मंत्रिमंडल। **~मंडल**—पु. मंत्रियों का समूह ('केबिनेट')।

मंत्रित—वि. [सं.] अभिमंत्रित, जिसका मंत्र द्वारा संस्कार कर दिया गया हो; जिसके संबंध में मंत्रणा, परामर्श कर लिया गया हो।

मंत्रित्व—पु. [सं.] मंत्री का पद, कार्य।

मंत्री—पु. [सं.] राज्य या केन्द्र में किसी विभाग का सर्वोच्च राजनीतिक अधिकारी ('मिनिस्टर'); परामर्श, सलाह देने वाला; किसी संस्था या सरकारी विभाग का वह अधिकारी, जो उसकी प्रशासनिक व्यवस्था देखता है।

मंत्रोक्त—वि. मंत्र में जो कहा गया हो।

मंत्रोदक—पु. अभिमंत्रित जल।

मंथक—वि. मंथन करने वाला।

मंथन—पु. [सं.] मथना, विलोना; गहरा विचार-विमर्श, चिंतन।

मंथनी—स्त्री. [सं.] दही मथने की मटकी।

मंथर—वि. [सं.] मंद, सुस्त; मंद बुद्धि। **~गति**—स्त्री. धीमी गति, सुस्त चाल; धीमी प्रगति।

मंथरा—स्त्री. [सं.] (राम कथा में) कैकेयी की कुबड़ी दासी।

मंथरित—वि. [सं.] मंद, धीमा किया हुआ।

मंद—वि. [सं.] सुस्त, धीमा; आलसी; छोटा, छोटा-सा यथा—मंदोदरी—छोटे उदर वाली। **फा.** प्रत्य. वाला यथा—अक्लमंद। **~गति**—वि. धीमी चाल वाला; धीमी चाल। **~चेता**—वि. मंदबुद्धि। **~बुद्धि**—वि. अल्पबुद्धि (वाला), मोटी अक्ल वाला। **~भागी, ~भाग्य**—वि. अभागा, भाग्य का पोच। **~समीर**—पु. हलकी, सुखद, सरस वायु। **~स्मित, ~हारा, ~हास्य**—पु. हलकी हँसी, मुस्कराहट।

मंदक—वि. [सं.] मूर्ख, बुद्धू।

मंदकर्णि—पु. [सं.] एक ऋषि।

मंदर—पु. [सं.] एक पौराणिक पर्वत, जिसे समुद्र-मंथन के समय मथानी बनाया गया था; स्वर्ग; दर्पण।

मँदरा—वि. छोटे कद का, ठिंगना।

मँदला—पु. एक वाद्य जिस पर खाल मढ़ी जाती है।

मंदा—वि. मंद, धीमा; सस्ता; जिसका दाम घट गया हो, गिर गया हो; बुरा, खराब; अशुभ।

मंदाकिनी—स्त्री. [सं.] गंगा; एक वर्णवृत्त।

मंदाक्रांत—वि. [सं.] धीरे-धीरे आगे बढ़ने वाला।

मंदाक्रांता—स्त्री. [सं.] एक वर्णवृत्त।

मंदाक्ष—वि. [सं.] मंद, कमज़ोर दृष्टि वाला।

मंदाग्नि—स्त्री. [सं.] पाचनशक्ति दुर्बल होने का रोग।

मंदात्मा—वि. [सं.] मूर्ख; नीच।

मंदानल—पु. [सं.] मंदाग्नि।

मंदानिल—पु. [सं.] धीमी, सुखद वायु।

मंदार—पु. [सं.] मदार, धतूरा; स्वर्ग का एक वृक्ष।

मंदिर—पु. [सं.] देवालय; घर, निवास।

मंदी—स्त्री. मंद होने की स्थिति; तेज़ी का उलटा, भाव का कम होना, मूल्य गिरना।

मंदोदरी—स्त्री. [सं.] रावण की पत्नी, मयदानव की पुत्री।

मंद्र—पु. [सं.] मनोहर, सुंदर; गंभीर ध्वनि; संगीत के तीन स्वर सप्तकों—मंद्र, मध्य तथा तार में से पहला; एक वाद्य-मृदंग। **~ध्वनि**—स्त्री. गंभीर आवाज़; गर्जन।

मंशा—पु. [अ.] मनशा, अभिप्राय, उद्देश्य; कामना, इच्छा।

मंसना—स.क्रि. द्र. 'मनसना'।

मंसब—पु. द्र. 'मनसब'।

मंसा*—स्त्री. द्र. 'मंशा'।

मंसूख़—वि. मनसूख, निरस्त, रद्द।

मंसूबा—पु. [अ.] इरादा, विचार; योजना; ढंग।

मइका*—पु. द्र. 'मायका'।

मइमंत*—वि. द्र. 'मैमंत'।

मई—स्त्री. [अं. 'मे'] ईस्वी सन् का पाँचवाँ महीना, 'माइआ' नामक देवी के नाम पर इसका नामकरण, जिनकी इसी माह में पूजा की जाती है।

मउलसिरी—स्त्री. द्र. 'मौलसिरी'।

मउसी*—स्त्री. द्र. 'मौसी'।

मकई—स्त्री. मक्का, एक अनाज।

मकड़ जाल—पु. [सं.] मकड़ी का बुना हुआ जाल। **ला.** किसी को फँसाने के लिए बुना गया छल-कपट का जाल।

मकड़ा—पु. बड़ी मकड़ी।

मकड़ी—स्त्री. एक प्रसिद्ध कीड़ा, वह अपने शरीर से निकले द्रव से जाल-सा बुनता है, जिसमें मक्खी आदि फँस जाती हैं, उसका भोजन बनती हैं।

मकतब—पु. [अ.] पाठशाला, बच्चों के पढ़ने-लिखने का स्थान।

मकतबा—पु. [अ.] पुस्तकालय; किताबों की दुकान।

मक़तल—पु. [अ.] वधस्थल, क़त्ल करने का स्थान।

मक़ता—पु. [अ.] गज़ल या कसीदे, कविता का आख़िरी शेर, जिसमें शायर का उपनाम रहता है।

मकतूब—वि. [अ.] लिखा हुआ, लिखित।

मक़तूल—वि. [अ.] क़त्ल किया हुआ।

मकदूनिया—पु. 'मैसिडोनिया', यूनान का एक भाग, सिकंदर यहाँ का राजा था।

मक़नातीस—पु. [अ.] चुंबक पत्थर।

मक़बरा—पु. [अ.] समाधि, मजार, वह स्थान जिसमें किसी की कब्र हो।

मक़बूल—वि. [अ.] क़बूल, स्वीकार किया; प्रिय, प्यारा; चुना हुआ।

मक़बूलियत—स्त्री. लोकप्रियता, प्रिय होना।

मकरंद—पु. [सं.] फूलों का पराग, केसर; कुसुम-रस।

मकर—पु. [सं.] मगर, घड़ियाल; मछली; ज्योतिष में बारह राशियों में से दसवीं। **~केतन, ~केतु**—पु. कामदेव। **~ध्वज**—पु. कामदेव। **~संक्रांति**—स्त्री. माघ मास की संक्रांति, इस दिन सूर्य उत्तरायण होता है।

मकर—पु. [फा.] छल, धोखा। **ला. ~बनाना**—बहाने या धोखे से पड़ जाना।

मकरांक—पु. [सं.] कामदेव।

मकराकृत—वि. [सं.] मकर, मगर या मछली के आकार का। **~कुंडल**—पु. मछली के आकार के कुंडल, कर्णफूल।

मकरालय—पु. [सं.] सागर।

मकरी—पु. [सं.] सागर।

मक़लूब—वि. [अ.] उलटा, औंधा।

मक़सद—पु. [अ.] उद्देश्य; इरादा; अभिप्राय।

मक़सूद—वि. [अ.] अभिप्रेत, इच्छित ('मंजिल-ए-मक़सूद')।

मक़सूम—वि. [अ.] बाँटा हुआ, विभक्त। पु. भाग्य, किस्मत, तक़दीर।

मकान—पु. [अ.] घर, गृह, आवास।

मकानात—पु. [अ.] 'मकान' का बहु.।

मक़ाम—पु. [अ.] हि. मुक़ाम, ठहरने की जगह; स्थान, जगह; पड़ाव। **मु. ~करना**—ठहरना।

मकुर—पु. [सं.] मुकुर, आईना।

मको—स्त्री. द्र. 'मकोय'।

मकोई*—स्त्री. द्र. 'मकोय'।

मक़ोड़ा—पु. बड़ा कीड़ा।

मकोय—स्त्री. एक पौधा, जिसका औषधि के रूप में विभिन्न रूपों में प्रयोग होता है।

मक्कड़—पु. नर मकड़ी। **~जाल**—पु. मकड़ी का जाला। **ला.** ऐसा जाल जिसमें से निकलना आसान नहीं होता, भव—जाल।

मक्का—पु. मकई, एक अनाज।

मक्कार—वि. [अ.] छली-कपटी।

मक्कारी—स्त्री. छल-कपट; धोखा।

मक्की—वि. मकई।

मक्खन—पु. नवनीत, दूध-दही की चिकनाई, सार तत्त्व।

मक्खी—स्त्री. गंदगी में पनपने वाला छोटा परवाला कीड़ा, सर्वत्र पाई जाती है। **~चूस**—पु. बहुत कंजूस, कृपण।

मक्षिका—स्त्री. [सं.] मक्खी।

मक्षिकासन—पु. [सं.] मधुमक्खियों का छाता।

मख—पु. [सं.] यज्ञ।

मख़ज़न—पु. [अ.] खज़ाना, भंडार; शब्दकोश।

मखतूल—पु. काला रेशम।

मखतूली—वि. मखतूल, काले रेशम का बना हुआ।

मख़दूम—वि. [अ.] वह जिसकी सेवा, खिदमत की जाए; मालिक, स्वामी।

मख़दूमी—पु. पूज्य, पूजनीय।

मखनिया—पु. मक्खन जैसा; मक्खन बनाने या बेचने वाला।

मख़मल—स्त्री. [अ.] एक प्रकार का मुलायम-सा रेशमी कपड़ा।

मख़मली—वि. मखमल जैसा कोमल।

मख़मूर—वि. [अ.] नशे में चूर, अहंकारी।

मख़लूक़ात—स्त्री. सृष्टि, चराचर जगत।

मखौल—पु. मज़ाक, हँसी-ठट्ठा।

मखौलिया—वि. मखौल उड़ाने, करने वाला।

मग*—पु. मार्ग, रास्ता।

मग—पु. [अं.] हाथ से पकड़ने का स्थान बना एक गहरे कटोरे जैसा पात्र।

मग़ज—पु. द्र. 'मग़ज़'।

मग़ज़ी—स्त्री. [फा.] दुपट्टे, कुर्ते, आदि पर लगाई जाने वाली गोट।

मगद—पु. मूँग की दाल का बना लड्डू।

मगध—पु. [सं.] दक्षिणी बिहार के प्राचीन राज्य का नाम, राजधानी-पाटलिपुत्र।

मगधा—स्त्री. [सं.] पिप्पली, पीपली, एक आयुर्वेदिक औषधि।

मगधाधिप, मगधेश्वर—पु. [सं.] मगध नरेश।

मगधीय—वि. [सं.] मगध का; मगध संबंधी।

मगन—वि. मग्न, डूबा हुआ; अति प्रसन्न; किसी कार्य में दत्तचित्त, पूरी तरह तल्लीन।

मगर—पु. मगरमच्छ, घड़ियाल, एक हिंस्र जल जीव; मगर की आकृति का कान का आभूषण।

मगर—योज. [अ.] किंतु, परंतु, लेकिन, पर।

मगरा—वि. [पु.] घमंडी, अभिमानी।

मग़रिब—पु. [अ.] पश्चिम दिशा। **~ज़दा**—वि. पश्चिमी विचारधारा, सभ्यता से प्रभावित। **~की नमाज़**—स्त्री. सूर्यास्त के समय पढ़ी जाने वाली नमाज़।

मग़रिबी—वि. पश्चिमी। पु. पश्चिम का रहने वाला; यूरोपीय। **~तहज़ीब**—स्त्री. पश्चिमी सभ्यता।

मग़रूर—वि. [अ.] घमंडी, अभिमानी।

मग़रूरी—स्त्री. घमंड।

मग़लूब—वि. [अ.] दबा, दबाया हुआ; पराजित, परास्त।

मगसिर*—पु. द्र. 'मार्गशीर्ष'।

मगह*—पु. द्र. 'मगध'।

मगही—वि. मगध का (मगही पान)।

मग़ज़—पु. [अ.] मस्तिष्क, दिमाग, भेजा; गिरी, मींगी, मींग। **~पच्ची**—स्त्री. माथा-पच्ची, किसी समस्या में सिर खपाना। मु. **~खाना, ~चाट जाना**—बहुत अधिक बोल कर, बक-बक कर दिमाग खाली कर देना।

मग्न—वि. [सं.] तन्मय, तल्लीन; डूबा हुआ।

मघ—पु. [सं.] मघा नक्षत्र; एक द्वीप।

मघवा—पु. [सं.] इन्द्र।

मघा—स्त्री. [सं.] सत्ताइस नक्षत्रों में से दसवाँ नक्षत्र।

मचक—स्त्री. दाब, लचक।

मचकना—अ.क्रि. लकड़ी, चमड़े, आदि की वस्तु का दब कर 'मच मच' की ध्वनि करना।

मचकाना—स.क्रि. लचकाना, हिलाना।

मचमचाना—स.क्रि. इस तरह लचकाना कि 'मच-मच' की आवाज़ हो।

मचलना—अ.क्रि. किसी वस्तु के लिए हठ करना।

मचलाना—अ.क्रि. (जी, दिल) मिचलाना, कै, वमन करने की अनुभूति।

मचली—स्त्री. मतली, कै, वमन।

मचान—स्त्री. बाँस के लट्ठों, लकड़ी आदि पर खेत में रखवाली के लिए तथा शिकार के लिए फूस आदि से बनाया गया मंच, आसन।

मचाना—स.क्रि. कराना, करना (शोर मचाना)।

मचिया—स्त्री. पीढ़ी, पीढ़ा जो खाट की तरह रस्सी, बान से बुनी गई हो।

मच्छ—पु. द्र. 'मत्स्य', बड़ी मछली।

मच्छड़—पु. द्र. 'मच्छर'।

मच्छर—पु. एक प्रसिद्ध छोटा उड़ने वाला कीड़ा, काटता और खून चूसता है, कई प्रकार के ज्वर का कारण।

मच्छी—स्त्री. द्र. 'मछली'।

मछली—स्त्री. मीन, मत्स्य—एक प्रसिद्ध जल जीव, जिसकी कितनी ही प्रजातियाँ होती हैं; सामिष भोजन में एक प्रमुख खाद्य।

मछुआ, मछुवा—पु. मछली पकड़ने वाला।

मछुआइन—स्त्रा. मछुए की स्त्री।

मजक़ूर—वि. [अ.] जिसका जिक्र हुआ हो, कथित, उक्त।

मज़कूरा—वि. [अ.] कथित, उक्त।

मज़दूर—पु. [फा.] श्रमिक, मज़दूरी करने वाला; सामान, बोझ ढोने वाला, कुली, भोटिया; दिहाड़ी पर काम करने वाला श्रमिक।

मज़दूरी—स्त्री. [फा.] मज़दूर का काम; परिश्रम के बदले में मिली हुई राशि।

मजनू—वि. [अ.] अरबी की प्रसिद्ध प्रेमकथा लैला-मजनू का नायक, कैस। **ला.** प्रेम में पागल; अपने किसी जुनून में क्षीण, दुबला-पतला हो जाना।

मज़बूत—वि. [अ.] सुदृढ़, पक्का; बलवान, सुपुष्ट।

मज़बूती—स्त्री. मज़बूत होने का भाव, दृढ़ता, पुष्टता; ताक़त, बल; साहस।

मज़बूर—वि. [अ.] लाचार, विवश।

मज़बूरन—[अ.] लाचारी में; विवश होकर।

मजबूरी—स्त्री. लाचारी, विवशता।

मजमा—पु. [अ.] बहुत से लोगों की भीड़, समूह; जमावड़ा।

मजमूआ—वि. [अ.] संग्रह, बहुत-सी चीज़ों का समूह; संग्रह। वि. एकत्र किया हुआ।

मज़मून—पु. [अ.] वह विषय जिस पर कुछ कहा जाए या लिखा जाए; लेख। **~नवीस**—पु. लेख लिखने वाला। **~नवीसी**—स्त्री. लेख लिखने का काम, पेशा।

मज़म्मत—स्त्री. [अ.] बुराई, निन्दा, भर्त्सना।

मजरूब—वि. [अ.] चोट खाया हुआ, मारा हुआ, पीटा हुआ; जिस पर चोट पड़ी हो।

मजरूह—वि. [अ.] घायल, जिसे चोट लगी हो; प्रेम और विरह में विकल।

मजल—स्त्री. मंजिल।

मजलिस—स्त्री. [अ.] सभा; समाज; जलसा; नाच-रंग का स्थान, महफ़िल।

मजलिसी—वि. मजलिस का, मजलिस संबंधी; जो मजलिस में निमंत्रित हो।

मज़लूम—वि. [अ.] जिस पर जुल्म किया गया हो, त्रस्त, पीड़ित, सताया हुआ।

मज़हब—पु. [अ.] संप्रदाय, पंथ, मत; धर्म, संप्रदाय।

मज़हबी—वि. धार्मिक; धर्म संबंधी; सांप्रदायिक। पु. पिछड़ी जाति का सिख।

मज़ा—पु. [अ.] आनंद; स्वाद, लज़्ज़त; सुख; दिल्लगी, हँसी। **~दार**—वि. स्वादिष्ट, जिसमें आनंद, लुत्फ़ आए। **मु. ~किरकिरा होना**—रस भंग होना, आनंद का बीच में ही समाप्त हो जाना। **~चखाना**—दंड देना। **~लूटना**—सुख, आनंद भोगना। **(जे) ~की बात**—आश्चर्य में डालने वाली बात।

मज़ाक़—पु. [अ.] हँसी-ठट्ठा, परिहास, हँसी।

मज़ाक़न्—[अ.] मज़ाक में, हँसी या परिहास में।

मज़ाक़िया—वि. मज़ाक संबंधी। पु. हँसोड़, परिहासप्रिय, विनोदी।

मजाज़—वि. [अ.] नियमानुसार समर्थ, जिसे नियम या कानून, आदि के अनुसार कोई काम करने का अधिकार मिला हो।

मजाज़न्—अ. कानून या नियम के अनुसार; नियमित रूप में।

मजाज़ी—वि. संसार या लोक संबंधी, सांसारिक, भौतिक, 'आध्यात्मिक' का उलटा; कृत्रिम, नकली, झूठा।

मज़ार—पु. [अ.] वह समाधि-स्थल जहाँ लोग ज़ियारत या दर्शन करने जाएँ; कब्र।

मजारी*—स्त्री. मार्जारी, बिल्ली।

मजाल—स्त्री. [अ.] शक्ति, सामर्थ्य, योग्यता।

मजिल—स्त्री. द्र. 'मंजिल'।

मजिस्ट्रेट—पु. [अं.] न्यायाधीश, दंडाधिकारी।

मजिस्ट्रेटी—स्त्री. मजिस्ट्रेट, न्यायाधीश का पद; मजिस्ट्रेट की अदालत, कार्यालय।

मजीठ—स्त्री. एक लता जिसकी जड़ों और डंठलों को उबाल कर लाल रंग निकाला जाता है।

मजीठी—वि. मजीठ के रंग का, गहरा सुर्ख, लाल।

मजीरा—पु. काँसे की कटोरियों की जोड़ी जिसे ताल देने के लिए वाद्य रूप में भजन-कीर्तन में प्रयुक्त करते हैं।

मजूमदार—पु. बंगालियों की एक उपजाति।

मजूर*—पु. द्र. 'मज़दूर'।

मजूरी*—स्त्री. द्र. 'मज़दूरी'।

मजेदार—वि. स्वादिष्ट; आनंददायक; बढ़िया, मनोरंजक।

मज्जन—पु. [सं.] स्नान, नहाना।

मज्जा—स्त्री. [सं.] हड्डी की नली के अंदर का गूदा।

मझ*—वि. मध्य, बीच में। **धार**—स्त्री. बीचधारा में। **ला.**—बीच रास्ते में (बिना किसी सहारे के छोड़ देना)।

मझला—वि. बीच का (भाई)।

मझार*—अ. मझधार, बीच में।

मझोला—वि. आकार में न बहुत छोटा और न बड़ा, बीच का।

मझोली—स्त्री. छोटी बैलगाड़ी।

मटक—स्त्री. लचक, चाल में भटकना; विशेष रूप से मस्ती की चाल।

मटकना—अ.क्रि. लचक कर नखरे से चलना, इठला कर चलना।

मटकनि*—स्त्री. मटकरने की क्रिया, लचकदार चाल।

मटका—पु. माट, बड़े मुँह का, बड़े घड़े जैसा पात्र, इसमें गुड़, आदि का भंडारण किया जाता है।

मटकाना—स.क्रि. नखरे से स्त्रियों की तरह अंग-संचालन—उँगलियाँ, हाथ, आँख आदि नचाना।

मटकी—स्त्री. छोटी हाँड़ी।

मटकीला—वि. मटकने वाला।

मटकौअल—स्त्री. मटकने की क्रिया।

मटन—पु. [अं.] मांस; भेड़ का मांस।

मटर—पु. एक प्रसिद्ध अन्न; जिसकी सब्ज़ी और दाल बनती है; इस अन्न का छोटा पौधा।

मटियाना—स.क्रि. मिट्टी से रगड़ना (बर्तन, आदि को)।

मटिया—वि. मिट्टी का बना हुआ। **मु. ~मेट कर देना**—मिट्टी में मिला देना, सब कुछ समाप्त कर देना, नष्ट कर देना।

मटियाला—वि. मटमैला (रंग)।

मटुकिया, मटुकी*—स्त्री. छोटी मटकी।

मट्ठर—वि. सुस्त, धीमा।

मट्ठा—पु. मठा, छाछ, दही को बिलोकर पानी मिला हुआ अंश, तक्र।

मट्ठी—स्त्री. मठरी, आटे या मैदा की छोटी लोइयों को घी या तेल में तलकर बनाया जाने वाला नमकीन खाद्य।

मठ—पु. [सं.] साधु-संतों के रहने का स्थान, आश्रम; देवालय।

मठरी—स्त्री. द्र. 'मट्ठी'।

मठा—पु. द्र. 'मट्ठा'।

मठाधीश—पु. [सं.] महंत, मठ का अधिपति। **ला.** किसी उच्च पद पर बैठकर मनमानी करने वाला।

मठारना—स.क्रि. खाँसने का उपक्रम करना, जिससे परदे वाली स्त्रियों को किसी के आगमन का आभास हो जाता था, वे परदा कर लेती थीं।

मड़ई—स्त्री. कुटी, झोंपड़ी।

मडगार्ड—पु. [अं.] दुपहिया या चौपहिया वाहनों में कीचड़ को ऊपर आने से रोकने के लिए बना एक उपकरण ('पार्ट')।

मड़राना—अ.क्रि. द्र. 'मँडराना'।

मड़वा—पु. एक प्रकार का मोटा अनाज, उसका पौधा।

मड़ियार—पु. राजपूतों की एक उपजाति।

मड़ुआ, मड़ुवा—पु. द्र. 'मड़वा'।

मड़ैया—स्त्री. छोटी-सी झोंपड़ी।

मढ़ना—स.क्रि. चारों ओर कोई कागज़, चमड़ा, कपड़ा आदि लपेटना; बाजे के ऊपर चमड़ना चढ़ाना; चित्र, आदि पर शीशा-चौखटा लगाना। **ला. ~दोष मढ़ना**—दोषारोपण करना। प्रे. मढ़वाना।

मढ़ी—स्त्री. छोटी कुटी-सी जिसमें किसी देवी-देवता की मूर्ति होती है या किसी के पूर्वज की स्मृति में बना स्थान।

मणि—पु. स्त्री. [सं.] बहुमूल्य रत्न, जवाहिर; श्रेष्ठ और अत्यंत योग्य व्यक्ति; सर्प की मणि। **~कर्णिका**—काशी का एक प्रसिद्ध तीर्थ, घाट। **~कांचन**—पु. रत्न और सोना। **~कांचन योग**—पु. रत्न और सोने जैसा सुंदर और मंगलकारी योग। **~पुर**—पु. आसाम का समीपवर्ती एक प्रांत, राजधानी इम्फाल। **~पूर**—हठयोग में शरीर के छः चक्रों में से एक, इसकी अवस्थिति नाभि के ऊपर मानी गई है। **~मंडित**—वि. रत्न जड़ा हुआ। **~माला**—स्त्री. मणियों की माला।

मणिमय—वि. [सं.] मणियों से युक्त।

मणिमान्—वि. [सं.] मणियुक्त।

मणींद्र—पु. [सं.] हीरा।

मतंग—पु. [सं.] हाथी; बादल; एक ऋषि।

मत—[अ.] न, नहीं (निषेधात्मक—मत करो)।

मत—पु. [सं.] सम्मति, विचार, राय; निर्वाचन, आदि के समय किसी प्रत्याशी के पक्ष में दी जाने वाली सम्मति ('वोट')। **~गणना**—स्त्री. मतों, वोटों की गिनती। **~दान**—पु. चुनाव में किसी प्रत्याशी के पक्ष में मत देना, वोट देना। **~भेद**—पु. मत की भिन्नता, अलग राय।

मतलब—पु. [अ.] आशय, अभिप्राय, अर्थ; स्वार्थ, गरज।

मतलबी—वि. स्वार्थी, अपना उद्देश्य पूरा कर लेने वाला।

मतला—पु. [अ.] ग़ज़ल का पहला चरण; किसी तारे, आदि के उदय होने की दिशा, पूर्व दिशा।

मतली—स्त्री. वमन, उल्टी।

मतवाद—पु. [सं.] अलग-अलग विचारधाराएँ, सिद्धांत, दर्शन।

मतवाला—वि. नशे, मद में चूर; गर्व, घमंड से भरा हुआ।

मतांतर—पु. [सं.] भिन्न मत, दूसरा मत।

मताधिकार—पु. [सं.] मत, वोट देने का अधिकार।

मताधिकारी—वि. [सं.] मत देने का अधिकारी।

मतानुयायी—वि. [सं.] मत विशेष का अनुयायी; धर्म, संप्रदाय आदि में दीक्षित।

मतानुसार—क्रि.वि. [सं.] मत, विचार के अनुसार।

मतावलंबी—वि. [सं.] किसी धर्म, मत को मानने वाला, अनुयायी।

मति—स्त्री. [सं.] बुद्धि, समझ, राय। **~भ्रंश**—पु. बुद्धि, विवेक की समाप्ति। **~भ्रम**—पु. बुद्धि का भ्रम, कुछ समझ में न आने की स्थिति। **~मंत**—वि. बुद्धि वाला। **~मंद**—वि. जिसमें कम बुद्धि हो। हि. [ब्र.भा.] नहीं।

मतीरा—पु. तरबूज़ की एक प्रजाति, आकार में तरबूज़ से थोड़ा लंबा और छोटा।

मतैक्य—पु. [सं.] मत, विचारों की समानता, एक राय होना।

मत्त—वि. [सं.] मस्त; मदमस्त, उन्मत्त; घमंडी; अत्यंत प्रसन्न। **~गयंद**—पु. सवैया छंद का एक भेद। **~दंती, ~नाम, ~हस्त**—पु. मस्त हाथी। **~मयूर**—पु. मस्त मोर।

मत्ता—स्त्री. [सं.] मद्य, मदिरा; एक वर्णवृत्त।

मत्ताक्रीड़ा—स्त्री. [सं.] एक वर्णवृत्त।

मत्था—पु. माथा, ललाट। **~टेकना**—नमस्कार करना, पूजा में आराध्य को सिर झुकाना, नमस्कार करना।

मत्थे—पु. सिर पर।

मत्सर—पु. [सं.] क्रोध, द्वेष; ईर्ष्या, जलन।

मत्स्य—पु. [सं.] मछली; विराट देश; विष्णु के दस अवतारों में से पहला; मीन राशि। **~गंधा**—स्त्री. महाभारत में व्यास की माता सत्यवती। वि. जिसमें मछली की गंध आती हो। **~देश**—पु. विराट देश। **~द्वीप**—पु. पुराणों में वर्णित एक द्वीप। **~पुराण**—पु. अठारह पुराणों में से एक।

मत्स्यावतार—पु. [सं.] विष्णु के दस अवतारों में से पहला।

मत्स्यासन—पु. [सं.] योग में एक आसन।

मत्स्येंद्रनाथ—पु. [सं.] नौ नाथों में से एक, गोरखनाथ के गुरु।

मत्स्योदरी—स्त्री. [सं.] मत्स्यगंधा; सत्यवती।

मत्स्योपजीवी—पु. [सं.] मछुआ, मछुआरा।

मथन—पु. [सं.] मथने की क्रिया, बिलोना; दुःख, क्लेश।

मथना—स.क्रि. बिलोना, दूध-दही को मथानी से बिलोना; किसी बात को बार-बार सोचना, विचारना, मंथन करना।

मथनी—स्त्री. मथानी; दही मथने का मटका।

मथानी—स्त्री. दही मथने के लिए लकड़ी का बना मोटा-सा डंडा, जिस पर नेती, रस्सी बाँधी जाती है।

मथित—वि. [सं.] मथा हुआ; पीड़ित; दलित।

मथुरा—स्त्री. [सं.] उ.प्र. के ब्रज क्षेत्र में एक प्रसिद्ध धार्मिक नगरी, श्रीकृष्ण की जन्मस्थली।

मथुरेश—पु. [सं.] श्रीकृष्ण।

मदंतिका, मदंती—स्त्री. [सं.] (संगीत में) एक श्रुति।

मद—स्त्री. [अ.] विभाग; खाता। पु. [सं.] नशा, मादक पदार्थ खाने या पीने से उत्पन्न होने वाली अवस्था; धन, विद्या, बल, रूप आदि का घमंड; कुछ वृक्षों के तने से निकलने वाला तरल पदार्थ; मतवाले हाथियों की कनपटी से बहने वाला गंध युक्त तरल पदार्थ; आनंद, प्रसन्नता, हर्ष।

मदक—स्त्री. अफीम के सत और पान से बनने वाला एक नशीला, मादक पदार्थ, तम्बाकू की तरह पिया जाता है। **~ची**—वि. जो मदक पीता हो। **~गर्वित**—वि. घमंड में चूर।

मदद—स्त्री. [अ.] सहायता; सेना को पीछे से पहुँचाई गई खाद्य सामग्री तथा सैन्य-बल, कुमक। **~गार**—वि. सहायक।

मदन—पु. [सं.] कामदेव; काम; प्रेम; वसंत काल। **~गोपाल**—पु. श्रीकृष्ण। **~मोहन**—पु. श्रीकृष्ण।

मदनातुर—वि. [सं.] कामातुर।

मदनारि—पु. [सं.] शिव।

मदनोत्सव—पु. [सं.] वसंतोत्सव; होली।

मदनोद्यान—पु. [सं.] प्रमोदवन।

मदरसा—पु. [अ.] पढ़ाने की जगह, पाठशाला, विद्यालय।

मदरास, मद्रास—पु. तमिलनाडु की राजधानी, वर्तमान नाम—चेन्नई, दक्षिण का प्रसिद्ध नगर।

मदरासी, मद्रासी—वि. मद्रास, चेन्नई का रहने वाला; तमिलनाडु प्रांत का रहने वाला।

मदहोश—वि. मद में पड़ा हुआ, मतवाला; हैरान; बेहोश।

मदहोशी—स्त्री. [अ.] मदहोशी की अवस्था, मतवालापन; हैरानी; बेहोशी।

मदांध—वि. [सं.] मद में चूर; किसी भी प्रकार के मद, घमंड में चूर।

मदांबर—पु. [सं.] इन्द्र का हाथी; मस्त हाथी।

मदार—पु. आक।

मदारी—पु. बाजीगर; बंदर-भालू, आदि को नचाकर खेल दिखाने वाला।

मदालस—वि. [सं.] मद के कारण छाया आलस्य।

मदिर—वि. [सं.] मादक, मस्ती पैदा करने वाला, नशीला; मस्त, मत्त।

मदिरा—स्त्री. [सं.] मद्य, शराब।

मदिराक्षी—वि. स्त्री. [सं.] मदिर, नशीली आँखों वाली।

मदिरालय—पु. [सं.] शराबखाना।

मदीना—पु. [अ.] अरब में एक प्रमुख नगर, मुसलमानों का प्रमुख तीर्थ, यहाँ मुहम्मद साहब का मजार है।

मदीय—वि. [सं.] मेरा।

मदोन्मत्त—वि. [सं.] मद में चूर, मदांध।

मद्(त्)—सर्व. [सं.] मैं।

मद्धम*—वि. मद्धिम।

मद्धिम—वि. मंदा, मंद; हलका।

मद्धे—अ. बीच में, मद, खाते में।

मद्य—पु. [सं.] सुरा, शराब।

मद्र—पु. [सं.] एक प्राचीन जनपद।

मद्रक—पु. [सं.] मद्रवासी।

मद्रिका—स्त्री. [सं.] मद्र देश की स्त्री।

मधु—पु. [सं.] शहद; मकरंद; चैत्र (चैत) मास; वसंत ऋतु; मदिरा, शराब। **~कर**—पु. भौंरा, भ्रमर। **~करी**—स्त्री. साधु-संन्यासियों को दी जानेवाली वह भिक्षा, जिसमें केवल पका हुआ भोजन दिया जाता है। **~कैटभ**—पु. मधु और कैटभ नामक दो दैत्य, विष्णु के कान के मैल से उत्पन्न बताए जाते हैं। **~मास**—पु. चैत्र मास, वसंत ऋतु का समय। **~मेह**—पु. एक मूत्र रोग; बहुमूत्र, जिसमें पेशाब में शकर की मात्रा बढ़ जाती है ('डायबिटीज़')। **~सूदन**—पु. मधु दैत्य को मारनेवाले—श्रीकृष्ण।

मधुमती—स्त्री. [सं.] योग में समाधि की वह अवस्था जहाँ परमात्व तत्त्व, ब्रह्म से मिलन होता है।

मधुमय—वि. [सं.] मधु, आनंद से परिपूर्ण; मिठास से भरा हुआ।

मधुमान्—वि. [सं.] मीठा, प्रिय, मधु युक्त।

मधुयामिनी—पु. [सं.] सुहागरात, विवाह के बाद वर-वधू मिलन की प्रथम रात्रि।

मधुर—वि. [सं.] प्रिय; सुंदर; कोमल; मनोहर; इन्द्रियों को प्रिय लगे। **~भाषी**—वि. जिसकी वाणी में मिठास हो। [स्त्री. 'मधुरभाषिणी']।

मधुरई*—स्त्री. मधुरता।

मधुरता—स्त्री., **मधुरत्व**—पु. [सं.] माधुर्य, मिठास।

मधुरान्न—पु. [सं.] मिष्टान्न, मिठाई।

मधुरिमा—स्त्री. [सं.] मिठास, माधुर्य; सुंदरता, सौंदर्य।

मधुवन—पु. [सं.] मथुरा-वृंदावन के बीच स्थित वन।

मधुलिका—स्त्री. [सं.] राई।

मधूक—पु. [सं.] महुए का पेड़, महुए का फूल।

मधूकरी—स्त्री. भ्रमरी; द्र. 'मधुकरी'।

मधूत्सव—पु. [सं.] वसंतोत्सव।

मधूलिका—स्त्री. [सं.] मुलेठी; एक प्रकार की शराब।

मध्य—पु. [सं.] बीच का भाग; शरीर का बीच का भाग—कमर। **~वर्ती**—वि. बीच में स्थित, केन्द्रवर्ती। **~वित्त**—वि. आर्थिक दृष्टि से मध्यम श्रेणी का।

मध्यपूर्व—पु. [सं.] यूरोपवालों की दृष्टि से एशिया महाद्वीप दक्षिण-पश्चिमी भाग ('मिडिल ईस्ट')।

मध्यम—वि. [सं.] मध्य का; (आकार में) न बहुत छोटा न बहुत बड़ा। पु. संगीत के सात सुरों में से चौथा। **~पुरुष**—पुरुषवाचक सर्वनाम के तीन भेदों में से एक; वह पुरुष जिससे बात की जाती है।

मध्यस्थ—वि. [सं.] जो किसी समझौते, अनुबंध अथवा झगड़े में बीच में पड़े।

मध्यमा—स्त्री. [सं.] बीच की उँगली; साहित्य में नायिका का एक भेद।

मध्यस्थता—स्त्री. [सं.] मध्यस्थ का पद या कार्य; मध्यस्थ होने की दशा, अवस्था।

मध्यांतर—पु. [सं.] किसी कार्य-समय के बीच का अंतर, अवकाश ('रिसेस'), मध्यावकाश ('इंटरवल')।

मध्या—पु. [सं.] बीच की उँगली; साहित्य में एक नायिका भेद।

मध्यावकाश—पु. [सं.] कार्य समय के बीच का अवकाश, मध्यांतर ('इंटरवल')।

मध्यावधि—वि. [सं.] बीच के समय का। **~चुनाव**—पु. वह चुनाव जो कार्यकाल के समाप्त होने से पहले हो।

मध्याह्न—पु. [सं.] दोपहर। **~भोजन**—पु. दोपहर का भोजन ('लंच')।

मध्याह्नोत्तर—पु. [सं.] मध्याह्न, दोपहर के बाद का समय।

मध्व—पु. वेदांत सूत्रों पर भाष्य लिखनेवाले एक वैष्णव आचार्य, मध्व संप्रदाय के प्रवर्तक आचार्य।

मध्वाचार्य—पु. द्र. 'मध्व'।

मनःकल्पित—वि. [सं.] मनगढ़ंत, मन द्वारा कल्पित।

मनःक्षेप—पु. [सं.] मन का क्षोभ।

मनःताप—पु. [सं.] मनस्ताव, मन का दुःख, अनुताप।

मनःतुष्टि—स्त्री. [सं.] मन की संतुष्टि।

मनःतृप्ति—स्त्री. [सं.] मन की तृप्ति।

मनःपाप—पु. [सं.] मानसिक पाप।

मनःपीड़ा—स्त्री. [सं.] मानसिक कष्ट।

मनःपूत—वि. [सं.] मन जिसे पवित्र मानता हो।

मनःप्रणीत—वि. [सं.] कल्पित।

मनःप्रसाद—पु. [सं.] चित्त की प्रसन्नता।

मनःप्रसूत—वि. [सं.] मन से उत्पन्न, कल्पित।

मनःप्रिय—वि. [सं.] मन को प्रिय।

मनःशक्ति—स्त्री. [सं.] मनोबल।

मनःसंकल्प—पु. [सं.] हृदय की इच्छा।

मनःसंताप—पु. [सं.] चित्त की ग्लानि; अफसोस।

मनःसंस्कार—पु. [सं.] मन का परिष्कार।

मनःसुख—वि. [सं.] मन को सुख।

मनःस्थैर्य—पु. [सं.] मन की दृढ़ता।

मन—पु. चालीस सेर का वज़न।

मन—पु. [सं.] चित्त, हृदय; मनुष्यों में अनुभव, संकल्प, विकल्प, इच्छा, विचार, आदि करनेवाली शक्ति। हि. **~गढ़ंत, ~घड़ंत**—कल्पित, अपने आप बनाई हुई (बात)। **~चला**—वि. मनमौची; रंगीन मिजाज़। **~चाहा**—वि. मन का चाहा हुआ। **~चीता**—वि. सोचा हुआ, अभिलषित। **~भावन**—वि. प्रिय लगने वाला, प्रिय। **~माना**—वि. जो मन में आए, जो जी चाहे। **~मानी**—स्त्री. अपनी इच्छा को ज़बरदस्ती थोपना। **~मुटाव**—पु. मन में शत्रुता, वैमनस्य होना। **~मोदक**—पु. मन के लड्डू, कल्पित बातें। **~मोहन**—वि. मन को मोहनेवाला, प्यारा। पु. श्रीकृष्ण। **~मौजी**—वि. अपनी इच्छा का मालिक, मनमाफ़िक काम करने वाला। **~हर**—वि. मनोहर, मन को हरने वाला, आकर्षित करने वाला। मु. **~करना**—इच्छा होना, जी चाहना। **~की मन में रहना**—दिल की बात दिल में रह जाना, इच्छा पूरी न होना। **~में मैल आना**—मन में दुर्भाव उत्पन्न होना। **~से उतरना**—मन में तिरस्कार उत्पन्न होना, पसंद न रह जाना ('यह कोट' अब मेरे मन से उतर गया है')। **~होना**—(किसी वस्तु या काम के लिए) इच्छा होना।

मनका—पु. माला, सुमिरनी, आदि का दाना; रीढ़ की हड्डी की गुरिया।

मनन—पु. [सं.] सोचना-विचारना, चिंतन करना।

मननीय—वि. [सं.] मनन करने योग्य।

मनवाना—स.क्रि. मनाने का काम कराना, मानने को प्रेरित करना।

मनशा—पु. [अ.] मंशा; उद्देश्य; अभिप्राय; कामना।

मनश्चक्षु—पु. [सं.] मन की आँख, अन्तर्दृष्टि।

मनश्चिकित्सा—स्त्री. [सं.] मन की चिकित्सा।

मनसब—पु. [अ.] पद, ओहदा; कर्म; अधिकार; राज्य, दरबार से मिलने वाली वृत्ति। **~दार**—पु. पदाधिकारी, अधिकारी।

मनसबी—वि. मनसब, पद से संबंधित।

मनसा*—वि. मन से उत्पन्न। **~वाचा, कर्मणा**—अ. मन, वाणी और कर्म से।

मनसिज—पु. [सं.] कामदेव; चन्द्रमा।

मनसूख़—वि. [अ.] रद्द, निरस्त किया हुआ; काटा हुआ।

मनसूख़ी—स्त्री. मनसूख़ होने की क्रिया।

मनसूबा—पु. इरादा; योजना; प्रस्ताव; जोड़-तोड़।

मनसूर—पु. [अ.] नौवीं शती का प्रसिद्ध सूफी, 'अनसहक़'—'अहं ब्रह्मास्मि' का विश्वासी।

मनस्क—वि. [सं.] मन लगा हुआ (समास में 'अन्यमनस्क'—जिसका मन कहीं और लगा हुआ हो, खिन्न)।

मनस्तोष—पु. [सं.] मन का संतोष।

मनस्विनी—स्त्री. [सं.] बुद्धिमान स्त्री।

मनस्वी—वि. [सं.] बुद्धिमान; प्रखर बुद्धि वाला।

मनहूस—वि. [अ.] अशुभ; अभागा; उदासीपूर्ण।

मनहूसियत—स्त्री. [अ.] बदकिस्मती, अभागापन; उदासी।

मनहूसी—स्त्री. उदासी, बदकिस्मती, अभागापन।

मना—पु. [अ.] रोक, निषेध, पाबंदी होना।

मनादी—स्त्री. द्र. 'मुनादी'।

मनाना—स.क्रि. मनुहार करना; किसी बात के लिए तैयार करना।

मनार—पु. [अ.] मीनार; लाट; स्तंभ।

मनावन—पु. मनाने की क्रिया।

मनाही—स्त्री. निषेध, पाबंदी।

मनि*—पु., स्त्री. द्र. 'मणि'।

मनिया—स्त्री. मनका, गुरिया।

मनिहार—पु. चूड़ी, बिंदी, सिंदूर, आदि बेचने वाला, विशेष रूप से चूड़ी बेचने वाला।

मनिहारन, मनिहारिन, मनिहारी—स्त्री. चूड़ी बेचने, बनाने वाली।

मनी—स्त्री. [अ.] वीर्य। [अं.] रुपया-पैसा। **~ऑर्डर**—पु. डाकखाने द्वारा एक स्थान से दूसरे स्थान पर पैसा भेजने की क्रिया। **~बेग**—पु. [अं.] चमड़े का बना बड़ा बटुआ-सा या थैला।

मनीजर*—पु. [अं. 'मैनेजर'] द्र. 'मैनेजर'।

मनीषा—स्त्री. [सं.] बुद्धि, मेधा; इच्छा, विचार।

मनीषिका—स्त्री. [सं.] द्र. 'मनीषा'।

मनीषित—वि. [सं.] अभिलषित, चाहा हुआ।

मनीषी—वि. [सं.] बुद्धिमान; पंडित, ज्ञानी।

मनु*—अ. मानो। पु. [सं.] ब्रह्मा के मानस-पुत्र, मूल पुरुष; मनु-स्मृति के कर्ता। **~जा**—स्त्री. स्त्री।

मनुजता—स्त्री., **मनुजत्व**—पु. मनुष्यता।

मनुजाधिप—पु. [सं.] राजा।

मनुजेंद्र, मनुजेश्वर—पु. [सं.] राजा।

मनुजोत्तम—पु. वह जो मनुष्यों में श्रेष्ठ हो।

मनुष*—पु. द्र. 'मनुष्य'।

मनुष्य—पु. [सं.] मानव, आदमी, इंसान।

मनुष्यता—स्त्री. [सं.] मनुष्य के श्रेष्ठ लक्षण, गुण—दया, धर्म, बुद्धि, सहृदयता, आदि; इंसानियत।

मनुष्यत्व—पु. [सं.] मनुष्य होने का भाव।

मनुष्याकृति—वि. [सं.] मनुष्य की आकृति, शक्ल।

मनुष्योचित—वि. [सं.] जो मनुष्य के लिए शोभनीय, उचित हो।

मनुस*—पु. मनुष्य।

मनुहार—पु. मनाने के लिए बार-बार की गई विनती।

मनुहारना*—स.क्रि. मनुहार करना, मनाना।

मनोकांक्षा—स्त्री. [सं.] मन की इच्छा, अभिलाषा।

मनोकांक्षित—वि. [सं.] इच्छित, अभिलषित।

मनोकामना—स्त्री. [हिं.] मन की कामना, अभिलाषा।

मनोगत—वि. [सं.] मन के अंदर (छिपा)।

मनोगति—स्त्री. [सं.] इच्छा, मन की गति।

मनोगृहीत—वि. मन द्वारा ग्रहण किया हुआ, अपनाया हुआ।

मनोग्रंथी—स्त्री. [सं.] अचेतन मन में आचार-व्यवहार की वह गाँठ, जिससे परिचालित होकर व्यक्ति कार्य करता है।

मनोग्राही—वि. आकर्षक, सुंदर, मन को अच्छा लगने वाला।

मनोज—पु. [सं.] कामदेव।

मनोज्ञ—वि. [सं.] सुंदर, मनोहर।

मनोदत्त—वि. [सं.] दत्तचित्त, जिसका चित्त किसी कार्य में डूबा हुआ हो।

मनोदशा—स्त्री. [सं.] मन की अवस्था।

मनोदाह—पु. [सं.] मन की पीड़ा, मनस्ताप, क्लेश।

मनोदाही—वि. [सं.] चित्त को जलाने वाला।

मनोदौर्बल्य—पु. [सं.] मन की दुर्बलता।

मनोधारा—स्त्री. [सं.] मन की गति।

मनोनयन—पु. [सं.] चुनना, मनोनीत करना, नामित करना।

मनोनिग्रह—पु. [सं.] मन को वश में रखना।

मनोनिवेश—पु. [सं.] मन लगाना, किसी कार्य में मन लगाना।

मनोनीत—वि. [सं.] चुना हुआ, नामित किया हुआ।

मनोनुकूल—वि. [सं.] मन के अनुकूल।

मनोपॉली—स्त्री. [अं.] एकाधिकार।

मनोबल—पु. [सं.] आत्मशक्ति, मानसिक बल, शक्ति।

मनोभंग—पु. [सं.] उदासी, विषाद; निराशा।

मनोभव—पु. [सं.] कामदेव।

मनोभाव—पु. [सं.] मन का भाव, वृत्ति।

मनोभिलाष—पु. [सं.] मन की अभिलाषा, कामना।

मनोमथन—पु. [सं.] कामदेव।

मनोमय—वि. [सं.] मानसिक, मन संबंधी; मन से युक्त या पूर्ण। **~कोष**—पु. आत्मा के पंचकोषों में से एक—तीसरा।

मनोमालिन्य—पु. [सं.] मन में दुर्भाव आना, वैर-भाव होना, मनमुटाव।

मनोयोग—पु. [सं.] मन की एकाग्रता; मन को एकाग्र कर किसी कार्य में लगाना (मनोयोगपूर्वक)।

मनोरंजक—वि. [सं.] मनोरंजन करने वाला।

मनोरंजन—पु. [सं.] मन को प्रसन्न करने वाला कार्य; मनोविनोद, दिल बहलाव।

मनोरंजनार्थ—क्रि.वि. [सं.] मनोरंजन के उद्देश्य से, मनोरंजन के लिए।

मनोरथ—पु. [सं.] मन की कामना, अभिलाषा।

मनोरम—वि. [सं.] सुंदर, मन लुभाने वाला।

मनोरमा—स्त्री. [सं.] सुंदर लगने वाली, प्रिय।

मनोराग—पु. [सं.] हृदय का अनुराग, प्रेम।

मनोराज—पु. [सं.] मनोराज्य।

मनोराज्य—पु. [सं.] मन का काल्पनिक राज्य।

मनोरोग—पु. [सं.] मानसिक रोग, दिमागी बीमारी। **~चिकित्सक**—पु. मानसिक रोगों का डॉक्यूटर।

मनोलीला—स्त्री. [सं.] मनोराज्य, मन की कल्पना।

मनोल्लास—पु. [सं.] मन की उमंग, उत्साह।

मनोवल्लभा—स्त्री. [सं.] प्रेमिका, प्रिया।

मनोवांछा—स्त्री. [सं.] मन की अभिलाषा, इच्छा।

मनोवांछित—वि. [सं.] मन का चाहा हुआ, अभिलषित।

मनोविकार—पु. [सं.] मन में उठनेवाले भाव, आवेग।

मनोविज्ञान—पु. [सं.] मन की प्रकृति, वृत्तियों, आदि का अध्ययन करने वाला विज्ञान ('साइकोलॉजी')।

मनोविज्ञानी—वि. [सं.] मनोविज्ञान का अध्येता, मनोशास्त्री।

मनोविनोद—पु. [सं.] मनोरंजन।

मनोविश्लेषक—पु. [सं.] मन का विश्लेषण करने वाला।

मनोविश्लेषण—पु. [सं.] मन की अवस्थाओं का विश्लेषण ('साइको एनैलेसिस'); आधुनिक मनोविज्ञान की एक शाखा, जिसमें विशिष्ट रोगों और विकारों का उपचार-संबंधी अध्ययन होता है।

मनोवृत्ति—स्त्री. [सं.] चित्तवृत्ति, मन का विकार।

मनोवेग—पु. [सं.] मन का आवेग, विकार।

मनोवैज्ञानिक—वि. [सं.] मनोविज्ञान का ज्ञाता; मनोविज्ञान संबंधी।

मनोव्यथा—स्त्री. [सं.] मनस्ताप, क्लेश।

मनोव्याधि—स्त्री. [सं.] मानसिक रोग।

मनोव्यापार—पु. [सं.] मन के संकल्प-विकल्प, विचार।

मनोहत—वि. [सं.] निराश।

मनोहर—वि. [सं.] मन को हरने वाला, सुंदर, आकर्षक।

मनोहरता—स्त्री. [सं.] सुंदरता।

मनोहरताई*—स्त्री. सुंदरता, मनोहरता।

मनोहारी—वि. [सं.] मन को हरने वाला, सुंदर।

मनौती—स्त्री. मन्नत, किसी देवी-देवता से मन की मुराद, कामना पूर्ण होने की प्रार्थना करना जिसके पूरा होने पर संकल्पित वस्तु या राशि देवार्पण की जाती है।

मन्नत—स्त्री. द्र. 'मनौती'।

मन्मथ—पु. [सं.] कामदेव। **~प्रिया**—स्त्री. रति।

मन्यु—पु. [सं.] क्रोध, अहंकार।

मन्वंतर—पु. [सं.] किसी मनु का शासनकाल, मिथकीय मान्यता के अनुसार इकहत्तर चतुर्युगियों का काल, जो ब्रह्मा के एक दिन का चौदहवाँ भाग माना गया है।

मफ़रूर—वि. [अ.] भागा हुआ (अपराधी)।

मफ़लर—पु. [अं.] सर्दियों में गले में पहनने, डालने का वस्त्र, गुलूबंद।

मम—सर्व. [सं.] मेरा, मेरी।

ममता—स्त्री., **ममत्व**—पु. [सं.] अपनापन, स्नेहत्व, माँ का प्रेम-भाव।

ममतामय—पु. [सं.] ममता, स्नेह, अपनेपन से भरा हुआ।

ममतालु—वि. ममता वाला।

ममाखी*—स्त्री. मधुमक्खी।

ममिया—वि. ममेरा, मामा से संबंधित (ममिया ससुर, आदि)।

ममी—स्त्री. [अं.] पुराना, औषधियों आदि का लेप करके रखा शव (मिस्र के पिरामिडों आदि में)।

ममीरा—पु. एक पौधा, इसकी जड़ आँख के रोगों की दवा है।

मम्मी—स्त्री. [अं.] माँ, माता।

मयंक—पु. [सं.] चन्द्रमा।

मयंद*—पु. मृगेन्द्र, सिंह।

मय—पु. [सं.] पुराणों में प्रसिद्ध एक दानव, जो बहुत बड़ा वास्तु शिल्पी था; अमेरिका में रहने वाली एक प्राचीन जनजाति, जिसकी संस्कृति प्राचीन भारतीय संस्कृति से बहुत मिलती-जुलती है। **प्रत्य.** जिस शब्द में लगता है, उसमें तद्रूपता और प्रचुरता का बोधक होता है, यथा—राममय, दुःखमय, जलमय, दयामय, आदि।

मय—अ. [अ.] शराब। **~खाना**—पु. मदिरालय। **~कश**—वि. शराब पीने वाला। **~कशी**—स्त्री. मद्यपान। **~परस्त**—वि. शराबी, शराब का आदी, व्यसनी।

मय—अ. [अ.] शराब। **~क़दा, ~खाना**—पु1 मदिरालय। **~कश**—वि. शराब पीने वाला। **~कशी**—स्त्री. मद्यपान। **~परस्त**—वि. शराबी, शराब का आदी, व्यसनी।

मयगल*—पु. मदमस्त हाथी।

मयन*—पु. मदन, कामदेव।

मयमंत, मयमत*—वि. मदमस्त।

मयस्सर—वि. [अ.] उपलब्ध, मिला हुआ, प्राप्त।

मयूख—पु. [सं.] किरण; शोभा।

मयूखी—वि. [सं.] दीप्तियुक्त, चमकीला।

मयूर—पु. [सं.] मोर, एक प्रसिद्ध पक्षी।

मयूरक—पु. [सं.] मोर; तूतिया रंग।

मयूरी—स्त्री. [सं.] मोरनी।

मयूरेश—पु. [सं.] कार्त्तिकेय।

मरंद—पु. [सं.] मकरंद।

मर—पु. [सं.] मृत्यु।

मरकज़—पु. [अ.] केन्द्र; मुख्य स्थान।

मरकज़ी—वि. केंद्रीय, प्रधान (सरकार)।

मरकट—पु. [सं.-'मर्कट'] बंदर।

मरकत—पु. [सं.] पन्ना (एक हीरा)।

मरकना—अ.क्रि. मड़कना, दबकर टूटना।

मरकहा—वि. (सींगों से) मारने वाला, मरखना (बैल, भैंस, आदि पशु)।

मरक़ूम—वि. [अ.] लिखा हुआ, लिखित।

मरखना—वि. सींगों से मारने वाला पशु (बैल, भैंस, आदि)।

मरखन्ना—वि. द्र. 'मरकहा', 'मरखाना'।

मरगजा—वि., पु. द्र. 'मलगजा'।

मरघट—पु. श्मशान, मसान, मुर्दे जलाने का स्थान।

मरज़—पु. द्र. 'मज़'।

मरजाद, मरजादा—स्त्री. द्र. 'मर्यादा'।

मरजिया—पु. गोताखोर, पानी में डूब कर चीज़ें निकाल लेने वाला।

मरज़ी—स्त्री. [अ.] इच्छा; रुचि; खुशी; स्वीकृति।

मरजीवा—पु. द्र. 'मरजिया'।

मरण—पु. [सं.] मृत्यु, मरना। **~शील**—वि. मरने वाला, नाशवान, मर्त्य।

मरणांतक—वि. [सं.] जिससे मृत्यु अवश्यंभावी हो, जानलेवा।

मरणासन्न—वि. [सं.] जो मरने के बहुत निकट हो।

मरणोत्तर—क्रि.वि. [सं.] मृत्यु, मरने के बाद।

मरणोन्मुख—वि. [सं.] आसन्न मृत्यु, मृत्यु के निकट।

मरतबा—पु. अ. द्र. 'मर्तबा'।

मरतबान—पु. पॉलिश किया हुआ मिट्टी का बरतन, जिसमें अचार, आदि रखते हैं।

मरता—वि. मरता हुआ, दुर्बल। **मु. ~क्या न करता**—मुसीबत का मारा सब कुछ करने को तैयार।

मरद*—पु. द्र. 'मर्द'। **~ई**—स्त्री. मरदानगी, वीरता।

मरदानगी—स्त्री. द्र. 'मर्दानगी'।

मरदाना—वि., अ. द्र. 'मर्दाना'।

मरदूद—वि. [अ.] निकम्मा; नीच (गाली रूप में प्रयुक्त); अभागा।

मरन—पु. द्र. 'मरण'।

मरना—अ.क्रि. मरण, जीता न रहना, शरीर से प्राण निकलना। **ला. (किसी पर) मरना**—आसक्त हो जाना। **मर जाना**—नष्ट हो जाना (सारा पैसा मर गया)। **मरा जाना**—बहुत व्याकुल होना। **(आँखों का पानी) मरना**—शर्म न रह जाना, शील या संकोच छोड़ देना। **(दीवार, छत, आदि में) पानी मरना**—पानी रिसना। **(पौधों, फसल, आदि का) मरना**—सूख जाना, कुम्हला जाना। **मु. मर-खप जाना**—नष्ट हो जाना।

मरभुखा—वि. जो भूखों मरता हो।

मरम—पु. द्र. 'मर्म'।

मरमर—पु. [यू.] एक प्रकार का सफ़ेद और चिकना पत्थर, संगमरमर।

मरमी—वि. द्र. 'मर्मी'।

मरम्मत—स्त्री. [अ.] किसी वस्तु का बिगड़ा या टूटा-फूटा रूप, खराब हुआ रूप ठीक कराने, दुरुस्त कराने का काम। **ला.**—पिटाई ('स्कूल का काम न करने पर उसकी खूब मरम्मत हुई')।

मरवाना—स.क्रि. मारने का काम करवाना, मारने का प्रेरणार्थक शब्द।

मरसिया—पु. [अ.] उर्दू भाषा में शोकगीत; करबला के शहीदों के विषय में रचित शोकगीत; मृत व्यक्ति के गुणों का गान करने वाली कविता।

मरहट*—पु. द्र. 'मरघट'।

मरहटा, मरहठा—पु. द्र. 'मराठा'।

मरहठी—वि. मराठों से सम्बद्ध

मरहम—पु. [अ.] घाव पर लगाने के लिए औषधियों का तैलीय लेप। **~पट्टी**—स्त्री. घाव, फोड़े, आदि पर मरहम लगा कर पट्टी बाँधने का काम।

मरहमत—स्त्री. [अ.] दया; अनुग्रह; दान; क्षमा।

मरहला—पु. [अ.] पड़ाव, ठिकाना, मंजिल; विकट कार्य, कठिन काम।

मरहूम—वि. [अ.] स्वर्गीय, मृत। स्त्री. 'मरहूमा'।

मराठा—पु. महाराष्ट्र (प्राचीन समय में 'मराठा देश' की संज्ञा भी प्रचलित) का वासी; महाराष्ट्र में क्षत्रिय जाति।

मराठी—स्त्री. महाराष्ट्र की भाषा। वि. महाराष्ट्र का, महाराष्ट्र से संबंधित।

मराना—स.क्रि. द्र. 'मरवाना'।

मराल—पु. [सं.] राजहंस; हंस; घोड़ा; हाथी।

मरियम—स्त्री. [अ.] ईसामसीह की माता (कुँआरी)।

मरियल—वि. बहुत दुबला, कमज़ोर।

मरी—स्त्री. महामारी। **ला.** मरी फैल जाना; गाली रूप में भी प्रयुक्त।

मरीचि—पु. [सं.] किरण; ज्योति; प्रभा; मृगतृष्णा। **~माली**—पु. सूर्य।

मरीचिका—स्त्री. मृगतृष्णा।

मरीची—वि. [सं.] किरणोंवाला। पु. सूर्य।

मरीज़—वि. [अ.] रोगी, जिसे मर्ज़ हो। [स्त्री. 'मरीज़ा']।

मरु—पु. [सं.] मरुभूमि, रेगिस्तान। **~प्रदेश**—पु. मारवाड़।

मरुआ—पु. तुलसी की तरह का एक सुगंधित पौधा; हिंडोले में ऊपर बँधी एक लकड़ी जिसमें झूले की रस्सियाँ बँधी रहती हैं।

मरुक—पु. [सं.] मोर।

मरुत, मरुत्—पु. [सं.] वायु, देवता। **~तनय, ~सुत**—हनुमान। **~पथ**—पु. आकाश।

मरुत्वान—पु. [सं.] इन्द्र, हनुमान।

मरुद्—'मरुत्' का समासगत रूप। **~गण**—पु. देवगण, पुराणों में इनकी संख्या 49 बताई गई है।

मरूक—पु. मोर, हिरण की एक प्रजाति।

मरोड़—स्त्री. ऐंठन, बल, घुमाव; पेट में उठने वाला हलका दर्द, ऐंठन। **(मन) ~**—पु. दुःख।

मरोड़ना—स.क्रि. ऐंठना, उमेठना (हाथ, कान, आदि)।

मरोड़ा—पु. ऐंठन, मरोड़, पेचिश।

मरोड़ी—स्त्री. बहुत छोटी-छोटी फुंसियाँ, घमौरियाँ।

मरोर*—स्त्री. द्र. 'मरोड़'।

मरोरना*—स.क्रि. द्र. 'मरोड़ना'।

मर्कट—पु. [सं.] बंदर, वानर; मकड़ा, नर मकड़ी।

मर्कटी—स्त्री. [सं.] बँदरिया, वानरी।

मर्करी—पु. [अं.] पारा, पारद; बुध ग्रह।

मर्चेंट—पु. [अं.] व्यापारी, सौदागर, वणिक, दुकानदार।

मर्ज़—पु. [अ.] रोग, व्याधि, बीमारी; आदत (बुरी), लत।

मर्ज़ी—स्त्री. [अ.] द्र. 'मरज़ी'।

मर्डर—पु. [अं.] क़त्ल।

मर्त, मर्त्त—पु. [सं.] मनुष्य; भूलोक।

मर्तबा—पु. [अ.] बार, दफ़ा; पद, पदवी।

मर्तबान—पु. द्र. 'मरतबान'।

मर्त्य—वि. [सं.] मरणशील, नश्वर। पु. मनुष्य। **~धर्मा**—वि. मरणशील। **~लोक**—पु. मनुष्य लोक, पृथ्वी लोक।

मर्द—पु. [सं.] मनुष्य; पुरुष, नर; साहसी और पुरुषार्थी व्यक्ति; वीर; पति, भर्ता।

मर्दक—पु. [सं.] मर्दन करने वाला।

मर्दन—पु. [सं.] मलना, मालिश करना; रौंदना, कुचलना; नाश करना। **(मान) ~**—घमंड चूर कर देना, नष्ट कर देना।

मर्दल—पु. [सं.] एक प्राचीन वाद्य, मृदंग से मिलता-जुलता।

मर्दानगी—स्त्री. [फा.] बहादुरी; पुरुषत्व, मर्दानापन।

मर्दाना—वि. [फा.] पुरुष संबंधी, पुरुषों का; पुरुषोचित; बहादुर। पु. पुरुषों की बैठक ('मर्दाने में जाकर बैठो')।

मर्दित—वि. [सं.] मर्दन किया हुआ, मला, कुचला हुआ।

मर्दुआ—पु. तुच्छ पुरुष।

मर्दुम—पु. [फा.] मनुष्य; जनसाधारण। **~शुमारी**—स्त्री. जनगणना, किसी स्थान के व्यक्तियों की पूरे विवरणों सहित गणना कराना।

मर्दुमक—पु. [फा.] आँख की पुतली।

मर्दुमी—स्त्री. [फा.] मर्दानगी, पुरुषत्व।

मर्म—पु. [सं.] रहस्य, तत्त्व; संधि स्थान; कोमल स्थान। **~भेदी**—वि. मर्मस्थल को छेदने वाला (बाण, आदि); दिल को लगने वाला, दुःख पहुँचाने वाला। **~स्पर्शी**—वि. हृदय को छूने वाला।

मर्मज्ञ—वि. [सं.] गूढ़ार्थ को जानने वाला, (किसी विषय का) निष्णात विद्वान्।

मर्मर—पु. [सं.] पत्तों के हिलने की मधुर ध्वनि।

मर्मरित—वि. [सं.] जिसमें मरमर शब्द होता हो।

मर्मांतक—वि. [सं.] हृदय को छेदने, बेधने वाला।

मर्माघात—पु. [सं.] हृदय पर गहरी चोट लगना; बहुत दुःख पहुँचना।

मर्मातिग—वि. [सं.] मर्म को भेदने वाला।

मर्मान्वेषण—पु. [सं.] तत्त्व की खोज, रहस्य का ज्ञान प्राप्त करना।

मर्माहत—वि. [सं.] जिसका हृदय बहुत दुखी हुआ हो।

मर्मी—वि. मर्मज्ञ; प्रकांड विद्वान्।

मर्मोद्घाटन—पु. [सं.] रहस्य प्रकट करना।

मर्या—स्त्री. [सं.] सीमा।

मर्याद*—स्त्री. द्र. 'मर्यादा'।

मर्यादा—स्त्री. [सं.] सीमा, हद; प्रतिज्ञा; नियम; सदाचार शील, आदि की शास्त्र तथा समाज द्वारा निर्धारित सीमा। **~पुरुषोत्तम**—पु. श्रीराम।

मर्यादित—वि. [सं.] सीमित।

मर्श—पु. [सं.] विचार, विमर्श।

मर्ष—पु. [सं.] सहन, शांति, धैर्य।

मर्षण—पु. [सं.] सहना, क्षमा करना।

मर्षणीय—वि. [सं.] क्षमा करने योग्य।

मर्षी—वि. [सं.] सहनशील, क्षमाशील।

मलंग—पु. मुसलमान, मस्तमौला फकीर; मस्तमौला (व्यक्ति)।

मल—पु. [सं.] मैल, गंदगी; विष्ठा, गू; पाप। **~मास**—पु. प्रति तीसरे वर्ष पड़ने वाला वह बढ़ा हुआ, अधिक चान्द्र मास जो दो संक्रांतियों के बीच में पड़ता है, अधिक मास।

मलकना—अ.क्रि. हिलना-डुलना। **ला.** इठलाना, इतराना।

मलका—पु. [अ.] महारानी।

मलकाना—पु. मुसलमान राजपूतों की एक जाति।

मलकुलमौत—पु. [अ.] मौत का फरिश्ता।

मलखंभ—पु. लकड़ी का खंभा, जिस पर व्यायाम किया जाता है; मलखंभ पर किया जाने वाला व्यायाम।

मलखम—पु. द्र. 'मलखंभ'।

मलना—स.क्रि. मसलना; मरोड़ना।

मलबा—पु. कूड़ा-कर्कट; गिरी हुई इमारत का ईंट-पत्थर, आदि का ढेर, शेषांश।

मलमल—स्त्री. एक सफेद-महीन प्रसिद्ध सूती कपड़ा।

मलय—पु. [सं.] दक्षिण भारत का एक प्रसिद्ध पर्वत, जिस पर चंदन के वृक्षों की बहुतायत है; मैसूर के दक्षिण और ट्रावनकोर के पूर्व का प्रदेश, अंचल; मलाबार; मलाबार के निवासी।

मलयागिरि—पु. मलय पर्वत, द्र. 'मलय'।

मलयाचल—पु. [सं.] द्र. 'मलय'।

मलयानिल—पु. [सं.] मलय वायु।

मलयालम—स्त्री. केरल प्रदेश की भाषा।

मलयाली—पु. मलय प्रदेश, केरल का निवासी। स्त्री. केरल प्रदेश की भाषा।

मलवाना—स.क्रि. मलने का काम कराना।

मलहम—पु. द्र. 'मरहम'।

मलाई—स्त्री. दूध, दही की ऊपरी सतह पर इकट्ठा हुई परत।

मलान—वि. द्र. 'म्लान'।

मलाबार—पु. दक्षिण भारत का अरब सागर के तट पर बसा हुआ प्राचीन प्रदेश।

मलाबारी—पु. मलाबार का रहने वाला।

मलामत—स्त्री. [अ.] भर्त्सना, फटकार, झिड़की; मैल, गंदगी।

मलाया—पु. बर्मा (म्यांमार) के दक्षिण में स्थित एक प्रायद्वीप, प्राचीन नाम मलय (द्वीप)।

मलार—पु. द्र. 'मल्हार'।

मलारी—स्त्री. एक रागिनी (संगी.)।

मलाल—पु. [अ.] अफ़सोस; पछतावा; दु:ख, रंज।

मलावरोध—पु. [सं.] कब्ज़।

मलाह—पु. द्र. 'मल्लाह'।

मलिंग*—पु. द्र. 'मलंग'।

मलिंद—पु. भ्रमर।

मलिक—पु. [अ.] बादशाह, सुलतान; मुसलमानों की एक सम्मानजनक उपाधि; जाटों का एक गोत्र।

मलिका—स्त्री. [अ.] बेगम, रानी; महारानी।

मलिन—वि. [सं.] मैला, गंदा, उदास, श्रीहीन।

मलिनता—स्त्री. [सं.] मैलापन; क्षुद्रता; बेरौनकी।

मलियामेट—वि. मटियामेट, मिट्टी में मिला हुआ; तहस-नहस, नष्ट-भ्रष्ट (हो जाना)।

मलीदा—पु. चूरमा; चूर-चूर हुआ।

मलीन—वि. मैला, मलिन; द्र. 'मलिन'।

मलीनता—स्त्री. मलिनता।

मलूक—वि. सुंदर। **~दास**—पु. भक्तिकालीन एक संत कवि।

मलेच्छ—पु. द्र. 'म्लेच्छ'।

मलेरिया—पु. [अं.] मच्छरों के काटने से उत्पन्न एक प्रकार का ज्वर, जाड़े के साथ चढ़ता है।

मलोत्सर्ग—पु. [सं.] मल-त्याग।

मलोल—स्त्री. मन में उत्पन्न दु:ख, पछतावा-मलाल।

मल्टी—वि. [अं.] बहु। **~कलर्ड**—वि. बहुरंगा, रंग-बिरंगा। **~नेशनल**—पु. बहुराष्ट्रीय। **~नेशनल कंपनी**—बहुराष्ट्रीय कंपनी।

मल्ल—पु. [सं.] पहलवान; एक प्राचीन युद्धप्रिय जाति। **~युद्ध**—पु. कुश्ती।

मल्लार—पु. [अ.] एक राग, मलार।

मल्लाह—पु. [अ.] एक जाति—केवट, माँझी, जिसका कार्य नाव खेना तथा मछली पकड़ना है।

मल्लाही—स्त्री. मल्लाह का पेशा।

मल्लि—स्त्री. [सं.] मल्लिका। **~नाथ**—पु. संस्कृत के प्रसिद्ध टीकाकार।

मल्लिका—स्त्री. [सं.] बेले की जाति का एक सफेद फूल; एक वर्णवृत्त।

मल्लिकाक्ष, मल्लिकाख्य—पु. [सं.] हंस की एक प्रजाति।

मल्लिकामोद—पु. [सं.] ताल का एक भेद।

मल्हराना, मल्हाना, मल्हारना*—स.क्रि. दुलारना, पुचकारना, स्नेह से हाथ फेरना, स्पर्श करना।

मवक्किल—पु. द्र. 'मुवक्किल'।

मवाद—पु. [अ.] (फोड़े-फुंसी की) पीव; मल, गंदगी।

मवाली—पु. आवारा घूमने वाला बुरा आदमी।

मवेशी—पु. पशु, पालतू पशु—गाय, भैंस, बैल, आदि।

मशक—पु. [सं.] मच्छर; शरीर पर होने वाला मस्सा।

मशक—स्त्री. [फा.] भेड़ या बकरी की खाल का बना लंबा थैला-सा, जिसमें भिश्ती पानी भरते हैं।

मशकूक—वि. [अ.] जिस पर शक हो, संदिग्ध।

मशकूर—वि. [अ.] शुक्रगुज़ार, कृतज्ञ।

मशक़्क़त—स्त्री. [अ.] श्रम, मेहनत।

मशक़्क़ती—वि. मशक़्क़त, श्रम करने वाला।

मशग़ला—पु. [अ.] मनोरंजन।

मशग़ूल—वि. [अ.] व्यस्त, कार्य में लगा हुआ।

मशरिक़—पु. [अ.] पूर्व, सूर्य निकलने की दिशा।

मशरिक़ी—वि. पूरबी।

मशवरा—पु. [अ.] सलाह, परामर्श, मंत्रणा।

मशविरा—पु. द्र. 'मशवरा'।

मशहूर—वि. [अ.] प्रसिद्ध, नामी, विख्यात।

मशान—पु. द्र. 'मसान'।

मशाल—स्त्री. [अ.] लंबी लकड़ी के सिरे पर कपड़ा लपेट कर बनाई मोटी बस्ती, जिसे तेल या मिट्टी के तेल में भिगो कर प्रकाश के लिए जलाया जाता है। **ला.** पथ प्रशस्त करने वाला, दिशाबोधक कार्य।

मशीन—स्त्री. [अं.] यंत्र, कल। **~गन**—स्त्री. एक प्रकार की बंदूक, जिससे बहुत सारी गोलियाँ एक साथ दागी जा सकती हैं।

मशीनरी—स्त्री. [अं.] बहुत-सी मशीनों का समूह, यंत्र-समूह।

मश्क—पु. [अ.] किसी कार्य का अभ्यास; किसी कार्य में कुशलता प्राप्त करने के लिए बार-बार अभ्यास करना।

मष—पु. द्र. 'मख'।

मषि—स्त्री. [सं.] द्र. 'मसि'।

मषी—स्त्री. [सं.] द्र. 'मसि'।

मस—पु. मूँछों का प्रारंभिक रूप, मूँछों की रोमावली। **मु.-(सें) भीगना**—मूँछों का उगना शुरू होना।

मसक—पु. मच्छर।

मसकत*—स्त्री. द्र. 'मशक़्क़त'। पु. अरब देश का एक नगर।

मसकना—अ.क्रि. इस प्रकार दबना या दबाना कि कपड़ा फट जाए।

मसकरा*—वि., पु. द्र. 'मसख़रा'।

मसक़ला—पु. [अ.] सिकलीगरों का पत्थर, जिस पर सान रखी जाती है ('सबद मसकला फेर कर देह द्रपन करे सोय'—कबीर)।

मसका—पु. नवनीत, मक्खन।

मसकीन*—वि. द्र. 'मिस्कीन'।

मसख़रा—वि. [अ.] हँसोड़, विनोदप्रिय; विदूषक।

मसखरी—स्त्री. मसखरापन।

मसजिद—स्त्री. [अ.] वह पवित्र स्थान जहाँ मुसलमान एकत्रित होकर नमाज़ पढ़ते हैं, सिज़दा करते हैं।

मसनद—पु. [अ.] बड़ा गोल तकिया, गाव तकिया; अमीरों के बैठने की गद्दी।

मसनवी—स्त्री. [अ.] उर्दू-फारसी में प्रबंध काव्य की शैली विशेष, कविता में दो-दो चरण एक साथ होते हैं और दोनों में तुकांत मिलाया जाता है।

मसनूई—वि. [अ.] बनावटी, कृत्रिम।

मसरफ़—पु. [अ.] प्रयोजन; उपयोगिता।

मसरा—स्त्री. [सं.] मसूर।

मसरूका—वि. [अ.] चुराया हुआ, चोरी का।

मसरूफ—वि. [अ.] काम में व्यस्त; जो ख़र्च किया गया हो।

मसल—स्त्री. [अ.] लोकोक्ति, कहावत; मिसाल, उदाहरण।

मसलति*—स्त्री. द्र. 'मसलहत'।

मसलना—स.क्रि. रगड़ना; किसी नरम चीज़ को दबा कर मलना, मींड़ना।

मसलन—अ. उदाहरणार्थ, उदाहरणस्वरूप, मिसाल के तौर पर।

मसलहत—स्त्री. [अ.] हितकारी परामर्श, सलाह; रहस्य।

मसलहतन—अ. लाभ की दृष्टि से; मसलहत, सलाह के ख्याल से।

मसला—पु. [अ.] समस्या; विचारणीय विषय; कहावत, लोकोक्ति।

मसविदा—पु. द्र. 'मसौदा'।

मसहरी—स्त्री. मच्छरदानी।

मसान—पु. श्मशान, मरघट, शव जलाने का स्थान; बच्चों को होने वाला सूखा रोग।

मसाना—पु. [अ.] मूत्राशय, पेशब की थैली।

मसानिया—पु. मसान, श्मशान जगाने वाला।

मसाल—स्त्री. द्र. 1. 'मशाल'। 2. द्र. 'मिसाल'।

मसालहत—स्त्री. [अ.] सुलह करना, मेल-मिलाप, समझौता।

मसाला—पु. [फा.] भोजन का स्वाद बढ़ाने के लिए डाले जाने वाले विशेष पदार्थ—धनिया, जीरा, बड़ी इलायची, लौंग, तेजपत्ता, आदि; वह सामग्री जिससे कोई कार्य पूरा किया जाता है—मकान बनाने का मसाला, बरतन जोड़ने का मसाला, अखबार का मसाला; आदि। **~(ले) दार**—वि. चटपटा जिसमें मसाले पड़े हों।

मसि—स्त्री. [सं.] स्याही, रोशनाई। **~जीवी**—वि., पु. लेखन कार्य द्वारा अपनी जीविका कमाने वाला। **~पात्र**—पु. दवात।

मसियर, मसियार*—पु. मशाल।

मसीत, मसीद*—स्त्री. मसजिद, द्र. 'मसजिद'।

मसीह—पु. [अ.] ईसाई धर्म के प्रवर्तक ईसा, यीशु।

मसीहा—पु. [फा.] मुर्दों को नवजीवन प्रदान करने की शक्ति रखने वाला; पैगम्बर। **ला.** गरीबों का मददगार।

मसीही—वि. मसीह से संबंधित। पु. मसीह—ईसामसीह को मानने वाला, ईसाई धर्मानुयायी।

मसूड़ा, मसूढ़ा—पु. मुँह के अंदर दाँतों के नीचे का भाग, जिस पर दाँत उगे होते हैं।

मसूर—पु. [सं.] एक दलहन, जिसकी दाल बनाई जाती है।

मसृण—वि. [सं.] चिकना; कोमल, मुलायम।

मसृणा—स्त्री. [सं.] अलसी।

मसोसना—अ.क्रि. दबा कर मरोड़ देना; किसी मनोभाव को भीतर ही भीतर दबा कर रखना; मन ही मन कुढ़ना।

मसोसा—पु. मसोसने की क्रिया।

मसौदा—पु. [अ.] किसी लेख, पुस्तक आदि का प्रारंभिक रूप, जिसमें सुधार करने की संभावना शेष हो।

मसख़रा—वि., पु. [अं.] द्र. 'मसख़रा'।

मस्जिद—स्त्री. अ. द्र. 'मसजिद'।

मस्त—वि. निश्चिंत और प्रसन्न, आनंदमग्न; मतवाला, नशे में चूर, मत्त।

मस्तक—पु. [सं.] सिर; माथा।

मस्ताना—वि. मस्त, मस्त जैसा।

मस्तिक—पु. [सं.] मस्तक, माथा।

मस्तिष्क—पु. [सं.] दिमाग, मस्तक के अंदर का गूदा, भेजा; मस्तक के अंदर का विचार-केन्द्र तथा अभिव्यक्ति केन्द्र।

मस्ती—स्त्री. मस्त होने की क्रिया या भाव, मतवालापन। **मु. ~मारना**—मौज उड़ाना, आनंद में मग्न रहना।

मस्तूल—पु. [पुर्त.] नाव, जहाज के बीच में गाड़ा हुआ लंबा लट्‌ठा, जिस पर पाल बाँधा जाता है।

मस्सा—पु. शरीर पर मांस के दाने-सा उग आना, बवासीर में गुदा के भीतर और बाहर निकलने वाला दाना-सा।

महँगा—वि. जिसके दाम बहुत ज़्यादा हों।

महँगी—स्त्री. वस्तुओं का महँगा होना।

महंत—पु. साधुओं का प्रधान; मठाधीश।

महंती—स्त्री. महंत का पद या कार्य।

मह—[सं.] दीप्ति; उत्सव; महत्ता।

महक—स्त्री. गंध, वास। **~दार**—वि. महकने वाला, सुगंध वाला।

महकना—अ.क्रि. महक देना, सुवास आना।

महकनि*—स्त्री. महक, सुगंध।

महकमा—पु. [अ.] विभाग, किसी कार्य को संपन्न करने वाला विभाग।

महकान—स्त्री. गंध, सुवास।

महकीला—वि. महकदार, खुशबूदार।

महज़—वि. [अ.] केवल, फक़त; खालिस, निरा।

महजिद—स्त्री. द्र. 'मसजिद'।

महत*—पु. महत्त्व।

महताब—स्त्री. [फा.] चाँदनी। पु. चाँद।

महताबी—स्त्री. [फा.] एक तरह की आतिशबाजी।

महतारी—स्त्री. माता, माँ।

महती—वि. स्त्री. [सं.] द्र. 'महत्'।

महतो*—पु. गाँव का मुखिया, गाँव में सम्मानप्रद उपाधि।

महत्—वि. [सं.] बड़ा; श्रेष्ठ, ऊँचा; प्रधान।

महत्तम—वि. [सं.] सबसे बड़ा। **~समापवर्तक**—पु. वह बड़ी से बड़ी संख्या जिसका भाग दो या अन्य संख्याओं में पूरा-पूरा जा सके।

महत्तर—वि. [सं.] (तुलनात्मक रूप में) अधिक बड़ा।

महत्ता—स्त्री. [सं.] बड़प्पन; महिमा; गुरुता, उच्च पद।

महत्त्व—पु. [सं.] महानता; बड़प्पन, गुरुता, उच्चता, प्रतिष्ठा; श्रेष्ठता, उत्तमता। **~पूर्ण**—वि. महत्ता वाला, विशिष्ट।

महत्त्वांकन—पु. [सं.] महत्त्व का रेखांकन, महत्त्व का मूल्यांकन करना।

महत्त्वाकांक्षा—स्त्री. [सं.] किसी बड़ी कामना की इच्छा, उच्चाकांक्षी।

महत्त्वाकांक्षी—वि. [सं.] महत्त्वाकांक्षा रखने वाला।

महदूद—वि. [अ.] सीमित, नियत, परिमित, जिसकी हद बाँध दी गई हो।

महद्—'महत्' का समास में प्रयुक्त रूप।

महनीय—वि. [सं.] पूज्य, सम्माननीय, गौरवपूर्ण, महत्, श्रेष्ठ।

महफ़िल—स्त्री. [अ.] सभा, जलसा; नाच-गाने की सभा। **मु. ~जमना**—जलसे, सभा में खूब रौनक होना।

महफ़ूज़—वि. [अ.] रक्षित, निरापद, जिसकी सुरक्षा, हिफ़ाजत की गई हो।

महबूब—वि. [अ.] प्रिय, प्रेमपात्र; दोस्त, मित्र।

महबूबा—वि. स्त्री. [अ.] प्रेयसी, प्रेमिका, प्रिया।

महमंत*—वि. मदमस्त, मदमत्त।

महमह—अ. सुगंधि के साथ, महकते हुए।

महमहा—वि. महकता हुआ, खुशबूदार।

महमहाना*—अ.क्रि. सुगंध बिखेरना, महकना।

महमान—पु. द्र. 'मेहमान'।

महमूद—वि. [अ.] प्रशंसित, जिसकी हमद्-प्रशंसा की गई हो [स्त्री. 'महमूदा']। **~गज़नवी**—गज़नी का इतिहास प्रसिद्ध सरदार, जिसने भारत पर अनेक आक्रमण किए और सम्राट पृथ्वीराज चौहान को युद्ध में हराया।

महमूदी—स्त्री. [फा.] एक तरह की मलमल, महमूद गज़नबी के समय का सिक्का।

महर—पु. (ब्रज क्षेत्र में) एक आदरसूचक उपाधि (नंद महर), [स्त्री. 'महरि']; मुखिया। [अ.] वह राशि या संपत्ति जो मुसलमानों में निकाह के समय पति पत्नी को देने का वायदा करता है।

महरबान—वि. [फ़ा.] मेहरबान, कृपालु।

महरा—पु. कहार।

महराब*—स्त्री. द्र. 'मेहराब'।

महरि—स्त्री. 'महर' उपाधि का स्त्री., द्र. 'महर'।

महरी—स्त्री. कहारिन; घर में काम करने वाली नौकरानी।

महरूम—वि. [अ.] वंचित; हीन; रोका गया, वर्जित।

महरूमी—स्त्री. महरूम, वंचित होना।

महर्घता—स्त्री. [सं.] दे. 'महार्घता'।

महर्लोक—पु. [सं.] ऊपर के सात लोकों में से चौथा।

महर्षि—पु. [सं.] श्रेष्ठ ऋषि, बहुत बड़ा ऋषि।

महल—पु. [अ.] राजा-रानियों के रहने का स्थान, प्रासाद; पत्नी, बीवी।

महल्ला—पु. [अ.] द्र. 'मुहल्ला'।

महसूद—वि. [अ.] जिससे ईर्ष्या हो।

महसूल—पु. [अ.] कर, राजस्व ('टैक्स')।

महसूली—वि. जिस पर महसूल, कर लगता हो।

महसूस—वि. [अ.] जिसका ज्ञान या अनुभव हो, अनुभूत।

महांग—वि. [सं.] महाकाय, भारी-भरकम।

महांधकार—पु. [सं.] घोर अंधकार। **ला.** घोर अज्ञान।

महांबुज—पु. [सं.] बहुत बड़ी संख्या; एक अरब।

महा—वि. [सं.] बहुत अधिक; बहुत बड़ा; सर्वश्रेष्ठ, सबसे बड़ा। **~काय**—वि. जिसका शरीर बहुत बड़ा हो। **~काल**—पु. महादेव, शिव। **~काली**—स्त्री. देवी का एक रूप। **~काव्य**—पु. साहित्य-शास्त्र के अनुसार सर्गबद्ध प्रबंध काव्य, जिसमें नायक, रसों की स्थिति आदि संबंधी नियमों में बँधी रचना होती है। **~जन**—श्रेष्ठ पुरुष; धनवान; व्यापारी वर्ग; व्यवसायी। **~देव**—पु. शंकर, शिव। **~देवी**—स्त्री. दुर्गा; राजा की प्रधान रानी, पटरानी। **~द्वीप**—पु. बड़ा द्वीप, महादेश ('कांटीनेंट')। **~नगर**—बहुत बड़ा नगर। **~निद्रा**—स्त्री. मृत्यु, चिर निद्रा। **~पुरुष**—पु. श्रेष्ठ पुरुष। **~पौर**—पु. नगरपालिका का प्रधान, नगर-प्रमुख। **~प्रभु**—पु. एक आदरसूचक पदवी, जिसका प्रयोग वल्लभाचार्य जी तथा बंगाल के प्रसिद्ध वैष्णव आचार्य चैतन्य के लिए होता है। **~प्रस्थान**—पु. मृत्यु। **~मंत्री**—पु. किसी संस्था या राजनीतिक दल आदि का वह मंत्री, जो सब मंत्रियों में सर्वप्रधान होता है। **~मारी**—स्त्री. संक्रामक भीषण रोग, यथा—प्लेग, हैजा, आदि। **~यात्रा**—स्त्री. मृत्यु।

महाउत*—पु. द्र. 'महावत'।

महाउर*—पु. द्र. 'महावर'।

महाक्ष—पु. [सं.] शिव।

महाजर—पु. [अ.] शरणार्थी।

महातम*—पु. द्र. 'माहात्म्य'।

महात्मा—पु. [सं.] श्रेष्ठ, उच्च विचारों वाला सदाचारी व्यक्ति; धर्मात्मा; बहुत बड़ा साधु या महापुरुष (महात्मा गांधी)।

महाधिकार पत्र—पु. [सं.] स्वाधीनता प्रदान करने वाला प्रसिद्ध अधिकार पत्र—मैग्ना कार्टा (इंग्लैंड)।

महाधिवक्ता—पु. [सं.] राज्य का प्रमुखतम विधिवेत्ता, एडवोकेट जनरल।

महानंद—पु. [सं.] परमानंद।

महान—वि. बहुत बड़ा, ऊँचा, महत्। (व्यक्ति)।

महानुभाव—पु. [सं.] बड़ा और सम्माननीय व्यक्ति।

महान्—वि. [सं.] द्र. 'महान'।

महापगा—स्त्री. [सं.] बड़ी नदी।

महापौर—पु. [सं.] नगर निगम का प्रधान, मेयर।

महाभियोग—पु. [सं.] वह बहुत बड़ा अभियोग जो किसी बहुत बड़े राज्याधिकारी—प्रधानमंत्री, राष्ट्रपति, आदि पर किसी बहुत बड़े अपराध के लिए देश की संसद में चलाया जाता है।

महामात्य—पु. [सं.] गुप्त साम्राज्य में प्रधानमंत्री पद।

महायुध—पु. [सं.] शिव।

महारत—स्त्री. [अ.] दक्षता, निपुणता; अभ्यास; जानकारी।

महारण्य—पु. [सं.] घना जंगल, वन।

महार्घ—वि. [सं.] महँगा, कीमती।

महार्घता—स्त्री. [सं.] महँगाई, महँगापन।

महार्घ्य—वि. [सं.] बहुमूल्य, कीमती।

महार्णव—पु. [सं.] महासमुद्र; शिव।

महार्बुद—पु. [सं.] एक अरब या 10 अर्बुद की संख्या।

महालय—पु. [सं.] पितृ-पक्ष—आश्विन कृष्ण पक्ष, श्राद्ध-पक्ष।

महावट—स्त्री. माघ मास की वर्षा, झड़ी।

महावत—पु. हाथीवान, हाथी हाँकने वाला।

महावर—पु. वह लाल रंग जिसे सौभाग्यवती स्त्रियाँ पैरों में लगाती हैं—आलता, यावक, जावक।

महावरा—पु. द्र. 'मुहावरा'।

महावराह—पु. [सं.] विष्णु का वाराह रूप में लिया गया अवतार।

महावरोह—पु. [सं.] बरगद।

महाशय—पु. [सं.] उच्च विचारों वाला व्यक्ति।

महाश्मा—पु. [सं.] बहुमूल्य पत्थर।

महाश्वेता—स्त्री. [सं.] देवी सरस्वती।

महाष्टमी—स्त्री. [सं.] आश्विन-शुक्ल अष्टमी।

महासि—स्त्री. [सं.] बड़ी तलवार।

महासुरी—स्त्री. [सं.] दुर्गा।

महि—स्त्री. [सं.] पृथ्वी।

महिजा—स्त्री. [सं.] पृथ्वी से उत्पन्न, सीताजी।

महिदेव—पु. [सं.] ब्राह्मण।

महिमा—स्त्री. [सं.] महत्ता, बड़ाई; प्रभाव, प्रताप; योग की अष्ट सिद्धियों में से एक, साधक जिसे प्राप्त कर अपने शरीर का मनचाहा विस्तार कर लेता है।

महिमामयी—वि., स्त्री. [सं.] महिमाशालिनी, महिमायुक्त।

महिमावान—वि. [सं.] महिमा या गौरव वाला।

महिर—पु. [सं.] सूर्य।

महिला—स्त्री. [सं.] भली स्त्री, भद्र नारी।

महिष—पु. [सं.] भैंसा; महिषासुर।

महिषार्दन—पु. [सं.] कार्त्तिकेय।

महिषासुर—पु. [सं.] एक असुर जिसका वध देवी दुर्गा द्वारा हुआ।

महिषी—स्त्री. [सं.] भैंस; रानी।

महिषेश—पु. [सं.] महिषासुर। **~मर्दिनी**—स्त्री. महिषासुर का मर्दन करने वाली देवी दुर्गा।

मही—स्त्री. मट्ठा, छाछ। [सं.] पृथ्वी; धरती; एक नदी; एक वर्णवृत्त। **~देव**—पु. ब्राह्मण। **~पाल**—पु. राजा।

महीन—वि. बारीक, पतला।

महीना—पु. वर्ष का बारहवाँ भाग, प्रायः 30 दिन का समय; मासिक वेतन; स्त्रियों का मासिक धर्म।

महीनेवार—क्रि.वि. मासिक।

महीश—पु. [सं.] राजा।

महुआ, महुवा—पु. एक प्रसिद्ध पेड़, उसके फूल, उसके फल।

महुआरी—स्त्री. महुए का बाग।

महूरत—पु. द्र. 'मुहूर्त'।

महेंद्र—पु. [सं.] विष्णु; इन्द्र; एक पर्वत।

महेंद्री—स्त्री. [सं.] गुजरात की एक नदी।

महेश—पु. [सं.] शिव।

महेश्वर—पु. [सं.] शिव, परमेश्वर।

महेश्वरी—स्त्री. [सं.] दुर्गा।

महेस*—पु. द्र. 'महेश'।

महेसुर—पु. द्र. 'महेश्वर'।

महैला—स्त्री. [सं.] बड़ी इलायची।

महोत्पल—पु. [सं.] पद्म; सारस पक्षी।

महोत्सव—पु. [सं.] बड़ा उत्सव, समारोह।

महोदधि—पु. [सं.] महासागर।

महोदय—वि. [सं.] बड़े आदमियों के लिए सम्मानसूचक सम्बोधन। [स्त्री. 'महोदया']।

महोदर—वि. [सं.] बड़े पेट वाला। [स्त्री. 'महोदरी']।

महोपाध्याय—पु. [सं.] बड़ा पंडित; बड़ा अध्यापक; एक उपाधि।

महौघ—वि. [सं.] प्रखर धार वाला।

महौजा—वि. [सं.] परम तेजस्वी।

महौषध—स्त्री. [सं.] बहुत गुणकारी औषधि।

महौषधि—स्त्री. [सं.] द्र. 'महौषधि'।

माँ—स्त्री. माता, जननी। **~जाई**—स्त्री. सगी बहन। **~जाया**—पु. सगा भाई।

माँख*—पु. द्र. 'माख'।

माँखना*—अ.क्रि. क्रोध करना, नाराज होना।

माँग—स्त्री. याचना, चाह, तलब; माँगने की क्रिया, अधिकार के रूप में की गई याचना, इच्छा, आवश्यकता-पूर्ति का किसी प्रबंधन या सरकारी विभाग से किया गया निवेदन। **~पत्र**—पु. वह पत्र जिसमें किसी सक्षम अधिकारी या प्रशासन से कुछ माँगें प्रस्तावित की गई हों।

माँग—स्त्री. बालों को सँवार कर, काढ़ कर बीच में या एक ओर बनाई गई रेखा, सीमंत।

माँगन*—पु. माँगना, माँग। **~फूल**—पु. स्त्रियों द्वारा माँग में धारण किया जाने वाला आभूषण।

माँगना—स.क्रि. कुछ देने की प्रार्थना या निवेदन करना।

माँग-पट्टी—स्त्री. माँग में धारण किया जाने वाला आभूषण।

मांगलिक—वि. [सं.] मंगल करने वाला, शुभकारी।

मांगल्य—वि. [सं.] शुभ, मंगलकारक।

मांगल्या—स्त्री. [सं.] गोरोचन; जीवंती।

माँजना—स.क्रि. रगड़ कर साफ़ करना; रगड़ कर चमकाना।

मांजिष्ठ—वि. [सं.] मजीठ के रंग का, सुर्ख लाल। पु. लाल रंग।

माँझ*—अ. मध्य; भीतर।

माँझा—पु. पतंग की डोर पर—सरेस, शीशा, आदि मिला कर चढ़ाया जाने वाला मसाला; मसाला लगी पतंग की डोर; नदी की धारा के बीच बचा छोटा भू-भाग।

माँझी—पु. नाव खेने वाला, मल्लाह।

माँट*—पु. मटका, बड़ा घड़ा-सा।

माँड़—पु. चावल पकाने पर निकला हुआ गाढ़ा लेसदार पानी; ब्रह्मांड। स्त्री. राजस्थान में गाये जाने वाले एक प्रकार के गीत।

माँडना—स.क्रि. (आटा) गूँधना; अनाज की बालों को मसलवा कर दाने निकालना।

मांडलिक—पु. [सं.] मंडल का राजा; मंडल का सदस्य।

मांडवी—स्त्री. [सं.] रामकथा में भरत की पत्नी, कुशध्वज की पुत्री।

मांडव्य—पु. [सं.] एक ऋषि।

माँड़ी—स्त्री. माँड़; कपड़े पर लगाया जाने वाला कलफ।

मांडूक—पु. [सं.] मंडूक शाखा के अनुयायी।

मांडूक्य—पु. [सं.] एक प्रसिद्ध उपनिषद् ग्रंथ।

माँत*—वि. मत्त, उन्मत्त।

माँतना*—अ.क्रि. मत्त, उन्मत्त होने वाला।

माँता*—वि. मत्त, मतवाला।

मांत्र—वि. [सं.] मंत्र संबंधी।

मांत्रिक—वि. [सं.] मंत्र संबंधी। पु. मंत्रज्ञाता; वेद मंत्रों का पाठ करने में कुशल; मंत्र पढ़ कर वशीभूत करने वाला, मन मोहने वाला।

माँथ—पु. द्र. 'माथा'।

माँद—स्त्री. जंगली जानवरों के रहने की गुफा जैसी जगह।

माँदा—वि. [फा.] बीमार, थका हुआ।

मांदार—पु. [सं.] मंदार का पौधा।

मांधाता—पु. [सं.] सूर्यवंश के एक प्रतापी नरेश।

मांस—पु. [सं.] शरीर में हड्डियों और त्वचा के बीच का मुलायम और लचीला पदार्थ; कुछ पशुओं के शरीर का उक्त अंश जो कुछ लोग (मांसाहारी) खाते हैं, गोश्त। **~पेशी**—स्त्री. शरीर के अंदर का मांसल भाग।

मांसल—वि. [सं.] मांस से भरा हुआ; मोटा-ताजा, पुष्ट; गठीला, सुडौल।

मांसार्बुद—पु. [सं.] नाक में मांस का बढ़ना, एक रोग।

मांसाहार—पु. [सं.] मांस युक्त भोजन।

मांसाहारी—वि. [सं.] मांस का भोजन करने वाला।

मांसोपजीवी—वि., पु. [सं.] मांस बेच कर जीविका कमाने वाला।

मा—अ. [सं.] नहीं, मत (निषेधार्थक)।

माइंड—पु. [अं.] मानस, चित्त; बुद्धि।

माइक—पु. [अं.] ध्वनि विस्तारक यंत्र, इससे वक्त अपनी आवाज़ दूर तक पहुँचा सकता है।

माइका—पु. [अं.] एक धातु जिसका पत्तर बना कर फर्नीचर, आदि में प्रयोग किया जाता है, सनमाइका।

माइक्रोफ़ोन—पु. [अं.] माइक, ध्वनि विस्तारक यंत्र।

माइक्रोवेन—पु. [अं.] सूक्ष्म तरंगी रसोई उपकरण, जिसमें खाद्य-पदार्थ गरम किए जाते हैं।

माइक्रोस्कोप—पु. [अं.] सूक्ष्मदर्शी, खुर्दबीन (यंत्र)।

माइन—स्त्री. [अं.] खान, खदान, आकार; सुरंग, बम, बारूद, आदि ज़मीन के अंदर बिछा देना ('माइन फील्डर')।

माइनॉरिटी—स्त्री. [अं.] अल्पसंख्यक (वर्ग)।

माइल—स्त्री. [अं.] दूरी का एक माप, मील।

माईं—स्त्री. मामी, मामा की पत्नी।

माई—स्त्री. माता, माँ; वृद्धा; वयोवृद्ध स्त्री के लिए आदरसूचक सम्बोधन।

माउंट पुलिस—स्त्री. [अं.] घुड़सवार पुलिस।

माउंटेनियर—पु. [अं.] पर्वतारोही।

माउटेनियरिंग—स्त्री. [अं.] पर्वतारोहण।

माउथ ऑर्गन—पु. [अं.] मुँह से बजाया जाने वाला एक बाजा।

माकपा—स्त्री. [अं.] मार्क्सिस्ट कम्युनिस्ट पार्टी (ऑफ इंडिया) एक प्रमुख राजनीतिक दल—मार्क्सवादी कम्युनिस्ट पार्टी का संक्षिप्त रूप।

माक़ूल—वि. [अ.] उचित, वाजिब, ठीक; लायक; अच्छा, बढ़िया; काफ़ी; समझदार, शिष्ट; जिसने वाद-विवाद में प्रतिपक्षी की बात मान ली हो।

माक़ूलियत, माक़ूलीयत—स्त्री. [अ.] समझदारी; इंसानियत।

माक्षिक, माक्षीक—वि. [सं.] (शहद की) मक्खियों से प्राप्त; मक्खियों का। पु. शहद।

माख*—पु. शेष, क्रोध।

माखन—पु. द्र. 'मक्खन'।

माखना*—अ.क्रि. शेष करना, अप्रसन्न होना।

माखी*—स्त्री. मक्खी।

मागध—वि. [सं.] मगध का; मगध से उत्पन्न; मगधवासी। पु. मगध नरेश।

मागधा—स्त्री. [सं.] मगध की राजकुमारी।

मागधिक—पु. [सं.] मगध संबंधी।

मागधी—स्त्री. [सं.] मगध की भाषा; चार मुख्य प्राकृतों में से एक।

माघ—पु. [सं.] पूस के बाद और फाल्गुन के पहले का महीना; 'शिशुपाल वध' के प्रणेता, 10वीं शती ईस्वी के प्रसिद्ध संस्कृत महाकवि।

माघवती—स्त्री. [सं.] पूर्व दिशा।

माघी—वि. माघ का, माघ से संबंधित। स्त्री. [सं.] माघ पूर्णिमा।

माचिस—स्त्री. दियासलाई, मसाला लगी वह सींक-सी, जिससे आग प्रज्वलित की जाती है।

माची—स्त्री. माचिस; छोटी खाट, खटिया।

माछ*—पु. मछली।

माछर*—पु. मच्छर।

माछी—स्त्री. मक्खी।

माजरा—पु. [अ.] घटना; घटना का विवरण, हाल।

माजू—पु. एक प्रकार की झाड़ी। पु. माजू के झाड़ का फल, औषधि के रूप में प्रयुक्त।

माजून—स्त्री. [अ.] औषधि के रूप में बनाई गई कोई चटनी, अवलेह।

माझ—वि. माँझ, मध्य, बीच में।

माट—पु. बड़ा-सा घड़े जैसा पात्र।

माटी*—स्त्री. मिट्टी।

माड़ना—स.क्रि. धारण करना; सजना।

मॉडर्न—वि. [अं.] आधुनिक; आजकल; अर्वाचीन; नवीन।

मॉडल—पु. [अं.] मॉडल, नमूना; प्रतिमान; आदर्श, नमूना; प्रतिरूप।

माणक—पु. [सं.] द्र. 'मानक'।

माणविका—स्त्री. [सं.] बालिका, किशोरी।

माणिक, माणिक्य—पु. [सं.] लाल रंग का एक रत्न।

माणिबंध, माणिमंथ—पु. [सं.] सेंधा नमक।

मातंग—पु. [सं.] हाथी; एक ऋषि।

मातंगी—स्त्री. [सं.] एक महाविद्या।

मात*—स्त्री. माता। वि. [अ.] पराजित, हारा हुआ। स्त्री. पराजय, हार (शतरंज, आदि खेलों में)।

मातबर—वि. [अ.] द्र. 'मोतबर'।

मातबरी—स्त्री. [अ.] विश्वसनीयता।

मातम—पु. [अ.] शोक, सोम; वह दु:ख जो किसी की मृत्यु पर होता है। **~पुरसी**—स्त्री. मृत व्यक्ति के परिजनों से शोक संवेदना प्रकट करना। **मु. ~मनाना**—शोक करना।

मातमी—वि. मातम, शोक संबंधी; शोकसूचक।

मातहत—वि. [सं.] आज्ञाधीन; नीचे काम करने वाला। पु. अधीन कर्मचारी।

मातहती—स्त्री. अधीनता, मातहत होने का भाव।

माता—स्त्री. [सं.] माँ, जननी; वयोवृद्ध स्त्री को सम्बोधन; शीतला, चेचक।

मातामह—पु. [सं.] नाना।

मातामही—स्त्री. [सं.] नानी।

मातुल—पु. [सं.] मामा; धतूरा।

मातुला, मातुलानी, मातुली—स्त्री. [सं.] मामी, माई।

मातुलेय—पु. [सं.] मामा का पुत्र।

मातृ—स्त्री. [सं.] माता, माँ। **~भाषा**—स्त्री. वह भाषा जो बच्चा बचपन से माँ-बाप के साथ रह कर बोलता है, जन्म-स्थान की भाषा। **~भूमि**—स्त्री. वह भूमि या देश, जिसमें किसी का जन्म हुआ हो।

मातृत्व—पु. [सं.] संतानवती होना; माता का पद।

मातृवत्—वि. [सं.] माता के समान, तुल्य।

मात्र—क्रि.वि. [सं.] केवल, सिर्फ।

मात्रक—पु. [सं.] इकाई ('यूनिट')।

मात्रा—स्त्री. [सं.] परिमाण; एक बार खाने-भर की औषधि; अक्षर या वर्ण में लगने वाली स्वर सूचक रेखा या चिह्न।

मात्रिक—वि. [सं.] मात्रा संबंधी; मात्राओं की गणना या विचार। **~छंद, ~वृत्त**—वह छंद जिसका विधान मात्राओं के आधार पर किया जाता है—दोहा, रोला, चौपाई, आदि।

मात्सर—वि. [सं.] क्रोध, जलन रखने वाला।

मात्स्य—वि. [सं.] मत्स्य, मछली संबंधी।

मात्स्यिक—पु. [सं.] मछुआ।

माथ*—पु. द्र. 'माथा'।

माथा—पु. ललाट, मस्तक, पेशानी; किसी वस्तु का अग्र भाग। **ला. ~ठनकना**—किसी अनिष्ट, अशुभ की पहले से आशंका हो जाना। **~पच्ची**—सिर खपाना। **~पर बल पड़ना**—रोष प्रकट करना।

माथुर—वि. [सं.] मथुरा का। पु. मथुरावासी; कायस्थों की एक उपजाति।

मादक—वि. [सं.] नशीला, नशा पैदा करने वाला; बहुत अधिक आनंद देने वाला, हर्षजनक।

मादकता—स्त्री. [सं.] नशीलापन।

मादन—पु. [सं.] मादक; मस्त कर देने वाला; कामदेव।

मादनी—स्त्री. [सं.] भाँग।

मादर—स्त्री. [फा.] माँ, माता, जननी। **~जाद**—वि. जन्मजात, पैदायशी (बहरा, अंधा)। **~जाद नंगा**—एकदम नंगा, जिसके शरीर पर कोई भी वस्त्र न हो।

मादरिया*—स्त्री. द्र. 'मादर'।

मादरी—वि. [फा.] पैदायशी, जन्मसिद्ध; माँ का। **~ज़बान**—मातृभाषा, जन्म से ही बोली जाने वाली भाषा।

मादा—स्त्री. [फा.] स्त्री; स्त्री जाति का जीव; नर का उलटा।

मादीन—स्त्री. द्र. 'मादा'।

मादृक्ष, मादृश—वि. [सं.] मुझ जैसा।

माद्दा—पु. [अ.] योग्यता, काबिलीयत; मूल तत्त्व; मवाद, पीव।

माद्रवती—स्त्री. [सं.] महाभारत कथा की पात्र माद्री, नकुल-सहदेव की माता, पांडु की दूसरी पत्नी।

माद्री—स्त्री. [अं.] द्र. 'माद्रवती'।

माद्रेय—पु. [सं.] माद्री के पुत्र—नकुल, सहदेव।

माधव—पु. [सं.] विष्णु; कृष्ण; वसंत ऋतु।

माधविका—स्त्री. [सं.] एक लता, माधवी; दुर्गा।

माधवी—स्त्री. [सं.] द्र. 'माधविका'।

माधुक—पु. [सं.] एक वर्ण संकर जाति (मनुस्मृति में उल्लेख)।

माधुकरी—वि. स्त्री. [सं.] मधुकर, भ्रमर जैसी।

माधुर—पु. [सं.] चमेली का फूल।

माधुरई*—स्त्री. मिठास, माधुरी, मधुरता।

माधुरी—स्त्री. [सं.] मधुरता, मिठास, आकर्षण (रूप माधुरी)।

माधुर्य—पु. [सं.] मिठास; लावण्य, सहज सुंदरता; साहित्य में (ओज, माधुर्य प्रसाद में से) एक काव्य गुण, जिसमें ट वर्ग और संयुक्त अक्षरों का अभाव रहता है—कोमल कांत पदावली।

माधो, माधौ—पु. द्र. 'माधव'।

माध्य—वि. [सं.] मध्य या बीच का।

माध्यम—वि. [सं.] मध्य का, बिचना, मध्यवर्ती। पु. कार्य सिद्ध करने का उपाय या साधन; वह भाषा, जिसके द्वारा शिक्षा दी जाए; वह व्यक्ति, जिसके द्वारा दो या अधिक व्यक्तियों का संपर्क हो।

माध्यमिक—वि. [सं.] मध्य का, विचना, मध्यवर्ती।

माध्याकर्षण—पु. [सं.] पृथ्वी की वह आकर्षण शक्ति, जिससे ऊपर उछाली हुई वस्तु नीचे आकर गिर जाती है, गुरुत्वाकर्षण शक्ति।

माध्व—वि. [सं.] मधुनिर्मित; मीठा; मध्वाचार्य का अनुयायी; मध्वाचार्य प्रवर्तित एक वैष्णव संप्रदाय—द्वैतवादी।

माध्विक—पु. [सं.] शहद एकत्रित करने वाला।

माध्वी—स्त्री. [सं.] मधु आदि से बनाई गई शराब; माधवी लता।

माध्वीक—पु. [सं.] महुए की शराब।

मान—पु. [सं.] आदर, प्रतिष्ठा; अभिमान; भार, तौल, नाप, मूल्य, आदि परिमाण, मिकदार; नायिका का नायक से रूठना। **~भंग**—पु. नायिका के मान का समाप्त होना। **~हानि**—स्त्री. अपमान, बेइज़्ज़ती।

मानक—पु. [सं.] वह निश्चित या स्थिर किया हुआ सर्वमान्य मान या स्तर, जिसके अनुसार किसी प्रकार की योग्यता, श्रेष्ठता, गुण, आदि का मानदंड निर्धारित किया जा सके ('स्टैंडर्ड')।

मानकीकरण—पु. [सं.] मानदंड, मानक, निर्धारित करने की प्रक्रिया।

मानकीकृत—वि. [सं.] जिसका मानक निर्धारित किया गया हो, किया जा चुका हो।

मानता—स्त्री. द्र. 'मन्नत', मनौती।

मानद—वि. [सं.] मान स्वरूप (दी जाने वाली उपाधि 'आनरिस कोज़िया')।

मानदेय—पु. [सं.] वह राशि जो किसी व्यक्ति को उसके कार्य के पारिश्रमिक के रूप में सम्मानपूर्वक दी जाती है।

मानन—पु. [सं.] मान, आदर करना।

मानना—स.क्रि. स्वीकार करना; आदर, मान करना।

माननीय—वि. [सं.] आदरणीय, सम्माननीय; योग्यता का कायल होना।

मानव—पु. [सं.] मनुष्य की संतान, मनुष्य, आदमी।

मानवता—स्त्री. [सं.] मनुष्य होने का गुण, मनुष्यत्व, आदमीयत, मनुष्य के श्रेष्ठ और स्वाभाविक गुण।

मानवती—स्त्री. [सं.] मान करने वाली नायिका (सा.शा.)।

मानवाधिकार—पु. [सं.] मानव होने के नाते जो अधिकार मनुष्य को स्वाभाविक रूप से प्राप्त हो जाता है (आजकल इन अधिकारों की रक्षा के लिए सरकारी संगठन है)।

मानवी—वि. [सं.] स्त्री, औरत।

मानवीकरण—पु. [सं.] साहित्य (कविता) में किसी भौतिक पदार्थ को जीवित मनुष्य के रूप में चित्रित करने का कार्य।

मानवीय—वि. [सं.] मानव संबंधी, इंसानी; मानवोचित गुणों से युक्त।

मानवेंद्र—पु. [सं.] राजा; नरश्रेष्ठ।

मानवोचित—वि. [सं.] मनुष्योचित।

मानस—पु. [सं.] मन, हृदय; मानसरोवर (झील); कामदेव। वि. मन से उत्पन्न, मनोभाव; मनोबल से उत्पन्न; मन संबंधी, मन का; मन के द्वारा होने वाला।

मानसरोवर—पु. द्र. 'मान' के अन्तर्गत।

मानसिक—वि. [सं.] मन संबंधी; मन में होने वाला। **~चिकित्सालय**—पु. वह अस्पताल, चिकित्सालय जहाँ मानसिक रोगों, पागलपन, आदि का इलाज होता है।

मानसिकता—स्त्री. [सं.] किसी विशेष ढंग से सोचने की स्थिति।

मानसी—वि. [सं.] मन से उत्पन्न।

मानसून—पु. [अं.] वर्षा ऋतु में वर्षा को संभव बनाने वाली हवाएँ।

मानहुँ*—अ. द्र. 'मानो'।

मानिंद—वि. [फा.] समान, सदृश।

मानिक—पु. माणिक, लाल रंग का एक प्रसिद्ध रत्न।

मॉनिटर—पु. [अं.] छात्र-नायक, कक्षा, नायक; प्रबोधक; किसी मशीन, कम्प्यूटर, आदि का नियंत्रक उपकरण।

मानित—वि. [सं.] सम्मानित।

मानिनी—वि. स्त्री. [सं.] मानवती, अभिमान करने वाली स्त्री, नायक से रूठी हुई नायिका (सा.शा.)।

मानी—पु. स्त्री. [सं.] गर्व, अभिमान करने वाला (स्त्री, पुरुष दोनों के लिए प्रयुक्त)। वि. मान करने वाला, रूठने वाला।

मानीटर—पु. [अं.] द्र. 'मॉनिटर'।

मानुख*—पु. द्र. 'मनुष्य'।

मानुष—वि. [सं.] मानव, मनुष्य संबंधी। पु. मनुष्य।

मानुषक, मानुषिक—वि. [सं.] मनुष्य-संबंधित, मनुष्य का।

मानुषी—स्त्री. [सं.] स्त्री, नारी।

मानुष्य, मानुष्यक—पु. [सं.] मनुष्यता; मानवदेव, मनुष्य जाति।

मानुस*—पु. मनुष्य, आदमी।

माने—पु. मतलब, अर्थ, मानी।

मानों, मानो—अ. मान लो, कल्पित करो।

मान्य—वि. [सं.] आदरणीय, पूज्य; मानने योग्य।

मान्यता—स्त्री. [सं.] किसी बड़ी संस्था, मुख्य संस्था द्वारा छोटी संस्था को स्वीकार करने की स्थिति; संस्था को स्वीकार करने का औपचारिक, प्रमाण-पत्र देना ('रिकॉग्निशन' देना)।

माप—स्त्री. मापने की क्रिया, भाव या नाप; वह मान जिससे कोई वस्तु, पदार्थ नापा जाए।

मापक—पु. [सं.] वह जिससे कुछ नापा जाए; वह जो नापता हो।

मापन—पु. [सं.] मापने या नापने की क्रिया या भाव ('मेज़रमेंट')।

माफ़—वि. [अ. मुआफ़.] क्षमा किया हुआ।

माफ़िक—वि. [अ.] अनुकूल, जो विरुद्ध न हो।

माफ़िया—पु. [अं.] धन-बल, भुज-बल आदि से ग़ैर-कानूनी, विधि-विरोधी कार्य करने वाले लोगों का समूह, असामाजिक तत्त्व।

माफ़ी—स्त्री. क्षमा; वह भूमि जिसका लगान सरकार द्वारा माफ़ कर दिया गया हो।

मॉब—स्त्री. [अं.] उत्तेजित भीड़, विवेकहीन जनसमूह।

मामता*—स्त्री. ममता।

मामलत—स्त्री. [अ. 'मुआमिलत'] द्र. 'मामला'।

मामला—पु. व्यापार, काम; विवादास्पद विषय; झगड़ा, विवाद; मुकदमा, अभियोग; घटना, बात।

मामा—पु. मातुल, माँ का भाई [स्त्री. 'मामी']। [फा.] माता, माँ; दासी, नौकरानी, मज़दूरनी; रोटी पकाने वाली, स्त्री।

मामूँ—पु. मामा, मातुल।

मामूर—वि. [अ.] भरा हुआ, पूर्ण; आबाद, समृद्ध।

मामूल—वि. [अ.] अमल किया हुआ। पु. रीति, रिवाज़, रस्म।

मामूली—वि. साधारण, सामान्य।

मायका—पु. पीहर, विवाहिता लड़की का माँ का घर।

मायण—पु. [सं.] वेदों के भाष्यकर्ता सायण और माधव के पिता।

मायल—वि. [अ.] झुका हुआ; प्रवृत्त; मिश्रित।

माया—स्त्री. [सं.] लक्ष्मी; धन, संपत्ति; धोखा, कपट; इन्द्रजाल, जादू-प्रकृति; ब्रह्म की शक्ति, प्रेरणा। **~पति**—पु. परमात्मा, ईश्वर। **~मय**—वि. मायायुक्त।

मायाविनी—स्त्री. [सं.] छल-छद्म करने वाली स्त्री; माया रचने में कुशल स्त्री।

मायावी—वि. [सं.] अनेक प्रकार की माया, धोखा-कपट रचने वाला।

मायूस—वि. [अ.] निराश, नाउम्मीद।

मायूसी—स्त्री. निराशा, निराश होने की अवस्था।

मार—पु. [सं.] मारण, वध; मृत्यु; कामदेव; चोट, क्लेश, कष्ट (गरीबी की मार)। हि. मारपीट, चोट, लड़ाई; निशाना (तोप की मार)। **~काट**—स्त्री. खूनी लड़ाई। **~पीट**—स्त्री. लड़ाई, हाथापाई। फा. साँप।

मारक—वि. [सं.] मारने वाला, जानलेवा।

मारका—पु. [अं. 'मार्क'] चिह्न, निशान।

मारकीन—पु. एक प्रकार का पतला-सा कोरा कपड़ा।

मारकेश—पु. [सं.] ज्योतिष में मृत्यु की संभावना उपस्थित करने वाला ग्रहयोग।

मारग*—पु. द्र. 'मार्ग'।

मारगन*—पु. द्र. 'मार्गण'।

मारजन—पु. द्र. 'मार्जन'।

मारण—पु. [सं.] मारना, जान लेना; किसी को मारने के लिए किया जाने वाला तांत्रिक कर्म।

मारना—स.क्रि. चोट करना, प्रहार करना, आघात करना; जीवन का अंत करना, प्राण लेना। **(कुश्ती)** ~प्रतिपक्षी को कुश्ती में परास्त कर देना।

मारफ़त, मार्फ़त—स्त्री. [अ.] के द्वारा; के जरिये से; अध्यात्म ज्ञान की एक अवस्था (सूफी.)।

मारफ़ीन—स्त्री. [अं.] अफीम का सत।

मारबल—पु. [अं.] संगमरमर (पत्थर)।

मारवा—पु. एक संकर राग (संगी.)।

मारवाड़—पु. राजस्थान का एक अंचल।

मारवाड़ी—वि. मारवाड़ का। पु. मारवाड़ का रहने वाला। स्त्री. मारवाड़ की भाषा, बोली।

मारशल-मार्शल—पु. [अं.] सेना में सर्वोच्च पद। **~लॉ**—पु. फौजी कानून; फौजी कानून और सेना द्वारा संचालित शासन। **(कोर्ट)** ~सेना की न्यायायिक व्यवस्था। **(कोर्ट) ~करना**—सेना की न्यायायिक व्यवस्था में जाने का दंड ('मेजर का कोर्ट मार्शल होगा')।

मारशल आर्ट—पु. [अं.] युद्ध-कौशल; युद्ध कौशल संबंधी कलाएँ—तलवारबाज़ी, कराटे, आदि।

मारा—वि. मारा हुआ; ग्रस्त, पीड़ित। **~मारा, ~मारी**—स्त्री. बहुत जल्दी करना (अप्रिय अर्थ में—'मारामारी क्यों मचा रखी है?')।

मारात्मक—वि. [सं.] घातक, संहारकारी।

मारिच*—पु. द्र. 'मारीच'।

मारी—स्त्री. [सं.] मरी फैलना, महामारी।

मारीच—पु. [सं.] एक राक्षस, सीता-हरण में सोने का मृग बन कर अपनी भूमिका निवाही, राम द्वारा वध।

मारीची—स्त्री. [सं.] बुद्धदेव की माता, महामाया देवी।

मारुत—पु. [सं.] वायु, हवा; वायु देवता। वि. मरुत संबंधी।

मारुतात्मज—पु. [सं.] हनुमान।

मारुति—पु. [सं.] मरुत् के पुत्र हनुमान।

मारु—पु. युद्ध-समय के गीत (ढोला-मारू)।

मारूफा—वि. [अ.] प्रसिद्ध, ज्ञात।

मारे—अ. के कारण, वजह से ('डर के मारे', 'शर्म के मारे')।

मार्कंडेय—पु. [सं.] एक प्रसिद्ध ऋषि। **~पुराण**—पु. 18 मुख्य पुराणों में से एक प्रसिद्ध पुराण।

मार्क—पु. [अं.] चिह्न; एक जर्मन सिक्का।

मार्कट—वि. [सं.] बंदर संबंधी।

मार्का—पु. छाप, चिह्न।

मार्केट—पु. [अं.] बाज़ार, हाट।

मार्केटिंग—स्त्री. [अं.] विपणन, बाज़ार करना।

मार्ग—पु. [सं.] रास्ता, पथ। **ला.** वे साधन, प्रकार जिनसे किसी कार्य को पूरा किया जाता है, रास्ता।

मार्गण—पु. [सं.] याचना; ढूँढ़ना, तलाश करना; अच्छी तरह पूछताछ कर किसी बात के मूल में जाना।

मार्गशिर, मार्गशीर्ष—पु. [सं.] अगहन का महीना।

मार्गी—वि. [सं.] मार्ग पर चलने वाला (वाममार्गी), यात्री, पथिक। स्त्री. संगीत में एक मूर्च्छना।

मार्च—पु. [सं.] ईस्वी सन् का तीसरा महीना, फरवरी और अप्रैल के बीच का; युद्ध के देवता 'मार्स' के नाम पर इसका नामकरण; सैनिकों की चाल, चलना; सेना का प्रस्थान, कूच।

मार्ज—पु. [सं.] मार्जन; धोबी।

मार्जक—वि., पु. [सं.] मार्जन करने वाला।

मार्जन—पु. [सं.] धो-माँज कर साफ़ करना; मंत्र पढ़ते हुए शरीर की शुद्धि के लिए जल छिड़कना।

मार्जनीय—वि. [सं.] मार्जन करने योग्य, क्षमा योग्य।

मार्जार—पु. [सं.] बिल्ली, बिल्ला।

मार्जारक—पु. [सं.] बिल्ली; मोर।

मार्जारी—स्त्री. [सं.] बिल्ली।

मार्जित—वि. [सं.] शोधित।

मार्जिन—पु. [अं.] हाशिया, पार्श्व; सीमांत।

मार्तंड—पु. [सं.] सूर्य, प्रभाकर, आदित्य, भानु।

मार्त्तिक—वि. [सं.] मिट्टी का बना हुआ, मृत्तिका निर्मित।

मार्त्य—वि. [सं.] मर्त्य, मरणशील। पु. मरणशीलता।

मार्दंग—पु. [सं.] मृदंग बजाने वाला।

मार्दंगिक—वि., पु. [सं.] मृदंग बजाने वाला।

मार्दव—पु. [सं.] मृदुता, कोमलता; नरमी; दूसरे के दुःख के प्रति संवेदनशील होना।

मार्मिक—वि. [सं.] बहुत प्रभावशाली, जिसका प्रभाव मर्म, हृदय पर पड़े—हृदयस्पर्शी।

माल—पु. [सं.] द्र. 'माला', (गलमाल आदि)। [अ.] धन, सम्पत्ति, संपदा, सामान; बहुमूल्य वस्तु; स्वादिष्ट और पुष्टिकारक भोज्य पदार्थ ('क्या माल उड़ाया जा रहा है!'); रेल आदि से भेजा जाने वाला सामान; वह पदार्थ जिससे कोई वस्तु तैयार की जाती है। **~कंगनी**—स्त्री. एक लता, जिसके बीजों से तेल निकलता है। **~खाना**—पु. वह सरकारी विभाग या स्थान, जहाँ सरकारी वस्तुओं का भंडारण होता है। **~गाड़ी**—स्त्री. वह रेलगाड़ी जिससे माल ढोया जाता है। **~गुज़ारी**—स्त्री. भूमि कर, जो जमींदार सरकार को देते थे। **~गोदाम**—पु. व्यापारी का सामान रखने का स्थान। **~दार**—पु. धनी व्यक्ति। **~पूआ**—पु. एक प्रसिद्ध पकवान, मिठाई।

मालकोश, मालकौश, मालकौशिक—पु. [सं.] एक राग (संगी.)।

मालटा—पु. एक प्रकार का खटमिट्ठा फल, मुसम्मी से आकार में कुछ बड़ा।

मालति*—स्त्री. द्र. 'मालती'।

मालती—स्त्री. [सं.] सुगंधित पुष्प वाली एक लता; चाँदनी, ज्योत्स्ना, चन्द्रिका।

मालदह—पु. माल्दा, बंगाल का एक शहर।

मालद्वीप—पु. हिंद महासागर में एक द्वीप-समूह।

मालन—स्त्री. द्र. 'मालिन'।

मालय—वि. [सं.] मलय-संबंधी, मलयगिरि पर उत्पन्न।

मालव—पु. [सं.] मालवा के निवासी; मालवा; एक राग (संगी.)।

मालवक—पु. [सं.] मालवा, मालवा का निवासी।

मालवा—पु. मध्य प्रदेश का एक अंचल। स्त्री. एक नदी।

मालविका—स्त्री. [सं.] एक लता।

मालवी—स्त्री. [सं.] एक रागिनी।

मालवीय—वि. [सं.] मालवा का, मालवा संबंधी। पु. मालवा का रहने वाला; ब्राह्मणों की एक उपजाति।

मालसी—स्त्री. [सं.] एक रागिनी (संगी.)।

माला—स्त्री. [सं.] हार, गले में पहनने का आभूषण, सूत के डोरे में पिरोए हुए फूल, मनके, आदि; पंक्ति, श्रेणी; एक के बाद एक बहुत-सी चीज़ों का आना, घटनाएँ घटना ('चेन')।

मालामाल—वि. समृद्ध, धन-धान्य से भरा हुआ; भरपूर।

मालावती—स्त्री. [सं.] एक रागिनी (संगी.)।

मालिक—पु. [अ.] स्वामी, अधिपति; पति; ईश्वर।

मालिका—स्त्री. [सं.] द्र. 'माला'।

मालिकाना—पु. स्वामी के रूप में अधिकार, स्वामित्व।

मालिन—स्त्री. माली की स्त्री; माली का काम करने वाली स्त्री।

मालिनी—स्त्री. [सं.] मालिन; माली जाति की स्त्री।

मालिन्य—पु. [सं.] मलिनता, अपवित्रता।

मालियत—स्त्री. धन-दौलत।

मालिश—स्त्री. [अ.] मर्दन, मलने की क्रिया, मलवाई।

माली—पु. बाग़-बगीचे की देखभाल करने वाला, पेड़-पौधों को गोड़ने-सींचने वाला।

मालीदा—वि. [फा.] मलीदा, जिसे मला गया हो। पु. चूरमा, मलीदा।

मालूम—वि. [अ.] जाना हुआ, ज्ञात, विदित।

मालेया—स्त्री. [सं.] बड़ी इलायची।

मालोपमा—स्त्री. [सं.] उपमा अलंकार का एक भेद, इसमें एक ही उपमेय के अनेक उपमान एक के बाद एक दिये जाते हैं।

माल्य—पु. [सं.] माला, हार; पुष्प। **~जीवक**—पु. माली।

माल्यवान्—पु. [सं.] पुराणों में वर्णित एक पुराण; एक राक्षस (रामा.)।

माल्यार्पण—पु. [सं.] माला पहनाना।

माल्लवी—स्त्री. [सं.] कुश्ती।

मावली—पु. द्र. 'मवाली'।

मावस*—स्त्री. द्र. 'अमावस'।

मावा—पु. दूध को गाढ़ा कर बनाया हुआ पदार्थ, खोवा; माँड़, कपड़ों में लगाया जाता है; सत, सार।

माश—पु. [फा.] उरद, उड़द।

माशा—पु. आठ रत्ती का वज़न, तोले का बारहवाँ भाग।

माशा अल्लाह—पद. [अ.] ईश्वर उसे बुरी नज़र से बचाए; किसी की सुंदरता की प्रशंसा में भी कहा जाता है, जिसमें खुदा बुरी नज़र से बचाए जैसा भाव ही होता है।

माशी—वि. उड़द के रंग का।

माशूक़—वि. [अ.] जिसके साथ इश्क, प्रेम किया जाए, प्रेमपात्र, प्रेमिका, प्रेमी।

माशूक़ा—स्त्री. [अ.] प्रेयसी, प्रेमिका।

माशूक़ाना—वि. माशूकों, प्रेमियों जैसा।

माशूक़ी—स्त्री. माशूक़पन; मोहक रूप, हाव-भाव।

मास—पु. [सं.] उरद, उड़द; माशा।

मास—पु. [सं.] महीना, वर्ष का बारहवाँ भाग; तीस दिन का समय ('एक माह का समय ले लीजिए')।

मासांत—पु. [सं.] महीने का अंत।

मासावधिक—वि. [सं.] एक मास में होने वाला।

मासिक—वि. [सं.] मास संबंधी, महीने का; प्रत्येक माह में एक बार होनेवाला; प्रत्येक मास प्रकाशित होने वाला पत्र, पत्रिका; प्रति मास मिलनेवाला वेतन; प्रत्येक मास स्त्रियों को होनेवाला रजोधर्म, मासिक धर्म। **~धर्म**—पु. स्त्रियों को प्रति मास होनेवाला रजोधर्म, माहवारी।

मासी—स्त्री. मौसी, माँ की बहन।

मासूम—वि. [अ.] निरीह, निर्दोष; निष्पाप दृष्टिवाला; कोमल।

मासूमियत, मासूमी—स्त्री. [अ.] निरीहता, निर्दोषिता; कोमलता (हृदयगत)।

मास्क—पु. [अं.] नक़ाब, मुखावरण; मुख पर डाला हुआ छद्म आवरण।

मास्टर—पु. [अं.] स्वामी, मालिक, अधिपति, अधिकारी; शिक्षक, अध्यापक, गुरु; विशेषज्ञ, आचार्य, उस्ताद; उत्कृष्ट, साहित्यकार, कलाकार। **~पीस**—पु. श्रेष्ठ, उत्कृष्ट कलाकृति।

मास्टरनी—स्त्री. अध्यापिका, शिक्षिका।

मास्टरी—स्त्री. पढ़ाने का कार्य, अध्यापन; (किसी कार्य में) विशेषज्ञता।

मास्य—वि. [सं.] महीने भर का; महीने भर बना रहनेवाला।

माहँ*—अ. [ब्र.भा.] मध्य, बीच में।

माह*—पु. द्र. 'माघ'। [फा.] चाँद, चंद्रमा; महीना, मास। **~ताब**—पु. चाँदनी; चाँद। **~ताबी**—वि. चंद्रमा की चाँदनी में रखकर तैयार किया हुआ (औषधि, आदि), यथा—माहताबी गुलकंद; एक आतिशबाज़ी।

माहकस्थली—स्त्री. [सं.] एक प्राचीन जनपद।

माहत*—स्त्री. महत्ता, महिमा।

माहली*—पु. महल का सेवक; टहल करने वाला।

माहाँ*—अ.द्र. 'महँ', 'माहँ'।

माहात्म्य—पु. [सं.] महिमा, महत्त्व (विशेषत: धर्म संबंधी कृत्यों, ग्रंथों, आदि की)।

माहिं*—अ. [ब्र.भा.] मध्य, भीतर।

माहिर—पु. [सं.] इन्द्र। वि. [अ.] कुशल, निपुण; विशेषज्ञ, अच्छा जानकार।

माहिष—वि. [सं.] भैंस का (दूध, दही)।

माही—स्त्री. [फा.] मछली।

माहुर—पु. ज़हर, विष।

माहेश—वि. महेश, शिव संबंधी।

माहेशी—स्त्री. [सं.] दुर्गा; देवी का कोई भी स्वरूप।

माहेश्वर—वि. [सं.] महेश्वर संबंधी। पु. एक उपपुराण, एक अस्त्र; शिवोपासक।

माहौल—पु. [अं.] वातावरण।

मिंगनी—स्त्री. द्र. 'मेंगनी'।

मिंट—पु. [अं.] टकसाल।

मिआद—स्त्री. द्र. 'मीआद'।

मिकदार—स्त्री. [अ.] मात्रा; परिमाण; माप-तौल।

मिकाडो—पु. जापान के सम्राट की उपाधि।

मिकेनिक—पु. [अं.] द्र. 'मैकेनिक'।

मिक्सचर—पु. [अं.] पेय औषधि, जिसमें कई औषधियाँ मिली हुई हों; चाय आदि के साथ खाया जानेवाला नमकीन जिसमें कई चीज़ें मिलाई गई हों।

मिक्सी—स्त्री. [अं.] रसोई का वह बिजली से चलनेवाला उपकरण, जिससे मसाले आदि पीसे जाते हैं; जूस, लस्सी, आदि तैयार किए जाते हैं।

मिग—पु. [अं.] एक प्रकार का युद्धक विमान, लड़ाकू विमान।

मिचकाना*—स.क्रि. (पलकें) झपकाना।

मिचना—अ.क्रि. (आँखों का) बंद होना।

मिचलाना—अ.क्रि. उलटी आने से पहले मन खराब होना ('जी मिचला रहा है')।

मिचली—स्त्री. उलटी होने जैसी अनुभूति; वमन, उलटी होना।

मिचौनी, मिचौली—स्त्री. आँख बंद करना। (आँख)~बच्चों का एक खेल।

मिज़राब—स्त्री. [अ.] तार का बना छल्ला, सितार आदि के लिए प्रयोग किया जाता है।

मिज़ाज—पु. [अं.] तबियत; प्रकृति; स्वभाव; आदत; गर्व, घमंड। **मु. ~पूछना**—कुशल-क्षेम पूछना, तबियत, स्वास्थ्य का हाल पूछना। **~सातवें आसमान पर होना**—बहुत अधिक घमंड होना।

मिज़ाजी—वि. घमंडी, मिज़ाज वाला।

मिटना—अ.क्रि. समाप्त होना, लुप्त होना, नष्ट होना, बरबाद होना; चिह्न, दाग़ आदि दूर होना।

मिटाना—स.क्रि. किसी शब्द, चिह्न, दाग़, आदि को रगड़ कर समाप्त करना; आज्ञा, आदि रद्द करना; नष्ट करना या खराब करना।

मिटिया—स्त्री. मिट्टी का छोटा बरतन। वि. मिट्टी के रंग का; मिट्टी का बना।

मिट्टी—स्त्री. पृथ्वी के ऊपरी तल, जमीन पर पड़ा भुरभरा पदार्थ, धूल, खाक (जिस पर पेड़-पौधे उगते हैं)। **~तेल**—पु. पेट्रोलियम प्रजाति का एक खनिज-तरल पदार्थ, लालटेन, स्टोव, आदि में प्रयुक्त। **मु. ~उठना**—शव की अरथी, जनाज़ा उठना। **~का पुतला**—मनुष्य, मानव। **~के माधो**—मूर्ख, अल्प बुद्धि, मतिमंद। **~के मोल**—बहुत सस्ते मूल्य पर, कम कीमत पर। **~ठिकाने लगाना**—ठीक तरह से अंतिम संस्कार करना। **~पलीद होना**—दुर्दशा होना; अंतिम संस्कार ठीक से न होना। **~में मिलना**—नष्ट, बरबाद हो जाना।

मिट्ठी—स्त्री. चुंबन, विशेषतः बच्चों का या बच्चों द्वारा।

मिट्ठू—वि. मृदुभाषी। पु. तोता, तोते के लिए सम्बोधन।

मिठू—'मीठा' का समासगत रूप। **~बोला**—वि. मृदुभाषी, मीठा बोलने वाला।

मिठाई—स्त्री. विशेष प्रकार से चीनी, खोवे, पनीर, आदि से बनाए गए खाद्य पदार्थ।

मिठास—स्त्री. मीठापन, माधुर्य।

मिडवाइफ़—वि. [अं.] दाई, धात्री, प्रसव करानेवाली।

मिडिल—वि. [अं.] बीच का, मध्यवर्ती। **~स्कूल**—पु. वह स्कूल जहाँ आठवीं, मिडिल तक की पढ़ाई होती है।

मित*—स्त्री. मिति, सीमा। वि. [सं.] नपा-तुला; परिमित, सीमित, थोड़ा। **~भाषी**—वि. कम बोलने वाला, अल्पभाषी। **~भोजी**—वि. थोड़ा खाने वाला, अल्पाहारी। **~व्ययी**—वि. कम ख़र्च करनेवाला, सोच-समझ कर ख़र्च करनेवाला।

मिताई*—स्त्री. मित्रता।

मिताक्षरा—स्त्री. [सं.] विज्ञानेश्वर द्वारा रचित याज्ञवल्क्य स्मृति की टीका।

मिताशन—पु. [सं.] थोड़ा भोजन, अल्पाहार।

मिताहार—वि. [सं.] कम खाना, नपा-तुला भोजन, अल्पाहार।

मिति—स्त्री. [सं.] मान, परिमाण; सीमा, हद; अवधि।

मिति—स्त्री. तिथि, तारीख; किसी कार्य के लिए नियत तिथि।

मित्र—पु. [सं.] बंधु, सखा, साथी; युद्ध में साथ देनेवाला देश, राष्ट्र। **~द्रोह**—पु. मित्र का अनिष्ट करना। **~भाव**—पु. मित्रता, दोस्ती। **~लाभ**—पु. मित्र की प्राप्ति।

मित्रता—स्त्री., **मित्रत्व**—पु. [सं.] मित्र होने का भाव या धर्म, दोस्ती।

मित्राक्षर—पु. [सं.] एक छंद जिसके दोनों चरणों की तुक मिलती हो।

मिथ—पुराकथा, पुरावृत्त।

मिथिला—स्त्री. [सं.] राजा जनक की राजधानी। **~पति**—पु. राजा जनक।

मिथुन—पु. [सं.] नर-मादा, स्त्री-पुरुष का जोड़ा; समागम, मेल; ज्योतिष की बारह राशियों में एक राशि, तीसरी राशि।

मिथ्या—वि. [सं.] असत्य, झूठ; व्यर्थ ('जगत मिथ्या')। **~वचन, ~वाद**—पु. झूठी बात, असत्य वचन।

मिथ्याचार—पु. [सं.] कपटपूर्ण आचरण, व्यवहार।

मिथ्यात्व—पु. [सं.] मिथ्यापन, असत्यता।

मिथ्याध्यवसिति—स्त्री. [सं.] एक अर्थालंकार, इसमें झूठी कही हुई बात को सत्य सिद्ध करने के लिए दूसरी झूठी बात कही जाती है।

मिथ्यापवाद—पु. [सं.] झूठा आरोप।

मिथ्याभास—पु. [सं.] जो चीज़ जैसी है, उससे अलग दिखाई देना।

मिथ्याभिमान—पु. [सं.] झूठा अभिमान, गर्व।

मिथ्याभियोग—पु. [सं.] झूठा अभियोग, दोषारोपण।

मिथ्याभिरांसन—पु. [सं.] झूठा दोष लगाना।

मिथ्यारोपण—पु. [सं.] झूठा आरोप लगाना।

मिथ्यार्थ—पु. [सं.] ग़लत आशय, मिथ्या अभिप्राय।

मिथ्याहार—पु. [सं.] प्रकृति विरुद्ध आहार।

मिथ्योपचार—पु. [सं.] झूठा या गलत उपचार।

मिनकना—अ.क्रि. मिन-मिन करना, नाक से या धीमे से कुछ अस्पष्ट-सा बोलना।

मिनट—पु. [अं.] साठ सेकेंड का समय, घंटे का साठवाँ भाग।

मिनती—स्त्री. विनती।

मिन-मिन—अ. द्र. 'मिनकना'।

मिनमिनाना—अ.क्रि. द्र. 'मिनकना'।

मिनि—वि. [अं.] छोटा; छोटे आकार का (मिनी बस, मिनी सेक्रेटेरिएट, मिनी स्कर्ट)।

मिनिट—पु. [अं.] द्र. 'मिनट'।

मिनिट्स—स्त्री. [अं.] किसी सभा, बैठक के कार्य-विवरण की लिखित प्रस्तुति।

मिनिमम—वि. [अं.] अल्पतम; न्यूनतम, कम-से-कम।

मिनिस्टर—पु. [अं.] मंत्री।

मिनिस्टरी, मिनिस्ट्री—स्त्री. [अं.] मंत्रालय; मंत्रिमंडल; मंत्री का पद या विभाग।

मिन्नत—स्त्री. [अ.] विनती; अनुनय-विनय, मनुहारपूर्वक विनती।

मिमियाना—अ.क्रि. भेड़ या बकरी का बोलना, 'मैं-मैं' शब्द करना; गिड़गिड़ाना।

मियाँ—पु. [फा.] स्वामी, मालिक; पति, खसम; सम्मानजनक सम्बोधन। **~बीवी**—पति-पत्नी।

मियाद—स्त्री. [अ.] अवधि, सीमा।

मियादी—वि. [अ.] अवधि संबंधी, आवधिक। **~बुखार**—पु. वह बुखार जो निश्चित दिन, एक दिन या कुछ दिन छोड़कर आता है।

मियान—पु. [फा.] किसी चीज़ का मध्य भाग; तलवार, कृपाण, आदि का खोल ('कवर'); गिलाफ़।

मियाना—वि. [फा.] बीच का, मझोला। **(दर)~**—बीच के आकार का। पु. केन्द्र, मध्यभाग।

मियानी—स्त्री. [फा.] पाजामे में बीच का कपड़ा, दोनों पायँचों के बीच का।

मिरग*—पु. द्र. 'मृग'।

मिरगी—स्त्री. एक मानसिक रोग, जिसमें रोगी गिर पड़ता है, उसके मुँह से झाग निकलने लगते हैं, अपस्मार।

मिरचा—पु. द्र. 'मिर्च'।

मिरजई—स्त्री. पुरुषों के पहनने का एक प्रकार का छोटा कुर्ता, जिसमें बंद लगे होते हैं।

मिरज़ा—पु. [फा.] शहज़ादा, अमीरज़ादा; मुग़लों की एक उपाधि।

मिरजान—पु. [फा.] मूँगा; रत्न।

मिरजानी—वि. [फा.] मूँगे का।

मिरदंग—पु. द्र. 'मृदंग'।

मिरिच—स्त्री. द्र. 'मिर्च'।

मिर्गी—स्त्री. द्र. 'मिरगी'।

मिर्च—स्त्री. एक प्रकार की सब्ज़ी वाली कड़वी फली, पकने पर लाल हो जाती है—स्वाद में तीख़ी, तेज़, मसालों आदि में भी प्रयुक्त होती है, लाल मिर्च। **(काली) ~**—काले दानों की शक्ल की मिर्च, यह भी मसालों में प्रयुक्त।

मिल—स्त्री. [अं.] कारखाना, कपड़ा बनाने का कारखाना; आटा आदि पीसने की मशीन; लकड़ी आदि चीरने की मशीन, कारखाना।

मिलक—स्त्री. [अं.] द्र. 'मिल्क'।

मिलकना*—अ.क्रि. जलना।

मिलता-जुलता—वि. लगभग समान, एक जैसा।

मिलन—पु. [सं.] भेंट, मिलने की क्रिया, मिलाप।

मिलनसार—वि. अच्छी तरह मिलने-जुलने वाला, मेल-जोल वाला, सुशील।

मिलनसारी—स्त्री. मिलनसार स्वभाव, मिलने-जुलने की प्रवृत्ति।

मिलना—अ.क्रि. भेंट होना; दो अलग-अलग पदार्थों का संयुक्त होना; गले लगना।

मिलनी—स्त्री. विवाह-समय की एक रीति, जिसमें कन्या पक्ष के लोग वर पक्ष के लोगों का गले मिलकर, माल्यार्पण कर शगुन-राशि देते हुए स्वागत करते हैं।

मिलाई—स्त्री. मिलने की क्रिया, मिलने पर शगुन रूप में दी जाने वाली राशि, भेंट; जेल में क़ैदियों से भेंट, मुलाक़ात।

मिला-जुला—वि. मिश्रित।

मिलान—पु. मिलाने की क्रिया।

मिलाना—स.क्रि. इकट्ठा करना, संयोग कराना, जोड़ना; भेंट कराना।

मिलाप—पु. मेल; भेंट, प्रेम, दोस्ती।

मिलावट—स्त्री. मिलाया जाना, किसी शुद्ध चीज़ में खराब चीज़ मिलाना—दूध में पानी, घी में अन्य तत्त्व मिलाना, मसालों में मिट्टी आदि मिलाना, आदि।

मिलावटी—वि. मिलावट वाला, मिश्रित।

मिलिंद—पु. [सं.] भौंरा।

मिलिंदक—पु. [सं.] साँपों की एक प्रजाति।

मिलिटरी—स्त्री. सेना, फ़ौज। वि. सेना का, सेना संबंधी।

मिलीग्राम—पु. [अं.] ग्राम का हज़ारवाँ भाग, एक तौल।

मिलीभगत—स्त्री. किसी के विरुद्ध रची गई साँठ-गाँठ, षड्यंत्र।

मिलीमीटर—पु. [अं.] मीटर का हज़ारवाँ भाग।

मिल्क—स्त्री. [अं.] दूध।

मिल्कियत—स्त्री. भूमि पर स्वामित्व का अधिकार, सम्पत्ति।

मिल्की—पु. मिल्क, ज़ायदाद वाला; जमींदार, जागीरदार, भूस्वामी।

मिल्कीयत—स्त्री. द्र. 'मिल्कियत'।

मिल्लत—स्त्री. मेल-जोल; मिलनसारी। [अ.] धार्मिक संप्रदाय, मज़हब।

मिशन—पु. [अं.] किसी कार्य विशेष के लिए कुछ व्यक्तियों का कहीं भेजा जाना; प्रतिनिधि मंडल; ईसाई धर्म के प्रचारकों का कहीं जाना; जीवन का कोई पवित्र उद्देश्य, जीवन का लक्ष्य।

मिशनरी—पु. [अं.] ईसाई धर्म प्रचारक, पादरी।

मिश्र—पु. [सं.] ब्राह्मणों की एक उपजाति; मिश्रित। **~जाति**—स्त्री. वर्ण संकर जाति।

मिश्रक—वि. [सं.] मिलावट करने वाला।

मिश्रण—पु. [सं.] दो या अधिक वस्तुओं को एक जगह मिलाना; वह तरल औषधि जो कई औषधियों के मिश्रण से तैयार की गई हो।

मिश्रित—वि. [सं.] मिलाया हुआ।

मिश्री—स्त्री. द्र. 'मिस्री'।

मिष—पु. [सं.] बहाने से, छल से।

मिष्ट—वि. [सं.] मीठा; स्वादिष्ट। पु. मिठाई। **~भाषी**—वि. मीठा, मधुर बोलने वाला।

मिष्टान्न—पु. [सं.] मिठाई, मीठा, पकवान।

मिस—पु. बहाना ('खेल के मिस')।

मिस—स्त्री. [अं.] कुमारी, कुँवारी कन्या, स्त्री।

मिसकीन—वि. [अ.] दे. 'मिस्कीन'।

मिसरा—पु. [अ.] शे'र की पहली पंक्ति।

मिसरी—स्त्री. [अ.] द्र. 'मिस्री'।

मिसल—स्त्री. द्र. 'मिसिल'।

मिसाइल—पु. [अं.] प्रक्षेपास्त्र।

मिसाल—स्त्री. [अ.] दृष्टांत, उदाहरण; कहावत।

मिसमिसाना—अ. क्र. दाँतों को चबाना, अपना आक्रोश प्रकट करना।

मिसिल—स्त्री. [अ.] किसी विषय या मुकदमे से संबंधित कागज़ों दस्तावेज़ का एक जगह रखा रूप ('फाइल'); पुस्तक की सिलाई से पहले फर्मों का सही क्रम से रखा हुआ रूप।

मिसेज़—स्त्री. [अं.] श्रीमती; पत्नी; विवाहित महिलाओं के नाम के साथ लगने वाला आदरसूचक सम्बोधन।

मिस्कीन—वि. [अ.] दीन-दुखी, असहाय। **~सूरत**—वि. जिसकी सूरत से दीनता, गरीबी, असहायता टपकती हो।

मिस्कीनी—स्त्री. दीनता, कंगाली, असहायता।

मिस्कोट—पु. भोजन; गुप्त मंत्रणा।

मिस्टर—पु. [अं.] महोदय, महाशय, श्रीमान; नाम या पदबोधक संज्ञा के साथ लगाया जाने वाला सम्मानसूचक शब्द।

मिस्तरी—पु. वह जो भवन-निर्माण करता है, राज मिस्तरी; यंत्रों, मशीनों की मरम्मत करने वाला।

मिस्मिरेज़म—पु. [अं.] सम्मोहन विद्या; दूसरे की इच्छा शक्ति पर प्रभाव डाल कर उसे वशीभूत करने की कला।

मिस्र—पु. [अ.] उत्तर-पूर्वी अफ्रीका का एक देश, राजधानी काहिरा।

मिस्री—वि. मिस्र का। पु. मिस्र का निवासी। स्त्री. जमाई हुई चीनी का रूप—दानेदार तथा कूचे के रूप में; मिस्र देश की भाषा। **~की डली**—स्त्री. किसी बहुत मीठी चीज़ के लिए कहा जाता है।

मिस्ल—वि. [अ.] द्र. 'मिसिल'।

मिस्सा—पु. कई अनाजों का मिश्रण; इस प्रकार के अनाजों का आटा।

मिस्सी—स्त्री. एक प्रकार का मंजन, जिसे स्त्रियाँ दाँतों पर शृंगार के रूप में लगती हैं, इससे उनके होंठ लालिमायुक्त काले हो जाते हैं।

मिहनत—स्त्री. [अ.] द्र. 'मेहनत'।

मिहरबान—क्रि.वि. [फ़ा.] द्र. 'मेहरबान'।

मिहराब—स्त्री. [अ.] दे. 'मेहराब'।

मिहिर—पु. [सं.] सूर्य; चंद्रमा; बादल; वायु, आदि।

मिहिरकुल—पु. गुप्त सम्राटों का विजेता एक प्रसिद्ध हूण।

मीआद—स्त्री. [अ.] द्र. 'मियाद'।

मीआदी—वि. मियादी, जिसकी समय-सीमा, अवधि निश्चित हो, द्र. 'मियादी'।

मीच*—स्त्री. मृत्यु, मौत।

मीचना—स.क्रि. (आँख) मूँदना, बंद करना।

मीजना—स.क्रि. मलना, मसलना।

मीजल्स—पु. [अं.] खसरा (माता)।

मीज़ान—पु. [अ.] जोड़, जमा; खर्चे की सुविधा ('अभी मोटर साइकिल लेने का मेरा मीज़ान नहीं है')।

मीटर—पु. [अं.] लम्बाई मापने का एक पैमाना, जो लगभग 40" का होता है; ख़र्च हुए पानी, बिजली को नापने का यंत्र।

मीटिंग—स्त्री. [अं.] सभा, बैठक।

मीठा—वि. जिसमें मिठास हो; सुस्वादिष्ट। पु. मिठास; मिठाई।

मीठी—वि. स्त्री. मिठासयुक्त, मधुर; प्रिय। **ला. ~छुरी**—मिलकर चोट करने वाला। **~मार**—वह भार, प्रहार जो ऊपर से दिखाई न दे, मिलकर अहित करना।

मीड़—स्त्री. एक स्वर से दूसरे स्वर पर जाने का एक सुंदर ढंग, प्रक्रिया (संगी.)।

मीडियम—पु. [अं.] माध्यम।

मीडिया—पु. [अं.] जनसंचार के प्रमुख माध्यम—रेडियो, टी.वी. तथा समाचार-पत्र।

मीत—पु. द्र. 'मित्र'।

मीन—पु. [सं.] मछली; ज्योतिष में बारह राशियों में से अंतिम। **~मेख**—पु. दूसरों के कामों में छोटी-छोटी कमियाँ निकालना, दोष-दर्शन। **~बाज़ार**—पु. जौहरी बाज़ार; खूब सजा-धजा बाज़ार।

मीना—पु. सोने-चाँदी पर किया जाने वाला रंग-बिरंगा काम, रंग या रंगीन शीशे लगाना। **~कारी**—स्त्री. सोने-चाँदी पर रंग-बिरंगा काम।

मीनार—स्त्री. स्तंभ रूप में बनी ऊपर को पतली, नुकीली होती जाती इमारत, मस्जिद में अजान लगाने, घड़ी लगाने, जहाजों को दिशा दर्शाने वाले स्तंभ (क़ुतुब मीनार, ताजमहल की मीनारें, आदि)।

मीनालय—पु. [सं.] समुद्र।

मीनिंग—स्त्री. [अं.] अर्थ, अभिप्राय, आशय।

मीनू—पु. [अं.] मूल्यसहित व्यंजन-सूची (होटल, रेस्तराँ, आदि में)।

मीमांसक—वि., पु. [सं.] मीमांसा, विवेचना करने वाला; मीमांसा दर्शन का पंडित, विद्वान्।

मीमांसन—पु. [सं.] मीमांसा, विवेचना करना।

मीमांसा—स्त्री. [सं.] विवेचना करना; षड् दर्शनों में से एक, जिसके पूर्व-मीमांसा और उत्तर-मीमांसा दो विभाग, दो दर्शन। **~कार**—पु. मीमांसा सूत्र के रचयिता जैमिनी ऋषि।

मीमांसित—वि. [सं.] जिसकी मीमांसा, विवेचना की गई हो।

मीमो—पु. [अं.] नोट, पत्रक, स्मरण-पत्र, ज्ञापन। **(कैश)~**—पु. किसी खरीदी हुई वस्तु/वस्तुओं का मूल्य सहित विवरण-पत्र।

मीयाद—स्त्री. [अ.] द्र. 'मीयाद'।

मीयादी—वि. द्र. 'मीयादी'।

मीर—पु. [सं.] समुद्र; जल; सीमा। [फा.] 'अमीर' का लघु रूप, सरदार; नेता, प्रधान अधिकारी; प्रतियोगिता में प्रथम आने वाला; प्रसिद्ध उर्दू कवि मीर मुहम्मद 'नकी' का उपनाम।

मीरास—स्त्री. [अ.] उत्तराधिकार में मिली संपत्ति, बपौती।

मीरासी—पु. गाने-बजाने का पेशा करने वाली एक मुस्लिम जाति।

मीरी—स्त्री. मीर होने का भाव, सरदारी। पु. किसी प्रतियोगिता में प्रथम आने वाला।

मील—पु. [अं.] दूरी का एक नाप, 1760 गज़ की दूरी।

मीलित—वि. [सं.] मूँदा हुआ; सिकोड़ा हुआ, संकुचित। पु. एक अर्थालंकार जहाँ उपमेय-उपमान में भेद दिखाई न दे।

मुँगरा—पु. काठ का बना बड़ा हथौड़ा-सा, मूँगरी का बड़ा रूप, जो ठोकने-पीटने के काम आता है।

मुँगरी—स्त्री. मूँगरी, लकड़ी का छोटा हथौड़ा-सा, जो कूटने-पीटने के काम आता है।

मुँगौरी—स्त्री. मूँग की दाल की बड़ियाँ।

मुंचन*—पु. द्र. 'मोचन'।

मुंचना*—स.क्रि. मुक्त करना, छोड़ना।

मुंज—पु. [सं.] मूँज; राजा भोज के चाचा, अपभ्रंश के प्रसिद्ध कवि। **~मणि**—पु. पुखराज।

मुंड—पु. [सं.] खोपड़ी, सिर, कटा हुआ सिर। **~माला**—पु. खोपड़ियों की माला, शिव और काली के गले में रहने वाली। **~माली**—पु. शिव।

मुंडक—पु. [सं.] मूड़ने वाला, नाई; अथर्ववेद का एक उपनिषद्—मुंडकोपनिषद्।

मुंडन—पु. [सं.] बालक के सिर के बाल पहली बार मुंडवाने की रस्म, संस्कार; मूँड़ना।

मुँड़ना—अ.क्रि. मूँड़ा जाना, ठगा जाना।

मुंडा—वि. मुंडित; बिना सींग का (बैल, बकरा, आदि)। पु. बिना फीते वाला जूता। स्त्री. एक आदिवासी जाति। स्त्री. मुंडा जाति की भाषा।

मुँड़ाई—स्त्री. मूँड़ने का काम; मूँड़ने की मज़दूरी।

मुँडासा—पु. साफ़ा, पगड़ी।

मुंडित—वि. [सं.] मूँड़ा हुआ।

मुँडेर—स्त्री. छत की दीवार पर ऊपरी उठा हुआ भाग; खेत की मेंड़।

मुँडेरा—पु. छत की दीवार पर ऊठी हुई छोटी दीवार-सी।

मुँडेरी—स्त्री. छत के ऊपर बनी छोटी-सी दीवार।

मुंतज़िम—वि. [अ.] प्रबंधक, इंतज़ाम करने वाला।

मुंतज़िर—वि. [अ.] इंतज़ार, प्रतीक्षा, करने वाला।

मुँदना—अ.क्रि. आँख का बंद होना; पलक लगना; बंद होना।

मुँदरी—स्त्री. अँगूठी।

मुंबई—स्त्री. भारत का प्रसिद्ध नगर, मुंबा देवी के नाम पर वसा हुआ, पूर्व नाम 'बम्बई'।

मुंशियाना—वि. मुंशियों जैसा।

मुंशी—पु. [अ.] लेख, आदि लिखने वाला; कचहरी में वकील का लेखन, कार्य आदि करने वाला लिपिक; हिसाब-किताब रखने वाला, मुनीम; विद्वान्, पंडित; अध्यापकों के लिए प्रयुक्त सम्मानसूचक सम्बोधन।

मुंसरिम—पु. [अ.] जज की अदालत; जज; प्रबंध करने वाला।

मुंसरिमी—स्त्री. मुंसरिम का पद या काम।

मुंसिफ़—पु. [अ.] न्यायाधीश, जज; न्याय करने वाला।

मुंसिफ़ाना—वि. न्यायोचित, न्याययुक्त।

मुंसिफ़ी—स्त्री. मुंसिफ़, जज का पद; मुंसिफ़ की अदालत।

मुँह—पु. नाक और होंठों के नीचे शरीर का वह अंग, जिससे भोजन करते और बोलते हैं, मुख, चेहरा; सूराख; बरतन, आदि का वह छेद जिससे कोई चीज़ उसके अंदर डाली जाती है। **~अँधेरे**—अ. बहुत सवेरे, तड़के, भोर में। **~जोर**—पु. लड़का। **~जोरी**—स्त्री. जबान लड़ाना। **~दिखाई**—स्त्री. दुल्हन का मुँह देखने की रस्म; वह राशि या भेंट, आदि जो दुल्हन को मुँह देखने के शगुन-स्वरूप दी जाती है। **~फट**—वि. जो मुँह में आ जाए, बिना सोचे-समझे बक देने वाला, अतिशय स्पष्ट रूप से कहने वाला। **~बोली बहन**—स्त्री. वह स्त्री जिससे बहन का संबंध जोड़ लिया जाए, धर्म-बहन। मु. **~का मीठा**—ऊपर-ऊपर से चिकनी-चुपड़ी बातें करने वाला, अंदर से अहित करने वाला। **~काला होना**—कोई ग़लत काम करके कलंकित होना। **~के बल गिरना**—किसी काम में धोखा खाना। **~पर थूकना**—अत्यधिक घृणा प्रकट

करना। ~**फुलाना**—रूठना, नाराज़ होना। ~**बिगाड़ना**—नाराज़गी प्रकट करना। ~**(में) घी शक्कर**—कोई शुभ समाचार की सूचना पर कहा जाता है।

मुँहाचही*—स्त्री. डींग मारना।

मुँहासा—पु. युवावस्था में मुँह पर निकलने वाले दाने, फुंसियाँ।

मुअज़्ज़म—वि. [अ.] पूज्य; बुज़ुर्ग; महान; पूजनीय स्थान।

मुअज़्ज़िन—पु. [अ.] नमाज़ के समय मस्जिद में अजान लगाने वाला।

मुअत्तल—वि. [अ.] जिसे कुछ समय के लिए दंडस्वरूप अपने काम, पद से हटा दिया गया हो ('सस्पेंड')।

मुअत्तली—स्त्री. मुअत्तल होने की स्थिति।

मुअद्दब—वि. [अ.] जो बड़ों का आदर-सम्मान करे, सुशील, विनम्र।

मुअम्मा—पु. [अ.] पहेली, पेचदार, रहस्यपूर्ण बात; कठिन और विचारणीय विषय।

मुअल्ला—वि. [अ.] परम; उत्तम और श्रेष्ठ; मान्य, प्रतिष्ठित।

मुअल्लिम—पु. [अ.] शिक्षक, इल्म देने वाला। [स्त्री. 'मुअल्लिमा']

मुआ—वि. मरा हुआ, मृत; गाली रूप में भी प्रयुक्त।

मुआइना, मुआयना—पु. [अ.] निरीक्षण, जाँच-पड़ताल।

मुआफ़—वि. [अ.] द्र. 'माफ़'।

मुआफ़िक़—वि. द्र. 'मुवाफ़िक़'।

मुआफ़िक़त—स्त्री. अनुकूलता; मेल-जोल।

मुआफी—स्त्री. [अ.] माफ़ी।

मुआमला—पु. [अ.] द्र. 'मामला'।

मुआवज़ा—पु. [अ.] किसी हानि के बदले दी जाने वाली राशि; भूमि अधिग्रहण आदि के बदले दी जाने वाली राशि।

मुकंद, मुकंदक—पु. [सं.] प्याज़।

मुकट—पु. द्र. 'मुकुट'।

मुकता*—पु. द्र. 'मुक्ता'।

मुकदमा—पु. [अ. 'मुकद्दमा'] अभियोग, अपराध, आदि से संबंधित विवाद, जो न्यायालय में विचार के लिए रखा जाता है।

मुक़द्दम—वि. [अ.] प्रधान, मुख्य; सर्वोपरि; आगे या पहले आने वाला; गाँव-समाज में आदरसूचक संबोधन।

मुकद्दमा—पु. [अ.] द्र. 'मुकदमा'।

मुक़द्दर—पु. [अ.] भाग्य, तक़दीर।

मुक़द्दस—वि. [अ.] पवित्र, पाक। ~**किताब**—स्त्री. पवित्र धर्म ग्रंथ, कुरआन।

मुकम्मल—वि. [अ.] पूरा किया हुआ, समाप्त; संपूर्ण, अखंड।

मुकरना—अ.क्रि. कही हुई बात से फिरना, न करना, इनकार करना।

मुकरी—स्त्री. पहेली जैसी कविता, जिसमें पहले कही हुई बात का अंत में खंडन-सा दिखाई दे।

मुकर्रम—वि. [अं.] पूज्य, सम्मानित।

मुक़र्रर—वि. [अ.] नियत, नियुक्त; इकरार किया हुआ, निश्चित। क्रि.वि. दोबारा, फिर से।

मुक़र्ररी—स्त्री. निश्चित लगान, कर या वेतन, आदि।

मुक़र्रिर—वि. [अ.] तकरीर करने वाला, वक्ता।

मुक़ाबला—पु. [अं.] आमना-सामना; मुठभेड़, प्रतियोगिता; समानता; लड़ाई।

मुक़ाबिल—वि. (अ.) बराबरी करने वाला, प्रतिस्पर्धी; आमने-सामने।

मुकाम—पु. ['मक़ाम'] ठहरने का स्थान, पड़ाव; ठहराने की क्रिया; रहने का स्थान, घर, अवसर।

मुक़ामी—वि. स्थानीय, स्थान विशेष से सम्बद्ध। ~**अफसर**—पु. स्थानीय अधिकारी।

मुकियाना—स.क्रि. मुक्के, घूँसे लगाना।

मुक़िर, मुकिर्रर—वि. [अ.] इकरार करने वाला, स्वीकार करने वाला, दस्तावेज़ लिखने वाला।

मुकुंद—पु. [सं.] श्रीकृष्ण; विष्णु; कुबेर की नौ निधियों में से एक; एक रत्न।

मुकुंदक—पु. [सं.] प्याज़।

मुकु—पु. [सं.] मोक्ष; उत्सर्ग।

मुकुट—पु. [सं.] राजा, देवताओं, आदि के सिर पर रखा जाने वाला प्रसिद्ध शिरोभूषण।

मुकुत*—वि. मुक्त। पु. मोती।

मुकुताहल*—पु. मोती।

मुकुर—पु. [सं.] दर्पण, आईना।

मुकुल—पु. [सं.] कली, खिलने से पूर्व फूल का रूप।

मुकुलित—वि. [सं.] अधखिला, अधमुँदा।

मुकेस—पु. द्र. 'मुक़्क़ैश'।

मुक्का—पु. घूँसा, मारने के लिए बाँधी हुई मुट्ठी।

मुक्की—स्त्री. शरीर पर धीरे मुक्के लगा कर मालिश करना।

मुक्केबाज़—पु. [फ़ा.] मुक्के चलाने वाला। [स्त्री. 'मुक्केबाज़ी'—एक प्रकार का खेल, इस खेल की प्रतियोगिता]।

मुक्केस*—पु. द्र. 'मुक़्क़ैश'।

मुक़्क़ैश—पु. सोने-चाँदी का तार, बादला; सोने-चाँदी के तारों का किसी कपड़े पर काम।

मुक़्क़ैशी—वि. सोने-चाँदी के तारों का बना; सोने-चाँदी के काम वाला वस्त्र, कपड़ा।

मुक्त—वि. [सं.] बंधनरहित, खुला हुआ, छूटा हुआ, स्वच्छंद; जिसे मुक्ति मिल गई हो। **मु. ~कंठ से**—बहुत अधिक, खूब खुलकर, निस्संकोच भाव से (प्रशंसा, आदि)।

~व्यापार—पु. दूसरे देशों के साथ होने वाला ऐसा व्यापार, जिसमें सरकारी तौर पर कोई प्रतिबंध, बाधाएँ न हों ('फ्री ट्रेड')। **~हस्त**—वि. [सं.] जो खुले हृदय से खूब दान करता हो, व्यय करता हो।

मुक्तक—पु. [सं.] प्रायः चार चरणों की कविता, जिसका प्रत्येक पद स्वतंत्र, अपने में संपूर्ण हो।

मुक्तांबर—पु. [सं.] जो पूर्णतः नग्न रहता हो; दिगम्बर; दिगम्बर जैन संप्रदाय का साधु।

मुक्ता—स्त्री. [सं.] मोती; वेश्या। **~शक्ति**—स्त्री. वह सीप जिसमें मोती पैदा होता है।

मुक्तात्मा—वि. [सं.] मोक्ष प्राप्त आत्मा; वह जो जन्म-मरण के चक्र, भव-जाल से छूट गया हो।

मुक्ताभ—वि. [सं.] मोतियों की-सी आभा वाली।

मुक्तावली—स्त्री. [सं.] मोतियों की लड़ी, मोतियों की माला।

मुक्तावास—पु. [सं.] सीप।

मुक्ति—स्त्री. [सं.] धार्मिक विश्वास के अनुसार वह अवस्था, जिसमें मनुष्य जन्म-मरण के चक्र से छूट जाता है, भव-जाल से मुक्त हो जाता है; छुटकारा।

मुक्तिका—स्त्री. [सं.] मोती।

मुख—पु. [सं.] मुँह, आनन, द्र. 'मुँह'। **~सुख**—पु. उच्चारण की सरलता या सौंदर्य।

मुखड़ा—पु. चेहरा, मुख; गीत की पहली पंक्ति (जो बार-बार गीत में दोहराई भी जाती है)।

मुख़तार—पु. [अ.] किसी कार्य के लिए अपना आधिकारिक प्रतिनिधि बना कर किसी को नियुक्त करना; वकील का अधीनस्थ कर्मचारी। **~नामा**—पु. किसी कार्य को करने के लिए अधिकृत कानूनी पत्र। **~मुख़तारी**—स्त्री. मुख़तार का कार्य, पेशा।

मुख़न्नस—वि. [अ.] हिजड़ा, किन्नर।

मुख़बिर—पु. [अ.] गुप्त रूप से पुलिस को अपराधियों की सूचना देने वाला।

मुख़बिरी—स्त्री. पुलिस के लिए जासूसी करने वाला।

मुखर—वि. [सं.] बहुत बोलने वाला; अप्रिय या कटु आलोचना करने वाला; बहुत अधिक शब्द करता हुआ, ऊँचे स्वर में बोलता हुआ।

मुखरित—वि. [सं.] शब्द करता हुआ, ध्वनित।

मुखाकृति—स्त्री. [सं.] चेहरा; चेहरे की बनावट।

मुखाग्नि—स्त्री. [सं.] चिता पर शव के मुख में दी जाने वाली अग्नि (पुत्र, ज्येष्ठ पुत्र द्वारा)।

मुखाग्र—वि. [सं.] कंठस्थ, ज़बानी याद।

मुख़ातब—वि. [अ.] मुख़ातिब, किसी से बातचीत के लिए प्रवृत्त होना, उन्मुख होना।

मुख़ातिब—वि. [अ.] द्र. 'मुखातब'।

मुखापेक्षी—वि. [सं.] दूसरे का मुँह जोहने वाला, पराश्रित।

मुखामय—पु. [सं.] मुख का एक रोग।

मुख़ालफ़त—स्त्री. [अ.-मुख़ालिफ़त] विरोध (करना), शत्रुता।

मुख़ालिफ़—वि. [अ.] विरोध करने वाला; शत्रु; उलटा।

मुखिया—पु. अगुआ; गाँव में एक उपाधि; बड़े मंदिरों में मुख्य पुजारी।

मुखौटा—पु. धातु, प्लास्टिक, कागज़, आदि का बनाया चेहरा, जो मुख के ऊपर लगाया जाता है। **ला. ~लगाना**—दूसरा चेहरा ओढ़ना, ऊपर से कुछ और भीतर से कुछ और।

मुख़्तलिफ़—वि. [अ.] भिन्न, जुदा, अलग (तरह का)।

मुख़्तसर—वि. [अ.] संक्षिप्त, थोड़े में कहा या किया हुआ।

मुख़्तसरन्—अ. [अ.] थोड़े में, संक्षेप में।

मुख़्तार—पु. [अ.] द्र. 'मुख़तार'।

मुख्य—वि. [सं.] प्रधान; प्रथम; औरों से अधिक महत्त्व वाला, श्रेष्ठ।

मुख्यतः—अ. [सं.] प्रधानतः; ख़ास तौर से, विशेष रूप से।

मुख्यांश—पु. [सं.] मुख्य भाग।

मुख्याधिकारी—पु. [सं.] प्रधान अधिकारी।

मुख्याधिष्ठाता—पु. [सं.] प्रधान व्यवस्थापक।

मुख्याध्यापक—पु. [सं.] प्रधान अध्यापक।

मुख्यायुक्त—पु. [सं.] प्रधान कमिश्नर।

मुख्यार्थ—पु. [सं.] (शब्द या पद का) प्रधान अर्थ।

मुख्यालय—पु. [सं.] प्रधान कार्यालय ('हेड ऑफिस')।

मुगदर—पु. भारी मूँगरी, इसे घुमाकर बाज़ुओं का व्यायाम किया जाता है।

मुग़ल—पु. [फा.] तुर्की की एक लड़ाकू तातार जाति, जिन्होंने भारत में अपना राजवंश स्थापित किया।

मुग़लई, मुग़लाई—वि. [फा.] मुग़लों की तरह का, मुग़लों-सा।

मुग़लानी—स्त्री. [फा.] मुग़लों की स्त्री।

मुग़लिया—वि. [फा.] द्र. मुगलों की तरह का।

मुग़ली—वि. [फा.] मुग़लों का; मुग़लों जैसा।

मुग़लीया—वि. [फा.] मुग़लों का। **~ख़ानदान**—पु. भारत के मुग़ल राजवंश का।

मुग़ालता—पु. [अ.] धोखा, भ्रम।

मुग्ध—वि. [सं.] जिसे मोह, भ्रम हुआ हो; मोहित; भोला, सुंदर। **~कर**—वि. मोहक, आकर्षक, मुग्ध करने वाला।

मुग्धा—स्त्री. [सं.] एक नायिका भेद, यौवन प्राप्त सरल सहज स्वभाव की नायिका।

मुचक—पु. [सं.] लाख, लाह।

मुचकुंद—पु. [सं.] एक वृक्ष विशेष, द्र. 'मुचुकुंद'।

मुचलका—पु. [तु.] वह प्रतिज्ञा-पत्र, जिसके द्वारा भविष्य में कोई अनुचित काम न करने अथवा किसी नियत समय

पर अदालत में उपस्थित होने की प्रतिज्ञा हो, आज्ञा-पालन न होने पर आर्थिक दंड का प्रावधान रहता है ('50 हज़ार के मुचलके पर रिहा किया गया')।

मुचुकुंद—पु. [सं.] एक प्रसिद्ध सूर्यवंशी राजा, मांधाता के पुत्र; एक वृक्ष विशेष।

मुछंदर—पु. बड़ी मूँछों वाला (जो देखने में अच्छी न लगें)।

मुछ—'मूँछ' का समास में प्रयुक्त रूप। **~कटा, ~मुंडा**—जिसने मूँछ मुँड़वा दी हों।

मुछैल—वि. बड़ी मूँछों वाला।

मुज़क्कर—पु. [अ.] नर, पुरुष; पुंलिंग (व्या.)।

मुज़क्किर—पु. [अ.] ज़िक्र करने वाला, याद करने या कराने वाला, प्रभु का नाम जपने वाला।

मुजरा—वि. [अ.] वेश्या का महफ़िल में गाना पेश करना; किसी राशि में से कुछ राशि काटना; राज-दरबार में जाकर सलाम करना।

मुजरिम—पु. [अ.] अपराधी, जिसने जुर्म किया हो।

मुजरिमाना—वि. [अ.] अपराधी की तरह, अपराधियों जैसा।

मुज़ायक़ा—पु. [अ.] आपत्ति; हानि।

मुज़ावर—पु. [अ.] मज़ार या दरग़ाह का चढ़ावा लेने वाला व्यक्ति।

मुजाहिद—पु. [अ.] धर्म की रक्षा के लिए युद्ध करने वाला, धार्मिक योद्धा।

मुजाहिदीन—पु. [अ.-'मुजाहिद' का बहु.] धार्मिक योद्धाओं का समूह। **(हिजुवल)~**—कश्मीर और पाकिस्तान में सक्रिय कट्टर इस्लामी आतंकवादी संगठन।

मुज़ाहिमत—स्त्री. [अ.] यातना, रुकावट।

मुज़िर—वि. [अ.] हानिकारक, नुक़सान पहुँचाने वाला; बुरा।

मुझ—सर्व. 'मैं' का वह रूप जो कर्ता और संबंधकारक को छोड़कर शेष कारकों में विभक्ति युक्त होकर बनता है, यथा—मुझको, मुझसे, मुझ पर।

मुझे—सर्व. मुझको, 'मैं' का कर्म और संप्रदानकारक का रूप।

मुटका—पु. एक तरह का मोटा रेशमी कपड़ा, जो पूजा या किसी भी धार्मिक कृत्य में धोती की तरह पहना जाता है।

मुटरी—स्त्री. द्र. 'गठरी'।

मुटल्ला—वि. मोटा (असम्मानजनक रूप में या गाली के रूप में प्रयुक्त)।

मुटाई—स्त्री. मोटापन।

मुटाना—अ.क्रि. मोटा हो जाना।

मुटापा—पु. मोटा हो जाना।

मुट्ठा—पु. घास-फूस, चारे, आदि का इतना अंश, जो हाथों की मुट्ठियों में आ जाए; दस्ता; मुठिया।

मुट्ठी—स्त्री. हाथ की वह मुद्रा, जिसमें उँगलियाँ मोड़ कर हथेली को दबाया हुआ होता है; उतनी वस्तु जो हाथों की ऐसी मुद्रा में आ जाए—'मुट्ठी भर चावल'।

मुठभेड़—स्त्री. टक्कर, भिड़ंत; सामना (होना)।

मुठिया—स्त्री. कब्ज़ा, दस्ता; धुनिया का वह बेलन-सा, जिसे वह धुनकी पर मार कर रुई धुनता है।

मुड़कना—अ.क्रि. द्र. 'मुरकना'।

मुड़ना—अ.क्रि. अगल-बगल या पीछे की ओर मुड़ना; लौटना।

मुड़वाना—स.क्रि. मुड़ने का काम करवाना।

मुतअल्लिक—वि. [अ.] ताल्लुक, संबंध रखने वाला, सम्बद्ध।

मुतना—वि. बहुत अधिक मूतने, पेशाब करने वाला।

मुतफ़न्नी—वि. [अ.] फसादी; चालबाज़, फरेबी।

मुतफ़र्रिक़—वि. [अ.] अलग-अलग, विविध; बिखरा हुआ।

मुतफ़र्रिक़ात—स्त्री. [अ.] फुटकल, छोटे-छोटे, फुटकल खर्चों का मद।

मुतबन्ना—वि. [अ.] गोद लिया हुआ। पु. दत्तक पुत्र, गोद लिया पुत्र।

मुतल्लक़ा—स्त्री. [अ.] तलाक दी हुई स्त्री।

मुतवातिर—वि. [अ.] लगातार।

मुताबिक़—वि. [अ.] सदृश; अनुरूप; अनुसार।

मुतास—स्त्री. पेशाब की हाजत।

मुत्तफ़िक—वि. [अ.] सहमत, इत्तिफाक रखने वाला।

मुद—पु. [सं.] हर्ष, उमंग।

मुदर्रिस—पु. [अ.] शिक्षक, अध्यापक।

मुदर्रिसी—स्त्री. [अ.] अध्यापकी, शिक्षण कार्य।

मुदित—वि. [सं.] आनंदित, मोदयुक्त। पु. कामशास्त्र में वर्णित एक प्रकार का आलिंगन।

मुदिता—स्त्री. [सं.] हर्षित स्त्री; एक नायिका भेद, वह नायिका जो सब कुछ अपने अनुकूल पाकर प्रसन्न होती है।

मुद्गर—पु. [सं.] द्र. 'मुगदर'।

मुद्गल—पु. [सं.] ब्राह्मणों का एक गोत्र।

मुद्दई—पु. [अ.] वादी; दावा करने वाला; दावेदार।

मुद्दत—स्त्री. [अ.] लंबी अवधि, बहुत समय, काल।

मुद्दालेह—पु. [अ.] जिस पर दावा किया गया हो, प्रतिवादी।

मुद्रक—पु. [सं.] छापने वाला ('प्रिंटर')।

मुद्रण—पु. [सं.] छपाई, छपाना।

मुद्रणालय—पु. [सं.] छापाखाना ('प्रेस')।

मुद्रांक—पु. [सं.] धातु आदि का बना वह उपकरण, जिस पर नाम या कुछ विशिष्ट चिह्न उलटे खुदे रहते हैं, जिसे किसी कागज़, लाख, आदि पर लगा कर उसकी प्रामाणिकता पुष्ट की जाती है, मोहर (सील)।

मुद्रांकन—पु. [सं.] मुद्रा या मुद्रण के द्वारा अंकित करने या छापने की क्रिया या भाव; पुस्तकों, सामयिक पत्रों आदि पर उन्हें छापने वाले के नाम, पते, आदि का उल्लेख।

मुद्रांकित—वि. [सं.] जिस पर मुद्रा या मोहर लगी हुई हो।

मुद्रा—स्त्री. [सं.] नाम की मोहर ('सील', 'स्टांप'), रुपए-पैसे आदि, सिक्का; अँगूठी, मुद्रिका; छपाई के सीसे के ढले अक्षर ('टाइप'), नाथपंथी साधुओं का कान में पहनने का स्फटिक या काठ का कुंडल; शरीर के अंगों की स्थिति—खड़े होने, बैठने, चलने का ढंग ('पोस्चर'); हठयोग के अंग-विन्यास, आसन—खेचरी, भूचरी, चाचरी, गोचरी और उन्मनी; देवपूजन, योगासनों, नृत्य, आदि में हाथ की उँगलियों का विशेष विन्यास। **~स्फीति**—स्त्री. मुद्रा का मूल्य बहुत घट जाने और वस्तुओं का मूल्य बहुत बढ़ जाने, मँहगाई बढ़ जाने की स्थिति ('इन्फ्लेशन')।

मुद्राक्षर—पु. [सं.] मुद्रा में अंकित अक्षर ('टाइप', 'लैटर्स')।

मुद्रिका—स्त्री. [सं.] अँगूठी; मुहर या नाम खुदी हुई अँगूठी।

मुद्रित—वि. [सं.] छपा हुआ, जिसका मुद्रण हुआ हो; जिस पर कोई मुद्रा अंकित हो।

मुनक्का—पु. [अ.] बीज वाला सुखाया हुआ अंगूर, द्राक्षा।

मुनहसर—वि. द्र. 'मुनहसिर'।

मुनहसिर—वि. [अ.] निर्भर, आश्रित, अवलंबित।

मुजाजरा—पु. [अ.] वाद-विवाद; शास्त्रार्थ।

मुनादी—पु. [अ.] ढोल या डुग्गी बजा कर जगह-जगह की जाने वाली घोषणा; ढिंढोरा, डुग्गी।

मुनाफ़ा—पु. [अ.] लाभ, फायदा।

मुनार—पु. द्र. 'मनार'।

मुनासबत—स्त्री. [अ.] मेल-मिलाप; पारस्परिक संबंध।

मुनासिब—वि. [अ.] वाजिब, ठीक, उचित।

मुनि—वि. [सं.] मननशील महापुरुष, ऋषि।

मुनिया—स्त्री. एक छोटी-सी लाल चिड़िया।

मुनींद्र—पु. [सं.] मुनिश्रेष्ठ, भगवान बुद्ध।

मुनी*—पु. द्र. 'मुनि'।

मुनीम—पु. हिसाब-किताब रखने वाला कर्मचारी (विशेष रूप से बड़े दुकानदारों के यहाँ)।

मुनीमी—स्त्री. मुनीमगीरी, मुनीम का काम।

मुनीश, मुनीश्वर—पु. [सं.] मुनियों में श्रेष्ठ; भगवान बुद्ध; विष्णु।

मुन्ना, मुन्नूँ—पु. छोटे बच्चों के लिए स्नेहपूर्ण सम्बोधन।

मुन्नी—स्त्री. छोटी बच्ची, लड़की के लिए स्नेहपूर्ण सम्बोधन।

मुफ़लिस—वि. [अ.] निर्धन, ग़रीब, कंगाल, दरिद्र।

मुफ़लिसी—स्त्री. [अ.] निर्धनता, ग़रीबी, कंगाली, दरिद्रता।

मुफ़स्सल—वि. [अ.] विस्तृत, ब्यौरेवार।

मुफ़ीद—वि. [अ.] फायदा, लाभ करने वाला।

मुफ़्त—वि. [फा.] जो बिना मूल्य के प्राप्त हो। **~ख़ोर, ~खोरा**—वि. मुफ़्त की खाने वाला, दूसरों की कमाई खाने वाला। **~में**—व्यर्थ, बेकार, बिना दाम के।

मुफ़्ती—पु. [अ.] इसलाम में धार्मिक व्यवस्था के अनुसार न्याय करने और दंड देने वाला।

मुबतिला—वि. [अ.] द्र. 'मुब्तला'।

मुबर्रा—वि. [अ.] बरी, मुक्त; पाक, निर्दोष।

मुबलग़, मुबलिग़—वि. [अ.] कुल; थोड़ा-सा, रक़म (मुबलिग़ पचास रुपए)।

मुबादला—पु. [अ.] मुआबजा; अदल-बदल।

मुबारक—वि. [अ.] शुभ, मांगलिक। **~बाद**—बधाई, किसी अच्छी ख़बर, जन्मदिन, किसी अन्य शुभ दिन और अवसर पर दी जाने वाली बधाई—'मुबारक हो'।

मुबारकी—स्त्री. मुबारकबाद।

मुबालग़ा—पु. [अ.] अत्युक्ति, बहुत बढ़ा-चढ़ा कर कहना।

मुबाशरत—स्त्री. [अ.] मैथुन, संभोग, प्रसंग, सहवास।

मुब्तला—वि. [अ.] व्यस्त; फँसा हुआ; किसी आपदा, मुसीबत आदि में घिरा हुआ।

मुमकिन—वि. [अ.] संभव, जो हो सके।

मुमतहिन—पु. [अ.] परीक्षक, परीक्षा, इम्तिहान लेने वाला।

मुमताज़—वि. [अ.] माननीय, प्रतिष्ठित।

मुमानिअत, मुमानियत—स्त्री. [अ.] मनाही, निषेध, रोक।

मुमानी—स्त्री. मामी, मामा की पत्नी।

मुमुक्षु—वि. [सं.] मोक्ष, मुक्ति की कामना वाला।

मुमूर्षा—स्त्री. [सं.] मरने की इच्छा।

मुमूर्षु—वि. [सं.] मरण, मृत्यु का इच्छुक, आसन्न मरण वाला।

मुयस्सर—वि. [अ.] मयस्सर, प्राप्त, उपलब्ध, मिलता या मिला हुआ।

मुर—पु. [सं.] एक राक्षस जिसका श्रीविष्णु ने वध किया, इसीलिए उनके अवतार श्रीकृष्ण को 'मुरारि' भी कहा जाता है।

मुरक—स्त्री. मुरकने की क्रिया या भाव।

मुरकना—अ.क्रि. मुड़ना; मोच खाना।

मुरकाना—स.क्रि. मोड़ना।

मुरकी—स्त्री. कान में पहनने की छोटी-सी बाली।

मुरगा—पु. द्र. 'मुर्गा'।

मुरगाबी—स्त्री. द्र. 'मुर्गाबी'।

मुरगी—स्त्री. द्र. 'मुर्गी'।

मुरचंग—पु. द्र. 'मुँहचंग'।

मुरचा—पु. द्र. 'मोरचा'।

मुरछना*—अ.क्रि. मूर्च्छित होना।

मुरछल—पु. मोरपंख का चँवर।

मुरछा—स्त्री. द्र. 'मूर्च्छा'।

मुरछाना*—अ.क्रि. मूर्च्छित होना।

मुरझना—अ.क्रि. कुम्हलाना।

मुरझाना—अ.क्रि. फूल-पत्तों का कुम्हलाना, सूखने लगना। **ला.** उदास होना।

मुरदा—वि. [फ़ा.] मुर्दा, मरा हुआ, मृत; मुरझाया हुआ, उदास।

मुरदार—वि. [फ़ा.] मरा हुआ, मुर्दा, बेजान; अपवित्र; अस्पृश्य।

मुरधर*—पु. मरुथल, मारवाड़।

मुरब्बा—पु. [अ.] चीनी की चाशनी में रखा हुआ फलों, मेवों का पाक। वि. चौकोर, चौखूँटा; चार-चार चरणों की एक प्रकार की कविता।

मुरब्बी—पु. [अ.] संरक्षक, सरपरस्त; पालन-पोषण करने वाला।

मुरमुरा—पु. भुने हुए धान-चावल।

मुरली—स्त्री. [सं.] वंशी, बाँसुरी। **~धर**—पु. मुरली, वंशी बजाने वाले श्रीकृष्ण।

मुरव्वत—स्त्री. [अ.] शील, संकोच, लिहाज़; भलमनसाहत, आदमीयत।

मुरशिद—पु. [अ.] गुरु, शिक्षक।

मुरसल—पु. [अ.-मुर्सल] दूत, पैगम्बर।

मुरसिल—पु. [अ.] भेजने वाला।

मुराड़ा*—पु. लुकाटी; मशाल।

मुराद—स्त्री. [अ.] कामना, मनोरथ; मतलब, अभीष्ट।

मुरादी—वि. मुराद, कामना रखने वाला।

मुरारि—पु. [सं.] श्रीकृष्ण, श्रीविष्णु, मुरा दैत्य के शत्रु, मारने वाले।

मुरीद—पु. [अ.] चेला, शिष्य; प्रशंसक।

मुरीदी—स्त्री. [अ.] शिष्यत्व, शार्गिदी।

मुरेठा—पु. साफ़ा, पगड़ी।

मुरौवत—स्त्री. [अ.] द्र. 'मुरव्वत'।

मुर्की—स्त्री. संगीत में स्वरों को मिला कर गाना।

मुर्ग़—पु. [अ.] एक चिड़िया विशेष, मुर्गा (मुरगा)।

मुर्ग़ा—स्त्री. [फ़ा.] एक पालतू चिड़िया विशेष, इसकी मादा अंडा देती है।

मुर्ग़ाबी—स्त्री. [फ़ा.] मुर्गे की प्रजाति का एक जलपक्षी, जलकुक्कुट।

मुर्ग़ी—स्त्री. [फ़ा.] मुर्गा पक्षी की मादा।

मुर्दनी—स्त्री. [फ़ा.] चेहरे पर मायूसी, निराशा के चिह्न; शव के अंतिम संस्कार में जाना।

मुर्दा—वि., पु. [फ़ा.] द्र. 'मुरदा'।

मुर्रा—स्त्री. भैंसों की एक प्रजाति, अधिक दूध देने के लिए प्रसिद्ध।

मुर्वी—स्त्री. [सं.] धनुष की डोरी।

मुर्शिद—पु. द्र. 'मुरशिद'।

मुलक*—पु. द्र. 'मुल्क'।

मुलज़म, मुलज़िम—वि. [अ.] जिस पर कोई इलजाम, दोष, अपराध लगाया गया हो। पु. अपराधी, अभियुक्त।

मुलतवी—वि. [अ.] द्र. 'मुल्तवी'।

मुलतान—पु. पाकिस्तान स्थित पंजाब का एक प्रसिद्ध नगर।

मुलतानी—वि. मुलतान का। पु. मुलतान का रहने वाला। स्त्री. एक रागिनी (संगी.)। **~मिट्टी**—स्त्री. एक प्रकार की चिकनी मिट्टी, जिससे आज भी गाँवों की कुछ स्त्रियाँ सिर धोती हैं, गर्मी में शरीर को ठंडा रखने आदि के लिए भी प्रयुक्त किया जाता है।

मुलम्मा—वि. [अ.] चाँदी या सोने का पानी किसी दूसरी धातु पर चढ़ाने का कार्य।

मुलहठी—स्त्री. द्र. 'मुलेठी'।

मुलाँ*—पु. मुल्ला।

मुलाक़ात—स्त्री. [अ.] भेंट, मिलना; जान-पहचान; क़ैदियों से जेल में मिलना।

मुलाक़ाती—पु. मिलने वाला, मित्र, परिचित; क़ैदियों से मिलने जाने वाला।

मुलाज़मत—स्त्री. [अ.] नौकरी, सेवा। **~पेशा**—वि. नौकरी से जीविका चलाने वाला।

मुलाज़िम—पु. [अ.] सेवक, कर्मचारी, नौकरी करने वाला।

मुलायम—वि. [अ.] कोमल, सुकुमार, नरम।

मुलायमत—स्त्री. मुलायमपन, कोमलता।

मुलायमियत, मुलायमी—स्त्री. मुलायमत, कोमलता।

मुलाहज़ा—पु. [अ.] निरीक्षण; देख-भाल; संकोच, लिहाज़; रियायत।

मुलुक—पु. द्र. 'मुल्क'।

मुलेठी—स्त्री. गुंजा लता की जड़, जो औषधि के रूप में प्रयुक्त होती है, विशेषत: गला खराब होने पर।

मुल्क—पु. [अ.] देश; राज्य; निज का प्रदेश।

मुल्की—वि. [अ.] मुल्क का; अपने मुल्क का।

मुल्तजी—पु. [अ.] इल्तिजा करने वाला, निवेदन करने वाला।

मुल्तवी—वि. [अ.] स्थगित, आगे के लिए निधारित कर देना।

मुल्ला—पु. बहुत बड़ा विद्वान्; शिक्षक; मसजिद में नमाज़ पढ़ने वाला; मसजिद या मक़तब में बच्चों का शिक्षक।

मुवक्कल, मुवक्किल—पु. [अ.] वह जो किसी को अपना वकील बनाए।

मुवज़्ज़िन—पु. [अ.] द्र. 'मुअज़्ज़िन'।

मुवाफ़िक़—वि. [अ.] माफ़िक, अनुकूल; योग्य, उचित।

मुशर्रफ़—वि. [अ.] सम्मानित, विभूषित।

मुशल—पु. [सं.] मूसल, काठ, लकड़ी का मोटा दंड, जिससे धान, अन्य अनाज, आदि कूटा जाता है।

मुशली—स्त्री. [सं.] द्र. 'मुसली'।

मुशली—पु. [सं.] मूसलधारी; बलराम।

मुशायरा—पु. [अ.] कविता-पाठ की मजलिस, शायरों द्वारा अपनी शायरी सुनाने का कार्यक्रम।

मुश्क—पु. [फ़ा.] कस्तूरी; गंध, बू।

मुश्किल—वि. [अ.] कठिन, दुश्कर। स्त्री. कठिनता, दिक्कत; विपत्ति।

मुश्त—पु. [फा.] मुट्ठी।

मुश्तरक—वि. [अ.] संयुक्त, जिसमें किसी की शिरकत या साझा हो, कई आदमियों का, सम्मिलित।

मुश्तरका—वि. [अ.] साझे का, जिसमें कई आदमियों का अधिकार हो। **~संपत्ति**—स्त्री. साझे की जायदाद।

मुश्तरिक—वि. [अ.] भागीदार, साझेदार।

मुश्ताक़—वि. [अ.] इच्छुक, आकांक्षी।

मुषल—पु. [सं.] मूसल।

मुषली—पु. [सं.] बलराम जो मूसल धारण करते हैं।

मुष्टामुष्टि, मुष्टीमुष्टि—स्त्री. [सं.] घूँसेबाजी, घूँसों की लड़ाई।

मुष्टि—स्त्री. [सं.] मुट्ठी; मुट्ठी-भर; घूँसा।

मुष्टिक—पु. [सं.] घूँसा; कंस के दरबार का एक मल्ल, पहलवान, श्रीकृष्ण ने इसका वध किया था।

मुसकनि, मुसकनिया*—स्त्री. द्र. 'मुसकान'।

मुसकराना—द्र. मुस्कुराना।

मुसकराहट—द्र. मुस्कुराहट।

मुसका—पु. मुछका, मछूका, बैलों आदि पशुओं के मुँह पर बाँधा जाने वाला पतली रस्सी का बना जाल-सा, जिससे वे अनाज आदि न खा सकें।

मुसकानि, मुसकानि*—स्त्री. द्र. 'मुस्कुराहट'।

मुसकाना—अ.क्रि. द्र. 'मुस्कुराना'।

मुसकिराना, मुसकुराना—अ.क्रि. द्र. 'मुस्कुराना'।

मुसकिराहट, मुसकुराहट—स्त्री. द्र. 'मुस्कुराहट'।

मुसटी—स्त्री. चुहिया।

मुसना—अ.क्रि. चोरी होना।

मुसन्न, मुसन्ना—पु. [अ.] असल लेख की प्रतिलिपि, नकल; रसीद, आदि का वह हिस्सा, जो रसीद देने वाले के पास रहता है।

मुसम्मात—वि. स्त्री. [अ.] एक शब्द जो स्त्रियों के नाम के पहले लगाया जाता है।

मुसल*—वि. मूर्ख। पु. मूसल।

मुसलमान—पु. [अ.] इसलाम, हज़रत मुहम्मद साहब के चलाए हुए धर्म-संप्रदाय का अनुयायी, मुसलिम।

मुसलमानियत—स्त्री. [अ.] मुसलमान होने का भाव।

मुसलमानी—वि. मुसलमान संबंधी (मुसलमानी रिवाज़, आदि); मुसलमान का स्त्री., मुसलिम स्त्री।

मुसलसल—वि. सिलसिलेवार, लगातार या क्रम से लगाया हुआ।

मुसलाधार—अ. द्र. 'मूसलाधार'।

मुसलामुसलि—स्त्री. [सं.] मूसलों से लड़ना, एक दूसरे पर मूसलों से प्रहार।

मुसलायुध—पु. [सं.] मूसल ही जिसका आयुध, हथियार हो, श्रीकृष्ण के भाई बलराम।

मुसलिम—पु. [अ.] मुसलमान। **~लीग**—स्त्री. स्वातंत्र्य पूर्व भारत में मुसलमानों का एक राजनीतिक दल। **~लीगी**—पु. मुसलिम लीग का सदस्य, उस दल के सिद्धांत मानने वाला।

मुसली—पु. [सं.] मूसल धारण करने वाला, बलराम।

मुसल्ला—पु. [अ.] वह छोटी दरी आदि कपड़ा, जिस पर बैठ कर नमाज़ पढ़ते हैं; नमाज़ पढ़ने की जगह।

मुसव्विर—पु. [अ.] तसवीर बनाने वाला, चित्रकार।

मुसव्विरी—स्त्री. [अ.] चित्र, तसवीर बनाने का काम।

मुसहर—पु. एक आदिवासी जाति; बिहार आदि में एक दलित जाति।

मुसहरनी—स्त्री. मुसहर की स्त्री।

मुसाफ़िर—पु. [अ.] यात्री, सफ़र करने वाला। **~ख़ाना**—पु. मुसाफ़िरों, यात्रियों के ठहरने का स्थान।

मुसाफ़िरत, मुसाफ़िरी—स्त्री. [अ.] सफ़र, यात्रा करना, प्रवास। **~गाड़ी**—स्त्री. यात्रियों को ले जानी वाली रेल गाड़ी ('पैसेंजर ट्रेन')।

मुसाहब, मुसाहिब—पु. [अ.] साथ उठना-बैठना, मुसाहिबी, बादशाह को परामर्श देने वाला, उसका ख़ास दरबारी।

मुसाहबत—स्त्री. [अ.] द्र. 'मुसाहिबत'।

मुसाहबी, मुसाहिबी—स्त्री. [अ.] मुसाहिब का कार्य, पद। द्र. 'मुसाहब', 'मुसाहिब'।

मुसीबत—स्त्री. [अ.] विपत्ति, आफ़त; संकट; कष्ट, तकलीफ़।

मुसुकाना*—अ.क्रि. द्र. 'मुस्कुराना'।

मुसुकाहट*—स्त्री. द्र. 'मुस्कुराहट'।

मुसौवर—पु. द्र. 'मुसव्विर'।

मुस्कुराना—अ.क्रि. मंद-मंद हँसना।

मुस्कुराहट—स्त्री. मुस्कुराने की क्रिया, मंद-मंद हास।

मुस्कान—स्त्री. मुस्कुराहट।

मुस्टंडा—मोटा-ताज़ा, खूब स्वस्थ तथा बदमाश आदमी।

मुस्तक़बिल—वि. [अ.] आगे आनेवाला, भावी।

मुस्तक़िल—वि. [अ.] स्थिर; पक्का, दृढ़ अटल।

मुस्तफ़ा—वि. [अ.] चुना हुआ, श्रेष्ठ।

मुस्तफ़ीद—वि. [अ.] फ़ायदा उठाने वाला।

मुस्तैद—वि. [अ. मुस्तइद] चुस्त, तेज़ी से काम करने वाला; तैयार, आमादा, तत्पर; चालाक।

मुस्तैदी—स्त्री. तत्परता; तेज़ी, चुस्ती, चालाकी।

मुहकम—वि. [अ.] पक्का, दृढ़; सुनिश्चित।

मुहक़मा—पु. [अ.] द्र. 'महकमा'।

मुहतरम—वि. [अ.] सम्मानित, आदरणीय।

मुहतरमा—स्त्री. श्रीमती, आदरणीया।

मुहताज—वि. [अ.] जिसके पास कुछ न हो, दरिद्र, ग़रीब; जिसे किसी बात, वस्तु की आवश्यकता हो; निर्भर, आश्रित; जो किसी चीज़ के लिए तरस जाए।

मुहताजी—स्त्री. मुहताज होना। द्र. 'मुहताज'।

मुहब्बत—स्त्री. [अ.] प्रेम, स्नेह, प्रीति; लगन, लौ।

मुहब्बती—वि. मुहब्बत करने वाला, प्रेमी, स्नेहशील।

मुहम्मद—वि. [अ.] जिसकी बहुत प्रशंसा की गई हो। पु. इसलाम के प्रवर्तक, प्रसिद्ध पैगम्बर।

मुहम्मदी—वि. [अ.] मुहम्मद से संबंधित। पु. मुहम्मद साहब का अनुयायी, मुसलमान।

मुहय्या—वि. [अ.] द्र. 'मुहैया'।

मुहर—स्त्री. मुद्रिका; अशर्फी; मोहर, किसी पद या अधिकारी के नाम, पद आदि का किसी चीज पर ख़ुदा उलटा नाम, जिसको छाप कर किसी चीज़, दस्तावेज़, पत्र आदि को प्रमाणित किया जाता है।

मुहरा—पु. शतरंज या चौसर की गोटी। **ला.** किसी के इशारों पर चलने वाला।

मुहरी—स्त्री. द्र. 'मोहरी'।

मुहर्रम—वि. [अ.] हिजरी वर्ष का पहला महीना, जिसमें दसवीं तारीख़ को इमाम हुसैन शहीद हुए, इन्हीं की स्मृति में मुसलमान लोग शोक मनाते हैं; शोक, मातम का समय।

मुहर्रमी—वि. मुहर्रम संबंधी, शोकपूर्ण (मोहर्रमी सूरत)।

मुहर्रिर—पु. [अ] लिपिक, वह जो तहरीर लिखता है; कचहरी में किसी वकील का मुंशी।

मुहर्रिरी—स्त्री. लिपिक; मुंशी; वकील का मुंशी।

मुहलत—स्त्री. [अ.] कार्य विशेष के लिए निर्धारित समय, मिलने वाला समय; अवकाश, फुर्सत।

मुहल्ला—पु. [अ.] मोहल्ला, टोला, पुर-शहर या कस्बे का एक भाग।

मुहाना—पु. नदी-मुख।

मुहाफ़िज़—पु. [अ.] हिफ़ाजत करने वाला, रक्षक, रखवाला।

मुहार—स्त्री. ऊँट, आदि पशुओं की नकेल।

मुहारा—पु. आगे की ओर का भाग; प्रवेश द्वार।

मुहाल—वि. [अ.] कठिन, दुष्कर; असंभव।

मुहावरा—पु. [अ.] किसी भी भाषा में वह लोकप्रचलित पद या वाक्य-खंड, जिसका लाक्षणिक या व्यंग्यार्थ सामान्य अर्थ से अलग हो; अभ्यास। **(मुहावरे)~दार**—वि. जिसमें मुहावरों का उचित प्रयोग हुआ हो; मुहावरों से युक्त।

मुहासा—पु. द्र. 'मुँहासा'।

मुहिम—स्त्री. [अ.] भारी या कठिन काम; संघर्ष, लड़ाई, युद्ध; फौज की चढ़ाई, अभियान, आक्रमण।

मुहीम*—स्त्री. द्र. 'मुहिम'।

मुहुः—अ. [सं.] बार-बार, पुनः-पुनः।

मुहूर्त—पु. [सं.] ज्योतिष के अनुसार किसी कार्य के लिए शुभाशुभ काल।

मुहैया—वि. [अ.] उपलब्ध (करा देना), प्रस्तुत; आमादा, मौजूद।

मुह्यमान—वि. [सं.] मूर्च्छित होता हुआ; मोह से भरा हुआ।

मूँग—स्त्री. एक प्रसिद्ध दलहन, इसकी दाल भी बनती है।

मूँगफली—स्त्री. एक पौधा जिसके फल जमीन में आलू की तरह रूप लेते हैं, इन फलों को विविध रूपों में प्रयुक्त किया जाता है; इनका तेल भी निकाला जाता है।

मूँगरा—पु. मूँगरे, मूली के पौधे की फलियाँ, सब्ज़ी के रूप में प्रयुक्त।

मूँगरी—स्त्री. कपड़े धोने की लकड़ी की बनी मोटी-सी लकड़ी की बनी गोल थापी।

मूँगा—पु. लाल रंग का एक रत्न, प्रवाल, विद्रुम।

मूँगिया—वि. मूँग के रंग का, गहरा हरा रंग।

मूँछ—स्त्री. पुरुषों के ऊपर के होंठ पर उगे बाल।

मूँज—स्त्री. एक प्रकार की नुकीली घास, इससे बान बनाए जाते हैं, हिंदुओं में उपनयन संस्कार के समय ब्रह्मचारी को इसकी मेखला बनाकर पहनाते हैं।

मूँड़*—पु. सिर, माथा।

मूँड़न—पु. मुंडन संस्कार।

मूँड़ना—स.क्रि. उस्तरे से सिर के बाल उतारना। **ला.** ठगना, धोखा देकर, धन हड़प लेना।

मूँदना—स.क्रि. बंद करना, ढकना, रुद्ध करना।

मूआ—वि. मुआ, मरा हुआ; गाली के रूप में भी प्रयुक्त।

मूक—वि. [सं.] मूँगा, अवाक्। **ला.** विवश, लाचार। **~वत्**—क्रि.वि. गूँगे की तरह, विवश।

मूछ—स्त्री. द्र. 'मूँछ'।

मूज़ी—वि. [अ.] दुष्ट, ज़ालिम।

मूठ—स्त्री. औजार या हथियार का वह भाग, जो हाथ, मुट्ठी से पकड़ा जाता है (हँसिया, तलवार, आदि की); मुट्ठी; जादू-टोना।

मूठा—पु. 'मुट्ठा'।

मूड—पु. [अं.] मनोदशा, मनःस्थिति; मिज़ाज; मौज, सनक।

मूड़ना—स.क्रि. द्र. 'मूँड़ना'।

मूढ़—वि. [सं.] हैरान; मूर्ख, जड़बुद्धि।

मूढ़ता—स्त्री. [सं.] मूर्खता, नासमझी।

मूढ़ात्मा—वि. [सं.] मूर्ख व्यक्ति।

मूत—पु. पेशाब।

मूतना—अ.क्रि. पेशाब करना।

मूत्र—पु. [सं.] पेशाब, मूत।

मूत्रागार—पु. [सं.] मूत्रालय, पेशाबघर।

मूत्रालय—पु. [सं.] पेशाबघर, पेशाब करने का स्थान।

मूत्राशय—पु. [सं.] नाभि के नीचे के भाग में अवस्थित वह थैली, जिसमें मूत्र संचित रहता है, मसाना।

मूरख*—वि. द्र. 'मूर्ख'।

मूरखताई*—स्त्री. द्र. 'मूर्खता'।

मूरचा—पु. [फ़ा.] द्र. 'मोरचा'।

मूरछा*—स्त्री. द्र. 'मूर्च्छा'।

मूरत—स्त्री. द्र. 'मूर्ति'।

मूरति*—स्त्री. द्र. 'मूर्ति'।

मूर्ख—वि. [सं.] अल्पमति; मूढ़, नासमझ; बेवक़ूफ़।

मूर्खता—स्त्री., **मूर्खत्व**—पु. [सं.] कमअक्ली; मूढ़ता, नासमझी; बेवक़ूफ़ी।

मूर्च्छन—पु. [सं.] मूर्च्छित होना, संज्ञा का लोप होना; मूर्च्छित करने का मंत्र या प्रयोग।

मूर्च्छना—स्त्री. [सं.] संगीत में सात स्वरों का आरोह-अवरोह।

मूर्च्छा—स्त्री. [सं.] बेहोशी, संज्ञाहीनता, निश्चेष्टता, अचेत होना।

मूर्च्छावस्था—स्त्री. [सं.] बेहोशी, मूर्च्छित होने की दशा, मूर्च्छा।

मूर्च्छित—वि. [सं.] बेहोश, संज्ञाहीन।

मूर्त—वि. [सं.] साकार; ठोस; प्रत्यक्ष आधार। **~विधान**—पु. कल्पना के आधार पर किसी चित्र या स्वरूप को साकार रूप में चित्रित करना (कविता तथा अन्य कलाओं में)।

मूर्ति—स्त्री. [सं.] प्रतिमा, आकृति, विग्रह; शरीर, देह। **~कला**—स्त्री. प्रतिमा, आकृति, आदि बनाने की विद्या, हुनर। **~मान**—वि. साकार। पु. शरीर।

मूर्तिमत्ता—स्त्री. [सं.] साकारता।

मूर्द्ध, मूर्ध—सिर; मूर्द्धा।

मूर्द्धन्य, मूर्धन्य—वि. [सं.] मूर्द्धा से उत्पन्न, मूर्द्धा से सम्बद्ध; सर्वश्रेष्ठ। पु. देवनागरी वर्णमाला में वह वर्ण, जिसका उच्चारण स्थान मूर्द्धा है, यथा—ऋ, ट, ठ, ड, ढ, ण, र और ष।

मूर्द्धन्यीकरण—पु. [सं.] मूर्द्धन्य ध्वनि में परिवर्तित करना, त वर्ग से ट वर्ग बनाना।

मूर्द्धा, मूर्धा—पु. [सं.] मुख के भीतर तालु और कंठ के बीच वह ऊँचा स्थान, जो मस्तक या शीर्ष स्थान के ठीक नीचे अवस्थित होता है, यहीं से मूर्द्धन्य वर्णों का उच्चारण होता है; मस्तक, सिर।

मूर्द्धाभिषिक्त, मूर्धाभिषिक्त—वि. [सं.] जिसके सिर पर अभिषेक किया गया हो; श्रेष्ठ; सर्वमान्य।

मूर्द्धाभिषेक, मूर्धाभिषेक—पु. [सं.] राजाओं का राज्यारोहण के समय किया जाने वाला अभिषेक, सिर से किया गया स्नान।

मूर्द्धाभिसिक्त, मूर्धाभिसिक्त—पु. [सं.] सिर पर किया गया अभिषेक, स्नान; श्रेष्ठ; सर्वमान्य।

मूर्वा, मूर्वी—स्त्री. [सं.] एक लता।

मूल—पु. [सं.] जड़; कंद; असल जमा या धन—मूल धन, पूँजी; नींव; उन्नीसवाँ नक्षत्र; प्रधान, मुख्य। **~भूत**—वि. मूल, आधार-रूप, बुनियादी, असल। **~मंत्र**—पु. मूल तत्त्व, प्रमुख सीख। **~स्थान**—पु. आदि स्थान, जन्म-स्थान, पुरखों का वास-स्थान।

मूलक—वि. [सं.] उत्पन्न करने वाला, जनक; जो मूल में हो या जिसके मूल में कुछ हो (समास के अंत में प्रयुक्त, यथा—भ्रांतिमूलक, विवादमूलक, पापमूलक)।

मूलतः—अ. [सं.] मूल रूप में, प्रथमतः।

मूलतया—क्रि.वि. [सं.] मूल रूप में, प्रथमतः आदि में।

मूला—स्त्री. [सं.] मूल नक्षत्र। वि. जिसका जन्म मूल नक्षत्र में हुआ हो।

मूलाधार—पु. [सं.] हठयोग में शरीर के भीतर के षड् चक्रों में से एक, नाभि और शिश्न के बीच में इसकी स्थिति।

मूलावस्था—स्त्री. [सं.] प्रारंभ की स्थिति।

मूलिक—वि. [सं.] मूल संबंधी; मूल रूप में पाया जाने वाला।

मूली—स्त्री. एक प्रसिद्ध सब्ज़ी का पौधा, इसका मुख्य भाग ज़मीन में आलू, गाजर, आदि की तरह बढ़ता है, इसे ही विभिन्न रूपों में खाया जाता है।

मूलोच्छेद—पु. [सं.] जड़ से काटना।

मूल्य—पु. [सं.] वस्तु के बदले में दिया जाने वाला धन, दाम, कीमत; पारिश्रमिक। **(अ)~**—वि. बहुत अधिक मूल्यवान; अतुलनीय (अमूल्य योगदान)। **~हीन**—वि. जिसका कुछ मूल्य न हो; व्यर्थ, बेकार, निस्सार।

मूल्यन—पु. [सं.] दाम आँकना, मूल्यांकन (करना)।

मूल्यवान, मूल्यवान्—वि. [सं.] बहुत अधिक मूल्य वाला, महँगा; कीमती; महत्त्वपूर्ण (मूल्यवान सुझाव)।

मूल्यांकन—पु. [सं.] किसी वस्तु का दाम आँकना; किसी वस्तु या व्यक्ति का गुण, उपयोगिता, महत्त्व आदि समझना, आँकना।

मूल्यांकित—वि. [सं.] (जिसका) मूल्य आँका हुआ।

मूल्यानुसार—क्रि.वि. [सं.] मूल्य, कीमत के अनुसार।

मूवी—स्त्री. [अं.] चित्रपट, फिल्म।

मूश—पु. [फा.] चूहा।
मूशली—स्त्री. [सं.] औषधि, जड़ी-बूटी, तालमूली।
मूष—पु. [सं.] चूहा।
मूषक—पु. [सं.] चूहा, चोर। **~वाहन**—पु. चूहा जिसका वाहन है—श्रीगणेश, गणपति।
मूषण—पु. [सं.] मूसना, चुराना।
मूषा—स्त्री. [सं.] चुहिया।
मूषिक—पु. [सं.] चूहा; चोर।
मूषिकांक, मूषिकांचन—पु. [सं.] श्री गणेश।
मूषिका—स्त्री. [सं.] चुहिया।
मूषीकरण—पु. [सं.] कुल्हिया में सोना-चाँदी, आदि गलाने की क्रिया।
मूस—पु. चूहा।
मूसना—स.क्रि. चुराना; चुरा कर ले जाना।
मूसर*—पु. द्र. 'मूसल'।
मूसल—पु. अनाज, धान कूटने का लकड़ी का मोटा डंडा।
मूसला—पु. लकड़ी का बड़ा मोटा-सा बड़ा मूसल-सा, प्राय: दरवाज़े के पीछे लगाया जाता था, दरवाज़ा खोलने पर वह दीवार के भीतर चला जाना था।
मूसली—स्त्री. एक जड़ी-बूटी, औषधि-रूप में प्रयुक्त।
मूसा—पु. चूहा; ईसाई धर्म में एक पैगंबर।
मूसीक़ी—स्त्री. [फा.] मौसीकी, संगीत विद्या।
मृकंडु—पु. [सं.] एक ऋषि, मार्कंडेय ऋषि के पिता।
मृग—पु. [सं.] हिरन, हरिण; पशु; मृगशिरा नक्षत्र। **~चर्म**—पु., **~छाल, ~छाला**—स्त्री. मृग, हिरन की खाल, जिसे ऋषि-मुनि ओढ़ते-बिछाते थे। **~जल**—पु. मृग-तृष्णा। **~धर**—पु. चंद्रमा। **~नयनी**—स्त्री. हिरन के समान सुंदर नेत्रों वाली स्त्री। **~मद**—पु. कस्तूरी। **~मरीचिका**—स्त्री. रेगिस्तान में कभी-कभी सूर्य के ताप से रेत में जल की भ्रांति हो जाती है, जिस तक पहुँचने के लिए मृग दौड़ता रहता है, किंतु वह इस भ्रांति को पकड़ नहीं पाता है।
मृगया—स्त्री. [सं.] आखेट, शिकार।
मृगांक—पु. [सं.] चंद्रमा।
मृगांतक—पु. [सं.] चीता।
मृगा*—पु. हिरन।
मृगाक्षी—वि. स्त्री. [सं.] मृगनयनी।
मृगाजिन—पु. [सं.] मृग-चर्म।
मृगारि—पु. [सं.] कुत्ता; सिंह; बाघ।
मृगी—स्त्री. [सं.] हिरनी।
मृगेंद्र—पु. [सं.] सिंह; बाघ।
मृच्छकटिक—पु. [सं.] मिट्टी की गाड़ी, संस्कृत में शूद्रक का प्रसिद्ध नाटक।
मृज—पु. [सं.] मृदंग।
मृज्य—वि. [सं.] मार्जनीय, क्षम्य।
मृणाल—पु. [सं.] कमल की नाल।
मृणालिका—स्त्री. [सं.] कमल-नाल।
मृणालिनी—स्त्री. [सं.] कमलिनी; कमलों से भरा हुआ स्थान।
मृण्मय—वि. [सं.] मिट्टी का बना हुआ।
मृण्मूर्ति—स्त्री. [सं.] मिट्टी की मूर्ति।
मृत—वि. [सं.] मरा हुआ; जिसे मरे हुए कुछ समय हो गया हो। **ला.** जिसमें जीवनीशक्ति या उपयोगिता शेष न रह गई हो—मृत भाषा, मृत परंपरा।
मृतक—पु. [सं.] शव; मरने वाला व्यक्ति; मुर्दा।
मृति—स्त्री. [सं.] मृत्यु, मौत।
मृत्—स्त्री. [सं.] मिट्टी। **~(द्) भांड**—पु. मिट्टी का बरतन।
मृत्कला—स्त्री. [सं.] मिट्टी से चीज़ें बनाने की कला।
मृत्तिका—स्त्री. [सं.] मिट्टी।
मृत्युंजय—वि. [सं.] मौत को जीतने वाला। पु. भगवान शिव। **(महा)~मंत्र**—पु. शिव की स्तुति का मंत्र, जिसमें अकाल-मृत्यु के निवारण, सुखपूर्वक इस संसार से विदा होने की प्रार्थना की जाती है।
मृत्यु—स्त्री. [सं.] मौत, मरण, शरीर से प्राण निकलना; अंत, समाप्ति; जीवन का अंत करने वाली शक्ति। **~दंड**—पु. मौत की सज़ा, फाँसी। **~लोक**—पु. यमलोक, मर्त्य लोक, भू-लोक। **~शय्या**—स्त्री. रोगी की वह शय्या, जिस पर उसकी मृत्यु निश्चित है, वह रोगी जिसकी मृत्यु आसन्न हो। **मु. ~शय्या पर पड़ा होना**—वह शय्या या स्थिति जिसमें रोगी दो-चार दिन का मेहमान हो, आसन्न-मृत्यु।
मृदंग—पु. [सं.] लंबी ढोलक जैसा एक वाद्य, मुरज।
मृदंगिया—पु. [सं.] मृदंग बजाने वाला।
मृदंगी—वि., पु. [सं.] मृदंग बजाने वाला।
मृदा—स्त्री. [सं.] मिट्टी।
मृदित—वि. [सं.] कुचला, मसला, चूर किया हुआ।
मृदु—वि. [सं.] कोमल, मुलायम, नरम; दया-युक्त; मधुर (स्वर, आदि), मंद, धीमी (गति)। **~उत्पल**—पु. नील कमल।
मृदुता—स्त्री. [सं.] कोमलता, नरमी, मधुरता।
मृदुल—वि. [सं.] कोमल, नरम; कोमल हृदय; दयामय, कृपालु; नाजुक।
मृनाल*—पु. द्र. 'मृणाल'।
मृन्मय—वि. मिट्टी का बना हुआ।
मृषा—अ. [सं.] झूठ, झूठमूठ; वृथा, व्यर्थ।
में—प्र. अधिकरण कारक का चिह्न, शब्द के अंत में लग कर उसके अन्तर्गत या भीतर होने का सूचक होता है—दिल में, घर में।

मेंगनी—स्त्री., भेड़-बकरी, चुहिया, आदि की विष्ठा।

मेंटल—पु. [अं.] मानसिक, मनोगत; विक्षिप्त, पागल।

मेंटलपीस—स्त्री. [अं.] मानसिक शांति।

मेंड़—पु. [स्त्री.] खेत, आदि की सीमा-सूचक मिट्‌टी से बनाई ऊँची रेखा का बंध; सिंचाई की सुविधा के लिए बनाई गई डौल।

मेढक—पु. जल और थल दोनों स्थानों पर रहने वाला छोटा जंतु, प्राय: वर्षा ऋतु में तालाबों, गड्ढों में दिखाई देता है, दादुर।

मेढकी—स्त्री. छोटा मेढक।

मेढ़ा—पु. मेष, भेड़ का नर।

मेंबर—पु. [अं.] सदस्य, सभासद।

मेंबरी—स्त्री. सदस्यता।

मेंह—पु. वर्षा।

मेंहदी*—स्त्री. द्र. 'मेहँदी'।

मेक—पु. [सं.] बकरी।

मेकअप—पु. [अं.] श्रृंगार, साज-सिंगार। **~किट**—स्त्री. मेक-अप, श्रृंगार के समान की मंजूषा, पेटिका।

मेकल—पु. [सं.] मध्यप्रदेश का एक पर्वत, नर्मदा का उत्स महीं।

मेकलाद्रि, मेखलाद्रि—पु. [सं.] मेकल पर्वत।

मेकेनिक—पु. [अं.] किसी मशीन पर काम करने वाला, उसकी मरम्मत करने वाला।

मेकेनिकल—वि. [अं.] मशीन से संबंधित।

मेख—पु. द्र. 'मेष'।

मेख़—स्त्री. [फा.] खूँटी; कील।

मेखल*—स्त्री. द्र. 'मेखला'।

मेखला—स्त्री. [सं.] किसी वस्तु के मध्य भाग को चारों ओर से घेरने वाली श्रृंखला, डोरी, रेखा, आदि; करधनी, तागड़ी, किंकिणी; पर्वत का मध्य भाग।

मेग़जीन—पु. बारूदखाना। स्त्री. [अं.] मेगज़ीन, पत्रिका।

मेगावाट—पु. [अं.] बिजली के उत्पादन की एक इकाई, सौ किलोवाट के बराबर।

मेघ—पु. [सं.] बादल; संगीत का एक प्रमुख राग।

मेघांत—पु. [सं.] वर्षा ऋतु का अंत।

मेघागम—पु. [सं.] वर्षा का आगमन, आरंभ; वर्षा ऋतु का काल।

मेघाच्छन्न—वि. [सं.] बादलों से ढका हुआ, बादलों से आच्छादित।

मेघाच्छादित—वि. [सं.] मेघों से घिरा हुआ।

मेघाडंबर—पु. [सं.] बादलों का गरजना।

मेघानंदी—पु. [सं.] मोर।

मेघारि—पु. [सं.] वायु।

मेघावरण—पु. [सं.] मेघ का परदा, बादलों की छाया।

मेघोदय—पु. [सं.] बादलों, घटा का उठना।

मेचक—पु. [सं.] काला, श्याम; अँधेरा।

मेचकता—स्त्री. [सं.] कालापन; श्यामता।

मेज़—स्त्री. [फा.] लंबी, चौड़ी ऊँची चार पायों की चौकी-सी जिस पर पढ़ाई-लिखाई आदि का काम किया जाता है।

मेजर—पु. [अं.] मुख्य, प्रधान; बड़ा; भारी; अधिकांश; वयस्क, बालिग; थल सेना में एक अधिकारी का पद, कैप्टेन से ऊपर।

मेजारिटी—स्त्री. [अं.] बहुमत, अधिकांश; वयस्कता, बालिगी; अधिकांश या अधिसंख्यक जनता।

मेट—पु. साथी, सखा; मज़दूरों का प्रधान, मुखिया।

मेटनहार*—पु. मिटाने वाला।

मेटना*—स.क्रि. द्र. 'मिटाना'।

मेट्रिकुलेशन—स्त्री. [अं.] हाईस्कूल, दसवीं कक्षा।

मेट्रो—पु. [अं.] भूगर्भ रेल, मेट्रो।

मेट्रन—स्त्री. [अं.] अध्यक्षा; अधीक्षिका।

मेठ—पु. [अं.] द्र. 'मेट'।

मेड़—स्त्री. द्र. 'मेंड़'।

मेडिकल—वि. [अं.] डॉक्टरी, चिकित्सा संबंधी। **~सर्टिफिकेट**— पु. (बीमारी से संबंधित) डॉक्टरी प्रमाण-पत्र। **~लीव**—स्त्री. बीमारी की छुट्‌टी, चिकित्सा-अवकाश।

मेडिसन, मेडिसिन—स्त्री. [अं.] दवा, औषधि, भेषज।

मेढ़ा—पु. मेष, भेड़ का नर पशु।

मेढी—स्त्री. माथे के ऊपर दोनों तरफ़ के बाल, जिन्हें कुछ स्त्रियाँ तीन लड़ों में गूँथकर पीछे की ओर की चोटी में संयुक्त कर देती हैं।

मेढ्र—पु. [सं.] मेढ़ा।

मेन—पु. [अं.] मुख्य; प्रमुख, बड़ा, प्रधान।

मेथिका—स्त्री. [सं.] मेथी।

मेथी—स्त्री. एक प्रसिद्ध पौधा, जिसके पत्ते सब्ज़ी के रूप में प्रयुक्त होते हैं। इसके बीज, जो रसोई के मसालों और औषधि के रूप में प्रयुक्त होते हैं।

मेद—पु. [सं.] चरबी; कस्तूरी।

मेदस्वी—वि. [सं.] मोटा, जिसके शरीर पर अधिक चर्बी हो।

मेदा—पु. [सं.] आमाशय, पेट ('उसका मेदा खराब रहता है')।

मेदिनी—स्त्री. [सं.] पृथ्वी।

मेदुर—वि. [सं.] चिकना, स्निग्ध; मोटा; गाढ़ा।

मेध—पु. [सं.] यज्ञ। **(अश्व)~**—पु. एक प्रकार का यज्ञ जो चक्रवर्ती राजा अपनी सत्ता को स्वीकार कराने के लिए

करते थे, उनकी शक्ति का प्रतीक इस यज्ञ के साथ अश्व छोड़ा जाता था, जिसकी रक्षा सैन्य बल करता था।

मेधा—स्त्री. [सं.] प्रज्ञा, मनीषा; अद्‌भुत स्मरणशक्ति।

मेधावान, मेधावान्—वि. [सं.] मेधावी, प्रज्ञापूर्ण।

मेधाविनी—वि. स्त्री. [सं.] मेधावाली स्त्री।

मेधावी—वि. [सं.] मेधा, प्रज्ञा युक्त; जिसकी धारणा शक्ति तीव्र हो, बुद्धिमान; पंडित।

मेनका—स्त्री. [सं.] एक प्रसिद्ध अप्सरा, इसी ने शकुंतला को जन्म दिया था; हिमवान की पत्नी, मेना।

मेनकात्मजा—स्त्री. [सं.] शकुंतला; पार्वती।

मेना—स्त्री. [सं.] हिमवान की पत्नी, पार्वती की माँ।

मेनाद—पु. [सं.] मोर; बिल्ली; बकरा।

मेनू, मेन्यू—पु. [अं.] (होटल, रेस्तराँ, आदि में) खाद्य वस्तुओं की सूची (मूल्य सहित)।

मेम—स्त्री. विवाहिता अंग्रेज़ या यूरोपीय स्त्री। **~साहिबा**—स्त्री. प्रतिष्ठित अंग्रेज़ महिला।

मेमना—पु. भेड़, बकरी का बच्चा।

मेमो—पु. [अं.] पत्रक।

मेमोरियल—पु. [अं.] स्मारक, यादगार।

मेमोरंडम—पु. [अं.] नोट, पत्रक; स्मरण-पत्र; ज्ञापन-पत्र, ज्ञापिका।

मेयर—पु. [अं.] नगर निगम का अध्यक्ष, महापौर।

मेरा—सर्व. 'मैं' का संबंधकारक रूप, मदीय।

मेराउ, मेराव*—पु. मिलाप।

मेराज—स्त्री. [अ.] सीढ़ी; मुहम्मद साहब का स्वर्ग में खुदा के पास जाना, खुदा से मुलाक़ात कर लौटना।

मेरिट—स्त्री. [अं.] गुण, अच्छाई; योग्यता; गुण-दोष।

मेरी—वि. 'मेरा' का स्त्री. रूप।

मेरु—पु. [सं.] सुमेरु पर्वत; जप की माला में सबसे ऊपर का मनका। **~दंड**—रीढ़ (की अस्थि)।

मेरे—सर्व. 'मेरा' का पु. बहुवचन रूप।

मेल—पु. [सं.] मिलन, मिलाप; आपस का सद्‌भाव; प्रीति, मन का मिलन। **~जोल, ~मिलाप**—पु. प्रीति संबंध; घनिष्ठता। [अं.] डाक; डाक से भेजे जाने वाले पत्र; डाक गाड़ी। **~ट्रेन**—स्त्री. डाक गाड़ी, तेज़ चलने वाली गाड़ी, जो कुछ ही मुख्य स्टेशनों पर रुकती है।

मेला—स्त्री. [सं.] उत्सव, त्योहार, आदि पर बहुत से लोगों का स्थान विशेष पर एकत्रित होकर आनंद मनाना, विभिन्न रूपों में मनोरंजन करना—तीजों का मेला, होली का मेला, दीवाली-मेला, आदि।

मेव—पु. हरियाणा के मेवात प्रदेश की एक मुस्लिम जाति।

मेवा—पु. [फा.] सुखाए हुए फल—बादाम, काजू, किशमिश, पिस्ता, आदि।

मेवाटी—स्त्री. मेवा भरकर बनाई जाने वाली एक मिठाई।

मेवाड़—पु. राजस्थान का एक पुराना राज्य, अंचल।

मेवाड़ी—वि. मेवाड़ का, मेवाड़ से संबंधित। पु. मेवाड़ निवासी।

मेवात—पु. पहले राजस्थान का अब हरियाणा का एक क्षेत्र विशेष, विशेषत: मेव मुसलमानों का क्षेत्र।

मेवाती—पु. मेवात क्षेत्र का।

मेष—पु. [सं.] मेढ़ा; ज्योतिष की बारह राशियों में से प्रथम।

मेषा—स्त्री. [सं.] छोटी इलायची।

मेसेज—स्त्री. [अं.] संदेश।

मेहँदी—स्त्री. एक झाड़ी जिसकी पत्तियाँ पीस कर या सुखा कर चूर्ण कर हाथ रँगने, केशों में लगाने, आदि के काम में आती हैं, हिना; विवाह-समय की एक रस्म।

मेह—पु. वर्षा, वर्षा की झड़ी।

मेह—वि. [फा.] बड़ा, बुजुर्ग; सरदार। **~तर**—पु. भंगी, मैला साफ़ करने, ढोने वाली एक जाति, हरिजन।

मेहतर—पु. [फ़ा.] द्र. 'मेह' के अन्तर्गत।

मेहतरानी—स्त्री. 'मेहतर' का स्त्री. द्र. 'मेहतर'—'मेह' के अन्तर्गत।

मेहनत—स्त्री. [अ.] परिश्रम। **~कश**—वि. मेहनत, परिश्रम करने वाला।

मेहनताना—पु. पारिश्रमिक, मज़दूरी; वकील की फीस।

मेहनती—वि. मेहनत करने वाला, परिश्रमी।

मेहमान—पु. [फा.] अतिथि। **~नवाज़ी**—स्त्री. अतिथि-सत्कार।

मेहमानी—स्त्री. [फ़ा.] मेहमान बन कर रहना; अतिथि-सत्कार।

मेहर—स्त्री. [फा.] कृपा, दया; प्रेम; करुणा। **~बानी**—स्त्री. कृपा, दया, अनुग्रह।

मेहराब—स्त्री. [अ.] द्वार आदि के ऊपर का अर्द्धमंडलाकार, धनुषाकार भाग, महराब।

मेहराबी—वि. मेहराबदार, जिसमें मेहराब बने हों।

मेहरारू—स्त्री. स्त्री, पत्नी, औरत।

मेहरिया—स्त्री. पत्नी, औरत।

मेह्र—पु. [फा.] दया, कृपा, मेहरबानी; सहानुभूति, हमदर्दी; सुख; संपन्नता।

मैं—सर्व. मैं, सर्वनाम में उत्तम पुरुष, कर्ता का रूप—स्वयं, खुद।

मैंड़*—स्त्री. द्र. 'मेंड़'।

मै*—प्र. द्र. 'मैं'।

मैका—पु. द्र. 'मायका'।

मैक्सीमम—वि. [अं.] सबसे अधिक, अधिकतम (मूल्य)।

मैगनाकार्टा—पु. [अं.] इंग्लैंड में 1215 ई. में बना वैयक्तिक और राजनीतिक स्वतंत्रता का अधिकार-पत्र, घोषणा-पत्र।

मैगनेट—पु. [अं.] चुंबक पत्थर।
मैगनेटिक—वि. [अं.] चुंबकीय।
मैगाटन—पु. [अं.] दस लाख टन (तौल की एक माप)।
मैच—पु. [अं.] खेल प्रतियोगिता; जोड़ा; (उपयुक्त) वर या वधू; मेल मिलाना; मेल खाना (कपड़े, आदि का)। **~बॉक्स**—पु. दियासलाई, दियासलाई की डिब्बी। **~लैस**—वि. अद्वितीय, बेजोड़, अनुपम।
मैजल*—स्त्री. द्र. 'मंज़िल'।
मैजिक—पु. [अं.] जादू; जादू का खेल; चमत्कारी प्रभाव।
मैजिस्ट्रेट—पु. [अं.] न्यायाधीश।
मैजीशियन—पु. [अं.] मैजिक करने वाला, जादूगर।
मैटर—पु. [अं.] द्रव्य, पदार्थ, भौतिक तत्त्व।
मैटरनिटी—स्त्री. मातृत्व; प्रसव। **~सेंटर**—पु. मातृ-केंद्र। **~हॉस्पिटल, ~होम**—पु. प्रसव अस्पताल, केन्द्र। **~लीव**—स्त्री. प्रसूति अवकाश।
मैटिरियल—पु. [अं.] साज-सामान।
मैट्रिक—वि. [अं.] दसवीं कक्षा (पास)।
मैट्रिकुलेट—वि. [अं.] दसवीं पास।
मैट्रीमोनियल—पु. वैवाहिक, विवाह संबंधी (विज्ञापन, आदि)।
मैडम—स्त्री. [अं.] महोदया।
मैडल—पु. [अं.] तमगा; अलंकरण।
मैत्र—वि. [सं.] मित्रता; मित्र संबंधी; मित्रों में होने वाला।
मैत्रक—पु. [सं.] मित्रता; मित्रों जैसा।
मैत्रायण—पु. [सं.] एक ऋषि।
मैत्री—स्त्री. [सं.] मित्रता, दोस्ती।
मैत्रेय—पु. [सं.] एक ऋषि।
मैत्रेयी—स्त्री. [सं.] मंत्र-द्रष्टा ऋषि, याज्ञवल्क्य की पत्नी।
मैत्र्य—पु. [सं.] मित्रता।
मैथ—पु. [अं.] गणित।
मैथमेटिक्स—स्त्री. [अं.] गणित।
मैथिल—पु. [सं.] मिथिला के ब्राह्मण। पु. मिथिला निवासी; मिथिला नरेश (जनक)।
मैथिली—स्त्री. [सं.] सीता; मिथिला की भाषा। **~कवि**—पु. विद्यापति।
मैथुन—पु. [सं.] स्त्री-पुरुष का समागम, संभोग, रतिक्रिया।
मैथुनी—वि. [सं.] मैथुन करने वाला।
मैदा—पु. [फा.] आटे का बहुत बारीक रूप।
मैदान—पु. [फा.] खेल, आदि का स्थान; रणक्षेत्र; खूब लम्बी-चौड़ी समतल भूमि ('मैदान का मैदान पड़ा है यहाँ')। **~(ने) जंग**—पु. युद्धक्षेत्र, रणभूमि। **मु. ~मारना**—लड़ाई, युद्ध जीतना, विजय प्राप्त करना; किसी कठिन कार्य को पूरा कर लेना। **~साफ़ होना**—मार्ग निष्कंटक होना, कोई बाधा न रहना।
मैदानी—वि. मैदान का; मैदान संबंधी; समतल।
मैन—पु. कामदेव; प्रद्युमन; काम-वासना; किसी प्रकार की वासना या कामना; मोम। **~कामिनी**—स्त्री. कामदेव की पत्नी, रति।
मैन—पु. [अं.] मनुष्य; पुरुष, व्यक्ति। **~पावर**—पु. श्रम शक्ति।
मैनहोल—पु. [अं.] सीवरेज का बड़ा गड्ढा।
मैना—स्त्री. मादा तोता (तोता-मैना); राजा हिमालय की पत्नी के रूप में मान्य एक मिथकीय चरित्र।
मैनाक—पु. [सं.] एक पर्वत जो हिमालय का पुत्र माना जाता है।
मैनिन्जाइटिस—पु. [अं.] मस्तिक की शोथ का एक रोग।
मैनिफोस्टो—पु. [अं.] किसी राजनीतिक दल का चुनावी घोषणा-पत्र।
मैनुअल—पु. [अं.] नियम-पुस्तिका।
मैनेजमेंट—स्त्री. [अं.] प्रबंध, व्यवस्था।
मैनेजर—पु. [अं.] व्यवस्थापक, प्रबंधक, प्रबंधकर्ता।
मैप—पु. [अं.] मानचित्र, नक़्शा।
मैमंत—वि. मदोन्मत्त, मतवाला; घमंडी, अभिमानी।
मैमंत—स्त्री. [अ.] संपन्नता, सुख।
मैमत*—स्त्री. ममता।
मैया—स्त्री. माँ, माता।
मैयार—पु. [अ.] नाप-तौल का उपकरण; कसौटी।
मैरिज—स्त्री. [अं.] विवाह।
मैरीन—वि. [अं.] समुद्री।
मैरेय—पु. [सं.] एक तरह की मदिरा।
मैल—पु. किसी चीज़ पर पड़ी हुई या जमी हुई धूल, गर्द, आदि। **~खोरा**—वि. जो मैल को छिपा सके (कपड़ा, आदि)।
मैला—वि. मैल वाला, गंदा। पु. कूड़ा; विष्टा। **~कुचैला**—वि. बहुत मैला। **~पन**—पु. मलिनता, गंदापन।
मैहर*—पु. मायका।
मों*—प्र. द्र. 'मे'। सर्व. द्र. 'मो'।
मोंगरा—पु. द्र. 'मुँगरा' तथा 'मोगरा'।
मोंछ—स्त्री. द्र. 'मूँछ'।
मोंठ—स्त्री. द्र. 'मोठ'।
मो*—सर्व. ब्रजभाषा में 'मैं' का रूप।
मोई—स्त्री. मोयन, घी में गुँधा हुआ आटा।
मोका—पु. द्र. 'मोखा'।
मोक्ष—स्त्री. [सं.] मुक्ति, जीवन-मरण के चक्र से छूटना; बंधन से छूटना। **~दा**—वि. [स्त्री.] मोक्ष देने वाली।
मोक्ष्य—वि. [सं.] मोक्ष के योग्य, मुक्ति का अधिकारी।
मोखा—पु. झरोखा, रौशनदान।

मोगरा—पु. एक प्रकार का फूल; उस फूल की बेल।

मोगल—पु. द्र. 'मुग़ल'।

मोच—स्त्री. शरीर के किसी अंग—हाथ-पैर आदि में चोट लगने या मुड़ने-तुड़ने से—का अपनी जगह से इधर-उधर हो जाना।

मोचक—वि. [सं.] छुटकारा दिलाने वाला, मुक्तिकारक।

मोचन—पु. [सं.] किसी बंधन, कष्ट, आदि से छुड़ाना। वि. (समास में प्रयुक्त) छुड़ाने वाला (संकटमोचन)।

मोची—पु. जूते सीने वाला; चमड़े का काम करने वाला।

मोछ—स्त्री. द्र. 'मूँछ'।

मोज़ा—पु. [फा.] पैरों में पहनने का एक वस्त्र, जुर्राब।

मोट—स्त्री. गठरी; ढेर, राशि; चमड़े का बना मोटा बड़ा बोरा-सा, जो सिंचाई के लिए कुएँ से पानी निकालने के काम आता था—चरस, चरसा।

मोटर—स्त्री. [अं.] एक प्रकार का यंत्र, जो विद्युत, पेट्रोल, कोयले आदि से चलता और दूसरे यंत्रों का संचालन करता है, चालक यंत्र; एक प्रकार की प्रसिद्ध सवारी गाड़ी, जो इस यंत्र से चलती है।

मोटरी—स्त्री. दे. 'गठरी'।

मोटा—वि. स्थूल; 'दुबला' का उलटा—भारी शरीर वाला; जो पतला या बारीक न हो (मोटा सूत, मोटा अक्षर, मोटा आटा)।**(टी)~आसामी**—पु. मालदार आदमी।**~काम**—पु. बड़ा काम। **~झोटा**—वि. घटिया या सामान्य-सा (अनाज, कपड़ा)। **~ताज़ा**—वि. हृष्ट-पुष्ट, तगड़ा। **(टी)~अक्ल, ~समझ**—स्त्री. अल्प बुद्धि, कम समझ। **(टी)~आवाज़**—स्त्री. भारी, भद्दी आवाज। **~हिसाब**—अ. अंदाज़न, अनुमान से, लगभग।**(टे) ~तौर पर**—साधारणत: या स्थूल रूप से।

मोटाई—स्त्री. मोटा होना, मोटापन।

मोटाना—अ.क्रि. मोटा होना।

मोटापन—पु. मोटाई, स्थूलता, शरीर का भारी होना।

मोटापा—पु. मोटाई, स्थूलता।

मोटिया—पु. बोझ ढोने वाला, कुली (पहाड़ी स्थानों पर)।

मोट्टायित—पु. [सं.] रस के अन्तर्गत एक हाव, जिसमें प्रिय के रूप, गुण, आदि की चर्चा सुन मुग्ध होने का भाव।

मोठ—पु. एक दलहन, दाल के रूप में प्रयुक्त।

मोड़—पु. घुमाव; मुड़ने का भाव।

मोड़ना—स.क्रि. घुमाना; झुकाना; दिशा बदलना; कागज़ आदि को तहा देना।

मोड़ी—स्त्री. मराठी भाषा की एक लिपि।

मोतबर—वि. [अ.] विश्वसनीय, एतबार, भरोसा करने लायक।

मोतबरी—स्त्री. [अ.] विश्वसनीयता।

मोतिया—पु. बेले की प्रजाति का एक फूल; उसकी लता; एक प्रकार का सलमा, गोटे के रूप में प्रयुक्त। वि. मोती के जैसा (रंग)।

मोती—पु. समुद्र में सीपी से निकलने वाला एक बहुमूल्य रत्न, आभूषणों में प्रयुक्त। **~बिंद**—पु. आँखों का एक रोग जिसमें पुतली पर झिल्ली-सी आ जाती है, प्राय: प्रौढ़ावस्था में।

मोथा—पु. एक प्रकार की घास।

मोद—पु. [सं.] आनंद, हर्ष, प्रसन्नता।

मोदक—पु. [सं.] लड्डू।

मोदन—पु. [सं.] हर्ष; मोद, आनंद देना। वि. मोद, आनंदजनक।

मोदित—वि. [सं.] आनंदित, मुदित।

मोदी—पु. आटा, दाल, चावल, आदि बेचने वाला दुकानदार; इसी व्यवसाय के आधार पर एक जाति। **~ख़ाना**—पु. अनाज, आदि रखने का स्थान, गोदाम।

मोनोग्राम—पु. [अं.] गुम्फाक्षर, दो-तीन अक्षरों के संयोग से बना (किसी संस्था, आदि का) पहचान चिह्न।

मोनो-टाइप-मशीन—एक प्रकार की मुद्रण, छपाई की मशीन।

मोपला—पु. केरल के मलाबार क्षेत्र में रहने वाली एक मुस्लिम जाति।

मोबाइल—पु. [अं.] गतिशील; चलता-फिरता (रैन, पुस्तकालय, आदि), वह फ़ोन जिसे चाहे जहाँ ले जाया जा सके, मोबाइल फ़ोन।

मोम—पु. शहद की मक्खियों के छत्ते से निकलने वाला पदार्थ; मिट्टी के तेल से प्राप्त पदार्थ। **~बत्ती**—स्त्री. मोम और धागे से बनाई गई वह बत्ती जिससे प्रकाश किया जाता है।

मोमिन—वि. [अ.] ईमानदार, सच्चा। पु. इस्लाम और खुदा पर ईमान लाने वाला; धर्मनिष्ठ मुसलमान।

मोमिया—स्त्री. [फा.] मोम का बना हुआ।

मोमी—वि. मोम का बना हुआ, मोम जैसा।

मोयन—पु. आटा गूँधते हुए उसमें घी डालना।

मोर—पु. मयूर, नाचने वाला एक नीले रंग का पक्षी। **~पंखी**—वि. मोर के पंखों के रंग का; वैसा ही रंग। सर्व. ब्रजभाषा, अवधी, आदि में 'मेरा' के लिए प्रयुक्त। **~छल**—पु. मोर के पंखों का चँवर। **~मुकुट**—पु. मोर के पंखों का बना मुकुट या वह मुकुट जिसमें मोर के पंख भी लगे हों (श्रीकृष्ण धारण करते थे)।

मोरचा—पु. [फा.] लोहे पर लगा जंग, नमी और वायु के प्रभाव से लोहे पर पड़ जाने वाली परत; शीशे, दर्पण पर पड़ी हुई ऐसी ही परत। किले के रक्षार्थ चारों ओर खोदी

हुई खाई; युद्ध-स्थल ('कश्मीर के मोरचे पर')।
मु. ~मारना—किसी काम को सफलतापूर्वक कर लेना ('अब तो मोरचा मार ही लिया')।

मोरछल—पु. मोरपंखों का बना चँवर।

मोरनी—स्त्री. मादा मोर।

मोरी—स्त्री. नाली; गंदी नाली।

मोर्चा—पु. द्र. 'मोरचा'।

मोल—पु. दाम, मूल्य। **~लेना**—स.क्रि. खरीद लेना। **ला.** अपना बना लेना ('हम तो मोल लिये या घर के')।

मोलवी—पु. द्र. 'मौलवी'।

मोल्ड—पु. [अं.] साँचा।

मोशन—पु. [अं.] गति, चाल; गतिशक्ति; मल-त्याग; मल। **~लेस**—वि. निश्चल, गतिहीन।

मोष—पु. [सं.] चोरी; लूट; चोरी का माल; मोक्ष।

मोषक—पु. [सं.] चोर; वध करने वाला।

मोह—पु. [सं.] ममता, प्रेम, प्यार; अज्ञान—काम, क्रोध, विषय-वासनाओं से लगाव; माया-जाल। **~निद्रा**—स्त्री. अज्ञान और सांसारिक विषयों में संलिप्त रहना। **~पाश**—पु. मोह-जाल, माया-जाल।

मोहक—वि. [सं.] मुग्ध कर लेने वाला, मनोहारी, आकर्षक, सुंदर।

मोहताज—वि. द्र. 'मुहताज'।

मोहन—वि. [सं.] मन मोह लेने वाला। पु. मोहित करने की क्रिया या भाव; किसी को वश में करने, विमोहित करने या मूर्च्छित करने की एक तांत्रिक क्रिया; श्रीकृष्ण।

मोहना—स.क्रि. मोह लेना, आकर्षित कर लेना; अनुरक्त कर लेना; मूर्च्छित होना।

मोहिनी—स्त्री. [सं.] माया; मोहक प्रभाव, वशीकरण; विष्णु भगवान का वह स्त्री रूप, जो उन्होंने समुद्र-मंथन के समय दैत्यों को छलने के लिए धारण किया था।

मोहनीय—वि. [सं.] मोहने योग्य।

मोहब्बत—स्त्री. द्र. 'मुहब्बत'।

मोहर—स्त्री. द्र. 'मुहर'।

मोहरा—पु. शतरंज की गोटी; सामने का भाग। स्त्री. 'मोहरी'—पैंट, पाजामा, सलवार आदि का वह खुला भाग, जो पैरों की ओर नीचे रहता है, जिसमें पैर डालकर उन्हें पहना जाता है।

मोहर्रिर—पु. द्र. 'मुहर्रिर'।

मोहलत—स्त्री. द्र. 'मुहलत'।

मोहल्ला—पु. द्र. 'मुहल्ला'।

मोहाल—पु. द्र. 'मुहाल'।

मोहिं, मोहि*—सर्व. [ब्र.भा.] मुझे, मुझको।

मोहित—वि. [सं.] मुग्ध; लुभाया हुआ, आसक्त।

मोहिनी—वि. स्त्री. [सं.] द्र. 'मोहनी'।

मौंजिबंधन—पु. [सं.] यज्ञोपवीत संस्कार, जनेऊ।

मौंड़ा*—पु. लड़का।

मौक़ा—पु. [अ.] अवसर; उपयुक्त काल; घटनास्थल।

मौक्तिक—पु. [सं.] मोती, मुक्ता।

मौखर्य—पु. [सं.] मुखरता।

मौखिक—पु. [सं.] मुख, वाणी या उच्चारण से संबंधित, कंठ से, मुख से निकलने वाला शब्द; मुँह से कहा या कहलाया हुआ, ज़बानी।

मौग्ध्य—पु. [सं.] मुग्धता।

मौज—स्त्री. [अ.] आनंद; सुख; मन की लहर, तरंग। **~करना, ~मारना**—आनंद, सुख भोगना; कुशल से रहना।

मौज़ा—पु. [अ.] स्थान, गाँव।

मौजी—वि. जो मन आये, वही करने वाला, तरंगी; सदा प्रसन्न रहने वाला, मौज-मस्ती करने वाला।

मौजूं—वि. [अ.] ठीक, उचित।

मौजूद—वि. [फा.] उपस्थित, सामने खड़ा; स्थित, विद्यमान; उपलब्ध; तैयार।

मौजूदा—वि. [अ.] वर्तमान, हाल का।

मौड़ा*—पु. लड़का।

मौत—स्त्री. [फा.] मरण, मृत्यु; घोर संकट।

मौदक—वि. [सं.] मोदक संबंधी, मिठाई संबंधी।

मौद्गल्य—पु. [सं.] मुद्गल मुनि का पुत्र, वंशज।

मौद्गल्यायन—पु. [सं.] भगवान बुद्ध के एक प्रमुख शिष्य।

मौद्रिक—वि. [सं.] मुद्रा संबंधी।

मौन—पु. [सं.] चुप रहना, न बोलना; शांत रहना।

मौनी—स्त्री. मौन धारण करने वाला, चुप रहने वाला। **~अमावस्या**—स्त्री. माघ मास की अमावस्या।

मौर—पु. वर को पहनाया जाने वाला एक प्रकार का मुकुट; बौर, मंजरी।

मौरसिरी*—स्त्री. द्र. 'मौलसिरी'।

मौरूसी—वि. [अ.] बाप-दादों, पुरखों से मिली पैतृक संपत्ति, भूमि।

मौर्ख्य—पु. [सं.] मूर्खता।

मौर्य—पु. [सं.] भारत का एक प्राचीन राजवंश, गुप्त साम्राज्य से पहले इनका शासन, चंद्रगुप्त मौर्य प्रथम सम्राट।

मौर्वी—स्त्री. [सं.] धनुष की डोरी।

मौलना—काँच की वस्तु (गिलास, मर्तबान आदि) का टूटना; चूड़ियों के टूटने के लिए प्रयुक्त।

मौलवी—पु. [अ.] मुस्लिम धर्मशास्त्र का आचार्य, अरबी-फारसी का विद्वान्।

मौलसिरी—स्त्री. एक सुगंधित फूल; उसका पेड़।

मौला—पु. [अ.] मालिक, स्वामी; ईश्वर।

मौलाना—पु. [अ.] अरबी का बहुत बड़ा विद्वान्, बड़ा मौलवी।

मौलि—पु. [सं.] चोटी, सिरा; मस्तक, सिर; किरीट; जटाजूट; प्रधान, मुखिया।

मौलिक—वि. [सं.] (ग्रंथ या रचना) जो किसी का अनुवाद, नकल या किसी आधार पर न हो, अपनी उद्भावना, कल्पना-प्रसूत हो; असली।

मौलिकता—स्त्री. [सं.] मौलिक होने की स्थिति, भाव।

मौली—स्त्री. [सं.] पूजा, आदि के लिए रँगा हुआ सूत, कलावा।

मौषल—वि. [सं.] मुषल संबंधी; मूसल के आकार का।

मौष्टिक—पु. [सं.] ठग, धूर्त।

मौसम—पु. ऋतु; काल, समय (वर्षा का मौसम, सर्दी का मौसम); वातावरण।

मौसमी—पु. [फा.] ऋतु का, वह वस्तु, फल, आदि जो ऋतु में मिलती हो; मौसम में घटित होने वाला (मौसमी बुखार); संतरे की प्रजाति का एक रसदार फल।

मौसा—पु. मौसी, माँ की बहन का पति।

मौसिम—पु. [अ.] द्र. 'मौसम'।

मौसिमी—वि. [अ.] द्र. 'मौसमी'।

मौसी—स्त्री. माँ की बहन।

मौसेरा—वि. मौसी का, मौसी से संबंधित (मौसेरा भाई, आदि)।

मौहूर्त—पु. [सं.] मुहूर्त जानने वाला, ज्योतिषी।

मौहूर्तिक—वि. [सं.] मुहूर्त से उत्पन्न। पु. ज्योतिषी, मुहूर्त-वेत्ता।

म्याँव—स्त्री. बिल्ली की बोली।

म्यान—पु. [फा.] तलवार, कटार, आदि रखने का खोल।

म्यानी—स्त्री. [फ़ा.] द्र. 'मियानी'।

म्यूनिसिपल—वि. [अं.] नगर पालिका संबंधी, नगर पालिका का।

म्यूनिसिपैलिटी—स्त्री. [अं.] नगर पालिका—किसी नगर की स्वास्थ्य, शुचिता, लोक-निर्माण, आदि की व्यवस्था, प्रबंधन करने वाली चुने हुए प्रतिनिधियों की संस्था।

म्यूज़िक—पु. [अं.] संगीत।

म्यूज़ियम—पु. [अं.] अजायबघर।

म्रियमाण—वि. [सं.] मृतप्राय, मरा हुआ-सा, मृत-तुल्य।

म्लात—वि. [सं.] कुम्हलाया हुआ, म्लान।

म्लान—वि. [सं.] कुम्हलाया हुआ, मुरझाया हुआ; दुर्बल; मलिन, गंदा।

म्लानि—स्त्री. [सं.] म्लानता, मलिनता; उदासीनता।

म्लेच्छ—पु. [सं.] हिंदुओं की दृष्टि से वे जातियाँ, जिनमें वर्णाश्रम धर्म, आदि न हों, अनार्य जातियाँ।

य

य—देवनागरी वर्णमाला का 26वाँ व्यंजन वर्ण, उच्चारण-स्थान तालु, स्पर्श और ऊष्म वर्णों के बीच का वर्ण होने से इसे अंतस्थ वर्ण कहते हैं।

यंग—पु. [अं.] जवान, युवा, युवती; छोटा, कमसिन, अल्प वयस्क।

यंत, यंता (तृ)—पु. [सं.] संचालक, शासक।

यंति—स्त्री. [सं.] दमन।

यंत्र—पु. [सं.] मशीन, कल, औज़ार; तंत्र विद्या में कुछ विशेष अक्षरों के कोष्ठक, जिनमें दिव्य शक्ति मानी जाती है, अनिष्ट निवारण के लिए इनको संपुट में रख तावीज़ धारण किया जाता है। **~वत्**—वि. मशीन की तरह, मशीन की तरह लगातार काम करना।

यंत्रकार—पु. [सं.] यंत्र बनाने तथा उनकी मरम्मत करने वाला, मिस्त्री।

यंत्रण—पु. [सं.] नियंत्रण; बाँधना।

यंत्रणा—स्त्री. [सं.] कष्ट, तकलीफ़; दर्द, पीड़ा।

यंत्रविद्—पु. [सं.] अभियंता, इंजीनियर।

यंत्रानुवाद—पु. [सं.] मशीन द्वारा भाषांतर, अनुवाद।

यंत्रालय—पु. [सं.] यंत्रशाला; छापाखाना, प्रेस।

यंत्रोपकरण—पु. [सं.] मशीन के पुर्ज़े।

यक—वि. [फा.] एक; अकेला। **~तरफ़ा**—वि. एक तरफ़ का। **~ब-यक**—अ. एकाएक, अचानक। **~साँ**—वि. एक-सा, एक ही प्रकार का।

यकायक—क्रि.वि. [फ़ा.] अचानक, एकाएक।

यकार—पु. [सं.] 'य' वर्ण।

यक़ीन—पु. [अ.] विश्वास, प्रतीति।

यक़ीनन—अ. [अ.] विश्वासपूर्वक; निस्संदेह; अवश्य।

यक़ीनी—वि. [फा.] असंदिग्ध।

यक्ष—पु. [सं.] एक देव योनि, कुबेर के सेवक।

यक्षाधिप, यक्षाधिपति—पु. [सं.] कुबेर।

यक्षिणी, यक्षी—स्त्री. [सं.] यक्ष की पत्नी, कुबेर की पत्नी।

यक्षेंद्र—पु. [सं.] कुबेर।

यक्ष्म—पु. [सं.] द्र. 'यक्ष्मा'।

यक्ष्मा—पु. [सं.] क्षय रोग, तपेदिक (टी.बी.)।

यक्ष्मी—वि., पु. [सं.] क्षय रोगी, तपेदिक का मरीज़।

यग्य—पु. द्र. 'यज्ञ'।

यच्छिनी*—स्त्री. द्र. 'यक्षिणी'।

यजन—पु. [सं.] यज्ञ करना, यज्ञ का स्थान; पूजा करना।

यजमान—पु. [सं.] यज्ञ करने वाला; ब्राह्मणों, पंडितों से यज्ञ कराने वाला।

यजमानक—पु. [सं.] द्र. 'यजमान'।

यजमानी—स्त्री. यजमान का कर्म करने वाली।

यजि—पु. [सं.] यज्ञ; यज्ञकर्ता।

यजुः—पु. [सं.] वेद के गद्य मंत्र, जिनमें पद-मैत्री और तुकांत का कोई नियम नहीं होता है।

यजुर्विद, यजुर्वेदी—पु. [सं.] यजुर्वेद का विद्वान्, ज्ञाता।

यजुर्वेद—पु. [सं.] चार वेदों में से एक (शेष तीन वेद—ऋग्वेद, अथर्ववेद तथा सामवेद), इसमें यज्ञ संबंधी मंत्रों का संग्रह एवं यज्ञ-विधान वर्णित है।

यजुर्वेदी—वि. द्र. 'यजुर्वेदीय'।

यजुर्वेदीय—वि. [सं.] यजुर्वेद संबंधी; यजुर्वेद का ज्ञाता; यजुर्वेद के अनुसार कृत्य करने वाला।

यजुष्पति—पु. [सं.] विष्णु।

यजुष्पात्र—पु. [सं.] एक यज्ञ-पात्र।

यज्ञ—पु. [सं.] हवन-पूजन युक्त एक वैदिक अनुष्ठान, मख, याग। **ला.** कोई शुभ, अच्छा, लोकोपकारी कार्य। **~कुंड**—पु. हवन करने का कुंड। **~क्रिया**—स्त्री. यज्ञ के कृत्य। **~यूप**—पु. यज्ञ का बलि-पशु बाँधने का खंभा, यज्ञ-स्तंभ।

यज्ञागार—पु. [सं.] यज्ञशाला।

यज्ञाग्नि—स्त्री. [सं.] यज्ञ की अग्नि।

यज्ञेश—पु. [सं.] विष्णु; सूर्य।

यज्ञेश्वर—पु. [सं.] विष्णु, सूर्य।

यज्ञोपकरण—पु. [सं.] यज्ञ में काम आने वाले पात्र, अन्य सामान।

यज्ञोपवीत—पु. [सं.] जनेऊ, यज्ञसूत्र; उपनयन संस्कार, जनेऊ (संस्कार)।

यज्य—पु. [सं.] यजन, यज्ञ करने योग्य, पूजनीय। पु. यज्ञ।

यज्या—स्त्री. [सं.] यज्ञ।

यज्यु—पु. [सं.] यजमान।

यतः—अ. [सं.] क्योंकि, चूँकि; इस कारण से।

यतन—पु. [सं.] प्रयत्न, यत्न करना।

यति—पु. [सं.] संन्यासी, त्यागी, ब्रह्मचारी। स्त्री. छंदों के चरण में वह स्थान जहाँ पढ़ते समय कुछ विराम लेना होता है, अल्पविराम, कौमा (,) के द्वारा निर्दिष्ट किया जाता है। **~भंग**—पु. छंद-विधान में वह दोष, जिसमें यति निश्चित स्थान पर न हो। **~भ्रष्ट**—पु. यति-भंग दोष से युक्त छंद।

यती—पु. [सं.] संन्यासी, त्यागी।

यतीम—पु. [अ.] अनाथ, बिना माँ-बाप का बच्चा। **~ख़ाना**—पु. अनाथालय।

यतीमी—स्त्री. [अ.] अनाथ अवस्था।

यतेंद्रिय—वि. [सं.] जितेन्द्रिय।

यत्—सर्व. [सं.] जो। **~किंचित्**—अ. थोड़ा-बहुत; बहुत कम।

यत्न—पु. [सं.] प्रयत्न, उद्योग, कोशिश; उपाय, तदबीर।

यत्नवती—वि. स्त्री. [सं.] प्रयत्नवती, प्रयत्न, उद्योग, कोशिश में लगी हुई।

यत्नवान्—वि. [सं.] प्रयत्नशील, यत्न में लगा हुआ।

यत्र—अ. [सं.] जहाँ। **~तत्र**—अ. जहाँ-तहाँ, जगह-जगह।

यथांश—वि. [सं.] किसी के लिए निश्चित किया हुआ अंश, हिस्सा जो उसे दिया जाए या उससे लिया जाए।

यथा—अ. [सं.] जैसे, जिस प्रकार। **~नियम**—वि. नियमों के अनुसार। **~रुचि**—वि. इच्छा के अनुरूप। **~वत्**—वि. ज्यों का त्यों। **~विधि**—अ. विधिपूर्वक, जैसी विधि, रीति हो उसी के अनुसार। **~विहित**—वि. शास्त्रानुमोदित। **~शक्ति**—अ. शक्ति के अनुसार, शक्ति-भर। **~संख्य**—पु. एक अर्थालंकार। **~संभव, ~साध्य**—अ. जो हो सके, भरसक, जो बन पड़े। **~समय**—अ. निश्चित समय पर। **~स्थान**—अ. उचित स्थान पर।

यथानुपूर्व—अ. [सं.] परंपरा के अनुसार, क्रमानुसार।

यथाभिप्रेत, यथाभिलषित, यथाभीष्ट—वि. [सं.] इच्छा के अनुरूप, जैसा चाहा था वैसा।

यथाभिलाषित—वि. [सं.] इच्छा के अनुरूप, जैसी इच्छा या अभिलाषा की गई हो।

यथाभीष्ट—वि. [सं.] द्र. 'यथाभिलषित'।

यथारथ*—वि. द्र. 'यथार्थ'।

यथार्थ—वि. [सं.] ठीक, उचित; सत्य; प्रकृत; यथातथ्य।

यथार्थतः—अ. [सं.] वस्तुतः, यथार्थ में, वास्तव में, सचमुच।

यथार्थता—स्त्री. [सं.] वास्तविकता, यथार्थ होने की स्थिति।

यथार्थोन्मुख—वि. [सं.] यथार्थ की ओर झुका हुआ, जिसमें यथार्थ का अंश अधिक हो; हिंदी के शिखर कथा-पुरुष प्रेमचंद द्वारा प्रवर्तित साहित्य सिद्धांत जिसमें समाज का चित्रण यथार्थोन्मुख आदर्शवाद के रूप में किया जाए।

यथार्ह—वि. [सं.] यथायोग्य, उपयुक्त।

यथावकाश—अ. [सं.] जब भी समय मिले।

यथावत्—क्रि.वि. [सं.] ज्यों का त्यों, जैसे का तैसा।

यथावश्यकता—क्रि.वि. [सं.] आवश्यकता के अनुरूप।

यथावसर—क्रि.वि. [सं.] अवसर के अनुकूल, जैसा अवसर हो (वैसा ही व्यवहार)।

यथाशीघ्र—अ. [सं.] जितनी जल्दी संभव हो।

यथास्व—वि. [सं.] यथार्थ।

यथेच्छ—वि. [सं.] मनमाना, इच्छानुसार।

यथेच्छाचार—पु. [सं.] स्वेच्छाचार, स्वच्छंद व्यवहार, आचार।

यथेच्छाचारी—वि. [सं.] स्वेच्छाचारी, मनमानी करने वाला।

यथेच्छित—वि. [सं.] मनचाहा, जैसा चाहा था।

यथेप्सित—वि. [सं.] जैसी इच्छा की गई हो।

यथेष्ट—वि. [सं.] पर्याप्त, जितना चाहिए उतना।

यथेष्टाचरण, यथेष्टाचार—पु. [सं.] स्वेच्छाचार, मनमाना आचरण।

यथेष्टाचारी—वि. [सं.] स्वच्छंद आचरण करने वाला।

यथोक्त—वि. [सं.] जैसा कहा गया है; कथनानुसार।

यथोचित—वि. [सं.] समुचित, जैसा या जितना उचित हो।

यथोपयुक्त—वि. [सं.] यथायोग्य।

यदपि*—अ. द्र. 'यद्यपि'।

यदा—अ. [सं.] जब, जहाँ, जिस समय। **~कदा**—अ. कभी-कभी; जब-तब। **~यदा**—क्रि.वि. जब-जब।

यदि—अ. [सं.] अगर, जो।

यदीय—वि. [सं.] जिसका, जिसकी।

यदु—पु. [सं.] राजा ययाति के ज्येष्ठ पुत्र। **~कुल**—पु. यदुवंश। **~नंदन, ~नाथ, ~पति, ~राज**—पु. श्रीकृष्ण।

यदूत्तम—पु. [सं.] यादवों में श्रेष्ठ, श्रीकृष्ण।

यदृच्छया—अ. [सं.] अकस्मात्; दैवयोग से; मनमाने ढंग से।

यद्यपि—अ. [सं.] हालाँकि, यदि ऐसा ही है।

यद्वा—अ. [सं.] अथवा, अगर। **~तद्वा**—अ. जब-तब, जैसे-तैसे।

यम—पु. [सं.] यमराज, मृत्यु के देवता; योग के पाँच आचारों में से एक—यम-नियम। **~यातना**—स्त्री. नरक की पीड़ा, मृत्यु-समय की पीड़ा।

यमक—पु. [सं.] साहित्य में एक शब्दालंकार, जिसमें कविता में एक ही शब्द अथवा शब्दखंड बार-बार प्रयुक्त हो किंतु हर बार भिन्न अर्थ में ('तीन बेर खातीं तो वे तीन बेर खाती हैं')।

यमन—[अ.] अरब का एक देश।

यमनकल्याण—पु. द्र. 'एमनकल्याण'—एक राग।

यमनिका—स्त्री. [सं.] द्र. 'यवनिका'।

यमनी—स्त्री. एक कीमती पत्थर, एक रत्न।

यमयन—पु. [सं.] शिव।

यमल—वि. [सं.] जुड़वाँ, जो जोड़े में हो। पु. दो की संख्या, जोड़ा।

यमला—स्त्री. [सं.] हिचकी का एक रोग।

यमलार्जुन, यमलार्जुनक—पु. [सं.] वृंदावन के दो पौराणिक अर्जुन वृक्ष।

यमली—स्त्री. [सं.] जोड़ी, किसी वस्तु के दो नग।

यमांतक—पु. [सं.] शिव।

यमादित्य—पु. [सं.] सूर्य का एक रूप।

यमानुजा—स्त्री. [सं.] यमराज की छोटी बहन, यमुना।

यमारि—पु. [सं.] विष्णु।

यमालय—पु. [सं.] यम का घर, यमपुर।

यमी—स्त्री. [सं.] यम की बहन, यमुना नदी। वि. संयमी।

यमुंड—पु. [सं.] एक ऋषि।

यमुना—स्त्री. [सं.] एक प्रसिद्ध नदी, जमुना।

यमुनोत्तरी—पु. एक पर्वत, यमुना का उद्गम-स्थल।

यमेश्वर—पु. [सं.] शिव।

ययाति—पु. [सं.] एक प्रसिद्ध चंद्रवंशी राजा, नहुष के पुत्र।

ययावर—पु. [सं.] द्र. 'यायावर'।

ययु—पु. [सं.] यज्ञ का घोड़ा; घोड़ा।

यव—पु. [सं.] जौ (अन्न); जौ-भर की एक तौल; एक जौ-भर की माप—तिहाई इंच।

यवन—पु. [सं.] यूनान का निवासी; मुस्लिम।

यवनाचार्य, यवनेश्वर—पु. [सं.] यवनों का एक ज्योतिषाचार्य।

यवनानी—स्त्री. [सं.] यूनान की भाषा; यूनानी की लिपि।

यवनिका—स्त्री. [सं.] रंगशाला का परदा।

यवनी—स्त्री. [सं.] यवन जाति की स्त्री; यवन की स्त्री।

यवमती—स्त्री. एक वर्णवृत्त।

यवानिका, यवानी—स्त्री. [सं.] अजवायन।

यवान्न—पु. [सं.] उबला हुआ जौ।

यवास, यवासक—पु. [सं.] जवास नाम का जंगली कँटीला पौधा।

यव्यावती—स्त्री. [सं.] वैदिक काल की एक नदी; उसी काल का एक नगर।

यशःशेष—वि. [सं.] मृत, जिसका निधन हो गया है।

यश—पु. [सं.] सुख्याति, कीर्ति; बड़ाई, प्रशंसा। **~गान**—पु. बहुत प्रशंसा करना।

यशस्कर—वि. [सं.] यशदायक, कीर्तिकारक।

यशस्काम—वि. [सं.] यशोलिप्सा।

यशस्य—वि. [सं.] कीर्तिकारक।

यशस्वती—स्त्री. [सं.] कीर्तिशाली।

यशस्वान्—वि. [सं.] यशस्वी, कीर्तिवान।

यशस्विनी—वि. स्त्री. [सं.] यशप्राप्त स्त्री।

यशस्वी—वि. [सं.] जिसका खूब यश हो, कीर्तिवान।

यशार्जन—पु. [सं.] यश प्राप्त करना।

यशी—वि. यशस्वी।

यशुमती*—स्त्री. द्र. 'यशोदा'।

यशोगाथा—स्त्री. [सं.] कीर्तिमान, गौरवगान।

यशोगान—पु. [सं.] कीर्तिगान, यशोगान।

यशोदा—स्त्री. [सं.] श्रीकृष्ण की माता के रूप में ख्यात, इन्होंने श्रीकृष्ण का पालन-पोषण किया था।

यशोधन—वि. [सं.] यश ही जिसका धन है, यशस्वी।

यशोधर—वि. [सं.] यशस्वी। पु. रुक्मिणी से उत्पन्न श्रीकृष्ण का पुत्र।

यशोधरा—स्त्री. [सं.] सिद्धार्थ, गौतम बुद्ध की पत्नी।

यशोमति, यशोमती—स्त्री. द्र. 'यशोदा'।

यशोलिप्सा—स्त्री. [सं.] कीर्ति, ख्याति पाने की लालसा।

यष्टि—स्त्री. [सं.] लाठी, छड़ी।

यष्टिका—स्त्री. [सं.] छड़ी, छोटा दंड, छोटी लाठी।

यष्टी—स्त्री. [सं.] मुलेठी।

यस्क—पु. [सं.] एक ऋषि, यास्क के पिता।

यह—सर्व. एक सर्वनाम जिसका प्रयोग श्रोता और वक्ता के अतिरिक्त निकटवर्ती सभी संज्ञाओं के लिए होता है। विभक्ति लगाते समय इसका रूप 'इस' हो जाता है।

यहाँ—अ. इस स्थान पर, इस जगह।

यहि—सर्व. ब्रजभाषा में 'यह' का रूप।

यहीं—क्रि.वि. इसी जगह, इसी स्थान पर।

यही—क्रि.वि. निश्चित रूप से यह, यह ही (यह + ही = यही)।

यहूद—पु. [इब.] पश्चिम एशिया के जुद्दा नामक प्रदेश का पुराना नाम, ईसा का जन्मस्थान।

यहूदी—पु. यहूद देश, इजरायल का निवासी; एक पुरानी जाति ('ज्यू')।

यांचा—स्त्री. माँगना, प्रार्थनापूर्वक कुछ माँगना।

यांत्रिक—वि. [सं.] यंत्र संबंधी, मशीनी।

यांत्रिकी—स्त्री. [सं.] यंत्र संबंधी ज्ञान, 'इंजीनियरिंग'।

यांत्रीकरण—पु. [सं.] यंत्रीकरण।

या—सर्व. विकल्प सूचक शब्द, यदि यह न हो, अथवा।

याक—पु. हिमालय पर मिलने वाला छोटे बैल जैसा पशु।

याकूत—पु. [अ.] लाल रंग का एक बहुमूल्य पत्थर, एक रत्न—लाल।

याकूती—वि. [फा.] याकूत का, याकूत से बना—द्र. 'याकूत'।

याक्ष्मिक—वि. [सं.] यक्ष्मा, तपेदिक का, यक्ष्मा से संबंधी।

याग—पु. [सं.] यज्ञ।

याचक—पु. [सं.] भिखारी, माँगने वाला।

याचकता—स्त्री. [सं.] भिक्षा माँगना, भिक्षा माँगने का कार्य।

याचना—स.क्रि. माँगना; प्रार्थना करना।

याचिका—स्त्री. [सं.] न्यायालय में दाख़िल प्रार्थना-पत्र ('पिटिशन')।

याचित—वि. [सं.] प्रार्थित, माँगा गया।

याच्य—वि. [सं.] याचना, माँगने योग्य।

याज—पु. [सं.] यज्ञ।

याजक—पु. [सं.] यज्ञ करने या कराने वाला।

याजन—पु. [सं.] यज्ञ करना।

याजी—वि. [सं.] यज्ञ करने वाला।

याजुष—वि. [सं.] यजुर्वेद संबंधी।

याजुषी—वि. स्त्री. [सं.] यजुर्वेद से संबंधित।

याज्ञ—वि. [सं.] यज्ञ का; यज्ञ संबंधी।

याज्ञवल्क्य—पु. [सं.] एक प्रसिद्ध ऋषि।

याज्ञसेनी—स्त्री. [सं.] यज्ञसेन, द्रुपद की पुत्री, द्रौपदी।

याज्ञिक—पु. [सं.] यज्ञ करने, कराने वाला; गुजरात में ब्राह्मणों की एक उपजाति।

याज्ञिय—वि. [सं.] यज्ञ संबंधी, यज्ञ के उपयुक्त।

याज्य—वि. [सं.] यज्ञ कराने योग्य; यज्ञ कराने का अधिकारी।

यातना—स्त्री. [सं.] अत्यधिक कष्ट, पीड़ा; यमलोक के कष्ट-पीड़ाएँ।

यातायात—पु. [सं.] आना-जाना; गमनागमन।

यात्रा—स्त्री. [सं.] एक स्थान, नगर से दूसरे स्थान तक जाने की क्रिया, सफ़र; तीर्थ-यात्रा।

यात्रिक—पु. [सं.] यात्री; यात्रा की सामग्री।

यात्री—पु. [सं.] यात्रा करने वाला।

याथार्थ्य—पु. [सं.] यथार्थ होने का भाव, यथार्थता।

याद—स्त्री. [फा.] स्मरण (करने की क्रिया), स्मृति।

यादव—पु. [सं.] यदु वंश का; यादवों का वंशज; श्रीकृष्ण।

यादवी—स्त्री. [सं.] यदु कुल की स्त्री।

यादवीय—वि. [सं.] यादव संबंधी।

यादृक्ष—वि. [सं.] द्र. 'यादृश'।

यादृच्छिक—वि. [सं.] ऐच्छिक; अप्रत्याशित।

यादृश—वि. [सं.] जैसा, जिस प्रकार का।

यान—पु. [सं.] वाहन; सवारी, कोई भी यात्रा-साधन।

यानी—अ. [अ.] अर्थात्, तात्पर्य यह है।

यापन—पु. [सं.] बिताना, समास में प्रयुक्त—'जीवन-यापन'।

याफ़्ता—वि. [फा.] पाया हुआ, समस्त पदों के अंत में प्रयुक्त—सज़ा-याफ़्ता, सज़ा पाया हुआ।

याब—पु. [फा.] पाने वाला, समस्त पदों में प्रयुक्त—कामयाब।

याम—पु. [सं.] पहर, तीन घंटे का समय (एक दिन में आठ याम)। स्त्री. रात।

यामवती—स्त्री. [सं.] रात।

यामा—स्त्री. [सं.] रात, निशा।

यामाता (तृ)—पु. [सं.] द्र. 'जामाता'।

यामि, यामी—स्त्री. [सं.] यामिनी, रात।

यामिका—स्त्री. [सं.] रात, निशा।

यामिनी—स्त्री. [सं.] रात, निशा।

यामीर—पु. [सं.] चंद्रमा।

यामीरा—स्त्री. [सं.] रात, निशा।

यामुन—वि. [सं.] यमुना संबंधी; यमुना का तटवर्ती।

याम्या—स्त्री. [सं.] दक्षिण दिशा।

याम्यायन—पु. [सं.] दक्षिणायन।

यायावर—वि. [सं.] वह व्यक्ति जो एक जगह कहीं टिक कर न रहता हो; वह जिसका कोई निश्चित निवास-स्थान न हो, जीवन-यापन के लिए कभी किसी स्थान पर, कभी किसी स्थान पर रहता हो, खानाबदोश। पु. संन्यासी, परिव्राजक।

यायावरी—स्त्री. [सं.] यायावर-संबंधी, यथा—यायावरी मंडली; घुमंतू प्रकृति।

यार—पु. [फा.] मित्र; प्रेमी; दूसरे की स्त्री, या किसी भी स्त्री का प्रेमी।

याराना—पु. [फा.] मैत्री, मित्रभाव।

यारी—स्त्री. मैत्री, मित्रभाव।

यार्ड—पु. [अं.] गज़—एक माप-36" का; अहाता। **(कोर्ट)~**पु. आँगन, प्रांगण।

यार्न—पु. [अं.] सूत, धागा।

याल—स्त्री. [तु.] घोड़े की गर्दन के ऊपर के बाल, अयाल।

याव—पु. [सं.] जौ का सत्तू।

यावक—पु. [सं.] जौ, जौ का सत्तू।

यावज्जन्म—क्रि.वि. [सं.] जीवन-भर, सारा जीवन।

यावज्जीवन—अ. [सं.] जीवन-भर, आजीवन।

यावत्—वि. [सं.] जब तक, जिस समय तक, जहाँ तक।

याष्टीक—पु. [सं.] लठैत।

यास—पु. [सं.] प्रयास, चेष्टा।

यासमन, यासमीन—स्त्री. [फा.] चमेली, एक खुशबूदार फूल, उसका इत्र।

यासीन—स्त्री. [अ.] कुरान की एक आयत, जिसे पढ़कर सुनाया जाता है, जिससे श्रोता का परलोक सुधर जाए।

यासु*—सर्व. 'जासु'।

यास्क—पु. [सं.] एक मुनि, निरुक्त के रचयिता मुनि।

याहू—पु. [फा.] एक पक्षी जिसके मुँह से 'याहू-याहू' की बोली निकलती रहती है ('याहू'—हे ईश्वर)।

यीशु—पु. ईसा मसीह।

युक्त—वि. [सं.] संयुक्त, जुड़ा हुआ, मिला हुआ; सहित, सम्मिलित, साथ में लगा हुआ; युक्तिसंगत, उचित, योग्य; युक्ति या तर्क से ठीक।

युक्ताक्षर—पु. [सं.] संयुक्त वर्ण।

युक्तार्थ—वि. [सं.] अर्थयुक्त, अर्थ गर्भ।

युक्ताहार—पु. [सं.] उचित आहार।

युक्ति—स्त्री. उपाय, तरकीब; कौशल, चातुरी; तर्क; योग, मिलन; न्याय, नीति; साहित्य में एक अर्थालंकार, जिसमें किसी क्रिया या उपाय से अपनी कोई चेष्टा या रहस्य दूसरों से छिपाने का चित्रण किया जाता है।

युक्लिप्टस—पु. [अं.] एक लंबा पेड़।

युगंकर—वि. [सं.] युग प्रवर्तक।

युग—पु. [सं.] इतिहास का कोई ऐसा बड़ा काल-खंड, जिसमें बराबर एक ही प्रकार के कार्य, घटनाएँ आदि होती रही हों—प्रस्तर युग, लौह युग, आदिम युग; किसी क्षेत्र विशेष में विशिष्ट व्यक्ति, घटना, कार्य आदि के विशिष्ट योगदान का समय, जो दूसरे कालखंडों से अलग माना जाता है—नेहरू युग, भारतेन्दु युग, आदि; मिथक के अनुसार समय, काल के चार युग—सतयुग, त्रेता, द्वापर और कलि युग; जोड़ा, युग्म। **~चेतना**—स्त्री. काल विशेष की विशिष्ट प्रवृत्ति।

युगम*—पु., वि. द्र. 'युग्म'।

युगल—पु. [सं.] युग्म, जोड़ा; पति-पत्नी ('कपल')।

युगांत—पु. [सं.] युग विशेष की समाप्ति; प्रलय।

युगांतक—पु. [सं.] प्रलय; प्रलयकाल।

युगांतर—पु. [सं.] दूसरा युग।

युगादि—पु. [सं.] सृष्टि का प्रारंभ, युग का पहला दिन।

युगाध्यक्ष—पु. [सं.] प्रजापति, शिव।

युगानुरूप—क्रि.वि. [सं.] युग के अनुरूप, अनुसार।

युगारंभ—पु. [सं.] युग का प्रारंभ।

युगावतार—पु. [सं.] युग का महान् पुरुष, युग का अवतार।

युग्म—पु. [सं.] जोड़ा; युग; दो की एक साथ स्थिति।

युग्मक—पु. [सं.] जोड़ा, युग्म।

युग्मज—पु. [सं.] जुड़वाँ बच्चे; अश्विनीकुमार।

युग्मेच्छा—स्त्री. [सं.] संभोग की इच्छा।

युज्य—पु. [सं.] संयोग, मिलाप। वि. मिला हुआ; उचित।

युत—वि. [सं.] युक्त; सहित।

युति—स्त्री. [सं.] योग; मिलना; नाथ (पशुओं की नाक में डाली जाने वाली डोरी, पतली रस्सी)।

युद्ध—पु. [सं.] लड़ाई, संग्राम, रण। **~क्षेत्र**—पु. लड़ाई का मैदान, युद्ध की भूमि। **~प्रवीण**—वि. युद्ध-कौशल में निष्णात। **~बंदी**—पु. शत्रु पक्ष द्वारा युद्ध के दौरान बंदी बना हुआ सैनिक। **~विराम**—पु. दो देशों के बीच चल रही लड़ाई, युद्ध का कुछ समय के लिए रुक जाना। **~रत**—वि. युद्ध करता हुआ।

युद्धक—पु. [सं.] युद्ध×संबंधी (युद्धक सामग्री)।

युद्धाचार्य—पु. [सं.] युद्ध विद्या का शिक्षक, आचार्य।

युद्धात्मक—वि. [सं.] युद्ध संबंधी।

युद्धापराधी—पु. [सं.] युद्ध का अपराधी।

युद्धाभ्यास—पु. [सं.] युद्ध का अभ्यास।

युद्धारंभ—पु. [सं.] युद्ध की शुरुआत, प्रारंभ होना।

युद्धोत्तर—वि. [सं.] युद्ध के बाद का।
युद्धोन्मत्त—वि. [सं.] युद्ध में उन्मत्त, पागल; युद्ध के लिए आतुर।
युद्धोन्माद—पु. [सं.] युद्ध का नशा।
युद्धोन्मुख—वि. [सं.] युद्ध के लिए तैयार, युयुत्सु।
युद्धोपकरण—पु. [सं.] युद्ध-सामग्री।
युद्धोपयोगी—वि. [सं.] युद्ध के लिए उपयोगी, युद्ध में काम लेने की (वस्तु)।
युधिष्ठिर—पु. [सं.] पाँच पांडवों में सबसे ज्येष्ठ, धर्मपरायण राजकुमार, धर्मराज।
युनानी—वि. [अ.] द्र. 'यूनानी'।
युयुत्सा—स्त्री. [सं.] युद्ध की इच्छा; शत्रुता, दुश्मनी।
युयुत्सु—पु. [सं.] धृतराष्ट्र का एक पुत्र। वि. युद्ध करने की इच्छा रखने वाला।
युयुधान—पु. [सं.] योद्धा; क्षत्रिय।
युरेशियन—पु. [अं.] यूरोप और एशिया का ऐसा व्यक्ति, जो संकर जाति का होता है।
युरोप—पु. द्र. 'यूरोप'।
युरोपियन—पु., वि. द्र. 'यूरोपियन'।
युरोपीय—वि. [अं.] यूरोप का; यूरोप संबंधी। पु. यूरोप का निवासी।
युव—'युवन्' का समास में प्रयुक्त रूप। **~राज**—पु. राज्य का उत्तराधिकारी, युवराज।
युवक—पु. [सं.] जवान, प्रायः सोलह से पैंतीस वर्ष तक की आयु का पुरुष।
युवजन—पु. [सं.] नवयुवकों-युवतियों का समूह या वर्ग।
युवति, युवती—स्त्री. [सं.] जवान स्त्री।
युवराज्ञी—स्त्री. [सं.] युवराज की पत्नी।
युववाणी—स्त्री. [सं.] युवा लोगों की आवाज़।
युवा—वि. [सं.] जवान, युवक।
युवावस्था—स्त्री. [सं.] युवा काल, यौवन की अवस्था।
यूँ—अ. दे. 'यों'।
यूकरेनियन—वि. [अं.] यूक्रेनियन, यूक्रेन से संबंधित। पु. यूक्रेन का निवासी। स्त्री. वहाँ की भाषा।
यूटोपिया—पु. [अं.] आदर्श-राज्य; आदर्श अवधारणा; आदर्शलोक।
यू.टी.—स्त्री. [अं.] केन्द्रशासित प्रदेश ('यूनियन टेरीटरी')।
यूथ—पु. [अं.] युवा, जवानी, उठती जवानी। **~फेस्टिवल**—पु. युवा मेले, युवा उत्सव (विशेषतः विश्वविद्यालयों, कॉलेजों, आदि में होने वाले युवाओं के सांस्कृति उत्सव)।
यूथ—पु. [सं.] समूह, समुदाय; सेना, फौज। **~पति**—पु. सेनापति।
यूनान—पु. यूरोप का एक प्रसिद्ध, अपनी प्राचीन सभ्यता और संस्कृति के लिए प्रसिद्ध, यूनानी शब्द 'आयोनिया' से बना शब्द, 'आयोनिया' इस देश का एक द्वीप।
यूनानी—वि. [अ.] यूनान देश का; यूनान से संबंधित। पु. यूनान का निवासी। स्त्री. यूनान की भाषा; यूनानी की चिकित्सा पद्धति।
यूनिट—पु. [अं.] इकाई; सेना की टुकड़ी।
यूनिफ़ार्म—पु. [अं.] निश्चित पोशाक, वरदी (यथा—सैनिकों, स्कूली छात्रों, कार्मिकों, आदि की); एक समानता, समरूपता।
यूनियन—स्त्री. [अं.] संघ, सभा। **~गवर्नमेंट**—स्त्री. केन्द्र सरकार, संघ सरकार। **~जैक**—पु. ग्रेट ब्रिटेन का ध्वज, झंडा। **~मिनिस्टर**—पु. केन्द्रीय मंत्री।
यूनिवर्सिटी—स्त्री. [अं.] विश्वविद्यालय।
यूप—पु. [सं.] यज्ञ का वह स्तंभ, जिससे बलि पशु बाँधा जाता था।
यूरप—पु. द्र. 'यूरोप'।
यूराल—पु. एक पर्वत। स्त्री. एक नदी, यूरोप और एशिया के सीमा-क्षेत्र में।
यूरिक—वि. [अं.] मूत्रीय। **~एसिड**—पु. मूत्राम्ल ('एसिड')।
यूरिनल—पु. [अं.] मूत्रालय, मूत्र, पेशाब करने का स्थान।
यूरिया—पु. [अं.] एक रासायिक उर्वरक, खाद।
यूरेनस—पु. [ग्री.] एक यूनानी देवता।
यूरेनियम—पु. [अं.] एक भारी और शुभ्र धातु।
यूरेशियन—पु. [अं.] यूरोप और एशिया से संबंधित, एक संकर जाति, जिनके माँ-बाप में से कोई एक यूरोप का तथा दूसरा एशिया का हो।
यूरो—वि. [अं.] यूरोपीय देशों के संघ की साझी मुद्रा।
यूरोप—पु. [अं.] पृथ्वी के पूर्वी गोलार्द्ध का सबसे छोटा महाद्वीप, इसके उत्तर में उत्तर आर्कटिक, पश्चिम में एटलांटिक, दक्षिण में भूमध्य सागर तथा पूर्व में काकेशस और यूराल पर्वत स्थित हैं।
यूरोपियन—पु. [अं.] यूरोप के किसी भी देश का निवासी। वि. यूरोप का, यूरोप से संबंधित।
यूरोपीय—वि. यूरोप का, यूरोप संबंधी।
ये—सर्व. यह सब, 'यह' सर्वनाम का बहु.।
येन—सर्व. [सं.] जिससे। **~केन प्रकारेण**—जिस किसी भी तरह से।
येन—पु. [जा.] जापान की मुद्रा।
यमन—पु. एक अरब देश।
येह*—सर्व. द्र. 'यह', 'ये'।
येहू*—अ. यह भी।

यों—अ. इस प्रकार।

योक्ता—पु. [सं.] जोड़ने, मिलाने वाला।

योग—पु. [सं.] जोड़, योगफल; मिलना, संयोग; कोई शुभ काल, मुहूर्त; चित्त को एकाग्र करने की विद्या, शास्त्र, अष्टांग योग, जिसमें यम, नियम, आसन, प्राणायाम, प्रत्याहार, धारणा, ध्यान और समाधि सम्मिलित हैं। **~क्षेम**—पु. कल्याण, मंगल। **~दर्शन**—पु. महर्षि पतंजलि विरचित योग सूत्र। **~दान**—पु. किसी कार्य में साथ देना, सहायक होना। **~माया**—स्त्री. देवी, दुर्गा, भगवती। **~वशिष्ठ**—पु. एक वेदांत ग्रंथ, जिसके रचयिता वशिष्ठ माने जाते हैं। **~सिद्धि**—स्त्री. योग की सफलता। **~सूत्र**—पु. महर्षि पतंजलि कृत योगशास्त्र का ग्रंथ।

योगांग—पु. [सं.] योग के अंग, आठ अंग—यम, नियम, आसन, प्राणायाम, प्रत्याहार, धारणा, ध्यान और समाधि।

योगांबर—पु. [सं.] एक बौद्ध देवता।

योगा—पु. [अं.] 'योग' का वर्तमान में प्रचलित अंग्रेज़ी कृत रूप, योगशास्त्र, योगविद्या।

योगागम—पु. [सं.] योगशास्त्र।

योगाचार्य—पु. [सं.] योग के शिक्षक, योग के आचार्य।

योगात्मक—वि. [सं.] योग के उपयुक्त—योगात्मक नियम, योगात्मक भाषा।

योगात्मा—पु. [सं.] योगी।

योगानुशासन—पु. [सं.] योगशास्त्र, योगविद्या।

योगाभ्यास—पु. [सं.] योग-साधना, योग के अंगों का अभ्यास करना।

योगाभ्यासी—वि. [सं.] योग साधना करने वाला।

योगाराधन—पु. [सं.] योग-साधना।

योगारूढ़—वि. [सं.] वीतरागी।

योगाश्रम—पु. [सं.] योग-साधना करने का स्थान, आश्रम।

योगासन—पु. [सं.] योग-साधना की मुद्रा, योग के द्वारा बताई गई शरीर-मुद्रा।

योगिता—स्त्री. [सं.] योग की स्थिति प्राप्त, योगत्व प्राप्त।

योगित्व—पु. [सं.] योगी हो जाने का भाव, क्रिया।

योगिनी—स्त्री. [सं.] योग-साधना करने वाली स्त्री; रण-पिशाचिनी; तपस्विनी।

योगिया—पु. संगीत का एक राग।

योगींद्र—पु. [सं.] सर्वश्रेष्ठ योगी; श्रीकृष्ण; शिव।

योगी—पु. [सं.] योग की साधना करने वाला; तपस्वी; आत्मज्ञानी। **~नाथ**—पु. शिव। **~निद्रा**—स्त्री. हलकी नींद, झपकी।

योगीश, योगीश्वर—पु. [सं.] योगिराज, सर्वश्रेष्ठ योगी; शिव।

योगीश्वरी—स्त्री. [सं.] देवी दुर्गा।

योगेंद्र—पु. [सं.] महान् योगी।

योगेश, योगेश्वर—पु. [सं.] बहुत बड़ा योगी; श्रीकृष्ण; शिव।

योगेश्वरी—स्त्री. [सं.] देवी दुर्गा।

योगोपनिषद्—स्त्री. [सं.] एक उपनिषद्।

योग्य—वि. [सं.] जिसमें किसी कार्य को करने के गुण, सामर्थ्य; किसी कार्य के लिए उपयुक्त, ठीक हो; अधिकारी पात्र; उचित, वाजिब।

योग्यता—स्त्री. [सं.] उपयुक्तता, सामर्थ्य।

योग्यतानुसार—क्रि.वि. [सं.] योग्यता, पात्रता के अनुसार।

योग्यतापूर्वक—क्रि.वि. [सं.] योग्यता, दक्षतासहित।

योजक—पु. [सं.] मिलाने, जोड़ने वाला; योजना बनाने वाला; योजना को कार्य रूप देने वाला; व्याकरण में शब्दों का वर्ग जो शब्दों, पदों, उपवाक्यों, वाक्यों तथा अनुच्छेदों को जोड़ते हैं। **~चिह्न**—पु. व्याकरण में शब्दों के बीच लगने वाला—चिह्न ('हाइफ़न')।

योजन—पु. [सं.] प्राचीन काल में दूरी की एक माप, दो से आठ कोस तक की मानी गई; किसी काम में लगाना।

योजना—स्त्री. [सं.] किसी कार्य को पूर्ण करने की संकल्पना, व्यवस्था; कार्य को पूर्ण करने की रूपरेखा।

योजनीय—वि. [सं.] योजना बनाने योग्य; जो कहीं प्रयुक्त हो सकता हो।

योजित—वि. [सं.] मिलाया हुआ युक्त; बनाया हुआ; व्यवस्था की गई हो।

योज्य—वि. [सं.] व्यवहार योग्य; मिलाने योग्य।

योद्धा—वि. [सं.] वह जो युद्ध करता हो; युद्ध में लड़ने वाला सैनिक।

योधा—वि., पु. [सं.] द्र. 'योद्धा'।

योनि—स्त्री. [सं.] स्त्रियों की जननेन्द्रिय, भग; प्राणियों की जातियाँ, जिनकी संख्या 84 लाख बताई गई है; देह, शरीर।

योनिक—वि. [सं.] योनि संबंधी।

योरोप—पु. [अं.] द्र. 'यूरोप'।

योरोपियन—वि., पु. [अं.] द्र. 'यूरोपियन'।

योषा—स्त्री. [सं.] स्त्री, नारी।

योषिता—स्त्री. [सं.] स्त्री, नारी।

योषित्—स्त्री. [सं.] स्त्री, नारी।

योषिद्—'योषित्' का समास में प्रयुक्त रूप।

यौं*—क्र.वि. 'यों'।

यौक्तिक—पु. [सं.] युक्ति संबंधी; युक्ति-संगत।

यौगंधर—पु. [सं.] प्राचीन काल का एक शास्त्र-विशेष।

यौगंधरायण—पु. [सं.] युगंधर गोत्र का व्यक्ति, प्रसिद्ध नरेश उदयन का मंत्री।

यौगक—वि. [सं.] योग का; योग संबंधी।

यौगिक—वि. [सं.] मिला हुआ। पु. शब्दों के तीन भेदों में से एक; अट्ठाईस मात्राओं वाले छंद।

यौतक, यौतुक—पु. [सं.] विवाह के समय वर-वधू को मिलने वाला धन, दहेज।

यौद्धिक—वि. [सं.] युद्ध संबंधी; युद्ध का।

यौधेय—पु. [सं.] योद्धा; एक प्राचीन देश (जनपद); उस देश की युद्धप्रिय जाति।

यौन—वि. [सं.] योनि संबंधी। **~शोषण**—पु. भिन्न जाति के, विशेषतः स्त्री जाति के प्रति यौन दुराचार, दुष्कर्म।

यौवन—पु. [सं.] युवावस्था, जवानी, प्रायः 16-17 वर्ष से पैंतीस वर्ष तक की अवस्था का समय।

यौनाकर्षण—पु. [सं.] यौन (विपरीत लिंगी) के प्रति आकर्षण।

यौनिकी—स्त्री. [सं.] यौन विज्ञान।

यौवनवती—स्त्री. [सं.] युवती।

यौवनावस्था—स्त्री. [सं.] युवा अवस्था, जवानी।

यौवनिक—वि. [सं.] यौवन, युवावस्था संबंधी।

यौवनीकरण—पु. [सं.] फिर से युवा बनाना, कायाकल्प।

यौवनोद्भव—पु. [सं.] काम भावना का उदय।

यौवनोद्रेक—पु. [सं.] युवावस्था, जवानी की उमंग।

र

र—देवनागरी वर्णमाला में व्यंजन वर्ग का सत्ताईसवाँ व्यंजन और दूसरा अंतस्थपूर्ण है जिसका उच्चारण-स्थान मूर्द्धा से होता है। दूसरे वर्ण से संयुक्त होने पर यह तीन रूप ग्रहण करता है—'ॅ' (बर्फ़), 'र्' (अग्र) और ':' (विसर्ग)।

रंक—वि. [सं.] निर्धन, दरिद्र; कृपण, कंजूस। पु. निर्धन; कंगाल व्यक्ति; फ़कीर, भिक्षुक।

रंग—पु. [सं.] पदार्थ, वस्तु का वह गुण, जिससे उसकी पहचान आँख को होती है—पीला, नीला, आदि ('कलर'); वह पदार्थ, द्रव्य जिससे कोई चीज़ रँगी जाती है; शरीर, चेहरे, आदि का वर्ण, रंगत (कोम्प्लेक्शन); राँगा नामक धातु; नाचना-गाना ('रंग बरसे'), नृत्य या अभिनय का स्थान (रंगशाला); युवावस्था, जवानी; शोभा, सौंदर्य (शहर का रंग ही बदल गया); धाक (सभी जगह उसका रंग है); क्रीड़ा-आनंद (रंग-महल); उमंग, उत्सव, मौज (आज वह खूब रंग में है); आनंद आना (महफिल में रंग जम गया); अनुराग, प्रेम; ढंग, चाल (उसके रंग-ढंग ठीक नहीं हैं)। **~कर्मी**—पु. रंगमंच से सम्बद्ध व्यक्ति। **~दारी**—स्त्री. गुंडों को वसूली के रूप में दिया जाने वाला धन, राशि। **~द्वार**—पु. रंगमंच का प्रवेश द्वार, नाटक की प्रस्तावना; **~बिरंगा**—वि. अनेक रंगों वाला। **~भूमि**—स्त्री. नाटक खेलने का स्थान, नाट्य-स्थल। **~मंच**—वह स्थान जहाँ नाटक खेला जाता है। **~महल**—पु. प्रमोद भवन, भोग-विलास का स्थान, अंतःपुर। **~रस**—पु. आनंद क्रीड़ा, मौज-मस्ती। **~रसिया**—पु. विलासी व्यक्ति, मनचला। **~शाला**—स्त्री. नाट्यशाला, वह स्थान जहाँ नाटक खेले जाते हैं।

रंगत—स्त्री. रंग, वर्ण; दशा, अवस्था, अर्थछटा।

रँगना—स.क्रि. रंग देना; रंग में डुबोना, किसी चीज़ पर रंग चढ़ाना।

रंगरली—स्त्री. द्र. 'रँगरेली'।

रंगरूट-(रिक्रूट)—पु. नया भर्ती किया हुआ सिपाही।

रँगरेज़—पु. [फा.] कपड़ा रँगने का काम करने वाला। [स्त्री. 'रँगरेज़िन']।

रँगरेज़ी—स्त्री. [फ़ा.] कपड़े रँगना।

रँगरेली—स्त्री. आमोद-प्रमोद।

रँगवाई—स्त्री. द्र. 'रँगाई'।

रँगवाना—स.क्रि. रँगने के लिए प्रेरित करना।

रंगसाज़—पु. [फा.] रंग बनाने वाला कारीगर।

रंगसाज़ी—स्त्री. [फा.] रंगसाज़ का काम; रंग बनाने की कला।

रंगांगण—पु. [सं.] रंगमंच, नाट्यशला।

रँगा—वि. जिस पर रंग चढ़ा हुआ हो (रँगा कपड़ा)।

रँगाई—स्त्री. रँगने की क्रिया; रँगने की मज़दूरी।

रंगांध—पु. जिसे कुछ रंग दिखाई न देते हों ('कलर ब्लाइंड')।

रँगाना—स.क्रि. रँगने का काम कराना, रँगने का प्रे.।

रंगारंग—वि. अनेक रंगों वाला; तरह-तरह का, विभिन्न प्रकार का (रंगारंग कार्यक्रम)।

रंगालय—पु. [सं.] रंगशाला, नाट्यशाला।

रंगावट—स्त्री. रँगाई।

रंगावतरण—पु. [सं.] रंगमंच पर आना।

रंगिणी—वि. [सं.] रंगवाली; विनोदप्रिय स्त्री।

रंगी—वि. [सं.] रंगों वाला, रंगीन; विनोदप्रिय।

रंगीन—वि. [फा.] रँगा हुआ, रंगदार; मौज-मस्ती करने वाला; मनचला। **~मिज़ाज**—वि. मौज-मस्ती करने वाला; प्रेम करने वाला। **~मिज़ाजी**—स्त्री. मौज-मस्ती, विलास-प्रियता।

रंगीनी—स्त्री. रंगीन होने का भाव; चटक-मटक होना।

रँगीला—वि. आशिक-मिज़ाज; मौज-मस्ती करने वाला; मनचला; रसिक।

रंगोज्ज्वल—वि. [सं.] रंगों से शोभा पाता हुआ।

रंगोपजीवी—पु. [सं.] रंग कर्म से अपनी जीविका चलाने वाला।

रंगोली—स्त्री. रंग-बिरंगे आटे या चूर्ण किए हुए रँगे पदार्थों से फ़र्श पर मांगलिक चित्रकारी करना।

रंच, रंचक—वि. थोड़ा, जरा, किंचित्, कुछ।

रंज—पु. [फा.] दुःख, शोक; अफसोस, पछतावा।

रंजक—पु. [सं.] रँगरेज़, रंगसाज़।

रंजन—पु. [सं.] रँगने का कार्य, रँगना; मन प्रसन्न करना।

रंजना*—स.क्रि. हर्षित करना, किसी का मनोरंजन करना।

रंजनीय—वि. [सं.] हर्ष, आनंद देने योग्य।

रंजित—वि. [सं.] रँगा हुआ; किसी घटना आदि को मिर्च-मसाला लगा कर वर्णित करना, अतिरंजित वर्णन; आनंदित, प्रसन्न।

रंजिश, रंजीदगी—स्त्री. [फा.] शत्रुता, अनबन, मन-मुटाव; वैमनस्य।

रंजीदा—वि. [फा.] नाराज़; दुखी।

रंडा—स्त्री. [सं.] राँड़, विधवा।

रंडापा—पु. वैधव्य।

रंडी—स्त्री. वेश्या।

रँडुआ—पु. विधुर, जिसकी पत्नी मर गई हो।

रँडोरी*—स्त्री. विधवा।

रंता—वि. [सं.] रमण, आनंद, करने वाला।

रंति—स्त्री. [सं.] क्रीड़ा, केलि।

रँदना—स.क्रि. रंदा फेरना, रंदा करना।

रंदा—पु. लकड़ी को छील कर समतल और चिकना करने का बढ़ई का औज़ार।

रंधक—पु. [सं.] राँधने वाला, रसोइया।

रंधन—पु. [सं.] रसोई बनाना या पकाना।

रंध्र—पु. [सं.] छेद, छिद्र।

रंभ—पु. [सं.] भारी या घोर शब्द ('रँभाना' इसी से बना)।

रंभण—पु. [सं.] गले लगाना, आलिंगन करना; रँभाना।

रंभन*—पु. द्र. 'रंभण'।

रंभा—स्त्री. [सं.] एक अप्सरा का नाम; वेश्या।

रँभाना—अ.क्रि. गाय, भैंस आदि का जोर का शब्द करना।

रंभिणी—स्त्री. [सं.] एक रागिनी (संगी.)।

र—पु. [सं.] र कार, र वर्ण का बोधक अक्षर।

रअय्यत—स्त्री. [अ.] प्रजा, रिआया; असामी, नौकर।

रइअत—स्त्री. द्र. 'रअय्यत'।

रई—स्त्री. दही मथने की लकड़ी, मथानी।

रईस—पु. [अ.] धनी व्यक्ति, अमीर; बड़ा आदमी।

रईसी—स्त्री. [अ.] संपन्नता।

रउताई*—स्त्री. प्रभुता, स्वामित्व।

रएअत—स्त्री. द्र. 'रअय्यत'।

रकत*—पु. द्र. 'रक्त'।

रकबा—पु. क्षेत्रफल, भूमि का क्षेत्र।

रक़म—स्त्री. [अ.] धन; संपत्ति; धन की राशि; प्रकार, भाँति।

रकाब—स्त्री. [अ.] घोड़े की काठी या जीन में लटकने वाला पायदान, जिस पर पैर रखकर सवार घोड़े पर बैठना है।

रकाबत—स्त्री. [अ.] रकीब होने की स्थिति।

रकाबी—स्त्री. तश्तरी।

रक़ीब—पु. [अ.] प्रेमिका का दूसरा प्रेमी, प्रतिद्वन्द्वी।

रक्कास—वि. नाचने वाला।

रक्कासा—पु. [अ.] नाचने वाली, नर्तकी।

रक्खना—स.क्रि. द्र. 'रखना'।

रक्त—पु. [सं.] रुधर, खून; लाल रंग। **~कमल**—लाल रंग का कमल। **~चाप**—पु. रक्त का नसों पर पड़ने वाला प्रभाव, एक रोग जिसमें रक्त का वेग या चाप साधारण से अधिक घट या बढ़ जाता है ('ब्लड-प्रेशर')। **~पात**—पु. मारकाट, खून-ख़राबा। **~रंजित**—वि. रक्त से रँगा हुआ, खून से लथपथ। **~शोधन**—पु. ख़ून की सफाई। **~स्राव**—पु. शरीर के किसी अंग के कट-फट जाने से उससे रक्त का बहना।

रक्तांक—पु. [सं.] मूँगा रत्न।

रक्तांग—पु. [सं.] केसर; लाल चंदन।

रक्तांबर—वि. [सं.] लाल वस्त्र वाला, लाल वस्त्र धारण करने वाला। पु. लाल रंग का कपड़ा; संन्यासी।

रक्ताकार—पु. [सं.] मूँगा रत्न। वि. जिसकी मूर्ति लाल रंग की हो।

रक्ताक्ष—वि. [सं.] लाल नेत्रों वाला; भयंकर।

रक्तातिसार—पु. [सं.] पेट का वह रोग जिसमें खून के दस्त होते हैं।

रक्ताभ—पु. [सं.] लाल रंग की आभा वाला, लाली लिये हुए।

रक्ताभा—स्त्री. [सं.] लालिमायुक्त, लाल आभा वाली।

रक्ताभ्र—पु. [सं.] लाल अभ्रक।

रक्तार्बुद—पु. [सं.] एक रोग जिसमें शरीर पर पकने और मवाद वाली फुंसियाँ निकलती हैं।

रक्तार्श—पु. [सं.] खूनी बवासीर।

रक्ताल्पता—स्त्री. [सं.] (शरीर में) रक्त की कमी, रक्त-क्षीणता (एनीमिया)।

रक्तावरोधक—वि. [सं.] खून को बहने से रोकनेवाला।

रक्ताशोक—पु. [सं.] लाल अशोक, उसका वृक्ष।

रक्ति—स्त्री. [सं.] अनुरक्ति, प्रेम, अनुराग।

रक्तिका—स्त्री. [सं.] रत्ती, घुँघची।

रक्तिम—वि. [सं.] लालिमापूर्ण, लालिमायुक्त।

रक्तिमा—स्त्री. [सं.] लाली, ललाई।

रक्तोपदंश—पु. [सं.] रक्त-विकार से उत्पन्न गरमी, आतशक नामक रोग।

रक्तोपल—पु. [सं.] लाल कमल।

रक्ष—वि. [सं.] रक्षा करने वाला, रक्षक। पु. राक्षस, असुर, दैत्य।

रक्षक—वि., पु. [सं.] रक्षा करने वाला; पहरेदार।

रक्षण—पु. [सं.] रक्षा करना; पालन-पोषण।

रक्षणीय—वि. [सं.] सुरक्षा करने योग्य।

रक्षा—स्त्री. [सं.] विपत्ति, आक्रमण, हानि—किसी प्रकार के अनिष्ट से बचाव, बचाना।

रक्षात्मक—वि. [सं.] रक्षा से सम्बद्ध।

रक्षिका—स्त्री. [सं.] रक्षा कार्य के लिए नियुक्त स्त्री।

रक्षित—वि. [सं.] जिसकी रक्षा की गई हो; प्रतिपालित।

रक्षिता—वि. स्त्री. [सं.] बिना विवाह किए घर में रखी गई स्त्री।

रक्ष्य—वि. [सं.] रक्षा करने योग्य, रक्षणीय।

रक्ष्यमाण—वि. [सं.] जो सुरक्षा, रक्षा में रखा जा रहा हो।

रक़्स—पु. [अ.] नृत्य, नाच, मुजरा।

रखना—स.क्रि. स्थित करना, ठहराना, टिकाना, धरना; रक्षा करना, नष्ट न होने देना।

रख-रखाव—पु. व्यवस्था; किसी स्थान पर चीज़ों का सुव्यवस्थित रखना।

रखवाई—स्त्री. रखवाली, चौकीदारी; रखवाली करने की मज़दूरी।

रखवाना—स.क्रि. रखने का काम कराना, किसी दूसरे की देखरेख में देना।

रखवार*—पु. द्र. 'रखवाल'।

रखवाल—स्त्री. सुरक्षा करना, किसी चीज़ को रक्षा में लेना।

रखवाला—पु. रक्षक, रक्षा करने वाला; चौकीदार, पहरेदार।

रखवाली—स्त्री. सुरक्षा, चौकसी रखना, रक्षा कार्य।

रखाई—स्त्री. रक्षा करने की क्रिया; रक्षा, चौकीदारी, पहरेदारी।

रखाना—स.क्रि. रखवाली करना (मक्का रखाना, फसल रखाना), रक्षा करना, सुरक्षा रखना।

रखेल, रखेली—स्त्री. रखैल, वह स्त्री जो बिना विवाह के अपने घर में पत्नी की तरह रख ली जाए।

रखैया—पु. रक्षा करने वाला, रखवाला।

रखैल—स्त्री. वह स्त्री जो विवाह के बिना पत्नी के रूप में घर में रख ली जाए।

रखैली—स्त्री. द्र. 'रखैल'।

रग—स्त्री. [फा.] (शरीर में) नस, नाड़ी, शिरा (शिराएँ)। **मु. ~रग फड़कना**—प्रसन्नता से शरीर की हर शिरा का उत्तेजित होना। **~रग में**—शरीर की प्रत्येक शिरा में, अंग-अंग में। **~रग से वाकिफ़ होना**—किसी के चरित्र को बहुत सूक्ष्मता से जानना।

रगड़—स्त्री. घर्षण, घिसने की क्रिया या भाव।

रगड़ना—स.क्रि. घिसना, घर्षण करना; पीसना; किसी से बहुत अधिक काम लेना।

रगड़वाना—स.क्रि. रगड़ने का काम दूसरे से कराना।

रगड़ा—पु. रगड़ने की क्रिया या भाव; कोई बहुत लंबा चलने वाला झगड़ा या समस्या।

रगण—पु. छंदशास्त्र में एक गुरु, एक लघु और एक गुरु का गण (ऽ।ऽ)।

रगदना—स.क्रि. द्र. 'रगेदना'।

रग़बत—स्त्री. [अ.] चाह, इच्छा, आरज़ू, ख़्वाहिश।

रगर*—स्त्री. [ब्र.] द्र. 'रगड़'।

रगेद—स्त्री. दौड़ाने, भगाने की क्रिया।

रगेदना—स.क्रि. भगाना, खदेड़ना, दौड़ाना; किसी को काम में परेशान करना।

रघु—पु. [सं.] सूर्यवंशी राजा दिलीप और रानी सुदक्षिणा के पुत्र, अज के पिता।

रचन—पु. [सं.] द्र. 'रचना'।

रचना—स्त्री. [सं.] वह जिसकी सृष्टि या सृजन हुआ हो, कृति या बनाई गई वस्तु, साहित्यिक कृति, ग्रंथ, कविता, कहानी, आदि।

रचनात्मक—वि. [सं.] रचना से सम्बद्ध (रचनात्मक कार्य—'क्रिएटिव वर्क)।

रचनावली—स्त्री. [सं.] (किसी की) रचनाओं, कृतियों का संकलन।

रचयिता—वि. [सं.] रचनाकार।

रचयित्री—स्त्री. [सं.] रचना करने वाली स्त्री।

रचवाना—स.क्रि. रचना कार्य करवाना; रँगवाना (मेहँदी रचवाना)।

रचाना—स.क्रि. रँगाना; लगाना (मेहँदी रचाना)।

रचित—वि. [सं.] रची हुई, लिखी हुई; निर्मित, बनाया हुआ।

रच्छ*—पु. द्र. 'रक्ष'।

रच्छक*—पु. द्र. 'रक्षक'।

रच्छन*—पु. द्र. 'रक्षण'।

रच्छस*—पु. द्र. 'राक्षस'।

रच्छा*—स्त्री. द्र. 'रक्षा'।

रज—पु. [सं.] धूल, गर्द; स्त्रियों का मासिक धर्म, स्राव।

रजक—पु. [सं.] धोबी।

रजत—वि. [सं.] शुभ्र, धवल, उज्ज्वल; चाँदी के रंग का; चाँदी का बना हुआ। स्त्री. चाँदी। **~जयंती**—स्त्री. किसी

व्यक्ति या संस्था के जीवन या कार्यकाल के 25 वर्ष पूरे होने पर मनाया जाने वाला उत्सव। **~पात्र**—पु. चाँदी का बरतन। **~मय**—वि. चाँदी का बना हुआ।

रजताकर—पु. [सं.] (रजत + आकर) चाँदी की खान।

रजधानी*—स्त्री. द्र. 'राजधानी'।

रजनी—स्त्री. [सं.] रात, निशा; हल्दी। **~गंधा**—स्त्री. एक पुष्प, उसका पौधा।

रजनीश—पु. [सं.] चंद्रमा।

रजपूत*—पु. द्र. 'राजपूत'।

रजपूती*—स्त्री. क्षत्रियत्व; शौर्य, वीरता।

रजब—पु. [अ.] इसलामी सातवाँ महीना।

रजबहा—पु. नहर में से निकली बड़ी जलधारा, जिसमें से विभिन्न स्थानों पर छोटी नालियाँ सिंचाई के लिए बनाई जाती हैं।

रजवंती, रजवती—वि. स्त्री. रजस्वला, वह स्त्री जिसे मासिक रजस्राव हो रहा हो।

रजवाड़ा—पु. छोटे राज्य, रियासत।

रजस्, रजस् गुण—पु. [सं.] भोग-विलास की प्रवृत्ति; राजसी वृत्ति।

रजस्वला—वि. स्त्री. [सं.] ऋतुमती; वह स्त्री जिसका मासिक धर्म, रजस्राव हो रहा हो।

रज़ा—स्त्री. [अ.] मर्ज़ी; अनुमति, इजाज़त; प्रसन्नता, खुशी।

रजाइस, रजायस, रजायसु*—स्त्री. आज्ञा, अनुमति, हुक्म।

रज़ाई—स्त्री. लिहाफ़, सर्दियों में सोते समय ओढ़ने का रुई भरा कपड़ा।

रज़िया बेग़म—स्त्री. [अ.] दिल्ली पर राज्य करने वाले गुलाम वंश में अल्तमश की बेटी, इसने 1236 से 1240 तक शासन किया।

रजिस्टर—पु. [अं.] कागज़ की बड़ी बही, जिस पर कोई भी विवरण लिखा जा सकता है।

रजिस्टर्ड—वि. [अं.] पंजीकृत, वह पत्र, आदि जो डाक-विभाग द्वारा रजिस्टर कंप्यूटर आदि में रिकार्ड दर्ज़ कर पाने वाले के नाम भेजा जाता है, वह भी इसे हस्ताक्षर करके ही प्राप्त करता है।

रजिस्टरी, रजिस्ट्री—स्त्री. [अं.] वह पात्र आदि जिसका पंजीकरण कराया गया हो; भूमि, संपत्ति आदि को कचहरी में पंजीकृत कराने की कार्यवाही, इस कार्यवाही के प्रमाण-स्वरूप प्राप्त सरकारी टिकट लगा दस्तावेज़।

रजिस्ट्रार—पु. [अं.] एक सरकारी कर्मचारी, जो रजिस्ट्री, आदि को दर्ज़ करता है, कराता है।

रजिस्ट्रेशन—पु. [अं.] पंजीयन, सरकारी दस्तावेज़ों में दर्ज़ कराना।

रजु—स्त्री. द्र. 'रज्जु'।

रजोकुल*—पु. राजपरिवार, राजवंश।

रजोगुण—पु. [सं.] प्रकृति के तीन (सत, रज, तम) गुणों में से एक, जिसमें भोग-विलास की वृत्ति होती है।

रजोदर्शन, रजोधर्म—पु. [सं.] स्त्रियों का मासिक धर्म, मासिक रजस्राव।

रजोनिवृत्ति—स्त्री. [सं.] 45-50 की अवस्था में स्त्रियों का मासिक धर्म बंद होने की अवस्था।

रजोविरति—स्त्री. [सं.] द्र. 'रजोनिवृत्ति'।

रज्जु—स्त्री. [सं.] रस्सी।

रझाना—पु. किसी खाद्य पदार्थ को औटाना।

रटंत—स्त्री. रटने, कंठस्थ करने की क्रिया या भाव।

रट—स्त्री. किसी शब्द या बात को बार-बार कहना।

रटन—स्त्री. रटने की क्रिया या भाव।

रटना—स.क्रि. किसी शब्द या बात को बार-बार कहना; किसी बात या पंक्ति आदि को कंठस्थ करने, याद करने के लिए बार-बार कहना।

रटा रटाया—वि. कंठस्थ, याद किया हुआ।

रड़क—स्त्री. आँखों में हलकी टीस, दर्द।

रड़कना—अ.क्रि. हलकी पीड़ा, दर्द होना, कसक।

रण—पु. [सं.] युद्ध, लड़ाई, संग्राम। **~क्षेत्र**—पु. युद्ध-स्थल, युद्ध, लड़ाई का मैदान।

रण—पु. [सं. अरण्य] वन, जंगल, कानन, अरण्य।

रणन—पु. [सं.] बजाना (घुँघरू, आदि)।

रणांगण—पु. [सं.] रण-क्षेत्र, युद्ध-क्षेत्र।

रत—वि. [सं.] लीन, अनुरक्त, प्रेम में पड़ा हुआ।

रत—'रात' का समास में प्रयुक्त रूप। **~जगा**—पु. रात्रि जागरण, वह उत्सव, समारोह जो रात-भर जाग कर संपन्न किया जाए।

रतन—पु. द्र. 'रत्न'।

रतनाकर—पु. द्र. 'रत्नाकार'।

रतनागर*—पु. द्र. 'रत्नाकर'।

रतनार—वि. किंचित् लाल, ईषत् लाल।

रतनारा—वि. द्र. 'रतनार'।

रतनावली—स्त्री. द्र. 'रत्नावली'।

रतालू—पु. पिंडालू, एक कंद, आलू, शकरकंद, अरवी जैसी प्रजाति का कंद।

रति—स्त्री. कामदेव की पत्नी जो बहुत सुंदर मानी गई हैं; मैथुन, संभोग; प्रीति, प्रेम; साहित्य में शृंगार रस का स्थायी भाव। **~पति**—पु. कामदेव, मदन, मन्मथ।

रतिज—वि. [सं.] रति या स्त्री संभोग से होने वाला। **~रोग**—पु. स्त्री संभोग से उत्पन्न रोग—सुजाक, एड्स, आदि।

रतीश—पु. [सं.] रति के पति, कामदेव।

रतुआ—पु. एक जंगली घास, जो खेतों में यों ही जम जाती है।

रतौंधी—स्त्री. एक नेत्र रोग, जिसमें रोगी रात के समय देख नहीं सकता।

रत्ती—स्त्री. गुंजा, घुँघची; सुनारों के बाटों में एक बहुत छोटी माप, जिसमें गुंजा को ही बाट के रूप में रखा जाता है।

रत्न—पु. [सं.] बहुमूल्य चमकीले खानों से निकाले पत्थर, जिन्हें आभूषणों में जड़ा जाता है—माणिक, मोती, जवाहर, हीरा, पन्ना, पुखराज, मूँगा, मोती, गोमेद, आदि। वि. सर्वश्रेष्ठ या बहुत अच्छा। **~गर्भा**—स्त्री. पृथ्वी, वसुधा, धरा।

रत्नवती—स्त्री. [सं.] पृथ्वी।

रत्ना—स्त्री. [सं.] एक नदी।

रत्नाकर—पु. [सं.] समुद्र; खान जहाँ से रत्न निकलते हैं।

रत्नागिरि—पु. बिहार में एक पर्वत।

रत्नाद्रि—पु. [सं.] एक पर्वत।

रत्नाधिपति—पु. [सं.] कुबेर।

रत्नाभूषण—पु. [सं.] रत्न और आभूषण, गहने; रत्नजड़ित आभूषण।

रत्नावली—पु. [सं.] मणियों की माला; एक रागिनी (संगी.); साहित्य में एक अर्थालंकार, जिसमें प्रकृत वर्णन के साथ कुछ अन्य वस्तुओं, तत्त्वों, आदि का भी यथाक्रम उल्लेख आता है।

रत्नेश—पु. [सं.] कुबेर; समुद्र।

रत्नोत्तमा, रत्नोल्का—स्त्री. [सं.] एक देवी।

रथ—पु. [सं.] दो या चार पहियों की एक विशेष प्रकार की गाड़ी, जिसमें बैल या घोड़े जुतते थे। **~यात्रा**—स्त्री. ओडिशा में जगन्नाथपुरी में आषाढ़ शुक्ल द्वितीया को भगवान जगन्नाथ, सुभद्रा तथा बलराम की मूर्तियों को रथ में बिठा कर शोभा-यात्रा के रूप में निकालने का उत्सव।

रथवान—पु. [सं.] सारथि, रथ हाँकने वाला।

रथाक्ष—पु. [सं.] रथ का धुरा, पहिया।

रथाग्र—पु. [सं.] श्रेष्ठतम योद्धा; वह योद्धा जिसका रथ रणक्षेत्र में सबकी अगुआई करता हो।

रथावरोही—वि., पु. [सं.] रथ पर चलने वाला।

रथिक—पु. [सं.] रथी, रथ का सवार।

रथी—वि. [सं.] बहुत बड़ा योद्धा; रथ पर चलने वाला; रथ पर आरूढ़ होकर लड़ने वाला योद्धा।

रथोत्सव—पु. [सं.] रथयात्रा का उत्सव, द्र. 'रथ' के अन्तर्गत।

रथ्या—स्त्री. [सं.] रथ का मार्ग, लीक; प्रशस्त पथ, मार्ग, चौड़ी सड़क।

रद—पु. [सं.] दाँत। **~च्छद**—पु. ओष्ठ, अधर। **~छद**—पु. (रतिक्रिया में) अधरों पर दाँतों का चिह्न।

रद—वि. [फा.] द्र. 'रद्द'।

रदक्षत—पु. [सं.] द्र. 'रदछद'—'रद' के अन्तर्गत।

रदन—पु. [सं.] दाँत।

रदनी—वि. [सं.] दाँतों वाला।

रदी—पु. [सं.] हाथी।

रदीफ़—पु. [अ.] घोड़े, ऊँट पर पीछे बैठने वाला व्यक्ति; पीछे की सेना; ग़ज़ल, आदि में वह शब्द जो हर शे'र के अंत में काफ़िए के बाद बार-बार आता है, यथा—'अच्छे बुरे का हाल खुले क्या नक़ाब में'—पंक्ति में 'नकाब' काफिया और 'में' रदीफ़ है।

रद्द—वि. [अ.] जो निरस्त कर दिया गया हो, परिवर्तन कर दिया गया हो; खराब या बेकार हो गया हो।

रद्दा—पु. तह, खंड; पूरी दीवार की लंबाई में एक ईंट की चिनाई।

रद्दी—वि. [अ.] खराब, बेकार, निष्प्रयोजन। स्त्री. पुराने अखबार, बेकार किताबें, कॉपियाँ, आदि।

रद्दोबदल—पु. [अ.] फेर-बदल, उलट-फेर; परिवर्तन।

रन*—पु. युद्ध; युद्ध-क्षेत्र।

रन—पु. [सं. अरण्य] वन, जंगल।

रन—पु. [अं.] क्रिकेट के खेल में बनाए जाने वाले अंक।

रनकना—अ.क्रि. (घुँघरू आदि का) मंद-मंद शब्द।

रनर—पु. [अं.] धावक; हरकारा, डाक ले जाने वाला।

रनवास, रनिवास—पु. अंत:पुर, रानियों का महल, आवास।

रनवे—पु. [अं.] मुख्य द्वार से घर के प्रवेश द्वार तक बना रास्ता, कार, आदि के लिए बना बड़ा रास्ता; हवाई अड्डों पर हवाई जहाज के उतरने का दौड़-पथ, मार्ग।

रपट—स्त्री. रिपोर्ट, प्रतिवेदन।

रपटना—अ.क्रि. पानी, आदि पर पाँव पड़ने से नीचे या आगे की ओर खिसक पड़ना। **ला.** बिना कहे कहीं चुपके से चले जाना ('कल तुम कहाँ रपट गए थे')।

रपटाना—स.क्रि. रपटने का प्रे.; जल्दी से कोई काम निपटा कर व्यक्ति को चलता कर देना।

रपटीला—वि. फिसलने वाला (मार्ग, रास्ता)।

रफ़—वि. [अं.] खुरदरा, रुक्ष; ऊबड़-खाबड़, ऊँचा-नीचा, असम, विषम; मोटा; तूफ़ानी (मौसम); उग्र, तेज़, अशांत (स्वभाव)।

रफ़ता-रफ़ता—क्रि.वि. [फ़ा.] द्र. 'रफ़्ता'।

रफते-रफते—अ. द्र. 'रफ़्ता-रफ़्ता'।

रफरी (रेफ़री)—पु. [अं.] मध्यस्थ, पंच; किसी खेल, मैच, आदि में निर्णायक।

रफ़ा—पु. [अ.] दूर किया हुआ; निवृत्त, शांत; फैसला। **~दफ़ा**—पु. प्राय: ही 'रफ़ा-दफ़ा' का एक साथ प्रयोग—समाप्त कर देना, फैसला करना, पीछा छुड़ाना।

रफ़ाक़त—स्त्री. [अ.] मेल-जोल, संग-साथ; रफ़ीक या साथी होने का भाव; निष्ठा।

रफ़ीअ—वि. [अ.] श्रेष्ठ, उच्च, बुलंद।

रफ़ीक—पु. [अ.] मित्र, साथी; सहायक, मददगार। [स्त्री. 'रफ़ीका']।

रफ़ू—पु. [अ.] कटे-फटे कपड़े के सूराख़ में धागे से बारीक जाली-सी बना कर कपड़े से लगभग मिलान कर देना। **~गर**—पु. रफ़ू का काम करने वाला। **~गरी**—स्त्री. रफ़ू करने का काम, पेशा। **मु. ~चक्कर हो जाना**—चुपके से खिसक जाना, गायब हो जाना।

रफ़्त—स्त्री. [फा.] रवानगी, गमन (प्रायः आमद के साथ प्रयुक्त आमद-रफ़्त, आवाजाही)।

रफ़्तार—स्त्री. [फा.] गति, चाल; चलने की क्रिया।

रफ़्ता-रफ़्ता—अ. धीरे-धीरे, क्रम-क्रम से।

रब—पु. [अ.] ईश्वर, वह जो पालन-पोषण करता हो।

रबड़—पु. एक वृक्ष के दूध से बनाया गया एक लचीला पदार्थ; रबड़ की बनी हुई चीज़; रबड़ का पेड़।

रबड़ी—स्त्री. दूध से औटा कर गाढ़ी करके बनाई गई एक मिठाई।

रबर—पु. [अं.] द्र. 'रबड़'।

रबाब—पु. [अ.] सारंगी की तरह का एक वाद्य।

रबाबिया—पु. रबाब बजाने वाला।

रबी—पु. [अं.] वसंत ऋतु; वह फसल जो वसंत, चैत मास में काटी जाती है।

रब्त—पु. [अ.] अभ्यास, मश्क; मुहावरा; संबंध, मेल। **~जब्त**—पु. मेल-जोल।

रब्ब—पु. [अ.] द्र. 'रब'।

रभस—पु. [सं.] आनंद, उल्लास, प्रसन्नता; प्रेम का उत्साह, उमंग।

रमक—स्त्री. लहर, तरंग; झूले की पेंग।

रमक़—वि. [अ.] बहुत थोड़ा, जरा-सा। स्त्री. थोड़ा-सा अंश।

रमकना—अ.क्रि. हिंडोले पर पेंग मारना, झूलना; इतराते हुए चलना।

रमज़ान—पु. [अ.] हिजरी सन् का नौवाँ महीना, जिसमें मुसलमान रोज़ा रखते हैं।

रमज़ानी—वि. रमज़ान-संबंधी; रमज़ान में उत्पन्न; भुक्खड़; पेटू।

रमझोल—पु. द्र. 'रमझोला'।

रमझोला—पु. नूपुर, घुँघरू।

रमड़ना—अ.क्रि. किसी एक ही जगह टिके रह जाना।

रमण—पु. [सं.] मैथुन, रति; विलास-क्रीड़ा; विचरण, घूमना। वि. सुंदर; प्रिय; विलास-क्रीड़ा करने वाला।

रमणी—स्त्री. [सं.] स्त्री, सुंदर युवती, स्त्री।

रमणीक—वि. सुंदर, मनोहर।

रमणीय—वि. [सं.] सुंदर, मनोहर, मोहक।

रमणीयता—स्त्री. [सं.] सुंदरता, मनोहरता; माधुर्य।

रमता—वि. एक स्थान पर न रहने वाला, सदैव यहाँ-वहाँ घूमने वाला (रमता जोगी, संन्यासी)।

रमन*—वि., पु. द्र. 'रमण'।

रमनक*—पु. द्र. 'रमणक'।

रमना—अ.क्रि. आनंद, भोग-विलास के लिए कहीं जाकर रहना; आनंद करना; रति-क्रीड़ा में अनुरक्त होना; सैर-सपाटा करना।

रमनीक*—वि. द्र. 'रमणीक'।

रमनीय*—वि. दे. 'रमणीय'।

रमल—पु. [अ.] पासे फेंक कर ज्योतिष के अनुसार भविष्य जानने की विद्या।

रमला—पु. [अ.] रमल से भविष्य बताने वाला।

रमा—स्त्री. [सं.] लक्ष्मी (देवी); पत्नी।

रमाना—स.क्रि. अनुरक्त करना या लीन करना।

रमास—पु. द्र. 'रवाँस'।

रमेश, रमेश्वर—पु. [सं.] विष्णु।

रमैनी—स्त्री. कबीर के दोहे और चौपाइयों में गाए हुए पद; उन पदों का संग्रह।

रमैया*—पु. राम; ईश्वर।

रम्य—वि. [सं.] सुंदर, मनोहर, रमणीय।

रयासत—स्त्री. द्र. 'रियासत'।

रय्यत—स्त्री. प्रजा।

ररकना—अ.क्रि. रड़कना, पीड़ा, दुःख, होना; किसी पीड़ा से भीतर ही भीतर व्यथित होना।

रलना*—अ.क्रि. मिलना, घुलना-मिलना। **मु. ~मिलना**—घुलना-मिलना, एक हो जाना।

रला—पु. मिला हुआ। **~मिला**—पु. मिश्रित, सभी तरह के या कई तरह के पदार्थों का मिला हुआ (अन्न, आदि)।

रलाना*—स.क्रि. मिलाना ('भुस में आटा रला हो')।

रव—पु. [सं.] आवाज़, शब्द, विशेषतः पक्षियों आदि का (कलरव)।

रवण—पु. [सं.] रव, शब्द; कोयल (मधुर रव, स्वर करने वाली)।

रवताई—स्त्री. (रौताई) प्रभुता, स्वामित्व; रावत-राजा होने का भाव।

रवथ—पु. [सं.] कोयल।

रवन्ना—पु. रवाना होने, यात्रा को आगे ले जाने का सरकारी कागज़; वस्तुओं, माल, आदि को आगे ले जाने की चुंगी की रसीद; वह कागज़ जिस पर चुंगी वाले महसूल लेकर सामान का विवरण लिख कर देते हैं।

रवाँ—वि. [फा.] अभ्यस्त, अभ्यास किया हुआ।

रवाँस—पु. लोबिए (लोभिया) की जाति का सब्जी का पौधा, उसकी फली, उसका अनाज।

रवा—पु. छोटा दाना, टुकड़ा (सूजी, चाँदी, चावल, चीनी, आदि का)। **दार**—वि. दानेदार, रवेवाला।

रवा—वि. [फा.] उचित, वाजिब। **~दार**—वि. हितैषी, शुभचिंतक।

रवाज—पु. [फा.] प्रथा, परिपाटी, चलन, रीति।

रवानगी—स्त्री. प्रस्थान, प्रमाण।

रवाना—वि. [फा.] जो कहीं से चला हो, प्रस्थान कर गया हो; भेजा हुआ।

रवानी—स्त्री. बहाव, प्रवाह।

रवाब—पु. द्र. 'रबाव'।

रवायत—स्त्री. [अ.] मसल, कहावत; दूसरे की कही हुई बात जो उद्धृत की जाए।

रवि—पु. [सं.] सूर्य। **~कर**—पु. सूर्य-किरण। **~कांत-मणि**—स्त्री. सूर्यकांत मणि।

रविश—स्त्री. [फा.] गति, चाल; तरीका, ढंग; बगीचे की क्यारियों के बीच बनी पगडंडी, पतला-सा रास्ता।

रवीषु—पु. [सं.] कामदेव।

रवेदार—वि. [फा.] दानेदार।

रवैया—पु. तौर-तरीका; ढंग; व्यवहार ('उसका रवैया आजकल ठीक नहीं है)।

रशना—स्त्री. [सं.] करधनी; कमर में बाँधी जाने वाली पेटी; रस्सी।

रशनोपमा—स्त्री. [सं.] द्र. 'रसनोपमा'।

रशियन—वि. [अं.] रूस का; रूस से संबंधित।

रश्क—पु. [फा.] जलन, ईर्ष्या, कुढ़न, हसद, डाह।

रश्की—वि. [फ़ा.] ईर्ष्यालु; जलन से सम्बद्ध।

रश्मि—स्त्री. [सं.] किरण; रस्सी, डोरी; घोड़े की लगाम।

रस—पु. [सं.] स्वाद; सार-तत्त्व—वनस्पतियों, फलों, आदि को दबा कर, निचोड़ कर निकाला जाने वाला सार-तत्त्व, रस; साहित्य में आनंद की स्थिति, अवस्था, रस-दशा, विभान, अनुभव और संचारी के योग से निष्पन्न रस, आनंद जिसके नौ प्रकार—नौ रस—श्रृंगार, हास्य, करुण, वीर, बीभत्स, रौद्र, भयानक, शांत और अद्‌भुत। **~गुल्ला**—पु. छेने से बनाई जाने वाली एक मिठाई, छोटे गोल आकार में। **~पान**—पु. रस पीना; आनंद लेना। **~रंग**—पु. प्रेम-रस; प्रेम-क्रीड़ा; आनंद मनाना। **~राज**—पु. श्रृंगार रस। **~सिद्ध**—वि. काव्य-रचना में प्रवीण।

रसद—पु. [फा.] सेना की खाद्य-सामग्री—अनाज, चावल, कच्चे अनाज जो पकाये जाने हों; खाने का सामान, राशन।

रसना—स्त्री. [सं.] जिह्वा, जीभ।

रसनापद—पु. [सं.] नितंब।

रसनीय—वि. [सं.] स्वादिष्ट, स्वाद लेने योग्य।

रसनेंद्रिय—स्त्री. [सं.] रसना, स्वाद की इन्द्रिय, जिह्वा।

रसनोपमा—स्त्री. [सं.] उपमा अलंकार का एक भेद, इसमें उपमाओं की एक श्रृंखला रहती है, जिसमें आगे से आगे उपमेय उपमान होता चला जाता है।

रसभरी—स्त्री. मकोय की प्रजाति का एक फल।

रसम—स्त्री. [अ.] द्र. 'रस्म'।

रसमि*—स्त्री. रश्मि, किरण, प्रकाश, आभा।

रसर*—स्त्री. रस्सी, डोर।

रसरी*—स्त्री. [ब्र.भा.] रस्सी, डोर।

रसवंत*—वि. रसभरा, रसीला। पु. रसिक; प्रेमी।

रसवंती—स्त्री. रस से भरी।

रसवत—स्त्री. द्र. 'रसौत'।

रसवती—वि. [सं.] रसपूर्ण, रसीली।

रसवत्ता—स्त्री. [सं.] माधुर्य, मिठास; सुंदरता; रसयुक्त होना।

रसाँ—वि. [फा.] पहुँचने वाला (चिट्‌ठीरसाँ)।

रसांजन—पु. [सं.] रसौत, आँख की एक आयुर्वेदिक औषधि।

रसा—स्त्री. [सं.] पृथ्वी; जीभ। **~तल**—पु. पृथ्वी के नीचे के सात तलों में से छठा।

रसा—पु. पकाई हुई सब्ज़ी में पानी वाला अंश; झोल।

रसाइन*—पु. द्र. 'रसायन'।

रसाई—स्त्री. [फा.] पहुँच; प्रेम।

रसात्मक—वि. [सं.] मनोहर, सुंदर, आनंददायक।

रसाभास—पु. [सं.] रस के पूर्ण परिपाक या उद्रेक के उसका आभास-मात्र; रस की अपूर्ण दशा; साहित्य में किसी रस का अनुचित प्रकरण या स्थान पर प्रयोग।

रसामृत—पु. [सं.] एक प्रकार का आयुर्वेदिक रस।

रसायन—पु. [सं.] धातुओं को भस्म करने या एक धातु को दूसरी धातु में परिवर्तित करने की क्रिया, यथा—ताँबे से सोना बनाने का कल्पित योग। **~शास्त्र**—पु. पदार्थों की रचना का वैज्ञानिक अध्ययन करने वाला शास्त्र ('केमिस्ट्री')।

रसायनिक—वि., पु. द्र. 'रासायनिक'।

रसायनी—पु. रसायनज्ञ, रसायनशास्त्री।

रसाल—वि. [सं.] रस से युक्त, जिसमें रस हो, रसीला; मधुर, मीठा। पु. आम; गन्ना।

रसाला—पु. [सं.] रिसाला, पत्रिका।

रसास्वादन—पु. [सं.] रस का आनंद लेना।

रसास्वादी—वि. [सं.] रस का आस्वादन करने वाला, आनंद लेने वाला।

रसिक—वि. [सं.] रस, आनंद लेने वाला, मौज-मस्ती करने वाला। पु. प्रेमी; सहृदय; काव्य-मर्मज्ञ, साहित्य मर्मज्ञ; रसिया, प्रेम-क्रीड़ा करने वाला। **~बिहारी, ~शिरोमणि**—पु. श्रीकृष्ण।

रसिकता—स्त्री. [सं.] रसिकपन, विनोद, हँसी-मज़ाक।

रसिकाई*—स्त्री. रसिकता।

रसिकेश्वर—पु. [सं.] श्रीकृष्ण।

रसिया—पु. रसिक; प्रेमी; होली के अवसर पर और पूरे फागुन में गाए जाने वाले ब्रज तथा बुंदेलखंड में प्रचलित लोकगीत।

रसीद—स्त्री. [फा.] किसी वस्तु, धन आदि की प्राप्ति की सूचना का पत्रक।

रसील*—वि. द्र. 'रसील'।

रसीला—वि. रसपूर्ण, स्वादिष्ट, आनंददायक; विलासी, व्यसनी।

रसुन—पु. [सं.] लहसुन।

रसूख़—पु. [अ.—'रसूख़'] पहुँच, मेल-जोल; विश्वास, एतबार। **~दार**—वि. जिसकी पहुँच ऊँचे लोगों में हो।

रसूम—पु. [अ.] नियम, कानून; नेग, शगुन।

रसूल—पु. ईश्वर का दूत, पैगम्बर; मुहम्मद साहब की उपाधि।

रसूली—वि. [अ.] रसूल, पैगम्बर-संबंधी; रसूल का।

रसे-रसे*—अ. शनैः-शनैः, धीरे-धीरे।

रसोइया—पु. रसोई, भोजन बनाने वाला।

रसोई—स्त्री. भोजन बनाने का स्थान, पाकशाला।

रसोत—स्त्री. द्र. 'रसौत'।

रसौत—स्त्री. एक आयुर्वेदिक औषधि।

रसौली—स्त्री. आँख के ऊपर या पेट आदि में हो जाने वाली गिल्टी।

रस्क—पु. [अं.] एक प्रकार का कम मीठे का बिस्कुट-सा खाद्य।

रस्टीकेट—पु. [अं.] किसी संस्था; कॉलेज, स्कूल, आदि से किसी अनुशासनहीन कार्य के लिए दंडस्वरूप निकाल दिया जाना।

रस्ता—पु. द्र. 'रास्ता'।

रस्तोगी—पु. वैश्यों की एक उपजाति।

रस्म—स्त्री. [अ.] प्रथा, चलन, रिवाज़।

रस्मि*—स्त्री. द्र. 'रश्मि'।

रस्मी—वि. [अ.] रस्म संबंधी; साधारण, अनौपचारिक।

रस्सा—पु. बहुत मोटी रस्सी।

रस्सी—स्त्री. सन, मूँज, नारियल के रेशों, आदि से बनी मोटी डोरी-सी, बाँधने के काम आती है।

रहँट—पु. कुएँ से सिंचाई के लिए पानी की बाल्टियों की माला से बना यंत्र।

रहः (स्)—पु. [सं.] रहस्य, गूढ़ तत्त्व, गुप्त भेद।

रह—पु. [फा.] 'राह' का समासगत संक्षिप्त रूप। **~जन**—पु. डाकू, लुटेरा। **~नुमा**—पु. पथ-प्रदर्शक। **~नुमाई**—स्त्री. पथ-प्रदर्शन। **~बर**—पु. मार्गदर्शक। **~बरी**—स्त्री, पथ-प्रदर्शन, मार्गदर्शन।

रहत—स्त्री. मर्यादा (सिख धर्म में)।

रहन—पु. रहना, रहने का ढंग, व्यवहार। **~सहन**—स्त्री. जीवन-निर्वाह का ढंग, तौर-तरीका।

रहना—अ.क्रि. स्थित होना, ठहरना; थमना, रुकना।

रहनि, रहनी*—स्त्री. [ब्र.भा.] रहने का ढंग, चाल-ढाल; लगन।

रहबास—पु. आवास, रहने का स्थान, घर।

रहबासी—वि. रहने वाले; एक ही जगह रहने वाले।

रहम—पु. [अ.] दया, करुणा, कृपा। **~दिल**—वि. दया करने वाला, दयालु।

रहमत—स्त्री. [अ.] दया, कृपा।

रहमान—वि. [अ.] परम दयालु, कृपालु। पु. ईश्वर।

रहमोकरम—पु. [अ.] दया, कृपा-भाव का प्रसाद।

रहस—पु. [सं.] गुप्त भेद, रहस्य; लीला, क्रीड़ा; आनंद; गुप्त या एकांत स्थान; स्वर्ग; समुद्र।

रहसना*—अ.क्रि. प्रसन्न, आनंदित होना।

रहस्य—पु. [सं.] गुप्त बात, भेद की बात, गोपनीय विषय। **~मय**—वि. रहस्य से पूर्ण, भरा हुआ; गुप्त।

रहस्यात्मक—वि. [सं.] रहस्य से पूर्ण; गोपनीय।

रहस्योद्घाटन—पु. [सं.] रहस्य, भेद खुलना।

रहा—वि. ('रहना' का भूतकालिक रूप) बचा हुआ, छूटा हुआ। **~सहा**—वि. बचा-खुचा, जो शेष रह गया हो।

रहाऊ*—स्त्री. टेक, स्थायी, गीत का पहला पद, मुखड़ा; श्री गुरु ग्रंथ साहब के पदों में टेक।

रहित—वि. [सं.] किसी वस्तु, गुण आदि से खाली, शून्य, बिना, बग़ैर (...के बिना, ...से हीन, यथा—कीटरहित, शुगररहित, वसारहित, आदि)।

रहीम—वि. [सं.] रहम, दया करने वाला, कृपालु।

राँग—पु. द्र. 'राँगा'।

राँगा—पु. एक प्रसिद्ध धातु।

राँचना*—अ.क्रि. प्रेम करना, अनुरक्त होना, रँगना ('मैं तो प्रेम रंग सँची रे'—मीरा)।

राँड़—स्त्री. विधवा, वह स्त्री जिसका पति मर गया हो।

राँधना—स.क्रि. सब्ज़ी, आदि पकाना।

राँपी—स्त्री. मोचियों का चमड़ा छीलने, तराशने का एक औज़ार।

राइ*—पु. राजा, छोटा राजा।

राइटिंग—पु. [अं.] हस्तलेख; लिखना।

राइटिंग टेबल—स्त्री. [अं.] लिखने (पढ़ने) की मेज़।

राइटिस्ट—वि. [अं.] दक्षिणपंथी।

राइफल—स्त्री. [अं.] एक प्रकार की बंदूक।

राई—स्त्री. सरसों से छोटी एक चीज़, रसोई में मसाले के रूप में प्रयुक्त की जाती है; बहुत थोड़ी मात्रा या परिमाण।

मु. ~राई लोन उतारना—किसी की नज़र उतारने के लिए उस पर से राई और नमक वारना, उतारना। **~काई होना**—बिलकुल बारीक, पतला, एकमेक हो जाना। **~का पर्वत बनाना**—छोटी-सी बात को बहुत तूल देना, बड़ा कर देना।

राउंड—स्त्री. [अं.] गोल, वृत्ताकार; चक्कर, परिक्रमा; किसी खेल आदि का एक चक्र, दौर।

राउ*—पु. राव, राजा।

राउत—पु. रावत, राजवंशीय व्यक्ति, क्षत्रिय; ओडिशा में एक उपजातिवाचक पद।

राउर—सर्व. आपका।

राकस*—पु. राक्षस।

राकसिन, राकसी*—स्त्री. राक्षसी।

राका—स्त्री. [सं.] पूर्णिमा की रात; रात, रात्रि।

रॉकेट, राकेट—पु. प्रक्षेपास्त्र, प्रक्षेपण यंत्र।

राकेश—पु. [सं.] चंद्रमा।

राक्षस—पु. [सं.] दैत्य, निशाचर, असुर।

राक्षसी—स्त्री. [सं.] राक्षस की स्त्री। **ला.** दुष्ट, क्रूर स्वभाव वाली स्त्री।

राख—स्त्री. किसी चीज़ के जल जाने पर उसका शेष रह गया अंश, भस्म।

राखी—स्त्री. रक्षा-बंधन के त्योहार पर कलाई पर बाँधी जाने वाली डोरी, धागा।

राग—पु. [सं.] प्रेम, अनुराग; मोह; आकर्षण; लाल रंग; संगीत में विशेष प्रकार और क्रम, योजना से बना हुआ गीत का आरोह-अवरोह क्रम। **मु. (अपना)~अलापना**—केवल अपनी ही हाँकना, अपनी ही बात कहते रहना।

रागात्मक, रागात्मिक—वि. [सं.] प्रेममय, प्रीतिवर्धक।

रागान्वित—वि. [सं.] आसक्त, अनुरक्त, क्रुद्ध, कुपित।

रागारुण—वि. [सं.] प्रेम के कारण अरुण, लाल हुआ।

रागिनी—स्त्री. [सं.] संगीत में किसी राग की पत्नी, प्रत्येक राग की छह रागिनियाँ मानी गई हैं, इस प्रकार छह रागों की छत्तीस रागिनियाँ हैं।

रागी*—पु. सिख धर्म में 'शबद कीर्तन' करने वाला, अनुरागी, प्रेमी।

राघव—पु. [सं.] श्रीराम; रघुकुल का व्यक्ति।

राचना*—स.क्रि. अनुरक्त होना; लिप्त या लीन होना; रँगा जाना; शोभा देना।

राछास*—पु. द्र. राक्षस।

राज—पु. राज्य, शासन; राजा द्वारा शासित देश, राज्य; प्रभुत्व, पूरा अधिकार। राजा, प्राय: यौगिक शब्दों के अंत में, सर्वश्रेष्ठ या राज्य के अधिपति के रूप में—पंडितराज; मगधराज। **~कन्या**—स्त्री. राजकुमारी, राजपुत्री। **~कर**—पु. राजस्व, सरकारी कर। **~कुँअर, ~कुमर**—पु. राजा का पुत्र। **~कुल**—पु. राजवंश। **~कोष**—पु. सरकारी खजाना। **~दंड**—पु. सत्ता का प्रतीक दंड जिसे राजा अपने पास रखता है। **~दरबार**—पु. राजा का दरबार, राजसभा। **~दूत**—पु. किसी दूसरे राज्य, देश में भेजा गया किसी राज्य या देश का प्रतिनिधि। **~द्रोह**—पु. किसी राजा या शासन के प्रति द्रोह, विद्रोह। **~द्रोही**—वि. जिसने राजद्रोह किया हो। **~धानी**—स्त्री. राज्य, देश का सर्वप्रमुख नगर जहाँ से पूरे देश का शासन किया जाता है, वह नगर सत्ता का केन्द्रीय स्थान होता है। **~नीति**—स्त्री. राज्य की वह नीति, जिससे देश का शासन चलाया जाता है। **~नीतिक**—वि. राजनीति संबंधी। **~पुत्र**—पु. राजकुमार। **~पुत्री**—स्त्री. राजकन्या। **~पूत**—पु. एक जाति, क्षत्रिय। **~पूताना**—पु. राजस्थान। **~महल**—पु. राजा का भवन, प्रासाद। **~माता**—स्त्री. राजा की माता। **~मार्ग**—पु. राजपथ, मुख्य सड़क। **~मुद्रा**—स्त्री. राजा के नाम की सरकारी मुहर। **~योग**—पु. फलित ज्योतिष में ग्रहों का एक दुर्लभ योग, जिसमें उत्पन्न जातक राजा बनता है या राजकीय सुख भोगता है। **~रोग**—पु. बहुत बड़ा और असाध्य रोग; क्षय रोग। **~वंश**—पु. राजा का कुल, वंश, परिवार। **~संपदा**—वि. राज्य की संपत्ति, सरकारी संपत्ति। **~सत्ता**—स्त्री. राज्य की सत्ता, राजशक्ति। **~सभा**—स्त्री. राजा का दरबार। **~सूय**—पु. एक यज्ञ, जो राजा चक्रवर्ती सम्राट बनने के लिए करते हैं।

राज—पु. मकान बनाने वाला मिस्त्री, राजमिस्त्री।

राज़—पु. [फा.] रहस्य, गुप्त बात, भेद की बात।

राजकीय—वि. [सं.] राजा या शासन से परिचालित।

राजगा—राष्ट्रीय जनतांत्रिक गठबन्धन, भारत का एक राजनीतिक दल।

राजत—वि. [सं.] चाँदी का; सुशोभित।

राजनय—पु. [सं.] राजनीति ('डिप्लोमेसी')।

राजनयिक—वि. [सं.] राजनीतिक व्यक्ति, राजनय से संबंधित व्यक्ति ('डिप्लोमेट')।

राजनीतिज्ञ—पु. [सं.] राजनीति का ज्ञाता, पंडित; राजनीति करने वाला व्यक्ति, नेता।

राजनैतिक—वि. [सं.] द्र. 'राजनीतिक'।

राजन्य—पु. [सं.] राजा, क्षत्री।

राजपा—पु. राष्ट्रीय जनतांत्रिक गठबंधन, (नेशनल डेमोक्रेटिक एलायंस')।

राजपत्रित—वि. [सं.] राजपत्र से संबंधित ('गज़ेटिड'); राजपत्र द्वारा घोषित।

राजपूती—वि. राजपूत संबंधी; राजपूतों की।

राजर्षि—पु. [सं.] राजवंश या क्षत्रिय वंश में उत्पन्न ऋषि।

राजस—वि. [सं.] रजोगुण से उत्पन्न।

राजसी—वि. राजाओं जैसा, राजकीय वैभव के साथ।

राजांगण—पु. [सं.] राजमहल का आँगन।

राजा (जन्)—पु. [सं.] किसी देश का अधिपति, स्वामी।

राजाज्ञा—स्त्री. [सं.] राजा की आज्ञा।

राजाधिराज—पु. [सं.] राजाओं का राजा, सम्राट।

राजाभिषेक—पु. [सं.] राज्याभिषेक, राजतिलक।

राजाश्रय—पु. [सं.] राजा की शरण, राज्य की शरण।

राजाश्रित—वि. [सं.] राजा या राज्य की शरण में आया हुआ।

राजासन—पु. [सं.] सिंहासन, तख़्त।

राजि—स्त्री. [सं.] पंक्ति, श्रेणी; रेखा, लकीर।

राज़िक—वि. [अ.] रिज़्क या रोज़ी देने वाला; ईश्वर।

राजित—वि. [सं.] सुशोभित; उपस्थित।

राजी—स्त्री. [सं.] पंक्ति, श्रेणी, कतार; राई।

राजी*—स्त्री. [अ.-'राज़ी'] रजामंदी, सहमति; नीरोग, स्वस्थ, कुशल। **~खुशी**—स्त्री. कुशल-मंगल।

राजीव—पु. [सं.] कमल, पद्म; नीलकमल।

राजीविनी—स्त्री. [सं.] कमलिनी।

राजेंद्र—पु. [सं.] राजाधिराज; राजाओं में शिरोमणि।

राजेश्वर—पु. [सं.] राजाधिराज, सम्राट।

राज्ञी—स्त्री. [सं.] रानी।

राज्य—पु. [सं.] शासन; देश, राष्ट्र; स्वतंत्र भारत में प्रदेश को राज्य की संज्ञा दी गई है—उत्तर प्रदेश, पंजाब, हरियाणा, आदि। **~पाल**—पु. भारतीय संघ के किसी राज्य का सर्वोच्च प्रशासकीय अधिकारी ('गवर्नर')। **~सभा**—स्त्री. संसद का ऊपरी सदन, जिसमें राज्यों के चुने हुए प्रतिनिधि तथा समाज के विभिन्न क्षेत्रों, वर्गों के गण्यमान मनोनीत प्रतिनिधि बैठते हैं।

राज्याधिकारी—वि. [सं.] शासन का प्रतिनिधि अधिकारी।

राज्याभिषिक्त—वि. [सं.] जिसका राज्याभिषेक या राजतिलक हुआ हो।

राज्याभिषेक—पु. [सं.] राज्यारोहण, विधिवत् राजगद्दी पर बिठाने की रीति।

राज्यारूढ़—वि. [सं.] जिसने राज-काज सँभाल लिया हो।

राज्यारोहण—पु. [सं.] गद्दी, सिंहासन पर बैठना।

राज्याश्रय—पु. [सं.] राज या राज्य की शरण।

राज्याश्रित—वि. [सं.] राज्य, शासन पर आश्रित।

राठौर—पु. राजपूतों, क्षत्रियों की एक उपजाति; गोत्र।

राड़—स्त्री. रार, लड़ाई-झगड़ा।

राडार—पु. [अं.] रेडार, हवाई यातायात को नियंत्रित करने वाला एक यंत्र (हवाई अड्डों पर लगा होता है, वायु सेना, आदि में भी)।

राणा—पु. राजा; राजपूतों और जाटों में एक गोत्र; नेपाल व उदयपुर के महाराजाओं की उपाधि।

रात—स्त्री. रात्रि, निशा, यामिनी—सूर्यास्त से सूर्योदय तक का समय।

रातड़ी, रातरी*—स्त्री. रात।

राता*—वि. रँगा हुआ; लाल, सुर्ख [स्त्री. 'राती']।

राति*—स्त्री. द्र. 'रात'।

रातब—पु. पशुओं को दिया जाने वाला राशन, दाना, आदि।

रात्रक—वि. [सं.] रात्रि संबंधी।

रात्रिंचर—वि. [सं.] रात में घूमने वाला। पु. निशाचर, राक्षस।

रात्रिंदिव—अ. रात-दिन।

रात्रि—स्त्री. [सं.] रात, निशा, यामिनी। **~चर**—पु. राक्षस।

रात्रिका—स्त्री. [सं.] रात, रात्रि।

राद—पु. मवाद।

राधन—पु. [सं.] आराधना करना; प्राप्ति; संतोष।

राधना—स.क्रि. आराधना, पूजा करना।

राधनी—स्त्री. [सं.] पूजा।

राधा—स्त्री. [सं.] वृषभानु की पुत्री, श्रीकृष्ण की प्रेयसी। **~वल्लभ**—पु. श्रीकृष्ण। **~वल्लभी**—पु. एक वैष्णव संप्रदाय; उस संप्रदाय का अनुयायी। **~स्वामी**—पु. एक संप्रदाय।

राधाष्टमी—स्त्री. [सं.] भाद्रपद-शुक्ला अष्टमी।

राधिका—स्त्री. [सं.] राधा—द्र. 'राधा'।

राधी—स्त्री. [सं.] वैशाखी पूर्णिमा।

राधेय—पु. [सं.] राधा का पुत्र कर्ण (महा.)।

राध्य—वि. [सं.] आराधना के योग्य।

रान—स्त्री. [फा.] जाँघ।

राना—पु. द्र. 'राणा'।

रानी—स्त्री. राजा की पत्नी; स्वामिनी; स्त्रियों के लिए स्नेह-सम्बोधन; सब सुखों की स्वामिनी ('रानी बन कर रहेगी वहाँ')।

रापड़—पु. बंजर भूमि।

राप्ती—स्त्री. एक नदी (नेपाल से निकल कर सरयू में गिरती है)।

राब—स्त्री. गुड़ से बनाई जाने वाली एक प्रकार की दानेदार गीली शक्कर-सी।

राबड़ी—स्त्री. रबड़ी—दूध को औटा कर गाढ़ा कर उसमें चीनी या खाँड़ मिला कर बनाई गई एक मिठाई।

राभस्य—पु. [सं.] प्रसन्नता; वेग।

राम—पु. [सं.] दशरथ-पुत्र श्रीरामचंद्र; परशुराम; बलराम। **~कहानी**—स्त्री. आपबीती, अपनी कहानी; किसी घटना या प्रसंग का पूरा विवरण (जिसमें सुनने वाला को उतना रस न आए—'फिर वह अपनी रामकहानी सुनाने बैठ गया')। **~गिरि**—पु. रामटेक पर्वत, नागपुर के पास की एक पहाड़ी, कहा जाता है कि कालिदास ने 'मेघदूत' की रचना यहीं पर की थी। **~चंद्र**—पु. दशरथ-पुत्र श्रीराम। **~टेक**—पु. द्र.

'रामगिरि'। **~दूत**—पु. हनुमान। **~लीला**—स्त्री. श्रीराम के जीवन-चरित की नाट्यात्मक प्रस्तुति। **~सनेही**—पु. एक वैष्णव संप्रदाय।

रामा—स्त्री. [सं.] सुंदर स्त्री; लक्ष्मी; सीता; राधा; पत्नी।

रामानंदी—वि. रामानंदी संप्रदाय का अनुयायी। पु. रामानंदी संप्रदाय।

रामायण—स्त्री. [सं.] श्रीराम की जीवन कथा का ग्रंथ।

रामायणी—वि. रामायण का, रामायण संबंधी। पु. रामायण, 'रामचरित मानस' का गायक; रामायण का पाठ करने वाला।

रामायत—पु. एक वैष्णव संप्रदाय, इसके प्रस्थापक स्वामी रामानंद।

रामायण*—पु. द्र. 'रामायण'।

रामायुध—पु. [सं.] धनुष।

रामावत—पु. [सं.] द्र. 'रामायत'।

रामेश्वर—पु. [सं.] दक्षिण में रामेश्वरम् नामक तीर्थ, हिंदुओं में चार परम तीर्थों में से एक, यहाँ स्थापित शिवलिंग श्रीराम द्वारा स्थापित माना जाता है।

रामोपनिषद्—स्त्री. [सं.] अथर्ववेद का एक उपनिषद्।

राम्या—स्त्री. [सं.] रात, रजनी।

राय—पु. राजा; सरदार; हिंदुओं को दी जाने वाली उपाधि।

राय—स्त्री. [फा.] मत; सलाह; परामर्श; विचार; सुझाव।

रायटर—पु. [सं.] समाचार भेजने वाली एक प्रसिद्ध एजेंसी।

रायता—पु. दही में बेसन की बूँदिया, लौकी, आदि डाल कर नमक, मिर्च, मसाले मिला कर खाने के साथ दी जाने वाली खाद्य-वस्तु।

रायफल—स्त्री. [अं.] एक प्रकार की बंदूक।

रॉयल—वि. [अं.] शाही, राजकीय; राजसी; शानदार; उत्कृष्ट, बढ़िया।

रॉयल्टी—स्त्री. [अं.] स्वामित्व शुल्क।

रायसाहब—पु. [अं.] रायबहादुर, एक उपाधि।

रार—स्त्री. झगड़ा, तकरार।

राल—स्त्री. एक पेड़ से निकलने वाले रस का बना गोंद, वार्निश, औषधि में प्रयोग किया जाता है।

रालोद—पु. राष्ट्रीय लोकदल, एक राजनीतिक दल।

राव—पु. [सं.] राजा; सरदार; एक जातिसूचक पद; धनी, अमीर।

रावटी—स्त्री. तम्बू के रूप में बना घर।

रावण—पु. [सं.] लंका का प्रसिद्ध राजा, राक्षसराज, श्रीराम ने इसका वध किया था।

रावणारि—पु. [सं.] राम।

रावत—पु. सरदार, सामंत, शूरवीर; एक जातिसूचक पद।

रावन*—पु. द्र. 'रावण'।

रावल—पु. छोटा राजा; कुछ राजाओं की उपाधि (राजस्थान में)।

रावी—स्त्री. पंजाब की पाँच नदियों में से एक।

राशन—पु. [अं.] खाने-पीने का सामान—अन्न, आटा-चावल, दाल, आदि; नियंत्रित मूल्य में वस्तुओं के वितरण की व्यवस्था।

राशनाभाव—पु. [सं.] राशन की कमी।

राशनिंग—स्त्री. [अं.] निश्चित मूल्य पर, निश्चित मात्रा में वस्तुओं के वितरण की व्यवस्था।

राशनी—वि. [अ.] राशन की (वस्तु)।

राशि—स्त्री. [सं.] ढेर; ज्योतिष में मान्य बारह राशियाँ—मेष, वृष, मिथुन, कर्क, सिंह, कन्या, तुला, वृश्चिक, धनु, मकर, कुम्भ और मीन।

राष्ट्र—पु. [सं.] देश, राज्य, देश का पूरा जनसमूह। **~ध्वज**—पु. राष्ट्र की पताका, झंडा। **~नायक**—पु. राष्ट्र का नेता। **~भाषा**—स्त्री. किसी राष्ट्र की, संपूर्ण देश की मान्य भाषा।

राष्ट्रकुल—पु. [सं.] कॉमनवेल्थ, ब्रिटेन के शासन में रहे देशों का संगठन।

राष्ट्रीय—वि. [सं.] राष्ट्र-संबंधी, राष्ट्र का, राष्ट्र, देश द्वारा संचालित।

राष्ट्रीयता—स्त्री. [सं.] किसी देश या राष्ट्र के प्रति निष्ठा, उत्कट प्रेम।

रास—पु. [सं.] श्रीकृष्ण की रासलीला या उसका अभिनय; बैल, घोड़े आदि की नाथ या गले में पड़ी रस्सी; खलिहान में तैयार अनाज का ढेर।

रास—स्त्री. राज्यसभा, सदन के ऊपरी सदन के नाम का संक्षिप्त रूप।

रास—पु. [अ.] अनुकूल; उचित, ठीक, वाजिब।

रासक—पु. [सं.] दृश्य काव्य का एक भेद (सा.शा.)।

रासभ—पु. [सं.] गधा।

रासभी—स्त्री. [सं.] गधी।

रासायन—वि. [सं.] रसायन-संबंधी, रसायन का।

रासायनिक—वि. [सं.] रसायन-संबंधी, रासायनिक।

रासि—स्त्री. द्र. 'राशि'।

रासेश्वरी—स्त्री. [सं.] राधा।

रासो—पु. डिंगल, राजस्थानी, भाषा में हिंदी साहित्य के आदिकाल में लिखे गए राजा के चरित विषयक ग्रंथ, जिनमें वीर रस और शृंगार रस की प्रधानता है—पृथ्वीराज रासो, खुमान रासो, हम्मीर रासो आदि।

रास्त—वि. [फा.] दुरुस्त, सही, ठीक; सत्य, उचित; अनुकूल; दाहिना, दायाँ।

रास्ता—पु. [फा.] मार्ग; उपाय, तरकीब। **ला. ~देखना**—बाट जोहना, प्रतीक्षा करना। **~(स्ते) पर लाना**—सही रास्ता, दिशा दिखाना।

रास्य—पु. [सं.] श्रीकृष्ण।

राह—स्त्री. [फा.] रास्ता, मार्ग; रीति-रिवाज़, प्रथा। **~ख़र्च**—पु. मार्ग व्यय। **~गीर**—पु. पथिक, यात्री।

राहत—स्त्री. [अ.] चैन, आराम, पहले से कुछ सुविधाजनक स्थिति।

राहना*—स.क्रि. चक्की के पाटों को टाँकी लगा कर खुरदरा करना, जिससे अनाज अच्छी तरह पीसा जा सके।

राहित्य—पु. [सं.] अभाव, न होना, रहित होने की स्थिति।

राही—स्त्री. पथिक, यात्री, मुसाफ़िर।

राहु—पु. [सं.] नव ग्रहों में से एक (ज्यो.)।

राहू—स्त्री. एक मछली, रोहू।

रिंग—स्त्री. [अं.] घेरा, मंडल, चक्र; अँगूठी; छल्ला।

रिंच—पु. [अं.] नट-बोल्ट खोलने का एक औज़ार।

रिंद—पु. [फा.] मनमौजी, स्वच्छंद व्यक्ति; धार्मिक बंधनों का न मानने वाला पुरुष।

रिआयत—स्त्री. [अ.] कोमल और दयापूर्ण व्यवहार, नरमी; न्यूनता, कमी; ख़्याल, विचार।

रिआयती—वि. जिसमें रिआयत दी गई हो।

रिआया—स्त्री. [अ.] ('रअय्यत' का बहु., उर्दू तथा हिंदी में एक वचन के रूप में प्रयुक्त) प्रजा।

रिकमन्डेशन—स्त्री. [अं.] सिफ़ारिश, अनुशंसा।

रिकशा—पु. [अं.] हाथ-पैरों से चलाई जाने वाली तीन पहियों की सवारी-गाड़ी, जिसे (मज़दूर) आदमी चला कर उस पर सवारी ढोता है।

रिकाबी—स्त्री. द्र. 'रकाबी'।

रिकॉर्ड—पु. [अं.] अभिलेख; विवरण; हिसाब; प्रलेख; लिखित प्रमाण; कीर्तिमान (खेल, आदि में)।

रिकॉर्डिंग—स्त्री. [अं.] अभिलेखन, ध्वन्यालेखन, रिकॉर्डिंग (रेडियो, टेलीविज़न, आदि पर)।

रिक्त—वि. [सं.] खाली, शून्य; निर्धन। **~हस्त**—वि. खाली हाथ; निर्धन।

रिक्तता—स्त्री. [सं.] खालीपन, शून्यता।

रिक्ति—स्त्री. [सं.] रिक्त होने का भाव, खाली होने की स्थिति; किसी पद का खाली होना ('वेकेंसी)।

रिक्थ—पु. [सं.] उत्तराधिकार में प्राप्त धन, संपत्ति।

रिक्वेस्ट—पु. [अं.] प्रार्थना, निवेदन, अनुरोध।

रिक्ष—पु. द्र. 'ऋक्ष'।

रिचा*—स्त्री. द्र. 'ऋचा'।

रिज़क़—पु. [अ.] जीविका; खूराक, ख़ाना।

रिज़र्व—वि. [अं.] आरक्षित; सुरक्षित कर लेना; नियत; अतिरिक्त (खिलाड़ी); अतिरिक्त या अलग रख लेना, रक्षित (सोना, सुरक्षा बल)। **~कोटा**—पु. नियत, आरक्षित अंश, संख्या, पदों, रिक्तियों, खाली स्थानों के लिए वर्ग विशेष के लिए पदों की नियत संख्या।

रिज़र्वेशन—पु. [अं.] आरक्षण, सुरक्षित अधिकार।

रिज़ल्ट—पु. [अं.] परिणाम, नतीजा, फल; परीक्षा फल, परीक्षा-परिणाम।

रिज़ाइन—पु. [अं.] पद-त्याग, इस्तीफ़ा देना, त्यागपत्र।

रिज़ु—वि. द्र. 'ऋजु'।

रिज़ोल्यूशन—पु. [अं.] द्र. 'रेज़ूलेशन'।

रिज़्क़—पु. [अ.] द्र. 'रिज़क'।

रिझकवार*—पु. रीझने, प्रसन्न होने वाला।

रिझवार*, रिझवैया—पु. प्रसन्न होने वाला; अनुरागी, प्रेमी।

रिझाना—स.क्रि. अपने ऊपर किसी को प्रसन्न करना।

रिझावना*—स.क्रि. आकर्षक, मनोहर।

रिटर्न टिकट—पु. [अं.] वापसी टिकट।

रिटर्निंग अफ़सर—पु. [अं.] चुनाव की संपूर्ण व्यवस्था देखने वाला अफ़सर।

रिटायर—वि. अवकाश-प्राप्त।

रिटायरमेंट—वि. स्त्री. [अं.] अवकाश-प्राप्ति, सेवा-निवृत्ति।

रिटायर्ड—वि. [अं.] सेवा-निवृत्त, अवकाश-प्राप्त।

रिटेल क़ीमत—स्त्री. [अं.] खुदरा, फुटकर मूल्य।

रिटेल स्टॉकिस्ट—पु. [अं.] खुदरा व्यापारी।

रित, रितु*—स्त्री. द्र. 'ऋतु'।

रिद्धि*—स्त्री. द्र. 'ऋद्धि'।

रिन*—पु. द्र. 'ऋण'।

रिनिआँ, रिनियाँ*—वि. ऋणी, कर्ज़दार।

रिनी*—वि. ऋणी, कर्ज़दार।

रिन्यू—पु. [अं.] नवीकरण।

रिपु—पु. [सं.] शत्रु, दुश्मन। **~ता**—स्त्री. शत्रुता, दुश्मनी।

रिपेयर—स्त्री. [अं.] मरम्मत।

रिपोर्ट—स्त्री. [अं.] प्रतिवेदन, रपट, समाचार या सूचना।

रिपोर्टर—पु. [अं.] संवाददाता।

रिपोर्टाज़, रिपोर्ताज़—पु. [अं.] एक साहित्यिक विधा जिसमें सूचना या रिपोर्ट के रूप में किसी स्थान, घटना आदि का वर्णन किया जाता है।

रिप्रिंट—पु. [अं.] पुनर्मुद्रण।

रिप्लाई—पु. [अं.] उत्तर (पत्र, आदि का)।

रिफ़ंड—पु. [अं.] लौटाना, वापस (क.)।

रिफ़रेंडम—पु. [अं.] जनमत-संग्रह।

रिफ़ाइनरी—स्त्री. [अं.] शोधक कारखाना (तेलशोधक कारखाना, संयंत्र), संयंत्र।

रिफ़ार्म—पु. [अं.] सुधार; सुधार करना।

रिफ़ार्मर—पु. [अं.] सुधारक, समाज-सुधारक।

रिफ़ार्मेटरी—स्त्री. [अं.] सुधार करने का स्थान, सुधार-गृह।

रिफ़ार्मेशन—स्त्री. [अं.] सुधार।

रिफ़्यूज़—पु. [अं.] अस्वीकार करना, इनकार करना; कूड़ा।

रिफ़्यूज़ी—पु. [अं.] शरणार्थी।

रिफ्रीज़रेटर—पु. [अं.] प्रशीतक, फ्रिज़।

रिबन—पु. [अं.] फीते की तरह चौड़ी पट्टी।

रिबेट—पु. [अं.] खरीद मूल्य में छूट, कटौती।

रिभु—पु. द्र. 'ऋभु'।

रिमझिम—स्त्री. वर्षा की फुहार, छोटी-छोटी बूँदें पड़ना।

रिमांड—पु. [अं.] हवालात (में रखना, पुलिस द्वारा)।

रिमाइंड—[अं.] स्मरण या याद दिलाना।

रिमाइंडर—पु. [अं.] स्मरण-पत्र; तकाजा।

रिमार्क—पु. [अं.] टिप्पणी करना।

रिमोट—पु. [अं.] दूर; दूरवर्ती; दूरस्थ; सुदूर; एकांत। **~कंट्रोल**—पु. दूर से उपकरण चलाने वाला उपकरण।

रियर एडमिरल—पु. [अं.] सह नौ सेनाध्यक्ष, वरीयता की दृष्टि से ऊपर से दूसरा नौ सेना का उच्च पद।

रियर गार्ड—पु. [अं.] पीछे रहने वाली सेना की टुकड़ी, (चंदावल) दस्ता।

रियाज़—पु. [अ.] अभ्यास; संगीत में गायन का अभ्यास।

रियाज़त—स्त्री. [अं.] अभ्यास; मेहनत, परिश्रम।

रियाज़ी—स्त्री. [अ.] मेहनती, कसरती।

रियायत—स्त्री. [अ.] रिआयत, व्यवहार में कोमलता; मूल्य आदि में कमी (कर देना)।

रियायती—वि. [अ.] रिआयतवाला; जिसके दाम कुछ कम कर दिये गए हों।

रियासत—स्त्री. [अं.] बड़ी जमींदारी; छोटा राज्य, जागीरदारी, इलाक़ा (पटियाला, हैदराबाद, जींद, आदि की रियासतें)।

रियासती—वि. रियासत संबंधी; रियासत का; रियासत के रिवाज़ों के अनुसार।

रिरियाना—अ.क्रि. गिड़गिड़ाना, अनुनय-विनय करना।

रिलीज़—स्त्री. [सं.] फिल्म का प्रथम प्रदर्शन ('न्यू रिलीज़')।

रिलीफ़—पु. [अं.] सहायता; आराम, फायदा।

रिले स्टेशन—पु. [अं.] प्रसारण केन्द्र (आकाशवाणी, रेडियो, दूरदर्शन, आदि का)।

रिवाज़—पु. [अं.] प्रथा, रीति, चलन।

रिवायत—स्त्री. [अ.] पुनःकथन, दूसरे के शब्द दोहराना।

रिवॉल्वर—पु. [अं.] एक प्रकार का तमंचा।

रिविज़न—पु. [अं.] (पाठ, आदि को) दुहराना; संशोधन, सुधार।

रिवोल्यूशन—पु. [अ.] क्रांति, आमूल-चूल परिवर्तन।

रिव्यू—स्त्री. [अं.] पुनरावलोकन; पुनरीक्षण; समीक्षा। पुस्तक की आलोचना।

रिश्ता—पु. [फा.] संबंध, नाता। **~(श्ते) दार**—पु. संबंधी।

रिश्वत—स्त्री. [अ.] घूस, उत्कोच, कार्य कराए जाने के लिए किसी को अवैध रूप से दिया गया धन। **~खोरी**—स्त्री. घूस लेना।

रिश्वती—पु. [अ.] रिश्वतखोर।

रिषभ—पु. द्र. 'ऋषभ'।

रिषि—पु. द्र. 'ऋषि'।

रिषीक—पु. [सं.] शिव।

रिष्यमूक—पु. [सं.] (राम-कथा में वर्णित) एक पर्वत।

रिस—स्त्री. क्रोध, कोप, आक्रोश।

रिसना—अ.क्रि. किसी छोटे से छिद्र, खाली जगह से धीरे-धीरे पानी या किसी तरल पदार्थ का चूना, बहना, निकलना।

रिसर्च—स्त्री. [अं.] शोध, खोज, अनुसंधान, गवेषणा।

रिसर्च स्कॉलर—पु. [अं.] शोधकर्ता, शोध-छात्र, शोधकर्ता विद्वान्।

रिसवाना—स.क्रि. द्र. 'रिसाना'।

रिसहाय*—क्रुद्ध, कुपित; नाराज़।

रिसाना*—अ.क्रि. क्रुद्ध, नाराज़ होना।

रिसानी*—स्त्री. क्रोध।

रिसाल—पु. विभिन्न स्थानों से वसूल करके राजधानी भेजा जाने वाला कर; इस कर को ले जाने वाला अधिकारी।

रिसालदार—पु. [फा.] रिसाले, घुड़सवार सेना का अधिकारी; रिसाल, राज कर ले जाने वाला अधिकारी।

रिसाला—पु. [अ.] पत्रिका (मासिक, पाक्षिक, त्रैमासिक, आदि); अश्वारोही सेना।

रिसिआना, रिसियाना*—अ.क्रि. क्रुद्ध, कुपित होना, नाराज़ होना, किसी पर क्रोध करना।

रिसीट—स्त्री. [अं.] रसीद।

रिसीवर—पु. [अं.] प्राप्त करने वाला; टेलीफ़ोन का वह भाग, जिससे आवाज़ ग्रहण की जाती है।

रिसेप्शन—पु. [अं.] स्वागत समारोह (विवाह के पश्चात् वर-वधू का स्वागत उत्सव)। **~कमेटी**—स्त्री. स्वागत समिति।

रिसेप्शनिस्ट—पु., स्त्री. स्वागती, अभ्यर्थक।

रिसौहाँ*—वि. नाराज़, क्रुद्ध, कुपित।

रिस्क—पु. [अं.] जोखिम, ख़तरा, संकट; दायित्व।

रिस्टवाच—स्त्री. [अं.] हाथ में पहनने की घड़ी।

रिहर्सल—पु. [अं.] पूर्वाभ्यास।

रिहा—वि. [फा.] मुक्त, छूटा हुआ (पुलिस, कारागार जैसी जगह से)।

रिहाइश—स्त्री. [फ़ा.] रहने का स्थान; घर; मकान। **~पता**—पु. रहने के स्थान का, आवासीय पता।

रिहाई—स्त्री. मुक्ति, छुटकारा (पुलिस, कारागार से)।

रिहायशी—वि. [फ़ा.] द्र. 'रिहाइश'।
री—अ. अरी, ओ (सखियों अथवा आत्मीयों से सम्बोधन)।
रीछ—पु. भालू।
रीज़न—पु. [अं.] कारण।
रीझ—स्त्री. प्रसन्न होने, मुग्ध होने की प्रक्रिया।
रीझना—अ.क्रि. प्रसन्न होना, मुग्ध होना, मोहित हो जाना।
रीठा—पु. एक वृक्ष, उसका फल जिसके छिलके को भिगो कर साबुन जैसे झाग बनते हैं, उससे गरम, रेशमी कपड़े धोए जाते हैं।
रीडर—स्त्री. [अं.] विश्वविद्यालय में प्रोफ़ेसर से नीचे और प्राध्यापक के बीच का पद; अदालत, पुलिस अफ़सर आदि का पेशकार; (छात्रों के लिए) पाठ्य-पुस्तक।
रीडिंग रूम—पु. [अं.] वाचनालय; अध्ययन कक्ष।
रीढ़—स्त्री. मेरुदंड ('स्पाइन'), वह पतली और कोमल अस्थि शृंखला जो गर्दन से कमर के त्रिक् तक जाती है। **ला.** किसी कार्य में वह तत्त्व जिसके द्वारा वह संपन्न होता है, मुख्य अंग।
रीत—स्त्री. द्र. 'रीति'।
रीतना*—अ.क्रि. (किसी भरे पात्र का) खाली हो जाना, रिक्त हो जाना।
रीता—वि. खाली, रिक्त।
रीति—स्त्री. [सं.] रिवाज़, प्रथा, चलन, परिपाटी; किसी काम को करने का ढंग, प्रणाली; साहित्य में वर्णों की ऐसी योजना, जिससे वर्णों में ओज, माधुर्य, प्रसाद, आदि गुण आते हैं। **~काल**—पु. हिंदी साहित्य के इतिहास का तीसरा काल खंड, शृंगार काल। **~ग्रंथ**—पु. वे ग्रंथ जिसमें काव्य के लक्षणों, आदि का निरूपण हुआ है, सिद्धांत-ग्रंथ।
रीम—स्त्री. [अं.] निर्धारित आकार में काटे गए 500 कोरे कागज़ों का पैकेट।
रील—स्त्री. [अं.] फ़िल्म की रील; चरखी।
रीस—स्त्री. स्पर्धा, बराबरी, किसी की बराबरी करना।
रीसेस—स्त्री. [अं.] अवकाश, मध्यावकाश (स्कूल, आदि में); अल्पावकाश।
रुंड—पु. [सं.] कबंध, धड़ जिस पर शीश न हो।
रुँदवाना—स.क्रि. पैरों से खुदलाना, कुचलवाना, रौंदवाना।
रुँधना—अ.क्रि. रुकना, मार्ग न मिलाने से साँस, गले, आदि का रुकना।
रुआँसा—वि. रोने-रोने को होने वाला, रोने को उद्यत।
रुआ*—पु. रोयें, शरीर पर छोटे-छोटे बाल, रोम।
रुआना*—स.क्रि. द्र. 'रुलाना'।
रुआब*—पु. धाक, रौब।
रुई—स्त्री. कपास का फूल, टोंढी। **ला.** रुई के समान कोमल, हलका।
रुकना—अ.क्रि. ठहरना, थमना, आगे न बढ़ना; क्रम टूटना।
रुकमिनी—स्त्री. द्र. 'रुक्मिणी'।
रुकवाना—स.क्रि. रोकने का काम कराना, 'रुकना' का प्रे.।
रुकाव—पु. ठहराव, अटकाव, अवरोध।
रुकावट—स्त्री. रोक, बाधा।
रुक़्क़ा—पु. पुर्ज़ा, छोटा पत्र, हुंडी, कर्ज़दार की ओर से कर्ज़दाता को लिख कर दिया गया पक्का काग़ज़ ('एफीडेविट')।
रुक्ख*—पु. रूख, पेड़।
रुक्मवती—स्त्री. [सं.] एक छंद, चंपकमाला।
रुक्मिण—स्त्री. द्र. 'रुक्मिणी'।
रुक्मिणी—स्त्री. [सं.] कृष्ण की पत्नी, इनका हरण कर श्रीकृष्ण ने इनसे विवाह किया था।
रुक्मी—पु. [सं.] रुक्मिणी का भाई।
रुक्ष—वि. [सं.] रूखा; नीरस; कठोर; सूखा; ऊबड़-खाबड़।
रुक्षता—स्त्री. [सं.] रूखापन, रुखाई।
रुख़—पु. [फा.] चेहरा, मुख; गाल, कपोल; आकृति; चेहरे का भाव; सामने या आगे का भाग; शतरंज का एक मोहरा। क्रि.वि. तरफ़, ओर; सामने।
रुख़सत—स्त्री. [अ.] विदाई, प्रस्थान, रवानगी; काम से छुट्टी; अवकाश।
रुख़सताना—पु. [फा.] विदाई के समय दी जाने वाली राशि, विदाई।
रुख़सती—वि. जिसे छुट्टी मिली हो। स्त्री. विदाई; विदाई के समय दी जाने वाली राशि।
रुख़सार—पु. [फा.] कपोल, गाल।
रुखाई—रूखापन, शुष्कता; व्यवहार की शुष्कताा, कठोरता।
रुग्ण—वि. [सं.] बीमार, अस्वस्थ।
रुग्णतावकाश—पु. [सं.] बीमारी की छुट्टी ('मेडिकल लीव)।
रुग्णावकाश—पु. [सं.] बीमारी की छुट्टी ('मेडिकल लीव')।
रुग्णावस्था—स्त्री. [सं.] बीमारी की अवस्था, अस्वस्थ दशा।
रुग्णालय—पु. [सं.] चिकित्सालय, अस्पताल।
रुचक—वि. [सं.] स्वादिष्ट, रुचिकर।
रुचना—अ.क्रि. प्रिय, अच्छा लगना, पसंद आना।
रुचि—स्त्री. [सं.] इच्छा; प्रवृत्ति; पसंद; अनुराग; शोभा, सुंदरता। **~कर**—वि. प्रिय, अच्छा लगने वाला; स्वादिष्ट। **~कारी**—वि. स्वादिष्ट; प्रिय; मनोहर; रुचिकारक। **~वर्द्धक**—वि. रुचि बढ़ाने वाला, भूख बढ़ाने वाला।
रुचिमय—वि. [सं.] रुचियुक्त, सुंदर, मनोहर।
रुचिर—वि. [सं.] मनोहर, सुंदर, आकर्षक; मीठा, मधुर।
रुचिरा—स्त्री. [सं.] एक वर्णवृत्त; चार चरणों का एक मात्रिक छंद, जिसमें प्रत्येक चरण में 30 मात्राएँ और 16 मात्रा पर यति होती है और अंत में गुरु होता है।

रुचिराई*—स्त्री. सुंदरता, मनोहरता।

रुच्य—वि. [सं.] रुचिकर, सुंदर; पसंद आने वाला।

रुज—पु. [सं.] रोग; घाव, व्रण; कष्ट; भाग। **~ग्रस्त**—वि. रोगी, जिसे कोई रोग हो।

रुजू—पु. [अ.] किसी ओर झुकाव होना; किसी ओर मन लगना।

रुझान—पु. [अ.] झुकाव (मन का रुझान, चुनावों में परिणामों का रुझान, आदि)।

रुठाना—स.क्रि. नाराज़, असंतुष्ट कर देना।

रुणित—वि. [सं.] झनकार करता शब्द, मधुर आवाज में बजना (नूपुर आदि का शब्द)।

रुत—स्त्री. [सं.] द्र. 'ऋतु'।

रुतबा—पु. [अ.] प्रतिष्ठापूर्ण पद, ओहदा।

रुदन—पु. [सं.] रोना, रोने की क्रिया, विलाप, क्रंदन।

रुदराछ*—पु. द्र. 'रुद्राक्ष'।

रुदित—वि. [सं.] रोया हुआ; रोता हुआ, जो रो रहा हो।

रुद्ध—वि. [सं.] अवरुद्ध, रोका हुआ; जिसकी गति रोक दी गई हो। **~कंठ**—वि. जिसका गला रुँध गया हो।

रुद्र—पु. [सं.] शिव का एक रूप—उग्र और विकट रूप; एक प्रकार के गणदेवता, इनकी संख्या ग्यारह मानी गई है—अज, एकपात, अहिबुघ्न, पिनाकी, अपराजित, त्र्यम्बक, महेश्वर, वृषाकपि, शंभु, हरण और ईश्वर; संगीत में 16 मात्राओं का ताल। वि. डरावना, भयानक।

रुद्रक*—पु. रुद्राक्ष।

रुद्राक्ष—पु. [सं.] एक प्रसिद्ध पेड़, जिसके गोल बीजों को मनकों के रूप में माला में पिरोया जाता है, पूजा, जप, आदि में माला का प्रयोग, रुद्राक्ष बीज (मनके) को आभूषणों आदि में भी जड़वाकर हृदय-रोग निवारणार्थ प्रयुक्त किया जाता है। वि. लाल आँखों वाला।

रुद्राणी—स्त्री. [सं.] शिव पत्नी पार्वती; देवी का कोई भी रूप।

रुद्रारि—पु. [सं.] कामदेव, शिव के शत्रु।

रुद्रिय—वि. [सं.] रुद्र-संबंधी; रुद्र का; भयानक।

रुद्रोपनिषद्—स्त्री. [सं.] एक उपनिषद्।

रुधिर—पु. [सं.] रक्त, खून, लहू; लाल वर्ण।

रुनझुन—स्त्री. नूपुर आदि की झनकार, शब्द।

रुनुक-झुनुक—स्त्री. रुन-झुन की निरंतर झंकार।

रुनुझुनु*—स्त्री. नूपुर आदि की झनकार।

रुपया—पु. एक भारतीय सिक्का या नोट, जिसका मूल्य सौ पैसे के बराबर है; कीमत ('माल का रुपया...); दौलत, धन, संपत्ति।

रुपहला—वि. चाँदी के रंग का; चाँदी जैसा; चाँदी के समान उज्ज्वल।

रुपैया—पु. द्र. 'रुपया'।

रुपौला—वि. द्र. 'रुपहला'।

रुबाई—स्त्री. [अ.] चार मिसरों, चरणों का एक उर्दू-फारसी छंद।

रुमानी—वि. द्र. 'रोमानी'।

रुमाल—पु. द्र. 'रूमाल'।

रुमाली—स्त्री. तिकोना लँगोट।

रुलना*—अ.क्रि. इधर-उधर बेकार फिरना, मारे-मारे फिरना।

रुलाई—स्त्री. रोना; रोने की इच्छा या क्रिया।

रुलाना—स.क्रि. किसी को कहकर रुला देना; किसी को इतना परेशान कर देना कि वह रो पड़े। **ला.** बरबाद करना, नष्ट करने का प्रयत्न करना।

रुवाई*—स्त्री. द्र. 'रुलाई'।

रुवाब—पु. द्र. 'रुआब'।

रुषा—स्त्री. [सं.] क्रोध, गुस्सा। हि. **रूसा**—नाराज़।

रुष्ट—वि. [सं.] क्रुद्ध, कुपित, नाराज़।

रुष्टता—स्त्री. [सं.] रुष्ट होने का भाव, अप्रसन्नता।

रुष्टपुष्ट—वि. द्र. 'हृष्ट-पुष्ट'।

रुष्टि—स्त्री. [सं.] क्रोध, रोष।

रुसना*—अ.क्रि. द्र. 'रूठना'।

रुसवा—वि. [फा.] अपमानित, जलील; बदनाम। **~ई**—स्त्री. फजीहत; बेइज़्ज़ती, अपमान होना।

रुसा*—पु. द्र. 'रूसा'।

रुसूख—पु. [अ.] पहुँच, मेल-जोल ('एप्रोच'); विश्वास, एतबार।

रुसूल—पु. [अ.] पैगम्बर, ईश्वर का भेजा दूत; पैगम्बर मुहम्मद साहब की उपाधि।

रुस्ट*—वि. द्र. 'रुष्ट'।

रुहिर*—पु. रुधिर, रक्त; लहू।

रुहेलखंड—पु. रुहेले राजपूतों का अंचल, बरेली के आसपास का क्षेत्र।

रुहेला—पु. राजपूतों की एक उपजाति; रुहेलखंड का वासी।

रूँगटा—पु. द्र. 'रोंगटा'।

रूँदना—स.क्रि. द्र. 'रौंदना'।

रूँधना—स.क्रि. रास्ता अवरुद्ध कर देना, रोक देना।

रू—पु. [फा.] मुख, चेहरा, आकृति। स्त्री. कारण; तल, सतह; अगला भाग; आशा।

रूई—स्त्री. द्र. 'रुई'।

रूख—पु. पेड़, वृक्ष।

रूखड़ा*—पु. पेड़।

रूखा—वि. नीरस, शुष्क; खुरदरा; कठोर; प्रेम-शून्य; विरक्त, उदासीन। **~पन**—पु. नीरसता, खुरदरापन; कठोरता; विरक्ति; उदासीनता। **~सूखा**—वि. बिना घी-मसाले का; जिसमें चटपटापन न हो; साधारण भोजन।

रूज—पु. [अं.] गालों पर सुर्खी लाने के लिए लगाया जाने वाला एक पाउडर-सा।

रूट—पु. [अं.] मार्ग, जिस मार्ग से जाना होता है।

रूटीन—पु. [अं.] नित्यचर्या, नित्य का क्रम।

रूठ*—स्त्री. रूठना, नाराज़ होना।

रूठन—स्त्री. रूठने की क्रिया या भाव।

रूठना—अ.क्रि. नाराज़, अप्रसन्न होना।

रूठनि*—स्त्री. द्र. 'रूठन'।

रूढ़—वि. [सं.] प्रचलित; आरूढ़, चढ़ा हुआ; संख्या जो विभक्त न हो (ग.)।

रूढा—स्त्री. [सं.] लक्षणा शब्द शक्ति का भेद (सा.)।

रूढ़ि—स्त्री. [सं.] प्रथा; रूढ़ होने का भाव; रूढ़ अर्थ का ज्ञान कराने वाली शब्द-शक्ति। **~ग्रस्त**—वि. रूढ़िवादी। **~वादी**—पु. रूढ़ियों, प्रथाओं के पालन का विश्वासी।

रूढ़ोक्ति—स्त्री. [सं.] रूढ़ि कथन।

रूप—पु. [सं.] शक्ल, सूरत; सुंदरता; शब्द की विभक्तियाँ (शब्द रूप); शरीर, देह; वेश, भेस। **~गर्विता**—स्त्री. वह स्त्री, नायिका जिसे अपने रूप पर गर्व हो। **~जीवा**—स्त्री. वेश्या, जो अपने रूप-शरीर का व्यापार, पेशा करती है।

रूपक—पु. [सं.] एक अर्थालंकार, जिसमें साधर्म्य के आधार पर उपमेय में उपमान का आरोप किया जाए; संस्कृत काव्य-शास्त्र में दृश्य-काव्य, रूपक के दस भेद और अठारह उपभेद (उपरूपक) हैं।

रूपकातिशयोक्ति—स्त्री. [सं.] अतिशयोक्ति अलंकार का एक भेद, जिसमें उपमा के अन्य अंगों—उपमेय, उपमावादी शब्द और साधारण धर्म का लोप हो, केवल उपमानों का ही उल्लेख किया जाता है।

रूपण—पु. [सं.] आरोपण, आरोप करना।

रूपमती—पु. [सं.] रूपवती।

रूपमय—वि. [सं.] बहुत सुंदर।

रूपमान—वि. [सं.] रूपवान।

रूपरेखा—स्त्री. [सं.] किसी वस्तु की आकृति; किसी योजना, अध्ययन, पुस्तक आदि का प्रकल्पित रूप।

रूपवंत—वि. रूपवान।

रूपवती—स्त्री. [सं.] सुंदर स्त्री; एक छंद—चंपकमाला इसका दूसरा नाम।

रूपवान—वि. [सं.] सुंदर; जिसका कोई रूप, आकृति हो।

रूपसी*—स्त्री. सुंदर नारी, सौंदर्यवती।

रूपस्वी—वि. [सं.] सुंदर।

रूपांकन—पु. [सं.] अभिकल्पन, डिज़ाइनिंग।

रूपांतर—पु. [सं.] बदला हुआ रूप, परिवर्तित रूप। **~कार**—पु. रूपांतर करने वाला।

रूपांतरण—पु. [सं.] रूपांतर करना; परिवर्तित रूप।

रूपांतरित—वि. [सं.] रूपांतर हुआ, जिसका रूप परिवर्तित हो गया हो।

रूपाजीवा—स्त्री. [सं.] वेश्या, रंडी।

रूपात्मक—वि. [सं.] रूप संबंधी।

रूपायन—पु. [सं.] कार्य रूप में परिणत करना।

रूपायित—वि. [सं.] रूप दिया गया।

रूपास्त्र—पु. [सं.] कामदेव।

रूपी—वि. [सं.] तुल्य, समान; रूपधारी।

रूपेंद्रिय—स्त्री. [सं.] आँख, नेत्र।

रूपोपजीविनी—स्त्री. [सं.] वेश्या।

रूपोपजीवी—पु. [सं.] बहुरूपिया।

रूपोश—वि. [फ़ा.] भागा हुआ, मुँह छिपाने वाला।

रूबरू—अ. [फा.] सम्मुख, सामने; आमने-सामने।

रूबल—पु. [रू.] रूस की सरकारी मुद्रा।

रूम—पु. [अं.] कमरा, कक्ष।

रूमानिया—पु. एक यूरोपीय देश।

रूमानी—पु. रुमानिया का निवासी।

रूमाल—पु. [फा.] हाथ-मुँह पोंछने का वस्त्र-खंड।

रूमाली—वि. रूमाल से तैयार की गई (रूमाली रोटी)।

रूरना*—अ.क्रि. जोर-जोर से शब्द करना।

रूरा—वि. अच्छा, उत्तम; सुंदर।

रूल—पु. [अं.] नियम, प्रथा, दस्तूर; शासन।

रूलर—पु. [अं.] शासक; रेखा, लकीर खींचने की चपटी पट्टी।

रूस—पु. [फा.] सोवियत रूस, एक देश का नाम।

रूसना—अ.क्रि. रूठना, नाराज़ होना, गुस्सा करना।

रूसी—स्त्री. सिर की त्वचा की ऊपरी परत से छिलके-से गिरना; रूस में प्रयुक्त भाषा। वि. रूस का, रूस में उत्पन्न। पु. रूस का निवासी।

रूह—स्त्री. [अ.] आत्मा; दिल; सत, सार (रूह-आफज़ा, रूह-गुलाब, आदि)।

रूहड़—पु. रुअड़, पुरानी रुई।

रूहानियत—स्त्री. [अ.] अध्यात्मवाद; आत्मवाद।

रूहानी—वि. आध्यात्मिक; आत्मा-संबंधी।

रेंक—पु. [अं.] दर्जा, पद (सेना, पुलिस, आदि में)।

रेंकना—अ.क्रि. गधे का जोर से बोलना।

रेंगटा—पु. गदहे का बच्चा।

रेंगना—अ.क्रि. कीड़ों, सरीसृप, आदि का जमीन पर रगड़ खाते हुए चलना; सिपाहियों आदि का आक्रमण-मुद्रा में जमीन से सट कर कोहनियों के बल चलना।

रेंगाना—स.क्रि. पेट और कोहनियों के बल चलाना।

रेंज—स्त्री. [अं.] पंक्ति; दायरा (कीमत, मूल्य का क्षेत्र); पर्वत श्रेणी, पर्वतमाला; खुला मैदान। **(शूटिंग)~**—स्त्री. चाँदमारी, गोली चलाने का अभ्यास-क्षेत्र।

रेंट—पु. [अं.] किराया, भाड़ा।

रेंट—पु. नाक का मल।

रेंटा—पु. लिसोढ़े का फल।

रेंड़—पु. एक वृक्ष-एरंड।

रें-रें—स्त्री. बच्चों के रोने के शब्द को कहा जाता है (क्या 'रें रें' लगा रखी है)।

रे—अ. [सं.] अरे, ओ, 'ऐ' जैसा सम्बोधन-शब्द।

रेउड़ी—स्त्री. द्र. 'रेवड़ी'।

रेकॉर्ड—पु. [अं.] द्र. 'रिकॉर्ड'।

रेक्टर—पु. [अं.] संकायाध्यक्ष; पादरी।

रेख—स्त्री. रेखा, लकीर; चिह्न; मसें, किशोरावस्था में निकलती हुई मूँछें।

रेख़ता, रेख़्ता—पु. [फा.] हिंदी का उर्दू मिश्रित पुराना रूप, दक्षिण में प्रचलन में थी; उर्दू भाषा में एक प्रकार की गज़ल।

रेखांकन—पु. [सं.] रेखा अंकित करना; चित्र बनाने के लिए रेखाएँ अंकित करना; किसी चीज़ को महत्त्वपूर्ण बनाने या बताने के लिए उसके नीचे रेखा खींच देना ('टू अंडरलाइन')।

रेखांकित—वि. [सं.] जिसके नीचे रेखा खींच दी गई हो ('अंडरलाइंड'); बलपूर्वक कहना या प्रस्थापित करना।

रेखांश—पु. [सं.] रेखा का अंश, भाग।

रेखा—स्त्री. लंबा और पतला चिह्न, लकीर ('लाइन'); हथेली, तलवे आदि की लकीरें, जिनसे सामुद्रिक भाग्य-फल बताता है। **~चित्र**—पु. पेंसिल आदि की रेखाओं से बनाया गया चित्र; साहित्य की एक विधा जिसमें किसी व्यक्ति, घटना या प्रसंग का संक्षिप्त रूप में चित्रण कर दिया जाता है।

रेखानुकृति—स्त्री. [सं.] किसी चित्र, तस्वीर आदि को रेखाओं में प्रस्तुत करना।

रेग—स्त्री. [फा.] रेत; बारीक मिट्टी।

रेगमाल—पु. [फ़ा.] घिसने वाला सरेस कागज़।

रेगिस्तान—पु. बालू, रेत से भरा भूखंड, मरुस्थल।

रेगुलर—वि. [अं.] नियमित; सुव्यवस्थित, व्यवस्थित; नियमनिष्ठ; पक्का, स्थायी (नियुक्ति); साधारण, सामान्य ('नॉर्मल')।

रेचक—वि. [सं.] दस्त लाने वाली (औषधि), दस्तावर। पु. प्राणायाम की एक क्रिया (खींची गई साँस को भीतर रखकर बाहर निकालने की क्रिया)।

रेज़—वि. [फा.] बहाने वाला; तर करने वाला (खूरेज़)।

रेज़गारी—स्त्री. खुर्दा, छोटे सिक्के-इकन्नी, दुअन्नी, चवन्नी, अठन्नी, आदि ('चेंज')।

रेज़र—पु. [अं.] उस्तरा।

रेज़िडेंट—पु. [अं.] ब्रिटिश शासन का प्रतिनिधि, जो देसी रियासतों में रहता था।

रेज़िश—स्त्री. [फा.] जुकाम।

रेजीमेंट—स्त्री. [अं.] सैन्य दल।

रेट—पु. [अं.] मूल्य, कीमत; चाल, गति।

रेड—वि. [अं.] लाल।

रेडक्रॉस—पु. [अं.] युद्ध तथा प्राकृतिक आपदाओं, आदि तथा शांति-काल में जनसेवा करने वाली अंतरराष्ट्रीय संस्था।

रेडियम—पु. [अं.] एक प्रकाशमय धातु।

रेडियेशन—पु. [अं.] विकिरण; किरणों का प्रसार।

रेडियो—पु. [अं.] एक प्रसिद्ध उपकरण, जिसके द्वारा बिना तार के दूर से कही हुई बात, गाया हुआ गीत, नाटक आदि सुने जा सकते हैं; आकाशवाणी।

रेडियोलॉजी—स्त्री. [अं.] एक्स किरण चिकित्सा विज्ञान (विभाग)।

रेडी—वि. [अं.] तैयार, पूरी तरह प्रस्तुत, तत्पर; शीघ्र, तत्काल; सुलभ।

रेडीमेड—वि. [अं.] सिलेसिलाए (वस्त्र), तुरंत तैयार, प्रयोग के लिए प्रस्तुत ('फूड')।

रेणु—स्त्री. [सं.] धूल, कण, बालू।

रेणुका—स्त्री. [सं.] बालू, धूल; परशुराम की माता।

रेत—स्त्री. बालू; बालू वाली ज़मीन।

रेत—पु. [सं.] वीर्य। **~न**—पु. पुत्र।

रेतन—पु. [सं.] वीर्य।

रेतना—स.क्रि. रेती से रगड़कर काटना; किसी चीज़ को रेत कर चिकना या समतल करना; धीरे-धीरे रगड़कर, रेत कर काटना (गला रेतना)।

रेतला—वि. द्र. 'रेतीला'।

रेता—पु. बालू, रेत; धूल, बारीक मिट्टी।

रेती—स्त्री. नदी के तट की बालुका भूमि; लोहे का एक औज़ार, जो लोहे की चीज़ को रेतने, समतल करने या पतली करने के काम आता है।

रेतीला—वि. जिसमें रेत, बालू हो (रेतीला पानी, खेत, आदि)।

रेत्य—पु. [सं.] पीतल।

रेत्र—पु. [सं.] वीर्य, शुक्र।

रेनी—स्त्री. भुस के नीचे का मिट्टी मिला अंश।

रेनु—स्त्री. द्र. 'रेणु'।

रेनुका—स्त्री. द्र. 'रेणुका'।

रेप—वि. [सं.] बलात्कार, दुष्कर्म। **(गैंग)~**—पु. सामूहिक बलात्कार।

रेफ—पु. [सं.] 'र्' अक्षर का वर्ण के पहले आने पर अगले वर्ण पर ऊपर लगने वाला रूप—वर्षा, धर्म, मर्म, मर्द, आदि।

रेफ़री—पु. [अं.] मध्यस्थ; खेल में निर्णायक—फुटबॉल, हॉकी, वॉलीबॉल, आदि।

रेफरेंस बुक—स्त्री. [अं.] संदर्भ ग्रंथ।

रिफ़्रीजेटर, रेफ़रीजिरेटर—पु. [अं.] फ्रिज।

रेयन—पु. [अं.] कृत्रिम रेशम, कपड़े का एक प्रकार।

रेल—स्त्री. रेलगाड़ी, जो लोहे की पटरियों पर चलती है। **~पेल**—स्त्री. भरमार, बहुत अधिकता; भारी भीड़।

रेलना—स.क्रि. धक्का देना, धकेलना।

रेलवे—स्त्री. [अं.] रेल विभाग; रेल मार्ग।

रेला—पु. पानी का तेज़ बहाव, प्रवाह; भीड़, जन समूह का बहुत तेज़ी से आगे बढ़ना।

रेलिंग—स्त्री. [अं.] शोभा और सुरक्षा के लिए मकान की ऊपरी मंजिलों पर बनाई गई रचना।

रेवड़—पु. भेड़, बकरियों का समूह।

रेवड़ी—स्त्री. छोटी-छोटी टिकियों के रूप में गुड़, चीनी और तिल की बनी सर्दियों में खाई जाने वाली मिठाई-सी।

रेवती—स्त्री. [सं.] एक नक्षत्र।

रेवेन्यू—पु. [अं.] आय, आमदनी; राजस्व। **~स्टांप**—पु. रसीदी टिकट।

रेशम—पु. [फ़ा.] एक कीड़े, जिसे रेशम का कीड़ा ही कहा जाता है, द्वारा तैयार किए गए बारीक तंतु, जिनसे रेशम वस्त्र बुना जाता है।

रेशमी—वि. रेशम का बना हुआ (वस्त्र); रेशम की तरह चिकना और कोमल (रेशमी बाल)।

रेशा—पु. [फ़ा.] महीन सूत, तंतु; पेड़-पौधों की भीतरी बनावट में दिखाई देने वाले तंतु (मकानों की लकड़ी में रेशा देखते हैं)।

रेशियो—पु. [अं.] अनुपात।

रेशेदार—वि. [फ़ा.] रेशा युक्त।

रेष—पु. [सं.] हानि; क्षति; हिंसा।

रेस—स्त्री. [अं.] दौड़; घुड़दौड़। **~कोर्स**—पु. घुड़दौड़ का मैदान।

रेसर—पु. [अं.] दौड़ लगाने वाला।

रेस्ट—पु. [अं.] आराम, विश्राम। **~हाउस**—पु. विश्राम-गृह।

रेस्टोरेंट, रेस्तराँ—पु. [अं.] रेस्तराँ, भोजनालय।

रेस्पांडेंट—पु. [अं.] प्रतिवादी।

रेह—स्त्री. खार मिली मिट्टी।

रेहन—पु. [फ़ा.] गिरवी (रखना), ऋण के बदले ऋणदाता के पास रखी जाने वाली संपत्ति, वस्तु आदि जिसे ऋण वापिसी तक उसके पास रखा जाता है।

रेहुआ—वि. रेह वाला, जिसमें रेह हो।

रेहू—पु. द्र. 'रोहू'।

रैंक—पु. [अं.] द्र. 'रेंक'।

रैंप—पु. [अं.] ढलान, ढलुवाँ स्थान (घर के प्रवेश द्वार तक पहुँचने का ढलुआँ स्थान); फैशन शो आदि का मंच।

रैक—पु. [अं.] खुली अलमारी।

रैकेट—पु. [अं.] बल्ला; गिरोह (बदमाशों, धोखेबाज़ों, आदि का)।

रैगिंग—स्त्री. छात्रावासों, शिक्षण संस्थाओं में नए आए विद्यार्थियों से अपरिष्कृत रूप में परिचय पाने की विधि, रीति।

रैदासी—पु. संत रैदास-प्रवर्तित संप्रदाय का अनुयायी।

रैन, रैनि*—स्त्री. रात, निशा।

रैपर—पु. [अं.] किसी चीज़ को लपेटने का कागज़, आदि।

रैयत—स्त्री. [अ.] प्रजा।

रैयाराव—पु. राजाओं द्वारा अपने सरदारों को दी जाने वाली उपाधि।

रैल*—स्त्री. राशि; समूह, झुंड।

रैली—स्त्री. [अं.] प्रदर्शन (किसी व्यक्ति या बात के विरोध में) जुलूस, विशाल जनसमूह का प्रदर्शन।

रैवत—पु. [सं.] एक पर्वत।

रैवतक—पु. [सं.] द्वारका के निकटस्थ एक पर्वत।

रोंआँ—पु. रोम।

रोंआँसा—वि. रोने-रोने को (तत्पर)।

रोंगटा—पु. रोम। **मु. ~रोंगटे खड़े हो जाना**—भय के कारण रोमांच हो जाना।

रौंव*—पु. रोआँ, रोम।

रोआँसा—वि. रोने-रोने को (तत्पर)।

रोआब—पु. द्र. 'रुआब'।

रोएदार—वि. [फ़ा.] रोएँदार, रोमवाला।

रोक—स्त्री. [सं.] रुकावट, अवरोध; रोकने की क्रिया। **ला.** वाग्दान से पूर्व लड़की-लड़के के विवाह-संबंध को कुछ शगुन-राशि देकर संबंध निश्चित कर देना। **~टोक**—स्त्री. मनाही, निषेध; किसी काम से रोकना। **~थाम**—स्त्री. किसी अनुचित कार्य को रोकना, रोकने का प्रयत्न करना।

रोकड़—स्त्री. नक़द रक़म, रुपया; जमा-पूँजी।

रोकड़िया—पु. रोकड़, रक़म, रुपए-पैसे का हिसाब रखने वाला, खजांची, मुनीम।

रोकना—स.क्रि. किसी कार्य को बंद करवा देना; कोई कार्य करने या कहीं जाने से रोकना; किसी चली आती बात या प्रथा को बंद करना।

रोग—पु. [सं.] बीमारी; कोई बीमारी—ज्वर, हैजा, पीलिया, टी.बी., आदि।

रोग़न—पु. [फा.]. तेल, घी, जैसी चिकनी चीज़; किसी चीज़ का तेल—रोग़न बादाम, आदि; किसी वस्तु, लकड़ी आदि को चमकाने का रंग, मसाले आदि से बना लेप (रंग-रोग़न)।

रोगाक्रांत—वि. [सं.] रोगी, रोग से पीड़ित।

रोगाणु—पु. [सं.] रोग के कीटाणु, जीवाणु (बैक्टीरिया)।

रोगार्त—वि. [सं.] रोग से दुखी।

रोगिणी—वि. स्त्री. [सं.] रोग से पीड़ित स्त्री।

रोगी—वि. [सं.] बीमार, अस्वस्थ।

रोगोपचार—पु. [सं.] रोग का उपचार, इलाज।

रोचक—वि. [सं.] प्रिय; मनोरंजक। **~ता**—स्त्री. रोचक, मनोरंजक होने की अवस्था।

रोचन—वि. [सं.] प्रिय, अच्छा।

रोचिष्णु—वि. [सं.] रुचि, भूख जगाने वाला।

रोज*—पु. रोना-धोना, विलाप।

रोज़—पु. [फा.] दिन, दिवस। क्रि.वि. प्रतिदिन, नित्य। **~नामचा**—पु. वह बही जिसमें रोज़ाना का विवरण लिखा जाता है, 'डायरी'। **~मर्रा**—अ. नित्य, प्रतिदिन। **~रोज़**—अ. प्रतिदिन।

रोज़गार—पु. [फा.] व्यवसाय, जीविका।

रोज़ा—पु. [फा.] मुसलिम धर्मावलंबियों द्वारा रमज़ान के महीने में रखा जाने वाला उपवास।

रोज़ाना—अ. [फा.] नित्य-प्रति।

रोज़ी—स्त्री. [फा.] जीविका, व्यवसाय।

रोझ*—स्त्री., पु. नीलगाय; एक जंगली पशु।

रोट—पु. बहुत मोटी रोटी; त्योहारों आदि पर बनाई जाने वाली मीठी बड़ी-सी रोटी।

रोटी—स्त्री. चपाती, फुल्का। **ला.** जीविका ('उसकी रोटी मत छीनो')।

रोड—स्त्री. [अं.] सड़क, मार्ग।

रोडवेज़—पु. [अं.] बस-सर्विस, परिवहन-व्यवस्था।

रोड़ा—पु. ईंट-पत्थर का टुकड़ा। **मु. ~अटकाना**—काम में बाधा डालना।

रोदन—पु. [सं.] रोना, विलाप करना; जोर-जोर से रोना।

रोध—पु. [सं.] बाधा, अवरोध; निषेध।

रोधक—वि. [सं.] रोकनेवाला, अवरोधक।

रोधन—पु. [सं.] रोक, अवरोध।

रोधना*—स.क्रि. रोकना।

रोना—अ.क्रि. दुखी होकर आँख से आँसू बहाना (दुःख, खेद, कष्ट, विपत्ति, आदि में) **मु.** कोई कष्ट-कथा, व्यथा-कथा कहना ('वह अपना रोना लिये बैठा था')।

रोना-धोना—अ. रोते रहना; सदैव दुखी रहना।

रोनी—वि. रोती हुई (शक्ल, सूरत); रोने-रोने को होना।

रोनी-धोनी—वि. स्त्री. रोने-धोने वाली। स्त्री. रुदन, विलाप की स्थिति; मायूसी।

रोप—पु. [सं.] रोपण, बीज या पौधा लगाना।

रोपण—पु. [सं.] (बीज या पौधा) लगाना, जमाना।

रोपना—स.क्रि. (बीज का पौधा) कहीं से लाकर लगाना।

रोपनी—स्त्री. रोपाई, रोपने, धान आदि लगाने का काम।

रोपित—वि. [सं.] लगाया हुआ (पौधा आदि)।

रोब—पु. [अ. 'रुआब'] धाक, तेज, प्रताप, दबदबा। **~दाब**—पु. तेज, व्यक्तित्व की धाक, आतंक। **~दार**—वि. तेजस्वी, प्रभावशाली (व्यक्ति, व्यक्तित्व)। **मु. ~जमाना**—धाक जमाना, आतंकित करना। **~में आना**—प्रभाव में आ जाना।

रोबीला—वि. [अ.] रौबदार।

रोम—पु. (शरीर का) रोयें, त्वचा पर छोटे कोमल बाल। **~कूप**—रोम-छिद्र, रोयें के छिद्र।

रोम—पु. यूरोप का एक देश।

रोमन—पु. [अं.] रोम निवासी; रोमवासियों की भाषा; अंग्रेज़ी के लिए प्रयुक्त लिपि। **~कैथोलिक**—पु. ईसाइयों का एक संप्रदाय विशेष।

रोमांच—पु. [सं.] रोम, रोयें खड़े हो जाना (हर्ष, भय, आदि में)।

रोमांचित—वि. [सं.] पुलकित; जिसके रोयें खड़े हों।

रोमांटिक—वि. [अं.] कल्पना-प्रवण; कल्पित; स्वच्छंद।

रोमांस—पु. [अं.] प्रेम; प्रेम-कथा; प्रेम-लीला।

रोमानी—वि. रोमांटिक; काल्पनिक।

रोमाली—स्त्री. [सं.] रोयें की पंक्ति।

रोमावलि, रोमावली—स्त्री. [सं.] रोम, रोयें की पंक्ति।

रोमिल—वि. रोयेंदार, बालों वाला।

रोयाँ—पु. रोआँ, रोम।

रोयेंदार—वि. [फा.] रोयें वाला (ऊनी कपड़ा, कम्बल, आदि)।

रोर—स्त्री. कोलाहल, बहुत से लोगों का शोर; रोने-चिल्लाने का शब्द।

रोलर—पु. [अं.] बेलन; दबा कर समतल कर देने वाला यंत्र, बेलन।

रोला—पु. एक छंद (24 मात्राओं का)।

रोली—तिलक लगाने का प्रसिद्ध लाल चूर्ण-सा।

रोवनहार*—वि. पु. रोने वाला।

रोवना—वि. रोने की क्रिया ('रात दिवा का रोवना')।

रोवनी-धोवनी—स्त्री. द्र. 'रोनी-धोनी'।

रोवाँ—पु. द्र. 'रोआँ'।

रोवासा—वि. रोने-रोने को, रोने को तत्पर, जिसके आँसू निकलने को हों।

रोशन—वि. [फा.] द्र. 'रौशन'।

रोशनाई—स्त्री. स्याही, मसि।

रोशनी—स्त्री. उजाला, प्रकाश; दीपक, दीया; दीपावली या किसी अन्य त्योहार, उत्सव पर किया जाने वाला प्रकाश।

रोष—पु. [सं.] क्रोध, गुस्सा।

रोषानल—पु. [सं.] क्रोध-रूपी अग्नि।

रोसनाई—स्त्री. द्र. 'रोशनाई'।

रोसनी—स्त्री. द्र. 'रोशनी'।

रोह—पु. [सं.] ऊपर चढ़ना, चढ़ाई। वि. चढ़ने वाला।

रोहक—वि. [सं.] चढ़ने वाला, सवार।

रोहण—पु. [सं.] ऊपर चढ़ना, आरोहण।

रोहिणी—स्त्री. [सं.] गाय, गौ; वसुदेव की पत्नी, बलराम की माता; सत्ताईस नक्षत्रों में से एक।

रोहिणीश—पु. [सं.] चंद्रमा; वसुदेव।

रोहित—वि. [सं.] लाल रंग का, लोहित।

रोहिनी*—स्त्री. द्र. 'रोहिणी'।

रोहिष—पु. [सं.] रोहू मछली।

रोही—वि. [सं.] चढ़ने वाला, आरोही (पर्वतारोही)।

रोहू—पु., स्त्री. एक बड़ी मछली।

रौंट—स्त्री. (बच्चों, आदि का) खेल में बेईमानी करना।

रौंद—स्त्री. रौंदने का भाव या काम।

रौंद—पु. [अं.] 'राउंड' का अपभ्रंश रूप (पहरे आदि पर पहला रौंद, दूसरा रौंद)।

रौंदन—स्त्री. पैरों से कुचलना; तहस-नहस करना; जानवरों के पैरों से खूँदा जाना।

रौंदना—स.क्रि. पैरों से कुचलने, तहस-नहस करने की क्रिया।

रौ—स्त्री. [फा.] चाल; धुन; ख्याल ('अपनी ही रौ में रहता है'); जोश।

रौग़न—पु. [अ.] द्र. 'रोगन'।

रौज़न—पु. [फा.] सूराख़; छेद; दरार; रौशनदान।

रौज़ा—पु. [अ.] बाग़, मकबरा, वह कब्र जिस पर यादगार रूप में इमारत बनी हुई हो (रोज़ा शरीफ़)।

रौताई—स्त्री. ठकुराई; राजा या राव की पदवी।

रौद्र—वि. [सं.] रुद्र संबंधी; रुद्र का; भयंकर; क्रोधपूर्ण। पु. काव्य के नौ रसों में से एक, इसका स्थायी भाव क्रोध है।

रौद्रता—स्त्री. [सं.] प्रचंडता, उग्रता; भयंकरता।

रौनक़—स्त्री. [अ.] चमक-दमक, दीप्ति; चहल-पहल; बहार; शोभा।

रौब—पु. [अ.] द्र. 'रोब'।

रौरव—वि. [सं.] भयंकर, डरावना। पु. एक भीषण नरक, नरक का चरम रूप।

रौला—पु. शोर-गुल; हुल्लड़; हल्ला।

रौशन—वि. [फ़ा.] प्रकाशित, प्रदीप्त; चमकदार; प्रसिद्ध, प्रख्यात, मशहूर

रौशनी—स्त्री. द्र. 'रोशनी'।

रौस—स्त्री. बाग की बाहरी सीमा पर लगे हुए पेड़ों की पाँत, जो फलदार नहीं होती, केवल सुरक्षा के लिए लगाई जाती है।

ल

ल—देवनागरी वर्णमाला का अट्ठाईसवाँ व्यंजन, तीसरा अंतस्थ वर्ण, उच्चारण-स्थान दंत।

लंक*—स्त्री. कमर, कटि; लंका द्वीप, देश (रावण से सम्बद्ध)। **~पति**—पु. लंका का राजा, रावण।

लंका—स्त्री. [सं.] भारत के दक्षिण में एक द्वीप; (रावण यहीं का शासक था); प्राचीन साहित्य में सिंहल द्वीप के रूप में वर्णित। **(श्री)~**—वर्तमान में एक देश, लंका का अब यही नाम।

लंकाधिनाथ, लंकाधिपति, लंकाधिराज—पु. [सं.] रावण; विभीषण।

लंकारि—पु. [सं.] श्रीरामचंद्र।

लंकिनी—स्त्री. लंका की एक राक्षसी, हनुमान ने इसका वध किया था।

लंकूर—पु. द्र. 'लंगूर'।

लंकेश, लंकेश्वर—पु. [सं.] रावण; विभीषण।

लंग—स्त्री. पुरुष की धोती की लाँग, काछ। [फा.] लँगड़ापन (उसकी चाल में लाँग है)।

लंगड़—वि. द्र. 'लँगड़ा'।

लँगड़ा—वि. जो एक पैर से बेकार हो। [स्त्री. 'लँगड़ी']।

लँगड़ाना—अ.क्रि. लँगड़ाकर चलना।

लंगर—पु. [फा.] लोहे का बहुत भारी काँटा, जिसे नाव या जहाज को खड़ा करने के लिए मोटे रस्से या जंजीर से बाँध कर नदी या समुद्र में गिरा देते हैं, वह स्थान जहाँ गरीबों को खाना खिलाया जाता है, पंजाब में इसे अच्छी आर्थिक स्थिति के लोग भी पुण्य समझ कर ग्रहण करते हैं। **~डालना**—जहाज, पोत का रुकना।

लंगूर—पु. बंदरों की प्रजाति का एक जानवर, जिसका मुँह और पूरा शरीर काला और पूँछ बहुत लंबी होती है। [स्त्री. 'लंगूरी']।

लंगूल—पु. दुम, पूँछ।

लँगोट, लँगोटा—पु. कमर पर बाँधने का वह छोटा वस्त्र खंड, जिससे जनेन्द्रिय और नितम्ब ढके रहते हैं, कोपीन, साधु और पहलवान (व्यायाम के समय) इसे धारण करते हैं।

लँगोटिया यार—पु. बाल-मित्र; घनिष्ठ मित्र।

लँगोटी—स्त्री. छोटा लँगोट।

लंघन—पु. [सं.] लाँघने की क्रिया या भाव; अतिक्रमण; अनाहार, फाका, उपवास।

लंघना*—स.क्रि. लाँघना।

लंघनीय—वि. [सं.] लाँघने के योग्य; उल्लंघन करने योग्य।

लँघाना—स.क्रि. किसी को पार उतारना।

लंघ्य—वि. [सं.] लाँघने के योग्य।

लंच—पु. [अं.] दोपहर का भोजन।

लंठ—वि. असभ्य, उजड्ड; मूर्ख।

लंठई—स्त्री. असभ्य व्यवहार, उजड्डपन; मूर्खता।

लंड—पु. लिंग, शिश्न।

लँडूरा—वि. दुमकटा, जिसके पूँछ न हो—पशु, पक्षी। **ला.** जिसका विवाह न हुआ हो।

लंतरानी—स्त्री. [अ.] शेखी, डींग, आत्मप्रशंसा, बहुत बढ़-चढ़ कर अपनी प्रशंसा करना।

लंपक—पु. [सं.] एक जैन संप्रदाय।

लंपट—वि. [सं.] कामी, विषयी, व्यभिचारी।

लंपटता—स्त्री. [सं.] कामुकता, कुकर्म।

लंपसम—पु. [अं.] एकमुश्त राशि, समस्त देय राशि का एकसाथ भुगतान।

लंब—पु. [सं.] किसी रेखा पर सीधी और खड़ी गिरने वाली रेखा। वि. लंबा।

लंबक—पु. [सं.] लंब रेखा।

लंबमान—वि. [सं.] दूर तक फैला हुआ।

लंबरदार*—द्र. 'नम्बरदार'।

लंबवत्—वि. [सं.] सीधी खड़ी रेखा।

लंबा—स्त्री. [सं.] जो एक ही दिशा में दूर तक सीधा चला गया हो; अधिक विस्तार या ऊँचाई वाला (लंबा आदमी, पेड़, बाँस); दीर्घ (लंबा दिन, सफर, आदि)।

लंबाई—स्त्री. लंबा होने का भाव, लंबापन। **~चौड़ाई**—स्त्री. लंबेपन और चौड़ेपन का माप।

लंबाना—स.क्रि. लम्बा करना। **ला.** पिटाई कर देना।

लंबायमान—वि. बहुत लंबा; लेटा हुआ।

लंबित—वि. [सं.] लटकता हुआ; डूबा हुआ; फँसा हुआ। (कोई कार्य, मामला) जो बहुत देर तक, विलंब से लटका हुआ हो, जो लंबा खिंच गया हो।

लंबी—वि. स्त्री. द्र. 'लंबा', 'लंबा' का स्त्री.।

लंबू—वि. बहुत लंबा व्यक्ति (तिरस्कार भाव से कहा जाता है)।

लंबोतरा—वि. कुछ-कुछ लंबा (चेहरा)।

लंबोदर—पु. [सं.] गणेश, बड़े पेट वाला।

लंबोष्ठ—पु. [सं.] ऊँट। वि. बड़े होंठों वाला।

लंभ—पु. [सं.] प्राप्ति।

लंभित—वि. [सं.] प्राप्त कराया हुआ।

लक—पु. [अं.] भाग्य।

लकड़दादा—पु. परदादा का पिता।

लकड़बग्घा—पु. भेड़िये की प्रजाति का एक जंगली हिंस्र पशु।

लकड़हारा—पु. जंगल से लकड़ियाँ लाकर बेचने वाला। [स्त्री. 'लकड़हारिन']।

लकड़ी—स्त्री. पेड़ का कोई भी सूखा हुआ, कटा हुआ भाग; ईंधन।

लक़दक़—वि. [फा.] उज्ज्वल, स्वच्छ; साफ-सुथरा; चिकना।

लक़ब—पु. [अ.] गुण, योग्यता या पदसूचक नाम, पदवी।

लक़लक़—पु. [अ.] सारस, एक जल-पक्षी।

लक़वा—पु. [अ.] पक्षाघात, फालिज—एक वात रोग, जिसमें शरीर का कोई अंग या भाग निष्क्रिय और अशक्त हो जाता है। जब आधा शरीर बेकार हो जाता है, इसे अधरंग कहा जाता है। **ला. ~मारना**—लकवा रोग से ग्रस्त होना, पक्षाघात होना।

लकार—पु. [सं.] 'ल' वर्ण।

लकालक—वि. पूर्णतः स्वच्छ, उज्ज्वल।

लकी—वि. [अ.] भाग्यशाली, भाग्यवान।

लकीर—स्त्री. रेखा, कागज़, स्लेट, भूमि, आदि पर खींची गई लंबी लकीर; पहले से चली आने वाली परंपरा, प्रथा, रीति। **मु. ~का फकीर**—पुरानी प्रथा पर चलने वाला। **~पर चलना**—पुराने रास्ते पर चलना। **~पीटना**—पुरानी परिपाटी पर चलना।

लकुटिया, लकुटी*—स्त्री. छड़ी, लाठी।

लक्कड़—पु. लकड़ी का बड़ा खंड, टुकड़ा; लट्ठा।

लक्खा—पु. लाखों में एक।

लक्खी—पु. लाखों का; लखपति।

लक्ष—वि. [सं.] लाख, सौ हज़ार की संख्या। **~पति**—पु. लखपति, एक लाख का स्वामी; लाखों का स्वामी।

लक्षक—वि. [सं.] लक्ष कराने वाला, प्रकट करने वाला। पु. संबंध या प्रयोजन से अर्थ प्रकट करने वाला शब्द।

लक्षण—पु. [सं.] किसी चीज़ की पहचान का चिह्न, निशान; चाल-ढाल ('उसके लक्षण ठीक नहीं हैं'); शकुन, आदि के चिह्न।

लक्षणक—पु. [सं.] चिह्न, निशान।

लक्षणा—स्त्री. [सं.] भाषा की तीन शब्द शक्तियों में से एक, जिसमें शब्द सामान्य अर्थ से अलग विशेष अर्थ द्योतित करता है।

लक्षणीय—वि. [सं.] देखने योग्य; परिभाषा देने योग्य।

लक्षाधिपति—पु. [सं.] लखपति।

लक्षाधीश—पु. [सं.] लखपति।

लक्षित—वि. [सं.] देखा हुआ, अनुमानतः; लक्षणा-शक्ति के द्वारा समझ में आने वाला अर्थ।

लक्षितव्य—वि. [सं.] जिसकी परिभाषा करनी हो; जिसे देखना हो।

लक्षिता—स्त्री. [सं.] (साहित्य में) एक नायिका-भेद, जिसका पर-पुरुष प्रेम प्रकट हो गया हो।

लक्षितार्थ—पु. [सं.] लक्षणा शक्ति द्वारा प्राप्त अर्थ; लक्ष्यार्थ।

लक्ष्म—पु. [सं.] लक्षण, चिह्न, निशान।

लक्ष्मण—पु. [सं.] सुमित्रा से उत्पन्न दशरथ के एक पुत्र, श्रीराम के छोटे भाई।

लक्ष्मी—स्त्री. [सं.] धन की अधिष्ठात्री देवी, विष्णु की पत्नी, समुद्र-मंथन में प्राप्त चौदह रत्नों में से एक; शोभा, छवि; गृहस्वामिनी, घर की मालकिन। **~कांत**—पु. विष्णु। **~रमण, ~वल्लभ**—पु. विष्णु।

लक्ष्मीक—वि. [सं.] धनी, भाग्यशाली।

लक्ष्मीवान—वि. [सं.] धनवान, संपत्तिशाली।

लक्ष्मीश—पु. [सं.] विष्णु; धनी व्यक्ति।

लक्ष्य—पु. [सं.] उद्देश्य; निशाना; वह जिस पर किसी उद्देश्य से दृष्टि रखी जाए (उत्पादन-लक्ष्य)।

लक्ष्यता—स्त्री. [सं.] लक्ष्य होने का भाव।

लक्ष्यार्थ—पु. [सं.] शब्द की लक्षणा शक्ति से प्राप्त अर्थ।

लख—'लाख' का समास में प्रयुक्त रूप। **~पती**—पु. लाखों रुपयों वाला, बहुत धनी व्यक्ति।

लखन*—पु. लक्ष्मण, सुमित्रा और दशरथ के पुत्र, श्रीराम के अनुज।

लखना*—स.क्रि. देखना, समझना; ताड़ लेना, लक्षण देखकर अनुमान लगा लेना।

लखिमी*—स्त्री. 'लक्ष्मी'।

लखुआ, लखुवा—पु. गेहूँ की फसल का एक रोग।

लखौरी—स्त्री. पुराने समय में बनने वाली एक छोटे आकार की ईंट।

लख़्त—पु. [फा.] टुकड़ा, खंड। **~(ख़्ते) जिगर**—पु. जिगर, दिल का टुकड़ा, अत्यंत प्रिय; पुत्र।

लग*—अ. तक, पर्यंत; निकट, पास; वास्ते, लिए; साथ।

लगन—स्त्री. किसी काम या व्यक्ति में पूरी तरह ध्यान लगना, लौ, धुन; प्यार, प्रेम। पु. विवाह का मुहूर्त, लग्न; सहालग, जिन दिनों विवाह, आदि शुभ कार्य संपन्न होते हैं, वे दिन।

लगना—अ.क्रि. जुड़ना, सटना, मिलना; किसी चीज़ पर कुछ सिलना, टाँकना, चिपकाना, जड़ना; तल, सीमा या आधार पर पहुँचकर टिकना या रुकना; क्रम से लगाना या सजाना; व्यय होना, खर्च होना ('पचास रु. लग गए'); आघात या चोट पहुँचाना; जलन, चुनचुनाहट, आदि लगना। **मु. बात~**—किसी की बात का दिल पर असर होना।

लगनि*—स्त्री. द्र. 'लगन'।

लगभग—अ. करीब-करीब, प्रायः।

लगवार*—पु. यार, किसी का प्रेमी, किसी स्त्री से लगा हुआ है।

लगाई—स्त्री. लगाव, आरोप। **~बझाई**—स्त्री. किसी को सिखाना-पढ़ाना (ग़लत रूप में), किसी की बात को किसी से निंदा रूप में कहना।

लगाऊ—वि. लगाने वाले, किसी की निंदा करने वाला।

लगातार—अ. निरंतर, बराबर, बिना क्रम टूटे हुए।

लगान—पु. खेती-बारी की ज़मीन का दिया जाने वाला कर।

लगाना—स.क्रि. क्रम से यथास्थान रखना, सजाना; वृक्ष, पौधे, आदि रोपना; किसी के साथ रखना, सम्मिलित करना; आघात करना, चोट पहुँचाना (थप्पड़, डंडे, आदि लगाना); काम में लाना; किसी को नई (बुरी) आदत प्रारंभ कराना (कोई लत लगाना); चुगली करना, शिकायत करना; काम में प्रवृत्त करना; जुए, आदि में दाँव पर धन लगाना।

लगाम—स्त्री. [फा.] घोड़े के मुँह में लगी उसे नियंत्रित करने वाली रास, रस्सी जिस पर चमड़े के तस्मे बँधे रहते हैं।

लगाय*—स्त्री. प्रेम, प्रीति।

लगा लगाया—वि. पूरी तरह तैयार किया हुआ।

लगालगी—स्त्री. लाग-डाँट, विरोध, वैमनस्य भाव।

लगाव—पु. प्रेम; स्नेह; ममता होना।

लगूर, लगूल*—पु. दुम।

लगेज—पु. [अं.] सामान, असबाब (यात्रा में साथ ले जाने वाला सामान)।

लग्गा—पु. लंबे बाँस में तिरछी लगी लकड़ी, जिससे फल, आदि तोड़े जाते हैं।

लग्गी—स्त्री. छोटा लग्गा।

लग्गू—वि. लगने वाला, संयुक्त होने वाला। **(पिछ)~**पु. किसी के पीछे चलने वाला।

लग्न—पु. [सं.] शुभ कार्य का मुहूर्त; ज्योतिष में राशि विशेष के उदयकाल का समय; विवाह, शादी। **~पत्रिका**—स्त्री. वह पत्रिका जिसमें विवाह के मुहूर्त, आदि का उल्लेख होता है।

लग्नाचार्य—पु. [सं.] ज्योतिषी।

लग्नेश—पु. [सं.] लग्न का स्वामी ग्रह।

लग्नोदय—पु. [सं.] लग्न के उदय का समय।

लघड़बग्गा—पु. लकड़बग्घा, एक जंगली हिंस्र पशु।

लघिमा—स्त्री. [सं.] भोग की अष्ट-सिद्धियों में से एक जिससे साधक, योगी इच्छानुसार आकार में छोटा बन सकता है।

लघु—वि. [सं.] छोटा, कनिष्ठ; हलका; निस्सार; थोड़ा कम; छंदशास्त्र में वह अक्षर या वर्ण, जिसमें एक ही मात्रा हो, 'गुरु' का विलोम, इसका चिह्न '।' है। **~चेता**—पु. तुच्छ या बुरे विचारों वाला, नीच। **~शंका**—स्त्री. पेशाब करना।

लघुतम—वि. [सं.] सबसे छोटा। **~समापवर्त्य**—पु. वह सबसे छोटी संख्या, जो दो या दो से अधिक संख्याओं से पूरी-पूरी बँट जाए (ग.)।

लघुता—स्त्री., **लघुत्व**—पु. [सं.] लघु, छोटा होने का भाव, हलकापन, छोटाई।

लच—स्त्री. लचकन, लचन, किसी वस्तु के दबने, झुकने का गुण।

लचक, लचकन—स्त्री. लचकने की क्रिया या भाव।

लचकना—अ.क्रि. भार पड़ने पर बीच में से दबना, या झुकना, लचना; कोमलता या इठला कर चलने से स्त्रियों की कमर या दूसरे अंगों का बल खाना, विशेष तिरछी भंगिमा।

लचकाना—स.क्रि. ऐसी क्रिया करना, जिससे कोई चीज़ बीच में से झुक जाए; कोई अंग मुड़े, लचके, कमर लचकाना।

लचकीला—वि. लचकदार, दबने या लचकने वाला।

लचकौंहा*—वि. लचीला।

लचर—वि. कमज़ोर, बेकार; तथ्यहीन।

लचारी*—स्त्री. द्र. 'लाचारी'।

लचीला—वि. लचकने वाला। **ला.** जिसमें सुविधापूर्वक परिवर्तन किया जा सके ('भारतीय संविधान काफी लचीला है')।

लच्छण, लच्छन*—पु. लक्षण; चिह्न।

लच्छमी—स्त्री. द्र. 'लक्ष्मी'।

लच्छा—पु. गुच्छे के रूप में गुँथे हुए धागे या तार; सूत की तरह लम्बे और पतले कटे हुए टुकड़े (प्याज़, अदरक, मूली, आदि के); हाथ या पैर में पहनने का एक आभूषण, जो पतले तार से बनाया जाता है (विशेषत: चाँदी का) और संख्या में कई तार गोलाई में बने होते हैं।

लच्छिमी*—स्त्री. द्र. 'लक्ष्मी'।

लच्छी—स्त्री. आँटी, सूत, ऊन, कलाबत्तू, आदि का लपेटी हुई गुच्छी।

लछमन—पु. द्र. 'लक्ष्मण'। **~झूला**—पु. लोहे के मोटे तारों के बने रस्से से लटका हुआ पुल, ऋषिकेश का प्रसिद्ध पुल—लक्ष्मण-झूला, लछमन झूला।

लछमी, लछिमी*—स्त्री. द्र. 'लक्ष्मी'।

लजवंती*—वि. द्र. 'लाजवंती'।

लजाधुर—वि. शर्मीला, लजाने वाला।

लजाना—अ.क्रि. शरमाना, लज्जा अनुभव करना।

लजावनहारा*—पु. लज्जित करने वाला।

लजावना—वि. जिसे लज्जा, शरम आती हो; जिसके कारण लज्जित होना पड़े।

लज़ीज़—वि. [अ.] स्वादिष्ट, बढ़िया स्वाद वाला, जिसमें लज़्ज़त (स्वाद) हो।

लजीला—वि. लज्जाशील, शर्मीला।

लज़्ज़त—स्त्री. [अ.] स्वाद, आनंद; सुख। **~दार**—वि. ज़ायकेदार, स्वादिष्ट।

लज्जा—स्त्री. [सं.] क्रीड़ा, शर्म, हया; साहित्य में एक संचारी भाव (रस-प्रसंग में); मान-मर्यादा, इज़्ज़त। **~शील**—वि. शर्मीला; विनम्र।

लज्जालु—वि. [सं.] लज्जाशील।

लज्जावंत—वि. लज्जाशील।

लज्जावती—वि. स्त्री. [सं.] शरमीली स्त्री।

लज्जावान—वि. [सं.] लज्जाशील, जिसे लज्जा हो।

लज्जास्पद—वि. [सं.] लज्जाजनक, (वह घृणित कार्य) जिसके कारण लज्जा, शरम आए।

लज्जित—वि. [सं.] शर्मिंदा।

लट—स्त्री. बालों का गुच्छा, केश-राशि; मुख पर लटकती केश-राशि।

लटक—स्त्री. लटकने की क्रिया या भाव; अंगों की कोमल, लचीली और मनोहर चेष्टा, अंग-भंगी; सुंदर चाल।

लटकन—पु. लटकने वाली चीज़ ('लट लटकन मनो मत्त मधु पगन'—सूरदास); लटकने की क्रिया।

लटकना—अ.क्रि. ऊपर टिके रहने पर भी कुछ अंश का नीचे की ओर कुछ दूर तक बिना आधार के अधर में झुका रहना, झूलना; खड़ी वस्तु का किसी ओर झुकना; काम का कुछ समय तक अधूरा पड़ा रहना।

लटकवाना—स.क्रि. लटकाने का काम कराना।

लटका—पु. बातचीत का बनावटी ढंग; टोटका; कोई तरकीब, युक्ति।

लटकाना—स.क्रि. लटकने में प्रवृत्त करना; टाँगना; देर कराना।

लटकाव—पु. लटकने का भाव।

लटना—अ.क्रि. रोग, परिश्रम, आदि से कमज़ोर, क्षीण होना, असमर्थ और अशक्त होना।

लटपटा—वि. अव्यवस्थित; गिरता-पड़ता; ढीला-ढाला; शिथिल, थका हुआ।

लटपटाना—अ.क्रि. (किसी कमज़ोरी, नशे आदि के कारण) सीधे न चल पाना, लड़खड़ाना।

लटा*—वि. दुबला-पतला; पतित, लुच्चा; लंपट; बुरा।

लटापटी—स्त्री. लटपटाना; लड़ाई-झगड़ा, टंटा।

लटापोट*—वि. मुग्ध, आसक्त; लहालोट।

लटिया—स्त्री. लच्छी, आँटी (सूत, ऊन, आदि का)।

लट्टू—पु. लकड़ी का एक प्रकार का गोल आकार का खिलौना जिसमें नीचे लगी कील पर डोर बाँधकर जमीन पर फेंककर चक्री की तरह नचाया जाता है; बिजली का बल्ब। **मु. ~होना**—किसी पर मुग्ध, मोहित हो जाना।

लट्ठ—पु. मोटी लाठी। **~बंद**—पु. लठैत। **~बाज**—पु. लाठी चलाने वाला। **~बाजी**—स्त्री. लाठियाँ चलना, लाठियों से की जाने वाली लड़ाई। **(अक़्ल के पीछे) ~लिये फिरना**—मूर्खतापूर्ण बातें करना। **~मार**—वि. अप्रिय और उजड्ड ढंग (से कही गई बात)।

लट्ठम-लट्ठा—स्त्री. लाठियों से की गई लड़ाई, लट्ठ चलना।

लट्ठा—पु. एक प्रकार का मोटा, गफ़ सफेद कपड़ा; ज़मीन नापने का एक बाँस, जो साढ़े पाँच हाथ लंबा होता था; लकड़ी का लम्बा मोटा-भारी खंड, शहतीर; लकड़ी का खंभा।

लठैत—वि. लाठी चलाने में कुशल, लाठीबाज़।

लठैती—स्त्री. लट्ठबाज़ी।

लड़ंत—स्त्री. लड़ाई; मुकाबला, आमना-सामना।

लड़—स्त्री. एक ही तरह की चीज़ों की शृंखला या माला; रस्सी या डोर के कई धागों में से एक; आँचल का पल्ला।

लड़क—'लड़का' का समास में प्रयुक्त रूप। **~पन**—पु. बाल्यावस्था; बच्चों की-सी अपरिपक्वता।

लड़कई*—स्त्री. लड़काई, लड़कपन; नादानी।

लड़कबुध—स्त्री. बच्चों, लड़कों जैसी बुद्धि, अपरिपक्व बुद्धि।

लड़का—पु. छोटी अवस्था का बालक; पुत्र, बेटा। **~बाला**—पु. बाल-बच्चा, संतान।

लड़की—स्त्री. छोटी आयु की बालिका; पुत्री।

लड़कोर, लड़कोरी—वि. स्त्री., द्र. 'लड़कौरी'।

लड़कौरी—वि. स्त्री. जिसकी गोद में लड़का हो।

लड़खड़ाना—अ.क्रि. डगमगाना; गड़बड़ा जाना; बिगड़ जाना (मैच लड़खड़ा गया)।

लड़खड़ाहट—स्त्री. डगमगाहट, अस्त-व्यस्तता।

लड़ना—अ. झगड़ा या तकरार करना; बहस करना; टकराना; चुनाव, आदि में किसी प्रत्याशी के विरुद्ध खड़ा होना, चुनाव लड़ना; एक-दूसरे से भिड़ना, प्रहार करना।

लड़ाई—स्त्री. संग्राम, युद्ध; झगड़ा, तकरार, हुज्जत; तर्क-वितर्क, बहस; अनबन, विरोध; वैर।

लड़ाका—वि. झगड़ालू, जिसे लड़ाई पसंद हो।

लड़ाकू—वि. झगड़ा करने वाला, कलहप्रिय; युद्ध करने वाला (लड़ाकू विमान)।

लड़ाना—स.क्रि. 'लड़ने' का प्रे.—एक-दूसरे में लड़ाई कराना; झगड़ा कराना; एक चीज़ को दूसरे से भिड़ाना (पतंग लड़ाना)।

लड़ी—स्त्री. माला, आदि का छोटा लड़; एक ही तरह की चीज़ों, गीतों, धारावाहिकों आदि का लगातार क्रम।

लड़ैत—वि. लड़ने वाला, योद्धा।

लड्डू—पु. मोदक, कुछ विशेष पदार्थों से बनी छोटे आकार की गोल मिठाई—खोए का लड्डू, बेसन का लड्डू, आदि।

लड़याना*—स.क्रि. लाड़-दुलार करना, छोटों पर प्यार प्रकट करना।

लत—स्त्री. बुरी आदत, बान। **~खोर**—वि. बुरी आदत वाला।

लतर—स्त्री. बेल, लता।

लता—स्त्री. [स.] बेल, वल्लरी। **~मंडप**—पु. लताओं से आच्छादित कुंज। **~वितान**—पु. लताओं से बना मंडप।

लताड़—स्त्री. डाँट-फटकार, झिड़की।

लताड़ना—स.क्रि. डाँटने-फटकारने की क्रिया।

लताफ़त—स्त्री. [अ.] सुकुमारता; सुंदरता।

लतिका—स्त्री. [सं.] छोटी लता, बेल।

लतियाना—स.क्रि. लातों से मारना, पैरों से मारना।

लती—वि. जिसे किसी चीज़ की लत पड़ गई हो।

लतीफ़—वि. [अ.] अच्छा; सूक्ष्म; कोमल; मज़ेदार, स्वादिष्ट, ज़ायकेदार।

लतीफ़ा—पु. [अ.] चुटकुला, हास्यरसपूर्ण लघु-कथा; अनूठी बात।

लतीफ़ेबाज़—पु. [अ.] लतीफ़े सुनाने का शौक़ीन।

लत्ता—पु. फटा-पुराना कपड़ा; कपड़े का टुकड़ा; कपड़ा।

लत्ती—स्त्री. कपड़े का लम्बा टुकड़ा, लड़कियों के ओढ़ने की छोटी चुन्नी।

लथपथ—वि. पूरी तरह कीचड़ में सना हुआ, पूरी तरह भीगा हुआ (पसीने से)।

लथाड़—स्त्री. द्र. 'लताड़'।

लथाड़ना—स.क्रि. द्र. 'लताड़ना'।

लथेड़ना—स.क्रि. कीचड़, धूल आदि में सानना; गंदा करना; जमीन पर पटक कर घसीटना।

लदन—स्त्री. लदाव।

लदना—अ.क्रि. भारयुक्त होना; सामान, भारी चीज़, आदि का किसी सवारी पर रखा जाना।

लदनी—स्त्री. द्र. 'लदान'।

लदान—पु. लादा हुआ सामान; कहीं दूसरे स्थान पर भेजने के लिए सामान, माल किसी वाहन में भरना, डालना।

लदाना—स.क्रि. 'लादना' की प्रे.।

लदा-फँदा—वि. बोझ, सामान से भरा हुआ, जिसके ऊपर बहुत-सा सामान लदा हो।

लदाव—पु. लादा हुआ बोझ, सामान।

लद्दू—वि. भार ढोने वाला; जिस पर बहुत भार, सामान लदा हुआ हो।

लद्धड़—वि. सुस्त, काहिल। **~पन**—पु. सुस्ती, ढिलाई।

लप—पु. तलवार, आदि की चमक ('लप-लप तलवार चल रही थी'), किसी लचकदार छड़ी आदि को फटकारने का शब्द। **~लप**—स्त्री. जल्दी-जल्दी (चमकना, किसी अवलेह आदि को खाना)।

लपक—स्त्री. लपकने की क्रिया। **~झपक**—स्त्री. तेज़ी से किसी चीज़ को झपटना।

लपकना—अ.क्रि. झटपट चल पड़ना; फुर्ती से बढ़कर उठाना, ले लेना (अँगूठी, बॉल, आदि); तेज़ी से जाना, आगे बढ़ना।

लपट—स्त्री. आग की ज्वाला, शिखा, तेज़ हवा का झोंका, लू।

लपटना—अ.क्रि. लिपटना।

लपटाना—स.क्रि. लिपटाना, चिपटाना।

लपलपाना—अ.क्रि. तलवार, छुरी, आदि का चमकना; जीभ का जल्दी-जल्दी बाहर-भीतर जाना (किसी चीज़ को बहुत मन होना)।

लपलपाहट—स्त्री. चमक; किसी पतली लचकदार चीज़ को बार-बार झुकाने की क्रिया।

लपसी—स्त्री. एक प्रकार का आटे का पतला हलुआ, जिसमें घी थोड़ा पड़ता है।

लपूचड़ा—पु. किसी कपड़े, झाड़ू, आदि में उसका निकला हुआ अंश।

लपेट—स्त्री. लपेटने की क्रिया; बल; ऐंठन; चक्कर; घेरा, परिधि।

लपेटन—स्त्री. लपेट; घुमाव; फेरा। पु. लपेटने की चीज़।

लपेटना—स.क्रि. किसी चीज़ को सूत, कपड़े, आदि से चारों ओर से आवेष्टित करना, बाँधना; घुमाते हुए चारों ओर लगाना। **ला.** किसी उलझन या संकट के लिए किसी को उत्तरदायी बनाना, दोषी बताना।

लपेटवाँ—वि. लपेट कर बनाई हुई; घुमाव-फिराव वाला, चक्करदार।

लप्पड़—पु. द्र. 'थप्पड़'।

लप्सिका—स्त्री. [सं.] द्र. 'लपसी'।

लफंगा—वि. गुंडा; आवारा; बदमाश; दुश्चरित्र।

लफना—अ.क्रि. द्र. 'लपना'।

लफलफाना—अ.क्रि., स.क्रि. द्र. 'लपलपाना'।

लफ़्ज़—पु. [अ.] शब्द, अर्थयुक्त ध्वनि।

लफ़्ज़ी—वि. शाब्दिक, वाच्य।

लफ़्टेंट—पु. [अं.] द्र. 'लेफ्टिनेंट'।

लफ़्फ़ाज़—वि. [अ.] बातूनी; बात को बढ़ा-चढ़ा कर कहने वाला।

लफ़्फ़ाज़ी—स्त्री. वाचालता; लच्छेदार शब्दावली का प्रयोग।

लब—पु. [फा.] होंठ, ओठ, अधर; तट, किनारा। **~रेज़**—वि. मुँह तक भरा हुआ। **(बे)~सड़क**—अ. सड़क के किनारे।

लबाड़—वि. गप्पी; झूठ बोलने वाला; बहुत बातूनी, इधर-उधर की फेंकने वाला।

लबाड़िया—वि. द्र. 'लबाड़'।

लबाड़ी—स्त्री. द्र. 'लबाड़'।

लबादा—पु. [फा.] चोंगा; भारी चोंगा, पहनावा।

लबाब—पु. [अ.] सारांश, खुलासा; सार तत्त्व।

लबार—वि. झूठा; गप्पी; अविश्वसनीय।

लबालब—अ. ऊपर तक, मुँह तक भरा हुआ।

लब्ध—वि. [सं.] प्राप्त, मिला हुआ, अर्जित। **~काम**—वि. जिसकी कामना पूरी हो गई हो। **~प्रतिष्ठ**—वि. प्रसिद्धि-प्राप्त, प्रसिद्ध, यशस्वी।

लब्धक—वि. [सं.] मिला हुआ, प्राप्त।

लब्धांक—पु. [सं.] भागफल (ग.)।

लब्धा—स्त्री. [सं.] विप्रलब्धा, एक नायिका-भेद।

लब्धि—स्त्री. [सं.] प्राप्ति, लाभ; भाज्य को भाजक से विभक्त करने पर प्राप्त भागफल (ग.)।

लभ्य—वि. [सं.] प्राप्त करने योग्य; उचित।

लमकना*—अ.क्रि. लपकना; उत्कंठित, उल्लसित होना।

लमढीग—पु. बहुत लंबा (व्यक्ति), लमतड़ंग।

लमतड़ंग—वि. बहुत लंबा (व्यक्ति)।

लमहा—पु. [अ.] क्षण, पल।

लय—स्त्री. संगीत में नृत्य, वाद्य और गीत के एकरस रहने की अवस्था या भाव; स्वर; स्वर के आरोह-अवरोह का ढंग, शैली (संगी.); एक वस्तु का दूसरे में मग्न होना, विलीन होना; आलिंगन।

लयन—पु. [सं.] लय होना।

लरकई*—स्त्री. लरकाई, लड़कपन; नादानी।

लरखरनि*—स्त्री. डगमगाहट; लड़खड़ाहट।

लरखराना*—अ.क्रि. द्र. 'लड़खड़ाना'।

लरजना*—अ.क्रि. काँपना, हिलना-डुलना; दहल जाना, डर जाना।

लरज़िश—स्त्री. [फा.] थरथराहट, कँपकँपी।

लरना*—अ.क्रि. द्र. 'लड़ना'।

लरनि*—स्त्री. लड़ाई।

लराई*—स्त्री. द्र. 'लड़ाई'।

लराका*—वि. द्र. 'लड़ाका'।

लरिकई*—स्त्री. द्र. 'लरिकाई'।

लरिकसलोरी*—स्त्री. [ब्र.भा.] लड़कों का एक खेल।

लरिका*—पु. 'लड़का'।

लर्ज—पु. सितार का पाँचवाँ तार जो पीतल का होता है।

ललक—स्त्री. गहरी लालसा, बलवती इच्छा।

ललकना—अ.क्रि. किसी चीज़ के लिए तीव्र इच्छा होना, गहरी लालसा होना।

ललकार—स्त्री. चुनौती, किसी को लड़ने के लिए बढ़ावा देना, उकसाना।

ललकारना—स.क्रि. किसी को चुनौती, लड़ने के लिए उकसाना।

ललचना—अ.क्रि. किसी वस्तु के प्रति लालच, प्राप्ति की इच्छा रखना।

ललचाना—स.क्रि. किसी आकर्षक चीज़ की प्राप्ति की इच्छा; किसी वस्तु की प्राप्ति के लिए व्यग्र, अधीर होना।

ललचौंहाँ*—वि. लालच उत्पन्न करने वाला; ललचाया हुआ।

ललछौंहाँ—वि. हलके लाल रंग की आभा वाला।

ललन—वि. [सं.] क्रीड़ाशील। पु. क्रीड़ा; लड़का, बच्चा।

ललना—स्त्री. [सं.] कामिनी; सुंदर स्त्री।

लला—पु. प्यार से लड़कों के लिए सम्बोधन; प्रेमी, नायक को सम्बोधन।

ललाई—स्त्री. लालिमा, लाल रंग की आभा।

ललाट—पु. [सं.] माथा; भाग्य। **~रेखा, ~लेखा**—स्त्री. भाग्य-रेखा, भाग्य का लेख, जो भाग्य में लिखा हो।

ललाटाक्ष—पु. [सं.] शिव।

ललाटाक्षी—स्त्री. [सं.] दुर्गा।

ललाम—वि. [सं.] सुंदर, रमणीय, श्रेष्ठ, उत्तम।

ललामी—स्त्री. सुंदरता, लाली।

ललित—वि. [सं.] सुंदर, मनोहर; प्रिय, प्यारा; मनोरंजक। पु. साहित्य में एक अलंकार; संगीत में बाड़व जाति का एक राग, जो रात्रि के अंतिम प्रहर में गाया जाता है; सुंदर अंगभंगी; शृंगार रस में एक हाव, जिसमें नायिका सुकुमारता से आकर्षक आंगिक चेष्टाएँ करती हैं। **~कलाएँ**—स्त्री. वे कलाएँ जिनमें अभिव्यक्ति में सुकुमारता और सौंदर्य होता है, ललित कलाएँ पाँच मानी गई हैं—साहित्य, संगीत, चित्र, मूर्ति और स्थापत्य। **~साहित्य**—मनोरंजक एवं वैयक्तिक भावनाओं को चित्रित करने वाला साहित्य।

ललिता—स्त्री. [सं.] राधा की एक सखी (कृष्ण-भक्ति-साहित्य); सुंदर स्त्री।

ललितोपमा—स्त्री. [सं.] उपमा अलंकार का एक भेद, इसमें उपमेय की समता उपमान से लौं, इव, सम, आदि वाचक शब्दों के बिना ही वर्णित की जाती है।

लली—स्त्री. लड़कियों के लिए प्यार-दुलार का सम्बोधन; नायिका के लिए प्रेमपूर्ण सम्बोधन।

ललौहाँ*—वि. ललाई लिये हुए।

लल्ला—पु. लड़कों के लिए प्यार-दुलार भरा सम्बोधन।

लल्लू—पु. लड़कों के लिए सम्बोधन। **ला.** अल्पगति, बुद्धू।

लल्लो—स्त्री. जीभ। **~चप्पो**—चापलूसी, चाटुकारिता।

लवंग—पु. [सं.] लौंग, लौंग का पेड़।

लव—पु. [सं.] अत्यल्प मात्रा; थोड़ा अंश; छत्तीस निमेष का समय, कुछ पल का समय। **~लेश**—पु. अत्यल्प मात्रा, थोड़ा-सा भी।

लव—पु. [अं.] प्रेम, प्यार।

लवण—वि. [सं.] नमक; सुंदरता।

लवणाकर—पु. [सं.] नमक की खान; सौंदर्य का भंडार।

लवणार्णव—पु. [सं.] समुद्र।

लवणालय—पु. [सं.] समुद्र।

लवणासुर—पु. [सं.] एक राक्षस।

लवणित—वि. [सं.] नमक मिलाया हुआ।

लवणोत्तम—पु. [सं.] सेंधा नमक।

लवणोदक—पु. [सं.] समुद्र।

लवनि—स्त्री. पकी खेती काटना; खेत काटने की मज़दूरी जो अन्न के पूलों के रूप में दी जाती थी।

लवनी*—स्त्री. फसल काटने की क्रिया; फसल काटने की मज़दूरी जो अन्न के पूलों के रूप में दी जाती थी।

लवली—वि. [अं.] प्यारी (वस्तु, आदि), सुंदर, आकर्षक।

लवलीन—वि. तन्मय, तल्लीन, मग्न।

लवाई—वि. [स्त्री.] हाल की ब्याही हुई गाय ('जनु धेनु लवाई'—तुलसी); खेत काटने की मज़दूरी जो अन्न के पूलों के रूप में दी जाती थी।

लवारा—पु. गाय या भैंस का बच्चा।

लवेंडर—पु. [अं.] फूलों से तैयार किया गया एक इत्र।

लश—पु. [सं.] गोंद।

लशकर—पु. [फा.] सेना, सशस्त्र बल। **(लाव)~**—पु. बहुत-से लोग एक साथ; जनसमूह।

लशुन, लशून—पु. [सं.] लहसुन।

लश्करी—पु. [फा.] सैनिक, जहाज पर काम करने वाला।

लषन*—पु. द्र. 'लखन'।

लस—वि. [सं.] चमकता हुआ। **~लस**—वि. चम-चम चमकता हुआ।

लसकर, लसगर—पु. द्र. 'लशकर'।

लसना—अ.क्रि. चमकना; शोभित होना, सुंदर लगना। स.क्रि. चिपकाना, सटाना।

लसनि*—स्त्री. शोभित होना; उपस्थिति।

लसलसा—वि. चिपचिपा, गोंद की तरह चिपकने वाला। **~हट**—स्त्री. चिपचिपाहट।

लसलसाना—अ.क्रि. चिपचिपाना।

लसित—वि. [सं.] सुशोभित, सुंदर और आकर्षक लगता हुआ।

लसीला—वि. चिपचिपा, लसदार।

लसुन—पु. द्र. 'लहसुन'।

लसुनिया—पु. एक बहुमूल्य पत्थर, रत्न।

लसोड़ा—पु. एक पेड़; उसका फल, गोल छोटा भीतर से लसदार।

लसोढ़ा—पु. द्र. 'लसोड़ा'।

लस्टमपस्टम—अ. किसी तरह से, जैसे-तैसे (किसी कार्य को संपन्न करना)।

लस्त—वि. थका हुआ, कमज़ोर, अशक्त।

लस्सी—स्त्री. छाछ, मठा, तक्र; दही, चीनी और बर्फ़ को मथ कर बनाया गया पेय।

लहँगा—पु. स्त्रियों का कमर से नीचे का एक प्रसिद्ध पहरावा, घाघरा।

लहक—स्त्री. चमक; शोभा; आग की लपट, ताप।

लहकना—अ.क्रि. आग का प्रज्वलित होना, धधक उठना, लपकना; किसी चीज़ को पाने के लिए बहुत लालायित होना।

लहकाना—स.क्रि. आग को दहकाना; क्रोध को भड़काना; किसी की इच्छा को जगाना।

लहकारना—स.क्रि. उभाड़ना, प्रोत्साहित करना।

लहजा—पु. [अ.] बोलने का ढंग, उच्चारण का रूप, ढंग।

लहज़ा—पु. [अ.] पल, क्षण, निमेष।

लहद—स्त्री. [अ.] कब्र।

लहना*—स.क्रि. पाना, प्राप्त करना।

लहनी—स्त्री. प्राप्ति, फल-भोग।

लहर—स्त्री. तरंग, वायु की गति और स्पर्श से पानी में उठने वाली हिलोरें, उतार-चढ़ाव। **~दार**—वि. लहरों वाला, वह कपड़ा जिस पर लहरिया छपा हो; मन की मौज, तरंग।

लहरा—पु. सपेरों की बीन द्वारा बजाई जाने वाली धुन, अन्य वाद्यों पर भी जब यह धुन बजाई जाती है, उसे लहरा कहा जाता है।

लहराना—अ.क्रि. हवा के झोंके से पानी या कपड़े का हिलना-डुलना; ध्वज, आदि को फहराना, दंड के ऊपर फहरा देना।

लहरि—स्त्री. [सं.] तरंग।

लहरिया—पु. लहरों जैसी रेखाओं का समूह, क्रम, श्रेणी; वह कपड़ा जिस पर लहरों जैसी छपाई होती हो।

लहरी—वि. [सं.] मनमौजी।

लहल—पु. एक राग (संगी.)।

लहलह—वि. लहलहाता हुआ, हरा-भरा।

लहलहाना—अ.क्रि. हरा-भरा होना; हर्ष से खिल उठना, उत्फुल्ल होना।

लहसुन—पु. एक पौधा जिसकी जड़, गाँठ, प्याज़ के समान ज़मीन के अंदर होती, मसाले और औषधि के रूप में प्रयोग।

लहसुनिया—पु. एक बहुमूल्य पत्थर, रत्न।

लहाछेह—पु. नाच की एक गति; नृत्य की द्रुत गति; बहुत तेज़। **~वर्षा**—स्त्री. बहुत तेज़ वर्षा।

लहालह*—वि. बहुत हरा-भरा।

लहालोट—वि. लगातार हँसी से लोटता हुआ, लोट-पोट।

लहास*—स्त्री. लाश।

लहीम—वि. [अ.] मोटा-ताज़ा, मांसल।

लहु*—वि. लघु, छोटा।

लहुरा*—वि. लघु, छोटा, कनिष्ठ।

लहू—पु. रक्त, खून। **मु. ~उबलना, ~खौलना**—बहुत क्रोध आना। **~का घूँट पी कर रह जाना**—क्रोध को मन में ही दबा लेना। **~पसीना एक करना**—बहुत परिश्रम करना। **~सफ़ेद हो जाना**—कोई लज्जा, शरम शेष न रहना।

लाँक—स्त्री. गेहूँ-जौ आदि की फसल के पौधे जो पूले बाँध कर रखे जाते हैं।

लाँग—स्त्री. धोती का वह भाग जो (प्रायः पुरुष ही) टाँगों के बीच से ले जाकर कमर के पेटे में खोंसते हैं; महाराष्ट्र के कुछ भागों में स्त्रियाँ भी लाँग बाँधती हैं।

लांगुल—पु. [सं.] पूँछ, दुम।

लांगूली—पु. [सं.] बंदर।

लाँघना—स.क्रि. छलाँग लगा कर या डग भरकर पार करना, किसी के ऊपर को छलाँग लगा कर या डग भरकर निकल जाना।

लांछन—पु. [सं.] दोष, ऐब, कलंक; दाग, धब्बा।

लांछना—स्त्री. [सं.] दोष, कलंक; निंदा।

लांछित—वि. [सं.] जिस पर दोष, दाग, ऐब, कलंक लगाया गया हो।

लांडरी, लांड्री—स्त्री. [अं.] कपड़ा धुलवाने की दुकान; घर में बना वह स्थान जहाँ कपड़े धोये जाते हैं।

लांपट्य—पु. [सं.] लंपटता, व्यभिचारिता।

ला—स्त्री. [सं.] लेने या देने की क्रिया।

ला—अ. [अ.] नहीं, बिना। **~इलाज**—वि. जिसका कोई इलाज न हो, असाध्य। **~इल्म**—वि. विद्या-रहित, जो जानकारी में न हो। **~वारिस**—वि. (वह) जिसका कोई उत्तराधिकारी, वारिस न हो।

लाइट—स्त्री. [अं.] रोशनी, प्रकाश, ज्योति; बत्ती, दीपक, लालटेन आदि। वि. हलका।

लाइटर—पु. [अं.] गैस, सिगरेट आदि जलाने के लिए चिंगारी देने वाला उपकरण, दियासलाई का स्थानापन्न।

लाइन—स्त्री. [अं.] पंक्ति; रेखा; लीक; सीमा-रेखा। **मु. ~मारना**—किसी को आकर्षित करने का प्रयत्न करना।

लाइफ़—स्त्री. [अं.] जीवन, प्राण। **~मेम्बर**—वि. आजीवन सदस्य।

लाइब्रेरियन—पु. [अं.] पुस्तकालयाध्यक्ष।

लाइब्रेरी—स्त्री. [अं.] पुस्तकालय।

लाइसेंस—पु. [अं.] अनुज्ञा-पत्र, अनुमति-पत्र, किसी कार्य को करने का अधिकार-पत्र।

लाउडस्पीकर—पु. [अं.] ध्वनि-विस्तारक यंत्र, उपकरण।

लाउंज—पु. [अं.] विश्राम-कक्ष, बैठक-खाना।

लॉक—पु. [अं.] ताला।

लाकड़ी, लाकरी*—स्त्री. द्र. 'लकड़ी'।

लाकिनी—स्त्री. [सं.] एक योगिनी।

लाकुटिक—वि. [सं.] लकुटी, डंडा धारण करने वाला।

लॉकेट—पु. [अं.] एक आभूषण, जिसमें गले की जंजीर में एक लटकन लगा होता है।

लाक्षण—वि. [सं.] लक्षणों से संबंधित।

लाक्षणिक—वि. [सं.] जिससे लक्षण प्रकट हों; लक्षण संबंधी; लक्षणों से परिचित; शब्द की लक्षणा शक्ति से प्राप्त अर्थ; जो केवल प्रतीक रूप में हो।

लाक्षण्य—वि. [सं.] लक्षण-संबंधी; लक्षण बतलाने वाला।

लाक्षा—स्त्री. [सं.] लाख, लाह। **~गृह**—पु. लाख का घर, महल, जिसे दुर्योधन ने पांडवों के जलाने के लिए बनवाया था। **~रस**—पु. महावर, आलता।

लाक्षिक—वि. [सं.] लाख का; लाख संबंधी; लाख से रँगा हुआ; लाख की संख्या से संबंधित।

लाख—वि. लक्ष, सौ हज़ार। पु. सौ हज़ार की संख्या। **~पती**—पु. लाख या लाखों का स्वामी।

लाग—स्त्री. लगाव, संबंध; प्रेम; लगन, धुन। **~डाट**—पु. वैर, दुश्मनी, शत्रुता।

लागत—स्त्री. किसी चीज़ को बनाने में हुआ खर्च, व्यय।

लॉगबुक—स्त्री. [अं.] वह रजिस्टर, बही, जिसमें वाहनों की यात्रा का विवरण, रिकॉर्ड रखा जाता है।

लाग़र—वि. [फा.] दुबला-पतला, कमज़ोर।

लागि*—पु. [अ.] तक, पर्वत; से, जरिए, द्वारा; के कारण; निमित्त, वास्ते।

लागू—वि. चरितार्थ, कार्य रूप में परिणत।

लाघव—पु. [सं.] चातुरी; संक्षिप्त रूप में, थोड़े शब्दों में प्रभावी रूप में कहने की कला; लघुता, 'लघु' का भाव।

लाची*—स्त्री. द्र. 'इलायची'।

लाज—स्त्री. लाज, शरम; प्रतिष्ठा। **~वंत**—वि. जिसे लाज, शरम हो। **~वंती**—स्त्री. लज्जाशील; एक प्रकार की घास जो छूते ही सिकुड़ जाती है, छुई-मुई। **मु. ~से गड़ना**—बहुत अधिक लज्जा, शरम आना।

लाज—पु. [सं.] धान का लावा।

लाजवर्द—पु. [फा.] एक बहुमूल्य पत्थर, रत्न।

लाजा—स्त्री. [सं.] धान का भुना लावा, खील।

लाज़िम—वि. [फा.] अत्यावश्यक, अपरिहार्य।

लाज़िमी—वि. द्र. 'लाज़िम'।

लाट—स्त्री. पत्थर, लकड़ी या किसी भी धातु का मोटा, ऊँचा खंभा; अंग्रेज़ी के 'लार्क' का अपभ्रंश रूप—'लाट साहब' ('लॉर्ड साहब')।

लॉट—पु. [अं.] ढेर, वस्तुओं का समूह (कपड़ों, आदि का ढेर)।

लॉटरी—स्त्री. [अं.] रुपये या सामान के रूप में पुरस्कार देने की व्यवस्था, जिसमें पर्ची निकाल कर या पहले खरीदे टिकट को चुनने के आधार पर विजेता घोषित किया जाता है।

लाटानुप्रास—पु. [सं.] अनुप्रास का एक भेद, जहाँ समानार्थक शब्दों अथवा वाक्यों की आवृत्ति हो, किंतु अन्वय करने पर उनका अर्थ भिन्न हो जाता है।

लाटिका—स्त्री. [सं.] छोटे-छोटे पद और समास वाली रचना—रीति-काव्य की रीतियों में से एक।

लाठालाठी—स्त्री. लाठी से एक-दूसरे पर प्रहार करना, लाठी से लड़ाई।

लाठी—स्त्री. ठोस बाँस का दंड, लंबा डंडा। **~चार्ज**—पु. भीड़ को तितर-बितर करने के लिए पुलिस द्वारा लाठी-डंडों से प्रहार।

लाड़—पु. प्यार-दुलार। **~चाव**—पु. प्यार-दुलार।

लाड़ला—वि. प्यारा-दुलारा।

लाड़ा—पु. दूल्हा।

लाड़िला—वि. द्र. 'लाड़ला'।

लाडू*—पु. 'लड्डू'।

लाडो—स्त्री. लड़की के लिए प्यार-दुलार भरा सम्बोधन; लाड़-प्यार से पाली गई लड़की।

लात—स्त्री. पैर, टाँग; पैर का प्रहार ('लात मारी')।

लातीनी—स्त्री. [अ.] लैटिन, यूनानी भाषा।

लाद—स्त्री. लदाई का सामान।

लादना—स.क्रि. भार, सामान, आदि को कहीं ले जाने के लिए रखना; गाड़ी, किसी पशु आदि पर सामान एक के ऊपर एक रखना।

लादी—स्त्री. किसी पशु पर रखी जाने वाली गठरी; धोबी आदि की कपड़ों की गठरी।

लाधना*—स.क्रि. द्र. 'लादना'।

लान—पु. [अं.] किसी घर, भवन, कार्यालय आदि के सामने लगाई गई घास का मैदान, भू-खंड। **~टेनिस**—पु. लॉन, छोटे मैदान में गेंद-बल्ले का एक खेल।

लानत—स्त्री. [अ.] धिक्कार, भर्त्सना। **~मलामत**—स्त्री. धिक्कार, भर्त्सना, फटकार।

लाना—स.क्रि. ले आना, कहीं से कोई वस्तु लेकर आना; सामने रखना।

लाबर*—वि. लबार; झूठ बोलने वाला; गप्पी।

लॉबी—स्त्री. [अं.] प्रकोष्ठ, उप-कक्ष; सभा-कक्ष; घर या किसी भवन में बैठने का वह स्थान जहाँ से शेष कक्ष जुड़े हुए हों, संलग्न हों।

लाभ—पु. [सं.] मिलना, प्राप्ति, हाथ में आना; फायदा, नफ़ा (व्यापार, आदि में), उपकार, भलाई। **~कारी**—वि. जिससे लाभ हो। **~दायी**—वि. जिससे लाभ हो।

लाभांश—पु. [सं.] किसी व्यापार से होने वाला आर्थिक लाभ का वह अंश, जो उस व्यापार में रुपए लगाने वाले सब हिस्सेदारों को उनके हिस्से के अनुसार मिलता है ('डिविडेंड'); वेतन के अतिरिक्त मिलने वाला कर्मचारी को प्रतिष्ठान के लाभ का अंश (बोनस)।

लाभान्वित—वि. [सं.] जिसे लाभ प्राप्त हुआ हो।

लाभार्जन—पु. [सं.] लाभ कमाना।

लाभार्थ—वि. [सं.] लाभ के लिए।

लाभार्थी—वि. [सं.] लाभ का इच्छुक; जिसे लाभ मिलना हो।

लाभालाभ—पु. [सं.] हानि और लाभ।

लाम—पु. [फा.] सेना, फौज; फौज का दस्ता। **मु. ~पर जाना**—युद्ध के मोर्चे पर जाना। **~जोड़ना, ~बाँधना**—बहुत-सा सामान या लोगों की भीड़ एकत्र करना।

लाम—अ. अरबी वर्णमाला का एक वर्ण। **मु. ~काफ़ कहना**—बुरा-भला कहना, लानत-मलामत करना।

लामा—पु. [ति.] तिब्बत के बौद्धों का धर्माचार्य।

लामिसाल—वि. [अ.] जिसकी मिसाल न हो, अनुपम, अद्वितीय।

लायक़—वि. [अ.] योग्य; गुणवान; उपयुक्त, मुनासिब।

लायक़ी—स्त्री. योग्यता।

लायची*—स्त्री. इलायची।

लायब्रेरी—स्त्री. [अं.] द्र. 'लाइब्रेरी'।

लायसेंस—पु. [अं.] द्र. 'लाइसेंस'।

लार—स्त्री. कोई चीज़ खाते समय या किसी बीमारी के कारण मुँह से निकलने वाला लसदार, तरल द्रव्य, लुआव। **मु. ~आना, ~टपकना**—किसी चीज़ को पाने के लिए ललचाना।

लारी—स्त्री. [अं.] मोटर गाड़ी।

लॉर्ड—पु. [अं.] मालिक; जमींदार; इंग्लैंड में अभिजात वर्ग के लोगों को दी जाने वाली उपाधि। (हाउस ऑफ लॉर्ड्स—इंग्लैंड की संसद का ऊपरी सदन)।

लाल—पु. माणिक, एक रत्न; बेटा, पुत्र; बेटे को प्यार का सम्बोधन। वि. रक्त वर्ण का। **मु. ~पीला होना**—बहुत क्रुद्ध होना। **~मुनिया**—स्त्री. एक छोटी चिड़िया, ललमुनियाँ।

लाल कुरतीवाला दल—पु. भारत की पश्चिमोत्तर सीमा के खुदाई खिदमतगारों की वर्दी और दल का नाम।

लालच—पु. लोभ, कुछ पाने की तीव्र और अनुचित इच्छा।

लालची—वि. लोभी, जिसे बहुत अधिक लालच हो।

लालटेन—स्त्री. हाथ में पकड़ कर जहाँ-तहाँ ले जाना वाला चिमनीदार लैंप।

लालन—पु. बालक, प्यारा बच्चा। [सं.] प्यार-दुलार करना। **~पालन**—पु. स्नेहपूर्वक किसी बच्चे का भरण-पोषण करना।

लालसा—स्त्री. [सं.] किसी वस्तु की प्रबल इच्छा; अभिलाषा।

लाला—पु. (वैश्यों के लिए) आदरसूचक सम्बोधन; छोटे प्रिय व्यक्ति के लिए सम्बोधन। **मु. ~बना कर रख देना**—किसी को बच्चा-सा बना कर रखना (अवमानना के अर्थ में)।

लालायित—वि. [सं.] लोलुप, ललचाया हुआ, लुब्ध।

लालित—वि. [सं.] जिसे प्यार-दुलार किया गया हो।

लालित्य—पु. [सं.] सौंदर्य, रमणीयता, ललित होने का भाव।

लालिमा—स्त्री. लाली, सुर्खी, लाल रंग की आभा।

लाली—स्त्री. लालिमा, सुर्खी, सुरखी।* लड़की; लड़की के लिए प्यार का सम्बोधन।

लाले—पु. अभिलाषा, तीव्र इच्छा। **मु. (जान के, प्राणों के)~पड़ना**—प्राण, जान, बचाने के अरमान। **(रोटी के भी)~पड़ना**—रोटी जुटाने तक की मुश्किल, कठिनाई।

लाव—पु. [फ़ा.] 'लश्कर' के साथ समास रूप में प्रयुक्त, सेना और उसके साथ रहने वाले लोग; साथी और अनुचर (वह अपने लाव-लश्कर के साथ आ गया)।

लावण—वि. [सं.] लवण, नमक युक्त, नमकीन।

लावणिक—वि. [सं.] लवण, नमक संबंधी; नमक का।

लावण्य—पु. [सं.] सुंदरता, रूप।

लावण्यमय—वि. [सं.] सुंदरता युक्त।

लावण्या—स्त्री. [सं.] लावण्यवती, सौंदर्यवती स्त्री।

लावनी—स्त्री. लोकगीतों का एक रूप; महाराष्ट्र में एक लोकनृत्य-शैली।

लावल्द—वि. [अ.] नि:संतान।

लावा—पु. धान का भुना रूप, खील।

लावा—पु. ज्वालामुखी पर्वत से फूटने वाला तरल पदार्थ।

लावारिस—वि. [अ.] बिना उत्तराधिकारी का; जिसका कोई मालिक या दावेदार न हो।

लाश—स्त्री. [फा.] शव, मृत शरीर, पार्थिव शरीर।

लास—पु. [सं.] कोमल नृत्य; रास।

लासकी—स्त्री. [सं.] नर्तकी, अभिनेत्री।

लासा—पु. लसदार, चिपकने वाली चीज़; गोंद।

लास्ट—पु. वि. [अं.] अंतिम, अंत का।

लास्य—पु. [सं.] नृत्य; कोमल नृत्य विशेष रूप से स्त्रियों का।

लास्यक—पु. [सं.] नृत्य।

लास्या—स्त्री. [सं.] नर्तकी, अभिनेत्री।

लाहण—स्त्री. एक प्रकार की अवैध शराब (पंजाब)।

लाहिजाब—वि. [अ.] बेपरदा।

लाहौरी नमक—पु. सेंधा नमक।

लाहौल—पु. [अ. ला-हौल] 'लाहौल वला कूवत इल्ला व इल्लाह का संक्षिप्त रूप, जिसका अर्थ है—ईश्वर के सिवा और कोई शक्ति नहीं, प्रायः घृणा या तिरस्कार सूचित करने अथवा भूत, प्रेत, आदि को भगवाने के लिए किया जाता है।

लिंग—पु. [सं.] पुरुष की जननेंद्रिय, शिश्न; शिव के प्रतीक रूप में स्थापित लिंग; प्राणियों के शरीर में होने वाले स्त्री या पुरुष के चिह्नों के आधार पर स्त्री जाति और पुरुष जाति का विभाग; व्याकरण में वह तत्त्व, जिससे पुरुष और स्त्रीवाची शब्दों के भेद का पता लगता है—स्त्रीलिंग, पुंलिंग।

लिंगायत—पु. एक शैव संप्रदाय।

लिंगार्चन—पु. [सं.] लिंग के रूप में शिव की पूजा-आराधना।

लिंगी—पु. [सं.] लिंग-युक्त, लिंगवाला।

लिंगेंद्रिय—स्त्री. [सं.] पुरुष की जननेंद्रिय।

लिंगोपासना—स्त्री. [सं.] लिंग-पूजा, शिव-आराधना।

लिंटर—पु. दीवारों के ऊपर सीमेंट, कंक्रीट, बालू, लोहे आदि से बनाई गई छत।

लिए—निमित्त, संप्रदायकारक का सूचक शब्द, जो गौण कर्म का सूचक होता है—उसके लिए दूध लाओ।

लिक्खाड़—पु. जो बहुत अधिक मात्रा में लिखता हो।

लिखत—स्त्री. द्र. 'लिखित'।

लिखना—स.क्रि. लिपिबद्ध करना, कागज़ या किसी अन्य आधार पर अक्षर, शब्द बनाना। **ला. ~पढ़ना**—अध्ययन करना।

लिखवाई—स्त्री. द्र. 'लिखाई'।

लिखवाना—स.क्रि. द्र. 'लिखाना'।

लिखवार*—पु. लिखने वाला।

लिखाई—स्त्री. लिखने का कार्य; लिखने का पारिश्रमिक; लिखावट, लेख, लिखने का ढंग, शैली।

लिखाना—स.क्रि. 'लिखने' का प्रे., लिखने का काम किसी दूसरे से कराना। **ला. ज़मीन~** ज़मीन की रजिस्ट्री करा देना।

लिखापढ़ी—स्त्री. किसी अनुबंध को लिखित रूप दे देना; पत्रों का आदान-प्रदान।

लिखावट—स्त्री. लेख, लिखने का ढंग, लिखावट।

लिखित—पु. [सं.] लिखा हुआ। **~प्रमाण**—पु. किसी बात को प्रमाणित करने के लिए लिखा हुआ दस्तावेज़, प्रमाण-पत्र।

लिच्छवि—पु. [सं.] एक प्रसिद्ध ऐतिहासिक राजवंश।

लिजलिजा—वि. पिलपिला।

लिटरेचर—पु. [अं.] साहित्य; विज्ञापन, औषधियों आदि के निर्देश-पत्र।

लिटाना—स.क्रि. लेटने के लिए प्रवृत्त करना, लिटा देना।

लिट्ट—पु. आग पर सिंकी रोटी।

लिट्टी—स्त्री. आग पर सिकी बाटी, रोटी।

लिथड़ना—अ.क्रि. किसी चीज़ (गारे, मिट्टी, कीचड़, धूल, आदि) का शरीर पर लिपटना।

लिप—पु. [सं.] पोतना, लेप करना।

लिपटना—अ.क्रि. आलिंगन करना; किसी से सट जाना, चिपकना; किसी काम में लग जाना।

लिपटाना—स.क्रि. आलिंगन करना, अपने से चिपटाना, गले लगाना।

लिपना—अ.क्रि. किसी चीज़ से पोता जाना; फैल जाना।

लिपवाना—स.क्रि. लीपने का काम कराना।

लिपाई—स्त्री. लीपने का कार्य; लीपने की मज़दूरी।

लिपाना—स.क्रि. पुताना; गोबर-मिट्टी मिला कर फर्श, आँगन, आदि पर फिरवाना।

लिपि—स्त्री. [सं.] अक्षरों या वर्णों के चिह्न; वर्णमाला के अक्षरों को लिखने की विशिष्ट-प्रणाली, यथा—देवनागरी, रोमन, ब्राह्मी, आदि। **~कार**—पु. लेखक।

लिपिक—पु. [सं.] लेखक, क्लर्क।

लिपी—स्त्री. [सं.] द्र. 'लिपि'।

लिप्त—वि. [सं.] कार्य में लगा हुआ, लीन, निमग्न; लिपा या पुता हुआ।

लिप्ति—स्त्री. [सं.] लेप; जुड़ाव।

लिप्यंतरण—पु. [सं.] (किसी विषय को) दूसरी लिपि में बदलना ('ट्रांसलिट्रिशन')।

लिप्सा—स्त्री. [सं.] पाने की इच्छा; तीव्र इच्छा।

लिप्सित—वि. [सं.] जिसे प्राप्त करने की इच्छा की गई हो।

लिप्सु—वि. [सं.] इच्छुक, प्राप्ति का आकांक्षी।

लिफ़ाफ़ा—पु. [अ.] कागज़ का बना वह खोल, जिसमें पत्र, आदि रखा जाता है; कागज़ का थैला जिसमें कुछ छोटा-मोटा सामान रखा जाता है; दिखावटी, कमज़ोर, जिसमें मात्र तड़क-भड़क हो।

लिफ़्ट—स्त्री. [अं.] ऊपर-नीचे की मंजिलों में लोगों को ले जाना वाला यंत्र।

लिबड़ना—अ.क्रि. सनना, लथपथ होना (किसी गीली चीज़ कीचड़, धूल-मिट्टी आदि में)।

लिबरल—वि. [अं.] उदार।

लिबास—पु. [अ.] पहरावा, वेश, पहनने के कपड़े।

लिमिट—स्त्री. [अं.] सीमा; प्रतिबंध।

लियाक़त—स्त्री. [अ.] योग्यता, बुद्धिमत्ता; पात्रता; सामर्थ्य।

लिलाट*—पु. द्र. 'ललाट'।

लिलार*—पु. माथा; भाग्य।

लिलारी—पु. रँगरेज़।

लिवर—पु. [अं.] जिगर, यकृत।

लिवाना—स.क्रि. लाने का काम कराना; साथ लाना।

लिवाल—पु. खरीदार; लेने वाला।

लिवैया*—पु. लेने वाला।

लिसलिसा—वि. चिपचिपा, लसदार।

लिसोड़ा—पु. एक छोटा फल, उसका पेड़।

लिस्ट—स्त्री. [अं.] सूची; सूची-पत्र।

लिहाज़—पु. [फा.] संकोच, अदब; लज्जा; रिआयत, मुलाहजा; ख्याल, ध्यान।

लिहाज़ा—अ. [अ.] अतः, इसलिए।

लिहाफ़—पु. [अ.] रजाई।

लीक—स्त्री. लंबी रेखा; सर्प, बैलगाड़ी, आदि के चलने से भूमि पर बनी रेखा; पगडंडी। **ला.** परंपरा; रीति-रिवाज़।

लीख—स्त्री. जूँ के छोटे-छोटे बच्चे (बालों, आदि में)।

लीग—स्त्री. [अं.] संघ; सभा।

लीगी—वि. [अं.] (मुस्लिम) लीग का सदस्य (भारत की आज़ादी से पहले मुस्लिम संप्रदाय का एक राजनीतिक दल)।

लीचड़, लीचर—वि. निकम्मा; सुस्त, काहिल। **~पन**—सुस्ती; निकम्मापन; तुच्छता।

लीची—स्त्री. एक प्रसिद्ध फल।

लीज़—स्त्री. [अं.] पट्टे पर।

लीटर—पु. [अं.] तरल पदार्थों को मापने का एक माप, एक किलो से कुछ कम।

लीड—पु. [अं.] सीमा; अगुआई, नेतृत्व; प्रधान। **~रोल**—पु. प्रधान पात्र।

लीडर—पु. [अं.] नेता, अगुआ, अग्रणी।

लीडरी—स्त्री. [अं.] नेतृत्व।

लीडिंग आर्टिकल—पु. [अं.] अग्रलेख।

लीथो—पु. [अं.] द्र. 'लीथोग्राफ'।

लीथोग्राफ—पु. [अं.] छापने की एक मशीन विशेष, लीथो मशीन की छपाई।

लीथोग्राफर—पु. [अं.] लीथो की छपाई करने वाला।

लीथोग्राफी—स्त्री. [सं.] लीथो द्वारा, पत्थर पर छपाई।

लीद—स्त्री. गधे, घोड़े, खच्चर, आदि का मल, गोबर।

लीन—वि. [सं.] तन्मय, काम में पूरा डूबा हुआ।

लीनता—स्त्री. [सं.] तल्लीनता, संलग्नता।

लीपइयर—पु. [अं.] अधिवर्ष, वह वर्ष जिसमें 366 दिन हों।

लीपना—स.क्रि. लेप करना; फैलाना।

लीपा-पोती—स्त्री. लीपना-पोतना। **ला.** किसी के अभाव, दोष को छिपा कर बात कहना।

लीमू*—पु. नींबू।

लीर*—स्त्री. फटे कपड़े का छोटा टुकड़ा।

लील*—वि. नीले रंग वाला। पु. नीला रंग।

लीलना*—स.क्रि. निगलना।

लीलया—अ. [सं.] खेल में, क्रीड़ा रूप में, सहज ही।

लीलहिं*—अ. लीला, क्रीड़ा रूप में ही, सहज ही।

लीलांबुज—पु. [सं.] द्र. 'लीला कमल'।

लीला*—पु. (शरीर का) गोदना।* वि. नीला।

लीला—स्त्री. [सं.] क्रीड़ा, केलि; किसी अवतारी चरित्र का कार्य (श्रीकृष्ण की अनेक लीलाएँ—बाल लीला, माखन चोरी लीला, आदि); किसी अवतार के जीवन चरित की अभिनय—संगीत, आदि के द्वारा प्रस्तुति (रामलीला, रासलीला); साहित्य में संयोग शृंगार के अन्तर्गत एक हाव, जिसमें नायक-नायिका की प्रेम-लीलाएँ, क्रीड़ाएँ होती हैं; ईश्वरीय देन, भाग्य—('ईश्वर की लीला है')।

लीलाब्ज, लीलारविंद—पु. [सं.] द्र. 'लीला कमल'।

लीलाभरण—पु. [सं.] लीला के समय पहना हुआ आभूषण।

लीलामय—वि. [सं.] लीला, क्रीड़ापूर्ण, जिसमें कोई लीला हो।

लीलावती—वि. स्त्री. [सं.] क्रीड़ा, प्रेम करने वाली। स्त्री. सुंदर स्त्री; दुर्गा का एक नाम; गणित शास्त्र की एक प्रसिद्ध विदुषी, भास्कराचार्य की पुत्री।

लीलोद्यान—पु. [सं.] क्रीड़ा-उद्यान।

लीव—स्त्री. [अं.] छुट्टी, अवकाश; अनुमति, इजाज़त; त्याग देना।

लीवर—पु. [अं.] ताले के भीतर एक कील-सी।

लुंगा*—वि. लफंगा, आवारा, बदमाश।

लुँगाड़ा—वि. लुच्चा, लफंगा, बदमाश, जिसका चरित्र ठीक न हो।

लुंगी—स्त्री. कमर में लपेटने का कपड़ा, तहमत।

लुंच—पु. [सं.] उखाड़ना; काटना; छीलना।

लुंचन—पु. [सं.] (बाल) उखाड़ने, नोंचने, छीलने आदि की क्रिया; जैन संन्यासियों की केश उखाड़ने की क्रिया, एक रस्म।

लुंचित—वि. [सं.] उखाड़ा, काटा, नोंचा हुआ। **~केश**—पु. जिसके केश उखाड़े हुए हों (जैन साधु-साध्वियों के)।

लुंज—वि. बिना हाथ-पैर का, लँगड़ा-लूला; बिना पत्तों का पेड़, ठूँठ। **~पुंज**—वि. क्षत-विक्षत, अंग-भंग।

लुंठक—पु. [सं.] चोर, लुटेरा।

लुंठन—पु. [सं.] लूट; चोरी; लुढ़कना।

लुंठित—वि. [सं.] जो लूटा गया हो; लुढ़का हुआ।

लुंबिनी—स्त्री. [सं.] कपिलवस्तु के पास स्थित एक वन, यहाँ भगवान बुद्ध का जन्म हुआ था।

लुआठा—पु. जलती हुई, अधजली लकड़ी।

लुआठी—स्त्री. छोटी जलती हुई लकड़ी।

लुआब—पु. [अ.] मुँह का लासा, लार।

लुआर*—स्त्री. लू, गरम हवा।

लुक—पु. चमकीला रोगन, वार्निश; आग की लौ, लपट, ज्वाला।

लुकना—अ.क्रि. छिपना, आड़ में हो जाना।

लुक़्मा—पु. [अ.] कौर, ग्रास, रोटी का टुकड़ा।

लुका-छिपा—वि. छिपना-छिपाना, चोरी से कोई काम करना।

लुका-छिपी—स्त्री. छिपने-छिपाने का बच्चों का एक खेल।

लुकाट—पु. लोकाट, एक फल; उसका वृक्ष।

लुकाठ*—पु. द्र. 'लुआठ', 'लुकाट'।

लुकाना—स.क्रि. छिपाना।

लुकाव—पु. छिपाव, दुराव।

लुके-छिपे—क्रि.वि. छिप-छिप कर, गुप्त रूप से।

लुक्कायित—वि. [सं.] अदृश्य, छिपा हुआ।

लुगड़ा—पु. कपड़ा, ओढ़नी।

लुगदा—पु. गीली चीज़ का गोला; पिंड, लौंदा।

लुगदी—स्त्री. पीसी हुई गीली वस्तु का रूप।

लुगरा*—पु. द्र. 'लुगड़ा'।

लुगरी—स्त्री. फटी-पुरानी धोती।

लुगाई—स्त्री. स्त्री; पत्नी।

लुचवाना—स.क्रि. नोंचवाना।

लुच्चा—वि. बदमाश, दुराचारी, लंपट।

लुच्ची—स्त्री. 'लुच्चा' का स्त्री., दुष्चरित्रा, बदमाश।

लुटंत*—स्त्री. लूट।

लुटना—अ.क्रि. डाकुओं आदि द्वारा लुट जाना, सब कुछ छिन जाना; बरबाद, तबाह होना; निछावर हो जाना।

लुटाऊ—वि. लुटाने वाला; लूटने के योग्य।

लुटाना—स.क्रि. किसी चीज़ को मुक्त हस्त बाँट देना; बहुत अधिक ख़र्च करना; माल को सस्ते दामों पर बेच देना।

लुटिया—स्त्री. छोटा लोटा। मु. **~डुबोना**—काम बिगाड़ देना; अपयश का काम करना।

लुटे-पिटे—वि. जो लुट और पिट गए हों; जिनका सब कुछ छिन गया हो।

लुटेरा—पु. लूटने वाला; मार्ग में लूट लेने वाला, डाकू।

लुठना—अ.क्रि. भूमि पर लोट जाना, लोटना; लुढ़कना।

लुड़कना—अ.क्रि. द्र. 'लुढ़कना'।

लुड़काना—स.क्रि. द्र. 'लुढ़काना'।

लुढ़कना—अ.क्रि. एक ओर को गिर जाना।

लुढ़काना—स.क्रि. किसी चीज़ को एक ओर को सरका देना जिससे वह चक्कर खाती हुई गिरती है।

लुत्फ़—पु. [अ.] आनंद; रस, मजा; स्वाद, ज़ायका; खूबी, गुण, उत्तमता; कृपा, दया, अनुग्रह।

लुनाई—स्त्री. सौंदर्य, सुंदरता।

लुप्तोपमा—स्त्री. [सं.] उपमा अलंकार का एक भेद जिसमें उसका एक या एकाधिक अंग लुप्त होते हैं।

लुब्ध—वि. [सं.] मोहित, आसक्त; ललचाया हुआ।

लुब्धक—पु. [सं.] लोभी व्यक्ति; लंपट; बहेलिया।

लुब्ब—पु. [अ.] सार भाग; किसी फल, आदि का गूदा। **~(ब्बे) लुबान**—पु. सार-संक्षेप, निचोड़।

लुभाना—अ.क्रि. आकृष्ट करना, मोहित करना; लालच जगाना।

लुरकी—स्त्री. कान की बाली।

लुरना—अ.क्रि. लटकना, झूलना।

लुलित—वि. [सं.] लटकता या झूलता हुआ।

लुहार—पु. लोहे का काम करने वाला; इस काम को करने वाली एक जाति।

लुहारी—स्त्री. लुहार की स्त्री; लुहार का काम।

लूँबरी*—स्त्री. लोमड़ी।

लू—स्त्री. गरम और तेज़ हवा (ग्रीष्म ऋतु में)।

लूक—पु. आग की तेज़ लपट; जलती हुई लकड़ी; टूटा हुआ तारा।

लूकट*—पु. आग; लुआठी।

लूकना*—स.क्रि. जलाना, आग लगाना।

लूका—पु. आग की तेज़ लपट, ज्वाला।

लूगड़—पु. फटे-पुराने कपड़े का टुकड़ा।

लूट—स्त्री. लूटने की क्रिया, डकैती; लूटा हुआ सामान, माल।

लूटना—स.क्रि. किसी को डरा-धमका कर उसका धन-सामान छीन लेना; अनुचित रूप से किसी से कोई वस्तु ले लेना; बहुत दाम लेना, वसूलना; मोहित या मुग्ध करना।

लूडो—पु. [अं.] बच्चों का एक खेल।

लूँण*—पु. लवण, नमक।

लूप—पु. [अं.] फंदा; पाश।

लूम—पु. [अं.] करघा।

लूमड़ी*—स्त्री. लोमड़ी।

लूला—वि. बिना हाथ का, जिसका हाथ खराब हो।

लूलू—वि. बुद्धू, नासमझ।

लेंड़—पु. बँधे हुए, सख़्त मल की बत्ती-सी।

लेंडलॉर्ड—पु. [अं.] मकान मालिक; भूमिपति; परिसंपत्ति का स्वामी।

लेंड़ी—स्त्री. बकरी, आदि का मल।

लेंस—पु. [अं.] आँख का शीशा; चश्मे का शीशा।

लेंहड़ा—पु. (पशुओं का) समूह, झुंड ('सिंहों के लेंहड़े नहीं, हंसन की नहिं पाँत)।

ले आउट—पु. [अं.] नक़्शा, मानचित्र; रूपरेखा।

लेई—स्त्री. कागज़ आदि चिपकाने के लिए आटे को घोल कर पकाया हुआ रूप।

लेक—स्त्री. [अं.] झील।

लेकिन—अ. [फ़ा.] परंतु, किंतु।

लेक्चर—पु. [अं.] भाषण।

लेक्चरर—पु. [अं.] प्रवक्ता, कॉलेज और विश्वविद्यालय में शिक्षक का पद।

लेख—पु. [सं.] लिखावट, लिखाई; किसी विषय पर लिखे हुए विचार; निबंध; आलेख; ताम्रपत्र, शिला आदि पर उत्कीर्ण, खुदा हुआ विवरण (शिलालेख)। **ला.** पक्की बात; भाग्य।

लेखक—पु. [सं.] लिखने वाला, लिपिकार; पुस्तक, ग्रंथ का रचयिता।

लेखन—पु. [सं.] लिखने का काम; लिखने की कला, विद्या।

लेखनहार*—वि. लिखने वाला, लेखक।

लेखनी—स्त्री. [सं.] कलम, तूलिका।

लेखनीय—वि. [सं.] लिखने योग्य, उल्लेखनीय।

लेखपाल—पु. द्र. 'पटवारी'।

लेखा—पु. [सं.] गणना, हिसाब; आय-व्यय, आदि का हिसाब; किसी कार्य घटना, आदि का विवरण (रखना)। **~कर्म**—पु. आय-व्यय, आदि का हिसाब लिखने, रखने का काम। **~परीक्षक**—पु. जो हिसाब-किताब का निरीक्षण करता हो ('ऑडिटर')।

लेखागार—पु. [सं.] हिसाब-किताब रखने वाला कार्यालय ('एकाउंट्स ऑफिस')।

लेखाध्यक्ष—पु. [सं.] हिसाब-किताब रखने वाले कार्यालय का सर्वोच्च अधिकारी ('एकाउंट्स ऑफिसर')।

लेखिका—स्त्री. [सं.] लिखने वाली स्त्री; ग्रंथ या पुस्तक की रचयिता, लिखने वाली।

लेखे—अ. समझ में, विचार से ('मेरे लेखे')।

लेखे—अ. समझ में, विचार से ('मेरे लेखे')।

लेख्य—वि. [सं.] लिखने योग्य, उल्लेख्य।

लेज़म—पु. [फा.] लोहे की बनी बजने वाली कमान-सी, जिसे हाथ के वाद्य के रूप में प्रयोग कर नृत्य-मुद्राएँ की जाती हैं; एक क्रीड़ा जिसमें इस वाद्य का प्रयोग किया जाता है।

लेट—स्त्री. [अं.] विलंब, देरी; देरी से। **~फ़ी**—स्त्री. विलंब से शुल्क देने का अतिरिक्त शुल्क।

लेटना—अ.क्रि. फर्श, शय्या, तख़्त, आदि पर पीठ लगा कर शरीर टिकाने की क्रिया; आराम करना; बगल की ओर झुक कर जमीन पर लग जाना।

लेटर—पु. [अं.] द्र. 'लैटर'।

लेटाना—स.क्रि. द्र. 'लिटाना'।

लेट्रिन—स्त्री. [अं.] शौचघर, पाखाना, संडास। **ला.** शौच निवृत्ति के लिए जाना, होना ('उसे लेट्रिन नहीं हुई')।

लेडी—स्त्री. [अं.] महिला, स्त्री। **~डॉक्टर**—स्त्री. महिला डॉक्टर।

लेथो—पु. द्र. 'लीथो'।

ले देकर—क्रि.वि. किसी तरह, बामुश्किल, कठिनाई से।

लेन—पु. लेना, समासरूप में प्रयुक्त—लेन-देन। **~दार**—पु. लेने वाला व्यक्ति, महाजन।

लेन—स्त्री. [अं.] गली, छोटी सड़क, पथ, वीथिका।

लेना—स.क्रि. प्राप्त करना, ग्रहण करना।

लेप—पु. [सं.] लेपने, पोतने की वस्तु, सामग्री, कोई गीली सामग्री उबटन, आदि।

लेपन—पु. [सं.] वह गीली सामग्री जिसे मुख, शरीर, शरीर के अंगों पर लगाया जाता है।

लेपना—स.क्रि. लेपन लगाने की क्रिया।

लेफ्ट—पु. [अं.] बायाँ, वाम; वाम पार्श्व। वि. वाईं ओर।

लेफ़्टिनेंट—पु. [अं.] सेना में एक कनिष्ठ अधिकारी पद।

लेफ्टिस्ट—पु. [अं.] वामपक्षी, वह जो साम्यवाद का समर्थक हो।

लेबर—पु. [अं.] परिश्रम; मज़दूर; काम के बदले मज़दूर को दी जाने वाली राशि, मज़दूरी। **~पेन**—पु. [अं.] प्रसव-पीड़ा, प्रसव-पूर्व पीड़ा।

लेबरर—पु. [अं.] मज़दूर।

लेबल—पु. [अं.] पहचान चिह्न, किसी वस्तु पर लगाई गई पहचानसूचक, नामसूचक कागज़, आदि की पर्ची।

लेबोरेटरी—स्त्री. [अं.] प्रयोगशाला।

लेमन—पु. [अं.] नींबू।

लेमनेड—पु. [अं.] वह पेय जिसमें नींबू हो।

लेव—पु. बर्तन को आग से बचाने के लिए उसकी पेंदी पर लगाया जाने वाला राख का लेप, परत।

लेवा—वि. लेने वाला (समास रूप में प्रयुक्त—'नामलेवा')।

लेवादेई—स्त्री. लेन-देन।

लेवाल—पु. खरीदने वाला।

लेवी—स्त्री. [अं.] उपकर, अधिकर।

लेश—पु. [सं.] सूक्ष्म अंश; अणु; समय का एक मान। **~मात्र**—वि. तनिक भी, अत्यंत सूक्ष्म।

लेह—पु. चाटने की खाद्य वस्तु।

लेहाज़ा—अ. द्र. 'लिहाज़ा'।

लेहाफ़—पु. द्र. 'लिहाफ़'।

लेही—स्त्री. [सं.] कागज़, किताब आदि चिपकाने के लिए आटे को पकाकर बनाया गया अवलेह।

लेह्य—पु. [सं.] चाटने योग्य (चटनी, आदि खाद्य पदार्थ)।

लैंग—वि. [सं.] लिंग-संबंधी।

लैंगिक—वि. [सं.] लिंग-संबंधी; योनि-संबंधी। **~भेदभाव**—वि. स्त्री-पुरुष के बीच भेदभाव।

लैटर—पु. [अं.] पत्र, चिट्ठी। **~बॉक्स**—पु. पत्र डालने का बक्सा, डिब्बा।

लैटिन—स्त्री. लातीनी, इटली की प्राचीन भाषा।

लैदर—पु. [अं.] चमड़ा; चमड़े का बना।

लैन*—स्त्री. [अं.-'लाइन'] रेखा; पंक्ति; सीमा रेखा; सिपाहियों का निवास स्थान।

लैनटर्न—पु. [अं.] द्र. 'लालटेन'।

लैप—पु. [अं.] गोद। **~टॉप**—पु. कंप्यूटर का वह छोटा रूप जिसे गोद में रखकर (या कहीं भी रखकर) उस पर काम किया जा सकता है।

लैफ्टिनेंट—पु. [अं.] द्र. 'लेफ्टिनेंट'।

लैल—स्त्री. [फा.] रात, निशा।

लैला—स्त्री. [फा.] श्यामा; लैला-मजनू की प्रसिद्ध प्रेम-कथा की नायिका; प्रेयसी, प्रेमिका।

लैवेंडर—पु. [अं.] फूलों के सत से तैयार एक विलायती इत्र ('परफ्यूम')।

लैसंस—पु. [अं.-लाइसेंस] किसी कार्य के करने के लिए सरकार द्वारा दिया गया अनुमति-पत्र।

लैस—वि. तैयार; हर तरह से तैयार (हथियारों से लैस)।

लों*—अ. तक।

लोंद—पु. अधिमास (लोंद का महीना)।

लोंदा—पु. किसी गीली वस्तु का पिंड।

लो—अ. आश्चर्य प्रकट करने या ध्यान आकृष्ट करने के लिए स्वत:स्फूर्त शब्द—'लो, वह आ गया'।

लोअर कोर्ट—पु. [अं.] निचली अदालत, जिला स्तर पर।

लोई—स्त्री. रोटी बनाने के लिए गुँधे हुए आटे का बनाया गया पेड़ा; सर्दियों में ओढ़ने की गरम चादर।

लोक—पु. [सं.] जनता, लोग, जन; समस्त समाज (पब्लिक), सामान्य जन; सृष्टि का एक विभाग, भुवन; तीन लोक—स्वर्ग, पृथ्वी तथा पाताल की मान्यता। **~कथा**—स्त्री. सामान्य जनता, विशेषत: ग्रामीण जनता में प्रचलित मौखिक कथाएँ। **~गीत**—पु. गाँवों में प्रचलित गीत। **~तंत्र**—पु. वह शासन-प्रणाली, जिसमें शासन जनता, लोक द्वारा चुने गए प्रतिनिधियों द्वारा चलाया जाता है ('डेमोक्रेसी')।

लोकटी*—स्त्री. लोमड़ी।

लोकना—स.क्रि. लपकना, किसी चीज़ को गिरने से पहले ही हाथों मे पकड़ लेना।

लोकल—वि. [अं.] स्थानीय; किसी स्थान का मूल निवासी।

लोकांतर—पु. [सं.] परलोक।

लोकाचार—पु. [सं.] लोक में प्रचलित रीति-रिवाज़।

लोकाट—पु. एक फल; उसका वृक्ष।

लोकाना—स.क्रि. किसी चीज़ को फेंक कर लपकवा देना।

लोकानुग्रह—पु. [सं.] लोक-कल्याण, लोक पर दया।

लोकानुरंजन—पु. [सं.] जन-रंजन, जनता का मनोरंजन।

लोकापवाद—पु. [सं.] लोक में बदनामी, लोक में निंदा।

लोकाभ्युदय—पु. [सं.] संसार, जन-समाज की उन्नति।

लोकायत—पु. [सं.] लोक पर आस्था, विश्वास रखने वाला व्यक्ति; चार्वाक दर्शन—एक नास्तिक विचारधारा; इस दर्शन का अनुयायी।

लोकालोक—पु. [सं.] ब्रह्मांड में फैले हुए अनंत लोक।

लोकित—वि. [सं.] देखा हुआ।

लोकेश—पु. [सं.] लोक का स्वामी, ब्रह्मा; विष्णु।

लोकेश्वर—पु. [सं.] द्र. 'लोकेश'।

लोकैषणा—स्त्री. [सं.] लोक में सुख-समृद्धि की कामना; उत्कर्ष, सम्मान, आदि की कामना।

लोको—पु. [अं.] लोकोमोटिव (इंजन)।

लोकोक्ति—स्त्री. [सं.] कहावत; एक अलंकार, जिसमें लोकोक्ति का प्रयोग किया जाता है।

लोकोत्तर—वि. [सं.] अलौकिक, ऐसा अद्‌भुत जो इस लोक, संसार में न होता हो।

लोकोत्सव—पु. [सं.] सामान्य जन का उत्सव (होली, आदि)।

लोकोपकार—पु. [सं.] जनसाधारण का हित।

लोकोपकारी—वि. [सं.] लोक, जनता का उपकार, हित करने वाला (शासन)।

लोकोपयोगी—वि. [सं.] सर्व साधारण के लिए उपयोगी।

लोकोमोटिव—पु. [अं.] रेल इंजन।

लोखड़ी*—स्त्री. 'लोमड़ी'।

लोखर—पु. बढ़ई, आदि के लोहे के औज़ार।

लोग—पु. आदमी, जनसमूह। **~बाग**—पु. सर्वसाधारण, जनता।

लोच—स्त्री. लचीलापन, लचक; कोमलता।

लोचन—पु. [सं.] आँख; देखने की क्रिया।

लोचनांचल—पु. [सं.] आँख का कोना।

लोचना—स.क्रि. देखना, विचार करना।

लोचनापात—पु. [सं.] दृष्टिपात।

लोचा—पु. झंझट; रुकावट।

लोट—स्त्री. लुढ़कना; समास में प्रयुक्त—लोट-पोट (हँसी से लोट-पोट होना, लुढ़क-लुढ़क जाना)।

लोटन—पु. एक प्रकार का कबूतर, जो जमीन पर लुढ़कियाँ लेता है।

लोटना—अ.क्रि. आराम करना, लेटना; लुढ़कना।

लोटा—पु. पानी रखने का एक छोटा पात्र।

लोटी—स्त्री. छोटा लोटा, लुटिया।

लोड़ित—वि. [सं.] मथित, आंदोलित, क्षुब्ध किया हुआ।

लोढ़कना—अ.क्रि. द्र. 'लुढ़कना'।

लोढ़ा—पु. सिल पर पीसने का बट्टा, पत्थर का गढ़ा हुआ टुकड़ा।

लोथ—स्त्री. शव, लाश, मृत शरीर।

लोथड़ा—पु. मांस का बड़ा टुकड़ा।

लोथरा*—पु. द्र. 'लोथड़ा'।

लोदी, लोधी—पु. पठानों की एक जाति।

लोध—पु. लाल और सफेद फूलों वाला एक पेड़।

लोध्र—पु. [सं.] लोध का पेड़।

लोध्रक—पु. [सं.] लोध का पेड़।

लोना—वि. नमकीन; सुंदर, सलोना।

लोनाई*—स्त्री. लुनाई, सुंदरता।

लोप—पु. [सं.] समाप्ति, नाश, क्षय; गायब होना।

लोफ़र—पु. [अं.] लफंगा, आवारा।

लोबान—पु. [अ.] पेड़ से निकला एक सुगंधित गोंद, जिसे जला कर वातावरण को सुगंधित किया जाता है।

लोबिया—पु. एक प्रकार की दलहन, इसकी फलियों की सब्ज़ी बनाई जाती है, पकने पर दाल के रूप में प्रयोग।

लोभ—पु. [सं.] लालच, लालसा, दूसरे की वस्तु या धन लेने की इच्छा।

लोभी—वि. [सं.] लालच, लोभ करने वाला, लालची, लुब्ध।

लोम—पु. [सं.] शरीर की त्वचा पर रोम, बाल; पूँछ।

लोमड़ी—स्त्री. गीदड़ की प्रजाति का एक जंगली जानवर।

लोमश—पु. [सं.] एक ऋषि। वि. जिसके घने रोयें, बाल हों।

लोमस—पु. द्र. 'लोमश'।

लोमाश—पु. [सं.] गीदड़, शृगाल।

लोयन*—पु. लोचन, आँख।

लोर*—पु. लटकन, झुमका, कान का कुंडल; आँसू।

लोरी—स्त्री. छोटे बच्चों को सुलाने के लिए गाया जाने वाला गीत।

लोल—वि. [सं.] चंचल, हिलता हुआ।

लोलक—पु. आभूषणों—नथों, बालियों, आदि में लगी लटकन।

लोलना*—अ.क्रि. हिलना-डुलना, चंचल होना।

लोला—स्त्री. [सं.] सुंदर।

लोलाक्षिका, लोलाक्षी—स्त्री. [सं.] सुंदर, चंचल नेत्रों वाली।

लोलार्क—पु. [सं.] एक सूर्य। **~कुंड**—पु. काशी में एक प्रसिद्ध तीर्थ-स्थल।

लोलुप—वि. [सं.] लोभी, लालची, किसी वस्तु को पाने के लिए अधीर।

लोलुपता—स्त्री., **लोलुपत्व**—पु. [सं.] लालच, लालसा।

लोशन—पु. [अं.] घोल, कई दवाओं या तरल पदार्थ में डाली गई चीज़ों का मिश्रण।

लोष्ट—पु. [सं.] (मिट्टी का) ढेला।

लोस—पु. लोकसभा का संक्षिप्त रूप (समाचार-पत्रों, आदि में)।

लोह—वि. [सं.] लोहे का बना। पु. लोहा।

लोहबान—पु. द्र. 'लोबान'।

लोहा—पु. एक प्रसिद्ध धातु।

लोहार—पु. लुहार, लोहे का काम करने वाला; इस काम को करने वाली एक जाति।

लोहारी—स्त्री. लुहार, लोहार का काम, व्यवसाय।

लोहित—वि. [सं.] लाल (रंग); ताँबे का बना हुआ। पु. ब्रह्मपुत्र।

लोहितिमा—स्त्री. [सं.] लालिमा।

लोहित्य—पु. [सं.] ब्रह्मपुत्र नद।

लोहित्या—स्त्री. [सं.] एक नदी।

लोहिया—पु. लोहे का व्यापार करने वाला; वैश्यों की एक उपजाति (राजस्थान मूल के)।

लोही*—स्त्री. तड़के की लाली।

लोहू—पु. रक्त, लहू।

लौं*—अ. तक, पर्यंत; समान, बराबर।

लौंग—स्त्री. एक वृक्ष, उसकी कली जो मसाले और औषधि के रूप में प्रयुक्त; नाक, कान का एक छोटा-सा आभूषण।

लौंडा—पु. लड़का, बालक।

लौंडी—स्त्री. लड़की।

लौंडेबाज़—पु. लड़कों से अप्राकृतिक मैथुन करने वाला। स्त्री. वह प्रौढ़ा जो लड़कों से शरीर संबंध रखती हो।

लौ—स्त्री. दीपशिखा; आग की लपट, ज्वाला।
लौका—पु. कद्दू।
लौकिक—पु. [सं.] सांसारिक; इस लोक से संबंधित।
लौकी—स्त्री. एक प्रकार का लंबा कद्दू।
लौज़—स्त्री. [अ.] एक तरह की बर्फ़ी।
लौट—स्त्री. लौटने की क्रिया, वापस आना।
लौटना—अ.क्रि. वापस आना; मुकर जाना, वचन से फिर जाना।
लौटान—स्त्री. लौटाने की क्रिया।
लौटाना—स.क्रि. वापस करना।
लौंठा—पु. लम्ब-तड़ंग पर अल्पमति।
लौड़ा—पु. पुरुष की जननेंद्रिय, शिश्न।
लौन*—पु. लूण, लून, लवण, नमक।
लौनी—पु. नवनीत, मक्खन।
लौलीन—वि. मग्न, तल्लीन।
लौरी*—स्त्री. [अं.] बस।
लौह—पु. [सं.] लोहा, लोहे का बना, शस्त्राशस्त्र, हथियार। **~पुरुष**—पु. लोहे की इच्छाशक्ति का पुरुष (लौहपुरुष सरदार पटेल); दृढ़निश्चयी।
लौहाचार्य—पु. [सं.] धातु विद्या में पारंगत आचार्य।
लौहासव—पु. [सं.] लोह-खनिजों से बना आसव (आयु.)।
ल्यूकोरिआ—पु. [अं.] एक स्त्री रोग, जिसमें उसकी योनि से स्राव होता रहता है।
ल्यौ*—स्त्री. लौ, ध्यान।

व

व—देवनागरी वर्णमाला में व्यंजन वर्ग का उनतीसवाँ वर्ण, यह अंतस्थ अर्द्धव्यंजन माना गया है। उच्चारण-स्थान दंतोष्ठ।
वंक—वि. टेढ़ा, झुका हुआ। पु. नदी का घुमाव, मोड़। **~नाल**—स्त्री. शरीर की एक नाड़ी।
वंकट—वि. टेढ़ा; विकट।
वंकिम—वि. टेढ़ा, वक्र; कुछ-कुछ टेढ़ा।
वंग—पु. [सं.] बंगाल; एक धातु राँगा; राँगे की भस्म (आयु.)।
वंगन—पु. [सं.] बैंगन।
वंगला—स्त्री. [सं.] एक रागिनी (संगी.)।
वंगारि—पु. [सं.] हरताल (आयु.)।
वंगाल—पु. [सं.] एक राग (संगी.)।
वंगाली—स्त्री. [सं.] एक रागिनी।
वंगीय—वि. [सं.] बंगाल का, बंग देश से संबंधित।
वंचक—वि. [सं.] धूर्त; ठग; धोखा देने वाला।
वंचकता—स्त्री. [सं.] ठगी; धूर्तता; धोखेबाज़ी।
वंचन—पु. [सं.] धोखा, छल; धोखा देना, ठगना; धूर्तता; किसी वस्तु, अधिकार, आदि से रहित करना।
वंचना*—स.क्रि. ठगना; धोखा देना।
वंचित—वि. [सं.] जो ठगा गया हो; अलग किया हुआ; जिसे कोई वस्तु प्राप्त न करने दी गई हो; हीन, रहित।
वंचिता—स्त्री. [सं.] 'वंचित' का स्त्री.।
वंच्य—वि. [सं.] ठगा जाने वाला; त्याज्य।
वंजुल—पु. [सं.] अशोक वृक्ष; एक पक्षी।
वंजुलक—पु. [सं.] एक पौधा; एक पक्षी।
वंटन—पु. [सं.] बाँटना; किसी का हिस्सा उसे देना।
वंटनीय—वि. [सं.] बाँटने योग्य।
वंटित—वि. [सं.] विभाजित, बाँटा हुआ।
वंठ—वि. [सं.] पंगु, विकलांग; अविवाहित।
वंद—वि. [सं.] प्रशंसक।
वंदन—पु. [सं.] स्तुति; प्रणाम; एक नमस्कार।
वंदना—स्त्री. [सं.] स्तुति; पूजना।
वंदनी—स्त्री. [सं.] स्तुति, पूजा।
वंदनीय—वि. [सं.] वंदना, सम्माननीय।
वंदारु—वि. पु. [सं.] वंदनीय, पूजनीय।
वंदि, वंदी—स्त्री. [सं.] कैद, कैदी।
वंदित—वि. [सं.] जिसकी वंदना, पूजा की गई हो।
वंदितव्य—वि. [सं.] वंदना, पूजा के योग्य।
वंदी—पु. [सं.] बंदी, चारण, भाट। **~जन**—पु. राजाओं की कीर्ति का बखान करने वाली एक जाति, चारण।
वंद्य—वि. [सं.] आदरणीय, पूज्य।
वंध्य—वि. [सं.] अनुत्पादक; निष्फल; सदोष।
वंध्यकरण—पु. [सं.] बाँझ बना देना; (पशु-बछड़े आदि को) बधिया कर देना।
वंध्या—स्त्री. [सं.] निःसंतान स्त्री, बाँझ। **ला. ~पुत्र**—पु. असंभव बात; आकाश-कुसुम।
वंभ—पु. [सं.] बाँस।
वंश—पु. [सं.] कुल, परिवार, खानदान; बाँस। **~तालिका**—स्त्री. वंश-वृक्ष। **~परंपरा**—स्त्री. वंश में चली आती रीति।
वंशांकुर—पु. [सं.] बाँस का अंकुर।
वंशागत—वि. [सं.] वंश-परंपरा से प्राप्त; उत्तराधिकार में प्राप्त।

वंशाग्र—पु. [सं.] बाँस का अगला भाग, छोर।
वंशानुकीर्तन—पु. [सं.] वंश वृक्ष का उल्लेख; वंश की कीर्ति का बखान।
वंशानुक्रम—पु. [सं.] किसी वंश में निरंतर चले आना वाला क्रम, परंपरा।
वंशानुगत—वि. [सं.] वंश-परंपरा से चला आता क्रम।
वंशानुचरित—पु. [सं.] वंश-वृत्त।
वंशावली—स्त्री. [सं.] वंश-तालिका।
वंशी—स्त्री. [सं.] मुरली, बाँसुरी, मुँह से बजाया जाने वाला एक वाद्य। **~धर**—पु. श्रीकृष्ण। वि. वंश विशेष का—सूर्यवंशी, चंद्रवंशी; वंश विशेष से सम्बद्ध।
वंशीय—वि. [सं.] वंश विशेष से सम्बद्ध, एक ही कुल में उत्पन्न—सूर्यवंशीय, चंद्रवंशीय।
वंशोद्‌भव—वि. [सं.] कुल, वंश में उत्पन्न।
वैंडर—पु. [अं.] विक्रेता, बेचने वाला।
व—अ. [फ़ा.] और, भी (योजक शब्द)।
वक़अत, वक़त—स्त्री. [अ.] प्रतिष्ठा, इज़्ज़त; साख, विश्वास; बड़ाई, ऊँचाई।
वकल—पु. [सं.] भीतर की छाल।
वकार—पु. [अ.] बड़ाई, प्रतिष्ठा।
वकालत—स्त्री. [अ.] वकील का पेशा, कार्य-व्यवसाय; दूसरों का प्रतिनिधित्व करना। **~नामा**—पु. किसी मुकदमे की पैरवी करने के लिए वकील को दिया गया अनुबंध-पत्र।
वकासुर—पु. [अ.] एक राक्षस।
वकील—पु. [अ.] अदालत में मुकदमे की पैरवी करने वाला वकालत की डिग्रीधारी व्यक्ति।
वकुल—पु. [सं.] द्र. 'बकुल'।
वकूफ़—पु. [अ.] समझ, ज्ञान, जानकारी; अक़्ल; शऊर ('बे' के साथ प्रयुक्त—बेवकूफ़)।
वक़्त—पु. [अ.] समय, काल; अवसर, मौका; अवकाश, फुरसत।
वक्तन्, फवक्तन्—अ. (वक्तन्-फक्तन्) जब-तब, समय-समय पर।
वक्तव्य—वि. [सं.] किसी विषय में कहा गया विचार, कथन, वचन ('स्टेटमेंट')।
वक्ता—वि. [सं.] भाषण करने वाला, बोलने वाला; भाषण कला में प्रवीण; कथा कहने वाला।
वक्ती—वि. सामयिक, वक्त का।
वक्तृता—स्त्री., **वक्तृत्व**—पु. [सं.] भाषण; वाग्मिता, प्रभावी भाषण; वाक्पटुता।
वक़्फ़—पु. [अ.] खुदा के नाम पर, धर्मार्थ छोड़ी हुई संपत्ति। **~बोर्ड**—पु. इस प्रकार की संपत्ति का नियमन-प्रबंधन करने वाली संस्था।
वक़्फ़ा—पु. विराम, ठहराव; देर, थोड़ा रुकना।
वक्र—वि. [सं.] टेढ़ा, तिरछा; झुका हुआ; कुटिल।
वक्रता—स्त्री., **वक्रत्व**—पु. [सं.] टेढ़ापन, कुटिलता।
वक्रांग—वि. [सं.] टेढ़े अंग वाला।
वक्रिमा—स्त्री. [सं.] टेढ़ापन; कुटिलता।
वक्री—वि. [सं.] कुटिल, बेईमान, धूर्त।
वक्रोक्ति—स्त्री. [सं.] साहित्य में एक अलंकार, जिसमें काकु या श्लेष के आधार पर चमत्कारपूर्ण अर्थ प्रकाशित होता है।
वक्रोष्ठि, वक्रोष्ठिका—स्त्री. [सं.] मंद हँसी, मुसकान।
वक्ष—पु. [सं.] छाती, पेट और गले का बीच का शरीर-भाग।
वक्षस्थल—पु. [सं.] छाती, सीना।
वक्षोज, वक्षोरुह—पु. [सं.] कुच, स्तन।
वक्षोमणि—पु. [सं.] सीने पर धारण करने वाली मणि, रत्न।
वगला, वगलामुखी—स्त्री. [सं.] दस महाविद्याओं में से एक।
वगैरह—अ. [अ.] इत्यादि, आदि।
वचन—पु. [सं.] कथन, उक्ति; वायदा; व्याकरण में वह विधान, जिसके द्वारा शब्द के रूप से एक या अनेक का बोध होता है—एकवचन, बहुवचन।
वचनानुग—वि. [सं.] वचनों का पालन करने वाला, आज्ञाकारी।
वचनावली—स्त्री. [सं.] वचनों का संग्रह।
वचनीय—वि. [सं.] कहने योग्य।
वचसा—अ. [सं.] वचन द्वारा।
वचस्वी—वि. [सं.] भाषण-पटु, कुशल वक्ता।
वज़न—पु. [अ.] भार; तौल; तौलने की क्रिया; (उर्दू-फारसी में) छंद के वर्णों या मात्राओं की माप, तुक-साम्य।
वज़नी—वि. भारी; वज़न वाला। **ला.** महत्त्वपूर्ण (उसका कथन वज़नी है, कथन में वज़न है)।
वजह—स्त्री. [अ.] कारण, हेतु।
वज़ारत—स्त्री. [अ.] वज़ीर, मंत्री का पद या काम।
वज़ाहत—स्त्री. [अ.] विस्तार से बताना, खोल कर कहना।
वज़ीफ़ा—पु. [अ.] छात्रवृत्ति; मासिक वेतन; पेंशन; वृत्ति।
वज़ीर—पु. [अ.] मंत्री।
वजीह—वि. [अ.] सुंदर; सम्मानित।
वज़ू—पु. [अ.] नमाज़ पढ़ने के पूर्व शुद्धि के लिए हाथ, पाँव, मुँह आदि धोने की क्रिया।
वजूद—पु. [अ.] अस्तित्व; मौजूदगी।
वजूहाल, वुजूह—स्त्री. [अ.] 'वजह' का बहु., वजहें, कारण।

वज्र—वि. [सं.] बहुत कठोर। पु. इन्द्र का अस्त्र, जो पुराणानुसार ऋषि दधीचि की हड्डियों से निर्मित किया गया था, कुलिश। **~पात**—पु. वज्र का गिरना; भारी विपत्ति।

वज्रक—पु. [सं.] हीरा।

वज्रा—स्त्री. [सं.] दुर्गा।

वज्राकर—पु. [सं.] हीरे की खान।

वज्राकार, वज्राकृति—वि. [सं.] वज्र की शक्ल का।

वज्राघात—पु. [सं.] बिजली का आघात; बहुत बड़ी विपत्ति।

वज्राचार्य—पु. [सं.] एक तांत्रिक बौद्ध आचार्य, लामा।

वज्राभ—पु. [सं.] एक बहुमूल्य पत्थर, हीरा।

वज्रायुध—पु. [सं.] इन्द्र।

वज्रासन—पु. [सं.] योग में एक आसन।

वज्रेश्वरी—स्त्री. [सं.] देवी का एक रूप।

वज्रोली—स्त्री. [सं.] हठयोग की एक क्रिया।

वट—पु. [सं.] बरगद का पेड़।

वटक—पु. [सं.] बड़ी टिकिया, बट्टी।

वटिका—स्त्री. [सं.] गोली, टिकिया।

वटी—स्त्री. [सं.] गोली, टिकिया (हींगवटी, आदि)।

वटुक—पु. [सं.] बालक, लड़का; ब्रह्मचारी।

वटेश्वर—पु. [सं.] शिव, महादेव।

वडहंसिका, वडहंसी—स्त्री. [सं.] एक रागिनी (संगी.)।

वणिक, वणिक्—पु. [सं.] व्यापारी; वैश्य, बनिया (जाति)।

वणिग्वीथी—स्त्री. [सं.] हाट, बाज़ार।

वणिग्वृति—स्त्री. [सं.] व्यापार।

वणिज—पु. [सं.] व्यापार।

वणिजा—स्त्री. [सं.] व्यापार।

वणिज्य—पु., **वणिज्या**—स्त्री. [सं.] व्यापार।

वतंस—पु. [सं.] कर्णफूल।

वतन—पु. [अ.] स्वदेश, जन्मभूमि, मूल वासस्थान।

वतनी—वि. स्वदेशी, स्वदेशीय, अपने देश का।

वतीरा—पु. [अ.] तरीका, ढंग, चलन, दस्तूर।

वत्—पु. [सं.] तुल्य, समान (लोष्ठवत्, तृणवत्)।

वत्स—पु. [सं.] गाय का बछड़ा, बच्चा; लड़का; छोटों के लिए प्यार का सम्बोधन।

वत्सर—पु. [सं.] वर्ष, साल।

वत्सल—वि. [सं.] छोटे के प्रति प्रेम-भाव रखने वाला।

वत्सासुर—पु. [सं.] कंस के दरबार का एक असुर।

वदंति, वदंती—स्त्री. [सं.] बात, कथन।

वद—वि. [सं.] बोलने वाला (समास के अंत में प्रयुक्त 'प्रियंवद')।

वदन—पु. [सं.] मुख, मुँह; बात कहना, बोलना।

वदन्य, वदान्य—वि. [सं.] उदार; बहुत दानशील।

वदमान—वि. [सं.] बोलने वाला, भाषण करने वाला।

वदर—पु. [सं.] बेर।

वदाम—पु. [सं.] बादाम।

वदावद—वि. [सं.] बहुत बोलने वाला।

वदितव्य—वि. [सं.] कहने योग्य।

वद्य—वि. [सं.] कहने योग्य।

वध—पु. [सं.] किसी को मार डालना, प्राण हर लेना।

वधक—वि. [सं.] वध करने वाला, मारने वाला।

वधिक—पु. द्र. 'बधिक'।

वधू—स्त्री. दुलहिन, नवविवाहिता; पतोहू।

वधूटी—स्त्री. [सं.] नवयुवती; पुत्रवधू।

वध्य—वि. [सं.] मार डालने योग्य, वध करने योग्य।

वन—पु. [सं.] जंगल, उपवन। **~चारी**—पु. वनचर, वन में घूमने वाला। **~माला**—स्त्री. वन के फूलों की माला। **~माली**—पु. वनमाला पहने वाला; श्रीकृष्ण का एक नाम, सम्बोधन।

वनस्पति—स्त्री., पु. [सं.] लता, वृक्ष, आदि।

वनांत—पु. [सं.] वन का सीमांत भाग।

वनांतर—पु. [सं.] वन का भीतरी भाग।

वनाग्नि—स्त्री. [सं.] वन में लगने वाली आग, दावानल।

वनाटन—पु. [सं.] वन-भ्रमण, वन में घूमना।

वनाधिकारी—पु. [सं.] वन का अधिकारी ('फॉरेस्ट ऑफिसर')।

वनाश्रमी—पु. [सं.] वानप्रस्थी, तपस्वी।

वनि—पु. [सं.] अग्नि।

वनिता—स्त्री. [सं.] स्त्री, औरत।

वनी—स्त्री. [सं.] बनी, छोटा वन।

वनेचर—पु. [सं.] वन में विचरण करने वाला।

वनौषधि—स्त्री. [सं.] जंगली जड़ी-बूटी।

वन्य—वि. [सं.] वन में पैदा होने वाला; जंगली।

वप—पु. [सं.] बोने वाला।

वपन—पु. [सं.] बीज बोना।

वपु—पु. [सं.] देह, शरीर।

वपुमान—वि. सुंदर और पुष्ट देहवाला।

वपुष—पु. [सं.] शारीरिक सौंदर्य।

वफ़ा—पु. [अ.] वादा पूरा करना, बात निबाहना; पूर्ण निष्ठा; मुरौवत।

वफ़ात—स्त्री. [अ.] मृत्यु।

वबा—स्त्री. [सं.] भयंकर संक्रामक रोग—हैज़ा, प्लेग, आदि।

वबाल—पु. [अ.] कठिनाई; बोझ; भार; अभिशाप।

वम—पु. [सं.] वमन, कै।

वमति—स्त्री. [सं.] उलटी, वमन करने की क्रिया।

वमन—पु. [सं.] उलटी, कै करना; वमन या कै किया हुआ तरल पदार्थ।

वय:संधि—स्त्री. [सं.] किशोर और यौवनावस्था के बीच की आयु, अवस्था।

वय—पु. [सं.] अवस्था, उम्र, जवानी।

वयम्—सर्व. [सं.] हम सब।

वयस—स्त्री. अवस्था, उम्र।

वयस्क—वि. [सं.] युवा हो जाने की स्थिति (वर्तमान में संविधान अनुसार 18 वर्ष की आयु); अवस्था का (समास रूप में प्रयुक्त—अल्पवयस्क, समवयस्क, आदि)।

वयस्कत्व—पु. [सं.] बालिग होना; वयस्कता को प्राप्त।

वयस्य—वि. [सं.] समवयस्क।

वयस्यक—पु. [सं.] संग-साथ का, समसामयिक व्यक्ति; सखा, मित्र।

वयोगत—वि. [सं.] अधिक अवस्था का, प्रौढ़।

वयोधिक—वि. [सं.] आयु में अधिक।

वयोवृद्ध—वि. [सं.] आयु में वृद्ध, बूढ़ा।

वयोहानि—स्त्री. [सं.] बुढ़ापा आना, शक्तिहीनता।

वरंच—अ. [सं.] लेकिन; बल्कि, अपितु।

वर—पु. [सं.] देवता, आदि से माँगी गई इच्छा, मनोरथ; वह पुरुष जिसके साथ विवाह निश्चित किया गया हो; पति, दूल्हा।

वर—वि. [फा.] एक प्रत्यय, जो शब्दों के अंत में लगकर 'वाला' का अर्थ देता है—हुनरवर, जानवर, बख़्तवर, आदि।

वरक़—पु. [अ.] पत्र; पुस्तक का पन्ना; सोने, चाँदी आदि के पतले पत्तर (मिठाई, मुरब्बे, पान, आदि पर लगाए जाते हैं)।

वरक़ा—पु. [अ.] क़ाग़ज; पत्र, चिट्ठी; पृष्ठ।

वरक़ी—वि. वरक वाला, परतदार।

वरगलाना—स.क्रि. बहकाना, गुमराह करना।

वरज़िश—स्त्री. [फा.] व्यायाम, कसरत।

वरज़िशी—वि. कसरती, वरजिश संबंधी।

वरट—पु. [सं.] हंस।

वरटा—स्त्री. [सं.] हंसिनी।

वरण—पु. [सं.] पति का चुनाव; चुनना।

वरणा—स्त्री. [सं.] एक नदी, वरुणा।

वरणी—स्त्री. पूजा आदि के अवसर पर ब्राह्मणों को दिया जाने वाला सामान—वस्त्र, पात्र, बिछौना, आसन, आदि।

वरणीय—वि. [सं.] वरण करने योग्य, वरेण्य।

वरद—वि. [सं.] वर देने वाला, वरदाता (वरद हस्त)।

वरदी—स्त्री. [अं.] वह विशेष वेशभूषा, पहरावा, जो किसी संस्था द्वारा अपनी संस्था के लोगों के लिए निर्धारित किया जाता है—स्कूल, पुलिस, सेना, आदि की वरदी।

वरना*—पु. [फा.] नहीं तो, अन्यथा।

वरन्—अ. बल्कि, ऐसा नहीं।

वरम—पु. [अ.] सूजन, सोज़िश, शोथ; शरीर के किसी अंग का सूज जाना।

वरांगना—स्त्री. [सं.] सुंदर स्त्री।

वराक—वि. [सं.] दरिद्र, गरीब; दया का पात्र, दयनीय; दीन-हीन; अभागा।

वराकक—वि. [सं.] बुरा, खराब।

वराकांक्षी—वि. [सं.] वर का इच्छुक।

वराटी, वराडी—स्त्री. [सं.] एक राग (संगी.)।

वरान्डा—पु. [अं.] बरामदा, कमरे या घर के आगे पटा हुआ खुला स्थान।

वरान्न—पु. [सं.] उत्तम अन्न।

वरारोह—पु. [सं.] विष्णु।

वरालि—पु. [सं.] चंद्रमा।

वरालिका—स्त्री. [सं.] देवी दुर्गा।

वरासत—स्त्री. [अ.] विरासत में मिली संपत्ति, धन; उत्तराधिकार, रिक्थ।

वरासतन—अ. उत्तराधिकार रूप में, वारिस होने की हैसियत से।

वरासन—पु. [सं.] दूल्हे के बैठने का पीढ़ा, आसन; उत्तम आसन।

वराह—पु. [सं.] सूअर।

वराही—स्त्री. [सं.] सूअरी।

वरिषा—स्त्री. [सं.] वर्षा, वर्षा ऋतु।

वरिष्ठ—वि. [सं.] श्रेष्ठ, बड़ा; पद या आयु में बड़ा, 'कनिष्ठ' का विपरीतार्थी ('सीनियर')।

वरिष्ठता—स्त्री. [सं.] वरिष्ठ होने की अवस्था ('सीनियरिटी')।

वरीयता—स्त्री. [सं.] किसी चीज़ को अधिमान देना ('प्रिफरेंस')।

वरीवर्द—पु. [सं.] बैल।

वरीषु—पु. [सं.] कामदेव।

वरु—अ. बल्कि।

वरुण—पु. [सं.] जल के अधिपति देवता; जल, पानी; सूर्य; एक ग्रह जो सौर जगत् में सबसे दूरस्थ है, इसका पता सन् 1884 ई. में लगा था—'नैपच्यून'।

वरुणा—स्त्री. [सं.] एक नदी जो वाराणसी में गंगा के साथ मिलती है।

वरुणालय—पु. [सं.] समुद्र।

वरुणावास—पु. [सं.] समुद्र।

वरुणानी—स्त्री. [सं.] वरुण की स्त्री।

वरुणावि—स्त्री. [सं.] लक्ष्मी।

वरुणोद—पु. [सं.] एक समुद्र।

वरूथ—पु. [सं.] सेना; समूह।

वरूथवती—स्त्री. [सं.] सेना।

वरूथाधिप—पु. [सं.] सेनानायक।
वरूथिनी—स्त्री. [सं.] सेना, फौज।
वरेंद्र—पु. [सं.] इन्द्र; राजा।
वरेण्य—वि. [सं.] पूज्य, श्रेष्ठ; प्रधान, मुख्य।
वरेश्वर—पु. [सं.] शिव।
वर्क—पु. [सं.] काम। **~शॉप**—स्त्री. कार्यशाला।
वर्कर—पु. [सं.] श्रमिक, मज़दूर; कार्यकर्ता ('कांग्रेस-वर्कर', 'सोशल वर्कर')।
वर्किंग कमिटी—स्त्री. [अं.] कार्यकारिणी समिति।
वर्किंग क्लास—पु. [अं.] श्रमिक वर्ग, मज़दूर वर्ग।
वर्ग—पु. [सं.] एक ही प्रकार की अनेक वस्तुओं का समूह, कोटि, श्रेणी ('क्लास'); सामान्य धर्म या स्वरूप रखने वाले पदार्थों का समूह ('गुण'); समान अंकों या संख्याओं का घात या गुणनफल; वह चौकोर क्षेत्र जिसकी लम्बाई-चौड़ाई और चारों कोण बराबर हों ('स्क्वायर')।
वर्गशः—क्रि.वि. [सं.] वर्ग के अनुसार।
वर्गांक—पु. [सं.] वह अंक जो किसी संख्या का वर्ग हो।
वर्गीकरण—पु. [सं.] वर्ग के अनुसार वस्तुओं का विभाग करना।
वर्गीकृत—वि. [सं.] वर्ग, वर्गों में बाँटा हुआ।
वर्गीण—वि. [सं.] वर्ग विशेष से संबंधित।
वर्गीय—वि. [सं.] वर्ग विशेष से सम्बद्ध। पु. एक ही वर्ग का सदस्य, अक्षर, आदि।
वर्ग्य—वि. [सं.] एक ही वर्ग, एक ही जाति या समूह का।
वर्च—पु. [सं.] शक्ति, तेज।
वर्चस्व—पु. [सं.] तेज; महत्त्व; श्रेष्ठता, प्रखरता।
वर्चस्वान—वि. [सं.] शक्तिशाली; तेजोमय।
वर्चस्वी—वि. [सं.] तेजस्वी।
वर्ज—वि. [सं.] रहित, परित्यक्त, मुक्त।
वर्जक—वि. [सं.] परित्याग करने वाला, छोड़ने वाला; निषेध करने वाला।
वर्जन—वि. [सं.] निषेध; छोड़ना, त्याग।
वर्जना—द्र. 'वर्जन'। स.क्रि. मना करना।
वर्जनीय—वि. [सं.] त्याज्य, वर्ज्य।
वर्जित—वि. [सं.] निषिद्ध; मना किया हुआ।
वर्जिश—स्त्री. द्र. 'वरजिश'।
वर्ण—पु. [सं.] रंग (लाल, काला, नीला, आदि); शरीर का रंग (गौर वर्ण); अकारादि अक्षरों के चिह्न या संकेत; हिन्दुओं के चार जातिगत विभाग—ब्राह्मण, क्षत्रिय, वैश्य तथा शूद्र। **~भेद**—पु. जाति-भेद। **~माला**—स्त्री. [सं.] किसी लिपि के समस्त अक्षरों की क्रम से सूची ('एल्फाबेट्स')। **~विचार**—पु. व्याकरण का वह अंग, जिसमें वर्णों या अक्षरों के स्वरूप, भेद, उच्चारण, प्रयोग, आदि का विवेचन या विचार होता है। **~विपर्यय**—पु. निरुक्त के अनुसार बोलचाल में वर्णों का क्रम आगे-पीछे हो जाना। **~वृत्त**—पु. वह छंद, जिसके चरणों में लघु-गुरु का यथाक्रम संयोजन हो।
वर्णच्छटा—स्त्री. [सं.] किसी वस्तु की वह छटा, जो आँखें बंद करने पर भी कल्पना में छाई रहती है; वर्णक्रम।
वर्णन—पु. [सं.] विस्तारपूर्वक कहा जाने वाला हाल, विवरण; चित्रण; लिखना; प्रशंसा; गुण कथन।
वर्णना—स्त्री. [सं.] सविस्तार बताना; प्रशंसा, गुण कथन।
वर्णनातीत—वि. [सं.] जिसका वर्णन न किया जा सके; अवर्णनीय।
वर्णनीय—वि. [सं.] वर्णन, चित्रण के योग्य।
वर्णागम—पु. [सं.] शब्द में किसी अक्षर का आ मिलना।
वर्णात्मक—वि. [सं.] जो वर्णों में लिखा जा सके (शब्द)।
वर्णानुक्रम—पु. [सं.] अनुप्रास शब्दालंकार का एक भेद; वर्णों का नियत क्रम।
वर्णानुक्रमणिका—स्त्री. [सं.] वर्णमाला के अनुसार वर्णों की क्रम-सूची।
वर्णावलि—स्त्री. [सं.] वर्ण-क्रम।
वर्णावृत्ति—स्त्री. [सं.] किसी वर्ण का बार-बार आना।
वर्णाश्रम—पु. [सं.] हिन्दुओं में प्रचलित चार वर्णों, जातियों और चार आश्रमों की व्यवस्था।
वर्णाश्रमी—वि. [सं.] वर्णाश्रम संबंधी।
वर्णिक—वि. [सं.] वर्ण संबंधी। **~वृत्त**—पु. वर्णिक छंद।
वर्णित—वि. [सं.] जिसका वर्णन किया गया हो, कथित।
वर्णोच्चारण—पु. [सं.] वर्ण का उच्चारण।
वर्ण्य—पु. [सं.] वर्णन के योग्य; जिसका वर्णन हो रहा हो; प्रस्तुत विषय; उपमेय।
वर्तन—वि. [सं.] बरताव, व्यवहार; फेरना, घुमाना।
वर्तनी—स्त्री. [सं.] शब्द के वर्ण, उनका क्रम तथा उच्चारण विधि, हिज्जे; मार्ग, रास्ता।
वर्तमान—वि. [सं.] जो इस समय हो या चल रहा हो; उपस्थित, विद्यमान; हाल का; व्याकरण में क्रिया का वह काल, जिससे ज्ञात होता है कि वह कार्य अभी चल रहा है—वर्तमान काल।
वर्तिका—स्त्री. [सं.] बत्ती; शलाका, सलाई; तूलिका।
वर्तित—वि. [सं.] लौटाया हुआ; संपादित।
वर्ती—वि. [सं.] स्थित रहने वाला, पदांत में प्रयुक्त-निकटवर्ती, सहवर्ती।
वर्तुल—वि. [सं.] गोल, वृत्ताकार।
वर्तुलाकार, वर्तुलाकृति—वि. [सं.] गोल।
वर्त्स—पु. [सं.] दाँत और मसूढ़ों के मिलने की जगह।

वत्सर्य—वि. [सं.] वह व्यंजन वर्ण जिसका उच्चारण करते समय जीभ मसूढ़ों का स्पर्श करती है।

वर्दी—स्त्री. द्र. 'वरदी'।

वर्द्धक, वर्धक—वि. [सं.] बढ़ाने वाला।

वर्द्धन, वर्धन—पु. [सं.] वृद्धि, बढ़ाना; अभ्युदय करने वाला।

वर्द्धनी, वर्धनी—स्त्री. [सं.] झाड़ू; अरथी; कलसी, छोटा घड़ा।

वर्द्धमान, वर्धमान—वि. [सं.] बढ़ता हुआ; वृद्धिशील।

वर्द्धित, वर्धित—वि. [सं.] बढ़ा हुआ या बढ़ाया हुआ।

वर्ना—अ. [फा.] द्र. 'वरना'।

वर्नाक्यूलर—पु. [सं.] देशी बोली।

वर्म—पु. [सं.] कवच, बख़्तर।

वर्मा—पु. [सं.] कायस्थ, खत्री, सुनारों, आदि के नाम के आगे लगने वाला जातिसूचक शब्द।

वर्मिक—वि. [सं.] कवचयुक्त।

वर्मित—वि. [सं.] जिसने कवच धारण किया हुआ हो।

वर्य—वि. [सं.] श्रेष्ठ, प्रधान (पदांत में प्रयुक्त ऋषिवर्य, पंडितवर्य)।

वर्वरक—पु. [सं.] एक चंदन।

वर्ष—पु. [सं.] साल, बारह महीनों का समय, काल-गणना का एक प्रसिद्ध मान, बरस।

वर्षक—वि. [सं.] वर्षा करने वाला, बरसने वाला।

वर्षण—पु. [सं.] वर्षा, वृष्टि।

वर्षांक—पु. [सं.] वर्ष का अंकन—वर्षांक 2013, आदि।

वर्षांश—पु. [सं.] मास, महीना।

वर्षा—स्त्री. [सं.] पानी बरसना, बरसात; वह ऋतु जिसमें बारिश होती है। **ला.** किसी वस्तु का बहुत अधिक मात्रा में गिरना, चारों ओर से आना ('नोटों की बरसात', 'सौगातों की बरसात')।

वर्षागम—पु. [सं.] वर्षा का आरंभ; वर्षा ऋतु का आरंभ।

वर्षानुवर्षी—वि. [सं.] हर साल होने वाला, प्रत्येक वर्ष होने वाला।

वर्षारंभ—पु. [सं.] वर्ष का आरंभ; वर्षा ऋतु की शुरुआत, वर्षा का प्रारंभ।

वर्षार्ह—वि. [सं.] एक वर्ष के लिए पर्याप्त।

वर्षिक—वि. [सं.] वर्ष या वर्षा संबंधी।

वर्षित—वि. [सं.] बरसा हुआ।

वर्षिता—वि. [सं.] वर्षा करने वाली।

वर्षीय—वि. [सं.] ...वर्षों का (सोलह वर्षीय)।

वर्षोपल—पु. [सं.] ओले।

वर्हिर्मुख—पु. [सं.] अग्नि; देवता।

वलय—पु. [सं.] मंडल, धेरा; कंकण; कोहनी से ऊपर, बाहुमूल से नीचे पहने जाना वाला आभूषण।

वलयाकार—वि. [सं.] वलय के आकार का, वलय जैसा।

वलयित—वि. [सं.] लपेटा हुआ, वेष्टित।

वलायत*—स्त्री. [अ.] विलायत, इंग्लैंड।

वलि—स्त्री. [सं.] रेखा, लकीर; पेट में पड़ने वाला बल (त्रिवलि); श्रेणी, पंक्ति।

वलित—वि. [सं.] बल खाया हुआ, घूमा हुआ; झुका या मुड़ा हुआ; घिरा हुआ या घेरा; लिपटा हुआ; मिला हुआ, युक्त।

वली—पु. [अ.] स्वामी; संरक्षक; खुदा का प्यारा; सिद्ध पुरुष; किसी नाबालिग की जायदाद का संरक्षक। **~अहद**—पु. युवराज।

वलीवर्द—पु. [सं.] बैल।

वल्क—पु. [सं.] पेड़ की छाल।

वल्कल—पु. [सं.] पेड़ की छाल; पेड़ की छाल के वस्त्र।

वल्कली—वि. [सं.] वल्कल धारण करने वाला।

वल्गा—स्त्री. [सं.] लगाम, घोड़े की बाग, लगाम।

वल्द—पु. [अ.] बेटा, पुत्र।

वल्दीयत—स्त्री. [सं.] वंश परिचय, माँ-बाप का परिचय।

वल्मिक, वल्मिकि—पु. [सं.] दीमकों के रहने की बांबी, बिमौट।

वल्मीक—पु. [सं.] दीमकों के रहने की बांबी, दीमक की खाई मिट्टी का ढेर, ढूह।

वल्लभ—पु. [सं.] प्रियतम, प्यारा, स्वामी।

वल्लभा—स्त्री. [सं.] प्रेयसी, प्रियतमा।

वल्लभी—स्त्री. [सं.] गोपिका; प्रियतमा।

वल्लरि, वल्लरी—स्त्री. [सं.] लता, मंजरी।

वल्लभी—स्त्री. [सं.] गोपिका; प्रियतमा।

वल्लरि, वल्लरी—स्त्री. [सं.] लता, मंजरी।

वल्लव—पु. [सं.] गोप, वल्लभ।

वल्लवी—स्त्री. [सं.] गोपिका।

वल्लाह—अ. [अ.] खुदा की कसम, सौगंध; सचमुच।

वल्लिका—स्त्री. [सं.] लता; वेला।

वशंकर—वि. [सं.] वश में करने वाला, मोहित करने वाला।

वशंकृत—वि. [सं.] वश में किया हुआ।

वश—पु. [सं.] शक्ति या अधिकार की सीमा, काबू; अधिकार, काबू।

वशानुग—पु. [सं.] आज्ञाकारी, दास।

वशिमा—स्त्री. [सं.] योग की एक सिद्धि, वश में करने की शक्ति।

वशिष्ठ—पु. [सं.] द्र. 'वसिष्ठ'।

वशीकर—वि. [सं.] वश में करने वाला।

वशीकरण—पु. [सं.] वश में करना, मंत्र, आदि की शक्ति से किसी को मोहित कर वश में कर लेना।

वशीकृत—वि. [सं.] वश में किया हुआ।

वशीभूत—वि. [सं.] अधीन, पराधीन।

वशेंद्रिय—वि. [सं.] जितेंद्रिय।

वश्य—वि. [सं.] वश में किये जाने योग्य; जिसे वश में किया जा सकता है।

वसंत—पु. [सं.] छह ऋतुओं में सर्वश्रेष्ठ मानी जाने वाली ऋतु—चैत और वैशाख, इसके दो माह माने गए हैं; षाड़व जाति का एक राग (संगी.)। **~तिलका**—स्त्री. एक वर्ण वृत्त। **~पंचमी**—स्त्री. माघ शुक्ला पंचमी का वसंत का त्योहार, वसंतोत्सव।

वसंतोत्सव—पु. [सं.] होलिका पर्व, मदनोत्सव, कुछ स्थानों पर वसंत पंचमी को ही यह उत्सव मनाया जाता है।

वसति, वसती—स्त्री. [सं.] वास, रहना; घर, वास-स्थान; शिविर; बस्ती।

वसथ—पु. [सं.] घर, वास-स्थान; नीड़।

वसन—पु. [सं.] वस्त्र; ढकने की वस्तु, आवरण; निवास।

वसा—स्त्री. [सं.] मेद; मेद या चरबीवाला पदार्थ।

वसित—वि. [सं.] पहना हुआ; बसा हुआ।

वसितव्य—वि. [सं.] धारण करने योग्य; पहनने योग्य।

वसी—पु. [सं.] वह व्यक्ति जिसको वसीयत की गई हो।

वसीअत, वसीयत—स्त्री. [अ.] वह अभिलेख (दस्तावेज़), जिसमें अपनी मृत्यु के वाद संपत्ति के बँटवारे या प्रबंधन के निर्देश दिये गए हों ('विल')।

वसीका—पु. दस्तावेज़; व्यवस्था-पत्र; इकरारनामा।

वसीला—पु. [अ.] साधन, जरिया; आश्रय, सहायता, सहारा।

वसुंधरा—स्त्री. [सं.] पृथ्वी।

वसु—पु. [सं.] सबमें बसनेवाला; मधुर; आठ वैदिक देवताओं का एक गण; आठ की संख्या; रत्न; धन; अग्नि; जल; सोना, स्वर्ण; सूर्य।

वसुमती—स्त्री. [सं.] पृथ्वी। **~पति**—पु. राजा।

वसूरा—स्त्री. [सं.] वेश्या।

वसूल—पु. [अ.] प्राप्ति, मिलना; पहुँचना; किसी से प्राप्त होने वाले धन की प्राप्ति।

वसूली—वि. वसूल होने योग्य; जो धन, राशि प्राप्त हुई हो।

वस्त—पु. [सं.] रहने का स्थान, मकान, भवन; बकरा।

वस्तव्य—वि. [सं.] निवास-स्थान, मकान।

वस्ति—स्त्री. [सं.] नीम के नीचे का भाग, पेड़ू; मूत्राशय। **~कर्म**—पु. लिंगेन्द्रिय, गुदा, आदि मार्गों में पिचकारी लगाना।

वस्तु—स्त्री. [सं.] चीज़, पदार्थ; उपकरण; नाटक की कथा-वस्तु। **~निष्ठ**—वि. विषयगत; वस्तु या पदार्थ से सीधे-सीधे संबंधित ('ऑब्जेक्टिव')। **~परक**—वि. द्र. निष्ठ। **~स्थिति**—स्त्री. वास्तविक स्थिति, सच्चाई।

वस्तुतः (तस्)—अ. [सं.] वास्तव में, यथार्थतः।

वस्तूत्प्रेक्षा—स्त्री [सं.] साहित्य में उत्प्रेक्षा अलंकार का एक भेद, इसमें उपमेय वस्तु में उपमान के कार्य या गुण की कल्पना की जाती है।

वस्तूपमा—स्त्री. [सं.] उपमा अलंकार का एक भेद, धर्म-लुप्तोपमा।

वस्त्र—पु. [सं.] कपड़ा; पोशाक, परिधान।

वस्त्रक—पु. [सं.] कपड़ा।

वस्त्रांचल—पु. [सं.] कपड़े का छोर।

वस्त्रागार—पु. [सं.] कपड़े का भंडार, दुकान।

वस्त्राभूषण—पु. [सं.] वस्त्र और आभूषण।

वस्ल—पु. [अ.] मिलन, प्रेमी-प्रेमिका का मिलन।

वह—सर्व. वक्ता और श्रोता के अतिरिक्त किसी तीसरे मनुष्य या दूरस्थ पदार्थ, वस्तु का संकेत करने वाला सर्वनाम या परोक्ष वस्तुओं का सूचक शब्द। वि. [सं.] वहन करने वाला, वाहक (भारवह)।

वहदत—स्त्री. [अ.] (सूफ़ी दर्शन में) वाहिद या एक होने का भाव, एकत्व की स्थिति (खुदा एक है)।

वहन—पु. [सं.] खींच या ढोकर एक स्थान से दूसरे स्थान पर ले जाना; ऊपर लेना, (खर्च) उठाना।

वहनीय—वि. [सं.] उठा या खींचकर ले जाने योग्य; ऊपर लेने योग्य।

वहम—पु. [अं.] शक, संदेह; मन में होने वाली मिथ्या धारण; भ्रम, धोखा।

वहमी—वि. शंकालु, जिसके मन में कोई-न-कोई वहम, शंका बनी रहती हो।

वहश—पु. [अ.] जंगली जानवर।

वहशत—स्त्री. वहशी होने की अवस्था; पागलपन।

वहशियाना—अ. जंगली जानवरों की तरह।

वहशी—वि. जंगली; असभ्य। पु. बर्बर या असभ्य व्यक्ति।

वहाँ—अ. उस जगह (दूर के लिए)।

वहाबी—पु. अब्दुल वहाब नज़्दी द्वारा चलाया गया मुसलमानों का एक संप्रदाय, जो केवल कुरआन को मानता है, हदीसों को मान्यता नहीं देता; उस संप्रदाय का अनुयायी।

वहिः—अ. [सं.] बाहर (समस्त पदों में प्रयुक्त—वहिर्गमन)।

वहिनी—स्त्री. [सं.] नाव।

वहीं—पु. [अ.] उसी स्थान पर।

वही—सर्व. जिसका उल्लेख हुआ हो, वह ही; पूर्वोक्त ही; दूसरा नहीं।

वह्नि—पु. [सं.] अग्नि, आग।

वांक—पु. [सं.] समुद्र।

वांगाल—पु. [सं.] एक राग (संगी.)।

वांगाली—स्त्री. [सं.] एक रागिनी (संगी.)।

वांछक—वि., पु. [सं.] इच्छा करने वाला।

वांछन—पु. [सं.] इच्छा करना।

वांछनीय—वि. [सं.] चाहने योग्य; जिसे प्राप्त करने की इच्छा हो, इष्ट; जिसका होना अनुचित या अप्रिय न हो।

वांछा—स्त्री. [सं.] चाह, इच्छा।

वांछित—वि. [सं.] इच्छित, चाहा हुआ।

वांछी—वि. [सं.] इच्छुक, चाहने वाला।

वांश—वि. [सं.] बाँस का बना हुआ।

वांशिक—पु. [सं.] बाँसुरी बजाने वाला; बाँस काटने वाला।

वा:पुष्प—पु. [सं.] लौंग।

वा—अ. [सं.] या, अथवा।

वाइकाउंट—पु. [अं.] इंग्लैंड के जमींदारों की एक उपाधि।

वाइज़—वि., पु. [अ.] वाज, नसीहत करने वाला; धर्मोपदेशक।

वाइदा—पु. [अ.] द्र. 'वादा'।

वाइन—स्त्री. [अं.] शराब; शराब की एक किस्म।

वाइफ़—स्त्री. [अं.] पत्नी।

वाइरस—पु. [अं.] विषाणु; रोग का कीटाणु।

वाइस—पु. [अं.] उप; किसी संस्था या विभाग के प्रधान से नीचे, दूसरा पद। **~चांसलर**—पु. उपकुलपति। **~प्रेसीडेंट**—पु. उप-प्रधान। **~राय**—पु. वाइसराय, उप-राजा (राजा का प्रतिनिधि रूप), ब्रिटिश शासन में भारत में इंग्लैंड के राजा का प्रतिनिधि, सर्वोच्च शासक।

वाउचर—पु. [अं.] खर्च का पुरजा, छोटा कागज़ जिस पर खर्च या खरीदे सामान का विवरण अंकित होता है।

वाक आउट—पु. [अं.] नाराज़, क्रुद्ध होकर किसी सभा, सदन से बाहर चले जाना।

वाक-ओवर—पु. [अं.] आसानी से (बिना स्पर्धा के) जीत जाना।

वाक़ई—अ. [अ.] वास्तव में, यथार्थतः, असलियत में।

वाक़िआ, वाक़ेआ—पु. [अ.] घटना; दुर्घटना; वृत्तांत, समाचार।

वाक़िआत—पु. [अ.] वाक़िआ का बहु., घटनाएँ, दुर्घटनाएँ, समाचार।

वाक़िफ़—वि. [अ.] जानकार, परिचय का। **~कार**—वि. किसी काम को जानने, समझने वाला; जान-पहचान वाला।

वाक़िफ़ीयत—स्त्री. [अ.] जानकारी, परिचय।

वाक्—स्त्री. [सं.] मुँह से निकलने वाली सार्थक ध्वनि, वाणी; सरस्वती, विद्या की देवी; जिह्वा। **~पटु**—वि. बात करने में चतुर।

वाक्य—पु. [सं.] वह सार्थक शब्द-समूह, जिसके द्वारा किसी पर अपना अभिप्राय प्रकट किया जाता है। **~विन्यास**—पु. वाक्यों की बनावट, वाक्य-रचना।

वाक्यांतर्गत—पु. [सं.] वाक्य के अंदर आया हुआ।

वाक्यांश—पु. [सं.] वाक्य का अंश।

वागधिप—पु. [सं.] बृहस्पति।

वागा—स्त्री. [सं.] लगाम।

वागिंद्रिय—स्त्री. [सं.] जिह्वा, जीभ।

वागीश—पु. [सं.] कवि; वक्ता। वि. वाक्-पटु, अच्छा बोलने वाला।

वागीशा, वागीश्वरी—स्त्री. [सं.] सरस्वती।

वागीश्वर—पु. [सं.] कवि; ब्रह्मा; बृहस्पति।

वाग्गुण—पु. [सं.] भाषण-कला।

वाग्जाल—पु. [सं.] वाक्यों का ऐसा आडम्बर, जिसमें अर्थ या सार बहुत कम हो।

वाग्दत्त—वि. [सं.] जिसको देने का वचन दे दिया हो।

वाग्दत्ता—स्त्री. [सं.] वह कन्या जिसका विवाह किसी के साथ निश्चित हो चुका हो।

वाग्दान—पु. [सं.] कुछ देने या करने का वचन, वायदा; कन्या के पिता या अभिभावक का किसी को यह वचन दे देना कि उसका विवाह उसी से किया जाएगा।

वाग्देवता—स्त्री. [सं.] सरस्वती।

वाग्देवी—स्त्री. [सं.] सरस्वती।

वाग्दोष—पु. [सं.] बोलने की त्रुटि।

वाग्धारा—स्त्री. [सं.] शब्दों का प्रवाह।

वाग्मिता—स्त्री., **वाग्मित्व**—पु. [सं.] भाषण-पटुता; पांडित्य।

वाग्मी—वि. [सं.] अच्छा भाषण करने वाला; विद्वान्।

वाग्युद्ध—पु. [सं.] शब्दों का युद्ध, बोलचाल में झगड़ा, गाली-गलौज।

वाग्वादिनी—स्त्री. [सं.] सरस्वती।

वाग्विदग्ध—वि. [सं.] वार्ता-कुशल; बात को चतुराई से कहना।

वाग्विलास—पु. [सं.] मनोरंजन, आनंद के लिए की जाने वाली बातचीत।

वाग्वीर—पु. [सं.] वह व्यक्ति जो केवल बातों का वीर हो, बातवीर।

वाग्वैचित्र्य—पु. [सं.] वाणी की विलक्षणता, वाणी का चातुर्य।

वाग्वैदग्ध्य—पु. [सं.] कथोपकथन में दक्षता, वाणी-कौशल, कथन में प्रवीणता।

वाग्वैभव—पु. [सं.] वाणी की शक्ति।

वाग्व्यवहार—पु. [सं.] मुहावरा।

वाङ्निष्ठा—स्त्री. [सं.] वचनबद्धता; विश्वासपात्रता।

वाङ्मती—स्त्री. [सं.] बागमती (नेपाल की एक नदी)।

वाङ्मधुर—वि. [सं.] मधुरभाषी।

वाङ्मय—वि. [सं.] साहित्य; किसी भाषा में लिखित संपूर्ण सामग्री।

वाङ्मयी—स्त्री. [सं.] सरस्वती।

वाङ्मुख—पु. [सं.] भाषण का आरंभिक अंश, भूमिका।

वाङ्मूर्ति—स्त्री. [सं.] सरस्वती।

वाचक—वि. [सं.] बताने वाला, सूचक। पु. पाठक, बोलने वाला।

वाचकोपमान धर्मलुप्ता—स्त्री. [सं.] उपमा अलंकार का एक भेद, जिसमें वाचक, उपमान और सामान्य धर्म लुप्त हों।

वाचकोपमानलुप्ता—स्त्री. [सं.] वह उपमा जिसमें वाचक और उपमान न हों।

वाचकोपमेयलुप्ता—स्त्री. [सं.] वह उपमा जिसमें वाचक और उपमेय का लोप हो।

वाचन—पु. [सं.] बाँचना; कहना; प्रतिपादन।

वाचनालय—पु. [सं.] वह स्थान जहाँ समाचार-पत्र और पत्रिकाएँ सार्वजनिक उपयोग के लिए रखी जाती हैं।

वाचनिक—वि. [सं.] मौखिक, शब्दों द्वारा व्यक्त।

वाचस्पति—पु. [सं.] बृहस्पति; बहुत बड़ा विद्वान्; वाणी; वचन।

वाचस्पत्य—पु. [सं.] वाचस्पति संबंधी; वाचस्पति द्वारा कथित या निर्मित; भाषण-पटुता, वाक्-कौशल।

वाचा—अ. [सं.] वचन से, वाणी से।

वाचाट—वि. [सं.] बकवादी, बातूनी; अपनी डींग मारने वाला।

वाचाल—वि. [सं.] बहुत बोलने वाला, बकवादी।

वाचालता—स्त्री. [सं.] बहुत बोलने की आदत; बहुत बोलना।

वाचिक—वि. [सं.] मौखिक, वाणी से कहा गया, बोला गया। पु. अभिनय का वह भेद जिसमें केवल संवादों से अभिनय किया जाता है।

वाची—वि. [सं.] सूचक, बोधक, वाचक।

वाच्य—वि. [सं.] कहने योग्य; जिसका बोध अभिधा शक्ति से हो। पु. अभिधेयार्थ; क्रिया का एक रूप, इसके दो भेद—कर्तृ वाच्य और कर्म वाच्य।

वाच्यार्थ—पु. [सं.] अभिधेयार्थ, शब्दार्थ।

वाच्यावाच्य—पु. [सं.] कहने, न कहने योग्य।

वाज—पु. [सं.] पंख, पर।

वाज़—पु. उपदेश, शिक्षा; धार्मिक उपदेश, कथा।

वाजपेयी—पु. [सं.] ब्राह्मणों की एक उपजाति।

वाजसनेय—पु. [सं.] यजुर्वेद की एक शाखा; याज्ञवल्क्य ऋषि।

वाजित—वि. [सं.] पंखवाला, पंखयुक्त (बाण, आदि)।

वाजिब—वि. [अ.] उचित; ज़रूरी।

वाजिबी—वि. उचित, आवश्यक।

वाजिशाला—स्त्री. [सं.] घुड़साल, अश्वशाला।

वाज़िह, वाज़ेह—वि. [अ.] खुला हुआ, स्पष्ट, विशद; साफ़-साफ़ लिखा हुआ।

वाजी—पु. [सं.] घोड़ा।

वाजीकर—वि. [सं.] शक्तिवर्द्धक; कामोद्दीपक।

वाजीकरण—पु. [सं.] औषधि द्वारा शक्तिवर्द्धन या कामोद्दीपन।

वाजीक्रिया—स्त्री. [सं.] कामोद्दीपक औषधि का प्रयोग।

वाट—पु. [सं.] बाड़ा, घेरा, चारदीवारी; सड़क, पथ। **मु. ~लगाना**—(मराठी से गृहीत) बर्बाद कर देना।

वाटर—पु. [अं.] पानी; जलाशय, सागर। **~कलर**—पु. पानी, गोंद, आदि डालकर बनाए गए रंग। **~फ़ाल**—पु. झरना, जल-प्रपात। **~वर्क्स**—पु. वह स्थान जहाँ से नगर में जल-आपूर्ति की जाती है।

वाटि—स्त्री. [सं.] घिरा हुआ स्थान।

वाटिका—स्त्री. [सं.] उद्यान, छोटा बगीचा।

वाड़ब, वाड़व—पु. [सं.] समुद्र में लगने वाली आग, वाड़वाग्नि।

वाड़वाग्नि—स्त्री. [सं.] समुद्र में लगने वाली आग।

वाड़वानल—पु. [सं.] वाड़वाग्नि, समुद्र में लगने वाली आग।

वाण—पु. [सं.] 'बाण'।

वाणिज—पु. [सं.] व्यापारी।

वाणिजिक—पु. [सं.] सौदागर; वंचक, ठग।

वाणिज्य—पु. [सं.] व्यापार। **~दूत**—पु. किसी देश का दूसरे देश में वह प्रतिनिधि, जो अपने देश के व्यापारिक हितों की रक्षा और संवर्द्धन का कार्य करना है।

वाणिज्यक—पु. [सं.] व्यापारी।

वाणिज्यिक—वि. [सं.] वाणिज्य संबंधी, व्यापार संबंधी ('कॉमर्शियल')।

वाणी—स्त्री. [सं.] वचन, वाक्शक्ति; सरस्वती; जीभ, रसना।

वात—पु. [सं.] वायु, पवन; शरीर में उपस्थित वात, पित्त, कफ़ तत्त्वों में से एक, जिसके बिगड़ने से शरीर में वायु-संबंधी अनेक रोग हो जाते हैं।

वातकी—वि. [सं.] वात रोग से ग्रस्त।

वातानुकूलन—पु. [सं.] हवा के तापमान को अनुकूल बनाना ('एयरकंडीशनिंग')।

वातानुकूलित—वि. [सं.] हवा के तापमान को अनुकूल बनाया हुआ ('एयरकंडीशंड')।

वातायन—पु. [सं.] झरोखा, खिड़की।

वातावरण—पु. [सं.] वह हवा, प्रकाश आदि, जो पृथ्वी को चारों ओर से घेरे रहती हैं; जीवन को प्रभावित करने वाली परिस्थितियाँ।

वातावरणिक—वि. [सं.] वातावरण संबंधी।

वातावर्त्त—पु. [सं.] बवंडर।

वाताश्व—पु. [सं.] तेज़ घोड़ा, वायु की गति के समान तेज़।

वाताहार—वि. [सं.] हवा खा कर जीने वाला।

वातीय—वि. [सं.] वायु संबंधी।

वातोर्मि—स्त्री. [सं.] एक वर्णवृत्त; वायु से उठी लहर, तरंग।

वात्या—स्त्री. [सं.] बवंडर, अंधड़; तूफान। **~चक्र**—पु. वायु का बगूला, बवंडर।

वात्सरिक—वि. [सं.] वार्षिक।

वात्सल्य—पु. [सं.] माता-पिता का अथवा बड़ों का छोटों के प्रति प्रेम, स्नेह, ममता। **~रस**—पु. साहित्य में दसवें रस के रूप में स्वीकृत—वात्सल्य रस।

वात्स्यायन—पु. [सं.] कामसूत्र के रचयिता ऋषि।

वाद—पु. [सं.] किसी सिद्धांत, आदि पर होने वाली बहस के तर्क; बहस; सिद्धांत। **~प्रतिवाद**—पु. उत्तर-प्रत्युत्तर, बहस। **~विवाद**—पु. बहस, विमर्श।

वादक—पु. [सं.] संगीत के वाद्य बजाने वाला (सितार वादक, तबला, वादक, आदि); शास्त्रार्थ करने वाला।

वादन—पु. [सं.] वाद्य, बाजा बजाने वाला।

वादा—पु. [अ. 'वायदा'] वचन, प्रतिज्ञा। **~ख़िलाफ़**—वि. वचन भंग करने वाला। **~खिलाफ़ी**—स्त्री. वचन भंग।

वादानुवाद—पु. [सं.] शास्त्रार्थ, तर्क-वितर्क।

वादाम—पु. [सं.] बादाम।

वादि—वि. [सं.] विद्वान्; चतुर।

वादिक—वि. [सं.] बात करने वाला; तर्क करने वाला।

वादित—वि. [सं.] बजाया हुआ।

वादितव्य—वि. [सं.] कहे जाने योग्य।

वादिर—पु. [सं.] एक वृक्ष; उसका फल।

वादी—पु. [सं.] मुकदमा चलाने वाला, अभियोग पक्ष; बोलने वाला, वक्ता।

वाद्य—पु. [सं.] बाजा, वाद्य। **~वृंद**—पु. स्वर उत्पन्न करने वाले अनेक प्रकार के वाद्यों का एक साथ मिलकर बजाया जाना। **~संगीत**—पु. वाद्यों, बाजों से होने वाला संगीत ('इन्स्ट्रुमेंटल म्यूज़िक')।

वानप्रस्थ—पु. [सं.] प्राचीन भारतीय आश्रमों में से तीसरा आश्रम, जिसमें मानव के पचास वर्ष के हो जाने पर उसके वन में जाकर रहने, तपस्या करने का विधान है।

वानप्रस्थाश्रमी—वि. [सं.] वानप्रस्थ आश्रम में रहने वाला।

वानप्रस्थी—वि. [सं.] द्र. 'वानप्रस्थाश्रमी'।

वानप्रस्थ्य—पु. [सं.] वानप्रस्थ की अवस्था।

वानर—पु. [सं.] बंदर; एक प्राचीन जाति।

वानरी—स्त्री. [सं.] वानर की मादा, बंदरी; वानरों की सेना।

वानरेंद्र—पु. [सं.] सुग्रीव या हनुमान।

वानस्पतिक—वि. [सं.] वनस्पति संबंधी; वनस्पति का; वनस्पति से निकला हुआ (दूध, दही, आदि)।

वानस्पत्य—वि. [सं.] वनस्पतियों से संबंध रखने वाला; वनस्पतियों से बना हुआ।

वानिक—वि. [सं.] वन, जंगल में रहने वाला।

वानिकी—स्त्री. [सं.] वन के पेड़-पौधों, आदि की जानकारी देने वाला विज्ञान ('फॉरेस्ट्री')।

वान्य—वि. [सं.] वन-संबंधी।

वापस—वि. [फा.] लौटाया हुआ, फेरा हुआ।

वापसी—वि. लौटना; लौटा हुआ; वापस होने की क्रिया।

वापि—स्त्री. [सं.] तालाब।

वापिका—स्त्री. [सं.] छोटा तालाब, बावड़ी, बावली; चौड़े मुँह का कुआँ।

वापित—वि. [सं.] बोया हुआ।

वापिस—वि. [फा.] वापस।

वापी—स्त्री. [सं.] तालाब; बावड़ी, बावली।

वाबस्तगी—स्त्री. [फा.] लगाव, संबंध।

वाबस्ता—वि. [फा.] सम्बद्ध, जुड़ा हुआ, बँधा हुआ।

वाम*—स्त्री. वाम। वि. बायाँ, 'दाहिना' का उलटा; प्रतिकूल, विरुद्ध; टेढ़ा, वक्र; कठोर; निर्दय। **~मार्ग**—पु. वेद विरुद्ध तांत्रिक मत।

वामन—वि. [सं.] बौना, बहुत छोटे कद का, नाटा।

वामनक—वि. [सं.] छोटे कद का, बौना। पु. छोटे कद का आदमी, बौना।

वामांगिनी, वामांगी—स्त्री. [सं.] पत्नी।

वामा—स्त्री. [सं.] औरत, स्त्री; दुर्गा, गौरी; एक वर्णवृत्त।

वामाक्षि—पु. [सं.] बायीं आँख।

वामागम, वामाचार—पु. [सं.] एक तांत्रिक मत।

वामाचारी—पु. [सं.] तांत्रिक मत का अनुयायी, वाममार्गी (जो पंच मकारों के प्रयोग के विश्वासी हैं)।

वामिका—स्त्री. [सं.] चंडिका, दुर्गा।

वायदा—पु. [अ.] वादा, वचन।

वायरलैस—पु. [अं.] बेतार का, बेतार का तार, यंत्र।

वायलिन—पु. [अं.] अंग्रेज़ी ढंग का एक वाद्य।

वायव—वि. [सं.] वायु संबंधी।

वायविक—वि. [सं.] वायवीय।

वायवी—स्त्री. [सं.] आकाशीय; पूर्णतः काल्पनिक।

वायवीय—वि. [सं.] पूर्णतः काल्पनिक; आकाशीय।

वायव्य—वि. [सं.] वायु संबंधी।

वायस—पु. [सं.] कौआ। वि. काक संबंधी।

वायसाराति, वायसारि—पु. [सं.] उल्लू।

वायसी—स्त्री. [सं.] कौए की मादा।
वाया—पु. [अं.] के मार्ग से, से होकर, द्वारा। **~मीडिया**—पु. मध्यम मार्ग।
वायु—स्त्री. [सं.] हवा, पाँच तत्त्वों में से एक, जो पृथ्वी के चारों ओर ऊपर आकाश तक व्याप्त है, जिससे सब प्राणी साँस लेते हैं (स्त्री. और पुरुष—दोनों रूपों में प्रयोग प्रचलित)। **~पुराण**—पु. अठारह पुराणों में से एक। **~सेना**—स्त्री. वह सेना जो वायुयानों द्वारा युद्ध में भाग लेती है।
वायुयान—पु. हवाई जहाज।
वायुर—वि. [सं.] वायु युक्त, तूफ़ानी।
वायोलिन—स्त्री. [अं.] द्र. वायलिन।
वारंट—पु. [अं.] किसी की गिरफ़्तारी का आज्ञा-पत्र; किसी कार्य को करने का अधिकार-पत्र।
वारंवार—अ. द्र. 'बारंबार'।
वार—पु. [सं.] द्वार, दरवाज़ा; रुकावट, रोक; अवसर; दफ़ा, वार; सप्ताह का कोई दिन, जैसे—सोमवार, मंगलवार; किनारा, तट। चोट, आघात (तलवार का वार); आक्रमण, हमला।
वार—प्रत्य. [फा.] एक प्रत्यय जो शब्द के अंत में लगकर (अ) 'क्रम से', 'क्रमात्' अथवा 'के अनुसार' का अर्थ देता है, जैसे—प्रांतवार, भाषावार, आदि। (आ) 'रखने वाला' का अर्थ देता है, जैसे—उम्मीदवार।
वार—पु. [अं.] युद्ध। **~शिप**—पु. जंगी जहाज, युद्ध-पोत।
वारक—वि. [सं.] प्रतिरोधक, रोकनेवाला; निवारक।
वारण—पु. [सं.] निषेध; प्रतिरोध, मनाही, रुकावट; हाथी।
वारणसी—स्त्री. [सं.] द्र. 'वाराणसी'।
वारणानन—पु. [सं.] गणेश जी।
वारणावत—पु. [सं.] (महाभारत में) गंगा के तट का एक क्षेत्र जहाँ दुर्योधन ने लाक्षागृह का निर्माण कराया था।
वारणीय—वि. [सं.] निषेध करने योग्य, मनाही करने लायक; हाथी संबंधी।
वारदात—स्त्री. कोई भीषण दुर्घटना, कांड; मार-पीट; शस्त्र चलाने की घटना; दंगा-फसाद।
वारना—स.क्रि. राई-नोन आदि उतारना। पु. निछावर (करना)।
वारनिश—स्त्री. [अं. 'वार्निश'] लकड़ी, आदि पर की जाने वाली पॉलिश का रोगन।
वार-फेर—स्त्री. निछावर, किसी प्रिय जन—दूल्हा-दुल्हिन, बच्चे, आदि पर निछावर कर नौकर-चाकरों को दिया जाने वाला रुपया-पैसा।
वारफ़्तगी—स्त्री. आपे से बाहर होने की अवस्था; तल्लीनता; रास्ता भूलना, भटकना; मार्ग से भ्रष्ट होना।
वारफ़्ता—वि. [फा.] सुध-बुध भूला हुआ, आत्म-विस्मृति।
वारांगणा—स्त्री. [सं.] वेश्या।
वारांनिधि—पु. [सं.] समुद्र।
वाराणसी—स्त्री. [सं.] काशी, बनारस।
वाराणसेय—वि. [सं.] वाराणसी, काशी में उत्पन्न या बना हुआ।
वारालिका—स्त्री. [सं.] दुर्गा।
वाराशि—पु. [सं.] समुद्र।
वाराह—वि. [सं.] शूकर या सुअर नामक पशु; विष्णु का तीसरा अवतार, जिसमें उन्होंने शूकर रूप धारण किया था। **~पुराण**—पु. अठारह पुराणों में से एक।
वाराही—स्त्री. [सं.] शूकरी; वराह रूपधारी विष्णु की शक्ति।
वारि—पु. [सं.] जल, पानी।
वारित—वि. [सं.] जिसका निषेध किया गया हो, मना किया हुआ।
वारिद—वि. [अ.] बादल, मेघ।
वारिदात—स्त्री. [अ.] द्र. 'वारदात'।
वारिस—पु. [अ.] उत्तराधिकारी।
वारींद्र—पु. [सं.] समुद्र।
वारीट—पु. [सं.] हाथी।
वारीश—पु. [सं.] समुद्र।
वारुण—वि. [सं.] जल; वरुण। पु. एक नक्षत्र।
वारुणक—पु. [सं.] प्राचीन काल में एक जनपद।
वारुणी—स्त्री. [सं.] मदिरा, शराब; वरुण की पत्नी।
वारुणीश—पु. [सं.] विष्णु।
वार्क्ष—वि. [सं.] वृक्ष संबंधी; वृक्ष या काष्ठ से निर्मित।
वार्च—पु. [सं.] हंस।
वार्ड—पु. [अं.] नगरों में कई मुहल्लों का समूह, निर्वाचन, आदि में प्रबंधन-सुविधा के लिए बनाया गया क्षेत्र।
वार्डन—पु. [अं.] अभिभावक; छात्रावास का अधीक्षक, जेल, आदि का अधीक्षक।
वार्णिक—वि., पु. [सं.] लेखक।
वार्ता—स्त्री. द्र. 'वार्त्ता'।
वार्त्ता—स्त्री. [सं.] वृत्तांत, हाल; बातचीत।
वार्त्तालाप—पु. [सं.] संवाद, बातचीत।
वार्त्तिक—पु. [सं.] किसी ग्रंथ की टीका, व्याख्या।
वार्द्धक—पु. [सं.] बुढ़ापा; बुढ़ापे की शारीरिक कमज़ोरी।
वार्द्धक्य—पु. [सं.] बुढ़ापा; वृद्धि, बढ़त।
वार्निश—स्त्री. [अं.] लकड़ी आदि को चमकाने वाला एक प्रकार का रोगन, पॉलिश।
वार्ष—वि. [सं.] वर्षा संबंधी, वार्षिक।
वार्षभ—वि. [सं.] वृषभ; वृषभ, बैल संबंधी।
वार्षिक—वि. [सं.] प्रति वर्ष होने वाला; वर्ष में एक बार होने वाला।

वार्षिकी—स्त्री. [सं.] वर्ष भर में प्रकाशित होने वाला किसी पत्रिका आदि का अंक; प्रति वर्ष दी जाने वाली वृत्ति।

वार्षिकोत्सव—पु. [सं.] (किसी संस्था का) वर्ष भर में होने वाला उत्सव।

वार्ष्णि—पु. [सं.] श्रीकृष्ण।

वार्ष्णेय—पु. [सं.] वृष्णि वंशीय; श्रीकृष्ण।

वार्हद्रथ, वार्हद्रथि—पु. [सं.] वृहद्रथ का पुत्र, जरासंध।

वार्हस्पत—वि. [सं.] बृहस्पति से उत्पन्न या सम्बद्ध।

वार्हस्पत्य—वि. [सं.] बृहस्पति से संबंधित। पु. बृहस्पति का शिष्य।

वालंटियर—पु. [अं.] स्वयंसेवक, लोकोपकारी कार्य करने वाला व्यक्ति।

वाल—प्रत्य.—वाला (अहिरवाल)।

वाला—प्रत्य. कर्तृत्व, स्वामित्व, संबंध, आदि का सूचक प्रत्यय, यथा—रहने वाला, खाने वाला, घर वाला, पटियाले वाला, आदि।

वालि—पु. [सं.] एक वानर—बालि, सुग्रीव का भाई।

वालिद—पु. [अ.] पिता, बाप।

वालिदा—स्त्री. [अ.] माँ, अम्माँ, माता।

वालिदैन—पु. [अ.] माँ-बाप, माता-पिता।

वाली—प्रत्य. 'वाला' का स्त्रीलिंग, द्र. 'वाला'।

वालीबाल—पु. [अं.] एक खेल, जिसमें ऊँचे जाल के ऊपर दो टीमें हाथ से गेंद इधर से उधर मारती हैं; इस खेल में प्रयुक्त होने वाली बॉल, बड़ी गेंद।

वालुकांबुधि—पु. [सं.] मरुभूमि, मरुभूमि का विस्तार, रेगिस्तान।

वालुका—स्त्री. [सं.] रेत, बालू।

वालुकेश्वर—पु. [सं.] शिव।

वाल्कल—वि. [सं.] वल्कल, पेड़ की छाल का बना हुआ। पु. पेड़ की छाल का बना वस्त्र।

वाल्मिकि—पु. [सं.] द्र. 'वाल्मीकि'।

वाल्मीक—वि. [सं.] रामायण के रचयिता एक प्रसिद्ध मुनि; 'वाल्मीकि' नाम से भी ख्यात।

वाल्मीकीय—वि. [सं.] वाल्मीकि-संबंधी; वाल्मीकि-रचित।

वाल्व—पु. [अं.] कपाट।

वावदूक—पु. [सं.] बातूनी व्यक्ति; कुशल वक्ता।

वावैला—पु. [अ.] बावेला, शोर-गुल; ऊँची आवाज़ में विलाप।

वाशबेसिन—पु. [अं.] हाथ धोने के लिए पानी की टूँटी लगा पात्र।

वाशिष्ठ—पु. [सं.] एक उप पुराण। वि. वसिष्ठ-संबंधी।

वाशुरा—स्त्री. [सं.] रात्रि।

वाष्प—पु. [सं.] भाप। **~कंठ**—वि. जिसका कंठ भावावेश में वाष्प से भर गया हो।

वाष्पांबु—पु. [सं.] अश्रु जल।

वाष्पाकुल—वि. [सं.] जो आँसुओं के कारण अवरुद्ध हो गया हो।

वाष्पीकरण—पु. [सं.] किसी द्रव का वाष्प, भाप में बदलना।

वासंत—वि. [सं.] वसंत में उत्पन्न या उससे सम्बद्ध।

वासंतक—वि. [सं.] वसंत में होने वाला; वसंत-संबंधी।

वासंतिक—पु. [सं.] वसंतोत्सव। वि. वसंत संबंधी; वासंती।

वासंती—स्त्री. [सं.] वसंतोत्सव; एक वृत्त; एक रागिनी।

वास—पु. [सं.] निवास, रहना; घर, मकान। स्त्री. गंध, महक, बू।

वासक—पु. [सं.] वासर, दिन; वस्त्र। **~सज्जा**—स्त्री. एक नायिका जो नायक की प्रतीक्षा में शृंगार करके शय्याशायी होने के लिए प्रस्तुत हो।

वासका—स्त्री. [सं.] शयनागार।

वासकेट—पु. द्र. 'वास्कट'।

वासतेयी—स्त्री. [सं.] रहने, बसने योग्य।

वासना—स्त्री. [सं.] कुछ पाने की इच्छा या कामना।

वासनात्मक, वासनामय—वि. [सं.] वासना से परिपूर्ण, वासना से भरा हुआ।

वासर—पु. [सं.] दिन, दिवस; घर, मकान।

वासराधीश, वासरेश—पु. [सं.] सूर्य।

वासव—पु. [सं.] इन्द्र। वि. इन्द्र संबंधी।

वासवावरज—पु. [सं.] विष्णु।

वासवी—स्त्री. [सं.] व्यास की माता; सत्यवती।

वासवेय—पु. [सं.] वासवी-पुत्र, व्यास।

वासा—स्त्री. [सं.] रहने की जगह, निवास-स्थान (मारवाड़ी वासा)।

वासिक़—वि. [अ.] दृढ़, मज़बूत।

वासित—वि. [सं.] सुगंधित किया हुआ।

वासिता—स्त्री. [सं.] स्त्री।

वासिफ़—वि. [अ.] प्रशंसा करने वाला।

वासिल—वि. [अ.] मिलने वाला; जो वसूल किया जा चुका हो।

वासिष्ठ—वि. [सं.] वसिष्ठ संबंधी; वसिष्ठ द्वारा रचित। पु. वसिष्ठ के पुत्र।

वासिष्ठी—स्त्री. [सं.] गोमती नदी।

वासी—वि. [सं.] रहने वाला, अधिवासी।

वासुंधरेयी—स्त्री. [सं.] सीता।

वासु—पु. [सं.] विष्णु, परमात्मा।

वासुकि—पु. [सं.] एक देवता; एक नाग (जिनका प्रयोग समुद्र-मंथन के समय रज्जू के रूप में हुआ था)।

वासुकी—पु. द्र. 'वासुकि'।

वासुकेय—पु. [सं.] वासुकि।

वासुदेव—पु. [सं.] वसुदेव पुत्र श्रीकृष्ण; पीपल का वृक्ष; एक उपनिषद्।

वासुदेवक—पु. [सं.] श्रीकृष्ण; श्रीकृष्ण का उपासक।

वासुरः—स्त्री. [सं.] रात; भूमि; स्त्री।

वास्कट—स्त्री. [अं. 'वेस्टकोट'] एक प्रकार की फतुही, जाकेट।

वास्तव—वि. [सं.] यथार्थ, सत्य, निश्चित। पु. असल, प्रकृत।

वास्तविक—वि. [सं.] यथार्थ; सत्य; असली।

वास्तव्य—वि. [सं.] रहने या बसने योग्य।

वास्ता—पु. [अ.] संबंध, लगाव; नाता; सरोकार। **~पड़ना**—काम पड़ना।

वास्तु—पु. [सं.] वह स्थान जहाँ घर बनाया जाए; घर, मकान; ईंट-पत्थर आदि की बनी वस्तु, इमारत। **~कर्म**—पु. गृह-निर्माण। **~शास्त्र**—पु. गृह-निर्माण संबंधी विद्या, जिसमें अनेक प्रकार से शुभाशुभ विचार किया जाता है।

वास्ते—अ. [अ.] लिए, हेतु, कारण।

वास्त्र—वि. [सं.] वस्त्र से बना हुआ।

वास्प—पु. [सं.] भाप; गरमी।

वाह—वि. [सं.] (समासांत में) खींचने या ले जाने वाला, बहता हुआ। पु. ढोना; वाहन, सवारी, भारवाहक (सार्थवाह)।

वाह—अ. [फा.] धन्य, शाबाश, प्रशंसासूचक अव्यय; आश्चर्य और व्यंग्य में भी प्रयुक्त।

वाहक—वि. [सं.] ढोने, ले जाने वाला।

वाहन—पु. [सं.] सवारी; वह जिसके द्वारा कोई चीज़ कहीं पहुँचती हो जैसे बिजली, विद्युत की धारा के वाहन तार।

वाहित—वि. [सं.] ढोया हुआ, वहन किया हुआ।

वाहिद—वि. [अ.] एक; अकेला। पु. ईश्वर।

वाहिदिया—पु. मुसलमानों का एक संप्रदाय।

वाहिनी—स्त्री. [सं.] सेना; सेना का एक विभाग—बटालियन।

वाहिनीक—पु. [सं.] द्र. 'वाहिनी'।

वाहिनीश—पु. [सं.] सेनानायक।

वाहिम—वि. [अ.] वहम करने वाला; सोचने, चिंतन करने वाला।

वाहिमा—स्त्री. [अ.] कल्पनाशक्ति।

वाहियात—वि. [फा.] व्यर्थ; बुरा; बेहूदा, निकम्मी, फ़िज़ूल (बातें)।

वाही—वि. [सं.] वहन करने वाला, ढोने वाला।

वाहु—स्त्री. [सं.] द्र. 'बाहु'।

वाहुक—पु. [सं.] द्र. 'बाहुक'।

वाह्य—पु. [सं.] वहन करने योग्य; यान, सवारी; भारवाहक पशु।

वाह्यक—पु. [सं.] रथ।

वाह्येंद्रिय—स्त्री. [सं.] वाह्य, बाह्य विषयों को ग्रहण करने वाली पाँच ज्ञानेन्द्रियाँ—आँख, नाक, कान, जीभ और त्वचा।

वाह्लीक—पु. [सं.] द्र. 'बाह्लीक'।

विंग—पु. [अं.] पंख, पर, डैना; कक्ष, खंड, भाग ('स्टूडेंट विंग')।

विंगेश—पु. [सं.] अग्नि।

विंड—स्त्री. [अं.] पवन; तेज़ हवा, वायु; वात, पेट की वायु, अफरा।

विंदु—पु. [सं.] पानी या किसी अन्य तरल पदार्थ की बूँद; अनुस्वार का चिह्न; शून्य; विचार का बिंदु।

विंध*—पु. विंध्याचल पर्वत।

विंध्य—पु. [सं.] उत्तरी भारत और दक्षिणी भारत के मध्य में स्थित एक पर्वत शृंखला, जिसका विस्तार पूर्वी घाट और पश्चिमी घाट पर्वत शृंखलाओं तक जाता है। **~वासिनी**—स्त्री. मिर्जापुर जनपद में विंध्य पर्वत पर स्थित देवी, जिनका मंदिर दूर-दूर तक प्रसिद्ध है।

विंध्याचल—पु. [सं.] विंध्य नामक पर्वतमाला।

विंध्याटवी—स्त्री. [सं.] विंध्य पर्वत का जंगल, वन।

विंध्याद्रि—पु. [सं.] विंध्य पर्वत।

विंध्यारि—पु. [सं.] अगस्त्य ऋषि।

विंब—पु. [सं.] द्र. 'बिंब'।

विंबोष्ठ, विंबौष्ठ—वि. पु. [सं.] द्र. 'बिंबोष्ठ'।

विंश—वि. [सं.] बीसवाँ। पु. बीसवाँ भाग।

विंशक—वि. [सं.] जिसमें बीस की वृद्धि की गई हो; बीस।

विंशत—वि. [सं.] बीस (कुछ समस्त पदों में)।

विंशति—वि. [सं.] बीस, बीस की संख्या का। स्त्री. बीस की संख्या; बीस की संख्या का अंक-20।

विंशतिम—वि. [सं.] बीसवाँ।

विंशी—वि. [सं.] जिसके बीस भाग हों।

विंशोत्तरी—स्त्री. [सं.] (ज्योतिष में) व्यक्ति का शुभाशुभ फल निकालने की विधि।

वि—उप. [सं.] एक उपसर्ग, जो शब्दों के पूर्व लगकर विभिन्न अर्थ सूचित करता है—पार्थक्य—'वियोग'; कार्य के विपरीत भाव—'विस्मरण'; भाग या खंड सूचक—'विभाग'; अंतर सूचक—'विशेष'; प्रतिकूल भाव—'विरोध'; निषेध या अभाव—'विमल'; परिवर्तन—'विकार' आदि।

विकंप—वि. [सं.] चंचल, अस्थिर, काँपता हुआ।

विकंपन—पु. [सं.] काँपना, गति।

विकंपित—वि. [सं.] काँपता हुआ, अस्थिर।

विकच—पु. [सं.] खिला हुआ, विकसित; जिसके कच, बाल न हों।

विकचित—वि. [सं.] खिला हुआ; खुला हुआ।

विकट—वि. [सं.] भयंकर, दुर्गम; भीषण; कठिन, मुश्किल।

विकटाकृति—वि. [सं.] भयानक आकृति, शक्लवाला।

विकटानन—पु. [सं.] धृतराष्ट्र का एक पुत्र। वि. जिसकी मुखाकृति भद्दी हो।

विकरार*—वि. द्र. 'विकराल'।

विकराल—वि. [सं.] भयंकर, भीषण, डरावना।

विकराला—स्त्री. [सं.] देवी दुर्गा।

विकर्ण—पु. [सं.] कर्ण के एक पुत्र का नाम; दुर्योधन का एक भाई। वि. बड़े कानों वाला; कर्ण रहित; बहरा।

विकर्म—पु. [सं.] निषिद्ध, अनुचित कार्य, कर्म।

विकर्मा—वि. [सं.] अनुचित कर्म करने वाला, दुराचारी।

विकर्षण—पु. [सं.] आकर्षण, खींचना (धनुष की प्रत्यंचा खींचना); कामदेव के पाँच पुष्प बाणों में से एक; विरुद्ध दिशा की ओर खींचना।

विकल—वि. [सं.] व्याकुल, बेचैन; क्षुब्ध।

विकलांग—वि. [सं.] बेकार अंगवाला; न्यून अंगवाला, अंगहीन।

विकलित—वि. व्याकुल, बेचैन, दुखित, पीड़ित।

विकल्प—पु. [सं.] पहले सोची हुई बात की जगह कोई दूसरी बात; कोई ऐसा कार्य या अवस्था जो पहली का स्थान ले ले।

विकसना—अ.क्रि. खिलना, प्रस्फुटित होना।

विकसित—वि. [सं.] खिला हुआ, प्रस्फुटित, प्रफुल्ल, प्रसन्न।

विकांक्षा—स्त्री. [सं.] इच्छा का अभाव; द्विविधा; अनिश्चय।

विकाम—वि. [सं.] निष्काम; इच्छा रहित।

विकार—पु. [सं.] दोष, खराबी, बुराई; मन में उत्पन्न होने वाला कोई प्रबल भाव; व्याकरण में उसके नियम के अनुसार किसी शब्द का रूप-परिवर्तन।

विकारी—वि. [सं.] विकारयुक्त; परिवर्तनशील; क्रोध, घृणा, आदि अप्रिय मनोविकारों वाला।

विकाश—पु. [सं.] प्रकाश; विस्तार, फैलाव, विकास।

विकास—पु. [सं.] किसी वस्तु का विस्तार, फैलाव, विकाशन ('डेवलपमेंट'); खिलना (फूल, आदि का); उन्नति प्राप्त करना। **~वाद**—पु. आधुनिक विज्ञान का एक प्रसिद्ध सिद्धांत जिसके अनुसार आरंभ में सृष्टि का एक ही मूल तत्त्व था, उसी से सब वनस्पतियाँ, जीव-जंतु, मनुष्य आदि क्रमशः विकसित हुए।

विकासन—पु. [सं.] खिलना, फैलना, खुलना।

विकासात्मक—वि. [सं.] विकास वाला, विकास की संभावना वाला।

विकीर्ण—वि. [सं.] फैलाया, छितराया हुआ; प्रसिद्ध, मशहूर।

विकीर्णक—पु. [सं.] फैलाने वाला।

विकीर्णन—पु. [सं.] फैलाना, छितराना।

विकुंचन—पु. [सं.] मुड़ना, सिकुड़ना।

विकुंचित—वि. [सं.] मुड़ा हुआ, सिकुड़ा हुआ।

विकृत—वि. [सं.] बिगड़ा हुआ; कुरूप, भद्दा। **~चित्त**—वि. किसी प्रकार के मानसिक विकार से ग्रस्त।

विकृति—स्त्री. [सं.] रोग; परिवर्तित भद्दा रूप, विकार, बिगाड़; व्याकरण में शब्द का वह रूप जो मूल धातु में विकार होने से उसे प्राप्त होता है।

विकृष्ट—वि. [सं.] खींचा हुआ, आकृष्ट; पृथक् किया हुआ; (किसी आदेश, आज्ञा, आदि की) समाप्ति।

विकेंद्रित—वि. [सं.] फैलाया हुआ; केन्द्र से हटाया हुआ।

विकेंद्रीकरण—पु. [सं.] केन्द्र से हटाना।

विकेंद्रीकृत—वि. [सं.] विकेन्द्रित।

विकेंद्रीयकरण—पु. [सं.] विकेन्द्रीकरण।

विकेट—पु. [अं.] क्रिकेट के खेल में वह स्थान, जहाँ खड़े होकर खिलाड़ी बल्ले से खेलतें हैं, वहीं स्टंप्स लगे होते हैं। **~कीपर**—पु. विकेट का रक्षक (खिलाड़ी)।

विकेतु—वि. [सं.] ध्वज से वंचित।

विकेश—वि. [सं.] गंजा।

विकोश, विकोष—वि. [सं.] कोश, म्यान से बाहर; जिस पर किसी तरह का आवरण, आच्छादन न हो।

विक्टोरिया—स्त्री. [अं.] फिटन जैसी एक तरह की घोड़ा-गाड़ी; ब्रिटेन की प्रसिद्ध महारानी (1819 ई. से 1901 ई.); आस्ट्रेलिया का प्रसिद्ध प्रांत।

विक्रम—पु. [सं.] पराक्रम; वीरता, बहादुरी; बल, शक्ति। द्र. 'विक्रमादित्य'।

विक्रमाजीत—पु. द्र. 'विक्रमादित्य'।

विक्रमादित्य—पु. [सं.] गुप्त वंश के प्रतापी राजा, विक्रम संवत् के प्रवर्तक, इनके दरबार के प्रसिद्ध नवरत्नों में महाकवि कालिदास, धन्वंतरि जैसे महान व्यक्तित्व थे।

विक्रमाब्द—पु. [सं.] सम्राट विक्रमादित्य द्वारा प्रवर्तित संवत्, विक्रम संवत्।

विक्रमी—वि. विक्रम संवत् का संक्षिप्त रूप; विक्रमादित्य संबंधी।

विक्रमी—वि. [सं.] बल, पराक्रम वाला, वीर।

विक्रमीय—वि. [सं.] विक्रमादित्य संबंधी।

विक्रय—पु. [सं.] बेचना—मूल्य लेकर किसी वस्तु को देना।

विक्रयार्थ—वि. [सं.] बिक्री के लिए।

विक्रयी—पु. [सं.] बेचने वाला।

विक्रांत—वि. [सं.] साहसी, वीर, प्रतापी।
विक्रांता—वि. [सं.] वीर, विजयी।
विक्री—स्त्री. बेचने की क्रिया, बिक्री से प्राप्त राशि।
विक्रीत—वि. [सं.] बेचा हुआ।
विक्रेय—वि. [सं.] बिक्री के योग्य।
विक्रेता—पु. [सं.] बेचने वाला।
विक्रेय—वि. [सं.] बिकाऊ।
विक्रोध—वि. [सं.] क्रोध रहित।
विक्षत—वि. [सं.] आहत, चोट खाया हुआ।
विक्षालित—वि. [सं.] धोया हुआ; स्नात, नहाया हुआ।
विक्षिप्त—वि. [सं.] पागल, जिसके मस्तिष्क में कोई विकार हो।
विक्षिप्तता—स्त्री. [सं.] पागलपन।
विक्षिप्तालय—पु. [सं.] पागलखाना।
विक्षिप्तावस्था—स्त्री. [सं.] पागलपन की अवस्था।
विक्षिप्ति—स्त्री. [सं.] विक्षिप्त, पागल होने की अवस्था।
विक्षुण्ण—वि. [सं.] रौंदा हुआ; चूर्ण किया हुआ।
विक्षुब्ध—वि. [सं.] जिसका चित्त किसी शोक, अप्रिय घटना, आदि के कारण शांत न हो, अशांत।
विक्षेप—पु. [सं.] फेंकना; बिखेरना; अस्त-व्यस्त कर देना।
विक्षेपण—पु. [सं.] फेंकना; बिखेरना।
विक्षोभ—पु. [सं.] मन का उद्वेग, क्षोभ।
विक्षोभित—वि. [सं.] क्षुब्ध, अशांत किया हुआ।
विक्षोभी—वि. [सं.] क्षोभ उत्पन्न करने वाला।
विखंडन—पु. [सं.] तोड़ना-फोड़ना, खंड-खंड करना।
विखंडित—वि. [सं.] टूटा-फूटा; क्षुब्ध, (वह तर्क) जिसका खंडन किया हुआ।
विखंडी—वि. [सं.] नष्ट करने वाला, तोड़ने-फोड़ने वाला।
विख्यात—वि. [सं.] प्रख्यात; प्रसिद्ध; सर्वविदित।
विख्याति—स्त्री. [सं.] प्रसिद्धि, शोहरत।
विग—पु. [अं.] नकली बालों की टोपी-सी जो सहज ही सिर पर लगा ली जाती है।
विगत—वि. [सं.] अतीत, व्यतीत, बीता हुआ; बीते हुए से ठीक पहले—विगत वर्ष, विगत माह, विगत सप्ताह। **~यौवन**—वि. जिसका यौवन बीत गया हो, प्रौढ़।
विगति—स्त्री. [सं.] दुर्दशा, दुर्गति।
विगर्हणीय—वि. [सं.] निंदनीय; दुष्ट।
विगर्हित—वि. [सं.] निंदित; बुरा; निषिद्ध।
विगर्ही—वि. [सं.] निंदा करने वाला।
विगर्ह्य—वि. [सं.] निंदा योग्य।
विगलन—पु. [सं.] घुल जाना; पिघलना; गलना।
विगलित—वि. [सं.] पिघला हुआ, रिसकर निकला हुआ; शिथिल; बिखरा हुआ; विदीर्ण। **~केश**—वि. जिसके बाल बिखरे हुए हों।
विगाथा—स्त्री. [सं.] आर्या छंद का एक भेद (पिंग.)।
विगीति—स्त्री. [सं.] आर्या छंद का एक भेद (पिंग.)।
विगुण—वि. [सं.] जिसमें कोई गुण न हो, गुणहीन।
विगूढ़—वि. [सं.] गुप्त, छिपा हुआ।
विग्रह—पु. [सं.] दूर या अलग करना, अलगाना, पार्थक्य; कलह; लड़ाई-झगड़ा; यौगिक शब्दों अथवा समस्त पदों की व्याख्या या विश्लेषण के लिए प्रत्येक शब्द को अलग-अलग करना, संधि-विग्रह (व्या.)।
विघटन—पु. [सं.] अलग करना; तोड़ना; विनष्ट करना; किसी संस्था को समाप्त कर देना; किसी प्रांत या राष्ट्र को तोड़ना—सोवियत संघ का विघटन।
विघटनात्मक—वि. [सं.] विघटनकारी।
विघटित—वि. [सं.] विभक्त; नष्ट किया हुआ।
विघूर्णित—वि. [सं.] घुमाया या चक्कर दिलाया हुआ।
विघोषण—पु. [सं.] ऊँची आवाज़ में घोषित करने की क्रिया, चिल्लाना।
विघ्न—पु. [सं.] कठिनाई; बाधा, अड़चन। **~नायक, ~नाशक, ~हरण**—पु. श्रीगणेश।
विघ्नांतक—पु. [सं.] श्रीगणेश।
विघ्नेश—पु. [सं.] श्रीगणेश।
विघ्नेश्वर—पु. [सं.] श्रीगणेश।
विचक्षण—वि. [सं.] विद्वान्, दूरदर्शी, चतुर; पारंगत; दक्ष; चमकता हुआ।
विचरण—पु. [सं.] घूमना-फिरना, भ्रमण करना, पर्यटन। वि. जिसके चरण, पैर न हों।
विचरणीय—वि. [सं.] आचरण करने योग्य।
विचरना—अ.क्रि. इधर-उधर घूमना, भ्रमण करना।
विचल—वि. [सं.] स्थान से हटा हुआ; प्रण या प्रतिज्ञा से हटा हुआ।
विचलन—पु. [सं.] अपने पथ, निर्णय से हटना; अनिर्णय की स्थिति।
विचलाना—स.क्रि. रास्ते से या सोच से हटा देना; काम में ध्यान बँटा देना; घबरा देना।
विचलित—वि. [सं.] घबराया हुआ; अपने स्थान या निर्णय से हटा हुआ।
विचार—पु. [सं.] मन में उत्पन्न होने वाली बात, भावना, कोई भी ख्याल। **~गर्भित**—वि. विचारों से भरा हुआ।
विचारक—वि. पु. [सं.] विचार करने वाला।
विचारण—पु. [सं.] विचार करने की क्रिया या भाव।
विचारणा—स्त्री. [सं.] किसी बात, विषय पर गंभीरता से सोचना; कोई सोची हुई बात या सिद्धांत।
विचारणीय—वि. [सं.] विचार करने योग्य; प्रमाणित करने योग्य; संदिग्ध।

विचारना—स.क्रि. गौर करना; किसी विषय पर सोचना।

विचारवान—स. [सं.] सोचने-विचारने वाला, विचारशील; चिंतक; सूझ-बूझ वाला।

विचारात्मक—वि. [सं.] विचारपूर्ण; सोचने योग्य।

विचाराधीन—वि. [सं.] जिस पर विचार हो रहा हो; जिस पर अभी निर्णय न दिया गया हो।

विचारित—वि. [सं.] विचार किया हुआ।

विचारोत्तेजक—वि. [सं.] विचारों को उभारने वाला; भावनाओं को उभारने वाला।

विचार्य—वि. [सं.] विचार करने योग्य, विचारणीय; संदिग्ध।

विचिंतनीय—वि. [सं.] विचारणीय।

विचिंतित—वि. [सं.] जिस पर विचार किया गया हो।

विचिंत्य—वि. [सं.] विचार करने योग्य।

विचिकित्सा—स्त्री. [सं.] अनिश्चय।

विचित्र—वि. [सं.] असाधारण, विस्मित करने वाला, अद्‌भुत, विलक्षण; कई प्रकार के रंगों वाला; साहित्य में एक अर्थालंकार, जिसमें कर्म-सिद्धि के लिए कोई उलटा प्रयत्न दिखाया जाता है। **~चरित्र**—वि. विचित्र ढंग से आचरण करने वाला।

विचित्रा—स्त्री. [सं.] एक रागिनी (संगी.)।

विचुंबित—वि. [सं.] विशेष रूप से चूमा हुआ; स्पर्श करता हुआ।

विच्छित्ति—स्त्री. [सं.] विच्छेद, अलगाव; काटकर टुकड़े करना; साहित्य में एक हाव, जिसमें नायिका थोड़ा-सा शृंगार करके ही पुरुष को रिझाने की चेष्टा करती है।

विच्छिन्न—वि. [सं.] काटकर या छेद कर अलग किया हुआ; विभक्त।

विच्छेद—पु. [सं.] काटकर अलग करना; क्रम टूटना; टुकड़े-टुकड़े करना; क्षति, नाश; अलगाव; विरह, वियोग।

विच्छेदक—वि., पु. [सं.] काटकर अलग करने वाला, विच्छेद करने या कराने वाला।

विच्छेदन—पु. [सं.] काटकर अलग करना; नष्ट या बरबाद करना।

विच्युत—वि. [सं.] गिरा हुआ, स्थान भ्रष्ट।

विच्युति—स्त्री. [सं.] वियोग, पार्थक्य; पतन; किसी चीज़ का अपने स्थान से हट जाना।

विछोह*—पु. [ब्र.भा.] वियोग, प्रिय से विलग होना।

विछोही*—वि., पु. वियोगी।

विजड़ित—वि. जड़ा हुआ (आभूषण में नग आदि)।

विजन—वि. [सं.] जनशून्य, एकांत।

विजन—पु. [ब्र.भा.] पंखा, चँवर।

विजनता—स्त्री. [सं.] एकांत, जनशून्य।

विजय—स्त्री. [सं.] युद्ध, वाद-विवाद प्रतियोगिता, किसी खेल, आदि में होने वाली जीत, जय। **~लक्ष्मी**—स्त्री., **~श्री**—स्त्री. विजय की अधिष्ठात्री देवी।

विजया—स्त्री. [सं.] दुर्गा; भाँग; चार चरणों का एक मात्रिक छंद; चार चरणों का एक वर्ण वृत्त। द्र. 'विजयादशमी'।

विजयाकांक्षी—वि. [सं.] विजय का इच्छुक, अभिलाषी।

विजयार्थी—वि. [सं.] विजय चाहने वाला।

विजयादशमी—स्त्री. [सं.] आश्विन शुक्ला दशमी, दशहरा, हिंदुओं का प्रसिद्ध त्योहार, राम की रावण पर विजय के उपलक्ष्य में मनाया जाने वाला त्योहार।

विजयी—वि. [सं.] जिसकी जीत हुई हो। पु. विजेता, जीतने वाला।

विजयेश—पु. [सं.] विजय के अधिष्ठाता देवता, शिव।

विजयोत्सव—पु. [सं.] विजय का उत्सव; विजयादशमी का उत्सव, दशहरा।

विजयोन्मत्त—वि. [सं.] विजय में मस्त; विजय के नशे में, घमंड में।

विजयोल्लास—पु. [सं.] विजय की प्रसन्नता, हर्ष।

विजल—वि. [सं.] जलरहित, निर्जल।

विजाति—वि. [सं.] भिन्न जाति का; अन्य वर्ग का।

विजातीय—वि. [सं.] दूसरी जाति का; भिन्न जाति या वर्ग का।

विजिगीष—वि. [सं.] विजय चाहने वाला।

विजिगीषा—स्त्री. [सं.] विजय की कामना।

विजिगीषु—वि. [सं.] विजय का इच्छुक।

विज़िट—स्त्री. [अं.] भेंट, मुलाकात; देखने या मिलने जाना।

विज़िटर—पु. [अं.] आगंतुक, देखने या मिलने के लिए जाना।

विज़िटर्स बुक—स्त्री. [अं.] वह पुस्तिका जो किसी स्थल पर आगंतुकों के विचार या अभिमत लिखने के लिए रखी रहती है।

विज़िटिंग कार्ड—पु. [अं.] किसी से मिलने के लिए दिया जाने वाला छोटा-सा कार्ड, जिस पर व्यक्ति का नाम, पद, पता, आदि लिखा रहता है।

विजित—वि. [सं.] जीता हुआ, जिस पर विजय हुई हो।

विजितेंद्रिय—वि. [सं.] जिसने अपनी इन्द्रियों के विषयों पर विजय पा ली हो।

विजितेय—वि. [सं.] जिस पर नियंत्रण या विजय प्राप्त करनी हो।

विजीवित—वि. [सं.] मृत, बेजान।

विजृंभा—स्त्री. [सं.] जँभाई।

विजेता—पु. [सं.] जिसने जीत प्राप्त कर ली हो; जीतने वाला।

विजेय—वि. [सं.] पराजित करने योग्य।

विज्ञ—वि. [सं.] समझदार, जानकार। पु. विद्वान्; जानकार व्यक्ति।

विज्ञता—स्त्री., **विज्ञत्व**—पु. [सं.] बुद्धिमत्ता; जानकारी।

विज्ञप्त—वि. [सं.] सूचित, सार्वजनिक किया हुआ।

विज्ञप्ति—स्त्री. [सं.] सूचित करने की क्रिया; विज्ञापन।

विज्ञातव्य—वि. [सं.] जानने, समझने योग्य।

विज्ञान—पु. [सं.] ज्ञान; समझ, प्रज्ञा; अनुभवजन्य ज्ञान; किसी विषय का क्रमबद्ध, व्यवस्थित और अनुभव-सिद्ध ज्ञान—भौतिक विज्ञान, पदार्थ विज्ञान।

विज्ञानमय—वि. [सं.] प्रज्ञायुक्त। **~कोश**—पु. ज्ञानेंद्रियों के साथ बुद्धि।

विज्ञानी—वि. [सं.] किसी विज्ञान में निष्णात व्यक्ति।

विज्ञापक—वि., पु. [सं.] विज्ञापन देने वाला।

विज्ञापन—पु. [सं.] सूचना, निवेदन का पत्रक; किसी वस्तु की बिक्री बढ़ाने के लिए उसके गुणों आदि और मूल्य की सूचना का पत्रक, इश्तहार; किसी सभा, सम्मेलन, आदि की सूचना का पत्रक।

विज्ञापनीय—वि. [सं.] विज्ञापन के योग्य।

विज्ञापित—वि. [सं.] जिसका विज्ञापन, सार्वजनिक सूचना दे दी गई हो।

विज्ञेय—वि. [सं.] जानने, समझने योग्य।

विट—पु. [सं.] कामुक, कामी; वेश्या-प्रेमी; विदूषक जैसा एक नाटकीय पात्र।

विटप—पु. [सं.] वृक्ष, पेड़; छतनार, झाड़ी वाला पेड़।

विटपी—वि. [सं.] झाड़ी।

विटामिन—पु. [अं.] अन्न, सब्जियों, फलों आदि से प्राप्त पोषक, शक्तिवर्द्धक तत्त्व—विटामिन ए, बी, सी, डी, आदि।

विटैमिन—पु. [अं.] द्र. 'विटामिन'।

विडंग—पु. [सं.] बायबिडंग नामक पौधा, आयुर्वेद में औषधि के रूप में प्रयुक्त।

विडंबन—पु., **विडंबना**—स्त्री. [सं.] छलना; उपहास का विषय; विद्रूप।

विड—पु. [सं.] काला नमक।

वितंडा—स्त्री. [सं.] निरर्थक तर्क; हुज्जत, व्यर्थ का विवाद या कहा-सुनी।

वितद्रु—स्त्री. [सं.] वितस्ता नदी, झेलम।

वितरक—पु. बाँटने वाला, वितरण करने वाला।

वितरण—पु. [सं.] बाँटना।

वितरित—वि. [सं.] बाँटा हुआ।

वितर्क—पु. [सं.] मन में उठे किसी विचार के विरुद्ध कोई तर्क या शंका उत्पन्न होना; 'तर्क' के साथ प्रयुक्त 'तर्क-वितर्क'।

वितल—पु. [सं.] सात पातालों में से एक।

वितस्ता—स्त्री. [सं.] झेलम नदी।

विताड़ित—वि. [सं.] मारा हुआ; जिसे डाँटा गया हो।

वितान—पु. [सं.] विस्तार, फैलाव; वृद्धि; प्राचुर्य; बड़ा तम्बू, चँदोवा।

वितानक—पु. [सं.] विस्तार, चँदोवा।

वितुंड—पु. हाथी।

वितुन्नक—पु. [सं.] धनिया।

वितुष्ट—वि. [सं.] असंतुष्ट, अप्रसन्न।

वितृण—वि. [सं.] तृणरहित।

वितृप्त—वि. [सं.] संतुष्ट, तृप्त।

वितृष्ण—वि. [सं.] उदासीन, निस्पृह।

वितृष्णा—स्त्री. [सं.] विरक्ति; उपेक्षा-भाव।

वित्त—पु. [सं.] धन, संपत्ति; आय और व्यय की व्यवस्था। **~नाश**—पु. धन-संपत्ति का नाश। **~मंत्रालय**—पु. देश की अर्थनीति और वित्त का प्रबंधन करने वाला मंत्रालय। **~विधेयक**—पु. देश या प्रांत का वह विधेयक, जो आगामी वर्ष की आय-व्यय-व्यवस्था से संबंध रखता है और सदन में स्वीकृति के लिए प्रस्तुत किया जाता है।

वित्तीय—वि. [सं.] वित्त संबंधी। **~वर्ष**—पु. अप्रैल से मार्च तक का समय भारत में वित्तीय वर्ष के रूप में मान्य।

वित्तेश, वित्तेश्वर—पु. [सं.] कुबेर, धन के देवता।

वितैषणा—स्त्री. [सं.] धन की लालसा, धन की कभी न बुझने वाली प्यास।

वित्रस्त—वि. [सं.] डरा हुआ, भीत।

विथा*—स्त्री. व्यथा, पीड़ा, कष्ट।

विथित*—वि. व्यथित।

विदग्ध—वि. [सं.] विद्वान्, पंडित; चतुर; दक्ष, होशियार।

विदग्धता—स्त्री. [सं.] विद्वत्ता, पांडित्य; चतुराई, दक्षता।

विदग्धा—स्त्री. [सं.] साहित्य में एक नायिका-भेद, वह नायिका जो चतुराई से पर-पुरुष का प्रेम प्राप्त कर लेती है।

विदरण—पु. [सं.] विदारण करना, फाड़ना, चीरना।

विदर्भ—पु. [सं.] महाराष्ट्र का नागपुर के आस-पास का क्षेत्र।

विदलित—वि. [सं.] दला, रौंदा, मला हुआ।

विदा—स्त्री. [सं.] प्रस्थान; विदाई, रुखसत होना। **~ई**—स्त्री. विदा होने की प्रक्रिया, प्रस्थान की अनुमति; जाने के समय किसी को शगुन-स्वरूप दी जाने वाली भेंट, राशि।

विदारक—वि. [सं.] फाड़ने, विदारण करने वाला।

विदारण—पु. [सं.] फाड़ना, टुकड़े करना।

विदारणा—स्त्री. [सं.] युद्ध, लड़ाई।

विदारित—वि. [सं.] फाड़ा हुआ, टुकड़े किया हुआ।

विदित—वि. [सं.] ज्ञात, जाना हुआ, अवगत; सूचित किया हुआ।

विदिशा—स्त्री. [सं.] मध्य प्रदेश का एक नगर; दो दिशाओं के बीच की दिशा, कोण।

विदीपित—वि. [सं.] प्रकाशित; जहाँ प्रकाश किया गया हो।

विदीप्त—वि. [सं.] चमकीला।

विदीर्ण—वि. [सं.] फाड़ा हुआ; मार डाला गया हो। **~हृदय**—वि. जिसका हृदय, दिल फट गया हो, मर्माहत।

विदुर—वि. [सं.] चतुर; कुशल; जानकार। पु. कुशल व्यक्ति; विद्वान्; धृतराष्ट्र और पांडु के भाई, व्यास से उत्पन्न अंबिका दासी के पुत्र।

विदुषी—स्त्री. [सं.] पंडिता स्त्री।

विदूषक—पु. [सं.] हँसाने वाला पात्र (नाटक, आदि में); दरबार में राजाओं के मनोरंजन के लिए नियुक्त हँसाने वाला व्यक्ति।

विदेय—वि. [सं.] जो देने योग्य हो।

विदेश—पु. [सं.] परदेश, दूसरा देश।

विदेशी—पु. दूसरे देश का (निवासी)।

विदेशीय—वि. [सं.] परदेशी, दूसरे देश का।

विदेह—वि. [सं.] शरीर रहित; अचेत, बेसुध। पु. राजा जनक।

विदेहत्व—पु. [सं.] शरीर का न होने का भाव।

विद्—वि. [सं.] जानकार; पंडित, विद्वान (समासांत में)।

विद्ध—वि. [सं.] छेदा हुआ; आहत; विदीर्ण।

विद्यमान—वि. [सं.] उपस्थित, मौजूद; वर्तमान।

विद्यमानता—स्त्री., **विद्यमानत्व**—पु. [सं.] उपस्थिति, मौजूदगी।

विद्या—स्त्री. [सं.] शिक्षा से प्राप्त ज्ञान; वे शास्त्र जिनमें ज्ञान की बातों का विवेचन होता है; चौदह विद्याएँ मानी जाती हैं—चार वेद, छह शास्त्र, मीमांसा, न्याय, धर्म शास्त्र तथा पुराण; गुण; ज्ञान के विशेष विभाग। **~पीठ**—पु. शिक्षा का बड़ा केन्द्र, महाविद्यालय; महाराष्ट्र में 'विद्यापीठ' विश्वविद्यालय के लिए भी प्रयुक्त—शिवाजी विद्यापीठ, कोल्हापूर।

विद्याधर—पु. [सं.] बहुत बड़ा विद्वान।

विद्याध्ययन—पु. [सं.] विद्या पढ़ना, प्राप्त करना।

विद्याभिमान—पु. [सं.] विद्या का घमंड।

विद्याभ्यास—पु. [सं.] विद्या-अध्ययन।

विद्यार्जन—पु. [सं.] विद्या की प्राप्ति, विद्या ग्रहण करना।

विद्यार्थिनी—स्त्री. [सं.] छात्रा, महिला विद्यार्थी।

विद्यार्थी—पु. [सं.] विद्या पढ़ने वाला, छात्र, शिष्य।

विद्यालय—पु. [सं.] वह स्थान जहाँ विद्यार्थी विद्या का अध्ययन करते हैं, स्कूल, कॉलेज आदि।

विद्यालयीय—वि. [सं.] विद्यालय से संबंधित।

विद्यावान—वि. [सं.] विद्वान।

विद्यु—स्त्री. बिजली।

विद्युज्ज्वाला—स्त्री. [सं.] बिजली की कौंध, चमक।

विद्युतीकरण—पु. [सं.] बिजली लगवा देना; ऐसी व्यवस्था कर देना कि सब काम बिजली से होने लगें।

विद्युतीकृत—वि. [सं.] बिजली लगा हुआ।

विद्युतीय—वि. [सं.] विद्युत संबंधी (विद्युतीय उपकरण)।

विद्युत—स्त्री. [सं.] बिजली।

विद्युद्द्योत—पु. [सं.] बिजली की चमक।

विद्युन्माला—स्त्री. [सं.] बिजली की लड़ियाँ; एक छंद।

विद्युल्लता—स्त्री. [सं.] बिजली की टेढ़ी-मेढ़ी रेखा।

विद्युल्लेखा—स्त्री. [सं.] बिजली की लीक, एक वर्ण-वृत्त।

विद्योपार्जन—पु. [सं.] विद्या प्राप्त करना, ज्ञानार्जन।

विद्रुम—पु. [सं.] प्रवाल, मूँगा (रत्न); रक्तवर्णी एक फल (सुर्ख लाल—'विद्रुम से अरुण अधर')।

विद्रूप—पु. [सं.] उपहास, मज़ाक उड़ाना, विसंगति।

विद्रूपात्मक—वि. [सं.] विद्रूप पूर्ण।

विद्रोह—पु. [सं.] किसी सत्ता के प्रति प्रकट किया गया असंतोष, जिससे सत्ता उलट जाए, उपद्रव, क्रांति।

विद्रोही—वि. [सं.] विद्रोह करने वाला; क्रांतिकारी।

विद्रोहोन्मुख—वि. [सं.] विद्रोह की ओर जाने वाला।

विद्वज्जन—पु. [सं.] विद्वान् (बहु.)।

विद्वत्—स्त्री. [सं.] पांडित्य। **~पूर्ण**—वि. पांडित्यपूर्ण।

विद्वत्तम—वि. [सं.] बहुत बड़ा विद्वान।

विद्वत्ता—स्त्री., **विद्वत्त्व**—पु. [सं.] पांडित्य, बुद्धि, ज्ञान।

विद्वत्समाज—पु. [सं.] विद्वानों, बुद्धिमानों का समाज।

विद्वान्—पु. [सं.] किसी विषय का ज्ञाता, बुद्धिमान; वह जिसने अध्ययन द्वारा विद्या प्राप्त की है।

विद्वेष—पु. [सं.] वैर-भाव, शत्रुता; घृणा।

विद्वेषक—वि., पु. [सं.] विद्वेष करने वाला, शत्रुता करने वाला।

विद्वेषी—वि. [सं.] विद्वेष करने वाला।

विधन—वि. [सं.] धनहीन, दरिद्र।

विधना—स्त्री. होनी, भाग्य, अदृष्ट। पु. ब्रह्मा, दैव।

विधनुष्क, विधन्वा (न्वन्)—वि. [सं.] जिसके पास धनुष न रह गया हो।

विधर्म—वि. [सं.] परधर्म, दूसरे का धर्म।

विधर्मक, विधर्मिक—वि. [सं.] दूसरे के धर्म का विश्वासी; धर्म-विरुद्ध आचरण करने वाला।

विधर्मा—वि. [सं.] अनुचित, धर्म विरुद्ध आचरण करने वाला।

विधर्मी—वि. [सं.] दूसरे धर्म का अनुयायी; अपने धर्म के विरुद्ध आचरण करने वाला।

विधवा—स्त्री. [सं.] जिस स्त्री का पति मृत हो गया हो। **~विवाह**—पु. विधवा से विवाह करना।

विधवापन—पु. वैधव्य; रँडापा।

विधवाश्रम—पु. [सं.] वह स्थान जहाँ विधवाओं का भरण-पोषण होता है।

विधा—स्त्री. [सं.] प्रकार, भेद; प्रणाली; साहित्य-सृजन के अलग विभाग—कविता, कहानी, उपन्यास, निबंध, आदि।

विधातव्य—वि. [सं.] निर्धारित करने योग्य; प्राप्त करने योग्य।

विधाता—वि. [सं.] सृष्टि-रचना करने वाला—ईश्वर, ब्रह्मा; विधान करने वाला।

विधात्री—स्त्री. [सं.] रचना करने वाली, जननी; विधान करने वाली।

विधान—पु. [सं.] किसी कार्य का आयोजन, अनुष्ठान; विधि, प्रणाली; राज्य या शासन के द्वारा शासन-प्रबंधन के नियमों का समुच्चय।

विधानात्मक—वि. [सं.] विधान-सम्मत, विधान के अनुसार।

विधायक—वि. [सं.] विधान सभा या विधान परिषद् का सदस्य; विधान करने वाला; कार्य-संपादन करने वाला।

विधायिका—स्त्री., वि. [सं.] विधान निर्मात्री, कानून बनाने वाली संस्था (विधान सभा, विधान परिषद्, लोक सभा, राज्य सभा, आदि)।

विधायिनी—स्त्री. [सं.] निर्मात्री।

विधायी—वि. [सं.] व्यवस्था देने वाला।

विधि—स्त्री. [सं.] कार्य करने का ढंग, रीति, प्रणाली; व्यवस्था, प्रबंध; धार्मिक रीति-प्रणाली; शास्त्र द्वारा निर्देशित आचरण-संबंधी नियम। पु. सृष्टि का रचयिता ब्रह्मा। स्त्री. प्रकृति या नियति; भाँति, तरह।

विधिक—वि. [सं.] विधि-संबंधी।

विधिवत्—क्रि.वि. नियम, कानून और प्रथा के अनुसार।

विधु—पु. [सं.] चंद्रमा; कपूर; ब्रह्मा; विष्णु। **~मंडल**—पु. चंद्रमा का घेरा। **~मास**—पु. चांद्र मास।

विधुर—वि. [सं.] वह पुरुष जिसकी पत्नी मर गई हो।

विधुरा—स्त्री. [सं.] दुखी, व्यथित (विरह-विधुर)।

विधूम—वि. [सं.] धूम्ररहित।

विधूम्र—वि. [सं.] धूम्ररहित।

विधेय—वि. [सं.] जिसका विधान किया जाना उचित हो, कर्तव्य, किए जाने योग्य; व्याकरण में वह शब्द या वाक्य जिसके द्वारा किसी के संबंध में कुछ कहा जाता है।

विधेयक—पु. [सं.] कानून, विधान का वह प्रारूप जो पारित होने के लिए विधान सभा या संसद के किसी भी सदन में प्रस्तुत किया जाता है।

विध्याभास—पु. [सं.] एक अर्थालंकार जिसमें भारी अनिष्ट की संभावना प्रस्तुत कर अनिच्छापूर्वक किसी बात की अनुमति दी जाए।

विध्वंस—पु. [सं.] विनाश; पूरी तरह समाप्त कर देना; ढाना या गिरा देना (इमारत, आदि को)।

विध्वंसक—वि. [सं.] नाश, विध्वंस कर देने वाला।

विध्वंसन—पु. [सं.] नाश, विनाश, बरबाद करना।

विध्वंसात्मक—वि. [सं.] विध्वंस से संबंधित।

विध्वंसित—वि. [सं.] नष्ट किया हुआ, बरबाद।

विध्वस्त—वि. [सं.] नष्ट, बरबाद किया हुआ।

विनग्न—वि. [सं.] बिलकुल नंगा।

विनत—वि. [सं.] नम्र; शिष्ट; झुका हुआ, नमित।

विनति—स्त्री. [सं.] झुकाव; नम्रता, शिष्टता।

विनती—स्त्री. प्रार्थना।

विनम्र—वि. [सं.] विनीत, सुशील; व्यवहार में कोमल।

विनय—स्त्री. [सं.] शिष्टता; नम्रता; प्रार्थना। **~पिटक**—पु. बौद्ध धर्म का प्रसिद्ध ग्रंथ, अनुशासन संबंधी नियमों का संग्रह। पत्रिका—तुलसीदास की प्रसिद्ध कृति 'विनय पत्रिका।'

विनयवान्—वि. [सं.] विनयशील, शिष्ट।

विनयावनत—वि. [सं.] विनम्र, विनम्रता में झुका हुआ।

विनयी—वि. [सं.] विनयशील, विनम्र।

विनशन—पु. [सं.] हानि, नाश; लोप।

विनष्ट—वि. [सं.] नष्ट, ध्वस्त; पतित।

विनष्टि—स्त्री. [सं.] नाश, पतन; लोप।

विनादित—वि. [सं.] शब्दायमान किया हुआ।

विनायक—पु. [सं.] श्री गणेश; नायक।

विनाश—पु. [सं.] नाश, ध्वंस; लोप; बिगाड़; संहार।

विनाशक—वि. [सं.] नाश करने वाला, बिगाड़ने वाला।

विनाशी—वि. [सं.] नाश करने वाला; नश्वर।

विनाशोन्मुख—वि. [सं.] विनाश की ओर; पतन की ओर।

विनिंदक—वि. [सं.] निंदा करने वाला; बढ़ जाने वाला।

विनिंदित—वि. [सं.] लांछित; जिसकी बहुत निंदा की गई हो।

विनिःसृत—वि. [सं.] निकला हुआ।

विनिकेत—वि. [सं.] अनिकेत, गृहहीन।

विनिपात—पु. [सं.] पतन; ध्वंस, विनाश।

विनिबंध—पु. [सं.] किसी विषय या वस्तु से संबद्ध; अंग्रेज़ी के 'मोनोग्राफ़' का समतुल्य शब्द।

विनिमय—पु. [सं.] अदला-बदली, प्रतिदान; एक देश की मुद्रा का दूसरे देश की मुद्रा में परिवर्तन।

विनियुक्त—वि. [सं.] काम में लगाया हुआ, नियोजित।
विनियोक्ता—वि. पु. [सं.] नियुक्त करने वाला।
विनियोग—पु. [सं.] बँटवारा; किसी वस्तु का किसी काम में लगाया जाना; व्यापार में पूँजी लगाना।
विनियोजक—वि. [सं.] व्यापार में अपनी पूँजी लगाने वाला।
विनियोजन—पु. [सं.] विनियोग करना।
विनियोजित—वि. [सं.] नियुक्त; लगाया हुआ।
विनिर्णीत—वि. [सं.] निश्चित, पूरी तरह से निर्णय किया हुआ।
विनिर्मित—वि. [सं.] से बना हुआ; रचित।
विनिर्मिति—स्त्री. [सं.] निर्माण, रचना।
विनिर्मुक्ति—स्त्री. [सं.] छुटकारा, मुक्ति।
विनिर्मोक—वि. [सं.] आवरणरहित; वस्त्रहीन।
विनिवेश—पु. [सं.] पूँजी लगाना।
विनिवेशित—वि. [सं.] पूँजी लगाए हुए।
विनिष्कंप—वि [सं.] अकंपित, स्थिर।
विनीत—वि. [सं.] निवेदन करने वाला; शिष्ट, नम्र।
विनोद—पु. [सं.] मन बहलाने वाली बात; ऐसी कोई बात या क्रिया, जिसे सुनकर या देखकर लोग हँस पड़ते हैं।
विनोदन—पु. [सं.] मन बहलाना, मनोरंजन करना।
विनोदमय—वि. [सं.] विनोदपूर्ण।
विनोदात्मक—वि. [सं.] हँसी, विनोद से पूर्ण।
विनोदी—वि. [सं.] हँसी-मज़ाक करने वाला, हँसोड़।
विन्यस्त—वि. [सं.] रखा हुआ; प्रवृत्त किया हुआ; जमा किया हुआ।
विन्यास—पु. [सं.] व्यवस्थित करना; स्थापन।
विपक्ष—पु. [सं.] विरोधी पक्ष; सत्ता पक्ष का विरोधी दल।
विपक्षी—वि. [सं.] विरुद्ध पक्ष का।
विपण—पु. [सं.] विक्रय; व्यापार, छोटा व्यापार।
विपणन—पु. [सं.] विक्रय, व्यापार।
विपत्—'विपद्' का समास में प्रयुक्त रूप। **~कर**—वि. संकट उत्पन्न करने वाला। **~काल**—पु. संकट के दिन, बुरा समय।
विपत्ति—स्त्री. [सं.] संकट, आफ़त, मुसीबत।
विपथ—पु. [सं.] गलत रास्ता, अनुचित मार्ग।
विपदा—स्त्री. [सं.] विपत्ति, मुसीबत, दुःख।
विपद्—स्त्री. [सं.] विपत्ति, संकट, मुसीबत।
विपन्न—वि. [सं.] दुखी, आर्त, दीन-हीन; निर्धन।
विपन्नावस्था—वि. [सं.] दुरवस्था, मुसीबत का समय; धनहीन अवस्था।
विपरीत—वि. [सं.] प्रतिकूल, उलटा; विरुद्ध, प्रतिकूल।
विपरीतक—वि. [सं.] उलटा, प्रतिकूल।
विपरीतता—स्त्री., **विपरीतत्व**—पु. [सं.] विपरीत होने का भाव, द्र. 'विपरीत'।
विपरीतार्थ—वि. [सं.] उलटे अर्थवाला।
विपरीतार्थक—वि. [सं.] उलटे अर्थ वाला शब्द।
विपरीतोपमा—स्त्री. [सं.] एक अर्थालंकार, उपमा का भेद जिसमें कोई भाग्यवान व्यक्ति अति हीन दशा में दिखाया जाए।
विपर्यय—पु. [सं.] व्यतिक्रम; विपरीतता; कुछ का कुछ समझना, भ्रम; अव्यवस्था।
विपाप—वि. [सं.] निष्पाप, पापरहित।
विपाशा—स्त्री. [सं.] व्यास नदी।
विपिन—पु. [सं.] जंगल, वन, उपवन। **~विहारी**—पु. वन में विहार करने वाला, श्रीकृष्ण।
विपुल—वि. [सं.] बड़ा; विस्तृत; प्रचुर; अगाध।
विपुलता—स्त्री., **विपुलत्व**—पु. [सं.] आधिक्य; प्राचुर्य; विस्तार।
विपुला—स्त्री. [सं.] पृथ्वी।
विप्र—पु. [सं.] ब्राह्मण; पुरोहित।
विप्रलंभ—पु. [सं.] प्रेमी जनों का वियोग। **~शृंगार**—पु. वियोग शृंगार, इसमें विरह वर्णन होता है।
विप्रलब्ध—वि. [सं.] विरही; वंचित।
विप्रलब्धा—स्त्री. [सं.] साहित्य में वह नायिका, जिसका प्रिय से वियोग हुआ हो।
विप्लव—पु. [सं.] उपद्रव, अशांति; विद्रोह, बलवा; उथल-पुथल; विपत्ति।
विप्लवात्मक—वि. [सं.] विप्लव-संबंधी।
विप्लवी—वि. [सं.] विप्लव, विद्रोह करने वाला।
विप्लुत—वि. [सं.] नष्ट-भ्रष्ट; अस्त-व्यस्त; उत्तेजित।
विप्लुति—स्त्री. [सं.] अशांति; नाश, बर्बादी।
विफल—वि. [सं.] व्यर्थ; निरर्थक; असफल। **~ता**—स्त्री. असफलता; किसी परीक्षा में उत्तीर्ण न होने की अवस्था।
विबुधाचार्य—पु. [सं.] बृहस्पति।
विब्बोक—पु. [सं.] द्र. 'बिब्बोक'।
विभक्त—वि. [सं.] बँटा हुआ; अलग किया हुआ, विभाजित।
विभक्ति—स्त्री. [सं.] व्याकरण में कारक चिह्न, यथा—का, ने, से, को, आदि; बँटवारा; विभाग।
विभग्न—वि. [सं.] टूटा-फूटा; छिन्न-भिन्न।
विभव—वि. [सं.] धनी; शक्तिशाली। पु. ऐश्वर्य, समृद्धि, वैभव; उच्च पद।
विभववान—वि. [सं.] धनी; ऐश्वर्यशाली।
विभा—स्त्री. [सं.] दीप्ति, चमक; किरण; प्रभा, कांति, सौंदर्य।
विभाग—पु. [सं.] कार्य-सुविधा के लिए किसी बड़े संस्थान का अलग खंड, क्षेत्र, अंश, आदि।
विभागतः—अ. [सं.] हिस्से के अनुसार।

विभागशः—अ. [सं.] हिस्से के अनुसार।

विभागाध्यक्ष—पु. [सं.] किसी विभाग का अध्यक्ष, यथा—विश्वविद्यालय के किसी विभाग का अध्यक्ष।

विभागीय—वि. [सं.] विभाग से संबंधित।

विभाजक—पु. [सं.] विभाजन करने वाला, बाँटने की वह संख्या, जिससे भाग दिया जाए, भाजक। वि. बाँटने वाला, वाली, यथा—विभाजक रेखा।

विभाजन—पु. [सं.] बँटवारा, विभाग करना, अलग करना।

विभाजित—वि. [सं.] बँटवारा किया हुआ; पृथक् किया हुआ।

विभाज्य—वि. [सं.] जिसका बँटवारा किया जाए। पु. वह संख्या जिसमें किसी संख्या से भाग दिया जाए।

विभात—पु. [सं.] सवेरा, प्रभात।

विभाति—स्त्री. [सं.] चमक, शोभा, सुंदरता।

विभाव—पु. [सं.] साहित्य में रस के अन्तर्गत वह अवस्था, जो मन में किसी भाव को उत्पन्न या उद्दीप्त करे, इसीलिए इसके दो भेद हैं—आलंबन और उद्दीपन।

विभावक—वि. [सं.] अभिव्यक्त करने वाला।

विभावन—पु. [सं.] कल्पना; वह मानसिक व्यापार, जिसके द्वारा साहित्य में वर्णिता नायक के साथ श्रोता या पाठक का तादात्म्य होता है—साधारणीकरण, रस-दशा।

विभावना—स्त्री. [सं.] एक अर्थालंकार, जिसमें कारण के बिना कार्य का होना बताया जाए—'बिनु पग चलै, सुनै बिनु काना'।

विभावरी—स्त्री. [सं.] रात; तारों वाली रात।

विभावरीश—पु. [सं.] चंद्रमा।

विभाषित—वि. [सं.] वैकल्पिक।

विभास—पु. [सं.] चमक; एक राग (संगी.)।

विभासिका—वि. स्त्री. [सं.] चमकने वाली।

विभासित—वि. [सं.] दीप्त, चमकाया हुआ, प्रकाशित।

विभिन्न—वि. [सं.] पृथक्, अलग; अनेक प्रकार के।

विभिन्नता—स्त्री. [सं.] अलगाव, विभिन्न होने का भाव।

विभीत—वि. [सं.] भयभीत, डरा हुआ।

विभीषक—वि. [सं.] भयोत्पादक।

विभीषण—वि. [सं.] अति भयानक, बहुत डरावना। पु. रावण का भाई।

विभीषिका—स्त्री. [सं.] भयानक दृश्य; भयंकर कांड।

विभु—वि. [सं.] सर्वव्यापक; बहुत महान; सदा बना रहने वाला। पु. ईश्वर।

विभुता—स्त्री., **विभुत्व**—पु. [सं.] ऐश्वर्य; प्रभुता; सर्व-व्यापकता।

विभूत—वि. [सं.] उत्पन्न; व्यक्त; महान; शक्तिशाली।

विभूति—स्त्री. [सं.] शक्ति; महत्ता; अलौकिक शक्ति; समृद्धि; ऐश्वर्य।

विभूतिमान—वि. [सं.] शक्तिशाली; अलौकिक शक्ति संपन्न।

विभूषा—स्त्री. [सं.] आभूषण, अलंकार; सौंदर्य, शोभा, कांति।

विभूषित—वि. [सं.] अलंकृत, सुशोभित।

विभेद—पु. [सं.] विभाग करना; तोड़ना; खंडित करना।

विभेदक—वि., पु. [सं.] काटने, बाँटने, फाड़ने वाला।

विभेदन—पु. [सं.] काटने, फाड़ने आदि की क्रिया; फूट डालना, पृथक् करना।

विभेदी—वि. [सं.] काटने, छेदने, बाँटने वाला।

विभेदीकरण—पु. [सं.] विभेद करना, अंतर होना।

विभेद्य—वि. [सं.] काटने, छेदने, पृथक् करने योग्य।

विभो—पु. [सं.] 'विभु' का सम्बोधन में रूप।

विभोर—वि. निमग्न, तल्लीन।

विभ्रंश—पु. [सं.] क्षय, विनाश; पतन; वंचित होना।

विभ्रंशित—वि. [सं.] विनष्ट किया हुआ; गिराया हुआ।

विभ्रम—पु. [सं.] घबड़ाहट, संदेह, उद्विग्नता।

विभ्रांत—वि. [सं.] भ्रम में पड़ा हुआ, घबड़ाया हुआ।

विभ्रांति—स्त्री. [सं.] घबड़ाहट; भूल, भ्रम।

विमज्जित—वि. [सं.] डूबा हुआ, निमग्न।

विमत—वि. [सं.] भिन्न या विरुद्ध मत का।

विमति—वि. [सं.] असहमति, विरुद्ध या विपक्ष में दिया जाने वाला मत।

विमन—वि. उदास, अनमना; खिन्न।

विमनस्क—वि. [सं.] उदास, खिन्न; व्याकुल, अधीर।

विमना—वि. [सं.] उदास; खिन्न; घबराया हुआ।

विमन्यु—वि. [सं.] क्रोधरहित।

विमर्श—पु. [सं.] विचार-विवेचन; परामर्श; नाटक की पाँच संधियों में से एक, जिसमें बीज का विकास तो होता है किंतु फल-प्राप्ति से पूर्व ही शाप, विपत्ति, आदि के रूप में बाधाएँ उपस्थित हो जाती हैं।

विमर्शन—पु. [सं.] तर्क-वितर्क, विचार-विवेचन की प्रक्रिया।

विमर्शित—वि. [सं.] विचारित, जिसके पक्ष-विपक्ष पर विचार किया जा चुका है।

विमर्शी—वि. [सं.] विचार प्रस्तुत करने वाला; समीक्षक।

विमर्ष—पु. [सं.] द्र. 'विमर्श'।

विमल—वि. [सं.] निर्मल, स्वच्छ; पवित्र, निर्दोष; सुंदर।

विमला—स्त्री. [सं.] सरस्वती देवी; सिद्धि की दस अवस्थाओं में से एक।

विमलात्मा—वि. [सं.] पवित्र आत्मा।

विमाता—स्त्री. [सं.] सौतेली माँ, माता।

विमान—वि. [सं.] वायुयान; धूमधाम से निकाली जाने वाली सजी हुई अरथी; रथ। **~वाहक पोत**—पु. वह युद्धपोत, पानी का जहाज, जिस पर वायुयान आरूढ़ रहते हैं।

विमान-पत्तन—पु. [सं.] वह स्थान जहाँ विमान उतरते हैं और वहाँ से उड़ान भरते हैं।

विमानन—पु. [सं.] विमान संबंधी (सेवाएँ—'एविएशन')।

विमानना—स्त्री. [सं.] अनादर, अवमानना।

विमार्जन—पु. [सं.] धोना, पवित्र करना।

विमुक्त—वि. [सं.] मुक्त किया हुआ, छोड़ा हुआ; स्वतंत्र; परित्यक्त।

विमुक्ति—स्त्री. [सं.] छुटकारा, रिहाई; मुक्ति। **~पथ**—पु. मोक्ष का मार्ग।

विमुख—वि. [सं.] विरत, जिसने किसी से मुँह मोड़ लिया हो; उदासीन; हताश।

विमुग्ध—वि. [सं.] मोहित, मत्त।

विमूढ़—वि. [सं.] हतबुद्धि हो जाने वाला; घबराया हुआ; बेसुध; विमुख (कर्तव्यविमूढ़)।

विमूर्च्छ—वि. [सं.] जिसकी मूर्च्छा दूर हो गई हो।

विमोक्ता—वि. [सं.] मुक्त करने वाला।

विमोक्ष—पु. [सं.] मुक्ति, छुटकारा।

विमोचन—पु. [सं.] पुस्तक का लोकार्पण।

विमोचित—वि. [सं.] जिसका विमोचन हो गया हो।

विमोह—पु. [सं.] मतिभ्रंश; भ्रम; अज्ञान।

विमोहना*—अ.क्रि. मोहित कर लेना, लुभाना; बेसुध होना।

विमोहित—वि. [सं.] मुग्ध, लुब्ध; वशीकृत।

विमोही—वि. [सं.] मुग्ध करने वाला।

वियुक्त—वि. [सं.] जिसका किसी से वियोग, पार्थक्य हुआ हो; रहित, वंचित।

वियुत—वि. [सं.] (किसी से) वियुक्त; रहित; वंचित।

वियूथ—वि. [सं.] जो अपने झुंड से अलग हो गया हो।

वियोग—पु. [सं.] प्रिय से अलग रहने की स्थिति, अलगाव, विरह।

वियोगांत—वि. [सं.] वह साहित्यिक कृति—नाटक, उपन्यास, प्रबंध काव्य, आदि जिसका अंत दु:खपूर्ण हो, प्रिय, नायक-नायिका अंत में मिलन स्थिति में न हों।

वियोगात्मक—वि. [सं.] वियोग-संबंधित।

वियोगावस्था—स्त्री. [सं.] विरह की स्थिति।

वियोगिन—स्त्री. दे. 'वियोगिनी'।

वियोगिनी—स्त्री. [सं.] विरहिणी, प्रेमी से बिछुड़ी हुई स्त्री।

वियोगी—वि. [सं.] विरही, प्रिया से बिछुड़ा हुआ।

विरंच—पु. [सं.] ब्रह्मा।

विरंचन, विरंचि, विरंच्य—पु. [सं.] द्र. 'विरंच'।

विरक्त—वि. [सं.] उदासीन, खिन्न।

विरक्ति—स्त्री. [सं.] विराग, उदासीनता, खिन्नता, अनासक्ति।

विरचित—वि. [सं.] रचित, सृजित, लिखित; निर्मित।

विरत—वि. [सं.] विरक्त, उदासीन।

विरति—स्त्री. [सं.] विराग, उदासीनता, खिन्नता।

विरद—पु. नाम; यश, कीर्ति, प्रसिद्धि।

विरदावली—स्त्री. गुण-वर्णन, कीर्ति गाथा; राजाओं की स्तुति में कही जाने वाली यश गाथा।

विरल—वि. [सं.] दुर्लभ; कम, थोड़ा; 'सघन' का उलटा।

विरला—वि. कोई-कोई, बहुत कम मिलने वाला।

विरस—वि. [सं.] नीरस, स्वादहीन; अप्रिय; उबाऊ।

विरसा—पु. [अ.] थाती, मृत व्यक्ति से प्राप्त संपत्ति।

विरह—पु. [सं.] वियोग, प्रिय जनों का अलगाव।

विरहागि*—स्त्री. द्र. 'विरहाग्नि'।

विरहाग्नि—स्त्री. [सं.] विरह की अग्नि।

विरहानल—पु. [सं.] विरह की अग्नि।

विरहिणी—स्त्री. [सं.] प्रिय या पति से बिछुड़ी हुई नायिका।

विरही—वि. [सं.] प्रिया के वियोग में व्यथित व्यक्ति।

विरहोत्कंठिता—स्त्री. [सं.] साहित्य में नायिका का एक भेद—नायिका जो नायक के न आने से दुखित रहती है।

विराग—पु. [सं.] रागहीनता, उदासीनता।

विरागी—वि. [सं.] विरक्त, उदासीन।

विराजमान—वि. [सं.] शोभित; उपस्थित, मौजूद; समादरपूर्वक बैठा हुआ।

विराजित—वि. [सं.] सुशोभित; उपस्थित।

विराट—पु. [सं.] बहुत बड़ा, विस्तृत; विश्व; महाभारतीय काल का एक देश।

विराम—पु. [सं.] अंत, विश्राम; वाक्य में वह स्थान, जहाँ बोलते हुए कुछ समय रुकना होता है (व्या.), वाक्य के अंत में लगने वाली खड़ी पाई (।)।

विराल—पु. [सं.] बिलाव, मार्जार।

विरासत—पु. [अ.] पुरखों से मिली संपदा; सांस्कृतिक संस्कार।

विरिंच, विरिंचन, विरिंचि—पु. [सं.] ब्रह्मा।

विरिक्त—वि. [सं.] खाली किया हुआ।

विरिक्ति—स्त्री. [सं.] खाली कराने की क्रिया।

विरुज—वि. [सं.] नीरोग।

विरुझना*—अ.क्रि. उलझना।

विरुझाना*—स.क्रि. उलझाना।

विरुद—पु. [सं.] प्रशंसासूचक शब्दावली, गुणगान कथा, कीर्तिगाथा।

विरुदावली—स्त्री. [सं.] गुण, पराक्रम, यश, आदि का विस्तृत गान, वर्णन।

विरुद्ध—वि. [सं.] प्रतिकूल, विपरीत, विरोधी।

विरुद्धाचरण—पु. [सं.] बुरा, अप्रिय आचरण।

विरुद्धार्थ—वि. [सं.] विपरीत, विरोधी अर्थ वाला।

विरुद्धाशन—पु. [सं.] निषिद्ध या वर्जित आहार।

विरुद्धोक्ति—स्त्री. [सं.] प्रतिकूल वचन, बातों में लड़ाई-झगड़ा।

विरुक्ष—वि. [सं.] रूखा, कड़ा, कर्कश (वचन)।

विरूप—वि. [सं.] भद्दा, बद्शक्ल, विकृत आकृति वाला।

विरूपक—वि. [सं.] कुरूप; भयंकर; अनुचित।

विरूपण—पु. [सं.] रूप बिगाड़ना।

विरूपता—स्त्री. [सं.] कुरूपता; बहुरूपता।

विरूपाक्ष—वि. [सं.] जिसकी आँखें कुरूप हों।

विरूपित—वि. [सं.] बिगड़ा हुआ रूप।

विरूपी—वि. [सं.] कुरूपा, बदसूरत।

विरेचक—वि. [सं.] दस्तावर, दस्त लाने वाली औषधि।

विरेचन—पु. [सं.] दस्त लाना; दस्त लाने वाली औषधि।

विरेचित—वि. [सं.] दस्त कराया हुआ।

विरोध—पु. [सं.] प्रतिकूलता; बाधा; प्रतिरोध; विपरीत भाव; साहित्य में एक अर्थालंकार।

विरोधाभास—पु. [सं.] विरोध का आभास; उलटा, विपरीत व्यवहार; साहित्य में एक अर्थालंकार, जहाँ वास्तव में विरोध नहीं होता, विरोध का आभास-मात्र कराया जाता है।

विरोधाभासी—वि. [सं.] विरोध में दीखने वाली स्थिति।

विरोधी—वि. [सं.] विरोध करने वाला; बाधक; विपक्षी; शत्रु।

विरोपण—पु. [सं.] रोपना, पौधा लगाना।

विरोपित—वि. [सं.] रोपा हुआ।

विलंब—पु. [सं.] देर, बहुत समय लगना।

विलंबन—पु. [सं.] देर होना; दीर्घसूत्रता।

विलंबित—वि. [सं.] जिसमें देर हुई हो।

विलक्षण—वि. [सं.] असाधारण; अद्‌भुत; अद्वितीय।

विलक्षणता—स्त्री. [सं.] विलक्षण होने की अवस्था; विलक्षण बात।

विलखना—अ.क्रि. द्र. 'बिलखना'।

विलग—वि. अलग, पृथक्।

विलगाना*—स.क्रि. अलग करना।

विलय—पु. [सं.] विलीन होना, लोप हो जाना; एक वस्तु का दूसरी वस्तु में मिलकर समा जाना; घुल या गल जाना; किसी एक प्रांत, देश, राष्ट्र का दूसरे में मिल जाना।

विलयन—पु. [सं.] विलय होने की क्रिया, द्र. 'विलय'।

विलसित—वि. [सं.] चमकता हुआ; विनोदी।

विलाप—पु. [सं.] रुदन, रोना, रोते हुए कुछ कहकर अपना दुःख प्रकट करना।

विलायत—स्त्री. [अ.] दूर का देश; इंग्लैंड।

विलायती—वि. इंग्लैंड का; विदेश का।

विलाल—पु. [सं.] मार्जार, विडाल।

विलावल—पु. द्र. 'विलावल'।

विलावली—स्त्री. एक रागिनी (संगी.)।

विलास—पु. [सं.] क्रीड़ा; आनंद, हर्ष; अनुरागपूर्ण दृष्टि; साहित्य में संयोग शृंगार का एक हाव।

विलासमयी—वि. [सं.] क्रीड़ाशील; प्रेम और भोग में पड़ी हुई (स्त्री.)।

विलासिता—स्त्री. [सं.] सुख-भोग की प्रवृत्ति।

विलासितामय—वि. [सं.] विलासिता में डूबा हुआ।

विलासिनी—स्त्री. [सं.] विलास, सुख-भोग में पड़ी हुई (स्त्री.)।

विलासी—वि. [सं.] सुख-भोग करने वाला; कामुक; आरामतलब।

विलिखित—वि. [सं.] लिखा हुआ।

विलीन—वि. [सं.] लुप्त, नष्ट हो जाना; किसी तत्त्व में मिल जाना (अग्नि, जल, मिट्‌टी, आदि में मिल जाना)।

विलुंचन—पु. [सं.] नोंचना (केश, आदि का)।

विलुंठित—वि. [सं.] जो लूटा गया हो।

विलुप्त—वि. [सं.] समाप्त; नष्ट; छिपा हुआ।

विलेप—पु. [सं.] लेप; अंगराग।

विलेपन—पु. [सं.] अंगराग लगाना; लेप करने का पदार्थ, अंगराग।

विलोकन—पु. [सं.] देखना; विचार करना; ध्यान देना।

विलोकना*—स.क्रि. देखना।

विलोकनि*—स्त्री. [ब्र.भा.] देखने की क्रिया।

विलोकनीय—वि. [सं.] दर्शनीय; विचार करने योग्य।

विलोकित—वि. [सं.] देखा हुआ; जाना हुआ।

विलोक्य—वि. [सं.] देखने योग्य।

विलोड़न—पु. [सं.] मथना; जोर-जोर से हिलाना।

विलोड़ना—स.क्रि. मथना।

विलोड़ित—वि. [सं.] मथित।

विलोप—पु. [सं.] नाश।

विलोपन—पु. [सं.] नष्ट करना; लुप्त करना।

विलोपीकरण—पु. [सं.] विलोप, समाप्त करना।

विलोम—वि. [सं.] उलटा, विपरीत। पु. विपरीतार्थक शब्द।

विलोमतः—पु. [सं.] विपरीत दिशा में।

विलोमन—पु. [सं.] विपरीत क्रम से रखना।

विलोमित—वि. [सं.] उलटा किया हुआ।

विल्व—पु. [सं.] द्र. 'बिल्व'। **~मंगल**—पु. महाकवि सूरदास का अंधा होने के पहले का नाम।

विवक्षा—स्त्री. [सं.] व्यक्त करने की इच्छा।

विवक्षित—वि. [सं.] अभिप्रेत, इच्छित, अभिलषित।

विवक्षु—वि. [सं.] बोलने की इच्छा रखने वाला।

विवर—पु. [सं.] बिल; गड्ढा; गुफा।

विवरण—पु. [सं.] ब्यौरा, किसी घटना, आदि का पूरा वर्णन; किसी कागज़, आदि पर पूरी सूची प्रस्तुत करना।

विवरणात्मक—वि. [सं.] जिसमें पूरे विवरण दिये गए हों, वृत्तांतात्मक।

विवरणिका—स्त्री. [सं.] वह पत्रक, जिसमें विवरण दिए गए हों।

विवरणी—स्त्री. [सं.] विवरण-पत्र।

विवर्जित—वि. [सं.] मना किया हुआ; परित्यक्त, छोड़ा हुआ।

विवर्ण—वि. [सं.] वर्णहीन; जिसका रंग उड़ गया हो, श्रीहत।

विवर्त—पु. [सं.] घूमना, गोलाई में चक्कर लगाना।

विवर्तन—पु. [सं.] चक्कर लगाना, घूमना; नीचे की ओर लुढ़कना।

विवर्तित—वि. [सं.] चक्कर खाया हुआ, घूमा या घुमाया हुआ; परिवर्तित।

विवर्धित—वि. [सं.] बढ़ाया हुआ, उन्नत किया हुआ।

विवश—वि. [सं.] लाचार, मज़बूर; अधीन; जो अपनी इच्छा से कुछ न कर सके।

विवशता—स्त्री. [सं.] लाचारी, मज़बूरी; अधीनता; अपनी इच्छा से कुछ न कर सकने की स्थिति।

विवस्त्र—वि. [सं.] वस्त्रहीन, नंगा।

विवस्वान—पु. [सं.] सूर्य; सूर्य का सारथि अरुण।

विवात—पु. [सं.] प्रभंजन, प्रचंड वायु।

विवाद—पु. [सं.] बहस; झगड़ा, कलह। **~प्रिय**—वि. झगड़ालू।

विवादास्पद—पु. [सं.] जिसके विषय में विवाद हो; जिसके संबंध में विवाद चल रहा हो; जिसके विषय में मत-वैभिन्य हो।

विवाह—पु. [सं.] धार्मिक विधि-विधान से स्त्री-पुरुष का पति-पत्नी के रूप में संबंध स्थापित होना, परिणय, पाणिग्रहण संस्कार (भारतीय परंपरा में विवाह के आठ प्रकार बताए गए हैं—ब्राह्म, दैव, आर्ष, प्राजापत्य, आसुर, गान्धर्व, राक्षस और पैशाच; इनमें ब्राह्म विवाह ही सर्वश्रेष्ठ माना जाता है, मुख्यत: वही प्रचलन में है)। **~विच्छेद**—पु. विवाह संबंध का टूट जाना, तलाक हो जाना।

विवाहित—वि. [सं.] जिसका विवाह हो चुका हो, ब्याहा हुआ।

विवाहिता—वि., स्त्री. [सं.] जिस स्त्री का विवाह हो चुका हो, ब्याही हुई।

विवाहोचित वयस—वि. [सं.] विवाह योग्य आयु।

विवाहोत्सव—वि. [सं.] विवाह समारोह, विवाह का उत्सव।

विविक्ति—स्त्री. [सं.] पार्थक्य, विभाग।

विवित्सा—स्त्री. [सं.] जानने की इच्छा।

विविध—वि. [सं.] विभिन्न प्रकार का, कई तरह का; कई तरह का मिला-जुला, फुटकर।

विविर—पु. बिल; गुफा, खोह; दरार।

विवृत—वि. [सं.] वह कथन जिसमें कुछ अनावृत किया गया हो; जिसकी व्याख्या की गई हो, विस्तृत; ऊष्म स्वरों के उच्चारण में होने वाला विशेष मुख-प्रयत्न (व्या.)।

विवृताक्ष—वि. [सं.] जिसकी आँखें खुली हुई हों।

विवृति—स्त्री. [सं.] किसी बात को खूब खुलकर कहना; संदर्भसहित व्याख्या।

विवृतोक्ति—स्त्री. [सं.] साहित्य में एक अर्थालंकार, इसमें कोई बात पहले तो श्लिष्ट शब्दों में किंचित् उलझाकर कही जाती है किंतु अंत में किसी कथन या क्रिया के द्वारा वह बात स्पष्ट कर दी जाती है।

विवृत्त—वि. [सं.] घूमता हुआ; लौटा हुआ; खुला हुआ, अनावृत।

विवृत्ति—स्त्री. [सं.] फैलाव, विकास।

विवेक—पु. [सं.] भले-बुरे का निर्णय करने की शक्ति; यथार्थ ज्ञान की शक्ति, बुद्धिमत्ता; वस्तुओं में उनके गुणानुसार भेद करने की शक्ति।

विवेकवान—वि. [सं.] ज्ञानी, विचारवान, स्थिर-मति।

विवेकी—वि. [सं.] विवेकशील; बुद्धिमान; न्यायशील।

विवेचक—वि. [सं.] मीमांसा, परीक्षण करने वाला; चतुर, ज्ञानी।

विवेचन—पु. [सं.] मीमांसा; परीक्षण; भले-बुरे का निर्णय।

विवेचनात्मक—वि. [सं.] विवेचन संबंधी।

विवेचनीय—वि. [सं.] विवेच्य।

विवेचित—वि. [सं.] जिसका विवेचन कर लिया गया हो, जिसके सकारात्मक और नकारात्मक पक्षों पर विचार कर लिया गया हो।

विवेच्य—वि. [सं.] जिसका विवेचन किया जा रहा है।

विव्वोक—पु. [सं.] द्र. 'बिब्बोक'।

विशंक—वि. [सं.] शंकारहित; निरापद; निर्भय।

विशद—वि. [सं.] विस्तृत; (विशद व्याख्या, विशद अध्ययन, आदि)।

विशस्त्र—वि. [सं.] शस्त्रहीन।

विशाख—पु. [सं.] कार्त्तिकेय। वि. शाखाहीन; विशाखा नक्षत्र में जन्मा।

विशाखा—स्त्री. [सं.] एक नक्षत्र; एक प्राचीन जनपद।

विशारद—वि. [सं.] विद्वान्; कुशल; चतुर।

विशाल—वि. [सं.] बहुत बड़ा; विस्तृत, लंबा-चौड़ा; भव्य, शानदार।

विशालता—स्त्री. [सं.] बड़ापन; विस्तार।

विशालाक्ष—वि. [सं.] बड़े और सुंदर नेत्रों वाला।

विशालाक्षी—स्त्री. [सं.] बड़े और सुंदर आँखों वाली स्त्री।

विशिख—वि. [सं.] शिखाहीन। पु. बाण; भाला।

विशिष्ट—वि. [सं.] असाधारण; मुख्य, प्रधान; किसी विशिष्टता से युक्त।

विशिष्टता—स्त्री. [सं.] विशिष्ट होने की स्थिति; कोई विशेष गुण या भाव।

विशिष्टाद्वैत—पु. [सं.] रामानुजाचार्य द्वारा प्रतिपादित एक भारतीय दर्शन, जिसकी मान्यतानुसार जीवात्मा और जगत दोनों ब्रह्म से भिन्न होने पर भी अभिन्न ही माने जाते हैं।

विशिष्टीकरण—पु. [सं.] विशेषीकरण।

विशिष्टीकृत—वि. [सं.] विशेषीकृत।

विशुद्ध—वि. [सं.] साफ किया हुआ, साफ़-शुद्ध; जिसमें किसी प्रकार की मिलावट न हो; निर्मल, उज्ज्वल; हठयोग में शरीर के छह चक्रों में से एक, जो गले के पास माना गया है।

विशुद्धात्मा—वि. [सं.] जिसका मन पवित्र हो।

विशुद्धि—स्त्री. [सं.] पवित्रता, शुद्धता।

विशून्य—वि. [सं.] पूरी तरह रिक्त, खाली।

विशृंखल—वि. [सं.] अस्त-व्यस्त; बेढंगा; जिसमें कोई क्रम या शृंखला न हो।

विशृंखलित—वि. [सं.] मुक्त, आज़ाद।

विशेष—वि. [सं.] असाधारण; सबसे अलग। पु. साहित्य में एक अर्थालंकार, जिसमें बिना आधार के आधेय का; थोड़े परिश्रम से बहुत प्राप्ति का, एक ही वस्तु के कई स्थानों में होने का या इसी प्रकार की किसी विस्मयकारी बात का चित्रण हो।

विशेषक—वि. [सं.] अंतर स्पष्ट करने वाला चिह्न। पु. भेद करने वाला गुण; शरीर पर रेखाएँ, गोदना बनाना; साहित्य में एक अर्थालंकार जहाँ तीन पदों में एक ही क्रिया होने से उनका अन्वय एक साथ ही हो।

विशेषज्ञ—पु. [सं.] किसी विषय का सम्यक् ज्ञान रखने वाला।

विशेषण—वि. [सं.] विशेषता प्रदर्शित करने वाला। पु. संज्ञा का गुण, विशेषता बताने वाला शब्द (व्या.)।

विशेषतः—क्रि.वि. [सं.] विशेष प्रकार से, खास तौर पर।

विशेषतया—क्रि.वि. [सं.] विशेष रूप से।

विशेषता—स्त्री. [सं.] खूबी, विशेष गुण।

विशेषांक—पु. [सं.] किसी पत्रिका, पत्र, आदि का किसी अवसर पर व्यक्ति विशेष या किसी समस्या, विषय पर केन्द्रित अंक।

विशेषाधिकार—पु. [सं.] किसी अधिकारी या व्यक्ति को प्राप्त असाधारण, विशेष अधिकार।

विशेषाधिवेशन—पु. [सं.] किसी बड़ी संस्था का असामान्य, विशेष अधिवेशन।

विशेषार्थक—वि. [सं.] विशेष अर्थ वाला।

विशेषीकरण—पु. [सं.] साधारण को विशिष्ट, विशेष बनाना।

विशेषीकृत—वि. [सं.] विशेष स्थान दिया हुआ।

विशेषोक्ति—स्त्री. [सं.] साहित्य में एक अर्थालंकार, जहाँ विशेष कारण के होते हुए भी कार्य का होना संभव न हो।

विशेष्य—पु. [सं.] विशेषण द्वारा सूचित किया जाने वाला पद या शब्द। वि. जिसकी विशिष्टता बतानी हो।

विशोक—पु. [सं.] शोकरहित।

विश्रांत—वि. [सं.] विश्राम करता हुआ; थका हुआ; ठहरा या रुका हुआ।

विश्रांति—स्त्री. [सं.] विश्राम, आराम; थकावट।

विश्राम—पु. [सं.] आराम; ठहरने का स्थान; आराम, चैन, सुख।

विश्रामालय—पु. [सं.] विश्राम करने का स्थान।

विश्रुत—वि. [सं.] प्रसिद्ध, विख्यात।

विश्रुति—स्त्री. [सं.] ख्याति।

विश्लेषक—पु. [सं.] विश्लेषण करने वाला।

विश्लेषण—पु. [सं.] किसी विषय या वस्तु को पूरी तरह जाँचना-परखना।

विश्लेषणात्मक—वि. [सं.] विश्लेषण संबंधी।

विश्लेषित—वि. [सं.] जिसका विश्लेषण किया गया हो।

विश्वंभर—वि. [सं.] विश्व का भरण-पोषण करने वाला। पु. विष्णु, ईश्वर।

विश्वंभरा, विश्वंभरी—स्त्री. [सं.] पृथ्वी।

विश्व—पु. [सं.] संसार, पूरा ब्रह्मांड। **~कर्मा**—पु. देवशिल्पी, वास्तुकला के आदि आचार्य; बढ़ई, लोहार। **~कोश**—पु. वह ग्रंथ जिसमें ज्ञान की सभी शाखाओं या किसी विषय विशेष के सभी अंगों का विस्तार से वर्णन किया जाता है ('एनसाइक्लोपीडिया')। **~बंधु**—पु. जो विश्व का बंधु हो; शिव। **~विख्यात**—जो समस्त विश्व में प्रसिद्ध हो। **~विद्यालय**—पु. उच्चतम शिक्षा का वह विद्यालय, जिसमें ज्ञान की अनेक शाखाओं की उच्चतम स्तर की शिक्षा दी जाती है। **~विभावन**—पु. विश्व की रचना। **~विश्रुत**—वि. विश्व विख्यात। **~व्यापार संगठन**—पु. वर्ल्ड ट्रेड यूनियन।

विश्वक—वि. [सं.] समग्र; सर्वव्यापक।

विश्वसनीय—वि. [सं.] विश्वासयोग्य, जिसका विश्वास किया जा सके।

विश्वस्त—वि. [सं.] विश्वसनीय, विश्वासपूर्ण; पूरी तरह भरोसे के योग्य।

विश्वा—स्त्री. [सं.] पृथ्वी।

विश्वात्मा—पु. [सं.] ईश्वर; ब्रह्मा; शिव, विष्णु।

विश्वाधार—पु. [सं.] विश्व, दुनिया का सहारा।

विश्वाधिप—पु. [सं.] विश्व का स्वामी; ईश्वर।

विश्वानर—पु. [सं.] अग्नि के पिता।

विश्वामित्र—पु. [सं.] एक प्रसिद्ध ऋषि।

विश्वामित्रा—स्त्री. [सं.] एक नदी।

विश्वास—पु. [सं.] भरोसा, यकीन; किसी के विषय में निश्चित धारणा। **~पात्र, ~भाजन**—वि. जिसका विश्वास किया जा सकता है।

विश्वासी—वि. [सं.] विश्वास करने वाला; जिसका विश्वास किया जाए।

विश्वासोत्पादक—वि. [सं.] विश्वासकारक।

विश्वेश्वर—पु. [सं.] ईश्वर; काशी में स्थापित एक शिव-मूर्ति।

विष—पु. [सं.] ज़हर, गरल; वह पदार्थ जिसके खाने से कोई भी प्राणी मर जाता है।

विषण्ण—वि. [सं.] दुखी, शोकमग्न, विषादयुक्त।

विषण्णता—स्त्री. [सं.] उदासीनता, शोकावस्था।

विषण्णांग—पु. [सं.] शिव।

विषम—वि. [सं.] असम, असमान; विकट, भयंकर; कठिन (परिस्थितियाँ); वह संख्या जो दो से भाग देने पर पूरी-पूरी न बँट सके; साहित्य में एक अर्थालंकार, जिसमें दो विरोधी वस्तुओं का संयोग अथवा उस संयोग की विषमता दर्शाई जाए।

विषमता—स्त्री., **विषमत्व**—पु. [सं.] भीषणता; जटिलता; असमता; अंतर।

विषमाग्नि—स्त्री. [सं.] एक जठराग्नि (आयु.)।

विषमायुध—पु. [सं.] कामदेव।

विषमीकरण—पु. [सं.] सम को विषम बनाना।

विषमेक्षण—पु. [सं.] शिव।

विषमेषु—पु. [सं.] कामदेव।

विषय—पु. [सं.] वह जिसके संबंध में कुछ कहा या लिखा जाए, विचार कीजिए; वे बातें जिनका किसी ग्रंथ, लेख आदि में विवेचन हो; स्त्री-संभोग; वह जिसे इन्द्रियाँ ग्रहण करें—नेत्रों का विषय रूप, जिह्वा का विषय रस, नासिका का विषय गंध, त्वचा का विषय स्पर्श तथा कानों का विषय शब्द।

विषयक—वि. [सं.] संबंधी, विषय का।

विषयपरक—वि. [सं.] विषय से संबंधित, विषयगत।

विषयांतर—पु. [सं.] चर्चा के विषय को बदलना, प्रसंग से अलग चर्चा करना।

विषया—स्त्री. विषय-वासना; विषय-वासना की वस्तु।

विषयासक्त—वि. [सं.] जो विषयों में संलिप्त हो, पड़ा हुआ हो।

विषयानुक्रमणिका—स्त्री. [सं.] किसी ग्रंथ के विषयों की विस्तृत सूची।

विषयासक्ति—स्त्री. [सं.] विषय-भोगों में संलिप्त रहना।

विषयी—वि. [सं.] विलासी, कामी। पु. कामी पुरुष।

विषयोपभोग—पु. [सं.] विषय-भोग।

विषाक्त—वि. [सं.] विषपूर्ण।

विषाग्नि—स्त्री., **विषानल**—पु. [सं.] विषयों की अनल, अग्नि।

विषाणु—पु. [सं.] रोग उत्पन्न करने वाले विषाक्त तत्त्व। **~रोग**—पु. विषाणुओं से उत्पन्न रोग।

विषाद—पु. [सं.] दुःख, अवसाद, उदासी; गम; नैराश्य।

विषैला—वि. विषयुक्त, ज़हरीला।

विषौषधी—स्त्री. [सं.] नागदंती (आयु.)।

विष्कंभक—पु. [सं.] द्र. 'विष्कंभ'।

विष्कंभी—पु. [सं.] शिव।

विष्ठा—स्त्री. [सं.] मल, पाखाना।

विष्णु—पु. [सं.] हिंदुओं के प्रसिद्ध देवता, भगवान, त्रिदेवों (ब्रह्मा, विष्णु और महेश) में इनकी गणना, विष्णु के दस अवतसर माने जाते हैं, जिनमें राम और कृष्ण अवतार प्रसिद्ध हैं।

विसंगत—वि. [सं.] बेमेल, जिसकी संगति न बैठती हो।

विसंगति—स्त्री. [सं.] असंगति; विषमता; विद्रूपता।

विसर्ग—पु. [सं.] एक अक्षर का संकेत चिह्न (:, यथा—रामः)।

विसर्जन—पु. [सं.] त्यागना; जल आदि में छोड़ना, अर्पित करना, परित्याग, छोड़ना।

विसर्जित—वि. [सं.] छोड़ा हुआ, भेजा हुआ।

विसर्पी—वि. [सं.] रेंगने वाला; फैलने वाला।

विसाल*—वि. द्र. 'विशाल'।

विसैन्यीकरण—पु. [सं.] सेना हटा देना।

विसैन्यीकृत—वि. [सं.] सेना हटा दी गई हो (की स्थिति)।

विस्तर—वि. [सं.] लंबा; विस्तृत।

विस्तरण—पु. [सं.] विस्तृत करना।

विस्तार—पु. [सं.] फैलाव; लंबाई और चौड़ाई; विस्तृत विवरण।

विस्तारक—वि. [सं.] विस्तार करने वाला।

विस्तारण—पु. [सं.] विस्तार करना।

विस्तारित—वि. [सं.] विस्तार किया हुआ।

विस्तीर्ण—वि. [सं.] विस्तृत, फैला हुआ।

विस्तृत—वि. [सं.] विशाल; फैला हुआ; विस्तारपूर्वक बताई गई (यथा—विस्तृत कथा)।

विस्तृति—स्त्री. [सं.] फैलाव, विस्तार; व्याप्ति; लंबाई-चौड़ाई, ऊँचाई या गहराई।

विस्थापन—पु. [सं.] एक जगह से दूसरी जगह जाकर रहना; हटाना।

विस्थापित—वि. [सं.] जो एक जगह से दूसरी जगह जाकर रहने लगे हों, यथा—पाकिस्तान से विस्थापित, कश्मीर से विस्थापित।

विस्फारण—पु. [सं.] फैलाना; खोलना।

विस्फारित—वि. [सं.] खोला हुआ (विस्फारित नेत्र)।

विस्फीति—स्त्री. [सं.] मुद्रा स्फीति को रोकना।

विस्फोट—पु. [सं.] फटना, फूट पड़ना।

विस्फोटक—पु. [सं.] विस्फोट करने वाला पदार्थ।

विस्मयंकर—वि. [सं.] आश्चर्य देने वाला।

विस्मय—पु. [सं.] आश्चर्य, अचंभा, ताज्जुब।

विस्मयातिरेक—पु. [सं.] आश्चर्य की अधिकता।

विस्मयादिबोधक—पु. [सं.] अवयव का भेद, जो अविकारी शब्द का सूचक है, यथा—हाय! वह मारा गया।

विस्मयोत्पादक—वि. [सं.] विस्मय उत्पन्न करने वाला, विस्मयकारी।

विस्मरण—पु. [सं.] भूलना, विस्मृति।

विस्मित—वि. [सं.] चकित, आश्चर्ययुक्त।

विस्मिति—स्त्री. [सं.] विस्मय, आश्चर्य।

विस्मृत—वि. [सं.] भूला हुआ।

विस्मृति—स्त्री. [सं.] भूल, विस्मरण।

विहंग—पु. [सं.] पक्षी; चिड़िया। ला. स्वच्छंद रूप से विचरण करने वाला।

विहंगम—पु. [सं.] पक्षी, चिड़िया। **~दृष्टि**—स्त्री. सरसरी दृष्टि (उड़ती हुई-सी दृष्टि)।

विहँसना*—अ.क्रि. मुस्काना।

विहग—पु. [सं.] पक्षी, चिड़िया।

विहगेंद्र—पु. [सं.] गरुड़।

विहगेश्वर—पु. [सं.] गरुड़।

विहसित—पु. [सं.] मुस्कान।

विहाग—पु. एक राग।

विहान—पु. भोर, प्रातःकाल, सवेरा।

विहाय—पु. [सं.] आकाश।

विहार—पु. [सं.] घूम कर मनोरंजन करना, टहलना, घूमना; बौद्ध भिक्षुओं-साधुओं के रहने का स्थान, संघाराम।

विहारिका—स्त्री. [सं.] बौद्ध मठ।

विहित—वि. [सं.] जिसका विधान किया गया हो; जो विधिसम्मत हो, जो कानूनन सही हो; नियमों के अनुसार उचित या ठीक हो।

विहीन—वि. [सं.] रहित, बिना; त्यागा हुआ।

विह्वल—वि. [सं.] व्याकुल, विकल, बेचैन, अधीर।

विह्वलता—स्त्री., **विह्वलत्व**—पु. [सं.] क्षोभ; चिंता; घबड़ाहट।

वी.आई.पी.—वि. [अं.] अत्यंत महत्त्वपूर्ण व्यक्ति ('वेरी इंपोर्टेंट पर्सन')।

वी.आर.एस.—पु. [अं.] स्वैच्छिक सेवा निवृत्ति ('वालिंटियरी रिटायरमेंट स्कीम')।

वीक्षण—पु. [सं.] विशेष रूप से देखना; निरीक्षण; जाँच।

वीक्षा—स्त्री. [सं.] देखना; जाँच-पड़ताल।

वीक्षित—वि. [सं.] देखा हुआ।

वीचि, वीची—स्त्री. [सं.] तरंग, लहर।

वीज़ा—पु. [अं.] किसी देश में प्रवेश की आज्ञा जो उस देश के दूतावास द्वारा दी जाती है।

वीटो—पु. [अं.] निषेधाधिकार, प्रतिशेषाधिकार (शेष सदस्यों के मतों से ऊपर जाकर निषेध का अधिकार)।

वीडियो—पु. [अं.] वह फिल्म जिसमें किसी अवसर या व्यक्ति की समस्त गतिविधियों को देखा जा सकता है; टेलीविज़न।

वीणा—स्त्री. [सं.] सितार जैसा एक प्रसिद्ध वाद्य। **~पाणि**—स्त्री. सरस्वती। पु. नारद। **~वादिनी**—स्त्री. सरस्वती।

वीत—वि. [सं.] गत, लुप्त। **~मोह**—वि. मोह से रहित। **~राग**—वि. जिसने सब मोह छोड़ दिए हो।

वीथि, वीथी—स्त्री. [सं.] रास्ता, गली; बाज़ार; नाटक का एक भेद जिसमें एक ही अंक, एक-दो पात्र ही होते हैं और पात्र आकाश-भाषित के रूप में बोलता है।

वीथिका—स्त्री. [सं.] सड़क, रास्ता, गली; बाज़ार।

वीप्सा—स्त्री. [सं.] व्याप्ति; व्याप्त होने की कामना; काम की निरंतरता सूचित करने के लिए किसी शब्द की आवृत्ति; साहित्य में एक शब्दालंकार, जिसमें आश्चर्य, आतुरता, खिन्नता, आदि प्रकट करने के लिए शब्द की दिरुक्ति होती है, यथा—मर-मर के न जिएँगे, हँस-हँस के दम फूल गया।

वीभत्स—वि. [सं.] द्र. 'बीभत्स'।

वीर—वि. [सं.] बहादुर, बलवान, शूर; शक्तिशाली; भाई के लिए संबोधन; साहित्य के नौ रसों में से एक, जिसका स्थायी भाव उत्साह है।

वीरांगना—स्त्री. [सं.] वीर स्त्री।

वीराचारी—पु. [सं.] वाममार्गियों का एक संप्रदाय।

वीरान—वि. [फ़ा.] उजड़ा हुआ, जनहीन; बर्बाद (कर देना)।

वीराना—पु. [फ़ा.] निर्जन स्थान, उजाड़ स्थान।

वीरानी—स्त्री. तबाही, बरबादी; मुर्दगी (छा जाना)।

वीरासन—पु. [सं.] योगासन का एक प्रकार, जिसमें एक घुटना टेक कर सीधा बैठा जाता है।

वीरेश, वीरेश्वर—पु. [सं.] बहुत बड़ा योद्धा; शिव।

वीरोचित—वि. [सं.] वीरतापूर्ण, जो वीरों के लिए उचित, शोभनीय है।

वीर्य—पु. [सं.] शरीर की एक धातु, जिसे शुक्र, रेत, आदि नाम भी दिये गए हैं; वीरता, पौरुष; शक्ति, बल। **~वान**—वि. शक्तिशाली।

बुज़ू—पु. [अ.] इस्लाम में नमाज़ पढ़ने से पहले हाथ-मुँह धोने की मान्य विधि।

वुजूद—पु. [अ.] अस्तित्व, होना; जीवन।

वुसूल—पु. [अ.] प्राप्ति; पहुँच; मिलना, हासिल।

वुसूली—वि. वसूल करने योग्य। स्त्री. वह राशि जिसे वसूल, प्राप्त करना हो।

वृंत—पु. [सं.] डंठल।

वृंतक—पु. [सं.] डंठल।

वृंद—पु. [सं.] समूह, झुंड, गुच्छा।

वृंदा—स्त्री. [सं.] तुलसी; राधा।

वृंदारण्य—पु. [सं.] वृंदावन।

वृंदावनेश, वृंदावनेश्वर—पु. [सं.] श्रीकृष्ण।

वृंदावनेश्वरी—स्त्री. [सं.] श्रीराधा।

वृक—पु. [सं.] भेड़िया; गीदड़।

वृकोदर—पु. [सं.] भीमसेन।

वृक्ष—पु. [सं.] पेड़, विटप; पौधे का बड़ा रूप।

वृक्षाधिरूढ़ि—स्त्री. [सं.] कामशास्त्र में आलिंगन का एक प्रकार।

वृक्षाम्ल—पु. [सं.] इमली।

वृक्षारोपण—पु. [सं.] वृक्ष लगाना।

वृक्षायुर्वेद—पु. [सं.] वृक्षों के रोग और निदान का शास्त्र।

वृज—पु., द्र. '**ब्रज**'।

वृत्त—वि. [सं.] ढका हुआ, आवृत्त; घिरा हुआ। पु. वृत्तांत, हाल; चरित्र (जीवन-वृत्त); गोला, मंडल; घेरा; समाचार।

वृत्तांत—पु. [सं.] समाचार; विवरण; आख्यान।

वृत्ताकार—वि. [सं.] जिसका आकार वृत्त जैसा, गोलाकार हो।

वृत्ति—स्त्री. [सं.] जीविका, पेशा, रोज़ी; पारिश्रमिक; किसी छात्र को आर्थिक स्थिति या योग्यता के आधार पर सहायतार्थ दी जाने वाली राशि; किसी के भरण-पोषण के लिए दी जाने वाली राशि; सूत्र आदि की व्याख्या, कारिका; साहित्य में विशेष शैली में की गई शब्द-रचना जिससे रचना में माधुर्य, ओज, प्रसाद, आदि गुण आते हैं, जैसे—मधुरा, पुरुषा और प्रौढ़ा; नाटकों में भारती, सात्त्विकी, कौशिकी और आरभरी—ये चार वृत्तियाँ-शैलियाँ हैं।

वृत्य—वि. [सं.] वरण के योग्य, नियुक्ति के योग्य।

वृत्यनुप्रास—पु. [सं.] एक शब्दालंकार, अनुप्रास अलंकार का एक भेद, जिसमें अनेक वर्णों की समानता कई बार दिखाई जाए।

वृत्र—पु. [सं.] अंधकार; मेघ, बादल; एक असुर जिसका वध इन्द्र ने किया था (वृत्रासुर)।

वृत्रारि—पु. [सं.] इन्द्र।

वृथा—अ. [सं.] व्यर्थ, बेकार, बेमतलब, निष्प्रयोजन। वि. अनुचित; झूठ; निरर्थक, निरुपयोगी।

वृथोक्त—वि. [सं.] जो बेकार ही कहा गया हो।

वृद्ध—वि. [सं.] बूढ़ा, अधिक अवस्था का; चतुर, विद्वान्। पु. बूढ़ा व्यक्ति।

वृद्धप्राय—क्रि.वि. [सं.] वृद्धावस्था के निकट पहुँचा हुआ।

वृद्धा—वि., स्त्री. [सं.] बुढ़िया। स्त्री. बूढ़ी स्त्री।

वृद्धावस्था—स्त्री. [सं.] बुढ़ापा।

वृद्धाश्रम—पु. [सं.] संन्यास; वह स्थान जहाँ वृद्धों के आवास, भोजन, आदि की व्यवस्था होती है ('ओल्ड एज होम')।

वृद्धि—स्त्री. [सं.] बढ़ती; बाढ़; प्रगति; ब्याज, सूद।

वृश्चिक—पु. [सं.] बिच्छू; ज्योतिष में बारह राशियों में से एक, आठवीं राशि (स्कार्पिओ)।

वृश्चिका—स्त्री. [सं.] बिच्छू नाम की एक घास।

वृष—पु. [सं.] बैल; साँड़; ज्योतिष में बारह राशियों में से एक, दूसरी राशि।

वृषक—पु. [सं.] साँड़।

वृषभ—पु. [सं.] बैल; साँड़।

वृषभांक—पु. [सं.] शिव।

वृषभाक्ष—वि. [सं.] बैल जैसी आँख वाला।

वृषभानुजा—स्त्री. [सं.] श्रीराधा।

वृषल—पु. [सं.] एक शूद्र जाति; शूद्र पत्नी या दासी से उत्पन्न पुत्र।

वृष्ट—वि. [सं.] बरसा हुआ; वर्षा के रूप में गिरा हुआ।

वृष्टि—स्त्री. [सं.] वर्षा; बहुत-सी चीज़ों का एक साथ गिरना, यथा—पुष्प-वृष्टि, उपल-वृष्टि।

वृष्णि—वि. [सं.] क्रोधी; क्रुद्ध। पु. विष्णु; यादव; श्रीकृष्ण का सम्बोधन।

वृहत्—वि. [सं.] विशाल, बड़ा; महान; भारी, अति विस्तृत।

वृहत्सभा—स्त्री. [सं.] विशाल सभा।

वृहद्—'वृहत्' का समास में प्रयुक्त रूप।

वृहन्—'वृहत्' का समास में प्रयुक्त रूप। **~नला**—अर्जुन का एक नाम, जब वे किन्नर के रूप में राजा विराट के यहाँ अज्ञातवास में रहे थे।

वृहस्पति—पु. [सं.] द्र. 'बृहस्पति'।

वेंक—पु. [सं.] दक्षिण भारत का एक प्राचीन जनपद।

वेंकट—पु. [सं.] दक्षिण भारत में एक पवित्र पर्वत, जहाँ विष्णु का मंदिर है, इसीलिए दक्षिण भारतीय नामों में इस शब्द का प्रचुर प्रयोग।

वेंकटेश, वेंकटेश्वर—पु. [सं.] विष्णु; इनका प्रसिद्ध मंदिर।

वेंटिलेटर—पु. [अं.] जीवनदायक यंत्र जिस पर व्यक्ति को उस समय रखा जाता है, जब उसके शरीर के प्रमुख अंग काम करना बंद कर देते हैं।

वे—सर्व. 'वह' का बहु.।

वेक्यूम—वि. [अं.] शून्य, रिक्त स्थान, खाली जगह; एक प्रकार का निर्वात (पंप)। **~क्लीनर**—पु. निर्वात पंप के द्वारा सफाई करने वाला उपकरण।

वेक्षण—पु. [सं.] देखना, ढूँढ़ना।

वेग—पु. [सं.] प्रबल, तेज़ प्रवाह; शीघ्रता; प्रचंडता; अनुभाव। **~वती**—स्त्री. वेगवाली।

वेजीटेबल—स्त्री. [अं.] शाक, साग, सब्ज़ी; वनस्पति। **~डाइट**—स्त्री. शाकाहारी।

वेजिटेरियन, वेजीटेरियन—वि. [अं.] शाकाहारी।

वेट—पु. [अं.] भार, वज़न। इंतज़ार, प्रतीक्षा।

वेटर—वि. [अं.] बैरा, परोसक।

वेट लिफटिंग—स्त्री. [अं.] भारोत्तोलन, वज़न उठाना (एक क्रीड़ा)।

वेटिंग रूम—पु. [अं.] प्रतीक्षालय, प्रतीक्षा-कक्ष।

वेटेरिनरी—वि. [अं.] पशु चिकित्सा विज्ञान; पशु चिकित्सा। **~हॉस्पिटल**—पु. पशु चिकित्सालय।

वेणि—स्त्री. [सं.] चोटी, बालों की लटकती हुई चोटी; दो या अधिक नदियों का संगम; गंगा, यमुना और सरस्वती।

वेणी—स्त्री. [सं.] चोटी, बालों की चोटी।

वेणु—पु. [सं.] बाँसुरी; बाँस।

वेणुकीय—वि. [सं.] वेणु संबंधी।

वेत—पु. [सं.] बेंत, वेत्र।

वेतन—पु. [सं.] किसी कार्य के बदले प्रत्येक माह या किसी अन्य निश्चित अवधि (वार्षिक, आदि) पर दी जाने वाली निश्चित राशि, तनख्वाह, पारिश्रमिक; किसी पद या नौकरी पर दी जाने वाली निश्चित राशि। **~भोगी**—पु. वैतनिक, वेतन पर काम करने वाला। **~मान**—पु. वेतन-वृद्धि की स्वीकृत तालिका। **~वृद्धि**—स्त्री. वेतन में होने वाली वृद्धि (इंक्रीमेंट)।

वेताल—पु. [सं.] द्वारपाल; एक प्रकार की प्रेत योनि; शिव के गणों में से एक।

वेताला, वेताली—स्त्री. [सं.] दुर्गा।

वेत्ता—वि. [सं.] जानकार, ज्ञाता; अनुभव करने वाला।

वेत्र—पु. [सं.] वेंत; डंडा; द्वारपाल का दंड, डंडा, लाठी।

वेत्रवती—स्त्री. [सं.] एक नदी।

वेत्रावती—स्त्री. [सं.] द्र. 'वेत्रवती'।

वेत्रासन—पु. [सं.] वह आसन, कुर्सी, आदि जिसे बेंत के तारों से बुना गया हो।

वेत्रासुर—पु. [सं.] एक असुर जिसका वध इन्द्र ने किया था।

वेत्रिक—पु. [सं.] द्वारपाल।

वेत्री—पु. [सं.] द्वारपाल।

वेद—पु. [सं.] ज्ञान; यथार्थ ज्ञान; भारतीय आर्यों के चार प्रमुख धर्म ग्रंथ—ऋग्वेद, यजुर्वेद, सामवेद और अथर्ववेद।

वेदन—पु. पीड़ा; दु:ख।

वेदना—स्त्री. [सं.] मानसिक पीड़ा, व्यथा।

वेदांग—पु. [सं.] वेदों को समझने के लिए ज्ञान के अन्य विभाग छह अंग जो वेदों के अंग स्वरूप ही माने जाते हैं—शिक्षा, कल्प, निरुक्त, छंद, ज्योतिष तथा व्याकरण।

वेदांत—पु. [सं.] वेदों के अंतिम भाग—उपनिषद् और आरण्यक आदि—जिनमें आत्मा, परमात्मा, जगत, आदि का विवेचन है, ब्रह्मविद्या, अध्यात्म।

वेदांती—वि. [सं.] वेदांत का विद्वान्।

वेदाग्रणी—स्त्री. [सं.] सरस्वती।

वेदाधिदेव—पु. [सं.] ब्रह्मा।

वेदाध्ययन—पु. [सं.] वेदों का अध्ययन।

वेदाध्यायी (यिन्)—वि. [सं.] वेदों का पाठ करने वाला।

वेदानुयायी—पु. [सं.] वेदों का अनुयायी।

वेदाभ्यास—पु. [सं.] वेदों का अध्ययन।

वेदि—पु. [सं.] विद्वान्; ऋषि।

वेदिक—पु. [सं.] आसन, चौकी (जिस पर बैठकर वेद-पाठ होता है)।

वेदिका—स्त्री. [सं.] वेदी, यज्ञभूमि; वह चबूतरा नींव जिसके ऊपर भवन बनता है; कुरसी।

वेदितव्य—वि. [सं.] ज्ञातव्य, जानने योग्य।

वेदी—स्त्री. [सं.] यज्ञ की भूमि, यज्ञ के लिए तैयार किया गया हवन-कुंड। वि. विद्वान्, ज्ञाता; जानकार।

वेदेश्वर—पु. [सं.] ब्रह्मा।

वेदोपनिषद्—स्त्री. [सं.] एक उपनिषद्।

वेद्य—वि. [सं.] जानने, समझने योग्य।

वेध—पु. [सं.] वेधना, छेदना।

वेधक—वि. [सं.] छेद करने वाला, छेदने वाला (रत्नों आदि को)।

वेधन—पु. [सं.] छेदने की क्रिया, निशाना लगाना।

वेधित—वि. [सं.] छेदा हुआ, विद्ध।

वेध्य—वि. [सं.] वेधन करने योग्य, छेदने योग्य।

वेलफ़ेअर—पु. [सं.] कल्याण; कुशल-क्षेम। **~सोसायटी**—स्त्री. कल्याणकारी संघ, सभा।

वेला—स्त्री. [सं.] समय; निश्चित समय; अवसर (विवाह की वेला)।

वेल्लि—स्त्री. [सं.] लता।

वेश—पु. [सं.] भेस, पोशाक, धारण किए हुए वस्त्र।

वेश्म—पु. [सं.] घर, मकान।

वेश्या—स्त्री. [सं.] शरीर का व्यापार करने वाली स्त्री, रंडी, यौनकर्मी जो शरीर के द्वारा ही जीविका चलाती है। **~वृत्ति**—स्त्री. वेश्या का व्यवसाय।

वेश्यालय—पु. [सं.] वह स्थान, अड्डा जहाँ वेश्याएँ रहती हैं।

वेष—पु. [सं.] द्र. 'वेश'; रंगमंच का नेपथ्य।
वेष्टन—पु. [सं.] लपेटना; लपेटने की चीज़; पगड़ी।
वेष्टित—वि. [सं.] लिपटा हुआ; वस्त्राच्छादित।
वेसन—पु. [सं.] द्र. 'बेसन'।
वेस्ट—पु. [अं.] पश्चिम (दिशा)।
वेस्टकोट—पु. [अं.] बॉस्केट।
वै*—वि. दो। अ. [सं.] एक निश्चयबोधक शब्द।
वैकल्पिक—वि. [सं.] ऐच्छिक; उन दो या कइयों में से एक, जिसे अपनी इच्छा से चुना जा सके।
वैकल्य—पु. [सं.] विकलता; दु:ख, क्षोभ।
वैकारिक—वि. [सं.] विकार-संबंधी।
वैकुंठ—पु. [सं.] स्वर्ग, विष्णु का लोक।
वैकुंठीय—वि. [सं.] वैकुंठ-संबंधी।
वैकृत—वि. [सं.] विकृत; परिवर्तित।
वैक्सीनेशन—पु. [सं.] टीका लगाना।
वैखरी—स्त्री. [सं.] स्फोट के चार भेदों में से एक, जिसका निवास-स्थान कंठ है, वाणी का व्यक्त रूप, व्यक्त और स्पष्ट वाणी; वाक्शक्ति वाग्देवी, सरस्वती।
वैखान—पु. [सं.] विष्णु।
वैखानस—वि. [सं.] वानप्रस्थ आश्रम संबंधी। पु. वानप्रस्थ; कृष्ण यजुर्वेद की चार शाखाओं में से एक।
वैखानसीयोपनिषद्—स्त्री. [सं.] एक उपनिषद्।
वैगन—पु. [अं.] मालगाड़ी का बड़ा डिब्बा, जिसमें सामान लाद कर भेजा जाता है।
वैचारिक—वि. [सं.] विचार संबंधी।
वैचारिकीय—वि. [सं.] वैचारिक।
वैचित्य—पु. [सं.] मन की ऊबी-सी दशा, अनमनापन।
वैचित्र—पु. [सं.] विचित्रता।
वैचित्र्य—पु. [सं.] अनोखापन, विचित्रता; सुंदरता।
वैजन्य—पु. [सं.] एकांत, निर्जनता।
वैजयंती—स्त्री. [सं.] विजय-माल; एक प्रकार की माला जिसमें पाँच रंगों के फूल होते हैं और जो घुटनों तक लटकती है; विष्णु की माला।
वैजयिक—वि. [सं.] विजयसूचक; विजय-संबंधी।
वैजात्य—पु. [सं.] विजातीयता, वर्ण या जाति की भिन्नता।
वैज्ञानिक—पु. [सं.] विज्ञान का पंडित।
वैट—पु. [अं.] मूल्यवर्द्धित कर प्रणाली (वैल्यू एडिड टैक्स)।
वैडूर्य—पु. [सं.] एक रत्न, वैदूर्य। वि. वैदूर्य-निर्मित।
वैणिक—पु. [सं.] वीणा बजाने वाला।
वैणुक—पु. [सं.] बाँसुरी बजाने वाला।
वैतनिक—वि. [सं.] वेतन पर काम करने वाला।
वैतरणि, वैतरणी—स्त्री. [सं.] एक मिथकीय नदी जिसे पृथ्वी और यमलोक के बीच में यम के द्वार तक माना जाता है, मृत्यु के बाद जीव अनेक यातनाएँ सहता हुआ इसे पार करता है।
वैतालिक—पु. [सं.] राजाओं का यशोगान, स्तुति-पाठ कर उन्हें प्रात: जगाने वाला, बंदी जन।
वैतालीय—पु. [सं.] एक वर्ण-वृत्त।
वैद—पु. [सं.] विद्वान् व्यक्ति; वैद्य।
वैदग्ध, वैदग्ध्य—पु. [सं.] चतुराई, दक्षता, पांडित्य (वाग्वैदग्ध्य)।
वैदर्भ—वि. [सं.] विदर्भ संबंधी। पु. विदर्भ नरेश।
वैदर्भक—वि. [सं.] विदर्भ संबंधी।
वैदर्भी—स्त्री. [सं.] काव्य की एक रीति, जिसमें कोमल वर्णों से माधुर्य की सृष्टि की जाती है।
वैदांतिक—वि. [सं.] वेदांत जानने वाला।
वैदिक—वि. [सं.] वेद संबंधी; जो वेद के अनुकूल हो; वेदों का; वेद-विहित।
वैदुष—वि. [सं.] पंडित, विद्वान।
वैदुष्य—पु. [सं.] पांडित्य, विद्वत्ता।
वैदूर्य—पु. [सं.] एक रत्न, मणि।
वैदेशिक—वि. [सं.] विदेश-संबंधी। **~नीति**—स्त्री. किसी राष्ट्र की अन्य राष्ट्रों के साथ व्यवहार में लाई जाने वाली नीति, विदेश नीति।
वैदेश्य—वि. [सं.] विदेशीय।
वैदेह—वि. [सं.] विदेह देश संबंधी। पु. विदेह नरेश।
वैदेही—स्त्री. [सं.] विदेह की राजकुमारी, सीता।
वैद्य—पु. [सं.] आयुर्वेद का ज्ञाता, चिकित्सक।
वैद्यक—पु. [सं.] चिकित्साशास्त्र (आयुर्वेद-संबंधी), आयुर्वेदीय चिकित्साशास्त्र।
वैद्युत—वि. [सं.] बिजली-संबंधी; बिजली का।
वैद्रुम—वि. [सं.] विद्रुम रत्न का बना।
वैध—वि. [सं.] विधिसंगत, विहित, कानूनसंगत।
वैधव्य—पु. [सं.] विधवा होने की स्थिति, भाव, रँडापा।
वैधानिक—वि. [सं.] विधान के अनुकूल; विधान-संबंधी।
वैधुर्य—पु. [सं.] विधुरता।
वैन—स्त्री. [अं.] एक प्रकार की गाड़ी, बंद गाड़ी।
वैपरीत्य—पु. [सं.] विपरीत होने का भाव, प्रतिकूलता।
वैपुल्य—पु. [सं.] विपुलता, प्राचुर्य, अधिकता; विशालता।
वैफल्य—पु. [सं.] विफलता, असफलता; निरर्थकता।
वैभव—पु. [सं.] ऐश्वर्य, धन-संपत्ति।
वैमत्य—पु. [सं.] मतभेद; मत-विभिन्नता; फूट।
वैमनस्य—पु. [सं.] शत्रुता, दुश्मनी, मनमुटाव।
वैमात्रा, वैमात्री, वैमात्रेयी—स्त्री. [सं.] सौतेली बहन।
वैमानिक—वि. [सं.] विमान-संबंधी।
वैयक्तिक—वि. [सं.] व्यक्तिगत।

वैयाकरण—पु. [सं.] व्याकरण का विद्वान्।

वैर—पु. [सं.] विरोध, शत्रुता, दुश्मनी।

वैरक्त—पु. [सं.] विरक्ति, वैराग्य, उदासीनता।

वैराइटी—स्त्री. [अं.] विविधता, वैविध्य, बहुमुखता। **~प्रोग्राम**—पु. रंगारंग कार्यक्रम।

वैरागी—पु. [सं.] एक वैष्णव संप्रदाय; उदासी। वि. विषयों की इच्छा से रहित, उदासीन।

वैराग्य—पु. [सं.] सांसारिकता से विरक्ति, संसार से उदासीन।

वैराट—वि. [सं.] विराट-संबंधी; विस्तृत।

वैरी—पु. [सं.] शत्रु।

वैरूप्य—पु. [सं.] विरूपता, विकृति।

वैलोम्य—पु. [सं.] विपरीतता, क्रम-वैपरीत्य।

वैल्यू—स्त्री. [अं.] मूल्य; जीवन-मूल्य; मान्यताएँ, नैतिक मूल्य, मान्यताएँ, महत्त्व; गरिमा।

वैवर्ण्य—पु. [सं.] विवर्णता, रंग बदल जाना।

वैवस्वत—पु. [सं.] मनु; सातवाँ मन्वंतर।

वैवाह—वि. [सं.] विवाह-संबंधी।

वैवाहिक—वि. [सं.] विवाह-संबंधी।

वैवृत्त—पु. [सं.] उदात्त स्वरों का क्रम।

वैशंपायन—पु. [सं.] एक प्राचीन ऋषि, इन्होंने जनमेजय को महाभारत की कथा सुनाई थी।

वैशंफल्या—स्त्री. [सं.] सरस्वती।

वैशाख—पु. [सं.] चांद्र वर्ष में चैत के बाद का महीना। **~नंदन**—पु. गधा।

वैशाखी—स्त्री. [सं.] वैशाख की पूर्णिमा; पंजाब में बहुत बड़ा त्योहार, नई फसल के कटने और इसके स्वागत का त्योहार।

वैशाली—स्त्री. [सं.] बिहार का एक प्रसिद्ध नगर, जहाँ जैन धर्म के संस्थापक श्री महावीर वर्द्धमान का जन्म हुआ था; प्राचीन भारत का एक प्रसिद्ध गणराज्य।

वैशिष्ट्य—पु. [सं.] विशिष्टता, विशेषता।

वैशेषिक—वि. [सं.] वैशेषिक दर्शन-संबंधी।

वैश्य—पु. [सं.] चार वर्णों में तीसरा वर्ण, जाति, जिसका मुख्य कार्य व्यवसाय करना है, वणिक।

वैश्रवण—पु. [सं.] कुबेर; रावण।

वैश्वजनीन—वि. [सं.] विश्व-भर के लोगों से संबंध रखने वाला।

वैश्वानर—पु. [सं.] अग्नि, आग।

वैश्वामित्र, वैश्वामित्रक—वि. [सं.] विश्वामित्र संबंधी।

वैश्विक—वि. भूमंडलीय, विश्व-संबंधी ('ग्लोबल')।

वैषम—पु. [सं.] असमानता।

वैषम्य—पु. [सं.] विषमता, समता का अभाव।

वैष्णव—वि. [सं.] विष्णु का उपासक; हिंदुओं का एक संप्रदाय, जिसमें विष्णु की आराधना विभिन्न रूपों में की जाती है।

वैष्णवाचार—पु. [सं.] वैष्णवों की जीवन-चर्या, उनका आचार-विचार।

वैष्णवी—स्त्री. [सं.] वैष्णव संप्रदाय की स्त्री। **ला.** बहुत पूजा-पाठ करने वाली स्त्री।

वैसा—वि. उस तरह का।

वैसे—अ. उस प्रकार से, उस तरह से।

वोकेशनल—पु. [अं.] व्यावसायिक; रोज़गार आश्रित। **~ट्रेनिंग**—स्त्री. रोजगार-संबंधी प्रशिक्षण।

वोट—पु. [अं.] चुनाव में किसी प्रत्याशी, उम्मीदवार के पक्ष में दिया जाने वाला मत, राय।

वोटर—पु. [अं.] मतदाता, वोट, राय, मत देने वाला।

वोटिंग—स्त्री. [अं.] निर्वाचन, मतदान।

वोल्ट—पु. [अं.] बिजली की शक्ति की मापक इकाई, 9 वोल्ट का, 10 वोल्ट की शक्ति ('वाल्टेज कम है, ज़्यादा है')।

वौद्ध—वि. [सं.] द्र. 'बौद्ध'।

व्यंग्य—पु. [सं.] किसी पर किया गया कटाक्ष, जो दूसरे को चिढ़ाए या कष्ट दे; साहित्य में ऐसी उक्ति, जो शब्द की व्यंजना शक्ति के द्वारा उक्त प्रकार का आशय प्रकट करे; साहित्य में वह उक्ति, जो किसी दोष या अभाव पर कटाक्ष कर उसे सुधारने की ओर इंगित करे।

व्यंग्यार्थ—पु. व्यंजना शक्ति के द्वारा प्राप्त अर्थ जो तीव्र प्रहार करे।

व्यंग्योक्ति—स्त्री. [सं.] वह उक्ति जिसमें व्यंग्य हो, गूढ़ भाषा।

व्यंजक—वि. [सं.] प्रकट करने वाला, प्रकाशक; व्यंजना शक्ति द्वारा अर्थ प्रकट करने वाला शब्द।

व्यंजन—पु. [सं.] वह वर्ण जो स्वर की सहायता के बिना न बोला जा सके ('क' के बाद के वर्ण...); पकी हुई सुस्वादु भोजन सामग्री; भाव प्रकट करने अथवा होने की क्रिया।

व्यंजना—स्त्री. [सं.] साहित्य में शब्दों की तीन शक्तियों में से एक (शेष दो अभिधा और लक्षणा) जिसके द्वारा संकेतित अर्थ प्रकट होता है।

व्यंजित—वि. [सं.] प्रकट किया हुआ, अभिव्यक्त किया हुआ।

व्यक्त—वि. [सं.] प्रकट; अभिव्यंजित।

व्यक्ति—पु. [सं.] जन, मनुष्य, आदमी; जाति या समूह में से कोई एक। **~गत**—वि. निजी, अपना।

व्यक्तित्व—पु. [सं.] वे विशेष गुण, जिनसे व्यक्ति की विशिष्टता, स्वतंत्र सत्ता सूचित होती है।

व्यक्तीकरण—पु. [सं.] व्यक्त, प्रकट करने की क्रिया।

व्यग्र—वि. [सं.] व्याकुल; उत्कंठित; घबराया हुआ।

व्यजन—पु. [सं.] पंखा; पंखा झलना। **~क्रिया**—स्त्री. पंखा झलने की क्रिया।

व्यतिक्रम—पु. [सं.] क्रम-भंग, उलट-फेर; बाधा, अड़चन, विघ्न।

व्यतिक्रमण—पु. [सं.] क्रम-भंग करना।

व्यतिरेक—पु. [सं.] भेद, अंतर, पार्थक्य; साहित्य में एक काव्यालंकार, जहाँ उपमान की तुलना में उपमेय में गुणों का आधिक्य दिखाया जाए।

व्यतिरेकी—वि. [सं.] भिन्न; विपरीत; अतिक्रमण करने वाला।

व्यतीत—वि. [सं.] जो बीत चुका हो, बीता हुआ, गत।

व्यतीतना*—अ.क्रि. बीतना, गुज़रना, व्यतीत होना।

व्यथा—स्त्री. [सं.] पीड़ा, दुःख, घोर मानसिक पीड़ा।

व्यथाकुल—वि. [सं.] व्यथा से पीड़ित, व्यथित, कष्ट-ग्रस्त।

व्यथाक्रांत—वि. [सं.] द्र. 'व्यथित'।

व्यथित—वि. [सं.] दुखित, पीड़ित।

व्यभिचार—पु. [सं.] पाप, दुराचार, दुष्कर्म; चारित्रिक दृष्टि से अनाचार, बदचलनी; किसी पुरुष या स्त्री का वैवाहिक संबंध से अलग किसी अन्य से लैंगिक संबंध, यौनाचार, अनुचित यौन संबंध।

व्यभिचारिणी—वि. स्त्री. [सं.] व्यभिचार करने वाली स्त्री, कुलटा, पुंश्चली, परपुरुष से यौन संबंध रखने वाली।

व्यभिचारी—वि. [सं.] दुश्चरित्र, परस्त्रीगामी।

व्यय—पु. [सं.] धन, किसी राशि का किसी कार्य में लगना, खर्च होना; किसी तत्त्व या वस्तु का इस प्रकार काम आना कि उसकी मात्रा कुछ कम हो जाए, जैसे—शक्ति का व्यय।

व्यर्थ—वि. [सं.] बेकार; निरर्थक; जिसका कोई लाभ न हो, निष्फल; बेमानी; असंगत।

व्यवधान—पु. [सं.] बाधा, रुकावट।

व्यवसाय—पु. [सं.] पेशा, जीविका निर्वाह के लिए किया जाने वाला कार्य; रोज़गार; जीविका, वृत्ति।

व्यवसायी—पु. [सं.] व्यापारी, कारोबार करने वाला; उत्साही, उद्यमी, परिश्रमी।

व्यवस्था—स्त्री. [सं.] प्रबंध, इंतज़ाम; चीज़ों को ठिकाने पर और करीने से लगाना।

व्यवस्थापक—पु. [सं.] प्रबंधकर्ता ('मैनेजर')।

व्यवस्थापन—पु. [सं.] व्यवस्था करना; व्यवस्था करने के लिए निर्देश देना।

व्यवस्थापिका-सभा—स्त्री. [सं.] जनता द्वारा निर्वाचित प्रतिनिधियों का सदन, सभा जो विधान, कानून बनाती है।

व्यवस्थापित—वि. [सं.] जिसकी व्यवस्था कर दी गई हो; विधिपूर्वक दी गई व्यवस्था।

व्यवस्थित—वि. [सं.] ठीक प्रकार से विधिपूर्वक रखा गया, सजाया हुआ।

व्यवहार—पु. [सं.] सामाजिक संबंधों में एक-दूसरे के साथ किया जाने वाला आचरण; किसी बात को कार्य रूप देना।

व्यवहारी—पु. [सं.] व्यवहार-कुशल, जो दूसरों के साथ व्यवहार करना जानता हो।

व्यवहारोपयोगी—वि. [सं.] व्यवहार में आने योग्य; प्रयोग के लिए उचित।

व्यवहार्य—वि. [सं.] व्यवहार के योग्य; काम में लाने के योग्य।

व्यवहृत—वि. [सं.] व्यवहार या प्रयोग में लाया गया; जिसका प्रयोग हो रहा हो।

व्यवहृति—स्त्री. [सं.] आचरण, कार्य।

व्यष्टि—स्त्री. [सं.] 'समष्टि' का विपरीतार्थी, केवल व्यक्ति, स्व से संबंधित।

व्यसन—पु. [सं.] कोई बुरी आदत, लत, अभ्यास; दुराचरण; किसी चीज़ के सेवन का आदी हो जाना।

व्यसनी—वि. [सं.] विषयासक्त, जिसे कोई बुरी आदत हो, लत पड़ गई हो।

व्यस्त—वि. [सं.] किसी कार्य में इतना रत कि अवकाश न मिले।

व्याकरण—पु. [सं.] भाषा का नियमन करने वाली वह विद्या, जिसमें शब्द-प्रयोग, वाक्य-रचना, आदि के नियमों का ज्ञान कराया जाता है।

व्याकरणिक—वि. [सं.] व्याकरण-संबंधी; व्याकरण का।

व्याकरणाचार्य—पु. [सं.] व्याकरण का विद्वान्; व्याकरण का अध्यापक।

व्याकरणिक—वि. [सं.] व्याकरण-संबंधी।

व्याकुल—वि. [सं.] बेचैन; व्यग्र; तेज़ी से इधर-उधर चलता हुआ।

व्याकुलित—वि. [सं.] घबराया हुआ; भीत।

व्याख्या—स्त्री. [सं.] किसी वाक्य, काव्य, आदि का अपनी दृष्टि से अर्थ करना; किसी काव्य आदि का अर्थ स्पष्ट करने के लिए उसकी टीका करना।

व्याख्याता—वि., पु. [सं.] व्याख्या करने वाला, भाषण करने वाला।

व्याख्यात्मक—वि. [सं.] व्याख्या-संबंधी।

व्याख्यान—पु. [सं.] भाषण, वक्तृता; वर्णन।

व्याख्यानात्मक—वि. [सं.] व्याख्यान-संबंधी।

व्याख्येय—वि. [सं.] व्याख्या करने योग्य।

व्याघात—पु. [सं.] बाधा, विघ्न; चोट, आघात; साहित्य में एक अर्थालंकार, जहाँ जिस उपाय से एक व्यक्ति के द्वारा

कोई सिद्ध किया जाए, उसी उपाय के द्वारा दूसरे व्यक्ति से वह कार्य अन्यथा—कर दिया जाए, वहाँ व्याघात अलंकार होता है।

व्याघातक, व्याघाती—वि. [सं.] आघात, विरोध, प्रतिरोध करने वाला।

व्याघ्र—पु. [सं.] बाघ, एक हिंस्र जंगली पशु।

व्याघ्रमुख—वि. [सं.] बाघ जैसे मुख वाला।

व्याघ्री—स्त्री. [सं.] बाघिन, एक हिंस्र जंगली पशु।

व्याज—पु. [सं.] मिस, बहाना; छल। **~स्तुति**—स्त्री. कुछ खास ढंग से की गई प्रशंसा, स्तुति जो प्रशंसा-सी न लगे; साहित्य में एक अलंकार जिसमें स्तुति या निंदा इस रूप में की जाती है कि वह स्तुति या निंदा-सी न लगे।

व्याजोक्ति—स्त्री. [सं.] साहित्य में एक अलंकार, जिसमें कोई भेद या रहस्य खुल जाने पर भी उसे किसी व्याज या बहाने से छिपाने अर्थात् बात बना कर कुछ का कुछ समझाने का उल्लेख होता है।

व्याध—पु. [सं.] बहेलिया, पक्षियों का शिकार करके जीविका चलाने वाला; बहेलियों की जाति।

व्याधि—स्त्री. [सं.] रोग, बीमारी; साहित्य में विरह-वर्णन में एक दशा, जिसमें प्रिय-वियोग में नायिका अस्वस्थ हो जाती है; एक संचारी भाव; प्रेम-चित्रण में पूर्व राग के अन्तर्गत दस दशाओं में से एक; झंझट, बखेड़ा।

व्यान—पु. [सं.] शरीर की पाँच वायुओं में से एक, जो पूरे शरीर में व्याप्त रहती है।

व्यापक—वि. [सं.] सर्वत्र फैला हुआ; भरा हुआ या छाया हुआ; जिसमें बहुत सारी बातें समाहित हो जाती हों; सबसे संबंधित।

व्यापना—अ.क्रि. व्याप्त होना।

व्यापार—पु. [सं.] वाणिज्य, रोज़गार, पेशा; कार्य, काम।

व्यापारिक—वि. [सं.] व्यापार-संबंधी।

व्यापारी—पु. [सं.] व्यवसायी, व्यापार करने वाला। **वि.** व्यापार-संबंधी (बात)।

व्यापित—वि. [सं.] व्याप्त हुआ, फैला हुआ।

व्यापी—वि. [सं.] सर्वत्र फैलने वाला (विश्वव्यापी); आच्छादक।

व्याप्त—वि. [सं.] भरा हुआ, आच्छादित; सीमा में लाया हुआ।

व्याप्ति—स्त्री. [सं.] व्याप्त होने का भाव; एक पदार्थ का दूसरे में मिल जाना; आठ ऐश्वर्यों में से एक।

व्यामूढ़—वि. [सं.] बहुत घबराया हुआ।

व्यामोह—पु. [सं.] विपत्ति या घबराहट में पड़कर यह न समझ आना कि करणीय क्या है; अज्ञान।

व्यायाम—पु. [सं.] शरीर को स्वस्थ रखने के लिए नियमित रूप से की जाने वाली शारीरिक क्रियाएँ।

व्यायामिक—वि. [सं.] व्यायाम-संबंधी।

व्यायोग—पु. [सं.] रूपक, नाटक का एक भेद, जो एक अंक का होता है, इसकी कथा ऐतिहासिक या पौराणिक होती है।

व्याल—वि. [सं.] साँप; बाघ; राजा; विष्णु।

व्यावर्त—पु. [सं.] चक्कर आना; परिवेष्टित करना।

व्यावर्तक—वि. [सं.] अलग करने वाला; हटाने वाला।

व्यावर्तन—पु. [सं.] चारों ओर से घेरना; पीछे की ओर लौटाना, मोड़ना; सदैव, निरंतर होने वाला परिवर्तन।

व्यावहारिक—वि. [सं.] व्यवहार या आचरण संबंधी; कार्य रूप में होने वाला; जो व्यवहार में आ सकता या आता हो।

व्यावृत—वि. [सं.] खुला हुआ, अनावृत; ढका हुआ, परदा किया हुआ।

व्यास—पु. [सं.] कृष्ण द्वैपायन व्यास, जिन्होंने वेदों का संग्रह और संपादन किया था, पुराणों का रचयिता भी इन्हें ही बताया जाता है; वह व्यक्ति जो पुराणों, आदि की कथा सुनाता हो, कथावाचक; वह सीधी रेखा जो किसी वृत्त के गोल क्षेत्र के बीचोबीच होती हुई गई हो और जिसके दोनों सिरे परिधि से मिले हों, विस्तार, फैलाव।

व्याहृत—वि. [सं.] चोट पहुँचाया हुआ; जिसे बाधा पहुँचाई गई हो।

व्युत्क्रम—पु. [सं.] व्यतिक्रम, क्रम-भंग; अस्त-व्यस्त।

व्युत्पत्ति—स्त्री. [सं.] शब्द का वह मूल रूप, जिससे वह बना होता है; उद्‌गम या उत्पत्ति का स्थान।

व्युत्पन्न—वि. [सं.] जिसकी किसी से उत्पत्ति हुई हो; किसी शास्त्र का पंडित, विद्वान्। **~मति**—स्त्री. हाजिर जवाब, द्रुत बुद्धि।

व्युत्पादक—वि. [सं.] उत्पन्न करने वाला; शब्द की व्युत्पत्ति करने वाला।

व्यू—पु. [अं.] दृष्टिकोण; दर्शन; नज़र; दृष्टि-क्षेत्र; झाँकी।

व्यूह—पु. [सं.] युद्धस्थल पर शत्रु को घेरते हुए सेना का विन्यास, उपयुक्त स्थान पर सैनिकों की अवस्थिति; निर्माण, रचना।

व्योम—पु. [सं.] आकाश; आसमान; आकाश में व्याप्त पारदर्शी तत्त्व। **~केश**—पु. शिव। **~गंगा**—स्त्री. आकाश गंगा। **~गामी**—वि. गगनचारी। **~चर**—पु. गगन विहारी।

व्रज—पु. [सं.] मथुरा और वृंदावन के आस-पास का क्षेत्र, श्रीकृष्ण की लीलाभूमि; गमन, भ्रमण; समूह। **~भाषा**—स्त्री. ब्रज भाषा, मथुरा-आगरा और समीपवर्ती क्षेत्र की प्रसिद्ध भाषा, जिसमें सूर, तुलसी, बिहारी, घनानंद आदि प्रसिद्ध कवियों ने काव्य-रचना की। **~राज**—पु. श्रीकृष्ण।

व्रजक—पु. [सं.] भ्रमण करने वाला संन्यासी।

व्रजस्पति—पु. [सं.] श्रीकृष्ण।

व्रजांगना—स्त्री. [सं.] व्रज की रहने वाली स्त्री; गोपी।

व्रजेंद्र, व्रजेश, व्रजेश्वर—पु. [सं.] श्रीकृष्ण।

व्रज्या—स्त्री. [सं.] संन्यासी के रूप में भ्रमण करना; भ्रमण; गति।

व्रण—पु. [सं.] घाव, ज़ख़्म; फोड़ा।

व्रणन—पु. [सं.] भेदन, छेद करना।

व्रणी—वि. [सं.] आहत; जिसे व्रण या घाव है।

व्रत—पु. [सं.] उपवास, धार्मिक कृत्य के रूप में भोजन न करना; पुण्य की दृष्टि से उपवास करना; संकल्प या प्रतिज्ञा।

व्रताचरण—पु. [सं.] किसी व्रत का नियमानुसार पालन।

व्रताचारी—वि., पु. [सं.] व्रत को धारण करने वाला।

व्रती—वि. [सं.] व्रत धारण करने वाला।

व्रतेश—पु. [सं.] शिव।

व्रात—पु. [सं.] समूह, दल; शारीरिक श्रम; मनुष्य, आदमी।

व्रात्य—पु. [सं.] संस्कारहीन; जिसका यज्ञोपवीत संस्कार न हुआ हो; वर्ण संकर।

व्रीड—पु. [सं.] लज्जा।

व्रीडा—स्त्री. [सं.] लज्जा; संकोच; नम्रता; साहित्य में एक संचारी भाव।

व्रीहि—पु. [सं.] धान; चावल।

व्हाइट-वाश—पु. [अं.] घर, मकान, भवन, आदि पर की जाने वाली सफेदी।

श

श—देवनागरी वर्णमाला का तीसवाँ और ऊष्म वर्ग का प्रथम व्यंजन वर्ण; उच्चारण-स्थान तालू, इसीलिए इसे तालव्य 'श' कहा जाता है।

शंक—पु. [सं.] शंका; डर, भय।

शंकनीय—वि. [सं.] शंका-योग्य।

शंकर—पु. [सं.] शिव; शंकराचार्य का संक्षिप्त रूप; एक राग (संगी.)।

शंकरा—स्त्री. [सं.] एक राग, रात्रि के दूसरे प्रहर में गाया जाता है (संगी.)।

शंकराचारी—पु. शंकर (शंकराचार्य) के मत का अनुयायी।

शंकराचार्य—पु. [सं.] अद्वैतवाद के प्रवर्तक प्रसिद्ध दार्शनिक, (ईसा की आठवीं शती के अंत तथा नवीं शती के प्रारंभ में विद्यमान थे)।

शंकराभरण—पु. [सं.] एक राग (संगी.)।

शंकरी—स्त्री. [सं.] पार्वती।

शंका—स्त्री. [सं.] अनिष्ट या भय, डर, खटका; साहित्य में एक संचारी भाव। **~जनक**—वि. शंका उत्पन्न करने वाला। **~निवारण**—पु. संशय, भय, आदि का दूर होना। **~निवृत्ति**—स्त्री. द्र. 'शंका निवारण'। **~शील**—वि. जिसका स्वभाव शंका करना हो। **~समाधान**—पु. भय, संशय, आदि का निवारण।

शंकित—वि. [सं.] शंकायुक्त; भय या आशंका से डरा हुआ।

शंकु—पु. [सं.] कील, मेख; खूँटी; भाला, बरछा।

शंख—पु. [सं.] समुद्र के एक जंतु का खोल, जो पत्थर-सा कड़ा और रंग में सफेद या मटमैला होता है, हिंदुओं में इसे बड़ा शुद्ध और पवित्र माना जाता है, पूजा में रखा जाता है और बनाया भी जाता है; प्राचीन समय में युद्ध के समय युद्ध-घोषणा के रूप में बजाया, फूँका जाता था; सौ पद्म की संख्या। **~चूड़**—पु. एक बहुत ज़हरीला साँप।

शंखक—पु. [सं.] शंख का बना कड़ा।

शंखिनी—स्त्री. [सं.] कामशास्त्र के अनुसार चार प्रकार की नायिकाओं में से एक।

शंखी—पु. [सं.] विष्णु; समुद्र। वि. शंख बजाने वाला।

शंठ—पु. [सं.] मूर्ख व्यक्ति; हिजड़ा।

शंड—पु. [सं.] साँड़; एक दैत्य; नपुंसक।

शंतनु—पु. [सं.] भीष्म के पिता।

शंपा—स्त्री. [सं.] बिजली, विद्युत; मेखला।

शंब—पु. [सं.] इंद्र का वज्र।

शंबर—पु. [सं.] एक राक्षस, इसे प्रद्युम्न ने मारा था; पर्वत, पहाड़।

शंबरारि—पु. [सं.] प्रद्युम्न; कामदेव।

शंस—पु., **शंसा**—स्त्री. [सं.] प्रशंसा; इच्छा; मंगल-कामना।

शंसन—पु. [सं.] प्रशंसा करना।

शंसनीय—वि. [सं.] प्रशंसा, श्लाघा के योग्य।

शंभु—पु. [सं.] शिव, महादेव।

शंसित—वि. [सं.] जिसकी शंसा की गई हो।

शऊर—पु. [अ.-'शुऊर'] सभ्यता, तमीज़; सलीका, शिष्टता; होश, विवेक, समझ, अच्छे-बुरे की पहचान।

शक—पु. [अ.] शंका, सन्देह।

शक—पु. [सं.] शक द्वीप में रहने वाली एक जाति।

शकट—पु. [सं.] गाड़ी—बैल, आदि पशुओं अथवा मनुष्य द्वारा खींची जाने वाली, छकड़ा, बैलगाड़ी।

शकटारि—पु. [सं.] सकटासुर का वध करने वाले कृष्ण।

शकटासुर—पु. [सं.] शकट नामक राक्षस।

शकटिका, शकटी—स्त्री. [सं.] छोटी बैलगाली; बच्चों के खेलने की छोटी गाड़ी, खिलौना गाड़ी।

शकर—पु. [फा.] शर्करा, चीनी, बूरा। **~कंद**—पु. आलू की प्रजाति की एक मीठी कंद, जिसे उबाल कर या भून कर खाते हैं।

शकरी—वि. शकर का, शकर का बना हुआ।

शकल—पु. [सं.] चमड़ा; छिलका, छाल।

शकल—स्त्री. द्र. 'शक्ल'।

शकांतक—पु. [सं.] शकों का अंत कर देने वाला, विक्रमादित्य; विक्रमादित्य की एक उपाधि।

शकाब्द—पु. [सं.] राजा शालिवाहन द्वारा प्रवर्तित संवत् जो इस्वी सन् के 78 वर्ष पश्चात् प्रारंभ हुआ था।

शकील—वि. [अ.] सुंदर, खूबसूरत।

शकुंत—पु. [सं.] चिड़िया, पक्षी।

शकुंतला—स्त्री. [सं.] मेनका की विश्वामित्र से उत्पन्न कन्या, जिसका पालन-पोषण कण्डव ऋषि के आश्रम में हुआ—दुष्यंत की पत्नी; महाकवि कालिदास का प्रसिद्ध नाटक।

शकुंति—पु. [सं.] पक्षी।

शकुंतिका—स्त्री. [सं.] चिड़िया।

शकुन—पु. [सं.] किसी महत्त्वपूर्ण काम के आरंभ में पशु, पक्षी, व्यापार के देखने, सुनने, आदि से मिलने वाले शुभ-अशुभ के संकेत; मांगलिक कार्यों में गाए जाने वाले गीत। **~ज्ञ**—वि. शकुन जानने, विचारने वाला। **~करना**—शुभ अवसरों पर मंगल कार्य करना।

शकुनि—पु. [सं.] पक्षी, चिड़िया; दुर्योधन का मामा।

शकुनी—स्त्री. [सं.] श्यामा चिड़िया; सगुन विचारने वाला।

शक्कर—स्त्री. द्र. 'शकर'।

शक्की—वि. शक, संदेह करने वाला।

शक्त—वि. [सं.] समर्थ या शक्तिमान।

शक्ति—स्त्री. [सं.] बल, सामर्थ्य; क्षमता; सैनिक या आर्थिक शक्ति; किसी देश आदि के संदर्भ में इस शब्द का प्रयोग, यथा—बड़ी शक्ति। **~मान**—वि. **शक्तिशाली**।

शक्तिमत्ता—स्त्री., **शक्तिमत्व**—पु. [सं.] शक्तियुक्त होने का भाव।

शक्ती—स्त्री. एक मात्रिक छंद।

शक्य—वि. [सं.] होने योग्य, साध्य, संभव।

शक्यार्थ—पु. [सं.] शब्द की अभिधा शक्ति से सूचित अर्थ।

शक्र—पु. [सं.] इन्द्र।

शक्राणी—स्त्री. [सं.] शची, इंद्राणी।

शक्रि—पु. [सं.] वज्र; पर्वत; हाथी; बादल।

शक्ल—वि. [सं.] प्रियंवद।

शक्ल—स्त्री. [अ.] मुख की आकृति; स्वरूप; **मुख का** भाव, चेष्टा; बनावट, गढ़न।

शख़्स—पु. [अ.] व्यक्ति, आदमी।

शख़्सी—वि. वैयक्तिक, एक ही आदमी का।

शख़्सियत—स्त्री. व्यक्तित्व, व्यक्ति विशेष के विशिष्ट गुण।

शग़ल—पु. [अ.] व्यापार, काम-धंधा; मनोविनोद।

शगाल—पु. [फा.] श्रृगाल, गीदड़।

शगूफ़ा—पु. द्र. 'शिगूफ़ा'।

शचि, शची—स्त्री. [सं.] इंद्राणी, इंद्र की पत्नी।

शजरा—पु. [अ.] वंशवृक्ष।

शटर—पु. [अं.] परदा, लोहे, स्टील का परदा; दुकानों, आदि के दरवाज़े पर लगाया जाने वाला सिंह-कपाट।

शठ—वि. [सं.] धूर्त, चालाक, छली।

शठता—स्त्री., **शठत्व**—पु. [सं.] शठता की प्रवृत्ति।

शत—पु. [सं.] सौ की संख्या। वि. सौ; असंख्य (शत-शत नमन)। **~घ्नी**—स्त्री. प्राचीन काल का एक घातक अस्त्र। **~द्रु**—स्त्री. पंजाब की एक प्रसिद्ध नदी, सतलज नदी। **~वार्षिक**—वि. सौ वर्षों पर होने वाला। **~वार्षिकी**—वि. सौ वर्षों में होने वाली (घटना)। स्त्री. सौ वर्षों पर होने वाला आयोजन। **~दल**—पु. एक प्रकार का कमल, जिसकी सौ पँखुड़ियाँ होती हैं।

शतक—वि. [सं.] सौ वस्तुओं का समुच्चय; किसी कवि की सौ कविताओं आदि का संग्रह—श्रृंगार शतक; क्रिकेट के खेल में किसी खिलाड़ी द्वारा बनाए गए सौ रन ('सेंचुरी')।

शतधा—अ. [सं.] सौ प्रकार से।

शतरंज—पु., स्त्री. [अ.] एक प्रसिद्ध खेल जिसमें हर मोहरे—बादशाह, वजीर, हाथी, घोड़ा, प्यादे, आदि होते हैं।

शतरंजी—स्त्री. रंग-बिरंगी या शतरंज के खानों की सी बुनावट वाली मोटी चादर, जो दरी आदि पर बिछाई जाती है; रंग-बिरंगी दरी।

शतशः—अ. [सं.] सैकड़ों तरह से, सैकड़ों रूपों में।

शतांग—वि. [सं.] सौ अंगों वाला।

शताधिक—वि. [सं.] सौ से अधिक की संख्या।

शतांश—पु. [सं.] सौवाँ हिस्सा।

शताक्षी—स्त्री. [सं.] पार्वती; दुर्गा।

शतानना—स्त्री. [सं.] देवी का एक रूप।

शताब्द—पु., **शताब्दी**—स्त्री. [सं.] शती, सौ सालों की अवधि।

शतायु—वि. [सं.] सौ वर्षों की आयु वाला।

शतावर—स्त्री. सतावर, सफेद मूसली (आयु.)।

शतावरी—स्त्री. [सं.] सतावर (आयु.)।

शती—स्त्री. [सं.] सौ का समूह, सैकड़ा; शताब्दी ('सेंचुरी')।

शतोदर—पु. [सं.] शिव।

शत्रुंजय—वि. [सं.] शत्रु को जीतने वाला।

शत्रु—पु. [सं.] वैरी, दुश्मन।

शत्रुता—स्त्री., **शत्रुत्व**—पु. [सं.] दुश्मनी, वैर।

शत्रुताई *—स्त्री. शत्रुता।

शदीद—वि. [अ.] कठिन; तीव्र; दृढ़, पक्का; घोर, भारी (ज़रब शदीद)।

शद्द—पु. [सं.] किसी अक्षर को दो बार पढ़ना, द्वित्व; आवाज़ को ऊँचा करना।

शद्रि—पु. [सं.] हाथी; बादल।

शनाख़्त—स्त्री. [फा.] पहचान; परख।

शनि—पु. [सं.] नवग्रहों में सातवाँ ग्रह; सप्ताह का अंतिम दिन शनिवार। **~कर**—पु. रविवार से पहले पड़ने वाला दिन।

शनिश्चर—पु. शनि।

शनैः—अ. [सं.] धीरे, चुपचाप; क्रमशः।

शप—पु. [सं.] शाप; शपथ। वि. तेज, द्रुत।

शपथ—स्त्री. [सं.] प्रतिज्ञा, प्रण, कसम, सौगंध। **~पत्र**—पु. हलफ़नामा।

शफ़क़—स्त्री. [अ.] प्रातःकाल अथवा संध्या के समय आकाश की लाली।

शफ़क़त—स्त्री. [अ.] अनुग्रह; दया; प्रेम।

शफरी—स्त्री. [सं.] छोटी मछली।

शफ़ा—स्त्री. [अ.] नीरोगता, स्वास्थ्य। **~ख़ाना**—पु. अस्पताल, चिकित्सालय।

शफ़ीक़—वि. [अ.] कृपा, दया करने वाला, हमदर्द।

शफ़्फ़ाफ़—वि. [अ.] अति स्वच्छ, पारदर्शी।

शब—स्त्री. [फा.] रात।

शबनम—स्त्री. [फा.] ओस।

शबबरात—स्त्री. मुसलमानों का एक प्रसिद्ध त्योहार, शाबान महीने की 15वीं रात।

शबर—पु. [सं.] दक्षिण भारत की एक प्रसिद्ध जनजाति।

शबरक—पु. [सं.] जंगली आदमी।

शबरी—स्त्री. [सं.] शबर जाति की नारी; रामायण में वर्णित राम की प्रसिद्ध भक्तिन।

शबल—वि. [सं.] चितकबरा; रंग-बिरंगा, बहुरंगा।

शबला—स्त्री. [सं.] चितकबरी गाय।

शबाना—वि. [फा.] रात का।

शबाब—पु. [अ.] जवानी, यौवन काल, युवावस्था; सौंदर्य; आरंभ।

शबीना—वि. [फा.] रात का; बासी।

शबीह—स्त्री. [अ.] चित्र; चित्र बनाने की कला।

शबोरोज़—अ. [फ़ा.] दिन-रात।

शब्द—पु. [सं.] ध्वनि, आवाज़; अक्षरों या वर्णों, मात्राओं, आदि से बना हुआ और मुँह से उच्चरित अथवा लिखा जाने वाला वह संकेत, जो किसी भाव, कार्य या बात का बोधक होता है, सार्थक वर्ण-समूह। **~कोश**—पु. वह ग्रंथ जिसमें वर्णक्रम से शब्दों के सम्यक् वर्ण-विन्यास, अर्थ, प्रयोग आदि का परिचय दिया गया हो। **~चित्र**—पु. शब्दों के द्वारा किसी घटना, विषय या व्यक्ति का ऐसा वर्णन कि वह चित्र के समान सजीव हो उठे। **~शक्ति**—स्त्री. शब्द की विशेष अर्थबोधक शक्ति—यह तीन प्रकार की है—अभिधा, लक्षणा और व्यंजना। **~वेधी**—पु. वह व्यक्ति जो शब्द सुनकर बिना देखे ही लक्ष्य पर बाण चला दे (पृथ्वीराज चौहान, श्रवण कुमार, अर्जुन, आदि)।

शब्दशः—पु. [सं.] प्रत्येक शब्द के अनुसार।

शब्दांश—पु. [सं.] शब्द का अंश।

शब्दाडंबर—पु. [सं.] साधारण बात को कहने के लिए शब्दों का अनावश्यक रूप से प्रयोग।

शब्दातीत—वि. [सं.] जिसका शब्दों में वर्णन न किया जा सके, वर्णनातीत।

शब्दानुकरण—पु., **शब्दानुकृति**—स्त्री. [सं.] शब्द का अनुकरण।

शब्दानुशासन—पु. [सं.] व्याकरण।

शब्दार्थ—पु. [सं.] शब्द का अर्थ, आशय।

शब्दार्थी—वि. [सं.] शब्दों के अर्थ से संबंधित।

शब्दालंकार—पु. [सं.] शब्दों का सौंदर्य, साहित्य में अलंकार के दो प्रमुख भेद—अर्थालंकार, शब्दालंकार और शब्दालंकार में वर्ण चमत्कार से काव्य में सौंदर्य लाया जाता है।

शब्दावली—स्त्री. [सं.] शब्दों का समूह; पारिभाषिक शब्दावली; प्रचलित शब्द-समूह ('वोकेबलरी')।

शब्देंद्रिय—स्त्री. [सं.] कान।

शम—पु. [सं.] मन की शांति; मोक्ष; अंतःकरण और मन का संयम; क्षमा; संसार से उपराम होने की वृत्ति, शांत रस का स्थायी भाव।

शमक—वि. [सं.] शांत करने वाला; सुलह कराने वाला।

शमन—पु. [सं.] शांति; शांत करना, बुझाना; दूर करना।

शमनीय—वि. [सं.] शमन करने योग्य; दबाए जाने योग्य बात।

शमला—पु. [अ.] कंधों पर डाली जाने वाली शॉल।

शमशाद—पु. [फा.] एक लंबा सुंदर वृक्ष, उर्दू-फारसी कविता में प्रेमिका, नायिका के क़द की उपमा इससे दी जाती है।

शमशीर, शमशेर—पु. [फा.] तलवार, खाँडा। **~बहादुर**—वि., पु. तलवार का धनी, वीर।

शमा—स्त्री. [अ. शम'अ] मोमबत्ती।
शमि—स्त्री. [सं.] एक वृक्ष।
शमित—वि. [सं.] जिसका शमन किया जा चुका हो; शांत।
शमिर—पु. [सं.] शमी की प्रजाति का छोटा पेड़।
शमी—स्त्री. [सं.] द्र. 'शमि'। वि. शांत, संयमी।
शम्स—पु. [अ.] सूर्य; तसबीह में लगाने का फुँदना।
शम्सी—वि. सूर्य-संबंधी, सौर। **~साल**—पु. सौर वर्ष।
शयंड—वि. [सं.] बहुत सोने वाला।
शय—पु. [सं.] शय्या; निद्रा।
शयथ—वि. [सं.] सोया हुआ।
शयन—पु. [सं.] निद्रा; शय्या, पलंग। **~आरती**—स्त्री. देवी- देवता को सुलाने के समय की आरती। **~कक्ष**—पु. सोने का कक्ष, कमरा।
शयनागार—पु. [सं.] शयन-कक्ष।
शयित—वि. [सं.] सोया हुआ, निद्रित; शय्या पर लेटा हुआ।
शयिता—पु. [सं.] सोने वाला।
शय्या—स्त्री. [सं.] सेज, बिछौना; पलंग, खाट।
शर—पु. [सं.] बाण, तीर; भाले का फल।
शरच्चंद्रिका—स्त्री. [सं.] शरद ऋतु की चाँदनी।
शरज्ज्योत्स्ना—स्त्री. [सं.] शरद ऋतु की चाँदनी।
शरण—स्त्री. [सं.] आश्रय, घर; रक्षा का स्थान। **~दाता**—पु. रक्षक, आश्रयदाता।
शरणागत—वि. [सं.] शरण में आया हुआ।
शरणागति—स्त्री. [सं.] शरण में जाना।
शरणार्थी—वि. [सं.] जो शरण में रह रहा हो, पाकिस्तान वाले हिस्से से आने वाले भारतीयों के लिए रूढ़ शब्द; अपनी रक्षा का इच्छुक।
शरण्य—वि. [सं.] शरण में आने वाले की रक्षा करने वाला, शरणदाता।
शरण्या—स्त्री. [सं.] दुर्गा।
शरत, शरद्—स्त्री. [सं.] वह ऋतु जो आश्विन और कार्तिक मास में होती है।
शरत्कालीन—वि. [सं.] शरद ऋतु से संबंधित; शरद ऋतु में होने वाला।
शरदिंदु—पु. शरद का चन्द्रमा, शारदीय चंद्र।
शरफ़—पु. [अ.] बड़ाई; श्रेष्ठता; खूबी; मान, प्रतिष्ठा।
शरबत—पु. [अ.] वह पानी जिसमें शक्कर या खाँड़ घुली हुई हो; कोई मधुर, सुगंधित पेय; चीनी आदि में पकाकर तैयार किया हुआ किसी औषधि, फलों आदि का रस।
शरबती—वि. शरबत के रंग का; रसदार, सरस। पु. हलका पीला, थोड़ी लालिमा लिये हुए रंग, किशमिशी रंग।
शरम—स्त्री. द्र. 'शर्म' (फा.)।
शरमसार—वि. [फा.] शर्मसार, लज्जित, शर्मिंदा।
शरमाना—स.क्रि. लजाना, शर्म आना (अच्छे अर्थ में)।
शरमाशरमी—वि. [फ़ा.] शर्माशर्मी, शर्म करते हुए।
शरमिंदगी—स्त्री. द्र. 'शर्मिंदगी'।
शरमिंदा—वि. द्र. 'शर्मिंदा'।
शरमीला—वि. लजाधुर, लज्जाशील।
शरमीली—स्त्री.,/वि. [फ़ा.] लज्जा करने वाली; जिसमें शर्म हो।
शरयु, शरयू—स्त्री. [सं.] द्र. 'सरयू'।
शरर—पु. [अ.] चिनगारी।
शराफ़त—स्त्री. [अ.] भलमनसी, भद्रता, शरीफ़ होना।
शराफा—पु. द्र. 'सराफा'।
शराब—स्त्री. [अ.] मदिरा, मद्य। **~खाना**—पु. मदिरालय, दुकान। **~ख़ोर**—पु. जिसे शराब की लत पड़ गई हो।
शराबी—वि., पु. जो बहुत शराब पीता हो।
सराबोर—वि. पूरी तरह भीगा हुआ, पूरी तरह गीला।
शरायुध—पु. [सं.] धनुष।
शरारत—स्त्री. [अ.] शैतानियाँ, मसखरी; दुष्टता; दूसरों को कष्ट देने वाली या हानि पहुँचाने वाली क्रिया।
शराश्रय—पु. [सं.] तूणीर, तरकश।
शरासन—पु. [सं.] धनुष।
शरीअत—स्त्री. [अ.] मुसलमानों का धर्मशास्त्र; ईश्वरीय मार्ग, ईश्वर द्वारा निर्दिष्ट मार्ग; मनुष्यों के लिए बनाए गए ईश्वरीय नियम।
शरीक—वि. [अ.] शामिल; साझीदार।
शरीफ़—वि. [अ.] भला आदमी, सज्जन; प्रतिष्ठित, ऊँचे घराने का, कुलीन।
शरीफा—पु. एक फल, सीताफल।
शरीफ़ाना—वि. [अ.-फ़ा.] सज्जनतापूर्ण।
शरीयत—स्त्री. [अ.] द्र. 'शरीअत'।
शरीर—वि. [अ.] पाजी, दुष्ट, नटखट। पु. काया, बदन, तन। **~पात**—पु. मृत्यु।
शरीरांत—पु. [सं.] देहांत, मृत्यु।
शरीरांतर—पु. [सं.] दूसरा।
शरीरार्पण—पु. [सं.] जीवन का अर्पण।
शरीरावरण—पु. [सं.] शरीर का आवरण, शरीर ढकने का वस्त्र, कोई भी वस्तु।
शरीरास्थि—स्त्री. [सं.] कंकाल।
शरीरी—पु. [सं.] मनुष्य, जीवात्मा, प्राणी।
शर्क़—पु. [अ.] पूरब।
शर्कर—पु. [सं.] चीनी, शक्कर।
शर्करा—स्त्री. [सं.] शक्कर, चीनी।
शर्करासव—पु. [सं.] चीनी से बनी शराब।

शर्ट—स्त्री. [अं.] कमीज़।

शर्टिंग—स्त्री. [अं.] कमीज़ का कपड़ा।

शर्त—स्त्री. [अ.] किसी बात पर या कार्य सिद्ध होने के संबंध में लगाया गया दाँव, बाजी; किसी काम के संबंध में निश्चित किया गया समझौता, पारस्परिक समझौता, उस समझोते के नियम।

शर्तिया—वि. सुनिश्चित, अचूक, पक्का। **~इलाज**—पु. अचूक इलाज, स्वास्थ्य-लाभ न होने की स्थिति में कुछ हर्जाना देने का वायदा।

शर्बत—पु. द्र. 'शरबत'।

शर्बती—वि. द्र. 'शरबती'।

शर्म—स्त्री. [फा.] लज्जा, हया; इज़्ज़त; लाज, लिहाज; संकोच।

शर्म—पु. [सं.] मुख; घर; सुख, आनंद; आशीर्वचन।

शर्मा—पु. [सं.] ब्राह्मणों की जातिसूचक उपाधि, नाम के साथ लगती है।

शर्मिंदगी—स्त्री. [फा.] शर्मिंदा होना।

शर्मिंदा—वि. [फा.] लज्जित, अपनी गलती मानते हुए लज्जित होना।

शर्मिष्ठा—स्त्री. [सं.] राजा ययाति की छोटी रानी, दैत्यराज वृषपर्वा इनके पिता थे।

शर्मीला—वि. लज्जाशील। स्त्री. शर्मीली।

शर्व—पु. [सं.] शिव, विष्णु।

शर्वर—पु. [सं.] कामदेव, कंदर्प; अंधकार।

शर्वरी—स्त्री. [सं.] रात्रि; संध्याकाल।

शर्वरीश, शर्वरीश्वर—पु. [सं.] चंद्रमा।

शर्वाणी—स्त्री. [सं.] पार्वती, दुर्गा।

शलग़म—पु. [फा.] एक कंद जो सब्ज़ी के रूप में प्रयुक्त होता है।

शलजम—पु. [फा.] द्र. 'शलगम'।

शलभ—पु. [सं.] एक कीट-पतंग जो दीपक, मोमबत्ती की लौ पर जाकर मर जाता है, साहित्य में यह प्रेमी के प्रतीक के रूप में प्रयुक्त किया जाता है।

शलाका—स्त्री. [सं.] सलाई, सींक।

शलातुर—पु. [सं.] एक प्राचीन जनपद, प्रसिद्ध वैयाकरण पाणिनि यहीं के निवासी थे।

शलूका—पु. स्त्रियों की पहनने की एक कुर्ती-सी।

शल्क—पु. [सं.] वल्कल, वृक्ष की छाल।

शल्मलि—पु., **शल्मली**—स्त्री. [सं.] शाल्मली नामक वृक्ष, सेमल का पेड़।

शल्य—पु. [सं.] कील, काँटा; शलाका; बाण; डॉक्टर के चीर-फाड़ करने के उपकरण, औजार। **~क्रिया**—स्त्री. शल्य कर्म, चिकित्सा कर्म जिसमें रुग्ण अंगों की चीर-फाड़ की जाती है ('सर्जरी')।

शल्योपचार—पु. [सं.] शल्य क्रिया द्वारा चिकित्सा करना।

शव—पु. [सं.] मृत शरीर, लाश।

शवरी—स्त्री. द्र. 'शबरी'।

शवाच्छादन—पु. [सं.] कफ़न।

शव्वाल—पु. [अ.] हिजरी सन् का दसवाँ महीना।

शश—पु. [सं.] शशक, खरगोश।

शशक—पु. [सं.] खरगोश।

शशांक—पु. [सं.] चंद्रमा।

शशांकित—वि. [सं.] चंद्रमा, शशक के चिह्न वाला।

शशांकोपल—पु. [सं.] चंद्रकांत मणि।

शशि—पु. [सं.] चन्द्रमा। **~मुख**—वि. चंद्रमा के समान सुंदर मुख वाला। **~लेखा**—स्त्री. चंद्रमा की किरण। **~शेखर**—पु. शिव, महादेव।

शशीश—पु. [सं.] शिव।

शस्त—पु. [सं.] कल्याण; मांगलिकता। वि. कल्याणयुक्त, प्रशस्त; प्रशंसित।

शस्ति—स्त्री. [सं.] प्रशंसा, स्तुति।

शस्त्र—पु. [सं.] हथियार जिससे युद्ध के समय आक्रमण किया जाता है; शत्रु पर आक्रमण करने का उपकरण ('वेपन'); कार्य-सिद्ध करने का उपाय, ढंग।

शस्त्रागार—पु. [सं.] शस्त्रों के रखने, भंडारण का स्थान।

शस्त्रास्त्र—पु. [सं.] शस्त्र और अस्त्र, हाथ में लेकर (अस्त्र) और फेंककर मारने के (शस्त्र) हथियार।

शस्त्री—वि. [सं.] शस्त्र धारण करने वाला।

शस्त्रीकरण—पु. [सं.] सेना या राष्ट्र को शस्त्रों आदि से सशक्त बनाना।

शस्त्रोपजीवी—पु. [सं.] सिपाही, सैनिक जो शस्त्रों के प्रयोग से ही अपनी जीविका कमाता है।

शस्य—वि. [सं.] फसल; अन्न, अनाज; खेती और पेड़-पौधों की हरियाली।

शस्यागार—पु. [सं.] अन्न रखने का स्थान, खलिहान।

शहंशाह—पु. [फा.] राजाओं का राजा, सम्राट, बादशाह।

शहंशाही—स्त्री. शहंशाह का पद, शहंशाह का कार्य। वि. राजसी, शाही ढंग का।

शह—पु. [फा.] शाह का लघु रूप, बादशाह (शहंशाह में); श्रेष्ठतर, बढ़ा-चढ़ा; हिमायत; उकसाना (शह देना); शतरंज में बादशाह को दी गई चाल। **~ज़ादा**—पु. शाह, बादशाह, का पुत्र, राजकुमार। **~ज़ादी**—स्त्री. शाह, बादशाह की पुत्री, राजकुमारी। **~ज़ोर**—वि. अति बलवान। **~ज़ोरी**—स्त्री. जबर्दस्ती; ताक़त दिखाना। **~तूत**—पु. एक प्रसिद्ध पेड़; उसका फल। **~बाला**—पु. विवाह के समय प्रायः सभी रस्मों में दूल्हे के साथ रहने वाला

छोटा लड़का, जो प्रायः ही दूल्हे का भाई या भतीजा होता है। **~सवार**—पु. कुशल घुड़सवार।

शहद—पु. [अ.] मधुमक्खियों द्वारा फूलों के रस को अपने छत्ते में रखकर बनाया गया एक प्रकार का गाढ़ा रस, मधु।

शहनाई—स्त्री. [फा.] एक प्रसिद्ध वाद्य, जो मुँह से फूँक कर बजाया जाता है; मांगलिक अवसरों पर बनाया जाने वाला वाद्य।

शहर—पु. [फा.] नगर, पुर।

शहराती—वि. [अ., फ़ा.] शहर का (फैशन, भाषा, आदि)।

शहरी—वि. [फ़ा.] शहर का; शहर का वासी।

शहादत—स्त्री. [अ.] धर्मयुद्ध में या देश के हित में जीवन होम देना, लड़ते हुए मारा जाना, बलिदान, कुर्बानी।

शहाना—वि. [फा.] 'शाहाना' का संक्षिप्त रूप, राजसी, राजकीय गौरव के साथ; सुंदर; ऐश्वर्यपूर्ण।

शहीद—वि. [अ.] धर्म या देश पर प्राणों की आहुति देने वाला।

शहीदी—वि. शहीदों जैसा, शहीद होने को तैयार। **~जत्था**—पु. शहीद होने के लिए प्रस्तुत व्यक्तियों का समूह।

शांकर—पु. [सं.] शंकर (शंकराचार्य) का; शंकर-संबंधी; शंकर के संप्रदाय का अनुयायी।

शांडिल्य—पु. [सं.] एक ऋषि, जिनके नाम से गोत्र भी चला, उस गोत्र में उत्पन्न व्यक्ति।

शांत—वि. [सं.] चिंता, शोक, उद्वेग, राग, आदि से रहित; स्थिर चित्त; मौन, चुप। पु. साहित्य शास्त्र में वर्णित नौ रसों में से एक, जिसका स्थायी भाव 'निर्वेद' है, शिष्ट, सौम्य प्रकृति वाला, विनम्र। **~मना**—वि. जिसका मन, चित्त शांत हो; (वह स्थान, देश, नगर, आदि) जहाँ हो-हल्ला, शोर-शराबा न हो।

शांति—स्त्री. [सं.] मन की स्थिरता, उद्विग्नता का अभाव; निश्चलता; आराम, चैन; (देश, समाज, आदि में) युद्ध, मार-काट, उपद्रवों का अभाव ('पीस'); सांसारिकता से विराग। **~पर्व**—पु. 'महाभारत' का बारहवाँ सर्ग जिसमें युधिष्ठिर के मन की शांति के लिए ज्ञान, उपदेश, आदि के प्रसंग हैं।

शांतिमय—वि. [सं.] शांतिपूर्ण, शांतियुक्त; निर्विघ्न।

शांभर—पु. [सं.] द्र. 'साँभर'।

शांभवी—स्त्री. [सं.] पार्वती, दुर्गा।

शाइस्तगी—स्त्री. सभ्यता, शिष्टता, सौम्यता।

शाइस्ता—वि. [फा.] सभ्य, शिष्ट, विनीत, सुशील।

शाकंभरी—स्त्री. [सं.] देवी का एक रूप; दुर्गा।

शॉक—पु. [अ.] आघात, धक्का; सदमा, दुःख; दहशत। **~प्रूफ़**—वि. जिस पर आघात, धक्के, सदमे, दुःख, आदि का कोई प्रभाव न पड़े।

शाक—पु. [सं.] सब्ज़ी, साग, तरकारी।

शाकांग—पु. [सं.] काली मिर्च।

शाकारी—स्त्री. प्राकृत भाषा का एक रूप।

शाकाष्टका, शाकाष्टमी—स्त्री. [सं.] फाल्गुन मास के कृष्ण-पक्ष की अष्टमी, पितरों की तुष्टि के लिए इस दिन शाकदान का विधान।

शाकाहार—पु. [सं.] फल, फूल, सब्ज़ी, साग, आदि का आहार ('मांसाहार' का विपरीतार्थी)।

शाकाहारी—वि., पु. [सं.] जो केवल साग, सब्ज़ी, फल-फूल का आहार करता हो ('मांसाहारी' का विपरीतार्थी)।

शाकिर—वि. [अ.] शुक्र करने वाला, कृतज्ञ; संतोष करने वाला।

शाकुंतल, शाकुंतलेय—वि. [सं.] शकुंतला संबंधी। पु. शकुंतला से संबंधित कालिदास की प्रख्यात कृति—'अभिज्ञान शाकुंतल' नाटक; शकुंतला का पुत्र भरत।

शाक्त—पु. [सं.] शक्ति, देवी दुर्गा, काली, आदि का उपासक तंत्र-संप्रदाय में दीक्षित, प्रायः वाममार्गी साधना के अनुयायी।

शाक्तागम—पु. [सं.] शाक्त तंत्र, तंत्र-शास्त्र।

शाक्य—पु. [सं.] एक प्राचीन क्षत्रिय वंश, महात्मा बुद्ध का जन्म इसी कुल में हुआ था।

शाक्र—वि. [सं.] शक्र, इन्द्र संबंधी।

शाख़—स्त्री. [फा.] पेड़ की शाखा, डाली; नहर की मुख्य धारा से निकली हुई छोटी धारा (गंग नहर की शाख़)।

शाखा—स्त्री. [सं.] पेड़ की डाल, टहनी; किसी वंश, कुल, आदि में निकला अलग हुआ उपवंश, उपजाति; किसी किसी ग्रंथ का उप-विभाग; दर्शनशास्त्र आदि का भेद। **~मृग**—पु. बंदर, कपि।

शाखोच्चार—पु. [सं.] विवाह में पाणिग्रहण संस्कार के समय वर-वधू पक्ष के पंडितों द्वारा अपने-अपने यजमान की वंशावली का गौरवपूर्ण कथन।

शागिर्द—पु. [फा.] शिष्य, चेला।

शागिर्दाना—वि. [फा.] शिष्य की तरह, शिष्योचित।

शागिर्दी—स्त्री. शिष्यत्व, शागिर्द होना।

शाटिका, शाटी—स्त्री. [सं.] साड़ी, वस्त्र।

शाण—पु. [सं.] सान, एक पत्थर जिस पर रगड़कर चाकू, तलवार, आदि हथियारों, औज़ारों को शाणित (तेज) किया जाता है।

शाणित—वि. [सं.] तेज या तीक्ष्ण किया हुआ; सान पर रखा हुआ; कसौटी पर रखा हुआ।

शातन—पु. [सं.] तेज, तीक्ष्ण करना; काटना, उच्छेदन करना।

शातवाहन—पु. [सं.] दक्षिण भारत का एक प्रसिद्ध प्राचीन राजवंश, इन्हें 'शालिवाहन' भी कहा जाता है।

शातिर—वि. [अ.] चालाक, काँइयाँ, तेज़ (अच्छे अर्थ में नहीं)।

शाद—पु. [सं.] नई, हरी घास। वि. प्रसन्न, हर्षयुक्त।

शादाब—वि. [फा.] हरा-भरा; सींचा हुआ।

शादियाना—पु. [फा.] विवाह के अवसर पर बजाई जाने वाली नौबत—विविध वाद्य; विवाह, आदि शुभ अवसरों पर गाए जाने वाले गीत; किसान द्वारा जमींदार के यहाँ विवाह के अवसर पर दी जाने वाली भेंट—रुपए आदि।

शादी—स्त्री. [फा.] विवाह, ब्याह—मुख्य अर्थ; आनंदोत्सव।

शाद्वल—वि. [सं.] हरा-भरा, नई घास से परिपूर्ण। पु. हरित भूमि, घास का मैदान।

शान—पु. [सं.] शाण, निकष, कसौटी।

शान—स्त्री. [फा.] भव्यता, विशालता; तड़क-भड़क, ठाठ-बाट; प्रतिष्ठा। **~दार**—वि. भव्य, शान वाला, ऐश्वर्यपूर्ण; गौरवपूर्ण। **~शौकत**—स्त्री. ठाट-बाट, ऐश्वर्ययुक्त प्रदर्शन।

शाप—पु. [सं.] आक्रोश में किसी के अनिष्ट के लिए कहे हुए अपशब्द। **~ग्रस्त**—वि. अभिशप्त, जिसे शाप दिया गया हो।

शॉपिंग—स्त्री. [सं.] खरीददारी, बाज़ार से सामान खरीदना। **~सेंटर**—पु. वह स्थान जहाँ बहुत-सी दुकानें एक ही स्थान पर हों।

शापोद्धार—पु. शाप से छूटना, शाप-मुक्ति।

शाफ़ी—वि. [अ.] आरोग्य देने वाली, शफा देने वाली (दवा, आदि)।

शाफ्ट—पु. [अं.] डंडा, दंड; स्तंभ; मीनार; धुरा, शाफ्ट।

शाबर—वि. [सं.] शावर संबंधी, शबरों का।

शाबरी—स्त्री. [सं.] शबर जाति की भाषा; प्राकृत भाषा का एक भेद।

शाबाश—अ. [फा. 'शाहबाश' का लघु रूप] खुश रहो, साधु-साधु, वाह-वाह, धन्य हो।

शाबाशी—स्त्री. सराहना, साधुवाद।

शाब्द—वि. [सं.] शब्द संबंधी; शब्द पर ही निर्भर।

शाब्दिक—वि., पु. [सं.] शब्द संबंधी; शब्दगत।

शाम—स्त्री. [फा.] संध्या, साँझ, सूर्यास्त वेला।

शामत—स्त्री. [अ.] दुर्भाग्य; आफ़त-सी (आ जाना), मुसीबत।

शामती—वि. मुसीबत का मारा, अभागा।

शामियाना—पु. [फा.] बड़ा-सा तम्बू, विवाह, जलसों, बड़ी सभाओं, आदि के समय लगाया जाता है।

शामिल—वि. [अ.] साथ आ जाना, मिल जाना।

शामिलात—स्त्री. साझे की संपत्ति, भूमि या कोई अन्य असल संपत्ति।

शामी—वि. शामी देश संबंध या शाम देश का।

शायद—अ. [फा.] कदाचित्, संभवतः।

शायर—पु. [अ.] शेर लिखने, कहने वाला, कवि।

शायरा—स्त्री. [अ.] कवयित्री।

शायराना—वि. कवि-जैसा (स्वभाव), कवि-सुलभ; अति—शयोक्तिपूर्ण।

शायरी—स्त्री. कविता; कवि कर्म; शेर कहना।

शाया—वि. [अ.] प्रकाशित (पुस्तक, लेख, आदि का प्रकाशित होना)।

शायित—वि. [सं.] सोया हुआ, लेटा हुआ।

शायी—वि. [सं.] सोने वाला (शेषशायी)।

शारंग—पु. [सं.] द्र. 'सारंग'।

शारंगी—स्त्री. [सं.] 'सारंगी'।

शारणिक—वि. [सं.] शरण चाहने वाला।

शारद—वि. [सं.] शरत् काल से संबद्ध; शरत् काल में उत्पन्न। **~चंद्र**—पु. शरत् ऋतु का चंद्रमा। **~ज्योत्स्ना**—स्त्री. शरत् काल की उज्ज्वल तथा शीतल चाँदनी।

शारदा—स्त्री. [सं.] सरस्वती; भारत की एक प्राचीन लिपि।

शारदाबां—स्त्री. [सं.] सरस्वती।

शारदी—वि. [सं.] शरत् काल संबंधी।

शारदीय—वि. [सं.] शरत् ऋतु संबंधी। **~नवरात्र**—स्त्री. आश्विन शुक्ल पक्ष में आने वाले नवरात्र।

शारिका—स्त्री. [सं.] मैना पक्षी।

शारीर—वि. [सं.] शरीर-संबंधी; शरीर से संबद्ध; शरीर से उत्पन्न।

शारीरक—वि. [सं.] देह-संबंधी।

शारीरिक—वि. [सं.] शरीर से संबद्ध।

शार्क—पु. [सं.] शर्करा, शक्कर।

शॉर्क—स्त्री. [अं.] एक प्रकार की बड़ी मछली।

शार्टकट—पु. [अं.] छोटा रास्ता (अख्तियार कर लेना)।

शार्टहैंड—पु. [अं.] आशु लिपि।

शार्दूल—पु. [सं.] व्याघ्र, बाघ; सिंह। **~विक्रीड़ित**—पु. एक वर्णिक छंद, वर्णवृत।

शार्वरिक—वि. [सं.] रात्रि संबंधी।

सार्वरी—स्त्री. [सं.] रात्रि, रात।

शालंकि—पु. [सं.] पाणिनि।

शाल—पु. [सं.] एक प्रसिद्ध वृक्ष, साखू।

शाल—स्त्री. [फा.] दुशाला; सर्दियों में ओढ़ने की सुंदर-सी ऊनी चादर; रेशमी चादर।

शालभ—वि. [सं.] शलभ संबंधी।

शाला—स्त्री. [सं.] घर, गृह; स्थान, जगह—पाठशाला, धर्मशाला गौशाला।

शालि—पु. [सं.] चावल धान का एक प्रकार।

शालिक—पु. [सं.] जुलाहा।

शालिनी—स्त्री. [सं.] गृहिणी गृहस्वामिनी; एक वर्णवृत्त।

शाली—वि. [सं.] (समासांत में प्रयुक्त) युक्तसहित (बलशाली प्रतिभाशाली)।

शालीन—वि. [सं.] विनम्र; सौम्य; लज्जाशील।

शालीनता—स्त्री. [सं.] विनम्रता; लज्जाशीलता।

शालीय—वि. [सं.] शाला संबंधी।

शालेय—वि. [सं.] शाला (पाठशाला) तथा शाल वृक्ष संबंधी।

शाल्मल—पु. [सं.] शाल्मली, सेमल का पेड़।

शाल्मलिक—पु. [सं.] शाल्मलि वृक्ष।

शाल्मली—स्त्री. [सं.] शाल्मलि, सेमल का एक पेड़।

शावक—पु. [सं.] पशु या पक्षी का बच्चा।

शाश्वत—वि. [सं.] जो सदा बना रहे, अमर, नित्य निरंतर।

शाश्वती—स्त्री. [सं.] पृथ्वी।

शासक—पु. [सं.] शासन करने वाला; किसी प्रदेश या देश का राजा।

शासकीय—वि. [सं.] शासन-प्रशासन से संबंधित।

शासन—पु. [सं.] किसी सरकार द्वारा या किसी राजा या व्यक्ति द्वारा किसी देश, प्रदेश, प्रांत, आदि का राज-काज चलाना।

शासनांतर्गत, शासनाधीन—वि. [सं.] शासन के अन्तर्गत आया क्षेत्र, आदि।

शासनात्मक—वि. [सं.] शासन संबंधी।

शासनाधिकार—पु. [सं.] शासन की शक्ति।

शासनाध्यक्ष—पु. [सं.] शासन का अध्यक्ष।

शासिता—वि. [सं.] शासन करने वाला; दंड देने वाला।

शासी—पु. [सं.] शासक (यह यौगिक शब्द के उत्तरपद के रूप में) प्रयुक्त होता है—(अधिशासी)।

शास्ता—पु. [सं.] शासक; राजा; शिक्षक, गुरु; बौद्ध और जैन धर्म में उपदेष्टा साधु।

शास्ति—स्त्री. [सं.] शासन; आज्ञा; दंड; राज-चिह्न, राजदंड।

शास्त्र—पु. [सं.] किसी विषय का वैज्ञानिक पद्धति से अध्ययन करने वाली ज्ञान की शाखा—राजनीतिशास्त्र, धर्मशास्त्र, आदि; धर्मशास्त्र—वेद, उपनिषद्, पुराण, आदि।

शास्त्राचरण—पु. [सं.] शास्त्रों द्वारा निदेशित आचरण।

शास्त्रानुमोदित—वि. [सं.] शास्त्र विहित, शास्त्रों द्वारा मान्यता प्राप्त।

शास्त्रानुशीलन—पु. [सं.] शास्त्रों का अध्ययन, मनन।

शास्त्रानुष्ठान—पु. [सं.] शास्त्र द्वारा बताए गए व्रत, आचरण, आदि।

शास्त्रार्थ—पु. [सं.] शास्त्र के स्वरूप-ज्ञान के संबंध में वाद-विवाद।

शास्त्रिक—वि. [सं.] शास्त्रज्ञ।

शास्त्री—वि. [सं.] शास्त्र का जानकार। पु. वह व्यक्ति, जिसे शास्त्र का सम्यक् ज्ञान हो; संस्कृत में एक उपाधि ('डिग्री')।

शास्त्रीय—वि. [सं.] शास्त्र संबंधी, शास्त्र का; शास्त्र सम्मत; शास्त्र ज्ञान पर आधारित (शास्त्रीय संगीत)।

शास्त्रोक्त—वि. [सं.] जैसा शास्त्रों में बताया गया है, शास्त्र-वर्णित।

शाहंशाह—पु. [फा.] शाहों का शाह, वह बादशाह जिसके अधीन बहुत से बादशाह हों, सम्राट, चक्रवर्ती सम्राट।

शाहंशाही—स्त्री. बादशाही, राजाधिराज का पद।

शाह—पु. [फा.] बादशाह, महाराजा; मुसलमान फकीरों की एक पदवी।

शाहाना—वि. [फा.] राजसी (वैभव), राजोचित, ऐश्वर्यपूर्ण। **~मिज़ाज**—पु. राजसी प्रकृति, स्वभाव, खुले दिल का। **~नामा**—पु. फारसी के प्रसिद्ध कवि फिरदौसी रचित प्रसिद्ध ग्रंथ, ईरान के बादशाहों का इतिहास इसमें दर्ज़ है।

शाहिद—पु. [अ.] शहादत देने वाला; गवाह। वि. सुंदर, प्यारा।

शाही—वि. [फा.] राजसी, बादशाह का।

शिंज—पु. [सं.] (गहनों की) झनकार।

शिंजन—पु. [सं.] आभूषणों की मधुर झंकार।

शिंजा—स्त्री. [सं.] प्रत्यंचा, धनुष की डोरी।

शिंजित—वि. [सं.] झंकृत, झनझनाता हुआ।

शिंजिनी—स्त्री. [सं.] प्रत्यंचा, धनुष की डोरी।

शिकंजा—पु. [फा.] दबाने, कसने आदि का उपकरण; वह उपकरण जो जिल्दसाज़ जिल्द-बंदी के लिए प्रयुक्त करते हैं; कठोर दंड देने के लिए एक यंत्र जिससे अपराधियों के हाथ-पैर बाँध दिये जाते थे।

शिकन—स्त्री. [फा.] सिलवट (सलवट), सिकुड़न। वि. (समासांत में प्रयुक्त—दिलशिकन, बुतशिकन)।

शिकम—वि. [फा.] पेट।

शिकमी—वि. [फा.] पेट-संबंधी; भीतरी।

शिकरम—स्त्री. [फा.] ऊँटगाड़ी।

शिकवा—पु. [फा.] शिकायत, प्रेमपूर्ण शिकायत।

शिकस्त—स्त्री. [फा.] हार, मात।

शिकायत—स्त्री. [अ.] किसी की ग़लती या अभाव का दूसरे से कथन; चुगली, निंदा; रोग, बीमारी (उसे खाँसी की शिकायत रहती है)।

शिकायती—जिसमें शिकायत हो (चिट्ठी); शिकायत करने वाला।

शिकार—पु. [अ.] आखेट, मृगया, जंगली पशु-पक्षियों को मारने (की क्रिया, शोक)। **~गाह**—स्त्री. शिकार खेलने की जगह।

शिकारा—पु. झील आदि में पानी में नाव के ऊपर बना उठने-बैठने, सोने का घर-सा (कश्मीर की डल झील, आदि स्थानों पर)।

शिकारी—वि., पु. शिकार करने वाला।

शिक्षक—पु. [सं.] शिक्षा देने वाला, अध्यापक, गुरु।

शिक्षण—पु. [सं.] शिक्षा देने का कार्य, अध्यापन।

शिक्षणालय—पु. [सं.] विद्यालय।

शिक्षणीय—वि. [सं.] शिक्षा के योग्य।

शिक्षमाण—पु. [सं.] विद्यार्थी, छात्र।

शिक्षा—स्त्री. [सं.] विद्या प्राप्ति; उपदेश, नसीहत; सबक, पाठ।

शिक्षारंभ—पु. [सं.] शिक्षा की शुरुआत।

शिक्षार्थी—पु. [सं.] शिक्षा के लिए इच्छुक, विद्यार्थी, छात्र।

शिक्षालय—पु. [सं.] विद्यालय, स्कूल, कॉलेज।

शिक्षित—वि. [सं.] शिक्षायुक्त; विद्वान्।

शिखंडी (डिन्)—वि. [सं.] अम्बा से उत्पन्न द्रुपद का पुत्र; जो न स्त्री था न पुरुष (महाभारत युद्ध में अर्जुन ने भीष्म से युद्ध इसी को आड़ बना कर किया था)।

शिख*—स्त्री. शिखा (नख-शिख)।

शिखर—पु. [सं.] पर्वत की चोटी, पर्वत का सबसे ऊँचा भाग; मकान का सबसे ऊँचा भाग; मंदिर की चोटी, कलश; सर्वोच्च स्थान या पद। **~पुरुष**—पु. किसी क्षेत्र का महान व्यक्ति।

शिखरिणी—स्त्री. [सं.] स्त्रियों में श्रेष्ठ स्त्री; रोमावलि, जो वक्ष-स्थल से नाभि तक जाती है; एक वर्ण वृत्त (पिंगल), इसके प्रत्येक चरण में 17 वर्ण होते हैं तथा उनका क्रम यगण, मगण, नगण, सगण, भगण एवं लघु-गुरु के अनुसार होता है।

शिखा—स्त्री. [सं.] चोटी, चुटिया; दीपक की लौ (दीप शिखा)।

शिखि—पु. [सं.] मोर; कामदेव; अग्नि।

शिखिनी—स्त्री. [सं.] मोरनी। स्त्री. शिखा वाली।

शिखी—वि. [सं.] शिखायुक्त, शिखा वाला। पु. मोर, मयूर; दीपक, दीया।

शिगाफ़—पु. [फा.] दरार, दर्ज; छेद, सुराख।

शिगुफ़्तगी—स्त्री. प्रफुल्लता, प्रसन्नता; हरा-भरा होना।

शिगुफ़्ता—वि. [फा.] प्रफुल्ल, प्रसन्न; हरा-भरा।

शिगूफ़ा—पु. [फा.] चुटकुला; अनोखी, विचित्र बात। **मु. ~छोड़ना**—कोई भड़काने वाली बात खड़ी कर देना।

शितद्रु—स्त्री. [सं.] शतद्रु, सतलज नदी।

शिताब—अ. [फा.] जल्द, झटपट। वि. जल्दबाज़, तेज़।

शिताबी—स्त्री. जल्दी, उतावली।

शिति—वि. [सं.] श्वेत, सफेद; काला। **~कंठ**—पु. मोर; चातक; शिव।

शिथिल—वि. [सं.] सुस्त, धीमा, मंद; ढीला; खुला हुआ।

शिथिलता—स्त्री. [सं.] सुस्ती, ढीलापन; आलस्य; नियम-पालन में ढील देना; किसी भी कार्य में ढीलापन।

शिथिलीकरण—पु. [सं.] शिथिल करने की प्रक्रिया, काम में ढील देना।

शिथिलीकृत—वि. [सं.] शिथिल, ढीला किया हुआ।

शिद्दत—स्त्री. [अ.] तेज़ी; सख़्ती, उग्रता; अधिकता, प्रबलता; बल-प्रयोग।

शिनाख्त—स्त्री. [फा.] द्र. 'शनाख़्त'।

शिप्र—पु. [सं.] हिमालय पर्वत का एक सरोवर।

शिप्रा—स्त्री. [सं.] शिप्ता सरोवर से निकली एक प्रसिद्ध नदी, इसी के तट पर उज्जयिनी नामक प्रसिद्ध नगर है।

शिफ़ा—स्त्री. [अ.] स्वास्थ्य, आरोग्य, रोग से मुक्ति।

शिफ़्ट—स्त्री. [अ.] पारी।

शिया—पु. [अ.] मुसलमानों के संप्रदायों—शिया और सुन्नी—में से एक संप्रदाय। ये हजरतअली को मुहम्मद साहब का प्रत्यक्ष उत्तराधिकारी मानते हैं।

शिर:पीड़ा—स्त्री. [सं.] सिरदर्द।

शिर:शूल—पु. [सं.] सिरदर्द।

शिर—पु. [सं.] सिर।

शिरकत—स्त्री. [अ.] किसी कार्य में सम्मिलित होना, सहभागिता।

शिरसा—अ. [सं.] सिर झुकाकर आदरपूर्वक।

शिरस्का—स्त्री. [सं.] पालकी।

शिरस्त्र, शिरस्त्राण—पु. [सं.] युद्ध के समय पहने जाना वाला लोहे का टोप; पुलिस बल भी इसका प्रयोग करता है।

शिरा—स्त्री. [सं.] रक्त-प्रवाह की नाड़ी, नस।

शिरीष, शिरीषक—पु. [सं.] एक वृक्ष, सिरिका।

शिरोधार्य—वि. [सं.] सिर पर धारण करने योग्य, सादर स्वीकार करने योग्य।

शिरोभूषण—पु. [सं.] सिर पर पहनने का आभूषण। **ला.** श्रेष्ठ व्यक्ति; गौरवपूर्ण व्यक्तित्व।

शिरोमणि—पु. [सं.] शिरोरत्न; सर्वश्रेष्ठ व्यक्ति।

शिरोरत्न—पु. [सं.] द्र. 'शिरोमणि'।

शिरोरेखा—स्त्री. [सं.] शब्दों के ऊपर लगाई जाने वाली रेखा।

शिल—स्त्री. शिला। पु. सिला, खेत कट जाने पर उसमें गिरे अन्न को बीनने की क्रिया, सिला बीनना।

शिला—स्त्री. [सं.] पत्थर की पटिया; पत्थर का बड़ा चौड़ा खंड।

शिलाजीत—स्त्री. [सं.] पहाड़ों की चट्टानों से निकलने वाली एक शक्तिवर्द्धक औषधि।

शिलान्यास—पु. [सं.] किसी भवन, आदि का नींव-पत्थर रखना।

शिलासन—पु. [सं.] पत्थर का आसन; पत्थर की बनी चौकी।

शिलिंग—पु. [अं.] इंग्लैंड में प्रचलित एक छोटा सिक्का।

शिलीपद—पु. [सं.] श्लीपद, फीलपाँव नामक रोग।

शिल्प—पु. [सं.] हाथ से चीज़ें बनाने की कला, दस्तकारी, हस्त-शिल्प, हुनर, कारीगरी। **~कला**—स्त्री. दस्तकारी, हस्त कला का कौशल। **~कार**—पु. शिल्पी, मूर्तिकार; स्थापत्य कला का कारीगर। साहित्य में किसी विद्या की संरचना का कौशल—काव्य-शिल्प, उपन्यास-शिल्प, नाटक का शिल्प, आदि।

शिल्पी—पु. [सं.] शिल्पकार, कारीगर, मूर्तिकार, वास्तु शिल्पी, आदि।

शिव—पु. [सं.] महादेव, हिंदुओं के प्रसिद्ध देवता; मंगल, कल्याण। **~कारी**—वि. मंगलकारी, कल्याणकारी। **~रात्रि**—स्त्री. फाल्गुन कृष्ण चतुर्दशी को शिवजी के लिए रखा जाने वाला उपवास, एक पर्व।

शिवा—स्त्री. [सं.] पार्वती, शिव की पत्नी, दुर्गा।

शिवाक्ष—पु. [सं.] रुद्राक्ष।

शिवानी—स्त्री. [सं.] पार्वती, दुर्गा, शिव पत्नी।

शिवायतन—पु. [सं.] शिवालय; वह शिवालय जहाँ शिवजी की मूर्तियाँ सपरिवार हों—पार्वती, गणेश, कार्त्तिकेय के साथ।

शिवालय—पु. [सं.] वह मंदिर जिसमें शिवलिंग, शिव की मूर्ति स्थापित हो।

शिवाला—पु. द्र. 'शिवालय'।

शिवि—पु. [सं.] एक प्रसिद्ध दानी राजा, इन्होंने कबूतर की रक्षा के लिए अपने शरीर का मांस दिया था।

शिविका—स्त्री. [सं.] पालकी; डोली; अरथी (किसी बहुत आयु के व्यक्ति की मृत्यु पर अरथी को बहुत सजाया जाता है, शिविका)।

शिविर—पु. [सं.] सेना का विश्राम स्थल; तंबू, खेमा; दुर्ग, किला; किसी प्रशिक्षण के लिए अल्प समय का कार्यक्रम—नवलेखक शिविर।

शिवेतर—वि. [सं.] अमंगल, अशुभ।

शिवोपनिषद्—स्त्री. [सं.] एक उपनिषद्।

शिशिर—पु. [सं.] शीत ऋतु, जो माघ और फाल्गुन मास में रहती है, शीत काल।

शिशिरांत—पु. [सं.] जब शिशिर, शीत ऋतु समाप्त होने को हो, वसंतागम का समय।

शिशु—पु. [सं.] छोटा बच्चा ('बेबी')।

शिशुता—स्त्री. [सं.] बचपन, शैशव।

शिशुपन—पु. बचपन, लड़कपन।

शिश्न—पु. [सं.] पुरुष का लिंग, जननेन्द्रिय।

शिष्ट—वि. [सं.] सभ्यता, सुशील, अच्छे स्वभाव वाला। **~मंडल**—पु. कुछ शिष्ट, प्रतिष्ठित लोगों का दल, जो किसी दूसरे देश में वार्ता और राजनीतिक संबंध बनाने जाता है ('डेपूटेशन')।

शिष्टता—स्त्री., **शिष्टत्व**—पु. [सं.] सुशीलता, सभ्य होने का भाव, सभ्यता।

शिष्टाचार—पु. [सं.] शिष्ट व्यक्ति का आचरण; विनम्रता, सदाचार, शिष्टतापूर्ण व्यवहार।

शिष्टाचारी—वि. [सं.] शिष्ट व्यवहार करने वाला; सदाचारी; छोटे-बड़े को समुचित आदर-सम्मान देने वाला।

शिष्य—वि. [सं.] विद्यार्थी, छात्र, वह जिसे गुरु ने पढ़ाया हो, विद्या दान दी हो। स्त्री. शिष्या।

शिष्यता—स्त्री., **शिष्यत्व**—पु. [सं.] शिष्य होने का भाव, शागिर्दी।

शिस्त—स्त्री. [फा.] सीध, निशाना, लक्ष्य।

शीघ्र—अ. [सं.] क्षिप्र, जल्द, तुरंत, अविलंब, झटपट।

शीघ्रता—स्त्री., **शीघ्रत्व**—पु. [सं.] जल्दी, अविलंब होना, शीघ्रता, फुर्ती।

शीघ्रातिशीघ्र—क्रि.वि. [सं.] बहुत जल्दी, अविलंब।

शीत—वि. [सं.] ठंड, शीतल; ठंडक, सरदी; सरदी का मौसम। **~कटिबंध**—पु. पृथ्वी के दो कल्पित विभाग, जो भूमध्य रेखा से 23-1/2 अंश उत्तर के बाद 23-1/2 अंश दक्षिण के बाद पड़ते हैं और जिनमें बहुत ठंड पड़ती है। **~कर**—पु. चंद्रमा। **~युद्ध**—पु. दो राष्ट्रों या बहुत से राष्ट्रों के बीच हो रहे झगड़ों का तनाव, संबंधों में तनाव।

शीतलता—स्त्री. [सं.] ठंडापन, ठंडक; शीतल होने का भाव।

शीतलताई*—स्त्री. द्र. 'शीतलता'।

शीतला—स्त्री. [सं.] चेचक रोग, एक संक्रामक रोग; इस रोग की अधिष्ठात्री देवी—शीतला माता।

शीतलाष्टमी—स्त्री. [सं.] चैत्र मास के कृष्ण पक्ष की अष्टमी, शीतला माता की पूजा-उपासना का दिन।

शीतांशु—पु. [सं.] चंद्रमा; कपूर।

शीताकुल—वि. [सं.] जाड़े से ठिठरा हुआ, ठंड से परेशान।

शीतातप—पु. [सं.] जाड़ा और गरमी।

शीताद्रि—पु. [सं.] हिमालय पर्वत।

शीताभ—पु. [सं.] चंद्रमा, कपूर।

शीतावकाश—पु. [सं.] सर्दियों में होने वाली छुट्टियाँ ('विंटर ब्रेक', 'विंटर वोकेशन')

शीतेतर—वि. [सं.] उष्ण, गरम।

शीतोष्ण—वि. [सं.] ठंडा और गरम (दोनों—कुछ खाद्य पदार्थों—मेवों आदि के विषय में कहा जाता है, यथा—मुनक्का, बादाम)।

शीत्कार—पु. [सं.] सीत्कार, संभोग के समय स्त्री द्वारा कामावेग में निकली अस्फुट ध्वनियाँ, 'सी-सी' जैसी, इसीलिए इसे 'सीत्कार' कहा जाता है।

शीन—पु. [अ.] अरबी-फारसी वर्णमाला का एक वर्ण, जो देवनागरी वर्णमाला के तालव्य 'श' की जगह प्रयुक्त होता है।

शीफालिका—स्त्री. [सं.] शेफालिका, एक फूल; उसका पौधा।

शीर—पु. [फा.] दूध, क्षीर।

शीरा—पु. [फा.] गुड़ या चीनी को पका कर बनाया गया गाढ़ा रस, चाशनी।

शीराज़—पु. [फा.] ईरान का एक प्रसिद्ध नगर।

शीराज़ा—पु. [फा.] किताब की जिल्दबंदी में जुजबंदी की सिलाई की विशेष विधि।

शीराज़ी—वि. [फा.] शीराज़ नगर का।

शीरीं—वि. [फा.] मीठा, मधुर; प्यारा, प्रिय। स्त्री. फरहाद की प्रेयसी (शीरीं-फरहाद की प्रेम कहानी में)।

शीरीन—स्त्री. [फा.] मीठा, मधुर, प्रिय।

शीर्ण—वि. [सं.] टूटा-फूटा; पुराना, जर्जर; मुरझाया या कुम्हलाया हुआ।

शीर्णता—स्त्री., **शीर्णत्व**—पु. [सं.] शीर्ण होने का भाव।

शीर्ष—पु. [सं.] सर्वोच्च, किसी चीज़ का सबसे ऊँचा भाग, सिरा, चोटी। **~स्थान**—पु. सर्वोच्च स्थान।

शीर्षक—पु. [सं.] वह शब्द या पद, जो किसी लेख, पुस्तक, आदि का परिचय देने के लिए उसके ऊपर लिखा जाता है।

शीर्षस्थ—वि. [सं.] जो सर्वोच्च स्थान पर हो, सबसे ऊँचा (शीर्षस्थ व्यक्ति)।

शीर्षासन—पु. [स.] योग में सिर का एक आसन, जिसमें सिर नीचे ज़मीन पर और पैर ऊपर होते हैं।

शील—पु. [सं.] अच्छा चरित्र, चाल-चलन; विनम्रतापूर्ण व्यवहार; शिष्टाचार युक्त व्यवहार। **~भंग**—पु. किसी स्त्री के साथ यौनाचार हो जाना, जिससे उसका कौमार्य समाप्त हो जाता है।

शीलवान—वि. [सं.] सुशील, सौम्य; शिष्टाचार वाला; जो शील का पालन करता हो।

शीश*—पु. सिर।

शीशम—पु. एक पेड़, इसकी लकड़ी इमारत तथा कुर्सी, मेज़ ('फर्नीचर') बनाने के काम आती है।

शीश महल—पु. [फा. + अ.] वह भवन जिसमें चारों ओर तथा छत पर भी शीशे के टुकड़े हों, जयपुर के पास आमेर का शीश महल, पटियाला का शीश महल, आदि प्रसिद्ध रहे हैं।

शीशा—पु. [फा.] काँच; दर्पण, आईना।

शीशी—स्त्री. शीशे की बनी छोटी-सी लंबी डाटदार या ढक्कन—दार नली-सी, इसमें दवा रखी जाती है, छोटी बोतल-सी।

शुंग—पु. [सं.] प्राचीन समय में भारत का एक प्रसिद्ध क्षत्रिय राजवंश, मौर्य वंश के बाद मगध पर इसी वंश का शासन था।

शुंड—पु. [सं.] हाथी की सूँड़; हाथी के गंडस्थल से निकलने वाला मद।

शुंभ—पु. [सं.] एक राक्षस, जिसे देवी दुर्गा ने मारा था ('शुंभ निशुंभ निदारे')।

शुऊर—पु. [अ.-'शूऊर'] शऊर (हि.); शील, तमीज़। **~दार**—वि. जिसे शऊर हो; तमीज़दार, शीलवान।

शुक—पु. [सं.] तोता, सुग्गा।

शुकी—स्त्री. [सं.] मैना, सुग्गी, तोते की मादा।

शुक्त—वि. [सं.] साफ, चमकदार; पवित्र।

शुक्ति—स्त्री. [सं.] सीपी जो समुद्र से निकलती है।

शुक्तिका—स्त्री. [सं.] सीप।

शुक्र—पु. [अ.] आभार, कृतज्ञता; कृपा, दया। **~गुज़ार**—वि. आभारी, कृतज्ञ।

शुक्र—पु. [सं.] सौर जगत का एक ग्रह; शुक्रवार-सप्ताह का एक दिन; पुरुष का वीर्य।

शुक्राणु—पु. [सं.] पुरुष के वीर्य का वह अंश जो गर्भ धारण करने का कारण बनता है ('स्पर्म')।

शुक्राना—पु. [फा.] शुक्रिया करते हुए जो धन, भेंट दी जाती है।

शुक्रिया—पु. [फा.] किसी के प्रति जताया जाने वाला आभार, कृतज्ञता, धन्यवाद।

शुक्ल—वि. [सं.] श्वेत, सफेद, उजाला। **~पक्ष**—पु. भारतीय चान्द्र मास में अमावस्या के बाद के पन्द्रह दिनों का पक्ष, पूर्णिमा तक।

शुक्ला—स्त्री. [सं.] ब्राह्मणों का एक गोत्र।

शुक्लाचार—वि. [सं.] शुद्ध आचरण वाला।

शुगर—स्त्री. [अं.] चीनी; मधुमेह का रोग ('डायबिटीज़')। **~मिल**—स्त्री. चीनी का कारखाना, चीनी मिल।

शुगुन—पु. द्र. 'शकुन'।

शुचि—वि. [सं.] पवित्र, शुद्ध; निर्दोष; निर्मल; श्वेत, उजला।

शुचि—स्त्री. [सं.] दीप्ति, प्रकाश; पवित्रता, शुद्धता; स्वच्छता।

शुचिता—स्त्री., **शुचित्व**—पु. [सं.] पवित्रता, शुद्धता।

शुची (चिन्)—वि. [सं.] द्र. 'शुचि'।

शुजा—वि. [अ.] वीर, बहादुर।

शुतुद्रि, शुतुद्रु—स्त्री. [सं.] शतद्रु, सतलज नदी।

शुतुर—पु. [फा.] ऊँट। **~मुर्ग**—पु. एक विशालकाय पक्षी जिसकी गरदन ऊँट की तरह लंबी होती है, पैर बहुत ऊँचे होते हैं, पर तो होते हैं, किंतु यह उड़ नहीं सकता।

शुदा—वि. [फा.] जो हो चुका हो, जो कार्य संपन्न हो चुका हो (शादीशुदा, रजिस्ट्रीशुदा, आदि)। **~शुदा**—क्रि.वि. धीरे-धीरे।

शुद्ध—वि. [सं.] पवित्र, साफ, स्वच्छ; मिलावटरहित (शुद्ध घी); जिसमें से लागत मूल्य, अन्य व्यय निकाले जा चुके हों (शुद्ध लाभ 15%)।

शुद्धता—स्त्री., **शुद्धत्व**—पु. [सं.] शुद्ध होने का भाव।

शुद्धात्मा—वि. [सं.] पवित्र, शुद्ध, निर्मल हृदय वाला।

शुद्धापन्हुति—स्त्री. [सं.] अपन्हुति अलंकार का एक भेद, इसमें उपमान का निषेध कर उपमान की स्थापना की जाती है।

शुद्धाशय—वि. [सं.] शुद्ध, निर्मल हृदय वाला।

शुद्धि—स्त्री. [सं.] शुद्ध करने की प्रक्रिया, मार्जन, पवित्रता; परिशोध। पुनः दीक्षित करने का कार्य।

शुद्धीकरण—पु. [सं.] शुद्धि, जो व्यक्ति किसी दूसरे धर्म में चला गया हो, उसे पुनः अपने धर्म में दीक्षित करना।

शुद्धोदन—पु. [सं.] बुद्ध के पिता, इनके राज्य की राजधानी कपिलवस्तु थी।

शुनःशेप—पु. [सं.] एक ऋषि।

शुन—पु. [सं.] कुत्ता।

शुनक—पु. [सं.] कुत्ता; कुत्ते का पिल्ला।

शुबहा—पु. [अ.] एक; धोखा, भ्रम; संदेह।

शुभंकर—वि. [सं.] किसी संस्था, समारोह, आदि का निश्चित किया गया मंगल चिह्न, यथा—प्रत्येक देश अपने यहाँ आयोजित ओलंपिक खेलों का शुभंकर निश्चित करता है।

शुभंकरी—वि., स्त्री. [सं.] मंगलकारिणी। स्त्री. पार्वती, दुर्गा।

शुभ—वि. [सं.] कल्याणकारी, मंगलमय; अनुकूल; सुखद; भाग्यशाली। **~चिंतक**—वि. हितैषी, किसी का मंगल चाहने वाला। **~दर्शन**—वि. सुंदर; जिसका मुँह देखना शुभकर हो।

शुभांग—वि. [सं.] सुंदर।

शुभांगी—वि. स्त्री. [सं.] सुंदर स्त्री; सुंदर देहयष्टि वाली। स्त्री. कामदेव की पत्नी रति; कुबेर की पत्नी।

शुभा—स्त्री. [सं.] सौंदर्य, शोभा; दीप्ति, कांति।

शुभाकांक्षा—स्त्री. [सं.] शुभ कामना।

शुभाकांक्षी—वि. [सं.] मंगल चाहने वाला, हितैषी।

शुभागमन—पु. [सं.] मंगलकारी आगमन; सुखद आगमन।

शुभानुष्ठान—पु. [सं.] मांगलिक धार्मिक कृत्य।

शुभारंभ—पु. [सं.] अच्छी शुरुआत।

शुभाशीर्वाद—पु. [सं.] मंगलकारी आशीर्वचन।

शुभाशीष—पु. मंगलकारी आशीष।

शुभाशुभ—वि. [सं.] शुभ और अशुभ, भला-बुरा।

शुभिका—स्त्री. [सं.] पुष्पहार, पुष्पगुच्छ।

शुभेच्छा—स्त्री. [सं.] कल्याण, मंगल की इच्छा।

शुभेच्छु—वि. [सं.] शुभचिंतक, शुभ, मंगल चाहने वाला।

शुभैषिणी—वि. [सं.] शुभ चाहने वाली।

शुभ्र—वि. [सं.] श्वेत, सफेद, उजला, चमकीला।

शुभ्रता—स्त्री. [सं.] उज्ज्वलता, सफेदी, दीप्ति।

शुभ्रांशु—पु. [सं.] चंद्रमा, कपूर।

शुभ्रा—स्त्री. [सं.] गंगा नदी; दीप्तिमयी।

शुमार—पु. [फा.] गिनती, गणना; हिसाब, लेखा; शामिल (यह खर्चा इसी में शुमार है)।

शुमारी—स्त्री. [फा.] गिनने की क्रिया (मर्दम शुमारी)।

शुमाली—वि. उत्तर का, उत्तरी। **~अमेरिका**—पु. उत्तरी अमेरिका।

शुरुआत—स्त्री. [अ.] प्रारंभ, 'शुरू' का बहुवचन किंतु हिंदी में एक वचन में प्रयुक्त।

शुरू—पु. प्रारंभ, आरंभ।

शुल्क—पु. [सं.] कर ('ड्यूटी'), महसूल, किसी माल, वाहन, आदि पर निश्चित स्थानों पर ली जाने वाली सरकार द्वारा निश्चित राशि ('टोल टैक्स'); आयात-निर्यात पर लगने वाला कर; किसी देश या राज्य की सीमा पर लिया जाने वाला कर (सीमा शुल्क); मूल्य, कीमत—किसी पत्रिका, आदि का शुल्क (मासिक, वार्षिक शुल्क)।

शुश्रू—स्त्री. [सं.] बच्चे का पालन करने वाली धात्री।

शुश्रूषा—स्त्री. [सं.] सेवा, विशेष रूप से रोगी की।

शुश्रूषु—वि. [सं.] सेवा करने का इच्छुक।

शुष्क—वि. [सं.] सूखा, जिसमें गीलापन न हो, आर्द्रता न हो; नीरस, उबाऊ (शुष्क कार्य)। **ला.** जिसका हृदय प्रेमपूर्ण न हो, दूसरों की आवभगत, आदर-सम्मान न करने वाला। **~हृदय**—वि. जिसके हृदय में प्रेम न हो।

शुष्कता—स्त्री. [सं.] सूखापन, नीरसता; हृदयहीनता।

शुष्म—पु. [सं.] दीप्ति, तेज; पराक्रम; सूर्य, अग्नि।

शुष्मा—पु. [सं.] दीप्ति, तेज; शौर्य।

शुहरत—स्त्री. [अ.] शोहरत (हि.), प्रसिद्धि, ख्याति; प्रशंसा।

शू—पु. [अं.] जूता।

शूकर—पु. [सं.] वाराह, सूकर नाम का पशु, सुअर। स्त्री. 'शूकरी'।

शूची*—स्त्री. सुई।

शूट—पु. [अं.] निशाना मारना (बंदूक, पिस्तौल, आदि से); फोटो खींचना, खिंचवाना ('आज शूट पर गए हैं')।

शूटिंग—स्त्री. [अं.] गोली मारना; शिकार करना; फिल्मांकन; फोटो लेना, छायांकन करना।

शूद्र—पु. [सं.] हिंदू वर्ण-व्यवस्था में चौथा वर्ण, अंतिम वर्ण; इस वर्ण का व्यक्ति।

शूद्रक—पु. [सं.] संस्कृत के प्रसिद्ध नाटक 'मृच्छकटिक' के रचयिता एक प्रसिद्ध कवि और राजा।

शूद्रा—स्त्री. [सं.] शूद्र वर्ण की स्त्री।

शून्य—वि. [सं.] रिक्त, खाली; आकाश; संख्या में बिंदी, बिंदु (ज़ीरो); न होना, अभाव; हठयोग में माने गए आठ चक्रों या कमलों में दसवाँ, सहस्र दल कमल, शून्य, शून्य-द्वार, आदि इसके विभिन्न नाम; विहीन, रहित। **~काल**—पु. संसद या विधानसभा में वह समय जिसमें प्रश्न, आदि पूछने का प्रावधान होता है ('ज़ीरो आवर')।

शून्यता—स्त्री. [सं.] खालीपन।

शूर—वि. [सं.] वीर, बहादुर; पराक्रमी; योद्धा। **~वीर**—पु. पराक्रमी योद्धा, सूरमा, शौर्यशाली। **~सेन**—पु. मथुरा और उसका समीपवर्ती क्षेत्र; शूरसेन प्रदेश के राजा थे।

शूरण—पु. [सं.] एक कंद, जमीकंद, सूरन।

शूरता—स्त्री., **शूरत्व**—पु. [सं.] वीरता, शौर्य।

शूरताई*—स्त्री. द्र. 'शूरता'।

शूरा*—पु. [सं.] शूर, योद्धा; सूर्य, रवि।

शूर्प—पु. [सं.] सूप, अन्न को उछाल-उछालकर (फटककर) साफ करने का बाँस और सींक का परातनुमा एक पात्र, छाज। **~कर्ण**—पु. जिसके कान सूप के समान हों—हाथी, गणेश। **~नखा**—स्त्री. [हि.] द्र. 'शूर्पणखा'।

शूर्पणखा—स्त्री. [सं.] एक राक्षसी, रावण की बहन, लक्ष्मण ने इसके नाक-कान काट दिये थे।

शूल—पु. [सं.] काँटा; वायु के प्रकोप से पेट में होने वाली पीड़ा, दर्द—वायु शूल; लोह का बना काँटानुमा एक अस्त्र। **~पाणि**—पु. महादेव, त्रिशूल धारण करने वाले।

शूलिका—स्त्री. [सं.] सलाख।

शूलिनी—स्त्री. [सं.] दुर्गा।

शृंखल—पु. [सं.] लोहे की मोटी जंजीर, हाथी आदि का पैर इसी से बाँधा जाता है; बेड़ी; व्यवस्थित और क्रमबद्ध।

शृंखला—स्त्री. [सं.] क्रम ('इसी शृंखला में'); क्रम में आने वाली चीजें, घटनाएँ, आदि; एक ही प्रकार के कार्यों, वस्तुओं का एक के बाद एक क्रम से आना, माला, यथा—एक दिवसीय शृंखला; नाटक, टी.वी. प्रस्तुतियों का एक ही कथा का क्रम से आना ('सीरियल')।

शृंखलित—वि. [सं.] क्रमबद्ध; जंजीर से बँधा हुआ।

शृंग—पु. [सं.] पर्वत शिखर, पहाड़ की चोटी; पशु का सींग—गाय, बैल, भैंस, बकरी, आदि का।

शृंगार—पु. [सं.] सजावट; सौंदर्य प्रसाधनों, वस्त्राभूषणों द्वारा पुरुष या स्त्री का सजना—(साहित्य में स्त्री के सोलह शृंगार माने गए हैं—उबटन लगाना, मंजन, मिस्सी लगाना, स्नान, वस्त्र धारण करना, केश-सज्जा, काजल लगाना, बिंदी लगाना; माँग में सिंदूर लगाना, एड़ी रंजन, ढोड़ी पर तिल बनाना, हाथों में मेहँदी लगाना, शरीर में गंध द्रव्य लगाना, आभूषण तथा पुष्प माल धारण करना और ताम्बूल-सेवन।); साहित्य में नौ रसों में से सर्वाधिक प्रसिद्ध और प्रधान रस—इसके दो भेद—संयोग शृंगार तथा वियोग शृंगार होते हैं।

शृंगारण—पु. [सं.] सजाने की क्रिया; प्रेम-प्रदर्शन।

शृंगारिक—वि. [सं.] शृंगार से संबंधित; शृंगार रस से संबंधित।

शृंगारित—वि. [सं.] जिसका शृंगार किया जा चुका हो; जो खूब सजी-धजी हो—नारी, नगर, कोई व्यक्ति, आदि।

शृंगी—पु. [सं.] हाथी; वृक्ष, पेड़; पर्वत, पहाड़; सींग वाला पशु; सींग का बना एक वाद्य, बाजा, फूँककर बजाया जाता है; शिव, महादेव; एक प्राचीन ऋषि, शमीक ऋषि के पुत्र।

शृंगी—वि. [सं.] शृंग, सींग वाला।

शृंगेरी—पु. [सं.] मैसूर में हिंदुओं का एक प्रसिद्ध तीर्थ-स्थान; शंकराचार्य द्वारा देश के चारों कोनों में स्थापित चार पीठों में से एक यहाँ है।

शृकाल—पु. [सं.] शृगाल, गीदड़।

शृगाल—पु. [सं.] गीदड़, सियार।

शृंगालिका—स्त्री. [सं.] सियार की मादा।

शृगाली—स्त्री. [सं.] सियार की मादा।

शेख़—पु. [अ.] मुहम्मद साहब के वंशजों की उपाधि; मुसलमानों के चार वर्गों में से पहला और श्रेष्ठ वर्ग; आचार्य।

शेखर—पु. [सं.] शिरोभूषण; मुकुट, किरीट; पर्वत-शिखर; सिर, माथा, विशेषत: किसी देव का जैसे चंद्रशेखर (शिव)।

शेखावत—पु. राजपूतों की एक उपजाति।

शेख़ी—स्त्री. आत्म-प्रशंसा; बढ़-चढ़कर बात करना; घमंड, अभिमान। **~ख़ोर**—वि. डींग मारने वाला; अपनी प्रशंसा करने वाला। **~बघारना**—डींग मारना, बढ़-चढ़कर आत्म-प्रशंसा करना।

शेड—स्त्री. [अं.] छाया (वृक्ष की); रंग की आभा; रंग का आभा भेद (डार्क शेड, लाइट शेड—एक ही रंग का)।

शेड्यूल—पु. [अं.] कार्यक्रम; योजना—लेख; सूची; अनुसूची। **~कास्ट**—स्त्री. अनुसूचित जाति। **~ट्राइब**—पु. अनुसूचित जनजाति।

शेप—पु. [अं.] आकार, शक्ल; आकृति, डील-डौल; रूप।

शेफालि, शेफालिका, शेफाली—स्त्री. [सं.] एक फूल; उसका पौधा।

शेयर—पु. [अं.] भाग, हिस्सा—किसी व्यापारिक संस्थान में लगी पूँजी में किसी का कुछ भाग, आंशिक साझेदारी (लिमिटेड कं. में)। **~होल्डर**—पु. शेयर धारक, हिस्सेदार।

शेर—पु. [अ.] शे'र, गज़ल के दो चरण, दो मिसरे, बैत। **फा.** सिंह, व्याघ्र, बाघ।

शेरनी—स्त्री. [फ़ा.] शेर की मादा।

शेरवानी—स्त्री. बंद गले का लम्बे कोट जैसा एक वस्त्र, घुटनों से थोड़ा नीचे तक आता है।

शेल्फ़—स्त्री. [अं.] अलमारी का एक हिस्सा, ताक।

शेव—पु. [अं.] दाढ़ी बनाना; मूँड़ना, छीलना; बालों को उस्तरे, ब्लेड, आदि से साफ़ करना, हटाना।

शेवाल—पु. [सं.] सेवार (पानी की एक घास)।

शेविंग—स्त्री. [अं.] दाढ़ी बनाना, दाढ़ी बनाने की क्रिया।

शेष—वि. [सं.] बचा हुआ, बाकी; गणित में घटाने से बची हुई संख्या, रक़म, बाकी; शेष नाग। **~नाग**—पु. सर्पराज शेषनाग। **~शय्या**—स्त्री. शेषनाग की शय्या बनाकर विष्णु जी की विशेष मुद्रा।

शेषांश—पु. [सं.] बचा हुआ भाग, अंतिम भाग।

शेषावस्था—स्त्री. [सं.] बुढ़ापा।

शेषोक्त—वि. [सं.] सबकुछ कह लेने के बाद कुछ और कहा हुआ।

शै—स्त्री. [अ.] चीज़, पदार्थ, वस्तु; बात; भूत-प्रेत।

शैक्षणिक—वि. [सं.] शिक्षा संबंधी। **~सत्र**—पु. शिक्षा का नया वार्षिक कार्यक्रम (एकेडैमिक सेशन)।

शैक्षिक—पु. [सं.] शिक्षा संबंधी।

शैख़—पु. [सं.] वृद्ध, बूढ़ा; बुजुर्ग; कुल का नायक; अध्यक्ष, सरदार; प्रतिष्ठित, श्रेष्ठ।

शैतान—पु. [अ.] इस्लाम, ईसाई, आदि धर्म मतों में तमोगुणमय देवता या राक्षस जो मनुष्य को बहकाकर धर्म-मार्ग से भ्रष्ट करता है; दुष्ट व्यक्ति।

शैतानी—वि. शैतान का। स्त्री. शैतान का काम; दुष्टता; शरारत, बच्चों की शरारत।

शैथिल्य—पु. [सं.] शिथिलता, सुस्ती, ढीलापन।

शैम्पू—पु. [अं.] केश धोने का तरल साबुन जैसा पदार्थ।

शैल—पु. [सं.] पर्वत, पहाड़। **~कन्या, ~कुमारी, ~जा**—स्त्री. पार्वती, गिरिजा, शिव पत्नी।

शैलाधिप, शैलाधिराज—पु. [सं.] हिमालय।

शैली—स्त्री. [सं.] किसी कार्य को करने का ढंग, तरीका; प्रणाली, तर्ज; रीति, प्रथा; साहित्य में अभिव्यक्ति का कौशल।

शैलूष—पु. [सं.] नट, अभिनेता; नट कर्म कर जीविका कमाने वाली एक जाति।

शैलेन्द्र—पु. [सं.] पर्वतों का राजा, हिमालय।

शैलेय—वि. [सं.] शैल से संबंधित; शैल से उत्पन्न; पत्थर के समान कठिन।

शैल्पिक—वि. [सं.] शिल्प संबंधी।

शैव—वि. [सं.] शिव संबंधी, शिव का। पु. शिव का उपासक; शिव-उपासकों का एक संप्रदाय।

शैवाल—पु. [सं.] सैंवार, पानी में होने वाली एक घास।

शैव्य—वि. [सं.] शिव संबंधी; शिव का उपासक।

शैव्या—स्त्री. [सं.] राजा हरिश्चन्द्र (सत्य हरिश्चन्द्र) की पत्नी।

शैशव—पु. [सं.] बचपन, शिशुता का समय। वि. शिशु संबंधी।

शैशवावस्था—स्त्री. [सं.] बचपन, शैशव, शिशुता की अवस्था, आयु।

शैशिर—वि. [सं.] शिशिर संबंधी; शिशिर ऋतु में उत्पन्न।

शो—पु. [अं.] प्रदर्शन; दिखाना, दिखा देना; तमाशा, समारोह; प्रदर्शनी, तड़क-भड़क, दिखावा।

शोक—पु. [सं.] प्रिय जन की मृत्यु पर होने वाला दुःख।

शोकाकुल—वि. [सं.] शोक से व्याकुल, व्यथित।

शोकातुर—वि. [सं.] शोक से व्याकुल।

शोकाभिभूत—वि. [सं.] शोक से पीड़ित, शोक से त्रस्त।

शोकार्त—वि. [सं.] शोक से व्याकुल, शोक से अस्त-व्यस्त हो जाना।

शोकाविष्ट—वि. [सं.] शोक में घिरा।

शोकावेग—पु. [सं.] शोक की तीव्र अनुभूति।

शोकेस—पु. [अं.] प्रदर्शन मंजूषा।

शोख़—वि. [फा.] चंचल, नटखट; तेज, गहरा रंग।

शोख़ी—स्त्री. चंचलता, नटखटपन।

शोच—पु. [सं.] चिंता; शोक; दुःख, पीड़ा।

शोचनीय—वि. [सं.] चिंतनीय, जिसे देखकर दुःख, पीड़ा हो।

शोच्य—वि. [सं.] सोचने या विचारने योग्य; चिंतनीय; दयनीय।

शोण—वि. [सं.] लाल रंग; लाली; अग्नि, आग; रक्त, लहू; बिहार का एक नद।

शोणित—वि. [सं.] लाल, रक्तिम वर्ण वाला। पु. रक्त, खून, लहू।

शोथ—पु. [सं.] सूजन (आंत्र शोथ, आदि), वरम।

शोध—पु. [सं.] शुद्ध करने की क्रिया; ठीक या दुरुस्त किया जाना; चुकता कर देना (ऋण शोध); खोज, अनुसंधान करना।

शोधक—पु. [सं.] शुद्ध करने वाला; परिशोधक; अनुसंधान करने वाला, अनुसंधाता।

शोधन—वि. [सं.] शुद्धिकारक, साफ़ करने वाला। पु. निर्दोषीकरण, शुद्धीकरण; औषधियों को संस्कारित कर प्रयोग करने योग्य बनाना (आयु.); तलाश करना, ढूँढ़ना; रेचक औषधि से पेट साफ़ करना।

शोधना—स.क्रि. शोधन करना, शुद्ध या साफ़ करना।

शोधनीय—वि. [सं.] शोधन के योग्य।

शोधवाना—स.क्रि. शोधन का प्रे., शोधन का कार्य कराना; ठीक करवाना; खोज कराना।

शोधार्थी—वि. [सं.] शोध करने वाला, शोध छात्र, अनुसंधाता।

शोधित—वि. [सं.] शोध किया हुआ।

शोध्य—वि. [सं.] शोध के योग्य (विषय), जिसकी शोध की जा रही हो (विषय)।

शोफ़र—पु. [फ्रैंच.] ड्राइवर, चालक।

शोबा—पु. [अ.] समूह, झुंड; शाखा, विभाग; नहर।

शोभ—वि. [सं.] सुंदर, दीप्तिमान। पु. कांति (समास में प्रयुक्त)।

शोभक—वि. [सं.] सुंदर; सौंदर्यवर्धक, सुंदरता को बढ़ाने वाला।

शोभन—वि. [सं.] सुंदर, मनोहर; दीप्तिमान; मंगल, शुभ। पु. सौंदर्य; दीप्ति; शुभ।

शोभना—स्त्री. [सं.] सुंदर स्त्री।

शोभा—स्त्री. [सं.] सुंदरता, सौंदर्य; दीप्ति, प्रभा, कांति; शान, गौरव।

शोभाकर—पु. [सं.] अत्यंत सुंदर व्यक्ति; सौंदर्यजनक।

शोभान्वित—वि. [सं.] सुंदरतापूर्ण; गौरवान्वित।

शोभामय—वि. [सं.] शोभा, सौंदर्य युक्त।

शोभायमान—वि. [सं.] सुसज्जित (रूप में बैठना); विराजमान।

शोभित—वि. [सं.] विराजमान, शोभा, सुंदरता युक्त; सज्जित।

शोभिनी—वि. स्त्री. [सं.] शोभा देने वाली, सुंदर लगने वाली।

शोर—पु. [फा.] कोलाहल, हल्ला; प्रसिद्धि।

शोरबा, शोरवा—पु. [फा.] सब्ज़ी, मांस, आदि का रसा।

शोरा—पु. [फा.] एक क्षार, अम्ल, जो पानी को प्रदूषित करता है।

शोरूम—पु. [अं.] किसी उपभोक्ता वस्तु का बड़ा बिक्री केन्द्र, जिसमें उनका प्रदर्शन और बिक्री होती है।

शोला—पु. [अ.] आग की लपट, ज्वाला।

शोशा—पु. [फा.] निकली हुई नोक; फारसी-अरबी अक्षरों के नीचे लगाया जाने वाला चिह्न, अरबी-फारसी के 'स', 'श', आदि के सिरे पर निकली हुई नोक। **ला.** अनोखी, अद्‌भुत बात जो प्रायः झगड़े-विवाद का मूल होती है।

शोष—पु. [सं.] शुष्क, सूखापन, क्षीण, दुबले-पतले होने का भाव।

शोषक—वि., पु. [सं.] शोषण करने, अत्याचार करने वाला। **ला.** (खून) चूसने वाला।

शोषण—पु. [सं.] सुखाने, अत्याचार करने की क्रिया। **ला.** (खून) चूसने का कार्य।

शोषणीय—वि. [सं.] शोषण के योग्य।

शोषित—वि. [सं.] जिसका शोषण किया गया है।

शोहदा—पु. [फा.-'शुहदा'] लंपट, व्यभिचारी; गुंडा, आवारा।

शोहरत—स्त्री. [अ.] प्रसिद्धि, ख्याति।

शोहरा—पु. [अ. शुहरः] प्रसिद्धि, ख्याति।

शौंडा—स्त्री. [सं.] मदिरा, शराब।

शौंडिक—पु. [सं.] प्राचीन काल की एक जाति विशेष।

शौंडिकी, शौंडिनी—स्त्री. [सं.] शौंडिक जाति की स्त्री।

शौआल, शौवाल—पु. [अ.] मुसलमानों का दसवाँ चांद्र मास, इसकी पहली तारीख़ को ईद का त्योहार मनाया जाता है।

शौक़—पु. [अ.] किसी वस्तु की प्राप्ति या भोग के लिए होने वाली तीव्र कामना, बार-बार उस वस्तु के प्रयोग की प्रवृत्ति।

शौक़त—स्त्री. [फा.] बल, ताक़त; रौब, ठाठ-बाट, शान-ओ-शौक़त।

शौक़ीन—वि. किसी वस्तु का चाव और उसमें रुचि रखने वाला, जिसे किसी चीज़ का शौक़ हो।

शौक़ीनी—स्त्री. शौक़ीन होने का भाव या काम, शौक़ीन होना।

शौक़ीया—अ. शौक़ से, शौक़ होने का कारण, मन-बहलाव के लिए।

शौक्तिक—वि. [सं.] सीपी से उत्पन्न।

शौच—पु. [सं.] प्रातःकालीन नित्य कर्म द्वारा शरीर-शुद्धि; मल-त्याग द्वारा शरीर-शुद्धि, पाखाने जाना।

शौचक—वि. [सं.] शुद्ध, पवित्र।

शौचागार—पु. [सं.] शौच गृह, पाखाना ('टॉयलेट')।

शौद्धोदनि—पु. [सं.] शुद्धोदन के पुत्र सिद्धार्थ, गौतम बुद्ध।

शौनक—पु. [सं.] एक ऋषि।

शौनिक—पु. [सं.] मांस विक्रेता, कसाई; बहेलिया, शिकारी।

शौरसेन—पु. [सं.] शौरसेन प्रदेश, मथुरा का समीपवर्ती क्षेत्र, ब्रज-मंडल।

शौरसेनी—स्त्री. [सं.] शौरसेन प्रदेश, ब्रज-मंडल में बोली जाने वाली प्राकृत भाषा, अपभ्रंश भाषा, खड़ी बोली हिंदी की निर्मिति में इसका बहुत योगदान रहा है।

शौर्य—पु. [सं.] पराक्रम, वीरता; नाटक की एक वृत्ति—आरभटी, वीर और अद्‌भुत रसों के अभिनय में इसका उपयोग।

शौहर—पु. [फा.] पति, स्त्री का स्वामी, घरवाला।

श्म—पु. [सं.] शव, मृत देह।

श्मशान—पु. [सं.] मरघट, शवदाह-स्थान, मसान।

श्मशानिक—वि. [सं.] श्मशान में रहने वाला।
श्मश्रु—पु. [सं.] दाढ़ी-मूँछ।
श्मश्रुल—वि. [सं.] दाढ़ी-मूँछ वाला।
श्याम—वि. [सं.] ईषत् काला, थोड़ा काला। पु. श्रीकृष्ण, काला रंग। **~सुंदर**—पु. श्रीकृष्ण।
श्यामल—वि. [सं.] श्याम वर्ण वाला, काला। पु. काला रंग।
श्यामला—स्त्री. [सं.] श्याम वर्ण वाली (स्त्री); हरी-भरी।
श्यामांग—पु. [सं.] काले शरीर वाला।
श्यामा—स्त्री. [सं.] श्रीराधा, श्रीकृष्ण की प्रेयसी; श्याम वर्ण की स्त्री।
श्याल—पु. [सं.] साला, पत्नी का भाई; शृगाल, सियार।
श्रंथ—पु. [सं.] ढीला, शिथिल, करना।
श्रद्ध—वि. [सं.] विश्वास करने वाला, श्रद्धालु। पु. श्रद्धा।
श्रद्धांजलि—स्त्री. [सं.] किसी मृत व्यक्ति के प्रति आदर-सूचक, पूज्य भाव से व्यक्त उद्‌गार; अंजली में फूल, आदि रखकर किसी को पूज्य भाव से अर्पित करना।
श्रद्धा—स्त्री. [सं.] किसी के प्रति प्रेमयुक्त पूज्य भाव।
श्रद्धालु—वि. [सं.] श्रद्धायुक्त, श्रद्धा से भरा हुआ।
श्रद्धावनत—वि. [सं.] श्रद्धा से नमन करता हुआ।
श्रद्धावान—वि. [सं.] श्रद्धालु।
श्रद्धास्पद—वि. [सं.] श्रद्धेय, श्रद्धा करने योग्य।
श्रद्धेय—वि. [सं.] पूजनीय, प्रेम और भक्ति के योग्य।
श्रम—पु. [सं.] परिश्रम, मेहनत, शरीर को किसी काम में पूरी शक्ति से लगाना। **~कण**—पु. पसीने की बूँदें। **~जीवी**—पु. श्रम, मेहनत से अपनी जीविका कमाने वाला।
श्रमण—पु. [सं.] बौद्ध संन्यासी, बौद्ध भिक्षु।
श्रमणक—पु. [सं.] बौद्ध या जैन संन्यासी।
श्रमायुक्त—पु. [सं.] लेबर कमिश्नर।
श्रमिक—वि. [सं.] श्रमजीवी, मज़दूर। **~आंदोलन**—पु. मज़दूरों, मेहनतकशों का आंदोलन। **~संघ**—पु. मज़दूर संघ, मज़दूर यूनियन।
श्रव—पु. [सं.] कान; शब्द।
श्रवण—पु. [सं.] कर्ण, कान, श्रवणेन्द्रिय; सुनना; नवधा भक्ति में से एक, जिसमें प्रभु का नाम, गुण कथन, रूप-वर्णन, लीला-महिमा, आदि का श्रवण किया जाता है।
श्रवणा—स्त्री. [सं.] एक नक्षत्र।
श्रवणीय—वि. [सं.] श्रवण, सुनने योग्य।
श्रवणेंद्रिय—स्त्री. [सं.] सुनने वाली इन्द्रिय, कान।
श्रव्य—वि. [सं.] सुनने योग्य। **~काव्य**—पु. साहित्य शास्त्र द्वारा निर्धारित काव्य के दो भेदों—श्रव्य काव्य तथा दृश्य काव्य—में से एक।
श्रांत—वि. [सं.] थका हुआ। पु. तपस्वी।
श्रांति—स्त्री. [सं.] थकान।
श्राद्ध—पु. [सं.] शास्त्रोक्त पितृ-कर्म, आश्विन मास में पितृ-पक्ष, प्रथम पक्ष, में पूर्वजों के लिए श्रद्धापूर्वक किया जाने वाला कर्म, जिसमें ब्राह्मणों को भोजन एवं वस्त्र, आदि का दान किया जाता है।
श्राद्धिक—वि. [सं.] श्राद्ध संबंधी।
श्राप*—पु. शाप।
श्राव—पु. [सं.] (रक्त आदि) बहने की क्रिया; (पानी, आदि का रिसाव)।
श्रावक—पु. [सं.] बौद्ध भिक्षु, जैन संन्यासी।
श्रावग*—पु. द्र. 'श्रावक'।
श्रावगी—पु. जैन।
श्रावण—पु. [सं.] चांद्र वर्ष के बारह महीनों में से पाँचवाँ, आषाढ़ मास के बाद का महीना।
श्रावणी—स्त्री. [सं.] श्रावण मास की पूर्णिमा, रक्षा बंधन का त्योहार इसी तिथि को मनाया जाता है।
श्रावस्त—पु. [सं.] एक राजा जिन्होंने श्रावस्ती नगरी बसाई थी।
श्रावस्ति, श्रावस्ती—स्त्री. [सं.] एक प्राचीन नगरी, जो उत्तरी कौशल प्रदेश में गंगा-तट पर अवस्थित थी।
श्राव्य—वि. [सं.] सुनने योग्य; घोषित करने योग्य; नाटक के संवादों का एक भेद, जिसे सबको सुना कर बोला जाता है।
श्रित—वि. [सं.] आश्रित; रक्षित।
श्रिति—स्त्री. [सं.] आश्रय, सहारा।
श्री—स्त्री. [सं.] विभूति, ऐश्वर्य; शोभा; कांति, चमक; कीर्ति, यश; लक्ष्मी, श्री विष्णु की पत्नी; सरस्वती, पुरुषों के नाम से पहले लगाया जाने वाला आदरसूचक शब्द। **~कंठ**—पु. शिव। **~कांत**—पु. विष्णु, लक्ष्मी के स्वामी। **~युक्त, ~युत**—वि. पुरुषों के नाम के साथ लगाया जाने वाला आदरसूचक शब्द।
श्रीमंत—वि. श्रीयुत; लक्ष्मीवान।
श्रीमती—स्त्री. [सं.] स्त्रियों के नाम के साथ लगने वाला आदरसूचक शब्द, 'श्रीमान' का स्त्रीलिंग रूप।
श्रीमान—वि. [सं.] श्रीयुत, एक आदरसूचक शब्द, जो पुरुषों के नाम के पहले लगाया जाता है।
श्रीवंत*—वि. श्रीमंत, श्रीमान।
श्रीश—पु. [सं.] लक्ष्मी के स्वामी विष्णु।
श्रुत—वि. [सं.] सुना हुआ, जो परंपरा से सुना जाता रहा हो; प्रसिद्ध।
श्रुति—स्त्री. [सं.] वेद, वेद-ज्ञान; सुनने की क्रिया; जनाश्रुति, किंवदंती। **~कटु**—वि. जो सुनने में कटु, अप्रिय लगे। **~पथ**—पु. श्रवणेन्द्रिय, कान; वेद-विहित पथ।
श्रुत्य—वि. [सं.] सुने जाने योग्य, श्रवणीय; विश्रुत, विख्यात।

श्रुत्यनुप्रास—पु. [सं.] अनुप्रास अलंकार का एक भेद, जहाँ मुख के एक ही स्थान—कंठ, तालु, ओष्ठ, आदि से उच्चरित होने वाले व्यंजन कई बार आकर काव्य में सौंदर्य उत्पन्न करते हैं।

श्रूयमाण—वि. [सं.] जो सुना जाए; प्रसिद्ध।

श्रेणि—स्त्री. [सं.] पंक्ति, पाँत; वर्ण, जाति; विभाग; कक्षा (क्लास)। **~करण**—पु. बहुत-सी व्यक्तियों, वस्तुओं, आदि को अलग-अलग श्रेणी में रखना, श्रेणीबद्ध करना। **~कृत**—वि. जिसे निश्चित नियमानुसार श्रेणियों में बाँट दिया गया हो। **~बद्ध**—वि. श्रेणी या पंक्ति के रूप में व्यवस्थित कर रख देना।

श्रेणी—स्त्री. [सं.] द्र. 'श्रेणि'।

श्रेणीकरण—पु. [सं.] वर्गीकरण, क्रम से लगाना, सजाना।

श्रेणीकृत—वि. [सं.] वर्गीकृत, क्रम से लगाया हुआ।

श्रेय—पु. [सं.] श्रेष्ठ, उत्तम; कल्याण-मंगल; किसी कार्य के लिए मिलने वाला यश; चतुर्वर्ग—धर्म, अर्थ, काम तथा मोक्ष—को भी श्रेय कहा गया है।

श्रेयसी—वि., स्त्री. [सं.] मंगलमयी।

श्रेयस्कर—वि. [सं.] मंगलकारी, शुभ; उत्तम, लाभप्रद। [स्त्री. 'श्रेयस्करी']।

श्रेष्ठ—वि. [सं.] सर्वोत्तम; अति उत्तम।

श्रेष्ठाश्रम—पु. [सं.] गृहस्थाश्रम (चारों आश्रमों में इसे ही सर्वोत्तम माना गया है)।

श्रेष्ठी—पु. [सं.] सेठ, महाजन; बहुत धनी व्यक्ति।

श्रोण—वि. [सं.] पंगु, लँगड़ा।

श्रोणि—स्त्री. [सं.] कटि, कमर; नितंब।

श्रोणिका, श्रोणीका—स्त्री. [सं.] नितंब।

श्रोतव्य—वि. [सं.] सुने जाने योग्य; जिसे सुना जा सकता है।

श्रोता—वि., पु. [सं.] सुनने वाला।

श्रोत्र—पु. [सं.] वेद, श्रुति; कर्ण, कान।

श्रोत्रिय—वि. [सं.] वेदज्ञ, वेदों का पंडित। पु. वेदों के अध्ययन में निष्णात पंडित; ब्राह्मणों की एक उपजाति।

श्रोत्रियता—स्त्री. [सं.] श्रोत्रिय का धर्म।

श्रौत—वि. [सं.] वेद-सम्मत, यज्ञ-संबंधी।

श्लथ—वि. [सं.] शिथिल, ढीला; ढीला किया हुआ।

श्लथांग—वि. [सं.] जिसके अंग ढीले या शिथिल हो गए हों।

श्लाघन—पु. [सं.] प्रशंसा; चापलूसी।

श्लाघनीय—वि. [सं.] श्लाघा, प्रशंसा के योग्य, प्रशंसनीय।

श्लाघा—स्त्री. [सं.] प्रशंसा।

श्लाघ्य—वि. [सं.] प्रशंसनीय।

श्लिष्ट—वि. [सं.] एक में मिला या जुड़ा हुआ; (साहित्य में) श्लेषयुक्त जिसके दो अर्थ होते हैं।

श्लिष्टोक्ति—स्त्री. [सं.] द्व्यर्थक बात।

श्लीपद—पु. [सं.] पैर सूजने, फूलने का एक रोग, फीलपाँव, हाथी पाँव।

श्लीपदी—वि. [सं.] फीलपाँव का रोगी।

श्लील—वि. [सं.] श्रेष्ठ, उत्तम; शुभ; शिष्टों, सभ्यों के योग्य।

श्लेष—पु. [सं.] जुड़ा हुआ, मिला हुआ; एक शब्दालंकार जिसमें एक ही शब्द के कई अर्थ होते हैं।

श्लेषोपमा—स्त्री. [सं.] एक काव्यालंकार, इसमें ऐसे श्लिष्ट शब्दों का प्रयोग होता है, जो उपमेय और उपमान दोनों पर घटित होते हैं।

श्लेष्मा—पु. [सं.] कफ़, बलगम।

श्लैष्मिक—वि. [सं.] कफ़ संबंधी।

श्लोक—पु. [सं.] संस्कृत का कोई पद; अनुष्टुप छंद; कीर्ति, यश (पुण्य श्लोक)।

श्वः—पु. [सं.] आगामी कल, आनेवाला कल।

श्वक—पु. [सं.] भेड़िया।

श्वपच—पु. [सं.] चांडाल।

श्वथु—पु. [सं.] सूजन, शोथ।

श्वसुर—पु. [सं.] पति या पत्नी का पिता। [स्त्री. 'श्वश्रू']।

श्वा—पु. [सं.] कुत्ता।

श्वाग्र—पु. [सं.] कुत्ते की दुम।

श्वान—पु. [सं.] कुत्ता।

श्वानी—स्त्री. [सं.] कुतिया।

श्वापद—वि. [सं.] जंगली, बर्बर; डरावना, भयंकर।

श्वास—पु. [सं.] नाक से प्राणवायु खींचना और बाहर निकालना, जो जीवन का लक्षण है; दमा नामक रोग। **~प्रश्वास**—पु. साँस लेना और निकालना।

श्वासा*—स्त्री. साँस।

श्वासावरोध—पु. [सं.] साँस लेने में बाधा, दम घुटना।

श्वित्र—पु. [सं.] सफ़ेद कोढ़, एक चर्म रोग।

श्वेत—वि. [सं.] सफेद; उज्ज्वल; निष्कलंक; गौर (वर्ण), गोरा। **~पत्र**—पु. किसी विषय से संबंध रखने वाला आधिकारिक, सरकारी वक्तव्य ('व्हाइट पेपर')।

श्वेतक—पु. [सं.] चाँदी, रजत।

श्वेतांग—वि. [सं.] गौर वर्ण का, गौरांग।

श्वेतांबर—पु. [सं.] श्वेत, सफेद वस्त्र; एक जैन संप्रदाय।

श्वेता—वि. स्त्री. [सं.] शुभ्रा, श्वेत वर्ण वाली।

श्वेताभ—वि. [सं.] श्वेत, गोरे रंग की कांति।

श्वेतार्चि—पु. [सं.] चंद्रमा।

श्वेताश्वतर—पु. [सं.] एक उपनिषद्; यजुर्वेद की एक शाखा।

श्वेत्र—पु. [सं.] श्वेत, सफेद कुष्ठ, कोढ़।

ष

ष—देवनागरी वर्णमाला का इकतीसवाँ और ऊष्म वर्ग का दूसरा व्यंजन वर्ण, उच्चारण-स्थान मूर्द्धा है, इसीलिए इसे मूर्द्धन्य 'ष' कहते हैं। अवधी और ब्रज में इसका उच्चारण 'ष' (श) और (ख) के समान भी होता है।

षंड—पु. [सं.] हिजड़ा, नपुंसक; साँड़, बैल।

षंडक—पु. [सं.] द्र. 'षंड'।

षंढ—पु. [सं.] नपुंसक, हिजड़ा।

षट्—वि. [सं.] छह की संख्या।

षट्कर्म—पु. [सं.] ब्राह्मणों के लिए नियत छह कर्म—यज्ञ करना, कराना, अध्ययन करना, कराना।

षट्क—वि. [सं.] छह गुना; छह में खरीदा हुआ; छठी बार होने या किया जाने वाला।

षड्धा—अ. [सं.] छह प्रकार से।

षष्ट—वि. [सं.] साठवाँ (समास में प्रयुक्त-रूप)।

षष्टि—स्त्री. [सं.] साठ की संख्या। वि. साठ। **~पूर्ति**—स्त्री. साठ वर्ष की आयु पूर्ण करने की अवस्था, उस समय किया गया आयोजन।

षष्ठ—वि. [सं.] छठा।

षष्ठक—वि. [सं.] छठा।

षष्ठांश—पु. [सं.] छठा अंश, भाग।

षष्ठी—स्त्री. [सं.] पक्ष की छठी तिथि; संतान उत्पन्न होने के बाद का छठा दिन, उस दिन होने वाला मांगलिक कृत्य, उत्सव।

षाडव—पु. [सं.] राग की एक जाति, जिसमें केवल छह स्वरों का प्रयोग होता है।

षाड्रसिक—वि. [सं.] जिसमें छह प्रकार के रस हों।

षाण्मासिक—वि. [सं.] छमाही, छह महीने का।

षाष्ठिक—वि. [सं.] छठे से संबंधित।

षोडश—वि. [सं.] सोलह। पु. सोलह की संख्या। **~कला**—स्त्री. चंद्रमा की सोलह कलाएँ—अमृता, मानदा, पूषा, तुष्टि, पुष्टि, रति, धृति, शशिनी, चांद्रिका, कांति, ज्योत्स्ना, श्री, प्रीति, अंगदा, पूर्णा और पूर्णामृता। **~संस्कार**—पु. भारतीय मान्यतानुसार मनुष्य जीवन के सोलह संस्कार—गर्भाधान, पुंसवन, सीमंतोन्नयन, जातकर्म, नामकरण, निष्क्रमण, अन्न-प्राशन, चूड़ा कर्म; यज्ञोपवीत, केशान्त, समावर्तन और विवाह—ये बारह संस्कार मनु स्मृति के अनुसार हैं, अन्य चार संस्कार ये हैं—कर्णभेद, विद्यारंभ, वेदारंभ और अंत्येष्टि।

षोडशक—पु. [सं.] सोलह की संख्या, 16।

षोडशी—स्त्री. [सं.] सोलह वर्ष की (सुंदर युवती)।

षोडशोपचार—पु. [सं.] देव पूजन के सोलह उपचार, अंग माने गए हैं—आसन, स्वागत, अर्घ्य-अर्पण, आचमन, मधुपर्क, स्नान, वस्त्राभरण, यज्ञोपवीत, चंदन, पुष्प, धूप, दीप, नैवेद्य, तांबूल, परिक्रमा और वंदना।

स

स—देवनागरी वर्णमाला का बत्तीसवाँ और ऊष्म वर्ग का तीसरा व्यंजन वर्ण। उच्चारण-स्थान दंत है, इसलिए इसे दंत्य 'स' कहते हैं।

सं—उप. [सं.] 'सम्' का संधि में प्रयुक्त रूप; उपसर्ग रूप में शब्दों के पहले लग कर शोभा, समानता, उत्कृष्टता, आदि सूचित करता है, यथा—संयोग, संताप, संतुष्ट, आदि।

संकट—वि. [सं.] विपत्ति, आफ़त, मुसीबत; दुःख, कष्ट। पु. पहाड़ों के बीच तंग रास्ता, दर्रा। **~चतुर्थी, ~चौथ**—स्त्री. माघ कृष्णा चतुर्थी का त्योहार।

संकटा—स्त्री. [सं.] संकट दूर करने वाला देवी का एक स्वरूप, बनारस की एक प्रसिद्ध देवी।

संकटापन्न—वि. [सं.] संकटग्रस्त, संकटपूर्ण।

संकटोत्तीर्ण—वि. [सं.] जो संकट से निकल गया हो।

संकथा—स्त्री. [सं.] वर्णन; बातचीत।

संकथित—वि. [सं.] वर्णित, कथित।

संकर—पु. [सं.] जातिगत मिश्रण, जिसकी उत्पत्ति भिन्न-भिन्न वर्णों या जातियों के माता-पिता से होती हो, वर्ण संकर। वि. दो या अधिक के योग से बना हुआ, यथा—संकर राग (संगी.)।

संकर*—पु. द्र. 'शंकर'।

संकरा—पु. एक राग (संगी.)।

सँकरा—वि. तंग, संकीर्ण।

संकरित—वि. [सं.] मिश्रित, मिला हुआ।

संकरीकरण—पु. [सं.] जाति का अवैध मिश्रण; मिलाना।

संकर्ष—पु. [सं.] पास में खींच लाना।

संकर्षण—पु. [सं.] खींचना; हल जोतना; कृष्ण के भाई बलराम का एक नाम (हल जोतने के कारण); आचार्य निंबार्क द्वारा प्रवर्तित एक संप्रदाय।

संकल—स्त्री. [सं.] साँकल, दरवाजे में बंद करने के बाद लगाई जाने वाली जंजीर।

संकलन—पु. [सं.] चुन-चुन कर एकत्रित करना; संग्रह; अनेक स्थानों, पत्रिकाओं, पुस्तकों, आदि से चयन कर तैयार किया गया ग्रंथ, अच्छी रचनाओं को एक साथ प्रस्तुत करना। **~कर्ता**—पु. संकलन करने वाला।

संकलपना*—स.क्रि. दृढ़ निश्चय करना; संकल्प या विचार करना; धार्मिक कृत्य करते हुए संकल्प का मंत्र पढ़कर कोई वस्तु दान करना।

संकलित—वि. [सं.] एकत्रित किया हुआ; इकट्ठा करके प्रस्तुत कर देना, रख देना।

संकल्प—पु. [सं.] कोई धार्मिक कृत्य करते हुए दृढ़ निश्चय करना; इस अवसर पर पढ़ा जाने वाला मंत्र; इच्छा, दृढ़ निश्चय; मंत्र पढ़ते हुए या पूर्ण निष्ठापूर्वक कोई प्रतिज्ञा करना।

संकल्पक—वि. [सं.] संकल्प करने वाला।

संकल्पना—स.क्रि., अ.क्रि. कोई योजना बनाने की क्रिया; द्र. 'संकलपना'।

संकल्पित—वि. [सं.] जिसकी संकल्पना की गई हो; संकल्प-रूप में लाया गया।

संकाय—स्त्री. [सं.] ज्ञान की शाखा विशेष से संबंधित विश्वविद्यालय का बड़ा विभाग, जिसके अन्तर्गत विभिन्न विषयों के विभाग होते हैं—कला संकाय, विज्ञान संकाय, आदि ('फैकल्टी')।

संकायाध्यक्ष—पु. [सं.] संकाय का अध्यक्ष ('डीन')।

संकीर्ण—पु. [सं.] सँकरा, कम चौड़ा, छोटा।

संकीर्णता—स्त्री. [सं.] क्षुद्रता, छोटापन; तंगी, सँकरापन।

संकीर्तन—पु. [सं.] प्रभु के नाम, गुण, आदि का गुणगान, कीर्तन।

संकुचन—पु. [सं.] संकुचित होना; सिकुड़ना।

संकुचित—वि. [सं.] सिकुड़ा हुआ; जिसे संकोच, झिझक हो।

संकुपित—वि. [सं.] क्रुद्ध; उत्तेजित।

संकुल—वि. [सं.] घना; प्रचंड। पु. भीड़, झुंड (जन-संकुल)।

संकुलित—वि. [सं.] सिकोड़ा या सिकुड़ा हुआ; भरा हुआ।

संकेन्द्रण—पु. [सं.] एक ही स्थान पर केन्द्रित करना; एक ही विषय पर भाव केन्द्रित करना (सद्‌वृत्तियों का संकेन्द्रण)।

संकेत—पु. [सं.] इंगित, इशारा; चिह्न। **~स्थल**—पु. प्रेमी-प्रेमिका का गुप्त मिलन-स्थल।

संकेतक—पु. [सं.] संकेत करने वाला।

संकेतित—वि. [सं.] जिसका संकेत किया गया हो।

संकोच—पु. [सं.] झिझक, थोड़ी लज्जा या शर्म।

संकोचन—पु. [सं.] सिकोड़ना।

संकोची—वि. [सं.] संकुचित होने वाला; लजाने वाला।

संक्रम—पु. [सं.] गमन; भ्रमण; संक्रमण।

संक्रमण—पु. [सं.] गमन; भ्रमण; जाना या चलना; एक अवस्था का धीरे-धीरे बदल कर दूसरी अवस्था में पहुँचना; सूर्य का दूसरी राशि में गमन; बीमारी का छूत के रूप में दूसरे को लगना।

संक्रमित—वि. [सं.] प्रवेश कराया हुआ; परिवर्तित किया हुआ।

संक्रांति—स्त्री. [सं.] सूर्य का एक राशि से दूसरी राशि में प्रवेश; हिंदुओं में इस तिथि को त्योहार के रूप में मनाया जाता है।

संक्रामक—वि. [सं.] छूत से एक-दूसरे में फैलने वाला (रोग)।

संक्षय—पु. [सं.] विनाश; बरबादी; अंत।

संक्षिप्त—वि. [सं.] छोटा (वक्तव्य, लेख, आदि); अल्प, थोड़ा।

संक्षिप्ति—स्त्री. [सं.] संक्षेप में कहना।

संक्षिप्तीकरण—पु. [सं.] किसी विषय, लेख को संक्षिप्त करने की प्रक्रिया।

संक्षेप—पु. [सं.] थोड़े में कोई बात कहना; छोटा रूप कर देना।

संक्षेपण—पु. [सं.] फेंकना; सक्षिप्त, छोटा करना।

संक्षेपतः—अ. [सं.] संक्षेप में, थोड़े में।

संक्षेपतया—अ. [सं.] द्र. 'संक्षेपतः'।

संक्षोभ—पु. [सं.] तेज धक्का; उत्तेजन; अस्त-व्यस्त।

संखिया—पु. एक बहुत तेज विष; सफेद उपधातु।

संख्यक—वि. [सं.] संख्या वाला, संख्या से युक्त—बहु-संख्यक, अल्पसंख्यक।

संख्यांकन—पु. [सं.] संख्यासूचक अंक लगाना।

संख्या—स्त्री. [सं.] गणना, गिनती, तादाद; गिनती के विचार से किसी वस्तु का परिमाण बताने वाला अंक।

संख्यातीत—वि. [सं.] जिसकी संख्या न बताई जा सके, गणना न की जा सके।

संख्यात्मक—वि. [सं.] संख्या से संबंधित।

संग—पु. [सं.] साथ; मिलन; योग; संसर्ग।

संग—पु. [फा.] पत्थर, चट्टान। **~मरमर, ~मर्मर**—पु. एक सफ़ेद पत्थर, भवन-निर्माण में प्रयुक्त होता है। **~मूसा**—पु. एक तरह का काला पत्थर।

संगठन—द्र. पु. बिखरी हुई शक्तियों को एकत्रित करना, एकजुट कर संघ बनाना (मज़दूर संगठन)। **~कर्ता**—पु. संगठन करने वाला।

संगठनात्मक—वि. [सं.] संगठन संबंधी।

संगठित—वि. एकत्रित, परस्पर जोड़ा हुआ।

संगणक—पु. [सं.] कंप्यूटर।
संगणन—पु. [सं.] हिसाब आदि कंप्यूटर पर करना।
संगत—वि. [सं.] उपयुक्त (तर्कसंगत); संगति, साथ; साथ रखना।
संगतरा—पु. [फा.] संतरा।
संगतार्थ—वि. [सं.] उपयुक्त अर्थ वाला। पु. उपयुक्त अर्थ।
संगति—स्त्री. [सं.] मिलने, साथ बैठने की क्रिया; मेल-मिलाप; संबंध; सामंजस्य, उपयुक्तता।
संगम—पु. [सं.] मिलन, संयोग, संगति; मैथुन; नदियों का मिलन स्थल।
संगमन—पु. [सं.] मेल; मिलन।
संगमरमरी—वि. [सं.] संगमरमर जैसा श्वेत तथा कोमल (बदन)।
संगर—पु. [फा.] सेना की सुरक्षा या खेत, बाग़, आदि के लिए बनाई गई कँटीली बाड़।
संगसार—पु. [फा.] (अपराधी को) दीवार में जिंदा चिनवा देना।
सँगाती—पु. संगी, साथी।
संगिनी—स्त्री. [सं.] साथ रहने वाली, साथिन, पत्नी।
संगी—पु. [सं.] मित्र, दोस्त, साथी।
संगी—वि. [फा.] साथ रहने वाला।
संगीत—वि. [सं.] लय, ताल, सुर आदि के नियमानुसार मनोरंजक रूप में की गई कलात्मक प्रस्तुति, जिसमें गायन, वादन, नृत्य, आदि होते हैं। **~शास्त्र**—पु. संगीत विद्या।
संगीतज्ञ—पु. [सं.] संगीत का ज्ञाता, विद्वान्।
संगीताचार्य—पु. [सं.] संगीत सिखाने वाला आचार्य, अध्यापक।
संगीतात्मक—वि. [सं.] संगीतपूर्ण, संगीत से युक्त।
संगीन—वि. [सं.] सख़्त, कठोर; भारी (अपराध)।
संगुफन—पु. [सं.] अच्छी तरह आपस में जुड़ना, जुड़े होना।
संगूढ—वि. [सं.] छिपाया हुआ, गुप्त।
संगृहीत—वि. [सं.] संग्रह किया हुआ, संकलित।
संगृहीता—वि. [सं.] एकत्र, संग्रह करने वाला।
संगोतरा—पु. संतरा।
संगोपन—पु. [सं.] छिपाना। वि. छिपाने वाला।
संगोपनीय—वि. [सं.] गुप्त रखने लायक, छिपाने लायक।
संग्रंथन—पु. [सं.] एक साथ बाँधना; एक साथ सबको मंच पर लाना।
संग्रह—पु. [सं.] संचय; एकत्र या इकट्ठा करना; वह पुस्तक, जिसमें कुछ विषयों से संबंधित रचनाओं को एकत्रित किया गया हो।
संग्रहण—पु. [सं.] संकलन करना, एकत्र करना।
संग्रहणी—स्त्री. [सं.] पेट का एक रोग, पेचिश जिसमें पतले दस्त आते हैं।
संग्रहणीय—वि. [सं.] संग्रह, संकलित करने योग्य।
संग्रहालय—पु. [सं.] वह स्थान जहाँ ऐतिहासिक महत्त्व की वस्तुओं का संकलन, संरक्षण किया जाता है ('म्यूज़ियम')।
संग्रही—पु. [सं.] संग्राहक, संग्रह करने वाला।
संग्रहीता—वि. द्र. 'संगृहीता'।
संग्राम—पु. [सं.] युद्ध, लड़ाई, समर, रण।
संग्रामांगण—पु. [सं.] युद्धक्षेत्र, युद्ध का मैदान।
संग्राह—पु. [सं.] पकड़ना, ग्रहण करना।
संग्राहक—पु. [सं.] संग्रह करने वाला, संकलनकर्ता।
संग्राह्य—वि. [सं.] संग्रह, एकत्र करने योग्य।
संघ—पु. [सं.] समूह, समुदाय; संगठन; कोई संस्था, संगठन, जिसमें बहुत से राष्ट्र सम्मिलित हों—संयुक्त राष्ट्र संघ, आदि; बौद्ध भिक्षुओं का समाज; प्राचीन भारत में प्रचलित एक प्रकार का प्रजातंत्र।
संघटन—पु. [सं.] संयोग; मेल। हि. द्र. 'संगठन'। व्यवस्थित करना, गठन; कार्य सिद्ध करने के लिए बनाई गई कोई संस्था।
संघटना—स्त्री. [सं.] मिलाना, संयुक्त करना।
संघटित—वि. [सं.] एकत्रित; कार्य विशेष के लिए एकत्रित (समुदाय)।
संघट्ट—पु. [सं.] मिलना, मिलाप; कुछ वस्तुओं या व्यक्तियों का एक जगह आकर मिलना; बनावट, रचना।
संघर्ष—पु. [सं.] विषम परिस्थितियों का सामना करते हुए परिश्रम और निष्ठा से आगे बढ़ने का प्रयास, प्रयत्न; घर्षण, रगड़ खाना; दो पक्षों में होने वाला विरोध जिसमें एक-दूसरे को परास्त करने का प्रयत्न होता है।
संघर्षण—पु. [सं.] रगड़ खाने या रगड़ने की क्रिया।
संघर्षी—वि. [सं.] संघर्ष करने वाला।
संघात—पु. [सं.] आघात; समूह, झुंड; संग, साथ-साथ।
संघाती—पु. मित्र, साथी; साथ रहने वाला।
संघाराम—पु. [सं.] बौद्ध भिक्षुओं के रहने का स्थान, विहार।
संघोष—पु. [सं.] ज़ोर का शब्द, घोष।
संचय—पु. [सं.] एकत्र करना; भांडार।
संचयन—पु. [सं.] एकत्रित करना, ढेर लगाना।
संचलन—पु. [सं.] हिलना, काँपना; घूमना।
संचार—पु. [सं.] गमन, चलना; फैलना।
संचारक—वि. [सं.] ले ज़ाने, चलाने, फैलाने वाला। पु. वक्ता; किसी कार्यक्रम का प्रस्तोता।
संचारण—पु. [सं.] मिलाना, जोड़ना; संवाद कहना।
संचारना*—स.क्रि. संचार करना, फैलाना; प्रचार करना।
संचारित—वि. [सं.] चलाया हुआ, गतिमान किया हुआ।
संचारी—वि. [सं.] गतिशील; एक-दूसरे में संचरण करने वाला; साहित्य में रस-निष्पत्ति में सहायक मुख्य और स्थायी

भावों से भिन्न वे गौण और अस्थायी भाव या मानसिक विकार, जो रस विशेष की उत्पत्ति में सहायक बन विलुप्त हो जाते हैं। ये किसी एक ही भाव से संबद्ध नहीं रहते, इसीलिए इन्हें 'व्यभिचारी' भी कहा जाता है। साहित्य शास्त्र में इनकी संख्या बत्तीस मानी गई हैं।

संचालक—पु. [सं.] चलाने या गति देने वाला, परिचालक; किसी संस्था का प्रबंधक, स्वामी; अपने निरीक्षण में कोई बड़ा संस्थान चलाने वाला।

संचालन—पु. [सं.] गति देना, चलाना; प्रबंधन।

संचालिका—स्त्री. [सं.] 'संचालक' का स्त्री., द्र. 'संचालक'।

संचालित—वि. जिसका संचालन किया गया हो या किया जा रहा हो; चलाया हुआ।

संचित—वि. [सं.] एकत्रित, इकट्ठा किया हुआ, जमा किया हुआ (संचित धन)।

संचेत्य—वि. [सं.] होश, चेतन, में आने योग्य।

संचेय—वि. [सं.] संचय करने योग्य।

संछिन्न—वि. [सं.] काटकर टुकड़े-टुकड़े किया हुआ।

संछेद—पु. [सं.] काटना, विभाजन करना।

संजम*—पु. द्र. 'संयम'।

संजमी—वि. द्र. 'संयमी'।

संजय*—पु. [सं.] धृतराष्ट्र का एक सारथि, जो उन्हें युद्धक्षेत्र का वर्णन सुनाता था।

संजात—वि. [सं.] उत्पन्न; व्यक्त; व्यतीत।

संजाल—नेटवर्क।

संजीदगी—स्त्री. गांभीर्य, समझदारी; शिष्टता।

संजीदा—वि. [फा.] गंभीर; समझदार; शिष्ट।

संजीव—पु. [सं.] पुनः जीवन देने वाला।

संजीवन—पु. [सं.] पुनः जीवन देना।

संजीवनी—स्त्री. [सं.] मृतक को पुनर्जीवित कर देने वाली एक बूटी (मिथकीय मान्यता) जो लक्ष्मण को दी गई थी, हनुमान इसे लाए थे।

संजोग—पु. द्र. 'संयोग'।

संजोगिता—स्त्री. संयोगिता, जयचंद की पुत्री जिसका पृथ्वीराज ने हरण कर वरण किया था।

सँजोना—स.क्रि. एकत्र करना; सज्जित करना; पूरा करना।

संज्ञा—स्त्री. [सं.] चेतनाशक्ति; बोध, ज्ञान; होश; (व्याकरण में) वह विकारी शब्द जो किसी व्यक्ति, वस्तु, स्थान, आदि के नाम का सूचक हो—मोहन, कैंची, दिल्ली।

संज्ञात—वि. [सं.] अच्छी तरह जाना, समझा हुआ।

संज्ञान—पु. [सं.] बोध; ज्ञान, जानकारी, विधिक, कानूनी दृष्टि से होने वाली जानकारी।

संज्ञापन—पु. [सं.] सूचित करना; बताना।

सँझवाती—स्त्री. संध्या को जलाया जाने वाला पूजा दीप।

संटी—स्त्री. बेंत; किसी पेड़ की टहनी।

सँडसी—स्त्री. संडासी, एक तरह का छोटा सँडसा, जिससे गरम बटलोई आदि उतारते, पकड़ते हैं।

संडा—वि. मोटा-ताज़ा, हृष्ट-पुष्ट।

संडास—पु. पुराने ढंग का पाखाना, जिसका मल मेहतर ही निकालता, उठाता था।

संत—पु. [सं.] सज्जन और महात्मा; सरल स्वभाव का मनुष्य; धर्मात्मा व्यक्ति।

संतति—स्त्री. [सं.] संतान, बाल-बच्चे; औलाद। **~निरोध**—पु. उपायों द्वारा गर्भाधान न होने देना।

संतप्त—वि. [सं.] बहुत दुखी; बहुत शोक में दुखी (शोक-संतप्त)।

संतरण—पु. [सं.] नदी, आदि पार करने की क्रिया। वि. पार कराने वाला; उद्धारक।

संतरा—पु. नीबू की प्रजाति का एक मीठा फल।

संतरी—पु. [अं. 'सेंट्री'] पहरेदार, प्रहरी; द्वारपाल।

संतान—स्त्री. [सं.] संतति, औलाद, बाल-बच्चे।

संतानोत्पत्ति—स्त्री. [सं.] संतान उत्पन्न करना; संतान का जन्म।

संताप—पु. [सं.] दुःख, क्लेश; मानसिक दुःख, कष्ट।

संतापन—पु. [सं.] दुःख, कष्ट, क्लेश, मानसिक दुःख की प्रक्रिया; कामदेव के पाँच बाणों में से एक, जो प्रेमी जन को संतप्त करता है।

संतापना*—स.क्रि. दुःख, क्लेश, मानसिक कष्ट देने की क्रिया।

संतापित—वि. [सं.] संतप्त, जिसे दुःख दिया गया हो।

संतापी—वि. [सं.] संताप देने वाला।

संतुलन—पु. [सं.] दो पक्षों का बल बराबर रखना; (किसी भी अव्यवस्था में) व्यवस्था बनाये रखना।

संतुलित—वि. [सं.] सभी पक्षों की ओर से विचार किया हुआ, सुव्यवस्थित।

संतुष्ट—वि. [सं.] तृप्त, जिसे संतोष मिल गया हो।

संतुष्टि—स्त्री. [सं.] संतुष्ट होने का भाव, तृप्ति; इच्छापूर्ति; प्रसन्नता।

संतुष्टीकरण—पु. [सं.] संतुष्ट करने की क्रिया।

संतोख*—पु. संतोष।

संतोखी*—वि. द्र. 'संतोषी'।

संतोष—पु. [सं.] तृप्ति, प्रसन्नता; धैर्य।

संतोषण—पु. [सं.] संतुष्ट, प्रसन्न करने की क्रिया।

संतोषी—वि. [सं.] संतोष-प्राप्त; संतुष्ट रहने वाला।

संतोष्य—वि. [सं.] संतोष करने योग्य।

संत्रस्त—वि. [सं.] बहुत डरा हुआ, भय से काँपता हुआ।

संत्रास—पु. [सं.] भय, आतंक।
संत्रासन—पु. [सं.] त्रस्त करना, डराना।
संदर्प—पु. [सं.] गर्व, घमंड।
संदर्भ—पु. [सं.] किसी घटना का प्रसंग; किसी पुस्तक में आए अन्य किसी व्यक्ति के कथन या पुस्तक की सूचना, जो बाद में या पाद-टिप्पणी के रूप में दी जाती है।
संदर्भिका—स्त्री. [सं.] संदर्भ ग्रंथों की सूची।
संदर्श—पु. [सं.] झलक, दृश्य।
संदर्शन—पु. [सं.] आत्मगत कर लेना, दर्शन पा लेना, अच्छी तरह देख लेना।
संदर्शयिता (तृ)—वि. [सं.] दिखलाने वाला।
संदर्शित—वि. [सं.] दिखलाया हुआ।
संदल—पु. [अ.] चंदन।
संदली—वि. चंदन का, चंदन का बना; चंदन के रंग का।
संदिग्ध—पु. [सं.] अनिश्चित, जिसमें संदेह हो; जिस पर संदेह हो।
संदिग्धता—स्त्री. संदिग्ध अवस्था, स्थिति।
संदिग्धार्थ—वि. [सं.] जिसका अर्थ संदिग्ध हो।
संदीपक—वि. [सं.] उद्दीपक।
संदीपन—पु. [सं.] उद्दीपन; कामदेव के पाँच बाणों में से एक; एक ऋषि, श्रीकृष्ण के गुरु। वि. उद्दीप्त करने वाला।
संदीपनी—स्त्री. [सं.] संगीत में पंचम स्वर की एक श्रुति।
संदीप्त—वि. [सं.] उद्दीप्त; प्रज्वलित; उत्तेजित किया हुआ, उकसाया हुआ।
संदूक—पु. [अ.] धातु या लकड़ी की चौकोर पेटी, जिसमें कपड़े या अन्य वस्तुएँ रखी जाती हैं।
संदूकची—स्त्री. छोटी पेटी, छोटा संदूक।
संदूकड़ी—स्त्री. छोटा संदूक, पेटी।
संदूषित—वि. [सं.] खराब किया हुआ।
संदेश—पु. [सं.] किसी के द्वारा भेजा गया समाचार, हाल; एक प्रकार की बंगाली मिठाई।
संदेशा—पु. ज़बानी भेजा हुआ समाचार, हाल।
संदेशी—पु. [सं.] संदेसा ले जाने वाला।
सँदेसा—पु. द्र. 'संदेसा'।
संदेह—पु. [सं.] शक, अनिश्चय; साहित्य में एक अर्थालंकार, जहाँ किसी वस्तु के संबंध में सादृश्य के कारण अन्य वस्तु होने का संदेह हो।
संदेहात्मक—वि. [सं.] संदेहपूर्ण, संदिग्ध।
संदेहास्पद—वि. [सं.] संदिग्ध, संदेहपूर्ण।
संदेही—वि. [सं.] संदेहयुक्त।
संधान—पु. [सं.] निशाना लगाना; खोजना।
संधि—स्त्री. [सं.] समझौता (युद्ध, आदि के बाद); दोस्ती, सुलह; जोड़ (हड्डियों आदि का); व्याकरण में दो शब्दों के मेल से होने वाला वर्णों का परिवर्तन; दीवारों आदि में हुआ छेद, सेंध; नाटक में पाँचों अवस्थाओं को मिलाने वाले स्थल, पंच संधियाँ। **~विच्छेद**—पु. आपस में की हुई संधि, समझौते को तोड़ना; व्याकरण में किसी पद को संधि-स्थल से तोड़कर अलग-अलग करना, यथा—'धनार्जन' में 'धन' + 'अर्जन'।
संध्या—स्त्री. [सं.] वह समय जब दिन का अंत और रात्रि का आगमन होता है, दो वक्तों का मिलन-समय, सायंकाल, शाम; आर्यों की प्रसिद्ध उपासना, जो प्रातः और संध्या में की जाती है, प्राणायाम के साथ।
संध्योपासन—पु. [सं.] संध्या के समय की जाने वाली पूजा-अर्चना।
संनिविष्ट—वि. [सं.] अच्छी तरह रखा हुआ या बैठाया हुआ।
संनिवेश—पु. [सं.] अच्छी तरह रखना या बैठाना।
संन्यस्त—वि. [सं.] संन्यास आश्रम में आया हुआ।
संन्यास—पु. [सं.] हिंदुओं के चार आश्रमों में से अंतिम, जिसमें संसार से विरक्त होकर प्रभु-भक्ति में मन लगाया जाता है; विरक्ति; परित्याग करना।
संन्यासिनी—स्त्री. [सं.] वह स्त्री जिसने संन्यास ले लिया हो, 'संन्यासी' का स्त्री.।
संन्यासी—पु. [सं.] वह जिसने संन्यास ले लिया हो, संन्यास आश्रम में रहने वाला।
संपत्ति—स्त्री. [सं.] धन, दौलत, जायदाद; ऐश्वर्य, वैभव।
संपद—वि. [सं.] संपन्न; धन, ऐश्वर्य।
संपदा—स्त्री. धन-संपत्ति, ऐश्वर्य; **~अधिकारी**—पु. संपदा का प्रबंधन करने वाला अधिकारी ('एस्टेट ऑफिसर')।
संपद्—स्त्री. [सं.] द्र. संपदा।
संपन्न—वि. [सं.] धनी, संपत्ति का स्वामी, धन-ऐश्वर्य वाला; किसी कार्य का पूर्ण हो जाना (यज्ञ संपन्न हो गया)।
संपन्नावस्था—स्त्री. [सं.] संपन्न, ऐश्वर्यवान होने की अवस्था, दशा।
संपर्क—पु. [सं.] मिलना; संगति; संबंध; संवाद हो जाना; समाचार मिल जाना।
संपाति—पु. [सं.] जटायु पक्षी का बड़ा भाई।
संपाती—पु. [सं.] द्र. 'संपाति'।
संपादक—वि. [सं.] प्रस्तुत करने वाला, पूरा करने वाला। पु. किसी पत्रिका, समाचार-पत्र, आदि को सामग्री-चयन कर व्यवस्थित रूप में प्रस्तुत करने वाला, प्रकाशित कराने वाला।
संपादकत्व—पु. [सं.] संपादक का कार्य और पद।
संपादकीय—वि. [सं.] संपादक-संबंधी; संपादक के कार्य संबंधी; संपादक।

संपादन—पु. [सं.] पुस्तक या पत्रिका की सामग्री चयन कर, व्यवस्थित कर प्रकाशित कराना।

संपादिका—पु. [सं.] संपादक का स्त्री.; वह स्त्री जो संपादन का कार्य करती है।

संपदित—वि. [सं.] पूरा किया हुआ; समाचार-पत्र या पत्रिका, पुस्तक आदि की सामग्री को व्यवस्थित कर प्रकाशन-योग्य बनाना।

संपुट—पु. [सं.] अंजलि; कटोरे जैसी कोई वस्तु।

संपुटक—पु. [सं.] आवरण; गोल मंजूषा।

संपुटका, संपुटिका—स्त्री. [सं.] मंजूषा।

संपुटी—स्त्री. [सं.] प्याली, छोटी कटोरी-सी।

संपुष्ट—वि. [सं.] भरा-पूरा।

संपुष्टि—स्त्री. [सं.] अच्छी तरह पुष्ट, परिपुष्टि।

संपूजन—पु. [सं.] बहुत अधिक आदर-सम्मान देना।

संपूज्य—वि. [सं.] अत्यंत आदरणीय।

संपूर्ण—वि. [सं.] सब, कुल; पूरी तरह भरा हुआ, भरा-पूरा; संगीत में राग की एक जाति, जिसमें सातों स्वर प्रयुक्त होते हैं।

संपूर्णतः, संपूर्णतया—अ. [सं.] पूरी तरह, पूर्ण रूप से; अच्छी तरह।

संपृक्त—वि. [सं.] सम्बद्ध; जिसका या जिससे संयुक्त हो।

सँपेरा—पु. सपेरा, साँप पकड़ने वाला; साँपों का खेल दिखाने वाला; साँपों को पकड़ने वालों की एक जाति।

सँपोला—पु. साँप का छोटा बच्चा।

सँपोलिया—पु. द्र. 'सँपोला'।

संपोषण—पु. [सं.] अच्छी तरह पोषण करना।

संप्रग—पु. संयुक्त प्रगतिशील गठबंधन (स. मनमोहन सिंह के नेतृत्व में इस गठबंधन की केन्द्र में सरकार बनी)।

संप्रति—अ. [सं.] आजकल, इस समय, वर्तमान में।

संप्रतीति—स्त्री. [सं.] पूर्ण विश्वास।

संप्रत्यय—पु. [सं.] स्वीकृति; दृढ़ विश्वास।

संप्रदान—पु. [सं.] प्रदान करना, देना; व्याकरण में चतुर्थ कारक, विभक्ति।

संप्रदाय—पु. [सं.] कोई विशेष धार्मिक मतावलंबी **समुदाय**। **~वाद**—पु. किसी धार्मिक समुदाय की हित-चिंता को बढ़ावा देना।

संप्रभु—वि. [सं.] सर्वेसर्वा, सर्वप्रधान सत्ताधारी।

संप्रभुता—स्त्री. [सं.] किसी का सर्वशक्तिमान होना (राष्ट्र का)।

संप्रवाह—पु. [सं.] अविच्छिन्न क्रम; अजस्र धारा।

संप्रस्थान—पु. [सं.] आगे बढ़ना, कूच करना।

संप्राप्त—वि. [सं.] अच्छी तरह प्राप्त।

संप्राप्ति—स्त्री. [सं.] पहुँच, सम्यक् प्राप्ति; लाभ।

संप्रेक्षण—पु. [सं.] अच्छी तरह देखना, निरीक्षण करना।

संप्रेषण—पु. [सं.] भेजना, एक स्थान या व्यक्ति से दूसरे व्यक्ति या स्थान को भेजना।

संप्रेषित—वि. [सं.] भेजा हुआ, संप्रेषण किया हुआ।

संप्रेष्य—वि. [सं.] संप्रेषण के योग्य।

संप्रोक्त—वि. [सं.] सम्बोधित, कहा हुआ, कथित।

संबंध—पु. [सं.] रिश्ता, नाता; योग; विवाह संबंध का निर्णय।

संबंधी—पु. [सं.] रिश्तेदार, नातेदार।

संबद्ध—वि. [सं.] संलग्न; साथ जुड़ा या बँधा हुआ, विषयक, संबंधी।

संबर—पु. [सं.] हिरनों की एक प्रजाति।

संबल—पु. [सं.] सहारा।

संबाद*—पु. द्र. 'संवाद'।

संबुद्ध—वि. [सं.] पूर्णतः जाग्रत, ज्ञानी।

संबुद्धि—स्त्री. [सं.] पूर्ण बोध या ज्ञान; गौतम बुद्ध की उपाधि।

संबोध—पु. [सं.] सम्यक् ज्ञान, बोध।

संबोधन—पु. [सं.] जगाना, जाग्रत करना; किसी अवसर विशेष पर किसी बड़े आदमी द्वारा सम्बोधित किया जाना ('एड्रेस'); व्याकरण में आठवाँ कारक जिससे किसी शब्द या किसी को पुकारने के लिए प्रयुक्त किया जाता है, यथा—हे मोहन!

संबोधित—वि. [सं.] जिसको पुकारा जाए; जिसका ध्यान आकृष्ट किया जाए।

संबोध्य—वि. [सं.] जिसे सम्बोधित किया जाए।

संभरण—पु. [सं.] भरण-पोषण, आदि की व्यवस्था या सामग्री।

सँभलना—अ.क्रि. होशियार या सावधान होना; चोट या हानि से बचना, सावधान हो जाना; दशा सुधरना; रुकना, थमना।

संभव—पु. [सं.] जो हो सकता हो, मुमकिन; उत्पन्न; होना, घटित होना।

संभवतः—अ. [सं.] संभव है, हो सकता है कि...।

संभवन—पु. [सं.] घटित होना; हो सकना।

संभवनीय—वि. [सं.] हो सकने वाला, मुमकिन।

संभाग—पु. [सं.] प्रदेश या राज्य के कुछ जिलों का समूह—कमिश्नरी (मेरठ संभाग, पटियाला संभाग, आदि), सैन्य दृष्टि से बना एक भू-भाग—जम्मू संभाग (जम्मू सेक्टर)।

संभार—पु. [सं.] साज-सामान, सामग्री; आयोजन; आयोजन की सजावट, तड़क-भड़क, शोभा-शृंगार; धन-संपत्ति; एकत्रित करना।

संभार*—पु. सँभाला।

सँभारना*—स. द्र. 'सँभालना'।

सँभालना—स.क्रि. प्रबंध करना, व्यवस्था करना; दायित्व ओढ़ना ('मैं सब सँभाल लूँगा'); पालन-पोषण या देख-रेख करना; बुरी स्थिति, दशा में जाने से बचाना।

संभावनीय—वि. [सं.] जिसकी संभावना हो, मुमकिन।

संभावित—वि. [सं.] जिसकी संभावना हो; विचारित; कल्पित; मुमकिन।

संभावितव्य—वि. [सं.] द्र. 'संभावनीय'।

संभाव्य—वि. [सं.] संभावित, जो संभव हो सके, जिसकी संभावना हो।

संभाव्यतः—क्रि.वि. [सं.] जिसकी संभावना, आशा की जा सकती हो।

संभाष—पु. [सं.] बातचीत।

संभाषक—पु. [सं.] बातचीत करने वाला।

संभाषण—पु. [सं.] बातचीत, कथोपकथन।

संभाषणीय—वि. [सं.] बातचीत करने योग्य।

संभाषित—पु. [सं.] वार्तालाप।

संभाषी—वि. [सं.] वार्तालाप करने वाला, बातचीत करने वाला।

संभाष्य—वि. [सं.] बात करने योग्य।

संभूत—वि. [सं.] उत्पन्न, ...से निर्मित; रचित; युक्त।

संभेद्य—वि. [सं.] भेदन करने योग्य; छेदने योग्य।

संभोग—पु. [सं.] रति, मैथुन, स्त्री-पुरुष का शारीरिक मिलन, संयोग श्रृंगार, श्रृंगार रस का एक भेद।

संभोग्य—वि. [सं.] भोग करने योग्य।

संभ्रम—पु. [सं.] व्याकुलता, घबराहट; दौड़-धूप, प्रयत्न।

संभ्रांत—पु. [सं.] सम्मानित, प्रतिष्ठित।

संभ्रांति—स्त्री. [सं.] घबराहट, व्याकुलता; उतावली।

संयंत्र—पु. [सं.] बड़ा कारखाना ('बिग प्लांट')।

संयत—वि. [सं.] मन को वश में रखने वाला; इन्द्रियों पर संयम रखने वाला; सीमा या मर्यादा में रहने वाला।

संयतात्मा—वि. [सं.] संयम में रहने वाला व्यक्ति।

संयम—पु. [सं.] इन्द्रिय निग्रह, मन को चंचल वृत्तियों से रोकने की क्रिया, स्थिति।

संयमक—वि. [सं.] संयम, निग्रह करने वाला।

संयमन—पु. [सं.] दमन, आत्म-निग्रह।

संयमित—वि. [सं.] मन को नियंत्रित करता हुआ, किया हुआ; नपा-तुला, सीमा या मर्यादा में (~भोजन)।

संयमी—वि. [सं.] संयम रखने वाला, मन को नियंत्रण में रखने वाला; भोजन, आदि में परहेज़ रखने वाला।

संयाति—पुं. [सं.] नहुष का एक पुत्र।

संयुक्त—वि. [सं.] जुड़ा, मिला हुआ; सम्बद्ध; एक में मिले या मिलाये हुए; साझा ('ज्वॉइंट')। **~कुटुम्ब, ~परिवार**—पु. वह परिवार जिसमें माता-पिता, भाई-भाभी, भतीजे--सब सदस्य एक साथ रहते हैं। **~वाक्य**—व्याकरण में तीन प्रकार के वाक्यों में से एक, जिसमें दो या अधिक उपवाक्य होते हैं।

संयुक्तांक—पु. [सं.] एक साथ निकलने वाला अंक।

संयुक्ताक्षर—पु. [सं.] दो अक्षरों से मिलकर बनने वाला अक्षर, यथा—'क्त' (क् + त्)।

संयुक्तीकरण—पु. [सं.] मिलाना, संयुक्त करना।

संयुत—वि. [सं.] द्र. 'संयुक्त'।

संयोग—पु. [सं.] मेल-मिलाप; लगाव, संबंध; दो या कई बातों का एक साथ घटित होना; प्रेमी-प्रेमिका के एक साथ रहने की स्थिति; विवाह संबंध (स्थापित होना)।

संयोगात्मक—वि. [सं.] संयोग संबंधी।

संयोगावस्था—स्त्री. [सं.] संयोग की स्थिति।

संयोजक—वि. [सं.] व्यवस्था देने वाला, व्यवस्थापक। पु. सभा, समिति आदि की बैठक का आयोजन करने वाला।

संयोजन—पु. [सं.] व्यवस्था देना; जोड़ना, मिलाना।

संयोजित—वि. [सं.] जोड़ा; मिलाया हुआ।

संरक्षक—वि., पु. [सं.] रक्षा करने वाला, पालक, अभिभावक।

संरक्षण—पु. [सं.] पालना-पोसना; रक्षा करना।

संरक्षणीय—वि. [सं.] संरक्षण के योग्य; रक्षा करने योग्य।

संरक्षिका—स्त्री. [सं.] संरक्षण करने वाली (महिला)।

संरक्षित—वि. [सं.] संरक्षण किया हुआ।

संरक्षी—वि. [सं.] संरक्षण, देख-भाल करने वाला।

संरक्ष्य—वि. [सं.] संरक्षण, देख-भाल करने योग्य।

संरोध—पु. [सं.] बाधा, रोक, अवरोध।

संरोपित—वि. [सं.] रोपा हुआ, लगाया हुआ।

संलक्षित—वि. [सं.] पहचाना हुआ।

संलक्ष्य—वि. [सं.] लक्षित होने योग्य, पहचाने जाने योग्य।

संलग्न—वि. [सं.] सम्बद्ध, जुड़ा हुआ।

संलग्नक—पु. [सं.] साथ लगा हुआ पत्र, क़ागज़, आदि।

संलाप—पु. [सं.] बातचीत, वार्तालाप।

संलापी—वि. [सं.] वार्तालाप करने वाला।

संलिप्त—वि. [सं.] पड़ा हुआ, गर्क, लीन; लगा हुआ।

संवत्—पु. [सं.] वर्ष, साल, सन् (संवत्सर का संक्षिप्त रूप); विक्रम संवत्, शक संवत्।

संवत्सर—पु. [सं.] वर्ष, साल।

संवत्सरीय—वि. [सं.] वार्षिक, प्रत्येक वर्ष होने वाला।

सँवरण—पु. [सं.] रोकना; निग्रह (लोभ-सँवरण)।

सँवरणीय—पु. [सं.] रोकने, छिपाने योग्य।

सँवरना*—अ.क्रि. ठीक होना, सुधरना; सजना; अपने को व्यवस्थित रखना।

सँवरिया*—वि. द्र. 'साँवला'। पु. 'कृष्ण'; प्रियतम।

संवर्द्धक, संवर्धक—वि. [सं.] बढ़ाने वाला।

संवर्द्धन, संवर्धन—वि. [सं.] बढ़ाने वाला। पु. बढ़ना, पालन-पोषण करना, उन्नत होना, उन्नत करना।

संवर्द्धनीय, संवर्धनीय—वि. [सं.] बढ़ने, बढ़ाने योग्य।

संवर्द्धित, संवर्धित—वि. [सं.] बढ़ाया हुआ, बढ़ा; पाला-पोसा हुआ।

संवाद—पु. [सं.] वार्तालाप, कथोपकथन; भावनाओं, विचारों, समाचारों आदि का परस्पर आदान-प्रदान; समाचार-हाल। **~दाता**—पु. समाचार-पत्र, टेलीविजन, आदि का समाचार देने वाला प्रतिनिधि। **~हीन**—वि. संवाद से रहित; जिससे कोई बातचीत न हो।

संवादी—वि. [सं.] संवाद, वार्तालाप करने वाला।

संवाहक—पु. [सं.] (संदेश, आदि) ले जाने वाला।

संवाहन—पु. [सं.] ले जाना।

संवाही—वि. [सं.] ले जाने वाला; चलाने वाला।

संविद—पु. [सं.] समझौता, करार (~सरकार)।

संविदा—स्त्री. [सं.] कुछ निश्चित बातों, शर्तों के आधार पर दो या अधिक पक्षों में होने वाला समझौता।

संविद्—स्त्री. [सं.] प्रज्ञा, चेतना; अनुभूति; बोध, ज्ञान।

संविधान—पु. [सं.] वह विधान या कानून, जिनके अनुसार किसी राष्ट्र, देश की शासन-व्यवस्था चलती है।

संवृत—वि. [सं.] ढका या छिपा हुआ; रक्षित।

संवृत्त—वि. [सं.] घटित, निष्पन्न।

संवृत्ति—स्त्री. [सं.] घटित होने की क्रिया या भाव; निष्पन्न होने की अवस्था।

संवृद्ध—वि. [सं.] पूरा बढ़ा हुआ; उन्नति करता हुआ; जो बढ़कर बड़ा, लम्बा या ऊँचा हो गया हो।

संवृद्धि—स्त्री. [सं.] अभ्युदय, उन्नति।

संवेग—पु. [सं.] तीव्र उत्तेजना, क्षोभ; तीव्र वेग, तीव्रता।

संवेदन—पु., **संवेदना**—स्त्री. [सं.] ज्ञान; अनुभूति।

संवेदी—वि. [सं.] जिसे ज्ञान, अनुभूति, और तीव्र बोध हो। **~सूचकांक**—पु. शेयर बाज़ार की ऊँचाई और निचाई सूचित करने वाली अंक-तालिका, 'संसेक्स'।

संवेद्य—वि. [सं.] समझने योग्य; अनुभवगम्य, अनुभव करने योग्य।

संवेष्टन—पु. [सं.] ढकना, लपेटना; घेरना।

संवैधानिक—वि. [सं.] संविधान संबंधी।

संशप्त—वि. [सं.] शापग्रस्त, शापित।

संशय—पु. [सं.] अनिश्चय; संदेह; हिचक।

संशयात्मक—वि. [सं.] संदेहपूर्ण, अनिश्चित।

संशयात्मा—वि., पु. [सं.] संदेह करने वाला, शक्की; अविश्वासी।

संशयालु—वि. [सं.] संदेहशील।

संशयी—वि. [सं.] संदेहशील, संशय करने वाला।

संशयोपमा—स्त्री. [सं.] उपमा अलंकार का एक भेद, इसमें संदेह के रूप में सादृश्य, उपमान का कथन हो।

संशुद्ध—वि. [सं.] जिसका संशोधन हुआ हो, शुद्ध किया हुआ।

संशुद्धि—स्त्री. [सं.] विशुद्धता, पवित्रता; शुद्धीकरण; मार्जन।

संशोधक—वि. [सं.] सुधार, परिष्कार करने वाला।

संशोधन—पु. [सं.] शुद्धीकरण, शुद्ध करना; संस्कार करना।

संशोधित—वि. [सं.] शुद्ध किया हुआ, सुधार किया हुआ।

संशोधी—वि. [सं.] सुधार करने वाला।

संश्लिष्ट—वि. [सं.] जुड़ा हुआ; जिसमें कई चीजें सम्मिलित, जुड़ी हुई हों।

संश्लेषण—पु. [सं.] मिलाना, संलग्न करना; बाँधने जोड़ने वाली चीज़।

संश्लेषणात्मक—वि. [सं.] संश्लेषण संबंधी।

संश्लेषित—वि. [सं.] संश्लेषण किया हुआ।

संश्लेषी—वि. [सं.] जोड़ने वाला, मिलाने वाला।

संसक्त—वि. [सं.] मिला हुआ, संबद्ध; अनुरक्त, प्रवृत्त; (किसी कार्य में) लीन।

संसत्सदस्य—पु. [सं.] संसद का सदस्य।

संसदीय—वि. [सं.] संसद से संबंधित।

संसरण—पु. [सं.] संसार, जगत।

संसर्ग—पु. [सं.] संयोग, मेल; संपर्क; साथ; मैथुन।

संसाधक—वि. [सं.] पूरा, सिद्ध करने वाला।

संसाधन—पु. [सं.] किसी कार्य को पूरा करने या किसी वस्तु के निर्माण हेतु होने वाले साधन; वह सामग्री जो आर्थिक विकास के लिए अवश्यक हो।

संसार—पु. [सं.] जगत, दुनिया; इहलोक, मर्त्यलोक। **~यात्रा**—स्त्री. जीवन-यात्रा।

संसारी—वि. [सं.] दुनियाभर, दुनिया में रहने वाला; जगत्-व्यवहार में डूबा हुआ।

संसिक्त—वि. [सं.] तर किया हुआ, सींचा हुआ।

संसिद्धि—स्त्री. [सं.] मोक्ष; अंतिम फल।

संसृति—स्त्री. [सं.] संसार, जगत; संसार-चक्र।

संसृष्ट—वि. [सं.] सम्बद्ध, किसी के साथ मिला या लगा हुआ; सहजात, एक साथ उत्पन्न।

संसृष्टि—स्त्री. [सं.] संबंध, लगाव; हेल-मेल, मेल-जोल; किसी के साथ होने वाली सृष्टि, उत्पत्ति, आविर्भाव; साहित्य में दो या अधिक काव्यालंकारों का इस प्रकार साथ-साथ आना कि सब अलग-अलग दिखाई दें।

संस्करण—पु. [सं.] एक बार में किसी विशिष्ट रूप में प्रकाशित पुस्तक; इस रूप में मुद्रित पुस्तक की कुल प्रतियाँ; संस्कार करना, परिष्करण करना।

संस्कार—पु. [सं.] पूर्व जन्म, कुल-मर्यादा, शिक्षा, सभ्यता आदि का मन पर पड़ने वाला प्रभाव; हृदय और आचार-विचार आदि को परिष्कृत तथा उन्नत करने का कार्य; परंपरा से चला आया कोई ऐसा कृत्य, जिसका किसी विशेष अवसर पर विधान हो; हिन्दुओं में धार्मिक दृष्टि से जन्म से मृत्यु तक होने वाले 16 संस्कार (कुछ लोगों के अनुसार 12 संस्कार) जो इस प्रकार हैं—गर्भाधान, पुंसवन, सीमंतोन्नयन, जातकर्म, नामकरण, निष्क्रमण, अन्नप्राशन, चूड़ाकर्म, यज्ञोपवीत, कर्णभेद, विद्यारंभ, वेदारंभ, केशांत, समावर्तन, विवाह और अंत्येष्टि। शुद्ध करने वाला कोई कृत्य; कुछ विशिष्ट अवसरों पर होने वाला कोई ऐसा धार्मिक या सामाजिक कार्य; मृतक की अंत्येष्टि क्रिया।

संस्कारक—वि. [सं.] संस्कार करने वाला; संस्कार देने वाला; शुद्ध करने वाला।

संस्कारवान—वि. [सं.] जो अच्छे संस्कारों से युक्त हो, संस्कारशील।

संस्कारी—वि. [सं.] अच्छे संस्कारों वाला, सुसंस्कृत।

संस्कार्य—वि. [सं.] जिसका संस्कार होने को हो; संस्कार के योग्य।

संस्कृत—वि. [सं.] जिसका संस्कार किया गया हो, शुद्ध किया हुआ; परिष्कृत; परिमार्जित। स्त्री. भारतीय आर्यों की प्रसिद्ध प्राचीन भाषा।

संस्कृति—स्त्री. [सं.] किसी जाति, राष्ट्र आदि की भौतिक समृद्धि एवं मानसिक, बौद्धिक विकास की स्थितियाँ, जो उसके जीवन-मूल्यों तथा जीवन-पद्धति का परिचय देती हैं।

संस्कृतीकरण—पु. [सं.] संस्कृत करने की क्रिया; हिंदी, आदि भाषाओं में संस्कृत के शब्दों का आधिकारिक प्रयोग कर भाषा को संस्कृत के निकट का रूप देना।

संस्खलन—पु. [सं.] गिरता; त्रुटि करना, ग़लती करना।

संस्खलित—वि. [सं.] गिरा हुआ; भूल-चूक किया हुआ।

संस्तब्ध—वि. [सं.] जड़ीभूत, निष्चेष्ट।

संस्तीर्ण—वि. [सं.] फैलाया हुआ; आच्छादित।

संस्तुत—वि. [सं.] जिसकी संस्तुति की गई हो, प्रशंसित।

संस्तुति—स्त्री. [सं.] किसी कार्य, पद, आदि के लिए किसी व्यक्ति के नाम की प्रशंसापूर्वक प्रस्तावना; किसी कार्य के लिए अपनी स्वीकृति देना।

संस्था—स्त्री. [सं.] धार्मिक, सामाजिक, लोकोपकारी उद्‌देश्यों से गठित कोई समाज या वर्ग; व्यावसायिक दृष्टि से कुछ अभीष्ट सिद्धांतों और नियमों के अनुसार काम करने वाला कोई संगठित समाज या व्यक्ति-समूह (सहकारी संस्था, कोई शिक्षण संस्था, आदि)।

संस्थागार—पु. [सं.] संस्था का सभा-भवन।

संस्थान—वि. [सं.] कोई बड़ी संस्था; साहित्य, विज्ञान, कला, आदि के उत्थान के लिए बनाई गई संस्था; बहुत से लोगों के एकत्रित होने का स्थान।

संस्थापक—पु. [सं.] किसी संस्था की स्थापना करने वाला, उसे आरंभ करने वाला।

संस्थापन—पु. [सं.] किसी संस्था, आदि की स्थापना करना; किसी नई बात या सिद्धांत का प्रतिपादन।

संस्पर्श—पु. [सं.] स्पर्श; संसर्ग, संपर्क।

संस्मरण—पु. [सं.] किसी व्यक्ति के संबंध की स्मरणीय घटना; किसी व्यक्ति के संबंध में स्मृति के आधार पर लिखा गया आलेख या ग्रंथ।

संस्मरणीय—वि. [सं.] स्मरण करने योग्य।

संहत—वि. [सं.] जुड़ा हुआ, मिला हुआ, संयुक्त।

संहति—स्त्री. [सं.] मिलाप, मिलान; दृढ़ संबंध; समूह, राशि, ढेर।

संहार—पु. [सं.] नाश, ध्वंस; (युद्ध आदि में) मार डालना।

संहारक—वि., पु. [सं.] संहार, नाश करने वाला; मार डालने वाला।

संहित—वि. [सं.] इकट्‌ठा किया हुआ, मिला, सटा या जुड़ा हुआ।

संहिता—स्त्री. [सं.] नियमों आदि का वर्णन करने वाला धर्म ग्रंथ; नियमों, कानून आदि का आधिकारिक संग्रह—भारतीय दंड संहिता।

संहिति—स्त्री. [सं.] एक साथ रखना, संबंध।

सआदत—स्त्री. [अ.] सौभाग्य; नेकी, भलाई। वि. भला; आज्ञाकारी; बड़ों की सेवा करने वाला।

सईद—वि. [अ.] शुभ, भला, मांगलिक।

सईस—पु. द्र. 'साइस'।

सऊर—पु. द्र. 'शऊर'।

सकट*—पु. शकट, छोटी बैलगाड़ी, छकड़ा।

सकता—स्त्री. शक्ति, बल, सामर्थ्य, ताक़त।

सकना—अ.क्रि. संभव, मुमकिन, होना; एक संयोज्य क्रिया जो अनेक धातुओं के साथ लग कर (i) संभावना और (ii) सामर्थ्य की सूचक होती है, यथा—वर्षा आ सकती है, राम लकड़ी तोड़ सकता है।

सकपक—स्त्री. हिचक, घबराहट।

सकपकाना—अ.क्रि. घबराहट में चकित रह जाना; हिचकना।

सकरा—वि. तंग, संकीर्ण (मार्ग, रास्ता)।

सकरुण—वि. [सं.] करुणाशील, दयावान।

सकर्ण—वि. [सं.] कानों वाला, सुनने वाला।

सकर्मक—वि. [सं.] प्रभावकारी (भूमिका); वह क्रिया जिसका प्रभाव कर्ता पर न पड़कर दूसरे पर, कर्म पर पड़े (व्या.)।

सकल—वि. [सं.] समस्त, सब।

सकलेंदु—पु. [सं.] पूर्ण चन्द्र, पूर्णिमा का चाँद।

सकलेश्वर—पु. [सं.] विष्णु।

सकाम—वि. [सं.] कामना युक्त; फल की आकांक्षा रखने वाला।

सकार—पु. [सं.] 'स' अक्षर या उसकी ध्वनि; सगण। वि. फुर्तीला; उत्साही।

सकारण—वि. [सं.] कारण सहित, जिसका कोई कारण हो।

सकारना—स.क्रि. स्वीकार करना, मंजूर करना; मान लेना।

सकारा—पु. स्वीकारा; मान दिया; किए हुए को अनुमोदित किया।

सकारात्मक—वि. [सं.] स्वस्थ, अच्छी (प्रतिक्रिया), उत्तर जो सहमति का सूचक हो, 'नकारात्मक' का विपरीतार्थी।

सकारे*—क्रि.वि. तड़के, भोर, सवेरे (साँझ-सकारे)।

सकाल—अ. तड़के, सवेरे।

सकील—वि. [अ.] भारी, बोझल।

सकुक्षि—वि. [सं.] सहोदर, एक ही कोख से उत्पन्न।

सकुचना*—अ.क्रि. लज्जित होना, संकुचित होना।

सकुचाना*—अ.क्रि. द्र. 'सकुचना'।

सकुन—पु. द्र. 'संकुत'; शकुन।

सकुनी*—पु. शकुनि, दुर्योधन का मामा।

सकुल—वि. [सं.] सपरिवार; कुलीन, उत्तम कुल का; एक ही परिवार, कुल का।

सकुशल—क्रि.वि. [सं.] कुशलतासहित, ठीक-ठाक।

सकेरना*—स.क्रि. समेटना, इकट्ठा करना; झाड़ू से सफाई करना।

सकेश—वि. [सं.] साफ़ किया; इकट्ठा किया; झाड़ू से साफ़ किया (हुआ)।

सकोड़ना—स.क्रि. द्र. 'सिकोड़ना'।

सकोरा—पु. मिट्टी का बना कटोरेनुमा पात्र, कसोरा।

सक़्क़ा—पु. [फा.] भिश्ती, मशक से पानी ढोने वाला।

सक्षम—वि. [सं.] शक्तिशाली, समर्थ, क्षमता से पूर्ण।

सखत*—वि. द्र. 'सख़्त'।

सखती—स्त्री. द्र. 'सख़्ती'।

सखा—पु. [सं.] मित्र, संगी, साथी।

सखी—स्त्री. [सं.] सहेली, 'सखा' का स्त्री.। **~भाव**—पु. अपने आराध्य देव को पत्नी मानने का भाव। **~संप्रदाय**—पु. वैष्णव भक्तों का एक संप्रदाय, इसमें भक्त उपास्य देव को सखी या पत्नी मानते हैं।

सख़ुन—पु. द्र. 'सुखन'।

सख़्त—वि. [अ.] कठोर, कड़ा; मुश्किल, कठिन; कठोर व्यवहार करने वाला; बहुत अधिक।

सख़्ती—स्त्री. कड़ापन; कठोरता; कठोर व्यवहार।

सख्य—पु. [सं.] सखा भाव; मित्रता; भक्ति का वह प्रकार जिसमें उपास्य को सखा भाव से भजा जाता है, उपासना की जाती है।

सगंध—वि. [सं.] गंधयुक्त, खुशबूदार।

सगन*—पु. शकुन।

सगनौती—स्त्री. शकुन विचारना; शकुन विचारने की क्रिया।

सगबगाना—अ.क्रि. सकपकाना, घबड़ा जाना।

सगर—पु. [सं.] एक सूर्यवंशी राजा, जिनके साठ हज़ार पुत्र बताए गए हैं।

सगरा*—वि. समस्त, सब।

सगर्भा—स्त्री. [सं.] गर्भवती स्त्री; सगी बहन।

सगल*—वि. सकल, सब।

सगा—वि. सहोदर, एक माँ-बाप से उत्पन्न; निकट संबंधी (सगा मामा, सगा चाचा, आदि)।

सगाई—स्त्री. विवाह संबंध का निश्चय हो जाने पर की जाने वाली रस्म, मँगनी।

सग़ीर—वि. [अ.] छोटा; कम आयु का; अदना।

सगुण—वि. [सं.] परमात्मा का रूपाकार युक्त विग्रह, गुणों से युक्त स्वरूप, साकार ब्रह्म।

सगुणोपासना—स्त्री. [सं.] साकार ब्रह्म की भक्ति, उपासना।

सगुन—पु. शकुन।

सगुनौती—स्त्री. शकुन विचारने की विद्या।

सगोत—वि., पु. द्र. 'सगोत्र'।

सगोती—वि. एक ही गोत्र, गोत का।

सगोत्र—वि. [सं.] एक ही गोत्र का। पु. एक ही गोत्र का व्यक्ति।

सघन—वि. [सं.] घना, गीझन।

सघनता—स्त्री. [सं.] घनापन, गझिनता।

सच—पु. सत्य, सच्ची बात। वि. सत्य।

सचमुच—अ. वास्तव में, यथार्थतः।

सचराचर—वि. [सं.] जिसमें स्थावर-जंगम सभी हों। पु. विश्व।

सचल—वि. [सं.] चलता हुआ, गतिशील; जंगम। पु. जंगम पदार्थ।

सचाई—स्त्री. सच का भाव, सत्यता; ईमानदारी; वास्तविकता।

सचान—पु. एक पक्षी, बाज।

सचिक्कण—वि. [सं.] बहुत चिकना।

सचिक्कन—वि. द्र. 'सचिक्कण'।

सचिव—पु. [सं.] साथी, मित्र, दोस्त; मन्त्री; किसी संस्था विभाग या मंत्रालय का प्रधान प्रशासनिक अधिकारी ('सेक्रेटरी')।

सचिवालय—पु. [सं.] सरकार के सचिवों, मंत्रियों तथा विभिन्न विभागों के प्रमुख अधिकारियों, कर्मचारियों आदि के कार्यालयों का सम्मिलित स्थान ('सेक्रेटेरियट')।

सची—स्त्री. [सं.] द्र. 'शची'।

सचेत—वि. [सं.] सावधान, सतर्क; समझदार।

सचेतक—वि. [सं.] सजग करने वाला; संसद, विधान-सभा, आदि में अनुशासन संबंधी एक अधिकारी।

सचेतन—वि. [सं.] चेतनायुक्त, समझदार; सावधान।

सचेष्ट—वि. [सं.] जो चेष्टा कर रहा हो, सक्रिय, क्रियाशील।

सच्चरित, सच्चरित्र—वि. [सं.] चरित्रवान, अच्छे चरित्र का, सदाचारी।

सच्चा—वि. [सं.] सत्य बोलने वाला; ईमानदार, वास्तविक, यथार्थ, ठीक; असली जो अशुद्ध, झूठा या बनावटी न हो; बिलकुल ठीक और पूरा।

सच्चिकन—वि. दे. 'सचिक्कण'।

सच्चिदानंद—पु. [सं.] सत्, चित्, आनंदस्वरूप ब्रह्म।

सच्चिन्मय—वि. [सं.] सत् और चेतन स्वरूप, सत् और चैतन्य से युक्त।

सजग—वि. [सं.] सावधान, सचेत, होशियार।

सजन—पु. [सं.] पति, स्वामी; प्रियतम।

सजना—अ.क्रि. शृंगार करना।

सजनी—स्त्री. सखी, पत्नी।

सज़ा—स्त्री. [फा.] दंड; जेल में बंद रहने का दंड।

सजात—वि. [सं.] एक साथ उत्पन्न; एक ही समय उत्पन्न।

सजाति, सजातीय—वि. [सं.] एक ही जाति या वर्ग का। पु. एक ही जाति के पुरुष और स्त्री से उत्पन्न पुत्र।

सजाना—स.क्रि. सँवारना, सुसज्जित करना, शृंगार करना; व्यवस्थित करना।

सजावट—स्त्री. शोभा, सज्जा, अलंकरण।

सजावटी—वि. जो शोभा, अलंकरण के ही काम का हो, सजावट संबंध।

सजीला—वि. छैला, फैशन वाला; सुंदर, सुडौल।

सजीव—वि. [सं.] प्राणयुक्त; जीवंत। पु. प्राणी।

सजीवता—स्त्री. [सं.] सजीव होने का भाव।

सज्जन—पु. [सं.] सच्चरित्र, अच्छे आचरण और व्यवहार वाला; शरीफ़, भला आदमी।

सज्जनता—स्त्री. [सं.] मृदुल व्यवहार, सज्जन होने का भाव—द्र. 'सज्जन'।

सज्जा—स्त्री. [सं.] सजावट, साज सामान।

सज्जित—वि. [सं.] सजा हुआ, अलंकृत; सामग्री आदि से युक्त; हथियारों से लैस।

सटकना—अ.क्रि. किसी चीज़ को गले से नीचे उतारना; जल्दी से कोई चीज़ खाना।

सटकाना—स.क्रि. छड़ी आदि से मारना।

सटकार—स्त्री. सटकारने की क्रिया, झटकारना।

सटकारना—स.क्रि. छड़ी आदि से मारना।

सटना—अ.क्रि. समीप आना—दो वस्तुओं या व्यक्तियों का पास हो जाना।

सटपटाना—अ.क्रि. भौचक्का होना।

सटर-पटर—वि. चीज़ों को आवाज़सहित इधर-उधर रखना।

सटीक—वि. [सं.] टीकासहित, व्याख्यासहित, भाष्ययुक्त। हि. बिलकुल ठीक।

सटोरिया—पु. सट्टेबाज़, किसी चीज़, बात पर रुपए-पैसे की शर्त लगाने वाला।

सट्टा—पु. शर्त के साथ रुपया लगाने का व्यापार।

सठियाना—अ.क्रि. साठ वर्ष का हो जाना। ला. बूढ़े हो जाने पर बुद्धि का ठीक-ठीक काम न करना।

सड़क—स्त्री. चौड़ा, पक्का रास्ता।

सड़न—स्त्री. सड़ने की अवस्था।

सड़ना—अ.क्रि. किसी वस्तु का गलना, किसी वस्तु का गल कर दुर्गंधयुक्त होना। **ला.** बुरी अवस्था में रहना।

सड़सठ—वि. साठ और सात। पु. साठ और सात की संख्या, 67।

सड़ाँध—स्त्री. सड़ायँध, सड़ी हुई वस्तु से आने वाली दुर्गंध।

सड़ाक—स्त्री. पतली छड़ी, आदि की सटकारने की आवाज़।

सड़ाना—स.क्रि. किसी वस्तु को गलने, सड़ने में प्रवृत्त करना। **ला.** बुरी हालत में रखना।

सड़ायँध—स्त्री. द्र. 'सड़ाँध'।

सड़ाव—पु. सड़ने, गलने की स्थिति।

सड़ासड़—[अ.] 'सड़-सड़' की आवाज़ के साथ (मारना, पीटना)।

सड़ियल—वि. सड़ा, गला हुआ। **ला.** खराब, बुरी आदतों वाला (व्यक्ति)।

सत्*—वि. सत्य, यथार्थ। पु. सचाई, यथार्थ; किसी पदार्थ का सार।

सत—वि. सात का समास में प्रयुक्त लघु रूप—सतगुना, सतमासा, सतरंगा, आदि।

सतकारना*—स.क्रि. आदर-सम्मान करना।

सतत—वि. [सं.] निरंतर। अ. सर्वदा, हमेशा।

सतति—वि. [सं.] अविच्छिन्न, निरंतर।

सतनजा—पु. सात प्रकार के अनाजों का मिश्रण।

सतनजी—मिली-जुली। **ला.** मिली जुली सरकार।

सतरंजी—स्त्री. द्र. 'शतरंजी'।

सतर*—वि. रेखा, लकीर; सीधा (खड़ा होना)।

सतरह—वि., पु. द्र. 'सत्तरह'।

सतर्क—वि. [सं.] सचेत, सावधान; तर्कपूर्ण; तर्क सहित।

सतर्कता—स्त्री. [सं.] सावधानी, होशियारी। **~आयोग**—पु. भ्रष्टाचार आदि के नियंत्रण के लिए बनाई गई एक सरकारी संस्था, विभाग—'बिजिलेंस ब्यूरो'।

सतलज—स्त्री. पंजाब की एक प्रसिद्ध नदी, प्राचीन नाम शतद्रु।

सतवंती—स्त्री. पातिव्रत धर्म का पालन करने वाली स्त्री, वह जो अपने पति के प्रति एकनिष्ठ हो।

सतसई—स्त्री. शप्त शती (बिहारी सतसई), सात सौ पदों, दोहों, आदि का संग्रह।

सतह—स्त्री. [अ.] वस्तु का निचला भाग, तल; वस्तु का ऊपरी भाग।

सतहत्तर—वि. सत्तर और सात। पु. सत्तर और सात की संख्या, 77।

सतही—वि. सतह का, ऊपरी; जिसमें गहराई न हो (विचार, सोच में)।

सतानंद*—पु. [सं.] शतानंद, एक ऋषि, राजा जनक के पुरोहित, गौतम ऋषि के पुत्र।

सताना—स.क्रि. पीड़ा, कष्ट देना, परेशान करना।

सतावर—स्त्री. शतावर, एक बेल जो दवा के काम आती है (आयु.)।

सतासी—वि. अस्सी और सात। पु. अस्सी और सात की संख्या, 87।

सती—स्त्री. [सं.] पतिव्रता स्त्री, पति के शव के साथ जल जाने वाली स्त्री। **~चौरा**—पु. किसी सती हुई स्त्री की स्मृति में बना चबूतरा।

सतीत्व—पु. [सं.] पातिव्रत्य; सती होने का भाव। **~हरण**—पु. सतीत्व नष्ट करना।

सतुआ—पु. सत्तू, भुने हुए अन्न का आटा।

सतृष्ण—वि. [सं.] प्यासा; इच्छुक (सतृष्ण नेत्र)।

सतोगुण—पु. द्र. 'सत्त्व गुण'।

सतोगुणी—वि. सत्त्व गुण से युक्त।

सत्—वि. [सं.] सत्य; सज्जन; नित्य, स्थायी; शुद्ध, पवित्र; श्रेष्ठ। पु. ब्रह्म; ब्रह्म का एक गुण (सत्, चित्, आनंद)। **~कर्म**—पु. पुण्य कार्य, नेक काम, दूसरे के हित का कार्य।

सत्त—पु. सत्त्व, रस, सार-भाग; तत्त्व।

सत्तर—वि. साठ और दस। पु. सत्तर की संख्या, 70।

सत्तरह—वि. दस और सात। पु. सत्तरह की संख्या, 17।

सत्ता—पु. सात बूटियों वाला ताश का पत्ता। स्त्री. [सं.] अस्तित्व, मूर्त रूप में रहने की स्थिति; शक्ति, सामर्थ्य; वह शक्ति जो देश का शासन चलाती है। **~धारी**—पु. वह जिसके हाथ में शासन का सूत्र हो।

सत्ताइस, सत्ताईस—वि. बीस और सात। पु. सत्ताईस की संख्या, 27।

सत्ताधीश—पु. [सं.] सत्ता का स्वामी, सत्ता वाला।

सत्तानबे—वि. नब्बे और सात। पु. सत्तानबे की संख्या, 97।

सत्तार—पु. [सं.] ईश्वर; दोष ढकने वाला, दोषों पर परदा डालने वाला।

सत्तारूढ़—वि. [सं.] सत्ता पर आसीन, सत्ता पर जिसका अधिकार हो।

सत्तावन—वि. पचास से सात अधिक। पु. सत्तावन की संख्या, 57।

सत्तासी—वि. सतासी, अस्सी से सात अधिक। पु. सत्तासी की संख्या, 87।

सत्तू—पु. भुने हुए अन्न—गेहूँ-जौ आदि, का आटा।

सत्त्व—पु. [सं.] सार, तत्त्व; जीवनी-शक्ति, प्राण; अच्छा कार्य। **~गुण**—पु. प्रकृति का वह गुण जो अच्छे कर्मों की ओर प्रवृत्त करता है।

सत्परामर्श—पु. [सं.] ठीक, उचित सलाह; अच्छी सलाह।

सत्पात्र—पु. [सं.] योग्य अधिकारी या व्यक्ति; श्रेष्ठ और सदाचारी व्यक्ति।

सत्य—वि. [सं.] वास्तविक, यथार्थ; यथा—तथ्य। पु. न्याय संगत, धर्म की बात; ब्रह्म लोक—सात लोकों में सर्वोच्च। **~केतु**—पु. एक बुद्ध। **~निष्ठ**—वि. सत्य पर निष्ठा रखने वाला, सत्य का प्रेमी। **~प्रतिज्ञ**—वि. प्रतिज्ञा पूरी करने वाला, दृढ़प्रतिज्ञ। **~युग**—पु. भारतीय मान्यता में चार युगों में से एक—पहला, कृत युग।

सत्यतः—अ. [सं.] वस्तुतः, सचमुच, दरअसल।

सत्यता—स्त्री. [सं.] सचाई, वास्तविकता।

सत्यवती—स्त्री. [सं.] इस नाम की कई प्रसिद्ध नारियाँ—पराशर की पत्नी, व्यास की माता; मत्स्यगंधा; नारद की पत्नी, एक नदी।

सत्यवान्—वि. [सं.] सत्य से युक्त, सच्चा। पु. सावित्री का पति।

सत्याग्रह—पु. [सं.] किसी न्यायपूर्ण बात, लक्ष्य की प्राप्ति के लिए शांतिपूर्वक डटे रहना; महात्मा गांधी ने इसे ब्रिटिश साम्राज्यशाही से लड़ने के लिए एक शांतिपूर्ण अस्त्र के रूप में प्रयुक्त कर भारत की आज़ादी का स्वप्न पूरा किया।

सत्याग्रही—वि. [सं.] सत्याग्रह करने वाला।

सत्यात्मा—वि. [सं.] सत्यपरायण व्यक्ति।

सत्यानाश, सत्यानास—पु. [सं.] सर्वनाश, बरबादी।

सत्यानाशी, सत्यानासी—वि. [सं.] सर्वनाश करने वाला।

सत्यापन—पु. [सं.] सत्य की संपुष्टि (किसी अधिकारी द्वारा, 'एटेस्टेशन'); मिलान या जाँच करके तथ्यों तथा कथन की संपुष्टि ('वेरिफिकेशन')।

सत्यापित—वि. [सं.] जिसका सत्यापन हुआ हो (किसी अधिकारी द्वारा—'एटेस्टेड')।

सत्र—पु. वह नियत काल, जिसमें कोई कार्य प्रारंभ होकर कुछ समय तक चलता है (संसद का सत्र, शिक्षा संस्थाओं का सत्र)। **~अदालत**—स्त्री. सेशन कोर्ट।

सत्रह—वि., पु. द्र. 'सत्तरह'।

सत्तारंभ—पु. [सं.] सत्र का आरंभ—शिक्षण संस्थाओं, संसद, विधानसभा, आदि का।

सत्रावसान—पु. [सं.] सत्र की समाप्ति।

सत्व—पु. द्र. 'सत्त्व'।

सत्वर—वि. [सं.] तेज़, फुर्तीला। अ. शीघ्र, तत्क्षण।

सत्संग—वि. [सं.] साधु-महात्माओं का संग, उनकी सभा में जाना।

सत्संगी—वि. [सं.] जो सत्संग करता हो, भजन-कीर्तन में मग्न।

संदर्भ—वि. [सं.] अभिमान, घमंड सहित।

सद—वि. [सं.] ताजा, हाल का; उत्तम, बढ़िया, अच्छा।

सदक़ा—पु. [अ.] वह वस्तु जो ख़ुदा के नाम पर फकीरों को दी जाए, खैरात; वह चीज़ जो किसी पर वार कर दी जाए।

सदक्ष—वि. [सं.] विवेकवान।

सदन—पु. [सं.] घर, मकान, निवास-स्थान; वह स्थान जहाँ विचार-विमर्श करने के लिए किसी वैधानिक सभा, जन-प्रतिनिधियों, आदि का अधिवेशन होता है, संसद का सदन (लोक सभा का सदन, राज्य सभा का सदन, प्रादेशिक स्तर पर विधान सभा, आदि का अधिवेशन का स्थान, सदन)।

सदमा—पु. [अ.] किसी दुःखद घटना या समाचार से लगने वाला आघात; शोक का आघात।

सदय—वि. [सं.] दयालु, दयावान।

सदर—पु. सभापति; वह स्थान जहाँ कोई बड़ा अधिकारी रहता हो या किसी विभाग का प्रधान कार्यालय हो। **~बाज़ार**—पु. बड़ा बाज़ार, मुख्य बाज़ार।

सदरी—स्त्री. फतुही, बिना आस्तीन की मिरजई, जिसमें हलकी रुई भरी होती है।

सदर्प—वि. [सं.] घमंडी। अ. दर्पपूर्वक।

सदसद्विवेक—पु. [सं.] भले-बुरे की पहचान।

सदस्य—पु. [सं.] किसी सभा, संस्था, सामाजिक इकाई का भागीदार व्यक्ति, सभासद ('मेम्बर')।

सदस्या—स्त्री. [सं.] महिला सभासद, सदस्य।

सदस्यता—स्त्री. [सं.] सदस्य होने की स्थिति, अवस्था।

सदा—अ. [सं.] सदैव, हमेशा, हर समय।

सदा—स्त्री. [अ.] पुकार; शब्द, आवाज़; कोई मधुर स्वर लहरी। मु. **~देना, ~लगाना**—किसी फकीर या समाज-सुधारक, देशभक्त, आदि की पुकार, आह्वान।

सदाक़त—स्त्री. [अ.] सचाई; खरापन; गवाही।

सदाचरण—पु. [सं.] सद्व्यवहार, अच्छा आचरण, चाल-चलन।

सदाचार—पु. [सं.] अच्छा आचरण, चाल-चलन।

सदाचारिणी—स्त्री. [सं.] सदाचारी स्त्री।

सदाचारिता—स्त्री. [सं.] सदाचार होने का भाव।

सदाचारी—वि. [सं.] अच्छे आचरण वाला।

सदानंद—वि. [सं.] सदैव आनंद में रहने वाला; सदैव आनंद देने वाला।

सदारत—स्त्री. [अ.] सभापतित्व, अध्यक्षता।

सदाशय—वि. [सं.] उदार विचार का, ऊँचे विचार वाला।

सदी—स्त्री. [फा.] शताब्दी, शती, सौ साल का समय।

सदुक्ति—स्त्री. [सं.] सूक्ति, अच्छी उक्ति।

सदुपदेश—पु. [सं.] उत्तम शिक्षा; अच्छे विचारों का प्रवचन।

सदुपयोग—पु. [सं.] अच्छे कार्य में लगाना।

सदृश—वि. [सं.] समान, एक जैसा, तुल्यता।

सदेह—वि. [सं.] प्रत्यक्ष, मूर्तिमान।

सदैव—अ. [सं.] सर्वदा, हमेशा।

सदोष—वि. [सं.] दोषयुक्त, दोषी; अपराधी।

सद्—'सत्' का समास में प्रयुक्त रूप। **~गति**—स्त्री. मोक्ष, मृत्यु; अच्छी दशा। **~गुण**—पु. अच्छे गुण। **~गुरु**—पु. अच्छा गुरु, धर्मगुरु। **~ग्रंथ**—पु. उत्तम ग्रंथ, धार्मिक प्रवृत्ति वाले ग्रंथ। **~बुद्धि**—स्त्री. अच्छी बुद्धि, सद्विचारों वाली वृत्ति, विवेक। **~भावना**—स्त्री. अच्छी, हितकारी भावना। **~भावी**—वि. सदाशयी, सद्भाव से युक्त।

सद्य, सद्यः—अ. [सं.] इसी समय, अभी, तत्क्षण; हाल ही में, कुछ ही समय पूर्व। **~प्रसूता**—स्त्री. वह स्त्री जिसने अभी-अभी प्रसव किया हो, संतान को जन्म दिया हो। **~यौवना**—स्त्री. वह कुमारी, जिसने अभी ही यौवन में प्रवेश किया हो। **~स्नाता**—स्त्री. वह स्त्री, नायिका जिसने अभी-अभी स्नान किया हो।

सद्योजात—वि. [सं.] जो अभी उत्पन्न हुआ हो, जिसका जन्म अभी ही हुआ हो।

सधना—अ.क्रि. काम पूरा होना, कार्य सिद्ध होना।

सधन्यवाद—क्रि.वि. [सं.] धन्यवाद सहित।

सधर्मा—पु. [सं.] समान धर्मयुक्त।

सधर्मिणी—स्त्री. [सं.] पत्नी, भार्या।

सधर्मी—वि. [सं.] समाज-धर्म का अनुयायी।

सधवा—स्त्री. [सं.] सुहागिन, सौभाग्यवती।

सधना—स.क्रि. किसी का कोई काम पूरा करा देना।

सन—पु. एक पौधा जिसकी छाल की रस्सी बनती है। स्त्री. किसी वस्तु में से तेज़ हवा के निकलने का शब्द। **~सन**—स्त्री. हवा के तेज़ चलने से पैदा आवाज़।

सन—विभ. 'से' विभक्ति का अवधी और ब्रज में प्रयुक्त रूप—'प्रात कहा मुनि सन रघुराई'—तुलसी।

सनई—स्त्री. सन की एक प्रजाति, पौधा सन से छोटा होता है।
सनक—पु. धुन, झोंक, खबत, पागलपन, दीवानापन ('क्रेज़')।
सनकना—अ.क्रि. पागल-सा हो जाना; किसी चीज़ या प्रवृत्ति के पीछे दीवाना हो जाना।
सनकी—वि. जो किसी चीज़ के पीछे दीवाना हो ('क्रेज़ी')।
सनडे—पु. [अं.] सप्ताह के सात दिनों में अंतिम, रविवार।
सनत—पु. [सं.] ब्रह्मा। **~कुमार**—पु. ब्रह्मा के चार मानस-पुत्रों में से एक।
सनद—स्त्री. [अ.] प्रमाण-पत्र; प्रामाणिक कथन या बात।
सनदी—वि. [अ., फा.] प्रामाणिक; सनद संबंधी।
सनना—अ.क्रि. लिथड़ जाना, लथपथ हो जाना; संलिप्त किया जाना—किसी गलत काम में।
सनमान*—पु. द्र. 'सम्मान'।
सनमानना*—स.क्रि. सम्मान, आदर-सत्कार देना।
सनमुख*—अ. द्र. 'सम्मुख'।
सनसनाना—अ.क्रि. सन-सन शब्द होना।
सनसनाहट—स्त्री. हवा के तेज़ चलने की सनसन की आवाज़, पानी के बहने, आदि की सन-सन की आवाज़।
सनसनी—स्त्री. झुनझुनी, आश्चर्य, भय, आदि के समाचार से हुई स्तब्धता; सनसनी पैदा करने वाला समाचार; अचानक कोई बहुत प्रसिद्ध हुआ व्यक्ति (संगीत में आजकल वह एक सनसनी है)।
सनस्ट्रोक—पु. [अं.] लू, गर्म हवा, गर्म हवा से हुआ ज्वर, आदि।
सनाका—पु. झटकता (खा जाना); **मु. ~खा जाना**—आश्चर्यचकित हो जाना।
सनाढ्य—पु. ब्राह्मणों की एक उपजाति।
सनातन—वि. [सं.] बहुत दिनों से, परंपरानुसार चला आता; सदा रहने वाला, शाश्वत; अनादि और अनंत (ईश्वर, ईश्वर की लीलाएँ)। **~धर्म**—प्राचीन हिन्दू धर्म।
सनातनी—वि. सनातन धर्म संबंधी; सनातन धर्म का अनुयायी।
सनाथ—वि. [सं.] जिसका कोई स्वामी, रक्षक हो; जिसका पति हो।
सनाथा—स्त्री. [सं.] वह स्त्री जिसका पति जीवित हो।
सनाभि—वि. [सं.] नाभियुक्त।
सनाय—स्त्री. एक पौधा जिसकी पत्तियाँ रेचक होती हैं, सोनामुखी।
सनीचर*—पु. द्र. शनीचर, शनि देवता।
सनीचरवार*—पु. शनिवार, सप्ताह का छठा दिन।
सनीचरी*—स्त्री. शनि की दशा।
सनेस, सनेसा*—पु. द्र. 'संदेश'।
सनेही—वि. स्नेही, प्रेमी। पु. प्रेम करने वाला।
सनै-सनै*—अ. द्र. 'शनैः-शनैः'।
सनोवर—पु. [अ.] चीड़ का पेड़।
सन्—पु. [अ.] साल, संवत्। **~ईसवी, ~ईस्वी**—पु. ईसा के जन्मदिन के आधार पर प्रचलित सन्, वर्ष।
सन्न—वि. भय, आश्चर्य, आदि से स्तब्ध, स्तंभित; निष्चेष्ट।
सन्नद्ध—वि. [सं.] पूरी तरह तैयार, उद्यत; काम में पूरी तरह लगा हुआ।
सन्नाटा—पु. नीरवता, निस्तब्धता, निर्जनता, चुप्पी।
सन्नाभ*—वि. 'सरनाभ' का अपभ्रंश रूप।
सन्निकट—अ. [सं.] बिलकुल पास, निकट ही।
सन्निपात—पु. [सं.] एक प्रकार का ज्वर (आयु.)।
सन्निविष्ट—वि. [सं.] साथ बैठा हुआ; किसी के अन्तर्गत आया हुआ या मिलाया हुआ।
सन्निवेश—पु. [सं.] साथ बैठना या स्थित होना; एकत्र होना, जुटना।
सन्निहित—वि. [सं.] साथ या पास रखा हुआ, निकटस्थ; उद्यत, तैयार; स्थित।
सन्न्यास—पु. [सं.] संन्यास, हिंदुओं का चौथा आश्रम, गृहस्थ-त्याग; छोड़ना, परित्याग।
सन्न्यासी—वि. [सं.] संन्यासी, जो संन्यास धर्म का पालन करता हो, जिसने संन्यास ग्रहण कर लिया हो, गृह-त्यागी।
सन्मान—पु. द्र. 'सम्मान'।
सन्मार्ग—पु. [सं.] सद्मार्ग, सुमार्ग, सुपथ, अच्छा मार्ग।
सन्मार्गी—वि. [सं.] सद्मार्ग पर चलने वाला।
सन्मुख—अ. द्र. 'सम्मुख'।
सपत्नी—स्त्री. [सं.] सौत।
सपत्नीक—वि. [सं.] पत्नी के साथ।
सपथ*—स्त्री. द्र. 'शपथ'।
सपना—पु. 'स्वप्न'।
सपरिकर, सपरिक्रम—वि. [सं.] दल-बल सहित, अनुचरों, आत्मीयों, आदि के साथ (आगमन)।
सपरिजन—वि. [सं.] सपरिवार, परिवार जनों के साथ।
सपरिवार—वि. [सं.] परिवार के साथ।
सपा—स्त्री. समता पार्टी, समाजवादी पार्टी (राजनीतिक दल)।
सपाट—वि. इकसार, जो ऊबड़-खाबड़ न हो।
सपाड़ना—अ.क्रि. समाप्त करना।
सपाद—वि. [सं.] चरणोंसहित; सवाया (सपाद लक्ष—सवा लाख)।
सपुर्द—वि. [फा.] सुपुर्द, सौंप देना (खाक-ए-सुपुर्द)।
सपुर्दगी—स्त्री. [फ़ा.] सुपुर्दगी, किसी को कोई चीज़ सौंप देना।
सपूत—पु. योग्य, लायक पुत्र।

सपूती—स्त्री. अच्छे पुत्र की माता; पुत्रवती माता।

सपेरा—पु. द्र. 'सँपेरा'।

सपोर्ट—स्त्री. [अं.] सहारा; सहारा देना; अनुमोदन करना; समर्थन देना; हिमायत करना, बढ़ावा देना, प्रोत्साहन देना।

सपोला—पु. साँप का छोटा बच्चा।

सप्त—वि. [सं.] छह और एक। पु. सात की संख्या, 7। **~ऋषि**—पु. द्र. 'सप्तर्षि'। **~द्वीप**—पु. पुराणों में वर्णित सात द्वीप ये हैं—जम्बू, शाक, कुश, शाल्मलि, पक्ष, क्रौंच और पुष्कर। **~लोक**—पु. सात लोक, पुराणों के अनुसार सात लोक—भूलोक, भुवर्लोक, स्वलोक, महर्लोक, जन-लोक, तपोलोक और सत्य लोक। **~शती**—स्त्री. सात सौ पदों, छंदों का संग्रह—दुर्गासप्तशती, आदि। **~सिंधु**—पुराणानुसार सात समुद्र—लवण, इक्षु, दधि, दुग्ध, मधु, मदिरा और घृत।

सप्तक—वि. [सं.] सात; जिसमें सात हों। पु. सात का समुच्चय; संगीत में सात स्वरों का।

सप्तम—वि. [सं.] सातवाँ।

सप्तमी—स्त्री. [सं.] चान्द्र मास के किसी पक्ष की सातवीं तिथि, अधिकरण कारक की विभक्ति (व्या.)।

सप्तर्षि—पु. [सं.] सात नक्षत्रों का एक मंडल; परंपरा में मान्य सात ऋषि—गौतम, भरद्वाज (भारद्वाज), विश्वामित्र, जमदग्नि, वसिष्ठ, कश्यप और अत्रि; महाभारत के अनुसार सात ऋषि—मरीचि, अत्रि, अंगिरा, पुलह, क्रतु, पुलस्त्य और वसिष्ठ।

सप्तांग—वि. [सं.] सात अंगों वाला।

सप्तांशु—वि. [सं.] सात किरणों वाला।

सप्तार्णव—पु. [सं.] सातों समुद्र।

सप्ताह—पु. [सं.] सात दिनों—सोमवार से लेकर रविवार तक का काल, हफ़्ता; सात दिनों तक चलने वाला। धार्मिक आयोजन—यज्ञ, किसी धर्मग्रंथ का पाठ।

सप्ताहांत—पु. [सं.] सप्ताह का अंत।

सप्रमाण—वि. [सं.] प्रमाणसहित, प्रामाणिक।

सप्लाई—स्त्री. [अं.] आपूर्ति, मुहैया कराना; संभरण।

सप्लायर—पु. [अं.] आपूर्ति कर्ता, प्रदायक; सामान पहुँचाने वाला।

सप्लीमेंट—पु. [अं.] परिशिष्ट; संपूरक।

सप्लीमेंटरी—वि. [अं.] पूरक, संपूरक।

सफ़—स्त्री. [अ.] पंक्ति, पाँत; नमाज़ पढ़ने वालों की पाँत; फर्श; चटाई, बोरिया, आदि।

सफर—पु. [अ.] यात्रा, निवास-स्थान से बाहर जाना (सफर पर हैं); हिजरी सन् का दूसरा महीना।

सफरी—स्त्री. [सं.] मछली की एक प्रजाति, छोटी चमकीली मछली। वि. सफर का; यात्रा संबंधी।

सफल—वि. [सं.] जिसने अपना कार्य, उद्देश्य सिद्ध कर लिया हो।

सफलता—स्त्री. [सं.] कार्य की सिद्धि, कामयाबी, सफल होने का भाव।

सफला—स्त्री. [सं.] पौष कृष्णा एकादशी।

सफलीकरण—पु. [सं.] सफल करना।

सफलीभूत—वि. [सं.] जिसे सफलता मिल गई हो, कामयाब।

सफ़ा—स्त्री. [अ.] साफ़, निर्मल; कागज़ का एक पन्ना। **~चट**—वि. बिलकुल साफ़; वह मैदान जिस पर कोई पेड़-पौधा, घास, आदि न हो; बिलकुल घुटा हुआ, मुँड़ा हुआ सिर, चाँद।

सफ़ाई—स्त्री. साफ़ होना, स्वच्छता; झाड़ू-पोंछा; मैल, गंदगी, आदि दूर करना।

सफ़ाया—पु. पूरी तरह समाप्त कर देना; पूरा नाश, संहार करना।

सफ़ीर—पु. [अ.] दूत, राजदूत।

सफ़ेद—वि. [फा.] श्वेत, उजला; गोरा।

सफ़ेदा—पु. एक प्रचार का आम; जस्ते का चूरा जो घर की, नल, आदि की मरम्मत में काम आता है।

सफ़ेदी—स्त्री. चूने द्वारा कराई गई पुताई; सफेद होने की स्थिति (बालों में सफेदी); श्वेत होने का भाव, स्थिति।

सब—वि. [अं.] उपसर्ग—किसी के नीचे का पद—सब इंस्पेक्टर। **~कमेटी**—उप-समिति। **~डिवीज़न**—डिवीज़न, मंडल के अन्तर्गत। **~रजिस्ट्रार**—पु. रजिस्ट्रार का अवर अधिकारी, नायब रजिस्ट्रार।

सबक़—पु. [अ.] पाठ, शिक्षा; सीख; पाठ्य-पुस्तक का वह अंश, जो एक दिन में पढ़ाया जाता है; वह दंड जो चेतावनी का काम दे। मु. **~सिखाना**—दंड देना, पिटाई कर देना।

सबब—पु. [अ.] कारण, हेतु।

सबल—वि. [सं.] शक्तिशाली, बलवान।

सबा—स्त्री. [अ.] सवेरे की हवा।

सबील—स्त्री. [अ.] उपाय, युक्ति; प्याऊ।

सबीह—स्त्री. द्र. 'शबीह'। वि. [अ.] गोरा-चिट्टा।

सबूत—पु. द्र. 'सुबूत'।

सबूरी—स्त्री. [अ.] सब्र, संतोष।

सब्ज़—वि. [फा.] हरा-भरा; हरा रंग; कच्चा और ताज़ा; शुभ। मु. **~बाग दिखाना**—धोखे में रखने के लिए किसी बात के विषय में बढ़ा-चढ़ाकर कहना।

सब्ज़ा—पु. [फा.] हरियाली; हरीतिमा।

सब्ज़ी—स्त्री. साग-पात, हरी सब्ज़ी। **~मंडी**—स्त्री. वह जगह जहाँ सब्जियों का बाज़ार लगता है।

सब्जेक्ट—पु. [अं.] विषय; किसी विद्यार्थी के पढ़ने के विषय। **~कमेटी**—स्त्री. विषय समिति, विषय निर्वाचन समिति।

सब्सिडी—स्त्री. [अं.] आर्थिक सहायता, अनुदान, अर्थ-साहाय्य।

सब्र—पु. [अ.] धैर्य; तसल्ली; सहन, बर्दाश्त। **मु. ~करना**—चुपचाप सह लेना, धैर्य रखना।

सभा—स्त्री. [सं.] समिति; संस्था; दरबार। **~कक्ष**—पु. सभा भवन, सभागार। **~पति**—पु. सभा का अध्यक्ष। **~पतित्व**—पु. सभापति का पद और कार्य।

सभाचार—पु. [सं.] समाज का रीति-रवाज़।

सभागार—पु. [सं.] सभा-गृह, सभा-भवन।

सभाध्यक्ष—पु. [सं.] सभापति।

सभी—सर्व. सब ही।

सभ्य—वि. [सं.] शिष्ट, सुसंस्कृत; भला आदमी।

सभ्यता—स्त्री., **सभ्यत्व**—पु. [सं.] शिष्टता, नम्रता, भद्रता, कुलीनता; किसी जाति या राष्ट्र की वे सब बातें, जो उसके सौजन्य तथा शिक्षित होने की सूचक हों—आचार, व्यवहार, रहन-सहन में।

सभ्येतर—वि. [सं.] जो सभ्य न हो, उजड्ड, धूर्त।

समंजन—पु. [सं.] व्यवस्था (देना), मेल मिलाना।

समंदर—पु. [फा.] समुद्र।

सम—वि. [सं.] बराबर, अभिन्न; सदृश; चौरस; हमवार—जिसमें उतार-चढ़ाव न हो; जिसका तल बराबर हो, ऊबड़-खाबड़ न हो—समतल; वह संख्या जो दो से पूरी तरह विभक्त हो जाए। **~कक्ष**—वि. बराबरी का, बराबर के पद का। **~वयस्क**—वि. बराबर उम्र का।

समक्ष—वि. [सं.] जो आँखों के सामने हो, सम्मुख, प्रत्यक्ष।

समग्र—वि. [सं.] सब, पूरा।

समझना—अ.क्रि. विचारना; जान लेना।

समझाना—स.क्रि. बताना, बोध, ज्ञान कराना।

समझौता—पु. अनुबंध, राजीनामा, करार; निपटारा।

समता—स्त्री., **समत्व**—पु. [सं.] बराबरी, तुलना का भाव।

समधिन—स्त्री. समधी की पत्नी; बेटे या बेटी की सास।

समधियाना—पु. समधी का घर, द्र. समधिन।

समधी—पु. बेटे या बेटी का ससुर।

समन*—पु. [अं.] न्यायालय द्वारा किसी व्यक्ति को उपस्थित होने का आदेश-पत्र।

समन्वय—पु. [सं.] दो या अधिक व्यक्तियों को एक साथ इस रूप में मिलाना कि वे अच्छी तरह कार्य कर सकें।

समन्वयन—पु. [सं.] समन्वय होना या करना।

समन्वित—वि. [सं.] समन्वय किया हुआ; मिला हुआ।

समय—पु. [सं.] काल, वक्त; अवसर; फुरसत। **ला.** अंतिम समय (उनका समय आ गया था)।

समयानुवर्ती—वि. [सं.] प्रचलित रीति के अनुसार व्यवहार करने वाला।

समयानुसार—वि. [सं.] समय पर, समय के अनुसार।

समयाभाव—पु. [सं.] समय का अभाव।

समयोचित—वि. [सं.] अवसर के उपयुक्त।

समर—पु. [सं.] युद्ध, लड़ाई, संग्राम। **~भूमि**—स्त्री. युद्ध-क्षेत्र, लड़ाई का मैदान, रणभूमि। **~शय्या**—स्त्री. युद्ध में वीरों का आहत होकर भूमि पर घिरना।

समरक़ंद—पु. तुर्किस्तान का एक प्रसिद्ध नगर, तैमूर की राजधानी था, अब उज़बक गणराज्य के अन्तर्गत।

समरक़ंदी—वि. सभरक़ंद का; समरक़ंद से संबंधित।

समरथ*—वि. द्र. 'समर्थ'।

समरांगण—पु. [सं.] रणभूमि, युद्धभूमि।

समरागम—पु. [सं.] युद्ध की आसन्न स्थिति; युद्ध छिड़ जाना।

समर्थ—वि. [सं.] सशक्त; योग्य; उपयुक्त; योग्य अधिकारी, सक्षम अधिकारी।

समर्थक—वि. [सं.] समर्थन करने, अनुमोदन करने वाला; पुष्टि करने वाला।

समर्थता—स्त्री. योग्यता; सामर्थ्य।

समर्थन—पु. [सं.] पुष्टि करना; पक्ष ग्रहण करना।

समर्थनीय—वि. [सं.] समर्थन करने योग्य।

समर्थित—वि. [सं.] जिसका समर्थन हुआ हो।

समर्पण—पु. [सं.] किसी को सम्मानपूर्वक कुछ देना, भेंट करना; धार्मिक दृष्टि से या श्रद्धा-भक्तिपूर्वक किसी को कुछ अर्पित करना।

समर्पित—वि. [सं.] जिसका समर्पण किया गया हो, द्र. 'समर्पण'।

समर्प्य—वि. [सं.] समर्पण करने योग्य।

समवयस्क—वि. [सं.] समान वय या आयु का।

समवर्ती—वि. [सं.] समकालीन; किसी के साथ समान भाव से रहने वाला।

समवाय—पु. [सं.] संयोग, मेल; राशि, समूह।

समवेत—वि. [सं.] संयुक्त, मिला हुआ; सबके सहयोग का; सबका एक साथ निकला हुआ (स्वर)।

समष्टि—स्त्री. [सं.] समूह, सामूहिकता; 'व्यष्टि' का विपरीतार्थी।

समस्त—वि. [सं.] समग्र, सब, कुल; संपूर्ण; समास के रूप में परिणत।

समस्या—स्त्री. [सं.] कठिन या विचारणीय प्रश्न; कठिन या विकट प्रसंग।

समाँ—पु. [अ.] नज़ारा, मंजर, दृश्य; रौनक; चमक-दमक। **मु. ~बाँध देना**—संगीत, नृत्य, प्रदर्शन, आदि से सबको सम्मोहित कर लेना।

समांतर—वि. [सं.] समानांतर।

समाई—स्त्री. सामर्थ्य, समाने का भाव, औकात, बिसात।

समाकलन—पु. [सं.] एक-सी बहुत-सी वस्तुओं को व्यवस्थित करना।

समागम—पु. [सं.] भेंट, मिलन; अधिवेशन, सभा, आदि; संभोग, मैथुन।

समाचरित—वि. [सं.] ठीक, उचित आचरण किया हुआ।

समाचार—पु. [सं.] खबर, नई या ताजा सूचना। **~पत्र**—पु. वे कागज़ जिन पर समाचारों का मुद्रण कर वितरित किया जाता है। **~प्रसारण**—पु. समाचारों को दूर-दूर तक सुनाना (रेडियो, टी.वी. आदि माध्यमों से)।

समाज—पु. [सं.] एक जगह रहने वाले लोगों का समूह, समुदाय; ऐसा समुदाय, जिसमें कुछ निश्चित मान्यताओं, जीवन-शैली, आदि का अनुगमन किया जाता हो; सभ्य लोगों का समूह। **~शास्त्री**—पु. वह व्यक्ति जो समाज विशेष की प्रवृत्तियों, जीवन-शैली आदि का अध्ययन कर उसकी उन्नति का मार्ग प्रशस्त करता है।

समादर—पु. [सं.] विशेष आदर-सम्मान; प्रतिष्ठा देना।

समादरणीय—वि. [सं.] विशेष आदर करने योग्य।

समादृत—वि. [सं.] विशेष रूप से सम्मानित।

समादेश—पु. [सं.] किसी अधिकारी द्वारा दिया गया आदेश, आज्ञा; निर्देश।

समादेशक—पु. [सं.] आदेश देने वाला अधिकारी।

समाधान—पु. [सं.] समस्या का निराकरण; किसी समस्या को सुलझा देना; संदेह, शंका या प्रश्न को दूर कर देना।

समाधि—स्त्री. [सं.] परमात्मा के ध्यान में मग्न होना, लीन होना; योग की एक अवस्था; तपस्या में लीन होना; वह स्थान जहाँ किसी का मृत शरीर या अस्थियाँ गाड़ी हुई हों। **~लेख**—पु. किसी की समाधि पर लिखा वह लेख, जिसमें दिवंगत व्यक्ति का संक्षिप्त परिचय और उपलब्धियों का परिचय होता है। **~स्थ**—वि. समाधि में स्थित, समाधि लगा लेना।

समान—वि. [सं.] तुल्य, बराबर, एक जैसा।

समानता—स्त्री., **समानत्व**—पु. [सं.] बराबरी, तुल्यता।

समानांतर—वि. [सं.] समान अंतर पर (समानांतर रेखा); साथ-साथ चलने वाला या काम करने वाला।

समाना—अ.क्रि. अटना, भरना; व्याप्त होना (हृदय में भय भर जाना); पहुँचना; बस जाना (हृदय में समा गये)।

समानाधिकरण—वि. [सं.] समान श्रेणी; समान आधार; व्याकरण में समान कारक की विभक्ति से युक्त शब्द या पद।

समानाधिकार—पु. [सं.] समान अधिकार।

समानार्थ—वि. [सं.] समान अर्थ वाला शब्द।

समानार्थक—वि. [सं.] समान अर्थ वाला (शब्द)।

समानार्थी—वि. [सं.] समान अर्थ वाला (शब्द)।

समापन—पु. [सं.] कार्य समाप्त या पूरा करना; किसी चर्चा, आदि को विराम देना।

समापवर्तक—पु. [सं.] वह राशि जिससे दो या अधिक राशियों को अलग-अलग भाग देने पर कुछ भी शेष न बचे (यथा—24, 36 तथा 48 का समापवर्तक 12 है)।

समाप्त—वि. [सं.] खत्म, पूरा किया हुआ; व्यतीत हो चुका (परीक्षा का समय), मृत (जीवन समाप्त हो गया)।

समाप्ति—स्त्री. [सं.] खत्म होना, अंत होना, न रह जाना; पूर्ण प्राप्ति (विद्या, आदि की)।

समारंभ—पु. [सं.] किसी कार्य का शुभारंभ, शुभ कार्य का आरंभ।

समारोह—पु. [सं.] बड़ा आयोजन; आनंदोत्सव; धूमधाम से किया गया सम्मेलन।

समार्थक—वि. [सं.] एक ही अर्थ का, समान अर्थ वाला।

समालिंगन—पु. [सं.] प्रगाढ़ आलिंगन।

समालोचक—पु. [सं.] किसी साहित्यिक कृति के गुण-दोष, महत्त्व, आदि का विवेचन करने वाला; किसी वस्तु का गुण-दोष विवेचक; सम्यक् आलोचना करने वाला।

समालोचन—पु. [सं.] समालोचना।

समालोचना—स्त्री. [सं.] अच्छी तरह देखना, सम्यक् परीक्षण करना; किसी साहित्यिक कृति के गुण-दोष विवेचन कर उसका समुचित मूल्यांकन करना।

समावर्तन—पु. [सं.] लौटना, वापस आना; प्राचीन समय में विद्या प्राप्त करने के बाद ब्रह्मचारी का घर लौटना।

समाविष्ट—वि. [सं.] जिसका समावेश हो गया हो; जो किसी में मिल गया हो।

समावेश—पु. [सं.] मिलना; जिसमें मिले उसी का अंग हो जाए (किसी संस्था आदि में), शामिल होना।

समावेशी—वि. [सं.] समावेश करने की वृत्ति, समावेश करने वाला, मिलकर चलने वाला।

समास—पु. [सं.] दो या अधिक पदों को मिलाकर एक पद का रूप देना (व्या., हिंदी में चार प्रकार के समास—अव्यवी भाव, समानाधिकरण, तत्पुरुष और द्वन्द्व)।

समासीन—वि. [सं.] अच्छी तरह बैठा हुआ।

समासोक्ति—स्त्री. [सं.] साहित्य में एक अलंकार, जिसमें संक्षेप में दो अर्थों (उक्तियों) का कथन होता है। प्रस्तुत और अप्रस्तुत में समान संबंध रखने वाले विशेषणों से दोनों ओर अर्थ संगत हो जाता है, प्रस्तुत के वर्णन में समान विशेषणों से अप्रस्तुत का भी बोध हो जाता है, यथा—'कुमुदिनिहूँ प्रफुल्लित भई देखि कलानिधि साँझ।'

यहाँ कुमुदिनी के साथ नायिका के प्रफुल्लित होने का भी बोध हो जाता है।

समाहार—पु. [सं.] संक्षेप; मिलना; शब्दों या वाक्यों का योग; द्वन्द्व समास का एक भेद, जिसमें दो पद आपस में मिलकर वर्ग का बोध देते हैं, यथा—धनी-मानी, सेठ-साहूकार।

समाहित—वि. [सं.] एकत्र किया हुआ, साथ किया हुआ; एक जगह सुन्दर और सुव्यवस्थित रूप में रखना।

समाहूत—वि. [सं.] ललकारा हुआ; बुलाया हुआ; बुला कर एकत्रित किया हुआ।

समिति—स्त्री. [सं.] सभा, समाज; किसी कार्य विशेष के लिए बनाई गई छोटी संस्था, कुछ सदस्यों का समुच्चय।

समिधा—स्त्री. हवन, यज्ञ, आदि में डाली जाने वाली लकड़ी।

समीकरण—पु. [सं.] विभिन्न घटकों, व्यक्तियों के आपसी तालमेल के संबंध; ज्ञात राशि से अज्ञात राशि निकालने की एक क्रिया (ग.); दो या अधिक राशियों, वस्तुओं आदि को समान या बराबर करने की क्रिया।

समीकृत—वि. [सं.] बराबर किया हुआ, समान।

समीक्षक—वि., पु. [सं.] समालोचक, सम्यक् रूप से गुण-दोष विवेचन कर साहित्यिक कृति का मूल्यांकन करने वाला।

समीक्षण—पु. [सं.] देखना, जाँच-परीक्षण करना।

समीक्षा—स्त्री. [सं.] कृति के गुण-दोष की विवेचना कर मूल्यांकन करने का कार्य।

समीक्षात्मक—वि. [सं.] समीक्षा से संबंधित।

समीक्षाधीन—वि. [सं.] जिसकी समीक्षा, जाँच-परीक्षण किया जा रहा हो।

समीक्ष्य—वि. [सं.] समीक्षा के योग्य, जिसकी समीक्षा की जा रही हो।

समीचीन—वि. [सं.] समुचित; संगत; न्यायपूर्ण।

समीप—वि., अ. [सं.] निकट, पास, नज़दीक।

समीपता—स्त्री. [सं.] निकटता, सामीप्य।

समीर—पु. [सं.] वायु, हवा; मधुर हवा।

समुंद*—पु. समुद्र।

समुंदर—पु. द्र. 'समुद्र'।

समुचित—वि. [सं.] ठीक, उपयुक्त, यथेष्ट।

समुच्चय—पु. [सं.] समूह, राशि; शब्दों या वाक्यों का योग (व्या.); एक काव्यालंकार जहाँ कई भावों का एक साथ ही प्रकट होना दिखलाया जाए या जहाँ एक ही कार्य के लिए कई कारणों का विद्यमान रहना वर्णित किया जाए।

समुज्ज्वल—वि. [सं.] अत्यंत उज्ज्वल; बहुत चमकता हुआ।

समुत्सुक—वि. [सं.] विशेष रूप से उत्सुक, अधीरतापूर्वक किसी चीज़ की प्रतीक्षा करने वाला।

समुद—वि. [सं.] प्रसन्नता से पूर्ण, प्रसन्नतापूर्वक। पु. [हि.] समुद्र।

समुदय—पु. [सं.] उदित होना; विकास।

समुदाय—पु. [सं.] समूह, किसी एक ही श्रेणी के लोगों का समूह; संस्था या संघटन।

समुद्यत—वि. [सं.] ऊपर उठाया हुआ; तत्पर, तैयार; प्रवृत्त, लगा हुआ।

समुद्र—पु. [सं.] सागर, जलधि, अंबुधि। **~मंथन**—पु. समुद्र का विलोड़न; समुद्र-मंथन की घटना, जिसमें से चौदह रत्न निकलने की बात विख्यात है।

समुद्री—वि. [सं.] समुद्र संबंधी; समुद्र का। **~जहाज**—पु. सागर में चलने वाले जहाज; पोत।

समुन्नत—वि. [सं.] उन्नति प्राप्त, भली भाँति उन्नत।

समुन्नति—स्त्री. [सं.] यथेष्ट उन्नति; गौरव; समृद्धि।

समुपयुक्त—वि. [सं.] बिलकुल ठीक, उचित; समीचीन।

समुपस्थित—वि. [सं.] उपस्थित, आया हुआ, समासीन।

समूचा—वि. संपूर्ण, समग्र, कुल, पूरा; जो टूटा या कटा-पिटा न हो।

समूल—वि. [सं.] जड़सहित, मूलयुक्त; पूरा (समूल नष्ट)।

समूह—पु. [सं.] समुदाय; ढेर, राशि; समाज का कोई वर्ग।

समृद्ध—वि. [सं.] धनी, संपन्न, मालदार; उन्नतिशील; भाग्यशाली।

समृद्धि—स्त्री. [सं.] प्रचुर धन-संपत्ति, संपन्नता; वैभव।

समेकन—पु. [सं.] एक में मिलने का कार्य ('फ्यूज़न')।

समेकित—वि. [सं.] एक में मिलाया हुआ।

समेटना—स.क्रि. बिखरी हुई चीज़ को इकट्ठा करना।

समेत—अ. सहित, साथ; संयुक्त मिला हुआ (सूद समेत)।

समोना*—स.क्रि. मिलाना; अपने में मिला लेना।

समोसा—पु. आलू आदि के मिश्रण की पिट्ठी बना कर सिंघाड़े की शक्ल का पका हुआ एक प्रसिद्ध नमकीन, कुछ स्थानों पर इसे आकार के कारण 'सिंघाड़ा' ही कहा जाता है।

सम्—उप. [सं.] शब्दों के पूर्व आकर साथ, समीपता, अच्छाई, आधिक्य, आदि का बोध कराता है।

सम्पदा—स्त्री. [सं.] संपत्ति, चल-अचल संपत्ति; ऐश्वर्य।

सम्बुद्ध—वि. [सं.] प्रबुद्ध, जागा हुआ।

सम्मत—वि. [सं.] मान्य (विधिसम्मत, न्यायसम्मत); के अनुकूल; सहमत।

सम्मति—स्त्री. [सं.] सलाह, राय; अपना विचार या मत; किसी विषय पर विभिन्न लोगों का एकमत होना; अनुमति।

सम्मन—पु. न्यायालय का आदेश जिसके द्वारा किसी व्यक्ति को न्यायालय में उपस्थित होने का निर्देश दिया गया हो।

सम्मान—पु. [सं.] आदर, इज्जत, प्रतिष्ठा।

सम्माननीय—वि. [सं.] आदर-सम्मान के योग्य।

सम्मानार्थ—क्रि.वि. [सं.] सम्मान, आदर देने के लिए।

सम्मानित—वि. [सं.] जिसे सम्मान दिया गया हो।

सम्मान्य—वि. [सं.] सम्माननीय, सम्मान, आदर के योग्य।

सम्मार्जन—पु. [सं.] साफ़ करना, झाड़ना-बुहारना।

सम्मिलन—पु. [सं.] मिलना, एकत्र होना।

सम्मिलित—वि. [सं.] साथ मिला हुआ या मिलाया हुआ; युक्त; एकत्र।

सम्मिश्रण—पु. [सं.] कई वस्तुओं को एक साथ मिला कर तैयार किया हुआ सामान; मिलने की क्रिया।

सम्मिश्रित—वि. [सं.] मिलाया हुआ; कई वस्तुओं को एक साथ मिला कर बनाई हुई कोई औषधि, आदि।

सम्मुख—वि. [सं.] सामने, प्रत्यक्ष।

सम्मेलन—पु. [सं.] किसी उद्देश्य विशेष से एकत्रित होने वाला व्यक्तियों का विशेष वर्ग (साहित्य सम्मेलन)।

सम्मोह—पु. [सं.] विमोहन, वशीकरण।

सम्मोहक—वि. [सं.] मुग्ध करनेवाला, आकर्षित करने वाला।

सम्मोहन—पु. [सं.] मुग्ध करना, आकर्षित करना; कामदेव के पाँच बाणों में से एक।

सम्मोहनी—स्त्री. [सं.] वश में करने वाली माया।

सम्मोहित—वि. [सं.] मुग्ध, वशीकृत; बेहोश किया हुआ।

सम्यक्—वि. [सं.] ठीक, सही; उपयुक्त; उचित; जो एक पंक्ति में हों।

सम्राज्ञी—स्त्री. [सं.] सम्राट की पत्नी; साम्राज्य की संचालक।

सम्राट—पु. [सं.] राजेश्वर, राजाओं का राजा।

सम्हलना—अ.क्रि. द्र. 'सँभलना'।

सयाना—वि. बुद्धिमान; चालाक, धूर्त। पु. बड़ा-बूढ़ा, बुज़ुर्ग; ओझा, झाड़-फूँक करने वाला।

सयंत्र—पु. [सं.] बड़ा कारखाना (प्लांट)।

सरंग—पु. [सं.] हिरन; पक्षी।

सरंजाम—पु. [फा.] कार्य की समाप्ति; कार्य पूरा करना; व्यवस्था, प्रबंध।

सरः—'सरस' समास में प्रयुक्त रूप।

सर—वि. [सं.] चलने वाला, गतिशील। पु. बाण; गति; तालाब, ताल।

सर—वि. [फा.] सिर; चोटी; शीर्ष भाग।

सर—पु. [अं.] सम्मानसूचक शब्द—विशेषतः अधिकारियों या अपने से बड़ों के लिए प्रयुक्त।

सरकंडा—पु. एक खरपत घास, जिसमें लंबी डंडियाँ होती हैं।

सरकना—अ.क्रि. खिसकना, अपने स्थान से थोड़ा हट जाना।

सरकस—पु. [अं.] खेल का वह रूप, जहाँ मनुष्य और जानवरों के विस्मयकारी, हैरतअंगेज़ करतब 'शो' के रूप में टिकट लगा कर दिखाये जाते हैं।

सरकाना—स.क्रि. खिसकाना, अपनी जगह से हिलाना।

सरकार—स्त्री. [फा.] किसी देश पर शासन करने वाली संस्था, सत्ता; (सम्बोधन में) मालिक, स्वामी।

सरकारी—वि. सरकार द्वारा चलाई जाने वाली संस्था; सरकार का कार्य; जहाँ सरकार का प्रबंधन हो, राजकीय।

सरकुलर—पु. [अं.] गश्ती चिट्ठी; सार्वजनिक सूचना-पत्रक।

सरग*—पु. स्वर्ग।

सरगम—पु. स्वरों के आरोह-अवरोह का क्रम (संगी.)।

सरचार्ज—पु. [अं.] अधिशुल्क, अतिरिक्त कर, अधिकार।

सरजना*—स.क्रि. सृष्टि करना; निर्माण करना।

सरजा—पु. सिंह, सरदार; शिवाजी की उपाधि।

सरणि, सरणी—स्त्री. [सं.] मार्ग, रास्ता; पगडंडी; व्यवस्था; रीति।

सरदल—पु. दरवाज़े के ऊपर लगाई जाने वाली लकड़ी या पत्थर।

सरदा—पु. [फ़ा.] खरबूज़े की प्रजाति का एक फल।

सरदी—स्त्री. [फ़ा.] सर्दी; सर्दी की ऋतु; ठंड।

सरना—अ.क्रि. पूरा पड़ना (किसी बड़े आयोजन उत्सव में प्रदत्त सामग्री का पर्याप्त हो जाना); काम चल जाना।

सरपंच—पु. ग्राम-पंचायत का एक पद; कुछ स्थानों पर ग्राम-प्रधानों के ऊपर एक पद; कुछ स्थानों पर सरपंच को कुछ न्यायिक अधिकार।

सरपट—वि. घोड़े की तेज़ चाल; घोड़े जैसी तेज़ चाल वाला आदमी (वह तो सरपट भाग गया)।

सरप्लस—वि. [अं.] अतिरिक्त; आधिक्य; बच गया (खर्चने आदि से)।

सरमाया—पु. [फा.] पूँजी, मूल धन। **~दार**—पु. पूँजीपति; धनी। **~दारी**—स्त्री. सरमायादार होना।

सरयु—पु. [सं.] वायु।

सरयू—स्त्री. [सं.] एक प्रसिद्ध नदी, इसी के तट पर अयोध्या है; अन्य नाम घाघरा।

सरल—वि. [सं.] सीधा; सामान्य, साधारण; ईमानदार, निश्छल, सीधे स्वभाव का।

सरलता—स्त्री. [सं.] सीधापन; खरापन; निष्कपटता, ईमानदारी, सादगी।

सरला—स्त्री. [सं.] वह स्त्री जो स्वभाव की सरल, निश्छल हो।

सरलीकरण—पु. [सं.] किसी जटिल विषय को सरल करने की क्रिया।

सरलीकृत—वि. [सं.] सरल किया हुआ।
सरवर—पु. [फा.] सरदार, अफ़सर।
सरवरी—स्त्री. सरदारी।
सरस—वि. [सं.] रसयुक्त, मधुर रसपूर्ण; सुंदर, मनोहर; मधुर, मीठा; भावपूर्ण जिसमें मन में कोमल भाव उत्पन्न करने की क्षमता हो।
सरसठ—वि. साठ से सात अधिक। पु. सरसठ की संख्या 67।
सर-सर—पु. हवा के चलने या साँप आदि के रेंगने का शब्द।
सरसराना—अ.क्रि. 'सर-सर' की आवाज़ होना, वायु का तेज़ी से बहना; साँप आदि का रेंगना।
सरसराहट—स्त्री. सर-सर की आवाज़ होना।
सरसरी—वि. जल्दी में (देखना, सरसरी नज़र से), बिना अधिक जाँच-परख के (सरसरी तौर पर)।
सरसाना*—स.क्रि. हरा-भरा कर देना; रसपूर्ण कर देना।
सरसिज—पु. [सं.] कमल। वि. तालाब में उत्पन्न; तालाब में रहने वाला।
सरसिरुह—पु. [सं.] कमल। पु. सरोवर में उत्पन्न।
सरसुति*—स्त्री. द्र. 'सरस्वती'।
सरसों—स्त्री. एक तिलहन, तेल निकाले जाने के लिए छोटे-छोटे दानों का एक कृषि उत्पाद, उसका पौधा।
सरस्वती—स्त्री. [सं.] विद्या, ज्ञान की अधिष्ठात्री देवी; विद्या, ज्ञान; पंजाब की एक प्रसिद्ध नदी जो विलुप्त हो चुकी है।
सरहज—स्त्री. सलहज, साले की पत्नी।
सरहिंद—पु. पंजाब का एक प्रसिद्ध स्थान।
सराध*—पु. द्र. 'श्राद्ध'।
सराप—पु. द्र. 'शाप'।
सरापना*—स.क्रि. श्राप देना, बद्दुआ देना।
सराफ़—पु. [अ. सर्राफ] सोने-चाँदी, आभूषणों का व्यापारी।
सराफ़ा—पु. सर्राफ़ का पेशा, आभूषण बिक्री का कार्य; सराफ़ा बाज़ार का संक्षिप्त रूप।
सराबोर—वि. तर-बतर, पूरी तरह भीगा हुआ, सराबोर।
सराय—स्त्री. [फा.] मुसाफ़िरखाना, धर्मशाला, यात्रियों के ठहरने का स्थान।
सरावगी—पु. जैन धर्म का अनुयायी; जैन धर्म पर विश्वास रखने वाला।
सरासन*—पु. धनुष।
सरासर—अ. प्रत्यक्षता; आँखों के सामने; एक सिरे से दूसरे सिरे तक; बिलकुल।
सरासरी—वि. [अ.] एक दम सामने, द्र. 'सरासर'।
सराहना—स.क्रि. प्रशंसा, तारीफ़।
सराहनीय—वि. प्रशंसा के योग्य, प्रशंसनीय।
सरि—स्त्री. [सं.] झरना, जलप्रपात; नदी; बराबरी, समता। वि. तुल्य, समता।
सरित—वि. [सं.] नदी।
सरिता—स्त्री. नदी; धारा।
सरित्—स्त्री. [सं.] नदी।
सरिया—पु. लोहे की पतली छड़।
सरिस*—वि. [ब्र.भा.] समान तुल्य, बराबर।
सरीखा—वि. समान, तुल्य।
सरीफा—पु. द्र. 'शरीफ़ा'।
सरीर*—पु. 'शरीर'।
सरीसृप—वि. [सं.] रेंगने वाला। पु. रेंगने वाला कीड़ा—साँप, आदि।
सरूप*—वि. [सं.] द्र. 'स्वरूप'।
सरूपता—स्त्री., **सरूपत्व**—पु. [सं.] सादृश्य, तुल्यरूपता।
सरूपी—वि. [सं.] समान रूप वाला।
सरूर—पु. [अ.] हलका और मादक नशा; खुमार; खुशी, आनंद।
सरेबाज़ार—अ. [फ़ा.] बाज़ार के बीच में, सबके सामने।
सरेराह—क्रि.वि. [फा.] रास्ते में।
सरेश—पु. [फा.] एक लसदार पदार्थ जो किसी चीज़ को चिपकाने में काम आता है—पतंग की डोर, सफ़ेदी आदि में।
सरो—पु. एक पतला-ऊँचा और अपनी सुंदरता के लिए प्रसिद्ध, उर्दू-फारसी शायरी में सुंदर देहयष्टि का प्रसिद्ध उपमान।
सरोकार—पु. [फा.] प्रयोजन, उद्देश्य, लगाव; चिंताएँ।
सरोकारी—वि. [फा.] सरोकार रखने वाला।
सरोज—वि. [सं.] सरोवर, ताल, आदि में उत्पन्न। पु. कमल।
सरोजिनी—स्त्री. [सं.] कमलों से भरा ताल।
सरोता*—पु. द्र. 'सरौता'।
सरोद—पु. [फ़ा.] एक प्रसिद्ध वाद्य।
सरोरुह—पु. [सं.] कमल, पंकज।
सरोवर—पु. [सं.] तालाब, ताल।
सरोष—वि. [सं.] क्रोधपूर्ण, क्रुद्ध।
सरौता—पु. सुपारी काटने का उपकरण।
सरौती—स्त्री. छोटा सरोता, द्र. 'सरौता'।
सर्कल—पु. [अं.] साइकिल, वृत्त, मंडल।
सर्कस—पु. [अं.] द्र. 'सरकस'।
सर्किट हाउस—पु. [सं.] सरकारी यात्रा पर आये अधिकारियों के ठहरने का स्थान।
सर्किल—पु. [अं.] द्र. 'सर्कल'।
सर्क्यूलर—पु. [अं.] द्र. 'सरकुलर'।
सर्ग—पु. [सं.] कविता की पुस्तक का अध्याय।

सर्ग*—पु. द्र. 'स्वर्ग'।

सर्च—स्त्री. [अं.] खोज, तलाश। **~लाइट**—स्त्री. (चोर, आदि को) खोज लेने, निगरानी रखने के लिए तेज प्रकाश-बत्ती।

सर्जक—पु. [सं.] सृजनकर्ता, किसी चीज़ की रचना करने वाला।

सर्जन—पु. [अं.] शरीर के किसी विकार या रोग को दूर करने के लिए शरीर के किसी अंग की चीर-फाड़ करने वाला डॉक्टर।

सर्जना—स्त्री. [सं.] रचना, निर्माण।

सर्जनात्मक—वि. [सं.] रचनात्मक ('क्रिएटिव')।

सर्जरी—स्त्री. [अं.] शल्य-चिकित्सा; शल्य-क्रिया।

सर्जेंट—पु. [अं.] सेना में एक पद, हवलदार, जमादार।

सर्टिफ़िकेट—पु. [अं.] प्रमाण-पत्र।

सर्द—वि. [फा.] ठंडा, शीतल। **ला.** सुस्त; धीमा, मन्द।

सर्दा—पु. द्र. 'सरदा'।

सर्दी—स्त्री. ठंड; शीत-ऋतु, जाड़े का मौसम; जुकाम।

सर्प—पु. [सं.] साँप।

सर्पाक्ष—पु. [सं.] रुद्राक्ष।

सर्पिणी—स्त्री. [सं.] साँपिन; एक लता।

सर्फ़—पु. [फा.] फिजूल खर्च, अपव्यय; खर्च कर देना।

सर्राफ़—पु. [अ.] द्र. 'सराफ़'।

सर्वदमन—पु. [सं.] शकुंतला का पुत्र भरत।

सर्व—वि. [सं.] सब, समस्त, समग्र, कुल। पु. शिव।

सर्वतः—अ. [सं.] सभी ओर, चारों तरफ़, पूर्ण रूप से, सब तरह से।

सर्वतोगामी—वि. [सं.] सभी जगह जाने वाला, जा सकने वाला।

सर्वतोमुखी—वि. [सं.] चारों ओर, चहुँमुखी।

सर्वत्र—अ. [सं.] सब जगह; हर वक्त, हमेशा।

सर्वथा—अ. [सं.] पूर्णतः; हर तरह से; बिलकुल; अत्यंत।

सर्वदा—अ. [सं.] हमेशा, सदा, हर समय।

सर्वशः—अ. [सं.] पूर्णतः; सब तरह से या सब तरफ़ से।

सर्वांग—पु. [सं.] पूरा शरीर, शरीर के सब अंग; समस्त, समग्र। **~पूर्ण**—वि. सब प्रकार से पूर्ण। **~सुंदर**—वि. सभी अंगों से या सभी दृष्टियों से सुंदर, आकर्षक।

सर्वांगीण—वि. [सं.] समस्त अंगों से संबंधित; सभी अंगों से युक्त, संपूर्ण।

सर्वांतरात्मा—पु. [सं.] ईश्वर।

सर्वांतर्यामी—पु. [सं.] ईश्वर।

सर्वाक्ष—पु. [सं.] रुद्राक्ष। वि. सबको देखने वाला।

सर्वाणी—स्त्री. [सं.] पार्वती, दुर्गा।

सर्वात्मा—पु. [सं.] संपूर्ण विश्व की आत्मा, ब्रह्म; शिव।

सर्वाधिक—वि. [सं.] सबसे अधिक।

सर्वाधिकार—पु. [सं.] सारे अधिकार, पूर्ण अधिकार।

सर्वाधिकारी—पु. [सं.] जिसे समस्त अधिकार प्राप्त हों।

सर्वाधिपत्य—पु. [सं.] सब पर आधिपत्य, प्रभुता।

सर्विस—स्त्री. [अं.] नौकरी, वृत्ति; खिदमत, परिचर्या; धार्मिक अनुष्ठान, उपासना (चर्च में); सफाई-धुलाई (कार, आदि की)।

सर्वे—पु. [अं.] सर्वेक्षण; चारों ओर जाँच-परीक्षण करना; निरीक्षण; भू-मापन।

सर्वेयर—पु. [अं.] जमीन की पैमाइश करने वाला, मकान, आदि अचल संपत्ति का मूल्यांकन करने वाला।

सर्वेन्ट—पु. [अं.] सेवक, सेवादार।

सर्वेश, सर्वेश्वर—पु. [सं.] सबका स्वामी, मालिक, ईश्वर, प्रभु।

सर्वेसर्वा—वि. पूरा मालिक, सर्वाधिकार प्राप्त।

सर्वोच्च—वि. [सं.] सबसे बड़ा; सर्वोपरि।

सर्वोत्कृष्ट—वि. [सं.] सर्वश्रेष्ठ, सबसे अच्छा।

सर्वोत्तम—वि. [सं.] सबसे उत्तम, अच्छा।

सर्वोदय—पु. [सं.] सबकी उन्नति; एक आंदोलन।

सर्वोदयी—वि. [सं.] सर्वोदय आंदोलन से सम्बद्ध।

सर्वोपकारी—वि. [सं.] सबका उपकार करने वाला, भला चाहने वाला।

सर्वोपरि—वि. [सं.] सबसे ऊपर, सबसे बढ़ कर।

सलजम—पु. द्र. 'शलग़म'।

सलज्ज—वि. [सं.] लज्जाशील।

सलतनत—स्त्री. द्र. 'सल्तनत'।

सलमा—पु. सोने-चाँदी या चमकीले पतले नॉयलॉन, प्लास्टिक, आदि के तारों से लपेटा हुआ तार (स्त्रियों के कपड़ों पर, सलमा, सितारे, बादला)।

सलवट—स्त्री. द्र. 'सिलवट', अधिक प्रचलित 'सलवट', कपड़े में पड़ी शिकन, सिकुड़न।

सलवार—पु. स्त्रियों के पहनने का पाजामे-जैसा एक वस्त्र।

सलहज—स्त्री. साले की पत्नी।

सलाई—स्त्री. काठ या धातु की पतली छोटी छड़-सी (आँखों में सुरमा डालने, स्वेटर, आदि बुनने की सलाई)।

सलाख—पु. धातु की मोटी छड़। **मु. ~(खों) के पीछे**—जेल के अंदर।

सलाद—पु. [अं. 'सैलेड'] कच्चे पत्ते, टमाटर, प्याज़ आदि से बना खाद्य, जो भोजन के साथ परोसा जाता है; एक पौधा जिसके पत्ते उपर्युक्त रूप में खाये जाते हैं।

सलाम—पु. [अ.] प्रणाम, नमस्कार का इसलामी ढंग, रूप जो केवल दाहिने हाथ के पंजे को माथे की ओर ले जाकर किया जाता है। **~अलैकम**—तुम सलामत रहो, तुम पर भी सलामती रहे।

सलामत—स्त्री. [अ.] बचाव, रक्षा, कुशल। वि. स्वस्थ, जीवित, अखंड, साबित। **मु. सही~**—कुशल-मंगल, अच्छी तरह, पूरी तरह ठीक।

सलामती—स्त्री. कुशल-क्षेम, खैरियत; रक्षा।

सलामी—स्त्री. [फा.] सलाम करने की क्रिया, विशेषतः सैनिकों की झंडे, राष्ट्राध्यक्ष, सेनापति, राजदूतों, आदि को विशेष रूप से सलाम करने की प्रणाली ('सलामी सज' की आज्ञा—'कमांड'—के साथ); तोप, बंदूकों, आदि से भी सलामी देने की प्रणाली। **~बल्लेबाज**—वि. क्रिकेट के खेल के वे दो खिलाड़ी, जो सबसे पहले बैटिंग करते हैं।

सलाह—स्त्री. [अ.] परामर्श, मंत्रणा, मशवरा; राय।

सलाहियत—स्त्री. [अ.] सहूलियत; नरमी, भलाई।

सलिल—पु. [सं.] जल, पानी।

सलिलांजलि—स्त्री. [सं.] जलांजलि, तर्पण।

सलिलोद्भव—पु. [सं.] जल में उत्पन्न; कमल।

सलीक़ा—पु. [अ.] शऊर, विशेष ढंग, गुण, योग्यता; प्रत्येक वस्तु को यथोचित स्थान पर रखने की प्रवृत्ति।

सलीपर—पु. [अं. 'स्लिपर'] केवल पंजों को ढकने वाली बड़ी चप्पल; लकड़ी, काठ के बड़े चौड़े खंड, पटरेनुमा।

सलीब—वि. [अ.] सूली।

सलीम—वि. [अ.] सरल, विनीत; ठीक, दुरुस्त; साफ़ दिल का, शुद्ध हृदय; गंभीर, शांत; सहनशील।

सलौना—सुंदर; लवणयुक्त।

सलौने—पु. रक्षा बंधन, श्रावण पूर्णिमा को मनाया जाने वाला त्योहार।

सल्तनत—स्त्री. [अ.] राज्य, साम्राज्य, बादशाहत; हुकूमत।

सल्फ़र—पु. [अं.] गंधक।

सल्फ़ेट—पु. [अं.] गंधक के तेज़ाब और क्षार से बना नमक।

सवर्ण—वि. [सं.] उच्च जातियों का समूह—ब्राह्मण, क्षत्रिय, वैश्य, आदि इनमें सम्मिलित हैं। इन जातियों की सामूहिक संज्ञा, यथा—सवर्णों की वोट, दलित वर्ग का विपरीतार्थी; समान, सदृश; एक ही वर्ण या जाति की।

सवा—वि. चौथे अंश से युक्त—सवा तीन, सवा चार, आदि।

सवाई—वि. सवाया, ऋण का वह रूप, जिसमें मूल राशि का सवाया वापस लिया जाता है; अनाज आदि उधार देने की वह प्रथा, जिसमें निर्धारित अवधि के बाद सवाया लौटाना होता है।

सवाया—वि. द्र. 'सवाई'।

सवार—पु. [फा.] घोड़े, हाथी, ऊँट आदि पर बैठा व्यक्ति।

सवारना—स.क्रि. सँवारना, चीज़ों को व्यवस्थित रूप में रखना, सजाना, सुधारना।

सवारी—स्त्री. वह साधन जिस पर बैठकर गंतव्य स्थान पर पहुँचा जा सके—घोड़ा, बैल-ताँगा, घोड़ा-ताँगा, कार, मोटर, बस, आदि, वाहन।

सवाल—पु. प्रश्न, पूछने की क्रिया; माँग, प्रार्थना; परीक्षा, आदि में परीक्षार्थी से पूछा जाने वाला प्रश्न।

सवालात—पु. [अ.] 'सवाल' का बहु.।

सवालिया—वि. जिसमें प्रश्न पूछा गया हो। **~निशान**—पु. प्रश्नसूचक चिह्न।

सविता—पु. [सं.] सूर्य; ईश्वर, भगवान।

सविधि—वि. [सं.] विधिपूर्वक, विधि के अनुसार।

सविनय—वि. [सं.] विनययुक्त, विनयपूर्वक, विनम्र।

सविस्तार—क्रि.वि. [सं.] विस्तारसहित, पूरे विवरणों सहित।

सविस्मय—वि. [सं.] विस्मययुक्त, चकित।

सवीर्य—वि. [सं.] शक्तिशाली; बलवान।

सवेग—वि. [सं.] वेगवान, वेगपूर्वक।

सवेरा—पु. प्रातःकाल, दिन निकलने का समय।

सवैतनिक—वि. [सं.] वेतन पर कार्य करने वाला।

सवैया—पु. एक छंद; सवा सेर का बाट; सवा या सवैया का पहाड़ा।

सव्य—वि. [सं.] वायाँ, वाम। **~साची**—पु. बायें हाथ से भी बाण चलाने में समर्थ, अर्जुन की उपाधि।

सशरीर—वि. [सं.] शरीरसहित।

सश्रद्ध—वि. [सं.] श्रद्धासहित।

सश्रम—वि. [सं.] श्रमपूर्ण (सश्रम कारावास)।

ससुर—पु. द्र. 'श्वसुर'।

ससुरा—पु. एक गाली।

ससुरारि, ससुरारि*—स्त्री. 'ससुराल'।

ससुराल—स्त्री. पति या पत्नी के पिता का घर।

ससुरालिए—वि. ससुराल पक्ष के लोग, ससुराल वाले।

ससेन, ससैन्य—वि. [सं.] सेना के साथ।

सस्ता—वि. कम मूल्य का, जिसका मूल्य कम हो; घटिया; स्तरहीन; फूहड़ (सस्ता मज़ाक)।

सस्ती—स्त्री. 'सस्ता' का स्त्री.।

सस्नेह—वि. [सं.] प्रेमपूर्ण; तैलयुक्त।

सस्पेंड—वि. [अं.] निलंबित।

सस्पेंशन—पु. [अं.] निलंबन। **~ऑर्डर**—पु. निलंबन आदेश।

सस्पेंस—पु. [अं.] अनिश्चय, दुविधा; औत्सुक्य, उत्सुकता।

सस्मित—वि. [सं.] मुस्कुराहट के साथ, मुस्कुराकर।

सस्य—पु. [सं.] शस्य, फसल; धान्य।

सह—अ. [सं.] सहित, साथ; युगपत्, साथ-साथ। **~कार**—पु. साथ काम करना; सहायता देना; आम्र-मंजरी, आम की एक प्रजाति। **~गमन**—पु. साथ जाना। **~गामिनी**—स्त्री. पत्नी। **~चर**—वि. साथ चलने वाला। पु. साथी, मित्र; पति; सेवक, अनुचर। **~पंथा**—पु. साथ यात्रा करने वाला, पति, पत्नी।

सहजिया—पु. सहज संप्रदाय का अनुयायी।
सहन—पु. [अ.] आँगन, घर के बीच खुला भाग।
सहना—स.क्रि. सहन करना, झेलना, फल भोगना।
सहनीय—वि. [सं.] सहन करने योग्य, बर्दाश्त के काबिल; क्षमा के योग्य।
सहबाला—पु. द्र. 'शहबाला'।
सहभोज—पु. [सं.] प्रीतिभोज, बहुत सारे लोगों का एक साथ भोज।
सहम—पु. [फा.] डर, भय।
सहल—वि. [अ.] आसान, सहज में होने वाला।
सहलाना—स.क्रि. धीरे-धीरे हाथ फेरना, दुलारना।
सहरा—पु. [अ.] रेगिस्तान; बीहड़ बन, जंगल।
सहराई—वि. [अ.] जंगली, वन्य।
सहसा—अ. [सं.] अचानक, अकस्मात्, एकाएक, प्रचंड वेग से।
सहस्र—वि. [सं.] दस सौ, हज़ार। पु. हज़ार की संख्या। **~दल**—पु. कमल। **~फन**—पु. शेषनाग।
सहस्रक—वि. [सं.] एक हज़ार; एक हज़ार तक; एक हज़ार वाला।
सहस्रधा—अ. [सं.] हज़ार भागों में; हज़ार गुना; हज़ार तरह से।
सहस्रशः—अ. [सं.] हज़ारों तरह, रूप में।
सहस्रांक—पु. [सं.] सूर्य।
सहस्राक्ष—पु. [सं.] इंद्र; शिव; विष्णु।
सहस्रानन—पु. [सं.] विष्णु, शेषनाग।
सहस्राब्द, सहस्राब्दी—स्त्री. [सं.] हज़ार वर्ष का समय।
सहस्रायु—वि. [सं.] हज़ार वर्ष की आयु का, हज़ार वर्ष जीने वाला।
सहस्रार—पु. [सं.] योग-साधना में सिर के बिलकुल ऊपर माना जाने वाला सहस्र पँखुड़ियों वाला कमल, शून्य, सहस्र दल कमल।
सहानुभूति—स्त्री. [सं.] सह अनुभूति, किसी के दुःख में दुखी होने की स्थिति, हमदर्दी।
सहाय—पु. [सं.] सहायता करने वाला, सहारा; साथी, भरोसा।
सहायक—पु. [सं.] सहायता करने वाला; अधीनता में कार्य करने वाला। **~नदी**—स्त्री. किसी बड़ी नदी में मिलने वाली छोटी नदी।
सहायता—स्त्री. [सं.] किसी कार्य की सफलता के लिए दिया जाने वाला योग; किसी कार्य को पूरा करने के लिए दी जाने वाली धन-राशि।
सहायतार्थ—क्रि.वि. [सं.] सहायता के लिए।
सहायिका—स्त्री. [सं.] सहायता करने वाली महिला।
सहालग—पु. शादी-ब्याह संपन्न करने के लिए ज्योतिष के हिसाब से शुभ दिन, अवधि।
सहित—वि. [सं.] युक्त, साथ, समेत।
सहिबाला—पु. द्र. 'शहबाला'।
सहिष्णु—वि. [सं.] सहनशील।
सहिष्णुता—स्त्री., **सहिष्णुत्व**—पु. [सं.] सहनशीलता, सहिष्णु होने का भाव।
सही—वि. शुद्ध, ठीक ('गलत' का विपरीतार्थी; हस्ताक्षर; निश्चयपूर्वक)।
सहृदय—वि. [सं.] दयालु; कोमल हृदय; दूसरों के सुख-दुःख का सहभागी; भावुक, रसिक; काव्य रसिक।
सहृदयता—स्त्री. [सं.] दयालुता; चित्त की कोमलता, रसज्ञता।
सहेजना—स.क्रि. सँभालना, सँभालकर रखना।
सहेतुक—वि. [सं.] जिसमें कुछ हेतु या उद्देश्य हो।
सहेली—स्त्री. सखी; महिला मित्र।
सहोक्ति—स्त्री. [सं.] एक अर्थालंकार, इसमें संग, सहित, आदि शब्दों का प्रयोग कर कितनी ही बातों, कार्यों का एक साथ होना दर्शाया जाए।
सहोदर—वि. [सं.] एक ही माता (के उदर) से उत्पन्न, सगा भाई।
सह्य—वि. [सं.] सहन करने योग्य, जो सहा जा सके (दर्द, कष्ट)।
सह्याद्रि—पु. [सं.] महाराष्ट्र में स्थित एक पर्वतमाला।
साँईं—पु. मालिक, स्वामी; ईश्वर।
साँकल—स्त्री. [सं.] शृंखला, जंजीर।
सांकेतिक—वि. [सं.] संकेत रूप में। **~हड़ताल**—स्त्री. पूरी हड़ताल से पहले चेतावनी देने के लिए की जाने वाली अल्पकालिक हड़ताल।
सांक्रमिक—वि. [सं.] संक्रामक, संक्रमण करने वाला।
सांक्षेपिक—वि. [सं.] संक्षिप्त, छोटा किया हुआ।
सांख्य—वि. [सं.] संख्या संबंधी। पु. भारतीय षड् दर्शनों में से एक, महर्षि कपिल प्रवर्तित दर्शन, जिसमें जड़ प्रकृति और चेतन पुरुष को ही जगत का मूल माना गया।
सांख्यिकी—स्त्री. [सं.] संख्या शास्त्र ('स्टैटिक्स')।
सांग—वि. सब अंगों से युक्त, संपूर्ण, पूरा (सांगरूपक अलंकार)। **~रूपक**—पु. एक अलंकार, रूपक का भेद जिसमें उपमान के सभी अंगों या अवयवों का उपमेय में आरोप होता है।
साँग—स्त्री. [सं.] एक प्रकार की बरछी।
सांगतिक—वि. [सं.] संगीत संबंधी।
सांगठनिक—वि. संगठन संबंधी।
सांगोपांग—वि. [सं.] सभी दृष्टियों से संपूर्ण, सभी अंगों-उपांगों से युक्त।

सांघातिक—वि. [सं.] जिसमें प्राणों पर संकट आ बना हो, बहुत जोखिम-भरा।

सांघिक—वि. [सं.] संघ-संबंधी (बौद्ध संघ-संबंधी)।

साँचा—पु. विशिष्ट आकार का ढाँचा, जिसमें कोई गीला पदार्थ डालकर उसी के आकार की वस्तुएँ बनाई जाती हैं।

साँझ*—स्त्री. संध्या, सायंकाल।

साँझी—स्त्री. शारदीय नवरात्रों में दीवार पर मिट्टी की बनाई गई मूर्ति—एक लोकोत्सव।

साँटी—स्त्री. पतली छड़ी, कमची।

सांड—वि. [सं.] अंडयुक्त बैल, बिजार, साँड़ जिसको बधिया नहीं किया जाता था, संतान उत्पन्न करने के लिए गौ का नर।

साँड़—पु. द्र. 'सांड'।

साँड़नी—स्त्री. ऊँटनी (तेज़ चाल वाली)।

साढ़ू—पु. साली का पति।

सांत्वना—स्त्री. [सं.] धीरज, तसल्ली, देना, ढाढ़स बँधाना (किसी दुखी व्यक्ति, शोकग्रस्त व्यक्ति को)।

सांदीपनि—पु. [सं.] एक मुनि जो श्रीकृष्ण, बलराम तथा सुदामा के गुरु थे।

सांद्र—वि. [सं.] घना, घिनका, गफ़, मोटा; सुंदर, प्रिय; कोमल।

सांध्य—वि. [सं.] संध्या-संबंधी।

साँप—पु. भुजंग, विषधर—एक रेंगने वाला प्रसिद्ध कीड़ा जिसकी कुछ जातियाँ बहुत ही ज़हरीली होती हैं। **मु. ~छछूँदर की गति या दशा**—द्विविधापूर्ण स्थिति।

सांपत्तिक—वि. [सं.] सम्पत्ति-संबंधी, आर्थिक।

साँपिन—स्त्री. सर्पिणी, साँप की मादा। **ला.** वह स्त्री जो अपने बच्चों को ताड़ना देती है (गाली रूप में उसके लिए प्रयुक्त)।

सांप्रतिक—वि. [सं.] जो इस समय, वर्तमान में चल रहा हो; व्यक्ति जो कार्य-व्यवसाय वर्तमान में कर रहा हो।

सांप्रदायिक—वि. [सं.] दूसरों के धर्म-संबंधी उदासीनता का भाव।

सांप्रदायिकता—स्त्री. [सं.] दूसरों के धर्म के प्रति अरुचि की भावना।

सांबर—पु. [सं.] साँभर हिरन; साँभर नमक।

सांभर—पु. [सं.] राजस्थान की एक झील।

साँवला—वि. कुछ-कुछ श्याम वर्ण का। पु. श्रीकृष्ण; पति; प्रेमी।

साँवलिया—वि. श्याम रंग का। पु. श्रीकृष्ण; पति; प्रेमी (विशेषत: सम्बोधन में)।

साँस—स्त्री. नाक या मुख से हवा फेफड़ों में खींचने और निकालने की क्रिया, श्वास, दम (भरना)। **मु. ~अंदर की अंदर, बाहर की बाहर रह जाना**—भय से स्तब्ध रह जाना। **~उखड़ना**—हाँफना, साँस फूल जाना। **~उलटी चलना**—मृत्यु निकट होना।

साँसत—स्त्री. जान मुसीबत में पड़ना; फजीहत।

सांसद—वि. [सं.] संसद सदस्य।

सांसारिक—वि. [सं.] संसार-संबंधी, लौकिक, ऐहिक; संसार-चक्र में पड़ा हुआ।

सांस्कारिक—वि. [सं.] संस्कार संबंधी।

सांस्कृतिक—वि. [सं.] संस्कृति संबंधी।

सांस्थानिक—वि., पु. [सं.] संस्थान की, संस्थान-संबंधी।

सा—पु. सप्तक के प्रथम स्तर—'षड्ज' का बोधक रूप। अ. सदृश, समान, जैसा।

साइंटिफिक—वि. [अं.] वैज्ञानिक, विज्ञान-संबंधी (बात, कोई तत्त्व)।

साइंस—स्त्री., पु. [अं.] विज्ञान। **~दाँ**—पु. वैज्ञानिक, विज्ञान-वेत्ता।

साई—स्त्री. किसी कार्य, सौदे, आदि को सुनिश्चित बनाने के लिए दी जाने वाली अग्रिम राशि, पेशगी धन।

साइस, साईस—पु. घोड़े की देखभाल करने वाला नौकर।

साइकिल—पु. [अं.] दो पहियों वाली पैरों से चलाई जाने वाली गाड़ी, एक प्रसिद्ध वाहन।

साइकिलिंग—स्त्री. [अं.] साइकिल दौड़ का खेल।

साइज़—पु. [अ.] माप (वस्त्र, आदि का); परिमाण।

साइट—स्त्री. [अं.] स्थल, स्थान (कार्य विशेष के लिए); किसी निर्माण कार्य का स्थल (स्कूल साइट, हॉस्पिटल साइट, आदि)।

साइड—स्त्री. [अं.] दिशा, तरफ़; बग़ल, पार्श्व; पक्ष; पहलू।

साइन—पु. [अं.] संकेत, इशारा; निशान; चिह्न; शकुन; 'सिगनेचर' का संक्षिप्त रूप, हस्ताक्षर, दस्तख़त।

साइनिंग एमांडर—पु. [अं.] किसी अनुबंध के समय दी जाने वाली अग्रिम, पेशगी राशि।

साइसी—स्त्री. साइस का काम, द्र. 'साइस'।

साउथ—पु. [अं.] दक्षिण; दक्षिण दिशा; दक्षिण की ओर।

साकंभरी—स्त्री. द्र. 'शाकंभरी'।

साक—पु. [सं.] पत्तों की बनाई हुई सब्ज़ी—सरसों, पालक, चौलाई, आदि के पत्तों का शाक।

साकल्य—पु. द्र. 'शाकल्य'। [सं.] समग्रता, संपूर्णता।

साकांक्ष—वि. [सं.] इच्छुक, इच्छायुक्त।

साकार—वि. [सं.] मूर्तिमान, मूर्त; रूप या आकार वाला; (कल्पना या योजना) जिसे कार्य रूप में परिणत कर मूर्त कर दिया गया हो; स्थूल।

साकारोपासना—स्त्री. [सं.] ईश्वर को मूर्त रूप देकर उनकी उपासना, भक्ति करना।

साकिन—पु. [अ.] निवासी, रहने वाला ('साकिन मौज़ा रामपुर'—उर्दू में कहने की शैली)।

साक़ी—पु. [अ.] शराब पिलाने वाला; दूसरों को हुक्का पिलाने वाला; प्रेमी या प्रेमिका के लिए शायरी में प्रयुक्त शब्द।

साकेट—पु. [अं.] खोल, खाँचा।

साकेत, साकेतन—पु. [सं.] अयोध्या (प्रसिद्ध धार्मिक नगर)।

साक्ष—वि. [सं.] नेत्रयुक्त।

साक्षर—वि. [सं.] पढ़ा-लिखा, शिक्षित।

साक्षरता—स्त्री. [सं.] शिक्षा देने की क्रिया। **~योजना**—स्त्री. सबको शिक्षित बनाने की योजना।

साक्षात्—अ. [सं.] आँखों के सामने, सम्मुख, प्रत्यक्ष। **~कार**—पु. किसी व्यक्ति से प्रत्यक्ष रूप में बातचीत; नौकरी के लिए प्रत्यक्ष प्रश्नोत्तर करने की प्रक्रिया।

साक्षी—पु. गवाह; गवाह का बयान।

साक्ष्य—वि. [सं.] प्रमाण, गवाही।

साख—पु. प्रतिष्ठा, धाक, रौब; मर्यादा; किसी की लेन-देन में खरेपन, ईमानदारी की प्रतिष्ठा।

साखी—पु. साक्षी, गवाही; दोहे (कबीर की साखियाँ)।

साख्य—पु. [सं.] मैत्री, दोस्ती।

साग—पु. द्र. 'साक'।

सागर—पु. [सं.] समुद्र; झील।

साग़र—पु. [फा.] प्याला; शराब का प्याला। **~कश**—वि. शराब पीने वाला।

सागवन, सागवान—पु. सागौन, शाल वृक्ष।

सागू—पु. ताड़ की जाति का एक पेड़। **~दाना**—पु. सागू के तने के भीतर के भाग को पीसकर उससे तैयार दाना, साबूदाना।

सागौन—पु. द्र. 'सागवान'।

साग्रह—क्रि.वि. [सं.] आग्रह सहित।

साचरी—स्त्री. [सं.] एक रागिनी (संगी.)।

साज—पु. द्र. 'साज़'।

साज़—पु. [फा.] गाने के साथ बजाय जाने वाद्य-यंत्र, उपकरण; सामान (साज़ो-सामान); घोड़े की सवारी के लिए प्रस्तुत सामग्री—जीन, काठी, लगाम, आदि।

साजन—पु. प्रेमी; पति; ईश्वर।

साज़िंदा—पु. [फा.] साज बजाने वाला।

साजिद—वि. [अ.] साजिद, वंदना करने वाला।

साज़िश—स्त्री. [सं.] कुचक्र; किसी के विरुद्ध, हानि पहुँचाने के लिए गुप्त मंत्रणा, गुप्त योजना बनाना।

साज़िशी—वि. साज़िश करने वाला, कुचाली, कुचक्री।

साझा—पु. हिस्सेदारी, शिरकत; भाग, हिस्सा।

साझी—पु. साझीदार। **~दार**—पु. हिस्सेदार।

साटन—पु. एक प्रकार का रेशमी वस्त्र।

साटना—स.क्रि. मिलाना, जोड़ना, चिपकाना।

साठ—वि. दस और पचास। पु. साठ की संख्या, 60।

साठसाती—स्त्री. द्र. 'साढ़ेसाती'।

साठा—वि. साठ वर्ष की आयु का व्यक्ति।

साड़ी—स्त्री. स्त्रियों की धोती; स्त्रियों की सजावट की गई धोती, एक प्रसिद्ध पहनावा।

साढ़ू—पु. साली, पत्नी की बहन का पति।

साढ़े—वि. किसी संख्या, अंक के साथ लग कर उसके आधे का बोध देता है, साढ़े पाँच, साढ़े छह। **~साती**—स्त्री. ज्योतिष के अनुसार शनि ग्रह की अशुभ दशा।

सात—वि. छह से एक अधिक। पु. सात की संख्या, 7।

सातत्य—पु. [सं.] लगातार, निरंतर; स्थायित्व, सतत का भाव।

सातवाहन—पु. [सं.] एक राजवंश, शालिवाहन नामक राजा।

सातवाँ—वि. सात के स्थान पर पड़ने वाला।

सात्व—वि. [सं.] सत्त्वगुण संबंधी।

सात्त्विक—वि. [सं.] सत्त्वगुण युक्त, ईमानदार, नेक; साहित्य में वर्णित एक प्रकार के अनुभाव, जो आठ माने गये हैं—स्तंभ, स्वेद, रोमांच, स्वरभंग, कंप, वैवर्ण्य, अश्रु और प्रलय।

सात्त्विकी—स्त्री. [सं.] दुर्गा; दुर्गा की पूजा का एक रूप।

सात्यकि—पु. महाभारत में पांडव पक्ष के एक योद्धा।

सात्विक—वि., पु. द्र. 'सात्त्विक'।

साथ—पु. मेल, मित्रता; संगी-साथी।

साथरी—स्त्री. चटाई या खराब से कपड़ों का बनाया बिछावन।

साथिन—स्त्री. साथी स्त्री।

साथी—पु. सहचर, मित्र, दोस्त, सहायक।

सादगी—स्त्री. [फा.] सादापन, सरलता, भोलापन; बिना तड़क-भड़क।

सादर—वि. [सं.] आदरसहित।

सादा—वि. [फा.] भोला, सरल हृदय; बिना सजावट का, बिना तड़क-भड़क का।

सादी—वि. स्त्री. 'सादा' का स्त्री., 'सीधी' के साथ ही प्रयुक्त—'सीधी-सादी'।

सादृश्य—पु. [सं.] तुल्यता, समानता, तुलना।

साध*—वि. साधु, महात्मा; सज्जन।

साधक—वि. [सं.] साधना करने वाला; योगी, तपस्वी; किसी बड़े कार्य में निस्स्वार्थ भाव से लगा व्यक्ति (समाज-साधक)।

साधन—वि. [सं.] किसी कार्य को पूरा करने का उपकरण, प्रयत्न, कारक; औजार; सामग्री; पदार्थ; धन। **~चतुष्टय**—पु. साधना के चार आवश्यक—विवेक, वैराग्य, षट्संपत्ति और मुमुक्षा।

साधना—स्त्री. [सं.] आराधना, उपासना; कोई बड़ा कार्य करने का महत् प्रयत्न।

साधर्म्य—पु. [सं.] समान धर्म; तुलना में समान वृत्ति (उपमा अलंकार में)।

साधार—वि. [सं.] जिसका आधार, प्रमाण हो।

साधारण—वि. [सं.] सामान्य, सरल; आसान; मामूली।

साधारणत:—अ. [सं.] प्राय:, आम तौर पर।

साधारणतया—अ. [सं.] द्र. 'साधारणत:'।

साधारणता—स्त्री., **साधरणत्व**—पु. [सं.] सामान्य, साधारण होने का भाव।

साधारणीकरण—पु. [सं.] किसी समान गुण या धर्म के आधार पर अनेक तत्त्वों को एक तल पर या एक वर्ग में लाना, गुणों, आदि के आधार पर समानता स्थापित करना ('जनरलाइजेशन'); साहित्य में रस-सिद्धांत के अन्तर्गत एक प्रवृत्ति।

साधिका—वि. स्त्री. [सं.] साधना करने वाली स्त्री।

साधिकार—क्रि.वि. [सं.] अधिकारपूर्वक।

साधित—वि. [सं.] सिद्ध, पूरा किया हुआ।

साधु—वि. [सं.] धर्मपरायण, उत्तम, दयालु। पु. संत, सच्चा, नेक आदमी। **~वाद**—पु. शाबाशी देना, सराहना करना।

साधुता—स्त्री., साधुत्व—पु. [सं.] सज्जनता, सरलता, नेकी।

साध्य—वि. [सं.] करने योग्य; सहज, सुगम; (वह बात) जिसे सिद्ध या प्रमाणित करना हो; रोग जिसका उपचार किया जा सके।

साध्यवसाना, साध्यवसानिका—स्त्री. [सं.] साहित्य में लक्षणा शक्ति का एक भेद, जिसमें उपमेय को उपमान में विलीन (अध्यवसान) करके लक्षणा शब्द-शक्ति का प्रयोग किया गया हो, वहाँ साध्यवसाना लक्षणा शब्द-शक्ति होती है, यथा—'लातों' के भूत बातों से नहीं 'मानते'।

साध्यवाचार—पु. [सं.] साधुओं का आचार, व्यवहार; सज्जनोचित व्यवहार।

साध्वी—स्त्री. [सं.] तपस्या, साधना करने वाली स्त्री; पतिव्रता स्त्री; जैन भिक्षुणी।

सानंद—वि. [सं.] आनंदपूर्वक, प्रसन्न।

सान—पु. वह पत्थर जिस पर रगड़ कर चाकू, कैंची, हथियार आदि की धार तेज़ की जाती है।

सानना—स.क्रि. मिलाना, पानी आदि मिलाकर गूँधना; किसी दोष या अपराध, आदि में किसी निर्दोष को शामिल करना।

सानिध्य—पु. [सं.] निकट बैठना; संगति में बैठना, रहना।

सानी—वि. [अ.] बराबरी का, सम; दूसरा; मुकाबले, जोड़ का।

सानी—स्त्री. पशुओं के चारे में खल, दाना, आटा, आदि तैयार किया हुआ उनका खाद्य।

सानुकंप—वि. [सं.] दयालु, कोमल चित्त।

सानुकूल—वि. [सं.] अनुकूलतायुक्त।

सानुज—वि. [सं.] अनुज, छोटे भाई सहित।

सानुजय—वि. [सं.] विनयशील, शिष्ट। अ. विनयपूर्वक।

सानुनासिक—वि. [सं.] जिस वर्ण के उच्चारण में नासिका का भी योग हो।

सानुपातिक—वि. [सं.] सही अनुपात में, माप में।

सानुप्रास—वि. [सं.] अनुप्रास से युक्त।

सानुबंध—वि. [सं.] अनुबंध, शर्तनामे सहित।

सानुरोध—क्रि.वि. [सं.] अनुरोध, प्रार्थनासहित।

सान्निपातिक—वि. [सं.] वह रोग जिसमें सन्निपात भी हो; जटिल, पेचीदा।

सापेक्ष—वि. [सं.] जिसे किसी की अपेक्षा हो, जो दूसरे पर अवलंबित हो; तुलनात्मक रूप में।

सापेक्षिक—वि. [सं.] सापेक्ष, तुलनात्मक रूप में।

साप्ताहिक—वि. [सं.] सप्ताह में एक बार घटित होने वाला; वह समाचार-पत्र, जो सप्ताह में एक बार प्रकाशित होता हो; एक सप्ताह के अंतर से होने वाला।

साफ़—वि. [अ.] स्वच्छ, निर्मल, बेदाग। **ला.** निर्दोष; शुद्ध, खालिस; पवित्र; **स्पष्ट**। **~गोई**—स्त्री. स्पष्टवादिता। **~जवाब**—पु. दो-टूक नकारात्मक उत्तर। **~साफ़**—वि. स्पष्ट रूप में, खुले तौर पर।

साफल्य—पु. [सं.] सफलता; लाभ।

साफ़ा—पु. पगड़ी।

साफ़ी—स्त्री. भाँग छानने या गाँजे की चिलम के नीचे लगा कर दम मारने वाला कपड़ा।

साबन—पु. द्र. 'साबुन'।

साबर—पु. एक औजार (मिट्टी खोदने का)।

साबिका—पु. [अ.] वास्ता, सरोकार; काम (पड़ना); घटना (हो जाना), उर्दू में 'सावका' के रूप में ही प्रयोग।

साबित—वि. [अ.] प्रमाणित (करना), सिद्ध।

साबिर—वि. [अ.] सब्र करने वाला, धीरज धरने वाला।

साबुन—पु. [अ.—'साबून'] कास्टिक सोडा, तेल, आदि के योग से बनाई गई टिक्की, जो कपड़ों और शरीर को साफ़ करने के लिए प्रयोग की जाती है।

साबूत—वि. पूरा, समूचा, अखंडित।

साबूदाना—पु. [फा.] सागूदाना।

साबून—पु. [अ.] द्र. 'साबुन'।

साभार—क्रि.वि. [सं.] आभारसहित।

साभिप्राय—वि. [सं.] अभिप्राययुक्त; विशेष प्रयोजन, उद्देश्य वाला।

साभिमान—वि. [सं.] अभिमानसहित, गर्वीला, **घमंडी**। पु. घमंड के साथ।

सामंजस्य—पु. [सं.] एकरसता, मेल; अनुकूलता, संगति; विषमता का अभाव।

सामंत—वि. [सं.] बड़ा जमींदार, रियासतदार, छोटा राजा; नायक। **~शाही**—स्त्री. सामंतवाद, सामंतों के आधार पर चलने वाली व्यवस्था, शासन।

सामंती—स्त्री. सामंत संबंधी।

सामंतीय—वि. [सं.] सामंत का; सामंत-प्रथा से संबंधित।

साम—पु. एशिया का प्रसिद्ध प्राचीन राष्ट्र-स्याम।

साम—पु. [सं.] चार वेदों में से एक; वेद के गेय मंत्र; राजतंत्र के चार साधना—साम, दाम, दंड और भेद में से एक (समझा-बुझाकर अपनी बात मनवा लेना)।

सामग्री—स्त्री. [सं.] सामान, किसी कार्य को संपन्न करने के लिए आवश्यक साधन, उपकरण; हवन में आहुति देने वाले पदार्थों का मिश्रण।

सामना—पु. मुकाबला; लड़ाई, भिड़ंत, मुठभेड़; किसी वस्त्र या भूखंड, आदि का आगे का हिस्सा; घृष्टता (कर बैठना)।

सामने—अ. आगे; मुकाबले में, सीध में। **मु. ~आना**—धृष्टता करना, अशिष्ट व्यवहार करना।

सामयिक—वि. [सं.] वर्तमान समय का, आज का; समयोचित; आज के समय के लिए उपयुक्त।

सामरिक—वि. [सं.] समर, युद्ध संबंधी।

सामर्थ्य—पु. स्त्री. [सं.] क्षमता, शक्ति, बल; किसी कार्य को करने की योग्यता, समर्थ होने का भाव।

सामवेद—पु. [सं.] चारों वेदों में से तीसरा, जिसमें गेय मंत्रों का संग्रह है।

सामवेदीय—वि. [सं.] सामवेद संबंधी।

सामाजिक—वि. [सं.] समाज से संबंधित; समाज का; सभ्य। पु. सहृदय, काव्य, नाटक आदि का श्रोता या दर्शक।

सामान—पु. [फा.] किसी कार्य के लिए आवश्यक सामग्री, साधन।

सामानदेशिक—वि. [सं.] एक ही क्षेत्र, गाँव, नगर या प्रांत के (वासी)।

सामान्य—वि. [सं.] मामूली, साधारण; आम, जो विशिष्ट न हो; प्रायः सभी व्यक्तियों, अवसरों, अवस्थाओं, आदि से संबंध रखने वाला ('आर्डिनरी'); साहित्य में एक अलंकार—जिसका अर्थ साम्य या समानता है। यहाँ उपमेय और उपमान में गुण, धर्म, आदि बिलकुल समान मान लिये जाते हैं, यथा—'एक रूप तुम भ्राता दोऊ।'

सामान्यतः, सामान्यतया—अ. [सं.] सामान्य रूप से, साधारणतः, मामूली तौर से।

सामान्यता—स्त्री. [सं.] 'सामान्य' होने का भाव, साधारण। **~बुद्धि**—स्त्री. सहज बुद्धि जो सब लोगों में पाई जाती है या अपेक्षा की जाती है कि सब में हो।

सामान्या—स्त्री. [सं.] साहित्य में नायिका का एक रूप, जो धन-लोभ में परपुरुषों से संबंध रखती है, गणिका।

सामासिक—वि. [सं.] समास से संबंधित; अनेक तत्त्वों, क्षेत्रों या वृत्तियों से बना हुआ (जैसे सामासिक संस्कृति)।

सामिष—वि. [सं.] जिसमें आमिष—मांस, मछली, आदि हों (सामिष भोजन); मांस, आदि खाने वाला।

सामीप्य—पु. [सं.] निकटता, समीपता, समीप होने का भाव।

सामुदायिक—वि. [सं.] समुदाय का, समुदाय संबंधी।

सामुद्रिक—वि. [सं.] समुद्र संबंधी। पु. वह विद्या जिसमें शरीर के लक्षणों, विशेषतः हाथों की रेखाएँ देखकर भविष्य बताया जाता है।

सामूहिक—वि. [सं.] समूह-संबंधी; सबको साथ लेकर किया जाने वाला (कार्य); समूह रूप से एकत्र।

सामोद—वि. [सं.] आनंदयुक्त, प्रसन्न। अ. आनंदपूर्वक।

साम्य—पु. [सं.] समानता, समान होने का भाव। **~वाद**—पु. कॉर्ल मार्क्स द्वारा प्रस्थापित एक विचारधारा, जिसके अनुसार एक ऐसे समाज की स्थापना के लिए प्रयत्नशील होना, जिसमें संपत्ति पर सबका समान अधिकार हो, सभी उत्पादनों पर राज्य का अधिकार हो, जिससे उनका समान वितरण किया जा सके। **~वादी**—पु. साम्यवाद का सिद्धांत मानने वाला।

साम्राज्य—पु. [सं.] वह बड़ा राज्य जो एक सम्राट के शासन में हो तथा जिसमें कई राज्य या देश हों, सर्वशक्तिसंपन्न राज्य ('सोवरेन स्टेट', 'एम्पायर'); किसी क्षेत्र या कार्य में किसी का पूरा आधिपत्य; किसी एक व्यक्ति का बहुत बड़ा व्यापारिक संस्थान (समाचार-पत्र-साम्राज्य, स्टील साम्राज्य, आदि)। **~वाद**—पु. साम्राज्य को बनाए रखने और बढ़ाते रहने का सिद्धांत (ब्रिटिश साम्राज्यवाद)। **~वादी**—पु. साम्राज्यवाद का समर्थक, साम्राज्य को बनाये रखने का पक्षधर।

सायं—वि. [सं.] संध्या, शाम। **~काल**—पु. शाम का समय। **~कालीन**—वि. संध्याकाल-संबंधी; संध्या समय होने वाला। **~होम**—पु. संध्या समय किया जाने वाला हवन, यज्ञ।

सायकिल—स्त्री. [अ.] साइकिल, पैर से चलाई जाने वाली दो पहियों की सवारी।

सायनाइड—पु. [अं.] एक तीव्र विष वाला रासायनिक।

सायम्—अ. [सं.] संध्या के समय।

सायरन—पु. [अं.] साइरन, घोषणा करने वाला, चेतावनी देने वाला भोंपू या उद्घोषक यंत्र।

साया—पु. [फा.] छाया, छाँह, परछाईं। **ला.** आश्रय, संरक्षण, संरक्षक। हि. साड़ी के नीचे पहनने वाला घाघरानुमा वस्त्र, पेटीकोट।

सायास—क्रि.वि. [सं.] प्रयत्नपूर्वक।

सायुज्य—पु. [सं.] एक में मिल जाना; भक्ति में मुक्ति का एक प्रकार, जिसमें आत्मा-परमात्मा में मिलकर तद्रूप हो जाती है।

सारंग—वि. [सं.] विभिन्न अर्थ—हिरन; कोयल; हंस; मोर; पपीहा; हाथी; घोड़ा; सिंह; कमल; स्वर्ण; तालाब; भौंरा; एक प्रकार की मधुमक्खी; विष्णु का धनुष; शंख, चन्द्रमा; समुद्र; जल; बाण; साँप; चंदन; केश; शोभा; तलवार; मेघ; आकाश; मेढक; सारंगी; कामदेव; विद्युत; पुष्प; दीपक; स्त्री; ग्रह, नक्षत्र, आदि; ईश्वर; आभूषण, आदि शृंगार के साधन; एक छंद; एक राग। **~पाणि**—पु. विष्णु।

सारंगी—स्त्री. [सं.] एक प्रसिद्ध वाद्य।

सार—पु. [सं.] किसी पदार्थ का मूल तत्त्व, सत्त; अरक, रस; गुदा, मग्ज़; बल, शक्ति; लोहा; जुए के खेल का पाँसा; शतरंज की गोटी, गोट; साहित्य में एक अर्थालंकार जहाँ वर्णित वस्तुओं का उत्कर्ष या अपकर्ष दिखाया जाता है; एक छंद। ~गर्भित—वि. महत्त्वपूर्ण (सारगर्भित कथन)। **~ग्राही**—वि. सार ग्रहण करने वाला। **~हीन**—वि. महत्त्वहीन, व्यर्थ।

सारजंट, सारजेंट—पु. [अं.] घुड़सवार सेना में एक पद, जमादार।

सारणि—स्त्री. [सं.] छोटी नदी, धारा; प्रसारिणी, छोटी गली ('स्ट्रीट')—सरणी (कोलकाता में शेक्सपियर सरणी)।

सारणी—स्त्री. [सं.] छोटी नदी या नाला; तालिका (समय सारणी)।

सारतः—अ. [सं.] सार रूप में; निष्कर्ष रूप में, संक्षेप में।

सारथि—पु. [सं.] रथ चलाने वाला, सूत, नायक।

सारथ्य—पु. [सं.] रथ चलाना, रथ हाँकना।

सारना—स.क्रि. किसी तरह काम चला लेना।

सारमेय—पु. [सं.] कुत्ता।

सारमेयी—स्त्री. [सं.] कुतिया, कुत्ते की मादा।

सारल्य—पु. [सं.] सरलता।

सारवान, सारवान्—वि. [सं.] सारयुक्त; महत्त्वपूर्ण।

सारस—वि. [सं.] एक लंबी टाँगों वाला पक्षी, जल, किसी भी तालाब आदि पर पाया जाता है; चंद्रमा; कमल।

सारस्वत—वि. [सं.] सरस्वती संबंधी; विद्वानों का; सारस्वत प्रदेश का। पु. पंजाब में सरस्वती नदी के तट पर बसा एक प्राचीन देश, प्रांत; इस देश के रहने वाले ब्राह्मण।

सारस्वतोत्सव—पु. [सं.] सरस्वती पूजन का उत्सव।

सारांश—पु. [सं.] किसी बात, चर्चा, भाषण, पाठ, कविता-कहानी, आदि का सार, उपसंहार।

सारा—वि. पूरा, पूर्ण, समस्त।

सारिका—स्त्री. [सं.] मैना पक्षी।

सारिणी—स्त्री. [सं.] द्र. 'सारणि'।

सारूप्य—पु. [सं.] एक रूप हो जाना; मुक्ति का एक प्रकार, जिसमें भक्त ब्रह्म, ईश्वर के रूप का ही अंगभूत हो जाता है।

सार्थ—वि. [सं.] अर्थयुक्त; उपयोगी। पु. कारवाँ, व्यापारियों का एक साथ यात्रा पर निकला समूह। **~पति**—पु. कारवाँ का मुखिया।

सार्थक—वि. [सं.] अर्थपूर्ण; सफल, पूर्ण मनोरथ, लाभदायक। **~सिनेमा**—पु. सोद्देश्य, कलात्मक सिनेचित्र ('आर्ट फिल्म्स')।

सार्थकता—स्त्री. [सं.] उपयोगिता।

सार्थवाह—पु. [सं.] व्यापारी जो सार्थ के साथ चलता है।

सार्दूल*—पु. द्र. 'शार्दूल'।

सार्द्र—वि. [सं.] आर्द्रतायुक्त, गीला, नम।

सार्व—वि. [सं.] सबसे संबंध रखने वाला; सबके लिए उपयुक्त।

सार्वकालिक—वि. [सं.] सब कालों, समयों में उपयुक्त।

सार्वगुणिक—वि. [सं.] सब अच्छे गुणों से संपन्न।

सार्वजनिक, सार्वजनीन—वि. [सं.] सबके लिए उपयुक्त; सबसे संबंध रखने वाला; सबके उपयोग के लिए।

सार्वजन्य—वि. [सं.] सबसे संबंध रखने वाला।

सार्वत्रिक—वि. [सं.] सब स्थानों से संबंधित; सब स्थानों या अवस्थाओं में स्वीकार्य।

सार्वदेशिक—वि. [सं.] पूरे देश से संबंधित; सब देशों से संबद्ध।

सार्वभौतिक—वि. [सं.] सब भूतों, जीवों से संबंधित।

सार्वभौम—वि. [सं.] सारी पृथ्वी या उसके सब देशों से संबंध रखने या उनमें होने वाला। पु. चक्रवर्ती राजा; सर्वशक्तिमान (राष्ट्र या राजा)।

सार्वभौमत्व—पु. [सं.] सार्वभौम होने का भाव।

सार्वभौमिक—वि. [सं.] संपूर्ण पृथ्वी पर फैला हुआ; जिसकी प्रभुसत्ता सब देश मानते हों।

सार्वलौकिक—वि. [सं.] सारे संसार में व्याप्त; सार्वजनिक।

सालंकार—वि. [सं.] आभूषण युक्त, अलंकृत।

साल—पु. [फा.] वर्ष, बरस, समय का एक मान।

साल—स्त्री. [सं.] एक वृक्ष विशेष। हि. मन में होने वाला कष्ट, वेदना, पीड़ा, कसक; काठ, लकड़ी को दूसरी लकड़ी से जोड़ने के लिए किया जाने वाला चौकोर छेद (चारपाई के पायों, आदि में); छेद, सूराख।

सालगिरह—स्त्री. [फा.] वर्षगाँठ।

सालन—पु. साग आदि की मसालेदार सब्ज़ी।

सालना—स.क्रि. कष्ट देना; मानसिक पीड़ा पहुँचाना; लकड़ी आदि में चौकोर छेद कर उसमें दूसरी लकड़ी फँसाना (चारपाई के पायों में बाहीं, लकड़ी डालना)।

सालसा—पु. एक रक्तशोधक औषधि। [अं.] यूरोपीय नृत्य का एक प्रकार।

साला—पु. पत्नी का भाई। वि. (समास में प्रयुक्त होकर) सालाना का भाव—पंजसाला, दससाला।

सालाना—वि. [फा.] वार्षिक, साल-भर में होने वाला।

सालिम—वि. [सं.] पूरा, साबित; सुरक्षित, सही-सलामत।

साली—स्त्री. पत्नी की बहन।

सालूर—पु. [सं.] मेढक।

सालोक्य—पु. [सं.] मुक्ति का एक रूप, जिसमें भक्त भगवान के लोक में निवास करने का अधिकारी बन जाता है।

साल्मली—पु. शाल्मली, सेमल।

साल्व—पु. [सं.] एक प्राचीन देश; उस देश का निवासी।

सावक—पु. बौद्ध या जैन संन्यासी।

सावकाश—वि. [सं.] अवकाश सहित; फुरसत में।

सावधान—वि. [सं.] सतर्क, खबरदार, सचेत।

सावधानता—स्त्री. [सं.] सावधानी।

सावधानी—स्त्री. सावधान होने का भाव, सावधानता।

सावधि—वि. [सं.] जिसकी समय-सीमा निश्चित हो।

सावन—वि. श्रावण मास, आषाढ़ के बाद का माह।

सावनी—पु. सावन में बोयी जाने वाली फसल; श्रावण मास में होने वाला।

सावयव—वि. [सं.] अंग सहित।

सावर्ण—वि. [सं.] समान रंग, वर्ण या जाति से संबंध रखने वाला।

सावित्री—स्त्री. [सं.] सत्यवान की पत्नी, जिसने अपने पति को यमराज से बचा लिया था; गायत्री; सरस्वती; यमुना नदी।

साश्चर्य—वि. [सं.] आश्चर्य के साथ (वाला)। आश्चर्य सहित।

साश्रु—वि. [सं.] जिसमें अश्रु भरे हों, अश्रुपूर्ण। क्रि.वि. आँखों में आँसू भरकर।

साष्टांग—वि. [सं.] आठ अंगों सहित। **~प्रणाम**—पु. शरीर के आठ अंगों (सिर, हाथ, पैर, आँख, जंघा, हृदय, वचन और मन) के साथ किया जाने वाला प्रणाम। **~योग**—पु. यम, नियम, आसन, प्राणायाम, प्रत्याहार, ध्यान, धारणा और समाधि—इन आठ अंगों वाला योग।

सास—स्त्री. पति या पत्नी की माता।

सासरा—पु. ससुराल।

सासु—वि. [सं.] सास।

साहचर्य—पु. [सं.] साथ रहना, साथ, संगति।

साहब—पु. [अ.] मित्र, साथी; मालिक, स्वामी; आदरणीय व्यक्ति का सम्बोधन, सम्मानसूचक शब्द; गोरी जाति का व्यक्ति। **~जाया**—पु. किसी के पुत्र के लिए आदरसूचक शब्द।

साहबी—स्त्री. [अ.] साहब होने का भाव, अवस्था; साहब जैसा।

साहस—वि. [सं.] मन की दृढ़ता जो कोई कठिन या बड़ा काम करने के लिए तैयार करती है, हिम्मत।

साहसांक—पु. [सं.] राजा विक्रमादित्य की एक पदवी।

साहसिक—वि. [सं.] साहसपूर्ण, साहस से भरा हुआ।

साहसी—वि. [सं.] साहस रखने वाला, हिम्मती, दिलेर।

साहस्र—वि. [सं.] हज़ार संबंधी; एक हज़ार वाला; एक हज़ार मूल्य का।

साहस्रक—वि. [सं.] जिसमें कोई चीज़ एक हज़ार हो।

साहस्रिक—वि. [सं.] सहस्र, हज़ार संबंधी।

साहाय्य—पु. [सं.] सहायता; मैत्री; साथ।

साहित्य—पु. [सं.] गद्यात्मक या पद्यात्मक रचना; भाषा के माध्यम से जीवन की व्याख्या, वाङ्मय ('लिट्रेचर'); किसी विषय या कवि, लेखक, आदि से संबंधित ग्रंथ या ग्रंथों का साहित्य—मनोवैज्ञानिक साहित्य, सूर साहित्य। **~शास्त्र**—पु. साहित्य के विभिन्न अंगों—रस, अलंकार, छंद, आदि का विवेचन-विश्लेषण या उससे संबंधित ग्रंथ।

साहित्यकार—पु. [सं.] साहित्य-कविता, नाटक, उपन्यास-कहानी आदि की रचना करने वाला, लेखक।

साहित्यालोचक—पु. [सं.] साहित्य का आलोचक।

साहित्यालोचन—पु. [सं.] साहित्य की आलोचना, साहित्य की आलोचना का कार्य।

साहित्यिक—वि. [सं.] साहित्य संबंधी; साहित्य का मर्मज्ञ।

साहित्यिकी—स्त्री. [सं.] साहित्य शास्त्र।

साहित्येतर—वि. [सं.] साहित्य से भिन्न (इतिहास, दर्शन, आदि का साहित्य)।

साहिब—पु. [अ.] द्र. 'साहब'।

साहिर—पु. [अ.] जादूगर।

साहिल—पु. [अ.] समुद्र या नदी का किनारा, तट।

साही—स्त्री. एक छोटा जानवर, जिसके शरीर पर तेज, लंबे काँटे होते, यह ज़मीन में माँद बना कर रहता है।

साहु—पु. सज्जन, भला आदमी; महाजन; व्यापारियों के लिए आदरसूचक सम्बोधन।

साहू—पु. 'साहु'।

साहूकार—पु. धनाढ्य व्यापारी, बड़ा व्यापारी।

साहूकारा—पु. साहूकार का काम, रुपयों के लेन-देन का काम; साहूकारों का मुहल्ला, बाज़ार।

साहूकारी—स्त्री. द्र. 'साहूकारा'।

साहेब—पु. द्र. 'साहब'।

सिंगल—वि. [अं.] एक; अविवाहित; अकेला।

सिंगा—पु. मुँह से फूँक कर बजाया जाने वाला एक वाद्य, सींग के आकार का।

सिंगार, सिँगार*—पु. शृंगार, सजावट, सजधज।

सिँगारना*—स.क्रि. शृंगार करना; सँवारना, सजाना।

सिंघाड़ा—पु. पानी में पैदा होने वाला एक तिकोने आकार का फल; इसी के आकार का पिट्ठी-भरा एक नमकीन, समोसा।

सिंघासन—पु. द्र. 'सिंहासन'।

सिंघी—स्त्री. एक मछली, सिंगी।

सिंचन—पु. [सं.] सींचना।

सिंचाई—स्त्री. सींचने का काम।

सिंचित—वि. [सं.] सींचा हुआ।

सिंजा—स्त्री. [सं.] आभूषणों की झनट।

सिंडिकेट—पु. [अं.] व्यापारियों की गठित संस्था; सीनेट की प्रबंध समिति।

सिंथेटिक—वि. [अं.] कृत्रिम, रासायनिक द्रव्यों से बनाया गया।

सिंदुरिया—वि. द्र. 'सिंदूरिया'।

सिंदूर—पु. [सं.] एक पेड़; एक लाल चूर्ण-सा, स्त्रियाँ जिससे माँग भरती हैं।

सिंदूरिया—वि. सिंदूर के रंग का (आम, आदि)।

सिंदूरी—वि. सिंदूर के रंग का।

सिंदोरा—पु. सिंदूर रखने की लकड़ी की डिब्बी।

सिंध—पु. पाकिस्तान का एक प्रांत। स्त्री. एक प्रसिद्ध नदी।

सिंधी—वि. सिंध प्रांत का। पु. सिंध प्रांत का, सिंध प्रांत का रहने वाला। स्त्री. इस प्रांत की भाषा।

सिंधु—पु. [सं.] सागर, समुद्र; एक प्रख्यात नदी; सिन्ध प्रदेश। **~जा**—स्त्री. लक्ष्मी (देवी)।

सिंधुरगामिनी—वि. स्त्री. [सं.] गजगामिनी, हस्ति की मस्त चाल वाली।

सिंफनी—स्त्री. [अं.] स्वर-संगति, सुरीलापन।

सिंह—पु. [सं.] शेर, मृगराज, केशरी; ज्योतिष की बारह राशियों में से एक। **ला.** बहुत वीर; साहसी, निडर। **~द्वार**—पु. किले, महल, आदि का मुख्य द्वार। **~नाद**—पु. सिंह की दहाड़, गर्जना।

सिंहनी—स्त्री., शेरनी, सिंह की मादा।

सिंहल—पु. [सं.] सिंहल द्वीप, भारत के दक्षिण में एक प्रसिद्ध द्वीप, प्राचीन लंका, वर्तमान में श्रीलंका।

सिंहली—वि. सिंहल द्वीप से संबंधित, सिंहल का निवासी। स्त्री. सिंहलद्वीप की भाषा।

सिंहावलोकन—पु. [सं.] सिंह की तरह आगे बढ़ते हुए मुड़कर पीछे देखना। **ला.** संक्षेप में पिछली बातों का अवलोकन, दिग्दर्शन।

सिंहासन—पु. [सं.] राजा या देवता के बैठने का आसन; चौकी, जड़ाऊ चौकी।

सिंहासनस्थ—वि. [सं.] राजगद्दी पर आसीन, विराजमान।

सिंहासनारूढ़—वि. [सं.] सिंहासन पर बैठा हुआ, राज्यारोहण।

सिंहासनारोहन—वि. [सं.] राजतिलक, सिंहासनासीन होने का उत्सव।

सिअरा—वि. ठंड, ठंडा किया हुआ।

सिआर—पु. गीदड़।

सिकंजा*—पु. द्र. 'शिकंजा'।

सिकंदर—पु. सुप्रसिद्ध यूनानी योद्धा, जिसने मिस्र, ईरान, अफगानिस्तान और भारत में तक्षशिला तथा सिंधु के इस पार का कुछ भाग विजित कर लिया था।

सिकंदरी—वि. सिकंदर का; सिकंदर जैसा (घोड़ा)।

सिकड़ी—स्त्री. साँकल, जंजीर।

सिकत*—स्त्री. बालू, रेत।

सिकता—स्त्री. बालू; बालू की ज़मीन।

सिकतामय—वि. [सं.] बालुकायुक्त।

सिकत्तर—पु. [अं. 'सेक्रेटरी' का अपभ्रंश रूप] किसी संस्था या व्यक्ति के कार्य की देखभाल करने वाला।

सिकर—पु. शृगाल। स्त्री. जंजीर।

सिकली—स्त्री. हथियार, चाकू, कैंची आदि की धार तेज़ करने की क्रिया। **~गर**—पु. यह कार्य करने वाली जाति।

सिकाई—स्त्री. सेंकने की क्रिया।

सिकुड़न—स्त्री. सिकुड़ने की क्रिया, सलवट पड़ना, शिकन; संकोच।

सिकुड़ना—अ.क्रि. सलवट पड़ना; संकोच करना; सिमट जाना; संकुचित होना।

सिकोड़ना—स.क्रि. इकट्ठा करना, समेटना; तंग करना, छोटा कर देना।

सिक्का—पु. [अ.] मुद्रा, रुपया; टकसाल में ढला किसी भी मूल्य का धातु का ठप्पा-सा—चवन्नी, अठन्नी, पाँच या दस रुपये का धातु-पत्तर।

सिक्ख—पु. गुरु नानक द्वारा प्रवर्तित संप्रदाय, उसका अनुयायी।

सिक्त—वि. [सं.] सिंचित; भीगा हुआ, गीला।

सिक्योरिटी—स्त्री. [अं.] सुरक्षा; निश्चिंतता; जमानत; सुरक्षा, सुरक्षाकर्मी।

सिखंडी*—पु. द्र. 'शिखंडी'।

सिख*—पु. द्र. 'सिक्ख', शिष्य।

सिखलाई—स्त्री. सिखलाने की क्रिया।

सिखलाना—स.क्रि. सिखाना, पढ़ाना; कोई प्रशिक्षण देना।

सिखाना—स.क्रि. द्र. 'सिखलाना'।

सिखावन—स्त्री. उपदेश, शिक्षा; नसीहत; उलटी पट्टी पढ़ाना; किसी के विपरीत जाने की शिक्षा देना।

सिगड़ी—स्त्री. अँगीठी।

सिगनल—पु. [अं.] संकेत; रेलगाड़ी के आगमन की सूचना देने वाला चिह्न।

सिगरा*—वि. संपूर्ण, सब।

सिगरेट—पु. स्त्री. [अं.] कागज़ में लपेटा हुआ तम्बाकू, जिसे जला कर मुँह से उसका धुआँ पीते हैं—धूम्रपान का उपकरण।

सिगरो, सिगरौ—वि. द्र. 'सिगरा'।

सिगार—पु. [अं.] चुरुट।

सिच्छक*—पु. द्र. 'शिक्षक'।

सिच्छा*—स्त्री. द्र. 'शिक्षा'।

सिजदा—पु. [अ.] सजदा, प्रणाम करना, माथा टेकना; खुदा के सामने झुकना, नमस्कार करने की इसलामी रीति।

सिझना—अ.क्रि. आँच पर धीरे-धीरे पकना।

सिझाना—स.क्रि. 'सिझना' का प्रे., आँच पर धीरे-धीरे पकाना। **ला.** शरीर को कष्टपूर्ण स्थिति में रखना।

सिटकिनी—स्त्री. दरवाज़ा भीतर से बंद करने वाली चटखनी।

सिटपिटाना—अ.क्रि. भय, संकोच या लज्जा से असमंजस में पड़ जाना।

सिटी—पु., स्त्री. [अं.] नगर; बड़ा नगर।

सिट्टी—स्त्री. बहुत बोलना। **मु. ~पिट्टी गुम हो जाना**—बोलती बंद हो जाना।

सिड़—स्त्री. पागलपन, खब्त, सनक, धुन। **~पन, ~पना**—पु. दीवानगी, सनक, धुन लग जाना।

सिड़ी—वि. पागल, दीवाना (किसी चीज़ का)।

सितंबर—पु. [अ. 'सेप्टेंबर] ईस्वी सन् का नौवाँ महीना, अगस्त के बाद का माह।

सित—वि. [सं.] श्वेत, सफेद, चमकीला। पु. सफ़ेद रंग; (माह का) शुक्ल पक्ष। **~कंठ**—वि. सफेद कंठ, गरदन वाला। **~कर**—पु. चंद्रमा, कपूर।

सितम—पु. [फा.] ज़ुल्म, अन्याय, उत्पीड़न, अत्याचार।

सितांशु—पु. [सं.] कपूर; चंद्रमा। वि. श्वेत, सफ़ेद किरणों वाला।

सितार—पु. एक प्रसिद्ध वाद्य; तंबू पर एक दंड से तार लगे होते हैं, जिन्हें झंकृत कर राग निकाला जाता है।

सितारा—पु. [फा. 'सतारा'] नक्षत्र, तारा। **ला.** भाग्य, प्रारब्ध।

सितावरी—स्त्री. [सं.] वाकुचि, एक आयु. औषधि।

सितासित—वि. [सं.] सफेद और काला। **ला.** भला-बुरा।

सिदौसी—अ. सवेरे ही, भोर में।

सिद्क़—स्त्री. [अ.] दिल की सफ़ाई, सचाई, निष्कपट भाव।

सिद्ध—पु. [सं.] पु. संत, योगी, जिसे सिद्धि प्राप्त हो गई हो। पूरा किया हुआ; प्राप्त, लब्ध; प्रमाणित। **~कार्य**—वि. सफल, कृतकार्य। **~क्षेत्र**—पु. सिद्ध पुरुषों का क्षेत्र। **~पीठ**—पु. जहाँ सिद्ध पुरुषों की साधना सफल हुई हो। **~पुरुष**—पु. वह व्यक्ति जिसे सिद्धियाँ प्राप्त हों। **~भूमि**—स्त्री. द्र. 'सिद्ध क्षेत्र'।

सिद्धांत—पु. [सं.] विचार और तर्क द्वारा निश्चित विचार-सरणी, विद्या, कला, विज्ञान आदि के क्षेत्र में किसी विद्वान द्वारा प्रतिपादित मत, विचारधारा।

सिद्धार्थ—वि. [सं.] जिसकी मनोकामनाएँ पूरी हो गई हों, सफल मनोरथ। पु. गौतम बुद्ध का पूर्व नाम।

सिद्धासन—पु. [सं.] योग-साधना में एक आसन, इसमें विशेष मुद्रा में एक पैर के ऊपर दूसरा पैर पालथी मारकर रखा जाता है।

सिद्धि—स्त्री. [सं.] कार्य पूरा या सफल होना; योग या तपस्या से प्राप्त अलौकिक शक्ति; योग साधना के फल—आठ रूपों में, अष्ट सिद्धियाँ—अणिमा, महिमा, गरिमा, लघिमा, प्राप्ति, प्राकाम्य, ईशित्व और वाशित्व। **~कारक**—वि. लक्ष्य, सिद्धि प्राप्त कराने वाला; प्रभावपूर्ण। **~दाता**—पु. गणेश। **~दात्री**—स्त्री. देवी का एक रूप, दुर्गा। **~लाभ**—पु. सिद्धि की प्राप्ति।

सिद्धेश्वर—पु. [सं.] शिव; योगीराज।

सिद्धेश्वरी—स्त्री. [सं.] देवी का एक रूप।

सिधाई—स्त्री. सीधापन, सरलता।

सिधारना—अ.क्रि. महाप्रस्थान करना, मरण (स्वर्ग सिधार गए)।

सिन—पु. [सं.] शरीर; पोशाक, वस्त्र।

सिन, सिन्न—पु. [अ.] आयु, वय (कमसिन)।

सिनक—स्त्री. नाक का मल, नाक।

सिनकना—स.क्रि. जोर से हवा निकाल कर (अंगुली रखकर) नाक को साफ़ करना।

सिने उद्योग—पु. [अं. सं.] फिल्म उद्योग।

सिनेट—स्त्री. [अं.] किसी देश, प्रांत, संस्था, आदि का प्रबंधन करने वाली सभा।

सिनेटर—पु. [अं.] सीनेट, राज्य सभा आदि का सदस्य; विश्वविद्यालय, जैसी बड़ी संस्थाओं की प्रबंधन समिति का सदस्य।

सिनेमा—पु. [अ.] चलचित्र।

सिन्नी*—स्त्री. 'शीरनी' का अपभ्रंश; किसी हर्ष में देवता पर प्रसाद रूप में चढ़ा कर बाँटी जाने वाली मिठाई; गुड़ या चीनी में पागी गई बेसन की बनी सेवइयाँ-सी, सेव।

सिपह—'सिपाह' का लघु रूप (समास में प्रयुक्त—सिपहसालार)।

सिपाहियाना—वि. [फा.] सिपाहियों जैसा, सैनिकोचित।

सिपाही—पु. [फा.] सैनिक, योद्धा; पहरेदार; वीर, बहादुर; पुलिस या सुरक्षाकर्मी।

सिपुर्द—वि. [फा.] सौंपा हुआ, दिया हुआ, पूरी जिम्मेदारी थमाते हुए।

सिफ़त—स्त्री. [अ.] विशेषता, गुण; लक्षण।

सिफ़र—पु. [अ.] शून्य, बिंदु।

सिफ़ारिश—स्त्री. [फा.] किसी का कार्य करने के लिए अनुरोध, पैरवी, अनुशंसा करना।

सिफ़ारिशी—वि. जिसमें किसी की सिफ़ारिश की गई हो; सिफ़ारिश करने वाला।

सिफ़लिस—पु. उपदंश, आतशक—पुरुष जनेन्द्रिय-संबंधी एक रोग।

सिमटना—अ.क्रि. संकुचित होना, सिकुड़ना; सहमना; (लज्जा से) सिकुड़ना।

सिमर*—पु. सेमर।

सिमरन*—पु. स्मरण, याद करना।

सिमरना—स.क्रि. स्मरण करना, याद करना।

सिमेट्री—स्त्री. [अं.] संतुलन; समानुपात; सुडौलपन।

सिमेन्ट—पु. [अं.] सीमेंट, भवन-निर्माण में प्रयुक्त होने वाला पत्थरों का चूर्ण।

सिम्त—स्त्री. [अ.] दिशा, ओर, तरफ़।

सिय*—स्त्री. सीता।

सियराई—स्त्री. ठंडक, शीतलता।

सिया*—स्त्री. सीता, जानकी, वैदेही।

सियापा—पु. (पंजाब में) किसी की मृत्यु पर दुहत्थड़ मार कर विलाप करने की प्रथा, रीति।

सियार*—पु. गीदड़, शृगाल।

सियासत—स्त्री. [अ.] राजनीति; राजकाज, प्रशासन।

सियासी—वि. राजनीतिक; राजकाज से संबंधित।

सियाह—वि. [फा.] काला, श्याम, अशुभ।

सिर—पु. शरीर में गरदन से ऊपर का भाग, माथे से ऊपर; खोपड़ी, कपाल। **~कटा**—वि. जिसका सिर कटा हुआ हो। **~मुँड़ा**—वि. जिसके सिर के बाल मुँड़े हुए हों। **~मौर**—पु. शिरोमणि; सर्वश्रेष्ठ। **मु. ~खाना**—व्यर्थ की बक-बक से परेशान कर देना। **~खुजाने लगना**—सोचने लगना। **~न पाँव, ~न पैर**—निराधार, व्यर्थ। **~पकड़ कर रोना**—पश्चात्ताप में व्यथित होना। **~पटक कर रह जाना**—बहुत प्रयत्न करना (पर सफल न होना)। **~पर पड़ना**—जिम्मेदारी सिर पर आ जाना। **~पर चढ़ाना**—मुँह लगाना, बहुत महत्त्व देना। **~पर जूँ न रेंगना**—कोई परवाह न होना। **~पर सवार होना**—सामने रह कर दबाव डाल कर किसी से कुछ कार्य करवा लेना। **~मुँड़ाते ही ओले पड़ना**—कार्य प्रारंभ करते ही विघ्न उपस्थित हो जाना।

सिरका—पु. [फा.] धूप में रखकर ईख, जामुन, आदि के रस को तीव्र अम्ल का रूप दिया हुआ रस।

सिरकी—स्त्री. सरकंडों की बनी हुई टट्टी, वर्षा, धूप आदि से बचाने के लिए बनी चटाई जैसी।

सिरजन*—पु. सृजन, निर्माण, रचना करना।

सिरजना—स.क्रि. रचना करना; सृष्टि करना।

सिरप—पु. [अं.] शर्बत।

सिरस—पु. द्र. 'शिरीष'।

सिरहाना—पु. तकिया।

सिरहाने—क्रि.वि. चारपाई में वह सिरा जिस पर सिर रखकर सोया जाता है।

सिरा—पु. छोर, आरंभ या अंत का भाग; नोक, अनी।

सिराना—अ.क्रि. ठंडा होना; बीतना, समाप्त होना।

सिरिंज—पु. [अं.] इंजेक्शन लगाने की पिचकारी की तरह बनी सुई तथा नलिका।

सिरिस—पु. शिरीष वृक्ष।

सिरीस—पु. द्र. 'सिरिस'।

सिरोमनि*—पु. द्र. 'शिरोमणि'।

सिरोही—पु. तलवार; राजस्थान में तलवार के लिए प्रसिद्ध स्थान; जाटों के यहाँ एक गोत्र।

सिर्फ़—वि. [अ.] केवल; खालिस; अकेला।

सिर्री—वि. द्र. 'सिड़ी'।

सिल—स्त्री. मसाला आदि पीसने के लिए पत्थर (शिला-खंड) की पटिया; भवन-निर्माण में लगने वाली पत्थर की पट्टिकाएँ, पटिया।

सिलगना—अ.क्रि. द्र. 'सुलगना'।

सिलवट—स्त्री. सलवट, सिकुड़न।

सिलवर—स्त्री. [अं.] चाँदी (धातु)।

सिलवाई—स्त्री. सिलाई, कपड़े सिलने की मज़दूरी।

सिलसिला—पु. [अ.] क्रम, कड़ी, शृंखला; पंक्ति। **~(ले) वार**—वि. क्रमयुक्त, तरतीबवार, क्रम से।

सिलहट—पु. आसाम प्रांत का एक नगर।

सिलहारा—वि. खेत में पड़े अनाज की बालियाँ बीनने वाला।

सिलहटिया—वि. सिलहट नगर का।

सिला*—पु. [अ.] फसल कटने के बाद खेत में गिर गई अनाज की बालियाँ।

सिलाई—स्त्री. सीने का काम; सीने के काम की मज़दूरी; सीवन (सिलाई उघड़ गई है)।

सिलाना—स.क्रि. द्र. 'सिलवाना'।

सिला सिलाया—वि. पहले से ही सिलकर रखा हुआ (कपड़ा); बिना अपना नाप दिये तैयार हुआ कपड़ा।

सिलिंडर—पु. [अं.] धातु की बनी गोल लंबी टंकी; गैस सिलिंडर।

सिलेक्ट कमिटी—स्त्री. [अं.] प्रवर समिति, चुने हुए सदस्यों की विशेष समिति।

सिलेक्शन—पु. [अं.] चयन, किसी पद, आदि के लिए। **~कमेटी**—स्त्री. चयन समिति।

सिलेबस—पु. [अं.] पाठ्यक्रम।

सिलौट, सिलौटा—पु. सिल का बट्टा।

सिल्क—पु. [अं.] रेशम; रेशमी वस्त्र।

सिल्ली—स्त्री. छोटी पटिया; (बरफ़ की सिल्ली)।

सिवा—अ. [अ.] अलावा, अतिरिक्त। वि. अधिक, बढ़ा हुआ।

सिवान—पु. गाँव, आदि की सीमा।

सिवार—पु. जल का एक पौधा।

सिविर*—पु. द्र. 'शिविर'।

सिविल—वि. [अं.] नागरिक; सभ्य, भद्र। **~वार**—पु. गृह-युद्ध। **~सर्विस**—स्त्री. प्रशासनिक सेवा।

सिसकना—अ.क्रि. सिसकी भरकर रोना।

सिसकारना—अ.क्रि. सीत्कार करना, सी-सी की ध्वनि पैदा करना।

सिसकारी—स्त्री. रोते समय निकलने वाली आवाज़, सिसकी लेने की आवाज़।

सिसकी—स्त्री. रोते समय की सीत्कार।

सिसिर—पु. द्र. 'शिशिर'।

सिसोदिया—पु. राजपूतों की एक उपजाति।

सिस्टम—पु. [अं.] तंत्र, व्यवस्था।

सिस्टर—स्त्री. [अं.] बहन; अस्पतालों में सेवा-शुश्रूषा करने वाली परिचारिका (नर्स)।

सिहरन—स्त्री. रोमांच, झुरझुरी उठना।

सिहरना—अ.क्रि. भय से काँप जाना; ठंड से काँपना; किसी अन्य मनोभाव के प्रभाव से रोमांचित होना।

सींक—स्त्री. एक घास विशेष की तीली, जिसकी झाड़ू बनती हैं, किसी घास की लंबी बहुत पतली डंडी।

सींकिया—वि. सींक-सा पतला, बहुत दुबला-पतला व्यक्ति। **~पहलवान**—पु. बहुत कृशकाय, दुबला-पतला व्यक्ति।

सींग—पु. गाय, बैल, भैंस, मेढ़े, हिरन, आदि पशुओं के सिर के अवयव जो दोनों ओर नुकीले रूप में निकलते हैं, शृंग, विषाण।

सींचना—स.क्रि. सिंचाई करना, पेड़-पौधों को पानी देना; तर कर देना, भिगो देना।

सी—अ. 'सा' का स्त्री., सादृश्य, समानता का बोधक।

सी.आई.डी.—पु. [अं.] केन्द्रीय अन्वेषण ब्यूरो। (सेंट्रल इंटेलिजेंश डिपार्टमेंट)।

सी.आर.पी.—पु. [अं.] सुरक्षा बल (सेंट्रल रिज़र्व पुलिस)।

सी.एम.—पु. [अं.] मुख्य मंत्री। (चीज़ मिनिस्टर)।

सी.एस.डी.—पु. [अं.] सेंट्रल स्टोर्स डिपार्टमेंट ('कैंटीन')।

सी.ओ.—पु. [अं.] कमांडिंग ऑफिसर।

सीकर—पु. [सं.] जल कण, जलबिंदु।

सीकाकाई—स्त्री. एक वृक्ष जिसकी फलियों के चूर्ण से बाल धोये जाते हैं।

सीक्रेट—वि. [अं.] गुप्त, गोपनीय; रहस्यमय, गूढ़; रहस्य। **~एजेंट**—पु. गुप्तचर।

सीख—स्त्री. शिक्षा, सलाह।

सीख़—स्त्री. [फा.] लोहे की सलाख या छड़, जिस पर कबाब भूना जाता है। **~कबाब**—पु. वह कबाब जो मसाले लगा कर सीख़ पर पकाया जाता है।

सीखना—स.क्रि. सीखने की प्रक्रिया, शिक्षा प्राप्त करना; समझना।

सीखा-सिखाया—वि. कुशल; चालाक; शिक्षित; पहले से ही निष्णात।

सीज़न—पु. [अं.] मौसम, ऋतु; फसल (आमों का सीज़न); समय, काल।

सीज़ फ़ायर—पु. [अं.] युद्धविराम, चल रहे युद्ध का रोक दिया जाना।

सीझना—अ.क्रि. आग में पकना, धीमी-धीमी आग में पकना। **ला.** तपस्या करना, कठिन परिश्रम करना।

सीट—स्त्री. [अं.] आसन; एक आदमी के बैठने का स्थान (बस, रेल, आदि में); किसी सभा, विधान सभा या संसद आदि के सदस्य का स्थान; किसी राजनीतिक दल के सदस्य का स्थान (कांग्रेस की 5, भाजपा की 3 सीटें, आदि)।

सीटी—स्त्री. होंठ सिकोड़कर बाहर वायु निकालने से निकला तेज-महीन स्वर; इसी प्रकार की ध्वनि, जो छोटे बाजे से निकलती है; वह छोटी डिबिया के आकार की बजने वाली चीज।

सी.डी.—स्त्री. [अं.] कॉम्पेक्ट डिस्क—जिसमें बहुत सी सामग्री या चित्र, आँकड़े, फिल्म, आदि अंकित की जा सकती है, जिसे पुनः-पुनः टी.वी., कंप्यूटर, आदि पर देखा जा सकता है।

सीढ़ी—स्त्री. ऊँचे स्थान पर पहुँचने के लिए बना वह साधन, जिसमें लकड़ी, पत्थर, लोहे, आदि के डंडों या पायों का आधार बना होता है जिस पर पैर रखकर चढ़ा जाता है, सोपान, नसैनी, जीना।

सीतल*—वि. द्र. 'शीतल'।

सीतला—स्त्री. द्र. 'शीतला'।

सीता—स्त्री. [सं.] राजा जनक की पुत्री, जिनका विवाह श्रीराम से हुआ; हल की फाल से धरती पर बनी रेखा, खूड़।

सीत्कार—पु. [सं.] 'सी-सी' की ध्वनि।

सीध—पु. ठीक सामने की दिशा, रेखा।

सीधा—पु. दानस्वरूप दी जाने वाली कच्ची भोजन सामग्री—सूखा आटा, दाल, चावल, घी, नमक, हल्दी मसाले, आदि (किसी त्योहार, पर्व, आदि पर या संकट-निवारण के लिए दी जाती है)। वि. सरल, सहज (व्यक्ति)। **मु. ~करना**—किसी को मारपीट कर या समझा-बुझाकर, डराकर सीधी राह पर ले आना।

सीधी—वि. 'सीधा' का स्त्री.। **~आँख**—स्त्री. दाहिनी आँख, कृपा-दृष्टि (आँख सीधी रहे)। **~राह**—स्त्री. सच्चा मार्ग। **मु. ~उँगली घी नहीं निकलता**—नम्रता, मृदुता से काम नहीं चलता।

सीधे—अ. ठीक सामने, बिना मुड़े (सीधे चले जाना)। **मु. ~मुँह बात न करना**—रुष्ट रहना, प्रसन्न न रहना।

सीन—पु. [अं.] दृश्य, नज़ारा; नाटक या किसी दृश्य कला में कोई घटना-प्रसंग।

सीनरी—पु. [अं.] कोई ऐसा चित्र जिसमें प्रकृति का दृश्यांकन हुआ हो।

सीना—स.क्रि. कपड़े आदि को सुई-धागे से जोड़ना; कपड़े में सिलने का काम करना। **~पिरोना**—पु. हस्त-कला के रूप में माना जाने वाला हुनर।

सीना—पु. [फा.] छाती, वक्ष-स्थल, हृदय-स्थान। **~चाक**—वि. भग्न हृदय, टूटा हुआ दिल। **~ज़ोरी**—स्त्री. ज़बरदस्ती, धक्केशाही।

सीनियर—वि. [अं.] वरिष्ठ, उम्र या पद में बड़ा, 'जूनियर' का विपरीतार्थी।

सीनेट—स्त्री. [सं.] द्र. 'सिनेट'।

सीनेटर—पु. [अं.] सिनेट का सदस्य।

सीप—पु. शुक्ति; इसको बनाने वाला एक कीड़ा।

सीपी—स्त्री. द्र. 'सीप'।

सीमंत—पु. [सं.] स्त्रियों के बालों के बीच में काढ़ी गई माँग।

सीमंतक—पु. [सं.] स्त्री के बालों के बीच की माँग; सिंदूर।

सीमंतिनी—स्त्री. [सं.] वह स्त्री जो माँग निकालती है; स्त्री।

सीम—स्त्री. सीमा, हद।

सीमक—पु. [सं.] सीमा।

सीमांकन—पु. [सं.] सीमा निश्चित करना।

सीमा—स्त्री. [सं.] हद; सिवाना, सरहद।

सीमातिक्रमण—पु. [सं.] सीमा का उल्लंघन।

सीमित—वि. [सं.] जिसकी सीमा निश्चित कर दी गई हो, जो सीमा, नियंत्रण में हो।

सीमेंट—पु. [अ.] पत्थर का विशेष चूरा-सा, जो भवन-निर्माण में प्रयुक्त होता है।

सीमोल्लंघन—पु. [सं.] सीमा का उल्लंघन, (शत्रु पक्ष द्वारा) सीमा पार करना।

सीर—पु. [सं.] हल; खेती। स्त्री. साझे में जमीन जोतने की रीति; वह ज़मीन जो जमींदार जोत के लिए देता था। वि. ठंडा, शीतल। **~दार**—पु. जमींदार, भूमिपति।

सीरक—वि. ठंडा करने वाला।

सीरत—स्त्री. [अ.] गुण; स्वभाव, चरित्र।

सीरप—पु. द्र. 'सिरप'।

सीरा—पु. द्र. 'शीरा'।

सीरायुध—पु. [सं.] बलराम।

सीरिअल—पु. [अं.] द्र. 'सीरियल'।

सीरियल—पु. [अ.] धारावाहिक (टी.वी. पर)।

सीरीज़—स्त्री. [अं.] शृंखला, कड़ी; क्रम, सिलसिला।

सील—पु. [सं.] हल। [अं.] मुहर; एक मछली विशेष।

सील—स्त्री. नमी, आर्द्रता।

सीलन—स्त्री. सील, नमी, आर्द्रता।

सीलिंग—स्त्री. [अं.] छत, छत का भीतरी भाग। **~फैन**—पु. छत का पंखा।

सींव—स्त्री. सीमा।

सीवन—स्त्री. [सं.] सिलाई; सिलाई का जोड़; सिलाई का टाँका।

सीवर—पु. [अं.] मल बहाव की नाली, गंदी नाली।

सीवरेज—पु. [अं.] मल-प्रवाही नाली की व्यवस्था।

सीस—पु. [सं.] सिर, माथा।

सीस—पु. [सं.] सीसा।

सीसमहल—पु. महल का वह कक्ष, जिसमें सब दीवारों पर सीसा लगा हुआ, शीशमहल।

सीसम—पु. एक प्रसिद्ध पेड़, इसकी मज़बूत लकड़ी मकान के दरवाज़े तथा फर्नीचर बनाने, आदि के काम आती है।

सीसा—पु. एक प्रसिद्ध धातु, जिसकी चादरें, गोलियाँ, आदि बनती हैं, औषधि के रूप में भी मूल धातु की भस्म का प्रयोग।

सीसी—स्त्री. 'सी-सी' की आवाज़।

सीस्मोग्राफ़—पु. [अं.] भूकंप-मापक यंत्र।

सुंगवंश—पु. एक प्राचीन राजवंश।

सुँघनी—स्त्री. तंबाकू का एक विशेष उत्पाद, जिसे सूँघकर प्रयोग करते हैं।

सुँघाना—स.क्रि. नाक से गंध ग्रहण कराना।

सुंदर—वि. [सं.] मोहक, मनभावन; रूपवान; अच्छा।

सुंदरता—स्त्री. सौंदर्य, खूबसूरती, मनोहरता।

सुंदरताई—स्त्री. द्र. 'सुंदरता'।

सुंदरी—स्त्री. [सं.] रूपवती, सुंदर स्त्री।

सु—उप. [सं.] उपसर्ग जो शब्द के पूर्व लग कर अनेक अर्थ देता है, यथा—सुगंध, सुयोग्य, सुकर, सुलभ, सुशिक्षित, सुशासित।

सुअ*—पु. पुत्र।

सुअटा*—पु. शुक, तोता।

सुअन—पु., पुत्र, बेटा।

सुअर—पु. द्र. 'सूअर'—शूकर।

सुअवसर—पु. अच्छा अवसर, मौका।

सुआ—पु. तोता, शुक। हि. बड़ी सुई, टाट-बोरा, आदि सीने के काम आती है।

सुआद*—पु. स्वाद।

सुइसाइड—पु. [अं.] आत्महत्या।

सुई—स्त्री. द्र. 'सूई'।

सुकंठ—वि. [सं.] अच्छे गले वाला, अच्छा गाने वाला, सुरीला।

सुक—पु. द्र. 'शुक', तोता।

सुकचाना*—अ.क्रि. द्र. 'सकुचाना'।

सुकड़ना—अ.क्रि. सिमटना; (ठंड से) काँपना, इकट्ठा हो जाना।

सुकन्या—स्त्री. [सं.] अच्छी कन्या; च्यवन ऋषि की पत्नी, महाराजा शर्याति की कन्या।

सुकर—वि. [सं.] सहज साध्य, जो आसानी से किया जा सके, जिसके करने में कोई कठिनाई न हो।

सुक़रात—पु. [अ.] एक प्रसिद्ध यूनानी दार्शनिक, प्लेटो (अफलातून) के गुरु।

सुकराना—पु. 'शुक्राना'।

सुकर्मी—वि. अच्छे कार्य, सत्कार्य करने वाला।

सुकवि—पु. [सं.] श्रेष्ठ कवि।

सुकांत—वि. [सं.] बहुत सुंदर।

सुकाज—पु. सुकर्म, अच्छा काम।

सुकी—स्त्री. मैना, सुग्गी, तोते की मादा।

सुकीर्ति—स्त्री. [सं.] सुयश, नेकनामी। वि. अच्छी कीर्ति वाला।

सुकुमार—वि. [सं.] बहुत कोमल, नाज़ुक, कोमल अंगों वाला।

सुकुमारता—स्त्री. कोमलता, मृदुलता, नज़ाकत।

सुकुमारी—वि. स्त्री. [सं.] कोमल अंगों वाली, कोमलांगी।

सुकून—पु. [अ.] मन की शांति; संतोष; स्थिरता।

सुकृत—पु. [सं.] सत्कार्य, पुण्य; दान, दया; सौभाग्य।

सुकृतात्मा—वि. [सं.] धर्मात्मा।

सुकृति—स्त्री. [सं.] सत्कर्म, पुण्य।

सुकृती—वि. [सं.] धार्मिक, पुण्यवान; भाग्यवान; बुद्धिमान।

सुकृत्—वि. [सं.] पुण्यवान, धार्मिक; बुद्धिमान।

सुकृत्य—पु. [सं.] सत्कर्म, पुण्य।

सुकेश—वि. [सं.] सुंदर केश वाला।

सुकेशा—वि. स्त्री. [सं.] सुंदर वालों वाली।

सुकेशी—वि. [सं.] सुंदर केश वाली (स्त्री)।

सुख—पु. [सं.] आनंद; चैन; वह अनुभूति जो तन-मन को प्रीतिकर लगे; कल्याण। **~कर**—वि. आनंददायक; सुख प्रदान करने वाला। **~कारक, ~कारी**—वि. सुखदायक। **~दायक**—वि. सुख देने वाला। **~राशि**—वि. सुख का भंडार, प्रभूत सुख।

सुखन—पु. [अ.] बात, वचन, बातचीत; उक्ति; कविता; काव्य-रचना।

सुखांत—वि. [सं.] जिसका अंत, परिणाम सुखपूर्ण हो; वह नाटक जिसका अंत सुखपूर्ण हो।

सुखाना—स.क्रि. गीली चीज को धूप में डाल कर या आग पर रखकर शुष्क कर लेना; उसकी आर्द्रता दूर करता।

सुखार्थी—वि. [सं.] सुख चाहने वाला।

सुखासन—पु. [सं.] सुखद आसन; योग में एक आसन।

सुखी—वि. [सं.] जिसे सुख प्राप्त हो।

सुखेतर—पु. [सं.] सुख से भिन्न।

सुख्याति—स्त्री. [सं.] प्रसिद्धि।

सुगंध—स्त्री. [सं.] सुवास, महक, खुशबू, अच्छी गंध; वह वस्तु जिसमें से सुवास आती हो।

सुगंधमय—वि. [सं.] सुवास से भरी हुई (वस्तु), सुगंध से परिपूर्ण।

सुगंधा—स्त्री. [सं.] पीली जूही, नवमल्लिका।

सुगंधि—वि. [सं.] सुगंध, सुवास से पूर्ण। स्त्री. अच्छी गंध, सुवास।

सुगंधिक—वि. [सं.] सुगंधयुक्त।

सुगंधित—पु. [सं.] सुवास से परिपूर्ण, खुशबूदार।

सुगंधी—वि. [सं.] सुगंधयुक्त, खुशबूदार।

सुगठन—स्त्री. सुंदर गठन, गढ़न।

सुगठित—वि. सुंदर गढ़न, गठन वाला; कसा हुआ; अंगसौष्ठव वाला।

सुगणक—वि. [सं.] अच्छा ज्योतिषी, गणना करने वाला।

सुगत—वि. [सं.] सद्गति प्राप्त; आसान; भगवान बुद्ध का एक नाम।

सुगतायतन, सुगतालय—पु. [सं.] बौद्ध विहार, बौद्ध मंदिर।

सुगति—स्त्री. [सं.] सद्गति (मृत्यु के बाद कहा जाता है)।

सुगम—वि. [सं.] आसान, सुबोध; सहज प्राप्य।

सुगमता—स्त्री. [सं.] सुगम होना, आसानी।

सुगम्य—वि. [सं.] द्र. 'सुगम'।

सुग, बुग—स्त्री. उड़ती-उड़ती बात, किसी रहस्य की बात का भान।

सुगीत—सुंदर गान। वि. अच्छी तरह गाया हुआ।

सुगृहीत—वि. [सं.] अच्छी तरह पकड़ा हुआ।

सुग्रीव—पु. [सं.] श्रीरामचंद्र के सहायक बने एक वानरराज, राजा बालि का छोटा भाई।

सुघड़ाई—स्त्री. सुघड़ता, सुघड़पन, सुंदरता, कार्य-कुशलता।
सुघराई—स्त्री. द्र. 'सुघड़ाई'।
सुघोष—पु. [सं.] मधुर ध्वनि-नाद; नकुल का शंख (महा.)।
सुचरिता—स्त्री. [सं.] पतिव्रता स्त्री।
सुचरित्र—वि. [सं.] सदाचारी, नेकचलन।
सुचरित्रा—स्त्री. [सं.] पतिव्रता।
सुचारु—वि. [सं.] अत्यंत सुंदर, मनोहर।
सुचाल—स्त्री. अच्छी चाल, सदाचार।
सुचाली—वि. अच्छे चाल-चलन वाला, सदाचारी।
सुचिंतित—वि. [सं.] अच्छी तरह सोचा-समझा।
सुचि*—वि. द्र. 'शुचि'।
सुचित—वि. [सं.] स्थिर चित्त; चिंता-निवृत्त।
सुचित्तता—स्त्री. [सं.] निश्चिंतता; सुचित्त होना।
सुचेत—वि. सावधान, सतर्क।
सुचेता (तस्)—वि. [सं.] सुंदर चित्त, हृदय वाला, उदारमना।
सुजन—पु. [सं.] भला आदमी, सज्जन।
सुजनता—स्त्री. [सं.] भलमनसाहत, भद्रता।
सुजन्मा—वि. [सं.] उच्च कुल में उत्पन्न; कुलीन।
सुजात—वि. [सं.] सुजन्मा, कुलीन।
सुजाता—वि.स्त्री. [सं.] कुलीन कन्या, स्त्री।
सुजाति—स्त्री. [सं.] अच्छी जाति।
सुजातिया—वि. अपनी जाति का, सजातीय।
सुजेय—वि. [सं.] सुगमता से जीतने योग्य।
सुजोग—पु. द्र. 'सुयोग'।
सुजोधन*—पु. द्र. 'सुयोधन'।
सुज्ञ—वि. [सं.] सुविज्ञ, पंडित।
सुझाना—स.क्रि. प्रस्ताव करना, (मार्ग) दिखाना; (यत्न, तरकीब बताना)।
सुझाव—पु. परामर्श, प्रस्ताव।
सुड़क—स्त्री. सुड़कने की क्रिया, द्र. 'सुड़कना'।
सुड़कना—स.क्रि. किसी तरल भोज्य पदार्थ को जल्दी-जल्दी आवाज़ के साथ पीना।
सुडौल—वि. सुंदर, सुगठित देह वाला।
सुतंतर—वि. द्र. 'स्वतंत्र'।
सुत—पु. [सं.] पुत्र, बेटा।
सुतना—पु. ढीला-ढाला पाजामा। स्त्री. सुतनी, सुथनी—स्त्रियों के पहनने का ढीला पाजामा-सा।
सुतनु—वि. [सं.] सुंदर शरीर वाला।
सुतरां—अ. [सं.] अतः, इसलिए; अतिशय; और भी।
सुतली—स्त्री. सन या पटसन के रेशे से बनाई गई पतली रस्सी, डोरी।
सुता—स्त्री. पुत्री, बेटी, लड़की।
सुतात्मज—पु. [सं.] नाती।
सुतारी—स्त्री. जूता सीने का सूआ।
सुतीक्ष्ण—वि. [सं.] अति तीक्ष्ण, बहुत तेज धार वाला।
सुतीर्थ—पु. [सं.] बहुत पवित्र तीर्थ।
सुथना—पु. ढीला-ढाला पाजामा।
सुथनी—स्त्री. स्त्रियों का ढीला-ढाला पाजामा-सा।
सुथरा—वि. स्वच्छ; निर्दोष। **~पन**—पु. स्वच्छता, सफाई।
सुथराई—स्त्री. सुथरापन, स्वच्छता।
सुथरी—वि. स्त्री.-द्र. 'सुथरा'।
सुदर्शन—वि. [सं.] जिसका दर्शन प्रिय हो, प्रियदर्शन, मनोहर, सुंदर। पु. विष्णु का चक्र; एक आयुर्वेदिक औषधि (पौधा), जिसका चूर्ण और रस ज्वर-निवारण के लिए उपयोगी।
सुदर्शना—वि. [सं.] सुंदरी, रूपवती। स्त्री. सुंदर स्त्री।
सुदामा—पु. [सं.] श्रीकृष्ण के बाल-सखा।
सुदि—स्त्री. [सं.] शुक्ल पक्ष।
सुदिन—पु. [सं.] अच्छा दिन, शुभ दिन।
सुदिवस—पु. [सं.] शुभ दिन।
सुदी—स्त्री. शुक्ल पक्ष।
सुदीप्त—वि. [सं.] अति दीप्तिमान, बहुत चमकता हुआ।
सुदीप्ति—स्त्री. [सं.] तेज़ रोशनी, चमक।
सुदीर्घ—वि. [सं.] सुविस्तृत; बहुत लंबा।
सुदीर्घा—वि. स्त्री. [सं.] बहुत लंबी।
सुदूर—पु. [अ.] बहुत दूर।
सुदृढ़—वि. [सं.] बहुत मज़बूत।
सुदेश—पु. [सं.] सुंदर स्थान; सुंदर देश।
सुदेह—स्त्री. [सं.] सुंदर देह। वि. सुंदर।
सुद्दा—पु. [अ.] कड़ा मल जो कठिनाई से विसर्जित होता है।
सुद्रष्टा—वि. [सं.] पैनी नज़र वाला।
सुध—स्त्री. याद, होश; हाल-चाल, कुशल-क्षेम।
सुधन—वि. [सं.] धनवान, बहुत धनी।
सुधन्वा—वि. [सं.] धनुर्विद्या में कुशल, पारंगत।
सुधरना—अ.क्रि. ठीक हो जाना; अपना आचरण ठीक कर लेना; विकृति या अभाव दूर हो जाना (आटा सुधार लिया है)।
सुधराई—स्त्री. सुधार; सुधारने का शुल्क।
सुधर्म—पु. [सं.] उत्तम धर्म।
सुधर्मा—वि. [सं.] धर्मनिष्ठ।
सुधांशु—पु. [सं.] चंद्रमा; कपूर।
सुधा—स्त्री. [सं.] अमृत; जल; दूध, पृथ्वी।
सुधाकर—पु. [सं.] चंद्रमा।
सुधातु—स्त्री. [सं.] सोना।
सुधाधर—वि. [सं.] चंद्रमा।
सुधाधार—पु. [सं.] चंद्रमा; अमृत पात्र।
सुधामय—वि. [सं.] अमृतपूर्ण।

सुधामा—पु. चंद्रमा; एक ऋषि।

सुधार—पु. दोष दूर करना, अभाव दूर करना।

सुधारक—पु. सुधार, दोष दूर करने वाला।

सुधारना—स.क्रि. दोष, त्रुटि दूर करना।

सुधि—स्त्री. द्र. 'सुध'।

सुधी—पु. बुद्धिमान; पंडित।

सुधीर—वि. [सं.] धैर्यवान, दृढ़।

सुधौत—वि. [सं.] बहुत अच्छी तरह धुला हुआ, निर्मल; चमकाया हुआ।

सुनंद—वि. [सं.] अच्छी तरह प्रसन्न करने वाला।

सुनंदा—स्त्री. [सं.] पार्वती; पार्वती की एक सखी।

सुनना—स.क्रि. श्रवण करना, कही हुई बात या शब्द को कानों से ग्रहण करना।

सुनय—पु. [सं.] अच्छी नीति; सदाचार।

सुनयन—वि. [सं.] सुंदर आँखों वाला।

सुनयना—वि. स्त्री. [सं.] सुंदर नेत्रों वाली, सुलोचना। स्त्री. राजा जनक की पत्नी।

सुनवाई—स्त्री. अदालत में मुकदमे का सुना जाना।

सुनसान—वि. निर्जन, जनशून्य। पु. सन्नाटा।

सुनहरा, सुनहला—वि. सुनहरी रंग का, सोने के रंग का।

सुनाना—स.क्रि. सुनना का प्रे., द्र. 'सुनना'।

सुनाम—पु. [सं.] कीर्ति, यश।

सुनामा—वि. [सं.] ख्यात, कीर्तिमान।

सुनार—पु. सोने-चाँदी के आभूषणों या निर्माता, व्यवसायी, स्वर्णकार।

सुनाल—वि. [सं.] सुंदर नाल वाला।

सुनियत—वि. [सं.] अच्छी तरह नियत, निश्चित किया हुआ।

सुनियोजित—वि. [सं.] भली भाँति सोचा-समझा (षड्यंत्र); बहुत अच्छी तरह प्रबंध किया हुआ, सुव्यवस्थित।

सुनिश्चय—पु. [सं.] पक्का निश्चय।

सुनिश्चित—वि. [सं.] पूरी तरह पक्का, भली भाँति निश्चित किया हुआ।

सुनीति—स्त्री. [सं.] सुंदर नीति।

सुनील—वि. [सं.] गहरा नीला।

सुनु—पु. [सं.] जल।

सुनेत्र—वि. [सं.] सुंदर नेत्रों वाला।

सुनेत्रा—स्त्री. [सं.] सुंदर नेत्रों वाली (स्त्री)।

सुनैया—पु. सुनवाई करने वाला, सुनने वाला; फरियाद सुनने वाला।

सुन्न—वि. निर्जीव, जड़वत्; अंग विशेष का संज्ञाशून्य हो जाना। पु. शून्य।

सुन्नत—स्त्री. [अ.] मुसलमानों में वह प्रथा, जिसमें बालक की इन्द्रिय का ऊपरी चमड़ा काटा जाता है, खतना, मुसलमानी; प्रथा, प्रणाली; वह कार्य या बात, जो मुहम्मद साहब ने की हो।

सुन्नी—पु. [अ.] मुसलमानों का एक फिरका, जो चारों खलीफ़ाओं को प्रधान मानता है, चारयारी।

सुपंथ—पु. उमत्त मार्ग, सत्मार्ग।

सुपक्क—वि. [सं.] अच्छी तरह पका हुआ।

सुपथ—पु. [सं.] अच्छा मार्ग; धर्म मार्ग, सन्मार्ग।

सुपथ्य—वि. [सं.] बहुत अच्छी तरह पचने वाला।

सुपर—वि. [सं.] उच्च, अति, महा, परम। **~मार्केट**—पु. बहुत ऊँचे किस्म का बाज़ार। **~स्टार**—पु. सर्वोत्तम कोटि का अभिनेता।

सुपर एक्सप्रेस—पु. [अं.] एक्सप्रेस ट्रेन से भी अधिक तीव्रगामी गाड़ी।

सुपरफ़ाइन—वि. [अं.] सर्वोच्च गुणवत्ता वाला (कपड़ा)।

सुपरवाइज़—पु. [अं.] निरीक्षण करना।

सुपरवाइज़र—पु. [अ.] निरीक्षण करने वाला, निरीक्षक, पर्यवेक्षक, एक पद।

सुपरसोनिक—वि. [अं.] ध्वनि से भी तीव्रतर।

सुपरिंटेंडेंट—पु. [अ.] अधीक्षक, एक पद।

सुपर्ण—वि. [सं.] सुंदर पत्तों वाला; सुंदर पंखों वाला।

सुपर्णक—वि. [सं.] द्र. 'सुपर्ण'।

सुपर्णा—स्त्री. [सं.] एक नदी।

सुपाच्य—वि. [सं.] अच्छी तरह पचने वाला।

सुपाठ्य—वि. जिसे अच्छी तरह पढ़ा जा सके।

सुपात्र—पु. [सं.] सुयोग्य व्यक्ति।

सुपाद—वि. [सं.] सुंदर पैरों वाला।

सुपारी—स्त्री. समुद्री तट पर होने वाले एक वृक्ष का छोटा फल, जिसको सुखा कर छोटे-छोटे टुकड़े कर पान में डाला जाता है।

सुपीरियर—वि. [अं.] श्रेष्ठ; उच्च; बेहतर; बढ़िया, उत्तम; वरिष्ठ; उच्च अधिकारी।

सुपुर्दगी—स्त्री. [फ़ा.] सुपुर्द, सौंपने का काम, किसी चीज़ को देकर उसकी जिम्मेदारी दे देना।

सुपूत—पु. द्र. 'सपूत'।

सुप्त—वि. [सं.] सोया हुआ।

सुप्तांग—पु. [सं.] वह अंग जो निष्चेष्ट, सुन्न हो गया हो।

सुप्तावस्था—स्त्री. [सं.] सोने की अवस्था, दशा।

सुप्ति—स्त्री. [सं.] निद्रा, नींद।

सुप्रचेता (तस्)—वि. [सं.] अत्यंत बुद्धिमान।

सुप्रज्ञ—वि. [सं.] बहुत बुद्धिमान।

सुप्रतिज्ञ—वि. [सं.] अपनी प्रतिज्ञा पर दृढ़ रहने वाला।

सुप्रतिष्ठ—वि. [सं.] अच्छी प्रतिष्ठा वाला।

सुप्रतिष्ठित—वि. [सं.] सुप्रसिद्ध, ख्यात।

सुप्रभा—स्त्री. [सं.] सुंदर प्रभा, दीप्ति।

सुप्रभात—पु. [सं.] सुंदर प्रभात; शुभकारी प्रात:काल; आजकल अंग्रेजी के 'गुड मॉर्निंग' के समानार्थी रूप में प्रयुक्त (केवल कुछ लोगों द्वारा)।

सुप्रसिद्ध—वि. [सं.] अत्यंत प्रसिद्ध, ख्यात।

सुप्रिय—वि. [सं.] अत्यंत प्रिय।

सुप्रिया—वि. स्त्री. [सं.] बहुत प्यारी।

सुप्रीम—वि. [अं.] सर्वोच्च, सबसे बड़ा। **~कोर्ट**—पु. सर्वोच्च न्यायालय; ईस्ट इंडिया कंपनी के शासनकाल में कलकत्ता में स्थापित प्रधान न्यायालय।

सुप्रीमो—वि. [अं.] सर्वोच्च शक्तिसंपन्न व्यक्ति।

सुफल—पु. [सं.] सुंदर फल; (साधना या परिश्रम का) सुखद परिणाम।

सुफलक—पु. अक्रूर के पिता। **~सुत**—पु. अक्रूर।

सुफला—वि. स्त्री. [सं.] सुंदर फल वाली।

सुबंधु—पु. [सं.] अच्छा भाई; परम हितैषी।

सुबकी—स्त्री. रोते-रोते हिचकी बँध जाना।

सुबल—वि. [सं.] अत्यंत बली, शक्तिशाली। पु. शकुनि का पिता; श्रीकृष्ण का एक सखा।

सुबह—स्त्री. [अ.] प्रात:काल, सवेरा, भोर। **~सुबह**—क्रि.वि. बहुत सवेरे, तड़के।

सुबांधव—पु. [सं.] अच्छा मित्र।

सुबास—स्त्री. सुगंध।

सुबाहु—पु. [सं.] एक राक्षस, मारीच का भाई।

सुबुद्धि—स्त्री. [सं.] अच्छी मति, अक्ल।

सुबूत—पु. [अ.] प्रमाण, साक्ष्य।

सुबोध—वि. [सं.] आसान, सहज गम्य।

सुब्रह्मण्य—पु. [सं.] (दक्षिण में पूजित) कार्त्तिकेय।

सुब्हान—अ. [अ.] सुबहान, पवित्र, स्वतंत्र। **~अल्लाह**—पाक, पवित्र है अल्लाह, परमेश्वर, ख़ुदा।

सुभग—वि. [सं.] सुंदर, मनोहर; प्रिय, प्यारा; सुखद।

सुभगा—वि. स्त्री. [सं.] सुंदर स्त्री; सौभाग्यवती स्त्री।

सुभट—पु. [सं.] श्रेष्ठ योद्धा।

सुभद्र—वि. [सं.] अति शुभ; अत्यंत मंगलप्रद। पु. वसुदेव का एक पुत्र; श्रीकृष्ण का एक पुत्र।

सुभद्रा—स्त्री. [सं.] श्रीकृष्ण की बहन, अर्जुन ने हरण कर इनसे विवाह किया था।

सुभाषचंद्र बसु—पु. सुभाषचंद्र बोस के नाम से अधिक ख्यात, प्रसिद्ध स्वतंत्रता सेनानी (जन्म : 23 जनवरी, 1897, द्वितीय महायुद्ध के समय, 1945 ई. में विमान-दुर्घटना में मृत्यु, मृत्यु के संबंध में अनिर्णय की स्थिति); 'आज़ाद हिंद फौज' के स्थापक, देश को स्वतंत्रता दिलाने के लिए 'दिल्ली चलो' का प्रसिद्ध नारा दिया—गांधी जी के सिद्धांतों के विपरीत सशस्त्र क्रांति के पक्षधर रहे।

सुभाषिणी—स्त्री. [सं.] अच्छा और मधुर बोलने वाली, मृदु भाषिणी।

सुभाषित—वि. [सं.] सुंदर और प्रभावी रूप से कथित, सूक्ति।

सुभीता*—पु. कार्य करने में सुगमता, आसानी, सुविधा।

सुमंगल—वि. [सं.] अत्यंत शुभ, मंगलकारी। पु. शुभकारी वस्तु।

सुमंत्र—पु. [सं.] राजा दशरथ का मंत्री और सारथि, यही राम को वन में छोड़ने गये थे।

सुम—पु. [सं.] फूल।

सुमत—वि. [सं.] अच्छी बुद्धि वाला।

सुमति—वि. [सं.] अच्छी बुद्धि।

सुमधुर—वि. [सं.] अत्यंत मधुर, मृदु।

सुमन—पु. [सं.] फूल, पुष्प। वि. सहृदय, सुंदर।

सुमरना—पु. स्मरण करना, प्रभु का नाम जपना।

सुमरनी—स्त्री. प्रभु नाम जप करने की माला।

सुमात्रा—पु. एक द्वीप।

सुमार्ग—पु. [सं.] सुपथ, अच्छी राह।

सुमाली—पु. अफ्रीका के एक देश 'सुमाली लैंड' का वासी।

सुमित्र—पु. [सं.] अच्छा मित्र।

सुमित्रा—स्त्री. [सं.] दशरथ की मझली रानी—लक्ष्मण और शत्रुघ्न की माता।

सुमुख—वि. [सं.] सुंदर मुख वाला।

सुमुखी—वि. स्त्री. [सं.] सुंदर मुख वाली, जिसका दर्शन मंगलकारी हो; स्त्री के लिए आदरसूचक सम्बोधन; एक वर्णवृत्त, जिसे 'मानिनी' और 'मल्लिका' भी कहा जाता है।

सुमेधा—स्त्री. [सं.] अच्छी बुद्धि, मेधा वाला (वाली)।

सुमेरु—पु. [सं.] एक पर्वत जो सोने का माना जाता है; जयमाला या किसी भी माला के बीच का बड़ा दाना।

सुयोग—पु. [सं.] बहुत अच्छा अवसर।

सुयोग्य—वि. [सं.] अत्यंत योग्य; बहुत सक्षम (अधिकारी)।

सुयोधन—पु. [सं.] दुर्योधन; अच्छा योद्धा।

सुरंग—वि. [सं.] सुंदर रंग वाला। पु. सुंदर रंग। स्त्री. मकान, किले, आदि से निकलने वाला जमीन के नीचे खोदा गया गुप्त मार्ग, गुफ़ा मार्ग; ज़मीन के नीचे खोद कर बनाई गई नाली-सी, जिसमें बारूद बिछा दिया जाता है—शत्रु-पक्ष के नाश के लिए।

सुर—पु. [सं.] देवता ('असुर' का विपरीतार्थी); सूर्य; मुनि, ऋषि; स्वर-संगीत का स्वर। **~सुर मिलाना**—किसी की बात का अंध समर्थन, विवेकहीन समर्थन।

सुरक्षा—स्त्री. [सं.] अच्छी तरह की जाने वाली रक्षा ('सिक्योरिटी')। **~कर्मी**—पु. सुरक्षा के लिए तैनात सशस्त्र व्यक्ति। **~व्यवस्था**—स्त्री. सुरक्षा के लिए की जाने वाली व्यवस्था।

सुरक्षित—वि. [सं.] जिसकी अच्छी तरह रक्षा की जाती है; जिसे कोई हानि न पहुँचाई जा सके, ऐसी स्थिति। **~व्यवस्था**—स्त्री. सुरक्षा के लिए की जाने वाली व्यवस्था।

सुरक्षित—वि. [सं.] जिसकी अच्छी तरह रक्षा की जाती है; जिसे कोई हानि न पहुँचाई जा सके, ऐसी स्थिति।

सुरख़ाब—द्र. 'सुर्ख़ाब'।

सुरजन—पु. सुजन, नेक आदमी।

सुरझना—अ.क्र. द्र. 'सुलझना'।

सुरत—स्त्री. ध्यान, याद। पु. संभोग; काम-क्रीड़ा।

सुरति—स्त्री. [सं.] रति-क्रिया, काम-क्रीड़ा।

सुरभि—वि. [सं.] मधुर गंध युक्त, खुशबूदार। पु. सुगंधित द्रव्य।

सुरभित—वि. [सं.] सुगंधित किया हुआ।

सुरभी—स्त्री. [सं.] खुशबू; गाय।

सुरमई—वि. सुरमे के रंग का, सलेटी। पु. सुरमे जैसा सलेटी रंग।

सुरमा—पु. [फ़ा.] एक प्रसिद्ध खनिज का चूर्ण, जिसे आँखों में आँजा जाता है।

सुरमेदानी—स्त्री. [फ़ा.] सुरमा रखने की डिबिया, छोटा-सा पात्र।

सुरम्य—वि. [सं.] अत्यंत रम्य तथा मनोहर, अत्यंत सुंदर, रमणीक।

सुरस—स्त्री. [सं.] सरस, स्वादिष्ट।

सुरसा—स्त्री. [सं.] हनुमान द्वारा समुद्र लाँघकर लंका जाते समय उनको मार्ग में बाधा डालने वाली राक्षसी, जिसका उन्होंने वध किया था।

सुरसुरी—स्त्री. एक कीट जो अनाज, दालों, आदि तथा अन्य खाद्य पदार्थों में लग जाता है।

सुरांगना—स्त्री. [सं.] अप्सरा, देव-पत्नी।

सुरा—स्त्री. [सं.] मदिरा, शराब।

सुराग़—पु. [सं.] खोज; निशान; किसी रहस्य का सूत्र मिल जाना।

सुराज—पु. स्वराज, गांधी जी का स्वतंत्रता आंदोलन में दिया गया लक्ष्य, स्वप्न।

सुराजी—पु. 'स्वराज' के सिद्धांत का अनुयायी, स्वतंत्रता सेनानी।

सुराज्य—पु. [सं.] अच्छा राज; अच्छी शासन व्यवस्था।

सुरानीक—पु. [सं.] देवताओं की सेना।

सुरायुध—पु. [सं.] देवताओं के अस्त्र-शस्त्र।

सुरारि—पु. [सं.] देवताओं के शत्रु—राक्षस, असुर।

सुरासुर—पु. [सं.] सुर और असुर।

सुराही—स्त्री. [अ.] मिट्टी, किसी धातु—पीतल, चाँदी, सोने, आदि का बना लंबी गर्दन वाला पात्र, जिसमें मदिरा, जल, आदि रखा जाता है, आजकल प्रायः पानी के लिए प्रयुक्त।

सुरीला—वि. मधुर स्वर वाला; सुंदर, मनोहर (गीत)।

सुरुचि—स्त्री. [सं.] कलापूर्ण, सुसंस्कृत रुचि, सुंदर रुचि।

सुरूप—वि. [सं.] सुंदर; विद्वान।

सुरूपा—वि. स्त्री. [सं.] रूपवती, सुंदर स्त्री।

सुरूर—पु. [अ.] हलका नशा, खुमार, मादकता।

सुरेंद्र—पु. [सं.] देवराज इन्द्र।

सुरेखा—स्त्री. [सं.] शुभसूचक रेखा।

सुरेश—पु. [सं.] देवताओं के राजा, इन्द्र।

सुरेश्वर—पु. [सं.] शिव, विष्णु, आदि देवों के लिए दिया गया सम्बोधन।

सुरेश्वरी—स्त्री. [सं.] देवी, दुर्गा, शक्ति—देवी के किसी भी रूप के लिए दिया गया पद।

सुरोत्तम—पु. [सं.] इन्द्र; विष्णु।

सुरोत्तमा—स्त्री. [सं.] एक अप्सरा।

सुर्ख़—वि. [फ़ा.] लाल। पु. लाल रंग।

सुर्ख़ाब—पु. [फ़ा.] एक पक्षी—चकवा-चकवी। **मु. ~के पर**—(लग जाना) कोई विशेष बात, गुण (अवमानना के अर्थ में—'उसमें सुर्ख़ाब के पर लगे हैं कि केवल वही जाएगा।')

सुर्ख़ी—स्त्री. लाल रंग, लाल स्याही; मुख्य ख़बर (समाचार-पत्र, आदि में)।

सुलक्ष—वि. [सं.] शुभ लक्षणों वाला, सौभाग्यशाली।

सुलक्षण—वि. [सं.] सुंदर, अच्छे लक्षणों वाला; भाग्यवान।

सुलक्षणा—वि. स्त्री. [सं.] शुभ लक्षणों वाली।

सुलगना—अ.क्रि. आग पकड़ना; जलने लगना; ईर्ष्या या क्रोध, आदि से जलना, अपने को भीतर ही भीतर कुपित करना।

सुलगाना—स.क्रि. 'सुलगना' का प्रे.। द्र. 'सुलगना'।

सुलग्न—पु. [सं.] शुभ मुहूर्त।

सुलझना—अ.क्रि. उलझी हुई गाँठ, डोर, आदि का खुलना। **ला.** किसी समस्या का निदान हो जाना ('मामला सुलझ गया है अब')।

सुलझाना—स.क्रि. समस्या, उलझन आदि का समाधान हो जाना।

सुलताना—स्त्री. [अ.] सुलतान की पत्नी, मलिका।

सुलफ़ा—पु. गाँजे की तरह पिया जाने वाला तम्बाकू, छोटी-सी चिलम में गाँजा भरकर उस पर कपड़ा लपेटकर दम मारना।

सुलभ—वि. [सं.] जो सुविधापूर्वक प्राप्त हो जाए।

सुलभ्य—वि. [सं.] जो आसानी से प्राप्त हो सके।

सुलक्षित—वि. [सं.] अत्यंत सुंदर।

सुलह—स्त्री. [अ.] लड़ाई, युद्ध या किसी झगड़े के बाद किया जाने वाला समझौता, मेल-मिलाप।

सुलाना—स.क्रि. सोने के लिए प्रेरित करना।

सुलेख—पु. [सं.] सुंदर लेख।

सुलेमाँ—पु. द्र. 'सुलैमान'।

सुलैमान—पु. [फा.] सुलैमान, यहूदियों का एक प्रसिद्ध बादशाह, जिसने यरूशलम नगर की स्थापना की, इन्हें पैगंबर की मान्यता प्राप्त है।

सुलैमानी—वि. सुलैमान से संबंधित, सुलैमान का।

सुलोक—पु. [सं.] स्वर्ग।

सुवदना—वि. स्त्री. [सं.] सुंदर स्त्री।

सुवना—पु. तोता।

सुवरण—पु. स्वर्ण, सोना।

सुवर्ण—वि. [सं.] सुंदर वर्ण, रंग का; पीला, चमकीला, सोने का बना हुआ। पु. अच्छा रंग; सोना; अच्छी जाति का; धन-दौलत।

सुवर्णक—वि. [सं.] सोने के रंग का, सुनहरा।

सुवाच्य—वि. [सं.] सुविधा से पढ़ने योग्य।

सुवास—स्त्री. [सं.] सुगंध, खुशबू; सुंदर या अच्छा घर।

सुवासित—वि. [सं.] सुगंधित, सुगंध से भरा हुआ।

सुविख्यात—वि. [सं.] अत्यंत प्रसिद्ध।

सुविचार—पु. [सं.] उत्तम विचार।

सुविचारित—वि. [सं.] भली भाँति सोचा-बिचारा हुआ।

सुविज्ञेय—वि. [सं.] जो सरलता से जाना जा सके।

सुविदित—वि. [सं.] अच्छी तरह ज्ञात, सर्वज्ञात।

सुविद्—पु. [सं.] विद्वान, चतुर। वि. विद्वान।

सुविधा—स्त्री. साधन, सुभीता, आराम, चैन।

सुविधि—पु. [सं.] काम करने की अच्छी विधि, रीति।

सुवीर—वि. [सं.] शूरवीर, बहुत बड़ा योद्धा।

सुवीर्य—वि. [सं.] पराक्रमी।

सुव्यवस्था—स्त्री. [सं.] सुंदर, अच्छी व्यवस्था, सुप्रबंध।

सुव्यवस्थित—वि. [सं.] भली भाँति व्यवस्थित।

सुशांत—वि. [सं.] अत्यंत शांत।

सुशांति—स्त्री. [सं.] पूर्ण शांति।

सुशासन—पु. [सं.] बहुत अच्छा शासन-प्रबंध, उत्तम शासकीय व्यवस्था।

सुशासित—वि. [सं.] अच्छी तरह किया गया शासन।

सुशिक्षित—वि. [सं.] अच्छी शिक्षा प्राप्त।

सुशील—वि. [सं.] विनीत, अच्छे स्वभाव-संस्कार वाला।

सुशीला—पु. [सं.] सुशील, विनम्र स्वभाव वाली (स्त्री)।

सुशोभन—वि. [सं.] बहुत शोभा देने वाला; अत्यंत मनोहर।

सुशोभित—वि. [सं.] अत्यंत शोभापूर्ण; बहुत सजा हुआ।

सुश्रवा—पु. [सं.] एक ऋषि। वि. प्रसिद्ध, दयालु।

सुश्री—वि. [सं.] अति सुंदर; अत्यंत धनी। स्त्री. स्त्रियों के नाम के साथ लगने वाला आदरसूचक शब्द, 'श्री' का विपरीतार्थी; स्त्रियों के नामों के साथ विशेषत: तब लगाया जाता है, जब यह पता न हो कि वे विवाहिता हैं या कुमारिका।

सुश्रुत—वि. [सं.] अच्छी तरह सुना हुआ; बहुत प्रसिद्ध; वेदों का ज्ञाता। पु. आयुर्वेद के एक प्रसिद्ध आचार्य।

सुश्लिष्ट—वि. [सं.] अच्छी तरह जुड़ा हुआ, मिला हुआ।

सुषमा—स्त्री. [सं.] बहुत अधिक शोभा, सुंदरता; द्युति।

सुषमित—वि. [सं.] सुषमा, शोभायुक्त।

सुषुप्त—वि. [सं.] गहरी नींद में सोया हुआ। पु. सुषुप्तावस्था।

सुषुप्ति—स्त्री. [सं.] गहरी नींद (की अवस्था)।

सुषुम्णा, सुषुम्ना—स्त्री. [सं.] मेरुदंड में स्थित तीन नाड़ियों—इड़ा, पिंगला, सुषम्ना—में से एक, बीच में स्थित नाड़ी।

सुषेण—पु. [सं.] एक वानर जो सुग्रीव के यहाँ चिकित्सक था।

सुष्ठु—अ. [सं.] बहुत सुंदर रीति से।

सुष्ठुता—स्त्री. [सं.] सुंदरता।

सुष्मना—स्त्री. द्र. 'सुषुम्ना'।

सुसंग—पु. [सं.] अच्छी संगत।

सुसंगत—वि. [सं.] समुपयुक्त, सर्वथा युक्तिसंगत, समुचित।

सुसंगति—स्त्री. [सं.] अच्छी संगत।

सुसंपन्न—वि. [सं.] अत्यंत संपन्न, धनी।

सुसंस्कृत—वि. [सं.] अच्छे संस्कारों वाला, सुंदर संस्कारपूर्ण।

सुसज्जित—वि. [सं.] अच्छी तरह सजा हुआ।

सुसर—पु. श्वसुर, पति या पत्नी का पिता।

सुसरी*—स्त्री. एक गाली।

सुसाध्य—वि. [सं.] सुगम, सहज साध्य।

सुसायटी*—स्त्री. द्र. 'सोसायटी'।

सुसिद्ध—वि. [सं.] भली प्रकार प्रमाणित किया हुआ।

सुस्त—वि. [फा.] आलसी, धीमा; ढीला, कमज़ोर; मंदबुद्धि; (चेहरा) उतरा हुआ।

सुस्ताना—अ.क्रि. (किसी परिश्रमशील कार्य के बीच में) आराम करना, थकावट दूर करना।

सुस्ती—स्त्री. आलस्य; कमज़ोरी, ढीलापन; पुरुषेन्द्रिय की शिथिलता का रोग।

सुस्थिर—वि. [सं] अत्यंत दृढ़; शांत।

सुस्नात—वि. [सं.] अच्छी तरह स्नान किया हुआ।

सुस्मित—वि. [सं.] मधुर, सुंदर हास्ययुक्त, हँसमुख।

सुस्मिता—स्त्री. [सं.] हँसमुख स्त्री।

सुस्वन—वि. [सं.] सुरीला; सुंदर ध्वनि वाला।

सुस्वर—वि. [सं.] सुरीला, मधुर स्वर वाला।

सुस्वाद—वि. [सं.] अच्छे स्वाद का, जायकेदार।

सुस्वादु—वि. [सं.] द्र. 'सुस्वाद'।

सुहबत—स्त्री. [सं.] सोहबत, संग, साथ।

सुहबती—वि. संग-साथ रहने वाला, मित्र।

सुहाग—पु. सौभाग्य, सुहागिन होने की अवस्था; विवाह के समय गाये जाने वाले मंगल-गीत, जो कन्या-पक्ष की स्त्रियाँ गाती हैं। **~पिटारी**—स्त्री. शृंगारदानी जो विवाह के समय वर-पक्ष की ओर से वधू को दी जाती है। **~रात**—स्त्री. वर-वधू के मिलन की पहली रात। **मु. ~उजड़ना**—विधवा हो जाना।

सुहागन, सुहागिन—स्त्री. सौभाग्यवती, सधवा (स्त्री)।

सुहागा—पु. एक क्षार जो औषधि के रूप में प्रयुक्त होता है तथा सुनारों, आदि के काम भी आता है।

सुहागिनि, सुहागिनी—स्त्री. द्र. 'सुहागिन'।

सुहाता—वि. सहने लायक, अच्छा लगना (निषेध रूप में प्रयोग—'उसे कोई नहीं सुहाता)।

सुहाना—अ.क्रि. सुंदर, सहनीय लगना।

सुहावना—वि. मनोहर, सुंदर। **~पन**—पु. सुंदरता, मनोहरता।

सुहास—पु. [सं.] मृदु हास।

सुहासिनी—वि. [सं.] मधुर मुस्कान वाली (स्त्री)।

सुहृत्—वि. [सं.] सुंदर हृदयवाला, प्रेमिल हृदय; मित्र।

सुहृद्—पु. [सं.] मित्र।

सुहेल—पु. द्र. 'सुहैल'।

सुहैल—पु. [अ.] एक तारा, कल्पित तारा।

सूँघना—स.क्रि. नासिका से गंध ग्रहण करना। **ला.** बहुत कम खाना।

सूँड़—स्त्री. हाथी की लटकती हुई लंबी नाक, शुंड।

सूँस—पु. एक लंबा-सा जलजंतु।

सू—वि. [सं.] (समासांत में प्रयुक्त) उत्पन्न करने वाला।

सूअर—पु. सुअर, शूकर।

सूअरनी—स्त्री. मादा सूअर, शूकरी, सूअरी।

सूआ—पु. तोता, शुक।

सूई—स्त्री. सुई, सुईं।

सूक—पु. शुक्र तारा।

सूकर—पु. [सं.] सूअर, शूकर। **~क्षेत्र**—पु. एक तीर्थस्थल, सूकर खेत।

सूकरी—स्त्री. [सं.] मादा सुअर, शूकरी।

सूक्त—वि. [सं.] सुंदर रूप से वर्णित, सुंदर वाक्य, सुंदर कथन।

सूक्ति—स्त्री. [सं.] सुंदर कथन, उक्ति।

सूक्ष्म—वि. [सं.] बहुत पतला, छोटा या थोड़ा। **~देह**—पु. सूक्ष्म शरीर। **~दर्शक**—पु. वह शीशा, जिससे छोटी चीज़ें बड़ी दिखाई देती हैं (माइक्रोस्कोप)। **~दर्शी**—वि. बहुत छोटी-छोटी बातें देख लेने या समझने वाला। **~शरीर**—पु. वह कल्पित शरीर, जो पाँच प्राणों, पाँच ज्ञानेन्द्रियों, पाँच सूक्ष्म भूतों, मन और बुद्धि के योग से बना हुआ, सत्रह अवयवों से बना हुआ और मनुष्य की मृत्यु के बाद भी बना रहने वाला माना जाता है, लिंग शरीर।

सूक्ष्माक्ष—वि. [सं.] तीव्र दृष्टि।

सूखना—अ.क्रि. शुष्क हो जाना, जल या रस का समाप्त हो जाना, गीलापन न रहना; रोग, चिंता, आदि से दुबला हो जाना, शरीर का निर्बल होना।

सूखा—वि. शुष्क, खुश्क, सूखा हुआ। पु. वर्षा का नितांत अभाव, अकाल; बच्चों का एक रोग, जिसमें उनका शरीर सूखता चला जाता है। **मु. (रूखा) ~भोजन**—सामान्य या साधारण-सा भोजन।

सूचक—वि. [सं.] सूचना देने वाला (दिशासूचक)।

सूचकांक—पु. [सं.] शेयर बाज़ार के उतार-चढ़ाव को दर्शाने वाली अंक-सूचिका।

सूचना—स्त्री. [सं.] कोई बात बताने के लिए लिखी गई, कही गई या उद्घोषित बात।

सूचि—स्त्री. [सं.] सूई (सूईं) या किसी सलाई आदि की नोक; पुस्तक के विषयों की तालिका (विषय-सूची)।

सूचित—वि. [सं.] बताया हुआ, जिसकी सूचना दे दी गई हो, ज्ञापित।

सूची—स्त्री. [सं.] तालिका। **~पत्र**—पु. वह पुस्तक-पत्री, जिसमें पुस्तकों या किसी चीज़ की नामावली, विषय, मूल्य, आदि दर्शाया गया हो।

सूच्यग्र—पु. [सं.] सुई (सुई की नोक)। **ला.** सुई की नोक बराबर, कोई बहुत थोड़ी-सी चीज़।

सूजन—स्त्री. किसी अंग का फूल जाना, शोथ हो जाना।

सूजना—अ.क्रि. किसी अंग का फूल जाना, शोथ हो जाना।

सूज़ाक—पु. [फा.] पुरुषों में हो जाने वाला रोग, जिसमें शिश्न पर सूजन और ज़ख़्म हो जाते हैं।

सूजी—स्त्री. गेहूँ का विशेष रूप से तैयार किया गया रवेदार आटा, जिसका हलवा आदि बनाया जाता है।

सूझ—स्त्री. सोच; कल्पना; कोई नई बात सोचना।

सूझना—अ.क्रि. दिखाई देना; ध्यान या दिमाग में आना।

सूट—पु. [अं.] पुरुषों और स्त्रियों का पूरा पहनावा, पुरुषों का पैंट और कोट का जोड़ा, स्त्रियों का सलवार-कुर्ता का पहनावा। **~केस**—पु. सूट, अन्य कपड़े रखने का एक छोटा बक्सा-सा (चमड़े, रैक्सीन, मोल्डिंग आदि का बना)।

सूटिंग—पु. [अं.] (पुरुषों के) सूट का कपड़ा।

सूत—पु. रुई, आदि का कच्चा धागा, डोरा।

सूत—पु. [सं.] रथ हाँकने वाला; रथ हाँकने का काम करने वाली जाति; बंदी, भाट, आदि की जाति। **~पुत्र**—पु. सारथि का पुत्र, कर्ण।

सूत्र—पु. [सं.] सूत, धागा, डोरा, तागा; यज्ञोपवीत, जनेऊ; गूढ़ अर्थयुक्त पद विन्यास जिसमें दर्शन शास्त्र आदि की रचना हुई है (कल्पसूत्र, ब्रह्मसूत्र, आदि); किसी गोपनीय विषय, किसी रहस्य आदि का पता लगना (इस घटना का सूत्र मिल गया है)—'क्लू'; किसी वस्तु, औषधि आदि की निर्माण-विधि ('फॉर्मूला'); किसी सिद्धांत, किसी कार्य-योजना आदि के विभिन्न अंग, नियम, आदि (इस योजना के चार सूत्र हैं—चार सूत्रीय, दस सूत्रीय योजना)। **~धार**—पु. नाटक का प्रधान व्यवस्थापक; प्रारंभ में नाटक की कथा को दर्शकों से परिचित कराने वाला; प्रधान नट।

सूत्री—वि. [सं.] सूत्रों वाली (दस सूत्रीय, बीस सूत्रीय योजना)।

सूत्रीय—वि. [सं.] सूत्र-संबंधी, सूत्रों वाली (योजना)।

सूथनी—स्त्री. स्त्रियों के पहनने का अधोवस्त्र।

सूद—पु. [फा.] साज। **~खोर**—पु. सूद लेने वाला, सूद की कमाई खाने वाला। **~खोरी**—स्त्री. सूद का व्यवसाय।

सूदन—पु. [सं.] वध, हनन, विनाश; हिंदी के एक प्रसिद्ध कवि, 'सुजान चरित्र' के रचयिता। वि. वध, हनन, विनाश करने वाला (मधुसूदन, रिपुसूदन)।

सूना—खाली, जनशून्य। पु. एकांत स्थान। **~पन**—पु. सूना लगना, खालीपन, शून्यता।

सूना—स्त्री. [सं.] कन्या, पुत्री।

सूनु—स्त्री. [सं.] बेटा; बच्चा, शिशु।

सूनू—स्त्री. [सं.] बेटी, पुत्री।

सूनृत—वि. [सं.] सत्य तथा प्रिय; शुभ।

सूनृता—स्त्री. [सं.] दयालुता, सहृदयता।

सूप—पु. [सं.] पकी हुई दाल, उसका रसा; रसेदार सब्ज़ी; पात्र, बरतन; रसोइया; बाण। **हि.** छाज, अनाज फटकने का बाँस के छिलके और सींक आदि को जोड़कर बनाया हुआ उथला-सा टोकरा।

सूफ़—पु. [अ.] ऊन; घाव में भरा जाने वाला कपड़ा; दवात में डाला जाने वाला कपड़ा।

सूफ़िया—पु. [अ.] मुसलमान साधुओं का एक संप्रदाय।

सूफ़ियाना—वि. सूफियों जैसा; सादा-सा।

सूफ़ी—वि. [फा.] मुसलमानों का एक संत संप्रदाय; इस संप्रदाय का अनुयायी।

सूबा—पु. [अ.] प्रांत, प्रदेश। **~(बे) दार**—पु. सूबे, प्रांत का शासक, गवर्नर; थल सेना में एक पद—कनिष्ठ अधिकारी।

सूम—वि., **कंजूस**—कंजूस, कृपण।

सूमी—पु. [सं.] विद्वान्, पंडित।

सूय—पु. [सं.] यज्ञ (राजसूय यज्ञ)।

सूर—वि. अंधा। पु. दृष्टिहीन व्यक्ति।

सूर—वि. द्र. 'शूर'।

सूर—पु. [सं.] सूर्य। **~कांत**—सूर्यकांत मणि।

सूरज—पु. सूर्य। **~मुखी**—पु. एक पौधा, जिसके पीले फूल सूर्य को देखकर खिलते हैं।

सूरण—पु. [सं.] शूरण, जमीकंद।

सूरन—पु. द्र. 'सूरण'।

सूरपनखा—स्त्री. द्र. 'शूर्पणखा'।

सूरमा—पु. शूरवीर, बहादुर योद्धा।

सूरा—पु. [अ.] कुरान का कोई भी अध्याय।

सूराख़—पु. [फा.] छेद। **~दार**—वि. जिसमें छेद हो।

सूरि—पु. [सं.] सूर्य, पंडित; जैनाचार्यों की उपाधि।

सूरी—स्त्री. [सं.] सूअर की मादा।

सूर्य—पु. [सं.] सौरमंडल का सबसे ज्वलंत प्रकाश पिंड, भानु, रवि, आदित्य, सूरन, आक जैसे अन्य नाम। **~ग्रहण**—पु. पृथ्वी और सूर्य के बीच में चन्द्रमा के आ जाने से उसकी छाया से सूर्य का ग्रहण, छाया में सूर्य का ढक जाना। **~तनय**—पु. शनि; यम। **~तनया**—स्त्री. यमुना। **~वंशी**—वि. सूर्य वंश का। पु. सूर्यवंश में उत्पन्न व्यक्ति। **~सूक्त**—पु. ऋग्वेद का एक सूत्र।

सूर्यात्मज—पु. [सं.] शनि; कर्ण; यम।

सूर्योपासक—पु. [सं.] सूर्य का उपासक, पूजक।

सूर्योपासना—स्त्री. [सं.] सूर्य की उपासना, पूजा।

सूल*—पु. द्र. 'शूल'।

सूली—स्त्री. द्र. 'शूली'।

सूर्वा—पु. तोता, सुग्गा।

सूस—पु. एक जल-जंतु।

सृंग—पु. श्रृंग; चोटी; सिरा; सिर।

सृंगी*—पु. द्र. 'श्रृंगी'।

सृंजय—पु. [सं.] मनु के एक पुत्र।

सृगाल—पु. [सं.] गीदड़—एक जंगली पशु।

सृगालिका—स्त्री. [सं.] गीदड़ की मादा।

सृजक*—पु. सर्जक, रचना करने वाला; स्रष्टा, परमात्मा।

सृजन—पु. सृष्टि या रचना करने की क्रिया; सृष्टि।

सृजना*—स.क्रि. सृष्टि या रचना करना, निर्माण करना।

सृप—पु. [सं.] चन्द्रमा; एक असुर।

सृप्त—वि. [सं.] सरका हुआ।

सृष्ट—वि. [सं.] निर्मित, बनाया हुआ।

सृष्टि—स्त्री. [सं.] जगत, संसार; प्रकृति; संसार की रचना। **~कर्ता**—पु. परमात्मा, ब्रह्मा। **~विज्ञान**—पु. सृष्टि की उत्पत्ति, संरचना, विकास, आदि का अध्ययन करने वाला विज्ञानशास्त्र ('कास्मोलॉजी)।

सेंक—स्त्री. ताप, गरमी; सेंकने की क्रिया—शरीर के किसी भाग को किसी रूप में गर्मी, ताप देना।

सेंकना—स.क्रि. किसी वस्तु को आग पर गरम करना।

सेंगर—पु. राजपूतों की एक उपजाति।

सेंट—पु. [अं.] सुगंधि; सुगंधिपूर्ण द्रव्य, खुशबू, इत्र।
सेंटर—पु. [अं.] केन्द्र; मध्य; मध्यबिंदु।
सेंट्रल—वि. [अं.] केन्द्रीय; प्रमुख, प्रधान।
सेंत—स्त्री. मुफ़्त, बिना कोई मूल्य दिये किसी वस्तु को ले लेना। **~मेंत**—अ. मुफ़्त में, बिना मूल्य दिये।
सेंदुरिया—वि. सिंदूर के रंग का।
सेंध—स्त्री. चोरी करने के लिए दीवार में किया गया बड़ा छेद, जिसमें से आदमी घर में घुस सके।
सेंधा—पु. समुद्र से निकला एक प्रकार का खनिज नमक।
सेंधिया—वि. सेंध लगाने वाला।
सेंमल—पु. सेमल, शाल्मलि।
सेंवई—स्त्री. एक खाद्य पदार्थ, जो मैदे से तैयार किया जाता है, प्रायः दूध में डाल कर बनाया जाता है।
सेंसर—पु. [अ.] सरकार का वह विभाग, जो फिल्म, टी.वी. धारावाहिकों, पत्र, पुस्तक, आदि का परीक्षण कर उनके आपत्तिजनक, अश्लील अंशों को काटकर प्रदर्शन या प्रकाशन की अनुमति देता है।
सेंसस—पु. [अं.] जनगणना, मर्दुमशुमारी।
से—प्र. (व्याकरण में) करण कारक और अपादान कारक का चिह्न। वि. 'सा' का बहुवचन रूप; समान, तुल्य।
सेकेंड—पु. [अं.] समय का बहुत छोटा भाग, मिनट का साठवाँ अंश।
सेकेंडरी—वि. [अं.] गौण, अप्रधान; सहायक; माध्यमिक (उच्चतर माध्यमिक विद्यालय)।
सेक्टर—पु. [अं.] खंड; क्षेत्र, अंचल।
सेक्रेटरियेट—पु. [अं.] सचिवालय।
सेक्रेटरी—पु. [अं.] सचिव।
सेक्शन—पु. [अं.] अनुभाग; खंड।
सेक्स—पु. [अं.] लिंग; काम-भावना; रति, संभोग।
सेखावत—पु. राजपूतों की एक उपजाति।
सेज—स्त्री. शय्या, बिस्तर।
सेटल—पु. [अं.] बस जाना; बसाना, टिकाना।
सेटिलमेंट—पु. [अं.] बंदोबस्त, भूमि व्यवस्था; निपटारा, ऋण का भुगतान।
सेठ—पु. साहूकार, महाजन; बड़ा व्यापारी; धनी आदमी।
सेठानी—स्त्री. सेठ का स्त्री.।
सेत*—वि. [ब्र.भ.] श्वेत, सफेद।
सेतु—पु. [सं.] नदी आदि पर बना पुल; पानी को रोककर बिजली, आदि बनाने के लिए बनाया गया बाँध।
सेतुक—पु. [सं.] छोटा पुल, पुलिया।
सेद—पु. द्र. 'स्वेद'।
सेन—वि. [सं.] बाज पक्षी; बंगालियों की एक जातिगत उपाधि। स्त्री. द्र. 'सेना'।
सेनांग—पु. [सं.] सेना का कोई अंग—पदाति, गजाति, अश्वारोही, रथी आदि।
सेना—स्त्री. [सं.] युद्ध के लिए प्रशिक्षित व्यक्तियों का दल, फौज (सेना के तीन अंग—थल सेना, वायु सेना तथा जल सेना या नौसेना)। **~नी**—पु. सैनिक। **~पाटी**—पु. सेना-नायक।
सेनाग्र—पु. [सं.] सेना का अगला भाग।
सेनाधिकारी—पु. [सं.] सेना का अधिकारी, अफ़सर।
सेनाधिप, सेनाधिपति—पु. [सं.] सेनापति।
सेनाधीश—पु. [सं.] सेनापति।
सेनाध्यक्ष—पु. [सं.] सेनापति।
सेनेटोरियम—पु. [अं.] (किसी पहाड़ी स्थान पर बना) आरोग्य सदन, स्वास्थ्य-सुधार केन्द्र।
सेन्टीग्रेड—पु. [अं.] सेंटिग्रेड, शतांशिक, शतिक (एक माप)।
सेन्टीमीटर—पु. [अं.] लंबाई का एक माप—सेंटीमीटर।
सेफ़—पु. [अं.] सुरक्षित, सही-सलामत, निरापद; विश्वसनीय।
सेफ़्टी—स्त्री. [अं.] सुरक्षा, बचाव। **~डिवाइस**—पु. सुरक्षा साधन। **~पिन**—पु. कपड़ों में लगाने का पिन। **~रेज़र**—पु. हजाम, दाढ़ी बनाने का सुरक्षित ब्लेड, उस्तरा।
सेफ़्टी बेल्ट—पु. [अं.] सुरक्षा पेटी।
सेब—पु. [फा.] बर्फ़ीले स्थानों पर उत्पन्न होने वाला एक प्रसिद्ध फल; इस फल का वृक्ष।
सेम—स्त्री. एक सब्ज़ी, फली।
सेमर—पु. सेमल।
सेमल—पु. बड़े आकार का एक पेड़, जिसके फल के भीतर एक प्रकार की रुई-सी निकलती है।
सेमिटिक—पु. नृवंश शास्त्र के अनुसार मनुष्यों का वह प्रजाति वर्ग, जिसमें अरब, यहूदी, मिस्री तथा सीरियन जातियाँ परिगणित होती हैं।
सेमिफ़ाइनल—पु. [अं.] अंतिम मुकाबले से पहले खेला जाने वाला मुकाबला (मैच)।
सेमीनार—स्त्री. [अं.] गोष्ठी, परिसंवाद।
सेमेस्टर—पु. [अं.] सत्र।
सेर—पु. [सं.] एक तौल—सोलह छटाँक की।
सेरा—पु. चारपाई के सिरहाने या पाँयते की पाटी।
सेराना—स.क्रि. ठंडा कर देना। ला. संतोष या तृप्ति प्रदान करना।
सेरेमनी—स्त्री. [अं.] उत्सव; समारोह; धर्मानुष्ठान।
सेल—पु. [अं.] बिक्री; मूल्य में छूट देकर बिक्री।
सेला—पु. एक प्रकार का सस्ता चावल।
सेलून—पु. [अं.] बड़ा या हॉल कमरा (मूल अर्थ)। (हेयर कटिंग)—केश काटने की दुकान।

सेलेक्शन—पु. [अं.] चुनाव, चयन, छाँट; पसंद; किसी प्रतियोगी परीक्षा में चयन।

सेल्फ़ सर्विस—स्त्री. [अं.] स्वयं सेवा।

सेल्यूट—स्त्री. [अं.] नमन, नमस्कार; फौजी ढंग से अभिवादन।

सेल्सटैक्स—पु. [अं.] बिक्री कर।

सेल्समैन—पु. [अं.] विक्रेता, किसी दुकान या शोरूम में रखा गया विक्रेता।

सेवंत—पु. एक राग (संगी.)।

सेवँर*—पु. द्र. 'सेमल'।

सेव—पु. बेसन से बनाया कड़ाही में तला हुआ सेंवइयों जैसा खाद्य पदार्थ, पकवान।

सेवक—वि. [सं.] सेवा, पूजा, सम्मान करने वाला। पु. नौकर-चाकर।

सेवकाई—वि. [सं.] सेवा, टहल, परिचर्या।

सेवती—स्त्री. [सं.] एक सफेद फूल।

सेवन—पु. [सं.] किसी चीज़ का उपयोग; प्रयोग में लाना (औषधि)।

सेविंग—स्त्री. [अं.] बचत। **~एकाउंट**—पु. बचत खाता। **~बैंक**—पु. छोटी राशि पर ब्याज देने वाला बचत घर, बैंक (डाकखाने, आदि में)।

सेव्य—वि. [सं.] सेवा करने योग्य, आराध्य; पूज्य। **~सेवक**—पु. स्वामी और सेवक।

सेशन—पु. [अं.] स्कूल-कॉलेज, विधान सभा, संसद आदि का सत्र, कार्य-अवधि। **~कोर्ट**—पु. अदालत जिसमें जिला स्तर पर अपराधों पर निर्णय दिया जाता है। **~जज**—पु. सेशन कोर्ट का न्यायाधीश।

सेहत—स्त्री. [अ.] स्वास्थ्य; शारीरिक दशा।

सेहरा—पु. विवाह के समय दूल्हे को पहनाया जाने वाला एक प्रकार का लड़ियों वाला मुकुट, मौर। **मु. (किसी के सिर) ~बाँधना**—किसी को किसी कार्य की सफलता का श्रेय देना।

सैंट—पु. [अं.] शत, सौ; शतांश।

सेंट परसेंट—पु. [अं.] शत-प्रतिशत।

सेंडल—पु. [अं.] पीछे से खुला तथा पट्टी लगा पैर का जूता।

सैंतालीस—वि. चालीस और सात। पु. सैंतालीस की संख्या, 47।

सैंतीस—वि. तीस और सात। पु. सैंतीस की संख्या, 37।

सैंदूर—वि. [सं.] सिंदूरी, सिंदूर के रंग का; सिंदूर से रँगा हुआ।

सैंधव—वि. [सं.] सिंधु प्रदेश का, सिंधु प्रदेश से संबंधित; समुद्र में उत्पन्न। पु. सिंधु प्रदेश का निवासी; सेंधा नमक; सिंधु प्रदेश का घोड़ा।

सैंधवी—स्त्री. [सं.] एक रागिनी (संगी.)।

सैंपल—पु. [अं.] नमूना।

सैंहुड़—पु. सेंहुड़—एक वृक्ष; उसका फल।

सैकड़ा—पु. सौ।

सैकड़ों—वि. बहुत से, कई सौ।

सैकत—वि. [सं.] बालू से भरा, रेतीला। पु. बालू; बालूकापूर्ण तट, रेतीला तट।

सैक्शन—पु. [अं.] भाग, खंड, टुकड़ा; विभाग; अनुभाग, शाखा; अनुच्छेद, परिच्छेद; धारा, दफ़ा; वर्ग; सेना की टुकड़ी।

सैद्धांतिक—वि. [सं.] सिद्धांत संबंधी। पु. सिद्धांत का ज्ञाता।

सैन—स्त्री. नेत्रों से किया गया संकेत, इशारा। स्त्री. सेना।

सैनिक—वि. [सं.] सेना का सिपाही।

सैनिटरी—वि. [अं.] स्वास्थ्य-रक्षा संबंधी, स्वास्थ्य का, सफाई का। **~नेपकिन**—पु. स्त्रियों द्वारा मासिक धर्म के समय प्रयुक्त किया जाने वाला एक गद्दीदार वस्त्र-खंड।

सैनिटेशन—पु. [अं.] सफाई, स्वच्छता का प्रबंध।

सैनेटोरियम—पु. [अं.] द्र. 'सेनेटोरियम'।

सैन्य—वि. [सं.] सेना संबंधी; सेना का। **~शिविर**—पु. सेना का पड़ाव। ('मिलिटरी कैंप')।

सैन्यादेश—पु. [सं.] फौजी हुक्म, आदेश।

सैन्याधिपति, सैन्याध्यक्ष—पु. [सं.] सेनाध्यक्ष; सेनानायक।

सैक्रिफ़ाइस—स्त्री. [अं.] त्याग, उत्सर्ग, बलिदान; बलि; बलिपशु।

सैटिस्फ़ाइ—क्रि. [सं.] संतोष देना, संतुष्ट करना; प्रसन्न करना; शांत करना, तृप्त करना।

सैटेलाइट—पु. [अं.] उपग्रह।

सैयद—पु. [अ.] नेता, सरदार; इमाम; मुहम्मद साहब के नाती हुसैन का वंशज।

सैल—स्त्री. [फा.] पानी का बहाव, जलधारा; बाढ़। [अं.] कोठरी; बैट्री, आदि में डाला जाने वाला लीड भरा खोल।

सैलाब—पु. [फा.] बाढ़, बहुत अधिक वर्षा से जल-प्रवाह का बढ़ना।

सैलाबी—वि. बाढ़ संबंधी।

सैलून—पु. [अं.] नाई की दुकान; अंग्रेज़ी शराब की दुकान; रेलवे के उच्च अधिकारियों द्वारा प्रयोग में लाया जाने वाला रेल का विशेष रूप से बनाया गया डिब्बा।

सैलेड्—पु. [अं.] सलाद, भोजन के साथ खाने के लिए बिना पकाई गई सब्जियाँ, फल, आदि (प्याज़, खीरा, टमाटर, बंद गोभी के पत्ते, आदि)।

सोंठ—स्त्री. सूखे अदरक का रूप, औषधि के रूप में और मसालों में प्रयुक्त।

सोंधा—वि. सुवासित, सुगंधित, खुशबूदार।

सो—सर्व. वह। वि. [ब्र.भा.] समान, भाँति। अ. इसलिए, अत:।

सोऽहम्—पु. [सं.] 'मैं वही हूँ'—परमात्मा का ही स्वरूप; वेदांत दर्शन का सूत्र वाक्य।

सोई*—सर्व. वही।

सोग*—पु. शोक, किसी की मृत्यु पर होने वाला दु:ख।

सोच—पु. सोचने की क्रिया; दु:ख; किसी विषय पर प्रकट किया गया विचार; किसी विषय पर गंभीर विचार।

सोचना—स.क्रि. किसी विषय पर विचार करना; चिंता या विचार करना।

सोज़िश—स्त्री. [फा.] सूजन; जलन; वेदना।

सोडा—पु. [अं.] एक तरह का क्षार। **~वाटर**—पु. सोडे से बनाया गया एक पेय।

सोता—पु. स्रोत, नदी, नाले, झरने, आदि का उद्‌गम स्थान।

सोत्साह—क्रि.वि. [सं.] उत्साह सहित, उमंग-भरा।

सोदाहरण—वि. [सं.] उदाहरण सहित।

सोद्‌देश्य—वि. [सं.] उद्‌देश्यपूर्ण।

सोधना—स.क्रि. शुद्ध करना; दोष या भूल सुधार करना।

सोन—पु. बिहार का एक प्रसिद्ध नद जो गंगा में मिलता है।

सोना—पु. एक प्रसिद्ध बहुमूल्य पीली धातु, जिसके आभूषण, आदि बनते हैं, स्वर्ण, कंचन ('गोल्ड')।

सोना—अ.क्रि. शयन करना, निद्रा में होना; किसी विषय पर उदासीन हो जाना।

सोप—पु. [अं.] साबुन—नहाने और वस्त्र धोने के लिए प्रयुक्त एक बट्टी-सी।

सोपाधि, सोपाधिक—वि. [सं.] उपाधि सहित।

सोपान—पु. [सं.] सीढ़ी।

सोफ़ा—पु. [अं.] एक प्रकार का गद्‌दीदार लम्बा आसन, बैठने का साधन।

सोफ़ियाना—वि. 'सूफ़ियाना', सूफ़ियों की तरह सादा, सरल।

सोम—पु. [सं.] चंद्रमा; एक लता, प्राचीन समय में इसका रस मद्य के रूप में प्रयुक्त होता था। **~पात्र**—पु. सोमलता का रस, मद्य, रखने का बरतन। **~रस**—पु. सोमलता का रस, मद्य के रूप में इसका प्रयोग होता था।

सोमवती अमावस्या—स्त्री. [सं.] सोमवार को पड़ने वाली अमावस्या।

सोमावती—स्त्री. [सं.] चंद्रमा की माता।

सोमेश्वर—पु. [सं.] 'सोमनाथ'; काशी का एक शिवलिंग जिसकी स्थापना सोम द्वारा की गई थी।

सोय—सर्व. वही। वि. वैसा (ही)।

सोयाबीन—पु. [अं.] सोया नामक वनस्पति की फली; उससे प्राप्त या उसके द्वारा बनाये गये खाद्य पदार्थ; सोयाबीन का तेल।

सोरठ—पु. एक रागिनी (संगी.)।

सोरठी—स्त्री. एक रागिनी (संगी.)।

सोरबा*—पु. द्र. 'शोरबा'।

सोरह*—वि. सोलह।

सोलंकी—पु. क्षत्रियों का एक राजवंश; उनकी एक उपजाति।

सोलह—वि. दस से अधिक छह। पु. सोलह की संख्या, 16।

सोलो—पु. [अं.] अकेला; एकल। पु. एकल वादन, गायन, प्रदर्शन या संगीत रचना।

सोल्यूशन—पु. [अं.] हल; समाधान; उत्तर; घोल।

सोल्लास—वि. [सं.] उल्लास सहित, आनंदपूर्ण।

सोवड़*—पु. प्रसूतिघर, सौरी।

सोवनियर—पु. [अं.] स्मारिका, किसी अवसर पर प्रकाशित परिचय-पुस्तिका।

सोवियत—पु. [रूसी.] पंचायत; परिषद्, समिति। वि. पंचायती; रूसी।

सोशल—वि. [अं.] सामाजिक; समाज से संबंधित; मिलनसार।

सोशलिज़्म—पु. [अं.] समाजवाद, समाजवादी व्यवस्था।

सोशलिस्ट—पु. [अं.] वह जो समाजवाद का अनुयायी हो। वि. समाजवादी।

सोसाइटी—समाज; संगति, संग-साथ; साहचर्य; उच्च वर्ग।

सोहन—वि. शोभन, मोहक, सुंदर। पु. सुंदर व्यक्ति।

सोहनी—स्त्री. झाड़ू; खेत निराने की क्रिया, निराई।

सोहबत—स्त्री. [अ.] संगति; संग-साथ।

सोहर—पु. पुत्र-जन्म के समय गाये जाने वाले मंगल गीत।

सोहला—पु. द्र. 'सोहर'।

सोहाग*—पु. सुहाग, सौभाग्य; सुहाग गीत, लड़की के विवाह के अवसर पर गाये जाने वाले मंगल गीत।

सोहागिन, सोहागिनी—स्त्री. द्र. 'सुहागिन'।

सोहावना*—वि. द्र. 'सुहावना'।

सौं*—स्त्री. सौंह, शपथ, कसम; सौगंध। अ. समन, सदृश।

सौंदर्य—पु. [सं.] सुंदरता, खूबसूरती। **~बोध**—पु. कला के सूक्ष्म सौंदर्य का ज्ञान।

सौन्दर्यानुभूति—स्त्री. [सं.] सौंदर्य भावना।

सौंदर्याभिरुचि—स्त्री. सौंदर्य रुचि।

सौंदर्योपासक—पु. [सं.] सौंदर्य का सम्मान करने वाला।

सौंपना—स.क्रि. (किसी वस्तु को) किसी के जिम्मे कर देना, सुपुर्द कर देना।

सौंफ—स्त्री. एक पौधा जिसके बीज औषधि और मसाले के रूप में प्रयुक्त होते हैं, मुखवास और पान में भी प्रयुक्त होते हैं।

सौंर—स्त्री. चादर, सौर।

सौ—वि. नब्बे से दस अधिक, शत। पु. सौ की संख्या, 100। **मु. ~की एक बात**—निष्कर्ष रूप में कही गई बात, उचित बात। **ला. ~पचास**—अनेक, बहुत से। **मु. ~सौ घड़े पानी पड़ना**—बहुत लज्जित होना। **~सौ नाम धरना**—अनेक त्रुटियाँ निकालना।

सौकर्य—पु. [सं.] आसानी, सुकरता।

सोकुमार्य—पु. [सं.] सुकुमारता, कोमलता। वि. कोमल।

सोख*—पु. सुख का भाव; सुविधा।

सौख्य—पु. [सं.] सुख, आराम; आनंद; कल्याण।

सौगन्ध—स्त्री. शपथ। वि. सुगंधित, खुशबूदार।

सौगंधिक—वि. [सं.] सुगंधपूर्ण। पु. सुगंध, इत्र, आदि का व्यवसाय करने वाला; गंधी।

सौग़ात—स्त्री. [फा.] भेंट, उपहार, तोहफ़ा।

सौजन्य—पु. [सं.] उदाराशयता; सज्जनता, सुजनता; सहायता, सहकार (से)।

सौजन्यता—स्त्री. सुजन होने का भाव, सज्जनता; कृपा-भाव, उदाराशयता।

सौत—स्त्री. पति की दूसरी पत्नी, सपत्नी।

सौतन, सौतिन—स्त्री. सौतन।

सौतिया—वि. सौत से संबंधित। **~डाह**—स्त्री. सपत्नियों में होने वाली ईर्ष्या, द्वेष का भाव, असूया भाव।

सौतेला—वि. सौत से उत्पन्न (भाई); सौत से संबंधित; सौत जैसा (व्यवहार)।

सौत्रि—पु. [सं.] जुलाहा।

सौत्रिक—पु. [सं.] जुलाहा।

सौदा—पु. [फा.] खरीदने-बेचने संबंधी बातचीत, खरीदने-बेचने संबंधी निर्णय (सौदा हो गया); खरीदने-बेचने की वस्तु, माल।

सौदाई—वि. सनकी, खब्ती; प्रेमी, आशिक; किसी के प्रेम में पागलों की तरह दीवाना।

सौदामनी—स्त्री. [सं.] बिजली, विद्युत; एक रागिनी का नाम (संगी.)।

सौदामिनी—स्त्री. [सं.] द्र. 'सौदामनी'।

सौध—पु. [सं.] महल, प्रसाद; घर, आवास।

सौभागिनी*—स्त्री. सौभाग्यवती, सधवा।

सौभाग्य—पु. [सं.] अच्छा भाग्य, खुशकिस्मती; सुख, आनंद; ऐश्वर्य, वैभव; सुहाग, अहिवात।

सौभाग्यवती—स्त्री. [सं.] सधवा, सुहागिन, जिसका पति जीवित हो।

सौभाग्यवान्—वि. [सं.] भाग्यशाली, खुशकिस्मत।

सौमनस्य—वि. [सं.] आनंद प्रदायक; आह्लादकारक।

सौमित्र—पु. [सं.] सुमित्रा के पुत्र लक्ष्मण; शत्रुघ्न।

सौम्य—वि. [सं.] सोम, चन्द्रमा के समान शीतल स्वभाव वाला, मृदुल, कोमल; सोम या चन्द्रमा से संबंध रखने वाला; कोमलमना।

सौम्यता—स्त्री. स्निग्धता, उदारता; चित्त की कोमलता।

सौम्या—स्त्री. [सं.] 'सौम्य' का स्त्री., द्र. 'सौम्य'।

सौम्याकृति—वि. [सं.] सुंदर, मनोहर आकृति वाला।

सौर—स्त्री. चादर। वि. सूर्य संबंधी; सूर्य से उत्पन्न। **~जगत**—पु. सूर्य और उसकी परिक्रमा करने वाला सौर-मंडल, जिसमें पृथ्वी, मंगल, बुध, शुक्र आदि अनेक ग्रह हैं।

सौरभ—वि. [सं.] सुगंध, खुशबू; पुष्प का केसर, पराग; आम्र, आम।

सौराष्ट्र—वि. [सं.] गुजरात का क्षेत्र विशेष, काठियावाड़ का क्षेत्र।

सौराष्ट्रक—पु. [सं.] सौराष्ट्र का निवासी। वि. सौराष्ट्र संबंधी।

सौराष्ट्रिक—वि. [सं.] सौराष्ट्र से संबंधित।

सौरी—स्त्री. प्रसूति-गृह, वह कक्ष जिसमें प्रसव हुआ हो।

सौर्य—वि. [सं.] सूर्य-संबंधी।

सौबीर—पु. [सं.] एक प्राचीन प्रदेश, सिंधु नद के पास अवस्थित था।

सौबीरक—पु. [सं.] सौबीर प्रदेश का निवासी।

सौष्ठव—पु. [सं.] सौंदर्य, सुडौलपन।

सौहार्द—पु. [सं.] सद्‌भाव; मैत्री; हृदय की सरलता।

स्कन्द—पु. [सं.] कार्त्तिकेय—देवताओं के सेनापति; शरीर, देह; विनाश, ध्वंस। **~गुप्त**—पु. गुप्त वंश के एक प्रसिद्ध सम्राट। **~पुराण**—पु. 18 पुराणों में से एक।

स्कंध—पु. [सं.] कंधा; ग्रंथ का कोई विभाग, खंड; वह स्थान जहाँ सामान, माल का भंडारण किया जाता है।

स्कर्ट—पु. [अं.] स्त्रियों, लड़कियों के पहनने का एक अधोवस्त्र, जो प्रायः घुटनों से ऊपर तक का घाघरानुमा बना होता है।

स्कंधवार—पु. [सं.] सेना का पड़ाव, छावनी; राजा का शिविर; सेना।

स्काउट—पु. [अं.] बालचर; एक स्वयंसेवी संस्था।

स्कार्फ़—पु. [अं.] मफ़लर, गुलुबंद।

स्कॉलर—पु. [अं.] अध्ययनशील; विद्वान। **~शिप**—स्त्री. वृत्ति, छात्रवृत्ति; पांडित्य, विद्वत्ता।

स्कीइंग—स्त्री. [अं.] बर्फ़ पर फिसलने का एक खेल।

स्कीम—स्त्री. [अं.] योजना।

स्कूटर—पु. [अं.] दो पहियों का एक मशीनचालित वाहन।

स्कूल—पु. [अं.] विद्यालय, पाठशाला।

स्कूली—वि. स्कूल का; स्कूल से संबंधित।

स्क्वाड्रन—पु. [अं.] वायु सेना की एक टुकड़ी, विभाग। **~लीडर**—पु. वायु सेना में एक अधिकारी का पद नाम।

स्क्वायर, स्क्वेयर—पु. [अं.] वह चौकोर स्थान जिसके चारों ओर मकान या दुकान अथवा अन्य भवन हों।

स्केटिंग—स्त्री. [अं.] पहियेदार जूते पहन कर चिकने धरातल पर फिसलना।

स्केच—पु. [अं.] खाका, रूपरेखा।

स्केल—पु. [अं.] पैमाना; मापने की पटरी; वेतनमान।

स्कोप—पु. [अं.] कार्यक्षेत्र; क्षेत्र; विषय; अवकाश; गुंजाइश।

स्कोर—पु. [अं.] खिलाड़ियों द्वारा बनाये गये रनों की संख्या।

स्क्रिप्ट—स्त्री. [अं.] लिपि; लिखावट; आलेख; मूल लेख; कथा।

स्क्रीन—पु. [अं.] परदा; यवनिका; आवरण।

स्क्रू—पु. [अं.] पेच, पेंच।

स्क्रैप—पु. [अं.] रद्दी माल; कतरन; कूड़ा-करकट; निकाल देना; अलग कर देना।

स्क्वैश—पु. [अं.] फलों के रस से बना शर्बत।

स्टडी—स्त्री. [अं.] अध्ययन, पढ़ाई; अनुशीलन; अध्ययन-कक्ष।

स्टफ़—पु. [अं.] माल, सामान, सामग्री; कच्चा माल।

स्टाइल—पु. [अं.] ढंग, तरीका; रीति; शैली; रंग-ढंग; प्रणाली; फैशन। **~इश**—वि. फ़ैशनेबल, बना-ठना; सुरुचिपूर्ण, सुंदर।

स्टॉक—पु. [अं.] बिक्री का सामान, माल; भंडार, संचय, संग्रह।

स्टॉप—पु. [अं.] रोकना, रोक देना; रुकना, ठहरना; बंद कर देना; अचानक रुक जाना।

स्टाफ़—पु. [अं.] कर्मचारी-गण; दंड (झंडा, आदि लगाने का लकड़ी का लंबा डंडा; अधिकार-दंड)।

स्टाम्प—स्त्री. [अं.] मुहर, छाप ('सील'); टिकट; डाक का टिकट।

स्टार्च—पु. [अं.] कलफ़, मांडी।

स्टार्ट—पु. [अं.] आरंभ, प्रारंभ; चलना; छूटना, प्रस्थान, रवानगी।

स्टाल—पु. [अं.] छोटी दुकान।

स्टिच—पु. [अं.] टाँका; सिलाई।

स्टीम—स्त्री. [अं.] भाप, वाष्प।

स्टीमर—पु. [अं.] भाप से चलने वाला छोटा जहाज।

स्टील—पु. [अं.] फौलाद, इस्पात।

स्टुडियो-स्टूडियो—पु. [अं.] फ़िल्म निर्माण-कक्ष, स्थान; (रेडियो-टेलीविज़न, आदि में) प्रसार-कक्ष; चित्र, फोटो बनाने का कक्ष, स्थान।

स्टुडेन्ट, स्टूडेन्ट—पु. [अं.] छात्र, विद्यार्थी।

स्टूल—पु. [अं.] तिपाई; तीन या चार पायों की।

स्टे—पु. [अं.] ठहरना, रहना; रुक जाना, रुकना; स्थगन। **~ऑर्डर**—पु. यथास्थिति बनाये रखने का न्यायालय का आदेश, निर्णय।

स्टेज—पु. [अं.] रंगमंच, मंच।

स्टेट—पु. [अं.] राज्य, प्रांत।

स्टेटमेंट—पु. [अं.] वक्तव्य, कथन; बयान।

स्टेटस—पु. [अं.] पद; पदवी; प्रतिष्ठा, नाम। **~को**—पु. यथापूर्व स्थिति। **~सिम्बल**—पु. वैभव या प्रतिष्ठा का प्रतीक।

स्ट्रीट—स्त्री. [अं.] गली; सड़क।

स्टेडियम—पु. [अं.] खेल का मैदान, जिसमें दर्शकों के बैठने का स्थान, दीर्घा, आदि बनी होती हैं।

स्टेनलैस—वि. [अं.] जंग निरोधक (स्टील)।

स्टेनोग्राफ़र—वि. [अं.] आशुलिपिक।

स्टेनोग्राफ़ी—स्त्री. [अं.] आशुलिपि।

स्टेबल—वि. स्थिर; अचल, अटल; टिकाऊ; पक्का, मज़बूत; दृढ़; धीर; स्थिर मति।

स्टेशन—पु. [अं.] रेलगाड़ियों के रुकने का स्थान; कार्य विशेष के लिए बनाया गया स्थान—पुलिस स्टेशन, फ़ायर स्टेशन।

स्टेशनरी—स्त्रा. [अं.] लेखन सामग्री, कागज़, पैन आदि।

स्टैंड—पु. [अं.] अड्डा (बस अड्डा, साइकिल)।

स्टैंडर्ड—वि. [अं.] श्रेष्ठता का मान; आदर्श।

स्टैच्यू—पु. [अं.] प्रतिमा, मूर्ति।

स्टोर—पु. [अं.] भंडार। **~कीपर**—पु. भंडारी।

स्टोरेज—पु. [अं.] भंडारण।

स्टोव—पु. [अं.] विशेष प्रकार का पंप कर चलाया जाने वाला मिट्टी के तेल का चूल्हा।

स्ट्रेचर—पु. [अं.] रोगी को लिटाकर ले जाने वाला चारपाईनुमा उपकरण।

स्ट्रेन—पु. [अं.] अत्यधिक काम लेना; थकान; क्षति पहुँचाना।

स्ट्रेस—पु. [अं.] दबाव; भार, प्रभाव; तनाव; स्वराघात; बलाघात।

स्ट्रेप, स्ट्रैप—पु. [अं.] फ़ीता।

स्ट्रोक—पु. [अं.] प्रहार, आघात; दौरा, धक्का।

स्तंभ—पु. [सं.] खंभा; समाचार-पत्र के पृष्ठों में विषय विशेष पर निर्धारित स्थान (कॉलम)—संपादकीय, खेल, आदि के स्तंभ; एक तरह का सात्त्विक अनुभाव (सा.शा.)।

स्तंभक—वि. [सं.] रोकनेवाला; कब्ज़ करने वाला।

स्तंभन—वि. [सं.] रोकने की क्रिया या भाव, रुकावट, अवरोध; रक्त, वीर्य, मल, आदि को रोकना; जड़ या निश्चेष्ट करना; कामदेव के पंच गणों में से एक; किसी के प्रभाव को नष्ट करने वाला एक तांत्रिक प्रयोग।

स्तंभित—वि. [सं.] जड़ और निष्चेष्ट; चकित; रुका या रोका हुआ, अवरुद्ध।

स्तन—पु. [सं.] स्त्रियों या मादा पशुओं का अंग विशेष, जिसमें दूध रहता है, कुच, चूचुक, पशुओं में थन।

स्तब्ध—वि. [सं.] जड़ या निष्चेष्ट, स्थिर; गतिहीन, जड़ीभूत।

स्तब्धता—स्त्री. जड़ता, निष्चेष्टता; सन्नाटा; भौचक्कापन।

स्तर—वि. [सं.] एक दूसरे के ऊपर पड़ी हुई तह, परत; किसी का श्रेणी विभाजन—विश्वविद्यालय स्तर का पाठ्य-क्रम, अन्तरराष्ट्रीय स्तर की प्रतियोगिता, आदि।

स्तरण—पु. [सं.] फैलाने या बिखेरने का कार्य।

स्तव—पु. [सं.] प्रशंसा, स्तुति।

स्तवक—पु. [सं.] (स्वागत के लिए दिया जाने वाला) फूलों का गुच्छा, गुलदस्ता; (पुस्तक का) अध्याय, परिच्छेद। वि. स्तुति करने वाला।

स्तुति—स्त्री. [सं.] गुणगान, प्रशंसा। **ला.** चाटुकारिता।

स्तुत्य—वि. [सं.] स्तुति, प्रशंसा के योग्य।

स्तूप—पु. [सं.] मिट्टी, ईंट आदि से बना ढूह, टीला या गुम्बद रूप में बना स्थान, जिसमें बौद्ध लोग अपने पूज्य जनों के अवशेष—अस्थियाँ, दाँत, केश, आदि स्मृतिचिह्न रखते हैं, उलटे कटोरे के समान बना स्मारक।

स्तेन—पु. [सं.] चोर, लुटेरा; चोरी।

स्तेय—पु. [सं.] चोरी; छिपाई हुई वस्तु।

स्तोत्र—पु. [सं.] स्तुति, देवता आदि का संस्कृत पद्यों में गुणगान।

स्त्री—स्त्री. [सं.] नारी, औरत, महिला।

स्त्रैण—वि. [सं.] स्त्री संबंधी; स्त्रियों के योग्य। पु. स्त्रीत्व, नारीत्व; स्त्रियों जैसा।

स्थ—प्रत्य. [सं.] एक प्रत्यय जो शब्दों के अंत में लगकर बहुत से अर्थ देता है, यथा—स्थित जैसे तटस्थ; विद्यमान जैसे कंठस्थ; रहने वाला जैसे पाटलिपुत्रस्थ, काशीस्थ; लीन, रत, मग्न जैसे ध्यानस्थ।

स्थगन—पु. [सं.] सभा या बैठक की कार्रवाई कुछ समय के लिए रोक देना, चलते हुए काम को कुछ समय के लिए बंद कर देना। **~प्रस्ताव**—पु. वह प्रस्ताव जिसके द्वारा सदन या विधान सभाओं आदि के सत्र को बंद कर दिया जाता है।

स्थगित—वि. [सं.] रोका हुआ; जो कुछ समय के लिए रोक दिया गया हो (सदन, विधान सभा, किसी अन्य सभा, आदि का कार्य रोका हुआ हो)।

स्थल—पु. [सं.] भूखंड, ज़मीन; स्थान, जगह (पूजा-स्थल); कार्य-स्थल। **~चर**—पु. स्थल पर रहने वाले जीव। **~सेना**—पु. थल सेना, पैदल सेना।

स्थली—स्त्री. [सं.] ज़मीन, भूमि; स्थान, जगह (कर्मस्थली, पूजास्थली)।

स्थविर—वि. [सं.] दृढ़, स्थिर; आदरणीय। पु. वृद्ध; वृद्ध भिक्षुक; बौद्ध संप्रदाय विशेष का भिक्षुक।

स्थाणु—वि. [सं.] दृढ़, स्थिर। पु. खंभा, स्तंभ; शिव।

स्थाण्वीश्वर—पु. [सं.] थानेश्वर का एक शिवलिंग, थानेश्वर नामक नगर (वर्तमान कुरुक्षेत्र)।

स्थान—पु. [सं.] जगह; पद, ओहदा; भूभाग, स्थल; देवालय।

स्थानक—पु. [सं.] स्थान, जगह; ओहदा, पद; पवित्र धार्मिक स्थान—जैन स्थानक।

स्थानांतर—पु. [सं.] भिन्न, दूसरा स्थान।

स्थानांतरित—वि. [सं.] एक स्थान से दूसरे स्थान पर जाना; किसी कर्मचारी को दूसरे स्थान पर तैनात कर देना, तबादला हो जाना।

स्थानापन्न—वि. [सं.] दूसरे के स्थान पर काम करने के लिए किसी की नियुक्ति; वैकल्पिक व्यवस्था।

स्थानाभाव—पु. [सं.] स्थान की कमी, अभाव।

स्थानिक—वि. [सं.] स्थानीय, स्थान विशेष से संबंधित।

स्थानीय—वि. [सं.] स्थान विशेष से संबंधित; स्थान विशेष के लिए उपयुक्त।

स्थानीय निकाय—गाँव, कस्बे, नगर का नागरिक सुविधाओं, आदि का प्रबंध करने वाली संस्था ('लोकल बॉडीज़')।

स्थानेश्वर—पु. [सं.] थानेश्वर, एक प्रसिद्ध तीर्थ, वर्तमान का कुरुक्षेत्र।

स्थापक—वि. [सं.] स्थापना करने वाला। पु. कोई संस्था या मूर्ति आदि स्थापित करने वाला।

स्थापत्य—पु. [सं.] भवन-निर्माण कला; वास्तुशास्त्र। **~कला**—स्त्री. भवन निर्माण कला, वास्तु-विद्या।

स्थापन—पु. [सं.] स्थापित करना, जमाना; किसी विषय आदि का परिचय देना (स्थापन वक्तव्य)।

स्थापना—स्त्री. [सं.] स्थापित करना, रखना, जमाना, प्रतिपादन (विषय प्रतिपादन)।

स्थापनीय—वि. [सं.] स्थापित करने, रखने योग्य।

स्थापित—वि. [सं.] जिसकी स्थापना की गई हो; प्रतिष्ठित किया हुआ; किसी मत, विचार, आदि का प्रतिपादन।

स्थाप्य—वि. [सं.] स्थापित करने योग्य; रखे जाने योग्य।

स्थायी—वि. [सं.] सदा स्थिर रहने योग्य; बहुत दिनों तक चलने वाला, टिकाऊ। पु. संगीत में किसी गीत का पहला पद, टेक। **~निधि**—स्त्री. वह ('मार्क') की गई हो और जिसके ब्याज से संस्था का काम चलता हो। **~भाव**—पु. साहित्य में रसों के मूल भाव, जिनके आधार पर नव रसों की संकल्पना की गई है।

स्थाल—पु. [सं.] थाल; कोई भोजन पात्र।

स्थावर—वि. [सं.] अचल, स्थिर; जो अपने स्थान से हट न सके। **~संपत्ति**—स्त्री. अचल संपत्ति-भूमि तथा भवन।

स्थित—वि. [सं.] एक स्थान पर ठहरा हुआ, अवस्थित; बैठा हुआ, आसीन; उपस्थित, मौजूद।

स्थिति—स्त्री. [सं.] स्थित होने की क्रिया या भाव; एक ही स्थान पर या एक ही रूप में विद्यमान रहना; आर्थिक, सामाजिक, धार्मिक, आदि दृष्टियों से होने वाली अवस्था।

स्थिर—वि. [सं.] एक ही स्थिति में रहने वाला, निश्चल; स्थायी—सदैव एक ही स्थिति में; निश्चित; उद्वेग, चंचलता, आदि से शून्य, शांत। **~चित्त, ~मना**—पु. शांत।

स्थिरता—स्त्री., **स्थिरत्व**—पु. [सं.] स्थिर होने का भाव, धर्म, गुण या दशा, निश्चलता; दृढ़ता।

स्थिरीकरण—पु. [सं.] घटती-बढ़ती रहने वाली वस्तुओं का स्वरूप या मानक निश्चित करना, जैसे मूल्य या भाव का स्थिरीकरण।

स्थूल—वि. [सं.] बड़ा; मोटा; मूर्ख, मंदबुद्धि, सुस्त। **~देही**—पु. मोटे शरीर वाला।

स्थूलता—स्त्री., **स्थूलत्व**—पु. [सं.] मोटापन; मूर्खता।

स्थैर्य—पु. [सं.] स्थिरता, दृढ़ता।

स्नात—वि. [सं.] नहाया हुआ।

स्नातक—पु. [सं.] किसी विश्वविद्यालय की बी.ए. स्तर तक की शिक्षा प्राप्त व्यक्ति; वह ब्राह्मण जिसका विद्याध्ययन, वेदाध्ययन, समाप्त हो गया हो।

स्नातकोत्तर—वि. [सं.] स्नातक (बी.ए.) स्तर के बाद की (एम.ए.) की शिक्षा (उपाधि)।

स्नान—पु. [सं.] जल, साबुन, आदि से सारे शरीर को धोना, नहाना।

स्नानागार—पु. [सं.] स्नान-गृह, नहाने का स्थान, कक्ष।

स्नायविक—वि. [सं.] स्नायु संबंधी; स्नायु का।

स्नायु—स्त्री. [सं.] नाड़ी, रग; मांसपेशी।

स्निग्ध—वि. [सं.] मृदुल; स्नेहपूर्ण, दयालु; तेल लगा हुआ, चिकना।

स्नेह—पु. [सं.] बड़ों का छोटे के प्रति प्रेम, अनुराग, वात्सल्यपूर्ण प्रेम; तेल; चिकना तरल पदार्थ।

स्नेहांजलि—स्त्री. [सं.] प्रेमपूर्ण श्रद्धांजलि।

स्नेहाकुल—वि. [सं.] प्रेम में विह्वल।

स्नेहातिरेक—पु. [सं.] अतिशय प्रेम।

स्नेहार्द्र—वि. [सं.] प्रेम में भीगा हुआ।

स्नेहिल—वि. [सं.] प्रेमपूर्ण।

स्नेही—वि. [सं.] प्रेम करने वाला।

स्नैक्स—पु. [सं.] अल्पाहार के रूप में खाई जाने वाली चीज़ें।

स्नैप—पु. [सं.] फोटो; काटना।

स्पंदन—पु. [सं.] कंपन; फड़कन; गति।

स्पंदित—वि. [सं.] काँपता हुआ; गतिशील।

स्पर्द्धा, स्पर्धा—स्त्री. [सं.] प्रतियोगिता; होड़।

स्पर्श—पु. [सं.] छूना, त्वचा का विषय; रूप, रस, गंध, स्पर्श, श्रवण—पाँच विषयों में से एक।

स्पर्शक—वि. [सं.] छूने वाला।

स्पर्शनीय—वि. [सं.] छूने योग्य।

स्पष्ट—वि. [सं.] प्रत्यक्ष; जो साफ़-साफ़ देखा जा सके; बोधगम्य, सरलता से समझ में आने योग्य।

स्पष्टीकरण—पु. [सं.] स्पष्ट करना; स्थिति को स्पष्ट करना; भ्रम दूर करने के लिए वस्तुस्थिति को स्पष्ट करना।

स्पष्टीकृत—वि. [सं.] स्पष्ट किया हुआ।

स्पाई—पु. [अं.] जासूस, गुप्तचर।

स्पिन—पु. [अं.] कातना; बुनना; घूमना, चक्कर खाना।

स्पिरिट—स्त्री. [अं.] आत्मा, जीवात्मा; प्रेतात्मा; मद्य-सार, सुरासार ('अलकोहल')।

स्पीकर—पु. [अं.] वक्ता, बोलने वाला; विधान सभा, संसद का अध्यक्ष।

स्पीच—स्त्री. [अं.] भाषण।

स्पीड—स्त्री. [अं.] चाल, रफ़्तार; तेज़ी, शीघ्रता, द्रुतगति।

स्पीडोमीटर—पु. [अं.] गतिसूचक उपकरण (स्कूटर, कार, आदि में लगता है)।

स्पृश्य—वि. [स.] छूने लायक।

स्पृहणीय—वि. [सं.] जिसके लिए स्पृहा की जाए; ईर्ष्या करने योग्य; सुंदर, मोहक।

स्पृहा—स्त्री. [सं.] अभिलाषा; ईर्ष्या; (किसी से) आगे निकलने की सद्-इच्छा।

स्पेलिंग—स्त्री. [अं.] वर्तनी, हिज्जे।

स्पेशल—वि. [अं.] विशिष्ट, खास; उत्कृष्ट, असाधारण।

स्पेशलिस्ट—पु. [अं.] विशेषज्ञ, तज्ञ।

स्पोर्ट—पु. [अं.] खेल, क्रीड़ा।

स्पोर्ट्समैन—पु. [अं.] खिलाड़ी।

स्प्रे—पु. [अं.] छिड़कना।

स्फटिक—पु. [सं.] एक प्रकार का सफेद पारदर्शी पत्थर, बिल्लौर; सूर्यकांत मणि।

स्फीत—वि. [सं.] बढ़ा हुआ, वर्धित; फूला हुआ।

स्फीति—स्त्री. [सं.] वृद्धि; प्रचुरता।

स्फुट—वि. [सं.] खिला हुआ, विकसित; फुटकर।

स्फुरण—पु. [सं.] काँपना, फड़कना; चमकना; मन में एकाएक किसी भाव का उदय।

स्फुरित—वि. [सं.] कंपित, फड़कता हुआ, चमकता हुआ; मन में उदित भाव।

स्फुलिंग—पु. [सं.] चिनगारी, अग्नि कण।

स्फूर्जित—वि. [सं.] गरजता हुआ, गरजने वाला।

स्फूर्त—वि. [सं.] स्वतः निसृत।

स्फूर्ति—स्त्री. [सं.] फुरती, तेज़ी; किसी कार्य के लिए मन में होने वाला उत्साह।

स्फूर्तिमान्, स्फूर्तिवान—वि. [सं.] स्फूर्ति से भरा हुआ।

स्फोट—पु. [सं.] किसी वस्तु का किसी आवरण को फाड़कर बाहर निकलना, फटना (ज्वालामुखी का स्फोट, बम, आदि का स्फोट)।

स्फोटक—वि. [सं.] फटने वाला, बारूद आदि।

स्मगलर—पु. [अं.] तस्कर।

स्मर—पु. [सं.] कामदेव; स्मरण।

स्मरण—पु. [सं.] स्मृति, याद; नवधा भक्तियों में से एक।

स्मरणार्थ—क्रि.वि. [सं.] स्मरण के लिए, याद कराने के निमित्त।

स्मरणी—स्त्री. [सं.] सुमिरनी, जप करने की माला।

स्मरणीय—वि. [सं.] स्मरण, याद करने योग्य।

स्मर्तव्य—वि. [सं.] स्मरण के योग्य; जिसकी स्मृति मात्र रह गई हो।

स्मारक—पु. [सं.] किसी की स्मृति में निर्मित संस्था, भवन, स्तंभ।

स्मार्ट—मि. [अं.] तेज़, फुर्तीला; सुसज्जित, बना-ठना ('फैशनेबल')।

स्मारिका—स्त्री. [सं.] किसी घटना, व्यक्ति या समारोह, आदि के अवसर पर प्रकाशित पुस्तिका।

स्मार्त—वि. [सं.] स्मृति-संबंधी। पु. स्मृतियों के अनुसार चलने वाला एक संप्रदाय (स्मार्त वैष्णव); इस संप्रदाय का अनुयायी।

स्माल—वि. [अं.] छोटा, लघु। **~इंडस्ट्री**—स्त्री. लघु उद्योग, कुटीर उद्योग। **~साइज़**—पु. छोटे आकार का।

स्मित—पु. [सं.] मंद मुसकान, धीमी हँसी, मृदु हँसी।

स्मिति—स्त्री. [सं.] मुसकान, मंद हास।

स्मितोज्ज्वल—वि. [सं.] हँसी से उज्ज्वल (नेत्र)।

स्मृति—स्त्री. [सं.] स्मरण, याद, याददाश्त; साहित्य में वर्णित रसों के संदर्भ में एक संचारी भाव, धर्मशास्त्र (मनुस्मृति, आदि)।

स्मोक—पु. [अं.] धुआँ, धूम; धूम्रपान।

स्मोकिंग—पु. [अं.] धूम्रपान।

स्यंदन—पु. [सं.] रथ, युद्धरथ।

स्याना—वि. सयाना, चतुर, होशियार। पु. बड़ा-बूढ़ा; आदरणीय वृद्ध (जिनकी बात मान्य समझी जाती है)।

स्यापा—पु. किसी मरे हुए संबंधी के मरने के बाद स्त्रियों का एकत्र होकर छाती पर दुहत्थड़ मारते हुए विलाप करना (विशेष रूप से पंजाब में प्रचलित था)।

स्याम—पु. बर्मा के पूर्व में स्थित एक देश।

स्याह—वि. [फा.] द्र. 'सियाह'।

स्याही—स्त्री. [फा.] रोशनाई; काजल; कालिख, कालिमा।

स्राव—पु. [सं.] बहाव, रक्त का बहना; क्षरण; टपकना, रिसना; गर्भस्राव, गर्भपात।

स्रोत (स्)—पु. [सं.] धारा, सोता; जलधारा।

स्लंप—पु. [अं.] मंदी; बाज़ार आदि में गिरावट; मंद पड़ना।

स्लम—पु. [अं.] गंदी बस्ती, मलिन बस्ती।

स्लाइड—पु. [अं.] शीशे की पट्टिका; शीशे की लिखी हुई पट्टिका।

स्लाइस—पु. [अं.] डबल रोटी, आदि का कटा हुआ टुकड़ा; कतला।

स्लिप—स्त्री. [अं.] कागज़ की छोटी पर्ची।

स्लिम—वि. [अं.] पतला, छरहरा।

स्लीपर—पु. [अं.] रेल में शयनयान; लकड़ी का लम्बा-सा लट्ठा, जिसमें से तख़्ते काटे जाते हैं। **स्त्री.** एक तरह की खुली जूती (आगे से बंद, पीछे से खुली हुई)।

स्लीपिंग सूट—पु. [अं.] रात की पहनने की पोशाक।

स्लेज—स्त्री. [अ.] बर्फ़ पर बिना पहियों के चलने वाली गाड़ी।

स्लेट—स्त्री. [अं.] लोहे या काले पत्थर की पतली पट्टी, लिखने के काम आती है। पु. एक पत्थर।

स्लेटी—वि. [अं.] स्लेट के रंग का, धूसर काला।

स्लो—वि. [अं.] मंदा, धीमा। पु. मंदबुद्धि, सुस्त।

स्लोगन—पु. [अं.] नारा, घोष।

स्वः—पु. [सं.] आकाश, व्योम; स्वर्ग।

स्व—वि. [सं.] अपना, निज का। प्रत्य. एक प्रत्यय, जो शब्दों के अंत में लगकर त्व, स्व, आदि का अर्थ देता है—निजत्व, राजस्व (प्राप्य धन)।

स्वकीय—वि. [सं.] अपना, निज का।

स्वकीया—स्त्री. [सं.] साहित्य में वह नायिका, जो केवल अपने पति से प्रेम करती है, अपनी पत्नी।

स्वच्छंद—वि. [सं.] मनमाना (आचरण); अनियंत्रित स्वतंत्रता।

स्वच्छंदाचारिणी—स्त्री. [सं.] कुलटा, स्वच्छंद विचरण करने वाली।

स्वच्छ—वि. [सं.] निर्मल, साफ़; सुंदर; उज्ज्वल, शुभ्र; शुद्ध; पवित्र।

स्वच्छता—स्त्री. निर्मलता, सफ़ाई; सुंदरता; उज्ज्वलता; शुभ्रता; शुद्धता, पवित्रता।

स्वतः—अ. [सं.] अपने आप, आप ही; स्वयं, खुद।

स्वत्व—पु. [सं.] अधिकार, स्वामित्व; स्वतंत्रता। **~सिद्ध**—वि. स्वयं ही प्रमाणित, प्रत्यक्ष।

स्वत्वाधिकार—पु. [सं.] स्वामित्व, पूर्ण अधिकार।

स्वत्वाधिकारी—पु. [सं.] स्वामी, मालिक।

स्वदेशानुरागी—पु. [सं.] अपने देश से प्रेम करने वाला।

स्वदेशाभिमान—पु. [सं.] अपने देश पर गर्व।

स्वदेशी—पु. [सं.] अपने ही देश का।

स्वधा—अ. [सं.] एक शब्द जिसका यज्ञ में हवि देते समय उच्चारित किया जाता है; पितरों को भोजन देते समय उच्चरित शब्द। स्त्री अपना स्वभाव, प्रकृति।

स्वन—पु. [सं.] ध्वनि, शब्द।

स्वनामधन्य—वि. जो अपने नाम से ही धन्य हो, प्रसिद्ध, यशस्वी।

स्वप्न—पु. [सं.] सपना, नींद में दिखाई देने वाली विविध घटनाएँ, क्रिया-कलाप; मन में पालित ऐसी इच्छाएँ, जो सहज में पूरी न होती हों; मन की ऐसी कल्पना, जो किसी आदर्श स्थिति के लिए कल्पित की गई हो ('मेरा सपना था कि वह आई.ए.एस. में आ जाए')।

स्वप्निल—वि. [सं.] स्वप्न का; रोमानी; काल्पनिक।

स्वयं—'स्वयम्' का समासगत रूप; आप, खुद; अपने आप।

स्वयमेव—अ. [सं.] अपने आप, खुद ही।

स्वर—पु. [सं.] आवाज़, कंठ-ध्वनि; (व्याकरण में) वह वर्ण जिसका उच्चारण किसी अन्य वर्ण की सहायता से स्वतंत्र रूप में हो सके—हिंदी वर्णमाला में—अ, आ, इ, ई, उ, ऊ, ऋ, ए, ऐ, ओ और औ; (संगीत में) सात स्वर, सुर—षड्ज, ऋषभ, गांधार, मध्यम, पंचम, धैवत और निषाद।

स्वरांत—वि. [सं.] जिसके अंत में स्वर हो, यथा—सीता, मोती, आदि।

स्वरागम—पु. [सं.] शब्द के बीच में नये स्वर का आ जाना।

स्वराघात—पु. [सं.] शब्दोच्चारण में किसी-व्यंजन या स्वर पर अधिक बल देना।

स्वराज—पु. स्वराज्य; अपने देश के लोगों का शासन।

स्वराज्य—पु. [सं.] अपना राज्य या देश।

स्वरित—वि. [सं.] स्वरयुक्त, ध्वनित, उच्चरित। पु. उदात्त, अनुदात्त के बीच का स्वर, मध्यम स्वर।

स्वरोजगार—पु. [सं.] अपना रोज़गार; अपने बूते खड़ा किया गया व्यवसाय।

स्वर्ग—पु. [सं.] हिंदू मान्यतानुसार ऊपर के सात लोकों में से तीसरा, जिसमें पुण्य कर्म करने वाले सत्पुरुष मृत्यु के पश्चात् जाते हैं, देव लोक। **ला.** अत्यंत सुंदर और सुखदायक स्थान ('कश्मीर धरती का स्वर्ग है')।

स्वर्गारोहण—पु. [सं.] स्वर्ग-गमन, मृत्यु।

स्वर्गीय—वि. [सं.] स्वर्गवासी, मृत; स्वर्ग का।

स्वर्ण—पु. [सं.] सुवर्ण, हेम, कनक—सोना नामक एक प्रसिद्ध बहुमूल्य पीली धातु।

स्वर्णाकर—पु. [सं.] सोने की खान।

स्वर्णाभ—वि. [सं.] सोने के रंग का, सोने की आभा वाला।

स्वल्प—वि. [सं.] बहुत थोड़ा, अत्यल्प।

स्वल्पाहार—पु. [सं.] बहुत थोड़ा भोजन, अल्पाहार।

स्वल्पाहारी—वि. [सं.] बहुत थोड़ा भोजन करने वाला।

स्वस्ति—अ. [सं.] 'कल्याण हो', 'मंगल हो' इस आशय का आशीर्वाद वचन।

स्वस्तिक—पु. [सं.] एक शुभकारी चिह्न (卐)

स्वाँग—पु. किसी दूसरे का रूप बनाना; परिहासपूर्ण खेल, तमाशा।

स्वांतःसुखाय—पु. [सं.] केवल अपने मन को संतोष देने के लिए।

स्वागत—पु. [सं.] किसी के आगमन पर उसके प्रति प्रेम और सम्मान प्रकट करना, आवभगत करना।

स्वागतिक—पु. [सं.] स्वागत कर्ता।

स्वागती—पु. [सं.] स्वागत करने वाला, स्वागत कर्ता।

स्वातंत्र्य—पु. [सं.] स्वतंत्रता, आज़ादी।

स्वातंत्र्योत्तर—वि. [सं.] स्वतंत्रता के बाद का (समय)।

स्वाति—स्त्री. [सं.] एक प्रसिद्ध नक्षत्र, 27 नक्षत्रों में से 15वाँ, जो अत्यंत शुभ माना गया है। मोती की उत्पत्ति इसी नक्षत्र में स्वाति-जल के सीप में गिरने से होती है। चातक, पपीहा भी इसी नक्षत्र के जल के लिए प्यासा रहता है (कवि समय)।

स्वाद—पु. [सं.] कुछ खाने या पीने से जीभ या मुँह को मिलने वाला अनुभव, जायका; किसी कविता, साहित्य-रचना से प्राप्त आनंद, आस्वाद।

स्वादिष्ट—वि. जिसका स्वाद बहुत अच्छा हो, खाने या पीने में अत्यंत आनंद देने वाला (पदार्थ, तरल पदार्थ)।

स्वादु—वि. [सं.] वह व्यक्ति जो स्वाद ले-लेकर खाता हो, जिसे खाने में बहुत आनंद आता हो।

स्वाधिकार—पु. [सं.] अपना अधिकार, हक़।

स्वाधिपत्य—पु. [सं.] परम स्वतंत्र रहने की अवस्था।

स्वाधिष्ठान—पु. [सं.] हठयोग के अष्ट चक्रों में से दूसरा, जिसका स्थान नाभि प्रदेश माना गया है।

स्वाधीन—वि. [सं.] स्वतंत्र, आज़ाद, जो किसी दूसरे के अधीन न हो।

स्वाधीनता—स्त्री. [सं.] स्वतंत्रता, आज़ादी।

स्वाध्याय—पु. [सं.] किसी विषय का अध्ययन-अनुशीलन।

स्वाध्यायी—वि. [सं.] स्वाध्याय करने वाला।

स्वानुभव—पु., **स्वानुभूति**—स्त्री. [सं.] स्वयं अपने द्वारा प्राप्त अनुभव।

स्वाभाविक—वि. [सं.] प्राकृतिक; स्वभाव से उत्पन्न; जो जानबूझकर न किया गया हो, स्वतः ही सहज रूप में हो गया हो (कृत्य)।

स्वाभिमान—पु. [सं.] आत्मसम्मान, अपनी प्रतिष्ठा पर गर्व।
स्वाभिमानी—वि. [सं.] स्वाभिमान रखने वाला।
स्वामिन—स्त्री. 'स्वामिनी' का सम्बोधन में रूप।
स्वामिनी—स्त्री. [सं.] मालकिन, गृहस्वामी की पत्नी।
स्वामिभक्त—वि. [सं.] अपने स्वामी का वफ़ादार।
स्वामिभक्ति—स्त्री. [सं.] स्वामी के प्रति निष्ठा रखने वाला।
स्वामी—वि. [सं.] जिसे संपूर्ण अधिकार प्राप्त हों, मालिक। पु. पति, शौहर; मालिक, प्रभु; घर का मुखिया, प्रमुख।
स्वायत्त—वि. [सं.] जिस (संस्था, आदि) पर अपना ही अधिकार हो, किसी दूसरे का नियंत्रण न हो।
स्वार्जित—वि. [सं.] अपना कमाया, अर्जित किया गया हो।
स्वार्थ—पु. [सं.] अपना मतलब, केवल स्व का हित साधन, अपना लाभ।
स्वार्थांध—वि. [सं.] जो स्वार्थ के लिए अंधा हो गया हो, केवल अपने लाभ की चिंता, दूसरे के हानि-लाभ का ध्यान न रखे।
स्वार्थी—वि. [सं.] अपना ही स्वार्थ साधने वाला, खुदगर्ज।
स्वावलंबन—पु. [सं.] आत्मनिर्भर होना, दूसरों पर निर्भर न रहना।
स्वावलंबी—वि. [सं.] आत्मनिर्भर होकर जीने वाला।
स्वाश्रित—वि. [सं.] आत्मनिर्भर।
स्वास्थ्य—पु. [सं.] स्वस्थ या नीरोग होने की अवस्था, तंदुरुस्ती।
स्वाहा—स्त्री. [सं.] हवन की आहुति देते समय बोला जाने वाला शब्द।
स्विच—पु. [अं.] (बिजली, आदि का) बटन।
स्विस—पु. [अं.] स्विट्ज़रलैंड में निर्मित (घड़ी, आदि भारत में प्रसिद्ध)।
स्वीकरण—पु. [सं.] स्वीकार करना; अपनाना; मानना।
स्वीकार—पु. [सं.] अपनाने, ग्रहण करने की क्रिया; मानना।
स्वीकारना—स.क्रि. स्वीकार करना, ग्रहण करना।
स्वीकारात्मक—वि. [सं.] स्वीकार संबंधी, किसी बात की पुष्टि।
स्वीकारार्थ—वि. [सं.] स्वीकृति के लिए।
स्वीकारोक्ति—स्त्री. [सं.] अपना अपराध स्वीकार करना।
स्वीकार्य—वि. [सं.] स्वीकार करने योग्य।
स्वीकृत—वि. [सं.] स्वीकार किया हुआ, अपनाया हुआ।
स्वीकृति—स्त्री. [सं.] स्वीकार, मंजूरी।
स्वेच्छा—स्त्री. [सं.] अपनी मरजी, इच्छा।
स्वेच्छाचार—पु. [सं.] मनमाना आचरण।
स्वेच्छाचारिणी—स्त्री. [सं.] व्यभिचारिणी, कुलटा।
स्वेच्छाचारिता—स्त्री. [सं.] अपनी मनमानी करना, निरंकुशता।
स्वेच्छाचारी—वि. [सं.] मनमाना आचरण करने वाला, निरंकुश, कोई अनुशासन न मानने वाला।
स्वेटर—पु. [अं.] सर्दियों में पहनने का एक ऊनी वस्त्र।
स्वेद—पु. [सं.] पसीना; साहित्य में एक अनुमान।
स्वेदक—वि. [सं.] स्वेद, पसीना लाने वाला।
स्वेदन—पु. [सं.] शरीर में पसीना लाना।
स्वैच्छिक—वि. [सं.] अपनी इच्छा से सम्बद्ध; अपनी इच्छा पर निर्भर, अपनी इच्छा से होने वाला।
स्वैर—वि. [सं.] मनमाना आचरण करने वाला, स्वेच्छाचारी।
स्वैरता, स्वैरिता—स्त्री. [सं.] मनमानी, स्वच्छंदता।
स्वैराचार—वि. [सं.] मनमाना आचरण। पु. स्वेच्छाचार, स्वच्छंद आचरण।
स्वैरिणी—स्त्री. [सं.] व्यभिचारिणी, दुष्चरित्रा।
स्वैरिता—स्त्री. [सं.] मनमानी, स्वच्छंदता।
स्वोपार्जित—वि. [सं.] स्वयं उपार्जित, कमाया हुआ (धन)।

ह

ह—देवनागरी वर्णमाला का तैंतीसवाँ वर्ण, ऊष्म वर्ग का अंतिम व्यंजन वर्ण। उच्चारण-स्थान कंठ।
हँकवाना—स.क्रि. 'हाँकना' का प्रे.; बैलगाड़ी आदि को किसी के द्वारा चलवाना।
हँकवैया—पु. हाँकने वाला।
हंका*—स्त्री. हाँक, पुकार; ललकार।
हंकार—स्त्री. युद्ध, आदि के समय दी जाने वाली ललकार।* अहंकार, घमंड।
हँकार—स्त्री. द्र. 'हंकार'।
हँकारना—स.क्रि. ललकारना, ऊँचे स्वर से पुकारना।
हँकारा—पु. पुकार; बुलाना, आह्वान।
हंकारी*—वि. अहंकारी, घमंडी।
हंगामा—पु. [फ़ा.] उत्पात, उपद्रव; शोरगुल।
हंडा—पु. 'हांडी' का पु.; पानी, आदि रखने का बहुत बड़ा पात्र।
हँड़िया—स्त्री. मिट्टी का एक छोटा गर्दनदार बरतन।

हंत—अ. [सं.] दु:ख या शोकसूचक शब्द ('हा-हंत'...)।
हंतव्य—वि. [सं.] मारने योग्य, वध्य, हनन के योग्य।
हंता—पु. [सं.] मार डालने वाला; विनाश करने वाला।
हंस—पु. [सं.] एक प्रसिद्ध जल-पक्षी; जीवात्मा; जीवनी-शक्ति, प्राण वायु ('हंस उड़ गया')।
हँसना—अ.क्रि. प्रसन्नता प्रकट करने की क्रिया, जिसमें मुँह खोल कर हा-हा की ध्वनि की जाती है, दाँत भी दिखाई देते हैं, खुशी मनाना।
हँसमुख—वि. प्रसन्न, हँसते चेहरे वाला, विनोदी स्वभाव।
हँसली—स्त्री. गले की एक हड्डी; गले का आभूषण जो सोने या चाँदी का बनता है।
हँसाई—स्त्री. उपहास। (जग)~—स्त्री. सबके उपहास का पात्र बन जाना।
हँसाना—स.क्रि. 'हँसने' का प्रे., हँसने में प्रवृत्त करना।
हंसारूढ़—वि. [सं.] हंस पर सवार।
हंसारूढ़ा—स्त्री. [सं.] हंस पर आरूढ़ (सरस्वती देवी)।
हंसावली—स्त्री. [सं.] हंसों की पाँत।
हंसिनी—स्त्री. [सं.] हंस की मादा।
हँसिया—पु. लोहे का एक चंद्राकार औजार, जिससे घास, चारा, आदि काटा जाता है।
हँसी—स्त्री. हँसने की क्रिया या भाव, हास; विनोद, मज़ाक; आसान काम ('यह करना कोई हँसी नहीं है')। **मु. ~उड़ना**—किसी का उपहास बनाया जाना। **~उड़ाना**—किसी का मज़ाक बनाना।
हँसोड़—वि. विनोदी, मज़ाकिया वृत्ति वाला।
हक़, हक्क़—पु. [अ.] सत्य, सच; उचित, वाजिब। पु. अधिकार। **~में**—पक्ष में।
हकबक—क्रि.वि. हक्का-बक्का; स्तंभित, आश्चर्यचकित।
हकबकाना—अ.क्रि. भौचक रह जाना, स्तंभित होना।
हकला—वि. रुक-रुक कर बोलने वाला, हकलाने वाला।
हकलाना—अ.क्रि. रुक-रुक कर बोलना, पूरी तरह बोलने में अक्षमता।
हकलाहट—स्त्री. हकलाने का दोष, हकलाने की क्रिया।
हकार—पु. [सं.] 'ह' की ध्वनि या 'ह' वर्ण।
हक़ारत—स्त्री. [अ.] हलकापन; तुच्छता; घृणा; अप्रतिष्ठा, बेइज़्ज़ती।
हक़ीक़त—स्त्री. [अ.] असलियत, सच्चाई; यथार्थ, तथ्य, ठीक बात।
हक़ीक़तन—अ. [अ.] हक़ीक़त में, वास्तव में, यथार्थत:।
हक़ीक़ी—वि. [अ.] असली; सगा, अपना (हक़ीक़ी भाई—सगा भाई, इश्क हक़ीक़ी—वास्तविक प्रेम, ईश्वर से प्रेम)।
हकीम—पु. [अ.] चिकित्सक; दार्शनिक; वैज्ञानिक।
हकीमी—स्त्री. चिकित्सा, वैद्यक, हकीम का पेशा।
हक़ीर—वि. [अ.] छोटा; तुच्छ, हीन; दुबला-पतला।
हक़ूक़—पु. [अ.] 'हक़' का बहु., द्र. 'हक़'।
हकूमत—स्त्री. [अ.] शासन; आधिपत्य, अधिकार।
हक्काबक्का—वि. भौचक, चकित, स्तंभित।
हगना—अ.क्रि. शौच करना, मल-त्याग करना।
हगाना—स. 'हगना' का प्रे.।
हगास—स्त्री. मल-त्याग करने का दबाव, हाजत।
हगोड़ा—वि. बार-बार शौच जाने वाला।
हचकोला—पु. दचक, दचका।
हज, हज्ज—पु. [अ.] मुसलमानों का अपने प्रसिद्ध धार्मिक स्थल काबा के दर्शन के लिए की जाने वाली यात्रा।
हज़—पु. [अ.] आनंद, मज़ा; सुख, राहत; हर्ष, खुशी।
हज़्म—पु. [अ.] पचा हुआ, जिसका पाचन हुआ हो।
हज़रत—पु. [अ.] बादशाहों और महात्माओं, आदि के लिए सम्बोधन; दुष्ट व्यक्ति।
हजाम—पु. द्र. 'हज्जाम'।
हजामत—स्त्री. [अ.] बाल कटाने या दाढ़ी बनाने या बनवाने का कार्य, क्षौर कर्म। **ला. ~बनाना**—ठगना, लूटना।
हज़ार—वि. [फ़ा.] दस सौ, सहस्र; अनगिनत। पु. हज़ार की संख्या—1,000।
हज़ारहा—वि. [फ़ा.] हज़ारों, अगणित, अनगिनत।
हज़ारा—पु. [फ़ा.] फौवारा, वाटिका, आदि में पौधों को पानी देने के लिए बालटीनुमा एक पात्र, जिसमें बहुत से छेदों वाली टूँटी लगी रहती है।
हज़ारी—वि. हज़ार से संबंधित; एक हज़ार सिपाहियों का सेनापति।
हजूम—पु. [अ.] भीड़।
हजूर*—पु. द्र. 'हुज़ूर'।
हजूरी—स्त्री. द्र. 'हुजूरी'।
हज्जाम—पु. [अ.] हजामत बनाने वाला, नाई।
हज्जामी—स्त्री. हज्जाम का व्यवसाय।
हट—स्त्री. [अं.] झोंपड़ी, कुटी, कुटीर, कुटिका; छोटी दुकान, आदि—पीज़ा हट।
हटना—अ.क्रि. किसी स्थान से दूसरी जगह खिसक जाना, सरकना, इधर-उधर होना।
हटवाना—स.क्रि. 'हटना' का प्रे.।
हटाना—स.क्रि. किसी एक स्थान से किसी वस्तु या व्यक्ति को दूसरे स्थान पर रखना, बिठाना।
हट्टी—पु. [सं.] बाज़ार, हाट, मेला।
हट्टी—स्त्री. छोटी दुकान।
हठ—पु. [सं.] दुराग्रह; दृढ़ प्रतिज्ञा।
हठात्—अ. [सं.] अचानक, सहसा; जबरदस्ती, बलपूर्वक।
हठी—वि. [सं.] हठ करने वाला, जिद्दी।

हठीला—वि. हठी, हठ करने वाला।

हड़—स्त्री. हर्र, एक आयुर्वेदिक औषधि; 'हाड़' का समास में प्रयुक्त रूप—हड़कंप, हड़फूटन। **~कंप**—पु. लोगों में घबराहट फैला देने वाली हलचल, तहलका; हड्डियों में कंपन पैदा कर देने वाली घटना, हलचल। **~फूटन**—पु. हलका बुखार, जिसमें हड्डियों, जोड़ों में हलका-हलका दर्द होता है।

हड़काना—स.क्रि. किसी को डराने के लिए धमकाना।

हड़ताल—स्त्री. किसी असंतोष को प्रकट करने के लिए कार्य बंद कर देना—कारखाने, बैंक, किसी संस्थान, कार्यालय, आदि में काम बंदी।

हड़पना—स.क्रि. मुँह में रखकर निगल जाना। **ला.** अनुचित रूप से किसी दूसरे की चीज़ पर अधिकार जमा लेना।

हड़बड़—स्त्री. जल्दबाजी, उतावली।

हड़बड़ाना—अ.क्रि. घबराना, घबराहट में अस्त-व्यस्त होना।

हड़बड़ाहट—स्त्री. घबराहट।

हड़बड़िया—वि. जल्दबाज, उतावला।

हड़बड़ी—स्त्री. घबराहट; उतावली।

हड़बोंग—पु. बहुत अधिक शोर।

हत—वि. [सं.] जो मार डाला गया हो; नष्ट, बिगड़ा हुआ—हतप्रभ। **~प्रभ**—वि. जिसकी प्रभा, आभा समाप्त हो गई हो। **~बुद्धि**—बेसुध; घबराया हुआ। **~भाग, ~भाग्य**—वि. भाग्यहीन, बदकिस्मत। **~श्री**—वि. जिसके चेहरे पर कांति न रह गई हो, हतप्रभ; मुरझाया हुआ, उदास।

हतक—स्त्री. [अ.] बेइज़्ज़ती, मानहानि, बेअदबी, धृष्टता (इज़्ज़त हतक)।

हताश—वि. [सं.] जिसकी आशा समाप्त हो गई हो।

हताशा—स्त्री. [सं.] निराशा, असफलता से उपजी निराशा।

हताश्रय—वि. [सं.] जिसका संबल नष्ट हो गया हो, निराश्रय।

हताहत—वि. [सं.] मारे गये और घायल।

हतोत्साह—वि. [सं.] जिसका उत्साह समाप्त हो गया हो।

हतोत्साहित—वि. [सं.] जिसका उत्साह नष्ट हो गया हो।

हत्था—पु. मूठ, दस्ता, किसी वस्तु का हाथ से पकड़ा जाने वाला भाग।

हत्थी—स्त्री. किसी औज़ार का दस्ता।

हत्थे—अ. हाथ में। **मु. ~चढ़ना**—उपयुक्त अवसर पर विरोधी के हाथ में आ जाना।

हत्या—स्त्री. [सं.] प्राण लेना, वध, खून, जान से मारना।

हत्यारा—पु. हत्या करने वाला व्यक्ति, खूनी।

हत्यारिन—स्त्री. हत्या, वध करने वाली स्त्री।

हत्यारी—स्त्री. हत्या करने वाली स्त्री।

हथ—पु. 'हाथ' का समास में प्रयुक्त रूप—हथगोला, आदि।

हथनी*—स्त्री. हाथी की मादा।

हथसार—स्त्री. हाथियों के बँधने का स्थान, हस्तिशाला, फीलखाना।

हथिनी—स्त्री. हाथी की मादा।

हथियाना—स.क्रि. अपने अधिकार में कर लेना; हाथ से पकड़ना।

हथियार—पु. अस्त्र-शस्त्र, औज़ार।

हथेली—स्त्री. हाथ का चौड़ा भीतरी भाग, जिस पर उँगलियाँ स्थिर रहती हैं।

हथोड़ा*—पु. द्र. 'हथौड़ा'।

हथौड़ा—पु. लोहे का लकड़ी का हत्था लगा औज़ार, जिससे कारीगर कोई चीज़ पीटते, ठोंकते या गढ़ते हैं।

हद—स्त्री. [अ. हद्द] सीमा; अंत; औचित्य की सीमा ('उसने तो हद कर दी')। **~बंदी**—स्त्री. हद, सीमा बाँधना, सीमा-निर्धारण।

हदीस—स्त्री. [अ.] मुहम्मद साहब के कार्य-कलाप और वचनों का संग्रह; नई बात।

हद्द—स्त्री. [अ.] द्र. 'हद'।

हनन—पु. [सं.] वध, हत्या करना, जान से मारना।

हनीमून—पु. [अं.] विवाह के बाद पति-पत्नी का मधुमय समय, आनंद-प्रमोद का समय।

हनु—स्त्री. [सं.] ठुड्डी, ठोड़ी, चिबुक—मुख का एक भाग।

हनुमंत—पु. द्र. 'हनुमान'।

हनुमान, हनुमान्—वि. बड़ी ठोड़ी वाला; शूरवीर। पु. श्रीराम के परम भक्त, सुग्रीव के दरबार के प्रमुख वानर, अब महावीर हनुमान एक देवता के रूप में मान्य।

हनू—स्त्री. [सं.] द्र. 'हनु'।

हनोज़—अ. [फ़ा.] अभी; अभी तक।

हप्पा—पु. ग्रास, भोजन का एक कौर।

हफ़्त—वि. [फ़ा.] सात।

हफ़्ता—पु. [फ़ा.] सप्ताह, सात दिन का समय।

हफ़्तेवार—क्रि.वि. [फ़ा.] प्रति सप्ताह; हफ्ते के अनुसार।

हबड़-हबड़—क्रि.वि. जल्दी-जल्दी।

हब्शी—पु. हबश, अफ्रीका का निवासी (नीग्रो)। वि. बहुत काले रंग का।

हबीब—वि. [अ.] मित्र, दोस्त; प्रेमपात्र, प्यारा।

हम—अ. [फ़ा.] समान, बराबर, एक-सा (हमवज़न, हमवतन, हमशक्ल)।

हम—सर्व. 'मैं' का बहु. का रूप।

हमल—पु. [अ.] गर्भ।

हमला—पु. [अ.] आक्रमण, धावा, चढ़ाई; चोट, वार।

हमें—सर्व. 'हम' का कर्म और संप्रदान का रूप, हमको।

हमेल—स्त्री. गले का एक आभूषण।

हम्माल—पु. [अ.] बोझ ढोने वाला, कुली, मोटिया।

हयंद—पु. अच्छा या बड़ा घोड़ा।

हय—पु. [सं.] घोड़ा; इन्द्र।

हया—स्त्री. [अ.] लज्जा, शर्म। **~दार**—पु. शर्म वाला, लज्जाशील।

हयात—स्त्री. [अ.] जीवन, जिंदगी, प्राण।

हर—वि. [सं.] दूर करने वाला, नष्ट करने वाला (पीड़ा हर); छीनने, लूटने या हरण करने वाला; वध या नाश करने वाला। प्र. एक प्रत्यय जो शब्दों के अंत में लगकर घर, स्थान, आदि का अर्थ देता है—खँडहर, मेहर, पीहर, धोरहर, आदि। वि. [फ़ा.] प्रत्येक, एक-एक—हर एक, हर रोज़, हर हफ़्ते।

हरकत—स्त्री. [अ.] चेष्टा; हिलना-डुलना, गति।

हरगिज़—अ. [फ़ा.] कभी, किसी हालत में ('नहीं' के साथ प्रयुक्त होता है)।

हरचन्द—स्त्री. [फ़ा.] जितना अधिक से अधिक हो सके, हर तरह से (हरचंद कोशिश)।

हरज—पु. [अ.] हानि, क्षति; देर; काम में होने वाली रुकावट ('काम में हरज होगा')।

हरजाई—पु. [फ़ा.] दुश्चरित्र स्त्री, एकाधिक पुरुषों से संबंध रखने वाली।

हरजाना—पु. [फ़ा.] हानि की पूर्ति, क्षतिपूर्ति।

हरड़—स्त्री. [सं.] हर्र, हड़—आयुर्वेदिक औषधि के रूप में प्रयुक्त।

हरण—वि. [सं.] (समासांत में प्रयुक्त) दूर करने वाला (दुःख-हरण, कष्ट-हरण)। पु. नष्ट करना; चुराना (सीता-हरण), ले जाना, भगा ले जाना (सुभद्रा-हरण)।

हरताल—स्त्री. एक पीला खनिज द्रव्य, जिसमें गंधक तथा संखिया का मिश्रण होता है।

हरना—स.क्रि. दूर करना; हरण कर लेना, छीन लेना; आकृष्ट कर लेना।

हरबा—पु. [अ.] युद्ध का सामान, हथियार, आयुध। **~हथियार**—पु. अस्त्र-शस्त्र।

हरम—पु. [अ.] अंतःपुर, रनिवास, महल का जनानखाना।

हरमज़दगी—स्त्री. दुष्टता, शरारत; हरामज़ादापन।

हरसिंगार—पु. एक फूल; उस फूल का पौधा।

हरा—वि. वनस्पति, घास, पत्तों-पत्ती के रंग का रंग। **ला.** प्रसन्न, तरोताज़ा, आनंदित। पु. हरा रंग; पशुओं का हरा चारा।

हराना—स.क्रि. प्रतियोगिता, प्रतिद्वन्द्विता, आदि में प्रतिद्वन्द्वी को पराजित करना; थकाना।

हराम—वि. [अ.] निषिद्ध, विधि विरुद्ध; बुरा, अनुचित, दूषित; स्त्री-पुरुष के अनुचित संबंध का सूचक। पु. वह बात, कार्य जो नैतिक दृष्टि से अनुचित हो, अनैतिक; सुअर (मुसलमानों की मान्यता); बेईमानी, अधर्म। **~खोर**—पु. पाप की कमाई खाने वाला; मुफ़्तखोर; आलसी, निकम्मा। **~ज़ादगी**—स्त्री. दुष्टता, पाजीपन। **~ज़ादा**—पु. दोगला, वर्णसंकर; दुष्ट, पाजी; एक गाली।

हरास*—पु. दुःख; ह्रास; नैराश्य।

हरामी—वि. व्यभिचार से उत्पन्न, हराम का जना; दुष्ट, पाजी; गाली।

हरारत—स्त्री. [अ.] हलका ज्वर; गर्मी, ताप।

हरावल—पु. [तु.] सेना का अग्रिम दस्ता, दल जो मुख्य सेना के आगे-आगे चलता है।

हरि—पु. [सं.] विष्णु; शिव; बंदर; अग्नि; श्रीकृष्ण; घोड़ा; वायु; सिंह; प्रकाश की किरण।

हरिआना—अ.क्रि. हरा होना, ताजा होना।

हरिचंद—पु. द्र. 'हरिश्चंद्र'।

हरिण—पु. [सं.] मृग, हिरन।

हरिणांक—पु. [सं.] चंद्रमा।

हरिणाक्ष—पु. [सं.] चंद्रमा।

हरित, हरित्—वि. [सं.] हरा, सब्ज़। पु. हरा रंग।

हरिताभ—वि. [सं.] हरियाली; हरी शोभा, हरे रंग की शोभा।

हरिणी—स्त्री. [सं.] मादा हिरन, मृगी।

हरिद्रा—स्त्री. [सं.] हलदी, हलदी का चूर्ण।

हरियाली—स्त्री. (चारों ओर) हरा-भरा, पेड़-पौधों से भरी हुई भूमि, हरीतिमा।

हरी—स्त्री. [सं.] चौदह वर्णों का एक वर्णवृत्त; हर की पत्नी, पार्वती।

हरीतकी—स्त्री. [सं.] हड़, हर्र; हर्र का पेड़।

हरीतिमा—स्त्री. [सं.] हरियाली, पेड़-पौधों से हरा-भरा।

हरूफ़—पु. [अ.] 'हर्फ'—अक्षर।

हरेक—वि. हर-एक, प्रत्येक।

हर्ज—पु. द्र. 'हरज'।

हर्ता—पु. [सं.] हरण करने वाला।

हर्फ़—पु. [अ.] हरफ़, अक्षर, वर्ण; हाथ की लिखावट।

हर्ब—पु. [अ.] युद्ध, संग्राम।

हर्म्य—पु. [सं.] सुंदर प्रासाद, महल।

हर्ष—पु. [सं.] प्रसन्नता, आनंद, खुशी; प्रसन्नता या भय के कारण रोमांच होना, रोयें खड़े होना; साहित्य में संयोग-शृंगार के अन्तर्गत एक संचारी भाव, जिसमें रोमांच हो जाता है।

हर्षक—वि. [सं.] आनंददायक, हर्ष उत्पन्न करने वाला।

हर्षातिरेक—पु. [सं.] अतिशय आनंद, सुख, प्रसन्नता।

हर्षित—वि. [सं.] प्रसन्न, आनंदित, खुश।

हर्षोत्फुल्ल—वि. [सं.] हर्ष, आनंद से फूला हुआ।

हर्षोन्मत्त—वि. [सं.] अत्यधिक हर्ष में पागल जैसी स्थिति, सुध-बुध खोना, प्रसन्नता को सँभाल न पाना।

हर्षोन्माद—पु. [सं.] आनंद में सुध-बुध खो जाना।

हर्षोल्लास—पु. [सं.] प्रसन्नता और उमंग।

हलंत—वि. [सं.] (शब्द) जिसके अंत में हल् हो, यथा—कदाचित्, सुकृत्; स्वररहित व्यंजन वर्ण।

हल—पु. [सं.] भूमि जोतने का एक प्रसिद्ध उपकरण—प्राय: बैलों को जोत कर चलाया जाता है।

हल—पु. [अ.] समस्या का समाधान, निराकरण; गणित के प्रश्न का उत्तर।

हलक़—पु. [अ. 'हल्क़'] कंठ, गला; गरदन।

हलक़ा—पु. [अ.] क्षेत्र, हलाका; किसी अधिकारी विशेष या कर्मचारी का कार्य क्षेत्र; घेरा, परिधि।

हलका—वि. जो भारी न हो, कम वज़न वाला; मामूली, कम मूल्य वाला (कपड़ा, आदि); जो तेज़ या चटकीला न हो (रंग); ओछा, टुच्चा (व्यवहार)।

हलकान—वि. [अ.] हैरान, परेशान; थका हुआ, शिथिल, अधमरा।

हलकोरा—पु. पानी की लहर, तरंग, हिलोरा।

हलचल—स्त्री. शोरगुल; अराजकता; भाग-दौड़; हिलने-डुलने की क्रिया।

हलद—स्त्री. हलदी; विवाह की एक रस्म, जिसमें वर या वधू को हलदी चढ़ाई जाती है।

हलदी—स्त्री. एक पौधे की पीले रंग की जड़ जो मसाले, रंग और औषधि के रूप में प्रयुक्त होती है; हलदी का पौधा।

हलफ़—पु. [अं.] शपथ, कसम। **~नामा**—पु. शपथपूर्वक कचहरी में लिखा हुआ बयान ('एफ़ीडेविट')।

हलफ़िया—वि. [अ.] शपथपूर्वक (बयान)।

हलफ़ी—वि. हलफ़, शपथ लेकर कहा हुआ, दिया हुआ (बयान)।

हलराना—स.क्रि. (बच्चों को प्यार से) हाथों में इधर-उधर हिलाना।

हलवा—पु. [अ.] सूजी, आटे या किसी दाल को घी में भूनकर चीनी, गुड़, आदि डालकर बनाया गया पकवान (सूजी का हलवा, मूँग की दाल का हलवा, आदि)। **ला.** आसान काम।

हलवाइन—स्त्री. [अ.] हलवाई की स्त्री।

हलवाई—पु. मिठाई बनाने और बेचने वाला।

हलवाह—पु. [सं.] दूसरे के यहाँ खेती का काम करने वाला, हल चलाने वाला।

हलवाहा—पु. दूसरे के यहाँ खेती का काम करने वाला, हल चलाने वाला।

हलवाही—स्त्री. हलवाहे का काम।

हला—स्त्री. [सं.] सखी; सखी को सम्बोधित करने वाला एक शब्द; पृथ्वी।

हलाक—पु. [अ.] हत, मारा हुआ; मरा हुआ, मृत; थका हुआ।

हलाकत—स्त्री. [अ.] नष्ट करना; विनाश; मृत्यु।

हलाकान—वि. द्र. 'हलकान'।

हलाकू—वि. अत्याचारी; हत्यारा।

हलायुध—पु. [सं.] बलराम, हल ही जिनका आयुध था।

हलाल—वि. [अ.] जो शरअ या मुसलमानी धार्मिक मान्यताओं के अनुकूल हो, जायज़; 'हराम' का उलटा; पशु का वह मांस इस्लामी धर्मशास्त्र जिसके खाने को विहित मानता है (धीरे-धीरे गला रेत कर पशु-हत्या का मांस)।

हलाहल—पु. [सं.] समुद्र-मंथन में प्राप्त एक तीव्र विष; भयंकर विष, उग्र विष।

हलोरना—स.क्रि. पानी या किसी अन्य तरल पदार्थ को हाथ से हिलाना।

हल्—पु. [सं.] स्वरहीन व्यंजन जिसका चिह्न (्) लगा दिया जाता है (कदाचित्)।

हल्क़—पु. [अ.] द्र. 'हलक'।

हल्का—वि. द्र. 'हलका'।

हल्द—स्त्री. द्र. 'हलद'।

हल्लन—पु. भूकंप, हलका भूचाल।

हल्ला—पु. शोर-गुल, अनेक व्यक्तियों का सम्मिलित उच्च स्वर; ललकार।

हव—पु. [सं.] यज्ञ, होम।

हवन—पु. [सं.] यज्ञ—मंत्र पढ़कर अग्नि में हवन-सामग्री, घी, आदि की आहुति देने की वैदिक धार्मिक क्रिया।

हवलदार—पु. फौज में सिपाही श्रेणी में थोड़ा उच्च पद, सिपाही, लांस नायक और नायक के ऊपर का पद।

हवस—स्त्री. [अ.] कामना; तीव्र इच्छा; लोभ; काम वासना; सनक।

हवा—स्त्री. [अ.] वायु, समीर, वह तत्त्व, जो पृथ्वी में चारों ओर व्याप्त है और जिसमें प्राणी साँस लेते हैं। **~दार**—वि. जिस कमरे, आदि में खूब हवा आती हो।

हवाई—वि. हवा, वायु से संबंधित; तीव्र गति वाला। **~अड्डा**—पु. वायुयान उतरने और जाने का स्थान। **~क़िला, ~महल**—पु. काल्पनिक पुलाव, पुल बाँधना। **~बात**—स्त्री. निराधार बात। **~जहाज़**—पु. वायुयान। **~डाक**—स्त्री. वायुयान से जाने वाली डाक। **मु. (चेहरे, मुँह पर) हवाइयाँ उड़ना**—घबराहट में मुख का विवर्ण होना, रंग उड़ना।

हवाल*—पु. ख़बर, समाचार; अवस्था, दशा।

हवाला—स्त्री. [अ.] संदर्भ; सुपुर्दगी, हस्तांतरण; अवैध धन का हस्तांतरण।

हवालात—स्त्री. [अ.] पहरे के अंदर रखे जाने की क्रिया या भाव, नज़रबंदी; अभियुक्त की वह साधारण कैद, जो मुकदमे के फैसले के पहले उसे भागने से रोकने के लिए दी जाती है; वह मकान जिसमें ऐसे अभियुक्त रखे जाते हैं।

हवालाती—वि. हवालात संबंधी। पु. वह जो हवालात में रखा गया हो।

हवाली—पु. [अ.] आस-पास के स्थान; उपनगर।

हविर्—'हविस्' का समास में प्रयुक्त रूप।

हविष्य—पु. [सं.] हवि की सामग्री—घी, तिल, चावल, जौ, आदि।

हविष्यान्न—पु. [सं.] हवन, आदि के अवसर पर खाये जाने वाले पदार्थ।

हवेली—स्त्री. बड़ा और पक्का मकान; छोटा महल।

हव्य—वि. [सं.] यज्ञ में आहुति के रूप में अग्नि में डाले जाने योग्य (सामग्री)।

हशमत—स्त्री. [सं.] सेवकों का समूह, नौकर-चाकर; संपत्ति, शान-शौकत, वैभव; बड़ाई, गौरव।

हशीश—स्त्री. [अं.] भाँग, एक नशीली बूटी।

हश्र—पु. [अ.] परिणाम, नतीजा; कयामत, इस्लामी मान्यतानुसार जब निर्णय के दिन सब मुरदे कब्र से उठ कर खड़े हो जाएँगे और उनके शुभ-अशुभ कामों का हिसाब किया जाएगा; शोक-विलाप।

हसद—पु. [अ.] ईर्ष्या, डाह, रश्क।

हसन—पु. [सं.] अच्छा, भला, उत्तम; मुसलमानों के दूसरे इमाम का नाम। **~हुसैन**—पु. अली के दोनों बेटे, जो मुहम्मद के नाती थे—मुहर्रम इन्हीं की मृत्यु के शोक में मनाया जाता है।

हसब—अ. अनुसार, मुताबिक; अनुमान; गणना।

हसबैंड—पु. [अं.] पति।

हसरत—स्त्री. [अ.] अरमान, लालसा; कामना।

हसित—वि. [सं.] हँसा या हँसता हुआ। पु. हास्य; परिहास।

हसीन—वि. [अ.] सुंदर, ख़ूबसूरत।

हसीना—स्त्री. [अ.] ख़ूबसूरत स्त्री।

हस्त—पु. [सं.] हाथ; हाथी की सूँड़; चौबीस अंगुल की एक माप, हाथ (एक हाथ, दो हाथ...)। **~कौशल**—पु. हाथ की कला। **~शिल्प**—पु. हाथ की कारीगरी, कला।

हस्तांकित—वि. [सं.] हाथ से लिखा हुआ।

हस्तांतरण—पु. [सं.] दूसरे के हाथों में देना।

हस्तांतरित—वि. [सं.] दूसरे के हाथ में दिया हुआ।

हस्ताक्षर—पु. [सं.] दस्तखत, सही।

हस्ताग्र—पु. [सं.] हाथ का अगला भाग, अंगुलि।

हस्ताभरण—पु. [सं.] हाथ का आभूषण।

हस्तामलक—पु. [सं.] हथेली पर रखा आँवला। **ला.** जो बिलकुल स्पष्ट और बोधगम्य हो।

हस्तिनपुर, हस्तिनीपुर—पु. [सं.] हस्तिनापुर।

हस्तिनापुर—पु. [सं.] कुरु वंश की राजधानी, एक प्राचीन नगर।

हस्तिनी—स्त्री. [सं.] हथिनी; स्त्रियों के चार भेदों में से एक।

हस्ती—स्त्री. [फ़ा.] अस्तित्व, विद्यमान, जीवित होने का भाव।

हस्ब—अ. [अ.] अनुसार, मुताबिक। **~(स्वे) मामूल**—रीति के अनुसार। **~हैसियत**—अ. अपनी हैसियत, आर्थिक स्थिति के अनुसार।

हहर—स्त्री. घबराहट; भय; हर्ष में उत्पन्न हड़बड़ाहट।

हहराना—अ.क्रि. घबराना; दहल जाना, डर से काँप जाना।

हाँ—अ. स्वीकृति, निश्चय, आत्मसंतोष, आदि का सूचक शब्द। स्त्री. स्वीकृति; स्वीकृतिसूचक शब्द। **मु. ~में हाँ मिलाना**—खुशामद करना, चापलूसी करना।

हाँक—स्त्री. ललकार, गर्जना; पुकार। **~लगाना**—जोर से पुकारना।

हाँकना—स.क्रि. बैलगाड़ी, घोड़े—ताँगे आदि को चलाना, बैलों या घोड़े से चालित गाड़ी, आदि को एक स्थान से दूसरे स्थान पर ले जाना। **मु. (दूर की) ~**—बहुत बढ़ा-चढ़ा कर बात करना; अपनी प्रशंसा में ऊँची-ऊँची बातें करना।

हाँका—पु. चलाया।

हाँगा—पु. शारीरिक बल, ताकत।

हाँड़ी—स्त्री. हाँडी।

हाँपना, हाँफना—अ.क्रि. शारीरिक श्रम के कारण, दौड़ने-भागने से या किसी रोग के कारण साँस का बार-बार फूलना, साँस का तेज़ होना।

हाँसी—स्त्री. हँसी; हँसने की क्रिया; हँसी-मज़ाक, विनोद, परिहास; बदनामी, उपहास।

हा—अ. [सं.] शोक, दुःख, खेद, घृणा, आश्चर्य, आदि का सूचक शब्द। **~हंत**—अ. अत्यंत शोक में निकलने वाला शब्द।

हाइजैकिंग—पु. [अं.] अपहरण (विशेषतः वायुयान, आदि का)।

हाइड्रोजन—पु. [अं.] हवा से हलकी एक गैस। **~बम**—पु. अत्यंत विनाशकारी बम।

हाइड्रोलिक—वि. [अं.] द्रवचालित, जलचालित।

हाइड्रोफोबिया—पु. [अं.] पागल कुत्ते या गीदड़ के काटने से लगा रोग।

हाइड्रोसील—पु. [अं.] अंडकोषों में पानी आ जाने का रोग।

हाइफ़न—पु. [अं.] योजक चिह्न, सामासिक चिह्न।

हाई—स्त्री. [अं.] ऊँचा। **~कमान**—पु. किसी राजनीतिक दल की सर्वोच्च समिति। **~कोर्ट**—पु. उच्च न्यायालय। **~जंप**—पु. ऊँची कूद (एक खेल)। **~स्कूल**—पु. दसवीं श्रेणी तक का विद्यालय; दसवीं श्रेणी तक की शिक्षा। **~वे**—पु. राष्ट्रीय राजमार्ग।

हाउस—पु. [अं.] घर; सभा (हाउस ऑफ कॉमन्स, हाउस ऑफ लार्ड्स)। **~टेस्ट**—पु. स्कूल द्वारा ली जाने वाली परीक्षा (किसी बोर्ड आदि की नहीं)।

हाउ—पु. छोटे बच्चों को डराने के लिए कहा जाने वाला शब्द, जिसके कल्पित जंगली जीव का बोध होता है।

हॉकर—पु. [अं.] घर-घर घूम-घूम कर छोटी-मोटी चीज़ें बेचने वाला; घर-घर में अखबार डालने वाला।

हाकिनी—स्त्री. [सं.] तांत्रिकों की एक देवी (डाकिनी-हाकिनी)।

हाकिम—पु. [अ.] हुकुम देने वाला; अधिकारी; शासक।

हाकिमाना—वि. हाकिमों के जैसा।

हाकिमी—हाकिम का काम, हुकूमत।

हाकी, हॉकी—स्त्री. [अं.] हॉकी और गेंद से खेला जाने वाला एक प्रसिद्ध खेल।

हाजत—स्त्री. [अ.] इच्छा, आवश्यकता; तीव्र दबाव की आवश्यकता (पाखाना या पेशाब की हाजत, शब्द विशेषत: इसी के लिए रूढ़)।

हाज़मा—पु. [अ.] पाचन-शक्ति, पाचन-क्रिया।

हाज़िक़—वि. [अ.] प्रवीण, विचक्षण, दक्ष (प्राय: हकीम के लिए प्रयुक्त)।

हाज़िम—वि. [अ.] हज़म करने या पचाने वाला।

हाज़िर—वि. [अ.] उपस्थित, मौज़ूद, विद्यमान। **~जवाब**—वि. प्रत्युत्पन्न मति, जो तुरंत यथायोग्य उत्तर देता हो। **~नाज़िर**—वि. उपस्थित और देखने वाला।

हाज़िरात—स्त्री. [फा.] वह क्रिया जिससे भूत-प्रेत या जिन, आदि कुछ प्रश्नों के उत्तर देने के लिए बुलाए जाते हैं।

हाज़िरी—स्त्री. हाज़िर रहने की क्रिया, उपस्थिति; अंग्रेज़ों का दोपहर का भोजन।

हाज़िरीन—पु. [अ.] 'हाज़िर' का बहु.; किसी सभा, आदि में उपस्थित श्रोतागण।

हाजी—पु. [अ.] वह जो हज कर आया हो, मक्का शरीफ़ की यात्रा कर आया हो।

हाटक—पु. [सं.] स्वर्ण, सोना; दुकान का किराया।

हॉट-डॉग—पु. [अं.] तुरता भोजन (फास्ट फूड) का एक खाद्य पदार्थ।

हाड़ा—पु. राजपूतों की एक उपजाति।

हाट—स्त्री. दुकान, बाज़ार।

हाट—स्त्री. [अं.] गरम, उष्ण, तप्त; तीता, चरपरा; कामुक, मनोहारी।

हाता—पु. द्र. 'अहाता'।

हातिम—पु. [सं.] न्यायाधीश; अरब—कबीले का एक सरदार जो अपनी दानशीलता और परोपकारी वृत्ति के लिए ख्यात था।

हाथ—पु. 'हस्त' का तद्भव रूप—कर, हस्त, शरीर का एक अंग। **मु. ~आजमाना**—किसी कार्य में अपनी कुशलता या शक्ति आदि को परखना। **~में आना**—अधिकार में होना। **~उठाना**—मारना, पीटना। **~कट जाना**—विवश हो जाना। **~जोड़ देना**—हार मान लेना। **~धो कर पीछे पड़ना**—बुरी तरह किसी के पीछे पड़ जाना; किसी काम में पूरा जोर लगाकर प्रयत्नशील हो जाना। **~पर हाथ धर कर बैठ जाना**—निराशा में निष्क्रिय हो बैठ जाना। **~फैलाना**—याचना करना।

हाथी—पु. गज, हस्ती—एक बहुत स्थूलकाय सूँड़ वाला प्रसिद्ध जानवर।

हानि—स्त्री. [सं.] नुकसान, क्षति, विफलता; आर्थिक क्षति; घाटा।

हाफ़—वि. [अं.] आधा, अर्द्ध।

हाफ़िज—वि. [अ.] हिफ़ाजत करने वाला; रक्षक।पु. वह व्यक्ति जिसे पूरी कुरान कंठस्थ हो।

हॉबी—पु. [अं.] शौक, अभिरुचि।

हामिद—वि. [अ.] तारीफ़; खुदा की हम्द या प्रशंसा, गुणगान करने वाला।

हामिला—वि. [अ.] गर्भवती (स्त्री)।

हामी—**स्त्री.** स्वीकृति, 'हाँ' कर देना।

हाय—अ. शोक, दुःख, पीड़ा आदि में मुँह से निकलने वाला शब्द। स्त्री. व्यथा, दुःख, तकलीफ। **मु. (किसी की) ~पड़ना**—किसी की बद्दुआ लगना।

हायर सेकंडरी—पु. [अं.] उच्चतर माध्यमिक (शिक्षा का स्तर, 12वीं तक)। **~स्कूल**—पु. उच्चतर माध्यमिक स्कूल।

हार—स्त्री. पराजय, युद्ध, प्रतिद्वन्द्विता, खेल आदि में प्रतिपक्षी से विजय न पाने की स्थिति; गले में पहनने की सोने, चाँदी, फूल आदि की माला।

हारना—अ.क्रि. युद्ध, खेल, प्रतियोगिता आदि में असफल, पराजित होना।

हारमोनियम—पु. [अं.] संगीत का एक प्रसिद्ध वाद्य।

हारिद्र—वि. [सं.] पीला, हलदी से रँगा हुआ।पु. पीला रंग।

हारिल—पु. एक पक्षी।

हारी—वि. [सं.] हरण करने वाला (दु:खहारी, विघ्नहारी)।

हारीत—पु. [सं.] चोर, डाकू।

हार्ट अटैक—पु. [अं.] हृदयाघात, हृदय गति रुक जाने से हुई मृत्यु।

हार्ट फेल—पु. [अं.] हृदय गति रुक जाना, हृदय गति रुकने से हुई मृत्यु।

हार्ड—पु. [अं.] कड़ा, कठोर; ठोस; कठिन, दुरूह, दुर्बोध; सख़्त, तीव्र। **~कैश**—पु. मुद्रा, सिक्के, नोट।

हार्दिक—वि. [सं.] आंतरिक, हृदय से, दिल से।

हॉर्न—पु. [अं.] सींग, श्रृंग; तुरही, तूर्य; सचेत करने के लिए बजाया जाने वाला भोंपू, वाहन, आदि में लगा ध्वनि उपकरण।

हार्बर—पु. [अं.] बंदरगाह, जल-पत्तन, पोताश्रय।

हार्वेस्टर—पु. [अं.] फसल काटने का यंत्र, मशीन।

हॉर्सपावर—पु. [अं.] अश्व शक्ति, इंजन, आदि की मापक शक्ति।

हाल—पु. [अ.] दशा, अवस्था; कुशल-क्षेम (पूछना, देना)। **~में**—अ. अभी, तुरत।

हाल—पु. [सं.] हल; प्रसिद्ध शालिवाहन नरेश, 'गाथा सप्तशती' के रचयिता।

हाल—स्त्री. हिलने की क्रिया ('बैलगाड़ी में हाल लगती है')।

हॉल—पु. [अं.] विशाल कमरा; सभा भवन। **~मार्क**—पु. प्रमाण चिह्न, प्रमाणक।

हॉलिवुड—अमेरिका का फिल्म जगत।

हालत—स्त्री. [अ.] दशा, अवस्था।

हालना—अ.क्रि. हिलना-डुलना; काँपना।

हालाँकि—अ. यद्यपि, अगरचे, गोकि।

हाला—स्त्री. [सं.] मद्य, शराब।

हालात—पु. [फ़ा.] 'हाल' का बहु.; परिस्थिति; समाचार।

हालाहल—पु. [सं.] एक ज़हरीला पौधा; इसकी जड़ से बना घातक विष।

हालिया—वि. [अ.] हाल ही का, हाल ही में हुआ (वाक़िया, समाचार)।

हॉल्ट—पु. [अं.] विराम, ठहराव; पड़ाव; पहाड़ डालना, डेरा डालना; रोकना।

हाव—पु. [सं.] प्रेम, श्रृंगार रस में नायिका की मोहक चेष्टाएँ, आंगिक क्रियाएँ।

हावी—वि. [अ.] जो दबाकर रखता हो।

हावी—वि. [सं.] हवन करने वाला, हवि देने वाला।

हाशिया—पु. [अ.] पन्ने या पृष्ठ के चारों ओर छोड़ा गया किनारा; किसी वस्त्र-रूमाल, दुपट्टे के किनारे पर बने हुए बेल-बूटे।

हास—पु. [सं.] हँसी, हँसने की क्रिया; प्रसन्नता; हास्य रस का स्थायी भाव।

हास्पिटल—पु. [अं.] चिकित्सालय।

हास्य—पु. [सं.] हँसी; आनंद, प्रसन्नता; परिहास, मनोविनोद; साहित्य के नव रसों में से एक।

हास्यास्पद—पु. [सं.] हँसी का विषय, उपहास का विषय।

हास्योत्पादक—वि. [सं.] हास्य उत्पन्न करने वाला।

हा-हंत—अ. [सं.] शोकसूचक शब्द, उद्गार।

हाहा—पु. हँसने की आवाज़। ला. **~खाना**—अनुनय-विनय करना।

हाहीं—स्त्री. हँसी-ठट्ठा करना।

हिंगु—पु. [सं.] हींग, एक पौधे की जड़ के रस से निर्मित, मसालों और आयुर्वेद में औषधि के रूप में प्रयुक्त।

हिंट—पु. [अं.] संकेत, इशारा, इंगित।

हिंडोल—पु. हिंडोला, एक राग।

हिंडोला—पु. झूले का एक रूप।

हिंद—पु. [फा.] भारतवर्ष, हिंदुस्तान।

हिंदवी—स्त्री. हिंदुस्तान की भाषा; दक्षिण—हैदराबाद अंचल में प्रयुक्त हिंदी का एक रूप।

हिंदी—स्त्री. [फ़ा.] भारतवर्ष की राष्ट्रभाषा।

हिंदीतर—वि. [फ़ा. + सं.] हिंदी से भिन्न, अलग (हिंदीतर भाषाएँ, हिंदीतर प्रदेश)।

हिंदु—पु. [फ़ा.] द्र. 'हिन्दू'।

हिंदुआनी—स्त्री. [फ़ा.] हिंदू की स्त्री; हिंदू से सम्बद्ध।

हिंदुई—स्त्री. [फ़ा.] हिंदवी, हिंद से संबंधित।

हिंदुकुश—पु. [फा.] अफगानिस्तान के उत्तर में स्थित पर्वतमाला जो हिमालय तक जाती है।

हिंदुत्व—पु. हिंदू होने का भाव या गुण, आर्यों के वंशज, वेदों, उपनिषद्, पुराणों तथा राम-कृष्ण परंपरा में जिनकी आस्था है।

हिंदुस्तान—पु. [फ़ा.] भारतवर्ष, भारत।

हिंदुस्तानी—वि. हिंदुस्तान से संबंधित। पु. हिंदुस्तान का रहने वाला, भारतवासी। स्त्री. हिंदुस्तान की भाषा; वह भाषा जिसमें खड़ी बोली के साथ उर्दू-फारसी, अरबी के शब्दों का प्रयोग होता है।

हिंदुस्थान—पु. द्र. 'हिंदुस्तान'।

हिंदोल—पु. [सं.] हिंडोल, हिंडोला, झूला।

हिंदोस्तान—पु. द्र. 'हिंदुस्तान'।

हिन्दोस्तानी—वि., पु., स्त्री. द्र. 'हिंदुस्तानी'।

हिंसक—वि. [सं.] हिंसा करने वाला, मार डालने वाला, घातक; वह हिंस्र जंतु जो दूसरे पशुओं या जीवों को मार कर उनका मांस खाता है।

हिंसा—स्त्री. [सं.] प्राणियों को मारने, काटने और शारीरिक कष्ट देने की वृत्ति, किसी पर आघात करना।

हिंसात्मक—स्त्री. [सं.] हिंसापूर्ण, जिसमें हिंसा हो।

हिंसालु—वि. [सं.] हिंसा की प्रकृति वाला, हिंसा करने वाला।

हिंस्र—वि. [सं.] जंगली, खूँखार; हिंसा करने वाला; भयानक।

हिंस्रक—पु. [सं.] हिंस्र, खूँखार जानवर।

हि—प्र. ब्रजभाषा की एक विभक्ति, जो कर्म और संप्रदान कारक में प्रयुक्त होती है—'प्रियाहि', 'माँहि'।

हिकमत—स्त्री. [अ.] हकीमी, चिकित्सा कार्य। ला. बुद्धिमानी, चतुराई; चाल, युक्ति।

हिक़ारत—स्त्री. हक़ारत, घृणा; बेइज़्ज़ती, अप्रतिष्ठा।

हिचक—स्त्री. संकोच, झिझक; शरमाना।

हिचकना—अ.क्रि. झिझकना, संकोच करना; शरम।

हिचकिचाना—अ.क्रि. संकोच करना, झिझकना।

हिचकिचाहट—स्त्री. द्र. 'हिचक'।

हिचकी—स्त्री. साँस का गले से रुक-रुक कर निकलना।

हिजड़ा—पु. नपुंसक, वृहन्नला।

हिजरत—स्त्री. [अ.] इस्लाम में हज करने के लिए मक्का की यात्रा करना।

हिजरी—पु. [अ.] इस्लामी सन्, वर्ष जो मुहम्मद साहब के मक्के से मदीने हिजरत करने की तिथि 15 जुलाई, 622 ई. से प्रारंभ हुआ।

हिजाब—पु. [अ.] परदा, ओट; लज्जा, शरम, लिहाज़।

हिज्जे—पु. [अ.] वर्तनी, किसी शब्द में प्रयुक्त वर्णों का क्रमिक कथन या उच्चारण।

हिडिंब—पु. [सं.] एक दैत्य, भीम ने जिसका वध किया था।

हिडिंबा—स्त्री. [सं.] एक राक्षसी, हिडिंब की बहन, इसका विवाह भीम से हुआ था—घटोत्कच इसी से उत्पन्न भीम का पुत्र।

हित—वि. [सं.] भलाई, उपकार; कल्याण, मंगल; सद्भाव; अनुराग, प्रेम; निमित्त, लिए, वास्ते। **~कर**—वि. उपयोगी; लाभप्रद; स्वास्थ्यकर। **~चिंतक**—वि. किसी के लाभ, उपकार की चिंता करने वाला। **~चिंतन**—पु. किसी की भलाई, उपकार, आदि की चिंता करना।

हिताकांक्षी (क्षिन्)—वि. [सं.] भलाई चाहने वाला।

हितार्थ—क्रि.वि. [सं.] हित, लाभ, उपकार के लिए।

हितार्थी—वि. [सं.] भलाई, लाभ, चाहने वाला।

हिताहित—पु. [सं.] भलाई-बुराई, लाभालाभ, मंगल-अमंगल।

हितु, हितू—पु. मित्र, सखा, संबंधी; हित चाहने वाला।

हितैषी—वि. [सं.] हितेच्छु। पु. मित्र।

हिदायत—स्त्री. [अ.] आदेश; निर्देश; मार्गदर्शन

हिनहिनाना—अ.क्रि. घोड़े की हिन-हिन ध्वनि करना, हींसना।

हिनहिनाहट—पु. [स्त्री.] घोड़े की हींसने की आवाज़।

हिना—स्त्री. [अ.] मेहँदी।

हिप्नोटाइज़—स.क्रि. [अं.] सम्मोहित करना।

हिप्नोटिज़्म—पु. [अं.] सम्मोहन विद्या।

हिफ़ाज़त—स्त्री. [अ.] रक्षा, रखवाली, निगरानी।

हिफ़ाज़ती—वि. [अ. + फ़ा.] हिफ़ाज़त, रक्षा, संबंधी।

हिब्बा—पु. [अ.] पुरस्कार, इनाम; दान। **~नामा**—पु. दान-पत्र।

हिमंचल—पु. द्र. 'हिमाचल', 'हिमालय'।

हिम—वि. [सं.] ठंडा, शीतल। पु. बर्फ़; पाला; शीत, जाड़ा; शीत ऋतु, जाड़े का मौसम; चन्द्रमा; कपूर। **~कण**—बर्फ, पाले के छोटे-छोटे कण, टुकड़े। **~कर**—पु. चन्द्रमा। **~पात**—पु. (मौसम में) बर्फ गिरना। **~वान**—पु. हिमालय; चन्द्रमा।

हिमवान—पु. [सं.] हिमालय।

हिमांक—पु. [सं.] कपूर।

हिमांशु—पु. [सं.] चंद्रमा; कपूर।

हिमाक़त—स्त्री. मूर्खता, बेवकूफी।

हिमाचल—पु. [सं.] हिमालय पर्वत।

हिमाच्छन्न—वि. [सं.] बर्फ़ से ढँका हुआ।

हिमाद्रि—पु. [सं.] हिमालय पहाड़।

हिमानिल—पु. [सं.] बर्फीली, सर्द हवा।

हिमानी—स्त्री. [सं.] बर्फ के कणों का समूह, पाला; ओस-कण।

हिमाश्र—पु. [सं.] कपूर।

हिमायत—स्त्री. [अ.] मदद; तरफ़दारी, किसी का पक्ष लेना; शरण; रक्षा।

हिमायती—वि. हिमायत या तरफ़दारी करने वाला; पक्ष लेने वाला।

हिमालय—पु. [सं.] भारत के उत्तर में स्थित सर्वोच्च और सर्वाधिक विशाल पर्वत-शृंखला।

हिमालयी—वि. [सं.] हिमालय के समान ऊँचा या विशाल।

हिमेश—पु. [सं.] हिमालय।

हिम्मत—स्त्री. [अ.] साहस, बहादुरी, वीरता।

हिम्मतवर—वि. [फ़ा.] हिम्मती, हिम्मत करने वाला, साहसी।

हिम्मती—वि. साहसी, बहादुर, पुरुषार्थी।

हिय—पु. [ब्र.भा.] हृदय, मन, छाती।

हिया—पु. हृदय, मन; छाती।

हिरण—पु. [सं.] द्र. 'हिरन'।

हिरणमय—वि. [सं.] सोने का, सोने का बना; सुनहरा।

हिरण्य—पु. [सं.] सोना, स्वर्ण।

हिरन—पु. मृग, एक प्रसिद्ध चौपाया, कुलाँचें भरने वाला। **~खुरी**—स्त्री. एक बरसाती जंगली घास।

हिरनौटा—पु. हिरन का बच्चा, मृगशावक।

हिरफ़त—स्त्री. [अ.] पेशा, व्यवसाय; हुनर; चालाकी, धूर्तता। **~बाज़**—वि. चालबाज़, चालाक।

हिरमज़ी, हिरमिज़ी—स्त्री. [फ़ा.] दीवार आदि रँगने की एक प्रकार की लाल मिट्टी; कपड़े रँगने का एक लाल-सा रंग।

हिरात—पु. अफगानिस्तान का सीमावर्ती एक स्थान।

हिराती—वि. हिरात संबंधी। पु. हिरात का निवासी; हिरात में पाई जाने वाली घोड़ों की एक प्रजाति।

हिराना—अ.क्रि. सुध-बुध खो जाना, अपने को भूल जाना; आश्चर्यचकित होना; खो जाना।

हिरावल—पु. द्र. 'हरावल'।

हिरास—स्त्री. [फ़ा.] नैराश्य, मायूसी; दहशत, भय।

हिरासत—स्त्री. [अ.] नज़रबंदी (पुलिस, आदि द्वारा); हवालात।

हिरासती—वि. [अ.] हिरासत में रखा गया; हिरासत संबंधी।

हिर्स—स्त्री. [अ.] होड़, प्रतिस्पर्धा; तृष्णा, हवस।

हिलकोर—पु. जल की लहर, हिल्लोल।

हिलकोरना—स.क्रि. जल में लहरें, तरंगें उठाना।

हिलकोरा—पु. द्र. 'हिलकोर'।

हिलगना—अ.क्रि. अटकना, फँसना, उलझना; हिलना-मिलना; सटना।

हिलगाना—स.क्रि. 'हिलगना' का प्रे.।

हिलना—अ.क्रि. अपने स्थान से इधर-उधर होना, गति में आना, डोलना।

हिलसा—स्त्री. मछली की एक प्रजाति।

हिलाना—स.क्रि. 'हिलना' का प्रे.।

हिलामिला—वि. अत्यंत परिचित।

हिलाल—पु. [अ.] नवचंद्र, द्वितीया का चंद्रमा (इसकी उपमा उर्दू-फारसी शायरी में नायिका के नाखूनों और भौंहों से दी जाती है)।

हिलोर—स्त्री. हिल्लोह, लहर; भावावेश में हृदय में उठने वाली तरंग, मनोभाव की तीव्रता।

हिलोरा—स.क्रि. हिलोर।

हिलोल—पु. द्र. 'हिलोर'।

हिल्लोल—पु. [सं.] पानी की लहर, तरंग; आनंद की तरंग, मन की मौज, उमंग।

हिसाब—पु. [अ.] लेखा; आर्थिक लेन-देन का विवरण, खरीद-बेच का विवरण; गणित विद्या; ढंग, तरीका। **~किताब**—पु. आर्थिक लेन-देन, खरीद-बेच का ब्यौरा।

हिसाबी—वि. बहुत बारीकी से हिसाब-किताब रखने वाला।

हिस्टीरिया—पु. [अं.] स्त्रियों में होने वाला मूर्च्छा का एक रोग।

हिस्ट्री—स्त्री. [अं.] इतिहास।

हिस्सा—पु. [अ.] भाग, अंश; खंड, बाँट; बाँट में किसी के अधिकार में आने वाला भाग।

हिस्सेदारी—स्त्री. [अ.] किसी संपत्ति या व्यवसाय में किसी का अधिकार।

हींग—स्त्री. [सं.] हिंगु, एक पौधे की जड़ के रस से निर्मित एक तीव्र गंध वाला पदार्थ, मसालों और आयुर्वेद में औषधि के रूप में प्रयुक्त।

ही—अ. इसका प्रयोग विभिन्न अर्थों में होता है, यथा—निश्चय (यही, वही, आदि); केवल (यही साड़ी चाहिए); किसी बात पर ज़ोर देने के लिए (यह तो होकर ही रहेगा); किसी वस्तु या स्थिति का आधिक्य (वहाँ पानी ही पानी कर दिया) आदि।

हीक—स्त्री. हिचकी; हलकी अप्रिय गंध या स्वाद।

हीज़—वि. [बी.] हिजड़ा।

हीजड़ा—पु. द्र. 'हिजड़ा'।

हीट—स्त्री. [अं.] गरमी, ताप, उष्णता; जोश; उत्तेजना; कामोत्तेजना।

हीटर—पु. [अं.] कमरे, आदि को गरम करने वाला या किसी तरल पदार्थ को गरम करने वाला बिजली का उपकरण।

हीन—वि. [सं.] किसी व्यक्ति, तत्त्व, गुण, वस्तु, बात, आदि से शून्य, रहित—धनहीन, जनहीन; निम्न कोटि का; थोड़ा या हलका; अभाव; तुच्छता, ओछापन; नीचता, बुराई।

हीनता—स्त्री. अभाव; बुराई; किसी चीज़ का अभाव; सदोषता।

हीनावस्था—स्त्री. [सं.] दुर्दशा; गरीबी की अवस्था।

हीनोपमा—स्त्री. [सं.] उपमा अलंकार का एक भेद, जहाँ उपमान को उपमेय से हीन दर्शाया जाए।

हीय, हीयरा, हीया—पु. हृदय, मन।

हीरक—पु. [सं.] हीरा, एक रत्न। **~जयंती**—स्त्री. साठवें वर्ष का उत्सव ('डायमंड जुबली')।

हीरा—पु. एक बहुमूल्य श्वेत रत्न। **ला.** अत्यंत श्रेष्ठ व्यक्ति या वस्तु।

हीरो—पु. [अं.] नायक।

हीरोइन—स्त्री. [अं.] नायिका।

हीला—पु. [अ.] बहाना, मिस; रोज़गार।

हीही—स्त्री. हँसने की ऊँची आवाज़; लगातार जोर-जोर से हँसना।

हुँ—अ. हुंकारा, बात या कहानी सुनते हुए 'हुँ' की स्वीकारात्मक ध्वनि करना।

हुंकार—पु. [सं.] गर्जना, ललकार।

हुंकारना—अ.क्रि. घमंड से 'हुँ' शब्द का उच्चार; ललकारना, गर्जन करना।

हुंडी—स्त्री. महाजनी व्यवहार में दी जाने वाली वह चिट्ठी, जिसमें लिखी राशि 'चेक' के समान देय होती थी।

हुआँ—पु. गीदड़ों के बोलने की आवाज़।

हुआ—अ. 'होना' क्रिया का भूतकालिक रूप।

हुक—पु. [अं.] एक ओर मुड़ी हुई कील, जिस पर कोई चीज़, वस्त्र, आदि लटका दिया जाता है; कपड़ों में बटन की तरह लगाई जाने वाली मुड़ी हुई धातु की पतली कील या पत्ती-सी (पैंट, ब्लाउज, आदि में)।

हुकुम*—पु. द्र. 'हुक्म'।

हुकुर-पुकुर, हुकुर-हुकुर—स्त्री. घबराहट, भय, चिंता आदि में।

हुकूक़—पु. [अ.] 'हक़' का बहु.।

हुकूमत—स्त्री. [अ.] शासनाधिकार, राज्य, प्रभुत्व, राजनीतिक आधिपत्य।

हुक्का—पु. [अ.] तम्बाकू का धुआँ या तम्बाकू पीने के लिए विशेष रूप से बना हुआ एक प्रसिद्ध उपकरण, नीचे पानी डालने के पात्र के ऊपर नैचा लगाकर उस पर चिलम रखने का बंदोबस्त। **~पानी**—पु. जाति-बिरादरी का संबंध। **मु. ~पानी बंद करना**—जाति से बहिष्कृत करना।

हुक्काम—पु. [अ.] 'हाकिम' का बहु., अधिकारी वर्ग।

हुक्म—पु. [अ.] आज्ञा, आदेश; ताश के पत्तों का एक रंग।

हुक्मी—वि. आज्ञा संबंधी; हुक्म मानने वाला (हुक्मी बंदा)।

हुचकी—स्त्री. द्र. 'हिचकी'।

हुजरा—पु. [अ.] मसजिद की वह छोटी कोठरी जिसमें लोग एकांत में बैठ कर खुदा का ध्यान करते हैं; कोठरी, छोटा कमरा।

हुजूम—पु. [अ.] भीड़, भीड़-भाड़, जनसमूह।

हुजूर—पु. [अ.] बादशाह या बड़े लोगों, अधिकारियों के लिए सम्बोधन; बादशाह या हाकिम का दरबार, कचहरी; किसी बड़े का सामीप्य, समक्षता। **~वाला**—पु. जनाबआली, श्रीमान।

हुज्जत—स्त्री. [सं.] हुज्जत या झगड़ा करने वाला।

हुड़क—पु. किसी वस्तु के खाने-पीने की तलब (सिगरेट, चाय, आदि की)।

हुड़दंग, हुड़दंगा—पु. उपद्रव, हुल्लड़, ऊधम।

हुत—वि. [सं.] हवन किया हुआ; जिसके निमित्त हवन किया गया हो।

हुताग्नि—स्त्री. [सं.] हवन की अग्नि, यज्ञ की अग्नि।

हुताशन—पु. [सं.] अग्नि।

हुति—स्त्री. [सं.] होम, हवन, यज्ञ।

हुन—पु. स्वर्ण, सोना, धन। **मु. ~बरसना**—सोना या पैसा बरसना।

हुनर—पु. [फा.] कला, कारीगरी; कौशल, युक्ति, चतुराई। **~मंद**—वि. हुनर जानने वाला, गुणी, कुशल, चतुर। **~मंदी**—स्त्री. कारीगरी; कुशलता, निपुणता।

हुमकना, हुमगना—अ.क्रि. उमगना, आनंद में इतराते हुए उछलना-कूदना, ठुमकना।

हुमसना—अ.क्रि. उमंग में आना, उल्लसित होना।

हुमेल—स्त्री. हमेल, स्त्रियों के गले का एक पुराना गहना।

हुरदंग, हुरदंगा—पु. द्र. 'हुड़दंग'।

हुरमत—स्त्री. [अ.] प्रतिष्ठा, इज़्ज़त, आबरू।

हुरिहार—पु. होली खेलने वाला रसिया, होली खेलने वाला (विशेष रूप से बरसाने के प्रसिद्ध)।

हुर्रा—पु. [अं.] खेल आदि में प्रोत्साहन देने के लिए की जाने वाली हर्ष-ध्वनि।

हुलसना—अ.क्रि. आनंदित होना, उल्लसित होना।

हुलसाना—स.क्रि. आनंदित करना।

हुलसी—स्त्री. प्रसिद्ध कवि तुलसीदास की माता का नाम।

हुलास—पु. उल्लास, आनंद, मन की उमंग।

हुलासी—वि. उत्साहपूर्ण, आनंदपूर्ण।

हुलिया—पु. [अ.] शक्ल-सूरत का ब्यौरा, चेहरे की बनावट का ब्यौरा।

हुल्लड़—पु. शोर-गुल, हो-हल्ला; दंगा-फसाद, झगड़ा।

हुल्लास—पु. एक मात्रिक छंद।

हुश्—अ. किसी को अप्रिय कार्य करने से रोकने, वर्णित करने के लिए की जाने वाली ध्वनि, चुप कराने के लिए की जाने वाली आवाज़।

हुसैन—पु. [अ.] मुसलमानों के तीसरे इमाम, अली के दूसरे बेटे, ये करबला के युद्ध में शहीद हुए, इन्हीं की स्मृति में मुहर्रम मनाया जाता है।

हुस्न—पु. [अ.] सौंदर्य, शोभा, खूबसूरती; उत्तमता।

हुस्नोइश्क—पु. [अ.] सौंदर्य और प्रेम।

हूँ—अ. 'होना' क्रिया का वर्तमान कालिक एकवचन रूप, 'मैं' के साथ प्रयुक्त (मैं जाता हूँ, पीता हूँ)।

हूँकना—अ.क्रि. हुंकार करना; तेज़ आवाज़ में बोलना।

हूंकार—पु. [सं.] द्र. 'हुंकार'।

हूँठा—पु. साढ़े तीन का पहाड़ा।

हू—पु. [सं.] गीदड़ के बोलने की आवाज़।

हूक—स्त्री. हृदय में उठने वाली प्रेमातिरेक की उमंग, तरंग।

हूकना—अ.क्रि. मन में पीड़ा या कसक उठना।

हूर—पु. [अं.] किसी को खेल, आदि में हराने के लिए शोर मचाना।

हूटिंग—स्त्री. [अं.] चिल्लाना, चिल्ला कर भगाना।

हूण, हून—पु. [सं.] प्राचीन मंगोल जाति, जो आक्रमणकारी के रूप में भारत में आई थी।

हूबहू—वि. ज्यों का त्यों, वैसा ही।

हूर—स्त्री. [अ.] अप्सरा, परी; सुंदरी, बहुत सुंदर स्त्री।

हूल—स्त्री. लाठी के सिरे, भाले, आदि, को किसी पशु या व्यक्ति में गड़ाना; हाथी को हाँकने की विशेष प्रकार की बनी कीली, अंकुश; शोर-गुल।

हूश—वि. जंगली, गँवार; असंस्कृत, अशिष्ट।

हृत्—वि. [सं.] हरण किया हुआ, गृहीत। पु. 'हृद्' का समास में प्रयुक्त रूप—हृत्कंप। **~कंपन**—पु. हृदय का काँपना।

हृदयंगम—वि. [सं.] हृदय में बैठा हुआ; हृदय में बिठा लेना; पूरी तरह समझा हुआ; कंठस्थ।

हृदय—पु. [सं.] दिल, कलेजा—छाती के अंदर बाईं ओर का एक अवयव जिसके द्वारा रक्त-शोधन कर सारे शरीर की नाड़ियों में पहुँचाया जाता है; मन जिसके द्वारा प्रेम,

शोक, करुणा, क्रोध आदि मनोविकारों की अनुभूति होती है। **~ग्राही**—वि. मन को आकृष्ट करने वाला। **~परिवर्तन**—पु. किसी के प्रति मन के भाव बदल जाना। **~विदारक**—वि. हृदय को विदीर्ण करने वाला, बेधने वाला, शोक, करुणा, दया, आदि उत्पन्न करने वाला। **~व्याधि**—स्त्री. हृदय-रोग। **~स्थल**—पु. ला. केन्द्रीय स्थल, स्थान। **~स्पर्शी**—वि. हृदय को प्रभावित करने वाला, कारुणिक। **~हीन**—वि. कठोर, निष्ठुर।

हृदयवान—वि. [सं.] कोमल हृदय, दयालु।

हृदयाकाश—पु. [सं.] हृदय-रूपी आकाश।

हृदयेश, हृदयेश्वर—पु. [सं.] पति; परम प्रिय, हृदय के स्वामी (प्रेमी के लिए)।

हृदयेशा, हृदयेश्वरी—स्त्री. [सं.] पत्नी।

हृद्—पु. [सं.] दिल, मन, 'हृदय' का संक्षिप्त, समासगत रूप (हृद्रोग, हृद्गत)।

हृषीकेश—पु. [सं.] विष्णु, श्रीकृष्ण।

हृष्ट—वि. [सं.] प्रसन्न, कड़ा, कठोर। **~पुष्ट**—वि. हट्टा-कट्टा, तंदुरुस्त, तगड़ा।

हृष्टि—स्त्री. [सं.] हर्ष, प्रसन्नता, आनंद।

हे—अ. [सं.] संबोधन, किसी को बुलाने के लिए कहा जाने वाला शब्द।

हेअर ड्रेसिंग—पु. [अं.] केश-सज्जा।

हेकड़—वि. अकड़; उद्दंड; उग्र और प्रचंड।

हेकड़ी—स्त्री. उद्दंडता, अक्खड़ता; उग्रता और प्रचंडता।

हेच—वि. [फ़ा.] तुच्छ, निकृष्ट, ही; निरर्थक, निकम्मा; घृणित।

हेठ—वि. नीचे; हीन, कमतर।

हेड—पु. [अं.] सिर, सर; बुद्धि, दिमाग़; व्यक्ति, सिरा, शीर्ष; अग्रभाग; प्रधान; मुख्य; प्रथम। **~क्लर्क**—पु. प्रधान लिपिक, मुख्य लिपिक। **~क्वार्टर**—पु. (किसी कार्यालय का) मुख्यालय। **~मास्टर**—पु. मुख्याध्यापक। **~लाइन**—समाचार-पत्र का समाचार-शीर्षक।

हेडिंग—स्त्री. [अं.] शीर्षक।

हेत—पु. हेतु, प्रीति, प्रेम।

हेतु—पु. [सं.] कारण; उद्देश्य, लक्ष्य; एक अर्थालंकार, जहाँ कारण को ही कार्य रूप में वर्णित किया जाता है।

हेतुक—वि. [सं.] कारणरूप होने वाला। पु. कारण।

हेतूत्प्रेक्षा—स्त्री. [सं.] उत्प्रेक्षा अलंकार का एक भेद, जहाँ अहेतु में हेतु की संभावना की जाती है।

हेत्वाभास—पु. [सं.] कोई बात सिद्ध करने के लिए बताया जाने वाला ऐसा कारण, जो देखने में ठीक जान पड़ने पर भी वास्तव में ठीक न हो, मिथ्या हेतु; भ्रमपूर्ण धारणा।

हेमंत—पु. [सं.] षड् ऋतुओं में से एक मार्गशीर्ष (अगहन) और पौष (पूस) में पड़ती है।

हेमंती—स्त्री. [सं.] जाड़े के मौसम की।

हेम—पु. [सं.] सोना, सुवर्ण; धतूरा।

हेम—पु. [सं.] सोना, स्वर्ण; पाला, हिम; धतूरा। **~कुंड साहब**—पु. सिखों का एक प्रसिद्ध तीर्थ।

हेमा—स्त्री. [सं.] पृथ्वी; सुंदर स्त्री; एक अप्सरा।

हेमा—पु. [सं.] बुध ग्रह।

हेमीस्फ़ियर—पु. [अं.] गोलार्ध (पृथ्वी का)।

हेय—वि. [सं.] त्याज्य, छोड़ने योग्य; बुरा, खराब; तुच्छ; घृणित।

हेरंब—पु. [सं.] गणेश, लंबोदर।

हेरंबक—पु. [सं.] एक प्राचीन जाति।

हेर—स्त्री. [सं.] खोज, तलाश।

हेरना—स.क्रि. किसी वस्तु या व्यक्ति की तलाश; देखना, निहारना।

हेरफेर—पु. परिवर्तन, अदल-बदल, उलट-पुलट; चालबाज़ी, सीधे-सीधे बात न करना।

हेराना*—अ.क्रि. गायब हो जाना, खो जाना; सुध-बुध खो जाना।

हेरा-फेरी—स्त्री. धोखेबाज़ी करना।

हेल—पु. परिचय ('मेल' के साथ प्रयुक्त हेल-मेल)। **~मेल**—पु. घनिष्ठता, मेज-जोल।

हेलमेट—पु. [अं.] स्कूटर या मोटर साइकिल पर बैठते समय, खान आदि में सिर पर लगाया जाने वाला टोप।

हेला—पु. पुकार, हाँक; धावा, चढ़ाई; धक्का, रेला। पु. साहित्य में संयोग शृंगार के अन्तर्गत एक हाव, जिसमें नायिका प्रगल्भता से अपना प्रेम प्रकट कर देती है।

हेलीकाप्टर—पु. [अं.] वायुयान का एक प्रकार, जिसमें अधिक व्यक्ति नहीं बैठ पाते हैं, उड़न-खटोले जैसा।

हेल्थ—पु. [अं.] स्वास्थ्य, तंदुरुस्ती।

हेल्प—पु. [अं.] सहायता, मदद। **~र**—पु. सहायक, सहारा, मददगार; नौकर।

हैंकड़ी—स्त्री. द्र. 'हेंकड़ी'।

हैंगर—पु. [अं.] कपड़े लटकाने का फ्रेम; विमानों का ठहरने का स्थान।

हैंगिंग—वि. [अं.] लटकने वाला (चित्र, आदि)। **~गार्डेन**—पु. विशेष प्रकार का बगीचा, जिसमें झूले, आदि लगे रहते हैं, फूलों को भी विशेष प्रकार से लटकाया जाता है। **~ब्रिज**—पु. लटकता हुआ पुल, जो ऊपर लगाये गए तारों के आधार पर टिका होता है (हावड़ा ब्रिज)।

हैंड—पु. [अं.] हाथ।

हैंड ग्रेनेड—पु. [अं.] हथगोला।

हैंडपंप—पु. [अं.] हाथ, हत्थी से चलाया जाने वाला नल।

हैंडबिल—पु. [अं.] विज्ञापन का कागज़, परचा।

हैंडबुक—स्त्री. [अं.] छोटी-सी पुस्तिका।

हैंडबैग—पु. [अं.] हाथ में पकड़ा जाने वाला थैला।

हैंडलूम—पु. [अं.] हथकरघा। **~इंडस्ट्री**—स्त्री. हथकरघा उद्योग।

हैंडिल—पु. [अं.] दस्ता, हत्था।

है—अ.क्रि. 'होना' क्रिया का वर्तमान-कालिक एक वचन का रूप।

हैज़ा—पु. [अ.] दस्त और वमन होने वाला एक प्रसिद्ध संक्रामक रोग, विशेषतः अत्यधिक गरमी के मौसम में।

हैट—पु. [अं.] अंग्रेज़ी ढंग का टोप।

हैटट्रिक—पु. [अं.] किसी खेल, प्रतियोगिता आदि में मिलने वाली लगातार तीन बार विजय।

हैड—पु. [अं.] सिर; प्रधान अधिकारी या व्यक्ति।

हैडिंग—वि. [अं.] शीर्षक।

हैतुक—वि. [सं.] हेतु संबंधी; कारण रूप। पु. कारण; तार्किक; मीमांसा दर्शन का अनुयायी या समर्थक।

हैदर—पु. [अ.] शेर। **~अली**—पु. दक्षिण भारत का एक प्रसिद्ध मुसलमान शासक, टीपू का पिता।

हैप—आश्चर्यचकित।

हैफ़—पु. [अ.] खेद, अफ़सोस, दुःख; अत्याचार, जुल्म।

हैबत—स्त्री. [अ.] डर, भय; आतंक; रौब, धाक।

हैमंत—वि. [सं.] हेमंत-संबंधी; हेमंत ऋतु, शीत ऋतु में उत्पन्न होने वाला।

हैम—वि. [सं.] हिम-संबंधी; हिम से उत्पन्न।

हैमर—पु. [अं.] हथौड़ा; हथौड़ी।

हैरंब—वि. [सं.] गणेश का; गणेश-संबंधी।

हैरण्य—वि. [सं.] स्वर्णमय, सोने का बना हुआ; सोना देने वाला (हाथ)।

हैरत—स्त्री. [अ.] आश्चर्य, विस्मय। **~अंगेज़**—वि. आश्चर्यकारी। **~ज़दा**—वि. आश्चर्यचकित, विस्मित, भौचक्क।

हैरान—वि. [अ.] चकित, भौचक्का, आश्चर्य से स्तब्ध; परेशान, व्यग्र।

हैरानी—स्त्री. हैरान, आश्चर्यचकित होने की अवस्था।

हैलीपैड—पु. [अं.] हेलीकॉप्टर के उतरने का स्थान।

हैवान—पु. [अ.] नृशंस, पशु, जानवर; मूर्ख; उजड्ड।

हैवानियत—स्त्री. नृशंसता, पशुता, जंगलीपन; मूर्खता, बेवकूफ़ी;।

हैसियत—स्त्री. [अ.] योग्यता, सामर्थ्य, शक्ति; वित्तीय दशा, आर्थिक दशा; श्रेणी, दर्जा; धन-दौलत।

हैहय—पु. [सं.] एक प्राचीन देश या वहाँ का निवासी।

हैहै—अ. हाय-हाय, दुःख, शोक, खेद, आदि मनोभावों का सूचक शब्द।

होंठ—पु. ओष्ठ।

हो—अ.क्रि. 'होना' क्रिया के अन्य पुरुष, संभाव्य काल और मध्यम पुरुष, बहुवचन के वर्तमान काल का रूप; ब्रजभाषा में 'है' का सामान्य भूत रूप—था; जन-भाषाओं में किसी को पुकारने का शब्द।

होटल—पु. [अ. 'होटेल'] वह स्थान जहाँ यात्री, आदि किराया देकर ठहर जाते हैं और वहाँ खान-पान, आदि की भी व्यवस्था रहती है; सामान्यतः भोजनालय, ढाबा, आदि को भी 'होटल' संज्ञा दे दी जाती है।

होड़—स्त्री. प्रतिस्पर्धा; शर्त, बाज़ी; हठ, ज़िद।

होड़ाहोड़ी—स्त्री. होड़, प्रतिस्पर्धा करते हुए।

होता—वि. [सं.] हवन करने वाला, यजमान। पु. यज्ञ कराने वाला।

होत्र—पु. [सं.] हवन सामग्री; हवन, होम।

होत्रा—स्त्री. [सं.] यज्ञ; स्तुति।

होत्रीय—पु. [सं.] होता; यज्ञ-मंडप; पुरोहित।

होनहार—पु. भविष्य में अवश्य घटित हो जाने वाली घटना, भवितव्यता। वि. भावी; जिसका होना अवश्यंभावी हो; वह बालक जिसके बड़े होने पर सुयोग्य बनने की संभावना हो।

होना—अ.क्रि. अस्तित्व में आना या वर्तमान रहना; तैयार होना, प्रस्तुत होना; किसी कार्य का पूरा होना।

होनी—स्त्री. भवितव्यता।

होम—पु. [अं.] घर। **~ग्राउंड**—पु. अपने देश में खेल का मैदान, अपने देश की धरती पर खेला जाने वाला (मैच, टूर्नामेंट)।

होम—पु. [सं.] हवन, यज्ञ।

होमन्ना—पु. अपना सब कुछ उत्सर्ग कर देना।

होमाग्नि—स्त्री., **होमानल**—पु. [सं.] होम, यज्ञ की अग्नि।

होमियोपैथ—पु. [अं.] होमियोपैथिक पद्धति का चिकित्सक, डॉक्टर।

होमियोपैथिक—स्त्री. [अं.] होमियोपैथी चिकित्सा से संबंधित।

होमियोपैथी—स्त्री. [अं.] डॉ. हनीमैन द्वारा खोजी गई चिकित्सा पद्धति।

होर—स्त्री. [ब्र.भा.] अनुद्वार, शक्ल की अनुकृति (उद्धव की अनुद्वार कृष्ण जैसी)।

होरा—पु. [यू.] दिन-रात का चौबीसवाँ भाग; जन्म-कुंडली।

होरिहार—पु. हुरियार, होली खेलने वाले (ब्रज प्रदेश, विशेषतः वृंदावन और बरसाना गाँव के)।

होरी—स्त्री. होली।

होर्डिंग—पु. [अं.] विज्ञापन-बोर्ड, पट्टिका, जो किसी ऊँचे स्थान पर लगी होती है।

होलसेल—पु. [अं.] थोक बिक्री।

होलिका—स्त्री. [सं.] होली के त्योहार पर जलाई जाने वाली चीज़ों—लकड़ी, फूस आदि का ढेर; हिरण्यकशिपु की बहन।

होली—स्त्री. फाल्गुन पूर्णिमा को मनाया जाने वाला पर्व, अगले दिन रंग खेला जाता है; होली के अवसर पर गाये जाने वाले उल्लासपूर्ण गीत।

होल्ड-ऑल, होल्डाल—पु. [अं.] बिस्तरबंद।

होल्डर—पु. [अं.] अंग्रेज़ी ढंग का निब वाला कलम, जिससे स्याही, रोशनाई से लिखा जाता है।

होश—पु. [फ़ा.] चेतना, सुध-बुध; स्मरण; बुद्धि, समझ। **~मंद**—वि. जो होश में हो।

होशियार—वि. [फा.] समझदार, बुद्धिमान; दक्ष, कुशल; सावधान, सचेत; चालाक, धूर्त।

होशियारी—स्त्री. [फ़ा.] चतुराई, बुद्धिमत्ता; निपुणता, कौशल; चालाकी।

होस—पु. द्र. 'होश'।

होस्टल—पु. [अं.] छात्रावास।

होस्टेस—स्त्री. [अं.] परिचारिका।

हो-हल्ला—पु. शोरगुल।

हौंकना—अ.क्रि. हाँफना, साँस फूलना।

हौंस—स्त्री. उत्साह, उमंग; लालसा; चाह, कामना।

हौआ—पु. बच्चों को डराने के लिए बताया जाने वाला डरावना जंगली जानवर।

हौज़—पु. [अ.] पानी के लिए बना छोटा कुंड।

हौद—पु. हौज़, कुंड; नाँद।

हौदी—स्त्री. [अ.] छोटा हौज़, कुंड।

हौरे-हौरे—अ. [ब्र.भा.] हौले-हौले, धीरे-धीरे।

हौल—पु. [अ.] दहशत, डर।

हौले-हौले—अ. धीरे-धीरे, आहिस्ता से।

हौवा—स्त्री. [अ.] ईसाई-यहूदी मान्यतानुसार संसार की वह पहली स्त्री जो आदम की पत्नी (ईव) थी, संसार की उत्पत्ति इसी से मानी जाती है।

हौस—स्त्री. उत्साह, हौसला; कामना, लालसा, चाह।

हौसला—पु. [अ.] साहस, हिम्मत; सामर्थ्य, शक्ति; कामना, आकांक्षा। **~मंद**—वि. साहसी, धैर्यवान।

ह्नुति—स्त्री. [सं.] छिपाव, दुराव।

ह्रद—पु. [सं.] गहरा जलाशय, झील; सरोवर, तालाब।

ह्रस्व—वि. [सं.] छोटा, लघु (दीर्घ का विपरीत); नाटा, छोटा; वह स्वर जिसका उच्चारण दीर्घ न हो—अ, इ, उ, आदि।

ह्रास—पु. [सं.] किसी वस्तु के गुणों, तत्त्वों आदि में धीरे-धीरे कमी होना; अवनति; अभाव, कमी।

ह्रासोन्मुख—वि. [सं.] क्षरण, अवनति की ओर बढ़ता हुआ।

ह्री—स्त्री. [सं.] व्रीड़ा, लज्जा, संकोच।

ह्रीति—स्त्री. [सं.] लज्जा, संकोच।

ह्लाद—पु. [सं.] आह्लाद, आनंद, प्रसन्नता, ताज़गी।

ह्लादक—वि. [सं.] आह्लादक, प्रसन्न, आनंदित करने वाला।

ह्लादित—वि. [सं.] आह्लादित, आनंदित।

ह्लदिनी—वि. [सं.] आह्लादिनी, आनंद देने वाली।

ह्वाइट पेपर—पु. [अं.] किसी संबंध में या किसी विषय पर सरकारी रिपोर्ट, श्वेत-पत्र।

ह्विस्की—स्त्री. [अं.] शराब की एक किस्म।

ह्वील—पु. [अं.] चक्का, चक्र, पहिया।

ह्वेल—स्त्री. [अं.] बहुत बड़े आकार की समुद्री मछली।

परिशिष्ट-क

प्रशासनिक शब्दावली

A

abdication	पदत्याग
abduction	अपहरण
ability	योग्यता
able	योग्य
abnormal	अपसामान्य
abnormal increase	अपसामान्य वृद्धि
abolition	उन्मूलन
abolition of post	पद समाप्ति
above mentioned	उपरिलिखित-उपरोक्त
above quoted	उपरि-उद्धृत
above said	उपर्युक्त
abridge	कम करना (जैसे शक्ति), संक्षिप्त करना (जैसे रिपोर्ट)
abridged report	संक्षिप्त रिपोर्ट
abridgement	संक्षेपण
absconder	फरार, फरारी
absence	1. अनुपस्थिति, ग़ैरहाज़िरी 2. अभाव
absentee	अनुपस्थित, ग़ैरहाज़िरी
absenteeism	अनुपस्थिति-प्रवृत्ति
absentee statement	अनुपस्थिति-विवरण
absolute	पूर्ण, निरपेक्ष
absolute acceptance	पूर्ण स्वीकृति, निरपेक्ष स्वीकृति
absolute monopoly	पूर्ण एकाधिकार
absolute ownership	पूर्ण स्वामित्व
absolve	विमुक्त करना
abstain	विरत रहना
abstract	सार
abstract book	सार-पुस्तिका
abstract contingent bill	संक्षिप्त आकस्मिक बिल
abstract of tender	निविदा का सार, टेंडर का सार
abstract sheet	सार पत्रक
abstract statement	संक्षिप्त ब्यौरा, सार विवरण
absurd	अर्थहीन, बेतुका
absurdity	अर्थहीनता, बेतुकापन
abundance	प्रचुरता
abuse	दुरुपयोग
abuse of power	शक्ति का दुरुपयोग
abusive language	गाली-गलौज
academic	अकादमिक, शैक्षणिक, विद्या संबंधी, शास्त्रीय, विद्यक
academic council	विद्या परिषद्
academic discussion	शास्त्रीय चर्चा
academician	परिषद सदस्य
academic leave	अकादमिक छुट्टी
academic qualification	शैक्षणिक अर्हता, शैक्षणिक योग्यता
academic record	शैक्षिक रिकॉर्ड, शैक्षिक अभिलेख
academics	शैक्षिक
academic session	शैक्षणिक सत्र, शिक्षा-सत्र
academic year	शिक्षा वर्ष
academy	परिषद
accede	1. मान लेना, 2. स्वीकार करना
accept	स्वीकार करना, मानना
acceptability	स्वीकार्यता
acceptable	स्वीकार्य
acceptance	1. स्वीकृति, 2. प्रतिग्रहण (विधि)
acceptance of office	पद-स्वीकृति
acceptance of tender	निविदा-स्वीकृति, टेंडर की स्वीकृति
access	पहुँच
accession	1. राज्यारोहण, 2. पदारोहण
accession rate (= hiring rat)	नियुक्ति दर
accessory	1. अनुषंगी, 2. उपसाधन
accessory licence	अनुषंगी लाइसेंस
accident	1. दुर्घटना, 2. संयोग
accidental	आकस्मिक, सांयोगिक

accidental error	आकस्मिक त्रुटि
accident risk	दुर्घटना जोख़िम
accommodate	सामंजस्य बिठाना, स्थान देना
accommodation	आवास
accompanist	संगतकार
accompanying letter	सहपत्र
accomplished	1. प्रवीण, 2. सुसंस्कृत
accord	1. समझौता, 2. प्रदान करना, देना 3. मेल खाना, अनुरूप होना
accordingly	तदनुसार
accord priority to	प्राथमिकता देना, प्राथमिकता प्रदान करना
account	1. लेखा, खाता, 2. हिसाब
accountability	जवाबदेही
accountable	1. जवाबदेह, 2. देनदार
accountal	लेखा-जोखा
accountancy	1. लेखाशास्त्र, लेखाविधि, 2. लेखा पालन, लेखाकार्य
accountant	लेखाकार
account for	1. कारण बताना, 2. लेखा या हिसाब देना
account head	लेखा-शीर्ष
accumulation	संचय, संचयन
accuracy	परिशुद्धता
accuracy test	परिशुद्धता परीक्षण
accurate	यथार्थ, सही, ठीक, परिशुद्ध
accurately	यथार्थतः, यथार्थ रूप से
accusation	1. दोषारोपण, 2. अभियोग विधि
accuse	1. दोषारोपण करना, 2. अभियोग लगाना
accused	अभियुक्त
achieve	प्राप्त करना, उपलब्ध करना
achievement	उपलब्धि
achievement record	उपलब्धि वृत्त, उपलब्धि-रिकॉर्ड
acknowledge	प्राप्ति स्वीकार करना, पावती देना, प्राप्ति सूचना
acknowledgement	1. पावी, 2. अभिस्वीकृति (विधि)
acknowledgement due	पावती पत्र, रसीदी
acquaintance	परिचय, परिचित (व्यक्ति)
acquire	अर्जन करना
acquisition	अर्जन
acquit	दोषमुक्त करना
acquittal	दोषमुक्ति
acquittance	1. भरपाई, 2. भुगतान, निस्तारण (विधि)
act	1. कार्य, कृत्य, 2. अधिनियम

acting (as in 'acting director')	कार्यकारी
acting allowance	कार्यकारी भत्ता
action	1. कार्रवाई, 2. क्रिया
actionable	कार्रवाई योग्य, वाद योग्य
action committee	कार्रवाई समिति
action plan	कार्य योजना
active	सक्रिय, क्रियाशील
active duty	सक्रिय ड्यूटी, एक्टिव ड्यूटी
active list	सक्रिय सूची
actively	सक्रियता से, सक्रियतापूर्वक
activist	कर्मठ कार्यकर्ता, सक्रियतावादी
activity	क्रियाकलाप, गतिविधि
act of misconduct	कदाचार
actual	वास्तविक
actuals	वास्तविक आँकड़े
adaptable	1. अनुकूलनीय, 2. रूपांतरणीय
adaptation	1. अनुकूलन, 2. रूपांतर
add	जोड़ना
addition	1. योग, जोड़, 2. परिवर्धन
additional	1. अतिरिक्त, 2. अपर—पदनाम में
additional charge	अतिरिक्त वसूली, अतिरिक्त कार्य-भार
additional funds	अतिरिक्त निधि
additional grant	अतिरिक्त अनुदान
additional information	अतिरिक्त सूचना, अतिरिक्त जानकारी
additional pay	अतिरिक्त वेतन
address	1. पता, 2. अभिभाषण, 3. संबोधन, संबोधित करना, 4. मानपत्र
addressee	पाने वाला, प्रेषिती
address of welcome	अभिनंदन पत्र
adequacy	पर्याप्तता
adequate	पर्याप्त
adhere to	पर दृढ़ रहना, पर जमे रहना
ad hoc	तदर्थ
ad hoc benefit	तदर्थ हितलाभ
ad hoc claim	तदर्थ दावा
ad hoc committee	तदर्थ समिति
ad hoc increase	तदर्थ वृद्धि
ad hoc payment	तदर्थ भुगतान
ad interim	अंतरिम
adjacent	पार्श्वस्थ
adjoin	लगा होना
adjoining (= contiguous)	लगा होना, सटा होना

adjourn	स्थगित करना, काम रोकना
adjournment	स्थगन
adjournment motion	स्थगन, प्रस्ताव, काम रोको प्रस्ताव
adjust	समायोजन करना, समंजन करना
adjustment	समायोजन
adjustment of over payment	अधिक भुगतान का समायोजन
adjutant	सहयोगी, सहायक
admin	प्रशासक
administer	1. प्रशासन करना, 2. देना, दिलाना, 3. व्यवस्था करना
administering authority	प्रशासन प्राधिकारी
administer an oath	शपथ दिलाना
administration	प्रशासन
administration of funds	निधि प्रशासन
administration of justice	न्याय-प्रशासन
administrative	प्रशासनिक, प्रवासी, प्रशासकीय
administrative ability	प्रशासन-योग्यता
administrative action	प्रशासनिक कार्रवाई
administrative appraisal	प्रशासनिक मूल्यांकन
administrative authority	प्रशासनिक प्राधिकारी
administrative control	प्रशासनिक नियंत्रण
administrative convenience	प्रशासनिक सुविधा
administrative decision	प्रशासनिक निर्णय
administrative department	प्रशासकीय विभाग
administrative function	प्रशासन-कार्य, प्रशासकीय कार्य
administrative head	प्रशासी प्रधान, प्रशासनिक प्रधान
administrative headquarters	प्रशासनिक मुख्यालय
administrative measures	प्रशासनिक उपाय
administrative tribunal	प्रशासनिक अधिकरण
admissibility	ग्राह्यता, स्वीकार्यता
admissible	ग्राह्य, स्वीकार्य
admissible expenditure	ग्राह्य, व्यय, स्वीकार्य व्यय
admission	1. स्वीकृति, 2. प्रवेश, दाखिला
admission charge	प्रवेश प्रभार
admission committee	प्रवेश समिति
admission fee	प्रवेश शुल्क
admission form	प्रवेश पत्र
admission test	प्रवेश परीक्षा
admit	1. प्रवेश करने देना, अंदर आने देना, 2. स्वीकार करना, 3. प्रविष्ट करना, दाखिल करना, दाखिला देना
admit card	प्रवेश पत्र, प्रवेश पत्रक
admitted	1. प्रविष्ट, दाखिल, 2. स्वीकृत
admonish	भर्त्सना करना
admonition	भर्त्सना
adolescent	किशोर
adopt	अंगीकार करना, अपनाना, गोद लेना
adoptee	दत्तक
adopter	दत्तकग्राही
adult	प्रौढ़, वयस्क
adulteration	अपमिश्रण, मिलावट
adultery	जारकर्म, व्यभिचार
adult franchise	वयस्क मताधिकार
adult suffrage	वयस्क मताधिकार
advalorem	यथामूल्य, मूल्यानुसार
advalorem duty	यथामूल्य शुल्क
advance	अग्रिम, पेशगी
advance booking	अग्रिम बुकिंग
advance copy	अग्रिम प्रति
advanced increment	अग्रिम वृद्धि, अग्रिम वेतन वृद्धि
advance pay	अग्रिम वेतन
advance payment	अग्रिम अदायगी, अग्रिम भुगतान
advantage	1. लाभ, फ़ायदा, 2. अनुकूल स्थिति
adverse	प्रतिकूल
adverse entry	प्रतिकूल इंदराज, प्रतिकूल प्रविष्टि
adverse remarks	प्रतिकूल अभ्युक्ति
advertise	विज्ञापन देना, विज्ञापित करना
advertised sale	विज्ञापित बिक्री
advertised tender	विज्ञापित निविदा, विज्ञापित टेंडर
advertisement	विज्ञापन
advertiser	विज्ञापनदाता
advertising	विज्ञापन, विज्ञापनकारी
advertising rates	विज्ञापन दरें
advertising space	विज्ञापन स्थान
advice	1. परामर्श, सलाह, 2. सूचना, संज्ञापन
advice of despatch	प्रेषण-सूचना
advice of payment	भुगतान सूचना, भुगतान-संज्ञापन
advise	सलाह देना, परामर्श देना
advisory	सलाहकार
advisory board	सलाहकार बोर्ड
advisory committee	सलाहकार समिति
advisory council	सलाहकार परिषद्
advocate	अधिवक्ता, एडवोकेट, पक्ष-समर्थन
aerial	हवाई, एरियल, आकाशी

aerial photo	हवाई फ़ोटो
aerial survey	हवाई सर्वेक्षण
aerodrome	हवाई अड्डा
aerogramme	हवाई पत्र
aeronautical	वैमानिक
aeroplane	विमान, हवाई जहाज़
aesthetic sense	सौंदर्यबोध
affairs	कार्य, मामले
affect	प्रभाव डालना, प्रभावित करना
affidavit	शपथपत्र, हलफ़नामा
affiliate	संबद्ध करना
affiliated college	संबंद्ध महाविद्यालय, संबद्ध कॉलेज
affiliating university	संबंधक विश्वविद्यालय
affiliation	संबंधन
affirmation	1. अभिपुष्टि, 2. प्रतिज्ञान-विधि
affirmative	सकारात्मक
affirmative action	सकारात्मक क्रिया
affirmative recruirment affix	सकारात्मक भर्ती, अभिपुष्ट भर्ती लगाना
afford	1. प्रदान करना, देना, 2. समर्थ होना
afforestation	वन-रोपण
aforesaid	पूर्वोक्त
afresh	नये सिरे से
afternoon	अपराह्न, दोपहर बाद
afterwards	तत्पश्चात्
against	विरुद्ध, के प्रति, के सामने, सम्मुख
age	1. आयु, उम्र 2. युग
age certificate	आयु प्रमाणपत्र
age entry	आयु प्रविष्टि, उम्र का इंदराज
age limit	आयु सीमा
agency	अभिकरण, एजेंसी
agenda	कार्यसूची
agent	अभिकर्ता, एजेंट
age of retirement	सेवानिवृत्ति आयु
age of superannuation	अधिवर्षिता आयु
aggravation	1. अपवृद्धि, 2. गुरुतर होना
agitation	आंदोलन
agitator	आंदोलनकारी
AGM (annual general meeting)	वार्षिक सामान्य बैठक, वार्षिक महासभा
agmark	ऐगमार्क
agrarian	कृषि भूमि संबंधी
agrarian law	कृषि भूमि विधि, कृषि भूमि क़ानून
agrarian policy	कृषि भूमि नीति
agratian reforms	कृषि भूमि संबंधी सुधार
agreed	सहमत
agreement	1. क़रार, अनुबंध, 2. सहमति, रजामंदी
agreement form	क़रारनामा, अनुबंध पत्र
agree with	सहमत होना
agricultural holding	जोत
agricultural labour	कृषि मज़दूर, खेतिहर मज़दूर
agriculture	कृषि
aid	सहायता, मदद
aided (as a 'school')	सहायताप्राप्त, अनुदान प्राप्त
aim	लक्ष्य, उद्देश्य ध्येय
air base	विमान स्थल
airconditioned sleeper class	वातानुकूलित शायिका श्रेणी
airconditioning	वातानुकूलन
aircraft	वायुयान
aircrew	विमानकर्मी, एयर क्रू
aire field	हवाई क्षेत्र
air force	वायु सेना
air freight	हवाई माल भाड़ा, हवाई माल
air hostess	विमान परिचारिका, एयर होस्टेस
air mail	हवाई डाक
airport	विमानपत्तन, हवाई अड्डा
air route	वायु मार्ग, हवाई मार्ग
air strip	हवाई पट्टी
air traffic	हवाई यातायात
air worthiness	उड़न योग्यता
alarm	1. आपद संकेत, खतरे का संकेत, 2. अलार्म, 3. आतंकित करना
alertness	सजगता
alias	उर्फ़
alien	अन्यदेशीय
alignment	1. सीध, 2. गठबंधन
allegation	अभिकथन
alleged	अभिकथित
allegiance	निष्ठा
alliance	मैत्री
allied services	संबद्ध सेवाएँ
allied	सम्बद्ध
allocation	नियतन, विनिधान
allocation of business	कार्य नियतन
allotment	आबंटन
allotment letter	आबंटन-पत्र
allotment of fund	निधि-आबंटन
allotment order	आबंटन आदेश

allottee	आबंटिती
allow	इजाज़त देना, अनुमति देना
allowance	1. भत्ता, 2. छूट
all rights reserved	सर्वाधिकार सुरक्षित
alphabetical indexing	वर्णानुसार सूचीयन
alphabetic order	वर्णक्रम, अकारादिक्रम
alteration	परिवर्तन
altercation	कहासुनी
alternatively	विकल्पत:
amalgamate	समामेलित करना, समामेल करना
amalgamation	समामेलन
amateur	शौकिया
ambiguous	संदिग्धार्थी
amend	संशोधित करना, संशोधन करना
amended draft	संशोधित मसौदा, संशोधित प्रारूप
amendment	संशोधन
amenity	सुख-सुविधा
amenity stores	सुख-सुविधा सामान
amicable	सौहार्दपूर्ण, मैत्रीपूर्ण
ammunition	गोला-बारूद
amnesty	सर्वक्षमा
amount	1. राशि, रक़म, 2. मात्रा
amount of pension	पेंशन की राशि
amplifier	प्रवर्धक, एंप्लीफायर
analogy	सादृश्य, अनुरूपता
analysis	विश्लेषण
ancestor	पूर्वज
ancillary	आनुषंगिक, अनुषंगी
ancillary industries	अनुषंगी उद्योग
animal	प्राणी, जन्तु, पशु
animal husbandry	पशुपालन
animosity	बैर
annexe	उपभवन
annexure	संलग्नक
anniversary	वर्षगाँठ
annotation	1. टिप्पण लेखन, 2. टीका, व्याख्या
announcement	उद्घोषणा, ऐलान, आख्यापन
announcer	उद्घोषक, वाचक, आख्यापक, एनाउंसर
annoyance	चिढ़, खीज
annual account	वार्षिक लेखा
annual administrtive report	वार्षिक प्रशासनिक रिपोर्ट
annual financial statement	वार्षिक वित्तीय विवरण
annually	वार्षिक रूप से, प्रति वर्ष
annual report	वार्षिक रिपोर्ट
annual review	वार्षिक समीक्षा
annuity	वार्षिकी
anomaly	असंगति, विषमता
anonymous	अनाम, गुमनाम
anonymous complaint	गुमनाम शिकायत
answerability	जवाबदेही
answer book	उत्तर पुस्तिका
answering machine	जवाबी मशीन
answer sheet	उत्तर पत्रक, उत्तर पुस्तिका
anticipated expenditure	प्रत्याशित व्यय
anticipated income	प्रत्याशित आय
anticipation	1. प्रत्याशा, 2. पूर्वानुमान, 3. सम्मिलित करना, एकत्र करना
anticipatory	पूर्वानुमानित, अग्रिम, पूर्वाभासी, प्रत्याशी
anticipatory bail	अग्रिम ज़मानत
anticipatory pension	प्रत्याशित पेंशन
anticlockwise	वामावर्त
anti-corruption	भ्रष्टाचार-निरोध
anti-corruption measures	भ्रष्टाचार निरोधक उपाय
anti-piracy law	चौर्य-निरोध विधि
antique	पुरावस्तु
antiquity	1. पुरातनता, 2. पुराकाल
apartheid	रंगभेद
apathy	उदासीनता
apex	शीर्ष, शिखर
apex body	शीर्ष निकाय, शिखर संस्था
apology	क्षमा-याचना
apparatus	उपकरण
apparent	प्रकट, दृश्यमान
appeal	अपील, अपील करना
appeasement	तुष्टीकरण
appendix	परिशिष्ट
applicable	लागू
applicant	आवेदक
application	1. आवेदन, अर्ज़ी, 2. अनुप्रयोग, लागू होना
application form	आवेदन पत्र, अर्ज़ी
apply	1. आवेदन करना, अर्ज़ी देना, 2. लागू करना, लागू होना 3. अनुप्रयुक्त होना
appointee	नियुक्त व्यक्ति
appointing authority	नियुक्ति प्राधिकारी

appointment	नियुक्ति
appointment letter	नियुक्ति पत्र
appraisal	मूल्य निरूपण, आँकना
appraise	मूल्य निरूपित करना
appraiser	मूल्य निरूपक
appreciation	1. सराहना, 2. वृद्धि
apprehension	1. पकड़ा जाना, गिरफ़्तारी, 2. बोध, समझ, 3. आशंका
apprentice	शिक्षु, प्रशिक्षु
approach	1. पहुँच, 2. उपमार्ग, 3. दृष्टिकोण
appropriate	1. उपयुक्त, उचित, 2, विनि-योजन करना
appropriate action	उचित कार्रवाई
approval	अनुमोदन
approved contractor	अनुमोदित ठेकेदार, अनुमोदित संविदाकार
approver	इक़बाली गवाह
approximate	लगभग, सन्निकट
approximately	सन्निकटत:, लगभग
aptitude test	अभिक्षमता परीक्षण, रुझान परीक्षण
aptitude	रुझान, अभिक्षमता
arabic figures	अरबी अंक
arbitrary	मनमाना
arbitrate	मध्यस्थता करना
arbitration	विवाचन, माध्यस्थम् विधि
arbitration board	सलाहकार बोर्ड
arbitrator	मध्यस्थ, विवाचक
architecture	वास्तु, स्थापत्य, स्थापत्यकला
archives	अभिलेखागार
area	1. क्षेत्र, 2. क्षेत्रफल
area code	क्षेत्र कोड, क्षेत्र कूट
area headquarter	क्षेत्र मुख्यालय, क्षेत्रीय मुख्यालय
argue	तर्क करना, बहस करना
argument	तर्क, बहस
armed	सशस्त्र
armed constabulary	सशस्त्र पुलिस
armed forces	सशस्त्र बल, सेना
arms	आयुध, हथियार
army	सेना, फौज, थलसेना
arrangement	1. व्यवस्था, 2. विन्यास
arrears	बक़ाया
arrear statement	बक़ाया विवरण
arrival	आगमन
arrival report	आगमन रिपोर्ट
arrivals	आमद
arrogance	दम्भ, अक्खड़पन
arrogant	दम्भी, अक्खड़
arsenal	आयुधागार
arson	आगज़नी
art	कला
article	1. अनुच्छेद, 2. वस्तु, 3. लेख, निबंध
artillery	तोपख़ाना
artisan	कारीगर, शिल्पी
arts and crafts	कला और शिल्प
ascend	आरोहण
ascending order	आरोही क्रम
ascertain	अभिनिश्चित करना
as is where is	जैसा है जहाँ है
aspect	1. पहलू, पक्ष, 2. दृष्टि
assassination	हत्या, हनन
assault	हमला, प्रहार
assembly	1. सभा, 2. जमाव
assent	अनुमति
assert	दृढ़ता से कहना, ज़ोर देकर कहना
assessee	निर्धारिती
assessment	निर्धारण
assessment year	निर्धारण वर्ष
assessor	1. कर-निर्धारक
assets	परिसम्पत्ति, आस्तियाँ
assign	1. समनुदेशित करना, सौंपना, 2. नियत करना, सुपुर्द करना
assignment	1. समनुदेशन, 2. सुपुर्द काम
assimilation	मिलाना, आत्मसात्करण
assistance	सहायता, मदद
assistant's diary	सहायक की डायरी
associate	1. सह, 2. सम्मिलित करना
associate member	सह-सदस्य
association	1. संघ, 2. संगम विधि, 3. संबंध, साहचर्य
assurance	1. आश्वासन, 2. बीमा, 3. हस्तांतरण-पत्र
assure	आश्वस्त करना
at discount	बट्टे पर
atmosphere	वायुमंडल, वातावरण
atomic power	परमाणु शक्ति
at par	सममूल्य पर
at premium	बढ़े मूल्य पर, अधिमूल्य पर, प्रीमियम पर
attach	1. साथ लगाना, संलग्न करना, 2. कुर्क़ी करना

attachment	1. संलग्नक, 2. कुर्की
attempt	प्रयत्न करना, प्रयत्न
attendance	उपस्थिति, हाज़िरी
attendance record	उपस्थिति रिकॉर्ड, हाजिरी रिकॉर्ड
attendance register	उपस्थिति पंजी, हाज़िरी रजिस्टर
attendance slip	उपस्थिति पर्ची
attention	1. ध्यान, 2. सावधान
attest	सत्यापित करना, अनुप्रमाणित करना, तसदीक़ करना
attestation	अनुप्रमाणन तसदीक़
attested copy	अनुप्रमाणित प्रति, सत्यापित प्रति
attractive prices	आकर्षक कीमत
attractive salary	आकर्षक वेतन, आकर्षक संबलम
auction	नीलामी
auction catalouge	नीलामी सूची, नीलामी सूचीपत्र
auctioneer	नीलामकर्ता
audible	श्रव्य
audience	1. श्रोता, 2. दर्शक, 3. दर्शन, 4. सुनवाई
audit	लेखापरीक्षा
audited accounts	परीक्षित लेखे
audited balance sheet	लेखापरीक्षित तुलनपत्र
auditing	लेखा परीक्षा करना, लेखापरीक्षण
audition test	स्वर परीक्षण
audit objection	लेखापरीक्षा आपत्ति
auditor's report	लेखापरीक्षक की रिपोर्ट
auditorium	प्रेक्षागृह, ऑडिटोरियम
audit report	लेखापरीक्षा रिपोर्ट
austerity	मितोपभोग, सादगी
austerity measures	मितोपभोग उपाय, सादगी के उपाय
authentic	प्रामाणिक
authentication	प्रमाणीकरण
authentic translation	प्रामाणिक अनुवाद
authorised representative	प्राधिकृत प्रतिनिधि
authoritative	प्राधिकृत, प्राधिकारिक
authority	1. प्राधिकारी व्यक्ति, 2. प्राधिकार, 3. प्राधिकार संस्था, 4. अधिकारी विद्वान
authority letter	प्राधिकार पत्र
authorization	प्राधिकार
authorized	प्राधिकृत
authorized capital	प्राधिकृत पूँजी
authorized dealer	प्राधिकृत व्यापारी
autograph	स्वाक्षर, अपने हस्ताक्षर, हस्ताक्षर
automatic	स्वचालित
automatically	स्वतः, स्वयमेव
automobile	मोटरगाड़ी
autonomous	स्वायत्त
autonomous body	स्वायत्त निकाय
autonomy	स्वायत्तता
auxilliary	1. सहायक, 2. अतिरिक्त
available	प्राप्य, उपलब्ध
average	1. औसत, 2. सामान्य रिपोर्ट
average emoluments	औसत परिलब्धियाँ
aviation	विमानन
avoid	वर्जन करना, परिहार करना, बचना
avoidable	वर्जनीय, परिहार्य
await	प्रतीक्षा करना
awaited	प्रतीक्षित
awakening	जागरण, जागृति
award	1. पंचाट, अधिनिर्णय, 2. पुरस्कार
awareness	जागरूकता, भान, बोध
awkward	भद्दा
ayes	'हाँ' पक्ष, समर्थक

B

backdated	पूर्व-दिनांकित
backdated cheque	पूर्व-दिनांकित चैक
background	पृष्ठभूमि
background paper (backgrounder)	पूर्व पीठिका
back log	पिछला बक़ाया, बाक़ियात, अपूर्त
back out	मुकरना, मुकर जाना, मुँह मोड़ना, से हटना
back up	पूर्तिकर, बैकअप, आपातोपयोगी
backward class	पिछड़ा वर्ग
backward tribe	पिछड़ी जनजाति
bad bargain	अलाभकर सौदा, घाटे का सौदा
bad behaviour	बुरा व्यवहार
bad buy	अलाभकर क्रय, अलाभकर ख़रीद
bad character	1. दुश्चरित्र, 2. दुःशील
bad conduct	दुराचरण
bad debt	अशोध्य ऋण, डूबी रक़म
badge	बिल्ला, बैज
baggage	असबाब, सामान
bail	ज़मानत

balance	1. शेष, बाकी, 2. संतुलन, 3. तुला, तराजू
balance brought down	अधोनीत शेष
balance brought forwar	अग्रेनीत शेष
balance sheet	तुलन पत्र
balancing act	संतुलक कार्य
ballistic expert	प्राक्षेपिक विशेषज्ञ
ballot	1. मतपत्र, 2. मतदान
ballot box	मतपेटी
ballot paper	मतपत्र
ban	प्रतिबंध, रोक, पाबंदी
band	1. पट्टी, 2. बैंड, बाजा, 3. दल
bank	1. बैंक, 2. तट, किनारा, 3. साहूकारी करना
bank account	बैंक खाता, बैंक लेखा
bank balance	बैंक शेष
bank charges	बैंक प्रभार
bank credit	1. बैंक साख, 2. बैंक उधार
bank draft	बैंक ड्राफ़्ट
bank quarantee	बैंक गारंटी, बैंक प्रत्याभूति
bank holiday	बैंक अवकाश
banking	बैंकिंग, बैंककारी
banking facilities	बैंकिंग सुविधाएँ, बैंककारी सुविधाएँ
banking hours	बैंक का कार्य-समय
banking service	बैंक सेवा
banking transaction	1. बैंक कार्य-व्यवहार, 2. बैंक लेन-देन
bank rate	बैंक दर
bank reserve	बैंक रिज़र्व, बैंक आरक्षित
bankrupt	दिवालिया
bankruptcy	दिवाला, दिवालियापन
bank statement	बैंक विवरण
banner	बैनर, प्रदर्श पट्ट
bar	रोध, रुकावट
bar council	विविज्ञ परिषद्, बार काउंसिल
bargain	सौदा, सौदा करना
bargaining	सौदेबाजी, सौदाकारी, सौदा करना
bargain offer	सौदा प्रस्ताव
bargain price	सौदाकृत कीमत
barrack	बैरक
barrage	बराज
barren	1. बंजर, अनुर्वर, 2. बाँझ, बंध्या
barren land	बंजर भूमि
barrier	1. रोध, अवरोध, 2. नाका

barter	वस्तु विनिमय
base	आधार
baseless	निराधार, बेबुनियाद
basement	तहख़ाना
basic	मूल, बुनियादी
basically	मूलतः बुनियादी तौर पर
basic fact	मूल तथ्य
basic pay	मूल वेतन
basic scale of pay	मूल वेतनमान
basic training	बुनियादी प्रशिक्षण
basis	आधार
batch	1. घान, 2. खेप, 3. बैच, टोली
batch number	खेप क्रमांक, बैच नंबर
bearer cheque	धारक चैक, वाहक चैक
bedding	बिस्तर, बिछौना
bed strength	शय्या-संख्या
before cited	पूर्व-कथित
before hand	समय से पहले
behaviour	व्यवहार
belated claims	विलंबित दावे
belief	विश्वास
bench	1. खंडपीठ, न्यायपीठ, 2. बेंच
bend	मोड़, झुकना, मुड़ना, मोड़ना
beneficial	लाभप्रद
beneficiary	हितभागी, लाभार्थी
benefit	हित, लाभ, फ़ायदा, हितलाभ
benefit of doubt	संदेहलाभ
benevolence	हितकारिता
bereaved	शोकसंतप्त
best endeavours	पूरा प्रयास, भरसक प्रयत्न
betray	विश्वासघात करना
beverage	पेय
bias	1. अभिनति, झुकाव, 2. पूर्वग्रह
bibliography	ग्रंथसूची
bid	बोली, बोली लगाना
bifurcate	बाँटना/बँटना
bigamy	द्विविवाह-प्रथा
bilateral	द्विपक्षीय
bilingual	द्विभाषी
bill	1. विधेयक, 2. बिल
binder	जिल्दसाज
binding	1. बाध्यक बंधनकारी, 2. जिल्द-साजी, जिल्दबंदी
biodata	जीवनवृत्त, परिचय-वृत्त
birth anniversary	वर्षगाँठ

birth certificate	जन्म प्रमाणपत्र
birth control	संतति-निरोध
birth date	जन्मतिथि, जन्म की तारीख़
birth day	जन्मदिवस
bhirth mark	जन्म-चिह्न
birth place	जन्मस्थान, जन्मस्थल
biweekly	1. पाक्षिक, 2. अर्ध-साप्ताहिक
black economy	काली अर्थव्यवस्था
black list	काली सूची, काली सूची में नाम लिखना
black mail	भयादोहन
black market	काला बाज़ार, चोर बाज़ार
blacksmith	लुहार, लौहकार
blame	दोष लगाना, दोषारोपण
blank	1. कोरा, सादा, 2. निरंक, 3. खाली, रिक्त
blank cheque	कोरा चैक, निरंक चैक
blanket deal	व्यापक सौदा
blanket order	व्यापक आदेश
blast	धमाका
blind school	अंध विद्यालय
block	खंड, ब्लॉक
blockade	नाकाबंदी
blocked capital	निरुद्ध पूँजी
blood bank	रक्तकोष, रक्त बैंक
blood donation	रक्तदान
blood relations	रक्त-संबंधी
blotting paper	स्याहीसोख, सोख्ता
blueprint	ब्लूप्रिंट, ख़ाका
bluff	झाँसा
boarding and lodging	भोजन तथा आवास
board of directors	निदेशक मंडल, निदेशक बोर्ड
board of studies	पाठ्य समिति
body	निकाय
bodyguard	अंगरक्षक
bogus voucher	जाली वाउचर
bold letter	मोटा अक्षर, बड़े अक्षर
bombardment	गोलाबारी, बमवर्षा
bonafide	1. वास्तविक, 2. सद्भाव, सद्भावी, सदाशयी
bonafides	नेकनीयती, सद्भाव, सदाशयता
bond	बंधपत्र, बॉण्ड
bonded labour	बँधुआ मज़दूर
bonus	बोनस
bonus system	बोनस प्रणाली
book	1. पुस्तक, 2. बही
booking	बुक करना, बुकिंग
booking office	1. टिकटघर, 2. बुकिंग कार्यालय
booklet	पुस्तिका
book post	बुक पोस्ट
book value	खाता मूल्य
booth	बूथ, मतकेंद्र
booth capturing	बूथ कब्जा करना, बूथ कब्जाना, बूथ लूटना, मतकेंद्र पर कब्जा
border allowance	सीमा भत्ता, सरहद भत्ता
borrow	उधार लेना
borrower	उधारकर्ता
boss	बॉस
bottleneck	गत्यवरोध
boundary	सीमा
boundary mark	सीमा चिह्न
box	बॉक्स, पेटी
boycott	बहिष्कार, बॉयकाट
bracket	कोष्ठक
brain drain	प्रतिभा पलायन
brake	1. ब्रेक, 2. रोक
branch	शाखा
branch office	शाखा कार्यालय
breach	भंग
breach of contract	संविदा-भंग
breach of discipline	अनुशासन-भंग
breach of law	विधि-भंग, क़ानून तोड़ना
breach of peace	शांति-भंग
breach of privilege	विशेषाधिकार-भंग, विशेषाधिकार हनन
breach of rule	नियम-भंग
breach of trust	विश्वास-भंग, अमानत में ख़यानत
breakage	टूट-फूट
break down	ठप
break in service	सेवा में व्यवधान
breed	नस्ल
breeder	प्रजनक
breeding	प्रजनन
brevity	संक्षिप्तता
brewery	मद्यनिर्माणशाला
bribe	घूस, रिश्वत
bribery	घूसख़ोरी, रिश्वतख़ोरी
brief	1. संक्षिप्त, 2. पक्षसार, ब्रीफ़
briefing	सार-समप्रेक्षण, पत्रसार
brief resume	संक्षिप्त वृत्त

brigade	ब्रिगेड
brilliant	प्रतिभावान
brilliant record	शानदार कीर्तिमान
bring into notice	ध्यान में लाना, संज्ञान में लाना
broadcast	प्रसारण
brochure	विवरणिका
broker	दलाल
brokerage	दलाली
bronze medal	कांस्य पदक
brought forward (b/f)	अग्रानीत
budget	बजट, आय-व्ययक
budget allocation	बजट आबंटन
budget estimate	बजट प्राक्कलन, बजट अनुमान
budget grant	बजट अनुदान
budget provision	बजट प्रावधान
building	भवन, इमारत
bulk	1. थोक, अंबार, ढेर, 2. अधिकांश, 3. परिमाप
bulk purchase	थोक ख़रीद
bulletin	बुलेटिन
bumper	1. बम्पर, 2. ज़ोरदार, भरपूर
bumper crop	भरपूर पैदावार, ज़ोरदार फ़सल
bungling	1. गोलमाल, 2. गोलमाल करना
bureau	ब्यूरो
bureaucracy	1. अधिकारी तंत्र, 2. दफ्तरशाही 3. नौकरशाही
bureaucrat	अधिकारी, दफ्तरशाह, नौकरशाह
business	व्यवसाय, क[श्रार
business centre	व्यावसायिक केंद्र, व्यवसाय केंद्र
business class	व्यवसाय वर्ग
business correspondent	व्यावसायिक संवाददाता
busines hours (= hours of business)	कारोबारी समय
businessman	व्यवसायी, कारोबारी
buy-back	प्रति-क्रय
buyer	क्रेता, ख़रीदार
bye election (= by election)	उपचुनाव, उप-निर्वाचन
by force	बलपूर्वक, बलात्
by hand	दस्ती
by instalment	किस्तों में
by post	डाक से, डाक द्वारा

C

cabin	केबिन
cabin baggage	केबिन सामान
cabinet	1. मंत्रिमंडल, 2. अलमारी, 3. पेटिका
cablegram	समुद्री तार
cadet corps	कैडेट कोर
calamity	विपत्ति
calculating machine	परिकलन यंत्र, मशीन
calculation	परिकलन
calculator	परिकलित्र
calendar	कैलेंडर, सूची
call bell	बुलावा घंटी
campaign	अभियान
campus	परिसर
campus interview	परिसर साक्षात्कार
cancel	रद्द करना
cancellation	रद्द करण, मनसूखी
candidate	अभ्यर्थी, उम्मीदवार
candidature	अभ्यर्थिता, उम्मीदवारी
cantonment	छावनी
capability	सामर्थ्य
capable	समर्थ
capacity	1. हैसियत 2. क्षमता 3. सामर्थ्य 4. धारिता
capital	1. पूँजी, मूलधन 2. राजधानी 3. स्तंभशीर्ष 4. दीर्घाक्षर
capital account	पूँजीगत लेखा
capital punishment	मृत्युदंड
capitation fee	प्रतिव्यक्ति फ़ीस, प्रतिव्यक्ति शुल्क, कैपिटेशन
capture	पकड़ना, बंदी बनाना
carbon copy	कार्बन प्रति, कार्बन कॉपी
card index	कार्ड सूचक
cardiologist	हृदयरोग विशेषज्ञ
care	1. सावधानी, 2. देखभाल, रखवाली, 3. परवाह
career	वृत्ति, जीविका, कैरियर, जीवन
career development	वृत्ति विकास, कैरियर विकास
careers guidance	कैरियर मार्गदर्शन
caretaker government	कामचलाऊ सरकार, कार्यवाहक सरकार
cargo	जहाज़ी माल

carpenter	बढ़ई
carriage	1. गाड़ी, वाहन, 2. सवारी डिब्बा 3. ढुलाई
carried forward (c/f)	अग्रेनीत
carrier	1. वाहन, 2. वाहक
carry forward	आगे ले जाना
carry out	पालन करना
carry over	1. अग्रनयन, 2. अवशिष्ट
cartage	गाड़ी भाड़ा, ढुलाई
case	1. मामला, प्रकरण, 2. विषय 3. स्थिति, 4. मुकदमा
case study	केस अध्ययन, व्यष्टि अध्ययन
cash	रोकड़, नक़द, नक़दी, भुनाना
cash book	रोकड़ बही
cash crop	नक़दी फ़सल
cash flow	नकदी प्रवाह
cash memo	नक़द पर्ची, नक़दी-रसीद
cash payment	नक़द भुगतान
cash prize	नक़द इनाम
caste	जाति
caste certificate	जाति प्रमाणपत्र
casting vote	निर्णायक मत
casual	1. आकस्मिक, 2. अनियत, 3. असावधान, लापरवाह
casual leave	आकस्मिक छुट्टी
casualties	हताहत
casualty	1. दुर्घटना, 2. आहत, घायल, मृत
casualty department	हताहत विभाग
casualty report	हताहत रिपोर्ट
casual vacancy	आकस्मिक रिक्ति
cataloque	सूची, सूचीपत्र
category	वर्ग, श्रेणी, दर्जा, कोटि
catering	खानपान, भोजन प्रबंध
catering service	खानपान सेवा
caution	1. सावधान, ख़बरदार, 2. सावधानी
caution money	अवधान-राशि, जमानत राशि
cease fire	अस्त्रविराम, युद्धविराम, युद्ध-स्थगन
ceiling (as of "price")	उच्चतम सीमा
celecration	समारोह
cell	प्रकोष्ठ
cell phone	सेल फोन
censor	सेंसर
censorship	प्रेस सेंसर
censure	निन्दा, परिनिन्दा-विधि
censure motion	निन्दा प्रस्ताव
census	जनगणना
central	केंद्रीय
central cess	केंद्रीय उपकर
central civil service (CCS) rules	केंद्रीय सिविल सेवा नियमावली
central excise	केंद्रीय उत्पाद-शुल्क
central government	केंद्र सरकार, केंद्रीय सरकार
centralization	केंद्रीयकरण, केंद्रीकरण
centralized service	केंद्रीयकृत सेवा, केंद्रीकृत सेवा
centrally aided scheme	केंद्रीय सहायता प्राप्त योजना
centrally funded scheme	केंद्र-पोषित योजना
central sponsored scheme	केंद्र-प्रायोजित योजना
central office	केंद्रीय कार्यालय
central purchasing	केंद्रीय ख़रीद
central revenues	केंद्रीय राजस्व
central room	केंद्रीय कक्ष
centre	केंद्र
century	शताब्दी, शती, सदी, शतक
ceramist	मृत्तिका-शिल्पी
cereal	धान्य, अनाज
ceremonial parade	समारोह परेड
ceremony	समारोह धर्मानुष्ठान, संस्कार
certificate	प्रमाणपत्र
certificate of eligibility (= eligibility certificate)	पात्रता प्रमाणपत्र
certificate of fitness	1. आरोग्य प्रमाणपत्र, स्वस्थता प्रमाणपत्र 2. दुरुस्ती प्रमाणपत्र—मशीन
certified copy	प्रमाणित प्रति, प्रमाणित नक़ल
certify	प्रमाणित करना, तसदीक़ करना, प्रमाण देना
cess	उपकर
chairman/chair-person	1. अध्यक्ष, 2. सभापति
chairmanship	अध्यक्षता
challan	चालान
challenge	1. चुनौती, 2. आपत्ति
chamber	1. चेम्बर, कक्ष 2. मंडल
chamber of commerce	वाणिज्य मंडल
change	बदलना, परिवर्तन, बदलाव
change of scale	वेतनमान में परिवर्तन
channel	माध्यम, सरणि
chaos	अव्यवस्था

chapter	1. अध्याय, 2. शाखा, चैप्टर
character	चरित्र
character assassination	चरित्र हनन
character certificate	चरित्र प्रमाणपत्र
charge	1. आरोप, 2. चार्ज, बारूद, 3. प्रभार, ख़र्च, 4. कार्य-भार, पदभार, 5. धावा, 6. दाम, कीमत
chargeable	1. प्रभार्य, अभियोज्य, 2. व्यय योग्य
charged' affairs	कार्यदूत
charge sheet	आरोप पत्र
charitable	धर्मार्थ, ख़ैराती, पूर्त-विधि
charitable endowment	धर्मार्थ अक्षयनिधि, ख़ैराती अक्षयनिधि
charity	1. दान, ख़ैरात, 2. उदारता
charity show	सहायतार्थ प्रदर्शन
charter	भाड़े पर लेना, चार्टर
chasis number	चेसिस का नम्बर
cheating	छल, छल करना
civil suit	दीवानी, मुक़दमा
civil supplies	नागरिक पूर्ति
civil war	गृहयुद्ध
claim	दावा, दावा करना
claimant	दावी, दावेदार
claim form	दावा फार्म, दावा प्रपत्र
claim for refund	धन वापसी का दावा
clarification	स्पष्टीकरण
class	1. वर्ग, दर्जा, क्लास, कक्षा, 2. श्रेणी
classified advertisement	वर्गीकृत विज्ञापन
classified directory	वर्गीकृत निर्देशिका
classified documents	गुप्त दस्तावेज़
classified information	वर्गीकृत सूचना, गोपनीय सूचना, गुप्त सूचना
classify	वर्गीकरण करना
class of pension	पेंशन वर्ग
classwise	1. वर्गवार, 2. श्रेणीवार
clause	खंड, धारा
clearance	1. समाशोधन, बैंकिंग, 2. निकासी, 3. अनुमति
clear vacancy	स्पष्ट रिक्ति
clerical	1. लिपिकीय, 2. लेखन संबंधी
clerical cadre	लिपिक संवर्ग, लिपिक काडर
clerical error	लेखन अशुद्धि, लेखन-त्रुटि, लिखाई की भूल
clerical staff	लिपिक वर्ग

clerical work	लिपिकीय कार्य
client	ग्राहक, सेवार्थी
clinic	क्लिनिक, निदानालय
cloak room	अमानती सामानघर, क्लॉक रूम
close	समाप्ति
close down	बंद, बंदी
close of the year	वर्ष की समाप्ति
closing balance	अंत शेष, रोकड़ बाक़ी
closing date	अंतिम तिथि
closing price	बंद भाव
closure	समापन, समाप्ति
clue	सूत्र, संकेत
co (as in'co-chairman')	सह
co-accused	सह-अभियुक्त
coach	1. डिब्बा, कोच, 2. अनुशिक्षक 3. गाड़ी
coaching	अनुशिक्षण
coalition government	संविद सरकार, मिली-जुली सरकार, साँझा सरकार, गठबंधन सरकार
coastal	तटीय, तटवर्ती
code	1. संहिता, 2. कूट, संकेत, कोड
coded message	कूट संदेश
code number	कूट संख्या, संकेत संख्या
commission agent	कमीशन एजेंट, आढ़तिया
commissioning	प्रवर्तन में लाना, चालू करना
commission of equiry	जाँच आयोग
commit	1. करना, 2. सुपुर्द करना, 3. वचनबद्ध होना
commitment	1. सुपुर्दगी, 2. प्रतिबद्धता-विधि 3. वचनबद्धता
committed	प्रतिबद्ध
committee	समिति
commodity	वस्तु, पण्य
common	सामान्य
common law	लोक विधि, निर्णय विधि
common market	साझा बाज़ार
common room	विनोद कक्ष, कॉमन रूम
communal	सांप्रदायिक
communal harmony	सांप्रदायिक सद्‌भाव
communication	1. संचार, 2. संसूचना, संदेश, 3. पत्र-व्यवहार, 4. संप्रेषण
communication gap	सम्प्रेषणाभाव
communique	विज्ञप्ति
community	समुदाय, समाज

community centre	सामुदायिक केंद्र
community development project	सामुदायिक विकास परियोजना
community hall	समाज-सदन, सामुदायिक भवन
community service	सामुदायिक सेवा
commuted leave	परिवर्तित छुट्टी
commuter	दैनिक यात्री
comparability	तुलनीयता
comparative statement	तुलनात्मक विवरण
comparison	1. तुलना, 2. मिलान
compartment	1. कक्ष, खाना, 2. रेल डिब्बा
compassion	अनुकंपा
compasionate allowance	अनुकंपा भत्ता
compassionate ground	अनुकंपा-आधार
compassionate leave	अनुकंपा छुट्टी
compatible	संगत, अनुकूल
compel	विवश करना
compensation	प्रतिपूर्ति, मुआवज़ा, क्षतिपूर्ति
compensatory allowance	प्रतिपूरक भत्ता
compensatory leave	प्रतिपूरक छुट्टी
competence	सक्षमता
competent	सक्षम
competent authority	सक्षम प्राधिकारी
competition	प्रतियोगिता, प्रतिस्पर्धा
competitive examination	प्रतियोगी परीक्षा
competitive rate	प्रतियोगी दर
compilation	संकलन
compiler	संकलनकर्ता
complaint	1. शिकायत, 2. परिवाद विधि
complaint book	शिकायत पुस्तिका
complaint report	शिकायत रिपोर्ट
complemants	समादर
complement	पूरक
complementary	पूरक
complete	पूर्ण, पूरा करना, समाप्त करना
completion certificate	समापन प्रमाण-पत्र
completion report	समापन रिपोर्ट
compliance	अनुपालन, पालन
complicated	जटिल, उलझा हुआ, पेचीदा
compliment	प्रशंसा, प्रशंसा करना, बधाई देना
complimentary	मानार्थ
complimentary copy	मानार्थ प्रति
complimentary pass	मानार्थ प्रवेशपत्र
comply with	अनुपालन करना, पालन करना
composite culture	सामाजिक संस्कृति
composition	1. रचना, निर्माण, 2. मिश्रण, सम्मिश्रण, 3. संघटन, गठन, 4. प्रशमन—ऋण का
compound	अहाता
comprehensive	व्यापक, बृहत
comprehensive insurance	व्यापक बीमा
compromise	समझौता, समझौता करना
compulsory	अनिवार्य
compulsory retirement	अनिवार्य सेवा-निवृत्ति
computer	कंप्यूटर
computer centre	कंप्यूटर केंद्र
computerization	कंप्यूटरीकरण
computer language	कंप्यूटर भाषा
computer literacy	कंप्यूटर साक्षरता
concern	1. प्रतिष्ठान, 2. सरोकार, 3. चिन्ता
concession	रियायत
concessional rate	रियायती दर
concession certificate	रियायत प्रमाणपत्र
concludingre marks	उपसंहार/समापन टिप्पणी
conclusion	निष्कर्ष, अंत
conclusive	निश्चयात्मक
concur	सहमत होना
concurrence	सहमति
concurrent list	समवर्ती सूची
condemn	1. अनुपयोगी घोषित करना, 2. दंडनीय घोषित करना 3. निन्दा करना
condition	1. शर्त, प्रतिबंध, 2. दशा, स्थिति
conditional	सशर्त
conditional grant	सशर्त अनुदान
conditions of contract	ठेके की शर्तें, संविधा शर्तें
conditions of service	नौकरी की शर्तें, सेवा शर्तें
condolence	संवेदना, शोक
condone	माफ़ करना
conduct	1. आचरण, 2. संचालित करना
conductor	1. संचालक—कार्यक्रम का 2. संवाहक, कंडक्टर—जैसे बस का
conduct rules	आचरण नियमावली
confer	1. प्रदान करना, 2. विचार-विमर्श करना
conference	सम्मेलन
conference hall	सम्मेलन भवन, कॉन्फ्रेंस हॉल
conference room	सम्मेलन कक्ष

conferred	प्रदत्त
confession	इक़बाल, संस्वीकृति-विधि
confidence	विश्वास, भरोसा
confidential	1. गोपनीय, 2. अंतरंग
confidential memorandum	गोपनीय ज्ञापन
confirm	पुष्टि करना
confirmation	पुष्टि, स्थायीकरण
confirmation (order)	स्थायीकरण आदेश
confirmation of service	सेवा का स्थायीकरण
confirmation order	स्थायीकरण आदेश
confiscation	अधिहरण, ज़ब्ती
conflict	संघर्ष, विरोध
conflicting views	परस्पर विरोधी विचार
conformity	अनुरूपता
congratulation	बधाई
connection	संबंद्ध, जोड़ना, संयोजन, मेल, कनेक्शन
connivance	मिलीभगत, मौनानुकूलता विधि
conscience	अंत:करण
consecutive	क्रमिक, लगातार
consensus	मतैक्य
consent	सहमति
consequence	परिणाम, फल
conservation	संरक्षण
consignee	प्रेषिती
consignment	प्रेषण
consignment note	प्रेषण नोट
consistent	1. एकरूप, 2. संगत
consolidated fund	संचित निधि, समेकित निधि
consolidated pay	समेकित वेतन
consolidation	1. चकबंदी, 2. समेकन, 3. सुदृढ़ीकरण
conspectus	1. दिग्दर्शन, 2. संदर्शिका, संक्षिप्त विवरण
conspicuous	1. सहज दृश्य, 2. ध्यानाकर्षी
conspiracy	षडयंत्र
constant	स्थिर, नियत, सतत विधि
constituency	निर्वाचन क्षेत्र
constituent	संघटक
constitution	1. संविधान, 2. संघटन, गठन
constraints	बाध्यता
construction	निर्माण, रचना
construction division	निर्माण प्रभाग
constructive	रचनात्मक
consultant	परामर्शदाता
consultation	परामर्श
consultative committee	परामर्शदात्री समिति
consumer's goods	उपभोक्ता वस्तुएँ
consumer forum / council	उपभोक्ता मंच / परिषद्
consumer protection	उपभोक्ता संरक्षण
consumption	उपभोग, खपत
contact	संपर्क, संस्पर्श, स्पर्श
contagious	सांसर्गिक, संक्रामक
contamination	संदूषण
contemporary	समसामयिक, समकालिक
contempt of court	न्यायालय की अवमानना
contention	1. विवाद, 2. दावा, 3. प्रति-विरोध विधि
contents	1. विषय-सूची, 2. अंतर्वस्तु, अंश
contest	1. विवाद, 2. प्रतियोगिता, 3. लड़ना—जैसे निर्वाचन
context	संदर्भ, प्रसंग
contingencies	आकस्मिक व्यय
contingency	1. आकस्मिकता, 2. संभाव्य स्थिति
contingency allowance	आकस्मिकता भत्ता
contingency grant	प्रासंगिक अनुदान
contingency plans	आपात निर्वाही योजना
contingent	1. टुकड़ी, दल, 2. आकस्मिक, प्रासंगिक, 3. समाश्रित विधि
contingent bill	आकस्मिक बिल
contingent charges	आकस्मिक प्रभार, फुटकर ख़र्च
continuation sheet	अनुवर्ती काग़ज़
continuous appointment	सतत नियुक्ति
continuous process	सतत प्रक्रिया
contract	ठेका, संविदा
contract deed	संविदा विलेख
contractor	ठेकेदार, संविदाकार
contract period	ठेके की अवधि, संविदा की अवधि
contract work	संविदागत कार्य, ठेके का काम
contradict	प्रतिवाद करना, खंडन करना
contradiction	प्रतिवाद, खंडन, विरोध, परस्पर विरोध
contradictory	विरोधात्मक
contribution	1. योगदान, 2. अंशदान, चंदा
contributory pension scheme	अंशदायी पेंशन योजन
contributory provident fund	अंशदायी भविष्य निधि

contributory scheme	अंशदायी योजना
control	नियंत्रण
controlled expenditure	नियंत्रित व्यय
controlled price	नियंत्रित क़ीमत, मूल्य
controlling officer	नियंत्रण अधिकारी
controversial	विवादास्पद
controversial matter	विवादास्पद मामला
controversy	विवाद
convene	संयोजन करना, बुलाना, बैठक
convener	संयोजक
convenience	सुविधा
convention	1. परिपाटी, रूढ़ि, 2. समागम, 3. अभिसमय
conversant	अवगत, परिचित
converted leave	संपरिवर्तित छुट्टी
converter	परिवर्तक
convey	1. सूचित करना, 2. पहुँचाना
conveyance	1. वाहन, सवारी, 2. हस्तांतरण
conveyance allowance	वाहन भत्ता
conveyance expenses	वाहन व्यय, सवारी ख़र्च
convocation	दीक्षांत समारोह
cooling off period	उपशमन अवधि
cooperation	1. सहयोग, 2. सहकारिता
cooperative	1. सहकारी, 2. सहयोगशील
cooperative society	सहकारी समिति
co-opt	सहयोजित करना
co-opted	सहयोजित
co-opted member	सहयोजित सदस्य
co-ordination	समन्वय, तालमेल
copartner	सहभागीदार
copy	1. प्रतिलिपि नक़ल, 2. प्रति, 3. कॉपी
copying	प्रतिलिपिकरण, प्रतियाँ बनाना
copy right	कॉपीराइट, स्वत्वाधिकार, प्रकाशनाधिकार
cordial	सौहार्दपूर्ण
corporate	निगमित
corporate body	निगमित निकाय
corporation	निगम
corporation tax	निगम कर
corps	कोर
corpus fund	कायिक निधि, समग्र निधि
correction	भूल-सुधार, सुधार, दोष-सुधार
corrective measures (= correctives)	सुधारक उपाय
correspond	1. पत्र व्यवहार करना, पत्राचार करना 2. समरूप होना, मेल खाना, समान होना
correspondence	पत्राचार, पत्र-व्यवहार
correspondence course	पत्राचार पाठ्यक्रम
correspondent	संवाददाता
corresponding	तदनुरूप, तदनुसार
corrigendum	शुद्धि-पत्र, भूल-सुधार
corrupt	भ्रष्ट, भ्रष्ट करना
corruption	भ्रष्टाचार
corrupt practice	भ्रष्ट आचरण
cosmopolitan city	विश्वनगर
cost	लागत
cottage industry	कुटीर उद्योग
council	परिषद्
councillor	पार्षद
council of ministers	मंत्रिपरिषद्
counselling	परामर्श, परामर्श सेवा, उपबोधन
count	गिनना, गणना करना
counter	1. काउंटर, पटल, 2. प्रति, जवाबी, 3. गणित्र
counter action	जवाबी कार्रवाई
counter bid	जवाबी बोली
counter charge	प्रत्यारोप
counter claim	प्रतिदावा
counter clerk	काउंटर क्लर्क
counterpart	प्रतिस्थानी, प्रतिरूप, समकक्ष
countersign	प्रतिहस्ताक्षर करना
counter signature	प्रतिहस्ताक्षर
country of origin	उद्गम देश
coup	1. तख़्ता-पलट, 2. आकस्मिक राजपरिवर्तन
coupon	कूपन
courier	वार्ताहर, कूरियर
courier service	कूरियर सेवा
course	1. पाठ्यक्रम, 2. मार्ग, दिशा 3. क्रम, 4. विधि, प्रक्रिया
course of study	पाठ्यक्रम
court case	अदालती मामला, न्यायालयी प्रकरण
courtesy	सौजन्य, शिष्टाचार
cover	1. आवरण, लिफाफा, 2. संरक्षण 3. समावेशन, कवरेज
covering letter	सहपत्र
covering note	सह टिप्पणी
craftsman	शिल्पकार, शिल्पी

crash programme	द्रुत कार्यक्रम, फ़ौरी कार्यक्रम
creamy layer	नवोन्नत वर्ग
creation	सर्जन, रचना, निर्माण
creative	सर्जनात्मक
creativity	सर्जनशीलता, सर्जनात्मकता
creche	शिशु सदन, बालबाड़ी
credibility	विश्वसनीयता, साख
credit	1. उधार 2. प्रत्यय, साख, 3. जमा, क्रेडिट
creditable	प्रशंसनीय, सराहनीय
credit advice	जमा संज्ञापन
credit balance	जमा शेष
credit card	क्रेडिट कार्ड
credit facilities	उधार सुविधाएँ
credit scroll	जमा पत्रक
cremation	दाह संस्कार
cremation ground	श्मशान भूमि
crew	कर्मीदल
crime	अपराध
criminal breach of trust	आपराधिक विश्वास-भंग, आपराधिक धोखाधड़ी
criminal court	फ़ौजदारी अदालत
criminal negligence	आपराधिक उपेक्षा
criminal offence	दंडनीय अपराध
criminal procedure code	दंड प्रक्रिया संहिता
crisis	संकट
crisis management	संकट प्रबंधन
criterion	मानदंड, कसौटी
criticism	आलोचना
cross	1. क्रॉस लगाना, काट देना, 2. संकर
cross breed	संकर नस्ल
cross checking	दुतरफा पड़ताल
crossed cheque	क्रॉस चैक, रेखित चैक
cross examination	प्रतिपरीक्षा
cross voting	पक्षांतर मतदान
crucial date	निर्णायक तिथि
crude	1. कच्चा, अपरिष्कृत, 2. अशोधित, 3. अशिष्ट
culpable homicide	आपराधिक मानव-वध
culprit	अपराधी, दोषी
cultivation	खेती, कर्षण
cultivator	1. खेतिहर, 2. कल्टीवेटर यंत्र
cultural agreement	सांस्कृतिक क़रार
cultural exchange programme	सांस्कृतिक विनिमय कार्यक्रम
cumulative	संचयी
currency	मुद्रा, करेंसी
currency crisis	मुद्रा संकट
currency exchange	मुद्रा विनिमय
currency note	करेंसी नोट
current	चालू, प्रचलित
current account	चालू खाता
current duties	वर्तमान कर्तव्यभार
current price	चालू कीमत
current session	चालू सत्र, चालू अधिवेशन
curriculum vitae	आत्मवृत्त
curtail	कम करना
custodian	अभिरक्षक
custody	अभिरक्षा, हिरासत
custom	रूढ़ि, प्रथा
custom(s)	सीमा-शुल्क
customary	रूढ़िगत, प्रथागत
custom duty	सीमा-शुल्क
customer	ग्राहक, गाहक
customer friendly	ग्राहक हितैषी
custom examination	सीमा-शुल्क जाँच
cut	1. कर्तन, काट, 2. कटौती
cut back	कटौती
cut down	कम करना
cut of date	विभेदक तिथि
cycle	चक्र
cyclostyle	साइक्लोस्टाइल करना

D

daily	दैनिक, नित्य
daily allowance	दैनिक भत्ता
daily diary	दैनिकी, दैनंदिनी
daily register	दैनिक रजिस्टर
daily report	दैनिक रिपोर्ट
daily routine	दैनिक कार्य, रोज़ का काम
daily wages	दैनिक मज़दूरी, दिहाड़ी
dais	मंच
dak book	डाक पुस्तक
dak bungalow	डाकबँगला
damage	क्षति, हानि, नुकसान
damages	1. हर्ज़ाना, 2. नुक़सानी विधि

dangerous	खतरनाक, संकटपूर्ण, भयंकर
daring	साहसी, साहसिक
data	आधार सामग्री, आँकड़े, डाटा
data analysis	आधार-सामग्री विश्लेषण, आँकड़ा विश्लेषण
data bank	डाटा बैंक
data base	डाटा संचय
data collection	आधार-सामग्री संग्रहण, आँकड़ा संग्रहण
data feeding	आँकड़ा भरण
data processing	डाटा प्रक्रमण
data room	डाटा कक्ष
date	दिनांक, तिथि, तारीख़
dated	दिनांकित
date of arrival	आगमन तिथि, आने की तारीख़
date of birth	जन्मतिथि
date of departure	प्रस्थान तिथि, जाने की तारीख़
date of discharge	कार्यमुक्ति तारीख़
date of maturity	पूर्णता तारीख़, परिपक्वता तिथि
date of receipt	प्राप्ति तिथि, प्राप्ति तारीख़
date stamp	तारीख़ मोहर
day book	रोज़नामचा
day scholar	दिवा छात्र
day shift	दिन की पारी
days of grace	रियायती दिन
day-to-day work	दैनंदिन कार्य, रोजमर्रा का काम
dead account	निष्क्रिय लेखा
dead card	बेकार कार्ड
dead line	समय सीमा
dead lock	गतिरोध
deal	सौदा, व्यवहार करना
dealing	व्यवहार, बर्ताव, लेनदेन
dealing assistant	संबंधित सहायक
dealing hand	संबंधित कर्मचारी
dealings	व्यवहार, लेनदेन
dearness allowance	महँगाई भत्ता
death anniversary	पुण्यतिथि
death benefit	मृत्यु हितलाभ, मरणोत्तर देय राशि
death-cum-retirement gratuity	मृत्यु-सह-निवृत्ति उपदान
death in service	सेवा के दौरान मृत्यु
debar	रोकना, विवर्जित करना, विधि
debarment	रोक, वारण, विवर्जन
debenture	डिबेंचर
debenture holder	डिबेंचरधारक

debt	ऋण
debt management	ऋण प्रबंधन
debtor	देनदार, ऋणी
decategorization	कोटि निरसन
deceased	मृत, मृतक, दिवंगत
deceased person	मृत व्यक्ति, मृतक
decency	शिष्टता
decentralizated item	विकेंद्रीकृत मद
decentralization	विकेंद्रीकरण मद
deciding factor	निर्णायक कारक
decimal system	दशमलव प्रणाली
decision	निर्णय, फैसला, विनिश्चय, विधि
decision making	निर्णयन
decision making process	निर्णय प्रक्रिया
declaration	घोषणा
declaration form	घोषणा-पत्र
declaration of income	आय की घोषणा
declared value	घोषित मूल्य
declare on oath	सशपथ घोषित करना, शपथपूर्वक घोषणा करना
decode	कूटवाचन
decontrol	विनियंत्रण
decoration	1. अलंकरण, 2. सजावट
decorum	शिष्टता, शालीनता, मर्यादा
decrease	घटत, कमी
decree	डिगरी, डिक्री
dedication	समर्पण
deduction	कटौती, घटाव
deduction at source	स्रोत पर कटौती
deductions from salary	वेतन से कटौतियाँ
deed	1. विलेख, विधि, 2. कर्म
deed of mortagage	बंधक विलेख
deemed university	सम-विश्वविद्यालय, मानित विश्वविद्यालय
deface	विरूपित करना
defacto	वस्तुतः
defamation	मानहानि
default	1. चूक, व्यतिक्रम, 2. बकाया
defaulter	1. चूक करने वाला, व्यतिक्रमी 2. बक़ायादार, बाक़ीदार
defective	त्रुटिपूर्ण
defence	रक्षा, बचाव, प्रतिवाद, विधि
defence counsel	बचाव पेशकार
defence production	रक्षा-उत्पादन
defendant	प्रतिवादी

defer	आस्थगित करना
deferred	आस्थगित
defiance	अवज्ञा
deficiency	कमी, न्यूनता
deficit	घाटा, कमी
deficit budget	घाटे का बजट
define	1. निश्चित करना, 2. परिभाषा देना
defunct company	निष्क्रिय कम्पनी, बंद कम्पनी
defy	अवज्ञा करना
degradation	पद घटाना, ग्रेड घटाना
degree	1. डिग्री, उपाधि, उपाधिपत्र, 2. मात्रा 3. अंश, अशांक, 4. कोटि, घात
degree college	महाविद्यालय, स्नातक महाविद्यालय
dejure	विधित:
delay	विलंब
delegate	विलंब रिपोर्ट
delegate	प्रतिनिधि, प्रत्यायोजित करना, दे देना, सौंपना
delegated authority	प्रत्यायोजित प्राधिकार
delegated responsibility	प्रत्यायोजित दायित्व
delegation	1. प्रतिनिधि मंडल, 2. प्रत्यायोजन
delegation of powers	शक्तियों का प्रत्यायोजन
delete	हटाना, निकालना
deliberately	जानबूझकर
delimitation	परिसीमन
delinquency	अपचार
deliver	1. देना, सौंपना, 2. जन्म देना, जनना
delivery	1. वितरण, सुपुर्दगी, परिदान विधि, 2. प्रसव
delivery order	सुपुर्दगी आदेश
delivery receipt	सुपुर्दगी रसीद
demand	माँग, अभियाचना
demarcation	सीमांकन
demi-official	अर्धशासकीय
demi-official letter (D.O.L.)	अर्धशासकीय पत्र
democracy	लोकतंत्र, प्रजातंत्र
democratic	लोकतांत्रिक
demonstration	1. प्रदर्शन, 2. निदर्शन, निरूपण 3. प्रमाण
demoralization	मनोबल-ह्रास, हौसलापस्त
demoratisation	मनोबल ह्रास, हौसल पस्त
demote	पदावनत करना, पद घटाना
demurrage	विलंब-शुल्क, डेमरेज
denial	1. प्रत्याख्यान विधि, 2. इनकार, नकार
denial of right	अधिकार वंचन
denomination	1. अभिधान, 2. अंकित मूल्य 3. पंथ, धार्मिक, 4. मूल्यवर्ग
deny	1. प्रत्याख्यान करना, विधि, 2. नकारना
depart	1. प्रस्थान करना, रवाना होना, 2. विचलित होना, हटना, 3. दिवंगत होना
departed soul	दिवंगत आत्मा
department	विभाग
departmental	विभागीय
departmental action	विभागीय कार्रवाई
departmental charges	विभागीय प्रभार
departmental enquiry	विभागीय जाँच
departmental inspection	विभागीय निरीक्षण
departmental investigation	विभागीय जाँच पड़ताल
departmental irregularities	विभागीय अनियमितताएँ
departmental library	विभागीय पुस्तकालय
departmental negligance	विभागीय लापरवाही, विभागीय प्रमाद
departmental order	विभागीय आदेश
departmental permission	विभागीय अनुमति
departmental proceedings	विभागीय कार्यवाही
departmental promotion	विभागीय पदोन्नति, विभागीय तरक़्क़ी
departmental qualifying examination	विभागीय अर्हक परीक्षा
departure	1. प्रस्थान, 2. विचलन
dependency certificate	आश्रय प्रमाणपत्र
dependent	आश्रित
dependent childern	आश्रित संतान
deploy	तैनात करना
deployment	1. तैनाती, 2. परिनियोजन
deponent	अभिसाक्षी
deportation	देशनिकाला, विवासन विधि
depose	अभिसाक्ष्य देना
deposit	निक्षेप, जमा
depositor	जमा करने वाला, जमाकर्ता
depot	डिपो, आगार
depot transfer	डिपो बदली
depreciation	मूल्यह्रास, अवक्षय
depreciation charge	मूल्यह्रास प्रभार, अवक्षय प्रभार
depressed class	दलित वर्ग, शोषित वर्ग

deprive	वंचित करना
deputation	1. प्रतिनियुक्ति, 2. शिष्टमंडल
deputation allowance	प्रतिनियुक्त भत्ता
deputationist	प्रतिनियुक्त
deputy	उप-
deregistered	विपंजीकृत
dereliction of duty	कर्तव्य की अवहेलना
dereservation	वि-आरक्षण
derogatory	अनादरसूचक
derogatory remarks	अनादरसूचक अभ्युक्ति
descendant	वंशज
descending order	अवरोही क्रम
description	वर्णन, विवरण
descriptive	वर्णनात्मक, विवरणात्मक
deserving	सुपात्र
design	अभिकल्प, डिजाइन
designate	मनोनीत, अभिहित करना
designation	पदनाम, पद
designing	अभिकल्पन, रूपांकन
desk calendar	डेस्क कैलेंडर
despatch	प्रेषण, रवानगी, प्रेषित करना, रवाना, भेजना
despatcher	प्रेषक, भेजने वाला
despatch instruction	प्रेषण अनुदेश
despatch memo	प्रेषण ज्ञापन
despatch note	प्रेषण पत्र, रवानगी पत्र
despatch register	प्रेषण रजिस्टर
destination	1. गंतव्य, 2. लक्ष्य
destitute	निराश्रित
detail	1. ब्यौरा, 2. काम सौंपना
detailed	विस्तृत
detailed account	विस्तृत लेखा/ब्यौरेबार लेखा
detailed statement	विस्तृत विवरण
detect	पता लगाना, पकड़ना
detection	1. खोज, 2. पता लगाना
detective	गुप्तचर, जासूस
detention	1. नजरबंदी, निरोध, 2. रोक
direct interview	सीधा साक्षात्कार
direction	निदेश, निदेशन
direction and control	निदेशन और नियंत्रण
directive	निदेश, निदेशात्मक
direct nomination	प्रत्यक्ष नामन, प्रत्यक्ष नामंकन
directory	निदेशिका, निर्देशिका
direct recruit	सीधे नियुक्त, सीधी भर्ती
direct recruitment	सीधी भर्ती
direct taxation	प्रत्यक्ष कराधान
disallow	नामंज़ूर
disability	1. निर्योग्यता, 2. नि:शक्तता विधि, 3. अपंगता
disability allowances	विकलांग भत्ता, अशक्तता भत्ता
disadvantage	हानि, असुविधा
disagree	असहमत होना
disallowed	अस्वीकृत
disapproval	अननुमोदन
disaster	आपदा
disaster management	आपदा प्रबंधन
disband	भंग करना, तोड़ देना
disbursement	संवितरण, बाँटना
discard	अलग करना, हटा देना
discharge	1. सेवा-मुक्ति, कार्य-मुक्ति, 2. छुट्टी, 3. उन्मोचन, 4. निर्वहन, पालन
discharge slip	छुट्टी की पर्ची
disciplinary action	अनुशासनिक कार्रवाई
disciplinary procedure	अनुशासनिक प्रक्रिया विधि
discipline	अनुशासन
disclaim	1. दावा छोड़ना, स्वत्व त्यागना, 2. अस्वीकार करना
disclose	प्रकट करना
disclosure	प्रकटन
discontent	असंतोष
discontinue	बंद करना, रोकना
discord	अनबन, विस्वरता
discount	छूट, बट्टा
discover	पता लगाना, खोजना
discrepancy	विसंगति
discretion	विवेक, स्वेच्छा निर्णय
discretionary grant	विवेकानुदान
discretionary power	विवेकाधिकार
discrimination	विभेद, भेदभाव
discrussion	1. विचार-विमर्श, चर्चा, 2. बहस
disfigure	विरूपित करना
dishonest	बेईमान
dishonesty	बेईमानी
dishonour (a cheque)	चैक—अस्वीकार करना, नकारना
disintegration	विघटन
disk	डिस्क
dislocation	1. विस्थापन, 2. अस्तव्यस्त हो जाना
disloyal	निष्ठाहीन

dismiss	1. पदच्युत करना, बरखास्त करना, 2. ख़ारिज करना
dismissal	पदच्युति, बरख़ास्तगी
dismissal procedures	बर्खास्तगी प्रक्रिया
disobedience	अवज्ञा
disobey	आज्ञा न मानना, अवज्ञा करना
disorder	1. अव्यवस्था, गड़बड़ी, 2. शांति भंग
disparity	असमानता
dispatch section	प्रेषण अनुभाग
dispensable	परिहार्य
disperse	विसर्जित होना, तितर-बितर करना
displaced	विस्थापित
display	प्रदर्श, सजावट, प्रदर्शित करना
display advertisement	प्रदर्श विज्ञापन
displeasure	नाख़ुशी
disposal	1. निपटान, निर्वतन, 2. व्ययन
disposal of business	काम निपटाना
dispose off	निपटाना
dispose off cases	मामलों का निपटारा
dispute	विवाद, झगड़ा
disqualification	अयोग्यता, अनर्हता
disqualified	अयोग्य, अनर्ह
disregard	अवहेलना
disrespect	अनादर
disruption	विच्छिन्न/विच्छिन्नता
dissatisfaction	असंतोष, असंतुष्टि
dissent	विमति, विसम्मति-विधि, असहमति
disservice	उपकार
dissociate	असम्बद्ध होना, अलग होना
dissociation	वियोजन, असाहचर्य
dissolve	भंग करना, विघटित करना
distance learning	दूरस्थ शिक्षण
distillery	मद्य निर्माणशाला
distinct	1. सुस्पष्ट, सुव्यक्त, 2. भिन्न, अलग
distinction	1. विशेष योग्यता, 2. विभेद
distinctive	1. पृथक्, भिन्न, 2. विशिष्ट
distinguish	1. भेद करना, 2. विशिष्टता पाना
distinguished	विशिष्ट
distinguishing sign	पहचान चिह्न
distortion	1. विकृति-विधि, 2. तोड़-मरोड़
distress	विपत्ति, दुःख
distribute	वितरण करना, बाँटना
distribution	आवंटन, विवरण
distribution slip	वितरण पर्ची
distributor	वितरक
district	ज़िला, जनपद
district centre	डिस्ट्रिक्ट सेंटर, प्रधान व्यावसायिक केंद्र
district park	ज़िला पार्क, लोक उद्यान, जन वाटिका
disturbance	1. उपद्रव, 2. गड़बड़ी, 3. बाधा
ditto	यथोपरि, जैसे ऊपर
diversification	विविधीकरण
diversion	1. विषयान्तर, 2. पथांतर, पथांतरण
divided responsibility	विभाजित उत्तरदायित्व, विभाजित दायित्व
dividend	लाभांश
division	1. प्रभाग, 2. डिवीज़न, 3. विभाजन, 4. श्रेणी
divisional director	1. मंडल निदेशक, 2. प्रभागीय निदेशक
divisional headquarters	1. मंडल मुख्यालय, 2. प्रभागीय मुख्यालय
division bench	खंड न्यायपीठ
division of labour	श्रम विभाजन
divorce	तलाक़, विवाह-विच्छेद, तलाक देना, विवाह-विच्छेद करना
divorcee	तालकशुदा
dock	गोदी
doctor	डॉक्टर, चिकित्सक
document	दस्तावेज़, प्रलेख
documentary evidence	1. दस्तावेज़ी साक्ष्य, 2. प्रलेखी साक्ष्य
documentary film	वृत्तचित्र
documentation	प्रलेखीकरण, प्रलेखन
documentry evidence	प्रलेखी साक्ष्य, काग़ज़ी साक्ष्य
dole	निर्वाहदान
domicile	अधिवास
domicile certificate	अधिवास प्रमाणपत्र
domiciled	अधिवासी
dominant	प्रभावी, प्रबल
donation	दान, चंदा
donor	दाता
dormitory	शयनशाला
dossier	फ़ाइल
doubtful	संदिग्ध

down grade अवनयन
down grading क्रमावनति
down payment तत्काल अदायगी
draft 1. प्रारूप, मसौदा, 2. ड्राफ़्ट-बैंक
drama artist नाट्य कलाकार
dramatist नाटककार
drastic measure कठोर कार्रवाई, कठोर उपाय
draw 1. आहरण—वेतन का, 2. निकलना—लाटरी, 3. चैक काटना, चैक लिखना
drawing 1. ड्राइंग, रेखाचित्र, 2. आहरण
drought अनावृष्टि, सूखा
drought area सूखाग्रस्त क्षेत्र
druggist औषधि-विक्रेता
dual charge दोहरा प्रभार, दोहरा कार्यभार
dual citizenship दोहरी नागरिकता
due 1. देय, प्राप्य, 2. नियत
due care भली भाँति देख-रेख, सम्यक् सतर्कता
due date नियत तिथि, नियत तारीख़
dues देय राशि
duly विधिवत्, यथाविधि
duly constituted विधिवत् गठित
dummy दिखावटी, नमूना, नमूने का अंक
dumping पाटना
duplicate दूसरी प्रति, अनुलिपि
duplicate copy दूसरी प्रति, अनुप्रति, अनुलिपि
duplicating अनुलिपीकरण
duplicator अनुलिपित्र, डुप्लिकेटर
duration अवधि, मियाद
duress दबाव
duty ड्यूटी : कर्तव्य भार : कार्य, काम
duty allowance ड्यूटी भत्ता
duty chart ड्यूटी चार्ट, ड्यूटी सचित्र
duty leave इतर कार्यार्थ छुट्टी
duty room ड्यूटी रूम, कार्यकक्ष
duty roster ड्यूटी रोस्टर
dying declaration मृत्युकालिक कथन
dying statement मृत्युकालिक बयान
dynamic गत्यात्मक, गतिशील

E

earliest possible यथाशीघ्र
early retirement समयपूर्व सेवा-निवृत्ति
earmark उद्दिष्ट करना, अलग से चिह्नित करना
earmarked विशेष प्रयोजन के लिए उद्दिष्ट, अलग से चिह्नित
earned leave अर्जित अवकाश, अर्जित छुट्टी
earnest money बयाना, अग्रिम धन विधि
earning capacity अर्जन क्षमता
earnings अर्जन उपार्जन
eco friendly पर्यावरण हितैषी, पर्यावरण हितू
ecology पारिस्थितिकी
economic आर्थिक : अर्थशास्त्रीय
economical सस्ता : मितव्ययी, किफ़ायती
economic analyst आर्थिक विश्लेषक
economic development आर्थिक विकास
economic exploitation आर्थिक शोषण
economic resources आर्थिक संसाधन
economy अर्थव्यवस्था
economy compaign मितव्ययिता अभियान
economy class किफायती श्रेणी
editing संपादन
edition संस्करण
editorial सम्पादकीय
editorial assistant सम्पादकीय सहायक
editorial board सम्पादन मंडल
education शिक्षा
educational शैक्षिक
educational career शैक्षिक जीवन
educational institute शिक्षा संस्थान, शैक्षिक संस्थान, शैक्षणिक संस्थान
educational qualification शैक्षिक अर्हता, शैक्षिक योग्यता
effect 1. प्रभाव, 2. परिणाम
effective 1. प्रभावी, 2. वास्तविक
effective date प्रभावी तिथि
effective implementation प्रभावी कार्यान्वयन
effective measures प्रभावी उपाय
effective staff strength वास्तविक कर्मचारी संख्या
efficiency दक्षता, कार्यकुशलता
efficiency bar दक्षता रोध
efficiency bonus कार्यकुशलता बोनस
efficiency rating कार्यकुशलता कोटि निर्धारण
efficient दक्ष

elaborate	विस्तार से कहना—क्रि., विशद—वि.
election	निर्वाचन
election duty	निर्वाचन ड्यूटी, चुनाव ड्यूटी
elector	निर्वाचक
electoral college	निर्वाचक मंडल
electorol roll	निर्वाचक नामावली
electorate	निर्वाचक मंडल
electrification	विद्युतीकरण
electronic media	इलेक्ट्रॉनिकी संचार माध्यम, इलेक्ट्रॉनिक मीडिया
electronics expert	इलेक्ट्रॉनिकी विशेषज्ञ
elegibility test	पात्रता परीक्षण
elementary	प्रारंभिक
elementary education	प्रारंभिक शिक्षा
eligibility	पात्रता
eligibility list	पात्रता सूची
eligible	पात्र
elimination	निकाल देना, विलोपन
eloquence	वाक्पटुता
embarrass	उलझन में डालना
embarrassment	उलझन
embassy	राजदूतावास
embezzlement	ग़बन
emblem	संप्रतीक
embossing seal	अधिकृत सील, समुदभृत सील
emergency	आपात, आपातकाल
emergency cadre	आपात संवर्ग, आपात काडर
emergency relief	आपात सहायता, आपात राहत
emoluments	परिलब्धियाँ
employ	1. नियुक्ति करना, नियोजित करना, 2. प्रयोग करना, काम में लाना
employee	कर्मचारी
employees provident fund	कर्मचारी भविष्य निधि
employer	नियोक्ता
employer's contribution	नियोक्ता अंशदान
employer's liability	नियोक्ता देयता
employment	नौकरी, रोजगार, सेवायोजन, नियोजन : व्यवसाय
employment exchange	रोज़गार कार्यालय
employment notice	रोज़गार सूचना
employment office	रोज़गार कार्यालय, सेवायोजन कार्यालय
employment-oriented	रोज़गार-उन्मुख
employment prospects	रोज़गार संभावना
empower	शक्ति देना, अधिकार देना
empowerment	सशक्तीकरण
enact	अधिनियम बनाना, अधिनियमित करना
enactment	अधिनियमन
encash	भुनाना
encashment	भुनाना, तुड़ाना
enclave	विदेशी अंत:क्षेत्र, एन्क्लेव
enclose	बंद करना
enclosure	अनुलग्नक
encouragement	उत्साहवर्द्धन
encroachment	अधिक्रमण
endorse	1. पृष्ठांकन करना, सही करना, 2. समर्थन करना
endorsed cheque	पृष्ठांकित चैक
endorsement	पृष्ठांकन, सही
endowment	विन्यास-विधि
energetic	ऊर्जावान
energy	ऊर्जा
enforce	प्रवर्त्तन करना, प्रवर्त्तन कराना
enforcement	प्रवर्त्तन
enforcement directrate	प्रवर्तन निदेशालय
engage	लगाना, नियुक्त करना
engagement	आबंध, वचनबंध-विधि
engagement diary	कार्य डायरी
engineering personnel	इंजीनियरी कार्मिक, आभियंत्रिक कार्मिक
english version	अंग्रेज़ी अनुवाद
enhancement	वृद्धि, बढ़ोतरी
enlargement	परिवर्द्धन
enmasse	सामूहिक रूप से
enquiry	1. पूछताछ, 2. जाँच
enquiry office	पूछताछ कार्यालय
enquiry officer	जाँच अधिकारी
enrichment	संवर्द्धन
enrolment	भर्ती
enrolment number	नामांकन संख्या
enroute	मार्ग में
ensuing	आगामी
ensure	आश्वस्त करना, सुनिश्चित करना
enter	दर्ज करना, प्रविष्टि करना
enterpreneur	उद्यमी, उद्यमकर्ता
enterprise	उद्यम
entertainment	मनोरंजन
entertainment expenses	मनोरंजन व्यय

entertainment tax	मनोरंजन कर
entire service	सम्पूर्ण सेवा
entitle	हक़दार होना, हक़दार बनाना
entitled	हक़दार
entitled amount	हक़दारी राशि
entitlement	हक़दारी
entrance	प्रवेश
entrance examination	प्रवेश-परीक्षा
entrance fee	प्रवेश शुल्क, प्रवेश फीस
entrust	सौंपना
entry	प्रविष्टि, इंदराज
entry level job	प्रवेश स्तर कार्य
entry permit	प्रवेश अनुज्ञा
environment	पर्यावरण
envoy	दूत
epidemic	संक्रामक रोग, महामारी
epitome	निष्कर्ष, सार
equality	समता
equal opportunities	समान अवसर
equilibrium	संतुलन
equipment	उपस्कर
equity	साम्या
equivalent	समानक
eradicate	उन्मूलन करना
eradication	उन्मूलन
errata	शुद्धि-पत्र
error	त्रुटि, भूल, ग़लती
errors and omissions	भूल-चूक
Excepted (E & OE) escort	अनुरक्षक
essential	अनिवार्य
essential commodity	आवश्यक वस्तु
essential duties	अनिवार्य सेवाएँ
essential qualification	अनिवार्य योग्यता, अनिवार्य अर्हता
essential service	अनिवार्य सेवा
establishment	स्थापना
establishment charges	स्थापना प्रभार
establishment section	स्थापना अनुभाग
estate	संपदा
estate agency	सम्पदा अभिकरण
estate duty	संपदा शुल्क
estimate	प्राक्कलन, अनुमान, आँकना, कूतना
estimated cost	अनुमानित लागत
estimates of expenditure	व्यय अनुमान
estimator	प्राक्कलन
ethics	नीतिशास्त्र

etiquette	शिष्टाचार
evacuation	निष्क्रमण
evacuee	निष्क्रांत
evade	टालना
evaluation	मूल्यांकन
evaluation committee	मूल्यांकन समिति
evaluator	मूल्यांकक
even number	समसंख्या
eventual remedy	अंतोपचार
eviction	बेदख़ली
evidence	साक्ष्य, गवाही, प्रमाण
evolve	विकसित करना
ex	पूर्व
exact	1. यथार्थ, 2. बिलकुल ठीक, 3. निश्चित
examination	परीक्षा, परीक्षण
examinee	परीक्षार्थी
examiner	परीक्षक
example	उदाहरण
excavation	उत्खनन
excellence	उत्कृष्टता
excellent	उत्कृष्ट
exception	अपवाद
exceptional	विशिष्ट : अपवादात्मक
exceptional case	अपवादी मामला
exceptional circumstances	अपवादी परिस्थितियाँ
excess	अति, अधिकता, अतिशय
excess duty	अधिक शुल्क
excess grant	अतिशय अनुदान
exchange	विनिमय
exchange bank	विनिमय बैंक
exchange rate	विनिमय दर
exchange value	विनिमय मूल्य
exchequer	राजकोष
excise	उत्पादक शुल्क, आबकारी
excise duty	उत्पाद शुल्क
exclude	वर्जित करना, निकालना, अपवर्जन विधि
exclusive	अनन्य
exclusively	अनन्य रूप से
exclusive rights	अनन्य अधिकार
excuse	माफ़ करना, क्षमा करना
execute	निष्पादन करना
execution	निष्पादन

execution of contract	ठेका-निष्पादन, संविदा-निष्पादन
executive	1. कार्यपालिका, 2. कार्यपालक, अधिशासी, 3. कार्यकारिणी
executive authority	कार्यपालक प्राधिकारी
executive class	कार्यकारिणी वर्ग
executive committee	कार्यकारिणी समिति
executive council	कार्य परिषद्
executive power	कार्यपालक शक्ति
executives	अधिकारी वर्ग
executive staff	कार्यपालक कर्मचारी-वर्ग, कार्य-पालक स्टाफ
executor	निष्पादक
exemplary behaviour	अनुकरणीय व्यवहार, आदर्श व्यवहार
exemplary punishment	चेतावनीपूर्ण दंड
exempt	छूट-प्राप्त, छूट देना
exemption	छूट, माफ़ी
exemption from payment	अदायगी से छूट, रक़म देने से छूट
exercise	प्रयोग, प्रयोग करना
exercise of power	शक्ति-प्रयोग
ex-gratia	अनुग्रहपूर्वक
ex-gratia grant	अनुग्रह-अनुदान
ex-gratia payment	अनुग्रही अदायगी
exhibition	प्रदर्शनी, नुमाइश
exigency	तात्कालिक आवश्यकता
exit	1. निर्गम, निकास, 2. निकास द्वार, निर्गम द्वार
exit policy	बहिर्गमन नीति, निकास नीति
exit poll	निर्गम मतानुमान
ex-officio	पदेन
exonerate	आरोपमुक्त करना
expansion	विस्तार, प्रसार, प्रसरण
ex-parte	एकपक्षीय
expatriation	1. देश-निकाला, देश निष्कासन, 2. देश-त्याग, 3. राष्ट्रीयता-त्याग
expedite	शीघ्र कार्रवाई करना, शीघ्र निपटान
expedition	खोजयात्रा, अभियान
expel	निकाल देना, निष्कासित करना
expenditure	व्यय, ख़र्च
experience	अनुभव
experience qualification	आनुभाविक अर्हता
experiment	प्रयोग, परीक्षण
experimental	प्रायोगिक, प्रयोगात्मक
expert	विशेषज्ञ
expert's report	विशेषज्ञ रिपोर्ट, विशेषज्ञ रपट
expertise	विशेषज्ञता, निपुणता
expiration	समापन
expiry	समाप्ति
expiry date	समापन तिथि
explanation	1. व्याख्या, 2. स्पष्टीकरण
explicit	1. शेषण, 2. समुपयोग, दोहन
explore	खोज करना, पता लगाना
explosion	विस्फोट
exponent	प्रतिपादक
export	निर्यात
export application	निर्यात आवेदन
exporter	निर्यातक
export-import (Exim) policy	आयात-निर्यात नीति
express	1. एक्सप्रेस, 2. तुरंत, 3. अभिव्यक्त, व्यक्त करना, प्रकट करना
express delivery	तुरंत वितरण, एक्सप्रेस डाक
expression	1. अभिव्यक्ति, 2. वाक्यांश, पद
expulsion	निष्कासन, निकाल देना, बहिष्करण
expunge	निकालना
extend	बढ़ाना, विस्तार करना
extension of service	सेवावधि बढ़ाना
extension	विस्तार
extension of delivery date	परिदान की तारीख बढ़ाना
extension of leave	छुट्टी बढ़ाना
extensive	व्यापक, विस्तृत
extent	विस्तार, सीमा
external	1. बाह्य, 2. वैदेशिक, विदेश
external auditor	बाह्य लेखा परीक्षक
extortion	उद्दापन, धन ऐंठना
extra	अतिरिक्त
extract	उद्धरण
extra-curricular	पाठ्येतर, पढ़ाई के अतिरिक्त
extra-duty allowance	अतिरिक्त ड्यूटी भत्ता
extra grant	अतिरिक्त अनुदान
extraordinary	असाधारण
extraordinary gazette	असाधारण राजपत्र, असाधारण गज़ट
extraordinary leave	असाधारण छुट्टी
extravagant	1. फ़िज़ूलख़र्ची, अपव्ययी, 2. अत्यधिक
extremism	अतिवाद, उग्रवाद
extremist	1. उग्रवादी, 2. अतिवादी
extrovert	बहिर्मुखी
eye witness	चश्मदीद गवाह, प्रत्यक्ष साक्षी

F

fabricate	1. गढ़ना, 2. निर्माण करना
fabricated case	मनगढ़ंत मामला
fabrication (construction)	रचना, निर्माण
fabrication of charges	आरोप गढ़ना
face value	अंकित मूल्य
facilitate	सरल बनाना, सुकर बनाना
facility	सुविधा
fact	तथ्य
fact-finding	तथ्यान्वेषण
fact-finding committee	1. तथ्यान्वेषी समिति, 2. पड़ताल समिति
factionalism	गुटबंदी, गुटवाद
factor	कारक, घटक
factor comparison	कारक तुलना
factory	कारख़ाना, फ़ैक्टरी
factual	तथ्यपूर्ण, तथ्यात्मक
factual information	तथ्यात्मक सूचना
faculty	संकाय
faculty of arts	कला संकाय
faculty of engineering	इंजीनियरी संकाय
faculty of law	विधि संकाय
faculty of science	विज्ञान संकाय
fail	असफल होना, चूकना, अनुत्तीर्ण होना, दिवालिया हो जाना
fair	1. स्वच्छ, 2. उचित, निष्कपट 3. निष्पक्ष, 4. पर्याप्त, 5. साधारण, 6. मेला
fair dailing	उचित व्यवहार, निष्कपट व्यवहार
fair knowledge	पर्याप्त ज्ञान, अच्छा ज्ञान, साधारण ज्ञान
fair market value	उचित बाज़ार मूल्य
fairness	औचित्य, न्यायसंगत
fair price	उचित दर, उचित भाव
fair price shop	उचित दर दुकान
fair selection	निष्पक्ष चयन
fair treatment	उचित व्यवहार, उचित बर्ताव
faith	विश्वास, निष्ठा, आस्था
faithful	विश्वासपात्र
fake	1. नकली, जाली, 2. मनगढ़ंत
fake currency	जाली मुद्रा, जाली नोट, खोटा सिक्का
family	परिवार, कुटुंब
family allowance	कुटुंब भत्ता, परिवार भत्ता
family member	कुटुंबी, परिवार-सदस्य
family pension	परिवार पेंशन, कुटुंब पेंशन
family planning	परिवार नियोजन
family welfare	परिवार कल्याण
famine	दुर्भिक्ष, अकाल
famine relief	अकाल राहत
fare	किराया
farewell	विदाई
farewell address	विदाई भाषण
farming	खेती, कृषि
fatique	श्रांति, थकान
fault	दोष, चूक
fault finding	छिन्द्रान्वेषण, दोष निकालना
faultless	दोषरहित
faulty	दोषपूर्ण, सदोष
favour	1. अनुग्रह, कृपा, 2. पक्षपात
favourable	अनुकूल
favouritism	पक्षपात
feasibility study	साध्यता
federation	परिसंघ
fee	शुल्क, फ़ीस
feed back	1. पुनर्भरण, प्रतिपुष्टि, 2. फीड-बैक
feeling	1. भाव, अनुभूति, भावना, 2. संवेदन
felicitate	बधाई देना
fellow	1. साथी, 2. अध्येता, 3. रत्न सदस्य
fellow employee	साथी कर्मचारी
fellowship	अध्येतावृत्ति
femal	स्त्री, नारी, महिला
fertile	उपजाऊ, उर्वर
fertility rate	प्रजनन दर
festival advance	त्योहार अग्रिम, त्योहार पेशगी
fictitious	फ़र्जी, कल्पित
fictitious claim	फ़र्जी दावा
field	क्षेत्र
field work	क्षेत्र कार्य
figure	1. अंक, 2. आकृति
figures	आँकड़े
file	मिसिल, फ़ाइल, संचिका, फ़ाइल करना, दाख़िल करना
file board	फ़ाइल बोर्ड

file cabinet	फ़ाइल कैबिनेट
file charges	दस्तावेज़ी ख़र्च
file photo	फाइल चित्र, फाइल फोटो
film	फ़िल्म, चलचित्र
filthy language	गंदी भाषा
final	अंतिम
finalise	अंतिम रूप देना
final report	अंतिम रिपोर्ट
final warning	अंतिम चेतावनी
final whthdrawal	अंतिम निकासी, अप्रतिदेय निकासी
finance	वित्त, रुपया लगाना
finance bill	वित्त विधेयक
financial	वित्तीय, वित्त संबंधी
financial administration	वित्तीय प्रशासन
financial assistance	वित्तीय सहायता
financial concurrence	वित्तीय सहमति
financial powers	वित्तीय शक्तियाँ, वित्तीय संस्वीकृति
financial provisions	वित्तीय प्रावधान
financial review	वित्तीय समीक्षा
financial year	वित्तीय वर्ष, वित्त-वर्ष
fine	दंड, जुर्माना
fine arts	ललित कलाएँ
finger print	अंगुलिछाप
finished goods	तैयार माल
fire	1. आग, 2. फ़ायर, गोलाबारी
fire control instruments	अग्निनियंत्रण उपकरण
fire extinguisher	अग्निशामक, दमकल
fire fighting	अग्निशमन
fireproof	अग्निसह
fire service	अग्निशमन सेवा
firing	गोलीकांड, गोली चलाना, गोली चलना
firm	फ़र्म, व्यवसाय-प्रतिष्ठान
first aid	प्राथमिक उपचार, प्रथमोपचार
first class	1. प्रथम श्रेणी, 2. उत्तम
first divison	प्रथम श्रेणी
first grade	प्रथम कोटि
first half	1. अर्धांश, 2. पहली छमाही
first in first our (FIFO)	प्रथम आवक प्रथम जावक
first information report	प्रथम सूचना रिपोर्ट
first quarter	पहली तिमाही
fiscal	राजकोषीय
fiscal policy	राजकोषीय नीति
fisheries	1. मछली पालन, 2. मछली उद्योग, 3. मछली क्षेत्र

fit	योग्य, उपयुक्त
fit for promotion	पदोन्नति योग्य
fitness	1. उपयुक्तता, योग्यता, 2. आरोग्य, स्वस्थता
fitness certificate	1. स्वस्थता प्रमाण-पत्र, 2. योग्यता प्रमाण-पत्र
fix	1. नियत करना, निर्धारित करना, निश्चित करना, 2. स्थिर करना
fixation	निर्धारण
fixed	निश्चित, नियत
fixed date	नियत तिथि
fixed deposit	आवधिक निक्षेप, आवधिक जमा
fixed grant	नियत अनुदान
fixed monthly allowance	नियत मासिक भत्ता
fixed pay	नियत वेतन
fixed point	नियत स्थल
fixed price	नियत क़ीमत, निर्धारित क़ीमत
flag	पताका, ध्वज
flap	पट्टी, फ़्लैप
flat	फ्लैट
flat rate	सपाट दर,. एकसमान दर
fleet	बेड़ा
flexibility	लचीलापन
flight	फ़्लाइट, उड़ान
flimsy grounds	सारहीन आधार
float (a company / bond / loan etc.)	प्रवर्तन करना, चालू करना
flood relief	बाढ़ राहत
floor	1. सदन, 2. मंच, 3. फ़र्श
floor area	फ़र्शी क्षेत्रफल
flow	प्रवाह
fluctuation	घट-बढ़, उतार-चढ़ाव
fluid situation	अस्पष्ट स्थिति
fly over	पारपथ, उपरिपारक
flying squad	द्रुतगामी दल, उड़नदस्ता
foeticide	गर्भनाशी, गर्भनाश
folder	फ़ोल्डर, चौपन्ना
folio	फ़ोलियो, पन्ना
follow	1. अनुसरण करना, 2. पीछा करना, 3. पालन करना, 4. समझना
following	1. निम्नलिखित, नीचे लिखा, नीचे दिया, 2. अनुगामी
follow-up	अनुवर्तन
follow up action	अनुवर्ती कार्रवाई
fornent	उत्तेजित करना

food grains	खाद्यान्न
food processing	खाद्य प्रसंस्करण
foolscape sheet	फुलस्केप काग़ज़
footnote	पाद टिप्पणी
forbid	निषेध करना
forced labour	बलात् श्रम, बेगार
forced leave	बलात् छुट्टी
forecast	पूर्वानुमान
foregoing	पूर्वगत, पूर्ववर्ती
foregone conclusion	पूर्वनिर्णीत परिणाम
foreign	विदेशी, बाह्य
foreign affairs	विदेशी मामले
foreign allowance	विदेश भत्ता
foreign capital	विदेशी पूँजी
foreign collaboration	विदेशी सहयोग
foreign direct investment	विदेशी प्रत्यक्ष निवेश
foreign exchange (= foreign currency)	विदेशी मुद्रा
foreign investment	विदेशी निवेश
foreign service	विदेश सेवा
foreign trade	विदेश व्यापार
foreman	फोरमैन
forenoon	पूर्वाह्न, दोपहर से पहले
foresight	दूरदर्शिता
foreword	प्राक्कथन
forfeit	1. खो देना, 2. ज़ब्त करना, समपहरण करना विधि
forfeiture	ज़ब्ती, समपहरण
forged	कूटरचित, जाली
forgerer	जालसाज
forgery	1. जालसाजी, 2. कूटरचना
form	1. फॉर्म, प्रपत्र, 2. रूप
formal	औपचारिक
formal education	औपचारिक शिक्षा
formality	औपचारिकता
formal sanction	औपचारिक मंज़ूरी, औपचारिक संस्वीकृति, औपचारिक स्वीकृति
format	आरूप, फार्मेट
formation	निर्माण, रचना
former	1. पहला, पूर्व, 2. पूर्ववर्ती
formula	सूत्र
formulate	1. बनाना, 2. रूप देना
fornightly	पाक्षिक
fornightly report	पाक्षिक रिपोर्ट
forthcoming	आगामी
forthwith	तत्काल
fortnight	पक्ष, पखवाड़ा
fortuitous circumstance	अप्रत्याशित घटना
forum	मंच, फ़ोरम
forward	अग्रवर्ती, अग्रेषित करना
forwarding letter	अग्रेषण पत्र
forwarding note	अग्रेषण टिप्पणी
foundation	1. नींव, आधार, 2. संस्थापन
founder	संस्थापक
framework	ढाँचा
franchise	मताधिकार, नामाधिकार
franking machine	अंकन मशीन, प्रचालक
fraud	कपट, छल
fraudulent	कपटपूर्ण
free	1. निःशुल्क, 2. अलग्न, मुक्त 3. स्वतंत्र
free competition	खुली प्रतियोगिता, मुक्त स्पर्धा
free delivery	निःशुल्क वितरण
freedom fighter	स्वतंत्रता सेनानी
free education	निःशुल्क शिक्षा
free enterprise	मुक्त उद्यम
free hold	पूर्ण स्वामित्व
freelance	स्वच्छंद
freelance journalist / freelancer	स्वतंत्र पत्रकार / फ्रीलांस पत्रकार
free market economy	मुफ्त बाज़ार अर्थव्यवस्था
free of charge	निःशुल्क, मुफ्त
freeze	कीलन
freezing of allowances	भत्ता कीलन
freight	भाड़ा, माल
freight charges	माल भाड़ा
freight paid	भाड़ा दिया
freight to pay	देय भाड़ा, भाड़ादेय
frequency	आवृत्ति, बारंबारता
frequent absence	बारंबार अनुपस्थिति
fresh vacancy	नई रिक्ति
from (in letters)	प्रेषक
full and final payment	पूर्ण और अंतिम भुगतान
full bench	पूर्ण न्याय पीठ, पूर्ण खंडपीठ
full cover	पूर्ण संरक्षण
fulltime	पूर्णकालिक
function	1. प्रकार्य, कृत्य, 2. समारोह
functional	प्रयोजनमूलक, प्रकार्यात्मक
functionary	कार्यकर्ता

fund	निधि
fundamentalism	कट्टरवाद
fundamentalist	कट्टरवादी
fundamental principles	मूलभूत सिद्धांत
fundamental rules	मूल नियमावली
funeral ceremony	अंत्येष्टि, दाह संस्कार
furlough	अवकाश, थोड़े दिन की छुट्टी
furnish	1. देना, 2. सज्जित करना, सजाना
further action	आगे की कार्रवाई, अगली कार्रवाई
future position	भावी स्थिति

G

gainful employment	अर्जक कामगार
gallantry award	शौर्य पुरस्कार
gallery	दीर्घा, गैलरी, वीथि
games	खेल
gate pass	गेट पास, प्रवेश-पत्र
gathering	जमाव, जनसमूह
gazette	राजपत्र, गज़ट
gazetted	राजपत्रित
gazetted holiday	राजपत्रित अवकाश, राजपत्रित छुट्टी
gazette notification	राजपत्रित अधिसूचना
general	1. साधारण, 2. सामान्य, 3. आम, सार्वजनिक, 4. जनरल
general ability	सामान्य योग्यता
general administration	सामान्य प्रशासन
general application	सामान्य प्रयोग, सामान्य अनुप्रयोग
general body	साधारण निकाय, साधारण सभा
general budget	सामान्य बजट
general category	सामान्य श्रेणी
general circular	सामान्य परिपत्र
general comment	सामान्य टिप्पणी
general conditions	सामान्य शर्तें
general election	आम चुनाव, आम निर्वाचन
general expenses	सामान्य व्यय
general fund	सामान्य निधि
general inspection	सामान्य निरीक्षण
general instructions	सामान्य अनुदेश
general meetings	सामान्य सभा, साधारण बैठक
general pool	सामान्य पूल
general power of attorney	मुख्तारनामा आम
general practice	सामान्य प्रथा, सामान्य पद्धति
general procedure	सामान्य कार्यविधि, सामान्य प्रक्रिया
general provident fund	सामान्य भविष्य निधि
general rule	सामान्य नियम
general store	1. सामान्य भंडार, 2. जनरल स्टोर
general ward	सामान्य वार्ड
generation	1. पीढ़ी, 2. जनन
genius	1. प्रतिभा, 2. प्रतिभाशाली, 3. प्रकृति
genuine	1. प्रामाणिक, 2. यथार्थ, वास्तविक, सच्चा, असली, 3. विशुद्ध
genuine signature	वास्तविक हस्ताक्षर, असली दस्तखत
genuine statement	यथार्थ कथन
genuine text	प्रामाणिक पाठ
geo-chemist	भू-रसायनज्ञ
geometrical increase	गुणोत्तर वृद्धि
gift	उपहार, भेंट
gift tax	उपहार-कर
gift voucher	उपहार वाउचर
gist	सार
glaring	सुस्पष्ट
glaring disparity	घोर असमानता
glaring mistake	ज़बरदस्त ग़लती
global tender	विश्वव्यापी टेंडर, वैश्विक निविदा
glossary	शब्दावली, शब्द-संग्रह
goal	लक्ष्य
godown	गोदाम
golden handshake (= golden parachute)	स्वर्णिम विदाई
golden jubilee	स्वर्ण जयंती
gold medal	स्वर्ण पदक
good	अच्छा
good behaviour	सद्व्यवहार
good character	सच्चरित्र, सच्चरित्रता
good conduct	सदाचरण
good faith	सद्भाव
good fellowship	मिलनसारी, सखाभाव
good reason	पर्याप्त कारण
goodwill	1. सुनाम, 2. सद्भाव, सदिच्छा
good wishes	शुभकामनाएँ
govern	1. शासन करना, 2. नियंत्रण रखना
governance	अभिशासन

governing body	शासी निकाय
government	सरकार, शासन
government agency	सरकारी एजेंसी
government business	सरकारी काम
government estate	राज-संपदा
government house	1. राजभवन—राज्य में, 2. राष्ट्रपति भवन—केंद्र में
government machinery	सरकारी तंत्र
government of India	भारत सरकार
government of India concern	भारत सरकार प्रतिष्ठान
government of India undertaking	भारत सरकार उपक्रम
government press	राजकीय मुद्रणालय
government provident fund	सरकारी भविष्य-निधि
government regulations	सरकारी विनियम
government securities	सरकारी प्रतिभूतियाँ
government servants conduct rules	सरकारी कर्मचारी आचरण नियमावली
government service	सरकारी सेवा
grace	1. अनुग्रह, कृपा, 2. रियायत
grace period	रियायत-अवधि
gradation	1. श्रेणीकरण, 2. पदक्रम
gradation list	पदक्रम सूची
grade	पदक्रम, श्रेणी
graded tax	श्रेणीबद्ध कर/कोटिकृत कर
grade of pay	वेतन-क्रम
gradewise	पदक्रमानुसार
grading	क्रमस्थापन, श्रेणीकरण, श्रेणी निर्धारण
gradual	क्रमिक, आनुक्रमिक
graduate	स्नातक
graduate trainee	स्नातक प्रशिक्षु
graft	घूस, रिश्वत, अनुचित लाभ
grand total	कुलयोग, सर्वयोग
grant	अनुदान, स्वीकार करना, प्रदान करना
granted	स्वीकृत
grantee	अनुदानग्राही, अनुदान पाने वाला
grant-in-aid	सहायता अनुदान
graph	ग्राफ़, आरेख, रेखाचित्र
grateful	कृतज्ञ, आभारी
gratification	परितोषण
gratuitous	1. आनुग्रहिक, 2. मुफ़्त
gratuity	उपदान
greeting(s)	1. शुभकामना, बधाई, 2. अभिवादन
greeting message	बधाई संदेश
grid method	ग्रिड पद्धति
grievance	शिकायत
grievance redressal	शिकायत निवारण
gross	1. सकल, कुल, 2. घोर, भारी
gross abuse	घोर दुरुपयोग
gross amount	कुल राशि, कुल रक़म
gross assets	कुल परिसंपत्ति, कुल आस्तियाँ
gross earning	सकल अर्जन
gross error	घोर त्रुटि, भारी गलती
gross misconduct	घोर कदाचार
gross mistake	भारी भूल
gross neglect	घोर उपेक्षा
gross negligence	घोर प्रमाद, भारी लापरवाही
gross pay	सकल वेतन
gross profit	सकल लाभ
gross receipts	सकल प्राप्तियाँ
gross revenue	कुल राजस्व
gross total	सकल योग
gross value	कुल मूल्य, सकल मूल्य
groundless	निराधार
grounds	आधार, मूल कारण
group	समूह, ग्रुप, वर्ग, यूथ, दल, टोली
group insurance	समूह बीमा
group insurance scheme	सामूहिक बीमा योजना
group interview	समूह साक्षात्कार
groupism	गुटबाजी, गुटबंदी
group pension plan	समूह पेंशन योजना
groupwise	समूहवार
growth rate	संवृद्धि दर
guaranted	प्रत्याभूत
guarantee	गारंटी, प्रत्याभूति
guard	गार्ड, रक्षक
guard book	गार्ड बुक
guard file	गार्ड फ़ाइल
guardian	अभिभावक
guardianship certificate	अभिभावकता प्रमाणपत्र
guard of honour	सैनिक सलामी
guest house	अतिथिगृह
guidance	1. मार्गदर्शन, 2. निर्देशन
guide	गाइड, मार्गदर्शक—व्यक्ति, मार्गदर्शिका—पुस्तक
guidelines	मार्गदर्शन, दिशा-निर्देश

guiding principles	मार्गदर्शी सिद्धांत	guilttless	निरपराध
guild	श्रेणी	guilty	दोषी
guilt	अपराध, दोष	guilty conscious	अपराधबोध ग्रस्त

H

habit	स्वभाव, आदत, अभ्यास	hard bargain	कड़ी सौदेबाजी
habitual	आदी, अभ्यस्त	hard cash	नक़दी
habitual defaulter	1. आभ्यासिक व्यतिक्रमी, अभ्यस्त दोषी, 2. अभ्यस्त बक़ायादार	hard disk	हार्ड डिस्क
		hard labour	कड़ी मेहनत, कठोर श्रम
		hardware	यंत्रसामग्री, हार्डवेयर
habitual offender	आभ्यासिक ऋणग्रस्तता	hardware unit	हार्डवेयर एकक
half day leave	आधे दिन की छुट्टी	hard working	मेहनती, परिश्रमी
half-holiday	आधी छुट्टी	hawker	फेरीवाला
half pay	आधा वेतन, अर्धवेतन	hazard	जोखिम
half pay leave	अर्धवेतन छुट्टी	hazardous	जोखिमवाला, जोखिमी
half timer	अर्धकालिक	hazardous occupation	संकटपूर्ण काम, संकटपूर्ण धंधा
half yearly	अर्धवार्षिक, छमाही		
half yearly report	अर्धवार्षिक रिपोर्ट, छमाही रिपोर्ट	head	1. प्रधान, प्रमुख, मुखिया, 2. शीर्ष, मद
hall	हॉल, भवन	heading	शीर्षक
halt	विराम	head of account	लेखा-शीर्ष
halting allowance	विराम-भत्ता	head office	प्रधान कार्यालय
hand	1. कर्मचारी, 2. हस्तलेख, लिखावट	headquarter allowance	मुख्यालय भत्ता
		headquarters	मुख्यालय, हेडक्वार्टर्स
handbill	परचा, इश्तहार	health certificate	स्वास्थ्य प्रमाणपत्र
handbook	पुस्तिका, गुटका	health insurance	स्वास्थ्य बीमा
handcuff	हथकड़ी	health resort	आरोग्याश्रम, सैरगाह
handicap	बाधा	hearing	सुनवाई
handicapped	1. विकलांग, 2. बाधाग्रस्त	hearsay	सुनी-सुनाई, अनुश्रुति
handicraft	दस्तकारी, हस्तकला, हस्तशिल्प	heavy equipment	भारी उपस्कर
handle	दस्ता, मूठ, हत्था, सँभालना	heavy industry	भारी उद्योग
handling (of dak)	कार्रवाई करना—डाक	heavy vehicle	भारी वाहन
handling harges	चढ़ाई-उतराई ख़र्च, उठाई-धराई ख़र्च	heir	उत्तराधिकारी, वारिस
		heir apparent	1. प्रत्यक्ष वारिस, 2. युवराज
handloom	हथकरघा	heldup	रुका हुआ
handly	1. छोटा-सा, 2. सुविधाजनक	helipad	हेलिपैड
hand-operated	हस्तचालित	helper	मददगार
hand-over	सौंपना, देना	hereafter	इसके बाद, इसके पश्चात्
handshake	विदाई	hereby	इसके द्वारा, एतद् द्वारा
handwriting	हस्तलेख	hereditary	पैतृक, आनुवंशिक, मौरूसी
handwritten	हस्तलिखित	here in before	इसमें इससे पहले, इसमें इससे पूर्व
harassment	परेशानी, उत्पीड़न		
harbour	बंदरगाह	hereunder	इसके नीचे, एतदधीन
hard and fast rules	पक्के नियम	herewith	इसके साथ

heritage	दाय, विरासत
hierarchy	1. पद सोपान, उत्क्रम, 2. धर्मसत्ता
higher authority	उच्चतर प्राधिकारी
higher education	उच्च शिक्षा
highest bid	उच्चतम बोली
high-grade	उच्च कोटि
high handedness	मनमानी, ज्यादती
high income group	उच्च आय वर्ग
high level	उच्च स्तरीय
high level decision	उच्च स्तरीय निर्णय
highlights	मुख्य बातें, प्रमुख आकर्षण, मुख्य विशेषताएँ
highly paid job	उच्च वेतन पद, उच्च वेतनकारी
highly placed	उच्चस्थ, उच्च पदस्थ
highly skilled mechanic	अतिकुशल मैकेनिक
high official	उच्चाधिकारी
high power committee	उच्चाधिकार समिति
high pressure	दबाव
high priority	उच्च प्राथमिकता
high school	हाई स्कूल, उच्च विद्यालय
high taxation	उच्च कराधान
highway	राजमार्ग, हाई-वे
hill allowance	पहाड़ भत्ता, पर्वतीय स्थान-भत्ता
hill station	पर्वतीय स्थान, पहाड़ी स्थान
hindi teaching scheme	हिंदी शिक्षण योजना
hindi version	हिंदी रूपातर, हिन्दी अनुवाद
hindrance	बाधा, अड़चन
hire	भाड़ा, भाड़े पर लेना
hire charges	भाड़ा
hire purchase	भाड़ा क्रय, किराया-ख़रीद, अवक्रय विधि
hiring	रोजगार देना, नौकरी देना
hiring and firing	रखना-निकालना
history	इतिहास
history sheet	इतिवृत
hoarding	1. जमाख़ोरी, 2. विज्ञापन-पट्ट, 3. संलग्न, संबद्ध
hold back	रोकना
holding	1. जोत, 2. धृति
holding permanent post	स्थायी पदासीन
hold over	1. स्थगित करना, रोक लेना, उठा रखना, 2. अतिधारण करना
holiday	अवकाश, छुट्टी
holiday home	अवकाश गृह
holiday pay	अवकाश वेतन
holiday resort	अवकाश सदन, अवकाश सैरगाह
homage	श्रद्धांजलि
home	गृह
home district	गृह ज़िला
home town	गृह नगर
homicide	मानववध
honest	ईमानदार
honorarium	मानदेय
honorary	मानद, अवैतनिक
honorary degree	मानद उपाधि, सम्मानिक उपाधि
honorary member	मानद सदस्य
honorary secretary	मानद सचिव
honoris cause	मानद
honour	1. सम्मान, सम्मान करना, 2. प्रतिष्ठा, 3. सकारना
honours	1. प्रतिष्ठा, सम्मान, 2. ऑनर्स—शिक्षा
horticulture	बाग़बानी, उद्यान विज्ञान
hospitality	आतिथ्य, सत्कार
hospitality allowance	सत्कार भत्ता, आतिथ्य भत्ता
hospital leave	अस्पताली छुट्टी
host	आतिथेय, मेज़बान
hostel	छात्रावास, आवास, होस्टल
hostile	1. विरोधी, 2. शत्रुतापूर्ण, 3. शत्रु का शत्रु
hours of employment	काम के घंटे, कार्य घंटे
house building advance	गृह निर्माण अग्रिम, गृह निर्माण पेशगी
house rent	मकान किराया
house rent allowance	मकान किराया-भत्ता
house tax	गृहकर
housing	आवासन
housing complex	आवास परिसर
housing society	आवास सोसाइटी, हाउसिंग सोसाइटी
humane	मानवोचित, सहृदय, दयालु
humanitarian grounds	मानवीय आधार
human resource management	मानव संसाधन प्रबंधन
human rights	मानव अधिकार, मानवाधिकार
humiliation	अपमान, अनादर
hutment	अस्थायी इमारत
hygiene	स्वास्थ्य-विज्ञान, स्वच्छता, स्वास्थ्य

I

ibidem (ibid)	वही—वही
idea	विचार
ideal	आदर्श
identical	एक जैसा, एक-सा, समरूप, समान, तद्रूप
identical case	एक-सा मामला
identical scale (of pay)	समान वेतनमान
identification	पहचान, शिनाख्त
identification mark	पहचान-चिह्न, शिनाख्त- निशान
identification number	पहचान-संख्या
identity	पहचान
identity card	पहचान-पत्र
identity certificate	पहचान प्रमाणपत्र
idle resources	निष्क्रिय संसाधन
ignorance	अनभिज्ञता
ignorance of law	क़ानून की अनभिज्ञता, विधि की अनभिज्ञता
ignore	उपेक्षा करना, नज़रअंदाज़ करना
illegal	अवैध
illegal gratification	अवैध परितोषण
illegal immigrants	अवैध आप्रवासी
illegal practice	अवैध आचरण, अवैधाचार
illegal strike	अवैध हड़ताल
illegible	अपाठ्य
illegitimate	1. अवैध, 2. अधर्मज
illegitimate action	अवैध कार्रवाई
ill-feeling	दुर्भावना
illicit	1. निषिद्ध, 2. अवैध
illiteracy	निरक्षरता
ill-mannered (= ill-behaved)	अशिष्ट, बेअदब
illogical	तर्कहीन
ill-treatment	दुर्व्यवहार
illustrated	1. सचित्र, 2. सोदाहरण
illustration	1. चित्र, 2. उदाहरण
ill-will	वैमनस्य
image	1. प्रतिमा, 2. प्रतिबिम्ब, छाया, 3. छवि
imbalance	असंतुलन
immaterial	तत्त्वहीन, सारहीन
immature	अपरिपक्व
immediate	तत्काल, अविलंब
immediate action	तत्काल कार्रवाई, अविलंब कार्रवाई
immediate employer	आसन्न नियोक्ता
immediate officer	आसन्न अधिकारी
immigrant	आप्रवासी
immigration authority	आप्रवास प्राधिकारी
immigration clearance	आप्रवास अनुमति
immigration laws	आप्रवास विधि
immigration service	आप्रवास सेवा
immigration visa	आप्रवास वीज़ा
immoral	अनैतिक
immoral act	अनैतिक कार्य
immovable property	अचल संपत्ति, स्थावर संपत्ति
immune	1. उन्मुक्त, 2. प्रतिरक्षित
immunity	1. उन्मुक्ति, 2. प्रतिरक्षा
impact	1. प्रभाव, 2. समाघात विधि
impartial	निष्पक्ष
impartiality	निष्पक्षता
impartial judgement	निष्पक्ष निर्णय, निष्पक्ष फैसला
impeachment	महाभियोग
imperative	लाज़िमी, अनिवार्य
impersonation	छद्मरूपण, प्रतिरूपण
implement	1. कार्यान्वित करना, लागू कर पारिपालन करना, 2. औजार
implementation	कार्यान्वयन, परिपालन
implicate	फाँसना, फँसाना
implication	विवक्षा, निहितार्थ
implicit	निहित
import	1. आयात, 2. अभिप्राय
important	महत्त्वपूर्ण, आवश्यक
imported stores	आयातित माल
importer	आयातक
import licence	आयात लाइसेंस
impose	अधिरोपित करना
imposition	अधिरोपण
impracticable	अव्यावहारिक
impression	1. छाप, 2. प्रभाव
impressive	प्रभावोत्पादक
imprisonment	कारावास
improper	सुधार प्रवण
improve	1. सुधार करना, सुधारना, 2. समुन्नत करना

improvement	1. सुधार, संशोधन, 2. समुन्नति, अभिवृद्धि—विधि
improvisation	कामचलाऊ व्यवस्था, तात्कालिक व्यवस्था
improvise	काम चलाना, तात्कालिक व्यवस्था करना
inability	अयोग्यता, असमर्थता
inaccessible	पहुँच से परे, अगम्य
inadmissible	अस्वीकार्य, अग्राह्य
in advance	पहले से, अग्रिम रूप से
inadvertenty	अनजाने, असावधानी से
inauguration	उद्घाटन
in cashe	नक़द
in cemera	बंद कमरे में
incentive	प्रोत्साहन
incentive bonus	प्रोत्साहन बोनस
incentive scheme	प्रोत्साहन योजना
incidental	प्रासंगिक, आनुषंगिक
incidental charges	प्रासंगिक प्रभार
incidental expenditure	प्रासंगिक व्यय
incidental order	प्रासंगिक आदेश
incite	भड़काना, उकसाना, उद्दीप्त करना—विधि
incitement	उद्दीपन, उकसाव
inclination	प्रवृत्ति, रुझान, झुकाव
inclusion	1. समावेश, 2. सम्मिलन—विधि
inclusive	सहित
inclusive charge	समावेशी प्रभार
incognito	1. अज्ञात, 2. गुप्त रूप से
incoherent	असंबद्ध
income	आय
income and expenditure account	आय-व्यय लेखा
income tax	आयकर
income tax clearance certificate	आयकर बेबाकी-पत्र, आयकर समाशोधन-पत्र-विधि
income tax return	आयकर विवरणी
incoming call	आवक कॉल
incoming file	आवक फाइल
incoming letter	आवक पत्र
incoming mail	आवक डाक
incompatible	बेमेल
incompetency	अक्षमता
incompetent	अक्षम
incomplete	अपूर्ण, अधूरा
incomplete application	अपूर्ण आवेदनपत्र
inconclusive	अनिर्णीत
incongruous	असंगत, बेतुका
inconsistency	असंगति
inconsistent	असंगत
inconvenience	असुविधा
inconvenient	असुविधाजनक
incorporated	1. समाविष्ट, सम्मिलित, 2. निगमित
incorrect	अशुद्ध, गलत
incredible	अविश्वसनीय
increment	वेतन-वृद्धि
increment certificate	वेतन-वृद्धि प्रमाणपत्र
incumbent	पदधारी, पदस्थ
incumbrance	भार
indefinite period	अनिश्चित अवधि
indemnity bond	क्षतिपूर्ति बंध-पत्र, इंडेम्निटी बांड
indent	माँग-पत्र, इंडेट
indent item	इडेंट मद, माँग-पत्र मद
indentor	माँगकर्ता
indent section	माँगपत्र अनुभाग
independence day	स्वतंत्रता दिवस
independent	स्वतंत्र
independent note	स्वतंत्र टिप्पणी
in detail	विस्तार से, ब्यौरेवार
index	1. अनुक्रमणिका, अनुक्रमी, 2. सूचक
index card	सूचक कार्ड
indexing	सूची बनाना, अनुक्रमणी बनाना
Indian custom tariff	भारतीय सीमा-शुल्क दर
Indian postal order	भारतीय पोस्टल ऑर्डर
indication	1. संकेत, 2. सूचना
indicator	संकेतक
indict	अभ्यारोपित करना, इलज़ाम लगाना
indifference	उदासीनता
indifferent attitude	उपेक्षापूर्ण रुख, उदासीन वृत्ति
indigenous bank	देशी बैंक
indigenous stores	देशी माल, देशी स्टोर्स
indirect	अप्रत्यक्ष, परोक्ष
indirect compensation	अप्रत्यक्ष क्षतिपूर्ति
indirect taxation	अप्रत्यक्ष कराधान
indiscipline	अनुशासनहीनता
indiscretion	अविवेक
indiscriminate	अविवेकी, अविचारपूर्ण, अंधा-धुंध

indispensable	अपरिहार्य
individual	1. व्यक्ति, 2. व्यष्टि, 3. वैयक्तिक, व्यक्तिगत
indorsement	पृष्ठांकन, बेचान, समर्थन
induction	1. समावेशण, 2. प्रवेशन
induction course	प्रवेश पाठ्यक्रम
in duplicate	अनुलिपि सहित दो प्रतियों में
industrial accident	औद्योगिक दुर्घटना
industrial capacity	औद्योगिक क्षमता
industrial dispute	औद्योगिक विवाद
industrial estate	औद्योगिक संपदा
industrialist	उद्योगपति
industrialization	औद्योगीकरण
industrial monopoly	औद्योगिक एकाधिकार
industrial psychology	औद्योगिक मनोविज्ञान
industrial relations	औद्योगिक संबंध
industrial resources	औद्योगिक संसाधन
industrial staff	औद्योगिक कर्मचारीवर्ग
industrial training	औद्योगिक प्रशिक्षण
industrial tribunal	औद्योगिक अधिकरण
industrious	अध्यवसायी
industry	उद्योग
ineffective	निष्प्रभावी, अप्रभावी
inefficiency	अदक्षता
ineligibility	अपात्रता
ineligible	अपात्र
inevitable	अवश्यम्भावी, अपरिहार्य
inexpedient	असमीचीन
inexperienced	अनुभवहीन
infact	वास्तव में, वस्तुत:
infanticide	शिशुहत्या
infection	संक्रमण
inference	अनुमति, अनुमान
inferior	निम्न, अवर
inferiority	हीनता
infiltrate	गुप्त प्रवेश, घुसपैठ
infiltrator	घुसपैठिया
infirmity	अशक्तता, दौर्बल्य
inflammable stores	ज्वलनशील सामान
inflation	1. स्फीति, 2. मुद्रास्फीति
inflation rate	स्फीत दर
influential	प्रभावशाली
informal	अनौपचारिक
informal education	अनौपचारिक शिक्षा
informatics	सूचना विज्ञान
information	सूचना
information office	सूचना कार्यालय
information system	सूचना तंत्र
information technology	सूचना प्रौद्योगिकी
informed of	से अवगत
infrastructure	आधारिक संरचना/अवसंरचना
infringement	अतिलंघन, उल्लंघन
infringe	1. अतिलंघन करना—विधि, 2. उल्लंघन करना
infructuous	निष्फल
in good order	अच्छी हालत में
inherit	विरासत में पाना
inheritance	विरासत, उत्तराधिकार
initial	प्रारंभिक
initial pay	प्रारंभिक वेतन
initial recruitment	आरंभिक भर्ती
initials	आद्यक्षर
initial stage	प्रारंभिक अवस्था
initiate	प्रारंभ करना, उपक्रमण, पहल करना
initiative	पहल-शक्ति, सूत्रपात-क्षमता, पहल
injunction	व्यादेश
injure	1. चोट, क्षति, 2. दोष
inland	अंतर्देशीय
inland postage	अन्तर्देशीय डाक टिकट/सामग्री-व्यय
innovative qualities	नवाचारी गुण
inoculation	टीका, टीका लगाना
inordinate	अत्यधिक
input	निर्विष्ट
in quest of	की खोज में
inquiry	1. पूछताछ, 2. जाँच
inquiry officer	जाँच अधिकारी
insecticide	कीटनाशी
insert	अंत:स्थापित करना, में रखना
in-service training	सेवाकालीन प्रशिक्षण
insight	अन्तर्दृष्टि
insignificance	महत्त्वहीनता, तुच्छता
insignia	अधिचिह्न
inspect	निरीक्षण करना
inspection	निरीक्षण
inspection certificate	निरीक्षण प्रमाणपत्र
inspection fee	निरीक्षण शुल्क, निरीक्षण की फ़ीस
inspection house	निरीक्षण गृह
inspection report	निरीक्षण रिपोर्ट, निरीक्षण प्रतिवेदन

inspection unit निरीक्षण एकक
inspector निरीक्षक
instability अस्थिरता
installation संस्थापन, अधिष्ठापन
instalment क़िस्त
instigate उकसाना
instigation उकसाहट
institue 1. संस्थान, 2. संस्थापित करना, स्थापित करना, 3. चलाना, प्रारंभ करना
institution संस्था
instruction अनुदेश, हिदायत
instructor अनुदेशक
instrument 1. यंत्र, 2. लिखित प्रपत्र
instrumentalist वादक
insurance बीमा
insurance agent बीमा एजेंट
insurance charges बीमा प्रभार
insurance claim बीमा दावा
insurance premium बीमा किस्त/बीमा प्रीमियम
insured बीमाकृत, बीमा किया हुआ
insured letter बीमाकृत पत्र
integral अभिन्न, अविभाज्य
integration 1. एकीकरण, 2. समाकलन, 3. अखंडता
integrity 1. सत्यनिष्ठा, ईमानदारी, 2. अखंडता
intelligence बुद्धि, समझ
intelligence test बुद्धि परीक्षा
intelligible बोधगम्य
intensity तीव्रता, उग्रता, प्रकर्ष
intensive गहन, प्रकृष्ट, तीव्र
intent आशय
intention अभिप्राय, आशय
interaction परस्पर संवाद
inter alia के साथ-साथ
interdepartmental meeting अंतर्विभागीय बैठक
interdepartmental reference अंतर्विभागीय पत्राचार, अंतर्विभागीय परामर्श
interest 1. ब्याज, 2. हित
interest component ब्याज घटक
interes free loan 1. ब्याज-मुक्त ऋण, 2. अब्याजी कर्ज़, ऋण
interfere हस्तक्षेप करना
interference हस्तक्षेप
interim अंतरिम
interim award अंतरिम पंचाट
interim grant अंतरिम अनुदान
interim order अंतरिम आदेश
interim relief अंतरिम सहायता
interim reply अंतरिम उत्तर
interim report अंतरिम रिपोर्ट
intermediate मध्यवर्ती, इंटर पास—व्यक्ति
intermediate college इंटर कॉलेज
intermediate examination इंटर परीक्षा
intern अंत:शिक्षु
internal आंतरिक, आभ्यंतरिक
internal audit आंतरिक लेखा-परीक्षा
internal check आंतरिक जाँच
international call अंतरराष्ट्रीय कॉल
international law अंतरराष्ट्रीय विधि
international organisation अंतरराष्ट्रीय संगठन
international standard अंतरराष्ट्रीय मानक
internship अंत:शिक्षुता
interpretation निर्वचन, व्याख्या
interrogate पूछताछ करना, परिप्रश्न करना
interrogation पूछताछ
interrupt 1. बाधा डालना, 2. टोकना
interruption बाधा, विघ्न, व्यवधान, क्रमभंग
interruption in service सेवा में व्यवधान
inter-unit अंतर-एकक
interval अंतरावधि, अंतराल
intervene बीच में पड़ना, अंत:क्षेप करना, दख़ल देना
intervening period बीच की अवधि, मध्यवर्ती अवधि
intervention अंत:क्षेप, बीच में पड़ना
interview 1. साक्षात्कार, इंटरव्यू, 2. भेंटवार्ता
in the long run अन्ततोगत्वा, लम्बे समय में
intimate 1. सूचना देना, 2. प्रज्ञापित करना—विधि
intimation प्रज्ञापन, सूचना, इत्तिला
intolerance असहनशीलता, असहिष्णुता
intoxicating beverage मादक पेय
intoxication मादकता, नशा
intrigue कुचक्र, साज़िश
introduce 1. परिचय करना, 2. प्रस्तुत करना, 3. समाविष्ट करना

introduction 1. परिचय, 2. प्रस्तावना, 3. पुन:स्थापना
introductory letter परिचयात्मक पत्र
invalid 1. अमान्य, अविधिमान्य, 2. अशक्त
invalidity अशक्तता, असमर्थता
invariably निरपवाद, स्थिर रूप में
inventory वस्तुसूची, फ़ेहरिस्त, इनवेंटरी
investigation अन्वेषण, तफ़तीश, जाँच-पड़ताल
investment 1. निवेश, 2. विनिधान—विधि
invigilation अन्वीक्षण
invitation निमंत्रण, आमंत्रण
invoice बीजक
involuntary अनैच्छिक
inward journey अन्तर्यात्रा
inward register आवक रजिस्टर, आवक पंजी
inward returns आवक विवरणियाँ
ipso facto स्वयमेव
ipso jure विधित:
irrational अयुक्त, अविवेकशील, तर्कहीन
irregular अनियमित
irregularity अनियमितता
irrelevant असंबद्ध, असंगत
irresponsible अनुत्तरदायी, ग़ैरज़िम्मेदार
irrevocable अटल
irrigation works सिंचाई निर्माणकार्य
ISD (International Subscriber Dialling) आइ.एस.डी.
isolated post एकाकी पद
issue 1. निर्गम, जारी करना, भेजना, देना, 2. मुद्दा, वाद-पद—विधि, 3. संतान, 4. अंक—पत्रिका
issue price निर्गम क़ीमत
issue today आज जारी करें
issue voucher निर्गम वाउचर
item मद
itemwise मदवार
itinerary यात्राक्रम

J

job 1. नौकरी, जॉब, 2. कार्य
job analysis कार्य विश्लेषण, जॉब विश्लेषण
job card कार्य कार्ड, जॉब कार्ड
job classification कार्य वर्गीकरण
job description कार्य विवरण
job evaluation कार्य मूल्यांकन
job grading कार्य कोटिकरण/श्रेणीयन
job hunting नौकरी की तलाश
jobless बेरोजगार
job oriented कार्योन्मुख, रोज़गारोन्मुख
job requirements कार्य अपेक्षाएँ
job satistaction कार्य संतुष्टि
job security कार्य सुरक्षा
job specification कार्य विनिर्देशन, कार्य विनिर्दिष्ट करना
job work छुटपुट काम, फुटकर काम
join 1. कार्यभार ग्रहण करना, नौकरी शुरू करना, 2. सम्मिलित होना, 3. संयोजित करना
joining date कार्यग्रहण तारीख़, कार्यारंभ तारीख़
joining pay कार्यारंभ वेतन
joining period कार्यारंभ अवधि, पद-ग्रहण अवधि
joining time 1. कार्यग्रहण अवधि, 2. योग काल
joint संयुक्त
joint account संयुक्त खाता
joint application संयुक्त आवेदन
joint beneficiary संयुक्त लाभार्थी
joint cadre संयुक्त संवर्ग, संयुक्त काडर
joint committee संयुक्त समिति
joint concurrence संयुक्त सहमति
joint consultative committee संयुक्त परामर्श समिति
joint discussions संयुक्त विचार-विमर्श
joint family संयुक्त परिवार, संयुक्त कुटुम्ब
joint holding संयुक्त जोत, संयुक्त धृति
jointly संयुक्त रूप से
joint ownership संयुक्त स्वामित्व
joint resolution संयुक्त संकल्प, प्रस्ताव
joint responsibility संयुक्त उत्तरदायित्व
joint sector 1. संयुक्त क्षेत्र, 2. संयुक्त सेक्टर
joint venture संयुक्त उद्यम
journal 1. दैनिक, रोज़नामचा, 2. पत्रिका, जरनल
journalist पत्रकार
journey यात्रा
journey time यात्रा समय

jubilee	जयंती
judgement	निर्णय
judicial	न्यायिक, अदालती
judicial custody	न्यायिक हिरासत
judicial enquiry	न्यायिक जाँच, अदालती जाँच
judicial lockup	न्यायिक हवालात
judicial power	न्यायिक शक्तियाँ
judicial processes	न्यायिक प्रक्रिया
judicial service	न्यायिक सेवा
judiciary	न्यायपालिका
judicious	विवेकसम्मत
junior administrative grade	अवर प्रशासन-ग्रेड, अवर प्रशासन-कोटि
junior clerk	कनिष्ठ लिपिक
junior in rank	पद में कनिष्ठ
juniority	कनिष्ठता
juniormost	कनिष्ठतम
junior scale	अवर वेतनमान
jurisdiction	अधिकार क्षेत्र, क्षेत्राधिकार, अधिकारिता
just	न्याय्य, उचित, ठीक
justics	1. न्याय, 2. न्यायमूर्ति
justiciable	वादयोग्य
justifiable	1. न्यायोचित, 2. समर्थनीय
justify	औचित्य, तर्कसंगति, न्यायोचित, ठहराना, सफ़ाई देना, न्यायसंगत, उचित सिद्ध करना
juvenile	बाल, बाल्य, किशोर
juvenile court	किशोर न्यायालय
juvenile delinquency	किशोर अपराधवृत्ति, किशोर अपचारिता
juvenile offender	किशोर अपराधी

K

key	1. आधारभूत, मूल, 2. मुख्य, 3. कुंजी
key-board	कुंजी पटल, की बोर्ड
key industry	आधारभूत उद्योग, मूल उद्योग
keynote address	आधार व्याख्यान, बीज भाषण
kickback	उत्कोच, घूस, रिश्वत
kidnapping	अपहरण, अगवा
kin	संबंधी
kindergarden teacher	बालबाड़ी शिक्षक
kind perusal	कृपापूर्वक अवलोकन
kith and kin	निकट संबंधी, नजदीकी रिश्तेदार
know-how	जानकारी, तकनीकी जानकारी
knowingly	जानबूझकर
knowledgeable	सुविज्ञ, जानकार

L

label	लेबल
laboratory	प्रयोगशाला
laboratory training	प्रयोगशाला प्रशिक्षण
labour (= labor)	1. श्रम, 2. श्रमिक वर्ग
labour charges	श्रम प्रभार
labour court	श्रम न्यायालय
labour dispute	श्रम विवाद
labourer	श्रमिक, मज़दूर
labour force	श्रम बल
labour laws	श्रम विधि
labour organization	श्रम संगठन, मज़दूर संगठन
labour relations	मालिक-मज़दूर संबंध
labour room	प्रसूति कक्ष
labour union	मज़दूर संघ
labour welfare	श्रम कल्याण, श्रमिक कल्याण
lack of incentive	प्रोत्साहन का अभाव
lack of knowledge	ज्ञान का अभाव
ladder	सोपान, सीढ़ी
land aquisition	भू-अर्जन
land holder	भूमिधारी
landless labourer	भूमिहीन मज़दूर
landlord	1. भू-स्वामी, 2. मकान मालिक
land mark	सीमा चिह्न
land mortgage bank	भूमि बंधक बैंक
landowner	भू-स्वामी
land records	भू-अभिलेख
land reforms	भूमि सुधार
land revenue	भू-राजस्व, मालगुज़ारी
land settlement	बन्दोबस्त, भूव्यवस्थापन
land tenure	पट्टेदारी, भू-धृति
language	भाषा
lapse	1. बीत जाना, व्यपगत होना, 2. ग़लती

last date	अंतिम तिथि
lasting	स्थायी
lastly	आख़िर में, अन्ततः
last payment	अंतिम भुगतान, अंतिम संदाय
late	1. विलंब से, देर से, 2. स्वर्गीय
late attendance	विलम्ब-उपस्थिति
late duty	अधिसमय ड्यूटी
late payment	देर से भुगतान
latest	नवीनतम, अधुनातन
latitude	छूट, ढील
laudable	प्रशंसनीय
launch	1. प्रारंभ करना, 2. प्रमोचन
lavatory	शौचालय
law	विधि, क़ानून
law and order	क़ानून और व्यवस्था
law breaker	क़ानून तोड़ने वाला, क़ानून भंग करने वाला
lawful	विधिसम्मत
lawyer	वकील, विधिवेत्ता
laxity	शिथिलता
layoff	कामबन्दी
layout	अभिन्यास, नक्शा
lazy	सुस्त, श्लथ
leader	1. प्रमुख, नेता, लीडर, नायक, 2. अग्रणी, 3. अग्रलेख
leadership quility	नेतृत्व गुण
leading article	अग्रलेख
leaflet	पर्ची
leak	भेद खोलना, लीक करना
leakage	1. रिसन, 2. लीकेज
leap year	अधिवर्ष
learning	1. सीखना, अधिगम, 2. विद्वत्ता
lease	पट्टा, पट्टे पर देना
lease for life	आजीवन पट्टा
leasehold	पट्टे पर, पट्टाधृति
leaseholder	पट्टाधारी, पट्टेदार
lease system	पट्टाधारिता
lease without term	निरवधि पट्टा
leave	1. छुट्टी, अवकाश, 2. अनुमति, 3. छोड़ना
leave account	छुट्टी का लेखा
leave allowance	छुट्टी भत्ता
leave encashment	छुट्टी के बदले नकद भुगतान, छुट्टी भुनाना
leave rules	छुट्टी नियमावली, छुट्टी नियम

leave salary	छुट्टी का वेतन
leave vacancy	अवकाश रिक्ति, छुट्टी रिक्ति
leave without pay	अवेतन छुट्टी, बिना वेतन छुट्टी
leave with pay	सवेतन छुट्टी, वैतनिक छुट्टी
lecture hall	व्याख्यान कक्ष, लेक्चर हॉल
ledger	खाता, खाता बही
ledger balance	खाता शेष
ledger folio	खाता पन्ना
legacy	रिक्थ, वसीयत-संपदा—विधि
legal	क़ानूनी, विधिक
legal action	क़ानूनी कार्रवाई
legal adviser	विधि सलाहकार
legal aid	क़ानूनी सहायता
legal aid cell	क़ानूनी सहायता प्रकोष्ठ
legal charges	क़ानूनी ख़र्च
legal documents	क़ानूनी दस्तावेज़
legal quardian	क़ानूनी संरक्षक
legality	वैधता
legalization	वैधीकरण
legalize	वैध करणा, वैध बनाना
legally	वैध रूप से, क़ानूनी तौर पर
legal practice	वकालत
legal practitioner	विधि व्यवसायी, वकील
legal representative	विधिक प्रतिनिधि
legible	सुवाच्य, पढ़े जाने योग्य
legistative	1. वैधानिक, 2. विधायी
legislative business	विधायी कार्य
legislative function	विधायी प्रकार्य
legislative measures	विधायी कार्य, विधायी उपाय
legislature	विधानमंडल
legitimacy	1. वैधता, 2. औचित्यपूर्णता, 3. धर्मजता
legitimate	1. उचित, विधिसम्मत, विधि-संगत, 2. धर्मज
legitimate claim	विधिसंगत दावा
leisure	अवकाश, फुरसत
length of service	सेवा-काल
leniency	नरमी, उदारता
letter	पत्र
letter box	लेटर बॉक्स, पत्र पेटी
letter head	पत्रशीर्ष, सरनामा
letter pad	पत्र-पैड
level	1. स्तर, 2. तल
levy	उदग्रहण, उगाही
lexicography	कोशविज्ञान

lexicon	कोश
liability	1. दायी, देनदार, 2. दायित्व, देयता
liability limits	देयता सीमा
liable	1. दायी, देनदार, 2. ज़िम्मेदार
liaison	संपर्क
library	पुस्तकालय
licence	1. अनुज्ञप्ति, लाइसेंस, 2. स्वेच्छाचार
licence fee	लाइसेंस फ़ीस
licence holder	अनुज्ञप्तिधारी, लाइसेंसदार
licensed	अनुज्ञापित, लाइसेंस-प्राप्त
licensee	अनुज्ञप्तिधारी, लाइसेंसधारी
lien	लियन, पुनर्ग्रहणाधिकार, धारणाधिकार
life annuity	आजीवन वार्षिकी
life certificate	जीवन प्रमाणपत्र
life imprisonment	आजीवन कारावास
life insurance	जीवन बीमा
life insurance premium	जीवन बीमा किस्त
life saving apparatus	प्राणरक्षी उपकरण
lightening call	तड़ित काल
light house	प्रकाशस्तंभ
light industry	हल्का उद्योग
limit	1. हद, सीमा, 2. परिसीमा, 3. मर्यादा
limitation	1. सीमा, 2. अवधि
limited	1. सीमित, 2. लिमिटेड
limited liability	सीमित देयता, सीमित दायित्व
line of action	कार्रवाई की दिशा
line of promotion	पदोन्नति-क्रम
link	1. कड़ी, श्रृंखला, बंध, लिंक, 2. संपर्क, 3. संलग्न, संबद्ध
linkage	सहलग्नता, अनुबंधन
link language	संपर्क भाषा
liquidation	1. परिसमापन, 2. शोधन, 3. निर्धारण
liquidator	परिसमापक
list	सूची
list of business	कार्य-विभाजन सूची
literacy	साक्षरता
literacy drive	साक्षरता अभियान
literacy mission	साक्षरता मिशन
literate	साक्षर
litigant	वादकारी, मुक़दमेबाज़
litigation	मुकदमेबाज़ी

livelihood	जीविका
livestock	पशुधन
living expense	निर्वाह ख़र्च
living quarters	आवासिकाएँ
living standard	जीवन स्तर
living wage	निर्वाह मज़दूरी
loading	1. माल लादना, भारण, लदाई, 2. अतिरिक्त प्रभार, 3. दायित्व सौंपना
loan	कर्ज़, ऋण
lobby	लॉबी, पक्ष
lobbying	पक्ष जुटाव
local authority	स्थानीय प्राधिकरण
local body	स्थानीय निकाय
local call	स्थानीय काल
local purchase	स्थानीय ख़रीद, स्थानीय क्रय
local recruitment	स्थानीय भर्ती
local self-government	स्थानीय स्वशासन, स्थानीय स्वायत्त शासन
local stock	स्थानीय स्टॉक, स्थानीय माल
lock in period	परिबंधन अवधि
lockout	तालाबंदी
locus standi	अधिस्थिति—अधिकारिता—सुने जाने का अधिकार
lodge	लॉज
lodging	वास, आवास
lodging house	वास गृह, आवास गृह
log book	लॉग बुक
logic	1. तर्कशास्त्र, 2. तर्क
logical action	तार्किक कार्रवाई
logical end	तार्किक परिणति
logo	लोगो, प्रतीक चिह्न
long distance call	दूरस्थ कॉल
long term	दीर्घकालिक
loose change	रेजगारी, चिल्लर, खेरीज़
loose sheets	खुले पन्न
lot	खेप, लॉट, ढेरी
lounge	विश्रांतिका, लाउंज
lower	1. निचला, निम्नतर, 2. अवर
lower court	निचला न्यायालय
lower post	निचला पद
lowest rate	न्यूनतम दर, निम्नतम दर
lowest rung	निम्नतम सोपान
lowest tender	न्यूनतम निविदा
low grade	निम्न श्रेणी

loyal	1. निष्ठावान, वफ़ादार, 2. राजनिष्ठ
loyalty	निष्ठा, वफ़ादारी
luggage room	सामान घर, अमानत घर
lumpsum	इकमुश्त, एकमुश्त, एक राशि
lumpsum grant	इकमुश्त अनुदान, एकमुश्त अनुदान
lunch	मध्याह्न-भोजन, लंच
lunch party	मध्याह्न-भोजन, लंच पार्टी

M

machine	मशीन, यंत्र
machinery	1. मशीनरी, 2. तंत्र, व्यवस्था
machine tool	उपयंत्र
magazine	1. गोदाम, 2. बारूदघर, आयुधागार, 3. पत्रिका
maiden name	पूर्व नाम
mail bag	डाक थैला
mailing list	डाक-सूची
main body	मुख्य भाग
main office	मुख्य कार्यालय
maintain	1. रखना, भरण-पोषण करना, 2. अनुरक्षण करना, 3. बनाए रखना
maintenance	1. अनुरक्षण, रखरखाव, 2. रखना, भरण-पोषण
maintenance allowance	भरण-पोषण भत्ता
maintenance grant	1. अनुरक्षण अनुदान, 2. भरण-पोषण अनुदान
major	1. वयस्क, प्राप्त-वय, 2. मुख्य, 3. मेजर—पद
major head	मुख्य शीर्ष
majority	1. बहुमत, 2. वयस्कता, बालिग़पन, प्राप्त-वयता, 3. बहुसंख्यक
majority decision	बहुमत निर्णय
majority representation	बहुमत प्रतिनिधित्व, बहुसंख्यक प्रतिनिधित्व
majority vote	बहुसंख्यक मत
major works	बड़े निर्माण कार्य, प्रमुख ग्रंथ—किसी साहित्यकार के
make up	कमी पूरी करना
maladjustment	कुसमायोजन
maladministration	कुप्रशासन
malafide	दुर्भावपूर्ण, कदाशयी, असद्-भावपूर्वक—विधि
malafides	बदनीयती, दुर्भाव, कदाशय
malbehaviour	अनुचित व्यवहार
malice	विद्वेष, दुर्भाव
malicious	विद्वेषपूर्ण, दुर्भावपूर्ण
malnutrition	कुपोषण
malpractice	अनाचार
maltreatment	दुर्व्यवहार
management	प्रबंधन
management development	प्रबंध विकास
management team	प्रबंधन टीम, प्रबंधन दल
manager	प्रबंधक, मैनेजर, व्यवस्थापक
managing committee	प्रबंध समिति
mandate	1. अधिदेश, 2. आज्ञा
mandatory	1. आज्ञापक, 2. अनिवार्य, 3. अधिदेशात्मक
many day	श्रम दिन/दिवस
manhole	मैनहोल
manhours	श्रम घंटे
mainifesto	घोषण-पत्र
manipulation	1. जोड़-तोड़, छलसाधन—विधि, 2. प्रकलन
manoeuvre	1. दाँव-पेंच, 2. युक्तिचालन
manpower	जनशक्ति
manual	1. पुस्तिका, दीपिका, 2. नियम पुस्तक, नियमावली, 3. शारीरिक, हस्त
manufacture	विनिर्माण
manufacturer	विनिर्माता
manuscript	पांडुलिपि, हस्तलेख
map	मानचित्र, नक़्शा
margin	1. हाशिया, उपांत, 2. गुंजाइश
marginal	सीमांत, उपांतिक
marginal adjustment	उपांतिक समायोजन
marital status	वैवाहिक स्थिति
mark	चिह्न
marked	1. चिह्नित, 2. उल्लेखनीय
marker	1. मार्कर—पदनाम, 2. चिह्नक—यंत्र
market friendly	बाज़ार हितैषी
marketing	विपणन
marketing economy	बाज़ार अर्थव्यवस्था

market rate	बाज़ार भाव
market value	बाज़ार मूल्य
marking and sorting	चिह्न लगाना और छाँटना
marks	चिह्न
marksheet	अंक सूची, अंकपत्र
marks obtained	प्राप्तांक
marriage certificate	विवाह प्रमाणपत्र
martyr	हुतात्मा, शहीद
mascot	शुभंकर
mason	राज, राजमिस्त्री
mass	जनसमूह, सामूहिक, व्यापक
mass communication	जनसंचार
mass consumption	आम उपभोग
mass immunization	व्यापक प्रतिरक्षण, व्यापक टीकाकरण
mass media	जनसंचार माध्यम
mass production	बड़े पैमाने पर उत्पादन, पुंज उत्पादन
mass strike	सामूहिक हड़ताल, व्यापक हड़ताल
mast	मस्तूल
master	1. अध्यापक, 2. स्वामी, 3. मास्टर
master file	प्रमुख मिसिल, मास्टर फाइल
master key	मास्टर कुंजी, सर्व कुंजी
master of ceremonies	समारोह संयोजक
master piece	अत्युत्तम कृति, श्रेष्ठ कृति
master plan	मास्टर प्लान, महायोजना
master room	प्रधान कक्ष, मास्टर रूम
matching grant	अनुरूपयोजी अनुदान, बराबर का अनुदान
materials	सामग्री, सामान
materials management	सामग्री प्रबंधन
maternity	प्रसूति, मातृत्व
maternity benefits	प्रसूति हितलाभ
maternity home	प्रसूतिगृह
maternity leave	प्रसूति छुट्टी
matriculate	मैट्रिक पास
matriculation examination	मैट्रिक परीक्षा
matrimonial	वैवाहिक
matter	विषय, मामला
mature	1. परिपक्व, 2. प्रौढ़, 3. पूर्ण होना, परिपक्व होना
maturity	1. परिपक्वता, मियाद पूरी होना, 2. प्रौढ़ता, 3. पूर्णता
maturity date	परिपक्वता तिथि
maximum	अधिकतम, ज्यादा से ज्यादा
maximum price	अधिकतम कीमत
means	साधन, उपाय
measure	माप, मापना
medicine	1. आयुर्विज्ञान, 2. दवा
medium	माध्यम
medium of education	शिक्षा माध्यम
meeting	बैठक, सभा, मीटिंग
meeting in camera	गुप्त बैठक, बंद बैठक
member	सदस्य
membership	सदस्यता
memo	ज्ञापन, मेमो, ज्ञाप
memorandum	ज्ञापन
memorial	1. स्मारक, 2. अभ्यावेदन
memorial lecture	स्मारक व्याख्यान
mental ability	मानसिक योग्यता
mental capacity	मानसिक क्षमता
mental skill	मानसिक कौशल
mentor	हितैषी, हितू
menu	1. मेनू, भोज्य तालिका, 2. प्रसूची
merchandise	1. वाणिज्य-वस्तु, सौदा, 2. वाणिज्या—विधि
mercy petition	दया-याचिका
merger	विलयन
merit	गुण, योग्यता
merit list	योग्यता-क्रमसूची
meritorious	सुयोग्य, सराहनीय, प्रशस्य, मेधावी, गुणवान
meritorious service	सराहनीय सेवा
merits	गुणावगुण
merits and demerits	गुण-दोष, गुणावगुण
merit scholarship	मेधावी छात्रवृत्ति, योग्यता छात्र-वृत्ति, प्रशस्य छात्रवृत्ति
merit cum seniority	योग्यता सह वरिष्ठता
message	संदेश
messenger	संदेशवाहक
metalled road	पक्की सड़क
method	विधि, पद्धति, प्रणाली
methodology	1. प्रणालीविज्ञान, 2. कार्यप्रणाली
metropolitan area	महानगर क्षेत्र
metropolitan town (= metropolis)	महानगर
microfilm	माइक्रोफिल्म
midday meal	मध्यांतर आहार
middle income group	मध्य आय वर्ग

middleman	बिचौलिया
middle school	मिडिल स्कूल
midterm appraisal	मध्यावधि मूल्यांकन
midterm corrections	मध्यावधि संशोधन
midwifery	प्रसूति विद्या
migrant	प्रवासी
migrant worker	प्रवासी कामगार
migration	प्रवास
migration certificate	प्रवास प्रमाणपत्र
mileage	1. मील-दूरी, 2. मील भत्ता
mileage allowance	मील भत्ता
militancy	आतंकवाद
militant	आतंकी
mill	1. मिल, 2. चक्की
millennium	सहस्त्राब्दि
mine	खान, खनि
mineral resources	खनिज संसाधन
miniature	लघु, छोटा
minimum	न्यूनतम, कम से कम
minimum price	न्यूनतम क़ीमत
minimum qualification	न्यूनतम अर्हता
minimum wages	न्यूनतम मज़दूरी
mining	खनन, खनिकर्म
mining project	खनन परियोजना
ministerial	लिपिकवर्गीय, अनुसचिवीय—विधि
ministerial staff	लिपिकवर्गीय कर्मचारी
ministry	मंत्रालय
minor	1. अवयस्क, अप्राप्तवय, नाबालिग, 2. लघु, गौण
minor head	लघु शीर्ष, गौण शीर्ष
minority	1. अल्पसंख्या, अल्पसंख्यक, अल्पसंख्यक वर्ग, 2. अल्पमत 3. अवयस्कता
minority representation	1. अल्पमत प्रतिनिधित्व, 2. अल्पसंख्यक प्रतिनिधित्व
minor works	छोटे निर्माण कार्य
mint	टकसाल
minutes	1. कार्यवृत्त, 2. टिप्पण
minutes book	कार्यवृत्त पुस्तिका
misappropriation	दुर्विनियोजन
misappropriation of money	धन-दुर्विनियोजन
misbehaviour	दुर्व्यवहार
miscellaneous	विविध, फुटकर

miscellaneous expenses	विविध व्यय, फुटकर ख़र्च
miscellaneous receipts	विविध प्राप्तियाँ
mischief	1. शरारत, उत्पात, 2. रिष्टि—विधि
misclassification	गलत वर्गीकरण
misconduct	कदाचार
mislead	गुमराह करना, भ्रम में डालना
misleading statement	भ्रामक बयान, भ्रामक कथन
mismanagement	कुप्रबंध
misrepresentation	अन्यथा-कथन
mission	मिशन
missionary zeal	व्रत भाव, संकल्प भाव
misstatement of facts	तथ्यों की ग़लतबयानी
misunderstanding	गलतफहमी
misuse	दुरुपयोग, दुरुपयोग करना
mixed	मिश्रित, मिलाजुला
mixed economy	मिश्रित अर्थव्यवस्था
mob	1. भीड़, 2. असंयत भीड़
mobile	चल, चलता-फिरता
mobile library	चल पुस्तकालय
mobile phone	मोबाइल फोन
mobile squad	चल दस्ता, मोबाइल स्क्वैड
mobility	गतिशीलता
mobilization	जुटाव
mode	ढंग, प्रकार, रीति
model	1. निदर्श, मॉडल, 2. आदर्श
mode of payment	भुगतान की रीति, अदायगी का तरीक़ा
mode of promotion	पदोन्नति की रीति
moderate	संयत, सौम्य, मर्यादित, संयमी
moderation	1. अनुशोधन, 2. संयमन
moderator	संचालक, मर्यादक
modification	1. आशोधन, तरमीम, 2. रूपांतर
modus operandi	कार्य-प्रणाली
momentum	संवेग
monetary grant	आर्थिक अनुदान
monetary limit	आर्थिक सीमा
money	धन, मुद्रा
money back	धन वापसी
money bill	धन-विधेयक
monitor	1. मॉनीटर, 2. अनुवीक्षण करना, मॉनीटर करना
monitoring	अनुवीक्षण, मॉनीटरिंग
monogamy	एकविवाह—प्रथा
monogram	मोनोग्राम, नामचिह्न, गुम्फाक्षर
monopoly	एकाधिकार, एकाधिपत्य

monotony एकरसता
monthly statement मासिक विवरण
monthly summary मासिक सारांश
monthly ticket मासिक टिकट
monthly tour diary मासिक दौरा डायरी, मासिक दौरा दैनिकी
month to month मासानुमास, महीने के महीने
monument स्मारक
moral नैतिक
morale मनोबल, हौसला
moral obligation नैतिक दायित्व
moral turpitude नैतिक अधमता
mortality 1. मृत्युसंख्या, 2. मृत्युदर, 3. नवरता
mortality rate मृत्यु-दर
mortgage बंधक, रेहन
mortgaged property बंधक सम्पत्ति
mortuary मुर्दाघर
most confidential परम गोपनीय
most immediate अति तत्काल
most important अति महत्त्वपूर्ण
most secret अतिगुप्त
most urgent परमावश्यक
motel मोटेल
mother tongue मातृभाषा
motion प्रस्ताव
motion of confidence विश्वास प्रस्ताव
motion of no-confidence अविश्वास प्रस्ताव
motivation अभिप्रेरण
motivational factors अभिप्रेरणात्मक कारक/अभिप्रेरणीय कारक
motivator अभिप्रेरक
motive 1. उद्देश्य, 2. अभिप्रेरणा, 3. हेतु
motor मोटर
motor vehicle मोटर वाहन, मोटर यान
motto आदर्शवाक्य, आदर्शोक्ति
mourning शोक, मातम
mouth piece 1. मुखपत्र, 2. पक्षवक्ता, 3. मुखिका
movable चल, जंगम
movable property चल सम्पत्ति, जंगम सम्पत्ति
move प्रस्ताव रखना, प्रस्तावित करना
movement 1. आदोलन, 2. संचलन, 3. गतिविधि
movement register संचलन पजिका, संचलन रजिस्टर
mover प्रस्तावक
multifarious (duties) बहुविध—कर्तव्य
multipurpose बहुउद्देशीय, बहुप्रयोजनीय
municipal नगरपालिका, नगरपालिका संबंधी
municipality नगरपालिका
museum संग्रहालय
music संगीत
muster roll उपस्थिति नामावली, हाज़िरी रजिस्टर
mutation नामांतरण, दाख़िल-ख़ारिज
mutilated कटाफटा, विकृत
mutual agreement पारस्परिक क़रार, आपसी क़रार
mutual understanding आपसी समझ
myth मिथक

N

nagative reply नकारात्मक उत्तर
name card नाम कार्ड
name plate नाम पट्ट, नाम पट्टिका
narcotic स्वापक, मादक द्रव्य
narrator 1. वर्णनकर्ता, 2. वाचक
nation राष्ट्र
national राष्ट्रीय
national animal राष्ट्रीय पशु
national anthem राष्ट्र गान
national bird राष्ट्रीय पक्षी
national calendar राष्ट्रीय कैलेंडर, राष्ट्रीय पंचांग
national capital region राष्ट्रीय राजधानी प्रदेश
national capital territory राष्ट्रीय राजधानी क्षेत्र
national dabt राष्ट्रीय ऋण
national economy राष्ट्रीय अर्थव्यवस्था
national emblem राष्ट्रीय संप्रतीक
national flag राष्ट्रध्वज, राष्ट्रीय झंडा
national highway राष्ट्रीय राजमार्ग, राष्ट्रीय महामार्ग, नेशनल हाइवे
national honour राष्ट्रीय सम्मान
national insurance scheme राष्ट्रीय बीमा योजना
national integration राष्ट्रीय अखंडता
nationalism राष्ट्रीयता
nationality राष्ट्रीयता

nationalization	राष्ट्रीयकरण
national language	राष्ट्रभाषा
national park	राष्ट्रीय प्राणिउद्यान
national sanctuary	राष्ट्रीय अभयारण्य
national savings certificate	राष्ट्रीय बचत-पत्र, राष्ट्रीय बचत प्रमाणपत्र
national savings scheme	राष्ट्रीय बचत योजना
national song	राष्ट्रगीत
national symbol	राष्ट्रीय प्रतीक
nation building	राष्ट्र निर्माण
native	1. मूल निवासी, 2. प्राकृतिक, प्राकृत, सहज, 3. देशी, देशज, देशीय
native language	देशीय भाषा
natural	1. प्राकृतिक, 2. स्वाभाविक, नैसर्गिक
natural boundary	प्राकृतिक सीमा
natural calamity	प्राकृतिक विपदा
natural death	स्वाभाविक मृत्यु
natural disaster	प्राकृतिक आपदा
natural resources	प्राकृतिक संसाधन, प्राकृतिक संपदा
nature of work	कार्य-प्रकृति
naval force	नौ-बल
navigation	नौपरिवहन, नौचालन, दिक चालन
nayes	नहीं पक्ष
necessary action	आवश्यक कार्रवाई
heedful	आवश्यक, जरूरी
negative	1. निषेधात्मक, 2. नकारात्मक
neglect	1. उपेक्षा, 2. लापरवाही, 3. उपेक्षा करना
neglect of duty	कर्तव्य उपेक्षा
negligence	उपेक्षा, प्रमाद, ग़फ़लत
negligible	नगण्य
negotiate	बातचीत करना
negotiation	समझौते की बातचीत
negotiator	वार्ताकार, बातचीत करने वाला
nepotism	स्वजन-पक्षपात, भाई-भतीजावाद
net	1. जाल, 2. शुद्ध, निवल
net amount	निवल राशि, शुद्ध राशि
net assets	निवल परिसम्पत्ति, शुद्ध परि-संपत्ति
net income	शुद्ध आय
net investment	निवल निवेश
net receipt	निवल प्राप्ति
net total	शुद्ध जोड़
net value	निवल मूल्य
net weight	निवल भार, शुद्ध भार
net work	1. जाल कर्म, नेटवर्क, 2. जाल-तंत्र
neutral	तटस्थ
neutrality	तटस्थता
news	समाचार
news agency	समाचार एजेंसी
news bulletin	समाचार बुलेटिन
news letter	संवाद-पत्र, समाचार-पत्रक
newspaper	समाचार-पत्र, अख़बार
news reader	समाचार वाचक
news-reel	न्यूज़रील, समाचार-दर्शन
news sheet	समाचार पन्ना
next of kin	निकटतम संबंधी
night duty	रात्रि ड्यूटी
night shelter	रैन बसेरा
night shift	रात की पारी
nil report	शून्य रिपोर्ट
no admission	प्रवेश निषिद्ध, अंदर आना मना है
no-claims bonus	अदावी छूट
no-confidence motion	अविश्वास प्रस्ताव
no-confidence vote	अविश्वास मत
no-demand certificate (= no dues certificate)	बेबाक़ी प्रमाणपत्र—अदेयता प्रमाणपत्र
no-interest account	बिना ब्याज खाता
nominal cost	नाममात्र लागत
nominal inspection	नाममात्र का निरीक्षण
nominal member	नाममात्र का सदस्य
nominal price	1. नाममात्र क़ीमत, 2. अंकित क़ीमत
nominal value	अंकित मूल्य
nominate	नामित करना, नाम निर्देशन
nominated	नामित
nomination	1. नामन, 2. नाम निर्देशन
nomination paper	नामांकन-पत्र, नामज़दगी-पत्र
nominee	नामिती, नामित व्यक्ति
non-acceptance	अस्वीकृति
non-contributory	गैर-अंशदायी, अन-अंशदायी
non-gazetted	अराजपत्रित
non-government organisation	ग़ैर-सरकारी संगठन
non-judicial	न्यायिकेतर
non-official	1. ग़ैर-सरकारी, अशासकीय, 2. अनधिकारिक
non-party	ग़ैर-दलीय

non-payment गैर-अदायगी, भुगतान न करना
non-payment certificate गैर-अदायगी प्रमाणपत्र, असंदाय प्रमाणपत्र
non-pensionable service गैर-पेंशनी सेवा, अपेंशनी सेवा
non-practising allowance प्रैक्टिसबंदी भत्ता
non-recurring expenditure अनावर्ती व्यय
non-recurring grant अनावर्ती अनुदान
non-refundable अप्रतिदेय
non-resident Indian अनिवासी भारतीय
non-saleable अविक्रेय
non-taxable income करविहीन आय, गैर-करयोग्य आय
no objection certificate अनापत्ति, प्रमाणपत्र
no parking वाहन निषिद्ध क्षेत्र
no profit no loss न लाभ न हानि
normal 1. प्रसामान्य, 2. सामान्य
normalization सामान्यीकरण
no smoking धूम्रपान निषेध
notable महत्त्वपूर्ण, विशेष, उल्लेखनीय
not applicable (N.A.) लागू नहीं
notary public नोटरी पब्लिक
not available (N.A.) अनुपलब्ध
note टिप्पणी, नोट, द्रष्टव्य
note book नोट बुक
note of dissent विसम्मति टिप्पणी
notepad नोट पैड
note worthy points सारगर्मित बिन्दु, उल्लेखनीय बिन्दु
not exceeding से अधिक नहीं
notice सूचना, नोटिस
noticeable उल्लेखनीय, ध्यान देने योग्य
notice board सूचना पट्ट, नोटिस बोर्ड
notice in writing लिखित नोटिस
notification अधिसूचना
notified area अधिसूचित क्षेत्र, नोटिफ़ाइड एरिया
notified commodity अधिसूचित वस्तु
noting and drafting टिप्पण और मसौदा लेखन
notorious कुख्यात
not sufficient अपर्याप्त
novice नौसिखिया
nucleus 1. नाभिक, न्यूक्लियस, 2. केंद्रक
nuisance उत्पात, कंटक, न्यूसेंस
null बातिल, अकृत
null and void बातिल और शून्य
nullify बातिल करना, अकृत करना
number संख्या
numbering संख्यांकन, संख्या डालना
numeral संख्यांक, अंक
numerical order संख्या क्रम
nursery पौधशाला, नर्सरी, शिशु सदन
nutrition पोषण

O

oath शपथ
oath of allegiance निष्ठा-शपथ
eath of office पद-शपथ
oath of secrecy गोपनीयता-शपथ
oath taking ceremony शपथ-ग्रहण समारोह
obedience आज्ञापालन, आज्ञानुवर्तन
obituary निधन-सूचना
object 1. वस्तु, 2. आपत्ति उठाना, आपत्ति करना
objection आपत्ति
objective 1. उद्देश्य, 2. वस्तुनिष्ठ, विषयपरक
objective type test वस्तुनिष्ठता परीक्षा/वस्तुनिष्ठ परीक्षा
objectivity वस्तुनिष्ठता
obligation 1. आभार, 2. बाध्यता, बंधन, दायित्व
obligatory बाध्यकर
obscene अश्लील
obscene gesture अश्लील हावभाव
observance पालन
observation 1. प्रेक्षण, 2. टिप्पणी, समुक्ति—विधि
observer प्रेक्षक
obsolescence अप्रचलन
obsolete अप्रचलित
obstruct रोकना, बाधा डालना
obstruction बाधा
obvious स्पष्ट
occasional यदाकदा, अनियत, प्रासंगिक
occupation व्यवसाय, धंधा
occupational व्यावसायिक
occupy 1. अधिकार में करना, दख़ल करना, 2. स्थान घेरना
occurrence घटना, घटित होना
octroi duty चुंगी

off day	छुट्टी का दिन
off duty	1. काम के बाद, काम पर न होना, 2. ख़ाली दिन
offence	अपराध
offender	अपराधी
offensive	1. आक्रमणात्मक, 2. अप्रिय, कटु, 3. घृणोत्पादक, बदबूदार
offer	प्रस्ताव
offer of appointment	नियुक्ति प्रस्ताव
office	1. कार्यालय, दफ़्तर, 2. पद
office bearer	पदाधिकारी
office campus	कार्यालय परिसर
office complex	कार्यालय संकुल, परिसर
office copy	कार्यालय प्रति, दफ़्तर की प्रति
office hours	कार्यालय-समय
office layout	कार्यालय अभिन्यास, कार्यालय नक़्शा
office maintenance	कार्यालय अनुरक्षण, कार्यालय रखरखाव
office manual	कार्यालय नियमावली
office memorandum	कार्यालय ज्ञापन
office note	कार्यालय टिप्पणी
office of profit	लाभ-पद
office order	कार्यालय आदेश
office premises	कार्यालय परिक्षेत्र
officer	अधिकारी, अफ़सर
office staff	कार्यालय स्टाफ, कार्यालय कर्मचारीगण
official	1. पदधारी, 2. शासकीय, सरकारी, 3. आधिकारिक
official benches	सरकारी पक्ष
official business	सरकारी काम
official communication	आधिकारिक सूचना, आधिकारिक पत्र
official correspondence	सरकारी पत्रव्यवहार, आधिकारिक पत्राचार
officialdom	अफसरशाही
official duty	पदीय कर्तव्य, सरकारी काम
official language	राजभाषा
officially	सरकारी तौर पर, शासकीय तौर पर
offical report	सरकारी प्रतिवेदन/सरकारी रिपोर्ट
official secret	कार्यालयीन गुप्त बात/सरकारी गोपन बात
official version	सरकारी कथन, आधिकारिक कथन
officiating	स्थानापन्न
officiating allowance	स्थानापन्न भत्ता
officiating appointment	स्थानापन्न नियुक्ति
officiating arrangement	स्थानापन्न व्यवस्था
officiating capacity	स्थानापन्न रूप, स्थानापन्न हैसियत
officiating post	स्थानापन्न पद
off the job training	कार्यस्थलेतर प्रशिक्षण
off the record	अप्रकाशनीय, रिकॉर्ड से हटकर
okay (o.k.)	सब ठीक, अच्छा
oldage pension	वृद्धावस्था पेंशन
omission	1. लोप, 2. चूक
on account grant	हिसाबी अनुदान
on call	कार्य-बुलावा
on demand	माँगने पर
on deputation	प्रतिनियुक्ति पर
on duty	काम पर, ड्यूटी पर
one-man commission	एक सदस्यीय आयोग
onerous	दुर्भर, दुर्वह
one sided	एकपक्षीय
one way traffic	एकतरफा यातायात
on line	लाइन पर
on-probation	परिवीक्षाधीन
on-special duty	विशेष ड्यूटी पर, विशेष कार्य पर
onus	भार, दायित्व
open day	1. मुक्त दिवस, 2. कार्य दिवस
open system	मुक्त व्यवस्था
open discussion	खुशी बहस, खुली चर्चा
open door system	मुक्त-द्वार व्यवस्था
opening	शुभारंभ
opening balance	अथ शेष, रोकड़ जमा
opening hours	खुले रहने का समय
open letter	खुला पत्र
open market	खुला बाज़ार
open market policy	खुला बाज़ार नीति
open school	मुक्त विद्यालय
open secret	खुला रहस्य
open session	खुला अधिवेशन
open space	खुली जगह
open university	मुक्त विश्वविद्यालय
operating costs	प्रचालन लागत
operation	1. प्रचालन, 2. संक्रिया, 3. शल्यकर्म, ऑपरेशन
operational budget	प्रचालन बजट
operational expenses	प्रचालन व्यय
operation immediate	तत्काल कार्रवाई
opinion	राय, मत

opinion poll	मत सर्वेक्षण, रायशुमारी
opportune moment	उपयुक्त समय
opportunity	अवसर
opposition	1. विरोध, 2. विरोधी दल
option	विकल्प
optional	वैकल्पिक
oral	मौखिक, जबानी
oral admission	मौखिक अभिस्वीकृति
oral consultation	मौखिक परामर्श
oral evidence	मौखिक साक्ष्य
orally	मौखिक रूप से
oral warning	मौखिक चेतावनी
order	1. आदेश, 2. व्यवस्था, 3. क्रम
order cheque	आदेश चेक
order of reservation	आरक्षण-क्रम
order of appointment	नियुक्ति आदेश
order of priority	प्राथमिकता क्रम, अग्रता-क्रम
order of seniorty	वरिष्ठता-क्रम
order of precedence	पूर्वता-क्रम
ordinance	अध्यादेश
ordinary member	साधारण सदस्य
ordnance factory	आयुध कारखाना
organised sector	संगठित क्षेत्र
organization	1. संगठन, 2. आयोजन, व्यवस्था
organizational climate	संगठन परिवेश, संगठन माहौल
organizational structure	संगठन ढाँचा
organize	1. आयोजित करना, 2. संगठित करना
organizer	1. आयोजक, संयोजक, 2. संगठनकर्ता
organizing committee	आयोजन समिति, संयोजन समिति
organizing secretary	संयोजन सचिव, आयोजन मंत्री
oriental	प्राच्य
orientation	अभिविन्यास
orientation course	अभिविन्यास पाठ्यक्रम
orientation training/ programme	अभिविन्यास प्रशिक्षण/कार्यक्रम
oriented	उन्मुख, अभिविन्यस्त
original	1. मूल प्रति, 2. मूल, मौलिक, प्रारंभिक
original copy	मूल प्रति
original cost	प्रारंभिक लागत
original deed	मूल विलेख
original department	स्रोत विभाग
original documents	मूल दस्तावेज़
original sale deed	मूल बेनामा, मूल बिक्रीनामा
orphanage	अनाथालय
other backward classes (OBC)	अन्य पिछड़े वर्ग
outbreak	1. प्रकोप, 2. विद्रोह, 3. आरंभ
outfit allowance	परिधान भत्ता
out-going	निवर्तमान
out-going file	निर्गामी फ़ाइल
outlet	1. निकास, निर्गम, 2. निर्गम केंद्र
outline	ख़ाका, रूपरेखा
outlook	दृष्टिकोण
out of court	न्यायालय बाह्य
out of date	पुराना, गतावधिक
out of order	ख़राब, चालू नहीं, बिगड़ी दशा में
out of pocket (expenses)	जेबी ख़र्च
out of print	अप्राप्य
out of turn	बिन बारी
out of turn allotment	बिन बारी आबंटन
out of work	रोजगारहीन
outpost	सीमा चौकी
output	उत्पादन, उत्पाद, निर्गत
outright purchase	इकमुश्त ख़रीद
outstanding	1. उत्कृष्ट, 2. बक़ाया
outstanding advance	बकाया अग्रिम
outstanding balance	पिछला बक़ाया
outstation	बाह्य स्थान
outstation allowance	बाह्य स्थान भत्ता
out stock	अनुपलब्ध, स्टॉक में नहीं
out work	बाह्य कार्य
ovation	अभिनंदन, स्वागत
over age	अधिवयस
overall	1. समस्त, समग्र, कुल, 2. ओवर आल
overall charge	समग्र प्रभार
overall deficit	समग्र घाटा
over billing	अधिबिलन
over bridge	उपरिसेतु, उपरिपुल
over charge	अधिप्रभार
over crowding	भीड़-भाड़, अति भीड़
over due	1. अतिशोध्य, 2. पुराना, खड़ा
overdue payment	विलंबित भुगतान, खड़ा भुगतान
over estimate	अधिप्राक्कलन, अत्यनुमान, अधिक आँकना, अधिक कूतना
overhauling	1. पूरी मरम्मत, ओवरहॉल, 2. पूरी जाँच

overhead charge	उपरिप्रभार, ऊपरी ख़र्च
overhead expenses	उपरिव्यय
overleaf	दूसरे पृष्ठ पर, पृष्ठ की दूसरी ओर
overpaid	अधिदत्त
over-payment	अधिक भुगतान
over-population	1. जनाधिक्य, अधिक जनसंख्या, 2. संख्याधिक्य
over-qualified	अधियोग्य
over riding priority	सर्वोपरि प्राथमिकता
overseas allowance	विदेश भत्ता, समुद्रपार भत्ता
overseas pay	विदेश वेतन, समुद्रपार वेतन
oversight	चूक, भूल
overtime	समयोपरि, अतिरिक्त समय
overtime allowance	समयोपरि भत्ता, अतिरिक्त समय भत्ता
overtime pay	समयोपरि वेतन
overvaluation	अधिमूल्यन
over-work	कार्याधिक्य
over-writing	अधिलेखन, लिखे पर लिखना
owner's risk	मालिक का जोखिम
ownership	स्वामित्व
owning authority	स्वामी प्राधिकारी, मालिक प्राधिकारी
owning department	स्वामी विभाग

P

package	पैकेज, एकमुश्त
package benefits	पैकेज सुविधाएँ, एकमुश्त सुविधाएँ
package deal	पैकेज सौदा, एकमुश्त सौदा
packer	पैकर
packet	पुलिंदा, पैकेट
packing	पैक करना, बाँधना
packing and marking	पैक करना और चिह्न लगाना
packing list	पैकिंग-सूची
pact	समझौता
pad	गद्दी, पैड
page making	पृष्ठन, पृष्ठ बनाना
paper	काग़ज़, अख़बार, समाचार-पत्र, निबंध, लेख, दस्तावेज़, पन्ना, प्रश्न-पत्र
paid	1. प्रदत्त, दत्त, 2. सवेतन, 3. भुगतान किया, चुकता
paid up capital	प्रदत्त पूँजी
paint	रोगन, पेंट, प्रलेप
painter	1. रंगसाज़, 2. चित्रकार
pamphlet	पत्रक, पैम्फलेट
panel	नामिका, पेनल
panic	खलबली, हड़बड़ी
paper	1. काग़ज़, 2. पत्र, काग़ज़-पत्र, 3. लेख
paper work	काग़ज़ी काम
para (paragraph)	पैरा
paradox	विरोधाभास
paragraphing	पैरा बनाना
parallel	समान्तर
paralyse	ठप करना, ठप होना
paramedical	पराचिकित्सा
paramilitary forces	अर्धसैनिक बल
paramount	परम, सर्वोच्च, सर्वोपरि
parasite	परजीवी
parcel	पार्सल
pardon	क्षमा, क्षमा करना
parent	1. माता, पिता, 2. मूल
parentage	जनकता, माता-पिता
parental	पैतृक
parent office	मूल कार्यालय
parents	माता-पिता
par excellence	श्रेष्ठ, उत्कृष्ट
parity	समता, समानता
parliament	संसद
parliamentary	संसदीय
parole	पैरोल
part	1. भाग, अंश, 2. भूमिका, 3. पुर्ज़ा
part delivery	अंश-सुपुर्दगी
partial	1. आंशिक, 2. पक्षपातपूर्ण
partial disability	आंशिक अशक्तता
partiality	पक्षपात
participant	सहभागी, भाग लेने वाला
participate	भाग लेना, सम्मिलित होना
participation	सहभागिता
participative	सहभागी
particular	विशेष, ख़ास
particulars	ब्यौरा, विवरण
partition	विभाजन, बँटवारा
partner	साझी, साझेदार, भागीदार

partnership	साझेदारी, भागीदारी
partnership deed	साझा-पत्र, भागिता विलेख
part payment	आंशिक भुगतान
part-time	अंशकालिक
part-time employment	अंशकालिक रोजगार
party	1. पक्ष, पक्षकार, 2. पार्टी, दल, 3. पार्टी—प्रीति भोज, दावत
party in power	सत्तारूढ़ दल
par value	सममूल्य
pass	1. पास, 2. पारण, 3. पास करना, 4. पार जाना, गुज़रना, 5. उत्तीर्ण
passage	1. मार्ग, गली, गलियारा, 2. अंश, उद्धरण, 3. यात्रा, 4. यात्रा व्यय
passbook	पासबुक
passenger	यात्री
passive	निष्क्रिय
passport	पार-पत्र, पासपोर्ट
password	पासवर्ड, संकेत शब्द
paste	लेप, लेई, चिपकाना
past service	पूर्व सेवा, पिछली नौकरी
patent	पेटेंट, एकस्व
patent and design	एकस्व और अभिकल्प, पेटेंट और डिज़ाइन
paternity leave	पितृत्व अवकाश
patriot	देशभक्त
patrolling	गश्त लगाना
patron	1. संरक्षक, 2. ग्राहक
patronage	संरक्षण
pattern	प्रतिरूप, पैट्रन
paucity	कमी, अभाव
pauper	अकिंचन
pawn	धरोहर, गिरवी रखना
pay	वेतन
payable	देय, भुगतानी
pay and allowances	वेतन तथा भत्ते
pay bill	वेतन बिल
pay certificate	वेतन प्रमाण पत्र
pay cheque	वेतन चैक
pay day	वेतन दिवस
payee	पाने वाला, आदाता
payer	1. भुगतानकर्ता, 2. दाता
pay increase	वेतन वृद्धि
payment	भुगतान, संदाय, अदायगी
payment by cheque	चैक से भुगतान
payment in cash	नकद भुगतान
payment system	भुगतान प्रणाली
payoff	चुकता
pay order	अदायगी आदेश, पे ऑर्डर
pay package	वेतन पैकेज
payroll	वेतन-पत्रक
payroll ledger	वेतन-पत्रक बही
pay scale	वेतनमान
pay slip	वेतन-पर्ची
penal code	दंड संहिता
penal interest	दंड ब्याज
penalize	दंडित करना
penalty	1. अर्थदंड, जुर्माना, 2. दंड, 3. शास्ति
pending cases	लंबित मामले, अनिर्णीत मामले, रुके मामले
pending	1. लम्बित, अनिर्णीत, रुका हुआ, 2. तक, पर्यंत
pending decision	विनिश्चयसापेक्ष, विनिश्चय होने तक, निर्णय होने तक
pen down strike	क़लमबंद हड़ताल
pension	पेंशन
pensionable post	पेंशनी पद
pensionary benefits	पेंशन हितलाभ
pension contribution	पेंशन अंशदान
pensioner	पेंशनर
pension fund	पेंशन निधि
pension papers	पेंशन काग़ज़ात
pension scheme	पेंशन योजना
peon book	चपरासी-बही
per annum	प्रतिवर्ष, वार्षिक, सालाना
per bearer	वाहक द्वारा
per capita (= per head)	प्रति व्यक्ति
per capita expenditure	प्रति व्यक्ति व्यय
per capita income	प्रति व्यक्ति आय
percent	प्रतिशत, फ़ीसदी, फ़ीसद
percentage	प्रतिशतता, प्रतिशत दर
percentage point	प्रतिशतता अंक
perform	1. पालन करना, 2. करना, निष्पादन
performance	निष्पादन, पालन
performance report	निष्पादन रिपोर्ट
performance review	निष्पादन समीक्षा
period	अवधि, कालावधि
periodical	1. पत्र, सामयिकी, पत्रिकी, 2. आवधिक, समय-समय पर, सामयिक, नियतकालिक

periodical inspection	आवधिक निरीक्षण, सामयिक निरीक्षण
periodical report	आवधिक रिपोर्ट
periodical return	आवधिक विवरणी
period of notice	नोटिस अवधि, सूचना अवधि
period under review	समीक्षाधीन अवधि
perishable goods	विनाशशील समान, विकारी माल
perks (= perquisites)	अनुलब्धियाँ
permanency	स्थायित्व
permanent	स्थायी
permanent address	स्थायी पता
permanent appointment	स्थायी नियुक्ति
permanent pensionable post	स्थायी पेंशनी पद
permanent post	स्थायी पद
permanent vacancy	स्थायी पद—रिक्ति
per mensem	प्रतिमास, माहवार
permissible	अनुनेय, अनुज्ञेय
permission	अनुज्ञा, अनुमति
permit	अनुज्ञा-पत्र, परमिट, अनुज्ञा देना, अनुमति देना
permit holder	अनुज्ञापत्रधारी, परमिटधारी
permitted	अनुमत, अनुज्ञप्त, अनुमतिप्राप्त
perpetual	शाश्वत, निरंतर, चिर
perquisites	आनुषंगिक लब्धियाँ, अनुलब्धियाँ
personal	वैयक्तिक
personal allowances	वैयक्तिक भत्ते
personal bond	मुचलका, निजी बंधपत्र
personal contact programme	वैयक्तिक संपर्क कार्यक्रम
personal data	वैयक्तिक सूचना, व्यक्ति वृत्त
personal effects	निजी सामान
personal identification marks	वैयक्तिक पहचान चिह्न
personality	व्यक्तित्व
personality clash	व्यक्तित्व टकराव
personality test	व्यक्तित्व परीक्षण
personal letter	निजी पत्र
personal mark	वैयक्तिक चिह्न
personal pay	वैयक्तिक वेतन
personal property	वैयक्तिक संपत्ति
personal section	निजी अनुभाग
persona non grata	अवांछित व्यक्ति, अग्राह्य व्यक्ति
personnel	कार्मिक
personnel development	कार्मिक विकास
personnel policy	कार्मिक नीति
perspective	परिप्रेक्ष्य, संदर्श
persuade	1. समझाना, मनाना 2. सहमत कराना
persuasion	1. समझाना-बुझाना, मनाना, 2. अनुनय
pertinent	संगत
perusal	अवलोकन, देखना
pesticide	कीटनाशक
petition	याचिका, अर्ज़ी
petitioner	याची, याचिकादाता, प्रार्थी
pharmacy	फ़ार्मेसी, भेषजी
phase	प्रावस्था, चरण, फ़ेज़
phased	चरणबद्ध
phenomenon	घटना
photostat	फ़ोटोस्टेट
photostat copy	फोटो प्रति, छाया प्रति
photostat machine	फोटोस्टेट मशीन
physical checking	प्रत्यक्ष जाँच
physical defect	शारीरिक दोष
physical education	व्यायाम शिक्षा
physical fitness certificate	शारीरिक स्वस्थता प्रमाणपत्र
physically handicapped	विकलांग
physically retarded child	मंदवर्धित बालक, मंदबुद्धि
physical vancancy	वास्तविक रिक्ति
physical verification	प्रत्यक्ष सत्यापन
physique	शारीरिक गठन
piecemeal	खंडशः, टुकड़ों में
pilferer	उठाईगीर
pilgrim	तीर्थयात्री
pilot programme	अग्रगामी कार्यक्रम, प्रायोगिक कार्यक्रम
pilot project	अग्रगामी परियोजना, प्रायोगिक परियोजना
PIN (postal index number)	पिन
pin cushion	पिन कुशन, पिन गद्दी
pioneer	अग्रणी
piracy	चौर्य
placement	नौकरी दिलाना, स्थानन
place of birth	जन्मस्थान
place of work	कार्यस्थल
plaint	वाद-पत्र

plaintiff	वादी
plan	योजना
planning	1. योजना, आयोजना, 2. योजना बनाना
plan outlay	आयोजना परिव्यय, योजना परिव्यय
plant	1. संयंत्र, 2. पादप, पौधा
plantation	1. रोपण, वृक्षारोपण, 2. बाग़ान
plant diseases	पादप रोग
plastic money	प्लास्टिक मुद्रा
platform ticket	प्लेटफ़ार्म टिकट
platinum jubilee	प्लेटिनम जयंती
player	1. वादक, 2. खिलाड़ी
plaza	चत्वर, प्लाजा
plea	1. तर्क, दलील, 2. अभिवचन, अभिवाक्-विधि
plead	अभिवचन करना, पैरवी करना
pleader	प्लीडर, पैरवीकार
pleasure	प्रसाद
plebiscite	जनमत-संग्रह
pledge	प्रतिज्ञा करना, गिरवी रखना
plenary session	पूर्ण अधिवेशन
plinth area	कुर्सी क्षेत्रफल
plunder	लूटपाट करना
plus and minus	वृद्धि तथा कमी, जोड़ना-घटाना, धन-ऋण
pocket calculator	जेबी कैलकुलेटर
pocket diary	जेबी डायरी
point	1. बिंदु, 2. स्थल
point of order	व्यवस्था का प्रश्न
points system	अंक प्रणाली
police	पुलिस
policy	1. बीमा—पॉलिसी, 2. नीति
policy direction	नीति-निर्देश
policy holder	बीमा—पॉलिसीधारक
political activity	राजनीतिक क्रियाकलाप, राजनीतिक सक्रियता
political affairs	राजनीतिक मामले
political interference	राजनीतिक हस्तक्षेप
political pressure	राजनीतिक दबाव
political sufferer	राजनीतिक पीड़ित
poll	मतदान
polling	मतदान
polling booth	मतदान बूथ
polling officer	मतदान अधिकारी
polling station	मतदान केंद्र
pollution	प्रदूषण
political	राजनीतिक
polyandry	बहुपतित्व
polygamy	बहुविवाह-प्रथा
pool	पूल
pooling	पूलन
pool staff	पूल कर्मचारी, पूल अमला
poor	घटिया
population trends	जनसंख्या प्रवृत्ति
portable	सुवाह्य
portfoli (of a minister)	1. विभाग, 2. पोर्टफोलियो
position	स्थिति, स्थान, स्थल
positive	1. सकारात्मक, 2. निश्चित, निश्चयात्मक
positive discrimination	सकारात्मक भेदभाव
possess	क़ब्जा करना
possession	क़ब्जा
post	1. पद, 2. डाक, 3. केंद्र, 4. चौकी
postage	डाक-व्यय
postage stamp	डाक-टिकट
postal address	डाक-पता
postal authorities	डाक प्राधिकारी
postal ballot	डाक मतपत्र
postal certificate	डाक प्रमाणपत्र
post audit	उत्तर लेखापरीक्षा
post bag	डाक थैला, पोस्ट बैग
post-dated	उत्तर-दिनांकित
post-dated cheque	उत्तर-दिनांकित चैक
post-facto sanction	कार्योत्तर मंजूरी
post graduate	स्नातकोत्तर, परास्नातक
posthumous	मरणोपरांत, मरणोत्तर
posthumous award	मरणोत्तर पुरस्कार, मरणोपरांत पुरस्कार
posting	1. तैनाती, 2. इंदराज
posting order	तैनाती आदेश
postmortem examination	शव परीक्षा, मरणोत्तर परीक्षा
postpone	स्थगित करना, मुल्तवी करना
postponement	स्थगन, मुल्तवी
posts and telegraphs	डाक-तार
postscrip (P.S.)	पुनश्च, पश्चलेख
potential	1. संभाव्य, 2. विभव, 3. कार्यक्षम
potential review	कार्यक्रम समीक्षा
poultry farming	कुक्कुट पालन
power	1. शक्ति, 2. अधिकार, 3. बिजली
power crisis	बिजली संकट

powerloom	मशीनकरघा, पावरलूम
power of attorney	मुख्तारनामा
practicable	व्यावहारिक
practical experience	व्यावहारिक अनुभव
practice	1. पेशा, कर्म, 2. पद्धति
preamble	उद्देशिका
preaudit	पूर्व-लेखापरीक्षा
precaution	पूर्वोपाय, पूर्वावधान, एहतियात
precautionary measure	पूर्वोपाय कार्रवाई, एहतियाती कार्रवाई
precedence	पूर्वता
precedent	पूर्व उदाहरण, नज़ीर
preceding	पूर्ववर्ती
precis	सारलेख
precise	1. ठीक-ठीक, 2. सूक्ष्म, यथार्थ, 3. यथावत्, 4. प्रमित—विधि
predecessor	1. पूर्वज, 2. पूर्वाधिकारी, 3. पूर्ववर्ती
predetermined cost	पूर्वनिर्धारित लागत
predictive validity	संभाव्य वैधता
predominant	1. प्रभावी, 2. प्रधान, प्रबल
preface	प्रस्तावना
prefer	अधिमान देना, तरजीह देना
preferable	अधिमान्य, वरीय
preference	अधिमान, तरजीह
prefix	पूर्व योजन, आरंभ में जोड़ना
prehistoric	प्रागैतिहासिक
prejudice	1. पूर्वग्रह, 2. प्रतिकूल प्रभाव, 3. प्रतिकूल प्रभाव डालना, पूर्वग्रह उत्पन्न करना
prejudicial	प्रतिकूल, हानिकर
preliminary	प्रारंभिक, प्रास्ताविक
preliminary enquiry	प्रारंभिक जाँच
preliminary examination	प्रारंभिक जाँच, प्रारंभिक परीक्षण, प्रारंभिक परीक्षा
preliminary grant	प्रारंभिक अनुदान
preliminary report	प्रारंभिक रिपोर्ट
premature	1. समयपूर्व, 2. अकाल
premises	परिक्षेत्र
premium	1. बीमा-किस्त, प्रीमियम, 2. बढ़ौती, प्रीमियम
premium bonus	बढ़ौती बोनस, प्रीमियम बोनस
preoccupation	पूर्वव्यस्तता, व्यस्तता
prepaid	पूर्वदत्त
prepaid card	प्रीपेड कार्य, पूर्वदत्त कार्ड

preparation	तैयारी
preparation leave	तैयारी के लिए छुट्टी
pre-partition claims	विभाजन से पहले के दावे
pre-planned action	पूर्वनियोजित कार्रवाई
pre-planned	पूर्वनियोजित
prepone	पूर्वित करना
preponement	पूर्वन
pre-revised	संशोधन पूर्व
prerogative	परमाधिकार
prescribe	1. निर्धारित करना, विहित करना, 2. औषधि-निर्देशन
prescribed	निर्धारित, विहित
prescribed form	विहित फॉर्म, निर्धारित प्रपत्र
prescribed format	निर्धारित आरूप, निर्धारित फॉर्मेट
presence	उपस्थित, मौजूदगी, हाज़िरी
present address	वर्तमान पता
presentation	प्रस्तुतीकरण
presenter	प्रस्तोता
presents	1. भेंट, उपहार, 2. विलेख
preservation	परिरक्षण
preserve	बनाए रखना, परिरक्षित रखना
preside	अध्यक्षता करना, सभापतित्व करना
President	1. राष्ट्रपति, 2. अध्यक्ष
president designate	1. मनोनीत राष्ट्रपति, 2. नामोद्दिष्ट राष्ट्रपति, 3. नामोद्दिष्ट अध्यक्ष, मनोनीत अध्यक्ष
press	1. मुद्रणालय, प्रेस, 2. समाचार-पत्र, अख़बार
press communique	प्रेस विज्ञप्ति
press conference	पत्रकार सम्मेलन
press copy	प्रेस-प्रति
press gallery	पत्रकार दीर्घा, पत्रकार गैलरी
press handout	प्रेस-पत्रक
pressman	1. प्रेसमैन, मुद्रण कर्मचारी, 2. पत्रकार
press note	प्रेस नोट
press release	प्रेस प्रकाशनी
presumed	प्रकल्पित
presupposed	पूर्वकल्पित
pretest	पूर्वपरीक्षण
pretext	बहाना
prevail	1. अभिभावी होना, हावी होना, 2. प्रचलित होना
prevailing	विद्यमान, वर्तमान
prevent	निवारण करना, रोकना

prevention	निवारण, रोकथाम, निरोध
preventive	निवारक, निरोधक
preventive measures	निवारक उपाय, रोकथाम-संबंधी उपाय
previous reference	पूर्व संदर्भ, पूर्व निर्देश, पिछला हवाला
price fluctuation (= price movements)	क़ीमत उतार-चढ़ाव, घटाव-बढ़ाव, क़ीमत घट-बढ़
price index (number)	क़ीमत सूचकांक
price list	क़ीमत सूची, दाम सूची
price negotiation	क़ीमत-संबंधी बातचीत
price variation	क़ीमत विभिन्नता, क़ीमत परिवर्तन
pricing	क़ीमत निर्धारण
pride	गौरव, गर्व
prima facie	प्रथम दृष्टितः, प्रत्यक्षतः, प्रथम दृष्टि में
prima facie case	प्रथम द्रष्ट्या मामला
prima facie evidence	प्रथम द्रष्ट्या साक्ष्य
primarily	प्रथमतः, मुख्यतः, प्राथमिक तौर पर
primary	प्राथमिक
primary education	प्राथमिक शिक्षा
primary industry	प्राथमिक उद्योग
primary receipt	मूल आवती
primary school	प्राथमिक विद्यालय
prime location	चुनिंदा स्थान
prime time	मुख्य समय
principal	1. प्राचार्य, प्रिंसीपल, 2. प्रधान, 3. मूलधन, 4. मालिक, स्वामी
principal debtor	मूल ऋणी
printer	मुद्रक
printing	मुद्रण
printing and stationary	मुद्रण तथा लेखन-सामग्री
prior approval	पूर्व अनुमोदन
prior indication	पूर्व संकेत
priority	प्राथमिकता, अग्रता
priority grading	प्राथमिकता की कोटियाँ
priority indent	प्राथमिकता माँग-पत्र, प्राथ-मिकता इंडेंट
priority indication	प्राथमिकता संकेत
priority lending	प्राथमिकता उधार
priority marking	प्राथमिकता अंकन, अग्रता अंकन
prior sanction	पूर्व-संस्वीकृति/पूर्व स्वीकृति
prison	कारागार, जेल
prisoner	कैदी, बंदी
privacy	एकांत
private	निजी, प्राइवेट, गैर-सरकारी
private and confidential	निजी एवं गोपनीय
private gallery	निजी दीर्घा, प्राइवेट दीर्घा
private member	ग़ैर-सरकारी सदस्य
private ownership	निजी स्वामित्व
private party	निजी पक्ष
private practice	निजी प्रैक्टिस, प्राइवेट प्रैक्टिस
private sector	निजी क्षेत्र, ग़ैर-सरकारी क्षेत्र
privilege	विशेषाधिकार
privilege committee	विशेषाधिकार समिति
privilege leave	विशेषाधिकार छुट्टी
prize	पुरस्कार, इनाम
prize money	पुरस्कार राशि
probability	संभाव्यता
probate	प्रोबेट
probation	परिवीक्षा, परख
probationary	परिवीक्षाधीन
probationer	परिवीक्षाधीन, परखाधीन
probation period	परिवीक्षा काल, परिवीक्षा अवधि
probe	छानबीन
procedural rules	क्रियाविधि नियमावली
procedure	कार्यविधि, प्रक्रिया, क्रियाविधि
proceddings	कार्यवाही
proceeds	आगम, प्राप्ति
process	1. प्रक्रम, 2. प्रक्रिया, 3. संसाधित करना, 4. आदेशिका-विधि
processing	1. प्रक्रमण, 2. संसाधन
procession	शोभायात्रा, जुलूस
proclaim	उद्घोषणा करना
proclamation	उद्घोषणा
procurement	वसूली, प्रापण
produce	1. प्रस्तुत करना, पेश करना, 2. उपज, उत्पादन
product	1. उत्पाद, उपज, 2. गुणनफल
production	1. उत्पादन, पैदावार, 2. प्रस्तुतीकरण
production cost	उत्पादन लागत
production target	उत्पादन लक्ष्य
productivity bargaining	उत्पादकता सौदाकारी
productivity bonus	उत्पादकता बोनस
profession	वृत्ति, संव्यवसाय
professional	वृत्तिक, संव्यावसायिक
professional achievements	वृत्तिक उपलब्धियाँ
professional charges	वृत्तिक प्रभार

professional integrity	वृत्तिक सत्यनिष्ठा
professionalism	वृत्ति दक्षता
professional practice	वृत्तिक प्रेक्टिस
professional qualifications	वृत्तिक अर्हताएँ
professional skill	वृत्तिक कौशल
proficiency	प्रवीणता
proficiency certificate	प्रवीणता प्रमाणपत्र
proficiency test	प्रवीणता परीक्षा
profile	संक्षिप्त विवरण, प्रोफाइल
profit	लाभ
proforma	1. प्रपत्र, फॉर्म, 2. निदर्शन-पत्र
proforma promotion	प्रोफॉर्मा पदोन्नति
programme	1. कार्यक्रम, 2. क्रमादेश
programme coordination	कार्यक्रम समन्वय
programme evaluation	कार्यक्रम मूल्यांकन
programmer	प्रोग्रामर, क्रमादेशक
programming	क्रमादेशन
progress	प्रगति
progress chart	प्रगति चार्ट
progressive	1. प्रगतिशील, 2. प्रगामी
progress report	प्रगति विवरण, प्रगति रिपोर्ट
prohibited	निषिद्ध
prohibited area	निषिद्ध क्षेत्र
prohibition	1. निषेध, 2. नशाबंदी मद्य-निषेध
prohibitory order	निषेधात्मक आदेश, निषेधाज्ञा
project	परियोजना
projection	प्रक्षेप, प्रक्षेपण
prolonged illness	लम्बी बीमारी
prominent	प्रमुख
promise	वचन
promissory note	वचन-पत्र, रुक्का
promote	1. पदोन्नत करना, 2. प्रोन्नति करना, बढ़ावा देना
promotee	पदोन्नत
promoter	प्रवर्तक, संप्रवर्तक—विधि
promotion	प्रोन्नति, पदोन्नति, तरक्की, संवर्धन
promotion post	प्रोन्नति पद
prompt	तुरंत, शीघ्र
prompt action	तुरंत कार्रवाई, त्वरित कार्रवाई
promulgation	प्रख्यापन
pronounce	सुनाना, सुनाया जाना
pronouncement	1. ऐलान, 2. निर्णय सुनाना
proof	1. प्रमाण, 2. प्रूफ़—प्रेस
proof reading	प्रूफ़ संशोधन

propagate	प्रचार करना
propagation	प्रचार
proper	उचित, समुचित
proper channel	उचित माध्यम/वैध माध्यम
property	1. संपत्ति, जायदाद, 2. गुणधर्म, 3. साजो-सामान
property return	संपत्ति विवरणी
property tax	संपत्ति कर
proportion	समानुपात
proportional	समानुपाती
proportional representation	आनुपातिक प्रतिनिधित्व—विधि
proportionate	समानुपाती, समानुपातिक
proposal	प्रस्ताव, प्रस्थापना
propose	प्रस्ताव करना, प्रस्तावित करना, प्रस्थापना करना—विधि
proposer	प्रस्तावक, प्रस्थापक
proposition	प्रस्ताव, प्रस्थापना
propound	प्रतिपादित करना
proprietor	स्वामी, मालिक
propriety	औचित्य
pro-rata	यथानुपात
pro-rata quota	यथानुपात कोटा
prorogue	सत्रावसान करना
pros and cons	पक्ष-विपक्ष, आगा-पीछा
proscribe	अभिनिषिद्ध करना
prosecution	अभियोजन
prosecution counsel	अभियोजन अधिवक्ता/वकील
prosecutor	अभियोजक
prospect	संभावना
prospective effect	उत्तरव्यापी प्रभाव
prospectively	उत्तरव्यापी प्रभास से, भविष्य-लक्षी प्रभाव से
prospectus	विवरण-पत्रिका
prosper	उन्नति करना, समृद्ध होना
prosperous	समृद्ध, संपन्न
protection	संरक्षण, रक्षण
protest	विरोध, प्रतिवाद
protest demonstration	विरोध प्रदर्शन
protest note	प्रतिवाद पत्र, प्रत्यापत्ति पत्र
protocol	नयाचार, प्रोटोकॉल
proto type	आदि प्रारूप
protracted illness	लंबी बीमारी
prove	सिद्ध करना, प्रमाणित करना, साबित करना

provided — 1. बशर्ते, 2. परंतु, 3. प्राविहित
provident fund — भविष्य निधि
provision — 1. प्रावधान, 2. व्यवस्था, 3. उपबंध शर्त
provisional — अनंतिम, अस्थायी
provisional arrangement — अस्थायी व्यवस्था
provisional list — अनंतिम सूची
provisional pay — अनंतिम वेतन
provisional pension — अनंतिम पेंशन
provisional selection — अनंतिम चयन
provisions — रसद
provision store — किराना भंडार
provost — प्रोवोस्ट, प्रोवो
proximate — निकटस्थ, समीपस्थ
proximity — निकटता, सामीप्य
proximo — आगामी मास का
proxy — प्रतिपत्र, प्रतिपत्री, परोक्षी
psychometrics — मनोमिति
public — सार्वजनिक, जनता, पब्लिक, आम, लोक-सरकारी
public address — सार्वजनिक अभिभाषण
public address system — जनसंबोधन साधन, सार्वजनिक अभिभाषण व्यवस्था
publication — प्रकाशन
public auction — सार्वजनिक नीलामी
public body — सार्वजनिक निकाय
public duty — लोक ड्यूटी
public enterprises — सार्वजनिक उद्यम
public finance — लोक वित्त
public fund — लोक निधि
public good — लोकहित, जनहित
public health — लोक स्वास्थ्य, सार्वजनिक स्वास्थ्य
public holiday — सार्वजनिक अवकाश
public interest — जनहित, लोकहित
public interst litigation — लोकहित वाद, जनहित याचिका
publicity — प्रचार
publicly — खुले रूप से, सार्वजनिक रूप से
public notice — सार्वजनिक सूचना
public notification — सार्वजनिक अधिसूचना
public nuisance — लोक कंटक
upblic ownership — सार्वजनिक स्वामित्व
public property — लोक संपत्ति
public provident fund — सार्वजनिक भविष्यनिधि
public relation — जनसंपर्क
public safety — सार्वजनिक सुरक्षा
public school — पब्लिक स्कूल
public sector — सार्वजनिक क्षेत्रक, पब्लिक सेक्टर
public servant — लोक सेवक
publish — प्रकाशित करना
punch (punching machine) — पंचित्र, पंच करना
punctual — समयनिष्ठ
punctual attendance — समयनिष्ठ उपस्थिति, समय पर आना
punctuality — समयनिष्ठता, समय-पालन, समय पाबंदी
punish — दंड देना, सज़ा देना
punishable — दंडनीय
punishment — दंड, सज़ा
punitive — दंडात्मक
purchase — क्रय, ख़रीद, ख़रीदना, क्रय करना
purely temporary — पूर्णतः अस्थायी
purport — अभिप्राय, तात्पर्यित होना—विधि
purpose — प्रयोजन
pursue — पीछे लगे रहना
pursuit — काम-काज
purview — क्षेत्र, कार्यक्षेत्र
put in abeyance — प्रास्थगित करना
put up — प्रस्तुत करना
purt up slip — पेश पर्ची

Q

quadruplicate — 1. चौहरा, 2. चार प्रतियाँ, 3. चौथी प्रति
qualification — अर्हता, योग्यता
qualified candidate — योग्य उम्मीदवार, अर्हता-प्राप्त उम्मीदवार
qualified support — सशर्त समर्थन
qualify — अर्हता प्राप्त करना
qualifying examination — अर्हक परीक्षा
qualifying factor — अर्हक कारक
qualifying level — अर्हक स्तर
qualifying marks — अर्हक अंक
qualifying service — अर्हक सेवा
qualifying test — अर्हक परीक्षा
qualitative — गुणात्मक

quality	1. गुणवत्ता, गुणता, 2. गुण, विशेषता, 3. कोटि, प्रकार
quality certificate	गुणवत्ता प्रमाण-पत्र, गुणता प्रमाण-पत्र
quality control	गुणवत्ता नियंत्रण, गुणता नियंत्रण
quality controller	गुणवत्ता नियंत्रक, गुणता नियंत्रक
quality of work	कार्य की कोटि, गुणवत्ता कार्य
quantity	1. मात्रा, परिमाण, 2. राशि
quantum	प्रमात्रा, मात्रा
quarterly	त्रैमासिक, तिमाही
quarterly report	त्रैमासिक रिपोर्ट, तिमाही रिपोर्ट
quarterly return	त्रैमासिक विवरणी, तिमाही विवरणी
quash	अभिखंडित करना, मंसूख करना
quasi	-वत्, -कल्प
quasi-permanency	स्थायीवत्
query	1. प्रश्न, 2. प्रश्नचिह्न
quest	तलाश, खोज
question	प्रश्न
questionable	शंकास्पद, प्रश्न योग्य, प्रश्नांकित
question hour	प्रश्नकाल, प्रश्न-अवधि
questionnaire	प्रश्नावली, प्रश्नमाला
quick disposal	तुरंत निपटान
quinquennial	पंचवार्षिकी, पंचवार्षिक
quit	छोड़ना, त्यागना
quiz	प्रश्नोत्तरी
quiz craft	प्रश्नोत्तरी शिल्प
quorum	कोरम, गणपूर्ति
quota	कोटा
quotation	1. भाव, दर, दर सूची, 2. उद्धरण, 3. कोटेशन
quota utilisation	कोटा उपयोग
quote	1. उद्धृत करना, 2. दर बताना

R

race	1. प्रजाति, 2. दौड़, होड़
racial discrimination	प्रजाति भेद
rack	खुली अलमारी, रैक
radiation	विकिरण
radio link	रेडियो संपर्क
radius	1. अर्धव्यास, 2. घेरा
raid	1. छापा, छापा मारना, 2. धावा, धावा बोलना
rail mail service	रेल-डाक सेवा
railway	रेलमार्ग, रेलवे, रेल
railway receipt	रेलवे रसीद, बिल्टी
railway reservation	रेल आरक्षण
railway warrant	रेल वारंट, रेल अधिपत्र
raise (pay)	वेतन बढ़ोतरी
random	1. यादृच्छिक, 2. सांयोगिक, 3. अनियमित
random sampling	यादृच्छिक प्रतिचयन
range	1. परास, 2. चाँदमारी, 3. रेंज
rank	पद, ओहदा, श्रेणी, पंक्ति
rank and file	जनसाधारण
ranking	श्रेणीक्रम
rapid action force (RAF)	द्रुत कार्रवाई बल
rare	दुर्लभ, विरल
rash	1. उतावला, 2. अंधाधुंध
rate	दर, रेट
rate card	दर-पत्र, रेट कार्ड
rate contract	दर संविदा, दर ठेका
rated capacity	निर्धारित क्षमता
rate list	दर सूची
rate of interest	ब्याज दर
rate of taxation	कराधान दर
ratification	अनुसमर्थन
rating	1. दर निर्धारण, 2. निर्धारण, रेटिंग, कोटियन
ratio	अनुपात
ration	राशन, रसद, भोजन-सामग्री
rational	युक्तिसंगत
rationalization	युक्तीकरण, औचित्य-स्थापन
ration allowance	राशन भत्ता
rationing	राशन व्यवस्था
raw material	कच्चा माल
raw product	कच्चा उत्पाद, कच्चा माल
reaction	प्रतिक्रिया
reading	1. वाचन, 2. पठन, 3. पठितांक
reading room	वाचनालय
readjust	पुनः समायोजित करना
readvertise	पुनर्विज्ञापित
ready built flats	बने-बनाए फ्लैट
ready made plan	बनी-बनाई योजना
ready reckoner	रेडी रेकनर
real	वास्तविक, असली, यथार्थ
real earning	वास्तविक कमाई, वास्तविक उपार्जन

real estate	ज़मीन-जायदाद संपदा
real income	वास्तविक आय
real investment	वास्तविक निवेश
reality	यथार्थता, वास्तविकता, असलियत
realization	वसूली, उगाही, एहसास
realize	1. अनुभव करना, महसूस करना, 2. वसूल करना, उगाहना
real purchasing power	वास्तविक क्रयशक्ति
reappointment	पुनर्नियुक्ति
reappropriation	पुनर्विनियोजन
reappropriation budget	पुनर्विनियोजन बजट
reappropriation of funds	निधियों का पुनर्विनियोजन
reason	1. कारण, 2. तर्क
reasonable	उचित, युक्तियुक्त
reasoning	तर्क
reassessment	पुनर्निर्धारण
rebate	छूट, घटौती
rebut	खंडन करना
recall	प्रत्याह्वान, वापस बुलाना
recapitulation	सार-कथन
recede	1. पीछे हटना, 2. कम होना
receipt	1. रसीद, 2. आवती, प्राप्ति, 3. आय
receipt book	रसीद बही
receipt certificate	प्राप्ति प्रमाणपत्र
receipted challan	रसीदी चालान
receipt register	आवती पंजिका, रसीद रजिस्टर
receipts and disbursements	प्राप्तियाँ और संवितरण
receipt voucher	प्राप्ति वाउचर
receive	1. प्राप्त करना, लेना, 2. अगवानी करना, स्वागत करना
receiver	1. पाने वाला, प्राप्तिकर्ता, आदाता, 2. रिसीवर
recent	नया, हाल ही का, अभिनव
reception	1. स्वागत, स्वागत-सत्कार, 2. स्वागत-समारोह
reception counter	स्वागत-पटल
reception room	स्वागत-कक्ष
recess	अवकाश, विश्रांति
recession	सुस्ती
recipient	पानेवाला, आदाता
reciprocal	अन्योन्य, पारस्परिक, परस्पर
reciprocal demand	पारस्परिक माँग
reciprocate	आदान-प्रदान करना
reciprocity	अन्योन्यता, पारस्परिकता
recitaion	पाठ, सस्वर पाठ
reckless	1. लापरवाह, 2. उतावला, 3. अंधाधुंध, 4. दुस्साहसी
recklessness	दुस्साहस
reckon	गिनना, गणना करना
reclaim	भूमि-पुनरुद्धार
reclamation	उद्धार, उद्धारण, भूमि-उद्धार
reclassification	पुनर्वर्गीकरण
recognition	1. मान्यता, 2. पहचान, अभिज्ञान
recognizable	1. मान्यता देने योग्य, 2. पहचानने योग्य
recognizance	मुचलका
recognized	1. मान्य, मान्यता-प्राप्त, 2. अभिज्ञात
recollect	स्मरण करना
recommend	सिफ़ारिश करना, संस्तुति करना
recommendation	सिफ़ारिश, संस्तुति
recommendatory letter	सिफ़ारिशी-पत्र
recommended	संस्तुत, सिफ़ारिश की जाती है
reconciliation	1. समाधान, 2. मेल-मिलाप
reconsideration	पुनर्विचार
reconstitution	पुनर्गठन
reconstruction	पुनर्निर्माण
reconstruction of file	मिसिल पुनर्रचना
record	1. अभिलेख, रिकॉर्ड, 2. कीर्तिमान, 3. अभिलिखित करना, दर्ज करना
record book	अभिलेख पुस्तक, रिकॉर्ड पंजी
recording	अभिलेखबद्ध करना, रिकॉर्ड करना
recording machine	अभिलेखित्र, अभिलेखन मशीन
recording of file	मिसिल अभिलेखबद्ध करना, फ़ाइल रिकॉर्डबंदी
record of service	सेवावृत्त, सेवा रिकॉर्ड
record room	अभिलेख कक्ष
recoup	प्रतिपूर्ति करना
recoupment	प्रतिपूर्ति
recourse	1. उपाश्रय, 2. उपचार, 3. वसूली-अधिकार
recover	1. वसूल करना, बरामद करना, 2. स्वस्थ होना
recoverable	वसूली योग्य
recovery	1. वसूली, 2. स्वास्थ्य-लाभ
recovery of dues	देय की वसूली
recovery of loss	नुक़सान की वसूली
recreation	मनोविनोद

recruit	1. भर्ती करना, 2. रंगरूट
recruiting authority	भर्ती प्राधिकारी, भर्ती प्राधिकरण
recruitment	भर्ती
recruitment rules	भर्ती नियम
rectificatin	परिशोधन, सुधारना
rectify	परिशोधन करना
recurring	आवर्ती, आवर्तक
recurring charge	आवर्ती प्रभार
recurring deposit	आवर्ती जमा
recurring expenditure	आवर्ती व्यय
recurring grant	आवर्ती अनुदान
redeem	छुड़ाना, मोचन
redemption	मोचन, छुड़ाना
redemption of debt	ऋण मोचन
redemption of mortgage	बंधक छुड़ाना, बंधक मोचन
red hot priority demand	अति अग्रता माँग, अति प्राथमिकता माँग
redirected	पुन:प्रेषित
redistribution	पुनर्वितरण
redress	निवारण, निवारण करना, दूर करना
redressal	निवारण
redtapism	लालफ़ीताशाही
reduction	कमी, घटौती
redundant staff	अनावश्यक स्टाफ, व्यतिरिक्त स्टाफ़
re-employment	पुनर्नियोजन
re-encode	पुन: कूटबद्ध करना
re-entry	पुन:प्रवेश, पुन:जाँच
re-examination	पुन:परीक्षा, पुन:जाँच करना
re-examine	पुन:परीक्षा लेना
refer	1. विचारार्थ भेजना, 2. हवाला देना, उल्लेख करना, 3. निर्देश करना
referee	निर्देशी, रेफ़री
reference	संदर्भ, हवाला, निर्देश
reference book	संदर्भ पुस्तक
reference register	हवाला रजिस्टर
referencing	संदर्भ देना, हवाला देना
referral	परामर्श, परामर्शी
refine	परिष्कार करना
refixation of pay	वेतन का पुनर्निर्धारण, वेतन का पुनर्निषतन, वेतन का पुन: तय किया जाना
reflect	प्रतिबिंबित होना, प्रतिबिंबित करना
reform	सुधार, सुधारना, सुधार करना
refrain	1. विरत रहना—विधि, 2. न करना
refresher course	पुनश्चर्या पाठ्यक्रम
refreshment	जलपान, उपाहार, अल्पाहार
refreshment room	जलपानगृह, उपाहारगृह
refuge	शरण, आश्रय
refugee	शरणार्थी
refund	1. धन-वापसी, 2. प्रतिदाय, 3. धन लौटाना
refundable	1. प्रतिदेय, 2. लौटाया जाने योग्य
refund order	वापसी-आदेश, धन-वापसी आदेश
refusal	इनकार, अस्वीकृति
refuse	इनकार करना, अस्वीकार करना
refused leave	अस्वीकृत छुट्टी
refutation	खंडन
regain	पुन: प्राप्त करना
regard	ध्यान देना, विचार करना
region	प्रदेश, अंचल, क्षेत्र
regional	क्षेत्रीय, प्रादेशिक
regional imbalance	प्रादेशिक असंतुलन
register	रजिस्टर, पंजी, पंजिका, रजिस्टर करना, पंजीकृत करना
registered	पंजीकृत, रजिस्ट्रीकृत
registered acknowledgment due	पंजीकृत पावती पत्र, पंजीकृत रसीदी डाक
registered and insured articles	पंजीकृत और बीमाकृत वस्तुएँ
registered document	पंजीकृत दस्तावेज़
registered graduate	पंजीकृत स्नातक
registered letter	पंजीकृत पत्र
registered office	पंजीकृत कार्यालय
registering authority	पंजीयन प्राधिकारी, पंजीयन प्राधिकरण
registration fee	पंजीकरण शुल्क
registration form	पंजीकरण फ़ार्म, पंजीकरण प्रपत्र
registry	रजिस्ट्री, पंजीकृति
regret	ख़ेद, खेद प्रकट करना
regrettable	ख़ेदजनक
regrouping	पुनर्वर्गीकरण
regular	नियमित
regular cadre	नियमित संवर्ग, नियमित काडर
regular income	नियमित आय
regularization	नियमितीकरण
regular promotion	नियमित पदोन्नति
regular service	नियमित सेवा
regulations	विनियम

rehabilitation	पुनर्वास
rehearsal	पूर्वाभ्यास
reimburse	प्रतिपूर्ति करना
reimbursement	प्रतिपूर्ति
reimbursement benefits	प्रतिपूर्ति हितलाभ
reinstate	बहाल करना, पुनः स्थापित करना
reinstatement	बहाली
reiterate	दोहराना, फिर कहना
reject	अस्वीकार करना
rejected bid	अस्वीकृत बोली
rejected goods	अस्वीकृत माल
rejection	अस्वीकार, नामंजूरी, अग्रहण विधि
rejoinder	प्रत्युत्तर
relative	1. संबंधी, नातेदार, 2. सापेक्ष
relaxation	1. छूट, रियायत, ढील, 2. विश्रांति, 3. शिथिलीकरण
relaxation of rules	नियम शिथिलन, नियमों में छूट
release	1. मुक्ति, रिहाई, छुटकारा, 2. निर्मुक्ति, विमोचन, लोकार्पण, 3. धन—दे देना, 4. जारी करना
release data	विमोचन तिथि, लोकार्पण तिथि
relevant	संगत, सुसंगत
relevant papers	संबंधित काग़ज़ात, संगत काग़ज़ात
reliable	विश्वसनीय, भरोसेमंद
reliance	1. भरोसा, विश्वास, 2. आश्रय
relic(s)	पुरावशेष, पवित्र, अवशेष
relief	1. सहायता, राहत, 2. बदल, 3. अनुतोष—विधि
relief and rehabilitation	सहायता और पुनर्वास
relief list	एवज़ी सूची, बदल सूची, राहत सूची
relief works	राहत कार्य
relieve	भारमुक्त करना, नौकरी से छुट्टी देना, छुट्टी देना
reliever	एवज़ी, कार्य मोचक
relinquishment	त्याग, छोड़ना
relinquishment of charge	कार्यभार-त्याग
relocation	पुनर्स्थापन, अन्यत्र स्थिति, अन्यत्र अवस्थिति
reluctance	अनिच्छा
remains	अवशेष
remand	प्रतिप्रेषण, रिमांड
remark	अभ्युक्ति, उक्ति कहना, टिप्पणी करना
remarks column	अभ्युक्ति कॉलम, टिप्पणी कॉलम
remedial	उपचारी
remedial action	उपचारी कार्य
remedial measures	उपचारी उपाय
remedial transfer	1. उपचारी स्थानान्तरण, 2. उपचारी अंतरण
remedy	उपाय, उपचार
reminder	अनुस्मारक, स्मरण-पत्र
remit	1. प्रेषण करना, भेजना, 2. माफ़ करना, छोड़ना
remitee	प्रेषिती, पाने वाला
remittance	1. प्रेषण, भेजना, 2. प्रेषित धन, भेजी गई रक़म
remittance facilities	धन प्रेषण सुविधाएँ, प्रेषण सुविधाएँ
remote	1. दूरवर्ती, सुदूर, 2. परोक्ष
remote control	सुदूर नियंत्रण
removal	1. निष्कासन, हटाया जाना, 2. अपनयन
remuneration	पारिश्रमिक, मेहनताना
render	1. देना, 2. समर्पित करना, 3. रूपांतर करना, अनुवाद करना
renewal	नवीकरण
renewal of demand	माँग का नवीकरण, माँग दुहराना
renounce	त्याग करना, त्यागना, छोड़ देना
renovation	नवीयन
rent	1. किराया, भाड़ा, भाटक, 2. लगान
rented space	भाड़े पर लिया गया स्थान
reopening	पुनः आरम्भ
reorganization	पुनः संगठन, पुनर्गठन
reorientation	पुनरभिविन्यास
repairable	मरम्मत-योग्य
repatriate	देश-प्रत्यावर्तन, देश को लौटाना, देश वापस भेजना
repatriation	देश-प्रत्यावर्तन, प्रत्यावासन
repatriation of services	सेवाओं का प्रत्यावर्तन
repay	1. चुकाना, 2. शोधन करना, 3. लौटना, वापस करना
repayable	1. शोध्य, 2. प्रतिदेय
repayment of advance	अग्रिम की चुकौती
repayment of loan	ऋण चुकौती
repeal	निरसन, निरस्त करना
repeat order	पुनरादेश
repetitive work	बारम्बारी कार्य
replace	प्रतिस्थापित करना
replacement	प्रतिस्थापन, एवज़ी
replacement fund	प्रतिस्थापन निधि

replenishment	पुन:पूर्ति
report	प्रतिवेदन, रिपोर्ट, रिपोर्ट देना, रपट
representation	1. प्रतिनिधित्व, 2. अभ्यावेदन, अभिवेदन
representative	प्रतिनिधि
reprimand	भर्त्सना, फटकार, डाँट, घुड़की
reprint	पुनर्मुद्रण
reprisal	प्रतिशोध
reproduction	1. पुनरुत्पादन, 2. प्रतिलिपि, प्रतिकृति, 3. जनन
republic day	गणतंत्र दिवस
repurchase	पुनः क्रय, फिर से ख़रीद, वापस ख़रीद
reputation	प्रसिद्धि, ख्याति
requirement	अपेक्षा, आवश्यकता
requisite	आवश्यक, अपेक्षित
requisite information	अपेक्षित सूचना, अपेक्षित जानकारी
requisites	1. अपेक्षित वस्तुएँ, आवश्यक वस्तुएँ, 2. अपेक्षित गुण, आवश्यक गुण
requisition	1. माँग, 2. अधिग्रहण
requisition form	माँग फ़ार्म
requisition slip	माँग-पर्ची, माँगणी-पर्ची
rescue	बचाव, उद्धार, छुड़ाना, उद्धार करना
research work	अनुसंधान कार्य
resentment	नाराजगी, अप्रसन्नता
reservation	आरक्षण
reservation fee	आरक्षण शुल्क
reservation of posts	पदों का आरक्षण
reserve	रिज़र्व, आरक्षित, आरक्षित करना
reserved accommodation	आरक्षित स्थान, आरक्षित आवास स्थान
reserved constituency	आरक्षित निर्वाचन क्षेत्र
reserve price	आरक्षित क़ीमत
reserve stock	आरक्षित माल, आरक्षित स्टॉक
resettlement	पुन:स्थापन, पुनर्वास
reshuffle	फेरबदल
residence	निवास, आवास
residence permit	आवास अनुमति
resident	निवासी
residential	आवासीय, निवासीय
residential accommodation	आवासी व्यवस्था
residential address	आवासी पता
residential quarter	आवास-गृह

residential telephone	आवासीय टेलीफोन
resignation	त्यागपत्र, इस्तीफ़ा
resist	प्रतिरोध करना
resolution	संकल्प, प्रस्ताव
resort(s)	आश्रय, आश्रय लेना, सैरगाह
resource	साधन, संसाधन
resourceful	साधन-सम्पन्न, युक्तिसम्पन्न
resource person	ज्ञान स्रोत व्यक्ति, विशेषज्ञ
resources	साधन, संसाधन, संपदा
respectfully	सादर
respectively	क्रमानुसार, क्रमश:
respondent	प्रत्यर्थी, प्रतिवादी
response	1. प्रत्युत्तर, उत्तर, 2. अनुक्रिया
responsibility	ज़िम्मेदारी, उत्तरदायित्व
responsible	ज़िम्मेदार, उत्तरदायी
responsive	अनुक्रियाशील
rest house	विश्राम गृह
restoration	1. जीर्णोद्धार, 2. पुन:स्थापन
restore	1. पुन:स्थापन करना, फिर से चालू करना, 2. जीर्णोद्धार करना
restraint	1. अवरोध, नियंत्रण, 2. निग्रह, संयम
restricted	प्रतिबंधित, सीमित
restricted leave	प्रतिबंधित छुट्टी
restriction	प्रतिबंध, रोक
result oriented work	परिणामोन्मुख कार्य
resume	1. सार-वृत्त, 2. पुन: आरंभ करना, पुन: शुरू करना
resumption	पुनरारंभ
retailer	खुदरा व्यापारी
retail price	फुटकर क़ीमत, खुदरा क़ीमत
retain	1. प्रतिधारित करना, 2. रखे रहना, 3. रोक रखना
retired	सेवा-निवृत्त, निवृत्त
retirement	सेवा-निवृत्ति, निवृत्ति
retirement benefits	सेवा-निवृत्ति लाभ
retiring age	सेवा-निवृत्ति आयु
retiring pension	निवृत्ति पेंशन, सेवा-निवृत्ति पेंशन
retiring room	विश्राम-कक्ष
retrenchment	छँटनी
retrial	पुन: विचारण
retrospective	पूर्वव्यापी, भूतलक्षी
return	1. विवरणी, 2. प्रतिलाभ, प्रतिफल, 3. वापसी, वापस करना, लौटाना, 4. उत्तर, 5. निर्वाचित करना, निर्वाचित होना

return journey	वापसी यात्रा
return of post	वापसी डाक
revalidation	पुनर्वैधीकरण
revaluation	पुनर्मूल्यांकन, पुनर्मूल्यन
revenue	राजस्व
revenue duty	राजस्व शुल्क
revenue expenditure	राजस्व ख़र्च
revenue stamp	रसीदी टिकट
reverse	उत्क्रम, प्रतिलोम, उलटा
reversion	प्रत्यावर्तन
reverted	प्रत्यावर्तित
review	1. समीक्षा, 2. पुनर्विलोकन, 3. समीक्षा करना, पुनर्विलोकन करना
revise	परिशोधित करना, दोहराना
revised agenda	परिशोधित कार्यसूची
revised budget	परिशोधित बजट, संशोधित बजट
revised budget estimate	परिशोधित बजट प्राक्कलन, संशोधित बजट प्राक्कलन
revised estimate	परिशोधित प्राक्कलन, संशोधित प्राक्कलन
revised rules	संशोधित नियमावली
revision	परिशोधन, दोहराना
revision of payscale	वेतन संशोधन, वेतनमान परिशोधन
revival	1. पुनरुज्जीवन, 2. पुन:प्रवर्तन
revoke	प्रतिसंहरण करना
revolution	1. क्रांति, 2. परिक्रमण
reward	1. पारितोषिक, पुरस्कार, 2. प्रतिफल
right	अधिकार
rightful claimant	सही दावेदार
rigid	कठोर, अनम्य
rigorous imprisonment	कठोर कारावास
riot	बलवा, दंगा
rise and fall	उतार-चढ़ाव
risk	जोखिम
rival	प्रतिद्वंद्वी, विरोधी
roadman	सड़ककर्मी
road mileage	1. सड़क मील भत्ता, 2. सड़क दूरी
roadways	1. सड़क मार्ग, 2. रोडवेज
robot	रोबोट, रोबो
role	भूमिका
roll	1. पंजी, 2. नामावली, 3. फर्द, 4. लपेटना
roll number	पंजीक्रम, रोल नम्बर
roman figures	रोमन अंक
room	कक्ष, कमरा
roster	रोस्टर
rotation	धूर्णन, चक्रानुक्रम, रोटेशन
rough	1. कच्चा, 2. रूखा, रुक्ष, 3. मोटा
rough copy	कच्ची नक़ल
routine	नेमी, दस्तूरी
routine note	नेमी नोट, दस्तूरी नोट
routine test	नेमी परीक्षण
royalty	रॉयल्टी, स्वामित्व
rubber stamp	रबड़ की मोहर
rude	अशिष्ट, अभद्र
rule	नियम
ruler	1. शासक; 2. रेखक
rules and regulations	नियम-विनियम
rulling party	शासक दल
numour	अफ़वाह
running commentary	आँखों-देखा हाल, चल-वृत्तांत, चल-विवरण
rural	ग्राम, ग्रामीय, देहाती
rural development	ग्राम विकास, ग्रामीण विकास
rural upliftment	ग्रामोत्थान

S

sabbatical leave	विराम अवकाश, सबैटिकल अवकाश
sabotage	तोड़-फोड़, अंतर्ध्वंस
sack	निकाल देना, बर्ख़ास्त करना
safe	1. निरापद, 2. भयरहित, 3. अभय, 4. संरक्षित
safe conduct	1. संरक्षित रूप से ले जाना, 2. अभय पत्र
safe custody	निरापद अभिरक्षा
safeguard	सुरक्षण, सुरक्षा
safety	1. सुरक्षा, 2. क्षेम, 3. संरक्षा
safety device	सुरक्षा उपकरण, संरक्षा साधन
safety lamp	सुरक्षा दीप, निरापद दीप
safety regulations	सुरक्षा नियम, संरक्षा विनियम
salaried	वैतनिक, वेतनभोगी
salaried class	वैतनिक वर्ग, वेतनभोगी वर्ग
salary	वेतन
salary cheque	वेतन चैक

salary deductions	वेतन कटौतियाँ
salary review	वेतन समीक्षा
salary structure	वेतन संरचना, वेतन ढाँचा
sale	विक्रय, बिक्री
sale account	विक्रय-लेखा, बिक्री-लेखा
sale deed	बेनामा, बिक्रीनामा, विक्रय विलेख
sale letter	विक्रय-पत्र
sale proceeds	विक्रयागम
sales department	बिक्री विभाग
sales promotion	बिक्री-वर्धन, बिक्री संवर्धन
sales tax	बिक्रीकर, विक्रयकर
sale value	बिक्री-मूल्य, विक्रय-मूल्य
salient	प्रमुख, मुख्य
salvage	कबाड़
salvage and scrap	कबाड़ और रद्दी
sample	नमूना, प्रतिदर्श, सैम्पल
sample checking	नमूना जाँच, सैम्पल जाँच
sample survey	नमूना सर्वेक्षण
sanction	मंजूरी, संस्वीकृत
sanctioned budget	संस्वीकृत बजट
sanctioned budget estimate	संस्वीकृत बजट अनुमान, संस्वीकृत बजट प्राक्कलन
sanctioned project	संस्वीकृत परियोजना, मंजूर परियोजना
sanctioned strenght	संस्वीकृत कार्मिक संख्या
sanctioning authority	मंजूरीदाता प्राधिकारी, संस्वीकृतिदाता अधिकारी
sanctioning order	मंजूरी आदेश, स्वीकृति, स्वीकृति आदेश
sanctions	अनुशास्ति, रोक, दंड, सज़ा
sanctity	पवित्रता
sanctuary	अभयारण्य
sandwich course	मध्यवर्ती पाठ्यक्रम, सैंडविच कोर्स
sane	स्वस्थचित्त
sanitarium (sanatorium)	आरोग्यघर, आरोग्यधाम
sanitary	सफ़ाई का, स्वास्थ्य
sanitation	1. स्वच्छता, 2. सफ़ाई, 3. स्वास्थ्य-रक्षा
satisfaction	संतोष, संतुष्टि, समाधान
satisfactory	संतोषप्रद, संतोषजनक, समाधानप्रद
saving(s)	बचत
saving(s) account	बचत खाता
savings bank	बचत बैंक
savings scheme	बचत योजना

scale	1. माप, मापक्रम, पैमाना, मापनी, अनुमाप, 2. मान
scale of pay	वेतनमान
scarcity	1. कमी, 2. अभाव, 3. न्यूनता
scarcity area	अभावग्रस्त क्षेत्र
scarcity of resources	संसाधनों की कमी
scenario	परिदृश्य, सीनारिओ
schedule	अनुसूची
scheduled bank	अनुसूचित बैंक
scheduled casts	अनुसूचित जाति
scheduled tribe	अनुसूचित जनजाति
schedule of demands	माँग-अनुसूची
schedule of supply	पूर्ति-अनुसूची
scheme	योजना
scholarship	1. छात्रवृत्ति, 2. विद्वत्ता
school	1. स्कूल, 2. विद्यालय
school leaving certificate	विद्यालय छोड़ने का प्रमाणपत्र
school session	शिक्षा सत्र, विद्यालय सत्र
scientific management	वैज्ञानिक प्रबंधन
scientist	वैज्ञानिक, विज्ञानी
scope	विषय क्षेत्र, कार्य क्षेत्र, परिधि, विस्तार
score	स्कोर, प्राप्तांक
score out	काट देना
scorer	गणक
scout	बालचर, स्काउट
scouting	ढूँढ़ना, खोज तलाश
scrap value	रद्दी मूल्य, कबाड़ मूल्य
screening	छानबीन, जाँच-परख, छाँटना, पर्दे पर दिखाना
screening committee	छानबीन समिति, जाँच समिति
script	1. आलेख, 2. लिपि
scrutinizer	संवीक्षक
scrutiny	संवीक्षा, छानबीन
seal	मुद्रा, मोहर, मोहर लगाना
sealed	मोहरबंद
sealed tender	मोहरबंद निविदा, मोहरबंद टेंडर
seal of office	कार्यालय की मोहर, पद की मोहर
search	1. तलाश, 2. तलाशी, 3. तलाश करना
search campaign	तलाशी अभियान
search operation	तलाशी कार्रवाई
search warrant	तलाशी अधिपत्र, तलाशी का वारंट
seasonal unemployment	मौसमी बेरोजगारी
season ticket	नियतावधि टिकट

secession	पार्थक्य, पृथक् होना
secondary	1. गौण, 2. माध्यमिक
secondary education	माध्यमिक शिक्षा
secondary industry	द्वितीय उद्योग, गौण उद्योग
second class	द्वितीय श्रेणी, दूसरी श्रेणी
secrecy	गोपनीयता
secret	गुप्त, गुप्त बात
secretarial	सचिवालयी
secretariat	सचिवालय
secretariat service	सचिवालय सेवा
secret ballot	गुप्त मतदान
secret cover	गुप्त लिफ़ाफा, गुप्त आवरण
secret inquiry	गोपनीय जाँच, गुप्त जाँच
secret instruction	गोपनीय अनुदेश, गुप्त अनुदेश
secret letter	गोपनीय पत्र, गुप्त पत्र
section	1. अनुभाग, 2. धारा
sectional notebook	अनुभागीय नोटबुक
sector	सेक्टर, क्षेत्रक
secular	धर्मनिरपेक्ष, पंथनिरपेक्ष
security	1. प्रतिभूति, 2. सुरक्षा
security cover	सुरक्षा कवच
security deposit	प्रतिभूति जमा, ज़मानत जमा
security instruction	सुरक्षा अनुदेश
security measure	सुरक्षा उपाय
sedition	राजद्रोह
segregate	पृथक् करना, अलग करना
seizure	अभिग्रहण
select committee	प्रवर समिति
selection	चयन, प्रवरण, सेलेक्शन
selection board	चयन मंडल
selection committee	चयन समिति
selection grade	चयन वेतनमान, प्रवरण कोटि, सेलेक्शन ग्रेड
selection post	चयन पद, प्रवरण पद
selection procedure	चयन प्रक्रिया
selection test	चयन परीक्षा
self-acquired	स्वार्जित
self-addressed envelope	अपना पता लिखा लिफ़ाफा
Self-appraisal (= self assessment)	स्वयं निरूपण, स्वमूल्यांकन
self-confidence	आत्मविश्वास
self-contained note	स्वत:पूर्ण टिप्पणी
self-defence	आत्मरक्षा
self-employment	स्वरोजगार
self-esteem	आत्मसम्मान
self-explanatory	स्वत:स्पष्ट
self-government	अर्धसरकारी
self-interest	स्वार्थ, निजी लाभ, आत्महित
self-reliance (= self sufficiency)	आत्मनिर्भरता
seller	विक्रेता
selling agent	विक्रय अभिकर्ता, बिक्री एजेंट
semester	सत्रार्ध, सेमेस्टर
semi-autonomous	अर्धस्वायत्त
semi-finished goods	अधबनी वस्तुएँ
seminar	विचारगोष्ठी, संगोष्ठी
semi-rural	अर्धग्रामीण
semi-skilled	अर्धकुशल
semi-skilled labour	अर्धकुशल श्रमिक
semi-urban	अर्धनगरीय
senate	सीनेट, वरिष्ठ सभा
sender	प्रेषक
senior	वरिष्ठ
senior administrative grade	वरिष्ठ प्रशासन-ग्रेड
senior grade	वरिष्ठ ग्रेड
seniority	वरिष्ठता
seniority-cum-fitness	वरिष्ठता-सह-उपयुक्तता
seniority-cum-merit	वरिष्ठता-सह-योग्यता
seniority system	वरिष्ठता पद्धति
senior management	वरिष्ठ प्रबंधक वर्ग
seniormost	वरिष्ठतम
senior scale	वरिष्ठ वेतनमान, प्रवर वेतनमान
senior timescale	वरिष्ठ कालमान
sensation	संवेदना, संवेदन
sensitive	संवेदनशील
sentence	दंडादेश
separation	वियोजन, अलहदगी
sequence	अनुक्रम
serialization	क्रमण
serial list	क्रम-सूची
serial number	क्रमांक, क्रम-संख्या
serious	गंभीर
servant	सेवक, नौकर
serve	1. सेवा करना, 2. तामील करना, 3. परोसना
service	1. सेवा, नौकरी, 2. व्यवस्था, 3. तामील—विधि
serviceable	उपयोज्य, काम में लाने योग्य
service book	सेवा-पंजी, सेवा-पुस्तिका

service conditions	सेवा-शर्तें, नौकरी की शर्तें
service contract	सेवा-संविदा
service postage stamp	सरकारी डाक-टिकट
service record	सेवा अभिलेख, सेवा रिकॉर्ड
service roll	सेवा-वृत्त
service rules	सेवा-नियम
service verification	सेवा सत्यापन
session	1. सत्र, 2. अधिवेशन
session of parliament	संसद सत्र
set	1. विन्यस्त, 2. समुच्चय, सेट, कुलक
set aside	अपास्त करना, अलग करना
settlement	1. बंदोबस्त, 2. निपटारा, समझौता, 3. व्यवस्थापन
setup	व्यवस्था, ढाँचा
severally	पृथक्-पृथक्, अलग-अलग
severance of relations	संबंध-विच्छेद
severe action	कठोर कार्रवाई
sex	1. लिंग, 2. काम, यौन-संबंध
sex discrimination	लिंग विभेद, स्त्री-पुरुष विभेद
sexism	लिंगवाद
share	1. अंश, शेयर, भाग, 2. भागी होना, साझी होना, 3. भाग पाना
share certificate	शेयर प्रमाणपत्र
share holder	शेयरधारक, शेयरधारी, शेयर-होल्डर
share issue	शेयर निर्गमन
shift	पारी
shifting	स्थान परिवर्तन
shipping	जहाजरानी
shipyard	पोत प्रांगण, शिपयार्ड
shopping arcade	शॉपिंग आर्केड, विपणन आर्केड, तोरण बाज़ार
shopping centre	शॉपिंग सेंटर, विपणन केंद्र
shopping plaza	शॉपिंग प्लाज़ा, विपणन प्लाज़ा, विपणन चत्वर
shortage	कमी
shortage of manpower	जनशक्ति की कमी
shortfall	कमी
shorthand	आशुलिपि
shorthand training	आशुलिपि प्रशिक्षण
short leave	अल्पावधि छुट्टी
short list	लघु सूची
short listing	लघुसूचीयन
short notice	संक्षिप्त सूचना—पर
shortterm	अल्पावधि
shortterm course	अल्पकालीन पाठ्यक्रम
show cause notice	कारण बताओ नोटिस
shout down	बन्द होना
sick leave	बीमारी छुट्टी
sickness benefit	अस्वस्थता हितलाभ
sick report	अस्वस्थता रिपोर्ट
sick unit	रुग्ण इकाई
sign	1. हस्ताक्षर करना, हस्ताक्षर, 2. चिह्न, संकेत
signal	संकेत, सिगनल
signature	हस्ताक्षर
signature campaign	हस्ताक्षर अभियान
signature pad	हस्ताक्षर पैड
significant	महत्त्वपूर्ण, सार्थक
signify	व्यक्त करना, प्रकट करना, द्योतक होना
silver jubilee	रजत जयंती
silver medal	रजत पदक
similar	सदृश, वैसा ही समरूप
simple interest	साधारण ब्याज
simultaneous	युगपत, समक्षणिक
simultaneusly	एक साथ, एक ही समय पर
sincere	निष्ठावान, निष्कपट, सद्भावी
sine die	अनिश्चित काल के लिए
single fare	इकतरफ़ा किराया, एकल किराया
single file system	एकल मिसिल पद्धति
single tender	एकल निविदा/एकल टेंडर
sir	श्रीमन्, महोदय
site	स्थल, स्थान
site plan	स्थल-नक़्शा
sitting member	वर्तमान सदस्य, आसीन सदस्य
situations vacant	विज्ञापन—रिक्त स्थान
situations wanted	विज्ञापन—काम चाहिए
skeleton staff	अत्यल्प स्टाफ
sketch	रेखाचित्र
skilled labourer	कुशल श्रमिक
slackness	शिथिलता, ढिलाई
slackseason	मंदी का समय
sleeper class	शायिका श्रेणी
sleeper coach (sleeping car)	शयन यान
sleeping partner	निष्क्रिय भागीदार
slip	1. पर्ची, 2. चूक
slum	गंदी बस्ती

slump	गिरावट
small savings fund	अल्प बचत-निधि
small scale enterprise	लघु उद्यम
small scale industry	लघु उद्योग, कुटीर उद्योग
smartness	चुस्ती
smooth	निर्विघ्न
smuggle	तस्करी करना
smuggler	तस्कर
smuggling	तस्करी
snap strike	अकस्मात् हड़ताल
socialistic pattern	समाजवादी रूप
social security	सामाजिक सुरक्षा
social work	समाज-कार्य
society	समाज, सोसाइटी
software	सॉफ्टवेयर, प्रक्रिया सामग्री
soil	मृदा, मिट्टी, भूमि
sojourn	अवस्थान, विराम
sole	1. एकमात्र, 2. तला
sole agency	एकमात्र एजेंसी, एकल एजेंसी/ अभिकरण
sole agent	1. एकमात्र वितरक, 2. एकमात्र अभिकर्ता, 3. एकमात्र एजेंट
solemn	1. सत्यनिष्ठ, 2. गंभीर
solemnisation	विधिवत् अनुष्ठान
solemnity	गंभीरता, गांभीर्य
solemnize	विधिवत् अनुष्ठित करना
solemnly	सत्यनिष्ठापूर्वक, सत्यनिष्ठा से
sole owner	एकमात्र स्वामी, एकल स्वमी
solicit	याचना करना, प्रार्थना करना
solidarity	एकजुटता
solitary	1. एकतान्त, 2. एकमात्र, अकेला
spokesman	प्रवक्ता
sponsor	प्रायोजक, प्रायोजित करना
sponsorship	प्रायोजकता, प्रायोजनन
sports	खेल-कूद
sports organiser	खेल-कूद आयोजक
spot payment	1. तत्काल भुगतान, 2. तुरंत भुगतान, 3. स्थल भुगतान
spouse	पति या पत्नी
squad	स्क्वॉड, दस्ता
stability	स्थिरता
staff	कर्मचारी वर्ग, अमला, स्टाफ
staff association	कर्मचारी संघ
staff car	स्टाफ कार
staff club	1. स्टाफ क्लब, 2. कर्मचारी क्लब
staff quarter	स्टाफ क्वार्टर
staff room	स्टाफ रूम, कर्मचारी कक्ष
stage	1. रंगमंच, मंच, 2. अवस्था, प्रक्रम
stagnation	गतिरोध, गतिहीनता
stake	1. दाँव, 2. अंश स्वामित्व
stalemate	गत्यवरोध
stamp	1. टिकट, स्टांप, मुद्रांक, 2. मोहर
stamp duty	स्टांप शुल्क
stamped addressed envelope	टिकटयुक्त पता लिखा लिफाफा
stamp pad	मोहर पैड
stamp paper	स्टांप पेपर, स्टांप काग़ज़
stand	स्टैंड, अड्डा
standard	मानक, स्तर
standard agreement	मानक करार
standard deduction	मानक कटौती
standard format	मानक आरूप, मानक फॉर्मेट
standard head	मानक शीर्ष
standardization	मानकीकरण
standard of living	जीवन-स्तर
stand by arrangements	1. वैकल्पिक व्यवस्था, 2. उद्धत व्यवस्था
standing	स्थायी
standing commission	स्थायी आयोग
standing committee	स्थायी समिति
standing order	स्थायी आदेश
standstill	रुक जाना
stapling machine	स्टेपलिंग मशीन
starred	तारांकित
starter	आरंभक
starting salary	प्रारंभिक वेतन
state	1. राज्य, 2. स्थिति, दशा, अवस्था, हालत
state banquet	राजभोज
state government	राज्य सरकार
state quest	राजकीय अतिथि
statement	1. कथन, 2. बयान, वक्तव्य, 3. विवरण
statement of account	लेखा-विवरण
statesman	राजमर्मज्ञ
static	स्थिर
station	केंद्र, स्टेशन
stationary	स्थिर, अचल
stationery	लेखन-सामग्री, स्टेशनरी
station leave	स्टेशन छोड़ने की अनुमति

statistical सांख्यिकीय
statistical analysis सांख्यिकीय विश्लेषण
statistical bulletin सांख्यिकीय बुलेटिन
statistical data सांख्यिकीय सामग्री, सांख्यिकीय आँकड़े
statistical year book सांख्यिकीय वार्षिकी, सांख्यि-कीय शब्दकोश
statistics 1. सांख्यिकी, 2. आँकड़े
status 1. स्थिति, परिस्थिति, 2. हैसियत, प्रतिष्ठा
status quo यथापूर्व स्थिति
status report स्थिति रिपोर्ट
status symbol प्रतिष्ठा प्रतीक
statute संविधि, क़ानून
statutory सांविधिक, क़ानूनी
statutory body सांविधिक निकाय
statutory rights सांविधिक अधिकार
staunch (stanch) पक्का, कट्टर
stay 1. रोक, 2. रोक देना, रोक लगाना
STD (Subscriber Trunk Dialling) एस.टी.डी.
steady 1. स्थिर, 2. संतुलित
steep increase तेज़ वृद्धि. तीव्र वृद्धि
steering committee विषय-निर्वाचन समिति, विषय संचालन समिति
stencil स्टेंसिल
stenography आशुलिपि
step child सौतेली संतान
stereo typed रूढ़, रूढ़िबद्ध
sterility बंध्यता, निष्फलता
sterilization 1. बंध्यकरण, नसबंदी, 2. विसंक्रमण
stern action कठोर कार्रवाई
stigma लांछन, कलंक, धब्बा
stipendiary वृत्तिकाग्राही, वैतनिक
stipulated time limit अनुबंधित समय सीमा
stock 1. सामान, माल, स्टॉक, 2. शेष माल
stockist स्टॉकिस्ट
stock register स्टॉक रजिस्टर, माल पंजिका
stock taking माल की पड़ताल, स्टॉक-मिलान
stock valuation माल का मूल्यांकन, सामान का मूल्यांकन
stop विराम, रुकिए
stopgap arrangement कामचलाऊ व्यवस्था
stoppage रोक
stop press छपते-छपते
stop watch विराम घड़ी
storage भंडारण, संचयन
store भंडार
stores सामान, सामग्री, भंडार
storey मंज़िल
straight 1. सीधा, सरल, 2. खरा, स्पष्ट
strain तनाव
stranded फँसा हुआ, असहाय
strange 1. अपरिचित, 2. विचित्र
stranger अपरिचित, अजनबी
strap फीता, पट्टी
strategic factor निर्णायक कारक, महत्त्वपूर्ण कारक
strategy रणनीति, कार्यनीति
stream धारा
streamline सुप्रवाही बनाना
strength 1. सामर्थ्य, 2. संख्या
strengthen मज़बूत करना, समर्थ बनाना, सशक्त करना
strenuous श्रमसाध्य
stress दबाव, ज़ोर देना, बल देना
stress management दबाव प्रबंधन
strict कड़ा, कठोर, सख़्त
strictly 1. सख़्ती से, कठोरता से, 2. वास्तव में
strictness सख़्ती, कठोरता
strike 1. हड़ताल, 2. आघात करना
strike call हड़ताल का आह्वान
strip पट्टी
strive प्रयास करना
stroage capacity भंडारण क्षमता
strong room कोष कक्ष
structural संरचनात्मक
struggle संघर्ष
stubborn जिद्दी, हठी
student विद्यार्थी, छात्र
studio स्टूडियो
studious 1. अध्ययनशील, 2. परिश्रमी
study अध्ययन
study leave अध्ययनार्थ छुट्टी
stuff सामग्री
style शैली, ढंग
sub (subordinate) नायब, उप
sub-committee उपसमिति

sub-contract	उपठेका, उपसंविदा
sub-district	उपज़िला
sub-division	1. उपप्रभाग, 2. सबडिवीज़न उपखंड, 3. उपविभाजन
sub-head	उपशीर्ष
subject	1. विषय, 2. नागरिक
subjective	आत्मनिष्ठ, व्यक्तिपरक
subjects	प्रजा
subjudice	न्यायाधीन, निर्णयाधीन
subletting	उपकिराएदारी, उपभाड़ा
submission	1. प्रस्तुतीकरण, पेशी, 2. अधीनता स्वीकार करना, 3. निवेदन, 4. अधीनता
submissive	विनीत, विनम्र
subordinate services	अधीनस्थ सेवाएँ
subordinate staff	अधीनस्थ कर्मचारी वर्ग, अधीनस्थ स्टाफ़
subparagraph	उप पैरा
subrule	उपनियम
subscribe	1. चंदा या शुल्क देना, ग्राहक बनना, 2. समर्थन करना, सहमत होना, 3. हस्ताक्षर करना
subscriber	ग्राहक, अभिदाता, शुल्कदाता
subscription	1. अभिदान, 2. चंदा
subsequent	बाद का, उत्तरवर्ती, उत्तरभाव्य—विधि
subsequent action	उत्तरवर्ती कार्रवाई
subsequently	बाद में, तत्पश्चात्
subsidiary	1. गौण, 2. सहायक
subsidise	आर्थिक सहायता देना, इमदाद देना
subsidised	आर्थिक सहायता-प्राप्त, इमदादी
subsidized accommodation	इमदादी आवास
subsistence allowance	निर्वाह-भत्ता
subsistence grant	निर्वाह-अनुदान
substance	1. पदार्थ, 2. सार
substandard	अवमानक
substantive pay	मूल पद वेतन
substantive psot	मूल पद
substitute	प्रतिस्थापित करना, एवज़ी, प्रतिस्थानी
substitution	प्रतिस्थापन, के स्थान पर रखना
suburb	उपनगर
suburban	उपनगरीय
subversion	ध्वंस
subway	भूमिगत पारपथ, सुरंगमार्ग
succeeding	उत्तरवर्ती
successive	उत्तरोत्तर, आनुक्रमिक
successor	उत्तराधिकारी
sue	मुक़दमा चलना, वाद चलाना
suffer	1. सहना, 2. पीड़ित होना
suffering	कष्ट, पीड़ा
sufficient	पर्याप्त
suffix	अनुयोजन, अंत में जोड़ना
suggestion	सुझाव
suggestion box	सुझाव पेटिका/पेटी
suggestions book	सुझाव पुस्तिका
suggestive	सांकेतिक, व्यंजनात्मक
suicide	आत्महत्या
suit	1. दावा, मुक़दमा, वाद, 2. उपयुक्त, अनुकूल
suitability	1. उपयुक्तता, अनुकूलता, 2. औचित्य
suitable action	उपयुक्त कार्रवाई
suited	उपयुक्त
sum	1. राशि, रक़म, 2. योगफल, जोड़
summarily	सरसरी तौर पर, संक्षेप में
summary	सार
summary trial	संक्षिप्त विचारण
summingup	उपसंहार
summit	शिखर
summon	समन करना, आह्वान करना
summons	समन
sundry	फुटकर, विविध
sundry receipts	विविध प्राप्तियाँ
suo moto	अपने आप से, अपनी ओर से
superannuation	अधिवर्षिता
superannuation pension	अधिवर्षिता पेंशन
superfast charges	अतिद्रुत प्रभार
superficial	ऊपरी, सतही
superfluous	अतिरिक्त
superimpose	अध्यारोपण
superintendence	अधीक्षण
superior	उच्च, श्रेष्ठ
superiority	उच्चता, श्रेष्ठता
supernumerary post	अधिसंख्य पद
supersede	अधिक्रमण करना
supersessio	अधिक्रमण
superstructure	ऊपरी ढाँचा, अधिरचना
super timescale	अधिसमय मान

supervision	पर्यवेक्षण, देखरेख
supervisor	पर्यवेक्षक
supervisory	पर्यवेक्षी
supervisory staff	पर्यवेक्षी कर्मचारी-वर्ग
supplement	1. परिशिष्ट, 2. पूरक, अनुपूरक—विधि, 3. जोड़ना, 4. अनुपूरण
supplementary	अनुपूरक
supplemetary budget	अनुपूरक बजट
supplementary question	अनुपूरक प्रश्न, पूरक प्रश्न
supplementary rules	पूरक नियमावली
supplier	प्रायक, पूर्तिकार
supply	पूर्ति, प्राय, प्रदाय करना
support	समर्थन, आलंब लगाना
supporter	समर्थक
supporting documents	समर्थक दस्तावेज़
support price	समर्थित मूल्य, समर्थन क़ीमत, टेक क़ीमत
suppress	दमन करना, दबाना
suppression	दमन
supremacy	सर्वोच्चता
supreme	सर्वोच्च
surcharge	अधिभार
surety	1. जमानत, 2. प्रतिभू, ज़ामिन
surety bond	ज़मानत बंध-पत्र
surface transport	भूतल परिवहन
surgery	शल्य-चिकित्सा, सर्जरी
surgical treatment	शल्योपचार
surname	कुलनाम
surplus	अधिशेष
surplus staff	फ़ालतू कर्मचारी वर्ग
surplus stores	अधिशेष स्टोर, अधिशेष सामान
surprise check	आकस्मिक जाँच
surprise visit	आकस्मिक निरीक्षण
surrender	अभ्यर्पण
surroundings	परिवेश
surveillance	निगरानी
survey	सर्वेक्षण
survey report	सर्वेक्षण रिपोर्ट
survivior	उत्तरजीवी
suspect	संदिग्ध व्यक्ति, संदेह करना
suspend	निलंबित करना, मुअत्तल करना
suspended	निलंबित
suspension	निलंबन, मुअत्तली
suspension order	निलंबन, आदेश
sustained	लगातार
swear	शपथ लेना, शपथ ग्रहण करना
swearing-in-ceremony	शपथ ग्रहण समारोह
swimming pool	तरल ताल
syllabus	पाठ्यक्रम, पाठ्य विवरण
symbol	प्रतीक
symmetry	सममिति, समरूपता
sympathy	सहानुभूति, संवेदना
sympathy strike	सहानुभूति हड़ताल
symposium	परिसंवाद
symptom	लक्षण
syndicate	अभिषद्, सिंडिकेट
synopsis	1. रूपरेखा, 2. विषय-संक्षेप, सार-संक्षेप
synthesis	संश्लेषण
synthetic	संश्लिष्ट
system	पद्धति, प्रणाली, निकाय, तंत्र
systematic	व्यवस्थित
systematic work	व्यवस्थित कार्य, क्रमबद्ध कार्य
systems analysis	पद्धति विश्लेषण

T

table	1. सारणी, तालिका, 2. पटल, 3. मेज़
tableau	झाँकी
table of contents	विषय-सूची
table of the house	सभा पटल
tabulator	1. सारणीयंत्र, 2. सारणीकार
tackle	1. सुलझाना, 2. निपटना, निपटाना
tact	युक्ति, चातुर्य
tactful	व्यवहारकुशल, चातुर्यपूर्ण, चतुर
tactic	युक्ति—व्यवहार
tactical	युक्तिक
tactless	अव्यावहारिक, व्यवहारशून्य
tag	टैग, नत्थी करना
take-home pay	निबल वेतन, हाथ-वेतन
take over	कार्यभार लेना, अधिकार करना
talented	प्रतिभासम्पन्न, प्रतिभाशाली
tally	मिलान करना, मेल खाना, गिनती, संख्या
tally card	मिलान कार्ड
tampering	1. हेर-फेर करना, गड़बड़ करना, 2. बिगाड़ना, 3. तोड़ना—साक्ष्य को

tangible	मूर्त
tangible asset	मूर्त परिसंपत्ति
tanning	चर्मशोधन, चमड़ा पकाना
tape	टेप, फ़ीता
tapping	1. उपयोग करना—संसाधनों का, 2. टैप करना—फ़ोन का
tardiness	शिथिलता, आलस्य
target	लक्ष्य
target date	लक्ष्य तिथि
tariff	1. प्रशुल्क, टैरिफ़, 2. दरसूची
tarnish	मलिन करना, धूमिल करना
task	कार्य, काम
task force	कार्यदल
tax	कर
taxable	करयोग्य
taxable income	करयोग्य आय, करयोग्य आमदनी
tax assessment	कर निर्धारण
taxation	कराधान, कर लगाना
tax declaration	कर घोषणा
tax deducted at source	स्रोत पर कर कटौती
tax deductions	कर कटौती
tax evasion	कर वंचन, कर छिपाना
tax exemption	कर छूट
tax free	करमुक्त
tax payer	करदाता
tax rebate	कर घटौती
tax return	कर विवरणी
teacher	अध्यापक
teacher education	अध्यापक शिक्षक
team spirit	टीम भावना, सहयोग भावना
team work	टीम कार्य, दल कार्य
tea plantation	चाय बागान
tear gas	अश्रु-गैस, आँसूगैस
technical	1. तकनीकी, प्रविधिक, शिल्पिक, 2. पारिभाषिक
technical advice	तकनीकी सलाह
technical qualifications	तकनीकी अर्हता, तकनीकी योग्यता
technical skill	तकनीकी कुशलता
technical term	पारिभाषिक शब्द, तकनीकी शब्द
technical training	तकनीकी प्रशिक्षण
technician	तकनीकविद्, तकनीशियन
technique	तकनीक
technocrat	1. टेक्नोक्रैट, 2. प्रौद्योगविद्, 3. प्रविधिज्ञ
technological	प्रौद्योगिक
technologist	प्रौद्योगिकीविद्
technology	प्रौद्योगिकी
telebanking	दूर-बैंकिंग
telescope	दूरबीन, टेलिस्कोप
television	दूरदर्शन, टेलीविज़न
teller	गणक
temparament	स्वभाव, प्रकृति, मिज़ाज
temper	मिज़ाज, स्वभाव
temperamental	तुनकमिज़ाज
temperature	तापमान
tempo	1. गति, 2. टेम्पो
temporary	अस्थायी
temporary appointment	अस्थायी नियुक्ति
temporary post	अस्थायी पद
temporary vacancy	अस्थायी रिक्ति
temptation	प्रलोभन
tenable	1. मान्य, 2. तर्कसंगत
tenancity	1. दृढ़ता, 2. लगन
tenancy	1. किराएदारी, 2. काश्तकारी, अभिधृति—विधि
tenant	1. किराएदार, 2. काश्तकार, अभिधारी—विधि
tendency	रुझान, प्रवृत्ति
tender	निविदा, टेंडर, टेंडर देना, प्रस्तुत करना
tender notice	निविदा सूचना, टेंडर नोटिस
tension	तनाव
tentative	अनंतिम
tented accommodation	तंबू आवास
tenure	1. अवधि, कार्यकाल, 2. पट्टा, भूधृति
tenure of land	पट्टेदारी, भूधृति
tenure of post	कार्यकाल, पदकाल
tenure of work	कार्यावधि, ठेका अवधि
term	1. अवधि, मियाद, 2. सत्र
terminable	समापनीय, समाप्य
terminal (report etc.)	आवधिक
terminal leave	सेवांत छुट्टी
termination	समाप्ति
termination notice	समाप्ति-सूचना, समाप्ति-नोटिस
termination of service	सेवा-समाप्ति
terminology	शब्दावली
term of office	पदावधि
terms	निबंधन

terms and conditions — निबंधन और शर्तें
terms of service — नौकरी की शर्तें
territorial army — प्रादेशिक सेना
territory — राज्यक्षेत्र, क्षेत्र
terror — आतंक
terrorism — आतंकवाद, दहशतगर्दी
terrorist — आतंकवादी, दहशतगर्द
test — परीक्षण, परख, जाँच
testament — वसीयत
test certificate — परीक्षण प्रमाणपत्र
testify — 1. साक्ष्य देना, 2. प्रमाणित करना
testimonial — शंसापत्र
testimony — साक्ष्य
testing — परीक्षण
testing report — परीक्षण-रिपोर्ट, जाँच-रिपोर्ट
text — 1. पाठ, 2. कलेवर, मज़मून—पत्र
text-book committee — पाठ्य-पुस्तक समिति
thankful — कृतज्ञ
theatre — 1. रंगशाला, नाट्यशाला, नाट्य-गृह, 2. कक्ष
theme — विषयवस्तु
therapy — चिकित्सा
thermometer — तापमापी, थर्मामीटर
thesis — 1. शोध प्रबंध, 2. स्थापना
third party — तृतीय पक्ष, अन्य पक्ष
thoroughly — पूर्णतया, सांगोपांग
thoughtful — विचारशील
threat — 1. धमकी, 2. आशंका, खतरा
threaten — धमकी देना, धमकाना
three phase current — त्रिकाल धारा, तीनमार्गी करंट
thrift — मितव्यय, मितव्ययता
through — 1. द्वारा, माध्यम से, 2. सीधा, पारगामी
throw out — अस्वीकार करना, फेंकना
thumb — अँगूठा
thumb impression — अँगूठा निशान, अँगूठा चिह्न
thumping majority — भारी बहुमत, प्रचंड बहुमत
ticket — टिकट
ticket counter — टिकट काउंटर
tie — 1. बाँधना, 2. गाँठ, 3. बराबरी—खेल
tilt — झुकाव
time — समय, काल
time barred — कालातीत
time bound — समयबद्ध
time deposit (= fixed deposit) — मियादी जमा, आवधिक जमा
time limit — समय सीमा
time table — समय-सारणी
timing — 1. समय-निर्धारण, 2. समय
tips — 1. संकेत, 2. बख़्शीश
title — 1. शीर्षक, 2. ख़िताब, पदवी, 3. हक़
title holder — स्वामित्वधारी
to — सेवा में—पत्राचार के संदर्भ में
toilet — 1. प्रसाधन, 2. शौचालय
token — 1. सांकेतिक, 2. टोकन
token pay — सांकेतिक वेतन
token strike — सांकेतिक हड़ताल
tolerant — सहिष्णु, सहनशील
toll tax — पथकर, राहदारी, टोल टैक्स
tone — 1. स्वर, सुर, 2. लहज़ा
tone down — मंद करना
tone up — 1. तेज करना, 2. चुस्त करना, चुस्त बनाना
tool — औज़ार, उपकरण
tool down strike — औज़ारबंद, हड़ताल
top — शिखर, शीर्ष, सर्वोच्च
topic — प्रकरण, विषय, प्रसंग
top level decision — शीर्षस्थ निर्णय
top management/top official — शीर्ष प्रबन्ध/शीर्ष अधिकारी
topmost — सर्वोच्च
topography — स्थलाकृति
top priority — परम अग्रता
top ranking — शीर्षस्थ
top secret — परम गोपनीय, परम गुप्त
torture — यंत्रणा, यातना
total — 1. योग, जोड़, 2. कुल
total service — कुल सेवा अवधि
tough — कड़ा, कठोर
tour — दौरा
tour diary — दौरा-डायरी
tourism — पर्यटन
tourist — पर्यटक
tourist visa — पर्यटक वीज़ा
tournament — टूर्नामेंट, खेलकूद-प्रतियोगिता
tour programme — दौरा-कार्यक्रम
tour report — दौरा-रिपोर्ट
tout — दलाल

town (city) नगर, शहर
township नगरी
trace 1. खोजना, पता लगना, 2. सुराग 3. लेश, 4. अनुरेखण
traction कर्षण
tractor ट्रैक्टर
trade 1. व्यापार, 2. व्यवसाय
trade agency व्यापार एजेंसी, व्यापार-अभिकरण
trade agreement व्यापार क़रार
trade delegation व्यापार प्रतिनिधिमंडल
trade mark ट्रेडमार्क, व्यापार चिह्न
trader व्यापारी
trade union श्रमिक संघ
tradition परम्परा
traffic यातायात
traffic police यातायात पुलिस
traffic rules यातायात नियम
tragedy त्रासदी, दुःखद घटना
trail 1. पदचिह्न, 2. लकीर
trailer अनुयान
train रेलगाड़ी, गाड़ी, ट्रेन
trainee प्रशिक्षणार्थी
traineeship प्रशिक्षुता
trainer प्रशिक्षक
training प्रशिक्षण, ट्रेनिंग
training centre प्रशिक्षण केंद्र
training college प्रशिक्षण महाविद्यालय
training division प्रशिक्षण प्रभाग
training institute प्रशिक्षण संस्थान
training period प्रशिक्षण काल
training programme प्रशिक्षण कार्यक्रम
training unit प्रशिक्षण एकक
trait लक्षण
traitor देशद्रोही, गद्दार
tranquillity प्रशान्ति
transaction 1. संचालन, 2. सौदा, लेन-देन
transcription 1. प्रतिलेखन, 2. अनुलेखन, 3. लिप्यंकन
transfer स्थानांतरण, अंतरण, हस्तांतरण, तबादला, बदली बदली करना
transfer fee हस्तांतरण शुल्क, अन्तरण शुल्क, अन्तरण फीस
transfer memorandum स्थानांतरण ज्ञापन
transfer on deputation प्रतिनियुक्ति पर स्थानांतरण
transfer or deputation स्थानांतरण या प्रतिनियुक्ति
transfer order स्थानांतरण आदेश, बदली आदेश
transformation रूपांतरण
transhipment यानांतरण
transit संक्रमण, पारगमन, पारवहन
transit duty संक्रमण शुल्क
transitional संक्रमणकालीन
transit pass पारगमन पास
transit visa पारगमन वीज़ा
translation अनुवाद
transliteration लिप्यंतरण
transmission 1. प्रसारण, 2. पारेषण—डाक-तार
transmit पारेषित करना, संप्रेषित करना
transmitter ट्रांसमीटर
transport परिवहन
transport allowance परिवहन भत्ता
transportation परिवहन
trap फंदा, पाश, फँसाना
travel यात्रा, यात्रा करना
travel expenses यात्रा व्यय
traveller's cheque यात्री चेक
travelling allowance यात्रा भत्ता
travelling allowance bill यात्रा भत्ता बिल
travelling concession यात्रा संबंधी रियासत
tray ट्रे
treachery विश्वासघात
treason राजद्रोह
treasure ख़ज़ाना
treasury कोष, ख़ज़ाना
treasury bench सत्ता पक्ष
treasury deposit receipt (T.D.R.) ख़ज़ाना जमा रसीद
treasury receipt ख़ज़ाना रसीद
treasury voucher खजाना वाउचर, कोष वाउचर
treat 1. उपचार करना, 2. व्यवहार करना, 3. मानना, 4. ख़ातिर
treaty संधि
treaty of extradition प्रत्यर्पण संधि
trend प्रवृत्ति, झुकाव
trespass अतिचार, अतिचार करना
trial 1. जाँच, परख, 2. विचारण
trial and error method प्रयत्न-त्रुटि-विधि
trial period परख काल, परीक्षण अवधि
tribal welfare जनजाति कल्याण
tribe जनजाति
tribunal अधिकरण, न्यायाधिकरण

tribute	1. सम्मान, 2. श्रद्धांजलि
trilingual formula	त्रिभाषा सूत्र
trim	काट-छाँट करना
trip	1. भ्रमण, 2. फेरा
tripartite	त्रिपक्षीय
riple	1. तिहरा, 2. त्रिपक्षीय
triplicate	तीन प्रतियाँ, तीसरी प्रति, तिहरा
trolly	ट्राली
troop	1. टोली, 2. सैन्यदल
trophy	वैजयंती, ट्रॉफी
trouble shooter	संकटमोचक
troupe	मंडली
truce	अवहार—विधि, युद्धविराम संधि
true copy	पक्की नक़ल, सही प्रतिलिपि
trunk call	ट्रंक कॉल
trust	1. न्यास, ट्रस्ट, 2. विश्वास
trustee	न्यासी
trustworthiness	विश्वास्यता
trustworthy	विश्वसनीय
tubewell	नलकूप
tug of war	रस्साकसी
tuition fee	शिक्षा शुल्क
tunnel	सुरंग
turn down	अस्वीकार कर देना
turnout	1. उपस्थिति, 2. उत्पाद
turnover	कुल बिक्री, पण्यावर्त, आवर्त
twin	जुड़वाँ
twincity	जुड़वाँ शहर
type	1. टाइप, छापा, मुद्रलेख, 2. प्रारूप, 3. टंकित करना, टाइप करना
typescript	टाइप प्रति
typewriter	टाइपराइटर, टंकित्र
typewriting	टाइपकारी, टाइप करना, टंकण
typical	प्ररूपी
typing	टंकण, टाइपिंग
typing machine	टंकण मशीन

U

ultimate	1. अंतिम, 2. चरम
ultimately	अंततः
ultimate objective	अंतिम उद्देश्य
ultimatum	अंतिम चेतावनी
umpire	अम्पायर
unacceptable	अस्वीकार्य
unaided	अ-सहायताप्राप्त
unambiguous	स्पष्ट
unanimity	मतैक्य, सर्वसम्मति
unanimous	एकमत, सर्वसम्मत
unanimous decision	एकमत निर्णय, सर्वसम्मत निर्णय
unassuming	सीधा-सादा, सहज
unauthorized	अनधिकृत
unavoidable	अपरिहार्य
unavoidable circumstances	अपरिहार्य परिस्थितियाँ
unavoidable delay	अपरिहार्य विलंब
unbecoming	अशोभन, अशोभनीय
uncertain	अनिश्चित
unclaimed	बेदावा, लावारिस
unclaimed baggage	लावारिस सामान
unclassifed	अवर्गीकृत
uncommitted	अप्रतिबद्ध
uncommon	असामान्य
uncompromissing	मताग्रही
unconditional	बिना शर्त, अशर्त
unconfirmed	अपुष्ट
unconfirmed report	अपुष्ट समाचार, अपुष्ट रिपोर्ट
unconstitutional	असांविधानिक, असंवैधानिक
uncontested	निर्विरोध
uncontrolled	अनियंत्रित
uncovered demand	अपूरित माँग
undated	बिना तारीख़ के, दिनांकरहित, अदिनांकित
undelivered letter	अवितरित पत्र
under	1. अधीन, अवर, 2. कम, न्यून, अल्प
under-age	न्यूनवयस, कम उम्र
under certificate of posting	डाक-प्रमाणित
under consideration	विचाराधीन
underdeveloped	अल्पविकसित
under estimate	अव-प्राक्कलन, कम अनुमान
under examination	परीक्षाधीन
undergraduate	स्नातक पूर्व
underground	भूमिगत, सहपोश
underground railway	भूमिगत रेल
underground way	भूमिगतपार-पथ, भूमिगत रास्ता, भूमिगत पथ

under-hand प्रच्छन्न
underlined रेखांकित
under reference प्रसंगाधीन
undersigned अधोहस्ताक्षरी
understanding 1. समझौता, 2. समझदारी
undertake 1. भार या ज़िम्मा—लेना, 2. वचन देना, वचनबद्ध होना
undetaking 1. उपक्रम, 2. वचन, वचनबंध
undertrial 1. अभियोगाधीन, 2. परखाधीन
undignified अशोभनीय, अभद्र, मर्यादाहीन
undisbursed loan असंवितरित कर्ज़, ऋण
undisputed निर्विवाद
undivided अविभाजित, अविभक्त
undivided family अविभक्त परिवार, अविभक्त कुटुम्ब
undoubtedly निस्संदेह
undue अनुचित, असम्यक्
undue delay अनुचित देरी
undue influence अनुचित प्रभाव, असम्यक् प्रभाव
unearth खोज निकालना, पता लगाना
uneconomical अलाभकर
unemployment बेरोज़गारी, बेकारी
uneven 1. असमतल, 2. असम
unexpected dealy अप्रत्याशित विलंब
unfair अनुचित
unfair dismissal अनुचित बर्खास्तगी
unfair means अनुचित तरीके
unfavourable प्रतिकूल, अननुकूल
unfit 1. अयोग्य, 2. अस्वस्थ
unforeseen अदृष्ट, अनपेक्षित
unforessen charges अदृष्ट प्रभार
unforseen circumstances अप्रत्याशित परिस्थितियाँ
unicameral एकसदनी
unicameral legislature एकसदन विधानमंडल, एकसदनी विधानमंडल
unification एकीकरण
unified scale एकीकृत वेतनमान
uniform 1. एकरूप, एकसमान, 2. वर्दी
uniform increase एकसमान वृद्धि
uniformity एकरूपता
unilateral एकपक्षीय, इकतरफा
unilateral action एकपक्षीय कार्रवाई, इकतरफ़ा कार्रवाई
uninterrupted power supply (UPS) अबाध विद्युत आपूर्ति—यूपीएस
uninterrupted service अविच्छिन्न सेवा, अविरत सेवा
union संघ, यूनियन
unionism संघवाद
union list संघ सूची
union parliament संसद्
union territory संघ राज्य-क्षेत्र
unique अनुपम, अपूर्व
unit 1. एकक, 2. मात्रक, 3. इकाई, यूनिट
united संयुक्त
unity एकता
universal सार्वभौम, सार्वदेशिक, सार्वजनीन
universalization of education शिक्षा का सार्वजनीकरण
university विश्वविद्यालय
university court विश्वविद्यालय कोर्ट
unlimited असीमित
unlimited power असीम शक्ति, असीम अधिकार
unloading भार उतारना, उतारना
unmarried अविवाहित
unnatural अप्राकृतिक, अस्वाभाविक
unnatural death अप्राकृतिक मृत्यु
unnecessary अनावश्यक
unofficial अशासकीय, ग़ैर-सरकारी, अशासनिक, अनौपचारिक
unofficial letter अशासकीय पत्र
unofficial note अशासकीय नोट
unofficial strike अनधिकृत हड़ताल
unopposed निर्विरोध
unpaid अदत्त
unparliamentary 1. असंसदीय, 2. अशिष्ट
unprecedented अभूतपूर्व
unproductive अनुत्पादक, अनुत्पादी, निष्फल
unprofitable अलाभकर
unqualified 1. अयोग्य, अनर्हक, 2. अप्रतिबंध, बिना शर्त
unqualified apology बिना शर्त क्षमायाचना
unquestionable असंदिग्ध, प्रश्नातीत
unreasnable अनुचित, अतार्किक, अयुक्तियुक्त
unrecorded अनभिलिखित
unregistered document अपंजीकृत दस्तावेज़
unregistered firm अपंजीकृत फ़र्म
unsafe असुरक्षित
unsatisfactory असंतोषजनक

unsecured	1. असुरक्षित, 2. अप्रतिभूत, प्रतिभूतिरहित	uplift	उत्थान
unserviceable	बेकार, अनुपयोज्य	upper	ऊपरी
unskilled	अकुशल	upper age limit	ऊपरी आयु सीमा, ऊपरी उम्र सीमा
unskilled labour	अकुशल श्रमिक	uppermost	सर्वोपरि
unstable	अस्थिर	up to date	अद्यतन
unstable government	अस्थिर सरकार	upright	1. खड़ा, 2. सच्चा ईमानदार
unsuitable	अनुपयुक्त	upset	अस्त-व्यस्त होना, गड़बड़ कर देना
untrained	अप्रशिक्षित	urban	नगरीय, शहरी
untrustworthy	अविश्वास्य	urbanization	नगरीकरण, शहरीकरण
unused	अप्रयुक्त	urgency	अत्यावश्यक
unusual delay	असामान्य विलंब	urgent	तुरंत, अविलंब, अत्यावश्यक
unutilized grant	अप्रयुक्त अनुदान	urgent action	तुरंत कार्रवाई
unwarranted	1. अनपेक्षित, 2. अनधिकृत, 3. अकारण	urgent slip	तुरंत पर्ची, अति आवश्यक पर्ची
unwilling	अनिच्छुक	usage	1. प्रयोग, चलन, प्रचलन, 2. प्रथा
unworthy	अयोग्य	useful	उपयोगी
upgrade	कोटि उच्च करना, ग्रेड बढ़ाना	user	उपयोगकर्ता, उपभोक्ता
upgrading	क्रमोन्नयन, उन्नयन	user item	उपभोक्ता वस्तु
upgrading of post	पदोन्नयन	usual	सामान्य
upkeep	सँभाल, रखरखाव	utility	उपयोगिता
		utilization	उपयोग
		utilization certificate	उपयोग प्रमाणपत्र

V

vacancy	रिक्ति, पद	valuation	मूल्यांकन, मूल्यन
vacate	ख़ाली करना	valuation certificate	मूल्यन प्रमाणपत्र
vacation	अवकाश	valuation report	मूल्यांकन रिपोर्ट
vacation judge	प्रावकाश न्यायाधीश, दीर्घावकाश न्यायाधीश	value	मूल्य
vacation pay	अवकाश वेतन	valuer	मूल्यांकक
vaccinate	टीका लगाना	vanity	घमंड, अहम्मन्यता
vaccination	टीका, टीकाकरण	variance	अंतर, भिन्नता
vaccine	टीका, वैक्सीन	variation	1. विभिन्नता, 2. परिवर्तन
vacuum	निर्वात	variety	1. क़िस्म, प्रकार, 2. विविधता
vague	अस्पष्ट, अनिश्चित	various proposals	अनेकानेक प्रस्ताव
vague idea	अस्पष्ट विचार	vedio technology	दृश्य प्रौद्योगिकी
valedictory address	समापन भाषण	vegetarian	शाकाहारी, निरामिष
valedictory function	विदाई समारोह, समापन समारोह	vehicle	वाहन
valedictory session	विदाई सत्र, समापन सत्र	vendor	विक्रेता
valid	विधिमान्य, मान्य वैध	vengeance	प्रतिरोध
validation	विधिमान्यकरण	venture	1. उद्यम, 2. साहस
validity	विधिमान्यता	venue	स्थान, स्थल
validity date	मान्यता तिथि, मान्यता तारीख	verbal	मौखिक
valid reason	मान्य कारण	verbal agreement	मौखिक करार
valuable	मूल्यवान, बहुमूल्य	verbal discussion	मौखिक चर्चा
		verbal order	मौखिक आदेश, जबानी आदेश

verbal statement	मौखिक बयान
verbatim	शब्दश:
verbatim report	शब्दश: रिपोर्ट
verdict	अधिमत
verification	सत्यापन
verification of antecedents	पूर्ववृत्त का सत्यापन
verification of stores	माल का सत्यापन
verified copy	सत्यापित प्रति
vernacular	स्थानिक भाषा, मातृभाषा, जन-भाषा, देशीभाषा
version	1. अनुवाद, 2. रूप, रूपांतर, पाठ, 3. कथन
versus	बनाम, विरुद्ध
very good	बहुत अच्छा
vessel	जलयान, पोत
vest	निहित होना
vested right	न्यस्त अधिकार
vet	पुनरीक्षण करना, विधीक्षा करना
veteran	पुनरीक्षण करना, विधीक्षा करना
veterinary science	पशु-चिकित्साविज्ञान
veto	निषेधाधिकार, वीटो
vetting	पुनरीक्षण, विधीक्षण
vettor	पुनरीक्षण, विधीक्षक
via	बरास्ता
viability	1. व्यवहार्यता, 2. जीवनक्षमता
viable	1. व्यवहार्य, 2. जीवनक्षम
via media	मध्य मार्ग
vice	1. उप, 2. व्यसन, 3. के स्थान पर
vice versa	विपरीत क्रम से, इसका उलटा
vicinity	सामीप्य, निकटता
vicious atmosphere	दूषित वातावरण
vicious circle	दुश्चक्र
vicious propaganda	दुष्प्रचार
victimise	सताना, परिपीड़ित करना, तंग करना
victimization	परिपीड़न
victory	विजय
video conferencing	वीडियो-कॉन्फ्रें सिंग, दृश्य-दूर संलाप
view	1. दृष्टि, 2. दृश्य
views point	दृष्टिकोण
views	दृष्टिकोण, मत, विचार
vigilance	सतर्कता, चौकसी
vigilance case	सतर्कता मामला
vigilance clearance	सतर्कता अनापत्ति

vigorous	ज़ोरदार, कठोर
vigour	ओज
vindictive	प्रतिशोधी
violate	अतिक्रमण करना
violation	अतिक्रमण
violative	अतिक्रमणकारी
violence	हिंसा
viration	कंपन
virtue	सद्‌गुण
virtuous	सद्‌गुणी
visa	प्रवेश-पत्र, वीज़ा
vis-a-vis	के सामने, -की तुलना में
visibility	दृश्यता
visible	दृष्टिगोचर
vision	दृष्टि
visit	1. आना, जाना, 2. आगमन, 3. वीक्षण, निरीक्षण, 4. भेंट, मुलाकात
visiting hours	मिलने का समय, मुलाकात का समय
visitor	1. आगंतुक, 2. मुलाकाती, 3. परिदर्शक, 4. कुलाध्यक्ष
visitor's book	आगंतुक पंजी
visito's gallery	दर्शक दीर्घा, वीथि
visual	दृश्य, दृष्टि
visualize	दृष्टिगत करना, अनुमान करना
visual publicity	दृश्य प्रचार
vital	1. महत्त्वपूर्ण, 2. जीवनाधार
vitality	जीवन शक्ति
vital modification	महत्त्वपूर्ण आशोधन, महत्त्वपूर्ण तरमीम
vital part	मर्मस्थल
vital service	अत्यावश्यक सेवा
vital statistics	जीवन संबंधी आँकड़े, जन्म-मृत्य सांख्यिकी
viva voce	मौखिक परीक्षा, मौखिकी
vivid	सुस्पष्ट
viz	अर्थात्, नामत:
vocabulary	शब्द-भंडार
vocal	मुखर
vocalist	गायक
vocation	व्यवसाय
vocational	व्यावसायिक
vocational quidance	व्यावसायिक मार्गदर्शन
vocational training	व्यावसायिक प्रशिक्षण

voice	आवाज
void	शून्य
volume	1. मात्रा, परिमाण, 2. आयतन, 3. जिल्द, खंड
voluminous	विशाल, विशालकाय
voluntary	स्वैच्छिक
voluntar	स्वैच्छिक अभिकरण, स्वैच्छिक एजेंसी
voluntary disclosure	स्वैच्छिक प्रकटन
voluntary organization	स्वैच्छिक संगठन
voluntary retirement	स्वैच्छिक सेवानिवृत्ति
voluntary retirement	स्वैच्छिक सेवानिवृत्ति
voluntary retirement scheme	स्वैच्छिक सेवानिवृत्ति योजना
voluntary settlement	स्वैच्छिक निपटारा
voluntary work	स्वैच्छिक कार्य, स्वयं सेवा
volunteer	स्वयंसेवक
vote	मत, वोट, मत देना, वोट देना
voted	दत्तमत
vote of censure	निन्दा प्रस्ताव, परिनिन्दा प्रस्ताव—विधि
vote of thanks	धन्यवाद प्रस्ताव
vote on account	लेखानुदान
voter	मतदाता
voting	मतदान
voting by ballot	मतपत्र द्वारा मतदान
voting right	मताधिकार
voucher	वाउचर
vow	1. व्रत, 2. प्रतिज्ञा
voyage	समुद्र-यात्रा
vulgar	अशिष्ट, अभद्र
vulnerable	सुभेद्य
vulnerable section (of society)	दुर्बल वर्ग—समाज के

W

wage	मज़दूरी
wage administration	मज़दूरी प्रशासन
wage agreement	मज़दूरी करार
wage board	वेतन बोर्ड
wage ceiling	मज़दूरी परिसीमा
wage earner	मज़दूरी अर्जक
wage incentive	मज़दूरी प्रोत्साहन
wage policy	मज़दूरी नीति
wage rate	मज़दूरी दर
wage regulation	मज़दूरी नियमन
wage review	मज़दूरी समीक्षा
waiting list	प्रतीक्षा-सूची
waiting room	प्रतीक्षालय
waive	छोड़ देना, अधित्याग करना
waiver	अधित्याग
waiving	अधित्यजन, छोड़ना
walkie talkie set	वाकी-टाकी सेट
walk in interview	प्रवेश साक्षात्कार, तत्काल साक्षात्कार
want	1. अभाव, कमी, 2. आवश्यकता
ward	वार्ड
warehouse	गोदाम, माल गोदाम
warehousing charges	गोदाम प्रभार, मालगोदाम प्रभार
warn	चेतावनी देना
warning	चेतावनी
warrant	वारंट, अधिपत्र
warranty	वारंटी, आश्वस्ति
washing allowance	धुलाई भत्ता
wastage	1. छीजन, 2. बरबादी
waste land	बंजर भूमि
waste paper basket	रद्दी की टोकरी
watch	1. पहरा, 2. घड़ी
watch and ward	पहरा व निगरानी
watchdog	निगरानी करने वाला, हितप्रहरी
watchdog (body)	हितप्रहरी
water capacity	जलधारिता
water cooler	वाटर कूलर
water proof	जलसह
water supply	जलप्रदाय, जलापूर्ति
waybill	मार्गपत्रक, यात्रा विवरणी
ways	तरीके
ways and means	अर्थोपाय
ways and means committee	अर्थोपाय समिति
wealth	धन
wear and tear	टूट-फूट
weather	मौसम
weeding (of records)	अभिलेखों की छँटाई
weedout	1. छँटाई करना, 2. निराई करना
weekly report	साप्ताहिक रिपोर्ट

weigh	तौलना
weight	1. भार, तौल, 2. बोझ, 3. महत्त्व, बल, 4. बाट
weightage	1. महत्त्व, बल, 2. भार
welcome	स्वागत, स्वागत करना
welcome address	स्वागत भाषण
welfare	कल्याण
welfare state	कल्याणकारी राज्य
well behaved	शिष्ट
well-qualified	सुअर्ह
well-versed	सुप्रवीण
whereabouts	ठौर-ठिकाना, अता-पता
whereas	जबकि, यत:—विधि
whimsical	सनकी, झक्की
whip	सचेतक
whisper	कानाफूसी, कानाफूसी करना, फुसफुसाना
white paper	श्वेत पत्र
whitewashing	सफ़ेदी
wholesaler	थोक व्यापारी
whole-time	पूर्णकालिक
whole-time-employee	पूर्णकालिक कर्मचारी
wide ranging	व्यापक
widely read	बहुपठित, सुपठित
widow	विधवा
widower	विधुर
wild	वन्य, जंगली
wildlife	वन्य जीव
wilful	जान-बूझकर
window envelope	पतादर्शी लिफाफा
windup	समापन, समेटना
wing	1. स्कंद, विंग, 2. पक्ष, 3. पंख, पर
winner	विजेता
winter allowance	शीत भत्ता
wipeout	मिटा देना
wireless	बेतार
wireless phone	बेतार फोन, वायरलेस फोन
wireless set	बेतार सेट
wiring	वायरिंग, तार स्थापन
wise	बुद्धिमान
wit	वाक्पटुता
withdrawal	वापसी, प्रत्याहरण
withdrawal of motion	प्रस्ताव की वापसी, प्रस्ताव वापस लेना
withhold	रोक लेना
within	अंदर, अंतर्गत
without delay	अविलंब
without permission	बिना अनुमति
withstand	सहन करना
witness	साक्षी, प्रभारित
work book	वर्क बुक, कार्यपुस्तक
work culture	कार्य-संस्कृति
work environment	कार्य पर्यावरण, काम का माहौल
worker	कामगार
worker]s training	कामगार प्रशिक्षण
work experience	कार्यानुभव
work force	कार्य बल
working	1. कार्यचालन, 2. कार्यकारी, 3. श्रमजीवी, 4. व्यावहारिक, कामचलाऊ, कार्यसाधक
working committee	कार्यसमिति
working conditions	कामकाजी स्थितियाँ, कार्य-दशाएँ, कार्य-स्थिति
working days	कार्य-दिवस, काम के दिन
working hours	कार्य-समय, काम के घंटे
working knowledge	कार्यसाधक ज्ञान
working paper	आधारिका, आधारपत्र
workload	कार्यभार, कामगर
workman	कर्मकार, कामगर
workmanship	कर्म-कौशल
work order	कार्य आवेश
workout	पूर्वाकलन, कूतना
work permit	कार्यानुमति पत्र, कार्य परमिट
works	1. निर्माण-कार्य, 2. संकर्म, 3. कृति, 4. कर्मशाला
work sheet	कार्य-पत्रक
workshop	1. कार्यशाला, 2. कर्मशाला, वर्कशॉप
work stoppage	कामबंदी
work to rule	नियमानुसार कार्य, नियम अतिपालन
worth	1. मूल्य, 2. योग्यता
worthless	बेकार
worth recording	रिकॉर्ड के लिए उपयुक्त
worthy	गुणसम्पन्न, योग्य
wounded	घायल
writ	रिट
write off	बट्टे खाते डालना
write up	आलेख
writing	1. लेख, 2. लिखावट

writing pad	लेखन-पैड	wrongful	दोषपूर्ण, सदोष
writ petition	रिट याचिका	wrongful dismissal	दोषपूर्ण कार्यच्युति
written warning	लिखित चेतावनी	wrongly	भूल से, ग़लत तौर पर

X

Xerox copy	ज़िरॉक्स प्रति, छायाप्रति	x-ray	एक्स-किरण, एक्स-रे

Y

yard	यार्ड	year to year	वर्षानुवर्ष
yardstick	मानदंड	yield	लब्धि, उपज, पैदावार
year	वर्ष, साल	young	1. नौजवान, तरुण, 2. बाल
yearbook	वार्षिकी, अब्द-कोश	youth	1. युवा, 2. यौवन
yearly	वार्षिक, सालाना	youth training scheme	युवा प्रशिक्षण योजन

Z

zeal	जोश, उत्साह	zonal office	क्षेत्रीय कार्यालय, आंचलिक कार्यालय
zenith	चरम सीमा		
zero hour	शून्य काल	zone	क्षेत्र, अंचल, ज़ोन
zigzag	टेढ़ा-मेढ़ा	zoo	चिड़ियाघर
zonal	आंचलिक, ज़ोनल, क्षेत्रीय	zoological park	प्राणिउद्यान

परिशिष्ट-ख

कार्यालयी टिप्पण (नोटिंग), अभिव्यक्तियाँ

A

above given — उपरिलिखित, ऊपर दिया हुआ
above mentioned — उपर्युक्त
abovesaid — उपर्युक्त
a brief note is placed below — संक्षिप्त नोट नीचे दिया गया है
acceded to — स्वीकार किया गया
acceptable proposal — स्वीकार्य प्रस्ताव
acceptance in principle — सिद्धांत रूप से स्वीकृति
acceptance is awaited — स्वीकृति की प्रतीक्षा है
accepted for payment — भुगतान के लिए स्वीकृत
accepted provisionally — अनन्तिम रूप से स्वीकृत
accord approval to... (=accord sanction to.) — कृपया...को अनुमोदित करें, कृपया...को मंजूर करें
accordingly — तदनुसार
according to — के अनुसार
according to convenience — सुविधानुसार
accumulated balance — संचित शेष, अग्राहित राशि
acknowledgement has already been sent — पावती पहले ही भेजी जा चुकी है
acknowledgement is awaited — पावती की प्रतीक्षा है
acknowledgement of receipt — प्राप्ति-सूचना
acknowledge receipt — पावती दें, प्राप्ति-सूचना भेजें
acquisition of target — लक्ष्य संप्राप्ति
acting as 'A' above — ऊपर 'क' के अनुसार कार्रवाई की जाए
acting in good faith — सद्भाव से कार्य करते हुए
acting in official capacity — पद की हैसियत से कार्य करते हुए
action at once please — कृपया फौरन कार्रवाई करें
action has already been taken in the matter — इस मामले में कार्रवाई की जा चुकी है
action has not yet be initiated — कार्रवाई अभी शुरू नहीं की गई है
action is required to be taken early — शीघ्र कार्रवाई अपेक्षित है
action is underway — कार्रवाई की जा रही है
action may be taken accordingly — तदनुसार कार्रवाई की जाए
action may be taken as proposed — यथाप्रस्तावित कार्रवाई की जाए
act of misconduct — कदाचार
acts of commission and omission — कृताकृत
address all concerned — सर्वसंबंधित को लिखा जाए
administrative approval may be obtained — प्रशासनिक अनुमोदन प्राप्त किया जाए
admission with permission — अनुमति लेकर भीतर आइए, अनुमति लेकर अंदर आएँ
advance arrangements are necessary — पहले से प्रबंध करना जरूरी है
advance for purchase of stationery may be sanctioned — लेखन-सामग्री की ख़रीद के लिए अग्रिम राशि दी जाए
advance from pay/provident fund is permissible — वेतन/भविष्यनिधि से अग्रिम अनुमेय है
advance of T.A. may please be arranged — कृपया यात्रा-भत्ते के अग्रिम का प्रबंध कीजिए

advice awaited	परामर्श/सलाह की प्रतीक्षा है
advice accordingly	तदनुसार परामर्श दीजिए।
advise further development	आगे की प्रगति से अवगत कराएँ
after adequate consideration	समुचित विचार के बाद
after consultation with	से परामर्श करके
after discussion	विचार-विमर्श के बाद
after issue	जारी होने के बाद
after perusal	देख लेने के बाद, अवलोकन के बाद
after taking into consideration all aspects of the question	मामले के सभी पहलुओं पर विचार करने के बाद
after the expiry of	की समाप्ति पर
against public interest	लोकहित के विरुद्ध
agenda is sent herewith	कार्यसूची साथ भेजी जा रही है
agreed to	सहमति है
a list is placed below	सूची नीचे दी जा रही है
a list of cases disposed of is placed below	निपटाए गए मामलों की सूची नीचे दी जा रही है
all concerned should note	सर्व संबंधित नोट कर लें
allocation of store rooms	भंडार कमरों का नियतन
allotment from the quota reserved	आरक्षित कोटे से आबंटन
alphabetical list	वर्णक्रम सूची
a matter of extreme urgency	अत्यंत आवश्यक मामला/ अत्यावश्यक विषय
amendment of rules	नियमों का संशोधन, नियम-संशोधन
amendment to P.P.O.	पेंशन भुगतान आदेश का संशोधन
amounting to	समतुल्य होना, कोटि में आना
apart from this	इसके अलावा/इससे इतर
appear for interview	साक्षात्कार के लिए उपस्थित हों
appended herewith	इसके साथ लगा हुआ
applicable to	पर लागू है
application has not been made in proper form	आवेदन निर्धारित प्रपत्र में नहीं है।
apply to	1. आवेदन करना, अर्जी देना, 2. लागू होना, लागू करना
approval may be accorded	अनुमोदन प्रदान कर दिया जाए
approved as per remarks in the margin	हाशिए की अभ्युक्ति के अनुसार अनुमोदित
approved as proposed	यथाप्रस्ताव अनुमोदित
approved draft typed and put up for signatures please	अनुमोदित प्रारूप टाइप करके हस्ताक्षर के लिए प्रस्तुत
arrangements are being made to ensure timely submission of report	रिपोर्ट समय पर प्रस्तुत करने की व्यवस्था की जा रही है
arrear claim	बकायों का दावा
as above	जैसा ऊपर दिया है
as against	के मुकाबले
as a last resort	अंतिम उपाय के रूप में
as already pointed out	जैसा कि पहले बताया जा चुका है
as a matter of fact	यथार्थतः, वस्तुतः
as a matter of right	साधिकार, अधिकार के रूप में
as amended	यथा संशोधित
as and when	जब कभी
as an exceptional case	अपवाद के रूप में
as a result of	के फलस्वरूप
as a rule	नियमतः
as before	पूर्ववत्, यथापूर्व
as compared with	की तुलना में
as decided	यथा निर्णीत, निर्णय के अनुसार
as desired in your letter quoted above	जैसा उपर्युक्त पत्र में कहा गया है
as directed	निर्देशानुसार
as far as may be	यथासाध्य, जहाँ तक हो सके
as far as permissible	जहाँ तक अनज्ञेय हो
as far as possible	यथासंभव
as far as practicable	यथासाध्य
as in force for the time being	जैसा कि फिलहाल लागू है
as is where is	जैसा है और जहाँ है
as it involves legal complications, opinion of law-officer may be sought in the matter	मामले में क़ानूनी जटिलताएँ हैं, इसलिए विधि अधिकारी की राय ली जाए
as laid down	यथा निर्धारित
as may be considered expedient	जैसा कि समीचीन प्रतीत हो
as may be necessary	यथावश्यक, जैसा आवश्यक हो
as may be specified	जैसा विनिर्दिष्ट किया जाए, यथा विनिर्दिष्ट

as modified	यथा आशोधित, तरमीम के साथ
as nearly as possible	यथासंभव निकट
as notified	यथा अधिसूचित
as per	के अनुसार, के अनुरूप
as per details below	नीचे लिखे ब्यौरे के अनुसार
as per extant orders	वर्तमान आदेशों के अनुसार
as per instructions	अनुदेशानुसार
as per opinion of	के मतानुसार
as proposed	यथा प्रस्तावित
as recommended	यथा संस्तुत, सिफारिश के अनुसार
as recommended by	की सिफारिश के अनुसार
as regards	के संबंध में, का जहाँ तक संबंध है
as regards the particular matter in question	जहाँ तक विचारधीन मामले का संबंध है
as required under the rules	जैसा कि नियमों के अधीन अपेक्षित है/हो
assessment of disability pension	अशक्तता पेंशन का निर्धारण
as the case may be	1. यथास्थिति, जैसी स्थिति हो, 2. यथा प्रकरण
at source	स्रोत पर
attached herewith	इसके साथ संलग्न
attain to	प्राप्त करना
attend in person	स्वयं हाजिर होना
attention is invited to	की ओर ध्यान आकर्षित किया जाता है
attention is invited to circular/office memo no...dated ...on the subject noted above	उपर्युक्त विषय पर तारीख...के परिपत्र/कार्यालय ज्ञापन संख्या...की ओर ध्यान दिलाया जाता है
attention shri	श्री...ध्यान दें
attested true cope	सत्यापित प्रति
at the instance of	की प्रेरणा पर, के कहने से
at the maximum of the scale	वेतन मान के अधिकतम पर
authorisation letter with specimen signature of the bearer	वाहक के नमूना हस्ताक्षर वाला प्राधिकार-पत्र
authorised and revised	प्राधिकृत और संशोधित
authority competent to sanction/make payent/ent/decide the case	मंजूरी देने/भुगतान करने/निर्णय देने के लिए सक्षम प्राधिकारी

B

background of the case	मामले की पृष्ठभूमि
back to work	काम पर लौटें
backward reference	पूर्व संदर्भ
balance in hand	रोकड़ बाकी
balancing of resources	संसाधनों का संतुलन
banking and treasury arrangement	बैंकिंग और कोष व्यवस्था
ban on creation of posts	पदों के सृजन पर रोक
ban on future promotion	भावी पदोन्नति पर रोक
barred by limitation	तमादी, परिसीमा-वर्ज़ित
barred by time	काल-वर्जित, समय-वर्जित
basis for admitting the awards	पंचाट/एवार्ड स्वीकृत करने का आधार
beat the record	रिकॉर्ड तोड़ना, कीर्तिमान स्थापित करना
beg to state	निवेदन है
behind schedule	निर्धारित समय के बाद
benefit of additional pension	अतिरिक्त पेंशन हितलाभ
benefit of adhoc relief	तदर्थ राहत हितलाभ
benefit of death gratuity	मृत्यु उपदान हितलाभ
benefit of doubt	संदेह लाभ
best price obtainable	अधिकतम प्राप्य मूल्य
beyond the said period	उक्त अवधि के बाद
bill of payment	भुगतान बिल
bill outstanding	बकाया बिल
bills for signature, please	बिल हस्ताक्षरार्थ प्रस्तुत, कृपया बिलों पर हस्ताक्षर कर दें
boarding and lodging	आवास और भोजन
both days inclusive	दोनों दिन शामिल
brief note is placed below	संक्षिप्त नोट नीचे दिया गया है
bring into commission	प्रवर्तन करना
bring into notice	ध्यान में लाना
bring into peration	चालू करना, अमल में लाना
brought forward (b/f)	अग्रानीत
brought over	आगे ले जाया गया
budget provision exists	बजट में व्यवस्था है

by all means निस्संदेह, अवश्यमेव
by and by धीरे-धीरे
by any means किसी भी प्रकार से
by authority of के प्राधिकार से
by beat of drum डुग्गी पिटवाकर, डोंडी पिटवाकर
by command (of) के समादेश से
by and दस्ती
by no means कभी नहीं, कदापि नहीं
by order (of) के आदेश से
by registered post रजिस्ट्री से, पंजीकृत डाक द्वारा
by return of post वापसी डाक से
by special messenger विशेष संदेशवाहक द्वारा
by virtue of के नाते, की हैसियत से
by virtue of office पद के नाते, पद की हैसियत से

C

call for an explanation जवाब-तलब किया जाए
call upon to show cause कारण बताने को कहा जाए
carried down अधोनीत, तलशेष
carried forward अग्रेनीत
carry out पालन करना
carry over अग्रनयन
case has been closed मामला समाप्त कर दिया गया है
cases for disposal निपटान के लिए मामले
cases under investigation मामले की जाँच-पड़ताल की जा रही है
cash and carry नकद दो-माल लो
certificate by the competent authority is required सक्षम प्राधिकारी का प्रमाण-पत्र
charge handed over कार्यभार सौंप दिया
checked and found correct जाँच की और सही पाया
circulate and then file संबद्ध व्यक्तियों को दिखाकर फ़ाइल कर दीजिए
claim is time barred दावा कालातीत है, दावा काल-वर्जित है—विधि
collection of arrears बकाया वसूली
come into force लागू होना
come into operation चालू होना, प्रवर्तन में आना
commutation of pension पेंशन का संराशिकरण
commuted pension संराशिकृत पेंशन
compensation exgratia अनुग्रहपूर्वक क्षतिपूर्ति
competent authority's sanction is necessary सक्षम प्राधिकारी की मंजूरी/स्वीकृति आवश्यक है
compliance with orders is still awaited आदेशों के अनुपालन की अभी भी प्रतीक्षा है
concluding remark समापन टिप्पणी
conclusive and final निश्चायक और अंतिम
concurrence of the finance brach is necessary वित्त शाखा की सहमति आवश्यक है
consequent upon के परिणामस्वरूप
consolidated report may be furnished समेकित रिपोर्ट प्रस्तुत की जाए
consolidation of pension पेंशन का समेकन
consumption ceilling अधिकतम उपभोग सीमा
continue in office पद पर बने रहना
copy enclosed प्रतिलिपि संलग्न है
copy enclosed for ready reference सुलभ संदर्भ के लिए प्रतिलिपि संलग्न
copy forwarded for information/necessary action सूचना/आवश्यक कार्रवाई के लिए प्रतिलिपि अग्रेषित
copy of the letter referred to above is sent herewith उपर्युक्त पत्र की प्रतिलिपि इसके साथ भेजी जा रही है
corrections and alterations शोधन और परिवर्तन

D

damage and deficiency report क्षति और कमी की रिपोर्ट
damage claim नुकसानी दावा
date and time of receipt आवती मिलने की तारीख़ और समय
date of issue निर्गम तिथि, निर्गम तारीख, निर्गम दिनांक
date of maturity परिपक्वता तिथि
day to day administrative work दैनंदिन प्रशासनिक कार्य, नित्य का प्रशासनिक कार्य
day to day work दैनंदित कार्य
dear madam प्रिय महोदया
dear sir प्रिय महोदय

death benefit	मृत्यु हितलाभ, मरणोत्तर हित-लाभ
debarred from service	सेवा से वर्जित
debarred from the benefit	हितलाभ से विवर्जित
debarred from the service	सेवा से विवर्जित
decision is awaited	निर्णय की प्रतीक्षा है
deduction at source	स्रोत पर कटौती
deems fit	उपयुक्त लगता है
delay in disposal	निपटान में देरी/विलम्ब
delay in disposal of pension	पेंशन निपटान में विलम्ब
delay regretted	विलम्ब के खेद है
delay should be avoided	विलंब न होने दें, देर नहीं होनी चाहिए
delegation of financial powers	वित्तीय शक्तियों का प्रत्यायोजन
demi-official (D.O.)	अर्ध-शासकीय, अर्ध-सरकारी—अ.स.
departmental action is in progress	विभागीय कार्रवाई की जा रही है
departmental investigation	विभागीय जाँच-पड़ताल
departmental negligence	विभागीय लापरवाही, विभागीय प्रमाद
deputation to foreign service	इतर विभागीय सेवा में प्रति-नियुक्ति
detailed enquiry	व्यापक जाँच, ब्यौरेवार जाँच
detention in custody	हिरासत में रखना, अभिरक्षा में रखना
detrimental to the interest of	के लिए अहितकर
devoid of	से रहित, के बिना
discharge certificate	सेवामुक्ति प्रमाणपत्र
discharged from service	सेवा से मुक्ति
discrepancy may be reconciled	विसंगति का समाधान कर लिया जाए
discretionary power	विवेकाधिकार
discrimination	विभेद, भेदभाव
discriminatory measures	भेदभावमूलक कार्रवाई, विभेदक कार्रवाई
dispense with	अलग करना
disposal of cases	मामलों का निपटारा
dispose of	निपटाना
do the needful	आवश्यक कार्रवाई करें
draft as amended is put up	यथासंशोधित प्रारूप प्रस्तुत है
draft for approval	अनुमोदनार्थ प्रारूप, अनुमोदनार्थ मसौदा
draft is concurred in	प्रारूप से सहमति है, मसौदे से सहमति है
draw a chargesheet	आरोप-पत्र तैयार करना
draw attention	ध्यान आकर्षित करना, ध्यान दिलाना
due to dislocation of traffic	यातायात के अव्यवस्थित होने के कारण
duly authenticated	सम्यक् रूप से प्रमाणित
duly complied	विधिवत् पालन किया गया
duly filled in	विधिवत् भरा हुआ
duly sanctioned	विधिवत् मंजूर किया हुआ, विधिवत् स्वीकृत
during the course of discussion	चर्चा के दौरान
during this period	इस अवधि में

E

early action in the matter is requested	अनुरोध है कि इस मामले में शीघ्र कार्रवाई करें
early orders are solicited	शीघ्र आदेश देने का अनुग्रह करें
eligible candidate	पात्र उम्मीदवार
employee requests that	कर्मचारी ने अनुरोध किया है कि
empowered to sanction	मंजूरी देने का अधिकार है
entry in leave account / service record for initials please	छुट्टी खाते / सेवा अभिलेख में की गई प्रविष्टि आद्यक्षर के लिए प्रस्तुत है
erroneous grant of pension	पेंशन की गलत स्वीकृति
errors and omissions	भूलचूक

errors in verification सत्यापन में त्रुटियाँ
examination of the case मामले की जाँच
examination of witness साक्षी की परीक्षा
exigencies of administrative work प्रशासनिक कार्य की तात्कालिक आवश्यकताएँ
exigencies of public service लोक सेवा की तात्कालिक आवश्यकताएँ
ex-part judgement एकपक्षीय निर्णय
expedite action कार्रवाई शीघ्र करें, कार्रवाई में शीघ्रता करें
experimental basis प्रयोगात्मक आधार
explanation from the defaulter may be obtained चूककर्ता से जवाब-तलब किया जाए
explanation may be called for जवाब-तलब किया जाए
extension of leave छुट्टी बढ़ाना
extension of posts पदों की अवधि बढ़ाना

F

facilities are not available सुविधाएँ उपलब्ध नहीं हैं
facts of the case in brief are as follows– संक्षेप में मामले के तथ्य इस प्रकार हैं—
failing which ऐसा न करने पर
fair copy स्वच्छ प्रति
false billing झूठा बिल बनाना
false testimony मिथ्या साक्ष्य
figures for the corresponding period of the last year are not readily available तदनुरूपी अवधि के पिछले वर्ष के आँकड़े तत्काल उपलब्ध नहीं हैं
file an appeal अपील फ़ाइल करना
final concurrence is accorded अंतिम सहमति दी जाती है
final settlement of accounts अंतिम लेखा निपटारा
fix a date for the meeting बैठक की तारीख नियत की जाए
flouting the instruction अनुदेशों की अवज्ञा
following employees are confirmed in their existing posts with effect from.. निम्नलिखित कर्मचारी अपने वर्तमान पद पर तारीख...से स्थायी किए जाते हैं
following transfers and postings will take effect immediately निम्नलिखित स्थानान्तरण और तैनातियाँ तत्काल प्रभावी होंगी
follow up action अनुवर्ती कार्रवाई
footnote of PPO पेंशन भुगतान आदेश पाद्-टिप्पणी
for action कार्रवाई के लिए
for advice परामर्श के लिए
for and against पक्ष और विपक्ष में
for and on behalf of के लिए और की ओर से
for approval अनुमोदनार्थ, अनुमोदन के लिए
for charitable purpose पुण्यार्थ/परोपकारार्थ
for comments टिप्पणी के लिए
for concurrence please सहमति के लिए
for consideration विचारार्थ
for disposal निपटान के लिए
for early compliance शीघ्र अनुपालन के लिए
for expression of opinion मत प्रकट करने के लिए
for favourable action अनुकूल कार्रवाई के लिए
for favour of doing the needful आवश्यक कार्रवाई करने की कृपा करें
for favour of necessary action आवश्यक कार्रवाई के लिए
for favour of orders आदेशार्थ
for further action आगे की कार्रवाई के लिए, अगली कार्रवाई के लिए
for guidance मार्ग-दर्शन के लिए
for information सूचनार्थ, सूचना के लिए
for information and guidance सूचना और मार्गदर्शन के लिए
form and content रूप और अंतर्वस्तु
to onward transmission आगे भेजने के लिए
for perusal अवलोकनार्थ
for perusal and return देखकर लौटाने के लिए
for precedent पूर्व उदाहरण के लिए

for ready reference — तुरंत संदर्थ, तत्काल संदर्भ, के लिए
for reasons state in para — पैरा...में बताए गए कारणों से
for record — रिकॉर्ड के लिए
for remarks — अभ्युक्ति के लिए
for signature — हस्ताक्षरार्थ, हस्ताक्षर के लिए
for such action as may be necessary — यथा आवश्यक कार्रवाई के लिए
for suggestion — सुझाव देने के लिए
for sympathetic consideration — सहानुभूतिपूर्ण विचार के लिए
for the present — अभी, फ़िलहाल
for the time being — फ़िलहाल
for verification — सत्यापन के लिए
forwarded and recommended — अग्रेषित और संस्तुत
forwarding letter — अग्रेषण पत्र
free of charge — नि:शुल्क
resh receipt — नई आवती
fringe benefit — अनुषंगी हितलाभ, वेतनेतर हितलाभ
from — प्रेषक
from pre page — पिछले पृष्ठ से
from time to time — समय-समय पर
full autonomy — पूर्ण स्वायत्तता
fully paid up — पूर्णत: भुगतान कर दिया है
funds are available with in sanctioned budget — मंज़ूर, बजट में निधि उपलब्ध है
funds not availabe — निधि उपलब्ध नहीं है
furnishing of documents — दस्तावेज़ पेश करना
further communication will follow — आगे फिर लिखा जाएगा
further orders will follow — आगे और आदेश भेजे जाएँगे

G

get clarification of the staff concerned — संबंधित कर्मचारियों से स्पष्टीकरण माँगा जाए
give details — विस्तृत जानकारी दें
give effect to — कार्यान्वित करें
give top priority to this work — इस कार्य को परम अग्रता दी जाए
good service pay — प्रास्त सेवा वेतन
governed by the rules — नियमों द्वारा शासित
gradation of confidential reports — गोपनीय रिपोर्टों का कोटीकरण
grant of special pay — विशेष वेतन की स्वीकृति
quardian ad litum — वादार्थ अभिभावक

H

habitual defaulter — आदतन चूककर्ता
half fare — आधा किराया
half station — हाल्ट स्टेशन, विराम स्टेशन
half-yearly return — अर्धवार्षिक वितरणी
handwritten document — हस्तलिखित दस्तावेज़
hard and fast rule — पक्का नियम
has been dealt will suitably — समुचित कार्रवाई की गई है
has no comments to make — को कोई टिप्पणी नहीं करनी है
has represented that his pay may be fixed in accordance with new rules — ...ने अभ्यावेदन दिया है कि उनका वेतन नए नियमों के अनुसार नियत किया जाए
having regard to — ध्यान में रखते हुए, ध्यान में रखकर
heirship certificate — उत्तराधिकार प्रमाणपत्र
here-in after — इसमें इसके पश्चात्
here-in before — इससे पहले, इससे पूर्व
highly objectionable — अत्यंत आपत्तिजनक
his requiest be acceded to — उनकी प्रार्थना स्वीकार की जाए
his request is in order — उनका अनुरोध नियमानुसार है
hold in abeyance — प्रास्थगित रखना
hold lien on post — पद पर पुनर्ग्रहणाधिकार होना, पद पर लियन होना
hold over — 1. स्थगित करना, रोक लेना, उठा रखना, 2. अतिधारण करना
housing allowance in lieu of rent free quarters — नि:शुल्क आवास के बदले आवास भत्ता

I

I agree with 'A' above	मैं ऊपर 'क' से सहमत हूँ
I am desired to say	मुझे निवेदन करने के लिए कहा गया है
I am directed to	मुझे निर्देश हुआ है
I am directed to state that	मुझे यह सूचित करने का निदेश हुआ है कि
I am to add	मुझे यह भी लिखना है
I am to say	मुझे यह कहना है कि
I authorise you	मैं आपको प्राधिकार देता हूँ
I beg to submit	निवेदन है कि
If approved, a letter will be sent on the above lines	यदि अनुमोदन करें तो उपर्युक्त सुझाव के अनुसार पत्र भेजा जाएगा
If deemed fit	यदि उचित समझें
I fully agree with the office note	कार्यालय की टिप्पणी से मैं पूर्णतया सहमत हूँ
I have been directed to inform you/request you/ask you	मुझे निर्देश हुआ है कि मैं आपको सूचित करूँ/आपसे निवेदन करूँ/आपसे पूछूँ
I have satisfied myself that the employee is not at fault	मैंने संतुष्टि कर ली है कि कर्मचारी की गलती नहीं है
I have the honour to say	सादर निवेदन है
Illegal transanction	अवैध सौदे
In abeyance	प्रास्थगित
In absence of information	सूचना के अभाव में
In accordance with	के अनुसार
In acknowledging receipt of...	...की पावती भेजते हुए
in addition to	के अतिरिक्त
in advance	पहले से
in anticipation of	की प्रत्याशा में
in anticipation of your approval	आपके अनुमोदन की प्रत्याशा में
in any case	किसी भी दशा में
in any special case	किसी विशेष मामले में
in as much as	जहाँ तक कि
in bold letters	मोटे अक्षरों में
in camera	बंद कमरे में
in compliance with	का पालन करते हुए, के अनुपालन में
in confirmation of	की पुष्टि में
in conformity with	के अनुरूप
in connection with	के संबंध में
in consequence of	के परिणामस्वरूप, के फलस्वरूप
in consideration of	1. को ध्यान में रखते हुए, 2. के प्रतिफल स्वरूप
in consultation of	से परामर्श करके
in continuation of	के आगे, के सिलसिले में, के क्रम में
in continuation of this office letter no.	इस कार्यालय के पत्र संख्या...के क्रम में
in contravention of	का उल्लंघन करते हुए
in course of	के दौरान
in course of business	काम के दौरान
in course of checking	जाँच के दौरान
in course of time	यथासमय
in default of	1. के अभाव में, 2. न करने पर, न होने पर
in detail	विस्तार से, ब्यौरेवार
in discharge of duties	कर्तव्य-पालन में
in duplicate	अनुलिपि सहित, दो प्रतियों में
in each case	प्रत्येक मामले में
in excess of	से अधिक
in exercise of	का प्रयोग करते हुए
in fact	वास्तव में, वस्तुत:
in favour of	1. के पक्ष में, 2. के नाम से
in force	लागू, प्रवृत्त
information has already been sent under this office letter	इस कार्यालय के पत्र संख्या...के अन्तर्गत सूचना पहले ही भेजी जा चुकी है
informed of	से अवगत
in full and final payment	कुल और चुकता भुगतान
in general	सामान्य रूप में, आम तौर पर
in good faith	सद्भावपूर्वक

in his discretion	स्वविवेक से, अपनी समझ से
in keeping with	के अनुरूप
in lieu of	के बदले में
in like manner	समान रीति से, उसी ढंग से
in lump sum	इकमुश्त, एक बार में
in matter of	के विषय में
in modification of	का आशोधन करते हुए, में तरमीम करते हुए
in official capacity	पद की हैसियत से
in operation	अमल में
in order	1. यथाक्रम, व्यवस्थित क्रम से, 2. संगत
in order of merit	गुणानुक्रम से
in order of preference	अधिमान्यता के क्रम से
in order of priority	प्राथमिकता के क्रम में, अग्रता के क्रम से
in order to	के लिए
in other respects	अन्य बातों में
in part	अंशतः
in partial modification of	का आंशिक आशोधन करते हुए
in particular	विशेषतः, खासकर
in perpetuity	शाश्वततः, सदैव के लिए
in person	स्वयं
in personal capacity	वैयक्तिक हैसियत से
in place of	के स्थान में, के स्थान पर
in practice	व्यवहार में
in preference to	की अपेक्षा
in prescribed manner	निर्धारित तरीके से, विहित रीति से
in presence of	के समक्ष, के सामने
in principle	सिद्धांततः, सैद्धांतिक रूप से
in proportion to	के अनुपात में, अनुपाततः
in prosecution of	के चलाने में, की पूर्ति करने में
in public interest	लोकहित में, लोकहित की दृष्टि से
in pursuance of	के अनुसरण में, के अनुसार
in regard to	के विषय में, के बारे में
in reply to	के उत्तर में
in respect of	के लिए, के विषय में
in succession	1. लगातार, 2. अनुक्रम से
in service training	सेवाकालीन प्रशिक्षण
in so far as	जहाँ तक कि
inspection after execution	निष्पादन के बाद निरीक्षण
inspection at site	मौके पर निरीक्षण
inspite of	के बावजूद
inspite of repeated reminders, the information has not been received so far	बार-बार अनुस्मारक भेजने के बावजूद अभी तक सूचना नहीं मिली है
instructional order	अनुदेशात्मक आदेश
instructions are solicited	कृपया अनुदेश देने का अनुग्रह करें
in supersession of	का अधिक्रमण करते हुए
in support of	के समर्थन में, की पुष्टि में
inter alia	अन्य बातों के साथ, के साथ-साथ
inter se	आपस में, परस्पर
in that behalf	उस विषय में, उसके संबंध में, उस प्रयोजन के लिए
in that respect	तद्विषयक, उस बारे में
in the aggregate	कुल मिलाकर
in the capacity of	की हैसियत से
in the case of	की स्थिति में, के विषय में
in the circumstances of	की परिस्थितियों में
in the course of	के दौरान
in the course of action	कार्रवाई के दौरान
in the event of	के होने पर, की अवस्था में
in the first instance	प्रथमतः, पहले तो
in the interest of	के हित में, के लिए
in the light of	को ध्यान में रखते हुए
in the meanwhile	इस बीच, तब तक
in the order of seniority	वरिष्ठता क्रम में
in theory	सिद्धांत रूप में
in the prescribed manner	विहित रीति से, निर्धारित ढंग से, निर्धारित रीति से
in the presence of	के समक्ष, के सामने, की उपस्थिति में
in the same way	उसी भाँति, उसी तरह
in this behalf	इस संबंध में, इस विषय में, इसके लिए, इस बारे में
in this connection it may be pointed out that	इस संबंध में यह उल्लेखनीय है कि
in this instance	इस मामले में
in time	समय पर, समय से
into to	संपूर्णतः, पूरी तरह से
in view of	को ध्यान से देखते हुए, की दृष्टि से, को ध्यान में रखकर

in view of what has been stated above	उपर्युक्त को देखते हुए
inviting your attention to	की ओर आपका ध्यान आकर्षित करते हुए
involving questing of policy	जिसमें नीति का प्रश्न—निहित हो
inwords and figures	शब्दों और अंकों में
irrespective of	का विचार किए बिना, का लिहाज़ किए बिना
irrespective of the fact	इस बात का विचार किए बिना
is adjourned sine die	अनिश्चित काल के लिए स्थगित
I shall be obliged	मैं अनुगृहीत होऊँगा
is hereby informed	को सूचित किया जाता है
is self-explanatory	स्वत: स्पष्ट है
issue for consideration	विचारार्थ मुद्दा
issue today	आज ही जारी करें
item for inspection	निरीक्षणार्थ मद
it has been noticed that	यह देखा गया है कि
it has since been decided	अब यह निर्णय लिया गया है
it is a matter of regret that	खेद की बात है कि
it is difficult to proceed with the case	इस मामले में आगे कार्रवाई करना कठिन है
it is obvious that	यह स्पष्ट है कि
it is requested	यह निवेदन है, निवेदन है
it is suggested	यह सुझाव दिया जाता है, सुझाव है
it may further be added	यह भी बताया जाता है, यह भी बताना उचित होगा, साथ ही
it is highly objectionable	यह बहत ही आपत्तिजनक है
it will be construed	इसका यह अर्थ समझा जाएगा

J

just below	ठीक नीचे
justification for the proposal	प्रस्ताव का औचित्य
justification has been accepted	औचित्य स्वीकार कर लिया गया है
just now	अभी तुरन्त

K

keep in abeyance	प्रास्थगित रखना—मुल्तवी रखना
keeping in view	को ध्यान में रखते हुए
keep in touch	सम्पर्क में रहना, ख़बर रहना
keep pending	लंबित रखा जाए, निर्णयार्थ रोक रखा जाए
keep with the file	इसे मिसिल के साथ रखिए
kindly expedite disposal	कृपया शीघ्र निपटान करें
kindly instruct further	कृपया अनुदेश दें, कृपया आगे हिदायत दें
kindly review the case	कृपया मामले पर पुनर्विचार करें
kinds of documents	दस्तावेज़ों के प्रकार
knock down price	नीलामी क़ीमत
knowingly and unlaw fully	जानबूझ कर और अवैध रूप से

L

laboratary specimen	प्रयोगशाला नमूना
laid down in	में निर्धारित
laid on the table	सभा पटल पर रखा
last pay certificate (L.P.C.)	अंतिम वेतन प्रमाणपत्र
latest by...	अधिक से अधिक...
lay before	समक्ष रखना, सामने रखना
lay down	निर्धारित करना
leave application	छुट्टी की अर्ज़ी, अवकाश आवेदन
leave not due	अदेय छुट्टी
leave not earned	अनर्जित छुट्टी
leave of absence	अनुपस्थिति की अनुमति
leave on half average pay	अर्ध-औसत वेतन छुट्टी
leave on average pay	औसत वेतन छुट्टी
leave on medical ground	चिकित्सा छुट्टी, बीमारी की छुट्टी

leave preparatory of retirement	सेवानिवृत्तिपूर्व छुट्टी
leave to appeal	अपील के लिए अनुमति
leave travel concession	छुट्टी यात्रा रियायत
letter of acceptance	स्वीकृति-पत्र
letter of acknowledgement	पावती
letter of administration	प्रशासन पत्र
letter of advice	सूचना-पत्र
letter of allotment	आबंटन पत्र
letter of authority	प्राधिकार पत्र
letter of credence	प्रत्यय-पत्र
letter of credit	साख़-पत्र
letter of quarantee	गारंटी-पत्र
letter of intent	आशय-पत्र
letter of introduction	परिचय-पत्र
liable to disciplinary action	अनुशासनिक कार्रवाई की जा सकती है
liable to termination on one week's not-ice	एक सप्ताह के नोटिस पर समाप्त किया जा सकता है
library on wheels	चलता-फिरता पुस्तकालय, चल पुस्तकालय
lodging allowance	बास भत्ता
loss intransit	मार्ग में हानि
loss of resale	पुनर्विक्रय में हानि
lower age limit	निम्न आयु-सीमा
lowest price	निम्नतम मूल्य
low income group	निम्न आय-वर्ग

M

made to order	आदेशानुसार निर्मित
make interim arrangements	अंतरिक प्रबन्ध करें
matter has been examined	मामले की जाँच कर ली गई है
matter is under consideration	विषय विचाराधीन है
matter of fact	तथ्य की बात, तथ्यत:
maximum admissible pension	अधिकतम अनुमेय पेंशन
maximum age to enter govt. service	सरकारी सेवा में प्रवेश करने की अधिकतम आयु
may be approved	अनुमोदित किया जाए
may be considered	विचार किया जाए
may be excused	क्षमा किया जाए, क्षमा करें
may be filed	फ़ाइल कर दिया जाए
may be obtained	प्राप्त किया जाए, प्राप्त करें
may be passed for payment	भुगतान के लिए पास करें
may be permitted	अनुमति दी जाए, अनुमति दें
may be regretted	खेद प्रकट किया जाए
may be requested to clarify	से स्पष्टीकरण की प्रार्थना करें
may b returned when done with	काम हो जाने पर लौटा दें
may be sanctioned	मंजूर/संस्वीकृत किया जाए
may be treated as urgent	इसे अति आवश्यक समझा जाए
may deem necessary	आवश्यक समझें
may please furnish the requisite information	कृपया अपेक्षित सूचना दें
may please see	कृपया देखें
medical attendance rules	चिकित्सा परिचर्या नियम
medical certificate of fitness	स्वस्थता प्रमाणपत्र
medical certificate of sickness	बीमारी प्रमाणपत्र
memo of demands	माँग-ज्ञापन
memorandum of objection	1. आपत्ति-ज्ञापन, 2. आक्षेप का ज्ञापन—विधि
memorandum of under standing	1. समझौता ज्ञापन, 2. सहमति ज्ञापन
menial establishment	चतुर्थ श्रेणी स्थापना
mentioned above	उपर्युक्त, उपरिलिखित
mentioned there in	...में उल्लिखित
mobilizaton of resources	संसाधन जुटाना
monthly progress report	मासिक प्रगति रिपोर्ट
monthly season ticket	मासिक सीजन टिकट
my dear	प्रिय

N

necessary correction may be carried out	आवश्यक शुद्धि कर ली जाए
necessary provision exists	आवश्यक व्यवस्था मौजूद है
necessary report is still awaited	अपेक्षित रिपोर्ट अभी भी प्रतीक्षित
necessary steps should be taken	आवश्यक कार्रवाई की जाए, आवश्यक कदम उठाए जाएँ
needful done	आवश्यक कार्रवाई की जा चुकी है, अपेक्षित कार्रवाई हो चुकी है
needs no comment	टिप्पणी की आवश्यकता नहीं
net qualifying service	निवल अर्हक सेवा
new pension rules	नए पेंशन नियम
new rates of relief	नई राहत दरें
new table of pension rates	पेंशन की नई सारणी
no action necessary	कोई कार्रवाई आवश्यक नहीं
no action required	कोई कार्रवाई नहीं, किसी कार्रवाई की आवश्यकता नहीं
no admission	प्रवेश-निषेध, अंदर आना मना है
no bar	कोई रोक नहीं
no claim certificate	दावा-नहीं प्रमाणपत्र
no demand certificate	बेबाकी प्रमाण-पत्र, बेबाकी पत्र
no entry for vehicles	गाड़ियों का आना मना है
no funds area vailable	निधि उपलब्ध नहीं है
no instructions	कोई अनुदेश नहीं, कोई हिदायत नहीं
nominal penalty	नाममात्र शास्ति
non-availability certificate	अनुपलब्धता प्रमाणपत्र
non-bailable offence	ग़ैर-ज़मानती अपराध
non-bailable warrant	ग़ैर-ज़मानती वारंट
non-clearance of claim	दावे का असमाशोधन दावे की अनुमति नहीं
non-cognizable offence	असंज्ञेय अपराध
non-commercial	अव्यापारिक, अवाणिज्यिक
non-compliance	अपालन
non-confidential	अगोपनीय
non-conforming	अपुष्टिकर
non-encumbrence certificate	भारमुक्ति प्रमाणपत्र
non-qualifying service	अनर्हक सेवा
no objection certificate	अनापत्ति प्रमाण-पत्र, अनापत्ति पत्र
no profit no loss	न लाभ-न हानि, हानि-लाभ रहित
no progress has been made in the matter	इस मामले में कोई प्रगति नहीं हुई है
no reference is coming	पिछला संदर्भ नहीं मिल रहा है
no strike clause	हड़ताल निषेध खंड
nota bene (N.B.)	ध्यान दें, टिप्पणी
not available	अप्राप्य, अनुपलब्ध
noted for future quidance	भावी मार्गदर्शन के लिए नोट कर लिया
notes and orders at page... may please be seen in this connection	इस संबंध में पृष्ठ...पर दिये गए आदेशों और टिप्पणियों को कृपया देख लिया जाए
nothing against the rule	नियमों के विरुद्ध बिलकुल नहीं
notice in writing	लिखित सूचना
notified for general information	सार्वजनिक की जानकारी के लिए अधिसूचित
notify the award	अवार्ड को अधिसूचित करना
not later than	के बाद नहीं
not payable before	के पूर्व अदेय
not traceable	पता नहीं लग रहा है
not transferable	अहस्तांतरणीय
not with standing	के होने पर भी, के होते हुए भी
not with standing anything to the contrary	किसी प्रतिकूल बात के होते हुए भी
not yet fit	अभी योग्य नहीं, अभी स्वस्थ नहीं

O

objectionable action	आपत्तिजनक कार्य
objectionable resolution	आपत्तिजनक संकल्प
obligation to give information	सूचना देने का दायित्व, सूचना देने की बाध्यता
observance of rule	नियमों का पालन
observations made above	ऊपर कही हुई बातें, उपर्युक्त विचार
obtain evidence	साक्ष्य प्राप्त करना
obtains formal sanction	औपचारिक मंज़ूरी प्राप्त करें

obtain signature	हस्ताक्षर प्राप्त करना
obvious mistake	स्पष्ट भूल
office copy and fair copy for signature	कार्यालय प्रति और स्वच्छ प्रति हस्ताक्षरार्थ
office to note and comply	कार्यालय ध्यान दे और पालन करे
official document	सरकारी प्रलेख, सरकारी दस्तावेज़
of no avail	व्यर्थ, निष्फल, निष्प्रयोजन
okay (O.K.)	सब ठीक, अच्छा
on account of	के कारण
on an average	औसतन
on behalf of	की ओर से
on compassionate grounds	अनुकंपा के आधार पर
on demand	माँगने पर
on deputation	प्रतिनियुक्ति पर
on discharge from service	सेवामुक्त होने पर
on due date	नियत तारीख़ को
on duty	ड्यूटी पर, काम पर
one rank one pension	एक पद—एक पेंशन
one time increase	एक बारगी वृद्धि
one year completed service	एकवर्षीय सम्पन्न सेवा
on grounds of	के आधार पर
on hire purchase basis	भाड़ा-क्रय आधार पर
on humanitarian grounds	मानवीय आधार पर
On India Government Service	भारत सरकार सेवार्थ
on medical grounds	बीमारी के कारण, अस्वस्थता के कारण
on merits	गुणावगुण के आधार पर
on no account	किसी भी अवस्था में नहीं
on or about	को या उसके आसपास
on or after the day	उस दिन या उसके पश्चात्
on probation	परिवीक्षाधीन
on receipt of	के मिलन पर
on special duty	विशेष ड्यूटी पर
on temporary basis	अस्थायी आधार पर
on the advice of	की सलाह पर
on the availability of information	सूचना की उपलब्धता पर
on the average	औसतन
on the basis of minimum requirements	न्यूनतम आवश्यकता के आधार पर
on the compassionate grounds	अनुकम्पा के आधार पर
on the contrary	इसके प्रतिकूल, इसके विपरीत
on the expiry of the crucial date	निर्णायक तारीख की समाप्ति पर
on the job training	अंत:कार्य प्रशिक्षण
on the receipt of	के मिलने पर
on the subject noted above	उपर्युक्त विषय पर
on verification it was found that	सत्यापन करने पर मालूम हुआ कि
onward and return journeys	गमनागमन यात्राएँ
open part file	खंड फ़ाइल खोलें
open the case to	मामले का कथन प्रारंभ करना, केस की फ़ाइल खोलना
operation of the rules	नियमों का प्रचालन
option for pension	पेंशन का विकल्प
order are solicited	कृपया आदेश दें
order communicated	आदेश भेज दिया गया
ordered also that it be published in the Gazette of India	यह भी आदेश दिया जाता है कि उसे भारत के राजपत्र में प्रकाशित किया जाए
order may be issued	आदेश जारी कर दिया जाए
otherwise action will be taken against	अन्यथा...के खिलाफ कार्रवाई की जाएगी
out and out	पूर्ण रूप से
out of date	पुराना, गतावधिक
out of order	1. ख़राब; चालू नहीं, बिगड़ी दशा में, 2. अव्यवस्थित, अनियमित
out of stock	स्टॉक में नहीं
out of turn	बिन बारी
out of turn allotment	बिन बारी आबंटन
outstanding cases	पिछले मामले, बक़ाया मामले
out today	आज ही भेजिए
outward journey	बहिर्यात्रा
overall postion	समग्र स्थिति
owing to	के कारण

P

paid annual leave	सवेतन वार्षिक अवकाश
paper for disposal	निपटाने के लिए काग़ज़
paper under consideration (P.U.C.)	विचाराधीन काग़ज़
parliamentary affairs	संसदीय कार्य
parliamentary committee	संसदीय समिति
parliamentary democracy	संसदीय लोकतंत्र
partial modification in the case	इस मामले में आंशिक अशोधन
part time employment	अंशकालिक रोज़गार
passed for payment	भुगतान के लिए पास किया
payable amount of pension	पेंशन की देय राशि
payable till death or remarriage whichever is earlier	पुनर्विवाह अथवा मृत्यु जो पहले हो, तक देय
payable to bearer	वाहक को देय, धारक को देय
payment for honour	मानार्थ संदाय
payment into treasury	कोष में भुगतान, खज़ाने में भुगतान
pay self	स्वयं देय
paending adjustment	समायोजन होने तक
pending confirmation	पुष्टि होने तक
pending enquiry awards	लंबित जाँच अवार्ड
pending the conclusion of enquiry	जाँच समाप्त होने तक
pensionary liability	पेंशन संबंधी देयता
per bearer	वाहक द्वारा, वाहक के हाथ
performance test	निष्पादन परीक्षण
periodical stock taking	आवधिक माल-पड़ताल
periodicity of award	अवार्ड की आवधिकता
permancency in grade	ग्रेड में स्थायीकरण, ग्रेड में स्थायित्व
personal hearing	व्यक्तिगत सुनवाई
pertaining to	संबंधित,के संबंध में
petty contingent voucher	खुदरा आकस्मिक व्यय वाउचर
placed at the disposal of	को सौंपा गया, को सुलभ किया गया
placed under suspension	निलंबित

please acknowledge receipt	कृपया पावती भेजें, कृपया प्राप्ति सूचना दें
please comply before due date	कृपया नियत समय से पहले पालन किया जाए
please discuss	चर्चा कीजिए
please discuss with papers	काग़ज़-पत्रों के साथ चर्चा कीजिए
please expedite compliance	शीघ्र अनुपालन कीजिए
please expedite the return of this file	कृपया इस फ़ाइल को शीघ्र लौटाएँ
please hand over your charge to Shri...	कृपया अपना कार्य-भार श्री—को सौंप दें
please investigate and report	कृपया जाँच करके रिपोर्ट दें
please put up with previous papers	कृपया इसे पिछले काग़ज़-पत्रों के साथ प्रस्तुत करें
please report as how the matter now stands	कृपया बताएँ कि अब मामला किस स्थिति में है
please see for precedent	पूर्व-उदाहरण के लिए कृपया देखिए, नज़ीर के लिए कृपया देखिए
please sign in Hindi	कृपया हिन्दी में हस्ताक्षर करें
please speak	बात कीजिए
please submit your explanation on or before..	कृपया अपना जवाब तारीख...को या इससे पहले दें
please treat this as strictly confidential	इसे सर्वथा पूर्ण गोपनीय समझें
please use Hindi in correspondence	कृपया पत्राचार में हिंदी का प्रयोग करें
postpone for the present	इस समय स्थगित रखें
preceding notes	पूर्ववर्ती टिप्पणियाँ
preliminary proceedings	आरंभिक कार्यवाही
preponement of effective date	जारी होने की तिथि पूर्वित करना
prescribed time limit	विहित कालावधि

private operating agency	निजी प्रचालन अभिकरण
progress is too slow	प्रगति अत्यन्त धीमी है
promotion by selection	चयन द्वारा पदोन्नति, प्रवरण द्वारा पदोन्नति
promotion by seniority	वरिष्ठतानुसार पदोन्नति
proportionate reduction of pension	पेंशन की आनुपातिक घटौती
proportionate share of pensionary liability	पेंशन देयता/दायित्व का आनुपातिक भाग/अंश
pro-rata rate of pension	पेंशन की यथा अनुपात दर
pros and cons	पक्ष-विपक्ष, आगा-पीछा
provisional assessment	अनंतिम निर्धारण
provisional order	अनंतिम आदेश
purchase committee	क्रय समिति, ख़रीद समिति
put-up	प्रस्तुत करें, प्रस्तुत कीजिए, पेश करें, पेश कीजिए
put up draft of D.O. to all heads of departments	सभी विभागाध्यक्षों को अर्ध-सरकार पत्र का मसौदा प्रस्तुत करें
put up for perusal please	अवलोकनार्थ प्रस्तुत
put up for verification	सत्यापन के लिए प्रस्तुत करें
put up the pension cases	पेंशन मामलों को प्रस्तुत करना

Q

question does not arise	प्रश्न नहीं उठता
question of propriety	औचित्य का प्रश्न
quick disposal of claims	दावे का शीघ्र निपटान
quota alloted for staff	स्टाफ़ के लिए निर्धारित कोटा
quotations from	से लिये गए उद्धरण
quoted below	नीचे उद्धृत
quote reference	संदर्भ बताएँ, हवाला बताएँ

R

raise objection	आपत्ति उठाना
reasons for delay be explained	देरी/विलंब होने के कारण बताए जाएँ
reasons for variations are given below	घट-बढ़ के कारण नीचे दिये गए हैं
re-assessment of disability pension	अशक्तता पेंशन का पुनर्निर्धारण
recovery effected	की गई वसूली, प्रभावी वसूली
recovery should be effected	रकम वसूल की जाए
rectification of errors	भूल परिशोधन
reference is invited to	को देखिए, को देखने का कष्ट करें
referred to above	उपरिनिर्दिष्ट
referred to as	के नाम से निर्दिष्ट
refer the matter to the board for orders	मामला बोर्ड को आदेश के लिए भेजा जाए
reinstated in service	नौकरी बहाल की गई
relaxation of rules	नियमों में छूट/ढील
relaxation of time limit	समय सीमा छूट
releavant papers be put up	संबंधित काग़ज़-पत्र प्रस्तुत किए जाएँ
reluctant to do	करने को अनिच्छुक
remain in force	लागू रहना, प्रवृत्त रहना
remarks of the head of the office	कार्यालयाध्यक्ष की अभ्युक्ति/टिप्पणी
reminder may be sent	अनुस्मारक भेजा जाए, स्मरण-पत्र भेज दें
removal power	निष्कासन अधिकार, निष्कासन की शक्ति
rent free accommodation	नि:शुल्क आवास
required information is furnished herewith	अपेक्षित सूचना इसके साथ भेजी जा रही है
required information of family pension	परिवार पेंशन की अपेक्षित जानकारी

required to be rectified	परिशोधन अपेक्षित है
requires modification	आशोधन की आवश्यकता है
respectfully i beg to say	सादर निवेदन है
resubmitted as desired	यथापेक्षा पुनः प्रस्तुत है
retrospective effect can not be given to this order.	इस आदेश को पूर्वप्रभावी नहीं किया जा सकता
return of file (paper) may kindly be expedited	कृपया फ़ाइल/मिसिल—काग़ज़-पत्र शीघ्र वापस करें
return of the file may be awaited	मिसिल/फ़ाइल की प्रतीक्षा की जाए
reversion to a lower post	निचले पद पर प्रत्यावर्तन, पदावनति
reward for services	सेवाओं का पुरस्कार

S

sanctioned as proposed	प्रस्ताव के अनुसार मंज़ूर
sanction here by accorded to	इसके द्वारा मंज़ूरी दी जाती है
sanction of the competent authority may be obtained	सक्षम प्राधिकारी की मंज़ूरी ली जाए
satisfactory cases	संतोषजनक मामले
save as provided	यथा उपबंधित के सिवाय
scope in this cases	इस मामले में गुंजाइश
score out whichever is not appropriate	जो लागू न हो, उसे काट दें
secret instructions issued	गुप्त अनुदेश जारी किए गए हैं
seen, file with previous papers	देख लिया, पहले के काग़ज़ों के साथ फ़ाइल कर दीजिए
seen, thanks	देख लिया, धन्यवाद
seen and passed on to	देख लिया और—को भेज दिया
seen and returned	देख कर वापस किया जाता है
seen and spoken	देख लिया और बात कर ली
self contained note	स्वयं पूर्ण टिप्पणी
self explanatory	स्वयं व्याख्यापक
separately and distinctly	पृथकत: और सुभिन्नत:/स्पष्टत:
service agreement has been executed	सेवा करार निष्पादित कर लिया गया है
service conditions are not satisfactory	सेवा-स्थिति/शर्तें संतोषप्रद नहीं हैं
settlement of pension claims	पेंशन दावे का निपटारा
shall not be questioned on any ground	किसी भी आधार पर आपत्ति नहीं की जाएगी
should be given top priority	परम अग्रता दी जाए
show casuse as to why strict action should not be taken	इस बात का कारण बताएँ कि सख्त कार्रवाई क्यों न की जाए
shri...is offered a post of...	श्री—को—पद की नियुक्ति का प्रस्ताव भेजा जाता है
side by side	साथ-साथ
signed, sealed and delivered	हस्ताक्षरित, मोहरबंद और सुपुर्द किए
similarity in the case	मामले में समरूपता
sincerely yours	आपका, भवदीय
sitting over the papers	काग़ज़ दबाकर बैठना
so as to ensure	ताकि यह सुनिश्चित हो
so called	तथाकथित
so far as possible	यथासंभव
so far as practicable	यथासाध्य
solemn affirmation	सत्यनिष्ठा से प्रतिज्ञान
so long as	जब तक कि
specifice reason may be given	विशिष्ट कारण दें
spread over	विस्तीर्ण
statement has been recorded	बयान लिख लिया गया है
status quo	यथापूर्व स्थिति
steps may be taken	कदम उठाए जाएँ, उपाय किए जाएँ
strike off the name	नाम काट देना, नाम निकाल देना
subject to..	के अधीन
subject to approval	बशर्ते कि अनुमोदन प्राप्त हो

subject to the condition that	इस शर्त पर कि
subject to the provisions of	के प्रावधानों के अधीन
submitted for information	सूचनार्थ प्रस्तुत
submitted for order(s)	आदेशार्थ प्रस्तुत
submitted for perusal	अवलोकनार्थ प्रस्तुत
such action as may be deemed necessary	ऐसी कार्रवाई जो आवश्यक समझी जाए
sufficient notice has not been given	पर्याप्त नोटिस नहीं दिया गया है
summary of the case	मामले का सार
supplementary test	संपूरक जाँच, संपूरक परीक्षण
surplus to requirements	आवश्यकता से अधिक

T

take for granted	मान कर चलना, मान लेना
take notice	ध्यान में रखना
take over	ले लेना, कार्यभार सँभालना
take over charge	कार्यभार ग्रहण करना
take recourse	का सहारा लेना, का आश्रय लेना
take such measures	ऐसे उपाय करें
taking over charge	कार्यभार ग्रहण करना
tenders have been invited	निविदाएँ आमंत्रित की गई हैं, टेंडर मँगवाए गए हैं
the file in question is not traceable	संदर्भित फ़ाइल नहीं मिल रही है
the file in question is placed below	अपेक्षित फ़ाइल नीचे/साथ रखी है
then and there	तत्काल वहीं
the papers may be shown to for information and guidance	अपेक्षित काग़ज़-पत्रों को सूचना और मार्गदर्शन के लिए—को दिखाया जाए
the proposal is quite in order	यह प्रस्ताव बिलकुल नियमानुकूल है
there is no cause to modify the orders already passed	पहले दिए गए आदेशों में परिवर्तन करने का कोई कारण नहीं है
the required papers are placed below	अपेक्षित काग़ज़-पत्र नीचे/साथ रखे हैं
this has reference to this office earlier correspondence at s.no...	यह क्रमांक...इस कार्यालय के पिछले पत्र-व्यवहार के संदर्भ में है
this is in accordance with the extant rules	यह वर्तमान नियमों के अनुसार है
this is not admissible under the rules	यह नियमों के अधीन स्वीकार्य नहीं है
this is to certify	प्रमाणित किया जाता है
this is to inform	सूचना दी जाती है
this may please be approved	कृपया इसे अनुमोदित किया जाए
this office has no information in this respect	इस कार्यालय को इस संबंध में कोई जानकारी नहीं है
this requires administrative approval	इसके लिए प्रशासनिक अनुमोदन अपेक्षित है
this requires your personal attention	इसमें आपका व्यक्तिगत ध्यान अपेक्षित है
through over sight	नज़र चूक जाने से, भूल जाने से
through proper channel	उचित माध्यम से
till further orders	अगले आदेश होने तक
timely compliance may to ensured	समय पर अनुपालन सुनिश्चित कर लिया जाए
to	सेवा में
to adjourn sine die	अनिश्चित काल के लिए स्थगित करना
to comply with	अनुपालन करना, पालन करना
to impose fine	जुर्माना करना
to impose restrictions	पाबंदी लगाना, प्रतिबंध लगाना
to initiate action	कार्रवाई आरंभ करना
to prolong leave	छुट्टी बढ़ाना
to put in abeyance	प्रास्थगित करना, प्रास्थगन

to take initiative	सूत्रपात करना, पहल करना
to the best of ability	पूरी योग्यता से
to the best of knowledge and belief	जहाँ तक पता है और विश्वास है
to the contrary	इसके विपरीत, इसके प्रतिकूल
to the exclusion of	को छोड़कर, को निकाल कर
to the extent of	की सीमा तक
to the point	विषयानुकूल, सुसंगत, प्रासंगिक

U

ultimately it has to be done	अंततः यह करना ही होगा
unauthorised action	अप्राधिकृत कार्रवाई
unbiased opinion	निष्पक्ष राय
uncalled for	1. अनाहूत, अयाचित
unclassified document	अगोपन दस्तावेज़
uncontrolled stroes	अनियंत्रित सामान
under consideration	विचाराधीन
under developed	अल्पविकसित
under dispute	विवादग्रस्त
under-his signature and seal	उनके हस्ताक्षर एवं मुहर सहित
under intimation to this office	इस कार्यालय को सूचना देते हुए
under mentioned	निम्नलिखित
under one's hand	अपने हस्ताक्षर सहित
under one's hand and seal	अपने हस्ताक्षर और मुहर सहित
under reference	प्रसंगाधीन
under signed is directed to acknowledge the receipt of your letter no...dated...	अधोहस्ताक्षरी को निर्देश हुआ है कि आपके दिनांक के पत्रांक की पावती भेजी जाए
under suspension	निलंबनाधीन
under the auspices of	के तत्त्वावधान में
undue interference	अनुचित हस्तक्षेप
unless the context otherwise required	जब तक प्रसंग के अनुसार अपेक्षित न हो
until further order(s)	दूसरा आदेश मिलने तक
up-to-date	अद्यतन, आज तक का
upto the mark	स्तरीय
urgent attention may please be given	कृपया तुरंत ध्यान दें
urgently required	अविलंब चाहिए, तुरंत आवश्यकता है

V

valedictory address	समापन भाषण, विदाई भाषण
verification of particulars	विवरण सत्यापन
verification of service	सेवा का सत्यापन
verified and found correct	पड़ताल की और ठीक पाया
vetting of draft	प्रारूप का पुनरीक्षण
vide letter no...	पत्रांक—देखिए, पत्र संख्या—देखिए
vide linked case	संलग्न मामला

W

waiting list may be renewed	प्रतीक्षा-सूची को नवीकृत किया जाए
wanting documents	अपेक्षित दस्तावेज़
want of	का अभाव
we are not concerned with this	इसका हमसे संबंध नहीं है
weekly arrears statement for the week ending is submitted for perusal	को समाप्त होने वाले सप्ताह के बकाया काम का साप्ताहिक विवरण अवलोकनार्थ प्रस्तुत है

we need not pursue the matter further	हमें इस विषय पर और कार्रवाई करने की आवश्यकता नहीं है
whichever is earlier	जो भी पहले हो, जो भी पहले घटित हो
whote as a	कुल मिलाकर
widow certificate	विधवा-प्रमाणपत्र
widow's pension	विधवा पेंशन
will be dealt withs everely	कड़ी कार्रवाई की जाएगी
will you please state	कृपया बताएँ
with a view to	की दृष्टि से
with compliments from	समादर सहित
with concurrence of	की सहमति से
withdrawal of recognition	मान्यता वापस लेना
with due regard to	का सम्यक् ध्यान रखते हुए
with effect from...	—से, —से प्रभावी
with full particulars	पूरे ब्यौरे सहित, पूरे विवरण के साथ
with holding of increment	वेतन वृद्धि को रोकना
with immediate effect	इसी समय से, तात्कालिक प्रभाव से, तत्काल से
without any further reference	बिना किसी और परामर्श के
without assigning any reason	बिना कोई कारण बताए
without delay	अविलम्ब
without fail	अवश्य, बिना चूक
without interruption	बिना बाधा के
without prejudice	प्रतिकूल प्रभाव डाले बिना
with reference to	के संबंध में, के प्रसंग में, के सिलसिले में
with reference to his application dated Shri... is offered a post	श्री—के तारीख—के आवेदन पत्र के संदर्भ में उन्हें पद की नियुक्ति का प्रस्ताव भेजा जाता है
with regards	सादर, शुभकामनाओं सहित
with regard to	के बारे में, के संबंध में
with respect to	के संबंध में
with retrospective effect	पूर्वव्यापी प्रभाव सहित,
work in progress	कार्य-प्रगति

Y

year end	वर्षान्त को, समाप्त वर्ष
year ending...	को समाप्त वर्ष
yearly clearance	वार्षिक निकासी
yes man	जी हजूरी करने वाला, ठकुर सुहातिया
you are hereby authorised to	आपको इसके द्वारा यह प्राधिकार दिया जाता है
you are hereby informed that	आपको इसके द्वारा सूचित किया जाता है कि
you may kindly report for duty on...	कृपया आप...को ड्यूटी पर आएँ
you may take necessary action	आप तदनुसार आवश्यक कार्रवाई करें
your further remarks/ view on the above subject are awaited	उपर्युक्त विषय पर आपकी आगे की टिप्पणी / राय की प्रतीक्षा है
your reply should reach this office by at the latest	आपका उत्तर इस कार्यालय में अधिक से अधिक...तारीख़ तक पहुँच जाना चाहिए
yours faithfully	भवदीय/भवदीया
yours sincerely	आपका, भवदीय
yours truly	आपका, भवदीय

परिशिष्ट-ग

बैंकिंग शब्दावली, पदनाम

A

Above par	सममूल्य से ऊपर, अधिक, मूल्य पर
Absolute ownership	पूर्ण स्वामित्व
Abstract	सार, सरांश
Abstract of Account / Cost	लेखा सार / लागत सार
Acceptable	स्वीकार्य
Acceptance	स्वीकृति / स्वीकरण
Acceptance, Clean	निर्बंध स्वीकृति
Acceptance conditional	सशर्त स्वीकृति
Acceptance for honour	मानार्थ स्वीकृति / सकार
Acceptance limit	स्वीकृति सीमा
Accepting House	स्वीकृति घर, सकार घर
Account	लेखा, खाता, हिसाब
Account holder	खाताधारी, खाता धारक, खातेदार
Account blocked	निरुद्ध / अवरुद्ध खाता
Account closed	बन्द खाता
Account current	चालू खाता
Account dead	निष्क्रिय खाता
Account individual	व्यक्तिगत खाता
Account inoperative	निष्क्रिय खाता
Account live	सक्रिय खाता
Account non resident	अनिवासी खाता
Account operative	सक्रिय खाता
Account payee	आदाता खाता
Account saving	बचत खाता
Accountability	उत्तरदायित्व, ज़िम्मेदारी, जवाब-देही
Actuals	वास्तविक आँकड़े
Ad hoc	तदर्थ
Adjudication of Claim	दावे का अधिनिर्णय
Adjustment	समायोजन, समजन
Administrative	प्रशासनिक
Admissible	ग्राह्य, स्वीकार्य
Advance	अग्रिम, पेशगी
Advance against bill Payable	देय हुंडियों / बिलों पर अग्रिम
Advance rat	अग्रिम दर
Advice	सूचना, सलाह, परामर्श
Advice of transfer	अंतरण-सूचना
After date	तिथि पश्चात्, तिथि उत्तर
Aggregate value	कुल मूल्य
Agreement	करार सहमति, समझौता, अनुबंध
Agricultural advance	कृषि अग्रिम
Agro-Service Centre	कृषि सेवा केन्द्र
Allocation	विनिधान, नियतन
Allotment	आवंटन
Allowance conveyance	सवारी-भत्ता
Allowance travelling	यात्रा-भत्ता
Alteration	परिवर्तन, अदल-बदल, काट-छाँट
Amount drawn / undrawn	आहरित / अनाहरित राशि
Annexure	अनुबन्ध
Annual Action Plan	वार्षिक कार्य-योजना
Annual closing of account	लेखों का वार्षिक समापन
Annuity deposit	वार्षिकी जमा
Anomaly	असंगति
Antecedents	असंगत

Antecedents पूर्व-वृत्त
Ante-dated पूर्व-दिनांकित
Anticipated प्रत्याशित
Appendix परिशिष्ट
Appreciation वृद्धि, मूल्यवृद्धि, प्रशंसा
Appropriation विनियोजन
Approval अनुमोदन
Arbitration पंच-निर्णय, विवाचन
Arrears बकाया / प्राय शेष-राशि
Assessed Value निर्धारित मूल्य
Assessee निर्धारिती, कर निर्धारिती
Assets परिसम्पत्तियाँ, आस्तियाँ
Associate Institrution सहयोगी संस्था
Assignee समनुदेशिती
Assigner समनुदेशन
Assignment समनुदेशन
At per सममूल्य पर
Attested सत्यापित, अनुप्रमाणित, साक्ष्यांकित
Attachment कुर्की, संयोजन
Audit लेखा-परीक्षा
Audit Accounts परीक्षित लेखे
Auditor लेखा परीक्षक
Authorised अधिकृत, प्राधिकृत
Authority प्राधिकार, प्राधिकारी, प्राधिकरण
Average औसत

B

Bad and Doubtful debts अशोध्य/अप्राप्त और संदिग्ध ऋण
Balance Book शेषराशि बही, तुलन बही
Balance, closing अंतिम शेष
Balance confirmation certificate शेष जमाराशि पुष्टीकरण प्रमाण-पत्र
Balance due प्राप्य / देय शेषराशि, बकाया
Balance in hand बची राशि, शेषराशि
Balance opening अथ शेष, प्रारम्भिक शेष
Balance sheet तुलन-पत्र
Bank bills Receivable account प्राप्य बैंक बिल लेखा
Bank Call (Money) rate बैंक माँग (मुद्रा) दर
Bank, correspondent अधिकर्ता बैंक
Bank draft बैंक ड्राफ्ट
Bank endorsement बैंक पृष्ठांकन, बेचान / परांकन
Bank, exchange विनिमय बैंक, विदेशी मुद्रा बैंक
Bank, land mortgage भूमि बंधक बैंक
Bank, non-schedule ग़ैर-अनुसूचित बैंक
Bank, schedule अनुसूचित बैंक
Bank reserve बैंक प्रारक्षित निधि, बैंक रिज़र्व
Bank hours बैंकिंग कार्य-समय
Banking operation बैंक कार्य
Bankrupt दिवालिया
Bankruptcy दिवाला, दिवालियापन
Bank's lien बैंक का ग्रहणाधिकार
Bar, efficiency दक्षता रोध
Bearer वाहक, धारक
Before the expiry of... की समाप्ति से पूर्व
Below par अवमूल्य / अधोमूल्य पर
Beneficiary हिताकारी
Bilateral Agreement द्विपक्षीय समझौता
Bill बिल, विपत्र, हुंडी, विधेयक
Bill discharged चुकाई गई हुंडी / चुकाया गया बिल
Bill discounted भुनाया गया बिल / भुनाई गई हुंडी
Bill documentary प्रलेखी / दस्तावेज़ी हुंडी / बिल
Bill, domestic देशी बिल / हुंडी
Bill, drawn आहरित हुंडी / बिल
Bill, external विदेशी बिल / हुंडी
Bill for collection वसूली के लिए बिल
Bill, lodged जमा किया गया बिल / जमा की गई हुंडी
Bill, overdue अतिदेय हुंडी / बिल
Bill of exchange विनिमय हुंडी / बिल
Bills payable देय बिल / हुंडियाँ
Bills receivable प्राप्य बिल / हुंडियाँ
Bills for negotaion परक्रामण हेतु बिल / हुंडी

Blank acceptance	कोरी स्वीकृति
Block capital	संघटित पूँजी, ब्लाक पूँजी
Blocked account	अवरुद्ध / निरुद्ध खाते
Board of Directors	निदेशक-मंडल
Bond, guarntee	गारंटी बांड / बंध-पत्र
Bond, indemnity	क्षतिपूर्ति बांड, बंध-पत्र
Bond security	प्रतिभूति बांड / बंध-पत्र
Book adjustment	बही समायोजन
Book entry	खाता प्रविष्टि
Book transfer	बही अवतरण, खाता अंतरण
Book value	अधिक मूल्य, बही मूल्य
Borrowings	उधार
Briding loan/Finance	पूरक ऋण / वित्त
Bring forward	आगे लाना
Business hours	कारोबार समय
By-product	गौण-उत्पाद, उपोत्पाद
By return of post	वापसी डाक से
By-laws	उप-नियम

C

Call loans	माँग उधार / ऋण
Capital expenditure	पूँजीगत व्यय
Carried down	अधोनीत, नीचे ले जाया गया
Carried forward/over	अग्रेनीत, आगे ले जाया गया
Cash balance	नकद-शेष
Cash Flow Statement	नकदी-प्रवाह विवरण
Cash in hand	नकद हाथ में / धारित नकदी
Cash scroll	नकद सूची
Ceiling	उच्चतम सीमा
Certified	प्रमाणित
Charge	प्रभार
Cheques antidated	पूर्व-दिनांकित चेक
Cheque bearer	वाहक चेक, धनीजोग चेक
Cheque crossed	रेखित चेक
Cheque endorsed	बेचान किया गया / परांकित चेक
Cheque open	अरेखित चेक
Cheque order	आदिष्ट चेक
Cheque post dated	उत्तरदिनांकित चेक
Claim	दावा
Clearing inward	आवक / आगत समाशोधन
Clearing outward	जावक / निर्गामी समाशोधन
Clearing non	अनाशोधन
Closing entry	अंतिम प्रविष्टि
Co-executro	सह-निष्पादक
Collecting agent \ Banker	वसूली एजेंट / बैंकर
Collection charges	वसूली प्रभार
Compensation	क्षतिपूर्ति, मुआवजा
Compensatory	क्षतिपूर्ति
Competent	सक्षम, समर्थ
Compound interest	चक्रवृद्धि ब्याज, सूद-दर-सूद
Copetent Authority	सक्षम प्राधिकारी
Concern (N)	संस्था, प्रतिष्ठान
Confirmation	पुष्टि
Consignee	परेषित, माल पाने वाला
Consignment	परेषण
Cosolidated	समेकित
Continuing guarantee	सतत गारंटी
Contra Credit \ debit	उभयपक्षी जमा / नामे
Contribution	अंशदान, योगदान
Convertible	परिवर्तनीय, विनिमेय
Corresponding	अनुरूपी / तदनुरूपी
Cost price	लागत मूल्य
Credit, letter of	साख-पत्र
Credited to (Cr.)	...में जामा
Credit purchase	उधार ख़रीद / क्रय
Credit sale	उधार बिक्री, विक्रय
Credits. running	चालू उधार
Credit worthiness	उधार / ऋण पात्रता
Crop insurance	फसल बीमा
Crop loan	फसल ऋण
Crossing A/c Payee	आदाती खाता रेखांकन / रेखन
Cumulative	संचयी
Current Account	चालू खाता
Current Asets	चालू परिसम्पत्तियाँ / आस्तियाँ
Cureent ratio	चालू अनुपात
Curent liabilities	चालू देयताएँ
Custody	अभिरक्षा
Custodian	अभिरक्षक

D

Daily balance	दैनिक शेष / बाकी
Damages	हर्जाना, क्षतिमूल्य
Day book	दैनिक बही, डे-बुक
Dead loan	अशोध्य ऋण
Dealeer, Authorised	प्राधिकृत व्यापारी, अधिकृत विक्रेता
Debenture mortagage	बंधक डिबेंचर
Debenture, redeemable	प्रतिदेय डिबेंचर
Debenture terminable	सावधि डिबेंचर
Debit Account	नामे-लेखा / खाता
Debit Advice	नामे डालने की सूचना
Debt, bad	अशोध्य ऋण
Debt, doubtful	संदिग्ध ऋण
Debtor	देनदान, ऋणी
Debtor's ledger	देनदार बही
Debit servicing	ऋण-शोधन
Deed	विलेख
Deed of guarantee	गारंटी / प्रत्याभूति विलेख
Deed of mortagage	बंधक पत्र, बंधक विलेख
Deed of partnership	साझेदारी विलेख
Deed of sale	बिक्री विलेख
Deed of settlement	समझौता विलेख
Deed of transfer	हस्तान्तरण विलेख, अन्तरण विलेख
Defaulter	चूककर्ता
Default in payment	भुगतान में चूक
Defective title	दोषपूर्ण स्वामित्व
Deferred	आस्थगित
Demand Draft	माँग ड्राफ्ट, दर्शनी हुंडी
Dependents	आश्रित व्यक्ति
Deposit, call	माँग जमा
Deposit, fixed \ time	मियादी / सावधी जमा
Deposit recurring	आवर्ती जमा
Deposit, term	मियादी / सावधि जमा
Depositor	जमाकर्ता
Depreciation	मूल्यह्रास
Depression	मंदी
Disbursement	वितरण, संवितरण
Discharge	विमुक्त करना, चुकाना, अदा करना, सेवामुक्त करना
Discharge by payment	भुगतान द्वारा दायित्व मुक्ति
Discharge certificate	चुकौती पत्र
Discharged bill	चुकाई गई हुंडी / चुकाया गया बिल
Discount	बट्टा, बट्टा काटना, भुनाना
Dishonour (cheque,bill etc.)	नकारना
Dishonoured Cheque	नकारा गया चेक
Dissolution of partnership	साझेदारी का समापन
District Co-ordination	ज़िला समन्वय अधिकारी
District Co-ordination committee Meeting	ज़िला समन्वय समिति बैठक
District Credit Plan	ज़िला-ऋण योजना
Dividend	लाभांश
Document	प्रलेख, दस्तावेज़
Document against payment	भुगतान / अदायगी पर प्रदेय प्रलेख
Documentary	प्रलेखी, दस्तावेज़ी
Document of charge	प्रभार विलेख
Documentary letter of credit	प्रलेखी-साख-पत्र दास्तावेज़ी साख-पत्र
Draw	आहरण करना, (चेक) लिखना/ काटना
Drawee	आदेशिती, चुकाने वाला अदाकर्ता
Drawee of a hundi	हुंडी अदाकर्ता, हुंडी चुकानेवाला
Drawer	आहर्ता, चेककर्ता, हुंडीकर्ता
Drawer of cheque	चेक काटनेवाला, चेककर्ता
Drawing limit	आहरण सीमा
Due by...	...तक देय
Due date	देय / नियत तिथि / तारीख़
Due from...	...से प्राप्य
Due on...	...(तारीख़) को देय
Due to	...(व्यक्ति) को देय, के कारण
Duty, custom	सीमा-शुल्क
Duty, excise	उत्पादन-शुल्क
Duty, export	निर्यात शुल्क
Duty import	आयात-शुल्क
Duty stamp	स्टाम्प-शुल्क

E

Economic viability	आर्थिक / अर्थ-क्षमता, आर्थिक व्यवहार्यता
Eligible / Eligibility	पात्र / पात्रता
Encumbered	भार ग्रस्त
Encumbrance	भार
Endorsee	पृष्ठांकिती, परांकिती
Endorsement	पृष्ठांकन, परांकन, बेचान
Endorser	पृष्ठांकक, परांकक, बेचानकर्ता
Enterprise	उद्यम
Entitlement	अधिकार, पात्रता, हकदारी, हक
Entrepreneur	उद्यमी, उद्यमकर्ता
Entyr, opening	प्रारंभिक प्रविष्टि
Entry, transfer	अंतरण प्रविष्टि
Equity capital	शेयर पूँजी
Equity market	शेयर बाज़ार
Equity share	सामान्य शेयर
Establishment	स्थापना, अधिष्ठान
Evidence	गवाही, साक्ष्य
Excess	अधिक, अधिकता, अतिरिक्त
Excise	उत्पादन-शुल्क
Exchange	विनिमय, आदान-प्रदान
Execution	कार्यान्वयन, निष्पादन
Execution of documents	प्रलेखों का निष्पादन
Executive	कार्यकारी, कार्यपालक, कार्य-कारिणी
Exepmted goods	छूट-प्राप्त वस्तुएँ
Executor	निष्पादक
Ex-parte	एकपक्षीय
Expenditure, non-recurring	अनावर्ती व्यय / ख़र्च
Expenditure recurring	आवर्ती व्यय / ख़र्च
Expired loans	कालातीत ऋण / अवधि-समाप्त
Export bill of lading	निर्यात लदान-पत्र
Export Credit Guarantee Scheme	निर्यात-ऋण गारंटी योजना
Exporter	निर्यातकर्ता, निर्यातक
Extarct	उद्धरण, सार

F

Face value	अंकित मूल्य
fake document	जाली दस्तावेज़
False evidence	झूठी गवाही, झूठा साक्ष्य
Favourable	अनुकूल
Fictitious	काल्पनिक, कल्पित, फर्जी अवास्तविक
Figures	आँकड़े
Final balance	अंतिम शेष / बाकी
Financial aid	वित्तीय सहायता
Financial analysis	वित्तीय विश्लेषण
Financial obligation	वित्तीय दायित्व
Financing	वित्त-पोषण, वित्त-व्यवस्था करना
Finished goods	तैयार माल
Fixed deposit	मियादी / सावधि जमा
Flat rate	एक समान / एक-सी दर
Floating security	चल प्रतिभूति, अस्थायी प्रतिभूति
Fluctuation	उतार-चढ़ाव, घट-बढ़
Follow-up action	अनुवर्ती कार्रवाई
F.O.B. (Free on board)	जहाज़ तक नि:शुल्क
F.O.R. (Free on rail)	रेल तक नि:शुल्क
Forfieted share	जब्त शेयर
Forgery	जालसाज़ी
Formal	औपचारिक
Fortnight	पखवाड़ा, पक्ष
Fortnightly	पाक्षिक
Forwarding letter	अग्रेषण-पत्र
Fraudulent	छलपूर्ण, कपटपूर्ण
Free limit	मुक्त सीमा
Frozen assets	अवरुद्ध आस्तियाँ / परि-सम्पत्तियाँ
Full discharge	पूर्ण दायित्व-मुक्ति, पूरा भुगतान
Full time	पूर्णकालिक
Fully guaranted	पूर्णत: गारंटीकृत / गारंटित
Fully paid	पूर्णत: चूकता / प्रदत्त
Fully secured	पूर्णत: सुरक्षित
fund, debenture redemption	डिबेंचर प्रतिदान निधि
Furnishing of gurantees	गारंटियाँ प्रस्तुत करना

G

General ledger	सामान्य खाता बही / जनरल लेजर
General Mannager	महाप्रबन्धक
General reserve	सामान्य प्रारक्षित, निधि, सामान्य रिजर्व
Genuine	वास्तविक, असली, प्रामाणिक
Gestation period	प्रारम्भिक अवधि
Gift cheque	उपहार चैक
Good title	क़ानूनी हक
Godown	गोदाम
Grant-in-aid	सहायता अनुदान
Grant, non-recurring	अनावर्ती अनुदान
Gross	सकल, कुल
Group advances	समूह अग्रिम
Guarantee	गारंटी, प्रत्याभूति
Guarantee, Group	सामूहिक गारंटी
Guarantee limited	सीमित गारंटी
Guarantee, specific	निर्दिष्ट गारंटी
Guaranteed	गारंटीकृत, गारंटित, प्रत्याभूत
Guarantor	गारंटीकर्ता, गारंटी देनेवाला प्रत्याभूतिदाता
Guardian	अभिभावक, संरक्षक
Guidance	मार्गदर्शन

H

Half-year closing	अर्धवार्षिक खाता / लेखा सँवरण
Handing over Charge	पदभार सौंपना
Hand cash	नकदी
Hard currency	दुर्लभ मुद्रा
Harvester	फसल काटने की मशीन, हार्वेस्टर
Harvesting / sowing	कटाई / बुवाई
Head	प्रधान, प्रमुख, शीर्ष
Head of account	लेखा-शीर्ष
Head office account	प्रधान कार्यालय खाता / लेखा
Head, sub	उप-शीर्ष
Heir, legal	वैध वारिस / उत्तराधिकारी
Hindu Undivided Family	अविभाजित हिन्दू परिवार
Hire-purchase	भाड़ा-ख़रीद
Holder	धारक, धारी
Holder, Alternative	वैकल्पिक धारक
Holder in due course	हकदार धारक, साधिकार
Holder, unlawful	अवैध धारक
Holder, wrongful	अवैध धारक
Holding	जोत, जोत-क्षेत्र
Holding, consolidation of	जोतों का समेकन
Holding, un-economic	अलाभकर जोत
Honour (a bill, cheque etc/)	(बिल, चैक आदि सकारना)
Hours of business	कारोबार समय
House, clearing	समाशोधन-गृह, क्लीयरिंग हाउस
Housing loan	गृह निर्माण-ऋण, आवास-ऋण
Husbandry, animal	पशु-पालन
Hypothecatee	दृष्टि बंधकग्राही
Hypothecation	दृष्टि बंधक

I

Identification	पहचान, अनिनिर्धारण
Idle capacity	निष्क्रिय / अप्रयुक्त क्षमता
Idle deposits	निष्क्रिय जमा-राशि
Illegal	अवैध, ग़ैर-क़ानूनी
Immediate	अविलम्ब, तुरन्त, तत्काल
Immovable property	अचल सम्पत्ति
Import bills	आयात बिल / हुंडियाँ
Imported	आयातित
Importer	आयातक, आयातकर्ता
Imprest account	अग्रदाय लेखा
Inactive	निष्क्रिय
Incidental	प्रासंगिक
Income, net	शुद्ध आय / आमदनी
Income, per capita	प्रति व्यक्ति आय / आमदनी

Inconvertible	अविनिमेय, अपरिवर्तनीय
Incorporated company	निगमित कम्पनी
Incumbent	पदस्थ, पदधारी
Indenmity bond	क्षतिपूर्ति बांड / बंध-पत्र
Indent	माँग-पत्र, इंडेंट
Indirect charges	अप्रत्यक्ष प्रभार
Individual liability	व्यक्तिगत देयता
Industry	उद्योग
Ineligible	अपात्र
Ineligibility	अपात्रता
Inflow of funds	निधियों का अन्तर्वाह निधियों की प्राप्ति
Informal	अनौपचारिक
Inherit	उत्तराधिकार / विरासत में मिलना
Inheritance	उत्तराधिकारी, विरासत
Initials	लघु हस्ताक्षर, छोटे हस्ताक्षर
Inland Bills	देशी हुंडियाँ / बिल
Inland bill of exchange	देशी विनिमय बिल / हुंडी
Inland bills purchased and discounted	ख़रीदे तथा भुनाए गए देशी बिल, ख़रीदी तथा भुनाई गई देशी हुंडियाँ
In lieu of	के बदले में
In multiples of	के गुणितों में, के गुणजों में
Inoperative accounts	निष्क्रिय खाते
In order	नियमित, ठीक
Insolvency	दिवालियापन
Inspection	निरीक्षण
Instalment	किस्त
Institutional	संस्थागत, संस्था-संबंधी
Instruction	अनुदेश, हिदायत
Instrument	यंत्र, उपकरण, औज़ार, लिखत पत्र
Instrument, negotible	परक्राम्य लिखत / प्रपत्र
Intangible assets	परिसम्पत्तियाँ, अमूर्त आस्तियाँ
Integrated Credit scheme	समेकित ऋण योजना एकीकृत ऋण योजना
Inter-bank	अन्त:बैंक
Inter-branch entry	अन्तर्शाखा प्रविष्टि
Interchangeable	परस्पर विनिमेय / परिवर्तन
Inter-connected	अंत:सम्बद्ध, परस्पर सम्बद्ध
Interest bearing	ब्याजसहित, ब्याजयुक्त
Interest free	ब्याज-मुक्त, अब्याजी
Interest, penal	दंडस्वरूप ब्याज
Interim	अंतरिम
Internal audit	आंतरिक लेखा-परीक्षा
Inter office	अन्तरकार्यालय
interval	अन्तराल
Interview	साक्षात्कार
Inventory	वस्तुसूची
Investment	निवेश
Invoice	बीजक
Irrecoverable debts	अशोध ऋण
Irredeemable bond	अप्रतिदेय बांड
Irregular advances	अनियमित अग्रिम
Irrevocable letter of credit	अपरिवर्तनीय / अविकल्पी साख-पत्र
Issue price	निर्गम मूल्य

J

Joining date	कार्यग्रहण-तिथि
Joining time	कार्यग्रहण-अवधि
Joint and several Guarantee	संयुक्त और पृथक् गारंटी
Journal	जर्नल, रोज़नामचा, दैनिकी
Journal entry	जर्नल प्रविष्टि
Jurisdiction	अधिकार-क्षेत्र
Justification	औचित्य

K

Key Industry	मूल उद्योग
Key Register	कुंजी / चाबी रजिस्टर
Know-how-Technical	तकनीकी जानकारी
Knowledge and belief	जानकारी और विश्वास
Known loss or damage	ज्ञात हानि या क्षति

L

Labour	श्रमिक, मज़दूर, श्रम
Land Development Bank	भूमि विकास बैंक
Land holder	जोतदार, भू-स्वामी
Land holding	जोत, जोत-भूमि
Landing charges	उतराई प्रभार
Land mortgage	उतराई प्रभारी
Land tenure	भूमिबंधक, भू-बंधक
Lawful holder	वैध धारक
Lead Bank	अग्रणी बैंक
Lease	पट्टा, पट्टे पर देना
Leasehold	पट्टेदार, पट्टाधारी
Leasehold system	पट्टा-प्रणाली / पट्टेदारी प्रथा
Lease, permanent	पक्का पट्टा, स्थायी पट्टा
Lease, sub	उपपट्टा, शिकमी पट्टा
Leave, casual	आकस्मिक छुट्टी
Leave fare concession	छुट्टी किराया रियायत / सुविधा
Ledger	खाता, खाता बही, लेजर
Ledger balance	बही शेष, लेजर शेष, खाता शेष
Ledger extract	खाते / लेजर से उद्धरण
Ledger folio	खाता / लेजर पन्ना
Ledger general	सामान्य खाता-बही, जनरल लेजर
Lender of the last resort	अन्तिम उधार दाता / ऋण दाता
Lending institution	ऋण संस्थाएँ
Lessee	पट्टाधारी, पट्टेदार
Letter of authority / authorisation	प्राधिकार-पत्र
Letter of consent	सहमति-पत्र
Letter of credit, clean	निर्बंधी अप्रलेखी साख-पत्र
Letter of exchange	विनिमय-पत्र
Letter of guarantee	गारंटी-पत्र, प्रत्याभूति-पत्र
Letter of hypothecation	दृष्टिबंधक-पत्र
Letter of indemnity	क्षतिपूर्ति-पत्र
Letter of lien	ग्रहणाधिकार-पत्र, लियन-पत्र
Liability	देयता, देनदारी, दायित्व
Liberal	उदार
Lein general\Particular	ग्रहणाधिकार / लियन, सामान्य / विशिष्ट
Limit	सीमा, ऋण-सीमा
Liquid assets	अर्थ-सुलभ / तरल परिसम्पत्तियाँ / आस्तियाँ
Liquidity	अर्थसुलता, नकदी निधि
Live account	सक्रिय खाता
Livestock	पशुधन
Loan	ऋण
Loan against fixed deposit	सावधि जमा पर ऋण
Loan, call	माँग ऋण
Loan, clean	निर्बंध ऋण
Loan, demand	माँग ऋण
Loan, discharged	चुकाया गया ऋण
Loan documents	ऋण प्रलेख / लोक ऋण
Loan of mortgage	बंधक पर ऋण
Loan on securities	प्रतिभूतियों पर ऋण
Loan public	सरकारी ऋण, लोक ऋण
Loan, short term	अल्पकालीन / अल्पावधि ऋण
Loan, tied	सशर्त ऋण
Log book	लॉग बुक, कार्य-पूँजी
Long book	लॉग बुक
Long dated paper	दीर्घावधि प्रपत्र / प्रतिभूति
Lumpsum	एकमुश्त

M

Mail transfers	डाक-अन्तरण
Main head	मुख्य / प्रमुख शीर्ष
Maintenance	रख-रखाव, अनुरक्षण
Major	वयस्क, बालिग, मुख्य, प्रमुख
Major head	प्रमुख शीर्ष
Major / miner irregualrities	छोटी-बड़ी अनियमितताएँ
Manager	प्रबन्धक, मैनेजर
Managing Director	प्रबन्ध-निदेशक
Mandate	आदेश, अधिदेश
Mandatory	आदेशात्मक, अधिदेशी
Manipulation of accounts	लेखों में हेर-फेर करना
Manufactrueing costs	निर्माण लागत, लागत मूल्य

Manufacturing process — निर्माण-प्रक्रिया
Margin — मार्जिन
Market — बाज़ार, मंडी, मार्केट
Marketable — बिक्री योग्य, विक्रेय
Material, raw — कच्चा माल
Maturity at — अवधि समाप्त होने पर
Maturity date — अवधि समाप्ति की तारीख़
Medical Certificate — डॉक्टरी प्रमाणपत्र, चिकित्सा प्रमाणपत्र
Memorandum — ज्ञापन
Memorandum of association — संस्था का ज्ञापन-पत्र, संस्था के बहिर्नियम
Merchandise — व्यापारिक माल
Minor — अवयस्क, नाबालिग, लघु छोटा, गौण
Mobilisation — संग्रहण
Modernisation — आधुनिकीकरण
Moratorium — अधिस्थगन
Mortgage — बंधक
Mortgage deed — बंधकनामा, बंधक विलेख
Mortgagee — बंधकग्राही
Mortgage, secured by — बंधक द्वारा रक्षित
Mortgageer / Mortgagor — बंधककर्ता
Mutilated — कटा-फटा
Muttual agreement — आपसी / पारस्परिक समझौता / करार
Mutual consent — आपसी / पारस्परिक सहमति

N

Named — नामित
Nationalised — राष्ट्रीयकृत
National Savings Scheme — राष्ट्रीय बचत योजना
Need-based credit — आवश्यकता पर आधारित ऋण
Negative lien — नकारात्मक ग्रहणाधिकार / लियन
Neglected sectors — उपेक्षित क्षेत्र
Negotiability — पराक्राम्यता
Negotiable — परक्राम्य
Negotiable instrument — परक्राम्य लिखत
Net worth — शुद्ध मूल्य, शुद्ध मालियत
Nominate — नामित करना
Nominated — नामित
Nomination — नामांकन, नामन
Nominee — नामित व्यक्ति, नामिती
Non-acceptance — अस्वीकृति, अस्वीकरण, नकारना
Non-banking — ग़ैर-बैंकिंग
Non-marketable — अविक्रेय, बिक्री योग्य नहीं
Non-negotiable instrument — अपरक्राम्य लिखत
Non-transferable — अहस्तांतरणीय, अनंतरणीय
Note, forged — जाली नोट
Notice — सूचना, सूचना-पत्र, नोटिस
Notice of discharge — विमुक्ति-नोटिस
Nursing of sick units — रुग्ण यूनिटों का पोषण

O

Obligant, Co. — सह-बाध्यताधारी
Obligation — दायित्व, बाध्यता
Obligatory — अनिवार्य, बाध्यकर
Occupancy — दखल, दखलकारी, अधिभोग
Officiating — स्थानापन्न
On account bill — लेखागत बिल
On account payment — खाते में अदायगी
On own account — अपने खाते में
Opening balance — अथशेष, प्रारम्भिक शेष
Opening cash — प्रारम्भिक नकद
Operating capital — परिचालन पूँजी
Optional — वैकल्पिक, ऐच्छिक
Oral guarantee — मौखिक गारंटी / प्रत्याभूति
Oral instructions — मौखिक अनुदेश / हिदायतें

Original owner	मूल स्वामी
originating bank / branch	प्रवर्तक बैंक / शाखा
Out of date	गतावधि, पुराना, अप्रचलित
Output	उत्पादन
Outstanding	बकाया, बाकी, अदत्त, उत्कृष्ट
Out-station cheque	बाहरी चैक
Out-turn	उत्पादन मात्रा, कार्य-मात्रा
Overall limit	समग्र ऋण-सीमा
Over-charge	अति प्रभार
Overdraft	ओवरड्राफ्ट
Over-draw	अधिक राशि आहरित करना / निकालना
Overdue	अतिदेय, अति-शोध्य, पुराना, बाकी
Overdue account	अतिदेय खाता, पुराना बाकी
Over-head costs	उपरि लागत / व्यय
Over payment	अधिक अदायगी, अति भुगतान
Overtime	समयोपरि
Over valuation / value	अधिमूल्यन अतिरिक्त समय / अधिमूल्य
Owner	मालिक, स्वामी
Owner, absolute	सम्पूर्ण स्वामी
Ownership	स्वामित्व
Own title	निजी अधिकार / हक, अपना अधिकार / हक

P

Paid	प्रदत्त, दत्त, अदा किया गया, वैतनिक, वेतनभोगी
Paid by transfer	अंतरण द्वारा अदा किया गया / प्रदत्त
Paid-up-capital	चुकता / प्रदत्त पूँजी
Paper title	काग़ज़ी हक, प्रपत्र अधिकारी
Parent company	मूल कम्पनी
Parity	समता, समानता
part delivery	आंशिक सुपुर्दगी
Partail	आंशिक
Participation	सहभागिता
Participation Certification	सहभागी प्रमाणपत्र
Participation loan	सहभागी ऋण
Partly paid shares	अंशत: प्रदत्त शेयर
Partner	भागीदार, साझेदार, साझी
Partner, Dormant	निष्क्रिय साझेदार
Partnership	साझेदारी, साँझा
Part-time	अंशकालिक
Pass book	पास-बुक
Passing Officer	पारण अधिकारी
Passive bond	ब्याजहीन / अब्याजी बांड
Passive debt	ब्याजहीन / अब्याजी ऋण
Payable	देय
Payee	आदाता, पानेवाला
Pay-in-slip	जमा-पर्ची
Payment in due course	यथासमय अदायगी / भुगतान
Payment in kind	वस्तु-रूप में चुकाया गया / प्रतिदत्त
Payment, non	गैर-अदायगी,
Payment over	अधिक अदायगी, गति भुगतान
Payment, stopped	अवरुद्ध भुगतान / अदायगी
Pay order	भुगतान / अदायगी आदेश
Pending realisation	वसूली / उगाही होने तक
Performance guarantee	निष्पादन गारंटी
Performance rating	निष्पादन / कार्य-मूल्यांकन
Periodical returns	आवधिक विवरणियाँ
Permanent	स्थायी
Permissible bank Finance (PBF)	अनुमत्त बैंक वित्त
Personal surety	व्यक्तिगत जमानत
Petty cash book expenditure	फुटकर रोकड़ ख़र्च / व्यय
Physical assets	भौतिक / गोचर आस्तियाँ / परि-सम्पतियाँ
Physical verification	प्रत्यक्ष सत्यापन
Pledge	गिरवी
Pledgee	गिरवीग्राही
pledger	गिरवीकर्ता
Plus and minus entries	जोड़ और घटाने की प्रविष्टियाँ
Policy, Matured	अवधिपूर्ण पॉलिसी
Post-dated	उत्तर-दिनांकित

Posting	(लेखा पुस्तकों में) प्रविष्टि : तैनाती
Postpone	स्थगित करना
Poultry	मुर्गीपालन
Power of Attorney	मुख्तारनामा
Precaution	एहतियात
Prefrence share	अधिमान / तरजीही शेयर
Preferential	अधिमान्य, तरजीही
Preliminary	प्रारम्भिक, प्राथमिक
Pre-mature	अवधिपूर्व, समयपूर्व, असामयिक
Premises	भवन, परिसर
Premium	किस्त, प्रीमियम, बढ़ौती
Prepaid	पूर्वदत्त
Prescribed	नियत, निर्धारित
Present (N)	भेंट, वर्तमान
Present (V)	प्रस्तुत / पेश करना
Presenter	प्रस्तुतकर्ता, पेशकर्ता
Price Index	मूल्य सूचकांक
Principal	मूलधन, मुख्य, प्रधान
Printing & Stationery	मुद्रण तथा लेखन-सामग्री
Priority	प्राथमिकता, अग्रता
Private	निजी, गैर-सरकारी, अशासकीय, प्राइवेट
Probate	वसीयत प्रमाणपत्र, प्रोबेट
Probationary period	परिवीक्षाधीन अवधि, परिवीक्षाकाल
Proceeds	प्राप्तियाँ, आय, आगम
Process	प्रक्रिया
Procurement	उगाही, वसूली
Production	उत्पादन
Profitability	लाभप्रदत्ता
Proforma Invoice	प्रोफार्मा बीजक
Proforma Voucher	प्रोमार्मा वाउचर
Promissory note	वचन-पत्र, प्रनोट, रुक्का
Property	सम्पत्ति
Proportional rate	समानुपाती / आनुपातिक दर
Pro-rata payment	यथानुपात अदायगी, भुगतान
Provident Fund	भविष्य निधि
Provision	उपबंध, व्यवस्था, शर्त
Provisional	अनन्तिम
Public account	सार्वजनिक / सरकारी लेखा
Public borrowing	सार्वजनिक / सहकारी ऋणदान
Publicity	प्रचार
Punctuality	समय-पालन, समय-पाबन्दी
Purchase	ख़रीदना, क्रय करना, क्रय, ख़रीद
Purchaser	ख़रीदार, क्रेता
Purpose	प्रयोजन, उद्देश्य

Q

Quadruplicate	चार प्रतियों में
Qualification	योग्यता, अर्हता
Qualified	योग्य, अर्हता
Qualified acceptance	सशर्त स्वीकृति
Qualify	अर्हता / योग्यता प्राप्त करना
Qualifying marks	अर्हक अंक
Qualitative test	गुणात्मक जाँच
Quality	गुण, गुणता, कोटि, किस्म, प्रकार
Quality control	गुणता नियंत्रण, कोटि नियंत्रण
Quality of goods	माल की गुणवत्ता / किस्म / कोटि नियंत्रण
Quantum	प्रमात्रा
Quarter ended...	...को समाप्त तिमाही
Quarter ending on...	...को समाप्त होनेवाली तिमाही
Quartely	तिमाही, त्रैमासिक
Quasi-permanent	स्थायीवत्
Questionable	आपत्तिजनक, संदिग्ध
Questionaire	प्रश्नावली
Quick	शीघ्र / त्वरित
Quick asset	तत्काल परिसम्पत्ति / आस्ति
Quick results	शीघ्र / त्वरित परिणाम
Quick yielding project	शीघ्र फलदायी परियोजना
Quinquennial	पंचवार्षिक
Quit Notice	छोड़ने का नोटिस, खाली करने का नोटिस
Quota, Pro-rata	यथानुपात कोटा, अनुपात के, अनुसार कोटा
Quotation	भाव, दर,
Quotation list	भाव-सूची
Quote	भाव बोलना, दाम बताना

R

Railway Receipt	रेलवे रसीद
Rank	ओहदा, श्रेणी, कोटि
Rapeseed	तोरिया बीज
Rate, approximate	आनुमानिक दर
Rate call	माँग दर
Rate contract	दर-ठेका
Rate, cross	प्रति / क्रॉस दर
Rate, deposit	जमा ब्याज दर
Rate, differential	विभेदक दर
Rate, effective	प्रभावी दर
Rate money	मुद्रा दर
Rate of exchange	विनिमय दर
Rate of issue	जारी करने की दर, निर्गम दर
Rate, preferential	अधिमान्य / तरजीही दर
Rate regulation	दर-नियमन
Rate shedule	दर अनुसूची
Rate, spot	हाजिर दर
Rate structure	दर संरचना / विन्यास
Ratable valueated capacity	दर निर्धार्य मूल्य निर्धारित क्षमता
Ratification	संपुष्टि, अनुसमर्थन
Rating	निर्धारण, दर-निर्धारण
Ratio	अनुपात
Raw material	कच्चा माल
Reacceptance	पुन:सकार / स्वीकृति
Readily realisable	तत्काल वसूली-योग्य
Ready delivery	तैयार / तुरन्त सुपुर्दगी
Real	वास्तविक
Real estate	स्थावर सम्पदा, भूमि-भवन
Realisable assets	वसूली योग्य परिसम्पत्तियाँ / आस्तियाँ
Realisation	वसूली, उगाही
Realisation account	वसूली लेखा, नकदीकरण
Realisation advice	वसूली सूचना
Reasonable time	उचित समय, पर्याप्त समय, यथोचित समय
Rebate	छूट, घटौती
Rebate of a bill	बिल / हुंडी पर घटौती
Recalled advance	वापस माँगे गए अग्रिम
Recast Ledger account	पुनर्व्यवस्थित बही-लेखा
Receipt and Despatch	प्राप्ति और प्रेषण, आवती, जावती
Receipt book	रसीदी बही / बही बुक
Receipted challan	रसीदी चालान
Receipts and Disbursements	प्राप्तियाँ और संवितरण
Receipts and payment account	प्राप्ति और अदायगी लेखा
Receipts Gross / net	सकल / शुद्ध प्राप्तियाँ
Receipts scrollo	प्राप्ति सूची, स्क्रॉलो
Receipt voucher	प्राप्ति वाउचर
Receive	प्राप्त करना, प्राप्त होना, पाना
Receiver	पानेवाला, प्राप्तिकर्ता, आदाता
Receiving order	प्राप्ति आदेश
Receptionist	स्वागती
Recession	मंदी
Rechecking	पुन:जाँच, पुन:परीक्षण
Recipient	प्राप्तकर्ता, पानेवाला
Reciprocal	पारस्परिक, अन्योन्य
Reciprocal promises	परस्पर वचन
Recognised Agent	मान्यता-प्राप्त / मान्य एजेंट अभिकर्ता
Recognition	मान्यता, पहचान, अभिज्ञान
Recommend	सिफ़ारिश करना, संस्तुति
Recommendation	सिफ़ारिशी, संस्तुतिपरक
Recommendatory	समाधान, मिलान
Reconciliation of Figures	आंकड़ों का समाधान / मिलान
Reconsideration	पुनर्विचार
Reconsignment	पुन:परेषण
Reconstituted	पुनर्गठित
Reconstruction of capital	पूँजी का पुनर्निर्माण
Reconveyance	पुनर्हस्तांतरण
Record	रिकॉर्ड, अभिलेख, वृत्त, अंकित करना, दर्ज करना, अभिलेख करना
Record of service	सेवा-वृत्त, सेवा-रिकॉर्ड
Record room	अभिलेखागार
Recover	वसूल करना
Recoverable	वसूली-योग्य

Recovery of outstandings	बकाया-राशि की वसूली
Recovery percentage	वसूली प्रतिशत
Recruitment	भर्ती
Rectify	परिशोधन करना
Recurring charges	आवर्ती प्रभार
Recurring deposit	आवर्ती जमा
Recurring, non	अनावर्ती
Redeem	छुड़ाना, मोचन करना
Redeemable	प्रतिदेय
Redemption	प्रतिदान, शोधन
Redemption of mortgage	बंधक छड़ाना, बंधक मोचन
Rediscounting	पुनःभाजन, पुनःबट्टा, पुनःभुनाई
Redistribution	पुनर्वितरण
Redress	निवारण करना, दूर करना
Reduction	कमी, कटौती
Redundant	अनावश्यक
Re-employed	पुनर्नियुक्त
Refer	हवाला / संदर्भ / देखना
Reference	हवाला, संदर्भ
Reference, Cross	प्रति संदर्भ
Reference period/year	संदर्भ अवधि / वर्ष
Refer to drawer	चेककर्ता से पूछिए, चैक काटने वाले से पूछें
Refinance	पुनर्वित्त
Refinancing Schemes	पुनर्वित्तीयन योजनाएँ
Refresher course	पुनश्चर्या पाठ्यक्रम
Refundable	लौटाया जानेवाला
Refund of deposit	जमा-राशि की वापसी
Refund order	धन-वापसी आदेश
Refuse	अस्वीकार / इनकार / मनानी करना
Region	क्षेत्र
Regional	क्षेत्रीय
Regional Consultative Committee	क्षेत्रीय सलाहकार / परामर्श समिति
Registered Firm	पंजीकृत / रजिस्टर्ड फर्क
Registeration	पंजीकरण, पंजीयन, रजिस्ट्रेशन, रजिस्ट्री
Regret	खेद, खेद है
Regular	नियमित
Regularization	नियमन
Regulate	विनियमन करना
Rehabilitate	पुनःस्थापित करना, पुनर्वास करना
Rehabiliation	पुनःस्थापन, पुनर्वास
Reimburse	प्रतिपूर्ति करना
Reinstatement	पुनःस्थापन, बहाली
Resissue (of a loan)	(ऋण को) पुनः जारी करना (ऋण का) पुनर्निर्गम
Reject	अस्वीकार करना, रद्द करना
Rejected	अस्वीकृत, रद्द
Relaxable	छूट देने योग्य, रियायत योग्य
Release	मुक्त करना, छोड़ना, जारी करना
Release date	निर्गम तिथि, निर्मोचन तिथि
Released	निर्मुक्त / जारी किया गया
Relevant	सम्बद्ध, सम्बन्धित, संगत
Reliable	विश्वसनीय, विश्वस्त
Relief	सहायता, राहत, एवजी
Relief loans	सहायता / राहत ऋण
Relieve	मुक्त करना, भारमुक्त करना
Relieved officer	भारमुक्त अधिकारी
Relieving officer	भारग्राही अधिकारी
Relinquish	छोड़ना, त्यागना
Remark	टिप्पणी
Remedy	उपचार, उपाय
Reminder	अनुस्मारक, स्मरणपत्र
Reminder diary	अनुस्मारक, दैनिकी / डायरी
Remission	माफी, छूट, कमी
Remit	भेजना, प्रेषित करना, छोड़ना, माफ़ करना
Remit at par	सममूल्य पर प्रेषित करना
Remittance	प्रेषण, प्रेषित धन
Remittance Advice	प्रेषण-सूचना, प्रेषित राशि की सूचना
Remittance in transit	मार्गस्थ प्रेषण
Remittance of cash	नकदी प्रेषण
Remittee	प्रेषिती, पाने वाला
Remuneration	पारिश्रमिक, मेहनताना
Remunerative	लाभकारी, लाभप्रद
Renew	नवीकरण / नवीयन करना
Renewal Agreement	नवीनीकरण करार / समझौता
Renovation	नवीयन, नवीकरण
Rent	किराया भाड़ा, लगान
Rent Subsidy	किराया उपदान
Rental Assessment	किराया-निर्धारण
Reorganisation	पुनर्गठन

Reorientation	पुनर्विन्यास, पुनःस्थापन
Repair	मरम्मत
Repay	चुकाना, लौटाना, शोधन करना, वापस करना
Repaying capacity	चुकौती, क्षमता
Repayment	चुकौती, वापसी, अदायगी, पुन: भुगतान
Repayment programme/ schedule	पुन: भुगतान / चुकौती कार्यक्रम
Repayment outstanding	बकाया चुकौती / प्रतिदान
Repeal	निरसन, निरसन करना
Replacement Fund	प्रतिस्थापन निधि
Repledge	पुनः गिरवी रखना
Replenish	पुन:पूर्ति करना, पुनर्भरण
Report	रिपोर्ट, प्रतिवेदन, रिपोर्ट करना रिपोर्ट देना, प्रतिवेदन करना
Representation	अभ्यावेदन, प्रतिनिधित्व
Repudiation	इनकार, प्रत्याखान
Request	प्रार्थना, अनुरोध
Requiremtne	अपेक्षा, आवश्यकता
Requisite	अपेक्षित, आवश्यक
Requsition	माँग अधिग्रहण
Required	माँग, अधिग्रहण
Requistion slip	माँग-पर्ची
Rescheduling of loan	ऋण-अदायगी की पुनर्व्यवस्था
Rescind	विखंडन करना
Reservation	आरक्षण
Reserve	प्रारक्षित, रिजर्व
Reserve, general	सामान्य प्रारक्षित निधि
Reserve liability	प्रारक्षित देयता
Reserved	आरक्षित
Reshipment	पुन:लदान
Resident account	आवासी खाता
Resident audit officer	स्थानिक लेखा-परीक्षा अधिकारी
AResidentaial area	रिहायशी / आवासीय क्षेत्र
Resignation	त्यागपत्र, इस्तीफा
Resolution	प्रस्ताव, संकल्प
Resource	संसाधन
Respectively	क्रमशः
Responding advice	जवाबी सूचना
Responding entry	जवाबी प्रविष्टि
Responsibility	उत्तरदायित्व, ज़िम्मेदारी
Responsible	उत्तरदायी / ज़िम्मेदार
Restoration	पुन:स्थापन
Restraint	अवरोध, नियंत्रण, संयम
Restricted	प्रतिबंधित, सीमित
Restriction	प्रतिबंध, रोक
Restrictive	प्रतिबंधी, प्रतिबंधक
Resume	पुन:ग्रहण करना, पुनरारंभ करना, फिर से आरंभ करना, सारवृत्त, संक्षिप्त विवरण, परिचय
Reward	पुरस्कार, इनाम
Right, legal	क़ानूनी अधिकार, विधि सम्मत अधिकार
Risk, fund	जोखिम निधि
Risk, trade	प्रतिस्पर्धी संघ / यूनियन
Rock bottom price	निम्तम कीमत
Roll, character	चरित्र / आचरण
Rotation of crops	फसलों का आवर्तन, फसलों की फेर-बदल, क्रम
Rough account	कच्चा लेखा खाता
Round sum	पूर्णांकित राशि
Rounding off	पूर्णांकरन
Routine cheking	नेमी जाँच, सामान्य जाँच
Rule	नियम, शासन
Rules and regulations	नियम-विनियम, नियमावली
Rules entitlement	हकदारी नियमावली, पात्रता नियमावली
Rules, liberalised leave	उदारीकृत छुट्टी नियमावली
Ruling	निर्णय
Running account	चल लेखा
Runninhg contract	चल ठेका / संविदा
Rupee dobt / loan	रुपया-ऋण
Rupee securities	रुपया प्रतिभूतियाँ
Rural	ग्रामीण, देहाती
Rural credit	ग्रामीण ऋण / उधार
Rural economy	ग्रामीण अर्थव्यवस्था
Rural finance	ग्रामीण वित्त
Rural indebtedness	ग्रामीण ऋणदाता
Rural industries project	ग्रामीण उद्योग परियोजना
Rural Oriented	ग्रामोन्मुख
Rural survey	ग्राम सर्वेक्षण
Rural welfare	ग्राम कल्याण
Rural works programme	ग्राम निर्माण कार्य / कार्यक्रम

S

Sale deed	बिक्री / विक्रय विलेख
Sale on credit	उधार-बिक्री
Sale proceeds	बिक्री आय
Saleable value	विक्रेय मूल्य
Sales tax	बिक्री कर
Salient features	मुख्य-मुख्य बातें
Sanction	मंज़ूरी, सस्वीकृति
Satisfaction	तुष्टि, पूर्ति, संतोष, समाधान
Saving Voluntary	ऐच्छिक बचत
Savings, Small	बचत बैंक
Scale of pay	वेतनमान
Schedule	अनुसूची, सूची
Schedule caste	अनुसूचित जाति
Schedule rate	अनुसूचित दर
Scheduled tribes	अनुसूचित जनजातियाँ
Scrip	स्क्रिप, प्रतिभूति-पत्र
Scrutiny	छानबीन, संवीक्षा
Sealed tender	मुहरबंद टेंडर / निविदा
Seasonal	मौसमी
Second charge	द्वितीय प्रभार
Secret	गुप्त
Secretary	सचिव
Section	अनुभाग, धारा
Secured loan	रक्षित / जमानती ऋण / कर्ज़
Security	प्रतिभूति, जमानत, सुरक्षा
Security, Collateral	संपाश्विक प्रतिभूति
Security, Continuing	सतत प्रतिभूति
Security, Convertible	परिवर्तनीय प्रतिभूति
Security Inscribed	अभिलिखित प्रतिभूति
Security Intangible	अगोचर / अमूर्त प्रतिभूति
Security, Tangible	गोचर / मूर्त प्रतिभूति
Secutiry Unclaimed,	अदावीकृत प्रतिभूति, लावारिस प्रतिभूति,
Scurity, Unencum-bered apporved	भार-रहित अनुमोदित
Seizure	जब्ती, अभिग्रहण
Self-employed person	स्व-नियोजित व्यक्ति, निजी व्यवसाय करनेवाला व्यक्ति
Self-explanatory	स्वयं व्याख्यापक
Seller's market	विक्रेता बाज़ार
Semi-skilled goods	अर्ध-निर्मित वस्तुएँ, अधबनी वस्तुएँ
Semi-skilled	अर्धकुशल
Semi-urban	अर्ध-शहरी
Senior	वरिष्ठ, प्रवर
Seniority	वरिष्ठता, प्रवरता
Service	व्यवस्था, सेवा, तामील
Sercive of documents	दस्तावेज़ों की तामील
Servicing	मरम्मत करना, शोधन करना
Several liability	पृथक् / अलग-अलग देयता
Share capital	शेयर पूँजी
Share capital Deffered	आस्थगित शेयर पूँजी
Share, preference	अधिमान शेयर
Share Scrip / Certificate	शेयर स्क्रिप्ट / प्रमाणपत्र
Shipment	पोतल-दान
Shipping document	पोत-दस्तावेज़ / प्रलेख
Shipping freight	जहाज-भाड़ा
Short bills	अल्पकालीन हुंडियाँ / बिल
Short term credit	अल्पकालीन / अल्पावधि ऋण उधार
Signatory	हस्ताक्षरकर्ता, हस्ताक्षरी
Signature, attested	साक्ष्यांकित / अनुप्रमाणित
Six-monthly	छमाही, अर्धवार्षिक
Skilled	कुशल
Slip	पर्ची, स्लिप
Small Farmers Development Agency (SFDA)	लघु कृषक विकास एजेंसी
Small scale industries	लघु उद्योग
Society	समिति, सोसायटी, समाज
Society, Co-operative	सहकारी समिति
Society, Crop Loan	फसल ऋण समिति
Soft currency	सुलभ मुद्रा, सुलभ करेंसी
Soft loan	सुलभ ऋण / कर्ज़
Soiled note	गन्दे नोट
Sonund	स्वस्थ, सुदृढ़
Souvenir	स्मारिका
Sowing	बुवाई

Spare	फालतू, अतिरिक्त
Special	विशेष
Specific	विशिष्ट
Specimen	नमूना, प्रतिरूप
Specimen Signature	नमूना हस्ताक्षर
Sponsored scheme	प्रायोजित योजना
Stamp duties	स्टाम्प शुल्क
Stamp, Non-judicial	नान-ज्यूडिशियल स्टाम्प
Stamp, Recenue	रसीदी टिकट
Stamped	स्टाम्पित
Standard	मानक, स्तर, प्रामाणिक
Standing Committee	स्थायी समिति
Standing credit	स्थायी साख / ऋण
Standing crop	खड़ी / तैयार फसल
Standing orders	स्थायी आदेश
State-level Coordination Committee	राज्य-स्तरीय समन्वय समिति
Statement	विवरण, कथन, बयान
Stationery	लेखन-सामग्री
Statistical	सांख्यिकी, आँकड़े
Statistics	सांख्यिकीय
Status	स्थिति, हैसियत, प्रतिष्ठा
Status quo	यथापूर्व स्थिति
Statutory	सांविधिक, क़ानूनी
Stock	स्टॉक, माल
Stock-in-trade	बिक्री-माल, विक्रय स्टॉक
Stock register	स्टॉक माल / रजिस्टर
Stock taking	स्टॉक पड़ताल, माल पड़ताल
Stock valuation	स्टॉक, माल मूल्यन
Stock verification	स्टॉक माल सत्यापन / जाँच
Storage	भंडारण, स्टोरेज, संग्रह, संचयन
Store-keeper	स्टोर कीपर, भंडार रक्षक
Strength	शक्ति, संख्या
Strike, General	आम हड़ताल
Strike, illegal	अवैध हड़ताल, ग़ैर-क़ानूनी
Striker	हड़ताली
Strike, partial	आंशिक हड़ताल,
Strong room	कोष-कक्ष, सुरक्षित कक्ष
Sub-head	उप-शीर्ष
Subject matter	विषयवस्तु
Sub-lease	उप-पट्टा, शिकमी पट्टा
Submit	पेश / प्रस्तुत करना
Submitted for information	सूचनार्थ प्रस्तुत
Submitted for orders	आदेशार्थ प्रस्तुत
Subordinate Staff	अधीनस्थ कर्मचारी
Sub-rule	उप-नियम
Sub-sale	उप-बिक्री, उप-विक्रय
Subscribe	समर्थन करना, सहमत होना, ग्राहक बनाना, अभिदान करना
Subscribed capital	अभिदत्त पूँजी
Subscriber	अभिदाता, ग्राहक, सशुल्क सदस्य
Subscription	अभिदान, ग्राहकी, शुल्क, चन्दा
Sub-section	उध-धारा
Subseqent	वाद का उत्तरवर्ती, अनुवर्ती
Subsidiary	गौण, सहायक, अनुषंगी
Subsidiary Company	सहायक / नियंत्रित कम्पनी
Subsidiary occupation	गौण व्यवसाय
Subsidy	आर्थिक सहायता, इमदाद, उपदान, सहायकी
Subsistence allowance	निर्वाह भत्ता, गुजारा भत्ता
Substantive	मूल, मौलिक, मूलभूत
Substitute	स्थापन्न, एवजी
Substitution	प्रतिस्थापन
Sub-tenant	उप-किरायेदार, उप-काश्तकार
Succeeding	अनुवर्ती, उत्तरवर्ती
Succession	उत्तराधिकार, अनुक्रमण
Succession Certificate	उत्तराधिकार प्रमाणपत्र
Sufficient cause	पर्याप्त कारण
Suit	वाद, मुकदमा
Suitable	उपयुक्त
Suitability	उपयुक्तता
Summarily	सरसरी तरीके से
Summary	सारांश, संक्षेप
Summation	संकलन
Sundry assets	फुटकर परिसम्पत्तियाँ / आस्तियाँ
Sundry charges	फुटकर ख़र्च, विविध व्यय
Superannuation	निवर्तन, अधिवार्षिता
Superintendent	अधीक्षक
Superior	प्रवर, उच्च
Super profit	अधिलाभ
Supersede	अधिक्रमण करना
Super-structure	ऊपरी ढाँचा, अधिरचना

Super-tax	अधिकर
Supervision	पर्यवेक्षण, देख-रेख करना
Supervisor	पर्यवेक्षक
Supervisory	पर्यवेक्षी
Supplement	अनुपूरक परिशिष्ट, पूरक व्यवस्था करना
Supplementrary grant	अनुपूरक अनुदान
Supplier	पूर्तिकर्ता, संभरक, सप्लाईकर्ता
Supply	पूर्ति करना, सप्लाई करना
Support price	समर्थन / समर्थित मूल्य
Surcharge	अधिप्रभार
Surety	जामिन, प्रतिभू
Surety, Approved	अनुमोदित प्रतिभू / जामिन
Surplus	अधिक, अतिरिक्त, अधिशेष
Surplus budget	बचत का बजट, देशी का बजट
Surplus holdingas	अतिरिक्त जोत
Surplus stores	फालतू सामान
Surprise check	अचानक / आकस्मिक जाँच
Surrender	अभ्यर्पण, अभ्यर्पण करना
Surredner value	अभ्यर्पण मूल्य
Surtax (Supertax)	अधिकर
Survey	सर्वेक्षण, सर्वेक्षण करना
Surviving/Survivor	उत्तरजीवी
Suspend	मुअत्तिल करना, निलम्बित करना
Suspended	मुअत्तिल, निलम्बित
Suspension	मुअत्तिली, निलम्बन
Suspension of clearing	समाशोधन स्थगन
System	पद्धति, प्रणाली

T

Table	तालिका, सारणी
Babular statement	सारणीगत-विवरणी
Tabulate	सारणीबद्ध करना
Tabulation	सारणीकरण, सारणी बनाना
Take home pay	निवल / शुद्ध वेतन
Taking over	अधिकार में लेना, भार ग्रहण करना, अधिग्रहण करना
Tally	मिलान करना
Tangible	गोचर, मूर्त
Tangible assets	गोचर / मूर्त परिसम्पत्तियाँ / आस्तियाँ
Tangible security	मूर्त जमानत / प्रतिभूति
Target	लक्ष्य, निशाना
Tarrif	दर-सूची, टैरिफ, सूची, प्रशुल्क टैरिफ
Task force	कार्यदल
Task wage	नियत कार्य मज़दूरी
Tax	कर, टैक्स
Taxable	कर-योग्य
Tax, Ad Valorem	मूल्यानुसार कर, यथामूल्य कर
Tax, Apportioned	प्रभाजित कर
Tax assessment	कर निर्धारण
Tax base	कर-आधार, कराधार
Tax burden	कर-भार
Tax, Classified	वर्गीकृत कर
Tax, Collection	कर-संग्रह / संग्रहण
Tax, Direct	प्रत्यक्ष कर
Tax exemption	कर-छूट
Tax free income	कर-मुक्त आय
Tax, Indirect	आय-कर
Tax, Indirect	अप्रत्यक्ष कर
Tax in kind	जिंस-रूप / वस्तुरूप-कर
Tax liability	कर-देयता
Tax limit	कर-सीमा
Tax payer	कर-दाता
Tax, property	सम्पत्ति कर
Tax rebate	कर-कटौती
Tax revenue	कर-आय, कर-राजस्व
Tax, Sales	बिक्री-कर
Tax, Terminal	सीमा-कर, चुंगी
Tax, Toll	पथ-कर
Taxation	कराधान
Taxation, inter-state	अन्तर्राज्यीय कराधान
Taxation, proportion	आनुपातिक / अनुपाती कराधान
Technical	तकनीकी प्राविधिक पारिभाषिक
Technical advice	तकनीकी / प्राविधिक सलाह
Technical aid	तकनीकी सहायता
Technical appraisal	तकनीकी मूल्यांकन
Technical data	तकनीकी आँकड़े
Tenancy	किरायेदारी; काश्तकारी

Tenancy law	काश्तकारी क़ानून
Tenant	किरायेदार, काश्तकार, असामी
Tenant farmer	असामी, काश्तकार
Tenant farming	काश्तकारी खेती
Tendency	प्रवृत्ति
Tender	निविदा, टेंडर, टेंडर देना
Tender, Legal	वैध मुद्रा
Tender notice	टेंडर / निविदा सूचना
Tenor (Term)	अवधि
Tenative allocation	अस्थायी विनिधान
Tenure	पट्टा, भूधृति; कार्यकाल, पदावधि
Tenure, Land	भूमि, पट्टा
Tenure of work	ठेका-अवधि
Term	मियाद, अवधि; शर्त, पद, शब्द
Term Export Credit	सावधि / मियादी निर्यात ऋण
Terminal benefits	सेवांत लाभ
Terminate	समाप्त करना, समाप्त होना
Termination notice	समाप्ति-सूचना, समाप्ति नोटिस
Termination of service	सेवा-समाप्ति
Term-lending agency	मियादी / सावधि ऋणदात्री एजेंसी / अभिकरण
Term loans (Long, medium, short)	मियादी / सावधि ऋण (दीर्घावधि, मध्यावधि, अल्पावधि)
Term of office of service	सेवा / नौकरी की शर्तें
Terms of appointment	नियुक्ति की शर्तें
Terms of delivery	माल देने की शर्तें, सुपुर्दगी की शर्तें
Terms of reference	विचारार्थ विषय
Territory	क्षेत्र, इलाका, प्रदेश; अमलदारी अधिकार-क्षेत्र
Test	परीक्षण, जाँच, परख
Test, Ability	योग्यता परीक्षण
Test, cases	परीक्षण मामले, प्रायोगिक विषय
Test check	जाँच परीक्षण, नमूना जाँच
Testament	वसीयत, इच्छापत्र
Testify	प्रमाणित करना
Testimonial	शंसा पत्र / प्रमाणपत्र
Testimony	साक्ष्य, मौखिक साक्ष्य
Testimony, Verification of	साक्ष्य-सत्यापन
Third party	अन्य पक्ष

Threshing	भूसी निकालना, गहाना
Thrift	बचत
Thumb impression	अंगूठा, निशान
Tiller	कृषक, किसान, जोतनेवाला, हल
Time-barred claim	कालातीत दावा
Time bound programme	समयबद्ध कार्यक्रम
Time deposit	सावधि / मियादी जमा
Time limit	समयावधि, समय-सीमा
Time promissory note	सावधि / मियादी / प्रोनोट वचनपत्र
Time-scale	समय-मान
Time schedule	समय अनुसूची
Time-table	समय-सारणी
Title	अधिकार, हक; शीर्षक; उपाधि
Title of occupation	हकनामा, कब्जे का हक
Token grant	सांकेतिक / टोकन अनुदान
Tonnage	टन-भार
Top priorty	परम अग्रता, परमपूर्वता
Top secret	अति गुप्त, परम गुप्त
Total benefit	कुल हित लाभ
Toatal disability	पूर्ण अशक्तता
Total effects	कुल सम्पत्ति / जायदाद
Total loss, Actual	वास्तविक पूर्ण हानि
Tour programme	दौरा कार्यक्रम
Town area	शहरी क्षेत्र
Trade	व्यापार
Trade balance	व्यापार सन्तुलन, व्यापार शेष
Trade credits	व्यापारिक उधार
Trade discount	व्यापारिक बट्टा / छूट
Trade expenses account	व्यापार व्यय-लेखा
Trade, Free	मुक्त व्यापार
Trade, Inland	देशी व्यापार
Trade, International	अन्तर्राष्ट्रीय व्यापार
Trade, Mark	व्यापार चिन्ह, ट्रेड मार्क
Trade name	व्यापार नाम
Trading account	व्यापार लेखा
Traditional	परम्परागत, पारम्परिक
Transaction	सौदा, लेन-देन
Transfer	अन्तरण, स्थानान्तरण, हस्तांतरण, बदली
Transit	मार्ग; पारगमन, पारवहन

Transsmission	प्रेषण
Transmit	प्रेषित करना, परेषित करना
Transport	परिवहन ढुलाई
Transport operators	परिवहन चालक
Traveller's cheque	यात्री चैक, ट्रेवलर्स चैक
Travelling allowance	यात्रा भत्ता
Treasure	कोष
Treasure	कोषपाल
Treasury	राजकोष, खजाना
Trial period	परीक्षण काल / अवधि
Tribal welfare	जनजाति / आदिवासी कल्याण
Tripartite	त्रिपक्षीय
True copy	सही प्रतिलिपि, पक्की नकल
Trud discount	असल बट्टा
Trust	ट्रस्ट न्यास
Trust deed	न्यास विलेख
Trustee	न्यासी, ट्रस्टी
Trusteeship	न्यासधारिता, ट्रस्टीशिप
Tubewell	नलकूप, ट्यूबवेल
Turnover	कुल बिक्री, आवर्त पण्यावर्त
Turnover of capital	पूँजी आवत
Typist	टाइपिस्ट, टंकक

U

Ultra vires	अधिकार / शक्ति बाह्य
Unadjusted	असमायोजित
Unallocable	विनिधान बाह्य, अविनिधानीय
Unallotted	अनाबंटित
unanimous	सर्वसम्मत, एकमत
Unauthorised	अनधिकृत
Unvoidable	अपरिहार्य, अनिवार्य
Unbalanced	असंतुलित
Unbanked area	बैंकरहित क्षेत्र, बैंक सुविधा-रहित क्षेत्र
Unclaimed consignment	बेवारिसी अदावी माल / परेषण
Unclassified	अवर्गीकृत
Unconfirmed	अपुष्ट, अपुष्टिकृत
Unconditional	बिना शर्त
Uncontrolled	अनियंत्रित
Uncorroborated	अपरिपुष्ट
Uncovered demand	अपूरित माँग
Uncurrent coin	अप्रचलित सिक्का
Undated	दिनांक रहित, तिथि रहित, बिना तारीख के
Under assessment	अवनिर्धारण न्यून मूल्यांकन
Under consideration	विचाराधीन
Under-developed	अल्पविकसित
Under-estimate	कम अनुमान, न्यून प्राक्कलन कम कूतना / कम आँकना
Under one's hand	हस्ताक्षर सहित / हस्ताक्षराधीन
Under reference	प्रसंगाधीन, सन्दर्भाधीन
Under review	आलोच्य, समीक्षाधीन
Under secretary	अवर सचिव
Under-subscribed	न्यूनाभिदत्त, न्यून-अभिदत्त
Undertake	(हाथ में) लेना, उपक्रम करना; वचन देना, वचनबद्ध होना
Undertaking	उपक्रम, वचन
Under-valuation	अधोमूल्यन
Under value	अधोमूल्य, न्यून मूल्य; न्यून मूल्यन / मूल्यांकन करना
Under-valued currency	अधोमूल्यित मुद्रा
Underwrite	हामीदारी देना/ करना
Underwriter	हामीदार; बीमाकर्ता
Underwriting	हामीदारी
Undischarged	अनुन्मुक्त, अनुन्मोचित
Undersirable features	अवांछनीय बातें
Undivided	अविभाजित, अविभक्त
Undivided family	अविभक्त परिवार
Undrawn balance	अनाहरित शेष राशियाँ
Undue inflience	अनुचित प्रभाव
Unearned	अनर्जित
Uneconomical	अलाभकर, अनार्थिक
Unemployment	बेरोज़गारी, बेकारी
Unencumbered	भाररहित, अभारित
Uneforceable	अपरिवर्तनीय
Unexpected	अप्रत्याशित
Unexpired	असमाप्त
Unexpired discounts	असमाप्त बट्टे
Unexpired usance	असमाप्त अवधि / मियान
Unfair means	अनुचित साधन

Unfavourable balance of trade प्रतिकूल व्यापार शेष
Unfavourable rate of exchange प्रतिकूल विनिमय दर
Unfit अयोग्य
Unforeseen charges अदृष्ट प्रभार
Unforeseen circumstances अदृष्ट परिस्थितियाँ
Unified scale of pay एकीकृत वेतनमान
Uniform एकसमान, एकरूप; वदी
Uniformity समानता, एकरूपता
Unilateral एकपक्षीय
unimportant महत्त्वहीन
Union excise duties केन्द्रीय उत्पादन शुल्क
Union, Rival प्रतिस्पर्धी संघ
Unirrigated असिंचित
Unit यूनिट, इकाई; एकक, एकांश
Unlawful अवैध, विधिविरुद्ध, ग़ैर-क़ानूनी
Unlimited liability असीमित देयता
Unloading charges उतराई ख़र्च, उतराई
Unofficial ग़ैर-सरकारी, अशासकीय, अशासनिक
Unofficial letter अशासकीय पत्र
Unpaid अदत्त
Unpaid wages अदत्त मज़दूरी
Unproductive अनुत्पादक
Unqualified अयोग्य, अनर्हं; बिना शर्त
Unredeemable अप्रतिदेय
Unregistered अरजिस्ट्रीकृत, अपंजीकृत
Unregulated market अविनियमित मंडी / बाज़ार
Unremunerative business अलाभकारी कारोबार
Unsecured uinsecured ग़ैर-जमानती, प्रतिभूति रहित अरक्षित
Unserviceable बेकार, अनुपयोगी
Unskilled labour अकुशल श्रमिक / मज़दूर
Untenable अपुष्ट, असमर्थनीय
Unwanted अवांछित
Updating अद्यतन बनाना
Upgrade ग्रेड / दर्जा बढ़ाना, वर्गोन्नति करना
Upper age limit ऊपरी आयु सीमा
Urban नगरीय, शहरी
Urbanisation नगरीकरण, शहरीकरण
Urgent अविलम्ब, तुरन्त
Urgent, most अतिशीघ्र
Use, Economic आर्थिक उपयोग
User उपयोगकर्ता, उपयोक्ता
Utility उपयोगिता
Utilization certification उपयोग प्रमाणपत्र

V

Vacancy ख़ाली जगह, रिक्ति
Vacancy, Leave छुट्टी रिक्ति, अवकाश रिक्ति
Valid वैध, विधिमान्य
Valid nomination वैध नामांकन
Validation वैधीकरण, विधिमान्यीकरण; प्रमाणीकरण
Validity वैधता, विधिमान्यता
Validity date वैधता / मान्यता तिथि / तारीख
Valuable consideration मूल्यवान प्रतिफल
Valuation मूल्यांकन, मूल्य निर्धारण; मूल्यन
Valiation officer मूल्यांकन अधिकारी
Valuation periodical आवधिक मूल्यांकन
Value मूल्य, मान; मूल्यन
Value, Above par अधिमूल्य पर
Value, Absolute निरपेक्ष मूल्य
Value, Below par अवमूल्य पर
Value, Calculated परिगणित मूल्य
Value date मूल्य तिथि
Value, Discounted बट्टागत मूल्य
Value, Economic आर्थिक मूल्य
Value, Face अंकित मूल्य
Value, Intrinsic वास्तविक / यथार्थ मूल्य
Value, Par सममूल्य
Value, Payable देय मूल्य
Value, received प्राप्त मूल्य
Value, Surplus अधिक मूल्य
Variable परिवर्तनशील, परिवर्ती
Variation परिवर्तन; घट-बढ़, उतार-चढ़ाव; विभिन्नता, विविधता
Variety प्रकार, किस्म; विविधता

Vault	वाल्ट / कोष्ठ
Vendee	क्रेता
Vendor	विक्रेता, बेचनेवाला, बिक्रयी
Venue	स्थान, स्थल
Verbal	मौखिक, शाब्दिक
Verification	सत्यापन
Verification sheet	सत्यापन पत्रक
Verifier	सत्यापक
Verify	सत्यापन करना
Vest	निहित होना
Vested interest	निहित स्वार्थ, निहित हित
Veterinary	पशु चिकित्सा
Viability	व्यवहार्यता
Viable	व्यवहार्य, क्षमता योग्य
Viable schemes	व्यवहार्य योजनाएँ
Vide	देखिए
Vigilance	सतर्कता
Village, Adopted	अभिस्वीकृत / अंगीकृत गाँव / ग्राम
Village & Cottage Industries	ग्राम और कुटीर-उद्योग
Village community project	ग्राम सामुदायिक-परियोजना
Village industry	ग्राम उद्योग, ग्रामोद्योग
Villager	ग्रामवासी
Village uplift	ग्रामोद्धार
Violate	उल्लंघन करना, अतिक्रमण करना
Visitors Book	आगंतुक पुस्तिका
Visual inspection	प्रत्यक्ष निरीक्षण
Vital	महत्त्वपूर्ण
Vocation	व्यवसाय, पेशा, वृत्ति
Vocational training	व्यावसायिक प्रशिक्षण
Void agreement	शून्य करार
Volume of business	कारोबार / व्यवसाय परिमाण; मात्रा
Volume of trade	व्यापार परिमाण / मात्रा
Voluntarily	स्वेच्छा से, स्वेच्छापूर्वक
Voluntary	ऐच्छिक, स्वैच्छिक
Voluntary amalgamation/liquidation/winding up	स्वैच्छिक समामेलन परिसमापन / समापन
Voluntary association	ऐच्छिक संघ / संस्था
Voluntary retirement	ऐच्छिक / स्वैच्छिक सेवानिवृत्ति
Voluntary settlement	ऐच्छिक / स्वैच्छिक निपटारा
Voucher	वाउचर

W

Wage	मज़दूरी
Wage bill	मज़दूरी बिल
Wage cut	मज़दूरी कटौती
Waiver	छूट, अधित्याग
Waiting of departmental charges	विभागीय शुल्क से छूट / का अधित्याग
Want of evidence	साक्ष्य का अभाव, साक्ष्याभाव
Warehouse	माल गोदाम, भांडागार
Warehouse receipt	गोदाम रसीद
Warehousing charges	मालगोदाम प्रभार
Warehousing Corporation	भांडागार / मालगोदाम निगम
Warehousing loan	मालगोदामी कर्ज़ / ऋण
Warning	चेतावनी
Warrant	वारंट, अधिपत्र
Wastage	बरबादी; छीजन; अपव्यय
Watchman	चौकीदार, पहरेदार, दरबान
Water mark	जल-चिन्ह, जलांक, वाटर मार्क
Way bill	रवन्ना, मार्ग-पत्रक, यात्रा विवरणी
Weaker sections	कमज़ोर वर्ग
Wealth, National	राष्ट्रीय धन
Wear and tear	टूट-फूट
Weather, Adverse	विपरीत / प्रतिकूल मौसम
Weavers' Societies	बुनकर समितियाँ
Weekly	साप्ताहिक
Weekly abstract	साप्ताहिक सार-विवरणी
Weekly arrears statement	साप्ताहिक बकाया विवरणी, बकाया काम का साप्ताहिक विवरण
Weekly returns	साप्ताहिक विवरणियाँ
Weekly Statements of Affairs	साप्ताहिक कार्य-विवरणी
Weigh-bridge	चौकी तुला
Weighing system	तौल पद्धति
Weight	भार, वजन, तौल

Weight, Gross सकल भार वज़न
Weight, Net शुद्ध/निवल भार/वज़न
Weightage महत्त्व, भारिता
Weighted average भारित औसतन
Welfare officer कल्याण अधिकारी
Well कुआँ, कूप; अच्छा
Wholesale dealer थोक व्यापारी
Whole-saler थोक व्यापारी, थोक विक्रेता
Whole-time पूर्णकालिक
Willful defaulter जान-बूझकर ऋण न चुकानेवाला
Will वसीयत, इच्छा, संकल्प
Winding up समेटना, समापन
Winding up order समापन आदेश
Wing स्कंध, खंड
Wire-fencing तार की बाड़
Withdraw form आहरण पर्ची
Withhold रोक रखना
Within Jurisdiction अधिकार-क्षेत्र में
Without prejudice to बिना प्रतिकूल प्रभाव डाले, बिना पूर्वग्रह के
With the reslut परिणामस्वरूप
Witness साक्षी, गवाह
Words & figures differ शब्द और अंक भिन्न हैं / अलग हैं / नहीं मिलते
Work काम, कार्य, कर्म, निर्माण-कार्य
Work certificate कार्य-प्रमाणपत्र
Work cost निर्माण-लागत, कार्य-लागत
Worker कामगार, मज़दूर
Work-load कार्य-भार
Work-site कार्यस्थल
Work to rule नियमानुसार कार्य
Workable साध्य; व्यवहार्य
Workablity व्यवहार्यता
Working कार्यकारी, कार्यशील कार्यचलन कार्य-प्रणाली
Working capital कार्यशील / कार्यकारी पूँजी
Working capital turnover ratio कार्यशील/कार्यकारी पूँजी आवर्त अनुपात
Working class श्रमिक वर्ग
Working Committee कार्यकारिणी, कार्यसमिति
Working day कार्यदिवस, काम का दिन
Working funds कार्यकारी निधियाँ
Working group कार्यकारी दल, कार्यदल
Working knowledge कार्यसाधक ज्ञान, व्यावहारिक ज्ञान
Working hours कार्य-समय
Working partners सक्रिय / कार्यकारी साझेदार
Working stock चालू स्टाक
Workman कर्मकार, कामगार
Workmanship कारीगरी, कर्म-कौशल
Works निर्माण, निर्माण-कार्य; निर्माणशाला
Works expenditure निर्माण-व्यय
Workshop कार्यशाला, वर्कशाप
World-wide market विश्वव्यापी बाज़ार
World-wide recession विश्वव्यापी मंदी
Write off बट्टे खाते डालना, बट्टे खाते लिखना
Written evidence लिखित साक्ष्य
Written guarantee लिखित गारंटी / प्रत्याभूति
Written statement लिखित कथन / बयान

Y

Year, Accounting लेखा वर्ष
Year Book अब्द वर्ष
Year Calendar कैलेंडर वर्ष
Year Current चालू / वर्तमान वर्ष
Year Financial वित्त / वित्तीय वर्ष
Year to year वर्षानुवर्ष, प्रतिवर्ष
Year under report रिपोर्ट वर्ष
Yearly arrivals वार्षिक आमद / आगमन
Yield उपज, पैदावार: प्राप्ति, आय; प्रतिफल
Yield, Annual वार्षिक उपज
Yield Gross सकल उपज
Yield, Net शुद्ध / निवल उपज

Z

Zamindari System ज़मींदारी प्रथा
Zonal Office अंचल / आंचलिक कार्यालय

पदनाम
Designational Terms

Accountant	लेखाकार
Accountss Officer	लेखा अधिकारी
Acting Manager	कार्यवाहक प्रबनधक
Additional General Manager	अपर महाप्रबन्धक
Administrative Officer	प्रशासनिक अधिकारी
Advances Officer	अग्रिम अधिकारी
Adviser	सलाहकार, परामर्शदाता
Agent	एजेंट, अभिकर्ता
Agriculture Assistant / clerk	कृषि सहायक / लिपिक
Agriculture Officer	कृषि अधिकारी
Agronomist	कृषि विज्ञानी, एग्रोनोमिस्ट
Appraiser	मूल्यांकनकर्ता
Apprentice	शिक्षु, अप्रेंटिस
Architect	वास्तुविद, आर्किटैक्ट
Area Manager	एरिया प्रबन्धक
Armed guard	सशस्त्र रक्षक
Assistant	सहायक
Assisant Agricalture Officer	सहायक कृषि अधिकारी
Assistant General Manager	सहायक महाप्रबन्धक
Assistant Manager	सहायक प्रबन्धक
Assistant Regional Manager	सहायक क्षेत्रीय प्रबन्धक
Attorney	अटर्नी, मुख्तार
Auditor	लेखापरीक्षक
Authorised Signatory	प्राधिकृत हस्ताक्षरकर्ता
Banking Officer	बैंकिंग अधिकारी
Bankman	बैंक कर्मचारी
Bill Collector	बिल संग्रहकर्ता
Board of Directors	निदेशक-मंडल
Branch Manager	शाखा प्रबन्धक
Caretaker	रखवाल, केयरटेकर
Cash Clerk	रोकड़ लिपिक, कैश क्लर्क
Cash Peon	रोकड़ चपरासी
Cash Officer	रोकड़ अधिकारी
Cashier	खजांची
Cashier-cum-Godown Keeper	खजांची एवं गोदाम पाल
Cashier-in-charge	प्रभारी खजांची
Chairman	अध्यक्ष
Chartered Accountant	सनदी लेखाकार
Chief	मुख्य
Chief Manager	मुख्य प्रबन्धक
Clerk-cum-Cashier (रोकड़िया)	लिपिक / क्लर्क एवं खजांची
Cleark-cum-typist (टंकक)	लिपिक / क्लर्क-एवं टाइपिस्ट
Controller	नियंत्रक
Credit Officer	ऋण अधिकारी
Currency Officer	मुद्रा अधिकारी
Custodian	अभिरक्षक
Despatcher	प्रेषक
Deputy	उप
Deputy Chief	उप-मुख्य
Deputy General Manager	उप-महाप्रबन्धक
Development Manager/Officer	विकास प्रबन्धक / अधिकारी
Director	निदेशक
District Manager	ज़िला प्रबन्धक
Divisional Manager	प्रभाग / मंडल प्रबन्धक
Duftry	दफ़्तरी
Economic Analyst	आर्थिक विश्लेषक
Economic Officer	आर्थिक अधिकारी
Economist	अर्थशास्त्री
Excutive Director	कार्यकारी / कार्यपालक /निदेशक

Field Officer	क्षेत्राधिकारी
Financial Analyst	वित्तीय विश्लेषक
General Manager	महाप्रबन्धक
Godown Clerk	गोदाम लिपिक / क्लर्क
Godown keeper	गोदामपाल
Guard	रक्षक, गार्ड
Head Cashier	प्रधान खजांची (रोकड़िया)
Head Clerk	प्रधान लिपिक / क्लर्क
Head Peon	प्रधान चपरासी
Hindi Officer	हिन्दी अधिकारी
Information Officer	सूचना अधिकारी
Inspector	निरीक्षक
Instructor	प्रशिक्षक
Internal Auditor	आंतरिक लेखा-परीक्षक
Interview Board	साक्षात्कार मंडल
Investment Analyst	निवेश विश्लेषक
Joint Secretary	संयुक्त सचिव
Junior Officer	कनिष्ठ अधिकारी
Law Officer	विधि अधिकारी
Lead Bank Officer	अग्रणी बैंक अधिकारी
Ledger Keeper	खातापाल लेजरकीपर
Legal Adviser	विधि परामर्शदाता
Liaison Officer	सम्पर्क अधिकारी
Loan Officer	ऋण अधिकारी
Management trainee	प्रबन्ध प्रशिक्षु
Manager	प्रबन्धक
Managing Director	प्रबन्ध निदेशक
Massenger	संदेशवाहक
Mini Deposit Collector	लघु जमा संग्रहकर्ता
Office-bearer	पदधारी, पदाधिकारी
Officer-in-Charge	प्रभारी, अधिकारी
Officer on Special Duty	विशेष कार्य अधिकारी
Officeating Manager	स्थानापन्न प्रबन्धक
Part-time Employee	अंशकालिक कर्मचारी
Peon	चपरासी
Personnel Officer	कार्मिक अधिकारी
Principal	प्रिंसिपल, प्रधानाचार्य
Private Secretary	निजी सचिव
Probationary Officer	परिवीक्षाधीन अधिकारी
Publicity Officer	प्रचार अधिकारी
Public Relation Officer	जनसम्पर्क अधिकारी
Receptionist	स्वागती
Record Keeper	अभिलेखापाल
Regional Manager	क्षेत्रीय प्रबन्धक
Relieving Officer	भारग्राही अधिकारी
Research Officer	अनुसंधान अधिकारी
Rural Credit Officer	ग्रामीण ऋण अधिकारी
Security Officer	सुरक्षा अधिकारी
Senior Personnel Officer	वरिष्ठ कार्मिक अधिकारी
Secretary	सचिव
Small Scale Industries Officer	लघु उद्योग अधिकारी
Special Assistant	विशेष सहायक
Staff Manager	स्टाफ़ प्रबन्धक
Stationery Officer	लेखन-सामग्री अधिकारी
Statistician	सांख्यिकीविद
Stenographer	स्टेनोग्राफर, आशुलिपिक
Sub-Manager	उपप्रबन्धक
Subordinate employee	अधीनस्थ कर्मचारी
Superientendent	अधीक्षक
Supervisor	पर्यवेक्षक
Sweeper	सफाई कर्मचारी
Technical Field Officer	तकनीकी क्षेत्र अधिकारी
Teller	टैलर, गणक
Telephone Operator	टेलीफोन ऑपरेटर
Telex Operator	टेलेक्स ऑपरेटर
Treasurer	कोषपाल
Trainee Officer	प्रशिक्षणार्थी अधिकारी
Typist	टाइपिस्ट, टंकक
Vigilance Officer	सतर्कता अधिकारी
Watchman	चौकीदार
Zonal Manager	आंचलिक प्रबन्धक

परिशिष्ट-घ

विपरीतार्थी शब्द

अंत:करण – वहि:करण (पुं.)
अंतिम – अनंतिम (वि.)
अंदर – बाहर (क्रि.वि.)
अंधकार – प्रकाश (पुं.)
अँधेरा – उजाला (पुं.)
अकंटक – कंटकित (वि.)
अकेला – दुकेला (वि.)
अक्षत – विक्षत (वि.)
अक्षम – सक्षम (वि.)
अगम – सुगम (वि.)
अगला – पिछला (वि.)
अगवाड़ा – पिछवाड़ा (पुं.)
अगाड़ी – पिछाड़ी (स्त्री.)
अग्र – पश्च (वि.)
अग्रगामी – पश्चगामी; प्रतिगामी (वि.)
अचल – सचल, चल (वि.)
अच्छा – बुरा, ख़राब, मंदा (वि.)
अच्छाई – बुराई (स्त्री.)
अच्युत – च्युत (वि.)
अज्ञ – विज्ञ, सर्वज्ञ (वि.)
अतिक्रमण – अनतिक्रमण (पुं.)
अतुल – तुल्य (वि.)
अत्यधिक – अत्यल्प (वि.)
अथ – इति (पुं., स्त्री.)
अथाह – छिछला (वि.)
अदृश्य – दृश्य (वि.)
अद्यतन – अनद्यतन, पुरातन (वि.)
अद्वितीय – द्वितीय (वि.)
अधिक – न्यून, अल्प, थोड़ा (वि.)
अधिकतम – अल्पतम (वि.)
अधिकतर – कमतर (क्रि.वि.)
अधिकारी – अनधिकारी (वि.)
अधिकृत – अनधिकृत (वि.)
अधिगम्य – अनधिगम्य (वि.)
अधिमूल्यन – अवमूल्यन (पुं.)
अधिष्ठित – अनधिष्ठित (वि.)
अधीन – अनधीन, स्वतंत्र (वि.)
अध्यवसाय – अनध्यवसाय (पुं.)
अध्यात्मवादी – जड़तावादी (पुं.)
अनंत – सांत, ससीम (वि.)
अनाथ – सनाथ (वि.)
अनाहूत – आहूत (वि.)
अनिवार्य – निवार्य (वि.)
अनुकूल – प्रतिकूल, अननुकूल (वि.)
अनुकूलता – प्रतिकूलता (स्त्री.)
अनुभव – अनुभवहीनता (पुं., स्त्री.)
अनुभवी – अनुभवहीन (वि.)
अनुभूत – अननुभूत (वि.)
अनुयायी – विरोधी (पुं.)
अनुरक्त – विरक्त (वि.)
अनुरक्ति – विरक्ति (स्त्री.)
अनुराग – विराग (पुं.)
अनुरूप – अननुरूप (वि.)
अनुलोम – प्रतिलोम, विलोम (वि.)
अनुशासनबद्ध – अनुशासनहीन (वि.)
अन्यायी – न्यायी, न्यायशील (वि.)
अन्वय – अनन्वय (पुं.)
अपकर्ष – उत्कर्ष (पुं.)
अपना – पराया, बेगाना (वि.)
अपनापन – परायापन (पुं.)
अपराधी – निरपराधी (वि.)
अपेक्षित – अनपेक्षित (वि.)
अभिज्ञ – अनभिज्ञ (वि.)
अभिज्ञता – अनभिज्ञता (स्त्री.)
अभिनंदनीय – निंदनीय (वि.)
अभिप्रेत – अनभिप्रेत (वि.)
अभिमानी–निरभिमान, निरभिमानी (वि.)
अभिलषित – अनभिलषित (वि.)
अभिव्यक्त – अनभिव्यक्त (वि.)
अभिशाप – वरदान (पुं.)
अभिहित – अनभिहित (वि.)
अभीष्ट – अनभीष्ट (वि.)

अभ्यस्त – अनभ्यस्त (वि.)
अभ्यास – अनभ्यास (पुं.)
अमर – नश्वर, मृत (वि.)
अमित – परिमित (वि.)
अमीर – गरीब (वि.)
अमीरी – गरीबी (स्त्री.)
अमृत – विष (पुं.)
अर्जित – अनर्जित (वि.)
अर्थ – अनर्थ (पुं.)
अर्पण – ग्रहण (पुं.)
अर्वाचीन – प्राचीन (वि.)
अर्हता – अनर्हता (स्त्री.)
अलंकृत – अनालंकृत, निरालंकृत (वि.)
अल्प – महा, बहु, दीर्घ (वि.)
अल्पकालीन – दीर्घकालीन (वि.)
अल्पज्ञ – बहुज्ञ, सर्वज्ञ (वि.)
अल्पप्राण – महाप्राण (वि.)
अल्पमत – बहुमत (पुं.)
अल्पसंख्यक – बहुसंख्यक (वि.)
अल्पावधि – दीर्घावधि (स्त्री.)
अवकाश – अनवकाश (पुं.)
अवगत – अनवगत (वि.)
अवर – प्रवर (वि.)
अवलंबित – अनवलंबित (वि.)
अवाक् – सवाक् (वि.)
अविचल – विचल, डाँवाँडोल, ढुलमुल (वि.)
अविच्छिन्न – विच्छिन्न (वि.)
अविनाशी – विनाशी (वि.)
अविस्मरणीय – विस्मरणीय (वि.)
अव्यक्त – अभिव्यक्त (वि.)
अशक्त – सशक्त (वि.)
अश्लील – श्लील (वि.)
असली – नकली (वि.)
असीम – ससीम (वि.)
असुरता – देवत्व (स्त्री., पुं.)
असूया – अनसूया (स्त्री.)
अस्तित्व – अनस्तित्व (पुं.)
अहंकार – अनहंकार (पुं.)
अहंकारी – निरहंकारी (वि.)
आंतर – बाह्य (वि.)
आकर्षक – अनाकर्षक, अपकर्षक, विकर्षक (पुं.)
आक्रमण – अनाक्रमण (पुं.)
आगत – अनागत, विगत (वि.)
आगा – पीछा (पुं.)
आगामी – विगत (वि.)
आगे – पीछे (क्रि. वि.)
आग्रह – दुराग्रह (पुं.)
आचारवान – अनाचारी (वि.)
आच्छादित – अनाच्छादित (वि.)
आज़ाद – ग़ुलाम (वि.)
आज़ादी – ग़ुलामी (स्त्री.)
आज्ञाकारी – अनाज्ञाकारी, अवज्ञाकारी (वि.)
आज्ञापालन – अवज्ञा (पुं., स्त्री.)
आडंबर – सादगी (पुं., स्त्री.)
आडंबरपूर्ण – आडंबरहीन (वि.)
आतुर – अनातुर (वि.)
आत्मनिर्भर – अनुजीवी, परजीवी (वि.)
आदर – अनादर, निरादर (पुं.)
आदान – प्रदान (पुं.)
आदि – अंत (पुं.)
आदृत – अनादृत, निरादृत, तिरस्कृत (वि.)
आधा – पूरा, सारा (वि.)
आधिक्य – अनाधिक्य (पुं.)
आधुनिक – प्राचीन, पुराना, पारंपरिक (वि.)
आनंदमग्न – विषादमय, शोकमग्न (वि.)
आना – जाना (क्रि., पुं.)
आप्त – अनाप्त (वि.)
आबाद – सूना, बरबाद (वि.)
आमंत्रित – अनामंत्रित (वि.)
आमदनी – ख़र्च (स्त्री. पुं.)
आमिष – निरामिष (वि.)
आय-व्यय – आमदनी-ख़र्चा (स्त्री., पुं.)
आयात – निर्यात (पुं.)
आरंभ – अंत, समापन, समाप्ति (पुं., स्त्री.)
आरंभिक – अंतिम (वि.)
आराध्य – दुराराध्य (वि.)
आराम – तकलीफ़ (पुं., स्त्री.)
आरूढ़ – अनारूढ़ (वि.)
आरोह – अवरोह (पुं.)
आरोही – अवरोही (वि.)
आर्द्र – शुष्क, अनार्द्र (वि.)
आर्य – अनार्य (पुं.)
आर्ष – अनार्ष (वि.)
आलसी – कर्मठ, कर्मण्य (वि.)
आवश्यक – अनावश्यक (वि.)
आविर्भाव – तिरोभाव, अवसान (पुं.)
आवृत – अनावृत (वि.)
आशा – निराशा, दुराशा (स्त्री.)
आशावादी – निराशावादी (वि.)
आशीर्वाद – अभिशाप, शाप (पुं.)
आश्रित – अनाश्रित, बेसहारा (वि.)
आसक्त – अनासक्त, विरक्त, निर्लिप्त (वि.)

आसान – मुश्किल (वि.)
आसानी – मुश्किल (स्त्री.)
आस्तिक – नास्तिक (वि.)
आस्तिकता – नास्तिकता (स्त्री.)
आस्था – अनास्था (स्त्री.)
आहूत – अनाहूत (वि.)
इकतरफा – दुतरफा (वि.)
इकरार – इनकार (पुं.)
इच्छा – अनिच्छा (स्त्री.)
इच्छित – अनिच्छित (वि.)
इच्छुक – अनिच्छुक (वि.)
इज़्ज़त – बेइज़्ज़ती (स्त्री.)
इनकार – इकरार (पुं.)
इहलोक – परलोक (पुं.)
इहलौकिक – पारलौकिक (वि.)
इप्सित – अनीप्सित (वि.)
ईमानदार – बेईमान (वि.)
ईमानदारी – बेईमानी (स्त्री.)
ईश्वरवादी – अनीश्वरवादी (वि.)
उक्त – अनुक्त (वि.)
उग्र – सौम्य, शांत, कोमल (वि.)
उचित – अनुचित (वि.)
उच्च – अनुच्च, निम्न (वि.)
उच्चरित – अनुच्चरित (वि.)
उच्छ्वास – निःश्वास (पुं.)
उजाला – अँधेरा (पुं.)
उज्ज्वल – धूमिल (वि.)
उठना – गिरना, बैठना (क्रि.)
उतरना – चढ़ना (क्रि.)
उतार – चढ़ाव (पुं.)
उतराई – चढ़ाई (स्त्री.)
उत्कर्ष – अपकर्ष, पराभव (पुं.)
उत्कृष्ट – निकृष्ट (वि.)
उत्कृष्टता – निष्कृष्टता (स्त्री.)
उत्तम – अनुत्तम (वि.)
उत्तर – दक्षिण (पुं.)
उत्तरदायित्व – अनुत्तरदायित्व (पुं.)
उत्तरित – अनुत्तरित (वि.)
उत्तरी – दक्षिणी (वि.)
उत्तीर्ण – अनुत्तीर्ण (वि.)
उत्तेजन – प्रशमन (पुं.)
उत्तेजित – अनुत्तेजित, शांत (वि.)
उत्थान – पतन (पुं.)
उत्पन्न – अनुत्पन्न, मृत (वि.)
उत्पादक – अनुत्पादक उपभोक्ता (वि.)
उत्पादन – उपभोग (पुं.)
उत्साह – अनुत्साह (पुं.)
उत्साही – अनुत्साही (वि.)
उत्सुक – अनुत्सुक (वि.)
उत्सुकता – अनुत्सुकता (स्त्री.)
उदग्र – अनुदग्र (वि.)
उदय – अस्त (पुं.)
उदात्त – अनुदात्त (वि.)
उदार – अनुदार, कृपण (वि.)
उदारता – अनुदारता, कृपणता (स्त्री.)
उदित – अस्त (वि.)
उद्धत – सौम्य (वि.)
उद्धृत – अनुद्धृत (वि.)
उद्भव – अवसान (पुं.)
उद्यत – अनुद्यत (वि.)
उद्यम – आलस्य (पुं.)
उद्यमी – अनुद्यमी, आलसी(वि.)
उद्योगी – अनुद्योगी (वि.)
उद्विग्न – अनुद्विग्न, निरुद्विग्न (वि.)
उद्वेग – निरुद्वेग (पुं.)
उन्नत – अनुन्नत, अवनत (वि.)
उन्नति – अवनति, गिरावट (स्त्री.)
उन्मुख – विमुख (वि.)
उन्मूलन – रोपण, संवर्धन (पुं)
उपकार – अपकार (पुं.)
उपकारक – अपकारक (वि.)
उपगत – अनुपगत (वि.)
उपयुक्त – अनुपयुक्त (वि.)
उपयुक्तता – अनुपयुक्तता (स्त्री.)
उपयोग – अनुपयोग, दुरुपयोग, दुष्प्रयोग (पुं)
उपयोगी – अनुपयोगी, निरुपयोगी (वि.)
उपरिलिखित – निम्नलिखित, अधोलिखित (वि.)
उपलब्ध – अनुपलब्ध (वि.)
उपलब्धि – अनुपलब्धि (स्त्री.)
उपस्थित – अनुपस्थित (वि.)
उपस्थिति – अनुपस्थिति (स्त्री.)
उपादेय – अनुपादेय (वि.)
उपार्जित – अनुपार्जित (वि.)
उरला – परला (वि.)
उलझना – सुलझना (क्रि.)
उलटना – पलटना (क्रि.)
उलटा – सुलटा, पलटा (वि.)
उल्लंघन – अनुल्लंघन (पुं.)
उल्लास – विषाद (पुं.)
ऊँच – नीच (स्त्री.)
ऊँचा – नीचा (वि.)
ऊपर – नीचे (क्रि. वि.)

ऊर्ध्व – निम्न (नि.)
ऊर्ध्वगति – अधोगति (स्त्री.)
एक – अनेक (वि.)
एकता – अनेकता (स्त्री.)
एकत्र – विकीर्ण (वि.)
एकपक्षीय – बहुपक्षीय (वि.)
एका – फूट (पुं., स्त्री.)
एकाग्रचित्त – अन्यमनस्क, दुचित्ता (वि.)
एकार्थक – अनेकार्थक, द्वयर्थक (वि.)
ऐक्य – अनैक्य (वि.)
ऐच्छिक – अनैच्छिक (वि.)
ऐहिक – पारलौकिक (वि.)
औचित्य – अनौचित्य (पुं.)
औपचारिक – अनौपचारिक (वि.)
औपचारिकता – अनौपचारिकता (स्त्री.)
कंजूस – शाहख़र्च (वि.)
कंटकाकीर्ण – निष्कंटक (वि.)
कंपित – अकंपित (वि.)
कटु – प्रिय, मधुर (वि.)
कठोर – मृदु, कोमल (वि.)
कड़वा – मीठा (वि.)
कड़ा – मुलायम, नरम (वि.)
कथनीय – अकथनीय (वि.)
कथित – अकथित (वि.)
कथ्य – अकथ्य (वि.)
कपटी – निष्कपट, निश्छल (वि.)
कभी-कभी – सदा, हमेशा (क्रि.वि.)
कम – ज्यादा, अधिक (वि.)
कमज़ोर – तगड़ा (वि.)
कमी – बेसी (स्त्री.)
कर्कश – मधुर (वि.)
कर्कशता – माधुर्य (स्त्री., पुं.)
कर्तव्य – अकर्तव्य (पुं.)
कर्ता – अकर्ता, भोक्ता (पुं.)
कर्म – अकर्म (पुं.)
कर्मण्य – अकर्मण्य (वि.)
कलंकित – निष्कलंक (वि.)
कलंकी – निष्कलंकी (वि.)
कल्पनीय – अकल्पनीय, कल्पनातीत (वि.)
कल्पित – अकल्पित, यथार्थ (वि.)
कसा – ढीला (वि.)
कसूरवार – बेकसूर (वि.)
कहा – अनकहा (वि.)
कहीं-कहीं – सब जगह, सर्वत्र (क्रि.वि.)
काज – अकाज (पुं.)
काट्य – अकाट्य (वि.)
काबिल – नाकाबिल (वि.)
कामयाब – नाकामयाब (वि.)
कामयाबी – नाकामयाबी (स्त्री.)
कामी – अकाम, निष्काम (वि.)
काल – अकाल (पुं.)
काला – गोरा (वि.)
कीर्ति – अपकीर्ति (स्त्री.)
कुंठित – अकुंठित, तीखा, धारदार (वि.)
कुअवसर – सुअवसर (पुं.)
कुआँरी – ब्याही (वि., स्त्री.)
कुपरिणाम – सुपरिणाम (पुं.)
कुप्रथा – सुप्रथा (स्त्री.)
कुफल – सुफल (पुं.)
कुमारी – विवाहिता (स्त्री.)
कुमार्गी – सन्मार्गी (वि.)
कुलतारन – कुलबोरन (पुं.)
कुलीन – अकुलीन (वि.)
कुव्यवस्था – सुव्यवस्था (स्त्री.)
कुशल – अकुशल (वि.)
कुशलता – अकुशलता (स्त्री.)
कृतज्ञ – अकृतज्ञ, कृतघ्न (वि.)
कृतज्ञता – अकृतज्ञता, कृतघ्नता (स्त्री.)
कृत्रिम – अकृत्रिम, प्रकृत (वि.)
कृत्रिमता – अकृत्रिमता (स्त्री.)
कृपण – उदार (वि.)
कृपा – कोप (स्त्री., पुं.)
कृश – स्थूल (वि.)
कृष्ण – गौर, शुक्ल (वि.)
कोमल – कठोर (वि.)
कोमलता – कठोरता (स्त्री.)
कोलाहल – शान्ति (पुं., स्त्री.)
क्रय – विक्रय (पुं.)
क्रांति — विद्रोह (स्त्री.)
क्षत — अक्षत (वि.)
क्षम — अक्षम (वि.)
क्षम्य — अक्षम्य (वि.)
क्षुण्ण — अक्षुण्ण (वि.)
क्षुद्र — विशाल (वि.)
क्षुब्ध — अक्षुब्ध, शांत (वि.)
खंड-खंड — अखंडित (वि.)
खंडन — मंडन (पुं.)
खंडनीय — मंडनीय (वि.)
खंडित – अखंडित, अखंड (वि.)
खट्टा – मीठा (वि.)
खरा – खोटा (वि.)
खरापन – खोटापन (पुं.)

ख़रीद – बिक्री (स्त्री.)
ख़रीदना – बेचना (क्रि.)
खाद्य – अखाद्य (वि.)
ख़ाली – भरा (वि.)
खिलना – मुरझाना (क्रि.)
खिला – मुरझाया (वि.)
खुदरा – थोक (वि.)
खुला – बंद, अवरुद्ध (वि.)
ख़ुशकिस्मत – बदकिस्मत (वि.)
ख़ुशमिज़ाज – बदमिजाज (वि.)
ख़ुशी – ग़म, ग़मी (स्त्री., पुं. स्त्री.)
ख़ुशी-खुशी – बेमन से (क्रि.वि.)
खुश्की – तरी (स्त्री.)
ख़ूबसूरत – बदसूरत (वि.)
ख़ूबी – ख़ामी, ख़राबी (स्त्री.)
खेद – प्रसन्नता (पुं., स्त्री.)
खोलना – बाँधना (क्रि.)
गंभीर – अगंभीर, छिछला (वि.)
गगनचुंबी – तलस्पर्शी (वि.)
गणनीय – अगणनीय, अगण्य (वि.)
गण्य – अगण्य, नगण्य (वि.)
गत – आगत (वि.)
गत – अनागत (पुं.)
गमन – आगमन (पुं.)
नरम – गरम, ठंडा (वि.)
गरमी – सरदी; नरमी (स्त्री.)
गलत – सही (वि.)
गहरा – छिछला (वि.)
गाढ़ा – पतला (वि.)
गिराना – उठाना (क्रि.)
गीला – सूखा (वि.)
गुण – अवगुण, दोष (पुं.)
गुणवान – गुणहीन (वि.)
गुणी – निर्गुणी (वि.)
गुनहगार – बेगुनाह (वि.)
गुप्त – प्रकट (वि.)
गुलज़ार – वीरान (वि.)
गूढ़ – अगूढ़ (वि.)
गृहस्थ – संन्यासी (पुं.)
गेय – अगेय (वि.)
गौण – मुख्य (वि.)
ग्रस्त – मुक्त (वि.)
ग्रहण – त्याग, परित्याग (पुं.)
ग्रामीण – नागर, शहरी (वि.)
ग्राम्य – नागर, वन्य (वि.)
ग्राह्य – अग्राह्य, त्याज्य (वि.)
घटती – बढ़ती (स्त्री.)
घटना – बढ़ना (क्रि.)
घाटा – मुनाफ़ा (पुं.)
घटित – अघटित (वि.)
घृणा – प्रेम (स्त्री., पुं.)
घोषित – अघोषित (वि.)
चंचल – निश्चल (वि.)
चढ़ना – उतरना, गिरना (क्रि.)
चतुर – मूर्ख (वि.)
चपल – अचपल (वि.)
चर – अचर (वि.)
चरित्रवान – चरित्रहीन (वि.)
चल – अचल (वि.)
चालाक – सीधा, भोला (वि.)
चाहे – अनचाहे (क्रि. वि.)
चिंतनीय – अचिंतनीय (वि.)
चिंतित – अचिंतित (वि.)
चिंत्य – अचिंत्य (वि.)
चिकित्सीय – अचिकित्सीय (वि.)
चित्त – पट (वि.)
चिरस्थायी – अल्पस्थायी (वि.)
चुस्त – ढीला, लचर (वि.)
चेतन – अचेतन, जड़ (वि.)
चैन – बेचैनी (पुं., स्त्री.)
चोरी-छिपे – खुलेआम (क्रि.वि.)
छली – निश्छल (वि.)
छिछला – गहरा (वि.)
छुटकारा – बंधन (पुं.)
छोटा – बड़ा, लंबा (वि.)
जटिल – सरल (वि.)
जंगम – स्थावर (वि.)
जड़ – चेतन (वि.)
जड़ता – चेतनता, चैतन्य (स्त्री., पुं.)
जन्म – मृत्यु (पुं., स्त्री.)
जमा – ख़र्च (वि.)
जय – पराजय (स्त्री.)
जरूरी – ग़ैरज़रूरी (वि.)
जवानी – बुढ़ापा (स्त्री. पुं.)
जल्दी – धीरे (क्रि.वि.)
जल्दी-जल्दी – धीरे-धीरे (क्रि.वि.)
जागना – सोना (क्रि.)
जाग्रत – सुप्त (वि.)
जानकार – अनजान (वि.)
जागरण – सुषुप्ति (पुं. स्त्री.)
जाति – विजाति (स्त्री.)
जानदार – बेजान (वि.)

जाना-पहचाना – अजनबी (वि.)
जारज – औरस (वि.)
जालिम – रहमदिल (वि.)
जितेंद्रिय – अजितेंद्रिय (वि.)
जीत – हार (स्त्री.)
जीर्ण – अजीर्ण (वि.)
जीवन – मरण (पुं.)
जीवित – मृत, दिवंगत (वि.)
जुड़ा – बिछुड़ा, अलहदा (वि.)
जेय – अजेय (वि.)
ज़ोरदार – हलका (वि.)
ज्ञात – अज्ञात (वि.)
ज्ञान – अज्ञान, भ्रम (पुं.)
ज्ञानचक्षु – चर्मचक्षु (पुं.)
ज्ञानदृष्टि – चर्मदृष्टि (स्त्री.)
ज्ञानी – मूढ़, अज्ञानी (वि.)
ज्ञेय – अज्ञेय (वि.)
ज्येष्ठ – कनिष्ठ (वि.)
झूठ – सच (पुं.)
ठंडा – गर्म (वि.)
ठोस – पोला, खोखला (वि.)
डरपोक – निडर (वि.)
तंदुरुस्त – कमज़ोर (वि.)
तकलीफ़ – आराम (स्त्री. पुं.)
तप – भोग (पुं.)
तप्त – शीतल (वि.)
तम – प्रकाश (पुं.)
तरल – ठोस (वि.)
तरुण – वृद्ध (वि.)
तर्क – वितर्क (पुं.)
ताक़तवर – कमज़ोर (वि.)
तात्कालिक – दूरगामी, स्थायी (वि.)
ताप – शीत (पुं., स्त्री.)
तामसिक – सात्त्विक (वि.)
तारीफ़ – बुराई (स्त्री.)
तिक्त – मधुर (वि.)
तिमिर – प्रकाश (पुं.)
तीव्र – मंद (वि.)
तुकांत – अतुकांत (वि.)
तुच्छ – महान (वि.)
तुल्य – अतुल्य (वि.)
तृप्त – अतृप्त (वि.)
तृप्ति – अतृप्ति (स्त्री.)
तेज़ – हलका, धीमा, मंद, नरम (वि.)
तेज़ी – मंदी, नरमी (स्त्री.)
तेरा – मेरा (वि.)
त्याज्य – अत्याज्य (वि.)
त्रुटिपूर्ण – त्रुटिहीन (वि.)
थोक – खुदरा, फुटकर (पुं.)
थोड़ा – बहुत, अधिक (वि.)
दंड – पुरस्कार (पुं.)
दक्षिण – वाम (वि.)
दब्बू – दबंग (वि.)
दयालु – निर्दय (वि.)
दरिद्र – धनाढ्य, धनी, सम्पन्न (वि.)
दरिद्रता – सम्पन्नता (स्त्री.)
दर्शनीय – अदर्शनीय (वि.)
दलित – अदलित (वि.), सवर्ण (पुं.)
दाग़ी – बेदाग़ (वि.)
दिन – रात (पुं., स्त्री.)
दिलेर – कायर (वि.)
दिवंगत – जीवित (वि.)
दीर्घायु – अल्पायु (वि.)
दुआ – बद्दुआ (स्त्री.)
दुख – सुख (पुं.)
दुखद – सुखद (वि.)
दुखदायक – सुखदायक (वि.)
दुखमय – सुखमय (वि.)
दुराचार – सदाचार (पुं.)
दुराचारी – सदाचारी (वि.)
दुरुस्त – ग़लत (वि.)
दुर्गति – सुगति (स्त्री.)
दुर्बल – सबल (वि.)
दुर्लभ – सुलभ (वि.)
दुष्कर – सुकर (वि.)
दुष्परिणाम – सुपरिणाम (पुं.)
दुष्प्रवृत्ति – सद्प्रवृत्ति (स्त्री.)
दूर – नज़दीक, विकट, पास (क्रि.वि.)
दूरदर्शिता – अदूरदर्शिता (स्त्री.)
दूरदर्शी – अदूरदर्शी (वि.)
दूरदृष्टि – मंददृष्टि (वि., स्त्री.)
दृढ़ – अदृढ़ (वि.)
देखा – अनदेखा (वि.)
देय – अदेय (वि.)
देव – दानव (पुं.)
देश – विदेश (पुं.)
दोष – गुण (पुं.)
दोषपूर्ण – दोषरहित, दोषविहीन (वि.)
दोषी – निर्दोष (वि.)
द्रुत – मंथर (वि.)
द्वेष – सद्भावना (पुं., स्त्री.)
द्वैत – अद्वैत (वि.)

धन – ऋण (वि.)
धनी – निर्धन, (वि.)
धर्म – अधर्म (पुं.)
धर्मी – अधर्मी (वि.)
धार्मिक – अधार्मिक (वि.)
धीर – अधीर (वि.)
धीरज – उतावली (पुं., स्त्री.)
धूप – छाँह (स्त्री.)
धृष्ट – विनम्र (वि.)
धैर्य – अधैर्य (पुं.)
ध्वंस – सृजन (पुं.)
नकारात्मक – सकारात्मक (वि.)
नजदीक – दूर (क्रि.वि.)
नगद – उधार (क्रि.वि.)
नपुंसक – पुंसत्ववान (वि.)
नफ़रत – मुहब्बत (स्त्री.)
नफा – नुकसान (पुं.)
नम्य – अनम्य (वि.)
नम्र – अनम्र (वि.)
नया – पुराना (वि.)
नरक – स्वर्ग (पुं.)
नराधम – नरपुंगव (वि.)
नरम – सख्त, कड़ा, कठोर (वि.)
नरमी – सख्ती (स्त्री.)
नवीन – प्राचीन (वि.)
नवीनता – प्राचीनता (स्त्री.)
नश्वर – अनश्वर, शाश्वत (वि.)
नसीबवर – बदनसीब (वि.)
नामवर – बदनाम (वि.)
नामी – बदनाम (वि.)
नाशवान – अविनाशी (वि.)
निंदनीय – अनिंदनीय, प्रशंसनीय, अभिनंदनीय (वि.)
निंदा – प्रशंसा, स्तुति (स्त्री.)
निकृष्ट – श्रेष्ठ (वि.)
निगलना – उगलना (क्रि.वि.)
निगुरा – सगुरा (वि.)
निडर – डरपोक (वि.)
नित्य – अनित्य (वि.)
निपुण – अनिपुण (वि.)
निमंत्रित – अनिमंत्रित (वि.)
नियंत्रित – अनियंत्रित (वि.)
नियत – अनियत (वि.)
नियमित – अनियमित (वि.)
नियामक – अनियामक (वि.)
निरक्षर – साक्षर (वि.)
निरर्थक – सार्थक (वि.)
निराकार – साकार (वि.)
निराधार – साधार (वि.)
निर्गुण – सगुण (वि.)
निर्जल – सजल (वि.)
निर्जीव – सजीव (वि.)
निर्णय – अनिर्णय (वि.)
निर्णीत – अनिर्णीत (वि.)
निर्दय – सदय, दयालु (वि.)
निर्दिष्ट – अनिर्दिष्ट (वि.)
निर्दोष – सदोष (वि.)
निर्धारित – अनिर्धारित (वि.)
निर्बल – सबल, बलवान (वि.)
निर्भीक – भयभीत (वि.)
निर्मल – मलिन (वि.)
निर्माण – विनाश, ध्वंस (पुं.)
निर्वचनीय – अनिर्वचनीय (वि.)
निश्चय – अनिश्चय (वि.)
निषिद्ध – विहित (वि.)
निषेधात्मक – विधेयात्मक (वि.)
निष्कंटक – कंटकाकीर्ण (वि.)
निष्काम – सकाम (वि.)
निष्क्रिय – सक्रिय (वि.)
निष्ठा – अनिष्ठा (स्त्री.)
नीच – ऊँच (पुं.)
नीचा – ऊँचा (वि.)
नीचे – ऊपर (क्रि.वि.)
नीति – अनीति (स्त्री.)
नीरस – सरस (वि.)
नूतन – पुरातन (वि.)
नेक – बद (वि.)
नेकनामी – बदनामी (स्त्री.)
नेकी – बदी (स्त्री.)
नैसर्गिक – अनैसर्गिक (वि.)
न्याय – अन्याय (पुं.)
न्यायपूर्ण – अन्यायपूर्ण (वि.)
न्यून – अधिक (वि.)
पंडित – मूर्ख (वि.)
पकड़ना – छोड़ना (क्रि.)
पका – अधपका, कच्चा (वि.)
पक्का – कच्चा (वि.)
पक्व – अपक्व (वि.)
पक्षधर – विपक्षी (पुं.)
पक्षपात – तटस्थता, निष्पक्षता, (पुं., स्त्री.)
पक्षपाती – तटस्थ, निष्पक्ष (वि.)
पटु – अपटु (वि.)
पठित – अपठित (वि.)

पढ़ा-लिखा – अनपढ़, बेपढ़ा, अँगूठा-छाप (वि.)
पतन – उत्थान (पुं.)
पतला – गाढ़ा (वि.)
पदस्थ – अपदस्थ, पदच्युत (वि.)
पद्य – गद्य (पुं.)
परकीय – स्वकीय (वि.)
परला – उरला (वि.)
पराजय – विजय (पुं.)
पराजित – अपराजित (वि.)
पराजेय – अपराजेय (वि.)
परार्थ – स्वार्थ (पुं.)
परिग्रही – अपरिग्रही (वि.)
परिचित – अपरिचित, अनजाना (वि.)
परिपक्व – अपरिपक्व (वि.)
परिपुष्ट – अपरिपुष्ट (वि.)
परिपूर्ण – रिक्त (वि.)
परिमार्जित – अपरिमार्जित (वि.)
परिमित – अपरिमित (वि.)
परिवर्तनीय – अपरिवर्तनीय (वि.)
परिवर्तित – अपरिवर्तित (वि.)
परिश्रमी – आलसी (वि.)
परिष्कृत – अपरिष्कृत (वि.)
परिहार्य – अपरिहार्य (वि.)
परीक्षित – अपरीक्षित (वि.)
परुष – अपरुष, कोमल (वि.)
परोक्ष – अपरोक्ष, प्रत्यक्ष (वि.)
पर्याप्त – अपर्याप्त (वि.)
पवित्र – अपवित्र, दूषित (वि.)
पसंद – नापसंद, नापसंदगी (स्त्री.)
पहला – पिछला, आख़िरी, बादवाला (वि.)
पहले – पीछे, बाद में (क्रि.वि.)
पहाड़ी – मैदानी (वि.)
पाक – नापाक (वि.)
पाच्य – अपाच्य (वि.)
पाठ्य – अपाठ्य (वि.)
पात्र – अपात्र, कुपात्र (पुं.)
पाना – खोना (क्रि.)
पाप – पुण्य (पुं.)
पापी – निष्पाप, पुण्यवान, पुण्यात्मा (वि.)
पारदर्शी – अपारदर्शी (वि.)
पार्थिव – अपार्थिव (वि.)
पाश्चात्य – पूर्वी, पौर्वात्य (वि.)
पास – दूर (क्रि.वि.)
पिछला – अगला (वि.)
पुण्यवान – पापी (वि.)
पुण्यात्मा – पापात्मा (पुं.)
पुरस्कार – दंड (पुं.)
पुरस्कृत – दंडित (वि.)
पुरातन – नूतन (वि.)
पुरातनता – नूतनता (स्त्री.)
पुष्ट – अपुष्ट (वि.)
पुष्टि – अपुष्टि (स्त्री.)
पूत – अपूत (वि.)
पूरा – अधूरा (वि.)
पूर्ण – अपूर्ण, रहित, हीन (वि.)
पूर्वपद – उत्तरपद (पुं.)
पूर्वी – पश्चिमी (वि.)
पृथक् – संयुक्त (वि.)
पेय – अपेय (वि.)
पोषण – शोषण (पुं.)
पौर्वात्य – पाश्चात्य (वि.)
पौरुषेय – अपौरुषेय (वि.)
प्रकट – अप्रकट, गुप्त, प्रच्छन्न (वि.)
प्रकाश – अंधकार (पुं.)
प्रकाशित – अप्रकाशित (वि.)
प्रकृत – अप्रकृत (वि.)
प्रखर – मंद (वि.)
प्रगतिशील – अप्रगतिशील, दकियानूस, रूढ़िवादी (वि.)
प्रगल्भ – अप्रगल्भ (वि.)
प्रचलित – अप्रचिलत (वि.)
प्रकट – गुप्त (वि.)
प्रचुर – अप्रचुर, विरल (वि.)
प्रच्छन्न – अप्रच्छन्न, प्रकट, प्रत्यक्ष (वि.)
प्रतिष्ठा – अप्रतिष्ठा (वि.)
प्रतिष्ठित – अप्रतिष्ठित (वि.)
प्रत्यक्ष – अप्रत्यक्ष, प्रच्छन्न, गुप्त (वि.)
प्रत्याशित – अप्रत्याशित (वि.)
प्रथम – अंतिम (वि.)
प्रधान – गौण (वि.)
प्रभावित – अप्रभावित (वि.)
प्रभावी – अप्रभावी, निष्प्रभावी, प्रभावशून्य (वि.)
प्रमाणित – अप्रमाणित (वि.)
प्रमाद – जागरूकता (पुं., स्त्री.)
प्रमुख – गौण (वि.)
प्रयुक्त – अप्रयुक्त (वि.)
प्रलय – सृष्टि (पुं. स्त्री.)
प्रवर – अवर (वि.)
प्रवृत्त – निवृत्त (वि.)
प्रवृत्ति – निवृत्ति (स्त्री.)
प्रशंसक – निंदक (वि.)
प्रशंसनीय – निंदनीय (वि.)
प्रशंसा – निंदा, भर्त्सना (स्त्री.)

प्रशंसित – निंदित (वि.)
प्रश्न – उत्तर (पुं.)
प्रसन्न – अप्रसन्न, खिन्न, दुखी (वि.)
प्रसन्नता – अप्रसन्नता, खेद, दुख (स्त्री., पुं.)
प्रस्तुत – अप्रस्तुत (वि.)
प्राकृतिक – अप्राकृतिक (वि.)
प्राच्य – पाश्चात्य (वि.)
प्राधिकृत – अप्राधिकृत (वि.)
प्राप्त – अप्राप्त (वि.)
प्राप्य – अप्राप्य, दुष्प्राप्य (वि.)
प्रामाणिक – अप्रामाणिक (वि.)
प्रायः – बहुधा, सदैव (क्रि.वि.)
प्रासंगिक – अप्रासंगिक, बेतुका (वि.)
प्रिय – अप्रिय (वि.)
प्रीति – द्वेष (स्त्री., पुं.)
प्रेम – घृणा, वैर (पुं., स्त्री., पुं.)
प्रेरित – अप्रेरित (वि.)
प्रौढ़ – अप्रौढ़ (वि.)
प्रौढ़ता – अप्रौढ़ता (स्त्री.)
फ़ायदा – नुकसान (पुं.)
फूल – काँटा (पुं.)
फैलना – सिकुड़ना (क्रि.)
बंधन – मुक्ति, मोक्ष (पुं.)
बढ़ना – घटना (क्रि.)
बढ़िया – घटिया (वि.)
बध्य – अबध्य (वि.)
बनना – बिगड़ना, मिटना, टूटना (क्रि.)
बर्बर – सभ्य (वि.)
बलवान – दुर्बल, निर्बल (वि.)
बहिरंग – अंतरंग (वि.)
बहिश्त – दोज़ख (स्त्री., पुं.)
बहुत – कम, थोड़ा (वि.)
बहुधा – यदाकदा (क्रि.वि.)
बाधित – अबाधित (वि.)
बाध्य – अबाध्य (वि.)
बार-बार – कभी-कभी (क्रि.वि.)
बाहर – अंदर, भीतर (क्रि.वि.)
बिगड़ना – बनना, सँवरना (क्रि.)
बिगाड़ना – सँवारना (क्रि.)
बुद्धिमत्ता – मूर्खता (स्त्री.)
बुद्धिमत्तापूर्ण – मूर्खतापूर्ण (वि.)
बुद्धिमान – बुद्धिहीन, निर्बुद्धि, बुद्धू (वि.)
बुरा – भला (पुं.)
बुराई – भलाई, अच्छाई (स्त्री.)
बृहत् – लघु, संक्षिप्त (वि.)
बेचना – ख़रीदना (क्रि.)
बेजान – जानदार (वि.)
बेडौल – सुडौल (वि.)
बेदम – दमदार (वि.)
बेमेल – संगत (वि.)
बेशर्म – शर्मसार (वि.)
बोध्य – अबोध्य (वि.)
ब्याहा – अनब्याहा, कुँआरा (वि.)
भक्ष्य – अभक्ष्य (वि.)
भद्र – अभद्र (वि.)
भद्रता – अभद्रता (स्त्री.)
भय – साहस (पुं.)
भयभीत – निर्भीक (वि.)
भरा – ख़ाली, छूछा, रिक्त (वि.)
भला – बुरा, मंदा (वि., पुं.)
भलाई – बुराई (स्त्री.)
भव्य – साधारण, फूहड़ (वि.)
भाग्यवान – अभागा, बदकिस्मत, हतभाग्य (वि.)
भारी – हलका (वि.)
भारी-भरकम – हलका-फुलका (वि.)
भाव – अभाव, कुभाव, दुर्भाव (पुं.)
भिन्न – अभिन्न (वि.)
भीतर – बाहर (क्रि.वि.)
भीतरी – बाहरी (वि.)
भूतपूर्व – अभूतपूर्व
भोगी – योगी (पुं.)
भोग्य – अभोग्य (वि.)
भोज्य – अभोज्य (वि.)
भौतिक – अभौतिक, आध्यात्मिक (वि.)
भ्रांत – निभ्रांत (वि.)
मंगल – अमंगल (पुं.)
मंगलकारी – अमंगलकारी (वि.)
मधुर – कटु, अमधुर, कर्कश, तीक्ष्ण (वि.)
मनुज – दनुज (वि.)
मनुष्य – पशु (पुं.)
ममत्व – घृणत्व (पुं.)
मरना – जीना (पुं.)
मर्यादित – अमर्यादित (वि.)
मलिन – निर्मल (वि.)
मसृण – रुक्ष (वि.)
महत् – लघु (वि.)
महत्ता – लघुता (स्त्री.)
महत्त्वपूर्ण – गौण, तुच्छ (वि.)
महात्मा – दुरात्मा (पुं.)
महान – तुच्छ, शूद्र (वि.)
मान – अपमान (पुं.)
मानव – दानव (पुं.)

मानवीय – अमानवीय, दानवीय (वि.)
मान्य – अमान्य (वि.)
मितव्ययी – अपव्ययी (वि.)
मित्र – शत्रु (पुं.)
मिथ्या – सत्य (वि.)
मिलन – विच्छेद, विछोह, विरह (पुं.)
मिलना – बिछुड़ना (क्रि.)
मीठा – नमकीन, फीका, खट्टा (वि.)
मुख्य – गौण (वि.)
मुनासिब – ग़ैरमुनासिब (वि.)
मुलायम – कड़ा, कठोर, सख्त (वि.)
मूर्त – अमूर्त (वि.)
मृत – जीवित (वि.)
मेरा – तेरा (वि.)
मैत्री – अमैत्री (स्त्री.)
मैला – उजला (वि.)
मोटा – पतला, महीन (वि.)
मोह – वैराग्य (पुं.)
मौका – बेमौका (पुं.)
मौके – बेमौके (क्रि.वि.)
मौन – वाचाल (वि.)
यथार्थ – अयथार्थ (वि.)
यश – अपयश (पुं.)
यह – वह (वि.)
याचित – अयाचित (वि.)
युवा – वृद्ध (वि.)
योग – वियोग (पुं.)
योग्य – अयोग्य (वि.)
योग्यता – अयोग्यता (स्त्री.)
यौवन – वार्धक्य (पुं.)
रक्षक – भक्षक (वि.)
रत – विरत (वि.)
रति – विरति (स्त्री.)
रद्द – बहाल (वि.)
रसिक – अरसिक (वि.)
राग – द्वेष, विराग (पुं.)
राजा – रंक (पुं.)
रात – दिन (स्त्री., पुं.)
रिक्त – पूर्ण, भरा (वि.)
रुग्ण – नीरोग, स्वस्थ (वि.)
रुचि – अरुचि (स्त्री.)
रुचिकर – अरुचिकर (वि.)
रूढ़िबद्ध – रूढ़िमुक्त (वि.)
रूपवान – कुरूप (वि.)
रोचक – अरोचक (वि.)
रोना – हँसना (क्रि.)
रौद्र – अरौद्र (वि.)
लंबा – ठिंगना, नाटा (वि.)
लक्षित – अलक्षित (वि.)
लघु – गुरु, प्रभु, विभु (वि.)
लज्जावान – निर्लज्ज (वि.)
लाभ – हानि, क्षति (पुं., स्त्री.)
लाभप्रद – अलाभकर, हानिप्रद (वि.)
लायक – नालायक (वि.)
लिखित – अलिखित (वि.)
लिप्त – अलिप्त, निर्लिप्त (वि.)
लेना – देना (क्रि.)
लोक – परलोक (पुं.)
लोभी – निर्लोभ (वि.)
लोहित – अलोहित (वि.)
लौकिक – अलौकिक, पारलौकिक (वि.)
वफ़ादार – बेवफ़ा (वि.)
वरदान – अभिशाप (पुं.)
वर्णनीय – अवर्णनीय, वर्णनातीत (वि.)
वर्ण्य – अवर्ण्य (वि.)
वस्त्रधारी – वस्त्रहीन, निर्वस्त्र, नंगा, दिगंबर (वि.)
वांछनीय – अवांछनीय (वि.)
वांछित – अवांछित (वि.)
वाकिफ – नावाकिफ (वि.)
वाजिब – ग़ैरवाजिब, नावाजिब (वि.)
वारिस – लावारिस (वि.)
वास्तविक – अवास्तविक (वि.)
विकसित – अविकसित, पिछड़ा (वि.)
विकास – विनाश, ह्रास (पुं.)
विख्यात – कुख्यात (वि.)
विचलित – अविचलित (वि.)
विजयी – पराजित, परास्त (वि.)
विदित – अविदित (वि.)
विधि – निषेध (स्त्री., पुं.)
विधिसम्मत – विधिविरुद्ध (वि.)
विधेयात्मक – निषेधात्मक (वि.)
विनय – अविनय (पुं.)
विनीत – अविनीत, दुर्विनीत (वि.)
विभक्त – अविभक्त (वि.)
विभाजन – एकीकरण (वि.)
विमुख – उन्मुख (वि.)
विरल – सुलभ, सर्वसुलभ (वि.)
विराट – क्षुद्र (वि.)
विवाहित – अविवाहित (वि.)
विवेकी – अविवेकी (वि.)
विशिष्ट – सामान्य, साधारण (वि.)
विशेष – सामान्य, साधारण (वि.)

विश्वसनीय – अविश्वसनीय (वि.)
विश्वास – अविश्वास, संशय (पुं.)
विश्वासी – अविश्वासी, संशयी (वि.)
विस्तृत – संकुचित, संक्षिप्त (वि.)
विस्मरणीय – अविस्मरणीय (वि.)
वृद्धि – ह्रास (स्त्री. पुं.)
वैदिक – अवैदिक (वि.)
वैध – अवैध (वि.)
वैधानिक – अवैधानिक (वि.)
वैयक्तिक – सामूहिक (वि.)
वैर – प्रेम (पुं.)
वैषम्य – साम्य (पुं.)
व्यक्त – अव्यक्त (वि.)
व्यभिचारी – सदाचारी (वि.)
व्यर्थ – अव्यर्थ (वि.)
व्यष्टि – समष्टि (पुं. स्त्री.)
व्यावहारिक – अव्यावहारिक (वि.)
शकुन – अपशकुन (पुं.)
शक्य – अशक्य (वि.)
शत्रु – मित्र (पुं.)
शरीरी – अशरीरी (वि.)
शस्त्रीकरण – निशस्त्रीकरण (पुं.)
शहरी – देहाती, गँवार (वि.)
शांत – अशांत, उत्तेजित, उद्विग्न (वि.)
शांति – अशांति (वि.)
शानदार – शर्मनाक (वि.)
शाप – वरदान (पुं.)
शालीन – धृष्ट (वि.)
शाश्वत – क्षणिक (पुं.)
शिक्षित – अशिक्षित (वि.)
शिष्ट – अशिष्ट (वि.)
शीत – ताप (पुं.)
शुक्ल – कृष्ण (वि.)
शुक्लपक्षीय – कृष्णपक्षीय (वि.)
शुद्ध – अशुद्ध (वि.)
शुद्धता – अशुद्धता (वि.)
शुद्धि – अशुद्धि (स्त्री.)
शुभ – अशुभ (वि.)
शोक – हर्ष (पुं.)
शोभनीय – अशोभनीय (वि.)
शोषण – पोषण (पुं.)
शौच – अशौच (पुं.)
श्रांत – अश्रांत (वि.)
श्रीगणेश – इतिश्री (पुं., स्त्री.)
श्रेष्ठता – अधमता (स्त्री.)
श्वास – प्रश्वास (पुं.)
श्वेत – अश्वेत (वि.)
संकल्प – विकल्प (पुं.)
संक्षेप में – विस्तार से (क्रि.वि.)
संग – कुसंग (पुं.)
संगत – असंगत, बेमेल (वि.)
संघटन – विघटन (पुं.)
संतोष – असंतोष (पुं.)
संदिग्ध – असंदिग्ध (वि.)
संदेह – विश्वास (पुं.)
संधि – विग्रह (स्त्री., पुं.)
संपन्न – विपन्न (वि.)
संपन्नता – दरिद्रता, विपन्नता (स्त्री.)
संपृक्त – असंपृक्त (वि.)
संबद्ध – असंबद्ध (वि.)
संभव – असंभव (वि.)
संभावित – असंभावित (वि.)
संभाव्य – असंभाव्य (वि.)
संयत – असंयत (वि.)
संयम – असंयम (पुं.)
संयमी – असंयमी, व्यभिचारी (वि.)
संयोग – वियोग (वि.)
सँवारना – बिगाड़ना (क्रि.)
संवाद – विवाद (पुं.)
संवृत – विवृत (वि.)
संशोधित – असंशोधित (वि.)
सकाम – निष्काम (वि.)
सकामता – निष्कामता (स्त्री.)
सकारण – अकारण (क्रि.वि.)
सकारात्मक – नकारात्मक (वि.)
सक्रिय – अक्रिय, निष्क्रिय (वि.)
सक्रियता – अक्रियता, निष्क्रियता (स्त्री.)
सक्षम – अक्षम (वि.)
सख्त – नरम (वि.)
सगुण – निर्गुण (वि.)
सगुरा – निगुरा (वि.)
सच – झूठ (पुं.)
सचेष्ट – निश्चेष्ट (वि.)
सच्चरित्र – दुश्चरित्र (वि.)
सच्चा – झूठा (वि.)
सजल – निर्जल (वि.)
सजातीय – विजातीय (वि.)
सजीव – निर्जीव (वि.)
सजीवता – निर्जीवता (स्त्री.)
सज्जन – दुर्जन, शठ, खल (पुं.)
सत् – असत् (वि.)
सत्कर्म – दुष्कर्म, कुकर्म (पुं.)

सत्कर्मी – कुकर्मी, दुष्कर्मी (वि.)
सत्कार – तिरस्कार (पुं., स्त्री.)
सत्पात्र – कुपात्र (पुं.)
सत्प्रवृत्ति – दुष्प्रवृत्ति (स्त्री.)
सत्य – असत्य, मिथ्या (वि.)
सत्यवादी – असत्यवादी (वि.)
सत्संग – कुसंग (पुं.)
सदय – निर्दय (वि.)
सदाचरण – दुराचरण (पुं.)
सदाचार – दुराचार (पुं.)
सदाचारी – दुराचारी (वि.)
सदुपयोग – दुरुपयोग (पुं.)
सद्गति – दुर्गति
सद्गुण – दुर्गुण (पुं.)
सद्प्रवृत्ति – दुष्प्रवृत्ति (स्त्री.)
सद्भाव – दुर्भाव (पुं.)
सद्भावना – दुर्भावना (स्त्री.)
सद्व्यवहार – दुर्व्यवहार (पुं.)
सधवा – विधवा (स्त्री.)
सप्राण – निष्प्राण (वि.)
सफल – असफल, विफल, निष्फल (वि.)
सफलता – असफलता, विफलता (स्त्री.)
सबल – दुर्बल, निर्बल (वि.)
सभ्य – असभ्य, उजड्ड, बर्बर (वि.)
सम – असम, विषम (वि.)
समता – असमता, विषमता (स्त्री.)
समय – असमय, कुसमय (पुं.)
समर्थ – असमर्थ (वि.)
समर्थक – विरोधी (वि., पुं.)
समर्थन – विरोध (पुं.)
समस्त – असमस्त (वि.)
समान – असमान (वि.)
समानता – असमानता, विषमता (स्त्री.)
समीप – दूर (क्रि.वि.)
समीपता – दूरी (स्त्री.)
समीपवर्ती – दूरवर्ती (वि.)
समीचीन – असमीचीन (वि.)
समृद्धि – विनाश (स्त्री.)
सम्मान – तिरस्कार (पुं.)
सम्मानित – अपमानित, उपेक्षित (वि.)
सम्मुख – विमुख (वि.)
सरल – कठिन, कुटिल, जटिल (वि.)
सरलता – कठिनता, कुटिलता, जटिलता (स्त्री.)
सरस – नीरस, शुष्क (वि.)
सर्वज्ञ – अल्पज्ञ (वि.)
सर्वत्र – कहीं-कहीं (क्रि.वि.)
सलज्ज – निर्लज्ज (वि.)
सवर्ण – असवर्ण, दलित (वि.)
सवाल – जवाब (पुं.)
सशक्त – अशक्त (वि.)
सशस्त्र – निरस्त्र (वि.)
सशुल्क – निःशुल्क (वि.)
ससीम – असीम, निस्सीम (वि.)
सस्ता – महँगा (वि.)
सहज – कठिन (वि.)
सहनीय – असहनीय (वि.)
सहमत – असहमत (वि.)
सहमति – असहमति (स्त्री.)
सहयोगी – प्रतियोगी (वि.)
सहित – रहित, विहीन (वि.)
सहिष्णु – असहिष्णु (वि.)
सहिष्णुता – असहिष्णुता (स्त्री.)
सही – गलत (वि.)
सहृदय – हृदयहीन (वि.)
सह्य – असह्य (वि.)
सांप्रदायिक – असांप्रदायिक (वि.)
साकार – निराकार (वि.)
साक्षर – निरक्षर (वि.)
साक्षरता – निरक्षरता (स्त्री.)
सादा – भड़कीला; रंगीन (वि.)
साधक – बाधक (वि.)
साधार – निराधार (वि.)
साधारण – असाधारण, विशिष्ट, विलक्षण (वि.)
साधु – असाधु (वि.)
साधुता – असाधुता (स्त्री.)
साध्य – असाध्य (वि.)
सापेक्ष – निरपेक्ष (वि.)
साफ – गंदा, मैला (वि.)
साबुत – टूटा, टूटा-फूटा (वि.)
सामयिक – असामयिक (वि.)
सामर्थ्य – असामर्थ्य (स्त्री.)
सामान्य – असामान्य, विशेष (वि.)
साम्य – वैषम्य (पुं.)
सार्थक – निरर्थक (वि.)
सार्थकता – निरर्थकता (स्त्री.)
सार्वजनिक – वैयक्तिक, निजी (वि.)
सावधानी – असावधानी (स्त्री.)
साहस – भीरुता (पुं., स्त्री.)
साहसी – भीरु (वि.)
सिरहाना – पायँताना (पुं.)
सीधा – उलटा, टेढ़ा (वि.)
सीमित – असीमित (वि.)

सुंदर – असुंदर, कुरूप (वि.)
सुकर – दुष्कर (वि.)
सुकर्म – दुष्कर्म (पुं.)
सुकाल – दुष्काल (पुं.)
सुकीर्ति – अपकीर्ति (स्त्री.)
सुकृति – दुष्कृति (स्त्री.)
सूक्ष्म – विशाल (पुं.)
सुख – दुःख (पुं.)
सुखद – दुःखद (वि.)
सुखांत – दुःखांत (वि.)
सुखी – दुखी (वि.)
सुख्यात – कुख्यात (वि.)
सुगंध – दुर्गंध (स्त्री.)
सुगंधित – दुर्गंधित (वि.)
सुगति – दुर्गति (स्त्री.)
सुगम – दुर्गम, कठिन (वि.)
सुघड़ – अनगढ़, फूहड़ (वि.)
सुडौल – बेडौल (वि.)
सुनी – अनसुनी (वि.)
सुपथ – कुपथ (पुं.)
सुपरिणाम – दुष्परिणाम (पुं.)
सुपाच्य – कुपाच्य (वि.)
सुपात्र – कुपात्र (वि.)
सुपुत्र – कुपुत्र (पुं.)
सुपूत – कुपूत (पुं.)
सुप्त – जाग्रत (वि.)
सुप्रबंध – कुप्रबंध (पुं.)
सुप्रभाव – कुप्रभाव, दुष्प्रभाव (पुं.)
सुबुद्धि – दुर्बुद्धि (वि.)
सुबोध – दुर्बोध (वि.)
सुमार्ग – कुमार्ग (पुं.)
सुयश – अपयश (पुं.)
सुरक्षा – असुरक्षा (स्त्री.)
सुरति – निरति (स्त्री.)
सुलभ – दुर्लभ (वि.)
सुविचार – कुविचार (पुं.)
सुविधा – असुविधा, दिक्कत (स्त्री.)
सुव्यवस्था – अव्यवस्था, कुव्यवस्था, गड़बड़ी (स्त्री.)
सुषुप्ति – जागरण (स्त्री., पुं.)
सुस्त – तेज़ (वि.)
सूखा – गीला (वि.)
सृष्टि – संहार, प्रलय (स्त्री., पुं.)
सोना – जागना (क्रि.)
सौभाग्य – दुर्भाग्य (पुं.)
सौम्य – असौम्य (वि.)
स्तुति – निंदा (स्त्री.)
स्तुत्य – निंद्य (वि.)
स्थापन – विस्थापन (पुं.)
स्थावर – जंगम (वि.)
स्थिर – अस्थिर, चंचल (वि.)
स्थूल – कृश (वि.)
स्पष्ट – अस्पष्ट (वि.)
स्पृश्य – अस्पृश्य (वि.)
स्मरण – विस्मरण (पुं.)
स्मरणीय – विस्मरणीय (वि.)
स्याह – सफ़ेद (वि.)
स्वच्छ – अस्वच्छ, मलिन (वि.)
स्वतंत्र – परतंत्र (वि.)
स्वतंत्रता – परतंत्रता (स्त्री.)
स्वदेश – परदेश, विदेश (पुं.)
स्वस्थ – अस्वस्थ, रुग्ण, बीमार(वि.)
स्वादिष्ट – स्वादहीन, निःस्वाद (वि.)
स्वाधीन – पराधीन (वि.)
स्वाधीनता – पराधीनता (स्त्री.)
स्वाभाविक – अस्वाभाविक (वि.)
स्वामी – दास, भृत्य, सेवक (पुं.)
स्वार्थ – परमार्थ (पुं.)
स्वावलंबी – परावलंबी (वि.)
स्वास्थ्यकर – अस्वास्थ्यकर (वि.)
स्वीकार्य – अस्वीकार्य (वि.)
स्वीकृत – अस्वीकृत (वि.)
स्वीकृति – अस्वीकृति (स्त्री.)
हँसना – रोना (क्रि.)
हँसाना – रुलाना (क्रि.)
हलका – भारी (वि.)
हार – जीत (स्त्री.)
हिंसक – अहिंसक (वि.)
हिंसा – अहिंसा (स्त्री.)
हित – अनहित, अहित (पुं.)
हितकर – अहितकर (वि.)
हितकारी – अहितकारी (वि.)
होनी – अनहोनी (स्त्री.)
ह्रस्व – दीर्घ (वि.)

परिशिष्ट-ङ

वर्ष के अंग्रेज़ी महीनों के नाम का उद्भव

महीनों के नामों का उत्स रोमन-साम्राज्य के समय तक जाता है। अधिकांश महीनों के नाम रोमन देवी-देवताओं के नाम के आधार पर रखे गए हैं :

जनवरी : जेनस (Janus) नामक रोमन देवता के नाम पर इस मास का नामकरण किया गया है जो विभिन्न द्वारों (गेट्स) तक अनेक प्रकार के शुभ कार्यों का जनक माना जाता है। इसका मुख भूत और भविष्य दो दिशाओं—एक, दिसम्बर पीछे की ओर; दूसरा, फरवरी आगे की ओर—में होता है। नौ जनवरी को इसका त्योहार मनाया जाता था।

फरवरी : यह नाम फेब्रुआ (Februa) नामक उत्सव से ग्रहण किया गया है जो इसी माह में मनाया जाता था।

मार्च : यह नाम युद्ध के देवता 'मार्स' (Mars) से ग्रहण किया गया है। इसी मास में इनका उत्सव मनाया जाता था। मूल कैलेंडर वर्ष की गणना में इसे वर्ष का प्रथम माह माना गया था, यहीं से यह गणना प्रारम्भ की जाती थी।

अप्रैल : इसका उद्भव लेटिन शब्द 'अप्रिलस' (Aprilis) से हुआ है, ऐसा माना जाता है। यह माह प्रेम की देवी वीनस (Venus) का महीना माना जाता है। यूनान में प्रेम की देवी के समान 'अप्रोडाइट' का भी महत्त्व है। इसी यूनानी शब्द के आधार पर इसे 'अप्रैल' नाम दिया गया।

मई : इसका नामकरण रोमन देवी 'माइआ' (Maia) के नाम पर किया गया है। इसका पूजन इसी माह में किया जाता था।

जून : देवताओं में मान्य जूनो (Juno) नामक देवी के नाम पर इस माह का नामकरण हुआ है।

जुलाई : इसका नामकरण सम्राट जूलियस सीज़र (Julius Ceasar) के नाम पर किया गया है जिसका जन्म इसी माह में हुआ था।

अगस्त : यह प्रथम रोमन सम्राट ऑगस्टस सीज़र (Augustus Ceasar) के नाम पर रखा गया है। इसे 'ऑगस्ट' नाम 27 ई.पू. में दिया गया, जिसका अर्थ लेटिन में 'प्रतापी' (Majesic) है।

सितम्बर : यह लेटिन शब्द 'सैप्टेम' (Septem) है जिसका अर्थ संस्कृत शब्द 'सप्तम्' के निकट है। प्राचीन रोमन कैलेंडर में यह सातवाँ महीना था (द्र. मार्च माह)। गणना मार्च को प्रथम माह मानकर की जाती थी।

अक्टूबर : यह लेटिन के 'ओक्टो' (Octo) शब्द, जिसका अर्थ आठ है, यह भी संस्कृत 'अष्ट' के निकट जान पड़ता है।

नवम्बर : यह शब्द लेटिन के 'नोवेम' (Novem) से बना है। इसमें तो स्पष्टतः संस्कृत के 'नवम्' की छाया है।

दिसम्बर : इसका उद्भव लेटिन के 'डेसम' (Decem) से हुआ है। प्रत्यक्षतः यह संस्कृत 'दशम्' का रूपान्तर है।

सप्ताह के दिनों के अंग्रेज़ी नामों का उद्‌गम

सप्ताह के दिनों का नामकरण एक हज़ार वर्ष से भी पूर्व एंग्लो-सैक्सन समय में हुआ था और ये नाम रोमनों द्वारा दिये गए नामों के आधार पर ही रखे गए थे। प्राचीन ज्योतिष के अनुसार इनका नामकरण ग्रह-क्रमों के आधार पर ही हुआ था।

सनडे (Sunday) : यह प्राचीन अंग्रेज़ी के 'सन्नाडेअग' (Sunnadaeg) शब्द से बना है। सूर्य के दिन के आधार पर यह नाम दिया गया। इसका समानार्थी लेटिन में 'सोलिस-दाइस' है।

मनडे (Monday) : यह प्राचीन अंग्रेज़ी के 'मोनानडेअग' (Monnadaeg) शब्द से बना है। चन्द्रमा के नाम पर इसका नामकरण किया गया है। इसका लेटिन नाम 'ल्यूने-दाइस' (Lunaedies) है।

ट्यूज़डे (Tuesday) : प्राचीन अंग्रेज़ी के 'ट्विज़डेअग' (Tiwesdaeg) शब्द के आधार पर यह नाम दिया गया। 'टिव्' (Tiw) युद्ध का देवता माना जाता था जिसे युद्ध के रोमन देवता 'मार्स' (Mercury) का स्थानापन्न माना गया। इसका लेटिन नाम 'मार्टिस दाइस' (Martis dies) है।

वेडनेसडे (Wednesday) : यह प्राचीन अंग्रेज़ी के 'वोडनसडेअग' (Wodnesdaeg) शब्द से बना है। यह 'वोडेन' (Woden) अथवा (Oden) देव का दिन माना जाता था जो रोमन देव 'मर्करी' (Mercury) का स्थानापन्न था।

थर्सडे (Thursday) : यह प्राचीन अंग्रेज़ी के 'थर्सडेअग' (Thuresdaeg) शब्द से बना है जो प्रकाश और विद्युत (तड़ित) के नियंत्रक देवता 'थोर' (Thor) का दिन माना गया है। लेटिन में इसे 'जोविस दाइस' (Jovis dies) को जूपिटर का दिन माना गया है।

फ्राइडे (Friday) : प्राचीन अंग्रेज़ी के शब्द 'फ्राइजेडेअग' (Frigedaeg) को 'फ्रिग ओडिन' नामक देव की पत्नी का दिन माना गया है। लेटिन में इसे 'वेनेरिस दाइस' (वीनस का दिन) कहा जाता था। इसी के नाम से 'फ्राइडे' बना है।

सटरडे (Saturday) : 'सैटरमेसडेअग' (Satermesdaeg) को सैट्रन, एक रोमन देवता, का दिन माना गया है। लैटिन में इसे 'सैटर्नी दाइस' (Saturnisdies) कहा गया है। इसी से 'सटरडे' बना है।

परिशिष्ट-च

विभिन्न अलंकरण, पुरस्कार-प्राप्त व्यक्तियों के नाम की सूची

भारत-रत्न

क्र.सं.	नाम	जन्म-निधन	पुरस्कार/वर्ष	परिचय
1.	चक्रवर्ती राजगोपालाचारी	1878-1972	1954	स्वतंत्रता सेनानी, अन्तिम गवर्नर जनरल
2.	सी. वी. रमन	1888-1970	1954	भौतिकशास्त्री
3.	सर्वपल्ली राधाकृष्णन्	1888-1975	1954	दार्शनिक, भारत के प्रथम उपराष्ट्रपति (1952-1962), भारत के द्वितीय राष्ट्रपति (1962-1967)
4.	भगवान दास	1869-1958	1955	स्वतंत्रता सेनानी, लेखक, काशी विद्या पीठ के संस्थापक
5.	मोक्षगुंडम् विश्वैश्वरैया	1861-1962	1955	सिविल इंजीनियर, दीवान मैसूर रियासत
6.	जवाहरलाल नेहरू	1889-1964	1955	स्वतंत्रता सेनानी, लेखक, देश के प्रथम प्रधानमंत्री
7.	गोविन्द बल्लभ पंत	1887-1961	1957	स्वतंत्रता सेनानी, मुख्यमंत्री, उत्तर प्रदेश; गृहमंत्री, भारत सरकार
8.	ढोंढो केशव कर्वे	1858-1962	1958	शिक्षाशास्त्री, समाजसेवी
9.	बिधान चन्द्र राय	1882-1962	1961	चिकित्सक, पश्चिमी बंगाल के मुख्यमंत्री
10.	पुरुषोत्तमदास टंडन	1882-1962	1961	स्वतंत्रता सेनानी, शिक्षाशास्त्री
11.	राजेन्द्र प्रसाद	1884-1963	1962	स्वतंत्रता सेनानी, न्यायविद्, भारत के प्रथम राष्ट्रपति
12.	ज़ाकिर हुसैन	1897-1969	1963	स्वतंत्रता सेनानी, विद्वान, तृतीय राष्ट्रपति
13.	पांडुरंग वामन काणे	1880-1972	1963	भारतीय विद्याविद् तथा संस्कृत विद्वान
14.	लाल बहादुर शास्त्री	1904-1966	1966	मरणोपरांत, देश के दूसरे प्रधानमंत्री
15.	इन्दिरा गांधी	1917-1984	1971	देश की तीसरी प्रधानमंत्री
16.	वी. वी. गिरि	1894-1990	1975	श्रमिक कार्यकर्ता, चौथे राष्ट्रपति
17.	के. कामराज	1903-1975	1976	मरणोपांत, स्वतंत्रता सेनानी, तमिलनाडु के मुख्यमंत्री
18.	मदर टेरेसा	1910-1997	1980	कैथोलिक नन, संस्थापक चैरिटी मिशनरीज़
19.	विनोबा भावे	1895-1982	1983	मरणोपरांत, समाजसेवक, स्वतंत्रता सेनानी
20.	खान अब्दुल ग़फ़्फ़ार खान	1880-1988	1987	अनिवासी भारतीय, स्वतंत्रता सेनानी
21.	एम.जी. रामचन्द्रन्	1917-1987	1988	मरणोपरांत, फिल्म कलाकार, तमिलनाडु के मुख्यमंत्री
22.	बी.आर. अम्बेडकर	1891-1956	1990	मरणोपरांत, भारतीय संविधान के निर्माता, अछूतों के मसीहा, दलित-चेतना के प्रतीक पुरुष, समाज सुधारक, इतिहासकार, राजनीतिज्ञ, अर्थशास्त्री एवं विद्वान
23.	नैल्सन मंडेला	1918-2013	1990	दूसरे विदेशी सम्मानप्राप्तकर्ता, अश्वेत आंदोलन के नेता
24.	राजीव गांधी	1944-1991	1991	मरणोपरांत, छठे प्रधानमंत्री
25.	वल्लभ भाई पटेल	1875-1950	1991	मरणोपरांत, स्वतंत्रता सेनानी, प्रथम गृहमंत्री
26.	मोरारजी देसाई	1896-1995	1991	स्वतंत्रता सेनानी, चौथे प्रधानमंत्री

27.	अबुल कलाम आज़ाद	1888-1958	1992	मरणोपरांत, स्वतंत्रता सेनानी, प्रथम शिक्षामंत्री
28.	जे.आर.डी. टाटा	1904-1993	1962	उद्योगपति और समाजसेवी
29.	सत्यजीत राय	1922-1992	1962	फिल्म-निर्माता
30.	ए.पी.जे. अब्दुल कलाम	1931-2015	1997	वैमानिकी इंजीनियर, भारत के 11वें राष्ट्रपति
31.	गुलज़ारीलाल नन्दा	1898-1998	1997	स्वतंत्रता सेनानी, अन्तरिम समय में प्रधानमंत्री
32.	अरुणा असफ अली	1908-1996	1997	मरणोपरांत, स्वतंत्रता सेनानी
33.	एम. एस. सुब्बालक्ष्मी	1916-2004	1998	कनार्टक शास्त्रीय संगीत गायक
34.	चिदम्बरम सुब्रमण्यम	1910-2000	1998	स्वतंत्रता सेनानी, कृषि मंत्री, भारत सरकार
35.	जयप्रकाश नारायण	1902-1979	1998	मरणोपरांत, स्वतंत्रता सेनानी एवं राजनीतिज्ञ
36.	रवि शंकर	1920-2012	1999	अन्तरराष्ट्रीय ख्यातिप्राप्त सितारवादक
37.	अमृत्य सेन	1933-	1999	अर्थशास्त्री
38.	गोपीनाथ बारडोलोई	1890-1950	1999	मरणोपरांत, स्वतंत्रता सेनानी, असम के मुख्यमंत्री
39.	लता मंगेशकर	1929-	2001	पार्श्व गायिका
40.	बिस्मिल्ला खाँ	1922-2006	2001	हिन्दुस्तानी शास्त्रीय संगीत—शहनाईवादक
41.	भीमसेन जोशी	1922-2011	2008	हिन्दुस्तानी शास्त्रीय संगीतज्ञ
42.	सी.एन.आर. राव	1934-	2014	अन्तरराष्ट्रीय ख्यातिप्राप्त वैज्ञानिक
43.	सचिन तेन्दुलकर	1973-	2014	प्रख्यात क्रिकेट खिलाड़ी
44.	मदनमोहन मालवीय	1861-1946	2014	प्रख्यात शिक्षाशास्त्री तथा स्वतंत्रता सेनानी
45.	अटल बिहारी वाजपेयी	1924-	2014	भारत के ग्यारहवें प्रधानमंत्री

ज्ञानपीठ पुरस्कार

वर्ष	नाम	पुस्तक
1972	रामधारी सिंह 'दिनकर'	उर्वशी
1978	सच्चिदानंद हीरानंद वात्स्यायन 'अज्ञेय'	कितनी नावों में कितनी बार
1982	महादेवी वर्मा	यामा
1992	श्रीनरेश मेहता	चात्या
1999	निर्मल वर्मा	संपूर्ण रचना-कर्म पर
2005	कुँवर नारायण	बाजश्रवा
2009	अमरकांत	संयुक्त रूप से, संपूर्ण कृतित्व पर
2009	श्रीलाल शुक्ल	
2013	केदारनाथ सिंह	संपूर्ण रचना-कर्म पर

साहित्य अकादमी पुरस्कार

क्र. सं.	वर्ष	प्राप्तकर्ता	पुस्तक
1.	1955	माखनलाल चतुर्वेदी	हिम तरंगिणी (काव्य)
2.	1956	वासुदेवशरण अग्रवाल	पद्मावत : संजीवनी भाष्य (भाष्य)
3.	1957	आचार्य नरेन्द्रदेव	बौद्ध धर्म दर्शन (दर्शन)
4.	1958	राहुल सांकृत्यायन	मध्य एशिया का इतिहास (इतिहास)
5.	1959	रामधारी सिंह 'दिनकर'	संस्कृति के चार अध्याय (भारतीय संस्कृति का सर्वेक्षण)

6.	1960	सुमित्रानन्दन पंत	कला और बूढ़ा चाँद (काव्य)
7.	1961	भगवतीचरण वर्मा	भूले बिसरे चित्र (उपन्यास)
8.	1962	(कोई पुरस्कार नहीं दिया गया)	
9.	1963	अमृत राय	प्रेमचन्द : कलम का सिपाही (जीवनी)
10.	1964	स.ही.वा. 'अज्ञेय'	आँगन के पार द्वार (काव्य)
11.	1965	डॉ. नगेन्द्र	रस सिद्धांत (काव्यशास्त्र)
12.	1966	जैनेन्द्र कुमार	मुक्तिबोध (लघु उपन्यास)
13.	1967	अमृतलाल नागर	अमृत और विष (उपन्यास)
14.	1968	हरिवंश राय बच्चन	दो चट्टानें (काव्य)
15.	1969	श्रीलाल शुक्ल	राग दरबारी (उपन्यास)
16.	1970	रामविलास शर्मा	निराला की साहित्य साधना (जीवनी)
17.	1971	नामवर सिंह	कविता के नए प्रतिमान (समीक्षा)
18.	1972	भवानी प्रसाद मिश्र	बुनी हुई रस्सी (काव्य)
19.	1973	हज़ारी प्रसाद द्विवेदी	आलोक पर्व (निबन्ध)
20.	1974	शिवमंगल सिंह 'सुमन'	मिट्टी की बारात (काव्य)
21.	1975	भीष्म साहनी	तमस (उपन्यास)
22.	1976	यशपाल	मेरी तेरी उसकी बात (उपन्यास)
23.	1977	शमशेर बहादुर सिंह	चुका भी हूँ नहीं मैं (काव्य)
24.	1978	भारत भूषण अग्रवाल	उतना वह सूरज है (काव्य)
25.	1979	सुदामा पांडेय 'धूमिल'	कल सुनना मुझे (काव्य)
26.	1980	कृष्णा सोबती	ज़िन्दगीनामा (उपन्यास)
27.	1981	त्रिलोचन	ताप के ताये हुए दिन (उपन्यास)
28.	1982	हरिशंकर परसाई	विकलांग श्रद्धा का दौर (व्यंग्य)
29.	1983	सर्वेश्वरदयाल सक्सेना	खूँटियों पर टँगे लोग (काव्य)
30.	1984	रघुवीर सहाय	लोग भूल गये हैं (काव्य)
31.	1985	निर्मल वर्मा	कव्वे और काला पानी (कहानी)
32.	1986	केदारनाथ अग्रवाल	अपूर्वा (काव्य)
33.	1987	श्रीकांत वर्मा	मगध (कविताएँ)
34.	1988	श्रीनरेश मेहता	अरण्य (कविताएँ)
35.	1989	केदारनाथ सिंह	अकाल में सारस (काव्य)
36.	1990	शिव प्रसाद सिंह	नीला चाँद (उपन्यास)
37.	1991	गिरिजा कुमार माथुर	मैं वक्त के हूँ सामने (काव्य)
38.	1992	गिरिराज किशोर	ढाई घर (उपन्यास)
39.	1993	विष्णु प्रभाकर	अर्द्धनारीश्वर (उपन्यास)
40.	1994	अशोक वाजपेयी	कहीं नहीं वहीं (काव्य)
41.	1995	कुँवर नारायण	कोई दूसरा नहीं (काव्य)
42.	1996	सुरेन्द्र वर्मा	मुझे चाँद चाहिए (उपन्यास)
43.	1997	लीलाधर जगूड़ी	अनुभव के आकाश में चाँद (काव्य)
44.	1998	अरुण कमल	नये इलाके में (काव्य)
45.	1999	विनोद कुमार शुक्ल	दीवार में एक खिड़की रहती थी (उपन्यास)
46.	2000	मंगलेश डबराल	हम जो देखते हैं (काव्य)
47.	2001	अलका सरावगी	कलिकथा वाया बाइपास (उपन्यास)
48.	2002	राजेश जोशी	दो पंक्तियों के बीच (कविताएँ)

49.	2003	कमलेश्वर	कितने पाकिस्तान (उपन्यास)
50.	2004	वीरेन डंगवाल	दुश्चक्र में स्रष्टा (काव्य)
51.	2005	मनोहर श्याम जोशी	क्याप (उपन्यास)
52.	2006	ज्ञानेन्द्रपति	संशयात्मा (काव्य)
53.	2007	अमरकांत	इन्हीं हथियारों से (उपन्यास)
54.	2008	गोविन्द मिश्र	कोहरे में क़ैद रंग (उपन्यास)
55.	2009	कैलाश वाजपेयी	हवा में हस्ताक्षर (काव्य)
56.	2010	उदय प्रकाश	मोहन दास (कहानी)
57.	2011	काशीनाथ सिंह	रेहन पर रग्घू (उपन्यास)
58.	2012	चन्द्रकांत देवताले	पत्थर फेंक रहा हूँ (काव्य)
59.	2013	मृदुला गर्ग	मिलजुल मन (उपन्यास)
60.	2014	रमेशचन्द्र शाह	विनायक (उपन्यास)